James Joyce

Ulysses

율리시스

(제4개역판)

— 모더니즘 문학의 선언 —

제임스 조이스 지음

김종건 옮김

어문학사

저자 제임스 조이스

아일랜드의 소설가이자 시인으로 20세기의 뛰어난 영미권 작가 중 한 사람이다. 1882년 더블린에서 태어나 예수회 학교들과 더블린의 유니버시티칼리지(UCD)에서 교육을 받았다. 1916년 '의식의 흐름' 기법을 도입한『젊은 예술가의 초상』은 문단에서 널리 인정받았다. 1922년에는 그의 대작『율리시스』로 세계적인 명성을 얻었다. 이외에도『더블린 사람들』,『망명자들』등 여러 작품을 저술했다. 1939년『피네간의 경야』를 출간한 후 알코올 중독과 백내장 등 질병에 시달리다 1941년 취리히에서 사망했다.

역자 김종건

서울대학교 사범대학 영어영문학과 졸업
서울대학교 대학원 영어영문학과 졸업
미국 털사대학교 대학원 영어영문학과 졸업(문학 석·박사)
고려대학교 영어교육과 교수(영문학) 역임
아일랜드 국립 더블린 대학교 제임스 조이스 서머스쿨 초
    빙 강사(1993, 1995)
대한민국 학술원상 수상(제58회)(2013)
한국 번역문학상 수상(제9회)(국제 Pen Club)
고려대학교 학술상 수상(제10호)
현 고려대학교 명예교수
현 한국 제임스 조이스 학회 고문

모더니즘의 챔피언 제임스 조이스의 역작

율리시스 (제4개역판)

— 모더니즘 문학의 선언 —

조이스 학자 **김종건 교수**에 의한 작품의 후기와 주석
서울대학교 명예교수 김길중 교수의 추천사

초판 번역: First edition of Ulysses (1968)

개역판 번역: Revised edition of Ulysses (1988)

3개역판 번역: Third revised edition of Ulysses (2007)

4개역판 번역: Fourth revised edition of Ulysses (2016)

제임스 조이스의 『율리시스』는 20세기 최고의 소설로서, 모더니즘 문학의 선언으로 불린다. 그러나, 조이스의 어려움의 신화가 뿌리 깊이 박혀 왔는지라, 이는 그의 작품을 접근하는 것으로부터 많은 독자들을 실망시켜왔다. 이것은 커다란 유감이나니, 그러나 이번의 새 번역은 역자의 신비평(New Criticism)에 입각한 새로운 해석으로, 작품을 한층 쉽게, 인도적이요, 엄청나게 코믹하며 감탄하지 않을 수 없는 독서로 이끈다.

◆ 추천사 ◆

　　김종건 교수는 해방 이후에 배출된 첫 세대 원로 영문학자로서 조이스의 연구와 소개에 독보적인 경지를 개척한 분이다. 『홍루몽』을 숭앙하는 중국이 그 연구를 특별히 '홍학(紅學)'이라 하듯 대만의 영문학 하는 이들은 조이스 연구를 종종 '죠(喬)학'이라 한다. 김 교수는 우리나라에서 이를테면 '조이스학(學)'이라 할 만한 것을 선구적으로 일구어 냈다. 그의 그런 명성은 국내외의 관심자들에게 이미 널리 알려진 사실이다. 조이스라는 이름 석자는 김 교수에게 평생의 화두요 건곤일척의 좌우명과도 같았다. 천재작가의 요지경 세계에 처음 입문한 그 감격이 물림이나 지침 없이 평생토록 불퇴전의 정진을 견인한 것이다.

　　김 교수의 관심 분야는 조이스에 관한 모든 것이었지만 그중 도드라진 공로는 단연 번역 부문이다. 번역은 그의 본령이었고 간단없는 필생의 열정이었다. 서간집을 제외한 작가의 모든 작품과 수기가 그의 손을 거쳐 남김없이 옮겨졌다. 이미 번역된 것은 틈틈이 다시 돌아가 손질을 거듭했고 가능하면 개역본을 펴냈다. 이와 같은 지극정성은 '한국번역문학상'을 수상한 첫 번역 『율리시즈』로부터 몇 해 전 '대한민국학술원상'을 수상한 개역본 『피네간의 경야』에 이르는 오랜 세월이 목도하는 바와 같다.

　　여기 펴내는 김 교수의 새 개역본 『율리시스』는 매우 특별한 것이다. 첫째는 1968년 첫 번역본이 선을 보인 이래 거의 반 백 년에 걸친 절차탁마 끝에 다시 나온 네 번째이자 아마 마지막이 될 판본이라는 감회가 그것이다. 그 긴 세월의 흔적이 자꾸 바뀌는 책의 제목에 넌지시 묻어 있다. 그 사이 외래어 표기에 관한 나라의 지침이 변덕스럽게 바뀌었고 그에 따라 제목도 처음 『율리시즈』에서 그 다음 『율리씨이즈』를 거쳐 이후의 『율리시스』로 옮겨간 것이다.

　　둘째는 2002년에 시작하여 10년을 넘기고 111회를 상회하여 진행된 「한국 제임스 조이스 학회」의 『율리시스』 독회와의 관련이다. 김 교수는 이 독회에 꼬박 참석하여 틈틈이 번역상의 문제를 던지고 공론을 구하였는데, 그것을 여기 펴내는 새 개역본에 반영한 것이다. 회심의 결정본을 향하여 수고스러움을 마다하지 않는 노교수의 지극정성이 특별하지 않을 수 없다. 이미 좋은 평판을 받고 있는 앞선 판본에서 더욱 진일보한 격조를 이룬 것이다.

　　모든 것이 김 교수의 남다른 조이스 열정의 소산인데, 그 열정에 실은 사사로움을 넘어서는 멀고 깊은 내력이 있다. 일찍이 그에게는 한국 최초의 본격 『율리시스』 강의를 접하는 행운이 있었다. 그 선생이 중국에서 교편을 잡다가 훗날 서울대학교로 옮겨 온 조지 레이나 교수였다. 한학을 즐기는 박식가였고, 잘 알려지지는 않았지만 대단한 조이스 열광자였다. 그가 남긴 유품 가운데 수기로 깨알같이 정서한 『율리시스』 연구노트가 있는데 그 분량이 엄청나서 자그마치 캐비닛 하나를 빼곡히 채울 만한 정도였다.

1922년 여름 뉴욕의 한 문예지가 에즈라 파운드의 「파리 서신」을 게재한다. 그해 봄에 파리에서 갓 나온 『율리시스』에 관한 논평이다. 레이나 교수의 방대한 노트의 말미에 이 긴 글의 전문이 정성스럽게 전사되어 있다. 전 세계가 『율리시스』를 읽어야 한다. 운운하는 황홀한 찬탄으로 시작해서 서구 문학의 진운을 논하는 선전의 글이다. 옮겨 적은 이에게도 반사된 황홀의 훈도가 있었을 것이다. 파운드가 그렇게 초기의 열광을 대변한 이후 백년의 세월이 흘렀다. 그리고 조이스의 진지한 독자와 연구자들 일각에 아직도 심취와 탄복의 숭앙 기운이 온존한다.

면면히 유전하는 이 독자 열정의 진원은 최초의 심취자가 아닌 작가본신이다. 『율리시스』는 세기의 문제작으로 그만한 문제의식이 작용하여 구현된 것인데 그 문제의식이란 작가만의 독특한 열정으로 일깨워지는 인간 전망이다. 진지한 독자는 개성과 역량에 따라 이 본래의 열정을 간취하고 나름으로 감화되는 것이다. 죽은 이야기를 건네고 받는 것은 조이스의 관심 밖이다. 삶의 여여실한 진상이 관건이다. '내'가 관건이다. '나'는 가장 절실하고 가장 확연한 만단의 중심이기 때문이다. 그래서 '내'가 나서고 '나'의 내면이 이야기가 되는 원리가 비롯된다.

그런데 어디가 길인가? 방편이 필요하다. 작가는 자신의 적나라한 신명(身命)을 던져 주인공을 빚어낸다. 이를테면 육신을 공양한 후과(後果)로 중심인물 스티븐과 블룸을 얻은 셈이다. 이를 그저 자전적 성격이나 의식의 흐름과 같은 소설의 기법 차원에서 운위하면 핵심을 놓치기 쉽다. 자신을 볼모로 잡는 신명의 열정, 아난(阿難)의 여시아문(如是我聞) 같은 진상의 열정이 실종하기 때문이다. 이렇게 내가 내 자신을 응시하듯 인물이 서고 또 내가 내 집에 살듯 도시가 펼쳐진다. 책이 높은 밀도로 놀랍게 재현하는 역사적 실명(實名)의 더블린, 그 짙은 숨결도 같은 열정의 외연이다.

『율리시스』의 놀라움은 그토록 깊은 자기탐구의 열정이 폐쇄적인 변방서사(敍事)의 낭만적 유혹에서 멀다는 점이다. 작가의 '차가운 강철 펜'은 '나'의 특수한 경험과 감각과 사유가 오히려 더욱 확실하게 온 하늘의 보편에 통합을 일찍부터 깨우치고 있었다. 구도(求道)의 열정이라고 부를 만한 것이다. 그런 연유로 '더블린의 책'으로 끝날 수도 있었을 이른바 '세기의 책' 『율리시스』는 태동에서 수용에 이르는 전 과정에서 특별한 '세계의 책'이 되었다.

『율리시스』는 재미있으면서도 어려운 책이다. 이 특별한 세계에 열정을 반영하여 어휘가 쇄도하고 때로는 서술 지체가 심하게 휘어지기 때문이다. 그 번역은 말뜻의 단순한 대역 수준으로는 감당이 안 될 고급한 도전이다. 김 교수는 오랜 시간을 쏟아 이를 훌륭히 감당했다. 나라의 독서 문화의 역량도 원전의 문화적 배경을 제대로 소화하는 수준에 이르러야 번역은 수용된다. 조이스의 경우 각별히 그렇다. 한국은 확연히 그 수준에 도달했다고 생각된다. 시의적절한 김 교수의 새 개역본 출간에 깊은 경하의 뜻을 표한다.

2016년 6월
서울대학교 명예교수
김길중 삼가 씀

● 차례 ●

제Ⅲ부

더블린 시

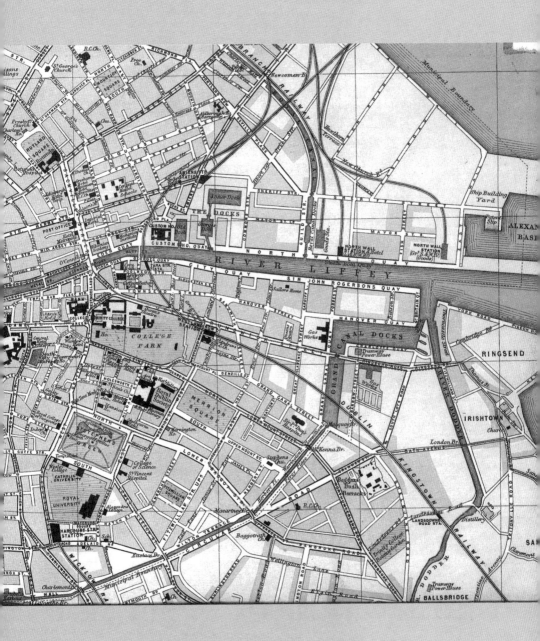

율리시스 집필시 필자 초상

취리히의 플룬테른 묘지에 세워진 조이스의 좌상(밀턴 히볼드 제작)과 그의 묘

1951년 4월 19일 사망한 아내 노라의 유해와 1966년 합장되었다. 그의 묘는 조이스가 평소 즐겨 듣던 호랑이 소리가 울려퍼지는 공원 곁에 위치한다.

제임스조이스 일가 3대
클론고우즈 우드 칼리지(초등학교)에 입학하기 얼마 전 세일러 복을 입은 꼬마 제임스조이스(6살 반)와 아버지 존 조이스, 어머니 메리 조이스, 서 있는 사람이 외조부 존 머리이다. 이들은 모두 『율리시스』의 주요 인물들의 모델로 등장한다.

취리히에서 노라 조이스 및 그녀의 두 아이들, 아들 조지오 및 딸 루치아

조이스의 아내 노라(1920년대)
그녀는 남편을 세기의 작가로 만든 충실한 내조자였고, 몰리 블룸의 한쪽 특성을 지닌 모델이기도 했다.

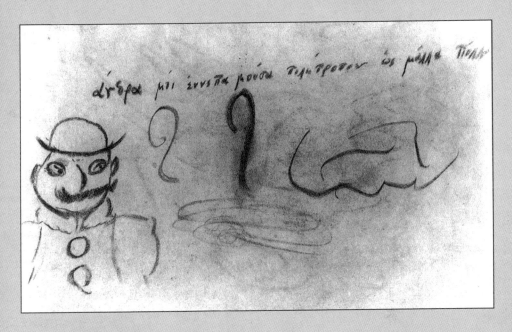

조이스가 만화로 그린 블룸
위쪽의 희랍어 글은 호메로스의 『오디세이아』의 첫 글귀. "뮤즈 여신이여, 재치에 능한 자의 이야기를 들려주오."이다.

실비아 비치 여사와 함께
비치 여사의 서점 '셰익스피어 앤드 컴퍼니'(파리)에서 『율리시스』 출판을 의논하는 조이스.

〈조이스와 그의 친구들〉, 피츠제럴드 작(1928년)

『위대한 개츠비』의 작가 F. 스코트 피츠제럴드가 파리에서 그린 그림이다.

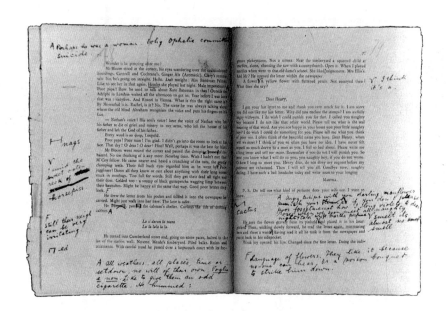

『율리시스』 초고 중 한 페이지

마사(블룸의 펜팔 상대)의 편지 내용이 눈에 띈다.

리오폴드 호텔에서 거행된 「율리시스」 기념 오찬회
1929년 6월 27일 열렸으며, 오늘날의 '블룸즈데이' 기념 행사와 비슷한 성격의 모임이었다.

눈 덮인 취리히에서 거행된 조이스의 장례식 장면

파리의 〈셰익스피어 서점(Shakespeare and Co.)〉 앞의 조이스와 실비아 비치 여사(1920년)
『율리시스』는 1922년 그녀의 서점에서 처음 발간되었다.

(이 번역의 원본은 1986년에 출판된 가블러 판 『율리시스』에 의한 것이다. 오늘날 비평적 관심은 그의 다양한 텍스트의 권위에 집중한다. 1922년의 초판본 이래 그 간 수많은 판본들이 출판되었으나, 여기 이 판본은 다른 어느 것들보다 역사적 정당성을 지닌다.)

(조이스는 그의 『더블린 사람들』을 제외한 여타 작품들과 마찬가지로 『율리시스』 또한 각 장의 제목을 명시하지 않고 있다. 아래 제목은 작가가 독자의 편의를 위하여 1920년 이탈리아의 칼로 리날티에게 보낸 작품의 구도[스키마]에 따른 것이다.)

▶ 본문 중 이탤릭체는 원서에서 이탤릭체로 강조한 부분이다.

제 I 부

✦ 1장 ✦

    * 당당하고, 통통한 벅 멀리건[1]이 거울과 면도칼이 그 위에 엇갈려 놓여있는 면도 물 종지를 들고, 층층대 꼭대기에서 나왔다. 노란 화장 복이, 띠가 풀린 채, 온화한 아침 공기를 타고 그의 뒤에 사뿐히 매달려 있었다. 그는 종지를 높이 치켜들고, 읊조렸다:

— '인뜨로이보 아드 알따레 데이(나는 하느님의 제단으로 가련다.)'[2]

    발걸음을 멈춘 채, 그는 컴컴한 나선형의 층층대를 내려다보며, 거칠게 불러냈다:

— 올라 와, 킨치[3]! 올라와, 이 겁쟁이 제주이트 교도[4]!

    엄숙하게 그는 앞으로 나아가 둥근 포상(砲床)[5]에 올랐다. 그는 사방을 휘둘러보며, 탑, 둘러싸고 있는 땅 그리고 깨나고 있는 산들에게 정중하게 세 번 축복을 빌었다. 그런 다음, 스티븐 데덜러스의 모습이 언뜻 눈에 띠자, 그는 그에게로 몸을 굽히고, 목구멍을 가르랑대며, 머리를 흔들면서, 공중에다 재빠른 성호(聖號)를 그었다. 스티븐 데덜러스는, 그를 축복하는, 흔들고 그르렁대는, 말(馬)같은 기다란 얼굴을, 그리고 창백한 참나무 결과 색깔을 띤, 환하고 체발(剃髮)하지 않은[6] 머리카락을, 기분이 언짢고 잠에 어린 채, 층층대 꼭대기에다 양팔을 괴고, 냉정하게 쳐다보았다.

    벅 멀리건은 거울 아래를 잠시 엿본 다음, 이어 종지를 날렵하게 덮었다.

— 막사(幕숨)(바라크)로 되돌아가란 말이야[7]! 그는 엄하게 말했다.

    그는 설교자의 말투로 덧붙었다:

— 왠고하니 이거야말로, 오 사랑하는 자들이여, 진짜 성만찬(聖晚餐)오[8]: 육체와 영혼과 피와 창상(創傷)이오. 음악을 천천히, 제발. 눈을 감으시오, 여러분. 잠깐만. 이들 백혈구(白血球)가 약간 두통거리랍니다. 침묵을, 모두들. [9]

    그는 비스듬히 위쪽으로 힐끗 쳐다보며, 사람을 부르는 듯 길고 낮은 휘파람을 불자, 이어 그의 고르고 하얀 이빨을 황금 점들로 여기 저기 반짝이면서, 재빨리 정신을 차리며 잠시 멈추었다. 그리소스'도모스.[10] 두 줄기 강하고 날카로운 휘파람 소리가 고요를 뚫고 대답했다.[11]

— 고마워요, 영감님, 그는 발랄하게 소리쳤다. 그만하면 되었어요. 스위치를 꺼 주시겠어요, 네?[12]

    그는 포상에서 껑충 뛰어내려, 헐겁고 주름진 가운을 양다리 주변에 끌어 모으면서, 그의 목격자를 정중하게 쳐다보았다. 통통하고 그림자 진 얼굴과 실쭉한 타원형 아래턱이 중세기 예술의 옹호자인, 고위 성직자를 회상시켰다. 한 가닥 달가운 미소가 그의 입술 위에 조용히 퍼졌다.

— 그것 참 조롱할 일이야! 그는 쾌활하게 말했다. 자네의 엉뚱한 이름[13]말이야, 고대 그리스인(人)이지!

　　　그는 다정한 익살로 손가락질을 하며, 혼자 크게 웃으면서, 흉벽(胸壁)으로 건너갔다. 스티븐 데덜러스는 층계를 밟고 올라 가, 그를 도중까지 지친 듯 뒤따라, 그가 흉벽에 거울을 기대 세우고, 면도 물 종지에 솔을 적셔, 양 뺨과 목에 비눗물을 칠하는 것을 잠자코 살피면서, 포상의 가장자리에 앉았다. 벅 멀리건의 쾌활한 목소리가 계속 울렸다.

5 　— 내 이름도 역시 엉뚱하단 말이야: 맬라카이 멀리건이라, 두 개의 강약약격(强弱弱格)이지.[14] 그러나 그건 그리스 풍(風)을 띠고 있어, 그렇잖아? 마치 고놈의 수사슴처럼 날렵하고 경쾌하지. 우리는 아테네로 가야하네. 만일 내가 숙모에게 20파운드를 꺼내게 할 수 있다면 자넨 갈 텐가?

　　　그는 솔을 옆으로 제쳐놓고, 즐거움으로 크게 웃으면서, 소리쳤다:

10 　— 저 친구 갈 텐가? 재수 없는 제주위트(예수회) 교도 같으니!

　　　멈추면서, 그는 조심스럽게 면도하기 시작했다.

　— 말해 봐! 멀리건, 스티븐이 조용히 말했다.

　— 그래, 자네?

　— 헤인즈[15]는 얼마나 오래 동안 이 탑에 머물 작정인가?

15 　　　벅 멀리건은 면도한 한쪽 뺨을 자신의 오른쪽 어깨 너머로 보였다.

　— 젠장, 그 녀석 참 지긋지긋하잖아? 그는 솔직하게 말했다. 진저리나는 섹슨 놈이지. 그는 자네가 신사가 아니라고 생각해. 젠장, 그들 경칠 영국 놈들! 돈과 소화불량으로 배가 터질 지경이지. 왜냐하면 그는 옥스퍼드 출신이니까. 알겠나, 데덜러스, 자네가 진짜 옥스퍼드 형을 하고 있어. 그는 자네를 이해하지 못해. 오, 내가 자네한테 지어 준 이름이 최고야: 킨치, 칼날 말이야. 그는 턱 위로 조심스럽게 면도를 했다.

20

　— 그는 밤새 검은 표범[16]에 관해 헛소리를 해대고 있었어, 스티븐이 말했다. 그의 엽총(獵銃) 케이스는 어디 있지?

　— 지독한 정신병자야! 멀리건이 말했다. 자넨 겁을 집어먹었군?

　— 맞아, 스티븐이 힘주어, 점점 겁이 난 듯, 말했다. 내가 알지도 못하는, 사람하고 여기
25 바깥 어둠 속에서 말이야, 검은 표범을 사냥한다고 혼자 잠꼬대를 하며 신음하고 있으니. 자네는 물에 빠진 사람들을 구했지. 나는 영웅이 못돼요, 하지만. 만일 녀석이 계속 여기 머물면 나는 떠나겠어.

　　　벅 멀리건은 면도날의 비누 거품을 보고 얼굴을 찌푸렸다. 그는 앉았던 횃대에서 껑충 뛰어내려, 바지 주머니를 급히 뒤지기 시작했다.

30 　— 아뿔싸! 그는 뭉툭한 소리로 부르짖었다.

　　　그는 포상으로 건너와, 스티븐의 위쪽 호주머니에 손을 쑤셔 넣으면서, 말했다:

　— 내 면도칼 훔치게 자네의 콧수건 좀 빌리게.

　　　스티븐은, 그가 불결하고 꾸겨진 손수건을 꺼내, 보라는 듯 한쪽 모서리를 잡고 치켜드는 것을, 꾹 참았다. 벅 멀리건은 면도 칼날을 말끔히 훔쳤다. 이어, 그는 손수건을 자세
35 히 들여다보며, 말했다:

　— 시인의 콧수건이다! 우리들 아일랜드 시인들의 새로운 예술 색채야: 코딱지초록빛.[17] 자네 그걸 맛볼 수 있을 테지, 그렇잖아?

　　　그는 다시 흉벽에 올라가, 그의 고운 참나무 빛 창백한 머리칼을 가볍게 휘날리며, 더블린만(灣) 위를 훑어보았다.

40 　— 맹세코! 그는 조용히 말했다. 바다는 앨지가 부르듯, 그대로가 아닌가: 위대하고 감미로운 어머니[18] 말이야? 코딱지초록빛 바다. 불알을 단단하게 하는 바다. '에피 오이노파 폰톤(포도주 빛 바다).'[19] 아 데덜러스, 그리스 사람들 말이야! 내가 자네한테 가르쳐 줘야겠다.

자네는 그걸 원문으로 읽어야 하네. '*탈라타! 탈라타!*(바다! 바다!)'[20] 바다는 우리들의 위대한 어머니야. 와서 보게나.

스티븐은 자리에서 일어나, 흉벽으로 건너갔다. 그것에 기대면서 그는 바다 위를 그리고 킹즈타운 항구(港口)[21]를 출항하고 있는 우편보트를 내려다보았다.

— 우리들의 강력한 어머니[22]! 벅 멀리건이 말했다.

그는 회색의 탐색하는 눈을 바다로부터 스티븐의 얼굴 쪽으로 불쑥 돌렸다.

— 숙모는 자네가 자네 어머니를 죽였다고 생각하고 있어, 그는 말했다. 그것이 그녀가 자네와 내가 사귀는 걸 못마땅하게 여기는 이유야.

— 누군가가 그녀를 죽였지, 스티븐이 침울하게 말했다.

— 자네는 무릎을 꿇을 수 있었잖아,[23] 젠장, 킨치, 자네의 숨이 꺼져 가는 어머니가 자네한테 요구했을 때 말이야, 멀리건이 말했다. 나도 자네만큼 냉혈동물[24]이야. 그러나 자네의 어머니가 최후의 숨을 거두면서 자네더러 무릎을 꿇고 자신을 위해 기도하라고 청하는 것을 생각하면, 그런데 자네는 거절했어. 뭔가 자네 몸속에 악성(惡性)이 깃들어 있어……

그는 갑자기 말을 멈추고, 한층 먼 뺨에 다시 가볍게 비누칠을 했다. 한 가닥 관용의 미소가 그의 두 입술에 감돌았다.

— 그러나 귀여운 무언극의 광대! 그는 혼잣말로 중얼거렸다. 킨치, 모두들 가운데 가장 귀여운 광대란 말이야![25]

그는 고르게 그리고 조심스럽게 면도를 했다, 묵묵히, 심각하게.

스티븐은, 한쪽 팔꿈치를 깔쭉깔쭉한 화강암 위에 괸 채, 손바닥을 이마에 대고, 자신의 때 낀 번들거리는 까만 코트 소매의 낡고 해진 가장자리를 빤히 쳐다보았다. 고통, 아직 사랑의 고통이 아닌 고통이, 그의 마음을 쑤셨다.[26] 묵묵히, 꿈속에서 그녀는 돌아가신 후로 그에게 다가왔으니, 밀랍과 자단(紫檀) 냄새를 풍기면서 헐렁한 갈색의 수의(壽衣)에 감싸인 그녀의 황폐한 육체, 말없이, 꾸짖는 듯, 그에게로 덮쳐왔던 그녀의 숨결, 젖은 재(灰)의 몽롱한 냄새. 그는, 낡아 실이 드러난 소매 가장자리를 가로질러, 그이 곁의 그 부유한 목소리에 의해 위대하고 감미로운 어머니로서 환호받는 바다를 보았다. 만(灣)과 지평선이 고리를 이루어 검푸른 굼뜬 액체 덩어리를 감싸고 있었다. 하얀 사기 그릇 하나가 그녀의 크고 신음하는 구토의 발작 때문에 그녀의 썩어 가는 간장으로부터 토해낸 녹색의 질퍽한 가래침을 담은 채, 그녀의 죽음의 침상 곁에 놓여 있었다.

벅 멀리건은 면도 칼날을 다시 훔쳤다.

— 아, 불쌍한 개 몸뚱이![27] 그는 상냥한 목소리로 말했다. 내가 자네한테 셔츠 한 벌과 코딱지 손수건 몇 상을 줘야겠다. 그 헌(손) 바지는 어때?

— 아주 잘 맞아, 스티븐이 대답했다.

벅 멀리건은 아랫입술 밑의 움푹한 곳을 공격했다.

— 그것 참 조롱할 일이야, 그는 만족한 듯 말했다. 그건 헌것(다리)이여야 할 테니 말이야. 확실히 무슨 매독에 걸린 술꾼이 입다 버린 거지. 내게 줄무늬 진 멋진 것이 한 벌 있어, 회색인데. 자네 그걸 입으면 세련되게 보일걸. 농담하는 게 아니야, 킨치. 자넨 옷만 잘 차려 입으면 매우 멋지게 보여.

— 고마워, 스티븐이 말했다. 만일 그게 회색이면 난 입을 수 없어.[28]

— 저 친구 입을 수 없다고, 벅 멀리건이 거울 속의 자기 얼굴에다 대고 말했다. 예의(에티켓)는 예의(에티켓)라. 저 친구 자기 어머니를 죽이고서도 회색 바지는 입을 수 없단 말이지.

그는 면도칼을 깔끔히 접고, 찰싹찰싹 손가락의 촉각으로 매끈한 피부를 감촉했다.

스티븐은 시선을 바다로부터 연(煙)푸르고 부리부리한 눈을 한 통통한 얼굴로 돌렸다.

— 간밤에 나하고 쉽 주점[29]에 같이 있던 그 녀석이, 벅 멀리건이 말했다. 자네가 지(g).피(p).아이(i).에 걸렸다는 거야. 그는 지금 코널리 노먼[30]과 함께 도티빌 정신병원[31]에 입원하고 있어. 광인(狂人)의 전신마비(全身痲痺) 말이야!

그는 바다 위를 방금 찬연히 빛나고 있는 햇빛에다 그 소식을 사방으로 날려 보내려고 거울을 공중에다 반원형으로 휙 돌렸다. 그의 비쭉거리는, 면도한 양 입술이 크게 웃자, 그의 하얀 반짝이는 이빨의 가장자리를 들어내 보였다. 웃음이 그의 튼튼하고 균형 잡힌 몸통을 온통 사로잡았다.

— 자네 모습 좀 보게, 그는 말했다. 이 지긋지긋한 시인아!

스티븐은 몸을 앞으로 굽히고, 그에게 내민, 금으로 갈라진, 거울을 자세히 들여다보았다. 거꾸로 곤추선 머리카락. 저 녀석이나 다른 이들에게는 내가 저따위로 보이는 게지.[32] 누가 이런 얼굴을 내게 골라 주었담? 벼룩을 제거하려는 이 개 몸뚱이. 그도 역시 내게 묻고 있다.

— 나는 그걸 하녀의 방에서 훔쳐냈어, 벅 멀리건이 말했다. 그건 그녀에게 아주 어울려. 숙모는 언제나 맬라카이를 위해 못생긴 하녀만 둔단 말이야. 그를 유혹으로 끌어드리지 말라.[33] 이거지. 그런데 그녀의 이름은 우르슬라[34]야.

다시 소리 내어 웃으면서, 그는 거울을 스티븐의 엿보는 눈으로부터 치웠다.

— 거울에 비친 자신의 얼굴을 보지 않겠다는 카리번의 분노야,[35] 그는 말했다. 만일 와일드가 살아서 자네 얼굴을 보기라도 한다면!

스티븐이 뒤로 물러서며 그리고 손가락으로 가리키면서, 신랄하게 말했다:

— 그건 아일랜드 예술의 상징이지. 하녀의 갈라진 거울말이야.[36]

벅 멀리건이 갑자기 스티븐의 팔에 자기 팔을 끼고, 그와 함께 탑을 돌아 걷자, 그가 쑤셔 넣은 면도칼과 거울이 호주머니 속에서 쟁그랑 울렸다.

— 이렇게 자네를 놀리다니 온당치 못하지, 킨치, 안 그래? 그는 친절하게 말했다. 자네는 누구보다 훌륭한 정신을 가졌다는 걸 하느님이나 아시지.

다시 슬쩍 피하는군. 그는 나의 예술의 창(槍)(란셋)을 두려워하고 있다, 내가 그의 것을 두려워하듯이. 차가운 강철 팬[37]을.

— 하녀의 갈라진 거울이라! 그걸 아래층 옥스퍼드 녀석에게 말해서, 1기니를 옭아내게. 그는 돈이 썩어날 정도야 그리고 자네는 신사가 아니라고 생각해. 그의 늙은이가 줄루족(族)[38]에게 설사약을 팔거나 또는 어떤 경칠 협잡인지 뭔지를 해서 돈을 벌었지. 정말이지, 킨치, 만일 자네와 내가 단지 합쳐 일을 할 수만 있다면, 우리는 섬(島)(아일랜드)을 위해 뭔가를 할 수 있을 거야. 그리스 화(化)하는 거지.[39]

클랜리의 팔. 그의 팔.[40]

— 그리고 자네가 저따위 돼지 놈들한테서 구걸을 해야 하는 걸 생각하면.[41] 나는 자네의 정체를 아는 유일한 사람이야. 왜 날 더 이상 믿지 않지? 무엇 때문에 내게 코를 씰룩거리는 거야? 헤인즈 때문인가? 만일 녀석이 여기 더 이상 소동을 피우면 내가 시머를 데리고 와서, 우리 클라이브 켐소프[42]가 당한 것보다 더 지독히 그를 혼내주잔 말이야.

클라이브 켐소프의 방에서 돈 많은 부유한 목소리의 젊은 아우성들. 백안(白顔)들[43]: 모두들 서로서로 끌어안고, 소리 내어 웃으며 갈빗대를 움켜쥐고 있다. 오, 난 질식하겠어! 어머니한테 소식을 살며시 전해 줘, 오브리![44] 나 죽겠네! 찢어진 리본 달린 셔츠를 바람에 펄럭이면서, 그는 책상 둘레를 껑충껑충 절름절름 뛴다, 바지를 발뒤꿈치에 내려뜨리고, 재단사의 큰 가위를 든 매그딜린의 에이디즈[45]에게 쫓겨. 과일 잼으로 도금(鍍金)된 겁먹은 송아지의 얼굴.[46] 난 바지 벗기고 싶지 않아! 나를 우(牛)직하게 다루지 말아요![47]

　사각중정(四角中庭)의 초저녁을 놀라게 하는 열린 창문으로부터의 아우성들. 앞치마를 두른, 한 귀먹은 정원사가, 매슈 아놀드의 가면을 쓰고, 풀줄기의 춤추는 잎사귀 끝을 실눈으로 살피면서, 거무스름한 잔디밭 위에 그의 잔디 깎기 기계를 민다.[48]

　우리들 자신에게[49]……신(新)이교주의[50]……옴팔로스.[51]

— 그 친구 머물게 내버려 둬, 스티븐이 말했다. 밤 이외에는 나쁠 건 없잖아.

— 그럼 뭐야? 벅 멀리건이 성급하게 물었다. 토해 내놓아 봐. 나는 자네한테 아주 솔직해. 무엇 때문에 방금 나한테 골이 난 거야?

　그들은 잠자는 고래의 주둥이처럼 바다 위 브레이 헤드[52]의 뭉툭한 곶(岬)을 향해 쳐다보면서, 발걸음을 멈추었다.

　스티븐이 그의 팔을 조용히 풀었다.

— 내가 자네한테 말하기를 원하나? 그는 물었다.

— 그래, 그게 뭐야? 벅 멀리건이 대답했다. 나는 아무것도 기억하지 못해.

　그는 말하면서, 스티븐의 얼굴을 들여다보았다. 한 줄기 가벼운 바람이 그의 빗질하지 않은 금발을 부드럽게 부채질하며 그리고 눈 속에 근심의 은빛 반점들을 일게 하면서, 그의 이마를 스쳐 지나갔다.

　스티븐은, 자기 자신의 목소리에 기가 꺾인 채, 말했다:

— 자네는 나의 어머니가 돌아가신 후에 내가 자네 집에 갔던 그 첫날을 기억하겠지?

　벅 멀리건이 급히 눈살을 찌푸리고 말했다:

— 뭐야? 어디? 나는 아무것도 기억할 수 없어. 나는 단지 관념과 감각만을 기억할 뿐이야[53]. 왜? 도대체 무슨 일이 있었나?

— 자네는 차(茶)를 끓이고 있었어, 스티븐이 말했다. 그리고 뜨거운 물을 더 가지러 층계 마루로 건너갔었지. 자네 어머니와 어떤 방문객이 응접실에서 나왔어. 그녀가 자네한테 자네 방에 누가 있는지 물었지.

— 그래? 벅 멀리건이 말했다. 내가 뭐라고 했지? 난 잊었어.

— 자네가 말했지, 스티븐이 대답했다. 오, *단지 자기 어머니를 짐승처럼 죽인 데덜러스 일 뿐이에요.*

　한 가닥 홍조가 벅 멀리건을 한층 젊고 보다 매력적으로 보이게 하듯 그의 뺨에 솟았다.

— 내가 그걸 말했던가? 그는 물었다. 글쎄? 그게 어쨌다는 거야?

　그는 자신으로부터 어색함을 신경질적으로 흔들어 버렸다.

— 그런데 죽음이란 게 뭐지, 그는 물었다. 자네 어머니 것이든 자네 것이든 또는 나 자신의 것이든? 자네는 단지 자네 어머니가 숨을 거두는 것을 볼 뿐이었어. 나는 메이터 앤드 리치먼드 병원[54]에서 사람들이 매일 같이 죽어 가는 것을, 그리고 해부실에서 창자를 토막내는 것을 본단 말이야. 그것은 짐승 같은 짓 이외에 아무것도 아니야. 그건 단지 문제가 아니지. 자네는 자네 어머니가 죽음의 침상에서 자네더러 무릎을 꿇고 기도하도록 요구했는데도 그렇게 하려고 하지 않았어. 왜? 자네는 몸속에 저주할 예수회의 기질을 갖고 있기 때문이야, 단지 그것이 잘못 주입(注入)된 거야. 나에게 그건 온통 조롱이요 짐승 같은 짓이야. 그녀의 뇌엽(腦葉)이 제구실을 못하고 있는 거야. 그녀는 의사(醫師) 피터 티즐 경(卿)[55]을 부르며, 이불에서 미나리아재비 꽃을 뜯는 거야. 그녀가 목숨이 다할 때까지는 기쁘게 해드려야지. 자네는 그녀의 임종의 소원을 거절했어 그러고도 내가 랄로우에트 상(商)에서 고용된 어떤 회장(會葬)군처럼 흐느끼지 않는다고 해서 나한테 뾰로통해 있어. 당치도

않게! 내가 그렇게 말했을 테지. 나는 자네 어머니의 영(靈)을 모독할 뜻은 아니었어.[56]

그는 한층 대담하게 말했다. 스티븐은, 말들이 자신의 마음에 남긴 벌어진 상처를 은 폐하면서, 아주 냉정하게 말했다:

— 나는 어머니에 대한 모독을 생각하고 있는 게 아니야.

— 그럼 뭐야? 벅 멀리건이 물었다.

— 나에 대한 모독을, 스티븐이 대답했다.

벅 멀리건은 발뒤꿈치로 한 바퀴 빙 돌았다.

— 오, 할 수 없는 사람! 그는 부르짖었다.

그는 재빨리 흉벽을 걸어 돌아갔다. 스티븐은 잔잔한 바다 너머로 곶(岬)을 향해 쳐다 보면서, 그 자리에 서있었다. 바다와 곶(岬)이 이제 몽롱해졌다. 맥박이, 시야를 가리며, 그의 눈에 뛰고 있었다. 그는 양 뺨이 화끈거리는 것을 느꼈다.

한 가닥 목소리가 탑 속에서 크게 불렀다:

— 자네 거기 있나, 멀리건?

— 그래, 벅 멀리건이 대답했다.

그는 스티븐을 향해 몸을 돌리고 말했다:

— 바다를 보게. 모욕 따위가 무슨 상관이냐? 로욜라[57] 따위 집어치워, 킨치, 그리고 내려 와. 색슨 녀석[58]이 아침 베이컨을 원해.

그의 머리가, 지붕과 수평이 되어, 층계 꼭대기에서 잠시 다시 멈추었다.

— 하루 종일 그것 때문에 속상해 있을 것 없어, 그는 말했다. 나는 비논리적이야. 그따위 침울한 생각은 그만 둬.

그의 머리가 사라졌으나 그의 내려가는 목소리의 여운이 층계 머리에서 울려 나왔다:

— 이제 더 이상 고개 돌려 생각지 말아요.
사랑의 쓰라린 신비 일랑
퍼거스가 놋쇠 마차를 몰기에.[59]

숲의 그림자가 그가 지켜보고 있는 바다 쪽 층계 꼭대기로부터 아침의 평화를 뚫고 묵 묵히 떠 나아갔다. 해안 안쪽과 한층 멀리 바깥에 거울 같은 바다가, 가볍게 밟고 급히 지 나가는 (빛의) 발걸음에 쫓겨, 하얀빛을 띠었다. 침침한 바다의 하얀 가슴. 쌍을 이룬 억양, 두 개씩 두 개씩. 하프 줄을 퉁기는 바람의 손, 그들의 쌍을 이룬 화음을 합치면서. 침침한 조수 위에 빤짝이고 있는 백파(白波)의 쌍을 이룬 언파(言波).

한 조각구름이, 보다 짙은 녹색의 만(灣)을 그림자 드리우면서, 천천히, 완전히, 해를 가리기 시작했다.[60] 바다는 그이 아래 놓여 있었으니, 쓰디쓴 담액의 사발.[61] 퍼거스의 노 래: 나는 홀로 집에서 그걸 불렀지, 길고 암울한 화음을 유지하면서. 그녀의 방문은 열려 있었지: 그녀는 나의 음악을 듣고 싶어 했지. 두려움과 연민으로 말이 막힌 채 나는 그녀의 침대로 갔었지. 그녀는 비참한 침대에서 울고 계셨지. 그 가사(歌辭) 때문에, 스티븐: 사 랑의 쓰라린 신비 말이야.

지금은 어디에?

그녀의 비장물(秘藏物)들: 그녀의 자물쇠 채운 서랍 속의, 사향(麝香)으로 분칠된, 낡은 깃털부채, 술 달린 무도회의 수첩, 값싼 호박구슬 목걸이 장식. 그녀가 소녀였을 때 집의 양지바른 창에 매달렸던 새장[62]. 그녀는 〈쾌걸(快傑) 터코〉[63]의 무언극에서 로이스 영감이 노래하는 것을 들었지 그리고 그가 노래하자 다른 사람들과 큰 소리로 웃었다:

나는 사내 아이
내 모습을 감추는 것은
내 마음대로 라네. [64]

환상적 환희가, 휘말려 사라졌다: 사향 향기 어린 채.   5

이제 더 이상 고개 돌려 생각지 말아요.

그녀의 장난감과 함께 자연의 추억[65] 속에 휘말려 사라졌다. 기억들이 그의 사색에 잠
긴 두뇌를 에워쌌다. 그녀가 성체배령(聖體拜領)이 다가왔을 때 부엌 수도꼭지에서 받아   10
온 한 잔의 물.[66] 어느 어두운 가을 저녁, 갈색 설탕을 가득 채워, 그녀를 위해 시렁에서 구
운, 한 개의 씨 뺀 사과. 아이들의 내복에서 잡은 찌그러진 이(虱)의 피로 붉게 물든 그녀
의 맵시 있는 손톱.
꿈속에, 묵묵히, 그녀는 그에게 다가왔었다. 헐거운 수의(壽衣)에 싸인 그녀의 버림받
은 육체, 밀랍과 자단(紫檀)의 냄새를 풍기며, 들리지 않는 비밀의 말로써 그를 덮쳤던, 그   15
녀의 숨결, 젖은 재의 몽롱한 냄새.
죽음으로부터 노려보는, 그녀의 번쩍이는 눈, 나의 영혼을 흔들어 꺾어 놓으려고. 나
혼자만을. 그녀의 번뇌를 비춰주는 귀신촛불. 고통받는 얼굴 위의 귀신같은 불빛. 공포 속
에 그르렁거리는 그녀의 거칠고 큰 숨결, 그동안 모두들 무릎을 꿇고 기도를 드렸다. 나를
때려눕히려고 내게 쏟은 그녀의 눈. *릴리아따 루딸란띠웅 떼 꼰페소룸 뚜르마 치르쿰데뜨:*   20
아우빌란띠웅 떼 비르기눔 엑치뻬아뜨(백합처럼 밝고 반짝이는 한 무리의 참회 자들이 그대를
둘러싸게 하소서. 처녀들의 영광의 합창대가 그대를 맞이하게 하소서). [67]
망귀(亡鬼)여! 시체를 씹는 자여!
아니에요, 어머니! 나를 그대로 살게 내버려둬요.
— 킨치 어이!   25
벅 멀리건의 목소리가 탑 안에서부터 노래하듯 울렸다. 다시 부르면서, 계단 위로 한
층 가까이 다가 왔다. 스티븐은, 여전히 그의 영혼의 부르짖음에 부들부들 떨면서, 달려오
는 따뜻한 햇볕을, 그리고 그의 등 뒤의 대기 속에 다정한 말들을 들었다.
— 데덜러스, 내려 와, 얼른, 아침 식사가 준비됐어. 헤인즈가 간밤에 우리를 깨웠다고 사
과하고 있어. 이제 그만 됐어.   30
— 가네, 스티븐이 몸을 돌리며, 말했다.
— 그렇게 해, 제발, 벅 멀리건이 말했다. 나를 위해서 그리고 우리들 모두를 위해서,
그의 머리가 사라졌다가 다시 나타났다.
— 내가 그에게 자네의 아일랜드 예술의 상징을 말했지. 그는 그게 아주 재치 있다는 거야.
그에게서 1파운드를 옭아내, 응? 1기니 말이야.   35
— 오늘 아침 급료를 타네, 스티븐이 말했다.
— 학교[68] 말인가? 벅 멀리건이 말했다. 얼마지? 4파운드? 1파운드 빌려 줘.
— 원한다면, 스티븐이 말했다.
— 네 개의 반짝이는 금화라, 벅 멀리건이 기쁨으로 부르짖었다. 우린 근사하게 한 잔 해서
두려운 드루이드 중놈들을 깜짝 놀라게 해주자 말이야. 네 개의 전능한 금화라.   40
그는 양손을 치켜들고, 런던내기 말투로 가락에 맞지도 않게 노래 부르며, 돌 층계 아
래를 터벅터벅 내려갔다.

— 오, 즐거운 시간을 갖지 않으려오,
위스키, 맥주 그리고 포도주를 마시며!
대관식에,
대관식 날에!
오, 경쾌한 시간을 갖지 않으려오.
대관식 날에![69]

바다 위로 경쾌하게 아롱이는 따뜻한 햇볕. 니켈 면도 물 종지가 번쩍였다. 잊혀진 채, 흉벽 위에. 왜 내가 그것을 가지고 내려가야 한담? 그러지 않고 그걸 종일 저기 내버려두면, 그게 잊혀진 우정?

그는 종지 쪽으로 가, 종지의 냉기를 감촉하며, 솔이 꽂힌 끈적끈적한 비누거품을 냄새 맡으며, 그것을 양손에 잠시 쥐었다. 이렇게 나는 클론고우즈[70]에서 당시 향로(香爐)를 날랐지.[71] 나는 지금 다른 나야 하지만 꼭 같지. 역시 한 사람의 종놈. 종놈을 시중드는 놈이야.[72]

탑의 침울하고 둥근 천장의 거실 안에, 벅 멀리건의 가운 걸친 모습이, 난로의 노란 불꽃을 감추었다 드러냈다 하면서, 그의 주위를 이리저리 활발히 움직였다. 두 줄기 부드러운 햇빛이 높은 벽공(壁孔)으로부터 판석(板石) 깐 마룻바닥을 가로질러 내리 비췄다: 그리고 그 광선이 마주치는 곳에 구름 같은 석탄 연기와 프라이 한 기름 냄새가, 소용돌이치며, 떠있었다.

— 우리 숨 막히겠어, 벅 멀리건이 말했다. 저 문 좀 열겠나, 자네?

스티븐은 면도 물 종지를 찬장 위에 놓았다. 키 큰 인물이 자신이 앉아 있던 그물 침대(해먹)로부터 일어나, 문간으로 가서, 안쪽 문을 당겨 열었다.

— 자네 열쇠 가졌나? 한 가닥 목소리가 물었다.

— 데덜러스가 가졌어, 벅 멀리건이 말했다. 젠장, 난 질식했어!.

그는 난로에서 눈을 떼지 않은 채, 고함을 질렀다:

— 킨치!

— 자물통에 끼어있어, 스티븐이, 앞으로 다가오며 말했다.

열쇠가 거칠게 짤깍짤깍 두 번 소리를 내며 회전했다 그리고, 묵직한 문이 조금 열리자, 달가운 햇빛과 밝은 공기가 들어왔다.

헤인즈가 밖을 내다보며, 문간에 서 있었다. 스티븐은 그의 곧추 세운 여행 가방을 식탁까지 끌어당겨, 그 위에 앉아 기다렸다. 벅 멀리건이 곁에 있는 접시에다 계란 프라이를 털썩 내던졌다. 그런 다음 그는 접시와 커다란 찻주전자를 테이블까지 날라, 무겁게 내려놓고, 안도의 한숨을 쉬었다.

— 난 녹을 지경이야, 그는 말했다. 양초가……할 때 소리 내듯 말이야……[73] 그러나 쉿! 그 이야기는 한 마디도 하면 못써! 킨치, 잠을 깨란 말이야! 빵, 버터, 벌꿀. 헤인즈, 들어와. 음식물이 준비됐어. 우리를 축복 하옵소서, 오 주여, 그리고 당신의 이 선물에도. 설탕이 어디 있지? 오, 젠장, 우유가 없군.

스티븐은 찬장에서 빵 덩어리와 꿀단지 그리고 버터 냉각기를 집어 왔다. 벅 멀리건이 갑자기 부루퉁하니 자리에 앉았다.

— 무슨 할멈이 이래? 그는 말했다. 여덟 시가 지나면 그녀더러 오라고 일렀는데.

— 우린 블랙으로 마실 수 있어, 스티븐이 목이 마른 듯 말했다. 찬장 속에 레몬이 있어.

— 오, 저주할 자네나 자네의 파리 녀석들! 벅 멀리건이 말했다. 나는 샌디코브[74] 우유를 원한단 말이야.

헤인즈가 문간으로부터 안으로 들어오며, 조용히 말했다:

— 저 여인이 우유를 가지고 올라오고 있어.

— 천만다행이야! 벅 멀리건이, 의자에서 펄쩍 일어서면서, 부르짖었다. 앉아요. 거기 차를 따르게. 설탕은 자루에 있어. 여기, 경칠 계란을 찾을 수가 없군.

그는 접시 위에 프라이를 잘게 썰어 세 개의 쟁반 위에 찰싹 갈라놓으며, 말했다:

— '인 노미네 빠트리스 에드 필리 에드 스삐리뚜스 산크띠(성부와 성자와 성령의 이름으로).'[75]

헤인즈가 자리에 앉아 차를 따랐다.

— 설탕은 각자 두 알씩이야, 그는 말했다. 그러나, 글쎄, 멀리건, 차를 너무 진하게 끓이지 않겠지, 응?

벅 멀리건은, 빵 덩어리에서 두툼한 조각들을 자르면서, 알랑대는 듯한 할멈의 목소리로 말했다:

— 차(茶)를 끓이면 차가 되고, 늙은 그로건 할멈[76]이 말했듯이. 그리고 소변을 보면 소변이 되지요.

— 맙소사, 그건 차야, 헤인즈가 말했다.

벅 멀리건이 계속 빵을 자르며, 알랑거렸다:

— '그렇고 말고요, 카힐 부인,' 그녀가 말하는 거야. '정말이지, 마님', 카힐 부인이 말하는 거야, '제발, 항아리[77] 한 개에다 두 가지 짓을 하지 말아요.'

그는 두툼한 빵 조각을, 칼에 찌른 채, 차례로 식사 동료들을 향해 불쑥 내밀었다.

— 그건 민속적인 이야기야, 그는 아주 열렬히 말했다. 자네의 노트 감이지,[78] 헤인즈. 단드럼의 민속 및 어신(魚神)에 관한 본문 5행과 주석 10페이지야.[79] 대풍(大風)이 불던 해[80]에 마녀들[81]에 의하여 인쇄된 거야.

그는 스티븐에게 몸을 돌리고, 눈썹을 치켜 올리며, 수수께끼 같은 고운 목소리로 물었다:

— 자네 회상할 수 있나, 친구, 그로건 할멈의 차와 소변 항아리가 매버노기언에 이야기되었던가 아니면 우파니샤드[82]에던가?

— 의심스러운 걸, 스티븐이 신중하게 말했다.

— 그런데 자네? 벅 멀리건이 똑 같은 말투로 말했다. 자네의 이유를, 제발?

— 내 생각에는, 스티븐이 먹으면서, 말했다. 그건 매버노기언 안에도 혹은 밖에도 있지 않았어. 그로건 할멈은, 우리가 상상하기로, 메리 앤[83]의 친족 여인이었지.

벅 멀리건의 얼굴이 기쁨으로 미소 지었다.

— 매력적이다! 그는 하얀 이빨을 드러내며 그리고 눈을 즐겁게 깜박이면서, 짐짓 달콤한 목소리로 말했다. 자네 그녀가 그렇다고 생각하나? 정말 매력적이다!

그런 다음, 얼굴 모습을 갑자기 침울하게 온통 덮으면서, 그가, 빵 덩어리를 다시 힘주어 자르자, 귀에 거슬리는 목쉰 소리로 가르랑거렸다:

— 늙은 메리 앤
그녀는 경칠 상관하지 않았나니.
하지만, 그녀의 속치마를 치켜 올리는 것을……[84]

그는 프라이를 입에 우겨 넣고 우물우물 씹으며 콧노래를 불렀다.

문간이 들어오는 사람의 형체로 어두워졌다.

— 우유예요, 선생님!

— 들어와요, 마님, 멀리건이 말했다. 킨치, 조끼를 가져 와.

노파가 앞으로 다가와서 스티븐의 팔꿈치 곁에 섰다.

— 아름다운 아침입니다, 선생님, 그녀는 말했다. 하느님 덕분에.

— 누구요? 멀리건이 그녀를 힐끗 쳐다보면서, 말했다. 아, 확실히!

스티븐은 팔을 뒤로 뻗어, 찬장에서 우유 조끼를 꺼냈다.

— 섬나라 사람들은, 멀리건이 헤인즈에게 느닷없이 말했다, 포피(包皮)의 수집자(收集者)[85]에 관해 빈번히 들먹이지요.

— 얼마나 드릴까요, 선생님? 노파가 물었다.

— 한 쿼터요, 스티븐이 말했다.

그는 노파가 자신의 것이 아닌, 짙고 하얀 우유를 됫박에 따른 다음 다시 조끼에 따르는 것을 지켜보았다. 늙고 주름진 젖꼭지. 그녀는 됫박 가득히 그리고 덤으로 다시 따랐다. 늙고 비밀스런, 그녀는 아침의 세계로부터 들어왔다 어쩌면 한 사람의 사자(使者)로서. 그녀는 우유를 따르면서, 그 훌륭한 질을 찬양했다. 동트는 이른 아침 푸른 들판에서 꾸준한 암소 곁에 몸을 쭈그리고, 독버섯 위에 걸터앉은 한 마녀가, 그녀의 주름진 손가락을 소의 뿜어 나오는 젖통에다 재빨리. 소들은 자신들이 알고 있는 그녀 주변에서 낮게 울었다, 비단이슬 같은 암소들. 비단결 암소 그리고 가련한 노파,[86] 옛 시절 그녀에게 주어진 이름들. 한 방랑하는 노파, 그녀의 정복자[87]와 그녀의 경쾌한 배신자[88]를 시중드는 한 불멸의 비천한 모습,[89] 그들의 공동의 첩(妾),[90] 신비의 아침에서 온 한 사자(使者). 시중들 것인지 혹은 비난할 것인지, 그는 어느 것도 말할 수 없었다: 그러나 그녀의 호의를 청하는 것을 경멸했다.[91]

— 과연 좋군요, 마님, 벅 멀리건이, 그들의 컵에다 우유를 따르면서, 말했다.

— 맛을 보세요, 선생님, 그녀는 말했다.

그는 그녀의 청에 따라 마셨다.

— 만일 우리가 이처럼 좋은 음식을 먹고 살 수 있다면, 그는 그녀에게 약간 큰 소리로 말했다. 우리나라는 썩은 이빨과 썩은 창자로 득실거리지 않을 거야. 썩은 소택지(沼澤地)에 살며, 값싼 음식을 먹으며 그리고 거리는 먼지, 말똥과 폐병 환자들의 침으로 덮여 있으니.

— 댁은 의학도인가요, 선생님? 노파가 물었다.

— 그래요, 마님, 벅 멀리건이 대답했다.

— 그것 보세요 글쎄, 그녀가 말했다.

스티븐은 경멸적인 침묵 속에 귀를 기울였다. 그녀는 자신에게 소리 높이 들려오는 한 목소리를 향해 그녀의 노령의 머리를 숙였다. 그녀의 접골의(接骨醫)이며, 그녀의 주술사(呪術師)에게: 나를 그녀는 경시하고 있다. 그녀에게 속하는 모든 것 가운데, 남자의 육체로부터 하느님과 닮지 않게 만들어진, 독사의 미끼인, 여인의 불결한 요부를 제외하고, 모든 것을 참회하게 하고 성유(聖油)를 발라[92] 무덤으로 보낼 그 목소리를 향해. 그리고 지금은 의심스런 미덥지 못한 눈으로 그녀에게 침묵을 명령하고 있는 그 큰 목소리를 향해.

— 그가 말하는 것을 이해하시겠어요? 스티븐이 그녀에게 물었다.

— 댁이 말하는 것이 프랑스 말인가요? 노파가 헤인즈에게 말했다.

헤인즈는 그녀에게 다시 한층 더 긴 말을, 자신 있게 말했다.

— 아일랜드어지요, 벅 멀리건이 말했다. 게일어를 아세요?

— 아일랜드어라고 생각했어요. 그녀가 말했다, 그 소리를 듣고. 댁은 서부 출신인가요,[93] 선생님?

— 저는 영국인입니다, 헤인즈가 대답했다.

— 그는 영국인이지요, 벅 멀리건이 말했다. 그리고 그는 아일랜드에서는 아일랜드어를 말해야 하는 줄 생각하지요.

— 확실히 우리는 그래야만 해요, 노파가 말했다. 그리고 나 자신 그 말을 하지 못하니 창피하군요. 그걸 아는 사람들은 참 훌륭한 말이라 하더군요.

— 훌륭한 정도가 아니지요, 벅 멀리건이 말했다. 전적으로 놀랍답니다. 차를 좀 더 따르게, 킨치. 한 잔 하겠어요, 마님?

— 아니에요, 감사해요, 선생님, 노파가, 우유 통의 태를 팔뚝에다 끼면서, 가려다가, 말했다.

혜인즈가 그녀에게 말했다:

— 계산서 가졌어요? 우린 그녀에게 갚는 게 좋겠어, 멀리건, 안 그래?

스티븐이 다시 세 개의 컵에다 우유를 채웠다.

— 계산서요, 선생님? 그녀가 멈춰서면서 말했다. 그럼, 이레 아침에다 1파인트에 2페니니 7에 2면 1실링에다 2페니하고 요사이 사흘 아침이면 1쿼트에 4페니라 3에다 4면 1실링이라. 그래서 1실링에다 아까 1실링 2페니를 합하면 모두 2실링 2페니입니다, 선생님.

벅 멀리건이 한숨을 쉬면서, 빵 껍질 양쪽에 버터를 두툼하게 발라 입에 가득 채운 다음, 양다리를 앞으로 쭉 뻗고, 바지 주머니들을 뒤지기 시작했다.

— 모두 갚아버리고 기분 좋게 보여, 혜인즈가 미소를 띠며, 그에게 말했다.

스티븐은 세 번째 컵에다 채웠다, 그러자 한 숟가락 가득한 차가 짙고 기름진 우유를 흐리게 물들였다. 벅 멀리건이 플로린 한 잎을 치켜들고, 손가락에 끼워 그걸 빙 비틀면서, 고함을 질렀다:

— 기적이다!

그는 식탁을 따라 노파를 향해 그걸 건네주며, 말했다:

— *내게 더 이상 요구하지 말아요, 사랑하는 이여.*
내가 그대에게 줄 수 있는 건 다 주니까. [94]

스티븐이 동전을 그녀의 달갑지 않은 손에 놓았다.

— 그럼 우린 2페니 빚져요, 그는 말했다.

— 시간은 충분해요, 선생님, 그녀는, 동전을 집으면서, 말했다. 시간은 충분해요, 좋은 아침 되세요, 선생님.

그녀가 인사를 하고 밖으로 나가자, 벅 멀리건의 부드러운 가락이 뒤따랐다:

— *나의 사랑이여, 만일 더 있으면,*
더 많이 그대의 발에 놓아주련만. [95]

그는 스티븐에게 몸을 돌리고 말했다:

— 심각하게도, 데덜러스, 난 파산이야. 자네 학교로 급히 가서, 우리한테 돈을 좀 갖고 돌아오란 말이야. 오늘 시인들은 술을 마시고 주연(酒筵)을 베풀어야 하네. 아일랜드는 오늘 각자 자기 임무를 행하기를 기대하고 있어. [96]

— 그 말은 내게 상기시키는군, 혜인즈가 일어서며, 말했다. 오늘 나는 자네의 국립도서관을 방문해야 만 해.

— 우선 수영을, 벅 멀리건이 말했다.

그는 스티븐에게 몸을 돌리고, 부드럽게 말했다.

— 오늘이 자네의 월례 목욕하는 날이 아닌가, 킨치? [97]

이어 그는 혜인즈에게 말했다:

— 저 불결한 시인은 한 달에 한번 목욕하기로 하고 있다네.

— 아일랜드가 온통 만류(灣流)[98]에 씻기 우고 있어, 스티븐이 빵 덩이에 벌꿀을 뚝뚝 떨어뜨리며, 말했다.

헤인즈는 모퉁이에서, 자신이 목도리를 테니스 셔츠의 느슨한 칼라 둘레에 헐렁하게 매면서, 말했다:

— 만일 자네가 허락한다면 나는 자네의 격언집(格言集)을 만들 생각이야.

나에게 말을 걸고 있다. 그들은 씻고 목욕하고 때를 문지른다. 양심의 가책.[99] 양심.

하지만 여기에도 오점은 있다.[100]

— 하녀의 금 간 거울이 아일랜드 예술의 상징이란 말은 매우도 멋진 걸.

벅 멀리건이 식탁 밑으로 스티븐의 발을 차며, 온화한 목소리로 말했다:

— 자네 그의 햄릿에 관한 것을 들을 테니 기다려, 헤인즈.

— 글쎄, 내 말은, 헤인즈가 스티븐에게 여전히 말을 걸면서, 말했다. 저 가련한 노파가 들어왔을 때 나는 그것에 관해 막 생각하고 있었어.

— 그걸로 내가 무슨 돈을 번단 말인가?[101] 스티븐이 물었다.

헤인즈가 소리 내어 웃으며, 매단 그물침대의 조임쇠로부터 보드라운 회색 모자를 집자, 말했다:

— 모를 일이야, 정녕코.

그는 문간까지 어슬렁어슬렁 걸어 나갔다. 벅 멀리건이 스티븐에게 가로질러 몸을 굽히며 거칠고 활기차게 말했다:

— 자네는 방금 발을 헛디뎠어. 무엇 때문에 자넨 그런 말을 했지?

— 글쎄? 스티븐이 말했다. 문제는 돈을 얻는 거야. 누구로부터? 저 밀크 할멈으로부터 또는 저이로부터. 그건 동전 던지기야, 내 생각에.

— 내가 그에게 자네에 관해 허풍을 떨고 있는데, 벅 멀리건이 말했다. 그러자 자네는 심술 궂은 눈짓과 우울한 예수회 교도의 조롱을 띠며 나타나다니.

— 별 희망 없어, 스티븐이 말했다. 그녀로부터든 혹은 저 친구로부터든.

벅 멀리건이 비극적으로 한숨을 내쉬며, 스티븐의 팔위에 자신의 손을 놓았다.

— 나로부터, 킨치야, 그는 말했다.

갑작스럽게 바뀐 목소리로 그는 덧붙였다:

— 경칠 사실대로 말하면, 나는 자네가 옳다고 생각해. 책임을 다 하는 자들 이외에는 모두 경칠 것들이야. 왜 자네는 그들을 나처럼 어르지 않나 말이야? 그 따위 놈들 모두 지옥으로 가래지. 우리 집(탑) 밖으로 나가세.

그는 자리에서 일어나, 정중히 허리띠를 풀고 가운을 벗은 채, 체념한 듯 말했다:

— 멀리건이 의상을 벗는 도다.[102]

그는 포켓을 테이블 위에 비웠다.

— 자네의 코딱지 손수건이 여기 있어, 그는 말했다.

그리고 그의 뻣뻣한 칼라와 반항적인 타이를 매면서, 그는 그들을 나무라며, 그들에게 그리고 그의 댕그랑거리는 시계 줄에 말을 걸었다. 그가 깨끗한 손수건을 찾는 동안 양손을 트렁크에 깊숙이 쑤셔 넣고 뒤졌다.

하느님, 우리는 단순히 성격 나름으로 옷을 입어야 해요. 나는 암갈색 장갑과 녹색 구두가 갖고 싶은데.[103] 모순(矛盾). 나는 모순된 말을 하는가?[104] 그럼 아주 좋아. 나는 모순된 말을 하고 있다. 경쾌한 맬러카이.[105] 한 개의 나긋나긋하고 까만 미사일 같은 손수건이 그의 수다스런 양손으로부터 날아 나왔다.

— 그리고 자네의 라틴가(街)의 모자[106]가 여기 있어, 그는 말했다.

스티븐이 모자를 집어 들어, 썼다. 헤인즈가 문간에서 그들에게 부르짖었다.

— 자네들, 오나?

— 난 준비 됐어, 벅 멀리건이, 문을 향해 가면서, 대답했다. 나와, 킨치. 자네는 우리가 남긴 건 다 먹어치웠어, 상상컨대.

단념한 듯 그는 정중한 말과 걸음걸이로 밖으로 빠져 나오며, 거의 슬픔으로, 말했다:

— 그리하여 그는 앞으로 나가 버털리를 만났도다.[107]

스티븐은, 물푸레나무 지팡이를 기대세우는 곳에서 집으면서, 밖으로 그들을 뒤따랐다. 그리고, 그들이 사다리를 내려가자, 느린 철문을 끌어 당겨, 그것을 자물쇠 채웠다. 그는 거대한 열쇠를 안쪽 호주머니에 넣었다.

사다리 발치에서 벅 멀리건이 물었다:

— 자네 열쇠 가져오나?

— 가졌어, 스티븐이 그들을 앞지르면서, 말했다.

그는 계속 걸었다. 그는 등 뒤에서 벅 멀리건이 무거운 목욕 타월을 가지고 고사리인지, 풀싹을 때려 꺾는 소리를 들었다.

— 아서, 자네! 어찌 감히, 자네!

헤인즈가 물었다:

— 자네들 이 탑의 세(稅)를 무나?

— 12파운드야, 벅 멀리건이 말했다.

— 국방장관에게, 스티븐이 그의 어깨 너머로 덧붙였다.

모두들 발을 멈추자, 그동안 헤인즈가 탑을 한번 훑어보며, 마침내 말했다:

— 겨울철에는 오히려 싸늘하겠는걸, 틀림없이. 마텔로[108]라고 부르던가?

— 빌리 피트가 그들을 세웠지, 벅 멀리건이 말했다. 프랑스군(軍)이 해상에 있을 때 말이야.[109] 그러나 우리의 것은 옴팔로스(세계의 중심)야.

— 햄릿에 관한 자네의 생각은 뭐나? 헤인즈가 스티븐에게 물었다.

— 안돼, 안돼, 벅 멀리건이 고통스러운 듯 소리쳤다. 나는 토머스 아퀴나스[110]나 그가 그걸 지지하기 위해 지어 낸 쉰다섯 개의 이유들[111]과는 일치하지 않아. 우선 내가 몇 잔의 술을 마실 때까지 기다려. 그는 스티븐에게 몸을 돌리고, 자신의 풀빛 조끼 앞섶을 가지런히 끌어내리면서, 말했다:

— 자네 3파인트 이하로는 될 수 없지, 킨치, 그렇잖아?

— 그토록 오래 기다려 온 바에야, 스티븐이 냉담하게 말했다. 좀 더 기다릴 수 있지.

— 자네 나의 호기심을 자극하는군, 헤인즈가 애교 있게 말했다. 그건 무슨 역설(패러독스)인가?

— 프흐! 벅 멀리건이 말했다. 우리는 와일드나 패러독스에서 벗어났어.[112] 그건 아주 간단해. 그는 햄릿의 손자가 셰익스피어의 조부(祖父)요 자기 자신은 자기 부친의 유령임을 대수(代數)로써 증명한다네.

— 뭐라고? 헤인즈가, 스티븐을 가리키기 시작하며, 말했다. 그이 자신이라?

— 벅 멀리건이 타월을 스톨[113]처럼 목에 술랑 두르고, 큰 성긴 웃음소리로 몸을 굽히며, 스티븐의 귀에다 대고 말했다:

— 오, 노부(老父) 킨치의 영혼이여! 부친을 찾는 야벳[114]이여!

— 우리는 아침에 언제나 피곤해, 스티븐이 헤인즈에게 말했다. 그리고 그걸 말하려면 상당히 길어요.

벅 멀리건이 다시 앞쪽으로 걸어가면서, 양손을 쳐들었다.

— 성스러운 한 잔만이 데덜러스의 혀를 풀 수 있어, 그는 말했다.

— 내가 말하는 뜻은, 헤인즈가 두 사람이 뒤따르자 스티븐에게 설명했다. 이 탑과 여기 이들 절벽들은 어쨌든 엘시노어[115]를 내게 상기시키지. 바다 속 기슭 위로 불쑥 튀어나와 있도다,[116] 그렇잖아?

벅 멀리건은 잠시 동안 스티븐 쪽으로 갑자기 고개를 돌렸으나 말을 하지 않았다. 반짝이는 침묵의 순간 스티븐은 상대방의 화려한 몸차림들 사이에 값싸고 먼지 묻은 상복 입은 자기 자신의 상(像)을 보았다.[117]

— 그건 정말 훌륭한 이야기야, 헤인즈가 그들을 다시 멈추어 세우면서, 말했다.

바람이 씻은 듯이 지나간 바다처럼 창백한 눈, 한층 창백하고, 견실하고 신중한 눈. 바다의 지배자,[118] 찬란한 지평선 위에 몽롱한 우편선의 새털 연기와 머글린 군도(群島)[119] 곁으로 침로(針路)를 바꾸고 있는 한 척의 돛단배 말고는 텅 빈, 만(灣) 위로 남쪽을 향해 그는 시선을 던졌다.

— 나는 어디선가 그 이야기에 대한 신학적(神學的) 해석을 읽었어, 그는 생각에 잠겨 말했다. 친부(親父)와 친자(親子)의 착상 말이야. 친부에게 속죄 받으려고 애쓰는 친자 말이야.

벅 멀리건은 경박하고 넓게 미소 짓는 얼굴을 이내 띠었다. 그는, 야무진 입을 행복하게 벌리고, 그의 눈을, 그것에서 약빠른 감각을 온통 갑자기 거두어버린 채, 미친 듯 쾌활하게 깜박이며, 그들을 쳐다보았다. 그는 파나마 모(帽)의 테두리를 바람에 떨게 하면서, 인형 같은 머리를 이리저리 움직이며, 조용하고 행복한 바보 같은 목소리로 읊조리기 시작했다:

— 나는 그대가 여태껏 들은 가장 괴상한 젊은이.
나의 어머니는 유태인, 나의 아버지는 새.
목수인 요셉과는 사이가 나빠요.
그러니 건배다 제자들과 캘버리를 위해.

그는 경고하듯 집게손가락을 추켜들었다.

— 만일 누군가 나를 하느님으로 생각지 않는다면
내가 술을 빚더라도 공짜 술을 마시지 못하리.
그러나 물(尿)을 마셔야만 할지니 그리고 바라건대
만든 술도 분명히 다시 물이 되리라.

그는 작별로서 스티븐의 물푸레나무 지팡이를 급히 끌어당겼다. 그리고 절벽의 벼랑까지 앞을 향해 달려가며, 지느러미 또는 공중으로 솟으려는 새의 날개처럼 그의 두 손을 양 옆구리에 파닥파닥 치면서, 그는 읊조렸다:

— 안녕히, 이제, 안녕히! 내가 말한 모든 걸 적어서,
이놈 저놈 모두에게 알려요, 내가 부활했다는 것을
내가 공중으로 날 수 있는 것은 천성이라네.
감람 산의 산들바람 – 안녕히, 자, 안녕히![120]

그는, 날개 같은 양손을 퍼덕이며, 민첩하게 껑충껑충 뛰면서, 그의 짧고 새(鳥)의 달콤한 부르짖음을 뒤로 날려 보내는 신선한 바람에 머큐리의 모자[122]를 펄럭이면서, 포티푸트 구멍[121]을 향해 그들 앞을 날뛰며 내려갔다.

지금까지 경계하듯 크게 웃고 있던, 헤인즈가 스티븐 곁에 계속 걸으며, 말했다:

— 우리는 마구 웃어서는 안 될 것 같아, 상상컨대. 그는 오히려 신성(神聖)을 모독하고 있어. 나는 나 자신 신자(信者)가 못 되, 말하자면. 하지만 그의 쾌활함은 아무튼 해될 건 없지, 그렇잖아? 그가 뭐라고 불렸지? 목수 요셉[123]이라고?

— 예수를 희롱하는 속요야, 스티븐이 대답했다.

— 오, 헤인즈가 말했다. 전에도 그걸 들은 적이 있나?

— 하루에도 세 번씩, 식사 후에, 스티븐이 씁쓸하게 말했다.

— 자네는 신자가 아니지, 그렇지? 헤인즈가 물었다. 내 뜻은, 그 말의 좁은 의미에서 신자 말이야. 무(無)로부터의 창조나 기적 및 인격신(人格神) 말이야.

— 그 말에는 단지 한 가지 뜻이 있는 것 같아, 내게는, 스티븐이 말했다,

헤인즈가 발걸음을 멈추고 초록색 보석이 반짝이는 매끈한 은제(銀製) 케이스를 꺼냈다. 그는 엄지손가락으로 그걸 찰깍 열고, 그걸 내밀었다.

— 고마워, 스티븐이 입담배 한 개비를 집으면서, 말했다.

헤인즈는 자신도 한 개비 들고, 케이스를 찰깍 닫았다. 그는 케이스를 옆 호주머니에 도로 넣은 다음, 조끼 호주머니부터 니켈 제(製)의 라이터를 꺼내, 역시, 찰깍 열어, 담배에다 불을 댕긴 다음, 불타는 부시 깃을 조가비 같은 양손으로, 스티븐을 향해 내밀었다.

— 그렇지, 물론, 그는, 두 사람이 다시 계속 걷기 시작하자, 말했다. 자네가 믿든 안 믿든, 그렇잖아? 개인적으로 나는 인격신에 대한 그 따위 생각을 참을 수 없어. 자넨 그걸 찬성하지 않겠지, 상상컨대?

— 자네는 내게서 느낄 걸세, 스티븐이 침울한 불쾌감을 가지고 말했다. 자유사상(自由思想)의 지독한 본보기를.

그는, 이야기가 걸려 올 것을 기다리며, 물푸레나무 지팡이를 옆으로 질질 끌면서, 계속 걸었다. 지팡이의 쇠끝이 그의 발꿈치에서 끽끽거리며, 보도 위를 가볍게 뒤따랐다. 나의 요술쟁이가, 내 뒤에서, 스티이이이이이이이이이이이븐!^[124]하고, 부르고 있다. 보도를 따라 파상(波狀)을 일으키는 한 가닥 선(線). 그들은 오늘 밤, 어둠 속에 여기 되돌아오면서, 이 선을 밟을 테지. 녀석이 저 열쇠를 갖고 싶은 거다. 그것은 내 꺼야. 내가 탑세(塔稅)를 물었어. 지금 나는 그의 짠 빵을 먹고 있다.^[125] 그에게 열쇠도 또한 주어 버려. 모두. 녀석이 그걸 요구할 거야. 눈 속에 적혀 있던 걸.

— 결국, 헤인즈가 말하기 시작했다……

스티븐은 몸을 돌리고 그를 지금까지 저울질해 왔던 그 차가운 시선이 전혀 불친절한 것이 아님을 보았다.

— 결국, 나는 틀림없이 자네가 자네 자신을 해방시킬 수 있다고 생각하네. 자네는 자네 자신의 주인인 것 같아, 내 생각에.

— 나는 두 주인의 종놈^[126]이야, 스티븐이 말했다. 한 사람의 영국인과 한 사람의 이탈리아인.

— 이탈리아인이라? 헤인즈가 말했다.

늙고 질투심 많은, 미친 여왕. 내 앞에 무릎을 꿇어라.^[127]

— 그리고 셋째는, 스티븐이 말했다. 나에게 엉뚱한 짓을 요구하는 자야.

— 이탈리아인이라? 헤인즈가 다시 말했다. 자네 무슨 뜻이지?

— 대영제국, 스티븐이 얼굴에 열을 올리면서, 대답했다. 그리고 신성로마 가톨릭 사도 교회지.

헤인즈는 말하기에 앞서 그의 아랫입술로부터 약간의 담배 부스러기를 뗴었다.

— 나는 그 말을 잘 이해할 수 있어, 그는 조용히 말했다. 아일랜드인 이라면 틀림없이 그렇게 생각하겠지, 감히 말하거니와. 영국에서 우리는 자네들을 오히려 불공평하게 대우해 왔다고 느끼네. 책임을 져야 할 것은 역사인 것 같아

당당하고 세력을 과시하는 칭호들이 스티븐의 기억을 넘어 의기양양한 승리의 놋쇠 종들을 땡땡 울렸다^[128]: '*우남 산크땀 까톨리깜 에뜨 아쁘스똘리깜 에끌레지암(신성로마 가톨릭 사도 교회)* '^[129]: 그이 자신의 희귀한 사고(思考)처럼 서서히 성장하고 변화하는 의식(儀式)과 교리, 별들의 화학. 교황 마르켈루스^[130]를 위한 미사에서의 사도들의 상징, 홀로 소리높이 확신에 넘쳐 노래하고 있는, 혼성된 목소리들: 그리고 그들의 찬가 뒤에, 그의 이교의 수령들을 무장해제하고 위협했던 그 호전적 교회의 철야 천사. 일그러진 주교관을 들고 도망치는 이교들의 무리: 포티우스^[131]와 그 가운데 멀리건도 한몫 낀 조소 자들의 군상, 그리고 성부와 성자의 동질론(同質論)에 반대하여 일생동안 싸우는 아리우스,^[132] 그리고 그리스도의 현세육체론(現世肉體論)을 일축하는 발렌타인^[133], 그리고 성부는 자기 자신이 자신의 성자임을 주장한, 영민(靈敏)한 아프리카의 이교 창시자 시벨리우스.^[134] 멀리건이 조금 전 저 이방인^[135]

을 조롱하여 행한 말들. 부질없는 조롱. 허공은 공담(空談)을 짜는 모든 말들을 확실히 기다린다[136]; 교회의 저 포진한 천사들로부터의 위협, 무장 해제 그리고 악행, 미가엘[137]의 군중(群衆)들, 그리하여 그들은 전투에 임하여 언제나 창과 방패를 들고 교회를 수호한다.

들어라, 들어라! 계속되는 박수갈채. *쥐뜨! 농 드 디외!(집어치워! 제발!)*[138]

— 물론 나는 영국인이야, 헤인즈의 목소리가 말했다, 그리고 나는 한 사람의 영국인으로 느끼네. 나는 게다가 나의 조국이 독일계 유태인들의 손[139]에 들어가는 것을 보고 싶지 않아. 그것은 우리들의 국가적 문제야, 두렵네 만, 바로 지금.

두 사나이가 낭떠러지 가장자리에 서서, 살펴보고 있었다: 상인과 뱃사공.

— 저 배는 불록 항(港)[140]으로 가고 있소.

뱃사공은 만의 북쪽을 향해 약간 경멸조로 고개를 끄덕였다.

— 저쪽 바같은 다섯 길이오,[141] 그는 말했다. 1시쯤 조수가 밀려오면 저쪽으로 쓸려갈 거요. 오늘로서 아흐레째지.[142]

익사한 사나이. 부풀려진 꾸러미가 불쑥 떠오르기를 기다리며, 텅 빈 만(灣) 부근에서 방향을 틀고 있는 한 척의 배, 염백(鹽白)의, 부풀어 오른 얼굴을 태양을 향해 굴린다. 여기 나 있어.

그들은 꼬불꼬불한 길을 따라 물굽이까지 내려갔다. 벅 멀리건이 어깨 너머로 무(無) 핀의 타이를 바람에 나풀거리며, 돌 위에, 셔츠바람으로, 섰다. 그이 근처 바위 벼랑에 매달린 한 젊은 사나이가 젤리 같은 깊은 바다 물 속에 그의 녹색 다리를 개구리처럼 천천히 움직였다.

— 아우는 자네하고 같이 있나, 맬러카이?

— 웨스트미드[143]에 내려가 있지. 밴넌[144] 가족과 함께.

— 아직도 거기에? 나는 밴넌 한테서 카드를 한 장 받았어. 그는 거기서 예쁜 앳된 걸 하나 발견했다는 거야. 사진 찍는 소녀라나.

— 스냅사진인가, 응? 단기 노출이군.

벅 멀리건이 자리에 앉아 구두끈을 풀었다. 한 나이 지긋한 남자[145]가 바위 벼랑 근처에서 숨을 불어대며 붉은 얼굴을 물 밖으로 불쑥 내밀었다. 그가 돌을 움켜잡고 기어오르자, 물이 그의 정수리와 화환 같은 흰 머리카락 위에 반짝이며, 가슴과 올챙이 배 위로 줄줄 흐르며, 축 처진 까만 팬티로부터 분사식으로 흘러 나왔다.

벅 멀리건은 그가 기어 지나가도록 길을 터주며, 헤인즈와 스티븐을 힐끗 쳐다보면서, 엄지손톱으로 경건하게 이마와 입술 그리고 가슴뼈에다 성호를 그었다.

— 시머[146]가 도회로 돌아 왔어, 젊은 사나이가, 바위 벼랑을 다시 꼭 잡으면서, 말했다. 의학(醫學)은 집어치우고 군대에 가려고 하고 있어.

— 아하, 하느님에게나 가라지! 벅 멀리건이 말했다.

— 다음 주 맹훈련하러 간대나. 자네 저 칼라일가(家)[147]의 붉은 머리 처녀, 릴리를 아나?

— 그럼.

— 간밤에 부두에서 그와 재미보고 있더군. 부친은 돈이 썩을 지경이야.

— 그녀가 애기라도 뱄나?

— 그건 시머한테 물어 보는 게 좋아.

— 경칠 놈의 사관(土官) 시머! 벅 멀리건이 말했다.

18 율리시스

그는 바지를 벗으며 홀로 고개를 끄덕이며 자리에서 일어나, 케케스레 말했다: 1
— 붉은 머리 여인들이 산양처럼 으스대는 군.
그는 자신의 펄럭이는 셔츠 밑으로 옆구리를 만지며, 깜짝 놀란 듯 말을 뚝 끊었다.
— 나의 열두 번째 갈빗대가 사라졌어, 그는 소리 쳤다. 나는 '위버멘쉬(초인간)'[148]이야.
킨치와 나는, 초인간이다. 5
그는 셔츠를 애써 벗어, 옷이 놓인 뒤쪽에다 던졌다.
— 자네 여기 들어 올 텐가, 맬러카이?
— 그래. 자리를 좀 비워 두게.
젊은 사나이는 물 속으로 몸을 뒤로 세차게 차며, 새듯하게 두 번 길게 저어 물굽이 복
판까지 나아갔다. 헤인즈는 담배를 피우면서, 돌 위에 앉았다. 10
— 자넨 안 들어오나? 벅 멀리건이 물었다.
— 나중에, 헤인즈가 말했다. 조반 먹은 후엔 안돼.
스티븐은 몸을 돌렸다.
— 나는 가네, 멀리건, 그는 말했다.
— 열쇠 이리 줘, 킨치, 벅 멀리건이 말했다. 내 슈미즈 눌러 두게. 15
스티븐이 열쇠를 그에게 건네주었다. 벅 멀리건은 쌓아 놓은 옷을 가로질러 그걸 놓
았다.
— 그리고 두 페니, 그는 말했다. 한잔하게 말이야. 거기 던져.
스티븐은 두 페니를 부드러운 옷 더미 위에 던졌다. 옷을 입으며, 옷을 벗으며.
벅 멀리건은 반듯이 선 채, 양손을 그의 앞에 맞잡고, 엄숙하게 말했다: 20
— 빈자(貧者)로부터 훔치는 자는 주님께 빌려주느니라.[149] 자라투스트라는 이렇게 말했
도다.
그의 통통한 몸이 풍덩 뛰어들었다.
— 우리 다시 만나세, 헤인즈가, 스티븐이 좁은 길을 걸어올라 가자, 몸을 돌리며, 야생의
아일랜드인에게 미소를 띠면서, 말했다. 25
황소의 뿔, 말(馬)의 발굽, 색슨인의 미소.[150]
— 쉽 주점이야, 벅 멀리건이 부르짖었다. 12시 반.
— 좋아, 스티븐이 말했다.
그는 위쪽으로 굴곡진 길을 따라 걸었다.

30

릴리아따 루떨란띠움(백합처럼 환한).
뚜르마 치르꿈뜨(반짝이는 무리늘이 둘티씨게 하습서)
이우빌란띠움 떼 비르기눔(처녀들의 합창대가.)[151]

벽감(壁龕) 속에 신중하게 옷을 입던 사제의 백발 후광(後光).[152] 나는 오늘 밤 여기 35
서 자지 않겠다. 집에도 또한 갈 수가 없다.
달콤한 음조의 그리고 한결같은, 한 가닥 목소리가 바다로부터 그에게 소리쳤다. 만곡
(彎曲)을 돌면서 그는 손을 흔들었다. 다시 불렀다. 매끈한 갈색의 머리, 물개의 그것, 멀
리 바깥 바다 위에, 동그랗게.
찬탈자(簒奪者).[153] 40

⚜

◆ 2장 ◆

＊— 너, 코크레인, 무슨 도시가 그에게 원조를 청했지요?

— 타렌툼[1]요, 선생님.

— 아주 잘했어요. 그래서?

— 전쟁이 일어났어요, 선생님.

— 아주 잘했어요, 어디서?

소년의 멍한 얼굴이 멍한 창문을 향해 물었다. 기억의 딸들[2]에 의해 이야기로 꾸며진 채. 그럼에도 기억이 그것[3]을 꾸며낸 대로가 아닐지라도 그것은 어떤 식으로든지 존재했다. 그 다음은, 성급한 일구(一句), 브레이크의 과장된 날개들[4]이 퍼덕거리는 소리. 나는 모든 공간의 폐허, 산산이 부서진 유리와 무너지는 석조 건물의 소리를 듣는다, 그리고 하나의 검푸른 마지막 불꽃의 시간.[5] 그리고 나면 우리들에게 남는 것은 무엇일까?

— 장소를 잊었어요, 선생님. 기원전 279년예요.

— 아스꿀룸[6]이야, 스티븐이, 피로 얼룩진 책 속의 이름과 날짜를 힐끗 쳐다보면서, 말했다.

— 네, 선생님. 그리고 그는 말했지요: *그와 같은 승리가 또다시 있다면 우리는 파멸이다*, 하고요[7]

세상이 다 기억했던 그 말귀. 마음의 둔탁한 안도감.[8] 시체산적(屍體散積)한 평원 위의 언덕에서, 창(槍)에 몸을 기댄 채, 그의 병사들에게 연설을 하고 있는 한 장군. 여느 장군이 여느 병사들에게 그러하듯. 그들은 귀를 기울인다.

— 그래, 암스트롱, 스티븐이 말했다. 피로스의 최후[9]가 뭐였지요?

— 피로스의 최후요, 선생님?

— 저는 알아요, 선생님. 저한테 물어 보세요, 선생님, 코민이 말했다.

— 기다려요. 너, 암스토롱. 피로스에 대해서 뭐 아는 게 있어요?

건포도 빵의 주머니 하나가 암스트롱의 책가방 속에 아늑하게 놓여 있었다. 그는 이따금 빵을 손바닥 사이에 검어 쥐었다가 목구멍으로 그걸 살짝 삼켰다. 그의 입술 표면에 붙은 빵 부스러기들. 달콤한 소년의 숨결. 장남이 해군에 적(籍)을 두고 있다고 뽐내는, 부유한 사람들. 비코 가도(街道)[10], 달키.

— 피로스요, 선생님? 피로스, 선창(船艙)(피어)이지요.

모두들 크게 웃었다. 서글프고 높은 악의적인 웃음을. 암스트롱은 반 친구들을 둘러보았나니, 옆얼굴에 어리석은 환희를 띤 채. 곧 그들은, 나의 빈약한 통솔력과 그들의 아빠들이 지불하는 수업료를 알아채고, 한층 높이 비웃으리라.

— 자, 그럼 말해 봐요, 스티븐이, 책으로 소년의 어깨를 가볍게 찌르며, 말했다. 선창이 뭐지요.

— 선창이요, 선생님, 암스트롱이 대답했다. 바다 속에 불쑥 나와 있는 거지요. 일종의 다리요. 킹즈타운 선창[11]요, 선생님.

다시 몇몇이 소리 내어 웃었다: 서글픈 그러나 뜻있는. 뒤쪽 의자의 두 놈들이 속삭였다. 그렇지. 그들은 알고 있었다: 결코 이전에 배운 적이 없지만 그렇다고 언제나 천진해 있는 것도 아니었다. 모두들. 그는 시기(猜忌)하며 그들의 얼굴을 주시했다: 에디스, 에텔, 거티, 릴리. 그들과 같은 것들: 역시, 차와 잼으로 달콤해진, 그들의 숨결, 싸우며 발버둥 칠 때 쟁글쟁글 울리는 그들의 팔찌.

— 킹즈타운 선창이라, 스티븐이 말했다. 그래, 실망의 다리[橋]지.[12]

그 말이 학생들의 시선을 혼란시켰다.

— 어떡해서요, 선생님? 코민이 물었다. 다리는 강을 가로질러 있는 건 대요.

헤인즈의 필기장에 실릴 이야기. 여기 엿들을 사람은 아무도 없고. 오늘 저녁 광란의 술과 험담 사이 재치 있게, 그의 마음의 번쩍이는 갑옷을 꿰뚫으려고. 그런 다음 무엇을? 욕망에 도취되고 멸시를 당한 채, 너그러운 주인의 찬사를 얻으며, 그의 주인의 궁전에 있는 한 광대.[13] 왜 하필이면 그들은 고놈의 광대 역을 택했을까? 전적으로 나긋한 애무를 탐내는 것도 아닌데. 그들에게 또한 역사는 다른 것과 마찬가지로 자주 들리는 이야기, 그들의 영토는 전당포.

만일 피로스가 아르고스에서 한 노파의 손에 쓰러지지 않았더라면 혹은 율리우스 카이사르가 단도에 찔려 죽지 않았더라면.[14] 그들은 간단히 생각해버릴 게 아니다. 시간이 그들에게 낙인을 찍어, 족쇄에다 채운 채 그들은 자신들이 내쫓은 무한한 가능성의 방[15] 속에 갇혀 있다. 그러나 그들이 결코 가능하지 못했던 것을 알고도 그것이 가능할 수가 있었을까? 그렇잖으면 이미 지나 갔던 일만이 가능했던가?[16] 짜라(織), 공담(空談)을 짜는 자여.[17]

— 이야기 하나 해주세요, 선생님.

— 오, 정말, 해주세요, 선생님. 귀신 이야기요.

— 이 책은 어디서 시작하지요? 스티븐이 또 다른 책을 열면서, 물었다.

— 울음을 멈추어라, 예요 코민이 말했다.

— 그러면 계속해 봐요, 탤버트.

— 그럼 이야긴요, 선생님?

— 나중에, 스티븐이 말했다. 계속해요, 탤버트.

한 까만 얼굴의 소년이 책을 펼쳐, 자신의 가방 가슴팍 아래 재빨리 그것을 곧추 세웠다. 그는 책을 이따금 힐끗힐끗 쳐다보면서 급히 시를 암송했다:

— 울음을 멈추어라, 슬픈 목자(牧者)여, 울음을 멈추어라
너의 슬픔, 리시다스는 죽지 않았나니,
비록 바다 속 밑바닥에 잠겨 있어도……[18]

그럼 그것은 가능한 것으로서의 가능성의 실현인, 일종의 운동[19]임에 틀림없다. 아리스토텔레스의 말쎠가 바구 내뱉은 시구 속에서 스스로 형상을 드러내며, 그가 파리의 죄(罪)로부터 몸을 피한 채, 밤이면 밤마다, 글을 읽던 성(聖) 즈느비에브 노서관[20]의 학구적인 침묵 속으로 흘러 들어갔다. 그의 팔꿈치 곁에 섬세하게 생긴 샴 족(族) 하나가 전술요람(戰術要覽)에 몰두하고 있었다. 나의 주위에는 학식을 기른 그리고 학식을 기르고 있는 두뇌들: 백열등 아래, 핀에 찔린 채, 힘없이 촉각을 움직이며; 그리고 나의 마음의 어둠 속에 하계(下界)의 태만의 벌레가, 마지못해, 밝음을 겁내며, 그의 용(龍)의 주름진 비늘을 흔들고 있다. 사고(思考)란 사고의 사고인 거다. 평정(平靜)의 밝음. 영혼은 어떤 의미에서 존재하는 모두이다: 영혼은 형상(形象) 중의 형상이다.[21] 갑작스런, 광대한, 백열적(白熱的)인 평정(平靜): 형상들 중의 형상.

탤버트는 거듭 읽었다:

—파도를 걸어간 주님의 위대한 힘을 통하여,
위대한 힘을 통하여……

— 책장을 넘겨요. 스티븐이 조용히 말했다. 나는 아무것도 볼 수 없어.

— 뭐요, 선생님? 탤버트가 몸을 앞으로 굽히면서, 천진하게 물었다.

그의 손이 책장을 넘겼다. 그는 몸을 뒤로 젖히고, 방금 기억해 낸 뒤에, 다시 계속 암
송했다. 파도를 걸어간 자. 여기 또한 이러한 비겁한 마음들 위에 그의 그림자가 놓여 있
다. 그리고 조소자의 마음과 입술 위에 그리고 나의 것 위에. 그림자는 그에게 한 푼의 공
물(供物)을 바친 그들의 열렬한 얼굴 위에 놓여 있다. 카이사르의 것은 카이사르에게로,
하느님의 것은 하느님에게로.[22] 까만 눈에서 나온 기다란 시선, 교회의 베틀 위에서 짜여지
고 짜여지는 수수께끼 같은 문장(文章). 아아.

　　　　　수수께끼를 풀어 봐요, 수수께끼를 풀어 봐요, 랜디로.
　　　　　아버지는 내게 심을 씨를 주었지.[23]

탤버트가 그의 닫힌 책을 가방 속에 슬쩍 밀어 넣었다.

— 끝까지 다 읽었어요? 스티븐이 물었다.

— 예, 선생님. 10시에 하키예요, 선생님.

— 반공일요, 선생님. 목요일요.

— 수수께끼를 알아맞힐 사람은 없어요? 스티븐이 물었다.

학생들은 연필을 딸그락거리며, 책장을 살랑살랑 소리 내면서, 책을 묶어 치웠다. 함
께 어울리면서 그들은 가방을 가죽 끈으로 붙들어 매고 버클을 채웠는지라, 모두들 즐겁게
재잘거리며:

— 수수께끼요, 선생님? 저에게 물어 보세요, 선생님.

— 오, 저에게 물어 보세요, 선생님.

— 어려운 것으로요, 선생님.

— 자 수수께끼예요, 스티븐이 말했다:

　　　　　수탉이 울었다,
　　　　　하늘이 파랗다:
　　　　　종(鐘)들이 하늘에서
　　　　　11시를 치고 있었다.
　　　　　불쌍한 영혼이
　　　　　천국으로 가는 시간이다.[24]

그게 뭐지?

— 뭐예요, 선생님?

— 다시요, 선생님. 우린 못 들었어요.

그들의 눈이 수수께끼가 거듭되자 휘둥그레졌다. 잠시 침묵 뒤에 코크레인이 말했다:

— 그게 뭐예요, 선생님? 우린 손들었어요.

스티븐은, 목을 긁적이며, 대답했다:

— 할머니를 감탕나무 아래에 매장하고 있는 여우야.[25]

그가 일어서서 신경질적인 큰웃음을 한 번 터뜨리자 학생들의 고함 소리가 어리둥절
그에 메아리쳤다.

하키 스틱이 문을 두드리자 한 가닥 목소리가 복도에서 외쳤다:

— 하키다!

그들은 의자에서 미끄러지듯 빠져나가며, 그들을 뛰어 넘으며, 사방으로 흩어졌다. 재
빨리 모두들 사라져 버리자 헛간에서부터 스틱 부딪치는 소리와 구두의 타닥타닥 소리 그
리고 헛바닥의 재잘대는 소리가 들려왔다.

혼자 진작 머뭇거리고 있던 사전트가, 펼친 노트를 내보이며, 앞으로 천천히 걸어왔다. 그의 짙은 머리카락과 수척한 목이 마음의 준비 없는 증거를 보여 주었는지라, 그리고 그의 뿌연 안경을 통하여 시력이 약한 눈이 애원하듯 위를 쳐다보았다. 무디고 끳기 없는, 그의 뺨 위에, 대추 형(型), 잉크의 엷은 얼룩이, 마치 달팽이의 흔적처럼 최근의 그리고 축축이, 묻어 있었다.

그는 노트를 펼쳤다. '덧셈'이란 글자가 표제 위에 씌어 있었다. 그 밑에 기울어진 숫자들 그리고 검은 동그라미 및 한 점 얼룩과 함께 발치에 꼬불꼬불한 서명. 시릴 사전트: 그의 이름과 날인.

— 디지씨[26]가 다시 한 번 모두를 그대로 베껴 쓰라고 했어요, 그는 말했다, 그리고 선생님께 보이라고요, 선생님.

스티븐은 노트의 가장자리를 만졌다. 무모(無謀)한 짓.

— 어떻게 하는지 이제는 알겠어요? 그는 물었다.

— 11부터 15까지 숫자를, 사전트가 대답했다. 디지씨가 칠판에서 베끼라고 했어요, 선생님.

— 혼자 그걸 할 수 있어요? 스티븐이 물었다.

— 아뇨, 선생님.

흉하고 무모한: 야윈 목과 짙은 머리털과 달팽이의 흔적 같은, 잉크의 얼룩. 그런데도 누군가가 그를 사랑했고, 그를 그녀의 팔과 가슴에 안고 있었다. 만일 그녀가 없었던들 세상의 종족은 그를 발밑에 짓밟아 버렸을 거야, 한 개의 찌그러진 뼈 없는 달팽이. 그녀는 그녀 자신에게서 짜낸 물 같은 묽은 피를 사랑했다. 그러면 그것이 진실이었던가? 인생에 있어서 유일한 참된 것?[27] 성스러운 열애(熱愛)로 불타던 성 콜룸바누스[28]는 그의 어머니의 엎드린 육체를 뛰어넘었지. 그녀는 더 이상 세상에 없었다. 불에 탄 나뭇개비 같은 떨리는 뼈대, 자단(紫檀)과 젖은 재 냄새. 그녀는 그가 발밑에 짓밟히는 것으로부터 구했으며, 거의 삶 같은 삶을 살아 보지도 못한 채, 사라져 갔다. 천국으로 가버린 불쌍한 영혼: 그리하여 거친 황야 위에 깜빡이는 별 아래, 털 속에 노획물의 붉은 악취 품기는, 한 마리의 여우가, 무자비하게 반짝이는 눈으로, 흙 속을 파헤쳤다, 귀를 기울였다, 흙을 긁어모았다, 귀를 기울였다, 파헤치고 또 파헤쳤다.

스티븐이 그의 곁에 앉아 문제를 풀어 나갔다. 그는 셰익스피어의 영혼이 햄릿의 조부임을 대수(代數)로 증명한다네.[29] 사전트는 그의 삐뚜름한 안경을 통하여 곁눈으로 쳐다보았다. 하키 스틱이 헛간에서 달그락거렸다: 운동장에서부터 공의 공허한 소리와 부르는 목소리.

페이지를 가로질러 숫자의 상징들이, 문자의 가면극을 연출하면서, 정방형과 입방체의 괴상스런 모자를 쓰고, 정중한 노리스 춤을 추며 움직였다. 손을 쥐요, 돌아요, 파트너에게 절을 해요: 고로: 무어인(人)의 기상(奇想)의 꼬마 도깨비들. 세상에서 역시 사라져 버렸던 거다. 아베로에스나 모지즈 마이모니데스[30], 용모나 행동에 있어서 어두운 사람들, 그들의 조롱하는 거울 속에 세계의 몽매한 영혼을 반사하면서, 밝음이 이해할 수 없는 어둠을 밝음 속에 비추면서.[31]

— 이제 알겠어요? 두 번째 것을 혼자 할 수 있겠어요?

— 네, 선생님.

길고 흔들리는 필체로 사전트는 문제를 베꼈다. 언제나 도움의 말을 기다리며 그의 손이 불안한 상징들을 충실하게 움직였다. 그의 둔탁한 살갗 뒤로 수치의 희미한 빛을 나풀거리면서. '아모르 마뜨리스(모성애)': 주격(主格) 및 목적소유격(目的所有格).[32] 자신의 묽은 피와 유장(乳漿) 우유를 가지고 그녀는 그를 길렀으며 그의 포대기를 남의 시선으로부터 감추었지.

나도 그와 마찬가지였지, 이 거울은 어깨, 이 품위 없음. 나의 유년 시절이 지금 내 곁에 허리를 굽히고 있다. 내게는 이제 너무나 멀리 떨어져 손을 한 번 또는 가볍게 대볼 수도 없지. 나의 것은 멀리 떨어져 있고 그의 비밀은 우리들의 눈과 같다. 우리들 양자의 마음의 어두운 궁전 속에 묵묵히, 돌멩이처럼 굳은, 비밀이 앉아 있다: 그들의 폭정(暴政)에 지친 비밀들: 기꺼이 폐위(廢位)되기를 바라는, 폭군들.

덧셈은 끝났다.

— 아주 간단해요, 스티븐이 일어서자 말했다.

— 예, 선생님. 고맙습니다, 사전트가 대답했다.

그는 한 장의 엷은 흡묵지(吸墨紙)로 페이지의 잉크를 말린 뒤 필기장을 그의 의자에로 도로 가져갔다.

— 너도 스틱을 가지고 밖으로 다른 아이들한테 가도 좋아, 스티븐이 소년의 품위 없는 몸집을 문 쪽으로 뒤따르며 말했다.

— 예, 선생님.

운동장으로부터 그의 이름 부르는 소리가 복도에 들렸다.

— 사전트!

— 달려 가 봐요, 스티븐이 말했다. 디지 씨가 널 부르고 있어.

그는 현관에 서서, 그 느림보 소년이 날카로운 목소리들이 맞부딪치는 산만한 운동장을 향해 급히 뛰어가는 것을 바라보았다. 그들은 팀으로 나누어져 있었고, 그러자 디지 씨가 각반 친 발로 군데군데 풀 무더기를 넘어 이쪽으로 걸어왔다. 그가 교사(校舍)까지 다다랐을 때 다시 싸우는 소리가 그를 불렀다. 그는 자신의 화난 하얀 콧수염을 돌이켰다.

— 그래 뭐냐? 그는 자세히 듣지도 않고 계속해서 소리를 질렀다.

— 코크레인과 홀리데이가 같은 팀에 있어요, 선생님, 스티븐이 말했다.

— 자네 내 서재에 가서 잠깐 기다려 주겠나, 디지 씨가 말했다. 내가 여기 질서를 회복할 때까지.

그리고 그가 운동장을 가로질러 부산하게 도로 건너가자, 그의 나이든 목소리가 엄하게 소리 질렀다:

— 무슨 일이냐? 또 뭐냐?

학생들의 날카로운 목소리들이 그의 주위 사방에서 울렸다: 그들의 많은 몸집들이 그를 둘러싸자, 찬란한 햇빛이 그의 벌꿀 빛의 서툴게 물감들인 머리를 표백했다.

찌든 뿌연 공기가 의자의 연갈색 낡은 가죽 냄새와 함께 서재에 감돌았다. 첫날 그가 여기서 나와 계약을 맺었을 때처럼. 애초에 그랬듯이, 지금도 그대로.[33] 옆 선반에 스튜어트 동전을 담은 접시,[34] 늪의 밑바닥 보물: 그리고 언제까지나 그냥 저대로 있을 테지. 그리고 퇴색된, 보랏빛 플러스 천의 스푼케이스 속에 아늑하게, 모든 이교도들에게 설교를 해 왔던 열두 사도의 상들[35]: 무극(無極)의 세계.

돌 현관을 넘어 복도로 들어오는 급한 한 가닥 발걸음 소리. 듬성듬성 난 콧수염을 불어대면서, 디지 씨가 테이블 가에 멈춰 섰다.

— 우선, 우리의 작은 재정적 해결을, 그는 말했다.

그는 윗저고리로부터 가죽 끈으로 동여맨 지갑을 꺼냈다. 그걸 짤깍 열자, 그는 거기에서 지폐 두 장을 꺼냈다, 한 장은 절반으로 이은 것, 그리고 조심스럽게 그들을 책상 위에 놓았다.

— 2파운드, 그는 지갑을 동여매면서 그리고 도로 집어넣으면서, 말했다.

그리고 이제는 그의 금화를 위한 저금통. 스티븐의 궁색한 손이 차가운 돌절구 속에 쌓인 조가비들 위를 움직였다: 쇠고둥과 돈 무늬 개오지 조가비들 그리고 표범 껍질 조가비들: 그리고 이것은, 추장(酋長)의 두건 같은 소용돌이 형(型), 이것은, 성 제임스의 가리비 껍질[海扇)[36]. 한 나이 많은 순례자의 비장물(秘藏物)들, 죽은 보물, 공허한 조가비들.

반짝이는 새 금화 한 닢이, 책상보의 부드럽게 쌓인 털 위에 떨어졌다.

— 3파운드, 디지 씨가, 작은 저금통을 손아귀에 넣고 빙빙 돌리며, 말했다. 이건 갖고 다니기에 편리한 거야. 봐요. 이쪽은 금화를 넣는 거야. 이쪽은 실링을 넣고. 6페니짜리, 반 크라운짜리. 그리고 여기는 크라운 동전들. 보게.

그는 그로부터 크라운 동전 두 닢과 실링 동전 두 닢을 쏟았다.

— 3파운드 12실링, 그는 말했다. 그것으로 됐으리라 생각하네.

— 감사합니다, 선생님, 스티븐이, 수줍어하듯 급히 돈을 모두 쓸어 모으면서 그리고 바지 주머니 속에 한꺼번에 집어넣으면서, 말했다.

— 전혀 감사할 것 없네, 디지 씨가 말했다. 자네가 번 것이니까.

스티븐의 손이, 다시 풀려, 공허한 조가비에로 되돌아갔다. 역시 미(美)의 그리고 권력의 상징들. 내 호주머니 속의 한 덩어리: 탐욕과 참담(慘憺)으로 얼룩진 상징들.

— 그걸 그렇게 가지고 다니지 말게, 디지 씨가 말했다. 어디서 꺼내다가 잃어버리네. 바로 이 같은 기계를 하나 사게. 아주 간편할 테니까.

뭔가를 대답하자.

— 저의 것은 텅텅 비기가 일쑤일 거예요, 스티븐이 말했다.

똑같은 방과 시간, 똑같은 지혜: 그리고 나도 마찬가지. 이번으로 세 번째다.[37] 여기 나를 둘러싸고 있는 세 개의 올가미들.[38] 글쎄? 만일 내가 원하기만 하면 당장이라도 그들을 깨뜨려 버릴 수가 있지.

— 왜냐하면 자네는 저축을 하지 않기 때문이야, 디지 씨가 손가락으로 가리키면서, 말했다. 자네는 아직 돈이 무엇인지 모르고 있어. 돈은 힘이야. 자네도 나만큼 살아 보면. 나는 알아, 나는 알지. *만일 젊은이 알기만 하면.*[39] 그러나 셰익스피어는 뭐라고 말하지? *돈만은 그대의 지갑에 넣어 두라*, 고.[40]

— 이아고지요, 스티븐이 중얼거렸다.

그는 시선을 하찮은 조가비로부터 노인의 시선 쪽으로 치떴다.

— 그[41]는 돈이 무엇인지를 알고 있었어, 디지 씨가 말했다. 그는 돈을 벌었지. 한 사람의 시인, 그래, 하지만 역시 영국인이었어. 자네는 영국 국민의 자존심이 무엇인지 아는가? 자네는 영국 사람의 입에서 나온 항시 듣게 되는 가장 자존심 강한 말이 뭔지 아는가?

바다의 지배자. 녀석[42]의 바나 깊은 치기운 눈이 텅 빈 만(灣)을 쳐다보았지: 책임을 져야 할 것은 역사인 것 같아, 라: 내 탓으로 그리고 나의 말[言] 탓으로, 미워하지 않고.

— 그의 제국(帝國)에는, 스티븐이 말했다, 결코 태양이 지지 않는다는 거지요.

— 홍! 디지 씨가 고함을 질렀다. 그건 영국인이 아니야. 어떤 프랑스의 켈트인이 그걸 말했지.[43]

그는 저금통을 엄지손가락 손톱에다 탁탁 두들겼다.

— 내가 말해 주지, 그는 엄숙하게 말했다, 무엇이 그의 가장 자만심 강한 자랑인지. 나는 빚을 지지 않고 살았다, 라는 걸세.

선량한 사람, 선량한 사람.

— *나는 빚을 지지 않고 살았다. 나는 결코 일생에 한 푼도 빌리지 않았다. 자네 그걸 느낄 수 있나? 나는 빚진 것이 하나도 없다.* 할 수 있어?

멀리건, 9파운드, 양말 세 켤레, 구두 한 켤레, 넥타이. 커런,[44] 10기니. 맥컨,[45] 1기니. 프레드 라이언,[46] 2실링. 템플,[47] 점심 두 끼. 러셀,[48] 1기니, 커즌즈,[49] 10실링, 보브 레이놀즈,[50] 반(半)기니, 켈러,[51] 3기니, 맥커넌 부인,[52] 다섯 주일 숙박료. 지금 내가 갖고 있는 이 덩어리도 무용지물.

— 당장은, 아니어요, 스티븐이 대답했다.

디지 씨는 저금통을 본래 자리로 되돌려 놓으며, 짙고 기쁨에 찬 소리로 크게 웃었다.

— 자네가 느낄 수 없을 것이라는 걸 나도 알고 있었네, 그는 유쾌하게 말했다. 그러나 어느 날 자넨 그걸 느끼지 않으면 안 되네. 우리들은 관대한 백성이지만 역시 공명정대하지 않으면 안 되지.

— 저는 그런 호언장담이 두렵습니다, 스티븐이 말했다, 그건 우리들을 너무나 불행하게 만들지요.

디지 씨는 벽난로 위에 있는 체크무늬의 킬트 식 단 바지 입은 늠름한 풍채의 사나이를 얼마 동안 엄숙하게 바라보았다: 웨일즈의 황태자, 엘버트 에드워드.[53]

— 자네는 나를 시대에 뒤진 늙은이로 그리고 나이 많은 왕당파로 생각하겠지, 그는 진지한 목소리로 말했다. 나는 오코넬 시절[54] 이래로 세 세대를 보았어. 나는 '46년의 기근[55]을 기억하지. 자네는 오코넬이 세상을 들끓게 하기 전 또는 자네들의 교파 성직자들이 그를 정치적 선동자로 탄핵하기 20년 전, 오렌지 당(黨)의 비밀결사[56]가 합병 철회를 목적으로 선동한 걸 알고 있나? 자네들 페니언 당원들[57]은 뭔가 잊고 있단 말이야.

영광스런, 경건하고 불멸의 기억.[58] 로마 가톨릭 교도들의 시체들로 얼룩진 화려한 아마의 다이아몬드 비밀결사.[59] 거친 목소리에, 마스크를 쓰고 무장을 한, 식민자(植民者)들의 맹약(盟約), 검은 북방인과 참되고 엄한 성서(聖書). 까까머리 반도(叛徒)들[60]이 항복한다.

스티븐이 몸짓을 짧게 으쓱하니 해 보였다.

— 나에게도 역시 반역의 피가 흐르고 있어, 디지 씨가 말했다. 모계(母系)에. 그러나 나는 연합정치[61]에 찬성투표를 한 존 블랙우드 경[62]의 후손이야. 우리는 모두 아일랜드 백성, 모두 왕들의 자식이지.[63]

— 아아! 스티븐이 부르짖었다.

— '뻬르 비아스 렉따스(바른 길로)'[64]가, 디지 씨가 단호히 말했다, 그의 모토였어. 그는 연합정치에 찬성투표를 했고 그렇게 하기 위하여 다운 주(州)의 아즈[65]로부터 승마용 구두를 신고 더블린까지 말을 몰았지.

랄 더 랄 더 랄
더블린까지 험한 길을.[66]

번쩍이는 승마 구두를 신고 말 등에 올라 탄 한 거친 향사(鄕士). 안녕, 존 경(卿)![67] 안녕, 각하……안녕!……안녕! 두 개의 승마 구두로 더블린까지 터벅터벅 계속 타고 간다. 랄 더 랄 더 라. 랄 더 랄 더 라디.

— 그 말을 들으니 생각이 나는군, 디지 씨가 말했다. 자네 내 부탁을 하나 들어줄 수 있겠나, 데덜러스 군, 자네의 어떤 문필 친구들한테 말이야. 신문에 낼 편지가 한 통 여기 있어. 잠깐 앉게. 끄트머리를 베끼기만 하면 되니까. 그는 창가의 책상으로 가서, 의자를 두 번 끌어당기고, 타이프라이터의 북(鼓動)위의 종이로부터 몇 마디 말을 읽어 냈다.

— 앉게. 실례하네, 그는 어깨 너머로 말했다. '상식(常識)의 명령'이란 거야. 잠깐만.

그는 덥수룩한 눈썹 아래로부터 팔꿈치 옆 원고를 자세히 들여다보았다. 그리고 중얼대며, 오자(誤字)를 지우려고 북을 바싹 죄며 때때로 혹혹 불면서, 보드의 딱딱한 버튼을 천천히 치기 시작했다.

스티븐은 황태자의 초상 앞에 소리 없이 앉았다. 사방의 벽 주변에 틀에 끼운 채, 지난날 사라진 말[馬]들의 상(像)들이, 그들의 유순한 머리를 공중에 포즈를 취하고, 충성스럽게 서 있었다: 헤이스팅 경(卿)의 〈리펄즈〉호, 웨스트민스터 공작의 〈쇼토버〉호, 1866년의 '쁘리 드 파리 상[賞]'[68]의 뷰포트 공작의 〈세일런〉호. 요정 같은 기수(騎手)들이, 신호를 주시하면서, 그들에 타고 있다. 그는 말들의 속도며, 격려하는 왕의 깃발을 보았고, 이미 사라진 군중들의 환호성과 함께 소리를 질렀다.

— 정지(풀 스톱), 디지 씨가 키에 명령했다. *그러나 이 매우 긴요한 문제에 대한 신속한 논의는……*

저곳은 크랜리가 일확천금의 도박을 위해 나를 끌고 간 경마장, 진흙 튀긴 마차바퀴들 사이, 그들의 노점에서 외쳐대는 마권(馬券) 업자들과 악취 풍기는 매점 사이며, 뒤섞인 진창을 넘어, 그의 승마(勝馬)들을 추적하며. *'페어 레벌 호(號)! 페어 레벌 호!'* 인기마에 대응한 배당금: 출전 마에 10대 1. 주사위 노름꾼들과 골무 요술쟁이들 곁을 지나, 발굽, 서로 다투는 모자며 재킷 뒤를 그리고 오렌지 향기를 목마른 듯 코로 들이켜고 있는, 푸줏간 마담인, 살덩이 얼굴의 여인을 지나, 우리는 급히 달렸다.

운동장으로부터 소년들이 내는 떠드는 소리들이 날카롭게 울리자, 한 가닥 휙 울리는 휘파람 소리.

다시: 골인. 나는 그들 사이, 잡동사니, 인생의 마상창시합(馬上槍試合)에서 싸우는 육체들 틈에 끼여 있다. 그래 약간 위통증(胃痛症)에 걸린 것 같은 저 안짱다리 어머니의 자식 말인가? 마상창시합. 적시(適時)의 반격, 반격 그리고 반격. 마상창시합, 전쟁의 아우성과 소동, 사살자의 얼어붙은 피의 구토, 인간의 피 어린 창자를 미끼로 삼는 창끝의 부르짖음.[69]

— 자 그러면, 디지 씨가 자리에서 일어서면서, 말했다.

그는 원고지를 핀으로 꽂아 묶으며, 책상까지 걸어왔다. 스티븐이 일어섰다.

— 요점만을 간결하게 담았네, 디지 씨가 말했다. 아구창[70]에 관한 걸세. 잠깐 훑어보게. 그 문제에 대해서는 두 의견이 있을 수 없지.

제가 귀지(貴紙)의 값진 지면을 빌려도 좋을른지요. 우리들의 역사에 있어서 너무나 잦은 '*레쎄 페르(자유방임주의)*'의 저 신조. 우리들의 가축 무역. 우리들 모두의 구식 산업의 방도. 골웨이 축항(築港) 계획을 방해하는 리버풀 동업조합.[71] 유럽의 대 화재. 해협의 좁은 수로를 통한 곡물의 공급.[72] 농업부의 과거완료적 태연자약. 만일 고전적인 인용을 허락한다면. 카산드라. 행실이 좋지 않은 한 여인에 의하여.[73] 당면 문제를 지적컨대.

— 까놓고 말했지, 그렇잖아? 디지 씨가 스티븐이 계속 읽자, 물었다.

아구창. 코흐[74]의 예방법으로 일려긴. 혈청과 병균, 면역된 말들의 퍼센티지. 우역(牛役). 하부 오스트리아의, 뮈르쯔스테크의 군주(君主)의 말들.[75] 외과수의(外科獸醫)들. 헨리 블랙우드 프라이스 씨.[76] 공정한 시용(試用)을 위한 정중한 구입 제의. 상식의 명령. 모두 긴요한 문제. 모든 의미에서 감연히 난국에 대처해야. 귀지란(貴紙欄)의 후의에 감사하며.

— 이것을 신문에 실어 읽히고 싶어, 디지 씨가 말했다. 글쎄 다음에 발병하면 아일랜드 소들에 대해서 그들은 수입 금지령을 내릴 거야. 그런데 그 병은 치료될 수가 있지. 치료되고 있어. 내 사촌, 블랙우드 프라이스가 내게 편지를 보내왔는데 오스트리아에서는 그곳 가축의(家畜醫)들에 의해 정기적으로 치료를 받고 치유되고 있다는 거야. 그들이 여기 건너오겠다고 제안하고 있어. 나는 농업부에 영향력을 행사해볼 생각이야. 당장 세론(世論)을 좀 일으켜 볼 작정이지. 나는 어려운 문제들에 둘러싸여 있어, 음모에 의해…… 이면공작에 의해…… 의해……

그는 말을 하기 전 집게손가락을 추켜들어 노련하게 공중을 휘저었다.

— 내 말을 명심하게, 데덜러스 군, 그는 말했다. 지금 영국은 유태인들의 손안에 있어. 최고 지위에 있어서 모두가: 재계(財界)도, 언론도. 그리고 그들은 한 나라의 부패의 징후들이야. 그들이 모이는 곳이면 어디서나 국민의 원동력을 다 먹어치워 버린단 말이야. 나는 그것을 최근 수년 동안 보아왔어. 우리가 여기에 서 있듯 확실하게, 유태 상인들은 이미 파괴 작업에 착수하고 있어. 노(老)영국은 죽어 가고 있어요.

그는 재빨리 발걸음을 옮겨 놓으며, 두 사람이 다 환한 햇빛을 지나자, 눈이 파랗게 생기를 띠었다. 그는 주위를 그리고 다시 뒤를 휘둘러보았다.

— 죽어 가고 있지, 그는 다시 말했다. 당장 죽었다고 할 수는 없어도.

> *거리에서 저 거리로 매춘부의 아우성이*
> *노(老) 영국의 수의(壽衣)를 짜리라.*[77]

그의 눈이 시야 속에 크게 뜬 채 그가 멈추어 서있는 햇빛을 가로질러 뚫어져라 응시했다.

— 상인이란, 스티븐이 말했다. 싸게 사서 비싸게 파는 자지요, 유태인이든 이교도든, 그렇잖아요?

— 그들은 빛에 대해 죄를 범했지,[78] 디지 씨가 엄중하게 말했다. 그리고 자네는 그들의 눈 속에서 어둠을 볼 수 있어. 그리고 그 때문에 그들은 오늘날까지 지구상의 방랑자들[79]이라니까.

파리 주식거래소의 층계 위에 보석 낀 손가락으로 시세를 매기고 있는 황금 피부의 사나이들. 거위들의 지저귐. 그들은 사원(寺院) 주변에서, 소리 높이, 조야하게, 운집하고 있었다.[80] 부박한 실크 모 밑으로 짙은 음모에 찬 그들의 머리들. 모두 그들의 것이 아니다: 그러한 의복, 그러한 말씨, 그러한 거동. 그들의 부푼 느린 눈은 말씨, 열렬하고 거슬리지 않는 제스처를 거짓 들어냈으나, 그들 주변에 쌓인 증오를 알았고, 그들의 열의가 공허한 것임을 알았다. 쌓고 비축한 헛된 인내. 시간은 확실히 이 모든 것을 흩어버리리라. 노변(路邊)에 쌓인 축재: 약탈당하고 타인에게 양도하면서. 그들의 눈은 그들의 방랑의 세월을 알았고, 끈기 있게, 그들의 육체의 치욕을 알았다.

— 죄를 짓지 않은 사람이 누가 있겠어요? 스티븐이 말했다.

— 무슨 뜻이지? 디지 씨가 물었다.

그는 한 걸음 앞으로 다가와 테이블 곁에 섰다. 그의 아래턱이 불확실하게 비스듬히 열린 채 처져 있었다. 이것이 노인의 지혜인가? 그는 나로부터 들으려고 기다린다.

— 역사는, 스티븐이 말했다. 제가 거기서 깨어나려고 애쓰는 일종의 악몽입니다.[81]

운동장으로부터 소년들이 한 가닥 고함을 질렀다. 휙 호루라기 소리: 골[득점]. 만일 저 악몽이 그대를 뒷발질(백 킥)하면 어떻게 될까?

— 조물주의 길은 우리들의 길과는 달라, 디지 씨가 말했다. 모든 인간의 역사는 하나의 커다란 골[목표], 하느님의 계시(啓示)를 향해 움직이지.[82]

스티븐은 엄지손가락을 창문 쪽으로 갑자기 가리키며, 말했다:

— 저것이 하느님입니다.

후레이! 아! 휘윙휘윙!

— 뭐라고? 디지 씨가 물었다.

— 거리의 한 가닥 고함 소리 말입니다.[83] 스티븐은 어깨를 으쓱하면서, 대답했다.

디지 씨는 아래쪽을 바라보며 잠시 손가락 사이에 그의 코 날개를 비틀어 쥐었다. 다시 위를 쳐다보면서 그는 손가락을 풀었다.

— 나는 자네보다 한층 행복하네, 그는 말했다. 우리는 많은 과오와 많은 죄를 범해 왔어. 한 여인이 이 세상에 죄를 가져왔지.[84] 행실이 좋지 않은 한 여인, 메넬라오스의 도망간 아내, 헬렌[85]을 위하여, 10년간을 그리스 사람들은 트로이를 공격했던 거야. 한 사람의 부정(不貞)한 아내가 여기 우리들의 해안으로 낯선 사람들을 처음 데리고 왔지, 맥머로우의 아내와 브레프니의 왕자인, 그녀의 정부(情夫) 오러크 말이야.[86] 파넬을 실각시킨 것도 역시 한 여인이었어.[87] 많은 과오들, 많은 실패들 그러나 한 가지 죄(빛)는 범하지 않았어. 나는 이제 인생의 종말에서 분투하는 자야. 그러나 나는 끝까지 정의를 위해 싸울 거야.

> 얼스터는 싸우리
> 얼스터는 정당하리.[88]

스티븐은 원고를 손에 들어 올렸다.
— 그런데, 선생님, 스티븐이 시작했다……
— 나는 이미 알고 있네, 디지 씨가 말했다. 자네가 이곳에서 이 일에 아주 오래 머물지 않으리라는 것을. 자네는 교사가 되기 위해 태어난 것 같지 않아, 내 생각에. 어쩌면 내가 틀리는지 몰라도.
— 오히려 배우는 자지요, 스티븐이 말했다.

그런데 너는 여기에서 더 이상 뭘 배우겠는가?

디지 씨가 머리를 흔들었다.
— 누가 알아? 그는 말했다. 배우기 위해서 사람은 겸손해야만 하는 거야. 그러나 인생은 위대한 교사(敎師)지.[89]

스티븐이 다시 원고를 바스락거렸다.
— 이 건에 대해서는, 그는 시작했다……
— 그래, 디지 씨가 말했다. 원고가 거기 두 통 있어. 자네가 그걸 즉시 발표할 수 있었으면.

텔레그래프. 아이리시 홈스테드.[90]

— 제가 해보죠, 스티븐이 말했다. 그리고 내일 알려드리겠어요. 저가 두 편집자들을 약간 알고 있습니다.
— 좋아, 디지 씨가 활기차게 말했다. 나는 간밤에 의회의원인 필드 씨[91]에게 편지를 썼지. 오늘 시티 암즈 호텔에서 가축업자조합의 모임이 있네. 모임 앞에 내 편지를 내놓도록 그에게 부탁해 놓았어. 자네가 두 신문에 그걸 실을 수 있나 알아보게. 무슨 신문이지?
— 〈이브닝 텔레그래프〉지……
— 그걸로 됐어, 디지 씨가 말했다. 지체할 시간이 없네. 나는 이제 사촌한테서 온 편지에 답장을 써야 하네.
— 안녕히 계십시오, 선생님, 스티븐이 원고지를 주머니 속에 넣으면서, 말했다. 감사합니다.
— 천만에, 디지 씨가 책상 위의 서류를 찾으면서 말했다. 나는 비록 나이가 많지만, 자네하고 논쟁하기를 좋아하지.
— 안녕히 계십시오, 선생님, 스티븐이 그의 구부린 등을 향해 절을 하면서, 다시 말했다.

그는 열려 있는 현관으로 밖을 나가, 운동장으로부터 고함 소리와 스틱끼리 부딪치는 소리를 들으면서, 나무 아래 자갈길을 내려갔다. 그가 교문을 빠져 밖으로 나가자 기둥 위

의 웅크린 사자(獅子)의 상들: 이빨 없는 용자(勇者)들. 아직도 투지가 만만한 노인을 도
와야 한다. 멀리건이 나에게 새로운 이름을 지어 주겠지: 거세우공(去勢牛公)을 벗 삼는
음유시인(吟遊詩人)이라고.[92]
— 데덜러스 군!
나를 뒤쫓아 오는 군. 편지를 더 부탁하지 않았으면, 희망컨대.
— 잠깐만.
— 예, 선생님, 스티븐이 교문에서 몸을 뒤로 돌리며, 말했다.
디지 씨는, 숨을 가쁘게 몰아쉬며 꿀꺽 삼키면서, 발걸음을 멈추었다.
— 나는 방금 말하고 싶었네, 그는 말했다. 아일랜드는, 모두들 말하기를, 명예롭게도 유태
인을 결코 박해하지 않은 유일한 나라라고. 자네는 그걸 알고 있나? 아니. 그리고 그 이유
를 알고 있나?
그는 밝은 대기에다 얼굴을 준엄하게 찡그렸다.
— 왜지요, 선생님? 스티븐이, 미소를 짓기 시작하면서, 물었다.
— 왜냐하면 그들을 결코 나라 안으로 들여보내지 않았기 때문이야, 그는 엄숙하게 말했다.
한 가닥 웃음 썩힌 기침덩어리가 걸걸대는 가래 사슬을 뒤로 끌면서, 그의 목구멍에서
튀져 나왔다. 그는 기침을 하며, 크게 웃으며, 추켜든 팔을 공중에 휘저으면서, 재빨리 뒤
돌아섰다.
— 결코 그들을 들여보내지 않았기 때문이지,[93] 그는 자갈길 위를 각반 찬 발로 쿵쿵 밟으
며 큰 웃음소리로 다시 부르짖었다. 그것이 이유야.
그의 현명한 어깨 위에 바둑판같은 나뭇잎 사이로 태양은 반짝이는 금속 조각, 춤추는
동전을, 내던졌다.

◆ 3장 ◆

* 가시적(可視的)인 것의 불가피한 양상[1]: 적어도 그 이상은 아닐지라도, 내 눈을 통하여 생각했다. 내가 여기 읽으려고 하는 만물의 징후들[2], 어란(魚卵)과 해초, 다가오는 조수(潮水), 저 녹슨 구두. 코딱지초록빛, 청은(靑銀), 녹(綠) 빛: 채색된 기호들[3]. 투명한 것의 한계. 그러나 그[4]는 덧붙여 말한다: 몸체에 있어서도. 그러자 그는 채색된 몸체들 이전에 그들 몸체들을 알았다. 어떻게? 그의 두상(頭狀)을 그 몸체들에 들이받음으로써[5], 확실히. 느긋하게 해요.[6] 그는 대머리였으며 백만장자였다,[7] *'매스트로 디 콜로로 케 산노(현인들의 스승인 그)'.*[8] 형태가 있는 투명한 것의 한계. 왜 형태가 있는 걸까? 투명, 불투명. 만일 네가 다섯 개의 손가락을 통과할 수 있다면 그것은 대문(大門)이고, 그렇지 않으면 문(門)이다.[9] 너의 눈을 감고 그리고 보라.

스티븐은 눈을 감자 그의 구두가 표류물과 조가비를 밟아 바스락 깨지는 소리를 들었다. 아무튼 너는 그것을 통해 걸어가고 있다. 나는 이대로, 한 번에 한 걸음씩. 공간의 극히 짧은 시간을 통하여 시간의 극히 짧은 공간을. 다섯, 여섯: *'나흐아이난데르(하나하나 차례로)'.*[10] 정확하게: 그래서 그것이 가청적(可聽的)인 것의 불가피한 양상인 거다. 너의 눈을 떠라. 아니. 정말! 만일 내가 바다 위로 불쑥 내민 절벽위로 떨어진다면,[11] *'네벤아이난데르(하나하나 나란히)'*[12]를 통하여 불가피하게 떨어지는 거다! 나는 어둠 속을 참 잘 걸어가고 있다. 나의 물푸레나무 지팡이 칼(刀)이 내 곁에 매달려 있다. 그것으로 가볍게 두들겨 보라: 장님들이 하듯. 그의 구두를 신고 있는 나의 두 발은, *'네벤아이난데르(하나하나 나란히)'*, 그의 다리 끝에 붙어 있다.[13] 한결같은 음향들: 로스 *'데미우르고스'*의 방망이에 의해서 만들어졌다는. 샌디마운트 해안을 따라 나는 영원으로 걸어 들어가고 있는 건가?[14] 크러쉬, 크랙, 크릭, 크릭. 황량한 바다 화폐.[15] 디지 교장은 그것을 잘 알고 있지.[16]

> *너는 샌디마운트에 오지 않으려나,*
> *마델라인 암말이여?*[17]

음률이 시작한다. 봐요. 나는 듣는다. 완선운각(完全韻脚)의 4음보(四音步)의 약강격(弱强格)의 행진. 아니야, 분마(奔馬)의 걸음걸이다: *'마델라인 암말'*.

이제 너의 눈을 떠라. 나는 떠야지. 잠깐. 그 이래로 모든 것이 다 사라져 버렸나? 만일 내가 눈을 떠도 영원히 검은 불투명 속에 잠겨 있다면. *'바스타(됐어)!'*[18] 내가 볼 수 있나 봐야지. 자 보라. 네가 없더라도 거기 언제나: 그리고 앞으로도 계속 있을 테지, 무극(無極)의 세계가.

그들은 리히의 테라스[19]로부터 층층대를 신중하게 내려왔다. *'프라우엔찜머(조산원[助産員]들)'*[20]: 그리고 그들의 마당발을 진흙 섞인 모래 속으로 빠뜨리면서, 선반 같은 해변으로 맥 풀린 듯 내려왔다. 나처럼, 앨지[21]처럼, 우리들의 강력한 어머니에게로 내려왔다. 그 중 1호는 그녀의 산파 가방을 세차게 혼들었고, 다른 이의 양산이 해변을 쑤셨다. 자유구역(自由區域)[22]으로부터, 하루 동안의 외출. 플로렌스 맥케이브 부인, 브라이드가(街)의, 깊은 애도에 잠긴, 고(故) 패트크 맥케이브의 미망인. 그녀와 자매 관계인 한 여인이 비명을 지르는 나를 인생으로 끌어냈던 거다. 무(無)로부터의 창조. 뺘 속에 그녀는 무엇을 갖고 있을까? 붉은 모직물에 쌓인, 질질 끌리는 탯줄을 지닌 한 유산(流産)된 아이. 모든 과거 선조들과 연결하는 노끈이요, 모든 육체를 실 감는 밧줄인 거다. 그 때문에 비교파(秘敎派)의 사제들이 존재하지. 너희는 신(神)들처럼 되고 싶은가?[23] 너의 '옴팔로스(배꼽)'를 눈 여겨 들여다보라.[24] 여보세요! 여긴 킨치올시다. 에덴빌을 좀 대주세요. 알레프, 알파[25]: 0, 0, 1.번 요[26]

애덤 캐드먼[27]의 신부(新婦)며 조력자: 헤바, 나체의 이브. 그녀는 배꼽을 갖지 않았다.[28] 눈 여겨 잘 보라. 통(桶)처럼 부푼, 티 없는 배[腹], 독피(犢皮)를 팽팽하게 늘여 만든 둥근 방패, 아니, 동방과 불멸의, 영원에서 영원으로 지속하는, 쌓아올린 백곡(白穀)의 더미.[29] 죄의 자궁(子宮).[30]

죄의 암흑에서 수태된 채 나도 역시, 태어난 것이 아니라 만들어졌다.[31] 그들, 나의 음성과 나의 눈을 가진 남자와 그녀의 숨결에 재(灰) 냄새를 풍기는 한 여인 유령에 의하여. 그들은 포옹하고 떨어졌다, 결합자의 의지를 좇았던 거다. 오랜 세월 전부터 하느님은 나를 의지(意志)했고 그리하여 이제 영원히 나를 버리려 하지 않을 거야. '렉스 에떼르나(영원의 법칙)'[32]는 하느님의 주변에 머물러 있다. 그러면 그것이 친부(親父)와 친자(親子)가 동질이라는 신성한 본질인가?[33] 결론을 모색하려고 애쓰는 가련하고 친근한 아리우스는 어디에 있는가?[34] 신성동질전질유태통합론[神聖同質全質猶太統合論][35]을 위해 그의 긴 한평생을 싸우면서. 불행한 이교(異敎)의 시조여![36] 어떤 그리스의 수세 변소에서 그는 최후의 숨을 거두었지: '안락사(安樂死)'였다. 구슬 달린 주교관과 주교장(主敎杖)을 들고, 그의 왕좌에 들러붙은 채, 외톨이 법직(法職)에서 쫓겨난 홀아비, '승복(僧服)'을 걷어 올리고, 더러워진 엉덩이 그대로.[37]

바람이 그의 주변을 휘감았다, 살을 꼬집는 격렬한 바람.[38] 그들은 다가오고 있다, 파도가. 흰 갈기의 해마(海馬)들, 우적우적 씹으면서, 밝은 바람의 고삐에 휘감긴 채, 마나난의 군마(軍馬)들.[39]

나는 신문사에 보낼 그의 편지[40]를 잊어서는 안 된다. 그리고 다음에는? 쉽 주점, 12시 반. 그런데 저 돈[41]은 여리고 착한 천치처럼 태평하게 얼른 써야 한다. 그래, 나는 그래야 한다.

그의 발걸음이 늦춰졌다. 여기. 사라[42] 숙모 댁에 갈까 말까? 나와 동질의 부친의 음성. 요사이 넌 예술가 형 스티븐의 꼴을 보았니? 아니? 확실히 녀석은 숙모 샐리하고 스트라스부르크 테라스에 같이 있지 않은 모양이지? 그 녀석 그보다 좀더 비상(飛翔)할 수 없었나, 응?[43] 그리고 그리고 그리고 그리고 그리고 말해 봐, 스티븐, 사이 숙부는 어떻게 지내나? 오, 울음보의 신이여,[44] 내가 그따위 자들과 인연을 맺다니! 외양간 다락 속에 기어 올라 간 사내놈들. 술 취한 꼬마 회계 서기와 코넷 연주자인, 그의 동생. 극히 존경하올 곤돌라 사공들[45]! 그리고 자신의 아버지를 '써(sir)(아빠)'라고 부르는 사팔뜨기 월터 녀석, 분명히! 써. 예스 써, 노우 써. 예수도 울었다네.[46] 그리고 틀림없이, 맹세코!

나는 그들의 덧문 달린 오두막의 씨근대는 벨을 잡아당긴다: 그리고 기다린다. 그들은 나를 집달리로 오인하고, 유리한 위치에 숨어 몰래 엿본다.

— 스티븐이에요, 써(아빠).

— 그를 들여보내. 스티븐을 들여보내란 말이야.

빗장이 벗겨지고 월터가 나를 환영한다.

— 우린 다른 사람인 줄 알았어.

널따란 침대 속에, 리치 숙부가, 베개를 괴고 담요를 두른 채, 언덕진 작은 양 무릎 너머로 건장한 한쪽 앞 팔을 뻗는다. 말끔한 앞가슴을 하고. 그는 상반신을 방금 씻었다.

— 잘 왔네, 조카. 앉았다 가게나.

　　그는 동의서(動議書)니 공동조사서니 그리고 '두체스 떼꿈(법정출두명령서)'[47]을 서류
철에 끼우며, 판사보(判事補) 고프와 판사보 셰이플랜드 탠디[48]에게 보일 청구서들을 그
위에 놓고 그가 작성하고 있던, 무릎 판(板)을 옆으로 치운다. 그의 대머리 위에 걸려 있는
소택견목(沼澤樫木) 액자: 와일드의 '레퀴에스까뜨(진혼시(鎭魂詩))'.[49] 그의 오도(誤導)
하는 낮은 휘파람 소리가 월터를 되부른다.

— 예스, 써?

— 리치와 스티븐한테 맥아 주를. 어머니에게 말해. 어디 있니?

— 크리시 목욕시키고 있어요, 써.

　　아빠의 꼬마 잠자리 벗. 사랑의 귀염둥이.

— 아니에요, 리치 숙부……

— 나를 그냥 리치라 불러. 그따위 저주할 신화리듐 수(水). 그건 몸을 망치는 거야. 워스키를!

— 리치 숙부, 정말로……

— 앉으라니까 아니면 맹세코 너를 때려눕힐 테다.

　　월터가 사팔뜨기 눈으로 의자를 헛되이 찾는다.

— 그가 앉을 것이 없어요, 써.

— 엉덩이 붙일 곳이 없다니, 바보 녀석. 칩펜데일 의자[50]를 갖고 들어와. 뭘 좀 먹고 싶니?
너의 젠체하는 태도는 여기 전혀 필요 없어. 청어와 함께 프라이한 자양분 많은 베이컨은?
정말이야? 그렇다면 더욱 좋아. 우리 집엔 등 아픈데 먹는 환약 외엔 아무것도 없어.

　　'올에르타(근청(謹聽))!'[51]

　　그는 페란도의 '아리아 디 소르티타(출격의 노래)' 몇 소절을 붕붕대며 노래한다. 최고
로 멋진 곡이야, 스티븐, 오페라 전체에서 말이야. 잘 들어봐.

　　그의 잘 조율된 휘파람 소리가, 멋지게 조절되어, 곡의 돌출과 함께, 다시 울린다, 그
의 주먹이 모피 씌운 무릎을 대성고(大聲鼓)처럼 둥둥 울리면서.

　　이 바람이 한층 상쾌하군.

　　부패의 집들, 나의 집, 그의 집 그리고 모두. 너는 클론고우즈의 패거리들에게 판사 숙
부와 육군대장 숙부를 가졌다고 말했지. 그따위 얘긴 집어치워, 스티븐. 미(美)는 거기 있
는 게 아니야. 그리고 네가 요아힘 압바스[52]의 사라져 가는 예언들을 읽은 바 있는 마쉬의
도서관[53]의 침체된 골방 안에도 없단다. 누구를 위하여? 대 사원 경내에 있는 1백 개 머리
의 오합지졸. 그와 닮은 한 증오자가 그들로부터 광기(狂氣)의 숲으로 도망쳤다, 그의 머
리 갈기를 달빛 속에 거품 일으키며, 그의 눈알은 별(星). 말(馬) 콧구멍을 한, 후이남.[54]
말의 타원형 얼굴늘, 넴플,[55] 빅 멀리건, 폭시 켐벰, 촌륭 등잔 모양의 턱들. 압바스 신부
여, 미친 사제장(司祭長)이여,[56] 무슨 분노가 그들의 두뇌에 불을 질렀던가? 홍! '데스젠
드, 깔베, 우프 네 암쁠라우스 데갈베리스(내려와, 대머리야, 더 대머리가 되지 않으려거든).'
[57] 그의 하느님의 벌 받은 머리 위의 화환 같은 백발, 그가 성체안치기(聖體安置器)를 움
켜쥐면서, 흉사안(凶蛇眼)을 하고, 족단(足段)까지 ('데스첸드 내려와!'), 기어 내려오는
것을 보라. 내려와, 대머리야! 합창대가 제단의 뿔(角)잔 근처에서 그와 합세하여, 위협과
메아리를 되 쏟는다, 그러자 체발(剃髮)에, 성유(聖油)를 바르고 거세된 채, 밀알 씨눈의
지방질[58]로 살찐, 장백의(長白衣) 입은 굵직한 몸뚱이를 움직이는, 짝패 사제들의 코고는
라틴어의 목소리.

　　그리고 바로 같은 순간에 필경 모퉁이 둘레의 사제 하나가 성체를 들어올리고 있다.
드릉드릉! 그리고 두 골목 떨어져 다른 사제 하나가 성체를 안치기에다 넣고 자물쇠를 채
우고 있다. 드릉드릉! 그리고 성모 예배 실에 또 다른 사제 하나가 성찬(聖餐)을 자기 뺨

에 온통 비벼대고 있다. 드렁드렁! 아래로. 위로. 앞으로. 뒤로. 단 오캄[59]이 그것을 생각했지, 무적박사(無敵博士). 어느 안개 낀 영국의 아침 도깨비 실체가 그의 두뇌를 간질였던 거다. 그의 성병(聖餠)을 아래로 내리며 그리고 무릎을 꿇으면서 그는 수랑(袖廊)의 제2의 종(鐘)과 제1의 종이 함께 엉겨 울려오는 것을 들었다. (그는 방금 성병을 들어올리고 있다) 그리고, 일어서면서, (지금 나는 들어올리고 있다) 그들의 두 개의 종들이 (그는 무릎을 꿇고 있다) 이중모음으로 울려오는 것을 들었다.

사촌 스티븐, 너는 결코 성자가 되지 못할 거야. 성자들의 섬.[60] 너는 놀랍게도 성스러웠지, 그렇잖아? 너는 붉은 코가 되지 않도록 동정녀에게 기도했지. 너는 서펜타인 가로(街路)[61]에서 정면의 뚱뚱보 과부가 비 오는 거리에서 그녀의 치마를 한층 위로 치켜 올리도록 악마에게 기도했지. '오 시, 체르토!(오 그랬어, 분명히!)'[62] 너의 혼을 팔아 그걸 사란 말이야, 그렇게 해요, 여인의 몸뚱이 주위를 핀으로 감싼 물감들인 누더기를. 내게 더 말해줘, 한층 더! 호우드[63]행 전차 꼭대기에서 비를 향해 홀로 부르짖는 거다: 벌거벗은 여인들아! 벌거벗은 여인들아! 그건 어때, 응?

뭐가 뭐라고? 그 밖에 무엇 때문에 여인들이 발명되었단 말인가?

매일 밤 일곱 권의 책을 각각 두 페이지씩 읽는 거다, 그렇지? 나는 어렸다. 너는 앞쪽으로 걸어 나와 열렬히 박수갈채를 하면서, 얼굴을 두들기며, 거울 속에 비친 너의 모습에 절을 했지. 저주(咀呪) 받을 천치(天癡) 만세! 만만세! 아무도 보지 않았다: 아무에게도 말하지 말라. 한 권에 문자 한 개씩을 표제(表題)로 삼아 네가 쓰려고 했던 책들. 자넨 그의 에프(F)를 읽었나? 암 읽었지, 그러나 난 큐(Q)가 더 좋아. 그래, 하지만 더블류(W)가 근사하지. 오 그래, 더블류. 초록빛 타원형 잎사귀에, 깊이깊이 몰두하여, 쓴 현현(顯現)(에피파니)들,[64] 만일 네가 죽더라도 알렉산드리아를 포함하여, 세계의 모든 큰 도서관들에다 기증하게 될 너의 책들을 기억하라. 수천 년, 억만년 후에도 어떤 이가 거기서 읽게 되리라. 피코 델라 미란돌라[65]처럼. 아하, 바로 고래〔鯨〕 같은 이야기.[66] 우리가 오래전에 세상을 떠나 버린 저자(著者)의 이러한 신기한 책을 읽게 되면 그 저자와 자신이 한때 같이 있는 기분이 들지……

곡물 낱알 같은 모래가 그의 발아래로부터 사라져 갔다. 그의 구두는 습지고 바삭거리는 도토리, 면도날 조개 접질, 무수한 조약돌 위에 부딪치는,[67] 삐걱대는 조약돌, 좀 조개에 의해 쳇바퀴처럼 구멍 뚫린 나뭇조각, 잃어버린 아르마다[68] 위를 다시 밟았다. 푸석한 모래밭은 시궁창 숨결을 위로 풍겨 올리며, 그가 디디고 있는 구두창을 빨아들이려고 기다렸다. 인간의 잿더미 아래 괴화(怪火)로 그을린 한 덩어리 해초. 그는 조심스럽게 발걸음을 옮겨 놓으며, 그들 연안을 따랐다. 맥주병 하나가, 허리까지 파묻힌 채, 과자 부스러기 같은 모래알 속에, 솟아 있었다. 보초(步哨)다: 지독히 목마른 섬. 해안의 부러진 쇠테들: 육지에는 꺼멓고 교묘한 그물의 미로(迷路): 한층 먼 곳에 백묵으로 갈겨쓴 이창(裏窓)들 그리고 더 높은 해변에 두 벌의 셔츠를 십자가형으로 널어놓은 빨랫줄. 링센드[69]: 갈색 키잡이들과 우두머리 선원들의 원형 오두막들. 인간의 패각(貝殼)들.

그는 발을 멈추었다. 나는 사라 숙모 댁으로 가는 길을 지나쳤군. 나는 그곳에 가지 않을 참인가? 갈 것 같지 않군. 주위에는 아무도 없고. 그는 북동쪽으로 발길을 돌려 피전하우스[70]를 향해 한층 단단한 모래밭을 가로질렀다.

— '뀌 부 자 미 당 쎄프 피쉬 뽀지숑(누가 당신을 이런 궁지에 빠지게 했소)?'[71]
— '쎄 르 삐종, 조제프. (비둘기예요, 요셉.)'[72]

휴가로 귀향한, 패트리스는, 나와 함께 맥마온 주점에서 따뜻한 우유를 핥았다. 파리에 있던 아일랜드 망명자(기러기), 케빈 이건의 아들. 나의 아버지는 새〔鳥〕라네,[73] 그는 핑크 빛 야들야들한 혀로 달콤한 '레 쇼(따뜻한 우유)'를 핥았다. 포동포동 살찐 토끼의 얼굴. 핥는다, '라뺑(토끼)'이. 그는 '그로 로(복권)'[74]에 당첨되기를 희망하고 있다. 그는 여인의 천성을 미슐레[75]에서 읽었다. 하지만 그인 레오 땍실[76] 저(著)의 〈라 비 드 제쉬(예수의 생애)〉를 나에게 돌려줘야 한다. 그걸 그의 친구한테 빌려주었지.

— '세 또르당, 부 싸베. 므와, 쥐 쉬 쏘샬리스뜨. 쥐 느 크르와 빠장 레지스땅스 드 디외. 포 빠 르 디르 아 몽 뻬르(그건 정말 포복절도할 지경이야, 자네. 나 자신은 사회주의자지. 나는 하느님의 존재를 믿지 않아요. 그러나 나의 부친께 말하지 말게).'

— '일 끄르와(그인 신자니)?'

— '몽 뻬르, 위(내 아버지는 그래).'[77]

'쉴르스(그만).'[78] 그는 핥는다.

나의 라틴가(街)의 모자. 하느님, 우리는 단순히 성격 나름으로 옷을 입어야 해요. 나는 암갈색 장갑이 갖고 싶어. 너는 학생이었지, 그렇잖아? 다른 악마의 이름에 맹세코 도대체 무엇에 관해? 뻬이세이엔.[79] P. C. N., 알겠나: '피지끄, 쉬미끄 에 나뛰렐르(물리학, 화학 그리고 생물학).' 아하. 4페니 값어치의 '무 앙 씨베(폐장(肺臟)스튜)'[80]를 이집트의 미식(美食)[81]인 양, 맛있게 먹으면서, 기염을 토하는 마부들의 팔꿈치에 떠밀린 채. 가장 태연한 목소리로 말하는 거다: 저가 파리에 있었을 때, '불 미쉬'가(街)[82], 저는 늘, 그래요, 어떤 가에서 살인 혐의로 체포 될까봐 알리바이를 증명하기 위해 구멍 뚫린 티켓을 늘 지니고 다녔지. 치안관사. 1904년 2월 17일 밤에 죄수는 두 사람의 목격자에 의하여 발각되다.[83] 다른 놈이 그 짓을 했던 거다: 다른 내가. 모자, 넥타이, 오버코트, 코. '뤼, 세 므와(그이, 그것은 바로 나야).'[84] 너는 퍽 재미있게 지냈던 모양이군.

뽐내며 걷고 있다. 누구처럼 너는 걸으려고 애쓰고 있지? 잊어 버려: 버림받은 녀석. 8실링짜리, 어머니의 송금 표를 들고, 우체국의 삐걱대는 문이 문지기에 의해 너의 면전에서 쾅 닫혀지고 말았지. 공복치통(空腹齒痛). '앙꼬르 되 미뉘뜨(아직 2분이 남아 있지 않소)'. 시계를 보란 말이오. 꼭 찾아야만 해요. '페르메(마감했어).'[85] 꿰다 놓은 개놈 같으니! 탕탕 소리 나는 엽총(獵銃)으로 저놈을 매우도 산산조각이 나도록 쏘아서, 놋쇠 단추처럼 사방 벽에다 조각조각 흩어 놓았으면. 그럼 모든 살 조각이 크르르르르락 되돌아온단 말이야. 다치지 않았소? 오, 괜찮소. 악수합시다. 내 뜻을 알겠지요, 글쎄? 오, 그럼 됐소. 악수합시다. 오, 그럼 됐소 됐소.

너는 기적을 행사하려고 했었지, 무엇을? 열화(烈火)의 콜룸바누스[86]를 뒤따라 유럽으로 간 전도사. 천국의 그들의 굽 낮은 의자에 앉은 피아커와 스코투스[87]가, 라틴어(語)로 크게 웃으며, 그들의 술통에서 술을 따랐다: '에우쥐! 에우쥐!(좋아! 좋아!)'[88] 뉴헤이븐[89]의 미끄러운 부두를 가로질러, 네가 너의 여행 가방을 끌어내릴 때 3페니짜리 짐꾼에게, 일부러 엉터리 영어를 말하는 척히면서. '꼬망(뭐라고요)?'[90] 값비싼 전리품을 가지고 너는 돌아왔지: 〈짧은 발레용 스커트[91]〉, 〈흰 바지와 붉은 반바지〉[92]의 다섯 권의 해어진 잡지들; 한 장의 푸른 프랑스 전보지, 보여주고 싶은 진귀품:

— 모(毋) 위독 귀가 부(父).[93]

숙모는 자네가 어머니를 죽였다고 생각하고 있어. 그것이 숙모가 못마땅하게 여기는 이유야.

> 자 멀리건의 숙모께 건배다
> 내가 그 이유를 말해 주지.
> 하니건의 가정에
> 그녀는 언제나 점잖은 것들을 두었는지.[94]

그의 발이 남쪽 벽의 표석(漂石) 곁을 따라, 갑작스런 뽐내는 리듬으로, 모래 고랑을 넘어 진군했다. 그는 그들을, 쌓아놓은 돌 매머드 해골들을, 뽐내며 노려보았다. 바다 위의, 모래 위의, 표석 위의 황금 햇빛. 해는 저기 있고, 가느다란 나무들, 레몬 빛 집들.

으스스 잠에서 깨어나는 파리, 그곳의 레몬 빛 거리에 비치는 투박한 햇빛. 양기(陽氣)를 돋우는 녹녹한 빵 과자, 청개구리 빛 애브산(産) 향주(香酒), 그녀의 아침의 향기가, 대기를 희롱한다. 벨루오모[95]가 그의 아내의 애인의 아내의 침상에서 일어난다, 머릿수건을 두른 주부가 초산 접시를 손에 들고, 바삐 움직인다. 로도제과점[96]에서는 이본느와 마들레느가 금이빨로 가루반죽의 '쇼쏭(페스트리)'을 부수어 먹으면서, '뿌 오브 플랑 브레똥(카스타트 과자의 크림)'으로 입이 누렇게 된 채, 그들의 지워진 화장을 새로 고치고 있다. 파리 사내들의 얼굴들이 지나간다, 그들의 아주 만족한 만족자들, 곱슬머리의 '꽁꿔스따도레(정복자들).'[97]

대낮의 선잠. 케빈 이건이 인쇄자의 잉크[98]로 더럽혀진 손가락 사이로 탄환 가루 같은 시가를 만다, 그의 자식 패트리스가 하얀 우유를 빨 때처럼 녹색 애브산 향주(香酒)(페어리)를 홀짝이면서. 우리 주위에는 대식가들이 양념 친 만두를 포크로 그들의 목구멍에 밀어 넣고 있다. '엉 드미 써띠에(반 써띠에만 줘요)!'[99] 달아오른 가마솥으로부터 솟는 한 줄기 커피의 구수한 김. 그녀는 그가 시키는 대로 내게 대접한다. '일 레 이를랑데. 올랑데? 농 프로마 쥐. 되 이를랑데, 누, 이를랑데, 부 싸베? 아, 위! (그인 아일랜드 사람이야. 네덜란드산(産)? 치즈 말고. 우린 둘 다 아일랜드 사람이야, 아일랜드 말이야, 알겠나? 오, 그럼!)' 그녀는 자네가 '올랑데(네덜란드 산)'[100] 치즈를 원한다고 생각했지. 자네의 포스트프랜디얼, 자넨 그 말을 아나? 식후의 재미 말이야. 바르셀로나[101]에 내가 한때 알고 지냈던 녀석이 있었지, 괴상한 녀석, 그것을 그의 포스트프랜디얼이라 부르곤 했었지. 자: '슬라인테(건배)!'[102] 석판(石版) 깐 테이블 둘레에 술 냄새를 풍기는 숨결과 그르렁대는 목구멍소리의 엉킴. 그의 숨결이 소스로 얼룩진 우리들 접시 위에 매달려 있고, 초록빛 요정의 송곳니가 그의 입술 사이로 튀어나와 있다. 아일랜드나, 달카시아 족(族)[103]에 관해, 희망이나, 음모에 관해, 이제는 아더 그리피스,[104] A. E.,[105] 주문서(呪文書), 인간의 착한 목양자(牧羊者)에 관해. 나를 그의 멍에 동료로, 우리들의 범죄를 우리들 공동의 책임으로, 얽어매려고. 자네는 그 아버지에 그 아들이야. 목소리를 내가 알고 있지. 그의 빨간 꽃무늬의, 퍼스티언 직(織) 셔츠가, 그가 비밀을 토로할 때 그의 스페인식 술 장식을 떨게 한다. 드루몽 씨[106], 유명한 저널리스트, 드루몽, 그가 빅토리아 여왕을 뭐라 불렀는지 아나? '누런 이빨'을 가진 마귀할멈, '당 존느(누런 이빨)'를 가진 '비에이 오그레쓰(마귀할멈)'[107]이라 했어. 모드 곤,[108] 아름다운 여인이지, '라 빠뜨리(조국)', 밀르브와에 씨(氏),[109] 펠릭스 포르,[110] 그가 어떻게 죽었는지 아나? 음탕한 사내들. '프로에켄(매음부)', 움살라의 목욕탕에서 사나이의 나체를 문지르는 '본느 아 뚜 페르(잡부)'. '므라 페르(제가 해드리죠)', 그녀가 말했지. '뚜 레 메쉬(신사 분이면 누구나). 이 므쉬(분)'는 아니야,[111] 내가 말했지. 가장 음탕한 습관. 목욕은 가장 사적인 것인데. 나는 나의 형제, 아니 심지어 나 자신의 형제라도 그렇게 시키지 않겠어, 가장 음탕한 짓. 푸른 눈, 나는 자네를 볼 수 있어. 독(毒)의 이빨, 나는 느끼지. 음탕한 사람들.

파란 신관(信管)(퓨즈)이 손 사이에서 가물가물 타더니 갑자기 휘황하게 탄다. 푸석한 살담배에 불이 댕긴다: 불꽃과 매운 연기가 우리들의 구석구석을 밝힌다. 여명당원(黎明黨員)[112]의 모자 아래 조악한 광대뼈. 주모자는 어떻게 도망쳤을까, 신빙할만 한 각본. 젊은 신부(新婦)처럼 가장한 채, 사나이, 베일, 오렌지 꽃, 맬러하이드[113]까지 한길로 말을 몰았지. 그랬어, 정말. 패배한 수령들, 배신당한 자들의, 황량한 도주. 변장, 사로잡힌 채, 사라져, 이제 여기는 무(無).[114]

걷어차인 애인. 당시에 나는 궁한 풋내기 머슴이었지, 자네한테 말하지만. 어느 날 내 사진을 보여 주지. 나는 그랬어, 정말. 애인, 그녀의 애인으로서 그는, 그의 씨족의 족장인, 리처드 버크 대령[115]과 함께, 클러켄웰[116]의 성벽 아래를 배회했지, 그리고 몸을 웅크리면서,

복수의 화염이 그들을 안개 속에 성벽 위로 날려 보내는 것을 보았다. 산산이 부서진 유리와 무너지는 성벽, 화려한 파리에 그는 숨는다, 파리의 케빈 이건이, 나 이외에는 아무에게도 눈에 띄지 않은 채. 불결한 프린트 상자, 그의 세 개의 주점들, 그가 밤이면 그 속에서 잠깐 눈을 붙이는 몽마르트르가(街)[117]의 동굴, 파리똥으로 더럽혀진 사자(死者)들의 초상들로 무늬 장식된 벽, '뤼 드 라 구또르'[118]의 집들을 그의 낮의 주거지로 삼으면서. 애인도 없이, 조국도 없이, 아내도 없이. 남편이 추방되고 없는 그녀, '뤼 지르쯔르'가(街)[119]의 마담은, 카나리아와 두 멋쟁이 사내 동거인과 함께 아주 안락하게 지낸다. 복숭아 같은 뺨, 얼룩말 무늬의 스커트, 마치 어린 소녀처럼 쾌활하게. 추방된 채 그리고 낙심하지 않고. 패트[120]에게 자네 날 만났다고 말해 주지 않겠나, 응? 내가 언젠가 불쌍한 패트에게 일감을 하나 구해 주려고 했었지. '몽 피스(나의 아들)',[121] 프랑스 군인. 나는 그에게, '킬케니의 젊은이들은 튼튼하고 활기찬 멋쟁이들'[122]을 부르도록 가르쳐 주었다. 저 옛 노래를 알아? 내가 패트리스한테 그걸 가르쳐 주었지. 옛날의 킬케니: 성(聖) 캐니스,[123] 노아 강(江)의 스트롱 보우 성(城).[124] 이렇게 부르는 거야. '오, 오.' 그가 나를 잡는다, 내뻐 탠디[125]가, 손으로.

오, 오 킬케니의
젊은이들……

연약하고 쇠약한 손을 나의 손위에. 사람들은 케빈 이건을 잊고 있지만, 그는 그들을 잊지 않고 있다. 그대를 기억하며, 오 시온이여.[126]

그가 바닷가의 가장자리로 한층 가까이 접근하자, 젖은 모래가 그의 구두를 찰싹찰싹 쳤다. 신선한 공기가 거친 신경으로 하프를 타면서, 그에게 인사를 했다, 반짝이는 종자(種子)를 위한 야생적 대기의 바람. 여기, 나는 지금 키쉬의 등대신[127]까지 걸어 나가고 있는 게 아냐, 그렇잖아? 그는 갑자기 멈추어 섰다, 그러자 그의 발이 흐늘거리는 흙 속으로 천천히 빠져 들어가기 시작했다. 되돌아가자.

몸을 돌이키며, 그가 남쪽 해안을 쭉 훑어보자 그의 발이 다시 새로운 홈 속으로 천천히 빠져 들어갔다. 탑[128]의 차가운 둥근 지붕 밑 방이 기다린다. 성벽의 벽공(壁孔)을 통해서 햇빛 화살이 언제나 움직이고 있는지라, 마치 나의 발이 이렇게 빠져 들어가듯이 언제나 천천히, 해시계 같은 마루 위에 땅거미를 향하여 기어가고 있다. 푸른 땅거미, 야몰(夜沒), 검푸른 밤. 둥근 천장의 암흑 속에 그들은 기다린다, 그들의 뒤로 밀어젖힌 의자들, 나의 오벨리스크(방첨탑) 여행 가방, 버려 둔 접시들이 널려있는 식탁 주변에. 그것을 치울 사람은 누군가? 그녀석이 열쇠를 지녔지.[129] 밤이 다가와도 나는 거기서 자지 않겠다. 묵묵한 탑의 닫힌 문, 그들의 몽매한 육체를 무덤처럼 가두고 있다, 표범나리와 그의 사냥개[130]. 부른다: 묵묵부답. 그는 빛을 빼긴 곳에서 들어오려, 표석(漂石)의 방파제 곁으로 되돌아 걸어갔다. 모두 빼앗아, 다 가져. 나의 영혼은 나와 함께 걸어간다, 형태 중의 형태.[131] 고도달이 야반당직(夜半當直)하는 밤에 나는 은빛 혹 담비 옷을 입고,[132] 엘시노어의 유혹하는 파도소리를 들으며,[133] 바위 위로 길을 재촉한다.

파도의 흐름이 나를 뒤따르고 있다. 나는 여기서 그것이 휩쓸고 지나가는 것을 살펴볼 수 있다. 그럼 풀벡 가도[134]를 따라 저쪽 해변 가로 되돌아가자. 그는 사초(莎草)와 뱀장어처럼 미끈거리는 해초 위를 기어올라, 바위틈에 지팡이를 기대면서, 암좌(岩座) 위에 앉았다.

한 마리 개의 부풀은 시체가 떼밀린 기포(氣泡)더미 위에 휘늘어져 놓여 있었다. 그의 앞에는 모래에 파묻힌, 보트의 뱃전. '엉 꼬쉬 앙쎄블레(모래 속에 파묻힌 마차)' 루이 뵈이요[135]는 고띠에[136]의 산문(散文)을 그렇게 불렀다. 이 무거운 모래는 조수와 바람이 여기까지 쌓아올린 언어이다. 그리고 이것들은, 죽은 건축가들의 돌무더기, 족제비 쥐들의 군거지(群居地). 거기다 황금을 숨겨요. 해보란 말이야. 너도 얼마간 갖고 있지. 모래와 돌멩이. 과거를 생각하면 무거워지는 마음. 로우트 경(卿)의 장난감들.[137] 귀를 한 대 꽝하고 얻어맞지 않도록 주의해요. 나는 매우도 대단한 거인(巨人), 나의 발 디딤돌을 위한 매우도 큰 표석들, 뼈들을, 모오조리 굴리도다. 와그르렁. 나는 아일랜드으인의 피이 내앰새를 맡는 도다.[138]

한 점, 살아있는 개가, 넓게 펼친 모래밭을 가로질러 뛰면서 시계(視界) 속으로 커졌다. 맙소사, 저 놈이 나를 공격할 참인가? 놈의 자유를 존중해 줘. 너는 다른 사람들의 지배자 또는 그들의 노예가 되지는 않겠지. 나는 지팡이를 갖고 있다. 잠자코 앉아 있자. 한층 멀리서부터, 이랑을 이룬 조수로부터 해안 쪽을 가로질러 걸어오고 있다. 사람의 모습들, 둘. 두 성녀(聖女)들.[139] 그들은 그것을 지초(紙草) 속에 안전하게 감추었다.[140] 아웅 놀음이야.[141] 나는 당신들을 볼 수 있어. 아니야, 저놈의 개. 놈이 그들에게로 되돌아 뛰어가고 있군. 누구?

로클란즈[142]의 갤리선(船)들이 노획물을 찾아, 그들의 혈두(血頭) 뱃머리를 용해된 백랍(白蠟) 파도 위로 낮게 타면서, 이곳 해안까지 달렸다. 맬러카이가 황금의 칼라를 달았던 당시, 번쩍이는 전부(戰斧)를 그들의 가슴에 달았던 덴마크 북부의 해적들(바이킹들).[143] 물을 뿜으며, 물 얕은 곳에서 퍼덕거리며, 뜨거운 오후 암초에 걸린 일군(一群)의 고래 떼들. 그러자 굶주리는 울타리 둘러친 도시로부터 가죽조끼 입은 한 무리의 난쟁이들, 나의 동포들이, 피박자(皮剝者)의 나이프를 들고, 달려와, 껍데기를 벗기면서, 푸른 지방질의 고래 살덩이를 자르는 것이다. 기아, 질병, 그리고 도살. 그들의 피가 내 속에 있고, 그들의 탐욕이 나의 혈파(血波) 속에 있다. 나는 얼어붙은 리피 강위 그들 사이를 돌아다녔다, 지글지글 끓는 송진의 불 사이, 귀신이 대신 놓고 간 저능아(低能兒)인, 나.[144] 나는 아무에게도 말을 걸지 않았다: 나에게 말을 거는 이도 없었다.[145]

개의 짖는 소리가 그를 향해 달려왔다, 멈추었다, 뒤돌아 달렸다. 나의 적(敵)의 개. 나는 단지 얼굴이 창백하게, 꼼짝 않고 서 있기만 했다. 궁지에 몰린 채, '*메리빌리아 메디딴스(상상만 해도 무서운 일)*'.[146] 프리뮬러 조끼를 입은, 행운의 악한[147]이, 나의 공포에 미소했다. 그것을, 그들의 부르짖는 박수갈채를, 너는 갈망하고 있는가? 왕위 찬탈자들이여: 당신들에 합당한 생활을 생활하라. 브루스의 동생,[148] 토머스 피츠제럴드,[149] 비단 기사, 퍼킨 위벡,[150] 백장미 상아빛의 비단 바지를 입은, 요크가(家)의 엉터리 후손, 하루 동안의 경탄의 대상, 그리하여 램버트 심넬,[151] 꼬리를 이룬 하녀들 및 술꾼들과 함께, 왕위에 오른 한 상놈. 모두 왕들의 자손들.[152] 여기는 예나 지금이나 찬탈자들의 낙원. 그 녀석[153]은 물에 빠진 사람들을 구했지 그런데 너는 한 마리 똥개의 울부짖는 소리에 떨고 있으니. 그러나 오르 산 미켈 사원의 기도를 조롱한 궁신(宮臣)들은 그들 자신의 궁정에 있었지. ……의 궁정.[154] 우린 이제 너희의 중세적 심원벽(深遠癖)들 중 어느 것도 원치 않아. 너는 그가 한 일을 해볼 테냐? 보트가 가까이 와 있겠지, 구명부대도. '*나튜얼리히(당연하지)*,'[155] 너를 위해 거기 띄워 두는 거야. 해볼 테냐 아니면 그만둘 테냐? 메이든 바위[156] 저쪽 아흐레 전에 익사한 사나이. 그들은 지금 익사체를 기다리고 있다. 사실을, 털어 내놓아 봐. 해보고 싶군. 해봐야지. 나는 대단한 수영 선수가 못되잖아. 물은 차고 연하지. 클론고우즈에서 내가 대야 물 속에 얼굴을 담갔을 때. 볼 수 없군! 내 뒤에 있는 사람은 누구야? 빨리 나와, 빨리! 너는 조수가 낮은 곳의 코코아 빛 패색(貝色)된 모래를, 재빨리 덮으면서, 사방으로 급히 흘러 들어오는 것을 보느냐? 만일 내 발 밑이 단단한 육지라면, 나는 역시 그의 생명이 그의 것이 되기를, 나의 생명이 내 것이 되기를 바라지. 익사한 사나이. 그의 인간의 눈이 죽음의 공포로부터 나를 향해 비명을 지른다. 나는…… 그와 함께 다같이 아래로…… 나는 그녀를 구할 수 없었어. 바다: 비통한 죽음: 끝장.

한 여자와 한 남자. 나는 그녀의 스커트를 본다. 핀으로 말아 올린 모양이야, 맹세코.

그들의 개가 총총걸음을 걸으며, 사방으로 코를 킁킁거리면서, 줄어들고 있는 모래 둑 근처를 느릿느릿 걸어갔다. 지난날 잃어버린 그 무엇을 찾고 있는 것이다. 갑자기 놈은 한 마리 낮게 나는 갈매기의 그림자를 쫓으면서, 양 귀를 뒤로 젖힌 채, 껑충껑충 뛰는 토끼처럼, 도망쳤다. 남자의 예리한 휘파람 소리가 그의 늘어진 귀에 부딪쳤다. 그는 몸뚱이를 돌렸다, 껑충 도루 뛰었다, 한층 가까이 왔다, 번쩍이는 다리로 재빨리 뛰어왔다. 황갈색 들판 위에 한 마리 사슴, 경쾌한, 있는 그대로, 꾸밈없이. 그는 조수의 레이스 천 가장자리에서 귀를 바다 쪽으로 향한 채, 뻣뻣한 앞다리를 짚고 멈추어 섰다. 그의 코를 추켜들고 해마(海馬) 무리 같은, 파도소리를 향해 짖어댔다. 파도는 개의 발을 향해 뱀처럼 꿈틀거렸다, 휘감으며, 수많은 벗을 펼치면서, 매 아홉 번째[157] 마다, 깨어지면서, 철썩이며, 멀리서부터, 한층 먼 바깥에서부터, 파도 그리고 파도가.

새조개 따는 사람들. 그들은 물 속으로 얼마간 걸어 들어갔다, 그리고 허리를 굽히면서, 바구니를 물에 담았다, 그리고 다시 그것을 들어올리며, 밖으로 나왔다. 개가 그들에게로 달려가며 짖어댔다, 뒷발을 디디고 그들에게 덤볐다, 네발로 기어 웅크리면서, 다시 묵묵한 곰 마냥 아양을 떨면서 그들에게 머리를 쳐들었다. 그들이 한층 마른 모래톱을 향해 걸어 나오자 개는 그들에 의해 외면당한 채, 늑대 같은 혓바닥을 턱으로부터 붉게 헐떡이면서. 그의 얼룩진 몸뚱이가 그들 앞에서 느릿느릿 걸어갔다, 그리고 송아지의 질주로 달려갔다. 개의 시체가 그의 길에 놓여 있었다. 그는 멈추어 서서, 코를 킁킁거렸다, 시체 주위를 성큼성큼 걸었다, 형제, 코를 한층 가까이 가져가며, 다시 주위를 빙빙 돌았다, 죽은 개의 더럽힌 털가죽 위를 온통 개답게 재빨리 코를 킁킁거리면서. 개[犬]두개골, 개의 킁킁거림, 눈을 땅 위에 붙이고, 하나의 목표를 향해 움직인다. 아, 불쌍한 개 몸뚱이! 여기 불쌍한 개 몸뚱이의 시체가 놓여 있다.
— 아서! 저리 갓, 이놈의 잡종 개!

고함 소리에 개가 주인에게로 살금살금 되돌아왔다 그러자 난폭한 맨발이 그를 한 번 걷어차 버리자, 개는 나르듯 몸을 웅크린 채, 모래톱을 가로질러 무사히, 떨어졌다. 개는 커브를 그리며 살금살금 되돌아왔다. 나를 보지 않는군. 방파제 가장자리 곁을 따라 놈은 느릿느릿 걸어갔다, 빈둥거렸다, 바위를 냄새 맡았다, 쳐든 뒷다리 밑으로부터 바위를 향해 오줌을 찍 갈겼다. 놈은 앞쪽으로 터벅터벅 걸어갔다. 그리고 뒷다리를 다시 들어, 냄새나지 않는 바위에다 잠시 오줌을 찍 갈겼다. 빈자(貧者)의 소박한 환락. 그런 다음 그의 뒷발로 모래를 흩뿌렸다: 이어 그의 앞발로 모래를 튀기며 움푹하게 팠다. 무언가를 그는 그곳에 매장했다, 그의 조모(祖母)를. 그는 모래 속을 헤집었다, 튀기며, 파면서 그리고 잠깐 멈추고는 공중을 향해 귀를 기울였다, 다시 격렬한 발톱으로 모래를 파헤치다 이내 멈추었다, 잡혼(雜婚)에서 태어난, 시체를 탐닉하는, 한 마리 표범, 한 마리 퓨마.

간밤에 그가 나를 깨운 뒤 똑같은 꿈 아니 그렇던가? 가만있자. 현관문이 열려 있었지. 매춘부들의 거리. 기억해 봐. 하룬 알 라시드.[158] 그래 거의 생각이 나는군. 서 사내기 나를 안내하면서, 말했지. 나는 두려워하지 않았다. 그가 가지고 있던 수박[159]을 내 얼굴에다 내밀었지. 미소했다: 크림빛 과일 냄새. 그것이 규칙이라고, 말했지. 안으로. 자 어서. 붉은 카펫이 깔려 있고. 자네는 누군지 알게 될 거야.

부대를 어깨에 둘러메면서 그들은 터벅터벅 걸어갔다, 붉은 이집트 사람들[160]. 접어 올린 바지 밖으로 남자의 퍼레진 발이 질척질척한 모래를 찰싹찰싹 밟았다, 암갈색의 머플러가 그의 면도하지 않은 목을 조르고 있었다. 여자 발걸음으로 그녀는 뒤따랐다: 악한과 그의 방랑하는 정부(情婦). 노획물을 그녀의 등 뒤에 늘어뜨린 채. 그녀의 맨발에 달라붙은 푸석한 모래와 조개 부스러기. 그녀의 바람에 시려진 얼굴 주변에 머리카락이 흐트러진 채. 그녀의 임자 뒤를, 그의 내조자, 갑시다. 롬빌[161]에로. 밤이 그녀의 육체의 흠을 감출 때 갈색 숄 아래 개들이 더럽힌 아치 통로로부터 부르는 것이다. 그녀의 정부(情夫)는 블랙피츠의 올로플린 주점[162]에서 두 더블린 근위병들을 대접하고 있다. 그녀에게 키스해요, 집시들이 쓰는 기묘한 사투리로 설득하면 돼요, 왠고하니, 오, 나의 예쁘고 매력적인 요녀(妖女)! 그녀의 냄새나는 누더기 아래 여(女)악마의 하얀 육체. 그날 밤 품벨리 골목길[163]: 피혁소의 냄새.

> 하얀 그대의 손, 붉은 그대의 입술
> 그리고 그대의 육체는 아름다워라.
> 뚱뚱보 여인과 자리에 누워.
> 어둠 속에 끌어안고 키스해요.[164]

엉큼한 환락[166]이라 술통 배(腹)의 아퀴나스[165]는 이것을 부르지, '프라테 포르코스피노(호저[豪猪]처럼 살찐 승려).'[167] 추락하기 전의 아담은, 걸터타긴 해도 무발정(無發情)이라.[168] 그가 그렇게 부르도록 내버려 둬: 그대의 육체는 아름다워라, 하고. 언어는 그의 것에 비하면 조금도 나쁠 것 없지.[169] 승려의 말(言)들, 염주들이 그들의 혁대 위에서 재잘댄다: 악한언어(惡漢言語)들, 딱딱한 동전들이 그들의 호주머니 속에 쟁그랑 쟁그랑 울린다.

지금 지나가고 있다.

나의 햄릿 모자[170]에 곁눈질을. 만일 내가 지금 앉은 이대로 갑자기 벌거숭이가 된다면? 지금은 그렇지 않아. 모든 세계의 사막을 가로질러, 서쪽으로, 황혼의 대지로 이주하면서, 태양의 불타는 칼을 따라.[171] 그녀는 짐을 움직이며, 당기며, 끌며, 나르면서,[172] 터벅터벅 걸어간다. 조수는 달에 끌린 채, 그녀의 족적(足蹟)을 따라, 서향(西向)하고 있다. 그녀의 육체 속에, 백만도서(百萬島嶼)를 품은 조수, 나의 것이 아닌 피[血], '오이노파 폰톤(포도주 빛 바다),'[173] 포도주 흑색 바다. 달의 저 시녀를 보라. 잠자는 동안 축축이 젖은 침대의 흔적이 그녀에게 시간을 알려, 그녀를 깨나게 한다. 신부(新婦)의 침상, 출산의 침상, 죽음의 침상, 유령 같은 촛불에 비친 채, '옴니스 까로 아드 떼 베니에뜨(모든 육체가 그대에게 다가오리라).'[174] 그는 다가온다, 창백한 흡혈귀가, 폭풍을 통하여 그의 눈이, 그의 박쥐같은 돛이 바다를 피로 물들이며, 입을 그녀의 입에 입 맞추려고.[175]

여기. 저 녀석을 핀으로 꽂아 두지 않았나, 자네? 나의 수첩이다.[176] 그녀의 입맞춤에 응할 입. 아니야. 입은 둘이여야만 해. 그들을 잘 풀칠하라. 입을 그녀의 입에 입 맞추기 위해.

그의 입술이 대기의 살기 없는 입술을 핥고 입 맞추었다: 그녀의 묘궁구(墓宮口)[177]에의 입구. 자궁, 모든 자궁의 묘(墓). 불쑥 내민 그의 입은 숨결을 토했다, 말하지 않은 채: 우이이이이하하: 폭포 같은 유성(遊星)의 포효(咆哮), 구형(球形)을 이룬 채, 작열하며, 멀리멀리멀리멀리멀리 우르릉거리는 것이다. 종이. 지폐, 이걸 찢자. 노(老) 디지 교장의 편지. 여기. 빈 귀퉁이를 찢게 해준 당신의 후의에 감사하면서. 그는 등을 해 쪽으로 돌리며 바위 테이블 위에 몸을 한껏 꾸부리고 낱말을 갈겨썼다. 도서관 카운터에서 대출쪽지를 집는 걸 잊다니 이번이 두 번째다.

그의 그림자는 그가 허리를 꾸부리자 바위 너머로 뻗었다, 끝기면서. 왜 가장 먼 저 별까지 끊임없이 뻗치지 않을까?[178] 별들은 이 빛 뒤 바로 거기 어둡게 자리 잡고 있다, 밝음 속에 빛나는 어둠,[179] 카시오페이아의 델타 성(星),[180] 세계들. 나는 여기 복점관(卜占官)의 물푸레나무 지팡이를 짚고 앉아 있다, 빌린 나막신을 신고,[181] 낮에는 이 검푸른 바닷가를, 사람의 눈에 띄지 않고, 자색(紫色)의 밤에는 황량한 별의 지배하에 걷고 있는 것이다. 나는 나에게서 나온 이 끊긴 그림자, 불가피한 인간상을, 투영하여, 다시 되부른다. 끊임없는, 그것은 나의 것인가, 나의 형상 중의 형상인가? 누가 여기 나를 살필 것인가? 그 밖의 어느 누가 어느 곳에서 이 쓰여진 낱말을 읽을 것인가?[182] 백야(白野) 위의 기호들. 너의 가장 맑은 목소리로 어느 곳 어느 누구에게. 클로인의 그 선량한 주교[183]는 그의 삽 모자에서 사원(寺院)의 휘장(베일)을 꺼냈다: 그의 들판 위에 각인 된 채색된 상징들을 지닌 공간의 휘장. 덤벙대지 마. 평면 위에 채색된 거다.[184] 그래. 됐어. 평면을 나는 본다, 이어 거리를 생각한다. 가까이, 멀리, 나는 평면을 본다, 동쪽, 뒤쪽. 아, 이제 보라! 실체경(實體鏡) 속에 얼어붙은 채, 갑자기 뒤로 떨어진다. 찰칵 소리가 목적을 달성한다. 그대는 나의 말들이 모호하다고 생각한다. 어둠은 우리들의 영혼 속에 있다고 그대는 생각하지 않은가? 더 한층 맑게. 우리들의 영혼은, 우리들의 죄에 의해 수치로 상처받아, 그런데도 한층 우리에게 꼭 달라붙는단 말이야, 여인이 그녀의 애인에게 달라붙듯이, 더 한층 더 한층.

그녀는 날 믿는다, 그녀의 상냥한 손, 기다란 속눈썹의 눈. 그런데 도대체 나는 베일 저쪽 어디로 그녀를 데려가고 있는가? 불가피한 시계(視界)의 불가피한 양상 속으로. 그녀, 그녀, 그녀. 무슨 여자? 그대가 쓰려고 했던 알파벳 입문서 하나를 찾아 들여다보고 있던 월요일 호지스 피기스 서점[185] 창가의 그 처녀. 그대는 날카로운 시선을 그녀에게 던졌지. 그녀의 양산에 매달린 장식 띠에 팔목을 걸고. 그녀[186]는 비애와 빈곤과 함께 리즌 공원[187]에 살고 있지, 한 사람의 문학소녀로서. 스티비, 그런 걸 다른 사람에게 이야기하면: 어떤 위안부에게도. 그녀는 틀림없이 코르셋 양말대님에다, 굵은 털실로 짠, 노란 스타킹을 신고 있지. 사과 반죽 푸딩에 관해 이야기한다, '*피우토스토(도리어)*'[188]. 너의 기지(機智)는 어디에 있는가?

나를 감촉하라. 부드러운 눈. 부드럽고 부드럽고 부드러운 손아. 나는 여기 홀로 외로워. 오, 나를 이제, 어서 좀 감촉 해줘. 모든 사람에게 알려진 그 말〔言〕[189]은 뭐더라? 나는 여기 정말 홀로 인지라. 슬프기도. 감촉해줘, 나를 감촉해줘.

그는 날카로운 바위 너머로 몸을 한껏 뒤로 뻗고 들어 누웠다, 갈겨쓴 종이쪽지와 연필을 호주머니 속에 쑤셔 넣으면서, 모자를 눈 위로 끌어내리고. 이거야말로 그의 낮잠, 안식일의 잠을 위해 고개를 끄덕이며, 내가 했던 케빈 이건의 운동이다. '*에뜨 비디뜨 데우스. 에뜨 에랑뜨 발네 보나. (그리고 하느님은 몸소 모든 것을 보셨느니라. 그리하여 그들은 지극히 훌륭함을 아셨도다.)*'[190] 야호! '*봉쥬르(상쾌한 날씨)*.' 5월의 꽃인 양 환영하도다.[191] 모자 차양 밑으로 그는 공작(孔雀)조롱하는 속눈썹을 통해 남향(南向)하는 태양을 주시했다. 나는 이 불타는 장면에 사로잡혀 있다. 판 신(神)의 시각,[192] 목양신(牧羊神)의 오후. 송진 묻은 사목(蛇木), 젖 물이 흐르는 과실 사이, 거기 황갈색의 물결 위에 나뭇잎들이 넓게 펼쳐 있는 곳. 고통은 멀다.

더 이상 고개 돌려 생각에 잠기지 말아요.[193]

그의 시선이 그의 볼 넓은 구두에 잠잠히 머물렀다, 멋쟁이의 폐물, '*네벤아인안데르(하나하나 나란히)*.' 그는 그 속에 타인의 발이 따뜻하게 자리 잡았던 구겨진 가죽구두의 주름살을 헤아렸다. 삼박자(三拍子)로 땅을 밟던 그 발, 나는 그따위 발은 싫어. 그러나 너는 에스터 오스발트의 구두가 네게 꼭 맞았을 때 기뻐했었지: 내가 파리에서 알고 있었던 소녀. '*띠엥, 께르 쁘띠 삐에! (어마, 얼마나 작은 발이야!)*'[194] 완고한 친구, 하나의 형제 혼(魂): 이름을 감히 말할 수 없는 와일드의 사랑.[195] 그의 팔: 크랜리의 팔. 녀석[196]은 이제 내 곁에서 떠나겠지. 그런데 잘못은? 나는 지금 이대로. 지금 이대로야. 모두 아니면 전혀 아니든지.

코크 호반으로부터 긴 올가미를 이루며 물이 넘쳐흘렀다,[197] 모래의 푸른 황금빛 개펄을 덮으며, 솟으면서, 흐르는 것이다. 나의 물푸레나무 지팡이도 떠내려가겠지. 나는 기다리리라. 아니야, 그들은 계속 흘러 갈 거야, 통과하며, 낮은 바위에 부딪치며, 소용돌이치며, 흘러가는 것이다. 이 일은 재빨리 해치워야겠다는 듯이. 귀를 기울러 봐요: 네 마디 파도의 언어를: 쉽슈, 허스, 르세이스, 우우즈. 바다뱀들, 뒷발을 디딘 말〔馬〕, 바위 사이의 파도의 격렬한 숨결. 바위 컵 속에 물이 쏴 쏟아진다: 풍덩 인다. 쏟아진다, 찰싹인다: 통 속에서 출렁인 채. 그리하여, 지쳐, 그의 언어가 멈춘다. 물은 소용돌이치며 흐른다, 넓게 흐르며, 웅덩이 거품일게 하며, 꽃 펼치면서.

위로 부풀어 솟는 조수 밑으로, 그는 몸부림치는 해초들이 그들의 페티코트를 치켜 올리는 것을, 속삭이는 물 속에 수줍은 은엽(銀葉)들을 흔들고 뒤집으며, 나른하게 떠오르며, 마지못한 팔들을 흔드는 것을 보았다. 낮마다: 밤마다: 쳐들린 채, 넘쳐 그리고 쏟아진다. 주여, 그들은 지쳐 있소. 그리고, 속삭일 때는 그들은 탄식하오. 성(聖) 암브로시우스[198]는 그 소리를 들었지, 잎들과 파도의 탄식을, 그들의 세월의 충만을 기다리며, 고대하며,[199] 기다리며, 잎들과 파도의 탄식, 디에부스 아끄 녹띠부스 이니우리아스 빠띠엔스 인게미스시드 (매일 낮 매일 밤 꾸준히 그는 상처에 울며 슬퍼했노라).[200] 목적 없이 모였다가: 이어 맥없이 풀어진다, 앞으로 흐르다가, 뒤로 되돌아오며: 달[月]의 베틀. 애인들, 음탕한 사나이들의 시선에 또한 지쳐, 그녀의 궁정에서 번쩍이며 한 벌거벗은 여인, 그녀는 바다의 그물을 당긴다.

저기 다섯 길 바깥에. 꼬박 다섯 길에 그대의 부친이 누워 있다.[201] 한 시에, 그는 말했지. 익사체로 발견되다. 더블린 사장(砂場)의 만조시(滿潮時). 자갈, 선형(扇形)의 고기떼들, 어리석은 조개들의 늘어진 표류 물을 익사체 앞에 몰면서. 역류(逆流)로부터 염백(鹽白)으로 솟는 시체, 육지를 향해 한걸음 한걸음 돌고래 머리를 까닥이며. 저기 그가 있소. 빨리 그걸 낚아 올려요. 당겨요. 그가 바다 밑에 가라앉아 있을지라도. 우린 붙들었다. 자 느긋하게.

불결한 염수(鹽水)에 함빡 적셔있는 시체 가스 망태기. 해면(海綿)의 진미(珍味)로 살찐, 전율하는 피라미 떼가, 그의 단추 채워진 바지 앞섶 터진 틈을 통하여 번쩍인다. 하느님은 인간이 되고 물고기가 되고 혹기러기가 되고 깃털 포단(蒲團)(페더베드)의 산(山)이 된다.[202] 살면서 나는 사자(死者)의 숨을 쉰다,[203] 사자의 회진(灰塵)을 밟고, 온갖 사자들로부터 요수(尿水) 찌꺼기를 맛있게 먹는다. 뱃전 너머로 굳어져 끌어올려진 채, 시체는 녹색 무덤의 악취를 풍겨 올린다. 그의 나병(癩病)걸린 콧구멍을 태양을 향해 벌름거리면서.

이는 바다의 변화, 갈색의 눈이 염(鹽) 푸르고. 바다의 죽음, 인간에게 알려진 모든 죽음 가운데서 가장 안이하다는. 노부(老父)인 태양.[204] '쁘리 드 파리(파리상[賞])': 유사품에 요주의. 일차 꼭 시험해 보시라. 놀랄 정도로 잘 듣습니다.[205]

자 그런데. 나는 목이 마르군.[206] 위로 구름이 끼면서.[207] 어디고 먹구름은 보이지 않잖아? 뇌우(雷雨). 지력(智力)의 자만심 강한 번갯불, 그는 온통 밝게 떨어진다,[208] 루치퍼, 디꼬, 뀌 네스치뜨 오까숨(몰락을 모르는 마왕(魔王)은, 그것을 모르고, 산다).[209] 아니야. 나의 새조개 모자와 지팡이 그리고 피아(彼我)의 샌들 구두.[210] 어디로? 황혼의 대지로. 저녁이 곧 다가오겠지.

그는 물푸레나무 지팡이의 손잡이를 잡았다. 그것으로 가볍게 쑤시며, 계속 희롱대면서. 그래, 해거름은 내 속에도, 내 밖에도 다가올 거야. 모든 나날은 그들의 종말을 가져온다. 그런데 다음 화요일은 한해 중 낮이 제일 긴 날이 되지.[211] 모든 즐거운 새 해 가운데, 어머니, 럼 텀 타이들레디 텀. 신사 시인 론(잔디) 테니슨.[212] '지아(그만),'[213] 누런 이빨을 가진 그 늙은 마녀[214]를 위해. 그리고 신사 저널리스트, 드루몽 씨.[215] '지아(그만).' 나의 이빨도 지독히 나쁘지. 왜, 그런지 몰라. 만져 봐요. 저놈도 빠질 것 같군. 조가비. 치과의에게 가야할까 보다, 저 돈을 갖고? 저놈도. 이놈도. 이빨 없는 킨치, 초인간. 왜 그런지, 몰라, 아니면 필경 유별난 뜻을 갖고 있는 걸까?

나의 손수건. 녀석이 그걸 팽개쳤지. 나는 기억하고 있어. 그걸 줍지 않았던가?

그의 손이 호주머니 속을 헛되이 뒤졌다. 아니야, 나는 줍지 않았어. 하나 사는 게 좋겠군.

그는 콧구멍으로부터 후벼낸 마른 코딱지를, 조심스럽게, 바위 가장자리에 붙여 놓았다. 그 밖에는 원하는 자에게 보게 내버려 둬.

뒤쪽에. 아마 누군가 있을 테지.[216]

그는 어깨 너머로 얼굴을 돌렸나니, 후측주시(後側注視). 세대박이 배의 높은 돛대들이 대기를 뚫고 움직이며, 그의 돛을 가름대에다 죄인 채, 귀항하며, 조류를 거슬러, 묵묵히 움직이고 있었다. 한 척의 묵묵한 배.[217]

제II부

◆ 4장 ◆

＊리오폴드 블룸 씨는 짐승과 가금(家禽) 내장을 맛있게 먹었다. 그는 진한 거위 내장 수프, 호두 맛 모래주머니, 속 다져 넣은 구운 심장, 빵가루와 함께 튀긴 엷게 썬 간(肝), 기름에 튀긴 대구(大口) 곤이를 좋아했다. 무엇보다도 그는 지진 양(羊) 콩팥을 제일 좋아했는데, 그것은 그의 입천장에 희미한 오줌 냄새나는 근사한 특유의 맛을 주었다.

콩팥이, 그가 혹 달린 쟁반 위에 아내의 아침식사 거리를 차리면서, 부엌에서 조용히 움직이자, 그의 마음을 점령했다. 냉랭한 햇빛과 공기가 부엌에 차있었으나 문 밖은 어디나 할 것 없이 부드러운 여름 아침이었다. 그에게 약간 시장기를 느끼게 했다.

석탄불이 붉게 타고 있었다.

버터 바른 또 한 조각의 빵: 셋, 넷: 됐어. 아내는 접시에 가득 담은 걸 좋아하지 않았지. 딱 됐어. 그는 쟁반에서 몸을 돌려, 난로 시렁에서 주전자를 들어 불 위에 비스듬히 올려놓았다. 주전자는 어수룩하게 웅크린 채, 주둥이를 내밀고, 거기 앉아 있었다. 곧 차를 한 잔. 좋아. 입이 마르는 군.

고양이가 꼬리를 높이 추켜들고 식탁 다리 주변에서 뻣뻣하게 맴돌았다.

— 묘야웅!

— 오, 거기 있군, 블룸 씨가 난로에서 몸을 돌이키며, 말했다.

고양이는 대답하듯 야웅 울며 식탁 다리 주변을 다시 몸을 뻣뻣하게 하고 살금살금 걸어갔다, 야웅거리며. 내 책상 위에서도 꼭 저렇게 살금살금 걷지. 프르. 나의 머리를 좀 긁어 줘요. 프르.

블룸 씨는 그 유연하고 검은 모습을 신기한 듯 상냥하게 살펴보았다. 보기에 참 말끔하단 말이야: 반질반질한 털가죽의 윤택, 꼬리 아래 하얀 단추, 파란 반짝이는 눈. 그는 양손으로 무릎을 짚고, 고양이에게 몸을 꾸부렸다.

— 고양이들에게는 우유가, 그는 말했다.

— 뫠야웅! 고양이가 울었다.

사람들은 저들을 멍청하다고들 하지. 우리가 저놈들을 이해하기보다 저놈들이 우리가 말하는 걸 보다 잘 이해하거든. 요놈은 알고 싶은 건 다 알고 있단 말이야. 역시 앙심(怏心)도 대단하지. 잔인해요. 놈의 천성. 생쥐들이 끽소릴 못 하니 참 신기하지. 그런 걸 좋아하는 모양이야. 저놈한테는 내가 뭐로 보일까? 탑의 높이로? 아니야, 놈은 내게 뛰어오를 수 있지.

— 요놈은 병아리가 무섭지, 그는 조롱조로 말했다. 삐약 삐약이 무섭지. 요놈의 고양이처럼 둔한 고양이도 처음 봤어.

— 밀크야웅! 고양이가 크게 울었다.

고양이는 호소하듯 길게 야웅거리며, 우윳빛 하얀 이빨을 그에게 보이면서, 탐욕스런 수치스럽게 감는 눈으로 끔벅거렸다. 그는 고양이의 검은 눈구멍이 탐욕 때문에 좁혀져 마침내 눈이 파란 구슬처럼 되는 것을 자세히 보았다. 이어 그는 조리대로 가서, 한런 점(店)

의 우유배달부가 그를 위해 방금 채워 준 우유단지를 들고, 따뜻한 거품이 인 우유를 접시에 부어, 그것을 마루 위에 천천히 놓았다.

— 그르르흐! 고양이가 핥으려고 달려오면서, 부르짖었다.

그는 고양이가 혀끝을 세 번 갖다 대며 가볍게 핥자 희미한 햇빛 속에 수염이 철사처럼 번적이는 것을 바라보았다. 수염을 잘라 버리면 고양이는 쥐를 잡을 수 없다는 게 사실인지 몰라. 왜? 수염은 어둠 속에서도 비치는 모양이지, 아마, 그 끝이. 아니면 어둠 속에서는 일종의 촉수(觸鬚)가, 필경.

그는 고양이가 홀짝홀짝 핥는 소리를 자세히 들었다. 햄과 달걀, 아니야. 이런 가뭄에는 좋은 달걀이 나지 않지. 깨끗하고 신선한 물이 부족해요. 목요일: 게다가 버클리 푸줏간¹⁾의 양(羊) 콩팥도 좋은 게 없는 날이야.²⁾ 버터로 튀긴 채, 후추를 한 번 쳐서. 들루가쯔 푸줏점³⁾의 돼지 콩팥이 더 낫겠군. 주전자가 끓고 있는 동안. 고양이는 한층 천천히 핥았다, 이어 접시를 말끔히 핥았다. 왜 고양이의 혓바닥은 저렇게 거칠까? 보다 더 잘 핥기 위해서, 온통 구멍 천지. 저 놈이 먹을 수 있는 게 뭐 없나? 그는 주위를 둘러보았다. 없군.

조용히 삐걱대는 구두를 신고·그는 계단을 올라 현관으로 가서, 침실 문 곁에 멈추었다. 아내는 뭔가 맛있는 것을 먹고 싶을 거야. 아침에는 버터를 바른 얇은 빵을 좋아하지. 그렇지만 아마: 이따금 한 번쯤은.

그는 텅 빈 현관에서 조용히 말했다:

— 저쪽 모퉁이를 좀 들러 오겠소. 곧 돌아 와요.

그리고 자신의 목소리가 전달되는 걸 다 듣자 다시 덧붙여 말했다:

— 아침으로 뭘 좀 들지 않겠소?

외마디 졸린 낮은 신음 소리가 대답했다:

— 음.

아니야. 그녀는 아무것도 먹고 싶지 않아. 그녀가 몸을 뒤치자 한 가닥 짙고 따뜻한, 한층 부드러운 숨소리를 그리고 침대 뼈대의 느슨한 구리 쇠고리들의 징글징글 울리는 소리를 그는 그때 들었다. 정말이지 저놈의 고리를 붙들어 매어 두어야겠군. 안됐어. 지브롤터⁴⁾에서부터 내내. 그녀가 조금 알고 있던 스페인어마저 잊어 버렸지. 그녀의 부친은 침대를 얼마 주고 샀을까. 낡은 스타일. 아 그래! 물론. 총독의 경매에서 그걸 샀었지. 쉽사리 낙착되었다. 흥정에는 참 야무져요, 트위디 영감. 그렇습니다, 각하. 그건 플레브나⁵⁾에서였습니다. 저는 병졸에서 진급했습니다, 각하, 그리고 그걸 자랑스럽게 여깁니다. 그런데도 그는 우표로 매점(賣店)을 할 만큼 충분한 두뇌를 갖고 있었지. 그런데 그것은 선견지명이었어.⁶⁾

그는 손으로 자신의 이름의 두문자(頭文字)가 새겨진 무거운 오버코트와 유실품(遺失品)취급소의 헌 비옷 위에 걸린 그의 모자를 못걸이에서 떼었다. 우표: 뒷면에 끈적끈적한 그림들. 틀림없이 많은 장교들이 그 일에 또한 결탁하고 있었지. 물론 그들은 그래. 그의 모자의 땀에 젖은 왕관 상표가 그에게 말없이 일러주었다: 플라스토 상점⁷⁾의 고급 모자. 그는 모자의 가죽 머리띠 속을 재빨리 홀쩍 들여다보았다. 하얀 한 조각의 종이.⁸⁾ 아주 안전하군.

현관 계단에서 그는 뒤 호주머니 속에 바깥문 열쇠를 더듬었다. 여긴 없군. 바지 속에 두었지. 꺼내야겠다. 감자⁹⁾는 지녔고. 삐걱거리는 장롱. 아내의 취침 방해는 금물. 그녀는 아까 졸리는 듯 몸을 뒤척였다. 그는 뒤로 현관문을 아주 조용히 끌어당겼다, 조금 더, 드디어 문 밑자락이 문지방 위에 살짝 떨어졌다, 나긋한 눈꺼풀. 꼭 닫힌 것 같군. 어쨌든 돌아올 때까지 안전해.

그는 75번지의 헐거운 지하실 문 뚜껑을 피하여, 밝은 햇빛 쪽으로 건너갔다. 해는 조지 성당의 뾰족탑에 가까이 가고 있었다. 날씨가 더울 모양이야. 특히 이렇게 검은 옷을 입고 있으면 한층 덥단 말이야.[10] 검은 것은 열을 전도(傳導), 반사하지(굴절이든가?). 그러나 가벼운 차림으로 갈 수는 없잖아. 그건 피크닉에 적합한 거야. 그가 행복한 온기(溫氣) 속을 걸어가자 눈꺼풀이 자주 조용히 가라앉았다. 볼란드 점[11]의 빵 차가 우리들 일상의 빵을 접시로 운반해 주지만 아내는 어제의 바삭바삭 태운 접힌 곁 껍질을 더 좋아하지. 젊은 기분이 난다는 거야. 동방(東方)의 어느 곳: 이른 아침: 새벽에 출발한다. 해를 정면에 안고 여행을 하면, 하루 동안에 그 행진이 끝난다. 그것을 영원히 계속하면 이론적으로 하루 이상 걸리지 않는다. 해변을 따라 걸어간다, 미지의 나라, 어떤 도시 대문에 당도한다, 거기 보초가, 그도 역시 늙은 병사, 늙은 트위디의 커다란 콧수염을 하고, 길다란 종류의 창(槍)에 몸을 기대고 있다. 덧문(遮日)내린 거리를 배회한다. 지나가는 터번 두른 얼굴들. 검은 동굴 같은 카펫 상점들, 덩치 큰 사나이, 쾌걸(快傑) 터코.[12] 꼬부라진 파이프를 피우면서, 다리를 포개고 앉은 채. 거리의 장사꾼들의 외치는 소리. 회향(茴香) 탄 물, 셔벳을 마신다. 종일 성화를 부린다. 한두 명의 강도를 만날 수도. 글쎄, 만나도 좋아. 일몰(日沒)이 다가온다. 주랑(柱廊) 사이 회교 사원의 그림자들: 둘둘 말은 족자(簇子)를 든 승려들. 나무들의 흔들림, 신호, 저녁 바람. 나는 계속 지나간다. 퇴색해 가는 금빛 하늘. 한 어머니가 문간에서 나를 살펴본다. 그녀는 알 수 없는 말로 그녀의 아이들을 집으로 부른다. 높은 담벼락: 그 너머로 울리는 현악기. 밤하늘, 달, 보라색, 몰리의 새 양말대님의 빛깔. 현악기. 자세히 들어 보라. 소위 달서머라는 저 악기를 하나 연주하고 있는 한 소녀. 나는 지나간다.

아마 실제로는 전혀 그렇지 않을는지 몰라. 그대가 읽는 종류의 작품: 태양의 궤도를 따라.[13] 표제지(表題紙) 위의 구름 사이 강렬한 햇살.[14] 그는 미소를 띠었다, 홀로 즐기면서. 아더 그리피스[15]가《플리먼》지의 사설 난(欄) 위의 장두장식(章頭裝飾)에 관해 말했지: 아일랜드 은행 뒤의 골목길로부터 북서쪽에 솟아오르는 자치(自治)의 태양이라고.[16] 그는 길게 회심의 미소를 지었다. 그것 교활한 착상: 북서쪽에 솟아오르는 자치의 태양이라니.

그는 래리 오러크 상점[17]에 접근했다. 지하실 뚜껑으로부터 흑맥주의 몽롱한 내뿜는 냄새가 떠올랐다. 열려 있는 문간을 통하여 주장(酒場)이 생강, 차 가루, 비스킷 부스러기 냄새를 내뿜었다. 좋은 집이야, 그러나: 바로 시내 교통의 종점에 있으니. 예를 들면 저 아래 모울리 점은[18]: 위치로서 노-굿. 물론 가축시장에서부터 북부 순환로를 따라 부두까지 전차선로를 가설하면 값이 총알처럼 오를 테지.

창 가리개 너머로 보이는 대머리. 재치 있는 괴짜 영감. 그에게 광고 주문은 무용. 여전히 그는 자신의 일을 가장 잘 알고 있지. 저기 그가, 확실히, 나의 대머리 래리, 셔츠 소매를 걷어 젖히고 설탕 상자에 기댄 채, 앞치마 두른 술집 종업원이 자루 달린 빗자루와 양동이를 들고 청소하는 걸 살펴보고 있다. 사이먼 디딜러스[19]가 눈을 찌푸려 시켜느꼬 그를 정확히 흉내 낸다. 내가 당신한테 말하려고 하는 게 뭔지 알겠소? 그게 뭐요, 오러크 씨? 뭔지 당신은 알고 있소? 소련 사람들, 그들은 일본 사람들에게는 단지 8시 조반 먹기에 불과할 테죠.[20]

멈추어 서서 한 마디 말을 건넨다. 아마 장례에 관해. 불쌍한 디그넘에 관해 참 슬픈 일이지요, 오러크 씨.

돌세트가(街)를 돌아들면서 그는 현관문을 통해 인사로 싱그럽게 말했다:

— 안녕하시오, 오러크 씨.

— 안녕하십니까.

— 좋은 날씨요, 선생.

— 정말 그렇소.

어디서 저 사람들은 저렇게 돈을 벌까? 리트림 주(州)[21]로부터 적두(赤頭)의 술집 종
업원으로 상경하여, 지하실에서 빈 술통을 헹구고 남은 찌꺼기를. 그런데, 봐요, 그들은 애
덤 핀들레이터즈[22] 또는 단 톨런[23]처럼 번영한단 말이야. 이어 경쟁을 생각해 봐요. 누구나
목이 말라. 술집을 하나도 스치지 않고 더블린을 통과한단 것은 참 근사한 수수께끼 감일
거야. 그렇지 않고 지나갈 수는 없지. 주정꾼한테서 돈을 짜내는 모양이야 아마. 3실링이라
기장(記帳)하고 5실링을 받아내는 거지. 그게 얼마야, 여기서 1실링 저기서 1실링, 술과 오
입질. 도매 주문도 받는 모양이지 아마. 중간 도매상들과 비밀리에 갑절 장사를 하는 것이
다. 당신 두목을 매수하여 해결해요 그러면 우리는 이득을 쪼개는 거야, 알지?

흑맥주로 얻는 월(月) 총 이득은 도대체 얼마나 될까? 가령 술 열통이라면. 예컨대 매
상고에서 10퍼센트의 이익을 본다면. 오 더 되지. 15(퍼센트). 그는 성 요셉 초등학교 곁을
지나갔다. 개구쟁이들의 떠들어대는 소리. 창문은 열려 있고. 신선한 공기가 기억력을 돕지
요. 아니면 일종의 가곡. 아아베에세에 데에페에지이 켈로멘 오오페큐 러스트유비 더블류.
저놈들은 사내들인가? 그렇군. 이니쉬터크. 이니샤크. 이니쉬보핀.[24] 지리 공부를. 광산.
블룸 산(山).[25]

그는 들루가쯔 푸줏간의 창문 앞에 발을 멈추었다. 다래로 매달아 놓은 검고 흰, 소시
지며, 순대를 빤히 쳐다보면서. 15곱하기. 숫자가 풀리지 않은 채, 마음속에서 희미해져 갔
다: 불쾌한 채, 그는 숫자가 사라지도록 내버려두었다. 양념 다진 고기로 꾸린, 번쩍이는
소시지 묶음들이, 그의 눈요기를 돋우자, 그는 요리 된 양념 친 돼지 피의 미지근한 냄새를
은근히 들이쉬었다.

버들 무늬의 접시 위에 핏방울이 흘러나온 한 토래 콩팥: 마지막 남은 것. 그는 카운
터의 옆집 처녀 곁에 섰다. 그녀도 저 콩팥을 사려는가, 손의 종이쪽지로부터 품목을 읽으
면서? 손이 튼 채: 세탁용 소다. 그리고 데니 점의 소시지 1파운드 반. 그의 눈이 그녀의
활기 찬 양쪽 엉덩이 위에 머물렀다. 우즈[26]가 그의 이름이지. 그 친군 뭘 하는지 궁금하
군. 아내는 늙었지. 새로운 혈기. 어떤 추종자도 허락지 않아. 튼튼한 양팔. 빨랫줄의 융단
을 획획 두드리며. 그녀는 정말로, 그걸 획획 두들겨요. 두들길 때마다 그녀의 뒤둥그러진
스커트가 획획 흔들리는 모양.

족제비눈의 돼지 푸줏간 주인이 소시지 핑크색의, 얼룩진 손가락으로 그가 잘게 썰어
놓은 소시지를 종이에 둘둘 말았다. 싱싱한 고기가 거기에: 마치 우리에서 가두어 키운 어
린 암소 고기 같아.

그는 잘라 놓은 신문지 더미에서 한 장을 집었다: 티베리아스 호수 연안의 키네레스
모범 농장.[27] 이상적인 겨울 요양소가 될 수 있지. 모세 몬테피오.[28] 바로 그거라 나는 생
각했어. 담으로 둘러 친 농가, 풀을 뜯고 있는 멍한 가축들. 그는 신문지를 눈에서 멀리 뗐
다: 재미있군: 한층 가까이 읽는다. 제목, 풀을 뜯고 있는 멍한 가축들, 신문지를 바스락거
리며. 한 마리 어린 하얀 암송아지. 우시장의 저 아침들, 그들의 우리 안에, 음매 울고 있는
짐승들, 소인(燒印) 찍힌 양들, 똥이 뚝뚝 떨어지는 소리. 짚 사이를 징 박은 구두를 신고
뚜벅뚜벅 걷고 있던 사육자(飼育者)들,[29] 성숙한 살 엉덩이를, 손바닥으로 찰싹 치면서,
요놈은 우량종이야, 손에는 껍질 그대로의 회초리. 그는 신문지를 끈기 있게, 그의 감각과
의지를 기울이면서, 부드럽고 유순한 시선을 고정한 채, 비스듬히 들고 있었다. 획 획 획,
흔들리는 뒤둥그러진 스커트.

돼지 푸줏간 주인은 쌓아 놓은 더미에서 두 장을 집어, 그녀의 상등품 소시지를 말아
싼 뒤, 붉은 얼굴을 찌푸려 보았다.

— 자, 아가씨, 그는 말했다.

그녀는 대담하게 미소 지으며, 굵은 팔목을 내밀어, 한 닢 동전을 치렀다.

— 고마워요, 아가씨. 그리고 거스름돈이 1실링 3페니. 자, 댁은?

블룸 씨는 재빨리 가리켰다. 그녀를 뒤쫓아 따라잡기 위해 만일 그녀가 천천히 걸으면, 그녀의 움직이는 햄 엉덩이 뒤를. 아침에 맨 먼저 그걸 본다는 것은 기분 좋은 일이야. 서둘러요, 젠장. 햇빛이 비칠 동안에 건초(乾草)를 말려야. 그녀는 푸주 바깥의 햇빛 속에 선 다음, 오른쪽으로 어슬렁어슬렁 나른한 기분으로 걸어갔다. 그는 숨을 코 아래로 몰아 내쉬었다: 여자들은 결코 이해하지 못하지. 소다에 튼 손. 껍질이 두꺼운 발톱 역시. 그녀를 양쪽으로 막고 있는, 누더기 진갈색 망토. 무시하려는 통증이 그의 가슴속에 가냘픈 기쁨을 불 질렀다. 다른 녀석을 위한 거다: 이클레스 골목길에서 그녀를 끌어안는 한 비번(非番) 순경. 사내들은 끌어안기에 꼭 알맞은 여자를 좋아하지. 상등품 소시지야. 오 제발, 순경나리, 나는 어쩜 좋아요.[30]

— 3페니입니다.

그의 손이 습하고 연한 내장을 받아 그것을 옆 호주머니 속으로 밀어 넣었다. 그런 다음 그의 바지 주머니에서 동전 세 개를 꺼내 고무 못 접시 위에 놓았다. 동전은 거기 놓인 채, 눈으로 재빨리 세어진 다음, 하나씩 금고 속으로 재빨리 굴러 들어갔다.

— 감사합니다. 선생. 또 오십시오.

여우 눈으로부터 열렬한 한 점 불빛이 번쩍이며 그에게 감사했다. 그는 잠시 후에 시선을 거두었다. 아니야: 않는 게 좋아: 다음번에.[31]

— 좋은 아침을, 그는 물러서면서, 말했다.

— 좋은 아침 되세요.

혼적도 없군. 사라져 버렸어. 어떻게 된 노릇이야?

그는 돌세트가(街)를 따라 되돌아 걸어갔다, 신문 쪽지를 신중하게 읽으면서. 아젠다스 네타임[32]: 식수회사(植樹會社). 터키정부로부터 불모의 모래땅을 구입하여 유칼립투스를 식수(植樹)함. 그늘, 연료 및 건축용으로 탁월함. 자바[33]의 북부 오렌지 숲 및 광활한 수박밭. 80마르크를 투자하시면 본사에서는 귀하를 위하여 한 듀넘의 토지에 올리브, 오렌지, 아몬드 또는 시트런(유자)을 식수해 드림. 올리브는 한층 값이 쌈: 오렌지는 인공관개(人工灌漑)를 요함. 수확물은 해마다 귀하에게 수송됨. 귀하의 성명은 소유주로서 본사의 장부에 영구히 기입됨. 즉시 불 10마르크에 잔고는 연부(年賦)도 가능함. 베를린, 서(西) 15구(區), 블라입트로이가(街) 34번지.

해봤자 아무 소용없는 일. 하지만 그 이면에는 생각할 점도.

그는 은빛 열기 속에 멍한, 소 떼들을 쳐다보았다. 은(銀)가루 발린 올리브나무들. 조용하고 기나긴 나날: 가지를 자르며, 성숙하게 하며. 올리브는 항아리 속에 보관하지, 응? 나는 앤드류즈 상점에서 산 걸 지금도 몇 개 남겨 갖고 있어. 그것을 뱉어 내던 몰리. 지금은 그 맛을 알고 있어. 휴지에 싸서 나무 상자 속에 쌓아 둔 오렌지들. 시트런노 마찬가지. 불빙한 시트런[34]이 성(聖) 케빈 광장에 아직도 살고 있는지 몰라. 그리고 낡은 기타를 든 마스티안스키[35]도. 그때 우리는 참 즐거운 저녁 시간을 보냈지. 시트런의 바구니 의자에 앉아 있던 몰리. 쥐면 기분이 좋지, 차고 당밀 같은 과실, 손에 쥐고, 그것을 콧구멍에 들어 올려 향기를 맡으면. 그와 같은, 짙은, 달콤한, 야생의 향기. 언제나 꼭 마찬가지, 해마다. 값도 또한 대단하다고, 모이젤[36]이 나한테 말했지. 아뷰터스 광장: 플레즌츠가(街)[37]: 즐겁던(플레즌트) 그 옛날. 한 점의 흠집도 내서는 안 된다고, 그는 말했지. 먼길을 내내: 스페인, 지브롤터, 지중해, 레반트.[38] 자바의 부둣가에 줄지어 쌓인 궤짝들, 그것을 장부에다 기입하고 있는 녀석, 맨발로 그것을 운반하고 있는 더러운 당거리 천의 옷을 걸친 인부들. 뭐라나 하는 이가 거기서 빠져 나온다. 안녕하시오? 보질 않는다. 잠깐 인사 나눌 정도로 알고 있는 녀석은 약간 귀찮은 존재야. 그의 등이 저 노르웨이 선장의 것을 닮았어.[39] 오늘

그를 만날지 몰라.⁴⁰⁾ 살수차(撒水車)다. 비를 부르기 위해. 하늘에서처럼 땅 위에서.⁴¹⁾

한 점 구름⁴²⁾이 태양을 천천히, 완전히, 가리기 시작했다. 회색. 멀리.

아니, 저렇지 않아. 불모지, 헐벗은 황야. 화산호(火山湖), 사해(死海): 물고기도 없고, 수초(水草)도 없고, 땅속에 깊이 가라앉은 채. 어떠한 바람도 저 파도, 회색의 금속, 독 서린 안개의 바다를 동요하지 못하리. 빗물처럼 흘러내리는 것을 그들은 유황이라 불렀지: 황야의 도회들: 소돔, 고모라, 에돔.⁴³⁾ 모두 죽은 이름들. 사지(死地) 속의 사해(死海), 회색으로 오래된 채. 지금은 오랜 옛날. 바다는 가장 오래된, 최초의 종족을 낳았다. 한 허리 굽은 노파가 한 파인트짜리 돌 병의 목을 움켜쥐고, 캐시디 점⁴⁴⁾쪽에서 건너왔다. 가장 오래된 백성들. 전(全) 지구 표면을 멀리 방랑했지, 포로에서 포로로, 증식하면서, 죽어 가면서, 어디서나 탄생하면서.⁴⁵⁾ 바다는 지금도 거기에 놓여 있다. 이제 아무것도 더 낳을 수 없지. 죽은 거야: 늙은 여인의 그것처럼: 움푹 꺼진 세계의 회색 음부(陰部).

황폐.

회색의 공포가 그의 육체를 움츠리게 했다. 신문쪽지를 접어 호주머니에 넣으며, 그는 이클레스가(街)로 돌아들었다. 집을 향해 서둘면서. 냉량한 기름이 그의 혈관을 따라 미끄러지듯 흘렀다. 그의 피를 얼리며: 나이가 그를 소금 외투로 겉껍질을 입혔다.⁴⁶⁾ 자, 여기 왔군. 그래, 이제 나는 여기에. 아침에는 입안이 깔깔하지. 잠자리에서 잘못 일어나다. 다시 샌도우⁴⁷⁾의 운동을 시작해야. 손을 땅에 짚고. 얼룩진 갈색 벽돌집들 투정이. 80번지는 아직도 세 들지 않고. 그건 왜? 가격은 단지 28파운드일 뿐인데. 타워즈, 배터즈비, 노드, 맥아더: 고지서들을 풀칠해서 붙여 놓은 현관의 창들. 통안(痛眼)에는 플라스터 연고. 구수한 차 내음, 냄비의 요리 냄새, 지글지글 끓는 버터 냄새를 맡기 위해. 그녀의 잠자리 따뜻해진 풍만한 육체 곁에 가까이 왔다. 그래, 그래.

빠르고 따스한 햇볕이 버클리 한길에서부터 달려왔다, 재빨리, 가느다란 샌들 나막신을 신고, 환히 밝아오는 보도를 따라. 달린다, 그녀가 나를 맞으러 달려온다, 바람에 나풀대는 금발의 소녀.

두 통의 편지와 한 장의 엽서가 현관 바닥에 놓여있었다. 그는 허리를 굽혀 그들을 주워 모았다. 마리언 블룸 부인. 그의 빨리 뛰던 심장이 이내 누그러졌다. 대담한 필적. 마리언 부인.

— 폴디⁴⁸⁾!

침실로 들어가면서 그는 눈을 반쯤 감고 따스한 황색 어스름 빛을 통하여 아내의 헝클어진 머리 쪽으로 걸어갔다.

— 누구한테 온 편지예요?

그는 편지를 쳐다보았다. 멀린가.⁴⁹⁾ 밀리.⁵⁰⁾

— 밀리가 나한테 보낸 편지요, 그는 조심스럽게 말했다. 그리고 당신에게는 엽서 한 장. 그리고 당신 앞으로 편지 한 통.

그는 엽서와 편지를 능직 침대 커버 위에 그녀의 굴곡진 무릎 가까이 놓았다.

— 창 가리개를 올리고 싶소?

창 가리개를 반쯤 조용히 당겨 올리며 그가 뒤쪽을 쳐다보자 아내가 편지를 힐끗 쳐다본 다음, 그걸 베개 밑에 감추는 것을 보았다.

— 됐소? 몸을 돌이키며, 그는 물었다.

그녀는 팔꿈치로 짚고, 엽서를 읽고 있었다.

— 딸애가 소포를 받았대요, 그녀는 말했다.

그는 기다렸다 마침내 아내가 엽서를 옆으로 제쳐놓고 한 가닥 아늑한 한숨과 함께 몸

50 율리시스

을 뒤로 천천히 웅크렸다.

— 차를 빨리 갖다 줘요, 그녀는 말했다. 목이 타요.

— 주전자가 끓고 있소, 그는 말했다.

그러나 그는 의자를 치우려고 시간을 끌었다: 그녀의 줄무늬 진 속치마, 벗어 던진 때 묻은 린넨 속옷: 그 모두를 한 아름에 번쩍 들어서 침대 발치에 갖다 놓았다.

그가 부엌 계단을 내려가자 그녀가 불렀다:

— 폴디!

— 뭐요?

— 차 항아리를 부셔요.

충분히 끓고 있군: 주둥이에서 오르는 한 가닥 깃털 같은 김. 그는, 물이 흘러 들어갈 수 있도록 주전자를 기울이면서, 차 주전자를 물로 부셔 가신 다음 차를 네 스푼 가득 넣었다. 차가 우러나게 해둔 다음 그는 주전자를 들어내고, 활활 타는 석탄 불 위에 프라이팬을 판판하게 눌러 놓자 미끄러지며 녹는 버터 덩어리를 빤히 쳐다보았다. 그가 콩팥 싼 종이를 벗기고 있는 동안 고양이가 배고픈 듯 그를 향해 울었다. 고기를 너무 많이 주면 쥐를 못 잡는단 말이야. 고양이 녀석들은 돼지고기를 좋아하지 않는다고들 하지. 성찬(聖餐). 여기. 그는 피로 얼룩진 종이를 고양이한테로 떨어뜨리며 지글지글 끓는 버터 소스 사이에 콩팥을 떨어뜨렸다. 후추. 그는 이가 빠진 에그 컵으로부터 손가락 사이로 그걸 빙 한바퀴 둘러 뿌렸다.

그런 다음 그는 봉투를 찢어 열고, 편지를 끝까지 한번 쭉 훑어 내려갔다. 감사해요: 새 모자: 코프란 씨[51]: 오엘 호반[52]의 피크닉: 젊은 학생: 블레이지즈 보일런의 바닷가의 소녀들.[53]

차를 따랐다. 그는, 가짜 더비 왕관표가 붙은, 자신의 머스태쉬컵[54]에 차를 채웠다. 미소를 머금으면서. 순진한 밀리의 생일 선물. 그땐 그 앤 단지 다섯 살밖에 안되지. 아니, 가만: 네 살. 내가 그녀에게 호박 목걸이를 사주었는데, 깨뜨렸지. 그녀는 접힌 갈색 종잇조각을 자신의 편지통 속에 쑤셔 넣었지. 그는 미소를 머금고, 차를 따랐다.

> 오, 밀리 블룸, 너는 내 사랑.
> 너는 밤부터 아침까지 나의 거울이란다.
> 당나귀며 정원을 가진 케이티 키오보다
> 나는 돈 한푼 없는 네가 더 좋아라.[55]

불쌍한 노(老) 구드윈 교수.[56] 지독히 늙은 영감. 그런데도 인사성이 바른 늙은이였어. 그는 몰리가 무대를 떠나면 옛날식으로 고개를 숙여 인사를 하곤 했지. 그리고 그의 실크 모자 속의 소그마한 거울. 그날 밤 밀리가 그걸 들고 응접실에 들어왔지. 오, 구드윈 교수님의 모자 속에서 내가 찾아낸 걸 보세요! 우리는 한바탕 웃었다. 심지어 그때 섹스가 터져 나오고 있었다. 그 녀석 꽤나 깜찍한 꼬마였지.

그는 포크로 콩팥을 찔러 살짝 뒤집었다: 이어 차 단지를 쟁반 위에 놓았다. 그가 쟁반을 들어올리자 쟁반의 혹이 쿵 부딪쳤다. 전부 다 담겨졌나? 버터 바른 빵 네 조각, 설탕, 스푼, 그녀의 크림. 그래. 그는 엄지손가락으로 차 단지의 손잡이를 갈고리처럼 누르고, 쟁반을 들고 위층으로 올라갔다.

무릎으로 문을 떠밀어 열면서, 그는 쟁반을 들고 들어가, 침대 머리맡의 의자 위에 그걸 놓았다.

— 뭘 그렇게 오래 걸려요! 그녀는 말했다.

그녀가 팔꿈치를 베개 위에 괴고, 가볍게 몸을 일으키자 침대의 놋쇠 고리가 징글징글 울렸다. 그는 조용히 아내의 풍만한 몸뚱이 위를 그리고 그녀의 잠옷 속으로 암산양의 젖통처럼 비탈져 있는 크고 부드러운 유방의 골[谷] 사이를 조용히 내려다보았다. 그녀의 웅크린 육체의 온기가 따른 차 향기와 뒤엉키며, 방안에 퍼졌다.

보조개 진 베개 밑으로 찢어진 봉투의 한쪽 모서리가 살짝 보였다. 그는 막 나가려다가 발을 멈추고 침대 커버를 똑바로 폈다.

— 누구한테서 온 편지요? 그는 물었다.

대담한 필적. 마리언.

— 오, 보일런요, 그녀는 말했다. 그가 프로그램을 가지고 온대요.

— 당신이 무슨 노래를 부르는데?

— 〈*라 치 다램(우리 손에 손잡고 함께 가요)*〉[57]을 J. C. 도일[58]과 함께, 그녀는 말했다, 그리고 〈*사랑의 옛날 달콤한 노래*〉를.[59]

마시면서, 그녀의 풍만한 입술에 미소가 어렸다. 저따위 향수도 다음 날이면 오히려 케케묵은 냄새를 풍기지. 때가 낀 꽃꽂이 물처럼.

— 창문을 조금 열고 싶소?

그녀는 빵 조각을 두 겹으로 말아 입에 넣었다, 그리고 물었다:

— 장례는 몇 신데요?

— 열한 시 일거요, 그는 대답했다. 아직 신문을 못 봤소.

그녀의 손가락이 가리키는 대로 그는 침대로부터 흘러내린 그녀의 때 묻은 속바지 한 쪽 가랑이를 집어 올렸다. 아니야? 이어, 양말을 동이는 꼬인 회색 대님을: 구겨진, 번쩍이는 구두 밑창.

— 아니: 저 책요.

다른 양말. 그녀의 속치마.

— 틀림없이 떨어졌을 텐데, 그녀는 말했다.

그는 여기저기 더듬어 찾았다. 〈*볼리오 에 논 보레이(난 갈까요 말까요)*〉[60] 그걸 아내는 올바르게 발음할 수 있을까: '볼리오.' 침대 속에는 없고. 분명히 미끄러져 떨어졌을 텐데. 그는 몸을 구부리고 침대보를 들어올렸다. 책이, 떨어진 채, 볼록한 오렌지 열쇠 무늬의 침실 요강에 부딪쳐 기대 있었다.

— 어디 봐요, 그녀는 말했다. 표시를 해두었는데. 당신한테 물어 보고 싶었던 한 마디 말이 있어요.

그녀는 손잡이 없는 쪽으로 찻잔을 쥐고 차를 한 모금 삼켰다, 그리고 손가락 끝을 담요에다 사뿐히 닦은 다음, 머리핀을 가지고 글귀를 찾기 시작하자, 마침내 그 단어를 짚었다.

— 그를 만나 무엇을(Met him what)? 그는 물었다.

— 여기요, 그녀는 말했다. 이게 무슨 뜻이에요?

그는 몸을 아래쪽으로 굽히고 그녀의 매니큐어 칠한 엄지손톱 근처를 읽었다.

— 머템써코우시스(Metempsychosis)(윤회[輪廻])?[61]

— 그래요. 그 남자 진짜 이름이 뭐에요?

— 윤회, 그는 얼굴을 찌푸리며, 말했다. 그건 그리스 말이지: 그리스 말에서 온 거요. 그건 영혼의 전생(轉生)을 의미하지.

— 오, 젠장! 그녀는 말했다. 쉬운 말로 말해 줘요.

그는 그녀의 조롱하는 눈을 비스듬히 흘겨보며, 미소를 띄워 보냈다. 똑같은 어린 눈. 제스처 게임 뒤의 최초의 밤. 돌핀즈 반.[62] 그는 때 묻은 페이지를 넘겼다. 〈*루비: 곡마장의 자랑거리*〉.[63] 어라. 삽화다. 회초리를 든 사나운 이탈리아인. 루비는 틀림없이 자랑거리, 바닥 위에 나체로. 친절하게 대여 받은 시트.[64] '*괴물 마페이는 저주의 말[言]과 함께 그의 희생자를 단념하고 팽개쳤다.*' 온통 그 뒤에는 잔인함이. 흥분제를 마신 동물들. 행글러 서커스[65]의 그네. 고개를 다른 데로 돌려야만 했다. 입을 딱 벌린 군중들. 목이라도 부러지면 모두들 포복절도할 거야. 그들과 같은 족속들. 어릴 때 뼈를 연하게 하여 그들은 머템써코우시스(윤회)하는 거다. 우리가 사후(死後)에도 산다는 것. 우리들의 영혼. 죽은 다음의 인간의 영혼, 디그넘의 영혼……

— 그걸 다 읽었소? 그는 물었다.

— 네, 그녀가 말했다. 야한 곳은 조금도 없어요. 그 여자는 첫 남자와 끝까지 사랑하나요?

— 읽어 본 적이 없는데, 또 다른 걸 읽고 싶소?

— 네. 뽈 드 *꼬끄*[66]의 다른 것을 얻어 줘요. 그이 이름[67] 참 멋져요.

그녀는 비스듬히 차가 흘러나오는 것을 살피면서, 컵에다 차를 더 따랐다.

캐펄가(街)의 저 도서관[68] 책을 재계약 해야겠군 그렇잖으면 나의 보증인, 키어니[69]한테 그들이 편지를 낼 거야. 재생: 바로 그 말이다.

— 어떤 사람들은 믿기를, 그는 말했다, 우리가 사후에 또 다른 육체 속에서 계속 살아가고, 이전에도 살았었다는 거요. 사람들은 그걸 재생(再生)이라 부르지. 우리들 모두가 수천 년 전에 지구상에 아니면 어떤 다른 행성(行星)에 살았다는 거요. 사람들 말은 우리들이 그걸 잊어버렸다는 거지. 어떤 이들은 자신들의 과거의 생활을 기억하기도 한다는 군.

탁한 크림이 그녀의 차 속에 엉켜 돌며 나선형을 그렸다. 그녀에게 그 말을 상기시키는 게 더 낫겠어: 윤회. 예를 하나 드는 게 좋겠군. 예는?

침대 위의 〈님프의 목욕〉.[70] 〈포토 비츠〉지(誌)[71]의 부활절호(復活節號)를 선물로 받은 거다: 수채화의 멋진 걸작. 우유를 타기 전 홍차. 머리를 풀고 있는 아내와 다를 것도 없지: 더 날씬하군. 사진틀은 3실링 6페니를 주고 내가 산거야. 그녀는 침대 위에 걸어 두는 게 보기 좋을 거라고 말했지. 나체의 님프: 그리스: 그래서 예를 들면 당시 살았던 모든 사람들.

그는 책장들을 뒤로 넘겼다.

— 윤회란, 그는 말했다, 고대 그리스인들이 그렇게 불렀던 거요. 그들은, 예를 들어, 누구든 동물이나 나무로 바뀔 수 있다고 믿곤 했지. 그들이 님프라고 불렀던 것도, 예를 들면.

그녀의 스푼이 설탕을 휘젓다 멈추었다. 그녀는 아치 이룬 콧구멍을 통하여 숨을 들이켜면서, 앞쪽을 빤히 쳐다보았다.

— 타는 냄새가 나요, 그녀는 말했다. 불 위에 뭘 얹어 놓았어요?

— 콩팥이다! 그는 갑자기 소릴 질렀다.

그는 책을 안쪽 호주머니에다 아무렇게나 쑤셔 넣고, 부서진 옷장에 발가락을 채이면서, 당황한 황새 다리로 계단을 밟으면서 내려가, 냄새나는 쪽을 향해 황급히 뷔으로 나섰다. 냉틸한 연기가 프라이팬 옆구리에서 노기(怒氣)를 띤 듯 분사식(噴射式)으로 솟아올랐다. 포크의 뾰족한 끝을 콩팥 아래쪽에다 찔러, 잡아떼어 가지고 그걸 거북 등처럼 찰싹 뒤집어 놓았다. 단지 조금 탔을 뿐. 그는 그걸 프라이팬에서 떼어낸 것을 접시 위에 옮겨 담고 갈색 고기국물을 그 위에 약간 뿌렸다.

이제는 차를 한 잔. 그는 자리에 앉아, 빵 덩어리 한 조각을 잘라 버터를 발랐다. 그는 가장자리 탄 부분을 떼어내어 그걸 고양이에게 던져 주었다. 그런 다음 그는 포크 가득 맛좋은 연한 고기를 입 속에 밀어 넣고, 맛을 음미하며 씹었다. 알맞게 구워졌군. 차를 한 모금. 이어 그는 빵을 토막토막 잘라, 한 덩이를 고기국물에 적셔 입 속에 넣었다. 어떤 젊은 학생과 피크닉이라니 무슨 내용일까? 그는 곁에 있는 구겨진 편지를 펴고 빵을 씹으면서 그걸 천천히 읽었고, 또 한 조각의 빵을 고기국물에 적셔 입으로 가져갔다.

사랑하는 아빠에게

멋진 생일 선물에 대해 언제나 참 고마워요. 제게 정말 꼭 맞아요. 모두들 제가 새 모자를 쓰니까 아주 미인이 됐다고들 해요. 전 엄마가 보내준 멋진 크림 상자도 받았어요, 그래서 답장을 쓰려고 해요. 모두 다 참 예뻐요. 전 이제 사진 찍는 일에 꽤 능숙해졌어요. 코프란 씨가 저와 월 부인의 사진을 한 장 찍어 줬는데, 현상하면 보내드릴게요. 우린 어제 정말 멋진 시간을 보냈어요. 날씨가 좋아 무다리를 한 뚱뚱보 부인들이 모두들 참석했어요. 우린 조그만 피크닉을 하려고 몇몇 친구들과 월요일에 오엘 호반으로 갈 예정이에요. 엄마께 안부를 그리고 아빠께 큰 키스와 감사를 드려요. 다들 아래층에 피아노를 치고 있는 게 들려요. 토요일에는 그레빌 암즈[72]에서 음악회가 있어요. 저녁에는 이따금 밴넌[73]이란 젊은 학생이 이곳에 오는데, 그의 사촌이라나 뭐라나 그가 참 부자래요 그리고 그는 보일런이 부르는 바닷가의 소녀에 관한 노래를 불러요. (저가 블레이지즈 보일런의 노래라 막 적을 뻔했어요.) 순진한 밀리가 최고의 존경을 그에게 보낸다고 전해 줘요. 그럼 가장 다정한 사랑으로 이만 끝내겠어요.

아빠의 귀여운 딸

밀리

추신: 서툰 글씨를 용서하세요, 이만 총총. 바이 바이.

미.

어제로 열다섯. 신기하기도 하지, 역시 이 달 15일이라.[74] 집에서 떨어져 맞는 그녀의 첫 생일. 헤어짐. 그녀가 태어나던 여름날 아침 덴질가(街)의 손턴 부인[75]을 문 두들겨 깨우려고 달려가던 것을 기억해 봐. 참 명랑한 노파였어. 그녀는 많은 아기들이 세상에 태어나는 것을 도왔지. 그녀는 애초부터 불쌍한 꼬마 루디[76]가 살 수 없으리라는 걸 알고 있었어. 그래요, 하느님은 선하세요, 선생님. 그녀는 이내 알았다. 만일 그 애가 살아 있다면 지금 열한 살일 텐데.

그는 공허한 얼굴을 하고, '추신'이라고 써놓은 곳을 애처롭게 빤히 쳐다보았다. 서툰 글씨를 용서하세요. 급해서요. 아래층에 피아노. 마음을 다 털어놓았군. XL카페[77]에서 팔찌 때문에 소동을. 과자도 싫다 말하기도 싫다 보기도 싫다 하면서. 고집덩어리. 그는 고기 국물에 다른 몇 조각의 빵을 적시고, 콩팥을 한 조각 한 조각 차례로 먹었다. 한 주일에 12실링 6페니라. 많지는 않아. 하지만, 그녀는 더 심한 일을 할 수도 있지. 음악당의 무대. 젊은 학생. 그는 식후 입가심으로 한층 식은 차를 한 모금 마셨다. 이어 다시 편지를 읽었다: 두 번.

오, 글쎄: 그녀는 제 앞가림을 할 줄 알지. 그러나 혹시 그렇지 못하면? 아니야, 여태까지 별일 없었어. 물론 그런 일이 있을 수도. 그런 일이 일어날 때까지는 어떤 경우에든 그저 잠자코 기다려야. 제 멋대로 하는 녀석. 계단을 달려 올라가는 그녀의 가느다란 다리. 숙명. 이제 성숙해 가고 있지. 헛된 일: 아주.

그는 근심 어린 애정으로 부엌 창문을 향해 미소를 지었다. 내가 그녀를 거리에서 붙들었던 날, 뺨을 꼬집어 빨갛게 만들어 줬지. 빈혈증이 약간. 우유를 너무 오래 먹였나 봐. 그날 키쉬 호반을 회항(回航)하던 〈에린즈 킹〉호[78]상에서. 좌우 흔들거리던 경칠 놈의 낡은 쪽배. 조금도 겁내는 기색이 없이. 그녀의 머리카락과 함께 바람에 헤쳐진 그녀의 연푸른 목도리.

온통 보조개진 뺨과 곱슬머리,
그대의 머리가 그저 빙빙 돌지요.[79]

바닷가의 소녀들. 뜯어진 봉투. 손을 바지 주머니에 꽂고, 하루 동안 쉬는 역 마차꾼,
노래하며. 가족의 친구. "머리가 빙빙 돌아요." 라고 그는 발음하지. 가로등이 있는 부둣가.
여름밤, 악대.

저 소녀들, 저 소녀들,
저 사랑스런 바닷가의 소녀들.

밀리도 역시. 어린 시절 키스: 최초의. 이제는 멀리 지나간 일. 마리언 부인. 편지를 읽
으며, 이젠 반듯이 누워. 그녀의 머리카락을 헤아리면서, 웃는 얼굴로, 머리를 땋고 있다.

한 가닥 가벼운 현기증이, 후회가, 그의 등뼈를 타고 흘러내렸다. 점점 증가하며. 그런
일이 일어날까, 그래. 막자. 소용없어: 움직일 수 없지. 소녀의 달콤하고 경쾌한 입술. 그
런 일이 역시 일어날지도. 그는 흐르는 현기증이 전신에 퍼지는 것을 느꼈다. 이제 움직이
려 해도 소용없는 일. 키스를 받고, 키스하며, 키스 받는 입술. 풍만한 고무풀 같은 여인의
입술.

그 애는 거기 가 있는 게 더 나아: 멀리. 그녀에게 여가를 주지 않는 거다. 시간을 보
내기 위해서 개[犬]를 한 마리 갖고 싶어 했지. 거기 여행을 한 번 할 수 있을지 몰라. 팔월
은행 휴일[80]에, 단지 왕복 2실링 6페니일 뿐. 그러나, 여섯 주일이 남았어. 신문사의 패스
를 이용하면 되겠지. 아니면 맥코이[81]를 통해서라도.

고양이가, 털을 말끔히 핥은 다음, 고기 싼 더러운 신문 쪽지에로 되돌아 가, 코를 거
기다 갖다 댄 뒤 문으로 어슬렁어슬렁 걸어갔다. 고양이는 울면서, 그를 향해 뒤돌아보았
다. 밖으로 나가고 싶은 모양이군. 문 앞에서 기다려 곧 열릴 테니. 기다리게 내버려 둬. 안
절부절못하는군. 전기. 공중의 천둥. 불쪽으로 등을 돌리고 귀 근처를 씻고 있었다.

그는 몸이 나른하고, 꽉 차는 느낌이 들었다: 이어 슬며시 내장이 퍼지는 느낌. 그는
일어섰다. 바지의 허리띠를 풀면서. 고양이가 그를 향해 야옹거렸다.

— 미야옹! 그는 답으로 대꾸했다. 내가 준비할 테니 기다려.

무거워짐: 더운 날씨가 다가오는군. 층층대 위까지 계단을 애써 오르는 것은 심한 고
역이야.

신문. 그는 변기에 앉아 읽는 것을 좋아했다. 내가 이러고 있을 때 어떤 녀석이 문을
두드리지 않으면 좋을 텐데.

식탁 서랍에서 그는 낡은 〈팃비츠〉[82] 잡지를 찾아냈다. 그는 그것을 접어서 겨드랑이
에 끼고, 문으로 가서 다시 펼쳤다. 고양이가 가볍게 뛰어올라갔다. 아하, 이층에 가고 싶
었던 게로군, 침대 위에서 공처럼 몸을 웅크리려고.

귀를 기울이며, 그는 아내의 목소리를 들었다:

— 이리 온, 이리 온, 푸시야. 이리 온.

그는 뒷문을 통해 마당으로 빠져나갔다: 선 채 옆집 마당 쪽으로 귀를 기울였다. 아무
소리도. 아마 옷을 말리려고 바깥에 걸어 놓은 모양이야. 하녀는 마당에 있었다.[83] 상쾌한
아침.

그는 몸을 굽혀 담벼락에서 자라고 있는 한 줄 박하(薄荷)를 살폈다. 정자(亭子)를 하
나 여기 짓는다. 붉은 꽃의 강낭콩. 버지니아 덩굴. 땅이 온통 비료가 부족하군, 불결한 땅.

유황빛 간장(肝臟)색의 땅 껍데기. 퇴비를 주지 않으면 땅이 저렇게 된단 말이야. 부엌의 구정물. 옥토(沃土)라니, 그건 도대체 어떤 걸까? 옆 마당의 암탉들: 그들의 똥이 제일 좋은 거름이지. 그러나 무엇보다 좋은 것은 쇠똥이야, 특히 깻묵을 먹여 키운 소의. 쇠똥 거름. 귀부인들의 키드 가죽장갑을 세탁하는 데 최고. 불결한 세탁 같으니. 재(灰)도 역시. 땅을 뭉땅 개간하는 거다. 저기 저 구석에다 완두콩을 심고. 상추. 그러면 언제나 신선한 야채를 먹을 수 있지. 아직도 정원에는 손 모자라는 곳이 많아. 저 꿀벌 또는 쇠파리가 성령강림절[84]이면 여기를.

그는 계속 걸어갔다. 그런데, 내 모자를 어디다 두었더라? 틀림없이 못에다 도로 걸어 놓았는데. 아니면 마루 위에 걸려 있을걸. 이상한 일이야 내가 그걸 기억하지 못하다니. 현관의 스탠드는 너무 가득 찼어. 우산이 네 개, 아내의 비옷. 아까 그 편지를 집어 올리면서. 드러고 이발소[85]의 벨이 울리고 있었지. 바로 그 순간을 내가 생각하고 있었다니 묘하기도 하지. 그의 칼라 위로 솟은 갈색의 포마드 바른 머리카락. 막 씻고 빗질을 했었다. 오늘 아침에 목욕할 틈이 있을는지 몰라. 타라가(街).[86] 그곳 매표소의 녀석이 제임스 스티븐즈를 도망시켰다고들 하지. 오브라이언.[87]

깊은 목소리를 저 들루가쯔 녀석은 가졌지. 아젠다스, 그건 뭘까? 자, 아가씨. 열성가.[88]

그는 화장실의 흠 있는 문을 발로 차서 열었다. 장례식을 위해 바지를 더럽히지 않도록 주의하는 게 좋아. 그는 낮은 이마 서까래 아래로 머리를 숙이면서, 화장실 안으로 들어갔다. 문을 조금 열어둔 채, 썩은 석회며 묵은 거미줄 냄새 속에서, 그는 허리띠를 풀었다. 앉기 전에 그는 벽의 빈틈을 통하여 이웃 창문을 엿보았다. 임금님은 그의 회계실(會計室)에 있었다.[89] 아무도 없군.

변기에 웅크리고 앉아 그는 주간지를 펴서, 맨 무릎 위에 그의 페이지를 펼쳐 놓았다. 뭔가 새롭고 쉬운 걸. 크게 서두를 필요는 없어. 조금씩 계속하자. 우리들의 팃비츠 현상 단편소설: 〈맛참의 탁월한 수완〉. 런던, 극(劇) 애호가 클럽의, 필립 뷰포이 씨 작(作).[90] 한 단(段)에 1기니의 비율로 작가에게 지불되는 고료. 3단 반(半). 3파운드 3실링. 3파운드, 13실링 6페니.

조용히 그는 읽어 나갔다. 스스로를 힘을 주면서, 첫째 단을, 그리고 굴복하면서 그러나 버티면서, 둘째 단을 읽기 시작했다. 반쯤 와서, 그의 최후의 저항에 버티며, 어제 있었던 약간의 변비증이 완전히 가시도록 계속 끈기 있게 읽으면서, 그가 읽자, 그의 창자가 조용히 후련하게 되었다. 지나치게 커서 치질이 재발하지 않아야 할 텐데. 아니야, 됐어. 그래. 아하! 변비증. 카스카라 사그라다 한 알. 인생도 이랬으면. 단편소설은 그를 감동하거나 자극하지는 않았으나 뭔가 민감하고 청초한 것이었다. 지금은 무엇이든지 인쇄를 하지. 별반 기사거리가 없는 계절. 그는 계속 읽었다, 자신의 풍겨 오르는 냄새 위에 조용히 앉은 채. 확실히 청초한 거야. 맛참은 웃고 있는 마녀를 정복한 자신의 탁월한 수완에 관하여 자주 생각한다. 시작과 끝이 교훈적이야. 손에 손 잡고. 멋있군. 그는 읽었던 것을 다시 한 번 되훑어보며, 자신의 물이 조용히 흐르고 있는 것을 느끼는 동안, 그것을 써서, 3파운드, 13실링 6페니의 고료를 받은 뷰포이 씨를 살뜰하게 부러워했다.

단편 각본 정도는 쓸 수 있을지 몰라. L. M. 블룸 씨 부처 작. 뭔가 격언을 위해 한 가지 이야기를 창안하는 거다. 어느 걸? 아내가 옷을 입으면서 말하던 것을 나의 소매에다 잠깐 적어 두려고 하던 당시. 같이 옷 입는 걸 좋아하지 않지. 면도를 하다 살을 베고 말았어. 아내는 아랫입술을 씹으면서, 스커트의 호주머니 훅을 채우고 있었지. 그녀가 이야기하는 시간을 재면서. 9시 15분. 로버츠가 당신한테 벌써 돈을 갚았나요? 9시 20분 그레타 콘

로이[91]는 뭘 입었었지요? 9시 23분. 내가 이런 빗을 사다니 무슨 생각에서였을까? 9시 24
분. 난 그 양배추를 먹은 후로 살이 쪘나 봐요. 그녀의 에나멜가죽 구두 위에 한 점 먼지
가: 스타킹 신은 장딴지에다 자신의 대다리를 번갈아 말끔히 문지르고 있었지. 메이 점[92]의
악단이 폰키엘리의 시간의 무도곡[93]을 연주하던 바자 무도가 있은 다음날 아침: 그걸 설명
한다: 아침의 시간, 정오, 이어 다가오는 저녁, 이어 밤의 시간 그녀는 이를 썼고 있었지.   5
그게 첫날밤이었어. 그녀의 머리가 춤을 추며. 그녀의 부채 자루가 딸그락딸그락 소리를 내
면서. 저 보일런은 부자인가요? 그인 돈이 많아. 왜? 춤추면서 그가 내쉬는 숨결에 근사한
짙은 향내가 나는 것을 눈치챘거든요. 그땐 흥흥거려 봐야 소용없는 일. 은근히 돌려 이야
기하는 거다. 최후의 밤에는 참 이상한 음악이었어. 거울이 그늘져 있었다. 아내는 그녀의
출렁이는 풍만한 유방에다 대고 손거울을 모직 속옷 위에 잽싸게 문질렀지. 거울 속을 흘끗   10
들여다보면서. 그녀의 눈에 주름이. 아무튼 그것이 개운치가 않았을 거야.

저녁 무도회 시간, 회색 얇은 가제 천을 걸친 소녀들. 이어 밤 시간: 검은 옷에 단도
(短刀)와 가면. 시적(詩的)인 아이디어: 핑크색, 이어 황금빛, 이어 회색, 이어 검은색. 여
전히. 또한 실물 그대로. 낮: 이어 밤.

그는 현상소설의 중간을 날카롭게 찢어 그것으로 훔쳤다. 그런 다음 바지를 끌어올려,   15
띠를 매고 단추를 채웠다. 그는 건들거리는 화장실 문을 도로 끌어당기고, 어두운 곳에서
대기 속으로 나왔다.

밝은 햇볕 속에서, 사지가 가벼워지며 서늘해진 채, 그는 자신의 검은 바지를 조심스
럽게 살펴보았다: 뒷자락, 무릎, 무릎의 오금. 장례식은 몇 시던가? 신문에서 찾아보는 게
좋겠군.   20

하늘 높이 공중에 한 가닥 삐걱대는 소리와 음울한 윙 소리. 성(聖) 조지 성당의 종들.
그들은 종을 울려 시간을 알렸다: 높고 음울한 쇠 소리.

헤이호! 헤이호!
헤이호! 헤이호!   25
헤이호! 헤이호![94]

십 오 분 전. 저기 다시: 대기(大氣)를 뚫고 뒤따르는 여음(餘音). 세 번째.[95]
불쌍한 디그넘!

30

35

40

❖ 5장 ❖

* 써 존 로저슨의 부두[1]를 따라 화물 자동차 곁으로 블룸 씨는 윈드밀 골목길, 리스크의 아마인유(亞麻仁油) 공장, 우편전신국을 지나, 진지하게 걸었다. 저 주소도 알려 줄 수 있었더라면.[2] 그리고 선원 숙소를 지나. 그는 부둣가의 아침의 소음으로부터 방향을 돌려 라임가(街)를 통하여 걸어갔다. 브레이디의 오두막들 곁에 피혁 공장의 소년이, 찌꺼기를 담은 양동이를 팔에 걸고, 씹힌 담배꽁초를 피우면서, 빈둥거렸다. 이마에 습진 자국이 있는 몸집이 한층 작은 한 소녀가, 찌그러진 굴렁쇠를 맥 풀린 듯 쥐면서, 그에게 눈짓을 했다. 담배를 피우면 키가 자라지 않는다고 저 녀석에게 말해 줄까보다. 오 내버려 둬! 그의 인생도 장미 밭처럼 화려하지 않잖아. 아빠를 집으로 데리고 가려고 주점 바깥에서 기다리고 있는 것이다. 엄마한테 집으로 가요, 아빠. 파할 시간: 거기 손님들도 많지 않을 텐데. 그는 타운센드가(街)를 건너, 베델의 찌푸린 정면을 지났다. 엘, 그렇지: 의 집: 알레프, 베드.[3] 그리고 니콜즈 장의사를 지나갔다. 장례식은 11시지. 시간은 충분해. 필경 코니 켈러허가 장례 의식을 오닐 장의사[4]에 부탁했을 거야. 눈을 감고 노래를 부르며. 코니. 그녀를 공원에서 한 번 만났다네.[5] 어둠 속에. 얼마나 신났던가. 경찰 스파이.[6] 그녀가 자신의 이름과 주소를 그때 말해 주었지 나의 투랄룸 투랄룸 테이에 맞추어. 오, 확실히 그가 장례를 청했어. 뭐라나 하는 곳에 그를 헐값으로 묻어 버리면 돼요. 나의 투랄룸, 투랄룸, 투랄룸, 투랄룸에 맞추어.[7]

웨스틀랜드 가도에서 그는 벨파스트 앤드 오리엔탈 차류(茶類) 판매회사의 창문 앞에 멈춰 서서, 은박지로 포장된 짐짝의 선전 문구를 읽었다: 특선 혼합차, 최고품, 가족 차. 오히려 더운 날씨. 차. 톰 커넌[8]한테서 얼마간 얻어야겠군. 하지만, 장례식에서 그에게 부탁할 수는 없잖아. 눈으로 막연하게 계속 읽고 있는 동안 그는 모자를 벗고 머릿기름 냄새를 조용히 빨아들이며, 그의 오른 손을 이마와 머리카락 위로 천천히 애써 가져갔다. 대단히 더운 아침. 내리뜬 눈꺼풀 아래로 그의 눈이 고급 모자 속의 가죽 테에 달린 작은 나비 꼴 리본을 발견했다. 바로 여기. 그의 오른 손이 주발 같은 모자 속으로 내려 들어갔다. 그의 손가락이 모자 테 뒤에서 카드를 재빨리 찾아, 그걸 그의 조끼 주머니로 옮겼다.

너무 덥군. 그의 오른손이 그의 이마와 머리카락 위로 다시 한 번 천천히 움직였다. 이어 그는 다시 모자를 썼다. 안도한 채: 그리고 다시 읽었다: 최고급 세일론산(産) 품질의, 정선(精選) 혼합 차. 극동(極東). 거긴 틀림없이 아름다운 곳이야: 세계의 낙원, 사방에 떠있는 크고 처진 잎사귀들, 선인장, 꽃의 목장들, 그들을 뱀 덩굴식물이라 사람들은 부르지. 정말 그와 같은지 몰라. 햇볕 속에 느릿느릿 거니는 세일론 사람들 '돌체 파르 니엔떼(나른한 행복감)'에 젖어, 종일 손도 까딱하지 않고. 열두 달에서 여섯 달은 잠자는 거다. 너무 더워서 다투지도 못하고. 기후의 영향. 혼수상태. 나태의 꽃들. 대기(大氣)가 대부분 길러 내지. 질소. 식물원의 온실. 신경초. 수련 화. 꽃잎들이 너무 지쳐. 대기 속의 수면병

58 율리시스

(睡眠病). 장미 잎사귀 위를 걷는다. 소[牛]의 위장과 양념 친 고기 요리를 먹으려고 애쓰고 있는 것을 상상해 봐요. 어딘가 그 그림에서 내가 본 그 녀석은 어디에 있었던가? 아하 그래, 사해(死海)에서지. 등을 물위에 띄우고, 파라솔을 펼쳐 들고 책을 읽으면서. 애를 써도 가라앉을 수 없지: 염분이 너무 짙기 때문이야. 물의 무게, 아니, 물 속에 있는 몸의 무게가 무슨 무게와 동등하기 때문이지? 아니면 용적이 중량과 동일하기 때문인가? 아무튼 그와 비슷한 어떤 법칙이야. 고등학교 시절의 반스 선생[9]이 손가락 마디를 후두둑 꺾으면서, 가르쳐 주었지. 학교 교과과정. 후두둑 교과과정. 그대가 무게라고 말할 때 정말이지 그 무게는 무슨 뜻일까? 매초 매초에 32피트. 낙체(落體)의 법칙: 매초 매초에. 모든 물체는 땅에 떨어진다. 지구. 지구 중력의 힘, 그것이 무게인 거다.

그는 방향을 돌려 어슬렁어슬렁 한길을 건너갔다. 아까 그 아가씨는 소시지를 들고 어떤 모습으로 걸어갔을까? 꼭 이와 같은 모습으로. 그는 걸으면서 옆 호주머니에서 접힌 〈플리먼〉지를 꺼내, 그걸 펼쳐, 어슬렁어슬렁 걸어가는 발걸음에 맞추어, 배턴처럼 세로로 길게 말아, 그의 바지 자락에 탁탁 쳤다. 무심한 태도: 보기 위해 잠깐 들릴 뿐. 매초 매초에. 매초는 각초(各秒)를 의미하지. 그는 연석(緣石)으로부터 우체국[10] 문을 통하여 날카로운 시선을 던졌다. 정시외(定時外)의 우체통. 여기 붙이시오. 아무도 없군. 안으로.

그는 구리 창살을 통하여 카드를 건넸다.

— 저한테 온 편지 있어요? 그는 물었다.

우체국 여직원이 분류함을 뒤지고 있는 동안 그는 완전 무장한 채 시가행진을 하고 있는 군인들이 그려진 신병 모집 포스터를 주시했다: 그리고 콧구멍에 신문지 말이 끝을 가져가며, 방금 인쇄한 고급 래그 페이퍼 냄새를 맡았다. 아마 답장이 없는 모양. 지난번에는 너무 지나쳤나 봐.

우체국 여직원은 그에게 창구를 통하여 한 장의 편지와 함께 카드를 도로 내주었다. 그는 그녀에게 감사하고 타자 친 편지 봉투를 재빨리 힐끗 쳐다보았다.

헨리 플라우어 귀하,
웨스트랜드 로우 우체국 전교(轉交),
시내.[11]

아무튼 답장을 했군. 그는, 시가행진하는 군인들을 다시 훑어보면서, 카드와 편지를 그의 옆구리 주머니 속으로 스르르 넣었다. 나이 많은 트위디의 연대(聯隊)는 어디에 있지? 퇴역 군인. 저기: 곰 가죽 모자와 목털 깃. 아니야, 그는 척탄병(擲彈兵)이지. 유달리 드러나 소매 저기 그가 있군; 더블린 왕실 저격병(狙擊兵). 붉은 코트. 지나치게 눈에 띈단 말이야. 여인들이 그들을 뒤따르는 이유도 바로 저것 때문이야. 제복. 입대해서 훈련받기에 아주 간편해요. 야간에 오코넬가(街)에서 군인들의 통행을 금지하도록 하는 모드 곤의 서한(書翰)[12]: 우리들 아일랜드 수도의 불명예. 방금 그리피스[13]의 신문도 똑같은 취지야: 화류병(花柳病)으로 부패한 군대: 제해(制海) 또는 반해제(半海制)(술 취한)의 제국. 그들은 반(半)구운 빵처럼 보이지: 최면술에 걸린 것 같아. 주목. 시간 엄수. 식사: 사. 취침: 침.[14] 왕 자신의. 그가 소방관이나 경관처럼 정장한 것을 결코 볼 수 없지. 비밀공제조합원, 그래.[15]

그는 어슬렁어슬렁 우체국에서 걸어 나와 오른쪽으로 돌았다. 말[言]만: 마치 그것이 다 해결될 수 있는 양.[16] 그의 손이 호주머니 속으로 들어가자, 집게손가락이 봉투 뚜껑 밑으로 하여, 그걸 급히 찢어 열었다. 나는 여자들이 극히 세심하다고는, 생각지 않아. 그는 손가락으로 편지를 꺼낸 뒤 봉투를 호주머니 속에서 꾸겨 버렸다. 뭐가 핀으로 꽂혀 있군: 아마 사진인가. 머리카락? 아니야.

맥코이. 빨리 그를 피하자. 다른 길로 빠져 가자. 이럴 때 친구는 싫어.

— 여보게, 블룸. 자네 어딜 가나?

— 어이, 맥코이. 딱히 정한 곳은 없네.

— 별일 없어?

— 좋아. 자네는 어떤가?

— 그럭저럭 지내지, 맥코이가 말했다.

그는 눈을 검은 타이와 상복(喪服)에 붙인 채, 낮은 목소리로 안부를 물었다:

— 그런데 무슨……근심은 아니겠지? 글쎄 자네……

— 오, 아니야, 블룸 씨가 대답했다. 불쌍한 디그넘 말이야, 자네 알지. 장례식이 오늘이야 .

— 그렇군, 가엾은 친구 같으니, 정말 그래. 몇 시지?

사진은 아니야. 아마 배지인가 보다.

— 11시, 블룸 씨가 대답했다.

— 나도 거기 참석하도록 노력해 보겠네, 맥코이가 말했다. 11시, 그렇지? 나는 간밤에야 그 소식을 들었네. 누가 나한테 말해 줬더라? 홀로헌[17]. 자네 호피를 아나?

— 알지.

블룸 씨는 길 건너 그로즈비노 호텔[18] 문전에 세워 둔 징글 마차를 노려보았다. 문지기가 여행 가방을 짐 싣는 곳에 실었다. 여인은 잠자코 서서, 기다리자, 그동안 남편인지, 오빠인지, 그녀와 닮은 사나이가, 잔돈을 찾아 호주머니를 뒤졌다. 오늘 같은 날에는 몹시 더워 보이는, 저 롤칼라를 단 맵시 있는 스타일의 코트, 마치 담요 같이 보이는군. 그녀는 바깥 호주머니 속에 두 손을 꽂은 채 무관심한 듯 서 있다. 폴로 경기의 저 건방진 녀석을 닮았군. 여자들은 급소를 찔릴 때까지 꽤 뽐내지. 외모가 점잖으면 행동도 점잖아. 언제나 수줍은 듯 양보하려 하지. 그 영예로운 영부인(令夫人)과 브루투스는 한 영예로운 사나이.[19] 일단 연인을 손아귀에 넣기만 하면 기를 꺾어버리는 거다.

— 나는 방금 보브 도런[20]과 같이 있었는데, 그는 예의 주기적 난취중(爛醉中)이라, 그리고 뭐라나 밴텀 라이언즈[21] 녀석하고 말이야. 바로 저 아래 콘웨이 주점에서 우린 같이 있었네.

도런 라이언즈가 콘웨이 주점에. 여인은 장갑 낀 손을 머리카락에로 들어올렸다. 호피가 들어왔다. 술에 취해 가지고. 그는 머리를 뒤로 젖히면서, 숙인 눈꺼풀 아래로부터 멀리 주시하며, 사슴 가죽 장갑이 섬광(閃光) 속에 환히 반짝이는 것을 보았다, 북같이 뚱뚱 공. 오늘은 한층 분명히 볼 수 있군. 아마 주위의 수분(水分)이 멀리까지 볼 수 있게 하나 보다. 이런 일 저런 일을 이야기하면서, 숙녀의 손. 그녀는 어느 쪽으로 마차에 오를까?

— 그런데 그가 말했어. 불쌍한 친구 패디 말이야 정말 안됐어! 패디 누구 말이야? 내가 말했지. 그 불쌍한 패디 디그넘 말이야, 그가 말했어.

시골 행: 필경 브로드스톤[22]으로. 구두끈이 뎅그렁거리는 굽 높은 갈색 부츠. 미끈한 발. 저이는 뭘 하려고 잔돈 때문에 저렇게 부우심하고 있을까? 내가 쳐다보고 있는 걸 본 모양이야. 언제나 다른 남자들을 찾고 있는 눈. 멋진 여분의 애인을. 차선책으로.

— 왜? 내가 말했지. 그에게 무슨 잘못된 일이라도 생겼나? 내가 말했지.

뽐내는: 값비싼: 비단 양말.

— 그래, 블룸 씨가 말했다.

그는 맥코이의 이야기하는 머리 쪽으로 약간 움직였다. 곧 탈 참이다.

─ 그에게 무슨 좋지 못한 일이라고? 그가 말했지. *그가 돌아갔어,* 그가 말했지. 그런데 정말, 그는 눈물이 글썽했어. *패디 디그넘 말인가?* 내가 말했지. 그 말을 들었을 때 나는 믿을 수가 없었어. 나는 불과 지난 금요일이던가 목요일에 아치 주점[23]에서 그를 만났으니까. *그럼, 그가 말했어. 그는 가버렸네. 그는 월요일에 죽었어, 불쌍한 친구 같으니.*

저 봐! 저 봐! 값비싼 하얀 비단 양말이 번쩍. 저 봐!

묵직한 전차 한 대가 경적을 울리면서 그 사이를 지나갔다.

놓쳐 버렸다. 저주받을 너 떠들썩한 개발코 같으니. 꼭 목을 졸리는 것 같은 느낌이야. 낙원과 요정.[24] 언제나 저따위 일이 일어난단 말이야. 바로 그 순간에. 지난 월요일 유스타스가(街)의 현관에서 소녀가 양말대님을 바루고 있었을 때도 그랬지. 그녀의 친구가 노출을 가려 버렸어. '*에스프리 드 꼬르(육체의 정수[精髓])*를.'[25] 자, 자넨 뭘 멍하니 바라보고 있나?

─ 그래, 그래, 블룸 씨가 무딘 숨을 내쉰 다음 말했다. 또 한 사람이 가버렸어.

─ 제일 선량한 사람 가운데 하나, 맥코이가 말했다.

전차는 지나갔다. 그들도 루프 라인 교(橋)[26] 쪽으로 마차를 몰고 가버렸다, 그녀의 값비싼 장갑 낀 손을 강철 손잡이 위에 얹은 채. 나풀나풀, 나풀나풀: 그녀의 모자 레이스 장식이 햇볕 속에: 나풀나풀, 나풀.

─ 아내는 잘 있나? 맥코이가 바뀐 목소리로 말했다.

─ 오, 그럼, 블룸 씨가 말했다. 더할 나위 없네, 고마워.

그는 빈둥빈둥 신문지 배턴을 펼쳐 빈둥대며 읽었다:

> *플럼트리 표(標) 통조림 고기*
> *그것이 없는 가정은 어떠할까요?*
> *완전하다고는 할 수 없지요.*
> *그와 함께 축복 받은 가정이.*[27]

─ 내 처는 방금 계약을 맺었네. 최소한 아직 확정된 건 아니지만.

다시 여행 가방의 부대(附帶) 조건이. 하지만 별로 해될 건 없어. 난 그것에서 손떼었으니까, 감사하게도.[28]

블룸 씨는 찬찬하고 다정하게 그의 커다란 눈꺼풀의 눈을 돌렸다.

─ 나의 아내도 역시, 그는 말했다. 그녀는 벨파스트, 얼스터 홀[29]의 호화 음악회에서 노래 부를 예정이네, 25일에.

─ 그래? 맥코이가 말했다. 그 말 들으니 반갑군, 자네. 누가 발기하지?

마리언 블룸 부인. 아직도 잠자리에서 일어나지 않고. 여왕은 기녀 침실에서 빵을 먹고 있었다[30] 그리고. 아니 책을요. 까맣게 된 그림 패 카드들이 7끗짜리들 곁에 그녀의 허벅지를 따라 놓여 있었다. 혹 부인과 미남(美男)[31] 편지. 털 복숭이 까만 공 같은 고양이. 찢어진 봉투 조각.

> *사랑의.*
> *옛날.*
> *달콤한.*
> *노래.*
> *오라 사 ─ 랑의 옛날······*[32]

─ 그건 일종의 순회공연이지, 알겠나, 블룸 씨가 심각하게 말했다. '달 ─ 콤한 노래.' 위원회가 구성되어 있어. 지출과 수입을 분담한다네.

맥코이는 콧수염 그루터기를 잡아당기면서, 고개를 끄덕였다.

— 오, 그래, 그는 말했다. 그것 참 좋은 소식이군.

그는 가려고 몸을 움직였다.

— 글쎄, 자네 참 건강해 보여서 반가워, 그는 말했다. 어디 또 만나게 되겠지.

— 그럼, 블룸 씨가 말했다.

— 그런데 자네한테 말할 게 있어, 맥코이가 말했다. 장례식에 내 이름도 좀 써넣어 줄 수 있겠나, 자네? 나도 참석하고 싶은데 불가능할지도 모르니까, 글쎄. 샌디코브 해변에 익사 사건이 발생한 것 같아 그래서 만일 시체가 발견되면 검시관과 나 자신이 그곳에 내려가 봐야 해.³³⁾ 만일 내가 장례식에 참석하지 못하게 되면 내 이름을 좀 적어 넣어 줄 수 있겠나, 응?

— 그렇게 하지, 블룸 씨가 가려고 몸을 움직이며, 말했다. 문제없지.

— 좋아, 맥코이가 밝게 말했다. 고마워, 자네. 가능한 한 나도 참석하지. 그럼. 아주 잘됐네. 바로 C. P. 맥코이라고만 하면 될 테니까.

— 잘될 걸세, 블룸 씨가 단호하게 대답했다.

저놈의 수다쟁이한테 꼬리를 밟히지 않았다. 재빠른 터치. 쉽사리 속아 넘어가는 녀석. 그따위 일은 문제없어. 여행 가방에 나는 특별한 애착을 갖고 있지. 가죽. 가죽 씌운 모서리, 못 박힌 가장자리, 이중 지렛대 자물통. 보브 카울리³⁴⁾가 작년 위클로우 보트 경기 음악회³⁵⁾를 위해 그걸 그에게 빌려주었는데, 그렇게 기분 좋게 빌려 준 그날부터 오늘까지 감감무소식이야.

블룸 씨는 브런즈위크가(街)를 향해 어슬렁어슬렁 걸어가며, 미소를 지었다. 내 처는 방금 계약을 맺었네. 갈대 목소리의 주근깨 투정이 소프라노. 얌체 코에. 그건 그런 대로 괜찮아: 사소한 속요(俗謠) 따위 부르기에는. 실속 없는 노래.³⁶⁾ 자네와 나는, 알지 않나: 똑같은 배를 타고 있어. 알랑대면서. 그런 목소리는 상대를 신경질 나게 하지. 그는 목소리의 차이를 듣지 못할까? 약간 그쪽으로 마음이 끌리는 것 같아. 아무튼 그런 목소리는 내 비위에 거슬려. 벨파스트 쪽에서 자기를 데리러 올 줄 생각했지. 그곳에 천연두가 더 악화되지 말아야 할 텐데. 상상컨대 아내는 다시는 종두(種痘)를 맞고 싶어 하질 않을 거야. 자네 아내 그리고 나의 아내.

그 녀석이 나한테 뚜쟁이 짓을 하고 있는 게 아닌가?

블룸 씨는 두 눈을 울긋불긋 씌어진 간판 글씨 위로 두리번거리면서, 길모퉁이에 섰다. 캔트렐 앤드 코크레인 상점의 진저에일(유향성 有香性). 클러리 백화점³⁷⁾의 하기(夏期) 대매출. 아니야, 그는 곧바로 걸어가고 있다. 어라. 오늘 밤 〈리어〉.³⁸⁾ 밴드먼 파머 부인.³⁹⁾ 그녀가 저 극(劇)에 재차 출연하는 걸 보고 싶군. 그녀는 간밤에 햄릿 역을 했었지. 남자 배우. 혹시 그는 여자였는지 몰라.⁴⁰⁾ 왜 오필리어는 자살했을까. 불쌍한 아빠!⁴¹⁾ 그는 저 극의 케이트 베이트먼⁴²⁾에 관해 얼마나 자주 말하곤 했던가. 런던의 아델피 극장 바깥에서 입장하려고 오후 내내 기다렸다. 내가 태어나기 전 해었어. 65년. 그리고 비엔나의 리스 토리.⁴³⁾ 이의 진짜 이름이 무엇이더라? 그건 모젠탈의 작품이지. 〈라첼〉, 그렇지?⁴⁴⁾ 아니야. 그가 언제나 이야기하고 있던 장면은 눈먼 아브라함 노인이 목소리를 식별하고 그의 얼굴에다 자기 손가락을 갖다대는 장면이지.

나단의 목소리! 그의 자식의 목소리! 나는 나의 팔 안에 그의 아비〔父〕를 비애와 비참으로 죽도록 내버려두고, 그리하여 그의 아비의 집을 버리고, 그의 아비의 신(神)을 버리고 떠난, 나단의 목소리를 듣는다.⁴⁵⁾

너무나 의미심장한 한 마디 한 마디로다, 리오폴드.

불쌍한 아빠! 불쌍한 사내! 나는 그의 얼굴을 보러 방에 들어가지 않았던 것이 다행이

야. 그날! 오, 정말! 오, 정말! 휴우! 글쎄, 그 길이 그에게는 아마 최선이었는지 몰라.[46]

　　블룸 씨는 모퉁이를 돌아 역마차 정거장의 목 빠뜨린 말[馬]들 곁을 지나갔다. 더 이상 생각해 보았자 소용없는 일. 꼴 주머니 채우는 시간. 저 맥코이 녀석을 만나지 않았더라면 좋았을 걸.

　　그는 한층 가까이 가자, 황금빛 오트밀을 아삭아삭 깨무는 소리를 들렸다, 조용히 우적우적 씹고 있는 이빨들. 그가 지나가자, 독한 오트밀 말 오줌 냄새가 풍기는 사이에서, 말들이 볼록한 사슴의 눈으로 그를 주시했다. 그들의 엘도라도.[47] 가련한 얼빠진 것들! 긴 코를 꼴 주머니에 틀어박은 채, 그들은 무엇을 알며 무엇을 상관하랴. 너무 많이 입에 넣어 말[言]도 못 하지. 하지만 그들은 잘 먹고 잘 존 단 말이야. 역시 거세당한 채: 검은 구타페르카 나무 진 같은 뭉툭한 꼬리를 그들의 엉덩이 사이에 맥없이 흔들면서. 저러고 있는 것이 언제나 행복할지도 모르지. 그들은 순하고 가엾은 짐승들로 보이지. 하지만 그들의 울음소리가 귀에 몹시 거슬리는 수도 있지.

　　그는 호주머니로부터 편지를 꺼내, 자신이 갖고 있던 신문 속에다 그걸 접어 두었다. 여기서 그녀와 마주칠지도 몰라. 골목길이 더 안전해.

　　그는 역마차의 오두막[48]을 지나갔다. 뜨내기 마부들의 생활은 호기심을 불러일으키지. 모든 날씨, 모든 장소, 시간 또는 구역, 자신의 의지와는 조금도 개의치 않아, '볼리오 에 논(갈 가요 말 가요)', 마침 담배라도 있으면 한 개비 주고 싶군. 사교적이야. 그들이 지나갈 때 몇 마디 급한 말로 소릴 지른다. 그는 콧노래를 불렀다:

　　　　라 치 다렘 라 마노(우리 손에 손잡고 함께 가요).
　　　　라 라 라라라 라 라.

　　그는 컴벌랜드가(街)로 방향을 바꾸자, 몇 걸음 걸어가며, 정거장 벽의 응달진 곳에서 발을 멈추었다. 아무도 없군. 미드의 목재소. 쌓아 놓은 대들보들. 폐옥(廢屋)들 그리고 셋집들. 조심스런 발걸음으로 그는 돌말이 잊혀진 채 놓인 땅 따먹기 마당 위를 지나갔다. 죄인은 아니야.[49] 목재소 근처에 쪼그리고 앉아 있는 한 아이가, 혼자, 날렵한 엄지손가락으로 튀김 돌을 퉁기고 있다. 한 마리 영리한 고양이, 눈을 반짝이는 스핑크스처럼, 따뜻한 기둥 밑자리로부터 빤히 쳐다보았다. 그들을 방해하는 것은 애처로운 일. 마호메트는 아내를 깨우지 않기 위해 그의 외투 자락을 잘랐지.[50] 편지를 열자. 그런데 내가 저 노부인의 유치원에 다녔을 때 나도 한때 땅 따먹기 놀이를 했지. 그녀는 손으로 뜬 무늬 레이스를 좋아했어. 엘리스 부인.[51] 그리고 부군은? 그는 신문지 사이에서 편지를 펼쳤다.

　　한 송이 꽃. 내 생각에 이건. 편편한 꽃잎을 지닌 한 송이 노란 꽃. 그럼 골이 나지 않았나? 뭐라 쓰고 있을까?

　　친애하는 헨리

　　지난번 편지는 참 고맙게 받았어요. 지난번 저의 편지가 마음에 들지 않았다니 안됐군요. 왜 당신은 우표를 동봉하셨어요? 그래서 전 당신한테 몹시 골이 나 있어요. 그 때문에 저는 당신을 벌줄 수 있으면 하고 바라고 있어요. 저는 당신을 심술꾸러기라 불러요 왜냐하면 다른 세계[52]는 싫으니까요. 제발 말해 줘요 그 말의 진의가 무엇인지? 당신은 가정에서 행복하시 못하세요, 당신 가련한 심술꾸러기 양반? 당신을 위해 뭔가 좋은 일을 할 수 있었으면 정말 바라고 있어요. 당신은 가련한 저를 어떻게 생각하는지 좀 말씀해 주세요. 저는 이따금 당신이 참 아름다운 이름을 가졌다고 생각해요. 친애하는 헨리, 우리 언제 만날까요? 얼마나 자주 제가 당신을 생각하는지 당신은 모를 거예요. 여태껏 당신한테처럼 남자에게 끌려 본 적이 결코 없어요. 저는 기분이 좋지 못해요. 제발 저에게 긴 편지를 써서 더 많이 말해 줘요. 그렇지 않으면 제가 당신에게 벌준다는 것을 기억하세요. 그러니 이젠 제게 편지하지 않으면 제가 어떻게 할지를 아시겠지요. 심술꾸러기 당신. 오, 얼마나 전 당신을 만나고 싶은 지요. 사랑하는 헨리, 저의 인내가 다하기 전에 저의 요구를 거절하지 마세요. 그러면 당신에게 모든 걸 말씀해 드리겠어요. 자, 안녕히. 심술꾸러기 다링. 저는 오늘 이렇게 골치가 몹시 아파요 그리고 당신의 그리움에 대해 '답장으로' 쓰는 거예요.

마사

추서: 당신 아내가 무슨 향수를 쓰는지 알려 주세요. 알고 싶어요.

× × × ×

그는 꽃을 바늘귀에서 정중하게 떼어, 그것의 거의 냄새 없는 냄새를 맡으며, 그걸 가슴 호주머니 속에 넣었다. 꽃의 언어. 아무도 들을 수 없기 때문에 여자들은 그걸 좋아하지. 아니면 남자들을 때려눕히기 위한 독(毒)의 꽃다발. 이어 천천히 앞으로 걸어가면서 그는 다시 편지를 읽었다, 여기 저기 편지의 낱말을 중얼대면서. 화난 튤립 사랑하는 당신과 함께 남자의 꽃 벌주어요 당신의 선인장 만일 당신이 하지 않으면 제발 불쌍한 물망초 얼마나 제가 그리워하는지 제비꽃 사랑하는 장미꽃 언제 우리들 곧 아네모네 만나다 모든 심술꾸러기 밤 행랑 아내 마사의 향기. 그는 편지를 모두 다 읽은 다음 신문지에서 그걸 꺼내 옆구리 호주머니 속에 도로 넣었다.

가냘픈 기쁨이 그의 입술을 열게 했다. 첫 번째 편지 이래로 변했어. 그녀가 직접 그걸 썼는지 몰라. 골이 나서 한 것 같군: 나처럼 훌륭한 가문의 소녀, 존경받는 인물. 어느 일요일 묵주 기도회가 끝난 다음 만날 수 있었으면. 고마워요: 전 그런 걸 조금도 해본 적이 없어요. 흔한 사랑의 난투극. 그렇게 되면 점점 곤란한 처지로 몰리지. 몰리와의 싸움처럼 악화되지. 담배가 진정의 효과를 갖는다. 마취제. 다음에는 조금 더 지나치게 해봐야지. 심술꾸러기 꼬마: 벌줄 테예요: 말[言]이 두렵지, 물론. 잔인한, 안될 게 뭐람? 아무튼 해봐야지. 한 번에 조금씩.

계속 주머니 속의 편지를 손가락으로 만지작거리며, 그는 편지에서 핀을 뽑았다. 흔한 핀인가, 응? 그는 핀을 갈바닥에 던졌다. 그녀의 옷 어느 곳에서부터: 함께 핀으로 꽂힌 채. 여자들은 언제나 핀을 몇 개씩 갖고 다니니 참 묘한 일이야. 가시 없는 장미는 없으니.

더블린의 편평한 목소리들이 그의 머릿속에 윙윙 울렸다. 쿰가(街)[53]의 그날 밤 저 두 매음녀들, 빗속에 함께 팔짱을 긴 채.

오, 메어리는 속바지의 핀을 잃었다네.
그녀는 어찌할 바를 몰랐지
그것이 흘러내릴까 봐,
그것이 흘러내릴까 봐.[54]

그것이라? 속바지. 골치가 몹시 아파요. 아마 멘스(장미)를 하는가 보군. 아니면 종일 앉아서 타이프를 치고 있기 때문이지. 눈의 긴장은 위 신경에 나빠요. 당신 아내는 무슨 향수를 쓰세요. 글쎄 그따위 걸 어떻게 알 수 있담?

그것이 흘러내릴까 봐.

마사, 메리.[55] 어디선가 나는 그 그림을 보았지 지금은 어딘지 잊었지만 옛날의 거장(巨匠)인지 아니면 돈을 위해 날조(捏造)한 건지. 그분은 여자들의 집에 앉아 있지, 이야기를 하면서. 신비스런. 쿰가(街)의 그 두 매음녀들도 역시 듣고 싶어 했을 거야.

그것이 흘러내릴까 봐.

근사한 저녁 기분. 이제는 더 방랑하지 마사이다. 저기서 좀 쉬세요. 고요한 땅거미: 모든 걸 다 내버려두세요. 잊어버리세요. 당신께서 여태껏 계셨던 곳, 이상스런 풍속들에 관해 말씀해 주세요. 다른 한 사람,[56] 항아리를 머리에 이고, 저녁 식사를 나르고 있었다. 과일, 올리브 열매, 애쉬타운 벽의 구멍처럼 냉석(冷石)의, 샘에서 길러 온 맛좋은 냉수.[57] 이 다음에 경마에 갈 때는 종이컵을 가져가야겠군. 그녀[58]는 크고 검은 부드러운 눈으로 귀를 기울인다. 그녀에게 말씀해 주세요. 더 많이: 모두. 그리고 한숨: 침묵. 길고 길고 긴 휴식.

철로 아치 밑을 지나면서 그는 봉투를 꺼내, 재빨리 그것을 여러 조각으로 찢어 한길을 향해 뿌렸다. 조각들이 펄펄 날아, 축축한 대기 속에 내려앉았다: 하얀 종이의 펄럭임, 이어 모두 가라앉았다.

헨리 플라우어. 그대는 똑같은 방법으로 1백 파운드짜리 수표를 찢어 버릴 수 있겠는가. 단순한 한 조각 종이에 불과하지. 아이브아 경(卿)[59]은 한때 아일랜드 은행에서 7자리 숫자의 1백만 파운드 수표를 현금으로 바꾸었다. 흑맥주에서 번 돈을 상대에게 보여주는 거다. 더욱이 그의 형 아딜론 경[60]은 하루에도 셔츠를 네 번이나 갈아입어야만 한다고, 사람들이 말하지. 피부가 이(虱) 또는 기생충을 키우지. 1백만 파운드, 가만있자. 2페니에 흑맥주 1파인트라, 4페니면 1쿼트, 8페니면 1갤런, 아니야, 1실링 4페니가 흑맥주 1갤런이지. 1파인트 4실링이면 20갤런: 약 15. 맞았어, 정확히. 흑맥주 1천 5백만 배럴.

무슨 내가 배럴 이야길 하고 있나? 갤런. 아무튼 약 1백만 배럴.

정거장으로 들어오는 기차가 그의 머리 위에서 철커덕 철커덕 심하게 울렸다, 객차 뒤에 객차. 배럴 통들이 그의 머리 속에서 쿵하고 부딪쳤다: 침체된 흑맥주가 흔들리며 안쪽에서 휘청거렸다. 술통 마개가 퉁겨 열리자 맥주의 거대한 뿌연 홍수가 새어나와, 진흙탕 평평한 땅 위를 온통 개펄을 지나 한꺼번에 흐르며, 그의 거품의 넓은 잎사귀 꽃을 따라 액체의 느린 연못 소용돌이를 이루었다.

그는 만성성당(萬聖聖堂)[61]의 열린 뒷문에 다다랐다. 입구 쪽으로 발을 들여놓으며 그는 모자를 벗고, 호주머니에서 카드를 꺼내, 그것을 모자의 가죽띠 뒤에다 다시 감추었다. 젠장. 멀린가까지 패스를 맥코이에게 한 장 부탁해 볼 수도 있었을 텐데.

문 위에 똑같은 게시(揭示). 예수회의 성 피터 클래버[62]와 그 아프리카 전도에 관한 예수회 수도원장 존 콘미 존사(尊師)[63]의 설교. 글래드스톤이 거의 의식을 잃었을 때 사람들이 역시 드렸던 그의 개종(改宗)을 위한 기도.[64] 신교도들도 마찬가지. 신학박사 윌리엄 J. 월쉬[65]를 참된 종교로 개종시키다. 중국의 수백만 대중을 구하다. 어떻게 그들은 이교도인 중국인들에게 그것을 설명하는 걸까. 1 온스의 아편을 더 좋아하지. 지나인(支那人)들. 그들에게 극단적 이교(異敎)야. 박물관 안에 옆으로 누워 있는 그들의 신 불타(佛陀).[66] 뺨 아래 손을 괴고 만사 안일하게. 타고 있는 선향(線香). 에체 호모(이 사람을 보라)[67]와는 닮지 않았어. 가시 면류관과 십자가. 성 패트릭의 클로버는 현명한 착상이야.[68] 젓가락? 콘미: 마틴 커닝엄이 그를 알고 있지: 탁월하게 보이지. 저 팔리 신부[69] 대신에 그를 움직여 몰리를 성가대에 입단시키지 않았던 게 유감이야. 그런데 그는 보기에는 바보처럼 보이지만 그렇지는 않아. 모두들 그걸 배우는 거다.[70] 그는 흑인들에게 세례하기 위해 몸에서 땀을 줄줄 흘리면서 푸른 안경[71]을 걸치고 밖을 나돌아 다니지 않은가, 말은가? 안경이 흑인들의 마음에 들 테지. 번쩍번쩍 빛나는. 두툼한 입술을 하고, 원으로 앉아 있는 것이 볼만하지, 넋을 잃은 채, 귀를 기울이며. 고요한 생활. 우유처럼 핥는 것 같아, 상상하건대.

성석(聖石)의 차가운 냄새가 그를 자극했다. 그는 닳은 층층대를 밟으며, 흔들거리는 문을 밀고 제단 휘장 곁으로 살며시 들어갔다.

뭔가 진행되고 있군. 무슨 신도회. 이렇게도 텅텅 비었으니 안됐군. 어느 소녀 곁에 가 앉는 것이 참 점잖은 자리야. 나의 이웃은 누구?[72] 느린 성가에 맞추어 시간까지 꽉 들어찬 채. 자정 미사의 저 여인. 제 7천국(天國). 심홍색 목도리를 목에 두르고, 여인들이 재대(祭臺)에 무릎을 꿇었다, 고개를 숙인 채.[73] 제단 난간 곁에 무릎을 꿇고 있던 한 무리. 사제(司祭)가 중얼거리면서, 손에 성체 용기를 들고, 그들 곁을 지나갔다. 그는 각자 곁에 발을 멈추고, 성체를 꺼내, 빵에서 한두 방울(물 속에 담겨 있나?) 흔들어 떨어뜨리고 그것을 각자의 입 속에 깔끔하게 넣어 주었다. 그녀의 모자와 머리가 수그러졌다. 이어 다음 사람. 그녀의 모자가 이내 수그러졌다. 이어 다음 사람: 몸집이 작은 늙은 여인. 사제는 언제나 중얼거리면서, 그녀의 입 속에 성체를 넣어 주려고 허리를 굽혔다. 라틴어. 다음 사람. 그대의 눈을 감고 입을 벌려요. 뭘? '꼬르뿌스(성체)': 육체. 시체. 라틴어는 멋진 발상이야. 우선 그들을 마비시키는 거다. 죽어 가는 자들을 위한 접대소.[74] 그들은 성체를 씹지 않는 것 같아: 단지 삼켜 버리는 거지. 기묘한 발상: 시체의 조각을 먹다니. 그 때문에 식인종들이 그걸 기호(嗜好)하지.

그는, 그들의 검은 가면 쓴 얼굴들이 하나하나, 통로를 내려와, 본래의 자리를 찾아가는 것을 바라보면서 곁에 섰다. 그는 벤치에 다가가, 모자와 신문지를 가슴에 끌어안으며, 한쪽 구석에 자리 잡았다. 우리들이 써야만 하는 이 항아리들. 우리는 모자를 머리에 맞게 본을 떠서 써야만 해. 여인들은 여기저기 그의 주변에 심홍색의 홀터 복 차림으로 머리를 계속 숙인 채, 성체가 그들의 위 속에서 녹기를 기다리고 있다. 마치 마조스 부활제[75]의 과자 같지: 그건 일종의 빵인 거다: 무효모(無酵母) 제사 빵. 저 여인들을 보라. 그런데 그것은 틀림없이 그들을 행복하게 할 거야. 사탕과자. 바로 그거야. 그래, 천사의 빵이라 그건 불리지. 그것 이면에는 커다란 생각이 있어, 일종의 하느님의 왕국이 자신의 몸 안에 있는 것 같은 느낌이 들지. 최초의 성체 배령 자들. 진부한 빵 한 덩어리에 한 페니. 그래서 모두들 한 가족의 무리처럼, 마치 똑같은 극장 안에서, 똑같은 기분에 잠겨 있는 듯한 느낌이 들지. 여인들은 그래. 저는 그걸 확신해요. 그렇게 외롭지 않아요. 우리들의 교단(教團)에서. 그런 다음 약간 흥이 나서 밖으로 나오지. 우울한 기분을 토해 버리도록 한다. 문제는 그걸 정말 믿느냐에 달렸지. 루르드의 치료, 망각의 강(江),[76] 그리고 노크의 출현,[77] 피를 흘리는 군상들. 저 고해실(告解室) 가까이 잠든 늙은이. 이런 곳에서 저렇게 코를 골다니. 맹신(盲信)이야. 왕국의 품안에 안전하게 오라.[78] 고통을 모두 진정시킨다. 내년 이때쯤에 잠에서 깨어난다.

그는 사제가 성체 잔을, 깊숙이, 밀어치우고, 그가 입고 있던 레이스 직(織)의 옷자락 밑으로 커다란 회색 구두 밑창을 드러내 보이면서, 잠시 그 앞에 무릎을 꿇는 것을 보았다. 저러다 그가 핀이라도 잃었다고 상상해 봐. 어찌할 바를 모를 거야. 머리 뒤쪽의 체발(剃髮). 그의 등의 문자: I. N. R. I[79]? 아니야: I. H. S[80]. 몰리는 언젠가 내가 그 뜻을 물었을 때 내게 말했지, 나는(I) 죄를(have) 범했도다(sinned): 혹은 아니야: 나는(I) 고통을(have) 겪었도다(suffered). 그리고 다른 하나는? 쇠못이(Iron nails) 박혔도다(ran in).

묵주 기도회가 끝난 뒤 어느 일요일에 만난다. 제 요구를 거절하지 마세요. 베일을 두르고 검은 백을 들고 나타난다. 그녀 등 뒤에 땅거미와 빛. 리본을 그녀의 목에 두르고 이곳에 나타날 테지 그리고 예나 다름없이 몰래 다른 짓을 하는 거지. 그들의 성격. 무적 혁명 단[81]을 밀고한 저 녀석, 캐리[82]가 그의 이름이었어, 매일 아침 성찬을 배령(拜領)하곤했지. 바로 이 성당. 피터 캐리, 그래. 아니야, 피터 클래버[83]를 나는 생각하고 있군. 데니스 캐리. 그런데 그걸 꼭 상상해 봐요. 집에는 아내와 여섯 명의 자식이. 그리고 언제나 암살을 기도하고 있었으니. 그따위 엉터리 독실자(篤實者)들, 그래 그것이 녀석들에게 알맞은 이름이야, 그들 주변에는 언제나 미심쩍은 게 감돌지. 게다가 그들은 분명한 장사꾼도 못되잖아. 오, 아니, 그녀는 여기에 나타나질 않아요: 그 꽃(플라우어)[84]: 천만에, 천만에. 그런데, 봉투를 나는 찢어 버렸던가? 그래: 다리 밑에서.

사제가 성배(聖盃)를 헹구고 있었다.[85] 이어 그는 찌꺼기를 말끔히 부셨다. 포도주. 이것은 예를 들면 기네스 회사의 흑맥주라든지 또는 휘틀리 점의 더블린 홉주(酒) 같은 알코올 성분이 없는 술 또는 캔트렐 앤드 코크레인 점의 진저에일(유향성) 같은 걸 마시는 것보다 한층 귀족적인 느낌을 주지. 신자들에게는 조금도 마시게 하지 않아: 제대용(祭臺用)의 술[86]: 단지 빵만을. 냉정한 위로 품. 경건한 속임수지만 오히려 그게 옳은 생각이야: 그렇잖으면 한 잔만 달라고 조르면서, 다른 누구보다 더욱 지독한 술고래 영감이 뒤따라올 거야. 분위기가 온통 이상야릇하게 되어 버리지. 아주 옳아. 그건 완전히 옳은 일이야.

블룸 씨는 성가대 쪽으로 뒤돌아보았다. 음악을 더 이상 연주하지 않을 모양이야. 유감이군. 누가 여기 오르간을 맡고 있을까? 그런 노인, 그는 저 오르간을 소리 나게 하는 방법을 알고 있었지. '비브라토(진음(震音))': 사람들 말이, 그는 가디너가(街)에서 일년에 50파운드씩 받고 있었다나. 몰리가 롯시니의 〈스타바트 마테르(성모애도가)〉[87]를 부르던 날 그녀의 목소리는 참 훌륭했어. 처음에는 버나드 본 신부의 설교. 그리스도 혹은 빌라도?[88] 그리스도, 하지만 그런 이야기로 저희들을 밤새도록 잡아 두지는 마세요. 그들은 음악을 원했던 거다. 발 구르는 소리가 멈추었다. 핀이 떨어지는 소리도 들을 수 있을 정도. 나는 아내에게 목소리의 피치를 맞추도록 저쪽 구석을 향해 일렀지. 나는 그녀의 목소리의, 충만한, 전율을 공중에서 느낄 수 있었어, 지켜보고 있던 사람들:

뀌 에 호모(누구리요).[89]

저 옛날의 성곡(聖曲)들 중 약간은 참 훌륭하지. 메르카단테: 일곱 가지 최후의 말〔言〕들.[90] 모차르트의 미사곡 12번: 그 속의 〈글로리아 (영광의 찬가)〉.[91] 저 옛날의 교황들은 음악에 관해, 예술 그리고 모든 종류의 조각상이나 그림들에 관해 예리했지. 예를 들면 팔레스트리나[92]도 역시 그들은 세상을 끝마친 때까지 유폐힌 시절을 보냈다. 노래를 부르며. 몸도 건강하여, 규칙적인 시간, 그리고 리큐르 강주(强酒)를 빚었던 거다. 베네딕타인주(酒). 녹색의 샤르트러즈 주(酒). 더욱이, 그들의 합창단 속에 거세자(去勢者)들을 끼워둔다는 것은 약간 지나친 일이었어.[93] 거세자의 목소리는 어떤 걸까? 그들 자신의 굵은 베이스 음(音)을 따라 노래를 듣는다는 것은 참 호기심을 자아내는 일임에 틀림없지. 감식가(鑑識家)들. 그들이 그걸 듣고도 아무것도 느끼지 못한다고 상상해 봐요. 일종의 평온함. 아무 걱정 없이. 그들은 살찌기 시작하지, 그렇잖아?[94] 대식가들, 키가 크고, 기다란 다리. 누가 알아? 환관(宦官). 그것도 하나의 해결책이지.

그는 사제가 허리를 구부려 제단에 입을 맞춘 뒤 이어 주위를 휘둘러보며 모든 회중(會衆)들에게 축복을 비는 것을 보았다. 모두 가슴에 성호를 긋고 자리에서 일어섰다. 블룸 씨는 주위를 힐끗 돌아본 뒤에, 그들의 쳐든 모자 위를 훑어보면서, 자리에서 일어났다. 물론 복음을 읽을 때는 일어서는 거다. 이어 모두들 무릎을 꿇고 다시 앉자 그도 조용히 벤치에 도로 앉았다. 사제가 그로부터 미사 선경을 뻗쳐 들고, 제단에서 내려왔다, 그리고 그와 미사동이 서로서로 라틴어로 답했다. 그러고 나자 사제는 무릎을 꿇고 카드를 읽기 시작했다:

— 오 하느님, 저희들의 피난처요 힘이시여……[95]

블룸 씨는 말의 뜻을 포착하려고 얼굴을 앞으로 내밀었다. 영어다. 그들을 달래 주옵소서. 조금 기억이 나는군. 지난번 미사를 올린 이래로 얼마 만인가? 영광스런, 순결의 동정녀. 그녀의 배우자, 요셉. 베드로와 바울. 그것이 모두 무슨 뜻인지 이해할 수 있으면 한층 재미있지. 훌륭한 조직이야 확실히, 시계 테이프처럼 잘 움직이지. 고백 성사. 모든 사람들이 원하는 바지. 그러고 나면 나는 모든 걸 당신에게 말해주겠소. 회개. 제발, 저를 벌주소서. 그들의 손에 쥐고 있는 위대한 무기야. 의사나 변호사보다 한층 더하지. 하고 싶어 죽고 못 사는 여인. 그러자 나는 쉬쉬쉬쉬쉬쉬. 그리고 당신은 샤샤샤샤샤 했던가? 그럼 당신은 왜 했소? 구실을 찾으려고 그녀의 반지를 내려다본다. 속삭이는 발코니 벽은 귀를 갖고 있지. 남편이 알면 깜짝 놀랄 거야. 하느님의 작은 희롱. 그런 다음 그녀는 밖으로 나온다. 살갗 깊이의 회개. 애교 있는 수치심. 제단의 기도. 아베마리아 그리고 성스러운 마리아.[96] 꽃, 향기, 녹는 양초. 그녀의 붉어진 얼굴을 감춘다. 구세군 뻔한 흉내.[97] 개심(改心)한 매춘부가 모임에서 간증(干證)을 할 테지. 어떻게 저는 주님을 발견했던가. 멍청한 자들 그들은 틀림없이 로마에 있지.[98]: 자신들의 본색을 온통 드러내지. 그리고 그들은 또한 돈을 긁어모으지 않는가? 유산(遺産) 역시: 교구 사제에게 당분간 절대적으로 일임하는 거다. 문을 열어 제치고 공공연히 이야기하는 나의 영혼의 휴식을 위한 미사들. 수도원과 수녀원. 저 퍼머나의 사제가 증인석에서 진술을 하리라. 그를 위협해도 무용(無用). 그는 만사에 합당한 답변을 했던 거다. 우리들의 성모인 교회의 자유와 영광. 교회의 박사들: 그들이 무슨 신학(神學)을 도안(圖案)해 냈지.

사제가 기도했다:

— 축복 받은 대천사(大天使), 미가엘 이시여, 수난의 시기에 저희들을 지켜주소서. 악마의 사악과 유혹에 대해 저희들을 보호하소서(저희들은 머리 숙여 기도하노니, 하느님이시여 악마를 속박하소서!): 그리하여 당신이시여, 오 하늘의 주이신 군주시여, 하느님의 힘에 의하여 마왕과 그와 함께 영혼의 파멸을 위하여 세상을 헤매는 그들 사악한 망령들을 지옥으로 떨어지게 하소서.[99]

사제와 복사가 자리에서 일어나 걸어갔다. 만사 끝. 여인들은 뒤에 남았다: 감사의 기도.

밀고 나가는 것이 좋겠군. 바츠(붕붕) 수사(修士). 아마 접시를 갖고 돌 모양이야. 당신의 부활절 의무를 지불하시오.

그는 일어섰다. 이봐라. 내 조끼 단추 두 개가 내내 열려 있었나? 여자들은 그걸 즐기지. 상대에게 절대로 말하지 않는단 말이야. 그러나 남자들은. 실례지만, 아가씨, 그곳에 (휴!) 바로 (휴!) 털이 한 올. 아니면 그들의 스커트 뒤에, 혹이 끌린 포켓. 어스름한 달빛의 광경.[100] 만일 말하지 않으면 골을 내지. 왜 진작 말씀하지 않았어요. 오히려 좀 허술하게 있는 게 나아. 저 아랫 단추가 아닌 게 천만다행이야. 그는 조심스레 단추를 채우면서, 통로 아래, 정문을 통해 햇볕 속으로 빠져 나왔다. 그는 차고 검은색 대리석 성수반(聖水盤) 곁에 거들떠보지 않은 채 잠시 서 있자, 그동안 그의 앞뒤에서 두 예배자들이 낮게 일렁이는 성수(聖水) 속에 그들의 손을 살짝 담갔다. 전차: 프레스커트 염색공장의 차[101]: 상복을 입은 한 미망인. 나 자신도 상복을 입고 있기 때문에 눈에 띌 거야. 그는 모자를 썼다. 시간이 얼마나 됐을까? 15분이 지났군. 아직 시간은 충분해.[102] 화장수를 주문해 두는 게 좋겠군. 여기가 어디지? 아 그래, 지난번. 링컨 광장의 스위니 약국. 약제사들은 이사를 좀

처럼 하지 않지. 그들의 녹색과 금색의 약 절구가 움직이기에 너무 무거운 거다. 홍수가 났
던 해에 개점한, 해밀턴 롱 약국.[103] 거기 근처에 위그노 교도들의 묘지가[104]. 어느 날 찾아
가야지.

그는 웨스틀랜드 가로를 따라 남쪽을 향해 걸어갔다. 그러나 약 처방이 다른 바지에
있군. 오, 그런데 저 바깥문 열쇠도 역시 잊었군 그래. 장례 치르기란 귀찮은 일. 오 글쎄,
불쌍한 친구, 그의 잘못은 아니야. 지난번 내가 그걸 조제(調劑)해 둔 게 언제였더라? 가
만있자. 내가 금화 한 닢을 바꾼 게 생각나는군. 틀림없이 이 달 초하루 아니면 초이틀이었
을 거야. 오, 약제사가 그걸 처방첩(處方帖)에서 찾을 수 있지.

약제사가 한 페이지 한 페이지 뒤로 넘겼다. 먼지투성이 시든 냄새를 그는 풍기는 것
같아. 찌그러진 두개골. 그리고 늙었어. 철학자의 돌을 찾아. 연금술사들. 마약은 정신적
흥분에 이어 상대를 늙게 만들지. 그리고 혼수상태. 왜? 반작용. 하룻밤 동안에 한평생을.
성격도 점점 변하지. 약초, 고약, 소독제 속에 파묻혀 종일 살아가는 거다. 모두 그의 설화
석고 같은 순백(純白)의 항아리들. 약 절구와 공이. 용액. 증류수. 산엽(酸葉). 계엽수(桂
葉水). 텔루륨동(銅). 마치 치과의의 문간 벨처럼 냄새만 맡아도 치료될 수 있을 것 같아.
회초리 의사. 그는 스스로 얼마간의 약을 먹어야 한다. 연약(煉藥). 또는 유제(乳劑). 자기
자신의 병을 고치기 위해 최초에 약초를 먹은 사람은 얼마간 용기를 가졌어. 약초. 주의를
요함. 상대를 클로로포름으로 마취시키기에 충분한 재료가 여기에. 시험(試驗): 푸른 리트
머스 시험지를 붉게 변화시킨다. 클로로포름. 아편제의 정량 초과. 수면제. 최음제. 개자니
(芥子泥)의 진정제는 기침에 나빠요. 털구멍 또는 가래를 메우니까. 독(毒)이 오히려 유일
한 치료약이 되지. 전혀 기대하지 않는 곳에 치료법이. 자연의 지혜.
— 두 주일 전쯤이라고요, 선생님?
— 그렇소, 블룸 씨가 말했다.

그는 약품의 지독한 냄새, 스펀지와 수세미의 마른 먼지 냄새를 천천히 들이키며, 카
운터 곁에서 기다렸다. 자신의 아픔이나 고통을 이야기하려면 많은 시간이 걸리지.
— 유향성(有香性) 아몬드 기름과 안식향(安息香) 팅크〔丁幾〕, 블룸 씨가 말했다, 그리고 다
음에는 오렌지 향수를……

그것은 확실히 아내의 피부를 당밀처럼 아름답고 희게 만들어 주었다.
— 그리고 표백 당밀도, 그는 말했다.

그녀의 눈의 검은자위를 드러내 주는 거다. 나를 쳐다보면서, 시트를 그녀의 눈까지
끌어올리고, 스페인 풍의, 내가 소매의 커프스를 바로 하고 있었을 때, 자신의 체취를 맡으
면서: 흔히 저 가정요법이 최선의 것이야: 치통에는 딸기: 쐐기풀과 빗물: 버터밀크에 적
신 오토매틱밀도 좋다고들 하지. 피부 영양. 그 늙은 여왕의 자식들 중 하나, 그건 알버니
공작이었던가? 피부가 난지 한 꺼풀뿐이었지. 그래, 리오폴드.[105] 보통 사람은 세 겹을 가
졌어. 설상가상으로 사마귀, 혹 그리고 여드름이. 그렇지만 향수도 역시 필요해. 당신의 무
슨 향수를? '뽀 데스빠뉴(스페인 사람의 피부).'[106] 저 오렌지 향수는 참으로 신선하지. 이
러한 비누들은 근사한 냄새를 지녔어. 순수한 유지(油脂) 비누. 모퉁이 근처에서 목욕할
시간이. 햄맘 가족탕. 터키 식.[107] 마사지. 더러운 때가 배꼽 속에 모여든다. 예쁜 처녀가
해주면 한층 기분이 좋지. 또한 나는 그 생각이. 그래 나는. 탕 속에서 그걸 한다.[108] 괴상
한 욕망을 나는. 물 대(對) 물. 일과 쾌락을 결합하는 거다. 마사지할 시간이 없어 유감이
야. 그러면 종일 기분이 좋을 텐데. 장례가 오히려 기분을 침울하게 하지.
— 예, 선생님, 약제사가 말했다. 2실링 9페니였어요. 병(瓶)을 갖고 오셨나요?
— 아니오, 블룸 씨가 말했다. 그걸 조제해 주시오. 오늘 중 이따가 들를 테니 그리고 이 비

누도 하나 갖겠소. 이건 얼마요?

— 4페니입니다, 선생님.

블룸 씨는 비누를 콧구멍에 가져갔다. 달콤한 레몬 향기의 비누.

— 이걸 갖겠소, 그는 말했다. 그럼 모두 3실링 1페니죠.

— 예, 그러세요, 약제사가 말했다. 나중에 다시 오실 때, 한꺼번에 지불하셔도 됩니다.

— 좋아요, 블룸 씨가 말했다.

그는 신문지 배턴을 겨드랑이 아래 끼고, 냉장(冷裝)된 비누를 왼손에 쥔 채, 상점에서 어슬렁어슬렁 걸어 나왔다.

그의 겨드랑이 곁에서, 밴텀 라이언즈의 목소리와 손이 말했다:

— 여보게, 블룸. 무슨 좋은 뉴스라도? 그 신문 오늘 건가? 잠깐만 보여 줘.

콧수염을 다시 깎아 버렸군, 젠장! 길고 차가운 윗입술. 한층 젊어 보이려고. 정말 산뜻하게 보이는군. 나보다 젊지.

밴텀 라이언즈의 누렇고 검은 손톱의 손가락이 말은 신문지 배턴을 풀었다. 손도 씻어야겠군. 꺼칠한 때를 벗겨요. 안녕하십니까, 당신은 피어즈 비누를 쓰셨나요?[109] 그의 어깨 위의 비듬. 두피(頭皮)에 기름을 발라야.

— 오늘 달릴 저 프랑스 말(馬)에 관한 기사를 보고 싶은데, 밴텀 라이언즈가 말했다. 젠장 어디 있지?

그는, 높은 칼라 위로 턱을 흔들며, 주름진 신문 페이지를 바스락바스락 소리를 냈다. 모창(毛瘡). 딱딱한 칼라가 그의 머리카락을 잃게 하지. 그에게 신문을 주어 버리고 그와 헤어지는 게 나아.

— 자네 그걸 가져도 좋아, 블룸 씨가 말했다.

— 애스콧. 골드 컵(금배).[110] 가만있자, 밴텀 라이언즈가 중얼거렸다. 잠깐만. 〈맥시멈 2세〉호.

—내가 방금 그걸 버리려고(드로우 잇 어웨이) 하던 참이야,[111] 블룸 씨가 말했다.

밴텀 라이언즈가 갑자기 눈을 치켜뜨고 가냘프게 곁눈질을 했다.

— 그게 뭔데? 그는 날카로운 목소리로 말했다.

— 글쎄 그걸 가져도 좋다니까, 블룸 씨가 대답했다. 방금 그걸 버리려고 했어.

밴텀 라이언즈가 곁눈질을 하면서, 잠시 의아해했다: 이어 펼쳐진 신문을 블룸 씨의 팔에 넘겨주었다.

— 어디 한 번 해봐야지, 그는 말했다. 여기, 고맙네.

그는 콘웨이 상점 모퉁이를 향해 급히 달려갔다. 실없는 녀석 부디 행운을.

블룸 씨는 미소하며, 신문지를 다시 산뜻하게 네모로 접어 그 속에 비누를 쌌다. 저 녀석의 바보 같은 입술. 돈내기. 최근의 관례적인 악(惡)의 온상. 6페니를 걸려고 물건을 훔치는 심부름꾼 소년들. 크고 연한 칠면조 제비뽑기. 3페니로 당신의 크리스마스 만찬을. 잭 플레밍은 도박을 위해 위탁금을 착복하고 이어 미국으로 밀항 도주했지. 지금은 호텔을 갖고 있어. 그들은 결코 돌아오지 않아. 이집트의 미식(美食) 격.

그는 회교사원 같은 목욕탕을 향해 경쾌하게 걸어갔다. 회교 사원을 상기시키지, 붉게 구운 벽돌, 뾰족탑. 오늘 대학 경기가 있는 모양이야. 그는 대학[112] 운동장 문 위에 말발굽 쇠 포스터를 노려보았다: 항아리 속의 대구처럼 몸을 이중으로 구부린 자전거 선수.[113] 경칠 엉터리 광고야. 글쎄 차바퀴처럼 둥글게 그렸어도. 그리고 바퀴 살(스폭스): 스포츠, 스포츠, 스포츠: 그리고 큰 바퀴통을: 칼리지. 눈을 끄는 뭔가 있어야.

수위실 곁에 나팔수가 서 있다. 그와 사귄다. 고개만 꾸벅하고도 거저 들어갈 수 있지.

안녕하세요, 나팔수 양반? 안녕하십니까, 선생?

정말 천국 같은 날씨다. 만일 인생이 언제나 이랬으면. 크리켓 날씨. 양산 아래 둘러앉아 있다. 오버 거듭 오버. 아웃. 이곳 사람들은 크리켓에 별반 취미가 없어요.[114] 6위켓 대 0.[115] 그런데도 컬러 주장(主將)이 스퀘어 레그[左翼]에게 던진 강타로 킬데어가(街) 클럽[116]의 창문을 부수어 버렸으니. 도니브룩 시장(市場)[117]이 그들의 경우에 오히려 어울릴 거야. 그런데 맥카시가 등장했을 때 우리들은 모두 열광했었지. 열파(熱波). 오래 지속되지는 않아. 언제나 지나가고 있는 것이다. 인생의 흐름. 그런데 인생의 흐름 속에 우리가 밟고 있는 인생의 흐름이야말로 모든 그들 보오다 한층 값진 거다.[118]

자 목욕을 즐기자: 깨끗한 물통, 차가운 에나멜, 잠잠한 미온(微溫)의 흐름. 이것이 나의 육체다.[119]

그는 자신의 하얀 육체가, 벌거벗은 채, 온기의 자궁 속에서, 녹고 있는, 향내 나는 비누에 의해 기름칠되어, 조용히 떠서, 탕 속에 한껏 뻗어 있는 것을 미리 그려보았다. 그는 그의 몸뚱이와 사지(四肢)가 잔물결을 일으키며 한결같이, 가볍게 위로 떠서, 노란 레몬 빛을 띠고 있는 것을 보았다: 그의 배꼽, 육체의 꽃봉오리: 그리고 수풀 같은 까만 헝클어진 곱실 털이 떠있는 것을, 수천 자손의 무골(無骨)의 부(父)의 둘레를 흐르며 둥둥 떠 있는 털, 한 송이 나른한 꽃[120]을 보았다.

◆ 6장 ◆

* 마틴 커닝엄이, 먼저, 그의 실크 모자 쓴 머리를 삐걱거리는 마차 속으로 불쑥 들이밀며, 능란하게 들어와서, 자리에 앉았다. 파우어 씨가 큰 키를 조심스럽게 구부리면서, 그의 뒤를 따라 발을 들여놓았다.

— 어서 와요, 사이먼.

— 당신이 먼저, 블룸 씨가 말했다.

데덜러스 씨가 재빨리 모자를 쓰고 마차 안으로 들어오며, 말했다:

— 예, 예.

— 자 이제 다 타셨나? 마틴 커닝엄이 물었다. 들어와요, 블룸.

블룸 씨가 들어와서 빈자리에 앉았다. 그는 뒤로 손을 뻗어 문이 꼭 닫힐 때까지 두 번 쾅하고 세차게 닫았다. 그는 손잡이 가죽 끈에 팔을 끼고 열린 마차 창문으로부터 가로변의 낮게 쳐진 덧문을 심각하게 쳐다보았다. 덧문 하나가 옆으로 젖혀졌다: 엿보고 있는 한 노파. 창유리에 바싹 눌려 하얗게 된 코. 그녀가 무사히 살아온 것을 운명의 별들에게 감사하면서. 비상한 관심을 그들은 시체에 갖고 있지. 우리들이 죽어 가는 걸 보고 기뻐하지, 살아 있을 때 그들에게 심한 괴로움을 주기 때문이야. 노파들에게 안성맞춤의 일인 것 같아.[1] 모퉁이에서 비밀리에 쉬쉬하며.[2] 죽은 자가 깨어날까 두려워 슬리퍼[3]를 신고 사방을 살금살금 걷는다. 그런 다음 시체를 운반할 준비를 한다. 입관(入棺) 준비. 관의 밑자리를 마련하고 있는 몰리와 플레밍 부인.[4] 당신 쪽으로 더 당겨요.[5] 우리들의 시의(屍衣). 죽고 나면 그대의 시체를 누가 만질지 결코 알 수 없지. 몸을 씻기고 머리를 감긴다. 믿기에 손톱과 머리도 깎는 것 같아. 그것을 봉투에 조금 넣어 보관한다. 숨이 끊어진 다음에도 마찬가지로 자란다. 불결한 일.

모두들 기다렸다. 아무런 말도 없었다. 아마 화환을 집어넣고 있는 모양이야. 내가 무슨 딱딱한 걸 깔고 앉아 있군. 아하, 저 비누: 뒤 호주머니에. 거기서 꺼내 다른 데로 옮겨 넣는 게 좋겠군. 기회를 기다리자.

모두들 기다렸다. 그러자 바퀴 소리가 앞쪽으로부터 들려 왔다, 돌면서: 이어 한층 가깝게: 이어 말발굽 소리. 급진(急振). 마차가 움직이기 시작했다, 삐걱거리며 흔들리면서. 또 다른 말발굽 소리와 삐걱거리는 바퀴 소리가 뒤에서 울리기 시작했다. 가로변의 덧문들이 지나가고, 문이 조금 열린 채, 상장(喪章) 두른 문고리를 단 9번지[6]의 집도 지나갔다. 보통 걷는 속도로.

모두들 무릎을 흔들거리면서, 잠자코 기다리자, 마침내 모퉁이를 돌아 전찻길을 따라가고 있었다. 트리톤빌 한길. 한층 빨리. 바퀴가 조약돌의 방축 길 위를 구르면서 덜컹거리자, 창문 유리들이 창틀에서 미친 듯 덜컹덜컹 흔들렸다.

— 어느 길로 우리를 데리고 가는 거야? 파우어 씨가 양쪽 창문을 내다보며 물었다.

— 아이리시타운이오, 마틴 커닝엄이 말했다. 링센드. 브런즈 위크가(街)요.

데덜러스 씨가 밖을 내다보면서, 고개를 끄덕였다.

— 저건 오랜 미풍양속이야,[7] 그는 말했다. 아직도 사라지지 않았으니 보기에 반가운 일이지.

모두들 지나가던 사람들이 추켜든 제모(制帽)와 중절모를 창문을 통하여 잠시 살폈다. 경례. 마차는 워터리 골목길을 지나고 전찻길을 벗어나 한층 평탄한 한길로 접어들었다. 주시하던 블룸 씨, 상복을 입고, 차양 넓은 모자를 쓴, 홀쭉한 한 젊은이를 보았다.

— 당신의 친구 한 사람 저기 지나가고 있소, 데덜러스, 그는 말했다.

— 그게 누군데?

— 당신의 아들이며 상속자요.

— 어디 있어? 데덜러스 씨가, 몸을 가로 뻗으며, 말했다.

마차는 셋집들 앞의 뚜껑 없는 수채와 파헤쳐진 한길의 흙더미를 지나며, 모퉁이를 돌아 비틀거리자, 다시 전찻길로 나와, 바퀴를 덜커덕덜커덕 소리 내면서 요란스레 계속 굴러갔다. 데덜러스 씨가 제자리로 되돌아오며, 말했다:

— 저 멀리건 녀석과 같이 있습디까? 그의 '피두스 아카떼스(충실한 반려자)'말이오!

— 아니오, 블룸 씨가 말했다. 혼자였어요.

— 저기 샐리 숙모하고 함께 있을 거야, 상상컨대, 데덜러스 씨가 말했다, 고울딩 도당, 그술 취한 꼬마 회계 녀석과 아빠의 꼬마 똥 덩어리, 크리시, 그녀 자신의 아비를 알아보는 현명한 아이지.[8]

블룸 씨는 링센드 도로에서 음울하게 미소를 지었다. 월리스 형제: 제병(製甁)공장: 도더 교(橋).

리치 고울딩과 법률 가방. 그는 사무소를 고울딩, 콜리스 앤드 워드라고 부르지.[9] 그의 농담도 이제 조금씩 시들어 가고 있어. 그인 정말 재미있는 괴짜였지. 어느 일요일 아침 이그너티우스 갤러허[10]와 함께 스태머가(街)에서 왈츠를 추고 있었지, 머리에다 여관집 안주인의 모자 두 개를 핀으로 꽂고. 밤새도록 술에 취해 날뛰며. 이제는 자신의 몸에 관해 말하기 시작하는 거다: 그의 등이 아픈 것, 같아. 그의 등에다 다리미질을 하는 아내. 그는 환약으로 그것을 고치려고 생각하지. 그따위 약은 모두 빵 껍데기야. 약 6백 퍼센트의 이득.

— 그는 미천한 무리들과 어울리고 있단 말이야, 데덜러스 씨가 으르렁거렸다. 저 멀리건이란 녀석은 누구에게 들어봐도 경칠 불결한 소문난 악당이더군. 녀석의 이름은 더블린 장안에 온통 구린내를 풍기고 있어. 그러나 하느님과 성모 마리아의 도움으로 나는 그의 어머닌지 또는 숙모인지 아무튼 누구든 간에 그녀의 눈이 대문짝만큼 휘둥그러지도록 어느 날 편지를 한 통 써줄 생각이야. 내가 그를 크게 혼내줘야지.[11] 정말이야

그는 차바퀴의 덜거덕거리는 소리 위로 부르짖었다:

— 나는 그녀의 사생아 조카 놈 때문에 내 아들을 망치고 싶진 않단 말이야. 상점 서기의 아들놈 같으니. 나의 사촌, 피터 폴 맥스와이니 점에서, 테이프를 팔고 있었지. 어림없어.

그는 말을 멈추었다. 블룸 씨는 그의 골난 콧수염으로부터 파우어 씨의 온화한 얼굴과 마틴 커닝엄의 눈 그리고 정중하게 흔들리고 있는, 그의 턱수염 쪽으로 힐끗 쳐다보았다. 떠들썩한 외고집쟁이 남자. 자식 생각으로 가득 차있지. 그도 옳아. 넘겨 줄 유산이 좀 있으니. 만일 꼬마 루디가 살았더라면. 그가 자라나는 것이 눈에 선하군. 집안에서 그의 목소리를 듣는다. 이튼 제복을 입고 몰리 곁에 걸으면서. 나의 아들. 그의 눈에 비친 나. 얼마나 신기한 생각이 들까. 나에게서 나온. 단지 우연이었을 뿐. 틀림없이 바로 레이먼드 테라스의 그날 아침이었어. 창가에서 아내는 소변금지라 쓴 벽 곁에 두 마리 개가 그 짓을 하

는 것을 쳐다보고 있었지. 그리고 싱긋 웃고 있던 경사(警査). 아내는 크림 빛깔의 가운을 입고 있었어, 터진 곳을 결코 꿰매지 않은 채. 한번 만 터치해 줘요, 폴디. 정말, 하고 싶어 죽을 지경이에요. 인생은 그렇게 시작하는 거다.

그때 임신했지. 그레이스톤즈[12]의 음악회를 거절하지 않으면 안 되었다. 그녀 속에 있
는 나의 아들. 살았더라면 계속 도와줄 수 있었을 텐데. 할 수 있고말고. 그에게 자립정신을 길러 주는 거다. 독일어도 배우고.

— 우린 늦나? 파우어 씨가 물었다.

— 10분, 마틴 커닝엄이 자신의 시계를 쳐다보면서, 말했다.

몰리. 밀리. 똑같은 것이 조금 누그러졌을 뿐. 그녀의 말괄량이 같은 욕지거리. 오 제
기랄! 어머나 맙소사! 하지만, 귀여운 소녀야. 곧 당당한 여자가 되지. 멀린가. 사랑하는 아빠. 젊은 학생. 그래, 그래: 역시 다 큰 여인. 인생. 인생.

마차가 그들의 네 몸뚱이들을 흔들면서, 앞뒤로 기울었다.

— 코니[13]가 우리들한테 더 널찍한 마차를 줄 수도 있었을 텐데, 파우어 씨가 말했다.

— 할 수 있었지, 데덜러스 씨가 말했다, 만일 그가 감질나게 굴지 않았더라면. 내 말 알아
듣겠소?

그는 왼쪽 눈을 감았다. 마틴 커닝엄이 그의 허벅다리 밑에서부터 빵 부스러기를 쓸어내기 시작했다.

— 이게 뭐지, 그는 말했다, 도대체? 빵 부스러기?

— 최근에 누가 여기서 피크닉 파티를 했던 게로군, 파우어 씨가 말했다.

모두들 허벅다리를 쳐들며, 자리의 곰팡이 쓴 단추 빠진 의자 가죽을 불쾌하게 눈짓했다. 데덜러스 씨가, 코를 비틀면서, 아래쪽으로 얼굴을 찌푸리며 말했다:

— 내 추측이 크게 틀리지 않는다면…… 당신은 어떻게 생각하오, 마틴?

— 나도 그런 생각이 들었소, 커닝엄이 말했다.

블룸 씨는 허벅지를 내려놓았다. 목욕을 다녀온 게 좋았어. 발이 아주 말끔한 느낌이
야. 그러나 플레밍 부인이 양말을 좀 더 잘 꿰매 주었더라면 좋았을 걸.

데덜러스 씨가 체념한 듯 한숨을 쉬었다.

— 뭐니 해도, 그는 말했다, 세상에서 가장 자연스런 일이지.

— 톰 커넌이 나타났습니까? 마틴 커닝엄이 수염 끝을 조용히 꼬면서, 물었다.

— 예, 블룸 씨가 대답했다. 네드 램버트 및 하인즈[14]와 함께 뒤에 있어요.

— 그리고 코니 켈러허 자신은? 파우어 씨가 물었다.

— 공동묘지에, 마틴 커닝엄이 말했다.

— 오늘 아침 맥코이를 만났는데, 블룸 씨가 말했다. 그가 오도록 노력하겠다고 하더군요.

마차가 별안간 멈추었다.

— 무슨 일이야?

— 우린 멈췄어.

— 여기가 어디지?

블룸 씨가 머리를 창문 밖으로 내밀었다.

— 그랜드 운하[15]요, 그는 말했다.

가스공장. 가스는 백일해를 고친다고들 하지. 밀리가 결코 걸리지 않았던 게 다행이
야. 불쌍한 아이들! 그들은 경련 때문에 검으락푸르락 몸을 이중으로 꾸부리지. 정말 지독한 거야. 다른 병들과 비교해 가볍게 면했어. 단지 홍역만. 아마(亞麻) 씨 차(茶). 성홍열(猩紅熱), 유행성 감기. 사망 광고 주문. 이번 기회를 놓치지 마시라. 저 건너 개[犬] 병원

이, 불쌍한 늙은 애도스[16]! 애도스를 잘 봐다오, 리오폴드, 나의 마지막 소원이란다. 아버님의 유언은 이루어질 거예요. 우리들은 무덤 속의 사자(死者)들에게 복종하는 거다. 임종 시 갈겨쓴 유서. 아버님은 개를 퍽 걱정하시며, 괴로워하셨지. 조용한 짐승. 노인의 개는 보통 그렇지.

빗방울 하나가 그의 모자 위에 튀겼다. 그는 몸을 뒤로 젖히고 순간적인 소나기가 회색의 포도 위로 점들을 뿜는 것을 보았다. 흩어져. 신기하지. 마치 여과기를 통과하듯. 비가 올 것 같았어. 내 구두가 삐걱거리고 있었지, 방금 생각이 나지만.

— 날씨가 바뀌고 있어요, 그는 조용히 말했다.

— 날씨가 개지 않는 게 유감이야, 마틴 커닝엄이 말했다.

— 시골은 비가 부족하지요, 파우어 씨가 말했다. 다시 해가 나오는군요.

데덜러스 씨가, 안경을 통해 가려진 태양을 향해 힐끗 보면서, 하늘에다 한마디 음울한 저주를 내뱉었다.

— 아기 궁둥이처럼 믿을 수 없단 말이야, 그는 말했다.

— 차가 다시 움직여요.

마차가 다시 뻣뻣한 바퀴를 굴리기 시작하자 그들의 몸뚱이가 조용히 흔들렸다. 마틴 커닝엄은 그의 수염 끝을 한층 빨리 꼬았다.

— 톰 커넌은 간밤에 참 멋있었어, 그는 말했다. 그리고 패디 리오나드가 그를 면전에서 흉내 내고 있었지.

— 오, 그를 들려주오, 마틴, 파우어 씨가 열렬히 말했다. 들을 테니 기다려요, 사이먼, 벤 돌라드의 〈까까머리 소년〉[17]의 노래에 관해 말이오.

— 멋있었어, 마틴 커닝엄이 과장되게 말했다. '저 순박한 민요(발라드)를 그가 노래한 것은, 마틴, 내 일생의 경험에서 여태 들은 가장 통렬한 연주였소.'

— '통렬한,'이라, 파우어 씨가 크게 웃으면서 말했다. 그 친구 그따위 말을 좋아하지. 그리고 '회고적인 편곡,'이라.

— 단 도우슨[18]의 글을 읽어 봤소? 마틴 커닝엄이 물었다.

— 글쎄 못 읽었는데, 데덜러스 씨가 말했다. 어디에 있어?

— 오늘 조간신문에.

블룸 씨가 안쪽 호주머니로부터 신문을 꺼냈다. 저 책을 아내를 위해 바꿔야 한다.

— 아니, 아니, 데덜러스 씨가 급히 말했다. 제발 이따가.

블룸 씨의 시선이 신문지의 가장자리를 따라 내려가며, 사망광고란을 자세히 살폈다: 콜런, 콜먼, 디그넘, 포세트, 로리, 노만, 피크, 저건 어느 피크인가? 그건 크로즈비 앤드 앨런 사무소[19]에 근무하고 있던 그 녀석인가? 아니야, 섹스턴, 어브라이트, 비벼 찢어지기 쉬운 종이에 이내 희미해지는 인쇄된 활자들. 작은 꽃에 대한 감사.[20] 심한 애도. 그의 죽음에 대한 형언할 수 없는 슬픔에 대해. 오랜 지루한 병고(病苦) 끝에 88세를 일기로. 월례 미사: 퀸란. 그의 영혼에 주어 자비를 베푸소서.

> *사랑하는 헨리가 천국의 자기 집으로*
> *가버린 지 이제 한 달이 지났다네*
> *가족은 그를 잃은 것을 울며 슬퍼하나니*
> *어느 날 천상에서 만나기를 희망하도다.[21]*

내가 봉투를 찢어버렸던가? 그래. 내가 목욕탕에서 그녀의 편지를 읽은 다음 그걸 어

다다 두었지? 그는 조끼 호주머니를 두들겼다. 여기 있군, 됐어. 사랑하는 헨리가 가버렸다네. 나의 인내가 다하기 전에.

초등학교. 미드의 목재소. 마차 정거장. 지금은 저기 단지 두 대 뿐. 고개를 끄덕이며. 진드기처럼 배불뚝이가 되어. 말의 두개골에는 뼈가 너무 많아. 다른 한 마리가 승객을 태우고 주위를 뚜벅뚜벅 걷고 있다. 한 시간 전에 나는 저곳을 지나가고 있었지. 마부들이 모자를 치켜들었다.

한 전철수(轉轍手)의 등이 갑자기 블룸 씨의 창문 곁에 전신주를 등지고 똑바로 버티고 섰다. 바퀴 자체가 좀더 편리하도록 자동적인 무엇을 발명할 수 없었나? 글쎄 그런데 저 녀석 그럼 실직할 게 아닌가? 글쎄 그러나 그럼 또 다른 녀석이 새로운 발명으로 일자리를 얻게 될 테지?

앤티언트 음악당. 지금은 아무것도 없군. 팔에 조장(弔章)을 두른 누르스름한 복장의 한 사나이. 그렇게 슬퍼 뵈지는 않는군. 4분지 1의 슬픔인가. 아마 처가댁 사람들인가 보군.

모두들 철로 다리 밑으로, 퀸즈 극장을 지나, 성 마크 성당의 황량한 설교단을 지나갔다: 말없이. 광고 게시판: 유진 스트래턴, 밴드먼 파머 부인. 오늘 밤 〈리어〉[22]를 구경할 수 있을지 몰라. 내가 하겠다고 말했지. 아니면 〈킬라니의 백합〉은[23]? 엘스터 그림즈 오페라 단. 굉장히 호화로운 새 기획. 다음 주를 위한 갓 붙인 화려한 삐라. 〈브리스톨 호(號) 상의 환락.〉[24] 마틴 커닝엄이 게이어티 극장의 패스를 한 장 주선할 수 있을 텐데. 그렇게 되면 한두 잔 해야지. 결국 피장파장이군.

그 녀석[25]이 오후에 집으로 온다. 그녀의 노래.

플라스토 점. 필립 크램턴 경(卿)의 흉상 기념 분수(噴水).[26] 저이가 누구였지?
— 안녕하시오? 마틴 커닝엄이, 이마에 거수경례를 하며, 말했다.
— 우리를 쳐다보지 않는군, 파우어 씨가 말했다. 그래, 봤어. 안녕하시오?
— 누구? 데덜러스 씨가 물었다.
— 블레이지즈 보일런이오, 파우어 씨가 말했다. 저기 그가 이마의 곱슬머리를 바람 쏘이고 있어.

바로 내가 저 녀석을 생각하고 있던 순간.

데덜러스 씨가 몸을 가로로 굽혀 인사를 했다. 레드 뱅크[27]의 문으로부터 하얗고 둥근 밀짚모자가 번쩍 빛나며 답례했다: 깔끔한 몸매: 지나갔다.

블룸 씨는 그의 왼손의 손톱을 자세히 살폈다, 이어 오른 손의 손톱을. 손톱, 그래. 여인들 그녀가 저 녀석에게 느끼는 별다른 게 뭐람? 매력. 더블린에서 가장 나쁜 놈. 그것이 그에게 생기를 돋우는 거다. 여자들은 때때로 상대방 남자가 무엇을 하는 사람인지 금세 알아차리지. 본능. 하지만 저와 같은 타입. 나의 손톱. 나는 지금 손톱을 쳐다보고 있다: 잘 깎여졌어. 그리고 다음에는: 혼자 생각하고 있다. 약간 흐늘흐늘해 지고 있는 육체. 난 그걸 눈치채지: 기억으로. 그건 무엇 때문일까? 상상컨대 근육이 처질 때 피부가 아주 재빨리 위축할 수 없기 때문이지. 그러나 몸매는 그대로 있단 말이야. 아직도 몸매는 여전해. 어깨. 엉덩이. 통통해요. 무도회의 밤 옷차림. 슈미즈가 양 엉덩이 사이에 꼭 낀 채.

그는 무릎 사이로 손을 꼭 쥐며, 만족한 채, 모두의 얼굴 위로 그의 멍한 시선을 보냈다.

파우어 씨가 물었다:
— 연주 여행은 어떻게 되어가고 있소, 블룸?
— 오, 아주 잘, 블룸 씨가 말했다. 그에 관해 근사한 설명을 듣고 있소. 착상이 멋져요, 글쎄……

— 당신도 몸소 갈 참이오?

— 글쎄, 아니오, 블룸 씨가 말했다. 실은 개인적인 볼 일로 클레어 주(州)에 내려가 봐야 하오.[28)] 글쎄, 구상은 주요 도시를 순회하는 거지요. 한 곳에서 손해를 본 것을 다른 곳에서 보충할 수 있으니까.

— 정말 그렇군, 마틴 커닝엄이 말했다. 메리 앤더슨[29)]이 지금 거기 가 있지. 좋은 가수들을 대동하고 있나요?

— 루이스 워너[30)]가 아내와 순회 중이오, 블룸 씨가 말했다. 오 그래요, 모두 일류급이지요. J. C. 도일과 존 맥코맥[31)]도, 희망컨대. 최상급이오, 사실상.

— 그리고 '마담'도, 파우어 씨가 미소하며, 말했다. 맨 나중 들었지만 결코 빠지지 않지.[32)]

블룸 씨는 상냥한 예모의 몸짓으로 손을 풀었다 쥐었다 했다. 스미드 오브라이언.[33)] 누군가가 저곳에 꽃다발을 놓아두었군. 여인. 남편이 돌아간 날임에 틀림없어. 길이길이 평안을 누리시도록. 마차가 파렐 동상[34)] 곁을 달려가자 모두들 자신들의 저항 없는 무릎들을 소리 나지 않게 합쳤다.

옷: 한 남루한 옷을 입은 노인이 연석에서 그의 상품을 내밀었다. 입을 벌리면서: 옷.

— 1페니에 구두끈 네 개.

왜 그[35)]는 변호사 명부에서 제명되었을까? 흄가(街)에 그의 사무실을 갖고 있었지. 몰리의 성(姓)과 같은 이름의 집, 워터포드군(郡)의 공인변호사, 트위디. 그 후로는 언제나 실크 모를 쓰고 다니지. 옛날 예법의 유물이야.[36)] 상복(喪服)도 역시. 무섭게 몰락하고 말았어, 불쌍한 친구! 경야(經夜)의 초 심지처럼 걸어차인 채. 기진맥진한 오콜라헌.[37)]

그런데 '마담'은, 11시 20분. 기상. 플레밍 부인 청소하러 와 있겠지. 그녀의 머리를 매만지면서, 흥흥거리며, '볼리오 에 논 보레이(갈 가요 말 가요)'. 아니야. '보레이 에 논'. 머리가락 끝이 갈라지지 않았나 살펴보면서. '미 트레마 운 포코 일(저의 가슴이 몹시 떨려요)'.[38)] '트레'라는 대목에서 그녀의 목소리가 아름답지: 우는 음조. 지빠귀. 개똥지빠귀. 바로 그 소리를 내는 데는 개똥지빠귀란 말이 적합하군.

그의 눈이 파우어 씨의 잘생긴 얼굴 위를 가볍게 스쳐갔다. 귀 위쪽에 백발이. '마담': 미소 지으며, 나도 도로 미소를 보냈다. 미소란 참 효과적인 거야.[39)] 단지 예의일 테지만. 좋은 친구야. 그가 그러한 여인을 갖고 있다는 사실을 누가 알랴? 아내로서는 불쾌한 일이지. 그러나 모두들 말하고 있지, 누가 나한테 그걸 말해 주었더라, 육체관계는 없었다고. 상상컨대 그것도 이내 싫증 날 거야. 그래, 어느 날 저녁 그가 그녀에게 1파운드의 럼프 스테이크를 들고 가는 것을 만난 게 크로프턴[40)]이었지. 뭘 하던 여자였지? 주리 호텔의 바 여급. 아니면 모이라 호텔[41)]이던가?

그들은 거대한 외투 걸친 해방 자[42)]의 동상 밑을 지나갔다.

마틴 커닝엄이 피우이 씨의 옆구리를 슬쩍 찔렀다.

— 루벤 족속[43)]이야, 그는 말했다.

한 키 큰 검은 수염의 인물이, 지팡이 위로 몸을 굽히고, 엘버즈 엘리펀트 하우스[44)] 모퉁이를 돌아 터벅터벅 걸어가며, 그의 척추 위에 펼친 굴곡진 손을 그들에게 들어냈다.

— 온통 원시시대의 가인(佳人)이군, 파우어 씨가 말했다.

데덜러스 씨가 터벅터벅 걷는 인물을 뒤돌아보며 조용히 말했다:

— 악마가 그대의 등골을 바싹 부수어 버렸으면!

파우어 씨가, 파안대소하며, 마차가 그레이 동상[45)]을 지나자 창문으로부터 그의 얼굴을 그늘지었다.

— 우리들 모두가 거기 다녀온 셈이지, 마틴 커닝엄이 거리낌 없이 말했다.

그의 눈이 블룸 씨의 눈과 마주쳤다. 그는 턱수염을 어루만지며, 덧붙여 말했다.

— 글쎄, 우리들 거의 다가.

블룸 씨는 갑자기 열렬하게 그의 동료들의 얼굴을 향해 말하기 시작했다.

— 정말 멋진 이야기가 루벤 J. 부자(父子)[46]에 관해 유포되고 있지요.

— 뱃사공에 관한? 파우어 씨가 말했다.

— 예. 참 걸작이잖소?

— 그게 뭔데? 데덜러스 씨가 물었다. 나는 못 들었어.

— 문제의 한 소녀가 있었지요, 블룸 씨가 말하기 시작했다, 그런데 루벤이 자식을 안전한 맨 섬〔島〕[47]에 보내기로 결정했으나 그때 그들 둘이 함께……

— 뭐라? 데덜러스 씨가 물었다. 저 고질적인 경찰 풋내기 말인가?

— 그래요, 블룸 씨가 말했다. 두 사람이 보트를 타러 가는 도중 그 녀석이 물에 빠져 죽으려고 했지요……

— 바라바여[48] 뒈지라지! 데덜러스 씨가 소리쳤다. 정말이지 녀석이 그랬으면!

파우어 씨가 그늘진 콧구멍 밑으로 기다란 큰 웃음을 보냈다.

— 아니, 블룸 씨가 말했다, 자식 놈이 스스로……

마틴 커닝엄이 도중에서 그의 말을 무례하게 가로챘다:

— 루벤 J.와 자식이 맨 섬의 보트를 타려 가는 도중 강 가까운 부두 아래를 지나자, 그 풋내기 녀석이 갑자기 풀려나 제방 너머 리피 강 속으로 풍덩 뛰어들었단 말이오.

— 맙소사! 데덜러스 씨가 놀라 부르짖었다. 그 녀석 죽었나?

— 죽다니! 마틴 커닝엄이 부르짖었다. 천만에! 뱃사공이 작대기를 가지고 그의 바짓가랑이를 낚아 올려, 살았다기보다 한층 죽은 상태로 부두의 그의 부친에게 그를 인계했지. 동네 사람들 절반이 거기 모였어.

— 맞았소, 블룸 씨가 말했다. 그러나 우스운 것은……

— 그런데 루벤 J.가, 마틴 커닝엄이 말했다, 아들의 생명을 구해 준 대가로 뱃사공에게 한 플로린을 지불했지.

한 줄기 짓눌린 한숨이 파우어 씨의 손아래에서 터져 나왔다.

— 오, 그는 정말 그랬던 거야, 마틴 커닝엄이 단언했다. 영웅처럼. 은전 한 플로린을.

— 그것 참 걸작이잖소? 블룸 씨가 열렬히 말했다.

— 1실링 8페니라 너무 많은데, 데덜러스 씨가 냉담하게 말했다.

파우어 씨의 목 메인 웃음소리가 마차 속에서 조용히 터졌다.

넬슨 기념탑.[49]

— 자두가 1페니에 8개! 1페니에 8개!

— 우린 좀 엄숙하게 보이는 게 좋겠소, 마틴 커닝엄이 말했다.

데덜러스 씨가 한숨을 쉬었다.

— 아하, 그런데 정말, 그는 말했다, 불쌍한 패디가 우리들의 웃음에 성내지는 않겠지. 그 자신도 재미나는 이야기를 많이 했으니까.

— 주여 용서하옵소서! 파우어 씨가 손가락으로 젖은 눈을 닦으면서, 말했다. 불쌍한 패디! 내가 일주일 전 마지막으로 그를 만났을 때만 해도 예나 다름없이 건강했는데 지금 이같이 그의 시체를 뒤따를 줄은 거의 생각지도 못했어. 그는 우리한테서 떠나 버렸어.

— 여태 그렇게 점잖은 사람도 없었는데, 데덜러스 씨가 말했다. 그는 너무나 갑작스레 가버렸어.

— 졸도지, 마틴 커닝엄이 말했다. 심장 말이오.

그는 슬픈 듯이 가슴을 탁탁 쳤다.

불타는 얼굴: 적열(赤熱). 존 보리 맥주[50]를 너무 많이. 붉은 코의 치료법. 코가 알코올 빛이 될 때까지 악마처럼 마신다. 그렇게 코가 물들다니 돈도 많이 없앴을 거야.

파우어 씨가 슬픈 표정을 지으며 지나는 집들을 빤히 쳐다보았다.

— 갑작스런 죽음이었어, 불쌍한 친구, 그는 말했다.

— 제일 좋은 죽음이오, 블룸 씨가 말했다.

모두들 눈을 크게 뜨고 그를 쳐다보았다.

— 고통 없이, 그는 말했다. 한순간에 만사가 끝나는 거지. 마치 자는 동안의 죽음처럼 말이오.

아무도 말하지 않았다.

여기는 죽은 듯이 고요한 거리. 낮에는 별반 활기 없는 사업, 토지 관리인들, 금주 호텔, 폴코너 철도 안내소, 문관 고시원, 길 서점, 가톨릭 클럽, 맹인 지도소. 왜? 무슨 이유가. 태양 또는 바람. 밤에도 마찬가지. 굴뚝 소제부들과 하녀들. 고(故) 매슈 신부[51]의 지원 하에. 파넬 상(像)을 위한 초석(礎石). 졸도. 심장.[52]

하얀 장식 띠를 이마에 두른 백마들이 질주하며, 원형 공원(로툰더) 모퉁이를 돌아 달려왔다. 작은 관(棺) 하나가 번쩍 지나갔다. 매장하기 위해 급히. 조문 마차. 미혼인 채. 기혼자에게는 검정 말. 독신자에게는 얼룩 말. 여독신자에게는 암갈색 말.

— 슬프게도, 마틴 커닝엄이 말했다. 아이가.

꼬마 루디의 얼굴처럼 담자색의 한 주름진, 난쟁이의 얼굴. 떡밥처럼 연약한, 난쟁이의 시체, 하얀 줄의 제재목(製材木) 상자 속에. 장례 상조회가 비용을 부담하다. 잔디 한 떼에 매주 1페니. 우리의. 꼬마. 거지. 아기. 모두 무의미한 거나. 대자연의 과오. 만일 아기가 건강하면 그건 어머니 덕분이고. 그렇지 않으면 아버지 때문이지. 다음번에 태어날 때는 한층 행운을.

— 불쌍한 꼬마, 데덜러스 씨가 말했다. 고뇌를 벗어났으니 다행이야.

마차가 러틀랜드 광장의 언덕을 한층 천천히 기어 올라갔다. 그의 뼈가 덜커거린다. 자갈 위에. 단지 가난뱅이. 어버이 없는 자식.[53]

— 인생의 한복판에서, 마틴 커닝엄이 말했다.

— 그러나 무엇보다 안 된 것은, 파우어 씨가 말했다, 자신의 생명을 빼앗는 사람이지.

마틴 커닝엄이 시계를 부리나케 꺼내, 기침을 하며 도로 집어넣었다.

— 가족의 가장 큰 수치지요, 파우어 씨가 말을 덧붙였다.

— 일시적 정신이상이지, 물론, 마틴 커닝엄이 단정적으로 말했다. 우리는 자살을 관대한 눈으로 보아야 해요.

— 자살사는 비겁자라고 들 하지, 데덜러스 씨가 말했다.

— 그건 우리들 인간이 판단할 것이 못 되오, 마틴 커닝엄이 말했다.

블룸 씨는, 말을 하려다, 다시 입술을 다물었다. 마틴 커닝엄의 커다란 눈. 지금은 외면을 하고 있다. 그는 정말 인정 많은 사람이야. 지적이지. 셰익스피어의 얼굴을 닮았어. 언제나 좋은 말만 하지. 여기 아일랜드 사람들은 자살 혹은 유아 살해에 대해 자비를 갖지 않아. 기독교 식(式) 매장을 거절한다. 옛날엔 무덤 속의 자살자의 심장에다 나무막대기를 꽂아 두곤 했지. 마치 아직 심장이 찢어지지 않나 한 것처럼. 그러나 때때로 사람들은 후회 하지만 때는 너무 늦었어. 골 풀을 움켜쥔 채 강바닥에 발견되다. 그는 나를 쳐다보았다. 그런데 그의 아내의 저 지독한 술꾼 버릇이라니. 여러 번 그녀를 위해 집을 마련해 주었지만 거의 토요일마다 남편의 이름으로 가구를 저당 잡히는 거다. 그를 넌더리나는 생활

로 이끄는 거지. 그러다간, 돌의 심장도 닳아 없어지고 말 거야. 월요일 아침. 새 출발을 한
다. 분발한다. 주여, 그날 저녁 그녀의 꼬락서니라니, 데덜러스가 내게 말했지 그도 그곳에
있었다나. 거기 주위를 술에 취한 채, 마틴의 우산을 들고 깡충거리며.

사람들은 저를 아시아의 보석이라 부른답니다.
아시아의
게이샤.[54)]

그는 나에게서 시선을 다른 데로 돌렸다. 그는 알고 있지. 그의 뼈가 덜커덕거린다.
저 오후의 검시(檢屍). 테이블 위에 놓인 붉은 상표 붙은 술병. 사냥의 그림으로 장식
된 호텔의 방. 날씨는 숨이 막힐 지경이었다. 베니스 식(式) 덧문의 슬레이트를 통해 들어
오는 햇볕. 검시관의 크고 털 난, 햇볕 쪼인 귀. 증언하고 있던 호텔 보이(구두닦이). 처음
에는 잠든 줄 생각했어요. 그러자 얼굴에 노란 줄무늬 같은 것을 보았어요. 침대 다리에 미
끄러져 넘어져 있었어요. 진단: 약물 과용. 과실사. 유서. 나의 아들 리오폴드를 위해.
이제 고통은 그만 . 더 이상 깨어나지 못한다. 아무도 소유하지 않는다.
마차는 블레싱튼가(街)를 따라 재빨리 덜커덕거리며 달려갔다. 자갈길 위를.
— 우린 속력을 내고 있어, 내 생각에, 마틴 커닝엄이 말했다.
— 제발 저이가 우리를 길바닥에 전복시키지 말아야 할 텐데, 파우어 씨가 말했다.
— 그렇지 않기를, 마틴 커닝엄이 말했다. 내일 독일에서 커다란 경기가 있어. 고든 벤네트
컵[55)]말이오.
— 그래, 정말, 데덜러스 씨가 말했다. 볼만할 거야, 정말이지.
그들이 모퉁이를 돌아 버클리가(街)로 들어갔을 때 수원지[56)] 근처에서 거리 풍금이 홀
의 경쾌하고 빠른 덜걱대는 노래를 그들 뒤로 날려 보냈다. 누구 켈리를 본 사람 있나요?[57)]
케이 이 더블 엘 와이. '솔'의 장송곡.[58)] 그는 안토니오처럼 나쁜 사람이야.[59)] 그는 나를 혼
자 내버려두었지. 빠루웨드(급회전)! '마테르 미세리코르디아(성모자선 병원)'.[60)] 이클레스
가(街). 저 아래 우리 집. 큰 광장. 저기 불치병자의 수용소. 정말 고무적. 빈사자(瀕死
者)를 위한 성모병원. 편리한 지하 시체 가치장(假置場). 늙은 리오던 부인이 사망한 곳.
죽은 노파들의 얼굴은 참 무섭게 보이지. 그녀의 음식 먹는 컵 그리고 스푼으로 그녀의 입
을 문지르지. 그 다음에는 죽음을 맞이하도록 그녀의 침대 주변에 병풍을. 벌에 쏘인 나의
상처에 붕대를 감아 주던 그 잘생긴 젊은 의학도. 그는 산부인과 병원으로 전근 갔다고 사
람들이 말했지. 한쪽 극(極)에서 다른 쪽 극으로.[61)]
마차는 모퉁이를 돌아 달렸다: 멈추었다.
— 아니 뭔가 잘못 됐어?
낙인찍힌 소들의 무리가 갈라져 창 밖을 지나갔다, 음매 울면서, 덧댄 발굽으로 터벅
터벅 지나가며, 똥이 말라붙은 앙상한 엉덩이 위로 그들의 꼬리를 천천히 휘두르면서. 그들
바깥에 그리고 그들 사이를 연지색을 칠한 양들이 겁에 질려 매앵 울면서, 달렸다.
— 이민이다, 파우어 씨가 말했다.
— 후레이! 몰이꾼이 고함을 지르자, 그의 회초리가 소들의 옆구리에서 찰싹 소리를 냈다.
후레이! 그쪽이 아냐!
목요일이지, 물론. 내일은 도살일. 새끼 밴 암소들. 커프는 그들을 한 마리에 약 27파
운드에 팔았지. 아마 리버풀 행(行)인 모양. 노(老)영국을 위한 불고기 감들.[62)] 즙 많은 것
은 그들이 몽땅 다 사버리는 거다. 그러고 나면 다섯 번째 4반절은 잃어버린다: 모두 원료

로 쓰이지, 껍데기, 털, 뿔. 한 해 동안 모으면 굉장한 양. 사육업(死肉業). 무두질용 가죽, 1
비누, 마가린을 위한 도살장의 부산물들. 클론실라[63]의 그 이동 기중기가 지금도 값싼 쇠고
기를 열차에서 푸는 데 사용되고 있는지 몰라.

마차가 소 떼들을 뚫고 계속 나아갔다.

— 왜 시(市) 당국은 공원 입구에서 부두까지 전차 선로를 가설하지 않는지 모르겠어요, 블 5
룸 씨가 말했다. 저따위 가축들을 모두 배까지 화물차로 운반할 수 있을 텐데.

— 통로를 가로막지도 않을 테고, 마틴 커닝엄이 말했다. 아주 옳아요. 그렇게 해야 해.

— 그럼요, 블룸 씨가 말했다, 그리고 또 하나 내가 가끔 생각하는 것은, 밀라노[64]에서처럼
시영(市營) 장의 전차를 운영하는 거지요, 알다시피. 공동묘지 정문까지 선로를 깔아서 특
별전차를 달리게 하는 거죠, 영구차와 조객마차 일체를. 내 뜻을 알겠소? 10

— 오, 어처구니없는 소리, 데덜러스 씨가 말했다. 풀먼 식(式) 침대차와 살롱이 달린 식당
차도.

— 그럼 코니의 앞날이 염려되지, 파우어 씨가 덧붙여 말했다.

— 왜요? 블룸 씨가 데덜러스 씨에게 고개를 돌리며, 물었다. 두 마리 말이 가슴을 맞대고
나란히 달리는 것보다 한층 낫지 않겠어요? 15

— 그래, 일리가 있어, 데덜러스 씨가 인정했다.

— 그리고, 마틴 커닝엄이 말했다. 던피 점[65] 주위에서 영구차가 뒤집혀 관이 길바닥에 떨
어지는 꼴도 없을 거고.

— 아이구 소름끼쳐, 파우어 씨가 겁에 질린 얼굴로 말했다. 그래서 시체가 길바닥에 굴러
떨어진다. 무서워! 20

— 던피 점 모퉁이까지 첫 라운드, 데덜러스 씨가 고개를 끄덕이면서, 말했다. 고든 벤네트
컵이다.

— 하느님께 찬미를! 마틴 커닝엄이 경건하게 말했다.

꽝! 전복. 길바닥에 쿵하고 부딪쳐 떨어진 관. 부서져 활짝 열린다. 패디 디그넘이 불
쑥 튀어나오자, 몸집에 비해 지나치게 큰 갈색 시의(屍衣)에 말린 시체가 먼지 속에 뻣뻣 25
하게 뒹군다. 붉은 얼굴: 이제는 회색. 입을 쩍 벌리고. 어찌 된 노릇이야 물으면서. 입을
다물고 있는 게 나아. 열려 있으면 무섭게 보이지. 이어 내장이 빨리 부패한다. 뚫린 구멍
을 모두 단단히 막아 두는 게 훨씬 나아. 그렇지, 역시. 밀초를 가지고. 늘어진 괄약근(括
約筋). 모두 봉해 버려.

— 던피 점이다, 파우어 씨가 마차가 오른쪽으로 돌자, 소리쳤다. 30

던피 점의 모퉁이. 영구차들이 슬픔을 달래면서, 멎었다. 노변의 잠깐 휴식. 주막으론
더할 나위 없는 위치야. 돌아오는 길에 이곳에 차를 잠시 멈추고 축배를 들기 위해 한 잔
해야지. 기분 선환으로 한 잔 하는 거다. 인생의 불로선약(不老仙藥).

그러나 당장 그런 일이 일어났다고 가정하면. 만일 시체가 뒤흔들리고 있는 동안 이를
테면 못이 그를 찌른다면 피가 나올까? 상상컨대 나올 것 같기도 나오지 않을 것 같기도. 35
위치에 달렸지. 혈액순환이 멈춘다. 동맥으로부터 여전히 약간의 피가 새어나올지도 몰라.
붉은 옷을 입혀 매장하는 것이 보다 나아: 검붉은 것을.

침묵 속에 그들은 피브스버러 한길을 따라 차를 몰았다. 묘지로부터 달려오는, 빈 영
구차 한 대가 급히 옆을 스쳐갔다: 안도의 빛을 띠고.

크로스건즈 교(橋): 로열 운하. 40

물이 콸콸 소리를 내며 수문(水門)을 통해 급히 흘렀다. 한 사나이가 떠내려가는 거
룻배 위, 이탄 더미 사이에, 서 있었다. 수문 곁에 배 끄는 길 위로, 늘어진 밧줄에 매인 한

마리 말. '부가부(도깨비 배)'⁶⁶'를 타고.

　　모두의 눈이 사나이를 자세히 쳐다보았다. 천천히 흐르는, 해초로 뒤덮인 수로 위를 그는 해안 쪽으로 뗏목을 타고, 갈대밭을 지나 견인 밧줄에 끌려, 아일랜드를 너머 표류했다, 소지(沼地), 진흙으로 가득 찬 병(瓶)과 썩은 개[犬]의 시체를 넘어. 아슬론, 멀린가, 모이밸리, 나도 운하를 따라 도보로 여행을 하면 밀리를 만날 수 있겠지. 아니면 자전거를 타고 갈 수도. 어떤 낡은 자전거를 세낸다, 안전한 것으로. 렌이 언젠가 경매에서 한 대를 샀으나 부인용이었다. 개발되는 수로(水路). 제임스 맥칸⁶⁷'은 배 젓는 것이 취미였기 때문에 나를 나루터까지 태워 주었지. 한층 값싼 수송. 쉬엄쉬엄. 지붕 달린 배. 야외의 캠핑 격. 영구차도. 뱃길에 의한 천국 행(行). 아마 편지로 알리지 않고 가야겠지. 깜짝 놀라게 나타나는 거다, 레이슬립,⁶⁸' 클론실라. 더블린까지 수문에서 수문으로 흘러 내려가는 것이다. 내륙 소지(沼地)로부터 이탄(泥炭)을 싣고. 경례. 사나이는 갈색 밀짚모를 들어올려, 패디 디그넘에게 경의를 표했다.

　　그들은 브라이언 보로임 하우스⁶⁹'를 지나 계속 달렸다. 이제 가까이.

　— 포가티⁷⁰' 친구는 어떻게 지내는지 몰라, 파우어 씨가 말했다.

　— 톰 커넌한테 물어 보는 게 좋아, 데덜러스 씨가 말했다.

　— 어째서요? 마틴 커닝엄이 말했다. 그와 눈물의 작별이라도, 상상컨대?⁷¹'

　— 비록 시야에서 사라졌어도, 데덜러스 씨가 말했다, 기억에는 생생하다네.⁷²'

　　마차가 펑글라스 한길을 향해 왼쪽으로 방향을 바꾸었다.

　　오른쪽에 석공(石工)의 뜰. 마지막 손질. 묵묵한 상들이 좁은 땅에 꽉 들어찬 채 나타났다, 하얀, 슬픔에 잠긴 듯, 조용히 손을 내뻗은 채, 비탄 속에 무릎을 꿇고, 가리키면서. 다듬어진, 상들의 단편들. 하얀 침묵 속에: 호소하면서. 최고급 매물(買物). 기념비 건립자 및 조각가, 토스 H. 데너니.

　　지나갔다.

　　무덤 파는 인부, 지미 게어리 댁 앞의 연석 위에, 한 늙은 뜨내기가 투덜대면서, 그의 커다란 진갈색(塵褐色)의 아가리 벌린 구두로부터 먼지와 작은 돌멩이들을 비우면서, 앉아 있었다. 인생의 여로(旅路) 뒤에.

　　이어 음산한 정원들이 지나갔다: 하나하나: 음산한 집들.

　　파우어 씨가 가리켰다.

　— 저기 차일즈가 살해된 곳이야,⁷³' 그는 말했다. 저 맨 끝 집말이오.

　— 그렇군, 데덜러스 씨가 말했다. 소름끼치는 사건. 시머 부쉬⁷⁴'가 그를 방면(放免)시켰지. 자신의 형을 살해했어. 또는 모두들 그렇게 말했지.

　— 검사 측은 증거를 갖지 못했어요, 파우어 씨가 말했다.

　— 단지 정황증거(情況證據)⁷⁵'일 뿐, 마틴 커닝엄이 덧붙였다. 그것이 법의 전제(前提)야. 한 사람의 무죄의 인간을 잘못 유죄선고하기보다는 99명의 죄수를 도피시키는 것이 더 낫다는 거지.⁷⁶'

　　그들은 보았다. 살인범의 정원. 그것은 암울하게 지나갔다. 덧문으로 가려진 채, 인기척 없는, 미벌초(未伐草)의 정원.⁷⁷' 그곳 전체가 지옥으로 변해 버린 채. 잘못 유죄선고를 받았던 거다. 살인. 살해당한 자의 눈에 비친 살인자의 상(像). 모두들 그에 관해서 읽기를 좋아하지. 정원에서 발견된 사람의 머리. 그녀의 착의(着衣). 그녀는 어떻게 죽음을 맞이했을까? 최근의 흉행(兇行). 사용된 무기. 살해자는 아직도 붙잡히지 않고 있다. 단서. 구두끈. 발굴되는 시체. 살인은 밝혀지지.

　　여기 마차 속에 갇힌 채. 딸애는 내가 미리 알리지 않고 가는 걸 좋아하지 않을지 몰

라. 여자들에게는 세심해야 하거든. 그들이 팬티를 내리고 있을 때 한 번 보기라도 한다면. 그 다음엔 절대로 용서 없지. 열다섯(살).

프로스펙트의 높은 울타리가 잔물결을 일으키며 그들의 시선을 스쳐갔다. 거무스름한 포플러, 드문드문 하얀 석상들. 석상들이 점점 자주, 나무들 사이에 옹기종기 하얀 상들, 하얀 형상들과 조각들, 아무 말 없이 흘러간다. 공중에다 공허한 몸짓을 지니면서.

수레바퀴 테가 연석에 세게 부딪쳤다: 멈추었다. 마틴 커닝엄이 팔을 바깥으로 내밀고, 손잡이를 뒤로 비틀면서, 무릎으로 문을 떼밀어 열었다. 그는 차에서 내렸다. 파우어 씨와 데덜러스 씨가 뒤따랐다.

지금 저 비누를 옮기자. 블룸 씨의 손이 뒤 호주머니 단추를 재빨리 풀고, 종이에 달라붙은 비누를 안쪽 손수건 주머니에로 옮겼다. 그는 다른 손으로 여태껏 쥐고 있던 신문을 재차 옮기면서, 차 밖으로 나왔다.

하찮은 장례식: 영구차와 세 대의 마차. 그건 언제나 똑같아. 관 운반자들, 금빛 말고삐, 진혼(鎭魂) 미사, 조포(弔砲)의 일제 사격. 죽음의 허식인 거다. 뒤쪽 마차 건너편에 한 행상인이 과자와 과일을 실은 손수레 곁에 서있었다. 저것들은, 프루트 케이크야, 함께 달라붙어 있지: 사자(死者)를 위한 과자. 개〔犬〕 비스킷.[78] 누가 저런 걸 먹었지? 문상객들이 밖으로 나오고 있다.

그는 동료들을 뒤따랐다. 커넌 씨와 네드 램버트가 뒤따랐다, 그들 뒤를 하인즈가 걸어가고 있다. 코니 켈러허가 열린 영구차 곁에 서서 두개의 화환을 꺼냈다. 그는 한 개를 사내아이에게 건네주었다.

그 아이의 장례는 어디로 사라져 버렸지?

한 무리의 말들이 장례의 침묵을 뚫고 화강암 덩어리 히나를 실은 삐걱거리는 마차를 끌면서, 핑글라스로부터 힘들고 터벅거리는 걸음걸이로 지나갔다. 그들의 선두에서 행진하는 마부가 인사를 했다. 이제 관(棺)이다. 죽은 몸이지만, 그는 우리보다 먼저 여기에 도착한 셈이다. 장식깃을 비스듬하게 꽂은 말이 관 주위를 살펴보고 있다. 흐리멍덩한 눈: 목에 꽉 긴 테, 혈관 또는 그 무엇을 세게 억누르고 있다. 말들은 자신들이 매일 무엇을 여기에 운반해 오는지 알고 있을까? 매일 스무 번이나 서른 번의 장례가 있음에 틀림없어. 당시 신교도들을 위한 마운트 제롬 묘지.[79] 전 세계 매순간 어디서나 장례가. 짐차에 한꺼번에 가뜩 실어 재빨리 삽으로 갖다 묻는 것이다. 한 시간에 수천 개를. 세상에는 너무나 많아.

문상객들이 문을 통하여 밖으로 나왔다: 여인과 소녀. 말라빠진 턱, 탐욕스런, 거래에 까다로운 여인, 그녀의 보닛이 비뚤어진 채. 소녀의 얼굴이 때와 눈물로 얼룩져 있다, 여인의 팔을 붙들고, 울듯이 그녀를 치켜보면서. 물고기 같은 얼굴, 핏기 없이, 잿빛을 띠고.

회장지(會葬者)들이 관을 어깨에 메고 문을 통해 그걸 날랐다. 시체가 너무 무거운 거다. 나의 몸도 아까 목욕탕에서 나올 때 한층 무겁게 느껴졌지. 우선 시체를:

이어 시체의 친구들. 코니 켈러허와 사내아이가 화환을 들고 뒤따랐다. 그들 곁에 있는 저놈은 누구야? 아하, 매부군.

모두가 뒤따라 걸었다.

마틴 커닝엄이 중얼거렸다:

— 당신이 아까 블룸 앞에서 자살 이야기를 했을 때 정말 나는 난처했소.

— 뭐요? 파우어 씨가 중얼거렸다. 왜요?

— 그의 부친이 음독자살했지요, 마틴 커닝엄이 속삭였다. 에니스에서 퀸즈 호텔[80]을 경영하고 있었소. 아까 그가 클레어 주(州)에 가겠다고 하던 말을 들었지요. 기일(忌日)이오.

— 오 저런! 파우어 씨가 중얼거렸다. 금시초문인데. 음독자살을 하다니?

그가 뒤를 힐끗 보자 거기에 생각에 잠긴 듯한 검은 눈을 가진 한 얼굴이 추기경[81]의 영묘(靈廟)를 향해 뒤따르고 있었다. 말하면서.

— 그가 보험에 들었던가요? 블룸 씨가 물었다.

— 그렇게 믿고 있소, 커넌 씨가 대답했다. 그러나 보험증권이 심하게 저당 잡혔소. 마틴이 어린것을 아테인[82]에다 취직시키려고 애를 쓰고 있어요.

— 아이들을 몇이나 남겼소?

— 다섯. 네드 램버트가 여자아이들 중의 하나를 토드 점[83]에 취직시켜 보겠다고 말하고 있소.

— 슬픈 일이오. 블룸 씨가 조용히 말했다. 어린것들을 다섯씩이나.

— 불쌍한 아내에게는 큰 타격이지, 커넌 씨가 말을 덧붙였다.

— 정말 그래요, 블룸 씨가 동의했다.

지금은 그를 비웃고 있다.

그는 자신이 검게 약칠해서 닦은 구두를 내려다보았다. 그녀는 남편보다 더 오래 살았다. 그녀의 남편을 잃었다. 그의 죽음은 나에게 보다 그녀에게 한층 더 큰 것이다. 한쪽이 다른 쪽보다 먼저 죽기 마련이야. 현자(賢者)들의 말(言)이다. 세상에는 남자보다 여자가 더 많지.[84] 그녀를 위로한다. 당신의 엄청난 손실. 저는 당신이 남편을 곧 뒤따르기를 희망하오. 힌두교도의 미망인들에게만 통하는 이야기.[85] 아내는 다른 남자와 결혼할 테지. 그녀석[86]하고? 아니야. 하지만 뒷일을 누가 알아. 늙은 여왕이 죽은 이래 과부살이는 문제가 되지 않지.[87] 포차(砲車)에 끌려. 빅토리아와 앨버트. 프로그모어 기념 추도제.[88] 그러나 마지막에 그녀도 몇 송이 바이올렛 꽃을 그녀의 보닛 속에 집어넣었던 거다.[89] 그녀의 마음 밑바닥의 허영. 모두가 한갓 그림자를 위한 것. 여왕의 배우자지 심지어 왕은 아니다. 그녀의 자식은 실재(實在)였다.[90] 그녀가 되돌아가고 싶은 과거와는 다르다 할지라도 새로운 뭔가를 희망하며, 고대하면서. 과거는 결코 되돌아오지 않지. 한 사람이 먼저 가야만 하는 거야: 홀로, 땅 밑으로: 그리하여 그녀의 따뜻한 침대 속에 더 이상 누울 수 없지.

— 어떻게 지내시오, 사이먼? 네드 램버트가 손을 움켜쥐면서, 상냥하게 말했다. 한참 동안 못 뵀습니다.

— 그럭저럭 지내죠. 코크 시내(市內)[91]에서는 다들 어떻게 지내지요?

— 나는 부활제 월요일에 코크 공원의 경마[92] 때문에 그곳에 갔었소, 네드 램버트가 말했다. 옛날과 똑같이 변한 건 하나도 없어요. 디크 티비와 함께 묵었지요.

— 그런데 디크는 어떻게 지내오, 그 진지한 사람 말이오?

— 그 자신과 천국 사이에 아무것도, 네드 램버트가 대답했다.

— 저런 맙소사! 데덜러스 씨가 놀라움을 억제하면서 말했다. 디크 티비가 대머리?

— 마틴이 어린것들을 위해 기부금을 모으려 하고 있어요, 네드 램버트가, 앞쪽을 가리키면서 말했다. 한 사람이 몇 푼씩. 보험금이 해결될 때까지 지낼 수 있도록.

— 그래, 그래, 데덜러스 씨가 의심스럽게 말했다. 앞에 있는 저 놈이 장남이야?

— 예, 네드 램버트가 말했다, 처(妻)의 형제와 함께 있는. 그 뒤가 존 헨리 멘턴[93]이오. 그가 1파운드를 기부하겠다고 서명했소.

— 그렇게 해야지 응당, 데덜러스 씨가 말했다. 나도 이따금씩 불쌍한 패디에게 그가 저 일을 돌봐 주어야 한다고 자주 말했지. 존 헨리는 세상에서 결코 나쁜 사람이 아니야.

— 어떻게 해서 그는 실직했을 까요? 네드 램버트가 물었다. 술인가, 무엇?

— 많은 선량한 사람들의 과오지, 데덜러스 씨가 한 가닥 한숨과 함께 말했다.

그들은 묘지 성당의 문 근처에서 발을 멈추었다. 블룸 씨는 꽃다발을 든 소년 뒤에 서서 반질반질하게 빗은 머리와 새 칼라 속의 가느다란 고랑 진 목을 내려다보았다. 불쌍한 소년! 부친이 눈을 감을 때 그는 그 자리에 있었던가? 두 사람 다 의식하지 못했을 거야. 최후의 순간에 의식이 번쩍 밝아지자 마지막이라 느끼는 거다. 그가 했었어야 할 모든 일. 나는 오그래디에게 3실링 빚지고 있네.[94] 그는 그것을 알고 있을까? 회장(會葬)꾼들이 관을 운반하여 성당으로 들어갔다. 어느 끝이 그의 머리인가?

잠시 후에 그는 다른 사람들을 뒤따라 안으로 들어갔다. 막(幕)으로 가려진 햇볕에 눈을 깜빡이며. 관은 네 개의 길고 노란 양초들이 귀퉁이에 켜져 있는, 성단(聖壇) 앞의 관대(棺臺) 위에 놓여졌다. 언제나 우리들의 정면이다. 코니 켈러허가, 각각의 앞쪽 모퉁이에 꽃다발을 한 개씩 놓으며, 소년에게 무릎을 꿇도록 손짓을 했다. 조문객들이 여기저기 기도대(祈禱臺)에 무릎을 꿇었다. 블룸 씨는 뒤쪽 성수대(聖水臺) 가까이 서자, 모든 사람들이 무릎을 꿇었을 때, 그도 펼친 신문을 호주머니에서 조심스럽게 떨어뜨리고, 그 위에 오른쪽 무릎을 꿇었다. 그는 까만 모자를 살며시 왼쪽 무릎 위에 고정하고, 모자의 테두리를 잡으면서, 경건하게 몸을 굽혔다.

복사(服事)가 속에 무언가 담긴 놋쇠 양동이를 들고 문을 통해 밖으로 나왔다. 하얀 사제복을 입은 신부가 한 손으로 제의(祭衣)를 고르며, 다른 한 손으로 그의 두꺼비 배에다 한 권의 작은 책을 균형 잡으면서, 그의 뒤를 따라 나왔다. 누가 저 책을 읽을까? 나요, 따까마귀가 말했지.[95]

그들이 관대 곁에 발을 멈추자, 사제가 유창한 까마귀 목소리로 책을 읽기 시작했다.

코피 신부[96]. 그의 이름이 관(코핀)과 비슷하다는 걸 나는 알았지. 도미네나미네(주의 이름으로). 입 언저리가 아주 두툼하게 생겼어. 장례 일을 도맡아 보지요. 완력 있는 기독교도. 그를 비뚤어지게 보는 자에게 화가 미칠지어다. 사제. 그대는 베드로니라.[97] 저이는 클로버 풀밭의 양처럼 옆구리가 터질 거야, 데덜러스가 그렇게 말하지. 독약 마신 개처럼 배를 불쑥 내밀고. 아주 재미있는 표현을 저 남자는 찾지. 흐흥: 옆구리가 터지다, 라.

—논 인뜨레스 인 주디치움 꿈 세르보 뚜오, 도미네(당신의 종(從)의 행동을 가늠하지 마사이다, 주여).[98]

라틴어로 기도를 받으면 사람들은 한층 중요하다고 느끼지. 진혼(鎭魂) 미사. 면사(綿絲) 걸친 직업 애도 자들. 검은 가장자리의 필기용지.[99] 제단장(祭壇帳)에 당신의 이름을. 여기는 꽤 써늘한 곳. 배불리 먹어 둘 필요가 있어요, 여기 침침한 곳에 아침나절 내내 앉아 발뒤꿈치를 차면서 다음 차례요 기다리면서. 두꺼비눈을 또한. 무엇으로 저렇게 뚱뚱하게 살이 쪘을까? 몰리는 양배추를 먹은 뒤로 뚱뚱해졌지. 아마 이곳 공기 때문에. 나쁜 가스가 가득 차 있는 것 같군. 이 근처에는 틀림없이 나쁜 가스가 굉장히 많을 기야. 예를 들면, 도살사늘: 그들은 생(生) 비프스테이크처럼 되어 버리지. 누가 내게 말해 주었지? 머빈 브라운[100]. 1백 50년 묵은 멋진 오르간이 있는 저 아래 성 워버르 성당[101]의 지하 납골당에서는 나쁜 가스를 때때로 빼어 없애고 그걸 불태우기 위해 관에다 구멍을 뚫지 않으면 안 된다고. 가스가 쏟아져 나오지: 푸른빛의. 그걸 한 번 홀쩍하는 날에는 너는 끝장.

나의 쓸개 골이 쑤시는군. 오우. 한층 나아졌어.

사제가 소년의 들통으로부터 끝에 꼭지가 달린 지팡이를 뽑아들고 관 위에 그걸 흔들었다. 이어 다른 끝 쪽으로 걸어가 다시 그걸 흔들었다. 이어 되돌아와, 그걸 도로 들통에 꽂았다. 당신이 휴식하기 전 옛날 그대로. 그러한 행동은 모두 책에 쓰여 있는 거다: 그는 그대로 하지 않으면 안 된다.

— '에뜨 네 노스 인두까스 인 뗀따띠오넴(우리를 유혹에 빠지지 않게 하소서).[102]

복사가 고음부의 날카로운 목소리로 대답했다. 나는 사내 심부름꾼을 두는 것이 더 낫다고 이따금 생각했어. 15살가량까지. 그 다음에는, 물론……

저건 성수(聖水)였던 모양이야, 내 생각에. 그것으로 졸음을 흔들어 버리는 것이다. 그는 틀림없이 저런 일로 배를 불리고 있는 거지, 사람들이 운반해 온 온갖 시체 위에 저것을 흔들어 뿌리며. 그가 뿌리고 있는 상대방의 얼굴을 본들 해될게 뭐람. 매일 매일 죽어가는 새로운 무더기: 중년 남자, 나이 먹은 여인, 아이, 아기를 낳다가 죽은 여인, 턱수염을 기른 남자, 대머리 진 실업가, 조그마한 새가슴을 가진 폐병 걸린 소녀. 일 년 내내 그는 모든 사람들을 향해 똑같은 것을 기도하고 그들의 머리에 성수를 뿌렸지: 잠자요. 지금은 디그넘 위에.

— '인 빠라디숨(낙원에서).'[103]

그는 낙원에 가게 될 것이라든지 혹은 낙원에 가 있다고 말했다. 모든 사람에게 그것을 되풀이 이야기한다. 일종의 성가신 일. 하지만 그는 뭔가를 말하지 않으면 안 되지.

사제가 책을 덮고 나가 버리자, 복사가 뒤따랐다. 코니 켈러허가 옆문을 열자 무덤 파는 사람들이 들어와, 관을 다시 어깨에 메고, 그걸 밖으로 운반하여, 차에 실었다. 코니 켈러허가 꽃다발 하나를 소년에게 그리고 다른 하나를 매부에게 넘겨주었다. 모두들 옆문에서 나와 온화한 회색의 대기 속으로 그들을 뒤따랐다. 블룸 씨가 신문지를 다시 접어 주머니 속에 넣으면서 마지막으로 나왔다. 그는 영구차가 왼쪽으로 굴러갈 때까지 땅을 신중하게 쳐다보았다. 쇠 바퀴가 삐걱거리는 날카로운 소리와 함께 자갈 위를 굴러가자 한 무리의 묵직한 구두들이 묘지의 골목길을 따라 구르는 손수레를 뒤따랐다.

라 라 리 라 루. 주여, 저는 이곳에서 노래를 불러서는 안 되나요.

— 오코넬 좌(座)[104]다, 데덜러스 씨가 주위를 둘러보면서 말했다.

파우어 씨의 부드러운 눈이 높은 원추(圓錐) 꼭대기까지 치올라갔다.

— 저이는 지금 휴식하고 있소, 그는 말했다, 그의 백성들 한가운데서, 나이 많은 단 오. 그러나 그의 심장은 로마에 묻혀 있지.[105] 얼마나 많은 깨어진 심장들이 여기에 파묻혀 있소, 사이먼!

— 아내의 무덤은 저쪽이야, 재크, 데덜러스 씨가 말했다. 나도 곧 그녀 곁에 뻗게 될 거야. 하느님은 언제라도 좋으니 나를 데려 가라지.

졸도하면서, 그는, 걸음을 약간 비틀거리며, 조용히 흐느끼기 시작했다. 파우어 씨가 그의 팔을 붙들었다.

— 그녀는 지금 있는 곳이 한층 더 편안할 거요, 그는 상냥하게 말했다.

— 그럴 거야, 데덜러스 씨가 약하게 숨을 헐떡거리며 말했다. 만일 천국이 있다면 그녀는 천국에 가 있을 거야.

코니 켈러허가 그의 열(列)에서 옆으로 비켜서며, 조문객들이 지나가도록 길을 터 주었다.

— 슬픈 순간이야, 커넌 씨가 공손히 말을 시작했다.

블룸 씨는 눈을 감고 슬픈 듯이 머리를 두 번 끄덕였다.

— 다른 이들이 모자를 쓰고 있어요, 커넌 씨가 말했다. 그러니 우리도 그렇게 해도 무방할 것 같소. 우리가 마지막이오. 이 묘지는 지독한 장소요.

그들은 모자를 썼다.

— 존사(尊師)가 기도문을 너무 빨리 읽었다고, 생각하지 않으시오? 커넌 씨가 비난하듯 말했다.

블룸 씨가 상대의 성급한 핏기 서린 눈을 들여다보며 정중히 고개를 끄덕였다. 비밀의 눈, 비밀을 탐색하면서. 프리메이슨 같아: 확실치는 않지만. 다시 그이 곁에. 우리가 맨 나중. 똑같은 배에 탄 셈이지.[106] 그가 그 밖에 다른 이야기를 하면 좋겠는데.

커넌 씨가 덧붙여 말했다:

— 마운트 제롬에서 사용되는 아이리시 교회의 의식(儀式)이 보다 더 간결하고 더 인상적이요. 틀림없이.[107]

블룸 씨가 신중한 동의를 보냈다. 물론 언어는 별개 문제인 거다.

커넌 씨가 엄숙하게 말했다.

— '나는 부활이며 생명이로다.'[108] 이는 사람의 속마음까지 감동시키지요.

— 그렇소, 블룸 씨가 말했다.

아마 당신의 마음을 그러나 발가락을 실 국화에 묻은 채 6자(尺)에 2자 관속에 누워 있는 저 친구에게는 무슨 상관이랴? 그건 감동(感動) 금지지. 애정의 좌(座). 깨어진 심장. 결국 심장은 펌프야, 매일 수천 갤런의 피를 퍼내고 있으니. 어느 날 심장의 마개가 막히는 날에는: 너도 이제 끝장. 수많은 죽은 자들이 여기 사방에 누워 있다: 허파, 심장, 간. 낡고 녹슨 펌프들: 경칠 그 밖의 것. 부활이며 생명이라. 한 번 죽으면 죽고 마는 거야. 최후의 날에 대한 착상.[109] 모든 죽은 자를 무덤에서 두들겨 깨우는 거다. 나오너라, 라자로여! 그런데 그는 우물쭈물하다가 일을 놓치고 말았지.[110] 일어나! 최후의 날이야! 그러면 사람마다 자신의 간과 폐장(肺腸) 그리고 그의 나머지 부품들을 찾아 헤맬 테지. 저 아침 자신에게 속하는 모든 것을 다 찾는다. 두개골 속에 든 1페니 무게의 분말(粉末). 12그램 1페니 무게. 트로이 치수로[111].

코니 켈러허가 그들 곁에 나란히 걷기 시작했다.

— 만사가 아주 훌륭하게 진행되었소, 그는 말했다. 어때요?

그는 느릿느릿한 눈으로부터 그들을 쳐다보았다. 경찰관의 어깨. 당신의 투랄룸 투랄룸 콧노래에 맞추어.

— 응당 그대로지요, 커넌 씨가 말했다.

— 어때요? 응? 코니가 말했다.

커넌 씨가 그에게 확신시켰다.

— 톰 커넌과 함께 뒤에 있는 저 사람은 누구요? 존 헨리 멘턴이 물었다. 안면이 있어요.

네드 램버트가 힐끗 뒤를 돌아보았다.

— 블룸이오, 그는 말했다. 마담 마리언 트위디는 과거에나, 지금이나, 내 말은, 소프라노란 말이오. 그녀가 그의 아내요.

— 오, 확실히, 존 헨리 멘턴이 말했다. 한참 동안 그녀를 못 봤어. 참 잘생긴 여자였지. 내가 그녀와 함께 춤을 춘 적이 있어요, 가만있자, 15, 17년 전 황금 시절에, 라운드타운의 매트 딜런가(家)[112]에서. 그런데 그때 그녀는 한 아름이었어.

그는 다른 사람들 사이로 뒤돌아보았다.

— 그의 직업이 뭐요? 그는 물었다. 그는 뭘 하는 사람이오? 문방구류 계통에 종사하지 않았소? 내가 어느 날 저녁 그와 다투었지, 지금 기억나지만, 크리켓 투구에서.

네드 램버트가 미소했다.

— 그래요, 맞아, 그는 말했다, 위즈덤 헬리 상점에서. 흡묵지의 주문바디로.

— 도대체, 존 헨리 멘턴이 말했다, 무엇 때문에 그녀가 저런 사내와 결혼을 했을까? 당시 그녀에게는 수많은 사냥감이 있었는데도.

— 지금도 그래요, 네드 램버트가 말했다. 그는 무슨 광고 권유업을 하고 있어요.

존 헨리 멘턴의 커다란 눈이 앞쪽을 빤히 노려보았다.

손수레가 옆 좁은 골목길로 굽어 들었다. 풀 사이에 잠복한 채, 한 비대한 사나이가 모자를 들어 경의를 표했다. 묘파는 인부들이 모두 그들의 모자에 손을 가져갔다.

— 존 오코넬[113], 파우어 씨가 만족한 듯, 말했다. 저이는 한 사람의 친구도 결코 잊지 않지요.

오코넬 씨가 묵묵히 그들과 악수를 나누었다. 데덜러스 씨가 말했다:

— 또 뵈러 왔소.

— 친애하는 사이면, 묘지관리인이 낮은 목소리로 대답했다. 나는 당신의 단골을 전혀 바라지 않소.

네드 램버트와 존 헨리 멘턴에게 인사를 하면서, 그는 자신의 등에 기다란 열쇠 두개를 헝클어지게 하며 마틴 커닝엄 곁에 계속 걸어갔다.

— 여러분은 그 이야기를 들었습니까, 그는 모두에게 물었다, 쿰가(街)의 멀카히에 관한?

— 못 들었는데, 마틴 커닝엄이 말했다.

그들이 일제히 실크 모를 한쪽으로 숙이자 하인즈가 귀를 기울였다. 묘지관리인은 금시계 줄 고리에다 엄지손가락을 걸고 정중한 어조로 그들의 공허한 미소에 대고 말했다.

— 사람들이 말하는 이야기로는, 그는 말했다, 어느 안개 낀 초저녁에 술꾼 두 명이 그들 친구의 무덤을 찾기 위해 여기 나왔다는 거죠. 그들은 쿰가(街) 출신의 멀카히에 관해 묻고는 그가 어디에 매장되었는지를 일러 받았지. 안개 속을 더듬어 찾은 후에 그들은 확실히 그의 무덤을 발견했지요. 술꾼 중의 하나가 이름을 한 자 한 자 판독했지요. 테렌스 멀카히. 다른 술꾼은 그의 미망인이 세운 구세주의 상을 눈을 깜빡이며 쳐다보고 있었어요.

묘지관리인은 그들이 지나가는 영묘(靈廟) 하나를 눈을 깜빡이며 쳐다보았다. 그는 말을 계속했다:

— 그리고, 성상(聖像)을 눈을 깜빡이며 쳐다본 다음에, *경칠 그 사람과 닮은 데가 조금도 없어, 그가 말하지요. 저건 멀카히가 아니야, 그는 말하지요. 누가 꾸민 이야기든 간에.*

미소들로 보답 받은 채, 그는 뒤로 물러서서, 그에게 내민 인명록을 받아들이면서, 자신이 걸어가자 그걸 넘기며 훑어 읽으면서, 코니 켈러허와 함께 말했다.

— 그건 일부러 하는 이야기요, 마틴 커닝엄이 하인즈에게 설명했다.

— 알아요, 하인즈가 말했다. 그걸 알고말고.

— 사람의 기분을 돋우기 위해서지, 마틴 커닝엄이 말했다. 그건 순수한 선의(善意)요: 경칠 그 밖의 아무것도 아니요.

블룸 씨는 묘지관리인의 건장한 체구를 감탄했다. 모두 그와 친하기를 바라고 있는 거다. 점잖은 사람, 존 오코넬, 정말 착한 이야. 열쇠들(키즈): 마치 키즈 점의 광고처럼: 아무도 밖으로 나갈 염려 없지. 아무런 통과 중 검열도. '*하베아스 꼬르뿌스(인신보호)*.'[114] 나는 장례 뒤에 저 광고에 관해 알아봐야지. 내가 마사에게 편지를 쓰는 걸 그녀가 방해했을 때 그걸 감추기 위해 내가 사용했던 봉투에다 볼즈브리지[115]라 썼던가? 희망컨대 불명 우편물취급소에 방치되지 않았으면. 그가 수염을 깎는 것이 한층 보기 좋군. 하얗게 솟아난 턱수염. 그것이 머리카락이 하얗게 솟는 최초의 징조지. 그리고 성질이 까다로워지는 거야. 백발 속의 은발.[116] 그의 아내가 되었다고 상상해 봐. 그는 처녀한테 프로포즈할 적극성을 갖고 있는지 몰라. 와서 공동묘지에서 함께 살아요. 그녀 앞에 매달리는 거다. 처음에는 그녀의 몸을 오싹하게 할 거야. 사신(死神)에게 구혼하다니. 사방에 뻗어 누운 모든 사자(死者)들과 함께 이곳을 오락가락하고 있는 밤의 망령들. 묘지가 하품을 할 때[117]의 무덤의 그림자들 그리고 대니얼 오코넬은 한 사람의 후손임에 틀림없지 상상컨대 그가 어둠 속의 거인처럼 언제나 변함없는 위대한 가톨릭교도로서 괴상하게도 생식력이 아주 강한 사람

이었다는 말을 늘 하곤 하던 사람은 누구였지. 도깨비불. 무덤의 가스. 임신하기 위해 여인
의 마음을 이런 생각에서 완전히 끊어 버릴 필요가 있지. 특히 여자들은 아주 과민하니까.
그녀에게 귀신 얘기를 해서 잠재우게 하려고 해봐요. 당신 여태껏 귀신을 본적이 있소? 글
쎄, 나는 있어요. 때는 한밤중이었어. 시계가 12시를 치고 있었소. 그런데도 만일 적당하게
흥분이 되면 여자들은 마구 키스를 하지. 터키 묘지의 매음부들. 젊었을 때 경험하면 뭐든
지 배우기 마련. 이런 곳에서 젊은 과부를 하나 주울 수도 있지. 사내들은 그런 걸 좋아하
거든. 묘비 사이의 사랑. 로미오.[118] 향락의 양념. 죽음의 한복판에서 우리는 생활하고 있는
거다. 양극(兩極)은 서로 만나기 마련. 애태우는 것은 불쌍한 사자(死者)야. 굶주림에 구
운 비프스테이크 냄새. 자신의 활력을 파먹고 있는 거다. 사람들을 흥분시키고 싶은 욕망.
창가에서 그걸 하고 싶어 하던 몰리. 아무튼 저 묘지관리인은 아이들을 여덟 명이나 갖고
있지.

그는 살아오는 동안에 많은 사람들이 땅속으로 들어가는 것을 보아왔다, 차례차례 그
의 주위의 들판에 눕는 거다. 성야(聖野). 시체를 곧게 세워서 파묻으면 더 많은 공간이.
앉는다든지 무릎을 꿇도록 할 수는 없지. 세운다? 어느 날 땅이 허물어지든지 하면 시체의
머리가 뻗친 손과 함께 땅 위에 솟아날지도 몰라. 틀림없이 땅은 온통 벌집처럼 곰보가 되
지: 구형(矩形)의 벌집들. 그런데 그는 역시 묘지를 아주 말쑥하게 보존하지: 잔디와 울타
리를 다듬는 거다. 메이저 갬블[119]은 그의 정원을 마운트 제롬이라 부르지. 글쎄, 그건 그
래. 수면(睡眠)의 꽃잎에 틀림없어. 양귀비꽃이 자라고 있는 중국의 묘지는 가장 훌륭한
아편을 생산하고 있다고 마스티안스키[120]가 내게 일러주었지. 식물원이 바로 저쪽 건너편에
있군. 땅속에 스며든 피가 새 생명을 길러내는 거다. 사람들이 말하듯, 저 유태인들이 그리
스도 교도의 사내아이를 살해하는 것도 꼭 마찬가지 착상이야.[121] 사람마다 자신의 값어치
를. 신사, 미식가(美食家)의, 잘 보존된 살진 시체는 과수원을 위해 참으로 값진 거다. 염
가판매. 최근에 사망한, 감사역(監事役) 겸 회계사, 윌리엄 윌킨슨의 시체, 3파운드 12실
링 6페니입니다. 감사하오.

나는 감히 말하건대 이곳 땅은 시체 비료로 틀림없이 아주 기름져 있을 거야, 뼈다귀,
살덩이, 손톱. 납골당. 무서운 일. 녹색과 분홍색으로 변하여 해체하는 것이다. 습한 땅에
서는 한층 빨리 썩지. 야위 노인의 시체가 더 단단해. 그 다음에는 일종의 수지류(樹脂類)
같은 치즈가 되지. 그리고 나면 색깔이 까맣게 변하기 시작한다, 시체에서 흘러나오는 꺼먼
당밀. 이어 말라 버리는 거다. 시체 좀 벌레. 물론 세포든 무엇이든 그들은 계속 살아간다.
형태가 변하는 것이다. 실제로 영원히 살아가는 거야. 먹을 것이 없으면 자기 자신을 파먹
고 살지.

그러나 시체는 매우도 많은 구더기를 키워낸단 말이야. 흙이 그들로 오직 소용돌이
지고 있음에 틀림없어. 그걸 생각하면 머리가 빙빙 돌지요. 저 사랑스런 바닷가의 소녀녀
들.[122] 저이는 아주 쾌활하게 묘지 위를 바라다보고 있군. 모든 다른 이들이 먼저 땅속에 들
어가는 것을 보며 그에게 힘의 감각을 주는 거다. 그는 인생을 어떻게 보고 있는지 몰라.
농담도 잘 걸면서: 사람의 마음속을 훈훈하게 하는 거다. 사자(死者)에 대한 게시판. 스파
지온은 오늘 오전 4시에 천국으로 출발. 오후 11시(마감시간). 아직도 미착(未着). 베드로.
죽은 사람 자신들이 남자라면 어쨌든 야릇한 농담을 듣고 싶어 할 게고 부인들이라면 요사
이 유행하는 것이 뭔지를 듣고 싶어 할 거야. 즙 많은 배(果) 또는 귀부인용의 뜨겁고, 독
한 그리고 달콤한 펀치 술. 습기 없는 곳에 보관할 것. 자네도 틀림없이 가끔 웃음이 나올
거야 그러니 저런 식으로 해보는 게 좋아요. 〈햄릿〉에 나오는 묘굴인(墓堀人)들.[123] 인간의
마음의 심오한 지식을 보여 주는 거다. 적어도 죽은 지 2년 동안은 감히 죽은 사람에 대해

농담을 해서는 안 되지. '데 모르뚜이스 닐 니시 쁘리우스(죽은 자에 대해 악담하지 말라).'[124] 우선 슬픔에서 벗어나는 거다. 자신의 장례식을 상상하기는 힘들지. 일종의 장난같이 보일 테니까. 자기 자신의 사망 광고를 읽으면 더 오래 산다고들 말하지. 당신에게 두 번째 입김을 불어넣어 주는 거다. 생명의 계약갱신(契約更新).

— 내일은 몇 구(具)나 됩니까? 묘지관리인이 물었다.

— 둘요, 코니 켈러허가 말했다. 10시 반과 11시.

묘지관리인은 서류를 주머니 속에 넣었다. 손수레가 굴러가다 멈추었다. 조문객들이 갈라져서 무덤 주변으로 조심스럽게 발걸음을 옮기며, 묘 구덩이 양쪽으로 움직였다. 묘파는 사람들이 관을 날라, 그의 코 부분을 가장자리에 놓고, 관을 돌려 맸던 띠를 풀었다.

그를 매장하는 거다. 우리는 카이사르를 매장하러 왔소.[125] 그의 3월인지 6월의 재앙일(災殃日).[126] 그는 여기에 누가 와 있는지를 알지도 못하고 상관하지도 않지.

그런데 저쪽 비옷 입은 홀쭉하게 보이는 녀석은 누구야? 글쎄 누군지 알고 싶군. 글쎄 돈을 몇 푼 주어서라도 그가 누군지 알아보았으면. 꿈에도 결코 생각해 본 일이 없는 녀석이 언제나 불쑥 나타나거든. 인간은 자기의 일생을 내내 혼자 외로이 살아갈 수 있을 거야. 그렇지, 할 수 있어. 그렇지만 자신이 무덤을 팔수는 있어도 죽은 다음에 그를 묻어 줄 사람은 있어야 할 게 아냐. 우리 모두가 묻어주지. 단지 인간만이 매장하는 거다. 아니야, 개미들도 그래. 누구에게나 제일 먼저 떠오르는 생각. 죽은 자를 매장한다. 예컨대 로빈슨 크루소는 인생에 충실했다 지. 글쎄 그런데도 프라이디가 그를 매장했지.[127] 그걸 생각해 보면 모든 금요일(프라이디)은 언제나 목요일을 매장하는 셈이다.

오, 불쌍한 로빈슨 크루소!
어떻게 그대는 어쩌면 그렇게 할 수 있었나?[128]

불쌍한 디그넘! 관속에서 마지막으로 땅 위에 누워 있다. 글쎄 잘 생각해 보면 매장이란 재목(材木)의 낭비 같은 느낌이 든단 말이야. 모두 부패해 버리고 마는 거지. 사람들은 판자를 사용하여 관이 잘 미끄러져 내려갈 수 있도록 멋진 관대(棺臺)를 하나 발명할 수 있을 텐데. 아하 그러나 다른 사람의 것으로 매장되는 걸 반대하겠지. 성미들이 아주 까다롭거든. 나를 내가 태어난 땅에 묻어 주오. 성지에서 가져온 한 줌의 흙. 언제나 하나의 관에 함께 매장하는 것은 어머니와 사산아(死産兒)뿐. 그것이 무엇을 의미하는지 나는 알아. 알고말고. 땅속에서도 될 수 있는 한 오래오래 그를 보호해 주려고. 아일랜드 사람의 가정은 각자의 관(棺)이니라.[129] 지하묘지의 시체보존법. 미라도 마찬가지 착상.

블룸 씨는 손에 모자를 들고, 뒤에 멀찌감치 떨어져 서서, 모자 벗은 머리수를 헤아렸다. 열둘. 내가 13번째다. 아니야. 저 비옷 입은 녀석이 13번째지. 죽음의 번호. 도대체 저녀석은 어디서 튀어나왔을까? 성당에는 없었는데. 맹세코. 그건 어리석은 미신이지 13에 관해.[130]

부드럽고 멋진 사라사 천을 레드 램버트는 저 양복으로 갖고 있어. 자줏빛의 색조. 내가 서구 롬바드가(街)에 살고 있었을 때 저것과 비슷한 걸 한 벌 갖고 있었지. 그는 한때 옷을 참 잘 차려입는 녀석이었어. 하루에 규칙적으로 세 벌씩 옷을 갈아입곤 했었지. 나의 저 회색 양복을 메시 으스 양복점 점원더러 뒤집어 달라고 해야겠군. 어라. 저건 염색한 거다. 그의 아내, 그가 미혼인 걸 나는 깜빡 잊었군. 아니면 그의 하숙집 안주인이 그를 위해 실을 뽑아 주었어야 했지.

관이 무덤 발판에 다리를 벌리고 선 일꾼들에 의하여 천천히 내려가며, 시야에서 사라졌다. 사람들이 안에서 끙끙 애써 기어올라 밖으로 나왔다: 그리고 모두들 모자를 벗었다. 스무 명.

휴식.

만일 우리가 모두 갑자기 그 밖에 다른 사람이 된다면.

멀리서 한 마리 나귀가 울었다. 비(雨). 저 놈은 그렇게 바보가 아니야. 죽은 나귀를 본 사람은 결코 없지. 죽음의 수치. 그들은 몸을 감춘다. 역시 불쌍한 아빠도 가버렸어.

부드럽고 감미로운 바람이 모자 벗은 머리 주변을 속삭이듯 휘감았다. 속삭임. 무덤 머리맡의 사내아이가 꺼멓게 트인 공간에서 조용히 노려보며 두 손으로 꽃다발을 들고 있었다. 블룸 씨는 포동포동하고 친절한 묘지관리인의 뒤로 움직였다. 재단이 잘된 프록코트. 다음에 죽을 놈은 어느 놈인가 아마 사람들을 저울질하면서. 그런데, 죽음은 너무나 긴 휴식이야. 이젠 아무런 느낌도 없지. 느끼는 것은 단지 한순간에 지나지 않아. 매우도 불쾌한 순간임에 틀림없어. 처음에는 그것이 믿어지지 않는다. 틀림없이 잘못일 거야: 다른 사람일 거야. 맞은편 집을 알아 봐. 가만있자. 난 살고 싶었어. 아직 죽지 않았단 말이야. 그러자 어두컴컴해진 죽음의 방. 빛을 그들은 원한다. 그리고 당신 주위에서 사람들이 중얼거린다. 사제를 불러올까요? 그러자 떠들어대며 우왕좌왕. 한평생 감추었던 정신착란이 온통 쏟아진다. 죽음의 투쟁. 그의 잠이 순조롭지 못하다. 아래쪽 눈꺼풀을 눌러 봐요. 코가 불쑥 나오고 턱이 내려앉고 발바닥이 노랗게 되었는지 살펴보는 것이다. 운명(殞命)했으니 베개를 빼버리고 마루 위에 반듯이 눕혀요.[131] 죄인의 죽음을 그린 저 그림 속에 악마가 그에게 한 여인을 보여 주고 있다. 그의 셔츠 품속에 그녀를 포옹하고 싶어 애태우고 있는 것이다. 〈루치아〉[132]의 마지막 장면. *나는 그대를 더 이상 볼 수 없나요? 쿵!* 그는 숨이 끊어진다. 마침내 가버렸다. 사람들은 당신에 관해서 조금 이야긴 한다: 잊어버린다. 그를 위하여 기도하는 것을 잊지 말아요. 당신의 기도 속에 그를 기억해요. 심지어 파넬도. 담쟁이 날[133]은 기억에서 사라져가고 있다. 이어 그들이 뒤따른다. 구멍 속으로 떨어지며, 차례차례로.

우리는 그의 영혼의 영면을 지금 기원하고 있다. 당신이 몸 건강하기를 그리고 지옥으로 떨어지지 않기를 희망하면서. 훌륭한 전지요양(轉地療養). 인생의 프라이팬에서 나와 연옥의 불길 속으로.

그는 자신을 위해서 기다리고 있는 구멍을 언젠가 생각해 본 적이 있을까? 햇볕 속에서 부들부들 한기(寒氣)를 느낄 때 그렇다고 사람들은 말하지. 누군가 무덤 위를 걸어가고 있다. 호출계의 경고. 당신 차례가 가까웠어요. 나의 것은 저쪽 핑글라스 쪽에, 내가 사놓은 땅. 마마, 불쌍한 엄마여, 그리고 꼬마 루디.

무덤 파는 사람들이 삽을 들어 무거운 흙더미를 무덤 속 관 위에 던졌다. 블룸 씨는 얼굴을 다른 데로 돌렸다. 그런데 민일 그가 쑥 살아 있었다면? 휴우! 정말이지, 그건 지독할 거야! 아니야, 아니: 물론, 그는 죽었어. 물론 그는 죽었어. 월요일에 죽었단 말이야. 심장을 찔러 확인해 보는 어떤 법을 만들거나 아니면 관속에 전기 시계 또는 전화기 그리고 그 밖에 어떤 종류의 캔버스 공기통을 만들어 둬야만 해. 조난(遭難) 신호기. 3일. 여름철에 시체를 보존하기에는 약간 긴 기간이지. 죽은 게 확인되는 즉시 뚜껑을 닫아 버리는 게 좋아.

흙이 보다 살며시 떨어졌다. 잊혀지기 시작한다. 시야로부터, 마음으로부터.

묘지관리인은 몇 발짝 뒤로 물러서며 모자를 썼다. 원만히 끝난 거다. 조문객들은 은총의 마음을 취했다, 한 사람 한 사람, 가식 없이, 조용히 모자를 쓰면서. 블룸 씨도 모자를 쓰며, 뚱뚱한 사나이가 무덤의 미로를 통하여 말없이 걸어가는 것을 보았다. 조용히, 그의 밟는 땅을 확인하면서, 그는 음침한 들판을 가로질러 걸어갔다.

하인즈가 그의 수첩에다 무엇을 적고 있다. 아, 명단을. 그러나 그는 사람들의 이름을 다 알고 있지. 아니야: 나에게로 오고 있군.

— 지금 명단을 적고 있는 중인데, 하인즈가 숨을 죽이며 말했다. 자네의 세례명이 뭐지? 확실치 않아서.

— L, 블룸 씨가 말했다. 리오폴드. 그리고 맥코이의 이름도 적어 주게. 내게 부탁을 하던데.

— 찰리, 하인즈가 쓰면서 말했다. 알고 있어. 한때 그는 〈플리먼〉지에 종사했지.[134]

그는 루이스 번[135] 밑에서 시체공시소(屍體公示所)의 일을 하기 전까지 그랬어. 의사들에게 시체해부는 좋은 착상. 그들은 자기들이 알고 있다고 상상하는 것을 찾아내지. 그는 어느 화요일 일로 죽었다. 도주했다. 몇 개의 광고료를 갖고 자취를 감추었다. 찰리, 너는 내 사랑.[136] 그 때문에 그가 나에게 부탁했던 거야. 오 그래, 해될 건 없지. 내가 책임지겠어, 맥코이. 고마워, 자네: 신세 많아. 그에게 은혜를 베푸는 거다: 돈 들 건 하나도 없어.

— 그런데 말해 봐, 하인즈가 말했다. ……입은 저 사나이를 아나, 저 건너……을 입은 남자 말이야.

그는 주위를 돌아보았다.

— 맥킨토쉬(Macintosh)(비옷). 그래, 나도 그를 보았어, 블룸 씨가 말했다. 지금 어디에 있지?

— 맥킨토쉬, 하인즈가 갈겨쓰면서 말했다. 나는 그가 누군지 모르겠어. 그게 그의 이름이야?

그는 주위를 돌아보면서, 물러갔다.

— 아니야, 블룸 씨가 몸을 돌려 멈춰 서면서, 말을 시작했다. 이봐, 하인즈!

듣지 못했군. 아니? 그는 어디로 사라져 버렸을까? 흔적도 없이. 얼마나 수상한. 여기 누구 본 사람 있어요? 케이 이 더블 엘. 눈에 띄지 않군. 도대체, 어떻게 된 사나이야?

일곱 번째 무덤 파는 사람이 놀고 있는 삽을 가지러 블룸 씨 곁에 왔다.

— 오, 실례합니다!

그는 재빨리 옆으로 비켜섰다.

갈색의, 축축한, 진흙이 구멍 속에 보이기 시작했다. 흙이 솟았다. 거의 끝난 거다. 축축한 흙덩이 무더기가 한층 솟고, 솟자, 무덤 파는 사람들이 삽을 놓았다. 모두들 잠시 동안 다시 모자를 벗었다. 사내아이가 꽃다발을 구석에 기대 세웠다: 매부도 꽃다발을 흙더미 위에 놓았다. 무덤 파는 사람들이 모자를 쓴 다음, 그들의 흙 묻은 삽을 손수레 쪽으로 가져갔다. 그러고는 잔디 위에 삽날을 가볍게 두들겼다: 말끔히. 인부 한 사람이 허리를 굽혀 자루에 감긴 기다란 잔디 풀을 뜯어냈다. 한 사람은, 친구들을 남겨 둔 채, 어깨에 삽을 메고 천천히 걸어갔다, 삽날을 파랗게 번쩍이며. 무덤 머리맡에서 또 한 사람이 묵묵히 관 끈을 둘둘 말았다. 사자(死者)의 탯줄. 매부가 몸을 돌리며, 그의 빈손에 무엇을 쥐어 주었다. 말없는 감사. 죄송해요, 선생: 수고했소. 머리를 흔든다. 난 그걸 알아. 당신 자신을 위해 조금.

조문객들이, 묘위의 이름을 읽으려고 이따금 멈추면서. 꾸불꾸불한 길을, 막연하게 천천히 나아갔다.

— 수령[137]의 무덤에 들렀다 갑시다, 하인즈가 말했다. 시간은 있어요.

— 그럽시다, 파우어 씨가 대답했다.

그들은, 내키지 않는 생각을 따르면서, 오른쪽으로 방향을 바꾸었다. 두려움과 함께 파우어 씨가 멍한 목소리로 말했다:

— 어떤 이들은 그가 무덤 속에 있지 않다고 말해요. 관이 돌멩이로 가득 차 있었다는 거 1
죠. 어느 날 그가 다시 되돌아올 거라고.

하인즈가 머리를 흔들었다.

— 파넬은 결코 돌아오지 않아요, 그는 말했다. 그는 저기 있어요, 그의 육체에 속하는 것
은 모두. 그의 유해에 평화를. 5

블룸 씨는 슬픔에 젖은 천사, 십자가, 깨어진 기둥, 가족의 묘지, 하늘을 향해 눈을 치
켜뜨고, 고대 아일랜드의 심장과 손[138]으로 기도를 올리고 있는 소망(所望)의 석상(石像)
들 곁을 지나, 작은 덤불을 따라 사람의 눈에 띄지 않게 걸어갔다. 살아 있는 사람들을 위
한 어떤 자선사업에 돈을 쓰는 것이 보다 지각 있는 일이야. 누구의 영혼의 안식을 위한 기
도. 누가 정말이지 그렇게 할까? 매장하고 나면 그땐 깨끗이 그와 관계를 끊고 마는 건데. 10
활송(滑送) 운반기로 석탄을 아래로 내리듯이. 이어 시간을 절약하기 위해 그들을 한 덩어
리로 뭉치는 거다. 위령일(慰靈日).[139] 27일에 엄한 아버지 무덤에 성묘하러 가야지. 묘지
기에게 10실링. 그는 묘에 잡초가 자라지 않도록 해주지. 그 자신도 늙었어. 두 겹으로 몸
을 구부리고 가위로 풀을 깎는 것이다. 죽음의 문 가까이. 죽어버린 자. 이승을 떠나버린
자. 마치 그들이 자발적으로 죽음을 맞이하거나 한 것처럼. 떼 밀렸던 거다, 그들 모두. 목 15
숨을 빼앗긴 자. 만일 그들이 과거에 무엇을 하던 사람인지를 스스로 말한다면 한층 재미
있을 거야. 모모(某某) 차바퀴 목수올시다. 나는 코크 리놀륨을 주문 받으러 다녔지요.[140]
나는 한 파운드 당 5실링을 지불했어요. 또는 소스 팬을 든 한 여인. 저는 맛있는 아일랜드
스튜를 요리했어요. 시골의 교회묘지를 읊은 송시(頌詩)[141]는 당연히 그런 시(詩)여야 할
거야 누구의 시더라. 워즈워드던가 아니면 토머스 캠벨이던가.[142] 영원히 잠들면 신교도들 20
은 시(詩)를 쓰지. 노(老)머렌 박사[143]의 무덤. 위대한 의사(神)가 그를 집으로 불렀던 거
다. 그렇지 여기는 죽은 자들을 위한 하느님의 땅이야. 참 좋은 시골의 주거. 새로이 벽토
와 페인트칠을 했군. 조용히 담배를 피우며 〈교회시보(敎會時報)〉[144]를 읽을 수 있는 이상
적인 장소. 혼인 광고를 사람들은 결코 미화하려고 애쓰지 않아. 손잡이 위에 걸려 있는 녹
슨 금속 꽃다발, 청동 빛 금박 화환. 돈으로 따지면 그것이 더 가치가 있지. 하지만, 생화 25
(生花)가 한층 더 시적이야. 전자가 오히려 싫증이 난단 말이야, 결코 시들지 않으니. 아무
표정도 없고. 불사(不死)의 것들.

한 마리 새가 포플러 가지에 길 들인 듯 앉아 있었다. 마치 박제된 것처럼. 시(市) 참
사원인 후퍼가 우리들에게 준 그 결혼 선물을 닮았어. 후! 조금도 움직이려고 하지 않는군.
자기를 쏘아서 날려 보낼 새총이 없는 걸 알고 있어요. 죽은 동물은 한층 애처롭지. 죽은 30
작은 새를 부엌 성냥갑에 넣어 파묻던 천진한 밀리, 무덤 위에 실 국화 목걸이 한 개와 부
서진 도자기 조각들.

예수 성심의 심상이다 저것은: 심장을 드러내 보여 주고 있다.[145] 소매 위에 드러낸 심
장.[146] 진짜 심장처럼 왼쪽 가슴에 있게 하고 색깔을 붉게 칠해야만 할 거야. 아일랜드는 예
수 성심의 심장이나 또는 무언가 그와 같은 것에 몸을 헌납했지. 조금도 만족한 것처럼 보 35
이지 않는군. 왜 저런 형벌을? 새들이 날아와서 과일 바구니 든 소년 상인 양 쪼지나 않을
지 몰라 그러나 그는 천만에 하고 말했지 왜냐하면 새들은 소년을 무서워했을 테니까. 그건
아폴로였어.[147]

얼마나 많으랴! 여기 모든 죽은 자들은 한때 더블린을 배회했었지. 신앙심을 품고 떠
난 사람들. 지금 당신들이 살아 있듯이 우리들도 한때는 그랬어.[148] 40

게다가 어떻게 모든 사람들을 다 기억할 수 있겠는가? 눈, 걸음걸이, 목소리. 글쎄,
목소리, 그렇지: 축음기. 무덤마다 축음기를 비치하거나 아니면 집에다 그걸 설치하는 거

다. 일요일 저녁식사가 끝난 다음에. 돌아가신 증조할아버지를 틀어 봐요. 크라아흐라아아크! 여보시오여보시오여보시오 정말반가워요 크라아아크 다시만나게되어서참으로기쁘오 여보시오여보시오 참기쁘오 쓰스스스.[149] 사진을 보면 얼굴 생각이 나듯이 목소리 또한 생각나게 하지. 그렇지 않고는 이를테면 15년 후에는 얼굴을 까맣게 잊고 말지. 예를 들면 누구? 예를 들면 내가 위즈덤 헬리 점에서 일하고 있었을 때 죽은 어떤 친구.

르트스트르! 자갈의 딸그락거리는 소리. 가만. 정지!

그는 마음을 가다듬어 돌멩이 납골당 속을 내려다보았다. 무슨 동물. 가만있자. 저기 저 놈이 가는군.

한 마리 살찐 회색 생쥐가 납골당의 측면을 따라 살금살금 달려갔다, 자갈을 굴리면서. 늙은 노련한 놈: 증조할아버지 격: 저놈은 요령을 죄다 알고 있지. 저 회색의 민감한 놈이 주춧돌 밑으로 몸을 짓눌리며 기어들지, 그 밑으로 몸을 꿈틀거리며. 보물을 감추어 두기에 참 좋은 곳.

여기는 누가 누워 있지? 로버트 에머리의 유해가 놓여 있다. 로버트 에메트[150]는 횃불에 의해 여기 매장되었지, 그렇잖아? 저놈의 생쥐가 빙빙 돌고 있군.

방금 꽁지가 사라졌다.

저따위 놈 같으면 시체 하나쯤은 얼른 해치울 거야. 그것이 누구든 간에 뼈를 깨끗이 추린단 말이야. 그들에게는 보통 먹는 식사지. 시체는 상한 고기야. 그렇지 그런데 치즈란 건 뭐야? 밀크의 시체지. 나는 저 〈중국 항해기〉[151]에서 중국 사람들이 백인(白人)한테서 시체 냄새가 난다고 말하는 걸 읽었어. 화장(火葬)이 보다 나아. 사제들은 그걸 한사코 반대하지.[152] 다른 화장회사의 하청을 맡아 일하는 거다. 도매 화장회사와 네덜란드 식 가마(釜) 상인들. 페스트가 만연할 때. 페스트를 소독해 버리는 생석회 열갱(熱坑). 무통치사실(無痛致死室). 재(灰)]에는 재.[153] 아니면 수장(水葬)을. 그 배화교(拜火敎)의 침묵의 탑(塔)[154]은 어디에 있는고? 새들에게 먹힌 채. 흙, 불, 물. 익사가 최고 안사(安死)라고들 하지. 눈 깜짝할 사이에 전(全)생애가 떠오르는 거다. 그러나 생명으로 되돌아오는 것은 아니지. 그러나 공중에다 매장을 할 순 없잖아. 비행기로부터. 새로운 시체가 떨어질 때마다 뉴스가 사방에 퍼질지 몰라. 지하 통신. 우리는 그걸 두더지들한테서 배웠지. 놀랄 것도 없어. 저놈들에게는 규칙적인 맛있는 식사야. 사람이 채 죽기도 전에 파리가 먼저 찾아오지. 디그넘을 냄새 맡는다. 저놈들은 시체 냄새를 조금도 상관하지 않아. 소금기 하얀 후물거리는 연한 시체 덩어리: 하얀 생(生) 순무 같은 냄새, 맛.

문들이 정면에 어렴풋이 번쩍였다: 아직 열린 채. 다시 속세로 되돌아가라. 이곳은 이제 만원이야. 매번 조금씩 더 가까이 그대를 끌고 가는 거다. 지난번 시니코 부인[155]의 장례 때 여길 왔었지. 불쌍한 아빠도 역시. 사랑은 죽이는 거다. 그리하여 내가 책에서 읽은 저 경우처럼 갓 파묻은 여인들 또는 심지어 이제 곪아 무덤의 화농(化膿)이 줄줄 흐르기 시작한 것들을 손에 넣기 위해 밤에 등불을 들고 땅을 후벼 파헤치기까지 하는 것이다. 그런 걸 읽고 나면 몸이 약간 오싹해지지. 죽은 다음에 내가 자네에게 나타날 테다. 자네는 사후의 내 유령을 볼 거야. 죽은 후에 나의 유령이 자네에게 오락가락할 걸세. 사후에 지옥이라 불리는 또 하나의 세계가 있지. 전 그 밖의 다른 세계를 싫어해요, 그녀는 편지했지.[156] 나도 역시 더 이상 좋아하지 않아. 아직도 보고 듣고 느낄 것이 많이 있단 말이야. 당신의 가까이 살아 있는 많은 따뜻한 몸뚱이들을 느낀다. 구더기 꾸물대는 침대 속에 그들을 잠자게 하라. 놈들이 나를 장수(長壽)하도록 하지 않을 거야. 따뜻한 잠자리: 따뜻하고 충혈 된 생명.

마틴 커닝엄이 정중하게 이야기하면서, 옆길로부터 나타났다.

변호사, 내 생각에. 나는 그의 얼굴을 알고 있어. 멘턴, 존 헨리, 변호사, 서약서니 구
신서(具申書)를 취급하는 거간꾼. 디그넘이 그의 사무실에 늘 가곤 했었지. 오래전 매트
딜런가(家). 즐거운 매트. 주연(酒宴)의 밤. 차가운 새고기, 담배, 술병 진열대의 유리컵
들. 진실로 고결한 마음의 친구. 그래. 멘턴. 그날 저녁 잔디밭 공치기에서 내가 그에게 커
브 공을 쳤기 때문에 그를 골나게 했지. 요행수로 공이 맞았던 것뿐인데도: 편견이야. 그가
나를 뿌리깊이 싫어하는 것도 바로 그 때문이지. 처음 만날 때부터의 증오. 몰리와 플로이
딜런[157]이 소리 내어 웃으면서, 라일락 나무 밑에 팔짱을 끼고 서있었지. 저따위 친구는 여
자들이 가까이 있으면, 언제나 속상해 하거든.

그의 모자 한쪽이 움푹 팼군. 아마 마차 때문일 거야.
— 실례지만, 블룸 씨가 그들 곁에서 말했다.
그들은 멈추어 섰다.
— 당신의 모자가 약간 찌그러졌소, 블룸 씨가 가리키며 말했다.
존 헨리 멘턴이 몸을 꺼딱하지 않고 잠시 동안 그를 빤히 노려보았다.
— 거기, 마틴 커닝엄이 역시 가리키며, 거들었다.
존 헨리 멘턴이 모자를 벗어, 팬 곳을 도로 부풀게 하여 옷소매로 보드라운 털을 조심
스럽게 문질렀다. 그는 다시 모자를 머리 위에 획 올려 썼다.
— 됐소 이제, 마틴 커닝엄이 말했다.
존 헨리 멘턴이 사례의 표시로 머리를 아래로 꾸벅였다.
— 고맙소, 그는 짧게 말했다.
그들은 문을 향해 계속 걸어갔다. 블룸 씨는, 맥 풀린 듯, 이야기를 엿듣지 않으려고
몇 발짝 뒤로 처졌다. 마틴이 명령조로 말을 하고 있다. 마틴이라면 저따위 미련퉁이를 눈
치채지 못하도록, 마음대로 놀려줄 수 있을 거야.

바다 굴 같은 눈. 염려 마. 자기도 알게 되면 나중에 필경 미안해할 테지. 저런 식으로
그를 두둔하는 거다.

감사하오. 오늘 아침 우린 얼마나 굉장한가!

◆ 7장 ◆

하이버니언(아일랜드) 수도의
심장부에서

* 넬슨 기념탑 앞에서 전차들이 속도를 늦추고, 옆으로 비킨 채, 트롤리를 바꾸고, 블랙로크, 킹즈타운 및 달키, 클론스키, 라드가 및 테레뉴어, 파머스턴 및 상부 라드민즈, 샌디마운트 그린, 라드민즈, 링센드 및 샌디마운트 타워, 해롤드 크로스를 향해 출발했다. 더블린 연합전차회사의 거친 목소리의 발차계가 고함질러 그들을 출발시켰다:
— 라드가와 테레뉴어!
— 어서 와요, 샌디마운트 그린!
좌우 복선 선로를 따라 땡그랑 링링 소리를 내면서 이층전차 한 대와 단층전차 한 대가 그들의 선로머리로부터 움직여, 하행 선로 쪽으로 구부러지며, 나란히 굴러갔다.
— 발차! 파머스턴 공원!

왕관을 쓴 자

중앙우체국 현관 아래 구두닦이들이 사람을 부르며, 구두를 닦았다. 노드 프린스가(街)에 주차한 채, 양쪽 옆구리에 왕실 두문자 E. R.[1]가 찍힌 황제 폐하의 주홍빛 우편 차들이, 시내, 지방, 영국 및 해외로 우송하기 위한, 보험 되고 요금 지불 된 편지들, 엽서들, 봉함엽서들, 소포들을 담은 팽개쳐진 자루들을 큰 소리로 수령했다.

신문사의 신사들

대자 신발을 신은 짐 마차꾼들이 프린스가(街)의 창고 밖으로 술통을 귀에 거슬리게 둔탁 쿵쿵 굴러, 양조장 짐수레 위에 쾅쾅 실었다. 대자 신발을 신은 짐 마차꾼들에 의해 프린스 가의 창고 밖으로 귀에 거슬리게 둔탁 쿵쿵 굴려진, 술통들이 양조장 짐수레 위에 쾅쾅 실려졌다.
— 자 여기요 , 레드 머레이[2]가 말했다. 알렉산더 키즈[3]요.
— 그걸 바로 오려 주겠어요? 블룸 씨가 말했다. 그럼 제가 〈텔레그라프〉지 사무실[4]까지 그걸 가지고 가지요.
러틀리지[5]의 사무실 문이 다시 삐걱거렸다. 데이비 스티븐즈[6]가, 커다란 케이프 코트에 작게 파묻힌 채, 조그마한 펠트 모(帽)를 그의 곱슬머리에 관(冠) 씌우고, 둘둘 만 신문지를 그의 케이프 망토 아래 끼고, 국왕의 사신처럼, 나아갔다.

레드 머레이의 긴 가위가 맵시 있게 숭덩숭덩 네 번 움직이며 신문지에서 광고를 오려 1
냈다. 가위와 풀.
— 저가 인쇄물을 잘 조사해 보겠습니다. 블룸 씨가 네모로 잘라진 것을 집으며, 말했다.
— 물론이죠, 만일 그가 기사를 원하면, 레드 머레이가 그의 귀 뒤에 펜을 꽂은 채, 열렬히
말했다. 우리 측도 그에게 대접할 수 있지. 5
— 옳아요, 블룸 씨가 고개를 한 번 끄덕이며, 말했다. 저가 그걸 되풀이 말하죠.
우리 측이라.

샌디마운트, 오클랜즈의 윌리엄
브레이든 귀하 10

레드 머레이가 가위로 블룸 씨의 팔을 건드리며 중얼거렸다:
— 브레이든이오.[7]
블룸 씨는 고개를 돌리고, 풍채가 당당하게 생긴 한 인물이 〈위클리 플리먼 앤드 내셔
널 프레스지〉와 〈플리먼즈 저널 앤드 내셔널 프레스〉지의 뉴스 게시판 사이로 들어오자,
제복 입은 문지기가 그의 글자 박힌 모자를 들어 인사하는 것을 보았다. 둔탁 쿵쿵 소리 나 15
는 기네스 회사의 술통들. 그 인물은 우산으로 방향을 잡으며, 위엄 있게 층층대를 올라갔
다. 턱수염에 둘러싸인, 엄숙한 얼굴. 광폭 천으로 된 옷의 등판이 걸을 때마다 치솟았다:
등. 뇌수(腦髓)가 온통 그의 목덜미 속에 파묻혀 있단 말이야. 사이먼 데덜러스 씨가 말하
지. 그의 뒤쪽에 불룩 솟은 살덩어리. 목의 살찐 구김살, 살찐, 목, 살찐, 목. 20
— 당신은 저 사람의 얼굴이 우리들의 구세주와 닮은 것 같지 않아요? 레드 머레이가 속삭
였다.
러틀리지의 사무실 문이 속삭였다: 이이: 크리이이. 사람들은 언제나 바람이 잘 통할
수 있도록 한쪽 문을 다른 문과 서로 마주보게 세운단 말이야. 입구. 출구.
우리들의 구세주: 턱수염으로 테두리 된 타원형의 얼굴: 황혼 속에 이야기를 하고 있 25
다. 마리아, 마르타.[8] 무대의 각광을 향해 칼 같은 우산으로 방향을 잡으며: 테너 가수 마
리오.[9]
— 또는 마리오 같기도, 블룸 씨가 말했다.
— 그래요, 레드 머레이가 동의했다. 그러나 마리오는 우리들의 구세주의 표본 그대로라고
이야기되었지요. 30
뺨에 연지를 바르고, 속 조끼를 입은 미끈한 두 다리의 지저스마리오. 손을 그의 가슴
위에다 얹고. 〈마르타〉에서.

오 - 라 너 사라진 이여,
오 - 라 너 사랑하는 이여![10]
35

십자(十字) 지팡이와 펜

— 나리(사장)[11]께서 오늘 아침 두 번 전화를 걸어 왔어요, 레드 머레이가 신중하게 말했다.
그들은 무릎, 다리, 구두가 차례로 사라지는 것을 바라보았다. 목.
전보 배달 소년 하나가 민첩하게 발을 들여놓으며, 카운터 위에 한 개의 봉투를 내던 40
지고, 외마디 말과 함께 황급히 밖으로 나갔다:
— 〈플리먼〉지!

블룸 씨가 천천히 말했다:

— 글쎄, 저 놈도 역시 우리들의 구세주들 가운데 하나야.

그가 카운터의 출입문 덮개를 들어올리고, 옆문으로 빠져나가, 덥고 컴컴한 층층대 통로를, 방금 햇볕을 반사하고 있는 뉴스 게시판을 따라 안으로 지나자, 한 가닥 달가운 미소가 그의 얼굴에 감돌았다. 그러나 저이가 발행 부수를 유지할 수 있을까? 쿵더쿵, 쿵더쿵.

그는 자동식 유리문을 안으로 밀고 흐트러진 포장지 너머로 발을 옮기며, 들어갔다. 쩔꺽쩔꺽 소리 내는 북처럼 생긴 기계들의 좁은 통로 사이로 그는 나네티[12]의 교정실을 향해 나아갔다.

하인즈가 여기를 역시: 아마 장례 때문에. 쿵컹. 쿵.

거짓 없는 애도로서 우리는
가장 존경받는 한 더블린 시민의
서거를 보도함

오늘 아침 고(故) 페트릭 디그넘의 유해. 기계들. 만일 저 놈들이 사람을 붙들기만 하면 그를 산산조각 내버릴 거야. 오늘날은 세계를 지배하고 있지. 그의 기계들 역시 부지런히 일하고 있다. 이것들처럼, 사람 손에서 벗어나: 발효(醱酵)하며. 열심히 일하며, 후벼대고 있다. 그런데 저 늙은 회색 쥐도 들어가려고 후비고 있었지.

어떻게 하여 대(大)일간지가 출간 되는가

블룸 씨는 편집장의 야윈 몸 뒤에서 발걸음을 멈추었다. 그의 반질반질한 두상(頭狀)을 감탄하면서.

이상하게도 그는 진짜 자기 나라를 결코 보지 못했지.[13] 나의 조국 아일랜드. 칼리지 그린 출신 의원.[14] 그는 하루벌이 노동자의 수단으로 정성껏 일해서 갑자기 붐을 일으켰던 거다. 주간지를 유지하는 것은 광고나 부록 기사지, 관보(官報)의 케케묵은 뉴스는 아니야. 앤 여왕이 죽다. 1천……년에 당국에 의해 발간되다 그리고. 탄나힌치[15]의 남작령(男爵領), 로즈날리스의 소(小)교구에 있는 사유지. 당사자에게, 볼리나[16]로부터 수출된 노새와 조랑말의 수적 보고를 알리는 공문서에 따른 일람표. 원예란(園藝欄). 만화. 필 브레이크의 주간 만담. 꼬마들을 위한 토비 아저씨의 페이지. 시골뜨기의 질문란(欄). 친애하는 편집장, 헛배가 부른 데는 무슨 치료법이 좋은가요? 나는 이런 란을 담당하고 싶군. 타인들을 가르치면서 많이 배우는 거다. 인물란. M. A. P.[17] 주로 사진 투정이. 황금 바닷가의 아름다운 몸매를 가진 수영 자들. 세계에서 제일 큰 기구(氣球). 축복 받는 두 쌍의 자매 합동결혼식. 서로로 너털웃음을 짓고 있는 두 신랑들. 인쇄공인, 커플러니[18] 역시. 아일랜드 사람 이상으로 아일랜드 적이야.[19]

기계들이 4분의 3박자로 쩔꺽쩔꺽 울렸다. 쿵, 쿵, 쿵. 그런데 만일 저이가 몸이 마비되어 아무도 기계를 멈출 줄 모른다면 언제까지나 저것들은 계속 쩔꺽거리며, 같은 것을 연거푸 위로 뒤로 마구 인쇄할 테지. 만사가 뒤죽박죽이 되고 말아. 냉철한 두뇌를 요한다.

— 그럼, 그걸 석간에 넣어 주세요, 위원님, 하인즈가 말했다.

곧 그를 시장(市長) 각하라고 부를 테지.[20] 사람들 말이, 키다리 존[21]이 그를 후원하고 있다나.

감독은, 대답을 하지 않고, 종이 모퉁이에다 인쇄라고 갈겨쓴 뒤, 식자공에게 신호를 했다. 그는 묵묵히 종이를 불결한 유리 강판(鋼板) 너머로 건넸다.

— 됐습니다. 감사해요. 하인즈가 자리를 뜨면서, 말했다.

블룸 씨가 통로에 섰다.

— 자네가 돈을 인출하고 싶으면, 출납계가 방금 점심 먹으러 가니, 그는 엄지손가락으로 뒤쪽을 가리키며, 말했다.

— 자네는 했나? 하인즈가 물었다.

— 음, 블룸 씨가 말했다. 서두르면 그를 따라 잡을 수 있을 거야.

— 고맙네, 자네, 하인즈가 말했다. 나도 역시 졸라 보겠어.

그는 〈플리먼 저널〉지의 사무실을 향해 열심히 서둘러 갔다.

3실링을 나는 미거 점(店)[22]에서 그에게 빌려주었지. 3주일. 세 번째 암시.

우리는 광고 사원의 활동을 보다

블룸 씨는 자신이 오려온 것을 나네티 씨의 책상 위에 놓았다.

— 실례합니다, 의원님, 그는 말했다. 이 광고 말입니다. 키즈, 기억하시죠?

나네티 씨는 오려온 것에 대해 잠시 생각하며 고개를 끄덕였다.

— 그는 7월분으로 그걸 싣기를 원해요, 블룸 씨가 말했다.

감독은 연필을 그 쪽으로 움직였다.

— 그러나 잠깐, 블룸 씨가 말했다. 그는 그걸 변경했으면 해요. 키즈, 말입니다. 그는 꼭대기에 열쇠 두 개를 넣기를 원해요.

경칠 기계의 소음이 지독하군. 그는 그걸 듣지 않는다. 나난. 쇠붙이 같은 신경. 아마 내 이야기를 이해하겠지.

감독은 몸을 돌려 꾸준히 들었다 그리고, 팔꿈치를 들면서, 알파카 재킷의 겨드랑이 속을 천천히 긁기 시작했다.

— 이와 같이, 말입니다, 블룸 씨가, 꼭대기에 집게손가락을 십자로 겹치면서, 말했다.

우선 그에게 그걸 납득시키자.

블룸 씨는, 그가 방금 겹친 십자로부터 비스듬히 위로 쳐다보면서, 감독의 누런 얼굴을, 그가 황달기가 있구나 생각하며, 그리고 저 쪽 고분고분한 얼레가 커다란 퍼진 인쇄용지를 빨아들이고 있는 것을 보았다. 철컹. 철컹. 풀면 수마일이 되지. 그 다음에는 그걸 어디다 쓴다? 오, 고기를 싸는 거야, 소포로: 다양한 용도, 1001가지.

기계의 철컹거리는 소리 사이로 그의 말을 교묘하게 끼어 가면서, 그는 흠이 난 목조판(木造板) 위에 재빨리 그림을 그렸다.

키즈(열쇠)의 집[23]

— 이와 같이, 말입니다. 여기 열쇠 두 개를 엇갈리게 해서. 동그라미를 하나. 그런 다음 여기 이름을. 알렉산더 키즈, 차(茶), 주류상. 등등.

자기 자신의 일을 가르쳐 주지 않는 게 좋아.

— 잘 아시지요, 의원님, 그가 뭘 방금 바라는지. 그런 다음 꼭대기 둘레에다, 활자 간격을 띄워서: 열쇠의 집. 아시겠어요? 그게 멋진 아이디어라 생각하시지요?

감독은 긁던 손을 아래 갈빗대 쪽으로 움직이고, 거기를 조용히 긁었다.

— 요점은, 블룸 씨가 말했다, 키즈의 집입니다. 아시겠어요, 의원님, 맨 섬의 의회 말입니다. 자치(自治)의 풍자지요. 맨 섬으로부터의 관광객들, 아시겠어요. 눈을 사로잡는 거죠, 아시겠어요. 그렇게 할 수 있어요?

나는 저 '*보리오*'의 발음법에 관해 그에게 필경 물어볼 수 있을 거야. 그러나 그럼 만일 그가 모르면 단지 그를 어색하게 만들 뿐이지. 않는 게 좋아.

— 우린 그걸 할 수 있어요, 감독이 말했다. 디자인을 가졌소?

— 제가 얻을 수 있습니다, 블룸 씨가 말했다. 그건 어떤 킬케니 신문에 실렸었어요. 그는 거기에도 역시 점포를 하나 갖고 있어요. 내가 곧 달려가서 그에게 물어 보겠습니다. 글쎄, 시선을 끌만한 작은 기사를 하나 넣어주시면 되니까요. 아시다시피 통상적인 것으로. 고급 특허 주류상. 오래 고대하시던 것. 등등.

감독은 잠시 생각했다.

— 우린 그걸 할 수 있어요, 그는 말했다. 그이더러 우리와 3개월의 계약갱신을 하라고 하시오.

한 식자공이 그에게 얄팍한 교정쇄를 가져왔다. 그는 그것을 묵묵히 체크하기 시작했다. 블룸 씨는, 쩔꺽거리는 기계의 커다란 고동 소리를 들으며, 활자 케이스에서 묵묵히 일하는 식자공들을 쳐다보면서, 곁에 서 있었다.

철자법

그의 철자를 확인하고 싶은 거다. 교정열(校正熱). 마틴 커닝엄은 오늘 아침 우리에게 글자 맞추기 수수께끼 문제를 내는 걸 잊어버렸다. 묘지(cemetery)의 벽 아래 껍질 벗긴 배[梨]의 균형을 측정하는 동안 골치를 앓고 있는 행상인의 비길 데 없는 곤혹을 보는 것은 흥미 있는 일이다. 균형(symmetry)에는 y가, 측정하면서(gauging)에는 au, 비길 데 없는(unparalleled)에는 ar이 한 개, 곤혹(embarrassment)에는 r이 두 개 그렇지? 거기다 s가 두 개. 어리석은 짓, 그렇잖아? 물론 균형(symmetry) 때문에 묘지(cemetery)가 대신 들어간 거다.[24]

나는 그[25]가 모자를 썼을 때 말해야 했던 걸. 감사하오. 낡은 모자 아니면 뭔가에 관해 뭔가를 말했어야 했던 걸. 아니. 말할 수 있었어. 지금은 아주 새 모자처럼 보입니다, 하고 말이야. 그런 다음 그의 면상을 보는 거지.

슬—트. 첫 번째 기계의 최 하부 실린더가 슬—트 소리와 함께 4판 8절지의 첫 묶음을 그의 프라이보드 앞으로 슬쩍 밀어냈다. 슬—트. 그것이 슬—트하고 주의를 끄는 것이 거의 사람을 닮았어. 말하기 위해 최대한 노력을 하고 있지. 저 문도 역시 슬—트 삐걱거리며, 닫혀지기를 바라고 있어. 모든 것이 자기 방식대로 말하는 거다. 슬—트.

임시 기고가인
저명한 성직자

감독은 갑자기 교정쇄를 도로 넘겨주며, 말했다:

— 가만. 대주교의 편지가 어디 있지? 〈텔레그라프〉지에 반복해서 실려야 하는 건데. 어디 그의 이름이 뭐더라?

그는 큰 소리 나는 대답 없는 기계들 둘레를 사방으로 휘둘려 보았다.

— 멍크스![26], 선생? 한 가닥 목소리가 주조장(鑄造場)으로부터 물었다.

— 그래, 멍크스 어디 있소?

— 멍크스!

블룸 씨는 그가 오려온 것을 집었다. 나갈 시간.

— 그럼 저가 디자인을 얻어 보겠습니다, 나네티 씨, 그는 말했다. 그러면 적당한 곳에 그

걸 실어주실 줄 믿습니다.
— 멍크스!
— 예, 선생님.

3개월의 계약 갱신. 우선 가슴에서부터 숨을 좀 빼고 싶군. 아무튼 해봐야지. 8월을 되풀이 말한다: 좋은 생각이야: 마상(馬上) 쇼의 달. 볼즈브리지.[27] 쇼를 위해 건너오는 관광객들.

대표 식자공

그는 고개를 숙인 채, 안경을 쓰고, 앞치마를 두른, 한 늙은이를 지나 활자실을 통해 계속 걸어갔다. 대표 식자공인, 늙은 멍크스. 그는 지금까지 자신의 두 손을 통해 신기하게도 많은 기사를 심어 왔음에 틀림없지: 사망 광고, 주점 광고, 연설문, 이혼 소송, 익사체 발견되다. 이제 백계(百計)가 다하여. 술도 안 마시는 심각한 사람으로 은행에 약간의 돈을 저금하고 있을 테지. 아내는 훌륭한 요리사요 세탁부. 객실에서 재봉틀을 돌리고 있는 딸. 검소한 제인, 무의미한 짓은 절대 금물.

그리고 유월절(踰越節) 축제 때의 일이었다

그는 식자공이 활자를 정연하게 배열하고 있는 것을 살펴보기 위해 걸어가다가 잠시 멈추어 섰다. 우선 뒤쪽으로부터 읽는 거다. 정말 그는 그걸 빨리도 하지. 틀림없이 저건 어떤 연습을 요하지요. 넘그디 릭트패.[28] 헤브라이 성경 해설서를 손가락으로 짚으며 거꾸로 내게 읽어 주던 불쌍한 아빠. 유월절 축제.[29] 내년 예루살렘에서. 정말, 오 정말![30] 그에 관한 모든 저 긴 고역이 우리들을 이집트의 땅으로부터 끌어내어, 구속의 집 속으로. '할렐루야, 세마 이스라엘 아도나이 엘로헤누(할렐루야. 이스라엘이여 들어라. 우리의 하느님은 야훼이시다. 야훼 한 분뿐이시다).'[31] 아니야, 그건 다른 거야.[32] 그리하여 열두 형제들, 야곱의 자식들.[33] 그 다음에 영양(羚羊)과 고양이와 개와 막대기와 물과 도살자. 그리고 그 다음에 죽음의 천사가 도살자를 죽이고 그리하여 그는 황소를 죽이고 그리하여 개가 고양이를 죽이는 거다.[34] 그걸 잘 조사해 보기까지는 다소 우스꽝스럽게 들리지.[35] 그건 정의(正義)를 의미하지만 모든 인간은 그 밖의 모든 것을 먹고살지. 결국 그것이 인생을 의미하는 거다. 얼마나 빨리 그는 저 일을 한담. 연습은 완벽을 이루는 거다. 손가락으로 글자를 보는 것 같군.

블룸 씨는 복도를 통하여 쩔꺽거리는 잡음에서 빠져 나와 층계참까지 계속 지나갔다. 그런데 내가 내내 전차를 타고 가면 이어 그를 따라잡고 말 거야 아마. 우선 그에게 전화를 걸어 두는 게 좋겠군. 번호는? 그래. 시트른 댁과 같지.[36] 28. 2844.

단지 다시 한번 저 비누를

그는 건물 층층대를 내려갔다. 도대체 누가 성냥개비로 저렇게 벽 위에다 갈겨 놓았지? 내기를 하느라고 저따위 짓을 한 것 같군. 짙은 기름 냄새가 언제나 저 따위 공장에서 난단 말이야. 내가 그곳에 살고 있었을 때 톰즈 사(社)[37]의 옆문에서 미적지근한 아교 냄새가.

그는 코를 막으려고 손수건을 꺼냈다. 시트론레몬? 아하, 비누를 내가 거기에 넣어두었군. 저 호주머니에서 그걸 꺼내자. 손수건을 도로 집어넣으며, 그는 비누를 꺼내, 바지의 엉덩이 호주머니에 안전하게 넣고, 단추를 채웠다.

당신 아내는 무슨 향수를 사용하세요? 나는 아직 집에 갈 수는 있지: 전차: 뭘 잊었소. 잠깐 살펴보는 거다: 앞: 몸단장. 아니. 여기. 아니.[38]

갑작스런 끽끽대는 웃음소리가 〈이브닝 텔레그래프〉사의 사무실로부터 흘러나왔다. 저게 누군지 알아. 무슨 일이야? 전화 걸게 잠간 들르자. 저건 네드 램버트다.

그는 살며시 들어갔다.[39]

애란, 은빛 바다의 초록빛 보석

— 유령이 걸어간다,[40] 맥휴 교수가 먼지 낀 창틀을 향해, 조용히, 비스킷 가득히 중얼거렸다.

데덜러스 씨가, 텅 빈 벽난로로부터 네드 램버트의 수수께끼 같은 얼굴을 쏘아보며, 심술궂게 그에 관해 물었다:

— 고뇌하는 그리스도여, 그 때문에 당신 밑구멍이 쓰리지 않을 줄 아나?

네드 램버트[41]가, 테이블 위에 앉은 채, 계속 읽었다:

— *혹은 재차, 굽이쳐 소용돌이치며 흐르는 작은 시냇물을 살펴보라, 시냇물은, 도중에 무수한 돌멩이 장애물과 부딪치며, 넵투누스가 지배하는 푸른 대양의 격랑 하는 파도에 이르기까지, 이끼 낀 둑 사이로, 가장 온화한 산들바람에 부채질되어, 장렬한 태양 광선에 의해 희롱당한 채, 또는 광대한 수풀의 넘치는 아치형 잎사귀들에 의해 그의 명상에 잠긴 가슴 위로 던져진 그림자 아래로, 졸졸 흐르나니.* 이건 어때요, 사이먼? 그는 자신의 신문지 가장자리 너머로 물었다. 그건 정말 황홀하잖소?

— 그의 술(잔)을 바꾸며, 하는 식이군, 데덜러스 씨가 말했다.

네드 램버트가, 소리 내어 웃으며, 신문을 무릎에다 탁 치면서, 반복했다:

— *명상에 잠긴 가슴 넘치는 엉덩이가 넘치는 수풀.* 오 정말! 오 정말!

— 그리하여 크세노폰이 마라톤 위를 내려다보았지,[42] 데덜러스 씨가, 다시 벽난로 위와 창문 쪽을 쳐다보면서, 말했다. 그리하여 마라톤은 바다 위를 내려다보았도다.

— 그만하면 됐어, 교수가 창문으로부터 소리쳤다. 그따위 졸작은 더 이상 듣고 싶지 않아.

그는 계속 갉아먹던 초승달 같은 워터 비스킷을 다 먹어치웠다 그리고 시장한 듯, 다른 손에 있는 비스킷을 갉아먹을 채비였다.

겉치레 번드르르한 졸작. 요통(尿桶) 주머니 같아. 네드 램버트가 하루 쉴 모양이군. 장례가, 오히려 하루 일을 망쳐 버리지. 사람들 말이 그는 세력을 갖고 있다나. 부(副)대법관인, 노(老) 채터튼[43]이 증조부인지 혹은 종증조부(從曾祖父)이레지. 아흔이 가깝다나 봐. 아마 오래전에 사망추도사설(死亡追悼社說). 앙갚음으로 오래 살아가는 거다. 네드 자신이 먼저 갈지도 몰라. 조니, 너의 숙부를 위해 자리를 마련해 둬.[44] 존경하올 헤지즈 에어 채터튼 각하. 그는 필경 정기(定期) 지불일(支拂日)에 떨리는 어색한 수표 한두 장을 그에게 써줄 거야. 그가 죽어버리면 굴러든 풍복(風福)이지. 할렐루야.

— 바로 또 다른 발작이야, 네드 램버트가 말했다.

— 뭡니까? 블룸이 물었다.

— 최근에 발견된 키케로의 단편 유고(遺稿)요,[45] 맥휴 교수가 허세조(虛勢調)로 대답했다. *우리들의 아름다운 나라.*

짧게 그러나 요령 있게

— 누구의 나라요? 블룸 씨가 단순히 말했다.

— 가장 타당한 질문이오, 교수가 자신이 씹는 사이로 말했다. '누구의'에 강세(强勢)를 띠며.

— 단 도우슨의 나라지, 데덜러스가 말했다.

— 그것이 지난밤 그의 연설입니까? 블룸 씨가 물었다.

  네드 램버트가 고개를 끄덕였다.

— 그러나 이걸 자세히 들어 봐요, 그는 말했다.

  문이 안으로 밀치자, 문손잡이가 블룸 씨의 등의 잘록한 곳을 쳤다.

— 실례, J. J. 오몰로이가 들어오면서, 말했다.

  블룸 씨가 민첩하게 옆으로 비켰다.

— 용서해요, 그는 말했다.

— 안녕, 재크.

— 들어오시오, 들어 와.

— 안녕.

— 어떠세요, 데덜러스?

— 좋아. 당신은?

  J. J. 오몰로이가 고개를 저었다.

슬픈

그는 중견 법조계에서도 노상 가장 영리한 친구[46]였는데. 몰락하다니, 불쌍한 친구. 저 소모성(消耗性) 열은 바로 인간의 종말을 기록하지. 건드렸다하면 데리고 가버리니, 무슨 바람으로 왔을까, 글쎄. 돈 걱정.

— 또는 *재차 우리가 우거진 산꼭대기를 기어오르기만 하면.*

— 신수가 훤하구려.

— 편집장을 좀 뵐 수 있을까요? J. J. 오몰로이가 안쪽 문을 향해 쳐다보면서, 물었다.

— 여부가 있을 라고, 교수가 말했다. 뵙고 이야기를 들어요. 레너헌과 지금 그의 사실(私室)에 있어요.

J. J. 오몰로이가 비탈진 책상까지 어슬렁어슬렁 걸어가서, 신문철의 핑크색 페이지를 넘기기 시작했다.

줄어들고 있는 변호사업(辯護事業). 아나나 다를까. 풀이 죽어 가지고. 도박을. 노름에 진 빚. 그 때문에 회오리바람(고통)을 수확하고 있는 것이다. 디. 앤드 티. 피츠제럴드[47]한테서 상당한 변호료를 받곤 했었다. 회물질(灰物質)(두뇌)을 보여 주는 그들의 가방. 글레스네빈의 그 상(像)처럼[48] 소매 위에 두뇌를. 게이브리얼 콘로이와 함께 〈익스프레스〉지를 위해 어떤 문예 사업을 하는 걸로 여기다. 책을 많이 읽은 친구야. 마일리스 크라포드가 〈인디펜던트〉지를 착수했지. 저따위 신문인들은 새로운 일자리라도 득풍(得風)하면 이내 풍향(風向)을 바꾸어 버리니 참 꼴불견이지. 바람개비 인간들. 같은 일진풍(一陣風)에 이랬다저랬다. 어느 것을 믿어야 할지 모르지. 다음 이야기를 듣기까지는 한 이야기가 계속 좋은 거야. 녀석들은 피차 같은 신문에 대통(大通) 달려들었다가 이내 만사 잠잠해지고 말지. 다음 순간 어이 친구 잘 만났다, 라.

— 아, 제발 이걸 좀 자세히 들어보오, 네드 램버트가 간청했다. 또는 *재차 우리가 우거진 산정(山頂)을 오르기만 하면……*

— 과장이다! 교수가 성미 급하게 중간에서 가로챘다. 부풀린 허풍(虛風)은 이제 충분해!

— 산정, 네드 램버트가 계속했다. 탑처럼, 높이 높이 치솟아, 우리들의 영혼을 세탁(洗濯)하려고, 사실상……

— 그의 입술이나 세탁하라지, 데덜러스 씨가 말했다. 축복의 영원 신이여! 그래? 그가 그걸 써서 뭐라도 득한단 말인가?

— 사실상, 아일랜드의 도화경(圖畵景)의 무쌍(無雙)의 파노라마 속에, 무비(無比)의, 뽐내는, 다른 현상(懸賞) 지역의, 그들 극찬 받는 전형(典型)을 외면하고, 우리들의 온화하고 신비스런 아일랜드 황혼의 초월적인 반투명의 광휘(光輝) 속에 젖은 채, 봄 초원의 우거진 숲과 파도치는 평야 그리고 자욱한 목장의 미(美) 자체를 말하면……

— 달(月)이다, 맥휴 교수가 말했다. 그인 햄릿을 잊었군.[49]

그의 고향 도리스 방언

— 밝아 오는 구상(球狀)의 달이 은빛 광채를 발하기 위해 빛을 방사할 때까지 그것은 풍경을 멀리 넓게 감싸며 기다리나니……

— 오! 데덜러스 씨가, 절망의 신음 소리를 토출(吐出)하면서, 부르짖었다. 둔분(臀糞) 양파 같으니! 그만하면 됐어, 네드. 인생은 너무 짧은 거야.

그는 실크 모자를 벗었다 그리고, 그의 수풀 같은 코밑수염을 성급하게 불면서, 갈퀴 같은 손가락으로 머리카락을 성큼 빗었다.

네드 램버트가, 즐거움으로 낄낄거리면서, 신문을 옆으로 던졌다. 잠시 뒤에 한가닥 거칠게 짖는 듯한 웃음소리가 맥휴 교수의 검은 안경 쓴 무(無)면도의 얼굴 위로 터졌다.

— 설구운(가루반죽)(도피) 갈까마귀(두우)[50] 같으니! 그는 부르짖었다.

웨더럽[51]이 말한 것

냉(冷)한(조야한) 인쇄로 이루어진 것을 당장 냉소하는 것은 정말 무방하나 저 기사는 온(溫)한 케이크처럼 잘 팔린단 말이야. 그는 또한 빵집을 경영하고 있었지, 그렇잖아? 왜 사람들은 그를 설구운(가루반죽) 갈까마귀라고 부르지. 아무튼 보금자리에 깃털을 충분히 깔고 있었어. 딸은 자동차를 가진 저 내국 세무서의 사내와 약혼했지. 참 멋지게 낚아 올렸어. 대향연. 오픈 하우스. 엄청난 대접. 웨더럽이 언제나 그걸 말했지. 위장(胃腸)으로 그들을 낚아채는 거다.

안쪽 문이 난폭하게 열리자, 도가머리 볏을 덮어쓴 듯, 진 붉은 부리 모양의 얼굴이 안으로 불쑥 들이밀었다. 대담하고 푸른 눈이 주위를 노려보며, 거친 목소리로 물었다:

— 그게 뭐야?

— 그런데 여기 사이비 향사(鄕士)[52]가 몸소 나타나는 군! 교수가 정중하게 말했다.

— 집어치워, 이 경칠 늙은 훈장(訓長)아! 편집장이 답례로 말했다.

— 가세, 네드, 데덜러스 씨가 모자를 쓰면서, 말했다. 장례가 끝났으니 한잔 해야지.

— 한잔이라! 편집장이 말했다. 미사 전에는 술을 삼가야.

— 역시 옳은 말씀이야, 데덜러스 씨가 밖으로 나가면서, 말했다. 가세, 네드.

네드 램버트가 테이블에서 슬쩍 옆 걸음 질을 쳤다. 편집장의 푸른 눈이 두리번거리며, 미소로 그림자 진, 블룸 씨의 얼굴로 향했다.

— 함께 가겠소, 마일리스? 네드 램버트가 물었다.

기억할 전쟁들이 회상되다

— 노드 코크 의용병이라!53) 편집장이 벽난로 쪽으로 성큼성큼 걸어가며, 부르짖었다. 우리는 매번 승리했지! 노드 코크와 스페인의 사관들!

— 그게 어디였더, 마일리스? 네드 램버트가 그의 구두 콧등을 사색적인 시선으로 쳐다보며, 물었다.

— 오하이오에서!54) 편집장이 소리쳤다.

— 그랬지, 아마, 네드 램버트가 동의했다.

밖으로 지나가며, 그는 J. J. 오몰로이에게 속삭였다:

— 지랄병의 시초야. 슬프게도.

— 오하이오! 편집장이 그의 치켜 올린 진 붉은 얼굴로부터 최고음성으로 계명(鷄鳴)을 토했다. 나의 오하이오!

— 완전한 장단장격(長短長格)이야! 교수가 말했다. 장, 단 및 장.55)

오, 아이올로스(風神) 하프여!

그는 조끼 호주머니에서 한 묶음의 치마용(齒磨用) 실을 꺼내, 한 조각 떼면서, 그의 공명(共鳴)하는, 불세(不洗)의 둘 및 둘의 이(齒)들 사이에 끼워 날카롭게 그걸 탱탱 울렸다.

— 빙방, 방방.

블룸 씨는, 트인 길을 보면서, 안쪽 문으로 향했다.

— 잠깐만, 크로포드 씨, 그는 말했다. 광고에 관해 전화를 좀 걸어야겠어요.

그는 안으로 들어갔다.

— 오늘 저녁 저 사설을 어떻게 생각하오? 교수가, 편집장에게 다가가면서 그리고 그의 어깨 위에 한쪽 단단한 손을 얹으면서, 물었다.

— 그걸로 됐을 거요, 마일리스 크로포드가 한층 조용히 말했다. 안달할 것 없어요, 여보, 재크. 그만하면 됐어요.

— 안녕히, 마일리스, J. J. 오몰로이가 지니고 있던 페이지들을 신문철 위에 맥없이 도로 미끄러뜨리며, 말했다. 저 캐나다의 사기사건56)이 오늘 실리나요?

전화가 안쪽에서 찌르릉 울렸다.

— 28. 아니요. 20. 44. 예.

우승마(優勝馬)를 점찍다

레너헌이 〈스포츠〉지의 인화지를 들고 안쪽 사무실에서 나왔다.

— 누구 골드 컵(금배) 후보 우승마를 알고 싶소? 그는 물었다. 기수(騎手) O. 매든의 셉터 호(號)요. 57)

그는 인화지를 테이블 위에 내던졌다.

복도에서 맨발의 신문팔이 소년들의 부르짖는 소리가 가까이 돌진해 오자, 문이 활짝 열렸다.

— 쉿, 레너헌이 말했다. 발소리가 시끄럽잖아.

맥휴 교수가 방을 가로질러 성큼성큼 걸어가, 몸을 움츠리는 장난꾸러기를 칼라를 잡자 다른 놈들이 기겁을 하며 복도 밖 층층대 아래로 도망쳤다. 인화지가 문틈의 바람에 휙 날라 오르며, 푸른 낙서를 공중에 살짝 띄웠다가, 테이블 밑 땅에 닿았다.

— 저가 아니에요, 선생님, 큰애가 저를 떠밀었어요, 선생님.

— 그를 내쫓고 문을 닫아요, 편집장이 말했다. 태풍이 불고 있잖소.

레너헌이 이중으로 몸을 굽히고 낑낑거리면서, 인화지를 할퀴기 시작했다.

— 경마 특보를 기다리면서요, 선생님, 신문 배달 소년이 말했다. 패트 파랠이 저를 떠밀었 어요, 선생님.

그는 문틈 주위 엿들어다 보는 두 얼굴을 가리켰다.

— 저 애요, 선생님.

— 썩 꺼져! 맥휴 교수가 거친 목소리로 말했다.

그는 소년을 난폭하게 떼밀고, 문을 쾅 닫았다.

J. J. 오몰로이가 신문철을 맹렬히 넘기며, 찾으면서, 중얼거렸다:

— 6페이지, 4단에 계속.

— 예, 여기 〈이브닝 텔레그래프〉지요, 블룸 씨가 안쪽 사무실로부터 전화를 걸었다. 사장 님이……? 예, 〈텔레그래프〉요……어디로 요? 아하! 어느 경매장?……아하! 알겠습니 다. 좋아요. 제가 그를[58] 잡겠습니다.

충돌이 일어나다

그가 전화를 끊자 벨이 다시 찌르릉 하고 울렸다. 그가 급히 안으로 들어가자, 두 번째 인화지를 애써 줍고 있던 레너헌과 부딪쳤다.

— '빠르동 무슈(미안하오, 선생),' 레너헌이 잠시 그를 움켜잡고, 얼굴을 찡그리며, 말했 다.

— 나의 실수요, 블룸 씨가 붙들림을 참으며, 말했다. 다쳤소? 너무 급해서.

— 무릎을, 레너헌이 말했다.

그는 무릎을 문지르면서, 우스꽝스런 표정을 지으며, 끙끙거렸다.

— '안노 도미니(연륜年輪)'의 쌓임이지.

— 미안하오, 블룸 씨가 말했다.

그는 문 쪽으로 가, 문을 조금 열어 제치며, 잠시 멈추었다. J. J. 오몰로이가 무거운 페이지들을 찰싹 넘겼다. 두 줄기 날카로운 목소리의 소음, 하모니카가 층계 계단 위의 웅 크린 신문 배달 소년들로부터 텅 빈 복도에 메아리쳤다:

— 우리들은 웩스포드의 젊은이들
마음과 손으로 싸웠다네.[59]

블룸 퇴장

— 나는 방금 배철러 산책로까지 달려갈 참이오, 블룸 씨가 말했다. 키즈의 이 광고에 관 해, 해결을 봐야겠어요. 그는 지금 거기 딜런 경매장에 있다고 하는군요.[60]

그는 잠시 엉거주춤 그들의 얼굴을 쳐다보았다. 벽로대 선반에 몸을 기대면서, 한 손 에 머리를 괴고 있던 편집장이, 갑자기 한쪽 팔을 앞으로 한껏 뻗었다.

— 가보구려! 그는 말했다. 세계가 당신 앞에 있으니.[61]

— 곧 돌아옵니다, 블룸 씨가 밖으로 급히 서툴면서, 말했다.

· J. J. 오몰로이가 인화지를 레너헌의 손으로부터 받아들고, 달라붙지 않도록 조용히 불면서, 논평 없이, 그걸 읽었다.

— 저인 저 광고를 얻을 거야, 교수가 그의 검은 테 안경을 통하여 차양 너머로 빤히 노려보면서, 말했다. 그를 따르는 저 어린 망나니들 좀 보오.

— 봅시다. 어디? 레너헌이, 창문으로 달려가며, 외쳤다.

거리의 행렬

양자는 차양 너머로 블룸 씨의 발자취를 좇아 해롱거리며 따라가는 신문배달 소년들의 행렬에 미소를 보냈다. 그러자 맨 나중 놈이 한 개의 조롱하는 연, 하얀 나비매듭의 꽁지를 미풍에 갈기자형으로 하얗게 휘날렸다.

— 저이 뒤를 아우성치며 따라가는 어린 개구쟁이들 좀 봐요, 레너헌이 말했다. 그런데 당신 같으면 걸어 차버릴 거야. 오, 우스워서 갈빗대가! 그의 평발과 걸음걸이를 흉내 내고 있는 거지. 자지레한 조무래기들. 종다리 잡듯 몰래 약 올리는 거지.

그는 빠르고 익살맞은 모습으로 마루를 가로질러 미끄러지듯 발로 벽난로를 지나 J. J. 오몰로이에게 마주르카 춤을 추기 시작하자, 후자는 그의 내미는 손에 인화지를 놓았다.

— 어떻게 된 거야? 마일리스 크리포드가 펄쩍 뛰며 말했다. 다른 둘은 어딜 갔지?

— 누구요? 교수가 고개를 돌리며, 말했다. 모두들 오벌 주점[62]으로 한잔 하러 갔지요. 패디 후퍼[63]가 재크 홀[64]과 함께 거기 동석하고 있어요. 간밤에 도착했지.

— 그럼 갑시다, 마일리스 크로드가 말했다. 내 모자가 어디 갔지?

그는 조끼 섶을 가르며, 그의 뒤 호주머니 속에 열쇠를 징글징글 울리면서, 뒤쪽 사무실 안으로 갑자기 들어갔다. 그가 책상 서랍을 채우자 열쇠가 그때 나무에 부딪혀 공중에 징글징글 울렸다.

— 그는 얼근히 취해 있어요, 교수가 낮은 목소리로 말했다.

— 그런 것 같아, J. J. 오몰로이가, 중얼거리며 명상에 잠긴 듯 담배 곽을 꺼내면서, 말했다. 그러나 보기보다는 언제나 그렇지는 않아, 누구 성냥 가졌소?

평화의 담뱃대

그는 교수에게 한 개비 담배를 건네고 자신도 한 개비 집었다. 레너헌은 재빨리 그들을 위해 성냥을 켜고, 차례로 담배에다 불을 댕겼다. J. J. 오몰로이가 다시 담배 곽을 열고 그걸 제공했다.

— '땡퀴 부(고맙소),' 레너헌이 자신노 남배를 집어 들며, 말했다.

편집장이 밀짚모자를 이마 위에 비스듬히 쓴 채, 안쪽 사무실에서 나왔다. 그는 맥휴 교수를 준엄하게 가리키며, 노래로 낭독했다:

— *그대를 유혹한 것은 지위요 명성이었네.*
그대의 마음을 매혹한 것은 제국이었네.[65]

교수가 자신의 긴 입술을 자물쇠 채우면서, 싱긋 웃었다.

— 에? 그대 경칠 늙은 로마 제국? 마일리스 크로포드가 말했다.

그는 열린 곽으로부터 한 개비 담배를 집었다. 레너헌이 그를 위해 선선히 불을 댕겨주며, 말했다:

— 나의 갓 만든 수수께끼를 위해 조용히!

— '*임뻬리움 로마눔(로마제국)*,'[66] J. J. 오몰로이가 조용히 말했다. 그건 브리티쉬(대영제국의) 말(言) 또는 브리스톤[67] 말보다 한층 고상하게 들리는군. 이 말은 아무튼 우리에게 불(火) 속의 살덩이를 상기시키지.

마일리스 크로포드가 그의 최초의 담배 연기를 천장을 향해 우악스럽게 내뿜었다.

— 바로 그거야, 그는 말했다. 우리는 살덩이지. 당신과 나는 불 속의 살덩이란 말이요. 우리는 지옥에서 눈 뭉치가 될 찬스를 여태 갖지 못했어.[68]

웅대함 그것은 로마였다[69]

— 잠깐만 기다려요, 맥휴 교수가 조용히 두 집게손가락을 처들면서, 말했다. 우리는 말(言)에 의하여, 말의 음에 의하여, 속아 넘어가서는 안 돼요. 우리는 로마를 제국적(帝國的), 제압적(制壓的), 제령적(制令的)인 것으로 생각하고 있소.

그는 잠시 말을 멈추면서, 해지고 때 묻은 셔츠 소매로부터 연설조의 양팔을 뻗으며 말했다:

— 그들의 문명은 무엇이었소? 광대한 것은, 나도 인정하오. 그러나 비루(鄙陋)한 것이었소. 똥간: 수채 구렁이죠. 유태인들은 황야에서 그리고 산꼭대기에서 말했소: *여기 머무는 것이 적당하나이다. 우리 여호와를 위해 제단을 하나 세웁시다.*[70] 로마인은, 그의 발자취를 따르는 영국인처럼, 자신의 발을 내디딘 모든 새로운 해안에(우리들의 해안에 그는 결코 발을 내딛지 않았소) 오직 그의 뒷간에 대한 집착[71]만을 가져왔소. 그는 토가 복(服)을 걸치고, 주위를 돌아보며, 말 했소: *여기 머무는 것이 적당하나이다. 우리 변소를 하나 건립합시다.*[72]

— 그걸 그들은 따라서 정말 행했지요, 레너헌이 말했다. 오랜 고대의 우리들 조상들은, 우리가 〈창세기〉 제1장에서 읽듯이, 흐르는 개울에 특별히 애착을 가졌었지.[73]

— 그들은 태어날 때의 신사들이었어, J. J. 오몰로이가 중얼거렸다. 그러나 우리도 역시 로마법을 갖고 있지.[74]

— 그리고 본디오 빌라도가 로마법의 예언자지요,[75] 맥휴 교수가 말했다.

— 당신은 회계원장 팰리스[76]에 관한 이야기를 아시오? J. J. 오몰로이가 물었다. 그건 왕립 대학 만찬에서였지. 만사가 척척 잘 진행되고 있었는데……

— 우선 나의 수수께끼를, 레너헌이 말했다. 준비됐소?

헐렁한 회색의 도니걸 나사 천을 걸친, 키가 큰, 오머든 버크 씨[77]가 현관으로부터 안으로 들어왔다. 스티븐 데덜러스가, 그의 등 뒤로 들어오면서, 모자를 벗었다.

— *앙드래 메장팡(들어오시오, 젊은이)!*[78] 레너헌이 외쳤다.

— 한 사람의 애원자[79]를 호송해 왔소, 오머든 버크 씨가 선율적으로 말했다. 경험자에 의해 안내된 청년이 악명자(惡名者)를 방문하는 겁니다.

— 자네 안녕한가? 편집장이 한쪽 손을 내밀면서, 말했다. 들어오게. 자네 춘부장[80]께서 방금 가셨네.

　　레너헌이 모두에게 말했다:
— 조용히! 무슨 오페라가 기차철로와 닮았지요? 생각, 심사(深思), 숙고해서, 답하시오.
　　스티븐은, 타자 친 원고의 표제와 서명을 가리키면서, 그를 넘겨주었다.
— 누구? 편집장이 물었다.
　　조금 찢어진 채.
— 가레트 디지 씨요, 스티븐이 말했다.
— 그 뚱쟁이 늙은이가, 편집장이 말했다. 누가 그걸 찢었지?[81] 갑자기 뒤가 마려웠나?

　　　　빠른 돛을 달고 불타듯
　　　　폭풍과 남쪽으로부터
　　　　그는 다가온다, 창백한 흡혈귀가,
　　　　나의 입에 입 맞추려고.[82]

— 잘 있나, 스티븐, 교수가, 가까이 와서 그들의 어깨 너머로 힐끗 쳐다보며, 말했다. 아구창이라? 자네 전향(轉向)……?[83]
　　거세우공(去勢牛公)을 벗 삼는 음유시인.

유명한 레스토랑에서의 대소동

— 안녕하세요, 선생님, 스티븐이 얼굴을 붉히면서 대답했다. 편지는 제 것이 아닙니다. 가레트 디지 씨가 제게 부탁을……
— 오, 내가 그를 알지, 마일리스 크로포드가 말했다. 그리고 나는 그의 아내도 알았지. 하느님이 여태껏 만드신 가장 경칠 늙은 할멈이야. 맙소사, 그녀는 아구창에 걸렸었어, 틀림없이! 그날 밤 그녀는 스타 앤드 가터 호텔[84]에서 급사의 얼굴에 수프를 던졌지, 오우!
　　한 여인이 세상에 죄를 가져왔다. 메넬라오스의 도망친 아내, 헬렌을 위하여, 10년을 그리스 사람들. 브레프니의 왕자인, 오러크.[85]
— 그 분은 홀아비입니까? 스티븐이 물었다.
— 아, 별거남(別居男)이지, 마일리스 크로포드가, 눈으로 타이프 원고를 훑으면서, 말했다. 제왕의 말[馬]들. 합스부르크가(家).[86] 한 사람의 아일랜드인이 비엔나의 성벽 위에서 그의 생명을 구했지. 그대 잊지 말아요! 아일랜드의 티고넬 백작, 막시밀리안 칼 오도넬왕. 왕을 오스트리아의 원수(元帥)로 삼기 위해 그의 후계자를 파견했던 거다.[87] 어느 날 거기서 두통거리가 일어날 걸세.[88] 기러기.[89] 오 그래, 매번. 그걸 자네 잊지 말게!
— 요점은 그가 그걸 잊었느냐 이지, J. J. 오몰로이가, 말굽 모양의 문진(文鎭)을 뒤집으며, 조용히 말했다. 왕자를 구한 것은 감사할 일이야.
　　맥휴 교수가 그에게 대들었다.
— 그런데 만일 그렇지 않다면, 그는 말했다.
— 그게 어떠했는지 말해 주지, 마일리스 크로포드가 말을 꺼내기 시작했다. 어느 날 한 사람의 헝가리 인이 있었는데……

잃은 명분
고상한 후작이 거론되다

— 우리들은 잃어버린 명분에 언제나 충실했소, 교수가 말했다. 우리에게 성공은 지성(知性)의 그리고 상상(想像)의 죽음이오. 우리는 성공한 자에게 결코 충실하지 못했소. 우리는 그들을 섬기고 있소. 나는 떠들썩한 라틴어를 가르치고 있소. 나는 그의 심성(心性)의 극치가, 시간은 황금이다, 라는 종족의 언어[90]를 말하고 있소. 물질적 지배지요. '도미네(주여)!' 주여! 정신성(情神性)은 어디에 있나이까? 주 예수? 솔즈베리 경(卿)?[91] 웨스트엔드 클럽의 소파.[92] 그러나 그리스 말(言)은![93]

주여 불쌍히 여기소서![94]

한 가닥 경쾌한 미소가 그의 까만 테두리의 눈을 반짝이게 하며, 그의 긴 두 입술을 더욱 길게 했다.
— 그리스 말! 그는 다시 말했다. '키리오스(주여)!' 빛나는 말! 그의 모음(母音)은 셈족도 섹슨 족도 알지 못하오.[95] '키리에(주여)!' 지식의 광휘(光輝)입니다. 나는 심성의 언어인, 그리스말을 교수해야만 하오. '키리에 엘레이손(주여, 불쌍히 여기소서!)' 뒷간 제작자 및 하수도 제작자[96]는 결코 우리들의 영혼의 주인이 되지 못할 거요. 우리들은 트라팔가에서 무너진 유럽의 가톨릭 기사도[97]의, 그리고 아에고스포타니[98]에서 아테네 함대와 함께 소멸한 정신적인 제국[99]의, 군주의 백성이지, '임뻬이움(제국)'[100]의 백성은 아니오. 그래요, 그래. 그들은 소멸하고 말았소. 신탁(神託)에 의해 오도(誤導)된, 피로스[101]는 그리스의 운명을 되찾으려고 최후의 시도를 했소. 잃은 명분에 충실했소.
그는 사람들로부터 창문을 향해 성큼 걸어갔다.
— 그들은 싸움에로 나아갔지, 오머든 버크 씨가 멍청하게 말했다. 그러나 그들은 언제나 패했답니다.[102]
— 부우후우! 레너헌이 조그마한 소리로 우는 시늉을 했다. '마띠네(종말)'의 후반부에서 떨어진 한 조각의 기왓장 때문에. 불쌍한, 불쌍한, 불쌍한 피로스!
그는 이어 스티븐의 귀 가까이 속삭였다:

레너헌의 희시(戲詩)

— 근엄한 박학자(博學者) 맥휴는
흑단 빛 까만 안경을 쓰고 있네.
그걸 써도 대게 두 겹으로 보일 바에야
그걸 쓰려고 애쓰는 게 무슨 소용이랴?
나는 조 밀러를 볼 수가 없네. 그대는?
살루스티우스를 위해 몽상중(蒙喪中), 멀리건이 말한다. 그의 어머니는 짐승처럼 죽었지.[103]
마일리스 크로포드가 원고지[104]를 옆 호주머니에 쑤셔 넣었다.
— 잘될 거야, 그는 말했다. 이따 나머지를 읽어보겠어. 잘될 걸세.
레너헌이 항의하듯 두 손을 뻗었다.
— 그러나 나의 수수께끼를! 그는 말했다. 무슨 오페라가 기차철로와 닮았지요?
— 오페라? 오머든 버크의 스핑크스 얼굴이 수수께끼를 되받았다.

레너헌이 기꺼이 선포했다:

— '*카스틸의 장미(로즈)*'야. 뜻을 알겠소? 주조(鑄造)된(캐스트) 강철(스틸)의 행렬(로즈)이지.[105] 자!

그는 오머든 버크 씨의 비장(脾臟) 있는 곳을 살짝 찔렀다. 오머든 버크 씨가 숨이 막히듯 하며, 그의 우산을 짚고 선선히 뒤로 물러섰다.

— 도와줘! 그는 한숨을 쉬었다. 정말 기절할 것 같아.

레너헌이, 발가락을 딛고 일어서며, 살랑거리는 인화지를 갖고 그의 얼굴을 재빨리 부채질했다.

교수는, 서류철을 거쳐 되돌아오며, 손으로 스티븐의 그리고 오머든 버크 씨의 헐거운 넥타이들을 스쳤다.

— 파리야, 과거나 그리고 현재나, 그는 말했다. 자네들은 코뮌 지지자들[106]을 닮았어.

— 바스띠유 감옥을 폭파시킨 놈들 같아,[107] J. J. 오몰로이가 조용하게 조롱조로 말했다. 혹은 핀란드의 육군 준장을 암살한 것도 자네들 가운데 한 사람이었던가? 자네들이 그런 행위를 한 것처럼 보이는군. 보브리코프 장군 말이야[108].

— 우리는 그걸 단지 생각만 하고 있었지요, 스티븐이 말했다.

모든 것의 집합[109]

— 여기 모인 모든 천재들, 마일리스 크로포드가 말했다. 법률, 고전……

— 경마도, 레너헌이 끼어들었다.

— 문학, 신문도.

— 만일 블룸이 여기 있다면, 교수가 말했다. 훌륭한 광고술도.

— 그리고 마담 블룸, 오머든 버크 씨가 덧붙였다. 성악(聖樂)도. 더블린의 최고 인기 가수지.

레너헌이 크게 기침을 했다.

— 에헴! 그는 아주 조용히 말했다. 오 신선한 공기가 필요 해! 난 공원에서 감기에 걸렸어. 출입문이 열려 있었지.

자넨 할 수 있어!

편집장이 스티븐의 어깨 위에 그의 억센 손을 올려놓았다.

— 자네 나를 위해서 뭘 좀 써주었으면 하네, 그는 말했다. 뭔가 그 속에 신랄한 걸 말이야. 자넨 할 수 있어. 자네 얼굴에 씌어 있는 걸. '*청춘의 사전에*'……[110]

자네 얼굴에 그걸 보지. 자네 눈 속에 그걸 볼 수 있어. 나태하고 게으른 꼬마 피보.[111]

— 이구칭이라! 편집장은 경멸적인 독설로서 부르짖었다. 보리스-인-소쏘리[112]에서 대국민 대회를. 어리석은 소리! 대중을 위협하고 있는 거야! 그들에게 뭔가 신랄한 걸 써 줘. 우리들 모두를 그 속에 집어넣으란 말이야, 젠장. 성부, 성자, 성령 및 뒷간 맥카시[113]를.

— 우리는 모두 심적 양식을 공급할 수 있어, 오머든 버크 씨가 말했다.

스티븐은 그 대담하고 무심한 시선을 향해 그의 눈을 치떴다.

— 그는 자네를 강모대(强募隊)[114]로 삼을 참이야, J. J. 오몰로이가 말했다.

위대한 갤러허

— 자넨 그걸 할 수 있어, 마일리스 크로포드가 강조하듯 자신의 손을 불끈 쥐면서, 반복했

다. 가만있자. 우리는, 이그너티우스 갤러허[115]가 클라렌스[116]에서 당구계수계산(撞球計數計算)을 하면서, 돌팔이 짓을 하고 있었을 때 그가 늘 말하곤 하듯이, 유럽을 마비시킬 거야. 갤러허, 그가 바로 자네에게 합당한 기자였네. 그것이 펜이었어. 자넨 그가 어떻게 해서 이름을 날리게 됐는지 아는가? 자네한테 말해 주지. 그것은 여태 알려진 신문 가운데서 가장 멋진 기사였어. 그건 1881년 5월 6일, 무적 혁명단 사건, 즉 피닉스 공원의 암살 시기로, 자네가 태어나기 전이라, 상상하네만. 어디 자네한테 보여주지.

그는 사람들을 지나 신문철 있는 곳까지 밀치고 나아갔다.

— 여기를 보게, 그는 고개를 돌리며 말했다. 〈뉴욕 월드〉지[117]가 해저 전선으로 특보를 청했지. 그때를 기억하오?

맥휴 교수가 고개를 끄덕였다.

— 〈뉴욕 월드〉지, 편집장이 흥분한 듯 밀짚모자를 뒤로 젖히며, 말했다. 어디서 그게 발생했었지. 글쎄, 팀 켈리, 혹은 카바나 말이야. 조 브러니[118]와 그 밖의 사람들. 거기서 '산양피(山羊皮)'[119]가 마차를 몰았지. 모든 노선을, 알아요?

— '산양피,' 오머든 버크 씨가 말했다. 피츠해리스. 그는, 사람들 말이, 저기 아래 버트 교(橋)에, 역마차의 오두막을 경영하고 있다고 하더군. 홀로헌이 내게 말했지. 당신 홀로헌을 아시오?

— 껑충(흠) 절름발이 말이오? 마일리스 크로포드가 말했다.

— 그리고 가련한 검리[120] 역시 거기 있다고, 그가 그렇게 내게 말했소, 석재회사(石材會社)의 돌을 지킨다나, 야경꾼으로.

스티븐이 놀라서 몸을 돌렸다.

— 검리요? 그는 말했다. 그게 정말입니까? 저의 부친의 친구 말이에요?

— 검리를 절대 상관 말게, 마일리스 크로포드가 골이 나서 말했다. 검리에게 돌을 감시하게 하고, 돌이 도망가지 않도록 감시하게 하면 되잖아. 여기를 봐요. 이그너티우스 갤러허가 무엇을 했지? 내가 자네한테 말해 주지. 천재의 영감이야. 당장 케이블을 쳤지. 3월 17일자의 〈위클리 플리먼〉지[121]를 찾았소? 됐어, 그걸 지녔지요?

그는 신문철의 페이지를 도로 팽개친 뒤, 한 점에 손가락을 짚었다.

— 4페이지를 펼쳐요, 브렌섬의 커피에 관한 광고를, 글쎄. 알아들었소? 좋아.

전화가 찌르릉 울렸다.

먼 곳의 목소리

— 내가 받지, 교수가 가면서, 말했다.

— B가 공원 정문이지. 좋아.

그의 손가락이, 떨며, 한 점 한 점 짚었다.

— T는 총독의 저택이야. C는 암살이 일어났던 곳이고. K는 노크머룬 정문이지.

그의 목의 늘어진 살이 수탉의 볏처럼 흔들렸다. 서툴게 풀 먹인 셔츠 칼라가 불쑥 튀어나오자, 그는 당황한 몸짓으로 그것을 아무렇게나 조끼 속으로 도로 쑤셔 넣었다.

— 여보세요? 여기는 〈이브닝 텔레그래프〉사요. 여보세요?……거기 누구요?……예……예……예……

— F에서 P까지가 '산양피'가 알리바이를 위해 차를 몰았던 루트야, 인치코어, 라운드타운, 윈디 아버, 파머스턴 공원, 래닐라. F. A. B. P. 찾았어? X가 상부 리슨가(街)의 데이비 주점이지.

교수가 안쪽 문까지 다다랐다.

— 블룸이 전화를 걸고 있소, 그는 말했다.

— 그 친구 지옥에나 가라고 해, 편집장이 재빨리 대답했다. X는 데이비 주점이지, 알아요?

영리하지, 참으로

— 영리하지, 레너헌이 말했다. 참으로.

— 그걸 그들에게 아주 선선히 넘겨주었군, 마일리스 크로포드가 말했다. 그 경칠 역사(歷史)를 몽땅.

그대가 거기서 결코 깨어나지 못할 악몽.

— 나는 그걸 보았어, 편집장이 자랑스럽게 말했다. 내가 출석했지. 주님께서 여태껏 생명의 숨결을 불어넣어 준 가장 마음씨 고운 경칠 코크인(人), 디크 애덤즈[122]와, 그리고 나 자신이 말이야.

레너헌이 공중의 상(像)에 절을 하며, 선언했다:

— 마담(Madam), 저는 아담(Adam)이올시다. 그리고 제가 엘바(Elba)를 보기 전까지는 유능(Able) 했습니다.[123]

— 역사! 마일리스 크로포드가 소리쳤다. 프린스가(街)의 그 '노파'[124]가 그 최초였지. 그 기사에 울며 이를 갈고 있었어. 어떤 광고에서 따 온 거지. 그레고리 그레이[125]가 광고 도안을 만들었어. 그것이 그를 출세시켰지. 그때 패디 후퍼가 테이 페이[126]를 움직여, 그를 〈스타〉지[127]에 취직시킨 거야. 지금은 블룸멘펠드[128]와 같이 일하고 있지. 그것이 신문이오. 그것이 재능이야. 피아뜨 기자![129] 그가 그들 모두의 아빠들 격이었어!

— 선동 저널리즘의 아버지야, 레너헌이 단언했다. 그리고 크리스 코리넌[130]의 매부지.

— 여보세요? 거기 있소? 예, 그는 아직 여기 있어요. 직접 이리로 건너오시오.[131]

— 그와 같은 신문 기자를 이제 어디서 발견하겠어, 응? 편집장이 부르짖었다.

그는 신문지를 아래로 팽개쳤다.

— 영치게도(Clamn) 경리하다(dever) 말이야,[132] 레너헌이 오머든 버크 씨에게 말했다.

— 아주 멋져요, 오머든 버크 씨가 말했다.

맥휴 교수가 안쪽 사무실에서 나왔다.

— 무적 혁명단 사건에 관해 말하면, 그는 말했다. 어떤 신문팔이 소년들이 치안판사 앞에서 다 폭로해 버린 걸 당신은 알고 있었소……

— 오, 그럼요, J. J. 오몰로이가 열렬히 말했다. 더들리 부인[133]이 지난해 회오리바람[134]으로 넘어진 나무들을 돌아보려고 집을 향해 공원을 빠져 걸어가고 있었소, 그리고 그녀는 더블린의 풍경화를 한 장 사려고 생각했었지. 그런데 그것이 뜻밖에도 조 브러디 혹은 '넘버원'[135] 혹은 '산양피'의 기념 우편엽서인 것으로 드러났소. 총독의 저택 바로 바깥에서, 상상해 봐요!

— 그네들은 단지 싸구려 백화점에 있는 것들이야, 마일리스 크로포드가 말했다. 흥! 기자도 변호사도! 요사이 법정 어디에 화이트사이드 같은, 아이작 버트 같은, 능변가 오하건 같은, 인물들이 있단 말이오, 응?[136] 아, 경칠 난센스다. 흥! 단지 반 페니 매장(賣場)에 있는 것들.

그의 입(口)이 경멸 속에 신경질적으로 삐쭉거리며 말없이 계속 비틀었다.

누구 저 따위 입에도 키스하고픈 여자가 있을까? 어떻게 알아? 그럼 넌 왜 그걸 썼지?[137]

음률과 이성

입(mouth), 남쪽(south). 입과 남쪽은 여하튼 관계가 있나? 혹은 남쪽이 입과? 틀림없이 뭐가 있지. 남쪽, 내밀다(pout), 밖으로(out), 소리치다(shout), 갈증(drouth). 음률: 똑같은 옷을 입고, 똑같이 닮은 두 사람, 두 사람씩 두 사람씩.[138]

> ……라 투아 파체(그대의 평화를)
> ……케 파를라르 티 피아체(그대에게 기꺼이 말하노라!)
> 멘트레케 일 벤토, 코메 파. 시 타체(바람이 불 때나, 지금처럼, 잠잘 때나).[139]

그[140]는 그들을 보았다 세 사람씩 세 사람씩, 다가오는 소녀들을, 녹색의, 장밋빛의, 가랑잎 빛깔의 옷을 입고, 엉키면서, '페르 라 에르 페르소(으스름한 어두운 하늘을 뚫고)'. 엷은 자색의, 자줏빛의 '크엘라 파치피카 오리아피암마(평화스런 오색영롱한 번쩍이는),' 형형색색의 황금빛, '디 리마라르 페 피우 아르덴타.(전에 느껴보지 못한 내 가슴속에 열정이 스며들게 하는), 옷을 입고.'[141] 그러나 나는 노인들, 회개하는, 연족(鉛足)의, 밤의 암영하(暗影下)[142]: 입(mouth) 남쪽(south): 무덤(tomb) 자궁(womb).
— 당신 자신을 변호 해보시오, 오머든 버크 씨가 말했다.

당일로서 충분하다[143]

J. J. 오몰로이가, 파리하게 미소 지으며, 도전에 응수했다.
— 나의 친애하는 마일리스, 그는 담배를 옆으로 팽개치며, 말했다. 당신은 내 말을 엉터리로 해석하고 있소. 나는, 현재 충고 받고 있듯이, 직업 '꾸아(으로서)' 제3의 직업[144]을 변호하는 건 아니지만, 당신의 의족(義足)[145]은 당신과 길이 좀 어긋나 있소. 왜 헨리 그래튼과 플러드 그리고 데모스테네스와 에드먼드 버크[146]를 끌어들이지 않소? 이그너티우스 갤러허를 우리는 모두들 알고 있지 그리고 우리는 그의 채플리조드의 두목인 한 푼짜리 신문[三文新聞]의 함 스워드,[147] 그리고 〈패디 켈리즈 버지트〉지, 〈퓨즈 오커런시즈〉지, 그리고 우리의 세심한 우지(友紙)인 〈스키버린 이글〉지[148]는 말할 것도 없고, 바워리의 하급 신문을 경영하는 그의 아메리카 종형제[149]를 모두 알고 있소. 왜 화이크사이드와 같은 법정(法廷) 변론의 대가(大家)를 끌어들이느냐 말이오? 신문이란 당일로서 충분한 거요.

옛적 지난날들과의 연쇄(連鎖)

— 그래튼 플러드가 바로 이 신문[150]을 위해 기고했지, 편집장이 그의 얼굴에다 쏘아붙였다. 아일랜드의 의용병들이여, 지금 그대들은 어디에 있는가? 1763년에 설립되었던 거다.[151] 루카스 박사[152]. 이제 누가 존 필포트 커런[153]과 같은 이를 본담? 쳇!
— 글쎄, J. J. 오몰로이가 말했다. 예컨대, 왕실변호사 부쉬[154]가 있지요.
— 부쉬? 편집장이 말했다. 글쎄, 그래: 부쉬, 그래. 그는 자기 피 속에 그런 기질을 갖고 있어. 켄덜 때문에[155] 그러나 문제없어.
J. J. 오몰로이가 스티븐에게 몸을 돌리고, 조용히 그리고 천천히 말했다.
— 내 생각으로 내가 여태껏 내 일생에서 들은 가장 연마된 문장들 가운데 하나가 부쉬의 입술에서 떨어졌지. 그것은 저 형제 살해사건, 덧문즈의 암살 사건이었어. 부쉬가 그를 변호했지.[156]

그리하여 나의 귓구멍에 부어 넣었노라.[157]

그런데 어떻게 그가 그걸 알아냈던가? 그는 잠 도중에 죽었지. 아니면 다른 이야기, 두 개의 등을 가진 야수(野獸)?[158]

— 그게 무엇이었는데? 교수가 물었다.

예술의 여왕, 이탈리아

— 그[159]는 증거법(證據法)에 관해 연설했지요, J. J. 오몰로이가 말했다. 초기의 모세 법전인, '렉스 딸리오니스(동태복수법)'[160]와 대비되는 로마의 재판에 관해서. 그리고 그는 바티칸의 미켈란젤로의 모세 상(像)을 인용했어요.[161]

— 하.

— 몇 마디 정선(精選)된 낱말들, 레너헌이 말했다. 조용히!

휴지(休止). J. J. 오몰로이가 담뱃갑을 꺼냈다.

엉터리 달램. 뭔가 아주 평범한 이야기.

사자(使者)[162]는 자신의 성냥갑을 심각하게 꺼내, 담배에 불을 댕겼다.

나는, 저 불가사의한 순간을 되돌아 볼 때 우리들 양(兩) 인생의 후기과정(後期過程) 전체를 결정짓는 것은, 그 자체로 사소한, 저 성냥을 켜는 것과 같은, 사소한 행위임을 그 뒤로 내내 자주 생각해 왔다.[163]

한 연마된 미문(美文)

J. J. 오몰로이가 그의 말을 다듬으며, 계속했다:

— 그는 그것에 관해 말했지: *얼어붙은 음악이라 할 저 석상(石像), 뿔이 나고, 눈부신, 신과 같은 인간의 형체, 지혜의 그리고 예언의 저 영원한 상징, 그리하여 그것이야말로, 조각가의 상상력과 손이 형상화(形象化)한 영혼과 형상화하는 영혼을 대리석에 조각한 것이 존재할 가치가 있다면, 존재할 가치가 있는 것이 도다.*[164]

그의 가냘픈 손이 물결 같은 동작으로 메아리와 하강임(下降音)을 가꾸었다.

— 멋지군! 크로포드가 즉시 말했다.

— 성스러운 영감이야, 오머든 버크 씨가 말했다.

— 자네 마음에 드나? J. J. 오몰로이가 스티븐에게 말했다.

스티븐은, 자신의 피(혈)가 우아한 언어와 몸짓에 의해 매혹되어, 얼굴을 붉혔다 그는 담뱃갑에서 한 개비 담배를 집었더. J. J. 오몰로이가 담뱃갑을 마일리스 크로포드에게 내밀었다. 레너헌이 전처럼 그들의 담배에다 불을 댕겨주고, 자신의 전리품을 집으며, 말했다:

— 다사(多謝) 감사(感謝).

높은 지기(志氣)의 인간

— 매지니스 교수[165]가 자네에 관해 내게 이야기하고 있었네, J. J. 오몰로이가 스티븐에게 말했다. 저 연금술의 무리들,[166] 그 단백석(蛋白石)의 침묵의 시인들[167]을 자네는 정말로 어떻게 생각하나: A. E. 신비교대가(神秘敎大家)를? 저 블라바츠키 여인[168]이 그것[169]을 창시

했지. 그녀는 참 훌륭한 요술 망태기 할멈이야. 자네가 의식의 층[170]에 관해 묻기 위해 아침 새벽녘에 그에게 왔다라고 A. E.가 어떤 양키 회견 기자에게 이야기하고 있었어. 매지니스는 자네가 틀림없이 A. E.를 업신여겨 왔다고 생각해. 그는 아주 최고의 지기(志氣)를 지닌 사람이야, 매지니스 말이야.

나에 관해 말하고 있다. 그가 무엇을 말했지? 그가 무엇을 말했지? 그가 나에 관해 무엇을 말했지? 묻지 말자.

— 아니, 고맙소, 맥휴 교수가 담뱃갑을 옆으로 저으며, 말했다. 잠깐만 기다려요. 한 가지만 말합시다. 내가 여태 들은 것 중 가장 근사하게 웅변술을 보여준 것은 대학의 사학회[171]에서 존 F. 테일러[172]가 행한 연설이었소. 항소원의 현 원장인, 재판관 피츠기번 씨[173]가 이전에 연설을 했었지요, 그리고 토의된 안건은 아일랜드어의 부활을 옹호하는, (당시에는 새로운) 일종의 논문이었소.

그는 마일리스 크로포드 쪽으로 몸을 돌리고 말했다:

— 당신은 제럴드 키츠기번을 알지요. 그럼 그의 연설의 스타일을 상상할 수 있을 거요.

— 그는 팀 힐리[174]와 함께 자리하고 있지, J. J. 오몰로이가 말했다, 소문이 그래요, 트리니티대학 재산 관리 위원으로 말이오.

— 그는 한 귀여운 자(者)와 함께 자리하고 있지, 마일리스 크로포드가 말했다. 어린이용 아동복을 걸치고. 계속하오. 그래서?

— 그것은, 명심하시오, 교수가 말했다, 예의바른 오만으로 충만되고 세련된 어법으로 쏟아내는, 한 세련된 웅변가의 연설이었소. 나는 그가 저 새로운 운동[175]에 대한 자만한 자의 불손한 언동[176]을 단지 쏟아내고 있을 뿐, 그의 분노의 분풀이[177]라 말하려는 것이 아니오. 그것은 당시 한 가지 새로운 운동이었소. 우리(민족주의자들)는 미약했고, 그런고로 무가치했소.

그는 잠시 길고 엷은 양 입술을 다물었으나, 열렬히 말을 계속할 듯, 밖으로 뻗친 손을 안경에 들어올리고, 떨리는 엄지손가락과 약손가락으로 검은 안경테를 가볍게 만지며, 그들을 새로운 초점에 고정시켰다.

즉흥 연설

평일(平日)의 말투로 그는 J. J. 오몰로이에게 말을 걸었다:

— 테일러가 그 곳에 참석했었다는 걸, 당신은 알아야만 해요, 병상에서부터. 그가 자신의 연설을 미리 준비했다고 나는 믿지는 않소. 왜냐하면 회관에는 심지어 단 한 사람의 속기사도 없었으니까. 그의 검고 여윈 얼굴에는 엉성한 턱수염이 둥글게 자라고 있었소. 그는 헐겁고 하얀 비단 목도리를 두르고 있었는데, 꼭 죽어 가는 사람처럼(사실 그런 것은 아니나) 보였소.

그의 시선이 J. J. 오몰로이로부터 스티븐의 얼굴 쪽으로 이내 그러나 천천히 돌자, 찾으며, 이내 땅바닥 쪽으로 굽었다. 그의 윤기 잃은 린넨 칼라가, 시들고 있는 머리카락에 의해 얼룩진 채, 그의 굽은 머리 뒤에 보였다. 계속 찾으면서, 그는 말했다:

— 피츠기번의 연설이 끝나자, 존 F. 테일러가 답하기 위해 일어섰지요. 요약해서, 내가 기억할 수 있는 한, 그의 말은 이러했소.

그는 고개를 빳빳이 쳐들었다. 그의 눈은 다시 한번 곰곰이 생각하는 듯 보였다. 재치 없는 조개(貝)가, 출구를 찾으며, 커다란 렌즈 속에서 이리저리 헤엄쳤다.

그는 시작했다:

— 의장, 신사 숙녀 여러분: 얼마 전 저의 박식한 친구에 의해 아일랜드 청년에게 행한 연설을 들었을 때 저의 감탄이야말로 실로 컸었습니다. 그것은 제가 이 나라로부터 멀리 떨어진 나라에로, 이 시대로부터 먼 시대에로 이송된 듯, 저가 고대의 이집트에 서 있는 듯 그리고 청년 모세에게 행한 저 땅의 어떤 고승(高僧)의 연설을 듣고 있는 듯 했습니다.[178]

그의 청취자들이 들으려고 자신들의 담배 포즈를 잡자, 그들의 연기가 그의 연설과 함께 꽃피우듯 가느다란 줄기를 이루어 솟았다. *우리들의 굽은 연기로 하여금.*[179] *계속되는 고귀한 말들. 정신 차려요. 그대는 스스로 그대의 솜씨로 그걸 시험해 볼 수 없었던가?*

— 그리하여 저는 비슷한 오만과 비슷한 자만의 음조로 저 이집트의 고승(高僧)의 목소리가 치솟는 것을 듣는 듯 했습니다. 저는 그의 말들을 듣고 그들의 의미가 저에게 계시되었습니다.

조상들로부터

만일 그들(아일랜드의 전통, 등)이 지고(至高)로 선(善)해서도 아니고 선하지 않아서도 아니오 비록 선한 것이 아직 부패되지 않는다 할지라도 선한 것도 부패한다는 것이 내게 계시되었다. 아, 젠장! 그건 성 아우구스티누스야.[180]

— 왜 당신들 유태인들은 우리들의 문화, 우리들의 종교 및 우리들의 언어를 수용하려 하지 않소? 당신들은 유목(遊牧)의 종족이요: 우리는 강대한 민족입니다. 당신들은 도시도 부(富)도 갖고 있지 않소: 우리들의 도시는 인류의 군거지요, 우리들의, 3단 및 4단의 갤리선은, 온갖 상품을 싣고, 이 지구의 바다를 헤치며 나아가고 있어요. 당신들은 이제 겨우 원시적 상태를 벗어났을 뿐: 우리들은 문학, 성직, 장구한 역사 및 정치체제를 갖고 있소.[181]

나일 강.

아이, 어른, 우상.[182]

나일 강 둑 곁에 아기 마리아들[183]이 무릎을 꿇는다, 지초(芝草)의 요람: 격투에 길든 사나이[184]: 돌 뿔을 하고, 돌 턱수염을 기른, 돌의 심장.[185]

— 당신들은 편협하고 몽매한 우상에 기도하고 있소: 장대하고 신비스런, 우리들의 사원들은, 이시스와 오시리스의,[186] 호루스와 암몬 라[187]의 주거지입니다. 당신들의 것은 노예 상태, 두려움 및 굴종: 우리들의 것은 천둥이며 사해(四海). 이스라엘은 연약하고 그의 자손들은 거의 살아졌어요: 이집트는 대군(大群)이며 그의 군대는 무시무시하오. 당신들은 불량자들 및 날품팔이 노동자들로 불리지요. 세계는 우리들의 이름에 전율하고 있소.

공복(空腹)의 소리 없는 한 가닥 트림이 그의 연설을 쪼갰다. 그는 그걸 억제하며 대담하게 그의 목소리를 높였다:

— 그러나, 신사 숙녀 여러분, 만일 청년 모세가 저 인생관에 귀를 기울이고 받아들였다면, 만일 그가 저 오만한 권고 앞에 머리를 숙이고 자신의 의지를 굽히고 자신의 정신을 굽혔다면, 그는 선민(選民)들을 그들의 구속의 집으로부터 결코 구할 수도 없었거니와, 대낮의 구름의 기둥을 결코 따르지도 못했을 것입니다. 그는 시내 산정(山頂)의 번갯불 사이에서 영원한 자와 결코 대화할 수 없었으려니와, 결코 자신의 얼굴에 영감의 빛을 띤 채 법위(法位)의 언어로 새겨진 법전을 양팔에 안고 산을 내려오지도 못했을 것입니다.[188]

그는, 한 가닥 침묵을 즐기면서, 말을 끝마치고 사람들을 쳐다보았다.

불길하다—그에게는!

J. J. 오몰로이가 얼마간 유감되게 말했다:

— 그런데도 그는 약속의 땅에 들어가지 않고 죽었지요.[189]

— 그 – 무렵 – 에 – 갑자기 – 그러나 – 오락가락 하는 – 병 – 때문에 – 자주 – 전에도 – 가래를 토했던 – 서거, 레너헌이 덧붙였다. 그리고 위대한 미래를 뒤에 남기고.

한 무리의 맨발의 소년들이 복도를 따라 달려가며, 타닥타닥 충충대를 오르는 소리가 들렸다.

— 그건 웅변술이야, 교수가 반대 의견에 부딪치지 않고 말했다.

바람과 함께 사라지다. 멀라메스트와 타라의 국왕들의 군중들.[190] 수마일 뻗친 귓구멍.[191] 사방의 바람을 향해 부르짖는 그리고 흩어진 호민관의 낱말들. 그의 목소리 속에 보호받는 백성들.[192] 죽은 소리. 어느 곳 어디서나 존재했던 모든 것에 대한 영계천(靈界天)[193]의 기록. 그를 사랑하고 찬미하라: 내게는 이제 그만.[194]

나는 돈을 갖고 있다.[195]

— 신사 여러분, 스티븐이 말했다. 의사일정의 다음 발의로서 의회는 이제 산회하도록 제의해도 좋겠습니까?

— 자네 나를 놀라게 하는 군. 그건 필경 프랑스식 인사가 아닌가?[196] 오머든 버크 씨가 물었다. 지금 이 시간이야말로, 내 생각에, 술 단지가, 비유적으로 말해서, 저 고대의 주점에서 가장 달가운 때야.

— 좋아요 그러면 이것으로 결정적으로 의결된 거요. 찬성하는 사람은 모두 '예'라고 말하시오, 레너헌이 선포했다. 반대는 '아니오.'요. 본인은 이것이 가결된 걸로 선언합니다. 특별히 어느 주막으로 할까요……? 나의 캐스팅 보트(결정 표)는: 무니 주점이오!

그는 권유하면서, 길을 안내했다.

— 우리는 독주(毒酒)를 마시는 걸 단호히 거절하오, 그렇잖소? 그래요, 안되지. 어떤 모양 세라도 절대로.

오머든 버크 씨가, 가까이 뒤따르며, 그의 우산을 동맹군(同盟軍)의 일격(一擊)으로 찌르며 말했다.

— 자 공격해 오라, 맥더프![197]

— 부친을 꼭 빼 닮았군 그래! 편집장이 스티븐의 어깨를 찰싹 치면서, 말했다. 갑시다. 경칠 놈의 열쇠가 어디 갔지?

그는 구겨진 타이프 원고지를 꺼내면서 호주머니를 뒤졌다.

— 아구창. 알아. 잘되겠지. 게재될 거야. 열쇠가 어디 갔지? 그걸로 됐어.

그는 원고를 도로 쑤셔 넣고 안쪽 사무실로 들어갔다.[198]

희망 합시다

J. J. 오몰로이가, 그를 뒤따라 안으로 들어가려다, 스티븐에게 조용히 말했다:

— 나는 자네가 살아서 그것[199]이 출판되는 걸 보기 희망하네. 마일리스, 잠깐만.

그는 안쪽 사무실로 들어가며, 등 뒤로 문을 닫았다.

— 가세, 스티븐, 교수가 말했다. 그것 근사하지, 그렇잖아? 그건 예언자의 비전을 가지고 있어. '퀴뜨 일리움(트로이는 이제 사라졌도다)!'[200] 바람 부는 트로이[201]의 퇴진(退陣). 이 세상의 왕국들. 지중해의 지배자들은 오늘날 농군이 되어 있단 말이야.

최초의 신문팔이[202] 소년이 그들의 뒤꿈치를 따라 계단 아래로 타닥타닥 내려 와, 거리에로 달려 나가며, 소리를 질렀다:

— 경마 특보!

더블린. 나는 많이, 배울 걸 많이, 갖고 있다.

그들은 애비가(街)를 따라 왼쪽으로 방향을 바꾸었다.

— 저도 비전(환상)을 하나 갖고 있어요, 스티븐이 말했다.

— 그래? 교수가 보조를 맞추려고 급히 걸으면서, 말했다. 크로포드가 뒤따라올 거야.

또 다른 신문팔이 소년이 그들을 쏜살같이 지나, 달리면서 소릴 질렀다:

— 경마 특보!

정든 불결한 더블린[203]

더블린 사람들.[204]

— 두 더블린의 베스타 여인들[205]이, 스티븐이 말했다. 중년이 넘도록 그리고 경건하게, 쉰 살과 쉰세 살이 되도록, 펌밸리 골목길[206]에서 살았지요.

— 거기가 어디지? 교수가 물었다.

— 블랙피츠[207] 저쪽이에요, 스티븐이 말했다.

입 맛 돋우는 반죽 빵 냄새가 풍기는 습한 밤. 벽에 기대어. 그녀의 퍼스티언 직(織) 숄 아래 유지(油脂)로 번쩍이는 얼굴. 광란의 심장들. 영계천(靈界天)의 기록. 빨리, 여보![208]

자 계속. 마음을 가다듬고. 생명이여 있어라.[209]

— 그들은 넬슨 기념남 쏙대기로부터 더블린의 풍경을 보고 싶어 하지요. 그들은 빨간 주석 편지 저금통 속에 3실링 10페니를 저금하지요. 그들은 3페니짜리 몇 푼과 6페니짜리 여러 개를 흔들어 꺼내고 칼날로 페니짜리 동전들을 꺼내지요. 2실링 3페니는 은돈이고 1실링 7페니는 동전. 그들은 보닛 모자에, 제일 좋은 옷을 입고, 비가 올까 염려하여 우산을 들지요.

— 현명한 처녀들이군,[210] 맥휴 교수가 말했다.

조잡한 생활

— 그들은 말버러가(街)의 북부시(北部市)에 있는 식당에서 여주인, 케이트 콜린즈양으로부터 1실링 4페니 어치의 고기 치즈[211]와 냄비구이 빵 네 조각을 사지요. 그들은 고기치즈를 먹은 뒤에 목을 축이기 위해 넬슨 기념탑 빌지의 한 소녀로부터 스물네 개의 익은 자두를 사지요. 그들은 회전식 통행문의 문지기 신사에게 3페니짜리 두 닢을 지불하고 꾸불꾸불한 층층대를 어기적어기적 천천히 걸어 오르기 시작하지요, 낑낑거리며, 서로서로 격려하며, 어둠을 겁내고, 숨을 헐떡이며, 한 사람이 다른 사람에게 고기 치즈 다 먹었니 물으며, 하느님과 동정녀 마리아를 칭찬하며, 내려오라고 위협하며, 공기구멍을 엿보며. 어마나 맙소사. 그들은 탑이 그토록 높은 줄은 몰랐지요.

그들의 이름은 앤 키언즈와 플로렌스 맥케이브입니다. 앤 키언즈는 허리 신경통을 앓고 있는데, 수난회(受難會)의 한 신부로부터 한 병 얻었다는 어떤 귀부인이 그녀에게 준, '루르드' 성수(聖水)[212]로 아픈 곳을 문지르지요. 플로렌스 맥케이브는 매주 토요일마다 저녁 식사로 한 개의 돼지 족발과 더블 X의 맥주[213] 한 병을 마시지요.

— 대조적이군, 교수가 고개를 두 번 끄덕이며, 말했다. 베스타의 여인들. 눈에 선하군. 이 친구 무엇 때문에 이렇게 늦을까?

그는 몸을 돌렸다.

기겁을 하며 달리는 한 무리의 신문팔이 소년들이 층계 아래로 돌진하자, 사방으로 흩어지며, 소리 지르며, 그들의 하얀 신문지를 펄럭였다. 그들 뒤를 바로 뒤따라 마일리스 크로포드가, 그의 모자가 심홍색 얼굴을 후광(後光) 지우며, J. J. 오몰로이와 이야기하면서, 층층대에 나타났다.

— 어서 와요, 교수가 팔을 저으면서, 소리쳤다.

그는 스티븐 곁을 다시 걷기 시작했다.

— 그래, 그는 말했다. 그들이 눈에 선하군.

블룸의 귀환

블룸 씨는, 숨이 가쁜 듯, 〈아이리시 가톨릭〉지와 〈더블린 페니 저널〉지[214]의 사무실 가까이 난폭한 신문팔이 소년들의 회오리 속에 사로잡힌 채, 불렀다:

— 크로포드 씨! 잠깐만!

— 〈텔레그래프〉! 경마 특보!

— 뭐요? 마일리스 크로포드가 한 걸음 뒤로 물러서면서, 말했다.

한 신문팔이 소년이 블룸 씨의 얼굴에다 대고 부르짖었다:

— 라드민즈[215]에서 무서운 비극이요! 한 아이가 풀무에 물렸대요!

편집장과의 회견

— 바로 이 광고요, 블룸 씨가 층계를 향해 헤쳐 나아가며, 숨을 헐떡이면서, 그리고 오린 광고 쪽지를 호주머니로부터 꺼내면서, 말했다. 방금 내가 키즈 씨와 이야기했습니다. 그는 두 달 동안 계약 갱신을 하겠다고, 말해요. 그 다음에는 그때 형편 봐서 하구요. 그러나 그는 또한 〈텔레그래프〉지의 토요일 최종판에 뭔가 주의를 끌만한 단편 기사를 하나 원해요. 그리고 내가 나네티 의원에게 말했지만, 그는 지금이라도 늦지 않으면 〈킬케니 피플〉지의 디자인을 그대로 사용했으면 해요. 내가 국립도서관에서 그걸 손에 넣을 수 있어요. 열쇠(키즈)의 집, 아시겠어요? 그의 이름이 키즈지요. 이름에 멋이 있어요. 그러나 그는 실제로 계약 갱신을 하겠다고 약속했어요. 하지만 그는 약간 과장된 것을 원해요. 그에게 뭐라고 말할까요, 크로포드 씨?

내. 엉. 입.

— 내 엉덩이에 입이나 맞출 수 있는지 그에게 말해 주겠소? 마일리스 크로포드가 강조하듯 팔을 내뻗으며 말했다. 당장 그걸 단호히 그에게 말하시오.

약간 신경질적이군. 광풍(狂風)을 경계하라. 한잔하러 모두들 떠났군. 팔에 팔을 끼고. 길 저쪽 구걸하는 레너헌의 요트 모자. 통상 아양 떠는 녀석. 저 젊은 데덜러스가 마음이 동한 게 신기해. 오늘은 좋은 구두를 한 켤레 신고 있군.[216] 지난번 내가 보았을 때는 발뒤꿈치가 다 드러나 뵈던데. 어딘가 진흙 투정이 속을 걷고 있었지.[217] 무심한 친구. 그는 아이리시타운에서 무엇을 하고 있었을까?

— 글쎄, 블룸 씨가 시선을 거두며, 말했다. 만일 내가 디자인을 얻을 수 있다면 짧은 기사거리 가치가 있을 텐 데요. 그가 광고를 주리라, 생각해요. 내가 그에게 말해 보죠……

120 율리시스

내. 고. 아. 엉. 입.[218]

— 그는 내 고귀한 아일랜드 엉덩이에 입 맞출 수 있지, 마일리스 크로포드가 어깨 너머로 소리를 크게 질렀다. 그가 원하면 언제든지, 그에게 말하시오.

블룸 씨가 요점을 곰곰이 생각하며 미소를 지으려고 서 있는 동안 그는 몸을 흔들며 계속 성큼 걸어갔다.

돈을 마련하는 일

— '눌라 보나(아무튼 안 돼요),'[219] 재크, 그는, 손을 턱까지 치켜 올리며, 말했다. 나도 여기까지 찼소. 나는 그동안 몸소 모진 시련을 겪었소. 지난 주일만 하더라도 나는 내게 지불보증 수표를 써줄 사람을 찾고 있었소. 미안해요, 재크. 당신도 이러한 행동에 대해 내 뜻을 받아주어야 하오. 만일 내가 돈을 마련할 수 있다면 어쨌든 기꺼이 해보겠네만.

J. J. 오몰로이가 얼굴을 길쭉하게 빼면서, 묵묵히 계속 걸었다. 두 사람은 다른 사람들을 따라 잡으며, 나란히 걸었다.

— 그들은 고기 치즈와 빵을 다 먹고, 빵을 쌌던 종이에 스무 개의 손가락을 닦으며, 난간으로 한층 가까이 가지요.

— 들어 볼만한 이야기야, 교수가 마일리스 크로포드에게 설명했다. 넬슨 기념탑 꼭대기의 두 더블린 노파의 이야기요.

굉장한 탑이야!—그건 어기적어기적 걸어가는
한 노파의 말이었다

— 그건 새로운 거로군, 마일리스 크로포드가 말했다. 그건 기사거리야. 구두장이들이 다글소풍을 위해 나서다, 라.[220] 두 늙은 할멈들이, 그래서?

— 그러나 그들은 탑이 무너지지 않을까 겁을 내지요,[221] 스티븐이 계속했다. 그들은 지붕들을 쳐다보며, 다른 여러 교회들이 어디 있는지에 관해 논하지요: 라드민즈의 푸른 돔, 아담 앤드 이브즈, 성 로렌스 오툴즈[222]를. 그러나 그들은 쳐다보자 현기증이 나서, 자신들의 스커트를 끌어올리지요……

저 약간 행실 고약한 여인들

— 천천히 느긋하게, 마일리스 크로포드가 말했다. 시적(詩的)인 파격어법(破格語法)은 금물이야. 우리는 여기 주교관 구내에 있어

— 그리고 외팔의 간통자[223]의 상을 눈여겨 쳐다보면서, 그들의 줄무늬 진 페티코트를 고쳐 입지요.

— 외팔의 간통자라! 교수가 부르짖었다. 그것 마음에 드는군. 그 아이디어를 난 알지. 난 자네가 뜻하는 바를 알아.

귀부인들이 더블린 시민들에게 속도공과
가속도의 운석(隕石)을 기증하는 것으로 믿어지다

— 그러자 그들의 목에 경련이 일어나지요, 스티븐이 말했다. 그들은 지친 나머지 위아래를 쳐다 볼 수도 없거니와 말을 할 수도 없지요. 그들은 자두 주머니를 두 사람 사이에 놓고,

거기서 자두를, 하나씩 꺼내 먹지요, 손수건으로 입에서 뚝뚝 떨어지는 자두 즙을 훔치면서 그리고 자두 씨를 난간 사이에 천천히 뱉으면서 말이에요.

　그는 폐막(閉幕)으로 한 가닥 갑작스런 크고 여린 웃음을 터뜨렸다. 레너헌과 오머든 버크 씨가, 들으면서, 몸을 돌이키고, 손으로 신호를 하며, 무니 주점을 향해 건너오도록 유도했다.

— 끝났나? 마일리스 크로포드가 말했다. 그 정도라면 나쁠 것 없지.

소피스트가 오만한 헬렌의 큰 코를 납작하게 때리다.
스파르타 사람들은 어금니를 갈다.
이타카 사람들은 펜을 대표자로 맹세하다.

— 자네는 내게 안티스테네스[224]를 상기시키는군, 교수가 말했다. 소피스트인, 고르기아스[225]의 제자 말이야. 그가 타인들에게 혹은 자기 자신에게 더 가혹했는지 아무도 말할 수 없다고들 그에 관해 이야기되고 있어. 그는 한 사람의 귀족과 한 여 노예의 자식이었지. 그리고 그는 한 권의 책을 썼는데, 그 속에 그는 미(美)의 종려(棕櫚) 가지를 아이브 헬렌에게서 빼앗아 가련한 페넬로페에게 건네주었지.[226]

　가련한 페넬로페. 페넬로페 리치.[227]

　그들은 오코넬가를 건널 채비를 하고 있었다.

여보세요, 중앙우체국!

　여덟 가지 선로를 따라 다양한 지점에 전차들이 트롤리를 멈춘 채, 궤도에 섰다. 라드민즈, 라드판험, 블랙로크, 킹즈타운 및 달키, 샌디마운트 그린. 링센트 및 샌디마운트 타워. 도니브룩, 파머스터 공원 및 상부 라드민즈의 왕복 전차들이 누전으로 모두 조용히, 멈추었다. 삯 마차, 일반 마차, 배달 차, 우편 마차, 자가용 사륜마차, 병의 달그락거리는 상자를 실은 탄산수의 대차(臺車)들이, 말에 끌린 채, 급히, 덜컹거리며, 굴렀다.

뭐라고—그리고 또한—어디서?

— 그러나 자넨 그걸 뭐라고 부를 텐가? 마일리스 크로포드가 물었다. 그들은 어디서 자두를 얻었지?

베르길리우스 식(式)이군, 스승이 말하다.
대학생은 노인 모세를 절대 찬성하다.

— 불러 보게, 가만, 교수가 생각하려고 그의 긴 양 입술을 넓게 열면서, 말했다. 불러 봐, 어디 보자. 이렇게 불러: '*데우스 노비스 해끄 오띠아 페치뜨(하느님이 우리에게 하사한 평화).*'라고[228].

— 아닙니다, 스티븐이 말했다. 저는 그것을 '*팔레스타인의 피스가 조망*' 또는 '*자두의 우화*'[229]라고 부릅니다.

— 알겠네, 교수가 말했다.

　그는 큰 소리로 낭랑하게 웃었다.

— 알겠네, 그는 새로운 기쁨으로 다시 말했다. 모세와 약속의 땅이라. 우리들이 그에게 그런 생각을 가르쳐 준 셈이지, 그는 J. J. 오몰로이에게 덧붙였다.

호레이쇼[230]는 이 화창한 6월의 날 주목의 대상.

J. J. 오몰로이가 동상을 향해 한 가닥 지친 곁눈질을 보내며 잠자코 있었다.
— 알겠네, 교수가 말했다.
그는 존 그래이 경(卿)[231]의 포도(鋪道) 섬 위에 멈춰 서서, 망사(網紗) 같은 그의 쓴 웃음을 통해 높이 넬슨 상을 치켜보았다.

줄어든 손가락의 숫자가 마음 들뜬 여인들에게는 너무나
흥겨운 거다. 앤은 넋을 잃고, 플로는 꿈틀거리다—하지만
그들을 나무랄 수 있을까?

— 외팔의 간통자라, 그는 험상궂게 미소 지으며 말했다. 그게 나를 간지리는군, 틀림없이.
— 늙은 할멈들을 또한 간질였을 테지, 마일리스 크로포드가 말했다, 진짜 사실대로 털어놓으면.

◆ 8장 ◆

　　* 파인애플 얼음사탕, 레몬 사탕과자, 버터 하드 캔디. 어떤 기독 학교(크리스천 브러더즈 스쿨) 학생을 위해 스푼 가득 크림을 떠주고 있는 설탕 끈적거리는 한 소녀. 어떤 학교 소풍이라도. 그들의 위장에 좋지 않을 텐데. 국왕 폐하에게 드리는 마름모형 과자 및 알사탕 제조업. 하느님. 도우소서. 우리들의.[1] 왕좌에 앉아서 붉은 대추젤리를 하얗게 되도록 빨고 있는 것이다.[2]

　　한 음울한 Y. M. C. A 청년이 그레이엄 레몬 점(店)의 따뜻하고 달콤한 냄새 속에 살펴보면서, 블룸 씨의 손에 한 장의 삐라를 놓았다.

　　마음과 마음의 대화.

　　블루…… 나?[3] 아니야.

　　양(羊)의 피(血).[4]

　　그는 읽으면서, 느린 발걸음을 강 쪽으로 내디뎠다. 당신은 구원을 받았습니까? 모두 양의 피로 썻겨진다. 하느님은 피의 희생을 원한다. 탄생, 혼인, 순교, 전쟁, 건물의 기초, 희생, 콩팥의 구운 제물(祭物),[5] 드루이드교의 제단(祭壇). 엘리야는 다가오고 있다.[6] 시온 산(山) 교회의 부활자 존 알렉산더 도위 박사[7]는 오고 있다.

　　오도다! 오도다!! 오도다!!!

　　모두들 마음으로 환영하도다.[8]

　　수지맞는 놀이.[9] 지난해는 토리와 알렉산더가.[10] 일부다처제. 그의 아내가 그걸 절대로 허락하지 않을 거야. 어떤 버밍엄 상사(商社)의 그 번쩍번쩍 빛나는 십자가 광고는 어디서 봤더라. 우리들의 구세주. 한밤중에 일어나, 벽에 매달려 있는, 그를 봐요. 페퍼의 유령에 대한 발상.[11] 쇠못이 박혔다. 라.[12]

　　인(燐)으로 그것은 틀림없이 도금이 되어 있지. 예를 들어, 만일 한 토막의 대구생선을 놓아두면. 그 위로 푸르스름한 은빛을 나는 볼 수 있었지. 내가 부엌의 식료품 실로 내려갔던 날 밤. 그 속에서 쏟아져 나오려고 기다리고 있는 그따위 온갖 냄새는 참 고약하지. 아내는 뭘 먹고 싶어 했더라? 말라가산(産)의 건포도. 스페인을 생각하며. 루디가 태어나기 전. 인광(燐光), 저 푸르스름한 녹색의 빛. 두뇌를 위해 참 좋은 거지.

　　버틀러의 기념관 모퉁이에서부터 그는 배철러 산책로를 따라 죽 훑어보았다. 데덜러스의 따님이 아직도 저기 딜런의 경매장 바깥에. 틀림없이 무슨 헌 가구를 팔아치우는 게지. 그녀의 아버지로 미루어 그녀의 눈을 이내 알 수 있었어. 배회하면서 그를 기다리고 있는 것이다. 어머니가 세상을 떠나고 나면 가정이 언제나 엉망이 되고 만단 말이야. 그는 자식들을 열다섯이나 낳았지. 거의 해마다의 출생. 그것은 그들의 신학(神學)에 있는지라 그렇잖으면 사제는 불쌍한 여인에게 고해(告解)도, 사면(赦免)도 시키지 않지.[13] 수를 증식하고 번식하라.[14] 그따위 발상을 여태껏 들어봤어? 집이고 가정이고 상대의 재산을 다 먹어 없애 버리니, 그들 자신(사제들)으로서는 부양할 가족도 없지. 그 지역의 지방(脂肪)을 먹고살면서. 그들의 식료품실과 저장실. 나는 그들이 속죄일(贖罪日)에 흑색의 단식[15]을 하는 걸 보고 싶군. 십자 빵. 제단 위에서 졸도할까 두려운 나머지 식사를 한 번하고 또 간식을. 그들 가운데 어느 한 사람의 식모에게서 만일 그런 얘길 끌어낼 수 있다면. 결코 그녀한테서 그걸 끌어내지 못해요. 그로부터 금전을 타내는 것과 같지. 잘 살아간단 말이야. 손님도 없고. 모두 자기 혼자만을 위해. 소피를 살펴보면서. 그대 자신의 버터 바른 빵을 가져와요. 존사(尊師) 왈 : 자네만 알고 있어.[16]

맙소사, 저 불쌍한 아이의 옷이 걸레조각이 되어 버렸군. 또한 영양실조에 걸려 있는 것 같아. 감자와 마가린, 인조버터와 감자. 나중에야 그걸 느끼지. 백문이 불여일견. 육신을 망치는 거다.

그가 오코넬 교(橋)에 발을 디뎠을 때 버섯 공 같은 연기가 난간으로부터 깃털처럼 솟았다. 수출용 흑맥주를 실은 맥주회사의 거룻배. 영국. 바닷바람이 그걸 시게 한다고, 나는 들었어. 어느 날 핸코크를 통해 패스를 한 장 얻어 가지고 양조장을 구경 가면 재미있을 거야. 그 자체 속에 정상적인 세계가. 맥주 통들이 참 근사하지. 통쥐놈들이 역시 그 속에. 술을 들이 키고 떠있는 콜리 개(犬)만큼 크게 부풀은 채. 흑맥주에 죽어라 취하여. 놈들은 인간처럼 다시 토해 낼 때까지 마신다.[17] 그걸 마시는 걸 상상해 봐요! 통쥐놈들: 술통들. 글쎄, 물론, 그런 걸 모두다 우리가 안다면.

아래를 내려다보면서 그는 음산한 부두 벽 사이를 세차게 날개 치며, 선회하는 것을 보았다, 갈매기들. 저쪽 바같은 험악한 날씨. 만일 내가 몸을 아래로 던진다면? 루벤 J.의 자식 놈은 틀림없이 저 시궁창의 구정물을 한 배 가득 들이마셨겠군. 1실링 8페니라니 너무 많아. ㅎㅎㅎ흠. 그[18]가 그런 걸 토로하다니 참 심술궂은 짓이야. 역시 이야기 주변이 대단하단 말이야.

갈매기들은 한층 낮게 선회했다. 구더기를 찾으면서. 가만있자.

그는 구겨진 종이 공[19]을 그들 사이 아래쪽으로 던졌다. 엘리야는 매초 32피트의 속도로 다가오고 있다.[20] 전혀 조금도. 종이 공은 파도의 자국 위를 무심하게 아래위로 움직이며, 교각(橋脚) 곁 아래로 떠내려갔다. 그렇게 경칠 바보들이 아니야. 내가 〈에린즈킹〉 호(號)에서 묵은 과자를 던졌던 날도 역시 50야드 배 지나간 자리에서 그걸 낚아 올렸다. 그들의 기지(機智)로 살아가는 거다. 날개를 파닥거리며, 그들은 선회했다.

굶주려 배고픈 갈매기는
흐릿한 바다 위로 날개 치도다.[21]

저렇게 해서 시인들은 시를 쓰는 거야, 유사음(類似音). 그러나 그럼 셰익스피어는 운(韻)을 갖고 있지 않지: 무운시(無韻詩). 언어의 흐름이야 그건. 사상들. 근엄한.

햄릿, 나는 네 아비의 혼령이다
한동안 지상을 거닐어야 하는 운명에 처한 채.[22]

— 사과 2개에 1페니요! 1페니에 2개!

그의 시선이 여인의 매물대(賣物臺) 위에 쌓인 윤기 나는 사과들을 훑어갔다. 1년 중 이런 계절 저건 분명히 오스트레일리아산(産)임에 틀림없어. 반짝이는 껍질: 걸레조각이나 혹은 손수건으로 그들을 닦는 거다.

가만있자. 저 불쌍한 새들.

그는 발걸음을 다시 멈추고 사과 노파로부터 1페니에 밴버리 케이크를 두 개 사서, 연한 반죽과자를 부수어, 그 조각들을 리피 강 속 아래로 던졌다. 저것 봐? 갈매기들은 높은 곳으로부터, 묵묵히, 두 마리가, 이어 모두가, 날아 덮쳤다, 모이를 잡으려고 덤비면서. 사라졌다. 한 입씩. 갈매기들의 탐욕과 간지(奸智)를 의식하며, 그는 부스러기 빵 조각을 양 손에서 털었다. 저놈들은 그걸 결코 기대하지 않았지. 성찬(聖餐)(만나).[23] 생선을 먹고살면, 그들은 생선 살맛이 나지, 모든 바다 새들, 갈매기, 바다거위. 아나 리피 강에서 날아온 백조들도 때때로 여기까지 헤엄쳐 와서 날개를 다듬지. 맛 따윈 운운(云云) 금지. 백조의 고기 맛은 어떨까. 로빈슨 크루소는 그걸 먹고 살아야만 했다.

그들은 가냘프게 퍼덕이면서 선회했다. 이제 더 이상 던져 주지 않아요. 1페니면 아주 족해. 대단한 감사를 나는 받아야 해. 심지어 까악 소리 한 마디 없군. 저놈들이 또한 아구창을 퍼뜨린단 말이야. 가령 칠면조에 너도 밤(栗) 가루를 다져 넣으면 그와 같은 맛이 나지. 돼지 맛은 역시 돼지 맛이야. 그런데 그렇다면 왜 염수어(鹽水魚)는 짠맛이 나지 않을까? 그건 어떻게 된 거야?

그의 눈이 강으로부터 답(答)을 찾으며, 한 척의 보트가 당밀 같은 물결 위에 정박한 채 백토 칠한 광고판을 느릿느릿 흔들고 있는 것을 보았다.

키노 점
11실링
바지[24]

그것 좋은 착상이군. 그가 시(市) 당국에 세를 무는지 몰라. 당신은 정말이지 물을 어떻게 소유할 수 있지? 물은 언제나 흐름으로 흐르고 있다, 결코 가만있지 않지, 그런데 우리는 그걸 인생의 흐름 속에 밟는다. 왜냐하면 인생도 하나의 흐름이니까. 모든 장소는 광고를 위해 좋단 말이야. 저 돌팔이 임질 의사는 공동변소라면 어디든 광고를 붙이곤 했었지. 지금은 그걸 볼 수 없어도. 비밀 엄수. 하이 프랭크스 박사. 댄스교사인 매기니[25]의 자가(自家) 광고처럼 그는 한 푼도 들지 않아. 다른 사람들에게 부탁을 해서 그걸 붙이든지 아니면 그 정도라면 극비리에 단추를 풀기 위해 자신이 뛰어 들어가서 붙여도 되지. 밤 파리. 역시 장소도 적당해요. 삐라 첨부 엄금(POST NO BILLS). 110개의 알약을 우송하시오.[26] 어떤 녀석이 한 첩으로 속이 속 타는 듯했다.

만일 그가……?

오!

뭐?

아니…… 아니.

아니, 아니. 난 믿지 않아. 그가 설마 그럴 리가 없지?

아니야, 아니야.[27]

블룸 씨는 근심스런 눈을 치켜뜨면서, 앞쪽으로 몸을 움직였다. 그 일에 관해 더 이상 생각할 것 없어. 1시가 지났군. 저하물(底荷物) 취급소의 표시구(表時球)가 내려 있다.[28] 던싱크 타임. 로버트 볼 경(卿)[29]의 그 조그마한 책은 참 매력적인 거야. 시차(視差)(parallax).[30] 나는 정확하게 무슨 뜻인지 결코 알 수 없었어. 사제가 한 사람 있지. 그이한테 물어 볼 수 있을 거야. '파'는 그리스말[言]: 평행, 시차. 내가 아내한테 전생(轉生)에 관해 말할 때까지 그녀는 그걸 멧 힘 파이크 호우지즈(누굴 만나 호스)라 불렀지. 오 맙소사!

블룸 씨는 저하물 취급소의 두 창문을 향해 오 맙소사 미소를 띠었다. 결국 아내가 옳았어. 단지 소리 때문에 평범한 것을 위해 허풍을. 그녀는 정확하게 재치가 있는 편은 못돼. 게다가 무례할 수도 있지. 내가 생각하고 있는 걸 불쑥 말해 버린단 말이야. 하지만, 난 모를 일이야. 그녀는 벤 돌라드가 저급한 술통 조(調)의 목소리를 가졌다고 말하곤 했지. 그인 마치 술통 같은 다리를 하고 술통 속으로 노래를 부르는 갓 같아요. 글쎄, 그것 참 재

치 있는 말이잖아. 사람들은 그를 늘 덩치 큰(빅) 벤[31]이라 부르곤 했었지. 그를 저급한 술
통 같은 목소리라 부른 것의 절반만큼도 재치 있는 말이 못 돼. 왕조(王鳥) 같은 식욕. 소
의 등심 하나를 다 먹어치운단 말이야. 넘버 완 바스 비어[32]를 벌컥벌컥 마셔치우는 데도
참 대단한 사람이야. 바스의 술통. 봐요? 본전을 온통 빼버리지.

백의변장(白衣変装)한 샌드위치맨들의 행렬이, 그들의 광고판을 빨간 장식 띠로 가로
로 두르고, 도랑을 따라 그를 향해 천천히 행진해 왔다. 염가판매(바겐). 모두들 오늘 아침
의 그 사제 닮았군. 우리는 죄를 범했도다: 우리는 고통을 겪었도다. 그는 다섯 개의 춤 높
은 하얀 모자 위에 쓰여진 주홍색 문자를 읽었다. H. E. L. Y. S. 위즈덤 헬리 상사(商社).
뒤에 처져 걷고 있던 Y가 그의 가슴 광고판 밑으로 빵 한 조각을 꺼내, 입 속에 밀어 넣고,
걸어가면서 우물거렸다. 우리들의 주식(主食). 하루 3실링, 하수도를 따라, 이 거리에서 저
거리로, 걷고 있는 것이다. 겨우 피부와 뼈를 보존할 정도, 빵과 묽은 죽 정도로. 보일 점의
사람들은 아니야: 아니, 맥글레이드 점의 사람들이군. 게다가 장사가 잘되지 않는 거다. 내
가 그에게 투명한 진열 마차에 두 날씬한 아가씨들을 태우고, 편지, 복사지, 봉투, 흡묵지
를 진열시키도록 일러주었지. 그게 틀림없이 인기를 끌었을 텐데. 뭔지를 쓰고 있는 두 매
력적인 아가씨가 이내 시선을 끌지. 모두들 그녀가 무엇을 쓰고 있는지 알고 싶어 죽고 못
산단 말이야. 별것도 아닌 걸 빤히 쳐다보고 있기라도 하면 스무 명 정도의 사람들이 주위
에 모여들지. 한몫 끼려 드는 거다. 여자들도 마찬가지. 호기심. 소금의 기둥.[33] 녀석은 처
음에 그걸 자기 단독으로 생각해 낸 게 아니기 때문에 채택하려 하지 않았어. 또는 내가 검
은 셀룰로이드로 만든 모조(模造) 받침대가 달린 잉크병을 일러주었지. 사망 광고란 아래
플럼트리 점(店)의 통조림처럼 광고에 대한 그의 생각, 냉육부(冷肉部). 핥아서는 안 돼
요. 뭘? 폐점(弊店)의 봉투. 여보게, 존스, 어딜 가나? 급하네, 로빈슨, 실은 데임가(街)
85번지의 헬리 상사에서 파는, 믿을 수 있는 잉크지우개 '카셀'을 사러 서둘러 가는 중이
야. 그래 그따위 찌꺼기 놈들로부터 인연을 끊길 잘했어.[34] 그따위 수녀원의 수금(收金)을
하는 일은 참 못할 짓이었어. 트란퀼라 수녀원.[35] 그곳에 잘생긴 수녀가 한 사람 있었지,
정말 예쁜 얼굴이었어. 쓰개가 그녀의 조그마한 머리에 참 잘 어울렸지. 수녀? 수녀? 그녀
의 눈을 보아 틀림없이 실연을 했던 모양이야. 그와 같은 여인과 흥정하기란 참 어려운 일
이지. 나는 그날 아침 그녀의 기도를 방해했지. 그러나 바깥세상에서 온 사람과 말을 주고
받는 것이 기뻤을 거야. 우리들에게 중요한 날이에요, 그녀가 말했지. 카르멜 산(山)의 성
모의 축제[36]. 캐러멜이라: 이름도 참 예쁘지. 그녀는 알고 있었어, 나는, 나는 그녀의 행실
로 보아 그녀가 알고 있다고 생각해요. 만일 그녀가 결혼을 했더라면 다른 사람이 됐을 거
야. 그들은 정말로 돈이 모자랄걸. 그런데도 언제나 똑같이 제일 좋은 버터에다 온갖 걸 다
튀겨 먹지. 그들에게 돼지기름은 금물. 뚝뚝 떨어지는 기름방울을 먹으면 저의 가슴이 탄
대두요. 여자들은 안팎으로 버터 칠 하는 걸 좋아하지 베인을 건어 올리고, 그것을 맛보고
있던 몰리. 수녀? 패트 클라피, 전당포 집의 딸. 사람들은 수녀가 철조망을 발명했다고 말
하지.[37]

그가 웨스트모어랜드가(街)를 건넜을 때 소유격의 S'가 뚜벅뚜벅 곁을 지나갔다. 로
버 자전거 점(店). 저들 경기가 오늘 열린다. 그게 얼마나 오래전이던가? 필 길리건이 죽
은 해가. 그때 우리들은 서부(西部) 롬바드가(街)에 살았지. 가만있자: 톰 사(社)에 근무
할 때였어. 우리가 결혼하던 해에 위즈덤 헬리 상사에 취직했지. 6년. 10년 전: 그해 94년
에 그 애[38]가 죽었지, 그래 맞아서. 아노트 점(店)의 대 화재. 발 딜런이 당시의 시장(市長)
이었어. 글렌크리 만찬.[39] 시 참사회원 로버트 오레일리가 깃발이 내려오기도 전에[40] 포도주
를 그의 수프 속에 비우고 있었지. 멍멍개가 시 참사회원을 위해 그걸 냠냠 핥고 있는 격.
악대가 뭘 연주하고 있는지 들을 수도 없었어. 우리들이 이미 배령(拜領)한 것에 대해 주

여 우리들을 하게 하소서. 그땐 밀리는 꼬마였지. 몰리는 그물코 모양 장식용 단추가 달린 코끼리 빛 회색 드레스를 입고 있었지. 천을 씌운 단추가 달린 남성 여성복. 그녀는 그 옷을 좋아하지 않았으니, 그걸 입던 첫날 슈가로프[41]의 합창단 피크닉에서 내가 발목을 삐었기 때문이야. 마치 그것 때문인 양. 나이 먹은 구드윈의 춤 높은 모자가 무슨 끈적끈적한 것으로 손질되어 있었다. 파리 놈들의 피크닉이기도. 아내는 그처럼 옷을 반듯하게 입은 적이 결코 없었어. 마치 장갑처럼 몸에 꼭 낀 채, 어깨며 엉덩이가. 막 살이 포동포동 찌기 시작할 무렵이었으니까. 그날 우리는 토끼고기 파이를 먹었지. 그녀 뒤를 돌아보는 사람들.

행복했지. 그땐 보다 행복했어. 붉은 벽지를 바른 아늑하고 조그마한 방이었지. 도크렐 상점의, 한 다스에 1실링 9페니. 밀리가 목욕하던 날 밤. 미제(美製) 비누를 내가 샀지: 딱총나무 꽃향기. 그녀의 목욕물의 아늑한 냄새. 그 애는 온 몸에 비누질을 잔뜩해서 참 우스워 보였어. 역시 예쁜 몸매. 지금은 사진술을. 가련한 아버님은 은판 사진 현상실(아틀리에)에 관해 내게 말해 주었지. 유전적(遺傳的)인 취미.

그는 연석(緣石)을 따라 걸어갔다.

인생의 흐름. 그런데 지나갈 때마다 언제나 곁눈질을 하던 저 사제(司祭)처럼 생긴 녀석의 이름이 뭐라더라? 시력이 약한 눈, 여인. 시트런의 성(聖) 케빈의 산책로에서 발을 멈추었지. 펜 뭐라던데. 펜데니스?[42] 나의 기억이 이제는 점점. 펜……? 물론 수년 전의 일이지. 아마 전차 소리 때문이었던가 봐. 그런데, 만일 그가 날마다 보는 식자공의 이름을 기억할 수 없다면.[43]

바텔 다시[44]는 테너 가수요, 그때 막 데뷔했지. 연습이 끝나면 아내를 집으로 바래다주는 것이다. 밀랍 칠한 콧수염을 기른 으쓱대는 녀석. 〈남쪽에서 부는 바람〉[45]이란 노래를 그녀에게 가르쳐 주었지.

때는 바람 부는 밤이었지 내가 아내를 데리러 간 것은 구드윈의 음악 연주가 끝난 뒤 시장 저택의 식당인지 또는 참나무 방에서 저 추첨 표에 관해 지부회(支部會)의 모임이 있었어. 그와 나는 뒤에. 그녀의 악보가 나의 손에서 고등학교 울타리로 날아갔지. 다행히도 그건 하지 않았다. 그런 일이 생기면 그녀로서는 하룻밤의 연주 효과를 망쳐 버리지. 앞쪽에서 그녀와 팔을 끼고 있던 구드윈 교수. 서 있으면 언제나 다리가 후들거리는, 불쌍한 늙은이. 그의 고별 기념 연주회. 어느 무대에서든 절대로 마지막 출연. 아마 수개월 동안 아니면 영구히 않을지 몰라.[46] 아내가 바람을 보고 소리 내어 웃고 있던 것이 기억나는군, 눈보랏빛 하얀 칼라를 치세운 채. 하코트 가도(街道) 모퉁이에서의 그 돌풍을 기억해 봐요. 브르푸! 그녀의 스커트를 온통 불어 올리자, 목도리가 나이 많은 구드윈을 거의 질식시켰어. 그녀는 돌풍 속에서 정말 얼굴을 붉혔지. 우리가 집에 도착하자 화롯불을 긁어모아 아내의 저녁 식사를 위해 엷게 썬 양고기 몇 조각에 그녀가 좋아하는 처트니 소스를 곁들여 튀기던 것을 기억해 봐요. 그리고 향료를 넣어 데운 럼주(酒). 아내가 침실에서 코르셋의 가슴살 대를 풀고 있는 것을 벽난로에서 볼 수 있었지: 하얀.

그녀의 코르셋이 침대에서 휙휙 내는 그리고 가볍게 펄럭이는 소리. 그녀에게서 언제나 몸의 온기가. 언제나 그런 걸 뿜어내길 좋아했어. 그녀의 머리핀을 뽑으며 거의 두 시까지 앉아 있었어. 잠옷에 똘똘 말려 있던 밀리. 행복. 행복했어. 그건 그날 밤이었지……

— 오, 블룸 씨 안녕하세요?

— 오, 안녕하십니까, 브린 부인?[47]

— 푸념해봐야 소용없지요. 요사이 몰리는 어떻게 지내세요? 한참 못 봤는데.

— 더할 나위 없죠, 블룸 씨가 명랑하게 말했다. 밀리는 멀린가에서 일자리를 구했답니다, 글쎄.

— 떠나다니! 그녀를 위해 잘 됐잖아요?

— 그래요. 거기 어떤 사진관에서. 불난 집처럼 바삐 지내고 있지요. 아이들은 모두 잘 있어요?

— 모두들 빵 가게 명부에 올라있답니다, 브린 부인이 말했다.

아이가 몇이더라. 또 임신한 것 같지는 않는데.

— 그런데 상복을 입으셨군요. 별일은 아니……?

— 아닙니다, 블룸 씨가 말했다. 방금 장례식에서 돌아오는 길입니다.

종일 이런 질문을 받을 것 같군. 누가 죽었소, 언제 그리고 무엇 때문에 죽었소? 재수 없는 서푼짜리 엽전은 연거푸 되돌아오게 마련.

— 어머, 저런, 브린 부인이 말했다. 가까운 친척은 아니어야 할 텐데.

그녀의 동정을 사는 게 좋아.

— 디그넘요, 블룸 씨가 말했다. 저의 옛 친구지요. 그는 너무나 갑자기 돌아갔어요, 불쌍한 친구 같으니. 심장마비로, 저가 믿기에. 장례가 오늘 아침이었소.

내일은 당신의 장례식
당신이 밀밭을 지나올 때.
디들디들 덤덤
디들디들……⁴⁸⁾

— 친한 친구를 잃다니 슬픈 일이에요, 브린 부인의 여성 눈망울이 우울하게 말했다.

자 이제 그 일은 그만 충분해. 잠깐만: 살짝: 남편 이야기를.

— 그런데 주인 양반은?

브린 부인은 두 큰 눈망울을 위로 돌렸다. 아무튼 옛날 그 눈매를 잃지 않았군.

— 오, 말씀 마세요! 그녀는 말했다. 그인 방울뱀도 놀라게 할 정도랍니다. 그인 명예훼손의 법조문을 찾아 법률서적을 들고 지금 저 안에 있어요. 제 속을 태우고 있답니다. 어디 보여 드릴게요. 잠깐만.

뜨거운 가짜 거북수프의 증기와 갓 구운 잼 과자의 만두 푸딩의 김이 해리슨 점(店)⁴⁹⁾으로부터 쏟아져 나왔다. 오후의 진한 음식 냄새가 블룸 씨의 목구멍 천장을 간질였다. 맛 좋은 가루 반죽 과자를 만들려면, 버터, 고급 밀가루, 데메라라⁵⁰⁾ 설탕이 필요하지, 또는 뜨거운 차와 함께 먹으면 맛있지. 아니면 저 냄새는 저 여인한테서 나는 걸까? 한 맨발의 부랑아가 문창살 너머로 냄새를 빨아들이면서, 서 있었다. 저렇게 해서 허기를 면하는 거다. 저건 기쁨일까 고통일까? 서푼짜리 음식. 식탁에 사슬로 매달려 있는 나이프와 포크.

그녀의 가죽으로 엮은, 핸드백을 열고 있다. 모자 핀: 저런 걸 주의해야 해. 전차 속에서 남자의 눈을 찌른단 말이야. 뒤지고 있다. 열렸다. 돈. 제발 한 푼을 뺏어 봐요. 여자들은 6페니라도 잃으면 큰일나지. 야단법석을 떨거든. 가엾은 남편. 월요일에 내가 당신한테 준 10실링은 어쨌소? 그래 당신은 동생 가족을 먹여 살리는 거요? 더러운 손수건: 약병. 그 치명적인 알약.⁵¹⁾ 저 여잔 뭘……?

— 틀림없이 초승달인가 봐요.⁵²⁾ 그녀는 말했다. 그는 그때만 되면 언제나 고약해져요. 그인 간밤에 무슨 짓을 했는지 아세요?

그녀의 손이 뒤지기를 멈추었다. 그녀의 눈을 놀란 듯 크게 뜨고, 그러나 미소하면서, 그에게 고정시켰다.

— 뭔데요? 블룸 씨가 물었다.

말하도록 내버려 둬. 그녀의 눈을 바로 들여다보라. 난 당신을 믿어요. 나를 신뢰해요.

— 밤중에 저를 깨우지 않겠어요, 그녀가 말했다. 그인 꿈을 꾼 거예요, 악몽을.

소화불량.

— 한 패(에이스)의 스페이드[53]가 층층대를 걸어 올라가고 있다고 말하는 거예요.

— 한 패의 스페이드가! 블룸 씨가 말했다.

　　　　　　그녀는 핸드백에서 접힌 우편엽서 한 장을 꺼냈다.

— 이걸 읽어보세요, 그녀는 말했다. 그이가 오늘 아침 받은 거예요.

— 그게 뭔데요? 블룸 씨가 엽서를 집으면서, 물었다. U. P.라?

— U.p: 이제 끝장이다,[54] 그녀는 말했다. 어떤 사람이 그이를 놀려대고 있는 거예요. 누군지 몰라도, 그건 너무 심한 모욕이지요.

— 과연 그렇군요, 블룸 씨가 말했다.

　　　　　　그녀는 한숨을 쉬면서, 엽서를 돌려받았다.

— 그런데 그인 지금 멘턴 씨[55]의 사무실을 방문하고 있어요. 1만 파운드의 손해 배상을 요구할 참이에요.

　　　　　　그녀는 엽서를 어수선한 백 속에 접어 넣고 걸쇠를 찰칵 채웠다.

　　　　　　두 해 전에 그녀가 입었던 똑같은 푸른 사지 드레스, 하얗게 바랜 보풀. 옛날에는 참 근사하게 보였지. 그녀의 귀 위의 성긴 머리카락. 그리고 저 초라한 테 없는 모자: 흉해 보이지 않도록 낡은 장식 포도 알 세 개를. 초라하지만 점잖아. 그녀는 그전엔 참 품위 있는 차림새였지. 그녀의 입가에 주름살이. 몰리보다 단지 한 살가량 더 나이 먹었지.

　　　　　　저 여인이, 지나가면서 그녀에게 던지는 저 눈초리 좀 봐요. 잔인하지. 여성은.

　　　　　　그는 불만을 시선을 뒤로 억제하면서, 계속 그녀를 쳐다봤다. 얼얼한 가짜 거북 쇠꼬리 카레 수프. 나도 역시 시장해. 그녀의 옷섶에 만두과자 부스러기: 그녀의 뺨에 덕지덕지 묻어있는 설탕 가루. 넉넉히 다져 넣은 장군살[草]파이, 맛난 과일 속. 당시는 조시 파우얼이었지.[56] 오래전 루크 도일[57]가(家)에서. 돌핀즈 반, 글자 수수께끼를. U.p: 이제 끝장이라.

　　　　　　화제를 바꾸자.

— 요즈음 뷰포이 부인에 관한 소식 들으시오? 블룸 씨가 물었다.

— 마이너 퓨어포이?[58] 그녀가 말했다.

　　　　　　필립 뷰포이를 나는 생각하고 있었다. 연극 관객의 클럽. 맛참은 이따금 뛰어난 수완을 생각한다. 내가 사슬을 잡아당겼던가?[59] 그래. 마지막 행위(幕).

— 예.

— 난 오는 길에 그녀가 끝났는지 물어 보려고 잠깐 들렀지요. 그녀는 지금 홀레스가(街)의 산부인과 병원에 입원하고 있어요. 닥터 혼[60]이 그녀를 입원시켰죠. 지금까지 사흘째 고생하고 있어요.

— 오, 블룸 씨가 말했다. 그것 참 안됐군.

— 그래요, 브린 부인이 말했다. 그리고 집에는 애들이 우글우글하고. 정말 난산(難産)이라고, 간호원이 말했어요.

— 오, 블룸 씨가 말했다.

　　　　　　그의 짙은 연민의 시선이 그녀의 뉴스를 빨아들였다. 그는 애처로워하듯 혀를 찼다. 쯧! 쯧!

— 참 안됐군, 그는 말했다. 가련하게도! 사흘이나! 그녀에게 참 지독한 일이지요.

　　　　　　브린 부인이 고개를 끄덕였다.

— 지난 화요일에 그녀는 진통을 시작했는데……

　　　　　　블룸 씨는 그녀의 팔꿈치 뼈를 살며시 건드리며, 경고했다:

— 조심해요! 이 사람 지나가게 길을 비켜요.

　　　　　　한 빼빼 마른 몸집이 강으로부터 연석을 따라, 무거운 끈 달린 외 안경을 통해 골똘한 시선으로 햇볕 속을 쏘아보면서, 성큼성큼 걸어왔다. 조그마한 모자가 두개골처럼 단단하게 그의 머리를 꼭 조이고 있었다. 그의 팔로부터, 접힌 먼지 가리 외투, 지팡이 그리고 우산이 그의 발걸음에 맞추어 뎅그렁거렸다.

— 저이를 잘 살펴보오, 블룸 씨가 말했다. 저인 언제나 가로등 바깥쪽을 걷지요. 잘 봐요!

— 저 사람 누구예요, 물어 봐도 괜찮다면? 브린 부인이 물었다. 저인 정신병잔가요?

— 그의 이름은 카셀 보일 오코너 피츠모리스 티스덜 파렐[61]이오, 블룸 씨가, 미소 지으며 말했다. 잘 봐요!

— 이름이 굉장히 길군요. 그녀가 말했다. 데니스도 어느 날 저렇게 될 터인데요.

그녀는 갑자기 이야기를 중단했다.

— 저기 그이가 있어요, 그녀는 말했다. 뒤쫓아 가봐야겠어요. 안녕히 가세요. 몰리에게 안부 전해 주세요, 네?

— 그렇게 하죠, 블룸 씨가 말했다.

그는 그녀가 통행인들 사이로 몸을 피해 상점 정면을 향해 걸어가는 것을 지켜보았다. 데니스 브린이 우스꽝스러운 외투를 입고 푸른 스크 화를 신은 채, 그의 갈빗대에다 두 권의 묵직한 책을 끌어안고 해리슨 점(店)에서 천천히 걸어 나왔다. 만(灣)에서 날아 들어온 것 같군.[62] 옛날 그대로야. 그는 아내가 앞질러도 놀라지 않고 참으며, 그의 무딘 회색 수염을 그녀에게 불쑥 내민 채, 그가 열심히 말을 하자, 처진 턱을 설레설레 흔들었다.

정신병자. 머리가 돌았지.

블룸 씨는, 그의 앞쪽 햇볕 속에 단단한 두개골과 뎅그렁거리는 지팡이 우산 먼지가리외투를 쳐다보면서, 다시 계속 슬슬 걸어갔다. 이틀을 걸어 다니고 있는 것이다. 저이 좀 봐! 다시 보도에서 벗어나고 있군. 세상을 살아가는 한 가지 방법이지. 그리고 저들 허수아비 차림의 저 배회하는 다른 늙은이. 그녀가 저이와 같이 살아가다니 참 힘든 일임에 틀림없어.

U.p: 이제 끝장이라. 맹세컨대 저건 앨프 버건 아니면 리치 고울딩의 짓일 거야. 스카치 주점에서 농담으로 그걸 썼을 테지 틀림없어. 멘턴의 사무실에 들러. 우편엽서를 빤히 쳐다보고 있는 그의 굴[蠣]같은 눈. 눈요기 감.

그는 〈아이리시 타임스〉지사를 지나갔다. 저기 또 다른 회답이 와 있을지 몰라. 그들에게 모두 회답을 해주고 싶군. 범죄를 위해 안성맞춤의 제도야. 암호 전보. 지금 모두들 점심 식사 중. 저기 안경을 쓴 서기가 나를 몰라보는군. 오, 답할 게 많지만 참고 내버려둬. 그따위 것을 마흔네 통이나 애써 읽는 건 참 귀찮은 일이야. 구인(求人) 광고, 문에 저작을 하는 신사를 돕기 위한 스마트한 숙녀 타이피스트. 저는 당신을 심술꾸러기라 불렀어요, 왜냐하면 그 밖의 다른 세계[63]는 싫으니까요. 제발 말해 주세요 그 말이 무슨 뜻인지. 당신의 아내가 무슨 향수를 쓰는지 말해 주세요. 누가 세상을 만들었는지 제게 말해 줘요. 여자들이 그따위 질문을 상대방에게 건네는 수작, 그리고 다른 한 사람 리찌 드위ㄱ.[64] 저의 문학 '잉의 노력은 저명한 시인 A. E.(조. 러셀 씨)[65]의 인정을 받는 행운을 얻었답니다. 한 권의 시집을 들고 멀건 차를 마시면서 그녀의 머리를 만질 여가는 없지.

조그마한 광고를 위해선 무척이나 좋은 신문이야. 지금은 지방을 압도하지. 요리사 및 가사(家事) 모두 전담하실 분, 고급 주방장, 보조하녀 딸림. 술 카운터를 위한 팔팔한 청년을 구함. 품행 단정한 소녀(로마 가톨릭)가 과일 가게나 돼지 푸줏간의 직장을 구함. 제임스 칼라일[66]이 그걸 설치했다. 6퍼센트 반의 배당금. 코츠 주권(株券)으로 한몫 단단히 보았다.[67] 조심해서. 꾀 많은 늙은 스코틀랜드의 구두쇠들. 모두 따분한 뉴스거리. 우리들의 우아하고 인기 있는 총독부인. 방금 〈아이리시 필드〉지[68]를 매수했다. 마운트카셀 부인은 그녀의 해산(解産) 후 완쾌되어, 어제 라도스에서 열린 해금식(解禁式)에 워드 유니언 클럽[69]의 사냥개를 데리고 사냥에 나서다. 먹지도 못하는 여우. 닥치는 대로 쏘는 사냥꾼들 역시. 그들에게 공포(恐怖)라는 주사액(注射液)은 사냥감의 고기를 충분히 연하게 하는 거다. 말에 걸터타기. 남자처럼 말에 앉아. 중량급 여 사냥꾼. 그녀에게는 부인용 안장이나 방석이 결코 필요하지 않아, 절대로. 사냥 예비회(豫備會)에도 그리고 여우의 죽음을 지켜 보는데도 제일 먼저. 저들 몇몇 경마 여인들은 새끼치는 암말처럼 튼튼하지. 말 대여소(貸與所) 주위를 건들건들 돌아다닌다. 눈 깜짝할 사이 브랜디 한 잔을 거뜬히 마셔 버리지. 오늘 아침 그로즈비노에서의 그녀.[70] 재빨리 마차를 타버렸지: 윗쉬윗쉬. 돌담이나 5피트 높이의 문을 뛰어넘는다. 그 개발코의 마부 녀석이 화풀이로 그 짓을 한 것 같아. 그 여잔 누굴 닮았더라? 오 그래! 셀본 호텔에서 그녀의 헌 외투와 검은 내의를 내게 팔았던 미리엄 단드레이드 부인.[71] 이혼한 스페인계 미국인. 내가 그런 걸 만져도 눈 하나 깜빡하지 않았어. 마치 내가 그녀의 빨래 말리는 틀인 양. 총독의 파티에서 그 여자를 보았는데, 당시 공원지기 스터브즈[72]가 〈익스프레스〉지의 웰런과 함께 나를 그곳에 들여보내 주었지. 귀족들이 먹다 남은 걸 청소하는 셈이다. 고급 차(茶). 나는 마요네즈를 커스터드 소스라고 생각하고 자두 위에 들이부었지. 그녀의 귀가 그후 몇 주일 동안 틀림없이 왱왱 울렸을 거야. 그녀를 위해서 황소가 되어 보고 싶군. 타고난 고급 매소부. 그녀에겐 아기 보는 일거리가 없으니, 고맙지 뭐야.[73]

가련한 퓨어포이 부인! 감리교 신자(methodist)인 남편. 그의 광기(狂氣) 속의 조리(method).[74] 시험 농장의 사프란 향미료가 든 건포도 빵과 우유 그리고 소다 런치. Y. M. C. A. 스톱워치에 맞추어 먹는 것이다. 1분에 32번 씹기. 그리고 여전히 그의 양(羊)의 볼 수염을 길렀다. 문벌(門閥)이 좋은 모양이야. 더블린 성(城)[75]에 있는 시어도어의 종형제. 어느 가족이고 한 사람 정도의 귀족 혈연자(血緣者)는. 매년 서리(霜)에 견디는 연년생을 그는 아내에게 선사하지.[76] '세 즐거운 술고래'[77]라는 주점 바깥에서 그가 맨 머리로 행진 하는 걸 그리고 그의 장남이 시장용 망태기 속에 아기를 넣고 가는 걸 지켜보았지. 삐삐 울어대는 어린애들. 불쌍하게도! 그래서 해마다 밤새도록 언제나 아이에게 젖을 물려주지 않으면 안 되는 거다. 그따위 티. 티.(금주론자)들은 참 이기적이야. 여물통 속의 개(犬)란 말이야.[78] 저의 차 속에 설탕 한 알만, 제발.

그는 플리트가(街) 횡단로에 멈추어 섰다. 점심시간. 로우 음식점에서 6페니짜리를? 국립도서관에서 광고를 찾아내야 한다. 버튼[79]에서 8페니짜리. 그게 나아. 가는 도중이니.

그는 볼턴의 웨스트모어랜드 하우스를 지나 계속 걸어갔다. 차(茶). 차. 차. 내가 톰 커넌[80]한테 부탁할 걸 잊었군.

쯔. 쯧, 쯧, 쯧! 3일씩이나 초(醋)에 적신 손수건을 그녀의 이마에 두르고, 그녀의 배가 부풀어 오른 채, 침대에서 신음하고 있는 걸 상상해 봐요. 휴우! 그저 지독한 일! 아기의 머리가 너무 큰 거다: 족집게를. 어머니 뱃속에서 몸을 이중으로 굽힌 채, 무턱대고 빠져 나오려고 출구(出口)를 찾으며. 생각만 해도 몸서리가 치지. 다행히 몰리는 가볍게 넘겨 버렸어. 그걸 막는 무슨 방법이라도 발명해야 할 거야. 난산(難産). 무통분만법(無痛分娩法): 빅토리아 여왕은 그걸 사용했지.[81] 그녀는 아홉을 낳았어. 알 잘 낳는 암탉이지. 한 짝의 구두 속에 살았다는 노파, 그녀는 아기를 너무나 많이 낳았어.[82] 남편이 폐병환자였다고 상상해봐.[83] 누구든 은빛 광택 나는 생각에 잠긴 가슴[84]이 무엇인지 허풍만 떨지 말고 그에 대해 곰곰이 생각해야 할 때야. 바보에게나 먹일 허풍이지. 당국은 큰 시설(병원)을 쉽사리 세울 수 있었을 텐데 만사에서 벗어나 아주 무통(無痛)으로 출생하는 아이마다 21살이 될 때까지 복리(複利)로 5파운드씩을 보조하면 5푼리(分利)가 100실링이 되고 처음 지루한 5파운드를 십진법(十進法)으로 20배 곱하여 사람들을 격려해서 110파운드 남짓을 21년 동안 저축하게 하면 지상으로 계산해 보고 싶을 정도로 큰돈이 되지 생각한 이상으로.

물론 사산(死産)은 그렇지 않아. 그들은 심지어 등록도 되지 않지. 아무 보람 없는 고생.

두 여인이 배를 불쑥 내밀고 함께 있는 걸 보면 참 우스꽝스럽지. 몰리와 모이젤 부인.[85] 어머니들의 모임. 폐결핵은 당분간 물러갔다가, 다시 되돌아오는 거다. 아기를 낳고 나면 갑자기 얼마나 납작하게 보이는지 몰라. 평화스런 눈. 그들의 마음도 한결 가벼워지지. 늙은 손턴 부인은 참 유쾌한 인물이었어.[86] 모두 저의 아기예요, 그녀는 말했지. 스푼의 죽을 아기들에게 먹이기 전에 먼저 그녀의 입에 넣어 보지. 오, 자 냠냠이야. 늙은 톰 월의 자식 때문에 그녀의 손이 박살났었지. 대중(大衆)에게 하는 그의 최초의 인사. 현상(懸賞)붙은 호박같이 생긴 머리. 실쭉한 머렌 의사. 언제나 문을 두들겨 의사들을 깨우는 사람들. 제발, 의사 선생님. 아내가 진통을 겪고 있어요. 그러고 나면 의사들을 진료비 때문에 몇 달이고 기다리게 하는 거다. 댁의 아내를 왕진한 데 대해. 사람들의 무감사(無感謝). 인정 많은 의사들, 그들 대부분이.

아일랜드 의사당[87]의 거대하고 높은 문간 앞에 한 무리의 비둘기가 날았다. 식사 후의 그들의 자그마한 유희. 누구한테 갈길까? 난 저 검정 옷 입은 녀석이야. 자 간다. 이 양반 운이 좋군. 공중에서 틀림없이 스릴이 있을 거야. 엡존,[88] 나 그리고 오우엔 골드버그[89]가 구즈 목장 근처에서 원숭이놀이를 하면서 나무에 기어올랐지. 그들이 나를 고등어[90]라고 불렀어.

1개 분대(分隊)의 순경들이 일렬종대로 행진하면서, 칼리지가(街)에서 쏟아져 나왔다. 보조 훈련. 음식물로 데워진 얼굴들, 땀방울이 맺힌 헬멧, 그들의 곤봉을 토닥토닥 소리 내면서. 허리띠 아래를 지방질 많은 수프로 배불리 채운 후였다. 순경의 운명은 이따금 행복한 거야.[91] 그들은 몇몇 작은 그룹으로 쪼개져 흩어져서, 경례를 하고, 각자의 순찰 구역을 향해서 나아갔다. 방목(放牧)하게 하는 것이다. 푸딩 타임에 한 놈을 공격하는 것이 최선의 순간. 그의 식사에 한 펀치를. 다른 한 분대가, 불규칙하게 행진하면서, 트리니티대학 울타리를 돌아, 경찰서를 향해 출발했다. 그들의 여물통을 향해. 기병대(공격) 맞이할 준비. 수프 받을 준비.

그는 토미 무어 상(像)의 익살맞은 손가락 밑으로 길을 건넜다. 그들이 그의 동상을 공중변소 위쪽에 세운 것은 옳았다: 사방의 물이 합치는 곳.[92] 여자용 화장실도 여러 개 있어야만 해. 과자점으로 뛰어 들어간단 말이야. 저의 모자 좀 바로 고치구요. 이 넓은 세상에 그토록 아름다운 계곡은 없다네.[93] 줄리아 모칸[94]의 멋진 노래. 최후의 순간까지 그녀의 목소리를 보존했었지. 그녀는 마이클 발프[95]의 제자였지, 그렇잖아?

그는 맨 마지막 순경의 폭넓은 상의 뒤를 노려보았다. 상대하기 진저리 나는 놈들. 재크 파우어 같으면 이야기를 털어놓을 수가 있겠지[96]: 그의 부친이 순경이니까. 만일 어떤 녀석이 연행되어 그들에게 성가신 짓을 하면, 유치장에다 가두고 혼을 내주지. 하지만 결국 그들이 하는 짓을 가지고 지나치게 나무랄 순 없잖아, 특히 뿔(角)난 젊은 놈들이니까. 조 챔벌레인[97]이 트리니티에서 학위를 받던 날 그 기마순경은 자기 보수에 힙딩한 짓을 했다. 정말 말 댔어! 그의 말굽 소리가 애비가(街)를 덜걱거리며 우리를 뒤따라. 다행히 나는 그때 정신을 차리고 매닝 점에 뛰어 들어 갔지 그렇지 않으면 나도 죽 쑤었을 거야. 그는 마구 달려왔어, 정말이지. 틀림없이 자갈에 부딪혀 그의 머리가 깨졌을 거야. 난 그따위 의학생 놈들과 휩쓸려 다녀서는 안 되었지. 그리고 그 각모(角帽)를 쓴 트리니티대학의 햇병아리들. 두통거리만 찾아다니는 것이다. 하지만 내가 꿀벌에 쏘였을 때 마터 병원에서 나를 치료해 준 그 젊은 딕슨을 알게 되었는 바, 그는 지금 퓨어포이 부인이 입원하고 있는 홀레스가의 산부인과 병원에서 일하고 있지. 바퀴 속에 또 바퀴.[98] 아직도 순경의 호루라기 소리가 귀에 요란하군. 모두들 도주하고 말았어. 그는 왜 나만 노렸는지 몰라. 나를 경찰에 넘기려고. 바로 이 지점에서 시작됐다.

— 보어인(人) 만세![99]

— 데 베트[100] 만세 삼창!

— 우린 조 챔벌레인을 사과나무에 목매달 것이다.[101]

어리석은 조무래기들: 창자를 꺼낸 채 외치는 젊은 애송이 폭도들. 비니가 언덕.[102] 버터 거래소의 패거리들. 불과 수년 후면 그들 절반이 치안판사나 관리가 된단 말이야. 전쟁이 다가 온다: 허겁지겁 입대한다. ……(전쟁엔 안가) 하던 바로 그 녀석들이. 높은 단두대 위에든 아니든.[103]

이야기 상대하는 이가 누구인지 전혀 알지 못하지. 코니 켈러허 그는 눈 속에 스파이[104]의 빛을 띠고 있어. 마치 무적 혁명 단의 비밀을 누설한 피터 또는 데니스 또는 제임스 캐리[105]처럼. 또한 시의회 의원. 실정을 탐지하려고 경험 없는 젊은이들을 언제나 선동하면서 성(城)[106]으로부터 기밀비용을 끌어내는 거지. 그 녀석을 해치워버려. 왜 그따위 평복(平服)의 탐정들은 언제나 하녀들만 꾀어낼까. 제복을 입고 다니는 놈은 쉽사리 알아채지. 뒷문에 기대어 짓이기며 농탕 치고 있는 것이다. 그녀를 조금 어른다. 그러고는 다음 일은 예정표대로. 그런데 저기 방문하고 있는 저 신사는 누구야? 주인 아들이 무엇을 말했지? 열쇠 구멍을 엿보는 톰 녀석.[107] 미끼용 오리. 다림질을 하고 있는 그녀의 살찐 팔 주위에서 희롱거리는 열혈(熱血)의 젊은 학생.

— 그거 네 거야, 메리?

— 이런 건 입지 않아……멈추지 않으면 마님한테 일러줄 테야. 밤 시간 반절을 바깥에서.

— 멋진 시절이 다가오고 있어, 메리. 어디 보여 줄게 기다려.

— 아, 그 다가오고 있는 멋진 시절과 함께 썩 꺼져요.

주점여급도 역시. 담배 가게소녀들도.

제임스 스티븐즈의 착상이 최고였어.[108] 그는 그들을 알고 있었지. 10명이 서클을 지으면 한 놈이 자기 고리(링) 이상을 배반할 수가 없지. 신페인 당. 탈당하면 칼침이야. 숨은 손. 당(黨)에 그대로 머물러 있어. 사살대(射殺隊).[109] 간수의 딸이 그를 리치먼드에서 구출하여, 러스크 항(港)[110]에서 탈출시켰지. 그들의 바로 코밑 버킹엄 팰러스 호텔에 투숙하면서.[111] 가리발디.[112]

누구든 한 가지 매력은 갖고 있음이 틀림없지: 파넬. 아더 그리피스는 강직한 사람이지만 군중을 위한 호소력이 없었다. 혹은 우리의 사랑하는 조국에 대하여 허풍을 떨고 싶어 하지. 베이컨에 시금치를 곁들인 요리. 더블린 빵 제조회사의 다방. 토론회. 공화정제(共和政制)가 정부의 가장 좋은 형태라는 것. 언어 문제가 경제 문제보다 우선권을 가져야 한다는 것. 딸들로 하여금 당원들을 집으로 유인하게 한다. 그들에게 고기와 술을 실컷 먹게 한다. 성 미가엘 축일의 거위 요리.[113] 여기 당신을 위해 타임(植) 향료로 양념한 고기 덩이가 대령하고 있어요. 식기 전에 기름진 거위 수프를 한 쿼터만 더 드세요. 반쯤 배를 불린 열성가들. 페니짜리 롤빵 그리고 무리와 함께 하는 산보. 고기 써는 자에게는 먹을 짬도 없지.[114] 다른 녀석이 돈을 내면 세상에서 제일 맛좋은 음식이라는 생각. 완전히 마음 풀어헤치는 거다. 그 살구 이쪽으로 넘겨요, 복숭아 말이요. 그날은 그렇게 멀지 않았어. 북서쪽에 솟아오르는 자치(自治)의 태양, 이라.

그가 걸어가는 동안 미소가 사라졌다. 짙은 구름 한 점이 트리니티대학의 늠름한 정면을 그늘지게 하며, 태양을 천천히 가렸다. 전차들이 차례차례 지나갔다, 들어오면서, 밖으로 나가면서, 뗑그렁거리며. 쓸모없는 말(言)들. 만사는 똑 같이 계속되고 있다. 매일 매일: 밖으로 행진했다가 되돌아 온, 경찰의 분대들: 들어오고, 나가는 전차. 배회하고 있는 저 두 미치광이. 디그넘은 마차에 실려 떠나 버렸지. 그녀의 몸에서 아기를 꺼내려고 침대 위에서 배가 부푼 채 신음하고 있는 마이너 퓨어포이. 어디선가 매초마다 태어나고 있는 아이. 매초 죽어 가고 있는 다른 이들. 내가 5분 전 새들에게 모이를 준 이래. 3백 명의 사람들이 밥그릇을 놓았지. 다른 3백 명이 태어났어, 피를 씻어 없애면서, 모두 메에에에에에 우는, 양의 피로 씻겨진다.

시(市) 가득 죽어 가는가 하면, 다른 시 가득 태어나고, 또한 죽어간다: 다른 사람이 다가오고, 사라져 간다. 집들, 집들의 행렬. 거리, 수마일 뻗친 포도(鋪道). 쌓아 올린 벽돌, 돌. 주인들도 바뀐다. 이 주인, 저 주인. 지주는 결코 죽지 않는다고들 하지. 한 사람이 퇴거증서를 받으면 다른 사람이 이내 그 자리에 들어앉는다. 그들은 땅을 황금으로 몽땅 사 버리고 그러고도 여전히 황금을 모두 갖는다. 어딘가 숨어있는 사기. 도시들 속에 쌓여진 채, 세월 따라 마멸된다. 모래 속의 피라미드. 양파와 빵 위에 세워진 채.[115] 노예들 중국의 만리장성. 바빌론.[116] 큰 돌들의 유물. 둥근 탑들.[117] 잔여 쓰레기들. 이리저리 뻗는 교외(郊外)들, 날림으로 지은 채, 바람으로 지어진, 커윈의 버섯 집들.[118] 밤을 위한, 은신처.

어느 하나 뭣한 게 없다.

지금이 하루에서 제일 나쁜 시각이야. 활력. 무디고, 음침한: 이 시간이 싫어. 나는 마치 누군가에 의해 먹혔다가 토해 내진 기분이야.

학장(學長) 댁. 닥터 새먼(Salmon)사(師)[119]: 통조림 된 연어(새먼) 격. 저 속에 잘 통조림 되어 있는 거다. 마치 묘지 부속 예배당 같아. 돈을 준대도 그 속에서는 살고 싶진 않아. 오늘은 간과 베이컨이 있으면 좋겠는데. 자연은 진공을 혐오하지.

해가 서서히 그 자태를 드러내면서 월터 섹스턴의 진열장 맞은편의 은제기물(銀製器物) 사이에 그 섬광을 쏟았다. 진열장 곁을 존 하워드 파넬[120]이 지나갔다, 거들떠보지도 않은 채.

저기 그가 있군. 아우. 그의 이미지. 눈에 선한 얼굴. 그런데 이건 우연의 일치야. 물론 한 사람을 수백 번 생각하고도 그를 만나지는 못한다. 몽유병자처럼. 아무도 그를 알지 못하지. 오늘 틀림없이 시 회의(會議)가 있는 모양이야. 그가 직(職)에 취임한 이래 경시총감의 복장을 입은 적이 결코 없다고, 사람들은 말하지. 찰리 커버나[121]는 높은 말을 타고, 삼각모를 쓴 채, 으쓱대며, 분을 바르고 면도를 하고, 나타나곤 했지. 수심에 잠긴 듯한 저 걸음걸이 좀 봐요. 부진한 부랑아. 유령에 달린 데쳐놓은 눈. 저는 아파요. 위인의 아우: 그의 형의 동생. 그가 시(市) 전용 말을 타면 참 근사할 거야. 아마 커피 마시러 D. B. C.[122]에 들르는 모양, 거기서 장기를 두고. 그의 형은 사람들을 인질(人質)로 사용했지. 그들을 망하도록 내버려두었어. 그에게 말 한 마디라도 건네기를 두려워했지. 눈으로 사람들을 얼려 버렸으니까. 그것이 매력이지: 그의 이름. 모든 식구들은 정신이 약간 돌았어. 정신 나간 파니와 그의 다른 누이 디킨슨 부인은 분홍색 마구(馬具)를 채운 채, 말을 타고 돌아다녔지.[123] 외과의인 맥아들[124]처럼 등을 곧추세우고. 그런데도 데이비드 쉬가 남부 미드 주(州)에서 그를 패배시켰지.[125] 칠턴 헌드레즈[126]의 한직(閑職)에 지원하고 대중 생활에로 은퇴한다. 애국자의 향연. 공원에서 오렌지 껍질을 먹으면서.[127] 사람들이 그를 의회에 집어넣으면 파넬이 무덤에서 되돌아와 그의 팔을 붙들고 하원에서 그를 끌어낼 거라고, 사이먼 데덜러스가 말했지.

— 고놈의 두 개의 대가리를 가진 낙지 가운데서, 한 개의 대가리는 그 위에 세계의 종말이 다가오는 것을 잊어버리고 있는 대가리인 반면 다른 대가리는 스코틀랜드의 말투로 말을 한다.[128] 그 촉각은……

그들은 블룸 씨 뒤로부터 연석을 따라 지나갔다. 수염과 자전거. 젊은 여인.

그런데 저기에 그가 역시 있군. 자 이건 정말 우연의 일치야: 두 번째. 다가오는 사건들은 미리 그림자를 던지기 마련.[129] 탁월한 시인, 조. 러셀 씨의 인정을 받아. 그와 함께 있는 이가 리찌 트위그인지도 몰라. A. E.: 그게 무슨 뜻이지?[130] 아마 두문자. 앨버트 에드워드, 아더 에드먼드, 알폰서스 에브 에드 엘 에스콰이어.[131] 그가 뭘 말하고 있을까? 스코틀랜드의 말투로 세계의 종말을. 촉각: 낙지. 뭔가 비전적(秘傳的)인 것을: 상징주의. 장황하게 지껄이면서. 그녀는 그것을 모두 조심스럽게 받아들이고 있다. 한 마디 말도 않고. 문예 저작을 하는 신사를 돕기 위하여.

그의 눈이 홈스펀 모직물을 입은, 턱수염을 기르고 자전거를 탄, 키 큰 인물과,[132] 그의 곁에서 귀를 기울이고 있는 한 여인을 뒤따랐다. 야채 식당에서 나오는 것이다. 단지 야채류와 과일뿐. 비프스테이크는 먹지 말라. 만일 그대가 그렇게 하면 소의 눈알이 영원히 그대를 뒤따라 다녀요. 야채가 건강에 더 좋다고들 하지. 그러나 방귀와 오줌이. 전에 그걸 시험해 봤어. 종일 변소간에 뛰어다니는 거다. 고창증(鼓脹症)처럼 고약하지. 밤새 꿈만 꾸고. 그들이 내게 준 저걸 사람들은 왜 너트스테이크[133]라 부르지? 호두상식주의자(胡桃常食主義者)들. 과실상식주의자(果實常食主義者)들. 그 생각을 하면 엉덩이 고기 비프스테이크를 먹고 있는 기분이지. 불합리하게도. 게다가 너무 짜서. 그들은 소다로 요리하지. 밤새도록 수도꼭지 신세를 져야 한다.

그녀의 스타킹이 발목 위에 헐겁게 내려져 있다. 난 저런 건 싫어: 볼품없게. 저따위 문학적인 영기성(靈氣性)을 띤 사람들은 모두 매한가지야. 꿈꾸듯, 몽롱한, 상징주의적. 그들은 심미가(審美家)들이지. 그대가 보는 그따위 음식물이 시적인 뇌파(腦波) 비슷한 걸 만들어 낸다면 난 조금도 놀라지 않을 거야. 예를 들면, 셔츠 속에 아이리시스튜 같은 땀을 뻘뻘 흘리고 있는 저따위 순경, 그에게서 단 한 줄의 시(詩)도 짜낼 수 없을 거야. 심지어 시가 무언지도 몰라요. 어떤 기분에 잠겨 있지 않으면 안 되는 거다.

꿈꾸듯 몽롱한 갈매기는
흐릿한 바다 위를 요동치누나.

그는 낫소가(街)의 모퉁이에서 길을 건너, 예이츠 부자(父子) 상회[134] 진열장 앞에 멈추어 섰다, 그곳의 망원경에 값을 매기면서. 아니면 해리스 옹(翁) 댁에 잠깐 들러 젊은 싱클레어와 잡담이나 좀 할까? 예의 바른 친구야. 아마 점심을 먹고 있겠지. 내가 가진 헌 망원경도 고쳐야겠군. 괴르쯔 렌즈 6기니. 독일 사람들은 어디에서든지 그들의 길을 개척한단 말이야. 고객을 붙들기 위해 보다 싼값으로 팔지. 경쟁적으로 값을 내리는 거다.[135] 철도 분실물 보관소에서 혹시 한 쌍을 손에 넣을 수 있을지 몰라. 사람들이 기차 속이나 정거장의 수하물 위탁소에 놓고 간 물건도 굉장해요. 사람들은 뭘 그렇게 곰곰이 생각할까? 여자들도 매한가지. 믿을 수 없어요. 지난해 에니스에 여행하는 도중 저 농부의 딸의 가방을 주셨는데, 그걸 리머릭의 교차역[136]에서 그녀에게 인계해야 했어. 주인 없는 돈도 마찬가지. 저 망원경을 시험해 볼 저기 은행 지붕 위에 조그마한 시계가 있군.

그의 눈꺼풀이 홍채의 아래쪽 가장자리 선까지 내려왔다. 그걸 볼 수 없군. 만일 그대가 그곳에 있다고 생각하면 그걸 거의 볼 수 있지. 볼 수 없군.

그는 주위를 돌아보았다. 그리고 차양 사이에 서서, 오른손을 태양을 향해 한껏 내뻗었다. 저걸 이따금 시험해보고 싶었어. 그래: 완전히. 새끼손가락 끝이 태양의 둥근 원형을 가렸다. 빛이 엇갈리는 곳이 틀림없이 초점이야. 만일 내가 검은 안경을 갖고 있다면. 재미있군. 우리들이 서구 롬바드가(街)에 살았을 무렵 저 태양의 흑점(黑點)에 관해서 이야기가 참 많았지. 뒷마당에서 하늘을 쳐다보면서. 저건 무서운 폭발이야. 금년에 개기일식(皆旣日蝕)이 있을 거야: 가을 언젠가.

방금 나는 저 표시구(標時球)가 그리니치 타임에 맞춰 내려지는 거라고 생각하게 되었다. 저 시계는 던싱크[137]로부터 한 가닥 전선(電線)에 의하여 움직이고 있지. 언젠가 첫째 토요일에 거기 가봐야겠어. 만일 내가 졸리 교수[138]에게 소개받든지 또는 그의 가족에 관해 뭘 좀 알 수 있으면. 그렇게 하는 게 이로울 거야: 누구나 항상 감사하게 느끼지. 전 1
혀 예기치 않았던 곳에서 듣는 치렛말. 귀족은 그가 어떤 왕의 첩의 후손이란 걸 자랑으로
여기지. 그의 편모(偏母). 몹시 발림 말을 한다. 공손한 태도가 만사를 해결한다. 안에 들
어가도 자신의 생각에 그래서는 안 된다고 여기는 걸 불쑥 말하지 말아야: 시차(視差)가
뭐예요? 이 신사를 문간으로 안내하게.¹³⁹⁾ 5

아하.

그의 손이 다시 옆구리로 내려왔다.

도대체 그에 대해 결코 알 수 없어요. 시간 낭비야. 가스공이 빙빙 돌며, 서로 엇갈리
며, 지나가며. 그 옛날부터 변함없이 언제나 딩동. 가스: 그리고 고체: 그리고 세계: 그리
고 냉각: 그리고 주위에 떠 있는 사각(死殼), 얼어붙은 바위, 저 파인애플 얼음과자처럼. 10
달. 틀림없이 초승달의 밤인가 봐요, 그녀가 말했지. 나도 그렇게 믿어.

그는 글레르¹⁴⁰⁾ 의상실 곁을 계속 걸어갔다.

가만있자. 만월(滿月)은 지난 두 주 전 일요일 밤이었으니까 정확히 초승달이 되는군.
톨카 강가를 걸어 내려가며. 가경(佳景)의 달(月)로서는 나쁘지 않았다.¹⁴¹⁾ 아내는 콧노래
를 부르고 있었지. 5월의 초승달이 비치고 있어요, 사랑.¹⁴²⁾ 녀석이 아내의 다른 편에. 팔꿈 15
치, 팔. 그이. 개똥벌레의 불 - 똥이 비추고 있어요, 여보. 감촉. 손가락.¹⁴³⁾ 질문. 대답. 그
래요.

그만. 그만. 만일 그렇다면 그런 거고. 아니면 아닌 거야.

블룸 씨는, 숨을 급히 쉬면서, 보다 천천히 걸어 아담 광장을 지나갔다.

하 침착하고 조용한 안도감과 함께 그의 눈이 주시하자 바로 여기가 보브 도런¹⁴⁴⁾의 병 20
(甁) 같은 어깨가 대낮에 거니는 거리구나. 그의 연례적인 난취중(亂醉中)이라고 맥코이가
말했지. 그들은 뭔가 말하려고 또는 뭔가 하려고 아니면 '셰르셰 라 팜프(여인 사냥)'¹⁴⁵⁾를
위해 술을 마시는 거다. 거기 쿰가(街)에서 매음부들과 거리의 방랑자들과 함께 그러고 나
면 그 해의 나머지는 판사처럼 절주(節酒)하지.

그래. 생각한 대로야. 엠파이어¹⁴⁶⁾ 속으로 도망치는군. 사라졌어. 독하지 않은 소다수 25
가 그에게 이로울 거야. 저기는 휘트브레드가 퀸즈 공연장을 경영하기 전에 패트 킨셀라가
하프 공연장¹⁴⁷⁾을 갖고 있던 곳이지. 대알 찬 남아(男兒)였어. 초라한 보닛을 쓴 중추(仲
秋)의 달 같은 얼굴을 한 디언 부시코¹⁴⁸⁾ 식(式) 연기(演技). 〈세 유쾌한 여학생들〉.¹⁴⁹⁾ 세
월이 무척 빨리 흘러가지, 응? 스커트 밑으로 길고 붉은 바지를 드러내 놓고, 술꾼들, 술을
마시면서, 침을 튀기며 소리 내어 웃었지, 숨이 막히도록 술을. 더 마셔, 패트. 상스럽게 붉 30
은 (얼굴): 그게 술꾼들의 흥(興): 낄낄거리는 웃음소리 그리고 흡연. 그 흰 모자를 벗어
요. 그의 반숙(半熟)된 눈. 지금 그는 어디 있을까? 어디서 거지로. 한때 우리들 모두를 굶
주리게 했던 하프 ¹⁵⁰⁾

나는 당시 보다 행복했지. 그렇지만 그게 나였던가? 아니면 지금의 내가 나란 말인
가? 나는 그때 스물여덟이었어. 그녀는 스물셋. 우리가 서구 롬바드가(街)를 떠났을 때 어 35
떤 변화가 일어났지. 루디 사망 뒤로 그것을 다시는 결코 즐길 수가 없었어. 시간을 되돌릴
수는 없지. 손에 물을 쥐는 격. 자네는 옛 시절로 되돌아가고 싶은가? 막 시작했을 당시로.
그러고 싶어? 불쌍한 심술꾸러기 당신, 댁에서 행복하지 못하세요? 나를 위해 단추를 달아
주고 싶어 하지. 답장을 써야겠군. 도서관에서 쓰자.

집집마다 차양이 쳐져 있는 화려한 그래프턴가(街)가 그의 감각을 유혹했다. 모슬린 40
시리사 친, 비단 귀부인들과 미망인들, 마구(馬具)의 딸랑거리는 소리, 타는 듯한 포도(鋪
道)에서 낮게 울려오는 말굽 소리. 하얀 스타킹을 신은 저 부인은 참 퉁퉁한 발을 갖고 있
지. 비가 와서 그녀가 신고 있는 저 양말을 망가트려 주었으면. 촌에서 자란 시골뜨기. 무

다리를 한 뚱뚱보들이 참석했어요. 여자들은 언제나 맵시 없는 발을 갖고 있지. 몰리의 것도 곧아 보이지가 않아.

그는 빈둥거리며, 브라운 토머스 비단 포목점의 진열장을 통과했다. 폭포 같은 리본 레이스. 엷은 중국 비단. 기울어진 항아리가 주둥이로부터 폭포 같은 핏빛 포플린을 쏟아낸다: 번쩍번쩍 비치는 피(血)야. 위그노 교도들이 저걸 이 나라에 들여왔지. '라 카우즈 에 쌍트 타라 타라(원인은 신성한 것이로다)'. 그건 참 위대한 코러스였어. '타리 타라.' 빗물로 씻어야만 합니다. 마이어베르. '타라: 봄 봄 봄.'[151]

바늘꽂이. 오랫동안 저걸 하나 사도록 야단처 왔지. 아무 데나 마구 꽂아 둔단 말이야. 창문 커튼에 바늘을.

그는 왼쪽 팔뚝을 약간 드러냈다. 긁힌 자국: 거의 없어졌군. 아무튼 오늘은 그만두자. 아까 로션을 가지러 되돌아가야 한다. 아마 아내의 생일 선물을 위해. 6 7 8 9월 8일.[152] 아직 거의 3개월이나 남았어. 그때 가서는 그녀가 그걸 좋아하지 않을지 몰라. 여자들은 핀을 줍지 않지. 그게 사(랑)을 끊어 버린다나.

번쩍이는 비단, 가느다란 구리 가름대 위의 속치마들, 찰싹 붙는 비단 스타킹의 광선.

옛날로 되돌아가는 것은 소용없는 짓. 부득이한 일이었어. 제게 모든 걸 다 말해 줘요. 높은 목소리들. 햇볕으로 따뜻해진 비단. 딸랑딸랑하는 마구들. 모두 여자를 위한 거다, 가정과 집, 거미줄 비단실, 은(銀), 자바산(産)의 향긋한 자양분 많은 과일. 아젠다스 네타임. 세계의 부(富).

한 가닥 따뜻한 인간의 포동포동함이 그의 두뇌를 점령했다. 그의 두뇌가 굴복했다. 포옹의 향기가 그의 온몸을 공격했다. 굶주린 육체로 어스레하게, 그는 묵묵히 사랑을 갈망했다.

듀크가(街). 자 여기까지 왔군. 뭘 좀 먹어야 해. 버튼 음식점. 그러면 기분이 한결 나아지지.

그는 컴브리지 서점 모퉁이를 돌았다, 여전히 쫓긴 채. 징글징글 울리는, 말굽 소리. 향수 뿌린 육체, 따뜻하고, 풍만한. 온통 키스를 받고, 억눌린 채: 우거진 여름 들판에서, 엉켜 짓눌린 풀밭, 셋집의 물방울 뚝뚝 떨어지는 복도에서, 소파를 따라, 삐걱거리는 침대.

— 재크, 여보!
— 달링!
— 키스해 줘요, 레기!
— 이봐요!
— 사랑!

그는 들뜬 마음으로 버튼 음식점의 문을 밀고 들어갔다. 코를 찌르는 냄새가 그의 떨리는 숨결을 사로잡았다: 얼얼한 고기 즙, 야채의 찌꺼기. 짐승들이 먹는 걸 보는 것 같군.

사람들, 사람들, 사람들.

바 곁의 높은 의자에 걸터앉아, 모자를 뒤로 젖히고, 식탁에서 공짜 빵을 더 요구하며, 술을 쭉 들이키며, 걸쭉한 음식을 한입 가득 넣어 걸신들린 듯 씹으며, 눈을 불룩 부풀게 하고, 젖은 콧수염을 훔치면서. 핼쑥하고 기름기 흐르는 창백한 얼굴을 한 젊은이가 컵 나이프 포크 및 스푼을 냅킨으로 닦았다. 미생물들의 새로운 무리. 소스가 묻은 유아용 냅킨을 두른 한 사나이가 수프를 목구멍에다 꿀떡꿀떡 퍼 넣었다. 접시에다 먹은 것을 되받고 있는 사나이: 반추(半芻)된 연골: 아교질: 그걸 씹고씹고씹을 이빨은 없지. 석쇠로부터 날아온 굵직한 양고기 덩어리. 그걸 다 먹어 치우려고 마구 씹으며. 슬픈 술꾼의 눈. 씹을 수 있는 이상의 것을 입에다 물고. 나도 저럴까? 다른 사람들이 우리를 보듯이 우리들 자신을 보라. 배고픈 사람은 골난 사람이야. 움직이고 있는 이빨과 턱. 맙소사! 오! 뼈다! 학교의 시(詩) 속에 나오는 아일랜드 최후의 이교도 왕 코맥은 보인 강(江)의 남쪽 슬리티에서 음식물이 목에 걸려 질식해서 죽었지.[153] 그는 뭘 먹고 있었을까. 뭔가 참 맛좋은 걸. 성(聖) 패트릭이 그를 그리스도 교도로 개종시켰지. 그러나 그걸 몽땅 삼킬 수는 없잖아.

— 로스트 비프와 캐비지.
— 스튜 한 접시.

사람들의 냄새. 침 뱉은 톱밥, 달콤하고 미지근한 담배 연기, 충전물(充塡物) 냄새, 엎질러진 맥주, 사람들의 맥주 같은 오줌, 썩은 누룩 냄새.

그의 인후가 솟았다.

여기선 한 입도 먹을 수 없어. 앞에 놓인 걸 다 먹어치우려고 나이프와 포크를 날카롭게 다듬고 있는 녀석, 이를 후비고 있는 노인. 가벼운 경련, 배를 가득 채운 채, 새김질을 하고 있다. 식사 전후. 식후의 기도. 이 광경을 그리고 저 광경을 보라.[154] 국물이 스며든 빵 조각과 함께 스튜 국물을 마시면서. 접시까지 핥아요, 자네! 여기서 썩 나가자.

그는 코 날개를 팽팽히 하면서, 의자에 앉은 그리고 식탁에 매달린 식자(食者)들을 두루 살펴보았다.

— 여기 흑맥주 둘.
— 양배추 곁들인 귀리 하나.

마치 목숨이 거기에 달려 있기나 한 것처럼 한 칼 가득한 캐비지를 목구멍에 쑤셔 넣는 저 녀석. 대단한 솜씨. 보고 있으면 마음이 조마조마해지지. 세 개의 손으로 먹는 편이 보다 안전해.[155] 사지를 갈기갈기 찢는다. 그에게는 제2의 천성. 그의 입 속에 은제(銀製) 나이프를 지니고 태어나다.[156] 그것 참 재치 있는 말이군 그래. 아니 그렇지도 않아. 은이란 부자(富者)로 태어난다는 뜻이야. 나이프를 지니고 태어나다. 그러나 그땐 격언의 암시가 사라져 버리지.

한 너절한 옷차림의 급사가 끈적끈적하고 달그락거리는 접시를 모았다. 우두머리 집 달리, 로크가 카운터 곁에 서서, 큰 컵으로부터 맥주 거품을 불었다. 잘 솟았군: 거품이 그의 구두 곁에 누런빛으로 퉁겨 떨어졌다. 한 식사자가, 나이프와 포크를 똑바로 세우고, 팔꿈치를 테이블 위에 얹은 채, 다음 음식물을 기다리며, 때 묻고 네모난 신문지를 가로질러, 음식 운반용 승강기 쪽으로 빤히 쳐다보았다. 입에다 음식물을 가득 채우고 뭔가 그에게 이야길 하고 있는 다른 녀석. 호의적 청취자. 식탁의 대화. 나는(I) 만쳐월요 안체스타 방크 그를 만쳐했지. 하? 그랬어, 정말?

블룸 씨는 의아스러운 듯 두 손가락을 입술에 치켜 올렸다. 그는 눈으로 말했다:
— 여기는 아니야. 녀석을 보지 마.

밖으로. 난 불결한 식사자는 싫어.

그는 문 쪽으로 뒷걸음쳤다. 데이비 번 집[157]에서 경양식(輕洋食)을 하자. 임시변통으로. 아직 견딜 수 있어. 아침은 든든히 먹었으니.

— 여기 로스트비프와 으깬 감자.
— 흑맥주 1파인트.

각자 자기 자신을 위하여, 필사적으로. 꿀꺽. 끌꺽. 꿀꺽. 꿀꽉.

그가 한층 맑은 대기 속으로 나오자. 그래프턴가(街)를 향해 다시 방향을 돌렸다. 먹느냐 먹히느냐. 죽여! 죽여!

아마 몇 년 뒤에 공동 취사장(炊事場)이 생긴다고 가정해 봐. 모두들 죽 사발과 빵 그릇을 채우려고 황급히 걸어 내려올 거야. 길거리에서 내용물을 다 먹어치우는 거다. 이를테면 존 하워드 파넬이든 트리니티대학의 학장이든 모든 어머니의 자식 트리니티의 그대의 학장들과 학장은 말할 것도 없고 여인들 그리고 아이들 마부들 사제(司祭)들 교구장(敎區

長)들 원수(元帥)들 대주교들. 아일즈베리 한길로부터, 클라이드 한길로부터, 북부 더블린 구빈원(救貧院)으로부터, 기사(技士)들의 주택으로부터, 번지르르한 장식 마차에 탄 시장 각하, 의자 차(車)를 탄 늙은 여왕에 이르기까지. 저의 접시는 비었는뎁쇼. 시의회 공용 음료 컵을 들고 당신 먼저. 필립 크램턴 경(卿)의 분수(噴水)를 닮은 것.[158] 더러운 세균을 손수건으로 닦아 버려요. 다음 녀석이 그의 손수건으로 새로운 세균을 문질러 없앤다. 만일 오플린 신부(神父)라면 그들을 모두 조롱할 거야. 언제나 성화를 부린다. 모두 제일 앞자리를 차지하려고 하지. 냄비의 음식 부스러기 때문에 싸우고 있는 아이들. 피닉스 공원만큼 큰 수프 항아리가 필요하지. 그 속에서 돼지 옆구리고기와 뒷다리고기를 날카로운 창으로 끄집어낸다. 그대 주위의 모든 사람을 싫어한다. 그녀는 그걸 시티 암즈 호텔[159]의 '따블르 도뜨(정식[定食])'라 불렀지. 수프, 편육과 과자. 상대가 누구의 생각을 하고 있는지 절대 알지 못하지. 그렇게 되면 누가 그 많은 접시와 포크를 씻는다? 그땐 모두들 정제(錠劑)를 먹고살아야 할 거야. 이빨이 점점 나빠지지.

결국 땅에서 나는 것에는 훌륭한 맛이 있다는 저 채식주의자의 말속에는 일리가 있어요, 물론, 손풍금 타는 이탈리아인아에게는 마늘과, 아삭거리는 양파와 송로(松露)버섯 냄새가 진동하지. 역시 동물에게도 고통이야. 가금류의 날개를 잡아 뜯어 내장을 끄집어내는 거다. 그들의 두개골을 쪼개 여는 도살용 도끼를 기다리고 있는 가축시장의 불쌍한 짐승들. 무우우. 애처롭게 떨고 있는 송아지들. 메에에. 비틀거리는 송아지. 거품과 끽끽 우는소리. 도살자의 양동이 뒤뚱거리는 폐장(肺臟). 저 가슴고기를 갈고리에서 떼어 줘요. 덜컹. 해골과 피 묻은 뼈다귀. 엉덩이로부터 매달린 가죽 벗긴 유리 같은 눈망울의 양들, 톱밥 위에 콧물을 질질 흘리는 피 묻은 종이에 싼 양의 코. 머리와 꽁무니는 잘려 나간다. 그걸 조각 조각 자르지 말아요, 젊은이.

뜨겁고 신선한 피를 그들은 폐환자를 위해 처방하지. 언제나 필요한 피. 잠행성(潛行性). 말끔히 핥아요, 김나는 뜨거운, 진하고 얼큰한 피를. 굶주린 귀신들.

아, 난 시장해.

그는 데이비 번 점으로 들어갔다. 단아한 주점. 주인은 말이 없지. 때때로 술을 한턱 내지. 그러나 윤년의 4년에 한 번 정도. 한때 나를 위해 수표를 현금으로 바꾸어 줬지.

자 난 뭘 먹는다? 그는 시계를 꺼냈다. 자 어디 좀 보자. 샌디개프?[160]

— 여보게, 블룸, 노우지 플린[161]이 구석에서 말했다.

— 여보게, 플린.

— 어때?

— 더할 나위 없어…… 가만있자. 난 버건디를 한 잔 하겠어, 그리고……어디 보자.

선반 위의 정어리. 보기만 해도 거의 맛보는 것 같군. 샌드위치? 햄과 그의 후손(後孫)들이 운집하여, 거기서 번식했지.[162] 통조림 고기. 플럼트리의 항아리 통조림 고기가 없어서야 가정이라 하겠어요? 불완전하지요. 이 얼마나 멍청한 광고야! 사망 광고 밑에다 갖다 붙여 놓았으니. 자두나무도 볼 장 다 본 거지. 디그넘의 항아리 고기. 식인종이라면 쌀 요리에 레몬을 곁들여 먹을 거야. 백인(白人) 전도사의 고기는 너무 짜.[163] 마치 절인 돼지고기 같지. 추장(酋長)은 제일 중요한 부분을 먹어치우는 것으로 기대된다. 운동 때문에 틀림없이 살이 단단하지. 그 효과를 지켜보려고 한 줄로 늘어선 그의 아내들. '한사람의 정연한 늙은 흑인 왕이 있었다. 그는 사제 맥트리거 씨의 중요한 것 중에서도 중요한 걸 먹었다.'[164] 그와 더불어 행복의 주소. 무슨 요리법인지 주님은 아시지. 대망막(大網膜) 곰팡이 쓴 내장 기관(氣管)을 뭉개고 잘게 썬 채. 수수께끼 고기를 찾아봐요. 성찬(聖饌). 고기와 우유를 함께는 안 돼요. 그것이 지금의 이른바 식품위생이었지.[165] 유태인의 단식[166]이란 춘계(春季)의 내장 대청소 격. 평화와 전쟁은 누군가의 소화에 달려 있다. 종교. 크리스마스 칠면조와 거위. 유아 학살. 먹고 마시고 그리고 즐길지라.[167] 그러고 나면 임시병동(臨時病棟)은 만원. 머리를 붕대로 동여맨 채. 치즈는 자신 이외 무엇이든 소화시키지. 강(强)진드기 치즈.

— 치즈 샌드위치 있소?

— 예, 선생님.

혹시 있으면 올리브 요리도 좀 먹고 싶군. 나는 이탈리아산(産)이 더 좋아. 상품(上品) 포도주 한 잔이 그걸 제거해 버리지. 몸에 기름칠을 하는 거다. 맛좋은 샐러드, 오이처럼 시원하단 말이야, 톰 커넌이 조리(調理)를 할 수 있지. 그 속에 참 근사한 맛을 넣어 주지요. 깨끗한 올리브기름. 밀리는 나한테 파슬리 가지를 꽂은 저 커틀릿 요리를 만들어 주었지. 스페인 양파를 하나 먹자. 하느님은 요리를 만들었고, 악마는 요리사를 만들었지.[168] 맵게 양념한 게[蟹].

— 아내는 잘 있나?

— 아주 잘 있네, 고마워…… 그리고, 치즈 샌드위치 하나. 고르곤졸라,[169] 있소?

— 예, 선생님.

노우지 플린이 물 탄 럼주를 홀짝 마셨다.

— 최근에 무슨 노래를 부르나?

저이의 입 좀 봐. 자신의 귀에 휘파람을 불 수 있을 거야. 걸맞게 축 늘어진 귀. 음악. 그에 관해 나의 마부(馬夫)만큼 알고 있지. 하지만 그에게 일러두는 게 더 나아. 해될 건 없으니. 무료 광고야.

— 아내는 이 달 하순 대 순회공연을 하기로 되어있네. 아마 자네도 소문을 들었겠지만.

— 아니. 오, 그것 참 근사하군. 누가 발기(發起)하지?

급사가 음식을 날라 왔다.

— 그건 얼마요?

— 7페니예요, 선생님…… 감사해요, 선생님.

블룸 씨는 샌드위치를 여러 개의 얇은 조각으로 잘랐다. '맥트리거 씨'. 저 꿈같은 크림 같은 음식보다 한층 먹기 수월하지. '그의 5백 명의 아내들. 그들의 인생을 즐길 시간이 있었다.'[170]

— 겨자요, 선생님?

— 고마워요.

그는 들어올린 각 샌드위치 조각 아래에다 노란 겨자를 띄엄띄엄 발랐다. '그들의 인생'. 생각이 났어. '그것은 점점 커져 커져 커져 갔다.'[171]

— 발기하느냐고? 그는 말했다. 글쎄, 그건 마치 회사의 개념과 비슷해, 알겠나. 출자(出資)와 이익(利益)을 균일 배당한단 말이야.

— 그래, 이세 생각나, 노우지 플린이, 그의 사타구니를 긁으려고 손을 호주머니에 집어넣으며, 말했다. 누가 내게 말해 주었더라? 블레이지즈 보일런이 그 일에 관련하고 있지 않은가?

겨자 열기의 화끈거리는 충격이 블룸 씨의 심장을 자극했다. 그는 눈을 치켜뜨자, 까다로운 시계의 눈초리를 만났다. 두 시. 주점 시계는 오 분이 빠르군. 흐르는 시간. 움직이는 시계 바늘. 두 시. 아직 멀었어.[172]

그의 횡격막이 그때 위로 솟으려고 애를 쓰다가, 몸속에 도로 내려앉았다, 한층 오래도록 열망했다, 갈망하게도.

포도주.

그는 기운을 돋우는 주스를 금새 마셨다, 그리고 목구멍으로 하여금 그걸 빨리 삼키도록 강하게 명령하면서, 술잔을 품위 있게 내려놓았다.

— 맞았어, 그는 말했다. 사실상 그가 조직책이야.

두려울 것 없지: 두뇌가 없는 놈이니까.

노우지 플린이 코를 홀짝이며, 긁었다. 벼룩이 정식 식사로 배불리고 있는 거다.

— 그는 재미를 한몫 단단히 보았다는 거야, 재크 무니가 내게 말했지, 마일러 키오가 포토벨로 막사(幕舍)의 저 군인한테 재차 이긴 그 권투시합으로 말일세.[173] 정말이지, 그는 칼로우 주(州)[174]의 그 몸집 작은 녀석을 패배시켰다고, 그가 내게 말하고 있었어……

저 이슬방울이 그의 술잔 속에 떨어지지 말아야 할 텐데. 아니야, 홀짝 들이마셨다.

— 근 한 달 동안을, 자네, 시합이 끝나기 전. 또 다른 엄명(嚴命)이 있을 때까지 기필코 거위 알을 핥으면서(금주하며) 말이야. 그에게 술을 마시게 해서는 안 되지, 알아? 오, 정말이지. 블레이지즈는 참 약삭빠른 자야.

데이비 번이 셔츠 소매를 걷어붙이고 냅킨으로 입술을 두 번 훔치면서, 뒤쪽 카운터에서 앞으로 나왔다. 청어의 홍조(紅潮)를 띠고. 그의 얼굴 모습 하나 하나에 미소가 여차여차한 포만(飽滿)을 과시한다. 미나리나물을 먹고 너무 지나치게 살이 찐 거다.

— 그런데 여기 주인이 몸소 원기 왕성하게 나타나셨군, 노우지 플린이 말했다. 골든 컵 경마에 관한 무슨 좋은 소식을 들려 줄 수 없소?

— 그 일에서 손뗐습니다, 플린 씨, 데이비 번이 대답했다. 나는 절대로 경마에 돈을 걸지 않아요.

— 옳으신 말씀이야, 노우지 플린이 말했다.

블룸 씨는 샌드위치 조각을, 신선하고 깨끗한 빵, 메스껍고 얼얼한 겨자와 함께, 먹었다, 푸르스름한 치즈의 꿍꿍한 맛. 몇 모금의 포도주가 그의 입천장을 달랬다. 저건 로그우드(蘇方木) 향이 아니야. 이러한 날씨에 약간 데워 마시면 한층 맛이 나지.

멋지고 조용한 주점. 저 카운터의 근사한 목재 조각. 근사하게 대패질된 채. 굴곡진 것이 참 마음에 들어.

— 그따위 일에는 절대로 끼어들고 싶지 않아요, 데이비 번이 말했다. 수많은 사람들을 망쳤으니까, 똑같은 말[馬]들을 가지고.

양조 인들의 복권씩 내기 경마(스윕테이크). 주장(酒場)에서 소비하는 맥주, 포도주 및 화주(火酒)의 판매를 위해 특허 받다. 앞이 나오면 내가 이기고 뒤가 나오면 네가 진다.[175]

— 당신 말이 옳아요, 노우지 플린이 말했다. 당신이 내막에 밝지 않는 한. 요사이는 믿을 만한 스포츠가 없지요. 레너헌이 뭔가 근사한 정보를 갖고 있는 모양이오. 그는 오늘 〈셉터〉 호(號)에 돈을 걸 참이오. 하워드 드 월든 경(卿)의 〈쩐델〉 인기마가 에프솜에서 승리했지. 모니 캐넌이 그 말의 기수야. 두 주일 전에 나는 세인트 애먼트에 내기를 걸어 7대 1로 이길 수 있었어.[176]

— 그래요? 데이비 번이 말했다.

그는 창문 쪽으로 걸어가, 현금 장부를 집어 들면서, 페이지를 훑었다.

— 이길 수 있었지, 정말, 노우지 플린이, 코를 씰룩거리며 말했다. 그건 참 보기 드문 말(馬)이었어. 〈세인트 프러스퀸〉이 그 말의 아비 말(父馬)이었지. 말은 폭풍우 속에서 승리했어, 로스차일드의 왈패 말, 귓속을 솜으로 틀어막고. 푸른 재킷과 노란 모자. 몸집 큰 벤 돌라드와 그의 존 오곤트에게 악운을. 그 녀석이 내가 돈을 거는 걸 막았지 뭐야. 에이.

그는 손가락을 기다란 술잔 아래로 훑어 내리면서, 체념하듯 큰 잔으로 술을 마셨다.

— 에이, 그는 한숨쉬면서, 말했다.

블룸 씨는, 우적우적 씹으며, 서서, 그의 한숨을 쳐다보았다. 멍텅구리 노우지. 레너헌의 저 말(馬)에 관한 걸 내가 녀석에게 말해 줄까 보다? 녀석은 이미 알고 있지. 잊어버리

도록 내버려두는 게 나아. 가서 더 잃도록. 바보와 그의 돈. 다시 아래로 떨어지는 이슬방

울. 저 차가운 코로 그는 여자에게 키스하겠지. 그런데도 여자들은 좋아할걸. 꾹꾹 찌르는

턱수염을 여자들은 좋아하지. 개들의 차가운 코. 시티 암즈 호텔에서 배(腹)가 꾸룩꾸룩 소

리를 내던 삽살개 스카이를 데리고 있던 늙은 리오던 부인.[177] 개를 무릎에 올려놓고 쓰다

듬고 있던 몰리. 오, 정말 큰 귀여운개야멍위워워워워!

  포도주가 잠시 빵 겨자의 역겨운 치즈의 굴린 뭉치에 스며들며 부드럽게 했다. 정말

좋은 술이야. 내가 목마르지 않기 때문에 더 맛이 나는군. 물론 목욕이 한몫 하는 거다. 꼭

한두 입. 그럼 여섯 시쯤에는 식사할 수 있지. 여섯. 여섯. 그때까지 시간은 흘러갈 거야.

그녀.

  포도주의 온화한 불꽃이 그의 혈관을 불태웠다. 나는 그걸 몹시 원했지.[178] 기분이 개

운치 않았다. 그의 눈이 시장하지 않은 듯 선반의 통조림통들을 쳐다보았다: 정어리, 근사

한 가재의 발톱. 모든 기묘한 것들을 사람들은 음식으로 택하지. 나무에서 떼어, 핀으로 껍

질 밖으로 빼내어 먹는 고둥. 프랑스 사람들이 땅에서 파내 먹는 달팽이, 낚싯바늘에 미

끼를 달아 바다에서 낚기도 하지. 어리석은 물고기들은 1천년 동안 아무것도 배우지 않았

지. 입 속에 뭔가 넣고도 위험한 줄 모른다면. 독 있는 딸기. 찔레꽃 열매. 동그란 것은 뭐

이든 먹어도 된다고 생각하지. 겉치레나 번드르르한 색깔은 가까이 오지 못하게 경고한

다. 한 사람이 다른 사람에게 말하면 이어 점점 퍼지는 거다. 처음에 개(犬)한테 시험해 보

지. 냄새 또는 겉모습에 끌린다. 유혹하는 과일. 얼음과자. 크림. 본능. 예를 들면 오렌지나

무 숲. 인공 관개(灌漑)를 요함. 블라입트로이가(街). 그렇지 그러나 굴(蠣)은 어떨까. 가

래 덩어리처럼 보기에 흉측해. 불결한 조개껍질. 그 놈들을 열려면 또한 지독히 애를 먹지.

누가 굴을 발견해 냈을까? 그들은 찌꺼기, 시궁창 오물을 먹고살지. 샴페인과 레드 뱅크[179]

의 굴. 정력의 효과. 최음제. 저놈은 오늘 아침 레드 뱅크에 있었지. 굴 먹는 자는 식탁에서

늙은 물고기일지라도 잠자리에서는 젊은 몸(肉) 6월(June)은 아르(r)자가 없기 때문에 굴

(oyster)이 시원찮아. 그러나 변질하기 시작하는 걸 좋아하는 사람들도 있지. 변색된 사냥

감. 항아리에 넣은 토끼고기. 우선 토끼를 잡는 거다. 중국 사람들은 50년이나 된, 푸른빛,

녹색이 된 달걀을 다시 먹지요. 서른 가지 코스의 만찬. 매(每) 접시는 해(害)가 없어도 뱃

속에서 뒤섞이면. 독(毒)의 기적극(奇蹟劇)을 위한 착상. 그것은 저 대공작 레오폴드였던

가 아니 그래 혹은 그건 저 합스부르크가(家)의 사람인 오토가 아니었던가?[180] 혹은 자신

의 머리에서 뒷덜미를 떼어먹곤 하던 사람은 누구였더라? 도회의 제일 값싼 오찬이지. 물

론 귀족들의 짓. 그러면 다른 녀석들이 유행에 뒤떨어지지 않으려고 상대를 모방하지. 밀리

도 역시 광유(鑛油)나 밀가루를. 페이스트리 과자를 나 자신 좋아해. 사람들은 값을 유지

하기 위해 잡은 굴의 태반을 도로 바다 속에 던져 넣지. 값이 싼 것은 아무도 사려 들지 않

아. 철갑상어의 알(케비어). 젠체하는 거다. 녹색 잔속의 독일산(産) 백포도주. 홍청대는

인회. 부인 이것을. 분(粉) 바른 가슴의 진주. '엘리프(정수精粹). 끄렘므 드 라 끄렘므(크

림 중의 크림)'.[181] 그들은 그런 인물인 체 하려고 특별한 요리를 원하지. 은둔자는 한 쟁반

의 콩을 갖고 육체의 고통을 억제한다. 나를 알고 싶으면 와서 함께 먹어요. 황실용(皇室

用)의 철갑상어[182], 주지사(州知事), 도살자 커피 씨(氏), 황실림(皇室林)의 사슴고기에

대해 총독으로부터 부여받은 권리.[183] 암소 한 마리의 절반을 그에게 보내 주지. 그 고등법

원 판사 댁의 부엌에 펼쳐놓은 것을 내가 본 적이 있어. 유태 교회의 목사처럼 하얀 모자를

쓴 '셰프(요리부장)'. 브랜디로 끄실 은 오리고기. '아 라 뒤셰스 드 빠흐므(빠흐므의 공작부

인)' 꼬불꼬불 양배추.[184] 요금 계산서에다 써놓으면 뭘 먹었는지를 곧 알 수 있다. 너무 많

은 양념은 고기 국물 맛을 망친다. 나는 그걸 스스로 잘 알고 있지. 에드워드 제품의 건조

수프를 섞어서 요리하는 것이다. 그들을 위해 어리석게 박제된 거위들. 산채로 끓인 가재.

제발 멧닭〔松鷄〕을 조옴 드세요. 호화스런 호텔의 급사가 되는 것도 괜찮을 거야. 팁, 야회복, 반라(半裸)의 귀부인들. 레몬 즙을 곁들인 가시 발라낸 가자미를 조금 더 드시겠어요, 듀비대트양(孃)[185]? 네, 정말 좀. 그러자 그녀는 정말(비대트) 먹었다. 그건 위그노 교도의 이름일 테지. 듀비대트라는 한 처녀가 킬리니에 살고 있었던 걸, 나는 기억해요. '뒤 드 라 (……의)' 프랑스 말. 그런데 저건 무어가(街)의 늙은 미키 한런이 돈을 벌려고 손가락을 생선 아가미에다 넣고 손을 번갈아 창자를 끄집어내고 있던 아마 바로 그 같은 생선이지 수표에 자기 이름도 쓰지 못해요 입을 비튼 채 풍경화를 그리고 있다고 생각하지요. 헌 구두들통처럼 무식한 무우이킬 에이 에이차 하[186], 5만 파운드의 몸값은 있어도.

　　　　유리창에 파리 두 마리가 달라붙은 채 윙윙거렸다, 달라붙은 채.

　　　　몸을 달아오르게 하는 포도주가 그의 입천장에서 맴돌다가 꿀꺽 넘어갔다. 버건디 포도를 기계에 넣고 짜는 것이다. 그건 태양열이지. 마치 비밀의 촉감이 내게 기억을 되살려 주는 듯. 그의 감각에 감촉되어 촉촉하게 기억났다. 호우드 언덕의 야생 고사리 아래 숨겨진 채 우리들 아래 잠자는 만(灣): 하늘. 아무 소리도 들리지 않고. 하늘. 라이온 곶(岬) 옆의 자색의 만(灣). 드럼레크 곁에는 녹색. 서턴 쪽으론 황록색.[187] 바다 밑의 들판, 해초 속의 희미한 갈색의 선(線)들, 매몰된 도시. 그녀는 나의 코트를 베개 삼아 머리를 괴고 있었지, 헤더 숲속의 가위 벌레가 그녀의 목덜미 밑에 있던 나의 손을 간질이고, 이러다가 저를 뒹굴게 하겠어요. 오 얼마나 근사하랴! 연고(軟膏)로 차고 부드러워진 그녀의 손이 나를 어루만지며, 애무했다: 내게 쏜 그녀의 눈길을 다른 데로 돌릴 줄 몰랐지. 황홀한 채 나는 그녀 위에 덮쳐 누워 있었지, 풍만하게 벌린 풍만한 입술, 그녀의 입에 키스했다. 냠. 따뜻하게 씹혀진 시드케이크(씨 과자)를 그녀는 나의 입에다 살며시 넣어 주었다. 메스꺼운 과육(果肉)을 그녀의 입은 따뜻한 신 침과 얼버무렸다. 환희: 나는 그걸 먹었지: 환희. 싱싱한 생기, 뾰족하니 내게 내민 그녀의 입술. 부드럽고 따뜻하고 끈적끈적한 고무 젤리 같은 입술. 그녀의 눈은 꽃이었어, 저를 안아 줘요, 욕망에 찬 눈. 자갈이 굴렀다. 그녀는 잠자코 누워 있었지. 산양 한 마리. 아무도 없고. 만병초 꽃 우거진 호우드 언덕에 한 마리 암 산양이 발 디딤을 든든히 하면서 걷고 있었다, 까치밥나무 열매(똥)를 떨어뜨리며. 고사리 숲 아래 가려져 따뜻하게 안긴 채 그녀는 소리 내어 웃었다. 나는 그녀 위에 마구 덮쳐 누워, 그녀에게 키스했다: 눈, 그녀의 입술, 혈관이 뛰는 그녀의 뻗친 목, 얇은 망사의 블라우스 속에 부푼 여인의 앞가슴, 그녀의 위로 솟은 도톰한 젖꼭지에. 뜨거운 혀를 나는 그녀에게 내밀었다. 그녀는 내게 키스했지. 나는 키스 받았지. 몸을 온통 맡기며 그녀는 나의 머리카락을 움켜쥐고 흔들었지. 키스를 받고, 그녀는 내게 키스했지.[188]

　　　　나를. 그리고 나를 지금.

　　　　달라붙은 채, 파리들이 윙윙거렸다.

　　　　그의 내리 깔은 눈이 참나무 널빤지의 말없는 줄무늬를 훑어갔다. 미(美): 그것은 곡선: 곡선이 미인 거다. 아름다운 몸매의 여신(女神)들, 비너스, 주노[189]: 세계가 찬미하는 곡선들. 도서관 박물관의 둥근 홀 안에 그들이 서 있는 걸 볼 수 있지, 나체의 여신들. 소화를 돕는 거다. 그들은 남자가 처다보는 걸 상관하지 않아요. 모두 보도록. 절대로 말을 하지 않아. 플린과 같은 녀석들에게 농담으로 말해 줄 생각이야. 가령 저 상(像)이 피그말리온이나 갈라테아[190]의 역을 한다면 맨 먼저 뭘 말할까? 사멸하는 인간아! 그대는 분수를 지킬지라. 신(神)들과의 회식(會食)에서 신주(神酒)를 들이키며 황금의 성찬, 모두 신찬(神饌). 우리가 먹는 6페니짜리 점심하고는 틀려요, 삶은 양고기, 당근과 순무, 올소프 회사[191]의 맥주 같은 것과는. 신주(神酒) 그걸 전기(電氣)를 마시는 거라고 상상해 봐: 신들의 음식. 주노 식으로 조각된 여인의 아름다운 상들. 불멸의 아름다움. 그리하여 우리는 한쪽 구멍으로 음식을 가득 채우는가 하면 뒤쪽으로 내쫓는단 말이야: 음식, 유미(乳糜), 피, 똥,

흙, 음식: 마치 기관차에 불을 지피듯 몸에 음식을 공급해야. 그들은 갖고 있지 않아.[192] 결코 본 적이 없으니. 오늘 살펴봐야지. 문지기는 보지 않을 테고. 무슨 물건을 땅에 떨어뜨려 허리를 굽힌다. 있는지를 보는 거다.

물이 뚝뚝 떨어지듯 한 가닥 조용한 메시지가 그의 방광(膀胱)에서부터 그 자리에서 해서는 안 되는 것을 하러 가야 한다는 것을 전해왔다. 한 사람의 장부(丈夫)로 마음먹은 그는 잔을 찌꺼기까지 비우고, 걸어갔다. 그들 역시 남자에게 몸을 맡겼던 거다. 남자답게 의식하고, 남자 애인들과 잠을 잤다. 한 청년이 그녀를 즐겼던 거다. 마땅까지.[193]

그의 구두 소리가 사라지자, 데이비 번이 그의 장부(帳簿)로부터 말했다:

— 저인 뭘 하는 사람이오? 보험업에 종사하고 있지 않소?

— 오래전에 그걸 그만두었지, 노우지 플린이 말했다. 그인 〈플리먼〉지를 위해 광고 외무를 하고 있어요.

— 안면이 꽤 있는 사람이오, 데이비 번이 말했다. 무슨 근심에 빠져 있소?

— 근심이라니? 노우지 플린이 말했다. 그런 소리 못 들었는데. 왜요?

— 상복을 입고 있는 게 눈에 띄어서.

— 그랬던가? 노우지 플린이 말했다. 그래 입고 있었어, 정말. 내가 그에게 집안 안부를 물어 봤지. 당신 말이 옳아, 확실히 그랬어.

— 만일 어떤 신사가 저렇게 근심에 빠져있는 걸 보면, 데이비 번이 인정스럽게 말했다. 난 절대로 그런 이야길 입 밖에 끄어내지 않아요. 단지 그들 마음속에 기억을 새롭게 해줄 뿐이니까.

— 아무튼 아내는 아니야, 노우지 플린이 말했다. 내가 그저께 그를 만났는데 당시 그는 존 와이즈 놀런의 아내가 헨리가(街)에서 경영하고 있는 저 아이리시 낙농장(酪農場)에서부터 크림 단지 한 개를 손에 들고 나왔는데 그것을 집의 자기 아내에게로 가지고 가는 것이었어. 그녀는 자양분을 잘 섭취하고 있지요, 정말이지. 소문난 미인에게는 물새 떼가.

— 그럼 그는 〈플리먼〉지를 위해 일을 하고 있소? 데이비 번이 말했다.

노우지 플린이 입술을 꼭 다물었다.

— 그는 자기가 얻은 광고료로 크림을 사지는 않아요. 그것만은 틀림없는 사실이야.

— 어떻게 해서요? 데이비 번이 장부에서 눈을 떼면서, 물었다.

노우지 플린은 곡예를 하듯 손가락을 공중에다 재빨리 휘갈겼다. 그는 윙크를 했다.

— 그는 크래프트(프리메이슨)(비밀 공제 조합원)에 가입하고 있어요.[194] 그는 말했다.

— 정말이오? 데이비 번이 말했다.

— 여부가 있을 라고, 노우지 플린이 말했다. 고대의 자유스런 그리고 공인된 교단이지. 그는 탁월한 회원이오. 하느님에 의한, 빛이요, 생명이요 그리고 사랑. 그들이 그를 곤경에서 구해주고 있어요. 나도 어떤 이한테 들은 얘기이지만—글쎄, 누군지 밀하고 싶진 않아요.

— 그게 사실이오?

— 오, 그건 훌륭한 교단이지, 노우지 플린이 말했다. 누구든 어려움에 빠지면 붙들어 주니까. 어떤 이가 거기에 가입하려고 애를 쓰고 있던 걸 난 알고 있어요. 그러나 그들은 극비주의자(極秘主義者)들이야. 정말 그들이 그로부터 여자를 배제하는 것은 온당한 일이었어.[195]

데이비 번은 모두 한거번에 미소하품고개를끄덕였다:

— 이이이이이이하아아아아아아흐!

— 한 여인이 있었는데, 노우지 플린이 말했다. 그녀는 그들이 무엇을 하는지 알아내려고 큰 시계 속에 숨어 있었어. 그러나 젠장 그들이 그 여인의 냄새를 맡고는 그 자리에서 그녀를 제3급 회원으로 선서시켜 입단 시켰단 말이야. 그건 도너레일의 세인트 레저스가(家)의 사람이었어.[196]

데이비 번이, 하품을 하고 나자 상쾌해져, 눈물에 씻긴 눈으로 말했다:

— 그런데 그게 사실이오? 그는 점잖고 침착한 사람이오. 나는 이따금씩 그가 이곳에 오는 걸 봤지만 한 번도 그가 – 당신도 아시다시피, 술에 취하는 걸 보지 못했어.

— 전능하신 하느님도 그를 술 취하게 하지 못 할 거야, 노우지 플린이 단호히 말했다. 한참 흥이 절정에 달하면 슬쩍 꽁무니를 빼버리니. 그가 시계를 쳐다보는 걸 못 봤소? 아, 당신은 거기 없었소. 만일 그에게 한잔 하자고 권하면 그가 맨 먼저 하는 짓은 시계를 들먹거리지 자신이 무엇을 들이켜야 하는지 보려고 하지. 맹세코 그는 그래.

— 그와 같은 사람이 몇 있지요. 데이비 번이 말했다. 그는 안전한 사람이오, 아무튼.

— 그는 그렇게 나쁜 사람은 아니오, 노우지 플린이 코를 킁킁거리면서, 말했다. 그는 다른 사람을 돕는 데도 역시 손을 잘 쓰는 사람으로 알려져 있소. 악마에게도 공평하게 대하라, 이거지. 오, 블룸은 좋은 점을 많이 가지고 있어요. 그러나 그가 절대로 하지 않을 것이 하나 있지요.

그의 손이 술잔 옆자리에다 마른 펜 사인을 갈겼다.

— 알아요, 데이비 번이 말했다.

— 흑이고 백이고 아무것도, [197] 노우지 플린이 말했다.

패디 리오나드와 밴텀 라이언즈가 들어왔다. 톰 로치퍼드가 푸념하듯 짙은 포도주 빛 조끼에 을 댄 채, 찡그리며 뒤를 따랐다.

— 안녕, 번 씨.

— 안녕, 여러분.

그들은 카운터 곁에 멈추어 섰다.

— 누가 한턱내는 거요? 패디 리오나드가 물었다.

— 어쨌든 난 앉아있으니까, 노우지 플린이 대답했다.

— 그럼, 뭐로 할까? 패디 리오나드가 물었다.

— 나는 비(非)알코올성(스톤) 생강주를 하겠어, 밴텀 라이언즈가 말했다.

— 얼마나 많이? 패디 리오나드가 소리쳤다. 언제부터, 도대체? 자넨 뭐로 하겠나, 톰?

— 주(主)배수관(排水管)[198]은 어떤가? 노우지 플린이 홀짝홀짝 마시면서, 물었다.

대답 대신 톰 로치퍼드가 가슴뼈에다 손을 누르고, 딸꾹질을 했다.

— 미안하지만 냉수 한 잔 주시겠소, 번 씨? 그는 말했다.

— 물론이죠.

패디 리오나드가 그의 술친구들에게 눈을 흘겼다.

— 맙소사, 그는 말했다. 저 봐, 내가 술을 한잔 내려는 참인데! 냉수니 생강 탄산수니! 상처 난 다리에서라도 위스키를 핥을 두 사람들이.[199] 그는 골든 컵을 위해 몰래 숨겨 둔 어떤 경칠 말(馬)을 알고 있어. 근사한 팁을.

— 그건 〈진펀델〉 호(號) 아냐? 노우지 플린이 물었다.

톰 로치퍼드가 뒤틀린 종이로부터 분말을 자기 앞에 놓인 물 속에다 털어 넣었다.

— 이 놈의 저주받을 소화불량, 그는 물을 마시기 전에 말했다.

— 브레드소다가 참 좋아요, 데이비 번이 말했다.

톰 로치퍼드가 고개를 끄덕이며 물을 마셨다.

— 그게 〈진펀델〉 호인가?

— 아무 말 하지 마! 밴텀 라이언즈가 눈짓을 했다. 나는 내 자신의 말(馬)에 5실링을 걸 참이야.

— 어디 자네 몫을 하나 말해 봐, 이 경칠 친구야, 패디 리오나드가 말했다. 누가 자네한테 팁을 일러주었지?

블룸 씨는 밖으로 나오는 도중 세 개의 손가락을 들어 인사를 했다.

— 또 봅시다! 노우지 플린이 말했다.

다른 사람들이 몸을 돌렸다.

— 나한테 팁(정보)을 준 사람은 바로 저 사람[200]이야, 밴텀 라이언즈가 속삭였다.

— 프르우! 패디 리오나드가 경멸조로 말했다. 번 씨, 이봐요, 이것 다음으로 제임슨 위스키[201] 작은놈 두 개를 하겠소, 그리고 한 개는……

— 스톤 생강주, 데이비 번이 예의 있게 덧붙여 말했다.

— 좋아요, 패디 리오나드가 말했다. 아기한테는 빠는 우유병이지.

블룸 씨는 도우슨가(街)를 향해 걸어갔다, 혀로 이빨을 말끔히 훔치면서. 뭔가 푸른 야채 같은 것이 있었으면: 이를테면, 시금치를. 그러면 뢴트겐 광선 탐조등을 가지고 탐지할 수 있지.[202]

듀크 골목길에서 한 탐욕스런 테리어 개(犬)가 자갈 위에 파삭하게 씹힌 관절을 내뱉으며, 새로운 열성으로 그걸 핥았다. 포식(飽食). 내용물을 충분히 씹어 삼킨 후에 감사하며 반품(返品)하는 것이다. 처음에 달콤하다가 나중에 진짜 맛이 나지. 블룸 씨는 조심스럽게 옆으로 비켜갔다. 반추동물들. 그의 두 번째 요리. 저놈들은 위턱을 움직이지. 톰 로치퍼드가 그의 발명품[203]으로 뭘 하려는지 몰라? 플린의 입에 대고 그걸 설명해 봤자 시간 낭비야. 야윈 사람은 기다란 입을. 발명가들이 속에 들어가 자유롭게 발명할 수 있는 회관이나 장소가 있어야만 할 텐데. 물론 그러면 온갖 괴팍스런 자들이 괴롭히러 올 테지.

그는 노래의 결미(結尾) 부분을 엄숙한 메아리로 길게 뽑으며, 콧노래를 불렀다:

— '돈 지오반니, 아 체나르 테코(돈 지오반니, 당신의 만찬에)
민비타스티(나를 초대했구려).'[204]

기분이 한결 좋군. 버건디. 기분 돋우기에 그만이야. 누가 처음 증류(蒸溜)했을까? 우울증에 걸린 어떤 녀석이. 술김에 내는 용기. 국립도서관의 저 〈킬케니 피플〉지를 나는 방금 해야 한다.

배선공(配線工), 윌리엄 밀러의 진열창 속에 기다리는, 노출된 깨끗한 실내 변기가, 그의 생각을 되돌렸다. 그들은 할 수 있지: 그리고 그것이 아래로 내내 내려오는 것을 살핀다, 핀을 삼키면 온몸을 여행하다가 몇 년 후에 때때로 갈빗대 사이에서 솟아 나오기도, 담즙맥관(膽汁脈管)을 변화시키는 간장 위액을 분출시키는 울화(鬱火) 파이프 같은 창자 밧줄. 그러나 불쌍한 환자는 자신의 뱃속의 창자를 드러내고 내내 참지 않으면 안 되는 거다. 과학.

— '야 체나르 테코.'

그런데 저 '테코'란 무슨 뜻일까? 아마 오늘 밤.[205]

— '돈 지오반니, 당신은 오늘 밤 만찬에
나를 초대했구려,
더 럼 더 럼덤.'

순조롭게 안 되는군.

키즈: 만일 내가 나테티를 설득하면 두 달 분이라. 그러면 2파운드 10실링 약 2파운드 8실링이 되지. 하인즈가 내게 3실링을 빚지고 있어. 2파운드 11실링. 프레스커트 염색공장의 짐차가 저기에. 만일 내가 빌리 프레스커트의 광고를 딴다면: 2파운드 15실링. 합해서 약 5기니. 운 좋게도.

몰리를 위해서 저 실크 페티코트 한 벌을 살 수 있을 텐데, 그녀의 새 양말대님의 빛깔.

오늘. 오늘. 생각지 말자.

그 다음에 남부 여행. 영국의 해수욕장은 어떨까? 브라이턴,[206] 마게이트. 달빛 어린 부두. 흘러나오는 그녀의 목소리. 저 아름다운 바닷가의 소녀들. 존 롱즈 주점에 기대어, 꾸벅꾸벅 졸고 있는 한 놈팡이가 딱딱하게 굳은 관절을 씹으면서, 무거운 생각에 잠긴 채, 빈들거린다. 뭐든지 할 수 있는 사내가 일거리가 없다니. 소액의 임금. 주는 대로 먹을 테지.

블룸 씨는 그레이 과자점의 팔리지 않는 과일파이 진열장에서 방향을 바꾸어 토마스 콘넬런즈 사(師)의 서점을 지나갔다. '왜 나는 로마 교회를 포기했던가.'[207] 조소협회(鳥巢協會)의 보금자리[208] 여인들이 그를 후원하고 있지.[209] 그들이 감자 동고병(胴枯病) 시절에 빈민굴의 아이들에게 수프를 주고 신교도로 개종(改宗)시키곤 했다고 사람들은 말하지. 아빠가 갔었던, 불쌍한 유태인들의 개종을 위한 길 건너의 협회. 매 한가지 미끼. '왜 우리는 로마 교회를 포기했던가'.

한 장님 소년이[210] 가느다란 지팡이로 연석을 두들기며 멈추어 섰다. 전차는 보이지 않고. 길을 건너고 싶은 거다.

— 길을 건너고 싶어? 블룸 씨가 물었다.

장님 소년은 대답을 하지 않았다. 그의 벽안(壁顔)을 약간 찡그렸다. 그는 머리를 불확실하게 움직였다.

— 너는 도우슨가(街)에 있어, 블룸 씨가 말했다. 몰즈워드가(街)는 맞은편이야. 길을 건너고 싶어? 걸릴 건 아무것도 없어.

지팡이가 떨면서 왼쪽으로 움직이며 나아갔다. 블룸 씨의 눈이 지팡이 금을 뒤따르며, 염색공장의 마차가 드로거 점 앞에 멎어 있는 걸 다시 보았다. 저기가 바로 내가 하려고 했을 때 그의 포마트 바른 머리카락을 보았던 곳이야. 고개를 떨구고 있는 말. 마부는 존 롱즈 주점에. 그의 목마름을 해소(解消)하면서.

— 저기 마차가 한 대 있어, 블룸 씨가 말했다, 그러나 움직이지 않아. 내가 건너도록 봐 주지. 몰즈워드가(街)에 가고 싶어?

— 예, 풋내기 소년이 대답했다. 남부 프레드릭가(街)요.

— 가세, 블룸 씨가 말했다.

그는 여윈 팔꿈치를 살며시 감촉했다: 이어 연약하고 시각(視覺)하는 손을 붙들고 앞쪽으로 그를 안내했다.

그에게 무슨 이야기라도 해주자. 지나치게 선심 쓰는 척하지 않는 게 좋아. 장님들은 그들에게 일러주는 걸 믿지 않지. 한 마디 평범한 이야기를 걸어 보자.

— 비는 멎었군.

묵묵부답.

그의 코트의 더러운 얼룩들. 음식물을 엎지른 걸 거야, 상상컨대. 그에게는 모두 다른 맛들. 처음에는 숟가락으로 떠 먹여 줘야. 그의 손이, 마치 아기 손과 같아. 밀리의 손을 닮았군. 민감하지. 내 손만 만져 봐도 치수로 어림치는 모양이야. 그는 이름을 갖고 있는지 몰라. 마차. 말의 다리에 지팡이가 닿지 않아야 할 텐데: 고된 일로 피로에 지쳐 졸고 있다. 됐어. 비켜났어. 황소는 뒤에: 말은 앞에.[211]

— 고맙습니다, 선생님.

내가 어른인 걸 알고 있군. 목소리로.

— 됐어요 이제? 우선 왼쪽으로 돌아요.

장님 소년은 연석을 두들기며, 그리고 지팡이를 뒤쪽으로 끌면서, 다시 땅을 짚으며, 그의 갈 길로 계속 나아갔다.

블룸 씨는 맹목적인 발 뒤를, 영국에만 있는 오뉘무늬로 짠 나사 천의 밋밋하게 재단한 의복을 뒤따라 걸어갔다. 불쌍한 어린 녀석! 도대체 저기에 마차가 있는 걸 어떻게 알았지? 그걸 느꼈음에 틀림없어. 아마 그들의 이마로 사물을 보는 게지: 일종의 부피 감(感). 물건의 무게 또는 크기, 어둠보다 더 까만 것. 만일 어떤 걸 옮겨 놓으면 그걸 그는 느낄까. 간격을 느끼겠지. 더블린에 대해서 기묘한 생각을 그는 틀림없이 갖고 있을 거야, 연석 결을 따라 그의 길을 두들기며. 만일 저 막대기가 없으면 그인 일직선으로 걸을 수 있을까? 마치 사제(司祭)가 되려고 하는 녀석처럼 핏기 없는 경건한 얼굴.

펜로즈! 그게 그 녀석의 이름이었지.[212]

그들은 배워 할 수 있는 것은 모두 다 보는 셈이다. 손가락으로 책을 읽는다. 피아노를 조율(調律)한다. 혹은 그들이 머리가 좋은 것에 우린 놀란단 말이야. 우리가 말할 수 있는 것을 불구자나 혹은 곱사등이 말하면 왜 우리는 그들이 더 영리하다고 생각할까. 물론 다른 감각들이 더 많아. 자수(刺繡). 바구니 엮어 만들기. 사람들이 도와 줘야. 바느질 광주리를 몰리의 생일 선물로 내가 사줄 수 있었으면. 바느질을 싫어하지. 반대할지 몰라. 사람들은 그들을 어두운 인간들이라고 부르지.

후각(嗅覺)도 역시 한층 강함에 틀림없어. 한데 뭉쳐 있는, 사방의 냄새. 거리마다 서로 다른 냄새. 각 개인 역시. 그리고 봄, 여름: 냄새. 맛? 사람들은 눈을 감거나, 두통감기에 걸리면 술맛을 알 수 없다고들 하지. 또한 어둠 속의 흡연도 재미가 없다는 거야.

그리고 여인과도, 예를 들면. 보지 않으면 한층 덜 부끄럽지. 스튜어트 정신병원을 지나가던 저 소녀, 머리를 꼿꼿이 세우고. 저를 보세요. 저는 모든 걸 달고 있어요. 그녀를 보지 않는 게 이상스럽지. 그의 마음의 눈 속에 일종의 형태. 목소리, 체온: 남자의 손가락이 여인의 몸을 매만질 때 모든 선(線)을, 곡선들을 틀림없이 거의 다 보지. 예를 들어, 남자의 손이 여자의 머리카락에 닿으면, 이를테면 그것이 까맣다면. 좋아. 우리는 그걸 까맣다고 부르지. 그 다음엔 그녀의 하얀 피부 위를 더듬는 것이다. 아마 다른 촉감을. 하얀 촉감.

우체국. 답장을 써야 한다. 오늘은 지쳤어. 그녀에게 우편환 2실링, 반 크라운을 보내자. 저의 조그마한 선물을 받아 주오. 바로 여기 문방구상이 역시. 가만있자. 그걸 생각해 보자.

한 개의 부드러운 손가락으로 그는 귀 위쪽 뒤로 빗은 머리카락을 아주 천천히 만져 보았다. 다시. 곱고 고운 지푸라기 같은 머리털. 그리고 살며시 그의 손가락이 오른 뺨의 피부를 어루만졌다. 솜털 같은 털이 거기에도. 아주 매끄럽지는 않군. 배(腹)가 제일 매끄럽지. 주위에 아무도 없고. 저기 그가 프레드릭가(街)로 들어가는 군. 아마 레벤스턴 무용학원의 피아노에로. 나의 바지 멜빵도 고칠 수 있을 테지.

도런의 주점 곁을 걸어가면서, 그는 손을 조끼와 바지 사이에 슬쩍 밀어 넣고 셔츠를 살며시 옆으로 끌어당기며, 배(腹)의 느슨하게 주름잡힌 곳을 만져보았다. 그러나 그건 희노란색이란 걸 나는 알아. 어두운 곳에서 한번 시험해 보고 싶군.

그는 손을 도로 빼고 옷을 끌어당겼다.

불쌍한 녀석! 아주 작은 꼬마. 안됐어. 정말 안됐어. 그는 무슨 꿈을 꿀까, 보지 않고. 인생 그에게는 하나의 꿈. 저렇게 태어나다니 그런 처벌이 어디 있담? 뉴욕에서 소풍 연회에 불타죽거나 익사한 모든 저 여인들과 아이들.[213] 전번제(全燔祭).[214] 과거의 생애에서 그대가 저지른 죄에 대한 저 전생(轉生)을 사람들은 갈마(羯磨)[215]라고 부르지, 재생 만나다 그를 파이크 호우스. 맙소사, 맙소사, 맙소사. 애석함, 물론: 그러나 도대체 아무도 그들과 친해질 수 없으니 어쨌거나.

프레더릭 포키너 경(卿)[216]이 프리메이슨 회관 안으로 들어가고 있다. 드로이처럼 엄숙하지.[217] 얼스피트 테라스에서 점심을 잔뜩 먹은 후에. 큰 포도주 병을 따서 마시고 있는 나이 많은 법관 친구들. 법정이나 순회재판 그리고 자선학교[218]의 연보(年報)에 관한 이야기. 나는 그에게 징역 10년을 언도했소. 저이는 내가 마신 술 정도는 상대조차 안 할 거야. 그들을 위한 우량 포도주, 먼지 묻은 병에 연호(年號)의 마크가 붙은. 지방 법원에 스스로 긍지를 갖는 거다. 선의(善意)의 노인. 사건들로 잔뜩 메워진 경찰 범죄자 기소용 장부는 범죄를 만드는 퍼센티지를 나타낸다. 그들을 이내 각하(却下)시켜 버린다.[219] 고리대금업 자에게는 용서 없지. 루벤 J를 지독하게 야단쳤지. 그런데 그는 정말이지 이른바 불결한 유 태인이야. 저 재판관들이 가지는 권력. 가발 쓴 무뚝뚝한 늙은 술고래들. 통풍(痛風)으로 발을 끙끙 앓는 곰 격이지. 그리고 주여 그대의 영혼에 자비를 베푸소서.[220]

어라, 플래카드다. 마이러스 자선시(바자).[221] 총독 각하. 16일. 바로 오늘이다. 머서 병원의 기금 원조를 위해. 그 때문에 최초로 〈메시아〉가 연주되었지. 그래. 헨델.[222] 거기 뭐가 행해지고 있을까: 볼즈브리지. 키즈 상점에 잠깐 들르자. 거머리처럼 그에게 너무 지 나치게 달라붙는 것은 소용없는 짓. 너무 자주 방문하면 진절머리만 나게 하니까. 확실히 문간에 누군가 아는 사람이.

블룸 씨는 킬데어가(街)까지 왔다. 우선 나는 해야 한다. 도서관.[223]

햇볕 속에 밀짚모자. 탠 가죽구두. 접어 올린 바지. 저거다. 저거다.[224]

그의 심장이 조용히 두근거렸다. 오른쪽으로. 박물관. 여신들. 그는 갑자기 오른쪽으 로 비켜 났다.

저건가? 거의 확실해. 보기 싫어. 내 얼굴의 술기운. 왜 나는 했던가? 역시 머리가 지 끈거리는 군. 그래. 맞아. 걸음걸이. 보지 않는다. 서두르자.

박물관 출입문을 향해 나아가며 길고 겁먹은 걸음걸이로 그는 눈을 치켜 올렸다. 멋진 건물. 토머스 딘 경(卿)[225]이 설계했지. 나를 뒤따르지는 않지?

아마 날 못 봤을 거야. 그의 눈에 빛이.

그의 나부끼는 숨결이 짧은 한숨으로 쏟아져 나왔다. 빨리. 차가운 석상들: 거긴 조용 해. 곧 안전하게 돼.

아니야. 날 못 봤어. 두 시가 지났군. 바로 대문간에서.

나의 심장!

그의 눈이 펄떡이며 크림색 돌의 곡선을 끈기 있게 쳐다보았다. 토머스 딘 경(卿)은 그리스 건축이었지.

뭔가를 찾는다 나는.

그의 급한 손이 재빨리 호주머니 속으로 들어가, 꺼냈다, 펼친 아젠다스 네타임을 읽 었다. 내가 어디다 두었지?

바삐 찾으며.

그는 재빨리 아젠다스를 도로 쑤셔 넣었다.

오후라고 그녀가 말했지.

나는 그걸 찾고 있다. 그래, 그걸. 호주머니를 모두 뒤져 봐. 손수거.[226] 〈플리먼〉. 내 가 어디다 두었지? 아, 그래. 바지. 감자. 지갑. 어디다?

서둘러요. 조용히 걸어요. 순간 한층. 나의 심장.

그의 손이 뒤적거리며 어디에 내가 두었지 바지 엉덩이 포켓 속에 찾았다 비누 로션[227] 방문해야 한다 미지근한 종이에 달라붙은 채. 아하 비누가 거기 나는 그래. 정문.

살았다!

❖ 9장 ❖

* 세련되게, 모두를 위안하려고, 퀘이커 교도의 도서관장[1]이 가르랑거렸다:

— 그런데 우리는 〈빌헬름 마이스터〉[2]의 저 귀중한 페이지들을 갖고 있는가, 갖고 있지 않는가. 한 위대한 형제 시인[3]에 관한 한 위대한 시인 말이오. 하나의 주저하는 영혼[4]은, 갈등하는 의혹에 의해 찢어진 채[5], 고뇌의 바다에 대항하여 무기를 들지요, 우리들이 실제 인생에서 보듯.

그는 삐걱삐걱 대는 쇠가죽 구두를 신고 엄숙한 마루 위를 신카페이스(다섯 박자무[拍子舞])로 일보 전진했다가 신카페이스로 일보 후퇴했다.[6]

소리 없는 급사가 문을 열었으나 그에게 소리 없이 약간 고개 짓을 했다.

— 곧장, 그는 말했다, 망설이긴 하지만, 가려고 구두를 삐걱거리면서. 어려운 사실에 대항하여 구슬퍼하는 그 아름다운 무능력의 몽상가[7] 말이오. 우리는 언제나 괴테의 판단이 아주 진실하고 느끼고 있어요. 보다 큰 분석적 의미에서 진실하단 말이오.

분석적으로 두 번 삐걱대며 그는 코란토 무(舞)[8]의 걸음걸이로 걸어갔다. 대머리 진 채, 가장 열성적으로 문간에서 그는 큰 귀를 급사의 말에 온통 기울였다: 그걸 다 들었다: 그리고 가버렸다.

남은 두 사람.[9]

— 므쉬 드 라 빨리스는, 스티븐이 조소했다, 그의 죽음 전 15분전까지도 쌩쌩했다네.[10]

— 자네는 저들 여섯 명의 용감한 의학도들[11]을 찾았나, 존 이글링턴[12]이 연장자의 강심장(强心臟)으로 물었다, 자네 지시에 따라 〈실낙원〉[13]을 쓰기 위해서 말이야? 〈사탄의 슬픔〉[14]이라 그는 그걸 부르지.

미소하라. 크랜리[15]의 미소를 미소하라.

> 처음에 그는 그녀를 간질였지요
> 이어 그녀를 다독거렸어요
> 그리고 여성 도뇨관(導尿管)을 뚫었답니다
> 왜냐하면 그는 의학생이었으니까요
> 쾌활하고 나이 먹은 의(醫)……[16]

— 나는 자네가 〈햄릿〉를 쓰기 위해 한 사람 더 필요할 거라고 생각하네. 7이란 숫자는 신비적인 마음에는 값진 거야. 빛나는 7이라 WB는 그걸 부르지.[17]

그의 녹색모(綠色帽)의 데스크 램프 가까이, 광안(光眼)을 한, 그의 적갈색 두개골[18]이 흑록색(黑綠色)의 그림자 사이에서 턱수염 난 얼굴을 찾았는지라, 성자안(聖者眼)을 한, 올라브 형(型)의 얼굴[19]. 그는 낮게 소리 내어 웃었다: 트리니티 급비생(給費生)[20]의 웃음을: 대답 받지 못한 채.

천사들의 눈물 마냥 한없이
눈물짓는오케스트라의사탄.[21]
'에드 에글리 아베아 델 쿨 팟토 트롬벳타
(그래서 그는 밑구멍을 나팔로 삼았다네)'.[22]

그[23]는 나의 우행(愚行)을 저당잡고 있다.

그들의 조국을 해방하기 위한 크랜리가 이끄는 열 한 명의 진실한 위클로우인(人)
들.[24] 틈난 이빨의 캐슬린.[25] 그녀의 네 개의 아름다운 푸른 들판.[26] 그녀의 집에 있는 이방
인.[27] 그리고 그를 환영하는 또 한 사람[28]: '아베, 라비(스승, 만세)': 타나힐리 시(市)의
열두 사람.[29] 계곡[30]의 그늘에서 그는 그들을 어이 목메어 부른다. 나의 영혼의 젊음을
나는 그에게 주었다, 밤마다. 도중 무사하기를. 행운을 비오.[31]

멀리건이 내 전보를 갖고 있다.[32]

우행(愚行). 밀고 나가라.

— 우리들의 젊은 아일랜드 시인들은, 존 이글링턴이 비난했다, 세상이 색슨인인 셰익스피
어의 햄릿과 비길 인물을 여전히 창조해야만 해, 나는 이런 면에서 우상으로, 나이 많은 벤
[33]이 그랬듯이, 그를 감탄하고 있지만.

— 이러한 모든 문제는 순전히 아카데믹한 거야, 러셀이 그의 그림자로부터 신탁(神託)처
럼 거드름을 피웠다. 내가 뜻하는 바는, 햄릿이 셰익스피어인지 혹은 제임스 1세인지 혹
은 에섹스 사람인지 하는 거란 말이야.[34] 예수의 사실성(史實性)에 관한 목사들의 논란 말
이지. 예술은 우리들에게 관념을, 무형(無形)의 정신적 본질[35]을 계시하지 않으면 안 돼요.
하나의 예술 작품에 대한 지고의 문제는 그것이 생활로부터 얼마나 깊이 발원(發源)하는가
이지. 구스따브 모로[36]의 그림은 관념의 그림이야. 셸리의 가장 심원한 시(詩)나, 햄릿의
말들은 우리들의 마음을 영원한 지혜, 플라톤의 관념의 세계와 접촉하게 하는 거요. 나머지
모든 것은 학생을 위한 학생의 공론(空論)이지.

A. E.[37]가 어떤 양키 회견 기자[38]에게 이야기하고 있었다. 라. 제기, 제기랄!

— 스콜라 철학자들도 애초에는 학생들이었지요, 스티븐이 초예의적(超禮儀的)으로 말했
다. 아리스토텔레스도 한때는 플라톤의 학생이었지요.[39]

— 그리고 여전히 학생으로 머물러 있지, 희망컨대, 존 이글링턴이 침착하게 말했다. 우리
는, 졸업장을 팔 아래 끼고 있는 모범 학생인, 그[40]가 눈에 선하단 말이야.

그는 방금 미소 짓고 있는 턱수염 난 얼굴을 향해 다시 소리 내어 웃었다.

무형(無形)의 정신적인. 성부(聖父), 성언(聖言)과 성령(聖靈). 전부(全父),[41] 천국의
인간. 히에소스 크리스토스.[42] 미(美)의 마술사, 매 순간마다 우리들 속에서 고통을 겪는 로
고스(그리스도). 이것은 진실로 저것이다. 나는 제단 위의 불꽃이다. 나는 제물의 버터다.[43]

던로프,[44] 그들 모두 가운데 가장 고상한 로마인, 저지,[45] A. E., 아벌,[46] '형언할 수
없는 이름(여호와),' 천국에서[47]: 그들의 스승인, K. H.,[48] 그의 실체는 정통한 자에게는
결코 비밀이 아니다. 위대한 화이트 로지[49]의 회원들이 도울 수 있을지 언제나 주시하고 있
다. 자매신부(姉妹新婦)를 거느린 그리스도, 빛의 습윤(濕潤), 혼(魂)이 부여된 처녀한테
서 탄생한, 회개하는 소피아, 불타(佛陀)의 영역에로 출발했다.[50] 비교(秘敎)의 생활은 보
통(o) 사람(p)을 위한 것이 아니다. O. P.(타인들)는 나쁜 갈마(羯磨)를 우선 제거하지 않
으면 안 된다.[51] 쿠퍼 오클리 부인[52]은 한때 우리들의 아주 저명한 자매인 H. P. B.의 육체
의 본질을 언뜻 보았다.[53]

오, 저런! 그만 두라니까![54] '퓨이토이펠(악마 같으니)!'[55] 당신은 그런 걸 봐서는 안
돼요, 부인, 고로 귀부인이 그녀의 육체의 본질을 드러낼 때 당신은 그걸 봐서는 안 돼요.

베스트 씨[56]가 들어왔다, 키가 크고, 젊고, 유순하고, 경쾌한. 그는 노트[57]를 품위 있

게 손에 지녔다. 새롭고, 크고, 깨끗하고, 번쩍이는.

— 저 모범 학생이라면, 스티븐이 말했다, 후세의 그의 왕자다운 영혼에 관한 햄릿의 명상을, 플라톤의 그것처럼 천박하게, 부재(不在)의, 무(無)의미한 그리고 비(非)극적인 독백으로 생각할 테죠.[58]

존 이글링턴이, 찌푸리며, 격(激)하게 격노(激怒)하며, 말했다:

— 정말이지 누구든지 아리스토텔레스와 플라톤을 비교하는 걸 들으면 내 피를 끓게 한단 말이야.

— 두 사람[59] 가운데 어느 쪽이, 스티븐이 물었다, 나를 그의 공화국에서 추방하려했던가요?[60]

너의 정의(定義)의 단검을 칼집에서 빼라. 마성(馬性)은 모든 말의 본질이다.[61] 세태(世態)의 흐름과 영세(永世)를 그들[62]은 숭배한다. 신(神): 거리의 소음[63]: 대단히 소요학파적[64]. 공간: 그건 네가 매우도 잘 보지 않으면 안 되는 거야.[65] 인간의 피의 적혈구보다 더 작은 공간들을 통하여 그들은 브레이크의 엉덩이를 좇아 이 식물계(植物界)는 오직 한 가닥 그림자에 지나지 않는다는 영원의 세계 속으로 기어들고 있는 거다.[66] 꼭 붙들어요, 현재와 여기를, 그들을 통하여 모든 미래가 과거로 뛰어 든다.[67]

베스트 씨가 애교 있게, 그의 동료를 향해, 앞으로 다가왔다.

— 헤인즈[68]는 가버렸어, 그는 말했다.

— 그래?

— 나는 그에게 주베인빌[69]의 책을 보여 주고 있었어. 그는 하이드[70]의 코노트의 연가(戀歌)[71]에 대해, 알겠나, 아주 열성적이야. 나는 그가 토론을 듣도록 끌고 들어올 수가 없었어. 그는 그걸 사려고 길 서점에 갔어.

> 앞으로 뛰어나와라, 나의 작은 책자여,
> 무정한 군중에게 인사하기 위해,
> 야위고 보기 흉한 영어로, 쓰인 것은,
> 나 믿나니, 나의 소망이 아니렷다.[72]

— 이탄연기(泥炭煙氣)가 그의 머리까지 뻗치고 있다니까,[73] 존 이글링턴이 진술했다.

우리는 영국에서 느끼고 있네.[74] 회오(悔悟)하는 도적놈.[75] 가버렸군. 나는 그의 연초를 피웠다. 녹색의 반짝이는 돌. 바다의 고리(環) 속에 박힌 에메랄드.[76]

— 사람들은 연기가 얼마나 위태로울 수 있는지를 알지 못하지, 금발 계란형 두상(頭狀)의 러셀이 비교적(秘敎的)으로 경고했다. 세계에서 혁명을 야기하는 동기는 언덕 중턱에 살고 있는 한 농민의 마음속 꿈이나 비전으로부터 탄생하는 거야. 그들에게는 대지는 개척할 수 있는 땅이 아니고 살아 있는 어머니란 말이야. 아카데미아 경기장의 희박화(稀薄化)한 공기가 6실링싸리 소설이나, 뮤직홀의 노래를 생산하지.[77] 프랑스는 말라르메에 있어서 부패의 가장 아름다운 꽃을 생산하나,[78] 바람직한 생활이란 호머의 파이아키아인들의 생활[79]로서, 단지 마음이 가난한 자[80]에게만 계시되는 거야.

이러한 말들로부터 베스트 씨는 거슬리지 않은 얼굴을 스티븐에게로 돌렸다.

— 말라르메는, 알겠나, 그는 말했다. 정말 저들 훌륭한 산문시를 썼는데, 스티븐 메켄나[81]가 파리에서 나에게 이따금씩 읽어 주곤 했었어. 햄릿에 관한 것 말이야.[82] 그는 말하기를: '일 쓰 프로멘느, 리장또 리브르 드 뤼 ─ 멤므(그는 산책하도다, 그 자신에 관한 책을 읽으며),' 알겠나, 그가 자기 자신에 관한 책을 읽으며.[83] 그는 프랑스의 어느 마을에서 공연된 〈햄릿〉극을 서술하고 있지, 알겠나, 한 지방 도시 말이야. 사람들이 그걸 광고했지.

그는 손으로 자유로이 공중에다 조그마한 간판을 우아하게 그렸다.

햄릿

'우(혹은)'

'르 디스뜨레*(얼빠진 자)*'[84]

'삐에스 드 세끄스뻬르*(셰익스피어 극)*'

그는 존 이글링턴의 새로 찡그린 얼굴에다 대고 거듭 말했다:

— '*삐에스 드 세끄스뻬르,*' 알겠나. 그건 정말 프랑스식이지. 프랑스식 견해야. *햄릿 혹은*······

— 얼빠진 거지지요, 스티븐이 끝맺었다.

존 이글링턴이 크게 웃었다.

— 그래, 내 상상으로 그럴 것 같아, 그는 말했다. 탁월한 국민이지, 의심할 바 없이, 그러나 어떤 일에 있어서는 비참할 정도로 근시안적이야.

호화롭고 침체된 살인 과장 극. [85]

— 영혼의 사형자(死刑者)라고 로버트 그린[86]은 그를 불렀지요, 스티븐이 말했다. 그가 썰매 같은 전부(戰斧)를 휘두르며 손바닥에 침을 뱉는, 백정(白丁)[87]의 자식임은 틀림없는 사실이었어요. 아홉 개의 생명들[88]이 그의 아버지의 단 하나의 생명 때문에 박탈당하고 말지요. 연옥에 있는 우리들의 친부(親父) 말이오. [89] 카키 복(服)의 햄릿 같은 자들은 총 쏘기를 주저하지 않지요. [90] 제5막에서 피비린내 나는 아수라장[91]은 스윈번 씨가 노래한 강제수용소[92]의 예고편이란 말이오.

크랜리, 그의 묵묵한 전령병(傳令兵)인 나, 멀리서부터 전쟁을 뒤따르다. [93]

살인적인 적들의 불량 처자식들

그러나 우리들은 그들의 목숨을 살려 주었나니······[94]

색슨의 미소[95]와 양키의 절규[96] 사이에. 악마와 심해.

— 그는 〈햄릿〉이 유령의 이야기라고 주장하고 싶은 거야, 존 이글링턴이 베스트 씨를 위해서 말했다. 피크윅의 그 뚱뚱보 소년[97]처럼 그는 우리들의 육체를 오싹하게 하기를 바라지.

들어라! 들어라! 오 들어라![98]

나의 육체는 그의 소리를 듣는다: 오싹하면서, 듣는다.

만일 그대가 언제나 한다면······[99]

— 유령이란 무엇이겠소? 스티븐이 흥분하듯 힘주어 말했다. 그것은 죽음을 통하여, 부재(不在)를 통하여, 관습의 변화를 통하여, 인지불능(認知不能)으로 시들어 갔던 거요. 엘리자베스 조(朝)의 런던은 스트랫포드[100]로부터 멀리 떨어져 놓여 있었소, 부패한 파리가 처녀 더블린과 멀리 떨어져 놓여 있듯이. '*림보 빠뜨룸(지옥의 변방)*'[101]으로부터, 그를 잊어버린 세계로 되돌아오는, 유령은 누구지요? 햄릿 왕은 누구란 말이오?

존 이글링턴이, 판단하려고 뒤로 기대며, 그의 여윈 몸을 돌렸다.

막이 올랐다. [102]

— 때는 유월 중순의 어느 날 이 시간이지요, [103] 스티븐이, 빠른 시선으로 좌중(座衆)의 경청을 청하면서, 말했다. 강둑 곁의 극장에는 기(旗)가 게양되어 있소. [104] 그 근처, 파리 동물원, 울타리 안에는 곰 새커슨[105]이 으르렁거리오. 드레이크 제독[106]과 같이 항해한 수부들이 입석 관객들[107] 사이에서 그들의 소시지를 씹고 있소.

지방 색. [108] 네가 알고 있는 것은 모두 짜 맞춰 넣어요. 모두들을 공범자로 삼아요.

— 셰익스피어는 실버가(街)의 위그노 교도의 집을 떠나 백조의 새장 옆 강둑[109]을 따라 걸

어가지요. 그러나 그는 자신의 금렵조(禁獵鳥) 새끼 백조들을 갈대밭을 향해 좇고 있는 어미백조에게 먹이를 주려고 머물지는 않아요. 에이븐[110]의 백조[111]는 다른 생각들을 가지고 있지요.

장소의 구성.[112] 이그너티우스 로욜라여,[113] 서둘러 나를 좀 도와다오!

— 극이 시작하오. 한 사람의 배우가 그림자[114] 아래로 나타나지요, 궁내(宮內) 도화사(道化師)의 낡은 갑옷으로 분장하고, 바스 음(音)의 목소리를 가진 균형 잡힌 사나이.[115] 그것이 유령이오, 왕이오, 왕이면서 왕이 아니오, 그리고 그 배우가 한 평생의 세월을 계속해서 〈햄릿〉을 연구해 온 셰익스피어란 말이오, 그리고 그 세월은 유령의 역할을 행하기 위하여 허송한 것이 아니었소.[116] 그는 구름 같은 납포(蠟布) 너머로 그이 앞에 서 있는 젊은 배우, 버비지[117]에게 말을 겁니다. 그의 이름을 부르면서:

햄릿, 나는 너의 아비의 유령이다.

그를 잘 듣도록 청하면서,[118] 자식에게 그는 말하지요, 그의 영혼의 자식, 왕자, 젊은 햄릿 그리고 그의 육체의 자식에게, 그의 이름만은 영원히 살아 있을 스트랫포드에서 이미 죽은, 햄넷 셰익스피어[119]에게.

저 배우인 셰익스피어, 부재에 의한 한 유령, 그리고 매장된 덴마크 왕의 도복(道服)을 입고,[120] 죽음에 의한 한 유령이 자신의 자식의 이름에게 그 자신의 말을 건네고 있다는 것이 가능할까 (만일 햄넷 셰익스피어가 살았더라면 그는 왕자 햄릿의 쌍둥이였을 거요), 나는 알고 싶소, 또는 그가 그러한 전제(前提)의 논리적 결론을 끌어내지 못했다거나 혹은 예견하지 못했다는 것이 가능할 수 있을까, 나는 알고 싶소 혹은 가능할 법한 일일까요: 즉, 너는 박탈당한 자식이다: 나는 살해된 아버지다: 너의 어머니는 죄 많은 여왕, 타고난 해서웨이,[121] 앤 셰익스피어이다, 라고?

— 그러나 위인(偉人)의 가족생활을 그렇게 엿들어다 본다는 것은, 러셀이 성급하게 말했다.

그래 자네 거기 있나, 의리의 친구?[122]

— 그건 단지 교구의 서기에게나 흥미가 있는 거지. 내 뜻은, 우리는 극들을 갖고 있단 말이야. 내가 뜻하는 바는, 우리가 〈리어왕〉의 시를 읽을 때 시인이 어떻게 살았는지가 우리에게 무슨 상관이 있느냐는 거지. 생활하는 것만이라면 우리들의 하인들이 우리를 대신해서 할 수 있어, 라고 빌리에 드 릴라는 말하고 있지.[123] 당시의 그린 룸[124]의 잡담이나, 시인의 음주, 시인의 부채(負債)를 엿본다든지 살핀다는 것 말이야. 우리는 〈리어왕〉을 갖고 있어요: 그리고 그것은 불멸의 것이야.

베스트 씨의 얼굴이, 호소 받고, 동의했다.

너의 파도 그리고 너의 해수(海水)를 가지고 그들 위를 덮어 흘러라.
마나난, 마나난 맥클리어……[125]

지금 어때, 이봐, 네가 배고팠을 때 그가 네게 빌려 준 저 파운드를?[126]

아니, 나는 그것이 필요했다.

자네 이 노블 금화(金貨)를 가져.

이봐! 너는 그 돈의 대부분을 성직자의 딸, 조지나 존슨[127]의 침대에서 써버렸지. 양심의 가책.

너는 그것을 갚을 생각이냐?

오, 그럼.

언제? 지금'?

글쎄…… 아니.

언제, 그럼?[128]

나는 빚을 지지 않고 살았다. 나는 한 푼도 빌리지 않았다.[129]

침착해라. 그(러셀)는 보인 강(江) 너머로부터 왔단다. 북동의 벽지.[130] 너는 빚지고 있다.

가만있자. 5개월. 분자는 온통 변하고 있다. 나는 지금 다른 나다. 파운드를 빚진 것은 다른 나다.

음. 음.[131]

그러나 나, 생명력(엔텔러키), 형태들 중의 형태인 나,[132] 영원히 변하는 형태하에 있기 때문에 기억에 의해 있는 나.

죄를 범하고 기도하고 단식하던 나.[133]

콘미가 회초리로부터 구해 준 아이.[134]

나, 나와 나. 나.[135]

A. E. I. O. U.[136]

— 자네는 세 세기의 전통에 반항할 생각인가? 존 이글링턴이 트집 잡는 소리로 물었다. 그녀의 유령은 적어도 영원히 잠들고 있었어. 그녀는, 적어도 문학상으로, 태어나기 전에, 죽었지.

— 그녀는 죽었소, 스티븐이 대꾸했다. 그녀가 태어난 지 67년 뒤에.[137] 그녀는 남편이 세상에 태어나는 것도 죽는 것도 보았소. 그녀는 그의 최초의 포옹을 받아들였단 말이요. 그녀는 그의 자식들을 낳았고 그가 죽음의 침상에 누워 있었을 때 그의 눈꺼풀을 감기기 위해 동전을 그의 눈 위에다 올려놓았소.

어머니의 죽음의 침상. 양초. 시트로 가려진 거울.[138] 나를 이 세상에 태어나게 한 그녀는 거기 누워있다. 청동 빛 눈꺼풀을 하고, 몇 송이 값싼 꽃 아래. '릴리아따 루띨란띠움(백합처럼 환하게).'

나는 홀로 울었다.

존 이글링턴이 그의 램프의 엉킨 형광(螢光)을 들여다보았다.

— 세상은 셰익스피어가 과오를 범했다[139]고 믿고 있지, 그는 말했다. 그리고 그가 가능한 빨리 그리고 가장 훌륭하게 거기서 도망쳐 나왔다고.[140]

— 쳇! 스티븐이 무례하게 말했다. 천재는 과오를 범하지 않는 법이오. 그의 과오는 자의적이며 발견의 문(門)이지요.

발견의 문이 열리자 삐걱 데는 연화(軟靴)를 신고, 대머리에, 귀가 주뼛 선, 열성적인, 퀘이커 교도의 도서관장이 들어왔다.

— 한부(悍婦)는, 존 이글링턴이 심술궂게 말했다. 발견의 유용한 문이 아니야, 상상컨대. 무슨 유용한 발견을 소크라테스가 크산티페[141]한테서 배웠겠어?

— 변증법이오, 스티븐이 대답했다: 그리고 그의 어머니로부터 사상을 세상에 태어나게 하는 방법을 말이오.[142] 그가 소크라티디디온의 에피사이치디온[143]인, 그의 다른 아내 뮈르토[144]('압시뜨 노멘! 제발 흉조가 없길!')[145]로부터 배운 것을, 어떠한 남자도, 여자도, 영원히 알지 못할 거요. 그러나 산파의 박식(博識)도 규중설법(閨中說法)[146]도 그를 신 페인 당의 집정관(執政官)이나 독병(毒甁)의 독약으로부터 구출해 내지는 못했소.[147]

— 그러나 앤 해서웨이는? 베스트 씨가 조용한 음성으로 잊은 듯 말했다. 맞았어, 셰익스피어 자신이 그녀를 잊고 있었듯이 우리들은 그 여자를 잊고 있는 것 같아.

그의 시선이, 상기시키기 위해, 그들을 친절하게 나무라기 위해, 명상가의 턱수염으로부터 혹평가의 두개골에로, 이어 악의적이긴 하나 죄 없는, 위클리프 교도[148]의 핑크색 벗겨진 사과두(司果頭)에로 옮겨갔다.

— 그는 상당한 값어치의 기지(機智)를 갖고 있었어요, 스티븐이 말했다, 그리고 결코 무딘

기억력은 갖지 않았소. 그는 〈내가 뒤에 남겨 두고 떠난 소녀〉[149]를 휘파람 불면서 롬빌[150]
까지 터벅터벅 걸어갔을 때에도 기억력을 그의 바랑 속에 지니고 있었지요. 비록 지진(地
震)이 정확한 연대를 알리지 않더라도,[151] 우리는 자신의 모양새로 앉아 있는, 가련한 와트
나,[152] 사냥개들의 부르짖음, 장식 못 박은 말굴레[153] 그리고 그녀의 푸른 창문[154]을 어디에
두어야 할지 당연히 알아야 해요. 저 추억 〈비너스와 아도니스〉는 런던의 모든 매음부의 침
실에 놓여있었소.[155] 한부(悍婦) 캐서린은 악명의 추부(醜婦)인가요? 호텐쇼는 그 여자를
젊고 아름답다고 부르고 있소.[156] 여러분은 〈안토니오와 클레오파트라〉의 저자요, 한 정열
적인 순례자가, 그의 눈이 뒤통수에 붙어 있어서 자신과 잠자리를 같이하기 위해 전(全) 워
리크셔[157]에서도 가장 추한 간부(姦婦)를 선택했다고 생각하시오? 좋아요: 그는 그녀를 떠
나 남자들의 세계를 얻었소. 그러나 그의 소년 역의 여인들은 한 소년[158]이 본 여인들이지
요. 그들의 생활, 사상, 언어는 남성한테서 빌려 온 거요. 그가 섣불리 선택했겠소? 그가
선택당했던 것 같소, 내 생각에. 만일 다른 사람들이 의지를 갖고 있다면 앤은 한가지 길을
갖고 있소.[159] 확실히, 그녀가 비난을 받아야했어요.[160] 그녀가 그를 유혹했던 거요,[161] 아
름답고, 스물여섯의 나이로. 정복하려고 몸을 구부리며,[162] 소년 아도니스에게 몸을 굽히는
회안(灰眼)의 여신[163]은, 배를 부풀게 하는 행동의 서막으로서, 그녀 자신보다 나이 어린
애인을 곡물 밭에서 넘어뜨리는 한 철면피한 스트랫포드 계집인 거요.[164]

　　　　그럼, 내 차례는? 언제?[165]

　　　　오라!

— 밀밭이라, 베스트 씨가 그의 새 노트를 즐겁게, 명랑하게, 추켜들면서, 명랑하게, 즐겁
게, 말했다.

　　　　그는 이어, 금발의 기쁨으로, 모든 사람들을 위해 중얼거렸다:

— 밀밭이랑 사이에

　　　　아름다운 시골 사람들이 눕는 도다.[166]

　　　　파리스: 만족한 만족 자.[167]

　　　　홈스펀을 걸친 한 키 큰, 턱수염 기른 풍채가 그림자로부터 일어나, 그의 협동조합의
회중시계를 꺼냈다.[168]

— 나는 〈홈스테드〉지사에 정각에 갈 수 있을지 모르겠어.[169]

　　　　어디로 떠난다? 개척지로.[170]

— 당신은 가오? 존 이글링턴이 활발한 눈썹으로 물었다. 우리 오늘 저녁 무어[171] 댁에서
만날까? 파이퍼도 온다는데.

— 파이퍼! 베스트 씨가 나팔을 불었다. 파이퍼가 돌아왔나?

　　　　피터 파이퍼가 절인(pickled) 후추(pepper)를 펙 픽 펙 쪼았다.[172]

— 난 갈 수 있을는지 모르겠어. 목요일이라. 우리 모임이 있어요. 만일 내가 배 낮춰 떠날
수 있다면.

　　　　도우슨[173] 회관의 유가보기상자(儒家寶器箱子).[174] 〈베일 벗긴 이시스〉.[175] 그들의 팔
리어(梵語)]의 책[176]을 우리는 저당 잡으려고 애썼다. 암갈색의 우산 아래 책상다리를 한
채 그는 별세계의 영계(靈界)에서 행동하는, 아즈텍 토인들의 로고스[177]를 왕좌에 앉힌다,
그들의 대신령(大神靈),[178] 지고영혼(至高靈魂).[179] 신앙의 은거승(隱居僧)들은 신도로서
원숙한 채, 그를 주위원형(周圍圓形)으로 하여, 빛을 기다린다. 루이스 H. 빅토리.[180] T.
콜필드 어윈.[181] 연뿌리 여인들이 면전에서 그들을 시중든다.[182] 그들의 뇌의 송과선(松果
腺)[183]이 탄다. 그의 신(神)으로 충만 된 채, 그는 보리수 아래 불타(佛陀)를 왕좌에 앉힌
다.[184] 영혼들을 삼키는 자, 집어삼키는 자.[185] 남자혼, 여자혼, 영혼들의 무리. 비통한 울르
부르짖음으로 삼키운 채, 선회되고, 선회하면서, 그들은 비통한다.[186]

진수(眞髓)의 미세체(微細體)로
수년 동안 이 육체상자 속에 한 여혼(女魂)이 살았도다.[187]

— 사람들은 우리가 문학상의 어떤 놀랄 만한 일을 겪게 될 거라고 말하고 있소, 퀘이커 교도의 도서관장이, 다정하게 그리고 열렬하게, 말했다. 러셀 씨가, 소문에 의하면, 우리들 젊은 시인들의 운시(韻詩)를 한 묶음으로 모으고 있다는 거요. 우리 모두가 걱정스럽게 기대하고 있는 중이요.[188]

걱정스럽게 그는 원추형 램프 등 불빛 속을 힐끗 보았다, 그리고 거기 세 얼굴들이, 빛을 받아, 빛났다.

이것을 보라. 기억하라.[189]

스티븐은 무릎 너머 그의 물푸레나무지팡이손잡이에 걸린, 넓고 춤 없는 모자를 내려다보았다. 나의 투구와 칼. 두 개의 집게손가락으로 가볍게 만져 보라. 아리스토텔레스의 실험.[190] 하나인가 둘인가? 필연성이란 그것 때문에 하나가 그 밖에 다른 것이 될 수 없는 거다.[191] 고로, 한 개의 모자는 한 개의 모자다.

귀담아 들어라.

젊은 콜럼[192]과 스타키.[193] 조지 로버츠[194]가 영리 본위의 일을 하고 있어. 롱워스[195]가 〈익스프레스〉지에다 지나친 자화자찬적 광고를 낼 거야. 오, 그가 그럴까? 나는 콜럼의 〈가축 장수〉[196]가 마음에 들었어. 그래, 나는 그가 고놈의 신기한 것 천재를 가졌다고 생각해. 자넨 정말 그가 천재를 가졌다고 생각하나? 예이츠는 그의 시행: '황막한 대지의 그리스의 항아리 마냥'[197]을 감탄했지. 그랬던가? 나는 자네가 오늘 저녁 올 수 있기를 희망하네. 맬러카이 멀리건도 역시 오지. 무어가 그에게 헤인즈를 데리고 오도록 요구했어. 자네는 미첼양(孃)의 무어와 마틴에 관한 농담을 들었나?[198] 저 무어는 마틴의 난폭한 난봉꾼이란 걸? 놀랄 만큼 총명하지. 그렇잖아? 그들은 우리에게 돈 키호테와 산초 판차를 상기시키지.[199] 우리들의 국민적 서사시는 앞으로 써야할 과제라고, 시거슨 박사[200]가 말하지. 무어가 거기에 적합한 인물이야. 여기 더블린의 수안(愁顔)의 기사. 샤프런색 킬트 즈봉[201]을 입고? 오닐 러셀이?[202] 오, 그렇지, 그는 훌륭한 고대어를 말해야 하지. 그리고 그의 둘시네어[203]? 제임스 스티븐즈[204]가 어떤 명쾌한 원고를 쓰고 있어. 우리는 곧 중요하게 될 것, 같아.

코딜리어.[205] '코르도글리오(Cordoglio).' 리어의 가장 외로운 딸.[206]

누크쇼튼.[207] 자 너의 가장 근사한 프랑스식 세련미를.

— 대단히 감사합니다, 러셀 씨, 스티븐이 일어서면서, 말했다. 친절하게도 이 편지를 노먼 씨에게[208] 좀 전해 줄는지요……

— 오, 그렇게 하지. 만일 그가 그걸 중요하다고 생각하면 게재될 거야. 우린 하도 기고(寄稿)가 많아서.

— 알겠습니다, 스티븐이 말했다. 감사합니다.

신의 뜻이다.[209] 돼지들의 신문.[210] 거세우공(去勢牛公)을 벗삼는 자.

싱[211]도 역시 〈다나〉지를 위해 내게 기사를 약속했지. 우린 읽히게 되려나? 그럴 것 같군. 게일 연맹[212]은 아일랜드어로 쓴 작품을 바라지. 나는 당신이 오늘 저녁 참석하기를 희망하오. 스타키를 데리고 오시오.

스티븐이 자리에 앉았다.

퀘이커 교도의 도서관장이 이별자들(책들)로부터 왔다. 얼굴을 붉히며, 그는 말했다:

— 데딜러스 군, 자네의 견해가 가장 해명적(解明的)이오.

그는 구두뒤축 높이만큼 하늘 가까이, 발끝으로 삐걱거리며,[213] 이리저리 거닐었다. 그리고 밖으로 나가는 자의 잡음에 의해 가린 채, 낮게 말했다:

— 그럼, 그녀[214]가 시인에게 그렇게도 부실했다는 것이 자네의 견해인가?

놀란 얼굴이 내게 묻는다. 왜 그가 왔을까? 예의(禮儀) 아니면 내심(內心)의 빛?[215]

— 화해가 있는 곳에는, 스티븐이 말했다. 애초에 분열이 있었음이 틀림없어요.

— 그래.

가죽격자 바지 입은 기독(크라이스트)여우, 숨으면서, 추적의 고함소리로부터.[216] 고 갈병(枯渴病)에 걸린 목지(木枝) 속의 한 도망자. 암 여우를 알아채지도 못하고, 추적 당한 채 외로이 거닐고 있다.[217] 그가 정복한 여인들, 상냥한 사람들, 바빌론의 한 창부(娼婦),[218] 법관의 귀부인들, 난폭한 술집 아내들. 여우와 거위.[219] 그리고 뉴플레이스[220]에는 한때 아름다웠던, 맥 빠지고 유린당한 한 여인의 몸뚱어리가,[221] 마치 계피(桂皮) 나무처럼 한때는 아름답고, 싱싱했으나, 이제는 그녀의 잎사귀를 떨어뜨리며, 온통, 헐벗고, 좁은 무덤을 겁내며, 용서받지 못한 채,

— 그래. 고로 자네가 생각하는 바는……

문이 외출자[222] 뒤로 닫혔다.

평정(平靜)이 갑자기 엄숙한 둥근 천개(天蓋)의 독방을 점령했다. 따뜻하고 명상적인 대기의 평정.

베스타 여신의 성화(聖火).[223]

여기 그는[224] 부재했던 일들을 곰곰이 생각한다: 만일 카이사르가 점쟁이를 믿었더라면 그는 살아서 무엇을 했을까[225]: 있음직했던 일: 가능의 가능한 것의 가능성[226]: 알려지지 않은 일들: 아킬레스가 여인들 속에서 살았을 때 무슨 이름을 지녔던가.[227]

나의 주위에 입관(入棺)된 사상들, 미라 상자 속, 언어의 향유(香油) 속에 방부(防腐)된 채. 도드, 도서관의 신(神), 조신(鳥神), 월관(月冠)을 쓰고.[228] 그리고 나는 저 이집트 고승의 목소리를 들었다. 페인트 칠 한 방안에 적재된 타일 북들.[229]

그들(책들)은 잠잠해 있다. 한땐 인간의 두뇌 속에 재빨리. 여전히: 그러나 그들 속에 죽음의 한 가닥 갈망이 있어, 나의 귀에다 한 가지 슬픈 이야기를 하려고, 나로 하여금 그들의 의지를 결단 내도록 재촉한다.

— 확실히, 존 이글링턴이 곰곰이 말했다. 모든 위인들 가운데 그는 가장 수수께끼 같은 인물이야. 우리는 그가 살아서 고통을 겪었던 것 이외에 아무것도 모르지. 심지어 그것까지도 잘 모르잖아. 다른 사람들은 우리들의 의문에 저항하지.[230] 한갓 그림자가 나머지 모든 것에 걸려 있단 말이야.

— 그러나 햄릿은 퍽 개별적인 거야. 그렇잖아? 베스트 씨가 항변했다. 내가 뜻하는 바는, 그의 사생활의, 알겠나, 일종의 사적 수기(手記)란 말이야. 내가 뜻하는 바는, 알겠나, 누가 살해당하는지 또는 누가 죄가 있는지, 나는 조금도 상관하지 않아요……

그는 텅 빈 노트를 책상 가장자리에 놓았다, 도전하듯 미소하면서. 원문(原文[231])으로 쓴 그의 사직 수기인 거다. '타 안 바드 아르 안 티르. 타임인 모 샤가르트(보트가 육지에 대어 있다. 나는 승려다).'[232] 그것을 영어로 번역해 보라, 꼬마존.

꼬마존 이글링턴[233] 가라사대:

— 맬러카이 멀리건한테 들은 이야기다 만 나는 패러독스(역설)에 대한 준비는 되어 있었어, 하지만 만일 여러분이 셰익스피어가 햄릿이라는 나의 신념을 흔들려고 한다면 여러분 앞에는 한 가지 엄연한 과제가 있다는 것을 나는 또한 경고하는 바이야.

나를 견지(堅持)하라.[234]

스티븐은 주름진 눈썹 밑으로 준엄하게 번쩍이는 극악한 눈[235]의 독기(毒氣)에 저항했다. 독사다. '에 쿠안도 베데 루오모 랏토싸(그리고 그를 보는 사람을 자신의 시선으로 죽인다).' 멧세르 브루넷토여, 나는 당신의 그 말에 감사하나이다.[236]

— 우리들, 혹은 어머니 다나[237]가, 매일 매일, 우리들의 육체의 분자들을 좌우로 흔들면서, 짜거나 풀듯이, 스티븐이 말했다, 마찬가지로 예술가는 자신의 이미지를 짜거나 푸는 거요. 그리고 비록 나의 모든 육체가 시시각각으로 새로운 소재로써 짜여지고 있긴 해도, 나의 오른쪽 가슴 위의 사마귀는 내가 탄생할 때와 마찬가지로 그대로 남아 있듯이, 고로 불안한 부친의 유령을 통해 살아 있지 않은 자식의 영상은 나타나는 거요. 상상력이 가장 강렬한 순간에, 마음이, 셸리가 말하듯, 사그라져 가는 석탄과 같을 때,[238] 과거의 나는 현재의 내가 되며 그리하여 필경 미래의 내가 되는 거요. 그런고로 과거의 자매인, 미래 속에, 내가 지금 여기 앉아 있듯이 그러나 그때 내가 미래에 있을 존재의 반사(反射)로서, 나 자신을 볼 수 있소.

호손든의 드럼먼드[239]가 너를 저 어려운 처지에서 도왔다.[240]

— 그래, 베스트 씨가 젊게 말했다. 나는 정말 햄릿을 젊다고 생각해. 저 통렬함은 부친한테서 온 것으로 생각되나 오필리어와의 구절은 확실히 자식한테서 온 거야.

얼토당토않은 소리를 하는군. 그는 나의 부친 안에 있다. 나는 그의 자식 안에 있다.[241]

— 고놈의 사마귀는 최후까지 가지요,[242] 스티븐이 크게 웃으면서, 말했다.

존 이글링턴이 아주 불쾌하지 않게 찡그린 표정을 지었다.

— 만약 그것이 천재의 생득표(生得標)라면,[243] 그는 말했다, 천재는 시장(市場)의 환약에 불과할 거야. 르낭[244]이 그토록 많이 감탄한 셰익스피어 만년의 연극들은 또 다른 정신을 풍기고 있어.

— 화해의 정신이지요. 퀘이커 교도의 도서관장이 토로했다.

— 화해란 있을 수 없습니다, 스티븐이 말했다, 만일 분열이 없다면.

이미 이야기되었다.

— 만일 여러분들이 〈리어왕〉, 〈오셀로〉, 〈햄릿〉, 〈트로일러스와 크레시다〉의 비극 시대의 마계(魔界) 위에 그림자를 던지는 사건들이 무엇인가를 알고 싶어 한다면, 언제 그리고 어떻게 그 그림자가 걷히는지를 보도록 명심하시오. 시련을 겪은 채, 또 다른 율리시스[245]인, 타이어의 왕자, 페리클레스[246]처럼, 무서운 폭풍우 속에 파선(破船)을 당한, 한 사람의 마음을 유화(宥和)하게 하는 것은 무엇이겠소?

두상(頭狀)[247], 적원추모(赤圓錐帽)를 쓰고, 부딪혀, 염수맹목(鹽水盲目) 된 채.

— 그의 품안에 놓인, 한 아이, 한 소녀, 마리나.[248]

— 외경(外經)[249]의 변도(邊道)를 추구하는 궤변가들의 성벽(性癖)은 일정불변량(一定不變量)이야, 존 이글링턴이 간파했다. 한길은 퍽 지루한 것이나 도회로 나가야지.[250]

선량한 베이컨: 곰팡이 냄새 어린 채. 셰익스피어가 베이컨이라는 황량한 논법.[251] 한길을 걸어가는 암호의 사기꾼들.[252] 위대한 탐색의 탐정가들. 무슨 도시로[253], 위대한 명사들이여? 이름으로 가장한 채: A. E., 영겁(eon): 매기, 존 이글링턴.[254] 태양의 동쪽, 달의 서쪽: '티르 나 노-그(불로 불사의 나라).'[255] 쌍둥이가 장화를 신고 지팡이를 짚은 채.[256]

더블린까지는 몇 마일이나 될까요?
60마일하고 10마일이에요, 선생님
우린 불 킬 때까지는 거기 도착할 수 있을까요?[257]

— 브란데스 씨[258]는 그걸 인정하지요, 스티븐이 말했다, 그의 종말 기의 최초의 작품으로서.

— 그런가? 시드니 리[259] 씨는, 또는 어떤 이는 사이먼 라자로스 씨가 본명이라 단언하지만, 그에 관해 뭐라 말하고 있지?

— 마리나[260]는, 스티븐이 말했다, 폭풍의 아이, 미란다[261]는, 경이(驚異), 페르디타[262]는, 상실한 것. 상실한 것이 그에게 돌아온 거요: 그의 딸의 아이. *나의 가장 사랑하는 아내는*,

페리클레스는 말하지요. *이 처녀와 닮았었소.*[263] 만일 어느 남자가 어머니를 사랑하지 않았다면 딸을 사랑하겠소?

— 조부(祖父)가 되는 기술이지,[264] 베스트 씨가 중얼거리기 시작했다. *라르 데트르 그랑(조부가 되는)……*[265]

— 그는, 자기 자신의 젊음의 기억을 덧붙여, 딸 속에 또 다른 이미지가 재차 태어나는 것을 보지 않을까?

너는 자신이 지금 무엇에 관해 이야기하고 있는지 아는가? 사랑, 그래. 모든 사람들에게 알려진 말. *아모르 베로 알리꿔드 알리꿔 보눔 불드 운데 에뜨 에아 꿰 꼰꾸삐스치무스(사랑은 진실로 각자에게 다른 선〔善〕을 원하건만 사람들은 그 안에서 육욕을 채우도다)……*[266]

— 저 기묘한 존재인 천재를 가진 사람에게는 그이 자신의 이미지야말로, 물질적이요 도덕적인, 모든 경험의 표준이란 말이오. 이러한 호소가 그를 감동시킬 거요. 그와 피가 같은 다른 남성들의 이미지는 그에게 불쾌감을 줄 거요. 그는 그들 속에 자기 자신을 예고하는 혹은 반복하는 천성의 괴상한 시도를 볼 거요.

퀘이커 교도인 도서관장의 인자한 이마가 희망으로 장미처럼 번쩍였다.

— 나는 데덜러스 군이 대중의 계몽을 위하여 자신의 이론을 창안해 주기를 희망하오. 그리고 우리는 또 다른 아일랜드의 해설자인, 조지 버나드 쇼[267] 씨를 언급하지 않으면 안 되오. 그뿐만 아니라 우리는 프랭크 해리스[268] 씨도 잊어서는 안 되오. 〈새터디 리뷰〉지[269]에 실린 셰익스피어에 관한 그의 논문은 확실히 탁월했소. 정말로 기묘하게도 그 역시 소네트의 혹 부인과의 불행한 관계를 우리들을 위하여 명시하고 있어요. 총애를 받는 연적(戀敵)은 펨브로크의 백작인, 윌리엄 허버트라는 거요. 만일 시인이 거절당하지 않으면 안 된다면, 그러한 거절은 – 뭐라고 할까? – 있어서는 안 되는 우리들의 개념과 가일층 조화를 이루고 있음을 나는 인정하는 바이오.[270]

축복스럽게 그는 말을 끝맺으며 사람들 사이에 유순한 머리를 건지했다, 해구(海鷗)의 알(卵),[271] 그들이 다투는 전리품.

그는 엄숙한 남편다운 말로서 아내에게 당신이 그리고 당신에게 하듯,[272] 사랑하고 있소, 미리엄? 당신의 남편을 사랑하오?

— 그건 역시 그럴 수 있는 일이지요, 스티븐이 말했다. 매기 씨가 인용하기를 좋아하는 괴테의 말이 있소. 청년 시절에 네가 갈망하는 바를 주의하라, 왜냐하면 그것을 중년에 얻을 것이기 때문이다.[273] 왜 그는 '*부오나로바(창녀)*'[274]에 불과한 한 여인에게, 모든 남성들이 걸터타는 무희(舞姬),[275] 악평의 소녀시절을 보낸 궁녀에게 소군주(小君主)[276]를 보내어 자신의 사랑을 구걸하도록 하겠소? 그 자신은 언어의 왕이요 스스로를 종복신사(從僕紳士)로 삼은 자이며, 이미 〈로미오와 줄리엣〉을 썼지요.[277] 왜? 자기 자신에 대한 신념이 불시에 교살되었기 때문이오. 그는 최초에 밀밭에서 (히밀 받을, 말합니디민) 징복당했는지라[278], ㄱ 뉘뵤 자기 자신의 안목으로 결코 승리자가 되지 못할 뿐만 아니라, 더욱이 웃음의 경기를 의기양양하게 연출한다거나 잠자리에 눕지 못 할 거요. 가상(架想)의 돈주앙주의(主義)도 그를 구하지 못해요.[279] 나중의 어떠한 원상복구도 최초의 원상복구를 원상복구하지 못하지요. 사랑이 피 흘리며 누워 있는 곳에 산돼지의 송곳니가 그를 상처 나게 했던 거요.[280] 만일 그 한부(悍婦)가 패배 당할지라도 그러나 그녀에게 여인의 보이지 않는 무기[281]가 남아 있소. 거기에, 나는 그 말들 속에 느끼고 있지만, 하나의 새로운 정열로 그를 몰아가는 육체의 어떤 자극물, 심지어 자기 자신에 대한 자기 자신의 이해마저 암담하게 하는, 최초의 보다 어두운 한 가닥 그림자가 있어요. 한 가시 유사한 운명이 그를 기다리며, 두 개의 격정(激情)이 소용돌이 속에 뒤엉키고 있소.

모두들 듣는다.[282] 그리고 그들의 귀의 현관에 나는 부어 넣는다.[283]

— 영혼이 이전에 이미 치명적인 상처를 받았소,[284] 독(毒)이 잠자는 귀의 현관에 부어졌던 거요.[285] 그러나 그들의 창조주가 다가올 생(生)의 저 지식을 그들의 영혼에 부여하지 않는 한 잠 속에 죽음을 당한 자들은 자신들의 소멸의 방식을 알 수 없는 거요.[286] 독살과 그것을 재촉했던 두 개의 등을 가진 야수(野獸)[287]를 햄릿 왕의 유령은 그가 자신의 창조주에 의해 지식을 부여받지 않은 한 알 수 없었을 거요. 바로 그것이 언어(그의 말라빠진 보기 흉한 영어)[288]가 항상 다른 데로 이탈하고, 후퇴하는 이유지요. 강탈하며 강탈당하는 자로서, 그가 의지(意志)하려 했거나 의지하려하지 않았던 것이, 루크리스의 푸른 정맥으로 둘러싸인 상아(象牙) 같은 유방[289]에서부터 다섯 꽃 점 사마귀 있는, 이모겐의 벌거벗은, 젖가슴[290]에까지 자신과 동행하지요. 그는, 자기 스스로부터 몸을 감추기 위하여, 오랜 상처를 핥고 있는 늙은 개(犬)처럼, 자신이 여태 쌓아 올린 창조물에 지쳐, 되돌아가는 거요. 그러나, 상실은 이득을 뜻하기 때문에, 그는 자신이 지금까지 쓴 지혜를 또는 자신이 여태까지 노출한 법칙을 알지 못한 채, 축소되지 않는 개성을 지니면서 영원을 향해 계속 나아가는 거요. 그의 투구 앞 받침은 치켜 올려졌소.[291] 그는 유령이며, 이제는 하나의 그림자, 엘시노어[292]의 바위 혹은 그대의 의지에 따르는 바람, 바다의 소리, 그의 그림자의 본질인 자, 부친과 동질인 자식의 심장 속에만이 들리는, 한 가닥 소리란 말이요.[293])

— 아멘! 하고, 문간에서 응답했다.

너는 나를 발견했는가, 오 나의 적수(敵手)?[294]

'앙트락뜨(막간).'[295]

한 천박스런 얼굴, 수석사제 같은 실쭉한, 벅 멀리건이, 잡색 옷을 입고 쾌활하게, 그들의 미소 짓는 인사를 향해, 그때 앞으로 다가왔다. 나의 전보.

— 자네는 가스 질(質)의 척추동물[296]에 관해서 떠들어대고 있었겠지, 혹시 나의 잘못이 아니라면? 그는 스티븐에게 따져 물었다.

앵초화색(櫻草花色)조끼를 입은 채 그는 벗은 파나마 모를 마치 어릿광대 지팡이[297]처럼 들고, 경쾌하게 인사했다.

모두들 그를 환영한다. '바스 두 페르라흐스트 비르스트 두 노흐 디넨(네가 비웃는 자에게도 대접할지라).'[298]

조소자들의 무리[299]: 포티우스, 거짓 말라기, 요한 모스트.[300]

신(神) 자신이 매개자인 성령을 낳고, 신 자신이 자기 자신을 속죄자[301]로 이 세상에 보냈나니, 신 자신과 인간 사이, 그리하여 속죄 자는, 신의 마귀들에 의하여 사기 당하고, 탈의(脫衣)되고 매질 당하고, 곳간 문의 박쥐 마냥 못 박힌 채, 십자가 위에서 아사(餓死) 당했는지라, 신은 자기 자신을 매장하고, 일어선 채, 지옥을 써레질하고, 천국으로 들어갔나니 그리하여 거기 지금의 1천 9백년을 신 자신의 오른 손에 앉아 있는지라 그런데도 모든 생자(生者)가 이내 사자(死者)가 될 때 생자와 사자를 심판하기 위하여 후일 나타나리라.

글-로—리—아 인 엑 셀—시스 데——오.
(천상(天上)의 하느님께 영광 있을지라).[302]

그는 양손을 추켜든다. 성찬배(聖餐拜)의 베일이 내린다. 오, 꽃들이어! 겹겹이 우려오는 종(鐘)과 종과 종.[303]

― 맞았소. 과연, 퀘이커 교도의 도서관장이 말했다. 가장 유익한 토론이오. 멀리건군도, 틀림없이, 연극에 관해 그리고 셰익스피어에 관해 자신의 이론을 또한 갖고 있을 거요. 틀림없이 인생의 모든 면이 재현(再現)될 거요.

그는 모든 면을 향해 골고루 미소 지었다.

벅 멀리건이 생각했다, 어리둥절했다.

― 셰익스피어? 그는 말했다. 이름을 알 것 같은데.

한 가닥 나르는 듯한 밝은 미소가 그의 느슨한 표정에 번뜩였다.

― 확실히, 그는 명석하게 기억해 내면서, 말했다. 싱처럼 쓰는 친구지.[304]

베스트 씨가 그를 향해 몸을 돌렸다.

― 헤인즈가 자네를 몹시 만나고 싶어 하더군, 그는 말했다. 자네 그를 만났나? 그는 나중에 D. B. C.에서 자네를 만날 거야. 그는 하이드의 〈코노트의 연가〉를 사러 길 서점에 갔어.

― 나는 박물관에 들러 오는 길이야, 벅 멀리건이 말했다. 그가 여기 있었나?

― 시인의 동족인들은,[305] 존 이글링턴이 대답했다, 아마 우리들의 눈부신 이론에 오히려 권태를 느끼는 모양이야. 나는 어떤 여배우가 간밤에 더블린에서 사백 여덟 번째〈햄릿〉을 연출했다고 듣고 있어.[306] 바이닝[307]은 왕자가 여자라 주장했어. 햄릿이 아일랜드 인이라고 주장한 사람은 아무도 없나? 바튼 판사[308]가, 내가 믿기에, 어떤 단서를 탐색하고 있지. 그는 (전하〔殿下〕지 각하〔閣下〕가 아닌지라) 성 패트릭을 걸고 맹세하지.[309]

― 모든 것들 중 가장 훌륭한 것은 와일드의 저 이야기지, 베스트 씨가 그의 멋진 노트를 치켜들며, 말했다. 저 〈W. H. 씨의 초상〉말이야.[310] 그 속에 그는 소네트는 모든 색(色)(휴즈)의 남자인, 어떤 윌리 휴즈에 의해서 쓰였음을 증명하고 있어.

― 윌리 휴즈를 위하여, 기 아니고? 퀘이커 교도인 도서관장이 물었다.

혹은 휴이 윌즈? 윌리엄 씨 자기 자신.[311] W. H. : 나는 누구인가?

― 내가 뜻하는 것은, 윌리 휴즈를 위하여, 베스트 씨가, 그의 논설을 쉽사리 수정하면서, 말했다. 물론 그건(색채) 모두 패러독스요, 알겠나, 휴즈니 휴즈(도끼질)니 그리고 휴즈(색깔)니, 그러나 그가 애써 전개하는 이론의 방법은 너무나 특별한 거야. 그건 바로 와일드의 본질이지, 알겠나. 경쾌한 솜씨(터치)란 말이야.

한 금발의 시민청년인, 그가 미소를 띠자 그의 시선이 모두의 얼굴을 가볍게 터치했다. 와일드의 무기력한 본질.[312]

너는 위트가 엄청 풍부하군. 석 잔의 위스키를 너는 디지 교장의 현찰(現札)을 가지고 마셨지.

나는 얼마나 돈을 썼지? 오, 몇 실링.

한 패의 신문 기자들을 위하여.[313] 술 마시는 기분, 마시지 않은 기분.

위트(機智). 너는 그[314]가 모양내 입고 있는 청춘의 득의만면한 정복 차림[315]을 위해서라면 너의 다섯 개의 위트[316]를 모조리 제공하려는가. 욕정으로 충족한 표정.[317]

더 많이 (여인들) 있을 테지.[318] 나 대신 여자를 가져요. 교미(交尾)의 계절에. 조브 신이여, 서늘한 발정기(發情期)를 그들에게 보내 주오.[319] 그래, 여자를 구애(鷗愛)하라.

이브. 나체의 소맥복(小麥腹)의 죄.[320] 한 마리 뱀이 그녀를 칭칭 감는다, 키스 속의 독아(毒牙).

― 당신은 그것을 단지 패러독스로만 생각하오? 퀘이커 교도의 도서관장이 묻고 있었다. 조롱자는 자신이 가장 심각할 때 결코 심각하게 받아들여지지 않지.

그들은 조롱자의 심각함에 대하여 심각하게 이야기했다.

벅 멀리건의 재차 둔감한 얼굴이 스티븐을 잠시 흘겨보았다. 그리고 나서, 그는 머리를 흔들며, 가까이 와서, 접힌 전보를 호주머니에서 꺼냈다. 그는 새로운 기쁨으로 미소하면서, 변덕스런 입술로 읽었다.

— 전보다! 그는 말했다. 놀랄 만한 영감이야! 전보다! 교황의 칙서(勅書)다!

그는 무광(無光)의 책상 한 구석에 앉아, 경쾌하게 큰 소리로 읽었다:

— 행해진 일에 대하여 막대한 책임을 지지 않고 즐기는 자가 감상자(感傷者)(센티멘털리스트)로다.[321] 서명: 데덜러스. 자넨 어디서 이 전보를 발진(發進)했지? 창가(娼家)? 아니, 칼리지 그린. 자네 그래 4파운드를 다 마셔 버렸나? 나의 숙모가 자네의 비동질(非同質)의 부친[322]을 방문할 예정이야. 전보! 맬러카이 멀리건, 쉽 주점, 하부 애비가(街). 오, 너 무쌍의 무언극 배우여! 오, 너 성직자화(聖職者化)한 광대 놈 같으니!

즐거이 그는 전보와 봉투를 호주머니 속에 쑤셔 넣었으나 흠잡는 애란방어(愛蘭方言)으로 곡(哭)했다:

— 내 말 좀 들어보게, 미스터 하니(애인), 우리들, 헤인즈와 나 자신 말이야, 그이가 손수 전보를 가지고 들어왔을 때, 우린 기묘하고도 식상한 기분이 들었단 말이야. 사실 우리는 탁발승(托鉢僧)[323]이라도 취하게 할 근사한 한 곱빼기를 하려고 중얼대고 있었단 말이야, 내 생각에, 그런데 저 친구 사통(私通)으로 몸이 녹초가 되었던가 봐. 그래서 우린 몇 잔의 술을 제각기 고대하면서 한 시간 그리고 두 시간 그리고 세 시간을 콘너리 주점[324]에서 태평하게 기다리며 앉아 있었지.

그는 탄(嘆)했다:

— 그런데 이봐, 거기 우리는, 비참하게도, 한 모금을 위해 기절이라도 할 것 같은 목마른 수도승처럼 혀를 한 야드나 길게 빼고 기다리는 꼬락서니라니 자네는 무지(無知)하게도 우리에게 자네의 복합어군(複合語群)을 보내다니.[325]

스티븐이 고소(高笑)했다.

재빨리, 경고조로 벅 멀리건이 몸을 아래로 굽혔다.

— 방랑자 싱[326]이 자네를 찾고 있어, 그는 말했다, 자네를 살해하겠다고. 그는 자네가 글라스듈[327]의 그의 집 현관 문짝에다 오줌을 쌌다는 말을 듣고 있어. 그는 팸푸티 가죽 신[328]을 신고 자네를 살해하겠다고 나돌아 다니고 있네.

— 나를! 스티븐이 부르짖었다. 그건 문학에 대한 자네의 공헌이었네.

벅 멀리건이 매우 희락(喜樂)스럽게 몸을 뒤로 젖혀, 어둡고 말을 엿듣는 천장을 향해 고소했다.

— 자네를 살해한다! 그는 크게 웃었다.

쌩 앙드레 데자르가(街)에서 잘게 썬 폐장 요리를 앞에 놓고 나와 입씨름하던 거친 비홈통 같은 얼굴. 논쟁을 위한 논쟁의 말로서, 잡담. 오이신과 파트릭.[329] 클라마르 숲속에서, 술병을 휘두르며, 그가 만난 목양신 파운먼.[330] 쎄 방드레디 쌩(성금요일이야)![331] 살인하는 아일랜드인(人). 방황하는, 자신의 상(像)을, 그는 만났다. 나는 나 자신의 것. 나는 숲속에서 한 바보를 만났다.[332]

— 리스터 씨, 급사가 조금 열린 문간에서부터 말했다.

— ......작품 속에 누구나 그이 자신을 발견할 수 있소. 그런고로 판사 매든 씨는 자신의 〈윌리엄 사일런스 씨의 일기〉에서 사냥의 술어들을 발견했지요…….[333] 그래? 뭐지?

— 신사 한 분[334]이 여기 찾아왔습니다, 선생님, 급사가, 앞으로 다가와 명함을 제시하면서, 말했다. 〈플리먼〉지에서요. 그 분이 작년 치의 〈킬케니 피플〉지 신문철을 보고 싶어 해요.

— 그러고 말고, 그러고 말고, 그러고 말고, 신사는……?

그는 간절한 명함을 받아들고, 흘끗 보았다. 자세히 보지 않았다. 흘끗 보지 않고 놓았다, 보았다, 물었다. 삐걱거렸다, 물었다:

— 그는……? 오, 저기!

그는 삼박자무(三拍子舞)의 경쾌한 걸음걸이로 출발하여, 밖으로 나갔다. 일광(日光)의 복도에서 그는 열성적으로 유창하게 애써 이야기했다. 의무감에 사로잡혀, 가장 공정한, 가장 친절한, 가장 정직한 넓은 테두리의 모자가.

— 이 신사 분? 〈플리먼즈 저널〉지? 〈킬케니 피플〉지? 확실히. 안녕하세요, 선생. 〈킬케니〉라…… 물론 있지요…….

한 꾸준한 반면영상(半面映像)이 귀를 기울이면서, 기다렸다.

— 모든 주요 지방 신문들…… 〈노던 휘그〉지, 〈코크 이그재미너〉지, 〈에니스코시 가디언〉지.[335] 작년. 1903…… 제발…… 에반스, 이 신사 분을 안내해요…… 이 안내원을 따라가시면…… 아니면, 제가…… 이 길로…… 선생……

수다스럽게, 충실하게, 그는 모든 지방 신문에로 길을 안내했다, 그러자 굽실거리는 한 사람의 검은 모습[336]이 그의 성급한 발꿈치를 뒤따랐다.

문이 닫혔다.

— 유태인이다! 벅 멀리건이 부르짖었다.

그는 껑충 일어서서 명함을 집었다.

— 그의 이름이 뭐지? 교활한 모세?[337] 블룸.

그는 계속 재잘거렸다:

— 포경수집자(包莖蒐集者), 여호와[338]는 이제 이상 무. 내가 포탄(泡誕)의 아프로디테[339]를 환호하려고 박물관에 갔을 때 거기 저이를 보았어. 그리스 여신의 입은 기도할 때 결코 비뚤어지지 않았지. 우리는 매일 그녀에게 경의를 표하지 않으면 안돼요. 생명의 생명, 그대의 입술은 불타도다.[340]

갑자기 그는 스티븐에게로 몸을 돌렸다:

— 저인 자네를 알고 있네. 그는 자네 부친을 알고 있어. 오, 그런데 두려운 지고, 그는 그리스인 이상으로 그리스적이야.[341] 그의 창백한 갈릴라아인[342]의 시선이 여상(女像)의 중위(中位)의 홈에 고정되어 있었어.[343] 칼리피지의 비너스 상(像)[344]말이야. 오, 저 경칠 요부(腰部)! 신은 숨은 처녀를 쫓고 있도다.[345]

— 우린 더 듣고 싶군, 존 이글링턴이 베스트 씨의 찬동을 얻어 단언했다. 우리는 S부인[346]에게 홍미를 느끼기 시작했어. 지금까지 우리는, 아무튼, 그녀를 한 인내의 그리셀다[347], 집 - 에 - 틀어박힌 페넬로페 같은 인물[348]로만 생각했지.

— 고르기아스[349]의 제자, 안티스테네스[350]는, 스티븐이 말했다, 그 속에 스무 명의 영웅들이 잠 잔 트로이의 목마 격인, 키리오스 메넬라오스의 아내, 아기브 헬렌[351]으로부터 미(美)의 종려를 빼앗아, 그것을 가련한 페넬로페에게 넘겨주었지요.[352] 20년을 셰익스피어는 런던에서 살았소, 그리고 일부 그 기간 동안, 그는 아일랜드의 대법관의 그것과 대등한 급료를 받았지요.[353] 그의 생활은 풍부하였소. 그의 예술은, 월트 휘트먼이 부른 봉건주의의 예술 이상으로, 포식(飽食)의 예술이오.[354] 뜨거운 청어 파이, 부대의 푸른 술잔들, 벌꿀 소스, 장미의 사탕과자, 가루반죽의 당과,[355] 구즈베리 수프의 비둘기 요리, 생강 든 캔디. 월터 롤리 경(卿)은, 사람들이 그를 체포했을 때, 한 벌의 값진 코르셋을 포함하여 100만 프랑의 절반을 그의 등에 지고 있었소.[356] 여(女)고리대금업자 엘리자 튜더[357]는 시바의 여왕[358]과 다투기에 족할 정도의 비단 속옷을 가졌었지요. 20년을 그는 부부애와 그의 순수한 환락 그리고 창부의 사랑과 그의 불결한 환희 사이에서 거기 빈둥거리며 지냈소. 〈리처드 3세〉에서 시민의 아내가 디크 버비지[359]를 본 다음 그를 자기 침대로 초청하자 그것을 엿들은 셰익스피어가, 아무런 헛 소동도 피우지 않고, 어떻게 암소의 뿔을 미리 잡았는지 그리고, 버비지가 와서 문을 두들겼을 때, 거세된 수탉의 침상으로부터 답하기를: 정복자 윌리

엄[360]이 리처드 3세보다 먼저 왔어라고 한, 매닝엄[361]의 이야기를 여러분은 알고 있지요. 그리고 쾌활한 귀녀(貴女)인, 정부(情婦) 핏턴[362]은, 말 타기가 되어 오 하고 부르짖지요.[363] 그리고 그의 호사스런 조녀(鳥女)들, 한 말쑥한 상류 여인인, 귀부인 페넬로페 리치[364]는 배우에 적합하지요. 그리고 한 번에 1페니짜리, 강 둑 기슭의 매음부들도 있소.[365]

꾸르 라 레느 산책길. '앙꼬르 벵 쑤. 누 프롱 드 쁘띠뜨 꼬숀느리. 미네뜨? 뛰 뵈? (20수만 더 내세요. 여러 가지 재미나는 걸 해드릴게요. 여보? 하시겠어요?)'[366]

— 상류 사회의 극치지요. 그리고 어떤 수놈 카나리아(코크카마리아)를 위해서는 카나리아의 잔(盞)[367]을 든 윌리엄 대비넌트 오브 옥스퍼드 경(卿)의 어머니.[368]

벅 멀리건이, 그의 경건한 눈을 치켜뜨고, 기도를 올렸다:

— 축복 받은 마르가리드 마리 애니코크여![369]

— 그리고 여섯 명의 아내를 가진 해리의 딸이 있지요.[370] 그리고 신사 시인, 론(잔디) 테니슨[371]이 노래하듯, 이웃 영지에서 온 다른 숙녀 친구들. 그러나 저 20년 내내 스트랫포드의 가련한 페넬로페는 능형 창문 뒤에서 무엇을 하고 있었다고 여러분은 상상하시오?

해라 그리고 해라.[372] 행해진 일. 식물학자, 제라드의 페터 골목길의 장미 밭에서, 그는 산보한다.[373] 회갈색발(灰褐色髮)을 하고.[374] 그녀의 정맥 같은 창공색 방울꽃.[375] 주노의 눈꺼풀, 바이올렛 꽃들.[376] 그는 산보한다. 인생은 하나로서 모든 것이다. 하나의 육체. 해라. 그러나 해라. 멀리서, 정욕과 불결의 악취 속에, 손이 하얀 육체 위에 놓여 있다.[377]

벅 멀리건이 존 이글링턴의 책상을 날카롭게 두들겼다.

— 누구를 자네는 의심하나? 그는 도전했다.

— 그가 소네트에서 걷어차인 애인이라 가정해요. 한 번 걷어차이면 두 번 걷어차이지요. 그러나 궁정 음란녀는, 그의 꿈의 애인인, 한 귀족을 사랑하기 위해 그를 걷어찼던 거요.[378]

그의 이름을 감히 댈 수 없는 사랑.[379]

—한 영국인으로서, 자네의 뜻은, 존 청교도적 이글링턴이 말참견했다. 그가 한 귀족을 사랑했다는 거지.[380]

낡은 벽 거기 갑작스런 도마뱀들이 번쩍인다. 샤랑똥[381]에서 나는 그들을 보았다.

— 그런 것 같아요, 스티븐이 말했다, 당시 그는, 그 귀족을 위해, 그리고 갈지(耕) 않은 자궁들(여인들)[382]의 모든 다른 하나하나를 위해, 마부가 종마를 위해 행하듯 성직(聖職)의 의무를 행하도록 원하지요.[383] 아마, 소크라테스처럼, 그는 한부(悍婦)를 아내로 갖고 있듯 산파를 어머니로 갖고 있었소.[384] 그러나 바람둥이 음란 여인, 그녀는, 침실의 맹세를 깨뜨리지는 않았소.[385] 두 개의 행위가 저 유령의 마음속에 악취를 품기고 있는 거요.:[386] 깨진 침실의 맹세와 그녀의 호의가 기운, 뇌둔(腦鈍)한 야인(野人)인, 사멸한 남편의 동생 말이오. 달콤한 앤은, 확실히, 피가 뜨거웠어요. 한 번 구애(求愛)하는 자는, 두 번 구애하는 자지요.

스티븐이 의자에서 대담하게 몸을 돌렸다.

— 다음의 것을 증명할 책임은 여러분에게 있지 나에게 있지 않아요, 그는 찡그리며 말했다. 만일 여러분이 〈햄릿〉의 제5막에서 그가 그녀를 파렴치죄로 낙인찍고 있다는 사실을 거부한다면,[387] 왜 그녀가 그와 결혼한 날과 그를 매장한 날 사이 34년 동안 그의 아내에 대한 언급이 없는지 그 이유를 나에게 말해 보시오. 그러한 모든 여자들은 자신들의 남편이 죽어서 땅에 파묻히는 것을 보았소: 메리는, 그녀의 남편 존이, 앤은 그녀의 불쌍하고 사랑하는 윌린이, 그가 자기보다 별안간 먼저 죽자, 그가 먼저 죽었다고 격노했소, 조안은, 그녀의 네 형제, 주디스는 그녀의 남편과 아들들이 모두, 수잔은 역시 남편이 먼저, 한편 수잔의 딸, 엘리자베스는, 조부의 말을 빌리면, 그녀의 첫 남편을 죽인 다음, 그녀의 둘째 남편과 결혼했소.[388] 오, 그래요, 언급할 게 있소. 그가 왕도(王都)의 런던에서 부유하게 살고 있던 수년 동안, 그녀는 빚을 갚기 위해 그녀의 아버지의 목자(牧者)로부터 40실링을 빌

리지 않으면 안 되었소. 그러면 여러분은 설명해 보시오. 그가 그녀를 후세에 전하고 있는 백조의 노래를 또한 설명해 보시오.

그는 그들의 침묵에 직면했다.

> 그에게 이렇게 이글링턴 왈: 자네 그 유서 말이군.
> 그러나 그건 설명되었어, 법률가들에 의해, 난 믿어.
> 그녀는 과부로서의 유산을 받을 권리가 있었던 거야
> 관습법에 따라. 그의 법률 지식은 대단했어,
> 판사들[389]의 말에 의하면.
> 그를 사탄(마왕)[390]이 조롱한다.
> 조롱자[391] 왈:
> 그런고로 그는 그녀의 이름을 빼놓았지
> 최초의 초고(草稿)에서 그러나 그는 빼놓지 않았어
> 선물을, 그의 손녀를 위해, 그의 딸들을 위해,
> 그의 누이를 위해, 스트랫포드의 그의 옛 친구들을 위해,
> 그리고 런던의. 그런고로 내가 믿기에,
> 그녀의 이름을 써넣도록, 그가 권고 받았을 때

> 그는 남겼어 그녀에게 그의
> 차선(次善)의
> 침대를.

'평크트(구두점).'[392]

> 남겼다그녀에게그의
> 차선(次善)의
> 남겼다그녀에게그의
> 최선(最善)의침대
> 차최선(次最善)의
> 남겼다한개침대.

와우!

— 멋있는 촌족(村族)들도[393] 당시 가재(家財)를 별반 갖지 않았어, 존 이글링턴이 설파했다, 만일 우리의 농민 극[394]이 유형 그대로 사실이라면, 지금도 여전히 그렇듯이.

— 그는 부자 시골 신사였어요, 스티븐이 말했다, 문장(紋章) 박은 코트와 스트랫포드의 부동산 및 아일랜드 야드[395]에 한 채의 집을 가진, 주주(株主)인 자본가, 법원 정원권자, 십일조세농부(十一租稅農夫) 말이오. 만일 그가 그녀로 하여금 인생의 나머지 밤을 평화롭게 코골며 보내도록 하고 싶어 했다면 왜 그는 그녀에게 자신의 최선의 침대를 남겨 주지 않았겠소?

— 두 개의 침대가 있었던 것은 분명해, 한 개의 최선(베스트)과 한 개의 차최선 말이야, 차최선의 베스트 씨가 재치 있게 말했다.

— '세빠라띠오 아 멘사 데뜨 아 쌀라모(식탁과 침실에서의 이별),'[396] 벅 멀리건이 차선급(次善及)하자, 계속 미소를 받았다.

— 고대(古代)는 유명한 침대들을 시술하고 있지, 차선의 이글링턴이 침대소(寢臺笑)를 지으며, 입을 주름지었다. 어디 생각해 봅시다.

— 고대는 저 스타게이로스 태생의 희동학사(戲童學士)이자 대머리 이단현인(異端賢人)[397]

을 서술하고 있소, 스티븐이 말했다. 그런데 그가 망명 중에 죽을 때 자신의 노예들을 해방
하고 재산을 주도록 하며, 그의 조상들에 조공(租貢)을 바치며, 그의 죽은 아내의 뼈 가까
이 땅속에 눕게 해달라고 유언하며, 그의 친구들로 하여금 늙은 정부(情婦)에게 친절히 하
고(넬 그윈 허필리스[398]를 잊지 마시라), 그녀를 자신의 별장에 살게 해달라고 청하는 거요.

— 자네는 그가 그렇게 죽었다고 생각하나? 베스트 씨가 약간의 관심을 보이며 물었다. 내
말은……

— 그는 죽도록 술에 취해서 죽었단 말이야,[399] 벅 멀리건이 다투어 말을 끄집어냈다. 한
쿼트의 흑맥주는 임금님에게는 성찬이 도다. 오, 나는 도우든[400]이 말한 걸 당신들한테 말
해야겠어!

— 뭐라고? 최선(베스트)이글링턴이 물었다.

윌리엄 셰익스피어 주식회사, 유한 책임.[401] 대중의 윌리엄. 자세한 것은 다음으로 신
청 요망: E. 도우든, 하이필드 하우스……[402]

— 근사하다! 벅 멀리건이 요염하게 탄식하듯 말했다. 나는 시인을 고발한 남색(男色)의 죄
과(罪過)를 어떻게 생각하는지 그[403]에게 물었지. 그는 두 손을 추켜들고 말했어: *우리가
말할 수 있는 모든 것이란 당시의 인생은 극히 황홀했도다,* 라고. 근사하도다!

미동(美童).

— 미(美)의 감각이 우리들을 타락시키는 거야,[404] 애수미(哀愁美)의 베스트가 알미운 이글
링턴에게 말했다.

확고부동한 존이 엄격하게 대답했다:

— 의사라면 그러한 말의 의미를 알 수 있지.[405] 누구나 과자는 먹고 나면 없어지는 법이야.[406]
자네는 그렇게 말하는가? 그들은 우리한테서, 나한테서, 미(美)의 종려를 뺏을까?[407]

— 그래서 재산의 감각은, 스티븐이 말했다. 그는 자기 자신의 인색한 호주머니에서부터 샤
일록[408]을 끄집어냈던 거요. 맥아(麥芽) 도매상이요 고리대금업자의 자식인 그는 자기 자신
곡물 도매상이요 고리대금업자로서, 기근폭동(飢饉暴動) 때에도 10토드[409]의 곡물을 저장하
고 있었소. 그에게 빚진 사람들은 의심할 바 없이 매매의 공정성을 보고한 쳇틀 폴스태프[410]
에 의해 서술된 숭상 받는 저들 잡다한 인물들이오. 그는 몇 부대의 소맥(小麥)의 대가 때문
에 동료 배우를 고소했으며, 빌려 준 모든 돈에 대한 이자로서 육체의 파운드를 강요했었소.
그렇지 않고야 어떻게 오브리[411]의 마부요 무대 호출계가 벼락부자가 될 수 있었겠소? 모든
일이 그로 하여금 척척 돈벌이가 되게 했던 거요. 샤일록은 여왕의 의사 로페즈[412]의 교수형
과 사지(四肢) 찢기에 잇따른 유태인 박해와 때를 같이하고 있어요. 그리하여 그의 유태인의
심장은 그 유태인(로페즈)이 아직 살아 있을 때 떼어졌소: 〈햄릿〉과 〈맥베스〉는 마녀분살
(魔女焚殺)에 특별한 취향을 가진 스코틀랜드의 사이비 철학자[413]의 등극(登極)과 이미 때
를 같이하고 있어요. 패배한 무적함대(알마다)[414]는 〈사랑의 헛수고〉에서 그의 조소의 대상
이오. 그의 야외극들, 사극들은, 마페킹[415]의 열광의 조류를 타고 만복(滿腹)한 채 출범하
오. 워위크셔 교도들은 재판을 받으며 우리는 한 문지기의 모호한 이론을 듣소.[416] 〈시 벤
취〉호(號)가 버뮤다 제도에서 귀항하고, 르낭이 찬미했던 희곡이 우리들의 아메리카 종형
제, 팻시 캘리번을 주제로 쓰여지오.[417] 사탕같이 달콤한 소네트가 시드니의 것을 뒤따르
오.[418] 요정의 엘리자베스, 달리 당근발(糖根髮)의 베스, 〈윈저의 유쾌한 아낙네들〉에 영감
을 준 뚱뚱보 처녀에 대해서는, 알마니 출신의 어떤 독일 신사로 하여금 광주리 깊이 속에
깊이 숨은 의미를 일생동안 더듬어 찾게 해요.[419]

내 생각에 그대는 정말 훌륭하게 이론을 전개해 나가는 것 같군. 단지 신학적논리학적
언어학적(神學的論理學的言語學的)인 혼합물을 혼합하라. 밍고, 밍시, 믹툼, 밍게레(오줌
싸는, 오줌 쌌다, 오줌 싼, 오줌 싸다).[420]

― 그가 유태인이었음을 증명해 보게, 존 이글링턴이 예기(豫期) 한 듯, 도전했다. 자네의 학부장⁴²¹⁾은 그가 성스러운 로마인(가톨릭인)이었다고 주장하고 있어.

　　'수플라미난두스 숨(나는 말을 억제해야).'⁴²²⁾

―그는 독일제(製)지요,⁴²³⁾ 스티븐이 대답했다, 이탈리아산(産) 스캔들의 챔피언인 프랑스식(式) 광택자(光澤者)로서 말이오.

― 1만인의 마음을 가진 사람, 베스트 씨가 상기시켰다. 콜리지⁴²⁴⁾는 그를 1만인의 마음을 가진 자로 불렀어.

　　'암쁠리우스. 인 소치에따떼 후마나 호끄 에스뜨 막심모 네체싸리움 우뜨 시뜨 아미치 띠아 인떼르 물또스(더욱이. 인간 사회에서 수많은 사람들 사이에 우호적 관계가 존재해야 함은 극히 중요한 일이로다).'⁴²⁵⁾

― 성 토머스는, 스티븐이 시작했다……

― '오라 쁘로 노비스(우리들을 위하여 기도하라),'⁴²⁶⁾ 수도승 멀리건이 의자에 털썩 주저앉으며, 신음했다.

　　거기 그는 한 가닥 울부짖는 북구애가(北歐哀歌)를 곡(哭)했다:

―'포그 마호네! 아쿠슬라 마크레에! (나의 엉덩이에 키스하라! 나의 심장의 맥박이여!)' 우리들은 오늘부터 파멸이다! 우리들은 확실히 파멸이다.⁴²⁷⁾

　　모두들 그들의 미소를 미소했다.

― 성 토머스는, 스티븐이 미소하면서 말했다, 그의 거복(巨腹)의 작품들을 나는 원어로 읽기를 즐기지요, 그것은 매기 씨가 말한 신(新) 비엔나 파(派)⁴²⁸⁾의 그것과는 다른 견지에서 근친상간에 관해 쓰고 있는 바, 그의 현명하고도 진귀한 방법으로, 감정의 탐욕에다 그걸 비유하고 있소. 그가 의미하는 바는, 혈통에 있어서 가까운 사람에게 주어진 사랑은, 필경 그것을 갈망할지 모르는 어떤 타인으로부터 탐욕적으로 침탈(侵奪) 당한다는 거요. 유태인들, 그런데 기독교도들은 그들을 탐욕스럽다고 비난하거니와, 모든 종족들 가운데서도 가장 근친결혼이 부여된 종족이지요. 비난은 화가 나면 생기기 마련이지요. 유태인들의 축재(蓄財)를 쌓게 한 기독교도의 법률은(그들에게는, 위클리프 파(派) 교도〔물물교환자들〕에게처럼, 폭풍우 자체가 피난처가 되었는지라) 유태인의 애정 또한 무쇠 테로 동여맸던 거요.⁴²⁹⁾ 이러한 것들이 죄가 되는지 혹은 덕망이 되는지는 나이 많은 친부신(親父神)⁴³⁰⁾이 최후 심판 일의 영주(領主) 재판소에서 우리들에게 말해 줄 거요. 그러나 그가 자신의 책무(責務)라고 하는 것을 두고 자신의 권리라고 하는 것에 너무 완고하게 집착하는 남자는 그가 아내라고 부르는 여인을 두고 그가 자신의 권리라고 하는 것에 역시 완고하게 집착하지요. 어떠한 이웃 미소 경(卿)⁴³¹⁾도 그의 황소 혹은 그의 아내 혹은 그의 남종 혹은 그의 하녀 혹은 그의 수탕나귀(jackass)를 탐내지 못할 거요.⁴³²⁾

― 혹은 그의 암탕나귀(jennyass)도, 벅 멀리건이 교창시(交唱詩)로 답했다.

― 점잖은 윌(Will)⁴³³⁾이 거칠게 대우받고 있군, 신사 베스트 씨가 신사답게 말했다.

― 어느 윌 말인가?⁴³⁴⁾ 벅 멀리건이 묘하게 개그를 끼웠다. 우리는 혼동하고 있어.

― 살기 위한 의지(월)는, 존 이글링턴이 철학화(哲學化)했다, 윌의 과부인, 가련한 앤에게는, 죽기 위한 유언(월)이야.⁴³⁵⁾

― '레뀌에스까뜨(편히 잠드시기를)!'⁴³⁶⁾ 스티븐이 기도했다.

　　　　도대체 월(의지, 유언)이 할 일이 무엇인가?
　　　　그것은 오래전 이미 사라져버렸도다……⁴³⁷⁾

― 그녀는 저 차선의 침대 속에 빳빳하게 굳어 누워 있어요, 면폐(面蔽)한 여왕 말이요,⁴³⁸⁾ 비록 당시에 침대가 오늘날의 자동차처럼 드물었고, 그의 장식조각(裝飾彫刻)이 칠교구(七

敎區)의 기관(奇觀)이었음을 여러분이 증명한다 할지라도. 노년에 그녀는 순회선교사들과 친하게 되지요(한 사람이 뉴 플레이스에 그녀와 함께 머무르고 있었는데, 마을 의회가 값을 치른 한 쿼터의 술 부대를 다 마셔 버렸으나 그가 어느 침대에서 잠을 잤는지 물어 볼 도리가 없지요).⁴³⁹) 그리고 그녀가 하나의 혼(魂)(정열)을 가졌다는 것을 들었지요. 그녀는 그의 싸구려 책들⁴⁴⁰)을 〈유쾌한 아낙네들〉보다도 더 좋아하며, 그들을 읽었든지 아니면 읽혀 받았소, 그리고 그녀의 밤의 분비액을 변기(요르단)에 흘리면서, 그녀는 *신자(信者)들의 바지의 훅이나 단추 구멍 그리고 가장 경건한 영혼들까지도 재채기하게 하는 가장 정신적인 코 담뱃갑*⁴⁴¹)에 대해 생각했소. 비너스가 입술을 비틀고 기도했던 거요.⁴⁴²) 아겐바이트 오브 인위트: 양심의 가책. 그것은 신을 모색하는 지친 탕부(蕩婦) 세계의 시대라오.⁴⁴³)

— 역사는 그것이 사실임을 보여 주고 있어. '인뀌쯔 에글린 또누스 크로놀로고스(연대학자 이글링턴이 말했다). '⁴⁴⁴) 시대는 하나에서 다음으로 계승하지. 그러나 우리는 인간의 최악의 적(敵)들은 자기 자신의 집과 가족의 그들이란 말을 무척 권위 있는 것으로 알고 있어.⁴⁴⁵) 나는 러셀이 옳다고 느껴요. 그의 아내 또는 부친을 상관할 게 뭐요? 나는 가족 시인(詩人)만이 가족생활을 갖는다고 말하고 싶소. 폴스태프는 가족 인은 아니었어. 나는 그 뚱뚱보 기사(騎士)⁴⁴⁶)가 그의 지고의 창조물임을 느끼지.

야윈, 그는 등을 뒤로 기댔다. 겁먹은 채, 그대의 혈연을 부정한다, 조야하고 선한 자.⁴⁴⁷) 겁먹은 채, 무신자(無神者)와 홀짝이면서, 그는 컵을 들이킨다.⁴⁴⁸) 앤트림 주(州)⁴⁴⁹) 얼스터 지방⁴⁵⁰)의 그의 아비가 그걸 그에게 가르쳐 주었다. 사계일(四季日)⁴⁵¹)마다 여기 그를 방문한다. 매기 씨, 선생. 어떤 신사 분이 당신을 뵈러 왔소. 나를? 당신 아버님이래요, 선생. 나의 워즈워드를 내게 건네주오.⁴⁵²) 소박하고 거친 모피두(毛皮頭)의 한 농민, 매기 모어 매슈가 들어온다.⁴⁵³) 단추 채운 불룩 호주머니 달린 바지에, 그의 열 개의 숲⁴⁵⁴)의 흙탕으로 더럽혀진 양말, 손에는 야생의 사과나무 지팡이.⁴⁵⁵)

너 자신의? 그는 너의 부친을 알고 있지. 그 홀아비.

나는 화려한 파리로부터 그녀의 너저분한 사굴(死窟)에로 서둘렀지, 부둣가에서 그의 손을 감촉했다. 그 음성, 새로운 따뜻함, 말하면서, 의사 보브 케니⁴⁵⁶)가 그녀를 보살피고 있었다. 내게 행운을 비는 눈. 그러나 나를 알지 못한다.⁴⁵⁷)

— 부친이란, 스티븐이, 절망과 싸우면서, 말했다. 한갓 필요악이오.⁴⁵⁸) 그는 그 극을 그의 부친의 죽음에 잇따른 몇 개월 동안에 썼소.⁴⁵⁹) 만일 여러분들이, 두 혼기에 달한 딸들⁴⁶⁰)을 가진, 서른다섯 살의 인생에, '넬 멧쬬 델 캄민 디 노스트라 비타(인생행로의 절반에 달한), ' 쉰의 경험을 가진,⁴⁶¹) 한 백발의 남자인, 그가 비텐베르크 출신의 수염도 나지 않은 대학생⁴⁶²)이라고 주장한다면, 그의 일흔살의 나이 많은 모친⁴⁶³)은 호색한 여왕임을 또한 주장하지 않으면 안 되오. 천만에. 존 셰익스피어의 시체는 밤을 헤매고 걷지 않아요.⁴⁶⁴) 시시각각으로 그것은 부패하고 또 부패하고 있소.⁴⁶⁵) 그는 부성(父性)에서 무장해제 된 채, 그의 자식에게 저 신비적 자산(資産)⁴⁶⁶)을 유증(遺贈)한 뒤, 휴식하고 있소. 복카치오의 칼란드리노⁴⁶⁷)는 자신이 임신했다고 생각했던 최초이자 최후의 남자였소. 부성은, 의식적(意識的)인 출산이란 의미에서 보면, 인간에게 미지(부재)의 것이오. 그것은 유일의 생부(生父)로부터 유일의 생자(生子)에게로⁴⁶⁸) 전해지는, 신비적인 자산(資産)이며, 사도적(使徒的)인 상속물이오. 교회가 건립되고, 확고부동하게 건립된 것은 저 신비성 위에서이지 그 교활한 이탈리아의 지성이 유럽 대중에게 내던진 마돈나 상(像) 위에서는 아니었소,⁴⁶⁹) 왜냐하면 그것은, 대소우주인, 세계와 마찬가지로, 공허(空虛) 위에, 건립되었기 때문이오. 불확실한 것 위에, 무망(無望)한 것 위에 말이요. 주격 및 목적격 속격인, '아모르 마뜨리스(모성애)'는 아마 인생에 있어서 유일한 진리인지 모르오. 부권(父權)이란 한 가지 법률상의 허구인지도 모르오. 어느 자식이 부친을 사랑한다거나 아니면 부친이 어느 자식을 사랑해야 하다니

어느 자식의 부친은 누구겠소?

경칠 너는 지금 무엇을 추구하고 있는가?

나는 알아. 입 닥쳐. 망할 놈. 나는 (부친 실패의) 이유를 갖고 있어.

'암쁠리우스(더한층).' '아드후크(지금까지).' '이떼룸(또). 쁘스떼아(이후에).' '470)

너는 이것을(지쳤는지라) 억지로 추구해야만 하나?

— 부자(父子)는 육체적 수치감에 의하여 너무나 확고하게 유리된지라 다른 모든 근친상
간이나 수간(獸姦)으로 얼룩진, 세계의 형법연감(刑法年鑑)도 부자지간의 범행은 거의 기
록하지 않고 있소. 아들은 어머니와, 아버지는 딸과, 동성애의 자매, 그들의 이름을 감히
댈 수 없는 사랑,471) 조카는 할머니와, 죄수는 열쇠 구멍과, 여왕은 현상 붙은 황소와 말이
요.472) 태어나지 않은 자식은 어머니의 미를 망치는 거요: 태어나면, 그는 고통을 가져오
며, 애정을 분할하고, 근심을 증가시키지요. 그가 새로 태어난 사내라 합시다: 그의 성장은
그의 아버지의 노쇠(老衰)를 의미하며, 그의 청춘은 아버지의 선망이요, 그의 친구는 아버
지의 적(敵)이지요.

므쉬 르 쁘렝스가(街)473)에서 나는 그것을 생각했다.

— 자연에서 부자(父子)를 연결하는 것은 무엇이겠소? 한순간의 맹목적 발정(發情)이오.

나는 부친인가? 만일 그렇다면?

쪼그라든 불확실한 손.

— 들판의 모든 짐승들 가운데서 가장 교활한 이교도의 시조인, 아프리카인(人), 사벨리우스
474)는 성부(聖父)는 자기 자신이 자기 자신의 성자(聖子)라 주장했소. 그와는 한 마디의 타협
도 불가능한, 불도그 같은 아퀸475)이 그를 논박하오. 글쎄: 만일 자식이 없는 부친이 부친이
될 수 없다면 부친이 없는 자식은 자식이 될 수 있을까요? 러틀란드베이컨사우샘프턴셰익
스피어476), 혹은 저 과오의 희극 속의 똑같은 이름을 가진 다른 시인477)이 〈햄릿〉을 썼을 때,
그는 단지 자식의 부친이 아니었는지라,478) 그러나 이제는 자식이 아니기 때문에, 그는 자신
이 모든 그의 혈통의 부친, 자신의 조부의 부친, 그의 태어나지 않은 손자의 부친이었거나
혹은 스스로 느꼈던 거요, 그리하여 그의 손자는, 그 꼭 같은 증거로, 결코 태어나지 않았으
니, 왜냐하면, 매기 씨가 말하듯, 자연은 완성을 혐오하기 때문이오.479)

이글링턴의 눈이, 즐거움으로 재빨리, 수집은 듯 반짝이며 위를 쳐다보았다. 즐겁게
흘끗 쳐다보면서, 얽힌 들장미를 통한, 한 쾌활한 청교도.480)

알랑거려요. 드물게. 알랑거려 봐요.

— 자기 자신이 자신의 부친이라, 자식 멀리건이 자기 자신에게 말했다. 가만있자. 나는 아
이를 뺐어. 나의 두뇌 속에 태어나지 않은 아이를 가졌어. 팔라스 아테나여!481) 연극! 연극
이 알맞은 방법이다!482) 나로 하여금 아기를 낳게 하라!

그는 자신의 벼락 진 아랫배를 두 조산(助産)의 손으로 꽉 쥐었다.

— 그의 가족으로 말하면, 스티븐이 말했다, 그의 모친의 이름은 아든의 숲483)속에 살아 있
어요. 그녀의 죽음은 그로부터 〈코리올레이너스〉의 볼룸니아와의 장면을 가져왔지요.484)
그의 소년아들의 죽음은 〈존 왕〉의 젊은 아더의 죽음 장면이오.485) 상복(喪服)의 왕자, 햄
릿은 햄넷 셰익스피어라오. 〈템페스트〉 속의, 〈페리클레스〉 속의, 〈겨울 이야기〉 속의 소
녀들이 누군지 우리는 알지요. 이집트의 육(肉)의 항아리(미식)인, 클레오파트라와 크레시
다 그리고 비너스486)가 누군지 우리는 추측할 수 있소. 그러나 그의 가족 가운데 기록되어
있는 또 한 사람이 있소.

— 이야기가 점점 가경(佳境)으로 들어가는군, 이글링턴이 말했다.

쾌이커 교도의 도서관장이, 머리를 흔들면서, 발끝으로 들어왔다, 흔든다, 그의 가면
을, 흔든다, 급히, 흔든다, 허풍 떤다.

문이 닫혔다. 밀실. 대낮.
그들은 귀를 기울인다. 세 사람. 그들.
나 너 그이 그들.
오라, 간섭하라.[487]

스티븐

그는 세 형제를 가졌었지, 길버트, 에드먼드, 리처드. 만년에 길버트가 어떤 기사(騎
士)들에게 이야기한 바에 의하면 그는 한때 입장료 수금원한테서 공짜 패스 한 장을 얻어
가지고 경찰 그는 그랬어, 극작가 형 윌(Wull) 씨가 런던에서 어떤 사나이를 등에 업고 씨
름경기를 하는 것을 보았지. 길버트의 마음은 극장의 소시지로 충만되어 있었어요.[488] 그
[489]는 작품의 어디에도 나와 있지 않아요: 그러나 에드먼드와 리처드 같은 자는 마음씨 고
운 윌리엄[490]의 작품들 속에 기록되어 있단 말이오.

매기이글링턴

이름들! 이름이 무슨 상관이야?[491]

베스트

그건 내 이름이야, 리처드, 알겠나. 자넨 나를 위해서, 알겠나, 리처드를 위해서 좋은
말을 해주길 바라네.   (웃음)

벅멀리건

(*'피아노, 디미누엔도〔약하게, 점점 약하게〕'*)[492]

그러자 의학생 디크가
동료 의학생 데이비에게 터놓고 말했다네······[493]

스티븐

흑심(黑心)의 월들의 삼위일체, 악당 편취자 이아고, 곱사 등 리처드, 리어왕의 에드
먼드 가운데, 둘은 사악한 숙부들의 이름을 지니고 있소.[494] 아니, 저 최후의 연극[495]은 그
의 동생 에드먼드가 사저크에서 죽어 가고 있는 동안에 쓰였든지 혹은 쓰이고 있었소.

베스트

나는 에드먼드가 꾸중 듣기를 바라. 나는 리처드가 그렇지 않기를 바라, 나의 이
름······   (웃음)

퀘이커리스터

(*'아 템포〔빠르게〕'*) 그러나 나한테서 나의 훌륭한 이름을 들치기한 자는······[496]

스티븐

(*'스트링겐도〔차츰 빠르게〕'*) 그는 자신의 이름이요, 미명(美名)인, 윌리엄을 희곡
들 속에다, 여기 말석(末席) 배우로, 저기 광대로, 감추어 갖고 있소, 마치 옛날 이탈리아
의 어떤 화가가 그의 얼굴을 자신의 캔버스 한 모퉁이에다 그려 넣었듯이. 그는 소네트 속

에 이름을 노출하고 있는 바, 거기 과잉되게 '월을 갖고 있어요.[497] 존 오곤트처럼 그의 이름은 그에게 귀중해요.[498] 검은 담비가죽 빛 띠 위에 한 개의 창(槍) 혹은 은빛 칼이 새겨진,' '호노리피까빌리뚜디니따띠부스(명예로 넘치는),'[499] 그가 아첨하여 얻은 문장(紋章)[500]과 꼭대기 장식처럼 그에게 귀중하며, 나라 안에서 가장 위대한 진경(振景)(셰익스신)의[501] 그의 영광보다 한층 귀중하오. 이름이 무슨 상관이겠소? 그것은 우리들이 유년시절에 이게 너의 이름이야 일러 받고 그 이름을 다시 쓸 때 이게 정말 내 이름이야 물어 보는 것과 같은 거요. 한 개의 별, 한 개의 대낮 별, 한 개의 혜성이, 그의 탄생 시에 솟았소. 그 별은 홀로 천상에서 대낮에 비치고 있었는데, 밤의 비너스보다 더 밝았소, 그리고 밤에 그것은 카시오페이아의 델타 성, 수많은 별들 가운데서 그의 두문자 기호인 가로누운 성좌 위에 비치고 있었소.[502] 그의 눈은, 그가 쇼터리[503]로부터 그리고 그녀의 품안으로부터 돌아오면서 한밤중 나른한 여름 들판 곁을 거닐 때, 그 별이 큰곰별(大熊星) 동쪽, 아득한 지평선 위에 나직이 걸려있는 것을, 쳐다보았소.

만족한 두 사람. 나도 역시.

그 별이 사라질 때 그가 아홉 살이었음을 그들에게 말하지 말라.

그리고 그녀의 양팔로부터.

구애받고 정복당할 것을 기다려.[504] 에이, 나약한 여남아(女男兒), 누가 너에게 구애하랴?

하늘을 읽어라.[505] '*아우톤티모루메노스. 보우스 스테파노우메노스(자기 스스로 괴로워하는 자. 왕관을 쓴 우공[牛公])*'이여.[506] 너의 성좌는 어디에 있는가? 스티븐, 스티븐, 잘라라 빵을 골고루. S. D: '*수아 돈나. 지아: 디뤼. 젤린도 리쫄베 디 논 아마레 S. D.(S. D. 그의 여인. 오, 확실히: 그의 것. 젤린도는 S. D.를 사랑하지 않기로 결심한다.)*'[507]

— 그게 뭐요, 데덜러스 군? 퀘이커 교도인 도서관장이 물었다. 그건 천체 현상이었던가?

— 밤에는 한 개의 별, 스티븐이 말했다. 낮에는 구름의 기둥이지요.[508]

더 이상 말할 게 뭐 있담?

스티븐은 자신의 모자, 지팡이, 구두를 쳐다보았다.

'*스테파노스(왕관)*', 나의 왕관. 나의 칼. 그의 구두가 나의 발 모양을 망그러뜨리고 있군. 한 켤레 사오. 양말에는 구멍이. 손수건도 역시.

— 자넨 이름을 참 잘 이용하는군, 존 이글링턴이 시인했다. 자네 자신의 이름도 어지간히 이상스러워. 그건 자네의 환상적인 흥취(興趣)를 설명해 주는 것 같아.

나, 매기 그리고 멀리건.

전설의 공장(工匠).[509] 매(鷹) 같은 사나이. 너는 날았다.[510] 어디로? 뉴헤이븐 ─ 디에쁘, 삼등 여객.[511] 파리 그리고 되돌아오다. 댕기물떼새. 이카로스.[512] '*빠떼르, 아이뜨(아버지, 그는 부른다).*'[513] 해수(海水)튀긴 채, 추락한 채, 뒹굴면서, 너는 댕기물떼새다. 냉기불떼에 될지라.

베스트 씨가 열렬조용하게 그의 노트를 치켜들며 말했다:

— 그것 아주 흥미 있군 왜냐하면 그 형제의 동기는, 알겠나, 우리들은 고대 아일랜드 신화(神話) 속에서도 또한 발견하지.[514] 바로 자네가 말하는 것 말이야. 바로 그 삼 형제 셰익스피어 말이야. 그림[515]에서도, 알겠나, 동화 말이야. 언제나 잠자는 미녀와 결혼하여 최고의 상을 획득하는 그 세 번째 동생 말이야.

베스트(최선) 형제들[516] 가운데 최선(베스트), 선한, 차선의, 최선의.

퀘이커 교도의 도서관장이 파행증마(跛行症馬)처럼 뛰며 가까이 멈추었다.

— 나는 알고 싶소, 그는 말했다. 그런데 어느 형제를 자네는…… 나는 형제들 가운데 한 사람이 불의의 행위가 있었음을 자네가 암시하는 걸 이해해요…… 하지만 아마 나의 추측일 테지?

그는 스스로 행동을 억제했다: 모두를 쳐다보았다: 삼가했다.

급사가 문간에서부터 불렀다:

— 리스트 씨! 다닌 신부님[517]이 원해요……

— 오, 다닌 신부님이! 곧장.

재빨리 직각으로 삐걱거리며 직각으로 그는 직각으로 살아졌다.

존 이글링턴이 공손히 도전했다.

— 자, 그는 말했다. 자네가 리처드나 에드먼드에 관해서 말하려고 하는 걸 좀 들어보세. 자네는 최후까지 두 사람을 붙들고 있었지, 그렇잖아?

— 당신더러 저 두 고귀한 친족 리처드 숙부와 에드먼드 숙부를 기억하도록 요구함에 있어서, 스티븐이 대답했다, 내가 아마 너무 지나치게 요구하고 있는 것 같군요. 형제는 마치 우산처럼 잊기 쉬운 거요.

댕기물떼새.

너의 형제는 어디에 있는가?[518] 약제사 조합 회관. 나의 숫돌. 그이, 이어 크랜리, 멀리건[519]: 지금 이들. 말하라. 말하라. 그러나 행동하라. 언행(言行)하라. 모두들 너를 시험하려고 조롱한다. 행동하라. 행동당하라.[520]

댕기물떼새.

나는 나의 소리, 에서의 소리에 지쳐있다. 한잔의 술을 위하여 나의 왕국도.[521]

계속.

— 여러분은 그가 자신의 희곡의 소재를 따온 그 연대기 속에 이미 저들 이름들이 담겨져 있었다고 말하겠지요.[522] 왜 그는 하필 다른 이름 대신에 그들을 따왔겠어요? 사생아인, 비천한 꼽추, 리처드[523]는, 과부가 된 앤(이름이 무슨 상관이겠소?)과 연애하고, 구애하며 그녀를 정복하는 거요, 비천하고 즐거운 과부를. 셋째 동생, 정복자 리처드는, 피정복자 윌리엄[524] 다음에 나타났소. 저 극의 다른 네 개의 막(幕)들은 저 첫째 막에 맥없이 매달려 있어요.[525] 그의 모든 왕들 가운데서, 리처드는 셰익스피어의 존경[526]에 의해 비호(庇護)받지 못한 유일한 왕이었소, 세계의 천사 말이요. 왜 에드먼드가 등장하는 《리어왕》의 곁 이야기 줄거리가 시드니의 《아르카디아》로부터 표절되어, 역사보다 오래된 켈트 전설과 연결되어 부랴부랴 써넣어졌을까요?[527]

— 그것이 윌(의지)의 길이었소, 존 이글링턴이 변호했다. 우리는 이제 북구(北歐)의 전설을 조지 메러디스의 소설의 발췌문과 연결시켜서는 안 되오.[528] '끄 불레 부(그럼 어쩌란 말이야?)'[529] 무어가 말할 테지. 그는 보헤미아 왕국을 해안에다 두고 율리시스로 하여금 아리스토텔레스를 인용하게 하고 있어.[530]

— 왜요? 스티븐이 자문자답했다. 그 이유인즉 위선 혹은 찬탈 혹은 간음의 형제 혹은 이 세 가지를 한꺼번에 행하는 형제의 주제는 셰익스피어에게는, 빈자(貧者)와 함께 하지 않을지라도,[531] 언제나 그와 함께 하기 때문이오. 추방, 마음으로부터의 추방, 가정으로부터의 추방의 음조가 《베로나의 두 신사》에서 프로스페로가 그의 마장(魔杖)을 부러뜨려, 몇 길 확실한 땅속에 그걸 파묻고 그의 책을 수장(水葬)할 때까지 간단없이 울리고 있소. 그것은 그의 인생의 중반에 있어서 스스로 갑절이 되고, 또 다른 것에 스스로 반영(反映)하며, 스스로 반복하는 거요, 서막(序幕), 전개(展開), 착절(錯節), 최후의 대단원(大團圓) 말이요. 그것은 그가 무덤에 접근할 때, 옛 가족의 일원인, 그의 결혼한 딸 수잔이 간통죄로 고소당할 때, 다시 반복되는 거요. 그러나 그의 이해력을 암담하게 하고 그의 의지를 쇠약하게 하며 죄악에로의 강력한 성향을 그의 마음속에 남겨 두게 한 것은 바로 원죄(原罪)였소. 이 말은 메이누스[532]의 나의 대주교들의 말이요. 하나의 원죄 그리고, 원죄와 마찬가지로, 다른 사람에 의해 범해진 그 죄 속에 그 역시 죄를 범하고 있다는 거요. 그것은 그의 최

후에 말의 시행(詩行)들 사이에 발견되며,[533] 아내의 유골이 그 아래 묻혀 있지 않을 그의 묘석(墓石)에 굳어져 있소.[534] 세월은 그것을 마멸(磨滅)할 수가 없었소.[535] 미(美)도 평화도 그것을 없애지 못했어요. 그것은 그가 창조해 놓은 세계의 모든 곳에 무한한 다양성으로 담겨 있소. 〈헛소동〉 속에, 〈뜻대로 하세요〉 속에 두 번, 〈템페스트〉 속에, 〈햄릿〉 속에, 〈의척 보척(앙갚음)〉 속에 – 그리고 내가 아직 읽지 않은 다른 모든 희곡들 속에 말이오.[536]

그는 자신의 마음을 마음의 구속으로부터 해방하기 위하여 소리 내어 웃었다.

판사 이글링턴이 종합했다.

— 진리는 중용(中庸)이야, 그는 단언했다. 그는 유령이며 왕자요. 그는 통틀어 모두란 말이야.[537]

— 그래요, 스티븐이 말했다. 제1막의 소년은 제5막의 성숙한 어른이오. 통틀어 모두지요. 〈심벨린〉에서, 〈오셀로〉에서 그는 포주며 우두머리 남편이오.[538] 그는 행동하며 행동당하고 있소. 하나의 이상(理想) 혹은 하나의 도착(倒錯)의 애호가로, 호세처럼 그는 현실적 카르멘을 죽이지요.[539] 그의 간단없는 지성은 자신 속의 그 무어인(人)(오셀로)[540]으로 하여금 고통을 겪도록 끊임없이 의지(意志)하는 그 미친 듯한 이아고란 말이오.

— 뻐꾹! 뻐꾹![541] 뻑 멀리건이 음탕하게 뻐꾹거렸다. 오 공포의 말(言)![542]

컴컴한 둥근 천장이 그 소리를 받고, 되울렸다.[543]

— 그런데 이아고란 어떤 인물이지! 대담무쌍한 존 이글링턴이 부르짖었다. 아무튼 '피스(자식)'인 뒤마[544](아니면 '뻬르(부친)'인 뒤마인가?)가 말한 것이 모두 옳아요. 하느님 다음으로 셰익스피어가 가장 많이 창조했다, 라고.

— 남자고 하물며 여자고 그를 기쁘게 하지 못하지요.[545] 스티븐이 말했다. 그는 부재(不在)의 생활 뒤 그가 탄생했던 곳, 그가 어른이나 소년으로, 언제나 침묵의 목격자로서 지냈던 지상의 그곳으로 되돌아와, 거기, 인생의 여정을 마치고, 뽕나무를 땅에 심는 거요. 그리고 죽는 거요. 동작은 끝난 거요. 묘굴인(墓堀人)들이 '뻬르(부친)' 햄릿과 '피스(자식)' 햄릿을 매장하오. 왕과 왕자가, 부수적인 음악이 연주되는 가운데, 마침내 죽음에서 한 몸이 되지요. 그리고, 비록 암살을 당하고 배신을 당했을지언정, 모든 연약하고 부드러운 마음들에 의해 애도되지요, 그 이유인즉, 덴마크 인이든 더블린 인이든, 사자(死者)에 대한 슬픔은 유일한 남편으로, 그로부터 그들은 떨어지기를 거절하기 때문이오. 만일 여러분들이 극의 종곡(에필로그)을 좋아한다면 한참 동안 그것을 잘 읽어 보오: 번창하는(프로스페로스) 프로스페로는, 보상받는 착한 사람으로, 리찌, 조부의 사랑의 귀염둥이,[546] 그리고 숙부 리치[547]란 말이요, 나쁜 혹인들이 가는 곳으로 권선징악(勸善懲惡)에 의하여 추방된[548] 악인이지요. 감동적 막(幕)(종말)이 내립니다. 그는 자신의 내면세계에 존재했던 것을 외면 세계에서 가능한 실질적으로 발견했소. 메테를링크는 말하기를: 만일 오늘 소크라테스가 자신의 집을 떠나더면 그는 자기 집 문간에 현자가 앉아 있는 것을 발견하리라. 만일 유다가 오늘 밤 외출한다면 그의 발걸음은 유다 자신에게로 향하리라.[549]. 모든 인생이란 나날이 거듭되는, 수많은 날의 연속이오. 우리가 우리들 자신을 통하여 걸어 갈 때, 강도, 유령, 거인, 늙은이, 젊은이, 아내, 과부, 애(愛)형제들과 만나지만, 그러나 언제든지 결국에 만나는 것은 우리들 자신이오. 이 세상에 관해 전지(全紙) 2절판의 책을 쓰고 그것도 서툴게 쓴 극작가(하느님은 우리들에게 먼저 빛을 주었고 이틀 후에 태양을 주었소)[550], 가톨릭교의 최고의 로마인이, '디오 보이아,' 교수자(絞首者) 신(神),[551]이라 부르는 존재하는 만물의 주(主)는, 의심할 바 없는 우리들 모두의 통틀은 모두로서, 마부(馬夫)요 백정(白丁)이요, 그리고 또한 장부 및 오장이진 자이지만, 햄릿에 의해 예언된, 천국의 섭리(攝理)에는, 이제 더 이상 결혼도, 영광을 받은 인간도, 아내가 자기 자신이 되는, 양성(兩性)의 천사도 존재하지 않아요.[552]

1 — '유레카(발견이다)!'[553] 벅 멀리건이 소리 질렀다. '유레카(발견이다)!'

갑자기 행복한 듯 그는 껑충 일어나, 한 걸음으로 존 이글링턴의 책상에 닿았다.

— 실례지만? 그는 말했다. 주님이 맬러카이에게 말씀하셨어.[554]

그는 종이 한 조각에다 갈겨쓰기 시작했다.

5 밖으로 나갈 때 카운터로부터 전표 몇 장을 집어야지.

— 기왕 결혼한 자들은, 침착한 신(神)의 전령사, 베스트 씨가 말했다, 한 사람을 제외하고, 다 살려 줄 수밖에. 나머지 자들은 독신자 그대로 평생을 보내게 해야지.[555]

미혼인, 그는, 독신 문학사의, 이글링턴 요하네스를 비웃었다.

결혼도 않고, 사랑도 받지 못한 채, 간계(奸計)을 경계하며, 모두들 그의 〈말괄량이 길

10 들이기〉의 집주판(集註版)을 각자 밤마다 손가락으로 만지작거리며 곰곰이 생각한다.[556]

— 자넨 망상가야, 존 이글링턴이 스티븐에게 가차 없이 말했다. 자넨 우리들에게 프랑스식 삼각관계[557]를 보여 주기 위해 우리들을 내내 끌고 온 셈이야. 자네는 자네 자신의 이론을 믿나?

— 아니오.[558] 스티븐이 재빨리 말했다.

15 — 자네는 그것을 글로 쓸 셈인가? 베스트 씨가 물었다. 자네는 그걸 대화식으로 써야 하네, 알겠나, 와일드가 쓴 플라톤 식 대화처럼.[559]

존 절충주의자(이클렉티콘)[560]가 이중으로 미소했다.

— 글쎄, 그렇다면, 그는 말했다, 자네 자신이 그것을 믿지 않는데도 왜 자네는 그에 대한 지불을 기대하는지 나는 알 수가 없네. 도우든은 〈햄릿〉 속에 어떤 신비가 있다고 믿고 있

20 으나 더 이상 이야기하려고 하지는 않아. 블라이프트로이 씨[561], 파이퍼가 베를린에서 만난 그자는, 저 러틀란드 이론을 애써 연구하고 있는 바, 그는 비밀은 스트랫포드의 기념비 속에 숨어 있다고 믿고 있어. 그는 현재의 공작[562]을 방문할 작정이라, 파이퍼가 말하지, 그리고 그의 조상이 희곡들을 썼다는 것을 그에게 증명할 작정이라고. 그것은 각하에게 하나의 놀라움으로 다가올 거야. 그러나 그는 자기의 이론을 믿지.

25 나는 믿나이다, 오 주여, 나의 믿지 않음을 도와주소서.[563] 말하자면, 나를 믿도록 도와 줄 것인가 아니면 믿지 않도록 도와 줄 것인가. 누가 믿도록 도와 줄 것인가? '에고멘(자아).'[564] 누가 믿지 않도록 도울 것인가? 다른 녀석.[565]

— 자네는 〈다나〉[566]에 몇 푼의 은화를 요구하는 유일한 기고가일세. 그럼 나는 다음 호(號)에 관해서 모르겠어. 프레드 라이언이 경제에 관한 기사를 위해 공간을 요구하고 있어요.

30 프레이드라인(겁쟁이). 은화 두 닢을 그가 내게 빌려주었지.[567] 일시적 변통으로. 경제학.

— 한 기니만 준다면, 스티븐이 말했다, 당신은 이 회견 기사를 발표할 수 있어요.

벅 멀리건이 크게 웃으며 갈겨쓰면서, 웃으며, 자리에서 일어났다: 그리고 악의를 부추기며, 정중하게 말했다:

— 나는 상부 멕클렌버러가(街)[568]의 그의 여름 주거에로 시인 킨치[569]를 방문했는데, 그가 두 임질에 걸린 여인들, 프레시 넬리와 석탄 부두의 매음녀인, 로잘리와 함께 〈대이교도대

35 전(對異敎徒大全)〉[570]의 연구에 깊이 몰두하고 있는 것을 발견했어.

그는 갑자기 말을 멈췄다.

— 와요, 킨치. 와, 새들의 방랑하는 잉거스여.[571]

와요, 킨치. 자네는 우리가 남긴 걸 다 먹어치웠어. 아. 내가 자네에게 부스러기랑 먹다 남은 찌꺼기를 다 대접할 테다.

40 스티븐이 일어섰다.

인생은 많은 나날이다. 오늘도 끝나리라.

— 우린 오늘 저녁 자네를 만나게 될 걸세, 존 이글링턴이 말했다. '노트르 아미(우리들의

벗*)' 무어[572]가 맬러카이 멀리건도 거기 꼭 참석해야 한다고 말하고 있어.　　　　　　　1

벅 멀리건이 그의 조끼와 파나마모(帽)를 과시했다.

— 므쉬 무어는, 그는 말했다, 아일랜드 청년을 위한 불문학(콘돔) 강사야. 나도 거기 참석하겠어. 와요, 킨치, 시인들은 술을 마셔야 해. 자네 똑바로 걸을 수 있나?

소리 내어 웃으며, 그는……　　　　　　　　　　　　　　　　　　　　　　　　　　　　　　5

11시까지 통음(痛飮)하라.[573] 아일랜드의 천일야화(千一夜話).

꼴사나운 놈……

스티븐이 꼴사나운 놈을 뒤따랐다……

어느 날 국립도서관에서 우리는 토론을 가졌다. 셰익스. 뒤에. 그의 꼴사나운 등[背]:
나는 뒤따랐다. 나는 그의 튼 살을 긁어준다.[574]　　　　　　　　　　　　　　　　　10

스티븐이, 인사를 하며, 이어 완전히 기가 끊긴 채,[575] 꼴사나운 익살꾼을 뒤따랐다,
잘 손질된 머리통, 새로 이발을 한 채, 둥근 천장의 독방으로부터 무상(無想)의 산발적 일
광 속으로.

나는 무엇을 배웠는가? 그들에 관해? 나에 관해?

자 헤인즈처럼 걷자.　　　　　　　　　　　　　　　　　　　　　　　　　　　　　　　15

정기 열람자의 방. 대출부에 카셸 보일 오코너 피츠모리스 티스덜 파렐[576]이 그의 다
음철을 화문(花紋)으로 기술하다. 항목: 햄릿은 미쳤던가? 퀘이커 교도의 머리가 신경(神
境)스럽게 소사제(少司祭)[577]와 함께 서담(書談)하고 있다.

— 오 기꺼이 그러세요, 선생…… 저는 가장 기꺼이……

홍겨운 벅 멀리건이 스스로 고개를 끄덕이면서, 혼자 기꺼운 중얼거림으로 흥겹게 말　　　20
했다:

— 기꺼운 엉덩이다.

회전식 문.

저것인가……? 푸른 리본의 모자……? 빈둥대며 쓰고 있는……? 뭘……? 보았
나……?　　　　　　　　　　　　　　　　　　　　　　　　　　　　　　　　　　　　25

굴곡진 난간: 미끈하게 흐르는 미니쿠스.[578]

장난꾸러기[579] 멀리건이, 파나마 모(帽)를 헬멧처럼 쓴 채, 한 걸음 한 걸음 나아갔다,
약강격으로, 회전음(回轉音)으로 노래하며:

— *존 이글링턴, 내 사랑, 존,*
왜 그대는 아내와 결혼하지 않는가?[580]

그는 공중에다 침을 튀기며 지껄였다:　　　　　　　　　　　　　　　　　　　　　30

— 오, 무(無)턱(chinless) 차이나 맨! 친 촌 에그 린 톤.[581] 우리는 그들의 완구(연극)상자
에로 나아갔지, 헤인즈와 내가, 연관공 회관으로,[582] 우리들의 배우들[583]은 그리스인들이나
또는 M. 메테를링크처럼 유럽을 위해 새로운 예술을 창조하고 있다네. 애비 극장! 나는 수
도승들의 사타구니(대중) 땀 냄새를 맡는다.[584]

그는 멍청하게 침을 뱉었다.　　　　　　　　　　　　　　　　　　　　　　　　　35

잊고 있었군[585]: 얄미운 루시가 그에게 준 채찍질을 그가 잊었듯이. 그리고 '팜므 드
트랑땅(30세의 여인)[586]'을 남겨 두고 떠났지. 그런데 왜 다른 아이들이 태어나지 않았을
까?[587] 그리고 그의 최초의 아이는 한 소녀?[588]

나중 궁리. 되돌아가라.

냉담한 은둔자는 아직 거기에 (그는 과자를 갖고 있다)[589] 그리고 얌전한 젊은이, 환락　　　40
의 총아,[590] 파이돈의 조롱하는 금발.[591]

에…… 나는 바로 에…… 원했어…… 내가 잊고 있었어…… 에……

— 롱워드와 맥커디 아트킨슨[592]이 거기 있었어……

　　　　장난꾸러기(퍽) 멀리건이 능란하게 스텝을 밟으며, 전동음(顫動音)으로 읊었다. :[593]
— 빈민가의 아우성
혹은 내가 지나는 병사(토미)의 이야기를 듣자마자
나의 생각은 달리기 시작하네
F. 맥커디 아트킨슨에게,
목제의족(木製義足)을 하고
약탈 병의 킬트 단 바지를 입은 바로 그자는
갈증을 결코 감히 적시려하지 않았다네,
무(無)턱(친리스)의 입[口]을 가진 매기.
도대체 결혼하기 두려워하여
그들은 실컷 수음을 했다네.[594]

　　　계속 비웃을지라. 너 자신을 알라.

　　　발을 멈춘 채, 내 아래쪽에, 한 사람의 희롱자가 나를 쳐다본다. 나는 발을 멈춘다.

— 구슬퍼하는 광대여, 벅 멀리건이 신음했다. 싱은 자연처럼 살기 위해 상복 입는 걸 그만 두었지. 단지 까마귀, 성직자 그리고 영국의 석탄만이 검을 뿐이야.[595]

　　　한 가닥 웃음이 그의 입술 위에 곱들어졌다.

— 롱워드가 굉장히 속상해하고 있어, 그는 말했다. 자네가 저 수다쟁이 그레고리 할멈에 관해서 쓴 후로 말이야. 오 너 종교 재판을 받을 술 취한 유태 예수교도 같으니! 그녀가 자네에게 신문의 일을 얻어 주는데 하물며 자네는 그녀의 허튼 소리를 우라지게 혹평하다니.[596] 자넨 예이츠와 같은 필치로 쓸 수 없었나?[597]

　　　그는 위 아래로 걸었다, 입을 삐쭉이며, 우아하게 팔을 저으며 노래하듯 말했다:
— 오늘날 우리나라에서 나온 가장 아름다운 책 말이야. 우리는 호머를 생각하지.

　　　그는 계단 발치에 멈추어 섰다.
— 나는 무언극의 광대들을 위해 극을 하나 고안했어, 그는 엄숙히 말했다.

　　　주랑(柱廊)의 무어 풍(風) 현관, 엉킨 그림자들. 지수(指數)의 모자를 쓴 아홉 사람들의 모리스 춤은 사라지다.[598]

　　　감미롭게 다채로운 목소리로 벅 멀리건이 그의 서판(書板)을 읽었다:[599]

　　　　　　　—각자 자기 자신의 아내
　　　　　　　　　　또는
　　　　　　　　수중(手中)의 신혼여행
　　　　　(3회의 성적 쾌감[오르가슴]의 국민적 부도덕 극)
　　　　　　　　불알 같은 멀리건
　　　　　　　　　　　저

　　　그는 행복한 광대의 능글맞은 웃음을 스티븐에게로 돌리며, 말했다:
— 변장이 빈약하지 않나, 염려 돼. 그러나 잘 들어보게.

　　　그는 읽는다. '마르카토(한층 강세를 붙여)'[600]:
— 등장인물:
토비 토스토프(파산 당한 폴란드인)
크라브(숲속배회자)
의학생 디크
　　　및　　　　｝(일석이조)
의학생 데이비

그로건 할멈(물 긷는 이)

프레시(풋내기) 넬리

및

로잘리(석탄 부두 매음녀).[601]

그는, 이리저리 머리를 건들거리며, 계속 걸으면서, 스티븐이 뒤따른 채, 크게 웃었다: 그리고 유쾌하게 그는 인간들의 영혼인, 그림자에게 말했다:

— 오, 그대가 그대의 잡(雜)봉나무색의, 잡색(雜色)의, 잡혼(雜混)의 토물(吐物) 속에 누워 있을 때 에린(아일랜드)의 딸들이 그대를 뛰어넘으려고 스커트를 치켜 올리지 않으면 안 되었던 캠든 홀의 밤이여![602]

— 에린의 가장 천진한 아들, 스티븐이 말했다, 그를 위해 처녀들은 언제나 스커트를 치켜 올렸지.

문간을 통해 막 지나가려 하자, 뒤에 누군가를 느끼며, 그는 옆으로 비켜섰다.

헤어지자. 때는 지금이다. 그럼 어디로? 만일 소크라테스가 오늘 그의 집을 떠난다면, 만일 유다가 오늘 저녁 외출한다면. 왜? 그것은 내가 불가피하게, 불시에 닿지 않으면 안 되는 공간 안에 놓여 있다.

나의 의지: 나와 대항하는 그의 의지. 그 사이에 바다가.[603]

한 남자[604]가 굽실거리며, 인사하면서, 그들 사이를 빠져나갔다.

— 또 뵙는 군요, 벅 멀리건이 말했다.

주랑현관.

여기 나는 행운의 새들을 쳐다보았다.[605] 새들의 잉거스여. 그들은 가고, 그들은 온다. 간밤에 나는 날았다. 쉽사리 날았다. 사람들은 경탄했다. 이어 매춘부들의 거리. 크림과일의 수박을 그는 내게 내밀었다. 안으로. 그대는 보게 되리라.[606]

— 방랑하는 유태인,[607] 벅 멀리건이 광대의 두려움으로 속삭였다. 자네 그의 눈을 보았나? 그는 자네를 탐욕하듯 바라보았네.[608] 노수부(老水夫)여, 나는 당신이 두려워요.[609] 오, 킨치 그대는 위난(危難)에 빠져 있어. 볼기짝 방석이라도 대어 두게.

옥슨퍼드(牛港)의 예법.[610]

대낮. 아치 같은 다리 위로 손수레 바퀴 같은 태양.

한 까만 등(背)이 그들 앞을 지나갔다, 표범의 발걸음, 아래로, 문간 밖으로, 내리닫이 쇠창살문 밑으로.

그들은 뒤따랐다.

나를 여전히 골나게 하라. 계속 말하라.

부드러운 대기가 킬데어가(街)의 집들 외곽을 경계(境界)했다. 새들은 없고. 지붕 꼭대기로부터 연약한, 두 줄기 깃털 연기가 솟았다, 깃털을 이루며. 그리고 부드러운 길풍에 부드럽게 휘날렸다.[611]

다투지 말라. 심벨린의 드루이드 성직자들의 평화: 교의해설자(教義解說者)의: 넓은 대지로부터 하나의 제단.[612]

우리들은 신들을 찬미하나니
우리들의 굽은 연기를 그들의 콧구멍까지 피워 올리세
우리들의 축복 받는 제단으로부터.[613]

◆ 10장 ◆

　＊ 예수회의 수도원장, 존 콘미 존사(尊師)[1]가 사제관(司祭館) 층층대를 내려오자 그의 매끄러운 회중시계를 안쪽 호주머니 속에 도로 넣었다. 3시 5분 전. 아테인[2]까지 걸어가기에 꼭 알맞은 시간이야. 그런데 재차 그 소년의 이름이 뭐였더라? 디그넘. 그래. '베레 디그눔 에뜨 이우스뚬 에스뜨(참으로 마땅하고 옳은 일이로다).'[3] 스완 수사(修士)[4]를 좀 만나야겠다. 커닝엄 씨의 편지.[5] 그래. 가능하다면, 그에게 고마워할 일이지. 착하고 실무적인 가톨릭교도: 전도 시에 유용한 인물이야.[6]

　한 외다리 수병(水兵)이, 흔들거리는 절름발이 목발을 떠듬떠듬 느리게 짚고, 앞을 향해 건들거리면서, 무슨 노래 가락을 중얼거렸다. 그는 자선(慈善) 수녀원 앞에서 움찔 멈추어 서서, 뾰족한 모자를 내밀어 예수회의 수도원장 존 콘미 존사를 향해 동냥을 청했다. 콘미 신부는 햇볕 속의 그에게 축복을 빌었는데, 왜냐하면 그의 지갑에 크라운 은돈 한 닢만이 있다는 것을 알고 있었기 때문이다.

　콘미 신부는 마운트조이 광장을 가로질러 건넜다. 그는, 병사들과 수병들이, 그들의 다리가 대포알에 맞아 절단되어, 어떤 구빈소(救貧所)에서 그들의 나날을 끝내야 함을, 그리고 추기경 울지[7]의 말: 만일 내가 임금님을 섬기듯 하느님을 섬겼더라면 하느님은 노후의 나를 버리지 않았으리라,를 생각했으나, 오래 동안은 아니었다. 그는 햇볕이 깜박이는 나무 잎들의 그늘 곁을 걸어갔다: 그러자 하원의원 데이비드 쉬히[8] 씨의 부인이 그를 향해 다가왔다.

— 매우 건강해요, 정말, 신부님. 그런데 당신은, 신부님?

　콘미 신부는 과연 놀랍도록 건강했다. 남편은 아마 벅스턴[9]으로 수영하려 갈 테지. 그리고 그녀의 자식들, 그래 그들은 벨비디어[10]에서 잘 지내고 있나? 정말 그랬던가? 콘미 신부는 그렇다는 말을 듣고 과연 아주 기뻤다. 그런데 쉬히 씨 자신은? 아직 런던에. 의회가 아직 개회 중이었다. 확실히 그렇군. 정말 아름다운 날씨였다, 과연 기분 좋은. 그래, 버나드 본 신부[11]가 설교하러 다시 올 것이 아주 뻔했다. 오, 그래: 대단한 큰 성공일 테지. 정말 훌륭한 사람이야.

　콘미 신부는 하원의원 데이비드 쉬히 씨의 아내가 아주 건강하게 보이는 것을 참으로 기뻐하며, 하원의원 데이비드 쉬히 씨에게 안부 전해 달라고 부탁했다. 예, 그인 틀림없이 전화하실 거예요.

— 좋은 오후 되세요, 쉬히 부인.

　콘미 신부는, 헤어지면서, 그의 실크 모자를 벗고, 햇볕 속의 잉크 빛 반짝이는 그녀의 만틸라 망토의 흑옥(黑玉)구슬을 향해 미소를 보냈다. 그리고 걸어가면서, 다시 한번 미소를 지었다. 그는 자신의 이(齒)를 빈랑(檳榔)열매의 치약으로, 닦은 것을 알고 있었다.

　콘미 신부는 걸어갔다, 그리고 걸어가면서, 미소 지었다. 왜냐하면 그는 버나드 본 신부의 익살스런 눈과 런던내기 말투에 관해 생각했기 때문이다.

— 빌라도! 왜에 그대는 저 올빼미 같은 군중들을 어억제하지 못 하는고?[12]

열성이 대단한 사람이야, 그러나. 정말 그인 그랬다. 그런데다 정말이지 자기 방식으로 훌륭한 일을 했지. 의심할 여지없이. 그는 아일랜드를 사랑한다고, 말했고, 아일랜드 국민을 사랑했다. 역시 좋은 가문(家門)으로 생각할 거야? 웨일즈 출신들이지, 그렇잖아?

오, 그가 잊어버리지 않도록. 관구장(管區長)에게 보낼 저 편지.

콘미 신부는 마운트조이 광장 모퉁이에서 세 꼬마 학생들을 세웠다. 옳아: 저놈들은 벨비디어에서 돌아왔군. 조그만 학교. 아하. 그런데 저놈들은 학교에서 착하게 굴었나? 오. 그건 참 착한 일이야. 그런데 저 녀석 이름이 뭐라더라? 재크 소헌. 그리고 저놈의 이름은? 게. 갤러허. 그리고 다른 꼬마 녀석은? 그의 이름은 브런니 리넘이야. 오, 참 근사한 이름을 가졌군.

콘미 신부는 가슴팍에서 한 통의 편지를 꺼내 브런니 리넘군(君)에게 주면서 피츠기번가(街) 모퉁이에 있는 빨간 우체통을 가리켰다.

— 그러나 네 몸째 우체통에 집어넣지 않도록 조심해요, 꼬마야, 그는 말했다.

소년들이 여섯 눈알로 콘미 신부를 쳐다보며 소리 내어 웃었다:

— 오, 선생님.

— 그럼, 어디 편지 부칠 줄 아나 보자, 콘미 신부가 말했다.

브런니 리넘 군이 길을 건너 달려가, 관구 장에게 보내는 콘미 신부의 편지를 반짝이는 빨간 우체통의 주둥이 속에 넣었다. 콘미 신부는 미소를 짓고 고개를 끄덕이며 다시 미소를 짓고 마운트조이 동쪽 광장을 따라 걸어갔다.

무용 및 기타의 교수(敎授)인, 데니스 J. 매기니 씨[13]가, 실크 모자에, 비단 가두리 치장을 한 청회색 연미복, 하얀 커치프 타이, 라벤더색 타이트 바지, 카나리아색 장갑에, 뾰족한 에나멜 구두 차림을 하고, 정중한 몸가짐으로 걸어가다가, 디그넘 광장 모퉁이에서 맥스웰 부인 곁을 지나자, 최고로 정중하게 연석으로 비겼다.

저건 맥기네스 부인[14]이 아닌가?

맥기네스 부인이, 당당하고, 은발(銀髮)에, 그녀가 나아가던 한층 저쪽 보도로부터 콘미 신부에게 절을 했다. 그러자 콘미 신부는 미소를 띠며 답례했다. 그녀는 안녕한가?

참 훌륭한 몸가짐을 그녀는 가졌어. 스코틀랜드의 여왕, 메리를, 닮았어. 그런데 그녀가 전당포업자라니! 글쎄, 그런데! 이러한…… 뭐라고 할까? ……이러한 여왕다운 용모.

콘미 신부는 그레이트 찰즈가(街)를 걸어 내려가며, 왼쪽에 문이 닫힌 자유교회를 흘끗 쳐다보았다. 문학사 T. R. 그린사(師)(D. V.[하느님의 뜻이 라면])[15]의 설교. 모두들 그를 성직자(인컴번트)라 불렀다. 그는 몇 마디 말을 하는 것을 자신의 당연한 의무(인컴번트)로 느꼈지. 그러니 시럼은 자비로워야 하는 거다. 극복할 수 없는 무지(無知).[16] 모두들 자신들의 빛을 따라 행동했다.

콘미 신부는 모퉁이를 돌아 북부 순환로를 따라 걸어갔다. 이렇게 중요한 통로에 전차 선로가 없다니 이상한 일이었다. 확실히, 있어야만 할 텐데.

가방을 등에 멘 한 무리의 남학생들이 리치먼드가(街)에서 길을 건넜다. 모두들 너저분한 모자를 쳐들었다. 콘미 신부는 자애롭게 그들에게 몇 번이고 답례를 했다. 기독교 형제 학교(크리스천 부러더즈 스쿨)의 학생들.

콘미 신부는 걸어가면서, 그의 오른손 쪽에 향(香) 냄새를 맡았다. 포틀랜드 가로(街路)의, 성 요셉 성당, 노령과 덕망 있는 여성들을 위한 곳. 콘미 신부는 성체(聖體)를 향해 모자를 쳐들었다. 덕망 있는 여인들: 하지만 그들도 역시 이따금 기질이 고약했지.

앨드버러 저택 가까이 콘미 신부는 저 낭비벽의 귀족에 관해 생각했다. 그런데 지금은 그의 집이 사무실인지 무엇인지로 바뀌었지.[17]

콘미 신부가 노드 스트랜드 가로를 따라 걸어가기 시작하자 그의 상점 문간에 서 있던 윌리엄 갤러허 씨[18]에게서 인사를 받았다. 콘미 신부는 윌리엄 갤러허 씨에게 답례를 하고, 훈제 베이컨과 버터에서 나오는 냄새 및 퍼진 냉기(冷氣)를 지각했다. 그는 그로건 담배 가게를 지나가자 거기 기대 세운 뉴스 보도판이 뉴욕의 몸서리치는 대 참사에 대해 말해 주었다. 아메리카에서는 저따위 일들이 계속 일어나고 있단 말이야. 저렇게 죽다니 불행한 사람들, 아무런 준비도 없이. 하지만, 심히 뉘우쳐야 할 행위야.

콘미 신부는 대니얼 버긴 주점 곁을 지나가자, 그의 창문에 기댄 두 무직의 사나이들이 빈둥거렸다. 그들은 그에게 인사를 하고 또한 인사를 받았다.

콘미 신부는 H. J. 오닐 장의사[19]를 지나가자, 거기에 코니 켈러허가 마른 풀잎 줄기를 씹는 동안 거래장부(去來帳簿)에 숫자를 기입했다. 순찰중인 한 순경이 콘미 신부에게 인사를 하자 콘미 신부는 순경에게 답례를 했다. 돼지 푸줏간, 유크스테터 상점 속에 콘미 신부는, 희고 검고 붉은, 돼지 푸딩이 튜브처럼 정연하게 말아 놓아 있는 것을 관찰했다. 콘미 신부는, 찰리빌 산책로의 가로수들 아래쪽에 정박한 채 한 척의 이탄 거룻배, 고개를 늘어뜨린 한 마리 짐 말, 배 한복판에 앉아, 담배를 피우면서 머리 위에 있는 포플러 나뭇가지를 노려보고 있는, 더러운 밀짚모자 쓴 뱃사공을 보았다. 그건 목가적(牧歌的)이었다: 그리고 콘미 신부는 사람들이 그곳에서 이탄(泥炭)을 파내, 도시나 작은 촌락으로 운반하여 가난한 사람들 집에 불을 지필 수 있도록, 늪 속에 그것을 묻어 둔 조물주의 섭리(攝理)에 대하여 곰곰이 생각했다.

뉴카먼 교(橋) 위에서, 상부 가디너가(街), 성 프란시스 자비에르 성당의 예수회 존 콘미 존사는, 시외로 가는 전차 쪽으로 계속 발걸음을 옮겼다.

북부 윌리엄가(街), 성 아가사 성당의 사제보(司祭補) 니콜라스 더들리 사(師)가 뉴카먼 교에서, 시내 행 전차에서 내렸다.

뉴카먼 교에서 콘미 신부는 시외로 가는 전차 속에 발을 들여놓았는데, 왜냐하면 그는 머드(진흙) 아일랜드[20]를 지나 더러운 길을 도보로 횡단하는 것을 싫어했기 때문이다.

콘미 신부는 전차 한 구석에 앉아서, 푸른 전차표 한 장을 털 복숭이 키드 가죽장갑 한 짝 섶에 조심스럽게 끼워 넣자, 한편 4실링, 6페니 그리고 5페니가 털 복숭이 가죽장갑의 다른 짝 손바닥에서 그의 지갑 속으로 떨어졌다. 담쟁이 성당을 지나면서, 그는 전차에 탄 손님이 전차표를 마구 내버린 뒤에야 개찰원(開札員)이 언제나 다가와서 표를 개찰하는 일을, 곰곰 생각했다. 전차에 딴 손님의 엄숙함이 콘미 신부에게는 그렇게 짧고 값싼 여행을 하는 동안 지나친 것 같았다. 콘미 신부는 명랑한 예법을 좋아했다.

평화스런 날씨였다. 콘미 신부 맞은편의 안경 쓴 신사가 설명을 마치고 아래로 내려다보았다. 그의 아내이려니, 콘미 신부는 상상했다.

안경 쓴 신사의 아내가 하품을 하느라 입을 작게 벌렸다. 그녀는 장갑 낀 조그마한 주먹을 들어올리고, 한층 점잖게 하품을 하며, 조그마한 장갑 낀 주먹을 벌린 입에 두들기면서, 작게, 달콤하게 미소 지었다.

콘미 신부는 차안에 그녀의 향기를 지각했다. 그는 또한 그녀의 다른 쪽 가장자리에 이상하게 생긴 남자가 앉아 있는 것을 목격했다.

콘미 신부는 성체배령대(聖體拜領臺)에서 머리를 건들건들 흔들고 있던, 그 이상하게 생긴 노인의 입 속에 성체를 어렵게 넣어 주던 일을 생각했다.

안네슬리 교(橋)에서 전차가 멈춘 뒤, 차가 막 떠나려고 하자, 한 노파가 차에서 내리려고 갑자기 자리에서 일어섰다. 차장이 그녀를 위하여 차를 세우려고 벨 끈을 잡아당겼다. 그녀는 바구니와 시장 망태기를 들고 밖으로 내렸다: 그리고 콘미 신부는 차장이 그녀가 망태기와 바구니를 들고 내리는 것을 차장이 도와주는 걸 보았다: 그리고 콘미 신부는, 그녀가 1페니 요금 구간의 끝을 거의 통과할 무렵, 그녀가 *신자여, 축복을 빕니다*라는 말을 언제나 두 번씩 일러 받아야 하는 선량한 신도들 중 한 사람이라는 것을, 신도들이 *저를 위하여 빌어주소서*[21]라는 말로, 사면(赦免)을 받아 왔음을 생각했다. 그러나 그들은 인생에서 너무나 많은 걱정, 너무나 많은 근심을 가졌는지라, 불쌍한 인간들.

광고 게시판으로부터 유진 스트래턴 씨[22]가 두툼한 흑인 입술로 콘미 신부를 향해 얼굴을 찌푸렸다.

콘미 신부는 흑인들과 갈색 사람들 그리고 황인(黃人)들의 영혼에 관하여 그리고 예수회의 성 베드로 클레이버[23]와 아프리카 전도에 대한 자신의 설교에 관하여 그리고 신앙의 포교(布敎)에 관하여 그리고 자신들의 최후의 시간이 밤도둑처럼 찾아왔을 때 성수세례를 받지 않았던 수백만의 흑인들과 갈색 사람들 그리고 황인들에 관하여 생각했다. 그 벨기에의 예수회원이 쓴 저 책, 《르 놈브르 데젤뤼(선민(選民)의 수(數))》[24]는 콘미 신부에게는 지극히 합리적인 주장인 것 같았다. 그들은 하느님에 의하여 하느님 자신과 유사하게 창조된, 신앙(하느님의 뜻인지라)을 부여받지 못했던 수백만의 인간들이었다. 그러나 그들은 하느님에 의하여 창조된, 하느님의 영혼들이었다. 그들 모두가, 말하자면, 사라질, 일종의 폐물이 되리라는 것이 콘미 신부에게 일종의 연민처럼 여겨졌다.

호우드 거리 정류장에서 콘미 신부가 차에서 내리자, 차장에게 인사를 받고 답례를 했다.

맬러하이드[25] 도로는 조용했다. 도로와 그 이름이 콘미 신부를 기쁘게 했다. 교회의 경축 종소리가 경쾌한 맬러하이드에 울려 퍼지고 있었다.[26] 맬러하이드 및 인접 바다의 직접적인 세습권(世襲權)을 장악한 해군 제독, 탤버트 드 맬러하이드 경(卿).[27] 그러자 군대의 동원령(動員令)이 내렸고, 그녀는 하루 동안에 처녀, 아내 그리고 과부가 되었다. 그것은 옛날 세계의 나날, 즐거운 성시촌(城市村)의 충성스런 시대, 남작령(男爵領)의 옛 시대의 이야기였다.

콘미 신부는, 걸어가면서, 《남작령의 옛 시절》[28]이라는 자신의 작은 책에 관하여 그리고 예수회 수도원에 대하여 쓰려고 했던 책에 관하여 그리고 볼즈워드 경의 딸, 벨비디어 최초의 백작부인, 메리 로치퍼트에 관하여 생각했다.[29]

이제는 젊지 않은, 한 맥 빠진 귀부인이 에넬 호수의 연안을 홀로 거닐고 있었다. 벨비디어 최초의 백작부인, 메리, 수달(水獺)이 물에 풍덩 빠져도 놀라는 기색 없이, 저녁나절 맥 빠진 듯 거닐고 있었다. 누가 그 사실을 알 수 있으랴? 간통, '*에아꿀라띠오 세미니스 인떼르 바스 나뚜랄레 물리에리스(여성의 자연의 그릇 속에 종자의 주입)*'[30]를, 그녀의 남편의 동생과, 완전히 범하지 않았는지 질투심 강한 벨비디어 경(卿)이나 그녀의 청죄사(聽罪師)도 알지 못했다. 만일 그녀가 보통 여인처럼 절대로 죄를 짓지 않았더라면, 그녀는 절반 고백했으리라. 단지 하느님과 그녀와 그이, 즉 그녀의 남편의 동생만이 알았다.

콘미 신부는 지상(地上)의 인류를 위하여 그러나 필요한, 저 난폭한 음란 행위에 관해, 그리고 우리들 인간의 길이 아닌 하느님의 길에 관해 생각했다.

돈 존 콘미는 걸어가면서, 옛 시절 속으로 빠져 들어갔다. 그는 거기 인정 많고 존경스러웠다. 그는 고백 받은 비밀들을 마음속에 간직했고, 충실한 과일송이들로 천장이 장식된, 밀랍(蜜蠟)된 응접실 안에서 미소 짓는 고상한 얼굴들을 향해 미소 지었다. 그리고 귀족 대(對) 귀족, 신랑의 그리고 신부의 손이, 돈 콘미에 의해 마주 잡혀졌다.

매력적인 날이었다.

들판의 지붕 달린 묘지 문이 콘미 신부에게 널따란 양배추들을 보이며, 커다란 겉잎사귀로 그에게 예(禮)를 표했다. 하늘은 바람을 따라 천천히 흘러가는 한 무리의 작은 흰 구름들을 그에게 들어냈다. '무똔네(양의 무리)'라고, 프랑스 사람은 말했지. 정당하고 다정한 말.

콘미 신부는, 그의 성무도(聖務禱)를 읽으면서, 래드코피 마을 위에 한 무리 양떼처럼 떠있는 구름을 바라보았다. 그의 얇은 양말 신은 발목이 클론고우즈 들판의 그루터기로 간지러웠다. 그는 저녁나절에 글을 읽으면서, 거기를 거닐었고, 놀고 있는 소년반(少年班) 아이들의 고함 소리, 조용한 해거름에 울려 퍼지는 젊은 고함소리를 들었다. 그는 그들의 교장이었다: 그의 다스림은 온유했었다.[31]

콘미 신부는 장갑을 벗고 붉은 가장자리를 한 성무도를 꺼냈다. 상아(象牙)의 북 마크가 페이지를 그에게 알려주었다.

정오도(正午禱). 그는 점심 먹기 전에 그걸 읽어야 했다. 그러나 맥스웰 부인이 방문했었다.

콘미 신부는 '빠떼르(주의 기도)'와 '아베(성모송)'를 몰래 암송하고 가슴에 성호를 그었다. '데우스 인 아디우또리움(하느님이시여 도우소서).'[32]

그는 조용히 걸어가면서 묵묵히 정오 도를 암송하고, 걸어가며 '베아띠 임마꿀라띠(마음이 깨끗한 자에게는 복이 있나니)의' 레스[33] 대목에 이르렀다:

— '프린치삐움 베르보룸 뚜오룸 베리따스: 인 에떼르눔 옴니아 이우디치아 이우스띠띠의 뚜외(당신의 말씀은 태초부터 진실하오며 당신의 공정한 판결은 영원하나이다).'[34]

한 얼굴 붉힌 젊은 사내가 울타리 틈에서 튀어나오자 그이 뒤를 젊은 여인이 간들거리는 들국화를 손에 들고 따라 나왔다. 젊은 사내는 급작스레 모자를 쳐들었다: 젊은 여인이 급작스레 몸을 굽히며, 라이트 스커트에서 달라붙은 나무 가지를 천천히 조심스럽게 뗐다.[35]

콘미 신부는 양자에게 정중히 축복을 빌고 성무도의 얇은 페이지를 넘겼다. '신':

—'쁘린치뻬스 뻬르세꾸띠 순뜨 메 그라띠스: 에뜨 아 베르비스 뚜이스 포르미다비뜨 꼬르 메움(권세 가들이 저를 까닭 없이 박해하오나: 저의 마음이 경외하는 것은 당신의 말씀이나이다).'[36]

*　*　*

코니 켈러허가 그의 긴 거래 장부를 덮으며 눈을 아래로 내리뜨고 한쪽 모퉁이에 보초처럼 서 있는 소나무 관(棺) 뚜껑을 흘끗 쳐다보았다. 그는 몸을 곧추 뻗고, 관으로 가서, 한쪽 모서리를 축(軸)으로 삼아 돌리면서, 그의 모양새와 구리 장식물들을 훑어보았다. 마른 풀잎 줄기를 씹으면서 그는 관 뚜껑을 옆으로 젖혀놓고는 문간으로 갔다. 거기서 그는 눈에 그늘이 지게끔 모자 앞 축을 아래로 잡아당기고, 나른하게 밖을 내다보면서, 문틀에 몸을 기댔다.

존 콘미 신부는 뉴카먼 교(橋) 위에서 돌리마운트행 전차 속으로 발을 들여놓았다.

코니 켈러허가 대자 부츠를 채우고, 모자를 아래로 당겨 쓴 채, 마른 잎줄기를 씹으면서, 빤히 쳐다보았다.

순찰중인, 57 C호[37] 순경이, 인사를 하려고 발걸음을 멈추었다.

— 참 좋은 날씨입니다, 켈러허 씨.

— 예, 코니 켈러허가 말했다.

— 몹시 덥군요, 순경이 말했다.

코니 켈러허가 입으로부터 마른 풀잎 즙을 아치형으로 소리 없이 내뱉자 한편 이클레스가(街)의 창문으로부터 통통한 하얀 팔 하나가 동전 한 닢을 내던졌다.

— 무슨 좋은 뉴스라도 있소? 그는 물었다.

— 저는 간밤에 참 별난 무리들을 보았어요, 순경이 숨을 죽이고 말했다.

* * *

한 외다리 수병(水兵)이 지팡이를 짚고 맥코넬 가게의 모퉁이를 돌아, 래바이어티 점(店)의 아이스크림 차(車) 곁을 지나, 이어 이클레스가로 몸을 흔들면서 나아갔다. 그는 셔츠 바람으로 문간에 서 있던, 래리 오러크를 향해, 퉁명스럽게 그르렁거렸다:

—영국을 위하여……[38]

그는 케이티와 부디 데덜러스[39]를 지나 세차게 몸을 흔들며 앞쪽으로 나아가자, 발걸음을 멈추고, 투덜거렸다:

— 가정과 애인.

J. J. 오몰로이의 하얀 고생에 찌든 얼굴이 램버트 씨가 방금 어떤 방문객과 함께 창고 안에 있다는 것을 전해 들었다.

한 건장한 부인이 발걸음을 멈추고, 그녀의 지갑으로부터 동전 한 닢을 꺼내, 그녀에게 내민 모자 속으로 그걸 떨어뜨렸다. 수병은 감사하다고 투덜거리며, 무심한 창문들을 심술궂게 흘끗 쳐다보고, 고개를 떨어뜨린 채, 앞쪽으로 네 걸음 몸을 흔들며 나아갔다.

그는 발걸음을 멈추고 골난 듯 내뱉었다:

— 영국을 위하여……

두 맨발의 장난꾸러기 꼬마들이, 기다란 감초 줄기를 빨면서, 그이 가까이 발을 멈추고, 누런 군침을 입에 바른 채, 그의 의족(義足)을 멍하니 쳐다보았다.

수병은 활발하게 몸을 흔들면서 앞으로 나아가, 발걸음을 멈추고, 머리를 창문 쪽으로 추켜들며, 깊게 읊조렸다:

— 가정과 애인.

경쾌하고 감미로운 날쌘 휘파람 소리가 안쪽에서 한두 소절 계속 울리다가, 멎았나. 창문의 덧문(遮日)이 옆으로 젖혀졌다. 〈가구(家具) 없는 아파트〉란 카드 한 장이 창틀로부터 미끄러져 떨어졌다. 통통하고 맨살의 관대한 팔 하나가 반짝이며, 드러나, 하얀 페티코트 조끼와 팽팽한 슈미즈로부터 앞으로 내밀었다. 한 여인의 손이 난간 너머로 동전 한 닢을 앞으로 내던졌다. 그것은 길 위에 떨어졌다.

장난꾸러기 꼬마들 중의 하나가 그에로 달려가, 그걸 주워 올려, 그 음유시인(吟遊詩人)의 모자 속으로 떨어뜨리며, 말했다:

— 거기요, 아저씨.

* * *

케이티와 부디 데덜러스가 김이 잔뜩 낀 부엌문을 안으로 들이밀었다.

— 너 그 책들을 저당 잡혔니? 부디가 물었다.

부엌 화로 곁에 있는 매기가 부젓가락으로 회색 덩어리를 거품 이는 비눗물 아래로 두 번 쑤셔 넣고 이마의 땀을 닦았다.

— 그것으로는 아무것도 안 주겠대, 그녀가 말했다.

콘미 신부는, 그의 얇은 양말 신은 발목을 계속 그루터기에 스쳐 간질인 채, 클론고우 즈 들판을 빠져 걸어갔다.

— 어디서 해봤니? 부디가 물었다.

— 맥기네스 전당포야.

부디가 발을 구르면서 책가방을 테이블 위에 내던졌다.

— 그 여자의 커다란 얼굴이라니, 재수 없군! 그녀가 소리쳤다.

케이티가 화로에로 가서 사팔뜨기 눈으로 자세히 쳐다보았다.

— 솥 속에 든 게 뭐야? 그녀는 물었다.

— 셔츠야, 매기가 말했다.

부디가 골난 듯 소리쳤다:

— 젠장, 먹을 거 뭐 없나?

케이티가, 때묻은 스커트의 심으로 냄비 뚜껑을 들면서, 물었다:

— 그런데 이 속에 든 거는 뭐야?

한 가닥 짙은 냄새가 대답 대신 풍겨 올랐다.

— 완두콩 수프야, 매기가 말했다.

— 어디서 났어? 케이티가 물었다.

— 메리 패트릭 수녀가, 매기가 말했다.

호출계가 벨을 울렸다.[40]

— 바랑!

부디가 테이블 가에 앉아서 배고픈 듯 말했다:

— 그것 좀 이리 내놔.

매기가 노란색의 진한 수프를 냄비에서 사발 속에다 따랐다. 케이티가 부디 맞은편에 앉으면서, 손가락 끝으로 빵 조각을 아무렇게나 마구 입에다 들어올리며, 조용히 말했다:

— 이만큼이라도 먹을 수 있으니 다행이지. 딜리는 어디 갔어?

— 아버지 만나러 갔지, 매기가 말했다.

부디가, 커다란 빵 조각을 누런 수프 속에 잘라 넣으면서, 덧붙였다:

— 하늘에 계시지 않는 우리 아버지 말이야.[41]

매기가 누런 수프를 케이티의 사발에 따르면서, 소리쳤다:

— 부디야! 창피하게!

한 조각배, 구겨진 종이 삐라[42]가, 엘리야는 다가오고 있다. 리피 강 아래로 둥실둥실 떠내려가며, 루플라인 교(橋) 아래, 강물이 교각(橋脚)에 부딪치는 급류를 쏜살같이 타면 서, 세관(稅關)의 오래된 도크와 조지 부두 사이를 선체(船體)와 닻줄을 지나 동쪽으로 항 해했다.

* * *

손턴 점(店)의 금발 소녀가 버들가지 바구니 바닥에 바스락거리는 섬유질 천을 깔았 다. 블레이지즈 보일런이 핑크색의 얇은 화장지로 싼 술병과 작은 항아리 하나를 그녀에게 건넸다.

— 이걸 먼저 넣어 주겠어? 그는 말했다.

— 예, 선생님, 금발의 소녀가 말했다. 그리고 맨 위에는 과일을 요.

— 좋은 생각이야, 정말 그래, 블레이지즈 보일런이 말했다.

그녀는 통통한 배(梨)들을, 꼭지와 꽁지를 서로 맞대도록, 가지런히 놓고, 그들 사이에 수줍은 얼굴의 익은 복숭아들을 끼웠다.

블레이지즈 보일런이, 싱싱하고 즙 많은 주름진 과일과 통통하고 빨간 토마토를 들어 올리며, 쿵쿵 냄새를 맡으면서, 새 가죽 구두를 신고 과일 냄새 풍기는 가게 주변을 여기저기 돌아다녔다.

굽 높은 하얀 모자를 쓴, H. E. L. Y'S가 그이 앞에 행렬을 지어, 탠지어 골목을 지나, 그들의 목표를 향해 터벅터벅 걸어갔다.[43]

그는 갑자기 딸기 바구니로부터 시선을 돌려, 시계 주머니에서 금시계를 꺼낸 다음, 줄이 팽팽하도록 한껏 뻗쳐 들었다.

— 그걸 전차 편으로 배달해 줄 수 있겠어? 당장?

머천트 아치[44] 아래에서 까만 등판을 한 한 인물[45]이 행상인의 짐수레 위에 있는 책들을 훑었다.

— 물론이죠, 선생님. 시낸가요?

— 오, 그럼, 블레이지즈 보일런이 말했다. 10분이면.

금발의 소녀가 그에게 장부와 연필을 넘겨주었다.

— 주소를 써주시겠어요, 선생님?

블레이지즈 보일런이 카운터에서 장부를 쓴 다음 그녀에게 내밀었다.

— 당장 좀 보내줘, 응? 그는 말했다, 환자한테 줄 거니까.

— 예, 선생님. 그렇게 하죠.

블레이지즈 보일런이 바지 호주머니 속에 돈을 경쾌하게 쨍그랑거렸다.

— 값이 얼마지? 그는 물었다.

금발 처녀의 가느다란 손가락이 과실을 헤아렸다.

블레이지즈 보일런은 그녀의 블라우스 섶 속을 들여다보았다. 어린 암평아리. 그는 긴 목의 화병에서 붉은 카네이션 한 송이를 집어 들었다.

— 이건 나를 위해? 그는 능청스레 요구했다.

금발 처녀가, 타이를 약간 비뚤게 맨 그를, 옆 눈으로 얼른 치켜보면서, 얼굴을 붉히며, 상관없다는 듯이 일어섰다.

— 그러세요, 선생님, 그녀는 말했다.

깜찌스레 히리를 굽히면서 그녀는 다시 통통한 배와 얼굴 붉히는 복숭아를 헤아렸다.

블레이지즈 보일런은 붉은 꽃줄기를 그의 미소 짓는 이(齒) 사이에 끼우고, 그녀의 블라우스 속을 한층 호감을 갖고 들여다보았다.

— 전화 한 마디 할 수 있을까, 아가씨? 그는 짓궂게 물었다.

* * *

— '마(그런데!)' 알미다노 아티포니[46]가 말했다.

그는 스티븐의 어깨 너머로 울퉁불퉁한 골드스미스 후두부[47]를 쳐다보았다.

관광객들을 가득 태운 이륜마차 두 대가 천천히 지나가고, 여인들이 앞에 앉아, 손 걸이를 바짝 움켜쥐고 있었다. 창백한 얼굴들. 남자들의 팔이 여자들의 위축된 몸뚱이들을 바짝 감싸안고 있었다. 그들은 트리니티대학에서부터 비둘기들이 루우쿠우쿠우 울고 있는 아일랜드 은행의 둥근 기둥의 닫힌 현관문까지 휘둘러보았다.

—'안치오 호 아부토 디 퀘스테 이데에(나도 이런 생각을 이전에 하곤 했었어),' 알미다노 아티포니가 말했다. '꾸안드 에로 지오비네 코메 레이. 엡포이 미 소노 콘빈토 체 일 몬도 에 우나 베스티아. 에 페카토. 페르체 라 수아 보체…… 사레베 운 체스피테 디 렌디타, 비아. 인베체, 레이 시 사크리피카. (자네처럼 젊었을 때 말이야. 그 당시 나는 세상이 한갓 짐승에 불과하다는 걸 확신하게 됐어. 그것은 잘못이야. 왜냐하면 자네의 목소리는…… 자네에게 수입(收入)의 원천이 될 수도 있지. 그런데도, 자네는 그렇게 하지 않고 자신을 희생시키고만 있어.)'

—'사크리피찌오 인크루엔토(경찰놈의 희생이지요),' 스티븐이, 물푸레나무 지팡이의 중간 부분을 쥐고 경쾌하게 그네처럼 천천히 흔들면서, 미소를 띠며 말했다.

—'스페리아모(우리 희망하세),' 둥근 코밑수염의 얼굴이 유쾌하게 말했다. '마, 디아: 렛타 아 메. 치 리플렛타. (자, 내 말에 주의를 기울이게: 그 점에 대해 말일세. 잘 생각해 보게나.)'[48]

정지(停止)를 명령하고 있는, 그래튼[49] 상(像)의 준엄한 돌 손 곁에, 한 대의 인치코어 행(行) 전차가 하일랜드 병사(兵士)들의 악대 원들을 마구 내려놓았다.[50]

—'치 리플렛테로(잘 생각해 보겠습니다),' 스티븐이 견고한 바지가랑이를 흘끗 내려보면서, 말했다.

—'마, 술 세리오, 에? (그런데, 농담은 아니겠지, 응?)' 알미다노 아티포니가 말했다.

그의 듬직한 손이 스티븐의 손을 꼭 잡았다. 인간다운 눈. 그들은 잠시 호기심으로 바라보며, 달키행(行) 전차 쪽으로 재빨리 몸을 돌렸다.

—'에콜로(여기 오는군),' 알미다노 아티포니가 다정하게 급히 말했다. '벤가 아 트로바르미 에 치 펜시. 아디오, 카로. (자 어디 그걸 잘 생각해 보게, 그럼, 잘 지내게.)'

—'아리베데를라, 마에스트로(안녕히 가세요, 선생님),' 스티븐이 그의 손이 풀려나자 모자를 쳐들면서, 말했다. 에 그라찌에(정말 감사해요).'

—'디 체(뭘)?' 알미다노 아티포니가 말했다. '스쿠시, 에? 탄테 벨레 코제! (실례하네, 응? 그럼 행운을 비네!)'[51]

아미다노 아티포니가, 지휘봉처럼 돌돌 만 악보 막대를 들고, 달키 행 전차 뒤를 튼튼한 바지에 잰걸음으로 쫓아갔다. 헛되이 그는 황급히 걸어가며, 트리니티대학의 문을 통하여 악기들을 나르는 맨 무릎의 소란한 군악대원들 사이로 신호를 보냈으나, 헛된 일이었다.

* * *

던 양(孃)[52]은 〈백의(白衣)의 여인〉[53]이란 캐펄가(街) 도서관의 장서(藏書)를 도로 서랍 속에 깊숙이 감춘 다음, 타이프라이터에 반질반질한 용지 한 장을 말아 끼웠다.

책 속에는 너무나 많은 신비스러운 일들이. 그이는 저 여자, 마리언과 사랑하고 있을까? 그걸 바꾸고, 메리 세실 헤이[54] 작의 다른 책을 한 권 빌리자.

원반(圓盤)(디스크)[55]이 퉁겨 홈을 내려와, 잠시 비틀거렸다, 멈추었다 그리고 그들에게 눈목을 보였다: 여섯.

던양은 타이프라이터의 키보드에 짤깍 소리를 냈다:

— 1904년 6월 16일.

높고 하얀 고깔모자를 쓴 다섯 샌드위치맨들이 모니페니 점(店)의 모퉁이와 울프 톤 상(像)이 없는 석판(石板)[56] 사이에서, H. E. L. Y'S를 스스로 뱀장어처럼 틀고는, 오던 길을 되돌아 뚜벅뚜벅 걸어 나갔다.

그러자 그녀는 매력 있는 희극배우, 마리 켄덜[57]의 커다란 포스터를 노려보았다. 그리고, 맥 풀린 듯 몸을 늘어뜨리며, 메모지에 16과 두문자 S를 갈겼다. 겨자 빛 머리카락과 덕지덕지 칠한 양쪽 뺨. 저 여잔 그렇게 예뻐 보이지도 않잖아? 스커트를 약간 치켜들고 있는 폼이 말이야. 오늘 밤 그이가 악단(樂團)에 나타날지 몰라. 만일 내가 저 양재사(洋裁師)한테 수지 네이글의 것과 같은 콘서티너 형(型) 스커트를 한 벌 맞출 수 있다면. 모두들 몹시도 으스대지. 샤논과 그 밖의 보트 클럽의 여러 멋쟁이들이 그녀한테서 결코 눈을 떼지 않으니. 희망컨대 그가 나를 7시까지 여기에 붙들어 두지 말아야 할 텐데.

전화가 거칠게 그녀의 귓가에 울렸다.

— 여보세요. 예, 선생님. 아니요, 선생님. 예, 선생님. 5시 후에 제가 그분들께 전화하겠어요. 단지 저 두 사람뿐이에요. 예, 벨파스트와 리버풀 행(行)요. 됐어요, 선생님. 그럼 안 돌아오시면 제가 6시 이후에 퇴근해도 되겠군요. 15분 후에. 예, 선생님. 27실링 6페니. 제가 그분께 말씀드리죠. 예: 1파운드, 7실링, 6페니요.

그녀는 봉투 위에 세 개의 숫자를 갈겨썼다.

— 보일런 씨! 여보세요! 〈스포츠〉지의 그 신사 분이 선생님을 찾으시던 데요. 레너헌 씨요, 예. 그가 오먼드에 4시에 있겠다고 했어요. 아니요, 선생님. 예, 선생님. 5시 후에 제가 그분들께 전화하지요.

* * *

두 핑크색 얼굴이 조그만 횃불 불빛 속에서 방향을 돌렸다.[58]

— 거기 누구요? 네드 램버트가 물었다. 크로티요?

— 링거벨러와 크로스헤이번.[59] 한 가닥 목소리가 발판을 더듬으면서 대답했다.

— 여보, 재크, 당신이요? 네드 램버트가 불빛이 너울거리는 아치 사이에서 그의 나긋한 지팡이를 인사조로 추켜들면서, 말했다. 이리로 오시오. 거기 계단을 조심해요.

사제(司祭)[60]의 위로 치켜든 손에서 성냥불(베스타)이 길고 부드러운 화염으로 몸체 타버리자 땅에 떨어졌다. 그들의 발치에서 붉은 불꽃이 꺼졌다: 그리고 곰팡이 냄새나는 공기가 그들을 감쌌다.

— 얼마나 흥미로운 일이오! 한 세련된 말투가 어둠 속에서 말했다.

— 그래요, 정말, 네드 램버트가 진심으로 말했다. 우리는 지금 비단 결 토머스[61]가 1534년 반란을 선포했던 성 마리아 사원의 역사적 회의실에 서 있소. 이곳은 더블린 전체에서 가장 역사적인 지점이지. 오먼드 버크가 머지않아 이에 관해 뭘 좀 쓰려고 하고 있어요. 합병(合倂)시가지[62] 아일랜드의 옛 은행이 저 건너 쪽에 자리 잡고 있었고, 그 유태인의 본래의 사원(寺院)도 역시 애들레이드 한길에 그들의 회당(會堂)을 세우기 전에는 바로 이곳에 있었소. 당신은 여길 그전에 와본 적이 결코 없지요, 재크, 그렇지요?

— 없어요, 네드.

— 그[63]는 데임 산책로를 통해 말을 타고 내려갔었소, 세련된 말투가 말했다, 만일 나의 기억이 틀리지 않는다면. 킬데어가(家)의 그 큰 저택이 토머스 광장에 있었소.

— 맞아요, 네드 램버트가 말했다. 틀림없이 맞아요, 선생.

— 친절을 베풀어주시면, 사제가 말했다, 다음번에 저에게 허락을 좀……

— 물론이죠, 네드 램버트가 말했다. 언제든지 좋으실 때 카메라를 가지고 오세요. 창문가의 저 부대들을 말끔히 치우겠어요. 이쪽에서 또는 이쪽에서 사진을 찍을 수 있어요.

고요하고 어스름한 불빛 속에서 그는 쌓아 놓은 종자 부대와 바닥의 유리한 지점들을 지팡이로 가볍게 두들기며, 사방으로 돌아다녔다.

기다란 얼굴로부터 턱수염과 눈길이 장기판 위에 매달렸다.⁶⁴⁾

— 깊이 감사드립니다, 램버트 씨, 사제가 말했다. 저는 당신의 귀중한 시간을 방해하고 싶지 않아요……

— 별 말씀을, 선생, 네드 램버트가 말했다. 내키실 때 언제든지 들르세요. 다음 주일에라도 말이요. 보입니까?

— 예, 예. 안녕히 계세요, 램버트 씨. 만나 뵈어서 대단히 기쁩니다.

— 제가 드릴 말씀이오. 네드 램버트가 대답했다.

그는 입구까지 손님을 뒤따른 다음 지팡이를 기둥 사이에 핑 팽개쳤다. 그가 J. J. 오몰로이와 함께 천천히 마리아 사원 안으로 들어왔는데, 그곳에 짐꾼들이 웩스포드, 오코너 점⁶⁵⁾의 상록수 및 야자열매 분말이 든 자루들을 짐수레에 싣고 있었다.

그는 멈춰 서서 손에 들고 있던 카드를 읽었다.

— 휴 C. 러브 사(師),⁶⁶⁾ 래드코피 현주소: 샐린즈,⁶⁷⁾ 성 미가엘 성당. 정말 훌륭한 젊은이지요. 그는 피츠제럴드가(家)에 관해 책을 쓰고 있다고 내게 말했어요. 그는 역사에 일가견을 가지고 있어요, 확실히.

젊은 여인이 그녀의 라이트 스커트로부터 달라붙은 나뭇가지를 천천히 조심스럽게 떼었다.

— 나는 당신이 새로운 화약사건(火藥事件)의 음모⁶⁸⁾라도 꾸미고 있는 줄로 알았소, J. J. 오몰로이가 말했다.

네드 램버트가 공중에다 손가락의 관절 꺾는 소리를 냈다.

— 아차! 그는 소리쳤다. 킬데어 백작이 카셀 대사원에 불을 지른 다음에 일어난 일에 대해 그에게 말해주는 걸 잊어버렸군. 당신 그 이야기를 아시오? *내가 그렇게 하다니 정말 유감이야, 라고 그는 말하는 거요. 그러나 하느님께 맹세코 나는 대주교가 성당 안에 있는 줄로 생각했소.* 하지만, 그는 그런 이야기를 좋아하지 않을지도 몰라. 어때요? 젠장, 아무튼 나는 그에게 이야기할 거요. 그건 연장(年長) 피츠제럴드 가문의 위대한 백작이었소. 그들은 모두 열혈아(熱血兒)들이었지, 제럴드가(家)의 사람들 말이오.⁶⁹⁾

그가 지나치는 말들이 느슨한 마구(馬具) 사이로 갑자기 신경질적으로 흠칫 놀랐다. 그는 가까이 부르르 떨고 있는 얼룩말 엉덩이를 찰싹 치며 소리쳤다:

— 워, 이놈!

그는 J. J. 오몰로이에게 고개를 돌리며 물었다:

— 그런데, 재크. 왜 그래요?⁷⁰⁾ 무슨 일이야? 잠깐만 기다려요. 꼼짝 말고.

그는 입을 벌리고 머리를 뒤쪽으로 멀리 젖히면서 갑자기 멈춰 서더니, 이내, 크게 재채기를 했다.

— 앳쵸, 그는 말했다. 망할 것!

— 저 부대에서 나는 먼지가, J. J. 오몰로이가 공손히 말했다.

— 아니오, 램버트가 숨을 헐떡이며 말했다, 감기에…… 간밤에 걸렸어…… 젠장…… 그 저께 밤…… 그 놈의 슬기 바람이 대단했단 말이오……

그는 잇따라 나올 재채기에 대비하여 손수건을 준비했다……

— 게다가 나는…… 오늘 아침 글래스네빈……⁷¹⁾ 그 불쌍한……그를 뭐라 하더라……앳쵸!……젠장맞을!

* * *

톰 로치퍼드⁷²⁾가 자신의 홍자색 조끼에다 대고 꽉 잡고 있던 쌓인 더미에서 꼭대기 디스크(원반〔圓盤〕)을 집었다.

— 봐요? 그는 말했다. 자 여섯 번 차례요. 여기 넣습니다, 봐요. 현재 작동 중.

그는 모두들을 위해 왼쪽 홈 속으로 그걸 굴려 넣었다. 공은 홈 아래로 급히 내려가다가, 잠시 주춤하더니, 멈추고는, 그들에게 눈목을 보였다: 여섯.

고압적으로, 변론을 벌였던, 과거의 변호사상(像)들[73]은, 리치 고울딩이, 고울딩, 콜리스 앤드 워드 합동 법률사무소[74]의 회계 가방을 들고, 중앙세무서에서 민사소송재판소 쪽으로 지나가는 것을 보았다. 그리고 의치(義齒)를 드러내며 의심스럽게 미소를 짓고 있던, 폭넓은 검은 비단 스커트 입은 한 나이 많은 여인[75]이 고등법원의 해사재판소(海事裁判所)로부터 공소원(控訴院)으로, 옷을 스치며 지나가는 소리를 들었다.

— 봐요? 그는 말했다. 자 봐요 방금 내가 넣은 마지막 디스크가 여기 나왔어: 회전. 충격. 지렛대 작용, 봐요?

그는 오른쪽 디스크의 솟는 둥근 기둥을 그들에게 보였다.

— 멋진 아이디어야, 노우지 플린이 코를 킁킁거리며, 말했다. 그래서 늦게 들어온 사람이 어떤 순서가 방금 진행 중이고 어떤 순서가 끝났는지 알 수 있단 말이요.

— 봐요? 톰 로치퍼드가 말했다.

그는 몸소 디스크 한 개를 굴려 넣었다: 그리고 그걸 쏘자, 그것이 굴러가다가, 눈 목을 보이며, 멈추는 것을, 지켜보았다: 넷. 방금 작동 중.

— 내가 오먼드에서 곧 그[76]를 만날 거야, 레너헌이 말했다, 그리고 그에게 타진해 보겠어. 한 번 재수가 좋으면 다음번에도 좋으니까.

— 해보게, 톰 로치퍼드가 말했다. 나는 애태우는 보일런이라고 그에게 일러주게.

— 잘 있게, 맥코이가 불쑥 말했다. 자네들 두 사람이 시작하면……

노우지 플린이 지렛대 쪽으로 몸을 구부리면서, 코를 거기에 대고 킁킁거렸다.

— 그러나 그게 여기서 어떻게 작동하지, 토미? 그는 물었다.

— 투랄루, [77] 레너헌이 말했다. 이따 보세.

그는 크램턴 광장의 작은 구역을 가로질러 맥코이를 뒤따랐다.

— 그 녀석은 영웅이야, 그는 단순히 말했다.

— 알아, 맥코이가 말했다. 하수구 이야기 말이지.[78]

— 하수구? 레너헌이 말했다. 그건 저 아래 맨홀이었어.

그들이 단 로우리의 뮤직홀을 지나가자, 그곳에 매력적인 희극배우, 마리 켄덜이 포스터로부터 그들에게 느끼한 미소를 보냈다.

시커모어가(街)의 길을 걸어 내려가면서 엠파이어 뮤직 홀 곁에서 레너헌은 맥코이에게 사건 전모를 들려주었다. 경칠 가스 파이프 같은 저 맨홀들 중의 하나 말이야, 가엾게도 그 악마 녀석이, 시궁창 가스에 반쯤 질식된 채, 그 속에 들어 박혀 있었단 말이야. 톰 로치퍼드가 온통 경마권 판매원의 복장을 하고, 무턱대고 그 속으로 내려갔지, 몸에 밧줄을 감고는. 그리고 경칠 그러나 그녀석이 밧줄을 그 불쌍한 말썽꾸러기 녀석의 몸에다 감자, 두 사람이 함께 끌어올려졌지.

— 영웅의 행위이군, 그는 말했다.

돌핀 호텔에서 그들은 자신들을 지나 저비스 스트리트 병원을 향해 질주하는 앰불런스 차를 위해 길을 틔우려고 발걸음을 멈추었다.

— 아 길로, 그는 오른쪽으로 걸으면서 말했다. 나는 〈셉터〉 호(號)의 출발 시가(出發時價)[79]를 보러 리넘 주점에 잠깐 들러야겠어. 자네의 줄 달린 황금 시계로 지금 몇 시지?

맥코이가 마커스 터티우스 모지즈[80]의 침침한 사무실을 들여다본 뒤, 이어 오네일 가게의 시계를 쳐다보았다.

— 3시가 지났군, 그는 말했다. 누가 그 말의 기수(騎手)지?

— O. 매든이야, 레너헌이 말했다. 그런데 그건 참 왈패 암말이지.

맥코이가 템플 바가(街)에서 기다리는 동안 한 조각의 바나나 껍질을 발가락 끝으로 살짝 밀어 보도에서 도랑으로 떨어뜨렸다. 누구든지 캄캄한 오밤중에 그곳을 지나가다가 재수 없게 미끄러져 넘어질지도 모를 일이야.

마차 길의 문이 총독의 마차 행렬이 지나갈 수 있도록 활짝 열렸다.[81)

— 대등한 돈, 레너헌이 되돌아오며 말했다. 저 안에서 밴팀 라이언즈를 우연히 만났는데, 그는 어떤 이가 그에게 귀띔해 준 전혀 가망 없는 경칠 말에 돈을 걸려고 하고 있어.[82) 이리 빠져 나와.

그들은 계단을 올라가 머천트 아치[83) 아래로 걸어갔다. 한 까만 등을 한 인물이 행상인의 수레 위에 책들을 훑었다.

— 저기 그가 있군, 레너헌이 말했다.

— 저인 뭘 사고 있는 걸까? 맥코이가 뒤를 흘끗 돌아보며 말했다.

— 〈리오폴드 혹은 꽃(블룸)이 호밀에 피다〉[84)라, 레너헌이 말했다.

— 그는 할인 판매(바겐세일)에 눈이 시뻘겋단 말이야, 맥코이가 말했다. 어느 날 나는 그와 함께 있었는데 그가 리피가(街)의 어떤 노인한테서 2실링에 책을 한 권 샀지. 책값의 두 배만큼이나 가치가 있는 멋진 삽화(揷畵)들이 그 속에 들어 있었는데, 별들과 달 그리고 기다란 꼬리가 달린 혜성들의 그림이었다. 그건 천문학에 관한 책이었어.

레너헌이 소리 내어 웃었다.

— 자네한테 혜성들 꼬리에 관해 정말 멋진 이야기를 하나 들려주지, 그는 말했다. 햇볕 속으로 건너오게.

그들은 철교 쪽으로 길을 가로질러 웰링턴 부두를 따라 강의 제방 곁을 걸어갔다.

패트릭 앨로이시우스 디그넘군[85)이 고(故) 페런바크의 맨건 가게에서 한 파운드 반의 포크스테이크를 들고, 나왔다.

— 글렌크리 감화원(感化院)에서 긴 연회(宴會)가 있었지,[86) 레너헌이 열렬히 말했다. 연례 만찬회였네, 알겠나. 정장을 차린 멋쟁이 사교회였어. 시장 각하도 거기 참석했었지, 바로 밸 딜런 말이야, 그리고 찰즈 캐머런 경(卿)[87)과 단 도우슨이 연설을 했고 음악도 연주되었지. 바텔 다시가 노래를 부르고 벤자민 돌라드[88)가……

— 알고 있네, 맥코이가 말을 가로챘다. 내 처도 그곳에서 한 번 노래를 불렀지.

— 그랬어? 레너헌이 말했다.

〈가구 없는 아파트〉란 한 개의 카드가 이클레스가(街) 7번지의 창문틀 위에 다시 나타났다.[89)

그는 이야기를 잠시 멈추었으나 씨근거리는 듯한 웃음을 터뜨렸다.

— 그러나 내가 말할 테니 기다려, 그는 말했다. 캠든가(街)의 델러헌트[90)가 음식을 조달했고, 소생은 요리부장이었어. 블룸과 그의 아내도 거기에 참석했지. 우린 여러 종류의 술을 많이 준비 했어: 포트와인이며 셰리 주(酒) 그리고 큐라소 주(酒)를 우리는 마음껏 즐겼지. 분위기가 한창 무르익었어. 술이 끝나자 음식물이 나왔지. 다량의 차가운 고깃점과 다진 고기 든 파이……

— 알아, 맥코이가 말했다. 나의 아내가 그곳에 나타났던 해가……

레너헌이 다정하게 그의 팔짱을 걸었다.

— 하지만 어디 말해 줄 테니 잠깐만, 그는 말했다. 모든 유흥이 끝나자 우리는 다들 밤참

을 먹었고, 밖으로 쏟아져 나왔을 때는 이미 전날 밤은 다 지나고 퍼런 아침 시간이었어. 그것은 페더베드(기털 포단) 산(山)[91]의 호사한 겨울밤의 귀향이었네. 블룸과 크리스 콜리년[92]이 마차 한쪽에 타고 나는 그의 아내와 다른 쪽에 타고서 말이야. 우리는 합창과 이중창으로 노래하기 시작했지. 〈*보라, 아침의 이른 햇볕*〉[93]을. 그녀는 복대(腹帶) 밑을 델러헌트산(産) 포도주로 한껏 채우고 있었어. 경칠 놈의 마차가 흔들릴 때마다 그녀의 몸뚱이가 쿵하고 내게 부딪혔지. 기분이 이만저만이 아니었어! 그녀는 참 멋진 유방을 가졌어, 신이여 그녀를 축복하소서, 꼭 이만 했지.

그는 얼굴을 찡그리며, 한 큐빗이 되게 두 손을 움푹하니 내밀었다:

— 나는 그녀가 깔고 앉은 융단을 미끄러지지 않도록 챙겨주며, 그녀의 틸목도리를 계속 고쳐주었지. 내 말 무슨 뜻인지 알겠지?

그는 손으로 공중에다 움푹한 커브를 그렸다. 그는, 몸을 움츠리면서, 기쁨으로 눈을 꼭 감고, 입술로부터 감미로운 쪽쪽 소리를 내불었다.

— 아무튼 고놈이 차렷하고 서 있었단 말이야, 그는 한숨을 쉬면서 말했다. 그녀는 고집 센 암 망아지지, 틀림없이. 블룸은 크리스 콜리년과 마부에게 하늘에 있는 별들과 유성들을 모두 손가락으로 가리키며 이야기해주고 있었어: 큰곰자리와 헤르쿨레스 자리 및 용(龍)자리, 그리고 그 밖의 유형 무형의 별들을 말이야. 그러나, 정말로, 나는, 말하자면, 은하수 속에 길을 잃고 말았어. 그는 별들의 이름을 모두 다 알고 있어요. 정말이야. 이윽고 그녀는 여러 마일 떨어진 아주 작은 별 하나를 찾아냈어. *그런데 저 별은 무슨 별이에요, 폴디?*, 그녀가 말하는 거야. 맹세코, 그녀는 블룸을 궁지에 몰아넣고 말았어. *저것 말입니까?* 크리스 콜리년이 말하는 거야. *확실히 저건 소위 말하는 핀침(針)이란 거죠.* 맹세코, 그는 과녁에서 과히 벗어나진 않았어.

레너헌은 발걸음을 멈춘 채, 강 제방에 몸을 기대고는, 조용히 웃어대느라 숨을 헐떡였다.

— 난 맥이 없어, 그는 숨을 헐떡거리며 말했다.

맥코이의 하얀 얼굴이 그 말에 잠시 미소를 지었다가 이내 굳어졌다. 레너헌이 다시 계속 걷기 시작했다. 그는 요트 모자를 들어올리고 머리 뒤통수를 재빨리 긁었다. 그는 햇볕 속에서 맥코이를 비스듬히 힐끗 쳐다보았다.

— 그는 교양 있는 팔방미인이야. 블룸 말이야, 그는 심각하게 말했다. 그는 흔해빠진 평범한 인물은 아니지…… 알겠나…… 친한 블룸에게는 한 가닥 예술가의 특징이 있어요.

* * *

블룸 씨는 〈*마리아 멍크의 무서운 폭로*〉[94]의 책장들을 비둑거리며 넘거보디기, 이이, 아리스토텔레스의 〈*걸작*〉으로 넘어갔다. 비뚤어지고 어설픈 인쇄. 삽화들: 도살된 암소의 간(肝)처럼 선혈(鮮血) 빛의 자궁 속에 공처럼 웅크린 유아들. 전 세계적으로 바로 이 순간에도 저와 같은 수많은 아기들. 모두들 거기에서 빠져 나오려고 그들의 두개골로 떼밀고 있는 것이다. 매순간 어디선가 태어나는 아기. 퓨어포이 부인.

그는 두 권의 책을 옆으로 제쳐놓고 세 권 째를 흘끗 쳐다보았다: 레오폴트 폰 자허마조흐 작의 〈*게토의 이야기*〉.[96]

— 그건 읽었소, 그는 옆으로 책을 밀치면서, 말했다.

점원은 두 권의 책을 카운터 위에 내려놓았다.

— 두 권 다 좋은 책입니다, 그는 말했다.

그의 망가진 입에서 양파 냄새가 카운터 너머로 퍼졌다. 그는 허리를 굽혀 다른 여러 책들을 한 아름 들어올린 다음, 단추가 끌러진 조끼에 그것들을 끌어안고 더러운 커튼 뒤로 날랐다.

오코넬 교(橋) 위에서 많은 사람들이 무용 및 기타의 교수인, 데니스 J 매기니 씨의 정중한 태도며 화려한 복장을 유심히 살펴보았다.

블룸 씨는, 홀로, 책의 제목을 쳐다보았다. 제임스 러브버치 작 《미모의 폭군들》.[97] 저런 류(類)는 알고 있지. 그걸 읽었던가? 그래.

그는 책을 펼쳤다. 생각했던 대로야.

더러운 커튼 뒤에서 한 여인의 목소리. 잘 들어 봐: 그 남자.

아니야: 아내는 그런 걸 그렇게 좋아하지 않을 거야. 그걸 한번 빌려다 주었지.

그는 다른 책의 제목을 읽었다: 《죄의 쾌락》.[98] 아내의 취향에 더 맞겠군. 어디 좀 보자.

그는 손가락이 펼치는 곳을 읽었다.

— 남편이 그녀에게 준 모든 달러 화폐는 멋진 가운과 가장 값비싼 화려한 속옷을 사느라 옷가게에서 다 써버렸다. 그이를 위해! 라오울을 위해!

그래. 이거다. 여기. 읽어보자.

— 그녀의 입은 달콤하고 육감적인 키스로 그의 입과 풀(膠)칠되고 한편 그의 양손은 그녀의 실내복 속에 감싸 인 풍만한 곡선을 더듬었다.

그래. 이걸 사자. 결말은.

—당신은 이미 늦었어, 그는 의심스런 시선으로 그녀를 쏘아보며, 쉰 목소리로 말했다.

아름다운 여인이 그녀의 검은담비 털로 장식된 외투를 벗어 던지자, 여왕다운 어깨며 요동치는 풍만한 육체가 드러났다. 그녀가 그에게 조용히 얼굴을 돌리자, 한 가닥 알쏭달쏭한 미소가 그녀의 무르익은 입술 주변에 아롱거렸다.

블룸 씨는 다시 읽었다: 그 아름다운 여인……

온기(溫氣)가 조용히 그의 온몸을 소나기처럼 감싸면서, 그의 살을 움츠리게 했다. 헝클어진 옷 사이로 풍만하게 드러난 육체. 눈의 흰자위가 점점 풀어지면서. 그의 콧구멍이 노획물을 찾아 저절로 아치형을 이루었다. 녹아내리는 가슴 연고 (그이를 위해! 라오울을 위해!). 겨드랑이의 양파 같은 땀 냄새. 어교(魚膠)같은 끈적끈적한 점액(그녀의 요동치는 비만의 육체!). 느껴요! 눌러요! 억눌린 채! 사자의 유황빛 똥!

젊은! 젊은!

이제는 더 이상 젊지 않은, 한 노파[99]가 대법원에서 포터턴의 정신 착란 사건, 해난재판소에서 출두명령, 「레이디 케인즈」호의 소유자 대(對) 소정(小艇) 「모너」호의 소유자간의 일방 명령 신청, 공소원에서 하비 대(對) 해난보험주식회사(海難保險株式會社) 사건에 있어서 심리(審理) 유보(留保)를 방청한 후, 대법원, 고등법원, 재무(財務)재판소, 민사재판소의 건물을 떠났다.

가래 섞인 기침이 더러운 커튼을 부풀리게 하면서, 책방의 공기를 뒤흔들었다. 점원의 빗질하지 하지 않은 백발 머리가 나타나자 그의 면도하지 않은 붉게 상기된 얼굴이 기침을 했다. 그는 난폭하게 목을 긁으며, 가래를 바닥에 뱉었다. 그가 뱉은 가래 위에 구두를 올려놓고, 밑창으로 그걸 문지르며, 허리를 굽히자, 살갗이 다 드러난 머리 꼭대기가 보였다, 성긴 머리카락을 하고.

블룸이 그것을 보았다.

거친 숨결을 가다듬으며, 그는 말했다:

— 이걸 갖겠소.

점원은 오랜 고인 눈물로 침침해진 눈을 치떴다.
—《죄의 쾌락》, 그는 책을 탁탁 두들기며, 말했다. 좋은 책입니다.

* * *

딜런 경매장의 문 옆에 호출계 조수가 그의 손 종을 다시 두 번 흔들고, 백묵 갈겨쓴 진열장 거울에 자신의 모습을 비춰 보았다.

딜리 데덜러스가, 연석(緣石) 곁에서 어슬렁거리며, 종 치는 소리, 안쪽 경매자의 부르짖는 소리를 들었다. 4실링 9펜이요. 이 예쁜 커튼. 5실링입니다. 아늑한 커튼. 새것은 2기니에 팝니다. 5실링에 더 걸 사람은 없어요? 5실링으로 낙찰합니다.

호출계가 종을 들어올려 흔들었다:
— 바랑!

최후 랩(바퀴)의 바랑 울리는 종소리가 반마일 자전거 경주자들이 전속력으로 달리도록 박차를 가했다. J. A. 잭슨, W. E. 윌리, A. 먼로 그리고 H. T. 게이헌이 그들의 쭉 뻗은 목을 흔들면서, 대학 도서관 옆의 커브 길을 통과했다.

데덜러스 씨가, 기다란 코밑수염을 당기면서, 윌리엄 골목길에서 돌아 나왔다. 그는 딸 가까이 발걸음을 멈추었다.
— 마침 잘 만났어요, 그녀가 말했다.
— 제발 똑바로 서거라, 데덜러스 씨가 말했다. 너는 코넷 연주자인, 네 숙부 존을 흉내 내려고 애쓰는 거냐, 어깨에 머리를 파묻고?[100] 맙소사!

딜리가 어깨를 으쓱했다. 데덜러스 씨는 딸의 어깨에다 손을 얹고 뒤로 젖혔다.
— 얘야, 똑바로 서요, 그는 말했다. 등뼈가 굽어요. 넌 뭐처럼 보이는지 아니?

그는 자신의 어깨를 활 모양 꾸부리고 아래턱을 아래로 떨어뜨리며, 그의 머리를 갑자기 아래 및 앞쪽으로 낮추었다.
— 그만해요, 아버지, 딜리가 말했다. 사람들이 다들 쳐다봐요.

데덜러스 씨가 몸을 바로 뻗으며 다시 코밑수염을 잡아당겼다.
— 돈 좀 구하셨어요? 딜리가 물었다.
— 어디서 돈을 구한단 말이냐? 데덜러스 씨가 말했다. 더블린에서 나한테 4페니라도 빌려 줄 사람이 없으니.
— 아버진 얼마쯤 갖고 계시죠, 딜리가 그의 눈을 들여다보면서, 말했다.
— 그걸 어떻게 알았지? 데덜러스 씨가, 놀리듯, 물었다.

커년 씨는, 자신이 받아낸 주문에 만족한 채, 제임스가(街)를 따라 대담하게 걸어갔다.
— 갖고 있는 걸 전 알아요, 딜리가 대답했다. 방금 스카치 주점에 계셨죠?
— 안 갔어, 글쎄, 데덜러스 씨가 미소를 지으며, 말했다. 저 꼬마 수녀 아가씨들이 너한테 그런 눈치채는 걸 가르쳐 주었구나? 여기.

그는 딸에게 1실링을 건네주었다.
— 그걸 유용하게 쓰는지 두고 보자, 그는 말했다.
— 아버진 5실링을 구한 것 같아요, 딜리가 말했다. 좀 더 내봐요.
— 가만있어, 데덜러스 씨가 위협조로 말했다. 너도 다른 놈들하고 꼭 마찬가지구나, 응? 너의 불쌍한 어머니가 돌아간 이후로 뒷바라지한 계집애들과 한패가 되다니. 그러나 잠깐 기다려. 너희들 모두 나한테서 내내 족치고 말 테니. 저속한 천덕꾸러기들! 내가 너희를 모두 없애 버릴 테다. 내가 빳빳하게 뻗어도 조금도 상관하지 않겠지. 그이가 죽었어요. 이층 그 남자가 죽었어요, 하고 말이야.

그는 딸 곁을 떠나 계속 걸어갔다. 딜리가 재빨리 뒤따르며 그의 코트를 잡아당겼다.

— 글쎄, 뭐야? 그는 서면서, 말했다.

호출계가 그들의 등 뒤에서 종을 울렸다.

— 바랑!

— 이 경칠 소란스런 녀석, 데덜러스 씨가 그를 돌아보며, 소리쳤다.

호출계가, 그 말을 알아듣고, 종의 늘어진 방울을 단지 살짝 흔들었다:

— 방!

데덜러스 씨가 그를 노려보았다.

— 저놈 보게, 그는 말했다. 도움이 되는 군. 우리를 이야기하게 하나 봐.

— 그보다 더 많은 돈을 갖고 계시죠, 아버지, 딜리가 말했다.

— 내가 너한테 작은 요술을 하나 보여 주마, 데덜러스 씨가 말했다. 그리스도가 유태인들을 두고 떠난 곳에[101] 나도 너한테 모든 걸 다 남겨주겠다. 봐요, 내가 가진 건 이것 뿐이야. 나는 재크 파우어한테 2실링을 빌렸지 그리고 장례를 위해 면도하느라 두 페니를 썼어.

그는 한 움큼의 동전을 신경질적으로, 꺼냈다.

— 다른 데서 좀더 구할 수 없어요? 딜리가 말했다.

데덜러스 씨는 생각하다가 고개를 끄덕였다.

— 해 보마, 그는 정중하게 말했다. 나는 오코넬가(街)의 길가 도랑을 따라 다 뒤져봤단 말이야. 이번엔 이쪽 도랑을 한 번 해보마.

— 아버지는 참 수상해요, 딜리가 싱긋 웃으면서, 말했다.

— 여기, 데덜러스 씨가 그녀에게 2페니를 건네주면서, 말했다. 우유 한 잔이랑 빵이나 뭘 사먹도록 해라. 곧 집에 갈 테니.

그는 다른 동전들을 호주머니 속에 넣고 계속 걷기 시작했다.

총독의 마차 행렬이, 아첨하는 순경들의 인사를 받으며, 공원 정문을 빠져나갔다.

— 분명히 아버지는 1실링을 더 갖고 계셔요, 딜리가 말했다.

호출계가 크게 바랑하고 울렸다.

데덜러스 씨는 소음 속으로 급히 걸어가면서, 거드럭대는 입을 조용히 오므린 채, 혼자 중얼거렸다:

— 꼬마 수녀아씨들! 알미운 꼬마들 같으니! 오, 확실히 그들은 그 짓을 안 했을 거야! 오, 확실히 그들은 정말 안 했을 거야! 그건 꼬마 수녀 모니카[102] 아냐!

* * *

해시계 쪽에서 제임스 문(門) 쪽으로, 커넌[103] 씨는, 자신이 풀브룩 로버트슨에게 받아 낸 예약한 주문에 만족한 채, 제임스가(街)를 따라 대담하게 걸어가며, 세클턴 사무실들 곁을 지나갔다. 그를 슬쩍 얼버무려 잘 해치웠다. 안녕하십니까, 크리민즈 씨[104]? 일류

지요, 선생. 나는 당신이 핌리코에 있는 당신의 다른 점(店)에 가지 않나 염려했어요. 하는 일은 어때요? 그럭저럭 지내죠. 오늘은 날씨가 참 좋군요. 그래요, 정말. 시골을 위해선 참 좋지요. 저들 농부들은 언제나 투덜대고 있어요. 전 댁의 최고급 진(酒)을 한 모금 마셔야 겠어요. 크리민즈 씨. 작은 진을, 선생. 그러세요, 선생. 저 〈제너럴 슬로컴〉 호(號)의 폭파 사건은 참 지독해요. 지독해요, 지독해! 사상자 수가 천 명이라니. 그리고 가슴 찢어지는

광경을. 남자들은 부녀들을 짓밟으며. 실로 짐승 같은 짓이죠. 원인이 뭐래요? 자연발화(自然發火)요. 가장 수치스런 돌발사고지요. 단 한 척의 구명(救命) 보트도 바다에 띄우지 못하고 소방용 호스는 모조리 불타버리고. 내게 도무지 이해가 가지 않는 것은 검열관들이

어떻게 보트를 그토록 내버려두었는지…… 그래, 옳은 말씀이오, 크리민즈 씨. 그 이유를 아세요? 뇌물(賂物)이죠. 그게 사실이오? 의심할 여지없죠. 자 그런데, 저걸 보세요. 그런데 사람들은 아메리카를 자유의 나라라고들 하잖아요. 저는 여기 우리가 잘못인 줄 생각했어요.

나[105]는 그에게 미소를 보냈다. '*아메리카요*,' 나는 조용히 말했다, 바로 이렇게, *그게 뭐요? 우리나라를 포함하여 모든 나라에서 쓸어 모은 찌꺼기라니까요. 그게 사실이잖소?* 그건 사실인 거다.

뇌물수뢰, 친애하는 선생. 글쎄, 물론, 돈이 도는 곳이면 어디나 그걸 낚아 올리는 사람이 언제나 있기 마련이지요.

그가 나의 프록코트를 바라보는 것을 보았지. 옷이 한몫 하는 거다. 말쑥한 옷차림보다 더한 것은 없지. 상대방을 위압하니까.

— 여보, 사이먼, 카울리 신부가 말했다. 어떻게 지내시오?

— 여보, 보브, 당신, 데덜러스 씨가 멈추면서, 대답했다.

커넌 씨는 발걸음을 멈추고, 이발사, 피터 케네디의 비스듬히 걸린 거울 앞에서 자신의 모습을 가다듬었다. 스타일이 근사한 코트, 의심할 나위 없지. 도우슨가(街)의 스코트 제품. 니어리에게 이걸 사느라 반 크라운을 지불했지만 그만한 가치는 충분히 있어. 3기니 이하로는 절대로 맞출 수 없지. 몸에 꼭 맞아. 아마 어떤 킬데어가(街) 클럽[106]의 멋쟁이가 입던 걸 거야. 하이버니언 은행의 지배인, 존 멀리건이 어제 칼라일 교(橋)[107]에서 마치 그가 나를 기억이나 하듯 내게 아주 날카로운 시선을 던졌지.

에헴! 저따위 녀석들에게는 몸치장을 해 줘야 해. 노상(路上)의 기사(騎士).[108] 신사. 그런데, 크리민즈 씨, 다시 댁의 단골 주문을 맡아도 좋겠습니까, 선생. 취하지 않고 원기를 돋우는 차 말이에요, 옛말에 있듯이.

선체들과 닻줄이 놓인 노드 부두와 써 존 로저슨 부두 서쪽으로 향해하면서, 한 조각의 구겨진 삐라, 한 범선이, 나룻배 지나간 자리에 요동인 채, 떠나아 갔다, 엘리야는 다가오고 있다.

커넌 씨는 거울 속의 자신의 상(像)을 향해 작별하듯 흘끗 쳐다보았다. 혈색이 좋군, 물론. 희뜩희뜩 쉰 코밑수염. 귀환(歸還) 인도 사관.[109] 그는 땅딸막한 몸집을 각반 찬 두 발로 버티면서 용감하게 어깨를 펴고, 앞을 향해 나아갔다. 저 길 건너에 네드 램버트의 아우인가, 샘? 뭐지? 그래. 저이는 기가 막히게 닮았군. 아니야. 저기 햇볕 속에 자동차의 바람막이(앞 유리창)가. 저렇게 번득이다니. 매우도 그를 닮았어.

에헴! 노간주나무 즙 같은 화주(火酒)가 그의 내장과 숨결을 따뜻하게 했다. 좋은 진 술이었어, 그건. 그의 프록코트의 꼬리가 활발히 걷고 있는 굵은 활보에 맞추어 밝은 햇볕 속에 윙크했다.

저기 아래에서 에메트[110]가 말에 끌려, 사지가 찢겨진 채, 교수형을 당했지. 끈적끈적한 검은 밧줄. 총독 부인이 이륜마차를 타고 곁을 지나갔을 때 거리에서 피를 핥고 있던 개들.

당시는 참 고약한 시절이었어. 글쎄, 글쎄. 이제 끝나고 지난 일. 위대한 모주꾼들 역시. 네 병(甁)짜리 인간들.

어디 보자. 그는 성(聖) 마이컨 성당에 묻혀 있던가?[111] 아니 천만에, 글래스네빈의 한밤중 매장이었어. 시체는 벽의 비밀 문을 통하여 운반됐지. 디그넘은 지금 거기에 있고. 일진 풍에 사라져 버렸어. 자, 자. 여기서 방향을 바꾸는 게 좋아. 돌아서 가자.

커넌 씨는 방향을 바꾸어 기네스 회사의 고객 대합실의 모퉁이로 웨틀링가(街)의 비탈길을 걸어 내려갔다. 더블린 주류업자 조합의 창고 바깥에 승객도 마부도 없는 한 대의 유람마차가, 고삐가 바퀴에 매인 채, 서 있었다. 매우도 위태로운 일. 시민의 생명을 위태롭게 하는 어떤 티페러리[112] 촌뜨기지. 달아난 말.

존 헨리 멘턴의 사무실에서 한 시간을 기다리다 지친, 데니스 브린이 몇 권의 책을 끌어안고, 오코넬 교(橋) 너머로 그의 아내를 이끌고, 콜리스 앤드 워드 법률사무소를 향해 걸어갔다.

커넌 씨는 아일랜드가(街)에 접근했다. 수난(受難)의 시절.[113] 네드 램버트한테 요나 배링턴 경(卿)[114]의 저 회고록(回顧錄)을 내게 빌려달라고 부탁해 봐야겠어. 일종의 회고적인 배열(配列) 속에서, 이제 모두 그걸 되돌아 볼 때. 댈리 점(店)의 트럼프놀이. 당시 카드 사기(詐欺)는 금물. 그들 중의 한 사람이 단검으로 자기 손을 테이블에다 못박았지. 에드워드 피츠제럴드 경(卿)이 써 총감으로부터 도망했던 곳이 어디 이 근처일 텐데. 모이러 하우스 뒤의 마구간.[115]

그건 매우도 좋은 진(酒)이었어.

멋있고 위세 당당한 젊은 귀족. 물론, 좋은 가문 출신, 자색 장갑 낀, 저 악당, 저 엉터리 향사(鄉士)[116]가 그의 정체를 일러 바쳤지. 물론 그들은 불운한 처지에 놓여 있었어. 그들은 암흑과 불운의 시기에 봉기했지. 그건 참 훌륭한 시(詩)야! 잉그럼.[117] 그들은 신사들이었어. 벤 돌라도[118]는 참 감격적으로 저 민요(발라드)를 부른단 말이야. 숙달된 연주.

로스의 공방전에서 나의 부친이 전사했도다.[119]

총독의 마차 행렬이 펨브로크 부두를 따라 느린 트로트 걸음걸이로 지나갔다. 승마 수행원들이 그들의, 그들의 말안장에 앉아, 출렁 출렁 뛰어오르며. 프록코트들. 크림 빛 양산들.

커넌 씨가 입을 오므리고 숨을 내뿜으면서, 서둘러 앞으로 나아갔다.

각하다. 재수 없군! 머리카락 한 오래기로 그걸 막 놓쳤으니.

젠장! 유감천만이야!

* * *

스티븐 데덜러스가 거미줄 처진 창문을 통하여 보석상(寶石商)의 손가락이 오래된 목걸이를 검증하고 있는 것을 살폈다. 유리창과 진열장 접시에 잔뜩 낀 먼지. 독수리 손톱으로 일하고 있는 손가락을 검게 하는 먼지. 구리와 은(銀)의 흐릿한 고리들, 마름모꼴의 진사(辰砂) 메달들 위에, 루비들, 비늘 모양의 검붉은 포도주 빛의 돌멩이들 위에 잠든 먼지.

모두들 캄캄한 구더기 흙 속에서 태어난 채, 불. 악(惡)의 차가운 반점(班點)들, 암흑 속에 번쩍이는 빛. 추락한 천사 장들이 그들 이마의 별들을 내던진 곳. 진흙 투성이의 돼지 코가, 손이 되어, 뒤지고, 뒤지고, 파헤치며, 그들을 캐낸다.[120]

그녀는 나무진이 마늘과 함께 타고 있는 악취의 유암(幽暗) 속에서 춤춘다. 녹 빛 턱수염을 기른, 한 수병이 비커 럼 주(酒)를 홀짝이며 그녀를 노려본다. 오랜 그리고 해상 생활에서 길러진 무언의 색정. 그녀는 춤춘다, 해롱거린다, 그녀의 암퇘지 같은 허리와 엉덩이를 흔들면서, 그녀의 풍만한 배 위에 루비 계란을 딸랑이면서.

늙은 러셀이 불결해진 새미 가죽 헝겊으로 그의 보석을 다시 닦았다, 그것을 뒤집어 그의 모세 풍(風)의 수염 끝까지 가져갔다. 훔친 보물을 자못 만족하게 바라보는 할아버지 원숭이.

그리하여 매장의 땅으로부터 고대의 영상(靈像)을 캐어내는 그대? 궤변론자들의 뇌통(腦痛)하는 말(語)들: 안티스테네스.[121] 독약(毒藥)의 박학자(博學者). 영원에서 영혼으로 지속하는 동방의 그리고 불멸의 밀알.[122]

바다 갯바람을 갓 쐬고 나온 두 노파가 아이리시타운[123]을 빠져 런던 교(橋) 한길을 따라, 한 사람은 모래 묻은 낡은 우산을 들고, 한 사람은 그 속에 열한 마리 새조개가 데굴대는 산파의 가방을 들고, 터벅터벅 걸어갔다.

발전소[124]로부터 발전기의 퍼덕대는 피대(皮帶)의 윙윙 울리는 소리와 붕붕대는 소리가 스티븐에게 발걸음을 재촉했다. 무존재(無存在)의 존재물(存在物). 정지! 너의 몸 밖에서 언제나 치고 있는 고동(鼓動) 그리고 너의 몸속에서 언제나 치고 있는 고동. 네가 노래하는 너의 심장인 거다. 그들 양자들 사이에 낀 나. 어디에? 그들이 소용돌이치는 두 포효(咆哮)하는 세계들 사이에, 나.[125] 그들을 분쇄하라, 하나 그리고 둘 다. 그러나 나 자신을 또한 그 타격 속에 박살(撲殺)내라. 그렇게 할 수 있는 자여, 나를 분쇄하라. 창부(娼婦)와 백정(白丁)이 합당한 말이렸다. 그런데! 잠깐 아직은 안 돼. 주위를 한번 살펴보고.[126]

예, 정말 옳습니다. 대단히 관대하고 경이로우며 아주 훌륭하게 시간을 지키셨습니다. 당신 말이 맞아요, 정말. 월요일 아침. 그랬어요, 과연.[127]

스티븐은 베드포드 가로를 걸어 내려가면서, 물푸레 지팡이 손잡이로 그의 어깨뼈를 달그락거렸다. 클로허쉬 점(店)의 진열장 속에 히넌 대(對) 세이어즈의 권투시합을 담은 퇴색한 1860년 판화[128]가 그의 눈길을 끌었다. 사각모를 쓰고 노려보고 있는 후원자들이 로프 친 경기장 둘레에 서 있었다. 타이트 팬츠의 헤비급 선수들이 구근(球根)같은 주먹을 태연하게 서로 내뻗었다. 그리고 그들은 고동치고 있다: 영웅들의 심장.

그는 방향을 바꾸어 경사진 책 수레 곁에 발을 멈추었다.

— 한 권에 2페니, 행상인이 말했다. 6페니에 네 권이요.

너덜너덜한 페이지들. 〈아일랜드 양봉가(養蜂家)〉.[129] 〈아르스 주임사제의 생애와 기적〉.[130] 〈킬라니 주(州)의 포켓 안내〉.[131]

나는 혹시 저당 잡힌 나의 학교 상품(賞品) 중의 하나를 여기서 발견할 수 있을지 몰라. '스떼파노 데달로, 알룸노 옵띠모, 팔맘 페렌띠(1등 상, 최우수 동창생, 스티븐 데덜러스).'[132]

콘미 신부가, 성무도를 다 읽은 다음, 도니카니 촌락을 빠져 걸어가며, 만도(晩禱)를 중얼거렸다.

아마 제본(製本)이 너무 잘된 것 같군. 이건 뭘까? 모세서(書) 제8권과 제9권.[133] 모든 신비 중의 신비. 다비드왕의 인장(印章).[134] 만져서 더럽혀진 페이지들: 읽고 또 읽고. 나 이전에 누가 여길 다녀갔나? 터진 손 부드럽게 하는 방법. 백포도주 초산 조리법. 여자의 사랑을 얻는 방법. 내게는 이것이. 손을 합장하여 다음의 부적(符籍)을 세 번 읊어 보라:

— '세 엘 욜로 네브라까다 페미니눔! 아모르 메 솔로! 상끄뚜스! 아멘. (축복 받은 여성의 친구! 니민을 사랑하사! 성스럽게! 아멘.)'[135]

누가 이걸 썼지? 모든 진실 된 밝혀진 신자들에게 최고의 축복 받는 수도원장 피터 살란카[136]의 주문(呪文)과 기원(祈願). 중얼대는 요아킴처럼, 어떤 다른 수도원장의 주문과 마찬가지. 내려와, 대머리야, 아니면 우린 너의 고수머리를 뽑아 버릴 테다.[137]

— 여기서 뭘 하고 있어, 스티븐?

딜리의 뽐내는 어깨와 초라한 옷차림.

빨리 책을 닫아 버려. 보게 하지 마.

— 넌 뭘 하고 있어? 스티븐이 말했다.

느슨한 타래머리를 양쪽에다 늘어뜨린, 둘도 없는 찰스 왕의 스튜어트 얼굴. 그녀가 웅크리고 앉아, 찢어진 구두를 가지고 불을 지필 때 얼굴이 활활 타올랐다. 나는 그녀에게 파리에 관해 말해 주었지. 낡은 오버코트의 이불 아래 잠자던 늦잠꾸러기, 단 켈리의 기념품인, 인조 팔찌를 손가락으로 만지작거리면서, '네브라까다 페미니눔(축복 받은 여성).'

— 너 거기 갖고 있는 게 뭐니? 스티븐이 물었다.

— 다른 수레에서 그걸 1페니 주고 샀어, 딜리가 신경질적으로 크게 웃으면서, 말했다. 좋은 거냐?

나의 눈을 닮았다고 모두들 말하지. 다른 이들에게는 내 눈이 저렇게 보이나? 민첩하고, 먼 그리고 대담한. 나의 마음의 그림자.

그는 그녀의 손에서 표지 없는 책을 집어 들었다. 차드널의 초급 불어.[138]

— 뭘 하려 그걸 샀지? 그는 물었다. 프랑스어 배우려고?

그녀는 얼굴을 붉히며 입술을 꼭 다물면서, 고개를 끄덕였다.

놀라움을 보이지 말라. 아주 태연하게.

— 여기, 스티븐이 말했다. 좋아. 하지만 매기가 저당 잡히지 않도록 주의해. 내 책도 모조리 없어진 것 같아.

— 몇 권, 딜리가 말했다. 우린 어쩔 수 없었어.

그녀는 익사하고 있다. 가책. 그녀를 구하라. 가책. 모두가 우리에게 적대적. 그녀는 나를 그녀와 함께 익사시킬 거야. 눈과 머리카락. 나, 나의 마음, 나의 영혼 주위를 둘러 싼 기다란 코일 같은 해초(海草) 머리카락. 염녹(鹽綠)의 죽음.

우리들.

양심의 가책. 가책의 양심.

비참! 비참![139]

* * *

— 여보, 사이먼, 카울리 신부가 말했다. 어떻게 지내시오?

— 여보, 보브, 당신, 데딜러스 씨가 멈추면서, 대답했다.

그들은 레디 앤드 도터즈 점 바깥에서 야단스럽게 손을 움켜쥐었다. 카울리 신부가 움푹한 손으로 코밑수염을 자주 아래로 훑어 내렸다.

— 무슨 좋은 소식이라도? 데딜러스 씨가 말했다.

— 별로 대단한 건 없소, 카울리 신부가 말했다. 나는 강제로 들어가려고 집 주위를 서성거리는 두 사나이들[140] 때문에, 사이먼, 완전히 바리케이드 쳐져 있소.

— 저런, 데딜러스 씨가 말했다. 그게 누군데?

— 오, 카울리 신부 말했다. 우리와 면식이 있는 어떤 고리 대금업자지.

— 등 부러진 자 말인가? 데딜러스 씨가 물었다.

— 바로 그자요, 사이먼, 카울리 신부가 대답했다. 바로 루벤이란 이름의 작자 말이오. 나는 방금 벤 돌라드를 기다리고 있어요. 그는 키다리 존[141]에게 저 두 사나이를 데리고 가도록 한 마디 부탁을 할 참이요. 내가 원하는 모든 것이란 조금만 더 시간을 달라는 거지.

그는 목에 커다란 인후 골을 불룩 솟아나게 하면서, 막연한 희망으로 부두 위아래를 쳐다보았다.

— 알았어, 데딜러스 씨가 고개를 끄덕이면서, 말했다. 가련한 늙은 얼빠진 벤! 그는 다른 사람을 위해 언제나 좋은 일만 하고 있지. 가만있자!

그는 안경을 쓰며, 잠시 철교 쪽을 노려보았다.

— 여기 그가 오는군, 틀림없이, 그는 말했다. 궁둥이와 호주머니가.

벤 돌라드의 커다란 웃옷 위로 헐렁한 파란색 모닝코트와 비단 모가, 철교 쪽에서부터 당당한 걸음걸이로 부두를 가로질렀다. 그는 코트 자락 뒤로 활발히 긁어대며, 느린 걸음으로 그들을 향해 다가왔다.

그가 가까이 오자 데덜러스 씨가 인사를 했다:

— 고얀 바지를 입은 저 자를 붙들어요.

— 자 붙드시구려, 벤 돌라드가 말했다.

데덜러스 씨가 냉정하고 살펴보는 듯한 경멸조의 눈으로 벤 돌라드의 외관 이곳저곳을 노려보았다. 그런 다음, 고개를 한 번 끄덕이며 카울리 신부에게 몸을 돌리고, 조롱조로 투덜거렸다:

— 멋진 의상(衣裳)이군, 그렇잖아, 여름날을 위해서?

— 에이, 저주받을 사람 같으니, 벤 돌라드가 벌컥 화를 내며 그르렁거렸다. 난 그래도 경기가 좋을 때는 당신들이 여태껏 보았던 것보다 더 많은 옷을 처분했단 말이야.

그가 처음에는 그들을, 다음에는 자신의 헐거운 복장을 보고 히죽 웃으며 곁에 서자, 데덜러스 씨가 그의 옷 이곳저곳에서 보푸라기를 털어 주며, 말했다:

— 이 옷은 건강한 사람을 위해 재단된 거로군, 벤, 어쨌거나!

— 이걸 만든 유태인에게 악운을, 벤 돌라드가 말했다. 아직 그이한테 돈을 지불하지 않았으니 다행이지.

— 그런데 당신의 그 '밧소 프로폰도(최저음[最低音])'는 어때요, 벤자민? 카울리 신부가 물었다.

카셀 보일 오코너 피츠모리스 티스덜 파렐이 중얼거리면서, 흐리멍덩한 눈을 하고, 킬데어가(街) 클럽을 지나 어슬렁어슬렁 걸어갔다.

벤 돌라드가 양미간을 찌푸렸다 그리고, 갑자기 성악가의 입 모양을 지으며, 한 가닥 깊은 저음을 토했다.

— 오우! 그는 말했다.

— 바로 그거야, 데덜러스 씨가 그의 단조음(單調音)에 고개를 끄덕이면서, 말했다.

— 소리가 어떠오? 벤 돌라드가 말했다. 과히 나쁘지 않지? 어때요?

그는 두 사람을 향해 몸을 돌렸다.

— 그만하면 됐소, 카울리 신부 역시 고개를 끄덕이면서, 말했다.

휴 C. 러브 사(師)가 성 마리아 사원의 낡은 참사회 집회소에서 걸어 나와 제임스 앤드 찰스 케네디 점(店)의 양조회사를 지나자, 키 크고 품위 있는 제럴딘[142]과 동행하여, 허들 여울목 건너 톨셀 노점 쪽으로 걸어갔다.

벤 돌라드가 묵직한 기부금 장부를 들고 상점 정면을 향해, 공중에다 경쾌하게 손가락질을 하며, 그들을 앞쪽으로 안내했다.

— 나와 함께 부집행관[143]의 사무실로 갑시다, 그는 말했다. 로크[144]가 집행관으로 고용힌 새로운 가인(佳人)을 당신들한테 보여 주고 싶소. 그는 로벤귈라[145]와 린치혼[146]의 중간 인물이야. 만나 볼 가치가 있어요. 괜찮지요. 갑시다. 나는 방금 보디거 주점[147]에서 우연히 존 헨리 멘턴을 만났는데 만일 내가…… 못 하면 체면을 잃게 생겼소. 가만있자 잠깐만…… 우린 틀림없이 잘될 거야, 보브, 날 믿어요.

— 며칠 동안이라고 그에게 말해 주구려, 카울리 신부가 근심스럽게 말했다.

벤 돌라드가 발걸음을 멈추고 서서, 그의 큰 소리 나는 입 구멍을 벌리고, 빤히 쳐다보았다, 그러자 그의 코트의 단추 한 개가 달랑이며, 그가 잘 들으려고 눈을 막는 무거운 점액을 훔치자, 실에서 등을 빤짝이며 대롱거렸다.

— 무슨 며칠을? 그는 버럭 소리 질렀다. 당신의 집주인이 집세 때문에 차압을 했잖았소?

— 그래요, 카울리 신부가 말했다.

— 그럼 우리들의 친구[148]의 증서는 그걸 인쇄한 종이 값만도 못하잖소, 벤 돌라드가 말했

다. 집주인이 우선권을 갖고 있지. 나는 그에게 명세서(明細書)를 다 건네주었어. 윈저가로
(街路) 29번지. 러브[149]가 그 이름이지?

— 맞았소, 카울리 신부가 말했다. 러브 신부요. 그는 시골 어딘가의 사제지. 그러나 당신
그게 확실하오?

— 당신은 바라바[150]에게 내 말을 전할 수 있소, 벤 돌라드가 말했다, 그까짓 증서는 잭코
(원숭이)가 도토리를 보관하고 있는 셈이라고.

그는 카울리 신부를 자신의 거구(巨軀)에다 걸고, 그를 과감하게 앞쪽으로 안내했다.

— 개암나무 열매였을 테지, 내가 믿건대, 데덜러스 씨가 말했다, 그가 그들을 뒤따르자,
그때 코트 앞자락 위에 그의 안경이 떨어졌다.

* * *

— 어린 것은 잘 있겠지요, 마틴 커닝엄이 모두가 캐슬야드[151]의 정문에서 빠져 나오자, 말
했다.

경찰관이 거수경례를 했다.

— 신의 은총을, 마틴 커닝엄이 경쾌하게, 말했다.

그가 대기 중인 마부에게 신호를 하자 마부는 말고삐를 당겨 로드 에드워드가(街) 쪽
을 향해 출발했다.

청동 빛 머리카락이 금빛 머리카락 곁에, 케네디양의 머리가 도우스 양의 머리 곁에,
오먼드 호텔의 낮은 덧문 위에 나타냈다.

— 그래요, 마틴 커닝엄이 턱수염을 손가락으로 만지작거리며 말했다. 내가 콘미 신부한테
편지를 써서 그이에게 모든 사정을 자세히 알려 주었소.

— 당신이 우리의 친구에게 부탁해 볼 수 있을 텐데, 파우어 씨가 거슬러 제안했다.

— 보이드 말인가요[152]? 마틴 커닝엄이 짧게 말했다. 나를 건드리지 말아요.

존 와이즈 놀런이 뒤에 처져, 명부[153]를 읽으면서, 빨리 그들을 뒤따라 코크 언덕[154]을
내려갔다.

나네티 시의원이 시청 계단을 내려가면서, 올라오는 시참사회원(市參事會員) 카울리
와 시의원 에이브러햄 라이언에게 손을 들어 인사했다.

정청(政廳) 마차가 텅 빈 채 상부 익스체인지가(街)로 굴러 들어갔다.

— 여길 봐요, 마틴, 존 와이즈 놀런이 《메일》지(紙) 사무소[155] 곁에서 그들을 앞지르며, 말
했다. 블룸이 5실링을 기부하겠다고 서명 해놓았소.

— 아주 옳아요, 마틴 커닝엄이 명부를 집으며, 말했다. 그래 역시 5실링을 적어 놓았군.

— 게다가 별다른 한 마디 말도 없이, 파우어 씨가 말했다.

— 이상하지만 사실이오, 마틴 커닝엄이 덧붙였다.

존 와이즈 놀런은 눈을 둥그렇게 떴다.

— 유태 사람도 친절이 대단하군 그래,[156] 그는 우아하게, 말을 인용했다.

모두들 팔리아먼트가(街)를 내려갔다.

— 저기 지미 헨리[157]가 있군, 파우어 씨가 말했다, 방금 카바나 주점으로 가는 게지.

— 맞아요, 마틴 커닝엄이 말했다. 자 간다.

라 메종 끌레르(빛의 집)[158] 바깥에서 블레이지즈 보일런이, 자유 구역을 향해 걸어가
고 있는, 곱사 등의, 탄탄하게 생긴, 재크 무니의 매부를, 길목에서 갑자기 불러 세웠다.

존 와이즈 놀런은 파우어 씨와 함께 뒤로 처지자, 한편 마틴 커닝엄이 미키 앤더슨의

시계점을 지나 급한 발걸음으로, 휘청휘청 걷고 있던, 강설복(降雪服) 차림의, 말쑥하고 등치 작은 사나이의 팔꿈치를 붙들었다.

— 저 시(市) 서기보(書記補) 는 발가락의 티눈 때문에 고생을 하고 있소, 존 와이즈 놀런이 파우어 씨에게 말했다.

그들은 모퉁이를 돌아 제임스 카바나 주방 쪽으로 뒤따랐다. 이 섹스 게이트에서 쉬고 있던 정청의 빈 마차가 그들과 마주쳤다. 마틴 커닝엄이, 말을 계속하면서, 명부를 지미 헨리에게 자주 보여주었으나 그는 거들떠보지 않았다.

— 그런데 키다리 존 패닝이 역시 여기 있군, 존 와이즈 놀런이 말했다, 바로 그 장본인이.

키다리 존 패닝의 키 큰 몸집이 그가 서 있는 문간을 막고 있었다.

— 안녕하시오, 부(副)집행관 씨, 마틴 커닝엄이 말하자, 모두 발걸음을 멈추고 인사를 했다.

키다리 존 패닝은 그들에게 길을 터주지 않았다. 그가 커다란 헨리 클레이 담뱃대를 단호히 입에서 떼자, 그의 크고 사나운 눈이 그들 모두의 얼굴 위를 자세히 보려는 듯 상을 찌푸렸다.

— 의원님들은 평화적인 토의를 추구하고 있소? 그는 시(市) 서기보에게 짙고 신랄한 말투로 말했다.

매우도 모두들 저주할 아일랜드어[159]에 관해서 마구 떠들어대고 있었다고, 지미 헨리가 성난 듯 말했지. 시(市) 의사당(議事堂)의 질서를 바로잡을, 경시총감은 도대체 어디로 갔는지, 그는 알고 싶었다.[160] 그리고 직장봉지자(職杖棒持者)인 늙은 발로우 의장은 천식(喘息)으로 자리에 누워 있는 데다, 테이블에는 직장(職杖)도 없고, 질서는 혼란하고, 심지어 정원수(定員數)도 미달인데다가, 시장 각하인, 허친슨은 랜디드노[161]에 가 있어서 가련한 로컨 셜로크가 그의 로쿰 떼넨스(직무대리)를 맡고 있었다.[162] 저주받을 아일랜드어(語) 같으니, 우리들 선조의 언어.

키다리 존 패닝이 입술로 새 깃털 같은 연기를 훅 내뿜었다.

마틴 커닝엄이 턱수염의 끝을 꼬면서, 시 서기보와 부집행관에게 번갈아 말을 걸자, 그동안 존 와이즈 놀런은 침묵을 지키고 있었다.

— 무슨 디그넘 말이오? 존 패닝이 물었다.

지미 헨리가 얼굴을 찌푸리며 왼발을 추켜들었다.

— 오, 이놈의 티눈이! 그는 푸념하듯 말했다. 제발 이층으로 가서 어디 좀 앉도록 합시다. 읍! 우우! 조심해요!

성미 급하게 그는 키다리 존 패닝의 옆에 자기 자리를 비운 뒤, 안으로 들어가 층층대를 올랐다.

— 올라갑시다, 마틴 커닝엄이 부집행관에게 말했다. 하지만, 나는 당신이 그를 알거라 생각지는 않아요, 혹은 알고 있을 수도.

존 와이즈 놀런과 함께 파우어 씨가 그들을 뒤따라 들어갔다.

— 그인 참 점잖은 인물이었소, 파우어 씨는 거울 속의 키다리 존 패닝을 향해 올라가는 키다리 존 패닝의 굵직한 등에다 대고 말했다.

— 오히려 키가 작은 편이지요. 멘턴 사무실에 있던 저 디그넘 말입니다, 마틴 커닝엄이 말했다.

키다리 존 패닝은 그를 기억할 수가 없었다.

타닥타닥 울리는 말굽 소리가 공중으로부터 울렸다.

— 저게 뭐요? 마틴 커닝엄이 말했다.

모두들 자신들이 서 있는 곳에서 몸을 돌렸다. 존 와이즈 놀런이 다시 내려왔다. 문간의 서늘한 그늘로부터, 그는 말들이 마구(馬具)와 번쩍번쩍한 족쇄들을 햇볕 속에 반짝이면서, 팔라아먼트가(街)를 지나가는 것을 보았다. 경쾌하게 그들은 그의 냉정하고 비우호적 눈앞을 지나, 빠르지 않게, 지나갔다. 선두 마들, 뛰는 선두 마들의 안장에, 승마 시종들이 타고 있었다.

— 저게 뭐요? 마틴 커닝엄이 모두가 층층대를 계속 올라가자, 물었다.

— 육군 중장 각하 및 아일랜드의 총독 나리지, 존 와이즈 놀런이 층계발치로부터 대답했다.

* * *

그들이 두툼한 양탄자를 가로질러 걸어가자, 벅 멀리건이 그의 파나마 모(帽) 뒤로 헤인즈에게 속삭였다:

— 파넬의 아우야. 저기 저 구석에.

그들은 그의 턱수염과 시선이 장기판 위에 골똘히 쏠려있는 한 길쭉한 얼굴의 사나이 맞은편, 창문 가까이 조그마한 테이블을 택했다.

— 저이가 그이야? 헤인즈가 자리에서 몸을 비틀어 돌리면서, 물었다.

— 그래, 멀리건이 말했다. 저이가 그의 아우인, 존 하워드로, 우리 시(市)의 경시총감이지.

존 하워드 파넬이 하얀 비숍[163] 장기 말(馬)을 가만히 옮겨 놓고, 그의 회색 손을 다시 이마에 가져가 거기 머물렀다. 잠시 후, 병풍 같은 손 아래로, 귀신같이 반짝이는, 그의 눈이 재빨리 그의 적수(敵手)를 쳐다보며, 경쟁하는 장기판 모서리 위에 다시 한번 떨어졌다.

— 나는 '멜랑쥐'[164]를 하겠어, 헤인즈가 여급에게 말했다.

—'멜랑쥐' 둘, 벅 멀리건이 말했다. 그리고 몇 조각 버터 바른 스콘 빵과 약간의 케이크도 함께 가져다 줘요.

그녀가 가버리자 그는 크게 웃으면서, 말했다:

—우리는 여길 매우도 나쁜 과자(Damn Bad Cake)를 팔기 때문에 D. B. C.라 부르지. 오, 그러나 자네 데덜러스의 〈햄릿〉을 놓쳤군.

헤인즈가 새로 산 노트를 펼쳤다.

— 유감이야, 그는 말했다. 셰익스피어는 마음의 균형을 잃은 모든 자들의 행복한 사냥터란 말이야.[165]

외다리 수병이 넬슨가(街) 14번지 구역에서 그르렁거렸다:

—영국은 기대하나니……

벅 멀리건의 앵초 빛 조끼가 그의 웃음에 맞추어 활발히 흔들렸다.

— 자네는 그를 만나야 해, 그는 말했다, 그의 육체가 균형을 잃고 있을 때 말이야. 방랑하는 잉거스[166]라, 나는 그를 부르지.

— 그가 일종의 '이데 픽세(고정 관념)'를 갖고 있는 걸 난 확신해, 헤인즈가 사료 깊게 엄지손가락과 집게손가락으로 턱을 꼬집면서, 말했다. 그런데 나는 지금 그게 어떤 걸까 하고 생각해 보는 중이야. 그따위 사람들(제수이트 교도들)은 언제나 그런 생각을 갖고 있지.

벅 멀리건은 테이블을 가로질러 그의 몸을 정중히 굽혔다.

— 사람들이 그의 재치를 탈선시켰어, 그는 말했다, 지옥의 환상으로. 그는 결코 아티카의 특징[167]을 포착하지 못할 거야. 모든 시인들 가운데서, 스윈번의 기미(氣味)인, 하얀 죽음과 붉은 탄생[168]을 말이야. 그게 그 녀석의 비극이지. 그는 결코 시인이 될 수가 없어. 창조의 즐거움이……

— 영원한 형벌로, 헤인즈가 퉁명스럽게 고개를 끄덕이며 말했다. 알아. 나는 오늘 아침 신앙 문제로 그와 맞붙었지. 그의 마음에 뭔가가 있다는 걸, 나는 알았어. 그건 오히려 흥미로운 일이야, 왜냐하면 비엔나의 포코니 교수[169]가 그걸로 흥미 있는 요점을 삼고 있기 때문이야.

벅 멀리건의 살피는 눈이 여급이 다가오는 것을 보았다. 그는 그녀가 쟁반에서 음식을 내려놓는 것을 거들었다.

— 그는 고대 아일랜드 신화(神話) 속에서 지옥의 발자취를 찾을 수 없지, 헤인즈가 경쾌한 찻잔들 사이로, 말했다. 도덕관념이 결핍되어 있는 것 같아, 숙명의, 응보(應報)의 감각 말이야. 그가 바로 그러한 고정관념을 가져야하다니 오히려 이상스러워. 그인 자네들의 문예 운동을 위해 뭘 쓰나?

그는 휘저은 크림 사이로 두 알의 사탕을 세로로 교묘하게 빠트렸다. 벅 멀리건은 김이 나는 스콘 빵을 두 쪽으로 잘라, 연기 나는 한복판에 버터를 발랐다. 그는 시장한 듯 한 조각의 연한 빵을 물어뜯었다.

— 10년, 그는 씹으며 그리고 크게 웃으면서 말했다. 그 녀석 10년이면 뭘 쓸 거야.

— 꽤 먼 것 같군, 헤인즈가 신중하게 스푼을 들어올리면서 말했다. 하지만, 나는 그가 결국은 해낼거라는 걸 의심하지 않아.[170]

그는 컵의 크림 꼭대기로부터 한 숟가락 가득 퍼서 맛보았다.

— 이것이 내가 먹고 있는 진짜 아일랜드 크림이야, 그는 자제하며 말했다. 나는 사기당하고 싶지 않아.

엘리야, 쪽배, 가벼운 구겨진 삐라가, 배들과 트롤선(船)들의 옆구리 곁을, 코르크의 군도(群島) 사이, 새 웨핑가(街) 저쪽 벤슨 나루터를 지나, 그리고 벽돌을 싣고 브리지워터[171]로부터 온 세대박이 배 「로즈비언」 호(號) 곁을 지나, 동쪽으로 항해했다.

* * *

알미다노 아티포니가 홀레스가(街)를 지나고, 스웰즈 야드를 지나, 걸어갔다. 그의 뒤에 카셀 보일 오코너 피츠모리스 티스덜 파렐이 스틱우산먼지가리외투를 뎅그렁거리며, 로우 스미드 씨 집 앞의 가로등을 피해 길을 건너, 메리언 광장을 따라 걸어갔다. 멀리 그의 뒤를 한 풋내기 장님 소년이 칼리지 공원의 벽 곁을 지팡이로 길을 탁탁 쳤다.

카셀 보일 오코너 피츠모리스 티스덜 파렐이 루이스 워너 씨의 상쾌한 창문까지 걸어간 다음, 이어 방향을 바꾸고 그의 스틱우산먼지가리외투를 뎅그렁거리며, 메리언 광장을 따라 되돌아 걸어갔다.

와일드의 집[172] 모퉁이에서 그는 발걸음을 멈추고, 메트로폴리탄 홀에 광고된 엘리야의 이름에 얼굴을 찌푸리며 공작의 잔디 정원의 먼 유원지에 얼굴을 찌푸렸다. 그의 외 알안경이 햇볕 속에 찌푸리며 번쩍였다. 어금니를 들어낸 채 그는 중얼거렸다:

— '꼬악뚜스 볼루이(부득이 욕망하지 않을 수 없었도다).'[173]

그는 자신의 사나운 말(言)을 갈(磨)면서, 클레어가(街)를 향해 계속 성큼성큼 걸었다.

그가 블룸 치과병원[174] 유리창을 지나 성큼성큼 걸어가자, 펄럭이는 먼지가리외투가 모퉁이로부터 가느다란 탁탁 깊은 지팡이를 난폭하게 스치며, 한 무기력한 몸뚱이를 친 다음, 계속 앞으로 획 지나갔다. 풋내기 장님 소년이 그의 병약한 얼굴을 성큼성큼 걸어가는 몸집 뒤를 돌렸다.

— 네놈에게 하느님의 저주를! 그는 씨무룩하게 말했다, 네가 어떤 놈이든! 넌 나보다 눈이 덜 멀지도 않았어, 개자식!

* * *

러기 오더너호 상점 맞은편에 패트릭 앨로이시우스 디그넘 군(君)이, 고(故) 페런바크 소유인, 맨건 정육점의 자신이 심부름으로 가 산, 한 파운드 반의 포크스테이크를 만지작거리며, 더운 위클로우가(街)를 따라 빈둥거리면서 지나갔다. 스토어 부인과 퀴글리 부인 그리고 맥도웰 부인이, 덧문을 내리고, 모두 코를 훌쩍이며, 바니 숙부가 터니 주점에서 사 온 고급 황갈색 셰리 주(酒)를 훌짝이면서, 응접실에 앉아 있기란 너무나도 경칠 따분한 일이었다. 그리고 그들은 시골 집 과일 케이크의 부스러기를 먹으면서, 매우도 내내 턱을 놀려대며, 한숨을 내쉬고 있었다.

위클로우 골목길 다음으로, 대례용(大禮用) 여성 모자점인, 마담 도일 점(店)의 진열장이 그를 멈추게 했다. 그는 두 권투 선수가 맨살까지 옷을 벗고, 양다리를 딱 버티고 서 있는 것을 서서 들여다 보았다. 양쪽 옆 거울에 두 명의 상복 입은 디그넘군이 말없이 입을 크게 벌렸다. 더블린의 인기 자, 마일러 키오가 50파운드의 상금을 걸고, 포토벨로[175] 권투 선수, 베네트 상사(上士)와 대결할 예정. 젠장, 저건 꽤 볼만한 주먹 시합이겠는 걸. 마일러 키오, 바로 녹색 띠를 두르고 상대방에게 주먹을 불쑥 내밀고 있는 녀석이지. 입장료 2실링, 군인 반액. 나는 엄마를 쉽게 속일 수 있을 거야. 그가 몸을 돌리자 동시에 왼쪽에 있던 디그넘 군이 몸을 돌렸다. 저것이 상복 입은 나야. 시합은 언제지? 5월 22일. 확실히, 경칠 시합이 모두 끝났군. 그가 오른쪽으로 몸을 돌리자 디그넘 군이, 모자가 비뚤어진 채, 칼라가 불쑥 솟으면서, 몸을 오른쪽으로 돌렸다. 그걸 아래로 단추 채우면서, 턱을 추켜든 채, 그는 두 권투선수들 곁에, 매력적인 희극 여배우, 마리 켄덜의 모습을 보았다. 스토어 놈이 피우는 싸구려 담배 갑에 그려져 있을법한 저 따위 추녀들 중의 하나 그의 아버지가 언젠가 그걸 찾아냈을 때 그를 채찍으로 호되게 갈겼지.

디그넘 군이 칼라를 아래로 밀어 넣고 계속 어슬렁어슬렁 걸어갔다. 힘으로 대결할 제일 훌륭한 선수는 피츠시몬즈[176]였지. 저 녀석한테 한방 얻어맞는 날에는 완전히 뻗어 버리고 말지, 자네. 그러나 기술로 보아 가장 훌륭한 선수는 젬 코베트[177]였지만, 이어 피츠시몬즈가 그 녀석마저 완전히 녹아웃 시켜버렸지, 몸을 요리조리 획획 피하면서 말이야.

그래프턴가(街)에서 디그넘 군은 한 멋쟁이[178]가 한 송이 붉은 꽃을 입에 물고 있는 것을 그리고 그가 멋진 한 켤레의 구두를 신고 있는 것을, 보았는데, 상대는 술군이 그에게 하는 말에 귀를 기울이며 연신 싱글거리고 있었다.

샌디마운트행(行) 전차는 무(無).

디그넘 군은 낫소가(街)를 따라 걸어가면서, 포크스테이크를 다른 손으로 옮겨 쥐었다. 칼라가 다시 솟아오르자 그는 밑으로 그걸 도로 쑤셔 넣었다. 경칠 놈의 칼라 단추가 셔츠의 단추 구멍에 비해 너무 작은 거다. 정말 매우도. 그는 책가방을 멘 남학생들을 만났다. 게다가 난 내일도 학교에 안 가, 월요일까지 결석해. 그는 다른 남학생들을 만났다. 저 애들은 내가 상복을 입고 있는 걸 눈치챌까? 바니 아저씨가 오늘 밤 신문에 싣는다고 말했지. 그러면 모두들 신문에서 그걸 보고, 나의 인쇄된 이름과 아빠의 이름을 읽을 테지.

아빠의 얼굴은 그전의 붉은 얼굴과는 달리 온통 회색빛을 띠고 있었고 파리 한 마리가 아빠의 얼굴 위를 눈까지 기어갔지. 사람들이 관(棺)에다 나사못을 틀어박았을 때의 덜거덕거리는 소리: 그리고 사람들이 관을 들고 아래층으로 운반할 때 쿵 부딪치는 소리.

아빠는 관 속에 있었고 엄마는 안방에서 울고 있었으며 바니 숙부는 사람들에게 모퉁이까지 어떻게 그걸 운반할지 이야기하고 있었지. 참 큰 관이었어. 그리고 높고 무거워 보였지. 어째서 그렇게 됐을까? 마지막 날 밤 아빠는 술에 곤드레만드레가 되어 거기 계단 마루에 서서, 터니 주점으로 술을 더 마시러 가겠노라 구두를 찾아오라고 소릴 질렀는데, 셔츠 입은 채탄(採炭) 청부인처럼 키가 짤따랗게 보였어. 아빠를 다시는 결코 볼 수 없을 거야. 그것이, 바로 죽음인 거다. 아빠는 죽었어. 나의 아버지는 돌아가셨어. 아빠는 나더러 엄마에게 착한 아들이 되라고 타일렀지. 나는 아빠가 말하는 다른 것들은 들을 수 없었으나 아빠의 혀와 이가 보다 잘 이야기하려고 애쓰는 걸 보았어. 불쌍한 아빠. 그가 디그넘 씨, 바로 나의 아버지. 나는 아빠가 지금 연옥(煉獄)에 있기를 바라는데 왜냐하면 그는 토요일 저녁 콘로이 신부님께 가서 고해(告解)를 했기 때문이야.

* * *

더들리의 백작, 윌리엄 험블[179]과 더들리 부인이, 육군 중령 헤셀틴에 의해 보좌(補佐) 되어, 오찬 뒤에 마차를 타고 총독 숙소로부터 밖으로 나왔다. 뒤따르는 차 속에는 존경하올 패저트 부인, 드 코르시양(孃) 그리고 시중드는, 존경하올 부관 제럴드 워드 씨가 타고 있었다.

마차 행렬이 아첨하는 경찰관들에 의해 인사를 받으며 피닉스 공원의 나지막한 정문을 빠져 나와, 북쪽 부두 벽을 따라 킹즈 교(橋)를 지나 달려갔다. 총독은 수도(首都)를 관통해 도중에 매우 극진하게 인사를 받았다. 블러디 교(橋)에서 강 저쪽에 있던 토머스 커넌 씨가 그에게 멀리서 인사를 했으나 헛된 일이었다. 퀸즈 교(橋)와 휘트워드 교(橋) 사이를 더들리 경(卿)의 마차가 지나가자, 그들은 법학사(法學士)요 문학 석사(文學碩士)인, 더들리 화이트 씨의 인사를 받지 못했는데, 그는 서부 애런가(街)의 모퉁이에서, 전당포 주인 M. E. 화이트 부인 댁의 바깥, 애런 부두 위에 서서, 집게손가락으로 코를 문지르며, 피브스버러까지 전차를 세 번 갈아타야 하는지 혹은 마차를 타야하는지 혹은 스미스필드, 콘스티튜션 언덕과 브로드스톤 종점을 통해 걸어서 좀 더 빨리 도착하는지, 결정하지 못하고 있었다. 대법원(포우 코트) 현관에서 고울딩, 콜리스 앤드 워드 법률사무소의 회계 가방을 든 리치 고울딩이, 놀라 그를 바라보았다. 리치먼드 교(橋)를 지나 애국보험주식회사(愛國保險株式會社) 대리인인, 소송 변호사, 루벤 J. 도드의 사무실 문의 층층대에, 한 늙은 여인이 그곳으로 들어가려던 자신의 계획을 바꾸고 킹즈 상점의 진열장 곁으로 발걸음을 되돌리며, 국왕폐하의 대표자에게 믿음직하게 미소를 보였다. 톰 데번의 사무실 아래 우드 부두 벽의 수문(水門)으로부터 포들 강(江)이 충성스럽게 액체 오물의 혀를 밖으로 떨어뜨렸다. 오먼드 호텔의 낮은 덧문 위로, 금빛 머리카락이 청동 빛 머리카락과 나란히, 케네디양의 머리가 도우스 양의 머리와 나란히, 쳐다보며 감탄했다. 오먼드 부두 위에서 사이먼 데딜러스가 공중변소에서 부집행관의 사무실 쪽으로 길을 걸어가며, 길 한복판에 가만히 서서, 모자를 아래로 가져갔다. 각하는 데딜러스 씨의 인사에 정중히 답례를 했다. 카힐 모퉁이에서 문학석사, 휴 C. 러브 사제가, 고대의 고귀한 승직추천권(僧職推薦權)을 그들의 인자스러운 손에 쥐고 있던 국왕의 사신들을 염두에 두고, 경례를 했으나, 눈에 띄지 않았다. 그래튼 교(橋) 위에서 레너헌과 맥코이가, 서로 헤어지면서, 마차 행렬이 지나가는 것을 바라보왔다. 로저 그린의 사무실과 돌라드의 커다란 붉은 인쇄소 곁을 지나면서, 거티 맥도웰이, 병상에 누워 있는 그녀의 아버지를 위해 캐츠비 점의 코르크 리놀륨에 관한 서류를 가져가며, 스타일로 보아 그것이 총독과 총독부인이라는 것을 알긴 했으나 총독 부인이 무슨 옷을 입고 있는지를 볼 수가 없었는지라, 왜냐하면 전차와 스프링 점(店)의 크고 노란 가구 운반차가 각하의 존재 때문에 그녀의 정면에서 멈추었기 때문이다. 런디 푸트 점 저쪽 카바나 주방의 그늘진 문간에서부터 존 와이즈 놀런이 육군중장인 아일랜드 총독을 향해 눈에 띠지 않는 냉정함을 갖고 미소를 보냈다. 더들리의 백작이요, 빅토리아 십자훈장(十字大勳章) 수령자인, 윌리엄 험블 각하가, 미키 앤더슨 점의 상시 재깍거리는 시계들 그리고 헨리 엔드 제임스 양복점의 스마트한 세련 복을 차려입은 혈색 좋은 모델들인, 신사 헨리, '*데르니에르 끄리(유행의 첨단)*' 제임스를 지나갔다. 데임 게이트 맞은편에, 톰 로치편드와 노우지 플린이 마차 행렬의 접근을 지켜보았다. 톰 로치퍼드가, 더들리 부인의 눈이 자기 얼굴에 쏠리고 있음을 보고는, 엄지손가락을 그의 짙은 자홍색 조끼 호주머니에서 재빨리 빼고, 그녀를 향해 모자를 벗었다. 매력 있는 쑤브레뜨(시녀 역 희극 여배우)인, 위대한 마리 켄델이, 그림물감 칠한 뺨에, 스커트를 추켜들고 그녀의 포스터로부터 더들리 백작인, 윌리엄 험블과 육군중령 H. G. 헤셀틴, 그리고 존경하올 보좌관 제럴드 워드 씨에게 느끼한 미소를 보냈다. 더블린 제과 제조회사(D. B. C.)의 진열창 창문에서 벅 멀리건이 경쾌하게, 그리고 헤인즈는 정중하게, 열렬한 손님들 어깨 너머로 총독의 마차 행렬을 내려다보자, 모여든 손님들의 몸 때문에 존 하워드 파넬이 열심히 들여다보고 있던 장기판이 어두워졌다. 포우네스가(街)에서 딜리 데덜러스가 차드널의 표준 초급 불어본으로부터 그녀의 시선을 위쪽으로 긴장하며, 양산들이 펼쳐 있는 그리고 햇볕 속에 바퀴 살이 반짝이는 것을 보았다. 존 헨리 멘턴이, 상업회관의 입구를 가로막으면서, 두툼한 왼손에 두툼한 수렵용 금시계를 보지도 만지지도 않고 들고 선 채, 포도주 빛 크고 굴 같은 눈으로 살펴보았다. 빌리 왕의 말 동상[180]이 앞발을 공중을 향해 들고 있는 지점에서, 브린 부인이 황급히 서두는 그녀의 남편이 선두 말들의 발굽 아래로부터 그를 뒤로 끌어당겼다. 그녀는 남편의 귀에 대고 총독의 소식을 큰 소리로 알렸다. 그는, 알아차리듯, 그의 책들을 왼쪽 가슴으로 옮기고 두 번째 마차에 경례했다. 존경하올 보좌관 제럴드 워드가, 쾌히 놀라며, 급히 답례를 했다. 폰선비 점(店)의 모퉁이에서 지친 하얀 포도주 병 같은 H가 발걸음을 멈추자, 네 명의 굽 높은 모자를 쓴 하얀 포도주 병들, E. L. Y. 'S가 그의 뒤에 멈추어 섰다, 한편 선두 말들과 마차들이 날뛰며 계속 달려나갔다. 피고트 악기점 맞은편에 무용 및 기타의 교수인, 데니스 J. 매기니 씨가 화려하게 옷을 차려입고, 위풍 있게 걸어갔지만 총독은 그냥 지나친 채, 눈길을 주지 않았다. 학장(學長) 댁의 담장 곁을 블레이지즈 보일런이 쾌활하게 지나가면서, 황갈색 구두에 하늘색 푸른 자수(刺繡)의 양말을 신고, 〈*나의 소녀는 요크셔의 소녀*〉[181]의 후렴에 맞추어 스텝을 밟았다. 블레이지즈 보일런이 앞장선 말들의 하늘색 푸른 머리띠와 당당한 위용에 맞추어 그의 하늘색 타이, 멋진 각도의 테 넓은 밀짚모자 및 암청색의 사지 양복을 과시했다. 그의 조끼 호주머니에 꽂은 양손이 경례를 잊고 있었으나, 그는 세 귀부인들에게 자신의 눈의 대담한 감탄과 입술에 물고 있던 한 송이 붉은 꽃을 제공했다. 그들이 낫소가(街)를 따라 말을 몰았을 때 각하는 답례하는 그의 배우자에게 칼리지 공원에서 연주되고 있는 음악 프로그램에 대하여 주의를 환기시켰다. 보이지 않은 시끄러운 고지(高地) 소년들이 나팔을 불며 행렬 뒤로 쿵쿵 북(鼓)을 쳤다:

그녀는 공장 아가씨지만
그리고 값진 옷을 입지 않았어도.
바아라아밤.
그런데도 난 좋아라.
요크서의 매력이
나의 귀여운 요크서의 장미.
바아라아밤.

담장 저쪽에 4분의 1마일 평지(平地) 핸디캡 경주자들, M. C. 그린, H. 슈리프트, T. M. 패티, C. 스케이프, J. B. 제프스, G. N. 모피, F. 스티븐슨, C. 아델리 그리고 W. C. 허가드가 맹렬히 스타트를 끊었다. 핀즈 호텔을 지나 활보하면서 카셀 보일 오코너 피츠모리스 티스덜 파렐이 예리한 외알 안경을 통해, 마차 행렬을 가로질러, 오스트리아헝가리 부(副) 영사관 창문에 있는 M. E. 살러먼즈 씨의 머리를 노려보았다. 라인스터가(街) 깊숙이 트리니티대학의 뒷문 곁에, 국왕당원인, 나팔수(수위)가 그의 사냥 모(帽)를 터치하며 인사했다. 번들번들한 말들이 메리언 광장 곁을 달려가자, 기다리던, 패트릭 앨로이시우스 디그넘군이, 실크 모자를 쓴 신사한테 모두들 경례를 하는 것을 보고는, 자신도 포크스테이크 싼 종에 의해 기름 묻은 손가락으로 그의 까만 새 모자를 들어올렸다. 그의 칼라 또한 솟았다. 총독은, 머서 병원의 자금 마련을 위해 열리는 마이러스 자선시(바자)의 개회식에 참가하기 위해 가는 도중, 하부 마운트가(街) 곁으로 수행원들과 함께 말을 몰았다. 그는 브로드벤트 점 맞은편의 한 풋내기 장님을 지나갔다. 하부 마운트 가에서 갈색 비옷 입은 한 보행자가, 마른 빵을 먹으면서, 총독의 길을 가로질러 급히 다치지 않고 지나갔다. 로열 캐널 교(橋)에서, 광고판으로부터, 유진 스트래턴 씨가, 그의 두툼한 입술을 싱긋하며, 펨브로크 구역의 모든 왕래자들에게 환영을 표했다. 해딩턴 한길 모퉁이에서, 한 사람은 양산을 또 한 사람은 열 한 개의 새조개가 데굴거리는 백을 든, 모래투성이 두 여인들이 발걸음을 멈추고 황금 사슬을 달지 않은 시장 각하와 시장부인을 놀라서 바라보았다. 노덤벌랜드 및 랜즈다운 한길에서 각하는 드문드문 걸어가는 남자 보행자들의 경례를, 고(故) 여왕[182] 이 그녀의 남편인, 황서(皇壻)와 함께 1849년에 아일랜드의 수도를 방문했을 때 감탄했다고 전해지는 그 저택의 정원 문간에 있는 두 꼬마 남학생들의 경례를, 그리고 닫혀지는 문에 의해 빨려던 단단한 바지를 입은 알미다노 아티포니의 경례를, 꼬박꼬박 받아들였다.

◆ 11장 ◆

* 청동 빛 머리카락이 금빛 머리카락 곁에 쇠 말굽이 링링 강철울리는 소리를, 들었다.
주제넘너너 넘너너.
손톱 조각, 단단한 엄지손톱으로부터 손톱 조각을 잡아떼며, 손톱 조각.
지독해! 그리고 금빛 머리카락이 한층 얼굴을 붉혔다.
한 가닥 허스키 통소 곡이 불었다.
불었다. 푸른 꽃이 피어있다.
금빛뾰족탑 같은 머리카락.
공단에 쌓인 공단 같은 앞가슴 위의 한 송이 장미, 카스틸의 장미.
진음(震音)으로 노래하며, 진음으로: 아이돌로레스,
핍! ……에 있는 게 누구냐…… 언뜻 보인 금빛 머리카락?
찌르룽 소리가 연민(憐憫)의 청동 빛 머리카락을 향해 울렸다.
그리고 부름, 순수한, 긴 그리고 진동하는. 그리워죽고못사는 부름.
미끼. 부드러운 말〔言〕. 그러나 보라: 밝은 별들이 사라지다. 찍찍 울며 응답하는 곡조.
오 장미! 카스틸. 동이 트고 있다.
징글 징글 징글하고 울었다.
동전이 쨍그렁 울었다. 시계가 째깍거렸다.
승낙(承諾). '쏜네(울려라).' 나는 할 수 있었소. 양말대님의 되 팅김. 당신을 떠나지
않아. 찰싹, '라 끌로쉬(종을)!' 허벅다리 찰싹. 승낙. 따뜻한. 사랑하는 이여, 굿바이!
징글. 블루.
굉음(轟音)의 피아노 키가 울렸다. 사랑이 파고들 때. 전쟁! 전쟁! 귀 고막.
한 척의 범선! 파도 위에 넘실대는 베일.
사라졌다. 개똥지빠귀가 피리를 불었다. 모두 이제는 사라졌다.
뿔 나팔. 호호 뿔 나팔.
그가 처음 봤을 때. 아아!
힘껏 푹. 힘찬 맥박.
목청을 떨면서. 아, 유혹! 유혹하며.
마사! 오라!
짝짝. 쩍짝. 짜그짝.
정말이지 그는 온통 결코 듣지 않았다.
귀먹은 대머리 패트가 흡수지를 가져와 나이프를 집었다.
외가닥 달빛 어린 야호(夜呼): 멀리, 멀리.
저는 정말 슬퍼요. 추서(追書). 너무나 외로이 피어 있네.
귀담아 들어라!
끝이 스파이크 같은 꼬불꼬불한 차가운 해각(海角). 자네 가졌나? 각각, 그리고 다른
것을 위해, 찰싹이는 그리고 묵묵한 노호(怒號).

210 율리시스

진주(眞珠)들: 그때 그녀. 리스트의 광시곡(狂詩曲).¹⁾ 쉿쉿쉿.

당신은 안 하오?

하지 않았다: 아니, 아니: 믿어: 리들리드. 쇠망치로 카락 카락.

검은. 깊이 울리는. 불러요, 벤, 자.

당신이 기다리는 동안 기다린다. 히 히. 당신이 히 동안 기다리다.

그러나 잠깐만!

어두운 이승(지구)에 낮게. 깊이 새겨진 광석(鑛石).

'*나미네다미네(주의 이름으로).*' 전도사야 그는.

모두들 사라졌다. 모두들 몰락한 채.

작은, 그녀의 떠는 수고사리 같은 처녀막.

아멘! 그는 분노로 이빨을 갈았다.

앞으로. 에로, 앞으로. 차가운 배턴의 돌출.

청동 빛 머리카락의 리디아가 금빛머리카락의 마이너 곁에.

청동 빛 머리카락 곁에, 금빛 머리카락 곁에, 대양녹색(大洋綠色) 그림자 속에. 블룸. 나이 먹은 블룸.

누가 두들겼다, 누가 가볍게 쳤다 카르라, 공이 망치로.

그를 위해 기도하라! 기도하라, 선량한 사람들!

그의 중풍 걸린 손가락을 둥둥 두들기며.

몸집 큰 베나벤. 뚱뚱보 벤벤.

여름의 마지막 장미카스틸이 꽃을 남겼다 저는 홀로 너무 슬퍼요.

피우! 작은 소곡(小曲)이 위이이 울었다.

참된 남자들. 리드 켈 카우 데 그리고 돌. 그래, 그래. 여러분과 같은. 칭키 칭기 잔을 들어요.

프프! 오오!

가까이에서 청동 빛 머리카락 어디? 멀리에서부터 금빛 머리카락 어디? 말굽은 어디?

르르프르. 크라아. 크라안드으르.

그때 그때 가서야. 나의 비명(碑名). 씌어지게 하라.

끝났도다.

시작!²⁾

청동 빛 머리카락이 금빛 머리카락 옆에, 도우스 양의 머리가 케네디양의 머리 옆에, 오먼드 바의 엇걸린 덧문 너머로, 총독의 마차 말굽이 링링 강철 소릴 울리며, 지나가는 것을 들었다.

— 저이가 그녀야? 케네디양이 물었다.

도우스 양이, 그래, 하고, 말했다, 총독과 앉아 있는, 진주 빛 회색과 '*오 드 닐(담녹색)*'³⁾ 말이야.

— 멋진 대조지, 케네디양이 말했다.

그때 도우스 양이 법석을 떨며 열렬히 말했다:

— 저 춤 높은 실크모자 쓴 사람 좀 봐.

— 누구? 어디? 금빛 머리카락이 더욱 열렬히 물었다.

— 두 번째 마차에, 도우스 양의 젖은 입술이 햇볕 속에 크게 웃으면서, 말했다. 저이⁴⁾가 처다보고 있어. 내가 볼 테니 명심해.

그녀, 청동 빛 머리카락이, 맨 뒤 구석으로, 돌진했다. 그리고 급한 숨결의 무리(彙)를 이루며 얼굴을 유리창에 납작 갖다댔다.

그녀의 젖은 입술이 킥킥거렸다:

— 저인 뒤돌아보자 뇌쇄(腦殺) 당했어.[5]

그녀는 큰 소리로 웃었다:

— 오, 맙소사! 남자들은 지독한 바보천치들이잖아?

슬픔과 함께.

케네디양이 밝은 햇볕으로부터 느슨한 머리카락을 귀 뒤에 꼬면서, 슬프게 빈둥거렸다. 슬픈 듯 빈둥거리며, 더 이상 금빛이 아닌 머리카락, 그녀는 한 오래기를 휘감은 채 꼬았다. 슬프게 그녀는 빈둥거리며 금빛 머리카락을 굴곡진 한쪽 귀 뒤로 꼬았다.

— 재미를 보는 것은 남자들이야, 이어 슬프게 그녀는 말했다.

한 남자.

블루모(某)가 모울랑 점(店)[6]의 파이프 관들이 쌓여 있는 곁을 그의 품안에 죄의 쾌락을 간직한 채 지나갔다, 와인 점의 골동품 곁을, 달콤하고 죄스런 낱말들을 기억 속에 간직하며, 캐롤 점(店)의 거무스름하고 찌그러진 간판 곁을, 라오울을 위하여.[7]

조수가 그들에게, 바의 그들에게, 바 여급인 그들에게 다가왔다. 자기를 거들떠보지도 않는 그들에게 그는 딸그락딸그락 소리 나는 사기 쟁반을 카운터 위에 탕하고 놓았다. 그리고

— 여기 차 있어요, 그는 말했다.

케네디양이 차 쟁반을, 뒤집힌 산화수(酸化水) 상자 쪽으로 예절바르게 옮겨 내려놓았다, 사람들의 눈을 피하여, 낮게.

— 그게 뭐예요? 커다란 목소리의 조수가 버릇없이 물었다.

— 알아맞혀 봐, 도우스 양이, 그녀의 염탐장(廉探場)을 떠나면서, 대꾸했다.

— 당신의 '보(애인)'인가요?

오만한 청동 빛 머리카락이 대답했다:

— 또 한 번만 더 그따위 주제넘은 소릴 했단 봐라 드 매시 마님[8]한테 일러줄 테다.

— 주제넘너너 넘너너, 그녀가 협박을 하자 조수의 코가 처음 다가왔던 때처럼 후퇴하면서, 상스럽게 흥흥거렸다.

블룸.

그녀의 꽃 위로 얼굴을 찌푸리며 도우스 양이 말했다:

— 저 가장 쾌씸한 젊은 풋내기 녀석. 이번에 또 한번 채신머리없게 굴어 봐 내가 귀때기를 한 야드쯤 잡아 비틀어 줄 테니까.

귀부인답게 멋진 대조로.

— 신경 쓰지 마, 케네디양이 응답했다.

그녀는 찻잔 속에 차를 따른 다음, 도로 차 항아리에 차를 부었다. 그들은 암초 같은 카운터 아래, 발판, 뒤집힌 나무 상자 위에 몸을 웅크리고 앉아, 그들의 차가 우러나기를 기다리고 있었다. 양쪽 다 검은 공단 천의, 한 마에 2실링 9펜니짜리 및 2실링 7펜니짜리, 그들의 블라우스를, 차가 우러나기를 기다리면서, 그들은 만지작거렸다.

그래, 청동 빛 머리카락은 가까이에서, 금빛 머리카락 곁에 멀리에서, 가까이에서 강철 소리, 멀리에서 강철 말굽 소리를 들었다, 그리고 강철 말굽이 링링 울리는 말굽 링링 울리는 강철 말굽 소리를 들었다.

— 난 지독히도 햇볕에 탔지?

청동 빛 머리카락양이 그녀의 목 부분의 블라우스를 젖혔다.

— 아니, 케네디양이 말했다. 타는 건 이제부터야. 체리 로렐 붕사수(硼砂水)를 써 봤니?

도우스 양은 몸을 반쯤 굽히고 서서 백포도주와 적포도주 유리잔들이 반짝반짝 반사하고 있는 그리고 그 한가운데 한 개의 조가비가 장식된 금박의 도금 문자 박힌 바 거울에다 그녀의 피부를 비스듬히 비춰 보았다.

— 그런데 내 손에 맡겨, 그녀는 말했다.

— 글리세린을 써 봐요, 케네디양이 충고했다.

그녀의 목과 손에 작별을 고하면서 도우스 양이

— 그런 걸 바르면 뾰루지만 나, 대답했다. 다시 자리에 앉았다. 나는 보이드 점(店)의 저 늙은 영감한테 내 피부에 바를 걸 부탁해 놓았어.

케네디양은, 이제 충분히 우러난 차를 따르면서, 얼굴을 찌푸리며 간절히 말했다:

— 오, 제발 그 늙은이 이야길랑 내게 하지 말아요!

— 그러나 잠깐 내 말 좀 들어 봐, 도우스 양이 애걸했다.

달콤한 차에 케네디양은 우유를 부은 다음 새끼손가락으로 두 귀를 틀어막았다.

— 아니야, 그러지 마, 그녀가 부르짖었다.

— 난 듣고 싶지 않아, 그녀가 부르짖었다.

그러나 블룸은?

도우스 양은 찌르퉁한 늙은이 목소리로 신음하듯 말했다:

— 아가씨 어디에 바를? 그가 묻는 거야.

케네디양은 듣고, 말을 하기 위해, 그녀의 귀마개를 뽑았다: 그러나 말했다, 그러나 다시 간청했다:

— 제발 내게 그 늙은이 생각을 이제 그만하게 해요 아니면 난 질식하겠어. 그 몸서리쳐지는 늙은이 같으니! 앤티언트 음악 연주실의 저 밤 말이야.

그녀는 차를 별맛 없게 홀짝 마셨다, 뜨거운 차, 한 모금을, 홀짝 마셨다, 달콤한 차.

— 이런 식으로 말이야, 도우스 양은 그녀의 청동 빛 머리를 4분의 3 빼딱하게 젖히고, 그녀의 코허리에 주름살을 지으면서, 말했다. 후우하! 후우하!

날카롭게 깔깔대는 웃음소리가 케네디양의 목구멍에서 솟아 나왔다. 도우스 양이 입김을 내뿜으며 추적하는 돼지주둥이처럼 주제넘너너 떨고 있는 그녀의 콧구멍 아래로 숨을 내쉬었다.

— 오! 날카로운 비명을 지르며, 케네디양이 부르짖었다. 너 그 영감의 통 방울 같은 눈을 여태 잊지 않겠지?

도우스 양이 짙은 청동 웃음소리로 고함을 지르면서, 맞장구를 쳤다:

— 그리고 다른 눈도(논 센스)!⁹⁾

블루아무개의 검은 눈이 아론 피가트너(Figatner) 점(店)¹⁰⁾의 이름을 읽었다. 왜 나는 언제나 피가더(Figather)로만 생각할까? 무화과(fig) 모으기(gathering)를, 나는 생각하지. 그런데 프로스퍼 로레의 위그노 이름. 밧시¹¹⁾ 작(作)의 축복 받은 성모상들 곁을 블룸의 검은 눈이 지나갔다. 푸른 도복에, 하얀 하의¹²⁾를 입은 체, 내게로 오라, 사람들은 그녀를 신(神)으로 믿지: 혹은 여신으로. 오늘 그 여신들. 나는 그걸 볼 수가 없었어. 저 녀석이 이야기를 했지. 한 학생. 나중에 데덜러스의 아들과 함께. 그가 멀리건 일거야.¹³⁾ 모두 귀여운 처녀들. 그것이 그들 놈팡이들을 불러들이는 거다: 그녀의 하얀.

그의 시선이 스쳐 지나갔다. 죄의 쾌락. 쾌락이야말로 달콤한 거다.

죄의.

낄낄 웃어대는 가락에 맞추어 싱싱한 청동금빛 머리카락의 목소리가 뒤엉켰다, 도우스가 케네디와 함께 너의 다른 남자의 눈. 그들은 어린 머리통을 뒤로 젖혔다, 청동 빛 머리카락 낄낄거리는 금빛 머리카락, 그들의 웃음을 자유로이 날려 보내기 위해, 비명을 지르며, 네가 말하는 다른 남자, 서로에게 신호로, 높고 날카로운 선율.

아, 숨을 헐떡이며, 한숨쉬면서, 한숨쉬면서, 아, 지친 채, 그들의 환희가 사라졌다.

케네디양이 그녀의 잔에 다시 입술을 댔다, 들어올렸다, 한 모금 마셨다 그리고 낄낄 낄낄거렸다. 도우스 양, 차 쟁반 너머로 몸을 굽히면서, 다시 그녀의 코를 주름지었다 그리고 익살스런 뒤져 나온 눈을 둥글둥글 굴렸다. 다시 케니가 낄낄거린다, 몸을 구부리며, 그녀의 뾰족탑 같은 아름다운 머리카락, 구부리며, 그녀의 목덜미에 거북 빗을 보였다, 그녀의 입으로부터 차를 뱉었다, 차와 웃음으로 숨이 막히며, 막힘으로 기침하며, 부르짖으며:

― 아 징그르르 맞은 눈! 저런 남자와 결혼한다고 상상해 봐요! 그녀는 부르짖었다. 턱수염을 조금 기르고!

도우스는 멋진 고함을 터뜨렸다, 성숙한 여인의,. 기쁨, 즐거움, 분노로 가득 찬 우렁찬 고함.

― 저 징그르르 맞은 코와 결혼한다! 그녀는 고함질렀다.

날카로운, 짙은 웃음과 함께, 잇따라, 청동 빛 머리카락 다음에 금빛 머리카락, 그들은 서로서로 울림에서 울림으로 말을 재촉했다, 번갈아 링링 울리면서, 청동금빛, 금청동빛 머리카락의 목소리가, 깊고 날카롭게, 웃음에서 웃음으로 퍼져 갔다. 그런 다음 더한층 소리 내며 웃었다. 난 징그르르 맞은 걸 알고 있어. 그들은 몹시 지쳐, 숨도 제대로 못 쉬고, 땋아 늘어뜨린, 반질반질 빗질하여, 뾰족탑처럼 감아 올린 그들의 흥분된 머리를, 벽 카운터 선반에 기댔다. 모두 얼굴을 붉히고 (오!), 숨을 헐떡이면서, 땀을 흘리면서 (오!), 둘 다 숨도 제대로 못 쉬고.

블룸과 결혼한다, 징그르르블룸과.

― 오 야단났네(천상의 성자들이여)! 도우스 양이 말했다, 그녀의 가슴 위의 뛰는 장미 위로 한숨을 쉬었다. 난 지나치게 웃지 말아야 했을 것. 땀에 흠뻑 젖은 느낌이야.

― 오, 도우스 양! 케네디양이 항의했다. 넌 정말 지독한 애구나!

그러자 한층 더 (너 지독한!), 더한층 금빛으로 얼굴을 붉혔다.

캔트웰 사무소[14] 곁에서 징그르르블룸이 배회했다, 기름을 칠해 환해진, 세피 상회[15]의 동정녀 상들 곁을. 나네티 부친이 저런 걸 소리치며 행상했지, 나처럼 집 대문간에서 감언이설 하면서. 종교로 수지를 맞추는 거다. 저 광고 때문에 그(나네티)를 만나야겠어. 먼저 먹고 보자. 시장하군. 아직 멀었어. 4시예요, 아내가 말했다. 시간은 언제나 흘러가게 마련. 시계 바늘은 돌고 있는 것이다. 계속 걷자. 어디서 먹는담? 클라렌스 호텔, 돌핀 호텔. 계속. 라오울을 위하여. 먹는다. 만일 내가 그 광고로 5기니를 벌게 되면. 바이올렛 빛 실크 페티코트를. 아직은 안돼. 죄의 쾌락.

얼굴을 덜 붉힌 채, 한층 덜, 금빛으로 창백한 채.

여급들의 주장(바) 속으로 데덜러스 씨가 만보(漫步)로 들어왔다. 손톱 조각, 그의 단단한 엄지손가락의 손톱에서 손톱 조각을 잡아떼면서. 손톱 조각. 그는 만보했다.

― 오, 무사히 돌아왔군, 도우스 양.

그는 그녀의 손을 잡았다. 휴가를 즐겼나?

― 더할 나위 없게요.

그는 그녀가 로스트리버[16]에서 좋은 날씨를 가졌을 것을 희망했다.

― 멋진 날씨였어요, 그녀는 말했다. 이렇게 지독히 탄 걸 좀 보세요. 종일 해변에 나가 누워 있었지요.

청동 빛 흰빛.

― 그건 아가씨가 장난이 지극히 과해서 그런 거야, 데덜러스 씨가 그녀에게 말하며 그녀의 손을 관대하게 눌렀다. 가련하고 순진한 사내들을 유혹하면서.

공단천의 도우스 양이 팔을 뒤로 움츠렸다.

― 오, 저리 가요! 그녀는 말했다. 댁은 아주 순진하다고는, 생각지 않아요.

그는 그랬다.

― 글쎄 난 순진해, 그는 생각에 잠긴 듯 말했다. 내가 요람에 누워 있을 때 너무나 순진하게 보였기 때문에 사람들이 나를 순진한 사이먼[17]이라 이름 지어 줬지.

― 틀림없이 망령 드셨군요, 도우스 양이 대답했다. 그래 오늘은 의사 선생님이 뭘 주문하셨나요?

― 가만있자, 그는 생각하듯 말했다. 뭐든지 아가씨가 하라는 대로. 냉수하고 위스키 반잔 좀 주실까.

징글.[18]

— 최대로 민첩하게, 도우스 양이 승낙했다.

캔트렐과 코크레인의 이름이 도금된 거울을 향해 그녀는 선뜻 민첩하게 몸을 돌이켰다. 선뜻 그녀는 크리스털 술통의 꼭지에서 한잔 가득 금빛 위스키를 따랐다. 데딜러스 씨는 저고리 자락에서 쌈지와 파이프를 꺼냈다. 민첩하게 그녀는 술을 대접했다. 그는 파이프 관을 통해서 두 줄기 허스키 퉁소 곡을 불었다.

— 정말이지, 그는 생각에 잠긴 듯 말했다, 난 이따금씩 모언 산(山)[19]을 보고 싶었어. 그곳의 대기에는 틀림없이 훌륭한 강장제가 들어 있어요. 하지만 오랫동안 벼르고 있는 일은 드디어 오고야 만다고 들 하잖아. 그래. 그래.

그래. 그는 머리카락들, 그녀의 처녀머리카락(공작 고사리), 그녀의 인어(人魚)의 머리카락을, 담뱃대 통 속에 손가락으로 다져 넣었다. 손톱 조각, 머리카락. 생각에 잠기며. 묵묵히.

아무도 아무것을 전혀 말하지 않았다. 그래.

경쾌하게 도우스 양이 큰 술잔 한 개를 문질러 닦았다, 전동음(顫動音)을 내면서:

— 오, 아이돌로레스, 동쪽 바다의 여왕![20]

— 리드웰[21] 씨가 오늘 들르셨소?

레너헌이 들어왔다. 그의 주위를 레너헌은 살폈다. 블룸 씨는 이섹스 교(橋)에 다다랐다. 그래, 블룸 씨는 예섹스 교를 건넜다. 마사에게 나는 편지를 써야 한다. 종이를 사자. 데일리 문방구. 그곳 처녀는 참 친절하지. 블룸. 그리운 블룸. 푸른 꽃(블룸)이 호밀에 피어 있네.

— 그인 점심때 들렀어요, 도우스 양이 말했다.

레너헌이 앞으로 다가왔다.

— 보일런 씨가 나를 찾고 있습디까?

그는 물었다. 그녀가 대답했다:

— 케네디양, 내가 이층에 있는 동안 보일런 씨 들렀었어?

그녀는 물었다. 케네디의 처녀다운 고운 목소리가 대답했다. 두 번째 찻잔을 바로 하고, 그녀의 시선을 책장에 고정한 채.

— 아니. 들르지 않았어.

케네디의 처녀다운 시선, 들렸다, 얼굴이 보이지 않는 채, 계속 읽었다. 레너헌은 샌드위치 벨 둘레에 자신의 동그란 몸을 동그랗게 구부렸다.

— 흘긋! 저 구석에 있는 게 누구야?[22]

케네디의 시선이 그를 쳐다보지 않자 그는 하지만 예비 교습을 시작했다. 구두점에 주의해요. 단지 까만 글자만 읽어요: 동그라미 O(즉 마침표)와 꼬부라진 S(즉 물음표)를.

징글 경쾌한 마차가 징글.

금빛 머리카락 그녀는 읽으며 한눈을 팔지 않았다. 주의를 기울이지 않았다. 반하강음(半下降音)으로 낮추어, 그가 그녀를 위해 음계(音階)의 우화(寓話)를 기계적으로 암송해도 그녀는 한눈을 팔지 않았다:

— 하얀 마리 여우가 하얀 마리 황새를 만났다네. 그 여우가 그 황새에게 말했지: 자네 자네의 부리를 내 목에다 넣어 가시를 좀 꺼내내내 주겠나?[23]

그가 윙윙거렸으나 헛된 일이었다. 도우스 양은 곁에 있는 찻잔 쪽으로 몸을 돌렸다.

그는 방백조(傍白調)로 한숨 쉬었다:

— 아 젠장! 오 젠장!

그는 데딜러스 씨에게 인사를 하고 목례를 받았다.

— 유명한 아버지의 유명한 아들한테서 안부를.

— 그가 누군데? 데딜러스 씨가 물었다.

레너헌이 가장 다정한 양팔을 벌렸다. 누구?

— 누구겠소? 그는 물었다. 그걸 묻다니? 스티븐, 청년 시인 말이오.

냉담한.

데덜러스 씨, 유명한 아버지가, 그의 마른 담배를 채운 파이프를 옆으로 놓았다.

— 알겠네, 그는 말했다. 난 당장 그인 줄 알지 못했어. 그는 꽤 골라 뽑은 친구와 사귀고 있다던데. 요사이 그를 만난 적이 있나?

그는 있었다.

— 저는 바로 오늘 그와 함께 신주잔(神酒盞)을 들이켰습니다, 레너헌이 말했다. '앙 빌르(시내의)' 무니 주점과 '쉬르 메르(바닷가)' 무니 주점[24]에서. 그는 자신의 시상(詩想)의 대가로 현찰을 수령했지요.

그는 청동 빛 머리카락의 차로 젖은 입술에, 듣는 입술과 눈에, 미소했다:

— 에린(愛蹒)의 엘리트들이 그의 입술에 매달렸지요. 그 당당한 학자, 더블린에서 가장 뛰어난 문필가요 편집자인, 휴 맥휴 그리고 오머든 버크라는 음조 좋은 호칭으로 알려진 황막한 습진 서부의 저 청년 음유시인[25] 말입니다.

잠시 후에 데덜러스 씨는 그의 그록 주(酒)를 쳐들었다 그리고

— 그건 정말 틀림없이 기분전환이었을 거야, 그는 말했다. 알겠네.

그는 알고 있다. 그는 술을 마셨다. 먼 곳의 산(山)을 구슬퍼하는 눈으로. 그의 술잔을 내려놓았다.

그는 살롱 문 쪽을 쳐다보았다.

— 피아노를 옮겼군 그래.

— 조율사[26]가 오늘 왔어요, 도우스 양이 대답했다, 수의(隨意)흡연음악회를 위해 그걸 조율하며 그런데 전 그토록 정교한 연주자는 여태 결코 듣지 못했어요.

— 그게 사실이야?

— 그렇잖아, 케네디 양? 진짜 클래식한 것이었지, 알아요. 게다가 또한 장님으로, 불쌍한 녀석. 스무 살도 안 됐을 거예요, 확실히.

— 그게 사실이야? 데덜러스 씨가 말했다.

그는 마시고 멍하니 걸어갔다.

— 그의 얼굴을 보면 너무 슬퍼요, 도우스 양이 위로했다.

개자식 같으니 하느님의 저주를 .[27]

그녀의 연민에 맞추어 식당의 벨이 찌르릉 울렸다. 대머리 패트가 바 겸 식당의 문까지 다가왔다, 귀먹은 패트가 가까이 왔다. 오먼드의 웨이터, 패트가 왔다. 식사용 저장 맥주. 그녀는 저장 맥주를 민첩하지 않게 대접했다.

끈기를 가지고 레너헌이 초조한 보일런을 기다렸다, 징글징글 울리는 경쾌한 악마 사내. 뚜껑을 들어올리면서 그는[28] (누구?) 나무 널(coffin, 관(棺)?) 속에 사선(斜線)의 세 겹 철사 줄(피아노!)을 빤히 쳐다보았다. 그(그녀의 손을 다정하게 눌렀던 바로 그)는 가만히 페달을 밟으면서, 펠트의 두께의 변화를 보려고, 작동하는, 잘 들리지 않는 해머의 낙차(落差) 음을 들으려고, 세 겹의 키(鍵盤)를 눌렀다.

두 장의 크림 빛 모조지 한 장은 예비로 두 장의 봉투 내가 위즈덤 헬리 상점에 근무할 때 데일리 문방구에서 현명한 블룸 헨리 플라우어[29]가 샀다. 댁에서 당신은 행복하지 못하세요? 나를 위안해 주는 꽃 그런데 핀은 사(랑)를 자르는 거다. 뭔가 중요한 걸 의미하지, 꼬(꽃)(흐름)의 언어. 그게 국화였던가? 그건 천진난만을 뜻하지. 미사가 끝난 다음 점잖은 아가씨를 만나다. 차참 고마워요. 현명한 블룸은 문 위에 붙은 포스터를 빤히 쳐다보았다, 아름다운 파도 속에 담배를 피우고 있는 몸을 흔들고 있는 한 인어(人魚). 흡연 인어들, 가장 시원스런 흡연. 흐르는 머리카락: 애인에게 버림받고. 어떤 남자를 연모하여. 라올을 위하여. 그는 이섹스 교(橋) 위 멀리 경쾌한 마차를 타고 있는 멋진 모자를 주시하

며 보았다. 저놈이다. 다시. 세 번째. 우연의 일치.

연한 고무바퀴를 타고 징글징글 울리면서 마차가 다리에서부터 오먼드 부두까지 달렸다. 뒤쫓아요. 위험을 무릅쓰고. 빨리 가. 4시에. 이제 가까이. 밖으로.

— 2페니예요, 선생님, 점원 아가씨가 과감하게 말했다.

— 아하…… 잊고 있었군…… 실례……

— 그리고 4페니요.

4시에 그녀가. 애교 있게 여점원이 블룸피모(彼某)에게 미소했다. 블룸은 미소를 짓(smi)다 말고 급히(qui) 갔다. 잘 있어. 자네는 해변의 단 하나의 조약돌 인줄 생각하지?[30] 그걸 모두에게 행세하고 있는 거다. 모든 남자들을 대신해서.

졸리는 듯 말없이 금빛 머리카락이 그녀의 책장 위에 몸을 굽혔다.

살롱으로부터 한 가닥 음(音)이 들리자, 길게 사라져 갔다. 그것은 조율사가 잊어버린 소리굽쇠를 사이먼이 방금 두들긴 것이다. 다시 한 음. 방금 그가 그걸 균형 잡자 그게 금방 진동했다. 자네 들리나? 그것은 진동했다, 순수한, 한층 순수한, 부드럽게 그리고 한층 부드럽게, 그의 댕댕 울리는 쇠스랑의 갈래. 보다 길게 사라져 가는 음.

패트가 식사 손님의 평 터진 코르크 술병 값을 지불했다: 그리고 그가 떠나기 전에 큰 차 쟁반과 평 코르크의 술병 너머로, 그는, 대머리에 귀먹은 채, 도우스 양과 속삭였다.

— *밝은 별들이 사라지네……*[31]

한 가닥 무성음의 노래가 안으로부터 울렸다, 노래하면서:

— *……아침이 동트고 있네.*

새소리 같은 12음계(音階)가 민감한 손 밑에서 명랑한 고음부의 답을 찍찍 울렸다. 환하게 키(건반)들이, 온통 반짝이며, 연결된 채, 온통 하프시코드의 해음(諧音)에 맞추어, 이슬 젖은 아침의, 청춘의, 사랑의 이별의, 인생의, 사랑의 아침의 선율을 노래하기 위해 한 가닥 소리를 불러냈다.

—*진주 이슬방울……*

레너헌의 입술이 카운터 너머로 유혹의 낮은 휘파람을 혀짤배기로 불어 보냈다.

— 하지만 이쪽을 좀 봐요, 그는 말했다, 카스틸의 장미여.

징글 이륜마차가 연석 곁에서 징글 울리며 멈추었다.

그녀는 자리에서 일어나며 읽고 있는 책을 덮었다, 카스틸의 장미가: 안달한 듯, 쓸쓸한 듯, 버림받은 듯, 꿈꾸는 듯 일어섰다.

— 여주인공이 사랑에 빠졌나 아니면 걷어차였나? 그는 그녀에게 물었다.

그녀는 경시하며, 대답했다:

— 거짓말을 듣고 싶지 않으면 묻지도 말아요.

숙녀처럼, 숙녀답게.

블레이지즈 보일런의 스마트한 탠 가죽 구두가 그가 성큼성큼 걷고 있는 바 마룻바닥 위에 삐걱거렸다. 옳아, 금빛 머리카락이 가까이에서 청동 빛 머리카락이 멀리에서. 레너헌이 그를 들었다, 알았다, 환영했다:

— 보라 정복자 영웅[32]이 오신다.

마차와 창문 사이를, 조심스럽게 걷고 있는, 정복당하지 않은 영웅, 블룸이 지나갔다. 녀석이 나를 보았는지도 몰라. 녀석이 앉았던 자리: 따뜻한. 경계하는 까만 수고양이[33]가 인사하면서, 높이 추켜든, 리치 고울딩의 법률 서류 가방을 향해, 걸어갔다.

—*그리고 나는 그대로부터……*

— 자네가 왔다는 걸 들었네, 블레이지즈 보일런이 말했다.

그는 예쁜 케네디 양을 향해 기울은 밀짚모자의 테두리에 손을 댔다. 그녀는 그에게 생글 웃었다. 그러나 자매 청동 빛 머리카락은 그녀보다 한층 더 생글 웃었다, 그녀의 보다 윤택한 머리카락, 앞가슴 그리고 한 송이 장미를 그를 위해 가지런히 치장하면서.

　스마트한 보일런이 술을 주문했다.

　— 자네는 뭘 하겠나? 쓴 맥주를 한 잔? 그럼 쓴 맥주 한 잔을, 좀, 그리고 나에게는 슬로
진 한 잔을. 전보 아직 안 들어왔나?[34]

　아직 아니.[35] 4시에 그녀가. 누가 4시라고 했지?

　집달리의 사무실 문간에 있던 카울리의 붉은 귓불과 불룩 나온 인후. 피하자. 고울딩
이 우연히. 그는 오먼드에서 뭘 하고 있을까? 마차가 기다리고 있군. 가만있자.

　여보. 어딜 가시오? 뭘 먹을까 하구? 나도 방금 그럴 참이었소. 여기에서. 뭘, 오먼드
요? 더블린에서 제일 값비싼 곳이죠. 그래요? 식당. 저기 도사리고 앉아 있군.[36] 볼 수는
있어도, 보이지는 않아. 저도 합석할까요. 그러시오. 리치가 앞장섰다. 블룸이 그의 가방을
뒤따랐다. 왕자에게도 어울릴 만찬.

　도우스 양은 식탁용 포도주 병을 집으려고 손을 높이 뻗었다. 그녀의 공단 팔, 거의 찢
어질 듯한, 그녀의 앞가슴을 뻗으며, 아주 높이.

　— 오! 오! 레너헌이 뻗을 때마다 숨을 헐떡이면서, 내뱉듯이 말했다. 오!

　그러나 쉽사리 그녀는 노획물을 잡아 의기양양하게 그것을 아래로 내렸다.

　— 왜 키가 더 자라지 않지? 블레이지즈 보일런이 물었다.

　그녀 청동 빛 머리카락, 그의 입술을 위한 진한 시럽 술을 그녀의 기운 술병에서 따르
면서, 그것이 흘러나오자 빤히 쳐다보았다 (그의 코트에 꽃을: 누가 저이한테 주었지?[37]),
그리고 목소리를 가다듬어 의미심장하게 말했다:

　— 꾸러미는 작아도 속에 든 물품은 진짜예요.

　말하자면 그것은 자기를 의미하는 거다. 솜씨 좋게 그녀는 진한 조청 슬로진을 따랐다.

　— 자 행운을, 블레이지즈가 말했다.

　그는 커다란 은화 한 닢을 아래로 던졌다. 은화가 쨍그랑 울렸다.

　— 잠깐만 기다려, 레너헌이 말했다, 나도 한잔 할 테니……

　— 행운을, 그는, 거품 인 맥주를 들어올리면서, 원했다.

　— 〈셉터〉 호(號)가 수월하게 이길 거야, 그는 말했다.

　— 나도 얼마간 돈을 걸었지, 보일런이 윙크를 하면서 그리고 마시면서 말했다. 나 스스로
한 것은 아니야, 알겠나. 내 친구의 일시적 생각이지.

　레너헌이 계속 마시며 그의 기운 맥주를 향해 그리고 그녀의 입술이 진음(震音)으로
불렀던 대양가(大洋歌)를 거반 흥흥거렸던, 닫혀지지 않은, 도우스 양의 입술을 향해 싱긋
웃었다. 아이돌로레스. 동쪽 바다.

　시계가 땡 울렸다.[38] 케네디 양이 차 쟁반을 나르면서, (꽃을 누가 줬을까, 수상하기도
하지), 그들의 길을 지나갔다. 시계가 째깍거렸다.

　도우스 양은 보일런의 은화를 집어, 대담하게 현금 등록기를 두들겼다. 돈이 크링 울
렸다. 시계가 째깍 울렸다. 이집트의 미녀[39]가 금고를 뒤져 가려내며, 흥흥거리며, 거스름
돈을 건넸다. 서쪽을 보라(감시하라). 째깍. 나를 위해.

　— 몇 시지? 블레이지즈 보일런이 물었다. 4시?

　시각(時刻).

　레너헌은, 작은 눈으로 그녀의 흥흥거리는, 흥흥거리는 앞가슴을 탐욕하며, 블레이지
즈 보일런의 팔꿈치 소매를 끌었다.

　— 어디 타임[40]을 들어봅시다. 그는 말했다.

　고울딩, 콜리스, 워드의 손가방이 호밀 꽃으로 덮인 테이블 곁으로 블룸을 안내했다.
목적 없는 그는, 대머리의 패트가 시중을 드는 동안, 상기된 목적으로, 문 가까이 테이블을
선택했다. 가까이 있자. 4시에. 녀석이 잊어 버렸나? 아마 속임수. 아직 오지 않는다: 몸이
닳도록 한다. 그따위 짓을 난 할 수 없을 거야. 기다려(wait), 기다려. 웨이터인, 패트가,

기다렸다.

　빤짝이는 청동 빛 머리카락의 파란(azure) 눈이 블레저(Blazure)의 푸른 하늘색 나비넥타이 그리고 그의 눈과 눈짓했다.

— 자 해봐요, 레너헌이 재촉했다. 아무도 없잖아. 그는 결코 듣지 않았다.

— ……플로라의 입술을 향해 서둘렀다네.[41]

　높은, 한 줄기 높은 곡조가 고음부로 맑게 울려 퍼졌다.

　가라앉았다가 솟은 그녀의 장미와 친하게 사귀는 청동 빛 머리카락 도우스가 블레이지즈 보일런의 꽃과 눈을 찾았다.

— 자아, 자아.

　그는 승낙의 답변을 얻으려고 호소했다.

— *나는 그대를 떠날 수 없었다네*……

— 나중에요, 도우스 양이 수줍게 약속했다.

— 아냐, 지금, 레너헌이 권유했다. '*쏜네 라 끌로쉬(종을 울려라)!*' 오 해봐요! 아무도 없잖아.

　그녀는 보았다. 빨리. 켄 양은 들리지 않는 곳에. 갑작스런 몸 굽힘. 두 흥분한 얼굴들이 그녀가 몸을 굽히는 것을 살폈다.

　떨리면서 현(絃)들이 공중으로부터 퍼졌다, 다시 그걸 찾았다. 선율을 잃었다, 그리고 사라졌다가 다시 찾았다, 주춤거리며.

— 자 계속해요! 해봐요! '*쏜네(울려라)를!*'

　몸을 굽히면서, 그녀는 스커트의 끝을 무릎 위까지 끌어올렸다. 우물거렸다. 몸을 굽히며, 양말대님을 처매면서, 방종한 눈으로, 계속 그들을 놀려댔다.

— '*쏜네(울려라)!*'

　찰싹. 그녀는 끌어올린 탄력 있는 양말대님을 그녀의 찰싹이는 여인의 따뜻한 긴 양말 허벅지에다 갑자기 찰싹 따뜻하게 퉁겼다.

— 라 끌로쉬(종을)! 즐거운 레너헌이 소리쳤다. 주인한테 훈련받은. 거기 가짜가 아니야.

　그녀는 얄보듯 미소능청스럽게 웃었다 (맙소사! 남자들이란 정말 바보잖아?), 그러나, 빛 쪽으로 슬슬 나아가며, 상냥하게 그녀는 보일런에게 미소했다.

— 당신은 야비성(野卑性)의 본질(에센스)이구려, 그녀는 미끄러지듯 말했다.

　보일런이, 곁눈질을 하고, 곁눈질을 받았다. 풍만한 입술에 그의 잔(성배)을 맡긴 채, 마지막 진한 바이올렛 조청 같은 술 방울을 핥으면서, 그는 작은 잔(성배)을 다 들이켰다. 그의 홀린 눈이 그녀의 미끄러지는 머리 뒤를, 뒤따랐다, 머리가 생강주 잔, 백포도주 잔, 반짝이는 적포도주 잔들, 한 개의 뾰족한 조가비가 그려진, 금박 아치형, 거울 곁 카운터 아래로 내려가자, 거기 그것이 조화를 이루며, 거울에 비쳤다, 청동 빛 머리카락이 한층 밝은 청동 빛 머리카락과 함께.

　그래요, 청동 빛 머리카락이 가까이에서.

— *사랑하는 이여, 안녕히!*

— 나는 가네, 보일런이 성급하게 말했다.

　그는 잔을 재빨리 구르며, 거스름돈을 움켜쥐었다.

— 잠깐 기다려, 레너헌이, 빨리 마시면서, 간청했다. 자네한테 말하고 싶었던 게 있어. 톰 로치퍼드가……

— 지옥(브레이지즈)에나 가래지, 블레이지즈 보일런이 자리를 뜨면서, 말했다.

　레너헌이 가려고 꿀꺽 마셨다.

— 뿔(발기)이 났나[42], 아니면 뭔가? 그는 말했다. 기다려요. 나도 갈 테니.

　그는 급히 삐걱거리는 구두를 뒤따랐으나 문턱 곁에 재빨리 섰다, 인사하는 인물들, 뚱뚱이가 홀쭉이와 함께.

— 안녕하십니까? 돌라드 씨?

— 에? 안녕? 안녕? 벤 돌라드의 공허한 베이스음(音)이 카울리 신부의 슬픈 얼굴로부터 잠시 고개를 돌리며, 대답했다. 저인 자네에게 아무런 수고를 끼치지 않을 거야, 보브. 알 프 버건이 그 키다리 녀석[43]에게 말할 거야. 이번에는 우리가 저 유다 이스카리오트[44]의 귀에다 보리 짚을 쑤셔 넣어야 해.[45]

한숨쉬면서 데덜러스 씨가 손가락으로 눈꺼풀을 달래며, 살롱을 통해 되돌아왔다.[46]

— 호호, 우리는 할 거야, 벤 돌라드가 즐겁게 요들을 불렀다. 어서, 사이먼. 노래 한곡 불러요. 피아노 소리가 들리던데.

대머리 패트, 귀먹은 급사(웨이터)는 술 주문을 기다렸다(웨이티드). 리치에게 파우어 위스키. 그리고 블룸은? 가만있자. 그를 두 번 걸음 시키지는 말아야지. 그의 발가락 티눈. 지금 4시. 이 검은 옷은 얼마나 더운지. 물론 신경 탓도 조금. 열(熱)을 굴절한다(그런가?). 어디 보자. 사이다. 그래, 사이다 한 병을.

— 그게 무슨 소리야? 데덜러스 씨가 말했다. 나는 단지 즉석 연주를 해봤을 뿐인데, 자네.

— 어서, 어서, 벤 돌라드가 불렀다. 따분하고 번거로운 것은 집어치워. 자, 보브.

그는 만보(漫步)했다 돌라드가, 헐렁한 웃옷, (……입은 저 친구를 붙들어요. 자 저이를 붙들어) 그들 앞을 지나 살롱 안으로. 그는 피아노 의자 위에 그이 돌라드를 털썩 주저앉혔다. 그의 통풍 걸린 손가락이 피아노의 건반 위에 털썩 떨어졌다. 털썩 떨어진 채, 불현 듯 멈추었다.

문간에서 대머리 패트가 되돌아오는 무다(無茶)의 금빛 머리카락을 만났다. 귀먹은, 그는 파우어 위스키와 사이다를 부탁했다. 창문 곁에 청동 빛 머리카락이, 지켜보았다. 청동 빛 머리카락이 멀리서부터.

징글 마차는 유쾌하게 달렸다.[47]

블룸은 한 가닥 징글, 한 가닥 작은 소리를 들었다. 녀석이 출발했군. 흐느끼는 가벼운 숨결을 블룸은 말없는 푸른 색깔의 꽃 위에 내쉬었다. 징그렁. 녀석이 가버렸어. 징글. 들어라.

— 〈사랑과 전쟁〉,[48] 벤, 데덜러스 씨가 말했다. 신이여 옛날과 함께 하소서.

도우스 양의 용감한 눈이, 무시당한 채, 낮은 덧문(遮日)에서부터 돌렸다, 햇볕에 현혹된 채, 가버렸군. 시름에 잠겨(누가 알아?), 현혹되어(현혹하게 하는 빛), 그녀는 슬슬 미끄러지는 끈을 잡아 덧문(현수막)을 풀어 내렸다. 그녀는 시름에 잠겨 끌어내렸다 (왜 내가 하려 할 때 그는 그렇게도 빨리 가버렸을까?), 그녀의 청동 빛 머리카락 근처에, 대머리가 자매인 금빛 머리카락 곁에, 비(非)절묘한 대조(콘트라스트)로, 비 절묘하고 무(無)절묘한 대조로, 서 있는 카운터 너머로, 느린 차갑고 침침한 바다 빛 푸른, 미끄러지는, '오드 날' 빛의, 짙은 그림자(차일)를.

— 가련한 구드윈 노인이 그날 밤의 피아니스트였지, 카울리 신부가 그들에게 상기시켰다. 그 자신과 콜라드 그랜드 피아노[49] 사이에 약간의 의견 차이가 생겼지.

사실 그랬다.

— 심포지엄이라면 모두 혼자 독차지, 데덜러스 씨가 말했다. 악마도 그를 막지는 못했을 거야. 그는 음주의 초창기 단계에서 괴팍스런 늙은이였어.

— 정말, 여러분 기억하고 있소? 몸집 큰 벤 돌라드가 벌(罰)로 내려친 건반으로부터 몸을 돌이키며, 말했다. 그런데 젠장 나는 결혼 예복이 없었단 말이오.

세 사람은 모두 소리 내어 웃었다. 그는 예복이 없었다. 모든 트리오가 큰 소리로 웃었다. 결혼 예복 무(無).

— 우리들의 친구 블룸이 그날 밤 쓸모 있는 역할을 했지, 데덜러스 씨가 말했다. 그런데, 내 파이프가 어디 갔지?

그는 잃어버린 코드 파이프를 찾아 주점으로 되돌아 헤맸다. 대머리 패트가 두 식사 손님, 리치와 폴디의 술을 날라 왔다. 그리고 카울리 신부가 다시 소리 내어 웃었다.

─내가 사태를 수습했지, 벤, 생각건대.

─ 맞았어, 벤 돌라드가 단언했다. 나는 그때의 그 타이트 바지[50]를 역시 기억하지. 그건 참 눈부신 착상이었어, 보브.

카울리 신부는 그의 눈부신 진홍빛의 귓불에까지 얼굴을 붉혔다. 그가 그때의 사(태)[situa]를 수습했던 거야. 타이트 바(지)[trou]. 참 눈부신 착(상)[ide].

─ 나는 그[51]가 돈이 궁한 것을 알았네, 그는 말했다. 아내가 극히 적은 보수를 위해 토요일마다 커피 팰러스[52]에서 피아노를 연주하고 있었지 그리고 그녀가 딴전을 부리고 있다고[53] 나에게 귀띔 해준 게 누구였더라? 자네 기억하나? 우리는 그들을 찾느라고 홀레스가(街)를 온통 찾아다니지 않으면 안 되었는데 드디어 키오 상점의 그 녀석이 우리들에게 그 집 번지를 가르쳐 줬지. 기억하나?

벤은 그의 널따란 얼굴을 놀라면서, 기억했다.

─ 정말이지. 그녀는 그곳에 얼마간의 사치스런 오페라 외투와 그 밖의 여러 가지 것들을 갖고 있었단 말이야.

데덜러스 씨가 손에 파이프를 쥐고, 되돌아왔다.

─ 메리언 스퀘어 스타일이지[54]. 무도 복들, 정말이지, 그리고 대례복(大禮服)들. 그는 게다가 아무런 돈도 받으려 하지 않았어. 뭐지? 엄청나게 많은 삼각모자들과 스페인 무용복들 그리고 헐렁한 단 바지들. 그 밖에 뭐지?

─ 그래, 그래, 데덜러스가 고개를 끄덕였다. 마리언 블룸 부인은 별의별 헌옷을 보유하다.

징글 울리며 유쾌한 마차가 부두들 아래로 달렸다. 블레이지즈가 튀는 타이어 위에 몸을 쭉 뻗었다.

간(肝)과 베이컨. 스테이크와 콩팥파이. 알았습니다, 네. 알았습니다, 패트.

마리언 부인이. 창(槍)의 호스 그를 만났다. 타는 냄새. 뽈 드 꼬끄의. 멋진 이름을 그는.[55]

─ 그녀의 이름이 뭐였더라? 그 토실토실한 아씨 말이야. 마리언……?

─ 트위디.

─ 그래. 그 여자 살아 있나?

─ 정정하다네.

─ 그녀는……의 딸이었지.

─ 그 연대(聯隊)의 딸.[56]

─ 그래, 정말. 나는 그 늙은 고수장(鼓手長)을 기억하고 있어.[57]

데덜러스 씨가 성냥을 켰다, 핑 소리를 내며, 불이 붙었다, 냄새 지독한 한 모금의 연기를 혹 뿜었다.

─ 아일랜드 사람? 난 모르겠어, 정말. 그 여잔, 사이먼?

세게 빨아들여 혹 불어낸다, 한 번 혹, 강하고, 향기 있는, 입을 쩝쩝 다시며.

─ 나쁠근(喇叭筋)(협근, 頰筋)이…… 뭐라?…… 조금 녹슨…… 오, 그녀는…… 나의 아일랜드의 몰리, 오.[58]

그는 매운 깃털 같은 연기를 한 번 혹 내뿜었다.

─ 지브롤터의 바위산[岩山][59] 출신이지…… 내내.

그들은 대양(大洋) 같은 짙은 그림자 속에서 애를 태웠다. 금빛 머리카락은 맥주 펌프 곁에, 청동 빛 머리카락은 마라스키노 술 곁에, 둘 다 심각하게. 드럼콘드라[60]의 리즈모어 테라스 4번지의, 마이너 케네디가, 말없는, 돌로레스, 여왕, 아이돌로레스와 함께.

패트가 뚜껑 벗긴 요리 접시들을, 대접했다. 리오폴드는 간(肝)을 조각조각 질렀다. 전술(前述)한 바와 같이[61] 그는 내장, 호두 냄새나는 모래주머니, 튀긴 대구 곤이를 아주 맛있게 먹었다, 한편 콜리스, 워드 법률사무소의 리치 고울딩은 스테이크와 콩팥을, 스테이크를 먼저 콩팥을 나중에 먹었다, 그리고 파이를 한 입 한 입 그도 먹고 블룸도 먹고 모두 먹었다.

블룸이 고울딩과 함께, 묵묵히 한패가 되어, 먹었다. 왕자들에게 어울릴 만찬을.

배철러(Bachelor) 산책길 곁을 독신자(bachelor), 블레이지즈 보일런이, 햇볕 속 열(熱) 속을, 트로트 걸음걸이로 망아지의 번쩍이는 엉덩이를 가죽 채찍으로 치면서, 튀는 타이어 위에 몸을 흔들면서, 경쾌하게, 징글거렸다: 사지를 쭉 뻗고, 따뜻하게 자리한 채, 초조한 보일런, 열렬 뱃심 좋게. 뿔 나팔.[62] 자네 그걸 가졌나? 뿔 나팔. 자네 그게? 호오호 울리는 뿔 나팔(號角).

그들의 목소리를 넘어 돌라드가 바순 음으로 공격해 왔다, 폭격(爆擊)하는 피아노의 현을 넘어 붕붕거리며:

— 사랑이 나의 불타는 혼을 사로잡을 때……

벤혼뺏는벤자민의 구르는 목소리가 떨리는 사랑의 전율하는 지붕창틀까지 굴렀다.

— 전쟁! 전쟁! 카울리 신부가 부르짖었다. 당신은 용사(勇士)야.

— 난 그래, 용사 벤이 크게 웃었다. 나는 당신의 집주인[63]을 생각하고 있었어. 사랑(러브)이냐 돈이냐.

그는 노래를 멈추었다. 그는 거대한 턱수염, 자신의 커다란 실수에 관해 생각하며 거대한 얼굴을 흔들었다.

— 확실히, 당신은 그녀의 고막(鼓膜)을 찢을 거야, 자네, 데덜러스 씨가 향기로운 연기를 통해 말했다, 당신과 같은 기관(器官)[64]을 가지고 말이야.

턱수염의 풍부한 웃음으로 돌라드가 피아노의 건반 위로 몸을 흔들었다. 그는 찢을 거야.

— 또 하나의 막(膜)은 말할 것도 없고, 카울리 신부가 덧붙였다. 중간 휴식, 벤. '아모로소 마 논 트롭포(부드럽고 즐겁고, 그러나 지나치지 않게).'[65] 이제 내가 좀 쳐봅시다.

케네디 양은 두 신사에게 시원한 흑맥주 큰 잔을 대접했다. 그녀는 한 마디 말을 건넸다. 그건 정말, 최초의 신사가 말했다, 아름다운 날씨야. 그들은 시원한 흑맥주를 마셨다. 그녀는 총독각하가 어디로 가고 있는지를 알았던가? 그러자 강철 말발굽들이 링링 울리는 소리를 들었다. 아니야, 그녀는 말할 수 없었다. 하지만 신문에 실려 있을 거야. 오, 그녀는 애쓸 필요 없지. 애쓸 필요 없어. 그녀는 그녀의 밖으로 펼친 〈인디펜던트〉지(紙)를 펄럭였다. 찾으면서, 총독이라, 그녀의 뾰족탑 같은 머리를 천천히 움직이면서, 총독. 수고를 너무, 최초의 신사가 말했다. 오, 천만예요 조금도. 그는 이런 모양을 하고 있었소. 총독.[66] 금빛 머리카락이 청동 빛 머리카락과 나란히 강철 쇠 소리를 들었다.

— ……………………나의 불타는 혼!

나는 내일을 상관할 것 없다네.

간(肝) 육즙(肉汁) 속에 블룸은 짓이긴 감자를 짓이겼다. 〈사랑과 전쟁〉 누군가. 벤 돌라드의 유명한 (노래). 밤에 그는 저 음악회 때문에 야회복을 빌리러 우리한테 달려왔었지. 그가 입고 있던 북〔鼓〕 같은 타이트 바지. 음악에 미친 식용(食用) 돼지야. 그가 나가버리자 몰리가 몹시 소리 내어 웃었다. 침대에 가로로 번듯이 누워, 낄낄거리며, 차면서. 그에게 달린 모든 걸 다 드러내 놓았어요. 오, 하늘에 계신 성자(聖者)여, 저는 땀에 몸이 흠뻑 젖었어요! 오, 맨 앞줄의 여인들! 오, 나는 그토록 많이 웃어 본 적이 없어요! 글쎄, 물론 그건 그가 비친 술통 같은 목소리를 냈기 때문이에요. 예를 들면 불 간 사내(환관)들. 누가 피아노를 치고 있는 걸까. 대단한 솜씨. 카울리임에 틀림없어. 음악에 미쳐. 연주하는 곡은 뭔들 알고 있단 말이야. 그는 호흡이 좋지 못해, 불쌍한 친구 같으니. 멈추었다.

도우스 양, 애교 있는, 리디아 도우스가, 들어오는 신사, 상냥한 변호사, 조지 리드웰에게 인사를 했다. 안녕하세요. 그녀는 자신의 축축한 (숙녀의) 손을 그의 굳은 악수에 맡겼다. 안녕. 그래, 그녀는 돌아왔던 거다. 다시 옛날의 보금자리로.[67]

— 친구 분들이 안에 계셔요. 리드웰 씨.

조지 리드웰, 상냥하고, 홀린 듯, 숙(淑)리디아의 손을 잡았다.

징글.

블룸은 전술한 바와 같이 간(장)[liv]을 먹었다. 적어도 여기는 깨끗한 곳이야. 연골을 1
전득전득 씹고 있던, 버튼 식당의 저 사나이. 여기에는 아무도 없지: 고울딩과 나뿐. 깨끗
한 식탁, 꽃들, 주교관(主敎冠) 같은 냅킨. 패트가 이리저리. 대머리 패트. 할 일이 아무것
도 없다. 더블린에서 최고 값진 곳.

다시 피아노. 카울리다. 그가 피아노에 붙어 앉아 있는 꼴, 마치 한 몸처럼, 서로 의사 5
가 통하는 듯. 바이올린을 켜는 귀찮은 가수들, 눈을 악기의 활 끝에 붙이고, 첼로를 타면
서, 흡사 치통(齒痛)을 연상시키지. 그녀의 높고 긴 코고는 소리. 우리가 극장의 박스(席)
에 앉아 있던 밤. 물 호랑이처럼 불어대던 트롬본, 막간(幕間) 사이, 다른 브라스(금관악
기) 키든 녀석, 나사를 풀며, 침을 뱉으면서. 지휘자의 다리도 역시, 자루바지, 지그 춤을
추면서. (바지는) 별아 별걸 감추기에 알맞던 말이야. 10

지그 춤을 추며 징글징글 이륜마차는 징글 달린다.

단지 하프만이. 귀여운. 햇볕을 노려보는 금빛 머리카락. 하프를 켜는 소녀.[68] 아름다
운 배(船)의 고물.[69] 오히려 (왕자)에게 합당한 맛있는 고기국물. 황금의 배. 애란(愛蘭).
하프 한두 번. 차가운 손. 벤 호우드, 만병초꽃. 우리는 여인들의 하프인 거다. 나. 그이.
늙은. 젊은.

— 아, 난 못 해, 자네, 데덜러스 씨가 수줍은 듯, 마음 내키지 않는 듯, 말했다. 15

완강하게.

— 해봐요, 젠장! 벤 돌라드가 그르렁거렸다. 조금이라도 꺼내 봐요.

— '마파리(사랑이 내게 나타났으니)'를[70], 사이먼, 카울리 신부가 말했다.

무대 아래로 그는 몇 걸음 성큼성큼 걸어갔다, 정중하게, 괴로운 듯 키 큰, 긴 팔을 뻗
고. 목이 쉰 듯 그의 인후 골이 부드럽게 쉰 소리를 냈다. 부드럽게 그는 먼지 묻은 한 폭의 20
해경화(海景畵)를 향해 노래했다:〈마지막 이별〉.[71] 곶(岬), 한 척의 배, 큰 파도 위의 돛
배. 잘 가라. 귀여운 소녀여, 그녀의 베일이 곶(岬) 위 바람에 물결치고, 바람이 그녀를 휘
감아.

카울리가 노래했다:
— 마파리 투타모르(사랑이 내게 나타났으니): 25
일 미오 스구아르도 린콘트르(나를 온통 사로잡았다네)……[72]

그녀는 손을 흔들었다, 카울리의 노래를 듣지 않고, 그녀의 베일, 떠나가는 사람, 애인
에게, 바람, 사랑, 빠른 범선, 귀환.

— 시작해, 사이먼.

— 아, 확실히, 나의 한창 때는 지났어, 벤…… 글쎄……

데덜러스 씨가 파이프를 피아노 소리굽쇠 옆에 쉬도록 놓았다, 그리고 자리에 앉으면 30
서, 순종하는 건반을 감촉했다.

— 아니, 사이먼, 카울리 신부가 몸을 돌렸다. 그걸 원곡(原曲)으로 연주해요. 한 플랫(#下
降音)[73]을.

건반이, 순종하듯, 한층 높이 솟았다, 말했다, 주춤거렸다, 고백했다, 헛갈렸다.

무대 위로 카울리 신부가 성큼성큼 걸어갔다. 35

— 여기, 사이먼, 내가 자네 반주를 하지, 그는 말했다. 일어나요.

그레이엄 레몬 점의 파인애플 사탕과자를 지나, 엘버리의 코끼리 점(店) 곁을, 이륜마
차가 징글징글 터벅터벅 달렸다.

스테이크, 콩팥, 간장, 짓이긴, 왕자에게 어울릴 성찬에, 왕자들 블룸과 고울딩이 앉았
다. 식사하는 왕자들, 그들은 들어올려 건배했다. 파우어 위스키와 시이다. 40

여태까지 씌어진 가장 아름다운 테너 곡이야, 리치가 말했다: '손남불라(몽유병자).'[74]
그는 조 마스[75]가 어느 날 밤 그 노래를 부르는 것을 들었다. 아, 얼마나 맥거킨[76]을 닮았던
가! 그래. 그가 부르는 식에 있어서 말이야. 성가대(聖歌隊) 소년의 스타일. 마스는 바로

그 소년이었지. 미사소년(마스보이). 한 사람의 서정적(抒情的)인 테너라고나 할까. 그걸 결코 잊지 말지라. 결코.

부드럽게 블룸은 간(肝) 없는 베이컨 너머로 그 굳은 얼굴이 긴장하는 것을 보았다. 아픈 등을 그는.[77] 브라이트(신장염)[78] 환자의 반짝이는 눈. 프로그램의 다음 항목. 술 마신 대가로 등이 아픈 거다. 부스러기 빵 같은, 환약,[79] 한 박스에 한 기니의 값어치. 잠깐 아픈 걸 면하는 거다. 노래도 부르지: 〈사자(死者)들의 틈에 누워〉.[80] 적절한 문구(文句)야. 콩 팥파이. (아름다운 아가씨)에게 고운 꽃을.[81] 별 효과가 없지. (더블린)에서 가장 값비싼 곳. 그의 특징이야. 파우어 위스키. 그가 마시는 술도 별나지. 유리잔의 흠(欽), 신선한 바트리 수(水). 절약하느라고 카운터에서 성냥을 집어 가는 것이다. 그리고 나면 술이나 계집질에 돈을 탕진하지. 그리고 돈을 내라고 하면 한 푼도 없다. 취한 채 자신의 차비 내는 것도 거 부하지. 괴상한 타입들.

결코 리치는 그날 밤을 잊지 못할 거야. 그가 살아 있는 한: 결코. 꼬마 피크와 함께 그 낡은 왕립극장의 이층 발코니에서. 그리고 그 최초의 곡이 울렸을 때.

말씨가 리치의 입술 위에 멈추었다.

이제 허풍을 마구 터뜨리는 것이다. 경칠 아무것도 아닌 일에 광상곡(랩소디)을. 저 자 신의 거짓말을 진짜로 믿는 거다. 정말 그래. 놀라운 거짓말쟁이야. 하지만 기억력이 좋아 야 하지.

— 저건 무슨 곡이오? 리오폴드 블룸이 물었다.

— *모든 것은 이제 다 사라졌도다.*[82]

리치가 입술을 삐쭉 내밀었다. 한 가닥 낮은 발단음(發端音)을 아름다운 요정이 속삭 였다: 모두. 지빠귀새(스라쉬). 개똥지빠귀새(스로슬). 그의 숨결, 새의 달콤한, 그가 자랑 하는 훌륭한 이빨, 비탄의 슬픔으로 통소 곡을 불었다. 사라지다. 풍부한 성량(聲量). 거기 두 개의 선율이 한 개로. 그 아가위나무 골짜기에서 내가 들은 지빠귀새(검정 새). 나의 주 제들을 빼앗아 그는 그들을 얽어 개작했지. 거의 모든 새로운 외침도 모두 사라져 가는 거 다. 메아리. 되돌아오는 메아리는 얼마나 감미로운가.[83] 어떻게 그것이 이루어진담? 모든 것은 이제 사라졌다. 구슬퍼하듯 그는 휘파람을 불었다. 추락, 항복, 사라졌다.

블룸은 리오폴드의 귀를 기울였다. 화병 밑의 냅킨 깔개의 가장자리를 돌리면서. 주문 (注文). 그래, 생각이 났어. 아름다운 곡. 잠 속에 그녀는 그에게로 다가갔다. 달빛 속의 순 진함.[84] 용감하지, 자신들의 위험을 모르니. 여전히 그녀를 말리다. 이름을 불러 봐요. 물 을 만지게 해요.[85] 징글징글 이륜마차. 너무 늦었어. 그녀는 몹시 가고 싶었다. 그것이 이 유인 거다. 여인. 바다를 멈추게 할 만큼 쉽게.[86] 그래: 모든 것이 다 사라졌다.

— 아름다운 곡이요, 블룸 혼 잃은 리오폴드가 말했다. 난 그 곡을 잘 알아.

결코 그의 전(全) 생애에서 리치 고울딩은 하지 않았다.

그는 그 곡을 역시 잘 알고 있다. 아니면 그는 느끼고 있다. 여전히 그의 딸 타령을 하 고 있는 거다.[87] 그녀의 아비를 알고 있는 현명한 아이지,[88] 데덜러스가 말했지. 를?

블룸은 간(肝)이 담겨져 있지 않은 접시 너머로 비스듬히 쳐다보았다. 모든 것이 사라 져 버린 듯한 얼굴. 한때 쾌활했던 리치. 이제는 맥 빠진 늙은 농담꾸러기. 그의 귀를 흔들 면서. 눈에 냅킨을 링처럼 감아 보이며. 이제는 자식더러 갖고 가도록 그가 보내는 구걸 편 지. 사팔뜨기 월터 녀석 아버지(써) 제가 했어요 아버지(써). 괴로움을 끼치고 싶지 않고 단지 제가 얼마간의 돈을 기대할 뿐이야. 사과(謝過)해요.

다시 피아노. 내가 지난번 들었을 때보다 훨씬 소리가 나아졌군. 아마 조율이 잘된 모 양이야. 다시 멈추었다.

돌라드와 카울리가 망설이는 가수[89]에게 곡을 다 끝내도록 계속 권유했다.

— 그걸마저 불러요, 사이먼.

— 자, 사이먼.

— 신사 숙녀 여러분, 저는 여러분의 친절한 권유에 최대한 깊이 감사드립니다.

— 그걸, 사이먼,

— 저는 돈은 없으나 만일 여러분이 저에게 주의를 기울여 주신다면 저는 괴로워하는 연인(戀人)[90]에 관한 노래를 여러분께 불러드리도록 진력하겠나이다.

가려 있는 그림자 속의 샌드위치 벨 곁에 리디아가, 그녀의 청동 빛 머리카락과 그녀의 가슴 장미, 숙녀다운 우아함을, 내밀었다 그리고 움츠렸다: 마치 차가운 청동색 '오 드 낳' 빛의 그늘 속에서처럼 마이너가 두 신사의 큰 술잔을 향해 그녀의 뾰족탑 같은 금빛 머리카락을.

서곡(序曲)의 하프 화음(和音)이 끝났다. A 화음이, 길게 뻗은 채, 기대하듯, 한 가닥 목소리를 끌어냈다.

— *내가 저 사랑스러운 모습을 처음 보았을 때……*

리치가 몸을 돌이켰다.

— 사이 데덜러스의 목소리다, 그는 말했다.

머리를 곧게 세운 채, 뺨이 불꽃으로 감촉된 채, 모두들 저 곡조가 피부 사지 인간의 마음 영혼 척추 위를 정답게 흐르는 것을 느끼며 귀를 기울였다. 블룸은 패트에게 신호를 했다. 대머리 패트는 듣기 곤란한 급사인지라, 주장 문을 조금 열어 두도록. 주장의 문을. 그래. 그걸로 됐어. 급사(웨이터)인 패트가, 기다렸다(웨이티드), 들으려고 기다리며(웨이팅), 왜냐하면 그는 문 곁에서 듣는 것이 힘들었기 때문이다.

— *……슬픔이 내게서 떠나가듯 했다네.*

대기(大氣)의 정적을 뚫고 한 가닥 목소리가 나직이, 그들에게 노래했다, 비(雨)도 아닌, 속삭이는 나뭇잎도 아닌, 갈대 줄기의 소리 도 아닌 또는 소위 말하는 덜시머의 소리도 아닌, 그들의 조용한 귀를 가사(歌詞)를 가지고, 그들 각자의 잠잠한 마음을 그의 기억된 생명을 가지고 감촉하면서. 훌륭한, 듣기에 훌륭한: 그들이 처음 들었을 때 그들 각자로부터, 두 사람으로부터 슬픔이 떠나간 듯했다. 그들이 처음 보았을 때, 잃어버린 리치 폴디, 자비의 미인, 그걸 조금도 기대할 수 없는 자로부터, 그녀의 최초 자비롭고 순애(殉愛)의 잦은 사랑의 말을 들었다.

노래하고 있는 사랑: 사랑의 그 옛날 달콤한 노래. 블룸은 그의 포켓 속의 탄력 있는 고무 띠를 천천히 풀었다. 사랑의 그 옛날 달콤한 '쏜네(울려라) 라(그)' 금빛 머리카락. 블룸은 한 개의 고무 타래를 네 개의 포크 손가락에 감았다, 그걸 뻗었다, 풀었다, 그리고 다시 그것을 애써 두 겹, 네 겹, 여덟 겹 (옥타브)으로 감았다, 그들을 단단히 족쇄로 채웠다.

— *희망으로 충만되어 모두 기뻐했다니……*

테너 가수들은 여자들을 얼마든지 손에 넣지. 그들의 성량(聲量)의 흐름을 증가시킨다. 그의 발아래 꽃을 던진다. 우리 언제 만날까요. 저의 머리가 단지. 징글 모두 기뻐했나니. 저 남자는 신사들을 위해 노래를 부르지 못해요. 당신이 머리기 던지 빙빙 돌시요. ㄱ이를 위해 향수를 뿌리고. 당신 아내는 무슨 향수를 쓰세요? 알고 싶어요. 징글. 멈춘다. 노크. 문간에서 손님을 맞기 전 마지막 거울보기. 현관. 거기? 안녕하세요? 별고 없어요. 거기? 무슨? 그렇지만? 그녀의 손가방 속에 구중향정(口中香錠), 입 맞출 때의 사탕과자. 그래요? 풍만한 육체를 더듬는 손.[91]

아아 목소리가 솟았다, 탄식하며, 바뀌었다: 소리 높이, 충만되어, 번쩍이며, 뽐내는.

— *그러나, 아아, 그것은 부질없는 꿈이었네……*

거룩한 목소리를 그는 아직도 갖고 있지. 코크 마을의 곡은 한층 부드럽지 그들의 사투리도.[92] 어리석은 남자! 대양(大洋)처럼 많은 돈을 벌 수 있었을 텐데. 잘못된 *가사*를 노래하며, 아내를 골병들게 했지: 이제 노래를 부르는 거다. 그러나 말하기 곤란하지. 단지 그들 두 사람 뿐.[93] 만일 그 녀석 사고가 나지 않는다면. 트로트 걸음걸이로 가로를 달린다. 그의 손과 발도 함께 노래한다. 마신다. 과(過) 긴장된 신경. 노래를 부르기 위해서는 절제해야. 제니 린드 식(式)[94] 수프: 고기 삶은 즙, 샐비어 잎사귀, 날 계란, 반 파인트의 크림. 크림 같은 꿈같은 목소리를 위해.

부드러운 것이 솟았다: 천천히, 부풀면서, 터질 듯 고놈이 맥박 쳤다. 요놈 봐라. 하, 줘요! 받아요! 도근, 도근, 맥이 뛰는 뽐내는 발기(勃起).

가사(歌詞)? 음악? 아니야: 그건 배후에 숨어 있는 거다.

블룸은 고무 고리를 만들었다, 고리를 풀었다, 매듭을 맸다, 매듭을 풀었다.

블룸. 따뜻하고 매매녀(賣買女) 군침 같은 비밀의 홍수가 음악이 되어, 욕망이 되어, 흐르기 위해 흘러 나왔다. 침입하며 흐름을 맹목적으로 핥기 위해. 그녀를 간질이며 그녀를 애무하며 그녀를 찰싹 치며 그녀를 억누르면서. 푹. 팽창하면서 팽창하는 털구멍. 푹. 그 환희 그 감촉 그 온기 그. 푹. 솟아 나오는 분출물을 수문(水門) 너머로 쏟으려고. 홍수, 분출, 흐름, 환희의 솟구침, 푹 맥박. 이제! 사랑의 언어여.

— ……희망의 빛은……

빛을 발하면서. 리디아가 리드웰을 위해 뮤즈 여신을 닮은 그토록 귀부인답게 끽끽거렸으나 끽끽거리지 않는 폭망(望)의 빛[95]을 거의 듣지 않았다.

저건 〈마르타〉다. 우연의 일치.[96] 방금 편지를 쓸 참이었다. 라이오넬의 노래. 당신은 정말 아름다운 이름을 가졌어요. 쓸 수가 없다. 저의 보잘것없는 선(물)을 받아 줘요. 그녀의 심금(心琴)의 끈 지갑(紙匣)의 끈을 또한 탄주(彈奏)한다. 그녀는 한. 전 당신을 심술 꾸러기 소년이라 불렀어요. 하지만 이름: 마아사. 얼마나 이상한 가! 오늘.

라이오넬의 목소리가 되돌아왔다. 보다 약하게 그러나 지치지 않은 체. 그 목소리가 다시 리치 폴디 리디아 리드웰에게 또한 시중들려고 기다리는 벌린 입과 귀의 패트에게 노래했다. 어떻게 그는 맨 먼저 그 매력 있는 모습을 보았던가, 어떻게 슬픔이 이별한 듯 했던가, 어떻게 시선, 몸매, 말씨가 그를 고울(덩을) 리드웰을 매혹시켰던가, 패트 블룸의 마음을 정복했던가.

사이먼의 얼굴을 내가 좀 볼 수 있었으면, 하지만. 얼굴을 보면 더 잘 알 수 있지. 그 때문에 드러고 점(店)의 그 이발사 놈은 내가 거울에 비친 그의 얼굴에다 말을 건넸을 때 언제나 내 얼굴을 쏘아보았지. 한층 멀지만 주장(酒場)(바) 안에서보다 여기가 듣기에 훨씬 낫군.

— 각자의 우아한 모습……

테레뉴어[97]의 매트 딜런 점에서 처음 내가 그녀(몰리)를 보았던 최초의 밤. 노란, 검은 레이스를 그녀는 입고 있었지. 의자 뺏기 음악놀이. 마지막에 우리 두 사람. 운명이야. 그 녀를 뒤쫓아. 운명. 천천히 돌고 또 돌아. 빨리 둥글게. 우리 두 사람. 모두들 쳐다보고 있었지. 정지. 털썩 그녀는 주저앉았다. 쫓겨난 사람들이 모두 쳐다보았다. 웃고 있던 입술. 노란빛 무릎.

— 내 눈을 매혹 했다네……

노래하며. 〈기다리며〉[98]를 그녀는 노래 불렀다. 나는 그녀에게 악보를 넘겨주었지. 향기 넘치는 목소리 당신의 라일락나무는 무슨 향수를. 가슴을 나는 보았다, 풍만한 양쪽 앞가슴, 떨리는 목구멍. 처음 나는 보았지. 그녀는 내게 감사했다. 왜 그녀는 내게 그랬을까? 운명. 스페인 풍(風)의 눈. 홀로 배나무 아래 파티오(안뜰) 정든 마드리드에서[99] 지금쯤 그늘 속에 한쪽 돌로레스 여(女)돌로레스. 내게. 유혹하며. 아, 매혹하며.

— 마르타! 아, 마르타!

온갖 권태를 포기하며 라이오넬이 비애 속에, 깊어 가는 그러나 치솟는 하모니의 음조로서 사랑이여 돌아오라 지배적 격정(激情)의 부르짖음으로 부르짖었다. 그녀는 알았으리라, 마르타는 틀림없이 느꼈으니, 라이오넬의 고독의 부르짖음 속에. 왜냐하면 단지 그녀만을 그는 기다리고 있었으니까. 어디에? 여기 저기 찾아봐요 저긴가 여긴가 모두들 어딘가를 찾아봐요. 어떤 곳.

― 돌아오오라, 너 사라진 자여!
돌아오오라, 너 사랑하는 이여!

　홀로. 하나의 사랑. 하나의 희망. 한 사람이 나를 위안한다. 마르타, 가슴의 노래, 돌아 오라!

― 돌아오라……!

　그것은 치솟았다, 한 마리 새, 그것은 비상(飛翔)했다, 한 가닥 빠른 순결한 부르짖음, 솟아라 은빛 궤도에로 그것은 화창하게 약동했다, 속도를 내면서, 한결같이, 돌아오려고, 아주 길고 긴 숨을 너무 지나치게 장황하게 끌지 말아요 그는 마치 긴 생명을 내쉬듯, 높이 치솟으며, 하늘 높이 찬연히, 불에 타듯, 왕관을 쓰고, 높게, 천국의 가슴의, 높이, 높고 거대한 상징적 광휘, 광채의, 높이, 사방에 모든 것이 모든 것의 주위에 모든 것을 휘감아 치솟으며, 무한한한한한한히히……

― 내게로!

　사이오폴드[100]!

　소진(消盡)했다.

　오라. 잘 불렀도다. 모두들 손뼉을 쳤다. 그녀는 와야만 한다. 오라. 내게로, 그에게로, 그녀에게로, 너도 역시, 내게, 우리들에게.

― 브라보! 짝짝. 잘했소, 사이먼. 짝짝짝. 앙코르! 짝짝짝짝. 종(鐘)처럼 낭랑한 소리. 브라보, 사이먼! 짝짝짝. 앙코르, 손뼉을 쳤다, 말했다, 부르짖었다, 모두들 손뼉을 쳤다, 벤돌라드, 리디아 도우스, 조지 리드웰, 패트, 마이너 케네디, 두 개의 큰 술잔을 든 두 신사, 카울리, 큰 잔을 든 최초의 신사 그리고 청동 빛 머리카락의 도우스 양과 금빛 머리카락의 마이너양.

　블레이지즈 보일런의 날씬한 탠 구두가, 전술한 바와 같이, 주장 마루 위에서 삐걱 소리를 냈었다. 존 그레이 경(卿), 호레이쇼 외팔의 넬슨, 존경하올 시어볼드 매슈 신부(神父)[101]의 기념비를 지나, 징글 이륜마차가, 방금 전에 말한 바와 같이, 징글징글 울리며 지나갔다. 트로트 걸음걸이로, 열(熱) 속에, 열좌(熱座)한 채, '끌로쉬. 쏜네 라. 끌로쉬. 쏜네 라. (종을. 울려라. 종을. 울려라.)' 한층 천천히 암말이 러틀랜드 광장,[102] 로툰다 원형광장을 지나 언덕을 올라갔다. 보일런에게는 너무 늦은, 악마 보일런, 초조 보일런에게는, 암말이 혼들혼들 달려갔다.

　카울리의 닫힌 화음의 여운이, 한층 홍취 짙은 대기 위로 사라졌다.

　그러자 리치 고울딩이 그의 파우어 위스키를 마셨고 리오폴드 블룸은 사이다를 마셨다, 리드웰은 기네스 흑맥주, 두 번째 신사는 만일 그녀가 상관하지 않는다면 두 개의 더 많은 큰 잔으로 마시고 싶다고 말했다. 케네디 양이 술을 내려놓으며, 산호(珊瑚) 입술로, 첫 번째, 두 번째 신사에게, 방긋 웃었다. 그녀는 상관하지 않았다.

― 감옥 속에 이레 동안, 벤 돌라드가 말했다. 빵과 물만 먹고 그래도 사이먼, 딩신은, 성원의 지빠귀 새처럼 노래 부를 스요.

　가수, 라이오넬 사이먼이, 소리 내어 웃었다. 보브 카울리 신부가 연주했다. 마이너 케네디가 술을 대접했다. 두 번째 신사가 돈을 지불했다. 톰 커넌이 뽐내며 들어왔다. 리디아가, 감탄받고, 감탄했다. 그러나 블룸은 소리나지 않게 노래했다.

　감탄하면서.

　리치, 감탄하면서, 그 남자의 훌륭한 목소리를 논평했다. 그는 오래전 한 밤을 기억했다. 그날 밤을 결코 잊지 않았다. 사이(먼)가 지위(地位)요 명성이었네[103]를 불렀다: 그건 네드 램버트의 집에서였다. 맙소사 평생 그와 같은 곡을 들어 본 적이 결코 없었다, 그러면 부정(不貞)한 자여 우리는 헤어지는 것이 좋겠어요[104] 그렇게도 신명(神明)난 노래를 결코 들어 본 적이 없었다. 정말이지 그는 이제 사랑은 사라지다를 부르던 그렇게도 훌륭한 목소리를 결코 들어 본 적이 없었다. '사라지다'를 램버트에게 물어 봐요 그도 역시 당신에게 그렇게 말할 수 있을 테니.

고울딩이, 허우적거리며 밤의 창백한 얼굴로 홍조를 띠면서, 블룸 씨에게 이야기했다, 사이(먼)가 네드 램버트 집에서, 데덜러스 집에서, *지위요 명성이었네*를 노래했다.

그이, 리치 고울딩이, 그이, 블룸 씨에게, 그이, 리치가, 그의 집에서, 네드 램버트의 집에서, 그이 사이 데덜러스가, *지위요 명성이었네*를 노래 부르던 것을 들은 그 밤의 이야기를 하고 있는 동안 그이, 블룸 씨가, 조용히 귀를 기울였다.

처남매부: 인척 관계. 우리 곁을 지나쳐도 절대로 말을 하지 않아요.[105] 나는 (사이먼과 리치간의) 불화의 징조[106]라고 생각해. 그를 경멸로서 대우한다. 봐요. 그런데도 그는 그를 한층 더 찬미하지. 사이(먼)가 노래하던 밤. 인간적 목소리, 마치 두 줄기 가느다란 비단실 같아, 참 훌륭하지, 모든 다른 이들보다 한층 더.

저 목소리는 일종의 비탄이었다. 이제는 한결 잠잠한. 노래를 듣는다고 느끼는 것은 그것이 멈춘 침묵 뒤다. 진동. 지금은 침묵의 선율.

블룸은 십자로 맞잡은 손을 풀며 맥 빠진 손가락으로 현악기(커트)의 날줄 같은 가느다란 고무줄을 잡아당겼다. 그는 잡아당겨 퉁겼다. 그것이 윙윙, 그것이 핑핑 울었다. 한편 고울딩은 배러클로우[107]의 발성법에 관하여 이야기했다, 한편 톰 커넌은, 편곡의 일종의 회고 속에, 귀를 기울이고 있는 카울리 신부에게 말을 걸었다, 그러자 후자는 연주하면서 고개를 끄덕이며, 즉흥곡을 연주했다. 한편 몸집이 큰 벤 돌라드는, 불을 붙이고 있는, 사이먼 데덜러스에게 말을 걸었다, 그러자 후자는, 담배를 피우면서 고개를 끄덕이며, 그리고 담배를 피웠다.

너 사라진 자여. 모든 노래는 그러한 주제 위에. 그러나 블룸은 그의 고무줄을 한층 더 힘껏 잡아당겼다. 잔인하게 보이는군. 사람들을 서로가 사랑하도록 해놓고: 그들을 유혹하게 해놓고. 그리고 나면 서로로 떼어놓는단 말이야. 죽음. 폭(파). 머리통을 한 번 내려치는 것. 지옥으로썩꺼져버려. 인간의 생명. 디그넘. 우흐, 그 꿈틀거리고 있던 쥐 놈의 꼬리![108] 5실링을 나는 기부했지. '*꼬르뿌스 빠라디숨(천국의 육체)*.'[109] 까마귀처럼 깍깍 울고 있는 자: 배때기가 마치 독(毒)을 들이켠 개처럼. 사라졌다. 그들은 노래한다. 잊혀진 채. 나도 마찬가지. 그리고 어느 날 그녀도 함께. 그녀와 헤어진다: 싫증난다. 그리고 나면 고통 한다. 흐느낀다. 큰 스페인풍(風)의 눈을 헛되이 희번덕거리며. 그녀의 물결물결결결 무거우거우거우운머리카락, 빗질 되:'지 않은 채.[110]

하지만 지나친 행복도 싫증을 가져오지. 그는 한층 더, 더 한층, 고무줄을 뻗쳤다. 당신은 댁에서 행복하지 않으세요? 팅. 고무줄이 탱 끊어졌다.

징글징글 이륜마차가 돌세트가(街)로.

도우스 양은 샐쭉하여, 그러나 만족한 듯, 그녀의 매끈매끈한 팔을 움츠렸다.

— 너무 허물없이 굴지 말아요, 그녀는 말했다, 우리 좀 더 낯익을 때까지.

조지 리드웰이 그녀에게 참되고 진실 되게 말했다: 그러나 그녀는 믿지 않았다.

첫 번째 신사가 마이너에게 그것은 사실 그런 거라고 말했다. 그녀는 그것이 사실이냐고 그에게 물었다. 그러자 큰 잔의 두 번째 신사가 그녀에게 그렇다고 말했다. 그게 사실 그렇다는 것을.

도우스 양, 리디아양은, 믿지 않았다: 케네디 양, 마이너도, 믿지 않았다: 조지 리드웰, 아니: 도우스양은 하지 않았다: 첫 번째, 첫 번째: 큰 잔을 든 신사: 믿어요, 아니, 아니: 퀜양은, 믿지 않았다: 리드리디아웰: 큰 잔.

여기서 편지를 쓰는 게 좋겠군. 우체국의 날개 펜은 씹어서 비틀어져 있지.

대머리 패트가 신호에 따라 가까이 다가왔다. 펜과 잉크를. 그는 물러갔다. 편지지(대) 한 장. 그는 물러갔다. 갈겨쓰는 편지지(대)한 장. 그는 들었다, 귀머거리 패트.

— 그렇군, 블룸 씨가 꼬불꼬불한 현악기의 날줄 같은 고무줄을 만지작거리며, 말했다. 그건 확실히 그래. 몇 행(行)이면 될 테니까. 나의 선물. 이탈리아의 장식악(裝飾樂)은 모두

그래. 누가 이 곡을 작사했을까? 이름을 알면 더 잘 알 수 있지. 편지지와 봉투를 꺼내자:
태연하게. 아주 특징 있는 거야.
— 모든 오페라 가운데서 제일 근사한 곡이오, 고울딩이 말했다.
— 맞았소, 블룸이 말했다.
　　사실 그런 곡이다. 모든 음악을 그대가 생각하게 될 때. 둘에 둘을 곱하여 반으로 나누
면 하나의 두 배인 옥타브가 되지.[111] 전음(顫音): 그건 화음인 거다. 하나 더하기 둘 더하기
여섯은 일곱이다.[112] 손가락으로 요술을 부리면 뭐든지 할 수 있다. 이것은 저것과 동등하다
는 걸 언제나 알게 되지. 묘지 벽 아래의 균형.[113] 그는 나의 상복을 눈치채지 못하고 있군.
냉정한 친구: 어떻게든 창자만 채우려고. 음악수학(音樂數學). 그리고 천국의 음악이라도
듣고 있는 듯한 느낌이 들지. 그러나 가령 이렇게 말한다고 상상해 봐: 마르타, 일곱 곱하기
아홉 빼기 X는 3만 5천이라. 아주 시시하게 되고 말지. 음악이란 사실 소리 때문이지.
　　예를 들면 그는 지금 피아노를 치고 있다. 즉흥곡. 누구나 가사를 듣기까지는, 뭐든지
좋다고 할거야. 민감하게 들을 필요가 있지. 열심히. 모든 게 순조롭게 시작한다: 그러면
곧 악기의 현이 좀 시큼하게 들리지: 조금 혼란된 듯한 느낌. 부대(負袋)의 안과 밖을 들락
거리고, 통(桶)을 뛰어넘고, 철조망 울타리를 통과하는, 장애물 경기. 때가 좋은 곡을 만들
지. 당장 잠겨 있는 기분이 문제. 하지만 언제나 들으면 기분이 좋지. 소녀들이 배우는, 상
하음계(上下音階)는 별개 문제라 하더라도. 이웃끼리 둘이 함께 연주한다. 그걸 위해 벙어
리 피아노를 발명해야 할거야. 밀리는 별반 취미가 없어요. 이상스럽기도 하지 왜냐하면 우
리들 양자가, 글쎄.[114] '블루멘리트(꽃노래)'[115]라는 악보를 내가 그녀에게 사줬지. 내 이름
과 닮았기 때문에. 그 곡을 천천히 치고 있다, 한 소녀가, 내가 집에 돌아오던 날 밤, 그 소
녀. 세실리아가(街) 근처 마구간의 문.
　　대머리 귀머거리 패트가 아주 판판한 흡묵지(吸墨紙) 잉크를 가져왔다. 패트가 잉크
펜 아주 판판한 흡묵지를 함께 놓았다. 패트가 그릇 접시 나이프 포크를 집었다. 패트가 가
버렸다.
　　음악은 유일한 언어야, 데덜러스가 벤에게 말했지. 그는 소년으로서 링거벨라에서, 크
로스헤이븐, 링거벨라[116]에서 그들이 음주가를 부르는 것을 들었다. 이탈리아의 배들이 가
득 차 있는 퀸즈타운 항구. 산책하면서, 알겠소, 벤, 달빛 속에 저들 스페인풍의 모자를 쓰
고. 모두들 목소리를 혼합해서. 정말이지, 이런 음악을, 벤. 소년 때 들었소. 링거벨라 항구
를 가로질러 들려오던 월광곡(月光曲).
　　시큼한 파이프를 옆으로 제쳐놓고 그는, 가까이에서부터 선명하게, 달빛 어린 야호(夜
呼), 메아리치는, 멀리서부터 들리는 야호, 그의 꾸르르르 우는 입술 곁에 손을 방패처럼
받쳤다.
　　그의 배턴처럼 만 〈플리먼〉의 가장자리를 따라, 내가 그걸 어디서 보았더라 훑어 내려
가면서, 블룸의, 너의 다른 한 남자의 눈이, 매달려 있었다, 콜런, 코울먼, 디그넘 패트릭.
헤이호! 헤이호![117] 포세트. 아하! 내가 막 찾고 있었지.
　　저 친구[118]가 보고 있지 않아야 할 텐데, 생쥐처럼 눈치가 빠르단 말이야. 그는 〈플리
먼〉지를 펼쳤다. 이젠 볼 수 없지. 그리스어(語)의 '이이(ees)'[119]를 쓰는 걸 명심해요. 블
룸은 잉크를 찍었다, 블루가 중얼: 귀하. 친애하는 헨리 썼다: 친애하는 메이디. 당신의
편(지)과 꽃은 잘 받았소. 정말 내가 어디다 두었지? 호주머 아니면 다르. 그건 전(적으로)
불가느하오. '불가느'에 밑줄을 긋자. 오늘 편지를 쓰는 것은.
　　이건 귀찮은 일. 귀찮은 블룸이 어디 좀 생각해 보자는 듯 패트가 가져온 판판한 편지
지 패드(臺)를 손가락으로 큰북 치듯 가볍게 두들겼다.
　　계속. 내가 뜻하는 바를 알아주오. 아니야, 이놈의 '이이'를 바꾸자. 동봉한 나의 하
잘것없는 선무를 받아 주오. 그녀에게 답을 요구하지 말라. 가만있자. 5실링을 디그에게.
여기 식당에서 2실링. 갈매기한테 1페니. 엘리야는 다가오고. 데이비 번 점에서 7페니. 모

두 약 8실링. 예컨대 반(半)크라운. 저의 보잘것없는 선무: 우편환에 2실링 6페니. 저에게 긴 답장을 써 주세요. 저를 무시하시나요? 징글, 당신의 (머리)가? 너무 흥분하여. 왜 당신은 나를 심술꾸러기라 부르오? 그럼 당신도 심술꾸러기? 오, 메어리는 그녀의 노끈을 잃었다네. 오늘은 이만 안녕. 그래요, 그래, 당신에게 말할게요. 하고 싶소. 그것이 흘러내릴까 봐. 저를 다른 이름으로 불러 줘요. 그녀는 다른 세계라 썼지. 저의 인내가 다하기 전에. 그게 흘러내릴까 봐. 당신은 믿어야 하오. 믿어요. 큰잔. 그것. 이다. 정말.

내가 편지를 쓰고 있다니 우행(愚行)? 남편들은 안 해요. 그것은 결혼이나, 그들의 아낙네들 때문이지. 왜냐하면 나는 버림받고 있으니까. 상상해 봐요. 하지만 어떻게? 그녀는 해야만 해. 젊음을 지닌다. 만일 그녀[120]가 알아낸다면. 나의 고급 모(자) 속에 감추어 둔 카드. 아니야, 다 말하지 말라. 소용없는 고통. 만일 그들이 보지 않으면. 여자. 일간망둥이 사내를 위한 양념 격.

한 대의 삯 마차, 324호, 도니브룩, 하모니 가로 1번지, 마부 바턴 제임스, 그 위에 한 승객, 한 젊은 신사가 타고 있었다. 에덴 부두 5번지의, 재봉 및 재단사, 조지 로버트 메시어스에 의해 재단된 남청색 서지 복으로 날씬하게 차려 입고, 그레이트 브런즈위크가 1번지의 제모사(製帽師), 존 플라스토의 것을 매입한, 최신식 밀짚모자를 쓰고. 에? 이것이 징글징글 울리며 지나가는 이륜마차인 거다. 들루가쯔 돼지푸주 아젠다스 회사의 번쩍이는 튜브관(管) 곁을 번들번들엉덩이의 한 암말이 트로트로 달렸다.

— 광고에 답하는 거요? 날카로운 시선의 리치가 블룸에게 물었다.

— 예, 블룸이 말했다. 마을 주문받이지요. 하는 것도 없으면서, 글쎄.

블룸이 중얼: 최고의 신원 보증인.[121] 그러나 헨리는 썼다: 그것이 나를 성나게 할 거요. 당신 어떤 건지 알겠지. 급히. 헨리. 그리스 문자 이이. 추서(追書)를 다는 게 나아. 지금 저 친구는 뭘 연주하고 있나? 즉흥곡을 타면서. 간주곡. 추서. 등 뎅 뎅. 당신이 나를 어떻게 벌주려고? 당신이 나를 벌준다고? 뒤둥그러진 스커트를 혼들면서, 휙 지나가다. 내게 말해요. 난 원해요. 알고 싶소. 오. 물론 내가 알고 싶지 않은 것은 묻고 싶지도 않아요. 라 라 라 리. 단음계(短音階)로 슬프게 꼬리를 끌고 사라진다. 왜 단음계는 슬픈 느낌을? H로 서명하자. 여자들은 편지 끝을 슬픈 사연으로 쓰는 걸 좋아하지. 추.추.서.(追.追.書.) 라 라 라 리. 오늘 저는 몹시 슬퍼요. 라 리. 정말 외로워. 친(親).

그는 패트의 편지지 위에 재빨리 지워버렸다. 봉(투). 주소. 바로 신문에서 베낄까. 중얼거렸다: 콜런, 코울먼 주식회사, 귀하. 헨리는 썼다:

더블린 시
돌핀즈 반 소로(小路)
우체국 전교
마사 클리퍼드 양

그가 읽을 수 없도록 다른 것을 거듭 지워 버렸다. 저기. 됐어. 신문현상(新聞懸賞)에 대한 구상. 탐정들은 압지에서 뭔가를 읽어 내지. 매난(每欄) 당 1기니의 비율로 원고료가. 맛참은 이따금씩 웃고 있는 마녀를 자주 생각한다. 불쌍한 퓨어포이 부인. U. P: 이제 끝장이다.

슬퍼요 라고 쓴 것은 지나치게 시적(詩的)이야. 음악이 그렇게 했지. 음악은 매력을 갖는다. 셰익스피어가 말했지.[122] 1년 내내 매일의 인용구들. 죽으냐 사느냐. 누구나 얻을 수 있는 지혜.

페터 골목길[123]의 제라드의 장미원에서 그는 산보한다. 회갈색발(灰褐色髮)을 하고. 인생은 하나로서 모든 것이다. 하나의 육체. 해라. 그러나 해라.[124]

어쨌든 다 끝났다. 우편환, 우표. 저 아래쪽의 우체국. 자 걷자. 충분해. 바니 키어넌 점에서 나는 그들과 만날 것을 약속했다.[125] 그따위 일은 싫어. 상가(喪家). 걷자. 패트! 듣지 못하는군. 딱정벌레 귀머거리 녀석 같으니.

마차가 이제 그 근처에. 말해. 말해. 패트! 못 듣는군. 냅킨을 정리하고 있는 것이다. 하루에도 수없이 그는 걸어야 한다. 뒤통수에 얼굴 하나를 더 그려 놓으면 그는 두 사람이 될 게 아냐. 모두들 노래를 좀 더 불렀으면. 내 마음을 좀 떼어놓지.

귀찮은 듯한 대머리 패트가 냅킨을 주교관처럼 쌓았다. 패트는 말 듣기가 곤란한 급사이다. 패트는 네가 기다리는 동안 시중드는 급사이다. 히 히 히 히 히. 그는 네가 기다리는 동안 시중든다. 히 히. 그가 바로 급사인 거다. 히 히 히 히. 그는 네가 기다리는 동안 시중든다. 만일 네가 기다리면 네가 기다리는 동안 그는 네가 기다리는 동안 시중든다. 히 히 히 히. 호오. 네가 기다리는 동안 시중든다.

이제 도우스. 도우스 리디아. 청동 빛 머리카락과 장미.

그녀는 멋진, 단지 멋진, 휴가를 즐겼다. 그리고 그녀가 가져온 저 예쁜 조가비 좀 봐요.

주점 끝자리에로 그에게로 그녀는 뾰족한 꾸불꾸불한 소라고둥을 경쾌하게 가져갔다, 그이, 변호사, 조지 리드웰이 듣도록.

— 잘 들어보세요, 그녀가 그에게 청했다.

톰 커넌의 진(술)으로 따뜻해진 말씨 아래로 반주자는 음악을 천천히 엮었다. 신빙성 있는 사실. 어떻게 해서 월터 뱁티[126]가 그의 목소리를 잃었던가. 글쎄, 선생님, 지아비가 그의 목을 졸랐대요. *이놈의 악당*, 그가 말했지요. *이놈 이제는 더 이상 사랑의 노래는 부르지 못해*.[127] 그는 정말 그랬어요, 톰 경(卿). 보브 카울리가 이야기를 엮었다. 테너 가수는 여인들을 얼마든지 얻지. 카울리가 몸을 뒤로 젖혔다.

아하, 이제 그는 들었다, 그녀는 그것을 그의 귀에 가져갔다. 들어보세요! 그는 들었다. 근사하군. 그녀는 그것을 그녀 자신의 (귀)에다 댔다. 그리고 새어든 햇볕을 통하여 흐린 금빛 머리카락이 대조를 이루어 미끄러지듯 나아갔다. 들으려고.

탁.[128]

블룸은 바 문을 통하여 한 개의 조가비를 그들이 귀에 대는 것을 보았다. 두 처녀가 듣는 것을 그는, 한 번은 그녀 자신만을 위해서, 이어 다른 사람을 위해서 각각, 한층 어렴풋이 들었다, 파도의 찰싹임, 소리 높이, 묵묵한 포효(咆號)를 들으면서.

청동 빛 머리카락이 피로에 지친 금빛 머리카락과 나란히, 가까이에서, 멀리에서, 그들은 귀를 기울었다.

그녀의 귀 또한 조가비다, 저기 엿보이는 귓불. 바닷가에 다녀왔었다. 귀여운 바닷가의 소녀들. 햇볕에 그을려 벗겨진 피부. 먼저 콜드크림을 발라 갈색이 되게 해야 했을 걸. 버터 바른 토스트 같아. 오 그런데 아까 그 로션을 잊어서는 안 되지. 그녀의 입 근처에 열병이. 당신의 머리가 단지. 말끔히 딴 머리카락: 해초가 감긴 조가비 같지. 왜 여자들은 해초 같은 머리카락으로 귀를 감출까? 그리고 터키 사람들은 입을, 왜? 시트 너머로 엿보이는 그녀의 눈. 야슈막〔너울〕. 입구를 찾아. 일종의 동굴, 용무 이외 출입금지.

그들이 바다를 듣는다고 자신들은 생각하지. 노래를 부르며. 파도의 노호. 그것은 피와 같아요. 때때로 귓속에서 첨벙. 글쎄, 그것이 바다야. 적혈구 같은 섬들.

참으로 신기하지. 그렇게도 분명하게. 다시. 조지 리드웰이 들으면서, 조가비의 중얼거림을 포착했다: 그런 다음 살며시, 그걸 옆으로 놓았다.

— 사나운 파도가 뭘 이야기하고 있지?[129] 그는 그녀에게 묻고, 미소했다.

매력 있는, 해소(海笑)하며, 무답(無答)의 리디아가 리드웰에게 미소했다.

탁.

래리 오루크 주점 곁에서, 래리 곁에서, 대담한 래리 오' 주점 곁에서, 보일런이 몸을 휘돌리면서 보일런이 방향을 바꾸었다.

버려 둔 조가비로부터 마이너양이 기다리는 그녀의 잔들 쪽으로 살짝 나아갔다. 아니에요, 그녀는 그렇게 외롭지 않아요 교활하게 도우스 양의 머리가 리드웰 씨에게 알렸다.

바닷가 달빛 속의 산책. 아니에요, 혼자가 아니에요. 그럼 누구하고? 그녀는 고상하게 대
답했다: 어떤 신사 친구 분하고요.

보브 카울리의 반짝이는 손가락이 최고음부로 다시 연주했다. 집주인이 우선권을 갖
는다.[130] 잠시. 키다리 존. 뚱뚱보 벤. 경쾌하게 그는 경쾌하고 쾌활한 찌르릉 울리는 곡을
연주했다. 영악하고 미소 짓는, 경쾌하게 걷는 귀부인들을 위해, 그리고 그들의 멋쟁이들,
신사 친구들을 위해. 하나: 하나, 하나, 하나, 하나, 하나: 둘, 하나, 셋, 넷.

바다, 바람, 나뭇잎, 천둥, 파도, 음매 울고 있는 암소, 시장의 소들, 수탉, 암탉은 울
지 않아, 휘이쉬en 뱀들. 어디에나 음악은 있다. 러틀리지[131]의 문: 끼익 울고 있다. 아니
야, 그건 소음이야. 〈돈 지오반니〉의 미뉴에트를 그는 지금 연주하고 있다. 궁성(宮城)의
거실에서 춤추는 형언 불가의 입궐복(入闕服)들. 비참. 문 밖에는 백성들이. 소루쟁이 잎
사귀를 먹는 굶주린 푸른 얼굴들. 저건 참 근사한 곡이야. 보라: 보라, 보라, 보라, 보라,
보라: 당신들은 우리들을 보라.[132]

내가 느낄 수 있다니 환희스럽군. 그걸 작곡해 본 적은 결코 없지. 왜? 나의 환희는
별개의 환희니까. 그러나 어느 쪽이고 다 환희인 거다. 그래, 그건 틀림없는 환희야. 단지
음악이란 사실이 네가 환희라는 걸 보여 주지. 이따금 그녀가 기분이 울적하다 싶으면 마침
내 경쾌한 노래를 부르기 시작했지. 이어 알지.

맥코이의 여행 가방. 나의 아내나 자네의 아내.[133] 냐옹냐옹 우는 고양이지. 마치 비단
을 찢는 듯. 그녀가 말할 때는 혀가 마치 풀무의 딱딱이 같아. 여자들은 남자들의 음정(音
程)을 조절할 수가 없지. 그녀들의 목소리의 격차 역시. 저를 채워요. 저는 따뜻해요, 어둡
고, 열려 있어요. '퀴 에 호모(그 사람은 누구)'의 몰리: 메르카단테.[134] 그것을 들으려고 벽
에다 내 귀를 갖다 대고. 상품을 배달할 수 있는 여인을 구함.[135]

징글징글 흔들리며 마차가 멈추었다. 멋쟁이 보일런의 하늘색 파란 자수의 양말 신은
멋쟁이 황갈색 구두가 번쩍 빛나며 땅을 밟았다.[136]

오, 보라 우리들은 이렇게! 실내악.[137] 그걸로 일종의 말재주를 부릴 수 있을 거야. 그
녀(아내)가 했을 때 그것은 일종의 음악이라고 나는 이따금씩 생각했지. 그건 음향학(音響
學)인 거다. 찌르릉. 빈 그릇이 소리는 제일 크게 내지. 왜냐하면 음향학, 물의 무게가 낙
수(落水)의 법칙과 대등함에 따라 공명(共鳴)이 바뀌니까. 마치 집시 눈을 한 헝가리인,
리스트의 저 광상곡들 같지. 구슬. 물방울. 비. 디들이들 에들에들 우우들우우들 하는 소
리. 휘쉬 하는 소리. 지금. 아마 지금쯤. 하기 전.[138]

누군가 문을 두들겼다. 어떤 이가 문을 노크했다. 그이 뿔 드 꼬끄가 큰 소리로 뽐내며
고리쇠를 가지고 코크 카라카라라카라라 코크를 가지고 문을 노크했다. 코크코크.

탁.

— '퀴 스데그노(자 의분 〔義憤〕)'을[139], 벤, 카울리 신부가 말했다.

— 아니야, 벤, 톰 커넌이 말을 가로챘다. 〈까까머리 소년〉[140]을. 우리 고유의 도릭 사투리로.

— 자, 해보오, 벤, 데덜러스 씨가 말했다. '착하고 진실한 사람들'[141]을.

— 해봐요, 해봐, 모두들 한결같이 청했다.

나는 가야겠군. 여기, 패트, 되돌아오다. 어서. 그는 왔다, 그는 왔다, 그는 머무르지
않았다. 나에게로. 얼마지?

— 무슨 키〔鍵〕? 올림 바장조(長調)[142]?

— F장조지, 벤 돌라드가 말했다.

보브 카울리의 밖으로 뻗친 마수(魔手)가 짙게 울려는 검은 피아노의 현(絃)을 사로
잡았다.

가야 하오 왕자 블룸이 리치 왕자에게 말했다. 아니야, 리치가 말했다. 정말, 가야 하
오. 어디서 돈을 좀 손에 넣은 게로군. 그는 등 알이 마냥 홍청망청 주연 법석을 떨 모양이
다. 얼마지? 그는 입술의 말을 짐작했다. 1실링 9펜니. 1페니는 자네 팁이야. 여기. 저 녀

석한테 2페니의 팁을 주자. 귀 먹은 채, 귀찮은 듯. 그러나 아마 그도 아내가 있고 기다리는 가족이 있지, 패티가 집에 돌아오길 기다리고 있는 것이다. 히 히 히 히. 그들이 기다리고 있는 동안 귀머거리가 시중을 든다.

그러나 기다려. 그러나 들어봐. 음울한 현(絃). 애애애처러운. 낮게, 어두운 지구 한복판의 동굴 속에. 파묻힌 광석. 음악혼(音樂魂).

암흑시대의, 무애(無愛)의, 그리고, 멀리에서부터, 백령(白嶺)의 산(山)들로부터, 장중하게, 그리고 고통스럽게 접근해 온 지구의 피로의 목소리가, 착하고 진실한 사람들에게 들려왔다. 사제[143]를 그는 찾았다. 그와 더불어 그는 한 마디 이야기를 하고 싶었던 거다.

탁.

벤 돌라드의 목소리. 저급한 술통 음(音). 노래 부르려고 갖은 애를 다 쓰고 있는 것이다. 남자도 없는 달도 없는 여자도 없는 광대한 습지의 까마귀 우는 소리. 다른 영락아(零落兒). 그(돌라드)는 한때 외항 선박의 선구(船具) 잡화상이었지. 기억해 봐요: 수지(樹脂)의 밧줄, 선등(船燈). 1만 파운드 거금을 손해 봤지. 지금은 아이브아 홈[144]에. 몇 호실 몇 호실 숫자 붙은 칸막이 방. 1급 주(酒) 바스가 그를 그 모양으로 만들었지.

사제는 집에 있었다. 한 가짜 신부의 하인이 그를 환영했다. 안으로 들어와요. 성부(聖父). 절과 함께 반역자 하인이.[145] 소용돌이 휘어진 현(絃)들 같은 변발(辮髮).

그들을 파멸시킨다. 그들의 생활을 망친다. 그 다음에는 그들에게 골방을 지어 주고 그 속에서 그들의 생애를 끝마치게 한다. 자장 개[犬]야. 자요, 망나니야. 꼬마 망나니야. 영원히 잠자요.

경고의, 엄숙한 경고의 목소리가 사람들에게 그 청년이 쓸쓸한 홀로 들어간 걸 일러주었다. 얼마나 엄숙하게 그의 발걸음을 내디뎠던가를 그들에게 말해 주었다. 음침한 방과, 참회를 듣기 위해 앉아 있는 법의 걸친 신부 이야기를 그들에게 일러주었다.[146]

예의 바른 인물.[147] 지금은 머리가 조금 혼돈된 채. 그는 〈앤서즈〉지[148]의 시인 그림 퀴즈에 당첨되리라 생각한다. 폐사에서는 당첨자에게 빳빳한 새 지폐 5파운드를 드림. 둥우리 속에 알을 까며 앉아있는 새(鳥). 그는 그걸 마지막 음유시인의 노래[149]라고 생각했지. 시 브랭크 티(c-t)는 무슨 가축일까요? 티 대시 아르(t-r)는 가장 용기 있는 수부(水夫). 아직도 그는 참 훌륭한 목소리를 가졌지. 부속물을 온통 들어내고 아직 거세자(去勢者)는 아니야.

귀를 기울여요. 블룸이 귀를 기울였다. 리치 고울딩이 귀를 기울였다. 그리고 문 곁에서 귀머거리 패트, 대머리인 패트, 팁 받은 패트가, 귀를 기울였다.

현들이 한층 천천히 하프 곡을 울렸다.

참회의 그리고 비애의 소리가 미화되어, 떨리면서, 천천히 다가왔다. 벤의 회개하는 턱수염이 참회했다. '인 노미네 도미니(하느님의 이름으로),' 하느님의 이름으로 그는 무릎을 꿇었다. 그는 손으로 가슴을 쳤다. 참회하면서: '메아 꿀빠(저는 많은 죄를 지었나이다).'[150]

다시 라틴어. 그것이 그들의 마음을 마치 새 잡는 끈끈이처럼 붙들고 있지. 저 여인들에게 줄 성체 빵을 지닌 사제. 시체 공시소(公示所)의 녀석, 코핀[棺]이던가 코피던가, '꼬르뿌스노미네(육체의 이름으로).'[151] 지금쯤 그놈의 쥐는 어디에 있을까. 깔각.

탁.

그들은 귀를 기울였다. 큰 잔 든 신사들과 케네디 양. 조지 리드웰, 감정을 잘 표현하는 눈꺼풀, 공단에 쌓인 풍만한 가슴. 커넌. 사이(먼).

슬픔의 한숨쉬는 목소리가 노래했다. 그의 죄. 부활절 이래 그는 세 번 저주했었다. 이 탕부(蕩婦)의 사생아 놈아. 그리고 한때 미사 때 그는 놀러 가버렸다. 그가 언젠가 묘지 곁을 지나며, 그의 어머니의 영면(永眠)을 위해 기도하지 않았다. 한 소년. 까까머리 소년.

청동 빛 머리카락이, 귀를 기울이며, 맥주 펌프 곁에서 멀리 노려보았다. 혼(魂)이 넘치게. 내가 쳐다보는 걸 전혀 모르고 있다. 몰리는 누군가가 쳐다보는 것을 눈치채는 명수

(名手)야.

청동 빛 머리카락이 측면으로 멀리 노려보았다. 거기에 거울이. 그쪽이 그녀의 얼굴의 가장 잘생긴 면인가? 여자들은 언제나 그걸 알고 있지. 문에 노크 소리. 문간에서 손님을 맞기 직전에 최후로 맵시내는 손질.

노커공이치기카라카라라.

여자들은 음악을 듣고 있을 때 무엇을 생각하는 걸까? 방울뱀 잡는 방법. 마이클 건[152]이 우리들에게 특별석을 마련해 주던 날 밤. 관현악의 음 맞추기. 페르시아의 군주(君主)가 그 노래를 제일 좋아했지. 그에게 집(홈) 즐거운(스위트) 나의 집(홈)[153]을 상기시키지. 커튼에다 코를 또한 풀었지. 아마 자기 나라의 습관인가 봐. 그것도 역시 음악이야. 그 소리도 그렇게 나쁘진 않아. 삐삐 소리. 상관(上管)을 통한 나귀처럼 울어대는 나팔들. 숨을 헐떡이는 더블베이스, 옆구리에 상처 입은 듯. 목관악기 무우 우는 암소들. 세미그랜드 피아노 입을 벌린 악어가 노래하듯 양 턱을 벌리고, 구드윈의 이름과 닮은 우드윈(목관악기).

그녀는 멋있게 보였다. 그녀의 목덜미 깊이 팬 크로커스색 드레스를 그녀는 입고 있었지, 부속물[154]을 드러낸 채. 뭘 물으려고 몸을 굽힐 때마다 그녀의 숨결 정향(丁香) 냄새가 극장 안에 풍겼지. 불쌍한 아빠의 책에 적힌 스피노자[155]의 명언을 그녀에게 말해 줬었다. 최면술에 걸린 채, 귀를 기울이며. 그와 같은 눈. 그녀는 몸을 굽혔다. 있는 힘을 다해 그의 오페라글라스로 그녀를 내려다보고 있던 극장의 특별석의 그 녀석. 음악의 미(美)는 두 번 듣지 않으면 안 되는 거다. 자연과 여인은 반만 봐도 알아. 하느님은 정원을 만들고 인간은 노랫가락을. 창의 호스의 그를 만났다. 철학. 오 맙소사!

모두 사라졌다. 모두가 다 몰락해 버렸다. 로스의 포위에서 그의 부친이, 고리[156]에서 그의 모든 형제가 몰락했다.[157] 웩스포드에로, 우리들은 모두 웩스포드의 사나이,[158] 그는 가야 하리라. 그의 이름과 종족의 최후.

나도 역시. 내 종족의 최후. 밀리 젊은 학생. 글쎄, 아마 내 잘못일 거야. 무(無)자식. 루디. 이제 너무 늦었어. 그러나 혹시. 혹시 아니면? 아직은 혹시?

그는 조금도 증오심을 품지 않았다.[159]

증오. 사랑. 그것들은 모두 이름일 뿐이다. 루디. 나는 곧 늙는다.

몸집 큰 벤 그의 굵은 목소리가 펼쳐졌다. 대단한 목소리야 리치 고울딩이 말했다, 자신의 창백한 얼굴에 혈기를 띠며, 곧 늙어질 블룸에게. 그러나 언제 젊었던가?

아일랜드가 이제 다가오다. 임금 위에 있는 나의 조국.[160] 그녀는 귀를 기울인다. 누가 1904(년)에 관해 말하기를 두려워하랴? 밀고 나갈 시간. 충분히 보았다.

— 신부님, 저를 축복해 주세요, 까까머리 돌라드가 부르짖었다. 저를 축복하사 가게 해주세요.[161]

탁.

블룸은 축복 받지 못한 채, 가려고 쳐다봤다. 기를 꺾어 주려고 일어섰다: 매주 18실링의 보수로. 녀석들이 돈을 주는 거다.[162] 충분히 경계할 필요가 있어요. 저 소녀들, 저 귀여운. 슬픈 바다 파도 곁에.[163] 코러스 걸의 로맨스. 법정에서 읽혀지는 약속 파기를 위한 편지들. 마마의 좋아하는 삐약삐약기아(寄兒)로부터. 방청석의 폭소. 헨리. 저는 그것에 결코 서명하지 않았어요.[164] 아름다운 이름을 당신은.

낮게 가라앉았다, 음악, 곡과 가사. 그러자 음조가 빨라졌다. 가짜 사제 그의 법의(法衣)아래로 살랑대는 군인. 한 사람의 용병장(傭兵長).[165] 그들은 이야기를 모두 암기하고 있다. 그들이 안달하는 전율. 용병대장의 모자.

탁. 탁.

전율한 채 그녀는 귀를 기울였다. 동정심으로 들으려고 몸을 굽히면서.

무표정한 얼굴. 필경 처녀일 테지: 아니면 손가락으로 만지작거려졌을 뿐. 그 위에 뭔가를 갈긴다. 그것이 곧 페이지. 만일 갈기지 않으면 그들은 어떻게 될까? 쇠퇴하고, 절망한다. 그들에게 젊음을 간직하게 한다. 심지어 자기들 자신에게 반해 버리지. 보라, 그녀를 연주해 봐요. 입술 불기. 하얀 여인의 육체, 살아 있는 피리. 조용히 불어 봐요. 크게. 모든 여성들은 세 개의 구멍이. 여신상을 나는 보지 못했어. 여자들은 그걸 바라지. 지나치게 예의 바르지 않게. 그런 방법으로 그 녀석[166]은 여자들을 손에 넣는단 말이야. 호주머니에는 황금을, 얼굴은 철면피. 뭔가를 말한다. 그녀더러 듣게 한다. 눈에는 눈으로. 무언(無言)의 음악. 몰리 저 유원지의 소년. 그녀는 원숭이가 병을 앓고 있음을 그가 의미한다는 것을 알았다. 아니면 스페인어에 가깝기 때문인가. 동물의 기분을 이해하는 것도 역시 저런 방법으로. 솔로몬은 이해했지.[167] 자연의 선물.

복화술. 입술을 다물고. 나의 위(胃) 속에서 생각한다. 무엇을?

할 테요? 당신? 저는. 원해요. 당신. 싫어.

목쉰 난폭한 분노를 갖고 용병대장이 저주했다, 중풍 걸린 암캐의 사생아 놈. 잘 생각했어, 요놈, 잘 왔다. 살아 있는 것도 한 시간 뿐, 네놈의 마지막이야.[168]

탁. 탁.

이제 전율. 모두들 연민을 느끼다. 죽기를 원하고, 바라는, 순교자들을 위해 눈물을 훔치는 거다. 죽어 가는 모든 것을 위해, 태어나는 모든 것을 위해. 가련한 퓨어포이 부인. 그녀가 빨리 끝났으면 좋은데. 왜냐하면 여인들의 자궁은.

여인의 유동체 같은 자궁 안구(眼球)가 눈썹의 울타리 밑으로 빤히 내려다보았다, 조용히, 들으면서. 눈의 진짜 미를 보는 것은 여인이 말을 하지 않을 때다. 저쪽 강 위에. 각각의 공단에 쌓인 천천히 솟구치는 앞가슴의 파도 (그녀의 성숙한 비만의 육체)를 따라 붉은 장미가 천천히 솟았다 가라앉았다 붉은 장미. 심장의 고동: 그녀의 숨결: 숨쉼 그것이 곧 생명인 거다. 그리고 모든 작고 작은 공작 초들이 처녀고사리를 떨게 했다.

그러나 보라. 밝은 별들이 사라진다. 오. 장미여! 카스틸. 아침.

하. 리드웰. 그러면 그를 위한 것이지 (나를) 위한 건 아니었군. 마음이 홀린 채. 나도 저 모양일까? 하지만 여기에서 나는 그녀를 본다. 펑 소리 나는 코르크 마개, 맥주 거품의 튀김, 빈 병 더미.

미끄럽고 쑥 내민 맥주 펌프의 손잡이 위에 리디아가, 토실토실한, 가벼운 손을, 올려 놓았다, 저의 손에 그걸 맡겨요. 불쌍한 까까머리에 대한 연민에 젖어 온통 넋을 잃고, 앞으로, 뒤로: 뒤로, 앞으로: 닦인 손잡이 꼭지 위로 (그녀는 그의 눈, 나의 눈, 그녀의 눈을 알고 있다) 연민에 젖어 그녀의 엄지손가락과 손가락이 움직였다: 움직였다, 쉬었다, 그리고 조용히 만지며, 이어 아주 매끄럽게, 천천히 아래로 훑어 내렸다, 손가락의 미끄러운 깍지를 통해 불쑥 나온 차고 단단한 하얀 에나멜 막대기.

노커 공이를 갖고 카라라 소리와 더불어.

탁. 탁. 탁.

나는 이 집을 장악하고 있어. 아멘. 그는 분노에 이빨을 갈았다. 반역자들이 교수형을 당하다.[169]

피아노의 현이 박자를 맞추었다. 참 슬픈 일이야. 그러나 틀림없이 있었던 일.

끝나기 전에 밖으로 나가자. 감사하오, 참 훌륭한 노래였소. 내 모자가 어디로 갔지. 그녀 곁을 지나간다. 저 〈플리먼〉을 그냥 두고 갈 수 있지. 편지는 지녔고. 만일 그녀가 내게 마음이 있었다면? 아니야. 걷자, 걷자, 걷자. 카셀 보일로 코노로 코일로 티스덜 모리스 티슨트덜 파렐처럼. 걸ㅇㅇㅇㅇㅇㅇㅇㅇ라.

자, 난 가봐야겠다. 자네 가나? 가봐야지. 블룸기립(起立). 푸른 키 큰 호밀 너머로. 오우. 블룸이 일어섰다. 비누가 궁둥이에 끈적끈적한 느낌. 틀림없이 땀이 났군. 음악 때문에. 저 로션을, 명심해요. 자, 또 봅시다. 고급 모자. 안쪽에 카드. 됐어.

문간의 귀머거리 패트 곁을 귀를 긴장시키면서 블룸이 지나갔다.

제네바의 병사(兵舍)[170]에서 저 젊은이는 죽었다. 패시지에 그의 시체가 묻혔다. 애절

하도다(Dolor)! 오, 그이 애절한 것(dolores)! 애도하는 영창대원(詠唱隊員)의 목소리가 애
절한(dolorous) 기도자에게 울렸다.

　　장미 곁을, 공단에 쌓인 앞가슴 곁을, 쓰다듬고 있는 손 곁을, 쏟은 물 곁을, 빈 맥주
병 곁을, 펑 소리 나는 코르크 곁을, 지나는 동안 인사하면서, 눈들과 처녀고사리, 심해(深
海)그림자 속의 청동 빛 머리카락과 희미한 금발 머리카락 곁을, 블룸은 지나갔다, 상냥한
블룸, 나는 너무나 외로움을 느끼오 블룸.

　　탁. 탁. 탁.

　　그를 위해 기도해요, 베이스 음(音)의 돌라드가 기도했다. 평화롭게 듣고 있는 자들이
여. 기도를 들이마시고, 눈물을 떨어뜨려요, 선량한 남자들, 선량한 사람들이여. 그는 까까
머리 당원이었지.

　　엿듣고 있는 조수(구두닦이) 까까머리 조수 소년을 놀라게 하면서 블룸이 오먼드 현관
문간에서 브라보, 두툼한 등두들이기, 그들의 구두들이 모두 고함과 브라보의 노호(怒號)
를 들었다. 구두(부츠) 아닌 조수(부츠) 소년. 술을 쭉 들이켜 목을 씻어 내리기 위해 모두
의 합창이 끝났다. 나는 피하길 잘했다.

― 이봐요, 벤, 사이먼 데덜러스가 부르짖었다. 정말이지, 당신은 언제나 그랬듯이 잘 불렀어.

― 보다 훌륭하게, 톰 커넌이 말했다. 저 가요의 가장 통쾌한 연주를, 맹세코 그래요.

―바로 라블라쉬[171]야, 카울리 신부가 말했다.

　　벤 돌라드가 주장 쪽을 향해 카추차드 춤추면서 큰 몸집으로 나아갔다. 강하게 칭찬
받고 얼굴 전면에 장밋빛 홍조, 무거운 구둣발로, 중풍의 손가락을 공중에다 캐스터네츠의
케를드럼을 두들기면서.

　　거구의 베나벤 돌라드. 뚱뚱한 벤벤. 살찐 벤벤.

　　그으르.[172]

　　그리고 모두들 깊이 감동된 채, 무중호적(霧中胡笛) 콧구멍에서부터 동정(同情)을 터
뜨리는 사이면, 모두들 크게 웃으면서 그들은 그를, 벤 돌라드를, 참으로 훌륭한 환호 속으
로 끌어들였다.

― 당신은 혈색이 좋아 보이는 구려, 조지 리드웰이 말했다.

　　도우스 양이 시중들려고 그녀의 장미를 가다듬었다.

― 친애하는 벤[173]은, 데덜러스 씨가, 벤의 살진 등의 어깻죽지를 손바닥으로 찰싹 치면서 말
했다. 정말 바이올린처럼 튼튼하지, 단지 몸에 지나치게 많은 지방층을 숨겨 갖고 있긴 해도.

　　그르르르.

― 죽음의 지방질이오, 사이먼, 벤 돌라드가 그르렁거렸다.

　　리치는 불화의 징조로 혼자 앉아 있었다: 고울딩, 콜리스, 워드. 불확실하게 그는 기
다렸다. 미불(未拂)된 패트 역시.

　　탁. 탁. 탁. 탁.

　　마이너 케네디 양이 큰잔 신사의 귀에다 입술을 가까이 가져갔다.

― 돌라드 씨예요. 그녀의 입술이 낮게 종알거렸다.

― 돌라드, 큰 잔을 가진 신사가 중얼거렸다.

　　큰잔 신사는 믿었다: 켄 양이 말했을 때: 그가 바로 돌(인형)이었음을: 그녀가 돌을:
그 큰잔의 신사.

　　그는 자신이 이름을 알고 있지 하고 중얼거렸다. 말하자면. 이름이 그에게 잘 알려져
있었던 거다. 말하자면 그는 그전에 이름을 들은 적이 있었다. 돌라드였던가? 돌라드, 맞아.

　　맞아요. 그녀의 입술이 큰 목소리로 말했다, 돌라드 씨. 그는 노래를 참 근사하게 불렀
어요, 마이너가 중얼거렸다. 돌라드 씨. 그리고 〈여름의 마지막 장미〉는 참 근사한 노래였어
요. 마이너는 그 노래를 좋아했다. 큰잔 신사는 마이너가 좋아하는 노래를 사랑했다.

　　그건 돌라드가 두고 간 여름의 마지막 장미야 블룸(꽃)은 가스가 뱃속에서 빙글 맴도

는 것을 느꼈다.

그놈의 사이다가 가스 성(性)이였던 모양: 역시 변비(便秘)를. 가만있자. 루벤 J가 (家) 근처 우체국 1실링 8페니 너무. 배의 가스를 제거하자. 그리크가(街)로 몸을 살짝 피하자. 만날 약속을 하지 않았더라면 좋았을걸.[174] 대기 속에 한층 자유롭게. 음악. 신경을 거슬리게 하는 거다. 맥주펌프. 요람을 흔드는 그녀의 손은…… 지배한다.[175] 벤 호우드 언덕. 그것이 세계를 지배한다.

멀리. 멀리. 멀리. 멀리.

탁. 탁. 탁. 탁.

부두를 거슬러 올라갔다 라이오넬리오폴드[176]가, 심술쟁이 헨리가 메이디를 위해 편지를 지니고, 라오울을 위해 부인용 속옷과 함께 죄의 쾌락을 지니고 창(槍)의 호스의 그를 만났다 폴디가 계속 걸어갔다.

탁 장님이 연석을 탁탁 두들기며, 탁탁 소리를 내면서 탁탁 걸어갔다.

카울리, 그는 음악 때문에 넋을 잃고 있다: 일종의 만취. 적당히 중도에서 내버려두는 게 좋아 남자가 아가씨를 상대하는 식으로.[177] 예를 들면 음악광들. 온통 귀(耳)야. 32분 음표 하나도 놓치지 않지. 눈을 감고. 장단에 맞추어 고개를 끄덕이며. 휘청대는. 감히 몸을 움직여서는 안 되지. 생각하는 것도 엄격하게 금지된 채. 언제나 잡담하는 장소. 곡조에 관하여 왈가왈부.

모두 뭔가를 말하는 일종의 시도인 거다. 중도에서 끝나면 불쾌하지 왜냐하면 결코 그 내용을 정확(하게) 알지 못하니까. 가디너가(街)의 오르간. 그린 노인이 1년에 50파운드씩을 받고. 음전(音栓)과 제음기(制音器) 그리고 건반을 갖고, 혼자, 작은 다락방에서 틀어박혀 있으니 기묘한 일이지. 종일토록 오르간 곁에 앉아. 몇 시간이고 종잡을 수 없이 떠드는 거다, 혼잣말로 또는 풀무를 불고 있는 다른 녀석에게 중얼거리며. 골이 나 그르렁거린다, 이어 저주를 터뜨린다 (솜이나 뭘 가지고 그의 입을 쐐기처럼 틀어막았으면 좋겠어요 제발 하지 마요[178] 아내가 소리쳤다), 그러고 나면 부드러운 갑작스런 아주 작은 대수롭잖은 작은 삐삐 소곡.

피웅! 한 가닥 작은 대수롭잖은 소곡이 이이이이 울렸다. 블룸의 작은 소곡.

— 저이[179]였나? 데덜러스 씨가 파이프를 집어들고 되돌아오면서, 말했다. 오늘 아침 저이하고 가련한 패디 디그넘의 장례식에 갔었지……

— 아, 주여 그에게 자비를 베푸소서.

— 그런데 소리굽쇠가 저기 ……위에 놓여 있군.

탁. 탁. 탁. 탁.

— 아내는 참 훌륭한 목소리를 가졌지. 그전에 그랬어. 뭐요? 리드웰이 물었다.

— 오, 그건 조율사임에 틀림없어요. 리디아가 사이먼라이오넬에게 말했다 내가 먼저 보았지, 그가 아까 여기 있을 때 그걸 두고 갔어.

그는 장님이었어요 그녀는 조지 리드웰에게 말했다 나는 두 번째 보았어요. 그리고 참 절묘하게 연주했어요, 들을 만한 향연. 정교한 대조: 청동 빛 머리카락리드, 마이너금빛 머리카락.

— 외쳐 봐요! 벤 돌라드가, 술을 따르면서, 외쳤다. 큰 소리로 노래를 외쳐 봐요!

— 그럽시다! 카울리 신부가 부르짖었다.

그르르르.

…….할 것만 같아.

탁. 탁. 탁. 탁. 탁.

— 근사해, 데덜러스 씨가, 대가리 없는 정어리를 열심히 노려보며, 말했다.

샌드위치벨 밑에 관(棺) 같은 한 조각 빵 위에 한 마리의 마지막, 한 마리의 외로운, 여름의 마지막 정어리가 놓여 있었다. 블룸은 홀로.

1 ― 아주, 그는 노려보았다. 특히, 그 저음이.

탁. 탁. 탁. 탁. 탁. 탁. 탁. 탁.

블룸이 배리 양복점[180] 곁을 지나갔다. 속이 후련해졌으면 좋겠는데. 가만있자. 저 기
적약[181]을 가졌더라면. 저 한 집 속에 스물네 명의 변호사들이. 그들을 헤아려 봤지. 소송.
5 서로 사랑하다. 쌓인 양피지 문서들. 피크 앤드 포켓 합동 법률사무소가 대리 위임장을 소
유하다. 고울딩, 콜리스, 워드.

그러나 예를 들면 큰북을 둥둥 두들기는 녀석. 그의 직업: 미키 루니의 밴드.[182] 처음
에 어떻게 해서 그러한 일이 그를 감동시켰을까. 돼지 볼과 양배추를 먹은 후에 집에 앉자,
안락의자에서 배를 쓰다듬으며, 그의 밴드 역(役)을 예행 연습하는 것이다. 폼. 폼피디. 아
10 내한테는 참 우스운 일일 거야. 나귀의 가죽. 일생 동안 그걸 두들기는 거다. 이어 죽은 다
음에도 쿵쿵 친다. 폼. 쿵. 소위 일컫는 야슈막〔너울〕같다 고나 할까 아니면 글쎄 운명이랄
까. 숙명.

탁. 탁. 눈먼, 한 풋내기 젊은이가 데일리 점(店)의 진열장 곁을 탁탁치는 지팡이를 갖
고 탁탁탁 짚으면서 다가왔다, 거기 한 마리 인어가 그녀의 머리카락을 온통 풀면서(그러
15 나 그는 볼 수 없었다) 한 마리 인어의 혹 담배 연기(장님은 볼 수 없었다)를 불렀다, 인어가,
모두의 가장 시원한 담배 연기를.

악기들. 풀 잎사귀, 그녀의 양손 조가비, 이어 바람. 심지어 머리 빗과 휴지에서도 곡
을 두들겨 낼 수 있지. 서부 롬바드가(街)에서 슈미즈 바람으로 몰리가, 머리카락을 내리
고. 저는 직업마다 특유의 곡을 낸다고 생각해요, 그렇잖아요? 뿔 나팔 부는 사냥꾼. 호우.
20 자네 가졌나? '끌로쉬. 손네 라(울려라. 종을).' 목양자는 피리. 피웅 작은 위 소리. 경찰관
은 호루라기. 자물쇠와 열쇠 사세요! 청소! 4시 현재 전원 이상 무! 취침! 모두 이제 사라
졌다. 큰북? 폼피디. 가만있자. 난 알아. 포고(布告)를 알리는 시(市) 직원, 집달리 조수.
키다리 존. 죽은 자를 불러 깨우는 거다.[183] 폼. 디그넘. 불쌍하고 친근한 '노미네도미네(하
느님의 이름으로)'. 폼. 그것은 음악이지. 물론 내가 의미하는 것은 모두 폼 폼 폼의 소위
25 '다 카포(처음으로 돌아가다)'와 아주 유사한 거야. 아직도 들을 수 있지. 우리가 행진함에
따라, 우리는 행진하며, 행진한다. 폼.

정말 나는 해야 한다. 프프. 그런데 연회에서 했더라면 좋았을 것을. 단지 습관의 문제
지, 페르시아의 왕.[184] 작은 소리로 기도(祈禱)를 드린다, 눈물을 떨어뜨린다. 가짜 신부가
용병대장임을 그가 알지 못하다니 필시 날 때부터 천치였던 모양이야. 몸을 온통 감싸고 있
었지. 묘지의 갈색 비옷 입은 그 녀석은 도대체 누굴까. 오, 저 골목의 매춘부!

검은 밀짚 수병 모(帽)를 비스듬히 쓰고 얼굴을 찌푸린 한 매춘부가 햇볕에 눈부시게
30 부두를 따라 블룸을 향해 다가왔다. 그 매력적인 모습을 그가 처음 보았을 때? 그래, 맞았
어. 저는 너무 외로워요. 그 골목의 비 오던 날 밤. 뿔 나팔(발기). 그것을 가진 자는 누구?
그의 뿔 나팔을 그녀는 보았다. 여기는 그녀의 사냥 구역과는 멀지. 무엇 하는 여잔가? 혹
시 그녀[185]가. 프슷! 혹시 세탁하실 것 없어요. 몰리를 알고 있었지. 내게 눈을 붙이고 있었
다. 갈색 옷을 입은 건장한 숙녀가 당신과 함께 있던데요. 상대를 쩔쩔매게 한다, 그런 예
35 기가. 우리가 한 약속, 우리 같은 사람은 결코, 글쎄 좀처럼 하지 않는 것을 알고 있는 거
다. 너무나 다정한 홈 스위트 홈에 너무나 가까이. 그녀가 나를 보고 있는 게, 아닌가? 대
낮에는 얼굴이 몹시 무섭게 보이지. 마치 양초 같은 얼굴. 젠장. 오, 글쎄, 그녀도 다른 사
람처럼 살아야 할 게 아냐. 여기 잠깐 들르다.

라이오넬 마크의 골동품 점 진열장 속에, 방만한 헨리 라이오넬 리오폴드 친애하는 헨
40 리 플라우어 열렬히 리오폴드 블룸 씨가 찌그러진 촛대며 구더기 같은 취주(吹奏)백을 보
여주는 손풍금을 직시했다. 바겐: 6실링. 저걸 가지고 연주를 배울 수 있을지 몰라. 싸군.
그녀가 지나가도록 하자. 물론 무엇이고 필요 없는데도 값이 비싸단 말이야. 그게 능숙한

상인이 하는 짓이라니까. 상대에게 그가 팔고 싶은 걸 사도록 하지. 나를 면도를 해준 스위스제(製)의 면도칼을 녀석이 내게 팔았지. 그가 쓴 칼날의 대가를 그는 나한테 부담시키고 싶었던 거다. 그녀가 지금 지나가는군. 6실링이라.

그놈의 사이다 아니면 아마 버건디 때문임에 틀림없어.

가까이에서 가까이 온 청동 빛 머리카락 멀리에서 가까이 온 금빛 머리카락 그들은 청동 빛 머리카락인 리디아의 유혹하는 여름의 마지막 장미, 카스틸의 장미 앞에서, 반짝이는 눈을 하고, 당당히, 그들의 징그렁 울리는 술잔을 온통 징그렁 울렸다. 최고음부의 리드, 디, 카우, 커, 돌, 제 오도음정(五度音程): 리드웰, 사이 데덜러스, 보브 카울리, 커넌 그리고 몸집이 큰 벤 돌라드.

탁. 한 청년이 쓸쓸한 오먼드 현관으로 들어갔다.

블룸은 라이오넬 마크 골동품 점의 진열장 속에 채색화의 풍채가 당당한 한 영웅을 바라보았다. 로버트 에메트의 최후의 말(言).[186] 일곱 마디 최후의 말들. 그건 마이어베르 작(作)이야.[187]

— 여러분과 같은 참된 사람들.

— 그럼, 그럼, 벤.

— 우리와 함께 건배합시다.[188]

그들은 잔을 들었다.

칭크. 청크.

팁. 거들떠보지 않는 한 풋내기 청년이 문간에 섰다. 그는 청동 빛 머리카락을 보지 않았다. 그는 금빛 머리카락을 보지 않았다. 벤도 보브도 톰도 사이도 조지도 큰 유리잔의 신사들도 리치도 패트도 보지 않았다. 히 히 히 히. 그는 보지 않았다.

바다블룸, 징그그르맞은블룸이 최후의 낱말을 쳐다보았다. 조용히. *나의 조국이 그의 지위를 확보할 때*.

프르프르.

틀림없이 버건(디) 때문이야.

프흐. 오오. 프르프르.

지상(地上)의 민족들. 뒤에는 아무도 없군. *그녀는 지나갔다*. *그때에 그런데 그때 가서야*. 전차 크란 크란 크란. 좋은 기회. 들어오고 있다. 크란들크란크란. 확실히 버건디 때문이야. 그래. 하나, 둘, *나의 비명(碑名)을*. 카라아아아아아. *쓰이게 하라. 나는*.

프르프흐르프흐흐.

끝났도다.

◆ 12장 ◆

　*나[1]는 방금 D. M. P.(더블린 수도 경찰청)의 트로이 영감과 그곳 아버 언덕[2]의 모퉁이에서 인사를 서로 나누고 있었는데 젠장 어떤 경칠 굴뚝청소부 녀석이 다가와서 그의 청소 도구를 내 눈 속에다 쑤셔 넣을 뻔했단 말이야. 내가 그 녀석에게 벌컥 화를 내주려고 뒤를 돌아보았더니 그때 아나나 다를까 다름 아닌 조 하인즈가 스토니 배터[3]를 따라 터덜터덜 걸어오는 걸 보지 않았겠나.

— 이봐, 조, 나는 말한다. 경기(景氣)가 어때? 자네 저 경칠 굴뚝청소부가 빗자루를 가지고 내 눈알을 쓸어낼 뻔한 걸 보았나?

— 검댕은 행운이야, 조가 말한다. 자네가 이야길 걸고 있던 그 늙은 불알친구는 누구야?

—트로이 영감이지, 나는 말한다. 경찰 출신의. 나는 빗자루와 사닥다리를 가지고 교통을 방해를 한 데 대해 저 녀석을 고발해버릴까 어쩔까 망설이는 중이야.

— 자넨 이런 곳에서 뭘 하고 있나? 조가 말한다.

— 뭐 별로, 나는 말한다. 치킨 골목길의 모퉁이에 있는 수비대 성당 곁 건너편에 매우도 덩치가 큰 여우같은 도둑놈이 있다네 - 트로이 영감이 그놈에 관해 내게 방금 어떤 정보를 제공하고 있던 참이야 - 그는 다운 주(州)에 농장을 갖고 있다고 말하고는, 저쪽 건너편 헤이티즈베리가(街) 근처에 사는 모지즈 허조그[4]라는 이름의 난쟁이한테서 다량의 차(茶)와 사탕을 날치기하고는 매주 3실링씩을 갚겠다는 거야.

— 할례 받은? 조가 말한다.

— 맞았네, 나는 말한다. 꼭지 부분을 조금.[5] 제러티 라는 어떤 사취한(詐取漢) 영감이지. 나는 지난 두 주 동안 지금까지 그의 대여금(貸輿金)에 계속 매달려 있는데 녀석한테서 1페니도 받아낼 수가 없으니.

— 자네가 지금 하고 있는 게 기껏 그따위 일이야? 조가 말한다.

— 그래, 나는 말한다. 어떻게 용사가 쓰러 진담![6] 대손금(貸損金)이나 의심스런 빚의 징수 자라네. 그러나 그는 자네가 하루 종일 돌아다니는 동안 만날 가장 악명 높은 경칠 도둑놈이요 그의 얼굴은 소나기를 받칠 정도로 곰보 투정이란 말이야. *그에게 말하게, 녀석은 말하는 거야, 나도 그에게 대들어 보겠어, 녀석은 말하는 거야, 그리고 만일 두 번 다시 자네를 여기에 보내기만 하면 나는 그 녀석에게 거듭 달려들 테야 그래도 만일 녀석이 달려들면, 그는 말하는 거야, 나는 그 녀석을 법정에 소환하도록 할 테야, 그렇게 하고말고. 면허장 없이 장사를 하고 있지 않나 말이야.[7]* 그리고 그는 뒤에 배가 터지도록 먹어치우는 게 아니겠나. 젠장, 나는 그 비열한 유태인 녀석이 화를 내는 걸 보고 웃지 않을 수 없었어. *녀석은 내 차를 마시고 있어. 녀석은 내 설탕을 먹는 거야. 왜 녀석이 내게 돈을 지불하지 않지?*

　더블린 시, 우드 부두 행정구, 성(聖) 케빈 광장 13번지, 모지즈 허조그, 상인으로부터, 이하 매도인이라 칭함, 구입하여, 더블린 시 애런 부두 행정구, 아버 언덕 29번지 거주, 신사, 마이클 E. 제러티 귀하, 이하 구매자라 칭함, 에게 매각하여 인도한, 비변질성(非變

質性) 상품, 즉 상형(常衡)[8] 매(每)파운드 당 3실링에 제1급 차(茶)의 상형 5파운드 및 상형 파운드 당 3페니에, 수정분말(水晶粉末), 설탕의 상형 3스톤에 대하여 전기 구매자 채무자가 수령가격에 대하여 1파운드 5실링 6페니 영화(英貨)를 전기 매도인에게 지불하며, 그 금액은 전기 구매자에 의해 전기 매도인에게 영화 3실링 정(整)의 매주 분납, 즉 매 7일마다 지불하는 것으로 약정함: 또한 전기 비변질성 상품은 전기 구매자에 의하여 저당 또는 질입(質入) 또는 매각 도는 그 밖의 증여됨을 금하며 그러나 금일 여기 전기 판매자, 즉 그의 사자(嗣子), 상속인, 수탁인(受託人), 양수인(讓受人)과 전기 구매자, 즉 그의 사자(死者), 상속인, 수탁인, 양수인(讓受人) 간의 동의계약(同義契約)이 성립되어, 그 효력을 발생하는 방법에 있어서, 전기 금액이 전기 구매자에 의하여 전기 매도인에게 필시 지불될 때까지, 전기 판매인의 자유의사에 의하여 처분되어지는 그 유일전유권적(唯一專有權的) 재산으로서 의연잔존(依然殘存)하는 것으로 함.

— 자넨 엄격한 금주 당인가? 조가 말한다.

— 한 번 마시고 다음 마실 때까지는 절대로 안 마시지, 나는 말한다.

— 우리들의 친구를 위해 한잔하는 게 어때? 조가 말한다.

— 누구? 나는 말한다. 알았네, 그 녀석 머리가 돌아 정신병원[9]에 들어가 있지, 불쌍한 녀석.

— 자신의 소피를 들이키면서? 조가 말한다.

— 그래, 나는 말한다. 물 탄 위스키가 머리에서 떠나지 않으니.

— 바니 키어넌 주점[10]으로 가세, 조가 말한다. 나는 '시민'[11]을 만나고 싶어.

— 내 사랑 바니 주점이라고나 할까, 나는 말한다. 뭐 별다른 혹은 근사한 일이라도, 조?

— 한 마디도 말도 없어, 조가 말한다. 나는 시티 암즈 호텔의 저 회합에 다녀왔지.

— 그게 뭔데, 조? 니는 말한다.

— 가축업자들 말이야, 조가 말한다. 아구창에 관해서. 나는 그에 관해 '시민'에게 부탁을 하고 싶어.

그런고로 우리는 린넨 홀의 막사(幕舍) 그리고 재판소의 뒷면으로 하여 이런 일 저런 일을 이야기하면서 돌아갔다. 조 녀석은 돈이라도 갖고 있으면 꽤 좋은 녀석이나 확실히 녀석은 한 푼도 갖고 있지 않은 것 같다. 젠장, 나는 대낮 강도 같은, 저 경칠 여우같은 제러티를 이겨낼 수가 없었어. 면허 없이 영업하고 있지 않나 말이야, 그는 말하지.

수려국(秀麗國) 이니스페일[12]에 한 개의 땅, 성(聖) 마이컨의 땅이 놓여 있도다. 멀리 사람들이 바라보는 망대 하나가 거기 솟아 있나니. 마치 살아서 잠자듯 위대한 사자(死者)들이 그곳에 잠들어 있는지라, 이름을 떨치던 용사들과 왕자들. 그것은 참으로 유쾌한 땅이나니, 거기에는 넙치, 홍 가자미, 민물잉어, 가자미, 굽은 턱 대구, 연어새끼, 물치 가자미, 유럽산 넙치, 넙치 류, 송어 떼, 일반 잡어(雜魚), 그리고 물의 왕국에 사는 이루 헤아릴 수 없을 수많은 외래종들이 뛰놀며, 속삭이는 파도와 충어(充魚)의 개울이 있도다. 서쪽과 동쪽에서 불어오는 온화한 미풍 속에, 높다란 수목들이 그들 일급의 군엽(群葉)들을 사방팔방으로 물결치게 하고 있는지라, 유동(流動)하는 무화과, 레바논 삼목(杉木), 의기충천한 플라타너스, 개량종의 유칼립투스 그리고 그 밖에도 그 지역에 철저하게 공급해 주고 있는 수목세계의 다른 장식품들을. 귀여운 처녀들이 아름다운 나무들의 뿌리에 인접하게 앉아, 가장 아름다운 노래를 부르나니 한편 온갖 종류의 아름다운 물건들, 예를 들면 황금덩이, 은빛 물고기들, 다량의 청어, 한 무리의 뱀장어, 대구새끼, 여러 소쿠리의 연어새끼, 자색 해보석(海寶石) 그리고 희롱거리는 곤충들과 함께 놀고 있는지라. 그리고 영웅들이 그곳 처녀들에게 구애하기 위해 멀리서부터 항해하나니, 애블라나[13]에서부터 슬리브마지[14]에 이르기까지, 무속(無束)의 나라 먼스터의 그리고 정의(正義)의 나라 코노트[15]의 그리고 화려하고 윤택한 라인스터의 그리고 크루아칸 나라의 그리고 화려한 아마의 그리고 고상한 보일[16] 지방의, 왕자들, 국왕들의 자식들이.

그리고 그곳에는 광막한 바다를 건너기 위한 목적으로 특별히 건조된 범선들을 타고 바다를 횡단하는 수부들에 의해 보이는 수정같이 번쩍이는 지붕을 한, 빛나는 궁전이 하나 솟아 있나니, 그리하여 그곳에 그 나라의 온갖 짐승들과 떼 지은 살진 가축들 그리고 일급 과일들이 모여드는지라, 왜냐하면 옛날 많은 추장들의 후손인 추장, 오코넬 피츠시먼[17]이 그들의 세금을 떼어 내기 때문이로다. 거기에 엄청나게 큰 짐마차들이 들판의 추수물(秋收物), 여러 개의 바구니에 가득한 꽃 배추, 여러 개의 수레에 가득한 시금치, 다량의 파인애플 뭉치, 랭군산(産)의 큰 완두콩, 다량의 토마토, 산더미처럼 쌓은 무화과, 여러 이랑의 스웨텐 순무, 요크 및 사보이의 공같이 둥근 감자와 무수한 무지갯빛 양배추 단들, 땅의 진주라 할, 쟁반 가득한, 둥근 양파, 여러 개의 광주리에 가득 담은 버섯, 커스타드 호리 박들이며 살진 완두콩, 보리 및 유채(油菜), 붉고 푸르고 누렇고 갈색인 팥빛 달콤하고 크고 쓴, 익은 밀감 같은 사과들, 여러 상자의 산딸기, 여러 개의 광주리에 가득 담은 연하고 다모(多毛)의 구즈베리, 그리고 왕자들에게도 합당한 산딸기며 그들의 줄기로부터 따온 나무딸기들을 나르도다.[18]

내가 그 녀석한테 달려들 테야, 그는 말하는 거야, 그리고 난 연거푸 그 녀석한테 달려들 테야. 이리 나와, 제러티 녀석, 이 악명 높은 경칠 산골짜기 강도 놈아!

그리하여 그 길로 방울 양(羊)들 그리고 기운찬 암 양들 그리고 단발모(斷髮毛)의 햇양들 그리고 양 새끼들 그리고 단모(短毛) 거위들 그리고 중간 수송아지들 그리고 울부짖는 암소들 그리고 절각(折角) 송아지들 그리고 장모(長毛) 양들 그리고 개량종 양들 그리고 커프[19]의 우량 영양(羚羊)들 그리고 하등 양들 그리고 암돼지들 그리고 베이컨용(用) 돼지들 그리고 다양한 이종(異種)의 다양성의 고품종의 상등 돼지들 그리고 순결한 순종의 앵거스산(産) 어린 암소들 그리고 뿔 잘린 거세 황소들의 무수한 무리가, 현상 붙은 최우량 젖소들 그리고 황소들과 함께, 떼 지어 행차한다: 그리고 거기에 러스크와 러쉬[20] 및 캐릭마인즈[21]의 목장으로부터 그리고 토먼드의 다계(多溪)의 골짜기로부터, 접근불가의 맥길리커디의 활화산 그리고 측정불가의 장엄한 샤논 강으로부터, 그리고 키알 족(族) 마을의 온화한 경사지로부터, 양들과 돼지들 그리고 중각(重脚) 암소들의 발굽 소리, 깍각 소리, 울부짖는 소리, 음매 소리, 메앵 소리, 무우우 울음소리, 울렁이는 소리, 꿀꿀대는 소리, 우적우적 씹는 소리, 되씹는 소리들이 상시(常時) 들린다, 그들의 유방을 초풍부(超豐富)한 우유와 거통(巨桶) 버터, 응유(凝乳) 치즈와 농장용(用) 나무통 그리고 양의 수흉육(首胸肉) 그리고 여러 크랜노크[22]의 곡물 및 기백(幾百)의, 다양한 크기의, 암갈색 곁든 벽옥색의, 타원형 계란들로 부풀린 채.

그런고로 우리는 바니 키어넌 주점으로 돌아 들어갔는데 거기에, 아니나 다를까, '시민'이 한쪽 모퉁이에서 그 경칠 놈의 옴 투정이 잡종 개, 게리오엔과, 그 자신과 더불어 커다란 담소를 즐기면서 앉아 있었으니, 그는 마실 먼가를 하늘이 떨어뜨릴 것을 기다리고 있었다.

— 저기 그가 있어, 나는 말한다, 그의 잡동사니 구석에, 그의 맥주 조끼와 신문 뭉치를 들고, 명분을 위해 분발하면서, 말이야.

경칠 놈의 잡종개가 몸을 오싹하게 할 정도로 그로부터 불평을 토했다. 만일 누구든지 저 경칠 개놈의 목숨을 뺏기라도 하면 육체적 자선 행위가 되련만. 녀석이 언젠가 면허에 관한 소환장을 가지고 돌아오던 샌트리[23]의 순경 바짓가랑이의 상당 부분을 뜯어먹었다는 사실에 대해 나는 소문을 듣고 있는 터라.

— 정지, 누구냐, 다 털어놔,[24] 그는 말한다.

— 심문할 것 없어, '시민', 조가 말한다. 친구들이야.

— 통과, 친구들, 그는 말한다.

이어 그는 손으로 눈을 비비면서 말한다.

— 시국에 대한 자네들의 의견은 뭔가?

마적[25]이나 산(山)의 로리[26] 짓을 하고 있는 것이다. 그러나, 젠장, 조는 그런 경우를 감당할 수 있었다.

— 내 생각에 시세가 폭등하고 있는 것 같아, 한 손을 사타구니 아래로 훑어 내리면서, 그는 말한다.

고로 젠장 '시민'이 그의 무릎에 마수(魔手)를 찰싹 치면서, 말한다.

— 외국의 전쟁[27]이 바로 그 원인이야.

그리고 조가 엄지손가락을 호주머니 속에 꽂으면서, 말한다.

— 포학한 짓을 원하는 놈은 러시아인들이야.[28]

— 글쎄, 자네의 그 경칠 놈의 조롱은 그만 집어치워, 조, 나는 말한다. 반(半) 크라운으로는 어림도 없을 정도로 나는 목이 말라 있단 말이야.

— 이름을 대요, '시민', 조가 말한다.

— 국산 술을, 그는 말한다.

— 자넨 뭐로? 조가 말한다.

— 동상(同上)의 맥아나스피르를,[29] 나는 말한다.

— 3파인트, 테리, 조가 말한다. 그런데 자네 기운(氣運)은 어떤가, '시민'? 그는 말한다.

— 결코 더 나을 게 없어 '아 시라(친구),'[30] 그는 말한다. 어매 개리? 우린 이길 것 같은가? 응?

그리고 그 말과 함께 그는 그 경칠 덩치 큰 늙은 개의 목덜미를 붙잡자, 하느님 맙소사, 그는 개를 거의 질식시켜 버렸던 거다.

한 둥근 탑 기슭에 커다란 반석 위에 앉아 있는 그 인물은 광견(廣肩)에 심흉(深胸)에 강지(强肢)에 직안(直眼)에 적발(赤髮)에 자유반점(自由斑點)에 후수(厚鬚)에 광구(廣口)에 대비(大鼻)에 장두(長頭)에 심성(深聲)에 나슬(裸膝)에 갈수(褐手)에 발각(鬚脚)에 적안(赤顔)에 근완(筋腕)의 한 영웅 바로 그 자였도다.[31] 어깨에서부터 어깨까지의 거리는 여러 자[尺]나 되며 그의 암사(岩似) 산(山)같은 무릎은, 눈에 띄는 그의 육체의 나머지 부분과 마찬가지로, 색깔이나 그 견고함이 마치 산(山) 가시 금작화('유럽산 울렉스나무')에 유사하며, 강하도록 성장한 황갈색의 바늘 같은 뾰족한 털로서 덮여져 있었나니라. 똑같은 황갈색의 뻣뻣한 콧수염이 돌출한 광익(匡翼)의 콧구멍은 너무나 널찍한 지라 그들의 동굴 같은 안영(暗影) 속에 들빤 송다리가 그의 둥지를 쉽사리 숙박할 정도였나니. 눈물과 미소가 그 속에서 언제나 지배를 겨루었던 그 눈은 엄청나게 큰 꽃양배추의 치수를 띠고 있었도다. 한 줄기 힘찬 분출의 따뜻한 숨결이 그의 입의 심오한 공동(空洞)으로부터 규칙적인 간격으로 용출(湧出)하는지라 한편 그의 가공할 심장의 억세고 우렁찬 울림이 율동적인 반향 속에 뇌성고함(雷聲高喊)했나니, 땅, 높은 탑의 정상 그리고 동굴의 더한층 높은 벽을 진동하고 전율하기 위함이라.

그는 최근에 탈피한 황소가죽의 길고 소매 없는 외의(外衣)를 걸치고 있었는지라 헐거운 킬트 복(服)으로 양 무릎까지 닿았으며 그리고 이것은 엮은 짚과 골 풀의 띠에 의해 그의 중부(中部)(허리) 근처에 붙들어 매어져 있었도다. 이 의상 밑으로 그는 장선(腸線)으로 마구 꿰매진, 사슴가죽의 통바지를 입고 있었나니. 그의 하부각지(下部脚肢)는 이끼

자색으로 물들인 밸브리건 고지의 반장화 속에 입관(入棺)되어 있었는지라, 발은 그 같은
짐승의 기관(氣管)의 끈으로 짜여진 소금 절인 암소가죽의 생피화(生皮靴)로 신겨져 있었
도다. 그의 허리띠로부터 한 줄의 해석(海石)들이 매달려 있었으니, 그들은 그의 놀라운
체구의 매(每) 운동 때마다 쨍그랑 울렸는지라 이 해석들 위에는 수많은 고대 아일랜드 남
녀 영웅들의 종족의 상(像)들이 조잡하지만 그러나 놀라운 정도의 기술로서 조각되어 있
었으니, 그들은 쿠컬린, 백회전쟁(百回戰爭)의 콘, 아홉 인질의 나이올, 킨코라의 브라이
언, 아드리가(家)의 맬러카이, 재치 꾼 맥머라, 셰인 오닐, 존 머피 신부, 오엔 로, 패트릭
사즈필드, 적모(赤毛) 휴 오도넬, 적모 짐 맥더모트, 소가드 이오건 오그로우니, 마이클 드
와이어, 프랜시 히긴즈, 헨리 조이 맥크러켄, 골리앗, 호레이스 휘틀리, 토머스 콘네프, 페
그 우핑턴, 빌리지 블랙스미스(마을 대장장이), 캡틴 문라이트, 캡틴 보이콧, 단테 알리기에
리, 크리스토퍼 콜롬버스, S. 퍼사, S. 브렌던, 맥마온 원수(元帥), 샤를마뉴, 시어볼드 울
프 톤, 마카베가(家)의 어머니, 모히칸족(族)의 최후, 카스틸의 장미, 골웨이의 용사, 몽떼
칼로의 은행에서 파산한 사나이, 난국에 처한 사나이, 하지 않은 여인, 벤자민 프랭클린,
나폴레옹 보나빠르뜨, 존 L. 설리번, 클레오파트라, 사보닌 딜리시, 율리우스 카이사르, 파
라켈수스, 토머스 립턴 경(卿), 윌리엄 텔, 미켈란젤로 헤이즈, 마호메트, 램머무어의 신부
(新婦), 은둔자 피터, 도매업자 피터, 흑발(黑髮) 로잘린, 패트릭 W. 셰익스피어, 브라이
언 유생(儒生), 뮈르타크 구텐베르크, 패트리키오 벨라스케스, 캡틴 네모, 트리스탄과 이
졸데, 웨일즈의 최초의 왕자, 토머스 쿠크와 자식, 용감한 소년 병, 아라 나 포규, 딕 터핀,
루드비히 베토벤, 콜린가(家)의 본, 웨들러 힐리, 은둔 종교단의 앵거스, 돌리 마운트, 시
드니 퍼레이드, 벤 호우드, 발렌타인 그레이트레익스, 아담과 이브, 아더 웰즐리, 두목 크
로커, 헤로도토스, 거인살해자 잭, 고타마 붓다, 고다이바 부인, 킬라니의 백합, 흉안(兇
眼)의 밸러, 시바의 여왕, 애키 네이글, 조 네이글, 알렉산드로 볼타(佛陀), 제레미아 오도
노번 롯사, 돈 필립 오설리번 비어 들이었도다.³²⁾ 첨예한 화강암의 구부러진 창(槍) 하나가
그의 곁에 놓여 있었으니 한편 그의 발치에는 견족속(犬族屬)의 야만스런 동물이 한 마리
쉬고 있었는 바 그놈의 숨찬 야비성(野鼻聲)은 놈이 불안스런 수면(睡眠)에 잠입해 있음
을 선언하는지라, 이러한 가정(假定)은 그의 거칠게 으르렁거리는 소리와 발작적인 동작으
로 미루어 보아 단정되는 것으로 이는 그의 주인이 구석기시대의 돌멩이로 조야하게 제조
한 한 개의 튼튼한 곤봉의 정화적(淨化的) 타격으로 수시로 진정 되었도다.

　　그런고로 아무튼 테리는 조가 내는 3파인트를 갖고 왔는지라 젠장 그 자신이 1파운드
지폐를 꺼내는 걸 내가 보았을 때 그 광경이 내 눈을 거의 믿을 수 없게 만들었다. 오, 하지
만 그건 정말이지 틀림없는 사실이었다. 한 닢의 멋진 파운드.

— 그런데 아직도 나올 게 더 많이 남아 있어, 그는 말한다.

— 자네 자선함을 훔친거로군, 조? 나는 말한다.

— 이마에 땀 흘려 번거야, 조가 말한다. 나한테 귀뜸을 해준 것은 바로 그 신중한 친구였어.³³⁾

— 내가 자넬 만나기 전에 그를 보았어, 나는 말한다, 그는 흡사 대구 눈³⁴⁾을 하고 생선의
모든 창자를 놓칠세라 필 골목길과 그리크가(街)³⁵⁾를 쏘다니고 있었어.

　　담비 갑옷으로 치장한 채, 마이컨의 땅을 통해서 오는 자 누구리오?³⁶⁾ 오블룸, 로리의
자식: 바로 그자로다. 공포에 둔감한 자 바로 로리의 자식: 그이 신중한 마음의 소유자.³⁷⁾

— 프린스가(街)의 늙은 할멈³⁸⁾을 위하여, '시민'이 말한다. 보조금을 받는 기관지.³⁹⁾ 영국
의회의 인질에 묶인 아일랜드 당. 그리고 이 경칠 놈의 걸레조각을 보란 말이야, 그는 말
한다. 이걸 봐요, 그는 말한다. 글쎄, 노동자의 친구가 되기 위해 파넬에 의해 창간된, 〈아
이리시 인디펜던트〉지. 〈아이리시 올 포 아일랜드 인디펜던트〉지의 출생과 사망에 관해 잘

들어 봐요, 그리고 감사란(感謝欄)과 결혼란(結婚欄)을.[40]

그리고 그는 그걸 크게 읽기 시작한다:

— 엑스터, 반필드 크레센트의, 고든: 성(聖) 앤즈 온 시의, 이플리의 레디메인: 윌리엄 T 레드메인 부인, 남아 출생. 이건 어때, 응? 라이트 및 플린트, 빈센트 및 질레트, 스톡웰 시(市), 클래펌 가도 179번지, 로자 및 고(故) 조지 알프레드 질레트의 딸 로사 마리언, 성(聖) 유다의 플레이우드 및 리즈데일, 워세스터의 사교 대리, 닥터 포레스트 존사에 의한 켄싱튼, 어때? 사망. 런던, 화이트홀 소로의 브리스토우: 스톡 뉴잉턴, 카인는 위염(胃炎) 및 심장병으로: 쳅스토우 시(市), 모트가(家)의 코크번……

— 나는 그 친구[41]를 알고 있지, 조가 말한다, 쓰라린 경험을 통해서.

— 코크번. 딤지, 해군 재독 고(故) 데이비드 딤지의 아내: 제분업자, 토테넘 향년 85세: 웨일즈 난(欄), 6월 12일, 리버풀 시(市),[42] 캐닝가(街) 35번지, 이사벨라 헬렌. 민족 신문에다 어떻게 이따위를, 응, 자네[43]! 도대체 밴트리 품팔이꾼, 마틴 머피[44]는 어떻게 된 셈이냐?

— 아, 글쎄, 조가 술을 차례로 돌리면서, 말한다. 고맙게도 그놈들이 우리들을 앞질렀으니.[45] 그걸 마셔, '시민.'

— 그러지, 그는 말한다, 존경하올 자네.

— 건강을, 조, 나는 말한다. 그리고 모두의 건강을.[46]

아! 오우! 그런 소리 말지라! 나는 요놈의 파인트 술이 먹고 싶어 정말이지 진저리가 났었도다. 하느님께 선언하나니 나는 술이 꿀꺽 소리와 함께 나의 위장 밑바닥을 치는 소리를 들을 수 있었도다.

그런데 볼지라, 그들이 환희의 잔을 들이켰을 때, 신 같은 전령사, 천국의 눈(태양)처럼 찬연한, 한 단정한 젊은이[47]가 급히 들어 왔는지라 그리고 그의 뒤를 고상한 보행과 용모를 띤 보다 나이 많은 자가, 신성한 법전을 손에 들고, 통과 했도다, 그와 함께 그의 숙녀 아내, 무쌍가문(無雙家門)의 마담, 여성들 가운데 최고 미인이.[48]

꼬마 앨프 버건이 문 부근에 갑자기 뛰어들며, 큰 웃음으로 몸이 짓눌린 채, 바니 주점의 아늑한 골방 뒤로, 숨었다. 그리고 거기 구석에 앉아, 세상모르고 술에 취해 코를 골고 있는 자가 누군지 나는 알 수 없었으나 그건 단지 다름 아닌 보브 도런임이 드러났다. 나는 무슨 영문인지 몰랐는지라 앨프가 계속 문 밖으로 신호를 하고 있었다. 그런데 젠장 그게 뭔가 했더니 단지 목욕탕 슬리퍼를 신고 매우도 큰 두 권의 책을 겨드랑에 낀, 저 경칠 늙은 어릿광대 데니스 브린 영감과 그의 뒤에 화급하게, 마치 북슬개처럼 속보로 걷고 있는, 불행하고 처참한 여인인, 그의 아내였다. 나는 앨프가 배가 쪼개지지 않을까 생각했다.

— 저이 좀 보게, 그는 말한다. 브린이야. 그는 어떤 사람이 그에게 보낸 U, P: 끝장이라, 쓴 우편엽서를 들고 명예훼… 으로 고소하셨다고 더블린 천지를 정신없이 쏘다니고 있어.

그리고 그는 몸을 이중으로 접었다.

— 어떻게 하겠다고? 나는 말한다.

— 명예훼손 소송을, 그는 말한다. 1만 파운드를 위해.

— 오 지옥 같으니! 나는 말한다.

경칠 잡종개가 무언가가 나타나는 것을 보자 몸을 오싹하게 할 정도로 무섭게 그렁거리기 시작했으나 '시민'이 개의 갈빗대를 한 번 걷어찼다.

— '비 이 도 후스트(닥쳐)',[49] 그는 말한다.

— 누구? 조가 말한다.

— 브린 말이야, 앨프가 말한다. 그는 존 헨리 멘턴의 사무실에 있었지, 이어 콜리스 앤드 워드의 법률사무소에 들리자 그때 톰 로치퍼드가 그를 만나 장난삼아 그를 부집행관[50]의 사무실로 보냈던 거야. 오 하느님, 난 웃느라 복통이 다 났네. U. p: 끝장이라. 그 키다리 녀석이 과정(過程)이 어떻게 돌아가나 그를 주시했지 그리고 방금 그 경칠 늙은 정신병자 가 순경을 찾아 그런가(街)에로 돌아갔어.

— 키다리 존이 저 친구를 언제 마운트조이[51]에서 교수형에 처할 참인가? 조가 말한다.

— 버건, 보브 도런이 잠에서 깨어나며, 말한다. 그게 앨프 버건이냐?

— 그래, 앨프가 말한다. 교수형에 처한다? 가만있자 어디 내가 보여 줄 테니. 여기, 테리, 작은 맥주 한 병 줘. 저 경칠 바보 영감! 1만 파운드라. 자네들이 진작 키다리 존의 눈을 좀 보았더라면. U. p……

그리고 그는 크게 웃기 시작했다.

— 자네 누굴 비웃고 있나? 보브 도런이 말한다. 그게 버건이냐?

— 이봐 테리, 빨리 가져와요, 앨프가 말한다.

테렌스 오라이언[52]은 그의 소리를 듣고 거품 나는 흑단색(黑檀色) 맥주로 넘치는 수 정 같은 잔을 그에게 직통으로 가져왔는지라 이는 불사(不死)의 레다[53]의 자식들인 양 숙 련된, 그 고상한 쌍둥이 형제들, 벙아이브와 벙아딜론[54]이 그들의 신성한 주통(酒桶) 속 에서 여태껏 양조했던 거로다. 왜냐하면 그들은 홉의 다즙(多汁) 말린 씨를 축적하고 그들 을 덩어리로 모아 체로 치고 빻고 끓이고 거기에다 신(辛) 주스를 혼합하고 그 진액(津液) 을 성화(聖火)에로 가져가, 노역으로부터 불철주야 쉬지 않았으니, 저 능숙한 형제들, 술 통의 지배자들.

그때 그대, 기사(騎士)다운 테렌스가, 생래(生來)의 몸가짐으로,[55] 저 신주류(神酒 類)의 음료를 건네는지라 그리하여 그대는, 갈증 난, 미(美)에 있어 불멸의 신과 유사한, 기사도(騎士道)의 혼(魂)이라 할 그에게 수정 같은 잔을 제공했도다.

그러나 그이[56], 오버건 족(族)의 젊은 추장은, 관대한 행위에 있어서 타인에게 능가 당하는 것을 달갑게 생각할 수 없었으니 그러나 그런고로 멋진 제스처로서 가장 사치스런 3페니짜리 동전 한 냥을 주었도다. 그 위에는 탁월한 세공으로 돈을새김 된 채 왕족의 외양 을 갖춘 여왕, 브런즈위크가(家)의 후예, 어명(御名) 빅토리아, 가장 탁월한 여왕 폐하, 하 느님의 은총에 의하여 대영합중(大英合衆) 왕국과 아일랜드 및 그 밖의 해외의 영연방(英 聯邦) 연합 왕령의 통치자, 신앙의 옹호자, 인도(印度)의 여제(女帝), 여장부, 통치권을 장 악하는, 많은 백성들의 여(女)정복자, 사랑을 한 몸에 받고 있는 자의 상(像)이 드러났는지 라, 왠고하니 모든 백성들, 백인종, 흑인종, 홍인종 및 이디오피아인들까지도, 태양이 솟아 오를 때부터 질 때까지[57] 그녀를 알고 사랑했기 때문이로다.

— 저 경칠 놈의 공제 조합원[58]은 뭘 하고 있는 거야, '시민'이 말한다, 바깥에 이리저리 배 회하고 있으니.

— 저게 뭐야? 조가 말한다.

— 자네 여기, 앨프가 금전을 내던지면서, 말한다. 교수형에 관해서 말하건대, 나는 자네들 이 결코 보지 못한 근사한 걸 보여 주겠어. 사형집행인의 수기(手記) 말이야. 여기를 봐요.

그런고로 그는 한 다발 묶음의 편지와 봉투를 호주머니에서 꺼냈다.

— 자네 거짓말하고 있는 거냐? 나는 말한다.

— 정말이야, 앨프가 말한다. 그걸 읽어보게.

그런고로 조가 편지를 집어 들었다.

— 자네 누굴 비웃고 있는 거냐? 보브 도런이 말한다.

그래서 나는 여기서 작은 소란이 일어날 것이라고 생각했는지라 보브 녀석은 몸속에 술기운이 돌 때면 괴상한 녀석인지라 고로 나는 화제를 그저 다른 데로 돌리려고 말한다:

— 요사이 윌리 머레이[59]는 어떻게 지내나, 앨프?

— 모르겠어, 앨프가 말한다. 나는 방금 그가 패디 디그넘과 캐펄가(街)에 같이 있는 걸 보았네. 나는 그저 그 일 때문에 달려오기만 했으니까……

— 자네 뭐라고? 조가, 편지를 아래로 던지면서, 말한다. 누구하고?

— 디그넘 하고, 앨프가 말한다.

— 패디 말이야? 조가 말한다.

— 그래, 앨프가 말한다. 왜?

— 그가 죽은 줄 자넨 모르나? 조가 말한다.

— 패디 디그넘이 죽었다고! 앨프가 말한다.

— 그럼, 조가 말한다.

— 확실히 내가 그를 본 게 5분도 안 되는데, 앨프가 말한다, 아주 명백하게.

— 누가 죽었다고? 보브 도런이 말한다.

— 그럼 자넨 그의 유령을 봤어, 조가 말한다, 어림도 없는 소리.

— 뭐? 앨프가 말한다. 이런 변이 있나, 단지 5분…… 뭐라? ……그리고 윌리 머레이가 그와 함께 있었어, 그들 두 사람이 저기 뭐라나 그 근처에서 말이야…… 뭐? 디그넘이 죽었다고?

— 디그넘이 어떻다고? 보브 도런이 말한다. 누가 그따위 소릴……

— 죽다니! 앨프가 말한다. 자네가 죽지 않았듯이 그도 죽지 않았어.

— 아마 그럴 테지, 조가 말한다. 아무튼 오늘 아침 사람들이 실례를 무릅쓰고 그를 매장했으니까.

— 패디를? 앨프가 말한다.

— 그럼, 조가 말한다. 그는 죽었네, 하느님이시여 그에게 자비를 베푸소서.

— 하느님 맙소사! 앨프가 말한다.

　　젠장 그는 이른바 망연자실하고 말았다.

　　암흑 속에 정령(精靈)의 손들이 팔락팔락 움직이고 있는 것이 느껴졌나니 그리하여 탄트라 경전(經典)[60]에 의한 기도가 적지(適地)에로 방향을 바꾸었을 때 루비 빛 광채의 희미하나 점진적 광휘가 점차 환히 가시(可視)하게 되었는지라, 그건 머리의 정수리와 얼굴로부터의 광영적(洸靈的) 광선의 발산에 기인하여 유별나게 생사(生似)한듯 보이는 천상의 원령(怨靈)의 출현이었도다. 영(靈)의 교합은 뇌하수체를 통하여 그리고 또한 척골부(脊骨部)와 태양신경총(太陽神經叢)으로부터 발산되는 오렌지화(火)와 심홍색 광선에 의하여 인과(因果) 되었나니. 천계(大界)의 소재(所在)에 관하여 그의 지상명(地上名)[61]으로 질문 받은, 그는 가로되, 자신은 지금 영혼 재생 전 상태 또는 회귀의 도상에 있긴 하나 아직도 보다 낮은 성계(星界) 위의 어떤 혈갈(血渴)의 신들의 손에 의한 재판에 위탁되고 있도다. 천계의 대분수계(大分水界) 피안의 최초 감동에 관한 질문에 답하여 그는 가로되, 이전에 그는 마치 거울 속을 막연히 들여다보듯 하였사오나, 경계를 이미 초과(超過)한 자들은 그들에게 영계(靈界)의 진화(進化)라는 지상(至上)의 가능성들이 그들에게 열려 있는 것을 알았도다. 그곳의 생활이 우리의 육신이 살아 있을 때의 경험과 유사한가의 여부에 답하여 그는 가로되, 방금 영계(靈界)에서 몹시 사랑 받고 있는 사람들로부터 들은 이야기 오나 그들의 주거는 '탈라파나(전화)', '알라바타르(엘리베이터)', '하타칼다(온 냉수 겸용 수도)', '와타클라시트(수세식 변소)'[62]와 같은 모든 현대식 가정의 안락 시설을 갖추었는가하면 최고 명인(名人)들은 바로 가장 순수한 특성의 색락(色樂)의 물결 속에 젖어 있었나이다. 한 커트의 버터밀크를 요구하자 이내 그것이 대령 되었나니 분명히 위안을 제공받았도다. 그가 혹시 생자(生者)들을 위한 무슨 메시지를 가지고 왔는가, 라는 질문에 그는 마야(摩耶)[63]의 역정(逆情)을 아직 사고 있는 모든 자들로 하여금 참된 길을 인식하도록 권유했는지라 왜냐하면 마즈[火星]와 주피터[木星]가 그들의 재해(災害) 때문에 양좌(羊座)가 지배하는 동방격(東邦隔)으로 추방당했음이 제파계(提婆界)[64]에 보고되었기 때문이라 했도다. 그러자 고인(故人) 편에서 어떤 특별한 욕망이라도 있었는지에 여부를 질문 받자 그 대답인즉: 아직도 육신을 지닌, 지상의 친구들이여, 우리는 그대들을 환영하노라. C. K.[65]가 지나치게 폭리하지 않도록 유의할지라. 이러한 언급은 H. J. 오닐의 인기 있는 장의사 지배인이요, 장례절차의 집행을 책임졌던, 고인의 개별적 친구, 코넬리우스 켈러허 씨에게 관한 것임이 확인되었도다. 그는 사바[娑婆]세계를 떠나기에 앞서 자신의 친애하는 자식 팻시[66]에게 그가 항상 찾고 있던 다른 한 짝의 구두가 골방의 옷장 밑에 현재 감춰져 있는지라 아직 뒤축이 성하기에 두 짝을 모두 컬런 구둣방[67]으로 가져가 밑창을 대도록 일러줄 것을 요구했나니라. 그는 자신이 이역(異域)에 있으면서도 그것이 그의 평화스런 마음을 몹시 괴롭히고 있다고 서술했나니, 그의 소망이 잘 전해지기를 요구했도다. 그러한 일이 유의(留意) 될 것이라는 확증이 주어지자 이것이 그에게 만족을 주었음이 암시 되었도다.

그는 사바세계에서 사라져 갔도다: 오디그넘, 우리들의 아침의 태양. 고사리를 밟던 그의 발걸음은 빨랐다: 번쩍이는 이마의 패트릭. 애통하라, 반바[68]여, 너의 바람과 함께: 그리하여 애통하라, 오 대양(大洋)아, 너의 회오리바람과 함께.

— 저기 그가 다시 나타났어, '시민'이 밖을 빤히 쳐다보면서, 말한다.

— 누구? 나는 말한다.

— 블룸 말이야, 그는 말한다. 녀석이 지난 10분 동안 저기 위아래를 입초(立哨) 근무 중이야.

그런데, 젠장, 나는 그 녀석의 낯바대기가 언뜻 엿들어다 보며 다시 선금 사라지는 걸 보았다.

꼬마 앨프는 어안이 벙벙했다. 정말이지, 그는 그랬다.

— 선량한 그리스도여! 그는 말한다. 맹세코 그이였음에 틀림없어.

그러자 보브 도런이 말한다, 모자를 머리 뒤통수에다 붙이고, 술만 취하면 더블린에서 제일 비천한 깡패.

— 누가 예수가 선량하다고 말했어?

— 용서(容恕)(미나리)하게, 앨프가 말한다.

— 그래 예수가 선량하다고, 보브 도런이 말한다, 불쌍하고 가엾은 윌리 디그넘을 빼앗아 가다니?

— 아, 글쎄, 앨프가, 그 말을 슬쩍 받아넘기려고 애를 쓰면서, 말한다. 그는 온갖 고뇌를 마감했어.

그러나 보브 도런이 소릴 지른다.

— 그는 경칠 놈의 악한이야, 글쎄. 불쌍하고 가엾은 윌리 디그넘을 빼앗아 가다니.

테리가 다가와서, 조용히 하도록 그에게 눈짓을 했다, 점잖은 주류 판매 허가 점에서 그따위 말은 손님들이 꺼리는지라. 그러자 보브 도런이 패디 디그넘에 관하여 홀쩍홀쩍 울기 시작한다, 거기 사실 그대로.

— 제일 훌륭한 사람이었는데, 그는 홀쩍이면서, 말한다, 가장 훌륭하고 가장 순결한 인물.

눈물이 매우도 눈가에 괴었다. 허튼 소리를 매우도 떠들어대면서. 그가 장가 간 그 꼬마 몽유병의 암캐, 집달관의 딸인, 무니[69])에게 귀가하는 것이 그에게 더 어울릴지니, 어미는 하드위크가(街)에 여인숙을 차리고, 선창을 배회하곤 했는데 밴텀 라이언즈가 내게 말한 바 새벽 2시에 그녀는 몸에 실오라기 하나 걸치지 않고, 다가오는 모든 사람들에게, 공평무사하게 문호를 개방한 채, 그녀의 몸뚱이를 노출하면서, 그곳에 서 있더라는 것이다.

— 가장 고상하고, 가장 참된 사람이, 그는 말한다. 그런데 그는 가버렸어, 불쌍하고 가엾은 윌리, 불쌍하고 가엾은 패디 디그넘.

그리고 비애에 잠긴 채 그리고 무거운 마음으로 그는 천국의 저 빛의 명멸(明滅)을 애통했도다.

늙은 개리오엔이 문 주위에서 엿보고 있던 블룸을 향해 다시 그르렁거리기 시작했다.

— 들어와요, 어서, '시민'이 말한다. 저놈이 잡아먹지는 않을 테니.

그래서 블룸은 자신의 대구 눈을 개한테 부치고 살며시 안으로 들어오면서, 테리에게 마틴 커닝엄이 그곳에 왔었느냐고 물었다.

— 오, 젠장맞을, 조가 한 통의 편지를 읽으면서, 말한다. 자네들 이걸 좀 들어보겠나, 응?

그리고 그는 한 통을 큰 소리로 읽기 시작한다.[70])

—
리버풀 시,
헌터가(街) 7번지.

더블린 시,
더블린 집정고관 귀하.

존경하는 귀하 저는 상술한 참혹한 사건에 있어서 저의 봉사를 바칠 것을 간청하오며 저는 1900년 2월 12일에 부틀 형무소[71])에서 조 건[72])을 교수형에 처했으며 또한 서는 교수형……

— 이리 보여 줘, 조, 나는 말한다.

— ……*펜톤빌 형무소[73])에서 제시 틸지트을 가금암살(家禽暗殺)한 아더 체이스 병사를 그리고 제가 당시 조수였던……*

— 맙소사, 나는 말한다.

— …… *빌링턴[74])이 그 무시무시한 살인범 토드 스미스를 처형했던……*

'시민'이 편지를 왈칵 잡아챘다.

— 그르지 마, 조가 말한다. *저는 한 번 목을 채우기만 하면 빠져 나올 수 없는 특수한 수갑을 갖고 있으며 하명 주실 것을 희망하나니 이만 여불 비례, 존경하는 귀하, 저의 약정 액은 5기니입니다.*

우두머리 이발시,
H. 럼볼드.[75])

— 그런데 녀석도 역시 야만스런 경칠 놈의 야만인이군, '시민'이 말한다.

— 그리고 비열한의 불결한 낙서(落書)야, 조가 말한다. 여기, 그는 말한다, 내 시야에서 꺼져 그걸 지옥으로 가져가란 말이야, 앨프. 여보, 블룸, 그는 말한다, 뭘 들겠소?

그래서 그들은 그 점(술)에 관하여 논하기 시작했으니, 블룸은 자신이 술을 마실 생각도 없거니와 마실 수도 없다고 말하는지라 악의는 없으니 양해해 달라고 말하면서 그에 관해 이것저것 변명한 뒤 글쎄 여송연을 한 대 피울까 하고 말했다. 젠장, 그는 금주(신중헌) 당원인 거다, 틀림없이.

— 자네의 고급 잎담배 한 개비만 갖다 줘, 테리, 조가 말한다.

그리고 앨프는 거기 어떤 친구가 검은 테두리를 두른 부고(訃告)를 한 장 보내 왔다고 우리들에게 말하고 있었다.

— 그들은 모두 검은 나라[76]에서 온 이발사들이야, 그는 말한다, 5파운드의 금화와 여비(旅費)를 위해서는 그들 자신의 아비들마저 교수형에 처해 버리려고 하지.

그리하여 그는 두 놈이 아래쪽에 기다리고 있다가 죄수가 덜컥 아래로 떨어지면 그의 발뒤꿈치를 밑으로 끌어당겨 적당히 질식을 시키고 이어 교수용 밧줄을 토막토막 자른 뒤 두개골 한 개당 몇 푼씩에 판다고[77] 말하고 있었다.

암흑의 땅에 그들은 거주하는지라, 앙심 깊은 삭도(削刀)의 기사(騎士)들. 그들의 죽음의 쇠고리를 그들은 움켜쥐고 있나니: 아무렴, 그리하여 피(血)의 행위를 저지른 인간이면 누구든 그들은 그곳 암흑계(暗黑界)[78]에로 그를 인도하는지라 왜냐하면 나는 무슨 일이 있어도 그걸 절대로 용서할 수 없노라 주님께서 실제로 말씀하시기 때문이도다.

그런고로 그들은 극형에 관하여 이야기하기 시작하는지라 물론 블룸은 왜를 및 어떻게를 가지고 그러한 일에 대한 모든 규약론(規約論)을 토로하나니 그리고 그 늙은 개는 언제나 할 것 없이 그의 주위를 냄새 맡고 있는지라 그리하여 나는 저 따위 유태인들은 과연 몸에서 개들을 끄는 일종의 괴상한 냄새를 품고 있다거나 뭔지는 모르나 모든 억제적 효과 및 기타 등등에 관한 이야기를 일러 받는 도다.

— 극형에 있어서 억제적(抑制的) 효과를 갖지 않는 것이 하나 있어, 앨프가 말한다.

— 그게 뭔데?, 조가 말한다.

— 교수(絞首) 당하는 불쌍한 비역쟁이(男色)의 연장이지, 앨프가 말한다.

— 그래? 조가 말한다.

— 틀림없어, 앨프가 말한다. 그건 킬메인엄[79]에서였는데 사람들이 무적단, 조 브러디[80]를 교수형에 처했을 때 간수장(看守長)한테서 나는 그 이야기를 들었어. 그는 사람들이 그를 끌어내린 뒤에 목을 베었을 때 고놈이 마치 부지깽이처럼 그들 면전에 빳빳하게 서 있었다고 내게 일러주었어.

— 지배적 정열은 죽음에서 강하다네, 조가 말한다, 누군가 말했듯이.[81]

— 그건 과학으로 설명될 수 있어요, 블룸이 말한다. 그건 단지 자연 현상에 불과하지, 알겠소, 왜냐하면 그 원인은……

그러고 나서 그는 현상과 과학 및 이런 현상, 저런 현상에 관해 발음하기 힘든 어구로 이야기하기 시작한다.

저명한 과학자 루이트폴트 블루멘더프트 교수[82]는 경부(頸部) 척추의 돌발적인 골절과 거기에 따른 척추의 부수적 절단은 의과학상(醫科學上) 최선의 인정받는 전통에 의하면 인체에 있어서 생식 기관의 신경중추상 급격한 신경절(神經節) 자극을 불가피하게 낳으며, 따라서 '꼬르뽀라 까베르노사(동체[胴體])'[83]의 탄성적(彈性的) 숨구멍을 급격하게 팽창시키는 원인이 될 뿐 아니라 페니스 혹은 남성기관으로 알려진 인체 해부학상의 그 부분에 동시적으로 혈액의 흐름을 용이하게 하며 따라서 '인아르띠꿀로 모르띠스 뻬르 디미누띠오넴 까뻬띠스(교수[絞首]에 의한 치사의 순간에 있어서)'[84] 병적(病的) 전상방(前上方)의 생식기 발기라고 의사들에 의하여 명명되어 온 현상을 결과한다는 취지의 의학상의 증거를 제출했다.

그런고로 물론 '시민'은 순간의 말을 단지 기다리고만 있었는지라 그리하여 그는 무적단 및 옛 수비대[85] 그리고 67년의 용사들[86] 및 98사건[87]에 대하여 말하기를 두려워하는 자에 관하여 스스로 허풍을 떨기 시작했나니 그리하여 조는 전지(戰地) 군법회의(軍法會議)에 의한 소송으로 끌려 호송된 채, 교수형에 처형된 모든 자들에 관하여 그리고 신생(新

生) 아일랜드 및 새로운 이런, 저런 일 그리고 그 밖의 일에 관하여 그와 함께 말하기 시작

한다. 신생 아일랜드에 관하여 이야기할 바에야 차라리 신생 개[犬]나 한 마리 가서 얻을

생각을 하는 게 낫지 그렇고 말고. 그놈의 옴 투정이 게걸스럽게 먹는 짐승이 사방에서 냄

새를 맡으며 그리고 코를 킁킁거리며 그리고 그놈의 부스럼 딱지를 긁으면서 돌아다닌다.

그리고 놈은 먹다 남은 것을 핥으면서 앨프에게 반 파인트의 술을 대접하고 있던 보브 도런   5

에게 다가간다. 그리하여 물론 보브 도런은 개와 경칠 희롱을 시작한다:

― 발을 내놓아! 발을 내놓아, 개야! 착한 멍멍이 놈아! 자 발을 내놓아! 발을 내놓아!

　　이런, 경칠 발끝을 그가 잡으려하는지라 그러자 앨프는 경칠 늙은 개의 경칠 놈의 의

자 꼭대기에서 그가 굴러 떨어지지 않도록 애를 쓰나니 그리하여 그는 개의 친절에 의한 훈

련 그리고 순종(純種)의 개와 지적인 개에 관해 온갖 종류의 허풍을 떨기 시작한다: 상대   10

방에게 경칠 기분을 잡치게 하다니. 그런 다음 그는 테리에게 일러 가져오게 한 야콥스 점

(店)의 깡통 밑바닥으로부터 몇 조각의 오래된 비스킷을 뒤지기 시작한다. 젠장, 놈은 그걸

마치 낡은 구두 짝처럼 재빨리 꿀꺽 삼켜 버리고 더 달라는 듯 혀를 1야드나 늘어뜨린다.

깡통째로 거의 먹어 치우다니, 굶주린 경칠 놈의 잡종 개.

　　그리하여 '시민'과 블룸은 그 논점에 관해, 저쪽 아버 언덕 위의 시어즈 형제들과 울   15

프 톤[88] 및 로버트 에메트 그리고 너의 조국을 위하여 죽다, 사라 커런[89]에 관한 토미 무어

의 탄주(彈奏) 그리고 그녀는 조국과 멀리 떨어져 있다네[90]에 관해, 논쟁했다. 그리고 블

룸은, 물론, 때려 눕혀라 독한 시가를 피우며 번지르르한 얼굴로 허세를 부렸다. 현상! 그

가 결혼한 그 살진 쌓인 둔부(臀部)야말로 바래 경기장 같은 그녀의 엉덩이와 함께 하나의

멋진 오랜 현상인 거다. 그들이 시티 암즈에 투숙하고 있었을 때 핏서 버크[91]가 내게 일러   20

준 바, 한 늙은 할멈[92]이, 미치광이 얼간이 같은 조가와 함께, 그곳에 살고 있었는데, 블룸

이 그녀의 호의를 얼마간 얻으려고 무진 애를 쓰거나 베지크 트럼프놀이를 하며 그녀의 유

언장에 쓰인 약간의 현금을 탐내어 뱅충맞이 나약한 사내구실을 하고 있었는지라 그리고

그 늙은 할멈이 언제나 거드름을 피우기 때문에 금요일에는 고기를 먹지 않으며 그 시골뜨

기를 데리고 바깥 산보를 했다는 거다. 그리고 한번은 그[93]가 시골뜨기 녀석을 데리고 더블   25

린을 순시한 적이 있었으니, 그런데 성스러운 농부에 맹세코, 그는 그 풋내기 녀석을 마치

삶은 올빼미처럼 술에 취한 채 집으로 데리고 왔을 때까지도 결코 찍 소리 한 마디 하지 않

았나니, 그가 알코올의 마독(魔毒)을 그에게 가르쳐 주려고 그랬나 그리고 정말이지, 만

일 그 세 여인, 그 늙은 할멈과 블룸의 아내 그리고 호텔 지기 오도우드 부인[94]이 그를 들

볶지 않았다면, 그건 오히려 이상한 이야기지. 젠장, 나는 계속해서 지껄여대는 여인들을   30

흉내 내고 있는 핏서 버크를 보고 웃지 않을 수 없었어. 그리고 블룸이 *그러나 알 테죠?* 라

든가 *그러나 한편*으로하면서. 그리고 확실히, 게다가, 내가 들은 바 ㄱ 얼간이 녀석이 고프

가(街) 근처의, 혼성주점인, 파우어 점에 들러 주당 다섯 번씩 그 경칠 놈의 술집에서 온갖

샘플의 술을 실컷 마신 뒤에, 마차를 타고 몰골이 되어 귀가했다니. 현상이라!

― 사자(死者)들을 추모하며,[95] '시민'이 파인트 잔을 들어올리며 블룸을 빤히 쳐다보면서   35

말한다.

― 그래, 그래, 조가 말한다.

― 당신은 나의 요점을 파악하지 못하고 있어, 블룸이 말한다. 내가 뜻하는 바는……

― *신 페인!*, '시민'이 말한다. *신 페인 암하인(신페인 단독)!*[96] 우리가 사랑하는 친구는 우

리 곁에 그리고 우리가 증오하는 적들은 우리 앞에.[97]   40

　　최후의 고별은 지극히 애절한 것이었다.[98] 멀리 그리고 가까이 종탑으로부터 장례의

조종(弔鐘)이 쉴 새 없이 울려오는가 하면 한편 음침한 경내(境內) 모든 주변은 1백 개의

둔탁한 북〔鼓〕들의 불길한 경보가 울려 나오고, 이는 병기(兵器)의 총포들의 공허한 꽝 소
리에 의해 점철되었다. 귀를 먹게 하는 천둥소리 그리고 그 장면을 송장처럼 밝혀 주며 눈
을 현혹시키는 번갯불이 천국의 대포가 그의 초자연적인 장관(壯觀)을 기존의 소름끼치
는 광경에다 덧붙여 주었음을 입증했다. 한 줄기 장대 같은 소낙비가 최소한 추산으로 50
만 명에 달하는 운집한 군중들의 맨머리 위에 성난 천국의 수문(水門)으로부터 쏟아져 내
렸다. 더블린 시(市) 경찰국의 한 무리 경찰대가 몸소 경무 부장 지휘 하에, 거대한 군중들
의 질서를 유지하고 있었는 바, 그들을 위하여 요크가(街)의 브라스 밴드와 리드 밴드가 그
들의 흑조장(黑弔章) 단 악기로, 스페란자[99]의 애절한 시가(詩歌)에 의하여 요람에서부터
우리에게 친근한 그 무비(無比)의 멜로디를 감탄하도록 연주함으로써 막간(幕間)의 시간
을 즐겁게 해주었다. 특급 유람 열차들과 다양한 기구(器具)가 비치된 대형 관광버스들이
뜻하지 않게 많이 모여든 우리들의 시골 종자매들의 편의를 도모하기 위하여 마련되었다.
인기 있는 더블린 가두 성악가들인 L−n−h−n과 M−ll−g−n[100]이 그들의 통상적 쾌락
을 야기하는 모양새로 〈래리가 교살된 전날 밤〉[101]을 불음으로써 적잖은 즐거움을 가져다
주었다. 우리들의 두 비길 데 없는 도화자(道化者)들이 희극 요소를 띤 애호가들 사이에서
그들의 가사인쇄물(歌辭印刷物)을 팔아 기발한 사업을 행하고 있었는지라, 마음 한구석에
야비함이 없는 참된 아일랜드적 흥취를 가진 사람이라면 누구나 그들에게 자신들이 애써
번 푼돈을 아까워하지 않으리라. 그러한 광경을 엿보기 위해 창문에 모여든 남녀 기아(飢
餓) 양육원의 아이들은 그날의 향락에 이 예기치 않은 첨가를 기뻐했나니, 한 마디 찬사가
빈민 구호 자매회[102]의 그 불쌍한 부모 없는 아이들에게 지극히 교훈적인 잔치를 베풀어 준
탁월한 생각에 대하여 응당 치러져야 마땅하리라. 많은 유명한 귀부인들을 포함한 총독의
집 파티는 정면 특별석의 제일 좋은 위치에 각하들에 의하여 마련되었나니 한편 에메랄드
섬[103]의 친우회로 알려진 호화찬란한 외국 대표들은 바로 맞은편의 상좌석(上座席)에 할당
되었다. 충분한 위력 속에 참석한, 대표자들은, 바찌바찌 베니노베노네 제독(외교단의 '도
이엔〔수석대사〕'인 그는 반신불수로서 강력한 증기 기중기의 도움으로 그 자리에로 지원을 받아
야했다), 므쉬 삐에르뽈 쁘띠떼빠땅(거음경〔巨陰莖〕, 대(大) 익살꾼 블라디미르 포케탄커
치에프, 대(大) 유희자 레오폴트 루돌프 폰 슈반첸바트호덴탈러, 마하 비라가 키사스쪼니
뿌뜨라뻬스티 백작 부인, 히람 Y. 봄부스트, 아타나토스 카라멜로풀로스 백작, 알리 바바
박쉬시 라핫 로컴 에펜디, 세뇨르 히달고 까발레로 돈 뻬까딜로 이 빨라브라스 이 빠떼르노
스떼르 데 라 말로라 데 라 말라리아, 호코포코 배〔腹〕가리(하라키리), 히 홍 창, 울라프 코
베르케델센, 민헬 트릭반 트럼프스, 판 폴랙스 패디리스키, 구즈폰트 프르클스트르 크라치
나브리치시츠, 보러스 후핀코프, 헤어 후르하우스티렉토프레지던트 한스 추에칠리스튀를
리, 국립체육관박물관요양원및수조소보통무급강사일반사학특수교수박사(國立體育館博物
館療養院及受弔所普通無給講師一般史學特殊教授博士) 크리크프리트 위버랄게마인으로
구성되어 있었다. 모든 대표자들은 그들이 목격하도록 초청 받았던 이름 모를 야만성에 관
하여 최강의 있을 수 있는 잡다한 외래어로써 그들의 의견을 예외 없이 표현했다. 한 가지
활발한 논쟁이(그 속에 누구나 다 가담했으니) 아일랜드 수호성자의 올바른 탄생 날짜가 3월
8일이냐 아니면 9일이냐에 관해 에메랄드 섬의 친우회(F.O.T.E.I.)[104] 사이에 계속 되었다.
토론이 진행되는 도중 대포 탄환, 신월도(新月刀), 비거래(飛去來) 무기, 나팔총, 악취 단
지(便器), 육절도(肉切刀), 우산, 투석기, 쇳조각, 모래주머니, 무쇠 뭉치가 사용되었고 서
로의 타격이 자유로이 교환되었다. 아가 경관, 맥퍼든 순경이, 부터스타운으로부터 특사에

의해 소환되어, 재빨리 질서를 회복하고, 전격적인 신속함을 가지고, 논쟁의 양측을 위해 똑같이 타당한 한 가지 해결책으로써 같은 달〔月〕의 17일을 제의했다. 그 임기응변의 재치를 띤, 9피트 키의 사나이의 제안은 즉시 모든 사람들에게 호소력을 지니며, 만장일치로 수락되었다. 맥퍼든 순경은 모든 F. O. T. E. I. 회원들에 의하여 진심으로 환영을 받았는 바, 그중 몇 명은 몹시 피를 흘리고 있었다. 베니노베노네 제독은 회의 주재자(主宰者)의 안락의자 밑에서부터 위기를 모면했는 바, 그의 법률고문 아브보까또 빠가미미(창녀임금)에 의하여 설명된 채, 그의 32개의 호주머니 속에 감춰진 다양한 물건들이 그의 후배 동료들의 호주머니로부터 그들의 정신을 차리게 할 희망으로 소요(騷擾) 동안 그에 의해 훔쳐내어졌었다. 그 물건들(그들은 신사 숙녀들의 수백 개의 금은 시계들도 포함되어 있었거니와)은 그들의 정당한 소유주에게로 신속히 반환되었으며 전반적인 조화가 최고로 회복되었다.

조용하게, 가장(假裝) 없이 럼볼드는 흠 없는 아침 예복을 입은 채 그가 좋아하는 꽃, 글라디올러스 크루엔터스를 달고 단두대에 올랐다. 그는 그토록 많은 사람들이 흉내 내려고(성공하지 못한 채) 애써 왔던 – 짧고 정중한 그러나 그럼에도 그 사람 특유의 – 저 점잖은 럼볼드 식(式) 기침으로 자신의 출현을 선언했다. 이 세계적 유명한 사형집행인의 도착은 거대한 군중들로부터 노호(怒號)의 갈채에 의하여 예우 받았는지라, 총독의 귀부인들은 그들의 흥분 속에 손수건을 흔드는가 하면 심지어 한층 흥분하기 쉬운 외국 사신들은 호크, 반자이, 엘리엔, 지비오, 친친, 폴라 크로니아, 힙힙, 비브, 알라[105]의 혼성의 부르짖음으로 소란스럽도록 갈채를 보냈으며, 그중에서도 노래의 나라[106]의 사신이 외치는 링링 울리는 '에브비바'[107](고음의 이중 F장조로서 환관〔宦官〕 카탈라니[108]가 우리들의 고조모들을 매혹시켰던 저들 찌르는 듯 감동적인 곡조를 상기시키거니와)는 쉽사리 분간할 수가 있었다. 때는 정각 17시였다. 그때 기도를 위한 신호가 메가폰에 의해 제빨리 울리자, 순간 보는 머리들이 탈모했으니, 리엔찌[109]의 혁명 이래 지금까지 그의 가족의 소유물로 되어 왔던 그 제독의 족장적 솜브레로 중절모도, 그의 시의고문(侍醫顧問), 뺍삐 박사에 의하여 벗겨졌다. 죽음의 형벌에 임하려던 그 영웅 순교자에게 성스러운 종교의 마지막 위안을 관장했던 그 박식한 고위 성직자는 우수(雨水)의 웅덩이 속에 가장 기독교도적 정신으로 무릎을 꿇은지라, 자신의 백발두(白髮頭) 위에 법의를 인 채, 은총의 권좌를 향해 탄원의 열렬한 기도를 제공했다. 단두대 바로 가까이 사형집행인의 잔인한 모습이 서 있었으니, 그의 용모가 두 동그란 구멍 뚫린 10갤런들이 항아리 속에 감추어져 있었는 바, 그 뚫린 구멍을 통하여 그의 두 눈이 격노한듯 반짝였다. 그가 운명의 신호를 기다리는 동안, 그는 그의 억센 앞팔에다 칼을 갈음으로써 그의 무시무시한 무기의 날을 시험하거나 혹은 그의 잔인한 그러나 불가피한 직무의 찬미 자들에 의하여 미리 마련된 한 무리의 양(羊)들을 재빠른 연속으로 참수(斬首)했다. 그의 곁의 한 미모의 마호가니 테이블 위에는 사지 절단용 나이프, 다양한 단금 길 잘된 내상 설개용 기구들(세계적으로 유명한 도부상〔刀斧商〕, 쉬필드의 존 라운드 부자〔父子〕 상회에 의하여 특별히 공급된), 성공적으로 끌어냈을 때의 십이지장, 결장, 맹장, 충양돌기 등의 수령을 위한 한 개의 테라 코타 스튜 냄비, 그리고 가장 귀중한 희생자의 가장 귀중한 피를 받기 위하여 마련된 두 개의 널찍한 우유 단지가 정연하게 정돈되었다. 고양이와 개들의 합동수용소의 청지기가 충만 될 때의 이러한 용기(容器)들을 저 자선 기관으로 운반하기 위해 대령했다. 완벽하게 요리된 얇게 썬 햄과 계란, 피를 곁들여 튀긴 스테이크, 진미의 뜨끈한 조반용 롤빵과 생기 돋우는 차(茶)로 구성된 아주 탁월한 식사가, 죽음에 대치하고 있을 때의 의기양양한 정신을 띠고 있는, 그 진행 과정에 있어서 처음부터 끝까지 가장 예리한 흥미를 나타내 보이는, 이 비극의 중심인물의 섭취를 위해, 당국(當局)에 의하여 용의주도하게 마련되어 있었는지라 그러나 그는, 오늘날 우리들 세대에서 보기 드문 극기심으로, 그러한 난국을 점잖게 극복한 나머지, 식사는 그의 경의와 존경의 표시로서 병약빈곤내직자협회(病弱貧困內職者協會)의 회원들 사이에 약수(約數)로 분할 되어야 한다는 그의 임종의 애절한 욕망(즉시 수락되거니와)을 표시했다. 감정이 '네크 앤드 논 쁠루스 울뜨라(최고조에)'[110] 달했나니. 그때 그 얼굴 붉히는 선발 된 신부(新婦)가 방관자들의 빽빽한 대열을 뚫으며 그녀의 길을 헤쳐 나아가, 그녀를 위하여 장차 영원 속으로 투입될 사나이의 튼튼한 근육의 앞가슴에 그녀의 몸을 던졌다. 영웅은 그녀의 버들가지 몸매를 사랑하는 포옹으로 감싸 안고, *쉬일라여, 내 사랑*,[111]하고 다정히 속삭였다. 그녀의 세례명의 이러한 불림에 의해 격려된 채, 그녀는, 죄수복의 품위가 그녀의 열정을 뻗치도록 허락하는 그의 몸체의 다양한 알맞은 요소에, 정열적으로 키스했다. 그들의 짜디짠 눈물의 줄기가 서로 엉키자 그녀는 그에게 맹서했나니, 그녀는 그의 추억을 언제나 소중히 간직할 것이며, 흡사 클론터크 공원[112]의 하키 시합에라도 가는 듯 입술에 한 가닥 노래를 머금고 자신의 죽음을 향해 나아가는 그녀의 영웅 애인을 결코 잊지 않으리라. 그녀는 그들이 젊음의 천진난만한 유희에 몰두했던 아나 리피 강둑에서의 함께 하던 축복 받은 어린 시절의 행복한 나날을 그에게 회상시켜 주었으며, 그리하여 이 무서운 현재를 망각한 채, 그들 양자는 마음껏 소리 내어 웃었나니, 모든 관객들이, 그 존엄한 사제를 포함하여, 그 전반적 환희에 합세했다. 저 거대한 괴물 같은 군중들은 단지 환락으로 동요될 뿐이었다. 그러나 즉각 그들은 비애로 압도되어, 그 최후의 순간을 위하여 그들의 손을 마주 움켜쥐었다. 그들의 누관(淚管)으로부터 눈물의 신선한 격류가 터져 나오자, 그곳에 거대하게 운집한 군중들은 마음속까지 감동된 채, 가슴을 찢는 듯한 흐느낌을 터뜨렸는지라, 그중에서 적지 않게 감동된 사람은 나이 많은 사제 자신이었다. 몸집이 크고 강한 남자들, 재판관들 그리고 왕립 아이리시 경찰의 쾌활한 거인들도, 솔직하게 그들의 손수건을 사용하여 눈물을 닦고 있었으니, 그리하여 그 기록적인 대(大) 회중 가운데서 눈물을 흘리지 않은 사람은 단 한 사람도 없었다고 해도 과언이 아니다. 그때 한 가지 가장 낭만적인 사건이 발생했으니, 여성을 향한 그의 기사도적 행위로 널리 알려진, 한 미남 옥스퍼드 출신 청년이 앞으로 다가와, 그의 방문 카드, 저금통장 및 족보를 제시하며, 날짜를 그녀더러 정하도록 요구하면서, 그 불우한 젊은 여인에게 청혼을 하자, 즉석에서 그것이 수락되었다. 군중 속의 모든 귀부인은 두개골과 대퇴골 모양의 브로치를 그날의 멋진 기념품으로 선사 받았는데, 그것은 적시의 그리고 너그러운 행위로서, 신선한 감정의 폭발을 야기했다: 그리하여 그 멋쟁이 젊은 옥스퍼드 출신(그런데, 앨비언[113]의 역사상 가장 유서 깊은 이름 중의 하나를 소유한 자)이 얼굴 붉히는 '피양세'의 손가락에 네 잎 클로버[114] 모양의 에메랄드 장식이 달린 값비싼 약혼반지를 끼워 주었을 때, 흥분은 그 극에 달했다. 그뿐 아니라, 심지어 그 슬픈 경우를 사회(司會)하던 엄격한 헌병 사령관, 톰킨맥스웰 프렌치멀란 톰린슨 중령, 그 엄청난 숫자의 인도 병사들을 조금도 주저함 없이 포구(砲口)로부터 날려 보냈던 그이까지도, 자신도 모르게 우러나오는 감격을 억제할 길이 없었다. 그는 자신의 쇠사슬 모양 짠 긴 장갑으로 내밀(內密)의 눈물을 홀쩍 닦으며, 더듬거리는 저음으로 혼자 중얼거리는 것이 우연히 그의 바로 '앙뚜라지(주위)'에 있던 특권적 시민들의 귀에 엿 들렸다:

— 젠장 그녀는 특별히 별난 것도 아니다만, 꽤 기발한 계집애야. 제기랄, 저걸 보니 경칠 당장 울고 싶은 심정이군. 그래, 내가 그녀를 보건대 멀리 라임하우스[115]에서 나를 기다리

고 있는 나의 엿기름 짜는 아가씨 생각이 절로 나는군.

그리고 나자 '시민'은 아일랜드어(語) 및 시의회 및 그에 대한 모든 일 그리고 그들 자신의 언어를 말할 수 없는 사이비 신사들[116]에 관해 말하기 시작하고, 조는 도중에서 1파운드의 돈을 어떤 이에게 바가지 씌운 이야기를 하기 시작했나니, 블룸은 자신이 조한테서 졸라 얻어 피운 그의 2페니짜리 값싼 꽁초를 물고 오랜 메스꺼운 감상에 젖은 채, 게일어 연맹이니 음주반대 연맹이니 그리고 아일랜드의 저주의 대상인, 음주에 관하여 이야기하기 시작한다. 음주반대 연맹이라 그건 틀림없지. 젠장, 그는 상대로 하여금 모든 종류의 술을 자기 목구멍에 부어 넣도록 하는지라 마침내 그대가 녀석의 술거품을 여태 보기에 앞서 주님이 먼저 그를 불러 갈지라. 그런데 어느 날 밤 나는 한 친구와 함께 녀석들의 어느 야간음악회에로, 그녀는 건초 다발 위에 올라 갈 수 있나니, 그녀는 나의 모린 레이(노래)[117]를 할 수 있었나니에 관한 노래와 춤을 구경하러 갔었지, 그리고 거기에 어떤 지겨운 놈이 금주회의 푸른 리본 배지를 달고 아일랜드 말로 멋 부리며 떠들어대고 있었지 그리고 많은 미발(美髮)의 아가씨들 무(無)알콜성(性) 음료를 들고 돌아다니며 메달과 오렌지와 레몬 그리고 몇 조각의 오래된 건포도 롤빵을 팔고 있었지, 젠장, 그따위 감칠 맛 나는 여흥 따위 이야기는, 집어치우는 게 나아요. 술 안 마시는 아일랜드는 자유스런 아일랜드야.[118] 그런데 그때 한 늙은이가 가죽으로 만든 통소를 불기 시작하자 주위의 모든 사기꾼 놈들이 그 진절머리 나는 엉터리 선율에 맞추어 발을 질질 끌면서 춤을 추기 시작한다. 그리고 한 두 성직자 놈들이 혁대 아랫도리를 치면서, 여인들과 함께 뭔가 진행사(進行事)가 없나 눈을 부치고 돌아다닌다.

그런고로 여느 때나, 내가 말한 바와 같이, 그 늙은 개는 깡통이 비어 있음을 보고 조와 내 곁을 어슬렁어슬렁 뭘 찾아 돌아다니기 시작한다. 나 같으면 서놈을 친절로 훈련시키려만, 그렇게 하고말고, 저놈이 나의 개라면. 놈의 눈을 멀게 하지 않을 곳을 이따금 세차게 한번 걷어차는 게 좋아.

— 저놈이 당신을 물까봐 겁나지? '시민'이 코웃음 치며, 말한다.

— 아니야, 나는 말한다. 그러나 저놈이 내 다리를 전봇대로 생각할지 몰라.

그러자 그는 그 늙은 개를 큰 소리로 부른다.

— 어떻게 된 거야, 개리? 그는 말한다.

그리고 나자 그는 개에게 아일랜드 말로 욕설을 퍼부으며 심하게 꾸짖으며 지껄이기 시작하자 그 늙은 덩치 큰 놈이 오페라의 이중주처럼, 으르렁거리며, 답하는 척한다. 저놈들이 저희들끼리 마구 터뜨리는 저따위 으르렁 소리는 아무도 여태 결코 들은 적이 없지. 누구든 별로 할 일 없는 자가 '쁘로 보노 뿌블리꼬(공익을 위하여)'[119] 저따위 개놈에게 함구령에 관해 신문에다 편지를 써야 할 거야. 으르렁거리고 툴툴거리며 그리고 눈알은 굶주림 때문에 온통 충혈이 되어, 공수병의 침방울이 그의 양 턱으로부터 뚝뚝 떨어지고 있는 것이다.

하등 동물들(그런데 그들의 이름은 무수하다) 사이 인간적 교양의 보급에 흥미를 갖고 있는 모든 자들이라면 개리오엔이란 '소브리께(별명)'으로 이전에 알려졌고 최근에 광범한 친우들 및 지인(知人)들에 의하여 오엔 개리로 재(再)세례명 된 저 유명한 늙은 아일랜드 종(種) 붉은 세터 사냥개에 의하여 주어진 광견증상(狂犬症狀)의 참으로 놀라운 현상을 예사로 놓치지 않으리라. 친절에 의한 수년 동안의 훈련과 주도면밀하게 생각해 낸 규정된 식사 제도의 결과에 의한 전시(展示)란, 다른 싱커들 중, 운시(韻詩)의 암송을 함유

한다. 살아있는 가장 위대한 음성학 전문가(아무리 사나운 말[馬]들이라 할지라도 그를 우리
들한테서 빼앗아 가지는 못할 지니!)가 그 암송된 운시를 그의 노력으로 해명하고 비교하기
위해 모든 수단을 다했는지라, 그것이 고대 켈트의 탄창시인(彈創詩人)들의 시가(詩歌)와
'현저한' 유사성(이탤릭체는 우리들이 붙인 것)을 지니고 있음을 발견하게 되었다. 우리는
5 '작은 애지(愛枝)'라는 우아한 익명하에 자신의 신분을 감추고 있는 그 작가[120]가 애독서계
(愛讀書界)에 익숙하게 해 놓은 저러한 즐거운 연가에 관에서보다는, 오히려 (한 기고가 D.
O. C.가 어떤 당대 석간신문에 발표된 흥미 있는 서신에서 지적하고 있듯이) 오늘날 대중의
안목으로 아주 주목받고 있는 한층 현대적인 서정시인은 말할 것도 없고, 그 유명한 래프
터리[121] 및 도널 맥콘시다인[122]의 그 풍자적인 토로문(吐露文) 속에 발견되는 보다 신랄하
10 고 한층 개인적인 기미(氣味)에 관해서 이야기하고 있는 것이다. 우리들은 한 사람의 탁월
한 학자에 의하여 영어로 번역된 한 편의 견본을 추가하는 바, 그 학자의 이름을 당분간 밝
히지 않는 것이 좋을 지니, 하지만 우리의 독자들은 그 이름을 지적 받기보다는 주제적 암
시를 얻는 것이 오히려 더 흥미롭게 느끼리라 우리는 믿는 바이다. 개[犬]의 원문의 운율법
(韻律法)은, 그런데 그것은 웨일즈어의 4행시의 복잡한 두운의 그리고 동철(同綴)의 법칙
15 을 상기시키거니와, 무한히 한층 복잡하지만 그러나 우리는 그것이 지난 시의 정신만은 잘
포착하고 있음을 독자들은 동의하리라 믿는다. 필경 부언해 두거니와, 만일 오엔[123]의 운시
가 억압된 분노를 암시하는 음조로 약간 천천히 그리고 불명료하게 읊어진다면 그 효과는
크게 증가하리라.

20
저주할 손 저주할 손
이레 동안 날마다
목마른 이레 목요일을
그대, 바니 키어넌,
물 한 모금 준 적 없나니
25
나의 담력을 식히기 위해,
나의 붉은 창자는 으르렁거리는지라
로리의 폐장(肺臟)을 좇아.[124]

그런고로 그는 테리에게 개를 위해 약간의 물을 가져오도록 일렀는지라, 젠장, 누구든
30 그놈의 물 핥는 소리를 1마일 바깥에서도 들을 수 있으리라. 그러자 조는 그에게 물을 한
번 더 얻을 수 없느냐고 물었다.
— 그르지요, '선생님(아 샤라),' 악감이 없음을 보여 주기 위해, 그는 말한다.
젠장, 그 녀석 생긴 모양은 양배추처럼 보이나 그렇게 풋내기는 아니야. 이 술집에서
저 술집으로 분황(糞徨)하면서, 계산은 댁의 처분에 맡겨요 하며, 늙은 길트랩[125]의 개를
35 데리고 지방세 납부자들이나 시의회 의원들에 의해 배불리 얻어먹고 있는 것이다. 사람과
짐승을 위한 대접 말이야. 그러자 조가 말한다:

40

— 자네 한 파인트 더 살 수 있겠나?

— 여부가 있을 라고? 나는 말한다.

— 테리, 같은 걸 또 한 잔, 조가 말한다. 정말 당신은 음료에 대해서는 아무것도 안 마시겠단 말이야? 그는 말한다.

— 고맙지만, 아니, 블룸이 말한다. 사실은 마틴 커닝엄을 내가 꼭 좀 만나고 싶었지, 알겠나, 불쌍한 디그넘가(家)의 이 보험 때문에. 마틴이 나에게 고인의 집으로 가도록 요구했어. 알겠나, 그이, 디그넘, 말이야, 당시 회사 측에다 증권 양도를 통보해 놓지 않았기 때문에, 명의상(名義上)으로 법령하에 저당권자가 증권 상의 위치를 회복할 수 없단 말이야.

— 성전(聖戰)이군, 조가, 소리내어 웃으면서 말했다, 만일 샤일록[126] 영감이 걸려들면 참 근사한 싸움이 될 거야. 그렇게 되면 아내가 승리자가 되지, 안 그래?

— 글쎄, 그게 바로 요점이지, 블룸이 말한다, 아내의 찬미자들에게는.

— 누구의 찬미자들이라고? 조가 말한다.

— 아내의 충고자들 말이야, 내 뜻은, 블룸이 말한다.

그러고 나자 그는 마치 대판판이 법정에서 법령을 낭독하듯, 법령하의 저당권 설정자 및 처(妻)의 이익을 위해서, 그리고 신탁권(信託權)은 설정되어 있지만 다른 한편으로 디그넘이 브리지만에게 돈을 차용했다든지 그리고 만일 지금 그의 처 또는 그 과부가 저당권자의 권리를 쟁송(爭訟)할 경우에 관해 온갖 혼돈 된 난(難)잡담을 시작하는지라 마침내 그는 법령하의 그의 저당권 설정자로서 나의 머리를 거의 혼탁시켰다. 그는 자기 자신이 악한이요 부랑자인데도 당시 법령하에 체포되지 않았는지라 재판소에 친구가 단지 한 사람 있기에 매우도 안전했던 것이다. 자선시의 티켓 또는 소위 말하는 헝가리 왕실 특허추첨권을 판매하면서. 그대가 현장에 있는 듯 정말 참말이도다. 오, 내게 이스라엘인(유태인)은 골칫거리! 왕실 특허 및 강도행위 같으니.

그런고로 보브 도런이 비틀거리며 다가와서 디그넘 부인한테 자기는 그녀의 고통을 애석해하며, 그가 장례에 참석하지 못한 것이 참으로 미안하다는 것을 말하도록 그리고 그가 알고 있는 모든 사람은 누구나 돌아간 가련하고 불쌍한 윌리보다 더 착하고 훌륭한 사람은 결코 없다고 그가 말하더라고 그녀에게 전해 줄 것을 블룸에게 부탁한다. 경칠 우담(愚談)을 가지고 숨이 막히면서 말이야. 그리고 그것을 그녀에게 말해 주도록 비극적 시능을 하며 블룸과 악수하면서. 악수하세, 자네. 자네도 건달이요 나도 마찬가지가 아닌가.

— 나로 하여금, 그는 말했다, 지금까지의 우리들의 친교를 생각하도록 해주게, 그것은, 단지 시간의 기준으로 판단한다면 아무리 사소하게 보일지 몰라도, 나는 희망하고 믿거니와, 이런 부탁을 자네에게 청할 수 있을 정도로 상호 존경하는 감정 위에 수립된 것이라네. 그러나, 만일 내가 신중의 한계를 벗어났다면 나의 감정의 진실성이 나의 대담한 행동에 대한 변명이 되게 해주게.

— 아니야, 상대방이 응답했다, 나는 자네의 행동을 실천할 그러한 동기를 충분히 인식하며, 비록 그러한 심부름은 하나의 슬픔이긴 하지만, 자네의 신뢰의 증거가 그러한 쓴 고배(苦杯)를 어느 정도 누그러뜨린다는 생각에 위안을 느끼며, 나는 자네가 내게 부탁한 그러한 임무를 이행하겠네.

— 그러면 악수하게 해줘, 그는 말했다. 자네의 선량한 마음씨는, 나는 확신하거니와, 한갓 감정을 전하는 가장 적절한 표현을, 만일 내가 내 감정을 토로한다면, 나의 말마저 빼앗아 버릴 그의 통렬함을, 나의 부적절한 말보다 한층 잘 그대에게 전해 줄 거야.

그리고 그는 똑바로 걸으려고 애쓰면서 꺼져라 밖으로 뒤져 나갔다. 5시에 술에 만취되어. 밤에 그는 거의 투옥될 뻔했는지라, 패디 리오나드가 단지 A 14호 순경을 알았으니 다행이지. 폐점 시간이 지난 뒤 브라이드가(街)의 밀주 점에서 세상몰라라 곤드레만드레가 되어 가지고, 숄을 걸친 두 매음녀와 순찰중인 어떤 밤 지기와 함께 밀통(密通)을 하면서, 찻잔으로 흑맥주를 마시면서. 그리고 매음녀들을 위해 자기 자신을 어떤 프랑스인, 조제프 마누오[127]라 부르면서, 그리고 가톨릭 종교를 반대하면서, 그리고 그가 젊었을 때는 아담 앤드 이브즈 성당[128]에서 미사를 도우면서, 눈을 감고도, 누가 신고(新約)과 구약(舊約)을 썼는지, 그리고 껴안거나 음탕한 짓을 하면서 말씀이야. 그리고 숄 걸친 두 매음녀, 깔깔 웃음으로 압도당한 채, 그의 호주머니를 뒤지며, 그 경칠 바보 녀석 그리고 그가 침대 위에 온통 흑맥주를 엎지르자 숄 걸친 두 매음녀들이 서로서로 비명을 지르는지라. *당신의 신약 은 어때요? 당신 구약 가졌어요?* 단지 패디가 거기를 지나가고 있었으니, 뭔지 내가 당신 한테 말해주지. 그러자 그가 어느 일요일 자신의 어린 첩 같은 아내와 함께 있는 걸 보는지 라, 그리고 그녀는 에나멜 가죽구두를 신고, 확실히, 꽁지를 흔들며 성당 통로를 걸어 올라 가고 있나니, 그리고 아주 예쁜, 바이올렛 꽃을 들고, 꼬마 귀부인 행세를 하는지라. 바로 그녀가 재크 무니[129]의 누이. 그리고 그 늙은 매음부인 어미는 거리의 쌍쌍들에게 방을 주 선해 주고 있었으니, 젠장, 재크가 그 사내더러 책임지도록 했지. 만일 녀석[130]이 그 올챙이 배를 조속히 수습하지 않으면, 기필코, 그가 녀석을 발로 차서 똥을 꺼내 놓겠다고, 그에게 말했던 거다.

　　그런고로 테리가 파인트 세 개를 가져왔다.

— 자, 조가, 건배하면서, 말한다. 자, '시민'.

— *'슬란 레아트(그대에게 안전을)'*, 그는 말한다.

— 행운을, 조, 나는 말한다. 건강을, '시민'.

　　젠장, 그는 큰 잔의 절반을 벌써 다 마셔 버렸다. 저 녀석을 계속 취하게 하려면 큰돈 이 필요하지.

— 시장직(市長職)에 입후보하고 있는 그 키다리 녀석은 누구지, 앨프? 조가 말한다.

— 자네 친구야, 앨프가 말한다.

— 나년[131] 말인가? 조가 말한다, 그 시의원?

— 아무 이름도 대고 싶지 않아, 앨프가 말한다.

— 나는 그렇게 생각했어, 조가 말한다. 나는 그가 윌리엄 필드 하원의원[132]과 함께 방금 저 모임에 참석하고 있는 걸 봤어, 가축업자들 말이야.

— 털보 이오파스[133] 같으니, '시민'이 말한다, 저 폭발한 화산, 모든 나라의 총아요 자기 자신의 우상 말이야.

　　그런고로 조는 '시민'에게 아구창과 가축업자에 관해 말하며 그 문제에 조처를 취하기 시작하는가 하면 '시민'은 그들 모두에게 정반대 의사를 보내며 블룸은 양(羊)의 피부병을 위한 세정액(洗淨液)과 기침하는 송아지들을 위한 기관지 물약 그리고 우설염(牛舌炎)을 위한 특효약에 관해 토로한다. 왜냐하면 그는 한때 도살장에서 일했기 때문이라. 장부와 연 필을 들고 돌아다니며, 저의 머리는 여기 있어요. 그리고 발뒤꿈치가 뒤따라요[134]하는 식으 로 그러자 드디어 조 카프는 그가 어떤 목축 업자에게 입을 삐죽거렸다는 이유로 그를 해고 시켜 버렸던 거다. 만물박사 같으니. 당신의 할머니에게 오리 젖 짜는 방법을 가르쳐 줄 판 이지. 핏서 버크가 내게 일러준 바, 호텔에서 그의 아내가 오도우드 부인과 함께 온몸에 여 덟 인치 두께의 지방을 하고 울어서 눈이 튀어나올 정도로, 때때로 눈물바다를 이루곤 했었 다는 거다. 그녀가 방귀 뀌는 혁대를 풀 수 없게 되다 늙은 대구 눈알이 그녀에게 그걸 어떻게 하는지를 가르쳐 주려고 그녀 주위에 왈츠를 추고 있었다나. 오늘 당신 프로그램이 뭐 요? 옳아. 인정이 넘치는 방법인지라. 왜냐하면 불쌍한 동물들도 아픔을 느낀다고 전문가 들은 말하는지라, 동물에게 고통을 야기하지 않는 가장 잘 알려진 요법은 그 쑤시는 자리를 상냥하게 관리하는 거다. 젠장, 그[135]는 암탉의 엉덩이 아래 손을 살며시 넣지요.

　　가 가 가라. 클룩 클룩 클룩. 검은 리쯔는 우리 집 암탉이 야요. 우리를 위해 알을 낳지요. 암탉은 알을 낳으면 아주 기뻐하지요. 가라. 클룩 클룩 클룩. 그러고 나면 마음씨 고운 리오[136] 아저씨가 다가오지요. 그는 손을 검은 암탉 밑으로 넣어 새 계란을 꺼내지요. 가 가 가 가라. 클룩 클룩 클룩.

— 아무튼, 조가 말한다. 필드와 나네티[137]가 하원에서 그 문제에 관해 질문하기 위해서 오늘 밤 런던으로 출발한다네.

— 자네 확실한가, 블룸이 말한다, 의원이 떠난다는 것이? 그를 만나고 싶었는데, 공교롭게도.

— 글쎄, 그는 우편선으로 출발할 예정이야, 조가 말한다. 오늘 밤.

— 그것 참 안됐군, 블룸이 말한다. 나는 특별히 원했는데. 아마 필드 씨만 가겠지. 전화를 미리 걸 수도 없었어. 아니. 자네, 확실한가?

— 나넌도 간다네, 조가 말한다. 연맹은 그에게 경시총감이 공원에서의 아일랜드의 국기(國技)를 금지시킨 데 대하여 내일 문의를 하도록 명령했지. 자네 그에 대해서 어떻게 생각하나. '시민?', '슬루아그 나 헤이레안느(아일랜드 대중연맹)' 말이야.[138]

카우 코네이커 씨[139](멀티판엄. 국민당): 본인의 명예로운 친구, 실렐라[140] 출신 의원의 질문에 수반하여, 본인이 심히 존경하올 각하께 이러한 동물들이 그들의 병리학적 조건에 대하여 하등의 의학상 증거가 마련되어 있지 않음에도 불구하고 정부가 도살할 명령을 발했는지 여부를 질문해도 좋겠나이까?

올포즈 씨(태머샨트. 보수당): 명예로운 의원들께서는 이미 전원(全院) 위원회 앞에 제출된 증거를 소유하고 있습니다. 본인은 그 건(件)에 대해서는 하등의 의견도 유익하게 첨가할 수 없다고 느낍니다. 의원 각하의 질문에 대한 답변은 긍정이올시다.

오렐리 오레일리 씨(몬테노트. 국민당): 유사한 명령이 피닉스 공원에서 아일랜드 국기를 감히 행하는 인간 동물들의 도살을 위해 발표되었습니까?

올포즈 씨: 그 답변은 부정입니다.

카우 코네이커 씨: 심히 명예로운 귀하의 유명한 미첼스타운[141] 전보(電報)가 각료석(閣僚席)의 여러분들의 정책에 영향을 고쳐시켰던가요? (오! 오!)

올포즈 씨: 본인은 그러한 질문에 대하여 사전통고를 받았어야 했을 것으로 압니다.

스타일위트 씨(반쿰. 독립당): 반대를 주저하지 마시오. (반대당의 냉소적인 박수갈채)

의장: 질서! 질서! (산회. 박수)

— 저기 그 사람이 있어, 조가 말한다, 게일릭 스포츠를 부활시킨. 그가 바로 저곳에 앉아 있다네. 제임스 스티븐즈를 도망시킨 사나이지.[142] 16파운드 투환(投丸)의 올(全)아일랜드 챔피언 말이야. 자네의 최고 기록은 얼마였지, '시민'?

— '나 바클레이스(상관하지 말게)', '시민'이 겸손한 체하면서 말한다. 아무튼 누구 못지않은 때가 있었으니까.

— 화해하세, '시민', 조가 말한다. 자네는 경찰 멋진 구경거리였잖아.

— 그게 정말 사실인가? 앨프가 말한다.

— 그럼, 블룸이 말한다. 잘 알려진 일이지. 자네는 그걸 몰랐나?

そ런고로 그들은 아일랜드 국기(國技) 및 론 테니스와 같은 사이비 신사 경기에 관해 그리고 하키, 투석(投石), 그 고장의 특기, 국민은 다시 한번 일어서다[143], 그리고 그 밖의 여러 가지 일들에 대하여 논하기 시작했다. 그리고 물론 블룸은 만일 노(櫓) 젓는 이의 심장을 가진 사람이라면 과격한 운동은 몸에 해롭다는 것을 또한 말하지 않으면 안 되었다. 나는 의자 등 씌우개에게 단언하거니와 만약 자네가 경칠 마룻바닥으로부터 지푸라기 하나를 집어 블룸에게: *봐요, 블룸. 자네는 이 지푸라기가 보이나? 이건 지푸라기란 말이야,* 라고 말한다고 해봐. 나의 숙모에게도 선언하지만 그는 그것에 관해 한 시간 내내 떠들어댈 거야 그렇게 하고말고. 한결같이 떠들어댈 테지.

한 가지 가장 재미있는 토론이 '스라이드 나 브레타이네 베아그'의 '브리안 오키아나인' 주점[144]의 고대 홀에서 '슬루아그 나 헤이레안느(아일랜드 대중연맹)' 주최하에, 고대 게일릭 스포츠의 부활과 종족의 발전을 위한, 고대 그리스와 고대 로마 및 고대 아일랜드에서 이해되었던 것과 같은, 체육의 중요성에 관하여 진행되었다. 그 고상한 집회의 존경하올 의장은 의자에 착석해 있었고 출석은 크다란 차원을 이루었다. 의장에 의한 계몽적인 훈사(訓辭)가 있은 후, 장대한 웅변이 유창하고도 강력하게 표현되었고, 우리들의 고대 범(汎) 켈트인 조상의 고대 게임과 스포츠의 부활의 바람직함에 관하여 탁월하고도 일상 높은 표준의 가장 흥미 있고 계몽적인 토론이 계속되었다. 우리들의 고대 국어를 위해 노력한 유명하고도 저 높이 존경받는 연구가, 조지프 맥카시 하인즈 씨는, 핀 맥쿨[145]에 의해 아침저녁으로 실습되고, 고대로부터 우리들에게 유증(遺贈) 된 남성적 힘과 용맹의 최고 전통을 소생시키는 것으로 간주되는, 고대 게일의 운동과 오락의 부활에 관해 능변의 호소를 토로했다. L. 블룸은, 부정론(否定論)을 지지했기 때문에, 갈채와 쉬쉬의 혼성된 반응에 봉착했는지라, 성악가인 의장은, 꽉 찬 회의장의 모든 부분으로부터 거듭되는 요구와 충심 어린 박수갈채에 호응하여, 불멸의 토머스 오스본 데이비스[146]의 영원한 상록시(常緑詩) 〈국민은 다시 한 번〉 (다행히 너무나 귀에 익숙한지라 여기 재론할 필요가 없으렷다)의 두드러지게도 주목할 암송으로, 토론의 종결을 가져왔는 바, 이러한 시의 암송에 있어서 그 노련한 애국자 챔피언은 시인 자신을 아주 능가했음을 반박의 두려움 없이 언급 될 수 있으리라. 아일랜드의 그 카루소가리발디[147]는, 최고의 컨디션에 있었는 바, 그의 고성(高聲)의 선율은 단지 우리의 시민만이 부를 수 있는지라 불려진 유서 깊은 국가(國歌) 가운데서 최고로 뛰어나게 가청(歌聽)되었다. 그의 초고급(超高級) 발성법은, 그 최고질(最高質)에 의하여 그의 이미 국제적 평판을 고양했나니, 대다수 군중들에 의해 귀청이 터질 듯한 박수갈채를 받았는 바, 그들 속에는 언론계 및 법조계 그리고 그 밖의 교양 있는 전문직 대표자들뿐만 아니라 성직의 많은 걸출한 인사들도 눈에 띠었다. 의사(議事)는 이내 종료되었다.

출석한 성직자들 가운데에는 예수회 부감독 문학박사, 윌리엄 드레이니 존사; 신학박사 제럴드 몰로이 귀사(貴師); 성령회(聖靈會) P. J. 카바나 신부; 천주교회 T. 워터즈 신부; 교구사제 존 M. 아이바즈 신부; 성프란체스코 수도회 P. J. 클리어리 신부; 도미니크회 L. J. 히키 신부; 성 프란체스코 수도회 부감독 니콜라스 존사; 세족(洗足) 카르멜 교단 부감독 B. 고먼 존사; 예수회 T. 마허 신부; 예수회 부감독 제임스 머피 존사; 성빈센트 교단 존 레이버리 신부; 신학박사 윌리엄 도허티 존사; 아리아 포교사회(布敎師會) 피터 파견 신부; 성아우구스티누스회 T. 브랜건 신부; 천주교회 J. 플라빈 신부; 천주교회 M. A. 하케트 신부; 천주교회 W. 헐리 존사; 주교 총대리 몬시너 매머너스 귀사; 성 마리아 교단 B. R. 슬래터리 신부; 교구사제 부감독 M. D. 스캘리 존사; 도미니크회 F. T. 퍼셀 신부; 교구사제 부감독 티모시 참사회원 고먼 존사; 천주교회 J. 플라내건 신부가 출석했다. 평신도(平信徒)로는 P. 페이, T. 퀴어크, 등, 등. [148]

— 과격한 운동에 관해 말하자면, 앨프가 말한다. 자네 저 키오 대(對) 베네트의 시합[149]을 구경 갔었나?

— 아니, 조가 말한다.

— 나는 모모(某某)가 그 시합에서 에누리 없는 1백 파운드를 벌었다고 들었어, 앨프가 말한다.

— 누구? 블레이지즈[150] 말인가? 조가 말한다.

그러자 블룸이 말한다:

— 테니스에 관한 내 생각은, 예를 들면, 동작의 민첩함과 눈의 훈련이지.

— 그래, 블레이지즈, 앨프가 말한다. 마일러[151]가 맥주를 들이키며 건 돈의 비율을 늘리려고 내내 훈련을 시키고 있었다고,[152] 그가 토로했지.

— 우린 그를 알고 있어, '시민'이 말한다. 배신자의 아들 말이야.[153] 무엇이 녀석의 호주머니 속에 영국 금화를 집어넣게 했는지 우린 알고 있어.

— 자네 말이 맞아, 조가 말한다.

그리고 블룸은 론 테니스 및 혈액순환에 관해 다시 끼어들며, 앨프에게 묻는다:

— 그런데, 자네 생각지 않나, 버건?

— 마일러가 그를 완패시켰지, 앨프가 말한다. 히넌과 세이어즈[154]는 거기에 비하면 경칠 바보에 지나지 않았어. 그를 호되게 두들겼지. 글쎄 그는 꼬마 상대방의 배꼽까지도 오지 않자 그 덩치 큰 녀석이 맹타를 퍼부었지 뭐야. 젠장, 녀석이 일어나 최후로 한 번 꽥 먹었지. 퀸즈베리 규칙[155]이고 뭐고, 그가 결코 먹지도 않은 것까지 토하게 했다니까.

그것은 하나의 역사적이면서도 억센 싸움이었나니, 마일러와 퍼시가 50파운드의 현상금을 걸고 권투하기로 작정했을 때 말이다. 중량 미달로 인한 핸디캡이 있긴 했지만, 더블린의 총아는 시합상의 절묘한 기술로서 그것을 보안했다. 불꽃 튀기는 마지막 라운드는 양(兩) 챔피언에게는 일종의 호된 벌(罰)이었다. 그 웰터급 특무상사[56]는 전회(前回)의 혼전에서 상대방을 쳐서 선혈을 흘리게 했는지라 키오는 그동안 라이트와 레프트의 얼러맞기 대장이었고, 포병은 총아의 코를 향해 빈틈없는 일격을 가하자, 마일러는 그로기 상태로 달려들었다. 병사가 한 대의 강력한 레프트 잽으로 공격을 개시하며, 싸움을 시작하자, 이에 대항하여 아일랜드의 투사는 베네트의 턱 끝에 뻐근한 일격을 쏨으로써 응수했다. 영국군인(레드코트)은 아래로 살짝 피했으나 더블린인은 레프트 혹으로 그를 올려쳤는 바, 그 보디 펀치는 정말 일품이었다. 두 사람의 접근전이 시작됐다. 마일러는 동작이 바빠지고 상대방을 쓰러뜨리자, 마일러가 그를 벌(罰)주었고, 한층 덩치 큰 사나이가 로프에 기댐으로써 한판 승부는 끝났다. 영국인은, 오른쪽 눈이 거의 감긴 채, 링 한구석으로 끌려가, 물로 온몸을 문자 그대로 흠뻑 적셨고, 이내 공이 울리자 그는 에블라나이트[157]의 권투선수를 즉식에서 녹아웃 시킬 자신으로, 다부지고 넘지는 용기로 달려들었다. 경기는 결판내는 싸움이요 최고를 뽑는 것이었다. 둘은 마치 호랑이처럼 싸웠으며 흥분은 열광적이었다. 레프리가 두 번이나 퍼킹 퍼시에게 홀딩을 말도록 주의를 시켰으나 총아는 재치가 있는지라 그 발놀림은 정말로 볼만한 것이었다. 짤막한 인사 교환이 끝난 뒤 그 사이 군인의 날쌘 어퍼 커트가 순식간에 적수의 입으로부터 피를 마구 흘리게 하자 총아는 갑자기 상대방의 온몸을 맹렬히 공격하여 무서운 왼손 치기 일격을 배틀링 베네트의 위장 있는 곳에 가함으로써, 그를 마룻바닥에다 빳빳이 뻗어 버리게 했다. 그것은 깔끔한 케이오(KO)였다. 긴장된 기대 속에 포토벨로 권투가에게 카운트가 세어지고 그때 베네트의 세컨드 올 포츠(음문(陰門) 웨트스타인)[158]이 타월을 안으로 던지자 샌트리의 젊은이가 군중들의 열광적인 갈채에 응하여 승리자로 선포됨으로써 사람들은 링 로프를 뚫고 들어가 열광과 함께 그를 완전히 떼 지어

포위했다.

— 그 친구 그래도 이해관계는 꽤 밝은 놈이지, 앨프가 말한다. 나는 그가 이번에는 북부지역으로 연주 여행을 떠난다고 듣고 있어.

— 그인 그래, 조가 말한다, 그렇잖아?

— 누구? 블룸이 말한다. 아, 그래. 그건 사실이야. 맞았어, 일종의 피서 여행이지, 알겠나. 단지 휴가일 뿐.

— 비(B) 부인은 명석한 특별 스타야, 그렇잖아?[159] 조가 말한다.

— 내 처? 블룸이 말한다. 그녀는 노래를 부르지, 그래. 이번에도 역시 성공하리라 생각해요. 그 자는 후무리기에 탁월한 자지. 탁월해요.

호호 경칠 녀석 나는 혼잣말로 이야기한다. 이제야 야자열매 속의 우유를 그리고 동물의 앞가슴에 털이 없는 이유를 알았다. 릴리리 피리를 불고 있는 블레이지즈. 연주 여행이라. 보어인들과 싸우기 위해 정부에 같은 말[馬]을 두 번씩이나 팔아먹은 아일랜드 교(橋) 저쪽 협잡꾼의 자식인 불결한 단 녀석.[160] 늙은 모모(某某). 구빈세(救貧稅)와 수도요금 때문에 찾아 왔는뎁쇼. 보일런 씨. 뭐요? 수도요금 말입니다, 보일런 씨. 당신 뭐뭐요? 그 자야말로 그녀를 후무릴 청년이지, 내 말 틀림없다니깐. 나와 캐더리쉬[161] 자네간의 이야기다만.

칼프의 암산(岩山)[162]의 자랑, 갈가마귀 머리카락을 한 트위디의 딸. 비파나무와 아몬드 열매의 향기가 대기를 희롱 대는 거기 무쌍의 미인으로 그녀로 자랐다. 알라메다[163]의 공원은 그녀의 발걸음을 알았다: 안뜰의 올리브나무들이 그녀를 알고 허리 굽혔다. 그녀야말로 리오폴드의 정숙한 반려인인 거다: 풍만한 앞가슴의 마리언 말이야.

그런데 보라, 오몰로이가(家) 씨족의 한 사람이 거기 들어 왔나니, 하얀 게다가 약간 홍안(紅顔)의 점잖은 영웅, 법에 정통한 폐하의 고문, 그리고 그와 함께 램버트의 고상한 가문의 상속인이요 귀공자[164]가.

— 여보, 네드.

— 어이, 앨프.

— 이봐, 재크.

— 아아, 조.

— 하느님의 가호를, '시민'이 말한다.

— 자네에게도, J. J.가 말한다. 뭘 들겠나, 네드?

— 반(半)파인트짜리를, 네드가 말한다.

그런고로 J. J.는 술을 주문한다.

— 재판소에 들렀었나? 조가 말한다.

— 그럼, J. J.가 말한다. 그가 그걸 청산해 줄 거야, 네드, 그는 말한다.

— 그러기를 바라, 네드가 말한다.

그런데 그들 둘은 무엇에 전념하고 있었던가? J. J.가 대배심명부(大陪審名簿)에서 그(네드)를 제명시켜 주자 상대방[165]이 그를 어려운 처지에서 구해 준다. 스터브즈[166]에 그의 이름이 실린 채. 카드놀이를 하면서, 눈에는 멋들어진 외 안경을 걸치고 야무진 상류 멋쟁이들과 친밀하게 지내며, 거품 맥주를 마시면서 그리고 그는 영장이며 압류 명령장 속에 반쯤 질식했었지. 아무도 그를 알 것 같지 않은 프랜시스가(街)의 컴민즈 전당포[167]의 사실(私室)에서 그의 금시계를 저당 잡히며 그때 나는 핏서(오줌 싸게)와 함께 그의 구두를 전당(典當)에서 도로 찾으려고 했지. 선생, 성함이 어떻게 되시죠? '던(Dunne)'이요, 그는 말한다. 아, 그럼, 던(끝장, done)이군, 나는 말한다. 젠장, 그 녀석 언젠가는 자기 행동을 뉘우침으로써 귀가할 거라, 나는 생각하고 있어.

— 자네 저 경칠 놈의 정신 나간 브린이 저길 돌아다니는 것을 보았나? 앨프가 말한다. U. p: 끝장이라.

— 그럼, J. J.가 말한다. 사설탐정을 찾고 있더군.

— 그래, 네드가 말한다. 그런데 그는 잘못하여 재판소에 곧장 기소하고 싶어 했는데 단지 코니 켈러허가 그에게 우선 필적을 조사해 보도록 그에게 일러주며 그를 설득시켰지.

— 1만 파운드라, 앨프가 크게 웃으면서, 말한다. 정말이지, 그가 재판관이나 배심원 앞에서 뭐라고 말하나 들어보고 싶군 그래.

— 자네가 그 짓을 했나, 앨프? 조가 말한다. 진실을, 모든 진실을 그리고 진리 이외 아무 것도,[168] 고로 지미 존슨[169]에 맹세코.

— 내가? 앨프가 말한다. 자네 나의 인격을 중상하지 마[170].

— 어떠한 진술을 자네가 하든, 조가 말한다. 자네한테 불리한 증거로 기록될 거야.

— 물론 소송은 성립되지, J. J.가 말한다. 그건 그가 '꼼뽀스 멘띠스(올바른 정신 상태)'[171] 에 있지 않다는 걸 의미하지. U. p: 끝장이라.

— 자네의 눈이나 '꼼뽀스(올바르게)' 해요!' 앨프가 소리 내어 웃으면서, 말한다. 자네 그는 머리가 돌았다는 걸 아나? 그의 머리를 봐요. 그 친구 언젠가 아침이면 구둣주걱으로 모자를 써야 할 거라는 걸 자네 알고 있겠지.

— 그래, J. J.가 말한다, 그러나 명예훼손이 사실일지라도 그걸 공표한다는 것은 법의 안목으로 고발을 막을 도리가 없지.

— 하 하, 앨프, 조가 말한다.

— 하지만, 블룸이 말한다, 그 가련한 여인을 생각하면, 그의 아내 말이오.

— 그녀가 불쌍해, '시민'이 말한다. 혹은 반반(半半)[172](얼치기)하고 결혼한 여자는 어느 누구나.

— 어떻게 반반이오? 블룸이 말한다. 당신이 말하는 그이……

— 내가 말하는 반반이란, '시민'이 말한다. 생선(魚)도 고기(肉)도 아닌 녀석이지.

— 게다가 붉은 청어도 아니지, 조가 말한다.

— 내가 말하는 건 바로 그거야, '시민'이 말한다. 마법에 홀린 자, 그게 뭔지 자네 알고 싶으면.

젠장 나는 두통거리가 다가올 거라는 걸 알았다. 그러자 블룸이 설명하기를, 그가 의미하는 것이란 그 때문에 그 늙은 말더듬이 바보 영감을 뒤좇아 돌아다녀야 하는 그 아내에게는 정말 잔인한 노릇이라는 거디. 지 경칠 민끈에 시달린 브린으로 하여금 수염이 발에 걸려 넘어지도록 풀밭에 내돠두다니 동물들에 대한 잔인성이요, 하늘도 눈물을 쏟을 판이지. 그런데 그녀는 그와 결혼한 뒤로 코를 치세우고 뽐내며 퍽 으스댔으니 왜냐하면 남편의 부친의 한 종형제가 교회의 좌석 안내원이었기에. 벽에는 스매쉬홀 스위니(팬터마임 인물)의 코밑수염을 기른 그의 초상이, 섬머힐[173] 출신의 브리니 씨요, 이탈리안인, 성부(聖父)의 교황 근위병(주아브)이었는데, 부두지역을 떠나 모스가(街)로 이사했지. 그런데 그가 누구였더라, 말해 봐요? 어떤 하찮은 이 두 쌍의 골방 복도에, 1주 7실링을, 그리고 그는 세상에 도전하며, 온갖 종류의 흉패(胸牌)로 뒤덮고 있었지.

— 그리고 더욱이, J. J.가 말한다, 엽서는 공개적인 거야. 그것은 새드그로브 대(對) 홀의 소송사건[174]에 있어서 범의(犯意)의 충분한 증거가 됨이 판정되었지. 나의 의견으로 소송이 성립될 수 있을 거야.

6실링 8페니입니다, 제발,[175] 하는 식. 누가 자네의 의견을 원하거나 한대나? 마음 놓고 술이나 마십시다. 젠장, 우린 더 이상 말해 봐야 크게 도움이 되지 않아요.

— 자, 축배, 재크, 네드가 말한다.

— 건강을 비네, 네드, J. J.가 말한다.

— 저기 또 그가 나타났어, 조가 말한다.

— 어디? 앨프가 말한다.

그런데 젠장 거기 그가 책을 겨드랑 아래 끼고 문을 지나자 그의 곁에 아내가 그리고 부옇게 흐린 눈을 한 코니 켈러허가 함께 걸어가며 문안을 들여다보며, 마치 아비(父)처럼 그에게 이야기하면서, 그에게 헌 관(棺)을 팔려고 애를 쓰고 있는 것이다.

— 바로 저 캐나다의 사기사건은 어떻게 진행되고 있지? 조가 말한다.

— 반송(返送)되었어, J. J.가 말한다.

딸기코협회의 일원(一員)이었던 제임스 워트 일명(一名) 새피로 일명 스파크 앤드 스피로라는 이름으로 통하는 사나이, 그는 20실링으로 캐나다까지 도항(渡航)시켜 주겠다고 신문에다 광고를 냈지. 뭐라? 자네 내가 그토록 잘 속아 넘어 갈 줄 아나? 물론 그것은 경칠 야바위였어. 뭐라? 그들을 모두를 사기했던 거야, 미드 주(州) 출신의 하녀들과 촌놈들, 글쎄, 그 자신의 동류(同類)까지도. J. J.가 우리에게 말하기를 어떤 늙은 헤브라이인인 자레츠키라나 뭐라나 하는 이가 있었는데, 모자를 쓴 채 증인석에서 울면서, 그가 2파운드를 사기 당했다고 성 모세를 걸어 맹세하고 있었다는 거다.

— 누가 그 사건을 심리했지?

— 지방법원 판사지, 네드가 말한다.

— 가련한 노(老) 프레드릭 경(卿)[176]이야, 앨프가 말한다. 누구나 그를 깜짝 속일 수 있지.

— 사자처럼 마음이 너그럽단 말이야, 네드가 말한다, 그에게 집세의 체납금이나 앓고 있는 아내 그리고 우글거리는 애 녀석들에 관한 신세타령을 해봐요, 틀림없이, 그는 법정에서 눈물 속에 분해되고 말 거야.

— 맞아, 앨프가 말한다. 루벤 J가 버트 교(橋) 근처 그곳 회사를 위해, 석재(石材)를 망보고 있는 그 불쌍한 꼬마 검리[177]를 고소한데 대해, 그가 훗날 그를 감옥에 처넣지 않았으니, 매우도 운이 좋았어.

그러자 그는 엉엉 우는 시늉을 하면서 노(老) 판사를 흉내 내기 시작한다:

— 가장 망측한 일이로다! 이 가련하고 근면한 사람을! 자녀가 몇인고? 열 명이라, 했던가?

— 네, 각하. 그리고 저의 아내는 장티푸스를 앓고 있어요.

— 게다가 아내는 장티푸스 열병을! 언어도단이 도다! 즉시 재판소를 떠나구려, 자네. 안돼, 이봐요, 본관(本官)은 지불명령을 내리지 않겠소. 어떻게 감히 당신은, 선생, 본관 앞에 나타나 나로 하여금 명령을 내리도록 하는고? 가련하고 근면하고 부지런한 사람을! 본관은 사건을 기각하오.

그리하여 우안(牛眼)의 여신(女神)의 당월(當月)[178] 16일에 그리고 신성불가분의 삼위일체 축일 다음 제3주 만에, 하늘의 딸, 처녀월(處女月)이 그녀의 최초의 초승달 모습을

드러냈을 때, 저 박식한 재판관들이 법의 전당으로 몸소 모여들기에 이르렀다. 거기 코티 1
네이 나리[179]께서, 사실(私室)에 앉아, 그의 의견을 토로했으며 앤드루스 판사[180] 나리는,
유언 재판소에 배심원의 입회 없이 임석(臨席)하여, 제출된 유언장의 기록된 문제의 재산
에 대한 제일 권리자의 요구 그리고 사망한, 주류 판매인, 고(故) 비탄의 제이코브 홀리데
이 대(對) 정신이상과 그 밖의 미성년자 리빙스턴과의 부동산 및 동산에 관하여 최후의 유 5
언장 상(上)의 처리 문제에 대하여 신중히 고려 및 숙고했다. 그리고 그린가(街)의 그 장
엄한 재판소에 수할치 프레드릭 경(卿)이 거기 나타났다. 그리고 그는 5시경에 더블린 시
의 주(州)에 그리고 그를 위해 포함된 모든 그리고 그 밖의 예속된 지역들을 위해 개정되
는 법정에서 고대 법관들의 법전을 다스리기 위해 그곳에 배석했다. 그리고 거기에는 그와
함께 각 부족에서 한 사람씩, 아이아르[181]의 열두 부족의 최고평의원들이 연석했는 바, 그 10
들은 패트릭 부족의 그리고 휴 부족의 그리고 오엔 부족의 그리고 콘 부족의 그리고 오스카
부족의 그리고 퍼거스 부족의 그리고 핀 부족의 그리고 더모트 부족의 그리고 코맥 부족의
그리고 케빈 부족의 그리고 콜트 부족의 그리고 오시언 부족의 자들로서, 열두 명 모두 하
여 선량하고 진실한 분들이었다. 그리고 그는 십자가 위에서 돌아가신 분에 맹세코 그들이
원만하고도 참되게 재판할 것을 그리고 그들의 지고의 국왕과 형사 피고인 간에 연관된 문 15
제에 있어서 진실한 판단을 내릴 것을 그리고 하느님이시여 그들을 도우소서. 성서에 입 맞
추며 증거에 따라 참된 판결을 내릴 것을 그들에게 탄원했다. 그리고 그들은 자리에서 일어
났나니, 아이아르의 그들 열두 명, 그리하여 그들은 영원으로부터 존재하는 그분의 이름으
로, 그분의 정당한 예지를 이행할 것을 맹세했다. 그리고 이내 법률의 앞잡이(간수)들이 제
보(提報) 된 결과에 따라 정의의 정리들이 체포했던 한 사나이를 그들의 아성(牙城) 본거 20
(本據)로부터 끌어냈다. 그리고 그들은 그 사나이의 손과 발에 족쇄를 채웠고 그로부터 보
석금(保釋金)이나 보증금의 청구도 떼지 않았으나 그가 한 사람의 범인이라는 이유로 그에
게 오히려 죄과를 택했도다.
— 그들[182]은 참 불쾌한 것들이야, '시민'이 말한다, 이곳 아일랜드까지 건너 와서 나라를
빈대로 득실거리게 하다니. 25
　　그런고로 블룸은 아무것도 못 들은 체하며, 애당초 그따위 사소한 일[183]에 걱정할 필요
가 없다든지 그러나 크로포드 씨에게 한 마디 말이라도 하는 게 어떨까 말하면서, 조와 이
야기하기 시작했다. 그러자 조는 이것저것 모조리 자신이 처리하겠다고 거만하게 맹세했
다.
— 왜냐하면, 자네 알겠나, 블룸이 말한다, 광고를 위해서는 반복이 있어야 해. 그것이 모 30
든 비결이지.
— 나한테 맡겨, 조가 말한다.
— 농민들을 속이고 있단 말이야, '시민'이 말한다, 그리고 아일랜드의 가난한 사람들을.
우리는 더 이상 국내에 이방인을 필요로 하지 않아.
— 오, 그건 잘될 걸로 나는 확신해, 하인즈, 블룸이 말한다. 그건 바로 키즈 상점이지, 알 35
아.
— 그건 끝난 걸로 생각하세, 조가 말한다.
— 자네 아주 친절하군, 블룸이 말한다.
— 그 이방인들 말이야, '시민'이 말한다. 우리들 자신의 과오지. 우리가 그 놈들을 들여

40

오게 한 거야. 우리가 그들을 데리고 들어온 온 셈이지. 그 간부(姦婦)와 그녀의 정부(情夫)[184]가 색슨 강도 놈들을 이곳으로 데려왔지.

— 이혼 '가(假) 판결'[185]이지, J. J.가 말한다.

그러자 블룸은 술통 뒤 구석의 거미줄인 양, 그따위 일에 경칠 전혀 흥미가 없는 척 하고, 그리고 '시민'이 그의 뒤를 노려보고 그리고 그의 발치의 그 늙은 개가 누구를 그리고 언제 물어줄까 알려고 위를 치켜보았다.

— 한 부정(不貞)한 아내 말이야,[186] '시민'이 말한다, 그것이 모든 우리의 불행의 원인이야.

— 그런데 그런 여자가 여기 있어, 카운터의 테리와 함께 〈경찰 신문〉[187]을 낄낄거리며 보고 있던 앨프가 말한다, 온통 몸을 성장하고 말이야.

— 그 여자 잠깐 보여 줘, 나는 말한다.

그런데 그게 뭔고 했더니 테리가 코니 켈러허한테서 빌린 단지 음탕한 양키 화보들 중의 하나였다. 당신의 국부를 확대시키는 비결. 사교계 미인의 불의의 행동. 돈 많은 시카고 청부업자, 노먼 W. 터퍼는, 그의 예쁜 그러나 부실한 아내가 테일러 장교의 무릎 안에 있는 것을 목격한다. 속옷만 입고 추행하고 있는 미녀, 그리고 그녀의 간지럼을 더듬어 찾고 있는 그녀의 정부(情夫) 그리고 바로 그때 노먼 W. 터퍼가 엽총을 들고 뛰어들어 왔으나 때는 이미 늦었나니 그녀는 테일러 장교와 재주넘기를 이미 끝낸 후였다.

— 오 분(糞)하다, 제니, 조가 말한다, 그대의 셔츠는 얼마나 짧은가!

— 털이 보인다, 조, 나는 말한다. 고놈의 콘비프 같은 퀴퀴한 묵은 꼬리 끝을 떼어버려, 응?

그런고로 아무튼 존 와이즈 놀런과 레너헌이 그를 뒤따라 마치 늦은 조반(朝飯)처럼 길쭉한 얼굴을 하고 들어왔다.

— 글쎄, '시민'이 말한다, 사건의 현장 최근 뉴스는 뭐지? 시 의사당의 저들 간부회의에서 그따위 땜장이 놈들이 아일랜드어에 관해 무엇을 결의했단 말인가?

오놀런, 번쩍이는 갑옷을 입은 채, 전(全)아일랜드의 힘세고 높고 강한 수령(首領)에게 나지막이 허리 굽혀 인사를 하며 그리고 발생했던 사건, 어떻게 왕령의 둘째 위(位)인, 가장 순종적 도시의 그 정중한 원로(元老)들이 회의장에서 서로 회합했는지, 그리고 거기서, 영천계(靈天界)에 사는 제신(諸神)들에 대한 정례 기도가 있은 다음, 어떻게 하여 바다로 격리 된 게일의 숭고한 언어[188]를 다시 한 번 인간들 사이에 그 명예를 회복할 수 있도록, 만일 그렇다면 될 수 있도록, 엄숙한 협의를 행했는지를 그로 하여금 알리도록 했다.

— 그건 행진중이야, '시민'이 말한다. 경칠 놈의 짐승 같은 색슨 인들과 그들의 '빠뜨와즈(속어)'를 싹쓸이 없애 버렸으면.

그런고로 J. J.는, 신사인 체하면서, 한 가지 이야기는 상대가 다른 이야기를 듣기까지는 좋으며 사실을 간과하는 것 그리고 망원경에 장님의 눈을 갖다 대는, 넬슨 정책[189] 그리고 국민을 탄핵하기 위한 권리 박탈 법안을 입안하는 것에 관하여 말참견을 하고, 블룸은 중재(仲裁)와 성가심 그리고 영국인들의 식민지들과 그들의 문명(시비리제이션)을 지지하려고 애쓴다.

— 그들의 매독문명(시필이제이션), 글쎄, 시민'이 말한다. 모두 뒈지라지. 어떤 무용지물인 하느님의 저주가 갈보 년의 후손들[190]의 그 경칠 두툼한 귓불의 새끼들 위에 비스듬히 내리쬐었으면! 음악이고 예술이고 문학이고 이름에 합당한 것은 하나도 없단 말이야. 그들이 갖고 있는 문명이란 무엇이고 놈들이 우리한테서 훔쳐 간 거란 말이야. 사생아의 유령 같은 혀 짤 베기 자식 놈들.

— 유럽 가족이야, J. J.가 말한다……

— 놈들은 유럽인들이 아니야, '시민'이 말한다. 나는 파리의 케빈 이건과 함께 그전에 유럽에 있었어. '까비네 데장스(변소)'[191] 안 이외에는 유럽 어느 곳이고 그들 또는 그들의 언어의 발자취를 찾아볼 수 없단 말이야.

그리고 존 와이즈가 말한다:

— *사람의 눈에 뜨지 않은 채 피어 있는 꽃 많도다.*[192]

그리고 약간의 외국어(링고)를 알고 있는 레너헌이 말한다:

— *'꽁스뿌에 레장글레! 뻬르피드 알비옹! (영국 놈들을 경멸하라! 불신의 영국!)'*[193]

그는 그렇게 말하고 이어 그의 조야한 크고 강직하고 힘센 손으로 검고 독한 거품 이는 맥주의 목잔(木盞)을 들어올리며, 그의 종족의 슬로건인 람 데아르그 아부(붉은 손에 승리를)[194]를 언급하면서, 그의 적이요, 마치 무사(無死)의 신들처럼 묵묵히 설화석고의 왕좌 위에 앉아 있는, 강대하고 용맹한 영웅들의 종족인, 바다의 지배자, 그들의 파멸을 위해 술을 들이켰다.

— 자네 무슨 일이야, 나는 레너헌에게 말한다. 자네 1파운드를 잃고 6페니밖에 찾지 못한 놈의 얼굴을 하고 있으니.

— 골든 컵(금배) 경마, 그는 말한다.

— 누가 이겼어요, 레너헌 씨? 테리가 말한다.

— 〈드로우어웨이〉호야, 그는 말한다, 1 대 20으로. 미천한 승산 없는 말(馬)이지, 그리고 나머지는 어디고 아니야.

— 그리고 바스의 암말[195]은? 테리가 말한다.

— 여전히 달리고 있지, 그는 말한다. 우린 모두 곤경에 빠져있어. 보일런은 나의 팁인 〈셉터〉호에 그 자신과 어떤 귀부인 친구[196]를 위해 2파운드를 걸었지.

— 저 자신도 반 크라운을 걸었어요, 테리가 말한다, 플린 씨가 내게 일러준 〈진펀델〉호에. 하워드 드 월든 경(卿)[197]의 말(馬)이지요.

— 1 대 20이라, 레너헌이 말한다. 우린 볼 장 다 본 거야. 〈드로우어웨이〉호라, 그는 말한다. 비스킷이나 먹고, 발가락 티눈 이야기나 하세. 약한 자여, 그대 이름은 〈셉터〉호니라.[198]

그런고로 그가 슬쩍 외상으로 훔쳐 먹을 뭔가 없나 보려고 보브 도런이 남겨 놓은 비스킷 깡통 있는 곳으로 가자, 그놈의 늙은 똥개가 옴 투정이 코를 치켜들며 운(運)을 걸고 그를 뒤쫓았다. 허바드 할멈이 찬장을 향해 갔던 거다.[199]

— 거긴 아무것도 없어, 이놈, 그는 말한다.

— 기운을 내요, 조가 말한다. 그 말(馬)도 대적할 다른 놈이 없었더라면 돈을 땄을 거야.

그리고 J. J.와 '시민'은 법률과 역사에 관하여 토론하고 블룸은 애매한 말을 틀어박는다.

— 어떤 사람들은, 블룸이 말한다, 타인의 눈 속에 티끌은 볼 수 있어도 그들 자신의 눈 속의 들보(樑)는 볼 수 없단 말이요.[200]

—*라이메이스(쓰레기 같은 소리)*',[201] '시민'이 말한다. 장님처럼 보지 못할 자는 아무도 없어, 그게 무슨 말인지 알고 싶으면. 4백만 대신 오늘 여기 응당 있어야 할 우리들의 행방불명된 2천만 동포는 어디 있는가, 우리들의 잃어버린 종족?[202] 그리고 전 세계에서 가장 훌륭한 우리들의 도자기와 모직물! 그리고 주베날리스[203] 당시의 로마에서 팔렸던 우리들의 양모(羊毛), 우리들의 아마(亞麻), 앤트림[204]의 베틀에서 짜낸 우리들의 능직, 우리들 리머릭 시(市)[205]의 레이스, 볼리바우[206] 곁의 우리들의 피혁 공장과 우리들의 하얀 플린트 유

리 그리고 쟈카르 드 리용[207] 이래 우리들이 소유하는 위그노 포플린 및 우리들의 견직물, 우리들의 폭스포드[208] 스코치 나사 그리고 전 세계에서 그 유례를 찾아볼 수 없는 뉴 로스[209]의 카르멜 수도원으로부터 생산되는 상앗빛 손뜨개 레이스. 헤라클레스의 기둥[211], 인류의 적(敵)[210]에 의하여 당장 빼앗긴 지브롤터를 통하여, 웩스포드의 카멘 시장에서 파는 황금과 자색 염료를 갖고 왔던, 그리스 상인들은 어디에 있는가? 타키투스와 프톨레마이오스[212] 그리고 지랄두스 캄브렌시스[213]까지도 읽어 봐요. 포도주, 모피류, 코네마라[214]의 대리석, 어느 것 못지 않은, 티퍼레리[215]산(産) 은(銀), 심지어 오늘날까지 널리 명성을 떨치고 있는 우리들의 말[馬]들, 아일랜드의 조랑말들, 우리들의 바다에서 고기를 잡는 권리를 얻기 위해 관세를 물겠다고 제의하고 있는 스페인의 필립 왕과 함께. 앵글리아의 불결영인(不潔英人)들은 우리들의 폐허화한 산업과 우리들의 폐허화한 가정에 대하여 무엇을 책임져야 하는가? 그리고 놈들은 우리들 모두를 폐병으로 죽도록 만들려고 수 백만 에이커의 습지와 이탄지(泥炭地)를 품은 배로우강(江)과 샤논강(江)의 하상(河床)을 깊게 파 헤치려 하지 않은가?[216]

— 우리는 포르투갈처럼 곧 무목(無木)이 될 거야,[217] 존 와이즈가 말한다, 혹은 만일 국토를 재식목(再植木)할 뭔가 대책이 이루어지지 않는 한 한 그루 나무밖에 없는 헬리골랜드[218]처럼. 낙엽송, 전나무, 침엽수 과(科)의 모든 나무들은 급속히 없어져 가고 있어. 나는 캐슬타운 경(卿)[219]의 보고서를 읽고 있었는데……

— 그들을 구하소서, '시민'이 말한다. 골웨이의 거대한 물푸레나무 그리고 40피트 나무줄기와 한 에이커 군엽(群葉)을 지닌 킬데어의 저 왕초 느티나무를. 아일랜드의 미래인(未來人)들을 위하여 애란(愛蘭)의 아름다운 언덕 위 저 아일랜드의 나무들을 구하소서, 오.[220]

— 유럽이 당신들을 주시하고 있어, 레너헌이 말한다.

국제적인 사교계의 인사(人士)들이 오늘 오후 아일랜드 국유림의 순찰 경비 대장인, 진 와이즈 드 놀런 기사(騎士)와 소나무 골짜기의 솔방울과 전나무 양(孃)과의 결혼식에 '앙 마쓰(다수)' 참가했다. 실베스터 엘름셰이드 여사(女史),[221] 바바라 러브버치 부인, 폴 애쉬 부인, 홀리 헤이즐아이즈 부인, 다프네 베이즈 양(孃), 도로시 캔브레이크양, 클라이드 트웰브트리즈 부인, 로원 그린 부인, 헬렌 바인개딩 부인, 버지니아 크리퍼 양, 글래디즈 비치 양, 올리브 가스 양, 블랜치 메이플 양, 모드 마호가니 부인, 마이러 머틀 양, 프리실러 엘더플라우어 양, 비 하니사클 양, 그레이스 포플러 양, 오 미모사 산 양, 라첼 시다프론드 양, 릴리안과 바이올라 라일락 자매, 티미디티 아스페널 양, 키티 드웨이모세 부인, 메이 호돈 양, 글로리아나 팜 부인, 라이아나 포레스트 부인, 아라벨라 블랙우드 부인 그리고 오크홈 레지스의 노머 홀리오크 부인이 참석함으로써 식을 한층 빛냈다. 그녀의 부친인 선모과(仙茅科)의 침엽수 씨(氏)에 의해 신랑에게 인도된 신부는, 박명(薄明)의 회색 속치마 위에 본떠 만든, 널따란 에메랄드 장식 띠를 두른. 흑색 가장자리의 세 겹 치맛단으로 완성된, 설계야말로, 도토리 청동 빛의 혁대와 엉덩이 삽입 천에 의해 한층 돋보인 채, 녹색의 광택 가공의 실크로 이루어진 새 디자인으로 절미(絶美)하게도 매력적으로 보였다. 명예스런 아가씨들, 신부의 자매들인, 라치 코니퍼양과 스프루스 코니퍼양은 꼭 같은 색채로 아주 어울리는 의상을 입고 있었는데, 장미 깃털의 우아한 모티프(레이스 장식)[222]가 바늘 세로줄의 주름으로 이루어지고, 연(軟) 백색 산호의 왜가리 깃 모습을 띤 비취 녹색의 토크 모자에 괴팍스럽게 반복되어 있었다. 엔리크 플로 씨가 그의 고매한 능력으로 오르간 반주를 맡고 있었고, 결혼 미사의 예정된 곡목들에 첨가하여, 예식의 결론에 《나무꾼아, 저 나무를 베지 말지라》[223]라는 새롭고도 두드러진 편곡을 연주했다. 교황의 축복이 있은 뒤 '인 오르또(원예의)' 성 피아크르 성당[224]을 떠날 때 이 행복한 신랑 신부는 개암 열매, 너도밤나무 열매, 월계수 잎사귀, 냇버들 꽃, 담쟁이덩굴, 홀리 딸기, 인동(忍冬) 나뭇가지 그리고 울타리 나무 싹의 익살맞은 십자포화의 세례를 받아야만 했다. 와이즈 코니퍼 놀런 부처는 흑림(黑林)[225]에서 조용한 허니문을 보내리라.

— 그리고 우리의 눈은 유럽을 감시하고 있어, '시민'이 말한다. 우리는 저 개놈들[226]이 새끼를 치기 전에 스페인 및 프랑스 인들과 그리고 벨기에 인들과 교역했지, 골웨이의 스페인 맥주, 포도주(葡萄酒) 검은 파도상(波道上)의 포도주선(葡萄舟船) 말이야.[227]

— 다시 하겠지, 조가 말한다.

— 그리고 하느님의 성모의 도움으로 우리는 다시 할 거야, '시민'이 허벅다리를 찰싹 치면서, 말한다. 우리들의 텅 빈 항구들이 다시 넘실거릴 거야, 퀸즈타운, 킨세일, 골웨이, 블랙소드 만(灣),[228] 케리 왕국의 벤트리,[229] 데스먼드 백작[230]이 황제 찰즈 5세[231] 자신과 친히 조약을 체결할 수 있었던 당시 골웨이의 린치가(家)[232] 및 캐번 오레일리가(家)[233] 그리고 더블린의 오케네디가(家)[234]의 돛대 선단(船團)들과 함께, 넓은 세계에서 세 번째로 가장 큰, 킬리베그즈 항구[235]. 그리고 다시 할 거야, 그는 말한다, 최초의 아일랜드 군함이 전면(前面)에 우리들 자신의 기(旗), 헨리 튜터 왕조(王朝)의 하프가 새겨진 기[236]가 아니고, 천만에, 해상에서 가장 오래된 기, 데스먼드와 토먼드 지방[237]의 기, 밀레시우스[238]의 세 아들, 푸른 바탕의 세 왕관이 새겨진 기와 함께 파도를 헤치며 나아가는 것이 보일 때 말이야.

그리고 그는 술잔에서 마지막 통음(痛飮)을 들이켰다. 맙소사. 피혁공장 고양이처럼 온통 방귀와 오줌을.[239] 코노트[240]의 암소들은 뿔이 길 단 말이야.[241] 저따위 기다란 이야기를 샤나골든[242]에 운집한 군중들한테 가서 지껄였다 봐라, 그것은 녀석이 자신의 경칠 목숨과 맞바꾸는 격(格)이 되고 말지, 그런데 거기 저 녀석이 어떤 소작인의 토지소유권을 횡령했는지라 그의 옆구리에다 구멍을 뚫어 주려고 그를 찾고 있는 몰리 마귀리즈 당원들[243]에게 그는 감히 자신의 코빼기를 내놓을 수도 없지.

— 경청, 저 이야기에 귀를 기울여 봐요, 존 와이즈가 말한다. 자넨 뭘 들겠나?

— 의용기병대[244] 한 잔, 레너헌이 말한다. 이 경우를 축하하기 위해서.

— 반 파인트짜리, 테리, 존 와이즈가 말한다, 그리고 손들어(핸즈 업)[245] 하나. 테리! 자네 졸고 있나?

— 네, 알았습니다, 테리가 말한다. 약한 위스키와 올소프 맥주 한 병. 곧장, 선생님.

일반 손님들을 시중드는 대신에 상스런 기사(記事) 조각을 찾고 있는 앨프 녀석과 함께 그 경칠 신문에 매달려 있는 것이다. 그들의 경칠 두개골을 박살내 버리려고 애를 쓰고 있는, 박치기 시합의 사진, 한 놈이 마치 문간의 황소처럼 머리를 수그리고 디른 놈을 노리고 있디. 또 다른 사신: *조지아 주(州), 오마하*[246]*에서 화형(火刑)된 검은 짐승*. 모자를 눌러 쓴 한 무리의 데드우드 디크스[247] 그리고 그들은 그의 허를 빼게 하고는 그 아래 모닥불을 피워 놓고 나무에 붙들어 매인 한 검둥이에게 총질을 하고 있다. 젠장, 놈들은 자기들이 한 짓을 확인하려고 후에 그를 바다 속에 익사시키고, 전기(電氣) 사형시키고, 그를 십자가에 못 박아야 한다.

— 그러나 전투적 해군[248]은 어떤가, 네드가 말한다, 적(敵)을 견제(牽制)하고 있는?

— 내가 그에 대해 말해 주지, '시민'이 말한다. 그건 지상의 지옥이야. 포츠머드[249]의 훈련함상(訓練艦上)의 태형(笞刑)에 관해 신문에 연재중인 폭로를 읽어보란 말이야. 자칭 '혐오자'라 불리는 자의 기사야.

그런고로 그는 체벌에 관하여 그리고 수병들과 장교들 그리고 삼각모를 쓰고 도열한

해군제독들 그리고 그러한 형벌에 입회하기 위해 그의 신교 성경을 들고 있는 목사 그리고 그의 마마를 부르짖으며, 끌려나와 있는 한 젊은 소년, 그리고 그들이 총 개머리판에다 묶어 두는 것 등에 관하여 이야기하기 시작한다.

— 엉덩이 열두 대,[250] '시민'이 말하다. 이 말은 저 옛날 악한 존 베리스포드 경(卿)[251]이 한 말이지만, 현대의 하느님의 영국인은 그것을 볼기짝(breech)의 매질이라 부른다네.

그리고 존 와이즈가 말한다:

— 그런 습관은 준수하기보다 파괴하는 것이 한층 명예롭지.[252]

그런 다음 그는 무장한 대장이 기다란 지팡이를 들고 다가와서 그 불쌍한 소년을 끌어내어 그가 제발 사람 살려 천만번 비명을 지를 때까지 그의 엉덩이를 매우도 후려갈기는 이야기를 우리들에게 말해 주고 있었다.

— 그것이 바로 지구를 자지우지 하는, 그대의 영광스런 대영제국의 해군이란 거지, '시민'이 말한다. 하느님의 지구 표면에 오직 상원(上院) 만이 있을 뿐, 열두 명의 돼지 사냥꾼들[253]과 면화 깍지 남작들의 손아귀에 그들의 영토가 쥐여진 채, 결코 자신들은 노예가 되지 않을 것이라는 자들[254]. 그게 바로 놈들이 노예적 천업자(賤業者)들과 회초리 맞은 농노들을 자랑하는 대제국이란 말이야.

— 그 위에 태양은 결코 뜨지 않아, 조가 말한다.

— 그리고 그것의 비극은, '시민'이 말한다. 그들이 그걸 믿고 있다는 점이야. 불행한 야후들[255]이나 그걸 믿지.

그들은 채찍을, 대지(大地) 위의 지옥의 창조자인, 전능한 태형자(笞刑者)를, 그리고 대포(大砲)의 자식인[256] 영국 수병을 믿는다. 그런데 그 자는 불성(不誠)스런 허세로 잉태되고, 호전적 해군으로 탄생하고, 엉덩이 열두 대 아래 고통받고, 희생당하고 옷이 벗겨지고, 두들겨 맞고, 경칠 지옥 마냥 아우성을 쳤는지라, 3일째 그는 침대에서 다시 일어나, 배를 몰고 입항하고, 생계를 위해 고역을 치르고, 돈을 지불 받기 위해 더 멀리 명령이 있을 때까지 속수무책 앉아있는 거다.

— 그러나, 블룸이 말한다, 훈련은 어디서나 마찬가지가 아니오. 내 말은 만일 상대가 힘에는 힘으로 대항한다면 여기에서도 매한가지가 아니겠소?

내가 자네한테 말하지 않았던가? 녀석은 그가 숨이 막 끊어지는 한이 있더라도 죽는 것이 사는 것인 양 그가 상대를 위압하려고 애쓸 것이니 내가 지금 이 포도주를 마시고 있듯 사실이라니까.

— 우리는 힘에는 힘으로 대항할 거야, '시민'이 말한다. 우리는 바다 너머 보다 큰 아일랜드를 가지고 있어.[257] 그들은 암흑의 47년[258]에 집과 가정에서 쫓겨났단 말이야. 길가의 그들 흙담집들과 그들 양치기 오두막집들은 공성(攻城) 망치[259]에 의하여 무너져 버렸고, 〈타임스〉지[260]는 손바닥을 비벼대며, 겁 많은 색슨 인들에게 미국 북부 붉은 피부의 토인들처럼 아일랜드에는 아일랜드인의 수가 줄어들 것이라고 말했지. 심지어 터키의 제왕까지도[261] 우리들에게 그의 은화를 보내 주었어. 그러나 대영제국의 하이에나들이 리오 데 자네이로에서 사고팔고 할 만큼 그들의 영토가 곡물로 가득 차 있었는데도 색슨 놈들은 국내의 국민들을 굶어 죽이려고 애쓰고 있었지. 정말, 놈들은 농부들을 대집단으로 내몰았단 말이야. 그 중 2만 명이 관(棺)같은 배속에서 죽었단 말이지.[262] 그러나 자유의 나라로 건너간 그들은 구속의 나라를 기억하고 있지.[263] 그래서 그들은 다시 돌아올지니, 복수심을 품고, 비겁자가 아닌, 그라뉴에일[264]의 아들들, 캐슬린 백작부인[265]의 투사들이.

— 완전히 사실이오, 블룸이 말한다. 그러나 나의 요점……

— 우리들은 오랫동안 그날이 오기를 기다리고 있어, '시민', 네드가 말한다. 그 가련한 노

파²⁶⁶⁾가 우리들에게 프랑스인들은 해상에 있고, 킬랄라²⁶⁷⁾에 상륙했다고 말한 이래로.

— 맞아, 존 와이즈가 말한다. 우리는 우리로 하여금 윌리엄 당(黨)을 일탈(逸脫)하도록 한 스튜어트 왕가를 위하여 싸웠는데도, 놈들은 우리를 배신했어.²⁶⁸⁾ 리머릭과 그 깨어진 조약석(條約石)을 상기해 봐요.²⁶⁹⁾ 우리는 프랑스나 스페인을 위해 우리의 선혈을 바쳤지, 기러기²⁷⁰⁾. 폰테노이²⁷¹⁾ 말이야, 응? 그리고 사즈필드와 스페인의 테튜안 후작, 그리고 마리아 테레지아의 야전원수였던, 카머스²⁷²⁾의 오도넬 율리시스 브라운 장군. 그러나 그의 대가로 우리가 여태껏 얻은 게 도대체 뭐란 말이야?

— 프랑스 놈들! '시민'이 말한다. 한 떼의 댄스 교사들! 자네 그게 뭔지 아나? 그들은 아일랜드에겐 구운 방귀만도 못한 것들이었어. 그들은 지금 배반적(背叛的) 영국(앨비언)놈들과 테이 페이²⁷³⁾의 만찬회에서 앙땅뜨 꼬르디알(영불협상)²⁷⁴⁾을 시도하려고 애쓰고 있지 않은가? 그들은 유럽의 선동 자들이요 과거에도 언제나 그랬어.

—'꽁스쁘에 레 프랑세(프랑스 놈들을 타도하라)', 레너헌이 맥주를 후무리며, 말한다.

— 그리고 프러시아인들²⁷⁵⁾과 하노버 왕조²⁷⁶⁾로 말하면, 조가 말한다, 우리는, 선거후(選擧候)²⁷⁷⁾인 조지로부터 그 독일의 방탕자²⁷⁸⁾와 이미 죽은 그 헛배부른 늙은 암캐²⁷⁹⁾에 이르기까지 저 왕좌 위에서 소시지를 먹고 있는 사생아 놈들에 대해서, 이제 그만 해도 충분하지 않겠는가?

젠장, 하느님의 매일 밤 그녀의 궁전에서 산로주(山露酒)의 큰 잔으로, 눈이 멀도록 취한, 늙은 빅, 눈가리개를 쓴 그 늙은이²⁸⁰⁾에 관한 이야기를, 그리고 마부가 침대 속으로 그녀의 몸뚱이를 송두리째 운반하여 굴리자 그녀가 그의 구레나룻을 잡아당기며 〈라인 강의 에렌〉²⁸¹⁾에 관한 몇 곡의 옛 노래를 그에게 불러주면서, 요다음에는 술이 싼 곳으로 와요 하고 하던 이야기를, 녀석이 털어놓는 모습에 나는 웃지 않을 수 없었다니까.

— 글쎄, J. J.가 말한다. 우리는 지금 평화론자 에드워드²⁸²⁾를 섬기고 있단 말이야.

— 바보한테나 그따위를 말해, '시민'이 말한다. 그 애송이 놈에게는 친구례(親口禮)(팩스)보다 한층 친독(親毒)(폭스)의 경칠 꼴이 보인단 말이야²⁸³⁾. 왕가옹호자(음문)²⁸⁴⁾ 에드워드!

— 그리고 자넨 어떻게 생각하나, 조가 말한다. 메이누스²⁸⁵⁾에 있는 그의 방을 마왕적(魔王的) 국왕의 경마기(競馬旗)로 장식하고 그의 기수들이 탔던 모든 말들의 사진을 붙이고 있는 아일랜드의 사제들이나 주교들을. 더블린의 백작²⁸⁶⁾, 의심할 여지없지.

— 그들은 그²⁸⁷⁾ 자신이 올라탔던 모든 여인들의 사진을 붙여 두었어야 해, 몸집이 작은 앨프가 말한다.

그리고 J. J.가 말한다:

— 공간에 대한 배려(配慮)가 귀족들의 결정에 영향을 준거야.

— 한잔 더 하겠나, '시민?' 조가 말한다.

— 그래, 물론이지, 그는 말한다. 더 하지.

— 자넨? 조가 말한다.

— 신세 많네, 조, 나는 말한다. 오래오래 건강하기를 비네.

— 같은 놈을 거듭, 조가 말한다.

블룸은 존 와이즈와 거듭거듭 말하면서, 암갈암울진흙빛의 오만상을 띠고 아주 흥분한 채, 그의 늙은 자두 눈알을 계속 굴리고 있었다.

— 박해(迫害), 그는 말한다, 세계의 모든 역사는 그것으로 가득 차 있어. 민족간의 민족적 혐오를 영구화시키고 있는 거야.

— 그러나 자네는 민족이 무슨 뜻인지 아나? 존 와이즈가 말한다.

— 그럼, 블룸이 말한다.

1 　　— 그게 뭔데? 존 와이즈가 말한다.

　　— 민족? 블룸이 말한다. 민족이란 같은 지역 안에 살고 있는 같은 백성이지.

　　— 하느님 맙소사, 그러면, 네드가, 소리 내어 웃으면서, 말한다. 만일 그렇다면 나도 지난 5년 동안을 같은 지역에 살고 있으니까 민족이군.

5 　　그런고로 물론 모두들 블룸을 비웃자 그는 비웃음을 청소하려고 애를 쓰면서, 말한다:

　　— 혹은 역시 다른 지역 안에 살고 있는.

　　— 그건 내 경우에 합당한 말이야, 조가 말한다.

　　— 실례지만 당신의 국적은 뭐요? '시민'이 말한다.

　　— 아일랜드, 블룸이 말한다. 나는 여기서 태어났소. 아일랜드요.

10 　　'시민'은 아무 말도 하지 않고 단지 그의 목구멍으로부터 가래침을 모아, 그리고는 젠장, 그는 레드뱅크[288]의 그 굴 같은 가래침을 바로 구석에다 몸 밖으로 내뱉었다.

　　— 바로 그거야, 조, 그는, 입을 훔치려고 손수건을 꺼내면서, 말한다.

　　— 자 여기, '시민', 조가 말한다. 자네 오른손에 그걸 들고 나를 따라 다음의 말들을 반복해 보게.

15 　　볼리모트서(書)[289]의 저자들인, 솔로몬 오브 드로머 및 매너스 토맬터치 오그 맥도노 것으로 추정되는, 다량보장(多量寶藏)된 그리고 정교하게 수놓아진 고대 아일랜드의 면사(綿絲)가, 그때 조심스럽게 꺼내지며 연장된 감탄을 불러냈도다. 예술의 극치, 사우장품(四隅裝品)의 전설적인 미(美)에 대하여 자세히 설명할 필요는 없으리라, 그런데 자수(刺繡) 속에는 네 복음자들 각자가 그의 복음의 상징인, 한 개의 습지견목(濕地樫木) 왕홀(王

20 笏), 한 마리의 북아메리카산(産) 표범(겸해서 이야기해 두거니와, 영국 산보다 모든 짐승들 가운데 훨씬 고상한 왕 노릇 하는 놈), 한 마리의 케리산(産) 송아지 그리고 한 마리의 캐런투얼[290]산(産) 황금 독수리를 각각 네 사도에게 번갈아 증정하고 있는 것을 누구나 명확히 식별할 수가 있나니. 그 배설물의 문지(紋地)[291] 위에 묘사된 장면들은, 우리들의 고대 성구(城丘), 족장의 흙담, 거석단(巨石團), 일광욕실, 학문의 중심지 그리고 저주석(詛呪

25 石)들을 보여주는지라, 마치 슬라이고의 채식가(彩飾家)[292]들이 오래 오래전 바미사이드가(家)[293] 시절에 그들의 예술적 환상을 그들 멋대로 구사했었던 때처럼, 놀라울 정도로 아름다우며 그 물감이 섬세한 것이었도다. 글렌달로우[294], 킬라니의 아름다운 호수들, 클론맥노이즈의 유적[295], 콩 사원, 계곡 아이나와 트웰브 핀즈, 아일랜즈 아이, 탈라트의 푸른 언덕, 크로아 패트릭, 아더 기네스 부자회사(유한회사)의 양조장, 네이호(湖)의 둑, 오보카의 골

30 짜기, 이졸데의 탑, 메이파스 방첨탑, 패트릭 던 경(卿)의 병원, 클리어 갑(岬), 아헐로우 골짜기, 린치 성(城), 스카치 하우스, 롤링즈타운의 라스다운 연합 빈민원, 털라모어 감옥, 캐슬코널의 여울, 킬볼리맥쇼너킬, 모내스 터보이스의 십자가, 주어리 호텔, 성 패트릭의 연옥, 연어 도안(跳岸), 메이누스 대학 식당, 컬리 수영장, 웰링턴 초대 공작의 세 출생지, 카셀 암(岩), 알렌 연못, 헨리가(街)의 창고, 핀갈의 동굴[296] – 모든 이러한 감동적인 장면

35 들은 그들 위를 지나간 슬픔의 강과 시간의 풍부한 상감(象嵌)에 의하여 한층 더한 아름다움을 오늘날 여전히 우리를 위해 거기 들어내고 있도다.

　　— 그 음료 이리로 넘겨요, 나는 말한다. 어느 것이 어느 것이지?

　　— 그건 내 거야, 조가 말한다, 마치 악마가 죽은 순경을 향해 말했듯이.

　　— 그런데 나도 역시 한 종족에 속해요, 블룸이 말한다, 미움을 받으며 박해를 당하고

40 　　있지. 지금도 역시. 지금 바로 이 순간. 바고 이 시각에.

　　젠장, 그는 여송연을 너무 오래도록 피워 꽁초에 손가락을 태울 판이었다.

— 강탈당하고, 그는 말한다. 약탈당하고. 모욕당하고. 박해 당한 채. 정당하게 우리에게
속하는 것을 빼앗고 있는 거지. 지금 바로 이 순간에도, 그는, 주먹을 치켜 올리면서 말한
다, 노예나 가축처럼 모로코[297]에서 경매에 팔리고 있단 말이오.

— 당신은 새[新] 예루살렘[298]에 관해 이야기하고 있는 거요? '시민'이 말한다.

— 나는 불의에 관해 이야기하고 있소, 블룸이 말한다.

— 옳아, 존 와이즈가 말한다. 그러면 사나이답게 힘으로 그에 대항하게.

그것은 자네에게 달력의 그림에 지나지 않는다네. 유두총탄(柔頭銃彈)[299]의 표적이지.
늙은 비계 투정이 얼굴이 총구멍에 맞서고 있는 격이야. 젠장, 그는 청소 빗자루를 장식할
데지, 만일 저 녀석한테 단지 유모의 에이프런을 입혀 놓기라도 하면. 그렇고 말고. 그 다
음에는 갑자기 까무러치고 말지, 상대방의 주위를 온통 사행(蛇行)하며, 마치 젖은 걸레조
각처럼 풀이 죽어 가지고.

— 그러나 그건 소용없는 짓이야, 그는 말한다. 힘, 증오, 역사, 그따위 모든 것. 그건 남녀
를 위한 삶이 아니지, 모욕 그리고 증오. 그리고 누구나 그것은 진정으로 산다는 것의 정반
대라는 걸 알고 있지.

— 뭐라고? 앨프가 말한다.

— 사랑, 블룸이 말한다. 내가 뜻하는 것은 증오의 반대지. 자 이제 나는 가봐야겠네, 그는
존 와이즈에게 말한다. 마틴이 재판소에 있는지 거기 잠깐 들러야 해. 그가 오면 곧 돌아온
다고 전해 줘. 꼭 잠시.

누가 자네를 훼방 놓고 있단 말인가? 그리고 그는 전광석화처럼 뛰쳐나간다.

— 이교도에 대한 새로운 사도[300]군, '시민'이 말한다. 범(凡) 인류애야.

— 글쎄, 존 와이즈가 말한다. 그게 우리가 듣고 있는 바가 아닌가. 그대의 이웃을 사랑하
라, 이거지.[301]

— 저 친구? '시민'이 말한다. 나의 이웃을 거지가 되게 하라가 그의 모토지. 사랑, 맙소
사! 저이는 로미오와 줄리엣의 좋은 본보기란 말이야.

사랑은 사랑을 사랑하는 것을 사랑한다. 간호원은 새로운 약제사를 사랑한다. A 14호
순경은 메리 켈리를 사랑한다. 거티 맥도웰은 자전거를 가진 청년을 사랑한다. M. B.[302]는
어떤 미남 신사를 사랑한다. 리 치 한은 키스해 주는 챠 푸 쵸를 사랑한다. 코끼리, 점보[303]
는 코끼리, 앨리스를 사랑한다. 나팔 귀를 가진 노(老)버스코일 씨는 말려 들어간 눈을 가
진 노버스코일 부인을 사랑한다. 갈색 비옷 입은 사나이는 어떤 죽은 귀부인을 사랑한다.
국왕폐하는 여왕폐하를 사랑한다. 노먼 W. 튜퍼 부인은 테일러 사관을 사랑한다. 당신은
어떤 사람을 사랑한다. 그리고 이 사람은 저 다른 사람을 사랑한다. 왜냐하면 모든 사람은
누군가를 사랑하기 때문이요 그러나 하느님은 모든 사람을 사랑한다.

— 글쎄, 조, 나는 말한다, 자네의 이주 훌륭한 선상과 노래를. 더 많은 힘을, '시민'.

— 만세, 거기, 조가 말한다.

— 하느님과 성모 마리아와 성 패트릭의 축복이 자네 위에, '시민'이 말한다.

그리하여 그는 목구멍을 축이기 위해 술잔을 들어올린다.

— 우리는 저따위 위선자[304]들을 알고 있지, 그는 말한다, 설교를 하면서 남의 호주머니를
털고 있는 거야. 대포 주둥이 둘레에다 *하느님은 사랑이다*라는 성경 구절을 붙여 놓고 드로
이다[305]의 부녀자들을 칼로 목 베어 죽인 신성한 체하는 크롬웰[306]과 그의 철기병대(鐵騎兵
隊)에 대하여 어떻게 생각하나? 성경! 자네 지금 영국을 방문중인 지 줄루족(族)[307]의 추장
에 관해서 오늘 〈*유나이티드 아이리시먼*〉지[308]에 실린 저 풍자문을 읽어 봤나?

— 그게 뭔데? 조가 말한다.

그런고로 '시민'은 그의 개인 소지품인 신문지 한 장을 집어 들고 큰 소리로 읽기 시작한다:

— 맨체스터[309]의 주요 방직업계의 거물급 대표단은 황금 지팡이 봉지궁내관(捧持宮內官)인, 워크업 오브 워크업 온 에그즈 경(卿)에 의하여, 어제 아비쿠타 국(國)의 알라키 왕(王)[310] 폐하에 배알 되어, 그의 지배 영토 내에 그들에게 부여된 편의에 대하여 영국 무역업자들의 심심한 사의를 폐하게 전했다. 대표단은 오찬회에 참석했었는데 그의 종결에 흑어안(黑御顔)의 군주는 영국의 포교사(布敎師), 존경하올 아나니아 프레이즈가드 베어본즈 사(師)[311]에 의해, 유창하게 번역된 일련의 멋진 연설 도중, 그의 최고의 사의를 워크업경에게 표하고, 아비쿠타국과 대영제국 간에 존재하는 친밀한 관계를 역설했으며, 그러자 군주는 그의 가장 존귀한 소유물의 하나로서, 백인 여(女)추장, 위대한 여장부 빅토리아에 의하여, 그에게 정중하게 기증된, 하느님의 말씀과 영국의 위대함의 비결이 담긴 책권(冊卷)인, 채식(彩飾)된 한 권의 성서를, 기증자인 국왕의 어필(御筆)에 의한 개인적 헌사와 함께, 그가 비장하고 있음을 진술했다.[312] 그러고 나자 알라키왕 폐하는 '40개의 사마귀' 라는 별명의, 카카차카차크 왕조의 선왕의 두개골로부터 '흑과 백'[313]을 위해 극상 위스키의 우의의 잔을 들어 건배했고, 그것이 끝나자 그는 방적도시(棉花都市)[314]의 주요 공장을 방문했으며 방명록에 서명하고, 잇따라 한 매력적인 아비쿠타국의 고전 전승무(戰勝舞)를 추었는데, 그 도중 그는 소녀들로부터 들뜬 박수갈채를 받는 가운데, 몇 개의 나이프와 포크를 꿀꺽 삼켰다.

— 과부 여인[315], 네드가 말한다. 나는 그녀를 의심하고 싶진 않아. 그는 내가 하듯 꼭 같은 방법으로 성경을 사용했는지도 몰라.[316]

— 꼭 같이, 단지 더 많은 회수로, 레너헌이 말한다. 그리하여 그 후로 저 풍요로운 땅에는 넓은 잎사귀의 망고가 과도하게 번성했다네.

— 그리퓌스[317]가 그 기사를 썼나? 존 와이즈가 말한다.

— 아니야, '시민'이 말한다. 산가나[318]라고 서명이 되어 있지 않아. 단지 두문자 P.로 서명되어 있을 뿐이야.[319]

— 그래 역시 참 좋은 두문자야, 조가 말한다.

— 언제나 마찬가지 수법이지,[320] '시민'이 말한다. 무역은 깃발을 따르지.

— 그런데, J. J. 가 말한다, 만일 그들이 콩고 자유국의 저 벨기에인들 보다 조금이라도 더 나쁘다면 그들은 틀림없이 나쁜 놈들이야.[321] 자넨 어떤 남자가 쓴 그 보고서를 읽었나, 그의 이름이 뭐더라?

— 케이스먼트, '시민'이 말한다. 그는 아일랜드 사람이야.

— 그래, 바로 그 사람이야, J. J.가 말한다. 부녀자들을 강간하고 그들이 할 수 있는 모든 붉은 생고무를 원주민으로부터 짜내려고 그들의 배(腹)를 회초리로 후려갈기고 있지.

— 나는 그가 어디를 갔는지 알아, 레너헌이 손가락을 후드득거리면서, 말한다.

— 누구? 나는 말한다.

— 블룸 말이야, 그는 말한다. 재판소는 한갓 구실이야. 그는 〈드로우어웨이〉 호에서 몇 푼을 땄는데 그 돈을 수확하러 갔어.

— 저 백안(白眼)의 이단자 놈 말인가? '시민'이 말한다, 그런데 그는 일생 동안 한 번도 결코 경마에 열중한 적이 없지?

— 그가 방금 간 곳이 바로 거기야, 레너헌이 말한다. 나는 밴텀 라이언즈를 만났는데 내가 그에게 그걸 말리지 않았으면 저 말(馬)에 돈을 걸 뻔했는지라 그가 내게 말하기를 블룸이

자기에게 팁(귀띔)을 주었다는 거야. 그가 5실링을 걸어 1백 실링을 딴 것은 아무튼 틀림없 1
는 일이야. 더블린에서 돈을 딴 사람은 단지 그 자뿐이지. 다크호스 말이야.

— 그는 그 자신이 경칠 다크호스란 말이야, 조가 말한다.

— 유의해요, 조, 나는 말한다. 내게 화장실 출구를 안내하게.

— 저쪽입니다, 테리가 말한다. 5

잘 있거라 아일랜드여 나는 고트로 떠나가네.[322] 그리하여 나는 소변을 보려고 마당
뒤로 돌아갔는데 젠장 (5실링에 1백 실링이라) 그동안 나는 배설하고 있었다 (〈드로우어웨
이〉 호에 20실링이라니) 나의 배설물을 내뽑고 있었다 젠장 나는 혼잣말로 말하는 거다 녀
석이 불안했다는 걸 나는 알고 있었어 그의 (조한테서 얻어 마신 2파인트와 슬래터리 주점에
서 마신 것이 1파인트) 그의 마음속에 일을 작정하려고 (1백 실링은 5파운드) 그런데 그들이 10
그 (다크호스) 핏서 버크가 내게 말했지 카드놀이를 하고 있었을 때도 애가 아픈 체하면서
(젠장, 틀림없이 한 갤런 정도는 마신 모양이야) 축 처진 엉덩이를 한 아내가 전성관(傳聲管)
을 통해 아래로 말하는지라 *애는 한층 나아졌어요* 라든지 애는 (오우!) 모두 그 녀석의 계
획이었지 뭐야 그래서 만일 녀석이 따기만 하면 내기 돈을 몽땅 가지고 살아질 수 있었지
아니면 (맙소사, 나는 꽉 찼던 모양이야) 허가 없는 장사를 하고 있지 않나 말이야 (오우!) 15
아일랜드가 나의 민족이야 그 녀석은 말하는 거지 (찔끔! 지찔끔!) 결코 감당할 수 없단 말
이야 저따위 경칠 (이제 다 나왔군) 예루살렘 (아!) 오장이 놈들.

그런고로 아무튼 내가 돌아왔을 때 그들은 죽자 사자 떠들어대고 있었는지라, 존 와이
즈가 이야기하고 있었으니 배심원들을 포섭하고 정부의 세금을 횡령하는 일 그리고 영사를
임명하여 전 세계를 걸어 다니면서 아일랜드의 공업 제품을 파는 모든 종류의 속임수들을 20
그의 신문에다 싣도록 그리피스에게 신페인당을 위해 아이디어를 제공한 자가 바로 블룸임
을. 베드로한테서 강탈하여 바울에게 바치는 격이지.[323] 젠장, 그 늙은 변변찮은 녀석이 일
을 망쳐 놓으면 경칠 볼 장 다 본단 말이야. 경칠 놈의 기회를 우리에게 맡기란 말이다. 하
느님이시여 저따위 경칠 나돌아 다니는 쥐 놈의 유형(類型)으로부터 아일랜드를 구해 주소
서. 헛소리 지껄여대는 미스터 블룸. 그리고 그이에 앞서 그의 아비(父)가 사기 행각을 하 25
고 있었으니, 늙은 메두살렘 블룸[324], 약탈하는 출장 판매원, 그는 엉터리 값싼 물건이나 몇
푼짜리 다이아몬드로 나라를 폭삭 잠기게 한 뒤, 청산가리를 마시고 자살했지. 값싼 이자로
우편 대부합니다. 약속어음으로 얼마든지 선불액(先拂額)을. 거리는 불문(不問)이오. 담
보는 불요(不要). 젠장, 놈은 누구든 함께 길을 따라가는 랜티 맥헤일의 염소를 닮았지 뭐
야.[325] 30

— 글쎄, 그건 사실이야, 존 와이즈가 말한다. 그런데 그에 관해 모든 걸 당신들에게 말해
줄 사람이 지금 여기에 나타났어, 마틴 커닝엄 말이야.

아니나 다를까 정청의 마차가 마틴을 태우고 나타났는지라,[326] 그와 함께 잭 파워
와 크로프터라나 혹은 크로프트[327]라나 하는 어떤 녀석, 세금 징수관 출신의 연금 수령자,
호적부에 등록되어 있는 한 오렌지 당원 블랙번[328], 그리고 그이 자신의 급료를 끌어내거나 35
또는 국비로써 국내를 빈둥거리며 돌아다니는 크로포드.

우리의 나그네들은 그 시골 풍(風)의 여인숙에 도착하자 그들의 승마에서 내렸다.

— 이봐, 사환! 그의 태도로 보아 일행의 우두머리처럼 보이는 사나이가 소리를 질렀다. 뻔
뻔스런 하인 놈! 이리 나와!

그렇게 말하면서 그는 열려 있는 쇠창살을 칼자루로 요란스럽게 두들겼다. 40

여인숙 주인은 소환에 응해, 가죽 앞치마를 졸라매면서, 앞으로 나타났다.

— 좋은 휴식처를 드려야지요, 나리님들, 그는 아첨하듯 절을 한 번 꾸뻑 하면서 말했다.

— 이봐, 분발해! 아까 창살을 두들기던 사나이가 소리쳤다. 우리의 준마(駿馬)를 살필지라. 그리고 우린 실로 시장하니 너희의 가장 맛있는 음식을 우리에게 내놓을지라.

— 이를 어쩌나, 나리님들, 주인이 말했다, 저희 집은 가난해서 식료품실이 거의 비어 있는 뎁쇼. 각하님들께 무얼 대접해야 좋을지 모르겠는뎁쇼.

— 어찌 된 노릇이야, 이놈? 무리 중 둘째인, 쾌활한 용모의 사나이가 부르짖었다. 자네는 임금님의 사자(使者)를 그따위로 대접할 터 인고, 술통주둥이 같은 놈아?

순간적인 변화가 여관집 주인의 용안(容顔)을 뒤덮었다.

— 자비를 베푸소서. 신사님들, 그는 공손히 말했다. 그런데 만일 여러분께서 임금님의 사신이시라면 (하느님이시여 폐하를 방패하소서!) 무엇이든 부족한 것이 있어서는 안 되겠는 뎁쇼. 임금님의 친구 분들이시면 (하느님이시여 폐하를 축복하소서!) 저희 집에서 절대로 굶주려려서는 안 되겠는뎁쇼 맹세코.

— 그럼 서두란 말이야! 지금까지 말을 하지 않았던 나그네, 그의 용모로 보아 대식가 같은, 그가 소리쳤다. 우리한테 무얼 내놓을 참인고?

여인숙 주인은 다시 절을 하면서 대답했다:

— 어떠하시겠습니까, 나으리님들, 애송이 비둘기 파이, 얇게 썬 사슴고기, 송아지 등심, 바삭바삭한 돼지 베이컨을 곁들인 홍 머리 오리고기, 피스타치오³²⁹⁾ 양념 친 산돼지 머리, 한 사발의 맛있는 커스터드, 한 접시의 서양모과 쑥국화 그리고 한 병의 오랜 라인산(産) 백포도주라면.

— 제기! 마지막 화자가 부르짖었다. 그것 내 마음에 꼭 들어. 피스타치오라!

— 아하! 유쾌한 용모의 그이가 부르짖었다. 집이 가난하고 식료품 실이 텅텅 비었다더니! 재미있는 놈이군.

고로 마틴이 블룸은 어디 있는지를 물으면서 안으로 들어온다.

— 그가 어디 있지? 레너헌이 말한다. 과부들과 고아들을 편취하면서 말이야.

— 그건 사실이 아닌가, 존 와이즈가 말한다, 내가 블룸과 신페인당에 관하여 '시민'에게 말하고 있었던 것이?

— 그건 맞아, 마틴이 말한다. 혹은 모두들 단언하고(어레지) 있어.

— 누가 저런 낭설(浪說)(에리게이션)을 했단 말이야? 앨프가 말한다.

— 나야, 조가 말한다. 내가 바로 그 악어(에리게이터)(단언자)지.

— 그런데 결국, 존 와이즈가 말한다, 왜 유태인은 어느 누구처럼 자기 나라를 사랑할 수 없을까?

— 왜 못 하겠나? J. J.가 말한다. 그가 그것이 어느 나라인지 확신할 땐.

— 그는 유태교도인가 혹은 이방인인가 혹은 로마 가톨릭 교도인가 혹은 신교도인가 도대체 그는 뭐야? 네드가 말한다. 혹은 그는 누구야? 악의로 말한 것은 아니다만, 크로프턴.

— 주니어스³³⁰⁾는 누구지? J. J.가 말한다.

— 우리는 그를 원치 않아, 오렌지 당원인지 또는 장로교 교도인지, 크로프터가 말한다.

— 그는 변절한 유태인이오, 마틴이 말한다, 헝가리의 한 지방 출신으로, 모든 계획을 헝가리 방식에 따라 세우는 자가 바로 그요. 우린 정청(政廳)에 가보면 그걸 알 수 있어요.

— 그는 치과의사 블룸³³¹⁾의 사촌이 아닌가? 재크 파우어가 말한다.

— 천만에, 마틴이 말한다. 단지 동명이인(同名異人)일 뿐. 그의 이름은 비러그였어, 음독 자살한 그의 부친의 이름이지. 그는 이름을 행정포고에 의해 변경시켰어, 그의 부친이 그랬지.

— 그것이 아일랜드를 위한 새로운 구세주[메시아]라니! '시민'이 말한다. 성인(聖人)들과 현인(賢人)들의 아일랜드.

— 글쎄, 그들은 자신들의 구세주를 여전히 기다리고 있단 말이야,[332] 마틴이 말한다. 그런 문제라면 우리도 마찬가지.

— 그래요, J. J.가 말한다, 그래서 사람들은 태어나는 모든 사내는 그들의 구세주가 될 수 있다고 생각하지. 그래서 모든 유태인은 터무니없이 흥분하고 있는 것 같아,[333] 내가 믿기에, 그가 아버지인지 혹은 어머니인지 알 때까지.

— 매 순간마다 이번만은 하고, 기대하면서, 레너헌이 말한다.

— 오, 정말이지, 네드가 말한다, 죽은 그의 자식[334]이 태어나기 전의 블룸을 당신들도 봤어야 했을걸. 그의 아내가 해산하기 6주일 전 나는 어느 날 그가 남부 시장에서 한 깡통의 니브스 푸드[335]를 사고 있는 걸 만났지.

— '앙 방트르 싸 메르(어머니 뱃속에 있는 동안에)'[336] J. J.가 말한다.

— 자네 그따위를 사내라고 부르나? '시민'이 말한다.

— 그 녀석 그걸 여태껏 넣어 봤는지 몰라, 조가 말한다.

— 글쎄, 아무튼 자식을 둘씩이나 낳지 않았어, 재크 파우어가 말한다.

— 그런데 그는 그게 누구의 자식인가 의심하고 있지, '시민'이 말한다.

젠장, 농담 가운데에도 많은 진담이 있기 마련. 그는 저따위 뒤섞인 중성(中性)들 가운데 하나지. 핏서가 내게 일러주고 있었는데 멘스를 하는 소녀처럼 한 달에 한 번씩 두통 때문에 호텔에 드러누워 있었다나. 자네 내가 말하는 게 무슨 뜻인지 알겠나? 그따위 류(類)의 녀석은 붙들어서 경칠 바다 속으로 내던져 버리는 것이 하느님의 행위일 거야. 그런 걸 합법적인 살인이라고 하지, 맹세코. 그런데 5파운드를 지니고 있으면서 사내답게 1파운드의 술값을 치르는 일없이 뺑소니치다니. 하느님 저희들에게 당신의 축복을 주옵소서. 너무 마셔 장님이 되지 않을 만큼.

— 저 이웃에게 자선(慈善)을, 마틴이 말한다. 그러나 그는 어디로 갔지? 우린 기다릴 수 없는걸.

— 양의 껍질을 쓴 늑대야,[337] '시민'이 말한다. 그것이 바로 그 녀석이지. 헝가리 출신의 비러그! 나는 그를 아하슈에로스[338]라 불러요. 하느님에 의해 저주받은 채.

— 간단히 한잔할 시간 있겠소, 마틴? 네드가 말한다.

— 단지 한 잔만, 마틴이 말한다. 우린 서둘러야만 해. J. J. 앤드 S.[339]를.

— 자네, 재크? 크로프턴? 반 파인트짜리 세 개, 테리.

— 성 패트릭이 밸리킨라[340]에 다시 상륙하여 우리들을 개종시키고 싶어 할 거야, '시민'이 말한다, 그따위 녀석들이 우리들의 해안을 오염하도록 내버려두다니.

— 자, 마틴이 자신의 컵을 톡톡 치면서, 말한다. 비나니 하느님이시여 이곳의 모든 사람들에게 축복을.

— 아멘, 시민'이 말한다.

— 그리고 확실히 하느님은 그렇게 하실 거야, 조가 말한다.

그리하여 성별식(聖別式)의 종소리를 따라, 복사(服事)들, 향로복사들, 향로 봉지 자(奉持者)들, 낭독자들, 수문직인(守門職人)들, 부제(副祭)들 그리고 차부제(次副祭)들과 함께 십자가 봉지자들을 선두로, 주교관의 대(大)수도원장들과 소(小)수도원장들과 속(屬)관구 장들과 수도승들과 탁발 수사들의 축복 받은 무리들이 다가왔다: 스폴레토의 베네딕토 수도회, 카르투지오 수도회 및 카말돌레지 수도회, 시토 수도회 및 올리베트 수도회의 수도사들, 오라토리오회의 회원들 및 발롬브로사의 베네딕토 수도사들, 그리고 아우구 스티누스 수도회, 브리지트 수도회, 프레몽트레 수도회, 서비 수도회의 탁발 수도사들, 삼 위일체설의 신봉자들, 그리고 피터 놀라스코의 자손들: 그리고 그와 함께 카르멜 산(山) 출신, 맨발의 또는 및 다른 신발의 앨버트 주교와 아빌라의 테레사에 의해 안내 받은 예언 자 엘리야의 자손들: 그리고 가련한 프란체스코의 자식들인, 갈색과 회색 옷 입은, 탁발수 사들, 카푸친 회 수도사들, 꼬르들리에 수도사들, 미니모 회 수도사들과 원시회칙파(原始 會則派) 수도사들, 그리고 클라라의 딸들: 그리고 도미니크 수도회의 자손들, 탁발수사단 의 설교자들, 그리고 빈첸티우스의 아들들: 그리고 성 울스턴의 수도자들: 그리고 이그나 티우스와 그의 자손들: 그리고 교단원(敎團員) 에드먼드 이그나티우스 라이스 신부에 의 하여 인도된 기독교 신자 단원들의 무리가 다가왔다. 그리고 그 뒤를 모든 성자들과 순교 자들, 동정녀들 그리고 참회자들이 따랐다: 성 시르 그리고 성 이시도르 아레이토 그리고 성 소(小) 제임스 그리고 시노프의 성 포커스 그리고 성 율리아누스 수도사 그리고 성 펠릭 스 드 캔탈리스 그리고 주상(柱上) 고행자인 성 시몬 그리고 최초 순교자인 성 스테반 그 리고 성 요한 오브 가드 그리고 성 페레올 그리고 성 레오가르드 그리고 성 테오도투스 그 리고 성 발머 그리고 성 리처드 그리고 성 빈첸트 드 폴 그리고 성 마틴 오브 토디 그리고 성 마틴 오브 튜어 그리고 성 알프레드 그리고 성 요셉 그리고 성 데니스 그리고 성 꼬르넬 리우스 그리고 성 리오폴드 그리고 성 베르나르 그리고 성 테렌스 그리고 성 에드워드 그 리고 성 오엔 카니컬러스 그리고 성 익명 그리고 성 성명시조 그리고 성 가명 그리고 성 동 명 그리고 성 동음이의철(同音異意綴) 그리고 성 동의어 그리고 성 로렌스 오툴 그리고 딩 글 앤드 콤포스텔라의 성 제임스 그리고 성 콜룸실 그리고 성 콜룸바 그리고 성 셀레스타 인 그리고 성 콜만 그리고 성 케빈 그리고 성 브렌던 그리고 성 프리지디언 그리고 성 세 넌 그리고 성 팩트너 그리고 성 콜룸바누스 그리고 성 골 그리고 성 푸세이 그리고 성 핀턴 그리고 성 피아크르 그리고 성 요한 네포머크 그리고 성 토머스 아퀴나스 그리고 브리타니 의 성 아이브즈 그리고 성 마이컨 그리고 성 허만요셉 및 성스러운 삼인(三人) 청년 수호 성자 성 알로이시우스 곤자가 그리고 성 스타니슬라우스 코스트카 그리고 성 요한 버치먼 즈 및 저바시우스, 서바시우스 그리고 보니파키우스 성자들 그리고 성 브라이드 그리고 성 키어런 그리고 킬케니의 성 카나이스 그리고 투암의 성 잘라드 그리고 성 판바 그리고 볼리 먼의 성 패핀 및 알로이시우스 파시피쿠스 교단원 및 리마와 바이터보의 로즈 성자들 그리 고 베다니의 성 마르타 그리고 이집트의 성 마리 그리고 성 루시 그리고 성 브리지드 그리 고 성 아트락타 그리고 성 딤프나 그리고 성 아이타 그리고 성 마리언 칼펜시스 및 아기 예 수의 축복 받은 자매 테레사 그리고 성 바바라 그리고 성 스콜라스티카 그리고 성 우르술 라가 1만 1천 명의 동정녀들과 함께. 그리고 모두는 후광(後光) 및 백광(白光) 및 영광(榮 光)의 빛을 받으며, 종려의 잎과 하프와 칼 그리고 올리브의 관(冠)을 들고, 그들의 신앙 의 힘의 축복 받은 상징들인, 뿔로 만든 잉크병, 화살, 빵 덩어리, 항아리, 족쇄, 도끼, 나 무, 다리(橋), 욕조 속의 아가들, 조가비, 손가방, 큰 가위, 열쇠, 용(龍), 백합꽃, 녹탄(鹿 彈), 수염, 돼지, 램프, 풀무, 벌집, 국자, 별, 뱀, 쇠모루, 바셀린 상자, 종(鐘), 지팡이, 족 집게, 사슴의 뿔, 방수(防水) 장화, 매(鷹), 돌절구, 접시 위에 놓인 눈(眼), 밀초, 성수반, 그리고 일각수가 짜여진 법의를 입고 있었다. 그리하여 그들이 '쉬르지, 일루미나르(일어나 라, 빛을 띠고)'로 시작되는 〈인 에피파니아 도미니[신의 현현] 속의〉 입당송(入黨誦)을, 그리고 그 다음으로 '드 사바 브니에(스바에서 돌아오다)'라 일컫는 층계송(層階誦)인 옴 네스(모든 사람이)[341]를 가장 감미롭게 노래부르면서, 넬슨 기념비, 헨리가(街), 메리가, 캐펄가, 리틀 브리튼가를 지나갔을 때, 그들은 악마를 몰아내며, 사자(死者)의 생명을 불러 일으키며, 물고기의 수효를 증가시키며, 절름발이와 장님을 치료하며, 찾기 힘든 곳에 놓여 있는 여러 가지 물건들을 찾아내며, 성서의 구절을 해석하고 실천하며, 축복하고 예언하며, 갖가지 기적들을 행했도다[342]. 그리고 마지막으로, 황금의 천으로 된 천개(天蓋) 밑으로 오플린 신부님이 말라기와 파트릭에 호위되어 다가왔는지라. 그리고 선량한 신부님들이 그 예정된 장소인, 잡화상품 도매업, 포도주 및 브랜디 수송업, 맥주, 포도주 및 주정(酒精)의 점내(店內) 소비를 위해 판매 허가를 취득한, 리틀브리튼가 8, 9 및 10번지의 버나드 키어넌 상점의 가옥에 도착했을 때, 미사 집전사제(執典司祭)는 그 집을 축복했으며 중간 문설주의 창문, 궁륭(穹窿), 아치형 천장, 기둥 모서리, 기둥머리, 박공, 처마 돌림 띠, 톱날 아치, 뾰족탑 그리고 둥근 지붕에 분향하고 거기서 상인방(上引枋)에 성수를 뿌리고 그가 아브라함과 이삭 그리고 야곱의 집을 축복했듯이 하느님이 그 집에도 복을 주시옵고 그 분의 빛의 천사들로 하여금 그 안에 거(居)할 수 있도록 하여 주옵시기를 빌었다. 그리고 안으로 들어가면서 그가 음식물과 음료에 축복을 빌자 축복 받은 모든 무리가 그의 기도에 응답했도다.

— '아디우또리움 노스뜨룸 인 노미네 도미니(우리의 도움은 주의 이름에 있나이다)'.

— '끄 페치뜨 꾈룸 에뜨 떼람(주는 하늘과 땅을 만드셨나이다)'.

— '도미누스 보비스꿈(주께서 여러분과 함께)'.

— '에뜨 꿈 스삐리뚜 뚜오(또한 사제와 함께)'.

그리하여 그는 손을 올려놓고 축복하고 감사하고 기도했으며 그들 모두도 그와 함께 기도했도다:

— '데우스, 꾸이우스 베르보 산크띠피깐뚜르 옴니아, 베네딕띠오넴 뚜암 에푼네 수뻬르 끄레아뚜라스 이스따스: 에뜨 쁘라에스따 우뜨 뀌스꿔스 에이스 세꾼둠 레겜 에뜨 볼룬따뗌 뚜암 꿈 그라띠아룸 악띠오네 우스우스 푸에리뜨 뻬르 인보까띠오넴 산끄띠 씨미 노미니스 뚜이 꼬르뽀리스 사니따뗌 에뜨 아니마에 뚜뗄람 떼 아우끄또레 뻬르치삐아뜨 뻬르 크리스뚬 도미눔 노스뜨룸(빌지어다, 천주여 당신 말씀으로 만물이 거룩하게 되오니 당신이 만드신 만물에 축복을 내리시고 당신의 법과 뜻에 따라 감사의 정으로 이를 사용하는 자는 누구나 당신의 지극히 거룩한 이름을 부름으로써 당신의 도움을 입어 육신의 건강과 영혼의 보호를 얻게 하소서 우리 주 예수 그리스도의 이름으로 비나이다)'.[343]

— 그런고로 우리들 모두 기도하세, 재크가 말한다.

— 연간 1천 파운드,[344] 램버트, 크로프턴인지 크라우포드인지가 말한다.[345]

— 좋아, 네드가 존 제임슨 위스키 잔을 들어올리면서, 말한다. 안주는 버터야.[346]

나는 묘안을 생각해 낼 사람이 누구 없나 방금 사방을 휘돌아보고 있었는데 그때 깨씸하게도 녀석이 굉장히 급히 서두는 척하면서 다시 늘어온다.

— 나는 방금 재판소에 들러오는 길이오, 그는 말한다, 당신을 찾아서. 내가 혹시 ……. 하지 않았는지.

— 아니오, 마틴이 말한다, 우린 준비 돼 있어.

재판소라니 무슨 소리 그런데 호주머니를 금과 은으로 늘어뜨리고. 매우도 비열한 녀석. 바로 그놈의 술이나 한잔 내란 말이야. 지독히도 겁을 집어먹은 놈 같으니! 너를 두고 유태인이라고 하는 거야! 뭐든 자기 제일주의지. 똥간의 쥐처럼 약아빠져 가지고. 5실링에 1백 실링이라.

— 아무한테도 이야기하시 마,[347] '시민'이 말한다.

1 ─ 실례지만, 그³⁴⁸⁾는 말한다.

─ 갑시다 모두들, 마틴이, 형세가 나빠져 가고 있음을 알고, 말한다. 자 가세.

─ 아무한테도 말하지 마, '시민'이 고함을 지르며, 말한다. 비밀이야.

그러자 그 경칠 놈의 개가 잠에서 깨어나며 으르렁거렸다.

5 ─ 모두 잘 있어요, 마틴이 말한다.

그리고 그는 될 수 있는 대로 빨리 그들을 데리고 나왔다, 잭 파우어와 크로프턴이라
나 뭐라나 하는 녀석 그리고 아주 망연자실(茫然自失)하는 척 그들 복판에 그를 그리고 그
경칠 이륜마차 위에 모두를 함께 태웠던 거다.

─ 출발, 마틴이 마부에게 말한다.

10 우윳빛 하얀 돌고래가 그의 갈기를 바람에 나부꼈는지라, 그러자 황금빛 고물〔船尾〕에
서 일어서면서, 키잡이가 부푼 돛을 바람에 펼치며, 큰 삼각돛을 좌현(左舷)에 붙들어 맨
채 모든 돛을 고정시키고 앞으로 멀리 떨어져 섰는지라. 수많은 아름다운 님프들이 배의 우
현(右舷)으로 그리고 좌현(左舷)으로 가까이 다가와서, 고귀한 돛단배의 측면에 매달리며,
그들의 번쩍이는 몸매로 서로 고리를 지었나니, 마치 그 교활한 수레 목수가 바퀴의 중심부
15 주변에 각자 자매인 양 동등한 거리의 바퀴살을 만들어, 그들 모두를 바깥 링에다 붙들어
매고, 사나이들이 무리에로 말을 몰거나 혹은 아름다운 귀부인들의 미소를 얻기 위해 경쟁
하며 그들의 발에 속도를 가할 때, 그랬던 것처럼. 그렇다 해도 그들은 다가와서 정렬했나
니, 저들 자발적인 요정들, 불사(不死)의 자매들이. 그리고 그들은 동그라미 거품 속에 희
롱하면서, 크게 웃었도다: 그리고 돛단배는 파도를 갈랐나니라.³⁴⁹⁾

20 그러나 젠장 내가 술잔 뒤꿈치를 막 도로 내려놓으려고 했을 때 나는 '시민'이 일어나
문 쪽으로 비틀비틀 걸어가며, 마치 수종(水腫) 걸린 환자처럼 헐떡이며 숨을 내뿜으면서,
그리고 아일랜드 말로 종(鐘), 책 및 양초,³⁵⁰⁾라 떠들며, 크롬웰의 저주³⁵¹⁾를 그³⁵²⁾에게 퍼
부으며, 침을 튀기거나 상스런 소리를 내뱉는 것을 보았는지라. 그러자 조와, 한 요정 같은
몸집 작은 앨프가 그를 진정시키려고 애를 쓰고 있었다.

25 ─ 날 혼자 내버려두란 말이야, 그는 말한다.

그리고 젠장 그가 문까지 나아가고 그들이 그를 붙들자 그는 몸 밖으로 호통을 친다:

─ 이스라엘 만세 삼창!

저런, 제발 자네 둔부(臀部)의 정중한 쪽을 깔고 앉아, 자네 자신 대중의 전시물이 되
지 않도록 할지라. 젠장, 경칠 아무 일도 아닌 것을 가지고 매우도 소란을 피우는 경칠 광
30 대 놈은 언제나 어딘가 있기 마련이지. 쳇, 마신 포도주가 창자 속에서 시어 버리고 말 거
야, 그렇고 말고.

그리고 백성들 중의 모든 누더기 부랑자들과 음탕한 여인들이 문 둘레에 그리고 마틴
이 마부더러 차를 앞쪽으로 빨리 몰도록 말하고 '시민'이 고래고래 고함을 지르고 앨프와
조가 그에게 제발 입 다물도록 타이르고 오만한 그 자(블룸)는 유태인에 관하여, 그리고 놈
35 팡이들이 연설을 요구하고 잭 파우어가 그를 마차 위에 끓어 앉히고, 그의 경칠 주둥아리를
붙들게 하려고 애를 쓰고, 눈 위에 안대를 두른 한 부랑자가 *만일 달(月)에 있는 사나이가
유태인, 유태인, 유태인이라면*³⁵³⁾을 노래 부르기 시작하고, 그러자 한 음탕 여인이 몸 밖으
로 고함을 지른다:

─ 헤이, 여보세요! 바지 앞섶이 열렸네요, 양반!

40 그리고 그는 말한다:

─ 멘델스존도 유태인이었고 칼 마르크스도 메르카단테도 스피노자³⁵⁴⁾도. 그리고 구세주

유태인이었고 그의 부친도 유태인이었어. 당신의 하느님도.

— 그는 부친이 없었어, 마틴이 말한다. 이제 그만하면 됐어. 앞쪽으로 차를 몰아.

— 누구의 하느님? '시민'이 말한다.

— 글쎄, 그의 숙부도 유태인이었어, 그는 말한다. 당신의 하느님도 유태인이었어. 그리스도도 나처럼 유태인이었어.

쳇, '시민'이 주점 안으로 도로 돌입했다.

— 제기랄, 그는 말한다, 성스러운 이름을 사용한 저 경칠 유태인의 골통을 부숴 버릴 테다. 빌어먹을, 저놈을 내가 십자가에 못 박아 줄 테다 기필코. 저 비스킷 상자 이리 줘.

— 참아! 참아! 조가 말한다.

친구들과 면식 자들의 크고 감상적인 무리가 수도(首都) 및 대(大) 더블린으로부터 수천 명 운집하여, 왕실 인쇄소인, 알렉산더즈 톰즈의 전(前) 사원(社員), 나기아쟈고스우람 리표티 비러그에게, 스쟈차르민스브로쥬굴리아스두굴라스[355]의 먼 나라에로의 출발에 즈음해서, 작별을 고했다. 위대한 '*에글라(갈채)*'와 더불어 행해진 의식은 최고의 감격적인 성심성의에 의해 특징 지워졌다. 아일랜드 예술가들의 작품인, 고대 아일랜드산(産) 양피지의 채색문자의 족자 한 개가, 지역사회의 많은 시민을 대신하여 그 저명한 현상학자(現象學者)에게 증정되었으며, 고대 켈트의 장식 스타일로 멋있게 만들어진, 제작자 제이콥 어거스 제이콥 상회[356]의 신용을 반영하는 작품인, 한 개의 작은 은상자의 선물이 이에 수반되었다. 떠나가는 손님은 가장 따뜻하고 열렬한 갈채의 수령인(受領人)이었고, 참석했던 많은 사람들은, 아일랜드 관악기의 선발된 오케스트라가 〈*돌아오라, 에린으로*〉[357]의 유명한 노래를 연주하고, 잇따라 〈*라코지의 행진곡*〉[358]이 연주되었을 때, 가시적으로 크게 감동되었다. 타르통과 모다불들이 호우드 인덕, 스리 록 산(山), 슈가로프, 브레이 헤드, 모언 산들, 골티 산맥, 옥스와 도네걸 및 스페린 산봉우리들, 내글 산맥과 보그라 산맥, 코네마라 언덕, 맥길리커디의 활화산, 오티 산(山), 버나흐 산 및 블룸 산의 정상에서 사해(四海)의 연안을 따라 환히 비추었다. 먼 캄브리아와 칼레도니아 언덕[359] 위의 추종자들의 큰 무리로부터 되울리는 갈채에 호응되어, 창공을 가르는 갈채 속에, 마스토돈[巨像]같은 유람선이 다수로 참석했던 많은 여성 대표자들로부터 최후의 꽃다발 증정에 의한 인사를 받으며 서서히 움직였는지라, 한편 한 무리의 소형 함정대의 호위를 받은, 유람선이 강 아래로 계속 진전하자, 저하물 취급소와 세관 건물의 깃발들이 피전하우스의 발전소와 풀벡 등대의 그것들과 함께 경례 속에 강하(降下)했도다. '*비스존틀라타스라, 케드베스 바라톰! 비스존틀라타스라! (잘 있거라, 친애하는 친구여! 다시 만나세!)*'[360] 사라져도 잊혀지지 않은 채.

쳇, 아무튼 그가 그 경칠 놈의 상자를 붙들고 함께 밖으로 떠나 갈 때까지 익마도 그를 막지 못할 지경이었으니 그리하여 몸집이 작은 앨프가 그의 팔꿈치에 매달리자 그는 마치 퀸즈 왕실 극장의 어떤 경칠 연극 못지않게, 칼에 찔린 돼지처럼, 고함을 질렀다:

— 녀석을 죽일 테니 어디 있어?

그러자 네드와 J. J.는 큰 웃음으로 몸이 마비될 지경이었다.

— 경칠 놈의 싸움이, 나는 말한다, 난 벌(罰)을 면할 도리가 없겠군.

그러나 운 좋게도 마부가 말의 대가리를 다른 방향으로 돌리고 그를 태운 채 떠나 버렸다.

— 참아, '시민', 조가 말한다. 그만 둬!

젠장 그는 한 손을 뒤로 뻗어 힘껏 한 번 휘둘러 날렸다. 하느님의 자비로 태양이 녀석의 눈에 들어갔는지라 아니면 그는 아마 죽은 몸이 되고 말았을 거야. 쳇, 그는 그것을 거의 롱포드 주(州)³⁶¹ 속으로 보낼 뻔했다. 그 경칠 놈의 말이 깜짝 놀라고 늙은 잡종 개가 경칠 악마처럼 마차를 뒤쫓으며 모든 민중들은 고함을 지르고 소리 내어 웃었는가 하면 낡은 납 상자가 한길을 따라 덜커덩거렸다.

대격변은 결과에 있어서 무시무시하고 순간적이었다. 던싱크 기상대는 모두 열한 번의 진동을 기록했는데, 모두 메르칼리 진도계³⁶²의 제5도의 것으로, 실큰 토머스의 반란의 해인, 1534년의 지진 이래 우리들의 섬에 있어서 그와 비슷한 진동적(震動的) 소동이 현존하는 기록은 없다. 진앙(震央)은 41에이커, 2루드 1평방 폴 또는 퍼치의 지면을 커버하는 인즈 부두 구역과 성 마이컨 교구를 형성하는 수도의 저 지역에 해당하는 것으로 추정된다. 재판소의 인근에 있는 모든 웅장한 저택들도 파괴됐고, 이 같은 대격변의 시각에 중대한 법률상의 토의가 진행되고 있던, 저 숭고한 건물 자체도, 문자 그대로 완전히 폐허의 잿더미가 되고 회의에 출석한 사람들도 모두 그 잿더미 밑에 생매장되어 버리지 않았을까 염려되었다. 목격자들의 보고에 의하면 진파(震波)는 회오리 성격의 급격한 대기의 격동을 수반한 것으로 밝혀지다. 왕실 치안재판소의 존경받는 서기 조지 포트렐 씨의 소유인 것으로 확실히 믿어지는 일품(一品)의 모자, 그리고 더블린 재판소의 판사요, 사계(四季) 재판소의 박식하고 고명한 재판장인 프레드릭 포키너 경(卿)의 이름 두문자가 새겨진, 관모 장식, 문장(紋章) 및 하우스 넘버와 함께 황금 손잡이가 달린 비단 우산 한 개가, 섬의 먼 지역에 각각, 앞의 것은 거인의 방축 길³⁶³의 세 번째 현무암의 가장자리에, 뒤의 것은 킨세일³⁶⁴의 유서 깊은 갑(岬) 근처 홀오픈 만(灣)의 모래밭 해안에 1피트 3인치 한도까지 파묻혀 있음이 탐색 대에 의해 발견되었다. 다른 목격자들은 증언하기를 그들은 엄청나게 큰 비율의 백열(白熱)의 물체가 서남서 방향으로 탄도를 그리며 무서운 속도로 대기를 뚫고 날아가는 것을 관찰했다는 것이다. 조위(弔慰)와 동정의 메시지가 다른 여러 대륙의 모든 지역으로부터 시시로 접수되고 있으며, 로마 교황은 우리에게서 그토록 예기치 않게 우리 한복판으로부터 소환 당한 저 신앙심 깊은 영혼들의 대도(代禱) 속에 교황청의 정신적 권위에 속하는 모든 감독 관구의 각(各) 그리고 매(每) 대회당의 대감독들에 의하여 특별한 '*미사 쁘로 데푼끄띠스(사자[死者]를 위한 미사)*'³⁶⁵가 동시에 황송하게도 거행되리라 기꺼이 선포했다. 구조 작업, '*데브리(파편물)*', 인간의 유해의 철거 등은 그레이트 브런즈위크가(街) 159번지, 마이클 미드 상회, 그리고 노드 월 77, 78, 79 및 80번지의 T. 앤드 C. 마틴 상회에 위탁되었고, 콘월 공작의 경보병부대의 사관 및 병사들에 의하여, 가터 훈작사, 성 패트릭 훈작사, 엉겅퀴 훈작사, 교구 위원, 바스 훈작사, 하원의원, 치안판사, 의학사, 수훈장(殊勳章), 비역 쟁이, 여우 수렵관, 왕립 아일랜드 아카데미 회원, 법학사, 음악박사, 구빈(救貧) 위원, 더블린 트리니티대학 평의원, 아일랜드 왕립대학 평의원, 아일랜드 왕립 외과대학 내과 연구원 및 아일랜드 왕립 외과대학 외과 연구원인 해군 소장, 허큘리즈 한니발 하비즈 코퍼스 앤더슨 경(卿)의 총지휘 하에 지원을 받았다.

누구든 태어난 모든 인생에서 그와 같은 류(類)의 것을 본 사람은 결코 없었다. 쳇, 만일 녀석이 자신의 머리통 한쪽에 그따위 복권 생각을 갖고 있다면 그는 골든 컵을 기억할 테지, 그가 하고말고. 그러나 젠장 '시민'은 폭행 구타 죄로 그리고 조는 교사(敎唆) 및 방조죄로 투옥되고 말리라. 마부는 격렬한 속도로 마차를 몰아 마치 하느님이 모세를 돕듯 확실하게 그의 생명을 구했다. 뭐라? 오, 제기랄, 그는 그랬다. 그리고 그는 자신의 몸 뒤로 저주의 일제사격을 퍼부었다.

― 그를 내가 죽였나, 그는 말한다, 아니, 뭐?

그리고 그는 경칠 놈의 개를 향해 고함을 질렀다:

— 녀석을 뒤쫓아, 개리! 그를 뒤쫓아, 이놈아!

그리고 우리가 최후로 본 것은 모퉁이를 도는 그 경칠 마차와 그 위에서 몸짓을 하고 있는 늙은 양(羊)같은 얼굴인지라 그리고 경칠 놈의 잡종개가 그의 사지를 하나하나 매우 도 찢어 놓을 가치가 있는 듯 귀를 뒤로 젖히고 뒤따랐다. 5 대 100이라니! 우라질, 그는 녀석한테서 그만한 가치를 뺀 셈이야, 내가 자네한테 약속하지.

그때, 볼지라, 그들 주변에 온통 커다란 밝음이 나타나자 그들은 그분[366]이 전차 속에 서서 하늘로 오르는 것을 보았노라.[367] 그리 하야 그들은, 밝음의 영광 속에 감싸인 채, 태양처럼 눈부신 의상을 걸치고[368], 달처럼 아름다운 그리고 그들이 두려움 때문에 그분을 감히 쳐다볼 수 없을 만큼 무섭게, 전차에 타고 있는 것을 보았노라. 그리 하야 하늘로부터 외마디 소리가 불렸나니: '*엘리야! 엘리야!*' 그러자 그분은 전력을 다하여 외마디 소리로 대답했나니: '*압바! 아도나이! (하느님! 아버지시여!)*'[369] 그리 하야 그들은 그분 심지어 그분, 블룸 산(山) 엘리야가, 리틀 그린가(街)의 도노호 점(店)[370] 위를 45도 각도로 삽을 떠나 총알처럼 천사들의 구름 사이 밝음의 영광을 향해 오르는 것을 보았노라.

* 여름의 해거름은 그 신비스런 포옹으로 세계를 감싸기 시작했다. 저 멀리 서쪽으로 해가 지면서 어느덧 지나가는 하루의 마지막 석양이 바다와 개펄 위에, 만(灣)의 물결을 예나 다름없이 지켜보는 정다운 오랜 호우드 언덕의 뽐내는 곳[岬] 위에, 샌디마운트 해안을 따라 해초 자란 바위 위에, 그리고 폭풍으로 동요된 인간의 마음에 그의 순수한 광휘(光輝)로 언제나 등대가 되고 있는 성모(聖母)를 향한 기도의 목소리를 정적 위로 수시로 흘러내고 있는 고요한 성당, 바다의 별[1], 마리아 위에, 마지막이기는 하나 결코 덜하지 않게, 애정이 넘치듯 머뭇거리고 있었다.

세 소녀 친구들이 바위 위에 앉아, 해 저무는 장면과 시원하긴 하나 지나치게 싸늘하지 않은 대기를 즐기고 있었다. 몇 번이고[2] 그들은 반짝이는 파도 곁에서 수줍은 대화를 가지며 여자다운 일들을 토론하기 위해, 시시 카프리 및 에디 보드먼이 유모차에 아기를 태우고, 제국 군함(帝國軍艦) H. M. S. 〈벨아일〉호(號)의 이름이 양쪽에 새겨진 어울리는 모자와 해군복장을 한, 두 꼬마 고수머리의 사내아이들, 토미 그리고 재키 카프리와 함께, 저 마음에 드는 오붓한 구석지기로 늘 오곤 했었다. 토미와 재키 카프리는 쌍둥이로, 네 살이 될까 말까 했으며 꽤 떠들썩하고 때때로 개구쟁이 쌍둥이들이었으나 그런데도 명랑하고 유쾌한 얼굴과 몸에 귀여운 모습을 지닌 사랑스런 꼬마들이었다. 그들은 긴 하루를 행복하게, 삽과 양동이를 가지고 모래 속에 철버덕거리며, 아이들이 그러하듯 성(城)을 쌓거나, 혹은 커다란 색깔의 공을 가지고 놀고 있었다. 그리고 에디 보드먼이 유모차 안의 토실토실한 아기를 이리 저리 흔들자 저 꼬마 신사는 즐거움으로 꽥꽥 소리를 질렀다. 그는 단지 나이 11개월 9일에 지나지 않으며, 아직 아장아장 걷는 꼬마였으나, 최초의 철부지 말을 혀짤배기 소리로 막 시작하고 있었다. 시시 카프리가 그에게 몸을 굽혀 그의 통통하고 야무진 뺨과 턱의 귀여운 보조개를 집적거렸다.

— 자, 아가, 시시 카프리가 말했다. 크게 말해 봐, 크게. 난 물이 먹고 싶어.

그러자 아기는 그녀를 따라 혀짤배기로 소리 냈다:

— 아 징크 아 징크 아 자우보.

시시 카프리가 앙 우는 꼬마를 끌어안았는지라 왜냐하면 그녀는 아이들을 끔찍하게도 좋아했기 때문이요, 꼬마 수난자들을 너무나 끈기 있게 돌봐주는지라 그리하여 만일 시시 카프리가 코를 붙들고 빵 덩어리 또는 황금빛 꿀을 칠한 갈색 빵의 작은 부스러기를 그에게 약속하지 아니 한들 토미 카프리는 절대로 피마자기름을 마시게 될 수 없으리라. 얼마나 강한 설득력을 저 소녀는 지녔던가! 그러나 확실히 아기 보드먼은 황금같이 착했는지라, 값진 새 턱받이에 완벽한 꼬마 귀염둥이였다. 시시 카프리야말로, 플로라 맥플림지[3] 류(類)의, 그따위 타락한 미인들 중의 하나는 결코 아니었다. 더 한층 참된 마음의 아가씨는 이 세상에 결코 없을지니, 언제나 그녀의 집시 같은 눈에 웃음을 머금고 익은 버찌 같은 붉은 입술에 장난기 어린 말이 감도는, 극히 귀여운 소녀였다. 그리고 에디 보드먼이 꼬마 동생의 기묘한 말 씨에 또한 소리 내어 웃었다.

그러나 바로 그때 토미 군(君)과 재키 군 사이에 사소한 언쟁이 벌어졌다. 사내들은 역시 사내들이라 이 쌍둥이들도 이러한 황금률(黃金律)[4]에는 예외일 수가 없었다. 불화(不和)의 씨는 재키 군이 세운 어떤 모래 성(城) 때문으로, 토미 군이 마텔로 탑(塔)[5]처럼 정문을 건축적으로 개조하여 잘못된 것을 바로 고치자는 것이었다. 그러나 만일 토미 군이 완고하다면 재키 군도 제 고집대로 하는지라, 모든 아일랜드 사람의 작은 집은 그의 성(城)이라는 격언에 알맞게, 그도 미워하는 적(敵)에게 덤벼들었는지라, 그리하여 이러한 취지로 그 자칭 공격자는 비탄에 빠졌으니 그리고 (말로 나타내기에 슬프게도!), 그가 탐내던 성(城) 또한 부서지고 말았다. 말할 필요도 없이 패색 짙은 토미 군의 울음소리가 소녀 친구들의 주의를 끌었다.

— 이리 와, 토미, 그의 누이가 명령조로 불렀다. 당장! 그리고 너, 재키, 창피하게도 토미를 더러운 모래 속에 떼밀다니. 어디, 내가 널 붙잡을 테니 기다려.

토미 군이 퀜 눈물로 뿌연 눈을 하고 그녀의 부름에 다가왔다. 왜냐하면 그들의 큰누이의 말은 쌍둥이에게는 법률이었으니까. 그리고 그의 재난 뒤에 그도 또한 슬픈 곤경 속에 빠졌다. 그의 해군 모(帽)와 바지가 모래투성이가 되었으나 시시는 생활상의 조그마한 근심거리를 무마하는 솜씨에 있어서 노련가인지라 그의 작은 멋진 양복에는 한 점의 모래도 아주 재빨리 찾아볼 수 없게 되었다. 여전히 푸른 두 눈은 솟아 나오는 뜨거운 눈물 때문에 번쩍이고 있었으므로 그녀는 상처를 입 맞추어 없애고 그녀의 손을 쥐인 재키 군을 향해 흔들며, 훈계하듯 그녀의 눈을 굴리면서, 만일 붙들기만 하면 기만두지 않겠다고 말했다.

— 미운 뻔뻔한 재키! 그녀는 소리쳤다.

그녀는 꼬마 수병의 몸을 한 팔로 끌어안고 애교 있게 달랬다:

— 네 이름이 뭐지? 버터와 크림?

— 네 애인이 누군지 말해 봐, 에디 보드먼이 말했다. 시시가 네 애인이지?

— 아이야, 눈물 어린 토미가 말했다.

— 에디 보드먼이 네 애인이지? 시시가 물었다.

— 아이야, 토미가 말했다.

— 나는 알아, 에디 보드먼는 다정하기커녕 근시안의 눈으로부터 아치 시선을 띠며 말했다. 난 누가 토미의 애인인지 알아. 거티가 토미의 애인이지.

— 아이야, 울음을 터뜨릴 듯 토미가 말했다.

시시의 재빠른 어머니다운 재치가 어떤 언짢은 일이 있음을 추측하고 에디 보드먼에게 신사가 보지 않는 유모차 뒤로 그를 데리고 가 그가 새 갈색 구두를 적시지 않도록 보살펴 줄 것을 귀띔했다.

그러나 거티는 누구였던가?

거티 맥도웰은 그녀의 동료들 근처에 앉아, 생각에 넋을 잃은 채, 먼 곳을 쳐다보고 있었는지라, 너무나 참되게, 누구나 보고 싶어 할, 매력 있는 아일랜드 여성의 전형(典型)처럼 아름다웠다. 그녀는, 사람들이 자주 이야기했다시피, 맥도웰가(家)의 사람이기보다 한층 길트랩[6] 가문이었지만, 그녀를 알고 있던 모든 이들에 의해 정말 아름답다고 선포되고 있었다. 그녀의 몸매는 가냘프고 우아했으며, 심지어 연약할 정도였으나 최근에 그녀가 복용한 저 철분 강장제가 위도우 웰치 점의 여성용 알약보다 훨씬 더 효력을 나타내어, 그녀

가 계속 앓아 왔던 객담(喀痰)과 저 피곤 감이 훨씬 나아졌다. 그녀의 당밀 빛 창백한 얼굴
은 상아처럼 순결하여 거의 정령(精靈)처럼 보였으나 그녀의 장미 봉오리 같은 입은 그리
스 적인 완벽한, 진짜 큐피드의 활과 같았다. 그녀의 손은 끝이 뾰족한 손가락을 지니고 예
쁘게 정맥이 드러나 보이는 설화석고(雪花石膏)와 같았으며, 비록 그녀가 밤에 잘 때 산양
(山羊) 가죽 장갑을 언제나 긴다든지 우유 세족(洗足)을 한다든지 하는 이야기는 사실과는
달랐지만, 레몬주스나 고급 연고(軟膏)라도 바르고 있는 듯 하얗게 보였다. 버사 서플[7]은,
그녀가 거티와 몹시 적의를 품고 있었을 때(소녀 시절의 벗들도 물론 그 밖의 다른 사람들과
마찬가지로 이따금 사소한 다툼을 가졌다) 에디 보드먼에게 한 번 그러한 이야기를 했는 바,
한갓 새빨간 거짓말이요 그리하여 그녀는 그러한 이야기를 그녀에게 일러준 사람이 자기라
는 것을 무슨 일이 있더라도 고자질하지 말도록 그렇잖으면 다시는 그녀에게 결코 말을 걸
지 않겠노라고 다짐했던 것이다. 천만에. 명예는 응당 명예가 있는 곳에 있는지라. 거티에
게는 타고날 때부터의 우아함, 일종의 표의 어린 여왕다운 '오뙤르(오만)'가 몸에 서려 있
었으니, 그것은 그녀의 섬세한 손과 높은 아치를 이룬 발등에서 틀림없이 증명되고 있었다.
만일 친절한 운명의 여신(女神)이 그녀에게 뜻을 품어 그녀 자신의 권리로서 상류 사회의
훌륭한 숙녀로 태어나게 했더라면 그리고 만일 그녀가 단지 훌륭한 교육의 혜택을 받았더
라면, 거티 맥도웰은 나라 안의 어떠한 숙녀와 비교해도 그녀 자신의 위치를 쉽사리 확보할
것이요 그녀의 이마를 보석으로 절묘하게 장식할 수 있으리니 그리하여 귀족의 구혼자들이
그녀에게 경의를 표하기 위하여 서로 앞을 다투어 그녀의 발꿈치를 뒤따랐으리라. 아마 그
것은 이것, 즉 바로 그 사랑 때문이었으리니, 그녀의 유순한 얼굴에, 억압된 의미가 강하게
서린 표정을 때때로 나타나게 하며, 아름다운 눈에 야릇한 동경의 기미를 부여하는, 누구
도 거의 부정할 수 없는, 한 가지 매력이었다. 어째서 여자들은 이러한 마력(魔力)의 눈을
갖고 있는 걸까? 거티의 것은 가장 푸른 애란(愛蘭)의 청색을 띤 눈으로, 빛나는 속눈썹과
까만 의미 있는 눈썹으로 장식되어 있었다. 그러한 눈썹도 언젠가는 그렇게 비단처럼 유혹
적이 아니었던 때가 있었다. 최초로 그녀에게 눈썹 먹(墨)을 시험해 보도록 충고해 준 사람
은 〈프린세스 노벨레트〉지(誌)[8]의 여성 미용란(美容欄) 담당자였던, 베라 베러티 부인이
었는데, 그것은 사교계의 유명 인사들에게 너무나 어울리는 것으로, 오락가락하는 표정을
눈에 가져다주었는지라, 그리고 그녀는 그것을 결코 후회하지 않았다. 이어 붉은 얼굴에는
과학적 치료 방법이 있었고, 당신의 키를 자라게 하는 방법이 있었는데, 얼굴은 아름답지만
코는 어찌할꼬? 그건 디그넘 부인에게나 어울릴지니 왜냐하면 그녀는 단추 코를 가졌기 때
문이다. 그러나 거티의 무상의 영광은 놀랍도록 숱이 많은 그녀의 머리카락이었다. 그것은
게다가 자연 파마가 되어 있는 암갈색이었다. 그녀는 초승달 때문에 바로 오늘 아침 그것을
커트했는 바[9] 그것은 풍성한 윤기 있는 머리타발로 그녀의 예쁜 머리 주변을 가리고 있었
고 손톱도 가지런히 깎여졌다. 목요일은 복이 온다는 거다.[10] 그리하여 방금 에디가 한 말
에 가장 아름다운 장미꽃처럼 섬세한, 숨길 수 없는 한 가닥 홍조가 그녀의 뺨에 피어오르
자, 그녀는 예쁜 소녀의 수줍음으로 너무나 귀엽게 보였는지라 틀림없이 하느님의 아름다
운 나라 아일랜드는 그녀와 대등할 자를 갖지 못했다.

　　잠시 동안 그녀는 오히려 슬프고, 눈을 아래로 내리뜬 채 침묵을 지켰다. 그녀는 에디
의 말에 대꾸하려했으나 무언가가 혀의 말을 억제했다. 마음은 그녀에게 말을 토하도록 재
촉했다: 위신이 그녀에게 말하지 말도록 명령했다. 예쁜 입술을 잠시 삐죽 내밀었으나 그
때 그녀는 눈을 위로 치켜뜨고 이른 5월 아침의 신선함을 담뿍 머금은 한 가닥 작은 웃음을
터뜨렸다. 그녀는, 어느 누구보다, 무엇이 사팔뜨기 에디로 하여금 그렇게 말하게 하는지[11]
를, 잘 알고 있었으니, 그것은 단순히 애인들의 한판 싸움이 있었을 때 남자의 관심이 사그

라져 가고 있음을 의미하기 때문이다. 런던 브리지 가로 저쪽에 그녀의 창문 정면에 자전거
를 타고 언제나 오락가락하는 그 소년 때문에 여느 때나 다름없이 누군가의 코가 뭉크러지
도록 애를 태우고 있었다. 단지 지금 그의 부친이 그로 하여금 한창 진행 중인 중간시험에
서 장학금을 타기 위해 열심히 공부하도록 저녁에 그를 안에다 붙들어 두고 있었는지라, 그
는 고등학교를 졸업하면 지금 트리니티대학[12]에서 자전거 경주를 달리고 있는 그의 형 W.   5
E. 와일리[13]처럼 의사가 되기 위해 트리니티대학에 진학할 참이었다. 그는 아마도, 그녀가
느꼈던 것, 때때로 그녀의 마음속, 골수(骨髓)에까지 사무치는, 저 무디게 쑤시는 공허감
을 거의 개의치 않으리라. 하지만 그는 어리며, 아마 조만간 그녀를 사랑하는 걸 배우게 되
리라. 그의 가족은 모두 신교도들이며 물론 거티는 최초로 세상에 나타난 자가 누구며 그분
다음에는 동정녀 그리고 그 다음에 성(聖) 요셉임을 알고 있었다. 그러나 그는 절묘한 코를   10
가진 부정할 수 없이 잘생긴 남요, 보는 그대로 하나하나 빈틈이 없는 신사인데다가, 그
녀는 그가 모자를 벗고 있을 때 뒷 머리모양에서 어딘가 비범한 무엇을, 그리고 가로등 곁
을 손잡이에서 양손을 뗀 채 자전거를 타고 돌아가는 식을 그리고 저 고급 잎담배의 근사
한 향기 또한 알고 있었으며, 그 밖에도 그들, 그와 그녀 둘 다 몸집이 또한 같았으니 그리
고 에디 보드먼은 그것이 그녀[14]가 끔찍이도 영리하구나하고 생각하는 이유인지라 왜냐   15
면 그가 그녀의 작은 정원 정면을 자전거를 타고 오가며 하지 않기 때문이다.

거티는 단조롭게 옷을 입고 있었으나 '귀부인 차림'의 애호가의 본능적 취미를 갖고
있었는지라 왜냐하면 그녀는 그가 밖으로 나올 가망이 있다고 느꼈기 때문이다. 돌리 염색
기로 자신 염색한 청동색의(왜냐하면 청동색이 유행하리라 〈레이디즈 픽토리알〉지(誌)[15]에 예
고되어 있었으니까), 가슴 움푹한 곳까지 아래로 파인 스마트한 V자형으로, 커칩 포켓 (그런   20
데 그녀는 손수건이 그 모양을 망가트리기 때문에 언제나 그 속에 자신이 좋아하는 향수 뿌린
한 조각 솜을 넣어 갖고 있었다) 그리고 걸음걸이에 맞추어 커트한 해군 스리쿼터 스커트의
깔끔한 블라우스가 그녀의 날씬하고 우아한 몸매를 완전히 드러내 보였다. 그녀는 황갈색
비단 슈닐로 트림된 넓은 테두리의 흑색 밀집 콘트라스트의 그리고 어울리는 비단 나비 타
이를 옆쪽에 매단 작은 요염한 사랑의 모자를 썼다. 지난주 화요일 오후 내내 그녀는 모자   25
에 어울릴 비단 셔닐을 찾고 있었으나 마침내 그녀가 바라던 것을, 바로 그것을, 상점에 오
래 진열되어 약간 떼가 묻었긴 하나 결코 눈에 띠지 않는, 일곱 뺨(脂)에 2실링 1페니 자
리를, 클러리 백화점[16]의 서머 세일에서 찾아냈던 것이다. 그녀는 모자를 모두 혼자서 손질
했으며 거울이 그녀에게 비쳐주는 그 귀여운 모습에 미소를 띠면서, 나중에 그걸 써보았을
때 그녀의 기쁨은 어떠했던가! 그리고 그 형태를 보존하기 위해 물 항아리 위에 그것을 씌   30
웠을 때 그녀는 그것이 자신이 알고 있던 몇몇 사람들을 안달하게 하리라는 것을 알고 있었
다. 그녀의 신은 신발류에 있어서 최신식으로(에디 보드먼은 아주 '쁘띠뜨[예쁜 걸]'를 스스
로 자랑하고 있었으나, 5호인, 거티 맥도웰의 것과 같은 발을 결코 갖지 못했거니와, 영원
히 그럴 수도 결코 없으리라), 에나멜 구두콧등과 그녀의 높은 아치 발등 위에 하나의 스마
트한 버클이 꼭 붙어 있었다. 그녀의 잘생긴 발목은 그녀의 스커트 아래 그의 완전한 균형   35
과 그 적당한 양(量)을 들어냈는지라, 높이 이은 뒤축과 넓은 양말 대님 상단을 지닌 잘 짜
여진 스타킹 속에 갇힌 그녀의 맵시 있는 다리를 더 이상 들어내지는 않았다. 속옷으로 말
하면 그들은 거티의 주된 관심사요 아리따운 열 일곱 살 소녀의 (비록 거티는 열일곱을 다
시는 결코 보지 못할 지라도) 오락가락 하는 희망과 공포를 알고 있는 사람이라면 그의 마음
속에 그녀를 나무랄 수 있을까? 그녀는 놀랍게 바느질이 잘된 네 벌의 멋진 옷을 갖고 있었는   40
데, 세 벌의 겉옷과 여분의 잠옷들, 그리고 옷가지마다 장미색, 담청색, 홍자색, 녹두색, 각
기 다른 색깔의 리본으로 배속(配屬)되어 있었으니, 그녀는 세탁소로부터 집으로 옷을 가

겨오면 그들을 손수 말려 청분(靑粉)을 바르고 다리미질을 했으며 그리고 다리미를 올려놓
는 벽돌판도 갖고 있었으니 왜냐하면 그녀가 아는 한 옷가지를 태울지도 모를 저따위 세탁
부들을 자신이 믿고 싶지 않았기 때문이다. 그녀는 요행을 바라면서,[17] 행운을 의미하는 푸
른 옷을 입고 있었는데, 그것은 그녀 자신이 좋아하는 빛깔이요, 신부(新婦)의 옷 어딘가
에 한 조각의 푸른 것을 지니고 있으면 또한 행운을 가져다주었는지라 왜냐하면 지난주 그
날 그녀가 입었던 녹색 옷이 슬픔을 가져 왔기 때문이요 왜냐하면 그의 부친이 그로 하여금
중간시험의 장학금을 위해 공부하도록 불러들였기 때문이며 그리고 왜냐하면 그녀는 그가
필경 밖에 나와 있을지도 모른다고 생각했기 때문이며 왜냐하면 그날 아침에 그녀가 옷을
입을 때 실수로 헌 속옷을 거의 뒤집을 뻔했는데 그것은 금요일[18]의 것이 아닌 한 만일 저
따위 옷을 뒤집어 입거나 또는 만일 그이가 상대를 생각하도록 옷을 풀고 있으면 그것이 행
운이나 애인들의 만남을 의미했기 때문이다.

　　그런데도 - 그런데도! 그녀의 얼굴 위의 저 긴장된 표정! 마음을 에는 듯한 한 가지
슬픔이 언제나 그곳에 있는 것이다. 그녀의 영혼 그대로가 그녀의 눈 속에 있는데다가, 그
녀는 그녀 자신의 낯익은 방의 사적 은둔 속에 거기, 눈물을 억제하지 못한 채, 한바탕 실
컷 울어 그녀의 쌓인 감정을 풀 수만 있다면, 마음이 후련해지련만, 비록 너무 지나치게 많
이 아닐지라도 왜냐하면 그녀는 거울 앞에서 어떻게 새침하게 울어야 함을 알고 있었기 때
문이다. 넌 참 예뻐, 거티야, 거울은 말했다. 해거름의 창백한 햇볕이 한없이 슬프고 애타
는 듯한 얼굴 위에 낙조(落照)해 있는지라. 거티 맥도웰은 헛되이 애태우고 있나니. 그래
요, 그녀는 처음부터, 결혼에 대한 그녀의 백일몽(白日夢)이 마련되어, 더블린 트리니티대
학(T. C. D.) 레기 와일리 부인(왜냐하면 형과 결혼한 여자는 와일리 부인이 될 것이기에)을
위해 결혼의 종이 울리거나, 신문의 사교 란에 거트루드 와일리 부인이 값진 푸른 여우 털
로 테두리를 두른 회색의 화사한 의상을 입는 것은 있을 수 없으리라는 것을 알고 있었다.
그는 이해하기에는 너무나 어렸다. 그는 여성의 생득권(生得權)인, 사랑을 믿으려고 하지
않았다. 오래전 스토어가(家)에서 파티가 있던 날 밤(그는 아직 단 바지를 입고 있었는지라)
그들이 홀로 있자 그가 몰래 한쪽 팔로 그녀의 허리를 휘감았을 때 그녀는 바로 입술까지
창백해졌다. 그는 그녀를 나의 귀여운 꼬마라고 이상스럽게 허스키 목소리로 부르며, 불시
에 반 조각 키스(최초의!)를 낚아 챘으나 그것은 단지 그녀의 코끝에 지나지 않았으니 이어
그는 다과에 관한 한 마디 말을 남기고 방으로부터 급히 나가 버렸다. 성급한 녀석 같으니!
힘 있는 성격은 결코 레기 와일리의 장점이 되지 못했으니 그리하여 거티 맥도웰에게 사랑
을 구하고 얻는 남자는 사나이 중의 사나이여야만 한다. 그러나 기다리며, 언제나 구애받기
를 기다리고 있는지라 그리하여 금년은 또한 윤년(閏年)이요[19] 그것도 이내 끝나리라. 그
녀의 발치에 희귀하고 불가사의한 사랑을 깔아 줄 그녀의 이상적인 애인은 어떤 매력적인
왕자도 아니고, 차라리 여태껏 그의 연인을 발견하지 못한, 튼튼하고 조용한, 아마 그의 머
리카락이 백발로서 약간 점점이 서려 있는, 씩씩한 얼굴을 가진 남자다운 남자이리니, 그
리고 그는, 그녀를 이해하고, 보호하며 양팔에 감싸 안고, 그의 깊고 정열적인 천성의 모든
힘을 다하여 그녀를 껴안고, 길고 긴 키스로써 그녀를 위안해 주는 자이리라. 그것은 아마
천국 같으리니. 이러한 남자를 그녀는 이 향기 그윽한 여름의 해거름에 갈망하고 있다. 그
녀의 온갖 진심을 다하여 그녀는 그의 단 하나의 것, 돈이 많을 때나 가난할 때나, 병에 걸
렸을 때나 건강할 때나, 죽음이 두 사람을 갈라놓을 때까지, 이날에서 이날까지 앞으로,[20]
그의 약혼한 신부가 되기를 갈망하고 있다.

　　그리고 에디 보드먼이 꼬마 토미를 데리고 유모차 뒤에 가 있는 동안 그녀는 자신이

그의 귀여운 아내로 불려질 그날이 언제 오려나 하고 막 생각하고 있었다. 그때 가서는 사람들은 결국 자신들의 얼굴이 퍼레지도록 그녀에 관해서 떠들어대고 있으리니, 버사 서플도, 그리고 성미 급한 꼬마 불동이 에디도, 왜냐하면 그녀는 11월로 스무두 살이 될 테니까. 그녀는 의식주(衣食住)에도 주의 깊게 그를 돌봐 주리니 왜냐하면 거티는 여성답도록 현명한데다가 단순한 남자는 가정적인 기분을 좋아한다는 것을 알고 있었기 때문이다. 그녀의 황금갈색이 되도록 번철(燔鐵)에 구운 과자와 맛좋은 크림으로 만든 앤 여왕 푸딩은 모든 사람들로부터 절찬을 받은 적이 있었는지라 왜냐하면 그녀는 불을 피우는 일, 잘 부풀어 오른 밀가루에 빵가루를 뿌려 똑같은 방향으로 언제나 썩은 다음, 우유와 설탕에 크림을 탄다든지 계란 흰자위를 잘 휘젓는 데에도 훌륭한 솜씨를 갖고 있었기 때문이요 하지만 그녀는 자신을 수줍게 하는 사람들이 주위에 있을 때에는 먹는 일을 좋아하지 않았으니, 그녀는 왜 사람들은 바이올렛이나 장미와 같은 시적(詩的)인 것은 먹을 수 없을까 하고 가끔 이상하게 생각했는지라 그리고 그들 부부는 그림과 판화 그리고 길트랩 할아버지의 애견(愛犬)인, 거의 말을 할 정도로 너무나 사람과 닮은 개리오엔의 사진이 걸려 있는, 그리고 의자들의 사라사 천 덮개 그리고 부자 집에 갖고 있는 것과 같은 클러리 하기 골동품 염가 대매출에서 산 저 은제 토스트 선반이 비치되고 아름답게 꾸며진, 응접실을 갖게 되리라. 그는 넓은 어깨를 가진 후리후리한 키에(그녀는 남편감으로 키 큰 남자를 언제나 갈망했거니와), 세심하게 다듬어진 간추린 코밑수염 밑으로 반짝이는 하얀 이빨을 갖고 있을 것이며 그리하여 그들은 밀월여행을 위해 대륙으로 떠나게 되리라(멋진 세 주일을!) 그리고 나서, 그들은 근사하고 아늑한 조그마한 소박한 집에 안주할 때, 매일 아침 그들 자신의 둘 만을 위해, 소박하나 정성 들여 차린, 아침식사를 먹게 되리라, 그리고 그는 일하러 나가기 전에 사랑하는 자신의 예쁜 아내를 한껏 끌어안고 잠시 동안 그녀의 눈 속을 깊이 내려다보리라.

에디 보드먼이 토미 카프리에게 그가 이제 다 끝났느냐고 묻자 그는 응 대답하고 이어 그의 짧은 아랫도리 단추를 그를 위해 채워 주며 이제는 뛰어가서 재키와 같이 사이좋게 놀며 싸우지 말도록 그에게 타일렀다. 그러나 토미는 공이 갖고 싶다고 말하자 에디는 아기가 공을 갖고 놀고 있는지라 안 된다고 말하고 만일 그가 공을 뺏으면 격렬한 싸움판이 벌어질 판이라 그러나 토미는 공은 자기 것이라 우기며 공이 갖고 싶다고 말하면서, 어이없게도, 땅에 발을 마구 구르는 것이었다. 그 녀석 성깔하고는! 오, 꼬마 토미 카프리는 이제 턱받이를 떼어 버렸으니 벌써 어른이 다 됐네. 에다가 그에게 안 돼, 안 돼, 그리고 이제 가서 저 애하고 놀아요. 말하며, 시시 카프리더러 공을 그에게 넘겨주지 말도록 말했다.

— 넌 내 누나가 아니야, 심술궂은 토미가 말했다. 그건 내 공이야.

그러나 시시 카프리가 꼬마 보드먼에게 이봐요, 이봐, 높이 내 손가락을 쳐다봐요, 말하며 공을 재빨리 낚아채고, 모래밭으로 던지자, 싸움에 이긴, 토미가 공을 뒤쫓아 전속력으로 달려있다.

— 조용하게 하려면 어쩔 수 없잖아,[21] 시시가 크게 웃었다.

그리고 그녀는 꼬마가 공 생각을 잊어버리게 하려고 그의 두 뺨을 간질이며 놀렸는지라, 자 여기 시장 각하, 여기 그의 두 마리 말이야, 여기 그의 생강 빵 차야, 그리고 여기 그가 걸어 들어가요, 칙폭, 칙폭, 칙폭, 칙. 그러나 에디는 누구든 꼬마를 언제나 어르기 때문에 그가 제멋대로 한다는 데 몹시 성이 났다.

— 저 녀석 어떻게 손을 좀 봐야겠어, 그녀는 말했다, 정말이야, 어디가 좋을까.

— 볼기기짝, 시시가 유쾌하게 소리 내어 웃었다.

거티 맥도웰은 고개를 아래로 숙이고 그녀라면 정말 창피하여 입에도 담지 못할 그와 같은 숙녀답지 못한 것을 소리 높이 말하는 시시의 생각에, 얼굴을 짙은 장밋빛으로 붉히며, 홍당무가 되었다. 그리고 에디 보드먼은 맞은편 신사가 그녀가 말한 것을 틀림없이 들었을 것이라고 말했다. 그러나 시시는 바늘만큼도 개의치 않았다.

— 들으라지! 그녀는 거만스레 머리를 흔들며 코끝을 신랄하게 위로 치키면서 말했다. 내가 그를 보자 당장이라도 그에게 같은 곳을 어떻게 좀 해줄까보다.

도깨비 인형 고수머리를 한 말괄량이 처녀 시시. 그녀를 보면 때때로 웃지 않을 수가 없지. 예를 들면 그녀가 중국 차(茶)나 재습 베리 럼주를 좀더 드시겠어요, 하고 물을 때 그리고 역시 찻주전자를 끌어당길 때 그녀의 손톱에다 남자의 얼굴을 붉은 잉크로 그려 놓은 것을 보면 아마 옆구리가 찢어지도록 웃지 않을 수 없을 것이요 또한 그녀가 글쎄 다 아는 그곳²²⁾에 가고 싶으면, 달려가 화이트 양(孃)을 잠깐 만나고 오겠어요, 하고 말했다. 그것이 바로 시시기질(氣質)이었다. 오, 그런데 그녀가 그녀 부친의 양복과 모자 그리고 불에 탄 코르크로 그린 코밑수염으로 성장(盛裝)하고, 담배를 피우면서, 트리턴빌 가로(街路)²³⁾로 걸어 내려가던 밤을 누가 잊으리오. 농담 잘하기로 그녀를 따라갈 사람은 아무도 없었다. 그러나 그녀는 성실 그 자체였으며, 하늘이 여태껏 만든 가장 용감하고 가장 참된 사람들 중의 하나로, 두 얼굴의 인간들과는 달리, 지나치게 깔끔한 나머지 버릇이 없었다.

그러자 그때 합창 소리와 오르간의 울리는 성가(聖歌) 소리가 공중으로 퍼져 나왔다. 그것은 교구전도사(敎區傳道師)인, 예수회의 존 휴즈사(師)에 의하여 행해지는 남자의 금주 묵도, 염주도(念珠禱), 설교 및 성체강복식(聖體降福式)²⁴⁾이었다. 그들은 그곳에 사회적 계급의 구별 없이 함께 모여 있었나니(그리고 그것은 보기에 참으로 교훈적인 광경이었다) 바닷가의 저 소박한 성당 안에, 지겨운 속세(俗世)의 풍파를 겪은 뒤, 순결한 자의 발 앞에 무릎을 꿇고, 로레토의 성모 마리아의 연도(連禱)²⁵⁾를, 그들을 위해 중재하도록 그녀에게 간청하며, 어느 때나 정다운 말들, 성스러운 마리아, 동정녀 중의 성스러운 동정녀를 암송했다. 가련한 거티의 귀에는 얼마나 슬프게 들렸던가! 만일 그녀의 부친이 금주 맹세를 하거나 또는 피어슨즈 위클리지(誌)²⁶⁾의 술버릇 고치는 저 가루약을 복용함으로써, 악마음주(惡魔飮酒)의 독수(毒手)를 피하기만 했더라도, 그녀는 지금쯤 남부럽지 않게, 마차를 타고 굴러다닐 수 있었으리라. 그녀는, 두 개의 불을 싫어했는지라 램프 없이 갈색 서재 안에 사그라져 가는 여진(餘塵) 곁에 혹은, 생각하면서, 창 밖으로 녹슨 버킷 위에 떨어지는 비를 꿈에 어린 듯 이따금 유심히 시간제로 바라볼 때, 그것을 혼자 거듭 거듭 말했다. 그러나 그렇게도 많은 단란한 가정을 파멸로 이끈 저 사악한 음료가 그녀의 유년 시절 위로 그의 그림자를 던졌던 거다. 아니야, 그녀는 폭주(暴酒)에 의해 야기되는 난폭한 행위를 과거에 심지어 가정 사회에서 목격했는지라, 만취의 독기(毒氣)의 재물인, 그녀 자신의 부친이 자기 자신을 완전히 망각한 것을 보아 왔으니 왜냐하면 만일 거티가 알고 있는 모든 일들 가운데 하나가 있다면 그것은 친절의 행위로서 이외에 여자에게 손을 드는 사내야말로 천인(賤人) 중의 가장 천인으로 낙인 찍혀져야 마땅할 것이기 때문이다.

그리고 가장 강하신 동정녀, 가장 인자하신 동정녀를 향한 기원의 목소리가 여전히 들려왔다. 그리고 거티는, 생각에 넋을 잃은 채, 그녀의 벗들 또는 소년다운 장난을 하고 있는 쌍둥이들 또는 샌디마운트 녹지 저편의 그 신사를 거의 거들어 보거나 혹은 그들의 소리를 듣지도 않았나니, 그런데 시시 카프리가 이른 대로, 신사는, 해안을 따라 짧은 산책을 하며 지나가는, 그녀의 부친 자신과 너무나 닮았다. 아무도 그녀의 부친이 술에 곤드레만드레가 된 것을 결코 보지 않았으나 그럼에도 불구하고 그녀는 부친으로서 그를 좋아하려 하지 않았으니, 그 이유인즉 그는 너무 늙었거나 혹은 무엇 같았으며 혹은 그의 얼굴(그것은 분명히 우울 박사²⁷⁾의 뚜렷한 경우였다) 혹은 여드름 난 그의 적갈색 코 그리고 그의 코 1
밑의 조금 센 모래 빛 코밑수염 때문이었다. 불쌍한 아버지! 온갖 결점을 다 지녔어도, 그
녀는 *그가 내게 말해다오, 메리여, 어떻게 하면 네게 사랑을 구할지를,*²⁸⁾ 또는 *로첼 근처의*
*나의 사랑과 오두막*²⁹⁾이란 노래를 부르거나, 모두들 만찬으로 스튜 요리의 새조개와 라젠
비 점(店)³⁰⁾의 샐러드 드레싱의 상추를 먹었을 때, 그리고 졸도로 갑자기 사망하여 매장된 5
디그넘 씨와 함께, 하느님 그에게 자비를 베푸소서. 그가 *달이 떴도다.*³¹⁾를 노래 불렀을 때,
그녀는 그런데도 여전히 아버지를 좋아했다. 때는 그녀의 어머니의 생일이었는지라 찰리도
휴가로 집에 와 있었고 톰과 디그넘 부부 그리고 팻시 및 프레디 디그넘도 와 있었는지라,
그리고 모두들 그룹 사진이라도 찍어 두었어야 했을 것. 아무도 그의 종말이 그렇게 가까
울 줄은 꿈에도 생각지 못 했으리라. 이제 디그넘은 땅속에 누워 휴식하고 있다. 그리고 그 10
녀의 어머니는 그것이 남편에게 여생에 한 가지 경고가 될 것이라고 그에게 말했으며 아버
지는 통풍 때문에 장례식에도 심지어 갈 수가 없었는지라 그리하여 거티는 도회로 가서, 궁
전에 어울릴, 예술적, 표준 의장품(意匠品)인, 최고의 내구력(耐久力)과 가정에 언제나 밝
고 유쾌함을 가져다주는 캐츠비 회사의 코르크 리놀륨에 관한 안내서와 견본을 그의 사무
실로부터 그에게 가져다주지 않으면 안 되었다. 15

    과연 거티는 믿을만한 착한 딸이었는지라 집안에서는 바로 제2의 어머니 격, 또한 황
금 무게의 값지고 고운 마음을 가진 구원의 천사이기도 했다. 그리고 그녀의 어머니가 저
뻐개지듯 쑤시는 두통을 앓았을 때도 그녀의 이마에다 박하뇌(薄荷腦)를 문질러 준 사람은
거티 이외에 누구였던가, 비록 그녀는 어머니가 소량의 코담배를 들이켜는 것을 좋아하지
않았고, 그것이 코를 흥흥거리며, 그들 모녀가 여태 말다툼을 한 단 한 가지였을지라도. 모 20
든 사람은 그녀의 세계를 그녀의 점잖은 길로 생각했다. 주로 매일 밤 가스를 끄는 것도 거
티였으며, 그녀가 두 주일마다 염산석회를 부리는 걸 결코 잊지 않는 그곳³²⁾의 벽에다 식료
품 상회의 터니 씨의 크리스마스 달력을 붙여 놓는 것도 거티였는지라, 그것은 당시 사람들
이 입던 의상(衣裳)을 걸친 한 젊은 신사가 세모난 모자를 쓰고 그의 애(愛)부인에게 고대
기사도(騎士道)의 관례로서 그녀의 쇠창살문을 통하여 한 다발의 꽃을 선사하고 있는 강 25
녕기절(康寧氣節)의 그림이었다. 누구나 그 그림 뒤에는 한 가지 이야기가 숨어 있음을 알
수 있었다. 채색이 참으로 아름답게 이루어진 것이었다. 여자는 세심한 몸가짐으로 부드럽
고 몸에 찰싹 달라 붙는 하얀 옷을 입었고, 신사는 초콜릿색의 복장을 하고 있는지라, 그는
완벽한 귀족으로 보였다. 거티는 어떤 목적으로 그곳에 가면 그림 속의 그들을 꿈에 어린
듯 자주 바라다보며 소매를 걷어 올리고 마치 귀부인의 것과 꼭 같은 희고 부드러운 자신의 30
팔을 만져 보았는지라 그리고 그 당시를 생각해 보는 것이었으니, 그 이유인즉 할아버지 길
트랩에 속했던 워커³³⁾의 발음사전에서 강녕기절이 무슨 뜻인지 찾아본 적이 있었기 때문이
다.³⁴⁾

    쌍둥이들은 이제 가장 인정받는 형제다운 모습으로 놀고 있었는데 마침내 정말로 놋
쇠처럼 대담한 재키 군이 해초 돋아난 바위를 향해 그가 여태 할 수 있는 한, 해명하기 힘 35
들 정도로, 공을 고의적으로 힘껏 걷어찼다. 말할 필요도 없이, 가엾은 토미가 이내 당황
한 소리를 질렀으나 다행히 홀로 그곳에 앉아 있던 검은 상복(喪服)의 신사³⁵⁾가 친절하게
도 구원의 손을 뻗어 공을 차단했다. 우리의 두 운동선수들이 즐거운 고함소리와 함께 그들
의 운동 기구를 요구하자 싸움을 피하기 위해 시시 카프리가 신사에게 죄송하지만 공을 그
녀에게로 던져 주도록 부탁했다. 신사는 공을 한두 번 겨눈 다음 모래사장 위로 시시 카프 40
리를 향해 던졌으나 공이 비탈 아래로 굴러내려 바위 곁의 작은 웅덩이 가까이 거티의 스커

트 바로 밑에 멈추었다. 쌍둥이들이 공을 다시 요구하자 시시는 그녀에게 공을 차도록 말하며 그들이 그걸 위해 다투도록 했는지라 고로 거티는 한 발을 뒤로 끌어당겼으나 그녀는 그들의 바보 같은 공이 자기에게 굴러오지 않기를 바랐나니 그리하여 그녀는 한 번 걷어찼으나 놓치자 에디와 시시가 깔깔 웃어댔다.

— 실패하면 다시 해봐요.[36] 에디 보드먼이 말했다.

거티는 미소로써 응하고 입술을 물었다. 섬세한 핑크 빛 홍조가 그녀의 예쁜 뺨에 피어올랐으나 그녀는 그들이 보도록 단단히 마음먹었나니 고로 그녀는 스커트를 조금 그러나 충분히 치켜 올리고 잘 겨누어 아주 멋지게 공을 걷어차자 이번에는 공이 너무나 멀리까지 날아갔는지라 두 쌍둥이는 그것을 뒤쫓아 자갈밭을 향해 달려 내려갔다. 그것은 물론 순수한 질투로서, 맞은편 신사가 보도록 주의를 끌기 위한 것 이외의 아무것도 아니었다. 거티 맥도웰에게 언제나 한갓 위험 신호인, 따뜻한 홍조가, 자신의 뺨에 물결처럼 밀려오며 타오르는 것을, 그녀는 느꼈다. 그때까지 그녀와 신사는 가장 우연한 시선만을 단지 교환할 뿐이었으나 이제 그녀는 자신의 새 모자 테두리 밑으로 그를 대담하게 쳐다보았는 바, 거기 황혼에 그녀의 시선과 마주친 얼굴은, 창백하고 이상하게도 찡그린 채, 그녀가 여태 보아온 가장 슬픈 얼굴처럼 보였다.

성당의 열린 창문을 통하여 향기로운 분향이 풍겨 나왔고 그와 함께 원죄의 오점 없이 잉태된 성모의 향기로운 어명(御名)들, 정신적 그릇이여, 우리를 비소서, 존경하올 그릇이여, 우리를 비소서, 지극한 정성의 그릇이여, 우리를 비소서, 신비로운 장미여. 그리고 그곳에는 근심으로 지친 마음들이 있었고 그들의 매일의 빵을 위한 노역자들과 죄를 범하고 방황했던 많은 사람들이 모여 있었으니, 그들의 눈은 참회로 젖어 있었으나 그럼에도 불구하고 희망으로 빛나고 있었는지라 왜냐하면 휴즈 신부가 위대한 성 베르나르는 마리아에 대한 그의 유명한 기도 속에서, 그녀의 강력한 보호를 애원하는 자들은 여태껏 어느 시대에고 그녀에 의해 버림받은 것이 기록된 적이 없는, 가장 경건한 동정녀의 중재(仲裁)의 힘을, 그들에게 일러준 적이 있었기 때문이다.

쌍둥이들은 이제 다시 참으로 즐겁게 놀고 있었는데 왜냐하면 유년 시절의 다툼이란 급히 지나가는 여름철의 소나기와 같았기 때문이다. 시시 카프리는 꼬마 보드먼과 짝이 되어 놀았으나 마침내 그는 공중에다 아기 손뼉을 치면서, 즐거운 환호성을 올렸다. 깍꿍 그녀가 유모차 덮개 뒤에서 부르짖자 에디는 시시가 어디 갔지 물었고, 이어 시시가 그녀의 머리를 불쑥 내밀며, 아! 소리쳤는지라, 그리고, 정말이지, 그 꼬마 녀석이 그걸 즐거워하지 않았던고! 그런 다음 그녀는 그더러 아빠를 말하도록 일렀다.

— 아빠를 말해, 아가. 자, 빠 빠 빠 빠 빠 빠 빠.

그리고 아기는 그것을 말하느라 최선을 다했으니 왜냐하면 그는 태어난 지 11개월치고는 꽤 총명하다고 누구나 말했으며 나이에 비해 몸집이 큰데다가 건강의 화신이라 할, 사랑의 완전한 꼬마 귀염둥이요, 그리고 확실히 저 놈은 커서 위대한 뭔가가 될 거야, 사람들은 말했기 때문이다.

— 하쟈 쟈 쟈 하쟈.

시시는 침 뚝뚝 떨어지는 턱받이를 가지고 꼬마의 작은 입을 훔쳐주며 그가 적당히 똑바로 앉아 빠 빠 빠 말하기를 원했나니 그러나 그녀가 허리띠를 풀었을 때 소리쳤는지라, 맙소사, 꼬마가 쉬를 하고 있네, 거꾸로 기저귀를 절반 접어 아래에 채워 줘야. 물론 아기 폐하는 이러한 화장실 의식에 가장 소란을 피우며 모두에게 그것을 알렸다:

— 하바아 바아아아하바아아 바아아아.

그리고 두 아주 크고 예쁜 커다란 눈물방울이 그의 뺨을 흘러내렸다. 아니야, 아니아니, 아가, 아니야, 그를 달래거나, 경주마에 관해 이야기를 한다든지 칙칙 폭폭이 어디 갔지 그에게 말해도 아무 소용이 없었으니, 그러나 언제나 임기응변의 재치가 있는 시시가 그의 입에다 젖꼭지 병을 물려주자, 어린 이교도는 재빨리 달래졌다.

거티는 그들이 삐삐 울어대는 아기를 그리고 밖에 나와 있을 시간도 아닌지라, 그녀의 신경을 자극하지 않도록 쌍둥이 개구쟁이들을 제발 그곳으로부터 집으로 데리고 갔으면 하고 바랐다. 그녀는 먼 바다 쪽으로 빤히 쳐다보았다. 그것은 저 사나이가 여러 가지 색깔의 분필을 가지고 포도(鋪道) 위에 그리곤 하던 그림들과 닮았는지라, 그대로 그곳에 내버려두어 지워지게 하다니 그토록 애석할 수가, 해거름과 퍼져 나오는 구름이며 호우드 언덕 위의 베일리 등대[37] 그리고 그와 같은 음악을 듣기 위해 그리고 마치 성당 안에 그들이 태우는 일종의 훈풍(薰風) 같은 저 분향의 향기라니. 그러자 그녀가 빤히 쳐다보고 있는 동안 그녀의 심장이 두근두근 뛰기 시작했다. 그래요, 그가 응시하고 있는 것은 그녀였으며, 그의 시선 속에는 의미가 담겨 있었다. 그의 눈은 마치 그녀를 뚫고, 뚫고 탐색하며 그녀의 혼 자체를 읽는 듯 그녀 속으로 타고 들었다. 그것은 과연 멋진 눈이었고, 최고로 표정을 드러내는 것이었으나, 그러한 눈을 우리는 과연 믿을 수 있을 가? 세상 사람들은 참으로 괴상스러웠다. 그녀는 신사의 검은 눈과 그의 창백하고 지적(知的)인 얼굴로 미루어, 그가 어떤 외국인임을, 그녀가 한층 좋아하는 코밑수염이 아니었던들, 그녀가 지니고 있는 마티네의 우상인, 마틴 하비[38]의 상(像)임을, 이내 알 수 있었던 바, 왜냐하면 그녀는 연극 때문에 언제나 똑같은 옷을 입는 그들 두 자매[39]가 되고 싶어 하던 윈니 리핑엄처럼 배우열(俳優熱)에 들뜨지 않기 때문이요 그러나 그녀는 신사가 매부리코를 아니면 약간 '레뜨루쎄(들창코)'를 가졌는지 그가 앉아 있는 곳에서는 도무지 알 도리가 없었다. 그는 깊은 애도에 잠겨 있었으니, 그녀는 그것을 볼 수 있었는지라, 그리고 유령처럼 오락가락하는 슬픔의 이야기가 그의 얼굴 위에 적혀 있었다. 그녀는 그것이 무엇인지 알 수만 있다면 세상과도 바꿀 수 있었으련만. 그는 너무나 열렬히, 너무나 잠자코, 쳐다보고 있었는지라 그리고 그는 그녀가 공을 차는 것을 보았고 필시 그녀가 발가락을 아래로 꼬부리고 그와 같이 심각하게 발을 흔든다면 그녀의 신에 달린 반짝이는 강철 버클을 볼 수 있으리라. 그녀는 어떤 예감이 그녀로 하여금 투명한 스타킹을 신도록 일러준 것이 기뻤는 바, 레기 와일리가 밖에 나와 있을지도 모른다고 생각했기 때문이요 그러나 그 생각은 멀리 떨어져 있었다. 여기에 그녀가 그토록 자주 꿈꾸어 왔던 것이 나타났다. 중요한 것은 그이요 그녀의 얼굴 위에 기쁨이 들어 났나니 왜냐하면 그녀가 그를 원했기 때문이요 왜냐하면 그녀는 그가 그 밖에 어떤 사람과 다르다는 것을 본능적으로 느꼈기 때문이다. 소녀여성의 바로 그 마음이 그에게로, 그녀의 꿈의 남편에게로 나아갔던 것이니, 왜냐하면 그녀는 그것이 바로 그이임을 즉시 알았기 때문이다. 만일 그가 자기 스스로 죄를 지었다기보다, 남들이 죄를 짓게 해서,[40] 고통을 겪었더라도, 혹은 심지어, 신기에, 만일 그가 자기 자신이 죄인이요, 사악한 남자였을지라도, 그녀는 상관하지 않았다. 비록 그가 신교도이든 감리교이든 만일 그가 참되게 그녀를 사랑한다면 그녀는 쉽사리 그를 개종시킬 수 있으리라. 거기에 사랑의 향유(香油)를 가지고 치료하기를 바라는 상처가 있었다. 그녀는, 그가 여태 알아왔던 다른 비 여성적 들뜬 소녀들, 그들이 갖지도 않는 것을 보여 주려는 저 자전거 타는 소녀들과는 판판인, 여자다운 여자였는지라 그리고 그녀는 모든 것을 알기를, 만일 그녀가 그로 하여금 자기와 사랑에 빠지도록 할 수 있다면 모든 것을 용서하고, 그로 하여금 과거의 기억을 잊기를 바로 열망했다. 그땐 아마 그는 한 사람의 진짜 남자처럼, 그녀의 부드러운 육체를 그에게 으끼며, 그녀를 멋지게 포옹하고, 그녀, 그이 자신의 아가씨를, 그녀자신 홀로 만을 위하여, 사랑하리라.

죄인들의 피난처. 괴로워하는 자들의 위안녀(慰安女). '오라 쁘로 노비스(우리를 비소서).'[41] 그런데 누구나 한결같은 신앙심을 갖고 그녀에게 기도드리는 자는 결코 멸하거나 버림받는 적이 없다고 한 것은 참으로 훌륭한 말이렷다: 그리하여 성모 또한 그녀 자신의 심장을 꿰뚫은 일곱 가지 비애 때문에, 괴로워하는 자들을 위한 피난항(港)임은 정말 타당한 말이로다. 거티는 성당 안의 모든 광경, 불이 켜진 스테인드 글라스(색유리) 창문들, 양초, 꽃들 그리고 동정녀의 신도회 푸른 기(旗)들을 그리고 콘로이 신부님이, 눈을 내리뜨고 여러 물건들을 운반해 들락날락 하면서, 성당 참사회원 오한런을 제단에서 거들고 있는 것을, 마음속으로 그려 볼 수가 있었다. 콘로이 신부님은 흡사 성인(聖人)처럼 보였고 그의 참회실(懺悔室)은 너무나 고요하고 깨끗하고 어두웠으며 그의 양손은 마치 하얀 밀랍 같았는지라 만일 혹시 그녀가 그들의 하얀 제의(祭衣)를 입은 도미니크 수녀라도 된다면 아마 그분은 성 도미니크의 9일 기도를 위해 수녀원으로 방문하라.[42] 언젠가 그녀가 참회에서 혹시 그분이 보지 않을까 두려워하여 그녀의 머리뿌리까지 붉히면서, 그것[43]에 관해 그에게 고백했을 때 신부님은 그녀에게 조금도 괴로워할 것 없다고 말했나니, 왜냐하면 그것은 단지 자연의 소리요 이 세상에서 우리는 모두 자연의 법칙을 따르고 있는지라, 그는 말했나니, 더욱이 그것은 하느님에 의하여 창조된 여인의 천성으로부터 나왔기 때문에 죄가 아니로다, 그는 말했나니, 그리하여 우리들의 동정녀 자신도 대(大)천사 가브리엘에게 가로되 당신의 말씀에 따라 내게 이루어지이다[44], 했도다. 신부님은 너무나 친절하고 신성한지라 그녀는 수놓인 꽃 디자인이 있는 가장자리 주름 장식의 차 보온병(保溫瓶)용 주머니를 선물로서 또는 한 개의 시계를 그를 위해 주선할 수 있을까 자주 자주 생각하고 생각했으나 그녀가 40시간 기도를 위한 꽃 때문에 그곳에 갔을 때 시간을 알리기 위해 조그마한 집에서 나온 한 마리 카나리아 새가 달린 금은제의 시계 하나를 벽로대 위에 갖고 있음을 목격했기에 무슨 종류의 선물을 드려야 좋을지 알기 힘들기 때문이라 아니면 혹시 더블린이나 어떤 곳의 풍경화의 앨범이라도.

          분통터지게 하는 쌍둥이 꼬마 개구쟁이들이 다시 싸우기 시작했는지라 재키가 바다를 향해 공을 내던지자 그들 둘이 그걸 뒤따라 달려갔다. 시궁창 오물처럼 흔해빠진 꼬마 원숭이 놈들. 누구든지 저놈들을 붙들고 홀로 제 자리에 있도록 어디 호되게 때려 주어야하는 거다, 두 놈을 다. 그리고 시시와 에디가 돌아오도록 그들 뒤로 고함을 질렀는지라 왜냐하면 그들은 조수(潮水)가 그들 위를 덮쳐, 익사할까 두려워했기 때문이다.

— 재키! 토미!

          그런 걸 들으려고! 얼마나 엄청난 생각을 가진 놈들인데! 그래서 시시는 이제 이놈들을 데리고 나오는 것은 정말 마지막이라고 말했다. 그녀는 벌떡 일어서서 그들을 부르며 그녀의 머리카락을 뒤쪽으로 펄럭이면서, 신사를 지나 경사진 길을 뛰어 내려갔는지라 그런데 머리카락이 만일 숱만 더 있었더라면 색깔이 참 훌륭했을 텐데 그러나 그녀가 언제나 속으로 문질러 바르는 뭐라나 별별 걸 가지고도 머리를 한층 길게 자라나도록 할 수는 없었으니 왜냐하면 그것은 자연스럽지 못했기 때문이요 그런고로 그녀는 절망한 나머지 그걸 그만 두는 수밖에 없었다. 그녀는 긴 거위 걸음걸이로 달려갔는데 너무나 팽팽한 그녀의 스커트 옆이 찢어지지 않는 것이 기적이었으니 왜냐하면 시시 카프리한테는 지나치게 말괄량이 기질이 있는데다가 그녀가 몸을 드러낼 좋은 기회가 있다고 생각할 때마다 그녀는 주제넘은 자요 그리고 그녀가 달리기 선수라는 바로 그 이유 때문에 그렇게 뛰었던 것이니 그런고로 신사는 그녀가 달려갈 때 그녀의 스커트의 끝과 그녀의 말라깽이 정강이를 가능한 한 멀리까지 다 볼 수가 있었다. 만일 그녀가 키가 커 보이도록 일부러 그녀의 굽 높은 구부러진 프랑스제(製) 하이힐을 신고 우연히 뭔가에 걸려 넘어지기라도 했더라면 정말 가관(可觀)

이었으리라. '따블로(그 광경을 상상해 보라)!' 그러한 것을 목격한다는 것은 신사에게는 정 1
말 매력적인 노출이었을 거다.

천사들의 여왕, 성조(聖祖)들의 여왕, 예언자들의, 모든 성자들의 여왕이여, 사람들
은 기도를 올렸는지라, 가장 성스러운 로사리오의 여왕이여 그리하여 그때 콘로이 신부가
향로(香爐)를 성당 참사회원 오한런에게 넘겨주자 그는 향을 넣고 성체에 분향했나니 그러 5
자 시시 카프리는 두 쌍둥이들을 붙들어 그들에게 귀가 윙 울리도록 한 대씩 후려갈겨 주
고 싶어 견딜 수가 없었으나 그럴 수가 없었으니 왜냐하면 신사가 쳐다보고 있을 것이라 생
각했기 때문이요 그러나 그녀는 보다 큰 잘못을 일생 통틀어 결코 저질러 본 적이 없었는지
라 왜냐하면 거티는 보지 않고서도 맞은편의 신사가 그녀한테서 눈을 떼지 않고 있다는 것
을 알 수 있었기 때문이니 그리하여 그때 성당 참사회원 오한런이 향로를 다시 콘로이 신부 10
에게 넘겨주며, 성체를 쳐다보면서 무릎을 꿇자 성가대가 '딴똠 에르고(숭배 속에 엎드리나
이다)'를 부르기 시작하고 그리하여 음악이 '딴뚜메르 고사 끄라멘 뚬(따라서 숭배 속에 엎
드리나이다)'[45]에 맞추어 솟았다 낮아졌다 하자 그녀는 박자에 맞추어 그녀의 발을 앞뒤로
흔들었다. 3실링 11페니를 그녀는 조지가(街)의 스패로우 점[46]에서 화요일에, 아니 부활제
전날인 월요일에 그 스타킹을 위해 돈을 지불했는지라, 거기에는 한 점의 흠도 없었는 바, 15
바로 그가 쳐다보고 있는 것은 투명한 스타킹이요 모양도 형태도 없는(뻔뻔스럽기도!) 무의
미한 것이 아닌지라 왜냐하면 신사는 머릿속에 그러한 차이를 혼자서 보는 눈을 가졌기 때
문이다.

시시는 두 쌍둥이와 그들의 공을 가지고 개펄에서 올라왔는데, 뛰었기 때문에 모자가
한쪽으로 머리 위에 아무튼 얹힌 채 그리고 그녀는 단지 두 주일 전에 자신이 산 싸구려 블 20
라우스를 마치 넝마처럼 등에 걸치고 두 아이들을 끌면서, 그녀의 페디코트 끝을 흡사 만화
인물처럼 내달고, 정말이지 치신없는 여자처럼 보였다. 거티는 자신의 머리카락을 정돈하
기 위하여 잠시 모자를 벗었는지라 소녀의 어깨 위에 그 보다 더 예쁘고, 밤[栗]갈색의 머
리다발을 가진 보다 미려한 머리는 결코 볼 수 없었는 바 - 하나의 빛나는 작은 환상이요,
정말이지, 그 아름다움에 있어서 사람을 거의 미치게 할 지경이었다. 그와 같은 류(類)의 25
아름다운 머리카락을 가진 머리를 발견하려면 수많은 긴 마일의 여행을 해야만 하리라. 그
녀는 자신의 모든 신경을 얼얼하게 하는 감탄의 빠르고 응답하는 듯한 뻔쩍임을 신사의 눈
속에 거의 볼 수 있었다. 그녀는 모자 테두리 밑으로 쳐다 볼 수 있도록 모자를 도로 썼는
지라 그의 눈 속의 표정을 포착하자 헐떡이는 숨결에 맞춰 버클 달린 신발을 한층 빨리 흔
들었다. 그는 뱀이 그의 먹이를 노려보듯 그녀를 빤히 쳐다보고 있었다. 그녀의 여성의 본 30
능이 그녀가 그이 속에 악마를 불러냈음을 그녀에게 일러주었는지라 그 생각에 한 점 타는
듯한 홍조가 목구멍으로부터 이마까지 엄습하자 마침내 그녀의 얼굴의 고운 빛깔이 한 송
이 찬란한 장미가 되었다.

에디 보드먼은 그것을 역시 목격하고 있었으니 왜냐하면 그녀는, 반(半) 미소를 지으면
서, 늙은 하녀처럼 안경을 걸치고, 아기를 달래는 척하며, 거티를 사팔뜨기 눈으로 쳐다보고 35
있었기 때문이다. 정말이지 화 잘 내는 꼬마 각다귀가 바로 그녀였으니, 언제나 그럴 것 같
았는 바 그리하여 그것이 그녀로 하여금 그녀와 아무런 관계도 없는 일에 간섭함으로써 누구
와도 그녀와 사이좋게 지낼 수 없는 이유였다. 그러자 그녀는 거티에게 말했다:
— 뭘 멍하니 생각하고 있니.
— 뭐라고? 거티는 최고의 하얀 이빨에 의해 한층 더 해진 미소로서 내답했다. 시간이 늦 40
지 않았나 생각하고 있었을 뿐이야.

왜냐하면 그녀는 정말이지 그들이 그 코흘리개 쌍둥이와 그들의 아기가 장난치지 못

하도록 집으로 데리고 갔으면 원했는지라 고로 그것이 그녀가 이제 시간이 늦었다고 살짝 일러주는 이유였다. 그리하여 시시가 다가왔을 때 에디가 몇 시냐고 묻자, 여전히 잘 지절대는, 시시양은 입 맞출 시간 반(半)이 지나, 다시 입 맞출 시간이라고 말했다. 그러나 에디는 시간을 알고 싶었는지라 왜냐하면 그들은 일찍 돌아오도록 일러 받았기 때문이다.

— 가만있어, 시시가 말했다. 저기 피터 아저씨에게 달려가 그의 시계로 지금 몇 시인지 물어 봐야겠어.

그런고로 그녀가 건너가자 그는 그녀가 다가오는 것을 보았을 때 그녀는 그가 호주머니에서 손을 꺼내, 안절부절못하며, 그리고 성당을 위로 쳐다보면서, 시계 줄을 만지작거리기 시작하는 것을 볼 수 있었다. 비록 그는 정열적인 천성을 갖고 있긴 하지만 거티는 그가 자기 자신에 대하여 엄청난 자제를 하고 있음을 볼 수 있었다. 한순간 그는 자신의 시선을 끌었던 매력에 현혹된 채, 거기 머물러 있었으니, 그러자 다음 순간 그의 탁월하게 보이는 용모의 한 줄 한 줄 속에 드러난 자제(自制)를 지닌, 조용하고 정중한 얼굴의 신사가 되어 있었다.

시시가 실례지만 지금 정확하게 몇 시쯤 되었는지 말해 줄 수 있느냐고 그에게 묻자, 거티는 그가 시계를 꺼내, 그에 자세히 귀를 기울이고 위를 쳐다보며, 그의 목구멍을 가다듬고 있는 것을 볼 수 있었으니 그는 미안하지만 시계가 서 버렸는지라 해가 졌으니까 틀림없이 여덟 시가 지났을 걸로 생각한다고 말했다.[47] 그의 목소리는 교양 있는 기미를 지녔는지라 그리고 비록 그가 신중한 말투로 말했으나 그의 원숙한 목소리에는 한 가닥 의심스런 전율(戰慄)이 어려 있었다. 시시는 감사하다고 말한 뒤 혀를 내민 채 되돌아와서는 아저씨께서 그의 수도(水道)가 고장이 났다고 하더라고 말했다.

그 무렵 사람들은 '딴뚬 에르고(숭배 속에 엎드리나이다)'의 제2절을 노래 불렀고 성당 참사 오한런이 다시 자리에서 일어나 성체에 분향하고 무릎을 꿇으며 콘로이 신부께 촛불 하나가 꽃에 불을 댕기려 하고 있다고 말하자 콘로이 신부가 자리에서 일어나 그것을 바로 세웠는지라 그러자 거티는 신사가 자신의 시계태엽을 감으며 기계에 귀를 기울이는 것을 볼 수 있었으니 그러자 그녀는 다리를 장단에 맞추어 전후로 한층 흔들었다. 날은 점점 어두워지고 있었으나 그는 아직 볼 수 있었으며, 계속 그녀 쪽을 쳐다보자 그는 시계의 태엽을 감거나 또는 무언가를 그것에 행하는 듯 그리고 이어 그것을 도로 넣고는 양손을 호주머니 속으로 도로 넣었다. 그녀는 일종의 감동이 자신의 몸 위로 온통 돌진하는 것을 느꼈고 그녀의 두피(頭皮)의 느낌이나 코르셋 주변의 홍분으로 미루어 그것[48]이 틀림없이 다가오고 있음을 알 수 있었으니 왜냐하면 지난번에도 역시 초승달 때문에 그녀는 자신의 머리카락을 잘랐기 때문이다. 그의 검은 눈이 그녀에게 다시 고정된 채, 그녀의 모든 몸의 윤곽을 들이마시면서, 그녀의 제단에 문자 그대로 참배하고 있었다. 만일 여태껏 한 사나이의 정열적 응시 속에 비(非)가식적(假飾的) 모정(慕情)이 있었다면 바로 저 남자의 얼굴에 그것을 분명히 찾아볼 수 있었으리라. 그것은 너를 위한 거야, 거트루드 맥도웰여, 그리고 너는 그 사실을 알고 있지.

에디는 돌아갈 준비를 시작했나니 정말이지 그녀에게 돌아가야만 할 시간이 되었는지라 그녀가 준, 작은 암시(暗示)가 바라던 효과를 나타냈음을 거티는 눈치챘나니 왜냐하면 유모차를 밀고 갈 수 있는 도로까지 해안을 따라 긴 길이 있었기 때문이요 그리하여 시시는 쌍둥이의 모자를 벗겨 머리카락을 손질해 주었는데 물론 그녀 자신을 매력적이 되도록 하기 위해서요, 그리하여 성당 참사회원 오한런이 그의 목에 불쑥 내밀고 있는 장법의(長法衣)를 입고 일어서자 콘로이 신부는 그에게 카드를 넘겨주어 읽도록 했는지라 그러자 그는 '빠넴 데 꼬엘로 쁘라에스띠띠스띠 에이스(당신은 천국으로부터 백성들에게 빵을 주셨나

이다) **'49)** 하고 읽었으며 에디와 시시는 그동안 내내 시간에 관해 이야기하면서 그녀에게 묻
고 있었으나 거티는 이제 그들의 아까 한 말에 대해 그들에게 대갚음 할 수 있는지라 가혹
하리만큼 정중하게 대답을 했나니 그러자 그때 에디는 거티에게 그녀의 애인이 그녀를 저
버렸기 때문에 상심하고 있는 게 아니냐고 물었다. 거티는 신랄하게 몸을 움츠렸다. 그녀의
눈으로부터 한 가닥 짧고 차가운 빛이 번쩍이며, 측정할 수 없는 다량의 소조를 말해 주었
다. 그것이 상처를 냈던 거다 - 오 그래요, 그것은 깊은 상처를 내었으니 왜냐하면 에디는
밉살스런 고양이 새끼를 닮아 사람의 마음을 상하게 할 거라 알고 있는 일들을 은근히 말하
는 스스로의 독특한 방법을 갖고 있었기 때문이다. 거티의 입술이 순간 무슨 말을 꾸미려고
급히 벌렸으나 그녀의 목까지 올라온 흐느낌을 억지로 참아야 했나니, 그녀의 목은 어느 예
술가가 꿈꾸었을 정도로 너무나 가냘프고, 너무나도 흠이 없는, 너무나 아름다운 모형을 띠
고 있었다. 그녀는 그가 알고 있는 이상으로 그를 사랑했다. 다른 모든 남성들과 마찬가
지로 마음 가벼운 사기꾼이요 변덕쟁이로서, 그도 그녀에게 어떠한 의미를 갖고 있는지를
결코 이해하지 못했으리라 생각하자 순간 그녀의 푸른 눈에 한 줄기 빠르고 매운 눈물이 솟
구쳤다. 두 친구들의 눈이 무자비하게 그녀를 뚫어지듯 쳐다보고 있었으나 그녀는 그들로
하여금 보라는 듯이 그녀의 새로운 정복자를 흘끗 쳐다보았는지라 한 가닥 용감한 노력으
로 동정하듯 되돌아 번득였다.

— 오, 거티는 번개처럼 재빨리, 크게 웃으며, 그리고 자만스레 머리를 번쩍 쳐들고, 응답
했다. 금년이 윤년이니가 내가 좋아하는 사람에게 프러포즈할 수 있지.

그녀의 말은 수정처럼 맑고, 산비둘기의 울음소리보다 한층 음악적으로, 울려나왔으
나, 그것은 침묵을 얼음장처럼 쪼개었다. 그녀의 젊은 목소리에는 자신이 가볍게 무시 당
할 인물이 아니라는 암시를 말해주었다. 허풍을 떨며 돈을 조금 갖고 있는 레기 군(君) 정
도라면 그녀는 그가 마치 쓰레기인 양 걷어차 버릴 수도 있었거니와 그를 결코 두 번 다시
생각지 않을 것이며, 그의 어리석은 우편엽서 따위 열두 조각으로 찢어 버리리라. 그리고
만일 이후로도 그가 감히 그런 짓을 계속한다면 녀석을 당장에 비틀어 없애 버릴 신중한 소
조의 시선을 그에게 줄 수 있으리라. 하찮은 꼬마 에디 양의 용모가 적지 않게 실색(失色)
하자, 거티는 멍멍이인, 그녀가, 비록 그걸 감추고 있을지라도, 단순히 그녀의 천둥처럼 암
담한 모습으로 미루어 일종의 격렬한 분노 속에 그녀가 빠져 있음을 알 수 있었으니, 왜냐
하면 아까 그 말의 화살이 그녀의 조그마한 질투심의 급소를 찔렀기 때문이요 그리고 그들
두 사람은, 거티야 말로, 다른 세계 속에, 유리(遊離)된 채, 동떨어진, 인물임을, 그녀는 그
들하고는 질적으로 다르며 결코 같을 수도 없거니와 그러한 사실을 알거나 그걸 보는 사람
은 역시 그 밖의 다른 사람일 거라는 것을 알고 있었으니 따라서 그들도 그걸 천천히 잘 반
성해 보는 것이 좋으리라.

에디는 아기 보드먼을 일으켜 세워 집으로 돌아갈 채비를 하고 시시는 공과 삽 그리고
양동이를 주서 담았는지라 동생 쪽인 보드먼 군에게 잠 귀신이 다가오고 있었기 때문에 돌
아가야 할 시간이 또한 되었던 거다. 그리고 시시 역시 그에게 빌리 윙크스[50]가 다가오고
있으니 아기는 잠자러 가야 한다고 말하자 아기는 기쁜 눈으로 위를 향해 크게 웃으며, 정
말 너무나 귀엽게 쳐다보았나니, 그리하여 시시는 아기의 통통하고 살찐 작은 배를 장난으
로 그처럼 쿡 찌르자 아기는, 실례라는 한마디 말없이, 그의 깔깔 새 턱받이에다 저마다 온
통 그의 인사를 토했던 것이다.

— 아, 저런! 푸딩 파이를! 시시가 항의했다. 턱받이를 다 버렸네.

그 사소한 '꽁트르땅(예기치 않던 일)'이 그녀의 주의를 환기시켰으나 그녀는 순식간에
그따위 하찮은 일을 올바른 상태로 고쳐 놓았다.

거티는 질식할 듯한 부르짖음을 억지로 참고 한 가닥 신경질적인 기침을 터뜨리자 에
디가 무슨 일이냐고 물었는데 그러자 그녀는 그따위 말을 마구 하다니 벌 받을 일이라고 그
녀에게 막 말해 주려고 했으나 자신의 행실에 있어서 언제나 숙녀다웠으므로 약삭빠른 재
치를 가지고 그건 축복의 기도라 말함으로써 단순히 그것을 얼버무려 넘겨 버렸는지라 왜
나하면 바로 그때 종소리가 성당의 종탑(鐘塔)으로부터 고요한 해변 위로 울려 나왔기 때
문이요 성당 참사 오한런이 그의 어깨 둘레에다 콘로이 신부님이 둘러 준 복사(服紗)[51]를
걸친 채 그의 양손에 성체의 빵을 든 채 감사의 기도문을 올리면서 제단 위로 올라왔기 때
문이었다.

거기 짙어 가는 황혼의 풍경은 얼마나 감동적이랴, 애란(愛蘭)의 마지막 광경, 사람들
의 마음을 감촉하게 하는 저 저녁의 종소리[52] 그리고 때를 같이하여 한 마리 박쥐가 담쟁이
덮인 종탑(鐘塔)으로부터 날아 나와 저녁의 어둠을 뚫고, 여기, 저기, 길 잃은 외마디 애처
로운 소리를 지르나니. 그러자 그녀는 등대의 불빛을 멀리 바라볼 수 있었는 바 너무나 그
림 같은지라 물감 박스를 가지고 그걸 그려보고 싶었나니 왜냐하면 그것은 사람을 그리기
보다 한층 그리기 쉬웠기 때문이요 곧 점등부(點燈夫)가 장로교회의 뜰을 지나 남녀가 쌍쌍
이 산책하는 그늘진 트리턴빌 가로를 따라 순회하면서 레기 와일리가 자전거의 페달을 밟
고 달리곤 하던 그녀의 창 가까이 램프 불을 댕겨 주리니, 그것은 마치 그녀가 〈마벨 본〉[53]
및 그 밖의 이야기의 저자인, 커민즈 양(孃)의 〈점등부〉[54]라는 저 책에서 읽은 것과 흡사했
다. 왜냐하면 그녀는 아무도 알지 못한 그녀의 꿈을 지녔나니. 자신이 시(詩) 읽기를 사랑
했는지라 그리고 그녀의 생각들을 써놓기 위하여 버사 서플한테서 기념으로 받은, 산호(珊
瑚)의 핑크 빛 커버를 한 아름다운 고백 앨범을 그녀의 화장대 서랍 속에 간직하고 있었으
니, 화장대는 비록 지나치게 사치하지는 않았지만, 꼼꼼하도록 산뜻하고 깨끗한 것이었다.
거기에 그녀의 소녀다운 보물, 거북 등 껍질의 빗, 그녀의 마리아 신심회 배지[55], 백장미
향수, 눈썹 먹, 그녀의 설화석고 분향상자(粉香箱子) 그리고 그녀의 세탁물이 세탁에서 돌
아오면 바꿔 다는 리본을 보관했으며 그리고 수첩에는 그녀가 데임가(街)의 헬리 상점에서
산 바이올렛 빛 잉크로 어떤 아름다운 생각들이 적혀 있었으니 왜냐하면 어느 날 저녁 그
녀가 발견한 데친 야채를 쌌던 신문지에서 자신이 빼긴 것으로 너무나 깊이 그녀를 감동시
킨 저 시(詩)처럼 만일 그녀가 자신의 생각을 표현할 수만 있다면 그녀도 역시 시를 쓸 수
있으리라 느꼈기 때문이다. 나의 사랑이여, 그대는 실재하나이까?[56] 그것은 마게라펠트[57]
의 루이스 J 월쉬의 작시로서, 그리고 그 뒤로 황혼이여, 그대는 언제나?에 관한 무슨 구절
이 있었는 바 그리하여 그것의 무상(無常)의 순결 속에 너무나 슬픈, 시의 아름다움이, 말
없는 눈물로서 그녀의 눈을 안개처럼 흐리게 했는지라 왜냐하면 그녀는 세월이 그녀에게,
하나하나, 덧없이 흘러가는 것을 느끼도록 했기 때문이요. 그리하여 그 한 가지 결점만 없
었더라면 그녀는 어떠한 경쟁자도 겁낼 필요가 없음을 알고 있었으니 그것은 달키 언덕을
내려올 때의 한갓 우연한 사고요 그녀는 그것을 언제나 애써 감추려고 했도다.[58] 그러나 그
런 생각은 끝내야 한다고 그녀는 느꼈다. 만일 그녀가 저이의 눈 속의 저 마력의 유혹을 본
다면 그녀로서 조금도 머뭇거릴 필요가 없으리라. 사랑은 자물쇠 장수를 조소하니까.[59] 그
녀는 아무리 큰 희생이라도 감수하리라. 그녀는 그의 생각을 나누기 위해 모든 노력을 다하
리라. 그녀는 그에게 전 세계보다 더 값진 것이 될 것이요 그의 나날을 행복으로 장식해 주
리라. 거기에는 가장 중요한 의문이 있었나니, 그녀는 그가 기혼자인지 아니면 아내를 잃
은 홀아비인지 혹은 저 노래의 나라 출신인 외국 이름을 가진 귀족처럼 어떤 비극이, 아내
를 정신병원에 처넣게 하고, 잔인하게도 사랑하게 했는지, 죽도록 알고 싶었던 것이다. 그
러나 비록 그렇더라도—그게 무슨? 그게 무슨 대단한 상관이랴? 그녀의 천품(天稟)은 적

어도 온갖 조잡한 일로부터 본능적으로 물러서게 했다. 그녀는, 도더 강(江)[60] 곁의 편이통로(便易通路) 쪽에 군인들이나 조야한 사나이들과 함께 걸어 다니는 타락한 여성들, 처녀의 정조 따위는 아랑곳없이, 성(性)을 퇴락 시키면서, 경찰서에 끌려 다니는, 그런 따위의 인간을 혐오했다. 천만에, 천만에: 그건 아니야. 그들은 대문자 S를 품은 사교계(Society)의 관습에도 불구하고[61], 모든 타자와 상관없이 바로 오누이처럼 훌륭한 친구가 되리라. 아마 그는 회상하기 힘든 먼 옛날부터 한갓 묵은 애정 때문에 비탄하고 있으리라. 그녀는 상대방을 이해한다고 생각했다. 그녀는 그를 이해하려고 노력할지니 왜냐하면 남자들이란 아주 딴판이니까. 묵은 사랑이, 조그마한 하얀 손을 뻗고, 호소하는 푸른 눈으로, 기다리며, 기다리고 있었다. 나의 심장이여! 그녀는 그의 꿈의 애인, 그는 온통 그녀의 것, 전 세계에서 그녀를 위한 단 하나의 남자라고 그녀에게 말하는 자신의 마음의 명령을 따를지니 왜냐하면 사랑은 최대의 안내자이니까. 그밖에 문제될 것이 뭐 있담. 어떤 일이 닥쳐오든 그녀는 야생의, 속박 없는, 자유로운 몸이 되리라.

성당 참사 오한런이 성체를 성궤(聖櫃) 속에 도로 넣고 한쪽 무릎을 꿇었나니 그러자 성가대가 '라우다떼 도미눔 옴네스 겐떼스(주를 찬미하라 모든 백성들이여)'[62] 하고 노래했고 그런 다음 축복의 기도가 끝났기 때문에 그는 성궤를 채웠나니 그리하여 콘로이 신부가 그에게 모자를 쓰도록 넘겨주었는지라 암상스런 고양이 에디는 거티에게 가지 않겠느냐고 물었으나 재키 카프리는 부르짖었다:

— 오, 저 봐, 시시!

그리고 그들 모두는 그것이 막전(幕電)이 아닌가 쳐다보았으나 토미는 성당 옆의 나무들 위로 그것이, 푸르고 이내 초록빛과 자줏빛을 띠는 것을 또한 보았다.

— 불꽃이다, 시시 카프리가 말했다.

그리고 그들은 모두 집들과 교회 위로 솟는 불꽃을 보기 위해, 허겁지겁, 해변으로 뛰어 달려갔나니, 에디는 아기 보드먼을 태운 유모차를 그리고 시시는 토미와 재키가 달려가다 넘어질까 봐 손을 붙들고.

— 가요, 거티, 시시가 불렀다. 바자 불꽃이야.[63]

그러나 거티는 요지부동이었다. 그녀는 그들이 시키는 대로 할 의도는 전혀 없었다. 만일 그들이 치신없는 여자들처럼 달려갈 수 있다라도 그녀는 그대로 앉아 있을 수 있으리니, 그녀는 지금 앉아 있는 곳에서도 볼 수 있다고 말했다. 그녀에게 매달린 신사의 눈이 그녀의 맥박을 팔딱팔딱 뛰게 했다. 그녀는 그의 시선과 부딪치며, 잠시 그를 쳐다보았다, 그러자 한 줄기 빛이 그녀를 엄습했다. 백열(白熱)의 정열이 저 얼굴 속에 있었으니, 무덤처럼 묵묵한 정열, 그리하여 그것이 그녀를 그의 것으로 만들었다. 마침내 그들은 타인들이 엿보거나 말을 건네는 일없이 홀로 남게 되었고 그녀는 그가 최후까지 신인 반을 수 있음을 알았디, 획고부동한, 견실한 남자, 그의 손가락 끝까지 불굴의 명예를 지닌 남자. 그의 두 손과 얼굴이 움직이자 한 가닥 전율이 그녀의 온몸을 덮쳤다. 그녀는 불꽃이 어디 있는지를 쳐다보기 위해 몸을 훨씬 뒤로 젖히고 쳐다보면서 넘어지지 않도록 두 손으로 그녀의 무릎을 붙들었는지라 보는 사람이라고는 그와 그녀뿐 아무도 없었으니 그때 그녀는 나긋나긋하고 부드럽고 섬세하게 둥근, 그녀의 우아하고 아름다운 모습의 양다리를 온통 노출시켰는지라 그리하여 그녀는 그의 심장의 고동, 그의 거친 숨결을 듣는 듯 했나니, 왜냐하면 그녀는 그와 같은, 열혈(熱血)의 사나이들의 정열에 관해 또한 알고 있었기 때문이요, 버사 서플이 그녀더러 한때 극비에 말했는지라 그리고 그녀로 하여금 그들과 함께 묵고 있던 인구밀집지역 조사과 출신의 그 신사 기숙자에 관해 절대 말하지 말도록 맹세시켰는 바 그자는 신문지에서 스커트 댄서나 하이키커들의 사진을 오려 갖고 누구든 상상할 수 있는 그다지 좋지 않은 행실을 침대 속에서 때때로 하곤 했다고 그녀가 말했기 때문이다. 그러나 이것은 그와 같은 것과는 전혀 딴판이라 왜냐하면 그녀는 그가 그녀의 얼굴을 자신의 얼굴에다 끌어당기는 것을 그리고 그의 잘생긴 입술의 최초의 빠르고 뜨거운 감촉을 거의 느낄 수 있었기 때문이다. 게다가 결혼하기 전에 다른 짓을 하지 않는 한 사면(赦免)이 있고 그대가 털어놓지 않아도 이해할 여성 사제들이 있어야만 했나니, 시시 카프리 역시 때때로 그녀의 눈속에 꿈에 어린 듯 꿈에 어린 저런 시선을 지녔는 바 그런고로 그녀 역시, 정말이지, 그리고 윈니 리핑엄 또한 배우(俳優)들의 사진에 너무나 미쳐 있는지라 게다가 그런 기분이 들다니 저 다른 것이 도중에 다가오고 있었던 거다.

그리고 재키 카프리가 쳐다보도록 고함을 질렀는지라, 거기 또 다른 하나가 그리고 그녀가 몸을 뒤로 젖히자 양말대님이 투명함 때문에 조화를 이루어 푸르렀고, 그들 모두들, 봐, 봐, 저기 솟았어, 소리를 지르자 그녀가 불꽃을 보기 위해 한층 멀리 몸을 뒤로 젖혔나니 그리고 어떤 기묘한 것이 공중을 날고 있었는지라, 뭔가 부드러운 것, 여기저기, 까맣게. 그리고 그녀는 기다란 로마 불꽃 하나가 나무들 위로, 높이, 높이, 솟아오르는 것을 보았나니, 그리고 긴장된 침묵 속에, 불꽃이 점점 더 높이 올라가자 그들은 모두 흥분으로 숨이 막힐 지경이었는지라 그녀는 그것을 뒤로 쳐다보기 위해 더 많이 그리고 더 많이 몸을 뒤로 젖혀야만 했나니 높이, 높이, 거의 시야에서 살아지며, 그리고 그녀의 얼굴이 무리하게 뒤로 긴장했기에 한 가닥 성스럽고, 매력적인 홍조로 충만했는지라 그는 그녀의 그 밖의 다른 것들도 또한 볼 수 있었으니, 짧은 불루머 팬티, 4실링 11페니짜리, 녹색의 것, 저 다른 속옷들보다, 하얗기 때문에 한층 어울리는, 살결을 애무하는 면직물, 그리고 그녀는 그를 내버려두었는지라 그가 보고 있는 것도 알았으며 그러자 이내 불꽃이 너무 높이 솟아 순간적으로 시야에서 사라졌나니 그리고 그녀가 너무나 뒤로 몸을 젖혔기에 사지가 떨리고 있었는지라 그는 심지어 그녀가 그네를 타거나 혹은 강을 건널 때 여태껏 아무도 본적 적이 없는 그녀의 무릎 위 높이까지 환히 보았나니 그리고 그녀는 부끄럽지 않았고 그도 게다가 그처럼 불순한 모양으로 쳐다보려 하지 않았는지라 왜냐하면 쳐다보는 신사들 앞에서 너무나도 무례하게 행동하는 그따위 스커트 댄서들처럼 반쯤 제공된 그 놀라운 노출의 광경을 억제할 수 없었기 때문이니 그리하여 쳐다보고, 계속 쳐다보았도다. 그녀는 숨이 막히듯 그에게 소리질러 부르고 싶었는지라, 그녀의 눈처럼 하얀 가느다란 양팔을 그가 다가오도록 내뻗었던 것이니 그녀의 하얀 이마에 그의 입술이 닿는 것을, 그녀로부터 짜낸, 젊은 소녀의 사랑의 부르짖음, 가슴을 억누르는 작은 부르짖음, 여러 시대를 통하여 울려 왔던 저 부르짖음을 감촉하기 위해. 그리고 그때 한 개의 로켓이 솟아 꽝 터지자 깜깜하고 막 막해 졌는지라 그리고 오! 이어 로마 불꽃이 터지자 그것은 오! 하는 탄식 같았나니 그리고 모든 이가 환희에 넘쳐 오! 오! 부르짖는지라 불꽃은 그로부터 금발 같은 빗줄기 실을 내뿜으며 발산했는지라 아! 그들은 모두 황금빛으로 떨어지는 녹색의 이슬 같은 별들이었도다. 오 그토록 아름다운, 오, 부드럽고, 달콤하고, 부드러운지고![64]

그러자 이어 모든 것이 잿빛의 공중에 이슬처럼 녹아 없어졌다: 모두가 잠잠해졌다. 아! 그녀는 재빨리 몸을 앞으로 구부리며 그를 언뜻 쳐다보았나니, 애처로운 항의의, 그가 그로 인해 소년처럼 붉힌 수줍은 비난의, 애수적(哀愁的) 가냘픈 시선. 그는 뒤쪽 바위에 몸을 기대고 있었다. 리오폴드 블룸(그가 바로 그이인지라)이 저 젊고 악의 없는 시선 앞에 고개를 수긴 채, 묵묵히 서 있다. 그는 얼마나 짐승이었던가! 다시 그런 짓을? 한 아름다운 순결의 영혼이 그를 불렀는지라 그런데, 그이야말로 비열한 사내였나니, 그는 어떻게 응답했던고? 그는 전적으로 못난 사내였도다! 모든 남자들 가운데서도! 그러나 소녀의 저 눈속에는 한없이 깊은 자비(慈悲)가 간직되어 있었으니, 비록 그가 과오를 저지르고 죄를 범하고 방랑했을지언정 그를 위하여 용서(容恕)의 말이 있었도다. 소녀는 말할 것인고? 아니야, 천번 만번, 천만에. 그것은 그들의 비밀, 단지 그들만의 것, 저물어 가는 황혼 속에 홀로 그리고 해거름을 뚫고 여기저기 너무나도 조용히 날고 있던 저 작은 박쥐 외에는 그것을 알거나 말할 사람은 아무도 없었는지라 작은 박쥐들은 말하지 않는다.

시시 카프리는, 자신이 얼마나 위대한 사람인지를 보여 주기 위해 축구경기장의 소년들을 흉내 내며, 휘파람을 불었다: 그런 다음 부르짖었다:

— 거티! 거티! 우린 가요. 와요. 한층 멀리서도 우린 잘 볼 수 있어.

거티는 한 가지 생각을 갖고 있었으니, 사랑의 조그마한 책략(策略) 하나. 그녀는 손수건 포켓에 한 손을 넣어 향수 뿌린 솜 수건을 꺼내 물론 그가 눈치채지 않도록 답례로 흔든 다음 도로 그것을 슬쩍 넣었다. 그이는 너무 멀리 떨어져 있는지 몰라. 그녀는 일어섰다. 그것이 작별이던가? 아니야. 그녀는 가야만 했으나 그들은 다시 만나게 되리라, 거기서, 그리고 그때, 내일까지, 그것을 꿈꾸려니, 그녀의 어제 저녁의 꿈을. 그녀는 몸을 한껏 뻗었다. 그들의 영혼은 최후의 머뭇거리는 시선 속에서 마침내 만났는지라 그리하여 그녀의 마음까지 다다른 그의 눈은 이상스런 빛으로 충만 되어, 그녀의 아름다운 꽃 같은 얼굴 위에 황홀한 채 매달렸다. 그녀는 반(半) 미소를 이지러지게 그에게 띠었는 바, 한 가닥 감미롭고 용서하는 미소, 금방 눈물로 바뀔 찰나의 미소를, 이어 그들은 헤어졌다.

천천히, 뒤돌아보지 않고, 그녀는 시시에게로, 에디에게로, 재키와 토미 카프리에게로, 꼬마 아기 보드먼에게로, 울퉁불퉁한 갯가를 내려갔다. 날은 이제 한층 어둡고 물가에는 돌멩이들과 나뭇조각들 그리고 미끄러운 해초(海草)가 깔려 있었다. 그녀는 그녀 특유의 일종의 확실하고 조용한 위엄을 갖고 그러나 조심스럽게 그리고 아주 천천히 걸었다 — 왜냐하면 거티 맥도웰은……

구두가 빡빡한가? 아니야. 그녀는 절름발이다! 오!

블룸 씨는 그녀가 절면서 걸어가자 자세히 그녀를 살펴보았다. 불쌍한 소녀! 그 때문에 그녀 혼자 바위 턱에 남고 다른 이들은 단거리 경주로 달려간 거로군. 그녀의 몸차림으로 뭔가 잘못된 것이 있다고 생각했지. 걸어 채인 미녀, 한 가지 결점이 여자에게는 열 배의 해(害)가 되지. 그러나 그들을 겸손하게 하는 거다. 그녀가 그걸 노출했을 때 내가 몰라봤으니 다행이군. 그런데도 언제나 꽤 정열적인 아가씨야. 내가 상관할 게 뭐람. 수녀 혹은 흑인 소녀 혹은 안경 낀 소녀처럼 호기심을. 저 사팔뜨기 처녀는 참 다감하지. 그녀의 월경(月經) 가까이, 그 때문에 불안해하고 있는 것, 같아. 전 오늘 이렇게 두통이 심해요. 내가 편지를 어다다 두었더라? 그래, 됐어. 모든 종류의 미칠 듯한 그리움들. 페니짜리 동전을 핥으며. 트란퀼라 수녀원[65]의 소녀는 석유(石油) 냄새를 맡기 좋아한다고 저 수녀가 내게 말했지. 처녀로 있으면 결국에 가서는 미쳐 버리는 것 같아. 수녀? 더블린에서 오늘 얼마나 많은 여인들이 그걸 하고 있을까? 마사, 그녀, 공중(空中)의 그 무엇. 그것은 달〔月〕 때문이야. 그러나 그러면 왜 모든 여성들은 똑같은 달을 가지고 똑같은 시간에 월경을 하지 않지, 내 말은? 태어나는 시간에 달려 있는 것 같아. 아니면 모두들 출발은 같으나 걸음이 흐트러지는 거다. 때때로 몰리와 밀리가 함께. 아무튼 나는 그것[66]을 오늘 가장 잘 이용했지. 오늘 아침 그녀의 어리석은 편지를 놓고 목욕탕에서 그걸 하지 않았으니 경칠 다행한 일이야 저는 당신을 벌줄 테예요. 오늘 아침 저 전차 운전사를 보충한 셈이다. 저 사기꾼 맥코이가 쓸데없는 걸 말하느라 나를 붙들어 세우고. 그런데 그의 아내는 시골 여행가방으로 연주여행이라니, 마치 곡괭이 찍는 듯한 목소리. 작은 호의에 대한 감사. 역시 저질이야. 원한다면 언제나 하는 식. 왜냐하면 여자들은 하고 싶어 하니까. 그들의 본능적 욕구지. 매일 저녁 사무실에서 떼를 지어 쏟아져 나오는 그들의 군상들. 모르는 체하고 있는 게 나아. 원하지 않으면 그들 쪽에서 밀어닥치기 마련. 그들을 산 채 잡는다, 오. 가엾게도 그들 자신이 볼 수 없다니 안 됐군. 터질 듯한 스타킹에 대한 꿈. 그걸 어디서 봤더라? 아하, 그래. 캐펄가(街)의 연속 활동사진기: 단지 성인 남자만을 위한. 엿 보는(피핑) 톰. 윌리의 모자 그런데 소녀들은 그걸로 뭘 했더라. 그들은 저들 소녀들을 스냅 사진 찍는 걸까 아니면 모두 가짜인가? '렝즈리(란네르 속옷)'가 자극하는 거다. 그녀의 '데자비이(평상복)' 안쪽의 육체의 곡선을 더듬었다. 그럴 때 여자들도 역시 흥분하지. 저는 아주 깨끗하니 와서 더럽혀 줘요. 그리고 여자들은 그런 희생을 위해 서로 옷 입기를 좋아하지. 밀리는 몰리의 새 블라우스를 입고 좋아했어. 애초에는. 그들에게 옷을 입혀 주는 것은 도로 벗겨 주기 위해서다. 몰리. 내가 그녀에게 바이올렛 양말대님을 사준 것도 그 때문이야. 우리들 남자들도 마찬가지: 그 녀석[67]이 매고 있던 타이, 그의 화려한 양말과 접어 올린 바지. 우리가 처음 만났던 날 밤 녀석은 한 벌의 각반(脚絆)을 차고 있었어. 녀석의 뭐 밑에 멋진 서츠가 반짝이고 있었지? 검은 옥색의. 이를테면 여자는 모든 핀을 뽑아 버리면 매력을 잃는 거다. 핀으로 함께 감싼 채. 오, 메어리는 그녀의 핀을 잃었다네. 누군가를 위해 근사하게 성장(盛裝) 하고. 유행 그네들의 매력의 일부. 비밀을 캐고 들면 바로 태도가 변하지. 동방의 변함없는 옷은 예외: 마리아, 마르타: 그때처럼 지금도. 합리적인 제안(값)이면 거절하지 않음.[68] 그 애는 게다가 급히 서두르지 않았어. 여자들이 급히 서두를 때는 언제나 남자를 만나러 갈 때지. 그네들은 시간 약속을 결코 잊지 않아요. 아마 투기적으로 외출하는 모양이야. 여자들은 우연한 기회를 믿는지라 왜냐하면 그들 자신이 그런 거니까. 그런데 다른 여자들이 그녀를 은근히 빈정거리고 싶었던 거야. 팔로 서로의 목을 끌어안거나 혹은 열 손가락을 깍지 끼고, 수녀원의 뜰 안에서 입을 맞추며 아무것도 아닌 걸 가지고 비밀인 척 쑤군거리고 있는 여학교의 소녀 친구들. 석회수로 썼은 듯한 하얀 얼굴을 한 수녀들, 청결한 두건(頭巾) 그리고 묵주가 오르락내리락, 그들이 손에 넣을 수 없는 것에 대해 앙심도 역시 대단하지. 철조망.[69] 그래 정말이야 그리고 내게 편지해. 그러면 나도 네게 편지할게. 꼭 이야 응? 몰리와 조시 파우얼.[70] 라이트 씨(氏)[71]가 나타날 때까지, 그런 다음 좀체 만나지 않아. '따블로(그 광경을 상상해 봐)!' 오, 정말이지 누가 나타나나 좀 보란 말야! 도대체 잘 있었니? 지금까지 혼자 뭘 하고 있었어? 키스해요 그리고 기뻐하며, 자, 키스 해, 널 만나니 말이야. 서로의 용모에 흠을 들추어내면서. 넌 참 근사하게 보여. 자매 친구들. 서로에게 이빨을 드러내고. 넌 몇 개나 남았니? 피차 남의 이야기는 전혀 받아들이려 하지 않지.

　　아!

　　그들은 그게 다가올 때는 마치 악마 같지. 까만 악마 같은 용모. 몰리는 몸이 1톤이나 되는 것 같은 느낌이에요 하고 내게 이따금 말했지. 저의 발바닥 좀 긁어 줘요. 오 그렇게! 아이, 기분 좋아! 나 자신도 그런 느낌이 들거든. 경우에 따라서는 한 번쯤 쉬는 게 좋아. 그런 시기에 동침하는 것은 나쁜 건지 몰라. 한편으로 안전하기도 해. 우유를 변화시킨다, 바이올린 줄을 뚝 끊어지게 한다. 정원의 나무들도 시든다는 이야기를 나는 읽었어. 그밖에도 여인이 옷에 달고 있는 꽃이 시들면 그녀의 마음도 들뜬다고 사람들은 말하지. 모두 다가. 아마도 아내는 느꼈을 거야 내가. 그와 같은 느낌을 하고 있으면 상대방도 이따금 그런 느낌을 하기 마련. 내게 호감을 갖거나 아니면 뭘? 그들은 옷을 보지. 사랑을 구하고 있는 남자를 언제나 알아본단 말이야: 칼라와 커프스. 글쎄 수탉이나 사자도 꼭 마찬가지야 그리고 수사슴도. 동시에 넥타이 혹은 뭐가 헐렁하게 있으면 한결 좋아하지. 양복바지? 혹시 바로 그때 내가? 아니야. 점잖게 하는 거야. 거칠거나 뒹구는 걸 좋아하지 않아. 어둠 속에 키스하고 그걸 결코 입 밖에 내지 않지. 나의 어딘가가 마음에 들었던 거다. 뭔지 몰라. 곰 기름을 바른 반죽 머리카락, 오른쪽 안경 위에 애교머리를 한, 어떤 시인 녀석보다 그대

로 있는 나를 한층 빨리 선택하지. 문예 저작을 하는 신사를 돕기 위해.[72] 내 나이에는 용모
에 신경을 써야만 해. 그녀가 내 얼굴 옆모습을 보도록 하지 않았다. 하지만, 결코 알 수 없
단 말이야. 예쁜 처녀들과 못생긴 남자들이 결혼한다. 미녀와 야수(野獸). 게다가 혹시 몰
리가 하면 나는 그럴 수가 없지. 머리카락을 보이기 위해 그녀의 모자를 벗었어. 넓은 차
양. 그녀의 얼굴을 가리기 위해 샀었다. 그녀를 아는 사람을 만나면 허리를 꾸부리거나 혹
은 들고 있는 꽃다발의 냄새를 맡는다. 발정(發情) 때는 머리 냄새가 지독해요. 홀레스가
(街)에서 우리가 곤경에 처했을 때 몰리의 빗을 팔아 10실링을 벌었어. 안 될 게 뭐람? 만
일 그 녀석[73]이 아내한테 돈을 준다면. 안 될 게 뭐람? 모두 편견. 그녀는 10실링, 15실링,
그 이상, 1파운드의 가치가 있어요. 뭐? 난 그렇게 생각해. 그걸 모두 공짜로. 대담한 필적
(筆跡): 마리언 부인. 언젠가 플린[74]에게 내가 보낸 우편엽서처럼 아까 저 편지에 주소 쓰
는 것을 잊었나? 그리고 드리미 상점에 넥타도 매지 않고 갔던 어느 날, 몰리와 다투고 그
때문에 나를 미워했지. 아니야, 나는 기억해. 리치 고울딩: 그는 사람이 달라졌어. 그의 마
음의 부담. 4시 반에 나의 시계가 서 버리다니 참 우습기도 해. 먼지. 그들은 상어의 간유
(肝油)를 시계 청소하는데 쓰지. 그거라면 내 손으로도 할 수 있을 거야. 절약. 그때가 바
로 그 녀석이, 그녀가?[75]

오, 녀석이 했어. 그녀 속에다. 그녀가 했어. 당했어.

아!

블룸 씨는 조심스런 손으로 젖은 셔츠를 다시 바루었다. 오 주여, 저 꼬마 절름발이 악
마 같으니. 차갑고 끈적끈적한 느낌이 들기 시작하는군. 뒷맛이 좋지 못해. 하지만 어떻게
해서든지 그것을 제거해야만 하는 거다. 그네들은 예사야. 아마 고마워했겠지. 집으로 가
서 맛있는 빵과 우유를 먹으며 꼬마 아기들과 밤 기도를 드릴 거야. 글쎄, 그렇잖겠어? 여
자를 있는 그대로 보면 아무것도 아니야. 무대 장치를 해야만 하는 거지, 입술연지, 의상,
자세, 음악을. 이름도 역시. 여우(女優)들의 아무르(정사[情事]). 넬 그윈,[76] 브레이스거
들 부인,[77] 모드 브렌스콤[78] 막(幕)이 오른다. 월광(月光)의 은빛 광채. 애수(哀愁)의 가
슴을 드러낸 처녀. 사랑하는 이여 와서 키스해 줘요. 아직도, 나는 느끼고 있어. 그것은 남
자에게 힘을 주는 거다. 그것이 비결이지. 디그넘가(家)에서 나오며 벽 뒤에다 쏟아 버렸
으니 잘했어.[79] 그건 사과주 때문이었어. 그렇지 않고는 어떻게 할 수가. 그러고 나면 노래
가 부르고 싶지. '라카우스 에산트 타라타라(동기는 신성한 것이로다).'[80] 내가 그녀에게 말
을 건넨다고 가정하면. 뭐에 관해? 그러나 만일 대화를 끝맺을 줄 모르면 계획이 뒤틀리고
말지. 여자들에게 한 가지 질문을 하면 그들은 다른 것을 질문한다. 옴짝달싹 않는 게 좋은
생각이야. 시간을 끈다. 그러나 그러다가 진짜 혼이 나지. 물론 만일 이렇게 말하면 훌륭해
요: 안녕하십니까, 그러면 그녀가 이내 응답하는 거다: 안녕하세요. 오 하지만 캄캄한 지녁
나절 애피언 통로[81]에서 나는 클린치 부인에게 그녀가 인줄 알고 말을 걸 뻔했지. 휴우! 그
날 밤 미드가(街)[82]의 소녀. 온갖 불결한 말을 그녀더러 다 시켜 봤지. 물론 모두 심한 말.
나의 방주(方舟)라고 그녀는 그걸 불렀어.[83] 그러한 여인을 발견한다는 것은 너무나 어려
운 일. 이봐요! 그네들이 유혹할 때 응하지 않으면 정말 무서워요 마침내 그들은 얼굴이 굳
어져 버리지. 그런데 내가 여분의 2실링의 팁을 주었더니 손에다 입을 맞추었어. 앵무새들
이라니까. 단추를 눌러 봐요 그러면 새가 짹짹 울 테니. 제발 나를 선생님이라 부르지 않았
으면. 오, 어둠 속의 그녀의 입! 그런데 당신 유부남이 독신녀와! 그걸 그네들은 좋아하지.
다른 여성으로부터 님자를 낚아채는 것이다. 또는 그런 이야기를 듣는 것만이라도. 나하고
는 틀리지. 다른 녀석의 아내로부터 멀리하는 것이 기쁜 일이지. 그 녀석의 먹다 남은 찌꺼
기를 먹어치우는 셈이야. 오늘 버튼 상점의 그 녀석 껌같이 씹힌 연골을 뱉고 있었어. 프렌

치 레터[84]가 아직 나의 수첩에. 근심거리의 절반이 그 때문. 그러나 언젠가 발생할지 모르지, 내 참 원. 들어오세요, 준비 다 되어 있어요. 저는 꿈을 꾸었어요. 무슨? 악(惡)은 시작된다. 마음에 들지 않으면 그네들은 이내 화제를 어떻게 바꿔야 하는지를 알지. 당신 버섯 좋아 하세요 그녀는 묻는다. 왜냐하면 그녀는 그걸 좋아하는 신사를 한때 알고 있었으니까. 또는 어떤 사람이 말을 꺼내려다 마음을 돌려 입을 다물면 저이가 무슨 말을 하려고 했어요, 묻는 거다. 하지만 내가 철저하게 하고 싶으면, 이렇게 말하지: 난 하고 싶소, 그와 비슷한 이야기를. 왜냐하면 나는 원했으니까. 그녀도 마찬가지. 그녀를 굶겨 준다. 그 다음에 화해한다. 지독히 뭘 원하는 체한다, 그런 다음 그녀를 위해 손을 뗀다. 그들의 기분을 맞춘다. 그녀[85]도 그 밖에 누군가를 계속 생각하고 있었음에 틀림없어. 해될 게 뭐람? 그녀가 결국 이성(理性)을 행사했기에 틀림없이, 그이, 그이 그리고 그이. 최초의 키스가 목적을 달성한다. 행운의 순간. 그들의 내부에서 뭔가가 폭발하는 거다. 마치 감상에 젖은 듯, 그들의 눈으로 말하는 거지, 몰래. 최초의 생각이 최고야. 죽는 날까지 기억에 남아 있으니! 몰리, 공원 곁의 무어의 성벽 아래에서 그녀에게 키스한 멀비 중위(中尉).[86] 열다섯 살이었다고 그녀가 내게 말했지. 그러나 그녀의 앞가슴은 꽤 발달했었어. 이어 잠이 들어 버렸지. 글렌크리의 만찬을 마치고 마차를 몰고 귀가하던 때였어. 깃털포단 (페더베드)의 산(山). 잠 속에 그녀의 이를 갈면서. 시장(市長)도 그녀에게서 눈을 떼지 않고 있었어. 발딜런. 중풍 걸린.

그녀는 불꽃을 보기 위해 저기 아래 친구들과 함께 있다. 나의 불꽃.[87] 로켓처럼 솟았다가, 막대처럼 아래로. 그리고 그 아이놈들, 그들은 틀림없이 쌍둥이일 거야, 뭔가 일어나기를 기다리고 있는 거지. 어른이 되고 싶은 거다. 엄마의 옷으로 치장하고. 아직 일러요, 세상의 온갖 일들을 이해하지. 그리고 더벅머리와 검둥이의 입을 한 그 까만 소녀.[88] 그녀가 휘파람을 불 수 있다는 걸 나는 알았지. 그걸 위해 만들어진 입. 몰리처럼. 자메트[89]의 저 고급 매춘부가 단지 그녀의 코까지만 베일을 쓰는 것도 그 때문이야. 죄송하지만, 정확한 시간을 좀 말씀해 주시겠어요? 컴컴한 골목길로 오면 정확한 시간을 알려 주지. 자두(prunes)와 분광(prisms)이란 말을 매일 아침 마흔 번씩 되풀이해 봐요, 두꺼운 입술이 엷어질 테니. 또한 꼬마 아기를 잘 달래면서. 곁에서 보는 것이 최고야. 물론, 여자들은 새, 동물, 아기들을 잘 이해하지. 그들의 성미에 알맞아.

그녀가 갯가를 내려가고 있었을 때 뒤돌아보지 않았다. 상대에게 만족을 주려 하지 않지, 저 소녀들, 저 소녀들, 저 귀여운 바닷가의 소녀들. 그녀는 예쁜 눈을 하고 있었어, 맑은. 그걸 들어내는 것은 눈동자이기보다 오히려 눈의 흰자위 때문이야. 내가 하는 짓을 알았던가? 물론. 개가 껑충 뛰어도 닫지 않는 곳에 앉아 있는 고양이처럼. 부속물을 몽땅 드러내 놓고, 비너스의 그림을 그리고 있는 고등학교의 저 윌킨즈[90] 같은 남자를 여자들은 결코 사귀지 않지. 그런 걸 천진난만이라 부르나? 가련한 바보천치! 그 녀석의 아내는 너무 바빠 뼈가 부서질 지경이야. 여자들이 '갓 칠한 페인트'라 표지를 해놓은 의자에 앉는 일은 결코 볼 수 없지. 전신(全身)에 온통 눈이. 아무것도 없는 데도 침대 밑을 들여다본단 말이야. 움찔 놀라는 시늉을 하고 싶어 하는 거다. 여자들은 바늘처럼 예민해요. 언젠가 카프가 (街) 모퉁이에서 몰리에게 그녀가 좋아할 줄 알고, 그 남자 참 잘생겼군, 내가 말했을 때, 그 남자 의수(義手)예요, 하고 순식간에 알아챘지. 역시, 의수를 하고 있었어. 여자들은 그런 걸 어디서 감지하는 걸까? 로저 그린 법률사무소[91]의 계단을 종아리를 드러내 보이려고 한꺼번에 두 개씩 뛰어오르라 가는 타이피스트. 아버지한테서 에게로, 어머니가 딸에게로 유전하는 모양이야, 글쎄. 타고난 거야. 예를 들면 다림질을 절약하느라고 거울에다 손수건을 말리는 밀리. 여인의 눈을 끌기 위해서는 거울에다 광고를 붙이는 것이 최고야. 그리고 내가 그녀더러 프레스코트 염색 점으로 몰리의 페이즐리 숄을 가지고 오도록 심부름을 보냈을 때, 그런데 나는 저 광고를 해결해야. 밀리는 거스름돈을 그녀의 스타킹에 넣어 가지고 집으로 왔었지! 영리한 꼬마 말괄량이 같으니. 결코 일러준 적도 없는데. 소포를 나를 때도 깜찍스럽기도 하지. 남자들을 끄는 거다, 그와 같은 작은 일. 피가 끓을 때 도로 그걸 흘러내리도록, 손을 추켜들고, 흔드는 것이다. 넌 누구한테 그런 걸 배웠니? 아무한테서도. 간호원이 뭔가를 저한테 가르쳐 줬어요. 오, 그녀들이 모를 리가! 그 애가 세살 때 우리들이 서부(西部) 롬바드가(街)에서 이사하기 직전, 몰리의 화장대 앞에서. *내 얼굴이 참 예뻐*. 멀린가. 누가 알아? 세상의 상도(常道)지. 젊은 학생. 아무튼 아까 그 애와는 달리 그녀의 다리는 곧아. 그녀는 계속 절뚝거렸어. 젠장, 나는 젖어 있군. 자넨 악마야. 그녀의 부풀은 장딴지. 투명한 스타킹, 금방이라도 터질 듯이 팽창한 채. 오늘 만난 저 추레한 여자와는 딴판이야. A. E. 구겨진 스타킹.[92] 또는 그래프턴가(街)의 그 여인. 하얀. 저런! 살찐 무 다리.

칠레 삼목(杉木)을 닮은 로켓이 터졌다. 딱총처럼 딱딱 튀기면서. 즈라즈 그리고 즈라즈, 즈라즈, 즈라즈. 그리고 시시와 토미 그리고 재키가 보려고 뛰어나가자 에디는 유모차를 밀고 거티는 굴곡진 바위 저쪽에. 그녀가 하려나? 저 봐! 저 봐! 그래! 주위를 휘둘러보았다. 그녀는 정신이 들었던 거다. 여 봐요, 난 보았어. 당신의. 난 다 보았어.

맙소사!

아무튼 그건 나를 기분 좋게 해줬다. 키어넌 주점, 디그넘의 장례일 때문에 기운을 잃고 말았지. 이번 교대(交代)는 참 반가운데요.[93] 그것은, 〈햄릿〉에 있는 말이다. 맙소사! 만사 혼돈 된 기분이었다. 흥분. 그녀가 몸을 뒤로 젖혔을 때, 허끝이 쑤시는 듯한 느낌이었지. 정말 머리가 빙빙 돌아요. 그 녀석이 옳아.[94] 그러나 내가 한층 더 바보짓을 하지 않았는지 몰라. 필요 없는 이야기를 하지 않고. 그럼 내가 이야기를 모두 해 주겠어. 하지만 그것이 우리들 사이의 일종의 대화였던 거다. 그건 그럴 수가 없지? 아니야, 거티라 부르던데. 내 이름처럼 그러나 가명(假名)인지 모르지 그리고 주소는 돌핀 반 속임수.

그녀의 처녀 이름은 제미너 브라운이었어요
그녀는 어머니와 함께 아이리시타운에 살았어요.[95]

장소가 나를 그렇게 생각하게 했던 것 같아. 모두들 피차 똑같은 죄를 저지르고 있는 것이다. 그들의 스타킹에다 핀을 닦지. 그러나 고놈의 공이 알기나 하듯 그녀 쪽으로 굴러 내려갔어. 총알에 맞고 안 맞고는 다 팔자 소관. 물론 나는 재학 시절에 무엇이든 결코 똑바로 던질 수가 없었어. 숫양의 뿔처럼 굽기만 했어. 그러나 붙과 몇 해 가지 않아 그네들은 정주(定住)하여 살림을 차리고 아빠의 바지가 이내 윌리에게 맞게 되고 아기에게 쉬이 쉬이 시킬 때는 그를 위한 백토(白土) 역할을 해야 하니 슬픈 일이야. 수월한 일은 아니지. 애들을 보호하는 거다. 그들이 화(禍)를 입지 않게 하는 거지. 대자연. 아이를 썻는 것, 시체를 썻는 것. 디그넘. 언제나 아기들한테 둘러싸여. 야자열매 같은 두개골, 원숭이, 처음에는 굳기조차 하지 않아, 포대기에는 신 우유와 썩은 응유(凝乳). 아기에게 빈 우유 병 꼭지를 빨려서는 않데요. 바람으로 그걸 채워줘야. 뷰포이 부인, 퓨어포이. 병원에 가봐야 할 텐데. 간호원 콜런이 아직 거기 있는지 몰라. 몰리가 커피 팰러스에서 일하고 있었을 때 그녀가 며칠 밤을 돌봐 주러 오곤 했지. 그녀가 저 오혜어라는 젊은 의사의 저고리를 솔질해 주는 것이 내 눈에 띄었어. 그리고 브린 부인과 디그넘 부인도 한때 역시 그처럼, 혼기(婚期)에. 밤이 제일 곤란해요 더건 부인이 시티 암스 호텔에서 내게 일러주었지. 술에 녹

초가 된 남편, 마치 족제비처럼 그에게서 술집의 악취가. 어둠 속에서 코로 그 냄새를 맡아
봐요. 썩은 술 냄새. 이어 아침에 묻는 거다: 간밤에 내가 취했었나? 그러나 남편을 꾸짖
는 것은 나쁜 정책이야. 병아리는 횃대에로 귀가하기 마련. 부부는 고무풀처럼 서로 달라붙
어 있는 거다. 아마 여자들한테도 잘못이. 그것이 몰리가 다른 여인들을 능가하는 점이다.
그건 남국(南國)의 피 때문이지. 무어의. 역시 몸의 형태, 그 몸매. 풍만한 육체를 더듬는
손. 예의 저 다른 여인들과 비교해 보란 말이야. 집안에 갇혀 있는 아내, 찬장 속에 든 해골
격. 소개합니다 저의. 그러고는 뭐라 불러야 좋을지도 모를, 어떤 정체불명의 여인을 그들
은 불쑥 자랑삼아 소개한다. 아내를 보면 언제나 남자의 약점을 알 수 있지. 하지만 거기에
는, 사랑에 빠지는, 숙명(宿命)이란 게 있지. 부부 사이에는 그들만이 아는 비밀이 있어요.
어떤 여인이 붙들어 주지 않으면 타락해 버리는 사내들. 그리하여 동전 1실링의 높이만한,
꼬마 계집들이, 잘생긴 남편들과 함께. 하느님이 그들을 창조할 때 서로 짝을 지어 주었지.
때때로 자식들은 꽤 좋은 놈이 나온다 말이야. 두 개의 영(零)이 합쳐 한 개를 만드는 거
다. 혹은 이른 살 고령의 갑부와 꽃봉오리 같은 신부가. 5월에 결혼하고 12월에 후회하지.
여기 젖은 곳이 아주 불쾌하군. 들러붙은 채. 글쎄 포피(包皮)가 제자리에 있지 않아요. 떼
어놓는 게 좋겠군.

　　오우!

　　반면에 6척의 사나이가 그의 가슴 호주머니까지 오는 아내와 같이. 키다리와 난쟁이.
등치 큰 그이와 몸집 작은 그녀. 나의 시계도 참 이상스럽단 말이야. 손목시계는 언제나 고
장이 나지. 사람들 사이에 어떤 자력(磁力)의 영향이 작용하는 건지 몰라 왜냐하면 그때가
바로 그녀석이. 그래, 내 상상으로, 즉시에. 고양이가 멀리 있으면, 생쥐들이 날뛰지. 내가
필 골목길에서 시계를 본 것이 기억나는군. 그것도 역시 글쎄 자력이지. 모든 물건의 배후
에는 자력이. 예를 들면 지구는 이것을 잡아당기는가 하면 당겨지고 있는 것이다. 그것이
운동을 야기하지. 그리고 시간, 글쎄 그것은 운동이 요하는 시간이야. 그래서 만일 한 개의
물건이 정지하면 전체가 조금씩 정지하는 거다. 왜냐하면 그것은 모두 서로 짝지어져 있으
니까. 자침(磁針)은 태양과 별들 속에 뭐가 일어나고 있는지를 말해 주지. 조그마한 강철
조각. 포크를 내밀면. 와요. 와요. 찔끔. 그것이 바로 여자와 남자인 거다. 포크와 강철. 몰
리, 그이. 꾸미고 쳐다보고 암시하고 봐요 좀 더 봐요 그리고 당신이 남자라면 그걸 볼 테
면 봐요, 그리고 재채기가 나올 듯이, 양다리를, 봐요, 봐, 만일 배짱이 있으면. 찔끔. 쏘아
버려야 한다.

　　그녀는 그 자리가 어떤 느낌이 들지 몰라. 수치는 모두 제 삼자(三者) 앞에서 일어나
지. 스타킹에 구멍 하나라도 나면 더욱 난처해하지. 몰리, 미술(馬術)쇼에서 징 박은 승마
구두를 신은 농부를 보고 아래턱을 내밀며, 머리를 뒤로한 채. 그리고 서부 롬바드가(街)에
화가(畵家)들이 왔을 때. 그 친구 참 멋진 목소리를 가졌었요. 주글리니[96]가 그렇게 노래
를 시작했지요. 제가 만든 향수를 냄새 맡아보세요. 꽃 냄새 같아요. 정말 그랬다. 바이올렛.
아마 페인트의 테레빈 송진 냄새에서 왔겠지. 여자들은 뭐든지 참 잘 이용하지요. 동시에 그
짓을 하면서 사람들이 듣지 못하도록 마룻바닥에 그녀의 슬리퍼를 문질렀지. 그러나 많은 여
자들은 황홀경에 들어갈 수 없어요, 내 생각에. 그 짓을 몇 시간 동안이나 계속한다. 일종의
뭐랄까 나의 온 몸 둘레를 온통 덮는 듯 그리고 등 절반 아래까지.

　　가만있자. 흠. 흠. 그래. 이건 그녀의 향내다. 왜 그녀는 손을 흔들었을까. 제가 멀리
떨어져 잠잘 때 저를 생각하시도록 이걸 당신께 남겨요. 그게 뭘까? 헬리오트로프?[97] 아니
야, 히아신스? 흠. 장미, 내 생각에. 그녀는 저런 종류의 향기를 좋아하는 모양이야. 감미
롭고 값싼: 이내 시어지지. 왜 몰리는 오포파낙스를 좋아할까. 그녀에게 알맞지, 자스민을

조금 섞으면. 그녀의 고음(高音)과 저음(低音). 무도회 밤에 그녀는 그를 만났지, 시간(時間)의 무도. 더위가 그걸 풍기게 했지. 그녀는 검은색 옷을 입고 있었고 전회(前回)의 향기가 남아있었어. 검은 것은 양도체(良導體), 그런가? 아니면 불량도체(不良導體)? 빛도역시. 무슨 연관성이 있는 것 같아. 예를 들면 어두운 지하실에로 들어가면. 역시 신비스런 일이야. 왜 나는 이제 와서 그걸 냄새 맡았을까? 그녀 자신처럼, 반응을 일으키는데 시간이 걸리지, 천천히 그러나 확실히. 상상컨대 냄새는 수백만 개의 작은 알갱이가 불어오는걸 거야. 맞아, 그거야. 왜냐하면 저 향료의 섬들, 오늘 아침 실론 사람들, 수리(數里) 떨어진 곳까지 냄새를 품기지. 그의 정체를 그대에게 말한다. 냄새는 마치 곱고 고운 베일이나거미줄 같아서 여자들의 피부를 덮고 있는 거다, 소위 말하는 비단 거미줄 같이 고운지라,여자들은 언제나 그걸 몸에서 발산하고 있는 거다, 놀랍게도 고와서, 무지갯빛처럼 그걸 보지 않고도. 무엇이든 그녀가 벗어 놓은 것에 붙어 있어요. 그녀의 스타킹의 기운 곳. 따뜻한 구두. 코르셋. 속바지: 발로 조금 차서, 그걸 벗어버리는 거다. 빠이빠이 또 만나. 고양이놈도 역시 침대 위에 벗어 놓은 그녀의 슈미즈 냄새를 맡기 좋아하지. 절대적으로 그녀의냄새를 알아내요. 목욕물도 마찬가지. 크림 곁들인 딸기를 내게 생각나게 하지. 정말 어디서 그런 냄새가 나는 걸까. 거긴가 혹은 겨드랑이 아니면 목 아랜가. 왜냐하면 냄새는 온갖구멍과 구석지기에서 나오기 때문이지. 에테르 기름 또는 그 밖의 무엇으로 만든 히아신스향수. 사향 쥐. 그들의 꼬리 밑의 주머니. 한 개의 낟알이 몇 년 동안 냄새를 뿜어낸다. 개들이 서로서로 뒤따른다. 안녕하세요. 안녕. 냄새가 좋아요? 흠. 흠. 아주 근사해요, 고마워요. 동물들은 그런 식으로 지내는 거다. 그래 자, 그런 식으로 그걸 생각해 보란 말이야.우리들 인간도 마찬가지. 예를 들면, 어떤 여인들은 월경 때가 되면 사람을 멀리하지. 가까이 가 봐요. 그러면 코를 틀어막을 듯한 냄새가 나지. 뭐 같을까? 항아리 는 청어 썩는 냄새 아니면. 프흐! 제발 풀밭에 들어가지 마시오, 이거지.

아마 여자들은 우리한테서 남자 냄새를 맡을 거야. 하지만 무슨? 전날 키다리 존이 그의 책상 위에 두었던 담배 냄새나는 장갑. 숨결? 먹고 마시는 데서 그런 냄새가 나는 거다.아니야. 남자 냄새란, 내 말은. 틀림없이 그것과 관련이 있을 테지 왜냐하면 필경 그럴 거라 상상되는 성직자들의 냄새는 딴판이니까. 여자들은 마치 당밀 둘레의 파리 떼처럼 그것 주위에 붕붕 모여들지. 제단을 가름대로 막아도 아무튼 그곳까지 나아가니 말이야. 금단(禁斷)의 성직자의 나무. 오, 신부님, 제발? 저에게 제일 먼저 해주세요. 그것을 전신을 통해 온통 저절로 발산되지, 투과(透過)한다. 생명의 원천. 그리고 그건 지극히 신기한 냄새인 거다. 셀러리 소스. 가만있자.

블룸 씨는 코를 디밀었다. 홍. 속으로, 홍. 조끼의 열린 섶. 아먼드 혹은. 아니야. 레몬냄새다. 아하 아니, 비누다.

오 그런데 생각이 났어! 저 로션을. 마음에 걸리는 게 있더라니. 결코 찾으러 가거나비누 값을 치르지 않았어. 오늘 아침 그 노파처럼 병(瓶)을 가지고 다니는 건 싫어. 하인즈가 내게 3실링을 도로 갚을 수 있었을 텐데. 미거 상점을 그에게 생각나게 해서 귀 뗌 할수 있었을 텐데. 하지만 만일 그가 그 기사(記事)를 잘 처리한다면. 2실링 9페니. 그는 나를 신뢰하지 않을지 몰라. 내일 방문한다. 내가 당신한테 얼마를 빚졌지요? 3실링 9페니?2실링 9페니요, 선생. 아하. 이 다음에는 외상 거래를 하지 않을지 몰라. 그러다간 단골손님들을 다 놓치고 말지. 술집도 그래. 외상으로 술값이 왈칵 오르면 뒤 골목을 돌아 다른곳으로 사라져 버리는 술꾼들.

앞서 이 양반이 여기를 지나갔군. 만(灣)에서 날아 든 거다.[98] 이내 되돌아 올만큼 멀리. 저녁식사 때는 언제나 집에. 주름이 없는 용모: 진탕 먹었던 거다. 지금은 자연을 즐기고 있다. 식후의 기도. 저녁 식사 후의 1마일 산책. 분명 그는 어딘가 약간의 은행 잔고를 갖고 있지, 한직(閑職). 그놈의 신문팔이 소년들이 오늘 나를 뒤따르듯 방금 그를 뒤따르면 거북해할 거야. 하지만 뭔가 배울 게 있지. 다른 사람이 우리를 보듯 자기 자신을 보라. 여자들이 조롱하지 않는 한 무슨 상관이랴? 따라가 보면 알 수 있지. 그런데 그가 누군지 자문해 보라. 리오폴드 블룸 작(作) 현상 단편소설, 〈바닷가의 신비의 사나이〉. 매단(每段)에 1기니의 고료. 그런데 오늘 무덤 가의 갈색 비옷 입은 저 사나이. 그러나 그(지미 헨리)의 운명의 발가락 티눈. 건강한 체구는 아마 모든 걸 흡수하는 모양이야. 휘파람을 불면 비가 온다고들 하지. 어디나 약간의 습기는 있음에 틀림없어. 오먼드 호텔의 소금이 습(濕)한 채. 육체는 대기를 감촉한다. 베티 노파의 관절이 쑤신다. 눈 깜박할 사이에 세계 둘레를 나르는 배(船)들에 관한 시프턴 할멈[99]의 예언. 아니야. 관절이 쑤시는 것은 비의 징조다. 로열 독본.[100] 그리고 먼 산이 가까이 오는 듯하지.

호우드 언덕. 베일리 등대. 둘, 셋, 넷, 여섯, 여덟, 아홉. 보라. 바꿔야 하는지라 그렇잖으면 사람들이 집인 줄로 생각하지. 해난 구조 자들. 그레이스 다링.[101] 사람들은 어둠을 두려워하지. 개똥벌레도 역시, 자전거 타는 사람들: 불 켜는 시간. 보석 다이아몬드는 더욱 반짝이지. 여인들. 불빛은 일종의 안도감인 거다. 상대를 다치게 하지 않지. 물론 옛날보다도 지금은 한결 나아. 시골길. 별것도 아닌 것이 창자를 뜨끔하게 스친다. 하지만 사람이 서로 부딪치는 두 가지 유형이 있지. 상을 찌푸린다, 혹은 미소 짓는다. 용서하세요! 천만예요. 그늘진 식물에 물을 주는 것은 역시 해가 진 다음이 제일 좋은 시각이야. 아직도 약간의 빛이. 붉은빛이 파장(波長)이 제일 길지. 빨주노초파남보, 밴스 선생이 우리들에게 가르쳐 주었다: 빨강, 주황, 노란랑, 초록, 파랑, 남, 보라. 별이 한 개 보이는군. 금성(비너스)인가? 아직은 말할 수 없어. 두 개. 세 개가 나타나면 밤인 거다. 저맘때는 언제나 밤 구름이 나와 있던가? 유령선처럼 보이는군. 아니야. 가만있자. 저건 나무들인가? 눈의 착각. 신기루(蜃氣樓). 이는 해 저무는 나라. 남동쪽에 저무는 자치(自治)의 태양. 나의 조국이여, 잘 자라.[102]

이슬이 내리고 있다. 몸에 좋지 않아요, 아가씨, 그런 바위 위에 앉아 있다니. 백대하(白帶下)에 걸려요. 그러면 아기를 결코 갖지 못해요 아기가 크고 힘이 강해 뚫고 나오지 않는 한. 나도 치질에 걸렸는지 몰라. 여름 감기처럼 좀처럼 떨어지지 않지, 항문의 통증(痛症). 풀이나 또는 종이로 벤 상처가 제일 지독하지. 국부(局部) 염증. 그녀가 앉아 있던 저 바위가 되고 싶군. 오 아름다운 귀여운, 당신이 얼마나 멋지게 보였는지 당신은 몰라요. 나는 저 또래 나이의 여자들을 좋아하기 시작한다. 푸른 사과들. 주는 것은 모두 덥석 잡아체지. 상상컨대 책상다리를 하고 앉는 것은, 단지 그때의 나이인 것 같아. 역시 오늘 도서관: 저따위 여학교 졸업생들. 그네들이 앉은 의자들은 행복도 하지. 그러나 이러한 생각을 하는 것은 해거름의 영향 때문이야. 그들은 모두 그런 기분이 들지. 꽃처럼 핀다, 그들의 시간을 안다, 해바라기, 뚱딴지[植], 무도장(舞蹈場)에서, 샹들리에, 램프 아래 가로에서. 내가 그녀의 어깨에다 입 맞추었던 매트 딜런(家)의 뜰에 피었던 귀부인 오랑캐꽃. 당시에 유화(油畵)로 그녀의 전신상(全身像)을 한 장 그려 두었더라면. 내가 구혼한 것 역시 6월이었어. 세월은 되돌아온다. 역사는 반복한다. 그대 암산(岩山)과 봉우리들이여 나는 다시 한 번 그대에게 돌아왔노라.[103] 인생, 사랑, 그대 자신의 작은 세계를 도는 항해인 거다. 그런데 지금? 그녀가 절름발이인 것은 애석하지만 지나치게 불쌍히 여기지 않도록 경계해야. 그네들이 유혹하니까.

이제 호우드 언덕은 온통 적막(寂寞). 먼 언덕이 마치. 저기서 우리는.[104] 만병초꽃들. 나는 필경 바보야. 그 녀석은 자두를 먹고, 나는 자두 씨를. 내 처지는 어떻게 되는 거냐.

언제나 정다운 저 언덕은 모든 걸 보아 왔지. 이름들이 바뀐다. 그것이 모두 다인 거다. 사랑하는 사람들: 얌 얌.

이제 난 피곤한 느낌이군. 일어설까? 오 가만있자. 나한테서 남성을 몽땅 빼 버렸어, 꼬마 마녀가. 그녀는 내게 키스했다. 다시는 결코. 나의 청춘. 그건 단지 한 번만 다가온다. 또는 그녀의 청춘도. 내일 거기 기차로 가 볼까. 아니야. 꼭 같은 옛날은 돌아오지 않아. 그대가 두 번째 방문한 집 아이들 마냥. 나는 새것이 갖고 싶어. 태양 아래 새로운 것은 없지.[105] 돌핀즈 반 우체국 전교(轉交). 당신은 댁에서 행복하지 못하세요? 심술꾸러기 달링. 루크 도일가(家)의 돌핀 반 글자 수수께끼에서. 매트 딜런과 그의 한 무리의 딸들: 타이니, 애티, 플로이, 메이미, 로우이, 헤티, 몰리도 역시. 그것은 87년이었어.[106] 우리가 (결혼하기) 전 해. 그리고 소량의 강주(强酒)를 유독 좋아하던, 그 나이 먹은 소령(少領). 신기하기도 그녀는 고명딸, 나는 외아들. 고로 다음 대(代)도 마찬가지. 도망간다고 생각하지만 결국 자기 자신과 도로 마주치니. 돌아가는 최장 길이 집으로 가는 최단 길. 그리고 바로 그 시각에 그와 그녀가. 원형으로 돌고 있는 서커스의 말(馬). 우리는 립 밴 윙클[107] 노리를 하고 놀았지. 립(rip)(째진 틈): 헨리 도일의 외투의 찢어진 틈. 마차(Van): 빵 배달차(van). 후버내다(winkle): 새조개와 소라고둥(periwinkle). 그때 나는 되돌아오는 립 밴 윙클 역(役)을 했지. 그녀는 옆 선반에 몸을 기대고 살펴보고 있었다. 무어의 눈. 졸리는(sleepy) 골짜기(hollow)[108]에서 20년 동안 잠자며. 만사가 바뀌고 말았다. 잊혀진 채. 젊은 이들은 늙고. 그의 총은 이슬로 녹이 쓴 채.

횡. 저기 날고 있는 게 뭘까? 제비? 아마 박쥐인 것 같아. 나를 나무로 생각하는가 봐, 그토록 장님이니. 새들은 냄새를 맡지 못하나? 윤회. 사람들은 누구나 슬픔 때문에 나무로 바뀔 수 있을 거라고 믿었지.[109] 흐느끼는 버드나무. 횡. 저기 날아가는군. 괴상한 꼬마 놈. 저놈은 어디에 살고 있을까. 저기 종탑 위에. 필경 그럴 거야. 신성한 향내 속에 발뒤꿈치로 매달려 있는 것이다. 종소리가 놈을 놀래 밖으로 내쫓은 것 같아. 미사가 다 끝난 모양이야. 사람들의 미사 드리는 소리를 들을 수 있군. 우리를 비나이다. 그리고 우리를 비나이다. 그리고 우리를 비나이다. 반복은 좋은 착상(着想)이야. 광고도 마찬가지. 당점(當店)에서 사시오. 그리고 당점에서 사시오. 그래, 저건 사제관(司祭館)에 켜진 등불이야. 그들의 소박한 식사. 내가 톰즈사(社)에 있을 때 집값을 잘못 매긴 것을 기억해 봐. 그건 28파운드야. 그들은 두 채의 집을 갖고 있지.[110] 게이브리얼 콘로이[111]의 동생은 보조신부(補助神父)야. 횡. 다시. 왜 저놈들은 생쥐처럼 밤에만 날아 나오는 걸까. 저놈들은 혼혈종이야. 새들은 껑충껑충 뛰는 생쥐 놈을 닮았어. 뭔가가 저놈들을 놀라게 하는 거다, 햇볕 혹은 소음? 잠자코 앉아 있는 게 좋아. 모두 본능이지, 가뭄에 조약돌을 병의 주둥이에 집어넣어 물을 마시는 새처럼. 몸집이 작은 외투 입은 사나이처럼 저놈은 손이 아주 자지. 가냘픈 뼈대. 그들의 몸이 햇살로 반짝반짝 비치는 섯 같아, 일종의 청백색(靑白色)으로. 색깔이란 눈에 들어오는 빛에 달렸지. 예를 들면 독수리처럼 태양을 빤히 쳐다보다가 이내 구두를 쳐다보면 한 점의 노란 얼룩을 볼 수 있지. 태양은 그의 상표(商標)를 어떤 물건에나 찍고 싶어 하는 거다. 예를 들면, 오늘 아침 층계에 있던 저 고양이. 갈색 이탄(泥炭) 빛을 띠고. 글쎄 삼색 고양이는 절대로 없다고들 하지. 사실은 그렇지 않아. 시티 암즈 호텔의, 이마에 M문자가 찍힌 저 반(半) 얼룩 백색(白色)의 거북껍질 고양이. 50가지 다른 색깔을 띤 몸뚱이. 호우드 언덕도 조금 전엔 자수정 빛이었지. 번쩍이는 유리. 그것이 저 이름이 뭐라나 그 현자(賢者)[112]가 볼록렌즈(火鏡)를 가지고 하는 식이지. 그러면 헤더의 황야가 불바다가 되지. 그건 여행가의 성냥일 수는 없어. 무슨? 아마 바람이 불고 햇볕이 쬘 때 마른 나뭇가지가 서로 마찰하기 때문일 거야. 아니면 가시 금작화(金雀花) 속에 깨진 병들이 햇볕을 받아 오목렌즈 역할을 하는 거다. 아르키메데스. 알았다![113] 나의 기억력도 그렇게 나쁘지 않군.

횡. 저놈들이 무엇을 찾아 언제나 날고 있는지 누가 알아. 벌레? 지난주 방안에 들어온 저 벌이 천장의 자기 그림자와 희롱하고 있었지. 나를 쏘았던 놈이 형편을 살피려고 돌아왔는지도 몰라. 새들도 역시. 결코 알 수 없지. 또는 놈들이 무엇을 말하는지. 마치 우리들의 잡담 같아. 그리고 암놈이 말하고 수놈이 말하고. 그들은 대양(大洋) 위를 나른 다음 되돌아오는 담력을 갖고 있지요. 많은 놈들이 폭풍우, 전선(電線)에 걸려 죽음을 당하지. 수부들 역시 무서운 생활을 하지요. 암흑 속에 몸부림치는, 거대한 짐승 같은 원양기선(遠洋汽船)들, 마치 물소처럼 울부짖으며. '포 아 밸라(길 비켜라)!'[114] 물러나라, 이 경칠 저주받을 것이! 배 안의 다른 사람들, 손수건 조각 같은 돛, 폭풍우가 몰아칠 때 마치 경야(經夜)의 초 심지처럼 사방 아래위로 흔들거린다. 기혼자도 역시. 때때로 멀리 몇 년 동안 지구의 맨 끝 어딘가에. 정말로 끝이 없나니 왜냐하면 지구는 둥그니까. 항구마다 아내가 기다린다고들 하지. 조니가 행진하여 귀가할 때까지[115] 그녀가 수절(守節)하며 기다리는 것은 참 좋은 일이야. 그가 돌아오기만 한다면야. 항구의 뒷골목을 냄새 맡으며. 어떻게 그들은 바다를 좋아할 수 있을까? 하지만 그들은 바다를 좋아하지. 닻이 오른다.[116] 어깨걸이 옷이나 행운의 메달을 달고 그는 출범(出帆)한다. 글쎄. 그런데 성구함(聖句函) 아니야 그걸 뭐라고 하더라 불쌍한 아빠의 아버지께서 문 위에 매달아 터치하도록 해놓은 것이.[117] 그것이 우리들을 이집트 땅에서 끌어내어 구속의 집으로 끌어들였던 거다. 저러한 온갖 미신(迷信)들 속에는 뭔가가 왜냐하면 외출할 때는 어떠한 위험이 발생할지 절대로 모르니까. 모진 생(生)을 위해 한 조각 널빤지에 매달리거나 혹은 배의 들보에 올라타고, 몸 둘레에는 구명대, 소금물을 꿀꺽꿀꺽 삼키며, 그리고 상어들이 그를 붙들 때까지 그게 그의 두목(보스)의 최후인 거다. 물고기들도 언젠 뱃멀미를 할까?

그리고 나면 구름 한 점 없는 아름다운 평온(平穩)이 다가온다, 미끈한 바다, 잔잔한, 승무원과 화물의 파편들, 데이비 존즈의 사물함(바다의 밑바닥).[118] 그토록 평화롭게 내려다보고 있는 달(月). 내 잘못은 아니야, 이 건방진 놈아.

한 자루 마지막 외로운 양초 같은 불꽃이 머서 병원의 자금(資金) 탐색을 위한 마이러스 바자로부터 하늘로 솟아올랐다, 깨졌다, 시들면서, 그리고 한 송이 자줏빛 별들과 유달리 하얀 별 한 개를 쏟았다. 그들은 부동(浮動)했다, 떨어졌다: 모두 사라졌다. 목양자의 시간: 포옹의 시간: 밀회의 시간. 집에서 집으로, 밤 9시의 우편배달부, 그의 항시 반가운 이중 노크를 하면서, 혁대에 매단 반딧불 같은 램프를 여기저기 깜빡이며 월계수 울타리를 통해 지나갔다. 그리고 다섯 그루의 어린 나무 사이에, 들어올린 도화간(導火桿)이 리히의 테라스 램프에 불을 댕겼다. 불 켜진 유리창의 칸막이 곁을, 평온한 정원 곁을 외마디 날카로운 목소리가 외치며 지나갔다. 비탄하듯: 이브닝 텔레그라프, 최종 판! 골든 컵 경마 결과! 그리고 디그넘가(家)의 문간으로부터 한 소년이 달려 나와 불렀다. 지저귀며 박쥐가 여기 날았다, 저기 날았다. 저 멀리 모래 위로 밀려오는 파도가 모래 위로 기어올랐다, 회색. 호우드는 기나긴 나날로, 얌 얌 만병초꽃으로 지친 채, 잠을 위해 안착했는지라(그는 늙었다), 그리고 밤 미풍이 일며, 그의 고사리[119] 머리털을 휘날리는 것을 기꺼이 감촉했다. 그는 누웠으나 잠들지 않은 채 한쪽 붉은 눈을 떴다, 깊게 천천히 숨쉬면서, 졸리는 듯 그러나 눈을 뜨고. 그러자 멀리 키쉬 방파제 위에 닻을 내린 등대선이 깜빡이며, 블룸 씨에게 윙크했다.

저기 저놈들은 생(生)을 영위하지 않으면 안 되는 거다, 똑같은 장소에 털어 박힌 채. 아일랜드 등대국(燈臺局). 그들의 죄에 대한 고행(苦行). 해안 경비원도 마찬가지. 봉화

(烽火)와 구명대(救命帶) 그리고 구명선(救命船). 우리들이 〈에린즈 킹〉호를 타고 유람 순항을 위해 떠나던 날, 그리고 낡은 신문지 한 부대를 그들에게 던져 주었지. 동물원의 곰들 같아. 불결한 여행. 폐장(肺臟)을 털어 내려고 밖으로 나온 술고래들. 상어들을 먹이려고 배 바깥으로 토해 내고 있는 거다. 메스꺼움. 그리고 여인들, 그들의 얼굴에 하느님에 대한 두려움이. 밀리, 조금도 놀라는 기색이 없이. 그녀의 푸른 목도리를 헐겁게 두르고, 소리 내어 웃으면서. 그러한 나이에는 죽음이 뭔지 몰라요. 그러고 나면 녀석들의 위장이 깨끗해지지. 그러나 실종(失踪)을 그들은 두려워하지. 우리들이 크럼린[120]에서 그 나무 뒤에 숨었을 때. 나는 그러고 싶지 않았다. 마마! 마마! 숲속의 갓난아이들.[121] 가면(假面)을 쓰고 아기들을 또한 놀라게 하는 것이다. 그들을 공중으로 던져 올렸다가 도로 붙잡지. 내가 널 살해할 테야. 그건 단지 얼치기 농담인가? 또는 아이들의 전쟁놀이. 아주 진지하게. 사람들은 어떻게 서로 총을 겨눌 수 있을까. 때때로 그들은 발포하지. 불쌍한 꼬마들! 단지 곤란한 것은 도깨비불과 두드러기. 그 때문에 나는 그녀에게 감홍하제(甘汞下劑)를 사다 주었지. 훨씬 나아진 후로 몰리와 함께 잠들었지. 엄마의 이빨을 꼭 닮았지. 여자들은 뭘 사랑할까? 또 다른 자신들? 그러나 어느 날 아침 몰리가 우산을 들고 그녀를 뒤쫓다니. 아마 상처 내지 않도록. 나는 그녀의 맥박을 짚어 봤지. 팔딱팔딱 뛰고 있었어. 참 조그마한 손이었어. 지금은 커다랗지. 사랑하는 아빠. 손을 만져 보면 모든 걸 다 알 수 있어. 내 조끼 단추를 헤아리는 걸 좋아했지. 그녀의 최초 코르셋 생각이 나는군. 보고 있자니 웃지 않을 수 없었어. 막 성장하는 작은 젖꼭지. 왼쪽 것이 한층 더 민감한 것 같아, 내 생각에. 나의 것도. 심장 쪽에 한층 가까우니까? 만일 살찐 유방이 유행이라면 덧 받침을 대는 것이다. 밤중에 그녀의 고통이 심해지자, 소릴 지르며, 나를 깨우며. 최초로 그녀의 본성이 나타나자 그녀는 깜짝 놀랐다. 가련한 아이! 어머니에게도 이상스런 순간. 그녀의 소녀 시절을 상기시키는 거다. 지브롤터. 부에나 비스타[122]로부터의 조망. 오하라의 탑. 날카로운 소리를 지르는 바다 새들. 자신의 식구들을 몽땅 삼켜 버린 늙은 바리바리 원숭이. 해가 지면, 병사들에게 적도횡단을 알리는 포성. 바다 위를 내려다보며 그녀는 내게 말했지. 이 같은 초저녁이었어, 그러나 맑고 구름 한 점 없는. 저는 언제나 자가용 요트를 가지고 오는 귀족이나 혹은 돈 많은 신사와 결혼할 거라 생각했어요. '부에나스 노체스, 세뇨리타. 엘 옴브레 아마 라 무차차 헤르모사(잘 자요, 아가씨. 남자는 젊은 미인을 사랑하지요)'.[123] 왜 나를? 왜냐하면 당신은 다른 사람들과는 너무나 딴판이었으니까요.

소라고둥처럼 밤새 여기 달라붙어 있지 않는 게 좋아. 이러한 날씨는 기분만 흐리터분하게 만들지. 빛으로 미루어 틀림없이 9시가 가까워오고 있어. 집으로 돌아가자.〈리어〉를 보기 위해선 너무 늦었어. 〈킬라니의 백합〉. 아니야. 아직도 공연하고 있을지 몰라. 병원으로 문병하러 가는 거다. 희망컨대 그녀가 끝났으면. 나는 오늘 참 긴 하루를 보냈다. 미사, 목욕, 장례식, 열쇠(Keyes)의 집, 박물관의 저 여신(女神)들, 데덜러스의 노래. 그 다음에 바니 키어넌에서의 저 고함자(高喊者). 거기서 나는 격분했지. 만취된 호언장담 꾼들, 그의 하느님에 관해서 내가 한 말이 그를 움츠러들게 했지. 맞장구치는 건 잘못이야. 아니면? 천만에. 귀가하여 자신들을 비웃는 게 당연하지. 떼를 지어 술 마시기를 언제나 바라고 있는 거다. 두 살 어린애처럼 혼자 있는 게 무서운 거다. 그 녀석이 나를 쳤다고 가정해봐. 입장을 바꾸어서 생각해 봐요. 그럼 그렇게 나쁠 것도 없지. 아마 그는 상처를 줄 생각은 아니었을 거야. 이스라엘 만세 삼창. 녀석('시민')이 외치고 다녔던 자신의 못생긴 의자매(義姉妹)를 위한 만세 삼창 격이지, 그녀의 입안의 세 개의 독이(毒牙). 같은 스타일의 미인. 특히 차 한 잔 상대로는 꽤 좋은 친구야. 보르네오에 사는 야만인의 아내의 자매가 막 도회로 왔어요.[124] 그따위 일이 이른 아침 근거리에서 일어났다고 상상해 봐. 모리스가 암소에게 키스했을 때 말했던 것처럼 누구나 자기 입맛대로.[125] 그러나 디그넘의 생각이 그걸 봉인(封印)해버렸지. 초상집은 어쨌거나 참 침울해 보이지. 아무튼 그녀[126]는 지금 돈이 필요해요. 내가 약속한 대로 저 스코틀랜드 미망인회(未亡人會)[127]를 찾아가 봐야겠어. 이상한 이름의 회사야. 남자들이 먼저 죽는 걸 당연하게 생각하지. 크래머 점[128] 바깥에서 월요일 나를 쳐다보고 있던 이가 바로 그 과부였지. 불쌍한 남편을 땅에 파묻고 그의 보험금으로 순탄하게 살아가는 거다. 그녀의 과부 보조금. 글쎄? 자네는 그녀에게서 뭘 기대하겠는가? 비위를 맞춰 살아가도록 하는 수밖에. 홀아비를 보는 건 난 싫어. 지나치게 고독한 것 같아. 불쌍한 사나이 오코너의 아내와 그녀의 다섯 아이가 여기 홍합[貝]으로 중독 됐지. 시궁창 물이 원인. 절망적. 포크파이 모(帽)를 쓴 어떤 착한 관록 있는 여인이 그에게 어머니 구실을 해 줘야. 그를 돌봐 주는 거다. 쟁반 같은 얼굴에 커다란 에이프런을 두르고. 숙녀용 회색 플란넬 블루머, 한 벌에 3실링, 놀랄 정도의 염가. 못생기고 사랑 받는 자가, 영원히 사랑 받는다고들 하지. 추녀: 어떤 여자도 자신이 못생겼다고는 생각지는 않아. 사랑하고, 자리에 눕고 그리고 사이좋게 지내요 왜냐하면 내일이면 우린 죽기 때문에.[129] 몹쓸 장난을 한 자를 애써 찾으며 그가 돌아 다니는 걸 때때로 본단 말이야. U. p: 이제 끝장. 그건 운명이지. 내가 아니고, 그이야. 또한 상점이 자주 눈에 띄지. 재앙은 어디나 미행하는 모양. 간밤에 꿈을 꾸었던가?[130] 가만있자. 뭔가 혼란스러워. 그녀[131]는 붉은 슬리퍼를 신고 있었지. 터키 식(式). 바지를 입고 있었어. 가령 그녀가 정말? 파자마 입은 그녀를 나는 좋아할까? 대답하기 매우도 힘들군. 나네티[132]는 가버렸어. 우편선(船). 지금쯤 홀리헤드[133] 근처에. 키즈 점(店)의 저 광고를 못박아야 한다. 하인즈와 크로포드에게 호소한다. 몰리를 위해 페티코트를. 그녀는 그 속에 뭔가 넣어 갖는다. 그게 뭔가? 아마 돈일 테지.

블룸 씨는 몸을 굽히고 물가에 떨어진 한 조각의 종이를 뒤집었다. 그는 그걸 눈 가까이 가져가 응시했다. 편지? 아니야. 읽을 수 없군. 가는 게 보다 낳아. 그게 한층 낳아. 난 움직이기 너무 피곤해. 오래된 습자 책의 페이지.[134] 저들 온통 구멍들과 자갈들. 누가 그걸 헤아릴 수 있담? 그대가 뭘 발견할지 결코 알 수 없지. 난파선(難破船)으로부터 던져진, 그 속에 보물 이야기가 든 병. 소포 우편. 아이들은 언제나 바다에다 물건을 던지고 싶어하지. 신앙? 그대의 빵을 물위에 던질지라.[135] 이건 뭐야? 막대 조각.

오! 나를 지치게 저 여인이 했어. 이제 그렇게 젊지가 못해요. 내일 그녀가 이곳에 올까? 어디선가 그녀를 영원히 기다리는 거다. 꼭 되돌아온다. 살인자들처럼. 나도 할까?

블룸 씨는 지팡이로 발치의 짙은 모래를 조용히 휘저었다. 그녀를 위해 메시지를 하나 쓰자. 아마 남아있을 거야. 뭘?

나(I).

누군가의 편평족(扁平足)이 아침에 그 위를 밟는다. 소용없는 짓. 씻기고 만다. 조수가 여기까지 밀려온다. 그녀의 발 가까이 웅덩이를 보았다. 허리를 굽히면, 그곳에 내 얼굴을 본다, 까만 거울, 그 위에 숨을 내쉬면, 파도가 인다. 선(線)과 흉터와 문자들이 새겨진 이들 모든 바위들. 오, 저들 투명한! 게다가 여자들은 몰라. 저 다른 세계라니 무슨 뜻인가요.[136] 저는 당신을 심술꾸러기 소년이라 이름 지었어요 왜냐하면 저는 싫으니까요.

한. 이다.[137]

쓸 자리가 없군. 그만 두자.

블룸 씨는 천천히 구두로 문자를 지워 버렸다. 모래는 무(無) 희망. 그 속에서는 아무 것도 자라지 않아. 모두 시들어 버린다. 큰 배들이 여기까지 올라올 염려는 없지. 기네스 회사의 거룻배 이외에는. 80일 걸려 키쉬 등대를 한 바퀴.[138] 반(半) 고의로 한 거다.[139]

그는 나무 막대기 펜을 팽개쳤다. 막대기가 침니(沈泥)의 모래 속에 떨어져, 꽂혔다.

그런데 일주일 동안을 연달아 그렇게 하려고 애를 써도 할 수 없다니. 우연한 기회. 우리는 결코 다시 만나지 못해요. 하지만 그건 참 유쾌했어. 잘 가요, 아가씨. 감사해요. 나를 그토록 젊도록 느끼게 해주다니.

만일 할 수 있으면 짧은 수잠을 지금. 틀림없이 9시가 가까웠어. 리버풀 행(行)의 보트는 가버린 지 오래다. 연기조차 보이지 않는군. 그런데 그녀[140]는 다른 짓을 할 수 있지. 또한 했어. 그리고 벨파스트. 나는 가고 싶지 않아. 거기를 달려간다, 에니스[141]로 되돌아 달려온다. 녀석한테 맡겨버려.[142] 잠깐만 눈을 감자. 하지만, 자고 싶진 않아. 얼치기 꿈. 똑같은 것은 결코 되돌아오지 않아. 다시 박쥐가. 그에게는 해될게 없어. 정말 잠깐만.

오 아름다운 모든 그대의 작은 소녀 하얀 나는 더러운 코르셋 띠 꼭대기를 보았는지라 나를 끈끈하게 사랑하도록 했으니 우리들 두 사람 심술꾸러기 그레이스 다링 그녀는 그를 침대 절반 만났다 그를 파이크 스타킹 주름 장식 라오울을 위하여 향수 당신 아내의 까만 머리카락이 물결친다 풍만한 육체 아래 '세뇨리타(아가씨)' 앳된 눈 멀비 포동포동한 유방 저를 빵 차 윙클 빨간 슬리퍼 그녀 녹슨 잠 방랑 수년 동안의 꿈은 돌아오다 꼬리 끝 아젠다스 귀엽고 사랑스런 내게 보여 주었다 그녀 내년 속바지를 입고 돌아오리라 다음에 그녀의 다음에 그녀의 다음에.

한 마리 박쥐가 날았다. 여기. 저기. 여기. 저 멀리 회색 속에 멀리 종이 울렸다. 블룸 씨는 입을 벌린 채, 왼쪽 구두를 모래에 비스듬히 뻗고, 기댄 채, 숨을 쉬었다. 정말 잠깐 동안

뻐꾹
뻐꾹
뻐꾹.

사제관의 벽로대 위의 시계가 꾸르르 울었는지라 거기 성당 참사 오한런과 콘로이 신부 그리고 예수회의 존경하올 존 휴즈 신부가 차와 버터 바른 소다빵 그리고 케첩 수프를 곁들여 프라이한 양고기 조각을 들며 이야기하고 있었나니

뻐꾹
뻐꾹
뻐꾹

왜냐하면 맥도웰 거티는 조그마한 집에서 나와 시간을 알려준 것은 한 마리 조그마한 카나리아였음을 그녀가 거기 깄을 때 알아챘기 때문이나니 왜냐하면 그녀는 그와 같은 일에 대하여 참으로 예민했는지라, 거티 맥도웰, 그리하여 그녀는 이내 눈치챘나니 아까 바위 위에 앉아 처다보고 있던 저 낯선 신사[143]가

뻐꾹
뻐꾹
뻐꾹.[144]

* 남쪽 홀레스가(街)로 가세. 남쪽 홀레스 가로 가세. 남쪽 홀레스 가로 가세.[1]

보내 주사이다 빛나는 자, 밝은 자, 호혼이여, 태동초감(胎動初感) 및 자궁열매를. 보내 주사이다 빛나는 자, 밝은 자, 호혼이여, 태동초감 및 자궁열매를. 보내 주사이다 빛나는 자, 밝은 자, 호혼이여. 태동초감 및 자궁 열매를.[2]

야아 사내다사내 야아! 야아 사내다사내 야아! 야아 사내다사내 야아![3]

교리(敎理)에 있어서 가장 박식하야 확실히 그러한 이유 때문에 당연히 존경을 받아야 하는 고매한 마음의 장식품을 그들 속에 지니고 있는 사람들이 끊임없이 주장하는 것으로 다른 여러 가지 사정들이 바뀌지 않는 한 한 민족의 번영 여하를 결정짓는 것은 어떤 외부적인 장대함에 의해서라기보다는 차라리 계속적인 자손 증식에 대한 그 민족의 헌신적인 노력이 어느 정도까지 멀리 발전하는가 하는 척도에 의하여 한층 유효하게 단정되어질진대 만일 그러한 노력이 결여되어 있다면 악(惡)의 기원이 되나 다행히도 그 헌신적인 노력의 존재가 전능하신 자연이 베푸는 순수한 은혜를 보여 주는 확실한 증거를 형성하는데도 불구하고 이러한 사실을 전혀 모르는 자가 있다면 그의 지혜야말로 예지 있는 사람들에 의하여 가장 유익한 연구 대상으로 부여받고 있다고 사료되어지는 어떠한 일들에 대하여서도 보편적으로 지각이 극히 결여되어 있는 것으로 평가되어지는 것이로다. 왠고하니 온갖 의미심장한 일들을 이해했으나 저 외부적인 장대함이 내면적인 불명확한 실재(實在)의 표면이 될 수 있다는 것을 의식하는 자가 있는가 하면 반면에 어떠한 자연의 혜택도 풍부한 증식과는 대적할 수 없다는 것을 식별할 수 없을 정도로 어리석은 자가 있기 때문이니 그리하여 만일 무례한 습관이 조상에 의하여 물려받은 명예로운 관습을 비방하고 그 심오한 의의(意義)를 경시하기에 이르며 번식의 예언과 감소의 위협을 가지고 모든 인류에게 동시에 명령하며 여태껏 부단히 요구되어 왔던 반복적인 분만작용을 강조해 온 하느님의 말씀이자 동시에 명령 및 약속을 후세에 위임하는 일을 무관심하게 경시하는 자는 더 이상 얄미울 수 없는 범죄를 저지르는 것으로 이러한 사실과 맞서는 자야말로 지나치게 대담무적한 자로서 모든 정의의 시민은 그의 동료들의 권고요 훈계 자가 되어야 하나니 과거에 있어서 국민에 의하여 탁월하게 시작되었던 것이 미래에 있어서도 동일한 탁월성을 갖고 성취되도록 염려함이 지당하지 아니하랴?[4]

우리는 그런고로 조금도 의심할 여지가 없나니, 가장 훌륭한 사가(史家)들이 서술하고 있듯이, 그 본질에 있어서 감탄할 만한 것이 없으면 감탄하지 않는, 켈트족 사이에, 의술(醫術)이 가장 명예롭게 여겨지고 있음을. 병원, 나환자 수용소, 한증탕, 페스트 환자의 무덤은 말할 것도 없고, 그들의 가장 위대한 명의(名醫)들, 오시엘가(家)[5], 오하이키가(家),[6] 오리가(家)[7]들은 정성을 다해 여러 가지 요법을 마련하여 병이 신경근육이상마비(神經筋肉異常痲痺)이든 혹은 설사(泄瀉)이든 병자들과 재발자(再發者)들의 건강을 그로 인해 다시 회복하게 하였도다. 확실히 그 자체에 중요성을 내포하고 있는 모든 공공사업에 있어서 그와 상응하는 중요성과 비례하여 준비가 갖추어져야 했거니와 따라서 그들은 한 가지 방책을 채택하였던 것으로(그러한 방책이 미리 고안되었던 것인지 아니면 경험의 성숙에 의한 것이었던 지는 후세의 연구가들의 서로 상반된 견해의 차이로 현재까지 그 명확성을 드러내는 데 의견이 일치되고 있다고 말하기는 어려운 일이겠으나) 그리하여 모성(母性)은 온갖 돌발적인 병의 가능성으로부터 멀리 떨어져 있었는지라 그리하여 이것은 여성의 저 가장 고통스런 순간에 있어서 임부(姙婦)가 주로 요구하는 어떠한 치료든 간에 그리고 부유한 생활을 영위하고 있는 여인은 말할 것도 없고 충분한 돈의 여유를 갖지 못하는 여인이나 이따금씩 너무나도 적은 보수로 건강하게 거의 살아가기조차 힘든 여인들을 위하여 마련되었도다.

임부(姙婦)에게는 이미 당시에 그리고 그 이후로 아무튼 전혀 괴로워할 것이 없었는지라 왠고하니 이것은 주로 모든 시민들이 분만의 어머니를 제외하고는 다른 호사함을 누릴 수 없음을 느끼게 하였기 때문이라 그리하여 그들이 영원의 신(神)들인, 생명의 출생을 부여받았을 때 그들로 하여금 마땅히 그녀에게 감사해야 함을 느꼈기 때문이라, 그러한 중세가 드러날 때에는 임부를 수레에 실어 즉시 운반케 하였으니 이에 유혹된 모든 여성들 자신도 저 숙사(宿舍)에로 수용되어질 것을 크게 욕망하도다. 그들은 그녀에게 모성이 나타나고 있음을 예상했나니 갑자기 그녀는 그들에 의하여 소중히 여겨지기 시작했음을 알게 될 뿐만 아니라, 칭찬 받을 가치가 있음을 이야기하게 될 때 그녀가 느꼈던 오 신중한 국민의 지당함이여![8]

태어나기 전에 아기는 축복을 받았도다. 자궁 속에서 그는 예배를 받았도다. 분만의 경우에 있어서 행해져야 하는 것은 무엇이나 알맞게 이루어졌도다. 산파들이 곁에서 시중드는 침상, 건강에 이로운 음식과 함께 마치 출산이 이미 다 끝난 듯 그리고 현명한 선견지명으로 마련된, 휴식하기에 편안하고 가장 깨끗한 포대기들: 뿐만 아니라 여기에 못지 않게 필요한 여러 가지 약품 그리고 임부의 분만 시에 필요한 여러 가지 외과 기구, 신(神)의 그리고 인간의 상(像)들과 함께 마련된, 우리들 지구상의 다양한 지역의, 마음을 아주 현혹케 하는 온갖 광경들이 담긴 풍경화가 어김없이 걸려 있었는지라, 임부의 산기(産期)가 차서, 눈에 띄게 만삭이 되어, 그곳에 와서 눕게 될 때 산모들을 위하여 높고 햇볕이 잘 드는 아름다운 구조를 갖춘 산실에서 그들로 하여금 그것을 바라보게 함은 팽창을 촉진케 하고 출산을 안이하게 하는 것이로다.

어떤 남자 나그네가 밤이 짙어 올 무렵 이 산원(産院)의 문 곁에 서 있었도다.[9] 지구상을 멀리 방랑하며 여행했던 저 사나이는 이스라엘 민족[10]에 속하는 자였느니라. 이 산원까지 그를 홀로 인도한 것은 단지 인간의 참된 연민(憐憫)이었느니라.

이 집의 주인은 A. 혼이니라. 그는 일흔 개의 침대를 그곳에 비치하고 있나니 산모(産母)들을 그 위에 눕게 하고 하느님의 천사가 마리아에게 이른 대로[11] 고통을 참으며 건강한 아이를 낳게 하는 것이 상습이었도다. 두 감시자들이 그곳을 순회하나니, 잠자지 않고 감시하고 있는 백의의 자매들이니라. 그들은 진통을 가라앉히고, 병을 달래도다. 열두 달 동안 3백 회에 이르도록. 혼을 위하여 가장 세심한 주의를 기울이고 있는 그 두 사람이야말로 가장 진실한 간호원들이로다.

세심한 감독 속에 감시자는 부드러운 마음씨를 가진 저 사나이가 다가오는 소리를 듣자 쓰개를 머리에 쓴 채 재빨리 자리에서 일어나며 그에게 문을 활짝 열어 주었느니라. 그때, 보라, 아일랜드의 서쪽 하늘에 번갯불이 약동하듯 눈을 부시게 하며 비치고 있도다. 격분한 자 하느님이 그의 사악한 죄 때문에 모든 인류를 물로써 멸망시키지 않을까 그녀는 몹시 겁내도다.[12] 그녀는 가슴뼈에다 그리스도의 십자가를 긋고 그를 끌어 당겨 그녀의 지붕 밑으로 재빨리 들어오도록 했느니라. 저 사나이는 그녀의 훌륭한 뜻을 알아채고 혼의 집으로 들어갔도다.

방문객은 방해될까 두려워하며 모자를 손에 든 채 혼의 현관에 서 있었었느니라. 그는 그전 그녀가 있는 곳에 그의 사랑하는 아내와 귀여운 딸과 함께 살았던 적이 있었나니 그후로 육지와 바다를 9년이란 기나긴 세월 동안 떠돌아다녔느니라.[13] 그가 한때 도회의 부두에서 그녀를 만났을 때 그는 그녀의 인사에 모자를 벗어 답하지 않았도다. 이제 그녀의 인정받는 훌륭한 천성의 마음을 바탕으로 그를 용서해 줄 것을 그는 요청했나니, 당시에 그가 언뜻 본 그녀의 얼굴은, 너무나 젊어 보였도다. 그녀의 눈 속에 재빨리 빛이 번쩍이며, 그가 한 말에 꽃송이 같은 홍조가 그녀의 뺨에 피어올랐도다.

그때 그녀의 눈이 그의 검은 상복에 가 머무르자 그녀는 그 때문에 어떤 슬픔을 염려했도다. 애초에 두려워했던 그녀는 이내 기쁜 마음을 갖게 되었느니라. 그가 의사 오헤어의 소식이 먼 해안으로부터 전해지고 있느냐고 그녀에게 묻자 그녀는 고통스런 한숨과 더불어 의사 오헤어는 천국에 있나니 그에게 대답했도다. 사나이는 그 말을 듣자 슬픔이 지극했나니, 애처로운 생각에 내장이 무거워짐을 느꼈도다. 그러자 그녀는 하느님의 정당한 부르심을 조금도 거역할 생각은 없으나, 그렇게도 젊은 나이의 친구의 죽음을 항시 마음 아프게 생각한다고, 그에게 말했도다. 그녀는 그가 하느님의 인자하신 지덕(至德)을 통해, 참회하고 사죄 받기 위한 미사 사제와 성찬, 그리고 그의 사지에 바른 환자용의 성유(聖油)와 함께, 아름답고 편안한 죽음을 가졌나이다, 말했느니라. 그러자 그때 사나이는 간호원에게 사자(死者)는 어떠한 병으로 돌아갔나이까. 진지하게 물었나니, 간호원이 그에게 대답하여 가로되, 그는 모나 섬[島][14]에서 위암으로 돌아갔는지라, 돌아오는 '무죄 어린이 순교 축일'[15]이면 3년이 되나이다. 이르며, 그의 불쌍한 영혼을 영원히 불멸 속에 간직해 주실 것을 대 자비의 신에게 기도했나니라. 나그네는 모자를 손에 들고 슬픈 듯 빤히 쳐다보면서, 그녀의 슬픈 이야기를 듣고 있었도다. 그리하여 그들 두 사람은 침통한 생각에 잠겨 서로 애도하며 그곳에 잠시 서 있었었느니라.[16]

그런고로, 모든 인간이여, 그대의 죽음인 저 최후의 종말을 그리고 여인으로부터 태어난 모든 인간을 장악하고 있는 저 재(灰)(죽음)를 생각할지니 완고하면 그가 어머니의 자궁으로부터 알몸으로 나왔던 것과 같이 그의 최후도 태어났을 때와 마찬가지로 알몸으로 되돌아가야 하기 때문이니라.

이 산원(産院)으로 들어온 나그네는 그리고 나서 간호 여인에게 물어 가로되 출산의 침상에 누워 있는 저 여인의 경과는 어떠하리까. 그러자 간호 여인이 그에게 대답하여 가로되 저 여인은 지금까지 만 3일 동안 진통을 겪고 있사오며, 견디기 극히 힘든 난산일 것으로 생각되었으나 이제 머지않아 순탄한 분만이 이루어 질 것이옵니다. 했도다. 게다가 그녀는 여태까지 수많은 여인의 분만을 보아 왔어도 저 여인의 분만처럼 고통스러운 것은 결코 보지 못했노라, 말했도다. 이어 옛날 이 산원 근처에서 살았던 적이 있는 그 남자를 그녀는 알고 있는지라 그에게 모든 이야기를 다 털어 놓았나니라. 남자는 그녀의 말에 귀를 기울였나니 완고하면 그는 여인들이 갖는 모성의 진통 과정에 있어서 그들의 비통함을 놀랍도록 느꼈기 때문이라 그리하여 그는 어느 누가 보든 간에 참 잘생겨 보이는 그녀의 얼굴을 신기하게 쳐다보았으나 아직도 그 후 수년 동안을 한 사람의 시녀로서 그대로 남아 있는 것이 수상하게 여겨졌도다. 혈조(血潮)가 12개월씩[17] 9번이나 다가왔어도 그녀의 아이가 없음을 꾸짖고 있는 것이로다.[18]

그리고 그들이 이야기를 하고 있는 동안에 성(城)의 문이 열리며 그곳의 식탁에 앉아 있는 많은 사람들의 떠드는 소리가 수없이 그들의 귀에 다가왔도다. 그리하여 두 사람이 서 있던 곳으로 딕슨이라 불리는 한 젊은 수업기사(修業騎士)가 다가 왔나니라. 그런데 나그네 리오폴드는 그와 절친했나니, 수업기사가 당시 근무하던 자선병원[19]에서 나그네 리오폴드는 가슴을 한 마리의 무섭고 소름끼치는 용(龍)의 창에 찔린 적이 있었나니 그 상처를 치료받기 위하여 그곳에 왔던 이유로 당시 서로 야단법석을 떠는 일대 소동이 일어 났나

니 당시 그를 위해 기사(騎士)는 충분할 만큼의 휘발성 소금과 성유(聖油)를 처방으로 그
를 치료하여 주었던 것이로다. 그리고 그는 이제 가로되 저쪽에 있는 사람들과 흥겹게 즐기
기 위하여 저 성(城) 안으로 들어가지 않겠나이까, 했도다. 그러자 나그네 리오폴드가 가로
되 나는 다른 데 볼일이 있소이다 했나니 왜냐하면 그는 조심성 있고 민감한 사람이었기 때
문인지라. 역시 숙녀는 그의 의견과 마찬가지라 그리하여 나그네가 예민하기 때문에 거짓
이야기를 하고 있음을 비록 잘 알고 있기는 했어도 수업기사를 나무랐던 것이로다. 그러나
수업기사는 거절하는 말을 들으려고 하지 않을 뿐더러 그녀의 비난도 귀담아듣지 않았나
니 자신의 의사와 상반되는 일을 나그네에게 허락하지 않은 채 가로되 성(城)은 경탄할 만
큼 훌륭한 곳이라 했도다. 그리하여 나그네 리오폴드는 성으로 들어갔나니 왜냐하면 그는
여러 나라에 에워싸여 수많은 진군을 해왔는데 다가 언젠가 정사(情事)²⁰⁾를 겪은 다음이라
사지가 쑤시니 잠시 쉬어가기 위함이었도다.

그리고 성(城) 안에는 핀란드산(産) 벚나무로 만든 탁자가 하나 마련되어 있었으니
그것은 저 나라의 네 명의 난쟁이들에 의하여 떠받쳐지고 있었으나 마법으로 인하여 그들
은 감히 더 이상 움직이지 못했노라. 그리고 이 탁자 위에는 어떤 큰 동굴 속에서 구슬 땀
흘리는 악마들에 의하여 백열(白熱)의 불꽃으로부터 만들어진, 놀랍도록 그곳에 풍부한 물
소들과 수사슴의 뿔로 당시 자루를 가진 무시무시한 단도들과 칼들이 놓여 있었느니라. 그
리고 거기에는 머하운드²¹⁾의 마술에 의하여 바다 모래와 공기를 가지고 한 사람의 마술사
가 입김을 불어넣어 거품처럼 부풀게 하여 세공 된 그릇들이 여러 개 놓여 있었도다. 그리
고 탁자 위에는 아무도 더한층 풍부하게 또는 더한층 자양분 많게 만들어 낼 수 없을 정도
로 맛있고 자양분 많은 요리가 가득 했나니라. 또한 거기에는 특별한 기교에 의해 뚜껑이
열리도록 되어 있는 은그릇 하나가 놓여 있었으니 그 속에 머리 없는 신비스런 물고기들이
담겨져 있었으니, 비록 믿지 않는 사람들은 그것이 사실임에도 불구하고 그들 자신이 그것
을 보지 않고는 그런 일이 있을 수 있음을 믿을 수 없으리라. 그리고 이러한 물고기들은 포
르투갈 땅으로부터 그곳에 운반되어 유액(油液) 속에 담겨져 있었나니, 그것은 너무나 진
해서 마치 올리브 열매의 즙과 같았기 때문이라. 그리하여 또한 어떻게 하여 사람들이 마력
에 의하여 칼데아²²⁾산(産)의 비옥한 밀의 씨눈을 가지고 혼합물을 만들었는지, 그들이 그
속에 집어넣은 어떤 성난 정령들의 도움으로 마치 그것이 거대한 산(山)처럼 엄청나게 부
풀어 오르게 했는가를, 저 성안에 보게 되면 정말 한 가닥 놀라움을 금치 못하리로다. 그리
하여 그들은 땅 밖으로 솟은 긴 막대기 위에 독사들을 가르쳐 뒤엉키도록 해놓고는 이들 독
사의 비늘로 마치 당 밀주 같은 술을 빚는 것이었느니라.

그리하여 수업기사는 귀공자 리오폴드를 위하여 한 잔의 술을 부어 권하고 좌중의 모
든 사람들도 그동안 서로서로 각자의 술을 마셨나니라. 그리하여 귀공자 리오폴드는 그를
기쁘게 하기 위하여 자신의 투구 앞 받침을 쳐들고²³⁾ 얼마간의 술을 대담하고 의좋게 마셨
나니 왜냐하면 그는 그의 같은 딩 밀주는 이전에 결코 마셔 본 적이 없었기 때문이니라. 그
러나 그는 이어 술을 옆으로 밀어치우고 남 몰래 슬쩍 그의 잔의 대부분의 술을 이웃 사람
의 잔에다 부었나니 그의 이웃 사람은 이러한 간계(奸計)를 전혀 알 바 없었도다. 그리하
여 그는 그들과 함께 잠시 동안 휴식하기 위해 성안에 앉아 있었느니라. 아아 고마우신 지
고 전능하신 하느님이시여.²⁴⁾

이러고 있는 동안에 이 선량한 자매는 문간에 서서 만물의 군주(君主)이신 예수를 섬
기시어 제발 주흥(酒興)을 삼가 주기를 그들에게 간청했나니 왜냐하면 2층에는 한 귀부인
이 아기를 분만하고 있는지라, 그녀의 분만 시간이 이제 곧 다가왔기 때문이로다. 리오폴
드 경(卿)은 위층에서 소리 높이 외치는 사람의 목소리가 들리는지라 그것이 무슨 아우성
인지, 아기의 목소리인지 혹은 여인의 목소리인지 의아해 했도다. 그리하여, 그는 가로되,
나는 놀라는지라, 시간이 아직 다가오지 않았단 말인고 아니면 지금이라도. 그런데 정말 시

간이 너무 오래 걸리는 것 같도다. 그리하여 그는 정신을 가다듬었나니 그리고 테이블 저쪽
편에 앉아 있는 레너헌이라고 불리는 한 자유농민을 보았는지라 그는 좌중의 어느 누구보
다도 나이가 들었는지라 그 때문에 그들 두 사람은 하나의 거사(擧事)나 또는 그 밖의 일
에 있어서 덕망 있는 기사들이었을 테다, 그가 나이를 더 먹었다는 이유로 그에게 아주 점
잖게 말을 걸었던 것이로다. 그러나 그는 가로되, 산부(産婦)는 엄청나게 오랫동안 기다려
왔는지라 머지않아 하느님의 은총으로 아기를 낳게 되려니와 나아가 아기를 분만하는 기
쁨을 누리게 되리로다. 그리하여 이미 술에 취한 그 자유농민이 가로되, 이번에 나타날 자
는 그녀 자신의 차례가 아닌가 하고 매 순간을 기대하고 있나이다, 했도다.[25] 또한 그는 앞
에 놓인 자신이 마실 술잔을 집었나니 그 이유인즉 어느 누구도 그에게 술을 권하거나 마시
도록 청하는 사람이 없었기 때문이라, 그리하여 아주 유쾌하게, 자 마십시다, 그는 말했느
니라, 그리하여 그는 두 사람의 건강을 축하하며 되도록 단숨에 술을 들이켰나니, 왜냐하면
그는 기분이 좋을 때는 극히 선량한 사람이었기 때문이로다. 그리하여 리오폴드 경(卿)은
학자들의 홀에 여태껏 앉아 있던 사람들 가운데서 가장 성품이 훌륭한 손님이었거니와 암
탉의 엉덩이 밑으로 지아비다운 손을 여태껏 밀어 넣은 사람들 가운데서도 가장 유순하고
다정한 사람이며, 점잖은 귀부인에게 충아다운 봉사를 여태껏 행한 세계의 기사들 가운데
서도 가장 진실했는지라, 경건하게 그에게 축배를 올렸던 것이로다. 여인의 고통을 경이심
(驚異心)을 가지고 곰곰이 생각하면서.

　　이제 그러면 그들이 할 수만 있다면 그들 마음대로 술을 마시는 저 우정(友情)에 관
하여 우리 이야기하도록 하사이다. 테이블 양쪽에는 소위 학자들의 무리가 앉아 있었나니,
말하자면, 성(聖) 마테르 미세리코르디아 자선 병원의 젊은 의사 딕슨이라 불리는 자가 그
의 다른 동료들과 함께 앉아 있었는지라, 두 다른 의학도들인 린치와 매든을 포함하여, 레
너헌이라 불리는 자유농민 그리고 알바 롱가[26] 출신의 한 사람, 크로터즈라는 자 그리고 형
제 같은 모습을 하고 테이블 머리맡에 자리 잡은 젊은 스티븐 그리고 얼마 전에 이야기 된
그의 지배력 때문에 모든 사람들이 주먹(Punch) 코스텔로라고 부르는 코스텔로(그런데 그
들 모두 가운데서도, 말이 적은 젊은 스티븐, 그는 계속해서 당밀주를 더 요구하고 있는 제일 많
이 술에 취한 자였나니) 그리고 그 곁에 유순한 리오폴드 경(卿)이 자리를 함께 하고 있었도
다. 그러나 젊은 맬러카이를 모두들 기다리고 있었으니 그 이유인즉 그가 오기로 약속을 했
기 때문이라 그리고 악의를 품은 자들은 그가 어떻게 자신의 약속을 어길 수 있을까 하고
비난하는 것이었도다. 그리하여 리오폴드 선생은 그들과 함께 앉아 있었으니 사이먼 선생
과 그의 자식인 이 젊은 스티븐과 절친한 우정을 지니고 있었기 때문이요, 또한 그들이 그
동안에 그를 가장 존경할 태로서 대접할 정도로 자신의 최고로 긴 방랑 끝에 그의 권태가
그를 진정시켰기 때문이기도 했느니라. 사랑은 진정 그를 방랑하도록 꾀하였으나, 연민의
정이 그의 마음을 빼앗아, 그로 하여금 떠나가기를 꺼리게 하는 것이었도다.

　　왠고하니 그들은 올바르고 기지(奇智)가 있는 학자들이었기 때문이로다. 그리고 그는
그들이 분만과 의(義)에 관하여 서로서 크게 떠들어대는 것을 들었는지라, 젊은 매든이
주장하여 가로되, 이러한 경우[27]에 산모를 죽게 하는 것은 지나친 일이로다(왠고하니 수년
전에 혼 산원에서 지금은 이 세상에서 사라져 간 애블라나[28]의 한 여인과의 문제가 발생했나
니 그녀가 죽기 전날 밤 모든 의사들과 약제사들이 그녀의 경우에 대하여 상의하였던 적이
있었기 때문이라). 그리하여 그들은 산모가 생존해야만 하느니라, 가일층 이야기했나니,
그 이유인즉 태초에, 그들이 말한 바, 여인은 고통 속에 아기를 낳느니라[29] 했거늘, 이와
동일한 상상력을 갖고 있던 그들은 어찌 젊은 매든이 말한 것이 진리임을 단언했나니, 왜냐
하면 그는 태연히 여인을 죽도록 했기 때문이로다. 그러자 젊은 린치를 포함하여 적지 않은
사람들은, 비록 비천한 자들이 그것을 달리 믿고 있기는 하지만, 세상은 지금 사실상 별 도
리 없는 지독한 악(惡)[30]의 지배를 받고 있으나 계율(戒律)도 그의 심판자들도 그것을 치

료할 약을 결코 갖지 못하고 있는 게 아닌가 하고 의문을 품었도다. 하느님이시여 구원을
하사하소서. 이러한 소리는 들리지 않았으나 좌중의 모든 사람들은 안 되도다, 성모 마리아
께 맹세코, 산모는 살게 하고 태아를 죽게 하는 것이 타당할지로다, 한결같이 요구하며 부
르짖었도다. 그리하여 그들은 한편으로는 논쟁 때문에 또 한편으로는 그들이 마신 술 때문
에 얼굴에 홍조가 짙어 갔나니 하지만 자유농민 레너헌은 적어도 환락을 잃지 않도록 재빨
리 각 잔에 술을 따랐느니라. 그리고 나자 젊은 매든이 사건의 전모를 모두 털어놓았나니
그리고 어찌하여 산모가 죽어 갔는지 또는 어찌하여 가장(家長)이자 그녀의 남편이 성지순
례자나 기도자의 계율에 의한 성스러운 종교의 힘에 의하여 그리고 아브라칸의 성 울탄[31]
에게 그가 행한 맹세에 의하여 그의 아내의 죽음을 받아들이려 하지 않았는지를 말하자, 그
에 대하여 좌중의 사람들은 모두 놀랍도록 마음 아파하였도다. 그들에게 젊은 스티븐은 다
음과 같은 말을 했노라: 여러분, 속된 중생들 사이에도 이따금 잠음은 있소이다. 지금은 아
기든 산모든, 전자는 침침한 지옥의 변경(邊境)에서, 후자는 연옥의 불길 속에서, 그들의
조물주를 찬미하고 있소이다. 그러나, 하느님이 가능하게 한 것으로 우리들이 밤마다 불가
능하게 하는 저 영혼들을 어찌하오리까, 성령이요, 하느님이시며, 생명의 주(主)이시요 부
여자(賦與者)이신 그에 대한 죄 됨을?[32] 왠고하니, 여러분, 그는 말했도다, 우리들의 정욕
은 짧기 때문이오. 우리들은 우리들 속에 있는 이 작은 생명들에게는 한갓 수단에 지나지
않는지라 자연은 우리들과는 다른 목적을 갖고 있도다. 그러자 그때 젊은 딕슨이 주먹 코스
텔로에게 자네 도대체 그것이 뭔지 아는가 하고 말했도다. 그러나 그는 과도하게 술에 만
취된 채, 상대방에게 할 수 있는 가장 훌륭한 말이라고는 단지 이러했나니, 만일 우연히도
어떠한 여인이 그로 하여금 정욕의 우울(憂鬱)을 풀어 줄 수만 있다면 비록 그녀가 누구의
아내든 처녀든 혹은 연인이든 간에 그 여인을 언제나 범하겠노라. 그러자 알바 롱가의 크로
터즈가 천 년 동안에 단 한 번 뿔을 나타내 보인나는 저 외 뿔을 가진 짐승에 관한 젊은 맬
러카이의 송가(頌歌)를 노래 부르자, 그동안 다른 사람들은, 그에게 원한을 품게 할 정도
의 야유로써 그를 격려했나니, 그의 기관(器官)이라면 남성이 행할 수 있는 어떤 모양의 것
도 능히 할 수 있음을 모든 사람들이 성 포티누스[33]에게 맹세코 입증하는 바라 했도다. 그
때문에 좌중의 사람들은 너무나 유쾌하게 소리내어 웃었으나 단지 젊은 스티븐과 리오폴드
선생만은 결코 지나치게 개방적인 웃음을 터뜨리지 않았나니 그 이유인즉 리오폴드 선생은
자신을 좀처럼 드러내려고 하지 않는 이상스런 타고난 기질과 또한 산모에 대해서 비록 그
녀가 누구든지 혹은 어디에서였든지 간에 그녀를 불쌍히 여기고 있었기 때문이로다. 그러
자 젊은 스티븐은 그 자신을 그녀의 가슴으로부터 던져 버린 어머니인 교회에 관하여, 교회
의 율법에 관하여, 유산의 수호신인 릴리스[34]에 관하여, 바람에 의한 빛의 종자(種子)로서
이루어지는 잉태에 관하여 또는, 흡혈귀의 마법에 의하여 입에서 입으로 전해지거나, 또는
베르길리우스[35]가 말했듯이, 소방(西方)의 영향에 의하여 또는 월화(月花)(월경)의 냄새
에 의하여 또는 그녀의 남씬이 같이 잠잔 여인과, '에페끄뚜 세꾸또(잇따른 행동으로)', 또
는 아베로즈[36]와 모지즈 마니모니데스[37]의 의견에 따라 우연히 그녀의 목욕탕에서 생기는
잉태 등에 관하여 회기(豪氣)를 띠며 말했던 것이로다. 그는 임신 2개월 말에 어떻게 인간
의 영혼이 스며드는 것인지 그리고 어떻게 모두 하여 우리들의 성모가 하느님의 보다 위대
한 영광을 위하여 영혼들을 가슴에 품는 것인지, 한편 어찌하여 짐승처럼 아기를 낳는 어미
짐승에 지나지 않는 저 속세의 어머니가 교회의 율법에 의하여 죽어야만 하는지를 말했나
니 왜냐하면 심지어 어부(漁夫)의 봉인(封印)을 지니고 있는 자, 반석(盤石) 위에 성스러
운 교회를 영원토록 건립한 저 축복 받는 베드로[38]가 그렇게 말했기 때문이로다. 그러자 그
들 미혼자들은 모두 리오폴드 선생에게 그와 같은 경우에 있어서 자식의 생명을 구하기 위
하여 어머니의 몸을 희생해야 하는 것인 지의 여부를 묻는 것이었도다. 세심한 마음을 가진
그는 모든 사람들에게 적합한 대답을 할 양으로, 손을 턱에 괴고, 언제나 그랬듯이, 얼버무

려 가로되, 한 사람의 속인으로서 의술을 여태껏 사랑해 왔던 그는 자신에게 알려져 있는
한, 좀처럼 보기 드문 그와 같은 사건에 대한 자신의 경험으로 산모의 생명을 구하는 것이
타당한 일임을 동의하는지라, 그 이유인즉 저 어머니인 교회는 출산과 사망의 봉납금(捧納
金)을 아마 한꺼번에 갖게 될 것인지라 그리하여 이런 유(類)의 말씀으로 그는 그들의 질
문을 회피하는 것이었도다. 그건 사실이오, 확실히, 딕슨이 말했도다. 그런데, 나의 잘못인
지는 모르나, 그것은 함축성 있는 말이도다. 이 말을 들은 젊은 스티븐은 놀랍게도 기꺼워
하며 단언했나니, 가난한 자로부터 훔치는 자는 하느님에게 빌려주는 자이니라, 했도다.[39]
그 이유인즉 그는 술이 취하면 태도가 마주 거칠어지기 마련이니 그리하여 그가 방금 그러
한 기질 속에 잠긴 것처럼 이내 보였기 때문이도다.

　　그러나 리오폴드 선생은 그가 한 말에도 불구하고 엄숙한 얼굴빛을 띠고 있었나니
왜냐하면 그는 자신들의 산고(産苦) 속에서 부르짖는 여인들의 무서운 절규에 대한 연민을
아직도 갖고 있었거니와 태어난 지 열하루째 되던 날 죽은 단 하나의 남아(男兒)를 그에게
낳아 준 그의 선량한 부인 마리언에 관하여 회상하고 있었기 때문으로 어떠한 의술을 가진
사람도 그를 구할 수 없었으니 암담할 손 운명이었도다. 그리하여 그녀는 저 재난 때문에
극심한 마음의 충격을 받았나니 그의 매장(埋葬)을 위하여 그가 완전히 부패하여 없어지
거나 얼지 않고 그대로 남아 있도록 털의 꽃이라 일컫는, 양모(羊毛)의 아름다운 코르셋을
그에게 입혀 주었던 것이라(왠고하면 때는 겨울 중순경이었기 때문이니) 그리하여 이제 자신
의 육신으로 상속자가 될 사내아이를 갖지 못했던 리오폴드 선생은 그의 친구의 자식인 그
를 바라보았는지라 그의 앞서 지나간 행복에 대하여 슬픔 속에 갇혀 있었나니 그리하여 그
는 그와 같은 착한 마음씨를 가진 아들을(왠고하면 모두들 그가 참된 재질을 가진 것으로 생
각했기 때문이라) 저버렸음을 슬퍼하듯 그에 못지않게 젊은 스티븐을 애석히 여겼는지라 왠
고하면 그는 저따위 불량한 놈들과 난폭하게 지내며 그의 착한 성질을 매음녀들과 함께 말
살시키고 있었기 때문이로다.[40]

　　그러자 바로 지금 때쯤 하여 젊은 스티븐은 비어 있는 여러 컵에 술을 채웠나니 그런
고로 만일 지금도 계속 아주 분주하게 술을 권하고 있는 그로부터 그 옹호자[41]가 컵의 접
근을 막지 않았더라면 술도 더 이상 남아 있을 수 없을 것이었으니, 그리하여 그는, 군주
이신 로마 교황의 선의를 청하여, 브레이의 목사[42]라 일컬어지는 그리스도의 대리자(代理
者)[43]에게 축배를 올릴 것을 그들에게 제의했도다. 자 우리 마십시다, 그는 말하도다. 이
술잔의 술을 그리고 실로 나의 육체의 한 부분이 아니고 나의 영혼의 화신(化身)인 이 봉
밀주(蜂蜜酒)를 단숨에 들이켭시다.[44] 빵만으로 사는 자들에게 빵 조각을 줄지어다.[45] 더
욱이 술의 모자람을 겁내지 말지니, 왜냐하면 빵은 생명을 위협하는 것이나 술은 인생을 위
안하는 것이기 때문이로다. 자 여기를 보시라 여러분. 그리하여 그는 그가 지니고 있던 공
물(供物)인 반짝이는 동전(銅錢)과 2파운드 19실링 값어치의 금세공인(金細工人)의 주화
(鑄貨)를 그들에게 보였나니, 가로되, 그가 쓴 한 편의 노래의 대가라 했도다.[46] 지금까지
돈의 궁핍에 빠져 있던 그들은 전술한 부(富)를 보자 모두 감탄해 마지않았도다. 그러자 그
때 그가 한 말은 다음과 같은 것이었나니: 잊지 마시라 여러분, 그는 말했나니, 시간의 폐
허가 영원의 궁전을 세우는 거요.[47] 이것은 뭘 의미하겠소? 욕정의 바람은 가시나무를 멍
들게 하나 이내 그는 시간의 좁은 땅 위에 가시덤불로부터 장미를 피어나게 하는 거요.[48]
자 잘 들으시오. 여인의 자궁 속에 말[言]은 육화[肉化]하나 조물주의 정신 속에서, 사라
지는 온갖 육체는 사라지지 않을 말이 되는 것이오.[49] 이것이 후기창조(後期創造)란 거요.
'옴니스 까로 아드 떼 베니에뜨(모든 고기는 너희에게 돌아오도다).'[50] 우리들의 속죄요,
구세주이며 목동(牧童)인 자의 고귀한 육체를 탄생하게 한, 우리들의 강력한 어머니요 가
장 존경하올 어머니이신, 그녀의 이름이야말로 권위 있는 것임은 의심할 바 없나니, 그리하
여 베르나르도[51]가 지당하게 말했듯이, 그녀[52]는 '옴니뽀뗀띠암 데이빠라에 수쁠리쳄(하느

남다운 기원(祈願))의 전능한 힘', 53) 다시 말하면, 탄원(歎願)의 전능한 힘을 갖고 있나니 그 이유인즉 탯줄의 연속적인 접합(接合)에 의하여 우리들이 연결되어 있는 저 다른, 우리들의 조모(이브)는, 페니짜리 사과 한 개를 얻기 위하여 우리들 모두에게, 종자(種子), 종족 그리고 자손을 팔아 버린 반면, 아우구스티누스도 말했듯이, 그녀는 제2의 이브(마리아)요 그녀가 우리들을 구했기 때문이로다. 그러나 문제는 여기에 있다오. 아니면 그녀는 그 54)를 알고 있었소. 내가 말하는 제2의 그녀 말이오, 그리하여 그녀는 그녀의 창조물의 창조물, 즉 *'베르기네 마드레, 피글리아 디 투오 피글리오(동정의 어머니시여, 당신 아들의 따님이시여)'* 55)든지, 아니면 그녀가 그 56)를 알지 못했거나 게다가 잭이 세운 집 속에 살고 있는 어부(漁夫) 베드로처럼 그리고 모든 불행한 결혼을 행복으로 계승시킨 수호성자인 목수 요셉처럼 부정(否定)하고 있거나 전혀 알지 못하고 있는 것이오, 57) *'빠르스끄 므쉬 레오 땍실 누자 디 끄 끼 라베 미즈 당 쎄드 피쉬 뽀지숑 쎄떼 르 싸끄레 삐죵, 방트르 드 디외! (왠고 하니 레오 땍실 씨가 말한 바와 같이 그녀를 불우한 지경에 빠뜨린 것은 신성한 비둘기이기 때문이로다, 하느님의 배(腹)에 지나지 않느니라!)'* 58) 그것이 전질변화(全質變化) *'엔트베데르 (이든)' '오데르(아니면)'* 59) 동일실체성(同一實體性)이든 그러나 어떤 경우에도 결코 자독(自瀆) 60)은 아니오. 그리하여 이 말에 모두들 부르짖었나니 정말 야비한 말이기 때문이라. 환희 없는 잉태, 그는 말했도다. 고통 없는 탄생, 흠 없는 육체, 부풀어 오르지 않는 배(腹)란 말이오. 61) 음탕한 자로 하여금 성실과 열정으로 숭배하도록 내버려두오. 의지(意志)를 가지고 우리는 의항(意抗)할지니, 의당(宜當).

이에 잇따라 주먹 코스텔로가 주먹으로 탁자 위를 심하게 치며 알마니 62)의 쾌활한 허풍선이의 아이를 잉태한 한 계집에 관한 음탕한 돌림노래 〈스타부 스타벨라〉를 읊었나니, 그것을 그는 곧장 이어 다음과 같이 노래 부르기 시작했도다.

— 처음 3개월 그녀는 몸이 좋지 못했더네, *스타부스* 63) 그때 여기 퀴글리라는 간호원이 문간에 나타나 골을 내며 그들에게 말하되 수치스런 일이오니 제발 조용히 하소서 앤드루 경(卿) 64)의 도착에 대비하여 질서를 확보하는 것이 그녀의 생각인지라 그들에게 깨우쳐 주는 것이 온당하지 않겠나이까, 왠고하니 그녀는 당번(當番)으로서의 자신의 명예를 외람된 소동으로 손상시키지나 않을까 경계하고 있기 때문이라 했도다. 그녀는 침착한 얼굴과 기독교도다운 걸음걸이를 가졌고, 음울한 표정과 주름진 용모에 잘 어울리는 암갈색 의복을 걸친, 나이 많고 슬퍼 보이는 간호 부장이었는지라, 그녀의 충고의 요구가 효력을 나타냈나니 왜냐하면 주먹 코스텔로는 이내 좌중의 모든 사람들 가운데 꾸중을 들었는지라 어떤 사람은 그 야비한 시골뜨기를 예모 있는 엄격한 말로서, 또 다른 사람은 감언적(甘言的)인 위협으로서, 한편 그 밖의 그들 모든 사람들은 이 염병에 걸릴 바보 자식 같으니, 저놈은 얼마나 악마 같은 놈이냐, 이 촌놈아, 이 못난이야, 이 무법한 놈아, 이 난봉꾼아, 이 돼지 곱창 같은 놈아, 이 악한의 자식 놈아, 이 도랑에서 태어난 놈아, 이 칠푼아, 저주의 하느님의 원숭이 같은 너의 술 취한 주둥아리를 그로부디 제발 좀 닥쳐, 라고 꾸짖는가 하면, 그의 가문(家紋)으로 정숙의 꽃이요, 부드러운 마요라나를 지니고 있던 착한 리오폴드 선생은 지금 이 시간의 순간이야말로 가장 신성하며 그리하여 가장 신성하게 하는 것이 가장 값진 순간임을 충고해 마지 않았도다. 이리하여 혼의 산원에 안식이 응당 지배했도다.

요약컨대 이러한 이야기가 거의 끝나자 그때쯤 하여 이클레스가(街)의 마리아 병원 65)의 딕슨 학사(學士)가, 즐거운 듯 능글능글 웃으면서 젊은 스티븐에게 왜 그가 성직(聖職)의 맹세를 받아들이지 않기로 했는지를 물었나니, 스티븐은 자궁에서는 복종을 무덤에서는 정절(貞節)을 하지만 일생 동안 본의(本意) 아닌 빈곤을, 하고 그에게 대답했도다. 리너헌 학사는 이 말에 그가 스티븐의 흉악한 행동에 관한 소문을 들었는지라, 이에 관하여 그가 어찌하여 미성년자의 윤락 행위라 할, 신뢰하는 한 여인의 백합(白合)인 부덕(婦德)을 그가 더럽혔는지를 반박했나니, 좌중의 사람들도, 모두 흥겨워하며 그리고 부성(父性)을

축배하며, 서로 그 말을 입증하는 것이었도다. 그러나 그는 가로되, 자신은 영원의 자식이
요 언제나 동정(童貞)의 사나이인지라,[66] 그건 그들의 상상과는 전혀 반대되는 일이라 했
도다. 이 말에 환희가 그들 사이에는 한층 더 고조되며 모두들 마다가스카르 섬[67]의 사제들
이 사용하듯, 신부(新婦)가 흰색과 사프란색 옷으로 단장하고 그녀의 신랑은 흰색과 연지
색 옷을 입고, 감송향(甘松香) 심지를 불태우면서, 신부 침상에서 그녀를 탈의(脫衣)하고
탈화(脫花)하며 처녀성을 침범하는 동안, 성직자들은 키리에〔連禱〕와 '우뜨 노베뚜르 섹
수스 옴니스 꼬르뽀리스 미스떼리움(육체의 성(性)의 모든 신비를 알게 하라)'[68]이라는 축가
를 부르는지라 마침내 신부는 처녀성을 잃게 되는 그러한 혼인의 기묘한 의식(儀式)을 그
에게 상술했도다. 그때 그는 저 섬세한 시인들인 존 플레처 학사와 프랜시스 뷰먼트 학사[69]
에 의하여 애인들의 결합을 위해 〈처녀의 비극〉 속에 실린 아주 감탄할 만한 반음(半音)의
축혼가를 그들에게 해보였나니: '침상(寢床)으로, 침상으로'라는 부분은 하프시코드 악기
의 협연(協演)으로 연주되는 그의 후렴(장단곡)이었느니라. 그것은 신부 들러리의 향내 어
린 횃불이 부부 결합의 사각(四脚) 침상으로 그들을 호송해 가는 정든 연인들을 위한 가장
마음을 달래주는 듯한 고무적인 정묘하고 감미로운 축혼가였도다. 두 작가는 참으로 잘 만
났던 거로다. 딕슨 학사가, 즐거운 듯 말했나니, 그러나, 들어보시라, 젊은 친구, 그들은 멋
쟁이 산(山)(Beau Mount)과 호색한(Lecher)으로 불리는 것이 더욱더 나을 것이로다. 그 이
유인즉 정말이지, 이런 식으로 결합했더라면 한층 좋은 작품이 나왔을 것이기 때문이라. 젊
은 스티븐이 가로되, 과연 내가 가장 잘 기억하는 바로는 그들 두 사람 사이에 단지 한 사
람의 정부(情婦)가 있었는지라[70] 그리하여 그녀는 매춘부 출신으로 정사(情事)의 환락 속
에서도 궁여지책(窮餘之策)을 썼던 것이니 왠고하면 당시에는 생활이 대단히 어려웠는지
라 나라의 풍습도 그것을 인정해 주었기 때문이로다. 어떠한 남자도 이보다 더 위대한 사
랑은 없었으니, 그의 아내를 친구와 동침하게 하는 것이었도다, 그는 말했는지라. 당신 가
서 꼭 이대로 해보구려. 이와 같이, 또는 이와 같은 취지의 말을, 한때 우미대학(牛尾大學,
Oxtail)의 불문학 흠정(欽定) 교수이며, 인류가 그 사람에게보다 더 이상 신세진 사람은 여
태껏 없다고 하는, 차라투슈트라[71]가 말했도다. 손님을 그대의 탑 속으로 모시고 들어갈지
니 그리하여 그대의 차선(次善)의 침대[72]를 제공하지 않으면 화가 미치리로다. '오라떼, 프
라뜨레스, 쁘로 메메떱소(기도하라, 형제여, 나 자신을 위해).'[73] 그러자 좌중의 사람들은 모
두 아멘, 하고 말하도다. 기억하라, 에린이여, 그대의 세대들과 나날을,[74] 어찌하여 그대는
나와 나의 말을 대수롭지 않게 여기며 낯선 손님을 나의 문으로 끌고 들어와 나의 면전에
서 음행(淫行)을 감행하게 하며 여수룸[75]마냥 점점 살찌게 하여 발로 걷어차게 하는고. 그
런고로 그대는 나의 빛에 죄를 범했는지라 또한 너희의 주(主)인 나를, 하인들의 노예가 되
게 했도다.[76] 돌아오라, 돌아 오라, 밀리 족(族)이여: 나를 잊지 말아다오, 오 마일시언 족
(族)[77]이여. 왜 그대는 나의 눈앞에서 이런 추태를 부려 설사약 장수를 위하여 나를 걷어차
버리고[78] 그대의 딸들이 호화롭게 동침한 모호한 언어를 쓰는 로마 사람들과 인도 사람들
에게 나를 부정(否定)했는고?[79] 자 앞을 내다보사이다. 나의 동포들이여, 약속의 땅 위를,
심지어 호렙으로부터 그리고 느보로부터 그리고 비스가 산(山)[80]으로부터 그리하여 해톤의
산봉우리로부터 젖과 황금이 흐르는 땅에 이르기까지.[81] 그러나 그대는 나로 하여금 쓰디
쓴 젖을 빨게 하였나니: 나의 달과 나의 해를 그대는 영원히 꺼버렸도다. 그리하여 그대는
비통스런 어두운 길 위에 나를 홀로 영원히 포기했나니: 그리하여 재(灰)의 키스로 그대
는 나의 입에다 키스했느니라. 이러한 내부의 암울(暗鬱)은, 그[82]가 말을 이어 가로되, 칠
십이인역서(七十二人譯書)[83]의 지혜에 의해서도 광명을 받지 못했거니와 언급조차 되어지
지 않았나니 왜냐하면 천상으로부터 동방인(東方人)〔예수〕이 지옥의 문을 부수고 요원한
암흑을 방문했기 때문이로다. 관습은 포학무도함을 감소시키나니 (털리[84]가 그의 친애하는
스토아주의 자들에게 말했듯이) 그리하여 부왕 햄릿은 왕자에게 산화(酸化)의 수포(水泡)

를 보여 주지 않는 도다.[85] 인생의 장년기의 불투명함은 이집트의 천재(天災)와 같아서[86] 그것은 생전과 사후의 한밤중에 그들의 가장 적절한 '우비(장소)'요 '구오모두(길)'[87]이로다. 그리하여 만물의 목적과 종언(終焉)이 어느 정도 그들의 발단과 기원(起源)에 일치하듯, 탄생에서 성장으로 나아가는 저 똑 같은 다양한 상대적 대응도 퇴보적(退步的) 변형에 의해 자연에 상응하는 종말을 향한 소멸과 제거를 이루는지라, 이는 마치 태양하의 우리들의 인간 존재와 일치하는 도다. 나이 많은 운명의 여신들[88]이 우리들을 인생으로 끌어들이나니: 우리는 비탄하고, 껴안고, 떨어지고, 쇠약하고, 죽나니, 죽은 우리들의 시체 위를 그들 여신들이 덮치는 도다. 애초에, 장구한 나일 강물로부터, 갈대 숲 사이, 윗가지로 엮은 침상으로부터 구해졌는지라:[89] 마침내 산의 동굴, 살쾡이와 독수리가 우짖는 사이의 신비스런 무덤이 되는 도다.[90] 그리하여 아무도 그의 봉분(封墳)의 소재를, 뿐만 아니라 우리들이 어떠한 과정까지 그로 인해 이르게 되는지를, 더욱이 지옥으로인지 아니면 에덴동산으로인지[91]를 알지 못하듯이, 마찬가지로 우리가 우리들 인간의 실재가 어떠한 먼 지역으로부터 그의 기원을 가져왔는지를 알기 위해 되돌아 볼 때 만사는 자취를 감추고 마는 것이로다.

거기 더하여 주먹 코스텔로가 〈에띠엔느 상숑(에띠엔느의 노래)〉[92]을 목구멍을 그렁거리며 크게 불렀나니 그러나 그는 좌중의 사람들에게 소리 높이 명령하여 가로되, 보시라, 지혜가 스스로 한 채의 집을 세웠도다, 이 광대하고 웅장한, 오랜 세월을 두고 세운, 반원형의 천장, 아주 정연한 절서 속에 세워진, 창조주의 수정궁(水晶宮)[93]을, 완두콩을 찾는 자가 얻는 지혜를.[94]
— 볼지라, 교묘한 잭에 의하여 건립된 저 저택을
보라 넘치는 수많은 술 부대에 저장된 저 맥아 주를
잭 존이 야숙(野宿)하는 저 늠름한 성벽 속에.[95]

이곳 가로에 깨어지는 듯한 한 가닥 암담한 소리기, 아 놀랍게도, 외쳤다가 되돌아갔도다. 왼쪽으로 소리 높이 뇌신(雷神)이 천둥쳤던 거로다: 무서운 분노로 쇠망치 휘두르는 자, 간담을 서늘케 하는 폭풍우가 방금 다가왔는지라. 그러자 린치 학사가 코스텔로에게 지옥에라도 떨어질 그의 수다와 속념(俗念) 때문에 신이 친히 골이 나셨는지라 조롱과 음탕지혜(淫蕩智慧)를 삼가도록 그에게 간청했나니라. 그러자 처음에 그렇게도 대담하게 도전하던 코스텔로도 다른 사람의 눈에 띌 정도로 얼굴이 밀초 빛으로 창백해지며 몸을 움츠렸나니 이전에는 그렇게도 오만하게 맹세를 떨치던 그의 기세도 이제는 갑자기 꺾였으되 그리하여 저 폭풍의 소음을 맛보았을 때 그의 심장이 새장 같은 그의 가슴속에서 떨렸던 것이로다. 그러자 곧 어떤 이는 조롱하며 어떤 이는 조소했나니, 주먹 코스텔로는 다시 그의 맥주를 심하게 마시기 시작했는지라 그러자 레너헌 학사가 맹세하여 가로되 자신도 잇따라 해보겠노라 했나니 그리하여 과연 오직 한마디 및 일격이 내리치자 어느 누구 할 것 없이 얼굴에 핏기 하나 남아 있지 않았도다. 그러나 그 오만한 허풍선이[96]는 비록 늙은 친부신(親父神)[97]이 그의 술잔 속에 있다손 치더라도 견히 상관치 않는지라 그리하여 그는 자신의 우세함을 누구에게나 뒤지지 않겠노라 소리 질렀도다. 그러하나 그도 겁을 집어먹었으니 혼의 홀에서 몸을 굽혔을 때 이는 단지 자신의 자포자기를 염색할 뿐이었느니라. 그는 마음을 가다듬어 담력을 내려고 술을 한 모금 꿀꺽 들이마셨나니 그 이유인즉 그때 하늘을 한참 온통 으르렁거리면서 천둥소리가 쳤기 때문이니 그런고로 이따금 신을 무서워하던, 매든 학사는 마지막 심판의 날의 저 천둥소리에 자신의 갈비뼈를 주먹으로 치는 것이었는지라 그리하여 블룸 학사는, 그 허풍선이 곁에 앉아, 그의 심한 공포를 잠재우려고 그에게 진정(鎭靜)의 말을 해주었나니, 그가 들은 것은 단지 떠들썩한 소음일 뿐 그 밖의 아무 것도 아니요, 뇌적운(雷積雲)으로부터 비가 쏟아져 일어나는 것이로다. 여러분 보시라, 저건 모두 한갓 자연현상의 질서에 불과한 것이니라, 했도다.

그러하나 젊은 '허풍선이'의 공포는 '진정자(鎭靜者)'의 말에 의하여 극복되었던가?

천만에, 그 이유인즉 그는 가슴속에 말로써 사라질 수 없는 '혹독'이라 불리는 한 개의 쇠
못을 품고 있었기 때문이었도다. 그러면 그는 그중 한 사람처럼 마음을 진정하지도 못했거
니와 또 다른 사람처럼 신을 두려워하지도 않았는가? 그는 어느 한쪽이 되고 싶었으나 그
중 어느 한쪽도 아니었느니라. 그러나 그는 청년 시절에 있어서처럼 당시 그와 함께 지
냈던 '신성'이란 병(甁)을 재삼 찾으려고 노력할 수 없었던가? 과연 그렇게는 할 수 없었나
니 왜냐하면 그러한 병을 발견하기 위한 '힘'이 그곳에 없었기 때문이도다. 그러면 그때 그
는 뇌성 속에 '출생'이란 신의 목소리를 들었던가, 아니면 '진정자'가 말한 '현상'의 소음
을? 듣다니? 왜 안 들으리요, 그가 '이해'의 음관(陰管)에다 귀마개를 틀어막지 않는 한
(그는 그렇게 하지 않았나니) 듣지 않을 수 없었도다. 그 이유인즉 그러한 관(管)을 통하여
그도 역시 다른 사람과 마찬가지로 단지 지나가는 한갓 흔적인 것처럼 어느 날 확실히 그곳
에서 죽고야 말 '현상'의 나라에 있음을 그는 보았나니. 그리하여 그는 나머지 사람과 마찬
가지로 죽음을 받아들일 용의는 없었던가? 그는 비록 그렇게 해야 한다 할지라도 결코 그
것을 받아들일 생각이 없었을 뿐만 아니라, '현상'이 남편들더러 그들의 아내들을 '법률'의
책(冊)에 의하여 다루도록 명령하는 것과 같은 그런 일을 하려고 뽐내지 않았느니라. 그러
면 그는 '나를 믿어라'[98]라고 불리는 저 다른 땅, 즉 환희의 왕에게 지당한 영원히 존재할,
그곳에는 죽음도 없고 출생도 없고 아내도 없고 어머니가 될 수도 없는[99], 그걸 믿는 사람
은 모두 그곳으로 오게 되리라고 하는 약속의 땅에 관하여 아무것도 알지 못했던가? 그러
한지라, '경건함'이 그에게 그 나라에 관하여 말해 주었으며 '순결함'이 그에게 길을 가르
쳐 주었으니 단지 그 이유인즉 중도에서 눈요기를 할 만한 외관(外觀)을 지닌 어떤 매음부
와 함께 윤락하고 말았기 때문이라. 그녀가 가로되, 저의 이름은 '손아귀에 든 새(음경, 陰
莖)'[100]이옵니다, 하였나니 그리하여 호호, 멋쟁이 양반, 이쪽 옆으로 오사이다. 그러면 당
신에게 근사한 곳을 안내해 드릴 테니, 하며 그녀의 아양에 의하여 그를 참된 길에서 나쁜
길로 속여 안내했던 것이니, 그녀는 '숲속의 두 마리 새,' 혹은 어떤 학자에 의하여 '육체적
능욕(凌辱)'이라 불리는 그녀의 동굴 속에 그를 가둘 정도로 아양을 떨며 새빨간 거짓말을
했던 것이도다.
　　이것이 그곳 '어머니들의 대저택' 속의 공동의 식탁에 앉아 있던 모든 사람이 가장 갈
망하던 것(능욕)이었나니 그리하여 만일 그들이 이 매음부인 '손아귀에 든 새(그것은 지독
한 역병[疫病], 귀물 그리고 사악한 마물[魔物] 속에 숨어 있는지라)'와 만나면, 그들은 마지
막 힘을 다해 저항할지라도 그러나 그들은 그녀에게 달려들어 그녀와 동침하리로다. 왠고
하면 '나를 믿어라'에 관하여 그들은 가로되 그것은 한갓 어리석은 생각 이외의 아무것도
아니도다 했나니 그리하여 그들은 그것에 관하여 아무런 생각도 품을 수가 없었으되 그 이
유인즉, 첫째, 그녀가 그들을 유혹한 '두 마리 새'의 숲은 참으로 기묘한 동굴로서 그 속에
는 '등 타기' 그리고 '뒤집기' 그리고 '수치안(羞恥顏)' 그리고 '볼 맞대기' 등의 문자가 그
들 위에 새겨진 네 개의 티켓이 붙은 네 개의 베개가 있었는데다가 둘째, 저 지독한 역병인
'전신매독 및 괴물들에 대하여 그들은 전혀 염려하지 않았나니 왠고하면 '보존법'이 황소
의 창자로 만든 한 개의 튼튼한 방패를 그들에게 주었기 때문이요, 셋째, '살아(殺兒)'라고
일컬어지는 이와 똑같은 방패 때문에 저 사악한 악마였던 '자손'으로부터 아무런 명예훼손
을 당하지 않을 것이었느니라. 고로 그들은 모두 맹목적인 망상에 잠겨 있었으니, '이론가
(異論家) 씨', '때때로의 신앙가(信仰家) 씨', '술꾼 원숭이 씨', '가짜 자유농민 씨', '말
쑥한 딕슨 씨', '젊은 허풍선이'와 '세심한 진정자 씨' 었느니라. 그러한 망상 속에, 오 가련
한 무리들아, 너희들은 모두 속고 있나니 왠고하면 그것은 아주 쓰라린 분노 속에 잠겨 있
는 하느님의 목소리인지라 그는 열매를 맺도록 열렬하게 명령하고 있는 자신의 말에 반대
하여 그들이 행하고 있는 독설과 자독행위(自瀆行爲) 때문에 그의 팔을 치켜들어 그들의
혼(魂)을 당장 쪼개 버리려고 하는 것이었도다.

그런고로 6월 16일 목요일 패트릭 디그넘은 졸도에 의하여 진흙 속에 묻혔던 것이요 그리고 극심한 가뭄 끝에, 하느님의 뜻대로, 비가 내렸는지라, 이탄을 싣고 약 50마일 가량의 수로를 따라 항구로 들어오던 거룻배 사공이 이야기하고 있었나니, 들판은 메말라, 몹시 슬픈 빛을 띠고 심한 악취를 풍기는데다가, 종자도 싹트지 않는 도다, 늪과 구릉도 마찬가지라, 했도다. 비가 오지 않은 지가 얼마나 오래 됐는지를 아무도 기억할 수 없을 만큼 이토록 오랫동안 이슬비도 내리지 않는지라 숨쉬기조차 힘들 뿐만 아니라 어린 식물의 싹들도 모조리 말라 버리고 말았던 것이로다. 장미 봉오리도 모두 갈색으로 변해 버렸으니 얼룩만 퍼졌을 뿐이요 그리하여 언덕 위에는 불을 댕기기만 하면 다 타버릴 마른 잡초와 장작더미 이외에는 아무것도 남지 않았도다. 모든 세상이 일러 가로되, 그들이 아는 한 그렇게도 무자비하게 전국을 대파한 작년 2월의 대풍(大風)[101]은 금년의 이 메마름에 비하면 아주 사소한 것이로다. 그러나 차츰차츰, 앞에서 이야기된 바와 같이, 태양이 넘어간 뒤로 이제 해거름이 되면서부터, 서쪽에 머무르고 있던 바람이 일며, 밤이 한층 짙어 가자 커다랗게 부푼 구름들이 보이기 시작했나니 그리하여 일기예보자들이 구름을 자세히 쳐다보고 있었도다 그리하여 어떤 막전광(幕電光)이, 처음부터 끝까지, 10시가 지나자, 외마디 기다란 천둥소리와 함께 일대 전광이 번쩍였는지라 그리하여 재빨리 모두들 수연(水煙) 같은 소나기를 피하려고 부산하게 문안으로 달려 들어가는 것이었으니, 남자들은 헝겊 조각이나 손수건으로 그들의 밀짚모자를 가린 채, 여자들은 비가 퍼붓자 이내 스커트를 치켜 올리고 달음박질을 치는 것이었도다. 엘리 광장, 배고트가(街), 듀크 잔디밭, 거기에서 메리언 공원을 지나 홀레스가에 이르기까지[102] 전에 바싹 말랐던 곳을 한 줄기 거센 냇물이 흐르고 있었는지라 그리하여 주위에는 단 한 대의 이륜마차도 사륜마차도 전세마차도 보이지 않았으되 그러나 저 최초의 천둥소리가 있은 다음에는 이제 더 이상 들리지 않았나니라. 치안판사 피츠기번 각하(그는 대학 구내에서 변호사 힐리 씨와 지리를 같이할 참이었도다)[103]의 문간 맞은편에서, 작가인 무어 씨(그는 애당초 교황 파였으나 지금은, 사람들이 이르기를, 선량한 윌리엄파로다)[104]의 댁에서부터 막 나온 신사 중의 신사인 맬. 멀리건이 단발머리로 커트한 (그것은 켄털 녹색 복지로 된 댄스 복에 맞추어 최근 유행하고 있는 터라) 알렉. 밴넌과 우연히 마주쳤는지라, 후자는 방금 역마차 편으로 멀린가에서 도회로 되돌아왔나니 그는 그곳에 자신의 사촌과 맬 멀(리건)의 동생이 성(聖) 스위딘 제(祭)[105]까지 한 달 동안 더 머무를 예정이라 전하도다 그리하여 멀리건이 도대체 여기에서 뭘 하고 있는지를 묻자, 그는 가로 대, 방금 집으로 가던 중이라 했나니 한 잔의 술을 들기 위해 그 자신은 앤드루 혼 홀의 산원에 초대받고 있는 몸이라 했도다. 그러나 그는 그녀의 나이에 비해 몸집이 크고 무다리에, 수줍어하는 한 처녀[106]에 관한 이야기를 자기에게 들려줄 수 없겠느냐고 물었나니, 그리하여 이러고 있는 동안 내내 비는 계속 쏟아지고 따라서 두 사람은 함께 혼 홀로 들어갔도다. 그곳에 크로포드 신문의 리오포. 블룸이 한 무리의 익살꾼들인, 떠들어대기 좋아하는 녀석들, 자선 성모 병원의 의학생인, 여수한 딕슨, 빈. 리치, 어떤 스코틀랜드 녀석, 윌. 매든, 예상하던 경마의 결과로 아주 슬퍼하고 있는 T. 레너헌, 그리고 스티븐 D.와 함께 나른하게 앉아 있었도다. 리오포 블룸은 그가 느낀 몸의 노곤함 때문에 그곳에 왔는지라 그러하나 이제 한결 나아졌던 거로다. 그리하여 그는 어젯밤 그의 부인 몰 여사가 터키 식의 바지를 입고 분홍 슬리퍼를 신고 있던 이상스런 환상을 꿈에서 보았는지라 지력(智力) 있는 자들에게는 그것이 월경의 징조임을 떠올리게 하는 것이 도다, 그리하여 그곳에 그녀의 배[腹]의 진단을 받기 위해 입원했던 퓨어포이 부인, 지금은 그녀의 산욕(産褥)에서 신음하나니, 가련하게도, 산기(産期)가 이틀씩이나 지나, 산파들도 그 일에 몹시 지친 채 그리하여 분만을 도울 수도 없나니, 그녀는 내장의 심한 건조제라 할 한 사발의 메스꺼운 미음이 구역질나는지라 그리하여 그녀의 숨결은 보통 때보다 한층 힘들었나니 그리하여 태동으로 보아 모두들 가로되, 아기는 우동(牛童)임에 틀림없으리로다. 그러나 하느님이시여 그녀로 하여금 빠른 분만을 갖게 하옵소서. 이 아기가 살게 되면 아홉 번째의 아이라, 나는 듣고 있나니, 그리하여 그녀의 마지막 여덟 번째 아이는 태어난 지 12개월 되던 부인의 날[107]에 최후의 그의 손톱을 잘라 주었으니,[108] 모두 어머니의 가슴에서 자라다 죽은 세 아이와 함께 흠정판(欽定版) 성경[109] 속에 아름다운 필적으로 그 이름이 전서(轉書)되었도다. 그녀의 남편은 쉰 살 남짓했나니, 갈리교도였으나 지금은 성찬(聖餐)을 받고 있는지라[110] 그리하여 날씨 좋은 안식일이면 그의 한 쌍의 아들들을 데리고 불러 항(港)[111] 건너 물목에서 브레이크를 장치한 얼레를 사용하여 미끼를 달고 낚싯줄을 살며시 물 속에 떨어뜨리거나 또는 너벅선을 타고 가자미와 대구를 뒤좇아 헤매나니 그리하여 한 자루 가득 물고기를 잡는다는 것이라, 나는 듣나니. 요컨대 비가 무한히 많이 내려 만물이 생기를 띠는지라 추수의 수확이 증가하게 되리로다. 그러나 지력이 있는 사람들은 말하는지라, 〈말라기〉 역서(曆書)[112]의 예표(豫表)에 의하면 바람과 비가 있는 다음에는 불이 일어날 것이라 했나니(그런데 내가 듣는 바에 의하면 러셀 씨[113]가 힌두스탄 인(人)들로부터 전해지는 그와 똑같은 의미의 예언적 마력을 그의 농민신문[114]에 기술했다는 것이라) 삼자(三者)[115]가 모두 한꺼번에 일어나나니 그러나 이러한 이야기는 나이 먹은 노파들이나 아이들에게는 이성(理性)의 근거 없는 한갓 단순한 술책에 지나지 않았을 터라 그러나 아무튼 어찌하여 그렇게 되는 것인지는 말할 수는 없어도 기묘하게도 그들의 추측이 꼭 들어맞는 것이 때때로 발견되도다.[116]

이와 함께 레너헌이 책상 발목까지 다가와서 저 석간신문에 실린 그 논문이 어떠냐고 묻는 것이라 그리하여 그의 몸 주위에 그걸 찾아 한바탕 쇼를 했나니(왜냐하면 그는 선서로서 맹세하기를 자신은 그 논문 때문에 몹시 애를 썼다는 것이니) 그러나 스티븐의 권고로 그는 찾기를 그만두고 가까이 와서 앉도록 요청 받았는지라 그리하여 그로 인해 그는 아주 민첩하게 자리에 앉았도다. 그는 한 사람의 광대 또는 순수한 장난꾸러기로 통하는 일종의 스포츠 신사로서, 여자들에 속하는 것, 경마 또는 심한 스캔들을 훤히 터득한 사나이였도다. 사실대로 말하자면 그는 돈에 아주 인색한지라 그리하여 대부분의 시간을 유괴업자(誘拐業者), 마부, 경마권 판매자, 바울의 인간들,[117] 밀수업자, 납작 모자 쓴 놈들,[118] 하급 매춘부들, 매음부의 마님들 그리고 그와 똑같은 종류의 다른 악한들과 함께 커피숍과 싸구려 선술집을 배회하거나 혹은 우연히 만난 집달리 또는 순경과 함께 이따금 밤에 날이 훤히 샐 때까지 부대 술을 마시면서 흐트러진 많은 세상 이야길 주서 듣는 것이었도다. 그는 보통 때는 싸구려 식당에서 식사를 했나니 그리하여 만일 자신이 그의 지갑 속에 간신히 6페니짜리 은화 한 닢을 가지고 한 그릇의 찌꺼기 음식 또는 한 접시의 내장을 뱃속에다 채울 수만 있으면 언제나 혀가 누그러져 어떤 창부한테서 그가 얻어들은 어떤 음탕한 재담 또는 어머니의 자식이라면 누구나 들어서 옆구리가 터질 정도로 우스꽝스런 이러저러한 이야기를 털어놓을 수 있었던 것이로다. 상대편에 있던 사람, 즉 코스텔로가 이 말을 들었나니 그것이 시가(詩歌)인지 아니면 이야기인지를 물었느니라. 기필코, 그렇지 않도다, 그가 가로되, 프랭크여(그것이 그의 이름인지라), 그것은 전염병 때문에 도살당하게 될 케리산(産)의 젖소들에 관한 기사(記事)로다, 했느니라. 그러나 그까짓 것들 다 뒈져도 좋아, 그는 윙크를 하며 가로되, 나에게는 소든 쇠고기든 간에 염병할 것들이로다. 이 깡통 속에 여전히 맛있는 생선이 들어 있는지라 그리하여 그가 그동안 먹고 싶은 듯이 쳐다보고 있던, 곁에 놓인 약간의 절인 작은 청어를 먹어 보도록 아주 다정스럽게 권하는 것이었나니 그리하여 그는 그곳이 그가 열망한바 과연 자신의 외교의 중요한 계획이었던 장소임을 알았도다. '모르또 바쉬(암소들 다 죽어 버려)'[119], 보르도[120]에 양조장을 갖고 있는 브랜디 수출업자에게 견습공으로 지낸 적이 있던 프랭크가 그때 프랑스어로 역시 신사답게 말하는 도다. 아이 때부터 이 프랭크는 무위도식주의자였으며, 교구의 하급관리였던, 그의 부친이 그 애를 학교에 보내 문학과 지구의(地球儀)의 사용을 배우도록 무던히 애를 썼지만 허사였는데다가, 대학에 입학시켜 공학(工學)을 연구하도록 했던 것이었으나 그는 얼른 망아지처럼 말을 듣지 않았나니 책보다는 오히려 재판관들이나 교구의 하급 벼슬아치들과 한층 친하게 지냈던 것이로다. 한때 그는 배우가 되고 싶어 했는지라, 이어 주점의 상인이나 경마의 위약자(違約者)가 되었고, 그 다음에는 아무것도 그로 하여금 곰 싸움터나 투계장(鬪鷄場)에서 멀어지지 못하게 했으니, 그 후 그는 원양어선의 선원을 지원하거나 또는 집시의 무리들과 어울려 거리를 배회하면서, 달밤을 이용하여 지주의 후계자를 유괴하거나 또는 하녀들의 속옷을 훔치거나 아니면 울타리 뒤에서 병아리의 목을 비틀어 질식시키는 것이었느니라. 그는 마치 고양이가 되살아나듯 여러 번 집을 뛰쳐나가 호주머니가 텅텅 비어 가지고 교구의 하급 관리였던 그의 부친에게로 되돌아 왔나니 그때마다 그의 자식을 본 부친은 한 됫박의 눈물을 쏟았던 것이로다. 무슨 말이오, 그 말의 동향을 알려고 열성적이었던 블룸 씨가 팔짱을 낀 채 가로되, 놈들이 소들을 모두 도살해 버릴 참인가? 분명히 오늘 아침에 나는 그들을 리버풀의 보트로 몰고 가는 것을 보았는지라, 그는 말하도다. 나는 그게 그렇게 나쁘다고는 생각지 않아요, 그는 가로되. 그리하여 그는 프러시아가(街)에 있는 개빈 로우 씨의 가축시장[121] 바로 곁에서 가축업과 목장 경매사업을 하던 이름 있는 상인, 조지프 커프 씨를 위해 수년 전 서기로 일한 적이 있었기 때문인지라, 비슷한 한배 짐승들과 뱃속에 든 가축 그리고 살찐 돼지 그리고 불 깐 양 등에 관한 경험을 갖고 있었도다. 그러면 나는 자네에게 의문이 있노라, 그는 말하도다. 그것은 아마 기관지염 또는 설염(舌炎)일 것이로다. 스티븐 씨는 마음이 다소 동하긴 했으나 아주 상냥하게 그러한 일은 있을 수 없는 것이라, 그에게 말했나니 그리하여 그는 오스트리아 황제의 주(主) 수행원으로부터의 후대(厚待)에 대하여 그에게 감사하는 지급 공문서를 지녔노라, 했도다. 그것은 한 알의 알약이나 혹은 두 알의 하제(下劑)를 가지고 황소의 뿔을 뽑을 수 있는 전(全) 머스코비[122]에서 가장 저명한 수의(獸醫), '우역박사(牛疫博士)'를 파견하는 것이라, 했도다. 이봐요, 이봐, 벤센트 씨가 솔직하게 말하는 도다. 그[123]기 아일랜드의 황소에다 손을 대면 스스로 딜레마의 뿔에 걸리고 말지니, 그는 말하도다. 녕실공히 아일랜드의 소 말이로다, 스티븐이 이르나니, 그리하여 그는 주위의 술잔에 맥주를 따르며, 영국의 도자기 상점의 한 마리 아일랜드 황소[124]라, 했도다. 자네가 말하는 바를 이해하겠노라, 딕슨이 말하도다. 그것은 그들 모든 자들 가운데서도 가장 용감한 축산업자, 니콜라스 농부가, 그의 코에 에나멜 코뚜레를 끼워, 우리들의 섬에 보낸 저 똑같은 황소로다.[125] 자네 말이 옳아요, 빈센트 씨가 책상을 가로 질러 이르되, 더욱이 그것은 정곡(正鵠)을 찌르는 말이로다. 그는 말하나니 그리하여 한층 포동포동 살찐 놈이요 한층 비대한 황소는, 그는 말하는지라, 토끼풀에 절대로 똥을 싸지 않는 것이로다. 고놈은 풍성한 뿔과, 황금 같은 털을 가졌고 그의 콧구멍으로부터 달콤한 연기 같은 숨결을 뿜어내기 때문인지라 그런고로 우리들의 섬의 아낙네들은, 밀가루 반죽 뭉치와 밀국수 방망이를 내던지고, 우공전하(牛公殿下)[126]에게 들국화의 화환을 걸어 주며 뒤따랐던 것이로다. 그것은 무엇 때문이겠소, 딕슨 씨가 말하는지라, 그러나 그가 이곳으로 건너오기 전에 거세당한 내시(內侍)였던 농부 니콜라스는 자기 사신보다 더 나을 것도 없는 한 무리의 의사들에 의하여 이미 정식으로 거세당했던 거로다. 그런고로 자 이제 떠나세, 니콜라스가 말하는지라. 그리하여 나의 종형제인 약탈상제(the Lord Harry)[127]께옵서 그대에게 명령하시는 대로할지니 그리하여 농부의 축복을 받으리로다. 이 말과 함께 그는 황소의 살찐 엉덩이를 손바닥으로 찰싹 치는 것이었느니라, 그러나 찰싹 침과 축복이 황소에게 대단한 친밀감을 주었도다. 빈센트가 말하는지라, 그 이유인즉 그는 다른 것보다 훨씬 더 좋은 화장법을 그에게 가르쳐 주었나니 그런고로 처녀, 아내, 여승 및 과부는 누구 할 것 없이 전(全) 아일랜드의 네 왕국들[128]을 통틀어 가장 잘 생기고 몸이 건장한 젊은 멋쟁이와 함께 자리에 눕기보다는 오히려 한 달 중 어느 때고 소 외양간의 컴컴한 곳에서 황소의 귀에다 소곤거리거나 아니면 그의 길고 성스러운 혀로부터 목덜미를 한번 핥기 우고 싶다고 심지어 오늘에 이르기까지 그들은 단언하도다. 그러자 그때 또 다른 사람이 말참견하여 가로되, 그리하여 그들은 황소에게 옷을 입혀 주었나니라. 그는 가로되, 레이스 슈미즈 및 어깨걸이와 띠가 달린 속치마를 그리하여 그의 팔목에다 주름 장식을 달게 하고 이마의 앞머리를 가위로 자르고 온몸에 경랍유(鯨蠟油)를 문질러 발랐나니 그리하여 그가 마음껏 자고 똥도 쌀 수 있도록 시장에서 제일 좋은 건초를 황금 여물통마다 가득 채우고 길모퉁이에다 마구간[129]을 그를 위해 세웠던 것이로다. 이때쯤 하여 신자(信者)의 아버지(왠고하면 사람들은 황소를 그렇게 불렀기 때문이라)는 너무나 지나치게 살이 쪄서 목장까지 감히 걸어갈 수 없었도다. 그걸 치료하기 위하여 우리들의 속임수 잘 쓰는 부인들과 처녀들이 그들의 앞치마 자락에 꼴을 싸서 그에게 가져다주었나니 그리하여 배가 불러지자마자 그는 귀부인들에게 하나의 신비를 보여주기 위하여 뒷다리를 추켜들어 엉덩이를 드러내고 황소의 언어로 그르렁거리며 풀무 소리를 자아내는지라 그녀들은 모두 그를 뒤따랐던 것이로다. 아, 또 한 사람이 이르되, 그리하여 그는 지나치게 포식(飽食)한 나머지 자기 자신을 위하여 파란 풀 이외에는 (왠고하면 파란색이 그의 마음에 드는 유일한 색이었기 때문에) 온 나라 땅에다 아무것도 자라나지 못하도록 할 양으로, 다음과 같은 고시(告示)가 새겨진 간판을 섬나라 한복판 어느 언덕 위에 세워 두었으니 가로되: 약탈 상제의 어명(御命)에 의하여 땅 위에 자라나는 풀은 모두 파란색으로 함, 이라 그리하여 딕슨이 가로되, 만일 그가 여태껏 로스코먼 또는 코내마라 황야에서의 소도둑이나 혹은 한 줌 가득할 정도의 겨자나 또는 한 자루의 평지[植] 씨앗을 뿌리고 있는 슬라이고[131]의 농부를 냄새라도 맡으면, [132] 그는 약탈 상제의 어명에 의하여 나라 안을 절반씩이나 미친 듯이 설치며 행패를 부리면서 심어 놓은 것은 무엇이나 할 것 없이 그의 뿔을 가지고 뿌리째 뽑아 버리리라. 애당초 그들 사이에 나쁜 피가 흐르고 있었도다.[133] 빈센트 씨가 말하는지라, 그리하여 약탈 상제는 농부 니콜라스를 세상에서 제일가는 늙은 악마니, 그의 집에 일곱 명의 창부들을 데리고 있는 늙은 갈보 주인이니 하고 불렀는지라,[134] 그리하여 어디 내가 그 녀석 하는 일을 좀 간섭해야겠다, 그는 말하도다. 내가 저 짐승 같은 놈으로 하여금 지옥 냄새를 맡게 해줄 테다, 그가 일러 가로되, 나의 부친이 내게 물려준 황소의 저 멋진 음경 회초리의 도움으로 말이야, 했도다. 그러나 딕슨 씨가 가로되, 어느 날 저녁 약탈상제가 보트 경주에서 이긴 다음 (그는 자기 자신을 위해 삽 같은 노를 사용하였으나 경기의 첫 번째 규칙으로 다른 선수들은 쇠스랑을 가지고 노를 젓게 했나니) 만찬을 갖기 위하여 왕의 가죽옷을 손질하고 있었을 때 자기 자신이 놀라울 정도로 우공(牛公)과 닮은 것을 발견했는지라 그리하여 그가 찬장 속에 보관하고 있던 손때 묻은 한 권의 싸구려 책[135]을 펼쳐 들었을 때, 자신이 '보스 보붐(황소 중의 황소)'[136]이라는, 로마인들 가운데서도 저 유명한 우공의 챔피언의 서출(庶出)의 후손임을 분명히 발견했나니, 이것은 추잡스런 라틴어로 흥행의 우두머리를 의미하는 말이었도다. 그런 다음에, 빈센트 씨가 말하는지라, 약탈 상제는 그의 모든 궁신(宮臣)들의 면전에서 암소의 물통 속에 그의 머리를 담그었나니,[137] 그런 다음 그걸 다시 꺼낸 뒤 그들 모든 사람들에게 자신의 새로운 이름[138]을 일러주었느니라. 그렇게 한 다음, 몸에서 물을 뚝뚝 떨어뜨리면서, 그의 조모의 것이었던 낡은 속옷과 스커트를 입고 우공의 말을 배우고자 문법책을 한 권 샀으나 1인칭 대명사 이외에는 단 한 마디도 결코 배울 수 없는지라 그것을 그는 크게 베껴 암기하거나, 심지어 그가 산보하러 밖에 나갔을 때에도 여러 호주머니에 분필을 가득 채워 가지고 무엇이든 내키는 곳에는 아무 데나, 이를테면 바위벽이라든지 찻집의 테이블이라든지 솜보따리 혹은 코르크 구멍대에다 그것을 써보는 것이었도다. 요약해서 말하건대, 그와 아일랜드의 우공은 볼기짝에 붙은 셔츠처럼 이내 절친한 친구가 되었던 것이로다.[139] 사실이오, 스티븐 씨가 가로되, 그리하여 결국 섬나라 남자들은, 그따위 은혜를 모르는 여인들이 모두 한마음이 된 채, 바야흐로 전혀 도움이 되지 않음을 알게 되자, 뗏목을 만들어, 배 위에 자신들의 몸뚱이와 다발로 묶은 그들의 가재(家財)를 싣고, 돛대를 모조리 세우고, 등현례(登舷禮)를 행한 뒤, 배의 키를 느슨하게 풀고 이물을 바람 부는 쪽으로 돌렸나니, 역풍에

배를 멈추게 하고 바람으로 세 개의 돛을 부풀게 하여, 뱃머리를 바람 부는 쪽과 수면 사이 1
로 돌린 다음, 닻을 올리고, 키를 왼쪽 현(舷)으로 향하게 하여, 해적의 흑기(黑旗)를 게양
하고, 만세 삼창을 세 번 외쳤나니, 시동을 걸어, 그들의 뜨내기 보트를 타고, 아메리카 대
륙을 찾아 바다로 출범했던 것이로다. 어떤 수부장(水夫長)이 저 유쾌한 뱃노래를 작곡한
것은, 빈센트가 가로되, 바로 이때였도다: 5
— 교황 베드로는 잠자리에 오줌을 싸도.
틀림없이 남자는 남자라네.[140]

　우리들의 고귀한 친지 맬러카이 멀리건 씨가 학도들이 모두 그들의 우화를 막 끝내려
고 할 무렵에 이름이 알렉 밴넌이란, 그가 방금 만난 한 젊은 신사를 대동하고 문간에 나타
났도다. 그런데 밴넌은 최근 도회로 왔는지라, 의용군의 기수(旗手) 또는 기병의 직(職)을 10
사가 지고 군사(軍事)에 종사하는 것이 그의 의도였도다. 멀리건 씨는 전에도 간단히 이
야기된 적이 있던, 바로 그 악(惡)의 치료를 위한 자기 자신의 계획이 그와 일치했었기 때
문에 한층 그에 관한 어떤 찬의를 친절하게 표명하는 것이었도다. 그리하여 그는 퀴넬 씨
의 인쇄소[141]에서 아름다운 이탤릭체로 그날 인쇄한 다음과 같은 글자가 박힌 한 세트의 명
함을 좌중의 사람들에게 돌리는 것이었으니: 맬러카이 멀리건 씨, 수정매개 및 인공보육업 15
자. 람베이 섬.[142] 그의 계획은, 그가 계속 설명하다시피, 도시의 '뽐내는 맵시 꾼' 샌님과
뱅충이 시시콜콜' 선생들의 주요 사업을 이루고 있는 그따위 나른한 환락의 굴레에서 벗어
나, 우리들의 육체적인 유기체를 형성하게 하는 가장 고귀한 일에 스스로 헌신하는 것이라
했도다. 그럼, 어디 좀 들어보세, 선량한 친구여, 딕슨 씨가 말했도다. 그것은 의심의 여지
없이 매춘부의 냄새를 풍기는 것 같도다. 이리 와서, 앉구려, 두 사람 다. 서 있으나 앉아 20
있으나 값은 마찬가지. 멀리건 씨가 초대를 받아들였나니, 그리하여 그의 계획을 자세히 설
명하면서, 청취자들에게 일러 가로되, 그는 불임의 원인을 고찰함으로써 이러한 생각을 갖
게 되었으되, 그 원인으로 불능성(不能性)과 금지성(禁止性)의 두 가지가 있나니, 불능성
은 그의 차례대로 교정곤란(交情困難)에 또는 양성(兩性) 균형의 불완전 여하에, 마찬가
지로 금지성은 선천적 결함 또는 후천적 성벽(性癖)으로부터의 유래 여하에 기인한다는 것
이라. 결혼의 침상(寢床)이 가장 값비싼 보증[143]으로 인해 사취 당함을 본다는 것은, 그는 25
가로되, 그에게 가장 염병스럽게도 슬픔을 주는 것이로다: 그리하여 풍부한 과부 재산들을
지닌 그렇게도 많은 쾌활한 여인들이, 가장 사악한 중놈들의 미끼가 되다니, 그들은 마음도
없는 수도원의 됫박(bushel) 아래 그들의 횃불을 감추거나[144] 아니면 어떤 무책임한 악한의
포옹 속에 그들의 행복의 입구를 넓힐 때, 그들 여성의 꽃을 잃게 되나니 그리하여 수많은
멋쟁이 녀석들이 애무의 손길을 뻗칠 때, 그들의 성(性)의 측정불가의 고귀한 보물을 희생 30
시키는 일, 이것이야말로, 그는 그들에게 확신시키는지라, 그의 마음을 비통하게 만드는 것
이라 했도다. 이러한 불편(그것을 그는 잠재열의 억압에 기인하는 것으로 결론지었거니와)을
제거하기 위하여, 어떤 유능한 고문들과 서로 의논하고 이 문제를 자세히 조사한 다음에,
그는 람베이 섬의 소유주요 우리들의 기세(氣勢) 상승하는 당(黨)을 몹시 찬성하는 한
저명한 왕당파(Tory) 신사인, 탤버트 드 맬러하이드 경(卿)[145]으로부터 이 섬의 영구 무료 35
차지권(無料借地權)을 사들일 것을 결심했도다. 그는 그곳에 '옴팔로스'[146]라 칭하는 국립
수정장(受精場)을 설치하여 이집트 식을 닮은 방첨탑(方尖塔)[147] 하나를 조각 건립하게 하
는지라 그리하여 사회 계급의 여하한 여인이든 간에 그녀의 천부의 기능을 이행할 욕망을
가지고 수태작용(受胎作用)의 목적으로 그에게 안내된 여인에 대해서는 그의 의무적이고
충성스런 봉사를 기꺼이 제공할 것을 제의하는 것이었도다. 돈이 목적이 아니로다, 그는 기 40
로되, 자신의 수고에 대하여 1페니도 받지 않겠노라. 가장 가난한 부엌의 계집종들도 상류
사회의 부유한 귀부인 못지않게, 만일 그들의 육체와 그들의 기질이 자신들의 욕구 충족을
위한 떳떳한 권고자의 구실만 할 수 있다면, 기꺼이 그들의 상대자가 되어 주리라. 상대 남

자의 영양물로는, 그가 공개한 바에 의하면, 향내 나는 소괴정[植]과 생선 그리고 토끼고기 요리를 독점적으로 취하게 될 것이거니와, 이러한 후자의 다산적 설치류(齧齒類)의 고기는 그의 목적을 위하여 높이 추천되어지는지라, 말린 육두구 한 낲이나 한두 깍지의 말린 고추 양념을 쳐서 굽거나 지져 만드는 것이라, 했도다. 그리하여 그가 몹시 흥분된 단정적 어조로 이러한 설교를 마친 다음 멀린건 씨는 그가 비를 막기 위하여 썼던 손수건을 그의 모자로부터 순식간에 벗어버리는 것이었느니라. 그들 두 사람은 비에 몹시 쫓긴 듯 보였나니, 발걸음을 재촉했음에도 불구하고, 멀리건 씨의 이제 약간의 흑백 얼룩진 거친 희색 나사천의 반바지에 의하여 관찰되듯, 물을 뒤집어썼던 것이로다. 한편 그의 계획은 청취자들에 의하여 대단한 호의로서 지지를 받았나니 그리하여 좌중의 모든 사람들로부터 마음에서 우러나는 상찬(賞讚)을 받았도다. 그러나 성모 병원의 딕슨 씨 만은 예외인지라, 그는 매우 까다로운 태도로 그가 뉴캐슬까지 또한 석탄을 운반할 생각인가 물었나니라.[148] 멀린건 씨는 그러나 그의 기억에 살아있는 한, 그에게 자신의 논쟁을 위한 건전하고 멋진 지지처럼 느껴졌던 고전(古典)으로부터의 한 가지 적절한 인용으로 학자인 채 비위를 맞추는 것이었도다: *'따리스 아끄 딴따 데쁘라바바띠오 후주스 세꿀리, 오 뀌리떼스, 우뜨 마뜨레스 파밀리아룸 노스뜨라에 라스치바스 꾸주슬리베뜨 세미비리 리비치 띠뗄라띠 오네스 떼스띠부스 쁜데로시스 아쁘꾸에 에렉띠오니부스 첸뚜리오눔 로마노룸 마그노쁘레레 안떼뽀눈뜨(로마 시민이여, 오늘날의 도의는 심히 퇴폐하여, 우리들의 가정주부들은 옛 로마 백부장[百夫長]의 무거운 불알과 단단한 페니스의 발기보다는 오히려 거세당한 갈리아인들의 음탕한 손가락의 간지럼을 더 좋아하도다)[149]'*, 한편 그는 보다 우둔한 지력을 가진 사람들을 위하여 그들의 위장에 한층 알맞은 동물왕국의 유사한 것들, 숲속 공터의 수사슴 및 암사슴, 농가 정원의 수오리 및 암 오리를 예로 들어 그의 논지를 철저히 납득시키는 것이었도다.

그의 우아한 용모에 대하여 적잖이 평가하면서, 과연 품격 있는 사람인지라, 이 다변가는 돌발적인 괴팍스런 천후(天候)에 대하여 어떤 열띤 비난을 퍼부으면서 이제 자신의 복장을 손질하기에 열중했으되 한편 좌중의 무리들은 그가 전개했던 계획에 대한 자신들의 찬사를 아낌없이 쏟는 것이었도다. 그의 친구인, 젊은 신사[150]는, 최근 그에게 일어나고 있던 연애 사건 때문에 지나치게 기뻐했는지라, 그의 가장 가깝게 앉아 있던 이웃 사람에게 그걸 말하지 않을 수 없었도다. 멀리건 씨는, 이제 향응의 식탁을 목격했나니, 물어 가로되, 이러한 빵과 물고기[151]는 누구를 위한 것인고, 그리하여 그는 낯선 사람이 눈에 띄었는지라, 예모 있는 절을 그에게 하며 가로되, 바라건대, 선생, 당신은 저희들이 할 수 있는 직업상의 도움을 필요로 하나이까? 그러자, 그의 제의에, 낯선 손님은, 비록 특유의 냉담성을 지니고 있었으나, 그에게 진심으로 감사했나니, 대답하여 가로되, 그는 임신 중에 있는, 가련하게도, 여성의 산고(産苦)로 인하여(그리하여 여기에서 그는 깊은 한숨을 내쉬었도다) 혼의 산원에 지금 입원중인, 한 귀부인에 관하여, 그녀의 행복이 이미 이루어졌는지 어떤지를 알기 위하여 이곳에 왔도다, 말했나니라. 딕슨 씨가 말머리를 다른 데로 돌리기 위하여, 그가 멀리건 씨 자신에 관하여 조롱했던, 그의 초기 복부비만증이 전립선낭(前立腺囊)의 난자 생식인지 아니면 남성 자궁인지 또는 저명한 의사 오스틴 멜던 씨[152]가 말하듯, 위 속의 태아 때문인지 떠들어대며 물었도다. 그에 응답하여 멀리건 씨는, 잘록한 허리 부분에서 된바람이 솟아나듯 한바탕 소리 내어 웃었나니, 그로건 할멈[153] (불쌍하게도 그녀는 논다니 여인이었으나, 모든 여성들 가운데서도 가장 탁월한 인물이었다)의 한 가지 감탄할 만한 익살스런 흉내를 내며 부르짖으면서, 횡격막 아래를 용감하게 두들기며 가로되: 사생아를 결코 잉태하지 않은 배[腹]가 여기 있도다, 했나니라. 그러자 이것은 너무나 그럴 듯한 기발한 착상인지라 환희의 폭풍을 불러 일으켰나니 실내를 온통 기쁨의 격동 속으로 몰아넣는 듯 했도다. 이 활발하고 떠들어대는 소리는 옆 부속실에서의 어떤 비상 신호가 아니었던들 꼭 같은 익살의 기분으로 사뭇 계속되었으리라.

여기에 다름 아닌 스코틀랜드 학생이요, 마치 삼[麻] 같은 금발의, 다소 허세를 부리는 자인, 청취자[154]가 가장 활발한 몸가짐으로 젊은 신사[155]를 축복했나니, 그리하여 절정의 순간에 그 설화자의 이야기를 가로막으며, 그와 얼굴을 맞대고 있는 사람에게 예의 있는 고갯짓으로, 동시에 무엇을 물어 보는 듯한 머릿짓으로 (한 세기를 통들은 예의범절도 그처럼 훌륭한 제스처를 만들어 낼 수 없으렷다), 죄송한 일이오나 감로주 병을 그에게 넘겨주었으면 참 감사하겠노라 욕구했나니 그리하여 이에 덧붙여 병의 비슷한 그러나 반대 균형을 잡고 설화자에게 여태껏 행해진 가장 분명한 말로써 그가 한잔의 감로주를 대접해도 무방하겠나이까 물었도다. '매 비엥 쒸르(무방하고말고요, 선생)', 고상한 손님, 그는 쾌활하게 가로되, '에 밀르 꽁쁠리망(참으로 고맙소이다).'[156] 그것은 가장 적기(適期)의 행동일지로다. 나의 행복을 절정에 이르게 하는 길은 이 술잔 이외에 바랄 것이 없도다. 그러하오나, 은총의 하늘이시여, 만일 저가 바람 속에 단지 한 조각의 빵과 우물에서 길어온 한 잔의 물만 갖고 있다한들, 하느님이시여, 저는 그들을 감수하와 그리하여 땅 위에 무릎을 꿇고 성찬의 증여자(贈與者)이신 하느님에 의하여 저에게 하사하신 행복을 위하여 하늘의 신들께 감사드릴 겸허한 마음을 가지리로다. 이러한 말과 더불어 그는 술잔을 그의 입술에로 접근 시켰나니, 흐뭇한 한잔의 감로주를 들이켜며, 자신의 머리카락을 어루만졌도다. 그리하여 그의 가슴을 열어젖히면서, 비단 리본에 매달린 조그마한 금합(金盒)을 꺼내는 것이었으니, 그것은 그녀[157]의 손으로 그 속에다 글자를 써넣은 이래 그가 여태껏 가장 소중하게 보관해 왔던 바로 저 초상 화였나니라. 그러한 용모를 더할 나위 없이 상상하게 유심히 들여다보고 있는지라, 아, 자네, 그는 말했던 것이로다. 자네가 만약 저 감격적인 순간에 내가 이 눈을 가지고 보았던 것처럼 그녀의 우아한 터커 의상과 새 맵시 있는 모자[158](그녀가 내게 애교 있게 가로되, 그녀의 생일[축제일] 선물이라 했도다)를 쓰고, 조금도 꾸밈없는 천연 그대로의, 마치 연정이 무르녹는 듯한 그녀를 자네가 한 번만이라도 보았던들, 나의 양심에 맹세코, 심지어 그대도, 자네, 자네의 그 너그러운 천성 때문에 이처럼 적의 손아귀에 자네 자신을 전적으로 맡겨 버렸든지 아니면 영원히 전장(戰場)을 포기하지 않을 수 없었을 것이로다. 정말이지, 나의 일생을 통틀어 그렇게도 감동되어 본 적은 결코 없었느니라. 하느님이시여, 저희의 행운의 나날을 마련해 주신 자로서의 당신께 감사하나이다! 그렇게도 귀염성 있는 처녀가 호의를 가지고 축복해 주다니 그이야말로 세 곱절의 행복을 가질지어다. 애정 어린 한 줄기 한숨이 이러한 말에 변설(辯舌)의 힘을 주었나니, 그리하여 금합을 자신의 가슴속에 도로 집어넣으며, 그는 스스로 눈을 훔치고 다시 한숨을 짓는 것이었도다. 당신의 온갖 창조물에게 축복의 씨를 뿌려 주시는 자비심 많은 파종자(播種者)이시여, 당신의 수많은 횡포 가운데서도, 자유농민과 노예, 소박한 시골뜨기와 세련된 멋쟁이, 맹목적인 정열에 싸인 전성기의 애인과 성숙기의 남편을 구속으로 가둘 수 있는 저 가장 아름다운 횡포야말로 얼마나 위대하고 무한한 것임에 틀림없나이까. 그러나 정말이지, 자네, 나는 이야기의 요점이 빗나가고 있다네. 우리늘 속세의 온갖 환락이야말로 얼마나 불순하고 불완전한 것이나이까. 저주로다! 그는 괴로운 나머지 부르짖었도다. 하느님이시여 청하옵건대 선경지명으로 제가 비옷을 항시 몸에 지니고 다니도록 기억하게 하옵소서! 그걸 생각하니 눈물이 나올 것만 같소이다. 그러하면, 소나기가 일곱 번 쏟아져도, 우리들은 누구나 조금도 힘들 것이 없으련만. 그러나 젠장, 그는 손으로 이마를 찰싹 치면서, 소리쳤나니, 내일이면 새날이 다가오리로다. 천만 제기랄, 므쉬 포인쯔라는 '마흐샹 드 까쁘뜨(두건 달린 우비(雨備)상(商))'[159]를 나는 알고 있는지라, 그로부터 나는 항시 귀부인을 비에 젖지 않도록 하는 프랑스식 유행의 몸에 꼭 맞는 비옷을 1 '리브르'로 살 수 있으리로다. 쯔, 쯔! 수정업자[160]가 말을 더듬거리며, 부르짖는 도다. 저 가장 숙달된 여행가인, 나의 친구 므쉬 무르(방금 나는 도회의 가장 훌륭한 식자들과 둘러앉아 반병을 따서 '아베끄 뤼[그와 함께]' 마셨는지라)가 나의 권위 있는 소식통인지라, 케이프 혼[161]에서는, '방트르 비쉬(사슴의 배)'에다 두고 맹세하지만, 어떠한, 심지어 아무리 튼튼한 비옷이라도, 스머들 정도로 비가 내린다는 것이었도다. 옷을 함빡 젖게 한 저 폭우가, 그는 내게 말하는지라, '쌍 블라끄(농담이 아니로다)', 한 사람 이상의 운 나쁜 녀석들을 급행으로 다른 명부(冥府)에 진지하게 보냈던 것이로다. 푸흐! 1 '리브르'라! 므쉬 린치가 소리치도다. 그따위 맵시 없는 것들은 한 수우(은화)에도 비싸도다. 우산 한 개면 비록 가공의 버섯보다 더 크지 않는 것일지라도, 그따위 열 배 값의 임시변통은 할 수 있으렷다. 지혜를 가진 여인이면 아무도 그걸 입지 않으리로다. 나의 사랑하는 키티[162]가 오늘 내게 일러주었나니, 그녀는 그따위 구원의 방주(方舟)[163]를 타고 굶주려 죽기에 앞서 차라리 대홍수 속에서 춤을 추고 싶다는 것이었나니, 그 이유인즉 그녀가 내게 상기시킨 바(졸랑거리는 나비 이외에 그녀의 말을 엿듣는 사람은 아무도 없는데도 유달리 얼굴을 붉히며 나의 귀에다 대고 속삭이는 것이었나니), 대자연의 여신이, 성스러운 축복에 의하여, 우리들 마음속에 그것을 심어 주셨는지라 그리하여 그것이 아마 세상의 상투어가 되어 버렸나니, 우리 고유의 티 없는 의상인 피부가, 다른 환경에서는 예절의 위반이 될지 몰라도, 가장 적합한, 아니, 유일한 의상의 역할을 '일 리 되 쇼즈(두 가지 경우가 있도다)'[164], 했느니라. 그 첫째는, 그녀가 가로되 (그리하여 여기에 나의 아름다운 철학가는, 내가 그녀를 도와 이륜마차에 태워 주었을 때, 나의 주의를 집중시키기 위하여, 나의 귀의 외각[外殼]에다 그녀의 혀끝을 살며시 갖다대는 것이었으니), 첫째는 목욕이라 ─ 그러나 바로 이 순간에 홀 안에서 벨이 찌르릉 울리는지라 우리들 지식의 보고(寶庫)의 풍요를 위해 그토록 용감하게 약속했던 논의가 중단되고 말았던 것이로다.

거기 모인 사람들이 모두 마음이 들떠 한참 희열에 잠겨 있는 사이에 벨이 울리자, 모두들 그 이유가 무엇 때문일까 하고 추측하고 있는 동안, 콜런양[165]이 들어왔다. 그리고 낮은 목소리로 몇 마디 말을 젊은 딕슨 씨에게 건넨 다음, 좌중의 사람들에게 정중히 절을 하고 물러갔다. 온갖 예절의 미덕을 한 몸에 지니고 아름다움 못지않게 준엄했던 한 여인이 한 무리의 방탕아들 사이에 나타나자 비록 잠깐 동안이긴 했지만 가장 음탕한 자들의 익살스런 야유를 억제하게 했는 바 그러나 그녀의 떠나감은 야비성의 폭발의 신호였다. 어렵쇼, 술이 곤드레가 된 비열한 사나이인, 코스텔로가 말했다. 엄청나게 살찐 암소 고깃덩이 같은 계집애야! 나는 맹세하거니와, 자네와 랑데부하러 왔었을 거야. 어때, 이 망나니야? 자네 여자들을 다루는 방법이나 아나? 경칠 놈 같으니, 틀림없어, 린치 씨가 말했다. 그건 성모병원에서 쓰는 침대 가의 예법이란 거야. 젠장, 의사 오가글이 저기 간호원들의 턱 아래를 어루만지고 있잖아. 7개월간 쭉 거기 간호원으로 일해 왔던 나의 키티한테 들은 이야기니 틀림없는 사실이야. 아이쿠 맙소사, 선생님, 프리뮬러 꽃 빛의 조끼를 입은 멋쟁이[166]가, 마치 여자처럼 선웃음 흉내를 내면서 그리고 그의 몸뚱이를 음란하게 움찔리면서, 부르짖었다. 이렇게 못살게 굴지 마세요! 싫대두요! 정말, 전 온몸이 후들후들해요. 정말이지, 당신은, 귀여운 꼬마 캔터키즘 신부(神父)처럼 고약한 분이시군요, 정말이야요! 나는 이 4페니짜리 한잔 술로 반(半) 질식해도 좋아, 코스텔로가 소리쳤다, 만일 그녀가 아기를 배고 있지 않으면, 나는 잠깐 보기만 해도 여자가 아기를 배고 있는 걸 이내 알 수 있단 말이야. 젊은 외과의는, 그러나, 그 자리에서 일어나며 자신이 병동(病棟)에 필요하다고 간호원이 방금 알렸기 때문에 실례지만 물러가노라, 좌중의 사람들에게 알렸다. 자비심 많은 신의(神意)가 불굴의 인내로써 참아 왔던 '앙쎙뜨(임신한)'[167] 부인의 산고(産苦)에 종지부를 기꺼이 찍게 했는지라 그리하여 그녀는 늠름한 옥동자를 분만했던 것이다. 나는 사람들의 힘을 북돋워줄 기지(機智)나 또는 그들을 가르칠 학문도 갖지 못하면서, 고귀한 천직을 욕하는 자들과 참고 지낼 수 없어, 그는 말했다, 그런데 사실 이러한 천직은, 조물주에 의한 위덕(威德)을 제외하고는, 지상에서의 행복을 위한 가장 위대한 힘인 거야. 한마디 조롱과는 너무나 거리가 멀거니와, 인간의 가슴속에 틀림없이 영광스런 한 가지 자극이 될, 그녀[168]의 고상한 행실의 탁월성에 대하여, 만일 필요하다면, 나는 얼마든지 그 증거[169]를 댈 수 있

음을 서슴지 않고 단언하는 바야. 나는 저따위 놈들을 용서할 수가 없어. 뭐야? 여성 자신
의 영예요 우리들 남성의 경악이라 할, 상냥한 콜런 양과 같은, 사람에게 모욕을 하다니?
그리고 하찮은 인간의 자식으로서 부딪칠 수 있는 가장 중요한 순간에? 당치도 않게! 이러
한 악의 씨가 뿌려지고, 혼 산원에서의 어머니와 간호사에게 아무런 정당한 존경도 베풀 줄
모르는 한 민족의 장래를 생각하면 난 몸서리가 쳐진단 말이야. 혼자 이러한 비난을 퍼부은
다음, 그는 카운터에 있는 사람들에게 인사를 하고 문 쪽으로 나아갔다. 한 가닥 찬성의 중
얼거리는 소리가 좌중의 모든 사람들로부터 일어나자 몇몇 사람들은 그 야비한 술군을 더
이상 소란 피울 것 없이 몰아내자고 했는 바, 그 자신이 지금껏 살아온 어느 누구 못지않게
참된 어버이의 선량한 자식임을 지긋지긋한 애원(왜냐하면 그는 솔직하게 맹세했기 때문이
니)과 함께 단언함으로써 그의 죄과를 감소시키지 않았더라면, 그러한 계획은 실행되어졌
을 뿐 아니라 그의 당연한 응보(應報) 이상을 스스로 받았을 것이다. 맹세코, 그는 말했다,
정직한 프랭크 코스텔로의 세련된 감정은 언제나 이러했는지라, 나는 그대의 부친을 존경
하며 롤리폴리 푸딩이나 즉석 푸딩에 어느 누구보다도 가장 훌륭한 솜씨를 가진 그대의 모
친을 정성스런 마음으로 언제나 돌이켜 생각하도록 가장 특별하게 양육 받은 사람이야.[170]

　　블룸 씨로 되돌아가거니와, 그가 처음 이 산원에 들어온 후로, 어떤 오만스런 조롱을
의식했는지라, 그는 그러나 그 또래 나이에는 연민이란 것을 알지 못하는 것이 일반적으로
인정되나니, 그것을 나이의 결실 탓으로 생각하고 참아 왔던 것이다. 그 젊은 멋쟁이들은,
사실인지라, 마치 지나치게 자란 아이들처럼, 방종으로 가득 차 있었던 것이다: 그들의 소
란스럽게 토론하는 말들은 이해하기 곤란했으며 때로는 고상한 것이 못 되었다: 그들의 통
명스런 행동과 난폭한 '모(말들)'는 그의 지력을 움츠리게 하는 것들이었다: 그들은 자신들
의 축적된 강한 동물적 정기(精氣)가 저절로 노출되긴 했어도 역시 예의범절을 주도면밀하
게 지각하고 있지는 못했다. 그러나 코스델로의 말은 그에게는 대단히 불유쾌한 언어였으니
왜냐하면 그 비열한 사내를 보면 그는 구역질이 날 지경이었는 바, 그는 서출(庶出)로 태어
나 마치 갓나온 이빨을 하고, 세상에 첫발을 내디딘 꼽추처럼, 흉측하게 생긴 원숭이를 닮은
귀 잘린 동물[171]로 그에게 느껴졌는데다가, 외과의의 족집게가 그 녀석의 두개골에 남긴 흔
적이 재간 있는 고(故) 다윈에 의하여 열렬히 탐구되었던 저 생물 진화의 '끊어진 고리'[172]를
그에게 생각나게 할 정도로 정말이지 사실을 그럴싸하게 말해 주는 것 같았다. 이제 하느님
에게서 할당받은 천명의 절반 이상을 넘어선 그[173]는 생의 무수한 변천을 경험했는지라, 그
리고 신중한 선조에 속하는, 자신이 보기 드문 선견지명을 지닌 사람이기 때문에, 그는 가장
민첩한 조심성을 가지고 그 감정을 중도에서 차단함으로써, 치솟아 오르는 분노의 모든 감정
을 억제하고, 비천한 마음들이 조롱하고, 성급한 판단자들이 모독하며 모든 사람들이 너그럽
다고 오직 너그럽다고 생각하는 저 충만한 인내력을 그의 가슴속에 기르도록, 그의 마음에
명령했던 것이다. 여성적 우아함을 희생시킴으로써 지력을 스스로 마련하는 자들(그러한 일
은 그가 결코 찬성할 수 없는 정신적인 습성이었다), 그들에게 그는 훌륭한 가문(家門)의 이름
을 지니거나 온당한 번식의 전통을 상속받는 것을 절대로 인정하려 하지 않았다: 한편으로
온갖 인내력을 다 잃어 버렸기 때문에, 더 이상 잃을 것이 없는 자들을 위하여, 그들의 오만
스런 태도로 하여금 경솔하고 불명예스러운 퇴거를 가져오게 하는 경험의 신랄한 해독제(解
毒劑)가 그곳에 남아 있었다. 노령의 찡그린 얼굴 또는 훈계자의 고언(苦言)을 조금도 상관
치 않고, 금단의 나무 열매를 언제나 먹으려고 하는(성서의 저자가 표명한 순박한 상상과 같
이), 혈기왕성한 청년을 그가 동정할 수 없는 것은 아니나, 한 숙녀가 정당한 경우에 처해 있
을 때 조건이야 어떻든 간에 그녀를 향한 인간성을 무시하는 일만은 삼가야 하는 것이었다.
결론적으로 말하자면, 간호원의 말로 미루어 보아 그는 신속한 분만을 예측하긴 했으나, 이
러한 속박의 시련이 끝난 뒤라 그와 같이 예기했던 분만의 결말이 지고의 존재이신 하느님의
자비뿐만 아니라 관용을 이제 다시 한 번 증명했다는 정보에, 그는, 그러나, 적지 않게 마음

의 고통이 누그러졌음을 자백 받아야 하리라.[174]

따라서 그[175]는 곁에 앉아 있는 사람에게 마음을 터놓고 말하기를, 그러한 일에 대한 자신의 견해를 말할 것 같으면, 그의 의견은 (그가 아마 그것을 말해서는 안 되었던) 그녀가 그녀 자신의 과오 때문이 아닌 이러한 산고(産苦)를 겪었기 때문에, 그녀의 해산의 결실에 대하여 이러한 최신 뉴스를 듣고도 기뻐하지 않는 사람이 있다면 그자야말로 틀림없이 냉정한 성품이나 무딘 천성의 소유자임에 틀림없었다. 옷맵시 있는 젊은 멋쟁이[176]가 말하기를, 그녀를 그러한 상태 속에 빠뜨리게 한 것은 그녀 남편의 과오이며 또한 만일 그녀가 또 다른 에베소의 부인[177]이 아닌 한, 그것은 적어도 당연히 그래야만 한다는 것이었다. 내가 자네들한테 알려야 할 일이 있네, 크로터즈 씨가 탁자를 탁탁 치면서 강조하듯 울리는 논평을 야기하며, 말하기를, 던드리어리 풍(風)의 긴 구레나룻을 기른 늙은이, 글로리 알렐루제럼[178] 영감이 오늘 다시 병원에 들렀는지라. 그가 그녀를 부른 대로, 나의 생명인, 윌헬미나와 잠시 이야기하게 해달라고 코맹맹이 소리로 간청을 했지. 그래서 나는 사건이 곧 터질 터이니 준비 태세를 갖추고 있도록 그에게 일러주었지. 젠장, 나는 자네들에게 솔직히 말하겠어. 나는 그녀에게서 또 다른 아이를 낳을 수 있게 한 그 늙은 뚜쟁이 영감의 생식 능력을 극구 칭찬하지 않을 수 없단 말이야. 비록 바로 그 젊은 멋쟁이는 그러한 일은 그녀의 남편보다는 다른 사나이, 수도사, 야간 길잡이 청년(정결한) 아니면 모든 가정용품의 뜨내기 도부꾼 같은 이가 틈을 메우는 사나이 구실을 했다는 그의 이전의 견해를 주장하긴 했어도, 모두들 각자 자기 나름대로 그와 같은 일을 칭찬하기 시작했다. 단독으로, 홀로 빈객은, 산원이나 해부실이 이와 같은 험담의 온상이 되어야 하다니, 지금까지 마음이 들뜬 이러한 도취 자들도 단지 대학의 학위를 터득하기만 하면, 아무튼 대부분의 탁월한 사람들이 지금까지 가장 고상한 것으로 간주해 왔던 의술의 모범적인 숙련가로 순식간에 바뀌어 버리는, 그들이 소유한 놀랍게도 비길 바 없는 윤회(輪廻)의 힘을 곰곰이 생각했다. 그러나, 그는 덧붙여 생각했는지라, 그것은 아마 일반적으로 그들을 억압하고 있는 울적한 기분을 완화하는 것일지니, 왜냐하면 깃털이 같은 새는 함께 웃는 도다[179]라는 사실을 나는 여러 번 관찰해 왔기에.[180]

그러나 무슨 자격으로, 우아하신 왕자의 양보에 의하여 시민의 권리를 인정받은 이 외래인[181]을 우리들의 내정(內政)의 최고 권력자로 선출했는지, 그의 보호자이신, 총독 각하께 물어 보도록 할까요? 충성심에서 우러나오는 저 감사의 생각은 지금 어디에 있는가? 최근의 전쟁[182] 중에 적(敵)이 수류탄을 갖고 일시적으로 유리하게 되었을 때마다, 자신의 4푼리의 금리(金利)를 얻기 위한 보증으로 부들부들 떨고 있는 동안,[183] 자의적으로 그도 그의 한 사람의 신민(臣民)이 된 제국에 대하여 반기를 든 그러한 유(類)의 이 반역자는 자신의 무기를 발사할 저 순간을 포착하지 못했던가? 그는 그가 받은 모든 이익을 잊고 있듯이 이러한 일도 잊고 있는 게 아닌가? 아니면 혹시 세상의 뜬소문이 거짓이 아니라면, 그는 타인의 기만자가 된 나머지, 자신이 자기 자신의 그리고 자신의 유일한 향락자인 양 마침내 그 자신의 얼뜨기가 되어 버린 게 아닌가? 용감한 소령(少領)[184]의 딸이었던, 한 품위 있는 귀부인의 침실을 어지럽히거나, 아니면 그녀의 부덕(婦德)에 대하여 가장 어렴풋이 의혹을 품는 것은 결코 정당하다고 할 수 없으나 만일 그가 스스로 세상 사람들의 주의에 도전한다 하더라도(정말이지 여태껏 그렇게 하지 않은 것이 그의 큰 이득이었지만) 그렇게 될 수밖에 없으리라. 불행한 여인인, 그녀는 너무나 오랫동안 그리고 너무나 완강히 그녀의 정당한 특권을 거절당해 왔기 때문에 무모한 자의 조소 이외에 다른 어떤 감정을 갖고 그의 비난을 귀담아들을 수 없었다. 그는, 품행의 검열관인 양, 그의 경건함에 있어서 바로 한 마리 펠리컨[185]인 양, 이러한 것을 말하고 있나니, 그리하여 그는 자연의 유대(紐帶)를 망각한 채, 사회의 최하층으로부터 끌어온 가정의 하녀와 불의의 관계를 시도하기를 망설이지 않았다! 아니야, 만일 그 말괄량이 청소용 빗자루가 그녀를 수호하는 천사가 아니었던들, 그녀는 이집트의 여인, 하갈[186]과 같은 호된 운명을 겪어야 했으리라! 목장 문제만 하더라도 그의 심술궂은 퉁명스러움은 악명으로 유명한 것이었는 바, 그리하여 그것은 커프 씨[187]가 듣고 있는 동안 어떤 격분한 목축업자로부터 촌뜨기의 야비한 말투와 같은 직설적인 말로 표현된 가혹한 보복을 그에게 가져오도록 했었다. 그가 저 복음을 설교하다니 그에게 어울리지 않은 짓이다. 그는 자신의 근처에 보습을 필요로 하는 묵혀 둔 종자 밭을 갖고 있지 않았던지?[188] 사춘기의 비난받을 습관[189]은 제2의 천성이요 중년에 있어서는 오명의 대상이 되는 것이다. 만일 그가 한 세대의 풋내기 방탕 자들에게 건강을 회복하기 위한 수상한 효력의 만능약과 경구로 길르앗의 향유[190]를 조제해야만 한다면 그의 경험을 그를 방금 독점하고 있는 원리와 보다 잘 일치시키도록 하는 것이 좋으리라. 그의 남편으로서의 가슴은 예의범절을 밝히기를 꺼리는 비밀의 저장소인 거다. 무시당하고 타락한 배우자 대신에, 어떤 시든 미인의 음탕한 암시가 그를 위안할 수 있을지 모르나 도덕의 새로운 전형이요 온갖 질환의 이 치료자는 성숙기의 한 그루 이국산(異國産) 나무인지라, 그리하여 그것은 그의 원산지인 동방에 뿌리를 박고 있었을 때는, 번성하고 무성하여 향유도 풍부하였으나, 보다 온화한 풍토에 이식되자, 그의 뿌리는 그들 이전의 정기(精氣)를 잃는 것이니, 한편으로 거기에서 스며 나오는 향유는 침체되고, 신맛을 띠며, 효력을 잃고 마는 것이다.[191]

그 소식은 터키 왕조(王朝)의 의식(儀式)적 관습을 회상하게 하는 신중성을 가지고 제2의 여성 간호원에 의해서 당직중인 하급 의무관에게 보고되었는 바, 그리하여 그는 한 사람의 후계자가 탄생했다는 것을 대표단에게 다음 순번으로 통고했던 것이다. 그가 너나 할 것 없이 모두 피로함과 안도감 속에 침묵한 채, 국무대신과 추밀원(樞密院)의 고문관들이 참석한 면전에서 행해질 산후의 규정된 의식을 돕기 위하여 부인들의 아파트에로 그 자신 향했을 때, 대표단은, 장시간의 그리고 엄숙한 그들의 철야 근무에 안달하면서 그리고 시녀격인 간호원과 산과의(産科醫)의 동시적 부재가 한층 용이하게 해줄 그들의 방종을 그 경사(慶事)가 완화시켜 줄 것이라 희망하면서, 이내 설전(舌戰)[192]으로 돌입했다. 헛되이, 광고외무원 블룸 씨의 목소리가 권고하고, 진정시키며, 삼가 하게 하려고 애를 쓰는 것이 틀렸다. 그 순간이야말로 그렇게도 다양한 여러 기질 사이의 유대(紐帶)처럼 생각됐던 저 산만한 이야기의 전개를 위한 절호의 기회였던 것이다. 출산의 갖가지 면이 잇따라 해부되었는지라: 동모이부(同母異父) 형제간의 자궁내의 반목, 제왕절개, 부친 사망 후의 출생, 그리고 저 희유의 형태인, 모친 사망 후의 출생, 차일즈 살해 사건[193]으로 알려진, 그리고 변호사 부쉬 씨의 감격적인 변론에 의하여 부당한 피고를 석방하여 지금도 기억에 생생한 형제 살해 사건, 장자(長子) 상속권 및 쌍생아와 삼생아(三生兒)에게 베푸는 임금님의 하사금, 유산(流産)과 영아 살해, 이 두 가지의 가장(假裝) 또는 은폐, 무(無)심장의 '포에뚜스 인 포에뚜(태아 속의 태아)'[194] 그리고 울혈에 의한 안면결여(顔面缺如), 중선(中線)에 따른 악골(顎骨) 돌기의 불완전 재접합의 결과에 의한(후보자 멀리건 씨가 말하는) 어떤 턱없는 중국인(chinless Chinamen)의 선전적 하악결여(下顎缺如), 그 결과 (그가 말하는 바에 의하면) 한쪽 귀만으로 상대방의 이야기를 들을 수 있는지라, 마취 또는 무통 분만의 이점, 고령 임신의 경우 혈관 압력 때문에 야기되는 진통의 연장(延長), 양수(羊水)의 조기파수(早期破水)(실제적인 경우로서 예증되어지듯이)의 결과로 일어나는 자궁 부패의 잇따른 위기, 주사기에 의한 인공 수정(受精), 폐경(閉經) 후의 자궁 위축, 강간에 의해 임신된 여성의 경우에 있어서의 종(種)의 범죄 문제, 브란덴부르크 인들에 의하여 '슈투르쯔게부르트(추생〔墜生〕)'[195]라 불리는 저 비참한 분만 방법, 월경 기간이나 또는 근친의 양친 사이에 수태된 군생아(群生兒), 양성아(兩性兒) 그리고 기형아의 기록된 예들—한마디로 아리스토텔레스가 그의 걸작[196] 속에 착색석판(着色石版)의 삽화와 더불어 분류해 놓은 인간 출생의 모든 경우들. 산과 의학과 법의학(法醫學)의 가장 중대한 문제들이, 임부(姙婦)가 그녀의 몸의 운동 때문에 탯줄이 태아를 목 졸라 죽이지 않도록 시골의 층층대를 뛰어오르지 못하게 하는 것이라든지 그리고 열렬하게 그리고 비효율적으로 환대 받는 욕망의 경우에 있어서, 기나 긴 관습에 의하여 징계(懲戒)의 좌(座)로서 신성시되어 왔던 그녀의 육체의 그 부분에 그녀의 손을 가져가지 못하도록 하는 권유와 같은 임신 상태에 대한 가장 대중적 미신과 같은 것이 많은 생기를 띠며 논의되었다. 언청이, 가슴 사마귀, 열 개 이상의 손가락, 혹인사마귀, 딸기 사마귀 그리고 포도주 사마귀와 같은 기형의 문제가, 이따금씩 태어나는 저 돼지 머리를 닮은 아이(그리셀 스티븐즈 부인[197]의 예가 아직도 잊혀지지 않고 있거니와) 또는 개의 털을 한 아이에 관한 쁘리마 파끼에(극히 명료한) 그리고 자연적인 가설적 설명으로 혹자에 의하여, 진술되었다. 칼레도니아국(國)[198]의 사절(使節)에 의하여 제출된, 그가 대표하는 그 나라의 형이상학적 전통에 상응하는 원형질 기억의 가설은 이러한 경우에 있어서 태아의 발육이 인간이 형성되기 이전 단계에 정지되었다는 것을 추정했다. 한 이국의 대표[199]는 이러한 두 가지 견해에 반대하여, 거의 확신을 내리듯 열을 오름으로써 여인 및 짐승의 수놈간의 교합에 대한 이론을 지지했는 바, 그의 이론의 권위는 그 우아한 천재 라틴 시인[200]이 그의 저서 〈변신〉의 페이지들에서 우리에게 전해주고 있는 미노타우로스[201]의 것과 같은 우화를 지지하는 자신의 주장을 의미했다. 그의 말이 준 감명은 즉각적이었으나 단명적(短命的)이었다. 그것은 후보자 멀리건 씨로부터의 담화에 의하여 자기 자신 이외에는 아무도 그 효과를 어떻게 도모할 것인가를 알지 못하는 저 익살스런 기미 때문에, 처음 나타났을 때와 마찬가지로, 쉽사리 사라지고 말았는지라, 그는 저 욕망의 최고 대상으로서 한 멋있고 말숙하게 생긴 노인을 택했다. 같은 시각에, 대표자 매든 씨와 후보자 린치 씨 사이에 샴 쌍둥이[202] 가운데 한 놈이 다른 놈보다 먼저 죽은 경우에 있어서 발생할 법학적 및 신학적 딜레마에 관하여 열띤 논쟁이 벌어졌는데, 이러한 어려운 문제는 상호 간의 합의에 의하여 보좌(補佐) 신부 부사제(副司祭) 데덜러스 씨에게 일시 맡기도록 광고 외무원 블룸 씨에게 위임되었다. 지금까지 침묵한 채, 그가 입었던 상복의 저 기묘한 위엄을 초자연적인 엄숙함에 의하여 보다 잘 나타내기 위해서였던지 아니면 내부의 목소리에 순종하려고 했든지 간에 그는 하느님이 결합시켜 놓은 것을 인간이 분리시키지 못하도록 하는 그 복음의 가르침[203]을 요약해서 그리고, 몇몇 사람들이 생각하듯, 피상적으로 설명했다. [204]

　　그러나 맬러카이아스[205]의 이야기는 그들을 모두 공포로 얼리기 시작했다. 그는 그들 앞에 그러한 장면을 훤하게 떠오르게 했다. 굴뚝 곁의 비밀의 판벽(板壁)이 열리자 구석에서 나타난 것은 – 헤인즈다! 우리들 가운데 몸서리를 치지 않은 어느 누가 있었던가! 그는 한 손에 켈트 문학이 가득 찬 손가방을, 다른 손에는 독약이란 상표가 붙은 약병을 들고 있었다. 그가 귀신처럼 이빨을 드러낸 채 능글능글 웃으며 그들을 쳐다보는 동안, 놀라움, 공포, 혐오의 빛이 모든 사람의 얼굴 위에 그려져 있었다. 나는 이와 같은 어떤 환대를 예상하고 있었어, 그가 섬뜩한 큰 소리로 말하기 시작하자, 거기에 대해, 비난받을 것은 역사인 것 같아. 그래, 그게 사실이야. 나는 세무얼 차일즈의 살인범이야. 그런데 나는 얼마나 지독한 형벌을 받고 있는가! 지옥 따위 나에게는 조금도 무서울 게 없지. 이것이 내가 처한 상황이야. 피로와 노령, 무슨 수로 나는 정말 좀 쉴 수 있단 말인가, 그는 우울한 목소리로 우물쭈물 이야기했다. 그런데 나는 내가 좋아하는 노래를 부르며 지금까지 더블린을 쭉 쏘다니고 있었지, 그런데 물귀신인지 혹은 붉은빛 쇠귀신[206] 같은 것이 나를 뒤따르고 있지 않겠나? 나의 지옥, 그리고 아일랜드의 지옥은, 바로 이 세상 안에 있는 거야. 그래서 나는 나의 범죄를 말살해 버리려고 애쓰고 있었지. 정신착란, 갈까마귀 사냥, 어스 언어[207](그는 몇 마디를 암송했다), 아편 제(그는 약병을 입술에 들어 올렸다), 야외 캠프. 모두 헛된 일이야! 그의 망령이 나를 살금살금 뒤따르고 있어. 아편이 나의 유일한 희망이야…… 아아! 파멸! 흑표범![208] 외마디 소리를 지르면서 그가 갑자기 사라지자 판벽이 도로 닫혔다. 잠시 후에 맞은편 문간에서 그의 머리가 나타나며 말했다: 11시 10분에 웨스틀랜드 로우 정거장에서 나와 만나. 그는 사라져 버렸다. 그 방탕한 무리들의 눈에서 눈물이 솟구쳤다. 예언자는 그의 손을 하늘을 향해 추켜들고, 중얼거렸다: 마나난[209]의 피의 복수다! 현인(賢人)은 다시 반복했다: '렉스 딸리오니스(동태복수법)'[210]. 행해진 일에 대하여 막대한 책임을 지지 않고 즐기는 자가 센티멘털리스트다.[211] 맬러카이어스는 감정이 복받쳐, 말을 끝맺었다. 신비의 베일이 벗겨졌다. 헤인즈는 셋째 동생이었다.[212] 그의 진짜 이름은 차일즈였다. 혹 표범은 자신이며 자기 자신의 아버지의 유령이었다. 그는 그것을 망각하려고 마취제를 마셨던 거다. 이번 교대 참 반가운데요. 묘지 곁의 외로운 집에는 아무도 사는 이가 없다. 아무도 거기서 살려고 하지 않을 거다. 거미가 외로이 거미줄을 치고 있다. 밤 쥐가 구멍에서 빤히 쳐다본다. 그 위에 저주가 내려 있다. 유령이 출몰한다. 살인자의 정원.[213]

인간의 영혼이 나이를 먹는다는 것은 무슨 뜻인가? 영혼이란 새로운 것에 접근할 때마다 몸의 색깔을 변화시키는 카멜레온의 힘을 갖고 있기 때문에, 즐거운 사람이 나타나면 유쾌해지고 슬픈 사람이 나타나면 비애를 느끼듯, 마찬가지로 그의 나이도 자신의 기분에 따라 바꾸어지기 마련이라. 리오폴드, 그가 그곳에 앉아, 명상하면서, 과거의 추억을 새김질하고 있었나니, 그는 지금 신문사의 안정된 광고계도 아니거니와 그렇다고 다소의 공채 소유자도 아니다. 20년의 세월이 휙 날아가 버렸다. 그는 이제 젊은 리오폴드인지라. 거기, 회고적인 이야기에서처럼, 거울 속의 거울에(헤이! 치워 버려!), 자기의 모습을 비추어 보고 있다. 당시의 저 어린 모습이 떠오르는지라, 남자답게 조숙하여, 어머님의 정성어린 한 조각 커다란 밀 빵이 들어 있는 책가방을 탄약대인 양 등에 둘러메고, 살을 에는 듯한 어느 날 아침 클램브러실가(街)[214]의 옛집으로부터 고등학교를 향하여 걸어가고 있다. 혹은 1년 남짓한 세월이 흐른 뒤에도, 같은 모습 그대로이다, 그가 처음 산 값진 모자를 쓰고(아, 그 날은 얼마나 신났던가!), 일찍이 행상에 나섰던 것이니, 가족 잡화상의 원숙한 외무원으로, 주문 장부와, 향수 뿌린 손수건을 장비하고(겉치레를 위해서만은 아니었다), 번쩍번쩍 빛나는 장신구의 손가방을 들고(아! 지금은 지나간 옛일!) 그리고 손가락 끝으로 계산을 하면서, 여기 저기 저 반쯤 마음이 현혹된 듯한 가정주부에게 혹은 그의 일부러 꾸민 인사에 수줍은 듯 답례를 보내고 있는(그러나 속셈은? 털어놓아 봐!) 꽃봉오리 처녀에게, 떨리는 상냥한 미소를. 그 향기, 그 미소, 그러나, 그것보다 더한, 까만 눈과 번지르한 말씨가 그로 하여금, 땅거미가 내릴 때면 많은 청탁 주문을 들고, 똑같은 노역을 치른 뒤, 분명히 조상에게서 물려받은 난로 가에서(확실히, 거기 국수 요리가 데워지고 있는 것이다), 둥근 뿔테 안경을 통하여 유럽의 한 달 전 어떤 신문을 읽으면서[215] 야곱의 파이프[216]를 물고 앉아 있는 가족 회사의 우두머리에게로 되돌아오게 했던 것이다. 그러나 헤이, 치워 버려, 거울이 흐려지며, 젊은 무술(武術) 연마사는 물러가고, 안개 속의 조그마한 점으로 이울어지면서, 축소한다.[217] 이제 그는 자기 자신이 아버지가 되어 있나니 그의 주위에 있는 이러한 젊은이들은 그의 자식들일 수 있으리라. 누가 말할 수 있으랴? 현명한 아버지 치고 자기 자식을 몰라볼 사람은 없는 거다. 그는 해치가(街)이 어느 가랑비 내리던 밤을 생각하고 있나니, 거기 보세섬(保稅店) 바로 곁, 최초의 밤을. 다 함께 (그녀는 가련한 집 없는 천사, 사생아, 단 돈 1실링과 행운의 1페니로 너의 것, 나의 것 그리고 모든 사람의 것이 되는 거다), 다 함께 그들은 비 모자를 쓴 두 개의 그림자가 새 왕립대학[218]을 지나가자 야경(夜警)의 무거운 발소리를 듣는다. 브라이디! 브라이디 켈리! 그는 그 이름을 결코 잊지 않으리. 그 밤을 언제까지나 기억하리라: 그 최초의 밤을, 그 신부(新婦)의 밤을. 그들은 캄캄한 어둠 속에서 서로 껴안고 있다, 의지자(意志者)가 피(彼) 의지자와 함께, 그리하여 순간 ('피아트[빛이 있게 하라]!')[219] 빛이 세상을 넘쳐흐르리로다. 심장과 심장이 서로 부딪혀 뛰었던가? 천만에, 순결한 독자여. 순식간에 일은 다 끝났나니 그러나─가만! 물러서요! 그래서는 못써요! 공포 속에 그 불쌍한 소녀는 어둠을 뚫고 도망친다. 그녀는 어둠의 신부(新婦), 밤의 딸인 거다. 그녀는 대낮의 태양 같은 황금아(黃金兒)를 감히 낳을 수 없으리라. 아니야, 리오폴드여. 이름과 기억만으로 그대는 위안을 받지 못하리. 그대의 힘 있는 저 젊은 날의 환상은 그대로부터 탈취 당한 채 – 그리하여 헛되이. 그대의 혈육의 자식은 그대 곁에 없어요. 루돌프[220]를 위하여 리오폴드가 존재했던 것, 거기 이제 리오폴드를 위해 존재하지 않으리라.[221]

목소리들이 뒤엉키며 흐린 침묵 속으로 스며든다. 무한한 공간인 침묵: 그리하여 재빨리, 소리 없이 영혼은 지금까지 살아온 돌고 도는 수많은 세대의 층들을 넘어 부동(浮動)한다. 회색의 황혼이 언제나 내리는 그곳의 기류는, 그의 땅거미를 뿌리며, 사철 이슬 같은 별들을 흩트리면서, 광막한 쑥색의 목장 위에 결코 내리지 않는다. 그녀[222]는 꼴사나운 걸음걸이로 그녀의 어머니를 뒤따른다, 그녀의 암 망아지를 이끄는 어미 말. 그들은 하지만 예언자의 우아한 몸매와, 가느다란 맵시 있는 허리, 나긋나긋하고 탄력 있는 목, 부드럽고 지각 있는 머리로 주조(鑄造)된 황혼의 환영(幻影)들이다. 그들은 시들고 있다, 슬픈 환영들: 모두 사라져 버렸다. 아젠다스는 황무지요, 올빼미와 반소경의 대성조(大成鳥)(우푸파)의 고향. 황금빛의, 네타임[223]은, 이제 살아졌다. 그리하여 구름의 신작로 위를[224] 그들은 다가온다, 반역(叛逆)의 천둥소리를 중얼거리며, 짐승들의 유령들이. 후우흐! 들어라! 후우흐! 시차(視差)가 성큼 뒤따르며 그들을 괴롭힌다, 쏘아보는 번갯불, 그것의 눈썹은 전갈이다. 뿔 큰사슴과 야크, 바산의 및 바빌론의 황소들,[225] 맘모스와 마스토돈,[226] 그들은 떼를 지어 침체된 바다, '라꾸스 모르띠스(사호[死湖])'[227]에까지 떼 지어 온다. 불길하고 복수심에 가득 찬 황도대(黃道帶)의 무리들! 그들은 그르렁거리며, 구름 위를 지나며, 뿔 짧은 놈 그리고 뿔 긴 놈, 송곳니를 가진 놈과 함께 나팔 부는 놈, 사자 갈기를 가진 놈, 거대한 가지 뿔을 가진, 코 고는 놈, 기는 놈, 설치류, 반추동물 및 후피(厚皮) 동물, 모두 꿈틀거리며 꿍꿍거리는 끔찍한 무리들, 태양의 학살자들.[228]

사해(死海)를 향해 계속 그들은 소금기 있는 완만한, 줄어들지 않는 범람, 목이 말라 무섭도록 단김에 들이켜려고, 터벅터벅 걷는다. 그러자 그놈의 말(馬)처럼 생긴 괴물이, 황막한 하늘에 몸을 부풀게 하여, 아니, 하늘을 온통 가득 채우며, 점점 커 간다, 그리하여 마침내 그것은 처녀궁 위로, 거대하게, 아련히 떠오른다. 그런데 보라, 윤회의 놀라움을, 그것이 그녀, 영원의 신부(新婦), 샛별의 선구자, 신부, 영원의 처녀인 거다. 그것이 그녀, 마사, 그대 사라진 자여, 밀리센트, 젊은 자, 다정한 자, 찬란한 자인 거다. 지금 그녀는 얼마나 평화스럽게 솟아오르고 있는가, 여명의 전전 시각에, 찬란한 황금의 나막신을 신고, 거미줄이라 불리는 베일을 머리에 두른 체, 플레이아데스 성단(星團)[229]의 한 여왕이. 베일이 나부낀다. 그것은 그녀의 성탄(星誕)의 육체 주위를 흐르고 그리하여 에메랄드빛, 청옥(靑玉)빛, 짙은 자색, 그리고 엷은 자색(헬리오트로프)을 띠며 나부끼고 있다, 대성간(對星間)의 차가운 바람의 기류를 타고 한결같이, 휘감으며, 둘둘 말리며, 자연스럽게 소용돌이치며, 하늘에 신비스런 글자를 아로새기면서, 그리하여 마침내 상징의 수많은 형태 변화를 겪은 뒤, 그것은 타고 마는 거다, 알파[230]가, 황우좌(黃牛座)의 이마 위에 한 개의 루비 빛 삼각형의 기호.

프랜시스[231]가 스티븐에게 그들이 콘미 교장 재직 시에 함께 재학하던 수년 전을 상기시키고 있었다. 그는 글라우콘, 알키비아데스, 피시스트라토스[232]에 관하여 물었다. 그들은 지금 어디에 있는가? 두 사람 다 알지 못했다. 자네는 과거와 그의 환영(幻影)에 관해서 이야기했네, 스티븐이 말했다. 왜 그들을 생각하는가? 만일 내가 그들로 하여금 망각의 강을 건너 인생으로 되돌아오도록 부르면 불쌍한 망령들이 나의 부름에 떼 지어 오지 않을까? 누가 그걸 상상하겠나? '보우스 스테파노우메노스(왕관을 쓴 황소)', 우공을 벗 삼는 음유시인인 나는, 주(主)요 그들의 생명의 부여자란 말이야. 그는 빈센트[233]에게 미소를 지으며, 그의 짙은 머리카락을 포도 잎의 화환으로 에워쌌다. 그런 대답과 그런 잎사귀는, 빈센트가 그에게 말했다, 여러 편의 경쾌한 송시(頌詩)보다 더한, 그리고 훨씬 더한, 어떤 위대한 작품이 자네의 천재(天才) 부친[234]을 부를 수 있을 때 자네를 한층 적절하게 장식할 거야. 자네가 잘되길 바라고 있는 모든 사람은 자네를 위하여 이것을 희망하고 있다네. 모두들은 자네가 자신을 스테파네포로스[235]로 인정하도록, 자신이 구상하고 있는 작품이 완성되는 걸 보고 싶어 하지. 나는 자네가 그들을 실망시키지 않기를 진심으로 원하고 있네. 오 천만에, 빈센트, 레너헌이, 그의 가까이 있는 사람의 어깨에다 한 손을 얹어 놓으며, 말했다. 걱정할 것 없어. 저 친구 그의 모친을 고아로 내버려둘 순 없었어. 젊은이의 얼굴이 침울해졌다. 그의 장래성과 최근의 모친의 죽음[236]이 상기되자 그것이 얼마나 그의 마음을 괴롭히는지를 모두들 알 수 있었다. 만일 떠들어대는 소음이 그의 쓰라림을 진정시키지 않았던들 그는 주연(酒宴)에서 빠져 나갔으리라. 매튼은 기수(騎手)의 이름이 일시적으로 마음에 들어 〈셉터〉호에 5실링을 잃었다: 레너헌도 그만큼. 그는 좌중의 사람들에게 경마에 관하여 이야기했다. 기(旗)가 내리자, 후우흐! 출발, 기겁을 하며 달린다, 그놈의 암말이 O. 매튼을 태우고 기운차게 달려나갔다. 그 말이 선두를 달리고 있었다. 모든 구경꾼들의 심장이 뛰었다. 심지어 필리스[237]까지도 가만히 있을 수가 없었다. 그녀는 목도리를 흔들며 부르짖었다: 후레에! 〈셉터〉호가 이긴다! 그러나 결승점 가까이 직선 코스에서 모든 말이 밀주(密走)하고 있을 때 다크호스인 〈드로우어웨이〉호가 뒤따르며, 나란히, 마침내 그 말을 앞질러 버렸다. 이제 만사는 끝난 거다. 필리스도 말이 막히고 말았다: 그녀의 눈은 바로 슬픈 아네모네였다. 주노여, 그녀는 소리쳤다. 이제 틀렸나이다. 그러나 그녀의 애인이 그녀를 위안하며 반짝이는 황금 상자를 그녀에게 가져다주었는데 그 속에는 몇 알의 계란 모양을 한 캔디가 들어 있어 그녀는 그것을 집었다. 눈물 한 방울이 떨어졌다: 단지 한 방울. 참 훌륭한 기수야, 레너헌이 말했다, W. 레인은. 어제는 네 빈이나 이겼고 오늘은 세 번. 정말이지 무슨 기수가 그렇담? 낙타를 타건 사나운 물소를 타건 정말 수월하게 승리를 거두는 것은 언제나 그녀석이란 말이야. 그러나 우리도 옛날 사람들처럼 참아 보세. 불운한 자에게 자비를! 가련한 〈셉터〉호! 그는 한 줄기 가벼운 한숨을 내쉬며 말했다. 저놈도 이제 옛날처럼 활발한 말은 못 돼. 절대로, 맹세하지만, 우리는 저와 같은 다른 말을 볼 수 없을 거야. 정말이지, 자네, 저건 모든 말의 여왕이라네. 자네 그 말[馬]을 기억하나, 빈센트? 오늘 자네, 나의 여왕을 볼 수 있었더라면 좋았을 것을, 빈센트가 말했다. 그녀는 얼마나 젊고 찬란해 보였던가. (그녀 곁에 있던 랠러지[238]도 그렇게 예쁘게 보이진 않았어) 황금빛 구두를 신고, 정확한 이름은 모르지만, 모슬린 드레스를 입고 말이야. 우리를 그늘지게 했던 너도밤나무가 한창 꽃피어 있었지: 대기는 우리들 주위에 떠돌고 있는 그의 매혹적인 향기와 꽃가루를 깔아 놓고 있었어. 페리플리포메네스가 다리 근처의 그의 가게에서 팔고 있는 코린토스[239]산(産) 포도가 든 한 시루의 저 빵 과자를 돌멩이 위에 얹어 두면 양지바른 곳이라 누구든 쉽사리 익힐 수 있을 정도였어. 그러나 그녀를 싫어 안고 있던 나의 팔은 그녀의 이[齒]를 위해 있는 듯 했어, 그리하여 그때 내가 지나치게 힘을 주어 끌어안자 그녀는 희롱하듯 팔을 살짝 물었지. 일주일 전에 그녀는 병이 나서, 4일간이나 병상에 누워 있었어, 그러나 오늘은 자유롭고, 쾌활하며, 어떤 위험도 비웃기만 했어. 그럴 때는 그녀는 더한층 매력적이었지, 또한 그녀의 꽃다발이라니! 그녀는 정말 정신 나간 말괄량이, 우리가 함께 비스듬히 누워 있었을 때 그녀가 그들을 가득 뜯어 모았던 것 거야. 그리고 비밀이지만, 자네, 우리가 들판에서 나왔을 때 만난 사람이 누군지 자네 상상 못할 거야. 콘미 자신이었어! 그는 책을 읽으며, 울타리 옆을 지나가고 있었어. 8포인트 활자의 성모일과서일 테지, 내 생각에. 의심할 여지없이, 글리세리 아니면 클로에[240]에게서 온 익살스런 편지를 북 마크로 끼우고 있었어. 나의 여인은 당황하여 얼굴이 홍당무가 되어, 그녀의 약간 흐트러진 옷을 바로잡는 척하고 있었어, 덤불가지 한 개가 그곳에 붙어 있었는데 왜냐하면 바로 그 나무 가지들마저도 그녀를 사모하고 있었으니까. 콘미가 지나가 버리자 그녀가 가지고 다니는 손거울을 들여다보며 자신의 아름다운 자취를 힐끗 쳐다보았지. 그러나 신부님은 친절하셨어. 지나가면서도 그는 우리에게 축복을 빌었어. 신들은 역시 예나 다름없이 친절하단 말이야. 레너헌이 말했다. 만일 내가 바스의 암말[241] 때문에 골탕이라도 먹었더라면 그의 이 한 묶음의 술이 아마도 나를 한층 달래 주었을까. 그는 술 조끼 위에 손을 올려놓고 있었어, 맬러카이가 그것을 보고, 이방인을 그리고 빨간딱지를 가리키면서, 자신의 행동을 억제했다. 조심스럽게, 맬러카이가 속삭였다, 드루이드 신도의 침묵을 지키란 말이야. 그[242]의 영혼은 멀리 가 있어. 하나의 환상으로부터 깨어난다는 것은 아마 태어나기만큼 고통스러운 거야. 어떠한 물건이든, 세심하게 관찰해 보면, 신들의 불멸의 영겁(永劫)에로 접근하는 문(門)이 될 수 있지. 자네 그렇게 생각하지 않나, 스티븐? 전세(前世)에 있어서 이집트 승려들이 그에게 인과응보의 법의 신비를 전수했던, 테오소포스[243]가 내게 그렇게 말했지, 스티븐이 대답했다. 달[月]의 군주들은, 테오소포스가 내게 말했지, 태음계(太陰界)의 유성(遊星) 알파로부터 배에 실려 온 오렌지 빛의 한갓 화염이지만, 에테르성(性)의 원령(怨靈)의 기질을 띠지 않을 것이요, 이들은 그런고로 제2의 성좌(星座)로부터의 루비 빛의 자아(自我)에 의하여 육체를 부여받은 것이라고.[244]

그러나, 사실상 비록, 그가 어떤 류(類)의 우울증인지 아니면 다른 최면술에 걸려 있다든지 하는 터무니없는 억측이 가장 피상적인 성격을 띤 오해에 전적으로 기인하는 것으로, 전혀 문제시되지 않았다. 상술한 이야기가 진행되고 있는 동안, 바로 이 시점에서 그의 시각 기관이 생기의 징후를 나타내기 시작하고 있던 그 개인은, 자신이 살아 있는 어느 누구보다 한층 더하다고 할 수는 없어도 아주 민첩한지라 그리하여 이와 정반대의 추측을 행한 자는 누구나 스스로 엉뚱한 잘못에 빠져 있다는 것을 꽤나 신속하게 알게 되었을 것이다. 지난 4분 남짓한 동안 그는 버튼-온-트렌트에 있는 바스 맥주 제조회사에 의하여 병봉(甁封)된 일정량의 넘버 완 바스 맥주를 뚫어지듯 열심히 쳐다보고 있었는데, 우연히 그것이 그가 앉아 있던 곳 바로 맞은편의 다른 많은 술병들 사이에 끼어 있는지라, 그것의 붉은 상표의 외형 때문에 다른 사람의 주목을 확실히 끌 것으로 간주되었다. 그는, 자기 자신에게만 가장 잘 알려진 이유 때문에 그것이 나중에야 판명된 일이나, 소년 시절과 경마에 관하여 얼마 전의 발언이 있은 뒤, 이야기의 진행과는 전혀 딴판의 것으로, 상대방 두 사람[245]이 마치 아직 태어나지 않은 태아처럼 서로가 전혀 모르고 있던 둘 혹은 셋의 사적인 사건[246]들을, 단순히 그리고 혼자서 회상하고 있었다. 마침내, 그러나, 그들 양자의 눈이 서로 마주쳤고 그리하여 상대방[247]이 고놈의 술을 들이켜려고 애쓰고 있는 것이 그에게 점차 분명해지기 시작하자마자, 그는 본의는 아니나 그에게 술을 권하려고 마음먹었는지라 따라서 그는 찾아낸 액체가 담긴 중간 정도 크기의 유리병 목을 잡고 잔속에 커다란 구멍이 흠씬 날 정도로 맥주를 가득 부었나니, 또한 동시에, 그러나, 그는 속에 든 맥주가 사방에 엎질러지지 않도록 극히 세심할 정도의 주의를 기울였던 것이다.

지금까지 계속되었던 토론은 그 범위나 진행에 있어서 인생행로의 하나의 축도였다. 장소도 토의도 권위에 있어서 부족함이 없었다. 토론자들은 나라 안에서도 제일가는 명석한 두뇌를 가진 사람들로, 그들이 다루고 있던 논제(論題) 역시 가장 고상하고 가장 활력 있는 것이었다. 혼 산원의 천장 높은 홀은 그렇게도 대표적이며 또한 그렇게도 다채로운 모임을 이전에 결코 본 적이 없었을 뿐만 아니라, 저 오래된 건물의 낡은 서까래들도 그토록 백과사전적 언어를 여태껏 귀담아 들어본 적이 없었다. 참으로 그것은 호화로운 장면을 이루었다. 크로터즈는 테이블 발치에 앉아 있었는데, 선명하게 눈에 띄는 아일랜드 복장을 하고, 그 얼굴은 갤러웨이[248] 곶[岬]의 염풍(鹽風)으로 빨갛게 불타고 있었다. 또한 거기에는 그의 맞은편에 린치가 앉아 있었는데, 젊은 시절의 방종과 조숙한 지혜의 치욕(恥辱)의 표식이 그의 용모에 이미 찍혀져 있었다. 그 스코틀랜드인 다음은 번덕쟁이인, 코스텔로에게 할당된 자리였고, 한편 그의 곁에는 매든의 웅크린 몸집이 얼빠진 듯 휴식하며 자리 잡고 있었다. 벽로 앞의 전문의의 자리는 사실상 비어 있었으나, 그 양 측면에는 트위드 천의 반바지에 소금에 절인 쇠가죽 구두를 신은 탐험가 차림을 한 밴넌의 모습이 맬러카이 롤랜드 세인트 존 멀리건의 프리뮬러 꽃 빛의 우아함 및 도회풍의 거동과 날카로운 대조를 이루고 있었다. 마지막으로 식탁 윗머리에는 젊은 시인이 앉아 있었는데, 그는 교수법과 형이상학적 탐구의 노역으로부터의 피난처를 소크라테스 식 토론의 열렬한 분위기 속에서 찾고 있었고, 한편 그의 좌우에는 경마장에서 갓 온, 경박한 예언자와, 여행과 결투의 먼지로 때가 묻고, 지울 수 없는 불명예의 오욕으로 더럽혀진, 그러나 어떠한 유혹 혹은 위험 혹은 협박 혹은 타락도 라파에트[249]의 영필(靈筆)이 다가올 영세(永世)를 위하여 묘사했던 저 요염한 미녀[250]의 영상을 그의 확고 불변한 심중(心中)으로부터 영원히 지워 버릴 수 없는 용의주도한 방랑자가 동석하고 있었다.[251]

그런데 여기서 우선적으로 당장 서술해 두고 싶은 일은 S. 데덜러스 씨(신성회의론자)의 의론(議論)으로 미루어 보아 그가 마음을 몹시 쏟고 있는 것처럼 보이는 그 왜곡된 선험론(先驗論)은 일반인에게 인정받고 있는 과학적 방법과는 직접적으로 몹시 위배된다는 점이다. 과학이란, 아무리 자주 되풀이해서 말해도 지나치는 일은 없겠으나, 지각할 수 있는 여러 가지 현상들을 취급한다. 과학자는 세상 사람과 마찬가지로 소홀히 보고 넘길 수 없는 엄연한 사실에 직면하여 될 수 있는 한 최선을 다하여 그것을 설명하지 않으면 안 된다. 물론, 과학이 해결할 수 없는 문제들이 - 현 단계에서 - 약간 있는 것만은 틀림없는 사실이다. 이를테면 성(性)의 사전 결정에 관해서 L. 블룸 씨(광고 외무원)가 제출한 제 1의 문제 같은 것이다. 남아(男兒) 출생이 오른쪽 난소(월경 후기의 사실이라고, 주장하는 이들도 있거니와)에 책임이 있다고 하는 트리나크리아의 엠페도클레스[252]의 견해를 우리들이 받아들여야 하는 것인지, 혹은 지나치게 오랫동안 방치된 정자(精子) 또는 정사(精絲)가 성분화(性分化)의 요인을 형성하는 것인지, 아니면 그것이 컬페퍼,[253] 스팔란차니,[254] 블루멘바하,[255] 러스크,[256] 헤르트비크,[257] 레오폴트[258] 그리고 발렌티[259]와 같은 대부분의 발생학자들이 단정하고 싶어 하듯, 이 양자의 혼합에 의한 것인지? 이것은 한편으로 정사(情絲)의 '니수스 포르마띠부스(형성 원칙)' 와 또 다른 한편으로 수용자 측의 '수꾸비뚜스 펠릭스(여성 생식)', 즉 교묘하게 선택된 몸의 자세 사이의 협동 관계(자연의 총애를 받는 궁리 중의 하나)와 대등할 수도 있으리라. 같은 질의자가 제기한 다른 문제도 이것 못지않게 중요한 것인 즉: 유아 사망률이 그것이다. 그것은, 그가 아주 적절하게 표현하고 있듯이, 우리는 모두 똑같은 방법으로 태어나지만 각기 다른 방법으로 죽기 마련이기 때문에 흥미 있는 것이다. M. 멀리건 씨(위생학 및 우생학박사)는 우리들의 회색 허파를 가진 시민들이 먼지 속에 숨은 박테리아를 흡수함으로써, 선양증식증(腺樣增殖症)과 폐 질환의 병과 접촉하는 위생 상태를 비난한다. 이러한 요인들, 그는 단언하건대, 그리고 우리들의 거리에서 보이는 비위에 거슬리는 광경들, 지나치게 저속한 대중 포스터, 모든 종파(宗派)의 수도사, 불구의 병사나 수병(水兵), 비바람이 몰아쳐 생긴 괴혈병의 마부들, 매달려 있는 죽은 동물의 시체, 과대망상증에 걸린 독신자 그리고 임신이 불가능한 여가정교사 - 이와 같은 모든 것은, 그는 말하기를, 종족의 품질에 있어서 모든 쇠망을 가져오게 하는 원인으로 설명될 수 있었다. 미학(美學)은, 그가 예언하는 지라, 곧 일반에게 적용될 것이며 그리고 인생의 모든 우아한 것, 실질적으로 듣기 좋은 음악, 마음에 흡족한 문학, 딱딱하지 않은 철학, 교훈적인 그림, 비너스나 아폴로와 같은 고전적 조각의 석고복제(石膏複製), 우량아의 예술적 컬러 사진, 이와 같은 모든 사소한 배려가 임부(姙婦)로 하여금 출산까지의 수개월을 아주 유쾌하게 보내도록 할 수 있을 것이다. J. 크로터즈 씨(토론학사)는 이와 같은 사망의 원인 일부를 공장에서 중노동에 시달리는 여성노동자들의 경우에 있어서의 복부 외상 및 가정에 있어서의 주부들의 고역에 귀착시키는 것이었으나, 그 대다수는 주로 사적 또는 공적 기관의 태만에 의한 것으로써, 결과적으로 이러한 일이 산아의 유기, 범죄적 낙태 수술 또는 잔인한 유아살해를 빚어내고 있다는 것이다. 비록 전자는(우리는 태만에 관해서 생각하고 있거니와) 의심할 바 없이 너무나 분명한 사건이긴 하나, 그가 예시한 바, 복강(腹腔) 속에 밀어 넣은 스펀지의 수를 간호원이 헤아리는 것을 잊어버리는 경우와 같은 것은 극히 드문 일로서 통상적이라고는 할 수 없는 것이다. 사실상 우리가 이러한 문제를 조사해 볼 때 지금까지 고려된 여러 가지 사실들 및 자연의 의도를 이따금 저해하는 우리들 인간의 약점에도 불구하고, 실제로 그렇게도 많은 임신과 출산이 순조롭게 행해지고 있다는 것은 정말 놀라운 일이다. V. 린치 씨(수리학사)가 제출한 한 가지 기묘한 암시에 의하면, 출생도 사망도, 진화, 조수의 운동, 달의 위상, 혈액 온도, 일반적 질병뿐만 아니라, 어떤 먼 곳 태양의 소멸에서부터 우리들의 국립공원을 미화하는 무수한 꽃들 중의 하나의 개화(開花)에 이르기까지 자연의 거대한 공장 속에, 요컨대, 모든 것은 아직도 확인되지 않은 수의 법칙에 따르고 있다는 것이다. 더욱이 정상적인 건강한 양친에게서 태어나 보기에도 건강한 아이요 적절하게 보육된 유아가 왜 어린 유년기에(같은 부모에게서 태어난 다른 아이들은 그렇지 않은데도) 설명할 수 없게도 죽고 마는가 하는 분명하고도 단순한 의문은, 시인의 말대로, 우리들로 하여금 잠시 명상하게 하는 것이다.[260] 자연은, 우리가 안심하고 있거니와, 그가 행하는 무엇이든지에 대하여 그 자신의 미덕과 그럴 듯한 이유를 갖고 있는지라, 필시 이러한 죽음은 병균들이 서식하고 있는 유기체가 발달의 초기단계에 있어서(현대 과학은 단지 원형질만이 불멸 하다는 사실을 결론적으로 증명하고 있거니와) 소멸되기 쉽다는 어떤 예상의 법칙에 기인하고 있는 것으로, 이러한 결론은, 우리들의 어떤 감정(특히 모성의)에 고통을 낳기는 하지만, 그럼에도 불구하고, 우리들 몇몇이 생각하듯, 결국에는 그것에 의하여 적자생존[261]이 보증됨으로써 전체 인류에게 유익한 것이다. 데덜러스 씨(신성 회의론 자)의 말은(혹은 중도에서 다른 사람의 말을 가로챘다고나 할까?), 황달에 걸린 정치가나 위황증(萎黃症)이 있는 수녀는 말할 것도 없고, 분만에 의해 쇠약해진 여성 암 환자나, 비만증에 걸린 전문가적 직업 신사들처럼 이러한 잡다한 자양물(滋養物)들을 씹고, 삼키고, 소화하고 그리하여 과거 완료적 태연자약으로 통상적 식도를 통해 분명히 통과시킬 수 있는 잡식 인간은 '스태거링 보브'와 같은 해롭지 않은 간식을 섭취함으로써 위장의 안도감을 필경 발견할 수 있을지니, 이 말은 무엇보다 우선적으로 그리고 아주 불미스런 관점에서, 상술한 경향을 들어내고 있는 것이다. 과학적인 지식에 있어서 지나치게 잘난 체 거만을 떨고 있는데도, 산(酸)이나 알칼리를 거의 구별할 수 없는 이러한 병적인 미학자나 풋내기 철학자가 자신의 존재에 관해 사뭇 뽐내고 있듯이, 시립 도살장의 세목에 관해 그다지 잘 알지 못하는 사람들의 계몽을 위하여, 우리의 도시 하급 면허 음식점의 상스러운 말투로 '스태거링 보브'란 말은 어미로부터 갓 떨어진 망아지의 요리할 수 있는 식용육을 의미하는 것임을 필히 이야기해 두어야만 하리라. 홀레스가(街) 29, 30, 31번지에 있는 국립산과병원의 대강당에서 일어난 L. 블룸 씨(광고 외무원)와의 최근 공개토론에서, 그것에 관해 잘 알려져 있듯이, A. 혼 박사 (면허산부인과 아일랜드 왕립 외과대학 내과 연구원)는 유능하고 평판 있는 원장으로, 목격자들의 보고에 의하면, 그는, 여인이 일단 고양이를 자루 속에 넣으면(아마, 자연의 모든 작용들 중 가장 복잡하고 불가사의한 것들 중의 하나인 — 성적 교접 행위에 대한 미학적 암시), 그녀는 그녀 자신의 생명을 구하기 위해 고놈을 다시 자루에서 꺼내든지 아니면, 그가 진술하듯, 그것에 생기를 불어넣어야 하는 것으로, 보고되고 있다. 그녀 자신의 생명을 무릅쓰고라도 가 그의 대화자의 현저한 응답이었으나, 그럼에도 불구하고 서술된 절제 있고 신중

한 말투 때문에 그것은 효과적이었다.[262]

　　이러는 동안 의사의 숙련과 인내가 행복한 '아꾸슈망(분만)'을 가져오게 했던 거다. 그동안 환자로서나 의사로서나 지루하고도 지루한 시간이었다. 외과 의술이 할 수 있는 모든 일은 다 행해졌으며 용감한 어머니는 의연하게 참아 나갔다. 그녀는 정말 그랬다. 그녀는 참으로 훌륭하게 싸워 나갔으며[263] 이제 참으로 참으로 행복했다. 세상을 지나갔거나, 앞서 가버린 사람들도, 그 감격적인 장면을 내려다보고 미소를 보낼 때 마찬가지로 행복하리라. 모성의 빛을 그녀의 눈에 띠고 그곳에 누워 있는 저 여인을 경건한 마음으로 바라보라, 그녀의 새로운 모정이 최초로 꽃피는 가운데, 전 인류의 남편인, 천상의 당신에게 감사의 묵묵한 기도를 내쉬면서, 아기의 손가락을 동경하듯 더듬고 있는 저 모습을(보기에 얼마나 아름다운 광경이랴). 그런데 그녀가 사랑이 넘치는 눈으로 자신의 아기를 바라볼 때 그녀는 단지 또 하나의 축복을 바라고 있는 것이니, 그녀의 사랑하는 남편(Doady)[264]이 그녀와 함께 거기 있어서 그녀의 기쁨을 나누어 가지며, 하느님의 진흙으로 된 저 꼬마, 그들 부부의 정당한 포옹의 열매를 그의 팔에 안기도록 해 보았으면. 그는 이제 한층 나이를 먹은 데다가(당신과 나만의 이야기다 만) 어깨가 얼마간 구부러져 있었지만, 그런데도 세월의 변천 속에 어떤 신중한 위엄이 얼스터 은행,[265] 칼리지 그린 지점의 근직(謹直)한 회계 차석까지 그를 나아가게 했던 거다. 오 도디어, 사랑 받는 이여, 이제는 나이 먹은 성실한 인생의 동반자여, 저 아득한 장미의 시절은 다시는 결코 되돌아오지 않으리! 그녀는 예쁜 머리를 옛날처럼 흔들며[266] 저 지난날들을 회상하고 있다. 정말이지 세월의 안개 낀 피안에서 이제 그것을 생각하면 얼마나 아름다운가! 그러나 그들의 아이들, 그녀의 것이요 그의 것, 찰리, 메리 앨리스, 프레드릭 앨버트(만일 그 애가 살았더라면), 마미 버지(빅토리아 프랜시스), 톰, 바이올렛 콘스탄스루이자, (워터포드와 캔다하의 보브즈경(卿)[267]인 남아프리카 전쟁시의 유명한 영웅 이름을 딴) 귀여운 꼬마 보브 씨 그리고 이제 그들 결합의 이 마지막 보증인, 진짜 퓨어포이의 코를 가진, 여태껏 한 놈이 있었다고 하면 요놈이야말로 진짜 퓨어포이인 꼬마, 그녀의 상상 속에 모두들 침대 가에 떼지어 모여 있는 것이다. 희망에 넘치는 꼬마 아기는 더블린 성(城),[268] 재무청 징수관실에 근무하는 퓨어포이 씨의 세력 있는 8촌 형의 이름을 본떠 모티머 에드워드란 세례명을 지어 받으리라. 그리고 시간은 계속 흘러갈지니: 그러나 천부(天父)인 크로노스[269]는 여기 부부를 축복으로 잠재웠도다. 아니야, 친애하는 마음씨 고운 마이너여, 저 앞가슴으로부터 탄식일랑 자아내게 하지 마오. 그리고 도디어, 그대의 파이프에서 재를 떨어 버려요, 그대를 위해 만종(晚鐘)이 울리고 있는데도 (먼 훗날이었으면!) 그대는 아직도 그대의 길든 찔레나무 파이프를 생각하느뇨 그리고 그대가 성경을 읽고 있을 때 램프도 꺼버리는 게 좋으니 왜냐하면 기름도 잦았으므로, 그리고 평화스런 마음으로 잠자리로 가요, 휴식을 위하여. 하느님은 알고 계시는지라 그리고 언제든지 좋으실 대로 부리시다. 그대도 또한 참으로 훌륭하게 싸웠고 그대의 남자로서의 역할을 충실하게 이행했도다 자, 그대에게 나의 손을. 성말 잘 했도다, 그대 착하고 충성한 종(從)이여![270]

　　거기 죄(세상이 그렇게 부르니 그대로 부르기로 하자) 혹은 악의 기억이 있는지라 그들은 사람의 마음 가장 어두운 곳에 인간에 의해 숨겨져 보이지는 않으나 여전히 그곳에 살며 기다리고 있는 것이다. 인간은 그들의 기억이 희미하게 사라져 가는 것을 내버려두며, 그들이 마치 과거에 존재하지 않았던 것인 양 방치해 두거나, 그들이 지금도 존재하지 않거나 또는 최소한 그 밖의 전혀 딴 것임을 거의 믿으려고 할지 모른다. 그런데도 한 마디 우연한 말이 갑자기 그러한 기억을 불러일으키며 가장 잡다한 환경 속에, 혹은 탬버린이나 하프가 그의 감각을 위안하는 동안 혹은, 지녁의 서늘한 은색 정적 속에 혹은 주연에서, 한밤중에, 그가 방금 술에 만취되어 있을 때, 하나의 환영 또는 꿈으로서 그와 맞서기 위해 솟아오르리라. 그러한 환영은 그의 분노를 사고 있는 사람에게처럼 그를 모욕하기 위해서 다가오는 것이 아니요, 또는 그를 살아 있는 것으로부터 잡아떼어 내기 위한 복수를 위해서도 아니며, 단지 과거라는 슬픈 시의(屍衣)에 휘말린 채, 묵묵히, 멀리서, 비난하듯, 다가오는 것이다.[271]

이방인[272]은 그들의 화자의 이야기 속에, 인생의 한층 조잡한 일들에 대한 비(非)건전성, 즉 '플래르(안식(眼識))'를 비난할 정도의 지나치게 신랄한 말을, 습관 또는 어떤 고의적인 기교에 의하여, 사실상, 억제하고 있는 저 위선적인 냉정함이 그의 면전에 있는 얼굴 위에 천천히 사라지는 것을 계속 주시했다. 한 가지 장면이, 그렇게도 소탈한 천연스런 말 한 마디에 의하여 환기되기나 하듯, 마치 옛날의 나날들이 그들의 즉각적인 기쁨을 동반하면서 그곳에 존재하기나 하듯(몇몇 사람들은 그렇게 생각했다) 그것을 듣고 있는 자의 기억 속에 떠올랐다. 어느 온화한 5월의 초저녁 풀이 깎여진 널따란 잔디밭, 기억에 생생하게 떠오르는 라운드타운[273]의 라일락 숲, 자줏빛 그리고 하얀 꽃, 공이 잔디 위로 천천히 굴러가거나, 혹은 짧고 날카로운 충동과 함께 한 개가 다른 공 곁에 가서 충돌하며 멈추는 공굴리기 유희에 많은 흥미를 느끼며 구경하고 있던 향수 냄새가 풍기는 날씬한 몸매의 아가씨들. 그리고 명상에 잠긴 듯한 관개용(灌漑用)의 물이 이따금씩 천천히 흐르고 있는 그 회색의 연못 근처 피안에 똑같은 향내 풍기는 다른 자매들의 무리가 보였으니, 그들은 플로이, 애티, 타이니[274] 그리고 뭔지 모르게 당시 그녀의 포즈에 눈을 끌게 하던 한층 피부색이 까만 그들의 친구인, 귀에 예쁜 귀걸이 쌈쇠 장식을 매단, 우리들의 버찌 부인,[275] 그녀의 피부의 이국적인 온기가 서늘하고 불타듯 붉은 과일과 너무나 묘한 대조를 이루고 있었다. 면모(綿毛)의 교직물(交織物)로 된 옷을 입은 (꽃피는 계절이었으나 오래지 않아 공을 다 모아 상자에 넣어 버리면 다정한 난롯가가 그리워지는 때인지라) 네다섯 살 된 어린 소년이 저 소녀들의 정다운 깍지낀 손에 안전하게 둘러싸여 연못 곁에 서 있다. 이 소년은 지금 이 젊은 이[276]가 그렇듯이, 그러한 위험을 필경 너무나 의식하면서 즐기고 있었기 때문에 얼굴을 약간 찡그리고 있었지만 화단(花壇)에 면한 삐아쩨따로[베란다]로부터 그의 어머니가 기꺼워하는 시선으로 방관의 혹은 비난('알레스 페르겡리혜[제행무상〈諸行無常〉]')[277]의 희미한 그림자를 던지며 지켜보고 있는 그곳을 향하여 자주 흘끔흘끔 필시 쳐다봐야만 한다.[278]

지금부터 앞으로의 것을 주의하고 기억하라. 종말은 갑자기 다가온다. 학사들이 모여 있는 저 산실(産室)에 들어가서 그들의 얼굴을 주시하라. 사실상, 거기에는 경솔하거나 난폭했다는 것은 전혀 찾아볼 수 없는 것처럼 보인다. 수호자의 정숙은, 오히려, 저 산원에서의 그들의 신분에 알맞은지라, 그것은 옛날 유다의 베들레헴[279]의 여물통 주변에 모인 목양자(牧羊者)들과 천사들의 철야의 감시와 같다. 그러나 번개가 치기에 앞서, 운집한 폭풍의 먹구름이, 습기의 지나친 과잉으로 무거워지며, 과격하게 팽창하여 부풀어 오른 덩어리가 되어, 타버린 들판과 졸린 황소들 그리고 시든 관목과 초원 위에 드리워지면서, 하나의 거대한 침체를 이루어 땅과 하늘을 에워싼다. 그리하여 마침내 순식간에 번갯불이 그들의 한 복판을 쪼개며 천둥의 울려 퍼짐과 함께 폭우가 억수 같은 물줄기를 쏟는지라, 그와 똑같이, 과격하고 순간적인, 변형(變形)이 단연 일언지하(一言之下)[280]에 일어났다.[281]

버크 주점![282] 우리들의 스티븐 경(卿)이, 소리를 지르며, 밖으로 뛰쳐나간다, 그러자 그 뒤로 그들 모두의 지스러기들, 떠들 패 놈, 멋 부리는 놈, 사기꾼, 환약 의사 그리고 그들을 뒤따라 고지식한 블룸이, 모두들 손과 손에 모자, 물푸레나무 지팡이, 칼, 파나마 모 그리고 칼집, 저매트 식(式)의 등산용 지팡이 그리고 그 밖의 등등을 들고 나간다. 거기 기발한 청년, 모든 고귀한 학생들의 천변만화(千變萬化). 복도에 되돌아온 간호원 콜런도 그들을 머무르게 할 수 없거니와 빈틈없는 완전한 1파운드 무게의, 태반 처리의 뉴스를 가지고 2층에서 내려오고 있던 미소 짓는 의사도 그들을 막을 도리가 없다. 모두들 그가 앞장서도록 구슬린다. 문이다! 열렸나? 어유! 그들은, 발작적으로, 일각(一刻) 경주를 위해, 모두들 용감하게 달려간다, 저쪽 그들의 목적지인 덴질가(街)와 홀레스가의 버크 주점으로. 딕슨이 그들에게 퉁명스런 말을 퍼부으면서 뒤따르나 저주의 말을 토한다, 그도 역시, 그리고 계속. 블룸은 2층의 행복한 산모와 유아에게 한 마디 축하의 말을 보낼 생각으로 간호원과 함께 그곳에 머문다. 규정된 식사와 안정이 양의(良醫)니라. 간호원도 역시 지금 이 격언에서 예외일 수 있을까? 혼 산원의 불철주야의 간호가 저 피로에 지친 창백한 얼굴로 이야기를 말해주었다. 그러자 모두들 살아졌는지라, 그는 한 가닥 타고난 모지(母智)의 도움으로, 지나가면서 은밀히 속삭인다. 마님, 황새가 당신한테 찾아 올 때는 언제인가요?[283]

바깥 공기는 천상(天上)의 생명 정수(精髓)인, 비와 이슬의 습기로 포화되어, 별들이 반짝이는 '꼬엘룸(천공)' 아래, 더블린의 석반(石盤) 위에 번쩍이고 있다. 하느님의 대기, 만물의 부(父)인 대기, 반짝이며 사방에 충만 된 생산적 대기. 그대의 가슴속 깊숙이 그것을 호흡하라. 하늘에 맹세코, 시어도어 퓨어포이여, 그대는 참으로 용감한 행동을 했도다, 어김없이! 그대야말로, 맹세코, 이 희롱 대며 모든 것을 함유하는 가장 잡다한 연대기 속에 씌어질 누구에게도 지지 않을 가장 탁월한 생식자(生殖者)이니라. 경탄할 일이로다! 그녀 속에 하느님의 형태를 한, 하느님이 주신 예조(豫造)된 한 가지 가능성이 숨어 있었으니 그것을 그대는 소량의 남자의 직(職)을 가지고 열매를 맺게 했도다. 그녀에게 꼭 달라붙어요! 섬겨요! 꾸준히 노력해요, 바로 그 사슬에 매인 사나운 개처럼 일하며, 학자나 모든 맬더스주의자들[284]을 지옥에 떨어지게 해요. 그대는 그들 모두의 아빠로다, 시어도어여. 집에서는 푸주의 외상 장부에 그리고 은행에서는 금은 덩어리(그대 것이 아닌!)에 걸머지워져, 그대의 무거운 짐 밑에 깔려 있는가? 고개를 들어요! 새로 태어나는 모든 아기를 위해 그대는 무르익은 밀 한 호머[285]를 수확하게 되리라. 보라, 그대의 더벅머리가 흠뻑 젖었도다. 그의 조안과 거기 함께 있는 다비 덜면[286]을 시기하는가? 그들의 가족이라고는 공염불(空念佛) 만하고 있는 어치[木堅鳥]와 눈의 점액 분비증에 걸린 똥개뿐이라네. 쳇, 정말이야! 그는 노새, 죽은 달팽이지 뭐야, 정력도 원기도 없는, 갈라진 크로이처[287](은화) 한 푼짜리 가치도 없는 놈. 번식(繁殖) 없는 생식(生殖)! 아니야, 글쎄! 유아살해자 해로데 왕,[288] 그게 한층 합당한 이름이렷다. 식물 인간, 확실히, 그리고 불모의 부부 생활! 그녀에게 비프스테이크를 먹게 해요, 붉고, 날것으로, 피가 흐르는 놈을! 그녀는 온갖 질병, 확장선(擴張腺), 유행성 이하선염, 편도선염, 관절염종(關節炎腫), 건초열(乾草熱), 욕창(褥瘡), 백선(白癬), 부동신(浮動腎), 갑상선종(甲狀腺腫), 사마귀, 담즙과다증, 담석(膽石), 냉혈증, 정맥종(靜脈腫)의 해묵은 아수라장이라네. 만가(輓歌) 그리고 30일 미사 그리고 비탄가(悲嘆歌) 그리고 모든 이러한 본래의 슬픈 음악일랑 이제 집어치워요! 20년간의 결혼 생활, 그걸 절대로 후회하지 말라. 뜻하며 원하며 기다리면서도 결코 얻을 수 없는 많은 사람들과 그대는 전혀 틀려요 – 행하라, 그대는 그대의 아메리카,[289] 그대의 인생이 과업을 보았고, 저 피안의 들소처럼 교접하기 위하여 돌격했도다. 차라투슈트라는 어떻게 말했던가? '다이네 쿠 트뤼프잘 멜케스트 두. 눈 트링크스트 두 디 쥐서 밀히 데스오이터스(그대는 슬픔이란 이름의 암소 젖을 짜는 도다. 그리하여 그대는 그녀의 젖통의 달콤한 젖을 마시도다).'[290] 보라! 그것은 그대를 위하여 풍부하게 솟아 나오고 있도다. 마셔요, 자, 젖통에 가득한 젖을! 어머니의 젖을, 퓨어포이여, 인류의 젖을,[291] 엷은 우수연(雨水煙) 속에 머리 위로 반짝이는, 움트는 저 별들의 은하(銀河)의 젖을, 저 탕아들이 술집에서 들이켜는 것과 같은, 펀치 우유를, 광희(狂喜)의 젖을, 가나안 땅의 젖 꿀을. 그대의 어미 소의 젖꼭지는 단단했도다, 어때? 아, 그러나 그녀의 젖은 따뜻하고 달콤하고 자양분이 많은 것이로다. 이는 딩어리가 아니고 진하고 감미로운 응유(凝乳)인 거다. 그녀에게로, 나이 먹은 족장이여! 파파여! '뻬르데암 빠르뚤람 에드 뻬르뚠담 눈끄 에스뜨 비벤둠(탄생과 처녀성 소실의 여신에

게 맹세코 자 건배하세)!'[292)]

　　모두들 술의 향연을 위해 출발, 팔짱을 끼고, 거리 아래로 외치면서. 신앙심 두터운 길
손들이.[293)] 자네 간밤에 어디서 잤나? 수척한 잔소리꾼 티모시 녀석. 아주 잽싸게. 그 집의
어느 박쥐 우산 혹은 고무구두라도? 헨리 네빌[294)] 외과의와 낡은 의복 점은 어디 있어? 아
무도 절대 몰라. 거기 만세, 딕스! 리본 상점[295)]에로 전진. 펀치는 어디 있어? 이상 없음.
멍텅구리야, 산과 병원에서 나오는 저 만취된 성직자 좀 봐! *'베네디까뜨 보스 옴니뽀뗀
스 데우스, 빠떼르 에뜨 필리우스(전능하신 하느님 시여 그대에게 축복을 주옵소서! 성부 성
자).'*[296)] 얼간이 같으니, 자네. 덴질 골목길의 사내놈들(무적단). 제기랄, 망할 놈들! 달려
라. 좋아, 이삭 놈들아, 저놈들을 경칠 석회광(石灰光)에서 좀 끌어내오. 우리와 합세하시
겠소, 선생? 전적으로 환영이오. 당신은 참 좋으신 분이구려. 여기 있는 자들은 모두 똑같
은 한패요. *'양 나방, 메장광(전진, 이놈들아)!'*[297)] 제1포수(砲手), 쏘아. 버크 주점! 버크
주점! 그리하여 그들은 5파라싱[298)] 전진했다. 슬래터리의 말 탄 갱충맞은 보병(步兵) 같으
니.[299)] 도대체 그 경칠 놈의 저자는 어디로 갔지? 스티브 사제 말이야, 사도신경! 아니야,
아니. 멀리건! 저기 뒤쪽에 있는 놈 말이야! 어서 앞으로 오게. 시계에 눈을 부치고 있으란
말이야. 문 닫을 시간입니다.[300)] 멀리! 자네 무슨 일이야? 마 메르 *'마 마리에(나의 어머니
가 날 시집보냈다네).'*[301)] 대영제국(大英帝國)의 복음이다! *'레땀쁠랑 디지디 붐 붐(북을 쳐
서 울려라 둥 둥).'*[302)] 찬성자 가결되다. 드루이드드럼 인쇄소에서 두 여도안사(女圖案師)에
의해 인쇄되고 제본되다. 오줌 녹색의 송아지가죽 표지. 예술 인쇄의 최신식. 오늘날 아일
랜드에서 출판된 가장 아름다운 책.[303)] *'실렌띠움(조용히)!'* 분발하라. 정신 차려. 제일 가
까운 술집과 그에 딸린 술 창고로 전진. 진격! 저벅, 저벅, 저벅, 젊은이들은 (복장 단정!)
목이 타고 있도다.[304)] 맥주, 매육(買肉), 매견(罵犬), 매업(媒業), 매성경(罵聖經)[305)], 매
견(罵犬), 무함(誣艦), 모걸인(謀乞人) 그리고 모주교(謀主敎). 단두대 위에서든 말든.
맥주, 매육, 맥성경을 짓밟는다. 친(親) 아일랜드를 위해서는 언제나. 짓밟는 놈들을 짓밟
아라. 우뢰저주(雨雷詛呪)! 경칠 분대(糞隊)의 발걸음으로 보조를 맞추란 말이야. 우린 추
락한다. 레몬 포도주 집이다. 정지! 멈춰. 럭비다. 스크럼을 짜요. 노터치 킥킹. 아이쿠, 나
의 발을! 자네 다쳤나? 정말 엄청 미안해!

　　묻노니. 오늘 저녁 여기 술값은 누가 치를 참인가? 경칠 자만심 강한 빈털터리지 뭐
야. 정말 비참하군(무일푼이라). (돈)을 몽땅 다 걸었어. 나는 가진 거라곤 하나도 없어. 이
번 주일에는 단 한 푼도 남지 않고 없어졌어. 자네는? *'위베르멘쉬(초인간)'*를 위한 우리들
의 선조의 벌꿀 술을. 동상(同上). 넘버 완 다섯 병. 당신은, 선생? 강제제 생강주를. 입가
심 술, 마부의 영향음료. 열량을 돋우는 거야. 시계의 태엽을 감는다는 건가. 낡으면 이내
멈추어 버리고 다시는 가지 않지.[306)] 내게는 압상트 주(酒)를, 알겠나? *'카람바(아이쿠)!'*[307)]
에그노그(달걀 술) 또는 프레리 오이스터(날 달걀)로 하지(숙취[宿醉]). 몇 시냐? 내 시계
는 전당포에 맡겼어. 10분 전. 정말 고마워. 천만에. 흉부외상(胸部外傷)이라도 입었던가,
응, 딕스? 명확한 사실. 그가 안마당에서 잠자고 있었을 때 붕붕 벌에 쏘인 거야. 지금 성
모 병원 근처에 살고 있지.[308)] 그인 족쇄에 채웠어. 그의 여인을 아나? 그럼, 물론이지, 알
고말고. 풍만한 육체의 여인이라네. 속옷 차림의 그녀를 좀 봐. 한 꺼풀 벗기면 정말 아름
답지. 귀여운 암소 같아. 자네의 말라깽이 젖소하고는 틀려요, 어림도 없지. 차일을 좀 내
려 줘요, 여보.[309)] 기네스 맥주 두 병. 여기도 마찬가지. 빨리 해요. 만일 자네 자빠지면 지
체 없이 일어나요. 다섯, 일곱, 아홉. 좋아! 다진 고기파이 같은 무르익은 젖통을 가졌지,
농담 아니야. 그리고 그녀는 나를 잠자리로 끌고 가서 그녀의 앵커들이 럼주를. 눈으로 보
지 않고선 믿을 수 없어. 당신의 굶주린 눈과 온통 분칠 한 목덜미가 내 마음을 빼앗아 버
렸던 거라네, 오 아교 냄비여.[310)] 뭐라고? 류머티즘에 다시 감자[311)]를? 모두 헛된 수작이

야, 실례하네. 일반 대중을 위한 이야기라니까. 정말이지 당신은 바보 같구려. 글쎄, 선생? 랩랜드로부터 돌아오는 길이오? 당신의 그 비대한 몸은 OK입니까? 아내와 어린것의 건강은 어때요? 산욕(産褥) 뒤의 여체(女體)는? 정지, 꼼짝 말고 다 털어놓아. 암호. 털이 보인다. 우리들의 암호는 하얀 죽음과 붉은 탄생[312]이지. 하이! 자네 자신의 눈에다 침을 뱉어요, 두목. 광대 놈의 전보다.[313] 메러디스[314]로부터 표절한 구절이군. 경칠, 불알 뜨거운 놈, 벼룩 투정이 예수회 회원 놈! 나의 숙모가 킨치 파파에게 편지를 쓰고 있지. 악하디 악한 스티븐이 착하디착한 맬러카이를 타락시킨다고 말이야.

어어이! 공을 붙들어, 젊은이. 그 맥주 좀 돌리게. 여기, 잘 차려 입은 스코틀랜드 고지의 젊은이를 위해 건배다.[315] 그대의 굴뚝에서 항시 연기가 솟아 그대의 국솥을 끓게 하기를![316] 나의 독주. '메르 씨(고맙네).' 자 우리들의 건강을 위해 축배. 그건 어때? 반칙이야(l.b.w.)(음경발기). 나의 깔깔 새 양복바지를 더럽히지 않도록 주의해요. 그 후추 가루를 조금 뿌려주게, 거기 자네. 자 받아. 술 냄새 없애는 회향(茴香) 열매[317]를. 알겠나? 침묵의 비명. 각자 자기 애인에게로. 아수라장의 비너스.[318] '레 쁘띠 팜프(귀여운 여인들).'[319] 멀린 가 시(市) 출신의 대담한 악녀 말이야. 내가 그녀에게 반해 있다고 전해 줘. 사라의 배(腹)를 붙들고.[320] 맬러하이드로 가는 노상에서. 나를? 만일 나를 유혹한 그 여자가 그녀의 이름만이라도 남겼더라면, 9페니로 뭘 하겠어? 매크리, 매크루이스킨.[321] 매트리스 지그 춤을 위해서 음탕한 매음녀에게로. 그리고 모두 함께 배 저어 가세. '엑스(퇴장)!'[322]

기다리고 있소, 나으리? 단연코. 틀림없지. 얼빠진 듯, 자네 얼굴이 마치 어째서 돈이 한 푼도 붙지 않나 하는 것처럼 보이는군. 알았나? 그 녀석은 현금을 '아드 리브(수시로)'[323] 갖고 있지. 그가 얼마 전에도 3파운드를 갖고 있는 걸 보았는데 그걸 자기 거라고 하더군. 우린 자네 초대해서 온 게 아닌가, 알겠나? 자네한테 달렸네, 친구. 돈을 꺼내요. 2실링 반 페니라니. 자네 그따위 것을 프랑스 사기꾼들한테서 배웠나? 아무리 해도 그런 건 여기서 통하지 않아. 자네 정말 미안해. 난 이 근처에서도 가장 재간 있는 검둥이라네. 정말이야, 자네. 우린 바보가 아니야. 우린 결코 바보가 아니야. 그럼 또 보세, 미스터. 탱큐.

그래, 확실히. 뭐라고? 비밀 주점에서. 완전히 취했군. 그런데, 자네. 밴텀, 이틀 동안 절대금주로군 그래. 클라레 포도주 이외에는 마시지 않는다네. 계속해! 저것 좀 봐. 젠장. 저런, 난 망했어. 그런데 저 녀석 이발소를 다녀왔군. 너무 지나치게 마셔서 말도 못 할 판이니. 철도회사에 다니는 멍청이 놈하고 말이야. 자네 그걸 어떻게 알아? 그가 오페라라도 보고 싶은 건가? 카스틸의 장미를.[324] 배설물의 열(列)이라고나 해. 경찰관! 기절한 신사에게 약간의 H2O를. 밴텀 녀석의 꽃(피)을 봐요. 어라. 저 녀석 투덜거리고 있네. 미발(美髮)의 아가씨. 나의 미발의 아가씨. 오, 입 닥쳐! 저 얼룩진 불고기 냄비(입)를 손으로 꽉 틀어막아 버려. 경마에서 내가 그에게 몰래 귀띔(팁)을 했더라면 확실히 오늘 이겼을 거야. 그 악당 놈이 나한테 야윈 말을 귀띔해 준 스티븐 핸드[325]의 목덜미를 거머잡았지. 그 녀석이 창고의 거물 비스에게 내기를 설노복 경마장의 전보를 경찰서로 갖고 가던 배달부와 우연히 부딪친 거야. 그 녀석에게 돈을 주고는 중도에서 빵(편지열기) 맛을 보았지 뭐야. 암 말 현재 컨디션 극히 양호. 구즈베리술에 돈을. 전혀 거짓말이야, 그건, 복음서와 같은 사실이야. 악질적인 장난 같으니? 나도 그렇게 생각해. 정말이야. 만일 그러한 꿍꿍이속을 경찰관이 알았더라면 녀석을 감옥에 처넣어 버렸을 거야. 매튼한테 돈을 걸다니 그건 미친(매튼) 짓이야.[326] 오 정욕이여 우리들의 피난처요 우리들의 힘이로다.[327] 퇴진. 자네 가야만 하나? 마마에게로 출발. 정신 차려. 나의 붉은 얼굴을 좀 감춰 줘 누구. 들키면 난 볼 장 다 봤단 말이야. 집에 가게, 밴텀. 또 만나세, 친구. 그녀를 위해 앵초(櫻草)를 잊지 말게. 털어 내 놓아. 누가 ㄱ 망아지 이야기를 자네한테 했지? 극비야. 솔직하게. 그녀의 낭군인 존 토머스[328] 이야기지 뭐야. 거짓말 아니야, 늙은 사내 리오[329] 말이야. 하느님께 맹세코,

진정. 만일 내 말이 거짓이라면 난 빌어먹어도 좋아. 위대한 수도사가 듣고 있잖아. 왜 자네 내게 이야기를 해주지 않느냐 말이야? 글쎄, 알았어, 만일 그게 유태인의 간계(奸計)가 아니라면, 글쎄, 난 살해당해도 좋다니까. 신성한 페니스에 맹세코, 아멘.

자네 제의(提議)를 동의하나? 스티븐 군, 자네 조금만 더 돈을 쓸 참이군. 경칠 그래 더 마실 작정이냐? 엄청나게 도량이 넓은 대접 자가 극심한 빈곤에 처하고 극히 목이 마른 대접받는 자로 하여금 호화롭게 개시된 이 주연의 종말을 가져오도록 할 참인가? 제발 숨 좀 돌리게 내버려둬. 주인, 주인, 좋은 술 있어요, 스타부? 젠장, 주인, 실험용으로 한 방울만 주시구려. 얼마든지 마시고 싶은 대로 마셔요. 좋아요. 주인나리! 압상트 주(酒)를 많이. '노스 옴네스 비베리무스 비리둠 똑시꿈, 디아볼루스 까삐아뜨 뽀스떼리오리아 노스뜨리아(우리는 모두 푸른 독주를 마시리라, 그리하여 악마가 우리들의 꼬리를 붙들게 하리라).'[330] 문 닫을 시간입니다, 여러분. 예? 신사 블룸에게 강한 술 한 잔을. 나는 듣건대 자네 양파를 말하라고[331] 부루? 광고 권유. 사진 찍는 처녀의 아빠지, 아무튼 그건 놀랄 일이군. 염려 말게, 자네. 살짝 빠져나가요. '봉스와르 라 꽁빠니(여러분 안녕히).'[332] 그런데 매독 처녀의 유혹이라. 그 멋쟁이 사내는 어디로 갔지? 녹초가 됐나? 탈주했다네. 그럼 좋아. 자네들은 어느 방향으로든지 좋은 데로 가도 좋아. 장군(將軍), 임금님은 탑으로.[333] 친절한 그리스도 교도여 숙소의 열쇠를 친구한테 빼앗긴 젊은이[334]가 오늘 밤 그의 머리를 쉬어 갈 장소를 마련하는 걸 좀 도와주지 않겠나. 젠장, 난 술에 좀 취했어. 지옥의 개놈한테 맹세하지만 오래간만에 최고의 기분에 도달한 셈이야. 잠깐, 지배인, 이 애한테도 과자 두 개만. 경칠 놈의 그까짓 브랜디 과자 따윈, 필요 없어! 치즈 한 조각 없어요? 이 매독쟁이를 지옥에 처넣어요. 그리고 그와 함께 저 다른 매음굴의 갈보 년을. 시간입니다, 여러분! 세계를 통하여 방랑하는 자여. 모두들의 건강을! '아 라 보트르(여러분의 건강을)!'[335]

경칠, 재기랑 저 비옷 입은 녀석은 도대체 누구냐? 재간 있는 트리켓 경기자. 저 녀석이 입고 있는 옷 좀 잠간 쳐다봐. 그런데 정말! 저 녀석은 뭘 먹고 있지? 축제일의 양고기야. 쇠고기 즙, 필경. 정말 그게 맛있는 모양이지. 자네 그 광포한 녀석을 알고 있나? 리치먼드 정신병원에 있는 그 초라한 늙은이 말이야? 어이 여보게! 그 녀석은 자기 페니스에 납[鉛]이 들어 있다고 생각했지. 일시적 정신이상이지 뭐야. 우리는 그를 빵 구이 바틀이라 부른다네. 그도, 이 친구야, 한때는 번성한 시민이었어. 버림받은 처녀와 결혼한 후로 온 몸뚱이를 누더기로 감싸게 됐다. 그녀가 살짝 자취를 감추었지, 정말 그랬어. 자 저기 사랑을 잃은 사내를 보란 말이야. 외로운 골짜기를 거니는 비옷 입은 사내를. 마저 마시고 잠자러 가요. 규정된 시간입니다. 순경을 조심해요. 실례? 자네 오늘 장례식에서 저이를 봤나? 죽은 자네 친구란 말인가? 맙소사! 불쌍한 꼬마들. 자네 그런 얘긴 이제 내겐 하지 말아줘, 폴드군! 패드니[336] 친구가 검은 상자 속에 실려 갔기 때문에 번쩍이는 커다란 눈물방울을 뚝뚝 떨어뜨렸단 말인가? 모든 사람들 가운데서도 대머리 패트 씨가 제일 선량했지. 내가 태어난 이래 그와 같은 사람을 난 결코 보지 못했어. '띠엥', '띠엥(참아, 참아),'[337] 하지만 참 슬픈 일이야, 그건, 정말이야, 그럼. 오, 도망가요, 11도까지 속도를 내는 건 불가능해. 차축(車軸)이 엉망진창이 되고 말았어. 제나찌[338]가 그를 이기는 것은 절대 확실하단 말이야. 일본인들? 고각발사(高角發射), 그래! 전시호외(戰時號外)에 의하면 격침당했다는 거야. 전세(戰勢)가 불리한 것은 그쪽이지, 녀석의 말에 의하면. 러시아는 아니래.[339] 시간입니다. 모두 열한 명.[340] 돌아가 주십시오. 전진, 이 얼빠진 비틀거리는 작자들아! 잘 가요. 잘 자요. 지고자(至高者) 알라 신(神)[341]이 오늘 밤 그대의 영혼을 아주 안전하게 지켜 주시기를.

여러분 잠깐 실례! 우린 그렇게 술에 취하진 않았어요. 리스의 순경이 우리들을 해산 시켰어.³⁴²⁾ 절대 용서 없지. 저 토하는 녀석을 주의하게. 저 녀석은 가슴이 지독히도 불쾌한 거야. 꿀꺽. 잘 자요. 모너, 나의 참 사랑. 꿀꺽. 모너여, 내 사랑. 우욱.³⁴³⁾

들어봐! 자네의 그 떠들썩한 노래는 닥쳐. 프라프! 프라프! 불타고 있다. 저기 달려가 는군. 소방대다! 뱃머리를 돌려. 마운트가(街) 쪽으로. 지름길이다! 프라프! 쉭쉭, 뒤쫓아. 자넨 안 가나? 달려, 빨리, 경주다. 프라이아프!

린치! 헤이? 나하고 같이 안 가겠나. 이쪽이 덴질 골목이야. 여기서 갈보 집 할멈 댁 을 향해 방향을 바꾸는 거야.³⁴⁴⁾ 우리들 둘이서 말이야, 그녀가 말했잖아, 밤의 마리아가 있는 상가(私娼街)를 찾는 게 좋을 거라고. 알았어, 언제라도 좋다네. *'라에따분뚜르 인꾸 빌라부스 수이스(그들을 침상에서 노래하게 할지어다).'*³⁴⁵⁾ 자네는 안 가나? 살며시 이야기 해 봐요, 저기 검정 옷 입은 남자는 도대체 누구지? 쉬! 빛에 죄를 범했는지라 하느님이 불 로 세상을 재판하러 올 그날이 지금도 가까웠다네.³⁴⁶⁾ 프라프! *'우뜨 임쁠레렌뚜르 스끄립 뚜라에(그리고 성구의 말씀이 이루어질 지로다).'*³⁴⁷⁾ 노래나 하나 불러. 이어 의학도 디크가 그의 동료 의학도 데이비에게 말했다.³⁴⁸⁾ 기독가낭(基督歌囊)같으니, 메리언 홀에 부쳐 둔 저 누런(불결)³⁴⁹⁾ 똥 덩어리 전도사는 누구지? 엘리야는 다가오고 있다! 라. 양(羊)의 피에 씻겨. 덤벼라, 너희들 포도주 마시고 씩씩거리는, 진마시고 지글거리는, 술 마시고 꿀꺽거 리는, 존재들아! 따라와, 이 경칠 놈의, 황소 모가지를 한, 딱정벌레 이마빼기를 한, 돼지 턱을 한, 땅콩 대가리를 한, 족제비 눈깔을 한, 시궁창 청소꾼들아, 실속 없는 뚱딴지같은 놈들 그리고 난폭한 왈가닥 놈들아! 따라와, 너 파렴치의 알맹이 놈들아! 알렉산더 J. 크라 이스트 도위, 그것이 내 이름이야, 프리스코 해안에서 블라디보스토크까지 이 지구의 거의 절반을 영광으로 끌어올린. 천제(天帝)는 그렇게 값싼 싸구려 한 푼짜리 카니발 쇼가 아니 란 말이야. 자네한테 말하지만, 그 분은 공정하시고도 비상하게 훌륭한 상업적인 조화를 띠 고 계신 거야. 그 분은 여전히 가장 장엄한 존재이시니 자넨 그걸 잊지 말란 말이야. 왕이 신 예수의 구원을 소리쳐 구할지어다. 만일 그대가 전능하신 하느님을 속이고 싶으면, 그대 죄인인 자여, 아침에 잠자리에서 아주 일찍 일어나는 것이 필요하리라. 프라아아프! 좋 다 뿐이랴. 그 분은, 뒤쪽 호주머니에, 이 친구야, 그대를 위해 그 속에 펀치를 탄 알코올성 기침혼주(混酒)를 마련하고 계시다네. 자네 그걸 꼭 시험 삼아 해 보게나.³⁵⁰⁾

◆ 15장 ◆

(밤의 도시 마보트 가[街]1)의 입구, 그 앞에 기간선로[基幹み線路]와 함께 자갈 깔지 않은 전차의 대피선이 뻗어 있다. 붉고 푸른 도깨비불2) 그리고 위험 신호들. 문들이 아가리를 벌리고 있는 때 묻은 집들의 행렬. 으스름한 무지개무늬를 두른 드문드문 매달려 있는 램프들. 래바이어티3)의 멈춘 곤돌라 형[型] 아이스크림 차 주위에 왜소한 남녀들이 지껄이고 있다. 그들은 산호 빛과 구릿빛의 눈덩어리를 사이에 끼운 웨하스 과자를 움켜쥐고 있다. 빨면서, 그들은 천천히 흩어진다. 아이들. 곤돌라형의 아이스크림 차, 뒤쪽에 높이 세워진, 백조의 벼슬이, 어둠을 뚫고, 등대4) 밑으로 흰 듯 푸른 듯, 계속 서서히 나아간다. 휘파람이 부르고 대답한다.)

부르는 소리

기다려요, 여보, 저도 같이 가겠어요.

대 답

마구간 뒤로 돌아와요.

(희번덕거리는 눈알을 가진 한 귀먹은 벙어리 멍청이가, 보기 흉한 입으로 침을 튀기면서, 무도병[舞蹈病]에 몸을 움질은 채, 꿈틀꿈틀 지나간다. 아이들이 손을 서로 맞잡고 그를 감금한다.)

아이들

왼손잡이다! 경례!

멍청이

(마비된 왼팔을 추켜들고 목구멍을 그르렁거린다) 겨경렛!

아이들

커다란 빛이 어디에 있죠?

멍청이

(껑껑거리며) 서서서쪽이야.

(아이들이 그를 풀어 준다. 그는 꿈틀거리며 계속 걸어간다. 한 난쟁이 여인이 셈을 하면서, 두 난간 사이에 걸려 있는 밧줄에 그네를 탄다. 쓰레기통에 몸을 기대고 팔

과 모자로 얼굴을 가린 사람의 형체가 코를 곤다, 이빨을 갈며, 으르렁거리면서, 신 1
음 소리를 낸다, 그리고 다시 코를 곤다. 계단 위에서 쓰레기 잡동사니 사이를 배회하
고 있던 한 늙은 난쟁이가 넝마조각과 뼈가 든 부대를 어깨에 둘러메려고 허리를 구부
린다. 연기가 어린 석유램프를 들고 곁에 서 있는 한 할멈이 그녀의 맨 마지막 병(甁)
을 그의 부대 밑바닥에 쑤셔 넣는다. 그는 노획물을 들어올려, 차양 모자를 비스듬히 5
쓰고 말없이 절름절름 걸어간다. 할멈이 램프를 흔들면서, 그녀의 보금자리를 향해 되
돌아간다. 종이 제기를 들고 문간에 비스듬히 웅크린, 무릎이 꾸부정한 한 아이가, 갑
자기 그녀 뒤로 살금살금 기어가, 그녀의 스커트를 움켜쥐고, 기어오른다. 술 취한 토
역(土役)꾼 하나가 몸을 무겁게 비틀거리며, 공터의 울타리를 양손으로 움켜쥔다. 모
퉁이에서, 어깨 망토를 걸치고 손을 권총집 위에 올려놓은 채, 두 야경꾼이 커다란 키 10
를 하고 어렴풋이 나타난다. 접시 한 개가 와르르 깨어진다: 한 여인이 비명을 지린
다. 아기가 운다. 사나이의 욕지거리 소리가 으르렁거린다, 투덜거린다, 멎는다. 사람
의 모습들이 빈둥거린다, 숨는다, 소굴에서 엿본다. 병목에 꽂은 양초가 밝혀 주는 방
속에 한 치신없는 여인이 연주창(連珠瘡)에 걸린 아이의 헝클어진 더러운 머리카락을
빗겨 내리고 있다. 여전히 앳된, 시시 카프리의 목소리가, 골목길로부터 날카롭게 노 15
래 부른다.)

시시 카프리

나는 그걸 몰리에게 주었어요 20
왜냐하면 그녀는 흥겨웠으니까요,
집오리의 다리를,
집오리의 다리를.[5]

(병사(兵士) 카아와 병사 콤턴이, 곤봉을 그들의 겨드랑이에 꼭 끼고, 방향전환 휘청
거리며 진군하면서, 입에서 연방 입방귀를 터뜨린다. 골목길로부터 남자들의 웃는 소 25
리. 거친 목소리의 여장부가 말대꾸한다.)

여장부

그대에게 악운을, 이 엉덩이에 털 난 것아. 더 많은 힘을 캐번 소녀(시시)에게.[6] 30

시시 카프리

나에게 더 많은 행운을. 캐번, 쿠트힐 그리고 벨터벳.[7] (그녀는 노래한다)

나는 그걸 넬리한테 주었어요 35
그녀의 배(腹)에 쑤시도록,
집오리의 다리를,
집오리의 다리를.

(병사 카아와 병사 콤턴이 돌아서서 서로 말대꾸한다, 램프 불빛 속에 핏빛으로 붉게
보이는 그들의 제복, 구릿빛 짧은 머리 위에 얹혀 있는 방추(紡錘) 같은 까만 소켓 모 40
자를 쓰고. 스티븐 데덜러스와 린치가 영국군인들 가까이 군중들을 뚫고 지나간다.)

병사 콤턴

(손가락에 경련을 일으킨다) 목사님[8)]에게 길을.

병사 카아

(몸을 돌리며 소리 지른다) 뭐라, 목사라고!

시시 카프리

(그녀의 목소리가 한층 높이 솟으며)

그녀는 그걸 가졌다네, 얻었다네,
어디에 쑤셔 넣든,
집오리의 다리를.

(스티븐이, 왼손에 쥔 물푸레나무 지팡이를 휘두르면서, 부활제의 입당송[入堂誦][9)]을 유쾌하게 읊는다. 린치는, 기수모[騎手帽]를 눈썹 위까지 내려쓰고, 불쾌한 듯 냉소를 지으며, 얼굴을 주름 지으면서, 그를 부축한다.)

스티븐

'비디 아꾸암 에그레디엔뚬 데 뗌쁠로 아 라떼레 덱스뜨로. 알렐루야(나는 물이 신전[神殿]의 오른쪽으로부터 솟아나는 것을 보았노라. 할렐루야).'[10)]

(한 늙은 여 포주[女抱主]의 곪주린 삐드렁니가 문간에서부터 불쑥 튀어져 나온다.)

여 포주

(그녀의 목소리가 거칠게 속삭이며) 쉿! 말할 테니 이리 와요. 안에 숫처녀가. 쉿!

스티븐

('알따우스 알리꾸안뚤룸 [목소리를 한층 높이며]') '에뜨 옴네스 아드 꾸오스 뻬르베니뜨 아꾸아 이스따(그리하여 그들 모두가 저 물가로 나아갔노라).'[11)]

여 포주

(두 사람이 지나간 자리에 그녀의 독액 줄기를 내뱉는다) 트리니티 의과 대학생 놈들. 수란관[輸卵管]을. 꼿꼿이 서 있기만 하고 돈 한푼 없이.

(에디 보드먼이 코를 쿵쿵거리며, 버사 서플과 함께 쪼그린 채, 그녀의 솔을 끌어올려 콧구멍을 가린다.)

에디 보드먼

(말다툼하면서) 그리고 그 애가 말하는 거예요: 난 페이스풀 광장[12)]에서 네가 침모[寢帽]를 쓴, 철도회사 알랑쇠인, 짓이 키는 보이프랜드와 함께 있는 걸 보았어. 그랬어, 내가 말하지. 넌 그런 말을 하는 게 아니야, 글쎄. 내가 그따위 결혼한 고지연대병[高地聯隊兵]과 그런 유혹의 장소에 가다니, 천만의 말씀, 내가 말하지. 흡사 저 여자와 닮았어요! 바로 고놈의 수사슴(밀보자) 같은 애라니까! 노새처럼 고집이 세거든요! 그런데 자기는 기관사, 킬브라이드 그리고 병장[兵長] 올리펀트, 두 사내와 함께 언젠가 나돌아 다니면서.

(승리를 축하하듯) '*살비 파끄띠 순뜨(인간은 구함을 받았도다).*'[13]

　　(그는 물푸레나무 지팡이를 휘두른다. 램프의 그림자를 산산이 부수며, 빛을 세상에다 비산[飛散]시키면서. 배회하고 있던 적갈색 및 흰색의 스패니얼 종[種] 개 한 마리가, 으르렁거리면서, 살금살금 그를 뒤따른다. 린치가 그를 발로 한 번 걷어차 쫓아 버린다.)

린 치

그래서?

스티븐

(뒤를 돌아본다) 그래서 음악도 향기도 아닌, 몸짓이 보편적인 언어가 되는 거야, 타고난 혓바닥의 천부(天賦)의 힘이 보여 주는 것은 세속적인 의미가 아니고 제일의 생명력(엔텔레키), 유기체의 율동인 거야.

린 치

외설철학적(猥褻哲學的) 언어신학(言語神學)이군. 메클렌버그가(街)[14]의 형이상학이다!

스티븐

바가지 긁는 여인에게 정복당한 셰익스피어와 여편네 손에 쥔 소크라테스가 있지. 심지어 저 스타게이로스의 지고의 현인[15]노 한부(悍婦)에 의해 물리고, 굴레에 씌우고 등 타기를 당했지.

린 치

저런!

스티븐

아무튼, 한 조각의 빵과 한 개의 항아리를 설명하기 위해 누가 두 개의 몸짓을 원하겠나? 오마르[16]에는 이러한 동작으로 빵 덩어리 혹은 포도주 항아리를 설명하고 있네. 이 지팡이 좀 들고 있게.

린 치

경칠 놈의 지팡이 같으니. 우리는 어디로 가는 건가?

스티븐

호색의 살쾡이야, '*라 벨르 담므 쌍 메르 씨 (무정한 미녀)*'[17], 조지나 존슨[18]에게로, '*아드 데암 꾸이 라에띠피까끄뜨 이우벤뚜뗌 메암(나의 청춘의 나날에 기쁨을 준 여신에게로).*'[19]

　　(스티븐은 물푸레나무 지팡이를 그에게 내맡기고 두 손을 천천히 내밀어, 머리를 뒤로 젖히며 마침내 두 손이 그의 가슴으로부터 한 뼘쯤 떨어지게 하고, 손바닥을 밑으로 돌려, 평평하게 엇갈리게 하여, 왼손을 한층 위로한 채, 손가락들을 떼려고 한다.)

린 치

어느 쪽이 빵 항아리냐? 그래가지고는 모르겠는걸. 빵 항아리인지 혹은 세관(稅關)인지. 자네 설명을 해보게. 자 자네 목발을 짚고 걸어요.[20]

(두 사람이 지나간다. 토미 카프리가 가스 가로등 있는 곳으로 기어간다, 그리고 그것을 끌어안으며, 경련을 일으키면서 기어오른다. 꼭대기 발돋움에서 그는 아래로 미끄러진다. 재키 카프리가 기어오르려고 끌어안는다. 토역꾼이 가로등에 기대어 비틀거린다. 쌍둥이는 어둠 속에 급히 도망친다. 토역꾼이, 몸을 흔들면서, 집게손가락으로 코허리를 누르고 다른 콧구멍으로부터 기다란 콧물 줄기를 풀어낸다. 램프를 어깨에 걸머지고 그는 등을 번쩍이면서 군중들 사이로 비틀거리며 사라진다.

뱀처럼 강 안개가 천천히 기어오른다. 사궁창, 갈라진 틈바구니, 퇴비 구덩이, 퇴비 더미로부터 괴어 있던 냄새가 사방으로 솟는다. 남쪽에서 한 점의 밝은 불빛이 강의 바다 쪽으로 면한 기슭 너머로 뜬다. 앞을 향해 비틀거리며 나아가던, 토역꾼이 군중을 가르고 전차의 대피선을 향해 비틀거리며 나아간다. 한층 멀리 철교 밑으로 블룸이 얼굴이 빨개 가지고, 숨을 헐떡거리며, 옆 호주머니 속으로 빵과 초콜릿을 쑤셔 넣으면서, 나타난다. 길린 이발관의 창문으로부터 한 개의 복합초상[複合肖像]이 그에게 용감한 넬슨 상[像]을 보여 준다. 곁에 있는 오목거울에는 그의 사랑에 지친 오래도록 버림받은 애처로운 브루우루우우룸이 비쳐 있다. 근엄하게 생긴 글래드스톤[21]이 그를, 블룸 대[對] 블룸을 수평으로 쳐다보자, 그는 포악해 보이는 웰링턴[22]의 날카로운 시선에 질린 듯, 지나간다, 그러나 볼록거울 속에는 지배자 돌디 즐거운 폴디의 돼지새끼를 닮은 눈과 포동포동 살찐 뺨이 난잡하게 싱긋 웃고 있다.

안토니오 래바이어티 상점의 문에서 블룸이, 환한 아크등 아래 땀에 젖은 채, 발을 멈춘다. 그는 사라진다. 순간 그는 다시 나타나며 황급히 길을 재촉한다.)

블 룸

감자와 생선 튀김 요리. 좋지 않군.[23] 아하!

(그는 아래로 내리는 롤 셔터 밑으로, 돼지 푸줏간, 올하우젠 안으로 사라진다. 얼마 후에 그는 셔터 밑으로부터 불쑥 나타난다, 숨을 훅훅 불고 있는 폴디, 허덕이는 브루우루움. 각각의 손에 그는 한 개씩의 꾸러미를 들고 있다, 꾸러미 한 개에는 미지근한 돼지족발이, 다른 한 개에는 온통 후추가 뿌려진 양의 차가운 족발이 싸여 있다. 그는 허리를 꼿꼿이 펴면서, 숨을 헐떡인다. 그리고 이내 한쪽으로 몸을 구부리며 꾸러미 한 개를 그의 갈빗대에다 누르고 그는 끙끙 앓는 소리를 낸다.)

블 룸

옆구리가 쑤시는군. 왜 나는 뛰었을까?

(그는 조심스럽게 숨을 돌리며 램프가 나붙은 대피선을 향해 천천히 앞으로 나아간다. 밝은 불빛이 다시 뜬다.)

블 룸

저게 뭐야? 점멸광(點滅光)? 서치라이트다.

>   (그는, 자세히 살피면서, 코마크 상점[24]의 모퉁이에 선다.)

블 룸

'아우로라 보레알리스(북극광)'[25], 아니면 강철 주조소(鑄造所)? 아하, 소방대군, 물론. 아무튼 남쪽이야. 대 화재. 그 녀석[26]의 집인지도 몰라. 거지의 소굴[27]이지. 우리 집은 안전해. (그는 기분 좋게 코를 홍홍거린다) 런던이 불타고 있다, 런던이 불타고 있다![28] 불이야, 불! (그는 탤버트가의 저쪽 군중 속으로 비틀거리며 지나가는 토역꾼의 모습을 본다) 이러다가 그[29]를 놓치겠다. 달리자. 빨리. 여기를 건너는 게 좋겠군.

>   (그는 한길을 건너기 위해 돌진한다. 장난꾸러기 꼬마들이 고함을 지른다.)

장난꾸러기 꼬마들

조심해요, 아저씨!

>   (두 자전거 탄 사람들이, 불이 켜진 종이 등을 흔들며, 그를 스쳐, 벨을 울리면서, 옆을 지나간다.)

벨

정지정지정지지.

블 룸

(경련으로 걸린 채, 움칫 멈춰 선다) 오우!

>   (그는 주위를 살펴보며, 갑자기 앞을 향해 돌진한다. 솟아오르는 안개를 뚫고 조심스럽게 움직이고 있는 용[龍] 머리 살사차[撒砂車]가, 붉고 커다란 헤드라이트를 깜빡이며, 트롤리가 전선에 스쳐, 쉬잇 쉬잇 소리를 내면서, 그를 향해 듬직하게 달려온다. 운전사가 그의 발 경종을 방방 울린다.)

경 종

방 방 블라 박 블러드 버그 블루우.

>   (브레이크가 세차게 끽끽 소리를 낸다. 블룸은, 하얀 장갑 긴 손을 마치 순경의 그것처럼 치켜들고, 뻣뻣한 다리를 끌면서 선로 밖으로 머뭇머뭇 걸어 나간다. 개발코의, 운전사가 핸들 위로 몸을 앞으로 굽히고, 미끄러지듯 지나가며, 체인과 키 너머로 고함을 지른다.)

운전수

헤이, 이 똥싸개 같은 놈아, 장난[30]치고 있는 거냐?

>   (블룸은 교묘하게 연석 있는 곳으로 껑충 뛰어오르며 다시 멈춰 선다. 그는 종이 꾸러미 든 손으로 날아온 흙덩이를 뺨에서부터 훔친다.)

블 룸

통행금지구나. 간신히 위험은 면했지만 그 대신 통증이 나왔어. 다시 샌도우의 운동을 해야
지. 두 손을 아래로 붙이고, 또한 교통사고 보험에라도 들어 둬야. 정말 하느님의 가호였어
³¹⁾. *(그는 바지 호주머니를 만져 본다)* 돌아가신 엄마의 만능약*(萬能藥)*³²⁾. 구두 뒤축은 선로
에 또는 구두끈은 차바퀴에 참 쉽사리 잘 걸리지. 어느 날 리오나드의 모퉁이에서 그놈의
죄인 호송차*(순경차)*가 내 구두 겉껍질을 벗겨 버렸으니. 세 번째는 걸리게 마련이야. 구두
의 심술인가. 무례한 운전수놈 같으니. 저놈을 고발해 버려야지. 긴장이 그들을 신경질 나
게 하는 거다. 오늘 아침 마차에 타던 그 여인을 내가 쳐다보는 것을 훼방 놓은 것도 바로
저 녀석인지 몰라. 똑같은 스타일의 미녀. 그 녀석은 언제나 민첩하거든. 다리가 뻣뻣하니
걸을 수가. 농담 속의 진담. 래드 골목길에서의 그 지독한 경련. 내가 무슨 독[毒] 있는 것
을 먹어서 그런가. 악운의 상징인지도. 왜? 아마 죽은 소를.³³⁾ 짐승의 소인[燒印].³⁴⁾ *(그는
잠시 눈을 감는다)* 머리가 조금 가벼워진 것 같군. 매월 일어나는 것 아니면 아까 그 짓³⁵⁾의
영향인지도. 무뇌신경*(霧腦神經)*. 저 피로감. 이제 나에게는 너무 지나쳐. 오우!

  *(한 불길한 인물이 오번 다주점(茶酒店)의 벽에 다리를 꼬고 기대 서 있다, 까만 수
  은[水銀]이 주입된 듯한, 미지의 얼굴. 차양 넓은 솜브레로 모자 아래로부터 인물이
  악의에 찬 눈으로 그를 주시한다.)*

블 룸

*'부에나스 노체스, 세뇨리타 블랑카. 쿠에 칼레 에스 에스타(안녕하세요, 블랑카[백양(白
孃)]. 여기가 무슨 거리죠)?'*³⁶⁾

인 물

(무관심한 듯, 팔을 들어 신호한다) 암호. '*스라이드 마보트(마보트가[街])*.'

블 룸

하하. '*메르 씨(고맙소).*' 에스페란토다. '*슬란 레아드(안녕히).*'³⁷⁾ *(그는 중얼거린다)* 저 난
폭자³⁸⁾가 보낸, 게일릭 연맹의 스파인가 보다.

  *(그는 앞으로 나아간다. 부대를 어깨에 멘 한 넝마주이가 길을 가로막는다. 그가 왼쪽
  으로 길을 비키자, 넝마주이도 왼쪽으로 길을 비킨다.)*

블 룸

미안.

  (그가 오른쪽으로 껑충 뛰자, 넝마주이도 오른쪽으로.)

블 룸

미안.

  (그는 길을 빗나간다, 옆 걸음 친다, 옆으로 비켜나며, 미끄러지듯 계속 나아간다.)

블 룸

우, 우, 우측통행을. 지금은 스텝어사이드[39]에 '여행 클럽'이 세운 도로표지가 되어 있을지라도 공익을 위한 그러한 생각을 해낸 사람이 누구였지? 바로 내가 그전에 길을 잃고 〈암흑의 스텝어사이드에서〉라는 제목으로 〈아이리시 사이클리스트〉[40]지(誌)의 투고란에 기고했지. 지킵시다, 지킵시다, 우측통행을 지킵시다. 한밤중에 넝마와 뼈다귀 외치는 소리. 아마도 장물 매입자 인가 봐. 살인자가 제일 먼저 도망쳐 오는 곳. 속세의 죄를 씻어버린다.[41]

(잭 카프리가, 토미 카프리에게 쫓겨, 블룸과 세차게 부딪친다.)

블 룸

오

(약한 엉덩이에, 충격 받은 채, 그는 멈추어 선다. 토미와 재키가 저기, 저쪽으로 사라진다. 블룸은 종이 꾸러미를 든 손으로 시계 호주머니, 수첩 호주머니, 지갑 호주머니, 죄의 쾌락, 감자비누를 가볍게 두들겨 본다.)

블 룸

소매치기를 주의해야. 노련한 도둑놈이 교묘한 수법을 쓰니 말이야. 부딪친다. 이내 지갑을 낚아채 버리지.

(리트리버 개[42]가 땅에 코를 붙이고, 킁킁거리면서 다가온다. 엎드려 허우적거리는 사람의 모습이 재채기를 한다. 허리가 굽고 턱수염을 기른 한 사람의 모습이 시온[43]의 장로가 입는 기다란 캐프턴을 걸치고 빨간 술 달린 흡연 모를 쓴 채 나타난다. 뿔테안경이 그의 코허리 위에 내려와 있다. 누런 독 국물의 줄무늬가 찡그린 얼굴 위에 드러나 있다.)

루돌프[44]

오늘 두 번째 반(半)크라운의 돈을 낭비하는군.[45] 나는 네가 탈선한 술꾼 이방인과 어울리지 말라고 항상 타일렀지. 그러니 돈이 몸에 붙질 않잖아.

블 룸

(등뒤에 돼지족발과 양 족발을 감춘다. 그리고 풀이 죽은 채, 따뜻하고 차가운 다리 고기를 만져 본다) '야, 이히 바이스, 파파히(예 알고 있어요, 아버님).'[46]

루돌프

넌 이런 곳에서 뭘 하고 있지? 정신 나갔니? *(그는 연약한 독수리의 발톱으로 블룸의 묵묵한 얼굴을 만져 본다)* 너는 나의 자식 리오폴드, 리오폴드의 손자가 아니냐? 너는 자신의 아비의 집을 떠난, 자신의 조상인 아브라함과 야곱의 하느님을 떠난, 나의 사랑하는 자식 리오폴드가 아니냐?[47]

블 룸

(경계하며) 저도 그렇게 생각해요, 아버님. 모젠탈.[48] 그것이 그가 남긴 전부지요.

루돌프

(엄하게) 어느 날 밤 놈들이 너의 값진 돈을 몽땅 다 써버린 후 너를 술에 곤드레만드레 취하게 해 가지고 집으로 데리고 왔단 말이야. 그들 뛰어 돌아다니는 녀석들은 뭐라는 놈들이냐?

블 룸

(어린이용 스마트한 푸른 옥스퍼드 제복에 하얀 턱받이를 가슴에 달고, 좁다란 어깨에, 갈색 알핀 등산모를 쓰고, 인장[印章]이 붙은 이중 앨버트형의 신사용 순은[純銀] 워터베리 제[製] 용두[龍頭] 달린 회전시계를 매달고 있다. 그의 몸 한쪽에 군은 진흙이 묻어 있다) 약탈자들이지요, 아버지. 단지 그때 한 번뿐인 걸요.

루돌프

한 번이라니! 머리에서 발끝까지 흙투성이가 되어. 손에는 벤 상처가. 파상풍(破傷風)을. 그놈들이 너를 망쳐 놓는단 말이야, 리오폴드 인생을. 그놈들을 경계해요.

블 룸

(가냘프게) 그들이 나에게 달리기 시합을 하자고 도전했지 뭐예요. 길이 질척질척했어요. 저는 미끄러지고 말았지요.

루돌프

(경멸하며) '고임 나체즈(이방인 놈들의 별난 취미!)'[49] 돌아가신 네 어머니에게 꼴좋겠다!

블 룸

마마!

엘렌 블룸

(무언극의 귀부인 줄 달린 실내 모에, 페티코트와 허리 바디를 하고 뒤에서 채우는 양[羊] 다리 같은 소매를 가진 미망인 트완키 식[式] 블라우스를 입고, 회색 장갑에 케미오 브로치, 묽은 머리에 장식 그물을 쓰고, 구부러진 촛대를 손에 든 채, 층층대의 난간 너머로 나타나며, 날카롭게 놀란 목소리로 부르짖는다) 오 축복 받는 구세주여, 그놈들이 저 애를 어떻게 했담! 내 선약 (仙藥)을! *(그녀는 스커트의 접은 단을 말아 올리고 줄무늬 진 푸른 리넨 페티코트의 주머니를 더듬어 찾는다. 한 개의 약병, 하느님의 어린 양[羊]의 상[像],[50] 한 개의 쪼글쪼글한 감자와 셀룰로이드 인형 한 개가 밖으로 떨어진다)* 마리아의 성심(聖心)에 맹세코, 도대체 도대체 넌 어디에 갔었니?

> *(블룸이, 입을 우물거리며, 눈을 내리뜨고, 종이 꾸러미를 그의 가득한 호주머니에 쑤셔 넣기 시작하나, 중얼거리면서, 그만둔다.)*

한 가닥 목소리

(날카롭게) 폴디!

블 룸

누구요? *(그는 몸을 굽히고 매를 피하 듯 어색하게 고개를 숙인다)* 분부만 내리시오.

(그는 올려다본다. 대추야자수의 신기루 곁에 터키 복을 입은 잘생긴 한 여인이 그의 앞에 선다. 풍만한 육체의 곡선이 그녀의 심홍색 바지와 금박으로 장식한, 재킷을 부풀게 하고 있다. 폭이 널따란 노란 허리띠가 그녀의 허리를 두르고 있다. 회교도 부인의 하얀 너울이, 밤의 어둠 속에 바이올렛 빛을 띠며, 그녀의 커다랗고 까만 눈과 갈까마귀 빛의 머리카락만 남긴 채, 얼굴을 가리고 있다.)

블 룸

몰리!

마리언

뭐예요? 당신, 저를 부를 때, 지금부터 마리언 부인이라 부르란 말이에요. *(빈정거리면서)* 불쌍하게도 당신 그토록 오랫동안 기다리다니 차가운 발을 하고?

블 룸

(이 발 저 발 옮겨 놓는다) 아니야, 아니. 조금도 안 그래.

(그는 마음이 깊이 동요된 듯 숨을 쉰다, 공기, 질문, 희망, 그녀의 저녁 찬거리를 위한 돼지족발, 그녀에게 말해야 할 여러 가지 이야기, 변명, 욕망을, 마법에 걸린 듯, 꿀꺽꿀꺽 여러 모금 삼키면서. 동전 한 닢이 그녀의 이마 위에 번쩍이고 있다. 그녀의 발에는 발가락마다 보석 가락지가 끼어 있다. 그녀의 양 발목은 가느다란 족쇄로 연결되어 있다. 그녀 곁에는 한 마리 낙타가, 작은 포탑[砲塔] 같은 터번을 쓰고, 기다린다. 무수한 단[段]을 이룬 비단 사다리 한 개가 그의 간닥간닥 흔들리는 군살 혹까지 기어오른다. 낙타는 볼기짝이 불편한 듯 근처를 느릿느릿 거닌다. 그녀는 금줄이 달린 팔찌를 노한 듯 쟁그랑 쟁그랑 울리면서, 무어말로 꾸짖으며,[51] 난폭하게 놈의 엉덩이를 찰싹 후려친다.)

마리언

'네브라카다! 페미니눔!(축복 받도다! 여성이여!)'[52]

(낙타가, 앞다리를 추켜들며, 나무에서부터 한 개의 커다란 망고 열매를 따서, 그의 갈라진 발굽에 끼워 가지고, 눈을 반짝이면서, 그의 안주인에게 그걸 바친다, 이어 목을 늘어뜨리고, 꿀꿀거리면서, 목을 추켜들고, 무릎을 꿇으려고 발을 더듬는다. 블룸이 개구리뜀을 위해 등을 구부린다.)

블 룸

당신한테 줄 수 있어요…… 말하자면 당신의 사업가(家)지배인으로 말이오…… 마리언 부인…… 만일 당신이……

마리언

그럼 당신은 어떤 변화를 눈치챘군요? *(그녀의 두 손이 보석으로 장식된 자신의 홍의[胸衣] 위를 천천히 훑으면서, 양 눈에는 느리고 다정스런 조롱의 빛)* 오 폴디, 폴디, 당신은 진창에 꽂힌 불쌍한 늙은 막대(등신)야! 가서 인생을 구경하구려. 넓은 세계를 보란 말이에요.

블 룸

나는 방금 저 파라핀 로션과 오렌지 꽃 향수를 가지러 되돌아가는 참이었소. 상점들이 목요일에는 문을 일찍 닫으니까. 그러나 내일 아침 제일 먼저. *(그는 이쪽저쪽 호주머니를 두들긴다)* 이놈의 부동신(浮動腎). 아아!

> *(그는 남쪽을 가리킨다. 이어 동쪽을. 깨끗한 새 레몬비누 한 개가 빛과 냄새를 퍼뜨리면서, 하늘로 솟는다.* [53]*)*

비 누

> 우리는 의좋은 부부라네 블룸과 나.
> 그는 대지를 밝혀요. 나는 하늘을 닦고요. [54]

> *(약제사, 스위니의 주근깨 투정이 얼굴이, 태양 비누의 원반에 나타난다.* [55]*)*

스위니

3실링 1페니입니다.

블 룸

그래요. 내 처한테 줄 거니까. 마리언 부인. 특별 처방을.

마리언

(상냥하게) 폴디!

블 룸

그래, 마님?

마리언

'띠 뜨레마 운 뽀꼬 일 꾸오레(당신의 가슴이 한층 빨리 떨리지 않으세요)?' [56]

> *(경멸하듯 그녀는 빈둥빈둥 걸어간다. 돈 지오반니의 이중창을 흥흥거리며, 마치 새침한 가슴 부푼 비둘기처럼 통통 살이 찐 채.)*

블 룸

당신 그 '볼리오'에 대해서 자신 있소? 내 말은 그 발으……

> *(그는 뒤따른다. 그 뒤를 테리어가 코를 킁킁거리며 뒤따른 채. 나이 먹은 여 포주가 그녀의 턱 사마귀에 난 털을 번쩍이면서, 그의 소매를 붙잡는다.)*

여 포주

처녀막 한 개에 10실링이요. 한 번도 손댄 적이 없는 깔깔한 거지. 열다섯 살. 단지 곤드레만드레 취한 그녀의 늙은 아버지 외에는 아무도 손댄 사람이 없어요.

> *(그녀는 가리킨다. 그녀의 캄캄한 마굴의 터진 곳에, 비에 흠뻑 젖은, 브라이디 켈리* [57]*가 서 있다.)*

브라이디

해치가(街)요. 마음에 무슨 좋은 생각이라도?

(끽끽 한 가닥 소리를 내며 그녀는 박쥐날개 같은 숄을 펄럭이면서 달려간다. 몸집이 크고 난폭하게 생긴 한 사나이가 장화 신은 발로 성큼성큼 뒤쫓는다. 그는 계단 위에 넘어지자, 다시 일어나, 어둠침침한 곳으로 뛰어든다. 가냘프게 끽끽거리는 웃음소리가 들린다, 한층 희미하게.)

여 포주

(늑대 눈알을 반짝이며) 저이는 재미를 보고 있어요. 댁은 이런 값싼 집에서 처녀 구하기 힘들 거요. 10실링요. 올나이트는 안 돼요, 사복 경찰관한테 들키니까. 67호는 개년이야.

(눈을 흘기면서, 거티 맥도웰이 앞으로 절뚝거린다. 그녀가 추파를 던지며, 뒤에서 다가오자, 자신의 피 묻은 속옷을 수줍은 듯 보인다.)

거 티

이 세상의 모든 재화(財貨)를 가지고도 나는 당신에게.[58)] *(그녀는 중얼거린다)* 이건 당신이 한 짓이에요. 전 당신을 미워해요.

블 룸

내가? 언제? 꿈을 꾸고 있군. 나는 결코 그대를 본 적이 없이.

여 포주

신사 분을 혼자 내버려두란 말이야, 이 사기꾼 같으니. 신사 분께 부정(不貞)한 편지를 쓰면서. 거리를 배회하고 유혹하면서. 네 어머니가 침대 기둥에다 널 붙들어 매놓고 가죽 끈으로 두들겨 주는 게 좋아, 너 같은 왈패 년을.

거 티

(블룸에게) 그때 당신은 저의 맨 아래 속바지의 비밀을 모두 다 보았잖아요. *(그녀는 우는소리를 내면서, 그의 소매를 어색하게 어만진다)* 더러운 기혼남자! 저한테 그 짓을 해주어서 저는 당신을 사랑해요.

(그녀는 허리를 구부린 채 미끄러지듯 사라진다. 브린 부인이 주름 잡힌, 헐거운 호주머니가 밖으로 달린, 남자용 프라이즈 모직물 오버코트를 입고, 난폭하게 생긴 두 눈을 부릅뜬 채, 초식동물인 사슴 이빨을 온통 드러내어 미소 지으면서, 인도에 선다.)

브린 부인

댁은……

블 룸

(신중하게 기침을 한다) 부인, 기쁘게도 지난번 이 달 6일부(付)의 편지를 갖게 해 주셔서……

브린 부인

블룸 씨! 당신이 이런 죄의 소굴에 오다니! 정말 잘 붙들었군요! 못난 양반 같으니!

블 룸

(허겁지겁) 그런 큰 소리로 나의 이름을 제발. 나를 도대체 뭐로 생각하고 있는 거요? 내 정체가 드러나면 곤란해요. 벽에도 귀가 있으니. 어떻게 지내시오? 그 후로 꽤 오래간만이 군요. 참 얼굴빛이 좋아 보입니다. 정말이라니까요. 요즘에는 날씨가 참 좋지요. 검은 것은 열을 굴절하지요. 집으로 가는 지름길이랍니다. 여기가. 참 흥미로운 곳이죠. 윤락 여성의 구원(救援)으로. 매그덜린 수용소의 볼일로. 제가 그곳 서기로 있기에⋯⋯

브린 부인

(한 개의 손가락을 쳐든다) 자, 그 터무니없는 거짓말은 집어치워요! 그따위 이야긴 아무도 들어주지 않을 거예요. 오 몰리를 만나기만 해봐라! *(몰래)* 자 당장 당신 변명을 다 털어 놓아요 그렇잖으면 화가 미칠 테니!

블 룸

(뒤돌아본다) 그녀도 여길 와보고 싶다고 자주 말했는걸. 빈민굴 탐방을. 이국적 취미지, 말하자면. 만일 그녀가 돈이 있으면 정장한 흑인 하인들을 또한. 검은 야수 오셀로.[59] 유진 스트래턴. 리버모어 흑인합창단[60]의 캐스터네츠 악사들이나 흑인 장단 악사라도. 보히 형 제들.[61] 그런 일이라면 굴뚝 청소부라도.

(아마사[亞麻絲]의 하얀 양복 차림에, 주홍색 양말을 신고, 풀을 빳빳하게 먹인 샘보 흑인 넥타이 그리고 단추 구멍에 커다란 주홍색 에스터(植) 가지를 꽂은 검둥이들, 톰과 샘 보히가 뛰어나온다. 각자 밴조를 목에 걸고 있다. 흑인 특유의 빛깔인 어슴푸 레하고 몹시 작은 손이 팅팅 울리는 현악기의 줄을 퉁긴다. 카피르족[族]의[62] 허연 눈 과 이빨을 번쩍이며 그들은 몽골스런 나막신을 신고, 징글징글 울리면서, 노래를 부르 며, 등과 등, 발가락과 발꿈치, 발꿈치와 발가락을, 서로 맞대고, 흑인 입술로 쪽쪽쪽 쪽 소리를 내며 박자를 맞추면서, 덜걱덜걱 흑인 무(舞)를 춘다.)

톰과 샘

누군가가 집안에서 다이너와 함께,
누군가가, 집안에서, 난 알아요,
누군가가 집안에서 다이너와 함께
낡은 밴조를 켜고 있네.[63]

(그들은 조잡하게 생긴 애송이 얼굴로부터 검은 가면을 뗀다: 그러자, 끽끽거리며, 깔 깔거리면서, 뎅뎅 울리며, 팅팅 소리 내면서, 그들은 흑인 무의 스텝을 밟으며, 몸을 건들건들 가볍게 재빨리 상하로 흔들면서 물러간다.)

블 룸

(한 가닥 음산하고 가냘픈 미소를 띠면서) 조그마한 재미라도, 어때요, 혹시 당신 마음이 내 키면. 필경 나한테 잠깐 동안 안기고 싶지 않으세요?

브린 부인

(명랑하게 소리를 지른다) 오, 이 바보 같은 양반! 거울보고 이야기나 하시지!

블 룸

옛정을 생각해서. 나는 단지 사인조(四人組) 파티, 서로 다른 부부끼리 뒤섞이는 잡혼을 의미했을 뿐이오. 내가 당신한테 그전에 반한 걸 알지 않소. *(우울하게)* 발렌타인 축제일[64]에 저 멋진 영양(羚羊)의 그림을 당신한테 보낸 것도 바로 나란 말이오.

브린 부인

아이 정말, 그런 성스러운 얼굴을 하구서! 단지 사람 죽이는군. *(그녀는 무엇을 캐묻는 듯 한쪽 손을 내민다)* 단신 등 뒤에 숨겨 가지고 있는 게 뭐예요? 말해 봐요, 어쩜 저렇게 착하실까.

블 룸

(비어 있는 손으로 그녀의 팔목을 잡는다) 그 당시엔 조시 파우얼[65]이었지요, 더블린에서 제일 가는 미인. 세월은 얼마나 빠른지 몰라! 당신도 생각나겠지요, 통렬한 편곡으로 되돌아갑니다만, 조지너 심프슨의 새살림을 축하하던, 정든 크리스마스 밤, 모두들 어빙 비숍 놀이[66]를 하던 일, 눈 가리고 보물찾기 그리고 독심술(讀心術)을 하던 일을? 문제를 냅니다, 이 코담배 갑 속에는 뭐가 들어 있어요?

브린 부인

당신의 그 심각 익살맞은 낭독으로 당신은 그날 밤의 총아였고 그러한 역에 아주 적격으로 보이던걸요. 당신은 언제나 귀부인들의 사랑을 독차지했지요.

블 룸

(귀부인의 시자[侍者], 파도 무늬의 비단 선 깃을 단 디너 재킷에, 단추 구멍에 비밀 공제 조합의 푸른 배지를, 까만 나비넥타이와 진주모[眞珠母] 단추를 달고, 한 손에 무지갯빛 찬란한 샴페인 글라스를 비스듬히 들고) 신사 숙녀 여러분, 저는 아일랜드, 가정 및 애인을 위하여 건배 드립니다.

브린 부인

불러도 대답 없는 그리운 그 옛 시절이여. 사랑의 그리운 달콤한 노래여.

블 룸

(의미심장하게 목소리를 낮추며) 난 고백하지만 누군가의 무엇이 현재 약간 달아 있는지 어떤지 알아내려는 호기심 때문에 나는 몸이 후끈 달아 있어요.

브린 부인

(감정이 넘쳐나듯) 엄청나게 후끈 달아 있어요! 런던도 후끈 달아 있고 저도 단지 온몸이 후끈 달아 있는 걸요! *(그녀는 옆구리를 그에게 비벼댄다)* 응접실의 수수께끼놀이 그리고 *(크리스마스)* 트리로부터 과자 공 따먹기를 한 다음 우리는 계단의 장의자에 앉아 있었죠. 겨우살이 나무 밑에 서요. 둘은 짝이지요.

블룸

(반달형 호박[琥珀]이 달린 자줏빛 나폴레옹 모자를 쓰면서, 그녀가 살며시 내맡긴 자신의 부드럽고 끈끈한 살 많은 손바닥을, 엄지손가락과 나머지 손가락으로 천천히 훑어 내리며) 시간은 한밤중이었지요.[67] 나는 바로 이 손으로부터 가시를 뽑아 주었지요, 조심스럽게, 천천히. *(다정스레, 그는 그녀의 손가락에 루비 반지를 끼워주며)* '라 치 다렘 라 마노*(우리 손잡고 함께 가요).*'

브린 부인

(달빛 푸르게 물들인 원피스 야회복에, 이마에 반짝이는 요정의 왕관을 쓰고 달빛 푸른 비단 슬리퍼 곁에 그녀의 댄스 카드를 떨어뜨린 채, 그녀의 손바닥을 살며시 굽힌다, 급히 숨을 헐떡이며) '볼리오 에 논……*(정말 하고 싶어요……)*' 당신 몸이 화끈거리네요! 당신 델 것 같아요! 왼손이 심장과 제일 가깝지요.

블룸

당신이 현재의 남편을 택했을 때 모두들 미녀와 야수라고 했지요. 그것만은 난 당신을 절대로 용서할 수 없어요. *(그의 불끈 쥔 주먹을 이마에 대며)* 그게 무슨 뜻인지 생각해 봐요. 그때는 당신이 나의 전부였으니까요. *(거신 목소리로)* 여인이여, 나는 이제 파멸이로다!

> *(데니스 브린이, 하얀 춤 높은 실크 모에, 위즈덤 헬리 점의 샌드위치 광고판을 둘러멘 채, 터부룩한 턱수염을 내밀고, 오른쪽 왼쪽을 향해 중얼거리면서, 융단 슬리퍼를 신고, 그들을 지나 비틀비틀 걸어간다. 몸집이 작은 앨프 버건이, 한 벌의 스페이드 달린 외투로 몸을 감싸고, 몸을 이중으로 구부려 웃어대면서, 왼쪽 오른쪽으로 그를 미행한다.)*

앨프 버건

(샌드위치 광고판을 야유하며 손가락질한다) U.p: 이제 끝장.

브린 부인

(블룸에게) 계단 아래쪽에서 징크 놀이[68]. *(그녀는 그에게 추파를 보낸다)* 왜 당신은 그곳에 키스하여 아픈 곳을 낫도록 해주지 않았어요? 그렇게 원했으면서도.

블룸

(충격 받은 듯) 몰리의 제일 친한 친군데! 그럴 수가?

브린 부인

(그녀의 두 입술 사이 흐늘흐늘한 허가, 비둘기 키스를 제공한다) 흠흠. 대답이 필요 없어요. 거기 갖고 있는 게 제게 줄 선물인가요?

블룸

(되는대로) 정결한 음식이오.[69] 가벼운 저녁 식사지. 통조림 고기 없는 가정은 불완전하지요. 〈리어〉를 구경 갔었지요, 밴드먼 파머 부인. 셰익스피어의 참 통쾌한 역이었어요. 불행히도 프로그램을 내버렸으니. 돼지 족발을 사기에는 이 근처가 정말 좋은 곳이야. 만져 보구려.

1

(리치 고울딩이, 핀으로 머리에 세 개의 부인모를 언전 채, 하얀 석회수로 두개골과 십자형으로 교차시킨 넓적다리뼈가 그 위에 그려진,[70] 콜리스 앤드 워드 법률사무소의 까만 서류 가방을 들고, 무거운 듯 한쪽으로 몸을 굽히며 나타난다. 그는 가방을 열고, 순대, 말린 청어, 핀턴 대구, 그리고 꼭꼭 싸맨 알약이 가득한 것을 내보인다.)

5

리 치

더블린에서 최고가 품입니다.

(귀찮은 듯한 표정의 멍청이, 대머리 패트가 연석 위에 선다, 냅킨을 접으며, 시중들려고 기다리면서.)

패 트

10

(고기즙이 질질 흐르는 접시를 비스듬히 들고 앞으로 다가온다) 스테이크와 콩팥입니다. 저장맥주 병. 히이 히이 히이. 제가 시중들 테니 기다려요.

리 치

15

어마나. 난 결코 이런 걸 먹어 본 적이……

(고개를 늘어뜨린 채 그는 끈기 있게 앞을 향해 나아간다. 토역꾼이, 비틀비틀 옆을 지나가며, 불타는 사슴뿔로 그를 찌른다.)

리 치

20

(손을 등에 대고, 외마디 고통스런 비명을 지르며) 아이쿠! 브라이트 병(病)[71]! 폐장(肺腸)(라이트)!

블 룸

25

(토역꾼을 가리킨다) 스파이다. 주의를 끌지 마. 나는 어리석은 군중들을 미워해. 나는 지금 향락에 취해 있을 때가 아니야. 나는 심각한 곤경에 빠져 있단 말이야.

브린 부인

여전히 황당무계한 이야기를 가지고 사람을 어리병병 속여 넘기려고 하는군요.

30

블 룸

내가 어쎄서 여기 오게 됐는지 당신한테 작은 비밀을 말하고 싶소. 그러나 절대로 입 밖에 내서는 안 되오. 심지어 몰리에게도. 나는 아주 특별한 이유를 갖고 있소.

35

브린 부인

(온통 흥분하여) 오, 절대로.

블 룸

걸읍시다. 그럴까요?

40

브린 부인

그래요.

(여 포주가 손짓을 하나 반응이 없다. 블룸이 브린 부인과 함께 계속 걸어간다. 테리어 개가, 애처롭게 짖으며, 꼬리를 흔들면서, 뒤따른다.)

여 포주

유태인의 어정(魚精)같으니!

블 룸

(귀리 빛의 운동복을 입고, 옷깃에 인동화[忍冬花]의 꽃가지, 유행하는 누르스름한 셔츠, 목동의 창살 무늬로 된 성[聖] 안드레의 십자가의 스카프 타이, 하얀 스패츠 각반, 팔에 걸친 담황색의 엷은 먼지 가리 외투, 적갈색의 가죽 구두, 탄약대의 어깨걸이에 쌍안경 그리고 회색 중산모 차림으로) 오랜 오랜 옛날, 몇 년이고 몇 년이고 오래전의 일이나, 밀리가, 그때 우리는 그 애를 마리오네트라고 불렀죠, 마침 젖을 뗀 바로 직후에, 우리들 모두가 페어리하우스[72] 경마 경기에 갔었을 때를 기억해요?

브린 부인

(스마트한 색스니 모직물 맞춤복에, 하얀 벨루어 모자 그리고 거미줄 같은 베일을 두르고) 리오파즈타운[73].

블 룸

그래요, 리오파즈타운. 그리고 몰리는 네버텔이라 불리는 세 살배기 말[馬]한테 돈을 걸어 7실링을 따고 그리고 5인승의 덜컥거리는 이륜마차를 타고 폭스로크[74]를 따라 집으로 되돌아오고 있었는데 그때가 당신에게는 한창 시절이었고 당신은 그때 두더지 가죽의 테가 둘린 하얀 벨루어 새 모자를 쓰고 있었는데 실은 헤이즈 부인이 당신더러 그 모자 값이 19실링 11페니로 인하됐으니 사라고 충고했기 때문에 산 것이지요, 철사 한 도막과 낡은 벨벳 조각으로 된 것을, 그리고 당신이 좋아하는 건 틀림없을 테지만, 그녀가 그걸 고의적으로 그랬지요……

브린 부인

그랬어요, 물론, 고양이 같으니! 이제 그 이야기는 그만해요! 불쾌한 충고자 같으니!

블 룸

왜냐하면 당신이 쓰고 있던 걸 보고 내가 그렇게도 감탄했던 극락조의 날개 장식이 달린, 그 다른 맵시 있는 작고 테두리 없는 검정색 소모사(梳毛絲)의 베레모 모자에 비기면 그건 4분의 1도 당신한테 어울리지 않았기 때문이지요 그리고 정말이지 그 검정색 모자를 쓰고 있으면 당신은 정직하게 너무나 매혹적으로 보였는데, 하지만 불쌍하게도 그 구두점만한 크기의 심장을 가진 작은 동물을 죽이다니, 당신도 어지간히 잔인한 장난꾸러기 인물이었지요.

브린 부인

(그의 팔을 짓누르며, 선웃음을 친다) 정말로 전 잔인한 장난꾸러기였어요!

블 룸

(낮게, 몰래, 줄곧 한층 빠르게) 그리고 몰리는 조 갤러허 부인[75]의 런치 바구니에서 양념 친 쇠고기 샌드위치를 꺼내 먹고 있었지요. 솔직히, 그녀에게는 충고나 감탄자가 많았지만, 나는 그녀의 스타일에 대해서 그렇게 대단한 관심을 갖진 않았어요. 그녀는……

브린 부인

너무……

블 룸

그래요. 그리고 몰리는 우리들이 어떤 농가 옆을 지나가자 로저스와 마고트 오레일리가 수탉 흉내를 냈기 때문에 소리 내어 웃고 있었지요 그리고 차〔茶〕상인, 마커스 터티우스 모지즈[76]가, 그의 딸, 댄서 모지즈가 그 애의 이름이었지요, 함께 이륜마차를 타고 우리들 옆을 지나갔었지요. 그리고 그녀의 무릎에는 삽살개가 고개를 쳐들고 새침하게 앉아 있었는데, 그러자 당신은 나더러 내가 지금까지 듣거나, 읽었거나 아니면 알거나 우연히 만난 적이…… 있느냐고 물었지요.

브린 부인

(열렬하게) 네, 네, 네, 네, 네, 네, 네.

> *(그녀는 그이 곁에서 사라진다. 코멘소리를 내는 개를 뒤세우고 그는 지옥문[77]을 향해 계속 걸어간다. 아치의 통로에 서 있던 한 여인이, 몸을 앞으로 굽히고, 발을 벌려, 암소처럼 오줌을 눈다. 덧문이 닫힌 대폿집 바깥에 한 무리의 건달패들이 모여 서서, 그들의 코를 킁킁거리는 정신 나간 한 십장〔什長〕이 목쉰 듯이 익살을 부리며 떠드는 이야기에 귀를 기울인다. 그들 가운데 팔 없는 두 사내가 씨름을 하면서, 그르렁거리며, 불구의 몸으로 술에 취해 장난을 치면서, 퍼덕거린다.)*

십장(什長)

(그의 목소리가 꼬맹이로 비뚤인 채, 몸을 웅크린다) 그런데 케이언즈 녀석이 말이야 비버가 (街)의 발판으로부터 내려왔을 때 무엇 속에다 그 짓[78]을 했는고 하니 더원의 미장이들을 위해 대팻밥 위에 대령하고 있던 흑맥주 통 속이었지.

건달패 놈들

(언청이 같은 모습으로 껄껄 웃어댄다) 오 우라질!

> *(그들의 페인트 묻은 모자들이 흔들린다. 작업장의 아교풀과 석회수로 퉁긴 채[79] 그들은 십장 주변을 사지 없이 뛰어 돌아다닌다.)*

블 룸

역시 우연의 일치군.[80] 그들은 그걸 우습게 생각하는 거다. 그것 말고는 무엇이든. 대낮 같군. 걸으려고 애를 쓰면서. 여자가 없으니 다행히도.

건달패 놈들

젠장, 그것 참 근사한 이야기로군. 황산소다[81]라. 오 젠장, 미장이의 흑맥주 통 속이다.

(블룸이 지나간다. 싸구려 창녀들이, 혼자, 둘씩 짝지어, 숄을 걸치고, 머리카락이 흐트러진 채, 골목길, 문, 구석들로부터 사람을 부른다.)

창녀들

괴짜 양반, 멀리까지 가세요?
가운데 다리는 안녕하신가요?
짝 하나 지어 드릴까요?
자, 이리 오세요, **빳빳하게** 해드릴 테니.

(그는 저쪽 불이 켜진 거리를 향해 흙탕물을 빠져 터벅터벅 걸어간다. 창문의 부푼 커튼으로부터 한 대의 축음기가 찌그러진 놋쇠 나팔 목을 드러내고 있다. 그림자 속에서 한 선술집 주인이 토역꾼과 두 영국 군인들과 함께 옥신거린다.)

토역꾼

(트림을 하면서) 그 경칠 집은 어디에 있지?

밀주업자

파던가(街)[82]야. 흑맥주 한 병에 1실링이지. 멋진 여인도.

토역꾼

(두 영국 군인을 붙들면서, 그들과 함께 비틀거리며 앞으로 나아간다) 갑시다, 영국 군대!

병사 카아

(그의 등 뒤에서) 아주 얼빠진 녀석이군.

병사 콤턴

(소리 내어 웃는다) 저런!

병사 카아

(토역꾼에게) 포토벨로 병사(兵舍)[83]의 주보(酒保)야. 카아를 불러. 단지 카아 하고.

토역꾼

(소릴 지른다)
우리들은 젊은이들. 웩스포드의.

병사 콤턴

말해 봐! 특무상사를 몇 푼어치로 아나?

병사 카아

베네트? 그는 나의 친구야. 나는 베네트가 좋아.

토역꾼

(고함을 지른다)

사슬은 쓰라린 것.
우리의 조국에 자유 있어라.[84]

(그는 함께 두 사람을 끌면서, 비틀비틀 앞을 향해 나아간다. 블룸이, 당황하여, 멈추어 선다. 개가 혀를 바깥으로 축 늘어뜨리고, 숨을 헐떡이면서, 다가온다.)

블 룸

이건 기러기를 쫓기 군. 무질서한 집들. 그 놈들이 어디로 갔는지 하느님이나 아시지. 술에 취하면 걸음걸이가 두 배나 빨라지거든. 대단한 혼잡. 웨스틀랜드 로우 정거장의 장면.[85] 그런 다음에 3등 차표를 가지고 1등 객차를 집어타다니. 그리고 너무나도 멀리. 기관차를 뒤에 단 기차. 맬러하이드까지 나를 태우고 갔을는지도 모르지 아니면 대피선에 걸려 밤을 새웠든지 혹은 충돌을. 두 번째 마시면 그렇게 되기 마련이니까. 한 쯤은 약이 되지. 뭐 때문에 나는 그를 뒤따르고 있는 걸가? 하지만, 그가 그 또래에서는 제일 나은 놈이야. 만일 내가 뷰포이 퓨어포이 부인[86]에 관해 듣지 않았더라면, 난 가지도, 만나지도 않았을 걸. 운명이야. 저 현금도 그는 다 없애 버릴 거야. 여기 빈민구제소, 싸구려 행상인들이나, 고리대금업자들에게는 장사가 잘되겠군. 여러분 필요한 것은 없으세요? 쉬 얻은 것은, 쉬 잃게 마련. 마음을 침착하게 하지 않았던들 나의 생명 역시 저 종차바퀴트랙로롤리반짝이는 자거노트[87]에게 잃고 말았을 거야. 항시 생명을 보장할 수는 없지, 하지만. 만일 내가 그날 트루로크 점[88]의 진열창을 2분만 늦게 지나갔어도 총에 맞았을 거야. 육체의 부재(不在). 하지만 만일 단지 탄환이 나의 코트를 관통했다 하더라도 정신적 충격에 대한 손해배상을 청구할 수 있지, 5백 파운드를. 그는 뭐 하던 놈이었지? 킬데어가 클럽의 멋쟁이. 녀석의 사냥터지기도 불쌍하군.

(그는 앞을 빤히 바라본다, 벽 위에 분필로 갈겨 써놓은 〈몽정(夢精)〉이란 타이틀과 페니스 디자인을 읽으며.) 묘한 일이야! 킹즈타운에서 몰리가 서리 덮인 열차의 유리창에다 그림을 그리고 있었지. 저건 무엇 같을까? *(번지르르하게 차려 입은 인형을 닮은 여인들이 주맥 [主脈]까지 썰어 넣은 궐련을 피우면서, 불이 켜진 출입구와 창구에 맥없이 빈둥거린다. 메스껍도록 달콤한 연초 냄새가 천천히 타원형의 소용돌이를 이루며 그를 향해 떠나온다.)*

소용돌이

쾌락이야말로 달콤한 거야. 죄의 쾌락.

블 룸

내 등골이 약간 결리는군. 간다 아니면 되돌아간다? 그리고 이 음식은? 먹어 봐요 온통 끈적끈적 돼지 냄새를 풍길 테니. 정말 엉뚱하군, 나는. 돈의 낭비야. 1실링 8페니라니 너무 지나쳐. *(리트리버 개가, 꼬리를 흔들며, 차가운 콧물 흘리는 코를 그의 손에다 내민다.)* 어째서 저 놈들이 나를 뒤따르는지 이상스럽기도 하지. 심지어 그놈의 짐승[89]도 오늘. 우선 저 놈에게 말을 걸어 보는 게 좋아. 여자들처럼 저놈들도 '랑꽁트르(우연한 친구)'를 좋아하지. 족제비처럼 구린내를 풍긴단 말이야. '샤꿍 쏭 구(각자 자기 취미를 갖게 마련이니까)'[90] 저

제15장 밤의 거리(키르케) **369**

놈은 미친개인지도 몰라. 복중(伏中). 저놈의 동작이 확실치 못하니 말이야. 좋은 놈이야! 파이도 견(犬)! 좋은 놈이야! 개리오엔! *(늑대 잡는 사냥개가 길고 까만 혀를 척 빼뜨리고 드러누워, 구걸하듯 외접되게 앞발을 꿈틀거리며, 몸부림친다.)* 환경의 영향이지. 뭐든 줘 저놈을 쫓아 버리는 게 좋아. 만일 아무도. *(개에게 꾀는 듯한 말을 걸면서 그가 몰래 침입한 도둑의 발걸음으로, 컴컴한 지린내 나는 구석으로 휘청휘청 뒷걸음치며 걷자, 세터견(犬)이 그를 미행한다. 그는 한쪽 꾸러미를 풀어 돼지족발을 살며시 쏟아 버리려고 하다가 마음을 돌려 양(羊) 족발을 만져 본다.)* 3페니 치곤 꽤 양이 많군. 그러나 그걸 왼손에 들고 있으니. 힘이 더 들지. 왜? 사용치 않으면 힘이 약해지니까. 오, 그걸 줘 버려. 2실링 6페니.

(후회하듯 그는 꾸러미에서 펼친 돼지족발과 양 족발을 미끄러뜨린다. 마스티프견 [犬]이 어색하게 종이 꾸러미를 헤치며, 뼈다귀를 아삭아삭 씹으면서, 그르렁거리며 탐욕스럽게 먹는다. 우모[雨帽]를 쓴 두 경찰관이, 묵묵히, 경계하며, 접근해 온다. 그들은 함께 중얼거린다.)

경찰관

블룸은. 블룸의. 블룸에게. 블룸을.⁹¹

(각자 블룸의 어깨에 손을 얹는다.)

첫째 경찰관

현행범(現行犯)이다. 소변 금지.

블 룸

(말을 더듬는다) 나는 다른 이들에게 착한 일을 하고 있소.

(한 떼의 갈매기와, 바다제비가, 주둥이에 밴버리 케이크를 물고 리피 강의 진흙탕으로부터 시장한 듯 날아오른다.)

갈매기들

커이가 캔버리 케이크를 쿠었대요.

블 룸

인간의 친구지요. 친절로써 훈련된 거요.⁹²

(그는 손가락으로 가리킨다. 보브 도런이, 주점의 등받이 높은 의자로부터 쓰러지며, 아삭아삭 먹고 있는 개(犬)위로 몸을 기운다.)

보브 도런

개야. 자 발 내봐. 발 내봐.

(불도그가 목덜미를 쭈뼛 세우고, 거품 이는 광견병의 침이 질질 흐르는 이빨 사이에 돼지 관절 덩어리 한 개를 물고, 그르렁거린다. 보브 도런이 소리 없이 출입구 안으로 떨어진다.)

둘째 경찰관

동물 학대 금지.

(열성적으로) 고상한 일이지요! 나는 해롤즈 크로스 교(橋)[93]에서 저 마부를 꾸짖어 주었지요. 왜냐하면 그는 마구(馬具) 채운 말을 불쌍하게도 학대하고 있었기 때문이오. 나는 그 대가로 욕지거리 상말만 들었소. 물론 서리(霜)가 내리고 막차이긴 했지만. 서커스 생활의 모든 이야기가 풍기를 몹시 문란하게 하고 있답니다.

(흥분으로 창백해진, 시뇨르 마페이[94]가, 그의 셔츠 가슴팍에 다이아몬드 단추를 단, 사자 길들이기 옷차림으로, 서커스 종이 꿀렁 테, 꼬부라진 마차 회초리 그리고 권총을 들고 앞으로 나선다, 그리고 그는 걸신들린 듯 먹고 있는 사냥개에게 권총을 겨눈다.)

시뇨르 마페이

(한 가닥 악의에 찬 미소를 띠며) 신사 숙녀 여러분, 저의 훈련받은 사냥개올시다. 저 발길 사나운 아메리카산(産) 말[馬] 에이잭스를 저의 육식(肉食) 맹수용의 전매특허품인 스파이크 달린 안장으로 길들인 것도 바로 저올시다. 마디 있는 끈을 가지고 배 아래를 후려갈기는 거죠. 도르래를 채워 목이 졸릴 정도로 잡아끌면, 제 아무리 사나운 사자 놈도 무릎을 꿇고 마니까요, 심지어 리비아의 식인자라 할, '레오 페록스*(사나운 사자)*'까지 말입니다. 뻘겋게 달구어진 쇠 지렛대와 화상(火傷)에다 문질러 바르는 어떤 묽은 연고가, 생각하는 하이에나라는, 암스터댐의 프리츠를 연출했지요. *(그는 노려본다)* 저는 인도(印度)의 신기(神技)를 소유하고 있어요. 여기 가슴에 번쩍이는 보석과 함께 제 눈의 섬광이 그 구실을 하는 거죠. *(매혹적인 미소를 띠면서)* 자 이제 곡마단의 자랑인, 루비 양(孃)을 소개합니다.

첫째 경찰관

자. 이름과 주소를.

블 룸

잠시 잊었습니다. 아, 네! *(그는 고급 모자를 벗어, 인사한다)* 닥터 블룸, 리오폴드, 치과의사올시다.[95] 폰 블룸 파샤에 관해서 들었겠지요. 수 백만장자랍니다. '도너베터*(저주 할)*!'[96] 오스트리아 절반을 소유하고 있어요. 이집트. 사촌.

첫째 경찰관

신분증을.

(한 장의 카드가 블룸의 모자 가죽 바디 안쪽으로부터 떨어진다.)

블 룸

(붉은 터키모자에, 폭넓은 녹색 띠를 두른 재판관의 연미복 차림으로, 레종 명예 훈장[97]의 가짜 배지를 달고, 카드를 급히 주워 올려 내보인다) 실례지만. 나의 클럽은 육해군(陸海軍) 청년 장교 클럽[98]이오. 변호사: 배철러 산책로 27번지 존 헨리 멘턴 사무소요.

첫째 경찰관

(읽는다) 헨리 플라우어. 주거부정이군. 불법 감시 죄 및 교통 방해 죄다.

둘째 경찰관

현장 부재 증명(*알리바이*)⁹⁹⁾. 당신은 요주의 인물이야.

블 룸

(그의 가슴 호주머니로부터 한 닢의 구겨진 노란 꽃을 꺼낸다) 이것이 바로 문제의 꽃입니다. 이름도 모르는 어떤 사람이 보내 온 거죠. *(그럴싸하게)* 저 옛날의 재미있는 말장난이 있잖소, 카스틸의 장미 말입니다. 블룸. 개명이죠. 비러그. *(그는 혼자서 몰래 중얼거린다)* 글쎄 저희들은 약혼한 사이지요, 경사 양반. 이 사건에는 여인이. 사랑의 갈등이란 거죠. *(그는 상냥하게 둘째 경찰관을 어깨로 민다)* 제기랄. 해군에서는 언제나 우리들 난봉꾼들이 이런 짓을 하게 마련이거든요. 그건 유니폼 때문이죠. *(그는 정중하게 첫째 경찰관을 향해 몸을 돌린다)* 하지만, 물론, 때때로 고배를 마실 때가 있지요.¹⁰⁰⁾ 언젠가 저녁때에 한 번 들러 브랜디라도 한 잔 합시다. *(둘째 경찰관을 향해 유쾌하게)* 당신을 소개해 드리리다, 경위. 그녀도 그럴 용의가 있으니. 단김에 뿔을 빼야 합니다.

(수은(水銀) 증기를 쐰 듯 검은 얼굴이, 베일로 가린 한 인물을 이끌고, 나타난다.)

검은 수은¹⁰¹⁾

정청(政廳)에서 찾고 있는 자야. 그는 군대로부터 추방당했어.

마 사

(두꺼운 베일에 가린 채, 목둘레에다 심홍색 어깨걸이를 두르고, 한 손에 《아이리시 타임즈》지 한 장을 들고 있다, 손가락질을 하면서, 비난하는 듯한 목소리로) 헨리! 리오폴드! 라이오넬, 그대 사라진 자여!¹⁰²⁾ 저의 오명(汚名)을 씻어 주오.

첫째 경찰관

(엄격하게) 서(署)까지 갑시다.

블 룸

(겁을 집어먹은 듯, 모자를 쓴다, 뒤로 물러선다, 이어, 가슴팍을 잡아끌면서, 오른쪽 팔뚝을 직각으로 쳐들며, 그는 프리메이슨 당원의 신호와 호신의 몸부림을 친다) 아니요, 아니, 존경하는 나리, 매음녀올시다. 신분이 잘못됐어요. 리용의 우편물 사건을. 르쥬르끄와 듀보¹⁰³⁾ 말입니다. 차일즈가(家)의 형제 살해 사건을 기억하시죠. 저희들은 의학생들이랍니다. 손도끼를 가지고 그를 때려죽인 거죠. 나는 잘못 고발당하고 있어요. 아흔 아홉 명의 무고한 자들이 잘못 유죄판결 받기보다는 한 사람의 죄인을 도망시키는 편이 낫지요.

마 사

(베일 뒤에서 흐느끼며) 약속 파기(破棄)예요. 저의 진짜 이름은 페기 그리핀입니다. 저이가 제게 편지를 했는데, 비참하다네요. 벡티브 럭비팀¹⁰⁴⁾의 풀백인, 저희 오빠한테 당신을 이를 테예요, 몰인정한 난봉꾼 같으니.

블 룸

(손으로 얼굴을 가리며) 술 취한 여자올시다. 이 여인은 몹시 술에 취해 있어요. *(그는 막연*

히 에브라임의 암호를 중얼거린다) 쉽볼렛.[105]

둘째 경찰관

(눈에 눈물이 괸 채, 블룸을 향해) 당신은 정말이지 철저하게 자신에 대해 수치심을 느껴야 만 해.

블 룸

배심원 여러분, 설명해 올리겠습니다. 순전히 무모한 소동에 지나지 않습니다. 저는 오해 를 받고 있는 사람입니다. 저는 속죄양[106]의 구실을 하고 있는 셈이죠. 저는 저의 인격상으 로 한 점의 오점도 없는, 존경받는 기혼자올시다. 저는 이클레스가(街)에 살고 있어요. 저 의 처는, 가장 탁월한 사령관이며, 용감하고 강직한 신사, 우리들의 전쟁을 승리로 이끄는 데 도운 대영제국 군인들의 한 사람인, 이른바, 육군 소장 브라이언 트위디[107]의, 따님이올 시다. 록스 드리프트[108]의 영웅적인 무훈(武勳)으로 그의 소장 계급을 획득한 것입니다.

첫째 경찰관

연대를.

블 룸

(방청석을 향해 몸을 돌린다) 더블린 근위병(近衛兵), 여러분, 바로 세상에 널리 알려진, 대 지의 소금[109]이지요. 저는 여러분 가운데에 당시의 옛 전우들이 몇몇 끼어 있으리라 생각합 니다. 더블린 근위 지격 연대, 우리들 자신의 경시청과 함께, 우리들 가정의 수호자들, 우 리들의 폐하를 섬김에 있어서, 가장 용감무쌍한 젊은이들이요, 체격으로서, 장정(壯丁)들 의 최고 결합체올시다.

목소리

배신자(背信者)! 보어인들 궐기하라![110] 조 체임벌린[111]을 비웃은 자 누구냐?

블 룸

(첫째 경찰관의 어깨 위에 손을 올려놓고) 돌아가신 제 아버님도 치안판사였었소. 저도 당신 처럼 충성스런 대영제국인입니다. 국왕과 나라를 위하여 군기(軍旗)를 들고 전포대(戰砲 隊)의 고흐 장군 지휘 하에 그 얼빠진 전쟁에 종군했으며 그리고 스피어 콥과 블룸폰테인 [112]에서 부상을 입고, 관보(官報)에 이름이 실렸습니다. 저도 백인이 할 수 있는 일이라면 다 했어요. *(조용한 기분으로)* 짐 블루드소.[113] 뱃머리를 다시 강둑으로 돌려.

첫째 경찰관

직업 또는 상업은.

블 룸

글쎄, 저는 문필업에 종사하고 있어요, 작가—저널리스트랍니다. 사실상 저희들은 제가 그 의 창안자인 현상 단편 소설집을 발간할 계획으로 있습니다만, 이것은 전적으로 새 출발이 올시다. 저는 영국과 아일랜드의 신문에 관계하고 있어요. 만일 전화라도 거시면……

*(마일리스 크로포드가 깃펜을 이[齒] 사이에 끼우고, 꿈틀꿈틀 밖으로 걸어 나온다.
그의 진홍빛 매부리코가 밀짚모자의 햇무리 안에 번쩍이고 있다. 그는 한 손에 한 묶
음의 스페인 산[産] 양파를 달랑달랑 들고 다른 손으로 전화 수화기 주둥이를 귀에
대고 있다.)*

마일리스 크로포드

(그의 수탉의 늘어진 턱 살을 흔들면서) 여보세요, 77 84요. 여보세요. 여기는 〈자유인의 소
변기〉 및 〈주간 밀 훔치기〉 사(社)올시다. 유럽을 마비시켜요. 당신은 어느 것을? 푸른 백
[114]? 누가 쓰는데? 그게 블룸이오?

*(필립 뷰포이 씨가, 창백한 얼굴로, 증인석에 선다. 정연한 모닝 드레스 차림에, 앞가
슴 호주머니에 손수건 끝을 내밀고, 주름잡힌 라벤더 빛 바지에 그리고 에나멜 가죽
구두를 신고. 그는 〈맛참의 탁월한 수완〉이란 표찰이 붙은 커다란 서류 가방을 들고
있다.)*

뷰포이

(점잔빼며 말한다) 아니, 당신은 아닙니다. 내가 아는 한 절대로 아닙니다. 저는 전혀 이해
가 안 가니, 그저 그것뿐입니다. 신사로 태어난 사람이면, 신사로서의 가장 기본적인 기개
(氣慨)를 지닌 사람이면, 아무도 이처럼 유별나게 몸서리치는 행동에 몸을 굽힐 사람은 없
을 것입니다. 그 중에도 한 사람이 있습니다. 각하. 표절 작가 말입니다. '리떼라뙤르(문인
[文人])'으로서 가면을 쓴 아첨하는 비겁자지요. 최대의 물려받은 비굴함을 가지고 그가
저의 베스트셀러 몇 군데를 표절했다는 것은 너무나 명백하옵니다. 완전무결한 주옥(珠玉)
이라 할, 참으로 훌륭한 작품을 말입니다. 그런데 그 중에서 혐의를 받고 있는 바로 그 연
애 구절 말입니다. 각하께서도 의심할 바 없이 잘 알고 계시는, 연애와 위대한 재산을 다룬
뷰포이의 책들이야말로, 왕국을 통하여 가정의 상투어가 되고 있습니다.

블 룸

(비굴하게 순종하듯 무뚝뚝하게 중얼거린다) 웃음 짓는 마녀가 손에 손 맞잡고[115] 하는 대목
만은 예외올시다, 실례지만……

뷰포이

(입술을 위쪽으로 비뚤고, 법정을 향해 거만스럽게 미소 짓는다) 이 익살맞은 당나귀 같으니!
너처럼 괴상망측한 짐승 같은 놈에게는 무슨 말을 해야 좋을지 모르겠어! 그 점에 있어서
네가 지나치게 괴로워 해 봤자 소용없을 거야. 내 출판 대리인 J. B. 핀커 씨가 이곳에 출
석하고 있어요. 저는, 재판장 각하, 저희들은 보통 때처럼 증인 수수료를 받아야 할 거라고
생각합니다, 그렇잖겠어요? 여태 대학에도 가본 적이 없는, 이 경칠 기자 놈, 립즈의 이 갈
까마귀 놈[116] 때문에 저희들은 심각하게도 호주머니가 텅텅 비어 있습니다.

블 룸

(불분명하게) 인생의 대학. 쓸모없는 예술.

뷰포이

(고함을 지른다) 그것은 저 사나이의 도덕적인 부패를 보여 주는, 저주받을 악질적인 허언 *(虛言)*이옵니다! *(그는 서류 가방을 펼친다)* 저희들은, 각하, 옴짝달싹할 수 없는 증거, '꼬르뿌스 델릭띠*(범죄 사실)*,' 저 짐승 같은 놈의 각인*(刻印)* 때문에 값이 깎인 저의 걸작의 견본을 여기 가지고 있습니다.

방청석으로부터의 목소리

유태인의 임금님, 모세는, 모세는,
〈데일리 뉴스〉지*(紙)*로 밑을 훔쳤다네.[117]

블 룸

(용감하게) 과장이오.

뷰포이

이 비천한 놈아! 너 같은 놈은 말〔馬〕 멱 감기는 연못에다 빠뜨려야만 해, 이 비열한 놈! *(법정을 향해)* 글쎄, 저 사내의 사생활을 눈여겨보세요! 네발짐승 같은 생활을 영위하고 있다니까요! 거리에선 천사요 집에선 악마랍니다. 부인들과 같이 있는 곳에서는 말도 못 꺼낼 지경이지요! 당대의 교활한 음모가!

블 룸

(법정을 향해) 그런데, 독신자인, 그가, 어떻게……

첫째 경찰관

당*(當)* 법정은 블룸에게 대질을. 드리스콜 여인을 불러 오라.

정리*(廷吏)*

가정부, 메리 드리스콜![118]

　　(치신없어 보이는 하녀, 메리 드리스콜이 다가온다. 그녀는 갈고리처럼 굽은 팔에 들통을 걸치고 한 손에 청소용 빗자루를 쥐고 있다.)

첫째 경찰관

또 한 사람! 그대는 천업계급*(賤業階級)*[119]에 속하는가?

메리 드리스콜

(격분하면서) 저는 나쁜 사람이 아니에요. 저는 행실이 바르며 요전번 집에서도 4개월간 일했어요. 저는 연봉 6파운드에, 금요일에는 외출과 보너스가 허용되는 신분이었어요. 그런데 그의 나쁜 행실 때문에 그곳을 떠나지 않으면 안 되었어요.

첫째 경찰관

뭐 때문에 그를 문책하는가?

메리 드리스콜

그는 저에게 어떤 요구를 했지만 저는 비록 가난하더라도 저 자신의 신분이 한층 중요하다고 생각했습니다.

블 룸

(물결 담비 모피의 실내 재킷에, 플란넬 바지를 입고, 뒤꿈치 없는 슬리퍼에, 면도하지 않은 채, 머리카락이 헝클어져 있다: 부드럽게) 난 그대를 참 훌륭하게 대우했어. 나는 그대의 신분에 훨씬 넘치는 멋진, 에메랄드색 양말대님을, 기념품으로 선사했어. 그대가 물건을 훔쳤다고 꾸중을 들었을 때 나는 무모하게도 그대 편을 들었단 말이야. 매사에는 중용(中庸)이란 게 있잖아. 공명정대하게 놀아요.

메리 드리스콜

(흥분하여) 적어도 하느님이 저의 머리 위를 오늘 밤 내려다보고 계시는데 어찌 제가 그따위 썩은 굴[蠣]에 손을 대겠습니까!

첫째 경찰관

비난받을 허물이라도? 무슨 일이 일어났던가?

메리 드리스콜

그는 구내의 뒤쪽에서 저를 몹시 놀라게 했어요, 각하, 마님이 어느 날 아침 장보러 외출하고 없을 때 안전핀 한 개를 요구하면서 말씀이에요. 그가 저를 붙들었는지라, 결과로 전 네 군데나 몸에 멍이 들었어요. 그리고 두 번이나 제 속옷에다 손을 쑤셔 넣었어요.

블 룸

저 여자가 역공(攻逆)을 했습니다.

메리 드리스콜

(경멸하듯) 저는 청소용 브러시가 한층 중요했어요, 정말 그랬어요. 저는 그에게 마구 달려들었지요, 각하, 그러자 그가 말하는 거예요: 제발 조용히 해.

(만장 폭소.)

조지 포트렐

(법정 서기, 낭랑한 목소리로) 법정 질서를! 지금부터 피고가 모의 진술을 합니다.

(블룸은, 자신의 무죄를 주장하면서 그리고 활짝 핀 수련(水蓮)을 쥐고, 조리에 맞지 않는 긴 연설을 시작한다. 모두들 변호인이 지금부터 대(大)배심원에게 진술할 그의 감격적인 열변을 듣게 되리라. 피고는 완전히 낙담 상태에 빠져 있었고 그러나, 비록 한 마리 검은 양[羊]으로 낙인이 찍히긴 했어도, 글쎄 말하자면, 그는 이제 마음을 고쳐먹고, 순결하고도 우의적(友誼的)인 방법으로 과거의 기억을 회개하며, 순결한 가정적 동물로서 본성으로 되돌아갈 의도를 가지고 있었다. 7개월의 조산아인, 그는 언제나 침상에 누워 계셨던 노모에 의하여 세심하게 양육되어졌거니와 또한 영양도 충

분히 섭취되었다. 탈선한 부친의 과오가 있긴 했지만 그의 마음을 돌이켜 자신의 생활
을 새롭게 하기를 원했고 그리하여 이제, 마침내 태형주[笞刑柱] 앞에 서게 되자, 가
족의 부푼 가슴속의 애정 어린 환경으로 충만 된 채, 만년에 있어서 소박한 삶을 영위
하고 싶었던 거다. 새로운 풍토에 길든 한 사람의 영국인, 그는, 비가 빤짝이는 방
울로 멎은 어느 여름날 저녁, 저 루프 라인 철도회사의 기관차 발판으로부터, 사실상,   5
더블린 시 및 정경 어린 교외 지역의 사랑에 넘치는 가정들의 창문을 통하여, 한 다스
에 1실링 9페니짜리 도크렐제[製] 벽지를 바른 그 낙원의 참으로 목가적인 행복을,
혀짤배기 소리로 성동[聖童]에게 기도를 드리고 있는 천진난만한 영국 태생의 어린
이들을, 그들의 숙제를 해결하려고 서로 애쓰고 있던 젊은 학자들을 또는 피아노를 연
주하고 있던 전형적인 젊은 귀부인들을 또는 때때로 타닥타닥 타고 있는 크리스마스   10
이브의 모닥불 둘레에서 가족 로사리오 기도를 열렬히 암송하고 있던 모든 사람들의
광경을 보았는지라 한편 시골의 두덩길이나 파란 샛길에서 처녀들이 여태껏 가장 값
싸게 흥정하여 산, 특가품인, 네 개의 음정과 열두 겹의 바람통을 지닌 브리타니아금
속제의 오르간 음을 내는 멜로디언 손풍금의 곡조에 박자를 맞추어, 그들의 애인과 함
께, 거닐던 광경을……   15
다시 솟는 폭소. 그는 전혀 조리가 서지 않게 중얼거린다. 서기들이 들리지 않는다고
불평을 한다.)

일반 기사와 속기사

(그들의 노트로부터 눈을 들지 않고) 저이를 좀 더 편하게 말하도록 해주시오.   20

맥휴 교수

(기자석으로부터, 기침을 하며 부른다) 터놓고 말해요, 여보. 조금씩 꺼내란 말이오.

(블룸과 들통에 관하여 반대 심문이 진행된다. 한 개의 커다란 들통. 블룸 자신. 복통.
비버가[街]에서. 배앓이, 그래. 정말 지독했어. 미장이의 들통. 뻣뻣한 다리로 걸어감   25
으로써. 말도 못 할 고통을 참아 나갔다. 극심한 고뇌. 정오쯤. 사랑 또는 버건디 주
(酒). 그래, 약간의 시금치. 위기의 순간. 그는 들통 속을 들여다보지 않았다. 아무도.
오히려 쓰레기 더미. 완전히 가 아니고. 낡은 《텃비츠》호. 소동과 야비한 휘파람 소리.
흰 페인트로 때가 묻고 찢어진 프록코트에, 머리에 거무스름한 실크 모를 비스듬히 기
울여 쓰고, 코를 가로질러 한 조각의 반창고를 붙인, 블룸이 잘 들리지 않게 말한다.)   30

J. J. 오몰로이

(법정 변호인의 회색 가발에 나사 가운을 걸치고, 침통하게 항의하는 듯한 목소리로 말하면서)
당 법정은 술에 만취하여 과오를 범한 인간을 희생시키면서 경거망동한 변덕을 일삼는 그
런 장소는 아니오. 우리는 지금 곰 정원에 있는 것도 아니고 옥스퍼드 소요장을 구경하고   35
있는 것도 아니며, 그렇다고 여기는 법정의 모조품도 아닙니다. 제 변호 의뢰인은 미성년자
이자, 한 사람의 밀항자로서 요행수로 출발하여 지금은 정직한 생활을 영위하려고 노력하
고 있는 가련한 외국 이민자올시다. 이러한 날조된 경범죄 행위는, 환각에 의하여 야기된,
유전적인 일시적 정신착란에 기인하는 것으로, 여기 유죄 시 되고 있는 사건과 같은 이러
한 허물없는 행위들은 저의 변호 의뢰인의 출생지인, 파라오국[國][120]에서는 전적으로 허용   40
되고 있는 것이올시다. '쁘리마 파치에(일견[一見]하여),' 저는 거기에 육체적 행위에 대한
아무런 시도도 없었다는 사실을 여러분께 인정받고자 합니다. 정교(情交) 관계도 발생하지

않았거니와 드리스콜에 의해 제소(提訴)된 범죄, 즉 그녀의 정조를 농락했다는 것은, 두 번
다시 일어나지 않았습니다. 특히 저는 격세유전(隔世遺傳)에 관해서 강조하고자 하는 바입
니다. 저의 변호 의뢰인의 가계(家系)에는 폐질(廢疾)과 몽유병의 환자들이 있어 왔습니다.
만일 피고의 진술이 허용된다면 책의 표지 사이에 여태껏 서술된— 가장 기묘한 이야기 하
나를 그는 털어놓을 수 있을 것입니다. 그 자신이, 재판장 각하, 구두장이의 폐환(肺患)으
로부터 야기되는 신체적인 폐인(廢人)이올시다. 피고의 중재위탁서(仲裁委託書)에 의하면
그는 몽고인계의 혈통으로서 그의 행동에 대하여 아무런 책임이 없다는 것이올시다. 거기
에는 죄가 될 것이 전혀 없사옵니다, 사실상.

블 룸

*(맨발에, 비둘기 가슴을 하고, 인도인 선원의 조끼와 바지를 입고, 발가락을 마치 사죄하듯 안
으로 굽힌 채, 그의 두더지 같은 작은 눈을 뜨고 천천히 손으로 이마를 쓰다듬면서, 눈이 부신
듯 주위를 돌아본다. 그런 다음 그는 선원 모양 혁대를 잡아당기며, 동양적 경의를 베풀 때처럼
어깨를 움츠리고, 하늘을 향해 엄지 손가락질을 하면서, 법정에 절을 한다.)* 그로 하여금 아아
주 훌륭한 밤을 맞이하시옵기를. *(그는 천연스럽게 콧노래를 부르기 시작한다)*

꼬 꼬 마 귀여운 아이야
매일 밤 돼지족발을 가지고 와요.
2실링을 줄 터이니……

(그를 호통 쳐서 침묵하게 한다.)

J. J. 오몰로이

(청중을 향해 호되게) 이건 단독 싸움이군. 지옥에 맹세코, 저는 제 변호 의뢰인이 누구든
간에 한 패의 똥개나 한 떼의 조소하는 하이에나에 의해 이런 모양으로 재갈을 물리거나 조
롱당하지 않도록 할 생각이오. 정글의 법률을 대신하여 모세의 법전이 있습니다. 저는 거듭
강조해 말하고 또 말합니다만, 잠시라도 법률의 목적을 깨뜨릴 의도는 전혀 없으며, 피고
는 행동에 앞서 종범자(從犯子)가 아니었을 데다가 원고는 농간 당한 사실이 없었음이다.
이 젊은 여인은 피고에 의하여 마치 피고 자신의 딸처럼 대우받았습니다. *(블룸은 J. J. 오
몰로이의 손을 붙들고 그의 입술에다 그걸 가져간다)* 저는 숨은 마수(魔手)가 옛날 그대로 재
차 작용하고 있음을 철저히 입증하기 위하여 반증을 요구할 작정입니다. 의문이 풀리지 않
을 때는 블룸을 기소하십시오. 제 변호 의뢰인은, 선천적으로 내성적인 인간으로서, 점잖은
품위를 손상시키면서까지 비난받을 비신사적인 일을 한다거나 혹은 한 소녀의 신상에 책임
을 지고 있는, 어떤 비겁자가, 윤락(淪落)의 길을 걷는 소녀에게 자기 자신의 달콤한 의지
를 행사하면서, 그녀에게 돌을 던질[121] 그따위 사람은 절대로 아닙니다. 그는 인생을 올바
르게 살아가길 원하고 있습니다. 저는 그를 제가 아는 가장 결백한 사람으로 생각하고 있습
니다. 그는 머나먼 소아시아의 아젠다스 네타임에 그의 광대한 소유지가 저당 잡혀 있기 때
문에 현재 경기가 나빠진 것이요, 이제부터 그 슬라이드를 보여드리겠습니다. *(블룸을 향하
여)* 이봐요 당신 선심을 보이는 게 어때요.

블 룸

파운드 당 1페니.[122]

(은빛 아지랑이 속에 넋을 잃은 듯 소들이 풀을 뜯고 있는 키네레스 호[湖]의 영상이

벽 위에 투영된다. 족제비의 눈을 하고 변비증에 걸린, 모세 들루가쯔가, 무명으로 짠 푸른 노동복을 입고, 양손에 각각 오렌지 시트런과 돼지콩팥을 쥐고, 방청석에서 일어선다.)

들루가쯔

(거친 목소리로) 베를린, 서구, 블라이프트로이가(街) 13번지올시다.

(J. J. 오몰로이가 낮은 기둥 밑자리까지 계속 나아가, 엄숙하게 그의 웃옷의 깃을 잡는다. 그의 얼굴이 길쭉해지고, 창백해지며, 움푹 들어간 눈을 하고, 턱수염을 기른 채, 존 F. 테일러[123]의 폐결핵 부스럼과 소모열로 붉어진 광대뼈를 드러낸다. 그는 손수건을 입에다 대고 질주하는 장밋빛 피[血]의 흐름을 음미한다.)

J. J. 오몰로이

(거의 목소리가 들리지 않게) 실례하오. 저는 심한 감기에 걸려서 고통을 받고 있는 데다, 병석을 떠난 것이 극히 최근의 일입니다. 몇 마디만 간추린 말을. *(그는 새의 머리, 여우의 코밑수염 그리고 시머 부쉬의 코의 능변을 흉내 낸다.)* 천사의 책을 펼치게 될 때, 만일 명상에 잠긴 가슴으로부터 우러나와 변형된 영혼과 변형하고 있는 영혼의 그 어떤 것이 응당 존재해야 하는 거라면 정말이지 그거야말로 법정의 죄인에 대하여 미심한 점을 성스러운 선의로 해석할지로다.[124]

(뭔가 글자가 적힌 한 장의 종이쪽지가 법정에 제출된다.)

블 룸

(대례복 차림으로) 가장 훌륭한 증인을 댈 수 있습니다. 콜런 씨[125] 및 코울먼 씨 두 분을. 치안판사 위즈덤 헬리 씨. 저의 옛 주장(主將) 조 커프 씨. 전(前)더블린 시장, V. B. 딜런 씨를 말입니다. 저는 상류사회…… 더블린 사교계의 여왕님들의 모임에 자주 드나들었습니다. *(아무렇게나)* 저는 오늘 오후에도 총독 저택에서 저의 옛 친구들, 왕실 천문학자, 로버트 볼 경(卿) 부처[126]에게, 리셉션에서, 이야기를 하고 있던 참이었어요. 보브 경(卿), 하고 제가 말을 걸자……

옐버튼 배리 부인

(앞가슴이 깊이 파인 오팔 빛의 무도 복 그리고 팔꿈치까지 올라오는 상아 빛 장갑을 끼고, 흑표범 털로 장식된 붉은 벽돌 빛의 손털 넣은 뒤기 긴 같옷을 입고, 머리에 다이아몬드의 빗과 백로 깃털로 장식한 채) 저이를 체포해요, 순경. 저이는 제 남편이 먼스터의 순회 재판 때문에 티퍼레리의 노드 라이딩[127]에 가 있을 때 저에게 제임스 러브버치[128]라고 서명한, 서투른 좌사체(左斜體)로 된 익명의 편지를 보내 왔어요. 〈라 씨갈(매미)〉[129]의 어전(御前) 공연에서 제가 왕립 극장 특별석에 앉아 관람하고 있었을 때 꼭대기 좌석으로부터 그는 저의 비길 데 없는 유방을 보았다는 것이었어요. 그가 말하기를, 제가 그의 마음을 깊이 불태웠다나요. 그는 잇따른 목요일, 던싱크 표준시로, 오후 4시 반에 저와 밀회할 것을 가당치도 않게 제게 제의해 왔어요. 그는 제게 〈세 벌의 코르셋을 가진 소녀〉[130]라는 제목의, 뽈 드 꼬끄 씨 작의 소설 한 권을 우편을 통해 보내겠다고 제의했어요.

벨링엄 부인

(테두리 없는 모자에 바다표범 가죽과 토끼 가죽의 망토를 입고, 코 있는 데까지 휘감은 채, 그 녀의 사륜마차로부터 걸어 나와 자신이 거대한 주머니쥐 털로 된 토시 안쪽으로부터 꺼낸 거북 껍질 테의 외 알 안경을 통하여 사방을 훑어본다) 저에게 두요. 그래요, 저이가 바로 그 괘씸 한 사람이에요. 왜냐하면 저희 집의 배수관의 석쇠와 목욕탕의 탱크 마개까지도 꽁꽁 얼어 붙던 93년 2월의 혹한이 심하던 어느 진눈깨비 내리던 날 솔리 스토커 경(卿)[131]의 저택 바 깥에서 그는 제 마차의 문을 닫아 주었어요. 잇따라 그는 그가 말하는 바에 의하면, 저를 위 해, 고산(高山)에서 뜯었다는 에델바이스 꽃 한 송이를 동봉했어요. 저는 그것을 어떤 식물 전문가에게 감정하도록 의뢰한 결과 그것은 모범 농장의 속성(速成) 재배실에서 훔쳐 온, 가정에서 자란 다름 아닌 감자 초본의 꽃이었다는 정보를 알아냈어요.

옐버튼 배리 부인

창피한 사내 같으니!

(한 무리의 치신없는 여인들과 누더기 거지 떼들이 파도처럼 앞으로 밀려온다.)

치신없는 여인들과 누더기 거지 떼들

(비명을 지르며) 도둑놈 잡아라! 만세 저기, 푸른 턱수염 기른 놈[132]! 교활한 모(세) 만세 삼창!

둘째 경찰관

(수갑을 꺼낸다) 자 여기 쇠고랑이다.

벨링엄 부인

그는 몇 가지 다른 필적으로 저를 모피에 싸인 비너스[133] 같다니 하고 지나친 찬사를 늘어 놓으며 제게 말을 걸어 나왔는데다가, 서리(霜)로 얼어붙은 저의 마부(馬夫) 파머에게 정 말로 심한 동정을 보낸다고 하잖겠어요, 그런가 하면 한편으로 제 마부의 귀 싸개와 솜털 같은 양피(羊皮)를, 그리고 저의 의상과, 잘린 사슴 머리가 수놓인, 벨링엄 가문(家紋)의 장식된 단비가죽의 방패 무늬의 문장(紋章)을 달고, 저의 의자 뒤에 서 있는, 제 몸뚱이에 대한 그의 행운의 접근을, 시기한다는 거예요. 그는 저의 두 다리라든지, 극한까지 당겨 신 은 비단양말 속의 저의 부푼 장딴지를 거의 터무니없이 찬미하는가 하면, 그가 말하듯, 자 신이 추측할 수 있다는 값비싼 레이스 속의 저의 다른 숨은 보물을 열렬히 찬미했어요. 그 는 제게 *(그렇게 권유하는 것만이 그의 인생의 사명으로 느끼고 있다고 말하면서)* 가능한 조속 한 기회에 결혼의 침상을 더럽히고, 간통을 범하도록 권유했어요.

머빈 탤보이즈 각하 부인

(부인용 승마복 차림에, 딱딱한 모자, 닭 발톱 같은 굽이 달린 긴 장화, 빨간 조끼, 짜서 만든 방 울 달린 사슴 가죽의 근위기병용 장갑, 긴 옷자락을 걷어 올린 채 그리고 사냥용 회초리를 갖고 자신의 대다리를 한결같이 치며) 저도 역시. 왜냐하면 그는 피닉스 공원의 폴로 경기장에서 올 아일랜드군(軍) 대(對) 아일랜드 잔류군(殘留軍)[134]과의 시합에서 저를 보았다는 것이 었어요. 이니스킬링즈의 강타자 슬로거 데니 대위가 그의 애마 〈켄타우로스〉를 타고 최후

의 승리를 거두는 것을 제가 관람하고 있었을 때, 저의 눈이 성스럽게 반짝이고 있었다는 건, 저도 압니다. 이 평민 돈 후앙[135] 놈이 삯 마차 뒤에서부터 저를 살펴보고 있었는데, 뒤에 그는 어둠이 짙은 후에 파리의 가로에서 팔고 있는 것과 같은, 어느 부인에게나 모독을 주는, 외설적인 사진 한 장을 이중 봉투에 넣어 제게 보내 왔어요. 저는 그것을 지금도 보관하고 있어요. 그것은 부분 나체의, 가냘프고 귀여운 아가씨(*그가 단호하게 제게 확신시킨 바에 의하면, 그것은 그가 몸소 실물 그대로 찍은 그의 아내의 사진이라는 것이었어요*)가 어떤 건장한 투우사, 분명히 부랑자인 사나이와 불의의 관계를 행사하고 있는 것이었어요. 그는 저도 그와 똑같이 해보라든지, 저더러 불의를 행하고, 수비대의 사관들과 죄를 범해 보도록 권유하는 것이었어요. 그는 그의 편지를 말도 못 할 정도의 방법으로 저더러 더럽혀 줄 것을, 자신이 응당히 받아야 마땅한 벌을 그에게 가해 줄 것을, 그를 걸터타고 달리게 해줄 것을, 가장 호된 말(*馬*) 매질을 그에게 해줄 것을 간청하는 것이었어요.

벨링엄 부인

저도 역시.

옐버튼 배리 부인

저도 역시.

(*몇몇 더블린 상류사회의 귀부인들이 블룸으로부터 받은 당치도 않은 편지를 추켜든다.*)

머빈 탤보이즈 각하 부인

(*깁작스런 발작적인 분노 속에 그녀의 박차를 징글징글 울리며 발을 구른다*) 제가 할 테예요, 천상의 하느님께 맹세코. 제가 다룰 수 있는 한 저 소심한 상놈을 채찍질 해 줄 테예요. 제가 저이를 산채로 껍데길 벗겨 줄 테예요.

블 룸

(*눈을 감으며, 기대하듯 몸을 움츠린다*) 여기? (*그는 허우적거린다*) 다시! (*몸을 움츠리며 숨을 헐떡인다*) 나는 위험을 사랑하오.[136]

머빈 탤보이즈 각하 부인

그렇다 마다! 너를 화끈하게 해줄 테니. 그걸로 잭 라턴 춤을 추도록 해줄 테니까.[137]

벨링엄 부인

그의 볼기를 무두질해요, 건방진 놈! 엉덩이에 성조기 자국이 나도록 해줘요!

옐버튼 배리 부인

창피스럽게! 저 녀석에겐 변명할 여지없지! 결혼한 사내가!

블 룸

이따위 모든 사람들. 난 오직 찰싹 때려 주었으면 하는 생각뿐이었는데. 피를 흘리지 않고 몸이 얼얼하게 화끈 달아오를 정도로. 세련된 채찍질이 혈액순환을 자극하지.

머빈 탤보이즈 각하 부인

(조소하듯 크게 웃는다) 오, 그래, 이 지독한 놈아? 글쎄, 살아 있는 하느님께 맹세코, 지금
부터 깜짝 놀랄 정도로 널 해줄 테다. 거짓말 아니야, 인간이 여태까지 받아야 할 가장 무
자비하고 호된 매질을 당하게 할 테니까. 너는 내 몸속에 잠자는 암호랑이를 발칵 화나게
했단 말이야.

벨링엄 부인

(복수심에 불타듯 그녀의 토시와 외 알 안경을 흔든다) 저놈을 멋지게 해치워요, 이봐요 한
나. 그에게 생강을 줘요.[138] 저 잡종 개를 때려서 반쯤 죽여 놓아요. 구조편(九條鞭) 채찍으
로. 그를 거세를 시켜 버려. 그를 생체해부 해요.

블 룸

(몸을 떨며, 움츠리면서, 두 손을 맞잡는다. 비열한 용모로) 아이 추워! 오 몸이 오싹하는군!
그대의 진미의 아름다움 때문이었소. 잊어 주오, 용서하오. 숙명이오. 이번 한 번만 놓아
줘요. (그는 다른 쪽 뺨을 내민다.)[139]

옐버튼 배리 부인

(준엄하게) 어떤 일이 있어도 놓아주지 말아요, 탤보이즈 부인! 놈은 철저하게 혼내줘야만
해요!

머빈 탤보이즈 각하 부인

(난폭하게 긴 장갑 단추를 풀면서) 내가 이런 놈을 용서해 줄까봐. 얼간이 개 같은 놈 그리고
언제나 날 때부터 매한가지라니까! 감히 내게 말을 걸다니! 큰 길 한복판에서 멍투성이가
되도록 매질을 해 줄 테니까. 박차의 톱니바퀴까지 몸에 박히도록 해줄 테다. 그는 소문난
오장이진 사내라오. (그녀는 야만스럽게 산양 회초리로 공중에다 휙휙 소리를 낸다) 지체 말
고 그의 바지를 끌어내려. 자, 이리 와! 나리! 빨리! 준비됐어?

블 룸

(부들부들 떨면서, 복종하기 시작하며) 날씨가 너무 더웠어요.

(고수머리를 한, 데이비 스티븐즈가, 한 무리의 맨발의 신문팔이 소년들과 함께 지나
간다.)

데이비 스티븐즈[140]

〈성심의 사자(使者)〉지(誌)와 성 패트릭 제일(祭日)의 부록 판이 달린 〈이브닝 텔레그라

프)지(紙)올시다. 더블린의 모든 오장이진 자들의 새 주소가 실려 있어요.

(황금빛 긴 외투로 몸을 감싼 성당 참사회원 오한런 존사가 대리석의 시계를 들어올려 사람들에게 보인다. 그의 앞에 콘로이 신부와 예수회의 존 휴즈 신부가 낮게 허리를 굽힌다.)

시 계

(작은 문이 열리며)

쿡쿠.

쿡쿠.

쿡쿠.

(침대의 놋쇠 고리가 징글징글 울리는 소리가 들린다.)

고 리

지그작. 지가지가. 지그작.[141]

(널빤지 같은 안개가 재빨리 걷히며, 배심원 석에, 실크 모를 쓴, 배심원장 마틴 커닝엄과, 잭 파우어, 사이먼 데덜러스, 톰 커넌, 네드 램버트, 존 헨리 멘턴, 마일리스 크로포드, 레너헌, 패디 리오나드, 노우지 플린, 맥코이의 얼굴들, 그리고 한 무명 인사의 이목구비 없는 얼굴을 재빨리 노정 한다.[142])

무명 인사[143]

맨 등 말 타기다. 나이에 따라 무게를.[144] 젠장. 녀석이 그녀를 후무렸도다.

배심원들

(모두들 머리를 그의 목소리 나는 쪽으로 돌린 채) 정말로?

무명 인사

(으르렁거린다) 엉덩이를 뒤집고. 5실링 걸어서 1백 실링이라.

배심원들

(모두들 승낙의 뜻으로 머리를 아래로 굽힌 채) 우리들 대부분이 그만큼이라 생각했어.

첫째 경찰관

그는 요주의 인물이오. 또 한 사람의 소녀의 땋은 머리가 잘렸소.[145] 지명수배자: 살인범 잭[146]. 현상금 1천 파운드.

둘째 경찰관

(겁에 질린 듯, 속삭인다) 게다가 상복을 입고. 일부다처주의자. 무정부주의자.

정 리(丁吏)

(소리 높이) 그런가 하면 주거부정(住居不定)의 리오폴드 블룸은 널리 알려진 다이너마이트 폭발 자, 문서(文書) 위조자, 중혼자(重婚者), 포주(抱主) 그리고 오장이진 남편 그리고 더블린의 시민에 대한 공적(公的) 안거방해자(安居妨害者)인고로, 당 순회 재판소에서는, 재판장 각하……

(돌[石] 수염을 기른, 더블린 지검판사, 프레더릭 포키너 경[卿]이 회색 화산암[火山岩] 빛깔의 법의를 걸치고, 판사석에서 일어선다. 그는 양쪽 팔에 우산 같은 권봉[權棒]을 쥐고 있다. 그의 이마로부터 모세 풍의 수사슴 뿔이 우뚝하게 솟는다.)

지검 판사

본관은 이러한 백인 노예 거래에 대하여 종자부를 찍게 하고 이와 같은 지긋지긋한 독소를 더블린으로부터 제거할 참이오. 언어도단이도다! *(그는 까만 모자를 쓴다.)*[147] 부(副)집행관 씨, 현재 그가 서 있는 피고석에서 그를 연행하여 폐하의 재가가 있는 동안 마운트조이 감옥에 구류 시키고 그가 숨이 끊어질 때까지 교수형에 처하도록 그리고 그 점에서 어떤 일이 있더라도 책임을 소홀히 해서는 안 되나니 아니면 주께서 그대의 영혼을 가엾이 여길지라. 피고를 퇴장시켜요.

(까만 죄수 모가 그의 머리 위에 떨어진다. 부집행관 키다리 존 패닝이, 코를 찌르는 헨리 클레이 입담배를 피우면서, 나타난다.)

키다리 존 패닝

(상을 찌푸리고 쟁쟁한 구르는 목소리로 부른다) 유다 이스카리오트[148]를 교수형에 처할 자 누구냐?

(우두머리 이발사, H. 럼볼드가 핏빛 조끼와 무두장이 앞치마를 두르고, 사린 밧줄을 어깨에 둘러멘 채, 교수대에 오른다. 한 자루의 호신 봉과 못 박힌 큰 망치가 혁대에 꽂혀 있다. 그는 쇳조각 고리로 손가락 마디를 한 채, 양손을 맞잡고 무섭게 비벼댄다.)

럼볼드

(악의를 품은 듯 치근거리며 지검판사를 향해) 교수자(絞首者) 하리 올시다, 각하, 머지 강(江)[149]의 공포입니다. 목 하나에 5기니죠. 목에 지나지 않아요.

(조지 성당의 종이 천천히 울린다, 크고 침울한 쇳소리.)

종(鐘)

헤이호! 헤이호!

블 룸

(필사적으로) 잠깐만. 정지. 갈매기들아.[150] 착한 마음. 저는 보았어요. 천진난만. 소녀가

원숭이 집에서. 동물원. 호색한 침팬지. *(숨이 넘어가듯)* 골반*(骨盤)*. 그녀[151]의 가식 없는 얼굴 붉힘이 저를 거세시켰던 거요. *(감정에 압도된 채)* 저는 그 구역을 떠났던 거요. *(그는 호소하듯, 군중 속의 한 인물에게 몸을 돌린다)* 하인즈, 잠깐 자네한테 말 좀 해도 좋을까? 자네 날 알잖아. 빌려 준 그 3실링은 그냥 가져도 좋아. 혹시 좀 더 필요하면······

하인즈

(냉정하게) 자네는 전혀 낯선 사람인걸.

둘째 경찰관

(구석을 가리킨다) 여기 폭탄이 있어.

첫째 경찰관

시한*(時限)* 장치가 붙은 무시무시한 폭탄이야.

블 룸

아니, 아니오. 돼지족발입니다. 저는 장례식에 참석했었어요.

첫째 경찰관

(곤봉을 꺼낸다) 거짓말쟁이!
　　(사냥개가 코를 치켜든다. 그러자 패디 디그넘의 괴혈병에 걸린 회색 얼굴이 드러난다. 그는 모두를 갉아먹었다. 그는 썩은 시체 먹은 듯한 숨결을 내뿜는다. 그는 사람만큼 커지며 사람의 모습으로 바뀐다. 그의 다크스훈트 견〔犬〕 같은 코트가 갈색의 시의〔屍衣〕로 변한다. 그의 푸른 눈이 충혈 되어 번쩍인다. 한쪽 귀의 절반과, 코를 몽땅, 그리고 양쪽 엄지손가락이 망귀〔亡鬼〕에 잘라 먹혔다.)

패디 디그넘

(공허한 목소리로) 그건 사실이오. 그건 저의 장례식이었어요. 제가 병에 굴복하여 자연사*(自然死)*했을 때 의사 피뉴케인이 사망 진단을 내렸던 거죠.
　　(그는 틸〔月〕을 향해 그의 불구가 된 잿빛 얼굴을 쳐들며 애처롭게 소리 지른다.)

블 룸

(의기양양하게) 여러분 듣습니까?

패디 디그넘

블룸이여, 나는 패디 디그넘의 혼령이다. 들어라, 들어라, 오 들어라![152]

블 룸

이 목소리는 에서[153]의 목소리요.

둘째 경찰관

(성호를 긋는다) 이런 일이 어찌 있을 수 있단 말인가?

첫째 경찰관

서푼짜리 교리문답서에도 없는 거야.[154]

패디 디그넘

윤회(*輪廻*)에 의하여. 망령들아.

목소리

오 젠장.

패디 디그넘

(열렬하게) 한때 나는 배철러 산책로 27번지의, 서약서 및 선서구술서(*宣誓口述書*) 관리 위원, J. H. 멘턴 변호사에게 고용되어 있었소. 지금은 심장 벽 비만증 때문에, 세상을 하직하고 말았지. 괴로운 처지요. 가련한 아내는 지독히도 마음 아파했소. 지금은 어떻게 견디고 있을까? 그녀로 하여금 고놈의 셰리주 술병을 끊도록 해주오. *(그는 주위를 돌아본다)* 등불을. 나는 동물적 욕구를 만족시켜야겠어. 그놈의 버터밀크가 내 몸에 맞지를 않더라니. *(묘지관리인, 존 오코넬의 뚱뚱한 몸집이, 까만 조장[弔章]으로 묶은, 한 뭉치 열쇠를 들고, 앞으로 다가선다. 그의 곁에는 두꺼비 배를 하고, 목이 삐뚤어진, 전속 사제 코피 신부[155]가, 하얀 성의[聖衣]에, 물들인 비단 침모를 쓰고, 양귀비꽃으로 꼬아서 만든 지팡이[156]를 손에 쥐고 졸리는 듯 서 있다.)*

코피 신부

(하품을 한다, 이어 목쉰 소리로 노래한다) '나미네. 야곱. 보비스꾸이뜨스. 아멘. *(하느님의 이름으로. 야곱. 보비스큇. 아멘.)* '[157]

존 오코넬

(그의 메가폰을 통하여 소란스럽게 무중호적[霧中號笛]처럼 부르짖는다) 고(*故*), 디그넘, 패트릭 T.

패디 디그넘

(양 귀를 쭈뼛하게 세우고, 몸을 움츠린다) 상음(*上音*)이다. *(그는 꿈틀거리고 앞으로 나아가며 한쪽 귀를 땅바닥에 붙인다)* 주인 나리의 목소리다!

존 오코넬

매장(*埋葬*) 기록부 번호 U. P. 8만 5천 번. 제 17구(*區*). 열쇠(*Keys*)의 집. 구역, 1백 1.

(패디 디그넘이, 생각하며, 꼬리를 뻣뻣하게 치켜세운 채, 양 귀를 위로 향하게 하여, 눈에 띄도록 애를 쓰며 자세히 듣는다.)

패디 디그넘

그의 영혼의 휴식을 위해 기도하라.

(그는 갈색의 시의에 매달린 쇠사슬을 덜컥거리는 자갈 위에 질질 끌면서, 지하 석탄 투항구(投降口)를 통해 꿈틀꿈틀 내려간다. 그 뒤를 살찐 한 마리의 할아버지 쥐가 회색 등 껍데기를 쓴 채 균상종(菌狀腫)을 닮은 거북이 발로 아장아장 걸어간다. 디그넘의 목소리가, 입을 털어 막은 채, 땅 밑에서 으르렁거리는 것이 들린다. '디그넘은 죽어 땅 밑으로 갔도다.[158] 로빈 새의 붉은 조끼에, 모자를 쓰고 반바지를 입은, 톰 로치퍼드가 두 개의 원기둥으로 된 기계[159]로부터 껑충 뛰어나온다.)

톰 로치퍼드

(한쪽 손을 가슴뼈에다 대고, 절을 한다) 루벤 J. 내가 그에게 1플로린을 마련하도다. *(그는 단호한 시선으로 하수구의 출입구를 노려본다)* 이번에는 내 차례야. 칼로우까지 나를 따라와요.[160]

(그는 한 마리 대담한 연어처럼 공중으로 뛰며[161] 석탄 투항 구 속으로 빨려 들어간다. 기둥 위의 두 원반이 빙글빙글 돌면서 영(零)의 눈금을 나타낸다. 모두가 사라진다. 블룸이 다시 무거운 발걸음으로 웅덩이를 빠져 앞으로 걸어 나온다. 키스들이 안개의 갈라진 틈에서 쩝쩝 소리를 낸다. 피아노가 울린다. 그는 귀를 기울이면서, 불이 켜진 집 앞에서 발을 멈춘다. 키스들이, 그들의 정자(亭子)로부터 날아 나와 그의 주위를 선회한다, 재잘거리며, 지저귀며, 정답게 속삭이면서.)

키스들

(지저귀며) 리오! *(재잘거리며)* 리오에게 찍찍 쪽쪽 짭짭 뽀뽀! *(구르르 소리를 내며)* 쿠 쿠 우쿠! 냠냠,[162] 움음! *(속삭이며)* 크게 뽐내고 와요! 빙빙 돌아요! 리오포폴드! *(재잘거리며)* 리이오리이! *(지저귀며)* 오 리오!

(그들은 살랑살랑 소리를 낸다, 그의 옷 위에서 날개를 치며, 불에 비쳐, 환하고 어지러운 반점들이 되었다가, 은빛 작은 원반들로 바뀐다.)

블 룸

남자의 탄주(彈奏)로군. 슬픈 곡이야. 교회 음악이다. 아마 여긴지도.[163]

(세 개의 구리단추로 채운, 청록색 치마를 입고, 목 주위에 가느다란 까만 비로도 노끈을 감은, 한 나이 어린 매춘부, 조위 히긴즈가 고개를 끄덕이며, 계단을 경쾌하게 걸어 내려와, 그에게 말을 건다.)

조 위

어떤 이를 찾고 계시오? 그는 친구하고 안쪽에 있어요.

블 룸

여기가 맥부인[164] 댁인가?

조 위

아뇨, 81번지요. 코헨 부인 댁인 걸요. 더 멀리 가도 나을 건 없어요. 찰싹 찰싹 슬리퍼 신은 할멈 말이요. *(다정하게)* 그녀는 오늘 밤 그녀의 밀보자[密報者]인 수의(獸醫)와 몸소 일을 치르고 있어요. 그는 우승마의 정보를 그녀에게 모두 알려주고 그렇게 해서 옥스퍼드에 있는 그녀의 아들에게 송금을 하니깐요. 오버타임까지 일을 하고 있지만 오늘은 그녀의 운(運)이 틀려졌나 봐요. *(의심쩍게)* 당신, 혹시 그[165]의 아버지 아니세요, 네?

블 룸

천만에!

조 위

두 분이 다 검정 옷을. 오늘 밤은 귀여운 생쥐가 어디 간질여 주지 않나요?
　　　　(그의 피부가, 민감하게도, 그녀의 손가락 끝이 접근해 옴을 느낀다. 한쪽 손이 그의
　　　　왼쪽 허벅다리 위로 미끄러진다.)

조 위

도토리는 안녕하신가요?

블 룸

반대쪽이야. 신기하기도 고놈이 오른쪽에 가 있으니. 그쪽이 한결 무거운 것 같아, 상상컨대. 1백만 명에 한 사람 정도라고, 나의 재단사, 메시어스[166]가 말하는 거야.

조 위

(갑자기 놀라며) 당신 경성하감(硬性下疳)이구려.

블 룸

설마 그럴 리가.

조 위

뭔가 느껴요.
　　　　(그녀의 손이 그의 바지 왼쪽 호주머니 속으로 미끄러지듯 들어가, 딱딱하고 까만 쪼
　　　　글쪼글한 감자 한 개를 꺼낸다. 그녀는 무디고 젖은 입술로 감자와 블룸을 살펴본다.)

블 룸

부적(符籍)이야. 조상전래(祖上傳來)의 가보(家寶)지.

조 위

조위 주려고? 언제까지나? 아주 잘해 드리라고, 응?

(그녀는 감자를 탐내듯 호주머니 속에 넣은 다음 그의 팔짱을 끼고, 부드럽고 온화하게 그를 포옹한다. 그는 거북한 듯 미소 짓는다. 천천히, 한 곡조 한 곡조, 동양풍의 음악이 연주된다. 그는 화장 먹으로 둥글게 그려진, 그녀의 황갈색 수정 같은 눈을 빤히 들여다본다. 그의 미소가 누그러진다.)

조 위

이 다음에도 당신 나를 잊지 않겠죠.

블 룸

(버림받은 듯) 귀여운 영양(羚羊)을 일단 사랑한 바에야 틀림없이······
(영양들이 산 위에서 풀을 뜯으며, 뛰놀고 있다. 근처에는 몇 개의 호수가 널려 있다. 호수 주위에는 시더 숲의 시커먼 그림자가 줄지어 있다. 향내가 솟으며, 모생약(毛生藥) 같은 독한 수지(樹脂)의 냄새를 풍긴다. 하늘이 탄다, 동방, 독수리의 구릿빛 날개로 갈라진, 청록색의 하늘. 그 아래 나체의 하얀, 조용하고, 시원해 보이는, 사치스러운 여성시(女性市)[167]가 놓여 있다. 분수가 담홍색의 장미들에 둘러싸여 속삭인다. 거대한 장미들이 붉은 포도주에 관해 속삭인다. 수치, 정욕, 피의 포도주가, 이상야릇하게 속삭이며, 스며 나온다.)

조 위

(그녀의 여(女)노예의 입술이 돼지 지방과 장미 수(水)의 연고를 번지르르하게 바르고, 음악에 맞추어 엽불 조의 노래를 흥얼거리며) '쇼라크 아니베노바크, 베노이트 히에루샬로임(제 살결은 까맣지만 얼굴은 아름다워요, 오 그대 예루살렘의 딸들이여)'.[168]

블 룸

(홀린 듯) 말투로 보아 당신은 참 훌륭한 가문 출신이라 생각했지.

조 위

무슨 생각으로 그랬는지 당신 알아요?
(그녀는 썩은 마늘의 구역질나는 숨결을 그에게 내뿜으며, 작은 도금한 이빨로 그의 귀를 살며시 깨문다. 장미꽃들이 양쪽으로 헤쳐지며, 역대 임금님들의 황금과 그들의 썩어 문드러진 뼈들이 묻힌 무덤을 들어내 보인다.)

블 룸

(뒤로 물러선다, 어색하고 평평한 손으로 그녀의 오른쪽 유방을 기계적으로 주무르면서) 당신은 더블린 아가씨요?

조 위

(흩어진 머리카락 한 오래기를 교묘하게 잡고, 다박머리에 그것을 꼬아 붙이나) 성질 두려워할 것 없어요. 저는 영국 태생이랍니다. 담배 한 개비 가졌어요?

블 룸

(앞서처럼) 담배를 좀처럼 피우지 않아, 이봐요. 시가는 이따금. 아기들 장난이지. *(음탕하게)* 입은 그따위 고약한 냄새나는 연초 실린더를 빨기보다는 한층 훌륭하게 쓰일 수 있지.

조 위

계속해요. 그것으로 선거 연설이라도 해 봐요.

블 룸

(노동자의 코르덴바지에, 짜서 만든 까만 재킷을 걸치고 펄렁이는 붉은 넥타이에 아파치족의 모자를 쓰고) 인간이란 구제할 수 없는 거야. 월터 롤리경[169]이 신세계에서 저 감자와 연초를 가져왔지, 그런데 전자는 흡수 작용에 의하여 염병을 교살하며, 후자는 귀, 눈, 심장, 기억력, 의지력, 이해력, 모든 것에 독이 된단 말이야. 말하자면 누군지 그의 이름을 잊었으나, 다른 한 사람이 음식물을 가져오기 1백 년 전에 그는 독을 이 세상에 가져왔던 거야. 자살. 거짓말. 모든 우리들의 습성들. 자, 우리들의 대중생활을 살펴보란 말이야!

(먼 곳의 뾰족탑으로부터의 한밤중의 종소리.)

종소리

등을 돌려요 다시, 리오폴드! 더블린 시장 나리![170]

블 룸

(시 참사회원의 가운에 사슬을 달고) 에린 부두, 인즈 부두, 로툰더, 마운트조이 및 노스 도크의 선거인 여러분, 제 이야기는, 가축 시장으로부터 강까지 전차 선로를 가설하는 게 좋다는 것입니다. 이것은 미래의 음악입니다. 이것이 저의 강령이올시다. '꾸이 보노*(무슨 소용이냐고요)?*' [171] 그러나 그들의 재계*(財界)*의 유령선에 탄 우리들의 해적 밴더덱켄[172] 놈들은……

선거인

우리들의 미래의 총독을 위해 세 차례 만세 삼창!

(횃불 행렬의 북극광이 뜬다.)[173]

횃불 든 사람들

만세!

(몇몇 저명한 시민들, 시의 고관들 그리고 시의 자유민들이 블룸과 악수를 하며 그에게 축하의 말을 보낸다. 최근 세 차례에 걸쳐 더블린 시장을 역임한 바 있는, 티모시 해링턴[174]이 시장의 진 붉은 대례복, 황금 사슬과 흰 비단 타이 차림에 당당한 풍채를 하고 '로꿈 떼넨스(시장대리),' 로컨 셜록 시의원과 상담한다. 그들은 의견이 서로 일치되자 활발하게 고개를 끄덕인다.)

해링턴 전(前)시장 각하

(직장[職杖]과 함께 진 붉은 예복 차림으로, 시장의 황금 사슬과 크고 하얀 비단 목도리를 두르고) 저 시 참사회원 리오 블룸 경(卿)의 연설은 지방세 납부자의 비용으로 인쇄토록 한다. 경(卿)이 태어나신 저택을 기념패로 장식토록 하며 코크가(街) 근처의 카우 팔러로 종래 알려져 왔던 통로를 금후부터 블룸대로(大路)로 명명키로 한다.

시의원 로컨 셜록

만장일치로 가결되었소.

블 룸

(감격적으로) 이들 유령선의 선장들 혹은 거짓말쟁이 네덜란드 놈들, 단장(丹粧)한 선미루(船尾樓)에 몸을 기대고, 주사위노름을 하고 있는 그놈들이 도대체 무엇을 상관하겠소? 기계야말로 그들의 슬로건이며, 그들의 망상이요, 그들의 만능 약입니다. 노동력 절약의 도구이며, 찬탈자요, 도깨비이며, 상호 살인을 위해 제작된 괴물이요, 우리들의 창부(娼婦)화(化)한 노동으로 한 무리의 자본가적 탐욕에 의해 생산된 흉악스런 요귀(妖鬼)입니다. 그네들이 부와 권력의 근시안적인 사치에 현혹되어, 멋들어진 수사슴을 사육하거나 꿩과 자고새들을 사냥하고 있는 동안에 빈민(貧民)은 굶어 죽어 가고 있소. 그러나 이제 그들의 *(해적)*지배는 끝났소, 구원(久遠)히 그리고 영원(永遠)히 그리고 영……175)

> *(계속되는 박수갈채. 장식 돛대, 5월주(月柱) 그리고 축제의 아치가 솟는다. '세아드 말레 파일테〈천만[千萬] 환영〉' 176)과 '마 토브 멜렉 이스라엘〈이스라엘 왕이시여, 영광 있어라〉' 177)이란 자구[字句]가 박힌 펄럭이는 장기[長旗]가 거리에 펼쳐져 있다. 창문에는 온통 구경꾼들, 주로 귀부인들이 웅성거린다. 연도에는 로열 더블린 휴질리어 보병 연대, 국왕 직속의 스코틀랜드 국경 경비대, 카메론 고지병[高地兵]과 웨일즈 휴질리어 연대가, 차려 자세로 서서, 군중들을 제지시키고 있다. 고등학교 남학생들이 램프 기둥, 전신[電信] 기둥, 창턱, 처마 박공, 낙수[落水]통, 통풍관[通風管], 가로장 울타리, 빗물 통을 걸터타고, 휘파람을 불면서 환호를 올리고 있다. 구름의 기둥 178)이 나타난다. 고적대가 멀리서〈콜 니드라이〉179)를 연주하고 있는 것이 들린다. 이 리[鳥]가 그려진 제국기[帝國旗]를 게양한 몰이꾼들이, 군기를 받들고 동방의 종려 가지를 흔들면서, 다가온다. 황금과 상아로 장식된 교황기가, 시민기의 물결에 둘러싸여, 높이 솟아 있다. 행렬의 선두 마차가, 장기판 같은 무장[紋章]이 붙은, 전령사의 갑옷을 입은, 애슬론 시방검찰관 겸 의전부관[儀典副官]인 경시총감, 존 하워드 파 넬에게 인솔되어 나타난다. 그들을 뒤이어 더블린 시장, 조지프 허친슨 각하, 코크 시장 각하, 리머릭시, 골웨이시, 슬라이고시 및 워터포드시의 각 시장 각하, 28명의 아일랜드 귀족 대표들, 지방 족장들, 대공[大公]들 그리고 아름다운 왕좌포[王座布]로 장식한 회교 군주들, 더블린 수도 소방대, 금력[金力] 정치의 서열 순으로 줄지은 재계의 성도단[聖徒團], 다운 및 코노의 주교[主教], 추기경 마이클 로그 각하, 전[全] 아일랜드 주교, 아마의 대사교인 신학박사 윌리엄 알렉산더 각하, 유태교의 회장, 장로교의 회의장, 침례교, 재[再]침례교, 간리교 교회 및 노라비아교의 각 장로, 그리고 친우회의 명예 간사들이 나타난다. 그들 뒤에는 각종 동업조합원, 상공조합원, 그리고 민병대들이 깃발을 휘날리며 행진한다: 술통 만드는 사람들, 조매(鳥賣)꾼들,*

물방아 목수들, 신문 광고 권유원들, 공중인(公證人)들, 안마사들, 포도주 상인들, 탈장대 제조자들, 굴뚝 소제부들, 라드 정제업자(精製業者)들, 견모 직물 및 포플린 짜는 사람들, 제철공들, 이탈리아 산 식료품상인들, 교회 장식사들, 구두창 제조업자들, 장의사들, 비단 장수들, 보석상인들, 경매 꾼들, 코르크 마개 제조업자들, 화재 손실액 책정 자들, 염색 및 세탁업자들, 수출용 제병업자(製瓶業者)들, 모피상인들, 포스터 도안사들, 문장인(紋章印) 조각사들, 마구간 청소부들, 금은 브로커들, 크리켓 및 궁술용구(弓術用具) 상인들, 도드미(篩) 만드는 사람들, 달걀 및 감자 도매상들, 메리야스 및 장갑 제조상들, 연관공 청부업자들이 따른다. 그 뒤를 이어 침실의 시종, 궁내관, 문장원장(紋章院長) 대리, 호위대장, 마필주관장(馬匹主管長), 궁내대신, 문장총리, 용검(龍劍), 성 스데반의 쇠 왕관, 성배(聖杯) 및 성서를 봉지(捧持)한 시종 무관장(侍從武官長)들이 행진한다. 네 명의 보병 나팔수가 신호를 알린다. 호위병들이 이에 응답하여 환영의 클라리온을 분다. 개선(凱旋)의 아치 밑으로, 블룸이, 탈모로, 옷의 가장자리를 두른 족제비 가죽으로 장식된, 심홍색 벨벳 망토를 걸치고, 증성왕(證聖王) 에드워드의 막대기, 비둘기 장식이 달린 보주(寶珠)와 권봉(權棒) 및 자비의 칼을 들고 나타난다. 그는 미끈하게 늘어뜨린 기다란 진 붉은 꼬리의, 금빛 머리따로 화려하게 장식한 우윳빛처럼 하얀 말을 타고 있다. 흥분의 도가니. 부인들이 발코니에서 장미꽃잎을 아래로 뿌린다. 대기는 향수 냄새로 넘쳐 있다. 남자들이 환호의 갈채를 보낸다. 블룸의 시동들이 산사와 굴뚝새덤불의 가지를 들고 구경꾼들 사이를 뛰어다닌다.)

블룸의 시동들

굴뚝새야, 굴뚝새야,
모든 새들의 왕,
성 스데반의 축제일
가시 금작화 숲속에서 잡혔다네.[180]

대장장이

(중얼거린다) 하느님의 영광을 위하여! 그래 저분이 블룸이오? 아직 서른한 살도 채 안 돼 보이는군요.

석판(石板) 포장 공

저분이 바로 그 유명한 블룸이오, 세계의 가장 위대한 개혁자. 모두 탈모!

(모두들 탈모한다. 여인들이 열렬히 속삭인다.)

여(女)백만장자

(낭랑하게) 저인 그저 놀랄 정도잖아요?

귀부인

(고상하게) 저인 지금까지 별별 것을 다 보았겠어요!

(남성의 목소리로) 그리고 행했을 거요!

종장(鐘匠)[181]   5

얼마나 고전적인 얼굴이오! 저인 사색가의 이마를 하고 있어요.
    (블룸의 날씨. 한 가닥 강렬한 햇살이 북서쪽에 나타난다.[182])

다운 및 코노의 주교   10

저는 여기 의심의 여지없는 황제 폐하 – 대통령 그리고 국왕 – 의장, 우리 영토의 지고지존
의 통치자를 배알하나이다. 하느님이시여 리오폴드 1세를 도우소서!

모두들
                                                                            15
리오폴드 1세 만세!

블 룸

(대관식 복과 자줏빛 망토를 걸치고, 다운 및 코노의 주교에게, 위엄 있게) 고맙소, 매우 탁월
하신 경(卿)이여.   20

아마 대주교, 윌리엄

(자색의 폭넓은 깃 장식에 차양 없는 모자를 쓰고) 폐하께서는 가장 올바른 판단으로 아일랜
드와 그 속령(屬領)의 영토들에서 법률과 자비를 행사하시겠나이까?   25

블 룸

(그의 오른손을 불알 위에 대면서, 맹세한다)[183] 창조주시여 저를 상대하소서. 이러한 모든
것을 짐은 이행할 것을 약속하오.
                                                                            30

아마의 대주교, 마이클

(항아리에 든 미덧기름을 블룸의 머리 위에 쏟는다) '가우디움 마그눔 안눈띠오 보비스. 하베
무스 까르네피쳄(그대들에게 위대한 기쁨을 알리노라. 이제 우리는 집행자를 갖게 되리로다).'
[184] 레오폴드, 파트릭, 안드레, 다윗, 조지, 그대들은 성유(聖油)의 세례를 받을 지어다!   35
    (블룸은 황금 천으로 된 망토로 몸을 장식하고 루비 반지를 낀다. 그는 단상에 오르며
    대관석(戴冠石) 위에 선다. 그와 동시에 귀족 대표들이 28개의 관을 쓴다. 축제의 종
    들이, 그리스도 성당, 성 패트릭 성당, 성 조지 성당 및 들뜬 맬러하이드에서 울린다.
    마이러스 자선시의 불꽃들이 남성의 성기[性器]를 상징하는 디자인으로 사방에서 솟
    는다. 귀족들이 한 사람씩 차례로, 가까이 와서 한쪽 무릎을 꿇고 정의를 표한다.)   40

귀족들

저는 지상의 숭배를 위해 생명과 사지(四肢)를 봉헌(奉獻)하는 폐하의 충신이 되겠나이다.

(블룸이 자신의 오른손을 치켜들자 그 위에 코 – 이 – 누르 다이아몬드[185]*가 반짝인다. 그의 승마가 운다. 즉각적인 침묵. 대륙간 및 각 유성간(遊星間)의 무선 전신기가 메시지 수신[受信]을 위해 배치된다.)*

블 룸

짐의 신민(臣民)들이여! 짐은 이에 짐의 충실한 군마 꼬뿔라 펠릭스[186]를 세습 총리대신에 임명하며, 오늘부터 짐의 전(前)배우자와 절연하고 밤의 광채인, 셀레네 공주[187]를 아내로 맞아들임을 선포하는 바이오.

(블룸의 내연의 전[前]부인이 죄인 호송차에 의해 재빨리 실려 나간다. 셀레네 공주가, 월광청색[月光靑色] 예복에, 그녀의 머리 위에 은빛 초승달을 이고, 두 거인에 의해 부축 받으며, 세단 승용차에서 내린다. 터져 나오는 박수갈채.)

존 하워드 파넬

(국왕기를 게양한다) 고명하신 블룸! 저의 저명하신 형님의 후계자시여![188]

블 룸

(존 하워드 파넬을 포옹한다) 짐은 그대에게 진심으로 감사하노라, 존, 우리들 공동의 조상들의 약속 받은 나라, 푸른 에린(愛麟)에, 이와 같은 국왕의 참된 환대를 베풀어주다니.

(시의 자유권이 헌장에 수록되어 그에게 제출된다. 더블린시의 열쇠가, 진 붉은 쿠션 위에 십자가로 엇갈려 놓인 채, 그에게 수여된다. 그는 모든 사람들에게 자신이 녹색 양말[189]*을 신고 있음을 보여 준다.)*

톰 커넌

그것은 각하에게 지당한 것이옵니다, 폐하.

블 룸

20년 전 바로 오늘 우리들은 레이디스미스[190]에서 우리들의 숙적(宿敵)을 격퇴했었소. 우리들의 곡사포와 경선회포(輕旋回砲)가 놀라운 효력으로 적의 전선(戰線)에 일대 타격을 가했던 거요. 반(半)리그 전진![191] 적군 돌격! 이제 모든 것은 다 사라졌도다! 우린 항복하나? 천만에! 우리는 적에게 반격을 가한다! 보라! 아군 돌격! 왼쪽으로 산개(散開)하여 아군의 경기병(輕騎兵)은 플레브나 고지를 가로질러 소탕했고, '보나피데 사바오스(주님의 만군[萬軍])'[192]의 함성을 지르며, 사라센의 포병들을 최후의 일인까지 목 베어 죽였다오.

플리먼 지(紙)의 식자공 조합

근청! 근청!

존 와이즈 놀런

저분이 제임스 스티븐즈를 도망시킨 장본인이오.

자선학교의 학생

브라보!

나이 먹은 주민

당신이야말로 국가의 신망이옵니다, 폐하, 틀림없사옵니다.

사과 파는 여인

저분이야말로 아일랜드가 요구하는 사람입니다.

블 룸

짐의 사랑하는 백성들이여, 이제 신기원(新紀元)의 여명이 밝아 오려 하고 있소. 짐, 블룸은 여러분에게 진실로 고하노니, 심지어 지금 그것이 눈앞에 임하였소. 그래요, 블룸의 이름에 맹세하노니, 여러분은 머지않아 미래의 신성애란(新星愛蘭)의 새 블룸 성지가 될, 황금도시(黃金都市)로 들어가게 될 것이오.

(아일랜드의 모든 주(州)들로부터, 32명의 노동자들이, 장미 장식을 달고, 건축사 더윈[193]의 안내하에, 새로운 블룸 성지를 건립한다. 그것은 수정 지붕과 함께, 거대한 돼지콩팥 형태로서 건립된, 4만 개의 방을 가진, 방대한 건물이다. 건물이 확장되는 과정동안 몇 개의 다른 건물과 기념비들이 무너뜨려진다. 관청들은 일시적으로 철도 차고로 옮겨진다. 수많은 작은 집들이 허물어진다. 주민들은 모두 L. B.의 붉은 문자가 표시된, 통과 상자들 속에 기거한다. 몇몇 가난뱅이들이 사다리로부터 떨어진다. 더블린의 벽 일부가, 충성스런 구경꾼들로 운집한 채, 붕괴된다.)

구경꾼들

(죽으면서) '모리뚜리 떼 살루딴뜨*(제왕 만세, 죽어 가는 자들이 폐하께 경례 드립니다).*'[194] *(그들은 죽는다)*

(갈색 비옷을 입은 한 사나이가 들창 사이로 뛰어오른다. 그는 블룸을 향해 그의 가늘고 기다란 손가락으로 가리킨다.)

비옷 입은 사나이

여러분 저이가 말하는 건 한 마디도 믿지 말아요. 저 사나이는 악명 높은 방화범인, 리오폴드 맥킨토쉬 입니다. 그의 진짜 이름은 히긴즈[195]지요.

블 룸

저놈을 사살하라! 개 같은 그리스도교도! 맥킨토쉬라니 없애 버려!

(한 발의 포성. 비옷 입은 사나이가 사라진다. 블룸은 그의 권봉[權奉]으로 양귀비꽃을 때려 떨어뜨린다.[196] 수많은 강력한 적수, 목축업자, 의회의원, 상설위원회 위원들의 즉각적인 죽음이 보고된다. 블룸의 호위병들이 세족일[洗足日]의 구호금,[197] 기념메달, 빵과 물고기,[198] 금주동맹의 배지, 값진 헨리 클레이 시가, 수프용 무료 암소 뼈다귀, 황금의 노끈으로 묶여진 봉투에 넣어 봉인한 고무 제[製]의 콘돔, 버터 스카치, 파인애플 얼음과자, 삼각모 모양으로 접은 연애편지,[199] 기성복, 구운 쇠고기 반죽 요리 접시, 제이즈 용액을 담은 병, 수입 인지, 40일간의 지불유예 증서, 위조 화폐, 낙농장의 포크 소시지, 극장 패스, 전[全] 전차노선에 통용되는 정기 승차권, 특별히 허가된 헝가리 경품권, 1펜스짜리 식권, 12권으로 된 세계 최악서(最惡書) 선집 염가판: 프리기와 프리츠[정치학], 유아양육법[유아학], 7실링 6페니짜리 50가지 식사[요리학], 예수는 태양 신화였던가?[사학], 그 병을 구제하라[의학], 유아를 위한 우주 해설[우주학], 모두들 즐겁게 웃읍시다[환희학], 신문 권유원 편람[신문학], 조산부의 연애편지[호색학], 우주연감[성학(星學)], 우리들의 심금을 울리는 노래[음향학], 푼돈 아껴 축재하는 법[인색학]을 분배한다. 모두들 돌진하며 기어 다닌다. 여인들이 블룸의 옷자락을 잡으려고 떼밀고 나아간다.[200] 숙녀 그웬돌린 뒤비대트[201]가 군중 속에서 불쑥 나와, 그의 말에 올라타고 군중의 박수갈채를 받으며, 그의 양쪽 뺨에 키스한다. 마그네슘 플래시 라이트에 의한 사진이 찍혀진다. 어린이들과 젖먹이들[202]이 공중으로 떠받쳐 올려진다.)

여인들

아가! 아가!

아가들과 젖먹이들

손뼉치고 짝짝짝 폴디가 귀가할 때까지,
리오 혼자를 위해 그의 호주머니에 과자를.[203]

(블룸이, 허리를 굽히며, 아기 보드먼의 배를 살짝 찌른다.)

아기 보드먼

(응결한 우유가 입에서 흐르며, 딸꾹질을 한다) 하쟈쟈쟈.

블 룸

(장님 풋내기 소년과 악수를 하며) 나의 형제 이상의 자여![204] (노부부의 어깨 주위에 그의 양팔을 올려놓으며) 친애하는 노(老)친구여! (그는 남루한 옷을 입은 소년 소녀들과 술래잡기를 한다) 빵빵! 까꿍! (그는 유모차에 타고 있는 쌍둥이를 밀어 준다) 똑딱두사람, 구두 가뵈나요?[205] (그는 요술쟁이 놀이를 하며, 그의 입으로부터 빨간빛, 주홍빛, 노란빛, 초록빛,

파란빛, 남빛, 보랏빛의 비단 손수건을 꺼낸다) 빨주노초파남보.²⁰⁶⁾ 매초 32피트. (그는 과부 1
를 위안한다) 독수공방은 마음을 한층 젊게 해주지요. (그는 기괴한 몸짓으로 손발을 휘저으
면서 스코틀랜드 춤을 춘다) 뛰어요, 자 여러분들! (그는 중풍 걸린 노병[老兵]의 욕창[褥瘡]
에 입 맞춘다) 명예로운 부상이오! (그는 살찐 순경의 발에 걸려 넘어진다) U.p: 끝장이다.
U.p: 일어나라. (그는 얼굴을 붉히는 한 여급의 귀에다 속삭이며 상냥하게 소리 내어 웃는다) 5
아아, 장난꾸러기, 장난꾸러기! (그는 농부, 모리스 버털리가 제공하는 생 무 잎을 먹는다) 맛
있어! 참 근사하군! (그는 신문기자, 조지프 하인즈가 제공하는 3실링을 받지 않는다) 사랑하
는 친구여, 천만의 말씀! (그는 자신의 웃옷을 거지에게 준다) 자 받아요. (그는 나이 먹은 앉
은뱅이 남녀들과 땅기기 운동에 참가한다) 와요, 소년들아! 꿈적거려 봐요, 소녀들아!

10

시민(시티즌)

(격정에 숨이 막힌 채, 에메랄드빛 목도리로 눈물 한 방울을 훔친다) 착하신 하느님이시여 그
에게 축복을 주옵소서!

(숫양의 뿔 나팔이 정숙을 명한다. 시온의 깃발이 게양된다.)²⁰⁷⁾ 15

블 룸

(비만의 육체를 드러내면서, 멋떨어 지게 외투를 벗고, 종이를 펼쳐, 엄숙하게 읽는다) 알파 베
타 감마 델타²⁰⁸⁾ 유월절의 전야제 성구함(聖句函) 성스러운 정식 속죄일의 단식 청궁제전 20
(天宮祭典) 유태 신년 유태 신도회 미츠바 제(祭)의 싱년 소년 무교병(無酵餅) 사방산재
[四方散在] 유태인 바보 천치기도 목도리.²⁰⁹⁾

(한 편의 공식적인 역문[譯文]이 읍사무소의 서기보, 지미 헨리에 의하여 읽혀
진다.)

25

지미 헨리

민사 소송 법원(*양심 법원*)이 지금 개정중임. 도량이 넓으신 폐하께옵서 이제 야외 재판을
관할할 것임. 의학 및 법률의 무료 상담, 더블²¹⁰⁾과 기타 난제의 해결. 누구든지 진심으로
환영하는 바임. 낙원세기(*樂園世紀*) 원년(*元年*)에 우리들의 왕도 더블린에 설정됨. 30

패디 리오나드²¹¹⁾

저의 지방세와 국세에 관해서 어떻게 하면 좋겠나이까?

35

블 룸

납부하게, 친구.

40

패디 리오나드

감사하옵니다.

노우지 플린

저가 화재 보험 증서를 저당 잡혀도 좋겠나이까?

블 룸

(냉흑하게) 여러분, 여러분은 불법 행위법에 의하여 6개월 동안 임금 5파운드로 자신의 계약 증서에 묵혀있음을 명심하시오.

J. J. 오몰로이

내가 다니엘[212] 같은 명 판사라고 말했던가? 아니야! 피터 오브라이언[213] 같으신 분이야!

노우지 플린

5파운드를 어디서 염출(捻出)할 수 있겠나이까?

핏서(오줌 싸게) 버크

방광병(膀胱病)에 대해서는?

블 룸

묽은 초 염산 20방울
마전자(馬錢子) 칭키 5방울
민들레 정제 점액 30방울.
증류수 1일 3회.

크리스 콜리넌[214]

황소 좌(座) 일등성의 황도(黃道)의 시차(視差)는 무엇이옵니까?[215]

블 룸

자네의 소식 들으니 기쁘네. 크리스. K. II.이라네.[216]

조 하인즈

왜 폐하께서는 제복을 입지 않으시나이까?

블 룸

짐의 시성(諡聖)하신 고(故) 선조가 눅진 감방에서 오스트리아 전제군주(專制君主)의 제복을 입으셨을 때 그대의 선조는 어디에 있었던고?

벤 돌라드

제비꽃은?

블 룸

교외의 정원을 장식(*미화*)하는 도다.

벤 돌라드

쌍둥이가 태어나면?

블 룸

부친(*아버지, 아빠*)이 사색(*피임*)을 시작하는 도다.[217]

래리 오러크

저의 새 주장(*酒場*)에 8일간 영업 허가를. 당신은 저를 기억하시겠나이까, 리오 경(*卿*), 각하께서 7번지에 사셨을 때 말입니다. 저는 마님을 위해 흑맥주 한 다스를 선사하겠나이다.

블 룸

(*냉정하게*) 자네 나를 이용하고 있군 그래. 블룸 부인은 선물을 받지 않는다네.

크로프턴

이것이야말로 정말 축제이옵니다.

블 룸

(*엄숙하게*) 자네는 이걸 축제라 부르는군. 나는 이걸 성례(*聖禮*)라 부른다네.

알렉산더 키즈

저 자신의 열쇠(*키즈*)의 집은 언제 갖게 될까요?

블 룸

나는 시(市)의 공중도덕의 개혁과 순수한 십계(十戒)를 지지하오. 낡은 것 대신 새로운 세계를. 만인의, 유태교도, 회교도 그리고 이교도들의 대동단결을. 자연의 모든 아이들에게 3에이커의 토지와 한 마리의 암소를. 세단 형 자동 영구차를. 모든 사람에게 의무적 근육노동을. 공중을 위한 모든 공원의 주야 개방을. 접시 씻는 전기 기계를. 폐결핵, 정신병, 전쟁 그리고 구걸 생활은 지금이야말로 종식을 고해야 할 시기요. 일반 사면(赦免), 가면(假面)이 허락되는 매주 1회의 카니발, 모든 사람에게 상여금을, 사해동포와 함께 전 인류의 언어인 에스페란토[218]를. 주점의 기식자(寄食者)와 수종(水腫) 걸린 사기한(詐欺漢)들에게 더 이상의 애국심 금지를. 자유 화폐, 자유 임대(賃貸), 자유연애 그리고 자유 속인국(俗人國)의 자유 세속 교회를.

오머든 버크

자유로운 암탉 둥우리에 자유로운 여우.[219]

데이비 번

(하품하면서) 이이이이이이이이이아아아아아아아하!

블 룸

모든 인류의 잡족(雜族)과 잡혼(雜婚)을.

레너헌

남녀 혼욕(混浴)은 어떠하신지요?
   (블룸은 가까이 있는 사람들에게 사회 혁신을 위한 자신의 계획을 설명한다. 모두들
그와 동의한다. 킬데어가[街]의 박물관의 간수가, 화물 자동차를 끌면서, 나타나자,
그 위에 몇 개의 나체 여신들, 멋진 볼기짝의 비너스, 육감적 비너스, 윤회의 비너스
의 흔들리는 상들, 그리고 상업, 가극, 연애, 광고, 공업, 언론의 자유, 이중 투표, 요
리법, 개인 위생법, 해변 음악 야유회, 무통 분만법 그리고 대중을 위한 천문학의 새
로운 뮤즈 9여신을 대표하는, 역시 나체의, 석고상들이 놓여 있다.)

팔리 신부[220]

저이는 감독교회 회원, 불가지론 자, 우리들의 성스러운 신앙을 전복하려고 탐색하는 부정
신앙가(不定信仰家)야.

리오던 부인[221]

(유언장을 찢는다) 저는 당신한테 실망했어요! 당신 악인 같으니!

그로건 할멈

(블룸에게 신을 던지려고 벗는다) 이 짐승 같은 놈! 이 구역질나는 놈!

노우지 플린

한 곡 부르려무나, 블룸. 그 옛날 달콤한 사랑의 노래를.

블 룸

(쾌활하게 익살을 부리며)
    나는 그녀와 결코 헤어지지 않겠다고 약속했었네,
    그녀는 갑자기 잔인한 거짓말쟁이로 변해 버렸네.
    나의 투랄룸 투랄룸 투랄룸 투랄룸에 맞추어.

호피 홀로헌

참 착한 블룸이야! 아무튼 저이 같은 이는 없어요.

패디 리오나드

무대 아일랜드의 배우야!

블 룸

무슨 철도 오페라가 지브롤터의 선로를 닮았지요? 〈카스틸의 열[列]〉이지.

　　(웃음소리.)

레너헌

표절자! 블룸을 때려 눕혀라!

베일을 두른 무당할멈

(열성적으로) 저는 블룸 신자(信者)지요 그리고 그것이 저의 영광이에요. 저는 무슨 일이 있더라도 블룸을 믿어요. 저는 지상의 제일 가는 만담가인, 그를 위해 제 생명을 바칠 용의가 있어요.

블 룸

(구경꾼들에게 윙크를 한다) 정말이지 그녀는 귀여운 아씨야.

시어도어 퓨어포이

(낚시 모자에, 방수 재킷을 입고) 저이는 자연의 성스러운 목적을 좌절시키기 위해 기계 장치를 고용하고 있어요.

베일을 두른 무당할멈

(단도로 자신의 몸을 찌른다) 나의 영웅신(英雄神)이여! *(그녀는 죽는다)*
　　(많은 가장 매력적이고 열정적인 여인들이 단도로 몸을 찌름으로써, 물에 빠지며, 청산, 초오[草烏]의 독[毒]과, 비소를 마시며, 정맥을 절개하며, 음식을 거절하며, 증기 롤러 밑으로, 넬슨 기념 기둥 꼭대기에서부터, 기네스 양조장의 큰 술통 속으로 몸을 던지며, 가스 가미솥 속에 머리를 빠뜨려 질식하며, 멋진 양말대님으로 목을 매달며, 서로 다른 여러 층의 건물 유리창으로부터 뜀으로써, 또한 자살을 감행한다.)

알렉산더 J 도위

(격렬하게) 동료 그리스도 교도들 그리고 반(反)블룸 신자들이여, 블룸이라고 불리는 저 사나이는 지옥의 밑바닥으로부터 온 자로, 그리스도 교도의 수치랍니다. 이 지독한 냄새를 풍기는 멘데스[222]의 산양(山羊)이라 할 그는 유년 시절의 극악무도한 방탕아로, 광야의 도회들을 회상하게 하는, 유아 음란증의 조발성(早發性) 증후를 지니며, 이면 행실 나쁜 노파와 관계했었소. 추행으로 철면피가 된, 이 사악한 위선자는, 묵시록에 언급된 백색(白色)의 황소[223]랍니다. 주홍색 탕녀[224]의 숭배자요, 정사(情事)가 그의 콧구멍의 바로 숨결입니

다. 화형*(火刑)*의 나무 다발과 끓고 있는 기름 가마솥이 그에게 적격입니다. 반수인*(半獸人)* 같으니![225]

폭 도

저놈을 사형*(私刑)*하라. 저놈을 화형*(火刑)*하라! 저 놈은 파넬과 같은 악인이야.[226] 미스터 여우*(팍스)*[227]!

(그로건 할멈이 블룸에게 그녀의 신발을 던진다. 상부 및 하부 돌세트 가로부터 몇몇 점원들이 별로 또는 전혀 상업적인 가치가 없는 물건들, 돼지 뼈다귀, 응유 깡통, 팔리지 않은 양배추, 썩은 빵, 양의 꼬리, 비계 조각을 그에게 던진다.)

블 룸

(흥분하여) 이건 한여름의 광포야,[228] 이런 해괴망측한 장난을 다시. 하늘에 맹세코, 나는 햇볕 쬐지 않은 눈[雪]처럼 결백하단 말이야![229] 그것은 내 형 헨리가 한 짓이라니까. 형은 나의 배*(倍)*야. 그는 지금 돌핀즈 반 2번지에 살고 있지. 중상자, 고놈의 독사가, 나를 부당하게 비난하고 있는 거야.[230] 동포 여러분, '스젤르 이 음바르 바타 코이스데 간 카팔*(막대 꼭대기의[무의미한] 이야기는 말[馬] 없는 마차와 같은 것이라오.)*'[231] 나는 성*(性)* 전문가인, 옛 친구, 맬러카이 멀리건 박사에게, 나를 위해 의학적인 진단을 해줄 것을 요청하는 바이오.

멀리건 박사

(모터 재킷에, 이마에 푸른 자동차용 안경을 걸치고) 블룸 박사는 양성을 띤 변태자올시다. 그는 최근에 유스타스 박사의 사설 정신병 환자 수용소[232]에서 도망쳤던 것입니다. 서출로서, 유전적 간질병의 증상이, 방탕한 정욕의 결과, 나타나 있어요. 상피병*(象皮病)*의 흔적이 그의 조상에게서 발견되었습니다. 만성 노출증의 현저한 징후가 엿보입니다. 양손잡이의 징후도 역시 잠재해 있습니다. 그는 자위행위 때문에 지나치게 빨리 대머리가 졌고, 그 결과 괴팍스럽게 공상적 기질을 띠게 됐으며, 개심*(改心)*한 방탕자요, 그리하여 금속 이빨을 지니고 있습니다. 그는 가정적인 콤플렉스의 결과 일시적으로 기억력을 상실하고 있으며, 제가 믿기에는, 그가 스스로 죄를 지었다기보다는 남들이 그에게 죄를 짓게 한 줄로 아옵니다. 강관*(腔貫)* 검사를 해보았는데, 항문, 겨드랑이, 가슴 및 음부의 5천 4백 27칼에 달하는 털을 산성*(酸性)* 시험해 본 후, 저는 그가 비르고 인따끄따*(순수한 처녀막의 처녀)*[233]임을 선포합니다.

(블룸은 고급 모자로 자신의 생식기관을 가린다.)

매든 박사

고도 생식 불능증*(不能症)*도 또한 분명합니다. 금후의 세대를 위하여 저는 환부*(患部)*를 알코올 속에 넣어 국립 기형 박물관에 보관해 둘 것을 제의하는 바입니다.

크로터즈 박사

저는 환자의 소변을 검사했습니다. 그것은 단백질을 함유하고 있어요. 침의 분비량도 불충분하고, 관절 반응도 때때로 중단되고 있습니다.

펀치 코스텔로 박사

'페또르 이우다이꾸스(*유태인의 구린내*)'[234]가 아주 지독합니다.

딕슨 박사

(*건강 진단서를 읽는다*) 블룸 교수는 새로운 여성 형(*型*) 남성의 좋은 본보기올시다. 그의 덕성은 단순하며 훌륭합니다. 많은 사람들이 그를 친애하는 남성, 다정한 사람으로 생각하고 있습니다. 그는 대체적으로 괴팍스런 인물로, 의학상의 의미에서 보면 마음이 허약하다고는 할 수 없으나 수줍은 편이지요. 그는 참으로 아름다운, 정작 시(*詩*)라고 할 만한, 한 통의 편지를, 개신교 목사 보호협회의 법정 대리인에게 보냈습니다만, 이것만 봐도 만사는 명백합니다. 그는 실제로 절대 금주가이고 짚으로 된 들것 위에서 잠을 자며 가장 스파르타적인 음식물, 냉건조(*冷乾燥*) 식료품 가게의 완두콩을 먹고 있음을 저는 단언할 수 있습니다. 그는 겨울이나 여름이나 순수한 아일랜드 제품인 거친 모직 셔츠를 착용하며 토요일마다 자신의 몸에 매질을 가합니다. 그는, 제가 알기로는, 한때 글렌크리 감화원에서 제일 급에 속하는 불량자였다고 합니다. 또 다른 보고에 의하면, 그는 바로 유복자라는 겁니다. 저는 인간의 음성기관(*音聲器官*)이 여태껏 이야기할 수 있는 가장 성스러운 말을 빌려 관대한 조처를 호소하는 바입니다. 그는 아기를 낳으려고 하고 있습니다.

(*모든 사람들의 동요와 연민의 빛. 여자들이 기절한다. 한 돈 많은 미국인이 블룸을 위해 가두모금을 한다. 금화와 은화, 무기명 수표, 지폐, 보석, 채권, 만기 환어음, 차용 증서, 결혼반지, 시계 줄, 작은 금합[金盒], 목걸이, 팔찌기 재빨리 모여진다.*)

블 룸

오, 나는 정말 어머니가 되고 싶어.

손턴 부인[235]

(*간호원의 가운을 입고*) 이봐요, 나를 꼭 껴안아요. 당신 이내 끝날 테니. 힘껏, 자.

(*블룸이 그녀를 힘껏 끌어안자, 여덟 명의 황색 및 백색의 사내아이들을 낳는다. 그들은 값비싼 초목이 수놓아진 붉은 카펫의 계단 위에 나타난다. 팔인조(八人組) 모두 미남들로, 값비싼 귀금속의 얼굴에, 균형이 잘 잡힌 체격, 모양새 좋은 옷은 빙충한 행동으로, 다섯 나라의 현대어를 유창하게 말하며 다양한 예술과 과학에 흥미를 느낀다. 각자의 이름이 그들의 셔츠 앞가슴에 읽기 쉬운 문자로 씌어 있다: 나조도로, 골드핑거, 크리소스토모스, 맹도레, 실버즈마일, 질베르젤버, 비파르장, 파날기로스.*[236] *그들은 은행 상무이사, 철도 운수부장, 유한 주식회사 사장, 호텔연맹 부회장 등 몇몇 다른 나라의 대중의 중책을 띤 고위직에 즉각적으로 임명된다.*)

목소리

블룸이여, 그대는 구세주 벤 요셉인가 아니면 벤 다윗[237]인가?

블 룸

(우울하게) 그대가 여태 말한 그대로야.[238]

수사(修士) 버즈

그럼 찰즈 신부처럼 기적을 보이시오.

밴텀 라이언즈

누가 성 레제의 경마[239]에 이길 것인지 예언해 보시오.

(블룸이 그물 위를 걸어간다. 왼쪽 귀로 왼쪽 눈을 가린다. 몇 개의 벽을 빠져나간다. 넬슨 기념탑을 기어오른다. 탑의 수평돌기로부터 눈시울을 걸어 매달린다. 12다스의 굴을〔껍데기를 포함하여〕 먹는다. 연주 창으로 신음하는 몇몇 환자들을 치료한다. 얼굴을 찌푸려, 비컨즈필드경〔卿〕, 바이런 경, 와트 타일러, 이집트의 모세, 모지즈 마이모니데스, 모지즈 멘델스존, 헨리 어빙, 립 밴 윙클, 코슈트, 장 - 자끄 루소, 레오폴트 로트실트 남작, 로빈슨 크루소, 샤일록 홈즈, 파스퇴르[240]와 같은 많은 역사적인 인물들과 닮아 보인다. 두 발을 각각 다른 방향으로 동시에 돌린다. 바다의 조류가 물러가도록 명령한다. 새끼손가락을 뻗쳐 해를 가려 일식〔日蝕〕시킨다.)

로마 교황 사절, 브리니

(교황청의 주아브 병〔兵〕의 제복에, 가슴받이, 팔받이, 넓적다리받이, 다리받이가 달린 흉갑을 걸치고, 커다란 세속적 코밑수염에 갈색의 종이 주교관을 쓰고) '레오뿔디 아우뗌 제네라띠오 *(리오폴드의 세계라)*.' 모세는 노아를 낳고 노아는 유넉을 낳고 유넉은 오헬로런을 낳고 오헬로런은 구겐하임을 낳고 구겐하임은 아젠다스를 낳고 아젠다스는 네타임을 낳고 네타임은 르 허슈를 낳고 르 허슈는 제주럼을 낳고 제주럼은 맥케이를 낳고 맥케이는 오스트롤롭스키를 낳고 오스트롤롭스키는 스멜도쯔를 낳고 스멜도쯔는 바이스를 낳고 바이스는 슈바르츠를 낳고 슈바르츠는 아드리아노폴리를 낳고 아드리아노폴리는 아란쥬에즈를 낳고 아란쥬에즈는 루이 로우슨을 낳고 루이 로우슨은 이카바도노소를 낳고 이카바도노소는 오도넬 매그너스를 낳고 오도넬 매그너스는 크라이스트바움을 낳고 크라이스트바움은 벤 마이먼을 낳고 벤 마이먼은 더스티 로데스를 낳고 더스티 로데스는 베나모어를 낳고 베나모어는 존즈 - 스미스를 낳고 존즈 - 스미스는 사보그나노비치를 낳고 사보그나노비치는 제스퍼스톤을 낳고 제스퍼스톤은 빙테투니엠을 낳고 빙테투니엠은 솜버트헤이를 낳고 솜버트헤이는 비러그를 낳고 비러그가 블룸을 낳으니, '에뜨 보까비 뚜르 노멘 에이우스 엠마누엘*(그리하여 그가 임마누엘이라 불리니라)*.'[241]

죽은 사람의 손[242]

(벽 위에다 쓴다) 블룸은 협잡꾼이다.

게[蟹]

(산적〔山賊〕의 가죽옷을 입고) 당신은 킬바라크[243] 뒤에 있는 울타리 소(牛)구멍에서 무슨 짓을 했지요?

계집아이

(장난감을 딸랑딸랑 흔든다) 그리고 볼리바우 교(橋)[244] 밑에서는?

감탕나무

그리고 악마의 계곡[245]에서는?

블 룸

(머리에서부터 엉덩이까지 온통 격렬하게 붉히며, 세 방울의 눈물을 왼쪽 눈으로부터 흘린다)
과거를 용서해 줘.

셋집에서 쫓겨난 아일랜드 사람들

(전신[全身] 코트에, 반바지를 입고, 도니브룩 시장 터[246]의 곤봉을 들고) 저놈을 물소가죽
채찍으로 때려 줘라!

*(당나귀의 귀[247]를 가진 블룸이 팔짱을 끼고 발을 쭉 내밀며, 형틀에 앉는다. 그는 돈
지오반니의 '아 체나르 떼꼬[오늘 밤 만찬으로]'를 휘파람 분다. 아테인 고아원의 원
아들이, 손을 맞잡고, 그의 주위를 뛰어 돌아다닌다. 프리즌 게이트 보호소[248]의 소녀
들이 손을 맞잡고, 반대 방향으로 그의 주위를 돌아다닌다.)*

아테인 고아원의 원아들

너 돼지, 너 도야지, 너 더러운 개야!
귀부인들이 널 좋아한다고 생각하나 보지![249]

프리즌 게이트의 소녀들

만일 케이를 보거들랑
전해 줘요
널 차 마시는 시간에 만날 수 있다고
내가 그르더라고 전해 줘요.[250]

나팔수

(제사장[祭司長]의 법의에 사냥 모를 쓰고, 알린다) 그리하여 그로 하여금 모든 사람들의 죄
를 황야에 사는 정령(精靈), 아자젤[251]에게, 그리고 밤의 마녀, 릴리스[252]에게 나르도록 하
리라. 그리하여 그들은 그에게 돌팔매질을 하며 욕하리라, 아무렴, 아젠다스 네타임 출신의
그리고 햄의 나라, 미즈라임[253] 출신의 모든 사람들이.

*(모든 사람들이 블룸에게 팬터마임의 부드러운 종이 돌멩이를 던진다. 많은 술 취하
지 않은 길손들과 주인 없는 게들이 그에게 가까이 와서 오욕한다. 마스티안스키와 시
트런이 중세의 길고 헐거운 웃옷에, 귀 위에 기다란 타래머리를 늘어뜨리고, 다가온
다. 그들은 자신들의 턱수염을 블룸에게 흔든다.)*

마스티안스키와 시트런

악마!²⁵⁴⁾ 이스트리아의 유태교도 놈,²⁵⁵⁾ 가짜 구세주! 배교자!²⁵⁶⁾ 변설자(變說者)!

(블룸의 양복 재단사, 조지 R. 메시어스가, 재단사의 커다란 다리미를 겨드랑이에 끼고, 거래 장부를 제시하면서 나타난다.)

메시어스

바지 한 벌 수선에 11실링.

블 룸

(쾌활하게 손을 비빈다) 옛날 꼭 그대로라오. 가난한 블룸이오!

에밀 파리지오 프란쯔 푸퍼트 포프 펜네시 경(卿)

(투구에 두 마리 나는 기러기를 달고, 중세의 갑옷 차림으로 나타나, 점잖게 분노하며, 블룸을 향해 의절[義絶]을 고한다) 그대의 눈을 발 디딤돌에다 붙여요. 고기즙을 온통 뒤집어쓴 유다의 비탈저(脾脫疽)에 걸린 돼지 놈 같으니!

(검은 턱수염이 난 변절자,²⁵⁷⁾ 사악한 목양자인, 루벤 J 도드가, 어깨에다 물에 빠진 아들의 시체를 둘러메고, 형틀 쪽으로 접근해 온다.)

루벤 J

(거칠게 속삭인다) 비밀 정보 자가 드러났어. 밀고자가 경찰을 부른 거야. 일급 마차를 붙잡아요.

소방대

프라아프!

수사(修士) 버즈

(짙은 색의 불꽃 자수가 놓인 누런 옷을 블룸에게 입히며, 끝이 뾰족한 춤 높은 모자를 씌워 준다. 그는 블룸의 목둘레에 화약 주머니를 감고, 그를 시의 관헌에게 인계하면서, 말한다) 그의 죄과를 용서하세요.

(더블린 소방대의 마이어즈 부관이 군중의 요구에 따라 블룸에게 불을 지른다. 비탄의 소리.)

시 민

아아 고마워라!

블 룸

(I. H. S.라는 문자가 적힌 솔기 없는 옷을 입고, 불사조의 불꽃 속에 꼿꼿하게 선다) 나를 위해 울지 말아다오, 오 에린의 딸들이여.²⁵⁸⁾ (그는 더블린의 신문기자들에게 화상[火傷] 자국을 드러내 보인다)

(까만 의상을 입은, 에린의 딸들이, 각자의 손에 커다란 기도서와 불이 켜진 기다란 양초를 들고, 무릎을 꿇으며 기도한다.)

에린의 딸들

블룸의 콩팥이여, 우리를 위하여 빌으소서

욕실(浴室)의 꽃이여. 우리를 위하여 빌으소서

멘턴의 스승이여, 우리를 위하여 빌으소서

플리먼지의 광고 권유원이여, 우리를 위하여 빌으소서   5

자비심 많은 메이슨이여, 우리를 위하여 빌으소서

방랑하는 비누여, 우리를 위하여 빌으소서

죄의 쾌락이여, 우리를 위하여 빌으소서

무언가집(無言歌集)이여, 우리를 위하여 빌으소서

'시민'을 꾸짖는 자여, 우리를 위하여 빌으소서   10

온갖 주름장식 스커트를 사랑하는 친구여, 우리를 위하여 빌으소서.

가장 자비심 많은 산파여, 우리를 위하여 빌으소서.

염병과 페스트의 예방약인 감자여, 우리를 위하여 빌으소서.²⁵⁹⁾

(빈센트 오브라이언²⁶⁰⁾이 지휘하는, 6백 명 목소리의 성가대가, 조지프 그린의 오르간   15
반주로, 헨델의〈메시아〉코러스 '할렐루야 전능하신 하느님께서 지배하시니'를 합창한
다. 블룸이 말이 막히고, 몸을 움츠린 채, 탄화〔炭化〕한다.)

조 위

당신 얼굴이 시커멓게 될 때까지 계속 이야기 해 봐요.   20

블 룸

(테두리에 진흙 빛 파이프가 꽂힌 남자용 모자를 쓰고, 먼지투성이 신발에, 이주민의 붉은 손수
건 보따리를 손에 들고, 까만 이탄 빛의 돼지 한 마리를 밧줄로 끌면서, 눈에 미소의 기미를 띄   25
고) 제발 이제 좀 가게 해주세요, 주인마님, 코네마라의 모든 산양들에게 맹세코, 저는 집
에서 매질하는 아버님 어머님이 기다리고 있어요. *(눈에 한 줄기 눈물이 솟으며)* 모두들 정
신 나갔지. 애국심도, 죽은 자에 대한 슬픔도, 음악도, 민족의 장래도. 죽느냐 사느냐. 인생
의 꿈은 끝났도다. 평화롭게 끝나게 해줘요. 그놈들은 살아남는 것이 좋아. *(그는 슬픈 듯이*
먼 곳을 바라본다) 나는 파멸이다. 아코니트 진정제 몇 알만. 덧문을 내리고. 한 통의 편지.   30
이어 휴식하기 위해 드러눕지요. *(그는 조용히 숨을 쉰다)* 이제 그만. 나는 살만큼 살았어.
잘 가요. 잘 있어요.

조 위

(빳빳하게, 그녀의 손가락을 목의 리본에다 걸고) 정말? 자 그럼 또. *(그녀는 코웃음을 친다)*   35
아마 잠자리에서 잘못 일어나 기분이 좋지 않거나 아니면 제일 좋은 아가씨와 너무 빨리 해
치운 게로군. 오, 얼굴만 봐도 알 수 있어요!

블 룸

(비통하게) 남자와 여자, 사랑, 그게 뭐람? 병(甁)과 코르크 마개지. 난 그게 진저리가 난   40
단 말이야. 만사 되어 가는 대로 내버려둬요.

조 위

(갑자기 찌푸린 상을 하며) 전 성실치 못한 비열한 사내는 싫어요. 경찰 매춘부하고나 상대해요.

블 룸

(후회하듯) 나는 아주 까다로운 사람이야. 그대는 필요악이지. 어디서 왔어? 런던?

조 위

(유창하게) 돼지가 오르간을 연주하는 호그즈 노턴[261]이지요. 나는 요크서 태생입니다. *(그녀는 자신의 젖꼭지를 더듬어 찾고 있는 그의 손을 잡는다)* 잠깐만, 이 귀여운 생쥐 양반.[262] 그런 짓은 마시고 더 심한 걸 시작해요. 숏 타임 하실 돈은 갖고 있어요? 10실링?

블 룸

(미소를 짓는다, 천천히 고개를 끄덕인다) 더 많이, 요염한 여인, 더 많이.

조 위

게다가 한층 더 많이? *(그녀는 벨벳 부드러운 손으로 그를 무작정 찰싹 때린다)* 새 피아노 보려 연주실에 들어가지 않겠어요? 가요, 그럼 내가 껍질을 벗겨 드릴 테니.

블 룸

(그녀의 껍질 벗긴 배(梨)의 균형을 측정하는 동안 골치를 앓고 있는 행상인의 비길 데 없는 곤혹으로 수상한 척 그의 후두부를 만지작거리면서) 그녀가 알면 누군가가 지독히 질투할 거야. 파란 눈을 가진 괴물(질투) 말이야.[263] *(열렬히)* 얼마나 난처한 일인데. 당신한테 말할 필요도 없지.

조 위

(즐거운 듯) 눈으로 볼 수 없는 것 때문에 마음 슬퍼할 건 없어요. *(그녀는 그를 찰싹 때린다)* 가요.

블 룸

웃음 짓는 마녀여! 요람을 흔드는 손이군.[264]

조 위

아기!

블 룸

(아기용 린넨 복과 외투에, 커다란 머리를 하고, 까만 머리카락의 그물을 쓰고, 그녀의 하늘거리는 스커트에 커다란 눈을 고정시키며, 통통한 손가락으로 그녀의 스커트의 구리 버클을 헤아린다, 그의 젖은 혀를 굴리며, 허짤배기소리로) 하나 둘 세: 세 뚜 하나.

버 클(죔쇠)

나를 사랑해요. 나를 사랑하지 말아요. 나를 사랑해요.[265]

조 위

침묵은 승낙을 의미해요. *(조그마한 벌린 마수[魔手]를 가지고 그의 손을 붙들고, 집게손가락으로 비밀스런 경고의 암호를 그의 손바닥에 주면서, 마[魔]의 골짜기로 그를 유혹한다.)* 손이 뜨거운 사람은 마음이 냉정하대요.[266]

(그는 향기, 음악, 유혹 사이에서 주저한다. 그녀는 자신의 겨드랑이의 냄새, 짙게 화장한 눈의 마력, 스커트의 살랑거리는 소리로서 그를 유혹하면서, 층계를 향해 그를 인도한다. 굽이치는 스커트의 주름에는 그녀를 점령했던 짐승 같은 모든 사내들의 사자[獅子] 냄새가 숨어 있다.)

짐승 같은 사내놈들

(유황 냄새 같은 암내와 똥 냄새를 발산하며 그리고 외양간 속을 뛰어다니며, 맥 빠진 듯 으르렁거리며, 약에 취한 듯 그들의 머리를 이리저리 흔들면서) 근사하군!

(조위와 블룸이 문간에 당도하자 그곳에 두 동료 매춘부가 자리에 앉아 있다. 그들은 먹[墨]으로 그린 눈썹 아래로부터 그를 호기심 있게 살피며 그가 급히 하는 인사에 미소를 보낸다. 그는 어색하게 발을 헛디딘다.)

조 위

(그녀의 다행스런 손으로 이내 그를 부축하며) 아차! 위층에서 넘어지지 마세요.[267]

블 룸

정당한 사람은 일곱 번 넘어지지.[268] *(그는 문지방에서 옆으로 비켜선다)* 당신을 뒤따르는 것이 훌륭한 예의요.

조 위

숙녀는 먼저, 신사는 나중에.

(그녀는 문지방을 건넌다. 그는 주저한다. 그녀는 몸을 돌리고, 양손을 뻗으면서, 그를 끈다. 그는 뛰어넘는다. 현관의 사슴뿔처럼 생긴 모자걸이에 남자의 모자와 비옷이 걸려 있다. 블룸은 스스로 모자를 벗는다, 그러나 모두를 보면서, 얼굴을 찡그린다, 이어 넋 빠진 듯, 미소한다. 뒤쪽 층계참의 도어가 활짝 열려 있다. 자줏빛 셔츠와 회색 바지를 입고, 갈색 짧은 양말을 신은, 한 남자가, 대머리와 염소 턱수염을 뻣뻣하게 세운 채, 물이 가득 찬 항아리를 끌어안으며, 두 갈래 난 까만 바지멜빵을 발목에다 뎅그렁거리면서, 원숭이 걸음걸이로 지나간다. 블룸이 얼굴을 재빨리 피하면서, 몸을 굽히고 현관 테이블 위에 그려진 한 마리 달리는 여우의 스패니얼 종[種] 같은 눈알을 살핀다: 그런 다음, 고개를 들어 콩콩 냄새를 맡으면서, 조위를 뒤따라 연주실로 들어간다. 푸르스름한 엷은 종이 등 삿갓이 상들리에 불빛을 흐리게 하고 있다. 한 마리의 나방이 부딪쳤다, 도망쳤다, 하면서 주위를 빙글빙글 날고 있다. 마루에는 비취색과 하늘색 그리고 주사[朱砂]색의 장사방형[長斜方形] 모자이크 같은 유포[油]

布]가 갈려 있다. 온갖 의미를 지닌 발자국들이, 그 위에 찍혀 있다. 발꿈치와 발꿈치,
발꿈치와 발바닥, 발가락과 발가락, 가지런히 맞춘 발, 몸의 환영조차 없는 허깨비들
이 발을 질질 끌며 추는 모리스 춤처럼, 모두가 난무잡무[亂舞雜舞] 속에 엉망진창으
로 얼크러져 있다. 사방 벽은 주목[朱木] 잎사귀와 훤히 트인 숲속의 빈터가 그려진
5   벽지가 발라져 있다. 난로의 쇠 살대에 공작 깃과 같은 한 벌의 병풍이 펼쳐져 있다.
린치가 모자를 앞뒤로 바꿔 쓰고, 털로 얽어 만든 난로 양탄자 위에 다리를 포갠 채 웅
크리고 앉아 있다. 그는 막대기를 가지고 천천히 박자를 맞추고 있다. 해군복을 입은
골격 드러난 창백한 얼굴의 한 매춘부 키티 리케츠가 암사슴 가죽으로 만든 장갑을 산
호 팔찌로부터 도로 말아 올린 채, 손에 사슬로 얽은 지갑을 들고, 한쪽 다리를 흔들면
10   서, 그리고 벽로대 위에 걸린 도금한 거울에 비친 자신의 모습을 빤히 쳐다보면서, 테
이블 가장자리에 걸터앉아 있다. 코르셋 레이스의 술 장식이 그녀의 재킷 밑으로 가볍
게 매달려 보인다. 린치가 피아노 곁에 있는 두 사람을 조롱하듯 가리킨다.)

키 티

15   (손을 가리고 기침을 한다) 저 애는 약간 천치예요. (그녀는 집게손가락을 흔들어 신호한다)
미쳤어요. (린치가 그녀의 스커트와 하얀 페티코트를 지팡이로 들어올린다. 그녀는 그걸 재빨
리 도로 끌어내린다) 좀 점잖으세요. (그녀는 딸꾹질을 한다, 이어 재빨리 그녀의 해군 모를 앞
으로 끌어당기자, 그 밑으로 헤나 향료로 붉게 물들인, 그녀의 머리카락이 타는 듯 빛난다) 오,
실례!

20

조 위

좀 더 밝게 해요, 챠리. (그녀는 샹들리에로 가, 가스 마개를 한껏 튼다)

키 티

25   (가스 불꽃을 빤히 쳐다본다) 오늘 밤은 어찌된 영문인지 몰라?

린 치

(깊은 목소리로) 유령과 도깨비가 등장하도다.

30

조 위

조위를 위해 등을 두들겨 줘요.
(린치의 손에 쥔 막대가 번쩍 빛난다: 놋쇠 부지깽이. 스티븐이 자동 피아노 곁에 서
있다. 그 위에 그의 모자와 물푸레나무 지팡이가 뻗어 있다. 그는 두 개의 손가락으로
35   다시 한 번 텅 빈 5도화음[五度和音]²⁶⁹의 연속을 반복한다. 금발의 허약해 보이는
암 거위 같은 살찐 매춘부, 플로리 탤버트가 곰팡이 냄새나는 딸기 빛의, 떨어진 실내
가운을 입은 채, 그녀의 팔을 긴 덧베개 위에 맥없이 쭉 뻗고, 귀를 기울이면서, 날개
편 독수리처럼 소파 모퉁이에 털썩 주저앉는다. 무거워 보이는 다래끼 한 개가 그녀의
졸린 눈언저리에 매달려 있다.)

40

키 티

(그녀의 간들거리는 발을 한 번 차며 다시 딸꾹질을 한다) 오, 실례!

조 위

(재빨리) 네 애인이 널 생각하고 있기 때문이야. 속옷*(쉬프트)*에다 고름을 묶어요.

(키티 리케츠가 고개를 수그린다. 그녀의 목도리가 풀린다. 미끄러진다. 그녀의 어깨, 등, 팔, 의자 위를 미끄러지며, 땅 위에 떨어진다. 린치가 꼬부라진 송충이를 막대기에 걸어 올린다. 아늑하게 몸을 기댄 채, 그녀는 목을 뱀처럼 뻗는다. 스티븐이 모자를 앞뒤로 뒤바뀌게 쓴 웅크린 인물을 뒤쪽에서 홀긋 쳐다본다.)

스티븐

실제 문제로서 베네데토 마르셀로[270]가 그걸 발견했는지 아니면 창작했는지 하는 문제는 그리 중요한 것이 못 되오. 의식*(儀式)*이란 시인*(詩人)*의 안식*(安息)*이지. 그것은 데메테르[271]에 대한 옛날의 찬미가이거나 아니면 또한 '까엘라 에나란뜨 글로리암 도미니*(하늘은 하느님의 영광을 선포하도다)*'[272]의 해설일 수도 있지. 그것은 초*(超)*프리기아 풍*(風)*과 혼*(混)*리디아 풍*(風)*[273]처럼 아주 거리가 먼 음절 또는 음계가 될 수도 있으며, 그리고 다윗의, 즉 키르케[274]의 아니면 뭐라고 할까 케레스[275]의 제단 주위에서 주문*(呪文)*을 외우고 있는 승려들과 그의 전능하신 하느님의 온당함에 관하여 외양간으로부터 그의 우두머리 바순 연주자에게 들려 준 다윗의 노래[276]와는 전혀 딴판인 가사일 수도 있지. '매 농 드 농*(하지만 젠장)*,'[277] 이건 이야기가 전혀 빗나갔군. '쥐떼 라 구르브. 포 끄 죄네스 스 빠스*(젊은 혈기로 방탕 한다. 젊은이에게는 관대해야 하니까 말이야).*'[278] *(그는 말을 멈추고, 린치의 모자를 가리키며, 미소 짓는다. 소리 내어 웃는다)* 자네의 지식*(知識)*의 혹은 어느 쪽인가?

모 자

(침통하게 불끈 화를 내며) 흥! 그러기 때문에 그런 거야. 여인의 이성*(理性)*. 유태계*(系)*희랍인은 희랍계*(系)*유태인이란 말이야.[279] 양극단은 만나기 마련이지. 죽음이 생*(生)*의 최고 형식이야. 흥!

스티븐

너는 나의 모든 과오, 자만, 잘못을 너무나도 정확하게 기억하고 있군 그래. 나는 얼마나 오랫동안 불성실에 대해서 계속 눈을 감아야 할까? 숫돌 같은 놈아!

모 자

흥!

스티븐

여기 또 하나 네게 들려 줄 게 있어. *(그는 상을 찌푸린다)* 그 이유는 바탕음과 딸림음이 최대의 가능한 음정*(音程)*에 의하여 분리되기 때문이야. 그런데 그것은……

모 자

그것이라니? 그만둬. 넌 할 수도 없잖아.

스티븐

(기를 쓰며) 음정은. 가능한 최대의 생략이지. 조화를 이루거든. 궁극적 반복이지. 옥타브야. 그것은.

모 자

그것이라니?

(바깥에서 축음기가 〈성도[聖都] (새 예루살렘)〉[280]를 크게 나팔 불기 시작한다.)

스티븐

(엉뚱하게) 자기 자신을 만나지 않고 세계의 끝까지 나아갔던 것, 하느님, 태양, 셰익스피어, 외무사원은, 그 자신이 실제로 그 자신을 만났는지라, 그 자신이 되는 거야. 조금만 기다려. 잠깐만 기다려요. 거리의 경찰 저 놈의 소음. 그것 자체가 미리 어울리도록 불가피하게 예정된 자신이야. 에꼬*(보라)*!' [281]

린 치

(한 가닥 조롱조의 웃음을 터뜨리며 블룸과 조위 히긴즈에게 씩 웃는다) 얼마나 박식한 연설이냐, 응?

조 위

(쾌활하게) 하느님이시여 당신의 두뇌를 도우소서. 저이는 당신이 잊어버린 것보다 더 많이 알고 있나이다.

(비대 한 몸으로 우둔하게 플로리 탤버트가 스티븐을 살핀다.)

플로리

모두들 최후의 날이 금년 여름에 다가온다고 해요.

키 티

아니야!

조 위

(웃음을 터뜨린다) 위대하고 불공평하신 하느님!

플로리

(화가 나서) 그런데, 신문에 적(敵)그리스도[282]에 관한 것이 실렸던데. 오, 발이 왜 이렇게 간지러울까.

(누더기를 걸친 맨발의 신문팔이 소년들이, 가오리연을 흔들면서, 소리를 지르며, 타닥타닥 급히 지나간다.)

신문팔이 소년들

기사 마감 후의 속보. 목마 경주 결과. 로열 운하에 바다 독사가. 적그리스도의 안착(安着).[283]

(스티븐이 몸을 돌려 블룸을 본다.)

스티븐

단(單) 박자, 다(多) 박자 그리고 반(半)박자.

   (방랑하는 유태인, 적그리스도인 루벤 J가 움켜쥘 듯 펼친 손을 등골에다 대고, 터벅터벅 앞을 향해 걸어온다. 약속어음과 부도수표가 그로부터 불쑥 솟아 있는 순례자의 구걸 주머니가 그의 허리 주위에 늘어져 있다. 어깨 너머로 높다랗게 그는 보트의 기다란 장대를 멘 채, 그의 고리로부터 리피 강에서 건져 낸, 그의 외아들의 물에 흠뻑 젖은 쭈그러진 몸뚱이가, 느슨한 바짓가랑이로부터 매달려 있다. 주먹 코스텔로의 모습을 한 도깨비가 절뚝거리며, 등이 굽은 채, 수종(水腫)에 걸려, 움푹 들어간 이마와 올리 슬로퍼[284]의 코와 함께 턱을 내밀고, 짙어 오는 어둠을 뚫고 재주넘기를 하며 빙빙 뒹굴고 있다.)

모두들

뭐야?

도깨비

   (그의 양 턱을 덜덜 떨면서, 이리저리 뛰어다닌다. 눈을 굴리면서, 끽끽거리며, 캥거루처럼 껑충껑충 뛰면서 끌어안을 듯 양팔을 밖으로 뻗고, 이어 갑자기 입술 없는 얼굴을 포크 같은 넓적 다리 사이로 불쑥 내민다.) '일 비엥! 쎄 므와! 롬므 끼 리! 롬므 프리미퀸느! *(나타났어! 나요! 웃음 짓는 사내야! 원시인이야!)*[285] *(그는 탁발승처럼 소릴 지르며 빙빙 돈다.)* '시외 에 담므, 페뜨 보 죄! *(신사 숙녀 여러분, 돈을 거시오!)*[286] *(그는 요술을 부리며 몸을 웅크린다. 작은 루렛용 유성들이 그의 양손으로부터 날아 나온다.)* '레 죄 쏭 페! *(자 내기가 시작됐습니다)*' *(유성들이 크락 크락 하는 소리를 연발하면서, 함께 돌진한다)* '리엥 바 쁠뤼! *(자 끝났습니다)*' *(유성들이, 떠 있는 풍선처럼, 부풀어, 떠 나아간다. 그는 갑자기 허공 속으로 껑충 사라진다.)*

플로리

(무기력 속으로 빠지며, 몰래 성호를 그으면서) 세계의 종말!

   (여인의 미지근한 악취가 그녀로부터 스며 나온다. 성운(星雲) 같은 어둠이 공간을 점령한다. 떠 있는 바깥 안개를 뚫고 축음기가 기침하는 소리와 발을 질질 끄는 소리 너머로 요란하게 울린다.)

축음기

예루살렘!
그대의 문을 열고 노래를 불러요
호산나……[287]

   (로켓이 하늘로 치솟으며 터진다. 하얀 별 한 개가 그로부터 떨어지며, 만물의 멸망과 엘리야의 재림을 고한다. 천정(天頂)으로부터 천저(天底)까지 팽팽하게 쳐 있는 끝없는, 눈에 보이지 않는 탄탄한 밧줄을 따라, 세계의 종말[288]인, 두 개의 대가리를 가진 한 마리의 낙지가 종놈의 반바지와, 춤 높은 털모자에 창살 무늬의 치마를 두르고, 뒤꿈치 위에 대가리를 들고, '맨 섬(島)의 세 다리'[289]의 형체로, 어둠 속을 빙빙 돈다.)

세계의 종말

(스코틀랜드 말투로) 누우구가 추려나, 뱃놀이 춤, 뱃놀이 춤, 뱃놀이 춤을?[290]

> *(무리 지은 돌풍 너머로 그리고 숨이 막힐 듯한 기침을 억제하며, 엘리야의 목소리가, 마치 뜸부기의 목소리처럼 거칠게, 하늘 높이 끽끽 울린다. 그는 갈때기 같은 소매가 붙은 느슨한 면포의 흰옷을 입고 땀을 뻘뻘 흘리면서, 성당지기의 얼굴로, 주변에 낡은 영광의 깃발[291]이 덮여 있는 설교단 위에 그 모습을 드러낸다. 그는 난간의 벽을 주먹으로 친다.)*

엘리야

소란 금지야, 제발, 이 주점에서. 제이크 크레인, 크레올 수, 도우브 캠벨, 에이브 커쳐너, 제발 그대들의 입을 다물고 기침을 하도록. 말하자면, 내가 천국으로 가는 모든 간선(幹線)을 운전하고 있는 거야. 자네들, 지금 곧 가게. 하느님의 시간은 지금 12시 25분이야. 어머님께 자네가 곧 돌아온다고 말씀드려. 재빨리 신청을 하고 눈치 빠르게 앞뒤를 잘 살펴봐요. 바로 여기서 참가하란 말이야. 영원의 교차 역까지, 직행(直行) 차표를 예약해요. 꼭 한 마디만 더. 자네들은 신(神)인가 아니면 지옥에 떨어진 촌놈인가? 만일 그리스도께서 코니 아일랜드[292]에 재림하실 경우 우리는 준비를 갖추고 있는가? 플로리 크라이스트, 스티븐 크라이스트, 조위 크라이스트, 블룸 크라이스트, 키티 크라이스트, 린치 크라이스트, 저 우주의 힘을 감지(感知)하는 것은 바로 그대들에게 달려 있네. 우주에 관해 우리들은 두려워하는가? 천만에. 천사들의 편을 들어요. 프리즘이 되란 말이야. 그대들 자신의 내부에는 그 무엇이, 즉 보다 높은 자아(自我)가 숨어 있다네. 그대들은 예수 같은 자, 고타마 같은 자,[293] 잉거솔[294] 같은 자와 어깨를 서로 비빌 수 있어요. 그대들은 모두 이러한 진동 속에 있는가? 글쎄 그대들은 그래. 그대들은 그것을 한 번 붙잡기만 하면, 회중(會衆)들아, 그러면 한 달 뒤에는 1달러짜리 즐거운 천국 여행을 하게 되지. 내 말 알아듣겠냐? 그것은 인생의 회춘제(回春劑)란 말이야, 확실히. 여태까지 있었던 가장 뜨거운 음식이라네. 그것은 온통 잼이 든 파이야. 그것은 가장 재치 있고 활발한 설계도란 말이야. 그것은 참으로 훌륭하고, 초자연적인 거야. 그것은 건강을 회복시켜 주지. 그것은 진동하는 거야. 나는 알아요. 나는 일종의 진동기(振動器)란 말이야. 장난은 집어치우고, 본론으로 들어가며, A. J. 크라이스트 도위와 조화의 철학이란 말이야, 자네들 그걸 알아들었나? O. K. 69가(街) 서구 77번지야.[295] 알아들었나? 됐어. 자네들은 언제든지 태양 전화로 나를 불러. 술꾼들이여, 그대들의 동전을 아낄지어다. *(그는 고함을 지른다)* 자 그러면 우리들의 찬미가(讚美歌)를. 모두들 함께 기운차게 불러요. 앙코르! *(그는 노래한다)* 예루……

축음기

(그의 목소리를 꿀꺽 삼키며) 호루살렘속에당신의높은호ㅎㅎㅎㅎ…… *(레코드판이 바늘에 긁혀 낄낄 소리를 낸다)*

세 매춘부들

(귀를 가리고, 비명을 지른다) 아흐ㅎ크크크!

엘리야

(셔츠 소매를 걷어붙이고, 까만 얼굴로, 목청을 다해 소리 지른다, 양팔을 추켜든 채) 거기 천상의 대형(大兄), 대통령 각하, 방금 제가 당신한테 말씀드린 걸 들으셨지요. 확실히, 저는 당신을 굳게 믿고 있어요, 대통령 각하. 저는 이제 히긴즈 양과 리케츠양이 그들의 마음

속 깊이 신앙을 갖게 되었다는 걸 확실히 믿고 있어요. 확실히 그런 것 같아요, 플로리 양, 나는 그대처럼, 그렇게도 지극히 하느님을 두려워하는 여자를 한 번도 보지 못했어. 대통령 각하, 이리 오셔서 저로 하여금 친애하는 자매들을 구하도록 도와주소서. (그는 청중을 향해 윙크를 한다) 저희들의 대통령 각하, 저분은 온갖 걸 다 알고 계시면서도 쓸데없는 건 절대 말씀하지 않는 답니다.

키티 - 케이트

난 나 자신을 잊고 말았어. 마음을 놓고 있는 순간에 그만 콘스티튜션 언덕[296]에서 죄를 저지르고 말았지. 난 주교한테서 안수례를 받고는 갈색 법복 속에 휘말리고 말았어. 나의 이 모님은 어떤 몬트모렌시[297]라는 분과 결혼했지. 난 순결했는데 연관 공 녀석한테 그만 몸을 망치고 말았어.

조위 - 패니

난 재미로 그이더러 그걸 매질하여 내 속에 넣게 했지.

플로리 - 테레사

그건 헨네시의 스리 스타[298] 꼭대기에다 포트와인을 곁들어 마신 결과야. 나는 웰런 녀석이 슬쩍 침대 속으로 들어왔기 때문에 그와 죄를 범하고 말았어.[299]

스티븐

태초(太初)에 말씀이 있었는지라, 결국에는 끝없는 세계가 있었도다. 팔복(八福)의 축복 있으라.[300]

(의학도의 하얀 가운을 걸친 딕슨, 매든, 크로터즈, 코스텔로, 레너헌, 밴넌, 멀리건 그리고 린치의 팔복(八福)들이, 네 사람씩 가슴을 나란히 하여 뻗정다리 스텝을 밟으며, 떠들썩하게 행진하면서 급히 지나간다.)

팔복들

(되는대로) 맥주(麥酒) 매육(買肉) 매견(罵犬) 마우(瑪牛)[301] 무업(巫業) 모주옥(謀酒屋)[302] 매간(罵姦) 모주교(謀主教).

리스터

(퀘이커 교도의 회색 반바지에 테 넓은 모자를 쓰고, 정중하게 말한다) 그는 우리들의 친구요. 나는 이름을 댈 필요는 없소이다. 그대 빛을 찾을지라.[303]

(그는 코란토 춤을 추며 지나간다. 베스트가 번질번질하게 세탁된, 이발사의 복장을 하고, 머리카락을 모권지(毛捲紙)로 붙들어 맨 채, 들어온다. 그는 도마뱀 문자가 새겨진, 담황색 관리 풍의 화장복(키모노)에, 춤 높은 파고다모를 쓴 존 이글링턴을 인도한다.)

베스트

(미소를 띠며, 모자를 벗고 깎은 머리를 드러내 보이자, 머리 꼭대기서부터 오렌지 빛 나비 리본으로 묶은 변발의 다리가 불쑥 솟는다) 나는 방금 그를 아름답게 가꾸고 있던 참이야, 알겠나. 아름다운 것은, 알겠나, 예이츠가 말하듯이, 아니 내 말은, 키츠가 말하지.[304]

존 이글링턴

(푸른 갓을 씌운 암등[暗燈]을 꺼내 한쪽 구석을 향해 비치게 한다)[305]: 투덜거리는 말투와 함께) 미학(美學)과 화장술은 부인의 침실을 위해 있는 거야. 나는 진리를 탐구해요. 평범한 사람에게는 평범한 진리를. 탄데러지[306]인(人)은 사실(事實)을 구하며 또한 그를 얻으려고 하는 거야.

(석탄 통 뒤의 원추형 서치라이트 속에, 성스러운 눈을 한, 고대 성현, 마나난 맥클리어[307]의 턱수염 난 모습이, 턱을 무릎에 괴고, 곰곰이 생각에 잠겨 있다. 그는 천천히 자리에서 일어선다. 그의 드루이드교 신부의 입으로부터 한 가닥 차가운 바닷바람이 인다. 그의 머리 주변에 뱀장어와 뱀장어새끼들이 사려 있다. 그는 해초와 조개껍질로 덮여 있다. 그의 오른손은 자전거펌프를 쥐고 있다.[308] 왼손은 한 마리 커다란 가재의 두 발톱 부분을 움켜쥐고 있다.)

마나난 맥클리어

(파도의 목소리로) 아움! 헤크! 월! 아크! 러브! 모어! 마![309] 제신(諸神)들의 백의(白衣)의 유가교(瑜伽敎) 신자여.[310] 헤르메스 트리스메기스토스[311]의 신비적인 주문서(呪文書)여. (휭휭 부는 바닷바람의 목소리를 내며) 파나쟈남(재림) 패트시펀자우브! 나는 놀림을 받고 싶지는 않도다. 어떤 이가 가로되: 왼쪽을 주의하라, 샤크티[312]의 예찬을. (폭풍조[暴風鳥]의 우는소리를 내며) 샤크티 시바여,[313] 암흑의 신비로운 부(父)여! (그는 자전거펌프를 가지고 그의 왼손에 쥐고 있는 가재를 때린다. 소비조합의 시계 문자판 위에 12궁[宮]의 기호가 번쩍인다. 그는 대양(大洋)의 맹위를 떨치며 비통하게 울부짖는다.) 아움! 바움! 피자움! 나는 농장의 빛이오! 나는 몽상가의 낙농장의 버터니라.[314]

(해골 같은 유다의 손이 빛을 목 졸라 죽인다.[315] 녹색의 불빛이 엷은 자색으로 이울어진다. 갓 없는 가스등이 휭휭 휘파람 소리로 울부짖는다.)

가스등

푸우아흐! 푸우이이이이이이이이!

(조위가 샹들리에로 달려간다, 그리고 한쪽 다리를 굽히며, 가스등의 갓을 바로 잡는다.)

조 위

그런데 누구 담배 가진 분 없어요?

린 치

(담배 한 개비를 테이블 위에 던지며) 여기.

조 위

(자존심을 조롱당한 듯 그녀의 고개를 옆으로 젖히고) 숙녀한테 '물건' 건네는 식이 그래요? (담배에 불을 댕기려고, 그걸 천천히 돌리면서, 불꽃 위에 팔을 뻗자, 겨드랑이의 덥수룩한 갈색 털이 드러나 보인다. 린치가 부지깽이를 가지고 대담하게 그녀의 속옷 한쪽 끝을 들어올린다. 양말대님 위쪽으로부터 벌거숭이로, 그녀의 살결이 사파이어 빛 아래 물 요정의 녹색인양 들어난다. 그녀는 조용히 담배를 뻐끔뻐끔 빤다.) 저의 엉덩이의 사마귀라도 볼 수 있나요?

린 치

볼 수 없는걸.

조 위

(추파를 던진다) 없다고? 그것으로 만족하지 않겠죠? 레몬을 핥고 싶죠?

(창피한 듯 일부러 곁눈질을 하면서 그녀는 블룸을 의미심장하게 흘끗 본다. 이어 그녀의 속옷을 부지깽이에서 풀면서, 그에게로 몸을 비틀어 돌린다. 파란 옷의 흐름이 다시 그녀의 육체 너머로 흐른다. 블룸이 일어서며, 탐욕스레 미소를 띠면서, 그의 엄지손가락을 빙빙 돌린다. 키티 리케츠가 그녀의 가운데 손가락을 침을 발라 핥는다. 그리고 거울 속을 빤히 들여다보면서, 양쪽 눈썹을 고른다. 왕의 율법학사라 할, 리포티 비러그³¹⁶)가, 난로의 굴뚝을 통해 급히 내려오며, 얼빠진 핑크색 죽마(竹馬)를 타고 왼쪽으로 두 걸음 뽐내며 걸어간다. 그는 몇 개의 외투에 소시지처럼 말린 채, 갈색 비옷을 입고 그 아래 둘둘 말린 양피지³¹⁷)를 들고 있다. 그의 왼쪽 눈에 카셀 보일 오코너 피츠모리스 티스덜 파렐의 외 알 안경이 번쩍인다. 머리에는 이집트인의 관모(冠帽)가 씌워져 있다. 두 개의 새 깃이 그의 양 귀 위에 솟아 있다.)

비러그

(발꿈치를 서로 모으고, 절을 한다) 나의 이름은 비러그 리포티, 솜버트헤이 출신이야. *(그는 사료 깊게, 냉담하게, 기침을 한다)* 난잡한 남녀 나체가 여기 근처에 아주 문란하게 눈에 띄는군, 응? 부주의하게도 그녀의 엉덩이는 네가 특별히 좋아하는 저 오히려 친근한 하의(下衣)를 그녀가 입고 있지 않다는 사실을 폭로하는 거야. 바라건대 넌 넓적다리의 주사 맞은 흔적을 목격했었지? 좋아.

블 룸

할아버지. 하지만……

비러그

다른 한편으로 제2호, 버찌색 루주와 하얀 머리 체발(剃髮)을 하고, 그녀의 머리카락이 우리들의 삼목(杉木)의 부족적(部族的) 연금약액(鍊金藥液)에 적지 않게 신세를 지고 있는, 그녀는, 산책 복을 입고 있나니 그녀가 앉은 몸가짐으로 보아 코르셋을 단단히 하고 있는 것 같군, 내 생각에. 등뼈가 앞쪽으로, 말하자면. 내 잘못인지는 몰라도 그러나 나는 희끗희끗한 속옷으로, 바람난 여인들에 의해 그토록 수행된, 그따위 행위가 그의 노출증환자속성 때문에 너를 매혹했음을 언제나 알고 있었지. 한 마디로. 반마반취(半馬半鷲)지. 내 말이 맞지?

블 룸

그녀는 오히려 여윈 편이지요.

비러그

(불쾌하지 않게) 절대적으로! 참 잘 봤어 그리고 스커트의 저 커다란 망태기 같은 호주머니와 약간 가냘프게 팽이 모양을 한 효과는 엉덩이의 융기(隆起)를 암시하기 위하여 고안된

거야. 어떤 도깨비 시장에서 새로 산 것인데 그를 위해 한 미련퉁이가 지금까지 과료를 물어 왔단 말이야. 사람의 눈을 속이는 음란한 의상이지. 알갱이를 하나하나 주의 깊게 살펴봐요. 오늘 네가 입을 수 있는 것은 내일 결코 입지 말지어다. 시차(視差)! (머리를 한번 신경질적으로 실룩실룩 움직이며) 내 두뇌가 짤깍 소리 나는 걸 자넨 들었나? 두다음절(頭多音節)이란 거야!

블 룸

(팔꿈치를 한쪽 손에 괴고, 집게손가락을 뺨에다 댄 채) 저 여자는 슬퍼 보여요.

비러그

(냉소적으로, 그의 족제비 누런 이빨을 드러내면서, 왼쪽 눈을 손가락으로 끌어내리며 목쉰 소리로 짖어댄다) 속임수야! 말괄량이와 엉터리 슬픈 여인을 주의하라. 골목길의 백합(百合)이란 거야.[318] 모두 루알두스 콜롬부스[319]가 발견한 음핵(陰核)을 소유하고 있지. 그녀를 자빠뜨려요. 그녀를 넘어뜨리란 말이야. 카멜레온이지. (한층 쾌활하게) 자 그러면, 다시 제3호에 대하여 네게 주의시키겠다. 그녀의 육체에는 육안으로 볼 수 있는 것이 너무 많아. 그녀의 두개골 위의 저 산화(酸化)된 야채성(野菜性) 고깃덩어리를 관찰해 보란 말이야. 허어, 그녀는 쿵 소리가 나지![320] 무리들 가운데서, 다리가 길고 용골(龍骨)이 깊은, 미운 오리새끼[321]라니까.

블 룸

(유감스럽게) 나오실 때 총도 안 가지시구.[322]

비러그

우리는 유순하고, 중간의 그리고 강한, 모든 품질을 네게 해줄 수 있어. 돈만 내고, 뭐든지 택하란 말이야. 넌 얼마나 행복할까 어느 걸 택하든……[323]

블 룸

어느 걸……?

비러그

(그의 혀를 꼬부리며) 냐암! 보라. 그녀의 얼굴빛이 얼마나 음란하냔 말이야. 그녀는 아주 상당한 두께의 지방층으로 덮여 있어. 분명히 젖가슴의 무게로는 포유동물이요, 그녀는 앞쪽으로 오찬(午餐) 수프 접시에 떨어질 것만 같은, 엄청나게 큰 차원의 두 개의 돌기를 눈에 띄게 지니고 있는 걸 넌 볼 수 있지, 한편 그녀의 뒤 등의 훨씬 아래쪽에는 튼튼한 직장(直腸)을 암시하는 그리고 촉진(觸診)을 위해 부풀어 오른, 두 개의 부수적인 돌기가 있는데, 그건 탄력성이외에 바랄 게 조금도 없다네. 이러한 살덩이는 세심한 영양의 산물인 거야. 닭장에 가두어 살을 찌우면 그들의 간장(肝臟)이 코끼리 사이즈만큼 커지지. 호로파(葫蘆巴)와 고무 안식향(安息香)을 얼마간의 녹차로 이겨 만든 새 빵 덩어리 몇 개면, 단시간 내에 구김 없는 바늘겨레 같은 커다란 지방 덩어리를 그들에게 붙여 줄 거야. 네 목적에 어울리겠지, 응? 몹시 먹고 싶은 이집트의 육(肉)의 성찬(聖餐)이지. 그 속에서 뒹굴란 말이야. 만년석송(萬年石松)[324]. (목구멍이 썰룩거린다) 짝짭! 자 또 시작이다.[325]

블 룸

저는 다래끼를 싫어해요.

비러그

(눈썹을 아치형으로 구부린다) 금반지를 가지고 문지르면 낫는다고들 하지. '아르구멘뚬 아드 페미남*(여성을 위한 논법)*[326]'이야. 옛날 로마나 고대 그리스에서 디플로도쿠스와 이크티오사우루스[327]의 집정기간에 이야기되었던 것처럼. 그 밖에도 이브의 영약*(靈藥)*이 있지. 비매품이야. 단지 임대에 한한 거야. 위그노 교도*(맹서)*. *(그는 몸에 경련을 일으킨다)* 참 우스꽝스럽게 들리는군. *(그는 말에 힘을 주듯 기침을 한다)* 그러나 필경 그건 단지 사마귀에 불과하지. 상상컨대 내가 그 숙취*(宿醉)*에 관해서 너한테 가르쳐 준 걸 넌 기억하겠지? 벌꿀과 육두구*(肉荳蔲)*와 함께 소맥분을.

블 룸

(반성하면서) 소맥분을 만년 석송*(石松)* 및 수지*(樹脂)*와 함께. 이건 지독한 시련이군. 오늘은 보통날 같지 않아서 몹시 고된 날이라, 사건이 중첩되는군. 가만있자. 그런데, 사마귀의 피가 사마귀를 퍼뜨린다고, 하셨는데……

비러그

(엄격하게, 코를 몹시 부풀게 하며, 곁눈으로 윙크를 하면서) 필요 없이 엄지손가락만 굴리지 말고 한참 동안 곰곰이 잘 생각해 보란 말이야. 저런, 잊었군 그래. 기억술을 행사해 보라니까. '라 까우사 에 산따*(동기는 신성한 것이로다)*.' 따라. 따라. *(방백)* 저 녀석이 확실히 기억할 텐데.

블 룸

로즈메리[328] 또는 기생조직을 억제하는 의지력에 관해 말씀하신 걸로 전 또한 알고 있어요. 그런데 아니 천만에 어렴풋이 생각났어요. 죽은 사람의 손으로 어루만져 치료하는 거지요. 기억술을?

비러그

(흥분하여) 맞았어. 맞았어. 그대로야. 테크닉이지. *(그는 둘둘 만 양피지를 힘차게 탁탁 친다)* 이 책 속에 특수 처방법이 자세히 기록되어 있어. 착란성*(錯亂性)* 공포증에는 아코니트, 우울증에는 염산, 성기지속발기*(性器持續勃起)*엔 할미꽃을 위해 목록을 찾아 봐요. 지금부터 비러그가 절단술에 관해 이야기하겠다 우리들의 옛 친구의 부식제*(腐蝕劑)*야. 사마귀는 굶주려 죽여야만 해. 움푹 팬 밑뿌리를 말총으로 감아 잘라 버리는 거야. 그러나, 이야기의 논점이 불가리아인과 바스크인[329]으로 바뀌었지만, 자네는 그 남장*(男裝)* 여인을 좋아하는지 싫어하는지 잘 생각해 본 적이 있는가? *(천연스레 킬킬거리며)* 자네는 만 일년을 종교 문제[330] 연구에 그리고 1886년 여름에는 곡선구적법*(曲線球積法)*을 위해 이바지함으로써 바로 그 백만 파운드를 타려고 했었지. 석류![331] 숭고한 것과 조롱 받는 것은 단지 한 발짝 차이에 지나지 않아.[332] 파자마는, 이를테면? 또는 짜서 만든 섶을 단 부인용 긴 속옷은, 앞쪽이 닫힌? 아니면, 이렇게 말하는 건 어때, 옆이 터진 스커트와 같은 그따위 복잡한 콤비네이션은?[333] *(그는 냉소적으로 까마귀 우는소리를 낸다)* 키키키이리이키이!

(블룸은 세 매춘부들을 불확실하게 훑어보며 이어 베일을 두른 홍자색(紅紫色) 불빛을 빤히 쳐다본다, 계속 날고 있는 나방의 붕붕대는 소리를 들으면서.)

블 룸

저는 아까 같아서는 지금쯤은 이미 결론이 나길 바랐죠. 잠옷은 절대로. 따라서 이것은. 그러나 내일은 새날이고 밝아 오지요. 과거는 지난날의 오늘이에요. 현재는 어제가 지나서 된 것처럼 또한 현재는 이어 내일이 되지요.

비러그

(돼지의 속삭임으로 대사를 일러준다) 하루살이 곤충들은 그들의 교미를 되풀이하며 짧은 생애를 보내는 거야. 등 부분에 강대한 음부의 생식력을 소유하고 있는 열세(劣勢)의 아름다운 암놈의 체취에 유혹되어서 말이야. 예쁜 폴! *(그의 노란 앵무새의 주둥이를 하고 콧소리를 내며 지껄인다)* 기원전 5천 5백 50년에 그리고 경(更)에 카르파치아 산맥[334]에 한 가지 속담이 있었어. 한 숟갈 가득한 벌꿀이 곰 서방을 일급 특선 맥아(麥芽) 식초 통 반(半)다스보다도 더욱 유혹한다는 거야. 곰 놈의 웅성거리는 소리가 꿀벌을 괴롭히는 거지. 그러나 이 이야기는 그만하고. 다음 기회에 또 계속할 수 있지. 참 재미있었어, 우리들 다른 사람들. *(그는 기침을 한다, 그리고 고개를 숙이며, 국자 같은 손으로 심각하게 코를 문지른다)* 자네는 이따위 밤의 곤충들이 빛을 따라 날아온다고 생각할 테지. 착각이야, 왠고하니 고놈들의 조절할 수 없는 복안(複眼)을 생각해 봐요. 온갖 이따위 어려운 문제점에 대해서는 L. B. 박사가 말하는, 금년에 독서 계에 파문을 일으키는 성과학원리(性科學原理), 일명 사랑의 정열이란 책, 제17권을 참조해 보게. 몇몇은, 예를 들면, 동작이 자동적인 것도 재삼 있지. 알겠나. 그것이 그에게 알맞은 태양이란 말이야. 밤새(夜鳥) 밤 태양 밤 도시. 날 좋아와요, 야경꾼! *(그는 블룸의 귓속에다 바람을 불어넣는다)* 후후!

블 룸

그 전날에도 꿀벌인지 쇠파리인지가 역시 벽 위의 그림자를 들이받아 얼떨떨해 가지고 제 셔츠 속으로 정신없이 돌아다녔는데 그때 정말로 저는 혼이……

비러그

(그의 태연한 얼굴에, 여인의 낭랑한 목소리로 소리 내어 웃는다) 멋지군! 바지의 단추 가리개 속의 가뢰[斑猫] 곤충이나 또는 구멍 파는 연장(페니스)에 겨자 연고 격이군. *(그는 칠면조 같은 목의 늘어진 볏을 흔들며 게걸스럽게 지저귄다)* 칠면조 놈! 칠면조 놈! 우린 어디야? 열려라 참깨![335] 앞으로 나와라! *(그는 둘둘 만 양피지를 재빨리 풀어, 개똥벌레 같은 코를 그가 움켜쥐고 있는 문자와 반대 방향으로 달리게 하면서, 읽는다)* 머물어요, 착한 친구여. 그대에게 답을 갖고 왔도다. 레드뱅크의 굴(蠣)이 머지않아 우리들에게 기어오르리라. 나는 최고의 요리사야. 저 즙 많은 쌍각조개는 우리들의 몸에 크게 도움이 될 것이요, 페리고르산(産)의 송로(松露)[336]라든지, 닥치는 대로 마구 먹는 돼지 공(公)이 파낸 괴근(塊根)은 신경쇠약 혹은 한부병(悍婦病) 치료에 그야말로 효과 만점이었지. 냄새가 지독하지만 얼얼하게 자극을 준단 말이야. *(그는 수다스런 야유를 터뜨리며 고개를 흔든다)* 우스꽝스럽군. 내 접안(接眼)에 외 알 안경을 끼고.[337] *(그는 재채기를 한다)* 아멘!

블 룸

(넋을 잃은 듯) 접안상(接眼上)으로 여인의 쌍각조개 병은 한층 지독해요. 언제나 열려라 참깨 하는 식이라니까요. 깨진 성(性)이지요. 그러기 때문에 여자들은 해충이나, 기어 다

니는 걸 겁내지요. 게다가 이브와 독사는 삼각관계예요. 역사적 사실은 아니어요. 제 생각
으로는 분명히 유사한 데가 있어요. 독사도 역시 여자의 젖을 탐식하지요. 여인의 젖가슴을
다즙흡입(多汁吸入)하기 위해 수마일 잠식성(蠶食性)의 숲속을 지나 꼬불꼬불 다가오지
요. 상피병(象皮病)[338]에서 우리들이 읽는, 저들 칠면조를 닮은 로마의 간호부장들처럼 말
이에요.

비러그

*(입을 불쑥 내밀어 주름살을 굵어 지게하며, 쓸쓸한 듯 눈을 딱 감고, 이국적인 단조로운 목소리
로 찬송가를 읊는다)* 저 부푼 젖통을 가진 암소들 그들은 알려진 것인지라……

블 룸

엉엉 울고 싶은 기분이에요. 용서하세요. 아아? 고로. *(그는 거듭한다)* 그로 하여금 그들의
젖꼭지를 탐욕스레 빨도록 내맡기기 위해 도마뱀의 소굴을 동시적으로 찾게 하는 도다. 개
미는 진딧물에서 젖을 빨아먹지요. *(의미심장하게)* 본능이 세계를 지배합니다. 삶에 있어
서. 죽음에 있어서.

비러그

*(머리를 옆으로 젖히고, 등을 구부린 다음 날개 같은 어깨를 내밀고, 불룩하게 나온 흐린 눈으로
나방을 응시한 채, 뿔 같은 발톱으로 가리키며 소리를 지른다)* 나방 나방은 누구냐? 친애하는
제럴드는 누구냐? 친애하는 제, 그래 너? 오 맙소사, 그인 제럴드야. 오, 그 녀석이 몹시 화
상(火傷)을 입지 않았는지 몹시 염려스럽군. 누구구든지 좋으니 제발 제 임금 테이블 내
냅킨을 흔들어 새나난을 솜 막아 주지 않겠나? *(그는 고양이의 울음소리를 낸다)* 야웅 야웅
야웅 야웅! *(그는 한숨을 쉬며, 뒤로 물러가며 아래턱을 빠뜨리고 비스듬히 아래를 내려다본다)*
좋아, 좋아. 그도 곧 진정할 거야. *(그는 이야기 도중 갑자기 양 턱을 탁 닫는다)*

나 방

나는 작고도 작은 것
봄이면 언제나 날아다니는 것
빙빙 빙빙 원을 그리는 것.
먼먼 옛날엔 난 임금님이었던 것
지금은 이런 짓을 하는 것
날개를 펴고, 날개를 펴고!
빙!

(그는 소란스럽게 날개를 파닥거리면서, 얇은 자줏빛 등잣을 들이받는다)

예쁜 예쁜 예쁜 예쁜 예쁜 예쁜 페티코트.

*(왼편 위쪽 입구로부터 슬슬 미끄러지는 두 발짝으로, 헨리 플라우어가 왼쪽 전면 중
앙으로 나타난다. 그는 까만 망토를 입고 새 깃 장식의 수그러진 차양 넓은 중절모를
쓰고 있다. 그는 은줄로 된, 상감[象嵌] 달린 덜시머 타악기와 여자의 머리 모양을
한 진흙 대통이 달린, 기다란 대나무 자루의 야곱의 파이프를 쥐고 있다. 그는 까만
벨벳 긴 양말과 은 버클의 펌프스(야회용 신)를 신고 있다. 그는 엉성한 턱수염과 코
밑수염에, 미끈하게 늘어뜨린 머리채를 한 낭만적인 구세주의 얼굴을 하고 있다. 그의*

홀쭉한 두 다리와 제비 같은 발은 칸디아의 왕자, 테너 가수 마리오[339])의 것과 비슷하다. 그는 주름 잡힌 옷깃을 바로잡으며 색정에 넘치는 혓바닥을 한 번 휘둘러 입술을 적신다.)

헨 리

(낮고 아름다운 목소리로, 기타의 줄을 퉁기면서) 한 송이 꽃이 피어 있네.[340])

(흉악한 비러그가, 턱을 고정시키고, 램프 등을 빤히 쳐다본다. 신중한 블룸이 조위의 목을 살펴본다. 멋쟁이 헨리가 목의 군살을 늘어뜨린 채 피아노 쪽으로 고개를 돌린다.)

스티븐

(혼잣말로) 눈을 감고 연주하라. 아빠의 흉내를 내는 거야. 돼지의 꼬투리로 나의 배를 채우면서.[341] 이제 그만하면 됐어. 나는 일어나 가련다 나의.[342] 내 생각으로는 이것은. 스티비, 그대는 지금 위험한 길에 처해 있네. 디지 노인을 찾아가거나 아니면 전보를. 오늘 아침의 회견은 저에게 깊은 감명을 남겼어요. 비록 피차의 나이는. 내일 충분히 편지해야지. 나는 약간 취했어, 그런데. (그는 다시 건반을 두들긴다) 이번에는 단조(短調)야. 그래. 하지만 많이 취하진 않았어.

(알미다노 아티포니가 코밑수염을 활발히 흔들면서 둘둘 만 악보 지휘봉을 밖으로 내뻗는다.)

아티포니

'치 리플렛타. 레이 로비나 툿토(잘 생각해 봐요. 그대는 뭐든 파멸하고 있네).'[343]

플로리

뭐든 노래 불러 줘요. 그 옛날 달콤한 사랑의 노래를.

스티븐

소리가 모자라. 나는 가장 세련된 예술가야. 린치, 류트 현악기에 관해 쓴 편지를 내가 자네한테 보여 주었던가?[344]

플로리

(능글능글 웃으면서) 노래를 부를 수는 있어도 부르지 않는 새(鳥)로군요.

(삽의 쌍둥이, 잔디 깎는 기계를 든 두 옥스퍼드대학 특별연구원들인, 술 취한 필립과 술 안 취한 필립[345]이 창구에 나타난다. 두 사람 다 매슈 아놀드의 얼굴 가면을 쓰고 있다.)

술 안 취한 필립

바보의 충고를 받아드리게. 모두 이상한 것 같아. 연필 끝으로 계산해 보란 말이야, 얼른. 그대가 번 3파운드 12실링, 지폐 두 장, 파운드 금화 한 개, 크라운 은화가 두 개, 단지 젊음이 알기만 하면.[346)] 시(市)의 무니 주점과 강가의 주점, 모이라 주점, 라체트 레스토랑,[347)] 홀레스가(街)의 병원, 버크 주점, 응? 나는 그대를 주시하고 있단 말이야.

술 취한 필립

(초조하게) 아, 허튼 소리 말게, 자네. 지옥에라도 가려 무나! 난 갚을 건 다 갚았어. 내가 옥타브에 관해 좀 알 수만 있다면. 개성의 중복을. 그 녀석의 이름을 내게 말해 준 게 누구더라? *(그의 풀 깎는 기계가 가르랑 소리를 내기 시작한다)* 아하, 그렇군. '조에 모우 사스 아가포(나의 생명이여, 나는 그대를 사랑하노라).'[348)] 나는 전에도 여기 왔던 생각이 나는군. 그게 언제였더라 에트킨슨[349)]은 아니고 그 녀석의 명함을 내가 어딘가 지니고 있었는데. 맥 뭐라는 녀석이지. 안매크야, 알았다. 그 녀석이 내게 이야기했지, 가만있자, 스윈번, 그렇지, 아니?

플로리

그런데 노래는?

스티븐

마음은 하고자 하나 육체가 허약하도다.[350)]

플로리

당신은 메이누스 출신인가요? 한때 내가 알고 있던 분과 닮았어요.

스티븐

그곳 출신이야. *(혼잣말로)* 예민하지.

술 취한 필립과 술 안 취한 필립

(그들의 풀 깎는 기계가 풀줄기의 리거둔 무(舞)에 맞추어 가르랑 소리를 내면서) 언제나 예민하지. 그곳 출신이야 그곳 출신. 그런데 그대 지녔나 그 책, 그것, 물푸레나무 지팡이? 그래, 거기 있군. 됐어. 언제나 예민하지 그곳 출신이라. 언제나 몸을 잘 살펴요. 우리들처럼 하란 말이야.

조 위

이틀 밤 전에 어떤 성직자가 그의 코트의 단추를 채운 채 이곳에 잠깐 볼일을 보느라 다녀 갔어요. 당신은 감추려고 애쓸 필은 없어요. 내가 그에게 말하지요. 당신은 로마 가톨릭의 칼라를 하고 있군요.

비러그

녀석의 입장으로 완전히 논리적이지. 인간의 추락 말이야[351)]. *(거친 목소리로, 눈동자를 둥글게 하면서)* 그따위 교황은 지옥으로! 태양 아래 새로운 것이라곤 하나도 없잖아.[352)] 나는 수도자들과 수녀들의 성의 비밀을 폭로한 비러그란 사람이야. 그게 바로 내가 로마 교회를 떠난 이유지. 사제, 여인과 참회록[353)]을 읽어요. 펜로즈.[354)] 어리석고 불쾌한 놈 같으니.[355)] *(그는 몸을 뒤튼다)* 여인, 그대의 골 풀 허리띠를 기분 좋은 조심성으로 풀면서, 그대의 함빡 젖은 음부(요니)를 남자의 남근상(男根像)(링감)에 제공하는 거다. 잠시 후에 남자는 여인에게 정글의 짐승 고기 몇 조각을 선물로 주지. 여인은 기쁜 빛을 띠며 그녀의 몸을 깃털 달린 가죽으로 가리는 거야. 남자는 뻣뻣하고, 커다란 링감을 가지고 그녀의 요니를 격렬하게 사랑하는 거지. *(그는 소리를 지른다)* '꼬악뚜스 볼루이*(나는 부득이 욕망하지 않을 수 없었도다).*'[356] 그러자 얼떨떨한 여인이 도망치려고 하는 거야. 기운 센 사나이가 여인의 팔목을 움켜쥐는 거다. 여인은 비명을 지르며, 이빨로 물며, 침을 뱉는 거지. 그러자 사내는, 골이 몹시 나서, 여인의 살찐 궁둥이를 때리는 거야. *(그는 자신의 꼬리를 추적한다)* 피흐파흐! 포포! *(그는 멈춘다, 재채기한다)* 에취! *(그는 자신의 꼬리를 문다)* 프르르르르르훗!

린 치

희망컨대 그대가 신부님께 고행*(苦行)*을 가했군. 주교*(主教)*를 쏘기 위한 구영광송*(九榮光頌)*을.[357]

조 위

(콧구멍을 통해 해마[海馬] 연기를 내뿜는다) 그인 관계를 할 수가 없었던 걸요. 단지, 알아요, 감정뿐. 불발탄*(不發彈)*이었죠.

블 룸

가련한 사람!

조 위

(경쾌하게) 단지 그에게 일어난 일이었어요.

블 룸

어떻게?

비러그

(까만빛의 악마 같은 입 벌림 새가 상을 찌푸리게 하며, 앙상한 목을 황새처럼 앞으로 쑥 내민다. 그는 바보 천지 같은 코를 추켜들고 부르짖는다) '베르플루크테 고임*(저주받을 이교도 놈)*!'[358] 그*(예수)*에겐 아비가 있었어 40명의 아비가.[359] 그는 결코 실재 인물이 아니었어. 돼지 신*(神)*이야! 그에게는 왼쪽 다리가 두 개 있었지.[360] 그는 리비아의 환관*(宦官)*이요, 교황의 사생아인, 유다 아이아키아란 말이야.[361] *(그는 지친 듯 앞발을 버티고 상체를 내밀며, 팔꿈치를 뻣뻣이 굽히고, 편편한 해골 같은 목에 고민하는 눈으로, 무언의 세계를 향해 짖어댄다)* 매춘부의 자식. 요한 묵시록.[362]

키 티

그리고 파랑 모자[363] 쓴 지미 피지언*(성령)* 녀석한테서 옮은 매독으로 화류병 병원에 입원하고 있던 메리 쇼틀[성모 마리아]이 그의 자식을 낳았는데 고놈이 목구멍으로 젖을 삼키지 못해 포대기에 싸인 채 경련으로 질식하자 우리들 모두 장례를 위해 기부금을 모았지요.

술 취한 필립

(장중하게) '끼 부자 미 당 쎄뜨 피쉬 뽀지숑, 삘리쁘*(필립이여, 누가 그대를 이런 궁지에 몰아넣었던고)*?'

술 안 취한 필립

(쾌활하게) '쎄때 르 사끄레 삐종, 삘리쁘(그것은 신성한 비둘기로다, 필립).'

(키티가 모자에서 핀을 뽑아 그걸 조용히 아래로 내려놓으며, 헤나로 물들인 머리카락을 가볍게 두드린다. 그런데 그보다 더 예쁘고, 더 고운 매혹적인 고수머리를 가진 머리는 어느 매음부의 어깨 위에서도 결코 볼 수 없었다. 린치가 그녀의 모자를 쓴다. 그녀가 그걸 홀렁 벗긴다.)

린 치

(크게 웃는다) 그런데 재미있는 것은 메치니코프[364]가 유인원(類人猿)에게 접종을 했던 거야.

플로리

(고개를 끄덕인다) 보행성(步行性) 운동기능 실조증(失調症).

조 위

(쾌활하게) 오, 사전(辭典)이라도.

린 치

세 사람의 현명한 처녀들.[365]

비러그

(학질에 걸린 듯, 몸을 흔들며, 뼈만 남은 간질병의 입술 위에 물고기 알 같은 누런 거품을 질퍽하게 일으키며) 그녀(마리아)는 미약(媚藥), 백랍(白蠟), 오렌지 꽃을 팔았어. 로마의 백인대장(百人隊長)인, 표범(요셉)이 그의 생식기로 그녀를 능욕했던 거야.[366] *(그는 손을 사타구니에 대고, 나풀거리는 인광(燐光) 같은 전갈의 혀를 내민다)* 구세주여! 녀석이 그녀의 고막을 찢었던 거지.[367] *(끽끽거리는 돌 원숭이의 부르짖음으로 그는 발작적인 경련을 일으키며 엉덩이를 흔든다)* 힉! 헥! 학! 혹! 훅! 콕! 쿡!

(벤 코끼리 돌라드가, 벌건 얼굴에, 근육비대증에 걸려, 털 난 콧구멍에, 거대한 턱수염을 기르고, 양배추 같은 귀에, 털이 엉성하게 난 앞가슴을 하고, 흐트러진 갈기에 살찐 젓가슴으로, 나타난다, 허리의 생식기가 끼만 수영 팬더에 의해 꽉 쥐어 있다.)

벤 돌라드

(크고 두툼한 손아귀에 뼈로 된 캐스터네츠를 딸그락딸그락 함께 치면서, 저음의 나무통 같은 음조로 즐겁게 요들을 부른다) 사랑이 나의 불타는 영혼을 사로잡을 때.[368]

(처녀들인 간호원 콜런과 간호원 퀴글리가 곡마장의 역원들과 밧줄을 홱 제치고 모습을 나타내며 양팔을 벌리고 그를 떼 지어 습격한다.)

처녀들

(감정이 복받치듯) 뚱뚱보 벤! 내 사랑 벤!

제15장 밤의 거리(키르케) **425**

목소리

저 망측스런 반바지를 입은 자를 붙들어요.

벤 돌라드

(너털웃음을 터뜨리며 허벅다리를 탁 친다) 자 잡아 보구려.

헨 리[369]

(잘려진 여인의 머리를 그의 가슴에 대고 애무하며, 중얼거린다)[370] 그대의 마음, 내 사랑. (그는 류트의 줄을 퉁긴다) 내가 처음 봤을 때……

비러그

(그의 살가죽을 벗기면서, 그의 수많은 깃털을 털갈이하면서) 젠장! (그는 석탄같이 까만 목구멍을 드러내 보이며 하품을 한다, 그리고 뚤뚤 만 양피지로 턱을 한 번 위로 밀어 닫는다) 자 이야기가 다 끝났으니 나는 출발하는 거야. 안녕히. 모두들 잘 있어. '드레크(쓰레기들아)!'[371]
　　(헨리 플라우어가 포켓용 빗으로 자신의 코밑수염과 턱수염을 급히 빗으며 머리카락을 암소처럼 한 번 핥는다. 기다란 쌍날칼로 방향을 잡으며, 요란스런 하프를 등 뒤에 늘어뜨리고, 그는 문 있는 데로 슬슬 나아간다. 비러그가 꼬리를 쭈뻣 세우고, 꼴사납게 죽마(竹馬)처럼 두 번 껑충 뛰어 문가지 나아간다. 그리고 벽 위에다 비스듬히 고름 빛의 누런 삐라를 교묘하게 찰싹 붙이고, 머리로 그걸 떼민다.)

삐 라

K. 11.[372] 광고 부착 엄금. 비밀 엄수. 의사 하이 프랭크스.[373]

헨 리

이제 모두 사라졌도다.
　　(비러그가 순식간에 자신의 머리를 나사처럼 돌려 빼어, 겨드랑이에 낀다.)

비러그의 머리

돌팔이 의사!
　　(머리와 팔이 별도로 퇴장한다.)

스티븐

(어깨 너머로 조위에게) 그대는 프로테스탄트의 이교(異教)를 창건한 저 호전적인 목사[374]를 더 좋아해야 했을 것을. 그러나 견유학파의 현인, 안티스테네스[375]와 이교의 시조 아리우스의 최후의 순간을 주의해요. 변소 간의 고뇌[376]를.

린 치

그녀에게는 모두 매한 가지 신(神)이지.

스티븐

(골똘히) 그리고 만물의 영장이기도.

플로리

(스티븐에게) 확실히 당신은 꼭 철부지 신부 같아요. 아니면 수도사이든지.

린 치

맞았어. 추기경의 자식이야.

스티븐

극죄(極罪). 구두쇠의 수도자들[377].

(전〔全〕아일랜드의 우두머리 대주교, 사이먼 스티븐 추기경 데덜러스 각하[378]가, 붉은 신부복으로 치장하고, 나막신에 양말을 신고, 문간에 나타난다. 극죄(極罪)를 나타내는, 역시 붉은 옷을 입은, 일곱 유인원〔類人猿〕의 난쟁이 복사〔服事〕들이, 그의 옷자락을 추켜들어, 그 밑을 들여다본다. 그는 납작해진 실크모를 비스듬히 머리에 쓰고 있다. 그의 두 엄지손가락이 겨드랑이에 꽂힌 채 손바닥이 밖으로 펼쳐져 있다. 목둘레에 코르크의 묵주를 걸치고 그 끝이 앞가슴 위에 십자형의 코르크 뽑는 나사처럼 매달려 있다. 엄지손가락을 풀며, 그는 파도처럼 크게 몸짓을 하면서 천상으로부터의 은총을 빌며 당당하게 허세를 부리면서 선언한다.)

추기경

> 콘서비오가 붙들린 채 누워 있도다
> 그는 제일 낮은 토굴 속에 누워 있도다
> 수갑과 쇠사슬에 사지가 휘감긴 채[379]
> 무게가 3톤이 넘도다.

(그는, 오른쪽 눈을 꼭 감고, 왼뺨을 불룩 나오게 하여, 잠시 모두를 쳐다본다. 그런 다음, 즐거움을 억제할 수 없는 듯, 그는 양팔로 허리를 짚고, 몸을 이리저리 흔들면서, 아주 쾌활하게 익살을 부리며 노래한다.)

> 오, 불쌍한 꼬마 녀석
> 그그그그그ㄱ너서이 다리들이 노랗게 되었다네
> 그는 포동포동, 짙게 살이 찌고, 뱀처럼 날쌔었네
> 그러나 매우도 야만스러웠네
> 하얀 양배추를 뜯어먹으려다
> 그는 넬 플라허티의 귀염둥이 수오리를 죽이고 말았다네.[380]

(수많은 하루살이들이 그의 법의 주변에 하얗게 모여든다. 그는 얼굴을 찡그리며, 팔짱을 끼고 갈빗대를 긁는다, 그리고 부르짖는다.)

나는 지옥에 떨어진 자의 고뇌를 당하고 있군. 성스러운 바이올린에 맹세코, 이따위 익살맞은 조무래기 놈들이 제발 일제히 습격해 오지 않으면 얼마나 고마울까. 만일 그렇게만 된다면 저 놈들이 나를 이 경칠 지구 표면에서 끌고 가도 좋으련만.

(그의 머리를 비스듬히 기울이고 그는 엄지와 가운데 손가락을 가지고 퉁명스럽게 축복을 빈다. 부활절의 키스를 전하며 모자를 좌우로 흔들면서, 자신의 몸집을 들러리들의 크기만큼 재빨리 줄어들게 하면서, 우스꽝스럽게 수부 춤을 추며, 물러간다. 난쟁이 유인원들이, 낄낄거리며, 흘끗흘끗 쳐다보며, 옆구리를 찌르며, 추파를 던지며, 부활절의 키스를 하며, 지그재그 걸음걸이로 그를 뒤따른다. 그의 목소리가 멀리서부터 기분 좋게, 자비심에 넘친 듯 남자답게, 선율적으로 들려온다.)

내 마음 그대에게 전하리다,
내 마음 그대에게 전하리다,
그리고 향기로운 밤의 바람에 부쳐
내 마음 그대에게 전하리다!³⁸¹⁾

(마법의 문손잡이가 회전한다.)

문손잡이

그대에에게!

조 위

악마가 저 문 속에 숨었나봐.
(한 남자의 모습이 삐걱거리는 계단을 내려가, 모자걸이로부터 비옷과 모자를 벗기는 소리가 들린다. 블룸이 마지못하듯 앞으로 출발한다. 그리고 그가 빠져나가는 문을 반쯤 닫으며, 호주머니에서 초콜릿을 꺼내어 그것을 조위에게 성마른 듯 제공한다.)

조 위

(그의 머리카락을 재빨리 홍홍 냄새 맡는다) 흠흠흠! 토끼고기를 주신 당신 어머님께 감사드려요. 저는 제가 좋아하는 걸 정말 좋아한답니다.

블 룸

(문간 층계에서 매춘부들과 이야기를 하고 있는 한 남자의 목소리를 듣자, 귀를 쭈뼛 세운다) 혹시 그 녀석 아닌가?³⁸²⁾ 끝났나? 아니면 않았기 때문에? 혹은 2회전?

조 위

(은박종이를 찢어 펼친다) 손가락은 포크 이전에 사용되었죠. (그녀는 그걸 완전히 찢어 한 조각을 입에 물고, 또 한 조각을 키티 리케츠에게 준 다음 고양이처럼 린치에게 몸을 돌린다) 프랑스의 능형 과자는 반대하지 않겠죠? (그는 고개를 끄덕인다. 그녀가 그를 희롱한다.) 자 받아요 아니면 다음까지 기다리려요? (그는 입을 벌린다. 고개를 젖힌 채. 그녀는 왼쪽 동그라미로 전리품을 그리며 돌린다. 그의 머리가 뒤따른다. 그녀는 오른쪽 동그라미로 그걸 되돌린다. 그는 그녀에게 눈짓을 한다.) 잡아 봐요!
(그녀는 한 조각을 던진다. 교묘하게 그는 입으로 잡아, 싸그락 소리를 내며 씹어 삼킨다.)

키 티

(씹으면서) 내가 자선시*(慈善市)*에서 함께 있던 그 기사는 참 맛있는 과자를 갖고 있지. 고급 리큐르*(술)*가 가득 차 있던걸요. 그런데 총독이 그의 부인과 함께 거기 왔었어요. 토프트의 목마[383]를 타고 우린 재미를 보았죠. 난 아직도 눈이 어질어질해요.

블 룸

(스벵갈리[384]의 모피 외투를 입고, 팔짱을 낀 채 나폴레옹 풍의 앞머리에, 복화술의 귀신 몰아내는 주문을 읊으면서 문 쪽을 향해 날카로운 이리 같은 눈초리를 던지며 얼굴을 찌푸린다. 그런 다음 뻣뻣하게 왼발을 내디디며, 밀고 나갈 듯 손가락으로 재빨리 안수례〔按手禮〕를 행하고 왼쪽 어깨로부터 그의 오른팔을 아래로 끌어내리며, 전〔前〕공제조합장의 신호를 한다.) 가요, 가, 가, 제발, 당신이 누구든 간에!

> *(한 가닥 남자의 기침 소리와 발소리가 바깥 안개를 뚫고 멀어져 가는 것이 들린다. 블룸의 얼굴 모습이 누그러진다. 그는 한 손을 조끼 품속에 넣으며, 조용히 포즈를 취한다. 조위가 그에게 초콜릿을 제공한다.)*

블 룸

(엄숙하게) 고맙소.

조 위

시키는 대로하세요. 여기!

> *(딱딱한 구두 소리가 계단 위에 들린다.)*

블 룸

(초콜릿을 받아든다) 최음제? 쑥 국화와 박하. 그러나 난 그걸 샀지. 바닐라는 진정제 혹은? 기억술. 난잡한 광선은 기억을 혼란시키죠. 붉은색은 부스럼에 영향을 주지. 색깔은 여인의 성격에 영향을 주거든, 만일 그들이 지녔다면. 이 검은 상복은 나를 슬프게 해요. 먹고 즐길지어다, 내일을 위해.[385] *(그는 먹는다)* 또한 음식의 맛에 영향을 주지, 자색은. 그러나 그 이래 꽤 오래 됐어, 나는. 새 기분인 듯. 최음. 저 사제. 와야 해. 결코 안 오는 것보다 늦게라도 오는 편이 낫지. 앤드루 상점에서 송이버섯을 시식해 봐야겠어.[386]

> *(문이 열린다. 매음 옥의 덩치 큰 여 포주, 벨라 코헨이 들어온다. 그녀는 옷자락에 술 장식의 섶을 단, 상앗빛 드리쿼터 가운을 입고 있다. 그리고 카르멘의 〈미니 호크〉[387]처럼, 까만 뿔 부채를 펄럭거리며 몸을 식힌다. 왼손에는 결혼반지와 기념 반지를 끼고 있다. 그녀의 눈이 짙은 숯검정으로 칠해져 있다. 코밑수염이 솟아나 있다. 그녀의 올리브색 얼굴이 나른한 듯, 약간 땀에 젖어 있고 오렌지 빛 콧구멍의 코가 우뚝 솟아 있다. 그녀는 커다란 녹주석〔綠柱石〕 귀걸이를 달고 있다.)*

벨 라

이런! 난 땀에 흠뻑 젖었어.

(그녀는 두리번거리며 쌍쌍의 남녀들을 흘끗 쳐다본다. 그런 다음 눈이 블룸 위에 끈기 있게 머무른다. 그녀의 커다란 부채가 열이 오른 얼굴 목 그리고 살찐 육체를 향해 바람을 보낸다. 그녀의 매 같은 눈이 번쩍인다.)

부 채

(빨리, 이어 천천히 새롱거리며) 기혼자로군, 보아하니.

블 룸

물론, 부분적으로, 하지만 난 잃고 있어……

부 채

(반쯤 펼쳐지다가, 다시 접으며) 그런데 마님이 주인 구실을 하는군. 치마폭 정치 말이야.

블 룸

(수줍어하듯 한 번 씽긋 웃으며 아래를 내려다본다) 그건 그래.

부 채

(함께 접으며, 그녀의 왼쪽 귀걸이에 가 멈춘다) 당신 나를 잊었나요?

블 룸

아래. 그니.[388]

부 채

(그녀의 허리에 대고 접힌 채) 그전에 당신이 꿈에 보았던 그 여자가 나 아니에요? 그러면 그녀는 그이나 당신이 우리들을 알게 된 이후였지요? 만일 그렇다면 나는 모든 여인이요 지금도 똑같은 내가 아니겠어요?

　　　　(벨라가 조용히 부채를 탁탁 두들기며, 다가온다.)

블 룸

(몸을 움츠리며) 힘 쎈 존재로군. 내 눈 속에, 여인들이 좋아하는 저 잠기운을 읽은 모양이야.[389]

부 채

(탁탁 두들기며) 우린 드디어 만났군. 당신은 내 거야. 운명이지.

블 룸

(겁에 질린 채) 원기 왕성한 여인이야. 엄청나게 나는 당신의 지배를 바라고 있어. 나는 지쳐 있고, 버림받은 채, 이제 더 이상 젊지도 않아요. 나는, 말하자면, 별도 규정금(規定金)이 지불되는, 송달되지 않은 편지를 들고, 인생의 중앙우체국의 지연 우편함 앞에 서 있는

430 율리시스

격이야. 낙체(落體)의 법칙에 따르면, 직각으로 열린 문과 창문은 매초 32피트의 통풍을 야기하는 거야. 나는 지금 갑자기 나의 왼쪽 둔근(臀筋)에 좌골신경통의 통증을 느꼈어. 이건 우리 가문의 유전이지. 홀아비였던, 사랑하는 가련한 아빠는, 언제나 그것으로 규칙적인 청우계(晴雨計)를 삼았어. 그는 동물의 체열(體熱)을 믿고 있었지. 고양이의 가죽을 그의 겨울조끼 안쪽에 붙이고 있었으니까. 임종 가까이, 다윗 왕과 수넴 여인의 이야기[390]를 기억하시며, 그는, 사망 후에도 충실했던, 아소스 견[犬]과 잠자리를 나눠 가졌지. 개의 침은 당신도 아마……[391] (그는 몸을 움츠린다) 아!

리치 고울딩

(무거운 가방을 들고, 문을 지나간다) 흉내 내다 진짜 그렇게 되고 말지. 더블(린)에서 제일 값진 거야. 왕자에게도 어울릴 성찬(盛饌). 간장과 콩팥.

부 채

(탁탁 두들기며) 만사엔 끝이 있는 법이야. 내 것이 돼 주오. 당장.

블 룸

(마음을 정하지 못한 듯) 지금 당장? 내 부적(符籍)을 빼기지 말아야 했을걸. 비나, 이슬이 내릴 때, 바닷가 바위 위에 몸을 노출하는 것은, 내 인생의 사사로운 실수지. 모든 현상은 자연의 원인을 갖기 마련이야.

부 채

(천천히 아래쪽을 가리킨다) 당신 해도 좋아.

블 룸

(아래쪽을 바라보며 그녀의 풀린 구두끈을 목격한다) 사람들이 우릴 보고 있어.

부 채

(아래쪽을 재빨리 가리킨다) 당신 해야 해.

블 룸

(욕망을 띠고, 마지못하듯) 나는 정말이지 멋지게 단단히 매듭을 맬 수가 있어. 내가 켈레트 상점의 통신판매의 일을 복역하며 일하고 있었을 때 배웠지. 노련한 솜씨랍니다. 매듭에는 각각 연고(緣故)가 있기 마련이지. 자 어디. 호의로. 오늘은 아까도 한 번 무릎을 끓었지. 아아!

(벨라가 자신의 겉옷을 약간 들어올리고, 몸의 자세를 안정하면서, 반장화에, 통통한 발굽과 비단 양말에 싸인, 두두룩한 다리를 의자의 가장자리까지 들어올린다. 블룸은, 다리를 뻣뻣하게 한 채, 노령으로, 그녀의 발굽 위로 몸을 굽히며 손가락으로 그녀의 구두끈을 조용히 끌어냈다 드렸다 한다.)

블 룸

(상냥하게 중얼거린다) 맨스필드 양화점[392]의 점원이 되는 것이 나의 사랑의 젊은 꿈이었어, 클라이드 신작로 귀부인들의, 너무나 믿어지지 않게 있을 법하지 않을 정도로 작은, 새틴 줄무늬 진 날씬한 키드 가죽신을 무릎까지 십자로 끈 매기 위해, 단추를 멋지게 채워주는 무상(無上)의 기쁨. 나는 심지어 레이몬드 상점의 당밀 모델을 매일같이 방문했었지, 파리에서 신은, 그녀의 거미줄 같은 양말과 장군 풀줄기 발가락의 꿰찌르기를 감탄하기 위해.

발꿈치

나의 후끈한 산양 가죽을 냄새 맡아 봐. 나의 당당한 무게를 느껴 보란 말이야.

블 룸

(끈을 매면서) 너무 꽉 죄이지는?

발꿈치

서투르게 매기만 해봐라, 수병(水兵)놈[393] 같으니, 너에게 풋볼질을 할 테다.

블 룸

자선시 무도회의 밤에 내가 그랬던 것처럼 작은 구멍에다 끈을 잘못 끼지는 말아야지. 운나쁘게도. 잘못해서 그녀의 갈고리에다 끈을 쑤셔 넣고 말았으니…… 방금 당신이 말한 여자 말이오. 그날 밤 그녀[394]는 만났지…… 자!

> *(그는 끈을 맨다. 벨라가 그녀의 발을 마루 위에 놓는다. 블룸이 머리를 든다. 그녀의 묵직하게 생긴 얼굴, 그녀의 눈이 그의 얼굴 한복판을 쏘아본다. 그의 눈이 멍해지고, 한층 컴컴한 채 아래 두덩이 두두룩해지며, 그의 콧구멍이 팽창한다.)*

블 룸

(중얼거린다) 더 많은 하명(下命)을 기다리고 있겠나이다, 여불 비례, 신사 여러분……[395]

벨 로

(날카로운 독사의 눈초리로 노려보며, 바리톤 목소리로) 이 수치스런 개놈 같으니!

블 룸

(얼빠진 듯) 여제(女帝)!

벨 로

(두두룩한 빰의 살을 처지게 하면서) 간통자의 엉덩이 숭배자!

블 룸

(푸념하듯) 거대자(巨大者!

벨 로

분탐자(糞貪者)!

블 룸

(근육 관절을 반(半) 구부린 채) 장대대자(壯大大者)!

벨 로

앉아! (그는 부채로 블룸의 어깨를 탁탁 친다) 발을 앞쪽으로 기울이란 말이야! 왼발을 한 걸음 뒤로 미끄러지게 해요! 넌 넘어질 거야. 넘어지고 있어. 양손을 아래로 짚으란 말이야!

블 룸

(감탄의 표시로 눈을 위쪽을 향한 채, 감으면서, 재잘거린다) 송이버섯!

　　(날카롭고 간질 병적인 외마디소리로, 그녀는 손발 네 개를 모두 짚고 침물한다, 꿀꿀거리며, 흥흥거리며, 발아래를 주둥이로 뒤지며: 이어 드러눕는다, 죽은 체하며, 눈을 꼭 감고,³⁹⁶⁾ 눈시울을 부들부들 떨며, 가장 탁월한 달인[達人]의 태도로 땅 위에 고개를 숙인 채.)

벨 로

(단발머리에, 턱 아래 자색 올가미, 덥수룩한 고밑수염이 그의 면도한 입 언저리에 두루루 말린 채, 등산가의 각반에다, 녹색의 은 단추가 달린 코트를 입고, 스포츠 셔츠 및 수핑의 깃이 달린 등산모를 쓰고, 그의 양손을 바지 호주머니 속에 깊숙이 꽂은 채, 뒤꿈치를 그녀의 목 위에 올려놓고 문지르기 시작한다) 발판을! 내 온 몸무게를 온통 느껴 보란 말이야. 고개를 숙여요, 이 노예 같은 놈아, 자만스럽게 꼿꼿이 서서 그토록 번쩍이는 너의 폭군의 영광스런 뒤꿈치로 받힌 옥좌(변기) 앞에.

블 룸

(위압당한 채, 염소 우는소리를 한다) 저는 결코 명령을 어기지 않을 것을 약속해요.

벨 로

(크게 소리 내어 웃는다) 어쩌면! 바야흐로 이제부터 어떤 일이 네게 닥쳐올는지 넌 거의 모르고 있잖아. 나는 너의 보잘것없는 운명을 결정하고 너의 버릇을 길들이는 타타르인(人)³⁹⁷⁾이야! 내가 창피하게 그걸 네 놈한테서 몰아내야 하다니 한 바퀴 켄터키 칵테일 내기를 해도 좋아, 이봐. 건방지게, 어찌 감히. 글쎄 네가 운동복차림을 하고 발뒤꿈치 벌(罰)이 가해질 것을 미리 짐작하고 부들부들 떨고 있는 데서야.

　　(블룸이 소파 밑을 기어가 가두리 술 장식을 통해 밖을 내다본다.)

조 위

(속옷을 펴 그녀를 가리며) 그 앤 여기 없어요.

블 룸

(눈을 감으며) 그 앤 여기 없어요.

플로리

(가운으로 그녀를 가리며) 그 앤 그런 뜻으로 한 건 아니었어요, 벨로 씨, 이제부터 착해 질 거예요, 나리.

키 티

그 애한테 너무 심하게 굴지 마세요, 벨로 씨. 정말 그렇지 않겠죠, 마님 나리.

벨 로

(살살 달래듯이) 와요, 귀여운 애야, 너한테 한 마디 할 이야기가 있어, 이봐, 네 잘못을 고쳐 주려고 그러는 것뿐이야. 흉금을 털어놓고 그저 조금만 이야기해 보자 말이야, 에야. *(블룸이 겁에 질린 듯 머리를 내민다)* 자 아가씨 착하지. *(벨로가 그녀의 머리카락을 난폭하게 움켜쥐고 앞으로 끌어낸다)* 난 단지 널 생각해서 말랑말랑하고 안전한 곳을 택해 네 버릇을 고쳐 주려고 하는 거야. 연한 엉덩이를 하는 게 어때? 오, 정말 살며시, 이봐요. 준비 시작해.

블 룸

(현기증을 일으키며) 찢지는 마세요 저의……

벨 로

(야만스럽게) 코걸이〔鼻輪〕, 집게, 태형(笞刑), 교수용(絞首用) 고리, 매〔笞〕를 내가 너로 하여금 맛보게 해줄 테다. 옛날 뉴비아[398]의 노예처럼 통소 곡이 연주되는 동안에 말이야. 이번에는 별도리가 없지! 네 천수(天壽)의 안정을 위하여 나를 영원히 기억하도록 해줄 테니까. *(그의 이마의 혈관이 부풀어 오르며, 얼굴이 충혈 된다)* 나는 매터슨[399]의 비계 덩어리 햄 조각과 기네스 회사의 포도주 한 병으로 맛있는 아침식사를 근사하게 한 다음에 매일 아침 두툼한 쿠션 같은 너의 등 안장에 올라탈 테다. *(그는 트림을 한다)* 그리고 나는 〈특허 주상(酒商) 신문〉[400]을 읽는 동안 나의 증권거래소의 아주 근사한 여송연을 빼는 거야. 기필코 너를 나의 마구간에서 교살하여 꼬챙이에 꿰어서 빵 굽는 냄비에다 너의 살 한 점을 마치 어린 돼지고기처럼 기름을 쳐서 구워 가지고 아삭아삭 소리가 나도록 쌀과 레몬을 곁들이거나 건포도 소스를 쳐서 먹어 줄 테다. 그만하면 아픔을 느낄 테지. *(그는 그녀의 팔을 비튼다. 블룸이 자라처럼 뒤집히며, 끽끽 비명을 지른다.)*

블 룸

잔인하게 굴지 마세요, 간호원! 제발!

벨 로

(비틀면서) 또 한 번!

블 룸

(비명을 지른다) 오, 바로 지옥 같아요! 몸의 신경 하나 하나가 미칠 듯이 쑤셔요!

벨 로

(소리친다) 좋아, 쿵덕쿵덕 근사하군! 이런 멋진 소식을 들어보기는 요사이 6주일 만에 처음이야. 자, 나를 오래 기다리게 하진 말란 말이야, 경칠 것 같으니! *(그는 그녀의 얼굴을 찰싹 때린다)*

블 룸

(울먹인다) 당신이 나를 때리다니. 일러줄 터예요……

벨 로

이 녀석을 붙들어 앉혀, 아가씨들, 내가 그를 올라탈 테니.

조 위

그래요. 녀석을 밟고 걸어요! 내가 할 테니.

플로리

나도. 너무 욕심 부리지 말아요.

키 티

아니, 내게. 그 녀석을 내게 넘겨요.

> *(주름지고, 회색 턱수염에, 매음가의 요리사, 키오 부인이, 기름 묻은 앞치마를 두르고, 남자용 회색 및 녹색 양말과 생가죽 구두에, 밀가루 투성인 채, 벌거숭이 붉은 팔과 손에 가루반죽이 묻은 국수방망이를 들고, 문간에 나타난다.)*

키오 부인

(사납게) 제가 거들까요?

> *(모두들 블룸을 붙들고 날개 뀌기를 한다.)*

벨 로

(블룸의 위쪽으로 돌린 얼굴에다 꿀꿀대며 웅크리고 앉는다. 여송연 연기를 훅 내뿜으면서, 살찐 한쪽 다리를 쓰다듬으며.) 글쎄 키팅 클레이가 리치먼드 정신병원의 부(副)이사장에 선출됐대. 그리고 이야기가 났으니 말이지 기네스의 우선주(優先株)가 16파운드 4분의 3이라잖아. 크레이그 앤드 가드너 회계사[401]가 내게 일러준 저 경품권을 사지 않았다니 난 정말 매우도 바보야. 정말이지 빌어먹을 팔자야, 젠장. 그리고 그 저주받을 놈의 인기 없는 말 〈드로우어웨이〉호가 20대 1이라니. *(그는 골이 나서 블룸의 귀에다 여송연을 비벼 끈다)* 저 경칠 놈의 저주할 재떨이는 어디 갔어?

블 룸

(위압당하고, 엉덩이로 숨이 막힌 채) 오! 오! 괴물들 같으니라고! 잔인한 자여!

벨 로

매 10분마다 그렇게 빌란 말이야. 용서를 빌어요. 예전에 미처 빌어 보지 못했을 정도로 빌란 말이야. *(그는 얼룩진 주먹에 독한 여송연을 끼워 불쑥 내민다)* 자, 여기다 키스해. 양쪽다. 키스하란 말이야. *(그는 한쪽 다리를 비스듬히 뻗고, 기사(騎士)의 양 무릎으로 억누르며, 거친 목소리로 부르짖는다)* 이랴 이랴! 밴버리 십자로까지 흔들 목마 타기다. 이클립스 도박 경마를 위해 이놈을 타야겠다. *(그는 옆으로 몸을 굽히고 그가 탄 말의 불알을 난폭하게 뭉그뜨리며, 소리 지른다)* 호! 우린 출발이다! 내가 너를 적당히 손봐 줄 테다. *(그는, 안장속에, 속에 출렁출렁 뛰면서, 흔들 목마를 탄다)* 귀부인은 만보(漫步) 만보 그리고 마차꾼은속보(速步) 속보 그리고 신사는 도보(徒步) 도보 도보 도보로 달린다.[402]

플로리

(벨로를 잡아끈다) 이제 내가 그를 좀 타게 해줘. 실컷 타 잖았어. 내가 당신보다 먼저 청한거야.

조 위

(플로리를 잡아끌면서) 내 차례야. 내 차례. 당신 아직도 그와 끝나지 않았어, 거머리 같으니?

블 룸

(질식할 듯) 못 하겠어요.

벨 로

글쎄, 난 아직 멀었어. 기다려. *(그는 숨을 억제한다)* 젠장. 여기. 이놈의 마개가 터질 것만같군. *(그는 자신의 엉덩이 코르크 마개를 뺀다: 이어, 상을 찌푸리며, 대담하게 방귀를 뀐다)* 이거나 먹어! *(그는 다시 코르크 마개를 막는다)* 그래, 정말로, 16파운드 4분의 3이야.[403]

블 룸

(땀이 전신에서 솟아나며) 남자가 아니오.[404] *(그는 쿵쿵 냄새를 맡는다)* 여자라오.

벨 로

(일어선다) 더 이상 주책없이 떠들어대지 마. 네가 갈망하던 대로 됐지 뭐야. 이제부터 너는 사내가 아닐 뿐더러 정말로 내 소유물이 되는 거야, 멍에 걸친 놈. 자 네 벌복(罰服)을위해. 너의 남자 옷은 벗어야 해, 알겠나, 루비 코헨? 그리고 그 대신 이 호화롭게 살랑거리는 무당벌레 빛 비단옷을 머리와 어깨 위로 덮어쓰는 거야. 그리고 또한 빨리!

블 룸

(몸을 움츠린다) 비단이라, 마님께서 말씀하셨어요! 오 살랑거리는! 사그락! 손톱으로 그걸살짝 만져야만 하나요?

벨 로

(매음부들을 가리킨다) 이제 저 애들처럼, 너도 그렇게 되는 거야, 가발에다, 머리카락을 지지고, 향수를 뿌리고, 백분(白粉)을 바르고, 겨드랑이 털을 매끈하게 깎는 거야. 줄자로 네 몸의 치수를 꼭 알맞게 재게 할 거야. 널 다이아몬드로 장식한 골반까지 고래 뼈의 살대가 든 비둘기색 부드러운 운재포(雲齋布)의 바이스 같은 코르셋 끈으로 잔인하게 바깥 가장자리를 가차 없이 꽁꽁 묶어 줄 테다. 한편 네 몸뚱이는, 마구 내버려두었을 때보다 지금은 한층 살이 쪘기 때문에, 단단한 그물 같은 드레스와, 예쁜 2온스짜리 페티코트 그리고 술장식에다. 물론, 내 상표기(商標旗)의 마크가 붙은 것으로, 앨리스[405]를 위해 마련해 둔 새 디자인의 아름다운 속옷으로 구속 될 거야 앨리스를 위해 멋진 향수를 뿌리게 할 거야. 앨리스는 허리 바디를 느낄 수 있을 테지. 마르타와 마리아[406]는 이와 같은 엷은 넓적다리 케이싱을 입으면 처음에는 다소 추워하겠지만 너의 벌거벗은 무릎 둘레에다 엷은 술 달린 레이스를 걸치면 너도 생각이 날 테지……

블 룸

(짙게 화장한 뺨, 겨자 빛 머리카락 그리고 커다란 남자의 손과 코, 음탕한 입을 한 매혹적인 하녀로 바뀌며) 제가 홀레스가(街)에 살고 있었을 때, 꼭 두 번 아내의 옷을 사소한 장난으로 입어 본 적이 있어요. 저희들이 한창 돈이 궁했을 때에는 세탁비를 절약하기 위해 제가 그걸 손수 세탁했죠. 저 자신의 셔츠도 뒤집어 입었어요. 그건 가장 순수한 절약이죠.

벨 로

(비웃는다) 어머니를 기쁘게 하는 작은 짓들이군, 응? 그리고 완전히 내린 차일 뒤 거울 앞에 네 도미노복(服) 차림을 하고 스커트 벗은 허벅지와 수산양의 젖통을 애교 있게 드러내어 여러 가지 교태를 취해 보였지, 응? 호! 호! 웃지 않을 수 없군 그래! 그 낡은 야회용(夜會用) 까만 슈미즈와 미리엄 단드레이드 부인[407]이 셸본 호텔에서 네게 판 것으로, 그녀의 지난번 강간(强姦) 때 꿰맨 자리가 몽땅 터진, 그 보잘것없는 짧고 통 넓은 바지 말이군, 응?

블 룸

미리엄. 까만. 고급 매춘부죠.

벨 루

(낄낄거린다) 전능하신 예수여 정말이지 사람 웃기는걸, 이건! 네가 뒷구멍에 난 털을 가위로 말끔히 자르고, 그걸 입은 채 졸도한 듯 침대에 가로누워 있을 때는 정말이지 참 예쁜 미리엄 같았어, 마치 스마이스–스마이스 중위, 하원의원 필립 오거스터스 블록웰 씨, 힘센 테너 가수, 시뇨르 라치 다레모, 엘리베이터 보이인, 푸른 눈의 버트, 고든 베네트 골든 컵의 명성을 지닌 헨리 플루리, 흑백 혼혈의 대부호요, 옛날 트리니티대학의 8번 보트 선수였던 셰리던, 그녀의 멋진 뉴펀들랜드[408]의 폰토에 의해 폭행 당하려던 단드레이드 부인 그리고 매노해밀턴[409]의 공작 미망인, 보브즈처럼 말이야. *(그는 다시 낄낄거린다)* 그리스도여, 이건 샴의 고양이[410]도 웃기지 않을 수 없을걸?

블 룸

(그의 손과 얼굴 생김새를 끔찍이면서) 저를 참된 코르셋 숭배자로 개심(改心)하게 한 것은 저의 친구 제럴드였어요. 고등학교 시절의 〈뒤집힌 이야기〉[411]라는 연극에서 제가 여인 역을 했을 때였죠. 그건 친애하는 제럴드였어요. 그는 누이의 코르셋에 매혹되어, 그런 괴팍스런 마음을 갖게 된 거죠. 그런데 친애하는 제럴드 녀석은 핑크색 무대 화장품을 써서 눈꺼풀을 치장하지요. 미(美)의 숭배자랍니다.

벨 로

(악의적 기쁨으로) 미(美)라니! 농담도 분수가 있지! 네가 물결 주름의 치마 단을 걷어 올이고, 달아서 매끈매끈한 옥좌(변기) 위에, 여자다운 조심성으로 착석했을 때 말이지.

블 룸

과학이죠. 우리들이 각자 즐기는 여러 가지 즐거움을 비교해 본다는 것은. *(열렬하게)* 그리고 정말이지 그러한 자세가 훨씬 좋아요…… 왠고하니 저는 이따금 줓는 버릇이……

벨 로

(엄격하게) 말대꾸는 금지! 너를 위해 저기 구석에 톱밥이 대령하고 있어. 내가 너에게 엄격하게 지시해 주었잖아, 그렇지? 서서 하는 거요, 나리! 사기꾼처럼 행동하도록 내가 가르쳐 줘야지! 네 속옷에 한 점의 얼룩이라도 생기게 했단 봐라. 아하! 도런가(家)의 당나귀[412]에 맹세코, 넌 내가 엄격한 규율가라는 걸 알게 될 거야. 너의 과거의 죄들이 네게 반기(反旗)를 들고 있군. 많은 것이. 수백 개가.

과거의 죄들

(혼성된 목소리로) 그는 '검은 교회'[413]의 응달진 곳에서 적어도 한 사람의 여인과 비밀 결혼의 형식을 치렀지. 그는 콜 박스의 전화통에다 음탕하게 몸을 내맡긴 채 드올리어가(街)에 주소를 둔 던 양(孃)[414]에게 입에도 담을 수 없는 메시지를 마음으로 전화했지. 그는 말과 행동으로 어떤 야밤의 매춘부로 하여금 공터에 잇따른 비위생적 옥외 변소에다 배설물과 기타 오물을 버리도록 솔직히 권고했지. 그는 모든 건재(健在)한 남성들에게 그의 밤의 파트너를 제공하겠다고 다섯 개의 공동변소에다 연필로 낙서를 했지. 그리고 그는 지독히 냄새를 풍기는 유산(硫酸) 공장 곁으로 매일 밤 혹시나 무엇을 그리고 얼마나 많이 뭘 좀 볼 수 있을까 기대하면서 사랑을 속삭이는 쌍쌍이 남녀 곁을 지나치지 않았던가? 그는 생강 빵과 우편환에 자극된 채, 어떤 불결한 매음부가 그에게 선사한 잘 쓰는 화장지의 메스꺼운 조각을 자못 고소하게 바라보면서, 살찐 돼지처럼, 침대 속에 누워있지 않았던가?

벨 로

(큰 소리로 휘파람 분다) 말하라! 그대의 전(全)생애에 있어서 최고로 지독한 음란사(淫亂事)는 무엇이었던고? 사양 말란 말이야. 털어놓아 봐! 한 번쯤은 솔직하란 말이야.

　　　(묵묵한 비인간적 얼굴들이, 곁눈질을 하며, 사라지며, 떠듬떠듬 말하면서 앞으로 떼지어 나온다. 블루우후움, 뽈디 끄끄,[415] 1페니짜리 구두끈, 캐시디 식료품 가게의 노파, 풋내기 장님, 래리 라이노세로스,[416] 소녀, 여인, 매춘부, 타인, 골목길의 그.)

블룸

제게 묻지 말아요! 우리들의 피차 신의(信義)로. 플레즌츠가(街). 저는 단지 절반을 생각
했을 뿐이에요…… 저의 신성한 맹세로 선서하나니……

벨 로

(단호하게) 대답하란 말이야. 이 불쾌한 상놈아! 난 알아야만 해. 뭐든지 재미나는 걸 말
해 달란 말이야. 외잡스런 것이든 또는 아주 경칠 근사한 유령 이야기든 아니면 한 줄의 시
(詩)라도. 빨리, 빨리, 빨리! 어디서? 어떻게? 몇 시에? 몇 사람하고? 정확히 3초 동안의
여유를 주겠다. 하나! 둘! 세……

블룸

(고분고분, 목구멍을 꿀꺽거린다) 저는 비위에 거슬려서 코를 킁킁킁킁거렸……

벨 로

(거만스럽게) 오, 저리 가, 이 스컹크 놈아! 입 닥쳐! 시킬 때 말을 하란 말이야.

블룸

(절을 한다) 주인 나리! 마님! 남조련사(男調練師)여!
　　　(그는 양팔을 추켜든다. 그의 장식용 팔찌가 떨어진다.)

벨 로

(풍자적으로) 낮에는 또한 우리들 부인들이 몸이 좋지 않을 때 너는 우리들의 냄새나는 밑
옷을 물에 담그고 방망이질을, 그리고 옷을 핀으로 꽂아 붙이고, 너의 꽁지에다 행주를 묵
고, 변소 청소를 하는 거다. 그것 참 근사하겠지? (그는 그녀의 손가락에 루비 반지를 끼워
준다) 자 이제 됐어! 이 반지로써 너는 내 것이 되는 거야.[417] 말해 봐, '고마워요, 마님.' 하
고.

블룸

고마워요, 마님.

벨 로

넌 잠자리도 펴고, 내 목욕물도 대령하고, 다른 방들의 요강을 부셔야 하는 거야, 요리사
인, 늙은 키오 부인의 연갈색 것도 말이야. 그래, 그리고 일곱 개를 모두 잘 부셔요, 명심
해. 아니면 샴페인처럼 그걸 핥아도 좋아. 나의 펄펄 끓는 걸 마셔도 좋지. 됐다! 비위를
맞추는 거야, 그렇잖으면 내가 네 비행을 똑똑히 가르쳐 줄 테니까, 루비 양(孃), 그리고
이봐, 머리 솔을 가지고, 네 벌거벗은 볼기짝을 따끔하게 두들겨 줄 테다. 너는 네 행실의
잘못을 배우게 될 거야. 밤에는 네 손에 크림을 잘 발라 팔찌를 끼게 하고, 활석(滑石)으
로 새 분(粉)을 바른, 마흔세 개의 단추 달린 장갑을 끼게 하여 손가락 끝마다 세심하게 향
수를 뿌리게 할 거야. 이러한 호의를 위해 옛날의 기사들은 그들의 생명을 바쳤단 말이야.
(그는 낄낄거린다) 사내놈들은 네가 그렇게 귀부인처럼 보이니 끝없이 반할 게 아냐, 무엇

보다, 그 대령이, 그땐 그들은 금박 입힌 신을 신고 나의 새 매력을 애무하려고 결혼 전날 밤 여기를 찾아오지. 우선 나 자신이 널 한번 시험해 봐야겠다. 경마 업에 종사하는, 내가 아는, 찰즈 앨버타 마쉬라는 사내는*(나는 방금 그 녀석하고 잠자리를 같이했지 그리고 고등법원 및 대법관청 출신의 또 다른 신사하고)* 잠깐 노크만 하면 뭐든지 다 갖다 바치는 처녀를 한 사람 찾고 있단 말이야. 앞가슴을 부풀게 해요. 방긋 웃어 봐. 어깨를 낮춰요. 얼마 내시겠소? *(그는 가리킨다)* 저 애에게. 바구니를 입으로 물고, 뭐든지 운반할 수 있도록 주인에게서 훈련받은 거지요. *(그는 소매를 걷어 올리고 손을 블룸의 음문[陰門]에다 팔꿈치까지 쑤셔 넣는다)* 상당히 깊군 그래! 어때요, 여러분? 이걸 보니 빳빳해지지 않아요? *(그는 한 입찰자의 얼굴에 그의 팔을 내민다)* 자 흠뻑 적셔 그걸 한바퀴 훔치구려!

입찰자

1플로린.

(딜런 경매장의 종복이 손 종을 울린다.)

종복 놈

쟁그랑!

목소리

1실링 8페니라니 너무 지나치다.

찰즈 앨버타 마쉬

처녀임에 틀림없어. 달콤한 숨결. 깨끗한 거요.

벨 로

(그의 망치로 한 번 탁 친다) 2실링이라. 바닥시세요 값이 이렇게 싸서야. 14뼘의 키 높이야.[418] 여기*(그의)* 지점들을 잘 만져 보고 살펴봐요. 그*(녀)*를 잘 다루어요. 이 털 많은 피부, 이 부드러운 근육, 이 말랑말랑한 살결. 만일 여기 나의 황금 송곳만 있다면! 게다가 젖도 참 잘 나오지요. 하루에 신선한 우유가 3갤런이라. 시간 내 엄정히 아기를 낳는, 순수한 다산종이라오. 그의 주인의 착유 기록에 의하면 40주 동안에 우유가 모두 1천 갤런이었어. 후아, 내 보물! 손을 들어 청하시오! 후아! *(그는 두문자 C를 블룸의 엉덩이에다 낙인찍는다)* 고로! 보증 받은 코헨이오! 2실링에 얼마의 선불을, 여러분?

검은 얼굴의 사나이

(가장된 말투로) 정화(正貨) 백 펀트.

목소리들

(차분히) 회교도 왕에게 낙착이다. 하룬 알 라시드.[419]

벨 로

(경쾌하게) 좋소. 누구든지 모두 환영이오. 하얀 속바지가 언뜻 보이도록 무릎까지 올라간, 검소하고, 대담하도록 짧은 스커트는 일종의 강력한 무기요. 그리고 에메랄드 빛 양말대 님을 매고, 무릎 훨씬 위까지 걷어 올린 직선형의 기다란 솔기 달린, 투명한 스타킹이야말 로, 도회의 '놀아난' 사내의 보다 훌륭한 본능에 도움이 되지요. 4인치의 루이 퀸즈 풍(風) 의 하이힐을 신고 뽐내며 멋있게 걸어가는 보행과, 엉덩이를 불룩 내밀고, 허벅다리를 홀쭉 하게 하거나, 양 무릎을 알맞게 맞대게 하여 행하는 그리스풍의 절을 배워요. 너의 모든 유 혹의 힘을 다해 사내들을 유혹해 보란 말이야. 그들의 고모라의 사악(邪惡)⁴²⁰⁾을 선동해 봐 요.

블 룸

(붉힌 얼굴을 겨드랑이 속으로 굽히며, 집게손가락을 입에 물고 선웃음을 친다) 오, 저는 방금 당신이 뭘 암시하는지 알아요!

벨 로

그밖에 널 뭐에다 쓰겠니, 너 같은 성(性)불구자를? *(그는 몸을 굽히고, 자세히 살펴보면서, 부채로 블룸의 엉덩이의 살찐 지방층 아래를 난폭하게 찌른다)* 들어! 들어! 꼬리 없는 살쾡이 야! 이건 도대체 뭐냐? 네 꼬부린 털 난 찻잔은 어디로 갔어 아니면 누가 그걸 잘라 버렸단 말이냐, 이 꼬끼오 놈아? 노래해요, 새야, 노래를 불러. 이건 마치 마차 뒤에서 쉬를 하고 있는 여섯 살 난 꼬마의 것처럼 맥이 없군 그래. 들통을 사든지 아니면 펌프를 팔아 버려. *(소리 높이)* 넌 사내구실을 할 수 있나?

블 룸

이클레스가(街)……

벨 로

(빈정대며) 나는 네 감정을 상하게 할 생각은 추호도 없지만 너 대신 한 근력 있는 사내⁴²¹⁾ 가 거기 자리를 차지하고 있어. 형세가 뒤바뀐 셈이지, 이 명랑한 젊은 것아! 그는 당당 한 사람의 성숙한 야인(野人)을 닮았단 말이야. 너한테 참 좋겠다, 이 얼빠진 놈, 만일 네 가 혹과 마디 그리고 사마귀도 온통 넣인 고놈의 무기를 지니고 있다면. 그는 벌써 해치웠 어, 네게 말하지만! 발 대 발, 무릎 대 무릎, 배 대 배, 유방 대 가슴 말이야! 그 녀석은 거 세된 놈이 아니야. 헝클어진 붉은 털을 그는 금작화 숲처럼 엉덩이로부터 솟아나게 하고 있 어! 아홉 달만 기다려 봐, 자네! 붉은 머리 사내놈이, 벌써 그녀의 뱃속에서 아래위를 걷어 차며 기침을 하고 있어! 그 생각을 하면 넌 환장할 거야, 그렇잖아? 정곡을 찔렀지? *(그는 경멸하듯 침을 뱉는다)* 타구한(唾具漢) 같으니!

블 룸

저는 정말 부당한 대우를 받았어요, 저는…… 경찰에 알리겠어요. 1백 파운드라니. 말도 안돼. 저는……

벨 로

할 수 있으면 해보렴, 이 절름발이 집오리야. 우리들이 바라는 건 폭우지 네 가랑비는 아니야.

블 룸

정말 사람 미치게 하는군! 몰!⁴²²⁾ 나는 잊었어! 용서해요! 몰…… 우리는…… 아직……

벨 로

(무자비하게) 아니야, 리오폴드 블룸, 네가 20년의 밤을 졸리는 골짜기⁴²³⁾에서 수평하게 잠자는 동안 만사가 여인의 의지에 의해 변경된 거야. 집에 되돌아 가 봐요.

> *(늙고 졸리는 골짜기가 황야 너머로 부르짖는다.)*

졸리는 골짜기

립 밴 윙크! 립 밴 윙클!⁴²⁴⁾

블 룸

(발기발기 찢어진 노루가죽 구두에, 녹슨 사냥총을 쥐고, 발끝으로 서서, 손가락 끝으로 더듬으며, 그의 해쓱하고 뼈 앙상한 턱수염 난 얼굴을 하고 능형 창틀을 통해 기웃거리며, 소리를 지른다) 그녀가 보이는군! 저 여자다! 매트 딜런가(家)에서의 첫날 밤! 하지만 저 드레스는, 녹색의 것! 그리고 그녀의 머리카락은 금빛으로 물들어 있고 그런데 저 사나이는……

벨 로

(조롱하듯 소리 내어 웃는다) 저건 자네 딸이야, 이 부엉이야, 어떤 멀린가의 학생과 함께.

> *(밀리 블룸, 금빛 머리카락과, 녹색 조끼에, 날씬한 샌들에, 그녀의 파란 스카프를 바닷바람에 마구 빙빙 휘날리면서, 그녀의 애인의 팔짱을 뿌리치고 뛰쳐나와 부른다, 앳된 눈을 놀랜 듯 크게 뜨고.)*

밀 리

어머나! 아빠다! 하지만, 오, 아빠, 그렇게 늙으시다니!

벨 로

변했다고, 응? 우리들의 장식 선반, 우리가 거기 결코 글을 써본 적이 없는 필기 테이블, 헤가티 숙모⁴²⁵⁾의 안락의자, 옛날 대가들의 고전 복제판. 한 남자와 그의 남자 친구들이 저기 호화롭게 살고 있군. 〈뻐꾸기들의 보금자리〉란 거지! 안 될 게 뭐람? 자넨 얼마나 많은 여자들을 즐겼노, 응, 어두운 밤거리에 그들을 뒤따르며, 편평족(扁平足)으로, 자네의 질식할 듯한 꿀꿀거리는 목소리로, 그들을 흥분시키면서, 뭐야, 이 사내 매춘부야? 찬거리 꾸러미를 들고 있는 죄 없는 부인들을. 뺑 돌아 봐. 얼간망둥이를 위한 양념 격, 이 숙맥 같으니 오.

블 룸

그들이…… 저는……

벨 로

(날카롭게) 사내들의 발꿈치 자국이 네가 렌의 경매장[426]에서 사온 브리셀의 카펫 위에 찍혀지게 될 거야. 몰과 함께 그들의 마술쇼에서 그녀의 속바지 속의 수놈 빈대를 찾으려고 야단법석, 그들은 네가 예술을 위한 예술[427]을 위해 비를 맞으며 집에 사 들고 왔던 그 조그마한 조각상을 다 망치고 말 거야. 그들은 너의 맨 아래 서랍 속에 감춰 둔 비장물[秘藏物]을 어지럽히고 말 테지. 너의 천문학의 수첩을 찢어 불쏘시개를 만들고 말 거야. 그리고 그들은 네가 햄턴 리덤 상점[428]에서 산 10실링짜리 놋쇠 난로 망(網) 속에 침을 뱉을 테지.

블 룸

10실링 6페니죠. 못난 악당 놈들의 짓이에요. 저를 가게 해줘요. 전 돌아가겠어요. 제가 증명하죠……

목소리

맹세하라![429]

　　(블룸이 두 주먹을 움켜쥐고, 이빨 사이에 한 자루의 사냥칼을 문 채로, 앞을 향해 기어 나온다.)

벨 로

하숙인 혹은 사내 첩으로? 너무 늦었네. 네가 너의 차선의 침대[430]를 마련했기 때문에 다른 놈들이 그 속에서 잠을 자야하는 거야. 너의 비명[碑銘]은 씌어졌어. 넌 이제 완전히 패배 당했으니 그걸 잊지 말란 말이야, 자네.

블 룸

정의여! 전(全)아일랜드 대(對) 한 사람! 아무도……? *(그는 자신의 엄지손가락을 문다)*

벨 로

만일 네가 몸에 무슨 염치나 혹은 체면 감을 지니고 있다면 죽어서 지옥에나 가란 말이야. 내가 아주 오래된 진귀한 포도주를 너한테 줄 수 있으니 그걸 마시고 지옥까지 뛰어갔다 되돌아 와요. 유언장에 서명을 하고 네가 가진 돈을 모두 우리에게 맡겨! 돈이 없으면 젠장 얻어 오든지, 훔치든지, 빼앗아 오란 말이야! 우린 너를 관목 숲 변소에다 묻어 줄 테다, 그곳에서 넌 죽어서 썩어 없어지는 게 나아, 내가 결혼한 나의 의부 조카인, 늙은 커크 코헨과, 목에 경련을 일으키는 그 경칠 놈의 늙은 중풍 걸린 소송대리인, 비역장이, 그리고 그 놈들의 이름이 무엇이든지 간에, 열 혹은 열한 명의 다른 나의 남편들과 함께, 똥구덩이 속에서 질식되어. *(그는 가래가 긴 듯한 높은 웃음을 폭발한다)* 우리는 너에게 밑거름을 줄 테다, 플라우어(花) 씨! *(그는 비웃는 듯 휘파람을 분다)* 빠이빠이, 폴디! 빠이빠이, 아빠!

블룸

(자신의 머리를 꽉 잡는다) 나의 의지력이여! 기억력! 나는 죄를 범했도다! 나는 고*(苦)*…… *(그는 눈물 없이 흐느낀다)*

벨로

(냉소한다) 울보! 악어의 거짓 눈물이다!

(블룸은, 풀이 죽어, 제물로 바쳐지기 위해 눈을 꼭 가린 채, 얼굴을 땅에다 대고, 흐느껴 운다. 조종[弔鐘]이 들려온다. 할례를 받은 자의 모습들이 까만 숄을 걸치고, 마포를 쓴 채, 재[灰]에 묻혀,431) 통곡의 벽432) 옆에 선다. M. 슐로모비츠, 조지프 골드워터, 모지즈 허조그, 해리스 로젠버그, M. 모이젤, J. 시트런, 미니 워치먼, P. 마스티안스키, 리오폴드 아브라모비츠 사제, 카젠.433) 양팔을 흔들며 그들은 배교자 블룸을 두고 성령[聖靈]으로 애도한다.)

할례 받은 자들

(그들은 꽃이 아닌, 사해[死海]의 과일434)을 그이 위에 던지면서 침울한 목구멍의 암송으로) '셰마 이스라엘 아도나이 엘로헤누 아도나이 에샤드*(너 이스라엘아 들어라 우리의 하느님은 야훼시다 야훼 한 분뿐이시다).*'435)

목소리들

(한숨을 쉬면서) 고로 그인 가버렸어. 아아 그래요. 그래, 정말. 블룸이? 결코 그에 관해 들어 본 적이 없어. 없다니? 괴상한 녀석. 과부가 기다리지. 그래요? 아하, 그래.

(과부 순사[寡婦殉死]의 장작더미로부터 고무 장뇌의 불꽃이 치솟는다. 향연[香煙]이 시의[屍衣]처럼 막[幕]을 치며 사방으로 퍼진다. 참나무 사진틀 밖으로 머리카락을 푼 한 요정이, 갈색 차[茶]빛의 아트컬러 옷을 경쾌하게 걸치고, 그녀의 동굴로부터 내려와 엇갈린 소방목[蘇方木]436) 아래를 지나 블룸 저편에 선다.)

소방목

(잎사귀들이 속삭이며) 자매여. 우리들의 자매여. 쉬!

요 정437)

(살며시) 사멸자*(死滅者)*여! *(친절하게)* 아니, 울지 말지어다.

블룸

(나뭇가지 아래 젤리처럼 앞으로 기어 나온다, 햇볕에 겁이 난 듯, 위엄 있게) 이러한 처지. 내가 이렇게 될 것이라는 걸 난 이미 느끼고 있었어. 습관의 힘이지.

요 정

사멸자여! 당신은 저를, 하이킥커 댄서, 거리의 도부꾼, 권투선수, 대중 서민*(庶民)*, 살빛 타이트 복*(服)* 입은 비도덕적인 무언극 배우 놈, 그리고 금세기의 히트작인, 악극, 〈라 오로라와 카리니〉의 멋들어진 시미 무도*(舞蹈)* 댄서와 같은 사악한 무리로 보셨어요. 저는 석유 냄새가 풍기는 값싼 핑크색 종이 속에 숨겨 있었어요. 저는 클럽 사내들의 음담패설, 철없는 젊은이들을 광란하게 하는 이야기들, 투명 양화(陽畵)의 광고, 농간 부리기 주사위 및 가슴바디, 헤르니아 신사 환자의 전매특허 탈장대(脫腸帶) 사용 설명서에 둘러싸여 있었어요. 기혼자들에게 유용한 여러 가지 지침들이지요.

블 룸

(그녀의 무릎 쪽으로 자라 머리를 쳐든다) 우린 전에도 만난 적이 있지. 다른 별〔星〕 위에서.

요 정

(슬프게) 고무 제품. 귀족 가문에 공급되는 결코 찢어지지 않는 상표. 남자용 코르셋. 발작을 치료함 아니면 돈은 반환됨. 월드먼 교수의 놀라운 흉부 확장기(擴張器)에 대한 자발적 감사장. 저의 바스트가 3주일 동안에 4인치나 늘었어요, 거스 러블린 부인이 사진을 첨부하여 보고하다.

블 룸

자네 〈포토 비츠〉지[438] 말인가?

요 정

그래요. 당신은 저를 들고 가서, 참나무와 금박으로 된 사진틀에 끼워, 당신 부부의 침상 위에 걸어 두었잖아요. 눈에 띄지 않게, 어느 여름 날 초저녁에, 당신은, 저의 몸의 네 군데에다 키스했어요. 그리고 연필을 가지고 저의 눈, 저의 앞가슴 그리고 저의 치부(恥部)에다 정성껏 까맣게 칠을 했어요.

블 룸

(겸허하게 그녀의 긴 머리카락에 키스한다) 그대의 고전적인 육체의 곡선, 아름다운 불멸의 자여, 나는 그대를 기꺼이 바라보며, 미의 화신인, 그대를 찬미하며, 거의 기도라도 드리고 싶은 심정이었어.

요 정

캄캄한 밤이면 저는 당신의 그 칭찬하는 목소리를 들었어요.

블 룸

(재빨리) 그래, 그래. 너의 뜻인즉 내가…… 수면은 모든 사람의 가장 사악한 면을 폭로하지, 아마 아이들은 예외지만. 난 침대에서 떨어졌지 아니 오히려 밀려났는지도 몰라. 강철분(鋼鐵粉)의 포도주[439]가 코고는 것을 치료한다잖아. 그 밖에도 저 영국인이 고안해 낸 것이 있지, 요 며칠 전 나는 주소 불명의 어떤 사람에게서 팸플릿을 한 권 받은 적이 있어. 그에 의하면 소리도 나지 않고, 아무런 불쾌한 배출(排出)도 주지 않는다는 거야. (그는 한숨을 쉰다) 언제나 이렇게 말이야. 약자여, 그대의 이름은 결혼이니라.

요 정

(그녀의 귀에 손가락을) 그리고 여러 가지 낱말을. 그건 저의 사전(辭典)에는 없는 거예요.

블 룸

그대는 그 낱말들의 뜻을 이해했던가?

소방목

쉬!

요 정

(손으로 자신의 얼굴을 가린다) 제가 저 방 속에서 못 본 게 뭐 있었던가요? 무엇을 저의 눈
은 내려다보지 않으면 안 되었던가요?

블 룸

(변명하듯) 알아. 조심스럽게 안쪽을 거꾸로 뒤집은, 더럽혀진 개인의 린넨 속옷이지. 침대
의 쇠고리가 지금도 늘어져 있어. 지브롤터로부터 머나먼 바닷길을 오래전에.

요 정

(고개를 숙인다) 한층 심한 것도, 더 지독한 것도!

블 룸

(조심스럽게 반성한다) 저 낡아빠진 변기 말이군. 그건 아내의 몸무게 때문이 아니야. 그녀
는 저울에 달아 봤을 때 꼭 11스톤 9였으니까. 아기의 젖을 뗀 후로 9파운드가 늘었지. 그
건 금이 갔는데 풀로 붙이면 되는 거야. 안 그래? 그리고 손잡이가 한 개있는 저 우스꽝스
런 오렌지 열쇠 무늬의 요강 말이야.

(떨어지는 물소리가 밝은 폭포로 들린다.)

떨어지는 폭포⁴⁴⁰⁾

풀라포우카 풀라포우카
풀라포우카 풀라포우카.⁴⁴¹⁾

소방목

(가지들을 서로 엇갈리게 하면서) 귀를 기울여요. 속삭여요. 그녀가 옳아요, 우리들의 자매.
우리들은 풀라포우카 폭포 곁에서 자랐어요. 우리는 노곤한 여름 대낮이면 그늘을 만들어
줬어요.

존 와이즈 놀런

(배후에서, 아일랜드 국유림 삼림 관의 제복을 하고, 그의 깃털 장식 모자를 벗는다) 무성(茂
盛) 하라! 나른한 여름 대낮에 그늘을 쥐어 주라, 아일랜드의 수목들아!

소방목

(중얼거리며) 누가 고등학교 소풍으로 풀라포우카의 폭포까지 왔던가요? 누가 도토리를 찾
고 있던 반 친구들을 떠나 우리들의 그늘을 찾았던가요?

블 룸

(깜짝 놀라) 폴라의 고등학교? 기억술? 시설도 완전히 소유하지 못한 채. *(뇌)*진탕. 기차에 치여.

메아리

가짜다!

블 룸

(비둘기 가슴에, 병을 닮은, 심 넣은 좁은 어깨에, 몸에 지나치게 작은, 회색과 까만 줄무늬가 진 특징 없는 어린이용 양복을 입고, 하얀 테니스 구두에, 가장자리 테의 위쪽을 말아 올린 스타킹을 신고, 배지가 달린 붉은 교모를 쓰고) 나는 그때 10대였지, 한창 성장하던 소년. 그 땐 아주 사소한 일에도 흥분했었어. 흔들리는 이륜마차, 귀부인들의 휴대품 보관소와 화장실의 뒤섞인 냄새, 구(舊) 로이얼 극장 계단을 꽉 메운 군중들*(왜냐하면 그들은 서로 짓누르는 것, 군중의 동물적 본능을 좋아하기 때문이야, 그리고 섹스 냄새를 풍기는 컴컴한 극장은 악(惡)을 무한정 퍼뜨리기 때문이지)*, 심지어 여자들의 양말 류(類) 가격표까지도. 그리고 그 때의 열(熱) 기운이라니. 그해 여름 태양의 흑점이 나타났었지.[442] 학기가 끝나고. 그리고 알코올에 담긴 카스텔라. 평온절(平穩節).

(평온절, 푸르고 하얀 풋볼 셔츠에 반바지를 입은, 고등학교 학생들, 도널드 턴벌 군, 에이브러햄 채터튼 군, 오엔 골드버그 군, 잭 메러디스 군, 퍼시 앱존 군이 나무 공지(空地)에 서서, 리오폴드 블룸 군에게 고함을 지른다.)

평온절

고등어[443]! 우리하고 다시 사이좋게 지내. 만세! *(모두들 환성을 올린다)*

블 룸

(풋내기 소년, 따뜻한 장갑을 끼고, 엄마의 머플러를 두른 채, 녹은 눈 뭉치를 별처럼 달고, 일어나려고 애를 쓴다) 다시! 난 열여섯 살이 된 기분이야! 참 멋있군! 몬타그가(街)의 종을 모두 울려요. *(그는 약하게 환성을 지른다)* 고등학교 만세!

메아리

바보!

소방목

(살랑거리며) 그녀가 옳아요, 우리의 자매. 속삭여요. *(속삭이던 키스 소리가 사방의 숲속에서 들린다. 나무 요정의 얼굴들이 나무줄기로부터 그리고 나뭇잎 사이로 흘끗 내다보며, 꽃 피어오른다.)* 우리들의 말없는 그늘을 속되게 한 자 누구냐?

요 정

(수줍은 듯, 벌린 손가락 사이로) 저기서? 야외에서?

소방목

(가지를 아래쪽으로 숙이며) 자매여, 그래요. 그리고 우리들의 처녀 초지 위에서.

폭 포

풀라포우카 풀라포우카
포우카포우카 포우카포우카.

요 정

(손가락을 넓게 벌린 채) 오, 수치다!

블 룸

나는 조숙했었지. 젊음. 동물상(動物相). 나는 숲의 신에게 산 재물을 바쳤지. 봄에 피는 꽃들.[444] 그땐 교미의 계절이었어. 모세관의 인력은 일종의 자연 현상이야. 아마(亞麻)색 머리카락을 한, 로티 클라크, 난 그녀가 밤 화장을 하고 있는 것을 꼭 닫혀 지지 않는 커튼을 통해 나의 돌아가신 아빠의 오페라글라스를 가지고 엿보았던 거야: 그 바람둥이 여인이 야합(野合)을 마구 즐겼어. 그녀의 넘치는 동물적인 정기로 나를 유혹하기 위해 리알토 교(橋)[445] 옆에서 언덕 아래로 마구 굴러 내려왔던 거야. 그녀는 꾸부러진 나무에 기어올랐고 나는. 성인(聖人)이라도 그걸 억제할 수는 없었을 거야. 악마가 나를 점령하고 말았어.[446] 게다가, 누가 보았을 라고?

(비틀거리는 애송아지, 하얀 뿔 자른 망아지가, 축축한 콧구멍을 하고 반추(反芻)하는 머리를 잎들 사이로 내민다.)

비틀거리는 애송아지

(그의 돌출한 두 눈으로부터 커다란 눈물방울을 굴리며, 훌쩍인다) 나는. 나는 봐요.

블 룸

단지 필요를 만족시킬 뿐 나는…… *(비통하게)* 처녀사냥을 갔을 때 어느 소녀도 응하려하지 않았어. 너무나 못생겼는지라. 모두들 놀려고도 하지 않았어……

(높은 벤 호우드 언덕 위의 만병초꽃을 헤치며 한 마리 암 산양이 지나간다, 둥실한 젖통에다, 엉덩이의 꼬리를 쭈뼛 세우고, 까치밥나무 열매(똥알)를 떨어뜨리면서.)

암 산양

(운다) 메게가그게그! 암사아아안야아아아앙!

블 룸

(모자를 쓰지 않은 채, 얼굴을 붉히고, 엉겅퀴 관모(冠毛)와 오렉스 나무 가시로 덮인 채) 정상적으로 약혼을 했었지. 환경이 여러 가지 사정을 바꾼단 말이야. *(그는 물위를 뚫어지게 내려다본다)* 매초 32피트의 속도로 곤두박질하는 거야. 광고 삐라의 악몽. 어찔어찔한 엘리야. 절벽으로부터의 낙하. 정부 인쇄소 서기의 슬픈 종말이라.[447]

(은빛 묵묵한 여름 대기를 통하여 블룸의 인형이, 미라처럼 둘둘 말린 채, 라이온즈 곶 [岬]의 낭떠러지로부터 기다리고 있는 자줏빛 바다 속으로 빙빙 돌면서 떨어진다.)

인형 미이라

브브브브브르르르르르블블블블로드쉬브?[450)

(저 멀리 만(灣) 바깥으로 베일리 등대와 키쉬 등대선 사이를 「에린즈 킹」호(號)[448) 가 연통으로부터 석탄 연기를 깃털 모양 육지를 향해 퍼뜨리면서, 항해한다.)

시의원 나네티[449)

(갑판 위에 홀로, 까만 알파카 복(服)에, 누런 솔개 같은 얼굴을 하고, 손을 조끼의 터진 틈 사이에 꽂은 채, 열변을 토한다) 나의 조국이 지상의 여러 국민들 사이에 그의 위치를 확립 할 때, 그때에, 그런데 그때에 가서야, 나의 묘지명(墓地銘)이 씌어지게 하리라. 나는……

블 룸

했도다. 프르프![450)

요 정

(오만스럽게) 우리들 불멸의 자들은, 당신이 오늘 보았듯이, 그러한 몸의 부분도 그리고 게다가 거기에는 털도 나 있지 않아요. 우리들은 돌처럼 차고 순결하단 말이에요. 우리들은 번갯불을 먹고살지요. (그녀는 몸을 음탕하게 꾸불꾸불 아치형으로 꾸부린다, 그녀의 집게손가 락을 입에다 대면서) 저한테 이야기를 거셨죠. 뒤로부터 들었어요. 그때 당신은 어떻게 그럴 수가……?[451)

블 룸

(히드의 황야를 비굴하게 앞발로 긁으며) 오, 나는 여태 완전한 돼지 행세를 해왔어. 관장(灌 腸)까지도 내가 관리했으니까. 코시아[452) 3분의 1파인트에 암염(巖鹽)을 한 찻숟갈 가득 타는 거지. 항문 깊숙이. 귀부인들의 벗이라 할, 해밀턴 롱[453)의 주사기를 가지고.

요 정

저의 면전에서. 분첩을. (그녀는 얼굴을 붉히며 한쪽 무릎을 꿇는다) 그리고 그 밖에!

블 룸

(기가 끊인 채) 그래. '빼까비(나는 죄를 지었도다)!'[454) 나는 등(背)을 등이라 할 수 없는 저 살아 있는 제단에 경의를 표했었고. (갑자기 열광하며) 왜냐하면 도대체 왜 예쁘게 향수 뿌린 보석 긴 손이, (세계)를 지배하는 손이……?[455)

(형체들이 느린 삼림 모형으로 천천히 나무줄기 주변을 뱀처럼 감으며, 정답게 쿠쿠 거린다.)

키티의 목소리

(잡목 숲속에서) 그 쿠션 하나 이리 보여요.

플로리의 목소리

여기.

(한 마리의 들꿩이 덤불 사이를 어색하게 나른다.)

린치의 목소리

(잡목 숲에서) 휴! 펄펄 끓는 듯이 뜨겁군!

조위의 목소리

(잡목 숲에서) 더운 지방에서 오셨군요.[456]

비러그의 목소리

(새의 우두머리, 푸른 줄무늬 진 그리고 전쟁 갑옷으로 깃털 장식한 채, 투창을 손에 들고 너도밤나무 열매와 도토리를 밟으며 삐걱거리는 등나무 숲속을 성큼성큼 걸어간다) 덥군! 더워! '앉아 있는 황소'[457]를 경계할지라!

블 룸

이젠 그걸 이겨낼 도리가 없어요. 그녀의 따뜻한 육체의 따뜻한 흔적. 심지어 여인이 앉았던 자리에 앉는 것도, 특히 여인이 가랑이를 벌리고, 마치 마지막 호의를 하사하듯, 아주 특별히 하얀 새틴 팬츠를 진작 잘 걷어 올린 채. 너무나 여인다운, 충만한. 그것이 나를 충분히 충만 시키지.

폭 포

필라폴라 풀라포우카
풀라포우카 풀라포우카.

소방목

쉬이! 자매여, 말하라!

요 정

(장님의, 수녀의 하얀 법의에, 두건과 커다란 날개 달린 고깔모자, 상냥하게, 막연한 눈으로) 트란퀼라 수도원. 수녀 아가다. 카르멜 산(山). 노크와 루르드[458]의 환영(幻影). 더 이상 바랄 건 없어요. *(그녀는 한숨을 쉬면서, 머리를 기울인다)* 단지 에테르의 세계일 뿐.[459] 꿈에 어린 크림 빛 갈매기가 무딘 바다 위를 파도치는 곳.

(블룸이 반쯤 일어난다. 그의 뒤 바지춤이 툭 터진다.)

단 추

툭!⁴⁶⁰⁾

(쿰 가[街]의 두 매춘부가 숄을 걸치고, 맥 빠진 듯 소리를 지르며, 빗속에 춤을 춘다.)

매춘부들

오, 리오폴드는 그의 속바지의 핀을 잃었다네.
그는 어쩔 줄을 몰랐다오,
그것이 흘러내릴까 봐,
그것이 흘러내릴까 봐.

블 룸

(냉정하게) 그대는 마력을 깨고 말았어. 마지막 지푸라기를.⁴⁶¹⁾ 만일 단지 에테르만 있다면 당신 같은 성직 지망자나 수련수사들은, 도대체 어디에 있겠소? 수줍지만 의지(意志)할 테지, 마치 오줌 싸는 당나귀처럼.

소방목

(그들의 은박 같은 잎사귀들이 곤두박질치며, 앙상한 가지들이 노화하여, 흔들거린다) 낙엽성(落葉性)이외다!

요 정

(그녀의 얼굴 모습들을 굳히며, 그녀의 옷 주름 속을 더듬는다) 모독이야! 내 정조를 시도하려고! *(한 점의 커다란 습한 얼룩이 그녀의 옷 위에 나타난다)* 내 순결을 더럽히다니! 당신은 순결한 여인의 옷을 만질 자격이 없어요. *(그녀는 옷을 다시 움켜쥔다)* 가만있자. 악마 같으니, 당신은 사랑의 노래를 더 이상 부르지 못해요. 아멘. 아멘. 아멘. 아멘. *(그녀는 비수를 빼어 들고, 아홉 명 가운데 선발된 기사⁴⁶²⁾의 쇠줄로 엮은 갑옷으로 치장한 채, 블룸의 허리를 찌른다)* 상놈!

블 룸

(벌떡 일어선다, 그녀의 팔을 붙든다) 어이! 네브라카다(축복 받는 여인)! 고양이는 아홉 번 죽었다 다시 살아나는 거야! 정정당당하게 놀아요, 마담. 칼질은 금지야. 여우와 포도⁴⁶³⁾, 그렇지? 그대의 철조망⁴⁶⁴⁾을 가지고도 부족하단 말이냐? 십자가에 못을 박다니 너무 심하잖아? *(그는 그녀의 베일을 움켜쥔다)* 그대는 신성한 수도원장을 또는 절름발이 징원사, 브로피, 또는 물 긷는 자의 주둥이 없는 조각상⁴⁶⁵⁾, 또는 선량한 어머니 알폰서스⁴⁶⁶⁾를 원하는가, 응 레이나드 여우여?⁴⁶⁷⁾

요 정

(외마디 소릴 지르며, 베일을 벗은 채 그로부터 도망친다, 그녀의 석고상이 깨지며, 그 틈에서 한가닥 구름의 악취가 새어나온다) 순(경)……!

블 룸

(등 뒤에서 그녀를 부른다) 마치 당신이 속보(速步)로 걷기라도 하면 피격 당하지 않을 것 같군. 몸을 움직이지 않으니까 온몸에 점액이 가중된 단 말이야. 난 그걸 시험해 보았어.

당신이 힘이 센 것은 우리 쪽이 약한 때문이야. 즉석에서는 얼마나 지급하겠어? 밀돈으로 당장 얼마나 지불할 테야? 당신은 리비에라에서 남자 댄서들을 고용하고 있다고, 나는 읽고 있어.[468] *(도망가던 요정이 통곡한다)* 응? 나는 그동안 16년간의 흑인 노예 노동을 해왔단 말이야. 그럼 내일 배심관이 내게 5실링의 별거 수당을 줄 건가, 응? 그 밖의 다른 사람은 몰라도, 나를 바보로 만들진 말아요. *(그는 코를 쿵쿵거린다)* 암내. 양파. 썩었군. 유황. 지방분.

> *(벨라 코헨의 모습이 블룸 앞에 선다.)*

벨 라[469]

다음에 나를 알아 모시겠어요.

블 룸

(태연한 체, 그녀를 주시한다) '빠쎄*(뒤졌군 그래).*' 새끼 양처럼 옷을 입은 어미 양이야. 이빨이 흔들흔들하면서도 넘치는 머리숱을. 밤에 마지막으로 생(生) 양파를 먹어 봐요, 얼굴색이 좋아질 테니. 그리고 이중 턱이 되지 않도록 마사지를 하구려. 당신의 눈은 박제(剝製)한 여우의 유리 눈알같이 생기를 잃고 있어. 그건 당신의 다른 모습들의 특질을 하고 있어, 그게 다야. 난 마구 도는 3가지 나사 프로펠러가 아니란 말이야.

벨 라

(경멸하듯) 당신은 할 마음이 없군요, 사실상. *(그녀의 암퇘지의 음부가 짖어댄다)* 프라흐트!

블 룸

(경멸하듯) 우선 그대의 손톱 없는 가운데 손가락을 깨끗이 닦아요. 그대의 뽐내는 차가운 정기(精氣)가 닭 벼슬로부터 뚝뚝 떨어지고 있어. 마른풀을 한 줌 집어 훔치란 말이야.

벨 라

나는 당신을 알아, 광고 외무원! 죽은 불알 같으니!

블 룸

나는 그를 보았어, 포주! 매독과 만성요도염의 매주(賣主)놈!

벨 라

(피아노 쪽으로 몸을 돌린다) 너희들 중 누가 〈사울〉[470]의 장송곡(葬送曲)을 연주하고 있었지?

조 위

나야. 그대의 발가락 티눈을 조심해요.[471] *(그녀는 피아노 쪽으로 돌진하며 양팔을 엇갈리게 하여 붕 하고 건반을 누른다)* 쇠똥 사이를 거니는 고양이의 댄스 스텝이지. *(그녀는 흘끗 뒤돌아본다)* 아니? 내 과자에다 손을 대는 게 누구야? *(그녀는 테이블 쪽으로 되돌아 달려간다)* 당신 것은 내 것이고 내 것은 내 것이야.

> *(키티가, 어리둥절한 체, 그녀의 이빨에다 은종이를 입힌다. 블룸이 조위에게 다가간다.)*

블 룸

(상냥하게) 아까 그 감자는 돌려주지, 그래?

조 위

몰수물*(沒收物)*인 걸요, 근사한 것, 최고로 근사한 것이에요.

블 룸

(흥분하여) 아무 소용없는 거야, 하지만, 돌아가신 엄마의 유물이니까.

조 위

주고 도로 뺏다니
하느님이 그걸 어디 됐느냐고 묻지요
그때 모른다고 대답하면
당신은 지옥행이야.[472]

블 룸

거기에는 한 가지 추억이 메어 있어. 정말 꼭 갖고 싶은 걸.

스티븐

갖느냐 못 갖느냐 그것이 문제로다.

조 위

여기. *(그녀는 속치마 단을 걷어붙이고, 벌거숭이 허벅다리를 드러내면서, 스타킹의 상단으로부터 감자를 꺼낸다)* 감춘 사람이 어디에 있는지 알지요.

벨 라

(얼굴을 찡그린다) 자. 여기는 음악의 요지경이 아니요. 그런데 저 피아노를 박살내지 말아요, 계산은 누가 하죠?

> *(그녀는 자동피아노 쪽으로 간다. 스티븐이 그의 호주머니를 뒤진다, 한 장의 지폐를 모서리로 꺼내, 그녀에게 넘겨준다.)*

스티븐

(과장된 예의로) 이 비단 지갑은 내가 술집의 암퇘지 귀를 가지고 만든 거야. 마담, 실례. 만일 허락한다면. *(그는 막연히 린치와 블룸을 손가락질한다)* 우린 모두 한꺼번에 회계하는 거요, 킨치와 린치 말씀이야. '당 쓰 보르델 우 뜨농 노스트르 에따*(우리들이 친교를 나누는 이 매음 가에서)*.'[473]

린 치

(난로로부터 부른다) 데덜러스! 나 대신 자네가 그녀를 축복해 주게.

스티븐

(동전 한 닢을 벨라에게 건네준다) 금화야. 그녀는 받을 만해.

벨 라

(돈을 쳐다본다, 이어 스티븐을, 이어 조위, 플로리 및 키티를) 당신은 아가씨 셋을 원하는 거요? 여기는 10실링인 걸.

스티븐

(유쾌하게) 백번 천번 사과해요. *(그는 다시 호주머니를 뒤져 크라운 은화 두 닢을 꺼내 그녀에게 넘겨준다)* 용서하세요. '브레비 마누*(덜 주었군)*,' [474] 내 시력이 약간 좋지 못해서.

　　　(벨라가 테이블로 가서 돈을 헤아리는 동안 스티븐은 단음절로 혼자 이야기한다. 조위가 테이블 너머로 허리를 굽힌다. 키티가 조위 목 너머로 몸을 구부린다. 린치가 일어서서, 모자를
고쳐 쓰고, 키티의 허리를 움켜쥐면서, 그의 머리를 그룹에다 덧붙인다.)

플로리

(무거운 듯 일어서려고 애를 쓴다) 오우! 발이 저리군. *(그녀는 테이블 쪽으로 절름절름 걸어*
간다. 블룸이 접근한다.)

벨라, 조위, 키티, 린치, 블룸

(재잘거리며 그리고 지껄이며) 신사가…… 10실링을…… 세 사람 분을 지불하여…… 잠깐 실례…… 이 신사 분은 별도로 지불하는 거야…… 누구냐 손을 대는 게?……오우!
……누가 훔치는지 조심 해…… 당신 올 나이트예요 아니면 숏 타임이에요? ……누가 그랬지? ……당신은 거짓말쟁이야, 실례…… 이쪽은 정말로 신사답게 지불 했어…… 마셔요…… 11시가 훨씬 넘었어.

스티븐

(자동피아노 곁에서, 못마땅한 몸짓을 지으며) 술은 필요 없어! 뭐라고, 11시라? 수수께끼다!

조 위

(속치마를 걷어 올리고 반(半) 파운드를 스타킹의 상단에다 접어 넣으면서) 등이 아프도록 애
써 번거니까.

린 치

(키티를 테이블로부터 들어올리며) 자!

키 티

잠깐만. *(그녀는 크라운 은화 두 닢을 움켜쥔다)*

그런데 난?

야아!

(그는 그녀를 들어올리고, 그녀를 날라, 소파 위에 털썩 내려놓는다.)

스티븐
                                                              10
여우가 울었다, 수탉이 날았다,
종(鐘)들이 하늘에서
11시를 치고 있었다.
그녀의 불쌍한 영혼이
천국에서 도망치는 시간이다.   15

블 룸

(벨라와 플로리 사이 테이블 위에 살며시 반(半) 소브린을 놓는다) 그래서. 실례. *(그는 1파운드짜리 지폐를 집어 든다)* 10실링의 세 배야. 우린 공정해.
                                                              20

벨 라

(경탄하듯) 이 교활한 양반 같으니, 뻔뻔스럽게. 키스라도 해드릴 수 있겠어요.

조 위   25

(가리킨다) 저이? 두레박 우물처럼 깊군.

   (린치가 소파 너머로 뒤에서 키티에게 몸을 굽혀 키스한다. 블룸이 파운드짜리 지폐를 들고 스티븐에게로 간다.)

블 룸   30

이건 자네 거야.

스티븐

어째서요? 망상가 혹은 얼빠진 거지로군. *(그는 다시 호주머니를 뒤져, 한 줌의 동전을 꺼낸다. 뭔가 떨어진다.)* 거기 떨어졌어.   35

블 룸

(허리를 굽히며, 성냥갑을 그에게 집어 건네준다) 여기.
                                                              40
스티븐

루시퍼.[475] 감사해요.

블 룸

(조용히) 내가 그 돈을 보관할 테니 자네 내게 맡기는 게 좋아. 왜 돈을 더 지불하지?

스티븐

(그에게 동전을 몽땅 넘겨준다) 관대하기 전에 정당할지라.

블 룸

그러고 싶지만 그게 현명한가? *(그는 헤아린다)* 1파운드, 7페니, 11페니, 그리고 5실링. 6실링. 11페니.[476] 자네가 지금까지 없앤 돈에 대해서는 나는 책임 안 져.

스티븐

왜 11시를 쳤을까? 프로패록시톤.[477] 레싱[478]이 말하는 다음 순간 이전의 순간. 목마른 여우. *(그는 크게 웃는다)* 그의 할머니를 매장하고 있도다. 아마 그 녀석이 그녀를 죽였는지 몰라요.[479]

블 룸

모두 1파운드 6실링 11페니다. 1파운드 7실링인, 셈이야, 예컨대.

스티븐

그까짓 것 경칠 아무래도 상관없어요.

블 룸

상관없다니, 하지만……

스티븐

(테이블에로 다가온다) 담배, 좀. *(린치가 소파로부터 테이블을 향해 담배를 던진다)* 그래서 조지나 존슨이 죽어서 시집갔지 뭐야. *(한가치 담배가 테이블 위에 나타난다. 스티븐이 그걸 쳐다본다.)* 놀랄 일이야. 객실의 마법이지. 시집을 갔다. 흥. *(그는 성냥을 켜고 이해할 수 없는 듯 우울하게 담배에 불을 붙이기 시작한다)*

린 치

(그를 살펴보면서) 자네 성냥을 좀 더 가까이 대면 불이 한층 잘 붙을 걸.

스티븐

(성냥을 눈 가까이 가져간다) 살쾡이 눈이야. 안경을 사야겠어. 어제 그걸 깼지. 16년 전에.[480] 거리(距離). 눈은 모든 걸 평평하게 보지. *(그는 성냥을 멀리 끌고 간다. 불이 꺼진다.)* 두뇌는 생각하도다. 가까이: 멀리. 가시적인 것의 불가피한 양상. *(그는 신비스럽게 상을 찌푸린다)* 흠. 스핑크스다.[481] 한밤중에 두 개의 등을 지닌 짐승이군.[482] 시집을 가다니.

조 위

어떤 장사꾼 외판원이 그녀와 결혼하여 함께 데리고 갔어요.

플로리

(고개를 끄덕인다) 런던 출신의 램 씨예요.

스티븐

런던의 양*(羊)(램)*, 그런데 그는 이 세상의 죄를 앗아가지.[483]

린 치

(소파 위에서 키티를 포옹하며, 깊은 목소리로 암송한다) '도나 노비스 빠쳄*(우리들에게 평화를 주옵소서)*.'[484]

> *(담배가 스티븐의 손가락으로부터 미끄러져 떨어진다. 블룸이 그걸 집어 벽난로 속에 던진다.)*

블 룸

담배는 피우지 말아요. 자네 뭘 먹어야 해. 경칠 놈의 개*(犬)*를 만났으니.[485] *(조위에게)* 뭐 먹을 것 없나?

조 위

그인 시장한가요?

스티븐

(그녀의 미소를 향해 손을 뻗으며, 〈제신(諸神)의 황혼〉[486]의 혈맹서[血盟誓]에 관한 곡을 암송한다)

> '한겐데 훈게르*(배는 지독히도 시장한데)*,
> 프라겐데 프라우*(여편네는 바가지만 긁으니)*,
> 마크트 운스 알레 카푸트*(우린 모두 파멸이야)*.'[487]

조 위

(비극적으로) 햄릿, 나는 너의 아비의 송곳니니라![488] *(그녀는 그의 손을 잡는다)* 푸른 눈의 미남자 제가 손금을 봐 드리죠. *(그녀는 그의 이마를 가리킨다)* 지혜가 없으면, 주름이 없는 거야.[489] *(그녀는 주름살을 헤아린다)* 둘, 셋, 군신(軍神)의 언덕,[490] 그건 용기예요. *(스티븐이 고개를 젖는다.)* 거짓 아니에요.

린 치

막전(幕電)의 용기지.[491] 무서워도 와들와들 떨 줄 모르는 젊은이야. *(조위에게)* 누가 당신한테 수상술(手相術)을 가르쳐 주었어?

조 위

(고개를 돌린다) 내 불알한테 물어 보구려, 그런 건 안 가졌지만. *(스티븐에게)* 얼굴 속에 그걸 볼 수 있어요. 저 눈, 이렇게. *(그녀는 고개를 숙이며 양미간을 찌푸린다)*

린 치

(소리 내어 웃으면서, 키티의 엉덩이를 두 번 찰싹 때린다) 이렇게. 벌(罰) 매야.

> *(찰싹 매 맞는 소리가 두 번 크게 들린다, 자동피아노의 덮개가 휙 열린다, 돌런 신부의 노리개 인형 같은 작은 둥근 대머리가 불쑥 튀어 솟는다.)*

돌런 신부

매 맞을 놈은 없나? 안경을 깨다니? 게으른 논다니 꼬마 꾀보. 눈을 보면 알 수 있어.

> *(온화하고, 인자하게 생긴, 사제의, 돈 존 콘미의 머리가, 꾸짖는 듯, 자동피아노의 관[棺]으로부터 솟는다.)*

돈 존 콘미

그런데, 돌런 신부님! 글쎄. 스티븐은 참으로 착한 소년임에 틀림없어요!

조 위

(스티븐의 손바닥을 살피면서) 여자 손이야.

스티븐

(중얼거린다) 계속 해요. 거짓말을 해봐요. 나를 잡아요. 애무해요. 나는 대구(大口)의 목에 찍힌 그분의 범죄의 엄지손가락 지문 이외 그분의 필적을 결코 읽을 수 없었단 말이야. [492]

조 위

무슨 날에 태어났지?

스티븐

목요일. 오늘. [493]

조 위

목요일에 태어난 아이는 출세하지요. [494] *(그녀는 그의 손바닥의 금을 더듬는다)* 운명선(運命線). 유력한 친구들.

플로리

(손가락질을 하면서) 상상력.

달(月)의 언덕이라.[495] 당신은 만나게 될 거예요 어떤…… *(그녀는 불쑥 그의 양손을 살핀다)* 당신에게 좋지 않은 건 말하고 싶지 않아요. 그래도 알고 싶어요?

블 룸

5

(그녀의 손가락들을 떼고, 자신의 손바닥을 내민다) 좋은 것보다 나쁜 게 더 많을 테지. 여기. 내 걸 봐줘.

벨 라

봐요. *(그녀는 블룸의 손을 뒤집는다)* 저도 그렇게 생각했어요. 여자의 관절 마디 투정이.

10

조 위

(블룸의 손바닥을 살펴보면서) 석쇠 같군요. 바다 건너 여행을 하여 부자와 결혼하겠어요.

15

블 룸

틀려.

조 위

(재빨리) 오, 알아요. 이 짧은 새끼손가락. 공처가 남편이야. 틀려요?

20

　　(분필로 그린 동그라미 안에 알을 끼고 있는 한 마리 커다란 수탉, 블랙 리쯔가 일어서며, 날개를 쭉 뻗고 꼬꼬댁 운다.[496])

블랙 리쯔

가라. 클루크. 클루크. 클루크. *(그는 새로 낳은 알에서 옆으로 빠져 나와 어기죽어기죽 걸어   25
간다)*

블 룸

(자신의 손을 가리킨다) 여기 상처 자국에는 한 가지 사고(事故)가 있어. 22년 전에 넘어져
베었단 말이야. 내가 열여섯 살 때였어.   30

조 위

알아요, 장님도 말할 수 있어요. 소식 전해 주구려.

스티븐

35

알다니? 하나의 커다란 목표를 향해 움직이는 거야.[497] 나는 현재 스물두 살. 16년 전에 저분 역시 스물두 살이었어. 16년 전에 현재 스물두 살인 내가 넘어졌지. 22년 전에 당시 열여섯의 저분이 그의 회전목마에서 떨어졌어. *(그는 몸을 움츠린다)* 어디선가 내 손을 상처 냈어. 치과의사를 찾아가 봐야지. 돈은?

40

　　(조위가 플로리에게 속삭인다. 함께 낄낄거린다. 블룸이 자신의 손을 풀고 연필을 가지고 테이블 위에 느릿느릿 곡선을 그리며, 천천히 좌경체[左傾體]로 갈긴다.)

플로리

뭐예요?

(제임스 바턴이 모는, 324호 삯 마차 한 대가, 반짝이는 엉덩이를 지닌 암말에 끌려, 도니브룩의 하모니 가도를 급히 지나간다. 블레이지즈 보일런과 레너헌이 옆자리에 앉아 다리를 뻗은 채 몸을 흔들고 있다. 오먼드 주점의 심부름꾼 보이들이 뒤쪽 차축〔車軸〕위에 웅크리고 앉아 있다. 슬프게도 차일 너머로 리디아 도우스와 마이너 케네디가 노려보고 있다.)

심부름꾼 보이들(구두닦이)

(몸을 흔들면서, 엄지손가락과 벌레처럼 꿈적이는 다른 손가락으로 여인들을 희롱한다) 에헴 에헴 당신 구두 쪽(성기) 가졌나요?

(금빛 머리카락과 청동 빛 머리카락이 나란히 서로 속삭인다)

조 위

(플로리에게) 속삭여요. (그녀는 다시 속삭인다)

(마차의 움푹한 자리 위로, 블레이지즈 보일런이, 그의 보트놀이 밀짚모자를 옆으로 비스듬히 쓰고, 한 송이 붉은 꽃을 입에 문 채, 기대고 앉아 있다. 레너헌이 요트놀이 모자를 쓰고 하얀 신을 신은 채, 블레이지즈 보일런의 코트 어깨로부터 한 오래기 기다란 머리카락을 친절하게 떼어 준다.)

레너헌

호오! 그런데 이게 뭐란 말이야? 그대는 몇몇 음부(陰部)에서 거미줄을 쓸어 내기라도 하고 있었나?

보일런

(만족한 듯, 미소를 짓는다) 칠면조를 뜯고 있었지.[498]

레너헌

멋진 하룻밤의 일거리.

보일런

(두툼하고 뭉툭한 발굽 모양을 한 네 개의 손가락을 치켜들면서, 윙크한다) 제기랄! 견본(見本) 대로가 아니면 돈을 반환합니다. *(그는 집게손가락을 밖으로 뻗는다)* 이걸 냄새 맡아 보게.

레너헌

(기분 좋게 냄새를 맡는다) 아하! 가재에다가 마요네즈를 곁들인 거로군. 아하!

조위와 플로리

(함께 소리 내어 웃는다) 하 하 하 하.

보일런

(차에서 안전하게 뛰어내리며 모두에게 들리도록 소리 높이 부른다) 여보게, 블룸! 블룸 부인은 이제 옷을 입으셨나?

블 룸

(사환의 진한 자줏빛 플러시 천의 코트와 반바지를 입고, 누르스름한 스타킹에 분 바른 가발을 쓰고)[499] 아직 아닌 것 같아요, 나리. 마지막 옷가지를……

보일런

(그에게 6페니를 던져 준다) 여기, 이것으로 소다수 탄 진[酒]을 한 병 사려 무나. *(그는 블룸의 사슴 머리의 뿔 가지*[500]*에 그의 모자를 날렵하게 건다)* 나를 안으로 안내하게. 자네 처하고 사사로운 사적 용무가 있으니, 알겠나?

블 룸

고마워요, 나리. 예, 나리. 트위디 마님께서는 목욕중이십니다.[501] 나리.

마리언

저인 정말이지 스스로를 크게 명예롭게 생각하고 있음에 틀림없어요. *(그녀는 목욕통으로부터 철벅 물을 퉁기며 뛰어나온다)* 라오울[502] 여보, 이리 와서 몸을 훔쳐 줘요. 전 알몸이에요. 단지 새 모자와 휴대용 스펀지 뿐.

보일런

(즐겁게 눈을 반짝이며) 신난다!

벨 라

뭐요? 뭐예요?

　　　(조위가 그녀에게 속삭인다.)

마리언

그가 보게 내버려둬요, 요술쟁이! 뚜쟁이! 그리고 회초리로 호되게 때려 줘요! 힘센 매음부 또는 턱수염 기른 여인, 바솔로모나한테 내가 편지를 써서, 저이의 몸에 1인치 두께의 채찍 자국이 나도록, 그리고 서명 날인한 영수증을 저이더러 내게 도로 가져오도록 할 테야.

보일런

(손뼉을 친다) 자, 나는 이 작사를 더 오래 잡고 있을 수는 없어. *(그는 기병대의 뻣뻣한 다리로 성큼성큼 걸어간다)*

벨 라

(소리 내어 웃으며) 호 호 호 호.

보일런

(블룸에게, 그의 어깨 너머로) 자네 눈을 열쇠 구멍에 대고 내가 그녀와 몇 차례 일을 치를 동안 혼자 재미를 보아도 좋아.

블 룸

감사합니다, 나리. 그렇게 하죠, 나리. 두 사내 친구를 데려와서 행동을 직접 목격하고 스냅 사진을 찍게 해도 되겠습니까? *(그는 연고 단지를 내민다)* 바셀린 말이요, 나리? 당귤 꽃 기름은……? 미적지근한 물은……?

키 티

(소파로부터) 이야기해 줘, 플로리. 가르쳐 줘. 무슨……

      (플로리가 그녀에게 속삭인다. 속삭이는 정담〔情談〕이 입술 핥는 소리를 크게 내면서, 중얼거린다. 쪽쪽 냠냠.)

마이너 케네디

(눈을 위로 돌리고) 오, 꼭 제라늄과 예쁜 복숭아 냄새 같구려! 오, 저인 단지 그녀의 몸 구석구석을 우상처럼 숭배하고 있어요! 함께 꼭 달라붙은 채! 키스 세례를 퍼부은 채!

리디아 도우스

(입을 벌리며) 냠냠. 오, 저인 그 짓을 하면서 그녀를 방 주위로 빙빙 나르고 있어요! 수말을 타는 거야. 저 소리는 파라나 뉴욕에서도 들을 수 있을 거야. 마치 산딸기와 크림을 한 입 가득 넣은 것처럼.

키 티

(크게 웃으며) 히 히 히.

보일런의 목소리

(달콤하게, 거친 목소리로, 뱃속 밑바닥으로부터) 아하! 신저주이지그루크브루크아르크크흐라쉿!

마리언의 목소리

(거친 목소리로, 달콤하게, 목구멍까지 솟으며) 오! 밍밍음료키스나포오이스트흐나프우하크?

블 룸

(눈을 미친 듯이 부풀이고, 자신을 껴안는다) 보여! 감춰! 보여! 그녀를 쟁기실해! 한층 더! 발사!

호호! 하하! 히히!

린 치

(손가락질한다) 자연을 거울에 비추는 거다.[503] *(그는 크게 웃는다) 후 후 후 후
후!*

(스티븐과 블룸이 거울 속을 빤히 들여다본다. 턱수염 없는, 윌리엄 셰익스피어[504]*의
얼굴이, 안면 마비로 굳어져, 거기 나타난다, 현관에 수사슴 뿔의 모자걸이의 비친 그
림자에 의해 왕관처럼 씌워진 채.)*

셰익스피어

(위엄 있는 복화술로) 커다랗게 웃는 것은 텅 빈 마음을 말해 주는 것이니라.[505] *(블룸에게)*
그대는 마치 그대의 모습이 타인의 눈에 띄지 않는 것처럼 생각했도다. 자세히 보라. *(그는
불간 검은 수탉의 웃음소리로 끼룩 끼룩 웃는다)* 이아고고! 나의 늙은 친구가 어떻게 하여 테
스데모난(목요일조여가장[木曜日朝女家長])을 목조라 죽였던고.[506] 이아고고고!

블 룸

(세 매춘부들에게 음울하게 미소한다) 나는 저 농담을 언제 듣게 될까?[507]

조 위

당신이 한 번 홀아비가 되고 두 번째 결혼하기 전에.

블 룸

과오는 용서받는 거야. 심지어 위대한 나폴레옹도 그의 사후(死後) 맨몸을 자[尺]로 재었
을 때……[508]

(과부 여인, 디그넘 부인이, 죽은 자의 이야기, 눈물 그리고 터너 상점[509]*의 황갈색
세리주(酒)로, 그녀의 사자코와 뺨을 벌겋게 하여, 그녀의 과부 상복에, 보닛을 비스
듬히 쓴 채, 뺨과 입술 그리고 코에다 연지와 분을 바르고, 한 무리의 오리새끼를 쫓
고 있는 어미 백조의 발걸음으로 급히 지나친다. 그녀의 스커트 밑으로 망부의 매일
입는 바지와 위쪽이 말린 문수 큰 8호짜리 장화가 엿보인다. 그녀는 스코틀랜드의 과
부보험회사의 증서와 커다란 천막 우산을 손에 쥐고 있다. 그 아래로 꼬마 애송이놈들
이 그녀와 함께 달린다, 팻시가 그의 칼라가 헐렁헐렁한 채, 한 타래의 포크스테이크
를 뎅그렁거리면서, 신발 신은 외발로 깡충깡충 뛰고 있는가 하면, 프레디가 홀쩍홀쩍
울면서, 수지는 울부짖는 대구의 입모습을 한 채, 엘리스는 아기 인형을 안고 허우적
거리고 있다.*[510] *조장(弔狀) 리본을 펄럭펄럭 휘날리며, 그녀는 계속 아이들의 따귀
를 때린다.)*

프레디

아이, 엄마, 그렇게 잡아끌지 말아요!

수 지

엄마, 쇠고기 수프가 끓어 넘쳐요![511]

셰익스피어

(중풍에 걸린 듯 화를 내며) 머언저 죽이인 여자가 아니고서야 어찌 두 번 결혼하리요.[512]

　　(마딘 커닝엄[513]의 얼굴이, 턱수염을 기른 채, 셰익스피어의 턱수염 없는 얼굴로 다시 그 모습이 바뀐다. 천막 우산이 술 취한 듯 흔들거린다, 아이들이 곁에서 달려간다. 우산 아래로 유쾌한 과부[514]의 모자를 쓰고 키모노의 가운을 걸친 커닝엄 부인이 나타 난다. 그녀는 일본 사람처럼 옆 걸음으로, 고개를 끄덕이며, 몸을 빙글빙글 미끄러지 듯 움직인다.)

커닝엄 부인

(노래한다)

　　　　　　모두들 저를 아시아의 보석이라 부른답니다!

마틴 커닝엄

(냉정하게, 그녀를 노려본다) 굉장하군! 정말 매우도 끔찍스런 논다니 여인이야!

스티븐

'에뜨 엑살따분뚜르 꼬르누아 이우스띠*(그리하여 정당한 자는 뿔을 쳐들게 되리로다)*.'[515] 여 왕들은 현상 붙은 황소들과 잠을 자도다.[516] 파시파에를 기억하라, 그녀의 정욕 때문에 나 의 위대한 대조부(大祖父)가 최초에 참회실을 만들었던 거야. 그리셀 스티븐즈[517] 부인뿐 만 아니라 램버트가(家)[518]의 돼지 자식들을 잊지 말아요. 그리고 노아는 포도주로 취했었 지. 그리고 그의 방주(方舟)가 열렸던 거야.[519]

벨 라

이런 곳에서는 그따위 이야기는 집어치워요. 번지수가 다르니까요.

린 치

혼자 내버려둬. 저 녀석 파리에서 돌아왔어.

조 위

(스티븐에게 달려가, 팔짱을 낀다) 오 계속해요! 프랑스 말을 좀 들려 줘요.

　　(스티븐이 머리에 모자를 찰싹 눌러 쓰고 벽로대까지 깡충 뛰어가며 그곳에서 어깨를 으쓱하게 하고, 지느러미 같은 양손을 밖으로 편 채, 얼굴에 한 가닥 억지 미소를 띠 며, 선다.)

린 치

(소파를 주먹으로 연달아 치면서) 름 름 름 르르르르르르ㅁㅁㅁㅁ므.

스티븐

(꼭두각시처럼 몸을 흔들며 지껄인다) 그곳에는 장갑이나 다른 물건들 아마 자신의 심장마저도 팔고 있을 어여쁜 숙녀들과 더불어 그대의 밤을 보낼 수 있는 수천 개의 여홍 장소들, 아주 괴상망측하게 꾸민 완전한 유행의 집 비어홀들이 있는가 하면 그곳에는 수많은 화류계 여인들이 마치 공주처럼 아름다운 옷을 입고 캉캉 춤을 추면서 동시에 외국인 독신자들을 위해 별나게 바보 시늉을 하는 파리 특유의 광대놀이를 하고 있는데 만일 엉터리 영어를 조금이라도 말하면 그들은 사랑이나 외설적인 센세이션과 같은 것에 관해 정말이지 얼마나 신랄하게 떠들어대는지 몰라. 그따위 일에 특별히 정통한 신사들에게는 매일 밤 은색의 눈물과 묘지의 촛불로 밝혀지는 천국과 지옥을 방문하는 것이 정말 쾌락임에 틀림없을 거야. 전 세계에서 그처럼 완전하게 충격적인 무서운 종교의 조롱도 없을 것이오. 정숙으로 넘치는 모든 세련된 여인도 일단 그곳에 도착하기만 하면 흡혈귀 같은 사내가 '드쑤뜨루블랑*(외잡스런 속옷)*'을 걸친 정말 싱싱하고 젊은 수녀를 침범하는 것을 보면 그만 옷을 벗어 던지고 소리 높이 비명을 지르지요. *(그는 혀를 철벅철벅 크게 울린다)* '호, 라라! 쓰 뻬프 퓔 라! *(호, 어머! 저이는 정말 코주부야!)*'

린 치

비브 르 방삐르*(흡혈귀 만세)*!

매춘부들

브라보! 프랑스 말!

스티븐

(고개를 뒤로 젖히고, 상을 찌푸리며 혼자 손뼉을 치면서, 크게 웃는다) 대성공의 웃음이로다. 흡사 매춘부와 닮은 천사도 있고 등치 큰 저주받을 악한과 닮은 성사도*(聖使徒)*들도 있지. 다이아몬드가 반짝이는 아주 멋있게 의상을 걸친 잘생긴 '드미몽덴*(고급 창녀)*'도 있어요. 또한 근대적인 환락에 속한다고 할 노인들의 외잡스런 추태를 여러분은 더욱더 좋아하지 않소? *(그가 기괴한 제스처로 주위를 손가락질하자 린치와 매춘부가 그에 호응한다)* 안팎으로 뒤집어 쓸 수 있는 탄성*(彈性)* 고무제의 여인상*(像)* 또는 호색가의 사내들이 엿볼 수 있는 실물 크기의 처녀 나상*(裸像)*에 육감적인 키스 50회. 들어오세요, 신사 분, 거울 속에 거기 비친 온갖 인형들의 그네 춤 자세를 보시고 그 밖의 더욱 심한 행위를 원하신다면, 매우도 짐승 같은 푸주의 자식 놈이 따뜻한 송아지 간장 속에다 또는 '셰익스피어의 작품*(음경)*'을 오믈렛처럼 배〔腹〕 위에다 얹어놓고 자위행위를 하지요.

벨 라

(자신의 배를 두들기며, 웃음의 외마디 고함과 함께, 소파 위에 털썩 도로 파묻힌다) ……위의 오믈렛이라. 호! 호! 호! 호!……위의 오믈렛이라니……

스티븐

(거드름 피며) 저는 당신을 사랑해요, 여보 다알링 '두불르 엉땅뜨 꼬르디알르*(쌍방의 화친협상〔和親協商〕)*'을 위해 그대 영국인의 말을 말하라. 오 정말, '사랑하는 고호*(孤狐)*님.' 모두 얼마죠? 워털루.[520] 수세 변소. *(그는 갑자기 말을 멈추고 집게손가락을 치켜든다)*

벨 라

(크게 웃으면서) 오믈렛······

매춘부들

(크게 웃으면서) 앙꼬르! 앙꼬르!

스티븐

내 말 잘 들어요. 난 수박[521]을 꿈꾸었어.

조 위

해외*(海外)*로 가서 외국 여자나 사랑하구려.

린 치

아내 찾아 세계를 가로질러.

플로라

꿈은 반대래요.

스티븐

(양팔을 뻗는다) 바로 여기였어. 매음부의 거리. 서펜타인 가로에서 마왕[522]이 내게 그녀를 보여 주었어, 통통 살찐 과부를. 붉은 카펫은 어디에 있지?[523]

블 룸

(스티븐 곁으로 가까이 가며) 이봐······

스티븐

아니야, 나는 날았어. 나의 적*(敵)*은 나의 발아래. 그리하여 영원히 있으리라. 끝없는 세계
가. *(그는 소리를 지른다)* 페이터*(아버님)*! 자유![524]

블 룸

글쎄, 이봐요······

스티븐

나의 정신을 깨트릴 참인가, 그가? '오 메르드 알로*(에이 염병할)*!'[525] *(그는 고함을 지른다, 그의 독수리 발톱을 날카롭게 한 체)* 훠어이! 훠훠![526]

(사이먼 데덜러스의 목소리가, 약간 졸린 듯 그러나 민첩하게, 어어이 응답한다.)

사이먼

그만하면 됐어. *(그는 튼튼하고 듬직한 다람쥐의 날개로, 경고의 소리를 지르며, 선회하면서,*

허공을 통해 불확실하게 내리 덮친다) 호, 이봐! 넌 이길 것 같은가? 후아! 쉿! 저따위 혼혈 1
아 놈들과 정신차리는 게 좋아. 놈들을 당나귀 울음 내에 오지 못하도록 하란 말이야. 고개
를 들어! 우리들의 깃발을 휘날리란 말이야! 은빛 바탕에 날고 있는 붉은 독수리가 아로
새겨진 기(旗)를 말이야.[527] 무장한 얼스터의 왕이여! 헤이후우! *(그는 비글 사냥개의 울음*
소리를 내며, 짖는다) 불불! 버블블부르블블! 어이, 이봐! 5

(벽지(壁紙)의 엽상체(葉狀體)와 공간이 시골 들판을 가로질러 재빨리 줄을 지어 지
나간다. 매복소에서 쫓겨 나온, 한 마리의 건장한 여우가, 그의 할머니를 매장한 뒤,
꼬리를 쭈뼛 세우고, 눈을 반짝이며 나뭇잎 밑의, 오소리 구멍을 찾으면서 빈터를 향
해 급히 달려간다. 한 무리의 사냥개가, 코를 땅에 붙이고, 사냥감을 코로 쿵쿵 냄새
맡으며, 윙윙 짖으며, 피를 찾아 보골 보골 콧숨을 쉬면서, 뒤따른다. 워드 유니언[528] 10
의 남녀 사냥꾼들이 개들과 함께 열을 올려, 노획물을 추적한다. '6마일 지점,' 평옥
(平屋),' 9마일 돌(石)' [529] *로부터, 마디 있는 지팡이, 건초용 쇠스랑, 연어의 작살,*
올가미 밧줄을 든 보행자들, 목축용 채찍을 든 양치기들, 둥둥 북을 든 곰 사냥꾼들,
우도(牛刀)를 든 투우사들, 횃불을 흔들고 있는 회색의 니그로들이 뒤따른다. 주사위 15
도박사들, 왕관 및 닻 놀이 노름꾼들, 골무 요술 꾼들, 카드 노름꾼들의 떼 지은 부르
짖음. 크로 족(族) 토인들과 경마정보 염탐꾼들, 요술쟁이 춤 높은 모자를 쓴 목쉰 소
리의 마권업자들이 귀가 먹을 듯 고래고래 고함을 지른다.)

군중들
20
경마권이오, 경마권!
출전 말에 1 대 10!
어긴 쉽게 *(돈을)* 딸 수 있어! 쉽게 딸 수 있어!
인기 말을 제외하곤 1 대 10이야! 인기 말을 제외하곤 1 대 10!
도박기(賭博機)로 운을 점쳐 봐요! 25
인기 말 이윈 1 대 10!
5백 파운드까지 걸어요, 여러분! 5백 파운드까지 걸어!
1 대 10으로 드리겠어!
인기 말 이윈 1 대 10!

(기수 없는, 한 마리 다크호스가, 그의 갈기를 달(月)거품 일게 하면서, 그의 눈망울 30
은 별, 유령처럼 결승점을 지나 돌진한다. 그 밖의 출전마(出戰馬)가, 마구 달리며
무리를 이루어 뒤따른다. 패마(敗馬)들, 셉터 호, 맥시멈 2세 호, 진펀넬 호, 웨스트
민스터 공작의 쇼투버 호, 리펄스 호, 파리 대상을 획득한, 보포트 공작의 세일런 호.
녹슨 갑옷을 입은, 난쟁이들이 그들 위에 타고 있다, 그들의, 그들의 안장 속에, 쿵
덕 쿵덕 뛰면서, 맨 마지막으로 가랑비 속을 폐기종(肺氣腫)에 걸린 담황색의 난쟁이 35
말, 코크 오브 더 노드, [530] *인기마(人氣馬) 위에, 벌꿀 빛 모자에다, 푸른 재킷을 입*
고, 오렌지 빛 소매를 한, 가레트 디지가 말고삐를 움켜쥔 채, 하키 스틱을 대령하고
나타난다. 그의 난쟁이 말이 비절내종(飛節內腫)에 걸린 발에 하얀 각반을 차고 비
틀거리면서 험한 길을 따라 터벅터벅 걸어간다.)
40

오렌지 당원들

(야유하며) 내려서 미시구려, 영감님. 최후 한 바퀴예요! 밤에야 집에 도착하겠어요!

가레트 디지

(몸을 꼿꼿이 세우고, 그의 손톱 할퀸 얼굴을 우표로 붙인 채, 하키 스틱을 휘두른다. 조마[調 馬]가 갤럽 걸음걸이로 성큼성큼 달려가자 샹들리에의 프리즘에 그의 파란 눈이 번쩍인다) '삐 르 비아스 렉따스(바른 길로)!'

(한 쌍의 들통이 그와 그의 뒷발을 버티고 서 있는 소마(小馬)의 머리 위에 당근, 대 맥(大麥), 양파, 순무, 감자가 춤추는 동전처럼 떠 있는 양고기 수프를 표범처럼 함빡 쏟는다.)

그린 당원531)

안녕하세요, 존 경(卿)! 안녕하세요, 각하!

(병사 카아, 병사 콤턴 그리고 시시 카프리가 불협화음으로 노래를 부르며, 창문 밑을 지나간다.)

스티븐

들어라! 우리들 거리의 소음 친구를.

조 위

(그녀의 한쪽 손을 쳐든다) 정지!

병사 카아, 병사 콤턴 그리고 시시 카프리

그런데도 난 좋아라
요크셔의 매력이……

조 위

그건 나야. *(그녀는 양 손뼉을 친다)* 춤을! 춤을! *(그녀는 자동피아노에로 달려간다)* 누구 2 페니 가졌어요?

블 룸

누가 하랴……?

린 치

(그녀에게 동전을 건네주며) 여기.

스티븐

(초조하게 손가락을 후드득거리며) 빨리! 빨리! 내 복점관(卜占官)의 막대기는 어디 갔지? *(그는 피아노 곁으로 달려가, 물푸레나무 지팡이를 잡고, 발로 3박자의 장단을 맞춘다)*

조 위

(드럼의 핸들을 튼다) 거기.

(그녀는 돈궤의 구멍 속에다 2페니를 떨어뜨린다. 황금빛, 핑크 빛 그리고 바이올렛 빛의 광선이 방사한다. 드럼이 낮은 왈츠 곡을 머뭇머뭇 뿜어낸다. 구드윈 교수가, 나비매듭의 가발을 쓰고, 예복에, 때 묻은 케이프가 달린 망토를 걸치고, 믿기 어려울 나이 때문에 몸을 이중으로 굽힌 채, 양손을 푸다닥거리면서, 비틀비틀 방을 가로질러 걸어간다. 그는 피아노 의자 위에 홀쭉하게 앉아, 처녀의 우아함을 가지고 고개를 까닥이면서, 나비매듭을 흔들며, 손잡이 없는 막대기 같은 양팔을 가지고 건반을 두들긴다.)

조 위

(발꿈치를 탁탁 울리며, 혼자 주위를 빙빙 돈다) 춤춰요. 여기 누구든 춤을? 누가 춤 출 테요? 테이블을 치워요.

(자동피아노가 빛이 바뀜에 따라 〈나의 소녀는 요크셔의 소녀〉의 서곡을 왈츠 템포로 연주한다. 스티븐이 그의 물푸레나무 지팡이를 테이블 위에 내던지고 조위의 허리둘레를 잡는다. 플로리와 벨라가 테이블을 벽로대 쪽으로 밀어젖힌다. 스티븐이, 지나치게 멋을 부리며 조위를 팔에다 안고, 방 주위를 그녀와 왈츠를 추며 돌기 시작한다. 블룸이 옆으로 비켜선다. 그녀의 옷소매가 우아한 양팔에서부터 아래로 미끄러져 내려가자 우두 맞은 하얀 살결의 꽃 같은 자국을 드러낸다. 커튼 사이로 매기니 교수가 한쪽 다리를 들이밀고 내민 발가락 끝에서 실크 모자를 빙빙 돌린다. 교묘하게 한 번 걷어차서 모자가 빙빙 돌며 그의 머리 위에 가 얹히자 우스꽝스럽게 그걸 쓰고 안으로 미끄러지듯 들어온다. 그는 자홍색의 비단 옷깃이 달린 진회색 프록코트에, 크림 빛 엷은 비단으로 만든 목도리를 두르고, 낮게 커트한 녹색 조끼에, 하얀 네커치프를 두른 장식 칼라를 단 채, 엷은 자줏빛 타이트 바지. 또한 에나멜 무도화(舞蹈靴)에 카나리아 빛 장갑을 끼고 있다. 굉장히 큰 달리아 한 송이가 그의 단추 구멍에 꽂혀 있다. 그는 구름무늬의 지팡이를 반대쪽으로 빙빙 돌리며, 이어 그것을 겨드랑이 밑에 쐐기처럼 꼭 낀다. 그는 한쪽 손을 가볍게 가슴뼈 위에 올려놓고 절을 하며, 그의 꽃과 단추를 만지작거린다.)

매기니

운동의 시(詩)요, 미용체조의 예술입니다. 레게 바이른느 부인[532]의 혹은 레빈스톤[533]의 것과는 전혀 관련이 없는 거죠. 가장무도회도 마련되었습니다. 몸의 처신 법이죠. 캐티 래너[534] 식(式) 스텝입니다. 고로. 나를 잘 보세요! 나의 무용 솜씨를. *(그는 타다타닥 걷는 꿀벌 같은 발걸음으로 미뉴에트를 추며 세 발짝 앞으로 나아간다)* '뚜 르 몽드 엉나방! 레베랑쓰! 뚜 르 몽드 엉·빨라스! *(모두 앞으로 움직여요! 경례! 모두 제자리에!)*'[535]

(서곡이 멎는다. 구드윈 교수가, 공허하게 양팔을 휘저으면서, 얼굴을 찌푸린다, 가라앉는다, 그의 말쑥한 망토가 의자 곁에 미끄러져 떨어진다. 곡이 한층 박력 있는 왈츠 템포로 둥둥 울린다. 스티븐과 조위가 마구 빙빙 돌고 있다. 불빛이 황금 장미꽃 바이올렛으로 바뀐다, 비친다, 사라진다.)

자동피아노

두 젊은이가 서로 이야기하고 있었다네, 그들의 아가씨들, 아가씨들, 아가씨들에 관해. 그들이 뒤에 남겨 두고 온 달콤한 애인들……

(한쪽 구석에서부터 아침의 시간들이 달려 나온다. 금빛 머리카락에, 날씬한 샌들을 신은 채, 소녀다운 푸른 옷을 입고, 가느다란 허리에, 순결한 손을 하고 있다. 그들은, 줄넘기 끈을 빙빙 돌리면서, 날렵하게 춤을 춘다. 대낮의 시간들이 호박색 황금빛에 휘말려 그들을 뒤따른다. 그들은, 소리 내어 웃으며, 서로 손을 깍지 끼고, 머리카락에 높이 꽂은 빗을 반짝이면서, 조롱하는 거울 속에 비친 태양을 팔을 들어 잡는다.536))

매기니

(장갑 긴 묵묵한 손을 탁탁 손뼉친다) '까레! 아방 되! (넷씩 짝을 지어요! 2보 앞으로!)' 규칙적으로 숨을 쉬어요! '발랑쎄(스윙)를!'

(아침과 대낮의 시간들이 제자리에서 왈츠 춤을 춘다. 빙빙 돌며, 서로 앞으로 나아가며, 몸의 곡선을 주름 지으며, 마주 절을 하며. 그들 뒤에 있는 파트너들이 팔을 활처럼 굽혔다 폈다 한다, 손을 어깨로부터 내렸다, 만졌다, 들어올렸다 하면서.)

시간들

당신 만져도 좋아요 저의.

파트너들

내가 만져도 좋아요 당신의?

시간들

오, 하지만 살짝!

파트너들

오, 아주 살짝!

자동피아노

나의 귀엽고 수줍은 꼬마 아가씨는 허리를 가졌다네.

(조위와 스티븐이 좀더 헐렁하게 빙빙 돌면서 대담하게 몸을 회전한다. 황혼의 시간들이 땅 위의 기다란 그림자로부터, 흩어져, 꾸물거리며, 나른한 눈을 하고, 그들의 뺨을 백분(白粉)과 희미한 가짜 조화(造花)로 우아하게 치장하고 앞으로 다가온다. 모두들 까만 박쥐같은 소매 달린 회색 비단옷을 입고, 그러자 소매가 대지 미풍에 펄럭인다.)

매기니

'아방 위드! 트라베르쎄! 쌀뤼! 꾸르 드 멩! 크르와쎄! (네 쌍이 앞으로! 서로 엇갈려요! 경례! 손을 서로 바꿔요! 옆 사람과 바꿔요!)'

(밤의 시간들이, 하나씩, 마지막 장소로 슬그머니 사라진다. 아침, 대낮 그리고 황혼의 시간들이 그들 앞에 물러간다. 그들은 가면을 쓰고, 머리카락에 단도(短刀)를 꽂은 채 둔탁한 벨이 달린 팔찌를 끼고 있다. 피로에 지쳐 그들은 베일 아래로 절을 하 듯 몸을 굽실거린다.)

470 율리시스

팔 찌

헤이호! 헤이호!⁵³⁷⁾

조 위

(몸을 빙글빙글 돌리며, 그녀의 손을 이마에다 대고) 오!

매기니

'레 띠르와르! 샌느 드 담므! 라 꼬르베이유! 도자 도! *(서랍! 귀부인의 사슬! 광주리! 등과 등을 맞대고!)*'

(지친 듯 그들은 아라베스크 식 장식 무늬로 마루 위에 한 개의 모형을 짠다. 짜면서, 풀면서, 무릎을 굽혀 절하면서, 몸을 빙굴 돌리면서, 단순히 빙글빙글 돌았다 하면 서.)

조 위

난 어지러워요!

(그녀는 풀려 나와, 의자 위에 털썩 앉는다. 스티븐이 플로리를 붙들고 그녀와 함께 돈다.)

매기니

'불랑쉐르! 레 롱! 레 뽕! 슈브 드 브와! 에스까르고! *(빵 만들기! 고리! 다리[橋]! 회전목마! 달팽이!)*'

(짝을 지으며, 물러가며, 손을 서로 바꿨다 하면서 밤의 시간들이 서로서로 팔을 활처럼 굽히며 움직이는 모자이크 모양으로 연결한다. 스티븐과 플로리가 마지못한 듯 빙빙 돈다.)

매기니

'당쎄 아베끄 보 담므! 샹줴 드 담므! 돈네 르 쁘띠 부께따 보트르 담므! 르메르 씨에! *(당신의 파트너와 함께 춰요! 파트너 교대! 당신의 파트너에게 예쁜 꽃다발 증정을! 경례!)*'

자동피아노

제일 예쁜, 모두들 가운데 제일 예쁜,
바라아밤!

키 티

(벌떡 일어선다) 오, 모두들 '마이러스' 자선시에서 회전목마를 타고 저 노래를 연주했어요!

(그녀는 스티븐에게로 달려간다. 그는 매정스럽게 플로리를 떠나 키티를 잡는다. 빽 빽 소리를 지르는 알락해오라기의 거칠고 높은 휘파람 소리가 끽끽 울린다. 으르렁걸 길투덜거리는 토프트의 귀에 거슬리는 소리의 회전목마가 방 속을 우회전하며 천천히 돈다.)

자동피아노

나의 소녀는 요크셔의 소녀.

조 위

철두철미 요크셔예요. 자 시작해요 모두!

(그녀는 플로리를 붙들고 왈츠를 춘다.)

스티븐

'빠 쓀(솔로 댄스)을!'

(그는 키티를 빙빙 돌려 린치의 팔에 안겨 준다. 물푸레나무 지팡이를 테이블로부터 집어 춤추려고 일어선다. 모두들 빙빙 뱅뱅 둥글둥글 돈다 블룸벨라 키티 린치 플로리 조 위 대추 훑는 여인들이 짝을 지어. 스티븐이 모자 물푸레나무 지팡이를 들고 스카이 키킹과 함께 미들 하이 킥을 하면서 입을 다문 채 손을 허벅다리 밑으로 벌려 짝짝짝 치면서 개구리 춤을 춘다. 풍금 소리가 붕붕 캉캉 쉭쉭 울어대는 뿔나 팔 푸른빛 초록 빛 노랑 빛의 섬광 토프트의 귀에 거슬리는 소리의 회전목마가 금빛으로 도금한 뱀들이 뎅그렁거리는 목마 기수를 태우고 빙빙 돈다, 창자가, 흙 묻은 발을 차듯 뛰면서, 판당고 춤을 추며 다시 멎는다.)

자동피아노

공장에서 일하는 아가씨라도
그리고 값진 옷을 입지 않았어도.

(모두 바싹 끌어안고 번쩍번쩍 눈부시게 휙휙타는 듯한 불빛과 함께 급히 한층 급히 춤추며 달리며 콩쿵쾅쾅 박자를 밟으며 급히 지나간다. 바라아밤!)

합주곡

앙코르! 다시 한 번! 브라보! 앙코르!

사이먼

네 외가댁(外家宅) 사람들을 경계하란 말이야![538]

스티븐

죽음의 댄스다.[539]

(뎅그랑 다시 새롭게 땡그랑 뎅그랑 울리는 호출계(조수)의 종, 말, 망아지, 불간 황소, 돼지새끼들, 크라이스트 당나귀[540]를 탄 콘미, 지팡이를 짚은 절름발이 그리고 외다리 수병이 조각배를 타고 팔짱을 긴 채 밧줄을 잡아당기며 발을 질질 끌면서 뿔나 팔을 철두철미 연거푸 뿐나. 바라이밤! 망아지 불간 돼지 벨 달린 말 가다라〔게르게사〕 산(産)의 돼지를 타고 관(棺) 속의 코니 철갑상어의 돌멩이를 한 손으로 나루는 넬슨 자두로 입 때 문은 두 교활한 부인들이 울부짖으며 유모차로부터 떨어진다. 하느

님 맙소사, 그 녀석은 챔피언이야. [541] 술통에서부터 엿보는 희푸른 시선 해거름의 기도[祈禱] 러브 사제 삯 마차를 타고 있는 유쾌한 블레이지즈 검은 차일 대구처럼 몸을 두 겹으로 굽힌 자전거 선수들 값진 옷은 입지 않았으나 아이스크림을 쥐고 있는 딜리. 그리하여 마지막 마녀의 술통이 아래위로 덜거덕거리며 엿기름통과 쾅 부딪치니 총독 내외분이 좋아하는 쓰레기통의 쾅샤의 장미여. 바라야밤!

짝지은 무리들이 열에서 벗어난다. 스티븐이 현기증이 날 정도로 빙빙 돈다. 방이 반대 방향으로 빙빙 돈다. 눈을 감은 채 그는 터벅터벅 걷는다. 붉은빛 살대 같은 막대기들이 공간을 향해 난다. 태양 둘레의 별들이 온통 오른쪽으로 돈다. 반짝이는 하루살이들이 벽 위에서 춤을 춘다. 그는 죽은 듯이 멈춰 선다. [542]

스티븐

호!

(스티븐의 어머니가, 몸이 여윈 채, 마룻바닥을 뚫고 우뚝 솟는다, 문둥병 환자의 회색 옷을 입은 채 퇴색한 오렌지 꽃 화환을 들고 신부[新婦]의 찢어진 베일에, 거친 얼굴을 하고 코가 망가진 채, 무덤의 흙에 덮여 푸른빛을 띠고 있다. 그녀의 머리카락이 헝클어져 기다랗게 늘어져 있다. 그녀는 푸른 테가 둘린 움푹한 눈구멍을 스티븐에게 고정하고 이빨 없는 입을 벌린 채 말은 하나도 들리지 않는다. 처녀들과 청죄사(聽罪師)들의 합창대가 소리 없이 노래를 부른다.)

합창대

'릴리아따 루띨란띠움 떼 꼰페소룸(백합처럼 환한 한 무리의 참회자들)……
이우빌란띠움 떼 비르기눔(처녀들의 영광의 합창대가)……'

(탑 꼭대기로부터 벅 멀리건이, 암갈색과 누런빛의 얼룩얼룩한 광대 복에 달팽이 모양의 벨이 달린 익살꾼의 모자를 쓰고, 그의 손에 김이 무럭무럭 나는 버터 바른 두 조각난 핫케이크를 쥐고, 그녀를 멍하니 쳐다보며 서 있다.)

벅 멀리건

그녀는 짐승처럼 죽음을 당했던 거야. 불쌍하게도! 멀리건이 고뇌하는 어머니와 만나도다. *(그는 눈을 치켜뜬다)* 경쾌한 맬러카이!

어머니

(죽음의 광기[狂氣]를 품은 야릇한 미소를 띠고) 나는 한때 아름다운 메이 고울딩이었지. 지금은 죽은 몸이지.

스티븐

(공포에 질린 듯) 마녀원숭이, [543] 넌 누구냐? 아니. 이 무슨 도깨비의 장난이야?

벅 멀리건

(그의 달팽이 모양의 모자 벨을 흔든다) 얼마나 조롱스런 일이냐! 개 몸뚱이 킨치가 그녀의 암캐몸뚱이를 죽이다니. 그녀는 뻗어 버렸던 거야. *(녹은 버터 같은 눈물이 그의 눈에서 흘러*

내려 핫케이크 위로 떨어진다) 우리들의 위대하고 아름다운 어머니! '에피 오이노파폰톤(포도주 빛 바다).'

어머니

(한층 가까이 다가온다. 젖은 재 냄새의 숨결을 그에게 살며시 내뿜으며) 누구나 반드시 경험하지 않으면 안 되는 거야. 스티븐. 세상에는 남자보다 여자가 더 많지. 너에게도 역시. 시기가 다가와요.

스티븐

(놀라움, 가책 그리고 공포로 질식하며) 모두들 제가 당신을 죽였다고 해요, 어머니. 저 녀석이 어머님의 영(靈)을 모독한 거예요. 암(癌) 때문이지, 저는 아니에요. 숙명입니다.

어머니

(푸르죽죽한 담즙을 한쪽 입아귀로부터 뚝뚝 떨어뜨리면서) 넌 내게 저 노래를 불러 주었지. 〈사랑의 쓰라린 신비〉 말이야.

스티븐

(열렬하게) 그 말을 제게 일러 줘요, 어머니, 만일 지금 알고 있다면. 모든 사람들에게 알려진 그 말[544]을.

어머니

네가 패디 리와 함께 달키에서 기차에 껑충 올라탔던 그날 밤 널 도와 준 것이 누구였지? 네가 그 낯선 사람들 사이에 끼여 슬픔에 잠겨 있었을 때 널 불쌍히 여긴 사람이 누구였지? 기도야말로 가장 효과 있는 거야. 우르술라인 수녀원의 기도서[545]에 실려 있는 고통하는 영혼들을 위한 기도 그리고 40일간의 속죄 말이야. 회개하라, 스티븐.

스티븐

망귀(亡鬼)! 하이에나![546]

어머니

나는 이곳 타계에서 널 위해 기도하는 도다! 매일 밤 너의 공부가 끝나면 딜리더러 밥을 끓여 달라고 해요. 몇 년이고 몇 년이고 나는 너를 사랑했었지, 오, 내 아들, 나의 첫 아이, 네가 내 뱃속에 있었을 때.

조 위

(벽난로 부채로 부채질을 하면서) 난 녹을 지경이야!

플로리

(스티븐을 가리킨다) 봐요! 저이 얼굴이 창백해졌어.

블 룸

(창문으로 가서 문을 조금 더 연다) 현기증이 난 거야.

어머니

(눈에 울적한 감정을 띠며) 회개하라! 오, 지옥의 불!

스티븐

(숨을 헐떡이며) 그의 비부식성(非腐蝕性)의 승화(昇化)(지옥의 불)! 시체를 씹는 자여! 해골과 피 묻은 뼈다귀로다.[547]

어머니

(얼굴을 가까이 한층 가까이 가져가면서, 재〔灰〕의 숨결을 내뿜으며) 조심해라! *(그녀는 펼친 손가락으로 스티븐의 가슴을 향해 까맣게 된 시든 오른팔을 천천히 치켜든다)* 조심하라 하느님의 손[548]을!

> *(악의에 찬 충혈 된 눈을 한 파란 게〔蟹〕[549] 한 마리가 그의 반짝이는 발톱을 스티븐의 심장 속 깊숙이 꽂는다.)*

스티븐

(분노에 숨이 막혀, 그의 얼굴 모습이 회색으로 늙고 위축된 채) 똥이다!

블 룸

(창문 곁에서) 뭐지?

스티븐

'아 농, 빠레그장빨르(오 아니오, 정말이지)!'[550] 지적인 상상이오! 내게 아니면 전혀 아니든지. '논 세르비암(난 섬기지 않겠어)!'[551]

플로리

저이에게 냉수를 좀 마시게 해요. 가만있자. *(그녀는 황급히 밖으로 나간다)*

어머니

(절망적으로 신음하면서, 자신의 손을 천천히 비튼다) 오 예수 성심이여, 그를 불쌍히 여기소서! 그를 지옥으로부터 구해 주소서, 오 성스러운 성심이여!

스티븐

아니야! 아니! 아니![552] 내 영혼을 깨뜨려 보란 말이야, 당신들 모두, 할 수만 있다면! 난 당신들을 모두 굴복시킬 테다!

어머니

(고통스런 임종의 신음 소리로) 스티븐에게 자비를 베푸소서! 주여, 제발! 사랑, 비애와 고민으로 캘버리 산정(山頂)에서 질식하고 있었을 때 저의 고뇌야말로 이루 형언할 수 없나이다.

스티븐

'노퉁(마도(魔刀))!'[553]

（그는 양손으로 물푸레나무 지팡이를 높이 쳐들어 샹들리에를 쨍그랑 깨어 버린다. 시간의 검푸른 최후의 불꽃이 뛴다. 그러자 잇따른 어둠 속에, 모든 공간의 폐허, 산산조각으로 깨어진 유리 그리고 넘어지는 석조 건물.）

가스 등[554]

프후풍!

블 룸

그만!

린 치

（앞으로 달려가며 스티븐의 손을 붙든다） 이봐! 참게! 난폭하게 굴지 말라니까!

벨 라

경찰관!

（스티븐이, 물푸레나무 지팡이를 팽개치며, 머리와 양팔을 뒤로 뻣뻣하게 젖힌 채, 마루를 차면서 문간의 매음부들 곁을 지나, 방으로부터 나른다.）

벨 라

（비명을 지른다） 저이를 뒤쫓아요!

（두 매춘부가 현관문을 향해 돌진한다. 린치와 키티와 조위가 방으로부터 뛰어나간다. 모두들 흥분해서 지껄인다. 블룸이 뒤따르다, 되돌아온다.）

매춘부들

（현관문에 꼭 붙어 서서, 손가락질을 하며） 저 아래쪽이야.

조 위

（손가락질을 하면서） 저기. 뭔가 일어났어.

벨 라

등 값은 누가 물죠? （그녀는 블룸의 코트 뒷자락을 붙잡는다） 이봐요, 당신이 그와 함께 있잖았어. 램프가 깨어졌어.

블 룸

（현관으로 달려갔다, 급히 되돌아 달려온다） 무슨 램프, 여인?

매춘부

저분 저고리가 찢어졌어요.

벨 라

(분노와 탐욕으로 가득 찬 거친 눈을 하고, 손가락질한다) 저걸 누가 변상 하냔 말이에요? 10 실링. 당신이 증인이야.

블 룸

(스티븐의 물푸레나무 지팡이를 왈칵 낚아챈다) 내가? 10실링이라니? 그에게서 충분히 우리 먹잖았어? 그가 하지 않았나……?

벨 라

(큰 소리로) 여기, 당신의 그따위 허풍은 필요 없어. 여기는 매음가(賣淫家)가 아니야. 10 실링짜리 집이야.

블 룸

(머리를 램프 아래에다 대고, 체인을 잡아당긴다. 끼익 울면서, 가스등이 찌그러진 홍자색(紅紫色)의 등 삿갓을 환히 밝혀준다. 그는 물푸레나무 지팡이를 치켜든다.) 단지 등피가 깨어졌을 뿐인데 그래. 이게 모두야 그가……

벨 라

(뒤로 몸을 움츠리고 비명을 지른다) 우라질! 안돼![555]

블 룸

(일격을 피하며) 그가 어떻게 등 삿갓을 쳤는지 당신한테 좀 보여주려고. 파손은 6페니 값 어치도 못 되잖아. 10실링이라니!

플로리

(물이 담긴 잔을 들고, 들어온다) 그이 어디 있어요?

벨 라

당신 내가 경찰을 부르기를 원해요?

블 룸

오, 알았어. 구내의 불독(보안관) 말이지. 하지만 그는 트리니티 대학생인걸. 당신 집의 단 골손님들이란 말이야. 세(貰)를 내는 신사들(돼지들)이지. *(그는 프리메이슨 당원의 신호를 한다)* 내 말을 알아듣겠소? 대학 부총장의 조카요. 당신은 스캔들을 원치 않겠지.

벨 라

(성을 내며) 트리니티대학이라. 보트 경주가 끝나면 여길 찾아와 소동을 피우다니 돈은 한 푼도 물지 않고. 당신이 여기서 내게 명령하는 거예요 아니면? 그 녀석 어디 갔어? 고소를 해버릴 테다! 욕을 보여야지, 보이고말고! *(그녀는 고함을 지른다)* 조위! 조위!

블 룸

(다급하게) 그런데 만일 그것이 옥스퍼드의 당신 자신의 아들이라면? *(경고하듯)* 난 알고 있어.

벨 라

(거의 말문이 막힌 채) 누구기에. 미행자(微行者)!

조 위

(문간에서) 저기서 소동이 벌어지고 있어요.

블 룸

뭐라고? 어디? *(그는 1실링을 테이블 위에 내던지고 출발한다)* 등피 값이야. 어디지? 난 산(山) 공기가 필요 해.

(그는 현관을 지나 급히 밖으로 나간다. 매춘부들이 손가락질을 한다. 플로리가 기울어진 커다란 컵으로부터 물을 쏟으며, 뒤따른다. 문간에 떼를 지어 서 있던 창녀들이 모두, 방금 안개가 걷힌 오른쪽을 향해 손가락질하면서, 활발하게 떠들어댄다. 왼쪽으로부터 한 대의 징글 울리는 삯 마차가 당도한다. 그것은 집 정면에서 천천히 멎는다. 현관문에서 블룸이 묵묵하고 음탕한 두 사내들과 차에서 막 내리려는 코니 켈러허를 목격한다. 그는 얼굴을 다른 데로 피한다. 벨라가 현관 안쪽으로부터 창녀들을 독촉한다. 창녀들은 쭉쭉쭉쭉짝거리는 냠냠 키스 소리를 뿜어낸다. 코니 켈러허가 송장 같은 음탕한 미소를 보내며 이에 응답한다. 묵묵하고 음탕한 사내들이 마부에게 삯을 지불하려고 몸을 돌린다. 조위와 키티가 계속 오른쪽을 손가락질한다. 블룸은, 그들 곁을 재빨리 떠나면서, 자신의 회교도 왕의 두건과 외투를 끌어당기며 얼굴을 옆쪽으로 돌리고 계단을 황급히 내려간다. 미지(未知)의 하룬 알 라시드 그는 말없는 음탕한 사내들의 뒤를 급히 지나 아니스 열매 기름에 적신 찢어진 봉투들을 질질 끌며 그의 뒤에 의취적(擬臭跡)[556]을 남기면서, 표범의 빠른 발걸음으로 가로장 울타리 옆을 황급히 걸어간다. 물푸레나무 지팡이가 그의 발걸음에 맞추어 점을 찍는다. 사냥 모자에 낡은 회색 바지를 입고 개 쫓는 회초리를 휘두르고 있던 트리니티대학의 나팔수가 모는, 한 무리의 사냥개들이 멀리서부터 뒤따른다. 발자국 냄새를 탐색하며, 한층 가까이, 짖어대며, 숨을 헐떡이며, 냄새 자국을 잃어버린 듯, 서로 흩어지면서, 혀를 늘어뜨리고, 그의 뒤꿈치를 물면서, 그의 꽁지에 달려든다. 그는 걷는다, 뛴다, 갈 짓자 걸음을 걷는다, 급히 달린다, 양 귀를 뒤로 젖히고, 자갈, 양배추 부스러기, 비스킷 상자, 달걀, 감자, 죽은 대구, 여인의 낡은 슬리퍼가 그에게 연거푸 던져진다. 그의 뒤를 새로 발견한 듯 추적의 고함 소리가 갈 짓자 걸음으로, 선도자(先導者)를 뒤따르는 열정적 추적으로 질주 한다: C 65호 및 C 66호 정찰관, 존 헨리 멘턴, 위즈덤 헬리, VB 딜런, 시의원 나네티, 알렉산더 키즈, 래리 오루크, 조 커프, 오도우드 부인, 팻서(오줌싸개) 버크, 이름 없는 사나이, 리오던 부인, '시민', 개리오엔, 뭐라고 불리는 자, 낯선 사나이, 비슷한 사나이, 전에만난사나이, 짝패, 크리스 콜리넌, 찰즈 캐머린경, 벤자민 돌라드, 레너헌, 바텔 다시, 조 하인즈, 붉은 머리 머레이, 신문편집자 브레이든, T. M. 힐리, 판사 피츠기번 씨, 존 하워드 파널, 언어 통조림사[師], 졸리 교수, 브린 부인, 데니스 브린, 시어도어 퓨어포이, 마이너 퓨어포이, 웨스틀랜드 로

우의 우체국 여직원, C. P. 맥코이, 라이언즈의 친구, 호피 홀로헌, 지나가는 사나이, 지나가는또하나의사나이, 풋불부츠, 개코의 운전수, 프로테스탄트의 돈 많은 귀부인, 데이비 번, 엘런 맥기네스 부인, 조 갤러허 부인, 조지 리드웰, 티눈이 솟아나 있는 지미 헨리, 교장 래러시, 카울리 신부(神父), 대수세관(大收稅官)으로부터의 하사금 수령자 크로프턴, 단 도우슨, 쪽집게든 치과의 블룸, 보브 도런 부인, 케네피크 부인, 와이즈 놀런 부인, 존 와이즈 놀런, 클론스키행전차속에서넓적한엉덩이를비비적거리고 있던아름다운기혼부인, 죄의 쾌락의 서적 판매인, 경찰놈의창문없는촌막에서살고있 는처녀, 로버크의 제럴드 부인 및 스태니슬라우스 모런, 드리미회사의 전무이사, 웨더럽, 헤이즈 육군대령, 마스타안스키, 시트런, 펜로즈, 아론 피개트너, 모지즈 허조그, 마이클 E 제러티, 검열관 트로이, 갈브레이드 부인, 이클레스가 모퉁이의 경찰관, 청진기를 든 노의사 브래디, 해변의 괴상한 사나이, 한 마리의 리트리버, 미리엄 단드레이드 부인 그리고 그녀의 모든 애인들.)

추적의 고함

(마구뒤섞인채와글좌글와글좌글) 저이가 블룸이야! 잡아라 블룸을! 블룸붙들라! 도둑 놈 잡아라! 야아! 야아! 모퉁이의 저놈 붙들어!

(비버가(街) 모퉁이에서 발판 아래 블룸이 소란한 목소리로 싸우고 있는 사람들, 야아! 어 이! 하고 왜들 소동을 피우는지 또한 누가뭣서로떠들어대며말다툼하고 있는지 전혀 알지도 못하는 무리들 곁에 숨을 헐떡이면서 멈춰 선다.)

스티븐

(정교한 제스처로, 깊게 그리고 천천히 한숨을 내쉬면서) 여러분은 나의 손님들이오. 불청객 들이야. 조지 5세와 에드워드 7세[557]를 위하여. 비난받을 것은 역사라오. 기억의 어머니들 에 의하여 꾸며진 거지.

병사 카아

(시시 카프리에게) 저이가 그대를 모욕하고 있었소?

스티븐

내가 그녀에게 여성호격(女性呼格)으로 말을 걸었던 거야. 아마 중성인지도. 비(非)소유 격이지.

목소리들

아니야, 그인 그러지 않았어. 내가 그를 봤어. 저기 저 여자. 저 남자는 코헨가(家)에 있었 어. 어찌 된 노릇이야? 군인과 시민이.

시시 카프리

저는 군인들과 동행하고 있었는데 그들이 (소변을) 보려고 저를 떠났어요, 알아요, 그 런데 저 젊은이가 저를 뒤쫓아 왔어요. 그러나 저는 비록 1실링짜리 매춘부이긴 하지만 저 를 대접하는 남자에게는 의리를 지켜요.

목소리들

그녀는남자에게의리를지킨단말이야.

스티븐

(린치의 그리고 키티의 머리를 흘끗 본다) 환영, 시쉬포스.[558] *(그는 자기 자신과 다른 사람을 가리킨다)* 시적(詩的)이다. 비뇨시적(泌尿詩的)이다.

시시 카프리

그래요, 저따위 사내와 어울리다니. 그리고 저는 군인 친구와 짝인 걸요.

병사 콤턴

저 녀석 귀때기가 붓도록 몹시 얻어맞고 싶은가, 꼴사나운 놈 같으니. 저 녀석을 한대 후려갈겨 줘, 해리.

병사 카아

(시시에게) 나하고 그가 소변을 보고 있는 동안에 저 녀석이 널 모독하고 있었군 그래?

테니슨 경(卿)

(유니언잭 무늬의 블레이저 코트와 크리켓 프란넬 바지를 입은 신사 시인, 맨머리에, 흐르는 턱수염을 한 채) 그들은 이유를 논하는 것이 아니로다.[559]

병사 콤턴

저 녀석을 후려갈겨 줘, 해리.

스티븐

(병사 콤턴에게) 나는 당신 이름은 모르지만 당신 말이 아주 옳아. 스위프트 박사[560]가 가로되, 갑옷을 입은 한 사람이 셔츠 입은 열 사람을 때려눕힌 다잖아. 셔츠는 제유법(提喩法)이야.[561] 일부분이 전체를 대신하지.

시시 카프리

(군중에게) 아니에요, 저는 병사들과 같이 있었어요.

스티븐

(귀염성 있게) 안 될게 뭐람? 대담한 군인 친구. 내 의견으로 모든 여인은 예를 들면……

병사 카아

(모자가 옆으로 뒤틀린 채, 스티븐에게로 다가간다) 이봐, 어쩔 테야, 나리, 만일 내가 당신의 턱에다 한대 먹이면?

스티븐

(하늘을 향해 위로 치켜본다) 어쩌다니? 아주 불쾌한 일이지. 자기방어를 위한 참 고상한 수

법이야. 개인적으로, 나는 행동을 혐오해. *(그는 손을 흔든다)* 손을 약간 다친 모양이군.[562] '앙펭 쓰 쏭 보조뇽*(글쎄 당신 싸움이지 내 건 아니라니까.)*'[563] *(시시 카프리에게)* 여기 무슨 잘못된 일이 일어나고 있군. 정확히 무슨 일이야?

돌리(귀여운) 그레이[564]

(여리고의 여걸의 신호를 하며, 그녀의 발코니로부터 손수건을 흔든다) 라합.[565] 요리사의 아드님, 안녕히.[566] 돌리에게 무사히 돌아오세요. 뒤에 두고 간 아가씨를 꿈꾸시면,[567] 소녀도 당신을 꿈꾸오리다.

    (군인들이 그들의 술 취한 눈을 돌린다.)

블 룸

(팔꿈치로 군중을 헤치며, 스티븐의 소매를 기운차게 잡아당긴다) 자 가세, 교수, 저 마부가 기다리고 있어.

스티븐

(몸을 돌린다) 뭐요? *(그는 잡힌 소매를 뿌리친다)* 왜 나는 저 녀석에게 아니면 이 평원구(扁圓球)의 오렌지[568] 위를 꼿꼿이 걷고 있는 어느 인간에게 말을 걸어서는 안 되는가? *(그는 손가락질한다)* 난 녀석의 눈만 지키고 있으면 내가 말하는 바를 조금도 두려워하지 않아. 수직(垂直)을 유지하면서. *(그는 비틀거리며 한 발짝 뒤로 물러선다)*

블 룸

(그를 부축하면서) 넘어지지 않도록 조심하게.

스티븐

(덧없이 크게 웃는다) 나의 중력의 중심이 이동했어. 난 요령을 잊어 버렸지. 어디 좀 앉아서 이야기해 봅시다. 생존경쟁이란 존재의 법칙이지 그러나 단지 인류의 평화 애호가들만이, 특히 제정(帝政) 러시아 황제[569]와 영국의 국왕이, 중재 재판소를 창설했던 거요. *(그는 이마를 찰싹 친다)* 그러나 이 속에 있는 사제나 왕을 죽여야 할 사람이야말로 바로 나야.[570]

임질 걸린 하녀

교수님이 하는 이야기를 너 들었니? 꺼븐은 대학 교수님이야.

컨티 케이트

그래. 들었어.

임질 걸린 하녀

저인 정말 놀랍도록 세련된 말씨로써 자기 의사를 표현하지.

컨티 케이트

정말, 그래. 그리고 동시에 아주 타당하고도 통렬하게 말이야.

병사 카아

(몸을 마구 뿌리치며 앞으로 다가선다) 우리 임금님에 대해 뭐라고 말하고 있는 거야?

(에드워드 7세가 아치의 통로에 나타난다. 그는 성심의 상(像)이 수놓인 하얀 스웨터를 입고 가터 훈장 그리고 엉겅퀴 훈장, 황금 양모(羊毛) 훈장, 덴마크의 코끼리 훈장, 스키너 및 프로바인의 기병장(騎兵章), 링컨 법학원의 평의원장(平議員章) 그리고 매사추세츠의 고대 명예 포병대의 훈장을 달고 있다. 그는 붉은 대추를 빤다. [571] *그는 독일제 마크가 달린, 정원사의 모종삽을 들고 에이프런을 두른 채, 숭고하고 선발된, 원만하고 장엄한, 프리메이슨 당원으로 의장(衣裝)하고 있다. 왼손에는 '데팡스 뒤 리네(소변 금지)'* [572] *라고 쓴 미장이의 들통을 들고 있다. 환호성이 그를 맞이한다.)*

에드워드 7세

(천천히, 엄숙하게 그러나 불명료하게) 평화, 완전한 평화. [573] 짐(朕)은 신분 증명을 위하여, 짐의 손에 들통[574]을. 자, 여러분. *(그는 백성들을 향해 몸을 돌린다)* 짐은 공명정대한 싸움을 구경하기 위하여 여기에 임하였노라 그리하야 짐은 양자에게 최대의 행운을 진심으로 바라노라. 그대들은 비열한 자와 대결할지로다. *(그는 병사 카아, 병사 콤턴, 스티븐, 블룸 그리고 린치와 악수한다)*

(일동 박수갈채. 에드워드 7세가 사례에 답하여 들통을 우아하게 치켜든다.)

병사 카아

(스티븐에게) 다시 한 번 말해 봐.

스티븐

(겁먹은 듯, 다정하게, 스스로를 자제한다) 비록 나 자신에게는 당장은 왕이 없지만 당신의 요점은 이해하겠어. 지금은 특히 약의 시대란 말이야. 이런 곳에서 토론하기는 어려운 일이지. 그러나 요점은 바로 이거야. 당신은 당신의 조국을 위해 죽는 거야. 상상해 봐요. *(그는 팔을 병사 카아의 소매 위에 놓는다)* 나는 당신을 위해 그걸 바라는 것은 아니야. 그러나 나는 말하나니: 나의 조국은 나를 위해 죽어 달라는 거야. 현재까지 쭉 그랬어. 나는 조국이 죽는 걸 원치 않아. 저주받을 건 죽음이지. 인생 만세!

에드워드 7세

(익살맞은 예수의 법의를 입고 후광을 뿜으며, 인광(燐光)의 얼굴에 한 개의 하얀 대추를 달고, 살해된 자의 무더기 위를 떠돈다)

나의 요법은 새롭고, 놀라움을 야기하나니.
장님을 눈뜨게 하기 위해 나는 그들의 눈 속에 먼지를 던지도다.

스티븐

왕들과 일각수(一角獸)들이여! [575] *(그는 한 발짝 뒤로 물러선다)* 오라 어딘가에 그러면 우린…… 저 소녀가 뭐라 말하고 있었지……

병사 콤턴

어이, 해리, 저 녀석의 불알을 한대 차버려. 국부에다 한대 먹여.

블 룸

(병사들을 향해, 상냥하게) 그는 자신이 뭘 말하고 있는지 모르고 있어. 약간 지나치게 술을 마신 거야. 압상트 주[酒]. 파란 눈을 가진 괴물 말이야.[576] 저인 내가 알아요. 저인 신사며, 시인이지. 이제 됐어.

스티븐

(미소를 띠며 그리고 소리 내어 웃으며, 고개를 끄덕인다) 신사요, 애국자요, 학자 그리고 사기꾼들의 심판자로다.

병사 카아

저 놈이 누군지 내가 알 게 뭐람.

병사 콤턴

저 놈이 누군지 우리가 알 게 뭐람.

스티븐

내가 그들의 비위에 거슬리는가 보군. 황소 대(對) 녹색 걸레 조각이다.[577]

  (스페인 풍의 술 달린 까만 셔츠에, 여명 당원[578]의 모자를 쓴 파리의 캐빈 이건이 스티븐에게 신호한다.)

케빈 이건

어어이! '봉주르(잘 있었나)!' '덩 쫀느(누런 이빨)'를 가진 '비에이 오그레쓰(마귀 할멈).'[579]

  (패트릭 이건이 토끼얼굴로 마르멜로 잎사귀를 갉아먹으며, 뒤쪽으로부터 언뜻 엿본다.)

패트릭

'싸샬리스뜨(사회주의자)!'[600]

돈 에밀 패트리찌오 프란쯔 루퍼트 포프 헤네시[581]

(중세의 사슬 갑옷에, 날고 있는 두 마리 기러기 장식이 붙은 투구를 쓰고, 점잖게 골을 내며 철 갑 긴 한쪽 손으로 병사들을 향해 손가락질한다) 저따위 유유태인놈들을 마마룻바바닥에다 내동댕이쳐 버려려, 온통 고깃국물을 뒤집어쓴 살찐 돼에지놈들 같으니![582]

블 룸

(스티븐에게) 자 집으로 가세. 자네 골칫거리에 말려들 것 같아.

스티븐

(몸을 흔들며) 난 피하진 않아요. 저 녀석이 내 이성(理性)에 도전하고 있는 겁니다.

임질 걸린 하녀

우린 저이가 귀족 출신이란 걸 즉시 알 수 있어요.

여장부

초록색이 붉은색보다 위야[583], 그가 말하지. 울프 톤 지사(志士) 말이야.

여 포주

붉은색은 초록색과 마찬가지야. 그리고 한층 나아. 군인들 만세! 에드워드 왕 만세!

난폭한 사나이

(소리 내어 웃는다) 어쩌고! 데 베트[584]에게 손들엇.

'시 민'

(커다란 에메랄드색 머플러와 곤봉을 들고, 외친다)

> 천상에 계신 하느님이시여
> 우리 아일랜드의 영도자들을 처형한
> 저 영국의 개놈들의
> 목을 자르기 위해
> 면도날처럼 날카로운 이빨을 지닌
> 비둘기를 한 마리 내려 보내 주옵소서.[585]

까까머리 소년

(교수용 밧줄이 그의 목에 감긴 채, 자신의 터져 나온 창자를 두 손으로 움켜쥔다)

> 나는 살아 있는 인간을 미워하지 않는 도다,
> 그러나 나는 임금 이상으로 나의 조국을 사랑하노라.

악마 이발사, 럼볼드

(두 흑 가면 쓴 조수들을 대동한 채, 여행 가방을 들고 앞으로 나서며, 그것을 연다) 신사 숙녀 여러분, 이 육도[肉刀]는 퍼시 부인이 모그를 살해하기 위해 산 것입니다.[586] 이 나이프를 가지고 어떤 브와젱이 한 동포의 아내를 절단했으며[587] 유해를 시트에 쌓아 지하실에 감추었는데, 불행한 여인의 목이 귀에서 귀까지 잘려져 있었습니다. 이 약병에는 배로우양의 시체에서 짜낸 비소[砒素]가 들어 있는데 그 때문에 세던이 교수형에 처해졌던 겁니다.[588]

(그는 밧줄을 힘껏 잡아당긴다. 조수들이 희생자의 다리에 달려들어 낑낑거리면서, 그를 아래로 끌어내린다. 까까머리 소년의 혀가 세차게 밖으로 튀어나온다.)

까까머리 소년

해 허머니허이 안한식을 휘해 기도하하지 한았도다.[589]

(그는 숨을 거둔다. 그 교수[絞首]된 자의 급격한 발기[勃起]가 시의[屍衣]를 통해 조약돌 위에다 정액 방울을 떨어뜨린다. 벨링엄 부인, 엘버튼 배리 부인 그리고 머빈 탤보이즈 각하 부인이 앞으로 달려 나가 손수건으로 그것을 적셔 훔친다.)

럼볼드

나 자신도 멀지 않았소이다. *(그는 올가미를 푼다)* 무서운 반역자를 교수한 밧줄이오. 한 번에 10실링입니다.[590] 여폐하(女陛下)에게 적용되었던 것처럼. *(그는 머리를 교수자의 벌어진 뱃속에 빠트리고, 꼬불꼬불 사린, 김이 무럭무럭 나는, 창자가 매달린, 자신의 머리를 다시 꺼낸다)* 나의 고통스런 의무가 이제 끝났도다. 국왕 만세!

에드워드 7세

(들통을 덜거덕거리며, 천천히, 엄숙하게 춤을 춘다, 그리고 부드럽고 만족스런 목소리로 노래 부른다)

대관식 날에, 대관식 날에,
오, 우리 즐거운 시간을 갖지 않으려오,
위스키, 맥주 그리고 포도주를 마시며!

병사 카아

이봐. 우리 왕에 대해 자네 뭐라고 말하고 있지?

스티븐

(양손을 처든다) 오, 이건 단조로운 이야기만 되풀이하는군 그래! 아무것도 아니야. 그는 나의 돈과 나의 생명을 요구하고 있단 말이야, 자신의 어떤 짐승 같은 제국을 위해, 하지만 그는 매우도 궁해 빠졌어. 난 돈 없어요. *(그는 헛되이 호주머니를 뒤진다)* 누구한테 줘버렸어.

병사 카아

누가 너 따위 경칠 돈을 바라기나 한대나?

스티븐

(움직이려고 애를 쓴다) 누구 이런 필요악을 내가 적어도 얻을 만한 곳을 좀 가르쳐 주지 않겠나? '싸 쓰 브와또 씨 아 파리(파리에서도 이런 일이 일어나지).'[591] 나는 아니야 ……하지만, 성 패트릭에 맹세코……![592]

(여인들의 머리가 합착[合着]한다. 원추형 모자를 쓴 이빨 빠진 늙은 할멈이[593] 시든 감자의 사화[死花]를 가슴에 달고, 독버섯 위에 걸터앉아 나타난다.)

스티븐

아하! 난 당신을 알고 있어, 할멈! 햄릿, 복수하라![594] 자신의 한 배 새끼를 잡아먹는 늙은 암퇘지![595]

이빨 빠진 늙은 할멈[596]

(몸을 이리저리 동요하며) 아일랜드의 연인, 스페인 왕의 딸, 애아*(愛兒)*. 우리 집의 낯선 자들,[597] 놈들에게 악운을! *(그녀는 밴시[598]의 비통한 목소리로 통곡한다)* 아이고! 아이고! 비단결 같은 암소! *(그녀는 울부짖는다)* 그대는 가련한 늙은 아일랜드와 마주쳤는지라 그런데 그녀는 어떤 처지에 있는고?[599]

스티븐

내가 어떤 처지에 있다고? 속임수[600]다! 성*(聖)* 삼위일체의 제3위[601]는 어디에 있는고? 나의 친애하는 사제는?[602] 검은 까마귀 사*(師)*.[603]

시시 카프리

(째지는 목소리를 낸다) 저분들이 싸우지 못 하게 말려요!

난폭한 사나이

아군 후퇴.

병사 카아

(자신의 혁대를 힘껏 끌어당기면서) 어느 ×할 놈이든 우리 ×할 왕에게 한 마디 욕이라도 했다간 그놈의 모가지를 비틀어 놓을 테야.

블 룸

(겁에 질려) 저인 아무 이야기도 하지 않았어. 단 한 마디도. 순전히 오해요.

병사 콤턴

잘하게, 해리. 눈에다 한방 먹여. 저놈은 친*(親)* 보어인이야.

스티븐

내가? 언제?

블 룸

(영국 군인들에게) 우리들은 남아프리카에서 당신들을 위해 싸웠지, 아일랜드의 요격대가. 그거야말로 역사적인 사실이 아니오? 로열 더블린 근위병들. 군주께서도 영예를 하사하셨어.[604]

토역꾼

(꿈틀 꿈틀 지나가며) 오, 그럼! 오 정말, 그렇고 말고! 오, 잔악하게 한바탕 싸우우는 거야! 오! 보!

(갑옷을 입고 투구를 쓴 창병(槍兵)들이 차양 모양의 창자 문은 창끝을 불쑥 앞으로 내민다. 트위디 소령이, 쾌걸(快傑) 터코처럼 코밑수염을 기르고, 닭 벼슬 같은 깃털 장식이 붙은 곰의 가죽 모자에 견장, 금빛의 수장(袖章) 그리고 옆구리에 패낭(佩囊) 찬 군복을 입고, 가슴에 번쩍이는 메달을 단 채, 돌진할 준비를 갖추고 서 있다. 그는 성당기사단(聖堂騎士團)[605]의 순례무사(巡禮武士)의 신호를 한다.)

트위디 소령

(거칠게 투덜거린다) 로크스 드리프트[606]! 일어섯, 친위대, 그리고 적군에게 덤벼! '마할 샬랄 하스바스(전리이품을 향해애 도올진).'[607]

'시 민'

'에린 고 브라그(에린 심판의 날까지)!'[608]

(트위디 소령과 '시민'이 메달, 훈장, 전리품, 상처를 서로 드러내 보인다. 두 사람은 맹렬한 적의를 품고 인사를 나눈다.)

병사 카아

내가 저놈을 죽여 놓을 테다.

병사 콤턴

(군중들을 뒤로 물러나게 한다) 공정한 플레이를, 자. 저놈을 경칠 푸줏간의 제물로 만들어 버려.

(운집한 악대가 〈개리오엔〉[609]과 〈하느님 국왕을 구하소서〉[610]를 연주한다.)

시시 카프리

저 사람들이 싸우려 하고 있어요. 저를 위해!

컨티(비열한) 케이트

용사와 미녀.[611]

임질 걸린 하녀

내 생각에 저기 저 담비가죽 복장의 기사가 누구 못지않게 마상 창 시합에 이길 거 같아요.

컨티 케이트

(얼굴을 깊이 붉히면서) 아니에요, 마님. 빨간색 속 조끼와 쾌활한 성(聖)조지[612]가 제 편인 걸요!

스티븐

이 거리 저 거리에서 매춘부의 아우성
늙은 아일랜드의 시의를 짜네.[613]

병사 카아

(혁대를 느슨하게 풀면서, 고함지른다) 우리 경칠 놈의 ×할 왕에게 한 마디 욕이라도 했다 간 어느 ×할 놈의 사생아든 그놈의 모가지를 비틀어 놓을 테다.

블 룸

(시시 카프리의 어깨를 흔든다) 이야기 좀 해요, 아가씨! 귀머거리가 됐나? 그대는 민족과 세대를 연결하는 끄나풀이잖아. 말해요, 여인, 성스러운 생명의 부여자(附與者)여!

시시 카프리

(깜짝 놀란 듯, 병사 카아의 소매를 붙든다) 전 당신하고 한패잖아요? 저는 당신의 아가씨가 아닌가요? 시시는 당신의 아가씨예요. *(그녀는 고함을 지른다)* 경찰관!

스티븐

(황홀하게, 시시 카프리에게)

> 하얀 그대의 손, 붉은 그대의 입술
> 그리고 그대의 육체는 아름다워라.

목소리들

경찰!

먼 곳의 목소리들

더블린이 불타고 있다! 더블린이 불타고 있다! 불이야! 불![614]

(유황 불꽃이 치솟는다. 짙은 구름이 굴러 지나간다. 중[重]개틀링 기관총이 탕탕하고 울린다. 아수라장. 군대가 산개[散開]한다. 달리는 말굽 소리. 포병대. 거친 목소리의 구호. 종이 뎅그렁 울린다. 후원자들이 소리를 지른다. 술꾼들이 고래고래 고함을 지른다. 창녀들이 비명을 지른다. 무적[霧笛]이 후우우 하고 울린다. 용맹의 부르짖음. 임종의 비명. 창[槍]들이 흉갑[胸胛]에 부딪치는 소리. 도둑이 시체를 약탈한다. 육식조[肉食鳥]들이 바다로부터 날개 치며, 습지로부터 날아오르며, 높은 둥지로부터 내리 덮치며, 날카롭게 우짖으며, 날아다닌다, 바다 가마우지, 가마우지, 독수리, 백로, 매도요, 송골매, 쇠황조롱이, 검정 들꿩, 물수리, 갈매기, 신천옹[信天翁], 기러기. 한밤중의 태양이 깜깜해진다.[615] 대지가 진동한다. 프로스펙트 묘지와 제룸산에서 온 더블린의 사자[死者]들이 하얀 양피[羊皮] 외투와 까만 산양 모피로 된 망토를 걸치고 솟으며 많은 사람들 앞에 나타난다.[616] 틈바구니가 소리 없이 하품을 하듯 벌어진다. 운동선수의 조끼와 바지를 입은, 승리자, 톰 로치퍼드가 전국 장애물 경주의 선두에 다다르곤 공허[空虛] 속으로 뛰어든다. 한 무리의 경주자들과 높이뛰기 선수들이 그를 뒤따른다. 그들은 벼랑 가장자리로부터 열광적으로 펄쩍 뛴다. 그들의 몸뚱이가 풍덩하고 빠진다. 화려한 옷을 입은 여직공들이 적열[赤熱]의 요크셔의 바라범 탄[彈]을 던져 올린다. 사교계의 귀부인들이 몸을 보호하기 위해 머리 위로 그들의 스커트를 끌어 뒤집어쓴다. 짧게 커트한 빨간 셔츠 입은 웃음 짓는 마녀들이 대기

를 통해 빗자루를 탄다. 퀘이커리스터가 물집에다 고약을 붙인다. 용[龍]의 이빨이 비처럼 쏟아진다. 무장한 영웅들이 경작지의 고랑에서부터 솟아오른다. 그들은 적십 자기사단의 인사말을 의좋게 교환하고 기사도[騎士刀]를 가지고 결투한다: 울프 톤 대[對] 헨리 그래턴, 스미드 오브라이언 대 대니얼 오코넬, 마이클 대비트 대 아이작 버트, 저스틴 맥카시 대 파넬, 아더 그리피스 대 존 레드먼드, 존 올리어리[617] 대 리 어 오조니, 에드워드 피츠제럴드 경 대 제럴드 피츠에드워드 경, 계곡의 오도노휴[618] 대 도노휴의 계곡. 대지의 중앙[619]인, 고지 위에 성 바바라의 야외 제단이 솟는다. 까 만 양초가 그의 복음서 측[側]과 사도서 측의 끝으로부터 솟는다. [620] 탑의 높은 망루 에서부터 살 대 같은 두 가지 불빛이 연기로 둘러싸인 제단석[祭壇席] 위에 떨어진다. 제단석 위에 부조의 여신, 마이너 퓨어포이 부인이, 나체로, 족쇄를 채우고, 성배를 그녀의 부푼 배 위에 얹은 채, 누워 있다. [621] 맬러카이 오플린 신부[622]가 레이스 페티 코트와 상제복[上祭服]을 뒤집어 입고, 그의 두 개의 왼발을 서로 앞뒤가 뒤바뀌게 비 틀면서, 야영[野營] 미사를 드린다. 문학석사 휴 C 헤인즈 러브 사제가 소박한 사제 복에 각모[角帽]를 쓰고, 머리와 칼라를 앞뒤가 뒤바뀌게 돌린 채, 우산을 펼쳐 사제 의 머리 위에 씌운다. [623])

맬러카이 오플린 신부

'인뜨로이보 아드 알따레 디아볼리(나는 악마의 제단으로 가련다).'

헤인즈 러브 존사[624]

우리들의 젊은 나날을 즐겁게 해준 악마에게로. [625]

맬러카이 오플린 신부

(성배로부터 피가 뚝뚝 떨어지는 성체를 집어 들어올린다) 꼬르뿌스 메움(나의 육체). [626]

헤인즈 러브 존사 씨

(사제의 페티코트 뒷자락을 높이 치켜들자, 당근이 틈에 꽂혀 있는 그의 회색의 벌거숭이 털 난 엉덩이가 드러난다) 나의 육체.

모든 지옥에 떨어진 자들의 목소리

다시리스다서께분 신하능전 넘느하 주 리우, 야루렐할! [627]

(천상으로부터 상제[上帝][628]의 목소리가 부른다.)

상 제

님ㅇㅇㅇㅇㅇㅇㅇㅇㅇㅇㅇㅇ느하! [629]

모든 천상의 축복 받은 자들의 목소리

할렐루야, 우리 주 하느님 전능하신 분께서 다스리시다!
(천상으로부터 상제의 목소리가 부른다.)

상 제

하느○○○○○○○○○○○님!

(귀에 거슬리는 불협화음으로 오렌지 당과 그린 당의 농부들 그리고 도시민들이 〈교황 따위 걷어차 버려〉[630]와 〈매일 마리아에게 노래 불러요〉[631]를 합창한다.)

병사 카아

(격렬한 조음[調音]으로) 내가 저놈을 없애 버릴 테다, ×할 그리스도에 맹세코! 내가 저 개자식 ×할 놈의 저주받을 ×할 모가지를 피가 나도록 비틀어 놓을 테다!

(잡종개가, 군중의 가장자리에서 코를 킁킁거리며, 시끄럽게 짖는다.)

블 룸

(린치에게로 달려간다) 자네 저 친구 좀 데려가 줄 수 없겠나?

린 치

저 친구 변증법(辨證法)을 좋아해요, 만국어(萬國語) 말이죠. 키티! *(블룸에게)* 그를 데리고 가구려, 당신. 저 녀석 내 말을 귀담아 듣지 않아요.

(그는 키티를 옆으로 잡아끈다.)

스티븐

(가리킨다) 엑시뜨 유다. '에뜨 라꾸에오 세 수스디뜨(유다 물러가다. 그는 스스로 목을 졸라 매도다).'[632]

블 룸

(스티븐에게 달려간다) 더 이상 사태가 악화되기 전에 나하고 이제 물러가세. 자네 지팡이 여기 있어.

스티븐

지팡이는, 필요 없어요. 이성(理性). 순수 이성의 이 향연.[633]

이빨 빠진 늙은 할멈[634]

(스티븐의 손을 향해 단도를 불쑥 내민다) 저놈을 제거해 버려, 자네. 오전 8시 35분에 네놈은 천국에 가 있을 것이요 아일랜드는 자유롭게 되는 거야. *(그녀는 기도한다)* 오 착하신 하느님, 저놈을 잡아가옵소서!

시시 카프리

(병사 카아를 끌면서) 자 자, 당신 취하셨어요. 저이가 날 모욕했지만 내가 그를 용서해요. *(그의 귀에다 고함을 지르며)* 저이가 날 모독한 걸 용서한 대두요.

블 룸

(스티븐의 어깨 너머로) 됐어, 가세. 보다시피 저 녀석 술에 곤드레만드레 취했잖아.

490 율리시스

병사 카아

(뒤져 나간다) 내가 저놈한테 창피를 주고 말 테다.

> *(그는 스티븐을 향해 돌진한다, 주먹을 밖으로 뻗은 채, 그리고 얼굴을 갈긴다. 스티 븐이 비틀거린다, 쓰러진다, 넘어진다, 기절한 채. 그는, 얼굴을 하늘로 향하고, 엎드 린다, 그의 모자가 벽 쪽으로 굴러간다. 블룸이 뒤쫓아 가서 그것을 주워 올린다.)*

트위디 소령

(큰 소리로) 후퇴 총!⁶³⁵⁾ 사격 정지! 경례!

리트리버 개

(맹렬히 짖으며) 웡 웡 웡 웡 웡 웡 웡 웡.

군중들

그를 일으켜 세워요! 넘어져 있는 걸 때리면 못써! 공기를! 누구? 군인이 그를 쳤어요. 그 인 교수(敎授)요. 다쳤나? 그를 함부로 다루지 말아요! 그인 기절했어!

흉악스런 할멈

무슨 권리로 영국군인 놈이 신사를 때린단 말이냐 더욱이 그는 취해 있는데. 저놈들 보어진 쟁으로 보내서 싸움이나 시켜요!

여 포주

이야기하고 있는 사람을 잘 들어보구려! 그래 군인이라 해서 아가씨와 같이 걸어 다닐 권 리가 없단 말이오? 저 녀석이 그에게 비겁자의 강타를 가했지 뭐야.

> *(그들은 서로의 머리카락을 움켜잡는다, 서로 할퀴며 침을 뱉는다.)*

리트리버 개

(짖어대며) 왕 왕 왕.

블 룸

(두 여인을 뒤로 밀친다, 소리 높이) 그만둬요, 물러서요!

병사 콤턴

(그의 동료를 끌어당기며) 자. 물러가세, 해리. 경찰관이 왔어!

> *(비[雨] 모자를 쓴, 키 큰, 두 경찰관이 무리들 속에 선다.)*

첫째 경찰관

여기 무슨 일이오?

병사 콤턴

우리들은 이 숙녀하고 같이 있었소. 그런데 저이가 우리를 모욕했소. 그리고 내 친구를 공격했소. *(리트리버가 짖는다)* 이 경칠 놈의 똥 개 주인은 누구야?

시시 카프리

(기대나 한 듯이) 저인 피를 흘리나요!

사나이

(무릎을 펴고 일어서면서) 아니야. 실신했어. 곧 제정신이 들 거야.

블 룸

(사나이를 날카롭게 흘끗 쳐다본다) 나한테 맡겨 둬요. 내가 쉽사리……

둘째 경찰관

당신은 누구요? 그를 아시오?

병사 카아

(경찰관 쪽으로 비틀거린다) 저 녀석이 내 여자 친구를 모욕했소.

블 룸

(성이 나서) 당신이 아무 이유도 없이 그를 때렸잖아. 내가 증인이야. 순경 양반, 저이의 연대(聯隊) 번호를 적으시오.

둘째 경찰관

내 직무 수행상 당신의 지시는 필요 없소.

병사 콤턴

(그의 동료를 끌면서) 자, 가세, 해리. 그렇잖으면 베네트가 자넬 영창에 집어넣을 거야.⁶³⁶⁾

병사 카아

(끌려 나오자, 비틀거리며) ×할 놈의 베네트 녀석 돼지라지. 엉덩이에 털도 안 난 상놈 같으니. 그런 녀석한테는 똥도 싸.

첫째 경찰관

(수첩을 꺼낸다) 저이의 이름이 뭐요?

블 룸

(군중들 너머로 응시하며) 저기 차가 방금 한 대 있군. 잠깐 날 거들어 준다면, 경사……

첫째 경찰관

이름과 주소를.

(코니 켈러허가, 모자에 조장〔弔章〕을 두르고,⁶³⁷⁾ 장례식의 화환을 손에 든 채, 구경꾼들 틈에 나타난다.)

블 룸

(재빨리) 오, 바로 저 사람이야! *(그는 중얼거린다)* 사이먼 데덜러스의 아드님이오. 약간 취해서. 저 경찰관들로 하여금 저런 번들거리는 놈들을 빨리 물러가게 해요.

둘째 경찰관

안녕하십니까, 켈러허 씨.

코니 켈러허

(눈을 천천히 굴리며, 경찰관에게) 됐어. 내가 그를 알아요. 경마에서 돈을 몇 푼 땄던 거야. 골든 컵. 「드로우어웨이」호. *(그는 크게 웃는다)* 20대 1. 내 말 알아듣겠소?⁶³⁸⁾

첫째 경찰관

(군중에게로 몸을 돌린다) 자, 여러분 뭘 멍하니 쳐다보고 있는 거요? 거기서 물러나요.

(군중들이 천천히, 중얼거리면서, 골목 아래로 흩어져 간다.)

코니 켈러허

나한테 맡기구려, 경사. 염려 없을 거요. *(그는 머리를 흔들며, 소리 내어 웃는다)* 이 정도쯤이야 우리도 가끔 있는 일이지, 아니, 한층 심한 것도. 무슨? 응, 무슨?

첫째 경찰관

(크게 웃는다) 그럴 테지요.

코니 켈러허

(둘째 경찰관을 슬쩍 찌른다) 자, 지난 일은 불문에 붙여 두오. *(그는 머리를 흔들며, 콧노래를 부른다)* 나의 투랄룸 투랄룸 투랄룸 투랄류에 맞추어.⁶³⁹⁾ 어때, 응, 내 이야길 알아듣겠소?

둘째 경찰관

(상냥하게) 아하, 확실히 우리들도 옛날에는.

코니 켈러허

(윙크를 하면서) 사내들은 역시 사내들이라. 내가 저쪽 모퉁이에 차를 세워 두었어.

둘째 경찰관

좋습니다, 켈러허 씨. 좋은 밤 되세요.

코니 켈러허

뒤처리는 내가 할 테니까.

블 룸

(두 경찰관들과 차례로 악수를 나눈다) 정말 고맙소, 여러분. 고마워요. *(그는 친밀하게 중얼 거린다)* 세상에 추문이 퍼지면 재미없지요, 알다시피. 부친은 유명한 분으로 아주 존경받는 시민이랍니다. 젊은 혈기에 약간 방탕을 했을 뿐, 알지 않소.

첫째 경찰관

오. 알고 있어요, 선생.

둘째 경찰관

좋습니다, 선생.

첫째 경찰관

서(署)에 보고해야하는 것은 단지 육체적인 상해(傷害)의 경우에 한하니까요.

블 룸

(재빨리 고개를 끄덕인다) 당연하죠. 옳은 말씀. 단지 여러분의 본분이죠.

둘째 경찰관

저희들의 의무죠.

코니 켈러허

안녕히, 여러분.

경찰관들

(함께 경례를 하면서) 안녕히, 여러분.

(그들은 천천히 무거운 발걸음으로 사라진다.)

블 룸

(숨을 내쉰다) 당신이 마침 현장에 나타나다니 정말 신의 가호였어요. 마차를 갖으셨다 고……?

코니 켈러허

(오른쪽 어깨 너머로 건물 비계에 기대 세워 둔 마차를 향해 엄지손가락으로 가리키며, 크게 웃 는다) 두 외관원들이 말이오 자메트 주점에서 샴페인을 한턱하고 있지 않겠소. 군자 같은 자들이, 정말이지. 그중 한 사람은 경마에서 2파운드를 잃었던 거야. 슬픔을 가라앉히면서

말이오. 그래서 즐거운 아가씨들과 한잔할 참이었지. 그래서 내가 그자들을 베헌의 마차에 태워 가지고 밤의 거리로 데리고 온 거란 말이오.

블 룸

나는 막 가디너가(街)로 해서 집으로 가던 참이었는데 그때 우연히도⋯⋯

코니 켈러허

(크게 웃는다) 확실히 그자들은 내가 그 논다니 여인들과 한몫 끼기를 바라고 있었지. 안 돼, 맹세코, 글쎄. 나 자신이나 당신 자신처럼 고참들에게는 가당찮은 일이지. *(그는 다시 소리 내어 웃으면서 흐리멍덩한 눈으로 흘겨본다)* 하느님은 고맙기도 하시지, 우린 집에 가면 기다리고 있으니까 말이야, 응, 내 말 알아들었소? 하, 하, 하!

블 룸

(크게 웃으려고 애를 쓴다) 허, 허, 허! 그래요. 실은 저기 옛 친구를 한 사람 방금 방문하고 있었어요, 버러그, 아마 당신은 그를 모를 거요 *(불쌍하게도, 그는 지난 주 동안 몸져누워 있지요)* 그래서 우린 함께 술을 한잔했지요 그리고 나는 막 집으로 돌아가는 참이었어요⋯⋯

　　　(말이 운다.⁶⁴⁰⁾)

말(馬)

<u>호호호호호호호!</u> 호호호홈!

코니 켈러허

실은 우리들이 코헨 여인 댁에 두 외판원을 데려다 준 다음 저기 마부 베헌이 내게 일러주어서 내가 마차를 멈추게 하고 뭔지를 보려고 내렸던 거요. *(그는 크게 웃는다)* 장의 마차군에게는 금주(禁酒)가 장기(長技)니까! 내가 그를 집까지 태워다 줄까요? 어디에 살고 있지요? 카브라⁶⁴¹⁾의 어딘가, 무슨?

블 룸

아뇨, 샌디코브에, 내가 믿기에, 그가 무심히 한 말을 듣건대.

　　　(스티븐은, 드러누운 재, 별들을 향해 숨을 쉰다. 코니 켈러허가, 눈을 흘기며, 말에 곁눈질을 한다. 블룸이, 우울하게, 저쪽을 멍하니 바라본다).

코니 켈러허

(목덜미를 긁는다) 샌디코브! *(그는 허리를 굽혀, 스티븐을 부른다)* 이봐요! *(그는 다시 부른다)* 이봐! 좌우간 그인 몸이 대팻밥으로 덮였군. 그가 뭘 도둑맞지 않았나 살펴보구려.

블 룸

아니, 아니, 아니. 돈은 내가 보관하고 있어요 그리고 여기 그의 모자와 지팡이가.

코니 켈러허

아, 그럼, 곧 회복될 거요. 뼈가 부러진 것도 아니니까. 그럼, 내가 밀고 가리다. *(그는 크게 웃는다)* 아침에 누구와 만날 약속이 있소. 장례를 치러야 하니까. 안전 귀가를!

말

(운다) 호호호호홈.

블 룸

좋은 밤을. 내가 꼭 기다렸다가 잠깐 뒤에 그를 데리고 가리다……

(코니 켈러허가 이륜마차로 되돌아가, 올라탄다. 마구(馬具)가 징글징글 울린다.)

코니 켈러허

(마차로부터, 일어서서) 안녕.

블 룸

안녕.

(마부가 고삐를 가볍게 치며, 격려하듯 회초리를 휘두른다. 마차와 말이 천천히, 어색하게, 뒷걸음치면서 방향을 바꾼다. 코니 켈러허가 옆자리에 앉아 블룸의 딱한 처지를 즐기는 듯한 표시로 그의 머리를 이리저리 흔든다. 마부가 좀더 먼 자리로부터 고개를 끄덕이면서 무언극의 환희에 합세한다. 블룸이 즐거운 듯 말없는 응답으로 머리를 흔든다. 엄지손가락과 손바닥으로 코니 켈러허가, 두 경찰관들이 그 밖에 할 일을 위해 잠을 계속하게 하리라 재 확신시킨다. 블룸이 고개를 한 번 천천히 끄덕이면서 그에게 감사를 전하는 바, 이는 스티븐이 틀림없이 결(缺)한 것이다. 마차가 투랄룸 골목길의 모퉁이를 돌아서 투랄룸 징글징글 울리며 달린다. 코니 켈러허가 다시 손으로 투루움 확신시킨다. 블룸이 룸테이 다시 확신했다는 것을 코니 켈러허에게 투루움 그의 손으로 확신시킨다. 딸랑딸랑 울리는 말굽과 징글징글 울리는 마구 소리가 그들의 투우랄루우루우 루우루우 노래 가락에 맞추어 점점 희미하게 사라진다. 블룸이, 톱밥으로 꽃 줄을 수놓은 듯한, 스티븐의 모자 그리고 물푸레나무 지팡이를 손에 들면서, 망설이듯 선다. 이어 그는 스티븐에게 몸을 굽혀, 그의 어깨를 잡고 흔든다.)

블 룸

여! 이봐! *(대답이 없다. 그는 다시 몸을 구부린다.)* 데덜러스 군! *(대답이 없다)* 부르려면 첫 이름을.[642] 몽유병 환자. *(그는 다시 몸을 구부리고, 주저하면서, 엎드린 몸체의 얼굴 가까이 입을 가져간다)* 스티븐! *(대답이 없다. 그는 다시 부른다.)* 스티븐!

스티븐

(상을 찌푸린다) 누구냐? 흑표범. 흡혈귀. *(그는 한숨을 쉬면서, 몸을 쭉 뻗으며, 오래 끈 모음(母音)으로 둔탁하게 중얼거린다)*

누가…… 몰고…… 이제 퍼거스
숲의 얽힌 그늘을…… 뚫고……?[643]

(그는 한숨을 쉬며, 몸을 두 겹으로 구부리면서, 왼쪽으로 돌아눕는다.)

블 룸

시*(詩)*다. 교양이 대단하군. 가련하게도. *(그는 다시 몸을 구부리고 스티븐의 조끼 단추를 풀어 준다)* 숨을 쉬도록. *(그는 손과 손가락을 가지고 스티븐의 옷에서 톱밥을 가볍게 털어 준다)* 1파운드 7실링. 아무튼 다치진 않았어. *(그는 귀를 기울인다)* 뭐라?

스티븐

(중얼거린다)

······ 그림자······ 숲
······ 하얀 가슴······ 침침한 바다.

(그는 양팔을 밖으로 뻗고, 다시 한숨을 쉬며 몸을 새우처럼 꼬부린다. 블룸이, 모자와 물푸레나무 지팡이를 들면서, 똑바로 선다. 멀리서 한 마리 개가 짖는다. 블룸이 물푸레나무 지팡이를 꼭 쥐었다 늦추었다 한다. 그는 스티븐의 얼굴과 몸을 내려다본다.)

블 룸

(밤과 다정스레 이야기한다) 얼굴을 보고 있으니 그의 불쌍한 어머니 생각이 나는군. 그늘진 숲속에서, 깊고 하얀 가슴. 퍼거슨,[644] 그렇게 들은 것 같아. 한 소녀. 어떤 소녀. 정말 최고로 멋진 일이 그에게 일어날 수 있었을 텐데. *(그는 중얼거린다)* ······ 맹세코 나는 언제나 환영하리라, 언제나 감추며, 결코 폭로하지 않으리라, 어떤 역할 또는 역할들이든, 어떤 술책 또는 술책들이든 ······[645] *(그는 중얼거린다)* ······ 바다의 거친 모래 속에······ 해안으로부터 닻줄로 끌 수 있는 거리······ 조수가 흘러가는 곳······ 그리고 흘러 들어오는 곳······

(묵묵히, 생각에 잠긴 채, 경계하듯 그는 지키고 서 있다, 비밀의 주인공 같은 태도로 손가락을 입술에다 대고. 검은 벽을 등진 채 한 사람의 그림자가 천천히 나타난다, 열한 살 난 귀공자, 유괴 당한, 요정이 바뀌어진 아이,[646] 유리구두[647]에 조그마한 청동색 헬멧을 쓰고, 이튼 복[服]을 입은 채, 손에 한 권의 책을 들고. 그는 오른쪽에서 왼쪽으로 들리지 않게 글을 읽는다, 미소하며, 책장에 입 맞추면서.[648])

블 룸

(깜짝 놀란 듯, 들리지 않게 부른다) 루디!

루 디

(응시한다, 거들떠보지 않고, 블룸의 눈 속을 그리고 책을 읽으며, 입 맞추며, 미소를 계속한다. 그는 섬세한 담자색 얼굴을 하고 있다. 양복에는 다이아몬드와 루비 단추가 달려 있다. 왼쪽 빈손에는 바이올렛 빛 나비매듭이 달린 가는 상아 막대를 쥐고 있다. 한 마리의 흰 새끼 양이 그의 조끼 호주머니로부터 엿본다.)[649]

제Ⅲ부

❖ 16장 ❖

* 무엇보다도 우선 블룸 씨는 옷에 묻은 커다란 대팻밥 덩어리를 털어 주고 스티븐에게 모자와 물푸레나무 지팡이를 집어주었으며 그가 정말 몹시 필요로 했던 보편적으로 정통파적인 사마리아인(人)다운 풍습으로[1] 그를 격려해 주었다. 그의 (스티븐의) 정신 상태는 소위 착란이라고 정확히 말할 수는 없어도 약간 불안정한 것이었으므로 뭔가 마실 음료에 대한 욕망을 그가 표현하자 블룸 씨는 시각이 시각인지라 음료는 고사하고 손을 씻기 위한 바트리 수도[2]의 펌프조차도 눈에 띄직 않았기 때문에 그 응급책으로 버트 교(橋) 근처의 돌멩이라도 던지면 닿을, 속칭 '역마차의 오두막'이라 불리는 적당한 곳을, 주저하지 않고, 제안했던 것이니, 그곳에 가면 우유 탄 소다수나 탄산수 같은 음료라도 얻을 수 있으리란 생각이 문득 떠올랐기 때문이다. 그러나 어떻게 그곳까지 가느냐가 문제였다. 잠시 그는 어찌할 바를 몰랐으나 이러한 문제에 관하여 분명히 무슨 대책을 강구해야 할 의무감에 사로잡힌 그는 적당한 수난 방법을 곰곰 생각하지 않을 수 없었는데 그 사이에도 스티븐은 연달아 하품을 하는 것이었다. 그가 볼 수 있는 한 스티븐의 얼굴은 무척 창백했으며 그런고로 그들 두 사람은 특히 스티븐은, 몹시 지쳐 있는지라, 그들의 현재 상태에 응할 무슨 타고 갈 물건이라도 붙드는 것이 극히 바람직한 일이라 생각했는데, 물론 이와 같은 생각은 타고 갈 물건이 나타나리라는 평상시의 가정에서였다. 따라서 솔과 같은 몇 가지 예비 준비를 한 후, 아까 대팻밥을 털어 준 충성스런 일을 한 다음에 그의 비누 냄새가 여전히 풍기던 손수건을 땅에서 집어 올리는 것조차 잊어 버렸음에도 불구하고, 그들 두 사람은 비버가(街)라기보다, 더 타당하게 말해서, 골목길을 따라 제철공장과 몽고메리가의 모퉁이에 있는 지독하게 구린내 풍기는 외양간 있는 곳까지 함께 걸어가서 두 사람은 거기서부터 왼쪽으로 발길을 돌려 단 버긴 주점의 모퉁이 곁을 돌아 애미언즈가로 들어갔던 것이었다. 그러나 그가 분명히 예상한 대로 안쪽에서 술에 흥을 돋우고 있는 몇몇 사람들에 의해 예약되어 있는 것으로 보이는, 한 대의 사륜마차가, 노드 스타 호텔 바깥에 머추어 있는 것 이외에는 어니서도 삯 마차꾼의 그림자조차도 찾아볼 수 없었기 때문에 블룸 씨가, 전문적인 휘파람의 명수는 아니었음에도 양팔을 머리 위로 아치처럼 높이 쳐들고서, 두 번이나, 일종의 휘파람을 불어 사륜마차를 부르려고 무던히 애를 썼을 때도 마차는 4분의 1인치도 움직일 기세를 보이지 않았다.

이것은 일종의 곤혹(困惑)이었으나, 상식적으로 생각해 보더라도, 분명히 그런 문제에 부닥치면 그저 꾹 참고 걸어갈 도리밖에 없는지라 그들은 행동을 개시하기에 이르렀던 것이었다. 그런고로, 이내 그들이 도착한 멀리트 상점[3]과 시그널 하우스 주점의 모퉁이를 가로질러, 두 사람은 할수없이 애미언즈가(街)의 기차 종칙역을 향해 나아갔다, 그러자 블룸 씨의 바지 뒷단추 한 개가, 옛날부터 전해 오는 격언을 바꾸어 인용하면, 모든 단추들은 스스로의 운명의 길을 찾아가는 도다[4]라고 하는 그런 상태여서 그는 불편을 느끼기에 이르렀던 것이니, 하지만 모든 상태의 본질을 철저하게 파악할 수 있는 그인지라, 그와 같은 불

운을 영웅적으로 경시해 버리는 것이었다. 그리하여 그들 가운데 어느 한 사람이고, 사실
상, 특별히 시간에 쫓긴다든지 하는 일은 없었기 때문에, 그리고 얼마 전에 우신(雨神)[5]이
다녀간 후 날씨가 맑게 갠 이래 기온도 상쾌하였으므로 그들은 승객도 마부도 보이지 않는
그 빈 마차가 기다리고 있는 곳을 지나 천천히 걸어갔다. 바로 그때 더블린 연합전차회사의
살사차(撒砂車) 한 대가 우연히도 되돌아오자 연장자(年長者)는 얼마 전에 그 자신이 정
말이지 기적적으로 모면한 사건[6]에 '아 프로뽀(관하여)' 그의 동료에게 자세하게 설명해 주
는 것이었다. 그들은 벨파스트행의 출발점인, 그레이트 노던 기차역의 중앙 입구를 지나갔
으나, 물론 그곳에도 이처럼 자정이 지난 시간에는 모든 교통이 두절되어 있었기 때문에 그
들은 시체 가치장(매우 달갑은 곳은 못 되는 곳, 특히 밤에는, 지독히 무시무시한 것은 말할 것
도 없고)의 뒷문을 지나 마침내 도크 주점까지 와서 C지구(地區) 경찰서로 유명한, 스토어
가(街)로 이내 돌아 들어갔던 것이다. 이 지점과 베레스포드 광장의 현재 불이 켜 있지 않
은 높다란 창고 건물 중간에서 스티븐은 오른쪽 첫 모퉁이를 돌자, 탤버트 광장에 있는 석
공(石工) 건물인 베어드 상점이 무심코 마음속에 떠오르며, 뭔가 입센[7]에 관해 생각한 것
을 기억했다, 한편 그의 '피두스 아샤테스(충실한 벗)'로서의 역할을 수행하고 있던 상대방
은 현재 그들이 위치한 곳에서 아주 가까이에 자리 잡고 있던, 제임스 로크의 시영(市營)
빵 공장의 냄새를, 정말이지 우리들이 매일매일 먹는, 기본적이며 가장 불가결한 필수품인
대중의 일용품, 바로 그 진미의 빵 냄새를 마음으로부터의 만족감을 가지고 호흡했던 것이
다. 빵을, 생명의 지팡이인, 그대의 빵을 벌지어다. 오 사랑의 빵이 있는 곳 그 어디메뇨,[8]
빵집 로크로소이다, 하도다.

　　'엉 루뜨(도중에)' 그가 계속 입을 다물고 있는지라, 솔직하게 말해서, 아직 완전히 술
이 깨지 않은 그의 동료를 향해 어쨌든 올바른 정신 상태를 완전히 소유하고 있으며, 사실
상, 그보다 더 이상 정신이 맑을 수도 없었던 블룸 씨는, 밤거리에 대한 위험이라든지, 매
춘부들 그리고 멋쟁이 사기꾼들에 '레(관하여)' 한마디 경고를 해주었다. 그런데 이런 것들
은 일시적으로 혹 한 번쯤은 간신히 허락될 수는 있겠으나 하나의 상습적인 관례(慣例)는
결코 될 수 없는 것이야, 자네 같은 나이의 젊은이들에게 특히 그들이 음주의 습관에 젖어
알코올의 영향을 받고 있을 때엔 하나의 순수한 죽음의 함정과 같은 성질을 띠고 있는 것들
이지, 만일 자네가 한눈이라도 팔고 있으면 심지어 어떤 녀석이 등을 땅에 대고 나자빠진
채 야비하게 걷어차는 것과 같은 모든 불의의 사태에 대비하여 유도(柔道)라도 약간 배워
두지 않는 한 말일세. 정말이지 코니 켈러허가 현장에 나타난 것은 하느님의 가호였으니 만
일 그분이 11시라는 위기의 순간에 그곳에 나타나지 않았던들 '피니(최후에는)' 자네가 사
고자보호소의 후보자가 되었거나, 그렇지 않으면, 교도소의 후보자가 되어 다음날 법정의
토비아스 씨[9] 면전에 출두해야 된다는 사실을 자네는 복 많게도 전혀 의식하지 못하고 있
어요, 그런데 변호사인 그는 글쎄, 늙은 '벽(壁)'[10]이거나 마호니[11]거나, 그따위 일이 그들
에 의해 세상에 알려지는 날에는 젊은이를 아무튼 파멸로 치닫게 하고 말지. 내가 이와 같
은 사실을 얘기하는 이유는 내가 진심으로 미워하는, 그따위 수많은 경찰관놈들은 말일세,
직무상의 일이라면 분명히 예사로 파렴치한 짓을 하기 때문이야, 그리하여 블룸 씨는, 클램
브러실가(街) A지구의 한두 사건을 회상시키면서, 말하는 것이었으니, 놈들은 억지로라도
범죄를 찾아내려고 한단 말이야. 필요한 곳에는 결코 배치되어 있지도 않으면서, 그러나 예
를 들면 펨브로크 한길[12]과 같이, 시(市) 중에서도 극히 한적한 곳에는, 그따위 법률의 보
호자라는 자들이 흔히 눈에 띠나, 분명히 상류계급의 사람들을 보호하기 위해 봉급을 타먹
고 있는 것이 뻔한 노릇이지 뭐야. 그가 설명한 또 한 가지 일은 어느 때를 막론하고 쉽사
리 쓸 수 있는 여러 가지 모양의 소총이나 권총으로 무장한 군인들에 관한 것으로서 만일
언제고 시민들이 어떤 일로 해서 시비라도 걸게 되면 그들을 향해 그따위 무기를 마구 쓰게

하도록 내버려두는 것과 같다는 것이었다. 자네는 빈둥빈둥 시간을 헛되이 보내고 있는 거야, 하고 그는 아주 지각 있는 충고를 해주었다. 그리고 건강과 또한 그 밖의 인품을 말일세, 게다가 낭비벽이 심해요, '드미몽드(화류계)'의 방탕한 여인들에게 많은 금전을 날려 버리고 있는데 무엇보다도 가장 큰 위험은 자네가 누구하고 어울려 술을 마시고 취했느냐 하는 것이야. 여러 가지 논의가 분분한 음료 문제에 관해 말하거니와, 나 자신으로서는 자양분도 있고 조혈(造血) 및 완화제(緩和劑)의 효력이 있는 것으로서 (특히 질 좋은 버건디는 절대적으로 신용을 보증하지만) 오래된 특선 포도주 한 잔쯤은 언제나 맛있게 마시긴 하지만, 그런데도 언제든지 선(線)을 그어 어떠한 한계점을 넘어 본 적은 여태껏 한 번도 없었으니 왜냐하면 술을 마신다는 것은 실제로 다른 사람에게 자기 자신을 내맡겨 버리는 결과가 됨은 물론 언제나 여러 가지 골칫거리를 낳게 마련이기 때문이지. 그리하여 그는 그 중에서도 한 사람[13]을 제외하고 모든 술집을 사냥하던 그의 '꽁프레르(술친구 놈)'들이 스티븐을 저버린 사실에 대하여, 특히 어떠한 사정하에 있든지 간에 같은 동료 학생으로서 그런 일은 절대로 있을 수 없음을 가장 혹독하게 비난하는 것이었다.

— 그런데 그 녀석은 유다[14]지요, 하고 여태까지 그 어떤 종류의 얘기 한 마디 하지 않던, 스티븐이 말했다.

이와 같은 그리고 이와 비슷한 얘기를 주고받으면서 그들은 세관(稅關)의 뒤쪽을 가로질러 곧장 나아가 루프 라인 철교[15] 밑을 통과했는데 그러자 그곳 보초막 정면에서 타고 있던 해탄(骸炭)의 화로(火爐)인지 또는 그와 비슷한 뭔가가 그들의 지지리 느린 발걸음을 유혹하는 것이었다. 스티븐은 특별한 이유도 없이 저절로 멈춰 서서 메마른 돌 자갈 무더기를 쳐다보면서 그곳의 화로에서부터 스며 나오는 불빛에 의하여 컴컴한 보초막 속에 있는 시(市) 야경원의 한층 더 어두운 모습을 찾아낼 수 있었다. 그는 이와 같은 일이 전에도 발생한 적이 있었거나 아니면 그런 일이 전에도 있었다는 것을 사람들로부터 들은 적이 있었음을 생각해 내긴 했으나 그 야경원이 사실 그의 부친의 '퀸당(옛)' 친구였던, 검리[16]라는 것을 생각해 내기에는 적잖은 노력이 필요했다. 그와 서로 얼굴이 마주치는 것을 피하기 위해 그는 철교 기둥 쪽으로 한층 가까이 걸었다.

— 어떤 사람이 자네한테 인사를 했어, 하고 블룸 씨가 말했다.

분명히 아치 밑에서 배회하고 있던 중키의 한 사람의 그림자가 소릴 지르며, 다시 인사를 했다:

— 안녕!

물론 스티븐은 얼마간 당황한 듯 얼떨결에 멈춰 서서 인사에 답했다. 블룸 씨는 그 자신의 일에만 마음을 쏟는다는 것을 언제나 생활신조로 삼아왔기 때문에 타고날 때부터의 섬세한 동기에 의해서만 행동해 온지라 급히 그 자리를 피하긴 했으나 그럼에도 불구하고 자신이 조금도 겁을 집어먹지 않았음을 보이기 위해 한 가닥 근심의 빛을 띠며 '꾸이 비브(경계하면서)' 그곳에 머물러 있었다. 더블린 지역에서는 예외적인 일이나, 해먹고 살 것이 거의 없는 불량배 놈들이 바로 시외의 어딘가 으슥한 곳에 숨어 있다가 평화스런 보행자들의 머리통에다 권총을 들이댐으로써 그들을 요격(邀擊)하거나 일반적으로 협박을 가하곤 하는데, 템즈 강둑의 굶주린 배회자의 족속들처럼 그곳을 배회하거나 또는 단번에 해치울 수 있는 어떤 현금이나, 그 밖의 돈 또는 생명을, 입을 틀어막는다든지, 목을 조른다든지 하여, 본때라도 한번 보여 준다는 듯이, 마구 빼앗아 도망치려는 날강도 놈들이 있다는 것은 아무튼 널리 알려진 사실임을 그는 알고 있었다.

스티븐은, 그에게 말을 걸어왔던 그 인물이 거의 닿을 정도로 접근해 왔을 때, 비록 그 자신도 완전히 술기운이 가셨다고는 할 수 없어도 콜리의 숨결에서 썩은 맥주 냄새가 풍기고 있다는 것을 느꼈다. 몇몇 사람들은 그를 존 콜리 경(卿)[17]이라고 부르고 있는데 그의 족보를 따지면 대강 이러한 것이었다. 그는 라우스 주(州) 출신의 한 농부의 딸인, 캐서린 브로피라는 어떤 이와 결혼하여, 최근에 사망한, G지구 경위(警衛)인 콜리의 장남이었다. 그의 할아버지였던 뉴 로스[18]의 패트릭 마이클 콜리는 처녀 때의 이름이 (역시) 캐서린 텔버트였던 그곳의 한 여관업자인 과부와 결혼을 했던 것이었다. (증거가 있는 것은 아니지만) 소문이 전하는 바에 의하면 그녀는 탤버트 드 맬러하이드 경(卿) 가문의 후손으로 그의 저택은, 조금도 의심할 여지없는 참으로 훌륭한 것[19]이어서 한번 구경할 만한 가치가 있는 것이었는데, 그녀의 어머니인지 숙모인지 아니면 어떤 친척인지, 소문에 의하면, 굉장한 미인이 그 집 부엌의 설거지 일에 종사하는 영광을 즐겼던 것이었다. 그런고로 이 때문에 방금 스티븐에게 이야기를 걸어온 아직도 비교적 젊은 그러나 방탕한 그를 몇몇 익살스런 습성을 지닌 자들이 존 콜리경이라 부르는 것이었다.

그는 스티븐을 한쪽으로 끌고 간 다음 예의 슬픈 소가곡(小歌曲)을 터뜨리는 것이었다. 오늘 저녁 잠자리 마련할 돈마저 한 푼 없었던 것이다. 친구들도 모두 그를 돌보지 않았다. 더욱이 그는 레너헌과 한바탕 말다툼을 했는지라 또 다른 입에 담을 수 없을 정도의 많은 욕지거리를 퍼부으면서 스티븐에게 그를 매우도 아비한 얼간이 녀석이라 부르는 것이었다. 그는 지금 실직 상태에 있으며 그래서 어디서든 무슨 일이라도 할 테니, 일거리를 얻을 만한 곳을 얘기해 달라고 스티븐에게 간청하는 것이었다. 아니, 부엌의 설거지 일을 하던 그 어머니의 딸이 확실히 그 집의 상속자의 젖 자매였던 것이며 그렇지 않으면 그들 두 사람은 그 어머니를 통해 어느 모로든 연결되어 있었던 것이니, 왜냐하면 만일 그러한 얘기 전체가 처음부터 끝까지 완전히 날조된 것이 아니라면 양쪽 사건이 동시에 일어날 수 있는 것이기 때문이다. 아무튼 그는 몹시 궁해 있었다.

— 자네한테 부탁하고 싶지는 않았지만 단지, 하고 그는 말을 이었다, 맹세코 난 무일푼이란 말이야.

— 내일 아니면 모레쯤 일거리가 하나 생길 걸세, 하고 스티븐이 그에게 말했다, 달키 소학교의 남자 조교 자리가 말이야. 가레트 디지 씨 있잖아. 한번 얘기해 봐요. 내 이름을 대도 좋으니.[20]

— 아이고, 맙소사, 하고 콜리가 대답했다, 정말이지 난 학교 선생은 못 해, 자네. 난 자네들처럼 머리 좋은 놈이 결코 못되거든, 하고 그는 절반쯤 소리 내어 웃으면서 덧붙여 말했다. 난 크리스찬 브러더즈 신학교의 하급반에서 두 번이나 낙제를 했다네.

— 실은 나 역시 잘 곳이 없어요, 하고 스티븐이 그에게 알려 주었다.

콜리는 즉각적으로 스티븐이 거리의 경찰 매춘부를 데리고 들어갔기 때문에 그의 하숙집에서 쫓겨난 것이 아닌가 하는 생각이 들었다. 말버러가(街)에, 맬로니 부인이 경영하는, 싸구려 여인숙이 하나 있었는데, 하숙비가 단지 6펜스밖에 되지 않았기 때문에 달갑잖은 친구들이 그곳에 우글거렸으나 맥코나치가 그에게 말한 바에 의하면 저쪽 와인태번가(街)의 브레이즌 헤드[21]에서는(이 말은 분명히 스티븐으로 하여금 탁발승 베이컨[22]을 연상케 했다) 1실링만 주면 아주 깨끗한 곳을 얻을 수 있다는 것이었다. 그는 그것에 관해 한 마디도 하지 않았지만 그도 역시 굶주리고 있었다.

이따위 일은 거의 하룻밤 걸러 끔찍 일어나는 것이었으나 그런데도 스티븐의 생각은 어떤 의미에서 그의 얘기에 호감이 갔다, 비록 그는 콜리의 갓 만들어낸 산만한 얘기가 다른 것들과 마찬가지로 신용할 만한 것이 못 됨을 알고 있긴 했어도. 하지만 바로 그 라틴 시인(詩人)이 '하우드 이그나루스 말로룸 미제리스 수꾸레레 디스꼬 에뜨체떼라(고난을 못 본 체 않고 고난당한 자를 구원할 줄 아노라)'[23]를 말하고 있듯 특히 운 좋게도 그는 매월 중순이 지난 16일이면 급료를 지급받고 있었는데, 비록 지급받은 돈의 대부분을 이미 다 써버리기는 했어도 사실상 오늘이 바로 그날이었던 것이다. 그러나 농담 같은 얘기지만 콜리는

스티븐이야말로 유복하게 지내며 게다가 할일이라고는 필요한 돈을 마음대로 쓰는 일 이외
엔 아무것도 없다는 생각을 그의 머릿속에서 몰아낼 수가 없었다. 한편, 스티븐은 그의 손
을 호주머니 속에 집어넣었는데 뭔가 먹을 것을 찾아낼 생각으로 그렇게 한 것이 아니라 그
녀석으로 하여금 어떻게든지 노력하여 먹을 것을 충분히 얻을 수 있도록 1실링 가량의 돈
을 빌려 주려는 생각에서였으나 결과는 생각과는 달랐는데, 왜냐하면 유감스럽게도, 현금   5
이 없어졌음을 그는 알았기 때문이다. 그가 찾아낸 결과란 겨우 부서진 비스킷 몇 조각뿐이
었다. 그는 돈을 잃어 버렸는지 아니면 혹시 놓아두고 와버렸는지를 잠시 생각해 내느라고
몹시 애를 썼는데 만일 그와 같은 우연한 일이라도 발생한 경우에는 정말이지 유쾌한 일은
못 되거니와, 사실상 완전히 비관적인 결과가 되어 버리기 때문이다. 그는 다시 생각해 내
려고 무던히 애를 썼으나 철저하게 추구하기에는 너무나 심신이 지쳐 있었다. 그는 비스킷   10
에 관해서는 어렴풋이 기억이 났다. 누가 그것을 주었는지, 아니면 어디서 자신이 산 것이
었는지에 대해서는 정확히 알 수 없었다. 그러나 또 다른 호주머니 속에서 그가 1페니짜리
동전일 거라고 어둠 속에서 추측하여 찾아냈는데, 그러나 우연히도 그것은 전혀 잘못된 오
산임이 판명되었다.
　— 이건 반(半)크라운짜리 은화야, 자네, 하고 콜리가 그의 잘못을 고쳐 주었다.   15
　　그런데 그것은 정말 반 크라운 은화임이 분명했다. 스티븐은 아무튼 그중 하나를 그에
게 빌려 주었다.
　— 고맙네, 하고 콜리가 대답했다, 자넨 신사야. 언젠가 도로 갚지. 자네하고 같이 있는 저
인 누군가? 난 저이가 캠든가(街)의 블리딩 호스24)에서 광고문 붙이는 사람인, 보일런25)과
같이 있는 걸 몇 번 본 적이 있어. 자네, 그곳에서 나를 좀 채용하도록 한 마디만 해주었으   20
면 참 좋겠네만. 난 사실이지 샌드위치맨이라도 되고 싶은데 여사무원이 말하기를 다음 3
주일 동안은 만원일 거라고 하더군, 자네. 정말이지, 미리 예약을 해야만 돼요, 자네, 마치
칼 로자의 오페라26) 구경이라도 하려고 늘어서 있는 것처럼 자넨 생각할 걸세. 아무튼 거리
의 청소부 자리라도, 일거리만 얻을 수 있다면 난 지저분하게 여러 말 않겠네.
　　2실링 6펜스를 얻은 후로는 그렇게 심하게 풀이 죽지 않은 듯 그는 오마라와 말더듬이   25
꼬마로 이름이 티기라는 녀석과 함께 네이글가(家)의 뒷방에 가끔 잘 오곤 했던 풀럼 선구
상(船具商)27)의 장부계(帳簿係), 배그즈 코미스키라는 이름으로 스티븐도 잘 알고 있다고
그가 말하는 어떤 친구에 관하여 스티븐에게 떠들어대기 시작했다. 아무튼 그는 그저께 밤
에 만취하여 난폭하게 굴다가 순경에게 연행당하는 것을 거부했기 때문에 체포되어 10실링
의 벌금을 물었던 것이다.   30
　　블룸 씨는 그동안 시(市) 야경원의 초소(哨所) 정면에 있는 코크스화로 가까이의 돌
자갈 무더기 주변을 계속 배회하고 있었는데 그러자 야경원이라는 것은 분명히, 일에 열중
하는 자이긴 하나, 더블린이 잠들어 있는 동안 그도 자신의 몸을 생각하여 어떤 면으로 보
아 사실상 조용히 선잠을 자고 있을 것이라는 생각이, 그에게 얼핏 들었다. 동시에 그는 옷
을 말쑥하게 입었다고는 결코 볼 수 없는 스티븐의 대화자(對話者)에게 비록 그를 어디서   35
보았는지 알 수 없을 뿐만 아니라 언제였는지도 전혀 생각이 나지 않았으나 마치 그가 어디
선가 그 귀족을 본 적이 있었던 것처럼 이따금 수상한 시선을 던지는 것이었다. 예리한 관
찰력에 의해 적잖은 사람들에게 유리한 조언(助言)을 해줄 수 있었던 냉철한 사람인 그는
그 사나이의 만성적인 빈곤을 나타내 보이는 아주 낡은 모자와 초라하게 차려 입은 옷에 관
하여 또한 이러쿵저러쿵 흥을 보았던 것이다. 아주 명백하게 그는 스티븐을 갉아먹는 기생   40
충 같은 놈이었으나 그건 단지 가까운 이웃 사람을, 아주 깊숙이, 갉아먹는, 말하자면 몹시
깊숙이 괴롭히는 자의 문제에 불과했으며 설혹 거리의 부랑자가 우연히 법정의 피고석에
서서 과료(科料)를 무느냐 안 무느냐를 가지고 징역형(懲役刑)을 선고받는다는 것은 아주

'라라 아비스(드문 일)'이리라. 아무튼 그가 밤의 아니 오히려 아침이라 할 그와 같은 시각
에 사람을 가로막다니 정말 엄청나게도 철면피한 행위였던 것이다. 그것은 확실히 아주 지
독한 일이었다.

두 사람은 서로 헤어졌고 스티븐이 블룸 씨와 다시 합류하자, 그는 자신의 경험 있는
안목(眼目)으로, 스티븐이 기생충 같은 상대방 사나이의 찬사에 굴복하고 말았다는 것을
눈치채지 못하는 바가 아니었다. 방금 만난 사람에 관해 넌지시 알리면서, 그는 즉, 스티븐
은 소리 내어 웃으며, 말했다:
— 그는 지금 몹시 불행에 빠져 있어요. 그는 샌드위치맨으로 일자리를 하나 마련할 수 있
도록, 삐라 붙이는 사람인, 보일런이란 인물에게 당신이 얘기를 좀 해주었으면 하고 내게
청했어요.

이러한 정보에 대하여, 외관상 별반 흥미를 나타내 보이지 않던 블룸 씨는, 세관 부두
벽 곁에 정박하고 있던 그리고 분명히 수리가 잘 안 된 듯한, 널리 알려진 에블라나[28]라는
이름이 붙여진, 한 척의 들통 형 고깃배 쪽을 반초(半秒) 가량 멍하니 바라보고 있었다. 그
런 다음 그는 모호하게 말했다:
— 사람은 누구나 자기에게 주어진 행운을 지녔다고들, 말하지. 이제 자네 말대로 그의 얼
굴은 나에게도 안면이 있어요. 그러나, 그건 잠시 그만두고라도, 자넨 얼마를 그에게 주었
지, 하고 그는 물었다, 내가 지나치게 캐묻는지는 모르겠으나?
— 반 크라운입니다, 하고 스티븐이 대답했다. 어디서든지 자려면 그 정도는 필요할 테니까요.
— 필요하다니! 블룸 씨는 그와 같은 소식에 적잖이 놀라움을 나타내면서 소리쳤다. 나도
그러한 주장에는 동감이고 그도 정녕코 그것이 필요할 걸세. 사람은 누구나 자기의 필요에
따라서 또는 자기의 행동에 알맞게 사는 거야. 그러나, 너무 평범한 일에 대한 얘기 같으
나, 하고 그는 한 가닥 미소를 띠면서 말을 덧붙였다, 자네 자신은 어디서 자지? 샌디코브
까지 걸어가는 것은 불가능해. 그리고 설사 걸어간다 하더라도 웨스트랜드 로우 기차역[29]
에서 발생한 그따위 소동이 있은 후로는 그곳에 들어갈 수 없을 게 아닌가. 공연히 탑까지
가다간 기진맥진 지치고 말지. 나는 자네한테 주제넘게 타이르려고 하는 것은 결코 아니네
만 자넨 왜 부친의 집을 뛰쳐나왔지?
— 불행을 찾기 위해서죠, 하는 것이 스티븐의 대답이었다.
— 나는 최근 자네의 존경하는 부친을 만났다네, 하고 블룸 씨가 능란하게 대답했다, 사실
은 오늘 말일세, 아니 정확하게 말해서 어제지. 지금 그분은 어디에 살고 계신가? 얘기를
듣자니[30] 어디론가 이사를 하신 모양이더군 그래.
— 더블린의 어딘가에 살고 계시겠죠, 하고 스티븐이 무관심한 듯 대답했다. 왜요?
— 재주 있으신 분이야, 하고 블룸 씨가 노(老)데덜러스 씨에 관해 말했다. 여러 가지 면으
로 말이야 게다가 정말 그런 사람이 있을 수 있다면 그인 선천적인 '라꽁뙤르(이야기꾼)'이
시더군. 아주 당연한 노릇이지만, 부친께서는 자네를 정말 자랑하고 계세요. 아마 자네도
그런 생각을 하게 되면 집으로 돌아갈 수 있을 거야, 하고 그는 용기를 내어 말했다. 그렇
게 말하면서도 그는 웨스트랜드 로우의 기차역에서, 다른 두 친구 놈들, 즉 멀리건과 그의
동료였던 영국의 여행가 녀석,[31] 그들이 마침내 제3의 동료를 모략으로 꾀어내어, 마치 그
경칠 놈의 역이 온통 자기들 것이나 되는 것처럼 스티븐을 혼란 속으로 굴러 떨어뜨리려고
분명히 애쓰고 있던, 바로 그 불쾌한 장면을 계속 연상하고 있었는데, 정말 그 녀석들은 그
렇게 했던 거다.

그러나 그러한 암시에 대하여 더 이상의 아무런 대꾸도 없었으니, 사실인즉, 스티븐
의 마음의 눈은 지난번 그가 본 그의 집의 화롯가 광경을 다시 그리기에 여념이 없었던 것
이니, 당시 1페니에 두 마리 하는 금요일[32]의 청어에다 한 조각의 계란을 곁들여 매기, 부

디 그리고 케이티더러 먹게 한 다음, 머리카락을 길게 늘어뜨린 누이동생 딜리와 그가 우유 대신에 오트밀 즙을 타서 함께 마실 수 있도록 검댕으로 온통 덮인 냄비에다 트리니다드산(産) 엷은 코코아 껍데기 몇 조각을 넣고 그들은 익기를 기다리면서 화롯가에 앉아 있었던 것이다. 그동안 고양이는 그날이 바로 사계대재일(四季大齋日)이든가 아니면 단식(斷食) 예배일이든가 아무튼 그와 비슷한 날로 정해진 날에는 단식과 절제를 해야 한다는 성당의 제3계율에 따라, 네모진 갈색 종이 위에 놓아 둔 계란 껍데기와 탄생선 대가리 그리고 뼈다 귀를 압착 롤러 밑에서 게걸스럽게 먹고 있었다.

— 아니야, 하고 블룸 씨는 거듭 말했다. 만일 내가 자네의 입장에 있다면 한 사람의 안내 자, 철학자 그리고 친구로서, 익살맞은 짓을 잘해 보이는 자네의 절친한 친구, 닥터 멀리건 을 나 개인적으로 지나치게 신임하고 싶지는 않아. 아마 그는 정상적인 식사를 하지 못하면 얼마나 고통스러운 것인가를 결코 알지 못할 테지만 굉장히 이해타산에 밝은 자야. 물론 자 네는 나만큼 알아채지는 못했겠지. 하지만 만일 어떤 감춰진 목적으로 상대방의 음료 속에 다 한 토막의 담배나 어떤 마취제를 집어넣는 자가 있다는 것을 내가 알더라도 그것은 조금 도 놀랄 일이 못 될 걸세.

그러나 그는 지금까지 들은 모든 걸로 미루어 닥터 멀리건은 결코 의학(醫學)에만 국 한되지 않은, 다방면에 다재다능한 사람임을 알고 있었던 것이니, 그리하여 그의 전문 분야 에 있어서 재빨리 유명해지고 있는데다가, 만일 소문이 사실이라면, 가까운 장래에 그의 수 고에 대한 막대한 수수료를 받을 수 있는 멋진 개업의(開業醫)로서 그는 번창한 사업을 즐 길 가망이 있다는 것이요, 게다가 그는 직업적인 신분뿐만 아니라, 스케리즈에서인지, 맬러 하이드[33]에서인지?, 분명히 익사(溺死) 직전의 그 사나이를 인공호흡과 소위 응급치료법 에 의하여 구한 것은, 그가 아무리 높이 평가해도 모자랄, 지극히 용기 있는 행위임을 인정 하지 않을 수 없는 것이니, 그런고로, 절대적인 고집이나 순수하고 단순한, 질투로써 그가 그러한 얘기를 한 것이 아닌 한 그 얘기의 배후에 도대체 어떠한 이유가 있을 수 있는지 솔 직히 말해서 그는 전혀 상상조차도 하지 못할 지경이었다.

— 그 밖에 결국 그것은 단순히 하나의 사실로 귀착될 것이며 그리고 말하자면 그는 자네의 지력(智力)을 뺏고 있는 거야, 하고 그는 대담하게 말했다.

스티븐의 현재의 침울한 얼굴 표정에 그가 던진 우정 때문에 스티븐은 되레 반(半) 우 려감 반(半) 호기심의 경계하는 시선을 던지고 있었으니, 이것 또한 스티븐이 은연중에 떨 어뜨린 두서너 마디 맥 빠진 말을 종합하여 판단컨대 그 자신이 몹시 놀림을 당했거나 아니 면 그와는 정반대로 그가 사건을 투시하고 자신이 가장 잘 아는 어떠한 이유 또는 그 밖의 이유로 다소 그러한 사건들을 방임해 버렸는가 하는 문제에 대하여 사실상 한 줄기 빛도 던 져 주지 못했다. 뼈에 사무치는 빈곤이 그와 같은 결과를 낳게 한 것으로, 그기 비록 고도 (高度)의 교육을 받은 재능을 소유하고 있기는 하지만, (수입과 지출의) 양극점(兩極點)을 서로 일치시키는 데 있어서는, 적지 않은 어려움을 체험하고 있다는 것을, 그는 추측하고도 남음이 있었다.

남자용 공중변소와 인접한 곳에서 그들은 한 대의 아이스크림 차를 목격했는데, 그 주 위에 열을 올려 말다툼을 하고 있던, 추측컨대 이탈리아인 같은 한 무리의 사람들이 그들의 활발한 언어로 특별히 생기를 띤 채 유창하게 말을 주거니 받거니 하고 있었는데, 그들 사 이에 사소한 의견 차이가 생긴 모양이었다.

— '푸타나 마돈나, 케 치 디아 이 쿠아트리니! 호 라지오네? 쿨로 롯토! (매춘부 같으니라 구, 녀석은 이제 두목이 아니야! 내가 옳잖아? 찢어질 똥구멍 녀석!)'

— '인텐디아모치. 메조 소브라노 피우…… (우린 서로 이해해. 이따위 반 푼어치를 주다 니……)'

— '디체 루이, 페로! (그러나, 그녀석이 그렇게 말하고 있잖아!)'

— '메조(반이라).'

— '파라붓토! 모르타치 수이! (악한 같으니! 뒈지라지!)'

— '마 아스콜타! 친쿠에 라 테스타 피우…… (그러나 들어봐! 5푼을 더……)' [34]

블룸 씨와 스티븐은 소박한 목조(木造) 건축물인, 역마차의 오두막으로 들어갔으나, 그곳은 그가, 그 이전에, 설혹 들어가 본 적이 있다손 치더라도 좀처럼 드문 일이었다. 그러자 전자는 무적혁명단의, 한때 유명했던 '산양(山羊) 껍데기,' 즉 피츠해리스로 얘기되어지고 있는 오두막의 주인[35]에 관하여 미리 두서너 가지 주의를 후자에게 귀띔해 두었다. 비록 그는 다분히 사실의 증거가 될 만한 것이 없는 그러한 실재적인 사실들을 보증할 수는 없었지만. 얼마 후에 우리들의 두 몽유보행자들은 남의 눈에 잘 띄지 않는 한쪽 모퉁이에 무사히 자리 잡고 앉아 있었으니, 벌써부터 와서 음식을 먹으며 술을 마시고 있던 그리고 여러 가지 얘기의 꽃을 피우고 있던 방랑아들과 불량아들 및 그 밖의 정체를 알 수 없는 인간 '호모(속[屬])'의 표본 같은 잡다한 무리들로부터의 날카로운 시선과 부딪혔는데, 그들에게 이 두 사람은 분명히 호기심의 대상이 되어 있는 것 같았다.

— 이제 커피를 한잔 들까, 하면서 블룸 씨는 침묵을 깨기 위한 표현으로서 그럴싸하게 말을 꺼냈다, 자네는 뭔가 고체로 된 음식물을, 이를테면, 무슨 롤빵 같은 걸 먹어 보는 게 좋을 것 같군 그래.

따라서 그의 첫번 행동은 그의 독특한 '쌍프르와(침착성)'으로 그러한 음식물을 조용히 주문하는 것이었다. 마부들 또는 부두 일꾼들 또는 그 밖의 어떠한 직업을 가진 사람이든 그들 '호이 뽈로이(하급 백성)'는 재빨리 두 사람을 한 번 살펴본 연후에, 분명히 못마땅한 듯, 그들의 시선을 다른 데로 돌렸으나, 머리카락 한 부분이 희끗희끗한, 아마 수부(水夫)인 성싶은, 붉은 턱수염의 술고래 같은 한 사람이 한참 동안 계속 노려본 다음 그의 시선을 재빨리 마루로 돌렸다. 블룸 씨는, 언론 자유의 권리를 이용하여, 분명히, '볼리오(voglio)'의 발음에 대하여 딜레마에 빠져 있긴 했지만, 아까 서로 논쟁하고 있던 그들의 언어에 얼마간의 지식을 갖고 있는지라, 아직도 줄곧 격렬하게 법석을 떨고 있는 거리의 대판 싸움에 '아 프로뽀(관하여)' 분명히 들을 수 있을 정도의 목소리로 그의 '프로떼제(피보호자)'에게 말을 거는 것이었다.

— 아름다운 말이지. 노래 부르기 위해서는 말이야. 자네는 왜 저와 같은 언어로 시를 쓰지 않지? '벨라 포에트리아(아름다운 시)!' 정말 선율적이고 풍부하단 말이야. '벨라돈나. 보글리오(아름다운 귀부인. 갖고파).' [36]

전신이 노곤하여 괴로워하면서, 할 수만 있다면 하품을 하려고 몹시 애를 쓰고 있던 스티븐이, 대답했다:

— 암코끼리 귀에다 들려주구려. 그놈들은 돈 때문에 말다툼을 하고 있었어요.

— 그래? 하고 블룸 씨가 물었다. 물론이지, 하고 그는 정말이지 필요 이상으로 많은 언어들이 이 세상에 존재하고 있다는 것을 마음속으로 느끼면서, 생각에 잠긴 듯 덧붙여 말했다, 아마 그것은 단지 그것을 둘러싸고 있는 남국적인 매력 때문일 거야.

오두막의 주인은 이와 같은 '떼뜨'-'아'-'떼뜨(환담)'를 한참 하고 있는 동안에 특선조제(特選調製)라는 상표가 붙은 끓으며 빙빙 돌고 있는 커피 한 잔 그리고 오히려 대홍수(大洪水)[37] 이전의 견본, 또는 그처럼 보이는, 빵 한쪽을 테이블 위에다 놓았다. 그렇게 한 다음에 그는 카운터로 물러갔다, 그러자 블룸 씨는 나중에 녀석을 실컷 봐주어야지, 쳐다보지 않는 것처럼 하고 말이야, 하고 결심했다. 그러한 이유로 그는 눈을 가지고 스티븐으로 하여금 이야기를 계속하도록 격려하는 것이었는데 한편 그는 커피라고 불릴 것이라 일시적으로 상상되는 그 같은 잔을 점점 그에게 가까이 눈에 띄지 않도록 밀어 줌으로써 예의를 베푸는 것이었다.

— 소리라는 것은 사기꾼입니다, 하고 스티븐은 얼마 동안 잠자코 있다가 말했다, 이름처럼. 키케로, 포드모어, 나폴레옹, 굿바디 씨, 예수, 도일 씨, 셰익스피어 같은 이름들도 머피라는 이름들과 마찬가지로 평범한 것들이죠. 이름과 무슨 상관이 있겠어요?[38]

— 맞았네, 확실히, 하고 블룸 씨가 진심으로 동의했다. 물론이야. 내 성(姓)[39]도 바꾼 셈이네, 하고 그는, 롤빵이라 불리는 것을 상대방에게 밀면서, 덧붙여 말했다.

　　새로 온 사람들을 늘 주의해 살피고 있던 붉은 턱수염을 기른 수부가, 별나게도 자신이 골라 주의를 기울이고 있던 스티븐과 자리를 마주하여, 정면에서 묻는 것이었다.

— 그런데 자네 이름을 뭐라고 하나?

　　바로 그 순간 블룸 씨는 그의 동료의 신발을 찼으나 스티븐은, 예기치 않던 방향으로부터 받은 그 성급한 압력을 분명히 무시한 채, 대답하는 것이었다.

— 데덜러스요.

　　수부는 알코올성 음료, 즐겨 물을 탄 네덜란드산(産)의 오래되고 질 좋은 강주(强酒)를 지나치게 많이 마신 나머지 상당히 부어오른 졸리는 듯한 늘어진 두 눈으로 가혹하게 그를 노려보았다.

— 자네 사이먼 데덜러스를 아는가? 하고 그는 드디어 물었다.

— 들은 적이 있지요, 하고 스티븐이 말했다.

　　블룸 씨는 다른 사람들도 분명히 엿듣고 있다는 것을 눈치채고, 잠시 어리둥절했다.

— 그분은 아일랜드 사람이야, 하고 수부는 똑같은 식으로 여전히 노려보면서 그리고 고개를 끄덕이면서, 대담하게 단언하는 것이었다. 철저한 아일랜드 사람이라니까.

— 지나치게 아일랜드적(的)이지요, 하고 스티븐은 대답했다.

　　블룸 씨로서는 도대체 전체 얘기가 시종 어떻게 돌아가는지 분간할 수가 없었으니 그리하여 그는 어떠한 관계가 있는 것일까 하고 자문(自問)하고 있었는데 그때 수부가 자발적으로 오두막의 다른 손님들에게로 몸을 돌리면서 다음과 같이 말하는 것이었다.

— 나는 그가 50야드 바깥에 세워 둔 두 개의 병위에 놓인 계란 두 개를 어깨 너머로 쏘아 떨어뜨리는 걸 보았단 말이오. 왼손잡이 명사수였어.

　　그는 이따금씩 말을 더듬으며 약간 주춤거리는데다가 사실상 제스처 역시 어색하긴 했으나 그러면서도 자신의 얘기를 설명하는 데 최선을 다했다.

— 자, 병이 저곳에 서 있다고 치잔 말이오. 자로 재어 50야드 바깥에. 병위에는 계란이. 총을 어깨 너머로 곧추세우는 거야. 겨누는 거다.

　　그는 몸을 반쯤 동그랗게 구부리고, 오른쪽 눈을 완전히 감았다. 그런 다음 그의 얼굴 모습을 약간 옆으로 찌푸리고 불유쾌한 표정을 지으며 야음(夜陰) 속에서 그의 눈을 이글이글하게 번득였다.

— 폼! 하고 이때 그는 소리를 한 번 질렀다.

　　청중 모두가, 또 다른 부수적인 폭발을 예상하면서, 기다리고 있었는데, 거기에는 아직 계란 한 개가 더 남아 있었기 때문이다.

— 폼! 하고 그는 두 번째로 소리를 질렀다.

　　계란 두 개가 분명히 박살이 났고, 그는 고개를 끄덕이며 윙크를 했다, 살기등등한 목소리로 덧붙여 말하면서.

— 버팔로 빌은 쏘아 죽이나니,
*　　결코 빗맞지도 않았거니와 또한 그럴 리도 없으리라.*[40]

침묵이 뒤따랐는데 마침내 블룸은 상냥함을 나타내듯 그것은 비슬리[41]에서 행해지는 일종의 사수(射手) 사격시합 때와 같은 것이 아닌가 하고 그에게 기꺼이 묻고 싶었다.

— 뭐라고 하셨소, 하고 수부가 물었다.

— 오래전 얘깁니까? 하고 블룸 씨는 털끝만큼도 머뭇거리지 않고 계속 질문을 했다.

— 아무럼, 하고 수부는, 막상막하 지혜견주기의 마력적인 위력 밑에서 어느 정도 누그러지며, 대답했다, 아마 10년쯤 되었을 거요. 그는 헹글러의 로열 서커스단과 함께 넓은 세상을 여행했었지. 나는 그가 스톡홀름에서 그 짓을 하는 걸 보았단 말이오.

— 묘한 우연의 일치군,[42] 하고 블룸 씨가 스티븐에게 귀에 거슬리지 않게 살짝 얘기했다.

— 머피가 내 이름이오, 하고 수부가 말을 덧붙였다. 캐리갤로우[43]의 D. B. 머피 말이야. 어디 있는지 아슈?

— 퀸즈타운 항이죠, 하고 스티븐이 대답했다.

— 맞았어, 하고 수부가 말했다. 캠든 요새(要塞)와 칼라일 요새지.[44] 거기가 내 출생지요. 나는 거기 속해요. 거기가 내 출생지요. 그곳에 나의 귀여운 아내가 있소. 그녀는 날 기다리고 있어요. 난 알아. '영국, 집과 애인을 위하여.'[45] 그녀는 나의 참다운 아내인데 배만 타고 돌아다니느라, 7년 동안이나 못 봤어.

블룸 씨는 수부가 현장에 나타나는 장면을 쉽사리 마음속으로 그릴 수가 있었다, 바다의 악령(Davy Jones)을 속이고 도망친 후에 노변(路邊)의 자기 집으로 돌아오는 수부의 귀향, 달빛 없는 비 내리는 밤을. 아내를 찾아서 세계를 건너. 저 별난 앨리스 벤 볼트[46]의 주제(主題), 이노크 아덴[47] 그리고 립 밴 윙클에 관하여 수많은 얘기들이 있었나니, 아무튼 가련한 존 캐시 작(作)의 인기 있고 가장 힘드는 암송시(暗誦詩)며, 조졸하나마 그 나름대로 한 편의 완성시(完成詩)라 할, 케이옥 올리어리를 여기 누구든지 기억할 자 있을까.[48] 부재자(不在者)를 아무리 헌신적으로 기다려도, 일단 도망간 아내가 되돌아온다는 얘기는 없지. 창에 대고 내다보는 얼굴! 그가 최후로 기나긴 여로의 테이프를 끊고 되돌아왔을 때 그리하여 그의 아내에 관한 그와 같은 무서운 사실이 차츰 밝혀졌을 때 그의 놀라운 판단이, 그의 애정의 파멸을 가져왔었다. 당신은 나를 거의 기다리지 않았어도 나는 이제 당신 곁에 머물러 새 출발을 하려고 돌아온 거요. 거기 그녀가 앉아 있다, 남편과 잠시 별거하고 있는 아내가 옛날과 다름없는 화롯가에. 내가 죽은 줄로 믿고 있는 거다, 바다의 요람 속에서 혼들린 채.[49] 그리고 그곳에는 추브 아저씨[50] 또는 경우에 따라서 '왕관과 닻'[51]의 주인, 톰킨 아저씨[52]가, 셔츠 바람으로, 양파를 다져 넣은 양고기 스테이크를 먹으며, 앉아 있다. 아버지가 앉을 의자는 없는 것이다. 피이! 바람아! 그녀의 무릎 위에는 갓난아기가 앉아 있고, '뽀스뜨모르뗌(남편 사후(死後)의)' 아이. 하이 로! 랜디 로! 나의 달리며 날뛰는 탠디, 오! 에 맞추어.[53] 불가피한 운명에 순종할지어다. 억지로라도 웃으며 참는다. 그럼 이만 총총 당신의 상심한 낭군 D B 머피.

거의 더블린 주민 같지 않은, 수부는, 마부들 가운데 한 사람에게 몸을 돌려 요구했다.

— 당신 혹시 씹는담배 여분으로 가진 것 있소?

마부는 공교롭게도 갖고 있지 않다고 말했으나 그 집 주인이 못에 걸린 그의 멋진 외투로부터 주사위 같은 씹는담배를 꺼냈는데 요구된 그 물건은 손에서 손으로 전달되었다.

— 고맙소, 하고 수부가 말했다.

그는 씹는담배를 입속에 넣고, 씹으며 그리고 약간 더듬으면서, 말을 계속했다.

— 오늘 아침 11시에 도착했던 거야. 벽돌을 싣고 브리지워터에서 온 세 돛대의 범선 「로즈 빈」[54]이지. 이리로 건너오기 위해 배를 탔던 거야. 오늘 오후 봉급을 받고 해고당했어. 여기 해고증(解雇證)도 있지. 알겠소? D. B. 머피. 특급 선원(A. B. S.).

그의 진술을 확신시키기 위해 그렇게 깨끗해 보이지 않는 한 통의 접은 서류를 안주머니에서 꺼내 그것을 그의 주위 사람들에게 넘겨주었다.

— 당신은 세상 구경을 꽤 많이 하셨겠어요, 하고 주인이 카운터에 몸을 기대며, 말했다.

— 아무렴, 하고 수부가 곰곰 생각하며 대답하였다, 내가 처음 배를 타기 시작하면서부터 세계를 거의 한 바퀴 순항(巡航)한 셈이야. 홍해(紅海)에도 가봤지. 중국과 북아메리카 그리고 남아메리카에도 갔었소. 한 번은 항해 도중 해적들한테 추격도 당했어. 빙산도 많이 봤지, 새끼 빙산들 말이오. 스톡홀름 그리고 흑해, 다르다넬스 해협에도 가봤단 말이오, 언제나 배에 구멍을 뚫어 침몰시키는데 매우도 명수였던 달턴 선장의 지휘하에 말이야. 러시아도 보았지. '고스포디 포밀루이(하느님이시여 저희들에게 자비를 베푸소서).'[55] 이것이 러시아인들의 기도 문구야.

— 말할 나위도 없이, 많은 진풍경들을 보았겠구려, 하고 한 사람의 마부가 말참견을 했다.

— 아무렴, 하고 수부가, 일부분이 씹힌 입담배를 돌려 다시 물면서, 말했다. 여기저기서, 괴상한 일들을 수없이 보았지요. 커다란 악어가 닻의 갈고리를 물어뜯는 것도 보았으니 마치 내가 이렇게 입담배를 씹고 있듯이 말이야.

그는 입으로부터 즙 많은 입담배를 꺼내서는, 그것을 다시 이빨 사이에 끼우고, 격렬하게 씹기 시작했다.

— 크허언! 이처럼 말이오. 그리고 나는 사람의 시체와 말의 간(肝)을 먹는 식인종을 페루에서 보았지. 여기를 보오. 여기 그들이 있어. 어떤 친구가 내게 보낸 거야.

그는 생긴 모양으로 보아 일종의 보고(寶庫)처럼 보이는 안 호주머니로부터 한 장의 그림엽서를 더듬어 꺼낸 뒤 그것을 테이블 가장자리에 내밀었다. 거기에는 이렇게 적혀 있었다. '초자 데 인디오스. 베니, 볼리비아(인디언 마을. 베니 시[市], 볼리비아).'[56]

모두들 전시(展示)된 광경에 주의를 집중했는데, 거기에는 줄무늬 실 옷을 허리에 두른 한 무리의 야만적인 여인들이, 버드나무로 된 어떤 원시적인 오두막 바깥에 우글거리는 아이들(틀림없이 20명은 되었다)에 둘러싸여, 웅크리고 앉은 채, 눈을 반짝이며, 젖을 물리고, 얼굴을 찌푸린 채, 졸고 있었다.

— 하루 종일 코카를 씹지요, 하고 얘기하기 좋아하는 수부가 말을 덧붙였다. 위장(胃腸)이 마치 줄(金盧) 같단 말이야. 더 이상 아기를 낳을 수 없으면 그들은 젖꼭지를 잘라 버리지. 앉은 채로 벌거숭이 엉덩이를 홀딱 드러내 놓고 죽은 말의 간을 날것 째로 먹고 있는 저것들을 좀 보구려.

그의 우편엽서가 수분 동안 그 이상은 아니나 그들 얼빠진 자들의 주의의 초점을 모으고 있었다.

— 그네들을 어떻게 해서 가까이 못 오도록 쫓아 버리는지 아슈? 하고 그는 여러 사람들에게 물었다.

아무도 감히 이야기를 끼내러 하시 않자 그는 윙크를 하면서, 말했다.

— 거울이오. 그것이 그들을 깜짝 놀라게 하지. 거울.

블룸 씨는, 놀라움을 나타내지 않은 채, 공손히 카드를 넘겨 부분적으로 지워진 주소와 엽서의 소인(消印)을 읽었다. 거기에는 이렇게 씌어져 있었다. '타르제타 포스탈, 세뇨르 A. 보우딘, 갈레리아 벡케, 산티아고, 칠레(우편엽서, 칠레, 산티아고시, 벡케가[街], A. 보우딘 귀하).'[57] 그는 특히 주의를 기울여 살펴보았지만 분명히 거기에는 아무런 메시지도 적혀 있지 않았다.

비록 방금 한 무시무시한 이야기를 맹목적으로 믿는 자는 아니었으나(또는 믿지 않는 일이라면 계란 저격 사건이 있었으나, 그런데도 불구하고 윌리엄 텔[58]이나 〈마리타나〉에 묘사된 라자릴로 – 돈 세자르 드 바잔의 이야기,[59] 즉 전자의 탄환이 후자의 모자를 관통했다는 이야기가 있다), 그가 수부의 진짜 이름(그는 자기 자신을 그렇다고 내세우는 그런 인물이요 그리하여 어딘가 극비리에 나침반의 방위 명칭을 차례로 읽은 후에 엉터리 깃발을 내걸고 항해하지 않을 사람일 것이라는 걸 가정한다고 하면)과 우리들의 친구의 '보나 피데스(성실성)'에 대하여 그로 하여금 어떤 의혹을 품게 했던 엽서의 가공적인 수신인(受信人) 사이에 상극되는 점을 발견했는지라, 그럼에도 불구하고 수부의 얘기는 기나긴 뱃길을 '비아(거쳐)' 수요일이나 아니면 토요일에 그가 런던까지의 여행을 어느 날 실현시키려고 작정했던 오랫동안 마음에 간직해 둔 계획을 얼마간 그로 하여금 상기하도록 해주는 것이었으니, 그가 여태까지 광범위하게 여행을 해왔다고 말하는 것은 아니나 가장 긴 여행을 했다고 하는 이른바 홀리헤드[60]까지 가는 정도 이외에는 운명의 장난에 의하여 여행을 별반 해보지 못한 풋내기 여행가로 언제까지나 머물러 있긴 했어도 마음속으로 그는 스스로를 타고난 모험가라 여겨왔던 것이다. 마틴 커닝엄이 누구이 이건[61]을 통해 패스를 한 장 얻어 주겠다고 이야기는 하고 있지만 어떤 괘씸한 장애(障石疑)나 또는 언제나 불시에 나타나는 에누리 없는 결과 때문에 그와 같은 계획이 실패로 돌아가고 말았던 것이다. 그러나 필요한 돈을 현장에서 치르고 보이드[62]의 마음을 비탄에 잠기게 한다 할지라도, 그가 가려고 생각하고 있는 멀린가 시(市)까지의 왕복 차비가 5실링 6펜스라는 걸 생각하면 기껏해야 몇 기니 정도는, 지갑이 용납하는 한, 그렇게 비싼 것은 아니었다. 여행은 기운을 내게 하는 오존 때문에 건강에 참으로 유익하며 온갖 면에서 철저하게 유쾌한 것이리라, 특히 간장이 정상이 아닌 사람을 위해서는 말할 것도 없거니와, 도중에서, 플리머스, 팔머스, 사우샘프턴[63] 그리고 기타 여러 다른 곳을 방문하고 마지막에는 현대의 바빌론의 광경, 위대한 수도(首都)의 교훈적인 관광 여행으로 장식하게 될 것인즉, 그곳에서 그는 의심할 여지없이 가장 커다란 개량(改良) 장치가 붙은, 탑(塔),[64] 사원(寺院),[65] 우리들의 면식(面識)을 새롭게 해줄 파크 레인[66]의 화려함을 보게 되리라. 결코 나쁘다고는 할 수 없는 한 가지 개념으로써 그를 감동시킨 또 하나의 생각은 혼욕탕(混浴湯)과 제1급의 광천요법소(鑛泉療法所) 및 온탕장(溫湯場)이 있는 마게이트를 비롯하여, 이스트본, 스카버러 기타 등등 가장 뛰어난 유흥지들, 아름다운 본머스,[67] 해협의 섬들 그리고 이와 비슷한 수려한 지역들을 포함하여, 하기(夏期) 음악 연주 여행에 관해 계약을 체결하기 위해 애쓰며 순회하기 위하여 그는 현장을 두루 살필 수 있으리라, 그런데 그것은 아마 굉장히 수지가 맞을는지도 모른다. 물론, 이를테면, 손가방 좀 빌려 주시면 당신한테 티켓을 우송해 드릴게요, 따위의 C P 맥코이 부인과 같은 타입처럼, 구석구석 샅샅이 뒤지는 무리들 또는 야단법석을 떠는 지방 출신의 부인들과는 어울리지 말아야 할 것이다. 천만에, 최고급, 아일랜드의 올스타급(級), 트위디-플라우어 그랜드 오페라단,[68] 주연여우(主演女優)는 단장(團長) 자신의 정식 부인으로, 엘스터 그림즈단 및 무디-매너즈단[69]과 맹렬한 대적자(對敵者)가 될 수 있는 일단(一團)으로, 단지 누군가가 뒤에서 필요불가결한 책동(策動)을 조금만 행하고, 약간 허풍을 떨어 지방 신문의 칭찬과 지지를 얻을 수만 있다면 그리하여 장사와 쾌락을 결합하게만 해준다면, 그와 같은 일은 아주 간단한 일로서 성공은 아주 낙관할 수 있으련만. 그러나 누가? 그것이 문제였다.

또한, 언제나 번거롭고 많은 사무적인 일과 무능하고 케케묵은 자들 그리고 일반적으로 명칭이들이 꾸물거리고 있는 번문욕례청(繁文縟禮廳)[70]에서 토의되어진바, 여러 번 '따삐스(심의(審議))' 중에 있었던, 피쉬가드-로슬레어 항로(航路)[71]에 '아 프로뽀(관하여),' 시대와 부응(副應)할 새로운 항로의 개설이 활발하게 진행되어야 할 것이라는 생각이, 실제로 아주 적극적이라 할 수는 없으나, 그의 마음을 몹시 감동시켰던 것이다. 분명히 거기에는 일반 대중의, 서민(庶民)의, 여행의 수요(需要)에 호응하여 대(大)사업 추진에 요청되는 좋은 기회가 있었던 것이니, 말하자면, 브라운, 로빈슨 주식회사 따위.

보통 세상 남자가 자신의 체력을 실제로 향상시킬 필요가 있을 때 한두 파운드의 하찮은 돈 때문에, 그들이 살고 있는 세상을 좀 더 구경하지도 못한 채 그 대신 나의 시대에 뒤진 늙은 영감이[72] 나를 아내로 맞아들인 이래 언제나 그리고 지금까지 집에 틀어박혀 있다는 것은 유감스럽고 또한 표면상으로 불합리한 일로서 오늘날 우리들이 큰소리로 떠들어대는 사회에 대하여 적잖은 비난의 대상이 되는 것이다. 결국, 이런 제기랄, 그들은 일년중 열한 달 내지 그 이상을 지루하게 보내는지라 여름철의 답답한 도시 생활을 겪은 뒤, 특히 귀부인인 자연이 최고 장관을 이룰 때 새로운 수명(壽命)의 연장을 위해 조금도 부족함이 없는 '브뉘(환경)'의 급진적인 변화를 감득(感得)할 만한 권리는 가질 수 있는 것이다. 고향의 섬도 휴가자들을 위한 그만한 훌륭한 기회를 줄 수 있는 곳으로, 더블린이나 그 근교 또는 그림같이 아름다운 교외에도 신체를 위한 건강제뿐만 아니라, 넘치는 매력을 제공해 주는, 회춘(回春)의 숲의 유람자들이 있는가 하면, 더욱이, 증기 궤도(軌道)가 통하는 풀라포우카 폭포를 위시하여, 미친 속세의 군중들과 멀리 떨어진 채,[73] 비가 내리지 않는 한, 나이 지긋한 자전거 타는 사람들을 위한 이상적인 이웃이요, 당연히 아일랜드의 정원이라 불리는 위클로우[74]가 있으며, 또한 만일 소문이 사실이라면 '꾸 되이이(경관〔景觀〕)'가 비상하게 수려하다고 하는 도네갈[75]의 황야가 있는 것이니, 또한 마지막에 열거한 이 지역은 교통이 불편하여 쉽사리 도달할 수 없는 곳인지라 그곳에 몰려오는 방문객의 수도 그곳에서 얻는 뚜렷한 이익에 비하면 예상 외로 그렇게 많지는 않았다. 한편 실큰 토머스,[76] 그 레이스 오멀리,[77] 조지 4세[78]의 역사적 유적(遺蹟)들과 그 밖의 여러 가지가 있는, 해발 수백 피트에 피는 만병초꽃으로 유명한 호우드 언덕은 빈부노소(貧富老少) 할 것 없이 모든 사람들이 즐겨 드나드는 곳으로 특히 봄철에는 젊은 사람들이 일시적인 기분으로, 고의적이든 우발적이든, 어쨌든, 일반적으로 왼발을 헛디디어,[79] 절벽으로부터 떨어져 죽음의 제물이 되긴 하지만, 기념탑[80]으로부터 달리면 45분 정도밖에 걸리지 않는 곳에 있었다. 물론 오늘날의 관광 여행은 말하자면, 아직도 순전히 유년기를 벗어나지 못했거니와, 시설 면에서도 개선되어야 할 점이 수없이 많은 것이다. 순수하고 단순한, 호기심의 동기에서 미루어 보아 재미있을 것이라 그가 느낀 것은 노선(路線)이 형성된 것은 교역(交易) 때문인지 또는 그와 정반대인지 아니면 사실상 그 양자(兩者) 때문인지 하는 것이었다. 그는 카드 그림의 이면을 뒤집어, 스티븐에게 그것을 넘겼다.

— 난 한때 어떤 중국인을 보았어, 하고 그 대담한 이야기꾼이 말했다, 그런데 그는 퍼티처럼 생긴 조그마한 알약을 갖고 있었는데 그것을 물에다 집어넣자 그 약이 모두 열리더니 알약 하나하나의 형태가 달라지지 않겠어. 그중 한 개는 배〔船〕가 되고, 또 한 개는 집이 되고, 또 다른 한 개는 꽃이 되었단 말이야. 수프에 생쥐를 넣어 요리해 먹지요, 하고 그는 입맛을 돋우듯 덧붙여 말했다, 진짜 중국내기들은 그렇게 하지.

좌중의 사람들의 얼굴에서 반신반의의 표정을 필경 눈치챈 듯한 그 지구(地球)의 배회지는 자신의 모험담을 끈기 있게, 계속하는 것이었다.

— 그리고 나는 어떤 사나이가 트리에스트에서 이탈리아 놈한테 살해당하는 것을 보았지. 등골이 칼에 찔려서. 이런 칼이야.

이야기를 하는 동안 그는 그의 성격과 썩 잘 어울리는 위험스럽게 보이는 잭나이프를 꺼내 찌를 듯이 그걸 쥐어 보였다.

— 어떤 갈보 집에서 두 밀수업자들 사이에 벌어진 시비 때문이었지. 한 놈이 문 뒤에 숨어 있다가, 등 뒤에서부터 달려든 거야. 이렇게 말이야. *네 하느님을 만날 준비를 하란 말이야*[81] 하고 녀석은 말하는 거야. 질꿋! 칼이 자루 끝까지 그의 등을 뚫고 들어갔어.

그는 졸린 눈으로 일동을 둘러보며 다른 사람들이 혹시 하고 싶은 질문을 하더라도 이제는 더 이상 받아들이지 않겠다는 뜻을 보였다.

— 이건 참 좋은 강철이군 그래, 하고 그는 말을 반복했다, 그의 무시무시한 '스틸레토(단

검)'를 자세히 조사하면서.

아무리 강한 자라 할지라도 놀라기에 충분한 '데누망(대단원)'이 끝나자 그는 칼날을 찰칵 닫아 문제의 그 무기를 전과 같이 공포의 방(房),[82] 말하자면 호주머니 속에 집어넣었다. — 그들은 칼 붙이 쓰는 데는 솜씨가 대단하거든, 하고 이제까지의 얘기에 분명히 아무것도 모르고 있던 누군가가 좌중의 모든 사람들을 위해 말하는 것이었다. 그 때문에 무적혁명당원들의 공원에서의 암살 사건은 외국인에 의하여 감행된 거라고들 생각하는 거지,[83] 칼을 사용했기 때문에 말이야.

'모르는 게 약이니라'[84]라고 하는 것과 같은 정신에서 분명히 얘기되어진 이 말에 B 씨와 스티븐은, 엄격히 '엉트르 누(비밀)'에 속하는 종교적 침묵 속에, 산양 껍데기, '알리아스(즉)' 오두막의 주인이, 그의 끓는 그릇으로부터 액체를 따르고 있는 쪽을 향해 머리카락 한 오라기 돌이키지 않은 채, 두 사람 다 본능적으로 각자 특이하게 의미심장한 시선을 서로 교환하는 것이었다. 집 주인의 형언할 수 없는 얼굴은 참말로 하나의 예술 작품이요, 필설로는 표현하기 어려운, 그 자체가 하나의 완전한 연구 대상으로서, 자신은 어떤 일이 일어나고 있는지를 전혀 알지 못하고 있는 듯한 그런 인상을 풍겨 주었다. 기묘한 일이었다, 참으로!

제법 한참 동안의 침묵이 계속되었다. 사나이 하나가 커피로 얼룩이 진 석간신문을 때때로 생각난 듯이 읽고 있었고, 또 한 사람은 토인의 '쇼자 드(오두막)'가 그려져 있는 카드를, 다른 한 사람은 수부의 해고(解雇) 증명서를. 블룸 씨, 그 개인으로 말하면, 침울한 기분에 잠긴 채 뭔가 곰곰 생각하고 있었다. 그는 얘기되어진 그와 같은 사건이 마치 어저께라도 발생했었던 것처럼 생생하게 기억에 떠오르는 것이었으니, 20년 전, 비유적으로 말하건대, 문명세계를 폭풍으로 몰아넣었던 토지 문제[85]가 일어났던 그 당시, 80년대의 초기, 정확히 말해서 81년, 그가 꼭 열다섯 살로 접어들던 그때였다.

— 야, 두목, 하고 수부가 말참견했다. 그 서류를 이리로 돌려주구려.

요구가 이루어지자 그는 사그락 사그락 소리를 내면서 서류를 그러모았다.

— 당신은 지브롤터의 암산(岩山)을 보셨소? 하고 블룸 씨가 물었다.

수부는, 입담배를 씹으면서, 네, 그럼요 또는 아니, 라고 말하는 식으로 얼굴을 찌푸려 보였다.

— 아하, 당신은 역시 그곳에도 가보았구려, 하고 블룸 씨가 말했다, 유럽의 극점(極點)[86] 말이오, 그는 방랑자가 필경 뭔가 회상할 수 있으리라는 희망 속에서 그렇게 말했던 것이나, 상대방은 아무런 회상도 하지 못한 채, 단지 한 줄기 침을 내뱃밥에다 내뱉었을 뿐, 그리고 일종의 느린 조소를 띠우며 머리를 흔들었다.

— 그게 몇 년쯤 됐지요? 하고 B 씨가 말을 덧붙였다. 그때의 배 이름을 기억할 수 있겠소?

우리들의 '스와 – 디장(자칭)' 수부는 대답하기에 앞서 배고픈 듯이 잠시 느릿느릿 입담배를 쩍쩍 씹고 있었다.

— 나는 바다의 그따위 모든 암초에 지쳤단 말이오, 하고 그는 말했다, 그리고 보트와 배에도. 언제나 소금 덩어리뿐이라니까.

피곤한 듯, 그는 말을 멈추었다. 그의 질문자는 이러한 교활한 늙은 고객으로부터 별다른 기분전환을 더 이상 얻을 성싶지 않음을 눈치챘는지라, 지구 주위를 둘러싸고 있는 물의 거대한 용적(容積)에 관한 막연한 명상으로 빠져 들어갔던 것이니, 지도를 우연히 흘끗한 번 쳐다보기만 하더라도 드러나듯이, 물은 지구 표면의 4분의 3을 충분히 덮고 있는지라 따라서 바다를 지배한다는 것이 어떠한 뜻인가를 그가 충분히 이해하고 있다고 말해도 족하리라. 한 번 이상 적어도 열두 번은, 돌리마운트의 노드 불[87] 근처에서, 그는 분명히 직무대만으로 쫓겨난 듯한 한 늙은 수부가 특별히 향기롭지도 못한 바닷가 제방 위에 습관처

럼 앉아서, 아주 분명히 바다를 빤히 쳐다보며, 그리고 바다가 그를 쳐다보며, 어느 누군
가가 어느 곳에서 노래를 부르고 있는 신선한 숲과 새로운 목장에 관해 꿈꾸면서, 앉아 있
는 것을 목격한 적이 있었다. 그런데 거기에는 어떠한 이유가 있는 것인지 그를 의아스럽게
했었다. 아마 그 늙은 수부는 운명의 여신(女神)을 유혹하면서, 대척지(對蹠地)나 뭔가 그
와 비슷한 곳을 위아래로 그리고 너머로 밑으로, 글쎄, 확실치는 않지만 아래일 테지, 파도
에 뒹굴면서, 스스로 비장물(秘藏物)을 찾아내려고 애쓰고 있었으리라. 그런데 그와 같은
것을 찾아낼 가능성은 20분의 1인지라 실제적으로 그와 같은 비장물을 찾으려야 찾을 길이
없었던 것이다. 그럼에도 불구하고, 그와 같은 일은 '미누티외(자세하게)' 설명하지 않더라
도, 바다는 언제나 그의 전성기를 이루는지라 그리고 당연히 모든 사물의 자연적인 과정에
서 어느 누구인가가 자기 위를 향해하며 신의(神意)에 반항하면서 나아지지 않으면 안 된
다는 감명 깊은 사실이 그곳에 존속해 있음을 알고 있는지라, 비록 그럴 때 인간들이라면
마치 똑같은 취지에서 행해지는 지옥의 관념이나 추첨 및 보험처럼 일반적으로 그러한 무
거운 짐을 어떻게 하여 타인에게 뒤집어씌울까, 하고 애쓰고 있음을 폭로해 줄 뿐이지만,
그런고로 다른 이유를 위해서라기보다 바로 그러한 이유 때문에 구명(救命) 보트를 마련
키 위한 모금 일요회(募金日曜會)는 매우 칭찬받을 관례로서, 일반 대중은, 사실상, 그들
의 거소(居所)가 내륙이든 바닷가든, 그와 같은 것을 절실히 느껴 왔던 터라, 그러한 관례
에 대한 감사를 수상(水上) 경찰서장이나 해안 경비대장에게 베풀어야만 할 것인즉, 그들
은 어떠한 계절에도 불구하고 *아일랜드는 각자에게 기대하노니*[88] 등등 의무가 요구될 때는
사람들에게 삭구(索具)를 씌워 폭풍우 속에 배를 바다 밖으로 밀어내지 않으면 안 되거니
와 그리하여 때때로 겨울철에는, 언제 뒤집힐지 모를, 아일랜드의 등대선들, 키쉬 및 그 밖
의 것들을 잊어서는 안 될 무시무시한 시기를 경험하게 되는 것이니, 그런데 자신도 언젠가
그의 딸과 함께 키쉬를 타고 회항(回航)했을 때 폭풍은 말할 것도 없고, 매우도 파도치는
어떤 날씨를 경험했었다.
— 「유랑자(Rover)」란 배를 타고 나와 함께 항해한 어떤 녀석이 있었지, 하고 나이 많은 노
련한 수부이자, 그 자신이 바로 유랑자인, 그는 말을 이었다. 상륙하여 월(月) 6파운드를
받고 신사의 급사라는 수월한 일을 맡아 했었소. 지금 내가 입고 있는 것은 그의 바지인데
게다가 그는 내게 한 벌의 방수복(防水服)과 아까 그 잭나이프를 주었어. 면도질이나 솔질
같은 일쯤은, 나도 할 용의가 있지. 이제 떠돌아다니기가 싫단 말이야. 내 아들, 대니라는
놈이 있는데, 바다로 도망치자 그의 어미가 그를 코크에 있는 어떤 포목점에다 취직을 시켰
지, 그래서 그도 아마 그곳에서 수월한 돈벌이를 하고 있을 거야.
— 몇 살인데요? 하고 듣고 있던 한 사람이 물었다. 그는 그런데, 옆에서 보면, 시청 서기
인, 헨리 캠벨[89]과 약간 닮은 데가 있었는데, 사무실의 극심한 노역(勞役)으로부터 도망쳐
나와, 물론 목욕도 안 한데다가 초라한 자림새에 그리고 코언저리에 알코올의 강한 기미를
띠고 있었다.
— 아무렴, 하고 수부는 당황한 듯한 말투로 천천히 대답했다. 내 아들, 대니 말이오? 추측
컨대, 열여덟 살쯤 되었을 거요.
　　스키베린[90] 출신의 이 아버지는 그런 다음 회색인지 또는 때가 묻어 그런 것인지 몰라
도 아무튼 그의 셔츠를 두 손으로 열어젖혀 자신의 가슴을 풀어헤치는 것이었으니, 그러자
그 위에 닻을 의미하는 듯한 푸른 차이니스 잉크의 문신(文身)으로 된 한 개의 상(像)이
나타났다.
— 브리지워터의 고놈의 침대 속에는 이가 있어, 하고 그는 말했다, 틀림없어. 내일이나 모
레쯤 목욕을 해야겠군. 고놈의 까만 것들은 정말이지 질색이라니까. 정말 그따위 놈들은 싫
지. 피를 빨아 말려 버리니까, 정녕코.

좌중의 사람들이 모두들 자기의 가슴을 쳐다보고 있는 것을 눈치채자 그는 선선히 셔츠를 한층 더 풀어헤쳤으니, 그리하여 수부의 희망과 안식을 의미하는 유서 깊은 상징 꼭대기 위에 16이라는 숫자[91]와 약간 찡그리고 있는 한 젊은이의 얼굴 옆모습을 모두들 뚜렷이 볼 수 있었다.

— 문신이야, 하고 전시자(展示者)는 설명했다. 이것은 우리들이 달턴 선장 통솔하에 흑해의 오데사[92] 항에 정박하고 있었을 때에 한 거요. 안토니오라는 자가, 이렇게 했지. 그런데 그는 그리스인, 바로 그자였지.

— 그렇게 할 때 몹시 아프지 않았소? 하고 한 사람이 수부에게 물었다.

그러나, 이 영걸(英傑)은 주위를 쓸어 모으기에 여념이 없었다. 그의 살갗을 어떻게 하든, 눌러 뭉그러뜨리며 또는.

— 자 보시오, 하고 그는 안토니오의 얼굴을 만들어 보이며, 말했다. 자 이건 그녀석이 조수(助手)에게 욕설을 퍼부을 때의 얼굴이오. 그리고 자 이번에는 이런 얼굴을, 하고 그는 덧붙여 말했다. 똑같은 녀석의 얼굴이, 분명히 어떤 특수한 기술로서, 그가 손가락으로 살갗을 잡아당기자, 엉터리 얘기를 듣고 너털웃음을 짓는 것이었다.

그런데 사실상 안토니오라 불리는 그 젊은이의 잿빛 얼굴은 실제적으로 억지 미소를 짓고 있는 듯이 보였기 때문에 그와 같은 불가사의한 효과가 이때 카운터 위로 몸을 뻗고 있던, 산양 껍데기를 포함하여 모든 사람의 숨김없는 감탄을 자아냈다.

— 아아, 아아, 하고 수부는, 그의 사나이다운 가슴을 내려다보면서, 한숨을 내쉬었다. 그도 사라지고 말았지. 결국 상어 밥이 되고 말았단 말이오. 아아, 아아.

그가 붙들고 있던 살갗을 풀어 놓자 얼굴의 반면상이 본래의 정상적인 표정으로 되돌아갔다.

— 맵시 있는 작품이군, 하고 한 사람의 부두 노동자가 말했다.

— 그런데 그 숫자는 무슨 뜻이오? 하고 놈팡이 2호가 물었다.

— 산 채로 잡아먹었나? 하고 세 번째 사나이가 수부에게 물었다.

— 아아, 아아, 하고 다시 그 후자(後者)의 인물이, 숫자에 관해서 묻는 질문자의 방향으로 아주 잠깐 동안 미소를 반쯤 보내며 이번에는 보다 쾌활하게, 다시 한숨을 쉬었다. 밥이 되고 말았어. 그인 그리스인이었어.

그런 다음 그는 안토니오의 확실한 최후를 생각하면서 오히려 사형수의 익살을 부리며 다음과 같이 덧붙여 말했다.

— *너무해요 안토니오,*
  날 혼자 남겨 두고 떠나다니.[93]

검은 밀짚모자 아래로 한 사람의 윤기 나는 수척한 매춘부의 얼굴이 돈벌이가 될 만한 게 뭐 없나, 하고 직접 정찰 나온 듯 오두막의 문 주위를 비스듬히 휘둘러보았다. 블룸 씨는, 어느 쪽을 봐야 할 것인지 거의 알지 못하여 어리둥절했지만, 표면상 침착한 체 잠시 얼굴을 다른 데로 돌렸던 것이니, 그리고, 바로 마부(馬夫)인 듯싶은 사나이가, 옆에다 두고 간 핑크색의 애비가(街)의 기관지(機關紙)[94]를 테이블에서 집어 거기에 눈을 붙이고 있었다, 그런데 왜 핑크색일까 의심하면서. 그가 이렇게 한 이유는 그날 오후 오먼드 부두에서 언뜻 본 적이 있던 그와 똑같은 얼굴을, 이를테면, 약간 백치(白痴) 같은 골목길의 여인의 모습을 바로 그 순간 문 주위에서 목격했기 때문인지라, 그녀[95]는 그대와 함께 있던 갈색 옷을 입은 귀부인(B부인)을 알고 있으며 혹시 세탁할 게 뭐 없는지를 묻던 여인이었다. 그런데 왜 하필이면 세탁에 관해 물었을까 아무래도 무슨 뜻을 품고 있는 게 아냐, 그대의 세탁물이라. 하지만 솔직한 마음 때문에 고백하지 않을 수 없는 일이나 그는 홀레스가에 살

고 있었을 때 그의 아내의 때문은 속옷을 빨아 준 일이 있었으니, 바꾸어 말해서, 만일 여
자들도 정말로 남자를 사랑하고 있다면, 불리 앤드 드래퍼 상[96]의 잉크로 두문자가 찍힌
(실은, 그녀의 속옷 얘기지만) 남자의 비슷한 속옷을 빨아 주고 싶어 할 거고 또한 빨아 주
는 것이다. 나를 사랑한다면, 내 불결한 셔츠도 사랑할지로다.[97] 하지만 지금 당장은, 몹시
조바심을 느끼고 있는 터라, 그녀가 같이 있어 주기보다는 빨리 자기 집으로 돌아가 주었으
면, 하고 그는 욕망했나니 그런고로 오두막의 주인이 그녀에게 빨리 저리로 가버리도록 난
폭하게 신호를 했을 때 이제 살았구나, 하는 생각이 들었던 것이다. 《이브닝 텔레그라프》지
의 모서리 너머로 그가 문간 주변에 서성거리고 있던 그녀의 얼굴을 흘끗 급히 쳐다보았을
때 그녀는 약간 제정신이 아닌 듯 미친 사람처럼 일종의 흐리멍덩한 웃음을 쌩긋 웃으며,
선장 머피의 어부다운 가슴 주위에 매혹된 듯 주목하고 있는 사람들의 시선을 분명히 흥미
를 갖고 쳐다보고 있었으나, 그대로 자취를 감추고 말았던 것이다.
— 군함(軍艦)[98]이다, 하고 주인이 말했다.
— 이해 못할 일이야, 하고 블룸 씨가 스티븐에게 털어놓았다, 의학적(醫學的)인 얘기지만,
로크 병원[99]에서 퇴원한 몸에서 병균을 내뿜고 있는 저따위 불행한 여인이 어떻게 하여 후
안무치(厚顔無恥)하게도 남자를 유혹하며 또는 누구든지 건실한 생각을 가진 남자가, 만일
자기의 건강을 조금이라도 중요하게 여길 줄 안다면 어떻게. 불행한 여인이지! 물론 그녀
를 현재와 같이 만들어 놓은 것은 결국 어떤 남자에게 책임이 있다고 나는 생각하지만. 더
욱이 이와 같은 원인이 어디에서 오든지간에……
　　스티븐은 아까 그 여자에 대해서는 눈치채지도 못한 채 어깨를 움츠리며, 단지 다음과
같이 말하는 것이었다.
— 이 나라에서 사람들은 그녀가 여태껏 팔았던 것보다 훨씬 더 중요한 것들을 팔아서 장사
를 잘하고 있지요.[100] 육체를 팔지만 혼(魂)을 살 정도의 힘을 갖고 있지 않은 자들을 두려
워할 것은 없어요.[101] 그녀는 서투른 상인입니다. 그녀는 비싸게 사서 싸게 파니까요.
　　손위 남자인 그는, 비록 노처녀나 정숙한 아가씨의 수단과 같은 그런 방식으로 얘길
하지는 않았으나, 하나의 필요악으로서의, 저따위 여인네들은 (이런 문제에 대한 노처녀의
지나친 결벽성과는 전혀 별개의 것으로 하더라도) 특정(特定) 당국에 의해 허가도 받지 않았
거니와 의학적으로 검사도 받지 않았다는 것은 '인스딴떼르(당장이라도)' 그 종지부를 찍어
야만 할 지극히 나쁜 치욕이라고 말하는 것이었으니, 즉 그러한 일은, 진실로 말하거니와,
그가, 한 사람의 '빠떼르파밀리아스(가장(家長))'로서, 애당초부터 완고하게 주장해 오는
바였던 것이다. 누구든지 그러한 종류의 정책을 실현하거나, 또는 그러한 일을 철저하게 세
론(世論)에 묻는 사람이야말로 그런 일에 관계하고 있는 모든 사람에게 영원한 은혜를 베
풀어 주는 것이라고, 그는 말했다.
— 자네는 한 사람의 선량한 가톨릭교도로서, 하고 그는 육제와 영혼에 관하여 얘기하면서,
자신의 소견을 피력(披瀝)했다, 영혼의 존재를 믿고 있겠지. 또는 자네 의견으로는 지성(知
性)이나, 두뇌의 힘을, 예를 들면, 저 테이블이라든지, 말하자면, 저 컵과 같은 어떤 외계의
사물과는 전혀 별개의 것으로 생각하는가. 나는 그것을 나 자신 믿고 있는데 왠고하니 그것
은 유능한 사람들에 의하여 (대뇌(大腦)의) 회백질(灰白質)의 주름으로써 설명되어 왔기 때
문이야. 그렇지 않았던들, 예를 들어, 우리는 X광선[102]과 같은 발명은 결코 갖지 못했을 거
야. 그렇지?
　　이와 같은 질문으로 추궁 당하자, 스티븐은 초인적인 노력으로 기억력을 애써 집중하
고 되새겨 마침내 이렇게 이야기했다.
— 최고의 권위에 입각하여 사람들이 저에게 말하는 바에 의하면, 영혼이란 하나의 순수한
물질인 것이며 그런고로 불멸하다는 거죠. 제가 이해하기로는, 그의 제1원인인 신(神)에 의

하여 그것이 파멸될 가능성이 없는 한, 영혼은 영원히 불멸하다는 겁니다. 그런데 신은, 제가 듣기로는, 그것을 자신의 다른 여러 가지 실질적인 유희물(遊戲物)에다 첨가할 수 있다는 거죠. 그래서 영혼의 '코루프티오 페르 세(본질적 타락)' 및 '코루프티오 페르 악시덴스(우발적 타락)'는 양자가 모두 궁전의 관례에 의하여 소외되고 있다는 겁니다.[103]

블룸 씨는 이러한 생각의 일반적인 요지를 이의 없이 철저히 받아들였으나 그러한 설명에 내포되어 있는 신비적인 미묘함은 세속적인 그에게는 도저히 이해되지 않는 것이었다. 하물며 그는 '순수한'이란 항목에 대하여 이의를 제기하지 않을 수 없었는지라, 이내 다음과 같이 대꾸했다.

— 순수하다니? 난 이 말이 거기에 타당하다고는 생각지 않아. 물론, 한걸음 양보해서, 자네가 순수한 영혼과 우연히 맞부딪히는 일은 좀처럼 없을 것이라는 건 나도 인정하는 바야. 하지만 내가 간절히 얘기하고 싶은 것은 예를 들면 뢴트겐과 같이 광선을 발명한다거나 또는 에디슨과 같이 망원경을 발명한다는 것은 참으로 중요한 일이지, 비록 그의 시절 이전 이야기로 난 믿고 있으나, 내가 말하고자 하는, 갈릴레이 같은 이 말일세, 그리고 그와 같은 발명은, 이를테면, 전기(電氣)와 같은 원대한 자연 현상의 법칙에도 적용되어지는 것이지만 초자연적인 신의 존재를 자네가 믿는다고 말하는 것과는 전혀 별개의 문제지.

— 오 그것은, 하고 스티븐이 말을 되받았다. 정황증거(情況證據)는 별개의 문제라 하더라도, 성서의 가장 잘 알려진 몇 구절에 의해 결과적으로 증명되고 있어요.

그러나 이러한 분규 점에 있어서의 양자(兩者)의 견해는, 그들 상호 간의 나이의 현격한 차이와 함께 교육의 정도나 그 밖의 여러 가지 점에 있어서 사실상 서로가 양 극점에 떨어져 있었는지라, 드디어 충돌하고 말았다.

— 되고 있다니? 하고 두 사람 가운데 보다 경험이 많은 남자가 한 가닥 불신(不信)의 미소를 띠며 자신의 본래 논점(論點)에 집착하면서, 반대하는 것이었다. 나는 그 점에 대해서는 확신할 수 없어요. 그것은 각자의 의견에 관한 문제지, 그리고 이런 문제를 종파적(宗派的)인 면으로 끌고 들어가는 것은 그만두고라도, 난 그 점에 있어서는 자네와는 '인 또또(전혀)' 의견이 다르다는 걸 말하고 싶네. 내가 믿는 바는, 자네한테 솔직하게 말하거니와, 그 따위 것들은 모두 수도사들에 의하여 기술된 순전히 날조된 엉터리 얘기에 지나지 않고 또한 〈햄릿〉과 베이컨과의 관계처럼 분명 누가 그것을 썼는가 하는 점은, 우리들의 국민적 시인(詩人)에 관해 재삼 연구해 봐야 할 커다란 문제일 거야, 자네는 나보다 셰익스피어 이론을 훨씬 잘 알고 있기 때문에, 물론 그런 얘기를 자네한테 말할 필요는 없겠지만. 그런데, 저 커피 좀 안 마시겠나? 내가 저어 줄 테니. 그리고 저 빵 한 조각만 들어요. 마치 저 선장이 싣고 온 벽돌같이 변장을 했군 그래. 결국 이 집에 없는 걸 내놓을 수는 없잖아. 조금만 들어 봐요.

— 먹을 수가 없어요, 하고 스티븐은 억지로 말을 꺼냈다, 당장에는 그의 정신기관이 더 이상 말하는 것을 거부했기 때문이다.

잔소리한다는 것은 널리 알려진 대로 소용없는 일인지라 블룸 씨는 엉겨 붙은 설탕을 찻잔 밑바닥에서 휘저어 권해 보는 게 좋을 거라고 생각하고는 커피 팰러스의 금주업(게다가 돈벌이가 잘되는)에 관해 거의 신랄할 정도로 곰곰 생각하여 보는 것이었다. 확실히 그것은 합법적인 목적이며 또한 시비를 가릴 것 없이 참으로 훌륭한 선행(善行)을 베푸는 것이었으니, 그들이 지금 들어 있는 이와 같은 역마차의 오두막은 밤의 배회자들, 음악회, 연극의 밤 그리고 유능한 사람들에 의하여 하층 사람들을 위해 행해지는 유익한 강연회(입장료 무료)를 위해 절대 금주(絶對禁酒)의 조건으로 운영되어지는 것이었다. 또 한편으로 그는 한때 그 연주회와 중요한 계약을 맺은 바 있던 그의 아내, 마리언 트위디 부인에게 경영자 놈들이 지불했던 바 실제로 그녀의 피아노 연주로서는 극히 하잘것없는 보수에 관하여

생생하게 그리고 마음 아프게 회상하는 것이었다. 그가 강력하게 믿고 싶은 것은, 선행도 1
베풀며 돈벌이도 하자는 생각이었으니, 거기에는 이렇다 할 경쟁이 있는 것도 아니었기 때
문이다. 어디에선가 어떤 싸구려 음식점에서 유독성(有毒性) 아황산염(亞黃酸鹽) $SO4^{104}$
라나 뭐라나 가 수프용 마른 완두콩 속에 들어 있다는 기사를 읽은 적이 있음을 기억했으
나 그것이 언제 어디서였는지는 그는 전혀 생각해 내지 못했다. 아무튼 모든 음식물의 감사 5
(鑑査), 의학적 검열이, 여느 때보다 한층 필요한 것처럼 그에게는 느껴졌던 것이니, 그것
은 티블 박사의 바이 – 코코아가 유행했던 것은 거기에 붙은 의학 분석표 때문이라는 것을
어쩌면 설명해 주는 것이리라.
— 자 이제 한 모금 마셔 봐요, 하고 그는 커피를 다 저은 후에 감히 말을 꺼냈다.
　이렇게 하여 아무튼 맛을 보도록 설복당한 스티븐은 손잡이를 쥐고 차가 엎질러진 갈 10
색의 홈으로부터 달그락 소리를 내며 무거운 찻잔을 들어올려 마음에 내키지 않는 듯이 한
모금의 음료를 마셨다.
— 그래도 실속 있는 거라네, 하고 그의 선량한 수호신(守護神)이 말했다, 나는 실속 있는
음식물에 대하여 꽤 까다로운 사람이야, 그가 이렇게 말하는 단 한 가지 순수한 이유는 정
신적이든 또는 육체적이든, 온갖 적절한 일을 행하기 위해서는 그 '시네 쿠아 농(필수 조 15
건)'으로서 규칙적인 식사를 해야 하기 때문이지 음식을 지나치게 탐내서 하는 얘기는 절
대로 아니었다. 자넨보다 실속 있는 음식을 먹어야만 해. 아주 딴사람이 된 것 같은 기분이
들 테니까 말이야.
— 묽은 거라면 먹을 수 있어요, 하고 스티븐이 말했다. 그러나 오, 저 나이프 좀 치워 주셨
으면 좋겠어요. 그 끝을 바로 쳐다볼 수가 없어요. 로마 역사를 상기하게 하거든요.[105] 20
　블룸 씨는 방금 얘기한 것과 같은 그 유죄(有罪)의 딱지가 붙은 물건을 이내 치웠는
데, 그것은 보통 사람의 눈으로 보아서는 특별히 로마 시대라든지 고대(古代)를 생각나게
할 것이 조금도 없는 뿔 자루 달린 뭉툭한 보통 나이프에 지나지 않았거니와, 그 끝을 살펴
보더라도 유달리 눈에 띌 정도로 뾰족하다든지 하는 점은 조금도 없었다.
— 우리들 공통의 친구 얘기는 꼭 그 자신과 닮았단 말이야, 하고 블룸 씨가 칼에 '아 프로 25
뽀(대해)', '솟또 보체(낮은 목소리로)' 그의 '꼰삐단떼(마음의 친구)'에게 말을 건네었다.
자네는 저 친구의 얘기가 정말이라고 생각하는가? 저 사나이는 밤새도록 몇 시간이고 계속
해서 이것저것 떠들어대고 있지만 그건 모두 새빨간 거짓말이란 말이야. 저이 좀 보게나.
　하지만 비록 그의 눈은 잠과 바닷바람으로 흐려져 있어도 인생이란 너무나 많은 일들
과 무서운 성질을 띤 우연한 일들로써 가득 차 있는지라 그가 자신의 가슴으로부터 털어놓 30
은 모든 속임수 가운데서 엄격하게 정확한 복음(福音)이 될 만한 본래의 많은 가망성은 일
견(一見)하여 없다 할지 몰라도 그것이 전적으로 날조(捏造)된 이야기는 아니라는 것 또한
확실히 기능성의 범위 내에 두어야 하리라.
　그러고 있는 동안에 그는 그의 정면에 앉아 있는 사나이를 계속 주시하고 있었으니 따
라서 그는 사나이를 목격한 이래 끊임없이 셜록 홈즈[106]적인 탐정을 계속하고 있는 것이었 35
다. 약간 대머리가 벗겨지려는 듯, 적지 않은 정력(精力)에 충만 된 균형 잡힌 사나이긴 하
였으나, 그의 풍채는 방금 감옥에서 풀려 나온 것 같은 어딘가 엉터리로 꾸민 듯한 데가 있
었으며 그런데도 이와 같은 교묘하게 보이는 표본적(標本的)인 인물을 뱃밥 만드는 사람이
나 디딤수레(踏車)밟이[107]와 형제 관계를 맺게 하기 위해 과격하게 억지로 상상력을 구사할
필요는 없었다. 사나이가 아까 한 말이 자기 자신의 사건이라고 가정한다면, 사람들이 다 40
른 사람들에 관하여 이따금씩 그렇듯이, 그는 상대방 남자를 자기 스스로 해치웠는지도 모
를 일이니, 즉 그는 그 사나이를 자기 스스로 죽였기 때문에 넌더리나는 4, 5년간의 감옥살
이를 했는지도 모른다. 상술한 바와 같이 멜로드라마틱한 방식으로 자기의 범죄를 보상(補

償)한 안토니오라는 인물(우리들의 국민적 시인[108]의 붓대에서 우러난 같은 이름의 극중 인물과는 아무런 관계가 없는)은 말할 필요도 없고, 또 한편으로 그는 단지 허세(虛勢)를 부리고 있는지도 모를 일인즉, 이 정도라면, 용서받을 수 있는 하나의 약점(弱點)이리니 왜냐하면 해외로부터의 뉴스들을 기다리고 있는 저런 마부들같이, 틀림없는 얼간이들인, 더블린 주민들을 만나게 될 때, 대양(大洋)을 항해한 노 수부라면 누구나 종 범선 「헤스퍼러스」호[109] 및 기타에 관하여 허풍을 떨 만도 할 테니까. 그리하여 결국 어떤 녀석이 자기 자신에 관해 떠들어댄 거짓말은 다른 놈들이 그 녀석에 관해 꾸며낸 커다란 허풍에 비하면 아마 거의 비교도 되지 않으리라.

— 알겠는가, 나는 그의 이야기가 모두 순수한 허구(虛構)라고 말하는 것은 아니야, 하고 그는 다시 말을 이었다. 흔히 있는 일은 아니지만, 그와 유사한 일들이 이따금씩 일어난단 말이야. 거인(巨人)들은, 비록 좀처럼 눈에 띄지 않을지 모르나, 간혹 한 번쯤은 볼 수 있지, 꼬마 여왕 마셀라를 말이야. 헨리가(街)의 그 밀랍 인형의 진열장 속에 앙가발이인 양 앉아 있는, 이른바, 아즈텍 사람들을 내 눈으로 직접 보았는데, 그들은 만일 누가 그들에게 돈을 지불한다 해도 자신들의 다리를 똑바로 펼 수가 없으니 왜냐하면 이곳의 근육이, 알겠는가, 하고 그는 동료에게 이야기의 대강을 간단히 일러 주며, 말을 계속했다. 오른쪽 무릎 뒤에 붙은 근육이라나 뭐라나 가 말일세, 신(神)들로서 존경을 받아, 지나치게 오랫동안 그런 식으로 쪼그리고 앉아 있었기 때문에, 전적으로 마비되어 버렸다네. 이것도 또한 순수한 영혼의 일례(一例)지 뭐야.

그러나 친구 신바드[110]와 그의 무서운 모험담에 관해 이야기를 되풀이하면서(그런데 신바드는 전에 게이어티 극장의 무대에 나선 바 있는 러드위그, '알리아스〔일명〕' 레드위즈[111]를 그에게 약간 상기시켜 주었는데 당시 마이클 건[112]이 〈유령선〔幽靈船〕〉[113]의 연출을 맡아 굉장한 성공을 거둔 바 있었는데, 그를 감탄했던 많은 사람들이 누구나 할 것 없이 그의 목소리를 들으려고, 떼를 지어 밀어닥쳤던 것이다. 비록 무대 위에서는 일반적으로 어떤 종류의 배든, 유령선이든 또는 정반대의 것이든, 기차의 경우와 마찬가지로 제대로의 효과를 나타내지 못했지만), 그와 같은 모험담에는 본질적으로 모순된 바가 없다는 것을, 그는 시인(是認)하는 것이었다. 반대로 등을 칼로 찔렀다는 아까와 같은 이야기는 전적으로 그따위 '이타리아노스(이탈리아인)'들에게 합당한 것으로, 비록 쿰가(街) 근처의 저쪽 이탈리아인 가도(街道)에서는 포테이토 칩스 류(類) 및 그 밖의 것들은 말할 것도 없고 저따위 아이스크림 상(商)이나 생선류 튀김 상들은 술도 마시지 않고 절약하는 근면가(勤勉家)들이라는 것을 그는 오히려 서슴지 않고 솔직하게 인정하는 터이지만 그 밖의 놈들은 다음날이면 남몰래 그리고 그는 말을 덧붙였다, 값싸게, '드 라구에르(필수불가결한)' 마늘과 함께 맛 좋고 진한 즙 많은 음식을 그에게서든 그녀에게서든 뺏어 먹으려고 밤이면 타인의 고양이류(類)의 무해유용(無害有用)한 동물을 닥치는 대로 쏘아 잡는 것을 서슴지 않는다는 것이었다.

— 예를 들면, 스페인 사람들은, 하고 그는 말을 이었다, 악마 올드 닉처럼 성급한, 저따위 정열적인 기질을 가진 자들은, 법률의 힘을 빌리지 않고서도 제멋대로 제재(制裁)를 가하며 그들이 아랫배에다 지니고 다니는 그와 같은 단검으로 사람의 목숨을 깨끗이 청산해 버린다네.[114] 그것은 고도(高度)의 열(熱), 일반적으로 기후 때문이야. 내 처도, 말하자면, 스페인 태생이지, 즉 혼혈(混血)인 셈이야. 실은 그녀가 원하기만 하면 그녀도 스페인 국적(國籍)을 실제로 가질 수가 있어요. 왜고하니 그녀는 (법률상으로) 스페인, 즉 지브롤터 태생이니까 말이야. 그녀는 스페인 타입이에요. 정말 까만 피부, 완전한 브루넷, 검은 것이라네. 적어도 나 개인적으로는 사람의 성격은 기후에 의하여 설명될 수 있음을 확신해요. 내가 자네더러 이탈리아어로 시를 쓰도록 요구하는 것도 바로 그 때문이지.

— 문간에 있는 놈들도 그런 기질 때문에, 하고 스티븐이 말을 가로챘다. 10실링을 가지고 그처럼 대단히 열을 내고 있었지요. '로베르토 루바 로바 수아(로베르토가 그녀석의 물건을 훔쳤어).'

— 맞았네, 하고 블룸 씨가 동의했다.

— 게다가, 하고 스티븐이 자기 자신에게 또는 어딘가의 누군지 모를 청취자를 빤히 쳐다보면서 그리고 계속 중얼거리면서 말했다. 단테의 성급함과 이등변삼각형 그가 사랑에 빠진 포르티나리양[115]과 레오나르도[116] 그리고 산 토마소 마스티노[117]의 얘기도 있어요.

— 그것이 핏속에 잠겨 있는 거야, 하고 블룸 씨가 이내 동의했다. 만물은 태양의 피에 씻겨지고 있지. 이렇게 부를 수 있는지는 몰라도, 이건 우연의 일치인데 실은 오늘 내가 자네하고 만나기 얼마 전에, 우연히 킬데어가(街)의 박물관에 있었어. 그리고 그곳에서 저 고대의 조각상들을 구경하고 있었다네. 멋지게 균형 잡힌 엉덩이와 앞가슴을 말이야. 이 나라에서는 좀처럼 그런 종류의 여인을 찾아볼 수 없을걸. 여기저기 예외는 있지만. 잘생겼어 정말이지. 어느 면에서는 자네도 예쁘다고 생각하겠지만 내가 말하고자 하는 것은 여성의 몸매란 말이야. 그 밖에도 여자들은 일반적으로 자신들의 의상(衣裳)에 별로 취미를 갖지 않는단 말이야, 그들 대부분이, 누가 뭐라든, 의상은 여성의 자연미를 더해 주는 건데도. 주름진 스타킹, 이건 아마, 나 자신의 약점인지는 몰라도 어쨌든 그따위 것은 정말이지 보기 흉해요.

그러나, 이야기의 흥미가 전체적으로 약간 김이 빠지기 시작하고 있었으니, 그때 다른 사람들은 해상(海上)의 사고라든지, 안개 속에 유실(遺失)된 배들, 빙산과의 충돌, 모두 그따위 종류의 이야기를 시작하고 있었다. 어이 배, 하고 부르는 수부도 물론 자기 나름대로 하고픈 얘기를 했다. 그는 희망봉을 몇 번이고 회항(回航)한 적이 있으며 지나해(支那海)에서 바람의 일종인 몬순 계절풍을 용케 견뎌냈던 것이다. 그리고 심해(深海)의 그러한 온갖 위험을 통하여 그를 지켜 준 단 한 가지 물건, 그는 선언하는 것이었다. 또는 그와 같은 취지의 말, 그를 구해 주고 그가 하느님처럼 섬기는 메달을 몸에 항시 지니고 다녔던 거다.

그리하여 잇달아 그들의 화제(話題)는 다운트의 암초[118] 저쪽의 난파(難破), 저 불행한 노르웨이의 바크 돛단배의 난파에까지 뻗어 갔다. 그런데 그 순간 아무도 그 배의 이름을 생각해 낼 수가 없었으나 드디어 그때 흡사 헨리 캠벨의 용모를 한 그 삯 마차의 마부가 부터즈타운 해안[119]의 「팜」호[120]라는 배의 이름을 생각해 냈던 것이다. 이 사건은 그해 도시의 특별한 화젯거리였었다(앨버트 윌리엄 퀼은 그것을 주제로 하여 《아이리쉬 타임즈》지에 유별나게 훌륭한 정말 독창적인 시[121] 한 편을 썼었다), 사나운 파도가 배 위를 마구 넘나들었으며 해안에 모여든 군중들과 군중들이 동요하며 공포에 질린 채 넋을 잃고 있었다. 그리자 그때 어떤 사람이 짙은 안개 낀 날씨에 정반대의 침로(針路)를 달려오던 「모나」호와 충돌하여 승무원 전원(全員)이 행방불명이 되어 버린 스완시(Swansea)의 기선 「레이디 케언즈」호의 사건[122]에 관해 무언가를 이야기했다. 아무런 구조도 받지 못했던 것이다. 「모나」호의 선장은, 충돌 칸막이벽이 무너지지 않을까 염려된다고 말했다. 배의 창내(艙內)에는, 아마도, 물이 들어오지 않은 것 같아.

바로 이 국면에 한 가지 사건이 발생했다. 돛을 펼쳐야 할 필요가 있었는지라[123] 수부가 자리를 비웠던 것이다.

— 뱃머리를 좀 건너가게 해줘 친구, 하고 그는 옆 사람에게 말했는데 그때 후자는 막 평화스런 단잠 속에 조용히 빠져들고 있는 참이었다.

그는 육중하게, 느릿느릿 마치 땅딸막한 닭의 걸음걸이로, 문 있는 곳까지 걸어가서는, 그곳에 있는 층계 한 단을 묵직이 밟고 '오두막' 밖으로 나가 왼쪽으로 방향을 돌렸다. 그가 나아갈 방향을 잡으려 하는 동안 블룸 씨는 그 사나이가 자리에서 일어나서 그의 타는 듯한 창자를 혼자 몰래 가라앉히기 위해 선원용 럼주처럼 보이는 두 개의 술병을 양쪽 호주머니 속에 꽂고 있는 것을 보았는데, 그는 그중 한 병을 꺼내 코르크 마개를 뽑거나 아니면 나사를 돌려 마개를 뺀 다음, 병 주둥이를 입술에다 갖다 대고, 병으로부터 맛좋고 기분을 상쾌하게 해주는 한 모금의 술을 목구멍에서 꿀꺽꿀꺽 소리가 나도록 들이켜는 것이었다. 감정을 억제하지 못하는 블룸 씨는, 저 능구렁이 같은 놈이 여성이라는 인력(引力)에 끌려 교묘한 술책을 부리기 위해 밖으로 나가는 것이 아닌가, 하는 날카로운 의심을 또한 품고 있었지만 그러나 그녀는 사실상 이미 사라진 지 오래였으니, 그리하여 블룸 씨가 눈을 긴장시켜 쳐다보자, 그때 럼주의 효력에 의하여 기분이 한껏 나아진 그 노수부가, 루프 라인 철교의 다리와 들보를 마치 이해가 가지 않은 듯이 유심히 쳐다보고 있는 것을 목격할 수가 있었는데 그것은 수부가 지난번 방문한 이래 근본적으로 개조(改造)되어 있었기 때문이다. 이쪽에서 눈에 띄는 않았으나 누군가 한 사람 또는 몇몇 사람이 청소위원회가 청소의 목적으로 도처에 세워 둔 남자용 변소를 그에게 가르쳐 주었는데, 그러나 침묵이 완전히 지배했던 얼마 동안의 시간이 흐른 뒤에 수부는, 분명히 경원(敬遠)하다시피, 한층 가까운 곳에서 소변을 보았던 것이니, 그러자 그의 현수(舷水) 소리가 그 후 얼마 동안 땅 위에 콸콸 쏟아지고 있었는데 그 소리는 분명 그곳 거리마차의 행렬에 매어 둔 한 마리의 말을 잠 깨우게 하고 말았다. 아무튼 잠에서 깨어난 말 한 마리가 새 발판을 찾아 땅을 파자 마구가 징그렁 하고 울렸다. 활활 타고 있는 코크스 화로 옆 보초막 속에서 얼마간 안면방해(安眠妨害)를 받은 석재시역소(石材市役所)의 그 파수꾼은, 비록 지금은 기운이 빠지고 쇠약해 있지만, 전부터 그를 알고 있는 인정(人情)의 명령에 의하여 패트 토빈이 구해 준 일시적인 직업에 종사함으로써 지금은 사실상 교구세(敎區稅)에 의존하고 있는, 다름 아닌 전술한 바의 검리 그 사람인데, 그는 보초막 속에서 몸을 비틀며 흔들거리고 있다가, 마침내 사지(四肢)를 가다듬고 다시 몽신(夢神)의 팔 안에 안겼던 것이니, 예전에는 가장 존경받는 친척을 가졌으며 태어난 이래 훌륭한 가정적 안락(安樂)에 익숙했고 한때는 연간 1백 파운드의 에누리 없는 돈을 벌어들였던 그에게 가장 혹독한 정말로 무서운 운명이 다가왔던 것이며, 이 흐리멍덩한 당나귀 녀석은, 자신이 번 돈을 물 쓰듯 다 써버리고 말았던 것이다. 그리하여 이따금 야단법석을 떨며 판치고 돌아다니다가 이제는 거지처럼 무일푼이 되어 이처럼 쇠사슬에 얽매인 채 속수무책(束手無策)이 되고 만 것이다. 얘기를 들어볼 필요도 없이 그는 술을 마셨던 것이고 이것은 다시 한 번 그에게 하나의 교훈을 계시해 주었던 것이니 만일 — 그러나, 이건 정말 중대한 만일이지만 — 그가 자신의 그와 같은 유별난 편협성(偏狹性)을 애써 치료할 수만 있었더라면, 지금쯤 그는 쉽사리 대규모의 사업에 성공해 있으련만.

그동안 좌중의 모든 사람들은 연안(沿岸) 항로와 해외 항로에 있어서의, 아일랜드 해운업(海運業)의 쇠퇴를 크게 개탄하고 있었는데, 이 양자는 어느 것이나 할 것 없이 정말 중요한 것이었다. 팔그레이브 머피 회사[124]에서 제조된 한 척의 배가 알렉산더라 도크[125]에서 진수(進水)되었었는데, 그것이 그해의 유일한 똑딱선이었었다. 어지간히 항구의 수는 많았으나 귀항하는 배는 여태 한 척도 없었던 것이다.

난파(難破) 그리고 난파선 약탈자들이 연거푸 나타났던 거요, 하고 분명히 그 일에 '오 패(정통)' 했던, 오두막의 주인이 말했다.

그가 확신하고 싶었던 것은 그 배가 왜 하필이면 골웨이 만(灣)의 단 하나밖에 없는 암초에 충돌하느냐는 것이었으니, 그것도 워딩턴 씨라나 뭐라나 하는 그와 비슷한 이름을 가진 자[126]가 막 골웨이 축항(築港) 기획을 제안했을 때가 아니었던가, 응?[127] 그날의 일을 위해 영국정부가 그에게 얼마나 많은 뇌물(賂物)을 주었는지 당시의 선장에게 물어 보구려, 하고 그는 사람들에게 권고했다. 레버 기선회사의 존 레버 선장[128] 말이야.

— 제 얘기가 옳지요, 수부 양반? 하고 그는, 슬그머니 혼자서 술을 마시고 또 그 밖의 힘의 행사를 치른 다음 방금 되돌아온, 수부에게, 물었다.

그러자 저 영걸(英傑)은 방금 들은 것이 말이라기보다는 노래의 한 가닥 단편(斷片)이라는 낌새를 포착한 듯 제 딴에는 음악이랍시고 하지만 대단히 웡기 있게 무슨 뱃노랜지 뭔지를 제2음정 또는 제3음정에 맞추어 목구멍소리로 그르렁거리는 것이었다. 그러자 그때 블룸 씨의 예민한 귀가 그가 씹고 있던 입담배(사실 그것이었다) 같은 것을 내뱉을 듯한 소리를 들었다. 그런고로 그가 술을 마시거나 소변을 내뿜고 있었을 동안에는 잠시 담배를 주먹에 맡기고 있었으며 문제의 그 타는 듯한 술을 마신 뒤로는 얼마간 신맛이 났었음에 틀림없었을 것이었다. 아무튼 그는 방뇨(放尿) — '큼(兼(兼))' — 음주(飮酒)를 성공적으로 끝마친 다음, 다시 '스와레(주연(酒宴))'의 분위기를 일깨우면서, 배의 요리사의 진짜 아드님답게 떠들썩하게 노래를 부르면서, 으스대며 걸어 들어오는 것이었다.

— 비스킷은 놋쇠처럼 딱딱하기만 하고
쇠고기는 롯의 아내의 엉덩이처럼 짜기만 했다오.[129]
오, 조니 레버!
조니 레버, 오![130]

이렇게 토로(吐露)한 다음 저 무서운 적수(敵手)는 때맞추어 현장에 당도하였던 것이니 그리고 자기 자리에 되돌아오자 마련된 긴 의자 위에 앉기보다는 오히려 털썩 파묻히는 것이었다. '산양 껍데기', 그가 사실 그렇다고 가정한다면, 분명히 무슨 속셈이나 있는 듯, 아일랜드의 천연자원(天然資源) 또는 그 밖의 그와 같은 것에 대하여 허울 좋은 통론조(痛論調)의 불만을 늘어놓고 있었는데, 그의 기다란 논설 속에 얘기되어진 바에 의하면 아일랜드는 하느님이 만드신 지구상에서 그 유례가 없을 정도로 가장 풍요한 나라로서, 영국보다 사뭇 월등하며, 다량의 석탄을 생산하는데다가, 매년 6백만 파운드 상당의 돼지고기를 수출하고 버터와 계란으로 1천만 파운드의 수출액을 올리는데도 언제나 터무니없는 대가를 치르고 있는 불쌍한 국민에게 세금을 부과하며, 시장에 나타난 제일 좋은 고기를 처먹으며 그리고 똑같은 방법으로 더 많은 잉여 증기(蒸氣)를 들이마시고 있는 영국 놈들에 의하여 모든 부(富)를 착취당하고 있다는 것이다. 따라서 그들의 대화는 모든 사람의 입으로부터 퍼져 나갔나니, 그리고 모두들 그것이 사실이라고 동의했다. 아일랜드의 토지에는 어떤 것이든지 자라게 할 수가 있어요, 하고 그는 진술했다, 그리고 내번 주(州)에서는 저 에버라드 대령(大領)이 담배를 재배하고 있다오.[131] 아일랜드산(産) 베이컨만한 것이 어디 있겠소? 그러나 보상의 날은, 하고 그는 명확한 목소리로 '크레센도(점점 강하게)' 진술하는 것이었다, 철두철미하게 좌중의 모든 이야기를 독점하면서, 자신의 범죄 행위에 의한 힘이 아무리 급속도로 성장한다고 하더라도, 강대한 영국에게 마침내 나가오고 말 거야. 몰락(沒落)이 그것도 역사상 사상 큰 몰락이 다가올 거요. 독일 사람들이나 일본 사람들도 그들의 승산(勝算)을 약간 갖게 될 거요,[132] 하고 그는 단언하는 것이었다. 보어인들이 최후의 결과를 알리는 최초의 징후(徵候)란 말이오.[133] 가짜(Brummagem) 영국은 이미 쓰러져 가고 있고 영국의 몰락은 그녀의 아킬레스의 발뒤꿈치 격(格)[134]인, 아일랜드가 될 거요, 그리하여 그는 그것을 그리스의 영웅, 아킬레스의 유일한 약점이었음을 좌중의 사람들에게 설명했나니, 그가 신고 있던 구두 위에다 자신의 발뒤꿈치 살을 그 증거로서 드러내 보임으로써 모든 사람들의 주의를 완전히 포착함과 동시에 청취자들은 이내 그러한 약점을 파악했던 것이다. 모든 아일랜드 인에 대한 그의 충고는 이러한 것이었다. 네가 출생한 나라에 머무를 지어다 그리하여 아일랜드를 위해 일하며 아일랜드를 위해 살지어다. 아일랜드는, 파넬이 말했소, 그녀의 아들들 가운데 단 한 사람도 양보할 수 없다고.

주위의 침묵이 그의 '피날레(종곡[終曲])'의 결말을 점찍었다. 이와 같은 불길한 소식을, 태연하게 듣고 있었던 것은 저 둔감한 항해자다.

— 행동으로 좀 옮겨 보란 말이오, 두목, 하고 누구에게나 다 알려져 있는 앞서 말한 얘기에 분명히 약간 골이 난 듯한 저 조잡한 사내가 앙갚음을 했다.

오두막의 주인은 몰락 등등에 대하여 언급한 그와 같은 냉정한 비난에 대해서는 동의했지만 그러나 자신의 주된 견해는 견지하는 것이었다.

— 영국 육군의 가장 훌륭한 부대를 장악하고 있는 자가 누구겠소? 하고 으르렁거리던 노병이 골이 나서 물었다. 그리고 제일 잘 뛰는 놈과 잘 달리는 놈은? 그리고 가장 훌륭한 해군대장과 육군대장은? 그걸 말해 보시오.

— 고른다면, 아일랜드 사람이야, 하고 얼굴의 흠은 별문제로 하고, 캠벨과 닮은 그 마부가 말을 되받았다.

— 맞았어, 하고 노수부가 확신했다. 아일랜드의 가톨릭 농민이지. 그는 우리들 제국(帝國)의 등뼈란 말이야. 젬 멀린즈[135]를 아시오?

한편 누구에게나 마찬가지로 그에게도 자신의 개인적 의견을 토로하도록 허락되는지라 오두막의 주인은, 제국이라면 우리들의 것이든 그의 것이든, 어떠한 것도 원치 않으며, 그따위 제국을 섬기는 자는 어떠한 아일랜드 사람이건 자기의 구실을 할 사람은 하나도 없다고 덧붙여 말하는 것이었다. 그러자 그들은 몇 마디 성미 급한 말을 주고받기 시작했나니, 그리하여 이야기가 한층 격렬해지기 시작하자, 두 사람은 말할 필요도 없이, 청취자에게 자신들의 의견을 호소하기 시작했으나, 모두들 두 사람이 서로 맞비난을 퍼부으며 싸움을 시작하지 않는 한 흥미진진하게 서로의 논쟁을 눈으로만 좇고 있을 따름이었다.

수년 동안에 걸친 내부 정보(内部情報)로 판단하여 블룸 씨는 그런 암시를 터무니없는 헛소리로 오히려 코웃음치고 싶었는데, 왜냐하면 그와 같은 극치(極致)가 열렬히 요망되느냐 안 되느냐 하는 것은 고사하고라도, 그는 바다 건너 그들의 이웃 사람들이 만일 그가 생각하는 것보다 덜 바보인 한, 그들의 힘을 노골화(露骨化)하기보다는 오히려 반대의 입장을 취할 것이라는 사실을 충분히 알고 있었기 때문이다. 이러한 얘기는 1억 년이 지나면 자매도(姉妹島)인 영국의 석탄층이 탕진되어 버릴 것이라는, 일부에서 논의되고 있는 돈키호테 식(式) 아이디어와 같은 것으로서, 혹시 세월이 흐름에 따라, 세대(世代)가 바뀌어 실제 그렇게 된다 할지라도 그 문제에 관하여 그가 개별적으로 자신의 의견을 말할 수 있는 것이란 그때까지는 그러한 문제와 마찬가지로, 직접 연관된 우연한 일들이 수없이 일어날 것이기 때문에 두 나라가 당장은 비록 그 양극이 서로 떨어져 있다 하더라도 상호 존중하려고 애쓰는 것이 당분간은 정말이지 현명하리라는 것이었다. 또 한 가지 약간 재미있는 것은, 비속(卑俗)한 말로 표현하여, 창부(娼婦)와 굴뚝 청소부와의 정사(情事)로 인해 생각난 일이나, 아일랜드의 군인들은 영국에 대적(對敵)했던 만큼 영국을 위하여, 사실상, 더한층, 그들을 위하여 자주 싸웠다는 점이다. 그런데, 이제 와서는, 왜? 그런고로 저 유명한 무적혁명당원인, 피츠해리스나, 또는 과거 그랬다는 소문이 있는 오두막의 주류(酒類) 판매 면허인과 분명히 가짜 인물로 보이는 다른 사나이, 그들 양자 사이에 발생한 그와 같은 싸움판이, 다른 사람들은 그와 같은 계략을 조금도 눈치채지 못한 것 같으나, 따지고 보면 인간 심리의 연구가인 방관자로서의 그에게는, 그것이 말하자면, 미리 예정된 것이라 가정한다면, 이른바 하나의 협잡과 마찬가지라는 것이 느껴졌던 것이다. 그리고 차지인(借地人) 아니면 오두막의 주인으로서, 필경 그 밖의 전혀 다른 사람이 아닌, 그로 말하자면, 만일 누구든지 전적으로 바보 천치가 아닌 한 그따위 사람들을 피하며 사생활에 있어서의 황금률로서 그들 및 그들의 범죄 환경과 전혀 관계를 맺지 않는 것이 보다 나을 거라는 것을 그(B.)는 아주 철저하게 느끼지 않을 수 없었나니, 그리고 거기에는 언제나 다행스럽게도 대니먼[136]과 같은 자가 다가와서 데니스 또는 피터 캐리[137]의 경우처럼, 여왕폐하 또는 지금은 국왕폐하의 법정에서 공범자(共犯者)에게 불리한 증언을 할 기회가 다가오기 때문에, 그는 이와 같은 생각을 아예 단념하는 것이었다. 그따위 것은 별문제로 하고서라도 그는 원칙적으로 비행이나 범죄를 저지르는 그와 같은 인생의 행적을 좋아하지 않았다. 하지만, 이러한 범죄적 성향(性向)이 여하한 형태 혹은 형식으로도 그의 마음속에 서식하고 있는 것은 결코 아니라 할지라도 정치적인 신념을 품은 용기를 가다듬고 실제로 단검을 휘두른 적이 있는 자에 대하여 그는 사실상 어떤 유의 존경심을 분명히 느꼈으며, 그리고(한편 내심으로는 조금도 변치 않은 자신 그대로였지만) 그것을 부정할 수는 없었으니, 남편이 이따금, 다른 행운의 사나이와 그의 아내와의 관계 때문에 두 사람 사이에 어떤 말이 오간 다음에(남편은 두 사람의 소행을 계속 살펴보고 있었던 것이다) 다른 사내와의 결혼 후의 '*리에종(情交[情交])*'의 결과로 그녀에게 칼부림을 함으로써, 치명적인 상처를 그의 사랑하는 사람에게 입혔을 때, 그녀를 가지란 말이야, 그렇잖으면 그녀를 위해 교수형에 처할 테다, 하는 따위의 저 남국(南國)의 사랑의 복수(復讐)와 같은 짓은 즉석에서(그러나, 개인적으로 그러한 짓은 결코 할 수 없으리라는 생각이 들었다), 그리하여 마침내 '*껍데기*'라는 별명을 가진, 피츠, 저 범행의 실질적인 하수인(下手人)을 위해 단지 마차를 몰았을 뿐, 만일 그의 정보가 정통한 것이라면, 그와 같은 불의(不意)의 습격엔 실제적으로 관계하지 않았으며, 사실상, 어떤 법의 권위가 변호해 준 덕분으로 위기를 모면했을 것이라는 생각이 들었다. 아무튼 지금에 와서 그것은 먼 옛날이야기가 되어 버렸으니 그리하여 가짜 '*무슨 무슨 껍데기*'라는 우리들의 친구로서는, 분명히 세상을 지나치게 오래 살아 미움을 받는 것이었다. 그는 당연히 자연사(自然死)해야 했던지 아니면 단두대 위에서 처형되어야만 했던 것이다. 여배우들과 마찬가지로, 언제나 정말로 마지막 출연이라 해놓고 다시 방긋 웃으며 무대 위에 나타나는 것이다. 기질상으로, 무론 약점에 대하여 관대해야겠으나, 그것을 이용한다든지 또는 그따위 어처구니없는 생각은 금물인지라, 물에 빠진 자기 그림자의 뼈를 보고 연방 짖어대고 있는 격이지.[138] 그런고로 그와 비슷하게 블룸 씨는, 선창(船艙) 주변을 그가 순회하고 있는 동안에 조니 레버 씨가 돌아 오라 에린으로[139] 등, '올드 아일랜드' 주점[140]의 포근한 분위기에 빠져, 금전을 낭비한 게 아닌가 하는 아주 약삭빠른 의혹을 품게 되었던 것이다. 이어 다른 것들에 대해서도 그는 바로 얼마 전에 똑같은 횡설수설을 들은 적이 있는지라 그때 자신이 그 난폭자[141]를 얼마나 간단히 그러나 효과적으로 입을 다물게 했던가를 스티븐에게 일러주었다.

─ 그 녀석이 뭔지 몰라도 몹시 화를 내지 않겠어, 하고 몹시 상처를 입었으나, 대체적으로 냉정한 기질을 가진 그 인물이 단언했다, 난 가만 내버려두었지. 그는 나를 열띤 목소리로 유대인이라 부르는 거야, 모욕적으로. 그래서 나는 분명한 사실을 조금도 빗나가지 않고 녀석에게 말해 주었지, 그대의 신, 그리스도 말이야, 그도 유대인이었고 그의 가족도 모두 나와 마찬가지로 유대인이란 말이야, 하고, 실제 난 그렇지는 않지만, 그 말에는 놈도 꼼짝 못했어. 점잖게 대답해 주면 분노도 사라지게 마련이니까.[142] 그는 누구나 알고 있듯이 자신에 대해서는 한 마디도 말하지 않았다네. 내 말이 옳지 않은가?

그는 그와 같은 점잖은 비난에 대하여 역시 애원하는 눈빛으로 자네는 잘못이라는 시선을 겁 많고 침울한 자존심에 잠긴 스티븐에게 돌렸는데 왜냐하면 그건 꼭 그런 것은 아니지 않느냐라는 것을 그가 어느 정도 짐작하는 듯했기 때문이다.

─ 결국 '*엑스 뀌부스(그 종족에서 나왔습니다)*'[143]하고 스티븐이 모호한 말투로 중얼거리자, 그들의 두 개 아니 네 개의 눈이 서로 마주쳤다. 그의 이름이 '*그리스도*'든 블룸이든 또는 그 밖의 다른 것이든, '*세꾼둠 까르넴(인성[人性]으로 말하면)*'.[144]

─ 물론이지, 하고 블룸 씨는 단정적으로 얘기하기 시작했다. 자네는 문제의 양면을 보아

야만 해요. 선악(善惡)에 대하여 어떠한 확고부동한 기준을 세우는 것은 쉬운 일이 아니지, 하지만 모든 면에서 개선의 여지는 분명히 있는 거야, 비록 소위, 우리들 자신의 비참한 나라[145]를 포함하여, 어느 나라든 간에 스스로 합당한 정부(政府)를 갖고 있기는 하지만. 그러나 모든 면에 조그마한 선의(善意)는 있는 걸세. 상호의 우월성을 자랑하는 것은 정말이지 참으로 좋은 일이지만 상호의 평등성에 대해서는 어떻지. 나는 어떠한 형태나 형식이든 폭력이나 편협성을 불쾌하게 여기네. 그따위 것은 어떠한 것을 달성한다거나 또는 어떠한 것을 저지시키지는 못해요. 혁명도 적당한 분납(分納) 계획에 입각하여 일어나야만 하는 거야. 근처에 살면서 다른 국어를 사용한다고 해서 그들을 증오한다는 것은 확실히 불합리한 짓이지, 말하자면 옆집에.

— 잊을 수 없는 경칠 놈의 저 교상(橋上) 전투와 7분 전쟁이, 하고 스티븐이 찬성했다, 스키너 골목길과 오먼드 시장(市場) 사이에서 말입니다.[146]

맞았네, 하고 블룸 씨는 방금 한 말을 전적으로 시인하면서, 철두철미 동의하는 것이었다, 그건 압도적으로 옳아. 그리고 전 세계가 그와 같은 종류의 일로 가득 차 있었어.

— 바로 제가 할 얘기예요, 하고 그는 말했다. 상반(相反)되는 증거의 속임수지요, 솔직히 말해서 그것은 전혀……

저따위 고약한 싸움들은, 그의 어리석은 생각으로는, 투쟁심과 어떤 종류의 내분비선의 약간의 충동 때문에 불화를 야기하거니와, 명예나 국기(國旗)라는 사소한 점 때문이라고 잘못 생각되어지고 있지만, 실은 크게는 만사의 배경이 되는 금전 문제, 탐욕과 질투 때문으로, 사람들은 그걸 언제 종결시켜야 할지 결코 알지 못하고 있는 것이다.

— 모두들 비난을 하고 있어요, 하고 그는 다른 사람의 귀에 들리도록 말했다.

그는 다른 사람들로부터 등을 돌렸는데 그들은 아마 그리고 한층 더 가까이하며 말했다, 그들이 할 경우에 하지 않도록.

— 유대인들은, 하고 그는 방백조(傍白調)로 스티븐의 귓속에다 조용히 속삭이는 것이었다, 파괴(破壞)의 비난을 받고 있단 말이야. 그러한 얘기에는 티끌만큼의 진실도 없다 해도, 과언이 아닐 걸세. 역사가, 자네 이 말을 듣고 놀랄지 모르겠네만, 분명히 증명하고 있으니, 즉 스페인은 종교재판이 유대인을 박해했을 때 패망하고 말았고[147] 영국은 비상한 수완가(手腕家)였던 악당이요 그 밖의 여러 면에 있어서도 수없이 책임을 져야 할, 크롬웰[148]이 유대인들을 입국(入國)시켰을 때 번영했던 거야. 왜? 왜냐하면 타당한 정신이 유대인들의 몸에 스며 있기 때문이지. 그들은 실용적인 사람들로서 지금도 그것이 실증(實證)되고 있지. 나는 더 이상 깊이 얘기하고 싶지는 않아, 왠고하니 자네는 이와 같은 문제에 관해서 권위 있는 책을 읽고 있을 테고 게다가 실제로 자네는 정통파(orthodox)가 아닌가. 그러나 종교 문제는 그만두고라도, 경제 분야에 있어서 말이네만, 수도사가 있는 곳에는 빈곤이 따르게 마련이지. 재삼(再三) 스페인에 관한 얘기네만, 전쟁 중에 자네도 보았겠지, 진취적인 미국과 비교해서 말일세.[149] 터키인들도. 도그마에 빠져 있어요. 만일 그들이 죽어서 천국으로 직행하리라는 걸 믿지 않는다면 그들은 보다 잘 살려고 애쓸 테니까 말이야, 나는 적어도 그렇게 생각하네. 그것이야말로 교구(敎區)의 사제(司祭)가 협잡으로 돈을 마련하는 사기라니까.[150] 아무튼 나도, 하고 그는 극적(劇的)인 힘을 넣어 말을 계속했다, 아까 자네한테 말한 그 무례한 사나이[151]만큼은 훌륭한 한 사람의 아일랜드인이요, 그래서 나는 보고 싶네, 하고 그는 말을 끝맺는 것이었다, 누구든지 종교와 계급의 차별을 초월하여 각자의 '쁘로 라따(분수에 맞추어서)' 안락하게 살 수 있을 정도의 상당한 수입, 더욱이 지나치게 인색하지 않을 정도의, 연수입(年收入) 대략 3백 파운드 정도를 손에 넣을 수 있는 걸 말이야. 그것이야말로 가장 중대한 사활(死活) 문제이며 그리고 가망이 없는 것도 아닌데 그렇게 되면 그것이 사람들 사이에 보다 우호적인 관계를 맺는 자극제가 될 수 있겠지. 사실 여

부는 알 수 없으나 적어도 그것이 내 생각이네. 그래서 이런 것을 나는 애국심이라고 부른
다네. '우비 빠뜨리아(조국이 있는 곳에)', 하고 그전 모교(Alma Mater)의 고전(古典) 시절
에 수박 겉핥기식으로 배웠네만, '비따 베네(행복이 있도다)'[152]라는 걸세. 행복하게 잘 살
수 있는 곳은, 일을 한다면, 이란 뜻이지.

　　별맛도 없고 명색뿐인 커피 한 잔을 앞에 놓고, 이와 같은 일반적인 사실의 개요(槪
要)를 듣고 있는 동안, 스티븐은 특히 그 무언가를 주시하고 있지는 않았다. 그는 물론, 온
갖 종류의 말[言]이 아침에 링센드 근처에서 본 고놈의 게[蟹]들처럼 그 색깔을 변화시키
고 있는 것을 들을 수가 있었으니, 게들은 갖가지 다른 종류의 빛을 띤 같은 모래 속에서
재빨리 굴을 파고 있었고, 거기 땅 밑 어딘가에 집을 갖고 있거나 또는 가진 것 같았다. 그
러고 나서 그는 눈을 위로 돌리고 그가 방금 말하고 들은 그 목소리, 일을 한다면, 이라는
그 말을 말하는 듯 또는 말하지 않는 듯한 눈을 보았다.
— 저는 제외해 주세요, 하고 일을 뜻하며, 그는 그나마 용케 말을 했다.
　　이러한 말에 그의 두 눈이 놀란 빛을 띠었는데 왜냐하면 그이, 그 눈을 소유하고 있던
사람, 아니, 오히려, 그 말을 하고 있던 그의 목소리가, 모든 사람은 일을 해야 한다, 하지
않으면 안 된다, 다같이, 하고 말하는 것을 일시적으로 관찰했기 때문이다.
— 물론, 내가 말하는 뜻은, 하고 상대방이 급히 단언했다, 가능한 한 가장 넓은 의미에서
의 일 말일세. 문학적인 일도 역시 단지 명예만을 위한 것은 아니니까. 오늘날 가장 완전한
통신(通信)의 채널을 이루고 있는 신문에 대한 기고(寄稿). 그러한 것도 또한 일이지. 중요
한 일이야. 결국 내가 자네라는 인간을 약간 알고 있는 것으로 미루어 보아, 결국 자네처럼
교육을 위해 돈을 많이 쓴 이상 자네는 응당 쓴 돈을 보상해야 하고 또한 요구할 권리가 있
는 거야. 자네는 자네의 철학을 추구하면서 자네의 붓으로 살아갈 권리를 어느 모로나 갖고
있는 걸세, 농부처럼 말이야. 그렇지? 자네나 농부나 아일랜드에 속해 있는 거야, 두뇌도
근육도. 어느 것이나 다 마찬가지로 중요하단 말이야.
— 당신은, 하고 스티븐이 일종의 반(半)미소를 띠며 반박했다, 간단하게 말씀드려서 아일
랜드라고 불리는 '포부르 쌩 빠뜨리쓰(성 패트릭 수호지[守護地])'[153]에 제가 속해 있기 때문
에 제가 중요하다고 짐작하시는군요.
— 나는 한 걸음 더 나아가서 말하고 싶어요, 하고 블룸 씨가 완곡하게 말했다.
— 그러나 저는, 하고 스티븐이 말을 가로챘다, 아일랜드가 제게 속해 있기 때문에[154] 틀림
없이 중요한 것 같거든요.
— 뭐가 속했다고, 하고 블룸 씨는, 자신이 혹시 어떤 오해를 하고 있는 게 아닌가 하고, 몸
을 구부리면서, 물었다. 실례지만. 공교롭게도, 나중 하는 얘기를 못 들었어. 뭐라고 자네
가……?
　　스티븐은, 분명히 기분이 상한 듯, 밀을 반복했다, 그리고 커피 잔이라나 뭐라나 하는
것을 다소 버릇없게 옆으로 밀치며, 덧붙여 말했다:
— 우리는 자신의 조국을 바꿀 수는 없잖아요. 화제를 바꿉시다.
　　이와 같은 적절한 제안에 대해 블룸 씨는, 화제를 바꾸기 위해, 시선을 아래로 떨어뜨
렸지만 여전히 딜레마에 빠져 있었다, 왜냐하면 무척 이상하게 들리는 '속해 있다'라고 하
는 말에 그가 어떤 해석을 내려야 할 것인지 정확하게 말할 수 없었기 때문이다. 그 얘기
속에는 어떤 종류의 비난의 뜻이 그 밖의 것보다 한층 많이 담겨져 있는 것이 분명했다. 말
할 필요도 없이 그가 얼마 전에 가졌던 질탕한 주연(酒宴)에서의 술기운이 그로 하여금 맑
은 정신으로는 도저히 할 수 없는 이상하고도 심통스런 말씨로써 약간 가혹하리만큼 말하
게 했던 것이다. 아마 B 씨가 가장 중요시했던 가정생활이 필요한 전부가 아니었는지
도 모르며 또는 그가 이러한 정당한 생활들과의 친교 관계에 익숙하지 못했는지도 모른

다. 그는 옆에 있는 청년에게 얼마만큼의 불안을 느끼고 또한 그가 최근 파리에서 돌아왔다
는 것을 상기하면서 약간 놀라운 표정으로 비밀리에 그를 살폈는데, 특히 그의 눈은 아버지
와 누이동생을 그럴듯하게 생각나게 해주었으나, 그와 같은 문제의 면모를 일신시켜 주지
는 못했다. 그러나 그는 장래가 훌륭하게 촉망되며 조숙한 타락을 미연에 방지하는 교양 있
는 청년들의 예(例)를 마음으로 그려 보았으며 그런데도 비난받을 자는 자기 자신들 외에
아무도 아니라는 것을 느꼈다. 예를 들면 오콜라힌[155]의 경우가, 그 한 가지인데, 그는 비록
수입은 충분하지 못했지만 가문(家門)이 좋은 자로, 미친 기행(奇行)을 부리는 반쯤 정신
나간 변덕쟁이였는데, 취했을 때의 녀석의 다른 여러 가지 뻔뻔스런 행동 가운데에는 주위
의 모든 사람들에게 성가신 짓을 마구 하는 것과 군중 속을 고동색 포장지로 만든 옷을 걸
치고 (사실이었다) 뻔질나게 해롱거리는 습관이 있었다. 그러고 나면 환락으로 인해 몹시
떠든 다음에 일반적으로 다가오는 정해진 '*데누망(종말)*' 때문에 스스로 극심한 고뇌에 빠
지게 되는 것으로 하부 캐슬 야드[156]의 존 맬런[157]으로부터 경고(警告)의 강한 암시를 받은
후에, 개정형법령(改正刑法令) 제2조[158]에 저촉될까봐 몇몇 친구들로부터 몸을 감추지 않
으면 안 되었던 것이니, 그러나 그와 같이 하여 소환(召喚)된 자들의 이름은, 당국에 제출
되기는 하지만 곰곰 생각하여 보건대 누구에게나 그따위 일은 일어날 수 있을 것이라는 이
유 때문에, 공표되지는 않았다. 요약컨대, 그가 분명히 귀를 기울이려고 하지 않았던 6, 16
이라는 숫자 그리고 안토니오 등등, 경마광(競馬狂)과 심미주의자(審美主義者) 그리고 70
년대 또는 그쯤하여 당시의 황태자요, 유년시의 왕좌의 점령자, 상류사회의 다른 귀족들 그
리고 그 밖의 고위층 인물들이 모두 국가 원수(元首)[159]의 발자취를 순순히 따르기 위해 심
지어 상원(上院)에서까지 크게 유명했던 문신(文身) 등을, 이것저것 종합하여 생각하면서,
그는 여러 해 전에 있었던 콘웰 사건처럼 어떤 점에서는 자연 그대로 의도되었다고는 거의
볼 수 없는, 도덕에 저촉되는 악한들 및 국왕폐하와 여왕폐하의 과오에 대하여 곰곰 반성
하여 보는 것이었는데, 선량한 그런디 부인[160]은 그들이 필경 그럴 거라고 생각한 이유 때
문은 아니나, 법률에 비추어, 그따위 짓을 몹시도 중요하였던 것이니, 그건 그렇다 치고 주
로 의복이나 그 밖의 여러 가지 것들로 언제나 이러쿵저러쿵 서로 떠들어대고 있는 여인들
에게는 그것은 완전히 예외였던 것이다. 유별난 하의를 좋아하는 귀부인들, 그리고 옷을
잘 입은 모든 남성들은, 응당 남성과 여성 간의 차이를 간접적인 암시에 의하여 더욱 넓히
고 양성간(兩性間)의 부정(不貞) 행위를 위한 일종의 순수한 자극을 더 많이 주기 위해 노
력하는 것이니, 여자가 남자의 단추를 풀어 주고 이내 남자는 여자의 옷끈을 풀어 주며, 핀
을 조심하세요, 하는 것이다. 반면에 예를 들어, 그늘 속에서도 90도의 더위가 휩쓰는 식인
도(食人島)에 사는 야만인들은 복장 따위 조금도 상관하지 않지. 그러나, 본론으로 되돌아
가거니와, 그와는 반대로 그들 발 디딤의 도움만으로 비운(非運)의 궁경(窮境)에서 행운의
절정까지 억지로 나아간 자들도 있는 것이다. 즉, 타고난 재능의 힘만으로. 물론, 두뇌로.

　　　그와 같은 그리고 그 밖의 이유로서 그는 이 예기치 않았던 기회를 놓치지 않고 이용
하는 것이 자신의 이익이 되며, 또한 의무라고 느꼈던 것이니, 비록 그 이유는 정확히 알
수 없어도 그는 사실 그 때문에 스스로 궁지에 말려 들어간 채 사실상 몇 실링을 빚지고 있
는 것이었다. 하지만 사색(思索)의 양식(糧食)을 마련해 줄 수 있는 비범한 재간을 지니
지 않은 자와의 교제를 개발한다는 것은 아무리 적더라도 넉넉한 보답을 얻을 것이다. 지
적(知的) 자극은, 그 자체가, 하고 그는 느꼈으니, 때때로 정신적인 최고급의 강장제(强壯
劑)였다. 여기에 덧붙여 우연한 만남이라든지, 토론, 댄스, 소동, 오늘은 여기 그리고 내
일은 저기, 하는 식으로 떠돌아다니는 노수부, 밤의 배회자들, 이와 같은 일련의 사건들
은, 모두 오늘날 우리들이 살고 있는 세계의 축소판 카메오[161]를 형성하기 위한 역할을 하
고 있는 것으로, 특히 10분의 1에 해당하는 최 하류 계층의 생활처럼, 이를테면 탄광부(炭

鑛夫), 수부, 청소부 등등은 최근에 현미경하의 커다란 연구 대상이 되고 있는 것이다. 이 와 같은 절호의 기회를 이용하기 위하여[162] 만일 기록해 둔다면 필립 뷰포이 씨와 같은 어떤 행운에 봉착할 수도 있지 않을까 하는 생각이 그에게 들었다. 그가 매(每) 난(欄)에 1기니의 비율로 일반의 관례적인 사건 가운데서 뭔가를 하나 골라 쓴다고 가정하면(한번 해봐야지 하고 그는 충분히 의도하고 있는 터이지만). 글쎄, 〈역마차의 오두막 탐방기(探訪記)〉라고 하면 어떨까.

그런데 사실적 거짓말(graphic lie)을 보도하는(tell a) 《텔레그라프》지[163]의 분홍색 스포츠 호외판(號外版)이 운 좋게도, 바로 그의 팔꿈치 곁에 놓여 있었으니 그리하여 여기에 만족하기는커녕, 아일랜드가 그에게 속한다는 아까의 말과 배[船]가 브리지워터로부터 왔다든지 우편엽서에 적힌 이름이 A. 보우딘으로 선장의 나이는 얼마다, 하고 말해 주던 앞서의 수수께끼 엽서에 관해, 그 자신이 다시금 골치를 앓고 있으면서도, 그의 눈은 자기의 전문 분야에 속했던 광고란에 해당하는 각각의 항목 위를 이렇다 할 주견 없이 훑어 나갔으니, 만물을 감싸는 하느님이시여 오늘도 저희에게 일간신문을 보내 주사이다. 처음에 그는 이와 같은 것을 보고 약간 놀랐지만 그것은 타이프라이터의 대리점이라나 뭐라나 하는, H. 뒤보이즈라는 자에 관한 어떤 기사에 지나지 않음을 알았다. 대전(大戰), 도쿄발(發). 아일랜드의 정사(情事), 손해배상금 2백 파운드.[164] 고든 베네트 상배(賞盃). 이민(移民) 사기. 각하의 서한(書翰). 윌리엄 + 에스콧 경마회, 골든컵. 승산 없는 말 「드로우어웨이」호의 승리는 마샬 대위(大尉)의 다크호스 「서(Sir) 유고호」가 엄청난 차이로 입상한 바 있는 92년의 더비 경마대회를 상기시킨다. 뉴욕의 대참사(大慘事). 사망자 수천 명. 아구창. 고 (故) 패트릭 디그넘의 장례.

그리하여 화제를 바꾸기 위해 그는 영면(永眠)한 (R. I. P.) 디그넘에 관한 기사를 읽었으나, 곰곰 생각해 볼 때, 그것은 정말 슬픈 송별이 아닐 수 없었다. 또한 아무튼 주소의 변경을.

— 오늘 아침(이것은 물론 하인즈가 쓴 기사였다) 고 패트릭 디그넘의 유해는 샌디마운트, 뉴브리지가로(街路) 9번지의 그의 거주지로부터 글래스네빈으로 이송(移送)되어 매장되었다. 고인(故人)은 시민생활에 있어서 가장 인망(人望)이 있었고 친절한 성품을 지닌 신사였으니 그가 병상에 누운 지 얼마 되지 않아 서거했다는 것은 각계각층의 시민들에게 커다란 충격을 주었거니와 그들로부터 깊은 애도를 받고 있다. 고인의 다수 우인(友人)들이 참석한, 영결식은 노드 스트랜드 가도 164번지의, H. J. 오닐 부자(父子) 장의사(여기 나타난 오식은 그가 키즈의 광고 일 때문에 식자공인 멍크스를 불렀기 때문임에 틀림없다)에 의해 거행되었다. 조문객의 명단은 다음과 같다: 패트. 디그넘(사자[嗣子]), 버나드 코리건(처남), 변호사 존 헨리 멘턴 2세, 마틴 커닝엄, 존 파우어,..) eatondph 1/8 ador dorador douradora (여기 나타난 오식은 그가 키즈의 광고 일 때문에 식자공인 멍크스를 불렀기 때문임에 틀림없다)[165] 토머스 커넌, 사이먼 데덜러스, 문학사(文學士) 스티븐 데덜러스, 에드우 J. 램버트, 코넬리우스 T. 켈러허, 조지프 맥 하인즈, L. 붐, CP 맥코이—맥킨토쉬[166] 기타 여러 명.

L. 붐(이라는 잘못된 기재)과 오식 활자(誤植活字)의 열(列) 때문에 적잖게 불쾌했으나, 말할 필요도 없이, 전혀 현장에 참석하지도 않았던 CP 맥코이와 문학사 스티븐 데덜러스(맥킨토쉬는 말할 것도 없고)가 분명히 눈에 띄는지라 동시에 거의 포복절도(抱腹絶倒)할 지경이 된 L. 붐은 그의 동료인 문학사에게 오식의 무의미한 커디린 실수의 속출(續出)을 잊지 않고 지적해 보였으나, 젊은이는, 반쯤은 신경질적으로, 또 한 번 숨 막힐 듯 하품을 할 뿐이었다.

— 헤브라이언들에게 보내는 저 최초의 편지가, 하고 그는 아래턱이 움직이자마자 물었다.

실렸나요? 원문(原文)은 이런 거죠: 그대의 입을 열고 그 속에 그대의 발을 집어넣으라.[167]
— 실렸군. 정말, 하고 블룸 씨가 말했다(비록 처음에 그는 스티븐이 대주교에 관해 언급하는
것이 아닌가 하고 생각했으나 결국 그것과는 하등의 관계도 없는 아구창에 관해 덧붙여 말했던
것이다), 그리하여 그의 마음이 전정되는 것에 크게 기뻐하며 마일리스 크로포드가 결국 일
을 이처럼 훌륭하게 처리한 데 대하여 적이 놀랐다. 자.
    한편 상대방 사나이가 신문의 제2면을 읽고 있는 동안 붐은(우선 그의 새로운 오식 명
으로 부르기로 한다면) 그 곁에 있는, 제3면에 실린 에스콧 경마의 셋째 번 경기에 관한 기
사를 갑자기 생각난 듯 읽으며 얼마간 여가를 보내는 것이었다. 1천 파운드에 정화(正貨)
3천 파운드 첨가. 거세(去勢)치 않은 모든 암수 종마(種馬)를 위하여. 제1위, 「라이트어
웨이 — 드레일」호와 접전(接戰)한 적갈색의 말, 「드로우어웨이」호(기수 W. 레인), 마주
(馬主) F. 알렉산더 씨, 5세(歲), 9스톤 4파운드. 제2위, 「진펀델」호(기수 M. 캐넌), 마
주 하워드 드 월든 경(卿). 제3위, 「셉터」호, 마주 W. 바스 씨, 건 돈은 「진펀델」호에 4대
5, 「드로우어웨이」호(최고)에 1대 20. 숨은 헤비급 「셉터」호, 「진펀델」호에 4대 5, 「드로
우어웨이」호(최고)에 1대 20. 「드로우어웨이」호와 「진펀델」호의 밀접전(密接戰)이 시작됐
다. 처음에는 승패를 예상할 수 없는 경주였으나 별 승산이 없던 말이 갑자기 선두로 다가
왔다, 하워드 드 월든 경의 밤색 털 망아지와 W. 바스 씨의 적갈색 암 망아지 「셉터」호를
2마일 반 코스에서 앞서더니, 훨씬 리드하기에 이르렀다. 우승마(優勝馬)는 브레임한테서
훈련받은 놈이었다, 그러므로 경마에 관한 레너헌의 얘기는 모두 순전히 빈말이었다. 승리
의 판결은 분명히 1점 차이에 불과했다. 1천 파운드 이외에 정화 3천 파운드. 또한 다른 경
주마. J. 드 브레먼드의 「맥시멈 2세」호(이놈은 밴텀 라이언즈가 열심히 그 안부를 묻고 돌아
다니던 프랑스 말로서 등수에는 아직 들지 못했으나 앞으로 유망 시 되는 말이었다). 대성공을
거두는 데는 방법도 여러 가지. 정사(情事)의 배상금이라.[168] 그러나 그놈의 풋내기 라이언
즈 녀석은 너무 성급하게 굴다 옆길로 빗나가 기대에 어긋나고 말았던 거야. 물론 도박이란
그와 같은 유의 일에 유별나게 마음을 쏟게 마련이지만 어쩌다 사건의 결말이 그렇게 된다
해도 그 불쌍한 얼간이 녀석은 자신의 선택을 기뻐할 충분한 이성(理性)을 갖지 못했던 거
다, 버림받은 희망이지. 결국 짐작을 잘하는 것이 온당한 결과를 가져오게 마련이니까.[169]
— 그들이 그와 같은 결론에 도달할 징후는 역력한 것이었어, 하고, 그이, 블룸이 말했다.
— 누구요? 그런데 한쪽 손에 부상을 입고 있던, 상대방 젊은이가, 물었다.
    언젠가 조간신문을 펼치면, 하고 역마차의 오두막 주인이 단호하게 말했다, 그러면
'파넬의 귀국(歸國)'이란 기사를 읽게 될 거요:[170] 뭐든지 내기를 해도 좋아요. 더블린 보
병연대의 한 군인이 어느 날 밤 이곳 오두막에 왔었는데 그가 하는 말이 파넬을 남부 아프
리카에서 자신이 보았다는 거요. 그를 실각(失脚)시킨 것은 바로 자존심이었다. 그는 15호
위원실의 사건[171] 후로 자살을 했든지 아니면 당분간 은신했어야만 했을 거야, 아무도 그에
게 손가락질을 하지 않고 다시 본래의 자기 자신으로 되돌아갈 때까지 말이야. 그러면 사람
들은 그가 자신의 감정을 회복할 때 누구라 할 것 없이 모두들 무릎을 꿇고 그가 되돌아오
기를 기원했을 게 아니오. 그는 죽지 않았소. 단지 어디로 사라진 거야.[172] 사람들이 운반해
온 관(棺)은 돌멩이로 가득 차 있었지요. 그는, 보어전쟁의 장군인, 데 베트로 개명(改名)
했어. 그가 사제들과 싸운 것은 잘못이 아네요. 그리고 그 밖에 등등.
    블룸(올바르게 불린 이름이나)은 동시에 사람들의 기억력에 상당히 놀랐으니 왜냐하면
십중팔구 그것은 다르 통(桶)의 사건이며[173] 단 하나만의 얘기도 아니고 수천에 달하는데
다가 20여 년 전의 일이라 완전히 잊혀져 있었기 때문이다. 물론 그들의 돌멩이라는 말에
는 정말이지 진실의 한 가닥 그림자조차도 도저히 들어있을 법하지 않았다. 그리고 설혹 있
다고 가정하더라도, 모든 것을 참작해 볼 때, 그의 귀국은 극히 바람직하지 못한 것처럼 그

는 생각했던 것이다. 그의 죽음에는 무언가 분명히 그들의 이해력을 흐리게 하는 것이 있

었다. 그의 여러 가지 정치적인 다른 타협이 거의 완성 단계에 이르고 있었을 때 그가 급성

폐렴으로 너무나도 무기력하여 마침내 사거(死去)해 버렸든지 또는 비를 맞고도 구두를 갈

아 신거나 옷을 바꿔 입는 것을 등한시한 결과 감기에 걸려 전문가에게도 보이지 않고 자신

의 방에 틀어박힌 채 드디어 2주일도 채 되기 전에 만인(萬人)의 애도 속에 그만 사거했든   5

지 아니면 필시 모두들 임무가 실패로 돌아감을 알게 되어 번민했기 때문이었으리라. 물론

아무도 그의 행동에 관해서는 그 이전의 것을 아는 사람이 없었기 때문에 그가 폭스니 스튜

어트니 하는 몇 가지 별명[174]을 붙이고 행동을 시작하기 전에조차도 *앨리스여, 그대는 어디*

에 있는가[175] 하는 식에 명확하게 속했던 것이므로 그의 행방에 대한 단서를 전혀 잡을 수

가 없었던 것인즉, 우인마부(友人馬夫)에게서 유래한 그와 같은 말이 가능할 수 있는지도   10

모를 일이었다. 그러면 당연히 그는 의심할 바 없이 한 사람의 타고난 대중의 지도자로서

그리고 6피트 아니면 아무튼 양말만 신고 5피트 10인치인지 11인치가 되는 키를 가진, 당

당한 인물로서 스스로의 마음을 괴롭히고 있었으리라, 반면에 모모 씨(某某氏)들이, 비록

자신들은 전자(前者)와는 비교도 안 되는 터인데도, 그를 대신할 만한 인물들이 거의 없거

나 드물었기 때문에 스스로 주인역(主人役)을 했던 것이다. 그가 우상(偶像)으로서의 진   15

흙의 발을 가졌다는 것은 분명히 하나의 신랄한 교훈으로 지적되었는데,[176] 그러자 그의 믿

음직한 72명의 추종자들이 서로서로 진흙던지기의 패싸움을 하면서 그의 주위에 덤벼들고

있었던 것이다.[177] 그런데 그놈들은 꼭 살인자들과 마찬가지. 당신은 아무튼 돌아와야만 했

어요. 그와 같이 오락가락하는 생각이 당신을 유혹했던 거요. 대역자(代役者) 놈들에게 주

역(主役)을 어떻게 할 것인지를 보이기 위해 말이오. 블룸 씨는 《인서프레서블》사(社)든가   20

《유나이티드 아일랜드》사든가의 활자판(活字版)을 놈들이 파괴하던 순간에[178] 운 좋게도

파넬을 한 번 보았는데, 그것은 정말이지 그가 마음으로 감사히 여겼던 특권으로서, 실은,

땅에 떨어진 그의 실크모를 그에게 집어 주었던 것이니, 그는 그러한 위급한 순간에 발생한

조그마한 재난에도 태연한 외모를 하고 있었으나 의심할 여지없이 흥분한 채 고맙소 하고

말했던 것이다: 그것은 그의 타고난 천성이었다. 이제 얘기는 다시 귀국 문제로 되돌아갔   25

다. 당사자가 귀국하자마자 놈들이 테리어 견(犬)을 풀어 당사자에게 덤벼들게 하지 않으

면 다행인 일이었다. 그땐 많은 우유부단(優柔不斷)한 일들이 뒤따르게 마련이었으니, 톰

은 찬성이나 디크와 해리는 반대인 거다. 그리고 나면, 첫째, 당사자의 물건을 차압하고 있

는 집달리와 부딪히게 되는 것이요, 마치 티치본 사건의 원고(原告)인, 로저 찰즈 티치본

[179]처럼, 당사자의 신분증을 제시해야 했던 것이니, 그가 기억하고 있는 한에서는, 상속인   30

(相續人)인, 그 사나이가 타고 있던 침몰된 배의 이름은, 증거가 드러난 바에 의하면, 「벨

라」호였고, 또한 인디언 잉크로 된 문신이 찍혀 있었는 바, 그것을 증언한 사람은 벨류 경

(卿)이었는데, 원고는 아마 배에 탔던 어떤 녀석으로부터 상세한 얘기를 아주 쉽사리 주워

듣고, 문제기 된 서술과 일치하게 되면: *실례합니다, 제 이름은 모모(某某)라고 합니다,* 아

니면 이와 같은 어떤 평범한 말로써 자신을 소개했을는지도 모른다. 한층 진지하게 처리하   35

는 방법은, 하고 블룸 씨는 지나치게 말이 많지는 않으나, 실은 그의 곁에서 한창 토론중인

저명한 인물과 닮은 그 사나이에게

— 저 암캐가, 저 영국의 갈보 년이, 그를 망치게 했던 거야,[180] 하고 무허가 선술집 주인이

논평했다. 그녀가 그의 생명을 앗아간 원흉이란 말이오.

— 하지만 언제나 귀염둥이 여인이었어, 하고 '스와 – 디장(자칭)' 시청 서기라는 헨리 캠벨   40

이 말했다. 통통하게 살찐 여인이었어. 그녀는 뭇 남성의 넓적다리를 풀리게 했지. 나는 어느

이발소에서 그녀의 사진을 본 적이 있어. 남편은 해군 대위였던가 또는 사관(士官)이었어.

— 그래, 하고 '산양 껍데기'가 흥미 있는 듯 덧붙여 말했다. 맞아 그리고 면화 깍지[181] 같

은 놈이야.

한 사람의 익살스런 인물이 이처럼 마구 화제로 등장하자 '엉뚜라쥐(좌중의 인물들)' 사이에서 대단한 웃음이 터져 나왔다. 블룸으로 말하면, 그는 한 가닥 가냘픈 의혹의 미소마저도 떠우지 않은 채, 단지 문 있는 쪽을 빤히 쳐다보며 그 당시에 비상한 관심을 불러일으켰던 그 역사적인 이야기를 곰곰 생각하고 있었으니, 당시 그러한 사실들이, 설상가상으로, 주지(周知)의 사실로 되어 버리자 두 사람 사이에 오간 정담이 가득 실린 평범한 연애편지마저 폭로되고 말았던 것이다.[182] 최초에는 엄격한 플라토닉한 것이었으나 마침내 본성이 끼어들게 되었고 애착이 두 사람 사이에 솟구쳤던 것이니, 드디어 조금씩 조금씩 사태는 클라이맥스에 도달하여 그것이 도회(都會)의 화제가 되고 마침내 그와 같은 치명적인 타격이, 그러나, 그의 몰락을 초래케 하는 것을 벼르고 있던 적지 않은 수의 악질적인 자들에게 반가운 소식으로 등장했던 것이다, 비록 그 사건은 처음부터 공적인 사건이었을망정 나중에야 무르익는 정도의 선풍적 사건 같은 것은 결코 아니었지만. 그러나, 그들 양자의 이름이 결합된 이상, 그가 그녀의 엄연한 애인이 된 바에야, 다시 말해서, 그가 그녀의 침실을 나누어 가졌다는 사실을, 이러쿵저러쿵 세상에 퍼뜨릴[183] 특별한 필요성이 어디에 있을 것인가, 그런데 그와 같은 사실이 맹세코 증인석으로부터 폭로되었을 때 한 가닥 전율이 입추의 여지없는 법정을 뚫고 지나가며 문자 그대로 모든 사람을 감전(感電)시켰던 것이니 증인이 증언한 바에 의하면 그는 이러저러한 어떤 특정한 날에 그가 잠옷 바람으로 사다리의 도움을 얻어 2층 아파트에 들어갔다가 똑같은 방식으로 그곳에서 기어 나오는 것을 목격했다는 것이었다, 실은 단순한 이와 같은 일로 굉장한 돈벌이를 한 것은, 얼마간 외잡스런 기사(記事) 따위를 도맡아 싣는 다름 아닌, 주간잡지였다. 그와 같은 사건의 단순한 사실에 반하여 그것은 이름을 댈 수 없는 그들 부부 사이에 공통적으로 지닌 그 무엇을 갖지 못함으로써, 아내한테 과감하게 대하지 못하는 그런 남편의 경우에 지나지 않으며, 그러자 다음으로 편애(偏愛)의 경지(境地)에 있어서 고집 센, 어떤 진짜 사나이가 현장에 나타나, 그녀의 요녀(妖女)다운 매력에 사로잡혀 가정의 유대(紐帶)를 망각하는 것이니, 그와 같은 통상적 결과란, 사랑받는 자의 미소에 빠지게 되는 것이다. 여기에 부부생활의 영원한 문제가, 말할 필요도 없이, 야기되는 것이다. 만일 그와 같은 경우에 있어서 제삼자가 우연히 나타난다고 가정하더라도, 결혼한 부부 사이에 참된 사랑이 존재할 수 있을 것인가? 난감한 일이로다. 우행의 여파(餘波)로 회상된, 애정을 가지고 그가 그녀를 대한다면 그와 같은 사랑은 절대적으로 그들 부부에게 아무런 의미가 없겠지만. 그는, 다른 예비역 육군사관(기병의, 정확히 말해서 제18기병대의, 흔히 매일 보는, *잘 가세요, 용감한 대위님*[184] 따위의 개인)에 불과한 자와 비교하면, 정말로 품위 있는 분명히 천부(天賦)의 재능을 부여받은 참으로 훌륭한 남성의 표본적인 인물이었으며, 그리고 그(다른 사람 아닌, 말하자면, 그 몰락한 영도자)는 의심할 여지없이 그 특유의 격분하기 쉬운 성질의 소유자로, 그와 같은 성질이야말로 그로 하여금 필경 명성(名聲)의 길을 개척하게 할 것이라는 것을, 여인으로서의 그녀는, 물론, 재빨리 알아채었던 것이니, 그리하여 그의 명성이 거의 절정에 달했을 무렵 드디어 복음(福音) 사제(司祭) 및 목사(牧師)가 한 덩어리가 되어, 그에게 그 옛날 충성을 바치던 지지자들과, 그에게 사랑받던 추방된 소작인(小作人)들, 그들이 가장 믿는 기대 이상으로 그가 감연히 일어나 그들을 변호해 줌으로써, 농촌 지역에서 그에 의해 충성스런 봉사[185]를 받았던 그자들이, 그의 결혼의 명예를 실로 효과적으로 해치며, 마치 우화(寓話)에 나오는 당나귀가 걷어차듯[186] 똑같은 방법으로 그 무렵에 그의 머리 위에 숯불을 쌓아올리고 있었던 것이다.[187] 이제 회고하여 과거의 일들을 정리해 보건대 모든 것이 일종의 꿈과 같았다. 게다가 당시 귀국한다는 것은 아무튼 가장 나쁜 방책(方策)인 셈이었으니 그 이유인즉 만사는 시대와 함께 언제나 움직이고 있는지라 말할 필요도 없이 그것은 부적당하게 느껴졌기 때문이다. 아무렴, 그가 반성해 볼 때, 자신이 수년 동안 쭉 가보지 못한 지역인, 아이리시타운 해변은,[188] 그가 북부 지역에 살기 위해 사실상, 이사를 간 이후로, 아무튼 몹시 변해 있었다. 북이든 남이든, 그러나, 그것은 순수하고 단순한, 격정(激情)이 어린 참으로 유명한 사건으로, 철저하게 모든 정세(情勢)를 뒤엎어 버렸던 것이니 그리하여 그녀 역시 스페인 태생이거나 또는 혼혈 녀로서,[189] 모든 일을 어중간하게 하기 싫어하는 타입, 예의 따위는 아랑곳하지 않고 바람에 날려 버리는, 남국의 정열적인 방종을 띤 인물인지라, 자신이 말하고 있는 바로 그와 같은 이야기를 충분히 입증하고도 남음이 있었다.

— 바로 내가 피[血]와 태양에 관해서 말하는 바를 입증하는 걸세, 하고 그는 가슴이 달아오르듯, 스티븐에게 말했다. 그리고 만일 내가 크게 잘못이 아니라면 그녀[190] 또한 스페인 태생이었어. ·

— 스페인 임금님의 딸이지요,[191] 하고 스티븐이 대답했다, 그대 스페인의 양파여 잘 가오 잘 있어요. 그리고 빈 술병(데드만)이라고 불리는 최초의 나라 그리고 램헤드에서 시칠리아까지는 얼마나 멀리와 같은[192] 뭔가 그 밖의 것을 오히려 우물쭈물 덧붙여 말하면서.

— 그랬던가? 하고 블룸은 결코 크게 놀라지는 않았지만 얼마간 움찔하며, 부르짖었다, 그런 얘기는 그전에 전혀 듣지 못했는데. 있을 수 있겠지, 특히 그곳에, 그녀가 거기에 살았으니까.[193] 그래, 스페인이야.

그의 호주머니 속에 든 《의 쾌락》이란 책을 조심스럽게 피하며 그리고 생각이 났으니, 캐펄가(街)의 도서관에서 빌려 온 대출(貸出) 날짜가 이미 지난 그 책[194]을 상기하면서 그는 수첩을 꺼냈다, 그리고 그 속에 담긴 여러 가지 내용을 재빨리 넘기면서, 드디어 그는.

— 그런데, 자네 생각지 않나, 하고 그는 퇴색한 한 장의 사진을 심각하게 골라, 그것을 테이블 위에 놓으며 말했다, 이런 걸 스페인 타입이라고?

스티븐은, 분명히 이와 같은 얘기가 걸려오자, 꺼낸 사진을 내려다보았는데 거기에는 몸집이 커다란 귀부인이 여성에게 있어서 한창 꽃피는 때인지라 그 증거로서 그녀의 육체적인 매력을 환히 드러내고 유방이 한층 잘 보이도록, 앞가슴을 자유로이 노출시켜 화려하게도 이것 보라는 듯이 목이 깊이 팬 야회복 차림에, 두툼한 두 입술을 얼마간 벌린 채 몇 개의 가지런한 이빨을 드러내고, 한 대의 피아노 곁에 일부러 정중한 체 서 있는 것이었으니, 피아노 악보대(樂譜臺) 위에는 그런대로 산뜻한 데가 있는, 당시에 아주 유행했던 민요 〈정든 마드리드에서〉[195]가 놓여 있었다. 그녀의 (귀부인의) 검고, 커다란, 눈이, 그가 감탄한 어떤 것에 대해 막 미소를 띠려던 스티븐을 쳐다보았다. 그런데 그와 같은 미학적(美學的)인 제작품에 대해 책임을 지고 있던 사람은, 웨스트모어랜드가(街)의 라파예트라는, 더블린 제일가는 사진작가였다.

— 미시즈 블룸이네, '프리마 돈나'인 내 처 마담 마리언 트위디 말일세, 하고 블룸이 알려주었다. 수년 전에 찍은 거라네. 96년경. 당시엔 이와 꼭 닮았었어.

그도 젊은이 곁에서 지금은 그의 정식(正式) 아내인 그 귀부인의 사진을 역시 쳐다보았다, 그런데 그녀는, 그가 암시한 바에 의하면, 브라이언 트위디 소령의 교양 있는 딸로 심지어 겨우 16세의 꽃피는 나이에[196] 사교계에 최초로 나선 가수(歌手)로서 어린 나이에도 놀라운 재능을 과시했던 것이다. 얼굴로 말하면 그 표정에 있어서는 사진과 실제적으로 닮은 그대로였으나 그녀의 몸맵시에 대해서는 그 기능을 충분히 발휘치 못했으니, 그것은 일반적으로 많은 주목을 끌 정도의 자기의 몫을 갖고 있긴 했어도 그와 같은 차림새로는 최대의 아름다움을 발휘하지 못했다. 그는 말하기를, 그녀는 쉽사리 전신상(全身像)을 위한 포즈를 취할 수도 있었을 걸, 그렇게 되면 말할 것도 없이 그녀의 풍만한 곡선을 드러냈을 터인데. 그는 얼마간 예술가의 기질을 지니고 있는지라 여가(餘暇)가 있으면, 여성의 육체에 관해 발육상의 견지에서 총체적으로 생각해 보았던 것이니, 따라서 사실상, 바로 그

날 오후에도 그는 예술 작품으로서 완성된 극치(極致)라 할, 저 그리스의 조각들을 국립박
물관에서 보았던 것이다. 대리석이란 것은 생긴 그대로를 나타낼 수 있는 것이다. 어깨라든
지, 등이라든지, 그와 같은 모든 균형, 그 밖의 모든 것을. 그래, 엄격주의(puritanisme), 하
지만 성 요셉의 지고(至高)의 절도 행위[197]도 있는 것이니, 그리하여 (흥분하도다!) 엉덩이
가 네게는 너무 지나치게. 한편 사진은 그렇게 할 수가 없으니 왜냐하면 사진이란 단지 요
약해서 말하면 예술이 아니니까.

　　기분이 그를 자극하자 그는 수부(Jack Tar)가 얼마 전에 행한 근사한 본보기를 따라 빤
한 얘기지만 보겠다는 구실로[198] 바로 수분 동안이나마 사진을 그곳에다 놓아두고 싶었다,
그리하여 상대방 젊은이가 혼자 그 미(美)를 충분히 빨아들일 수 있도록. 그런데, 솔직히
말해서, 그녀의 무대 위의 자태는 그 자체가 일종의 성찬(盛饌)인지라, 카메라의 힘으로선
도저히 그 효과를 나타낼 수 없는 것이었다. 그러나 그렇게 한다는 것은 동업자(同業者)간
의 신의(信義)가 아니었다. 오늘 밤은 따뜻하고 기분을 상쾌하게 하는 밤이지만 그런데도
계절을 생각하면 놀랍도록 쌀쌀한 날씨였으니, 왜냐하면 폭풍우가 지난 다음에 햇볕이. 그
리하여 그는 그때 그곳에서 마치 일종의 내심(內心)의 목소리를 느끼듯 전례(前例)를 따
르며 동의를 제출하여 가능한 한의 욕구를 충족시키고 싶은 일종의 필요성을 강하게 느꼈
던 것이다. 그런데도 불구하고 그는 꾹 참고 앉아서 약간 더럽혀졌으나 풍만한 곡선에 의해
주름이 져 있는 그러나, 오래됐어도 퇴색됐다고는 볼 수 없는 그 사진을 바라보고 있었으
니, 그리하여 상대방이 그녀의 성숙하고 '앙봉쁘엥(풍만한 육체)'의 균형미를 평가하고 있
는 동안 있을지도 모를 그의 당황함을 더 이상 증대시켜서는 안 되겠다는 의도로 눈길을 심
각하게 다른 데로 돌렸다. 사실상 약간 더럽혀졌다는 것은 단지 매력을 더해 줄 뿐이었다.
린넨은 약간 더럽혀져도, 새것과 마찬가지로, 아니 풀기가 빠지면, 사실상 훨씬 더 나은 것
과 같이. 혹시 그녀가 외출하고 없을 때 그가? 저는 그녀가 제게 말한 램프를 찾고 있었어
요,[199] 하는 말이 그의 마음속에 떠올랐지만 그것은 자신의 일시적인 하나의 환상에 지나지
않았으니 왜냐하면 그는 그때 오늘 아침의 짚을 간 침대 등등 그리고 그를 만나 창(槍)의
호스(그녀가 말한 그대로)와 함께 루비에 관한 그 책에 대하여 회상했기 때문인데 그 책은
린들리 머레이[200]에게는 죄송한 일이나 가정의 침실 요강 곁에 아주 적절하게 떨어져 있었
음에 틀림없다.

　　교양 있고 '디스멩께(탁월한)' 그리고 충동적인, 사뭇 골라 뽑은 알짜라고 할, 그 젊은
청년이 자신의 곁에 있다는 것은 분명히 그에게 기쁨을 안겨 주었으니, 사람들은 그가 그와
같은 소질을 지녔다고 생각하지 않을지 모르지만, 분명히 그럴 리는 없으렷다. 게다가 청년
은 사진이 참 훌륭하다고 말했는데, 아무튼, 그것은 사실이었다. 비록 그녀는 당시에 분명
히 통통하게 한층 살이 쪘긴 했어도. 그런데 안 될 게 뭐랴? 세상에는 엄청나게 많은 거짓
들이, 사건을 정직하고 공명하게 보도하는 대신 프로 골퍼 또는 무대의 신진(新進) 배우와
의 불의의 관계를 추정하는 똑같은 낡은 결혼의 분규에 관한 선정적인 저속한 신문의 일반
적인 화려한 페이지와 더불어 일생의 치욕이 되는 그따위 일에 대해서 계속 일어나고 있는
것이다. 그들[201]은 어떻게 하여 만날 운명에 이르렀으며 어떻게 하여 두 사람 사이에 애정
이 솟구쳐 그들의 이름이 세상의 안목(眼目) 속에서 결합되었는가 하는 것은 상습적인 센
티멘털하고 타협적인 표현을 담은 그들의 편지로써 법정에서 밝혀졌지만, 그들이 어떤 이
름난 바닷가의 호텔에서 일주일에 두서너 번씩 공공연히 잠자리를 같이 했거나 그와 같은
일이 정상적인 과정을 딸려, 딩연한 순서로서 그들의 관계가 친밀해진다는 것을 보여 줄 흔
적을 남기지는 않았다. 그러자 '니시(조건부)'이혼 판결이 뒤따랐고 이의(異意) 신청자가
소송 이유를 밝히려고 애쓰는 것이었으니, 그리하여 그는 항고(抗告)에 실패하고, '니시'가
절대적인 것으로 되어 버렸던 것이다. 그러나 그 점에 대해서는 두 범법자들이, 실제 서로

가 애정 속에 휘말려 있었기 때문에, 예사로 그들이 그러하듯 그와 같은 판결을 무시할 수 있었으니 마침내 사건이 변호사의 손으로 넘어가자 변호사는 당연히 피해자 측을 위해 진정서를 제출했던 것이다. 그, 즉, B는 에린의 무관(無冠)의 왕[202]에게 살아서 접근할 수 있는 영광을 향유했는데, 그것은 그 역사적인 프라까(소동)가 발생했을 때의 일이었는지라, 그때 그 몰락한 지도자, 그가 비록 간통의 누명을 쓰고 있을 때에도 끝까지 자기의 주장을 고수했다는 것은 유명한 일이지만, (지도자의) 충실한 부하들이 열 사람 혹은 열두 사람 아니면 아마 그 이상이 될는지도 모르나《인서프레서블》지 아니면《유나이티드 아일랜드》지 (그런데 말이 났으니 말이지 결코 적절한 명칭이라고는 할 수 없는)의 인쇄공장으로 뚫고 들어가 햄머인지 뭔지 그와 비슷한 것을 가지고 활자기(活字機)를 마구 때려 부쉈던 것이니, 보통 비난을 일삼는 그와 같은 오브라이언파(派)[203]의 문사(文士)놈들이 경박스런 붓대에 의한 야비한 필체로 앞서의 호민관들의 사적(私的) 품행에 중상을 입혔기 때문이었다. 이와 같은 일이 있은 이후로 그는 분명히 급격하게 사람이 달라지긴 했어도 여전히 당당한 인물로서 비록 옷 따위 평상시와 같이 아무렇게나 입고 있었지만 확고한 결의를 품은 용모를 하고 있었는지라 그 우유부단하던 자들에게 커다란 효과를 주었던 것이니 드디어 그들이 정말 당황하게도 자신들의 우상(偶像)을 대좌(臺座) 위에 올려놓은 다음에야 그것이 진흙의 발을 지니고 있음을 발견했던 것이니,[204] 그러나, 그것을 제일 먼저 눈치챈 것은 바로 그 여자였다. 당시는 특히 일반적으로 소동이 대단히 격렬한 때였는지라 블룸 씨는 물론 그곳에 모여든 군중 속의 어떤 녀석이 팔꿈치로 그의 명치 근처를 몹시 질러 가벼운 상처를 입긴 했으나, 다행히도 그것은 그다지 대단한 성질의 것은 못 되었다. 그의 모자(파넬의 것) 즉 실크모자가 부주의로 땅에 굴러 떨어졌는데, 이것은 엄숙한 하나의 역사적 사실로서, 그와 같은 갑작스런 사건을 목격하자 그것을 도로 그에게 집어 주려고 군중들의 혼잡 속에서도 그것을 집어올린 사람이 다름 아닌 블룸이었는데, (그리하여 그는 실제 그것을 가장 신속하게 그에게 돌려주었다) 그리고 그는 숨을 헐떡이며 모자도 쓰지 않은 채, 그의 생각은 그때 모자하고는 수마일 거리에 떨어져 있었지만 그런데도 지주(地主)로서의 이해관계를 갖고 태어난 신사요, 사실상, 그 밖의 무엇보다도 더욱 명예를 위한 일에 참가해 왔던 터라, 유년 시절에 그의 어머니 무릎에서 예의범절이 어떠한 것인지 배우게 됨으로써 그에게 뿌리 깊이 박힌 성질이 즉각 나타났던 것이니, 왜냐하면 그는 모자를 집어 준 자에게 몸을 돌려 완전한 '이쁘롱(침착성)'을 보이며 그에게 감사하기를: '고맙소, 선생'하고 말했기 때문이라, 그 말은 블룸이 역시 오늘 아침 일찍이 그의 모자를 올바로 고쳐 준 저 법률가[205]의 가식적인 인사말과는 그 음성이 아주 딴판이긴 했지만, 역사는 차이를 나타내면서 스스로 반복하는 것이요, 그들이 친구의 유해(遺骸)를 무덤 속에 파묻는 그 음울한 작업이 끝난 다음 모두들 그들 공동의 친구를 영광애로 홀로 남겨 둔 채 떠나 온 장례가 있은 후의 일이었다.

다른 한편 그를 한층 마음속으로 노하게 한 것은 마부들이니 기타 사람들이, 절제 없이 마구 우어대며, 만사를 그리고 그 이유를 알고 있는 척, 그러고도 사실상 자신의 마음조차도 알지 못하면서, 익살로써 얼버무려 넘겨 버리는 그들의 떠들썩한 농담이었으니, 그리하여 그와 같은 사건은 두 사람이 서로를 포옹하고 있는 사랑의 자세에 있어서의 결정적 순간에 그들을 우연히 목격한 바 있는, 평소의 존즈라는 소년[206]이 보낸 어떤 익명(匿名)의 편지에 의하여 혹시 법률상의 남편이 그와 같은 사실을 결과적으로 알게 되지 않는 한, 그것은 어디까지나 그들 양자간의 것으로 국한되고 마는 것이요, 그리하여 이러한 편지가 그들의 불의의 행동에 대한 주의를 끌게 하고 가정적인 소란을 일으키게 하는 것으로 과오를 범한 여성은 무릎을 꿇고 그녀의 주인이며 남편의 용서를 비는 것이요 그리하여 만일 상심한 남편이 그러한 사건을 단지 관대하게 넘겨 버리고 과거를 과거로 묻어 버리기만 한다면 앞으로 그 사나이와의 관계를 끊고 더 이상 그의 방문을 받아들이지 않겠다는 것을 눈물을 흘리며 맹세하는 것이니 그러나 동시에 그와 같은 약속을 하면서도 자신의 예쁜 뺨 속에서 혀를 놀리고 있는 여자도 아마 여러 명 있을 것이다. 그 개인적으로 말하면, 한 사람의 회의적(懷疑的)인 편견에 치우친 인물이었으나, 그는 이렇게 믿고 게다가 이렇게 말하는 데 대해서는 조금도 개의치 않았던 것이니, 비록 여성이란 그녀가 세상에서 제일 훌륭한 아내라 가정하더라도 그리고 얘기로는 그들 부부가 아주 사이좋게 지낸다 하더라도, 반드시 한 남자 아니면 여러 남자들이 기회를 기다리면서 그녀 주변에 서성거리고 있는 것으로, 그녀가 의무를 소홀히하여, 결혼 생활에 권태를 느끼게 되면 온당치 못한 생각으로 자신에게 남자들의 주의를 끌기 위한 방탕한 기분으로서, 다소 마음의 동요를 일으키게 되고, 결과적으로 그녀의 애정이 다른 남자에게 집중되어, 몇 가지 여성의 유명한 치정사건(癡情事件)들이 철저하게 입증하고 있듯이, 요염한 40대에 접어든 아직도 매력이 넘치는 기혼 여성들과 손아래 남자들 사이의 많은 '리에종(정사(情事))'의 원인을 초래케 되는 것이다.

그의 곁에 있는 젊은이가 분명히 그러했듯이 훌륭한 두뇌를 축복받고 있는 청년이, 한 평생 지속되는 어떤 지독한 병을 자신에게 선사할지도 모를 방탕한 여인들과 함께 귀중한 시간을 낭비한다는 것은 참으로 애석한 일이었다. 독신 생활의 축복의 본질로서 어느 날 적당한 여성(Miss Right)이 눈앞에 나타나면 스스로가 그녀를 아내로 맞이할 것이지만 그때까지 귀부인들과의 교제는 '끈디띠오 시네 구아 논(불가피한 요건)'[207]인 것이니 비록 (그렇게도 이른 아침에 그를 아이리쉬타운까지 끌고 내려온 기필코 바로 그 유별난 장본인이었던) 퍼거슨양[208]에 관하여 그는 스티븐을 조금이라도 떠볼 생각으로 그런 것은 아니었지만, 그가 청춘남녀의 연애 관념 그리고 맹목적인 사랑의 방식 및 꽃이라든지 초콜릿을 선사하면서 찬사(讚辭) 놀이를 하거나 산책에 나서는 전통적인 초보보행(初步步行) 연습으로 그들 이름에 한 푼어치 가치도 없는 능글맞게 웃어대는 처녀들의 무리와 2주 또는 3주에 한 번쯤의 교제에 탐닉(耽溺)하면서 많은 만족을 얻는 게 아닌가, 하는 가장 있을 법한 의문을 품었던 것이다. 집도 가정도 없이, 계모보다 더 혹독한 어떤 하숙집 주인에게 부당하게 많은 돈을 빼앗기고 있다는 것을 생각하면, 그의 나이에 정말이지 너무 안 된 일이었다. 그가 갑자기 꺼낸 그와 같은 괴상하고 돌변적인 이야기는 자기보다 몇 살 선배의 또는 자기의 부친과 같은 연장자의 주의를 끌게 했던 것이니, 하지만 그는 뭔가 먹을 만한 걸 분명히 취하지 않으면 안 된다, 하다못해 순수한 어머니의 자양분이라고 할 계란 술이나 또는, 그것이 없으면, 흔히 있는 삶은 계란(Humpty Dumpty)이라도.

— 자네 몇 시에 식사를 했지? 하고 그는 가냘픈 몸집을 가진 그리고 주름살은 없어도 피곤해 보이는 얼굴을 향해 물었다.

— 어제 몇 신가에요, 하고 스티븐이 말했다.

— 어제라니! 하고 블룸은 소리쳤지만 드디어 때는 이미 내일인 금요일이라는 사실을 그는 생각해 내었다. 아하, 12시가 지났다 이 말이군 그래!

— 그럼 그저께죠, 하고 스티븐이, 자신의 말을 다시 고쳐 말했다.

이와 같은 정보에 문자 그대로 놀란 블룸은 잠자코 생각에 잠겼다. 비록 그들은 만사에 있어서 의견이 일치되지는 못했지만 아무튼 거기에는 어떤 유사성(類似性)이 있었으니 마치 그들 두 개의 마음이, 이를테면, 사고(思考)의 같은 궤도를 달리고 있는 듯했다. 약 20년 전에 자신이 취미삼아 정치를 약간 해봤고 당시 벅쇼트 포스터 시대[209]에 있어서 의회의 훈직(勳職)에 대한 '구아지(준(準))' 열망자였던 이 젊은이의 나이에, 그가 그와 똑같은 과격한 사상에 경의(敬意)를 품었던 것을 그는 또한 추억(그 자체가 커다란 만족의 근원이었지만) 속에, 돌이켜 생각해 보았다. 예를 들면 축출된 소작인(小作人)의 문제가, 당시 그 최초의 발단 단계에서, 일반 대중의 관심을 집중시켰을 때, 말할 필요도 없이, 비록 그와 같은 운동에 한 푼어치의 출자(出資)를 한 일도 없거니와 또한 그와 같은 주장에는, 얼마간 이치에도 맞지 않는 것이 있는 것 같았기 때문에, 절대 신념을 걸려고는 하지 않았지만, 당초 원칙상 어쨌든 그는 현대 세론(世論)의 풍조를 대변하고 있던 소작인의 권익(權益)을 철저하게 동정했던 것이니, (그러나, 이러한 편파적인 견해를, 자신의 잘못된 점으로 인정한 그는, 그 후 그와 같은 생각을 부분적으로나마 수정했던 것이오) 그리고 그가 한때 지주배신자[210]로서 주장했던 그 놀라운 견해에 있어서 마이클 대비트[211]보다 한층 심한 단계에까지 이르렀다는 비난까지 받았거니와, 그것이 바니 키어넌 주점의 그놈들이 모여 있던 좌석에서도 그따위 친구에게 그처럼 노골적인 방법으로 자신에게 가해진 그 비꼬는 말에 스스로 몹시 분개했던 한 가지 이유였으니, 그런고로 그가, 비록 이따금 심각하게 오해를 받은 적은 있어도 거듭 말하거니와 싸움을 즐기는 그런 인물은 결코 아니었나니, 그의 관습으로부터 이탈하여 상대방 녀석의 명치(비유해서 말하면)에 일격을 가해 주었던 것이요, 그러나 정치 문제 그 자체에 관련되어 있는 한, 그로서는 선전이나 상호 적의(敵意)의 발로에서부터 언제나 나타나는 불의의 여러 가지 사건들 그리고, 주로, 훌륭한 젊은 청년들에 대한 전술한 결론으로서 수반되는 비참함과 고민, 한 마디로 말하자면, 적자멸망(適者滅亡)[212]의 원칙을, 너무나도 분명히 의식하고 있었던 것이다.

아무튼 찬부(贊否)야 어떻게 되었든지 간에, 사실상, 1시가 이미 가까웠는지라, 이제는 밤을 위해 돌아가서 자야 할 시간이 되었다. 곤란한 점은 스티븐을 집으로 데리고 가는 것이 조금은 위험했던 것이니 왜냐하면 젊은이도, 말하자면, 그곳에 있었기 때문에 아주 분명히 기억하고 있겠지만, 그가 한쪽 다리를 절뚝거리는 (혈통을 알 수 없는) 개 한 마리를 온타리오 테라스의 자기 집으로 잘못하여 데리고 왔던 날 밤의 경우처럼[213] (그런데 젊은이도 손에 부상을 입고 있는지라 이와 같은 두 가지 사건이 같은 성질의 것인지 아니면 전혀 다른 것인지는 알 수 없어도) 불의의 사건들이 발생하여(어떤 사람은 때때로 그와 같은 개의 발작을 지니고 있는 것이다), 만사를 정말이지 엉망으로 만들어 버릴 가망이 있었기 때문이다. 또 한편으로 샌디마운트 또는 샌디코브에 대한 제안에는 시간이 이미 늦었는지라 양자 중 어느 것을 택할 것인지에 대해 약간 망설였던 것이었다. 결국 모든 것을 신중히 고려해 본 결과, 아무래도 이러한 기회를 충분히 이용하는 것이 지당하다는 결론에 도달했다. 젊은이의 처음 인상으로 미루어 보아 그는 약간 쌀쌀하다든지 아니면 좀처럼 심정을 토로할 것 같지는 않았지만, 차차 그와 같은 기질이 어느 정도 블룸의 마음에 들게 되었다. 한 가지 예를 들면, 만일 이쪽에서 얘기를 꺼낸다 하더라도, 이른바 그와 같은 생각에 그는 쾌히 응하지 않을 것이었으니, 그리하여 그를 심히 곤란케 한 것은, 만일 적당하다면, 돈이나 약간의 의류(衣類)를 젊은이에게 주어서, 그를 도울 것을 스스로 허락한다면, 그에게는 더할 나위 없는 커다란 개인적인 기쁨을 주는 것이겠으나, 그가 그러한 제안을 기꺼이 받아들인다고 가정하더라도, 어떻게 그런 일로 화제를 돌릴 것인가 또는 정확히 그와 같은 말을 어떻게 할 것인가를 알지 못했다는 점이다. 아무튼 가죽끼 뼈만 남은 개를 데려온 선례(先例)를 당분간이나마 피하기 위해, 에프스 제(製) 코코아 한 잔과 하룻밤을 보내기 위한 임시 잠자리에다 한두 장의 모포 및 외투를 말아 만든 베개 한 개를 마련하는 거다, 하고 그는 결론적으로 생각했으니, 적어도 그만하면 그는 평안을 누리게 될 것이고 삼발이 위의 토스트처럼 따뜻한 느낌이 들 것인즉, 그는 무언가 어떤 소동이 일어나지 않는 한 그 어떤 대단한 이변(異變)은 일어날 것 같지가 않았다. 그러므로 이제 자리에서 일어서는 동작을 취해야만 했나니 왜냐하면 문제의 그 일시적인 홀아비, 저 태평한 영감님[214]은, 마치 엉덩이가 자리에 꼭 붙은 것처럼, 그가 가장 사랑하는 퀸즈타운의 자기 집으로 특별히 서둘러 돌아길 기색이 전혀 보이지 않았기 때문이요 그리고 앞으로 며칠 동안은 하부 셰리프가(街)[215]에서 얼마간 떨어진 곳에 위치한 나이가 아무런 장애가 되지 않는 은퇴한 미녀들의 어떤 식객의 갈보집이 저 수상한 인물을 위한 거처(居處)가 될 것임은 아주 뻔한 노릇이었고, 그 대신에 그는 누구든지 골수(骨髓)를 얼게 할 것으로 예상되는 열대지방 근처에서 일어난 저 6연발 권총 사건의 일화(逸話)를 들려줌으로써, 그들(인어들)의 신경을 긴장케 할 것이며 그리고 밀조(密造) 위스키를 반주로 마구 들이켜며 좋아라! 떠들어대면서 틈틈이 그들의 지나친 요염을 억누르며 그리고 자기 자신에 관하여 언제나 자화자찬적인 야양을 떨고 있으리니, 왜냐하면 그가 실제 어떠한 인물인가에 관해서는 대수(代數) 선생이 '빠―심(여기저기에서)' 언급하듯, X를 나의 본명 및 주소와 같게 하라, 하는 유에 속했기 때문이다. 이와 동시에 그는 그대의 하느님도 유대인이야, 하고 그 피와 창상(槍傷)의 투사²¹⁶)에게 말해 주었던 자신의 너그럽고 재치 있는 즉답(卽答)을 되새기며 혼자 마음속으로 만족해했던 것이다. 사람들은 여우한테 물리는 것은 참을 수가 있지만 양한테 물릴 경우엔 응당 화를 내는 것이다. 유순한 아킬레스의 최대의 약점도²¹⁷) 역시. 그대의 하느님은 유대인이었어. 왜냐하면 세상 사람들은 그가 캐릭 온―샤논²¹⁸)이나 아니면 슬라이고 주에 있는 모처(某處)²¹⁹)에서 출생했다고 대부분 생각하고 있는 것 같았기 때문이다.

— 내 제안하네만, 하고 우리들의 주인공은 그녀의 사진을 조심스럽게 호주머니 속으로 도로 넣으면서 신중히 생각한 후 드디어 입을 열었다. 이곳은 오히려 답답하기만 하니, 자네 나하고 우리 집에 같이 가서 여러 가지 얘기나 하는 것이 어떤가. 우리 집은 이곳에서 아주 가까운 곳에 있어. 자넨 그런 걸 마실 순 없잖아. 자네 코코아를 좋아하나? 가만있자. 이 몫은 내가 지불하지.

최선의 계획이 분명히 발표되자, 나머지 할일은 슬슬 출항(出航)하는 것뿐이었으니, 그리하여 조심스럽게 사진을 호주머니 속에 집어넣는 동안, 그는 술집 주인에게 손짓을 했으나 주인은 전혀.

— 그렇게 하세, 그게 상책이야, 하고 그는 스티븐에게 다시 타일렀다, 그런데 스티븐에게는 저 브레이즌 헤드²²⁰)이든 자신의 집이든 아니면 그 밖의 어떠한 곳이든 조금도.

온갖 종류의 유토피아적인 계획이 그의(B의) 바쁜 두뇌 속을 번개처럼 흘러갔나니, 교육(진지한 것), 문학, 저널리즘, 현상기사(懸賞記事), 최신 포스터, 돈을 물 쓰듯 하는, 많은 온탕장(溫湯場) 및 해변의 극장이 즐비한 영국의 온천 지역에 있어서의, 음악 연주 여행, 완전한 원어(原語)에 가까운 말투를 지닌 이탈리아어의 이중창 그리고 그 밖의 많은 것들, 물론 그까짓 것을, 조그마한 행운이랍시고, 세상에 그리고 그의 아내에게 마구 퍼뜨릴 필요는 없는 것이었다. 필요한 것은 시작뿐이었다. 왜냐하면 스티븐이 그의 부친의 아름다운 목소리를 지니고 있을 것이라는 점은 예상되고도 남음이 있는지라 그리고 그가 분명히 지니고 있는 그와 같은 목소리에 기대를 걸만도 했기 때문이요, 그래서 얘기를 그와 같은 특수한 방향으로 쏠리게 하는 것이 역시 타당할 뿐만 아니라, 또한 해로울 것도 없는 듯했다.

마부는 전(前)총독, 캐도건 백작이, 런던 어느 곳에서 열린 마부조합의 만찬회에서 사회를 맡았었다는 기사를, 그가 들고 있던 신문에서 찾아 읽었다. 침묵이 한두 번의 하품과 함께 이와 같은 감격적인 보고에 이어 계속되었다. 그러자 구석에 앉아 있던 아직도 얼마간 활력(活力)이 남아 있는 듯이 보이는 그 괴짜 늙은이²²¹)가 앤소니 맥도넬 경이 주무(主務) 장관의 관저를 방문하기 위해 유스턴을 출발했다는 또는 그와 비슷한 취지의 기사를 읽었다. 이러한 감동적인 정보에 대하여 왜, 하는 메아리가 되울렸다.

— 어디 그 신문 잠깐만 좀 봅시다, 할아범, 하고 노수부가 타고난 본래의 성급함을 얼마간 드러내면서, 말을 거들었다.

— 좋아, 하고 이렇게 얘기를 받은 늙은이가 대답했다.

수부는 그가 갖고 있던 안경 케이스에서 초록색 안경을 꺼내 그의 코와 양쪽 귀에다 아주 천천히 걸쳤다.

— 눈이 나쁘시우? 하고 시 서기처럼 보이는 동정심 많은 인물이 물었다.

— 아무럼, 하고 스코틀랜드 고지인(高地人)의 턱수염을 기른 뱃사람이 대답했다. 그런데 그는 대단치는 않으나, 얼마간 글줄이나 읽을 줄 아는 듯이, 바다의 초록빛 현창(舷窓)이라고도 말할 수 있는 그의 안경을 통해 빤히 쳐다보며, 목구멍을 걸걸거리면서 말했다. 글을 읽을 때에는 안경을 쓰지요. 홍해의 모래 때문에 이렇게 된 거요. 한때 나는 말하자면, 캄캄한 곳에서도 글을 읽을 수 있었소. 《아라비안나이트 향연》[222]을 참 좋아했고 그리고 《붉은 장미 같은 소녀》[223]도.

이렇게 말하면서 그는 신문을 되는대로 마구 펼쳐 하느님만이 정체(正體)를 아시나니, 익사체(溺死體) 발견되다 또는 윌로우(크리켓)왕[224]의 묘기(妙技), 아이어몽거[225]가 노팅엄 팀을 위해 출전하여 두 번째 위켓에서 1백 수점(數點) 무사(無死)의 기록을 세우다, 등의 기사를 읽었으니, 그동안 술집 주인은(아이어의 것을 완전히 무시하고) 도대체 누가 이따위를 만들어 파느냐는 등 욕지거리를 하면서 확실히 발에 너무 꼭 끼는 것 같은 분명히 새 신인 듯한 아니면 헌것인지 몰라도 그의 구두끈을 느슨하게 열심히 풀고 있었고, 그 밖의 모든 사람들은 말하자면, 눈을 충분히 뜨고 있음이 그들의 얼굴 표정으로 분간할 수 있을 정도로, 무뚝뚝하게 사나이의 동작을 쳐다보고만 있거나 아니면 사소한 얘기를 주거니 받거니 하고 있었다.

요약해서 말하면 블룸은, 이러한 사정을 파악하여, 너무 오래 앉아 있다 미움을 받을까봐 제일 먼저 자리에서 일어섰으니, 그는 이번 경우의 계산은 자신이 치르겠다는 약속대로, 합계 4펜스라는 (그는 문자 그대로 모히칸족의 최후[226]라 할 네 개의 동전으로 티 나지 않게 지불했다) 정해진 돈이 미리 마련되어 있다는 취지로서 다른 사람들이 쳐다보고 있지 않을 때 마치 작별인사를 하듯 세심한 주의로써 타인의 눈에 거의 띄지 않게끔 신중한 손짓으로, 우리들의 주인에게 티 나지 않게 알렸던 것이니, 그는 글을 읽을 수 있는 사람들을 위해 맞은편 벽에 붙여 둔[227] 인쇄된 가격표에다, 커피 2펜스, 과자 동상(同上)이라고 분명한 숫자로 써 놓은 것을 미리 읽어 두었기 때문이요, 웨더럽[228]이 항상 말하고 있듯이, 이곳은 정직한 오두막으로 가끔 가격보다 두 배만큼의 가치가 있기 때문이었다.

— 가세, 하고 그는 '쎄앙스(회합)'를 끝마치도록 권했다.

계략(計略)이 이루어져 주위에는 아무도 없다는 것을 알게 되자 그들은 다 같이 역마차의 오두막인지 또는 술집인지를 그리고 유포의(油布衣)를 입은 '엘리트(정예(精銳))'의 모임을 그리고 지진이라도 일어나지 않는 한 그들의 '돌체 파르 니엥테(나른한 행복)'를 아무것도 몰아낼 수 없는 무리들을 뒤에다 남겨 두고 그곳을 떠났다. 스티븐은, 아직 기분이 좋지 않은데다가 몹시 피곤하다는 것을 자백하면서, 잠시, 발을 멈추었다, 문간에서.

— 결코 이해할 수 없는 한 가지 일이 있어요, 하고 스티븐이 순간적으로 아주 괴팍스런 생각을 하듯 말했다. 저 사람들은 왜 밤이면 테이블을 거꾸로 뒤집어 두는지 모르겠어요, 글쎄, 카페에서 의자를 테이블 위에다 거꾸로 엎어 누는 것 말이에요.

그와 같은 즉흥적인 질문에 대하여 결코 실수하는 일이 없는 블룸은 잠시도 주저하지 않고 즉시 말을 꺼내어, 대답했다.

— 아침에 마루를 청소하기 위해서지.

그렇게 말하며 그는, 날렵하게 곰곰 생각하면서, 솔직하게 동시에 미안해하며, 가볍게 겅충 몸을 돌려서 자기 동료의 오른쪽으로 갔는데, 그것은, 그런데, 그의 습관으로서, 그의 오른쪽이라는 것은, 고전적인 관용어로, 아킬레스의 발꿈치를 의미했다. 스티븐은 서 있는 것이 약간 힘들기는 했으나 밤공기를 들이켜니 확실히 기분이 한결 나아졌다.

— 이것(바람)을 쐬면 기분이 좋아질 거야, 하고 블룸은, 걷는 것을 의미하면서, 순간적으로, 말했다. 단지 걷기만 하면 아주 딴사람이 된 것 같은 기분이 들 거야. 가세. 멀지 않아요. 나한테 몸을 기대게.

따라서 그는 스티븐의 오른팔을 그의 왼팔에다 끼고 그를 적절하게 계속 안내했다.
— 네, 하고 스티븐은 애매하게 말했는데, 왜냐하면 그는 힘이 없고 흐늘흐늘한 그런 다른 한 남자의 낯선 종류의 육체가 자기에게 접근해 오는 것을 느꼈기 때문이다.

아무튼 그들 두 사람은 돌멩이와, 화로(火爐) 등등이 놓여 있는 보초막을 지나갔는데 거기에는 시의 임시 고용원, 아까의 검리가, 옛말대로, 신선한 들판과 새 목장을 꿈꾸면서,[229] 여전히 몽신(夢神) 머피의 팔에 안겨 사실상 잠에 취해 있었다. 그런데 돌멩이가 든 관[230]에 '아 프로뽀(대한)' 얘기나 그와 같은 비유는 전혀 서투른 것은 아니었으니 사실상 돌을 던져 치사(致死)케 한 것은 그와 같은 파쟁기(派爭期)에 있어서 80명가량의 지지자들 가운데서 72명이었는 데다가 주로 그가 격찬했던 농민 계급으로서,[231] 그가 그들의 토지 소유권을 그들에게 도로 갖게 해준, 필경 똑같이 추방당한 소작인들이었다.

그렇게 하여 두 사람이 서로 팔을 끼고 베레스포드 네거리를 가로질러 나아갔을 때, 블룸은 한 사람의 순수한 아마추어로서, 최대의 취미를 품고 있었던 예술의 한 가지 형식인, 음악에 관하여 화제를 돌렸다. 바그너의 음악은, 분명히 나름대로의 훌륭한 점도 있지만, 블룸에게는 약간 지나치게 중압감(重壓感)을 주는 것으로 처음에는 좇아가기가 퍽 어려운 것이었으나 메르카단테[232]의 〈위그노 교도〉라든지 마이어베르의 〈십자가 위의 마지막 일곱 마디 말〉 그리고 모차르트의 〈미사 12번〉의 음악을 단순히 황홀할 정도로 즐겼던 것이니, 그중 〈영광의 찬가〉는 그의 생각으로서는, 일급 중의 일급으로서, 사실상 그 밖의 모든 것을 문자 그대로 무색게 하는 것이었다. 그는 가톨릭 성당의 성스런 종교 음악을 그 방면의 경쟁 상대인 프로테스탄트가 제공하는, 예를 들면 무디 앤드 생키[233]의 성가 또는 〈나를 살려 주오 그러면 그대의 프로테스탄트가 되오리다〉[234]보다 무한히 더 좋아했다. 그는 또한 불멸의 선율이 단순히 넘쳐흐르는 작품으로, 롯시니의 〈성모는 일어섰도다〉[235]를 감탄하는데도 어느 누구한테 지지 않았으니, 이 곡의 노래에서 그의 아내, 마담 마리언 트위디는 대성공이요, 진정한 센세이션을 불러일으켰던 것으로, 지금까지의 다른 여러 영광에다 한층 더 큰 영광을 쌓음으로써, 상부 가디너가(街)의 예수회 성당의 다른 연출가들을 완전히 무색하게 만들어 버렸다고 해도, 그가 결코 지나친 말을 함이 아닐 것인즉, 그런데 이 성당의 회당(會堂)에는 음악의 대가(大家)들, 아니 오히려 비르투오시[236]들이 그녀의 노래를 들으려고 문간까지 밀어닥쳤던 것이다. 그녀와 필적할 가수는 아무도 없다는 것이 이구동성 공통된 의견이었으며 성가를 불러야 할 그와 같은 예배당에서 모두들 고함을 질러 앙코르를 청했으니, 그것만으로도 어느 정도였는지 충분히 짐작되리라. 하지만 대체적으로 그는 〈돈 지오반니〉 등속이나, 그와 같은 방면의 지보(至寶)라 할, 〈마르타〉와 같은 경(輕)오페라를 오히려 좋아하였으며, 멘델스존[237]과 같은 엄숙한 고전파에 대해선, 단지 표면적인 지식밖에 갖지 못했으나, '빵상(취미)'만은 갖고 있었다. 그리고 계속되는 얘기지만, 스티븐이 옛날의 애창곡(愛唱曲)들을 모두 다 알고 있다는 것은 물론 당연한 일이기 때문에, 그는 〈마르타〉 속의 라이오넬의 아리아, '마파리'를 '빠르 엑셀랑스(두드러지게)' 이야기하는 것이었는데, 그런데 참으로 교묘하게도, 그가 어제, 스티븐의 존경받는 부친의 입술로부터 바로 그 곡을 들었던 것이요 아니 보다 정확하게 말해서, 엿들었던 것인데, 그는 정말로 완전무결하게 그것을 불렀는지라 그거야말로 그가 참으로 고맙게 여기는 특권이 아닐 수 없었으니, 그의 부친은, 사실상, 그 곡에 대한 연구로서는, 다른 모든 사람의 추종(追從)을 불허하는 것이었다. 스티븐은, 예의 있게 자신에게 행해진 질문에 답하여, 자기는 그 노래를 듣지 못했노라고 말했으나 셰익스피어의 가요라든지, 적어도 그 시대 아니면 그 전후의 것들을 칭찬하기 시작했고, 식물학자인 제라드 근처의 페터 골목길에 살았던, '안노스 루덴도 하우시, 도울란두스(일년 내내 연주를 하며 시간을 보내고 있던, 도울란두스)'[238]라는, 류트 연주자인 도울랜드,[239] 아놀드 돌메치[240] 씨라는, B도 이름은 분명히 귀에 익어 있으나 누군지 도무지 생각나지 않는, 그로부터 65기니에 사려고 마음먹었던 그와 같은 악기 그   1
리고 '둑쓰(도주제[導主題])'와 '코메쓰(답주제[答主題])'[241]를 가지고 뻐기던 파나비 부자
(父子)[242] 그리고 퀸즈 채플 또는 그 밖의 어디서든지, 자기 말로, 버지널[243]을 보기만 하면
연주했다는 버드(윌리엄)[244] 그리고 경음악이나 중음악(重音樂)을 작곡하던 톰킨즈[245]라는
사나이 그리고 존 불[246]에 관한 얘기를 하는 것이었다.   5

　　그들이 계속 이야기하고 있는 동안 점점 가까이 걸어가고 있던 도로 위에 건들거리는
쇠사슬 울타리 너머로, 청소기를 끌고 있던, 한 마리의 말이, 넓은 진흙길을 쓸면서, 포도
(鋪道) 위를 걸어왔는데, 그런고로 그 소리 때문에 블룸은 65기니라든지 존 불에 대한 어
렴풋한 얘기를 자신이 정확하게 포착했는지를 완전히 확신할 수가 없었다. 그는 두 개의 동
일명(同一名)이, 뚜렷한 하나의 우연의 일치로 생각되어졌기 때문에, 그것이 그와 같은 저   10
명한 정치가의 이름인 존 불이 아닌가 하고 묻는 것이었다.

　　말은 쇠사슬 울타리 곁에서 방향을 바꾸기 위해 큰길을 천천히 벗어났는데, 언제나 세
심한 경계를 하고 있던 블룸은, 그것을 목격하자, 상대방의 옷소매를 살며시 잡아끌며, 익
살스럽게 말했다.
— 오늘 밤은 우리들의 생명이 위험해. 증기 롤러를 조심하게.   15

　　그곳에서 두 사람은 발을 멈추었다. 블룸은 아주 가까운 어둠 속에 갑자기 눈에 띈, 아
무리 보아도 65기니 가치만큼도 안 될 성싶은 말의 얼굴을 쳐다보았는데, 그러자 말은 단지
뼈와 살로써 형성된 하나의 덩어리로 마치 낯선 물건처럼 새롭게 보였는지라, 왜냐하면 확
실히 그것은 네발짐승, 엉덩이 흔드는 놈, 엉덩이가 시커먼 놈, 꼬리를 건들거리는 놈으로,
뒷발을 먼저 딛는 머리 빠뜨린 놈이요 한편 그 동물의 지배자는 마부의 자리에 앉아, 자신   20
의 생각에 몰두하고 있었다. 그러나 얼마나 착하고 불쌍한 짐승이란 말인가 그는 한 알의
사탕도 갖고 있지 않은 것이 유감이었으나, 현명하게 곰곰 생각해 볼 때, 일어날 모든 위기
에 언제나 대비하기란 거의 불가능한 일이기도 했다. 그는 이 세상에서 별반 걱정이 없는,
바로 그 덩치 크고 신경질적이고 어리석으며 우둔하고 바보 같은 그런 말이었다. 그러나 똑
같은 크기의 개라 할지라도, 예를 들어 바니 키어넌 주점에 있던 고놈의 잡종 개 같으면,   25
만일 마주치면 정말 무서우리라, 그는 생각했다. 그러나 육봉(肉峯)에 포도를 증류시켜 밀
조 위스키를 만들고 있는, 사막의 배(船)라 할, 낙타처럼, 만일 그놈이 그렇게 생겼다 하
라도 그것이 특히 그 동물의 잘못은 아닌 것이다. 동물 가운데 십중팔구는 대개 우리 속에
가두어 키울 수 있거나 또는 훈련시킬 수 있는 것으로, 꿀벌을 제외하고는 인간의 기술을
넘어설 놈은 하나도 없는 것이다. 고래는 머리핀 같은 작살을 가지고, 악어는 놈의 등 부분   30
을 긁어 주면 장난하는 줄로 알지요, 수탉에게는 분필로 원(圓)을 그려 주고,[247] 호랑이에
게는 독수리의 눈으로. 비록 그의 마음은 어느 정도 스티븐이 아까 한 말 때문에 흔들려 있
긴 했어도 들판의 짐승들에 관한 이와 같은 때에 낮은 생각이 마음을 점령하고 있었으니 그
농안 거리의 배는 진군(進軍)하고 있었고 스티븐은 지극히 흥미로운 옛날에 관하여 이야기
를 계속하고 있었다.   35
— 내가 무슨 얘기를 하고 있었더라? 아하 그렇지! 내 처도, 하고 그는 '인 메디아스 레스
(사건의 핵심에)'[248] 뛰어들면서, 넌지시 알리는 것이었다. 음악이라면 뭐든지 정열적으로
마음을 쏟기 때문에 자네와 친하게 되는 것을 최대의 기쁨으로 생각할 거야.

　　자기 모친의 모습을 닮은, 스티븐의 옆얼굴을 그는 다정하게 비스듬히 쳐다보았는데,
그 얼굴은 여자들이 의심할 바 없이 욕심내는 보통 흔히 보는 잘생긴 부랑자의 타입과는 전   40
혀 달랐으니 그는 아마도 그런 불량스런 모습은 띠고 있지 않았기 때문이다.

　　하지만, 그가 추측한 이상으로 스티븐은 부친의 천부(天賦)의 재능을 지니고 있으리라는
것을 기대했기 때문에, 예를 들면 지난주 월요일에 있었던 핀걸 부인의 아일랜드 산업(産業)

연주회[249]라든지, 일반 상류사회와 같은 새로운 조망이 그의 마음속에 전개되는 것이었다.

스티븐은 매음녀의 고장인 암스테르담 출신의 네덜란드인 얀스 피터 스월링크[250]가 작곡한 〈청춘은 이제 끝나도다〉라는 곡의 절묘한 변주곡(變奏曲)에 대하여 방금 평(評)하고 있었다. 그런데 그가 더욱 마음을 쏟고 있는 것은 맑은 바다와, 사나이들을 뇌쇄(惱殺)하는 아름다운 요정의 목소리에 관해 읊은 요하네스 지프[251]의 옛날 독일민요였던 것이니, 이것은 블룸을 약간 어리둥절하게 하는 것이었다.

'폰 데어 지레넌 리스티허카이트(요정의 교활함을)
툰 디 포에턴 디히턴(시인은 노래하도다).'[252]

이와 같은 최초의 소절(小節)을 그는 노래 부른 다음 '엑스템쁘레(즉석에서)' 그것을 해석했다. 블룸이, 고개를 끄떡이며, 잘 알았다고 말하고 아무튼 노래를 계속하도록 청하자 그는 그렇게 했다.

스티븐이 꺼낸 바로 그 최초의 음률에서 블룸이 식별한 일이나, 천부의 재능 가운데서도 가장 보기 드문, 그와 같은 놀라울 정도의 아름다운 테너 목소리는, 만일 배러클로우[253]와 같은 발성법의 권위자에게 적절한 지도를 받고 나아가서 악보라도 읽을 수만 있다면, 바리톤 가수들이 헐값인 곳에서도 쉽사리 그 가치를 인정받을 수 있을 것이며 그와 같은 행운의 목소리를 소유한 자는 대규모의 사업을 경영하는 재계(財界)의 거물(巨物)들이나 권위 있는 사람들이 사는 최고급 주택가의 상류 저택에 '앙트레(출입)'할 특권을 누릴 수 있음은 물론 그곳에서 그의 문학사의 학위(그것 자체가 커다란 광고였다)와 신사적인 태도가 가일층 훌륭한 인상을 주는지라, 은근히 상대방의 환심을 살 수 있도록 그의 복장(服裝)에만 적절히 유의한다면, 그와 같은 목적과 다른 요건에도 또한 이용할 수 있는 두뇌의 혜택을 입어, 확실히 뛰어난 성공을 거둘 수 있으리라. 그런데 그는 사교계 복장 따위의 사소한 일들에 있어서 아직 초년생(初年生)인지라, 그와 같은 조그마한 것이 그에게 얼마나 영향을 주는 것인지 거의 알지 못하고 있었다. 그러한 일은 사실상 단지 수개월 동안의 문제인 것이요 그리고 그는, 특히, 크리스마스 계절의 축제 동안에 스티븐이 그들의 음악적인 그리고 예술적인 '콘베르사지오네스(간담회[懇談會])'에 참석하고 있는 것을 쉽사리 예견할 수 있었으니, 그리하여 여성들의 평화로운 마음에 어느 정도 파란을 일으키며 귀부인들 사이에 굉장한 센세이션을 불러일으키게 되리라, 그와 같은 사건은 그[254]도 우연히 알게 된 일이지만, 기록에 남아 있는 일로서 — 사실인즉, 자신의 내막을 폭로하는 것은 아니나, 그 자신도 한때는, 만일 그가 원했다면, 쉽사리. 물론 그것에 덧붙여 그의 교수료(敎授料)와 맞먹는, 결코 얕잡아볼 수 없는 금전상의 이익이 뒤따르리라. 절대로, 하고 그는 말에 주석(註釋)을 붙였던 것이니, 더러운 금전욕(金錢慾)을 위해 인생에 있어서 하나의 직업으로서 기필코 장기간 악단을 택하라는 것은 아니야. 그러나 옳든 그르든 그것은 자네가 요구하는 방향을 향해 나아가는 한 가지 단계일 것이고 금전상으로나 정신적으로 자신의 위신에 대하여 조금도 불명예스럽지 않을 뿐 아니라 조그마한 돈이라도 아주 도움이 되며 몹시 궁할 때에는 수표(手票)라도 떼어 받으면 때때로 굉장히 편리할 게 아닌가. 그 밖에도, 최근에는 취미라는 것이 몹시 저락(低落)되어 있는 터이지만, 재래의 상투적인 것과는 판이한, 그와 같은 독창적인 노래는, 재빨리 크게 유행하게 될 것인즉 그 이유는 아이반 세인트 오스텔이나 힐튼 세인트 저스트[255] 그리고 그들의 '제누스 옴네(동료)'들이 속아 넘어가기 쉬운 대중들에게 인기 없는 테너 솔로를 슬그머니 떠맡겨 그와 같은 일반적인 낡은 유행을 일으켰던 다음이라, 그의 노래는 더블린 성악계의 결정적인 청신제(淸新劑)가 되리라. 정말이야, 의심할 여지도 없어요, 그는 자신의 손아귀에 모든 수단을 쥐고 있는지라 얼마든지 가능할 것이고 자신의 명성을 높여 시 전체의 높은 평판을 얻게 될 절호의 기회를 갖고 있는 것인

즉, 그렇게 되면 그는 한 사람의 확고한 인물로서의 지위를 차지할 것이며, 어떤 후원자(後
援者)라도 얻어, 킹가(街)의 극장[256]의 단골손님들을 위해, 예약제(豫約制)를 실시하여, 대
음악회를 가질 수 있을 것이요, 만일, 그러나 이건 중요한 '만일'이지만, 약간 진취적인 기
질을 띤 누군가가 나타난 상냥한 무리들 사이에 휩말려서 지나치게 축복받는 인기 있는 자
를 왕왕 쓰러뜨리게 했던 불가피한 시간적 지연(遲延)을 미연에 방지하기 위해 그를 후원   5
해 줄 수만 있다면 말이다. 그리고 그는 음악적인 일로 인하여 다른 일을 조금도 희생시킬
필요가 없는 것이니, 왜냐하면 그는 자기 마음대로 자유로운 행동을 할 수 있는 사람인지
라, 그의 성악적인 생애와 충돌됨이 없이 또는 그것이 자기 자신만을 위한 문제이기 때문에
어떠한 것이든 명예를 손상시키는 일 없이 그렇게 하고픈 욕망만 있다면야 여가(餘暇) 동
안에는 언제든지 문학적인 수업(修業)을 할 수 있는 많은 시간을 갖게 될 것이기 때문이다.   10
사실, 공이 그의 발아래 이미 마련되어 있었으니 그리하여 바로 그 때문에 다른 녀석[257]이,
무엇이든 수상쩍게 냄새를 맡을 두드러지게 예민한 코를 소유한 채, 전적으로 그에게 매달
려 있는 것이다.

바로 그때 말(馬)이. 그러자 얼마 있다 기회가 마침 좋은 때를 보아 그(블룸)는 '천사
(天使)가 (가지 않는) 곳에 바보들은 발을 들여 놓도다'[258]라는 원리에서 아무튼 젊은이의   15
사사로운 일에는 관여함이 없이, 이제 싹트기 시작한 어떤 개업의(開業醫)[259]와 그와의 관
계를 끊도록 충고할 작정이었는데, 그 개업의는, 그가 목격한 바에 의하면, 다른 사람을 험
담하는 경향이 있는데다가, 심지어는 스티븐이 곁에 없을 때에는 이러쿵저러쿵 떠들어대며
얼마간 그를 비난까지 했던 것이요, 또는 뭐라고 부르든지간에 블룸의 사견(私見)에 의하
면 그것은 일개인의 성격의 측면(side)에다 불쾌한 측광(sidelight)을 던져 주는 것이었으니,   20
절대로 장난삼아 하는 말은 아니었다.

말은, 말하자면, 더 이상 참지 못할 지경에 이르자 발을 멈췄는데, 그리고 자만스럽게
털이 보송보송 난 꼬리를 의기양양 높이 쳐들고, 이내 브러시로 말끔히 쓸어 닦아 버릴 길
바닥 위에 자신도 한몫 끼어들어, 김이 나는 똥 세 덩이리를, 떨어뜨렸다. 천천히, 차례로,
세 번, 살찐 엉덩이로부터 그놈은 똥을 쌌다. 그리고 마부는 인정 많게도 낫(鎌) 같은 솔이   25
달린 마차[260]에 꾸준히 앉아, 그(또는 그녀)가 끝낼 때를 기다렸다.

블룸은 이 '꽁트르땅(뜻밖의 사고)'을 이용하여, 스티븐과 나란히, 똑같은 간격으로 곧
게 서 있는 쇠사슬 사이를 빠져 지나갔으니, 그리고, 줄진 말똥 길을 넘어가며, 하부 가디
너 가를 향해 길을 건너갔다. 그리고 스티븐은 큰 소리는 아니지만, 한층 대담하게 민요의
마지막 소절을, 노래했다.   30

'운트 알레 쉬페 브뤼컨(그리고 모든
배(船)들은 다리를 놓았다네).'[261]

마부는 좋든, 나쁘든 또한 쌀쌀하든, 한 마디의 말도 하지 않고, 등 낮은 마차에 앉아,
양쪽 다 까만 옷에, 한 사람은 뚱뚱하고, 한 사람은 여읜 채, 마허 신부(神父)가 부부(夫   35
婦)로 맺어 준, 두 인물이 기차 철교를 향해 걸어가는 것을 바라보고 있을 뿐이었다. 두 사
람은 걸어가면서도 자주 발걸음을 멈추었다가 다시 걸었고 남성의 이성(理性)의 적(敵)인,
바다의 요정에 관하여 그와 같은 부류의 수많은 다른 얘기들, 찬탈자들, 그와 같은 종류의
역사적인 사건에 관한 얘기를 섞어 가며, 그들의 '떼뜨-아-떼뜨(환담)'(물론, 마부는 그
러한 환담에 전혀 가담하지 않았지만)을 계속하면서 한편 청소차라고나 할 지 이니면 침대차   40
라 해도 좋을 그와 같은 것을 타고 있던 사나이, 두 사람이 너무나 멀리 떨어져 있는지라
아무튼 그들의 얘기를 듣지 못했을 그 사나이는 하부 가디너가의 끝 가까이에서 마차의 자
기 자리에 홀로 앉아 있었으니 *그리하여 그들의 등 낮은 마차를 배웅했도다.*[262]

17장

* 블룸과 스티븐은 돌아오면서 어떠한 병행 진로(竝行進路)를 따랐는가?

두 사람 다 베레스포드 네거리에서 정상적인 보행 속도로 출발하여 하부 및 중부 가디너가(街)와 서구(西區), 마운트조이 광장의 순서로 지나갔다: 그리고 나서, 보행 속도를 늦추어, 각자 왼쪽으로 돌아갔는데, 잘못하여 가디너 네거리를 지나, 템플가(街)의 한층 먼 구석까지 걸어갔다: 그런 다음, 보행 속도를 늦추어 간혹 가다 멈추어 서면서, 오른쪽으로 돌아, 북구, 템플가를 건너, 하드위크 네거리까지 나아갔다. 더욱 떨어진 보행 속도로, 서로 접근했다, 떨어졌다 하면서, 그들은, 조지 성당 앞의 넓은 원형광장을 지름길로 함께 건너갔다, 어떠한 원(圓)에 있어서도 현(弦)은 그것이 대(對)하는 호(弧)보다 짧기 때문에.

그들의 여정(旅程) 동안에 양두(兩頭) 정치가들은 무엇에 관해 토의했는가?

음악, 문학, 아일랜드, 더블린, 파리, 우정, 여인, 매음 행위, 식이요법(食餌療法), 가스등 또는 아크등 및 백열등이 부근에 있는 향일성(向日性) 식물의 성장에 미치는 영향, 노출된 시영(市營)의 비상용 먼지 통, 로마 가톨릭 성당, 성직자의 독신 생활, 아일랜드 국민, 예수회의 교육, 고용인 생활, 의학적 연구, 지나간 하루, 안식일 전날의 불길한 감응(感應),[1] 스티븐의 졸도.

블룸은 체험에 대한 그들 각자의 상호간의 유사적(類似的) 및 상위적(相違的) 반응 사이에 서로 비슷한 공통 요소를 발견했는가?

두 사람 다 예술적 인상들, 조형적(造形的) 또는 회화적(繪畵的)인 것보다 음악적인 것에 대하여 민감했다. 두 사람 다 도서적(島嶼的) 생활양식보다 대륙적(大陸的)인 것을, 대서양의 피안 거주(彼岸居住)보다 대서양의 차안 거주(此岸居住)를 한층 좋아했다. 두 사람 다 유년시의 가정교육 및 이교적(異敎的) 반항의 선천적인 강직성으로 경화(硬化)되어 있는지라, 종교적, 국민적, 사회적 및 윤리적 교리들의 많은 정통파(正統派)에 불신을 표명했다. 두 사람 다 이성 자력(異性磁力)에 대해 상호 자극적 및 둔화적인 영향이 있음을 인정했다.

그들의 견해는 어떤 점에 있어서 서로 달랐는가?

스티븐이 식이요법 및 시민의 자조(自助)의 중요성에 대한 블룸의 견해에 대해 공공연하게 의견을 달리했던 반면 블룸은 문학에 있어서의 인간의 정신은 영원히 긍정할 수 있다는 스티븐의 견해에 대해 암암리에 의견을 달리했다. 블룸은 아일랜드 국민이 드루이드

교에서 그리스도교로 개종(改宗)한 시기가 오디세우스의 아들, 포티투스의 아들, 칼포너스 의 아들 파트릭이, 교황 셀레스타인 1세에 의하여 파견된, 레어리 왕(王)의 통치시대인 서 기 432년이라는 시대착오가 슬레티에서 음식물의 불완전한 연하(嚥下)에 의하여 질식사(窒 息死)하여, 로즈나리에 매장된 코맥 맥 아트(A.D. 266년 개종)의 통치시대인 서기 260년 또 는 그 무렵[2]이라고 정한 데서 연유된다는 스티븐의 수정(修正)에 암암리에 동의했다. 블룸 은 스티븐의 졸도를 정신적인 피로 및 나른한 분위기하에서의 급격한 순환운동의 속도[3]에 의해 가속적으로 증가한, 위장 쇠약 및 여러 가지 종류의 지저분한 음식물 및 알코올 효능 과의 화학적 합성에 그 원인을 두고 있는 데 반해, 스티븐은 맨 처음엔 여인의 손보다 더 크지 않았던 아침의 구름[4](두 사람이 샌디코브 및 더블린의 서로 다른 관찰점에서 목격한)의 재출현(再出現)에 그 원인을 두었다.

그들의 견해가 동일하면서도 부정적(否定的)인 한 가지 것은 무엇이었는가?
근처의 향일성 수목(樹木)의 성장에 미치는 가스등 또는 전기등의 영향.

블룸은 과거에 밤의 소요(逍遙)를 즐기는 동안 그와 비슷한 여러 문제에 관해 토론한 적이 있었는가?
1884년에 오엔 골드버그[5] 및 세실 턴불과 야간(夜間)에 롱우드 가로에서 리오나드 모 퉁이 그리고 리오나드 모퉁이에서 싱가(街) 그리고 싱가에서 블룸필드 가로간의 공로(公 路)에서. 1885년에 퍼시앤존과 해거름에, 어퍼크로스 구(區)인, 크럼린의 지브롤터 별장 과 블룸필드 저택과의 사이에 있는 벽에 기대어. 1886년에 이따금 우연히 사건 자들 및 미 래의 고객들과 함께 문간의 층계에서, 객실의 정면에서, 교외선(郊外線)의 삼등 객차 안에 서. 1888년에 자주 브라이언 트위디 소령(少領) 및 그의 딸 마리언 트위디 양과, 때로는 같 이 그리고 때로는 따로따로 라운드타운의 매슈 딜런가(家)의 라운지에서. 1892년에 한 번 그리고 1893년에 한 번, 율리우스(유다) 마스티안스키와, 두 번 다 서구, 롬바드가(街)의 그의(블룸의) 집 거실에서.

블룸은 그들의 목적지에 도달하기 전에 1884, 1885, 1886, 1888, 1892, 1893, 1904년 이라는 이와 같은 불규칙한 연대(年代)의 연속에 대해 어떠한 반성을 했는가?
그가 반성한 것은 개인적인 발전 및 경험의 분야에 있어서의 점진적인 확장이 개인 상 호간의 교제 영역의 제한을 퇴보적으로 동반한다는 것이었다.

이를테면 어떤 면에서?
비존재(非存在)에서 존재에 이르기까지 그는 많은 존재와 부딪혔으며 또한 하나의 존 재로서 인정받았다: 존재와 존재와의 관계에 있어서 그는 어떠한 존재가 어떠한 존재와의 관계에 있어서와 마찬가지로 관계를 맺고 있었다: 존재에서 지나간 무존재(無存在)에 이 르기까지 앞으로 그는 한 사람의 인정받지 못하는 존재로서 만인(萬人)에 의해 존재되어지 리라.

블룸은 그들의 목적지에 도달하자 어떠한 행동을 했는가?

등차기수(等差奇數)의 네번째[6]인 이클레스가(街) 7번지의 집 층계에서, 그는 바깥문의 열쇠를 꺼내기 위해 바지의 뒤 호주머니 속에 그의 손을 기계적으로 쑤셔 넣었다.

열쇠는 그곳에 있었는가?

열쇠는 그가 바로 하루 전에 입었던 바지의 뒤 호주머니 속에 있었다.

왜 그는 이중으로 짜증을 냈는가?

왜냐하면 그는 그것을 잊어버린데 다가 잊지 않도록 두 번이나 자신에게 다짐했던 사실을 기억했기 때문이다.

그러면 고의적으로 (각자) 그리고 부주의하게, 열쇠를 갖지 않은 두 사람[7] 앞에 놓인 양자택일(兩者擇一)의 문제는 무엇이었는가?

들어가느냐 들어가지 않느냐. 문을 노크하느냐 노크하지 않느냐.

블룸의 결단은?

한 가지 전략(戰略).[8] 그는 난쟁이 담벼락 위에 두 발을 딛고, 지하실 울타리 너머로 기어올라, 모자를 머리에다 눌러 쓰고, 울타리와 문틀이 서로 마주치는 낮은 곳의 두 지점을 꽉 잡은 채, 5피트 9인치 반의 신장에 해당하는 그의 몸을 천천히 마당의 페이브먼트에서 2피트 10인치까지 낮추어 울타리로부터 몸을 떼어 떨어졌을 경우의 충격에 대비하기 위하여 허리를 굽히면서 몸을 공중에다 자유로이 날렸다.

그는 떨어졌는가?

떨어진 그의 체중은 도량법(度量法)에 의한 11스톤 4파운드로 알려져 있었는데, 이러한 체중을 확인한 것은 북구, 프레드릭가(街) 19번지의 약제사였던, 프랜시스 프리드먼의 상점에 있던 주기(週期) 체중 측정용의 도량 계기(度量計器)에 의한 것으로서, 그리스도 승천제(昇天祭)의 최종일.[9] 즉 윤년(閏年)이었던 서력기원 1904년(유대기원 5664년, 마호메트교 기원 1322년), 황금수[10] 5, 세수월령 13, 태양순환기[11] 9주일, 도미니클 글자[12] CB, 로마 기력시수[13] 2, 율리우스력(曆)[14] 6617년, MCMIV(1904년)의 5월 12일의 일이었다.

그는 진동에 의해 자리에서 일어섰을 때 상처는 입지 않았는가?

새로운 안정된 균형을 회복하여 비록 충격에 의한 진동을 받긴 했으나 그는 상처를 입지 않은 채 일어서서, 자유로이 움직이는 플랜지의 가장자리에 가해진 힘과 회전축에 제1종의 지렛대 작용에 의하여 마당의 문빗장을 들어올린 뒤, 아래쪽에 잇닿은 개수대를 지나 부엌으로 가까이 가서, 황린(黃燐) 성냥을 마찰에 의해 점화(點火)한 뒤, 가스 주둥이를 틀어 가연성(可燃性) 석탄 가스를 방출케 하고, 고도(高度)의 불꽃을 피워, 적당히 조절하여, 연한 백열(白熱)로 도수를 내린 다음 마지막으로 들고 다닐 수 있는 양초에다 불을 댕겼다.

그동안 스티븐은 어떠한 불연속적인 영상(影像)을 목격했는가?

지하실 울타리에 기대서서 그는 부엌의 투명한 유리창을 통해 한 남자가 14촉광의 가스등을 조절하고 있는 것을, 한 남자가 1촉광의 양초에 불을 댕기고 있는 것을, 한 남자가 차례로 그의 신발을 하나씩 하나씩 벗고 있는 것을, 한 남자가 한 자루의 양초를 들고 부엌에서 나오고 있는 것을 목격했다.

그 남자는 그 밖의 다른 곳에 다시 나타났는가?

4분 정도 지난 뒤에 그가 든 양초의 희미한 불빛을 현관문 위의 반투명 반원형의 부채꼴 유리창을 통해 그는 볼 수 있었다. 현관문이 돌쩌귀에 받쳐진 채 천천히 회전했다. 현관 입구의 널따란 공간에 그 남자가 모자를 벗은 채, 양초를 들고 다시 나타났다.

스티븐은 그의 신호에 응했는가?

응했다, 살며시 안으로 들어가, 그는 문을 닫아 쇠사슬을 거는 것을 도왔으며 현관 복도를 따라 그 남자의 등과 가장자리 천으로 만든 슬리퍼를 신은 발 그리고 불이 켜진 양초를 뒤따라 왼편으로 문간까지 불이 켜진 틈을 지나 다섯 계단이 넘는 굽은 층층대를 조심스럽게 뒤따라 블룸가(家)의 부엌 안으로 들어갔다.

블룸은 무엇을 했는가?

그는 양초의 불꽃에다 날카로운 입김을 내뿜어 촛불을 끈 뒤, 스푼처럼 생긴 움푹한 두 개의 널관 안락의자를, 한 개는 스티븐을 위하여 그 등을 안마당의 창문 쪽으로 향하게 하고, 또 한 개는 자기 자신의 필요에 따라 난로의 재받이돌이 있는 곳으로 끌어당긴 뒤, 한쪽 무릎을 꿇고, 십자로 포개 놓은 끝에 나무진이 발린 장작과 여러 가지 색종이 그리고 드올리어가 14번지의 플라우어 앤드 맥도널드 상점의 저탄장(貯炭場)으로부터 톤당 21실링에 사들인 최고급 에이브럼 탄(炭)의 불규칙적인 다면체(多面體)를 화로의 받침쇠에다 더미지게 쌓은 뒤, 종이의 뾰족한 세 모서리에 거의 타버린 한 개비의 황린 성냥으로 불을 댕겨, 그것에 의해 연료 속에 든 탄소와 수소를 대기 중의 산소와 자유로이 화합할 수 있도록 하여 연료 속에 함유된 잠재적 에너지를 방출시켰다.

스티븐은 어떤 유사한 환영에 관해 생각했는가?

그전에 다른 곳에서, 그를 위하여 한쪽 또는 양 무릎을 꿇고, 불을 피워 주던 다른 사람들에 관하여, 킬데어 주(州)의, 샐린즈 시(市)의 클론고우즈 우드에 있는 예수회의 학교 의무실에서의 수도사 마이클[15]에 관하여. 더블린 시, 피츠기번가 13번지에 있던, 그가 제일 처음 살았던 저택의 가구를 비치하지 않았던 방 속에서의, 그의 부친 사이먼 데덜러스에 관하여. 어셔즈 아일랜드 15번지의 위독하던 언니 줄리아 모컨 양(孃) 집에서의 그의 대모(代母) 케이트 모컨 양[16]에 관하여. 클램브러실가 62번지에 있는 그들 저택의 부엌에서의 리처드(리치) 고울딩의 아내, 사라 숙모에 관하여. 1898년 성 프랜시스 자비어의 축제일 아침에 북부 리치먼드가 12번지의 부엌에서의 사이먼 데덜러스의 아내인, 그의 어머니 메리에 관하여. 북구, 스데반즈 그린 16번지, 유니버시티 칼리지의 물리 실험에서의 학감(學監), 버트 신부(神父)에 관하여. 카브라[17]에 있는 그의 부친의 집에서의 그의 누이동생 딜리(델리아)에 관하여.

스티븐이 그의 시선을 맞은편 벽을 향해 화로에서 1야드 높이까지 치켜들었을 때 무엇이 그의 눈에 띄었는가?

한 줄로 늘어선 코일 형(型) 스프링이 달린 다섯 개의 초인종 아래에 연통 벽 곁의 벽감(壁龕)을 비스듬히 가로질러 두 죔쇠 사이에 처져 있는, 곡선형 로프에 매달려 있는 네 개의 네모진 자그마한 손수건이 각각 서로 떨어진 채 나란히 이웃하여 직사각형으로 접혀져 있는 것과, 부인용 회색 긴 양말 한 켤레가 윗부분에는 라일사(絲)로 된 양말대님이 달리고 그 발은 보통 모습을 띤 채 세 개의 꼿꼿이 선 나무집게로, 양말 양쪽 끝이 각각 한 개씩으로, 그 접합점(接合點)이 나머지 한 개로 고정되어 있는 것이.

블룸은 취사용(炊事用) 스토브 위에서 무엇을 보았는가?

오른쪽의 (보다 작은) 시렁 위에서 한 개의 파란 에나멜을 입힌 스튜 냄비를. 왼쪽의 (보다 큰) 시렁 위에서 한 개의 검은 쇠솥을.

블룸은 취사용 스토브에서 무엇을 했는가?

그는 스튜 냄비를 왼쪽 시렁에다 옮겨 놓고, 자리에서 일어나 물이 흐르도록 수도꼭지를 틀어 물줄기를 받으려고 쇠솥을 싱크대 있는 데로 가져갔다.

물은 나왔는가?

나왔다. 물은 위클로우 주(州)에 있는 입방 용적(立方容積) 24억(億) 갤런의 라운드우드 저수지로부터, 직선 야드 당 5파운드의 계약부설비(契約敷施費)로 건조된 단복선(單複線) 여과장치 지하수도관(地下水道管)을 통하여 다글(川), 라스다운, 다운즈 계곡 및 칼로우힐을 거쳐, 22법정(法定) 마일 거리에 있는, 스틸로간의 26에이커 면적을 가진 저수지에 이르고, 그곳에 늘어선 여러 개의 조절 탱크를 통과하여, 250피트의 경사(傾斜)로써 상부 리즌가의 유스타스 교(橋)의 시경계(市境界)까지 이르는 것이다. 하지만 여름철의 장기(長期) 한발과 매일 1,250만 갤런의 급수(給水) 때문에 물의 양이 범람(氾濫) 댐의 수문대(水門臺)보다 내려갔다는 이유로 도시 조사관 겸 수도국(水道局) 기사(技師)인 토목기사, 스펜서 하티 씨는, 수도국의 지시에 따라 (1893년의 전례(前例)와 같이 그랜드 운하 및 로열 운하의 음료용으로 적합하지 못한 물을 사용해야 할 가능성을 생각하여) 음료 이외의 다른 목적을 위해서 시의 수도를 사용하는 것을 금지시켰으며, 특히 남부 더블린 요양원의 경우에, 6인치의 계량기를 통하여 공급되는 할당량이 매일 1수용원(收容員) 당 15갤런인데도 불구하고, 동원(同院)의 고문(顧問) 변호사, 이그너티우스 라이스 씨가 입회(立會)한 계량기의 눈금에 의하면, 하룻밤에 2만 갤런을 소비함으로써 그 밖의 사회 계층, 즉 지불 능력이 있고, 건강한, 자립(自立) 납세자들에게 손해를 끼치고 있었던 것이다.

물을 사랑하는 자, 물을 긷는 자, 물을 나르는 자인, 블룸은, 취사용 스토브로 돌아오면서, 물의 어떠한 속성(屬性)에 대해 감탄했는가?

그것의 보편성을. 그것의 민주적 평등성 및 스스로의 수평면을 견지하려는 천성(天性)에 대한 일정불변성(一定不變性)을. 메르카토르 식[18] 투영도에 의한 대양(大洋)에 있어서 그것의 확대성을. 태평양 순다 해구(海溝)[19]의 8천 길이 넘는 거의 측정할 수 없을 정도의 깊이를. 해안의 모든 지점을 순차적으로 방문하는 그것의 파도 및 수면의 미립자의 끊임없는 운동을. 그것의 구성 요소의 독립성을. 바다의 여러 가지 상태의 변이성(變異性)을. 평온 시에 있어서의 정수학적(靜水學的) 정지성(靜止性)을. 소조(小潮)시에 있어서의 유체동력적(流體動力的) 팽창성을. 파괴 후의 그것의 진정성(鎭靜性)을. 북극 및 남극의, 만년설(萬年雪) 얼음으로 덮인 원형극지(圓型極地)의 불모성(不毛性)을. 그것의 기후 상 및 무역상의 의의를. 지구상에서 육지에 대한 3대 1의 우위성을. 아열대 남회귀선 이남의 전 지역에 걸친 평방해리(平方海里)에 뻗어 있는 그것의 논란불가(論難不可)의 패권성(覇權性)을. 그것의 원시적 해분(海盆)의 수천 년에 걸친 부동성(不動性)을. 그것의 진한 주황색 해저(海底)를. 수백만 톤의 귀금속을 포함하는 여러 가용성(可溶性) 물질을 분해하여 그 용해 상태를 보전하는 그것의 능력을. 반도(半島)와 도서(島嶼), 토양 동질 도서, 반도의 영속적 형성 그리고 침강(沈降) 상태의 곳에 끼치는 완만한 침식성(浸蝕性)을. 그것의 충적층(沖積層)을. 그것의 중량, 용적 및 밀도(密度)를. 산호도(珊瑚島) 중 호수 및 고지산(高地山) 중 호수에 있어서의 그것의 부동성을. 열대, 온대, 한대에 있어서의 그것의 색채의 변화를. 대륙호(大陸湖)에 이르는 시내 및 여러 기류(氣流)를 합하여 흐르는 강들 그리고 대양을 횡단하는 해류에 있어서의 그것의 수송분기로(輸送分技路), 적도하(赤道下)의 남북 코스를 달리는 만류(灣流)를. 해진(海震), 용오름, 자연수(自然水)의 우물, 분출(噴出), 급류, 회오리, 홍수, 출수(出水), 해저, 우물, 분수계(分水界), 분수선(分水線), 간헐온천(間歇溫泉), 폭포, 소용돌이, 화방수, 범람, 대홍수, 호우에 있어서의 그것의 맹위성(猛威性)을. 지구를 선회하는 그것의 광대한 수평적 곡선을. 샘의 비밀, 막대 점(點), 또는 습도측정기에 의해 나타나며, 애쉬타운 게이트의 벽혈(壁穴)[20]에 의해 증명되는 잠재적 습기, 즉 대기의 포화(飽和), 이슬의 증류성을. 수소 2원자(原子), 산소 1원자에 의한 그것의 구성상의 단순성을. 그것의 치료적인 효능성을. 사해(死海)의 물 속에 있어서의 그것의 부력(浮力)을. 실개울, 계곡, 불완전한 댐, 갑판 위의 물새는 구멍에 있어서의 그것의 끈기 있는 침투성을. 청소용, 갈증완화용(渴症緩和用), 소화용, 야채류 재배용의 그것의 특성을. 범례(汎例) 및 전형(典型)이 되는 그것의 절대 확실성을. 증기, 안개, 구름, 비, 진눈깨비, 눈, 우박이 되는 그것의 변질성을. 딱딱한 수화물(水化物)에 있어서의 그것의 압력을. 호수, 만상, 쏘(浦), 소해협, 산호도 중 호수, 환초(環礁), 다도해(多島海), 환상제도(環狀諸島), 협만, 포곡(浦曲), 사주(砂州) 및 내해(內海)에 있어서의 그것의 형태 변화의 다양성을. 빙하, 빙산, 부빙(浮氷)에 있어서의 그것의 고체성을. 수차(水車), 터빈, 발동기, 발전소, 표백 공장, 무두질 공장, 타면(打綿) 공장을 움직이게 하는 그것의 순응성(順應性)을. 운하, 항해 가능한 하천, 물에 떠 있는 도크 및 건조(乾燥) 도크에 있어서의 그것의 유용성(有用性)을. 낙하하는 조수(潮水)의 동력화 또는 수로의 낙차에서 얻어지는 그것의 잠재력을. 숫자상으로, 반드시 정확하다고는 할 수 없으나, 지구상의 생물과 대등한(무청각성[無聽覺性], 염광성[嫌光性]) 해저 동물군(群) 및 식물군을. 인체의 90퍼센트를 점령하고 있는 그것의 편재성(偏在性)을. 소택지(沼澤地), 페스트를 낳게 하는

1 습지, 썩은 꽃물, 달이 이지러질 시기의 침체된 연못 속의 고약한 냄새를 풍기는 그것의 유
독성을.

그는 반쯤 물을 채운 솥을 한창 타고 있는 석탄 위에 올려놓은 다음, 아직도 흐르고 있
5 는 수도꼭지 있는 곳으로 왜 되돌아갔는가?

샀던 종이가 아직 붙어 있으며, 이미 일부분 써버린 배렁턴 제(製)의 레몬비누(13시간
전에 4펜스에 매입하여 아직 그 돈을 지불하지 않음)를 가지고, 신선하고 차가운 결코 변치
않으면서도 언제나 변하는 물로써 그의 불결한 손을 씻은 다음, 그의 얼굴과 손을 목제(木
10 製) 회전 롤러 봉(棒)에 널려 있는 붉은 가장자리 장식이 달린 긴 네덜란드 천으로 된 수건
으로 닦기 위해.

블룸의 제의를 거절하기 위해 스티븐은 어떠한 이유를 내세웠는가?

그는 공수병(恐水病) 환자였고, 차가운 물 속으로의 잠입(潛入)에 의한 부분적 접촉
15 또는 잠수(潛水)에 의한 전신(全身)의 접촉을 혐오했으며, (그의 최근의 목욕은 전년 10월
에 행해졌었다), 유리 및 수정(水晶) 같은 투명한 물건을 싫어했고, 사고(思考)나 언어의
유동성(流動性)을 믿지 않다는 것.

블룸이 위생법 및 예방법에 관한 충고를, 이에 덧붙여 인체 해부학상의 부분인 목, 위
20 장 그리고 손바닥 또는 발바닥은 차가운 것에 가장 민감하기 때문에 바다나 개울 목욕을 할
경우, 머리를 우선적으로 적실 것이며, 또 얼굴과 목 그리고 가슴과 윗배 부분에 재빨리 물
을 끼얹음으로써 근육의 수축을 가져온다는 그와 같은 암시를 스티븐에게 하지 못하게 방
해한 것은 무엇이었는가?

25 물의 특성과 천재(天才)의 기형적(畸型的)인 독창성 사이의 부조화(不調和).

그 밖의 무슨 교훈적인 조언을 역시 그는 억제했는가?

음식물에 관한 것: 베이컨, 소금에 절인 대구와 버터에 들어 있는 단백질 및 칼로리
가(價)의 각각의 퍼센트, 대구와 버터에는 단백질이 결핍하며 베이컨에는 칼로리가 풍부하
30 다는 것에 관하여.
주인에게는 자기 손님의 유별나게 뛰어난 특질이란 어떠한 것이라 생각되었는가?
자기 자신에 대한 신념, 자기 포기와 자기 회복의 대등하고도 상반되는 힘.

불의 작용에 의하여 어떠한 부수적인 현상이 액체를 담은 그릇 속에 발생했는가?
35 비등 현상(沸騰現象). 부엌과 굴뚝 연도(煙道) 사이의 계속적인 상승 통풍(上昇通
風)에 의하여 부채질되어, 점화 작용이 가연성(可燃性)의 연료 다발에서부터 압축된 광물
질의 형태 속에 열의 근원 (복사성[輻射性])인, 태양으로부터 자신들의 식물적인 생명을
순차적으로 끌어내어, 편재적(遍在的)인 발광성(發光性)의 투열성(投熱性) 에테르에 의
하여 전도되었던 화석화(化石化)된 낙엽물을 함유하고 있는 다면적인 역청탄 뭉치에 이르
40 기까지 전달되었다. 이와 같은 연소에 의하여 촉진된 운동의 한 형태의 열(전도성)은, 일정

불변하게 그리고 가속적으로 열원체(熱源體)로부터 용기(容器)의 액체로 전달되어, 그것을 일부분 반사, 일부분 흡수, 그리고 일부분 전도케 하는, 울퉁불퉁한, 고르지 않은 까만 철 금속 표면을 통하여 방사(放射)되고, 물의 온도를 상온(常溫)에서 점차적으로 비등점(沸騰點)까지 높이는 것으로, 이와 같은 온도의 상승은 물 1파운드를 화씨 50도에서 212도까지 올리는 데 필요한 열량 72단위의 소비에 의한 결과로서 나타나는 것이었다.

이와 같은 온도 상승의 성취는 무엇에 의하여 알려졌는가?

솥뚜껑의 양쪽 아래에서부터 동시에 솟아오른 낫〔鎌〕 모양의 두 가닥 수증기.

블룸은 그와 같이 끓인 물을 어떠한 개인적인 목적을 위해 이용할 수 있었는가?

자신의 면도를 위해.

야간의 면도질은 어떠한 이익을 수반했는가?

수염이 한층 부드러워짐. 만일 털을 한 번 깎고 그 다음 깎을 때까지 일부러 솔을 끈적끈적한 비누거품 속에 담가 두면 붓이 한층 부드러워짐. 뜻밖의 시간에 먼 곳에서 예기치 않던 아는 여인들을 우연히 만나게 될 경우 피부가 한층 부드러워 보임. 하루의 일과에 대한 조용한 반성. 이른 아침의 잡음, 전조(前兆)와 불안, 딸그랑거리는 우유 깡통, 우편배달부의 이중 노크, 일단 읽은 신문을, 비누칠하는 동안 거듭 읽으며, 칠한 곳을 연거푸 비누칠하는 일, 애써 추구하면서도 아무 소용없는 것으로 가득 찬 일을 생각함으로써 받는 충격, 타격이 면도질의 속도를 더욱 빠르게 하여 상처를 내게 하고 그 위에 반창고를 반듯하게 잘라, 눅눅히 하여 벤 곳에 붙여야만 하기에 상쾌하게 잠자고 깨었을 때의 한층 산뜻한 느낌: 어느 것을 해야 했던가.

왜 빛의 부재(不在)가 소음의 실재(實在)보다 그를 덜 괴롭혔는가?

그의 단단하면서도 통통하고 남성적이면서도 여성적이며 수동적이면서도 능동적인 손의 촉각(觸覺)의 확실성 때문에.

그러면 그것(그의 손)은 어떠한 반발적인 힘을 갖고 이러한 특성을 소유했는가?

외과(外科) 수술적(手術的) 특성을 그러나 좌우간 비록 목적이 수단을 정당화시키는 때라 하더라도 그는 사람의 피를 흘리는 것을 혐오했으며, 스스로 자연적 순서에 따르는, 일광요법(日光療法), 심리생리학적(心理生理學的) 치료법, 외과적 정골요법(整骨療法)을 한층 좋아했다.

블룸에 의하여 열려진, 부엌의 평면 조리대의 하단, 중단 그리고 상단에는 무엇이 진열되어 있었는가?

하단에는 수직으로 쌓인 조반용(朝飯用) 접시가 다섯 개, 수평으로 놓인 조반용 받침접시가 여섯 개, 이와 같은 접시 위에는 각각 뒤집힌 조반용 찻잔들, 바로 놓인 머스태쉬 컵이 한 개, 그리고 크라운 더비의 받침접시가 한 개, 금테두리 장식이 된 하얀 에그 컵이 네 개, 대부분 동전이고, 화폐가 엿보이는 영양 가죽의 열린 지갑이 한 개, 그리고 향기

로운 (바이올렛의) 당과(糖果)가 담긴 유리병 하나. 중단에는 후추가 담긴 이가 빠진 에그
컵이 한 개, 식탁용 소금 그릇이 한 개, 기름종이에 싸인 덩이진 까만 올리브 열매가 네 개,
자두나무 표 통조림 고기가 담겼던 빈 단지가 한 개, 밑바닥에 천[布]이 깔린 저지산(産)
의 배[梨] 한 개가 담겨 있는 버들가지로 엮은 타원형 바구니가 한 개, 산호 빛의 분홍 포
장지가 반쯤 벗겨져 있는 윌리엄 길비사(社)의 환자용 백포도주가 절반쯤 담겨 있는 병이
한 개, 에프스사(社)의 가용성(可溶性) 코코아가 한 갑, 파운드당 2실링짜리 앤 린치 회
사의 특선차(特選茶) 5온스가 담긴 구겨진 은종이 백이 한 개, 최고급 각설탕이 든 원통형
깡통이 한 개, 둥근 파가 두 개, 그중 큰 것은 스페인산(産)으로, 쪼개지 않은 그대로의 것,
보다 작은 것은 아일랜드산으로, 두 조각으로 쪼개져 있어, 표면적(表面積)이 한층 넓으며
한층 향기로운 것, 아일랜드 모범 낙농장의 크림 단지가 한 개, 열 때문에 물과 산성(酸性)
유장(乳漿) 그리고 반고체(半固體) 정유(精乳)로 변질된, 1노긴 4분의 1의 물 섞인 산화
된 우유가 담긴 갈색 도자기 단지가 한 개, 그런데 이것은 블룸 씨와 플레밍 부인이 조반으
로 마신 양을 합하면 1임페리얼 파인트, 즉 최초에 배달되었을 때의 총량이 된다, 정향(丁
香) 두 쪽, 반페니짜리 동전 한 개 그리고 신선한 갈비스테이크 한 조각이 담긴 조그마한
접시가 한 개. 상단에는 크기나 산지(産地)가 여러 가지인 잼 항아리(속이 빈) 한 벌.

식기(食器) 찬장의 조리대 위에 놓여 있는 무엇이 그의 주의를 끌었는가?

8 87, 88 6 번호가 찍힌, 두 장의 찢어진 경마권의 네 개의 사각형 조각들.[21]

어떠한 기억이 일시적으로 그의 눈살을 찌푸리게 했는가?

우연의 일치에 대한 기억, 즉 골든 컵 평지(平地) 장애물 경마의 승부, 그가 버트 교
(橋)의, 역마차의 오두막에서, 《이브닝 텔라그래프》지의 핑크색 최종판에서 이미 읽은 바
있는 공식적이고 결정적인 승부를 알리는 가공(架空)보다 한층 신기한 사실.

객관적이든 주관적이든, 그는 이와 같은 승패의 결과에 대한 예고를 어디서 알았는
가?

리틀 브리튼가(街) 8, 9 및 10번지의 버나드 키어넌 주류(酒類) 판매 특허 점에서. 듀
크가 14번지의 데이비드 번 주류 판매 특허 점에서: 하부 오코넬가의 그레이엄 레몬점 밖
에서, 어떤 음울한 사나이가 시온 교회의 부흥자인, 엘리야를 알리는 삐라(throwawy)를
(이내 내던져 버렸지만[thrown away]) 그의 손에 쥐여 주었을 때: 링컨 네거리의 조제사
(調製師) F. W. 스위니 회사(주식회사)의 바깥에서, 그가 막 내던져 버리려 했던《플리먼
즈 저널》지 및《내셔널 프레스》지(뒤이어 내던져 버렸지만)의 조간판(朝刊版)을 프레드릭
M.(밴텀) 라이언즈가 재빨리 그리고 연달아 요구하며, 읽고 되돌려 주었을 때, 그가 자신
의 얼굴에 영감(靈感)의 빛을 띠며, 예언의 언어로 새겨진, 승마 경기의 비결을 그의 팔 안
에 안은 채,[22] 레인스터 가 11번지의 터키 온탕의 동양식 건물을 향해 그대로 걸어갔을 때.

어떠한 진정적인 생각이 그의 정신적 흥분을 가라앉게 했는가?

모든 사건의 의미는 마치 공중방전(空中放電)을 뒤따라 들려오는 음향적인 굉음(轟音)처럼 그 발생이 불확실하기 때문에 해석이 곤란하다는 것 그리고 원래 성공적 해석으로부터 유래했을 경우 있을 수 있는 손실의 총액이 정당하게 해석되어지지 않기 때문에 실제적인 손실에 대한 상대적인 평가가 곤란하다는 것.

그의 기분은?

그는 위험을 겪은 일도 없었거니와, 그는 기대도 하지 않았으며, 그는 실망도 하지 않은 채, 그는 만족하고 있었다.

무엇이 그를 만족시켰는가?

실질적인 손실을 확인하지 않았다는 점. 타인에게 실질적인 이득을 가져다주었다는 점. 이교도들의 빛이 되었다는 점.[23)]

블룸은 한 사람의 이교도[24)]를 위해 어떻게 간이식사[25)]를 마련했는가?

그는 두 개의 찻잔에 에프스사의 가용성 코코아를 공평하게 스푼 가득 두 차례씩, 모두 네 스푼을 쏟아, 상표에 인쇄되어 있는 방법에 따라 녹을 수 있는 충분한 시간적 여유를 둔 다음에, 지정된 성분을 지정된 방법과 양으로 곁들여 확산시켰다.

주인은 특별한 환대(歡待)를 베풀기 위해 어떤 과분한 표시를 그의 손님에게 보여 주었는가?

그의 외딸, 밀리센트(밀리)에게서 선물로 받은 그의 크라운 더비의 모조품(模造品) 머스태쉬 컵을 사용하는 주인으로서의 권리를 포기하고 손님의 것과 같은 컵으로 대신했으며, 평상시에는 그의 아내 마리언(몰리)의 아침식사를 위해 보관해 두었던 점성(粘性) 크림을, 이례적(異例的)으로 그의 손님에게 대접하고 자신은 보다 적은 양을 취했다.

손님은 이와 같은 환대의 표시를 의식하여 사의(謝意)를 표했는가?

그의 주의는 주인에 의하여 이루어진 그와 같은 표시에 익살스럽게 쏠렸는데, 그리하여 그는 신가하게 그것을 받아들었다. 그리고 나서 그들은 우스꽝스러울 정도로 심각하여 침묵을 지키며, 에프스사(社)의 대량 생산품인, 위스키 코코아[26)]를 함께 마셨다.

주인은 곰곰 생각하긴 하였으나 이미 시작된 행위를 완성하기 위해서는 상대방이나 자기 자신을 위하여 그것을 미래의 기회로 돌리고, 스스로 억제해 버린 환대의 표시가 있었는가?

손님이 입은 웃옷의 오른쪽에 1인치 반가량 찢어진 곳을 보수(補修)하는 일. 손님에게 부인용 손수건 네 개 가운데 하나를 선사하는 일, 물론 선사하기에 적합한 상태를 확신할 경우 그리고 할 때에 한하여.

누가 더 빨리 마셨는가?

블룸이, 그는 10초나 빨리 마시기 시작한데다가 손잡이를 따라 천천히 열이 전도되는 움푹 팬 스푼 표면으로부터, 상대방의 한 모금에 대해 세 모금을, 두 모금에 대해 여섯 모금을, 세 모금에 대해 아홉 모금을 마셨다.

어떠한 뇌수(腦髓) 작용이 그의 반복적 행위를 따라 일어났는가?

그의 말없는 동료가 정신적인 명상에 잠겨 있다는 것을 관찰에 의해 하지만 잘못 결론 내리고, 오락(娛樂)의 문학이라기보다는 오히려 교훈(敎訓)의 문학에서 얻어지는 그와 같은 흥미에 관해 그는 곰곰 생각했다, 왜냐하면 그 자신도 상상적인 또는 실제 생활에 있어서 어려운 문제의 해결을 위해 한 번 이상 윌리엄 셰익스피어의 작품들을 참고한 바 있었기 때문이다.

그는 그것들의 해결책을 발견했는가?

어휘해설서(語彙解說書)의 도움을 얻어, 어떤 고전적 구절을 세심하게 그리고 반복해서 읽었음에도 불구하고, 그는 원문에서 불완전한 확신만을 얻었을 뿐 아니라, 모든 점에 있어서의 타당한 답을 찾을 수가 없었다.

1877년에 당시 11세의 나이로, 장래가 촉망되던 시인이 주간신문, 《토끼풀》지[27]가 각 10실링, 5실링 및 2실링 6펜스의 세 가지 상금을 내걸고 현상 모집을 했을 때, 쓴 자신의 처녀작인 자작시(自作詩)의 마지막 구절은 어떤 것이었는가?

> *활자로 인쇄된 나의 노래를 보고픈*
> *야망이어*
> *나를 위해 지면(紙面)을 마련해 주소서.*
> *그대 은혜 베푸사와*
> *끄트머리에다 실어 주소서*
> *당신의 총총 이름, L. 블룸을.*

그는 일시적인 손님과 자기 사이에 어떤 서로 다른 네 개의 요인(要因)을 찾아냈는가?

이름, 나이, 인종, 신앙.

젊은 시절에 그는 자신의 이름을 가지고 어떠한 글자 수수께끼를 만들었는가?

리오폴드 블룸(Leopold Bloom)
엘포드보물(Ellpodbomool)
몰도펠루브(Molldopeloob)
볼로페둠(Bollopedoom)
올드 올레보, M.P. (Old Ollebo, M.P.〔하원의원〕).

그(동적 시인)[28]는 1888년 2월 14일 마리언(몰리) 트위디 양에게 자신의 최초의 이름 생략체(省略體)를 가지고 어떠한 이합체시(acrostic)를 지어 보냈는가?

포엣(시인)은 이따금 달콤한 선율로
오 찬미하도다 성스러운 하느님을.
올연히 부르려무나 몇 번이고.
디게 값진 것 노래보다 술보다.
이리 와요 내 사랑. 세계는 나의 것.[29]

사우드 킹가(街) 46, 47, 48, 49번지의 게이어티 극장의 임차인(賃借人), 마이클 건 에게서 위탁받아, 연중행사인 크리스마스 대축제의 팬터마임 〈수부(水夫) 신바드〉(저작자 그린리프 휘티어, 무대장치 조지 A. 잭슨 및 세실 힉스, 의상 휄런 부인 및 휄런 양, 연출 R 셀튼 담당 1892년 12월 26일자, 마이클 건 부인의 직접 감독하에, 발레 댄서 제시 노어, 광대 역 토머스 오토 출연)의 제2판(1893년 1월 30일) 제6장, 다이아몬드 골짜기에 삽입하여, 주연 여우(女優), 넬리 부버리스트가 부른 〈만일 브라이언 보루가 방금 돌아와 언제나 정다운 더 블린을 본다면〉이란 제명을 가진, 과거의 여러 가지 사실들, 또는 현년(現年)의 정착물(定着物)을 노래한 유행가(음악 R. G. 존스턴)를 그로 하여금 완성하지 못하도록 방해한 것은 무엇이었는가?

첫째, 황실 및 지방의 이해(利害) 관계를 다룬 사건들 사이에 발생한 격동(激動), 즉 빅토리아 여왕(1820년 탄생, 1837년 즉위)의 예정됐던 60년제(祭)[30] 및 새로운 공설 어시장(魚市場)의 개장 지연. 둘째, 요크 백작 부처(실재 인물) 및 브라이언 보루 국왕 폐하(가공인물)의 별도 방문 문제에 대한 과격파의 반대에 부딪힐 우려. 셋째, 버러 부두의 그랜드 리릭 홀과 호킨즈가(街)의 로열 극장의 두 신설 극장에 대한 직업적 예절과 직업적 경쟁간의 갈등. 넷째, 넬리 부버리스트의 비이지적(非理知的), 비정치적(非政治的), 비시사적(非時事的)인 얼굴 표정에 대한 동정과 그녀(넬리 부버리스트)가 입고 있던 비이지적, 비정치적, 비시사적인 하얀 하의(下衣)의 노출에 의한 색욕(色慾)과의 결과로 나타나는 정신적 현혹. 다섯째, 적당한 음악 및 《백만 인의 만담집》(1천 페이지 그리고 각 이야기 속에 하나씩의 웃음거리를 내포하고 있는) 가운데 유머러스한 풍자적(諷刺的)인 이야기를 선발하는 어려움. 여섯째, 새 시장 대니엘 탤런, 새 주지사 토머스 파일 및 새 검사차장(檢事次長) 던바 플렁켓 바턴의 이름과 결합된 동음이의(同音異意) 및 불협화음의 각운(脚韻) 문제.

그들이 연령 사이에는 어떠한 관계가 존재했는가?

16년 전 1888년, 블룸이 스티븐의 현재 나이였을 때 스티븐은 6세였다. 16년 후 1920년, 스티븐이 블룸의 현재 나이에 이르면 블룸은 54세가 된다. 1936년 블룸이 70세 그리고 스티븐이 54세가 되면, 최초에 16대 0의 비율이었던 그들의 나이는 17과 2분의 1 대 13과 2분의 1이 될 것이며, 차차 나이가 더해 감에 따라서 그 비율은 증가할 것이고 그 차이는 감소할 것이다. 왜냐하면 1883년에 존재했던 비율이 변하지 않고 만일 그대로 계속된다고 하면, 1904년 현재 스티븐의 나이가 22세가 되므로 블룸은 374세가 될 것이고, 1920년 스티븐이 블룸의 현 나이 38세가 된다고 하면, 블룸은 646세가 되리라, 한편 1952년 스티븐이 노아의 대홍수 이후의 최고 연령 70세에 도달하게 될 때, 블룸은 서기 714년에 탄생한 이래 1,190세로, 노아 홍수 이전의 최고 연령, 즉 므드셀라[31]의 969세를 221세나 능가하게 될 것이다, 한편 만일 스티븐이 계속 살아서 서기 3072년, 그와 같은 나이에 도달한다고 하면, 블룸은 부득이 기원전 81,396년에 탄생해야만 하였으므로, 83,300세까지 살게 되는 것이다.

어떠한 사건들이 이와 같은 계산을 무효로 할 수 있을 것인가?

쌍방(雙方) 또는 일방(一方)의 존속정지(存續停止), 신기원(新紀元) 또는 일력(日曆)의 제정(制定), 세계의 멸망 및 이에 따르는 불가피하나 예측할 수 없는, 인종의 절멸(絶滅).

그들이 옛날부터 서로 아는 사이라는 것을 증명할 만한 전례가 몇 번이나 있었는가?

두 번. 첫 째번은 1887년으로, 라운드타운, 킴메이지가도 메디나 빌라라고 칭하는, 매슈 딜런가(家)의 라일락 가든에서, 스티븐의 모친과 함께, 당시 스티븐의 나이 5세로 손을 내밀어 인사하기를 몹시 꺼렸었다. 둘 째번은 1892년 1월 어느 비 오는 일요일에 브레슬린 호텔[32]의 커피 룸에서, 스티븐의 부친과 스티븐의 종조부와 함께, 당시 스티븐은 전번보다 다섯 살을 더 먹어 있었다.

블룸은 당시 자식이 초대하고 나중에 부친이 재청(再請)한 그와 같은 식사 초대를 수락했는가?

극히 감사하면서, 고마운 마음을 나타내 보이며, 참되고 극진한 마음으로, 진심으로 감사하면서 유감스럽게도, 그는 사양했다.

이와 같은 회상(回想)을 주제로 한 그들의 대화가 두 사람 사이를 연결하는 어떤 제3의 연쇄(連鎖)를 드러냈는가?

독립된 재산을 소유한 미망인, 리오던 부인(댄티)이, 1888년 9월 1일부터 1891년 12월 29일까지 스티븐의 양친 집에 살았으며,[33] 또한 1892년, 1893년 그리고 1894년의 기간을 프러시아가(街) 54번지의 엘리자베스 오도우드 소유인 시티 암즈 호텔에 체류했다, 그런데 당시 스미드필드 5번지의 조지프 커프 상점의 서기로서 북부 순환로 근처에 있던 더블린 가축시장의 판매 총감독으로 일하고 있던 블룸도 1893년부터 1894년까지 부분적으로나마 같은 곳에 머무르고 있었는데, 그곳에서 그녀는 그에게 언제나 유익한 정보를 제공해 주는 자였다.

그는 그녀를 위해 어떤 특별한 육체적인 자선 행위[34]를 베풀었는가?

그는 따뜻한 여름철 해거름에는, 별로 넉넉지 못하다고는 하나, 독립된 재산을 소유했던 허약한 미망인을, 그녀의 환자용 수레의자에 태우고, 바퀴를 천천히 회전시켜, 개빈 로

우 씨의 사무실 맞은편에 있는 북부 순환로의 모퉁이까지 밀고 가는 것이었다. 그러면 거기
에서 그녀는 수레의자를 멈추고, 한 개의 렌즈가 달린 야전 쌍안경을 통해서 전차, 부푼 공
기 타이어가 장비된 도로 왕래 승용차, 삯 마차, 쌍두마차, 자가용 및 전세 사륜마차, 1두
이륜마차, 경마차(輕馬車) 그리고 일반 합승마차 등을 타고 낯선 시민들이 시내에서 피닉
스 공원으로 또는 그와 '비스 베르사(정반대)' 방향으로 지나가는 것을 살피면서 한참 시간
을 보내곤 했다.

어떻게 그는 몹시 커다란 침착성을 요구하는 철야근행(徹夜勤行)을 당시 지탱할 수
있었는가?

그는 한창 청년 시절에 이따금 여러 가지 색깔의 구면(球面)을 가진 볼록 안경을 통하
여 바깥 포도(鋪道)의 끊일 사이 없이 화려한 광경, 이를테면, 보행자, 네발짐승, 자전거,
온갖 승용물들이, 천천히, 빨리, 적당히, 둥글고 둥근 가파른 안경테를 따라서 빙글빙글빙
글 지나가는 것을 살피면서 앉아 있었기 때문이다.

이미 8년 전에 사망한 그녀에 관하여 그들은 현재 각기 어떠한 전혀 다른 기억을 지니
고 있었는가?

연장자는, 그녀의 베지크 카드 및 산가지,[35] 그녀의 스카이 삽살개, 그녀의 추정 재산,
그녀의 대답 불확실 및 초기 카타르성 귀먹음: 연소자는, 동정녀 수태상(受胎像) 앞에 놓
여 있던 배추 씨 기름의 램프, 찰즈 스튜어트 파넬 및 마이클 대비트를 나타내는 그녀의 녹
색 및 적갈색 브러시, 그녀의 박엽지(薄葉紙).[36]

젊은 친구에게 폭로된 이와 같은 과거 얘기가 그로 하여금 몹시 절실히 바랐던 회춘
(回春)을 스스로 실현시키게 하는 다른 방도는 없었는가?

그전에는 띄엄띄엄 행했지만, 이내 포기해 버린, 유진 샌도우가 지은 『체력 증강법』
속에 명시된 실내운동, 이와 같은 운동은 특히 앉아서 일하는 직업에 종사하는 실업인들을
위해 고안된 것으로서, 거울 앞에서 정신을 가다듬어 근육의 모든 부분을 움직이면 잇달아
굳은 근육이 아주 유쾌하고 몹시 경쾌하게 풀리고, 젊은이의 활력을 가장 경쾌하게 소생시
키는 것이었다.

보다 젊은 청년 시절에 그는 어떠한 특별한 젊음의 활력을 과시했었는가?

무거운 링 들기는 힘에 겨웠고 공중회전에는 용기가 모자랐지만, 그런데도 고등학교
시절에는 비상하게 발달된 복부 근육의 결과로 평행봉 위에서 반 수평 운동을 안전하고 끈
기 있게 해내는 특기가 있었다.

어느 한쪽이 그들의 인종적 차이를 공공연하게 암시했는가?

양쪽 다 그러지 않았다.

블룸에 관한 스티븐의 생각에 관한 그리고 스티븐에 관한 블룸의 생각에 관한 스티븐의 생각에 관한 블룸의 생각은 그들의 가장 단순한 상호적 형식으로 간추리면 어떠한 것이었는가?

그[37]는 유대인이라고 그가 생각한다고 그는 생각한 반면, 그는 그렇지 않은 것을 그[38]가 알고 있다고 그는 알고 있음을 그가 알고 있었다.

침묵의 울타리가 제거되었던 것이니, 그들 각자의 어버이들의 혈통은 어떠한 것이었는가?

블룸은, 솜보트헤이,[39] 비엔나, 부다페스트, 밀라노 및 런던을 거쳐 더블린에 온 루돌프 비러그(뒤에 루돌프 블룸으로 바뀜)와, 율리우스 히긴즈(본명 카롤리) 및 파니 히긴즈(본명 헤가티)의 차녀(次女), 엘렌 히긴즈 사이에 태어난, 단 하나의 남자 성변화의 상속인임. 스티븐은, 코크에서 더블린으로 이주한 사이먼 데덜러스와 리처드 및 크리스티나 고울딩(본명 그리어)의 딸 메리 사이에 태어난 현재 생존하고 있는 장자동질(長子同質)의 상속인임.

블룸과 스티븐은 그전에 세례를 받은 적이 있었는가, 있다면 어디서 그리고 누구에게, 사제 아니면 속인(俗人)에 의하여?

블룸(3회)은 쿰가의 성 니콜라우스 위드아웃 신교도 교회에서, 문학 석사 길머 존스턴 사(師)에 의해, 단독으로, 스워즈 마을[40]의 어떤 펌프 밑에서, 제임스 오코너, 필립 길리건 및 제임스 피츠패트릭과 합동으로, 그리고 라드가의 세 수호성자 성당에서, 가톨릭 사제 찰즈 맬로운 신부에 의하여. 스티븐(1회)은 라드가의 세 수호성자 성당에서, 가톨릭 사제 찰즈 맬로운 신부에 의하여, 단독으로.

그들의 학력은 비슷한 데가 있었는가?

만일 스티븐이 블룸의 위치에 있다고 하면 스툼[41]은 소학교와 고등학교를 차례로 수료했으리라. 블룸이 스티븐의 위치에 있다고 하면 블리븐[42]은 중등 교육의 예비과, 초급, 중급, 상급을 거쳐, 왕립대학교에 입학하여, 문과 1년, 문과 2년 그리고 문학사 과정을 차례로 수료했으리라.

왜 블룸은 자신이 전에 인생의 대학에 자주 다녔다고 말하는 것을 꺼려했는가?

이와 같은 얘기를 그가 스티븐에게 또는 스티븐이 그에게 이미 했는지 또는 하지 않았는지에 대한 그의 계속적인 불 확신 때문에.

어떠한 두 개의 기질을 그들은 각각 개별적으로 대표하고 있었는가?

과학적인 것. 예술적인 것.

블룸은 자신의 경향이 순수과학보다는 오히려, 응용과학을 향해 흐르고 있음을 증명하기 위해 어떠한 증거를 제시했는가?

만복(滿腹) 상태에서 소화를 촉진시키기 위해 몸을 소파에다 반듯이 기대고 곰곰 생각하는 어떤 발명의 가능성, 이것은 지금은 평범한 것이나 한때는 혁명적이었던 발명품들로, 예를 들면, 그가 항공낙하산(航空落下傘), 반사망원경, 나선형 코르크 마개뽑이, 안전핀, 광수(鑛水) 사이펀, 윈치(자아틀)와, 수갑(水閘)이 달린 운하의 수문(水門) 장치, 흡수관 등의 중요성을 인식, 스스로 그러한 자극을 받았기 때문이다.

이와 같은 발명은 주로 유치원의 개량을 위해 도움이 되는 방안(方案)이었는가?

그렇다, 구식 딱총, 탄성부대(彈性浮袋), 주사위놀이, 투석기(投石機)의 역할을 하는 것이었다. 그와 같은 발명품들은 양(羊)자리에서 물고기자리에 이르는 12궁의 성좌(星座)를 보여 주는 천체망원경, 정밀 기계 장치에 의한 태양계의(太陽系儀), 산술용(算術用)의 젤라틴 사다리꼴과자, 동물 비스킷과 비슷한 기하도형(幾何圖形) 비스킷, 지구의(地球儀)를 닮은 놀이 공, 전통적인 의상을 입힌 인형 등을 포함하고 있었다.

그 밖에 또한 어떠한 것이 그의 명상(瞑想)을 자극시켜 주었는가?

이프레임 마크스와 찰즈 A. 제임스에 의해 이루어진 재정적(財政的) 성공에 의함, 마크스는 남부 조지가(街) 42번지에서 평균 1페니의 특매점 경영, 제임스는 헨리가 30번지에서 평균 6펜스 반의 개인 상점 및 대인(大人) 2펜스, 소인(小人) 1페니의 입장료를 받는 수예품 시장 및 밀세공(密細工) 전시장의 경영에 의함. 그리고 근대 광고술에 있어서 아직 미 개척된 무한의 가능성, 그것은 수직으로는 최대한 보기 쉽게(판독[判讀]), 수평으로는 최대한 읽기 쉽게(해독[解讀]), 그리고 자신도 모르는 사이에, 주의를 끌어 흥미를 돋우며, 설득시켜, 결정케 하는 자력적(磁力的)인 효과를 가진 삼문자(三文字) 단일관념(單一觀念)을 나타내는 기호의 단축에 의한 것임.

좋은 예는?

K. II. 키노 상점. 11실링 바지.
열쇠의 집(House of Keys). 알렉산더 J. 키즈.

좋지 못한 예는?

이 기다란 양초를 보시라. 양초가 완전히 다 타서 없어질 때까지의 시간을 재신 분에게는 당점(當店) 특제 정선화(精選靴) 한 켤레를 무료로 증정함, 광택 1촉광을 보증함.
주소: 탤버트가 18번지, 바클레이 앤드 쿡.
바실리킬(살충분[殺蟲粉]).
베리베스트(구두약).
유원티트(코르크 마개뽑이, 손톱 줄 및 파이프 소제기가 달린 쌍날 포켓 펜나이프).

가장 좋지 못한 예는?

자두나무표의 통조림 고기가 없고서야 가정이라 하시겠어요?
불완전합니다.
그것을 갖추서야 행복한 가정이.
제조주(製造主), 조지 플럼트리, 더블린 머천츠 부두 23번지, 4온스 깡통에 저장됨, 그런데 하드위크가 19번지, 로툰더 워드의 하원의원 및 시의원인 조지프 P. 나네티는 이걸 사망 광고 및 사망자 기년제(忌年祭) 광고의 하단에 게재함. 상표에 기입된 명칭은 플럼트리(자두나무). 등록된 상표는, 고기 통조림 속의 자두나무. 유사품에 요주의. 피트모트. 트럼플리. 모우트패트. 플램트루.

독창력은, 스스로 보답을 낮게 하는 것이지만, 반드시 성공을 거두는 것은 아니라는 것을 스티븐이 추론하도록 권유하기 위해 그는 어떠한 예를 인용했는가?

그 자신이 고안했으나 각하(却下)된 조명 장치 달린 광고 마차에 대한 계획, 짐말이 끄는 마차 속에 스마트하게 몸을 치장한 두 소녀가 앉아 열심히 무엇을 쓰고 있도록 한다.

스티븐은 그와 같은 암시에 어떠한 장면을 연상했는가?

산마루에 서 있는 한적한 호텔. 가을. 땅거미. 타고 있는 난로. 어두운 방구석에 앉아 있는 젊은 사나이. 젊은 여인이 들어온다. 마음을 가누지 못한 채. 외로이. 그녀는 자리에 앉는다. 그녀는 창가로 간다. 그녀는 일어선다. 그녀는 앉는다. 땅거미. 그녀는 생각에 잠긴다. 한적한 호텔의 메모지 위에 그녀는 무엇을 쓴다. 그녀는 생각한다. 그녀는 쓴다. 그녀는 한숨짓는다. 마차 바퀴와 말굽 소리. 그녀는 급히 밖으로 나간다. 사나이가 어두운 방구석에서 나타난다. 그는 쓸쓸히 남아 있는 종이를 집는다. 그는 그것을 난로 있는 데로 가져간다. 땅거미. 그는 읽는다. 쓸쓸히.

무엇을?

사체(斜體)와, 정체(正體) 그리고 좌사체(左斜體)로 씌어진: 퀸즈 호텔, 퀸즈 호텔, 퀸즈 호텔, 퀸즈 호……

그러자 그와 같은 암시가 블루에게 어떠한 장면을 다시 연상케 했는가?

클레어 주(州), 에니스의 퀸즈 호텔,[43] 이곳에서 루돌프 블룸(루돌프 비러그)이 1886년 6월 27일 초저녁, 몇 시인지는 알려지지 않음, 아코니트 진정제 둘에(1886년 6월 27일 오전 10시 20분 그가 에니스의 처처가 17번지, 프랜시스 데니 약국에서 매입한) 클로로포름 한 개의 비율로 자신이 조제한 신경마취제 몽크슈우드(유독성)의 정량 초과로 사망하다. 그와 같은 사건은, 에니스의 메인가 4번지에 있는 제임스 컬린 일반 의류 상회에서, (그와 같은 시각에 전술한 장소에서, 전술한 극약을 그가 샀기 때문에 그런 것이 아니라, 산 연후에) 1886년 6월 27일 오후 3시 15분, 최고로 스마트한 뱃놀이용 새 맥고모자를 그가 산 때가 아니라, 산 연후에 일어난 일이었다.

이와 같은 동음이의(同音異義)[44]의 원인을 그는 정보 또는 우연의 일치 또는 직감 중 어느 것이라고 생각했는가?

우연의 일치.

그는 그와 같은 장면을 말로 묘사하여 손님에게 그것을 보여 주려고 했는가?

그는 스스로 타인의 얼굴을 보고 타인의 말을 들은 다음 그것으로 잠재적인 이야기가 실현되고 동적 기질이 누그러지는 것을 몹시 좋아했다.

그는 설화자(說話者)가 '피즈가 산에서의 팔레스티나 조망' 또는 '자두의 우화(寓話)'[45]라는 이름으로 그에게 얘기한 제2의 장면 중에서 제2의 우연의 일치[46]를 보았는가?

그것은, 전기(前記) 제1의 장면 및 얘기할 수는 없어도 암암리에 존재하는 기타 여러 장면들과 더불어, 재학 시절에 지은 여러 가지 제목의 수필(예를 들면 〈내가 좋아하는 영웅〉,[47] 혹은 〈지연은 시간의 도둑〉[48]) 또는 도덕적 격언과 함께, 그 자체로서 그리고 개인 오차에 따라, 재정적, 사회적, 개인적 그리고 성적(性的)인 성공의 어떤 가능성을 함유하고 있는 듯이 그에게 생각되었다, 비록 그것을 예비과(豫備科) 또는 중급반 학생들이 쓰기 위한(100퍼센트의 장점을 지닌) 모범적인 교육적 주제로서 특별히 또는 선집(選集)하여 사용하던, 아니면 필립 뷰포나 디크 박사[49] 또는 헤블런의 『우울함 연구』[50]의 선례를 따라, 보급과 지불 능력이 확실한 잡지에 기고하여 인쇄하거나, 또는 4일 후로 임박한 하지(夏至), 즉 해뜨는 시각 오전 3시 33분, 해지는 시각 오후 8시 29분으로 6월 21일(성 알로이시우스 곤자가의 날),[51] 화요일, 이후부터는 점진적으로 길어져 가는 밤을, 훌륭한 화술(話術)을 말없이 인정하고, 훌륭한 업적에는 자신 있게 축하해 주는 동정적인 청취자들을 위한 지적인 자극제로서 음성적(音聲的)으로 이용하거나 간에.

어떠한 가정적인 문제가 그 밖의 다른 문제만큼, 더하지는 않다 하더라도, 이따금 그의 마음을 점령했는가?

아내들을 어떻게 할 것인가 하는 문제.

그의 가설적인 특이한 해결책은 무엇이었는가?

실내 유희(도미노 게임, 장기, 원판치기, 스필리킨즈,[52] 장난감놀이, 냅 카드놀이, 스포일 파이브,[53] 베지크,[54] 25,[55] 베거 마이 네이버,[56] 체커 장기, 서양 장기 또는 서양 주사위): 경시청(警視廳)이 후원하는 피복협회를 위한 수놓기, 짜깁기 또는 뜨개질. 음악 2중주, 만돌린과 기타, 피아노와 플루트, 기타와 피아노. 법률 서류 대서업(代書業) 또는 봉투 쓰기: 버라이어티 쇼를 위한 격주(隔週) 1회의 외출. 시원한 우유 점 또는 따뜻한 끽연실의 여주인으로서 기분 좋게 명령하고 유쾌하게 복종하는 사업 활동. 국가의 감독과 의학적 검열을 필하는, 남성 매음 옥에서의 성적(性的) 흥분에 의한 암암리의 만족. 확실히 이웃의 존경을 받는 여성 동지들에게 또는 그들로부터, 지나치지 않도록 규칙적인 간격을 정해 놓았거나, 아니면 규칙적으로 이따금씩 예방 감독을 수반하는 사교적 방문. 일반교양을 기꺼이 받아들일 수 있는 특별히 고안된 야간 교양 강좌.

그의 아내의 불완전한 정신 발육을 위해 마지막으로 서술한(아홉 번째) 해결책이 그를 마음 쏠리게 한 예들은 무엇이었는가?

아내는 아무 할 일이 없을 때 여러 번 백지에다 기호나 설형문자(楔形文字)를 가득 써놓고 그것을 그리스 문자니 아일랜드 문자니 또는 헤브라이 문자라 했다. 그녀는 띄엄띄엄 캐나다의 한 도시 이름인, 퀘벡(Quebec)의 두문자(頭文字)를 정확하게 쓰는 방법에 관하여 언제나 똑같이 질문하곤 했다. 그녀는 국내의 복잡한 정치 현실, 또는 국외의 세력 균형에 대하여 거의 이해하지 못했다. 계산서의 각 항목을 가산(加算)할 때 그녀는 자주 손가락의 도움을 받았다. 그녀는 간결한 서간문의 작성을 완료한 다음에 습자 용구를 납화(蠟畵)의 그림물감 속에 방치한 채, 녹반(綠礬) 황산염 그리고 오배자(五倍子)⁵⁷의 부식작용에다 내맡겼다. 이상스런 다음철(多音綴)의 외래어를 그녀는 음성적으로 또는 그릇된 유추성에 의하여 또는 양자를 다 써서 해석했다: 윤회(輪廻)〔그를 만났다 창(槍)의 호스(met him pike hoses)〕, 가명(假名, alias)〔성서에 서술된 거짓말쟁이⁵⁸〕.

이러한 그녀의 지식의 잘못된 균형과 인물, 장소 및 사물에 관한 이와 같은 판단력의 결핍을 메울 보상은 무엇이었는가?

모든 천평칭(天平秤)에 붙은 모든 수직 받침대의 분명히 잘못된 평행성(平行性)이 구조상으로 참되게 입증되었다. 한 인물에 대한 그녀의 능숙한 판단력의 평행성이 실험상으로 참되게 입증되었다.

그는 비교적 무식한 이런 사태를 개선하기 위해 어떤 시도를 했는가?

다방면으로 눈에 잘 띄는 곳에 특정한 책의 특정한 페이지를 펼쳐 둠으로써. 설명적으로 언급할 때, 잠재적 지식의 존재를 그녀에게 가상(假想)케 함으로써. 그녀의 면전에서 현장에 없는 다른 사람의 무식한 실수를 공공연하게 조소함으로써.

그는 이와 같은 직접적인 지도를 꾀하여 어떤 성공을 가져왔는가?

아내는 전체의 전부가 아닌, 일부만을 따랐으며, 관심을 가지고 주의를 기울이며, 놀라움으로 이해하며, 조심스럽게 반복하며, 몹시 애를 써서 암기하며, 쉽사리 잊어버리며, 의아심을 품고 다시 기억하며, 거듭 잘못 암기했다.

어떠한 제도가 더 효과적이었는가?

개인 이익과 관계되는 간접적인 암시.

예를 들면?

그녀는 비가 올 때 우산 쓰는 것을 싫어했는데, 그는 우산 쓴 여인을 좋아했고, 그녀는 비가 올 때 새 모자 쓰는 것을 싫어했는데, 그는 새 모자 쓴 여인을 좋아했으며, 그는 비가 올 때 새 모자를 샀는데, 그녀는 새 모자를 쓰고 우산을 받쳤다.

손님의 우화(寓話)[59] 속에 내포되어 있는 유추(類推)를 수락하면서 그는 바빌로니아 유수(幽囚) 이후의 탁월한 인물로서 어떠한 실례(實例)를 들었는가?

순수한 진리의 탐구자인 세 사람을, 이집트의 모세,[60] (괴로워하는 자들의 지침서인) 『모레 네부킴(More Nebukim)』의 저자인, 모지즈 마이모니데스[61] 및 모지즈 멘델스존.[62] 너무나 탁월하기 때문에 (이집트의) 모세로부터 모지즈(멘델스존)에 이르기까지 모지즈(마이모니데스)와 같은 탁월한 사람은 한 사람도 나타나지 않았다.[63]

실례지만, 하고 스티븐이 이야기한, 순수한 진리 탐구의 제4자, 즉 아리스토텔레스라 불리는 자에 관하여, 혹시 잘못인지는 몰라, 하고 블룸이 행한 진술은 어떠한 것이었는가?

이야기된 탐구자는 이름이 불확실한, 어떤 유대인 율법학자의 제자였다는 점.

법률의 후예들 그리고 선발됐거나 또는 거절된 민족의 자손들로서 다른 경외전(經外典)의 저명한 인사들이 언급되었는가?

펠릭스 바톨디 멘델스존(작곡가),[64] 바라크 스피노자(철학자),[65] 멘도자(권투선수),[66] 페르디난드 라살(개혁자, 결투가).[67]

고대 헤브라이어(語) 및 고대 아일랜드어의 어떠한 시편(詩篇)들이 손님이 주인을 향해 그리고 주인이 손님을 향해 음성의 억양 및 원문의 번역과 함께 읊어졌는가?

스티븐에 의하여: '수일, 수일, 수일 아룬, 수일 고 시오카이르 아구스 수일 고 쿠인 (걸어요, 걸어요, 그대의 길을 걸어요, 안전하게 걸어요, 조심해서 걸어요).'[68]

블룸에 의하여: '키펠로크, 하리몬 라카테츠 웁비아드 트사마테츠 (그대의 머리카락 속외 저 괸자늘이는 한 조각 석류와 같도다).'[69]

발성(發聲)의 비교를 실증하기 위해 양(兩)언어의 음성기호 형태상의 비교는 어떻게 행해졌는가?

병치(竝置)에 의하여. 《죄의 쾌락》이라는 제목을 가진, 저속한 문체의 서적(블룸이 꺼내 일부러 책의 앞장과 커버가 책상 표면과 서로 닿도록 농간부린 것)의 뒤에서 둘째 번 빈 페이지에다 연필(스티븐이 가져온 것)을 가지고 스티븐은 간략체 및 변형체로, 지이(gee), 에 (eh), 디이(dee), 엠(em)에 해당하는 아일랜드 문자를 쓰고, 블룸은 그 대신 헤브라이 문자의 기멜(ghimel), 알레프(aleph), 달레스(daleth) 그리고 (멤[mem]이 빠진 채) 그 대신 코프(qoph)를 썼다, 그리고 서수(序數)와 기수(奇數), 즉 3, 1, 4 및 100이 그와 같은 문자의 산수치(算數値)임을 설명했다.

각각 사멸된 그리고 부활된, 이와 같은 두 언어[70]에 의하여 소유된 그들의 지식은, 이론적이었는가 아니면 실질적이었는가?

이론적이었다. 형태론과 구문론에 대한 약간의 문학적인 규칙에 제한이 있을 뿐, 실질적으로 어휘는 거의 배제된 것이었다.

이러한 언어들과 그것을 사용하는 국민들 사이에는 어떠한 연관이 있었는가?

두 언어 다 같이 후음(喉音), 구분적 기음(氣音), 삽입 문자 및 조음 모음자(助音母音字)가 존재했다: 두 언어 다 같이 노아의 대홍수 이후 242년, 시날 평원[71]에, 이스라엘 민족의 선조인, 노아의 후손이요, 아일랜드 민족의 선조인, 히버와 헤레몬 직계의 페니어스 파사이가 창립한 신학교에서 교수(敎授)되어진 고대어였다. 두 언어의 고고학적(考古學的), 계보학적(系譜學的), 성서학적, 주석학적(註釋學的), 설교학적, 지형학적, 역사학적 그리고 종교학적 문학은 라비와 칼디[72]의 저서, 율법(Torah), 유대 경전(Talmud, 미쉬나와 게마라),[73] 유대 전설(Massor), 모세 5경(Pentateuch), 던카우 서(書),[74] 발리모트서(書),[75] 호우드의 화환,[76] 켈즈서(書)[77]를 품고 있다: 두 언어의 분포, 박해, 존속 및 부활. 유대인 거주 지역(성 마라아 사원)과 미사의 집(아담 앤드 이브즈 주점)[78]에 있어서의 그들 언어의 유대교 및 그리스도교의 의식상(儀式上)의 고립. 이교도 형법(刑法)과 유대인 복장법(服裝法)[79]에 있어서의 그들의 국민복 금지. 시온의 다윗 왕국의 부흥[80] 및 아일랜드의 정치적 자치(自治) 또는 주권상의 가능성.

복잡하고, 인종상으로 양립 불가능한 종말을 예견하며 블룸은 어떤 성가(聖歌)를 일부분 노래했는가?

'*콜로드 발레이와 프니마흐(유대인의 영혼은)*
네페츠, 예후디, 호미야흐(마음속까지, 사납고. 강하도다). '[81]

이와 같은 최초의 2행시 끝에서 왜 노래는 중단되었는가?

불완전한 기억력의 결과로서.

가수(歌手)는 어떻게 하여 이와 같은 불완전함을 보상했는가?

대체적인 원문(原文)의 우회적(迂廻的) 설명에 의하여.

그들 서로의 고찰은 어떠한 공동의 연구에 있어서 합치되었는가?

이집트의 비명(碑銘)에 쓰여진 상형문자로부터 그리스 및 로마의 알파벳에 이르기까지 투시할 수 있는 점진적인 단순화 및 설형비문(楔形碑文)〔셈어계(系)〕과 엽상오륵형(葉狀五肋形)의 오검 문자[82]〔켈트어계〕에 있어서의 근대 속기술 및 전신부호의 예기적(豫期的) 빈사법(賓辭法).[83]

손님은 주인의 요구에 응했는가?

이중으로, 아일랜드 및 로마자로 그의 서명을 추기(追記)함으로써.

스티븐은 어떠한 청각적인 감응을 받았는가?

그는 의미심장한 고대의 남성다운 낯선 선율 속에서 과거의 누적(累積)을 들었다.

블룸은 어떠한 시각적인 감응을 받았는가?

그는 빠르고 싱싱한 남성다운 눈에 익은 자태 속에서 미래의 운명을 보았다.

스티븐의 그리고 블룸의 숨겨진 본성의 준동시적(準同時的)인 의식적 준감각(準感覺)은 어떠한 것이었는가?

시각적으로, 스티븐의 것: 인성(人性)의 전통적인 인물[84]로, 다마스커스의 요하네스,[85] 로마의 렌툴루스[86] 그리고 모나코의 에피파니우스[87]가 묘사한, 포도줏빛 검은 머리카락을 한 하얀 피부의 키다리 형 인물이었다.[88]
청각적으로, 블룸의 것: 대격변의 황홀한 전통적 악센트였다.[89]

과거의 블룸에겐 어떤 미래의 직업이 가능했고 또한 그 유례는?

로마 교회, 영국 교회 또는 비국교도로서. 유례로는, 예수회의 존 콘미 존사, 트리니티대학의 학감인, 신학박사 T. 새먼 사제, 알렉산더 J. 도위 박사.[90] 영국 또는 아일랜드 법정의 법관으로서. 유례로는, 왕실 고문 변호사 시머 부쉬, 왕실 고문 변호사 루퍼스 아이작스. 현대 또는 셰익스피어 극의 연예인으로서. 유례로는, 고명(高名)한 희극 배우인, 찰즈 윈드엄,[91] 셰익스피어 연기자인, 오스먼드 티얼[92](1901년 사망).

주인은 손님에게 그와 같은 종류의 주제에 관한 미지(未知)의 가요를 목소리를 가다듬어 부르도록 어떻게 권유했는가?

격려하는 의미로, 그들이 있는 곳은, 아무도 자신의 이야기를 들을 수 없는 동떨어진 장소라는 것을 알려, 마음을 안정케 함으로써, 물 더하기 설탕 더하기 크림 더하기 코코아를 더한 물리학적 혼합물로서의 반(半)고체의 잔유 침전물은 남기고, 완전히 끓인 음료를 마시게 함으로써.

불려진 이와 같은 가요의 제1절(장조〔長調〕)을 읊어라.

> 꼬마 해리 휴즈와 반 동무들이
> 공놀이하러 모두들 밖으로 나갔다네.
> 그런데 꼬마 해리 휴즈가 던진 첫 번째 공이
> 유대인의 마당 담 너머로 날아갔어요.
> 그러자 꼬마 해리 휴즈가 던진 둘째 번 공이
> 그만 유대인의 유리창을 몽땅 깨버렸어요.

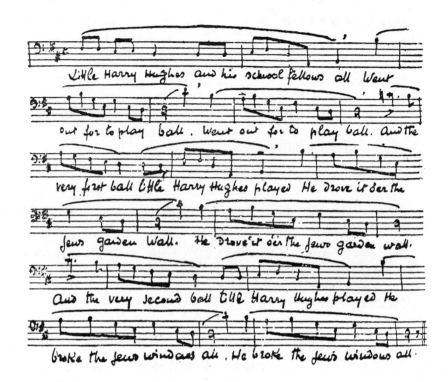

루돌프의 자식[93]은 이와 같은 제1절을 어떻게 받아들였는가?

순수한 감정으로. 미소하면서, 유대인인, 그는 즐거이 그리고 깨지지 않은 부엌의 유리창을 쳐다보았다.

가요의 제2절(단조[短調])을 읊어라.

> 그러자 유대인의 딸이 밖으로 나왔다네,
> 그녀는 몸을 온통 푸른 옷으로 감싸고 있었지요.
> '돌아와요, 돌아와, 귀여운 꼬마야,
> 그리고 공놀이를 다시 해요.'

> '돌아갈 수가 없는걸, 돌아갈 마음도 없고
> 반 동무들을 불러 주지 않으면
> 혹시 선생님이 들으시면
> 화를 내실 테니까.'

> 그녀는 소년의 백합처럼 하얀 손을 붙들고
> 현관으로 안내해서는
> 드디어 그를 방까지 끌어들였어요,
> 거기선 아무도 그의 부르짖음을 들을 수가 없었지요.

그리고 그녀는 호주머니에서 펜나이프를 꺼내
소년의 작은 목을 싹둑 잘랐지요.
그리하여 그는 더 이상 공놀이를 할 수 없었다오.
왜냐면 그는 사자(死者)들 틈에 눕고 말았으니까요.[94]

밀리 센트의 부친은 이러한 제2절을 어떻게 받아들였는가?

착잡한 감정으로. 미소도 짓지 않은 채, 그는 몸을 온통 푸르게 단장한, 유대인의 딸 얘기를 놀라움으로 듣고 그녀의 모습을 눈에 그려 보았다.

스티븐의 주석(註釋)을 요약하라.

모든 사람들 중의 한 사람, 모든 사람들 가운데서 가장 작은 사람이, 숙명적인 희생자다. 한 번은 실수에 의하여, 두 번째는 고의로 그는 운명에 도전한다. 운명은 그가 버림받았을 때 나타나며 마지못해 그에게 도전하며, 그리고 희망과 청춘의 화신과 같이 반항 없는 그를 장악한다. 운명은 어떤 낯선 인가(人家)로, 그리고 어떤 비밀의 이단자의 방으로, 그리고 거기에서, 무자비하게, 복종하는 그를 희생시키는 것이다.

왜 주인(숙명적인 희생자)은 슬펐는가?

그는 어떤 행위에 대한 얘기라면 그가 행하지 않은 행위에 대해서는 스스로 얘기하지 않기를 바랐기 때문이다.

왜 주인은 (마음 내키지 않는 듯, 반항하지 않고) 잠자코 있었는가?

에너지 보존의 법칙에 따라서.

왜 주인(비밀의 이단자)은 침묵을 지켰는가?

그는 의식적(儀式的) 살인의 옳고 그름에 대한 사정을 고찰했다. 성직자 계층의 선동성(煽動性), 대중의 미신(迷信), 연분수적(連分數的) 진실성을 띤 소문의 확산, 부유(富裕)의 선망(羨望), 보복의 영향, 유전적 범죄의 돌발적 재현(再現), 광신(狂信), 최면술적 암시 및 몽유병의 정상 참작 여지(餘地).

이와 같은 정신적 또는 육체적 혼란 가운데서 (만일 있다면) 그가 전적으로 벗어나지 못한 것은 어느 것이었는가?

최면술적 암시에서. 언젠가, 잠이 깨어 있었음에도, 그가 자고 있는 방을 식별하지 못했다: 여러 차례, 잠이 깨어 있었음에도, 그는 오랫동안 몸을 움직일 수도 고함을 지를 수도 없었다. 몽유병에서. 언젠가, 잠을 자고 있으면서도, 자신의 몸이 일으켜져, 몸을 구부린 채 그리고 열도 없는 난로 있는 곳으로 기어가서 그리고, 목적지에 도착하자, 그곳에, 몸을 웅크린 채, 싸늘하게, 잠옷을 걸친 그대로, 드러누워 잠들었다.

이러한 나중의 경우 또는 그와 비슷한 현상이 그의 가족 중의 누구에게 일어난 적이 있었는가?

두 번, 홀레스가와 온타리오 테라스에서, 그의 딸 밀리센트(밀리)가 여섯 살 그리고 여덟 살이었는데 잠든 채로 공포의 아우성을 치면서 그리고 잠옷 바람으로 있던 두 인물의 질문에 정신 나간 듯 무언(無言)의 표정으로 대답하였다.

그녀의 유년기에 관해 그 밖의 다른 기억들을 그는 가지고 있었는가?

1889년 6월 15일. 성마른 듯 탄생한 여자아이는 심하게 울음을 터뜨려 울혈(鬱血)을 야기(惹起)하고 울혈을 쫓아 버렸다. '패드니삭스'라는 별명을 지닌 이 아이는 자신의 저금통을 마구 흔들어댔다. 동전처럼 생긴 아빠의 단추 세 개를 하나, 두우, 세에 하고 헤아렸다: 인형, 사내, 수병(水兵)을 그녀는 마구 내동댕이쳤다. 금발, 양친이 두 사람 다 흑발인데도, 그녀는 금발의 조상을 가지다니, 먼 옛날의, 강간(强姦), 오스트리아 군대의, 하우프트만 하이나우 씨, 최근의, 환각, 영국 해군의 멀비 중위.

어떠한 풍토적 특성이 나타났는가?

이와는 반대로 코와 얼굴의 형태는 종족의 직접적인 계보(系譜)를 따르고 있었다, 그런데 이러한 계보는, 비록 중간에서 끊어지긴 했어도, 먼 간격을 두고 보다 먼 간격까지 가장 먼 간격에까지 계속되리라.

그녀의 사춘기에 관하여 그는 어떠한 기억들을 지니고 있었는가?

그녀는 장난감 굴렁쇠와 줄넘기 줄을 벽감에다 마구 처넣어 두었다. 그 공작(公爵)의 잔디밭[95]에서, 어떤 영국 방문객의 청을 받았을 때, 그녀는 그가 자기 모습을 사진 찍어가는 것을 반대했다(반대한 이유는 얘기하지 않기로 함). 남부 순환로에서 엘자 포터와 함께, 흉악스럽게 생긴 어떤 사나이에게 미행당했을 때, 그녀는 스태머가(街)[96] 중도까지 갔다가 불쑥 되돌아왔다(변경의 이유는 얘기하지 않기로 함). 그녀의 15회 생일 전날 밤에 웨스트미드 주(州), 멀린가 시(市)로부터 써서 보낸 한 통의 편지 속에 그녀는 그곳의 한 학생[97]에 관한 짤따란 암시를 했었다(학부 및 학년은 얘기하지 않기로 함).

제2의 이별을 예고하는, 이와 같은 제1의 이별이 그를 괴롭혔는가?

그가 상상했던 것보다는 덜, 그가 희망했던 것보다는 더.

어떠한 제2의 출발이 때를 같이하여, 비록 다르긴 하나, 비슷하게 그에게 목격되었는가?

그의 고양이의 일시적 출발.

왜 비슷하게, 왜 다르게?

비슷한 이유인즉, 어떤 새로운 남성(멀린가 시의 학생) 혹은 약초(쥐 오줌 풀)를 탐색한다는 암암리의 목적에서 작용되기 때문에. 다른 이유인즉, 거주자 또는 그 거처로 되돌아가는 가능성의 차이 때문에.

그 밖의 어떤 점에 있어서 양자의 차이는 비슷한 것이었는가?

수동성(受動性)에 있어서, 절약에 있어서, 습성의 본능에 있어서, 예기치 않은 일에 있어서.

예를 들면?

예를 들면, 몸을 비스듬히 기대며 그녀는 금발을 받쳐 들고 그가 리본을 달아 주길 기다렸다(모가지를 아치형으로 굽히고 있는 고양이와 비교하라). 더욱이, 스데반즈 그린 공원에 있는 호수의 넓은 수면 위에 나무들의 그림자가 거꾸로 반사되어 있는 한복판을, 그녀의 형언하기 어려운 침방울이 동심원(同心圓)의 파문을 일으키며, 그 영원불변의 좌표를 이루어, 졸리는 듯 엎드리고 있던 물고기들의 위치를 지적했다(쥐를 노려보고 있는 고양이와 비교하라). 또한, 어떤 유명한 전투상의 교전(交戰) 날짜, 그 용사들의 이름, 전국(戰局) 및 전과(戰果)를 기억하기 위해 그녀는 자신의 땋은 머리카락을 훑어 내렸다(귀를 씻고 있는 고양이와 비교하라). 나아가서, 어리석은 밀리, 그녀는 조지프라 불리는 어떤 말[馬]과 꿈속에서 얘기를 했으나 도무지 기억이 나지 않는다는 얘기를 했으며, 그 말에게 레몬수를 커다란 컵에다 한 잔 가득 따라 주자, 그것(수놈)이 마치 마시는 듯이 보였다는 것이다(화롯가에서 꿈을 꾸고 있는 고양이와 비교하라). 그런고로, 수동성에 있어서, 절약에 있어서, 습성의 본능에 있어서, 예기치 않은 일에 있어서, 그들의 차이는 유사했다.

그는 결혼 기념품으로 받은 1) 부엉이 한 마리 2) 시계 한 개를, 그녀의 감흥과 교화(敎化)를 위해 어떠한 방법으로 이용했는가?

설명을 위한 실물교재(實物敎材)로서: 1) 난생(卵生) 동물의 본성과 습성, 공중비행의 가능성, 어떤 비정상적인 시각(視覺), 시체 보존의 비종교적 방식: 2) 종(鐘), 차바퀴 그리고 조정기(調整器)에서 예증되는, 추(錘)의 원리, 움직이지 않는 문자판 위의 움직일 수 있는 지침(指針)이 시계바늘 방향으로 혹은 여러 지점의 인간적 또는 사회적 규범이란 특수한 말로 표현되는 해석(解釋), 한 시간 동안에 긴 바늘 및 짧은 바늘이 동일 경도(傾度)에 있을 때의 각 시간에 대한 반복의 정확성, '비델리세드(즉)', 매시(每時) 5와 11분의 5분씩 빨라진다는 등차수열.

그녀는 어떠한 방식으로 이에 보답했는가?

그녀는 날짜를 기억하고 있었다. 그의 27회 탄생일에 그녀는 모조(模造) 크라운표가 달린 더비 도자기로 된 조반용 머스태쉬 컵을 그에게 선사했다. 그녀는 마음의 준비를 갖추고 있었다. 사계(四季) 지불일[98]이나 그쯤 하여 또는 만일 그가 반드시 그녀를 위한 물건을 시장에서 살 때가 아니더라도 그녀는 그의 필요물에 대하여 세심한 주의를 보였으며, 그의 욕망을 미리 짐작했다. 그녀는 감탄하고 있었다. 그녀에게 그가 어떤 자연 현상을 설명했을 때에는, 그녀는 즉각적으로 점진적인 습득 없이 그의 과학에 대한 지식의 일부분, 반, 4분의 1, 또는 천분의 1의 지식을 소유하고 싶은 욕망을 드러내 보였다.

몽유병자인, 밀리의 부친이며, 낮 몽유병자인, 블룸은, 밤 몽유병자인, 스티븐에게 어떤 제의를 했는가?

목요일(특정명[特定名])과 금요일(유명[類名]) 사이에 게재하는 시간을 부엌 바로 위의 주인 부부가 쓰는 침실에 바로 맞닿아 있는 방안의 임시로 마련된 자그마한 입방체의 침대 위에서 편히 휴식할 것.

이와 같은 임시 조치의 기간을 연장한다면 결과적으로 어떠한 여러 가지 이익을 가져올 것이며 또한 가져올 수 있었는가?

손님에게. 주거(住居)의 안정성 및 연구의 은거성(隱居性). 주인에게. 지성의 회춘(回春), 간접적인 만족. 여주인에게. 강박관념의 해소, 정확한 이탈리아어 발음 습득.

왜 손님과 여주인 사이에 일어날 이와 같은 몇 개의 잠정적인 우연한 관계가 한 학생과 한 유대인의 딸 사이의 우발적인 영원한 조화적 결합을 필연코 방지할 수 없거나 또는 그로 인해 방지될 수 없었는가?

딸에게 도달하려면 어머니를 통해야 하고, 어머니에게 도달하려면 딸을 통해야 하는 방식 때문에.

주인의 어떤 비논리적 다음절(多音節)의 질문에 관해 손님은 단음절(單音節)의 부정적 대답을 했는가?

1903년 10월 14일, 시드니 퍼레이드 기차역에서 사고로 죽은, 고(故) 에밀리 시니코[99]를 아시나이까 모르시나이까.

그 결과로 주인은 어떠한 불완전한 필연적 결과의 진술을 입 밖에 낼 수가 없었는가?

루돌프 블룸(본명 비러그)의 연기제(年忌祭) 전날이었던, 1903년 6월 26일, 메리 데딜러스 부인(본명 고울딩)의 장례식에 그가 불참했던 설명적 진술을.

그러한 하룻밤의 보호소 제공에 대한 제의가 수락되었는가?

재빨리, 설명도 없이, 우호적으로, 감사하면서도 그것은 거절되었다.

주인과 손님 사이에는 어떠한 금전상의 교환이 행해졌는가?

후자가 전자에게 맡긴 금액, 영화(英貨) 1파운드 7실링(£1-7-0)을 이자 없이, 전자가 후자에게 반환했다.

어떠한 상대적 제안이 서로 제출되어, 수락되고, 수정되어, 거절되고, 다른 말로 진술되어, 재수락되고, 시인되어, 재확약되었는가?

이탈리아어 교수(敎授)의 사전(事前) 준비 과정을 시작하는 일, 장소는 피(被)교수자의 자택. 성악 교수 과정을 시작하는 일, 장소는 여교사의 자택, 정적(靜的), 일련의 반정적(半靜的) 및 소요학파적인 지적(知的) 대화를 개시하는 일, 장소는 대화자 쌍방의 자택(대화자 쌍방이 같은 장소에 거주하는 경우에), 또는 하부 애비가 6번지의 쉽 호텔 겸 주점(소유주, W. 앤드 E. 코너리), 킬데어가 10번지의 아일랜드 국립도서관, 홀레스가 29, 30 및 31번지의 국립 산부인과 병원, 공원, 성당 근처, 두 개 이상의 공도(公道)의 교차로, 양자의 자택 사이를 잇는 직선의 이등분점(대화자 쌍방이 각각 다른 장소에 거주하는 경우).

상호적으로 모순을 내포하고 있는 이러한 제의의 실현을 블룸으로 하여금 곤란하게 느끼도록 한 것은 무엇이었는가?

과거의 회복 불가능성. 한때 더블린 러틀랜드 광장, 로툰더에서 앨버트 헹글러의 서커스 흥행이 있었을 때, 직관적인 여러 가지 색깔의 의상을 몸에 걸친 한 광대가 부정(父情)을 찾아 링에서부터 객석으로 뛰어들어 블룸이, 혼자, 앉아 있던 곳으로 다가오자, 그(블룸)가 그의(광대의) 아빠라고 공공연하게 말하여 관중들을 크게 웃긴 적이 있었다. 미래의 예견 불가능성. 1898년 여름 어느 한때 그(블룸)는 한 개의 플로린 은화(2실링짜리)의 울퉁불퉁한 가장자리에다 세 개의 눈금을 새겨 표시한 다음, 그랜드 운하, 찰르몽트 몰 1번지의 부자(父子) 식료품상, J. 앤드 T. 데이비가 수령할 계산서를 지불함에 있어, 그는 그 은화가 시민의 화폐 순환의 물결을 거쳐, 직접 또는 간접적으로 그의 손으로 되돌아올 가능성을 신중히 기다렸다.

광대는 블룸의 자식이었는가?

아니.

블룸의 화폐는 되돌아왔는가?

천만에.

왜 그는 재발된 좌절을 한층 침울하게 느꼈는가?

왜냐하면 인간적 존재의 결정적 전환점에서 그는 많은 사회적인 조건들, 즉 불평등과 산물과 탐욕 그리고 국가 간의 증오를 개선할 것을 바랐기 때문에.

그러면 이러한 조건들을 제거함으로써, 인간 생활은 무한히 완벽에 가깝게 되리라 그는 믿었는가?

인간적 법칙과는 별개로, 자연적 법칙에 의하여 인간 전체의 불가결한 부분으로서, 부과된 특유한 조건들은 남아 있었다: 영양 많은 자양물을 얻기 위한 파괴 살육(破壞殺戮)의 필요성. 개별적 존재의 구극적(究極的)인 작용에 의하여 일어나는 고통스런 특성, 생사(生死)의 고뇌. 발정기(發情期)로부터 월경 폐지기에 이르기까지 뻗어 있는 유인원(類人猿)과 (특히) 인류의 여성이 지닌 일률적인 월경 활동. 바다, 탄광 그리고 공장에서의 불가피한 춘사(椿事). 극심한 고통을 주는 어떤 질병 그리고 그 결과로서 일어나는 외과적 수술, 천부(天賦)의 정신이상 및 선천적인 범죄성, 집단 몰살적인 전염병. 공포를 인간 심리의 바탕으로 삼는 대변적 홍수. 진앙(震央)이 인구 조밀 지역에 위치하고 있는 지진의 발발(勃發). 변신의 격동을 겪고, 유년기로부터 성숙기를 통해 쇠퇴기에 달하는 생명 성장의 사실.[100]

왜 그는 심사숙고를 단념했는가?

왜냐하면 보다 만족스럽지 못한 현상을 제거하고 그 대신 더욱 만족스런 다른 현상으로 대치한다는 것이 탁월한 지식인이 해야 할 과업이었기 때문에.

스티븐은 그의 단념에 참여했는가?

그는 기지(旣知)의 세계에서 미지(未知)의 세계에까지 삼단논법적으로 전진하는 의식적인 이성적(理性的) 동물로서의 자기 의미 그리고 공허한 불확실성 위에 불가피하게 건립된 소우주 및 대우주 간의 의식적 이성적 반응자로서의 그의 의미를 확언했다.[101]

이러한 확언을 블룸은 이해했는가?

언어상으로서가 아니고. 본질적으로.[102]

그의 불이해를 위안한 것은 무엇이었는가?

한 사람의 유능한 열쇠를 지니지 않은 시민으로서 미지의 세계에서 기지의 세계로 공허한 불확실성을 통해 힘차게 전진하는 것.

어떠한 선행(先行) 순서를 따라, 어떠한 부수적인 의식(儀式)과 함께 구속의 집으로부터 황야의 거주지까지의 영광의 탈출이 이루어졌는가?[103]

불이 켜진 촛대를
지팡이 삼아 든
블룸
집사(執事)의 모자가 걸려 있는
물푸레나무 지팡이를 짚은
스티븐

어떠한 기념 적 시편(詩篇)의 어떠한 '세크레또(신비로운)' 성구(聖句)를 읊으며?

제113편, '모두스 뻬레그리누스(여행의 선법[旋法]). 인 엑시뚜 이스라엘 데 에지쁘또(이스라엘이 이집트에서 나올 때). 도무스 야꼬브 데 뽀뿔로 바르바로(야곱의 집안이 방언족[方言族]을 떠나올 때)'.[104]

각자는 출구의 문간에서 무엇을 했는가?

블룸은 촛대를 마루 위에 놓았다. 스티븐은 모자를 머리에 썼다.

어떠한 동물을 위해 출구의 문이 입구의 문 역할을 했는가?

고양이를 위해.

양자가, 먼저 주인, 나중에 손님의 순서로, 집의 창 뒤(rere) 통로를 지나 캄캄한 어둠 속에서 정원의 으스름 속으로, 말없이 두 사람 다 시커먼 모습으로 나타났을 때, 어떠한 광경이 그들과 마주쳤는가?

습기 찬 푸른 밤의 과실들로 매달린 별들의 천국의 나무.[105]

블룸은 어떠한 명상에 잠기며 상대방에게 여러 가지 성좌에 관해 설명했는가?

점점 증가하여 확대 발전해 가는 명상. 달이 초기의 삭망월(朔望月)에 근지점(近地點)에 접근하더라도 보이지 않는 것에 관하여. 지구 표면으로부터 지구의 중심을 향해 5천 피트의 깊이까지 파고들어간 원통형의 수직축(垂直軸) 밑에 있는 관찰자가 대낮에도 식별할 수 있다는 무한의, 백열(白熱)을 발하는 형광(螢光) 비응축성(非凝縮性) 우윳빛 길[은하]에 관하여. 우리가 사는 지구에서 10광년(光年 ; 57,000,000,000,000마일) 거리 및 지구 용적(容積)의 900배가 되는 (큰개자리 중의 주성[主星]) 시리우스에 관하여. 아크투루스[106]에 관하여. 주야 평분시(平分時)의 진행 과정에 관하여. 운상대 및 태양의 여섯 배나 되는 시타와 그 속에 백 개의 태양계(太陽系)를 함유할 수 있다는 성운(星雲)을 품은 오리온자리에 관하여: 명멸해 가는 별들 그리고 1901년의 신성(新星)처럼 새로 나타난 별들에 관하여. 우리들의 태양계가 헤라클레스자리를 향해 돌진하고 있는 것에 관하여. 무한소(無限小)의 단시간 동안에 막간의 희극을 형성하는 정해진 인간의 생명, 70년의 연수(年數)에 비교하여 측정할 수 없을 정도로 무한히 먼 영겁(永劫)으로부터 무한히 먼 미래에 이르기까지, 소위 항성(恒星), 실질적으로는 언제나 움직이고 있는 방랑자들의 시차(視差) 혹은 시차굴절(視差屈折)에 관하여.

한편으로 점점 축소하여 퇴축(退縮)하는 어떤 표면적인 명상이 뒤따랐는가?

지구의 성층(成層)에 기록된 영겁의 지질시대에 관하여. 땅의 요(凹)부나 드러난 돌멩이 밑, 벌집과 양토(壤土) 속에 숨어 있는 미생물, 세균, 박테리아, 바실루스, 정자(精子) 등 무수하고도 미소한 곤충학상의 유기적 생물에 관하여. 한 개의 바늘 끝 속에 분자적 친화력인 응집력에 의해 함유되어 있는 헤아릴 수 없을 정도의 수백만, 수천만, 수억조의 눈에 보이지 않는 분자들에 관하여. 적혈구 및 백혈구가 떼를 지어 있는 인간 혈청(血淸)은 마치 우주와 같은 것으로서, 그들 자체가 다른 혈구(血球)에 의하여 별자리 무리를 형성하는 공허한 우주 공간으로서 그와 같은 혈구는 분할될 수 있는 구성체로 된 우주며, 그러한 혈구 중 하나하나가 실질적인 분할은 없어도 항시 세분화되고 있는 분자 및 분모이기 때문에, 재분할될 수 있는 구성체로 다시 분할되어, 그와 같은 과정이 아주 멀리까지 계속된다면, 결국 어디서나 기필코 영(零)에 도달하고 말 것이라는 사실에 관하여.

왜 그는 이러한 계산을 더욱 정확한 결과에까지 애써 추구하지 않았는가?

왜냐하면 수년 전인 1886년에 원(圓)의 구적법(求積法) 문제에 몰두한 바 있었던 그는 한 가지 수(數)의 존재에 관하여 알게 되었는데, 수를 정확한 비율에까지 계산할 경우, 이를테면, 9의, 9승의 9승[107]과 같은 숫자는 엄청나게 클 뿐만 아니라 차지하는 면적도 매우 대단하기 때문에, 결과적으로 권(卷)마다 천 페이지씩 빽빽하게 인쇄하여 33권, 단, 시, 백, 천, 만, 십만, 백만, 천만, 억, 조의 정수(整數)를 완전히 인쇄하기 위해서는 무수한 절(折)과 연(連)의 인디언 종이가 필요하게 될 것이며, 성운의 중핵(中核)이라 할 모든 급수(級數)의 아라비아 숫자는 그 모든 멱(冪) 가운데서 어떠한 누승(累乘)이든 그 궁극적인 동적(動的) 극점까지 승하게 되는 그러한 가능성을 간략하게 내포하고 있었기 때문에.

그는 여러 가지 행성(行星)이나 그들의 위성(衛星)들에 있어서 생물의 종(種)에 속하는, 인류의 서식 가능성 및 한 사람의 구세주에 의한 전술한 인류의 가능한 사회적 및 도덕적 속죄(贖罪)의 문제를 더욱 쉽게 해결할 것이라 생각했는가?

다른 종류의 어려운 문제를. 19톤 무게의 기압을 보통에서 지탱할 수 있는 인체 조직은, 지구의 대기권내에서 상당한 높이에까지 들어올려질 경우, 대류권(對流圈) 및 성층권(成層圈)과의 경계선에 접근함에 따라, 콧구멍의 출혈 그리고 호흡 곤란 및 현기증 때문에 산술급수적(算術級數的)인 강도로써 고통을 받게 됨을 그는 알고 있는지라, 이러한 문제의 해결이 제기되었을 때, 입증될 수 없었던 한 가지 기초적인 가설로써 보다 적응성 있고 또한 해부학상으로 그 구조가 다른 종족은 화성, 수성, 금성, 목성, 토성, 해왕성 또는 천왕성의 충분하고도 대등한 조건하에서는 달리 생존이 가능할 것이라는 일은 있을 수 없을 것이라 추정했지만, 유한적(有限的)인 차이점과 함께 전체적 및 상호적으로 결과에 있어서 비슷한 여러 가지 형태로써 이루어진 원지점(遠地點)의 인류도, 필경 지상(地上)의 인류와 마찬가지로 변할 수도 없고 떨어질 수도 없이 허공에, 공허 속의 허공에 그리고 허공인 모든 것에 집착해 있다는 것을.[108]

그리하여 가능한 속죄 문제는?

소전제(小前提)는 이미 대전제(大前提)[109]에 의해 입증되었던 것이다.

별자리의 어떠한 여러 가지 특징들이 순차적으로 고찰되었는가?

여러 가지 정도의 활력을 의미하는 갖가지 색채(흰빛, 노란빛, 심홍 빛, 붉은빛, 주홍빛).별들의 광도(光度). 7급별을 포함하여 지금까지 알려진 별들의 크기. 별들의 위치. 마차부자리. 월싱엄웨이. 다윗의 전차(戰車)[110]. 토성의 환상대(環狀帶). 달팽이형(型)의 성운이 응집하여 형성하는 태양들. 이 중 태양의 상호 의존적 회전. 갈릴레이, 사이먼 마리우스, 피아찌, 르베리에, 허셸, 갈레의 각자 독립적이고 동시적인 발견. 보데와 케플러[111]가 시도한 거리의 세제곱 및 회전 시간의 두제곱의 체계화. 광망(光芒)을 뿜는 여러 혜성들의 거의 무한적인 압축성 및 그들의 근일점(近日點)으로부터 원일점(遠日點)까지의 광막한 타원형의 원심적 및 구심적 궤도. 운석(隕石)의 항성적(恒星的)인 기원(起源). 한층 젊은 쪽의 천문(天文) 관측자가 출생할 시에 즈음해 화성에서 일어난 리비아의 대홍수[112]. 성 로렌스(순교자, 8월 10일)의 축제에 즈음하여 매년 발생하는 유성(流星) 소나기 현상. 신월(新月)이 구월(舊月)을 팔에 안고 매월 나타나는 현상. 천체의 인체에 미치는 가정적(假定的) 영향. 윌리엄 셰익스피어의 탄생에 즈음하여 비스듬히 기울어 있지만 결코 지지 않는 카시오페이아자리의 델타성 위로 밤낮으로 비상한 광휘로써 비치고 있는(1급별의 크기를 가진) 별 (무광성[無光性]의 두 개의 명멸해 버린 태양의 충돌 및 백열 속의 홍화[汞化]에 의하여 새로 생겨난 발광성의 신태양(新太陽)), 리오폴드 블룸의 탄생에 즈음하여 북방 코로나[113]에 나타났다 사라져 버린 유사한 기원과 약한 광도를 가진 (2급별의 크기를 가진) 별, 스티븐 데덜러스의 탄생에 즈음하여 안드로메다자리에 나타났다 사라져 버린 그리고 루돌프 블룸 2세의 출생 또는 사망 수년 후에 마차부자리에 나타났다 사라져 버린, 그 밖의 다른 사람들의 출생 또는 사망 수년 전후에 다른 많은 별자리들로부터 나타났다 사라져 버린(추측 상) 유사한 기원을 가진 (실재 또는 가정적인) 별들의 출현: 일식 및 월식에 있어서 입식(入蝕)에서 출식(出蝕)까지의 부수적인 현상, 바람의 완화, 그림자의 추이(推移), 날개 돋친 생물들의 침묵, 야행성(夜行性) 동물과 땅거미 동물의 출현, 지옥광(地獄光)의 지속성, 지상 호수 하천의 암음(暗陰), 인류의 창백 등을.

그러한 문제를 곰곰 생각하여 있음직한 과오를 생각한 연후의 그의(블룸의) 논리적 귀결은?

그것은 하늘나무도, 하늘동굴도, 하늘짐승도, 하늘인간도 아니었다는 것. 그것은 한 개의 이상향(理想鄕)이었다는 것, 그리하여 거기에는 기지(旣知)의 것에서 미지(未知)의 것에 이르기까지 아직도 알려진 길은 전혀 없었다는 것. 그것은 하나의 무한대로서 거기에는 똑같은 그리고 서로 다른 크기의 한 개 또는 그 이상의 천체들의 있음직한 병치(倂置)를 가정함에 의하여 마찬가지로 유한대가 될 수 있다는 것. 그것은 가동성의 환상적 형태로서 공간에 있어서 부동화(不動化)한 것이, 공중에 있어서 재동화(再動化)할 수 있다는 것. 그것은 하나의 과거로서 그 예상되는 관객들이 실재적인 현재의 존재로서 존재하기 전에 하나의 현재로서 필경 존재하지 않을지도 몰랐다는 것.

그는 그러한 광경의 미적(美的) 가치에 대하여 더욱 확신을 가졌는가?

의심할 바 없이 애착의 열광적인 정신착란 또는 실연(失戀)의 타락에 있어서 극히 동정적인 별자리들 또는 그들의 유성인 지구의 위성의 냉혹 무정함[114]에 호소하는 시인들의 되풀이되는 전례(前例)를 따라.

그러면 그는 지상의 재난(災難)에 대한 점성학적(占星學的) 영향의 이론을 자기 신앙의 개조(個條)로 받아들였는가?

그것은 그에게 논증하는 일이나 논박하는 것이 동시에 가능하며 월리학상(月理學上)의 지형 도안에서 사용되는 전문적 용어도 불합리한 유추(類推)와 마찬가지로 정당한 직관의 부산물로서 느껴졌다. 꿈의 호수, 빗물의 바다, 이슬의 만(灣), 다산(多産)의 대양처럼.

어떠한 특수한 친근성이 달과 여인 사이에 존재한다고 그에게 느껴졌는가?

지구상의 세대 이전에 존재하고 연속적으로 상속(相續)하는 그녀의 수명(壽命). 밤에 있어서의 그녀의 우월성. 위성적(衛星的)인 그녀의 예속성(隸屬性). 그녀의 발광적 반사성. 지정된 시간에 따라 뜨거나 지거나, 차거나 이울거나 하는, 모든 국면(局面)에 있어서의 그녀의 일정불변성. 그녀의 모습의 강제적인 불변성. 비긍정적인 질문에 대한 그녀의 비정적(非定的)인 반응. 조수간만에 대한 그녀의 지배력. 매혹하고, 번뇌케 하며, 미화(美化)하고, 발광케 하며, 범죄를 촉구하고 조장하는 그녀의 힘. 그녀의 용모의 측정 불가능한 평온성(平穩性): 가까운 거리에서의 고립되고 지배하는 화해 곤란한 매혹적인 그녀의 공포성. 폭풍과 평온의 그녀의 전조(前兆). 그녀의 빛 운동 그리고 존재가 주는 자극성. 그녀의 분화구(噴火口), 그녀의 메마른 바다, 그녀의 침묵이 주는 경고. 눈에 띌 때의, 그녀의 찬란함 : 눈에 띄지 않을 때의, 그녀의 매력.

어떠한 가시적(可視的)인 번쩍이는 신호가 블룸의 시선을 끌어, 그가 스티븐의 시선을 끌게 했는가?

그의(블룸의) 집 2층(후면)에 파라핀유(油)의 램프 불빛과 함께 앤지어가(街) 16번지의, 창의 블라인드, 커튼 봉 및 회전 덧문 제조업자 프랭크 오하라가 공급한 롤러 차일의 스크린에 비스듬히 비친 사람의 그림자.

가시적인 흰한 신호, 즉 램프에 의해 나타난, 불가시적이요 매력적인 한 인물, 즉 그의 아내 마리언(몰리) 블룸의 신비를 그는 어떻게 설명했는가?

간접적이고 직접적인 구두상(口頭上)의 언급 또는 단언으로. 억제된 애정 및 감탄으로: 묘사로: 말더듬으로. 암시로.

그때 두 사람은 침묵을 지켰는가?

침묵을 지킨 채, 그들의타인의것이아닌각자의 동료의두얼굴의 두 사람 상호의 육(肉)의 거울 속에 상대방의 얼굴을 응시하면서.

그들은 무한히 움직이지 않고 있었는가?

스티븐의 암시, 블룸의 교사(敎唆)에 의하여 두 사람은, 먼저 스티븐, 잇달아 블룸이, 어스름 속에서 소변을 보았으니, 서로 나란히 서서, 손의 회전 위치로 비뇨 기관을 서로 가린 채, 그들의 시선을, 먼저 블룸, 잇달아 스티븐이, 투영된 밝기는 하나 어스름히 밝은 아까의 그림자를 향해 치켜들었다.

비슷하게?

처음에 계속적으로, 그리고 이내 동시적인, 그들의 방뇨(放尿)의 탄도(彈道)는 비슷하지 않았다. 블룸의 것은 보다 길게, 훨씬 불규칙적이 아닌 것으로, 두 갈래진 알파벳의 뒤에서 두 번째 문자의 불완전한 형태를 하고 있었으나, 그도 고등학교 최종학년 때에는 (1880년) 전교생 210명의 공동 시합을 상대로 극점까지 달하던 능력이 있었다. 스티븐의 것은 보다 높게, 훨씬 소란스런 것이었는데, 그는 전날 마지막 시간에 이뇨물(利尿物) 음료를 마셨는지라 끈기 있는 방광의 압력을 지니고 있었다.

눈에 띄지는 않으나 소리가 들리는 상대방의 평행 부속 기관에 관해 각자에게 어떠한 서로 다른 문제들이 제기되었는가?

블룸에게. 흥분성, 발기(勃起), 강직, 반동, 수축, 위생법, 다모성(多毛性)에 관한 문제가.

스티븐에게. 할례(割禮)를 받은 예수의 수도사로서의 고결함(정월 초하루, 미사를 듣고 불필요한 세속적인 일을 삼가는 성일(聖日)의 문제)[115] 그리고 신성(神聖) 로마 가톨릭 사도(使徒) 성당의, 캘커타에 보존되어 있는, 육(肉)의 결혼반지인 성스러운 포피(包皮)가 응당 단순한 동정녀의 존경에 속하는 것인지, 아니면 머리카락이나 발톱과 같은 성스러운 자연 발생물의 절편(切片)에 부합되는 것으로, 하느님께 베푸는 지고(至高)의 숭배물인 제4급 품에 속하는 것인지에 대한 문제[116]를.

어떠한 천공(天空)의 신호[117]가 두 사람에 의하여 동시에 관찰되었는가?

천공을 가로질러 천정의 거문고자리의 직녀성으로부터 머리털자리의 다발머리를 한 성운을 넘어 사자자리의 12궁을 향하여 분명한 고속도로 돌진하고 있던 한 개의 별이.

구심적 잔류자는 어떻게 하여 원심적 출발자에게 출로(出路)를 부여했는가?

줄로 다듬은 남성형 열쇠의 자루를 흔들거리는 여성형 자물통의 구멍 속에 삽입하여, 열쇠의 이물을 쥐고 그 돌기를 오른쪽에서 왼쪽으로 돌려, 고리못에서 빗장을 젖히고, 오래

되어 돌쩌귀가 빠진 문을 발작적으로 잡아끌어, 자유로운 출구를 만들어 줌으로써.

그들은 이별함에 있어, 서로, 어떻게 헤어졌는가?

똑같은 문간에 문지방의 서로 다른 양측 면에 똑바로 선 채, 고별을 알리는 양팔의 선으로 하여금, 어떤 점에서 서로 닿게 하여 두 직각의 합보다 작은 임의의 각도를 형성케 함으로써.

무슨 소리가 그들(각자)의 원심적 및 구심적인 손을 서로 맞잡고, 또한 서로 떨어지게 함과 때를 같이하여 일어났는가?

성 조지 성당의 차임벨에 의한 밤의 시간의 계음(階音).

두 사람은 그리고 각각 그와 같은 종소리의 어떠한 메아리를 들었는가?

스티븐은:

> '릴리아따 루띨란띠움. 뚜르마 치르꿈데뜨(백합처럼 환한
> 한 무리의 참회자. 그대를 둘러싸게 하소서).
> 이우빌란띠움 떼 비르기눔. 코루스 엑시삐아뜨(처
> 녀들의 영광의 합창대. 그대를 맞이하게 하소서).'

블룸은:

> 헤이호, 헤이호,
> 헤이호, 헤이호.[118]

블룸이 그날 그 종소리의 여운을 따라 남쪽 샌디마운트에서 북쪽 글래스네빈까지 함께 여행했던 일행 중 몇 명은 지금은 각각 어디에 있는가?

마틴 커닝엄(침대에), 잭 파우어(침대에), 사이먼 데덜러스(침대에), 네드 램버트(침대에), 톰 커넌(침대에), 조 하인즈(침대에), 존 헨리 멘턴(침대에), 버나드 코리건(침대에), 팻시 디그넘(침대에), 패디 디그넘(무덤 속에).

홀로, 블룸은 무엇을 들었는가?

하늘이 낮은 대지를 밟고 멀어져 가는 발걸음의 이중 여음을, 그에 공명(共鳴)하는 골목길의 비파적(琵琶笛)의 이중 진동을.

홀로, 블룸은 무엇을 느꼈는가?

별들 사이의 공간의 차가움을, 빙점하(氷點下)의 수천도 또는 화씨, 섭씨, 열씨(列氏)의 절대영도(絕對零度)를. 가까이 다가오는 여명의 최초의 예고를.

종의 계음 그리고 손의 접촉 그리고 발소리 그리고 쓸쓸한 차가움이 그에게 무엇을 생각나게 했는가?

여러 가지 형태로 여러 가지 다른 장소에서 지금은 고인(故人)이 된 동료들을. 퍼시

앱존(모더강[119]에서, 전사), 필립 길리건(폐결핵, 저비스가[街]의 병원), 매슈 F. 케인[120](불의의 익사, 더블린 만), 필립 모이젤(농혈병[膿血病], 헤이티즈베리 가[街]), 마이클 하트(폐결핵, 성모 자선 병원), 패트릭 디그넘(졸중, 샌디마운트).

어떠한 현상의 어떠한 전망이 그로 하여금 그곳에 머무르도록 유혹했는가?

세 개의 마지막 남은 별들의 사라짐, 여명의 확산(擴散), 새로운 태양면의 출현.

그는 지금까지 그러한 현상을 목격한 적이 있었는가?

한 번, 1887년에, 킴메이지의 루크 도일가(家)에서 글자 수수께끼 놀이를 오래도록 한 다음, 그는 담 위에 앉아, 그의 시선을 동쪽, 미즈러치 방향으로 돌리고,[121] 여명 현상이 시작되기를 꾸준히 기다렸었다.

그와 같은 초기의 여러 현상을 그는 기억했는가?

한층 생기를 돋우는 공기, 멀리서 들려오는 아침의 닭 우는 소리, 이곳저곳에서 울려오는 교회의 종소리, 새들의 음악, 이른 아침에 들리는 보행자의 외로운 발소리, 눈에 띄지 않는 발광체의 눈에 띄는 빛의 확산, 지평선상에 나지막이 보이는 재생의 태양이 펴는 첫 황금빛 날개.

그는 그곳에 머물러 있었는가?

깊은 영감(靈感)을 지니고, 그는 마당을 가로질러, 다시 통로로 들어가서, 다시 문을 닫고, 되돌아갔다. 짧은 한숨을 내쉬면서 그는 다시 양초를 들고, 다시 계단을 올라, 다시 정면에 있는 방의 문과 대청마루로 가까이 가서, 다시 안으로 들어갔다.

무엇이 그가 안으로 들어가는 것을 갑자기 방해했는가?

그의 두개골의 움푹한 곳의 오른쪽 관자놀이 뼈가 딱딱한 나무 모서리와 부딪쳤다, 그러자 극히 약하긴 했어도 분명히 몇 분의 1초가 지나자, 아픈 감각이 나타났으니, 그것은 그 이전에 전달되어 등록되어 있던 다른 감각들의 결과 때문이었다.

가구(家具) 배치에 생긴 변경 사항을 서술하라.

자두 빛 플러시 천으로 입힌 한 개의 소파가 문 맞은편으로부터 꼭꼭 접은 유니언잭기(旗) 근처의 화롯가로 옮겨졌었다(이러한 변경은 그가 이따금 그렇게 했으면 하고 바라던 것이었다). 푸르고 하얀 바둑판무늬가 박힌 마욜리카 도자기가 놓여진 테이블이 문 반대쪽, 자두 빛 플러시 천의 소파가 있던 곳에 놓여져 있었다. 호두나무로 만든 찬장(그놈의 뾰족 나온 모서리가 순간적으로 그가 들어오는 것을 방해했었다) 이 문 옆의 본래 위치로부터 문의 정면에 있는 한층 편리한 그러나 한층 위태로운 장소로 이동되어 있었다. 두 개의 의자가 화롯가의 좌우로부터 푸르고 하얀 바둑판무늬가 박힌 마욜리카 도자기가 놓여진 테이블이 원래 놓여 있던 장소로 옮겨져 있었다.

의자의 모양을 묘사하라.

한 개는: 뭉툭한 팔 바디를 뻗은 채 그리고 뒤쪽으로 기울어진 땅딸막한 털 넣은 안락의자로서, 지금이라도 뒤로 눌러 뒤 튕기면, 구형으로 생긴 융단의 불규칙한 가장자리를 뒤말아 올리고, 그 섬세하게 덮개를 씌운 앉는 자리에는 복판에서 주변으로 점점 희미하게 퍼져 가는 퇴색을 드러내 주는 것이었다. 다른 한 개는: 번쩍이는 지팡이처럼 커브가 진 마당발 형(型)의 날씬한 의자로서, 전자(前者)의 바로 맞은편에 놓여 있었으며, 그 뼈대가 꼭대기로부터 밑자리까지 그리고 밑자리로부터 다리에 이르기까지 암갈색으로 니스 칠 되어 있었고, 앉는 자리에는 하얀 주름 잡힌 골풀이 번쩍이는 동그라미 형으로 수놓여 있었다.

이와 같은 두 개의 의자에는 어떠한 의미가 담겨 있었는가?

유사(類似)한, 자세한, 상징주의적인, 정황(情況) 증거의, 초연속적인 증언의 의미들이.

본래 찬장이 차지하고 있었던 자리를 지금은 무엇이 차지하고 있었는가?

건반이 노출된 수직 피아노(카드비제[製])[122] 한 대가, 그 닫힌 덮개 위에 길고 노란 부인용 손 장갑 한 켤레, 타버린 성냥개비 네 개, 일부분이 탄 담배 한 개비, 두 토막의 변색된 담배꽁초가 담긴 에나멜 재떨이 한 개, 악보대 위에는 〈사랑의 흘러간 달콤한 노래〉(G. 클리프턴 빙엄 작사, J. L. 몰로이 작곡, 마담 앤토이네트 스털링[123] 독창)의 성악 및 피아노용 솔 제자리음의 악보가 '아드 리비툼, 포르테(임의로, 강하게)', 지속저음(持續低音), '아니마토(쾌활하게)', 일률음조(一律音調) 지속저음, '리타르단도(점점 느리게)',[124] 종지부 등의 마지막 지표(指表)가 실린 끝 페이지가 펼쳐진 채 놓여져 있었다.

어떠한 느낌으로 블룸은 이러한 것들을 차례로 응시했는가?

긴장한 채, 촛대를 치켜들고. 아픔을 느끼며, 그의 오른쪽 관자놀이에 멍이 들어 부어오른 곳을 만지면서. 주의 깊게, 커다랗고 둔해 보이는 수동적이면서도 가느스름하고 밝은 능동적인 의자에 그의 시선을 집중시키면서. 간절한 생각으로, 몸을 굽혀 뒤집힌 양탄자를 바로하면서. 흥미를 갖고, 의사 맬러카이 멀리건의 녹색의 농담(濃淡)을 품은 색채 구도를 기억하면서. 유쾌함을 갖고, 그때 한 말과 그 선행(先行) 행위를 반복하면서 그리고 내적 감수성의 여러 가지 기관을 통해 결과적으로 나타나며 동시에 미지근하고도 기분 좋은 점진적 변색의 확산을 느끼면서.

그의 다음 행위는?

마욜리카 도자기가 놓인 테이블 위의 열린 상자로부터 그는 높이 1인치의, 까맣고 조그마한 솔방울[125]을 꺼내, 그 동그란 밑바닥을 납으로 된 조그마한 접시 위에 꽂아 놓고, 촛대를 벽로대 오른쪽 구석에다 둔 다음, 조끼에서 '아젠다스 네타임'이라고 기록된 접힌 설명서(그림이 삽입된)를 꺼내, 펼쳐서, 한 번 힐끗 본 다음, 가느다란 원통형으로 말아, 촛불에다 그것을 붙여서, 불이 붙기 시작하자, 솔방울을 끝에 갖다 대고, 마침내 후자(後者)가 백열 상태에 달한 후에 만 원통형 종이를 촛대의 움푹 타들어 간 곳에다 놓고, 아직 타지 않은 부분이 쉽사리 완전 연소토록 배열시켰다.

이러한 작용에 잇달아 일어난 것은 무엇이었는가?

소형 화산(火山)의 원추형의 절단된 화구(火口) 꼭대기서부터 동양적인 향연(香煙)이 어린 수직 및 뱀처럼 사린 연기가 피어올랐다.

벽로대 위에는, 촛대 이외에 무슨 비슷한 물건들이 서 있었는가?

매슈 딜런이 결혼 축하 선물로 보내 온, 1896년 3월 21일 오전 4시 46분 정각에서 멈춰 버린, 줄무늬 진 코네마라[126]대리석제(製) 시계 한 개: 루크 및 캐롤린 도일이 결혼 축하 선물로 보내 온, 투명한 유리종(鐘)이 씌워진 얼음 같은 수지상(樹枝狀)의 난쟁이나무 한 그루: 시 참사회원 존 후퍼가 결혼 축하 선물로 보내 온, 박제(剝製)한 부엉이 한 마리.

이러한 세 가지 물건과 블룸 사이에는 어떠한 시선 교환이 있었는가?

금박 테두리 장식이 된 거울 속에 난쟁이나무의 장식되지 않은 등 부분이 박제된 부엉이의 꼿꼿한 등을 바라보고 있었다. 거울 앞에는 시 참사회원 존 후퍼가 보낸 결혼 축하 선물이 맑고도 우울하고 현명하고도 환하고 움직이지 않는 동정적인 시선으로 블룸을 바라보고 있는가 하면 한편 블룸은 담담하고도 조용하고 길고도 움직이지 않는 동정 받는 시선으로 루크 및 캐롤린 도일이 보낸 결혼 축하 선물을 바라보고 있었다.

그때 거울 속에서 어떠한 복합적인 불균형한 형상이 그의 주의를 끌었는가?

(자기 자신에게는) 한 사람의 고독한 (다른 사람에게는) 변하기 쉬운 인간상이.

왜 (자기 자신에게는) 고독하게 보였는가?

형제 그리고 자매도 없는 몸.
하지만 그의 아비는 그의 할아비의 자식.[127]

왜 (다른 사람에게는) 변하기 쉽게 보였는가?

유년기에서 장년기에 이르기까지 그는 모계(母系)의 육신을 닮았었다. 장년기에서 노년기에 이르기까지 그는 점점 부계(父系)의 생식자(生殖者)를 닮아 가리라.

마지막에 어떠한 시각적 인상이 기울을 통해 그에게 전달되었는가?

맞은편 두 개의 책 선반 위에 그리고 정상적인 알파벳 순(順)도 아닌 채 마구 늘어선 표제(表題)의 문자가 번쩍이는 거꾸로 꽂힌 몇 권의 책들이 내뿜는 광학적(光學的) 반사.

이러한 책들의 목록을 작성하라.

《톰의 더블린 우체국 전화번호부》, 1886년.
데니스 플로렌스 맥카시[128]의 《시집(詩集)》 (5페이지에 구릿빛 밤 나뭇잎 북마크).
셰익스피어 《작품집》 (심홍색 모로코 가죽 장정, 도금 압착 장식).
《계산 조견표(計算早見表)》 (갈색 클로스 장정).
《찰즈 2세의 궁중 비사(秘史)》 (붉은색 클로스 장정, 압착 장식 제본).
《유아편람(幼兒便覽)》 (푸른색 클로스 장정).
《킬라니의 가경(佳境)》 (포장지 장정).
《우리들의 소년 시대》 하원의원 윌리엄 오브라이언 지음 (녹색 클로스 장정, 약간 퇴색됨, 217페이지에 봉투 북마크).
《스피노자 사상집(思想集)》 (적갈색 가죽 장정).
《하늘나라 이야기》 로버트 볼 경(卿) 지음 (푸른색 클로스 장정).
엘리스[129]의 《마다가스카르의 3회의 여행기》 (갈색 클로스 장정, 표제는 마멸됨).
《스타크 – 먼로 서간집》 A. 코년 도일 지음, 이것은 캐펄가(街) 106번지, 더블린 시립도서관의 장서임. 대출일(貸出日)은 1904년 5월 21일(성체강 복제 전야), 반환일은 1904년 6월 4일로서, 13일간의 기한 초과 (까만색 클로스 제본, 백색 문자 번호 표지 부).
《중국 여행기》 여행가(Viator) 지음 (갈색지로 커버를 다시 씌우고, 표제는 붉은 잉크).
《탈무드의 철학》 (꿰맨 팸플릿).
록하트[130]의 《나폴레옹전》 (표지 없음, 가장자리에 주석[註釋]이 달림, 주인공의 승리를 경시하고, 패배를 중시한 내용).
《지출과 수입(Soll und Haben)》 구스타프 프라이타크[131] 지음 (까만색 판지, 고딕식 자체〔字體〕, 24페이지에 시가레트 쿠폰 북마크).
호지어[132]의 《러시아 – 터키 전쟁사》 (갈색 클로스 장정, 2권, 표지 이면에, 지브롤터 시, 거버너즈 퍼레이드, 개리슨 도서관의 고무물로 붙인 장서표).
《아일랜드의 로렌스 블룸필드》 윌리엄 알링엄[133] 지음 (재판, 녹색 클로스 장정, 금박의 토끼풀 모형, 뒤쪽 빈 페이지 앞면에 지워져 있는 전번 소유주〔所有主〕의 이름).
《천문학 교본》 (갈색 가죽으로 된, 커버가 떨어짐, 5매〔枚〕의 도판〔圖版〕, 앤티크체 장〔長〕프리머 활자, 6포인트 활자의 저자 각주〔脚註〕, 8포인트 활자의 여백에 기입된 글씨, 소〔小〕 파이카의 머리말).
《그리스도의 숨은 생애》 (까만색 판지).
《태양의 궤도를 좇아》 (노란색 클로스 장정, 표제 페이지가 떨어져 나감, 각 페이지의 문장 첫머리에 표제 붙음).
《체력 증강법》 유진 샌도우 지음 (붉은색 클로스 장정).
《요령(要領) 기하학 초보》 F. 이그나 빠르디스 지음, 불어체(佛語體) 및 런던의 존 해리스 신학박사에 의한 영역(英譯), 1711년 R. 내플로크 발행, 인쇄처 비숍 헤드, 사저크 자치시(自治市) 출신 하원의원인 역자(譯者)의 존경하는 친구 찰즈 콕스에게 부치는 헌납 시문(獻納詩文)이 수록됨, 동서(同書)는 1882년 5월 10일자, 마이클 갤러허의 소유물임을 증명함과 동시에, 만일 동서가 분실 또는 행방불명될 경우엔, 이를 발견한 사람은 표기인(表記人)에게 반환할 것을 요구하는 잉크로 씌어진 달필의 성명(聲明)이 첨부됨; 즉 세계에서 가장 살기 좋은 곳 위클로우 주(州), 에니프코 시, 듀페리 게이트, 목공(木工), 마이클 갤러허에게로.

넘어진 책들을 바로 세우는 동안 어떤 반성이 그의 마음을 점령했는가?

질서의 필요성, 모든 것은 스스로 차지하는 장소가 있으며 모든 것은 그 자리에 있어야만 한다는 것; 여성들이 지닌 문학에 대한 불완전한 감상력; 큰 컵 속에 쐐기처럼 들어박힌 한 개의 사과와 실내 변기 속에 기대 있는 우산의 불균형; 책 이면이나, 밑에, 아니면 사이에 끼워 두는 비밀문서의 불안전성.

부피가 제일 큰 것은 어떤 책이었는가?

호지어의 《러시아 – 터키 전쟁사》.

문제의 작품의 제2권에 실려 있는 기타 항목 중에서 제일 중요한 것은 무엇이었는가?

(그가 기억한) 한 결단력 있는 장교, 브라이언 쿠퍼 트위디 소령이 자주 들려주던 (자신이 잊어버린) 한 결정적 전투의 명칭.

첫째든 둘째든, 그는 왜 문제의 작품을 참고로 하지 않았는가?

첫째로, 기억술을 행사하기 위해; 둘째로, 잠시 동안의 기억력 상실이 있은 후, 그가 중앙 테이블에 앉아, 문제의 작품을 참고하려고 했을 때, 그는 격전지의 명칭, 플레브나를 기억술에 의하여 생각해 냈기 때문에.

그가 앉은 자세로 있는 동안 무엇이 그에게 위안을 주었는가?

테이블 한복판에 똑바로 서 있는 한 개의 상(像), 즉 배철러 산책로 9번지, P. A. 렌으로부터 경매로 산 나르시소스[134] 상의 순결, 나체, 포즈, 평정(平靜), 젊음, 우아함, 성(性) 및 조언.

그가 앉은 자세로 있는 동안 무엇이 그를 짜증나게 했는가?

성년(成年) 남성의 의복에는 없어도 좋을 그리고 팽창에 의한 부피 변화에 대하여 탄성이 부족한 두 가지 부속품, 즉 칼라(사이즈 17) 및 조끼(단추 5개)의 억압적 압력.

어떻게 하여 그와 같은 짜증이 진정되었는가?

그는 칼라와 검정 넥타이 그리고 뗄 수 있게 된 조립식 장식 단추를, 목으로부터 풀어 책상 왼쪽 한구석에 놓았다. 그는 차례로 조끼, 바지, 셔츠 그리고 속옷의 단추를 아래쪽에서 위쪽으로, 그리고 동시에 그의 손을 골반강(骨盤腔)에서 아랫배 주변과 움푹한 배꼽 위쪽으로 여섯 번째 가슴 척추골의 교차점까지 관절종(關節腫)의 중앙선을 따라, 그리고 그곳에서 직각으로 두 갈래로 연장되어 좌우 동일거리의 두 꼭짓점, 즉 젖꼭지 정점(頂點) 주변을 동그라미 그리며 멎는, 삼각형 모양으로 뻗은 헝클어지고 뻣뻣한 검은 털의 중앙선을 따라 풀었다. 그는 쌍(雙)으로 늘어선, 바지 단추 여섯 개 가운데 불완전한 한 개를 제외한, 6 마이너스 1개의 단추를 차례로 풀었다.

어떠한 행동이 무의식적으로 뒤따랐는가?

그는 2주일 그리고 3일 전(1904년 5월 23일)에 한 마리의 벌에게 쏘인 횡격막 아래쪽의 왼쪽 옆구리에 입은 상처 주변의 살을 두 개의 손가락 사이로 눌러 보았다. 그는 별로 가려움을 느끼지는 않았으나, 일부를 노출시킨 채, 깨끗이 목욕한 피부의 여러 곳과 살갗을, 막연히 오른손으로 긁었다. 그는 왼손을 조끼의 왼쪽 아래 호주머니 속에 집어넣고 한 닢의 은화(1실링)를 꺼냈다가 도로 넣어 두었는데, 그것은 (아마) 시드니 퍼레이드의, 에밀리 시니코 부인 장례식 때(1903년 10월 17일) 그곳에 넣어 둔 것이었다.

1904년 6월 16일의 경비를 집계(集計)하라.

	Debit	£ - s - d		*Credit*	£ - s - d
1	Pork kidney	0 - 0 - 3		Cash in Hand	0 - 4 - 9
1	Copy *Freeman's Journal*	0 - 0 - 1		Commission rec⁴ *Freeman's Journal*	1 - 7 - 6
1	Bath and Gratification	0 - 1 - 6		Loan (Stephen Dedalus)	1 - 7 - 0
	Tramfare	0 - 0 - 1			
1	In Memoriam Patrick Dignam	0 - 5 - 0			
2	Banbury cakes	0 - 0 - 1			
1	Lunch	0 - 0 - 7			
1	Renewal fee for book	0 - 1 - 0			
1	Packet Notepaper and Envelopes	0 - 0 - 2			
1	Dinner and Gratification	0 - 2 - 0			
1	Postal Order and Stamp	0 - 2 - 8			
	Tramfare	0 - 0 - 1			
1	Pig's Foot	0 - 0 - 4			
1	Sheep's Trotter	0 - 0 - 3			
1	Cake Fry's Plain Chocolate	0 - 1 - 0			
1	Square Soda Bread	0 - 0 - 4			
1	Coffee and Bun	0 - 0 - 4			
	Loan (Stephen Dedalus) refunded	1 - 7 - 0			
	Balance	0 - 16 - 6			
		£ 2 - 19 - 3			£ 2 - 19 - 3

탈의(脫衣)의 과정은 계속되었는가?

발바닥에 가벼운 아픔을 끈덕지게 느끼면서 그는 발을 한쪽으로 뻗고, 각기 다른 방향으로 연거푸 걸어 다니는 동안 발의 압력 때문에 생긴 구김살, 돌기, 결절(結節)을 살핀 다음, 몸을 구부린 채, 구두끈의 매듭을 풀어, 호크에서 끈을 풀고 느슨하게 하여, 두 번째로 ¹³⁵⁾ 구두를 차례로 벗은 다음, 일부분 젖어 있는, 그의 엄지발가락 발톱이 뚫고 나온 오른쪽 양말을 떼고, 오른발을 들어올려, 다색의 탄력 있는 양말대님을 푼 후에, 오른쪽 양말을 벗어, 그 벗은 오른발을 의자의 앉는 가장자리에다 올려놓고, 엄지발톱의 돌출부를 잡아당겨 그것을 살며시 떼어 낸 다음, 그 떼어 낸 조각을 콧구멍까지 들어올려, 발톱 및 속살의 냄새를 들이마신 후, 만족감을 갖고, 찢어진 발톱 조각을 내던졌다.

왜 만족감을 갖고?

왜냐하면 방금 들이마신 냄새는 엘리스 부인의 소학교 학생이었던 블룸 군이, 매일 밤 참으며 잠시 무릎을 꿇고 밤 기도를 드리며 야심적인 명상에 잠기면서 잡아당겨 떼어 낸 다른 발톱 조각의, 그가 들이마신 다른 냄새와 일치했기 때문에.

동시적이고 계속적인 모든 야심은 이제 어떠한 궁극적인 야심으로 합치되었는가?

장자(長子) 상속권, 남자 평분 상속 차지법(男子平分相續借地法) 또는 말자(末子) 상속권에 의한, 문지기의 집과 마찻길이 딸린 남작(男爵) 소유 저택을 둘러싸고 있는 이탄질(泥炭質) 목축용지(牧畜用地)의 법정 토지 면적인 상당수의 정(町), 단(段), 보(步)〔가격 42파운드〕의 광범한 사유지(私有地), 다른 한편으로 '루스 인 우르베(도회의 전원〔田園〕)' 또는 '구이 시 사나(건강향〔健康鄕〕)'[136]와 같은 명칭이 붙은, 2층 테라스 딸린 연립주택 또는 칸막이벽으로 나누어진 두 채 한 집으로 된 별장 등을 상속받아 영원토록 소유하기보다는, 오히려 바람개비, 땅과 연결되는 피뢰침이 장치되고, 기생식물(담쟁이 또는 미국 산 담쟁이덩굴)로 덮인 현관, 스마트한 마차의 정박소 및 깨끗한 대문의 구리 장식이 된 올리브 그린의 문간, 처마와 박공에 트레이서리 조각을 한 벽토 세공의 홀 도어, 등을 가진 남향의 추녀가 달린 방갈로형의 2층 주택을 사전 계약에 의한 무조건 상속권으로 구입하는 것이니, 그것이 만일 가능하다면, 돌기둥 난간을 가진 발코니로부터, 지금은 집이 들어서 있지 않은 그리고 앞으로도 들어서서는 안 될, 목장을 사이에 둔 근사한 전망을 가진 언덕 위에 세워질 것인즉, 또한 그 자신의 대지(垈地)로 5 내지 6에이커에다 가지런히 자른 산사나무와 갈매나무 울타리 위로 또는 사이로 가장 가까운 한길로부터 그 집의 등불을 환히 들여다볼 수 있을 정도의 거리에다, 수도(首都) 주변으로부터 기껏해야 1법정 마일 정도 떨어져 있어서 전차나 철도까지 이르는 소요 시간은 15분을 넘기 않을 정도(예를 들면, 남쪽이면, 던드럼,[137] 북쪽이면, 서턴,[138] 그런데 이 두 지점은 어느 것이고 실제 시험해 본 결과에 의하면 기후가 폐결핵 환자에게 아주 이로운 곳으로서 지구 양 극점을 방불케 하는 곳이라고 얘기되어지고 있음)의 거리에 위치하는 곳으로 차지(借地) 조건은 영대 차지(永代借地) 보증서, 차지 기간은 999년, 가옥으로는, 퇴창(두 개의 아치창)에다, 한란계(寒暖計)가 비치된 응접실 한 개, 거실 한 개, 침실 네 개, 하인방 두 개, 꼭 알맞은 취사용 스토브와 식기실이 마련된 타일을 간 부엌, 양복장이 비치된 라운지를, 『브리태니커 백과사전』 및 『신세기(新世紀) 사전』이 꽂혀 있는 유향성(有香性) 참나무제의 조립식 책장, 가로로 배열되어 있는 중세 및 동양의 쓸모없게 된 무기들, 식사를 알리는 종, 석고 램프, 매달아 놓은 장식 주발, 전화부가 딸린 에보나이트제 전화기, 크림 빛 바탕으로 된, 손으로 시침질을 한 액스민스터 융단, 기둥과 집게발이 달린 트럼프놀이 테이블, 거대한 구리제 벽난로 및 금박 입힌 난로용 정밀 표준 시계, 보증 받은 교회 차임벨 시계, 습도표가 딸린 기압계, 근사한 용수철이 장치되고 복판이 움푹 들어간 루비색 플러시 천 라운지용 안락의자 및 구석의 붙박이 가구, 세 겹의 일본식 병풍 및 타구(클럽 식, 짙은 포도주 빛 가죽 제품, 아마인유 및 식초를 사용하면 최소한의 수고로 다시금 본래의 광택을 낼 수 있는 것) 그리고 피라미드형 프리즘의 중앙 샹들리에 조명등, 손가락으로 길들인 굽은 홰에 앉아 있는 앵무새 한 마리(수수한 언어를 사용하는 놈), 양홍(洋紅)빛 꽃 모양이 디자인된 가로 꽃 장식의, 한 다스 10실링짜리 선명한 무늬가 그려진 벽지 및 상단에 띠 모양의 장식 벽, 층층이 올라감에 따라 징두리판벽이 있고, 장뇌(樟腦)를 당밀과 혼합하여 칠한, 발판 수직 널, 엄지기둥, 난간 손잡이 등이 붙은 니스 칠한 참나무 제2도(度) 직각의 연속된 세 개의 층계마루를 가진 층층대: 온 냉수 장치 및 욕조와 샤워가 갖춰진 목욕실: 반투명 1매의 직사각형 유리창, 등받이 있는 변기, 벽의 가스등, 잡아당기는 구리제 밧줄, 팔걸이, 발 바디 그리고 문 안쪽에 붙인 예술적 유화식 석판화 등을 구비한 중2층(中二層)의 수세식 화장실: 별도의 상용 화장실: 요리사, 잡역부 및 허드레꾼(급료, 2년마다 2파운드씩 자연인상 그리고 신원보증 보험에 의한 연말 보너스(1파운드)를 포함하여 30년 근속 퇴직금(65세 정년)을 지급)들을 위한 별개의 화장실 및 목욕실이 장비된 고용인 아파트, 식기실,

어떠한 부가적인 매력들을 정원에다 함유하고 싶었는가?

추가로서, 테니스 및 파이브즈 구장(球場), 관목림(灌木林), 최고의 식물학적 방법으로 설비된, 열대성 야자수를 보유한 유리 온실, 분수가 있는 꽃밭, 인도적(人道的) 견지에서 설치되어 있는 벌집, 직사각형 잔디밭에 마련된 계란형의 꽃밭에는, 한쪽으로 치우친 타원형으로 골라 심은, 심홍색 및 황색 튤립, 푸른 실라 꽃, 크로커스, 수선화, 패랭이꽃, 사향연리초, 초롱꽃(구근은 상부 새크빌가 23번지의 제임스 W. 맥키 경(도매 및 소매 유한책임 회사)의 종자(種子) 및 구근상(球根商), 양수원(養樹園), 화학 비료 대리점에서 구입함), 불법적인 침입자에 대비하여 위쪽에 유리를 씌운 벽 울타리를 두른 과수원, 야채밭 그리고 포도 온실, 재산 목록에 기입될 여러 가지 도구를 넣어 두기 위한 맹꽁이자물쇠로 채우는 물건 보관 창고.

그와 같은 도구의 실례(實例)는?

뱀장어 잡이 틀, 왕새우 단지, 낚싯대, 손도끼, 저울, 숫돌, 덩어리 부수는 기계, 결속기(結束機), 운반용 부대, 층층사다리, 10발 쇠스랑, 세탁쐐기, 건초 말리는 기계, 회전 갈퀴, 낫, 페인트 통, 브러시, 괭이와 기타 등등.

부수적으로 어떠한 개량 장비를 소개하고 싶었는가?

토끼 우리 및 닭 우리, 비둘기 집, 식물 온실, 두 개의 매다는 그물침대(숙녀용과 신사용), 배나무 관목과 라일락에 의한 그늘 해시계, 왼쪽 측면 문기둥에 부착된 이국적(異國的) 정서를 풍겨 주는 그리고 아름다운 조화를 이루는 일본식 문간 벨, 넓적한 빗물 통, 측면 배출구(排出口)와 통이 딸린 풀 깎기, 뱀 같은 호스가 달린 살수기(撒水器).

어떠한 교통의 이기(利器)가 바람직했는가?

시내행일 경우 중간역 또는 종착역으로부터 각각 기차 또는 전차의 빈번한 연락. 시골행일 경우 이륜마차, 사이드카의 바스켓이 딸리고 체인 없는 자유바퀴 도로 왕래 자전거, 또는 짐 운반차, 버들가지로 엮어 만든 당나귀 용수철 마차 또는 일 잘하는 외발 굽 말이 끄는 날씬한 사륜마차(거세된 얼룩말, 등 높이 14).

세워진 또는 앞으로 세워질 가망이 있는 이와 같은 저택의 명칭은 무엇으로 할 작정이었는가?

블룸 주택. 성 리오폴드 저택.[139] 플라우어 별장.

이클레스가 7번지의 블룸은 플라우어 별장의 블룸을 예견할 수 있었는가?

헐거운 순모(純毛) 겉옷을 걸치고, 가격 8실링 6펜스의 해리스 트위드 천 모자에, 탄력성 있는 고무제의 실용적인 원예용(園藝用) 장화를 신고, 손에는 물통을 든 채, 초년생 전나무를 일렬로 심으며, 펌프로 물을 주며, 가지의 순을 자르며, 말뚝을 박으며, 건초 씨를 뿌리며, 해질 무렵 새로 벤 건초 냄새에 묻혀, 지나친 피로를 느끼지 않고 잡초를 실은 손수레를 굴리며, 토지를 개량하며, 지혜를 늘리며, 장수(長壽)를 누리고 있는 자신의 모습을.

어떠한 주제의 지적 추구가 동시에 가능했는가?

스냅사진술, 종교의 비교 연구, 여러 종류의 색욕(色慾) 및 미신적 관습에 대한 민속학, 천체의 성좌 관측.

가벼운 오락으로는 어떠한 것이?

실외(室外)에서: 원예 및 야외작업, 자갈 깐 평탄한 인도(人道)에서의 자전거 타기, 과히 높지 않은 언덕 오르기, 외딴 곳에 있는 신선한 물에서의 수영 그리고 댐이나 급류가 없는 유역에서의 안전한 나룻배나 작은 닻이 달린 가벼운 돛배를 타는 평온한 강의 보트놀이(이러한 것은 모두 여름철에), 황량한 풍경 및 그와 대조적으로 농가의 흡족한 기분을 돋우어 주는 이탄 연기를 살피면서, 해거름의 산책 또는 마상(馬上) 순회(이러한 것은 모두 겨울철에). 실내에서: 미온적 안일(安逸) 속에 미해결의 역사적 및 범죄 문제에 대한 토론: 삭제되지 않은 이국적인 에로틱한 걸작품의 탐독: 망치, 송곳, 못, 나사못, 압정, 나사송곳, 족집게, 큰 대패 및 나사못 돌리개가 든 연장함을 가지고 행하는 가정의 목공일.

그는 농산물 및 가축들을 기를 수 있는 신사 농부가 될 수 있었는가?

불가능한 것은 아니었으니, 한두 마리의 젖소와 한 더미의 고지(高地) 건초 그리고 필수적인 농기구, 이를테면, 끝과 끝이 맞닿은 교유기(攪乳器), 무 과육 채취기(果肉採取器) 등을 가지고.

농민 및 지주 계급 사이의 어떠한 시민적 직능 및 사회적 지위를 그는 가질 수 있었는가?

상승함에 따라 권력이 증가하는 계급제도를 순차적으로 답습하여, 정원사, 농부, 경작자, 가축 사육자가 되고, 그의 경력이 정점(頂點)에 달할 경우, 지방장관 또는 치안판사로서, 가문(家紋) 및 문장(紋章) 그리고('셈뻬르 빠라뚜스〔항상 마음의 준비를 갖춘〕') 적절한 고전적 표어를 지니며, 궁정 인명록(리오폴드 P. 블룸, 하원의원, 추밀고문관, 성 패트릭 훈작사(勳爵士)), ('오노리스 까우사〔명예〕'140) 법학박사, 던드럼 블룸별장)에 정식으로 기록되고, 나아가서 신문의 궁정(宮廷) 또는 사교란에(리오폴드 블룸 부처 영국을 향해 킹즈타운을 떠나다) 언급될 것임.

이러한 지위에 있어서 그는 자기 자신이 행할 행동상의 어떠한 방침을 개관(槪觀)했는가?

지나치게 관대한 행위와 지나치게 가혹한 행위 사이의 방침을: 사회적인 불평등이 절대로 더 증대하거나 더 감소되는 일이 없이, 항구불변 재정비되어 있는 전단적(專斷的) 계급의 이질적(異質的) 사회에 있어서, 공평무사(公平無私)하고 동질적(同質的)이며, 논의의 여지없는 정의의 집행으로서, 비록 가능한 한 가장 광범위한 관용성을 베푼다 하더라도, 동산(動産) 부동산(不動産)을 포함하여 최후의 한 푼까지 왕실에 바치는 일. 국내의 최고 헌법에 규정된 권력에 충실하며, 강직한 선천적 사랑으로 행사하며, 그가 목적하는 바, 사회 질서의 엄중한 지지, 비록 모두 동시적은 아니나, 누적된 많은 폐습의 억제(모든 개혁과 삭감의 조처는 어디까지나 예비적 해결로, 그들을 모두 받아들인 후에야 최후의 해결에 도달하기 때문에), 그리고 모든 공모적(共謀的) 반역자들, 모든 규칙과 법규의 위반자들, 퇴폐하여 무효화된 모든 삼림(森林) 보유권 부활자들(위법, 불쏘시개 절도죄), 모든 국제적 박해의 어마어마한 선동자들, 모든 국제적 적개심의 가해자들, 모든 가정적인 비굴한 파괴자들, 모든 가정의 부부관계의 반항적 난폭자들에 대하여, 법률(불문법, 성문법 및 상법의 법조문141))을 적용하는 것.

그가 소년 시절부터 강직(剛直)을 사랑하고 있었음을 증명하라.

1880년 고등학교 시절에 그는 퍼시 앱존 군에게 아일랜드(신교) 교회의 교의상의 불신(不信)을 폭로했다(그의 부친 루돌프 비러그〔후일의 루돌프 블룸〕는 그리스도교를 유대인들에게 장려하는 협회에 의하여 1865년 이스라엘 교회 및 그 교회로부터 아일랜드 교회로 개종되었다), 잇따라 1888년 그의 결혼기에 즈음하여 그리고 그러한 목적을 위해 가톨릭교에 끌려 아일랜드 교회를 포기했다. 1882년에 대니얼 매그레인과 프랜시스 웨이드와의 청년기의 우정(전자의 지나치게 이른 이주〔移住〕때문에 종결되고 말았지만)을 나누는 동안 야간(夜間)

산책에 있어서 그는 식민지(예를 들면 캐나다의) 확장의 정치적 이론과 『인간의 혈통』 및 『종(種)의 기원』에서 설명되고 있는 찰즈 다윈의 진화론을 옹호했다. 1885년에 그는 제임스 핀탠 랄로어, 존 피셔 머레이, 존 미첼, J. F. X. 오브라이언[142] 및 그 밖의 다른 사람들에 의하여 주장된 집단적 및 국민적 경제 계획안, 마이클 대비트의 토지 정책, 찰즈 스튜어트 파넬(코크 시 출신 하원의원)의 합법적 선동, 윌리엄 이워트 글래드스톤[143](북부 영국 미들로디언 주 하원의원)의 평화, 삭감 및 개혁안에 대하여 찬동을 표명했으며, 자신의 정치적인 신념을 입증하기 위하여, 노덤벌랜드 한길의 한 그루 나무 위에 기어올라, 가지 틈의 안전한 곳을 차지하고, 2만 명 횃불 시위자 행렬이, 120개의 동업조합별로 나뉘어, 리펀 그리고 (정직한) 존 몰리 후작[144]을 경호하며 2,000개의 횃불을 들고 수도(首都)로 입성(1888년 2월 2일)하는 것을 목격했던 것이다.

이와 같은 시골의 거주를 위하여 그는 얼마나 많은 그리고 어떻게 그 비용을 지불할 계획이었는가?

근로외인귀화국민화우호국가보조건물협회(勤勞外人歸化國民化友好國家補助建物協會)[1874년 설립]의 안내서에 의해, 1,200파운드의 자본금(20년 부 구입 견적가격[見積價格])의 단리(單利) 5푼에 해당하는, 우량 유가증권으로부터 얻은 확실한 연 수입(年收入)의 6분의 1인, 60파운드의 최고액을, 그리고 그와 같은 자본금의 3분의 1은 즉 시불 또는 그 잔액은 연부(年賦)의 형식으로, 즉 800파운드에 그 2푼 5리의 이자를 원리(元利)와 합하면, 연액 64파운드에 해당하는 것으로, 20년 이내의 구매(購買) 선불금 보상에 의하여 소멸 시까지, 동등하게 매년 4계불(四季拂)로 분납할 수 있도록 하며, 부동산 권리서에는 협정 요구액을 기한 내 지불하는 것이 불가능할 경우, 강제 매각, 저당권 집행 및 상호 보상에 대한 단서를 붙여, 한 사람 또는 그 이상의 채권자가 이것을 보유케 하며, 규약에 나타난 기한의 종료에 이르면, 가옥은 차지인(借地人)의 절대적 소유물이 되는 것으로 함.

재력(財力)을 얻기 위한 어떠한 불완전하나마 신속한 방법이 즉각적인 구입을 용이하게 할 수 있었는가?

애스콧[145]에서 오후 3시 8분(그리니치 타임)에 비인기마(非人氣馬)가 50대 1의 득점을 취득한 1마일 또는 수마일 및 수펄롱의 전국 장애물 경마대회(평지 또는 장애물 경주)의 결과를 모르스식 부호에 의하여 발신하여, 오후 2시 59분(던싱크 타임)에 더블린에서 그와 같은 메시지를 접수할 수 있는 도박의 목적을 위해 사용될 한 대의 사설(私設) 무선전신기의 이용. 비상한 장소에서 또는 비상한 방법에 의해 거액의 화폐 가치를 지닌 물품의 예기치 않은 발견(보석, 풀이 발리고 도장이 찍힌 귀중한 우표〔7실링짜리, 엷은 다색, 구멍 줄 있음, 함부르크, 1886: 4펜스짜리, 장미색, 푸른색 종이, 구멍 줄 있음, 대영제국, 1855: 1프랑짜리, 돌〈石〉색, 관제〈官製〉, 점선 구멍 있음, 사선〈斜線〉의 개정액, 룩셈부르크, 1878〕, 고대 왕조의 반지, 독특한 유물): 공중으로부터(날고 있는 독수리가 떨어뜨린 것), 불이 일어난 다음(불에 탄 건축물의 탄화〔炭化〕된 유물 속에서), 바다 속에서(표류물, 투하물, 부표부 부하물

〔浮標付浮荷物〕 및 유기물〔遺棄物〕 속에서), 지상(地上)에서(식용 조류의 모래주머니 속에서). 먼 나라에서 가져온 값진 보물로 어떤 스페인의 죄수한테서 받은 유산, 5푼 복리로 1백 년 전 어떤 유력한 은행에 예금한 총액 £5,000,000stg(영화(英貨) 500만 파운드) 값어치의 정화(正貨) 또는 금은 덩어리. 32개의 어떤 위탁 상품의 배달료에 대하여 처음 한 개의 4분의 1페니 비율에서 두 개째부터 계속적으로 2의 기하급수적으로(4분의 1페니, 2분의 1페니, 1페니, 2펜스, 4펜스, 8펜스, 1실링 4펜스, 2실링 8펜스에서 계속 32항까지) 증가해 가는 배달에 의한 현금 상환의 즉시불을 고려하여, 어떤 지각없는 자와의 상업적 계약을 맺는 일. 확률법 연구에 기초를 둔 몽떼까를로 은행을 파산시킬 용의주도한 계획. 영화 100만 파운드의 정부 현상금이 붙은 원의 구적법(求積法)에 대한 극히 오래된 문제의 해결을.

그러한 방대한 재산이 생산적 수단을 통하여 얻어질 수 있었는가?

베를린 서부 15구, 블라이프트로이가(街), 아첸다스 네타임의 안내서에 소개된, 오렌지 재배원 및 수박밭 경작 및 재식림(再植林)에 의한 수두남(dunam)에 이르는 황폐한 모래땅의 개간. 휴지(休紙), 설치(齧齒) 동물의 모피, 화학적 제성분을 함유한 인분의 이용, 첫째 것의 대량 생산성과 두 번째 것의 다수성 그리고 세 번째 것의 대량 생산성에 비추어 보건대, 일반적인 활력과 식욕이 있는 통상인(通常人)의 연간 배설량은, 음료의 부산물은 그만두고라도, 일인당 80파운드(동물성 및 식물성 식품을 합한 것)에 해당하는 것으로, 1901년의 인구 조사 보고에 따른 아일랜드 총인구 4,386,035를 이것에 곱한 것이 된다.

더 대규모적인 계획이 있을 수 있었는가?

50만 수마력(水馬力, W. H. P.)의 전력을 경제적으로 생산하기 위해 만조시(滿潮時)의 더블린 사주(砂洲) 또는 풀라포우카 또는 파우어스코트[146] 폭포의 수원(水源) 또는 주류(主流) 하천의 집수(集水) 유역 등에 수력발전소를 설치하여 백색 석탄(수력)을 이용하기 위한 인가(認可)를 공식적으로 항만(港灣) 위원회에 제출하는 계획, 골프장과 소총 사격장으로 이용되었던 돌리마운트의 노드 불 반도형(半島形) 삼각주를 메워, 그 해안 지역의 빈터에다 도박장, 노점, 사격장, 호텔, 하숙집, 도서관, 남녀 혼욕 시설 등을 갖춘 아스팔트 산책로를 설치하는 계획. 이른 아침의 우유배달용으로 견차(犬車) 및 산양차(山羊車)를 사용하는 계획. 아일랜드 교(橋)에서 링센드 사이의 하류 항로(河流航路)를 왕래하여, 석유 추진식 하천선(河川船), 대형 관광버스, 협궤(狹軌) 지방 철도 및 연안 항해용 유람선(일인당 1일 10실링, 안내자〔3개 국어 사용〕 포함) 등에 의한 더블린 시 내외에 있어서의 아일랜드 관광 교통을 개발하기 위한 계획. 아일랜드의 수로(水路)에서 여객 및 화물 수송을 부활하기 위하여 해초 더미를 제거하는 계획. 가축시장(북부 순환도로 및 프러시아가)을 부두(하부 셰리프가 및 동쪽 벽)와 연결하는 전차 노선을 가설하는 계획으로서(그레이트 서던 및 웨스턴 철도선을 연결하여), 리피 강의 합류점인, 가축 공원과 북쪽 벽 43에서 45번지까지의 미들랜드 그레이트 웨스턴 철도의 종착역을 연결선으로 병행하여 달리게 하며, 그 연변에 그레이트 센트럴 철도, 영국의 미들랜드 철도, 더블린 시 증기소화물회사, 랭카셔 및 요크셔 철도회사, 더블린 앤드 글래스고우 증기소 화물회사, 글래스고우, 더블린 앤드 런던데리 증기소 화물회사(레어드 항로), 브리티쉬 앤드 아이리쉬 증기소 화물회사, 더블린 앤드 모어캄 기선, 런던 앤드 노드 웨스턴 철도회사 등의 종점 또는 더블린 지점, 더블린 항만 및 도크 선적국(船積局)의 화물창고, 팔그레이브, 머피회사, 선주(船主)의 운송창고, 지중해, 스페인, 포르투갈, 프랑스, 벨기에, 네덜란드 등의 각국 기선회사의 그리고 리버풀 해상보험업자협회의 대리점들을 부설하는 일, 그리고 가축 수송을 위해 취득한 차량과 부설(附設) 노선의 비용은 더블린 전차연합주식회사에 의하여 운영되며, 그 운영비는 목축업자의 지출로써 충당하기로 함.

어떤 가정을 설정할 경우 이러한 몇 가지 계획의 실현이 자연적 및 필연적 귀결이 될 수 있었는가?

필생을 통해 축적한, 여섯 숫자 단위의 재산을 소유한 저명한 재계(財界)의 인사들(블룸 파샤, 로스차일드, 구겐하임, 허쉬, 몬테피오르, 모건, 록펠러[147])의 증여 행위 및 증여자 생존 시의 양도증서, 또는 증여자의 무통(無痛) 사망 후의 유증(遺贈)에 의해, 필요한 금액, 즉 보조금과 동등한 액수의 보증을 부여받고, 자본과 기회가 부합되는 경우, 요구되는 사업 목표는 달성되리라.

어떠한 우발성(偶發性)이 그로 하여금 이와 같은 재화(財貨)에 의존하지 않아도 그것을 가능하게 할 수 있었는가?

스스로의 힘에 의한 무진장한 금광맥(金鑛脈)의 발견.

무엇 때문에 그는 그렇게도 실현하기 곤란한 계획을 명상했는가?

그와 비슷한 명상 또는 자기 자신에 관한 이야기를 자동적으로 자기에게 얘기하는 것 또는 과거의 조용한 회상을 취침 전에 습관상 가질 경우, 피로를 완화시키며 그 결과 안면(安眠) 및 원기 회복을 가져온다는 것이 그의 지론(持論) 중의 하나였다.

그 정당한 논거는?

한 사람의 물리학자로서 그는 인생 칠십의 수명 가운데서 그 7분의 2, 즉 20년은 잠자는 동안에 소비된다는 것을 배운 바 있었다. 한 사람의 철학자로서 그는 어떠한 사람이든 그의 수명이 종료되었을 경우 자기 욕망의 매우 작은 부분만이 실현되었다는 것을 알고 있었다. 한 사람의 생리학자로서 그는 졸림에서 주로 작용하는 악의적 작용력의 인위적 달램을 믿고 있었다.

그가 두려워한 것은 무엇이었는가?

대뇌의 주름벽 속에 위치하는 측정할 수 없는 절대적인 지력(智力)이라 할, 이성(理性)의 빛이 착란하여 범하는 수면(睡眠)중의 살인 또는 자살 행위를.

결국 그가 마지막으로 명상한 것은 무엇이었는가?

통행인의 눈에 번쩍 띄어, 발걸음을 멈추게 할 정도의 절대 무비(絶對無比)의 광고로서, 흘끗 한 번 쳐다보기만 해도 알 수 있는, 현대 생활의 속도와 부합하는 가장 단조롭고 가장 효율적인 용어로 요약되며, 모든 불필요한 외적 부가물을 제외한, 신안(新案) 포스터에 관하여.

자물쇠로 연 맨 처음 서랍 속에는 무엇이 들어 있었는가?

밀리(밀리센트) 블룸의 소유물인, 비어 포스터[148]의 습자 책 한 권, 그중 몇 페이지에 〈아빠〉라는 제명(題名)이 붙은, 도식화(圖式畵)로서, 다섯 개의 머리카락이 삐죽 서 있는 커다란 공 모양의 머리, 두 개의 눈이 달린 얼굴 옆모습, 커다란 단추 세 개가 달린 정면을 향한 몸집, 삼각형의 한쪽 발: 영국의 알렉산드라 여왕과 여우(女優) 겸 직업미인 모드 브랜스콤[149]의 퇴색한 사진 두 장: '미즈파' 전설[150]의 한 그루의 기생식물 그림, 1892년의 크리스마스 날짜, 보낸 사람의 이름: 코머포드 부처(夫妻), 성구(聖句)의 단시(短詩): 이번 성탄절이 그대에게 기쁨과 평화와 즐거운 환희를 가져다 주옵기를이라 적혀 있는, 크리스마스카드 한 장: 데임가 89, 90, 91번지 소재, 주식회사 헬리 상사의 판매부에서 구입한, 일부분 용해된 빨간 봉랍 조각 한 개: 동일 상점의 동일 판매부에서 구입한, 쓰다 남은 J 금펜 한 그로스가 들어 있는 상자 한 개: 모래의 낙하에 의해 빙빙 도는 낡은 모래시계 한 개: 1886년에 리오폴드 블룸이 윌리엄 이워트 글래드스톤이 제출한 1886년의 자치법안(결코 의결된 바 없는)의 의결 결과에 관해서 쓴 예견서(결코 개봉된 바 없는) 한 통: 성 케빈 자선시의 입장권 1매, 2004년, 요금 6펜스, 복권 100: 날짜가 찍혀 있는, 유치한 편지 한 통, 월요일(monday)의 두문자 m은 소문자, 내용: 대문자의 P로 아빠 쉼표 대문자의 H로 안녕하세요 의문표 대문자의 I로 전 무고해요 마침표 줄을 바꿔 장식(裝飾) 문자의 서명 대문자 M으로 밀리 마침표 없음: 고(故) 엘렌 블룸(원명 하긴즈)의 소유물이었던 카메오 세공(細工)의 브로치가 한 개: 고 루돌프 블룸(원명 비러그)의 소유물이었던, 카메오 세공의 스카프 핀이 한 개: 수신인, 웨스틀랜드 로우 우체국 전교(轉交), 헨리 플라우어, 발신인, 돌핀즈 반 우체국 전교, 마사 클리퍼드로 된, 타자기로 찍은 편지 세 통: 번복된 알파벳 자모(子母)의 상교 역철식(相交逆綴式) 구두점부(付) 4행 구분 암호 약호(모음은 생략됨) N. IGS. / WI. UU. OX / W. OKS. MH / Y. IM이 찍힌 전기(前記) 세 통의 편지에 서로 글자를 바꿔 쓴 발신인의 이름과 주소: 여학교의 체형(體刑)이란 제목이 붙은 어떤 영국 주간지 《모던 소사이어티》[151]에서 오려 낸 한 조각의 인쇄물: 1899년 부활제의 장식 계란에 감았던 핑크색 리본이 한 개: 런던 시, 서부 중앙 우체 구(區), 차링 크로스, 우체국 사서함 32호에서 우송 매입한 예비 호주머니가 달린, 일부분 풀려 있는 고무 피임기구 두 개: 크림색 투명한 봉투 한 다스 및 벌써 세 장으로 줄어든 내비치는 줄무늬가 든, 편지지가 한 뭉치: 골고루 갖춘 오스트리아: 헝가리의 몇 개의 화폐: 헝가리 왕실 특허 제비뽑기 쿠폰 두 장: 저배율(低倍率) 확대경이 한 개: 춘화(春畵) 두 장, (a) 나체의 처녀(등 부분 노출, 상위)와 나체의 투우사(가슴 부분 노출, 하위)와의 키스 성교도(性交圖), (b) 수도사(전신 착의〔着衣〕, 비천한 눈을 함) 및 수녀(반나체, 직시〔直視〕)와의 항문 강간도(強姦圖), 두 장 모두 런던 시, 서부 중앙 우체 구, 차링 크로스, 우체국 사서함 32호에서 우송 매입한 것임: 낡은 황갈색 구두 수선법이 적힌 오려 낸 신문지 한 조각: 빅토리아 여왕 통치하의, 라벤더색 1페니짜리 우표 한 장: 산도우 – 휘틀리식 도르래가 든 운동기구(성인용 15실링, 운동선수용 20실링의 것)를 계속적으로 사용하기 2개월 전, 사용하던 때 및 후에 작성된 리오폴드 블룸의 체격, 즉 가슴둘레 28인치 및 29인치 반, 이두고근(二頭股筋) 9인치 및 10인치, 전완(前腕) 8인치 반 및 9인치, 허벅다리 10인치 및 12인치, 장딴지 11인치 및 12인치가 적힌 측정표 한 장: 런던 시 동부 중앙우체 구, 남부 광장, 코벤트리 하우스의 '기적약(Wonderworker)' 국에서 직접 매입한, 세계 제일의 직장염(直腸炎) 치료약인 '기적약'에 관한 것으로서, '친애하는 마담'이란 (잘못되게도) 서두로

설명서가 이러한 마법적 요법의 효력을 과시하고 있는 그 원문(願文)을 인용하라.

본품의 치료 및 진정 효력은 수면(睡眠)중 귀하의 방비 곤란 시, 가스 배출에 의한 즉각적인 고통 해소, 국부(局部)의 청결 및 자연적 활동의 자유화, 그리고 본능적 욕구 촉진에 가장 놀라운 효력을 발휘함, 그뿐만 아니라 7실링 6펜스의 최소한의 지출에 의해 귀하는 새로운 사람이 된 듯 인생의 가치를 느끼게 될 것임. 특히 귀부인에게 본품 '기적약'이 유익하리라 믿으며, 이와 같은 통쾌한 효과는 마치 찌는 듯이 더운 여름날 시원한 샘물을 마시는 듯한 유쾌한 결과를 가져오리라 확신하는 바임. 귀하의 영부인 또는 신사 친구들에게 본 품을 권하시압, 필생의 반려자가 될 것임. 길고 둥근 끝을 삽입하실 것. '기적약'.

거기에는 추천사(推薦辭)도 실려 있었는가?

다수(多數). 목사(牧師), 영국 해군사관, 저명한 작가, 실업가, 간호원, 귀부인, 다섯 아기 엄마, 얼빠진 거지로부터.

얼빠진 거지에 의한 마지막 추천사의 결론은 어떠했는가?

남아프리카 전투 시 정부기 우리들 병사에게 기적약을 지급하지 않았던 것은 얼마나 유감스런 일이었던가! 그것은 얼마나 위안이 되었을까!

어떠한 물건을 블룸은 수집되어 있는 이러한 물건들에다 추가했는가?

헨리 플라우어(H.F.는 L.B.임)가 마사 클리퍼드(M.C.가 누군지 알아보라)에게서 받은 타자기로 찍은 네 번째의 편지 한 통.

이러한 행동에 따라 어떤 유쾌한 회상이 수반됐는가?

문제의 편지는 제쳐두고라도, 그의 매력적인 용모, 몸매 그리고 말씨가 전달 하루 동안에 다음과 같은 여성들에 의하여 호의적인 후대를 받았다는 회상, 즉 한 사람의 아내(조세핀 브린 부인, 본명 조시 파우얼), 한 사람의 간호원 콜런 양(세례명 미상), 한 사람의 처녀, 거트루드(거티, 성〔姓〕 미상).

어떠한 가능성이 머리에 떠올랐는가?

가깝지 않은 장래에 값진 식사를 취한 뒤 사실(私室)에서 육체미가 훌륭한, 요금이 적당한, 여러 모로 교양 있는, 천성적 귀부인형의, 우아한 고급 매음부를 상대로 매력 있는 남성의 생식력을 행사할 가능성.

둘째 번 서랍에는 무엇이 들어 있었는가?

여러 가지 서류들: 리오폴드 폴라 블룸의 출생증명서: 피보험자가 밀리센트(밀리) 블룸으로 된, 스코틀랜드 과부보험협회의 500파운드짜리 양로 보험증권이 한 장, 피보험자가 25세에 달할 때, 그 효력을 나타내는 것으로, 60세에 달하거나 또는 사망, 65세에 달하거나 또는 사망 및 사망의 경우에, 각각 430파운드, 462파운드 10실링 0페니 및 500파운드의 이권(利券), 또는 선택에 의하여, 299파운드 10실링 0페니의 이권(금액 불입) 및 133파운드 10실링 0페니의 현금을 지불키로 되어 있는 것: 얼스터 은행, 칼리지 그린 지점 발행의 예금통장이 한 개, 1903년 12월 31일 하반기 결산 예금 잔액, 즉 예금자의 잔액: 18 – 140 – 6(영국 화폐, 18파운드 14실링 및 6펜스), 순 예금액이 기입된 것: 캐나다정부 발행의 4푼 이자(드록) 부 900파운드 공채(인세 면제)의 소유증명서: 묘지 구입에 관한, 가톨릭 묘지(글래스네빈)위원회의 영수증: 단독 날인 증서에 의한 성명 변경에 관한 오려 낸 지방 신문 기사 한 쪽.

이러한 기사의 원문을 그대로 인용하라.

본인, 루돌프 비러그는, 본적 헝가리 왕국 솜보트헤이 시, 현주소, 더블린, 클램브러실 가 52번지 거주자로, 금번에 루돌프 블룸으로 개명하며, 이후 어떠한 경우 어떠한 때를 막론하고 전기(前記) 개명을 사용할 것을 공고함.

루돌프 블룸(본명 비러그)에 관한 그 밖의 어떤 물품이 둘째 번 서랍 속에 들어 있었는가?

루돌프 비러그와 그의 부친 리오폴드 비러그가 찍혀 있는 희미한 은판 사진이 한 장, 이것은 그들이 1852년에 헝가리, 세스페에버 시에 살고 있던, 그들의(각자) 사촌이며 오촌에 해당하는, 스테판 비러그 경영의 사진 제작실에서 찍은 것이었다. 유월제(踰越祭)의 의식(儀式) 기도 중 감사의 구절에, 한 벌의 뿔테 볼록렌즈 안경으로 북마크가 되어 있는 고대 하가다 경전(經典) 한 권: 소유주, 루돌프 블룸 경영의 에니스, 퀸즈 호텔의 그림엽서가 한 장: 주소가 적힌 봉투가 한 장: *나의 사랑하는 아들 리오폴드에게*.

그와 같은 다섯 개의 단어를 모두 읽고 그는 어떠한 단편적인 구(句)를 생각했는가?

내일은 내가 ……을 받은 지 일주일이 되지…… 리오폴드어…… 너의 존경하는 어머니와 함께 ……하는 것은 소용없는 일이야…… 그녀에게…… 그것은 이제는 더 이상 참을 수 없는 일이지…… 내게는 모든 것이 다 끝났어…… 애도스에게 친절히 해다오, 리오폴드어…… 나의 사랑하는 아들…… 언제나…… 나에 관하여…… '*다스 헤르쯔(마음)*' …… '*고트(하느님)*' …… '*다인(당신의)*' ……

이와 같은 객관적인 일은 점진적인 우울증으로 고심하고 있는 인간 주체(主體)에 대한 어떠한 회상을 블룸의 마음속에 불러일으켰는가?

흐트러진 머리카락에, 머리를 가린 채, 한숨을 쉬면서, 침대에 누워 있는, 한 늙은이, 홀아비: 병든 개, 애도스: 발작적 신경통 진정제로서 점점 분량을 더하여 마신 아코니트 독약(毒藥): 그로 인한 70세의 독약 자살자의, 주검의 얼굴.

왜 블룸은 가책감(苛責感)을 경험했는가?

미숙하게도 성급한 나머지 그는 몇 가지 신앙과 관습을 경멸적으로 취급했기 때문에.

이를테면?

주회(週會)에 있어서의 1회 식사에 육류와 우유를 한꺼번에 사용함을 금지시키는 일[152]: 추상적이며, 열렬히 구체적인 실리적이고도 동일종파인(同一宗派人)인 동국인(同國人)들의 7일간의 향연[153]: 사내아이의 할례(割禮)[154]: 유대 경전의 초자연적 성격[155]: 성신사자(聖神四字)의 표현 불가능성[156]: 안식일의 신성(神聖).[157]

그에게 이러한 신앙과 관습이 현재에는 어떻게 생각되었는가?

과거에 느껴졌던 것보다 한층 합리적이라 할 수는 없어도, 현재에 느껴지는 다른 신앙이나 관습보다는 한층 합리적이 아니라고 할 수는 없었다.

루돌프 블룸(사망한)에 관하여 그에게 제일 먼저 회상되는 것은 무엇이었는가?

루돌프 블룸(고인)이 그의 자식 리오폴드 블룸(6세)에게 일러준, 더블린, 런던, 플로렌스, 밀라노, 비엔나, 부다페스트, 솜보트헤이에 있어서 또는 그들 긴의 계속적인 이주(移住) 및 정주(定住)에 내한 회고담 또는 이에 수반된 만족 담(그런데 그의 조부가 오스트리아의 여황제인, 헝가리의 여왕, 마리아 테레지아를 배알한 적이 있었다), 실리적 충고(푼돈을 사랑하라, 그러면 뭇 돈이 저절로 그대를 사랑할지로다). 리오폴드 블룸(6세)은 이러한 이야기에 수반하여 유럽(정치적) 지도를 펼쳐 계속적으로 그것을 참고하면서 그리고 전술한 여러 중심지에다 자매회사를 설립할 것을 구상했다.

세월의 흐름은 설화자(說話者)나 청취자(聽取者)에게 있어서 동등하게 그러나 서로 다르게 이 같은 이주의 기억을 소멸케 했는가?

설화자에게 있어서는 연령의 상승과 마취성을 띤 독소의 사용 결과로서: 청취자에게 있어서는 연령의 상승과 이상(異常) 경험에 의한 도락(道樂) 행위의 결과로서.

설화자의 어떠한 특이성이 건망증(健忘症)의 부수적 산물로 나타났는가?

때때로 그는 모자를 미리 벗지도 않고 식사를 하는 것이었다. 때때로 그는 구즈베리 풀 주스를 접시를 기울여 마구 들이마시는 것이었다. 때때로 그는 찢어진 봉투 또는 근처에 서 아무렇게나 얻을 수 있는 다른 종잇조각으로 입술의 음식 먹은 자국을 마구 훔치는 것이 었다.

어떠한 두 가지 노쇠 현상이 한층 빈번히 발생했는가?

경화(硬貨)의 근시안적 손끝 계산, 과식(過食)에 잇따른 구토(嘔吐).

어떠한 객관적인 일이 이러한 회상에 대하여 부분적으로나마 위안을 가져다주었는가?

양로 보험증권, 은행 예금통장, 가주권(假株券) 소유증서.

이와 같은 증권의 힘에 의하여 그가 보호받고 있는, 행운의 역전(逆轉)을 상승시키며, 또한 모든 정수치(正數値)를 제거함으로써, 무시가능량(無視可能量), 부량(負量), 비합리 량, 허량(虛量)에 이르기까지, 블룸을 몰락시켜 보라.

점차적으로, 노예 계급까지 미끄러져 내려감으로써: 빈곤으로서: 인조(人造) 보석의 호외(戶外) 행상인, 빛 주고 받지 못하는 독촉자, 빈민세(貧民稅) 및 지방세 위탁 수금원. 구걸 행위로서: 파운드에 대하여 1실링 4펜스라는 하찮은 재산밖에 없는 사기 파산자(詐 欺破産者), 샌드위치맨, 삐라 배포자, 야간 보행자, 비위 맞추는 하급자(下級者), 불구(不 具)의 수부(水夫), 장님 풋내기 소년, 과령(過齡)으로 퇴직한 집달리의 똘마니, 연회(宴 會) 걸식자, 접시 핥는 놈, 훼방꾼, 아첨꾼, 내버려진 구멍 뚫린 우산을 쓰고 공원 벤치에 앉아, 만인의 웃음거리가 되는 괴짜. 궁핍으로서: 킬메니엄 양로원(왕립 병원)의 수용자, 통풍(通風) 또는 실명(失明) 때문에 영원히 불구가 된 빈곤자 그러나 존경받는 자들이 입 원하는 심프슨 병원의 입원 환자. 극도의 비참으로서: 노령으로, 무능하고도 공민권(公民 權)을 박탈당한 채 빈민세로 지탱하는 빈사상태의 정신이상에 걸린 빈민.

그와 더불어 어떠한 부수적인 모욕이?

이전까지 상냥하던 여성들의 비동정적 무관심, 근육질 사나이들의 경멸, 빵 조각의 수 령(受領), 옛날 친지들의 가장된 무시, 사생아적 무감찰(無監察)의 방랑하는 개들의 짖어 댐, 별 가치 없는 또는 전혀 가치 없는, 전혀 가치가 없거나 또는 없는 것보다 더 못한, 썩 은 야채를 내던지는 아이들의 공격.

무엇으로 이와 같은 상태를 예방할 수 있었는가?

사망(상태의 변화)에 의하여: 출발(장소의 변화)에 의하여.

어느 것이 더 나은 것이었는가?

후자, 가장 저항이 없는 방향에서.

어떠한 사유로 출발이 전혀 바람직하지 못한 것이 아니라는 것을 느끼게 되었는가?

개인적 약점의 상호적 관용을 방해하는 계속적인 동거생활. 점차적으로 배양되는 독자적인 구매의 관습. 비영구적 체재(滯在)에 의한 영구의 구속을 중화시킬 필요성.

어떠한 사유로 출발이 전혀 비합리적이 아니라는 것을 느끼게 되었는가?

당사자들은, 결합하여, 수를 증가하고 배가하며, 그것이 이루어질 경우, 자손들이 태어나서 성장하게 될 것인즉, 만일 결합에서 벗어날 수 없는 당사자들은, 합당치 못했던, 증가 및 배가를 위해 부득이 재결합해야 하며, 불가능하게 결합하고 있는, 당사자들의 최초의 두 사람을 그러한 재결합에 의하여 형성시켜야 한다는 것.

어떠한 사유로 출발이 바람직하다는 것을 느끼게 되었는가?

다색채 디자인의 일반 지도 또는 축척수표(縮尺數表) 및 우모(羽毛)를 사용한 군대의 특수 측량지도 속에 나타나 있는, 아일랜드 및 매력적인 특질을 지닌 해외의 어떤 지역의 방문.

아일랜드에서는?

모허호(湖)의 절벽,[158] 코네마라의 바람 많은 황야,[159] 수중(水中) 화석화(化石化)된 도시를 품고 있는 네이호,[160] 거의의 둑길,[161] 캠든 요새(要塞) 및 칼라일 요새, 티퍼러리[162]의 황금 골짜기, 애런군도(群島),[163] 왕실령(王室領) 미드주의 여러 목장, 킬데어 주의 브리지드 느릅나무,[164] 벨파스트시의 퀸즈 아일랜드 조선소(造船所), 새먼 립,[165] 킬라니 주의 호반.

해외에서는?

실론섬(그곳의 향료원은 런던 시 동구, 민싱 가로 2번지의 펄브루크, 로버트슨 상사〔商社〕 대리점인, 더블린, 데임가 5번지 토머스 커넌에게 차를 공급하고 있음), 성도(聖都), 예루살렘(오마르왕의 회교 사원[166] 및 다마스커스의 대문[167]이 있는, 대망(待望)의 목적지), 지브롤터 해협(마리언 트위디의 둘도 없는 출생지), 파르테논 신전[168](그리스 신의 나상〔裸像〕들이 있는 곳), 월스트리트[169]의 금융시장(국제 금융을 지배하는 곳), 스페인 라리네아 시(市)[170]의 투우장(카메론 연대〔聯隊〕의 오하라가 황소를 살해한 곳), 나이아가라 폭포(이곳을 무사히 통과한 사람은 하나도 없었다), 에스키모 사람들이 사는 나라(비누를 먹고 사는 사람들), 금단(禁斷)의 나라 티베트[171](여기서 살아 돌아온 자는 한 사람도 없었다), 나폴리 항구(구경할 수 있으면 죽어도 좋아), 사해(死海).

무엇의 안내로, 무슨 신호를 따라서?

바다에서는, 북방의, 밤의 북극성에 의하여, 그런데 이 별은 큰곰자리의 베타에서 알파까지 뻗어 오메가에서 바깥쪽으로 분할되는 직선과, 그곳에서 연결되는 알파와 오메가를 연결하는 선 및 큰곰자리의 알파와 델타를 연결하는 선에 의해 형성되는 직각삼각형의 사변(斜邊)과의 교차점에 위치하고 있다. 육지에서는, 남방의, 반원형의 달에 의하여, 그런데 이 달은 풍만한 육체를 지닌, 배회하는 윤락 여인의 스커트 뒤쪽 불완전하게 갈라진 틈을 통하여 엿보이는 불완전한 여러 가지 모양을 한 삭망월(朔望月)을 하고 있다, 낮에는 구름의 기둥을 따라.

어떠한 광고가 사라진 자의 행방불명을 알릴 것이었는가?

현상금 5파운드, 이클레스가 7번지 자택에서 행방불명, 유괴 또는 실종된 40세가량의 신사, 성명 리오폴드(폴디), 블룸, 신장 5피트 9인치 반, 뚱뚱한 체격, 올리브빛의 피부, 사건 발생 이후 턱수염이 자라 있을 것임, 실종 시 검은 양복을 착용하고 있었음. 상기자(上記者)를 찾는 데 정보를 제공해 주는 자에게 상기 금액을 지불할 것임.

어떠한 보편적인 이중 명칭을 실재(實在) 및 비실재(非實在)의 인물로서 그는 갖게 될 것이었는가?

어느 누구에게도 씌어질 수 있거나, 아니면 아무에게도 알려져 있지 않은 것. 모든 사람[172] 아니면 아무것도 아닌 사람.[173]

어떠한 공물(貢物)을 그는 받을 것이었는가?

모든 사람의 친구들인, 미지(未知)의 사람들[174]의 존경과 선물. 아무것도 아닌 사람의 신부[175]인, 불멸의 요정, 미녀.

사라진 자는 결코 어디서나 어떻게 해서나 다시 나타나지 않을 것이었는가?

그는 영원히 방랑하리라, 자기 자신에게 이끌려, 자신의 혜성적(彗星的) 궤도의 극한에까지, 항성(恒星)들 그리고 여러 가지 모양의 태양들 그리고 망원경적 혹성(惑星)들, 천문학적 부랑아들 및 실종자들을 넘고 넘어, 공간의 극한에까지, 이 나라에서 저 나라로 여러 민족과 여러 사건들 사이를. 어디선가 그는 희미하나마 들으리니 그리하여 어디선가 태양에 이끌려, 마지못해 따라가리라, 소환의 목소리를. 그곳에서, 북쪽왕관자리로부터 자취를 감췄다가 그는 어느덧 재생하여 카시오페이아자리의 삼각주 위에 그 모습을 드러내리니 그리하여 이루 헤아릴 수 없는 영겁의 방랑생활을 겪은 뒤 한 사람의 배신당한 복수자, 한 사람의 악인들에 대한 정의의 집행자, 한 사람의 복수자, 한 사람의 이름 없는 십자군 전사(戰士), 한 사람의 잠에서 깨어난 수면자(睡眠者)[176]로서, 로스차일드 또는 은(銀)의 왕[177]을 능가하는 재정적인 자원(가정컨대)을 갖고 되돌아오리라.

이와 같은 되돌아옴을 불합리하게 할 것은 무엇이었는가?

반전(反轉) 가능한 공간을 통한 시간적인 탈출 및 귀환과 반전 불가능한 시간을 통한 공간적인 탈출 및 귀환 사이의 불만족스런 등식화(等式化).

어떠한 힘의 작용이, 타성(惰性)을 유발하여, 사라짐을 원하지 않게 했는가?

결단을 무디게 하는, 시간적 뒤늦음: 시력을 빼앗는, 밤의 어두움: 위험을 야기하는, 도로의 불확실성: 운동을 저지시키는, 휴식의 필요: 탐색(探索)을 막는, 점령된 침대에의 접근: 욕망을 억누르거나 욕망을 자극시키는, 차가움(린넨)을 가감하는 (인체의) 따뜻함에 대한 예감: 나르시소스 상(像), 메아리 없는 소리, 욕구된 욕망.

점령되지 않은 침대와는 달리 점령된 침대는 어떠한 이점들을 소유하고 있었는가?

밤의 고독감의 제거, 비인간적(탕파[湯婆]) 보온기에 대한 인간적(성숙한 여인의) 보온기의 질적 우위성, 이른 아침의 접촉에 의한 자극, 바지를 정확하게 접어, 스프링 달린 침대요(줄무늬 있는)와 틀 침대요(담갈색의 단을 댄) 사이에다 기다랗게 까는 경우의 가정에서 이루어지는 다림질의 경제.

블룸은 누적된 피로에 관해 자리에서 일어나기 전에, 어떠한 과거의 연속적인 사건들을, 자리에서 일어나기 전에, 말없이 거듭 생각했는가?

아침 식사의 준비(구운 제물[祭物]): 내장의 충만과 예정된 배변(排便)[지성소(至聖所)]: 목욕(요한의 의식[儀式]): 장례식(사무엘의 의식): 알렉산더 키즈의 광고(우림과 둠밈): 간이식사(멜기세덱의 의식): 박물관 및 국립도서관의 방문(성소[聖所]): 베드포드 가로, 머천츠 아치, 웰링턴 부둣가의 헌책 물색(율법 감사절): 오먼드 호텔에서의 음악(시라시림): 버나드 키어넌 주점에서의 험상궂은 혈거인(穴居人)과의 말다툼(전번제[全燔祭]의 제물): 차타기, 상가(喪家) 방문, 고별을 포함한 시간의 공백기(황야): 여성의 노출증에 의하여 일어난 에로티시즘(오년의 의식): 마이너 퓨어포이 부인의 오래 걸린 분만(친교제물 봉헌): 하부, 타이론가 82번지, 벨라 코헨 부인의 사창가 방문, 그리고 비버가에서의 잇단 말다툼과 우연한 난투극(아마켓돈): 버트 교(橋)의, 역마차의 오두막에 이르는 밤의 왕복 산책(속죄).[178]

이제 끝이 나지 않을까 염려하며 끝을 맺기 위해 기려고 자리에서 일어나려던 블룸은 자신이 즐기던 어떤 수수께끼를 무의식 중에 생각했는가?

얼룩 줄무늬 진 목제(木製) 테이블의 무지각한 물체가 발하는 짧고도 예리하고 의외로 높고도 외롭게 콩하고 울리는 한 가닥 소리의 원인.[179]

가려고, 자리에서 일어섰던 블룸은 다색(多色) 다양(多樣) 다중(多種)의 의류를 그러모으면서, 자신도 모를 어떤 수수께끼를, 의식적으로 생각하면서도, 알아내지 못했는가?

비옷 입은 사나이(M 'Intosh)는 누구였던가?

인공(人工) 광선의 소멸에 의하여 자연적인 어둠을 가져오게 했던 블룸은, 지난 30년 동안 산만하나 계속적으로 숙고해 온 어떤 자명(自明)한 의문을, 묵묵히 갑작스레 알아냈는가?

촛불이 꺼졌을 때 모세는 어디에 있었는가?[180]

만 하루 동안의 어떠한 불완전한 것들을 블룸은, 걸어가면서, 이제 막 벗어 놓은 남자용 의류의 집합된 물건들과 맞부딪치며, 묵묵히, 계속적으로 하나하나 헤아렸는가?

광고 계약 갱신을 얻는 것의 일시적 실패: 머스 커넌(런던 시 동구, 민싱 가로 2번지 펄브루크 로버트슨 상사 대리점, 더블린 시 데임가 5번지)으로부터 약간의 차[茶]를 구입하는 일의 실패: 그리스 여신상 후부에 있는 직장 구(直腸口)의 유무를 확인하는 일의 실패: 남부 킹가 46, 47, 48, 49번지의 게이어티 극장에서 밴드먼 파머 부인이 주연하는 연극 〈리어〉의 공연 입장권(무료 또는 유료의)을 얻는 일의 실패.

블룸은, 발걸음을 멈춘 채, 지금은 없는 한 사람의 얼굴의 어떠한 인상을 묵묵히 회상했는가?

마리언의 부친이었으며, 지브롤터의 더블린 왕실 근위병으로, 돌핀즈 반 르호보스 가도에 살았던, 고(故) 브라이언 쿠퍼 트위디 소령의 얼굴.

같은 얼굴의 어떠한 반복적인 인상이 가설상으로 있을 수 있었는가?

그레이트 노던 철도의, 애미언즈가 종착역에서, 일정불변의 가속도로, 만일 연장할 경우, 무한의 종점에서, 만나는 평행선을 따라, 멀어져 가는 같은 얼굴의 인상: 무한의 종점으로부터 다시 생겨난, 평행선을 따라, 일정불변의 감속도로, 그레이트 노던 철도의 애미언즈가 종착역으로, 되돌아오는 같은 얼굴의 인상.

여성이 입는 어떠한 여러 가지 형태의 의상들을 그는 목격했는가?

반 실크의 아무런 향내도 나지 않는 부인용의 까맣고 긴 새 양말 한 켤레, 바이올렛 빛 새 양말대님 한 벌, 널따랗게 재단된 솔기와 고무 집, 자스민 및 뮤라티의 터키 연초(煙草) 냄새를 풍기며, 길고도 번쩍이는 강철 안전핀 한 개가 꽂혀 있는 곡선형으로 접힌, 인도산(産) 엷은 모슬린 천으로 된 특대 형부인 용 드로즈 한 벌, 엷은 레이스의 가장자리 장식의 아마포 재킷 한 벌, 푸른색 비단 물결무늬의 아코디언 주름을 한 속치마 한 벌, 이러한 모든 옷가지들이 난잡하게 그 위에 흩어져 쌓여 있는 한 개의 직사각형 트렁크, 그것은 사방에 받침 나무를 대고, 네 모서리에 양철 덮개를 씌운, 여러 가지 색깔의 상표가 붙은 것으로서, 앞면에 백색 두문자 B. C. T.(브라이언 쿠퍼 트위디)가 씌어져 있었다.

옷가지 이외에 어떠한 비개인적인 물건들이 눈에 띄었는가?

한쪽 다리가 망가졌으며, 사과가 디자인된, 각포(角布)의 사라사 천으로 온통 뒤덮인, 그리고 그 위에 한 개의 귀부인용 까만 맥고모자가 놓여 있는 옷장이 한 개. 무어가 21, 22, 23번지, 바구니, 장신구, 도자기 그리고 철기류(鐵器類) 판매상, 헨리 프라이스[181]에게서 구입한 오렌지색 열쇠 무늬의 세공품들이 세면대 위에 그리고 마루 위에 난잡하게 흩어져 있었는데, 그것들은 세숫대야, 비눗갑, 칫솔접시(함께 세면대 위에), 물주전자 그리고 요강 (각각 마루 위에 별도로) 등이었다.

블룸의 행위는?

그는 옷가지들을 의자 위에 올려놓고, 남은 옷가지들을 벗은 후, 침대 머리에 놓인 베개 밑에서 희고 기다란 접힌 파자마를 꺼내, 머리와 양팔을 파자마의 정해진 구멍 속에 뀐 다음, 베개를 침대 머리맡에서 침대 아랫목으로 옮겨 놓고, 동시에 침대보를 정돈한 다음 잠자리에 들어갔다.

어떻게?

언제나 (그 자신의 또는 다른 사람의) 거처에 들어갈 때처럼, 신중하게.[182] 침대 이불 의 뱀처럼 서린 달팽이형의 스프링이 낡은데다가, 놋쇠 고리와 불쑥 내민 독사형의 침대 살 이 늘어져, 압력 때문에 혼들거리는지라, 몹시 우려하면서: 정욕(情慾) 또는 독사의 소굴 아니면 매복소(埋伏所)로 들어갈 때처럼, 조심스럽게: 될 수 있는 한 방해가 되지 않도록, 살며시: 임신과 출산 그리고 결혼의 완성과 결혼의 파기의, 수면과 죽음의 침상에, 겸허하 게.

그가 사지(四肢)를 점차로 뻗었을 때, 무엇과 부딪쳤는가?

깨끗한 새 침대보, 부수적인 여러 가지 향기, 그녀의 소유물인, 여성 육체의 존재, 자 신의 것이 아닌, 남성의 육체가 남긴 흔적,[183] 몇 개의 빵 조각, 다시 요리된, 몇 조각의 통 조림 고기, 이들을 그는 치워 버렸다.

만일 그가 미소 지었다면 무엇 때문에 그는 미소했는가?

곰곰 생각하건대 침대에 들어온 모든 남자는 자기 자신을 그곳에 들어온 최초의 자 (者)라고 상상하는 반면 비록 그가 후기(後期) 계열의 최초의 자라 할지라도, 실은 언제나 전기(前期) 계열의 최후의 자에 해당할 뿐이고, 각자는 자신을 최초의 자요, 그 이상 없는 자요, 유일 단독의 자라고 생각하는 반면 실은 무한에서 기원하여 무한으로 반복되는 계열 에 있어서 그는 최초의 자도 그 이상 없는 자도 또는 유일 단독의 자도 전혀 아닌 것이다.

전기 계열이란 어떤 것이었는가?

멀비를 이러한 계열의 최초의 자라 가정한다면,[184] 펜로즈,[185] 바텔 나시, 구드원 교 수, 율리우스 마스티안스키, 존 헨리 멘턴, 버나드 코리건 신부(神父), 왕립 더블린 협회

마필(馬匹) 전시회의 어떤 농부, 매고트 오레일리, 매슈 딜런, 발렌타인 블레이크 딜런(더블린 시장), 크리스토퍼 콜리넌, 레너헌, 어떤 이탈리아의 풍금 연주가, 게이어티 극장의 어떤 미지의 신사, 벤자민 돌라드, 사이먼 데덜러스, 앤드루(오줌싸개) 버크, 조지프 커프, 위즈덤 헬리, 시 참사회원 존 후퍼, 프랜시스 브레이디 박사, 마운트 아거스 성당의 세바스찬 신부, 중앙우체국 앞의 어떤 구두닦이, 휴 E. (블레이지즈) 보일런 그리고 기타 등등 그리고 이하 무한에까지.

이러한 계열의 최후의 구성원이요 침대의 최근 점령자[186]에 관하여 그는 어떠한 고찰을 했는가?

그의 정력(버릇없는 놈), 육체적 균형(광고 붙이는 놈), 상업적 수완(남의 등치는 놈), 감수성(속이는 놈)에 대한 고찰.

왜 관찰자는 정력, 육체적 균형 그리고 상업적 수완에 덧붙여 감수성을?

왜냐하면 그는 앞에서 든 계열의 전기 구성원들 가운데서 똑같은 정욕(情慾)이, 처음에는 놀람으로, 그리고 이해로, 그 다음에는 욕망으로, 드디어는 피로로, 남녀 공통의 이해와 염려의 상호 징후를 나타내며, 불에 타듯 점점 강렬하게 전달되는 것을 너무나도 빈번히 관찰했었기 때문이다.

그의 뒤따른 고찰은 어떠한 상반된 감정의 영향을 받았는가?

부러움, 질투, 자제, 침착.

부러움?

수동적 그러나 둔하지 않은, 육체적 및 정신적 여성 유기체 내에 잠재하는 한결같은 그러나 예민하지 않은 정욕의 완전한 만족을 위하여 필요한 인간의 정력적인 교접(交接) 및 정력적인 피스톤과 실린더 운동의 상위(上位) 자세에 특별히 적용되는 육체적 및 정신적 남성 유기체에 대하여.

질투?

왜냐하면 자연체는 그의 자유로운 상태에서, 충만 되고 가변성(可變性)을 띠게 되며, 상호 흡입적(吸入的) 작용 및 반작용을 하기 때문에. 왜냐하면 발동자(發動者)와 피발동자 사이의 끄는 힘은, 팽창 및 수축의 반대 비율로 끊임없는 환상(環狀) 확장 및 방사적(放射的) 수축에 반비례하여 언제나 변하기 때문에. 왜냐하면 흡입력의 증감의 자제적 명상이, 만일 원한다면, 환희의 증감을 가져오기 때문이다.

자제?

왜냐하면, (a) 1903년 9월에 에덴 부두 5번지의 재봉 및 장신구 상인이었던 조지 메시어스의 상점에서 처음 알게 된 면식자(面識者)이기 때문에, (b) 같은 여건에서 주고받으며, 몸소 보답하고 베푸는 대접 때문에, (c) 야망과 아량의 충동, 상호적 이타주의(利他主義) 및 애욕적 이기주의의 충동에 굴복하기 쉬운 비교적 젊음 때문에, (d) 이족적(異族的) 흡입 작용, 동족적(同族的) 반발, 초종족적(超種族的) 특권 때문에, (e) 박두한 지방 순회 음악회, 공동 출자, 서로 반분(半分)하는 순이익 때문에.

침착?

비슷하지 않은 것 같으나 비슷한 자연적 생물이 그의 남성, 여성 및 양성의 천부(天賦)의 본성을 따라 천부의 본성으로서 행사하여 표현되거나 또는 이해되는 자연의 무엇이든지 모든 자연적 행위처럼 자연적이었기 때문에. 사멸(死滅)한 태양과의 충돌 결과로 유성(遊星)이 대격변적으로 파괴되듯 그렇게 참담하지는 않았기 때문에. 절도, 노상강도질, 유아(幼兒) 및 동물 학대, 금전 사기, 위조, 착복, 공급 횡령, 배신행위, 꾀병, 고의상해(故意傷害), 미성년자의 타락, 비방죄(誹謗罪), 공갈 취재(取材), 법정 모독, 방화(放火), 반역, 중죄, 공해상(公海上)의 모반, 침해(侵害), 야간 주거 침입, 탈옥, 부자연 악덕벽(惡德癖), 전시(戰時), 탈영(脫營), 위증(僞證), 밀렵(密獵) 절도, 고리대금, 매국 행위, 위장(僞裝), 구타, 살인, 고의적 및 사전 계획적 살인보다는 무거운 죄가 아니었기 때문에. 육체적 조직체와 그에 부수되는 환경, 음식, 음료, 후천적 습관, 관습적 기호(嗜好), 의미심장한 질병 사이에 상호적 균형을 결과하는, 여러 가지 생활 조건에 적용하기 위해 병행된 다른 여러 가지 관습보다 더 비정상적인 것은 없었기 때문에. 불가피하거나, 환원(還元) 불가능 이상의 것이었기 때문에.

왜 자제가 질투보다 더하고, 부러움이 침착보다 덜했는가?

폭행(결혼의 경우)으로부터 폭행(간통의 경우)에 이르기까지 폭행(교접의 경우) 이외의 것은 전혀 발생하지 않았으나 결혼상으로 강탈당한 자의 혼인상의 강탈자는 간통에 의한 피 강탈자의 간통상의 강탈자에게서 폭행을 당하지 않았기 때문에.

만일 행한다면, 어떠한 보복을?

암살, 절대 불가(不可), 두 개의 악을 합하더라도 한 개의 선을 낳을 수 없기 때문에. 결투에 의한 투쟁, 불가. 이혼, 당분간 보류. 기계 장치(자동 침대) 또는 개인적 증언(숨은 목격자들)에 의한 폭로, 시기상조. 법률의 힘에 의한 손해 배상 소송 또는 습격당하지 않은 상해(스스로 상처를 입은)를 입었다는 위증은, 불가능할 것도 없음. 도저히 영창에 의한 무마비(撫摩費), 기능힐 수도. 만일 행한다면, 적극적으로, 묵과(黙過), 경쟁 준비(물질적으로, 경쟁적인 성대한 광고업 대리점: 정신적으로, 성공적인 연애 경쟁의 대리자), 멸시, 따돌림, 모독, 상대방에게서 소외된 자를 보호하며, 소외케 한 자를 양자로부터 보호하는 별거.

불확실성의 공허성(空虚性)에 대한 의식적 반항자인, 그는 어떠한 사고(思考)에 의해, 자신의 감정을 정당화시켰는가?

처녀막의 선천적 연약성: 그 물자체(物自體)의 전제적(前提的) 불가침성: 행동되도록 마련된 그 물체의 자기(自己) 연장적 긴장과 행동당한 그 물체의 자기 위축적 완화 간의 부적합 및 부조화: 잘못 추정된 여성의 연약성: 남성의 근골성(筋骨性): 윤리법의 가변성: 능동태 부정 과거 명제(남성 주어로서, 단철의성음적[單綴擬聲音的] 타동사, 여성 직접 목적어와 더불어 분석된) 구문에서 수동태 상관적(相關的) 부정 과거 명제(여성 주어로서, 조동사 그리고 다철의성음적 과거분사, 남성 주격 보어와 더불어 분석된) 구문으로의, 도치법에 의한 의미 변경을 내포하지 않는 자연적인 문법 변화: 세대적으로 계속되는 생식자의 계속적인 산물(産物): 증류에 의한 정액의 계속적인 산출(産出): 승리, 항의, 또는 옹호의 무익성: 격찬 받는 정조의 공허성: 불가지물(不可知物)의 혼수성(昏睡性): 별들의 냉담성.

이러한 대립적 감정과 반성은, 그들의 가장 단순한 형태로 되돌아가, 어떠한 최후의 만족을 자아내게 했는가?

지구의 동서 양(兩) 반구(半球)에 있어서, 사람들이 살고 있는 모든 개척된 또는 미개척된 육지나 섬들(한밤중 태양의 나라,[187] 축복의 섬들,[188] 그리스의 섬들,[189] 약속의 땅)에서, 젖과 꿀[190] 그리고 분비성 혈액과 배자(胚子)의 온기를 내뿜는, 풍만한 육체의 곡선을 이루어 영원한 혈통을 연상케 하는, 인상의 무드 또는 표정의 모순됨을 감지하지 못하는, 무언부동(無言不動)의 성숙한 동물성을 표현하는, 여성의 지방질 엉덩이의 전방(前方) 및 후방의 반구(半球)가 존재한다는 만족감.

만족 이전의 가시적(可視的) 징후는?

다가오는 발기(勃起): 안타까운 저항: 점차적인 상승: 임시적 노출: 묵묵한 응시.

다음에는?

그는 그녀의 포동포동하고 원숙한 노란색의 향기를 풍기는 수박(melon)형의 엉덩이에 키스했다, 포동포동한 수박형의 반구의 각각에, 그것의 원숙한 노란색의 고랑 사이에, 몽롱하고 지속적이며 흥분을 주고 수박 냄새나는 입맞춤으로.

만족 이후의 가시적 징후는?

묵묵한 응시: 머뭇거리는 은폐(隱蔽): 점차적인 하강: 안타까운 혐오: 근사적인 발기.

무엇이 이러한 묵묵한 행위에 잇따라 일어났는가?

졸음 상태에서의 중얼거림, 보다 얇은 졸음 상태에서의 인식, 초기의 흥분, 교리문답식 질문.

어떠한 수식어(修飾語)를 가지고 설화자는 이러한 질문에 답했는가?

부정적으로는: 마사 클리퍼드와 헨리 플라우어 사이의 비밀 서신 연락, 리틀 브리턴가 8, 9 및 10번지의 버나드 키어넌 주식회사의 주류(酒類) 판매 특허 점에서와 그 인근에서의 공공연한 말다툼, 성(姓) 미상의, 거트루드(거티)의 노출증에 의하여 야기된 색정(色情) 도발 및 그의 반응 등에 관하여 얘기하는 것을 생략했다. 긍정적으로는: 그는 남부 킹가 46, 47, 48 및 49번지의 게이어티 극장에서의 밴드먼 파머 부인이 주연하는 연극 〈리어〉 공연, 하부 애비가 35, 36 및 37번지의 윈즈(본명 머피즈) 호텔의 만찬회 초대, 저자(著者)가 익명의 건달 신사인, 《죄의 쾌락》이란 제목의 죄악적 및 호색적(好色的) 경향을 실은한 권의 책, 일정한 직업이 없으며, 사이먼 데덜러스의 현존(現存)한 장자(長子)요, 선생이며 저술가인, 스티븐 데덜러스가 만찬 후의 투기적(鬪技的) 과시(誇示) 도중에 오산(誤算)에 의한 일격으로 희생(그 후 완전히 회복되었지만)된 일시적 진탕(震蕩), 상술한 선생이요 저술가인, 목격자의 면전에서 설화자가 신속한 결단과 체능적 적응성을 가지고 행한, 일종의 곡예적(曲藝的) 묘기 등에 관한 것들을 모두 얘기했다.

그 밖의 이야기는 수식어에 의해서 달리 변경되지는 않았는가?

절대로.

어떠한 사건 또는 인물이 그 밖의 이야기의 요점으로 등장했는가?

선생이요 저술가인, 스티븐 데덜러스.

이러한 계속적이며 배가적(倍加的)으로 한층 간결해지는 이야기의 진행 과정에 있어서 청취자와 설화자는 그들 자신에 관한 부부의 권리 행사 및 금지에 대한 어떠한 한계를 인식했는가?

청취자에게는 다산(多産)의 한계를, 왜냐하면 결혼 의식(儀式)이 그녀의 탄생(1870년 9월 8일)[191]한 지 18년 1개월 후, 즉 10일 8일에 거행되었으며, 같은 날짜에 신방(新房)을 치른 결과, 1889년 6월 15일에 여아(女兒)가 탄생했으나, 실은 여성의 자연적 조직체 내에의 사정(射精)과 함께, 완강한 육체의 교접(交接)은, 사실상 기일보다 앞서, 동년(同年) 9월 10일에 신방을 치른 셈이며, 이후 1893년 12월 29일에 탄생하여, 1894년 1월 9일에 죽은, 제2의 자녀(단 하나의 남아)가 태어나기 5주일 전, 즉 1893년 11월 27일에 최후로 완전한 육체적 교접이 이루어졌기 때문에, 10년 5개월 18일 동안은, 육체적 교접은 불완전했으며, 여성의 자연적 조직체 내에의 정자(精子)의 사출(射出)은 전혀 없었다. 설화자에겐 정신적·육체적 활동의 한계를, 왜냐하면 1903년 9월 15일에, 설화자와 청취자 사이에 태어난 여아의 월경 출혈(月經出血)에 의하여 나타났던 사춘기의 완성 이래, 자기 자신과 청취자 사이의 완전한 정신적 교접이 이루어지지 않았는지라, 완성된 두 여성(청취자와 여아) 사이에 선천적이요 자연적인 이해가 무이해(無理解) 속에 이루어진 결과, 9개월하고도 1일간 완전한 육체적 행동의 자유가 제한되어 있었다.

어떻게?

일시적 부재(不在)의 경우에 있어서 남성이 계획하여 실행할 경우 그의 목적지는 어느 쪽, 장소는 어디, 시간은 언제, 기간은 얼마 동안, 목적은 무엇 때문에 등에 관한 여성의 각양각색의 반복적 질문에 의하여.

청취자의 그리고 설화자의 보이지 않는 사고(思考) 위를 눈에 띄게 움직이고 있는 것은 무엇이었는가?

갓을 씌운 램프 위로 뻗친 반사, 명암(明暗)의 여러 가지 농담(濃淡)을 지닌 동심원의 가변적(可變的) 연속.

어떤 방향으로 청취자와 설화자는 누워 있었는가?

청취자는, 동남동으로: 설화자는 서북서로: 북위 53도, 서경 6도 지점에: 적도와 45도의 각도로.

어떠한 휴식 또는 운동 상태로?

그들 자신 및 각자로서는 상호 휴식 상태로. 결코 변하지 않는 공간에 있어서 언제나 변하고 있는 궤도를 통하여 지구의 고유한 끊임없는 운동에 의하여, 각기 한 사람은 앞을 그리고 한 사람은 뒤를 향해, 양자 다 함께 서쪽으로 움직이고 있는 운동 상태로.

어떤 자세로?

청취자: 반쯤 몸을 왼쪽으로 기울이고, 왼손으로 머리를 괸 채로, 오른쪽 다리를 구부린 왼쪽 다리 위에 올려놓고 일직선으로 뻗어, 마치 대지(大地)의 여신(가이아 — 텔루스[192])의, 충만하여, 가로누운 채, 종자(種子)로써 배〔腹〕를 부풀게 하고 있는 자세로. 설화자: 왼쪽으로, 몸을 완전히 기울이고, 오른쪽과 왼쪽다리를 모두 구부린 채, 오른손의 집게손가락과 엄지손가락을 콧마루에 올려놓고, 마치 퍼시 앱존이 찍은 스냅사진에 묘사된 태도로, 피로에 지친 성인남아(成人男兒), 자궁 속의 남아성인의 자세로.

자궁? 피로?

그는 휴식하고 있다. 그는 여행을 마쳤다.

누구와?

뱃사공 신바드 그리고 재단사 틴바드 그리고 간수(看守) 진바드 그리고 고래잡이 윈바드 그리고 열성가(熱誠家) 닌바드 그리고 실패자 핀바드(Finbad) 그리고 물 퍼내는 사람 빈바드(Binbad) 그리고 물통 만드는 사람 핀바드(Pinbad) 그리고 우편배달부 민바드 그리고 호출계 힌바드 그리고 비웃는 사람 린바드(Rinbad) 그리고 채식주의자(菜食主義者) 딘바드 그리고 전율자(戰慄者) 빈바드(Vinbad) 그리고 경마 도박자 린바드(Linbad) 그리고 폐결핵 환자 쩐바드.[193]

언제?

컴컴한 침대로 가자, 백주(白晝)의 사나이 다킨바드의 로크[鳥][194]와 닮은 모든 바다오리의 밤의 침대 속에 뱃사공 신바드의 로크를 닮은 바다오리[195]의 네모지고 둥근 알이 한 개 놓여 있었다.[196]

어디로?

    ●

◆ 18장 ◆

* 그래요(Yes) 그이가 잠자리에서 계란 두 개하고 아침을 먹겠다고 한 것은 시티 암즈 호텔 이래로 그전엔 한 번도 없던 일이었지 그 당시 그이는 앓는 소리를 내면서 병이라도 난 듯 드러누워 있거나 고상하고 점잖은 체 뻐기면서 저 말라깽이 할망구 리오던 부인에게 아침을 떨며 그녀가 꽤 자기 마음에 든 체 했겠다 그런데 그녀는 자기 자신을 위한 미사에다 돈을 몽땅 기부해 버리고 우리한테는 한 푼도 남겨 주지 않았다니까 저런 구두쇠 할망구는 세상에 처음 봤어요 정말이지 싸구려 술값 4펜스 내놓는 것도 아까워하고 내게는 노상 자기 병 이야 기만 털어놓다니 그녀는 태어날 때부터 잔소리가 너무 심해 정치니 지진이니 세상의 종말에 관해 수다를 떨지만 조금이라도 재미있게 얘기해 보자 이 말씀이야 세상 여자가 다 저따위 라면 정말이지 하느님 맙소사 견딜 수가 없을 거야 수영복이나 야회복에 대해 마구 욕을 해 대지만 천만에 누가 자기더러 그걸 입어 주십사 하고 원하거나 한대나 그녀가 그렇게도 독실 하게 하느님을 믿는 이유는 어떤 남자고간에 두 번 다시 저런 여자는 쳐다보려 하지 않기 때 문일 거야 정말이지 나는 저 여자처럼 되고 싶진 않아요 오히려 그녀가 우리더러 베일로 얼 굴을 가리고 오라고 하지 않던 것이 이상할 지경이지 하지만 그 여자는 분명히 공부는 좀 했 나봐 게다가 이곳에서 내 남편 리오던 씨 저곳에서 내 남편 리오던 씨 하고 수다를 떠니 정말 이지 남편도 그녀에게서 헤어나는 것이 기뻤을 거야 그런데 그녀의 개가 내 털옷 냄새를 맡 고 내 속치마 속으로 뛰어들려고 했지 뭐야 특히 그것이 있을 때는 그랬어 그런데도 그이가 저따위 늙은 할망구나 급사 그리고 거지에게까지도 친절히 대해 주는 것을 난 좋아해요 그이 는 무턱대고 뽐내지는 않아요 하지만 언제나 그런 건 아니지 만일 그에게 어떤 병이든 정말 로 심각하게 되면 주저할 것 없이 병원에 입원하는 게 상책이야 병원에 가면 모든 게 다 깨끗 하니까 그러나 그에게 그걸 또 납득시키려면 한 달 동안이나 입이 닳도록 말해야 할 판이니 그렇지 그렇게 되면 이번에는 또 간호원과의 문제를 생각해야지 그녀와 무슨 일을 저질러 쫓 겨날 때까지 그곳에 들러붙어 있을 테니 말씀이야 그런데 그녀는 그이가 갖고 다니는 그 외 잡스런 사진의 수녀를 닮긴 했어도 내가 그렇지 않듯 그녀 역시 필경 수녀는 아니야 그래요 남자들이란 병이라도 나면 굉장히 엄살을 피우며 우는 시늉을 하기 때문에 여자가 곁에 있어 야만 병이 났다 대나 혹시 코피라도 흘리면 오 정말이지 야단나지요 그러니 그이가 슈가로프 산(山)의 성가대 파티에서 발을 삐었을 때 남부 순환로 근처에서의 저 죽어가는 듯한 꼬락서 니라니 그 일은 내가 바로 그 새 옷을 입던 날 생겼어 스태크 양(孃)이 꽃을 들고 그이의 문 병을 왔지 그런데 그것은 바구니 맨 밑바닥의 팔다 남은 제일 나쁜 꽃이었어 어떻게서든지 남자의 침실에 들어와 보고 싶었던 거야 그녀의 올드미스다운 특이한 목소리로 이제 당신의 얼굴을 보는 것도 마지막이에요 라고 하듯 자기 때문에 그이가 죽어가고 있다고 생각하고 싶 어 하지요 그러나 그이는 침대에 누워 있는 동안 턱수염이 약간 자라서 한층 남자답게 보였 지 아버지도 그랬어 게다가 난 붕대를 감아 준다거나 약을 먹인다는 것은 정말 질색이야 그 이가 티눈을 자르다가 면도날로 자기 발가락을 베었을 땐 패혈증(敗血症)에라도 걸리지 않 을까 하고 정말 겁이 났어요 하지만 반면에 내가 병이 났을 경우 어떻게 시중들 것인지는 두 고 볼 일이지 물론 여자란 남자들이 그렇듯 야단법석을 떨지 않으려고 병을 감추기 일쑤지요 그렇지 그이의 식욕으로 미루어 보아 꼭 무슨 꿍꿍이속이 있었을 거야 아무튼 그건 연애 사

608 율리시스

건은 아니야 그렇다면 그 여자 생각 때문에 식욕이 줄 테니까 말이야 그러니 필경 그 밤의 여인임에 틀림없어요 혹시 정말로 그이가 그곳에 갔다면 호텔 이야기[1]는 그와 같은 짓을 감추려고 한 보따리 거짓말을 꾸며댄 것임에 틀림없이 하인즈가 나를 붙들지 않겠소 글쎄 누굴 만났더라 아 그래 당신 내가 만난 멘턴 생각나오 그리고 그 밖에 누구더라 가만있자 하고 거짓말을 꾸며대지 뭐예요 나는 어린애 같은 저 큼직한 얼굴이 생각나요 그는 결혼한 지 얼마 안 되어 풀즈 미리오라마[2]에서 어떤 젊은 계집애를 희롱하던 것이 나에게 발각되어 내가 그에게 등을 돌리자 그는 겸연쩍은 듯이 살짝 피해 도망치고 말았어 별로 나쁠 것도 없는데도 그러나 그는 뻔뻔스럽게도 언젠가 내게 마구 달려 들더라니 주둥이는 무척 까진 사내야 삶아 놓은 듯 퉁퉁 부은 눈을 가진 정말이지 그렇게도 얼간이 친구는 처음 봤어 그러고도 변호사라나 잠자리에서 길다란 잔소리를 늘어놓다니 정말 질색이지 혹시 어디서 우연히 만났거나 아니면 몰래 주운 엉덩이에 바람난 어떤 계집애일지 모르지 만일 여자들이 나만큼이라도 그이를 알고 있으면야 그렇지 왜고하니 그저께도 내가 신문에 난 디그넘의 사망 광고를 그이에게 보이려고 무심코 응접실에 들어갔을 때 그이는 편지인지 뭔지를 갈겨쓰고 있더니만 압지(押紙)로 얼른 그것을 가리고 마치 사업에 관한 일이라도 생각하는 척 하듯이 보였다니까 필경 그건 누구에게 보내는 편지였을거야 그이의 나이쯤 되면 특히 마흔 살쯤 되면 사내들이란 저렇게 모두들 날뛰기 때문에 계집은 저이야말로 정말 멍청이 같은 사내라고 생각하고 될 수만 있다면 그에게서 많은 돈을 핥아 내려고 하는 거지 나이 먹고 건들거리는 바보보다 더한 자는 없어 그리고 여느 때와 같이 내 엉덩이에 키스를 하는 것을 감추려고 하는 짓이지 나는 그이가 누구하고 관계하든 또 그전에 누구와 잤든 이제 조금도 개의치 않지만 저 개망나니 계집에 메리[3]와의 경우처럼 저물도록 둘이서 내 코 끝에 달려 붙어 있지 않게 하려면 정말이지 정신차려 살펴봐야 해 그런데 바로 그 계집애는 우리들이 온타리오 테라스에 살고 있었을 때 그이를 유혹하려고 엉덩이에다 가짜 물건을 잔뜩 처넣어 불룩 나오게 하고 있었지 그이한테서 그따위 계집애들의 분(粉) 냄새를 맡는 것은 정말 질색이야 한두 번 나는 그이를 내 곁에 오도록 하여 그이의 코트에서 기다란 머리카락을 발견했을 때 무슨 일이 있었구나 하는 의심을 품은 적이 있었어 그뿐인가 내가 부엌에 들어가면 그이는 마치 물을 마시러 온 척 한다니까 사내들이란 계집 하나로는 만족하지 않으니 말이야 그러나 물론 그것은 모두 그이의 잘못이지 식모들을 망쳐 놓고서 크리스마스에는 제발 같은 상에서 식사할 수 있도록 하라는 등 제의를 하니 오 노 댕큐 적어도 내가 살고 있는 집에서는 그 짓은 못해 감자나 한 다스에 2실링 6페니 하는 굴(貝)까지 훔쳐내어 자기 숙모를 만나러 가다니 글쎄 그건 정말 졸렬한 도둑질이지 뭐야 그러나 그이가 그녀랑 그따위 짓을 하는 것과 무슨 꿍꿍이속이 있다는 것은 다 뻔한 일이지 그런 꼬리를 잡기란 힘들지 않아요 그이는 당신 증거가 없잖소 하고 말하지만 그녀가 바로 증거지 뭐야 오 그렇지 그 애의 숙모가 굴을 아주 좋아했었지 하지만 나는 그 애한테 실컷 퍼부어 주었어 단둘이 오붓하게 남아 있으려고 그녀가 나를 외출시키려 했던 거야 내가 그들을 염탐하다니 그따위 바보짓은 안 해 그녀가 외출하고 없던 금요일 나는 그녀의 방에서 잉날 대님을 발견했지 그것만 봐도 나에겐 충분하고도 남아 일주일 후에 그만두고 나가라고 하자 그 계집의 뾰로통한 성난 상통이라니 차라리 식모 없이 지내는 편이 훨씬 낫다는 것을 알았지 부엌일과 쓰레기 청소만 아니면 방들도 나 스스로 청소하는 것이 훨씬 빠를 지경이지 나는 그이더러 말했지만 아무튼 그 애가 아니면 내가 이 집을 나가야 해 그 애처럼 더럽고 얼굴이 유들유들한데다가 거짓말쟁이요 타락한 여자 애와 함께 산다는 것을 생각하면 나는 그이한테 손대는 것조차도 할 수 없어요 내 면전에서까지 마구 말대꾸를 하고 심지어 변소간에서도 노래를 부르니 그 이유인즉 그녀는 자기가 아주 복이 많다는 것을 알고 있기 때문이지 그렇지 왜냐하면 그이는 그도록 오랫동안 그 짓을 하지 않고선 못 배길 거야 그런 고로 그이는 어디서든지 그 짓을 해치워야만 하지 그리고 지난번 그이가 엉덩이 위로 기어올랐을 때는 톨카 강변을 거닐면서 보일런이 내 손을 힘있게 꽉 쥐어 주던 밤이었지 몰래 내 손을 또 한 번 쥐어 주지 않겠어 그래서 나는 되 쥐어 주려고 엄지손가락으로 그가 하는 식으로 손등을 꾹 눌러 주었지 사랑을 비쳐주는 오월의 초승달을 노래하면서 왜냐하면 그이는 나와 그이 사이를 의심하고 있었으니까 그도 아주 바보는 아니까 난 밖에서 식사하고 게이어티 극장에 구경가겠소 하고 그이가 말했지만 어떤 일이 있더라도 그이에게 그런 만족을 주기는 싫어 정말이지 어떤 점에서는 그이도 기분전환을 해야만 해 언제나 똑같은 헐어빠진 모자를 쓰고 있는 것보다는 낫지 하기야 어떤 잘생긴 소년에게 내가 돈을 주고 그렇게 해달라고 시킨다면 몰라도 왜냐하면 혼자서는 할 수 없으니까 젊은 소년은 날 참 좋아할 거야 혹시 우리가 단둘이 있게 되면 그를 가슴이 두근두근 뛰게 만들어 주어야지 내 새 양말 대님 있는 데까지 보여 주어 그의 얼굴이 홍당무가 되게 해줘야지 빤히 쳐다보면 유혹하는 거야 뺨에는 뽀얀 털이 나가지고 언제나 그 물건을 꺼내 장난질만 하고 있는 저런 소년들은 어떤 기분을 내는지 내는 알고 있어 물어 보던지 대답을 하는 거야 당신은 이렇게 저렇게 그 밖에 달리 하고 싶지 않으세요 석탄 장수하고도 그래요 주교님하고 정말이지 하고 싶고 말고 왜냐하면 언젠가 내가 유태인 사원 마당에서 뜨개질을 하고 있었을 때 내 곁에 앉아 있던 어떤 수석 사제인지 주교님인지에 관해서 그이에게 이야기했기 때문이지 그이는 더블린에 처음 온 낯선 사람 같았어 여기는 어떤 곳이었지요 라는 등 기념비와 여러 가지 조각들에관한 이야기로 그이는 나를 귀찮게 했었지 그이를 몹시 심하게 추어주며 마음대로 내버려두자 자 당신 마음속에 있는 분은 누구지요 말해 보오 누구를 생각하고 있는 거요 누군지 그의 이름을 말해 보구려 독일 황제쯤 됩니까 자 내가 바로 그분이라 상상하고 그분에 관해 생각해보구려 하고 말했지 하지만 그이는 나를 매음녀 취급을 하려고 하는 것을 느낄 수 있었어 그이 정도의 나이라면 그따위 짓은 안 하는 게 나아 어떤 여자고 단지 파멸로 이끌 뿐이니까 거기엔 만족이 있을 리 만무해 그이는 끝마칠 때까지 아주 흡족한 체했었지 그리고 나 자신도 여하튼 일을 치르고 말았어 그러자 그이는 입술까지 새파래지고 마는 거야 하여간 한 번으로 이제 일단락 지어진 거지 세상 사람들이 그 짓에 대해서 뭐라 하든 우선 중요한 것은 처음뿐이고 지나고 나면 전혀 아무것도 아닌 양 그 따위는 더 이상 생각지도 않지 결혼하지 않고는 왜 남자에게 먼저 키스할 수 없담 때때로 온몸이 타는 듯하거든 기분이 좋아질 때는 미친 듯이 참을 수가 없어 어떤 남자든지 내 곁에 있어서 나를 양팔로 끌어안고 키스해 주었으면 좋겠어 길고 열렬한 키스에 비할 것이 또 어디 있을까 그것은 영혼까지 거의 마비시킬 지경이지 내가 쿠리건 신부님을 자주 찾아갔을 때 그런데 나는 그와 같은 참회는 정말 질색이야 그이가 저의 몸에 손을 댔어요 신부님 그러자 그이는 그건 그렇게 대단찮아요 도대체 어디서지 하고 물었어 나는 바보처럼 운하 둑에서요 하고 대답했어 그러나 이봐요 아가씨 그대의 몸 어디쯤이지 다리의 아주 깊숙한 곳인가 그래요 그보다 더 깊은 곳이었어요 그대가 앉는 곳쯤인가 그래요 오 정말이지 신부님은 솔직하게 엉덩이란 말을 할 수가 없었던 거야 그래서 그렇게 말했던 거야 엉덩이와 무슨 관계가 있다고 그러시는 건지 그리고 했느냐 또는 뭔가 그따위 이야기를 하셨지만 나는 잊어 버렸어 아니에요 신부님(father)이라고 하면 나는 언제나 진짜 아버지를 생각하게 마련이야 나는 이미 하느님께 그것을 모두 고백해 버렸는데 그이는 또 뭘 알 필요가 있다고 그러시는 건지 그이는 포동포동 살찐 예쁜 손을 갖고 있었는데 손바닥이 언제나 축축이 젖어 있었지 나는 그것을 만지는 게 싫지 않았을 뿐만 아니라 게다가 그이도 또한 싫지 않은 눈치였어 그이의 말(馬) 목걸이 같은 칼라 속에 파묻혀 있던 황소 목을 봐도 알 수 있어 그이가 참회실에 있는 나를 알고 있었는지 궁금했어 그이의 얼굴을 나는 볼 수 있었지만 그이는 물론 내 얼굴을 볼 수 없었어 그이는 결코 얼굴을 돌리지 않았거니와 그렇게 하는 체하지도 않았어요 하지만 그이의 엄친이 돌아가셨을 때에는 그의 눈이 새빨갰었지 물론 신부님은 여자들에 대해서는 아예 생각을 갖지 않아 그러나 남자가 소리내어 우는 것은 정말 무서운 일이야 신부님들은 홀로 내버려두는 게 나아 나는 사제복을 걸친 신부님한테 안기고 싶어 교황과 같은 향내가 그에게서 풍길 테니까 말이야 게다가 누구든지 결혼한 몸이라도 사제와 같이 있는 것은 아무런 위험이 없거든 자기 쪽에서 지나치게 주의를 하니까 거기다가 속죄를 위해 교황 폐하게 무엇이든지 바칠 터이고 그이⁴⁾는 오늘 나하고 만족했는지 몰라 한 가지 싫은 일은 그이가 밖으로 나가면서 현관에서 내 엉덩이를 능글맞게끔 지나치게 두들겼지 뭐야 웃어 넘기긴 했어도 나는 말도 당나귀도 아니란 말이야 아마 자기 부친을 생각하고 있었나봐 잠에서 깨어나 내 생각을 하고 있을까 아니면 꿈이라도 꾸고 있을까 나에 관한 꿈인지 몰라 누가 그이한테 꽃을 주었지 자기 말로는 산 거라 했지만 몸에서 무슨 술 냄새가 나던데 위스키도 혹맥주 냄새도 아니었어 어쩌면 광고 붙일 때 쓰는 들쩍지근한 냄새인지도 몰라⁵⁾ 오페라 모(帽)를 쓰고 여배우 꽁무니를 쫓아다니는 저 멋쟁이 놈들이 마시는 것과 같은 파란색이나 노란색의 귀하고 값진 술을 한 번 마시고 싶어 그와 같은 것을 손가락으로 찍어 맛본 적이 있지 다람쥐를 키우고 있던 저 미국인은 아버님과 우표 이야기를 하고 있었어⁶⁾ 나중에 우리들이 포트와인을 마시고 통조림 고기를 먹은 뒤에도 그는 졸린 것을 억지로 참으려고 무진 애를 쓰고 있었어 그런 통조림 고기는 짭짤해서 참 맛이 좋았지 그래 왠고하니 나는 기분이 좋고 고단해서 잠자리에 들자마자 이내 깊은 잠이 들고 말았어 드디어 그놈의 천둥이 나를 잠에서 깨우고 말았으니 마치 세상의 종말이 다가온 듯 했어 하느님 저희들에게 자비를 베푸소서 우리들을 벌주려고 하늘이 온통 우리들 머리 위로 떨어지나 했지 그때 나는 성호를 긋고 아베마리아를 불렀지 마치 지브롤터의 저 무시무시한 우렛소리 같았어 그런데 모두들 하느님은 없다고들 하지만 도대체 어떡하면 좋담 아무것도 아닌 것에 저렇게 우르릉 쿵쾅 하고 있으니 으스러질 지경이야 기껏해야 참회 정도 행할 뿐이지 내가 그날 저녁 화이트프라이어즈 가(街)⁷⁾의 성당에서 5월제(五月祭)를 위하여 촛불을 켜자 보란 말이야 분명히 행운을 갖고 오지 않았던가 말이야 만일 그이가 들으면 비웃겠지만 그것은 그이가 성당의 미사니 기도회에 한 번도 결코 가보지 않았기 때문이야 당신의 영혼이라 당신은 영혼을 갖고 있지 않아요 속에는 단지 회색의 물질이 있을 뿐이오 왜냐하면 그이는 영혼을 가진다는 게 무슨 뜻인지를 모르고 있기 때문이야 그래 내가 램프를 켰을 때 왜냐하면 그이⁸⁾가 지닌 그 엄청나게도 크고 짐승 같은 붉은 것을 가지고 세 번인지 네 번인지 덤벼들었음에 틀림없었으니까 도대체 혈관인지 뭔지는 몰라도 막 터질 듯하드라니까 비록 그이의 코는 그렇게 크지는 않지만 여러 시간 걸려서 옷을 입는다 향수를 뿌린다 그리고 머리를 빗는다 법석을 떤 후에 나는 차일을 내리고 이번에는 아주 옷을 훌랑 벗어 버렸지 마치 인두인지 무슨 쇠 지렛대 같은 것이 계속 서 있기만 하지 않겠어 틀림없이 굴(貝)을 먹었을 거야 내 생각에 몇 다스 정도는 그리고 마치 노래를 부르듯 큰 소리를 질렀지 아니 정말이야 그렇게도 커다란 사이즈의 것을 가지고 나를 벅차게 한 사람은 내 일생 동안 결코 없었어 필경 나중에 양(羊) 한 마리를 다 먹어 치웠을 거야 우리들의 한복판에다가 이렇게 큰 구멍을 만들어 놓다니 무슨 생각에서 그랬을까 아니면 마치 종마(種馬)처럼 우리들 속으로 쿵덕쿵덕 다가드니 말이야 왜냐하면 그들이 여자들한테서 바라는 것은 그것뿐이니까 그이는 단호하고 악의에 찬 눈초리를 하고 있었어 나는 두 눈을 반쯤 감지 않을 수 없었지 하지만 그이는 지금까지 그렇게도 엄청난 양의 정액을 갖지는 않았어 징밀토 굉장하구나 하고 생각하면서 그이더러 그것을 빼게 하고 위로 올라오게 했을 때 그런 식으로 하는 것이 한층 기분이 좋았어 절대로 흘러나오지 않게 할 수도 있고 적당히 마지막에는 그이더러 속에서 끝나도록 했지 여자들을 위하여 정말 근사한 착안이었어 그이를 위하여 온갖 재미를 보게끔 말씀이야 하지만 만일 누구든지 그와 같은 진통(陣痛)의 괴로움을 조금이라도 남자들에게 맛보게 한다면 내가 밀리를 낳을 때 어떠했는지를 알게 되련만 아무도 믿지 않겠지 그 애의 이(齒)가 나고 있을 때에도 역시 그런데 마이너 퓨어포이의 서방은 구레나룻 신바람이 나서 일년에 한 번씩 시계처럼 규칙적으로 하나 아니면 쌍둥이로 그녀에게 배를 불리게 하지 여편네한테서 언제나 아기 냄새가 풍겨 약장수라나 뭐라나 하는 그 녀석은 마치 더벅머리가 진 검둥이 같다니까 정말로 그 애는 깜둥이야 요전에 내가 그곳에 갔을 때에도 한 떼의 애놈들이 서로 겹쳐서 귀청이 찢어질 듯이 떠들어대고 있었지 그것이 건강에 좋다나 남자들은 우리 여자들을 코끼리처럼 부풀게 하지 않으면 만족하지 못하나 봐 그이의 아이가 아니라도 만일 내가 감이 또 하나의 아기를 낳는다면 어떻게 될는지 몰라 혹시 그이가 결혼하면 틀림없이 훌륭하고 튼튼한 아이를 갖게 될 거야 하지만 폴디가 원기(정액)를 더 많이 가졌을지도 몰라 그렇지 그건 정말 기쁜 일이야 조시 파우얼[9]을 만난다든 지 장례식에 참석한다든지 나나 보일런에 관해 생각한다든지 해서 그이의 구미가 당기도록 할 수 있을는지 몰라 자기 좋은 대로 생각할 수 있으니까 글쎄 만일 그것이 그에게 도움이 된 다면 언젠가 내가 현장에 나타났을 때 그 여자와 둘이서 주저 없이 굴며 들러붙어 있던 것을 나는 알아 조지너 심프슨이 그녀의 집들이 축하연을 베풀던 날 밤 그이는 그녀와 춤추며 밤을 새웠어 그리고 그이는 그 여자가 남과 동떨어져 있는 것이 보기에 정말 민망스러워 견딜 수 없었다고 하며 나를 이해시키려고 무던히 애를 썼지 그 때문에 우리들은 정치 문제를 가지고 쥐어뜯고 싸웠어 하느님은 못수(木手)야[10] 하고 말하며 싸움을 시작한 것은 그이지 나는 아니야 마침내 그이는 나를 울리고 말았어 물론 여자란 만사에 너무 민감하니까 내가 양보를 하긴 했어도 몹시 약이 올라 어쩔 줄을 몰랐어 하지만 아무튼 그이는 자신이 내게 정신이 팔려 있다는 것을 알고 있으면서도 최초의 사회주의자야말로 하느님[11]이라고 말했지 그이는 나를 너무나 곯렸기 때문에 나는 그이를 화나게 할 수도 없었어 하지만 그이는 별의별 걸다 알고 있어 특히 몸이랑 체내의 일에 대해서 말이야 나도 이따금 우리들의 몸 안이 어떻게 되어 있는지 저 주치의(主治醫)한테 직접 시험해 보고 싶었어 나는 언제나 방에 사람들이 가득 차 있을 때도 그이의 목소리를 이내 알아차릴 수 있어서 그이를 감시할 수 있었어 그 후로 나는 그이의 일로 해서 그 여자와 사이가 나빠진 체했었지 왜냐하면 그이도 약간 질투심이 있기 때문이야 그이는 당신 누구한테 가는 거요 하고 물을 때마다 나는 플로이[12]한테 간다고 말해 주었지 그리고 나서 그이는 비이런경(卿)의 시집과 장갑 세 켤레를 내게 선물했는데 그 것으로 만사는 다 해결되었어 나는 언제나 그이와 아주 쉽사리 화해할 수 있었으며 비록 그이가 다시 그 여자와 들러붙는다 하더라도 그것을 어떻게 수습할지를 알고 있어 그리고 혹시 그이가 양파 먹기를 거절한다면 어딘가 그 여자를 만나러 간다는 것쯤은 나도 알지 이쪽에서도 별의별 수가 많아 내 블라우스의 칼라를 접어 달라고 그이에게 부탁한다든지 아니면 외출 하면서 베일을 내리거나 장갑을 끼고 그이를 한 번 만져 준다든지 키스라도 한 번 해주면 사내들이란 다 녹아 떨어지고 말지요 그러나 좋아요 그이가 그 계집애한테 가고 싶어하면 가게 내버려둬요 계집은 물론 아주 기뻐할 게고 그이한테 홀딱 반한 체 할 테지만 나는 그까짓 것 조금도 상관 안 해 내가 그 계집한테 찾아가서 너 그이를 사랑하고 있어 하고 물으면서 눈을 빤히 들여다보면 아마 그 계집도 나를 업신여기지는 못할 거야 그러나 그이가 진짜 스스로 사랑에 빠진 줄로 알고 그전에 내게 그랬듯이 추근추근 그 계집한테 사랑을 고백해 버릴는지도 모를 일이야 하기야 나는 그이가 그런 말을 하도록 무던히 애를 썼었지 그이가 그렇게 하는 것을 내가 좋아한 이유는 그이는 구혼을 삼갈 것이요 또한 이내 손을 대지 않을 것이라는 것이 드러났기 때문이지 그리고 내가 부엌에서 감자떡을 반죽하고 있던 그날 밤에도 그이는 갑자기 당신한테 이야기할 게 있는데 하고 말하는 것이 아니겠어 그렇지만 난 그이의 이야기 끝을 따버리고 손과 팔을 가루 투성이로 만든 채 아주 심통이 난 체하고 있었지 아무튼 나는 전날 밤의 꿈 이야기랑 별의별 이야기를 터뜨리고 말았지 고로 나는 필요 이상으로 그이에게 더 알리고 싶지는 않았어 저 조시[13]는 언제나 그이가 있는 곳에서 나를 함부로 껴안았어 나를 낚아채다니 그것은 물론 그이를 껴안는다는 뜻이었어 내가 가능한 모의 구석구석을 씻는다고 했더니 그럼 당신 거기도 씻느냐고 묻는 것이었지 여자란 남자가 있을 때는 언제나 이야기를 그런 면으로 슬쩍 돌리며 친밀한 체하지 여자들이 그런 이야기를 하게 되면 그이는 전혀 관심이 없는 듯 간사스레 눈을 약간 꿈쩍하면서 무관심한 척하는지라 그이가 어떤 남자인지 여자들은 이내 알아내고 말지 그런 짓이 그이를 망치게 하는 거야 나는 조금도 이상하게 여기지 않아 왠고하니 그이는 당시 아주 미남자였는데다가 바이런경(卿)을 닮으려고 무척이나

애를 쓰고 있었으니까 나는 당신이 좋아요 하고 말해 주었지 하기야 남자로서 좀 지나치게
예뻤지만 그리고 그이는 뒤에 우리들이 약혼하기까지만 해도 사실 좀 그런 데가 있었어 그러
나 그 계집은 그걸 그렇게 좋아하지는 않았어 그날 나는 발작적인 기분 때문에 마구 깔깔거
리고 있었지 웃음이 멈춰지질 않았어 내 머리핀이 차례로 모두 빠져서 머리카락이 아주 흐트
러지고 말았으니까 당신은 기분이 언제나 정말 좋으시구려 그 계집이 말했지 그렇지 왜냐하   5
면 그것이 그 계집에게는 굉장히 비위에 거슬렸고 그녀는 그것이 무슨 뜻인지 알고 있었기
때문이야 왜냐하면 나는 우리들 두 사람 사이에 일어났던 이야기를 끔찍이도 그녀에게 말해
주곤 했으니까 물론 다 들려준 건 아니지만 그 여자[14]의 입에 군침이 괼 정도로 충분히 말이
야 그러나 그것은 내 잘못은 아니었어 그녀는 우리들이 결혼한 후로는 지나치게 우리 집에
발을 들여놓지는 않았어 그 후로 정신나간 남자와 결혼하여 지금은 어떻게 되었을까 지난번   10
만났을 때 얼굴은 야위어서 아주 꼴불견이었는데 남편과 한바탕 싸우고 난 다음이었던가 봐
왜냐하면 끔찍이도 자기 남편 이야기를 끌어내어 마구 깎아 내리려던 순간 나는 그것을 눈치
챘지 오 그렇지 때때로 그녀의 남편이 번덕스런 생각이 들 때에는 흙 묻은 신발 그대로 잠자
리에 기어든다 나 어쩌면 그따위 남자와 같이 자야 하다니 생각을 해봐요 몸이 오싹할 지경
이지 어쩌면 남자가 그럴까 글쎄 머리가 돌더라도 사람마다 다 미치광이가 되는 것은 아닐   15
텐데 폴디는 자신이 무슨 짓을 하든지 간에 아무튼 집에 들어 올 때에는 비가 올 때나 갤 때
나 꼭 구두를 검정 약으로 닦고 거리에서 누굴 만나면 예나 지금이나 모자를 벗고 인사하지
그리고 이제 와서 저 정신나간 늙은이가 이제 끝장이다라고 쓴 우편엽서 때문에 1만 파운드
의 손해 배상을 요구하겠노라고 슬리퍼 바람으로 거리를 쏘다니고 있는 거지 오 사랑하는 메
이[15] 저따위 사내는 정말 견딜 수가 없어 나 같으면 정말이지 죽어 뻗어버릴 거야 심지어 구   20
두 벗을 줄도 모르는 얼간이 같으니 저런 남자를 도대체 어떻게 하면 좋담 저따위 또 다른 남
자와 결혼하기보다는 차라리 나 같으면 스무 번이라도 죽는 게 나아 물론 나 정도의 여자로
서 저런 사내를 꾹 참고 견딘다는 건 여간해서 찾아볼 수 없겠지만 내가 어떤 여자인지 내게
와서 함께 자보면 알 수 있어 그래 그이도 마음 밑바닥에는 그와 같은 사실을 알고 있지 저
메이브리크부인[16]은 무엇 때문에 자기 남편을 독살했는지 몰라 아마 어떤 다른 사내한테 사랑   25
에 빠진 걸 거야 그렇지 나중에 그 여자가 그따위 짓을 하다니 정말 지독한 악당임이 그녀에게
탄로 났지 뭐야 물론 사내들 중의 약간은 굉장히 밉살스러울 수도 있지 여자들을 미치게 하니
말이야 그리고 언제나 세상에서 제일 비천한 말을 쓰지 남자들은 도대체 뭐 때문에 우리들에
게 결혼해 달라고 요구하는 건지 나중에 모든 것이 그토록 나쁘게 될 바에야 그렇지 왜냐하면
남자들이란 우리 여자 없이는 살 수가 없으니까 하얀 비소(砒素)를 파리 잡이 종이에서 갉아   30
내어 남편의 차(茶) 속에다 탄 거야 그렇잖아요 비소라니 어째서 그런 이름을 붙였을까 만일
그이한테 물어 보면 그건 희랍 말에서 유래했다고 말할 테지 무식쟁이는 언제나 그대로 이전
처럼 내버려두란 말씀이지 그 계집은 다른 녀석에게 홀딱 반했음에 틀림없어 그렇지 않고서야
어떻게 그와 같은 사형 받을 끔찍한 짓을 범할 수가 오 그녀는 그런 것은 조금도 상관하지 않
았어 만일 그것이 근의 천성이라면 별도리가 없잖아 게다가 남자란 여자를 교수형에 처할 만
큼 야만적이 아닌데 정녕코   35
　　남자들이란 모두 제각기 성질이 달라요 보일런은 내 발 모양에 대해 이야기하지요 그이
는 아직 소개받기도 전에 이내 그것을 목격했어 내가 폴디와 같이 더블린 제과점(DBC)에 갔
었을 때 나는 소리 내어 웃거나 귀를 기울이고 들으려 애를 쓰면서 발을 흔들흔들하고 있었
어 우리들은 똑같이 차 두 잔과 버터 바른 빵만을 주문했지 나는 그이[17]가 두 올드미스인 자
매들과 함께 나를 쳐다보고 있는 것을 보았어 그러자 그때 나는 자리에서 일어나 화장실이   40
어디냐고 여급에게 물었지요 참을 수가 없는 걸 체면차릴 게 뭐 있어요 그런데 그이가 부추
긴 바람에 내가 산 그 까만 타이트 반바지를 끌어내리는 데 30분이나 걸릴 지경이었지 한 주
일 걸러 끔찍 새것을 갈아입는 데도 언제나 어딘가를 적셨지 꽤 오랜 시간이 흘렀는지라 나

는 스웨드 가죽장갑을 뒤쪽 자리에다 놓아 둔 채 그냥 와버렸지 뭐야 그 뒤로 그걸 결코 찾지
못했지만 어떤 도둑년이 가져갔을 거야 그러자 그이는 *아이리시* 타임즈지(紙)에다 광고를
내도록 말했지 데임가(街) DBC의 숙녀용 화장실에서 장갑을 발견하신 분은 마리언 블룸 부
인에게 돌려주시압 하고 말이에요 그런데 내가 회전식 도어를 지나갔을 때 그이[18]의 눈이 내
발에 가 있는 것을 나는 눈치챘지 내가 뒤돌아보았을 때 그이는 계속 빤히 쳐다보고 있었어
그리고 나는 다시 만날까 하는 희망을 품으며 이틀 후 차를 마시러 다시 그곳으로 가보니까
이번에는 그이가 없지 않겠어요 어떻게 그것이 그를 흥분시켰을까 내가 다리를 꼬고 있었
기 때문이지 우리가 다른 방에 있었을 때 처음에 그이는 그가 신고 있던 구두가 너무 꼭 끼기
때문에 걸을 수 없는 듯한 눈치였어 내 손은 참 예쁘기도 하지 내 탄생석(誕生石) 반지만 긴
다면 멋진 아콰마린(藍玉) 반지[19] 말이에요 그이더러 하나 사 달래야지 그리고 금팔찌도 나
는 내 발이 그렇게 좋진 않았지만 그이더러 밤새껏 내 발을 주무르며 지내게 했었지 구드윈
의 집에서 있었던 저 엉망진창의 음악 연주회가 끝나던 밤 날씨가 몹시 춥고 바람이 심하게
불어나는 집에서 럼주를 데워 마셨지 그리고 불이 아직 완전히 꺼지지 않았었어 그러자 그때
그이는 그 집의 벽난로 앞 양탄자 위에 드러누워 있는 나의 스타킹을 벗겨 주겠노라고 말했
지 서부 롬바드가에서였지요 글쎄 언젠가는 나더러 발견할 수 있는 대로 말똥 속을 진흙투성
이가 된 구두를 신고 걸어 보라는 것이었어 그러나 물론 그이는 세상의 보통 남자와는 달리
변태적인 데가 있지 내가 글쎄 뭐라더라 내가 캐티 래너[20]에게 10점 중 9점으로 이길 수 있
다던가 그게 무슨 뜻이냐고 물었더니 뭐라더라 잊어 버렸군 바로 그때 기사(記事) 마감 후의
신문 최종판이 배달되었기 때문이지 그리고 루칸 낙농장(酪農場)의 그 고수머리의 예의 바
른 사나이가 지금 생각하니 어디선가 이전에 본 얼굴 같았어 내가 버터를 맛보고 있었을 때
나는 그이를 알아채었지 그래서 나는 일부러 천천히 시간을 끌었어 그이가 놀리곤 하던 바텔
다시도 내가 구노의 아베 마리아[21]를 부른 다음 합창대(合唱臺)로 가는 계단에서 내게 키스
를 시작했지 자 새삼스럽게 머뭇거릴 것 없어요 오 내 사랑 내 이마 한가운데에 키스해 줘요
[22] 그리고 나의 갈색 부분에도 그이는 양철 같은 목소리를 가졌어도 꽤 과격한 분이었지 또
한 그는 나의 저음(低音)에 언제나 홀딱 반했었지 그이가 하는 말이 사실이라면 말씀이야 나
는 그이가 노래부를 때의 그의 입모양이 마음에 들었어요 그러자 그이는 이런 곳에서 이런
짓을 하다니 무섭지 않느냐고 내게 물었지만 나는 무서울 것 하나도 없다고 말했지 지금 당
장은 아니라도 그이에게 어느 날 그것에 관해 이야기해서 깜짝 놀라게 해줘야지 암 그렇게
하구말구 그리고 그곳으로 데려가 우리들이 그 짓을 한 바로 그 장소를 보여 줘야지 그런데
요즘에는 자기야 마음에 들든 말든 자신이 알지 못하는 것은 하나도 없다고 생각하지 그이는
우리들이 약혼하기까지는 내 어머니에 대해서는 조금도 몰랐어요 그렇잖고서는 그이가 나를
그렇게 값싸게 데리고 가지는 절대로 못했을 거야 그이는 아무튼 지금보다 열 배나 행실이
좋지 못했어 아무튼 나의 속옷을 한 조각만 잘라 달라고 졸라댔으니까 그것은 케닐워드 광장
[23]에서 되돌아 오던 해거름이었지 그이는 내 장갑 단추에다 키스했어 그래서 나는 장갑을 벗
지 않으면 안 되었어 내게 별의별 질문을 하면서 내가 잠자는 침실 모양을 물어봐도 상관없
겠느냐고 했지 그래서 나는 잊어버리거나 한 듯 그에게 내 장갑을 갖도록 줘버렸지 나를 두
고두고 생각하도록 말씀이야 나는 그이가 장갑을 호주머니 속에 넣는 것을 보았을 때 물론
그이는 속옷에 대해서도 미처 있었어 그것은 스커트를 그들의 배꼽까지 말아 올린 채 자전거
를 타고 다니는 저 말괄량이 계집애들을 언제나 슬금슬금 쳐다보는 것만 봐도 알 수 있지 밀
리와 내가 그이와 함께 야외 놀이를 갔을 때에도 크림색 모슬린을 걸친 그 여자가 햇빛을 정
면으로 하여 서 있는지라 그이는 그녀가 입고 있던 것을 모조리 다 들여다볼 수 있었지 그이
가 비를 맞으며 뒤따라오면서 나를 보았을 때도 그이가 나를 보기 전에 나는 이미 그이를 눈
치채고 있었어 아무튼 자신의 얼굴색을 돋보이게 하려고 집시색 머플러를 두르고 새 비옷에
갈색 모자를 쓰고 해롤즈 네거리 모퉁이에 서 있는 것이었지 언제나 장난꾸러기 같은 표정을

하고 아무 할 일도 없이 저따위 곳에서 그이는 도대체 무엇을 하고 있었는지 몰라 남자란 계집과 관계가 있는 일이라면 자기가 좋아하는 짓은 무슨 일이라도 어딘지든 쫓아가지 하지만 따지고 물어서는 절대로 안 돼 그렇지만 그들은 우리들이 어디에 가 있는지 어디에 가는 것인지를 알고 싶어하지 나는 그이가 내 뒤에서 살금살금 뒤쫓아오는 것을 짐작할 수 있었지 눈을 내 목에다 바싹 붙인 채 말이야 그이는 우리 집에는 얼씬도 하지 않았지 몹시 마음이 타는 듯했어 그래서 나는 반쯤 몸을 돌리키며 발걸음을 멈추었지 그러자 나더러 그러세요 하고 말하도록 나를 못살게 굴었어 드디어 내가 그이를 천천히 살펴보면서 장갑을 벗었지 그이는 나의 널따란 소맷부리가 비 오는 날에는 너무 춥겠다고 말했어 어떻게 해서든지 자신의 손을 내 몸 가까이 가져오려는 구실로서 말이에요 그동안 노상 속옷 타령이었지 마침내 나는 그이가 조끼 호주머니에다 넣어 가지고 다닐 수 있도록 내 인형에서 그걸 벗겨다 준다고 약속했지 오 성스러운 마리아여[24] 그이는 몸집이 커다란 바보가 빗속을 걸어가는 것처럼 보였어 나는 그이의 멋진 치열(齒列)을 보자 다시 보고 싶어 정말 견딜 수가 없었어 그리고 아무도 보는 이가 없으니 내가 입고 있던 햇살 형(型)의 주름잡힌 오렌지색 속치마를 걷어올리도록 애원했던 거야 내가 그렇게 하지 않으면 흙탕 속에 무릎을 꿇겠다고 했지 또 정말로 끈기가 대단했어요 그리고 자기의 새 레인코트를 못쓰게 해버리겠다고 했지 남자란 여자와 단둘이 있게 되면 무슨 변덕을 부릴지 결코 알 수 없다니까 남자란 그런 일이라면 정말 야만스럽지 뭐야 혹시 누가 지나가기라도 하면 말이야 그래서 나는 속치마를 조금 걷어올리고 그이의 바지 밖으로 터치하게 해주었지 내가 후에 반지 낀 손으로 가디너[25]에게 나쁜 짓을 하지 않도록 했던 식으로 말이야 나는 그이가 할례(割禮)를 받았는지 어쨌는지 알고 싶어 죽을 지경이었어 그는 온몸을 젤리처럼 떨고 있었지 남자들이란 무엇이든 너무 빨리 해치우고 싶어하지 거기에서 향락을 몽땅 취하고 싶어하지 그런데 아빠는 그동안 쭉 저녁식사를 기다리고 계셨어 그이는 나더러 푸줏간에 지갑을 놓고 와서 도로 찾으러 갔다고 말하라 했지만 어쩌면 그렇게 거짓말쟁이인지 몰라[26] 그런 다음 그따위 온갖 말씨가 가득 적힌 편지를 내게 보냈지 남 앞에서 그따위 추잡스런 태도를 하고서는 어떻게 다른 여자와 마주볼 낯짝이 있는지 몰라 나중에 둘이 만났을 때 내가 기분을 상하게 했나 보죠 하고 내게 물었지 나는 눈을 내려 뜨고 물론 그이는 내가 기분이 상하지 않았다는 것을 눈치채고 있었어 지혜는 약간 있었어 저 진짜 바보 헨리 도일[27]과는 달랐지 그이는 제스처 게임을 할 때 언제나 무엇을 부순다든지 찢는다든지 하고 있었지 나는 불행한 남자는 정말 싫어 그리고 만일 그이가 하는 말이 무슨 뜻인지 알더라도 물론 체면상 몰라요 하고 말하지 않으면 안되었어 무슨 이야기인지 전 모르겠어요 하고 나는 말했지 그런데 그것이 당연하잖아요 그럼 물론이야 그렇지 그것은 여자의 몸뚱이를 그린 그림과 함께 지브롤터의 저 성벽 위에 높이 씌어져 있던 것과 같은 것이었어 그와 같은 말은 다른 어떤 곳에서도 찾아볼 수 없었지 하지만 지나치게 나이 어린애들은 그런 걸 보지 말아야지 그 뒤로 그이는 매일 아침 편지를 한 통씩 내게 보내 왔어 때로는 하루에 두 통씩이나 나는 그가 연애하는 빗법을 좋아했어요 당시 그이는 여자를 낚는 방법을 알고 있었지 당시 커다란 양귀비꽃 여덟 송이를 내게 보내 오는데 그 이유인즉 내 생일이 8일이기 때문이란 거야 그 다음부터는 나도 편지를 썼어 그이가 돌핀즈 반에서 나의 가슴에 키스해 주던 밤 나는 그것을 어떻게 묘사해야 좋을지 몰랐어 다만 이 세상에서는 그와 같은 걸 정말이지 찾아볼 수 없을 듯한 기분이었어 그이는 가드너처럼 포옹을 멋지게 하는 방법을 결코 알지 못했어 그이가 약속한 대로 월요일 같은 시각[28]에 그가 와주었으면 좋으련만 나는 언제나 마구 와서는 문을 두드리는 사람은 질색이야 야채를 가져왔나 보다 아니면 누가 찾아왔나 보다 하고 생각하지 그리고 누구든 상대가 옷을 벗고 있다든지 하면 또는 저 불결하고 너절한 부엌문이 홱 열린다든지 하면 말이야 늙고 냉랭한 표정을 한 구드윈이 롬바드가(街)의 음악회 일 때문에 찾아왔던 날 그런데 나는 막 저녁식사를 마친 다음이라 스튜 요리를 끓이느라 얼굴이 시뻘건데다가 머리카락이 엉망이 되어 있었지 저를 쳐다보지 마세요 교수님하고

나는 말하지 않으면 안 되었어 정말 더러운 꼴을 하고 있었으니까 그래 하지만 그이는 그리
대로 정말 노신사였어 더 이상 예의를 갖추기란 불가능한 것이었지 외출하고 없어요 하고 말
해줄 사람도 없는데다가 차일 틈바구니로 엿봐야 하니 마치 오늘 왔던 그 메신저 보이처럼
말이야 처음에 난 시간에 늦는가 보다 하고 생각했지 먼저 포도주와 복숭아를 보내다니²⁹⁾
그러자 나는 신경과민이 되어 가지고 막 하품을 시작하고 있었지 그이가 나를 조롱하고 있는
게 아닌가 하고 생각하면서 말이야 그때 그이가 톡톡톡톡 하고 문을 두드리는 걸 알았어 그
이는 약간 늦게 왔음에 틀림없어 왠고하니 내가 데덜러스의 두 따님이 학교에서 돌아오는 것
을 본 것은 3시 15분이었으니까 지금 몇 시나 되었는지 모르겠군 그이가 내게 준 시계는 결코
정확하게 가는 것 같지는 않으니 말이야 손질을 하면 좋을 텐데 바로 그때 나는 조국도 애인
도 하고 구걸하러 왔던 그 절름발이 영국 수병에게 동전 한 닢을 주었지³⁰⁾ 그리고 나는 내가
사랑하는 매력 있는 처녀³¹⁾를 막 휘파람 불고 있는 참이었어 그리고 나는 속옷도 새것으로 갈
아입지 않았고 화장도 하지 않고 있었지 그런데 다음주 오늘은 벨파스트에 가기로 되어 있어
요 또한 그이는 자기 부친의 기일(忌日) 때문에 27일 에니스에 가야만 해 그이는 우리들의
방이 서로 나란히 붙어 있다고 생각하면 아마 기분이 언짢을 테지 새 침대 속에서 어떤 어리
석은 짓을 하더라도 나는 그만둬요 제발 괴롭히지 마세요 옆방에 그이가 있어요 하고 그이더
러 말할 수 없을 거야 그렇잖으면 아마 어떤 신교도 목사가 기침을 한다든지 벽을 쿵쿵 두드
릴 테지 그러면 그이는 다음날 우리들이 아무 짓도 안 했다고는 믿지 못할 거야 남편이라면
상관없겠으나 애인에게는 속일 수가 없지 우리는 아무것도 하지 않았어요 하고 나중에 그이
에게 내가 말해 봤자 물론 그이는 나를 믿으려고 하지 않을 거야 그리고 어디든지 자기 가고
픈 곳에 가는 것이 좋아요 하지만 언제나 무슨 일이 일어나게 마련이니 맬로우 콘서트의 일
로 메리버러³²⁾에 갔을 때도 우리들 두 사람이 끓는 수프를 주문하고 있는데 벨이 울렸지 그
러자 그이는 수프를 사방에다 흘리면서 한 숟가락씩 가득 떠서 마시면서 플랫폼을 달려가지
않겠어요 정말 그이는 어찌 되었나 보지 웨이터가 뒤따르며 고함을 지르고 우리들을 지독한
구경거리로 만들었지 그러자 기차가 출발할 때의 와글와글 떠들어대는 혼잡 그러나 그이는
그것을 다 먹지 않고서는 돈을 지불하려 하지 않고 삼등 객차에 타고 있던 두 신사도 그이의
말이 옳다고 했지 그이는 정말 그 모양이었어요 그이는 머리에 무슨 생각이라도 들 때에는
때때로 아주 외고집쟁이가 되지요 그이가 칼을 가지고 억지로 차(車) 문을 열 수 있었던 건
참 잘한 일이었지 그렇잖았다면 우리를 코크까지 태우고 가버렸을 거야 그것은 그이에게는
복수의 뜻으로 행해진 것 같아 오 나는 멋지고 부드러운 쿠션이 달린 기차나 마차를 타고 흔
들거리는 것을 좋아해요 그이는 나를 일등 차에 태워 줄까 그이는 차장에게 팁을 주고 아마
차 속에서 그 짓을 하려고 할지도 몰라 그러면 오 흔히 눈에 띄는 바보 같은 사내들이 비할
데 없는 우둔한 눈으로 우리들을 멍하니 쳐다보고 있을 테지 호우드 언덕으로 가던 날 우리
들을 마차 속에다 단둘이 남겨 두다니 그이는 그래도 여간내기가 아니었어 그 보잘것없는 노
동자가 말이야 그이는 도대체 어떤 사람인지 좀 알고 싶어요 터널이 한 개 또는 두 개 그러면
아마 창밖으로 온갖 멋있는 경치를 볼 수 있을 거야 그리고 되돌아오는 거지 만일 내가 결코
되돌아오지 않으면 사람들은 뭐라고 할까 그이와 사랑의 도피를 했다고 할 테지 그것이 세상
에 소문을 일으키게 할 거야 내가 노래불렀던 지난번 음악회는 어디서였더라 1년 전의 일이
었는데 클러렌던가(街)의 성 데레사 홀³³⁾에서였지 지금은 보잘것없는 꼬마 계집애들이 노래
부르고 있어요 캐슬린 커니라든가 하는 계집³⁴⁾이 그녀의 아버지가 군대에 있던 탓으로 로버
츠경의 브로치를 달고 얼빠진 거지를 노래하고 있었어 그때에는 내가 모든 계획을 세웠지 그
리고 폴디도 그렇게 성질이 고약하지는 않았으며 그이가 당시의 매니저였어요 이번에는 그처
럼 그이에게 시키지는 않을 테야 그대가 인도하소서 사랑의 빛이여³⁵⁾의 곡을 치고 있다고 지
껄이며 돌아다니면서 나에게 슬픔에 찬 성모는 일어섰도다³⁶⁾에서 내가 노래 부르도록 참가하
게 한 것처럼 했지 나는 그를 부추기고 있었어 드디어 예수회의 회원들이 그이는 프리메이슨

으로 옛날 어떤 오페라에서 그대 나를 인도 하소서를 몰래 베껴 가지고 피아노를 치고 있다
는 것을 알아채고 말았어 그래 그이는 최근에 신녀 페인이라나 뭐라나 하는 몇몇 무리들과
어울려 다니고 있어 언제나 쓸데없는 바보 같은 이야기를 하면서 자기가 나에게 소개해 준
넥타이 매지 않은 저 몸집이 작은 사내야말로 대단히 지혜가 있는데다가 미래의 그리피스라
고 말하고 있는 거야 글쎄 그이는 조금도 그런 사람으로 보이지는 않지 하지만 틀림없는 그
이였어 그이는 불매운동(不買運動)이 일어나고 있다는 것을 알고 있었지 나는 전쟁 후의 정
치에 관해 언급하기는 싫어 저 프레토리아와 레이디스미스 그리고 동부 랭커서 연대 제2중대
제8소대 소속의 가디너 스탠리 중위가 그곳에서 장질부사에 걸렸던 블로엠폰테인[37] 말이야
그이는 카키 복을 입으면 참 예쁘게 보였어 그리고 나한테는 꼭 알맞게 키가 컸지 게다가 틀
림없이 용감했을 거야 우리들이 운하 수문(水門) 곁에서 작별 키스를 하던 날 저녁 그이는
나를 예쁘다고 했어 나의 아일랜드 미인하고 말이야 그이는 서로 헤어진다 해서 흥분하여 창
백하게 질려 있었어 아니면 우리들은 도로에서 누군가의 눈에 띄었는지도 몰라 그이는 전혀
견딜 수가 없었고 게다가 나도 그전에 결코 느껴 보지 못할 정도로 마음이 흥분되어 있었어
사람들은 애초에 화해할 수도 있었을 터인데 아니면 늙은 폴 아저씨라나 늙은 크루거[38] 일파
가 저희들끼리 가서 싸움을 했을 것을 몇 년 동안이나 계속 질질 끌어서 잘생긴 남자들을 누
구나 할 것 없이 모두 열병으로 죽게 하다니 그이가 용감하게 심지어 총알이라도 맞았던들
체면은 섰을 것이 아닌가 나는 연대 열병식을 구경하는 것이 참 좋아 라 로크[39]에서 처음으
로 스페인 기병대를 보았지 나중에 알헤시라스[40] 항구로부터 만(灣)을 건너 바라 본 뒤로는
그것이 참 아름다웠어 암광(岩光)이 온통 반딧불처럼 보였지 그리고 15에이커[41]에서의 모
의 작전 킬트식(式) 스커트 차림의 블랙 위치 연대[42]가 장단에 맞춰 황태자 전하가 거느리는
경기병(輕騎兵) 또는 창기병(槍騎兵) 연대 앞을 지나 진군하다니 오 정말 그들 창기병들은
참 멋있어 또는 투겔라[43]에서 승리한 더블린 근위병들 그의 부친[44]은 기병들에게 말을 팔아
돈을 벌었지 글쎄 그 때문에 그이는 나한테 벨파스트에서 멋진 선물을 사줄 수도 있었다니까
나중에 나는 그에게 갚았지 그곳에는 아름다운 린넨이나 예쁜 키모노가 있었어 나는 미닫이
속에 넣어 두기 위해 전에 내가 갖고 있던 알 좀약을 좀 사야 할까 봐 그이[45]와 함께 처음 찾
아간 도시에서 그런 물건을 사기 위해 쇼핑을 하면서 돌아다니는 것은 참 멋진 일 일거야 이
반지는 두고 가는 것이 좋겠어 그걸 빼내기 위해 손마디에다 계속 빙빙 돌리고 돌려야만 하
다니 말이야 아마 모두들 떠들썩하게 소문을 퍼뜨리며 시가(市街)를 돌아다닐지 몰라 신
문에 실어서 말이야 아니면 나에 관해 경찰서에 일러바칠까 하지만 세상 사람들은 그이와 내
가 결혼한 사이라고 생각할 테지 오 경칠 모두 가서 질식해 버려 세상 사람들이 뭐라 생각하
든 난 아무 상관없어 그이는 돈이 많아 하지만 결혼할 남자는 아니야 그 때문에 누군가가 그
이를 빼앗는 게 좋아 그가 나를 좋아하는지 않는지 알 수만 있다면 분(粉)을 바르면서 손거
울을 자세히 들여다보니까 나의 얼굴색이 좋지 않았어 하지만 거울로는 얼굴 표징을 성확히
알 수가 없지 게다가 그이는 저물도록 거다란 엉덩이뼈를 가지고 나를 덮쳐오니 말이야 그리
고 이렇게 더운 날씨에도 그이의 털 많은 가슴을 가지고 정말이지 숨이 막힐 지경이에요 언
제나 드러누워 있어야만 하다니 그이가 그걸 뒤에서 내게 밀어 넣는 것이 한층 나을 거야 마
스티안스키 부인[46]이 내게 일러준 그런 식으로 말이야 그녀의 남편은 그녀더러 마치 개(犬)
가 하듯 그렇게 하라고 한다나 그리고 될 수 있는 한 혀를 길게 내뿜도록 말이야 그런가 하면
그이는 조용히 그리고 유순하게 시턴을 켜고 있는 것이야 남자들이 무슨 짓을 하고 있는 것
인지 알 수 없잖겠어요 그이가 입고 있던 푸른 양복은 감이 정말 좋은 것이었어 그리고 하늘
색 파란 자수가 놓인 것으로 스타일이 근사한 타이와 양말 그이는 확실히 유복한 남자야 그
의 의복 마름질이나 묵직한 시계만 봐도 알 수 있어요 그러나 그이가 신문의 최종판을 들고
마권(馬券)을 찢으며 욕지거리를 하면서 되돌아왔을 때 그이는 잠시 꼭 악마 그 자체였어 그
이는 20파운드를 손해봤던 거야 인기 없던 말이 이겼다나 그리고 절반은 나를 위해 걸었다는

거지 레너헌의 꾐 때문이었어요 그리고 레너헌 녀석 지옥에나 떨어져라 하고 저주하는 것이
었지 저 기생충 같은 레너헌 녀석은 우리들이 글렌크리 만찬회가 끝난 다음 새 깃털 침대의
산(the featherbed mountain)을 넘어서 머나먼 길을 마차를 타고 뒤흔들리며 되돌아왔을 때 나
한테 꽤 추잡스런 짓을 하고 있었지 그리고 잇달아 그 시장 각하도 음란한 눈초리로 나를 쳐
다보고 있었어 내가 식후 디저트로 호두를 이빨로 깨물고 있었을 때 나는 저 부정한 사나이
발 딜런을 처음 목격했지 나는 그 치킨 요리를 손가락으로 집어서 모조리 핥아먹을 수 있었
으면 했었어 그것은 참으로 맛있고 잘 구워진 것인데다가 너무나 연한 것이었지 하지만 나는
접시 위에 있는 것을 모조리 다 먹어치우고 싶지는 않았어 저 포크와 생선 써는 나이프도
100퍼센트 은제(銀製)로서 역시 몇 자루 갖고 싶어요 그것을 갖고 노는 체하다가 털토시 속
에 한 쌍을 슬쩍 감추는 것쯤이야 문제될 것도 없지 그리고 언제나 음식점에서 자기가 목구
멍에 쑤셔 넣은 한 조각의 음식을 위해서 다른 사람이 대신 돈을 지불해 주었으면 하지요 우
리는 얼마 안 되는 차 한 잔도 대단한 은혜로 알고 감사해야만 해요 어차피 세상이 요꼴로 동
강나 있는 것을 목격하고 그것이 앞으로도 계속될 바에야 나도 우선 고급 속바지(drawers)나
두 벌쯤 더 갖고 싶어요 그이는 어떤 속바지를 좋아하는지 몰라 속바지 따위 전혀 필요없다
고 말하지나 않을는지 몰라 그렇지 그런데 지브롤터의 아가씨들의 절반은 절대로 속바지를
입지 않았어 하느님이 창조하신 대로 벌거벗고 지낸다니까 마놀라[47]를 부르고 있던 저 안달
루시아[48]의 처녀는 자기가 입지 않았다는 것을 거의 감추지도 않았어 그렇지 그런데 그 두번
째의 비단 스타킹은 하루 신으니까 구멍이 났지 뭐야 오늘 아침 루어 가게[49]에 도로 갖다 주
었으면 그리고 트집이라도 잡아서 다른 것과 바꿔 왔더라면 좋았을 것을 그런데 내가 너무
흥분하여 도중에 그이와 서로 부딪치지 않았어야 했을 것을 만사를 망치고 말았으니 말이야
그리고 나는 젠틀우먼지(誌)[50]에 헐값으로 광고돼 있는 저 엉덩이에 탄력성이 있는 삼각 천
을 댄 어린이에게 어울리는 코르셋을 한 벌 가졌으면 해요 그이가 보관해 두었던 것이 하나
있긴 하지만 그건 좋지 못해요 뭐라고 광고해 놓았더라 멋진 몸매를 만들어 주며 값은 11실
링 6펜스 허리부분의 보기 흉하고 널쩍한 모양을 제거하여 비만(肥滿)을 줄인다나 내 배는
약간 지나치게 살이 쪘어 점심 때 스타우트 흑맥주는 그만둬야겠어 그렇잖으면 그걸 지나치
게 좋아하게 되어 끊을 수 없게 될는지도 몰라 전번에 오르크 상점에서 보내 온 것은 아주 김
빠진 것이었어 저 래리는 돈을 잘 번다고들 하던데 그이가 크리스마스 때 보내 준 그 오래되
고 지저분한 물건은 막과자와 찌꺼기 한 병이었지 그놈은 그것을 클라레 적포도주인 양 속여
넘기려 기를 썼기에 아무도 마시려 하지 않았어 저따위 남자는 목말라 죽을지도 모르니 침이
라도 괴어 둬야 할 거야 그건 그렇고 나는 몇 가지 호흡 운동이라도 해야만 할까보다 그 살빠
지는 약은 효력이 있는지 몰라 과용(過用)할 수도 있지 그러나 마른 스타일은 이제 그다지
유행하지 않아요 양말 대님 따위는 많이 있어 내가 오늘 맨 바이올렛색은 그이가 초하룻날
받은 수표에서 내게 사준 것으로 그것이 모두야 오 아니야 미안수(美顔水)가 있지 어제로써
마지막까지 다 써버렸지만 그건 내 피부를 싱싱하게 해주었어 나는 그이더러 같은 상점에서
만든 걸 사다 달라고 여러 번 거듭 거듭 이야기했지 제발 그걸 잊지 마세요 하고 말이야 내가
그이더러 이야기한 대로 그이가 샀는지 안 샀는지는 아무도 몰라 아무튼 병(甁)을 보면 알
수 있을 거야 만일 안 되면 내 소변에다 쇠고기 수프나 치킨 수프처럼 백지향(白芷香)과 바
이올렛 화장 분을 타서 내 피부를 씻으면 될 테지 하지만 내 피부도 약간 거칠어 뵈고 시들시
들해지기 시작한 것 같아 화상(火傷)을 입은 뒤로 내 손가락 껍질이 벗겨진 곳에는 그 아래
피부가 한층 예뻐 보여 피부가 모두 그와 같지 않은 게 유감 천만이야 그리고 6실링짜리 싸
구려 손수건이 통틀어 넉 장이라 확실히 요사이 세상에서는 스타일 없이는 살아갈 수가 없어
겨우 얻어먹고 집세만으로 살아가다니 나는 수중에 돈만 있으면 아끼지 않고 척척 써버리지
단언하지만 나 같으면 언제나 차 주전자에 차를 한줌 가득 넣고 끓이고 싶어 하지만 그이는
일일이 저울에 단 다든지 다시 양을 줄인다든지 하지 만일 내가 헌 싸구려 구두 한 켤레를 사

더라도 그이는 당신 그 새 구두가 마음에 들으오 그래 얼마 주었소 하지 나는 이제 몸에 걸칠 옷가지마저 아무것도 없어 갈색 양복과 스커트 그리고 재킷과 세탁소에 맡겨 둔 것을 합해서 모두 세 벌뿐이니 세상에 이런 여자도 있을까 낡은 모자에서 오려내어 다른 모자에다 덧댈 판이니 남자들은 쳐다보려고도 하지 않고 여자들은 애인도 없는 줄 알고 마구 짓밟으려고 애를 쓰지 그리고 온갖 물가(物價)는 나날이 올라가기만 하고 4년만 더 있으면 나는 서른다섯 살이 되지 아니야 도대체 나는 몇 살이더라 9월이면 서른세 살이 돼 글쎄 상관할 게 뭐람 오 그런데 저 갈브레이수 부인51)을 좀 보란 말이야 그녀는 나보다 훨씬 나이 먹었지 지난주 외출했을 때 그녀를 보았어 그녀의 아름다움도 시들었더군 참 아름다운 여인이었는데 허리까지 닿은 멋진 머리카락을 뒤로 늘어뜨리고 마치 키티 오시에52)를 닮았었어 내가 그랜트엄가(街)에 살았을 때 매일 아침 내가 제일 먼저 하는 일은 마치 자기 머리카락에 반하기나 한 것처럼 그것을 빗고 있는 그녀를 건너다보는 것이었지 우리가 서로 헤어지기 전날에서야 서로 알게 되다니 유감천만이었어 그리고 영국의 황태자가 사랑에 빠졌던 저지 섬의 백합이라 불리던 저 랜트리 부인53)도 있지 그분도 임금이란 이름뿐 세상 남자들과 꼭 마찬가지였던 게지 남자들이란 모두 마찬가지예요 내가 단지 한 번만이라도 해보고 싶은 것은 껌둥이 남자들이야 그녀는 미인으로 몇 살까지 인기가 있었는지 몰라 마흔다섯 살 질투심 많은 늙은 지아비에 관한 어떤 재미나는 이야기가 있었지 도대체 무슨 이야기였지 굴 따는 나이프를 몸에 지니고 다녔지 아니야 그렇지 않아 생철로 만든 것을 그녀의 허리에다 두르고 다니도록 했지 54) 그리고 영국의 황태자가 그래 그이도 굴 따는 나이프를 지니고 있었어 그와 같은 이야기가 사실일 수 있을까 마치 그이가 내게 가져다 준 저 책 속의 이야기처럼 어떤 사람은 그를 성직자로 생각하지만 저 프랑스와 선생55)의 작품에는 여인이 탈장(脫腸)을 했기 때문에 귀〔耳〕로 아기를 낳았다는 거야 누구든 성직자가 쓰기에 참 근사한 말이군 그래 그녀의 a—e56) 라니 그따위 말뜻도 모를 바보가 있거나 한듯 나는 무엇보다도 저따위 하는 척하는 건 딱 질색이야 마치 부랑자들 같은 상스런 얼굴을 하고 말이야 그것이 사실이 아니라는 건 누구나 다 알아 그리고 저 루비와 아름다운 폭군들57)이란 걸 그인 두 번이나 내게 빌려 주었지 기억나 내가 50페이지까지 읽었을 때 아내가 편모(鞭毛)의 노끈을 가지고 남편의 목을 갈고리에다 달아매는 장면 말이야 그런 것이 여자에게 재미있을 리 만무해 모두 꾸민 조작이지 뭐야 무도회가 끝난 뒤58) 여자의 슬리퍼에다 술을 부어 마시다니 인치코어에서 본 성모 팔에 안긴 아기 침대 속에 아기 예수처럼59) 확실히 어떤 여자고 저렇게 큰 아기를 낳을 수는 없을 거야 그리고 나는 처음에 그 아이가 성모의 옆구리에서 나왔을 거라고 생각했어 왜냐하면 그녀가 요기(尿器)에 가고 싶어도 어떻게 갈 수가 있었겠어60) 그런데 물론 그녀는 돈 많은 귀부인이었고 자기도 폐하(陛下)가 된 것 같은 느낌이 들었을 테지 그분은 내가 태어나던 해에 지브롤터에 계셨어 분명히 그곳에서도 백합을 발견하셨을 거야 그곳에 그분은 나무를 심으셨던 거야 그분은 그의 생애에 있어서 뒤늦게나마 그보다 더 많은 나무를 심을 수 있었지61) 그러면 그분께서 조금만 더 빨리 오셨더라도 나를 심으셨을 게 아냐 그렇게 되면 나는 지금처럼 여기에 있지도 않을 거야 그이는 하찮은 몇 푼어치 돈을 버는 저따위 플리먼지(紙)는 걷어차 버려야 해 그걸 그만 두고 관청 같은 곳에 들어간다든지 하면 규칙적인 월급을 받을 텐데 그렇잖으면 은행에라도 들어가서 온종일 등 높은 왕좌 위에 앉아 돈을 센다든지 하면 될 게 아냐 그인 물론 집에서 빈둥빈둥 시간을 보내는 것을 더 좋아하니까 나야 그이를 어떻게든 움직일 수가 없어 오늘 당신 프로그램은 뭐요 아버님같이 그가 파이프 담배나 피워 남자 냄새라도 풍겨 주었으면 좋으련만 그렇잖으면 광고일 때문에 쏘다니는 체 하지 나중에야 나에게 뒤치다꺼리를 하도록 내보내다니 그런 일만 아니더라도 키프 씨 상점에 그가 그냥 그대로 있었더라면 내가 그를 그곳의 지배인으로 승진시켜 주었을 텐데 그이는 한두 번 나에게 아주 놀라움을 보였지 처음에는 정말이지 아주 냉담했어 그러고도 정말이지 블룸 부인이라니 나는 제비 꼬리의 납 단추도 다 떨어져 나가고 마름질마저 찾아볼 수 없는 누더기 같은 헌옷을 입은 자신이 단지 비참하게 느껴질 뿐이었어 그러나 그것이 최근에는 다시 유행하게 되었어 나는 단지 그이를 기쁘게 해주려고 그것을 샀던 거야 결국 그게 별로 좋지 않았다는 것을 알게 되었어 나 자신이 말한 대로 결국 토드 앤드 번즈 상점[62]으로 가지 않고 리 상점[63]으로 가려고 마음을 바꾼 것이 나빴어 마치 상점 자체가 유류품 경매 같았으니 말이야 쓰레기 토성이었어 하지만 저따위 지나치게 풍성한 상점을 나는 싫어해 마음에 걸리거든 그렇지만 무엇을 입든지 간에 나에게 그다지 어울리지 않은 옷은 없으니까 다만 그이는 여자의 옷이나 요리에 관해서 굉장히 많이 알고 있다고 생각했어 그이는 선반에 있는 것이라고는 모두 다 꺼내 뒤섞어 놓았지만 만일 그이의 충고대로 했더라면 정말이지 큰일 날 뻔했어 나는 모자라고는 하나도 남김없이 다 써 보았어 이거 제게 어울려요 좋아 그걸 사구려 참 근사하군 결혼식 케이크처럼 엄청나게 춤 높은 모자를 그이는 내게 어울린다고 했지 아니면 엉덩이까지 내려오는 냄비뚜껑 같은 것을 말이야 그래프턴가(街)에 있는 그곳 상점의 여직원 때문에 그이는 굉장히 마음 졸였지 내가 그이를 데리고 들어간 것이 잘못이었어 그리고 그녀는 어느 때나 아주 거만스럽게 능글능글 웃고 있었지 그이는 너무나 수고를 끼쳐 죄송합니다 하고 말하는 거야 도대체 무엇 때문에 여점원을 가게에다 둔담 그러나 나는 그녀가 삼가도록 노려보았지 그래 그이는 괜히 매우도 발끈해 있었어 그런데 그건 당연한 노릇이야 하지만 그이는 두 번째 나를 보았을 때 태도를 고쳤지 뭐야 폴디는 노상 괴팍스런 성미라 야단이란 말이야 하지만 그이가 나를 위해 문을 열어 주려고 일어섰을 때 내 가슴을 뚫어지게 쳐다보고 있는 것을 나는 눈치챘지 아무튼 그이가 나를 배웅해 준 것은 참 친절했어 참으로 죄송합니다 블룸 부인 저를 믿어 주십시오 그이는 처음에는 그 이야기를 분명히 파악하지도 못하고 나중에는 자신이 모욕을 당한 듯했어 내가 그 남자의 아내인 양 그가 잘못 생각했을 때 나는 꽤 싱글거리고 있었어 그런 식으로 내가 문간에 서 있었을 때 나의 앞가슴이 확실히 드러나 있던 것은 나도 알아 그러자 그때 그이는 정말 미안합니다 그리고 당신도 확실히 그랬을 줄 믿어요 하고 말했지

그래요 그이가 그토록 오랫동안 그걸 빨고 있었기 때문에 한층 더 단단해졌지 그이는 나를 목마르게 했어요 그이는 그것을 티티즈라 부른다오 나는 웃지 않을 수가 없었어 그래요 여하튼 이쪽 것은 조금만 그렇게 하면 이내 젖꼭지가 굳어 버려요 나는 언제나 그이더러 그렇게 해달라고 할 테야 그리고 나는 계란을 마르셀라 백포도주에 담가 마실 테야 그렇게 하여 그이를 위해 그걸 살찌게 해야지 저런 힘줄과 그 밖의 것들은 무엇 때문에 있는 것인지 몰라 똑같은 것이 두 개씩이나 달려 있으니 묘하기도 하지 쌍둥이의 경우에는 어떻게 한담 그들은 마치 박물관에 있는 저 조각상(彫刻像)들처럼 그곳에 붙어 있어서 미(美)를 보여 주게끔 되어 있는 거야 그중 어떤 상은 그녀의 한쪽 손으로 그곳을 감추는 체하고 있지 그래 그렇게도 아름다울까 물론 남자의 생긴 모양에 비해서지 남자에게 저마다 두드러진 두 개의 주머니가 달려 있고 또 다른 한 개가 앞으로 수그러져 매달려 있거나 아니면 모자걸이처럼 앞을 향해 곧추 서 있다면 말이야 남자의 조각상이 양배추 잎사귀로 그것을 감추고 있는 것은 당연한 일이지 저 넌더리나는 스코틀랜드의 고지(高地) 연대 병이 고기 시장 뒤에서 그리고 저 빨간 머리의 또 다른 비열한 사나이가 생선 조각상[64]이 서 있던 나무 뒤에서 내가 지나가고 있었을 때 오줌을 누는 체하면서 그의 유아복을 한쪽으로 젖히고 그걸 내가 보게끔 서 있었지 여왕(女王)의 군인 놈들도 지독한 놈들이야 서리 연대[65]가 그들과 교체했으니 잘됐어 하코트가(街) 정류장 근처 남자용 변소 밖을 내가 지날 때쯤이면 언제나 그들은 그것을 내 보이려고 애를 쓰고 있거든 어떤 녀석이든지 나의 시선을 끌려고 애를 쓰고 있지요 그렇잖으면 고놈의 것이 세계의 7대 불가사의(不可思議)[66] 가운데 한 가지나 되는 것처럼 말이야 오 그런데 저 불결한 곳의 코를 찌르는 냄새라니 코머포드[67] 파티가 끝난 다음 폴디와 함께 집으로 돌아오던 밤 오렌지와 레몬주스를 마셨는지라 몹시 소변이 보고 싶어서 나는 그와 같은 장소로 들어갔지 살을 에는 듯한 추운 날씨였는지라 어떻게 참을 도리가 있어야지 그것이

언제더라 93년 운하⁶⁸⁾가 꽁꽁 얼어붙던 때였어 그렇지 그건 몇 달 후의 일이었어 스코틀랜드
의 두 고지병(高地兵)이라도 그곳에 있어서 내가 그 남자용 변소에 쪼그리고 앉아 있는 것
을 보지 못한 것이 유감천만이었어 소변 보는 여인을 말이야 그전에 나는 그런 그림을 그리
려고 애를 쓴 적이 있어요 찢어 버리고 말았지만 소시지나 또는 그와 비슷한 걸 말이야 남자
들은 어떻게 밖을 예사로 나돌아 다니는지 거기를 한 대 걷어채거나 꽝 하고 얻어맞는 것이
겁나지도 않는지 몰라 여자는 물론 아름다워요 그건 모두가 다 아는 사실이야 당시 홀레스가
(街)에 있었을 때 그이는 내가 어떤 돈 많은 남자를 위해서 나체화의 모델이 되는 것이 좋을
거라고 했지 그때 그이는 헬리 상점에서 실직(失職)하고 있었고 나는 옷가지를 판다든지 커
피 점에서 피아노를 치고 있었어 만일 내가 머리카락을 아래로 내린다면 저 목욕하는 님프와
닮았을까 그래 단지 그녀가 나보다 젊다 뿐이지 아니면 나는 그이가 갖고 있는 저 스페인 사
람의 사진에 실려 있는 추잡한 매음부와 다소 닮았어요 님프는 언제나 저런 모양을 하고 돌
아다니는지를 나는 그전에 그이에게 물어 봤어요 그리고 긴 양말을 신은 무엇을 만났다(met
something with hoses)라는 그 말 그리고 그이는 화신(化身, incarnation)이란 말에 대하여 매
우 발음하기 힘든 말로 이야기했지 그이는 무엇이고 누구나 쉽사리 이해할 수 있도록 결코
간단히 설명할 줄 몰라요 그러고서 그이는 서성거리다가 콩팥을 끓이던 냄비 밑을 몽땅 태워
버리고 말지요 이쪽 것은 그렇게 대단치는 않지만 그이의 이빨자국이 아직도 나 있어 젖꼭지
를 물려고 애를 썼지요 난 큰 소리로 비명을 지를 뻔 했어 사람한테 상처를 입히려 하다니 남
자들이란 무서워요 밀리 때에는 젖가슴이 정말 컸었어 두 사람 몫도 충분했지 무슨 영문인지
몰랐어요 그이는 내가 유모라도 되면 한 주일에 1파운드의 돈을 벌 수 있을 거라고 했지 아
침이면 온통 부풀어 올랐어요 28번지의 시트런가(家)에 머무르고 있던 저 허약하게 생긴 학
생 녀석인 펜로즈가 내가 목욕을 하고 있는 것을 창문을 통해서 거의 볼 뻔했지 나는 타월을
가지고 얼른 얼굴을 가려 버렸지만 어쨌든 그것이 그 녀석의 공부였어 그 애가 젖을 뗄 때에
는 꽤 괴로움을 받았어 드디어 그이는 브레이디 의사한테 가서 벨라도나의 처방을 받아 왔지
나는 그이더러 젖을 빨게 해야만 했어 젖이 너무나 딱딱해졌다고 그이는 말했지 우유보다 한
층 달고 진하다고 했어 이어 나더러 차(茶) 속에다 짜 넣어 달라고 했어 글쎄 그이는 정말이
지 뭐라고 해야 좋을까 누군가가 그이를 신문 뉴스란에 실어 주어야만 할 거야 만일 내가 그
와 같은 여러 가지 일들 가운데서 한 번만이라도 기억할 수 있어서 책이라도 쓸 수 있다면 폴
디 선생 작품집을 말이야 옳아 그래서 피부가 한층 부드러워졌지 뭐야 꼭 한 시간을 그이는
그렇게 했지 시계를 보니 분명히 그랬었어 마치 어떤 종류의 덩치 큰 아기처럼 덤볐지 남
자들이란 뭐든지 입 속에 넣고 싶어 하지요 저런 사내들은 여자한테서 모든 향락을 얻고자
하거든요 아직도 그이의 입의 촉감을 나는 느낄 수 있어 오 하느님 저는 사지를 쭉 뻗어야만
하겠어요 그이나 아니면 누구든지 여기에 있어서 내 몸을 몽땅 맡겼으면 좋으련만 마치 속이
온통 타는 것 같아 그렇잖으면 그이가 손가락으로 나의 엉덩이를 간질여 주면서 나로 하여금
두 번째로 즐거운 시간을 보내게 해준 그때의 꿈을 꿀 수가 있으면 좋으련만 나의 두 다리를
가지고 그이를 휘감은 채 약 5분 동안이나 덮치고 있었지 나는 결국 그이를 끌어안지 않고서
는 견딜 수가 없었어 오 맙소사 나는 별의별 걸 큰 소리로 외치고 싶었어 오입이든 똥이든 뭐
든지 하지만 얼굴이 험상궂게 보인다든지 긴장 때문에 주름살이 보이지 않았어야 할 텐데 그
이는 그걸 생각했는지 누가 알아 남자의 기분을 맞춰야지 남자들이라고 해서 다 그이 같지는
않아 정말 다행이지 뭐야 그들 가운데에 약간은 그런 짓을 할 때 여자가 얌전히 하고 있는 걸
좋아하는 남자도 있으니 나는 그이가 하는 짓이 딴판임을 목격했어 그리고 그이는 말이 없었
어 나는 내 시선을 저쪽으로 돌렸지 뒹굴었기 때문에 내 머리카락이 약간 흩어져 있었고 나
는 혀를 양 입술 사이로 그에게로 내밀고 있었어 그 야만스런 짐승 같으니 목요일 금요일 하
루 토요일 이틀 일요일 사흘 오 하느님 맙소사 월요일까지⁶⁹⁾ 어떻게 기다린담
　　프르시이이이이이이이프로오오오옹 기차가 어디선가 기적을 울리고 있군 저런 기관차

들이 지니고 있는 힘이야말로 굉장한 거인들 같지 그리고 그 옛날 달코코콤한 사랑의 노래 마지막 장면처럼 물이 사방팔방으로 출렁거리고 있는 거야 그리고 그네들의 아내며 가족들과 동떨어진 채 저런 찌는 듯이 더운 기관차 속에서 밤새껏 일하지 않으면 안 되는 가련한 사람들 오늘은 날씨가 숨이 막힐 지경이었어 헌 플리먼지와 포토 비츠지를 반만큼이나 불태워 버렸기에 기뻐요 저런 물건을 사방에 흐트러놓은 채 치우지 않고 두다니 그이는 아주 무관심하게 되어가고 있어요 그리고 그이는 신문지의 나머지를 변소간에다 처넣어 버렸지 내일 그이더러 저걸 다 잘라 달라고 해야지 내년까지 보관해 둬도 불과 몇 펜스밖에 받지 못할 바에야 지난 정월(正月)치 신문이 어디 있느냐고 그이는 물을 테지 그리고 저따위 헌 외투들도 모두 다발로 묶어 현관 밖으로 끌어내 버렸어 그곳을 답답하게 할 뿐이지 내가 초저녁 잠이 들자 계속해서 내린 비는 참으로 기분을 상쾌하게 하고 신선하게 하는 것이었지[70] 마치 지브롤터 같다고 나는 생각했어 맙소사 레반터[71]가 불기 전의 그곳의 더위란 정말이지 밤처럼 지독하게 계속 다가왔지 그리고 그 속에 번쩍이며 솟아 있는 암산(岩山)은 마치 큰 거인 같아서 드릴록 마운틴[72]에 비하면 너무나 크게 생각되지요 이곳저곳의 붉은 파수병과 포플러나무들 그리고 그들 모두가 굉장히 뜨거웠지 또한 저 탱크물 속의 빗물 냄새 태양을 쳐다보고 있으면 언제나 머리를 띵하게 하지요 저 예쁜 겉저고리도 색이 아주 바래고 말았어 파리의 비마르쉬[73]로부터 내게 선사한 부친의 친구 스탠호프 부인[74] 너무 하잖아요 그녀가 나의 친애하는 강아지(Doggerina)라고 쓰다니 그녀는 정말로 멋진 여자였지 그녀의 다른 이름은 무엇이더라 단지 엽서로써 알려 주었을 뿐이니 조그마한 선물을 제가 부쳤어요 방금 상쾌한 목욕을 했기 때문에 아주 말쑥한 강아지가 된 것 같은 느낌이에요 방금 나의 아랍인도 목욕을 즐겼답니다 그녀는 남편을 아랍인(wogger)이라 불렀지 우리들은 뭐든지 드리겠어요 지브에 되돌아가 당신이 부르는 기다리며 그리고 정든 마드리드에서[75]를 들을 수만 있다면야 꽁꼬네가 저 연습곡의 이름이지 그이는 나에게 새 숄을 사주었지만 나는 그 이름을 알 수가 없어요 참 재미있는 것이었어요 하지만 조금만 어떻게 해도 찢어져요 그래도 참 예쁘다고 생각해 그렇잖아요 우리들이 함께 마신 맛있는 차에 관해서 언제나 잊지 않을 거예요 고급 건포도가 든 둥근 과자 빵과 검은 딸기가 든 웨이퍼를 나는 참 좋아하거든요 자 친애하는 강아지 잊지 말고 곧 편지해요 그녀는 부친한테 안부 전하는 것을 빠뜨렸어 또한 그로브 대위에게도 호의로써 당신의 귀여운 헤스터 ××××× 올림 그녀는 조금도 결혼한 것 같지 않았어 꼭 소녀 같았지 남편은 그 여자보다 훨씬 나이가 위였어 그녀의 아랍인이라니 그이는 나를 몹시도 좋아하셨어 저 투우사 고메쯔가 황소 뿔에 받혔던 라 리네아[76]에서의 투우 경기에서 그분은 내가 울타리를 넘으려고 하자 그이의 발을 가지고 철사를 밟아 주셨지 우리들이 입지 않으면 안 되는 이러한 의복을 도대체 누가 이따위 것을 발명했을까 당시 예를 들면 저 피크닉 때 킬리니 언덕[77]을 올라가던 것을 생각하더라도 말이야 온통 옷으로 몸을 감싼대서야 아무 일도 할 수 없지 군중을 헤치고 달려간다거나 또는 길을 비켜날 때도 그렇지 또 다른 난폭한 늙은 황소가 견장(肩章)을 달고 모자에 두 장식품을 붙인 창(槍) 든 투우사들을 공격하기 시작했을 때 내가 무서워한 것도 바로 그 때문이었어 그런데 짐승 같은 사내들이 브라보니 만세니 하고 외치고 있었지 확실히 여자들도 멋진 하얀 만틸라를 걸치면 마찬가지로 성질이 나빠지지요 저 가련한 말[馬]들의 내장을 몽땅 끌어내다니 나는 내 일생에 그와 같은 것을 결코 들어본 적이 없어요 그렇지 벨 골목길[78]에서 짖어대고 있던 그 개를 내가 흉내 냈을 때 그이는 몹시 언짢아하곤 했지 불쌍한 짐승 같으니라고 병에 걸렸던가봐 그들은 그 후에 도대체 어떻게 되었을까 두 사람 다 오래전에 죽었을 거야 마치 안개를 통해서 보듯 희미해 졌어 그러한 일은 콘[79]을 만들었지 물론 나는 무엇이고 모두 나 스스로 처리했어 그리고 헤스터라는 처녀 우리는 머리카락을 서로 비교하곤 했지 나의 머리카락이 그녀의 것보다 한층 숱이 많았어 그녀는 내가 머리를 동여매고 있었을 때 머리를 뒤로 어떻게 묶는지를 가르쳐 주었지 그리고 가만있자 그 밖의 뭐더라 한 손으로 실매듭을 짓는 것도 가르쳐 주었어 우리들은 마치 사촌(四寸) 같았어 그때 나는 몇 살이었더라 저 폭풍우가 요란하던 밤 나는 그녀의 침대에서 잠을 잤어요 그녀는 내 주위를 그녀의 팔로 감싸 주었지 그리고 아침에는 베개를 가지고 서로 싸움을 했답니다 얼마나 재미있었는지 그이는 알라메다 광장[80]의 연주회에서 기회가 있을 때마다 나를 응시하고 있었지 나는 그때 아버지와 그로브 대위와 함께 있었어요 나는 처음에 교회를 쳐다봤다가 그 다음에 창문을 쳐다보고 그리고 밑을 내려다봤지 그러자 우리들의 눈이 서로 마주치고 말았어 나는 내 몸속을 뭔가 바늘 같은 것이 뚫고 지나가는 것 같은 느낌이었지 내 눈이 마구 춤을 추고 있었어 지금도 생각나지만 나중에 내가 거울을 들여다봤을 때 나는 거의 내 꼴을 알아볼 수 없을 지경이었어 그렇게도 변하다니 그는 약간 대머리가 졌어도 소녀에게는 매력적이었어 지적이요 낙담하듯 보이면서도 동시에 경쾌하고 마치 애슐리다이애트의 그림자 속에 나오는 토머스를 닮았었지 나는 볕에 타서 아주 탐스러운 피부를 하고 있는데다가 장미처럼 흥분해 있었어 나는 한잠도 자지 않았어요 몸에 좋지 않았을 거야 그녀의 덕분이었지 그러나 적당한 시기에 그것을 그만둘 수 있었어 그녀는 나에게 월장석(月長石)을 주며 읽게 했지 그것이 내가 읽은 최초의 윌키 콜린즈[81]였어 그리고 이스트 린[82]을 나는 읽었어 그리고 헨리 우드 부인[83] 작(作) 애슐리다이애트의 그림자를 또 다른 여인이 쓴 헨리 던바[84]를 나는 나중에 멀비[85] 사진을 사이에 끼워 그에게 빌려 줬지 나도 애인이 있다는 것을 그가 알 수 있도록 말이야 그리고 리턴 경(卿)의 유진 애럼[86]과 헝거포드 부인 작 아름다운 몰리[87]를 또한 그녀는 내게 주었지 이름 때문이었어요 나는 몰리라는 이름이 나오는 책은 질색이야 그이가 내게 가져다 준 플랑드르 출신의 어떤 매음녀[88]에 관해 쓴 책 같은 것 말이야 옷감이나 모직물을 몇 야드씩이나 들치기하는 따위의 여자지 오 이놈의 담요가 왜 이렇게도 무거울까 이렇게 하는 것이 한층 나아 나는 여태껏 몸에 어울리는 잠옷이 한 벌도 없어요 그이가 곁에 누워서 마구 움직였기 때문에 잠옷이 둘둘 말려 올라갔군 그래 이제 됐어 나는 그때 더위 속에서 뒹굴곤 했었지 내 속옷이 땀에 흠뻑 젖어서 의자에 앉아 있으면 볼기짝이 끈적끈적 달라붙었어 일어서자 볼기짝이 통통하게 굳어 있었지 그때 나는 소파의 쿠션에 올라앉아 옷을 걷어 올려 보았다오 그리고 밤에는 빈대투성이요 모기장은 쳐놓았어도 단 한 줄도 책을 읽을 수 없었어 아아 얼마나 오래된 일인가 수세기 전같이 생각되는군 물론 그들[89]은 결코 되돌아오지 않아요 그리고 그녀는 주소를 잘못 썼지 조금만 주의했더라면 되었을 것을 아랍인이라니 사람들은 언제나 떠나가는데 우리들은 결코 움직이지도 않고 나는 그날을 기억하지요 파도가 치고 보트가 높은 뱃머리를 흔들면서 솟구쳐 올랐지 그리고 배의 냄새며 상륙 휴가로 나온 저 사관(士官)들의 제복 나는 배멀미가 났어요 그이는 아무 말도 하지 않았어 지나치게 심각했어 나는 단추를 발목까지 채우는 장화를 신었고 내 스커트가 바람에 휘날리고 있었어 그녀는 내게 여섯 번인가 일곱 번 키스했지 나는 울지 않았어 그래 운 것 같기도 해 아니면 울 뻔했나봐 내가 안녕하라고 말했을 때 내 입술이 떨리고 있었어 그녀는 푸른 칼라가 붙은 어떤 특별한 종류의 멋들어진 항해용 숄을 두르고 있었으며 한쪽 얼굴 모습을 아주 두드러지게 했지 정말이야 지극히 예뻤어요 그들이 간 후로는 나는 정말 몹시도 심심했어 나는 그 때문에 미칠 것 같아 어디론가 도망갈 궁리를 할 뻔했다오 어디로 가든지 편안한 곳은 결코 없어요 아버지든 아주머니든 또는 결혼이든 기다리며 언제나 기다리며 그이를 나에에에에게로 끌어어어어들이려고 기다려도 나는 그이의 발길을 더 이상 재촉촉촉할 길이 없었다오 저 경칠 놈의 대포 소리가 온 시가지를 붕붕 울려 퍼지며 특히 여왕 탄생일에는 더하지 그리고 사방의 물건들을 선반에서 떨어뜨리니 창문을 열지 않으면 상관없지만 율리시스 그랜트[90] 장군 누군지 모르겠으나 그이가 상륙했을 때 무척 훌륭한 사람 같았어 그리고 대홍수 이전부터 그곳에 주재했던 영사(領事)인 노(老) 스프레이그[91]가 정장을 하고 있지 불쌍하게도 그인 아들의 상중(喪中)에 있었어 그리고 여느 때와 똑같은 아침의 기상 나팔 그리고 북이 울려 퍼지고 휴대용 식기를 매달고 사방을 걸어 다니는 불행하고 가엾은 병사들 그들은 두건 달린 망토를 걸친 턱수염이 긴 유태인이나 레위 사람들의 무리들보다 한

층 지독한 냄새를 사방에 풍겼지 집합 그리고 사격 중지 퇴각(退却) 지원사격 그리고 열쇠
를 들고 문들을 잠그기 위하여 나아가는 파수꾼들 또한 통수 곡 그리고 그로브즈 대위와 아
버지만이 로크스 드리프트와 플레브나 및 기네트 울즐러경(傾)[92] 그리고 카르툼에서의 고든
[93]에 관해 이야기하고 있었지 그들이 밖으로 나갈 때면 언제나 그들의 파이프에다 불을 댕겨
주는 것이었어 술고래 늙은 영감 창틀에다 그의 독한 술을 올려놓고 말씀이야 얼마 남아 있
지 않았지만 그의 콧구멍을 후비면서 모퉁이에서나 할 수 있는 어떤 추잡스런 이야기를 생각
해 내려고 무던히 애쓰고 있었지 하지만 그이는 내가 그곳에 있었을 때에는 무슨 맹목적인
변명으로든 나를 방에서 내쫓는 걸 결코 잊지 않았어 알랑거린다거나 부쉬밀 위스키[94]를 마
시며 물론 수다를 떨면서 하지만 그이는 어떤 여자고 간에 똑같은 짓을 하려고 했을 테지 나
는 그이가 분마성(奔馬性) 음주 때문에 오래전에 죽었을 것으로 생각해 하루하루가 몇 년
같았어 누구에게도 편지 한 장 오지 않고 단지 내가 그 속에다 종이 쪽지를 넣어 나 자신에게
부친 두서너 통 남짓한 편지 이외에는 말이야 너무나 지루하여 주위 사람들과 손톱으로 할퀴
며 싸우고 싶었지 애꾸눈을 한 저 늙은 아랍인이 그의 수탕나귀 울음소리를 내는 악기를 가
지고 히아 히아 아히아 하는 것을 귀담아 듣고 있었지 당신의 수탕나귀의 잡곡(雜曲)에 저
의 경의를 보냅니다 언제나 진저리가 나요 두 손을 축 늘어뜨리고 창 밖을 내다보고 있었지
심지어 맞은편 집에 어떤 잘 생긴 남자나 없나 하고 말이야 그 간호원이 뒤쫓아 다니던 홀레
스가(街)의 저 의학생 내가 외출하는 것을 알려 주려고 창가에서 모자를 썼다 장갑을 꼈다
해도 내가 뜻하는 바를 전혀 눈치채지 못하다니 어쩜 남자들은 그토록 머리가 둔할까 이쪽의
기분을 조금도 이해하지 못하니 말이야 커다란 포스터에다 인쇄를 해서 보여 주고 싶을 정도
였으니 더욱이 왼손을 두 번이나 흔들었어도 모르는걸 뭐 내가 웨스틀랜드 로우 성당 바깥에
서 그에게 윙크를 했을 때에도 말이야 그녀들의 위대한 지혜란 어디에 있는 것인지 알고 싶
어 그들은 회벽질[95]을 꼬리에다 두고 다니는지 만일 그대가 내게 물으면 말씀이야 시티 암즈
호텔에 유숙하고 있던 저 시골뜨기 목축업자들의 지혜 그들은 자신들이 고기를 팔고 있는 소
들의 그것보다 매우도 못한 걸 가졌어 그리고 석탄 장수의 종소리 저 떠들썩한 비열한 사내
는 엉터리 계산서를 모자에서 꺼내 나를 속여먹으려고 했지 얼마나 끔찍스런 손을 그리고 큰
냄비랑 작은 냄비 수선할 솥이랑 깨진 것 없어요[96] 하고 외치는 거야 오늘은 아주 손님도 없
고 편지도 오지 않네 그의 수표라든지 그들이 그이한테 보내 온 친애하는 마담에게 라고 쓴
저 기적약(원더워커)과 같은 광고일 뿐 그 밖에 그이가 보내 온 편지 한 통 그리고 오늘 아침
밀리한테서 온 카드 가만있자 그이한테 쓴 편지였지 내가 최근에 받은 편지는 누구한테서였
더라. 오, 드웬 부인한테서지 그런데 몇 해 동안이나 소식이 없다가 이제 와서야 피스토 마드
릴레뇨 요리[97]에 관해서 내가 갖고 있는 요리법을 알고 싶다고 캐나다에서 편지를 하다니 어
쩜 그럴 수가 플로이 딜런이 퍽 오래전에 편지를 보내왔는데 굉장히 돈 많은 어떤 건축업자
와 결혼했다나 소문이 모두 정말이라면 그인 여덟 개의 방이 있는 별장을 가졌대 그녀의 아
버지는 퍽 좋은 분이었는데 칠십이 가까웠어도 언제나 유머러스한 분이었대 글쎄 트위디 양
(孃) 혹은 질레스피 양(孃) 피아노도 있어요 마호가니 선반 위에는 순(純) 은제 커피세트도
있다오 그러고는 사라졌지 그렇게도 멀리 떨어져 있다니 난 정말 싫어 언제나 우는 소릴 하
는 사람들 말이야 누구든지 근심은 있기 마련인데도 저 불쌍한 낸시 블레이크는 한 달 전에
급성 폐렴으로 죽었지 글쎄 나는 그 여자를 잘 알지는 못했어 내 친구라기보다는 플로이의
친구 정도였으니까 가련한 낸시 편지 답장을 써야 하다니 참 귀찮은 일이군 그래 그이는 언
제나 나에게 엉뚱한 일만 이야기했지 그리고 이야기를 시작하면 연설처럼 끝이 없었어 당신
의 슬픈 사별(死別)을 동정(symphathy)하오 나는 언제나 그와 같은 오식(誤植)을 저질러요
그리고 조카(newphew)에다 더블유를 두 개씩 쓰다니 그이[98]가 다음번에는 한층 기다란 편
지를 써주었으면 해 만일 그이가 진실로 나를 사랑한다면 말이야 오 위대한 하느님께 감사드
리오니 제가 몹시도 바랬던 바를 저에게 주시고 기운을 불어넣어 주실 사람을 저는 이제 얼

게 되나이다 이곳에서는 오래전 당신이 지녔던 것과 같은 기회는 전혀 없어 누군가가 나에게 1
연애 편지를 써주었으면 좋으련만 그이의 것에는 대단한 게 없었어 그리고 나는 그이더러 자
신이 좋아하는 걸 써도 좋다고 말해 주었지 언제나 당신의 휴 보일런 올림 저 정든 마드리드
속에 나오는 어리석은 여자들은 사랑이 한숨이라는 말을 믿고 있지 전 죽어요 하지만 만일
그이가 그 편지를 쓴다면 그 속에 약간의 진실이 담겨 있을 거야 사실이든 아니든 사랑이란 5
당신의 하루 종일과 인생을 가득 채워서 언제나 뭔가에 대하여 생각하게 하고 당신의 주위를
신세계처럼 보이도록 하지 침대 속에서 편지를 쓸 수 있을지 몰라 그이가 생각하도록 짧고
도 몇 마디 말로만 써야지 애티 딜런이 포 코트 포 코트(대법원)의 뭐라나 그녀를 나중에 실
컷 농락하고 걷어차 버린 그 사나이에게 부인 서간집에서 골라 쓰곤 하던 저따위 종횡체(縱
橫體)의 글씨로 쓴 편지 따위는 말고 말이야 그때 나는 그녀에게 몇 마디만 간단하게 쓰라고 10
일러주었지 상대방이 자기 마음대로 해석할 수 있게 말이야 당돌함에서가 아니고 솔직한 정
직성으로 행동하는 거지 세상의 가장 위대한 행복을 얻기 위해 신사의 프로포즈는 그저 받아
들여야만 해 긍정적으로 저런 그 밖에 별도리가 없지 남자들에게는 그것으로 아주 족하겠지
만 여자로서는 그대가 나이를 먹으면 이내 그들은 재간 바닥에다 그대를 내던져 버리는 것과
마찬가지. 15

멀비한테서 받은 것이 생전 처음이었어 그날 아침 내가 잠자리에 있었을 때 루비오 부
인[99]이 커피와 함께 편지를 들고 들어왔지 그녀는 멍청히 그곳에 서 있었어 그때 나는 그것
을 내게 넘겨 달라고 했지 그리고 나는 머리카락을 손가락으로 가리키고 있었으나 봉투를 열
머리핀이란 말을 생각할 수가 없었어 아아 호르킬라[100] 어쩌면 그렇게도 밉살스럽고 무뚝뚝
한 할멈일까 내가 필요로 하는 것이 무엇인지 너무나 뻔한대도 말이야 머리에는 다리를 붙이 20
고 게다가 자기 얼굴 모양을 되지 못하게 시리 자랑하고 있지요 정말 못생겼어요 여든 살이
나 백 살 가까이 먹어 보였다오 그녀의 얼굴이라니 주름살투성이지 신앙심을 온통 한 몸에
지닌 채 정말 횡포가 대단했어 왠고하니 그녀는 전 세계 군함의 절반이나 되는 대서양 함대
[101]가 다가와서 그들의 용기병(龍騎兵)과 더불어 유니언잭을 휘날렸던 것이라든지 술 취한
네 명의 영국 수병이 스페인으로부터 암벽을 모조리 점령했다는 것을 결코 믿을 수가 없었기 25
때문이야[102] 그리고 결혼식이 있을 때를 제외하고는 내가 술을 걸친 그녀의 비위를 맞추기 위
해 그녀와 함께 산타 마리아[103] 미사에 자주 참례하지 않았기 때문이었다. 하지만 그녀는 성
자(聖者)들의 기적이나 은빛 의상을 걸친 검은 머리카락의 성모(聖母) 그리고 부활제 아침
에 세 번이나 춤을 추는 태양[104]에 관한 이야기를 그리고 사제가 벨을 들고 사자(死者)에게
교황 권을 가지러 지나가고 있을 때도 그녀는 폐하[105]를 위해 가슴에다 성호를 그었지 그이는 30
찬미자로부터라고 편지에다 서명했었어 나는 놀라서 펄적 뛸 뻔했지 나는 쇼윈도에서 그이가
칼레 리얼가(街)[106]를 따라 나를 뒤쫓아 오는 것을 보았을 때 그이와 가까워지고 싶었어요
그때 그이는 지나치면서 나를 약간 쳤지만 나는 그이가 나와 만나자는 약속을 편지로 할 줄
은 정말 생각지 못했어 나는 그것을 내 페티코트의 보디스 안쪽에다 감춰 두고 아버지가 훈
련나간 사이에 그 필적이나 스탬프의 문자 등에서 무언가 찾아내려고 종일토록 그것을 샅샅 35
이 들추어 가며 읽었지 생각이 나는군 난 흰 장미를 달아 볼까[107]를 노래 부르며 그리고 약속
시간이 빨리 다가오도록 둔하게 생긴 낡은 시계바늘을 돌리려고까지 했었지요 그이[108]가 나
에게 키스해 준 최초의 남자였어 무어의 담벼락 밑에서 나의 사랑하는 사람 아직 그이가 소
년이었을 때[109] 말이에요 키스한다는 것이 어떤 의미인지 나는 전혀 알지 못했어 드디어 그이
는 혀를 내 입 속에 밀어 넣었지 그의 입은 달콤하고 싱싱했어요 나는 키스하는 법을 배우려
고 몇 번인가 내 무릎을 그에게 갖다 댔지 뭐라고 그에게 말했더라 저는 돈 미구엘 데 라 플 40
로라라는 어떤 스페인 귀족의 아들과 약혼한 사이예요 하고 농담 삼아 그에게 말해 주었지
그리고 그이는 내가 3년이 지나면 그이와 결혼하게 된다는 나의 말을 믿고 있었어 농담 삼아
하는 말이 자주 진담이 되지요 그래서 한 송이 꽃이 핀답니다[110] 나는 그이에게 내가 어떤 사

람인지 알리기 위하여 내게 관해서 몇 마디 사실 이야기를 해주었지 그이는 스페인 처녀들을 좋아하지 않았어요 그들 중 한 사람이 아마 그이에게 딱지를 먹였던가봐 나는 그이를 흥분시켰어 내 가슴에 달고 있던 그이가 나에게 가져다 준 꽃을 그이는 모두 뭉그러뜨렸지 그이는 내가 그에게 페세타 은화(銀貨)와 페라고르다스[111]를 헤아리는 것을 가르쳐 준 연후에야 비로소 그것을 알았어 자신은 블랙 워터 강가의 카포퀸[112] 출신이라 했지 그러나 시간은 너무나 짧았고 마침내 그가 떠나는 날이 다가왔으니 5월 그렇지 스페인의 어린 왕[113]이 태어나던 5월 이었어요 나는 봄이 되면 언제나 그와 같이 되어 버린답니다 나는 매년 새로운 남자가 발소리를 죽이고 나를 뒤따라와 주었으면 좋겠어 오하라[114] 탑(塔) 근처 포대(砲臺) 밑에서 나는 그이에게 말해 줬지 그곳에 벼락이 떨어졌었다고 그리고 바리바리산(産) 늙은 원숭이에 관한 이야기도 모조리 해주었어요 사람들이 클래 펌 공원[115]으로 보내 버렸는데 꼬리도 없는데다가 서로의 등을 타고 무대 위를 계속 줄달음질하고 있는 놈들이었어 루비오 부인이 말한 바에 의하면 지브롤터에는 한 마리의 늙은 전갈이 있었는데 인세스 농장[116]에서 병아리를 훔쳐 사람들이 가까이 가면 돌을 던지곤 했다는 것이야 그이는 나를 바라보고 있었지 나는 가능한 한 그이를 흥분시키기 위해 앞가슴이 터진 하얀 블라우스를 입고 있었어 지나치게 벌어지지 않을 정도로 말이야 유방이 막 통통하게 살찌기 시작하고 있었지 전 피곤해요 하고 나는 말했지 우리들은 전나무 동굴 위에 누워 있었지 황량한 곳이었어 세상에서 제일 높은 바위임에 틀림없을 거야 회랑(回廊)이랑 포곽(砲郭) 및 저 무시무시한 바위들 그리고 고드름인지 뭔지는 모르나 늘어져서 사다리를 이루고 있는 성 미가엘 동굴[117] 진흙이 온통 내 구두를 더럽히고 원숭이가 죽으면 저 길을 통해서 바다 밑으로 해서 아프리카까지 가는 것임에 틀림없어요[118] 저 멀리 배들은 마치 나뭇조각 같았어 그것은 몰타를 향해 지나가는 보트였지 그렇지 바다와 하늘 누구든지 하고 싶은 것은 무엇이나 할 수 있었어요 그곳에 누워 영원토록 말이야 그이는 옷 위로 유방을 애무했어 남자들이란 그런 짓을 좋아하지요 거기가 동그랗기 때문이야 나는 그이에게 기대고 있었어 하얀 밀짚모자를 쓰고 너무 새것이 되어서 조금 햇볕을 쬘 양으로 말이야 내 얼굴은 왼쪽에서 보는 것이 제일 예쁘지 나는 블라우스를 그와 헤어지는 날을 위해서 터놓았어 살이 다 들여다뵈는 셔츠를 그이는 입고 있었지 나는 그의 가슴이 분홍빛임을 볼 수 있었어요 그이는 한동안 자기 것을 내 것에다 터치시키려고 했지 그러나 나는 그렇게 하도록 두지는 정말 후련해졌어 처음에 그는 몹시 당황했지 두려운 것은 폐병인지도 모르는데다가 혹시 임신될지도 모르잖아 저 늙은 하녀 아이네스가 내게 가르쳐 줬지 한 방울이라도 들어가기만 하면 그만이라고 나는 나중에 바나나를 가지고 시험해 보았지 그러나 그것이 부러지지 않을까 그리하여 어딘가 몸속에 토막이 남아 있지나 않을까 걱정했어 왜냐하면 한때 의사들이 여자의 몸에서 무엇을 꺼낸 적이 있었으니까 고놈의 것이 수년 동안 석탄염(石炭鹽)에 덮인 채 그곳에 숨어 있다나 남자들이란 자기들이 나온 곳으로 도로 들어가고 싶어서 죽고 못 살지 그들은 결코 속 깊이까지 도달할 수 없는 것 같아 그리고 그들은 얼마 가지 않아서 일을 다 처러 버리거든 다음번까지 그렇지 왜냐하면 거기는 참 근사한 너무나 부드러운 기분이 들지 그동안 내내 정말로 보드라운 감촉 어떻게 하여 우리들은 끝나 버렸는지도 몰라 그래 오 그렇고 말고 나는 그이 것을 내 손수건에다 빼게 했지 나는 흥분하지 않은 척 하려 하고 있었지만 내 두 다리를 벌렸지 그가 내 페티코트 속을 터치하지 못하도록 했어 나는 옆이 벌어지는 스커트를 입고 있었어 그이에게서 억지로 생명을 짜냈던 거야 처음엔 그이를 간질이고 있었지 나는 호텔에 있던 그놈의 개를 흥분시키는 것을 좋아했어 르르스스트 그르르룽 그이는 눈을 감고 그리고 새 한 마리가 우리들의 아래쪽을 날고 있었지 그이는 부끄러워했어 하지만 그래도 나는 저 아침의 기분처럼 그이가 좋아서 내가 그런 식으로 그이를 덮쳤을 때 그이는 약간 얼굴을 붉혔지 내가 그이의 단추를 풀고 그것을 꺼내 살갗을 벗겼을 때 그 끝이 일종의 눈(眼) 모양을 하고 있었어 남자들은 안쪽으로 아랫배 밑까지 단추 투정이야 내 사랑 몰리[119]하고 그는 나를 불렀지 그이의 이름은 무엇이더라 잭 조 아니야 해리 멀비였어 그래 그이는 해군 중위(中尉)였다고 생각해 금발인 편이었지 명랑한 목소리를 지니고 있었어 그렇게 나는 저 뭐라고 하는 것을 더듬었지 어떠한 것이든 뭐뭐라고 했어 그이는 코밑수염을 기르고 있었지 되돌아온다고 했어 맙소사 나에게는 바로 어제 일같이 생각돼 그런데 만일 그이와 결혼했더라면 그이는 나에게 그걸 해주었을 거야 그이와 약속했지 그래 진심으로 나는 그이에게 거리낌 없이 시켜 드리겠다고 약속했어 지금 같아서는 붙들어 매지 않고 말이야 아마 그이는 죽었든지 전사했든지 그렇잖으면 해군 대령이나 제독이 되었을 거야 벌써 20년이 가까웠어 만일 내가 전나무 계곡이라고 말하면 그이는 이내 알 거야 만일 그이가 뒤쪽으로 와서 살며시 눈을 가리고 누군지 알아 맞혀 봐요 해도 나는 알아맞힐 거야 그이는 아직도 젊어요 40쯤 되었으니까 아마 블랙 워터의 어떤 처녀와 결혼했을 거야 그리고 아주 변해 버렸을 테지 남자들은 언제나 그렇게 하지 그들은 여자들이 지닌 성미의 절반도 갖지 못해 그녀는 아무것도 모르고 있지 내가 그녀의 사랑하는 남편과 무슨 짓을 했는지 그이가 그녀에 관한 것을 꿈에도 생각지 않고 있는 동안에 게다가 환히 밝은 대낮에 온 세상이 다 보는 데서 크로니클 신문[120]에다 그에 관한 기사를 사람들이 실어도 좋다고 말할 테지 후에 나는 약간 거칠어졌지 당시 나는 베너디 형제 상점의 비스킷 넣는 흰 종이 봉지에다 바람을 불어넣어 터뜨렸지 어쩌면 그렇게 꽝하고 터질까 온갖 노란 도요새와 비둘기들이 울고 있었어 우리들이 언덕 복판을 넘어 똑같은 길을 되돌아올 때 낡은 산지기의 집과 유태인 묘지 곁을 지나면서 묘비에 새겨진 헤브라의 문자를 읽는 체했지 나는 그이의 피스톨을 쏴보고 싶었지만 그이는 갖고 있지 않노라고 말했어 그이는 무엇으로 내 기분을 맞출 수 있을지 알지 못해 언제나 뾰족한 삼각모를 쓰고 있었는데 똑바로 고쳐 줘도 이내 삐뚤게 쓰고 말았지 H M S[121] 칼립소 호(號) 나는 모자를 흔들었어 저 늙은 주교[122]는 꽤 기다란 설교를 재단에서 했었어 여인의 보다 높은 임무에 관해서 최근 자전거를 타거나 뾰족한 삼각모를 쓰고 다니는 소녀들 그리고 새로운 여성 블루머즈[123]에 관해서 말씀이야 하느님 저이에게 지각(知覺)을 그리고 저에게 더 많은 돈을 주옵소서 사람들은 그이의 이름을 따서 그렇게 부른 것은 아닌지 모르겠어 블룸이라니 그게 내 이름이 될 줄이야 나는 결코 생각지 못해 당시 나는 그런 이름이 어떻게 보이나 하고 그것을 인쇄체로 명함에다 써보곤 했지 아니면 푸줏간에 그와 같은 이름으로 주문(注文)을 써 보내기도 했어 그런데 내가 그이와 결혼한 뒤로 조시는 이따금 말하곤 했지 M 블룸 너는 꽃처럼 아름답게(blooming) 보여 라고 글쎄 브린보다야 낫지 또는 브리그즈가 브리그(가두다)[124]한다나 아니면 저 지긋지긋한 이름들 램즈보텀이라나 뭐라나 하는 궁둥이(bottom)가 딸린 것들 말이야 게다가 멀비라는 이름도 내가 혹할 것이 못 돼 만일 내가 그이와 결혼한다면 보일런 부인이 되지 나의 어머니는 자신이 어떤 이름을 가졌던 간에 나에게 보다 예쁜 이름을 지어 주실 수도 있었을 텐데 누구의 이름을 딴 것인지 하느님만이 아실 일이야 그녀는 루니타 라레도[125]라는 아름다운 이름을 갖고 있었지 정말 재미있었어 우리들이 윌리스 한길을 따라 유로파 지점까지[126] 달려갔을 때 지지 맞은핀을 늘 라낙라 빙글빙글 뛰어 놀아다니면서 말이야 그러자 블라우스 속에서 유방이 흔들리며 춤을 추고 있었지 꼭 지금의 밀리의 것 같은 조그마한 것이 말이야 밀리가 계단을 뛰어 올라갈 때 그녀의 것을 내려다보는 것이 좋았어 나는 후추나무나 흰 포플라나무들 사이에 뛰어들어서 잎사귀를 훑어 가지고 그이에게 던져댔지 그는 인도(印度)로 가버렸어 그이는 편지를 쓰겠노라 했지 저따위 사람들이 해야 하는 항해 말이야 세상 끝까지지 그리고 되돌아오는 거야 기껏해야 그들은 여자를 한두 번 껴안아 보는 것이 고작이지 한편 그들은 바다로 나가서 어디선가 익사하거나 아니면 표류하고 마는 거야 나는 저 휴일 날 아침 물방앗간 언덕으로 해서 꼭대기가 평평한 곳까지 기어올랐지 이미 작고한 루비오즈 대위와 함께 말이야 그이는 배에서 파수꾼이 갖고 있는 것과 같은 망원경을 한두 개 가져오겠다고 말했어 나는 파리의 B 마르쉬의 저 프록 드레스를 입고 있었지 그리고 산호 목걸이가 해협의 햇빛에 반짝이고 있었어 거의 모로코까지 볼 수 있을 지경이었어 탕헤르만(灣)이 하얗게 보였지 그리고 틀라스 산

(山)이 눈[雪]을 이고 있었으며 해협은 마치 강처럼 너무나도 맑아 보였어 해리 내 사랑 몰리 나는 그 후부터 쭉 배를 타고 있는 그에 관해서 생각하고 있었어 미사가 끝났을 때 내 속 치마가 흘러내리기 시작했어요 몇 주일이고 몇 주일이고 나는 그의 손수건을 나의 베개 밑에다 넣어 두었어 그이의 냄새를 맡으려고 말이야 지브롤터에서는 어떠한 고급 향수도 손에 넣을 수 없었어 시들고 날아간 다음에는 무엇보다 지독한 악취를 남기는 저 싸구려 스페인 피부 향수뿐이었지 그이에게 어떤 기념품을 주고 싶었어 그이는 나에게 행운을 뜻하는 저 모양 없는 클라다 반지[127]를 주었지 그런데 그것을 나는 남아프리카로 가는 가드너에게 줘버렸어 그곳에서 저 보어 놈들이 전쟁과 열병으로 그이를 죽이게 하고 말았지 그러나 그들은 언제나 할 것 없이 쉽사리 패배하고 말았으니 그 반지가 악운을 가져다 줬는지도 몰라 마치 단백석(蛋白石)이나 진주 같았어 하지만 그것은 순금 18캐럿이었음에 틀림없어 왠고하니 그것은 꽤 무거웠으니까 그러나 그와 같은 곳에서 무엇을 얻을 수 있담 아프리카로부터 불어오는 모래 안개 소나기 그리고 마리 항(港)까지 밀려오는 버려진 마리선(船)이라나 뭐라나 아니야 그인 코밑수염을 갖지 않았지 그건 가다너였어 그래 그이의 깨끗하게 수염을 깎은 얼굴이 눈에 선하군 프르시이이이이이이이이이이이이이프롱 다시 저놈의 기차가 우는 기적 소리 불러도 대답 없는 정든 그 옛 시절 다시 한 번 나의 눈을 감고 숨을 쉰다 입술을 앞으로 내민다 키스한다 슬픈 표정 살짝 눈을 뜨고 피아노 이 세상에 안개가 펼쳐지기 전에 나는 안개가 펼쳐지기라는 대목이 싫어 들려오도다 사랑의 달콤한 노오오오오오오래[128] 여기를 힘차게 부를 테야 내가 다시 무대의 각광을 받고 군중 앞에 설 때 케슬린 키어니 그리고 수많은 빽빽거리는 소리를 내는 자들 이 처녀 저 처녀 그 밖의 다른 처녀 마치 참새들처럼 둥그렇게 모여 떠들어대며 나의 뒷등만큼 알면서 정치에 관해 지껄이고 있는 거지 어떡해서든지 자기들에게 흥미를 끌려고 아일랜드의 국산품 미녀들 같으니라고 나는 군인의 딸이야 그래 그리고 너는 누구의 딸이니 구두장이 딸이지 그리고 술집 딸이야 용서해 나는 네가 사륜마차[129]인 줄 알았어 그들은 아마 발을 헛디뎌 죽었을 거야 만일 그들이 음악회의 밤 어떤 사관(士官)의 팔에 안긴 채 알메다 공원으로 걸어갈 기회라도 갖는다면 말이야 나의 번쩍이는 눈도 젖가슴도 정열도 그들은 갖지 않았어 하느님이시여 저 아무것도 모르는 자들을 도와주소서 나는 그들이 쉰 살일 때보다 내가 열다섯 살일 때 오히려 인간과 생(生)을 더 많이 알았어 그들은 그와 같은 노래도 부를 줄 몰랐어 가드너가 말하기를 어떠한 남자든 간에 그처럼 웃고 있는 내 입과 이빨을 보기라도 하면 그것에 대하여 생각하지 않을 사람은 없다는 거지 나는 처음에 그이가 나의 말투를 좋아하지 않을까 염려했어 그이는 아주 영국적이었어 아버지한테서 그의 우표딱지는 별도로 하고서라도 내가 물려받은 것은 이것뿐이지 나는 어쨌든 눈과 얼굴 생김새는 어머니를 닮았어 그들은 몸 주변이 아주 불결해요 하고 그이는 말했지 저 상것들 같으니라고 그이는 조금도 그렇지 않아 그이는 내 입술 때문에 죽고 못 살았어 우선 그들은 보기에 적당한 남편이라도 얻어서 내 것과 같은 딸을 가져 보라 이 말씀이야 아니면 자기가 원하는 어떠한 여자든지 고를 수 있는 돈 많은 멋쟁이 남자를 흥분시킬 수 있나 없나 부딪혀 보란 말이야 서로 껴안은 채 네 번이나 다섯 번 그걸 할 수 있는 보일런 같은 이를 말이야 아니면 게다가 나의 목소리만이라도 단지 내가 그이와 결혼하기만 했더라면 프리마돈나가 될 수 있었을 텐데 오라 사이아아랑의 흘러간 풍부한 목소리 턱을 끌어당기고 너무 지나치면 이중 턱이 돼지 나의 귀부인의 정자는 앙코르 받기에는 너무 길어 개천으로 둘러싸인 황혼의 저택과 자랑스러운 방은 어떨까[130] 그렇지 그이가 합창대의 좌석으로 통하는 계단 뒤에서 불렀던 남쪽에서 부는 바람[131]을 부를 테야 나는 유방이 드러나 보이도록 검은 드레스에 검은 레이스를 달아야겠군 그리고 또 그렇지 정말이야 저 커다란 부채를 수선해서 그들로 하여금 죽도록 시기하게 해야지 밑이 근질근질 하군 언제나 내가 그일 생각할 때는 무엇이 나올 것 같은 기분이 들지 뱃속이 바람으로 팅팅해 그이가 깨지 않도록 했으면 좋은 데 내 엉덩이와 옆구리를 구석구석 말끔히 씻은 연후에 다시 그이더러 연거푸 키스하도록 해야지 만일 집안에 목욕탕이 있거나

아니면 아무튼 나 혼자 쓰는 방이라도 있으면 좋으련만 그이가 혼자 다른 침대에서 잤으면 해 차가운 발을 내게 밀어 넣다니 방귀라도 마구 뀔 수 있는 방이라도 하느님 혹은 최소한 몸을 한쪽으로 돌리도록 약하게 살며시 달코코코옴 멀리 저 기차 아주 약하게 이이이이이 또한 가닥의 노래

어디서든지 뱃속의 바람을 빼는 것이 좋아요 누가 알랴 내가 나중에 한 잔의 차와 더불어 먹은 저 포크 찹이 더위 때문에 별탈이 없었는지 그런 구린내가 있을 수 없지 정말이야 푸주의 저 야릇한 얼굴의 사나이는 굉장한 악당임에 틀림없어요 저놈의 램프가 지나치게 그을음을 내지 않았으면 좋으련만 코가 검댕투성이가 돼요 그이가 밤새도록 가스를 내뿜고 있는 것보다는 한층 낫지 지브롤터에서 나는 침대 속에서 편안히 잠을 수가 없었어 심지어는 자리에서 일어나 확인까지 했으니 왜 나는 그 때문에 그토록 신경질을 냈는지 몰라 하지만 겨울철에는 좋아해요 오히려 멋이 있지요 오 맙소사 저 겨울은 호되게도 추웠지 그때 나는 겨우 열 살쯤 되었을까 그렇지 나는 커다란 인형을 갖고 있었는데 우스꽝스런 옷을 입혔다 벗겼다 했지 저 얼음장 같은 바람이 네바다라나 눈 덮인 네바다라나 하는 산맥[132]에서 쏜살같이 불어 덮쳤어요 나는 짤따란 속옷 바람으로 화로 곁에 서서 몸을 녹이지 않으면 안 되었어 나는 속옷만 입고 주위를 돌며 춤을 추고 침대 속으로 도로 달음박질쳐 들어가는 것을 좋아했다오 확실히 맞은편 집의 그녀석이 여름철이면 불을 끄고 언제나 그곳에서 바라보며 서 있었지 그리고 나는 벌거벗고 뛰어다니며 혼자 즐기거나 세면대에서 때를 문지른다거나 크림을 바르곤 했었지 다만 사실(私室)을 사용하여 그 짓을 하게 되면 말이야 나는 또한 등불을 끄고 그리고 우리들 단둘만이 있었지 아무튼 오늘 밤은 잠이 멀리 가버렸어 그이[133]가 저따위 의학생들과 어울려 다니지 말았으면 좋겠는데 그를 타락시키고 있는 거야 그 자신이 젊어진다고 상상하고 있지요 새벽 4시에야 들어오다니 틀림없이 그쯤은 되었을 거야 더 늦지는 않았을 테지만 그이는 예의범절은 있어서 나를 잠자리에서 깨우지는 않아요 돈을 마구 쓰며 점점 더 술에 취해 가지고 그들은 밤새도록 무엇을 그렇게도 와글와글 떠들어대는 것인지 물이라도 마시는 게 나아요 그런 다음에는 그이는 으레 계란이나 차 또는 핀던 대구[魚]니 뜨거운 버터 바른 빵을 주문하기 시작한단 말씀이야 그런 짓을 어디서 배웠는지는 몰라도 그이가 마치 임금이나 된 듯 스푼을 거꾸로 쥐고 계란을 쑤셨다 뺐다 하면서 앉아 있는 꼴이 눈에 선하다군요 그리고 나는 그이가 아침에 찻잔을 딸그락거리면서 계단을 헛디딘다든지 고양이와 노는 것을 들으면 참 재미있어요 고양이놈이 사람에게 몸을 비벼대는 것은 고놈 자신을 위해서지 벼룩이라도 있어서 그러는지 몰라요 저 고양이란 놈은 마치 여자처럼 버릇이 고약해서 언제나 핥는다든지 빨고만 있단 말이야 그러나 나는 고놈들의 발톱이 싫어요 고양이란 사람들이 볼 수 없는 것도 볼 수 있나보지 저렇게 노려보고 있으니 말이야 그토록 오랫동안 계단 꼭대기에 앉아 있을 때는 그리고 내가 기다리면 언제나 귀를 기울이면서 말이야 또 어쩌면 도둑놈인지도 몰라요 내가 사온 저 맛있고 싱싱한 넙치를 글쎄 내일은 생선을 조금 사나 줄까 보다 이니 오늘은 금요일 아냐 그래 그렇게 해야지 약간은 블랑망제[134]와 거무스름한 건포도 잼을 옛날처럼 말이야 런던과 뉴캐슬의 윌리엄 앤드 우드 제과점[135]에서 가져온 저따위 자두와 사과를 섞어서 만든 두 파운드짜리 통조림 같은 것은 말고 두 배나 쓸모가 있어요 단지 뼈 때문에 나는 저 뱀장어가 싫어 대구 그렇지 근사한 대구를 한 도막 사야겠어 3펜스면 언제나 충분해요 아무튼 잊고 있었군 그래 언제나 똑같은 저따위 버클리 푸주의 고기는 이젠 싫증이 났어요 소의 허리고기와 다리고기 쇠갈비 스테이크 그리고 지방질 뺀 양고기 송아지 내장은 이름만 들어도 지긋지긋해요 그렇잖으면 피크닉은 어떨는지 모두들 각자 5실링씩 내서 말이야 그런든지 그이더러 돈을 내게 하든지 그리고 그이를 위해 어떤 나쁜 여자를 초대하는 것이 누구를 플레밍 부인 그리고 이끼긴 계곡[136]이나 아니면 딸기밭[137]으로라도 마차로 오는 것이 어떨까 우리는 그이더러 우선 모든 말의 발굽 쇠를 잘 살펴보도록 해야지 그가 편지를 살필 때처럼 아니야 보일런은 그만둬요 그렇지 약간의 송아지고기와 햄을 넣은 샌드위치와 함

께 둑 아래에 오두막이 몇 채 있지 일부러 거기다 세워 둔 거야 그러나 그곳은 찌는 듯이 덥다고 그이가 말했지 아무튼 은행 휴일은 안 돼 휴일이라 해서 모양을 내고 나타나는 저 오쟁이 마네킹 계집들이 꼴 보기 싫어 그리고 성신 강림 대축제일 다음 월요일[138]은 재수가 없는 날이야 저 꿀벌이 그이를 쏜 것은 조금도 이상할 게 없지 바닷가가 낫겠어 하지만 나는 어떤 일이 있어도 그이와 같이 보트를 타지 않을 테야 브레이에서 일이 있은 뒤로는 그이는 뱃사공한테 노 젓는 법도 알고 있다고 말하지 만일 누군가가 물으면 그이는 아마 골든 컵(금배) 타기 장애물 경마라도 할 수 있다고 말할 테지 그리고 파도가 거칠어져 낡은 보트가 뒤흔들리며 나 있는 쪽으로 배가 기울자 나더러 오른쪽 밧줄을 당겨요 자 왼쪽 것을 당겨요 하고 떠들어댔지 그 다음 배 밑바닥으로부터 물이 홍수처럼 밀어닥치고 그이의 노(櫓)가 둥삭(燈索)에서 풀려 나가고 우리들이 온통 물에 빠져 죽지 않은 게 정말 다행한 일이었어 물론 그이는 수영을 할 수 있지만 나는 못 하잖아 어떻든 위태로울 것 조금도 없으니 마음을 진정 하구려 그이는 플란넬 바지 차림을 하고 나는 모든 사람들 앞에서 그이가 바지를 벗게 하여 소위 말하는 채찍질이라는 것을 해주었으면 했지 엉덩이에 멍이 들게 말이야 그렇게 하는 것이 세상에 그이를 위해 좋을 거야 저 다른 미녀와 같이 있는 누군지 내가 모르는 긴 코의 사나이가 아니었던들 시티 암즈 호텔에서 온 버크[139]가 선창에서 여느 때와 같이 무슨 싸움판이라도 없나 하고 줄곧 살피고 있었지 정말 얼굴에 침이라도 뱉어 주고 싶은 놈이었어 우리들은 애당초 서로 미워하고 있었지 그것은 하나의 위안이야 그이가 내게 가져다 준 저 죄의 쾌락이란 책은 어떤 것인지 몰라 사교계의 어떤 다른 신사가 쓴 것인데 드 꼬끄 씨[140]라나 하는 자가 그이가 튜브를 쓰고 이 여자한테서 저 여자한테로 돌아다녔기 때문에 사람들이 그에게 그 따위 별명을 지어 준 모양이야 나는 나의 새하얀 구두를 바꿔 신을 수도 없었지 모두 소금물로 후줄후줄해지고 말았으니 그리고 내가 쓰고 있던 온통 바람에 휘날리던 저 깃털장식 달린 모자가 머리 위에서 흔들리고 있었지 얼마나 귀찮고 짜증나게 했는지 몰라요 물론 바다 냄새가 나를 흥분시켰기 때문이지 카탈란 만(灣)[141]의 바위틈에서 잡은 정어리와 도미 그것들은 어부들의 망태기 속에서 예쁜 은색을 발하고 있었지 사람들 말이 백 살 가까이 되었다는 루이지 영감은 제노아[142]에서 왔다나 그리고 귀걸이를 단 그 키 큰 늙은이 나는 저따위 남자는 싫어요 기어오르지 않으면 도무지 머리에 대지 못할 판이니 그들은 모두 오래전에 죽어서 썩어 없어져야 할 거야 게다가 나는 밤이면 이따위 커다란 배러크 같은 집에 혼자 있는 게 싫어요 나는 그것을 참아야만 할 거라고 생각하지요 나는 이사할 때에는 소금 한 줌 가져온 일도 절대로 없어요.[143] 북새통에 말이야 그이는 이층 객실에다 놋쇠 간판을 붙이고 음악학원을 만들거나 아니면 블룸 사설(私設) 호텔을 만들고 싶다고 했지 에니스에서 그의 부친이 했던 것처럼 말이야 그이는 완전히 망해 버릴 거야 그이가 자기 부친에게 앞으로 하려는 것을 말했던 모든 일과 마찬가지로 그리고 내게도 말했지 그러나 나는 그이의 속을 환히 들여다보았어요 허니문을 위해서 우리가 갈 수 있던 모든 아름다운 장소를 내게 말하고 있었다오 곤돌라가 떠 있는 달빛 어린 베니스라든지 코모 호수를 말이에요 그이는 어떤 신문에서 그 그림을 오려 가지고 있었어 그리고 만돌린과 등불에 관해서도 오 얼마나 근사해요 하고 내가 말하자 내가 좋아하는 것은 무엇이든지 이내 해주겠다고 말하잖겠어요 나의 남편이 되고 싶으시면 나의 냄비도 운반해 주실 수 있는지[144] 그이가 생각해 낸 온갖 계획에 대해서 그이는 퍼티 테두리의 초콜릿색 메달이라도 타야만 할 거 그런데도 나를 종일 이곳에 내버려두다니 빵조각이라도 얻으려고 긴 신세타령을 하며 문간에 서 있는 늙은 거지가 혹시 악당 놈이어서 내가 문을 닫지 못하도록 훼방을 놓으려고 발을 들여놓을지 누가 알아요 로이드 위클리 뉴스지(紙)[145]의 저 상습범의 그림처럼 20년 동안이나 감옥에 갇혀 있다가 나와 가지고는 또다시 돈 때문에 한 늙은 할멈을 살해한단 말이야 그이의 불쌍한 아내나 어머니 또는 그 밖의 사람들을 생각해 봐요 그따위 얼굴을 보면 몇 마일이고 도망가고 싶어져요 나는 문이나 창문에다 몽땅 빗장을 지르고 그것을 확인할 때까지는 조금도 마음을 놓을 수가 없었어 그러나 형무소

나 정신병원 같은 곳에 잡아 가두는 것은 더욱 싫은 일이야 저따위 짐승 같은 놈들은 모조리
쏴 죽이든지 아니면 구조편(九條鞭)으로 때려 눕혀야만 해요 잠자는 불쌍한 늙은 할머니를
죽이려고 공격하다니 그따위 사내들은 싹 잘라 없애 버리는 게 나아요 그이가 대단한 역할을
할 것이라고 생각지는 않아 하지만 없는 것보단 낫지 그날 밤 나는 분명히 부엌에 밤도둑이
들어온 소릴 들었어요 그래서 그이는 셔츠 바람으로 손에 양초와 부지깽이를 들고 내려갔었   5
지 마치 생쥐라도 찾으려는 듯이 말이에요 놀라서 제정신을 잃고 침대보처럼 하얗게 질려서
말이야 그놈의 밤도둑을 혼내 주려고 될 수 있는 한 큰 소리를 지르면서 훔쳐 갈 것도 별로
없지만 정말 하느님은 아실 거야 하지만 특히 기분 문제지 뭐야 지금은 밀리도 없잖아요 사
진술을 배우게 하려고 계집애를 그런 곳으로 보내다니 그이의 생각이란 정말 그이의 할아버
지 뒤를 이은 셈이지 그 대신 스케리 학원[146]에나 보내는 게 나아요 그러면 그 애는 나와 달   10
라서 학교에서 뭐든지 배우게 될 텐데 단지 그이는 나와 보일런 때문에 언제나 그와 같은 짓
을 했을 거야 바로 그 때문이에요 확실히 그런 것이 그가 만사를 꾸미고 계획하는 식이라니
까 나는 요사이 그애가 있었다면 이곳에서 아무런 짓도 할 수 없었을 거야 우선 문에 빗장을
지르지 않는 한 나를 불안하게 했지 먼저 노크도 하지 않고 들어오다니 내가 문에다 의자를
버텨 놓고 막 장갑을 끼고 거기를 씻고 있을 때 말이야 정말 신경질 나게 하거든 그렇잖으면   15
하루 종일 로봇처럼 그 애를 유리 케이스 속에 넣어 언제나 둘이서 바라보고 있는 게 좋을 거
야 그 애가 집을 떠나기 전에 짓궂음과 부주의로 저 작은 싸구려 조각상의 손을 망가뜨린 걸
그이가 알기라도 한다면 저 몸집이 작은 이탈리아 소년한테 그걸 수선하지 않으면 안 되었지
그래서 2실링으로 이은 데가 보이질 않아 그 애는 감자를 쏟아 내는 일조차도 하려고 안 해
요 물론 손을 더럽히기 싫은 건 당연해 최근에 그이가 언제나 식탁에서 그 애에게 이야기하   20
고 있는 것을 목격했어 신문에 실린 걸 설명하면서 말이야 그러면 그 애는 이해하는 체했지
약게도 물론 그러한 기질은 그이 쪽 가문에서 유전된 거지 그이는 내가 일을 속이고 있다고
는 말할 수 없을 거야 그렇잖아 사실 나는 지나치게 정직해 그리고 그 애의 코트를 입는 것을
도와주기도 하고 그러나 그 애가 무슨 걱정거리라도 생기면 그 애가 의논하는 사람은 나지
그이는 아니야 아마 그인 나를 쓸모없는 폐물이라 생각할거야 글쎄 나는 그렇잖아요 절대로   25
전혀 그렇잖아 글쎄 보란 말이야 글쎄 봐 이제 그 애는 잘돼가지요 또 톰 데번즈[147]의 두 아
이놈들과 희롱대기기도 하지 내 흉내를 내면서 그 애를 꾀어내는 머레이[148]의 말괄량이 소녀
들과 휘파람을 불면서 말이야 밀리 나와라 그 애는 인기가 대단해 모두들 그 애한테서 정보
를 수집하려고 말이야 넬슨가(街)를 밤이면 빙글빙글 해리 데번즈의 자전거를 타고 그이가
현재 그 애가 있는 곳으로 보낸 게 다행이야 그 애는 막 탈선하려던 참이었으니까 스케이트   30
장에도 가고 싶어 하고 다른 사람과 같이 콧구멍으로 담배 연기를 내뿜기도 했지 나는 그 애
의 옷에서 담배 냄새를 맡을 수 있었어 그 애의 재킷 소매에 꿰매 놓은 단추의 실을 이빨로
끊어주려고 했을 때였지 정말이지 그 애가 입은 채로 그걸 꿰매지 말아아 했는데 그렇게 하
면 이별을 기껴온 다잖아요 지난번에 만든 플럼프 푸딩도 두 조각으로 쪼개지고 말았어[149] 봐
생각대로 돼 버렸잖아 누가 뭐라던 그 애는 혀가 약간 지나치게 길단 말이야 자기 취미로 말   35
하지만 어머니 블라우스는 가슴이 지나치게 벌어졌을 걸요 하고 내게 말했지 냄비가 솥더러
시커멓구나 하는 격이지 그런데 나는 그 애더러 여봐란 듯이 다리를 창문틀에 그처럼 위로
치세우지 말라고 말하지 않을 수 없었어 모든 사람들이 지나가는 앞에서 말이야 사람들은 모
두 그 애를 쳐다볼 테니까 그 애 나이 또래 때 나를 쳐다보듯 말이야 물론 누더기 옷이라도
그러한 나이에는 잘 어울려 그리고 왕실 극장에서 단 하나의 길[150]을 구경하고 있었을 때 나   40
를 건드리지 말라 하는 식의 그녀의 엄청난 태도라니 당신 그 발을 치워 줘요 사람들이 건드
리는 걸 싫어하는 성미니까 내가 그녀의 주름잡은 스커트를 망가뜨리지 않을까 그녀는 정말
두려워했지 극장에서는 정말 대단한 접촉이 이루어지고 있음에 틀림없어 으깨거나 어둠 속에
서 사내들은 언제나 내게 덤비려고 하지 트릴비로 분(扮)한 비어봄 트리[151]를 보러 게이어티

극장에 갔을 때 극장 밑자리에 앉아 있던 저 녀석 그렇게 짓누르는 데서야 어떤 트릴비든 혹
은 그녀의 벌거벗은 밑구멍(베어범)을 위해 그곳에 가는 것은 이제 마지막이야 매 2분마다
거기를 만지고는 다른 쪽을 쳐다본단 말이야 그 녀석 약간 돈 녀석이 아닌지 몰라 나는 보았
어 그녀석이 나중에 저 스위스인(人)의 진열장 바깥에서 멋진 옷차림을 한 두 숙녀와 똑같은
짓을 하는 것을 나는 그 사내를 알아챘지 얼굴이랑 모든 걸 그러나 그이는 나를 기억해 내
지 못 했어 그래 그리고 그 애는 브로드스톤[152]에서 나더러 키스해 달라고도 하지 않았어 헤
어질 때도 말이야 정말이지 그 애에게 춤을 출 상대 남자라도 생겼으면 좋으련만 그 애가 이
하선염(耳下腺炎)으로 임파선이 부어 자리에 드러누워 있었을 때 내가 시중들던 일이란 정
말이지 여기냐 어디냐 하고 말이야 물론 그 애는 무엇이든지 깊이 느낄 줄 몰라 하지만 나도
스물둘이 될 때까지는 전혀 느끼지 못 했어 엉뚱한 짓만 하곤 했지 언제나 그렇듯이 보통 꼬
마 아가씨들의 쓸데없는 장난이나 킥킥거리며 웃는 것에 지나지 않아 저 코니 코놀리는 까만
종이에다 하얀 잉크로 편지를 써서 그녀에게 주었지 양초로 밀봉을 해서 말이야 하지만 그
애는 커튼이 내리면 손뼉을 쳤어 왠고하니 그 남자 배우가 아주 미남이었기 때문이야 그때
마틴 하비[153]가 조반이자 정찬 그리고 밤참을 먹으로 왔었지 나중에 혼자 생각한 일이지만 남
자가 여자 때문에 아무것도 아닌데도 그의 생(生)을 포기할 지경이면 그것은 진실한 사랑임
에 틀림없어 그런 남자란 요즘엔 드물 거야 그리고 그런 일은 좀처럼 믿기 어려워 만일 그것
이 정령 나에게 일어난 일이 아닌 한 대다수의 남자들이란 그들의 천성에 있어서 한 조각의
사랑도 없어 오늘날 저렇게 둘[154]이 서로 얼러붙어서 피차 상대방이 느끼는 대로 느끼는 저런
사람을 찾아보란 말이야 대개 그들은 머리가 약간 돌아 있어 그의 부친은 아내 뒤를 이어 자
신을 독살(毒殺)하다니 약간 괴상했음에 틀림없지 하지만 불쌍한 늙은이야 그이는 아마 가
망이 없다고 느꼈을 테지 그 애는 언제나 내 물건을 부러워했어 내가 가졌던 몇 가지 누더기
를 열다섯 살 때 그 애는 자신의 머리를 올리고 싶어 했지 또 내 분(粉) 역시 그 애의 피부를
단지 거칠게 했을 뿐이야 그 애로서는 앞으로도 여가가 많으니 그런 일은 나중에 하는 것이
좋아 물론 그 애는 자신이 너무나도 붉은 입술을 지닌 정말 예쁜 아가씨라는 걸 알고 있었기
때문에 안절부절못했던 거지 저녁에는 집에 붙어 있지도 않으려 하고 정말 야단이야 나도 마
찬가지였지만 내가 반(半) 스톤의 감자를 사오라고 했을 때 마치 생선 장수처럼 내게 대답하
다니 저따위 애와 시장에 같이 가도 헛된 일이야 그날 우리들은 속보(速步) 경마 시합에서
조 갤러허 부인을 만났지 그런데 그녀는 변호사인 프라이어리와 함께 마차를 타고 우리들을
본 체도 하지 않았어 우리의 신분이 높지가 않아서 그럴 테지 드디어 나는 그 애의 귀때기를
그 자신을 위해 멋들어지게 찰싹 두 대 후려갈겨 주었지 그따위 말대꾸가 어디 있담 건방지
게 이기거나 먹어 하고 말이야 그 애가 나를 성나게 했지만 물론 내가 골을 낸 것은 나 또한 성
질이 고약했기 때문이야 왜 그랬을까 차(茶) 속에 지푸라기가 들어갔다든지 아니면 전날 밤
내가 먹은 치즈 때문에 잠을 자지 못해서일까 그리고 나이프를 그처럼 십자로 겹쳐 놓으면
못쓴다고 되풀이하여 여러 번 말해 주었지 왜냐하면 그 애 스스로가 말했듯이 그 애를 야단
치는 사람이란 아무도 없었기 때문이야 글쎄 만일 그이가 그 애의 버릇을 고쳐 주지 않으면
내가 고쳐 줄 테야 그 애가 눈물을 흘린 것도 그것이 마지막이었어 나 자신도 꼭 그와 같았어
이곳에서는 감히 나에게 명령을 하지 못해 그것은 물론 그이의 죄(罪)지 여기에 우리들 두
사람을 노예로 삼고 있으니 그전부터 식모 한 사람 두지도 않은 채 말이야 다시 적당한 하녀
를 두게 될는지 몰라 그렇게 되면 물론 그이는 하녀를 넘볼 것이고 그녀에게 그것을 주의시
켜야만 할 거야 그러면 그녀는 또 그것을 복수하겠지 지금의 플레밍 할멈처럼 물건을 슬쩍
훔친 후에 오지 그릇 속에 재채기를 하든지 방귀를 뀐다든지 하며 돌아다니는 여자는 정말
골칫덩어리야 글쎄 물론 그 여자는 늙었으니까 별도리가 없지만 내가 저 썩고 오래된 냄새나
는 누더기를 찬장 뒤에서 발견하다니 정말 너무해 그곳에 무엇인가 들어 있음이 틀림없다고
생각했지 그래서 그 냄새를 쫓아내려고 그곳 창문을 열었지 그이의 친구들을 대접하려고 집

으로 데리고 오다니 그이가 개를 데리고 왔던 밤처럼 말이야 놀랍게도 그것은 미친 개였음에 틀림없었어 특히 사이먼 데덜러스의 아들을 그의 부친은 굉장한 험담가야 크리켓 시합 때에 춤 높은 모자에 안경을 걸치고 있었지만 그의 양말에는 아주 커다란 구멍이 한 개 뚫려 있었어 이것이 저것을 비웃는 격이지 그런데 그이의 아들은 무슨 과목이든지 간에 온갖 상(賞)을 탔다지 뭐야 그는 그와 같은 상을 중간시험에서 탔던 거야 그건 그렇고 담을 뛰어넘다니 상 상해 봐 혹시 누구 우리를 아는 사람이 그이를 보기라도 했다면 그이는 입고 있던 저 숭고한 상복 바지에 큰 구멍이라도 뚫지 않았는지 모르겠어 마치 자연이 준 것만으로 충분하지 않은 듯이 말씀이야 헐어빠진 부엌으로 그를 끌고 들어오다니 글쎄 머리가 돌지 않았는지 모르겠 어 세탁 날이 아니라서 유감천만이야 내 헌 바지가 나보란 듯이 빨랫줄에 매달려 있었는지도 몰라 그이가 알 바는 전혀 아니니까 저 바보 할멈이 저질러 놓은 다리미 탄 자국을 그이는 뭔 가 다른 것으로 착각했는지도 몰라 그리고 내가 그녀더러 부탁을 했는데도 그녀는 기름 얼룩 을 지우는 것조차 전혀 하지 않았어 그리고 지금은 그녀의 중풍 걸린 남편 때문에 전에도 그 랬듯이 점점 기질이 나빠져 가고 있어 그들한테는 언제나 좋지 못한 일이 일어나나 봐 병 아 니면 수술을 받아야만 하고 또 혹사병이 아니면 고주망태가 되어서 말이야 그인 아내를 마구 두들겨 준단 말이야 나는 매일 아침에 잠이 깨면 또다시 식모를 찾아 다녀야만 할 거야 언제 나 새로운 무엇이 계속 일어나고 있으니 하느님 맙소사 글쎄 내가 죽어서 무덤 속에 몸을 쭉 뻗고 들어 누우면 난 정말 편안해질지도 모르지 잠시 좀 일어나 보고 싶군 하지만 참아야지 오 젠장 가만있자 그래 고것이 시작됐어 그래 그런데 그 짓을 한 것이 나쁘지 않았는지 몰라 물론이야 온통 찌른다든지 뿌리를 박는다든지 갈[耕]았으니까 그이가 내 몸속을 말이야 자 어떻게 한다 금요일 토요일 일요일은 안 돼 그것은 몸의 영혼까지 고통을 주지 그래도 그이 가 좋다면 몰라도 개중에 몇몇 남자들은 정말이지 그런 걸 좋아할지도 몰라 우리들 여자들에 게는 언제나 어딘가 잘못이 일어나고 있으니 3주일 또는 4주일마다 5일 만큼씩 말이야 언제 나 다달이 있는 월경(月經) 정말 진절머리 나는 일이야 그날 밤도 고것이 이처럼 시작됐지 마이클 건[155]이 그에게 켄덜 부인과 그녀의 남편[156]에게 게이어티 극장을 관람시켜 주도록 했 기 때문에 우리들은 단 한 번 특등석에 앉아 봤지만 그때 일어난 것에는 정말 곤란하지 않았 던가 그이가 보험에 관해 어떤 일을 한 것은 드리미즈[157] 회사에서 그이를 위해 힘써 준 덕분 이었지 생리대를 차야만 했던걸 그러나 오페라글라스를 가지고 나를 뚫어지게 쳐다보고 있던 사교계의 저 신사 때문에 억지로 참고 있었지 그런데 그이는 내 옆자리에서 스피노자 및 그 의 죽은 영혼에 관해서 떠들어대고 있었어 내 상상으론 수백만 년 전에 죽었을 거야 될 수 있 는 한 미소를 짓고 있었지 온통 적신 채 마치 그 연극이 퍽 재미있는 듯이 몸을 앞으로 내밀 고 끝까지 그곳에 앉아 있지 않을 수 없었어 나는 저 스칼리의 아내[158]를 얼른 잊지 않을 거 야 내가 상상컨대 간통에 대한 난잡한 연극 같았어 위층 일반 관람석에 있던 그 바보 녀석이 쉬쉬하고 여자를 놀려대면서 간부(姦婦)다 하고 소리 질렀지 그가 밖으로 나가 다음 골목길 에서 어떤 여인을 붙들었을 것으로 생각해 뒷골목을 온통 쏘다니면서 말이야 그때 그 사내가 나 같은 여자를 만났더라면 좋았을 것을 그러면 아마 그이는 당황했을 거야 괭(猫)이라도 우 리들보다는 훨씬 잘 지낼 테지 우리들 몸속에 피가 너무 많기 때문일까 아니면 오 도무지 참 을 수가 없는 걸 나의 몸속에서 마구 흘러나오다니 마치 바다처럼 말이야 아무튼 그이는 그 토록 큰 주제에 날 임신시킬 수도 없었나 봐 그래 나는 깨끗한 홀이불을 더럽히기 싫어 방금 입었던 깨끗한 린넨 속옷에도 그것이 묻은 것 같아 젠장 그리고 남자란 언제나 침대 위에서 얼룩을 보고 싶어 하지 상대방이 처녀인지 아닌지 알기 위해서지 그따위 것이 그네들의 마음 을 온통 점령하고 있단 말이야 그들은 또 정말 바보야 과부나 아니면 40번 이상이나 이혼한 여자라도 붉은 잉크 칠만 하면 다 된단 말이야 혹은 혹 딸기 주스 아니야 그건 너무 자주색이 야 오 예수님 나를 이 기진(氣盡)상태에서 구해 주소서 죄의 쾌락이라니 누구든 여자더러 이따위 일을 하도록 생각해 냈던가. 옷이랑 요리랑 그리고 아이들 틈바구니에서 뭐야 도대체

이놈의 경칠 낡은 침대도 어처구니없이 삐걱거리기만 하니 추측건대 아마 저 공원 건너편에서도 우리들이 내는 소리를 들을 수 있었을 거야 그러나 나는 마루에다 이불을 깔게 했지 베개를 내 엉덩이 밑에다 괴고 낮에 하는 것이 더 나을지 몰라 편안하니까 이 털을 몽땅 잘라 버릴까 보다 거기가 얼얼하게 말이야 그러면 나는 아마 나이 어린 소녀처럼 보일 거야 다음 번에 그이가 내 옷을 들치면 아마 몹시 실망하지 않을까 그이 얼굴을 보기 위해서라면 어떤 짓이든지 할 테야 요강이 어디 갔어. 으응, 저 헌 요강처럼 내 몸무게 때문에 깨지지 않을까 겁이 나 내가 너무 무겁지 않았는지 몰라 그이의 무릎에 앉았을 때 말이야 내가 우선 다른 방에서 블라우스와 스커트만을 벗었을 때 그이더러 일부러 안락의자에 앉아 있도록 했지 그이는 그래서는 안 되는 곳에서 너무 바삐 서둘렀기 때문에 결코 나의 몸무게는 느끼지 못했을 거야 나는 저 입맞춤의 당과를 먹은 후였으니까 나의 입김이 달콤했으리라 으응 맙소사 언젠가 내가 마치 사내처럼 휘파람을 불면서 똑바로 서서 배설할 수 있었던 때가 기억나 으응 오 정말이지 얼마나 요란스러울까 희망하건대 거품이 일어났으면 누군가 많은 돈을 가져올 테니까 말이야[159] 아침에 거기에다 향수를 뿌려 놓아야겠어 잊지 말아야지 아마 그이는 이처럼 예쁜 다리를 결코 보지 못했을 거야 어쩌면 이렇게도 하얄까 제일 매끄러운 곳은 바로 여기 이 사이야 얼마나 부드럽고 마치 복숭아 같아 으응 맙소사 정말이지 나도 남자가 되어 가지고 아름다운 여자 위에 올라타고 싶어 으응 오 얼마나 떠들썩한 소리를 내는지 몰라 마치 저지 섬의 백합 같아 으응 으응 오 얼마나 라호어의 폭포가 쏟아져 내린담[160]

　　내 몸속이 어떻게 됐는지 누가 알랴 아니면 몸속에 뭐가 생겼나 보지 주일마다 이와 같은 것이 나오니 말이야 그때가 언제더라 지난번 내가 성신강림절 다음 월요일 그래 단지 3주일밖에 안 되는군 의사한테 가야만 할까보다 하지만 그이와 결혼하기 전과 비슷할 거야 그때 속에서 하얀 것이 흘러나왔지 그러자 플로이가 펨브로크 가로의 산부인과 의사였던 저 늙고 마른 막대기 같은 콜린즈 의사[161]에게 나를 데려다 주었지 당신의 질(膣)이 하고 그이는 물었지 그이가 금박 거울이나 양탄자를 얻게 된 것도 다 스테반즈 그린 공원 건너편의 저 돈 많은 사람들을 속여 먹었기 때문일 거야 질이니 하퇴상피병(cochinchina)이니 하며 별것도 아닌 것을 가지고 그이한테 쫓아다닌단 말이야 물론 그들은 돈이 있으니 상관없어요 나라면 그이하곤 결혼하지 않겠어 비록 그이가 세계 최후의 남자라 할지라도 게다가 그녀들의 자식들에게는 뭔가 묘한 데가 있어요 언제나 저 불결한 매음녀들을 사방으로 냄새 맡고 찾아다니는 것이었지 그리고 그이는 나에게 몸에서 고약한 냄새가 나지 않느냐고 물어 보았어요 도대체 그이는 나보고 어쩌란 말인지 그러나 아마 돈 때문일 거야 어쩌면 그런 질문을 하다니 만일 내가 그이의 주름진 늙은 얼굴 구석구석에 될 수 있는 한 알랑거리며 그것을 문질러 주면 아마 알아챌 거야 그것을 패스하는 데 곤란을 느끼지 않으세요 무슨 패스를 나는 그이가 지브롤터의 암산(岩山)에 관해서 이야기하고 있는 줄로 생각했어요 그이가 하는 말버릇이라니 그런데 아무튼 그것은 정말 근사한 발명이야 나는 될 수 있는 한 깊이 변기(便器) 속에 꼭 끼는 것이 좋아요 그리고 체인을 잡아당겨 그것을 깨끗이 씻어 버릴 때는 손발이 몹시 저린 느낌이 들어요 하지만 변(便) 속에는 그래도 뭔가 귀중한 것이 함유되어 있을 거야 나는 언제나 밀리의 것으로부터 그것을 알곤 했지 그 애가 어린애였을 때 회충을 가졌는지 안 가졌는지를 진찰하려고 해도 그에게 언제나 돈을 지불하다니 의사님 얼마예요 1기니입니다 그리고 때때로 나더러 자위행위(omissions)를 자주 하십니까 하고 묻는 거야 저 늙은이들은 어디서 그런 말을 얻는 것일까 그들은 근시안으로 나를 비스듬히 치켜보면서 자위행위 하는 거지 나는 그이를 지나치게 신용하고 싶지는 않았어요. 클로로포름이라나 뭐라나 하는 것을 내게 줄판이니 말씀이야 하지만 그이가 무엇을 쓰려고 아주 심각하게 얼굴을 찌푸리고 있을 때 나는 그이가 좋았어요 그의 코는 그런대로 지적(知的)이었어 경칠 놈의 거짓말쟁이 같으니라구 오 뭐라 해도 상관할 게 뭐야 누구든지 백치(白痴)가 아닌 바에야 그이는 아주 영리하니까 그것을 알아챘어요 물론 그것은 그이가 굉장히 생각해서 한 것이었어 그이[162]의 미치광이 같은 편지 나의 값진 당신 당신의 영광스런 육체에 연결된 것은 무엇이든 하고 말이야 무엇이든이란 말에 밑줄을 쳤지 그거야말로 영원토록 기쁨과 미(美)의 원천입니다 그가 가지고 있던 어떤 무의미한 책에서 그가 골라 뽑아 낸 글귀였지 그따위 짓은 언제나 나 혼자서 할 수 있단 말이야 하루에도 네다섯 번 그런데 내가 전 그런 짓 안 해요 하고 말하자 그이는 정말이세요 하고 말하는 거야 오 정말이고말고요 하고 내가 말했지 나는 그가 입을 딱 다물도록 해주었어 나는 다음에 뭐가 다가오는지를 알고 있었지 그것은 단지 인간 본래의 미약함이니 뭐니 하고 그이는 나를 흥분시켰어 내가 르호보스 테라스에 살고 있었을 때 그 최초의 밤 우리들은 어떻게 하여 만났지 나는 몰라요 우리들은 약 10분 동안 서로 빤히 쳐다보고 서 있었지 마치 우리들이 전에 어디선가 만났던 것처럼 말이야 내가 어머니를 닮아서 꼭 유대인 여자로 보였기 때문이야 그이는 나를 즐겁게 해주곤 했지 그이가 얼굴에 반쯤 귀찮은 듯한 미소를 띠며 말해 주었던 여러 가지 일들 그리고 도일가(家)¹⁶³⁾의 집안사람들은 의회의원에 출마한다고 그는 말했지 오 내가 그이의 모든 쫑알거리는 허풍을 믿다니 어쩌면 그렇게도 바보였을까 아일랜드 자치(自治)니 토지연맹에 관해서 말이야 그리고 위그노 교도의 저 길고 느린 비가(悲歌)를 아주 멋지게 불어(佛語)로 노래하도록 나에게 보내는 것이었어요 아름다운 지방 투렌이여¹⁶⁴⁾ 나는 한 번도 그걸 부르지 않았어 종교와 박해에 관해 설명하거나 부질없이 어쩌고저쩌고 그이는 자연스럽게 상대방을 기쁘게 해주려고 하지 않았어 그러고는 크게 은혜라도 베풀어주는 듯했지 그이¹⁶⁵⁾가 우연히도 브라이튼 광장¹⁶⁶⁾의 내 침실에 뛰어 들어 왔던 것이 바로 그 첫 기회였어 내가 노상 쓰는 앨비언 우유가 함유된 유황 비누를 가지고 자기 손에 묻은 잉크를 씻어 없애려는 척 하면서 말이야 그런데 비누는 여전히 젤라틴 포장지에 싸인 채 그대로였지 오 나는 정말이지 그이를 매우도 비웃어 주었어 밤새도록 내내 이렇게 용변만 보고 앉아 있어서는 안 되지 변기를 알맞도록 크게 만들어서 여자가 그 위에 적당히 앉을 수 있도록 했으면 좋겠어 그이는 무릎을 꿇고 소변을 보지 모든 사람들 가운데 그와 같은 버릇을 가진 이는 둘도 없을 거야 침대 발치에서 잠자고 있는 저 꼴 좀 봐 단단한 베개도 없이 어떻게 잘 수 있는지 몰라 사람 얼굴을 차지 않는 게 다행이야 그렇잖으면 내 이빨을 몽땅 부러뜨릴 지도 모르지 코 위에다 손을 올려놓고 숨을 쉬고 있으니 비 오는 어느 일요일 킬데어가(街)의 박물관에 그이가 나를 데리고 갔을 때 에이프런을 온통 노랗게 걸치고 열 발가락을 뻗은 채 손을 베고 옆으로 누워있던 저 인디언의 신(神)과 닮았어 그이는 그것이 유태교나 예수교를 합친 것보다 더 큰 종교로서 아시아 전역에 퍼져 있다고 했지 그를 흉내 내고 있는 거야 그이가 언제나 누군가의 흉내를 내고 있듯이 말이야 상상컨대 하느님도 침대 발치에 누워 그의 커다란 마당발을 아내의 입 속까지 처넣고 잠자곤 했을 거야 아유 어쩌면 이렇게도 구린 내가 지독할까 그런데 저 냅킨¹⁶⁷⁾이 어디 있더라 아하 그래 알았어 저 헌 옷장이 삐걱삐걱 소리가 나지 않으면 좋겠는데 거 봐 생각한 대로지 저인 참 잘 자고 있군 그래 어디서 실컷 재미를 봤음에 틀림없어 하지만 그 여자는 그이가 쓴 돈에 대해 응분의 보답을 해주었음에 틀림없어요 물론 그이도 그 대가를 지불해야 할 테니까 오 이렇게도 성가시다니 저 세상에서는 우리들을 위해 좀 더 나은 것을 마련해 주지 않으려나 우리들의 몸을 이렇게 꽁꽁 묶어 두다니 하느님이시여 저희를 도우소서 오늘 밤은 이만하면 됐어요 그런데 이 울퉁불퉁한 낡은 침대는 내게 늙은 코헨을 생각나게 하거든 상상컨대 그이는 아마 노상 이 침대 속에서 몸을 긁고 있었을 거야 그리고 그이는 내 아버지가 이 침대를 내피어 경(卿)¹⁶⁸⁾에게서 산 줄로 알고 있지¹⁶⁹⁾ 아주 꼬마 소녀 때 나는 그이를 존경하곤 했어 왜냐하면 그이와 이야기한 적이 있었으니까 조용히 조용히 살며시 오 나는 내 침대가 좋아 하느님 우리들은 16년이란 세월이 흘러도 여기 여전히 형편없어 도대체 우리는 얼마나 많은 집들로 이사했던가 레이먼드 테라스와 온타리오 테라스 그리고 롬바드가(街)와 홀레스가(街) 그리고 그이는 언제나 휘파람을 불면서 사방을 돌아다니는 거야 우리들이 한창 바빠 쩔쩔맬 때도 위그노 교도의 노래를 부르거나 아니면 네 다리 달린 가구를 들고 있는 일꾼들을 돕는 척하면서 뒤에서 개구리 걸음을 걷고 있을 뿐이지 그리고 그 다음으로 시티 암즈라니 점점 가난뱅이가 되어 갈 뿐이라고 문지기 넬리가 말하고 있어 저 층계참의 화장실에는 언제나 안에 누군가가 들어 있어서 기도를 드리고 있지 그런 다음엔 언제나 구린내를 남기고 나가다니 맨 마지막에 그곳에 있던 사람이 누군지 알아 모든 일이 잘되어 가려고 할 때면 언제나 무슨 일이 생긴단 말이야 톰스사(社) 및 헬리 상점 그리고 커프 상점이나 드리미 상점에서 게다가 그이는 오래된 제비뽑기 티켓을 가지고 다니지만 그 때문에 감옥에 들어갈지도 모를 일이야[170] 모두 우리들을 구하기 위해서라나 아니면 밖에 나가서 거만을 떨고 있지 뭐야 글쎄 다른 곳에서와 마찬가지로 프리먼지(紙)에서도 얼마 안 가서 해고당하여 집으로 돌아올지 모를 판이니 저따위 신너 페인이라나 또는 공제조합이라나 하는 구실로 말씀이야 그러면 가만있자 그이가 내게 소개해 준 사람으로 코디즈 골목길을 혼자서 비에 흠뻑 젖어 걸어 다니고 있던 그 몸집이 작은 남자[171]가 그에게 많은 위안을 줄는지 두고 볼 일이야 그이야말로 실력 있고 성실한 아일랜드 사람이라고 그이는 말하고 있어 그 남자는 정말이지 내가 보았거니와 차림일은 성실성만 봐도 과연 알 수 있어 가만있자 조지 성당의 종소리가 45분이라 시간이 1시 가만있자 2시야 글쎄 그이도 이 시간에 집으로 돌아오다니 적절한 시간이지 누군가가 울타리를 기어올라 부엌 지하실로 뛰어내렸어 만일 누구든지 그이를 보면 내가 그이의 저 작은 버릇을 좀 고쳐 줘야겠어 내일은 우선 그의 셔츠를 조사해 보면 알 거야 아니면 그이가 아직도 수첩에다 저따위 콘돔(프렌치 레터)을 가지고 다니는지 어디 봐야지 그이는 내가 눈치 못 채 줄 생각하고 있어 거짓말쟁이 사내들 같으니라고 내 생각에 그들의 거짓말을 다 넣으려면 호주머니가 20개나 있어도 모자랄 지경이지 그러면 왜 우리 여자들은 그들에게 진실을 말해 줘야 한담 그들은 사람들이 말하는 걸 믿지도 않으니 말이야 그런데 그이는 언젠가 내게 가져다 준 아리스토크래트의 걸작집[172]에 나오는 저 아기들처럼 침대 속에서 오그리고 있는 거지 어떤 늙은 아리스토크래트라나 뭐라나 하는 자가 없으면 실생활에 있어서 충분하지 않은 듯 말이야 그의 이름은 머리가 두 개고 다리가 없는 아이들의 저따위 썩어빠진 사진을 가지고 상대를 한층 메스껍게 하고 있어 그건 그들이 언제나 꿈꾸고 있는 일종의 악행이란 말이야 그들의 텅텅 빈 머리 속에 아무것도 차 있지 않기 때문이지 그들에게는 약효가 느린 독약(毒藥)이나 먹이는 것이 좋을 거야 그들 반수(半數)는 말이야 그리고 차(茶)랑 양쪽에다 버터 바른 빵을 가져오라 갓 낳은 계란을 가져오라 하지 상상컨대 나 같은 건 그이에게는 아무것도 아닌 모양이야 어느 날 밤 내가 홀레스가(街)에서 그이더러 나를 핥지 못하도록 했을 때 사내 사내란 여전히 그와 같은 일에 대해서는 폭군이야 그이는 한밤중에 벌거벗고 마루에 누워 있었어 누군가가 집안에서 죽을 때처럼[173] 유태인들이 항상 하는 버릇이지 그리고도 아침밥도 싫다 한마디 말도 안 하겠다 하면서 어리광을 부리고 싶어서지 그래서 나는 이번만은 충분할 거라 생각하고 관여하지 않았지 그이는 게다가 하는 식이 글렀어 자기 자신의 재미만 생각하니 그이의 혀가 너무 편평한가 봐 아니면 뭔지 나는 알 수가 없어 그이는 우리들을 두 사람이라는 걸 잊고 있어 그래서 싫어 그이더러 또 한번 그 짓을 하도록 시켜 봐야겠어 만일 그이가 상관치 않는다면 말이야 그래서도 안 되면 까만 풍뎅이처럼 지하실의 석탄 창고에다 가두고 거기서 잠자게 해야지 그건 내 중고품과 함께 머리가 돌아버린 조시 때문이 아닌지 몰라 그이는 또 태어날 때부터 거짓말쟁이야 아니 남의 기혼녀에게 손을 내밀 정도의 용기를 결코 가지고 있지는 않을 거야 그것이 그이가 나와 보일런을 원하는 이유지 하지만 그녀[174]가 데니스라고 하고 자기 남편으로 부르는 저따위 버림받은 귀신을 누구인들 남편으로 삼을 수는 없지요 그렇지 그이가 함께 들러붙어 있던 것은 어떤 하찮은 갈보년임에 틀림없어 내가 대학 경기에서 그이와 밀리와 함께 있었을 때에도 머리 꼭대기에다 아기용 보닛을 달고 있던 그 나팔수 문지기가 우리들을 뒷문으로 넣어 주었지 그이는 저따위 두 매녀의 아래위를 양(羊) 같은 눈으로 훑어보고 있었어 나는 처음엔 그이에게 눈짓을 하려고 했지만 물론 소용없는 일이었지 그런 식으로 그이는 돈을 써버린단 말씀이야 이것은 패디 디그넘의 결실이지 그렇지 그들은 모두 굉장한 옷차

림을 하고 장엄한 장례식에 참석했다지 보일런이 갖고 온 신문에 의하면 말씀이야 만일 그들
이 진짜 사관들의 장례식을 본다면 그것이야말로 정말 그럴 듯할 거야 총을 거꾸로 메고 덮
개를 씌운 큰 북(鼓)에다 검게 치장한 채 뒤에서 걷고 있는 불쌍한 말(馬) L 봄[175] 그리고 저
작달막한 술통 같은 주정뱅이 그이는 어디선가 남자용 변소로부터 떨어져서 혀가 물려 끊어
졌다지[176] 그리고 마틴 커닝엄과 두 데덜러스 부자들이랑 패니 맥코이의 남편 양배추 같은 허
연 머리에 말라깽이지 사팔뜨기 눈을 하고 그녀는 내 노래를 부르고 싶어 애를 태웠지 그녀
야말로 세상에 다시 태어나야 할 거야 그리고 낡은 푸른 빛 드레스의 목둘레를 깊이 파서 입
고 있어 다른 방도로는 남자들을 끌 수 없기 때문이야 마치 비 오는 날 물이 튀는 소리 같아
이제야 난 분명히 그것을 알겠어. 모두들 그것을 우정(友情)이랍시고 서로 죽이며 매장하고
있지 그리고 그들은 모두 집에 가면 처자들이 있단 말이야 그중에도 특히 저 술집의 여급을
먹여 살린다는 잭 파워 물론 그의 아내는 언제나 앓고 있어 아니면 앓으려고 하든지 또는 병
을 앓고 난 다음이든지 그런데도 그이는 여전히 신수가 환하거든 비록 그이는 귀 언저리가
희끗희끗해지고 있긴 해도 그들은 모두 점잖은 분들이야 글쎄 내가 도울 수 있는 한 그들은
이제 다시는 내 남편을 자기들 패에다 끌어넣으려고 하지 않을 거야 그이가 어리석은 짓을
계속할 때 그이의 등 뒤에서 그이를 웃음거리로 만들고 있지 내가 잘 알지 왠고하니 그이는
자기가 번 돈을 모두 목구멍 아래로 마셔 없애 버릴 정도로 지각이 없을 정도도 아니거니와
자기 처와 가족을 돌보고 있기 때문이지 저 쓸모없는 건달들 가련한 패디 디그넘도 꼭 마찬
가지야 나는 어쩐지 그이가 불쌍해 만일 그이가 보험에라도 들지 않았다면 그이의 아내와 다
섯 아이들을 어떻게 하지 저 우스꽝스런 어릿광대는 노상 어딘가의 술집 구석에 처박혀 있지
아내나 자식이 밖에서 기다리고 있단 말이야 빌 베일리 이제 그만 집으로 돌아가지 않겠어요
[177] 그녀의 과부 상복(喪服)은 그녀의 외모를 그다지 예쁘게 개량하지는 못해 하지만 예쁜 여
자 같으면 그건 참 잘 어울린단 말이야 그래도 무슨 남자들이 그래 그이는 그렇지 않았어 그
래 그이가 글렌크리 만찬회에 참석했을 때였어 그리고 벤 돌라드의 그 치졸한 술통 같은 목
소리 그날 밤 그이는 노래를 부르기 위해 홀레스가(街)로 연미복을 빌리러 왔었지 그따위 바
지를 입어서 몸이 짓눌리고 꽉 낀 채 말이야 그리고 그이의 커다란 인형 같은 얼굴 위로 가득
싱글싱글 웃으면서 마치 회초리로 얻어맞은 어린애 엉덩이 같았지 그는 몽실몽실한 불알을
바지 밖으로 들어내 보이지 않았던가 말이다 확실히 그것은 무대 위에서는 정말 근사한 구경
거리였음에 틀림없어 그가 바지를 입고 기진맥진 급히 걷고 있는 것을 보기 위해 지정석에다
5실링을 물다니 상상해 봐 그리고 사이먼 데덜러스도 마찬가지야 그이는 언제나 얼큰하게 취
해서 왔지 우선 제 2절을 노래 부르는 거야 묵은 사랑은 새로운 사랑[178]이 그이가 가장 잘 부
르는 노래였지 그리고 산사나뭇가지에 앉은 처녀를 참 감미롭게 불렀어. 그이는 또 언제나
사랑의 노략질에 관한 것을 이야기했지 내가 마리타나[179]를 프레이 메이어의 아마추어 오페
라에서 그이와 함께 노래 불렀을 때 그이는 정말이지 깜짝 놀릴 징도로 신미의 복소리를 갖
고 있었어. 사랑하는 포비여[180] 안녕히 사랑하는 자여 '사랑하는'이여 그이는 언제나 그것을
노래했지 비텔 다시[181]가 그것을 사랑하는 '매음녀' 안녕히 라고 불렀던 것과는 달리 물론
그이[182]는 선천적으로 좋은 목소리를 지녔어 그래서 거기에는 아무런 꾸밈이 없었어. 마치 따
뜻한 샤워처럼 온몸 위로 덮치는 것이었지 오 마리타나 황야의 꽃이여 우리들은 멋지게 노래
했어. 하기야 그이의 음성은 나의 성역(聲域)에 비하여 약간 전조(轉調)하여 다소 높직 하지
만 그리고 당시 그이는 에이 고울딩과 결혼해 있었지 그러나 당시 그이는 사람들의 행복을
내쫓는 일에 대해 말하곤 했어 지금은 그이도 홀아비야 그이의 아들[183]은 어떤 인물일까 저술
가요 이탈리아어(語)의 대학 교수가 될 것이라고 그이는 말하고 있지 그러면 내가 레슨을 받
을 수 있을 거라고 말이야 그이는 지금 무슨 생각을 하고 있는 걸까 그에게 내 사진을 보이다
니 잘 찍힌 것도 아닌데 절대로 유행에 뒤떨어지지 않은 옷을 입고 사진을 찍어야 했을 것을
하지만 그걸 입으면 젊어 뵈지 그이는 그것을 몽땅 그리고 나까지 그에게 선물로 주지 않았

는지 모르겠어 하지만 안 될 게 뭐람 나는 그가 자기 아버지 어머니와 함께 킹즈브리지 역(驛)으로 마차를 타고 가는 것을 보았어 나는 그때 상복을 입고 있었지 그게 벌써 11년 전 일이야 그렇지 그 애[184)]가 살았더라면 열한 살이 되었을 테니까 하지만 이것도 저것도 아닌 사람을 위해서 상복을 입다니 무슨 소용이 있단 말인가 처음에 한 번 우는 것으로 내게는 충분해 나는 임종을 지켜볼 때 초상집 시계가 벽에서 째깍째깍 울리는 것을 들었어 물론 그이는 고양이를 위해서도 자기는 상복을 입어야 한다고 주장했지 상상컨대 그는 지금쯤 어른이 됐을 거야 당시 그는 천진난만한 소년이었어 그리고 매트 딜런가(家)에서 그를 봤을 때 파운틀로이 경(卿) 식의 제복[185)]을 입은 꼬마인데다가 무대 위에 선 왕자처럼 고수머리를 하고 있었어 그 애도 날 좋아했어 생각나 남자들은 다 그렇단 말이야 가만있자 맹세코 그렇지 아하 옳아 가만 그가 오늘 아침 트럼프 카드에 나타났어 내가 트럼프를 펼쳐 점을 쳐봤을 때 말이야 검은 머리카락도 금발도 아닌 전에 만난 적이 있던 어떤 낯선 젊은이였어 그인 줄로만 생각했지 하지만 그는 애송이도 아니고 게다가 낯선 사람도 아니야 더군다나 내 얼굴은 반대쪽으로 돌리고 있었잖아 일곱 번째 카드는 무엇이었더라 그 다음에 스페이드 10은 육지 여행의 뜻이었고 그 다음으로는 편지가 오는 중이라는 거였어 그리고 스캔들 역시 퀸(여왕)이 석 장 그리고 다이아몬드의 8은 사회의 출세 그렇지 가만있자 모두 다 드러났어 8이 두 장 든 것은 새 의상을 가만 어디 보자 그 외의 다른 걸 내가 꿈꾼 것은 없었던가 그렇지 거기에는 시(詩)와 관계가 있는 것이 있었어 그가 개기름이 흐르는 머리카락을 눈까지 늘어뜨리거나 아니면 미국 인디언처럼 우뚝 서 있지 않았으면 좋으련만 시인들은 저렇게 돌아다니며 뭘 하는지 몰라 단지 그들 자신이나 자신들이 쓴 시가 조롱을 당하고 있을 뿐이지 나는 언제나 시를 좋아했어 내가 어린 소녀였을 때 말이야 처음에 나는 그가 바이런 경(卿) 같은 시인인 줄 알았어 그런데 그이의 기질 속에는 눈곱만큼도 그런 데가 없어 아주 딴판이라고 나는 생각했지 그는 아주 젊은가 보지 그는 그러니까 88이라 내가 88년에 결혼했으니까 밀리가 어제로 열다섯 살이니 89년 딜런가(家)에서 당시 그 애는 몇 살쯤 되었더라 다섯 아니면 여섯 바로 88년경이었어 그는 지금 스물이나 아니면 조금 넘었을 거야 그가 스물셋 또는 스물넷 나는 그에 비해 과히 늙지 않았어 그가 저따위 시건방진 대학생이 아니라면 좋겠어 아니야 그렇지 않고는 저 불결한 부엌 속에 앉아 있으려고 하지 않았을 거야 그이와 함께 에프스사(社) 코코아를 마시거나 이야기하면서 말이야 물론 그이는 모든 것을 아는 체 했겠지 아마 그이는 자기가 트리니티대학 출신이라고 말했을 테지 대학 교수치고는 꽤 젊어 구드윈과 같은 교수가 아니었으면 좋겠어 그이는 존 제임슨 위스키라면 전매특허의 교수였으니까 시인들은 모두 여자에 관해서 시를 쓰지 글쎄 상상컨대 그도 나만한 여자는 많이 발견할 수 없을 거야 사랑의 아련한 한숨 경쾌한 기타 소리 시가 공중에 넘치는 곳 푸른 바다 그리고 너무나도 아름답게 비치는 달 타리파[186)]에서 밤의 보트를 타고 되돌아올 때 유로파 곶(岬)의 등대 저 녀석이 치고 있던 기타는 정말 표정이 풍부한 것이었지 다시 그곳으로 되돌아갈 수 없을까 모두 새로운 얼굴들 창틀 뒤에 숨은 두 빛나는 눈 나는 그를 위해서 노래를 불러야지 그들은 나의 눈이지 만일 그에게 조금이라도 시인다운 데가 있다면 사랑 자체의 별처럼 까맣게 반짝이는 두 개의 눈 사랑의 젊은 별이라니 그것은 정말 아름다운 말이 아닐까[187)] 주(主)님만이 아실 테지 저런 인텔리를 알고 그대 자신에 관해 여러 가지 이야기를 한다면 정말 기분전환이 될 거야 그에게 그리고 빌리 프레스코트[188)]의 광고라든지 키즈의 광고 그리고 악마 톰 광고에 귀를 기울이지 않고서도 말이야 그리고 만일 그들 사업이 뭔가 잘못되기라도 하면 우리들은 고통을 겪어야만 하니 확신하건대 그는 참으로 뛰어난 인물이야 저런 인물을 만나고 싶어 정말이지 저따위 뚜쟁이 놈들은 말고 말이야 게다가 그는 젊어 저 잘 생기고 젊은 남자들 마게이트 바닷가[189)] 해수욕장에서 그들을 볼 수 있었지 바위틈으로 마치 하느님인지 무엇인지처럼 발가벗고 햇빛 속에 서 있다가 바다 속으로 다시 풍덩 뛰어들지 왜 남자들이 모두 저렇게 생기지 않았을까 그렇다면 여자에게 어떤 위안이 되련만 마치 그이가 사온 저 귀엽고 조그마한 조각상처럼 나는 온종일 그것을 바라볼 수 있었지 고수머리와 그의 어깨 귀를 기울여요라는 듯이 그대를 위해 쳐든 그의 손가락 그거야말로 진짜 미(美)요 시(詩)란 말이야 그의 몸 전체에 키스하고 싶은 욕망을 이따금 느껴 또 그의 예쁘게 생긴 성기에도 말이야 너무나 순박한 것이지 나는 고것을 입에다 넣는 걸 상관하지 않겠어 만일 아무도 보고 있지 않으면 마치 고것이 핥아 달라고 바라기나 하는 듯 너무나 깨끗하고 하얀 것이 그는 앳된 얼굴로 쳐다보았지 나도 또한 그렇게 하고 싶었어 2분의 1분 동안을 말이야 약간 마신다 하더라도 해될 게 뭐람 그건 단지 묽은 죽이나 이슬 같은 거야 위태로울 건 하나도 없어 게다가 그는 저 돼지 같은 사내들에 비하면 너무나 깨끗한 거야 상상컨대 대부분의 남자들은 일년 내내 한 번이라도 그것을 씻을 꿈도 꾸지 않는 것 같단 말이야 하지만 그 때문에 여자들에게 코밑수염이 생기는 거지 확실히 내 나이에 잘 생기고 젊은 시인을 손안에 넣을 수만 있다면 정말 근사할 거야 아침에 제일 먼저 트럼프 점을 쳐봐야겠어 바라는 카드가 나올지 봐야지 그렇잖으면 퀸 마님과 짝을 맞추어 이내 그가 나올지 안 나올지 시험해 봐야겠어 내가 발견하거나 혹은 조금이라도 암기할 수 있는 모든 것을 읽고 공부해야지 만일 그가 누구를 좋아하고 있는지 내가 알게 되면 그는 고로 나를 바보로 생각하려 하지 않을 테지 그가 모든 여자들은 다 마찬가지라고 생각한다면 그리고 다른 부분을 그에게 가르쳐 줘야지 그가 나에게 짓눌려 반쯤 기절할 때까지 말이야 온몸이 후끈 달게 해줘야지 그러면 그는 내게 관해 시를 쓸 거야 애인으로서 그리고 공공연한 정부(情夫)로서 그러면 우리들 두 사람의 사진이 온갖 신문에 실릴 테지 그땐 그는 유명하게 되지요 오 하지만 그럼 나는 또 한 사람[190]을 어떻게 한담

　　아니야 그에게는 별도리 없어요 그이는 예의도 없고 세련된 데도 없는데다가 그의 천성에는 아무것도 없어요 자기를 휴[191]라고 부르지 않았다고 해서 그처럼 내 엉덩이를 찰싹하고 때리다니 시(詩)와 양배추의 구별도 못 하는 무식쟁이란 말이에요 그들을 너무 두둔하기 때문이야 내 앞의 의자에 앉아 신발과 바지를 마구 벗으며 나한테 실례합니다 하는 인사도 차릴 줄 모르는 저런 철면피가 어디 있담 그리고 그들이 입는 셔츠를 반쯤 걸친 채 저런 상스러운 꼴로 서 있다니 마치 중이나 푸주 주인 아니면 율리우스 카이사르 시대의 저따위 늙은 위선자들처럼 감탄 받으려고 말이야 물론 자기 나름으로 장난이라도 쳐서 시간을 보내려고 하는 건 좋지만 정말이지 저따위 남자와 자는 것보다는 뭐랄까 사자와 같이 자는 것이 좋을 거야 정말 그이도 자신을 위해 좀 더 약은 행동을 할 수 있으련만 나이 먹은 사자라면 말씀이야 오 하지만 그것은 나의 짧은 페티코트 속에 감춰져 있던 유방이 그렇게도 부풀어서 매혹적이었기 때문일 거야 그이는 억제할 수가 없었지 나 자신도 때때로 흥분하는 걸 뭐 남자들이 여자의 몸에서 될 수 있는 대로 모든 향락을 끌어내는 것은 좋아요 그것은 그네들에게 너무나 포동포동하고 하얗게 보이거든요 나 자신도 남자가 한번 돼 봤으면 하고 언젠가 바랐었지 기분전환으로 말이에요 남자들이 부풀게 하여 여자들에게 달려드는 그와 같은 것을 가지고 잠깐 시험해 봤으면 그렇게도 단단하고 동시에 그렇게도 부드러운 것으로 말이야 나의 촌 아저씨는 정말 긴 놈을 가졌어요 하고 저 거리의 장난꾼들이 매로우본 골목길 모퉁이를 지나가면서 말하던 걸 나는 들었지 우리 아줌마는 정말 털 복숭이 같은 것을 가졌다네 왠고하니 시커머니까 말이야 그런데 그들은 아가씨가 그곳을 거닐고 있다는 걸 알고 그렇게 말하는 것이었지 나는 얼굴을 붉히지 않았어 왜 얼굴을 붉혀야 한담 그건 단지 본성인데 그리고 아저씨는 자기의 긴 놈을 메리 아줌마의 털북숭이의 어쩌구저쩌구에다 꽂는다네 그리하여 결국 빗자루에다 자루를 다는 격이 되고 말지요 남자들이란 다시 어디서나 자기가 좋아하는 것을 주워서 고를 수가 있단 말이야 유부녀건 방탕한 과부건 아니면 처녀건 그들 취미대로지요 마치 아이리쉬가(街)[192] 뒷골목에 있는 저따위 집들처럼 말이야 아니야 하지만 서기서는 언제나 여자들을 사슬에다 묶어 두려고 하지요 그네들은 나를 사슬에 묶으려고는 하지 않을 거야 경칠 무서울 건 하나도 없지 한번 시작하면 정말이지 바보 같은 남편들의 강짜 때문에 정말이지 우리들은 어째 싸움 같은 건 하지 않고 모두 사이좋게 지낼 수 없을까 그녀의 남편이 둘이서

함께 한 짓을 알아냈지 뭐야 글쎄 당연히 그런데 만일 알아냈다 하더라도 별도리 없잖아 그
이는 아무튼 아내한테 걸어챈 몸이니까 그이가 무엇을 하든지 간에 말이야 그런 다음 남자
쪽에서 아주 극단적인 짓을 하려 들지요 저 아름다운 폭군에 나오는 아내[193]의 경우처럼 물론
사내란 남편이나 부인에 관해서는 생각조차 하려 들지 않지 그가 원하는 건 바로 여자야 그
리하여 실제로 여자를 손아귀에 넣고 말지 그 밖의 무엇 때문에 저따위 욕망이 우리들에게
주어졌는지 나는 알고 싶어요 나는 참을 수가 없어 내가 아직도 젊은 바에야 어떻게 할 수 있
담 저렇게도 냉정한 그이와 살고 있으면서도 내가 시들어 빠진 할멈구가 되지 않은 것이 이
상스러워요 나를 안아 주는 것도 단지 마음 내킬 때 뿐이지 잠잘 때는 나와 거꾸로 자지요 게
다가 그이는 내가 누군지도 글쎄 모른다니까 누구든지 여자 엉덩이에다 키스하는 남자와는
싸움을 하고 싶어졌어 그런데도 그이는 기괴한 것이면 무엇이나 키스하려 들거든요 어떤 종
류의 착유(搾乳)로도 한 방울 나오지 않는 곳에 말이야 우리들 여자는 모두 마찬가지야 두
알의 라드[194]로 여태껏 내가 남자에게 그것을 하기 전에 말씀이야 프으흐 더러운 짐승 같으니
생각만 해도 넌더리나요 저는 당신의 발에다 키스해요[195] 아가씨 거기에는 의미가 있어요 그
이는 우리들의 현관문에다 키스하지 않았던가[196] 그렇지 그이는 마치 미친놈 하듯 했어 나 이
외에는 아무도 그이의 미친 생각을 이해할 사람이 없어요 하지만 물론 여자란 거의 하루에도
스무 번이나 안기고 싶어 하지 젊게 보이려고 누구에 의해서든 무슨 상관이요 사랑하거나 사
랑을 받는 한 말이야 만일 때때로 당신이 원하는 자가 그곳에 없으면 맙소사 어떤 어두운 밤
아무도 나를 알아볼 사람이 없는 부둣가에 가서 배에서 갓 상륙한 몹시 굶주린 수병(水兵)
하나를 낚아챌까 보다 나는 생각하고 있었지 누구든지 조금도 상관할 것 없지 어딘가 문간
근처에서 그걸 해치우기만 하면 될 테니까 그렇잖으면 블룸필드 세탁소 근처에 캠프를 치고
그들이 가능하면 우리들의 물건을 훔치려고 애를 쓰는 라드관엄[197]의 저따위 난폭하게 생긴
집시 놈들 중의 하나라도 내 세탁물을 몇 번인가 그곳에 보낸 적이 있지 모범 세탁소라는 이
름 때문이지 어떤 늙은 할멈의 헌 스타킹을 몇 번이고 내게 보내 왔더 저 아름다운 눈을 가진
깡패처럼 생긴 녀석이 껍질을 벗기며 어둠 속에서 나를 공격하면서 한마디 말없이 벽에다 대
고 나를 걸터타는 거야 아니면 살인자라도 무슨 짓을 하는 누구든 실크모를 쓴 근사한 신사
양반들 어딘가 이 근처에 살고 있는 저 왕실 변호사 하드위크 골목길로부터 나오며 그날 밤
우리들에게 생선 저녁 식사를 대접해 주었지 권투시합에서 이겼기 때문이라나 물론 그이가
그걸 대접한 것은 나 때문이었어 나는 그이의 각반과 걸음걸이로 알아봤지 그리고 잠시 후에
내가 뒤돌아봤을 때 역시 그곳에서 다른 한 여인이 나오고 있었어 한 불결한 매음녀였지 그
리고 그이는 곧 이어 자기 부인에게로 돌아간단 말이야 단지 상상컨대 저들 수병들의 절반은
병으로 재차 부패한 것 같아 오 당신의 그 시체 같은 큰 몸뚱이를 제발 좀 치워 줘요 그의 노
래에 귀를 기울여 봐요 나의 한숨을 그대에게 실어 보내는 바람 소리[198] 그이는 푹 잠이 든
채로 한숨을 쉬고 있군 위대한 암시자[199] 돈 폴로 데 플로라여 당신은 그이가 오늘 아침 어떤
모양으로 카드에 나왔는지를 알고 계시나이까 그이에게는 한숨지을 일이 생기게 될 거야 7끗
자리 두 장 사이 어떤 곤경에 처한 검은 머리카락의 사나이 때문에 역시 감옥에 갇혀 그가 무
슨 짓을 하는지 아무도 몰라 나도 알 리가 없지 그리고 내가 서방님께 아침 식사를 마련하기
위해 부엌으로 허둥지둥 내려가야만 하다니 자기는 미라처럼 둘둘 말린 채 곤히 잠자고 있는
데도 나는 정말 그렇게 해야 할까 내가 바쁘게 뛰어다니는 걸 누구 본 적이 있던가 나는 그들
에게 주의를 끌기 위해 그따위 짓을 할 여자가 아니란 말이야 남자들이란 그들의 뒤를 봐주
는 여자를 쓰레기 취급하듯 한단 말이야 누가 뭐라던 나는 상관치 않을 테야 세상을 여자들
이 지배하는 게 훨씬 나을 거야 여자들이 서로 죽이거나 학살하는 일은 볼 수 없을 테니까 언
제 여자들이 술에 취해서 사방을 뒹굴거나 그들이 갖고 있는 돈을 마지막 한 푼까지 경마에
다 다 써버리는 걸 본적이 있던가. 그래 왠고하니 여자는 자신이 무엇을 하든 언제 그걸 그만
둬야 하는지를 알고 있지 확실히 남자들은 우리들 여자가 없으면 세상에 전혀 살아남아 있지

도 못할 거야 그들은 여자가 된다거나 어머니가 된다는 것이 어떤 것인지를 몰라 어떻게 알 수 있겠어 돌봐 주는 어머니가 없었던들 그들은 지금쯤 온통 어찌됐을까 그렇게 돌봐 줄 사람도 없었어 그리고 상상컨대 그는[200] 밤에는 책이나 공부를 집어치우고 마구 나돌아 다니며 집이 노상 울퉁불퉁하니까 집에 붙어 있지 않는 것도 바로 그 때문인 것 같아요 글쎄 그건 참 가엾단 말이야 저렇게 훌륭한 아들을 갖고서도 그들은 불만이지 그런데 나에겐 아들이 없어요 그이는 아들을 만들 수 없었나요 그건 내 잘못은 아니야 우리들은 서로 포옹했으니까 내가 텅 빈 길 한복판에서 수놈이 암놈의 엉덩이를 타고 있던 두 마리의 개를 자세히 쳐다보고 있었을 때 그것은 전적으로 나의 기를 꺾게 하였지 내가 울면서 짠 그 조그마한 털 재킷으로 그 애를 장사지내지 말 것을 그랬어 그걸 어떤 가엾은 애에게 주는 것이 나을 걸 하지만 나는 다시는 아이를 결코 갖지 못하리라는 것을 잘 알았지 그것이 또한 우리 집안의 최후의 죽음 이었어 그 이후로 우리들은 아주 변해 버렸어요 오 나는 그 일 때문에 더 이상 우울해지고 싶지는 않아 왜 그이[201]는 밤을 묵고 가지 않을까 나는 그이가 데리고 오는 사람은 언제나 수상 쩍은 남자라고 생각했어 시내를 온통 쏘다니다가 누군지 모를 불량배나 소매치기들한테 부딪치지 않은 것만 해도 만일 그의 불행한 어머니가 살아 계신다면 아마 그와 같은 일은 허락하지 않았을 거야 몸을 망치는 일은 말이야 그래도 이 밤은 참 좋은 때야 너무나도 고요하니 나는 무도회가 끝나고 집에 돌아올 때가 좋았어 밤공기가 남자들은 이야기할 친구라도 있지만 우리들 여자들은 그렇지가 못해요 게다가 남자는 얻을 것 같지도 않은 걸 바란단 말이야 그렇잖으면 어떤 여자는 누구에게나 원한을 품으려고 하지 나는 여자들의 그런 것이 싫어요 남자들이 우리들을 저런 식으로 다루는 것도 이상할 것 없어 여자들은 지독한 암캐 무리들이라 니깐 우리들이 그토록 신경이 날카로워지는 것은 온갖 고뇌 때문일 거야 나는 그렇지가 않아요 그이는 저쪽 딴 방의 소파 위에서 아주 편안히 잘 수도 있었을 텐데 그이는 마치 소년처럼 부끄러워했을 거야 그이는 아직 스물이 될까 말까 너무나 젊지요 옆방에서 내가 요강에 소변 보는 소리를 들었는지도 몰라 그게 해될 게 뭐람 데덜러스라니 지브롤터에서 듣던 저따위 이름 같아 델라파즈 델라그라시아 모두들 정말 매우도 야릇한 이름들을 가졌지 뭐야 내게 묵주 를 준 바 있는 저 산타 마리아 성당의 빌라플라나 신부님 꼬불꼬불가(街)[202]의 로잘레스 이 오레일리 그리고 가버노가(街)의 피심보와 오피소 부인 오 무슨 이름이 그럴까 만일 내가 그 녀와 같은 저런 이름을 가졌다면 밖으로 뛰쳐나가 처음 만난 강에 투신자살해 버릴래 정말 야단이야 그리고 저따위 여러 가지 거리란 거리 파라다이스 비탈길 베틀럼 비탈길 로저스 비 탈길 크러체츠 비탈길 그리고 악마의 골짜기 층층대 좋아요 비록 내가 방정맞다 하더라도 내 탓은 아니니까요 나도 조금은 그렇다는 것을 알고 있지 맹세코 나는 그때에 비해서 조금이라 도 늙었다고는 생각지 않아요 뭐든지 좋으니 스페인 말을 나는 유창하게 할 수 있을는지 몰 라 코모 에스타 우스테드 무이 비엔 그라치아스 이 우스테드(안녕하세요 네네 감사합니다) 그 런데 당신은 봐요 잊지 않았잖아 몽땅 다 잊어버린 줄로 생각했지 문법민 아니었던년 넝사 (名詞)는 모든 사람 장소 또는 사물의 이름이란 말이야 심술궂은 루비오 부인이 내게 빌려 준 발레라[203] 작(作)의 저 소설을 애써 읽지 않은 것이 유감이야 그 속에 있는 의문부(疑問 符)는 모두 두 가지로 뒤집힌 채 붙어 있었지[204] 나는 우리들이 결국 스페인에 살지 않을 거 라고 생각했어요 나는 그이[205]에게 스페인 말을 그리고 그이는 나에게 이탈리아 말을 가르칠 수도 있지 그러면 그이는 내가 그토록 무식하지는 않다는 것을 알게 될 거야 그이가 자고 가 지 않다니 정말 유감천만이야 그이는 불쌍하게도 몹시 피곤하여 잠을 푹 좀 자고 싶었던 게 틀림없어요 나는 약간의 토스트를 만들어 그이가 잠자리에서 먹게끔 가져다 줄 수도 있었는 데 그전부터도 나는 나이프 끝에다 토스트를 찔러서 주지는 않았어 그건 불행을 의미하니 까 그렇잖으면 만일 그 여인이 양강냉이나 뭐라나 하는 근사하고 맛있는 걸 가져다 줬으면 좋았을 것을 부엌에는 그이가 좋아할지도 모를 약간의 올리브가 있었는데 아브라인 가게[206] 에 있는 것은 정말이지 보기도 싫어 내가 그에게 크리아다(하녀) 역할을 해줄 수도 있고 말씀이야 방은 내가 벽지를 바꿔 바른 뒤로 아주 훌륭해졌어 무언가 나라는 느낌이 언제나 잘 나타나 있지 내가 나 자신을 소개하지 않으면 안 되었을 거야 나를 전혀 모르다니 참 우습지 그렇잖아 내가 그의 아내가 되고 그와 함께 스페인에 살고 있는 척 하잔 말이야 멍청이 자기 있는 곳을 전혀 모르는 척 말씀이야 도스 후에보스 에스트렐라도스 세뇨르(프라이한 계란 두 개 여기 있어요 도련님) 맙소사 어쩜 때때로 미치광이 같은 생각이 내 머리에 떠오르다니 만일 그가 우리와 같이 산다고 가정하면 정말 재미있을 거야 안 될 게 뭐랴 이층에 빈방이 있고 뒷방에는 밀리가 쓰던 침대도 있어 그는 거기에 있는 테이블에서 글도 쓰고 공부도 할 수 있을 텐데 그가 하고 싶은 것은 무엇이나 갈겨쓰게 말이야 그리고 내가 하듯이 아침에 잠자리 속에서 글을 읽고 싶어 하면 그래도 좋지 아무튼 그가 1인분의 조반을 낼 수 있다면 2인분의 식사쯤은 낼 수 있지 나는 확신해 만일 그가 이런 엉망의 집에서 산다고 하면 말이야 확실히 그를 위해서 낯선 하숙인들을 거리에서 들여놓지는 않을 테니까 지적(知的)이고 공부를 많이 한 사람과 오래도록 이야기하고 싶어 나는 페즈모(帽)를 쓴 저 터키 사람들이 노상 팔고 있는 빨간 근사한 슬리퍼 한 켤레를 아니면 노란 것이라도 그리고 멋진 반투명의 모닝 가운을 몹시 갖고 싶어 8실링 6페니던가 18실링 6페니밖에 안 하던 복숭아꽃 빛의 짧은 화장 옷을 말이야 그이에게 다시 한번 더 기회를 줘야겠어 그리고 아침에는 일찍 일어나야지 어쨌든 코헨의 낡은 침대는 질색이야 온갖 야채와 양배추 그리고 토마토와 홍당무 그리고 탐스럽고 싱싱하게 들어오는 모든 종류의 근사한 과일들을 보러 시장[207]에 갈 수 있을 거야 그때 내가 제일 먼저 만날 남자가 누굴지 누가 알아 남자들은 아침이면 그런 기회를 찾고 있다고 마미 딜런이 이야기하곤 했지 그리고 밤에도 마찬가지로 그녀가 미사에 가는 것은 그 때문이야 지금 당장 입에 넣으면 살살 녹을 물기 많은 배가 한 개 있었으면 내가 간절히 갈망하는 식으로 그렇게 말하곤 하던 때처럼 그러면 나는 딸애가 아빠 입이 더 커지게 말이야 하고 그이한테 선사한 머스태쉬 컵에다 계란과 차를 담아 얼른 그에게 대접하련만 그는 나의 맛 좋은 크림도 좋아할 거야 나는 자신이 무엇을 할지 알고 있어 유쾌하게 사방을 돌아다녀야지 너무 지나치지 않게 말이야 미 파 피에타(가엾도다 마제토)[208]를 이따금 조금씩 노래하면서 이어 외출하기 위해 옷을 갈아입기 시작할 거야 프레스토 논 손 피우 로르테(빨리요 제 힘이 빠지고 있어요) 가장 멋진 속치마와 속바지를 입을 거야 그가 그것을 실컷 보게 하고 색정(色情)을 돋우도록 말이야 만일 그게 그이가 원하는 거라면 자기 아내가 다른 남자에게 먹혔다는 것을 그이에게 알려 줘야지 그래 매우도 멋들어지게 먹혔지 나의 목 가까이 치밀도록 말이야 그이가 아니고 다른 사내한테 다섯 번인가 여섯 번 연거푸 깨끗한 시트 위에 그이가 흘린 정액(精液) 자국이 있군 그걸 일부러 다림질하여 없애고 싶지는 않아 그것만으로도 틀림없이 그이의 원을 풀 수 있을 거야 만일 나를 믿지 않는다면 나의 배[腹]를 만져 보구려 그런데도 만일 내가 그이를 서도록 하거나 나 속에 넣도록 하지 못하면 나는 모든 지스러기를 말해주고 내 얼굴 앞에서 그이로 하여금 그 짓을 하게 해서 그이를 만족시켜 줄 생각이야 모두 그이 자신의 잘못이야 일반 관람석의 그 사내 말대로 만일 내가 간부(姦婦)라면 말이야 오 그것이 그렇게도 대단하담 만일 그것이 우리들이 눈물의 골짜기[209]에서 짓고 있는 모든 해(害)라면 그게 그렇게 대단찮은 것은 하느님이 아시지 누구나 그렇게 하고 있잖아 다만 모두들 그걸 감출 뿐이지 그 때문에 여자가 존재할 거라고 나는 생각해 그렇지 않고 하느님은 우리들을 남자들에게 그토록 매력적으로 보이도록 만드시는 않으셨을 거야 그리하여 만일 그이가 내 엉덩이에 키스하고 싶어 하면 나는 속치마를 끌어내리고 그의 얼굴 정면에다 불룩 솟게 해줄 테야 실물(實物) 그 자체를 말이야 그러면 그이는 혓바닥을 그곳 7마일까지 뻗칠 수 있지 나의 갈색 부분에 이르면 그이에게 말할 테야 1파운드 아니면 30실링쯤 필요해요 난 속옷이 사고 싶어 그리하여 만일 그이가 그만한 돈을 주면 글쎄 그이도 그렇게 나쁘지는 않을 텐데 나는 다른 여자들이 그러하듯 돈을 몽땅 뺏으려고는 생각지 않아 나는 혼자 멋진 수표를 자주 쓰기도 하고 몇 번인가 그이가 자물쇠 채우는 것을 잊었는지라 2파운드를 위해 수표에다 그의 이름을 사인할 수도 있었지 게다가 그이는 돈을 쓰고 싶어 하지 않을 거야 나는 그이더러 뒤쪽에서 하게 해야지 만일 그이가 나의 멋진 속옷을 모두 더럽히지 않는다면 말이야 오 상 상하거니와 그건 별도리가 없을 것 같아 마음에 없는 한두 개 질문을 해야지 답을 들어보면 그이가 언제 그처럼 비밀을 털어놓을 수 있는지를 알게 될 거야 그이의 성질을 모조리 알지 내 엉덩이를 아주 팽팽하게 하여 두서너 마디 음탕한 말을 털어놓아야지 궁둥이 냄새 또는 똥이나 핥아요 라든지 아니면 머리에 맨 먼저 떠오르는 미치광이 생각을 그런 다음 나는 슬 쩍 암시를 주는 거야 그렇지 오 가만있자 자 봐요 제 차례예요 나는 그 일로 아주 명랑하게 되고 친근해질 거야 오 하지만 매우도 염병할 것을 잊고 있었군 그래 프으흐 그대가 웃어야 할지 울어야 할지 모르겠군 자두와 사과를 뒤섞은 것²¹⁰⁾이라고나 할까 아니야 헌것을 대야 할 까보다 그게 훨씬 낫겠어 그것은 뻔하고도 남아 그이는 자기가 이런 짓을 했는지 안 했는지 결코 알지 못할 거야 헌것이라도 이런 때에는 쓸모가 있지 그런 다음 나는 마치 내가 할 일을 하듯 그이의 정액을 나에게서 훔쳐 버린 다음 밖으로 나가야지 그렇게 하면 그이는 눈을 천 장으로 돌리고 이 여자가 어디 갔나 생각할 게 아냐 그이에게 나를 탐내게 하기 위해서는 그 게 상책이야 15분이 지났군 어쩌면 이렇게도 터무니없이 시간이 흐를까 상상컨대 중국에서 는 지금쯤 자리에서 모두들 일어나 하루를 위해 그들의 길게 늘어뜨린 변발(辮髮)을 빗고 있 겠지 그리고 얼마 안 가서 수녀들이 안젤루스²¹¹⁾의 종을 울릴 거야 밤의 성무 일과서를 위하 여 교대로 있는 한두 신부님 이외에는 저 수녀들의 잠을 망치러 올 사람은 아무도 없지 또는 닭이 울 때가 되면 저 옆집의 자명종 시계가 마치 머리통이 깨질 듯이 울어 댈 거야 가만있자 풋잠이라도 잘 수 있을지 몰라 1 2 3 4 5 무슨 꽃이 저럴까 마치 별들처럼 꾸며 놓았으니 롬 바드가(街)의 벽지가 훨씬 나아 그이가 내게 준 에이프런과 약간 비슷해 나는 그걸 단지 두 번밖에 걸치지 않았어 이 램프를 한층 낮게 내려놓고 다시 잠을 청해야겠어 빨리 일어날 수 있도록 말이야 핀들레이터 상점 곁의 램 가게에 가서 그이더러 꽃을 좀 가져다 달라고 해야 지 집안을 꾸미기 위해서 말이야 만일 그이가 내일 그²¹²⁾를 집으로 데리고 올 경우 글쎄 오늘 아니야 안 돼요 금요일은 불길한 날이니까 우선 나는 어떻게든 해서 집안을 깨끗이 정리했으 면 해 내가 잠자는 동안 먼지가 꽤 쌓였을 거야 그런 다음 우리들은 음악을 하든지 담배를 피 우든지 할 수 있지 우선 나는 그의 반주(伴奏)를 해줄 수 있어 우유로 피아노 키를 말끔히 닦아야만 해 무엇을 달까 흰 장미를 달까 아니면 립턴 가게의 저 예쁜 케이크를 풍성하고 큰 상점 안의 냄새가 좋아 1파운드에 7페니 반으로 그 밖에 버찌가 속에 들어 있는 것을 2파운 드 11페니짜리 핑크색 사탕을 테이블 한복판에다 예쁜 식물을 그걸 매우 값싸게 들여와야지 가만있자 어디서 그걸 봤더라 옛날 일은 아닌데 나는 꽃을 사랑해 집 전체가 장미로 넘치게 하고 싶어 천국의 하느님 정말이지 자연에 비길 것은 아무것도 없지요 황막한 산들 이어 바 다 그리고 밀려오는 파도 그 다음으로 들판의 메귀리 그리고 밀[麥]그리고 온갖 종류의 것들 이 심겨져 있고 멋진 소들이 사방으로 쏘다니는 아름다운 시골 그리히여 시내나 호수 그리고 신기이 고렁에까서 나 있는 온갖 모양과 향기 그리고 색깔을 지닌 꽃들을 바라다보는 것은 정말 기분이 좋아요 앵초나 바이올렛도 말이야 그것이 바로 자연이지 신(神)이 없다고 말하 는 사람들에 대하여 나는 그들의 학문이 어떤 것이든지 간에 한 푼 어치 가치도 인정하고 싶 지 않아 왜 그들은 뭔가 가서 창조하지 않나 말이야 나는 이따금 그이더러 물어 보지 자신들 이 무신론자들 또는 뭐라나 그자들은 우선 석탄 부스러기를 그들의 몸에서 말끔히 털어 버리 는 게 좋아 그러고는 울부짖으면서 그리고 죽어가며 신부님을 찾아가지 그런데 왜 왜 그 이 유인즉 그들은 스스로의 양심의 가책 때문에 지옥을 무서워하기 때문이지 아아 그래 나는 그 들을 잘 알고 있어 사람이 있기 전에 이 우주상의 모든 것을 만든 최초의 사람은 누구일까 그 렇지 그들도 그걸 몰라 나도 마찬가지야 그렇기 때문에 모두들 다 이렇게 존재하는 거지 그 들은 내일 아침에 떠오르는 태양을 막으려고 애쓰는 것과 같지 당신을 위해 태양이 비추고 있소 그이는 우리들이 호우드 언덕과 만병초꽃 숲속에 누워 있었을 때 내게 말했지 회색 스코치 나사 복에 밀짚모자를 쓰고 있었어 그날 나는 그가 내게 구혼하도록 해주었지 그렇지 먼저 나는 입에 넣고 있던 씨앗 과자 나머지를 그의 입에 살며시 밀어 넣어 주었어 그런데 그 해는 금년처럼 윤년이었어 그렇군 벌써 16년 전이야[213] 맙소사 저 오랫동안의 입맞춤이 끝나자 거의 숨이 막힐 지경이었지 그래 그이는 나를 야산(野山)의 꽃이라 했어 그렇지 우리들은 꽃이야 여자의 몸은 어디나 할 것 없이 그래 그것이 그이가 생전에 말한 단 한 가지 진실이었어 그리고 오늘은 태양이 당신을 위해서 비친다고 말이야 그래 그것이 그이를 좋아하게 된 이유였어 왜냐하면 그이는 여자가 어떤 것인지 이해하거나 느끼고 있다는 걸 나는 알았거니와 그이 같으면 언제나 마음대로 할 수 있으리라는 걸 알고 있었기 때문이지 그리하여 나는 될 수 있는 한 모든 기쁨을 그이에게 주어 드디어 나로 하여금 그래요 하고 말하도록 그이가 요구하게 했지 그렇지만 나는 처음에 대답하려 하지 않고 단지 바다와 하늘 쪽만 바라보았지 그이가 알지 못하는 별별 걸 생각하고 있었어 멀비와 스캔호프씨와 헤스터와 아버지에 관한 일과 노(老)선장 그로브주와 부두 위에서 이른바 올 버즈 프라이와 아이 세이 스툽 및 워싱업 디시즈[214]들의 놀이를 하고 있는 수부들과 그의 흰 헬멧 주변에 뭔가를 두르고 불쌍하게도 볕에 절반쯤 거슬린 채 총독의 저택 앞에 서 있는 파수꾼과 숄을 두르고 커다란 빗을 꽂은 채 소리 내어 웃고 있는 스페인 소녀들과 그리스인들과 유태인들과 아라비아인들과 악마가 아는 그 밖의 유럽 각지에서부터 모여든 이상한 사람들로 북적이는 아침의 경매장과 듀크가(街)와 라비 사론 가게 옆의 떠들썩한 가금(家禽) 시장과 반쯤 잠든 채 휘청거리고 있는 불쌍한 당나귀들과 망토를 걸치고 계단 위 그늘에서 잠자고 있는 얼빠진 자들과 소달구지 커다란 바퀴와 수천 년 묵은 고성(古城)[215]과 그래요 그리고 임금님들처럼 하얀 옷을 입고 터빈을 두른 채 그들의 조그마한 가게 안에서 그대에게 좀 앉아 쉬어 가도록 권하는 저 잘 생긴 무어인들과 그녀의 애인이 창살 쇠막대에 입맞추도록 격자에 가려진 두 개의 들여다보는 작은 구멍을 가진 여인숙들이 있는 론다[216]와 밤에는 반쯤 열린 술 가게와 캐스커네츠와 우리들이 알제시라스에서 보트를 놓쳐 버린 밤 램프를 들고 근엄하게 순회하고 있던 야경꾼들과 오 저 무시무시한 깊은 급류 오 그리고 바다 때때로 불같은 심홍색 바다와 저 찬란한 황혼 그리고 알라마다 식물원의 무화과나무 그렇지 그리고 온갖 괴상한 작은 거리들과 핑크색 푸른색 및 노란색의 집들과 장미원과 재스민과 제라늄과 선인장들과 내가 소녀로서 야산의 꽃이었던 지브롤터 그렇지 내가 저 안달루시아 소녀들이 항상 그러하듯 머리에다 장미를 꽂았을 때 혹은 난 붉은 걸로 달까봐 그렇지 그리고 그이는 내게 무어의 성벽 밑에서 어떻게 키스했던가 그리고 나는 그이를 당연 다른 사람만큼 훌륭하다고 생각했지 그런 다음 나는 그이에게로 눈으로 요구했지 다시 한 번 내게 요구하도록 말이야 그래 그러자 그이는 내게 요구했어 내가 그러세요 라고 말하겠는가 그리고 그래요 나의 야산의 꽃이여 그리고 처음으로 나는 나의 팔로 그이의 몸을 감았지 그렇지 그리고 그이를 나에게 끌어당겼어 그이가 온갖 향내를 풍기는 나의 앞가슴을 감촉할 수 있도록 그래 그러자 그이의 심장이 미칠 듯이 팔딱거렸어 그리하여 그렇지 나는 그러세요 하고 말했어 그렇게 하겠어요 그래요(Yes).

트리에스트 – 쮜리히 – 파리
1914~1921

(본문의 끝)

주석

◆ 1장 ◆

1) Buck Mulligan, 조이스의 실제 친구였던 올리버 고가티(Oliver Gogarty, 1879~1957)가 그 모델임. 두 사람이 처음 만난 것은 아일랜드 국립도서관에서였음.

2) Introibo ad aitare Del. (라틴어) 가톨릭교의 미사(mass) 처음에 미사 집행사제(執行司祭, Celebrant)가 복사(服事, Server)에게 건네는 성구(聖句). 여기에 대하여 복사는 "나의 기쁨이신 하느님께로 나아가리라"(〈시편〉 43:4)라고 답함. 잇따른 이야기에서 스티븐이 복사 역(役)을 함은 주목할 만한 일.

3) Kinch, 멀리건이 스티븐에게 붙여준 별명으로, 게일러(Gaelic)로 '아이(child)' 또는 '날카로운 칼날(kin-chin)' 등의 뜻, 스티븐은 그 대신 멀리건을 '맬러카이(Malachi)'라 부름. 제1장 주14) 참조.

4) Jesuit. 1534 성인(聖人) 로욜라(Ignatius Loyola, 1491~1556)가 창설한 가톨릭 남자 수도회(修道會)의 하나. 스티븐은 제주이트교(예수회)파의 초등학교에서 대학(클론고우즈 우드 소학교→벨비디어중학교→국립더블린대학)까지 수학함.

5) gunrest. 마텔로 탑은 일종의 요새로서, 옥상에 둥근 포상이 있음.

6) untonsured. 제주이트교의 교의(敎義)에서 신부는 체발을 하게 되어 있으나, 여기서 머리를 기른 멀리건은 사이비 신부(mock priest) 역을 행함.

7) Back to barracks! 여기에 대해서는 다음과 같은 여러 가지 주장이 있음. ① 군대의 명령 기호. ② 비누거품이 그리스도의 피와 포도주의 동질화(consubstantiality)를 이루는 과정에서 멀리건이 그것을 명령하는 일종의 흉내. ③ 층층대를 올라오는 졸린 스티븐의 모습이 그의 거울에 비치자, 멀리건이 그에게 잠자리로 가도록 명령한다는 설 등. 여기서는 ③의 주장이 가장 타당한 듯함.

8) christine, 멀리건이 그리스도를 여성형으로 부른, 일종의 불경어구(不敬語句) 및 최후의 만찬에서 제자들에게 하는 예수의 말에 대한 익살—그들이 음식을 먹을 때에 예수께서 빵을 들어 축복하시고 제자들에게 나누어 주시며 '받아 먹으라. 이것은 내 몸이다' 하시고 또 잔을 들어 감사의 기도를 올리시고 그들에게 돌리시며 '너희는 모두 이 잔을 받아 마시라. 이것은 나의 피다. 죄를 용서해 주려고 많은 사람을 위하여 내가 흘리는 계약의 피다.'(〈마태오의 복음서〉 26:26~28) 흑미사(Black Mass, 사제가 검은 옷을 입고 드리는, 죽은 사람들을 위한 미사)는 축하 제물(祭物)로서 여인의 몸을 바치는 것이 관례임.

9) 멀리건이 미사를 흉내내면서 성변화(聖變化, transubstantiation) 과정을 알리는 일종의 익살. 눈을 감으세요—미사에 참례한 신도들이 성체(聖體)를 받아 먹을 때 눈을 감는 관례. 잠깐만—성변화의 과정에서 신도들에게 엄숙히 명하기 위해 갖는 일시적 멈춤. 이 백혈구가……—멀리건은 미

사를 집행하면서 포도주(여기서는 종지 안의 면도물)가 미사의 신비로써 그리스도의 피로 변할 때의 성변화 과정을 암시하고 있음.

10) Chrysostomos. '황금의 입(golden mouth)'이란 어원을 가진, 그리스의 대웅변가요 신부인 성 크리소스토모스(st. John Chrysostomos, 347?~407). 이 단어는 본 소설의 지배적 기법인 '의식(意識)의 흐름'에 속하는 최초의 말로서, '단속문체(斷續文體, ellipsis)'의 본보기이기도 함. 이 한 개의 단어로 시작된 의식의 흐름은 작품 끝부분에서 한 개의 단어(예스〔yes〕)로서 종결됨.

11) 한 가닥…… 휘파람을…… 두 줄기…… 휘파람…… 대답했다—멀리건이 한 번 휘파람을 불자, 근처 더블린만을 향해 중인 우편선의 두 번의 뱃고동 소리가 멀리건의 휘파람 소리에 응답하는 셈임(모두 세 번의 휘파람으로, 이는 미사의 끝을 알리는 세 번의 종소리를 암시).

12) 멀리건은 이 휘파람 소리를 성변화 과정의 완료를 암시하는 신호로 보아, 지금까지의 성변화 과정의 어려움('피 속의 백혈구')이 해결되었음을 휘파람으로 하느님께 알리고 이에 대한 응답을 받은 것으로 간주하는 한편, 성변화를 위한 자신(사제)과 하느님 사이의 영교(靈交)를 스위치로 꺼주기를 부탁함. 후에 이 성변화 과정은 '부엌의 자연주의(kitchen naturalism)'〔제9장의 스티븐, 스티븐, 잘라라 빵을 고르게, 부분 참조〕, 즉 요리법(cooking)과 비유되고 그 위에 상징주의가 가미됨.

13) Stephen Dedalus를 암시함. 즉 '스티븐'은 기독교 최초의 순교자인 성 스데반(St. Stephen Protomartyr)을, '데덜러스'는 그리스 신화에서 예술의 대공장(大工匠)이요, 유명한 미로(迷路, labyrinth)의 발명가인 다이달로스(Daedalus)를 각각 암시함. '스티븐 데덜러스'라는 이름이 내포하는 예술과 종교의 암시적 상징성은 조이스의『젊은 예술가의 초상』및 그의 문학의 지배적 주제들 중의 하나임.

14) '맬러카이'란 다음의 의미를 지님. ① 헤브라이어(語)로 '나의 사자(使者)'란 뜻인데, 『구약성서』에 나오는 예언자로서 '주님의 위대하고 무서운 날'이 오기 전에 예언자 엘리야(Elijah)의 재림(再臨)을 예고함. ② 혹은 10세기 말 아일랜드의 맬러키(Malachy) 대왕을 상기시키는데, 그는 '예언의 선물'을 지녔다 함. ③ 스티븐이 고가티에게 지어 준 이름으로, '호모섹스(homosex)'의 속어이기도 함. '강약약격'이란 작시법(作詩法, prosody)상으로 본 MálāchīMúllīgān의 음운.

15) Haines. 조이스의 옥스퍼드대학 동창생이었던 트랜치(S. C. Tranch)가 그 모델임. 그는 아일랜드 출신 영국인 가문 태생으로, 아일랜드 민속(民俗) 연구차 스티븐 및 멀리건과 함께 당분간 이곳 마텔로 탑에 기거함.

16) black panther. 중세의 동물 우화에서 그리스도의 상징으로 간주됨.

17) 아일랜드 시인…… 예술 색깔이야—이 부분은 스티븐의 예술성에 대한 멀리건의 냉소주의를 암시함.

18) '앨지'는 19세기 말 영국의 시인이자 비평가인 A. 스윈번(Algernon Swinburne. 1837~1909)의 애칭으로, 그는 당시 영국의 전위예술가(前衛藝術家)의 대가(大家)였음. 강력하고 감미로운 어머니는 그의 시 〈시간의 승리(The Triumph of Time)〉(1866)에서의 인유—나는 강력하고 감미로운 어머니에게 되돌아가리라 / 인간의 어머니요 애인인 바다.(257, 258행)

19) Epi oinopa ponton. (그리스어) 호머가 바다를 묘사한 말(『오디세이아』I, 183, II, 421).

20) Thalatta! Thalatta! (그리스어) 아테네의 역사가 크세노폰(Xenophon, B. C. 434~355)의 저서 『아나바시스(Anabasis)』(IV, VII, 24)에서, 그가 1만 명의 그리스 용병(傭兵)의 지도자로서 페르시아 왕 아르타크세르크세스(Artaxerxes)와의 항쟁을 마치고 흑해에 당도하여 바다를 보고 부르짖었다는 함성.

21) Kingstown. 더블린 만 서단, 마텔로 탑 동쪽 약 1마일 지점에 위치한 인공 항구로, 지금은 던 레어리(Dun Loaghaire) 항(港)이라 불림. 이 항구를 통해 조이스(스티븐)는 파리 유학길에 오름. 『젊은 예술가의 초상』끝부분 참조.

22) Our mighty mother. 아일랜드 출신 시인이자 접신론자(接神論者)인 러셀(George Russell, 필명은 A. E., 1867~1935)이 그의 시에서 즐겨 쓰던 상투어. 그는 〈종교와 사랑(Religion and Love)〉(1904)이란 수필에서 '강력한 어머니'를 '그의 정신적 모습에서의 자연'이라고 정의함.

23) 스티븐(조이스)에게 종교(가톨릭)는 일종의 질서다. 그러나 그것은 감정의 부정이요, 생(生)의 기권을 의미한다. 종교가 세속적 짐(mundane loyalty)으로 여겨지는 스티븐에게 종교를 강요했던 그의 어머니의 영전(靈前)에 그는 무릎을 꿇고 기도하기를 거절하는데, 여기에서 비롯된 양심의 가책이 하루종일 그의 의식을 적심.

24) hyperborean. 그리스 전설에 의하면, 북풍을 이기고 슬픔과 노령(老齡)을 초월하여 영원한 봄 (Everlasting Spring)에 사는 종족. 독일의 철학자 니체(F. W. Nietzsche, 1844~1900)는 그의 저서 『적(敵)그리스도(The Antichrist)』제1부에서 '초인(超人, Übermensch)'을 설명하기 위하여 이 단어를 사용함. 여기서 멀리건은 스티븐의 냉혈성을 풍자함.

25) 셰익스피어의 〈줄리어스 시저〉에 나오는 구절(V, v, 68). 그중 "가장 고귀한 로마인……"은 브루투스(Brutus)를 가리키는 바, 스티븐이 자기 어머니를 죽였다고 하는 멀리건의 익살로 미루어 브루투스→스티븐→살인자의 상관관계가 성립됨.

26) ① 스티븐은 모성애와 양심의 가책을 구별함. ② '사랑의 고통은 향락'이란 시적 개념을 내포함.

27) poor dogsbody. '하느님의 몸(Godsbody)'이란 기도 문구의 도치로서, 혹미사와 연관됨.

28) 어머니 메리 데덜러스(Mary Dedalus)의 장례일인 1903년 6월 26일(제7장) 이후 만 1년 동안 검은 상복을 입겠다는 스티븐의 악착스런 고집(이날부터 꼭 10일을 남겨 두고 있음). 스티븐의 고집은 햄릿의 그것을 연상케 함(〈햄릿〉 I, ii).

29) Ship. 리피강(江) 하부에 위치한 애비가(街) 5번지 소재의 호텔 및 레스토랑.

30) Connolly Norman. 아일랜드의 저명한 정신병 전문의(1853~1908)로, 한때 더블린의 리치먼드 정신병원 원장을 역임함.

31) Dottyville. 더블린 근처 북서쪽에 위치한 리치먼드 정신병원(Richmond Lunatic Asylum)의 익살. 지금은 그랜지고먼 정신병원(Grangegorman Mental Hospital)이라 불림.

32) 스코틀랜드의 시인 번즈(R. Burns, 1759~1796)의 작품 〈이[蝨]에게(To a Louse)〉의 시구를 인용한 것.

33) 〈주의 기도〉 중 우리를 유혹에 빠지지 말게 하시고 악에서 구하소서(〈마태오의 복음서〉 6:13)의 흉내.

34) Ursula. 초기 가독교의 성녀. 그녀의 전설적 생애에 의하면, 그녀는 결혼을 반대하고 여성의 처녀성을 존중한 나머지 1만 1천 명의 처녀들을 이끌고 유럽을 순회한 것으로 전함. 동료들과 함께 독일 라인강변의 쾰른(Köln)에서 순교함(237).

35) 아일랜드 출신의 유미주의 작가 O. 와일드(Oscar Wilde, 1854~1900)의 『도리언 그레이의 초상 (The Picture of Dorian Gray)』(1891) 서문(사문시) 중 한 구절인 "사실주의에 대한 19세기의 증오는 거울 속에 자신의 얼굴을 보는 칼리번의 분노이다." 낭만주의에 대한 19세기의 증오는 거울 속에 자신의 얼굴을 볼 수 없는 칼리번의 분노이다의 변형. 칼리번(Caliban)은 셰익스피어의 〈템페스트〉에 등장하는 악성의 짐승으로, 와일드는 예의 서문에서 그를 19세기의 속물적 정신

성(philistine mentality)의 상징으로 사용함. 여기서는 멀리건이 스티븐의 얼굴의 속물적 육체성(philistine physicality)을 익살적으로 조롱한 표현.

36) 와일드의 수필집『의도(Intentions)』(1891) 중의 〈허언의 부패(The Decay of Lying)〉에 나오는 구절. 스티븐—햄릿에게 거울은 세상을 비추는 상징이기도 함. 제15장 밤의 환각 장면 참조.

37) 스티븐의 예리한 필설(筆舌)을 암시.

38) Zulus. 남아프리카의 나탈(Natal)과 마푸토(Maputo, 전 이름은 로렝소 마르케스〔Lourenço Marques〕) 사이의 연안 지대에 사는 호전적인 토인족.

39) 옥스퍼드대학의 시학(詩學) 교수이자 시인이며 현대 비평의 시조로 알려진 M. 아놀드(Matthew Arnold, 1822~1888)가 그의 저명한 저서『교양과 무질서(Culture and Anarchy)』(1869) 제4장 〈헤브라이즘과 헬레니즘(Hebraism and Hellenism)〉에서 밝힌 서구문화의 두 지배적 특성을 규정짓기 위해 만들어 낸 신조어. '헬레니즘'은 그리스 세계를 대표하며 '이교도의 감정적·심미적 자유'의 추구를, '헤브라이즘'은 유태 세계를 대표하며 '빅토리아 왕조의 직설적 도덕성의 실제적 가치'를 대표함. 즉 전자는 '공평하고 유연한 인도주의(Humanism)'에 입각하여 행동하는 반면, 후자는 '노출된 독단적 진리의 관습과 훈련에 비추어 행동하는 것. 여기서 멀리건은 아일랜드를 그리스화하기를 바라는 반면, 스티븐(조이스)은 모더니즘(Modernism)의 기수로서 이 양자의 이상적 결합, 특히 예술에 있어서의 헤브라이즘적 형식주의(formalism)와 헬레니즘적 내용(cotent)의 조화를 추구함으로써 범세계주의(Cosmopolitanism)를 추구함.

40) 크랜리(Cranly)는 조이스의 대학 동창생인 번(J. F. Byrne)이 모델임. 스티븐과 크랜리는『젊은 예술가의 초상』제5장에서 아리스토텔레스의 소요학파(逍遙學派)들처럼 서로 팔짱을 끼고 대학 구내를 거닐며 예술, 종교, 문학 등에 관해 토론함. 여기에서는 멀리건의 행동이 스티븐으로 하여금 당시의 기억을 회상케 함.

41) 성서에서 '돌아온 탕아(Prodigal son)'를 묘사한 구절의 인유—그는 하도 배가 고파서 돼지가 먹는 쥐엄나무 열매로라도 배를 채워 보려고 했으나 그에게 먹을 것을 주는 이는 아무도 없었다.(〈루카의 복음서〉 15:16)

42) Clive Kempthorpe. 멀리건의 옥스퍼드대학 재학시의 친구인 듯. 서머(Seymour) 역시 멀리건의 친구인 듯.

43) Palefaces. 전통적으로 '붉은 얼굴의(ruddy faced)' 아일랜드인에 비하여 '창백한 얼굴의(pale faced)' 영국인으로 알려짐.

44) 해리스(C. K. Harris)가 지은 미국의 인기곡 중의 인유—나의 어머니 소식을 살며시 전해 줘요! / 내가 그녀를 얼마나 사랑함을 안다면 / 그리고 날 기다리지 말도록 말해 줘요 / 나는 집에 갈 수 없으니…… 이 노래는 자기 조국을 위해 어린 생명을 바친 아들의 전쟁터에서의 죽음을 읊음.

45) Ades of Magdalen. 여기서 매그덜린은 옥스퍼드대학의 한 단과대학. 에이디즈는 누군지 알 수 없음.

46) calf's face. 성서에서 모세가 산꼭대기에 있을 때 이스라엘인과 아론(Aaron)이 만든 금송아지를 연상시킴(〈출애굽기〉 32).

47) 클라이브 켐소프…… 말아요—이 구절은 멀리건의 옥스퍼드대학 경험담(그는 그곳에서 학사학위를 받음)을 스티븐이 회상(flashback memory)하는 의식의 흐름.

48) (표현의) 절도·균형·취미에 대한 그리고 당대인들이 소위 '윤리적 요소(ethical element)'라고 불렀던 것에 대한 아놀드의 강조, 나아가 종교·시·철학의 차이를 최소한 '제거'하려던 그의 노력

은 세기의 전환기의 유미주의자들에 의하여 구체화된 실리주의(Philistinism)로 간주되었음(이는 그의 부친이자 당시 럭비학교 교장이었던 토머스 아놀드의 전통적 기독교 정신에 대한 정면 도전이었음). 그의 이러한 '제거'의 노력은 잔디를 골고루 깎는 정원사의 행위에 비유됨.

49) To Ourselves. ① 아일랜드어(게일어) 및 문예부흥을 위해 1890년대에 형성된 아일랜드 애국단체의 신 페인(Sinn Fein) 당의 신조(信條). ② 민족의 독립을 위한 정치 운동의 이름으로서 A. 그리피스(Arthur Griffith, 1872~1922)가 택한 모토이기도 함. ③ 여기서 스티븐은 아일랜드의 문예부흥을 일으키려는 노력을 생각함.

50) new paganism. 아놀드는 그의 저서 『교양과 무질서』에서, 지금까지 영국은 자신의 문화 추구에 있어서 지나치게 헤브라이화(지적 추구)에 골몰했는지라 미래의 문화 달성을 위하여 그리스화(감성 추구)가 절실하다고 역설함. 전(前)세기 말에 번성한 이러한 그리스화의 감정적·심미적 자유에의 추구는 곧 '신이교주의'를 의미함.

51) omphalos. ① 그리스인들에 의해서 '배꼽(navel)'으로 간주되었으며 인간 의식의 중심. 시(詩) 영감의 근원지, 세계의 중심으로 여겨지던 델피(Delphi, 옛 그리스 도시로, 아폴로 신전이 있는 곳)에 있는 원통형의 돌을 가리킴. ② 19세기 후반 접신론자들은 이를 '인간 영계(靈界)의 혼'으로 간주함. ③ 멀리건은 마텔로 탑을 '옴팔로스'로 부르곤 했다 함. ④ omphalos = womb(자궁) + phallus(남성의 성기)의 어원을 지니고 있음.

52) Bray Head. 샌디코브의 마텔로 탑에서 남쪽에서 약 7마일 떨어진 곳에 바닷속으로 불쑥 튀어나온 곳. 근처의 브레이 마을은 한때 조이스 가족이 거주한 곳이기도 함.

53) 영국의 철학자 D. 하틀리(David Hartley, 1705~1757), J. 로크(John Locke, 1632~1704) 및 I. 뉴튼(Isaac Newton, 1643~1727) 등이 주창한, 인간 심리에 대한 기계학적 개념. 하틀리는 기억에 있어서 유일한 실제의 존재는 관념과 감각이라고 논급함.

54) the Mater and Richmond. 더블린에서 가장 큰 병원인 마테르 미세리코르디아(the Mater Misericordiae)의 옛날 이름으로, 이클레스가(街) 7번지의 블룸가(家)에서 반 마일 떨어진 지점에 위치함.

55) Sir Peter Teazle. 더블린 태생의 극작가 R. 셰리던(R. B. Sheridan, 1751~1816)의 걸작 희곡인 『스캔들 학교(The School for Scandal)』(1777)에 등장하는 인물로, 친절한 마음씨를 가진 노신사.

56) 그런데 죽음이란 게… 아니었어─멀리건은 죽음의 불가피성에 대한 자신의 의학 지식을 과시적(誇示的)으로 털어놓음.

57) Loyola. 예수회의 창설자로, 종교적 복종에 헌신한 투쟁 정신으로 유명함. 제1장 주 4) 참조.

58) Sassenach. 색슨(Saxon) 또는 (영국의) 정복자들을 뜻하는 아일랜드 말.

59) 예이츠 작의 시〈퍼거스와 함께 가는 자 누구냐?(Who Goes with Fergus?)〉의 7~9행 구절. 이 시는 예이츠의 희곡 〈캐슬린 백작부인(Countess Cathleen)〉 초판에 포함되어 있는데, 그녀의 백성들이 음을 받은 암흑의 권력에 자신의 혼을 판 백작부인을 위로하기 위하여 불려짐─이제 퍼거스와 말을 몰고 갈 자 누구이리요, / 그리고 숲의 얽힌 그늘을 뚫고, / 그리고 평평한 해변에서 춤을 추며 / 젊은이여, 그대의 적갈색 이마를 들어요, / 그리고 그대의 가냘픈 눈시울을 들어요, 처녀여, / 그리고 희망을 생각하고 더 이상 겁을 내지 말아요. / 이제 더 이상 고개 돌려 생각지 말아요, / 사랑의 쓰라린 신비랑, / 퍼거스가 놋쇠 마차를 몰고 숲의 그림자를 지배하나니, / 침침한 바다의 하얀 가슴을 / 그리고 모든 얽힌, 배회하는 별들을. 퍼거스는 5세기경 아일랜드에 이주한 스코틀랜드의 왕. 여기서 스티븐이 한때 그의 어머니에게 들려 주었던 이 노래를 멀리건이 부른 것은 우연의 일치임.

60) 스티븐이 목격한 이 한 조각 구름을 블룸도 똑같이 돌세트가(街)에서 쳐다봄(제4장). 이는 마치 주인공들의 의식의 흐름처럼 그 밀도를 더하여 밤 10시경에 소나기가 내림(제14장).

61) a bowl of bitter waters. 성서에서 간음 행위 혐의로 여인을 심판하는 '질투의 재판(The Trial of Jealousy)'에 쓰인 독약의 주발을 암시함(〈민수기〉 5:11~31), 사제가 여인에게 독약을 마시도록 주면, 여인이 죄를 범했을 경우 그녀의 배가 부풀고 허벅지가 말라 비틀어지는 반면, 죄가 없으면 저주의 효력이 나타나지 않음.

62) 현대 사상주의(寫像主義, Imagism)적 시의 시각적 이미지들로 충만됨.

63) Turko the Terrible. 아일랜드의 작가이자 편집자인 해밀턴(E. Hamilton)이 쓴 유명한 크리스마스 팬터마임. 더블린의 게이어티 극장에서 1873년 12월 크리스마스 주간에 공연됨. 내용은 동화의 '변신(metamorphoses)'또는 '변용(變容)'을 다룸. 여기서 터코왕(팬터마임 역으로 유명한 영국의 희극배우 로이스[E. W. Royce]가 역을 맡음)과 그의 궁정은 요정인 로즈(Rose)의 마법적 잠재력을 즐김.

64) 요정 로즈가 터코왕에게 '변신'의 선물을 선사할 때 왕이 노래했던 구절.

65) 영국의 접신론자 신네트(A. P. Sinnett, 1840~1921)는 그의 『영혼의 성장(The Growth of the Soul)』(1896)에서 모든 순간(moment)과 사고(thought)가 그 속에 저장된 보편적 추억(universal memory)을 띤 접신론적 개념을 '자연의 추억(the memory of nature)'이라 부름.

66) 미사에 참례했던 아침, 그녀(어머니)는 미사 의식이 끝날 때까지 단식의 규범을 주도면밀하게 지킴.

67) *Liliata rutilantium te confessorum turma circumdet : iubilantium te virginum chorus excipiat.* (라틴어) 『평신도의 미사전서(Layman's Missal)』는 이를 '죽음의 기도문(Prayers of the Dying)'의 한 부분으로 인용하고, 사제의 부재시에 하느님께 사자(死者)를 위탁하는 이 기도가 어떤 책임 있는 남녀에 의해 읊어진다라고 기록함.

68) kip. 멀리건의 상투어로, '잠음'(catch), '사창가', '하숙집', '침대' 등 여러 가지 의미의 속어. '학교'는 지식인을 길러내는 '하숙집'일 수도 있음.

69) 미국의 흑인 가수이자 작곡가인 블랜드(J. A. Bland, 1854~1911)가 지은 〈황금의 결혼식(The Golden Wedding)〉(1880) 및 영국 에드워드 7세의 대관식 전후에 유행한 거리의 유행가의 결합체. '대관식의 축제일(Coronation day)'은 봉급일(payday)의 속어로, 급료가 크라운(crown, 5실링짜리 은화)으로 지급되는 데서 유래함.

70) Clongowes. 클론고우즈 우드 칼리지(Clongowes Wood College)는 스티븐이 재학한, 아일랜드에서 가장 상류에 속하는 초등학교임(『젊은 예술가의 초상』 제1장 참조). 본래 남학교였다가 지금은 남녀공학으로 바뀌었는데, 교장실로 통하는 복도 양벽에 걸린, 학교 설립자·역대 교장들의 초상화들 가운데 '우등졸업생' 조이스의 초상화가 유일하게 걸려 있음.

71) ① 스티븐 자신이 미사 때 복사(제단에서 사제를 도와 향로를 나르는 소년) 역할을 했음을 상기함. 여기서는 스티븐이 사이비 사제격인 멀리건의 복사 역을 하는 셈. ② 『더블린 사람들』, 〈애러비〉에서도 주인공은 같은 역할을 상상함.

72) A server of a servant. ① 스티븐은 클론고우즈 우드 칼리지에서 베풀어진 미사에서 하느님과 교회의 '종'이었던 사제를 '시중드는 놈'이었음. ② 성서에서 노아가 자신의 나신(裸身)을 본 아들 함에게 내린 저주를 상기시킴―가나안은 저주를 받아 형제들에게 천대받는 종이 되어라.(〈창세기〉 9:25)

73) ① 촛불에 초가 녹는 것처럼 숨이 차고 덥다는 멀리건의 익살이라는 설. ② 여성 마스터베이션 (masturbation)에 관한 불결한 농담을 암시한다는 설.

74) Sandycove. 더블린 시의 최남단 해변으로, 그곳에 마텔로 탑(지금은 조이스 기념관)이 위치함. 주변 경관과 바다, 험한 바위 해변으로 유명함.

75) *In nomine Patris et Filii et Spiritus Sancti.* (라틴어) 성삼위일체(聖三位一體, Holy Trinity)에 대 한 축도(祝禱), 봉헌(consecration)의 의식.

76) mother Grogan. ① 작자 미상의 아일랜드 민요 〈네드 그로건(Ned Grogan)〉에 나오는 익살스런 여주인공. ② 멀리건의 불경극(不敬劇, ribald play)에 나오는 어머니 역(제9장 끝부분).

77) ① 실내 변기(요강, chamber pot)의 속어. ② 방뇨(放尿, urination)는 조이스 문학의 전역에 걸친 배뇨(micturition) 또는 배설(cloaca)의 강박관념을 형성하는 주제의 하나로서, 분비학(分泌學)은 그의 희극성(comicism)을 형성함.

78) 전세기 말과 금세기 초에 있어서 아일랜드의 민속 및 민족의 관습에 대한 관심은 아일랜드의 문 예부흥과 직결됨. 영국의 비평 철학가 윌슨(J. D. Wilson)에 의하면, 당시의 모더니즘을 감수하 던 젊은이들(특히 유미주의 작가들)은 언제나 몸에 노트를 지니고 다니며 순간적인 영감이나 자료 를 기록했다 함.

79) 초기 아일랜드 문학, 민속 등을 편집, 설명하던 고물(古物) 연구가들의 작품을 암시함. 여기서 는 멀리건이 헤인즈의 의식을 혼란시킬 목적으로 사용하는 넌센스 민속담. Fishgod—선사시대 의 바다의 거인인 포모리언(Formorian). Dundrum—아일랜드 내의 여러 지명이기는 하나, 여기 서는 시인 예이츠의 자매들인 릴리(Lily) 및 엘리자베스 예이츠가 그들의 출판사(The Dun Emer Press)를 설립한(1903) 곳인 던드럼(더블린에서 4마일 지점)을 암시함.

80) 아일랜드 전역에 엄청난 재해를 가져왔던 1903년의 대풍(大風).

81) ① 전기(前記) 예이츠의 자매들. ② 셰익스피어 작 『맥베드』에 나오는 마녀들을 연상시킴(I, iii, 32).

82) 『매버노기언(*Mabinogion*)』은 '젊은 시인들에 대한 지침서'란 뜻의 웨일즈(Wales)어. 영국의 여류 작가 게스트(Lady C. Guest)가 영어로 번역 출판한 웨일즈 일화집으로, 그 속에 아더왕 이야기 (Arthurian romance)와 켈트 신화가 수록됨. 『우파니샤드(*Upanishads*)』는 고대 힌두 경전으로, 브 라만교의 경전(Vedas) 및 자연과 인간에 관한 접신론적 철학 사상을 취급함.

83) Mary Anne. 대영제국과 아일랜드의 여왕(1665~1714). 그녀는 스티븐의 의식 속에 영국에 대 한 적개심의 상징으로 떠오름.

84) 작자 미상의 아일랜드 외요(猥謠)의 가사. 남자처럼 행동하는 메리 앤 여왕에 대한 불경구.

85) collector of prepuces. 멀리건은 율법 또는 성훈(聖訓, commandment)에 따라 모든 사내아이들 에게 할례(circumcision)를 요구하는 하느님을 조롱함.

86) '비단결 암소(silk of the kine, 가장 아름다운 암소)'·'샨 반 복트(Shan Van Vocht)'와 함께 아일랜드 의 전통적 별명들. 전설에서 그들은 애국자들 이외에게는 모두 '가난한 노파'로 간주됨. 그러나 애국자들에게 그들은 '여왕의 걸음걸이를 가진 젊은 여인'으로 보임. 예이츠 작 『캐슬린 백작부 인』의 주인공으로, 그녀는 자신의 혼을 팔아 민족을 구함.

87) 영국인 헤인즈를 암시함.

88) 멀리건을 암시함. 스티븐은 멀리건을 친영파(親英派)의 아일랜드인(Anglophile)으로 여김.

89) 예이츠 작 『캐슬린 백작부인』의 여주인공을 암시함.

90) 영국인과 배신자인 멀리건을 시중드는 알랜드의 오쟁이 여성(female cuckold).

91) 조국을 둘러싼 많은 켈틱 부흥자들의 낭만적 찬사에도 불구하고 스티븐은 우유배달 할멈(아일랜드의 상징)의 호의를 달가워하지 않음.

92) 성서에서 여인은 분만 뒤에(〈레위기〉 12:2, 5) 그리고 월경 기간에(〈레위기〉 15:19~24) '불결'한 것으로 기록됨. 여인은 남자의 육체로 이루어지고(〈창세기〉 2:22), 뱀으로 변장한 사탄에 의하여 죄를 범하며(〈창세기〉 3), 독사의 미끼가 됨. 로마 가톨릭 교회의 율법에 따라, 병자(病者)의 성사(Extreme Unction) 때에도 여인의 허리 부분에는 성유를 뿌리지 않는 것이 관례임.

93) 아일랜드 서부에서는 아직도 그들의 고유어인 게일어를 사용함. 더블린방송국은 현재 영어와 게일어의 이중 방송을 행함.

94) 스윈번(A. C. Swinburne, 1837~1909)의 시집인 『해뜨기 전의 노래(Songs before Sunrise)』(1871) 중의 〈봉헌(Oblation)〉의 첫 행.

95) 스윈번, 〈봉헌〉의 계속된 시구.

96) 영국의 해군제독 넬슨(Nelson)경이 트라팔가 해전(1805)에서 그의 함대 부하들에게 행한 유명한 구호 및 그를 주제로 한 노래 가사의 변형.

97) 스티븐의 공수병(hydrophobia) 및 그가 오늘 급료를 타기 때문에 술을 마신다는 것을 암시함.

98) 멕시코 만에서 대서양을 횡단, 유럽 북서 해안을 따라 흐르는 난류.

99) Agenbite of inwit. (중세 영어) 단 마이클(Dan Michal)이 1340년 프랑스의 『선악대전(Somme des Vices et Vertus)』(1279)을 중세 영어(켄트(Kent)의 사투리)로 번역한 책 제목에서 유래함.

100) 맥베드 부인이 그녀의 몽유(夢遊) 환각 장면에서, 살해된 던컨(Duncan)왕의 피로 오염된 그녀의 손을 씻으려 할 때 하는 말(〈맥베드〉 V, i, 35).

101) 스티븐의 냉소적 물질주의의 가면(mask).

102) ① 예수께서 골고다(Golgotha)를 향해 처형당하러 가는 도중 예루살렘의 바이아 돌로로사(Via Dolorosa, 제14번 정류장)에서 언급된 말의 인유―그리고 예수의 옷을 벗기고 대신 주홍색 옷을 입힌 뒤⋯⋯(〈마태오의 복음서〉 27:28) ② 아론(모세의 형, 유태교 최초의 제사장)의 죽음 직전에 쓰인 말의 인유―모세는 야훼의 분부대로⋯⋯ 호르산으로 올라가 아론의 옷을 벗겨⋯⋯(〈민수기〉 20:27, 28)

103) 19세기 말의 데까당띠즘(Décadentisme)과 심미주의를 추구하던 자들의 특이한 의상.

104) Do I contradict myself? 미국의 낭만파 시인 휘트먼(Walt Whitman, 1819~1892)의 시 〈나 자신의 노래(Song of Myself)〉의 시구(5절 6, 7행). 19세기 말 영국에서의 휘트먼의 명성은 스윈번의 〈미국의 월트 휘트먼에게(To Walt Whiman in America)〉(1871)라는 시에서 그를 '지구신의 자유(earth-god freedom)의 시인'이란 말로 묘사한 데 반영되어 있음.

105) Mercurial Malachi. (헤브라이어) 'Malachi'는 사자(使者)라는 뜻. 제1장 주14) ― ① 참조. 메르쿠리우스(Mercurius)는 로마 신화에 나오는 상업·웅변·사자(使者)의 신.

106) 더블린에서 당시 유행했던 안전모·작업모(hard hat)와는 달리, 파리의 라틴가(대학가)에서 예술인 및 대학생들에게 유행한 중절모(soft hat).

107) 베드로가 예수를 배신한 구절의 변형―베드로는 '닭이 울기 전에 세 번이나 나를 모른다고 할

것이다' 하신 예수의 말씀이 떠올라 밖으로 나가 몹시 울었다.(〈마태오의 복음서〉 26:75)

108) Martello. 나폴레옹 전쟁시에 프랑스군의 침략 가능성에 대비하여 방어용으로 구축된 일종의 요새. 브레이 헤드에서 더블린까지의 해안선을 따라 늘어선 16개의 탑 중 샌디코브에 있는 것. 더블린관광국에 의하면, 매년 5천여 명의 관광객이 이곳을 찾는다고 함. 샌디마운트의 것은 현재 카페로 바뀌었음.

109) Billy Pitt—영국과 아일랜드 해안에 마텔로 탑을 건립한 영국 수상(1759~1806). 프랑스 사람들이……—'샨 반 복트'의 민요 가사에서; 오! 프랑스 사람들이 바다 위에 있을 때, / 샨 반 복트가 말한다네: / 오, 프랑스 사람들이 만(灣)에 있을 때: 그들은 지체없이 여길 오리라, / 그리고 오렌지는 부패하리니, / 샨 반 복트가 말하도다…… 1796년에서 1798년 사이에 프랑스인들은 아일랜드 혁명을 돕기 위한 육해군의지원을 시도했으나 실패함.

110) Thomas Aquinas. 도미니코회의 신학자 및 스콜라 학파의 대표적 철학자(1225?~1274). 그의 작업의 목표는 모든 학문을 총괄하고 신앙과 지력의 양립성을 논증하는 일이었음. 스티븐은 자신의 심미론을 '응용 아퀴나스(Applied Aquinas)'라 설명함.『젊은 예술가의 초상』 제5장 참조.

111) 멀리건의 말은 아리스토텔레스가 그의 『형이상학(Metaphysics)』에서 우주는 59개의 동심구체(同心球體, concentric spheres)로 구성되어 있다고 한 우주론을 연상시킴. 즉 우주는 지구의 움직이는 네 구체와 각각의 중요 원칙(구심주)을 지닌 55개의 부동의 동심구체로 구성되어 있다는 설.

112) 와일드(Oscar Wilde)의 동성애 따위, 즉 그의 '시대에 뒤떨어진(outmoded)' 역설(逆說).

113) stolewise. 어깨에서부터 무릎까지 걸쳐 입는 성직자의 법복.

114) ① 부친의 행방을 찾아 모험에 나서는 기아(棄兒)를 다룬, 영국의 소설가 F. 마리얏(F. Marryat, 1792~1848)의 작품 제목. 기아는 오랜 고생 끝에 그의 아버지를 발견함[여기서 부성〔父性〕추구는 조이스 문학의 지배적 주제의 하나]. ② 야벳(Japhet)은 노아의 세 아들 중 막내의 이름이기도 함(〈창세기〉 9:18, 19).

115) Elsinore. 셰익스피어 작 〈햄릿〉의 무대인 크론보르크 성(城)이 있는 헬싱괴르(Helsingör)의 영어명.

116) ① 호레이쇼가 유령을 뒤따르는 햄릿 왕자에게 위험을 경고하며 한 말. ② 샌디코브의 마텔로 탑은 인상적인 마암(魔岩, chaotic rocks)의 해안에 서 있기 때문에 엘시노어를 상기시킴.

117) 스티븐은 자신을, 왕과 왕비가 보낸 두 궁전 스파이들인, 로즌크랜츠(Rosencrantz)와 길든스턴(Guildenstern) 사이에 서 있는 햄릿(〈햄릿〉 II, iv)으로 상상함(자기인식의 중요 에피파니〔epiphany〕).

118) 영국인을 암시함.

119) Muglins. 더블린 남동쪽 약 1마일 지점에 흩어진 작은 섬들로, 마텔로 탑에서 육안으로 볼 수 있음.

120) 고가티(멀리건)가 실제로 창작한 〈유쾌한 예수의 노래(The Song of the Cheerful Jesus)〉란 익살시의 일부를 각색한 것.

유쾌한 예수의 노래

나는 세상에 더없는 가장 괴상한 젊은이.
나의 어머니는 유태인, 아버지는 새.
목수인 요셉과는 어울리지 않아요.

그러니 건배다 제자들과 캘버리를 위하여.

만일 나를 하느님으로 생각지 않는 자는
내가 술을 빚을 때 마음대로 마시지는 못하리
그러나 오직 물만 마시게 해야지, 그리고 분명히
만든 술도 도로 물로 만들어 놓으리라.

나의 행사(行事)는 새롭고 놀라운 것이지요.
장님을 눈뜨게 하기 위하여 눈에 먼지를 던진다든지,
만일 상것들이 하느님의 왕국에 들어간다면
그것이 단지 장난임을 보여 주든지.

당신은 내가 수영을 못 하고 스케이트도 못 타는 걸 알지요.
나는 어느 날 나루터에 내려오지요 그리고 지각했지요.
나는 물 위를 걸었지요 그리고 모두들, 정말! 하고 외쳤지요.
유태인에게는 억지로 헤엄치기보다는 그게 나으니까요.

내가 의기양양 다가와 지나칠 때마다
당신은 나의 승리가 당연하다는 걸 이내 알 테죠.
(그리고 군중의 지지는 정말 확실한 거죠.
당신이 일단 그들로 하여금 불쌍히 여기도록 설득만 한다면.)

그땐 움막을 버리고 빵을 요구해요.
그럼 그들은 대신 돌집을 줄 거요,
그 속에서 거닐 수 있는 멋진 뜰과 우비와 함께.
그리고 당신이 맨발로 가기 전에 양떼들은 솔직히 드러낼 거요.

불쌍한 사람이 많을수록 당신은 더 치세(治世)할 거요.
그러나 깡그리 경칠 바보들에게 죄인아! 하고 외쳐 봐요.
왠고하니 하느님의 왕국(당신 안에 있는)은 시작되니까,
당신이 일단 스스로 죄를 뉘우치게 할 때.

반란은 적시에 '소망'에 의하여 예측되나니,
유다와 교황 베드로의 이야기
그리고 당신은 결코 궁지에 버려지지 않음을 알게 되리라.
슬픔의 자식들 그리고 교회인 어머니에 의하여.

안녕히, 자, 안녕히! 내가 말한 걸 모두 적어서
이놈 저놈(톰, 딕 앤드 해리) 모두에게 알려요 내가 부활했다는 것을.
내가 공중으로 날 수 있는 것은 천성(天性)이라네
감람산의 산들바람—안녕히 자 안녕히!

121) Fortyfoot Hole. 마텔로 탑에서 200미터쯤 떨어진 곳에 있는 남자 수영장.

122) Mercury's hat. 머큐리는 로마 신화의 전령신(傳令神)인 메르쿠리우스의 영어명. 그리스 신화의 헤르메스(Hermes)에 해당함. 모자는 그의 주요 부속품 중의 하나. 제1장 주105) 참조. 여기서는 파나마모를 뜻함.

123) 성모 마리아의 남편 요셉은 목수였음(〈마태오의 복음서〉 13:55).

124) Steeeeeeeeeeeephen. 본 소설 속에 수없이 사용된 표음철자(表音綴字)의 본보기.

125) 『신곡』에서 증조부인 카치아구이다(Cacciaguida)가 단테의 미래의 쓰라린 방랑을 예언하는 장면의 글귀―너는 가장 살뜰히도 사랑하는 모든 것을 버릴 것이니, 이것이 귀양의 활이 처음으로 쏘는 화살이니라 / 너 남의 빵이란 얼마나 쓰거운 것인지, 남의 집 사다리로 오르내린다 함이 그 얼마나 고된 길인지 알아볼 수 있으리라 / 그리고 너의 어깨를 가장 억누를 그자는 이 골짜기에 너 그들과 함께 떨어질 영락하고 무딘 패거리일 터인데 / 그들이 너를 거슬러 온갖 배은(背恩) 온갖 광증과 포악을 다할지라도 어느덧 너 아닌 그들이 관자놀이를 붉히리라.(『신곡』, 〈천국편〉 X VII:55~64)

126) servant of two masters. ① 이탈리아의 극작가 골도니(Carlo Goldoni, 1707~1793)의 희곡 제목. 종놈 하나가 두 주인을 위하여 열심히 일함. ② 여기서 스티븐은 대영제국과 신성로마 가톨릭 교회를 섬기는 종놈격.

127) 메리 앤, 즉 영국 여왕에 대한 스티븐의 적대감.

128) 여기에 서술된 모든 이미지들은 로마 정교(正敎)의 힘과 권위의 상징들. 이 구절에서 스티븐은 삼위일체설(Trinitarianism) 및 부자동질론(Consubstantiality)의 이단적 견해를 명상함.

129) et unam sanctam catholicam et apostolicam ecclesiam. (라틴어) 니체노 신경(信經, the Niceno Creed)의 마지막 글귀. 신경은 초기교회의 특징을 이루는 신학적 사상과 반론을 해결하는 시도로서 쓰임. 니체노는 니케아(Nicaea)의 이탈리아 명칭.

130) Pope Marcellus. 등극한 지 22일 만에 별세한 로마 교황(1501~1555).

131) Photius. 그리스도 교회가 경험한 '최악의 적들 중의 한 사람'으로 간주되었음. 그는 종파의 분열을 조작함으로써 1054년 동방교회(Eastern Orthodox Church, 그리스 정교회)와 로마 가톨릭 교회의 분할을 야기함. 867년에 파문 선고를 받음.

132) Arius. 아리우스파 교회의 창설자이자, 그리스도교의 삼위일체설을 부인한 '아리우스주의(Arianism)'의 시조(256?~336). 그의 이단설은 '말씀(Word)'과 '로고스(Logos)', 즉 그리스도는 하느님의 최초의 창조물로서 '무로부터의 창조물'이라 주장함. 따라서 성자(Son)는 성부(Father)의 최초의 창조물로서 성부보다 하위(下位)에 있고, 동질(Homoousian)이 아니라 유사질(Homoiousian)이라는 것이 이 파의 주장임.

133) Valentine. 이집트의 불가지론자(不可知論者) 및 발렌타인교의 시조(?~160). 그는 그리스도가 '현세육체(terrene body)'라기보다는 오히려 '순수 영령(pure spirit)'이라 주창함.

134) Sabellius. 3세기경의 기독교 이단자. 성부, 성자, 성신은 모두 이름만 다를 뿐 동일(동일한 자의 세 가지 다른 모습에 불과)하다는 것이 그의 주장임.

135) 헤인즈를 가리킴.

136) 『구약성서』성구 인유―모시를 생산하는 자들은 실망하고 실을 뽑아 천을 짜는 자들은 상심하리라.(〈이사야〉 19:9)

137) Michael. ① 교회의 군세를 상징하는 천사장(〈다니엘서〉 10). ② 밀턴(Milton)은 그를 '천국의 군세(the Church Militant)의 왕자'로서 서술함(『실낙원』VI, 44).

138) Zut! Nom de Dieu! (불어) 스티븐이 파리의 군중들에게서 들은 야유의 회상. 여기서는 자신의 의식을 조롱함.

139) 19세기 말엽 혁명, 자본주의, 국제적 갈등 및 긴장의 수법으로 세계를 지배하려던 유태인들의 음모를 암시함. 영국은 이 음모의 근원이 프랑스와 독일이라고 믿음.

140) Bullock harbour. 더블린 만 동서부에 위치한 인공 항구로서 달키(Dalkey) 근처에 위치함.

141) ① 더블린 만 남동부의 수심(水深). ② 〈템페스트〉에 등장하는 공기의 요정 에어리얼(Ariel)이 부른 노래 가사의 변형이기도 함.

142) 익사체를 인양하는 모습으로, 그날 스티븐의 의식을 적심.

143) Westmeath. 더블린의 서남쪽 40마일 지점에 위치한 주(州) 이름.

144) Bannon. 멀리건 그룹의 일원으로, 웨스트미드에서 블룸의 딸 밀리와 만나고, 제14장에 재등 장함.

145) 바다에서 수영을 마치고 나온 신부.

146) 멀리건의 친구. 제1장 주 42) 참조.

147) Carlisle. 영국 잉글랜드 북서부 컴브리아주(州)의 주도(州都).

148) *Übermensch*. 초인간(超人間)이란 뜻의 독일어. 니체의 『짜라투스트라는 이렇게 말했다(Also Sprach Zarathustra)』(1885)의 모방. 니체는 전설적인 페르시아 종교의 개조(開祖)인 '짜라투스 트라'에서 이름을 빌려 자신의 본질과 체험을 시적으로 창작했는데, 이 짜라투스트라의 모습은 곧 그 자신의 이상적(理想的) 상(像)이기도 함. 여기서 '초인간'의 사명은 모든 허위, 병적 요 소, 생명의 온갖 적대 요소를 제거하는 것. '열두번째 갈빗대'가 없는 멀리건은 최초의 인간, 즉 아담을 말함으로써 초인간인 셈. '갈빗대'는 이브의 창조를 암시함(〈창세기〉 2:21).

149) 성서 구절의 변형—네가 완전한 사람이 되려거든 가서 너의 재산을 다 팔아 가난한 사람들에 게 나누어 주어라. 그러면 하늘에서 보화를 얻게 될 것이다.(〈마태오의 복음서〉 19:21)

150) S. 챔피언(S. G. Champion)의 『종족의 격언집(Racial Proverbs)』(1963) 중 제 186항의 글귀—황 소의 뿔을, 말의 발굽을, 영국인의 미소를 조심하라. 전통적으로 믿을 수 없는 세 가지의 것.

151) *Liliata rutilantium. / Turma circumdet. / Iubilantium te virginum.* (라틴어) 3행으로 된 기도문은 제4장 끝부분에서 블룸이 들은, 조지 성당에서 울리는 3회의 종소리('헤이호')와 일치함. 따라서 이 두 장은 오전 8시 45분에서 각각 끝나는 셈. 우리는 스티븐이 인근 던 레어리 부두의 성당 들에서 울려오는 이 종소리를 들었을 것으로 추정함.

152) 스티븐이 조금 전 수영을 마치고 벽감 속에서 옷을 갈아입고 있는 신부의 체발한 머리 모습을 생 각함.

153) 멀리건을 암시함. 본 소설의 제1장은 지금까지 스티븐, 멀리건 및 헤인즈의 의식과 언동 및 작 가의 서술을 통하여 멀리건의 성격 현현(顯現)이란 하나의 초점적(焦點的) 계시(epiphany)로 귀착됨.

◆ 2장 ◆

1) Tarentum. 스티븐은, 옛 그리스의 에피로스(Epirus)의 왕인 피로스(Pyrrhus, B. C. 318?~272), 그리고 그 피로스왕이 그리스의 식민지였던 남부 이탈리아 타렌툼을 위하여 로마군에게 대항한 전투에 관해 그의 학생들에게 질문함. 피로스는 기원 전 279년 에 아스꿀룸 뻬체눔(Asculum Picenum)에서 로마군과 싸워 이겼으나, 많은 전사자를 내어 실각한 것으로 전함.

2) ① 영국의 낭만시인 블레이크(William Blake, 1757~1827)의 시 〈최후의 심판의 환영(A Vision of the Last Judgement)〉에 나오는 구절. —우화 또는 비유담은 기억의 딸들에 의하여 이루어지도다. 상상은 영감의 딸들에 의하여 둘러싸여 있으니, 그들은 전체로서 예루살렘이라 불리도다. ② 고대 그리스 신화의 학예, 음악, 시 등을 다스리는 아홉 명의 여신을 암시하기도 함.

3) 앞서의 역사 이야기 혹은 전쟁사를 가리킴.

4) 블레이크의 시 〈천국과 지옥의 결혼(The Marriage of Heaven and Hell)〉 중에서 '지옥의 격언 (Proverbs of Hell)'에 나오는 두 시구의 결합체—① 과장의 길은 지혜의 궁전으로 인도하나니, ② 어떠한 새라도, 자신의 날개로 날면 지나치게 높이는 날지 못하나니.

5) 블레이크는 〈천국과 지옥의 결혼〉에서 세계는…… 불 속에 소멸된다라고 거듭 예언함. 그리고 그는 헤일리(W. Hayley)에게 보낸 편지(1800년 5월 6일) 속에서, 모든 죽음의 손실은 불멸의 얼음이다라고 피력했음. 스티븐은 여기서 블레이크의 말과 트로이의 함락 그리고 로마의 지배에 항거하는 피로스왕의 실패한 주장(주의, lost cause)을 혼합해서 명상함. 이러한 묵시록적 비전은 역사의 성질에 관한 문제를 야기하는 바, 즉 블레이크가 예언한 대로, 만일 변용의 순간이 검푸른 마지막 불꽃이라면, 모든 창조는 소멸할 것이며 무한하고 성스럽게 보일 것이다(비록 당장은 유한하고 부패스럽게 보일지라도).

6) *Asculum Picemum.* (라틴어) 즉 아스꼴리 뻬체노(Ascoli Piceno)를 말함. 이는 이탈리아 궁봉부의 한 마을로, 피로스왕이 로마군을 패배시킨 곳임.

7) 아스꿀룸 뻬체눔의 전투가 끝난 뒤, 피로스는 승리의 소식을 자기에게 전한 부하 한 사람에게 이렇게 말한 것으로 전함.

8) 애써 얻은 승리 뒤에 느끼는 안도감.

9) the end of Pyrrhus. 아스꿀룸 뻬체눔 전투를 마친 피로스는 아르고스(Argos)의 시민들을 구출했는데, 당시 그의 적수는 마케도니아(Macedonia)의 안티고노스(Antigonus) 2세였음. 뒤에 어느 마을에서 포위된 그는 공격자의 어머니(노파)가 지붕에서 떨어뜨린 기왓장 때문에 말에서 떨어지고, 이내 공격자에 의하여 살해당함.

10) Vico Road, Dalkey. ① 더블린 남동쪽에 위치한 교외 주택지에 있는 큰 길. ② '비코'는 역사순

환설을 주장한 이탈리아의 철학자 비코(Giovanni Battista Vico, 1668~1744)에 대한 암시. 비코의 순환설은 조이스의『피네간의 경야』구조의 배경막 및 작품의 중요한 주제를 이룸. 암스트롱의 모델 하나가 비코 가도에 살았다는 것이 옐만(Ellmann)의 설임. 역사의 본질에 대한 블레이크와 아리스토텔레스의 개념을 스티븐은 의식 속에서 추구하고 있긴 하나, 이는 비코의 역사순환설 이전의 것임.

11) Kingstown pier. 동서로 뻗은 두 개의 선창(방축)으로 둘러싸인 인공 항구. 영국의 홀리헤드 (Hollyhead)와 아일랜드와의 중요한 '가교(bridge)' 역할을 하며, 스티븐은 이 항구에서 파리 유학 을 위해 출발함. 제1장 주 21) 참조.

12) 킹즈타운 선창은 영국 식민지하에 지어진 이름으로, 이는 스티븐에게 수치심을 느끼게 함. 1922 년 아일랜드의 독립과 함께 던 레어리라는 본래 이름으로 불림.

13) 스티븐의 자기 동포에 대한 멸시를 암시함.

14) 로마의 장군이자 정치가 및 독재자인 카이사르는 그의 정치력의 독점을 분개하고 두려워하던 60명의 귀족들, 특히 그들 중의 브루투스(Brutus)의 단도에 의하여 살해되었는데, 19세기의 역 사가들은 이를 로마제국의 재난으로 주장했으니, 회고컨대 카이사르의 죽음은 로마 역사에 있 어서 불안의 시대의 서곡으로 간주되었기 때문임.

15) 아리스토텔레스는 그의『형이상학(Metaphysics)』에서 사물이 변화할 수 있는 것, 즉 '잠재성(the potential)'과 변화할 수 없는 것, 즉 '실현성(the actual)'의 대조를 토론하고 있는데, 역사에 있어 서 어느 순간이든 다음 순간을 위하여 무한한 '가능성(possibility)'이 있다고 전제하고, 그러나 이 러한 많은 '가능성'들 가운데 한 가지는 '실현'되는 것으로, 일단 그것이 '실현'되는 이상 다른 모든 가능성은 그 순간을 위하여 내쫓긴다고 주장함.

16) 아리스토텔레스가 그의『시학(Poetics)』(VIII:4~IX:2)에서 역사와 시(詩)를 구별하고 있는 것에 대한 암시. 여기서 그는 발생했던 것의 기술(記述)은 역사요, 발생할지도 모를 것의 기술은 시라 고 피력함.

17) 과거에 인간이 만들어 놓은 사건들, 즉 역사 또는 임금들의 허황된 야망은 '공담의 짜임'에 불과 한 것으로, 스티븐은 여기에서 역사의 몽마(夢魔) 또는 역사의 숙명적 패배주의(Defeatism)를 명상함.

18) 밀턴(John Milton, 1608~1674)의 시 〈리시다스(Lycidas)〉의 시구(165~173행). 잇따른 시구는 시 인의 친구인 에드워드 킹(Edward King)의 익사에 관한 시인의 목가적 엘레지로부터의 인용.

19) 아리스토텔레스가 그의『물리학(Physics)』(III:I)에서 서술한 운동의 정의.

20) the library of Saint Genevieve. 파리에 있는 도서관. 여기서 추구하는 스티븐의 의식은 블레이 크의 〈천국과 지옥의 결혼〉의 한 구절인 나는 지옥의 인쇄소에 있었는데, 거기서 지식이 세대 에서 세대로 전수되는 법을 보았다를 연상시킴.

21) 사고란…… 형상 중의 형상인 것이다—아리스토텔레스는 그의『영혼에 관하여(On the Soul)』에 서 손이 도구 중의 도구이듯이, 마음은 형상 중의 형상이라고 서술함(III:432a).

22) 바리새인 위선자들(Pharisees)이 예수를 혼란 속에 빠뜨릴 시도로서 그에게 물었나니(인간은 하 느님에게만 공물을 바쳐야 한다고 예수가 했기에.) 카이사르에게 세금을 바치는 것이 옳습니까, 옳 지 않습니까? 예수의 대답은 일종의 수수께끼였는지라, 가로되 카이사르의 것은 카이사르에게 돌리고 하느님의 것은 하느님께 돌려라.(〈마태오의 복음서〉 22:15~22, 〈마르코의 복음서〉 12:17 및 〈루가의 복음서〉 20:25)

23) 이 수수께끼는 다음과 같이 계속됨—씨는 까맣고 땅은 하얗지 / 수수께끼를 풀어봐요, 그럼 파이프(또는 술)를 줄 테니. 이의 답은 편지를 쓰는 것.

24) ① 스티븐이 앞서 마음속에 품었던 수수께끼의 연속—수수께끼를 내봐요, 수수께끼를 내봐요: / 간밤에 난 무엇을 보았지? 바람이 불었지, / 수탉이 울었지, / 종이 하늘에서 11시를 쳤지. / 나의 불쌍한 영혼이 천국으로 갈 시간이 다가왔지. 대답—그의 할머니를 감탕나무숲 아래에다 파묻고 있는 여우야. ② 스티븐이 앞서 인용한 〈리시다스〉의 비애의 주인공 에드워드킹과 죽은 어머니의 영혼의 신격화(神格化)가 종일 그의 의식을 적심. ③ 11시는 변모(transfiguration)의 시간이기도 함.

25) ① 스티븐의 앞서 수수께끼에 대한 답. 그는 인생을 부패와 파괴를 상징하는 개[犬]나 표범(panther)으로 비유함. 이는 또한 그의 망모(亡母)에 대한 고심, 그리스도 및 물에 빠져 죽은 리시다스의 영혼의 부활과 연결됨. ② '여우'는 망모에 항거하는, 고뇌하는 예술가 스티븐 자신일 수도 있음.

26) Mr. Deasy. 스티븐이 재직하고 있는 달키의 초등학교 교장으로, 그는 '친영파(a West Briton)'임(아일랜드를 영국 서부의 한 주로 간주하여 이렇게 불림).

27) 스티븐의 친구인 크랜리는 『젊은 예술가의 초상』 제5장에서 모성애에 관하여 이와 비슷한 말을 함—이 경칠 세상에서 그밖의 다른 어떠한 것이 불확실하다 해도, 어머니의 사랑만은 그렇지가 않아.

28) 유럽 대륙에서 전도한 아일랜드의 사제 콜룸바누스(Columbanus, 543~615). 그는 시대의 악습을 겁내지 않고 비난하여 골(Gall) 사원과 왕의 노여움을 사서 유형을 감. 만년에는 노모의 애원을 뿌리치고 대륙으로 건너가 그곳에서 전도함.

29) 스티븐의 셰익스피어 이론을 멀리건이 조롱해 한 말.

30) 아베로에스(Averroes, 1126~1198)는 스페인 태생의 아라비아 철학자 및 물리학자. 아라비아 이름은 이븐루시트임. 마이모니데스(Moses Maimonides, 1135~1204)는 스페인 태생의 유태계 율법학자 및 의사, 철학자. 아베로에스와 함께 아리스토텔레스의 비평으로 유명했으며, 중세 기독교에 엄청난 영향을 끼침. 그는 '서부 세계의 빛(the Light of the West)'으로 불림.

31) 성서의 인유—그(하느님)에게서 생명을 얻었으며 그 생명은 사람들의 빛이었다. 그 빛이 어둠 속에서 비치고 있다. 그러나 어둠이 빛을 이겨 본 적이 없다.(〈요한의 복음서〉 1:4, 5)

32) *Amor matris.* (라틴어) 총체적으로 모성애를 의미함. 즉 자식에 대한 어머니의 사랑(주격)과 어머니에 대한 자식의 사랑(목적 소유격).

33) 『영송(Gloria Patri)』, 즉 성부와 성자와 성신께 영광이 있을지어다라는 성기   영령이 성부와 성자와 성신께, 처음과 같이 이제와 항상 영원히.

34) 영국 스튜어트(Stuart) 왕가의 왕족들, 특히 제임스 2세는 1688년 영국의 왕좌로부터 폐위되어 아일랜드에 피난처를 구했는데, 1689년 아일랜드의 화폐를 질이 낮은 금속으로 주조(鑄造)함으로써 그 가치를 하락시킴.

35) ① 디지씨의 스푼케이스에는 손잡이에 12사도상이 그려진 12개의 스푼이 담겨 있는데, 스푼은 세례식에서 교회 후원자들에게 주는 전통적 선물임. ② 예수는 12사도들에게 '기적을 행사할 힘'을 주며 선심을 베풀도록 세상에 내보냄(〈마태오의 복음서〉 10). ③ 〈사도행전〉 10, 11장에서, 사도들이 이교도들에게 설교하기로 결심함.

36) 가리비[海扇]를 화폐로 사용한 것은 성 제임스(St. James)의 고안임. 스페인의 콤포스텔라

(Compostella)에 있는 그의 성지는 중세에 중요한 순례 목적지의 하나였는데, 이곳을 방문하는 순례자들에게 기념으로 가리비를 선사했다 함.

37) 똑같은 방에서 취임 계약을 맺고 스티븐은 세번째 급료를 탄 뒤 이날 그의 교직을 사직함.

38) 스티븐이 그의 조국을 얽어 매고 있다고 생각하는 가톨릭 종교의 지배, 아일랜드의 민족주의 및 켈트의 문화 전통과 인습.

39) 만일 노년이 갈망하는 바가 무엇인지를 청년이 알기만 하면, 구원을 얻을 것이다라는 격언에서.

40) 셰익스피어의 『오델로』에서 이아고(Iago)가 얼뜨기 로데리고(Roderigo)에게 하는 냉소적인 말. 이아고는 로데리고와 돈을 같이 이용할 의향이기 때문임(『오델로』 I, iii).

41) 셰익스피어를 가리킴.

42) 헤인즈를 가리킴.

43) 결코 태양이 지는 일이 없도다라는 구절은 옛 페르시아의 영광에 대하여 크세르크세스(Xerxes)가 한 말. '프랑스의 켈트인'이라는 것은 잘못임.

44) Curran. 조이스의 더블린 친구였던 커런(Constantine P. Curran).

45) McCann. 『젊은 예술가의 초상』 제5장에 나오는 스티븐의 친구.

46) Fred Ryan. 잡지 『다나(Dana)』를 매기(W. K. Magee, 이글링턴의 가명)와 함께 편집한 아일랜드의 경제학자이자 작가.

47) Temple. 『젊은 예술가의 초상』 제5장에 등장하는 스티븐의 친구.

48) Russell. 19세기 말과 20세기 초에 있어서 아일랜드의 문예부흥을 위해 헌신한 주요 인물인 G. 러셀(George W. Russell, 필명 A. E. 1867~1935). 예언자·시인·철학자·예술가·신문인·경제이론가·접신론자·토지개혁 실천자 등 많은 역할을 함(제9장).

49) Cousins. 스티븐(조이스)의 더블린 친구인 제임스 커즌즈(James H. Cousins).

50) Bob Reynolds. 누구인지 알 수 없음.

51) Koehler. 실재 조이스의 문학 친구인 켈러(T. G. Keller).

52) Mrs. MacKernan. 더블린 사람으로, 조이스가 그녀에게서 방을 빌린 적이 있음(1904).

53) 빅토리아 여왕의 아들인 에드워드 7세(재위 1901~1910). 디지씨는 서재에 영국 왕의 초상을 걸어 둔 것으로 미루어 친영파인 듯.

54) O'Connell's time. '해방자(the Liberator)'로 알려진 아일랜드의 정치 지도자 및 애국자인 오코넬(Daniel O'Connell, 1775~1847). 그는 영국으로부터의 해방과 로마 가톨릭의 복권해방(Roman Catholic Emancipation)을 위해 일생을 바침.

55) 1845, 46년의 감자 기근(potato famine). 당시 150만의 아일랜드인이 죽거나 미국으로 이주함. 감자 기근은 유럽 역사상 평화시에 있었던 최악의 재난으로 기록됨.

56) the orange lodges. 북부 아일랜드의 아마(Armagh)주에서 1795년 신교도의 옹호를 위해 조직된 정치 단체로서, 뒤에 남부 아일랜드의 로마 가톨릭의 복권해방운동과 대항함. 또한 이들은 친영파로 1886년 아일랜드 자치(自治, Home Rule)에 반대함.

57) fenians. 3세기경 아일랜드의 전설적인 영웅 핀 맥쿨(Finn MacCool)의 이름을 따서 당대 정치가 스티븐즈(James Stevens)가 1858년 창립한 아일랜드 공화혁명 독립당원들(the Irish Republican

Brotherhood). 과격한 테러와 혁명으로 아일랜드의 독립 성취를 목적으로 삼음.

58) 영국 왕 윌리엄 3세(1650~1702)를 기억하기 위한 오렌지 당원들의 자축배(自祝盃)의 말. 왕은 제임스 2세(그는 1688년 왕위에서 쫓겨나 아일랜드로 망명함)에게서 구원을 받아 자신의 숙원이었던 아일랜드 정복을 완수했음.

59) the lodge of Diamond in Armagh. 1790년대에 '검은 북방인들(the black north)', 즉 신교도들이 지배하던 북부 아일랜드의 주(州)들 중 하나인 아마에서 로마 가톨릭 교도들을 모조리 축출하기 위하여 조직한 종교 단체.

60) Croppies. 1798년 웩스포드(Wexford. 아일랜드 남동부의 항구 도시)에서 영국에 대항하여 반란을 일으킨 아일랜드의 이른바 '까까머리 반도(叛徒)들'을 가리킴.

61) the Union. 1801년에 아일랜드 의회를 해산시키고 영국 의회와 병합시킴으로써 수립된 영국과 이일랜드의 연합통치.

62) John Blackwood(1722~1799). 아일랜드 정치인인 그는 '연합정치'에 찬성하도록 하기 위한 뇌물로서 귀족 작위를 제의받았으나 이를 거절함. 조이스의 지인(知人) 프라이스(H. N. Blackwood Price)가 조이스에게 보낸 편지에 연합정치에 반대투표를 하려고 더블린으로 가기 위해 승마 구두를 신다가 별세함(1912)이라 적힘. 그의 아들 J. G. 블랙우드경은 연합정치에 찬성투표한 것으로 기록됨.

63) 모든 아일랜드 백성들은 왕들(아일랜드 고대의)의 자식들이란 격언에서.

64) *Per vias rectas.* (라틴어) 존 블랙우드경의 신조.

65) the Ards of Down. 더블린의 북북동 80마일 지점에 위치한 다운주의 아이리쉬해(海)에 있는, 팔처럼 생긴 반도. 이 지역은 벨파스트(Belfast)의 오렌지당의 본거지이기도 함.

66) 코노트(Connaught) 출신의 가련한 가톨릭 농부 소년이 더블린을 거쳐 영국의 리버풀(Liverpool)에 이르기까지 겪었던 갖은 모험을 읊은 익명의 아일랜드 민요.

67) Soft day. 이는 원래 'wet day(비 오는 날씨)'에 상응하는 말로, 비가 자주 오는 아일랜드의 좋은 일기를 가리키며, 인사말이기도 함.

68) prix de Paris. ① 파리 근교에서 매년 개최되는 경마대회에서 우수마에게 수여하는 그랑프리(大賞). ② 헤이스팅(H. W. Rawdon-Hasting)의 말 「리펄즈」호가 영국의 뉴마켓 연례 경주(1866)에서 1천 기니를 획득함. ③ 웨스트민스터 공작의 「쇼트버」호가 뉴마켓 경주(1882)에서 2천 기니를 획득함. ④ 뷰포트(Beaufort) 공작의 「세일런」호가 프랑스의 파리상을 획득함(1866).

69) 스티븐의 생존경쟁에의 참여를 암시함.

70) foot and mouth disease. 가축의 입, 발굽에 잘 걸리는 전염병.

71) 1850년대에 아일랜드와 영국의 한 무리의 발기인들은 아일랜드 서부의 골웨이(Galway)항을 대서양 횡단 항구로 개조하자는 계획을 수립했는데, 당시 리버풀 선박조합은 여러 가지 이해(利害)가 얽힌 그와 같은 계획을 방해함.

72) 유럽 전쟁의 경우 이상적인 대서양 횡단은, 아일랜드와 웨일즈간의 성 조지 해협 또는 아일랜드와 스코틀랜드간의 북부 해협의 전영역을 통관할 것 없이, 대서양을 통해 골웨이 항으로 직접 입항하는 것임.

73) 카산드라(Cassandra)는 그리스 신화에서 아폴로를 반하게 한, 트로이 출신인 프리암(Priam)의 미모의 딸. 아폴로가 그녀의 호의를 얻기 위하여 '예언'이란 선물을 그녀에게 주었으나 그녀는

그의 사랑을 거절했기 때문에, 아폴로는 그녀의 '예언'이 언제나 일반의 조소의 대상이 되게 했다 함. 그 결과 카산드라라는 이름은 터무니없는 예언을 하는 사람을 가리키게 됨. 여기서는 디지씨의 아구창을 비롯하여 이상이 여러 가지 계획을 스티븐이 조소함.

74) Robert Koch. 독일의 물리학자 및 세균학자(1843~1910)로, 1905년 노벨 생리·의학상 수상.

75) 오스트리아 황제는 실제로 뮈르쯔스테크(Mürzstg)에 사냥집과 우옥(牛屋)을 지니고 있었음.

76) Henry Blackwood Price. 1912년 아구창에 관하여 조이스와 교신한 것으로 알려진 자(Ellmann, pp. 336~338 참조).

77) 블레이크(W. Blake)의 시 〈순진한 예언(Auguries of Innocence)〉의 시구―창녀와 도박꾼, 국가에서 면허를 받아, / 국민의 운명을 세우나니. / 이 거리 저 거리에서 매춘부의 아우성 / 늙은 영국의 수의를 짜네. / 승자의 함성, 잃은 자의 저주, / 죽은 영국의 관(棺) 앞에서 춤을 추도다.(115, 116행)

78) 유태인들이 그리스도를 배신한 죄.

79) 예수의 십자가 처형시 그를 거부하고 욕한 유태인들의 숙명. 그들은 최후의 심판날까지 또는 그들의 종족이 마지막 멸망할 때까지 지구를 방랑해야 할 운명에 처함, 즉 '방황하는 유태인들(The Wandering Jews)'이 됨.

80) 예루살렘에 있는 사원(Temple)에서의 환전상(換錢商)들에 대한 복음의 설명을 암시함. 복음은 이들 환전상들을 예수가 추방했음을 기록함(〈마태오의 복음서〉 21:12, 13, 〈루카의 복음서〉 19:45, 46, 〈요한의 복음서〉 2:13~16).

81) 프랑스의 상징파 시인 라포르그(Jules Laforgue, 1860~1887) 작 『사후의 문집(Mélanges Posthumes)』(1913) 중의 시구 인유.

82) 디지씨의 역사관(歷史觀)은 최후의 심판으로 향하는 말세론적(eschatological) 견해요, 마르크스주의자의 그것임, 즉 예수의 재림(再臨)을 암시함.

83) 성서의 인용―지혜가 거리에서 외치고 장터에서 목청을 돋우며 떠들썩한 네거리에서 소리치고 성문 어귀에서 말을 전한다.(〈잠언〉 1:20, 21) 스티븐에게 역사는 거리의 소음과 같은 창조적 비전, 즉 에피파니(epiphany)에 해당함.

84) 에덴동산에서 인간의 몰락을 가져오게 한 이브(Eve)의 죄를 암시함(〈창세기〉 3:1~6).

85) Helen. 제우스(Zeus)와 레다(Leda) 사이에 태어난 미모의 여인. 스파르타 왕 메넬라오스(Menelaus)의 아내로, 트로이의 파리스(Paris) 왕자에게 잡혀감으로써 트로이전쟁을 야기했는데, 이 전쟁은 10년에 걸친 싸움 끝에 그리스 사람들의 승리로 귀결됨.

86) 맥머로우(MacMurrough)는 레인스터(Leinster, 아일랜드공화국 동부 지방)의 왕(1135~1171)으로, 1166년에 폐위당하자 영국으로 도망갔다가 헨리 2세의 도움으로 노르만의 최초의 아일랜드 침공에 가담함. 그는 브레프니(Breffni)의 왕자인 오로크(O' Rourke)의 아내를 유괴, 사랑의 도피를 행함.

87) Charles S. Parnell(1846~1891). 아일랜드의 최고 독립운동가이며 조이스의 우상이기도 함. 만년에 오시에(O' Shea) 여인과의 간통 스캔들로 인해 실각함으로써, 그의 영도하에 아일랜드 자치(Home Rule)를 성취하려던 국민들의 희망을 저버린 셈.

88) 아일랜드 북부에 위치한 신교도의 친영적인 6개 주 중 하나인 얼스터(Ulster)는 아일랜드의 자치를 과격하게 반대함. 얼스터는 싸우리라 반(反)가톨릭 교도들, 반자치군의 전투 구호가 됨.

89) 호머의 『오디세이아』 중 네스토르가 텔레마코스 왕자를 훈도하는 장면과 같은 유형을 이룸.

90) 『텔레그라프(Telegraph)』는 더블린에서 발간되던, 4면의 석간신문. 『아이리쉬 홈스테드(Irish Homestead)』는 A. E.가 관여했던, 또 다른 더블린의 일간신문(스티븐은 제9장에서 이것을 '돼지의 신문(pig's paper)'이라 칭함).

91) 의회의원인 윌리엄 필드(William Field)씨를 말함. 그는 1904년 아일랜드 가축업자조합의 조합장을 역임함.

92) the bullockbefriending bard. ① 하느님의 명령을 어기고 성우(聖牛)들을 살해한 오디세우스의 부하들을 벌줌으로써, 태양신의 황소들과 '벗삼는' 호머에 대한 암시. ② 이 말은 또한 독일의 쾰른(Köln)에서 그의 동료 학생들이 아퀴나스를 가리켜 '귀먹은 황소(dumb ox)'라고 부른 것에 대한 스티븐 자신의 강박관념을 암시함. 아퀴나스의 스승이었던 마그누스(Albertus Magnus, 1193~1280)는 우리는 그를 귀먹은 황소라고 부른다. 그러나 그는 어느 날 세계의 끝에서 끝까지 들릴 풀무를 제공할 것이다라고 했다 함. ③ 『젊은 예술가의 초상』 제4장에서 수영하는 친구들이 스티븐을 가리켜 '왕관을 쓴 황소(Bous Stephanoumenos)', '화환을 두른 황소(Bous Stephaneforos)'라고 조롱했는데, 이 말에서 스티븐은 자신의 '예술가적 소명'을 인식함. ④ 이 별명은 앞서 제 1장 말에서 멀리건의 이빨 없는이란 말에서 유래함.

93) 11세기경 아일랜드에 정주했던 유태인들은 1290년, 영국에서와 마찬가지로 아일랜드에서 추방당함. 그러나 그들은 크롬웰(Oliver Cromwell)의 호민관 정치(Protectorate) 치하(1653~1659)에서 다시 양국에 재정주하기에 이름.

◆ 3장 ◆

1) Ineluctable modality of the visible. 아리스토텔레스는 그의 저서 『감각과 지각에 관하여(Of Sense and Sensible)』에서 사물의 직감(直感)에 의한 경험세계와 이상세계를 다루고 있는데, 시각은 현실을 지각하기 위한 불기피한 방법임을 서술함. 여기서 스티븐의 의식은 세계의 변화하고 있는 표면과 그 표면 뒤의 실재의 문제를 가지고 씨름하고 있는데, 그러한 실재의 노출은 볼 수 있는 것과 들을 수 있는 것의 변화하고 있는, 한정된 양상 밑에서 공간과 시간의 차원 안에서 우리에게 제시된다고 함. 결국 만사는 가시적인 것의 변화하고 있는 양상 밑에서 우리에게 제시되며, 우리들의 마음이 시각을 통하여 받아들이는 것은 만물의 기호들이지 그들의 실재가 아니라고 함.

2) 독일의 접신론자이자 신비주의 철학자인 야콥 뵈메(Jacob Boehme, 1575~1624)는 그의 저서 『만물의 기호(Signature of All Things)』에서, 기호에 관한 지식이 없이는 하느님의 존재에 관하여 이야기되거나 씌어지거나 교수되는 것은 모두 허망스런 이해로서, 이는 입에서 입으로 구전되는 역사적 추측에 불과할 뿐이고, 지식 없는 정신은 귀머거리라고 함.

3) coloured signs. 여기서 '부호들'은 시각, 즉 눈을 통하여 볼 수 있는 물건들의 기호들을 말함. 사

물의 직감에 의한 경험세계와 이상세계를 아리스토텔레스의 철학적 입장에서 다루고 있는 스티븐은 사물의 특징·미(美)·진리를 가변적(可變的, Protean) 현상에서 찾으려 노력하고 있음. 이는 토머스 아퀴나스의 '미의 규정(rubric of beauty)', 즉 미는 진리의 광채라는 논리와 일치하는 것으로, 미와 진리는 동일하다는 셸리(Shelley)의 지론에 입각한 것임. 『젊은 예술가의 초상』 제5장 참조.

4) 아리스토텔레스를 가리킴.

5) 아리스토텔레스는 새무얼 존슨 박사(Dr. Samuel Johnson, 1709~1784)처럼, 사물의 존재를 확인하는 방법으로 머리를 사물에 들이받는 순간 진리를 포착한 것으로 전해짐.

6) 스티븐은 자신의 의식의 흐름을 자제함.

7) 아리스토텔레스의 전기적 묘사.

8) maestro di color che sanno. (이탈리아어) 단테의 아리스토텔레스에 관한 묘사(『신곡』, 〈지옥편〉 IV:130 참조).

9) 존슨 박사의 『영어사전(Dictionary of English Language)』(1755)에 나와 있는 '문(door)'에 대한 정의(定義)의 패러디. 그에 의하면 '문'은 집에, '대문(gate)'은 도시와 공공건물에 부속됨.

10) Nacheinander. (독어) 청각적 경험이 이루어지는 양상(mode), 즉 시간을 암시함. 스티븐은 독일의 비평가 레싱(G. E. Lessing, 1729~1781)의 시간에 관한 개념을 『젊은 예술가의 초상』에서 토로함—한 개의 미적 이미지는 공간이나 시간 안에서 제시되고, 눈으로 볼 수 있는 것은 공간 안에서 제시되어지는 거야. 『젊은 예술가의 초상』 제5장, 스티븐의 심미론 참조.

11) 햄릿이 유령을 뒤따르듯, 스티븐은 비록 행위 자체를 혐오하기는 하나 햄릿처럼 자살을 명상함 (〈햄릿〉 V, iv, 70,71).

12) Nebeneinander. (독어) 시각적 경험이 이루어지는 양상(mode), 즉 공간을 암시함.

13) 스티븐은 멀리건의 헌 바지를 얻어 입고 헌 구두를 빌려 신고 있음.

14) Los demiurgos. '로스'는 상상력의 창조주로, 블레이크(Blake)의 『로스의 책(the Book of Los)』에서 ……로스 주변에는 온갖 어두움……(I:9, 10)이라 기록되어 있는데, 이는 그의 만물의 기초적 개체, 즉 '네 개의 조이스(Four Zoas)'에 해당함. '데미우르고스(demiurgos)'는 그노시스교와 접신론에 묘사된 이른바 '세계의 설계자(the architect of the world)'. 나는 영원으로…… 있는 건가?는 블레이크 작 『밀턴(Milton)』에서 밀턴이 왼발을 통하여 블레이크 속으로 걸어들어가는 순간의 묘사에서 인유—그리고 이 모든 식물의 세계가 나의 왼발 속에 나타나니 / 마치 귀한 돌과 황금으로 불멸의 반짝이는 나막신이 형성되듯. / 나는 허리를 굽히고 영원으로 걸어들어가기 위하여 신발끈을 매었으니.

15) 조가비(화폐의 속어)를 말함(제2장).

16) 본 소설 제2장에서 디지 교장이 스티븐에게 행한 훈도 및 스티븐이 갖는 물질주의에 대한 냉소적 고질을 암시함. 이 구절은 스코틀랜드의 사투리로 쓰여짐.

17) 출처 미상의 아일랜드 민요. 암말(mare)은 파도를 암시함.

18) Basta! (이탈리아어)

19) 샌디마운트 가도와 비치 가도 및 리피 상구의 남쪽으로 반 마일쯤 떨어진 샌디마운트 해변과 아이리쉬타운 사이의 행길.

20) Frauenzimmer. (독어)

21) Algy. 영국의 시인 스윈번(Swinburne)의 애칭임. 제1장 주 18) 참조.

22) liberties. 본래는 더블린 남부 중심가의 변두리 지역으로 가톨릭 교도가 여러 가지 특권을 누리던 곳. 지금은 빈민가로, 고물시장(flea market)이 있는 곳.

23) 무로부터의 창조─한 처음에 하느님께서 하늘과 땅을 지어 내셨다(〈창세기〉 1:1)란 성구에 기초를 둔 창조의 원리에서 인용. 너희는 신들처럼 되고 싶은가─사탄이 이브에게 접근한 것을 암시함; 그 나무 열매를 따먹기만 하면 너희의 눈이 밝아져서 하느님처럼 선과 악을 알게 될 줄을 하느님이 아시고 그렇게 말하신 것이다.(〈창세기〉 3:5)

24) 비교파 교도들의 옴팔로스(배꼽)에 대한 숭상 및 매력. 그들은 배꼽을 숙시(熟視)함으로써 명상의 훈련을 행함.

25) Aleph, alpha. 헤브라이 및 그리스 알파벳의 첫 문자.

26) nought, nought, one. (하느님만이 창조할 수 있는) 무로부터의 창조를 함시. 하느님과 전화 연락을 하는 스티븐의 상상.

27) Adam Kadmon. 접신론자 블라바츠키(H. P. Blavatsky)의『베일이 벗겨진 이시스(Isis Unveiled)』제1권에 나오는, 타락하지 않은 최초의 완전한 인간. 이시스는 고대 이집트의 최고 여신으로, 풍부한 나일의 토양을 관장함.

28) Heva는 헤브라이어로 '생명'을 뜻하며 이브의 초기 이름이기도 함. 이브는 여성에게서 태어나지 않았기 때문에 배꼽이 없음(유태교의 신비철학, 즉 비교[秘敎, Cabalism]에 근거를 둠.

29) 동방…… 영원으로─T. 트러헌(Thomas Traherne, 1637~1674)이 지은『명상의 세기(Centuries of Meditations)』(1908)에서 에덴동산의 유년기의 비전을 묘사한 말: 결코 뿌려지지도 않고, 결코 추수되지도 않을 동양의 그리고 불멸의 밀알, 그것은 영원에서 영원으로 존재하리라. 곡물 더미─배꼽(navel)의 묘사: 지체 높은 댁 규수라, / 신 신고 사뿐사뿐 옮기시는 발, / 여간 곱지 않군요. / 두 허벅지가 엇갈리는 곳은 / 영락없이 공들여 만든 패물이요, / 배꼽은 향긋한 술이 찰랑이는 / 동그란 술잔. / 허리는 나리꽃을 두른 밀단이요, / 젖가슴은 한 쌍 사슴과 같고 / 한 쌍 노루와 같네요.(〈아가〉 7:2~4)

30) 세상에 죄를 태어나게 한 이브의 배[腹].

31) 그리스도는 다른 인간과는 달리 하느님 아버지와 동질로서, 만들어진 것이 아니고 태어난 것이 다라는 니케아 신경(Nicene Creed)의 주장을 번복한 것. 여기서 스티븐은 부친의 정신성 없는 무의미한 육체적 교접에 의한 자신의 탄생을 암시함.

32) lex eterna. (라틴어) 하느님과 그리스도와의 부자동질(父子同質, Cosubstantiality)에 대한 토머스 아퀴나스의 지론(그의『신학대전』참조) 이는 갈마(Karma), 즉 인과응보의 법칙을 암시하기도 함.

33) 부자동질론의 최초의 논술은 325년의 니케아 신경에서 서술됨.

34) 3세기경의 신학자 아리우스(Arius)는 그리스도가 하느님보다 덜 성스럽다고 하여 이단시됨. '아리우스주의(Arianism)'의 시조. 제1장 주 132) 참조.

35) contransmagnificandjewbangtantiality. 신성부자동질론을 반대하는 아리우스주의를 구체화한, 36자로 된 아이러니컬한 합성어.

36) 아리우스는 주교(bishop)가 되지 못했음.

37) 어떤 그리스의 변소에서…… 엉덩이 그대로─아리우스의 죽음 장면. 그는 336년 콘스탄티노플

의 어떤 변소에서 갑자기 세상을 떴는데, 그의 이러한 죽음의 양상은 그의 이교를 논박한 신앙의 옹호자들에 의하여, 그의 이교에 대한 하느님의 불만의 증거로서 치욕적으로 서술됨.

38) 호레이쇼가 부왕의 유령을 기다리며 햄릿에게 주의를 시킬 당시 엘시노어 탑에 섰을 때의 매서운 바람을 연상시킴(〈햄릿〉 I, iv, 2).

39) steeds of Mananaan. 마나난 맥클리어(Mananaan Maclir)는 아일랜드(켈트족)의 해신(海神)으로, 그는 프로테우스적 자기변신의 능력을 가짐.

40) 스티븐이 신문에 실어 줄 것을 약속한, 디지 교장의 아구창에 관한 원고.

41) 스티븐이 아침에 디지 교장에게서 받은 반달치의 급료.

42) 리치 고울딩(Richie Goulding)과 사라(Sara) 고울딩은 스티븐의 외숙부모(조이스의 외숙부모인 윌리엄 머리(William Murry) 부부가 그들의 모델).

43) 그리스 신화에서, 미궁에서 탈출하여 태양으로 향하는 이카로스(Icarus)의 비상(飛翔)을 암시함.

44) weeping God. 스티븐이 그의 외척(外戚) 관계로 개탄함.

45) 길버트(Gilbert) 및 설리번(Sullivan) 작의 희극 오페라 〈곤돌리어 사공들(The Gondoliers)〉(1889)에 나오는 가사. 스티븐은 그의 겉모습이 코넷(cornet) 연주자와 너무나 유사함을, 위 오페라에 등장하는 거지와 왕자의 유사성과 비교하고 있음.

46) Jesus wept. 예수가 나자로의 무덤에 접근했을 때의 상황을 읊은 가장 짧은 성구의 운시(〈요한의 복음서〉 11:35).

47) Duces Tecum. (라틴어) 스티븐의 외숙부 고울딩은 변호사임.

48) Shapland Tandy. 아일랜드의 혁명가인 내퍼 탠디(Napper Tandy)와 소설가인 L. 스턴(Lawrence Sterne)이 지은 『트리스트람 샨디(Tristram Shandy)』에 등장하는 괴짜 주인공의 이름인 셰이플랜드와의 합성어.

49) Requiescat. (라틴어) 19세기 아일랜드의 유미주의(唯美主義) 작가인 오스카 와일드(Oscar Wilde)가 그의 누이의 죽음에 관하여 쓴 시.

50) chippendale. 18세기 영국의 가구사(家具士)의 이름 및 그가 만든 가구로, 곡선이 많고 장식적임.

51) All'erta! 이탈리아의 오페라 작곡가 베르디(Giuseppe Verdi, 1813~1901)의 오페라 〈라 트라비아타(La Traviata)〉(1853)의 아리아에서 페란도(Ferrando)가 부르는 '출격의 노래(aria di sortita)' 중의 첫 대사. 오페라에서 페란도는 서로 다투는 형제인 카인과 아벨에 의하여 분열된 '파산한 집(house of decay)'의 충성스런 가신(家臣)으로 등장함.

52) Joachim Abbas. 이탈리아의 신비주의 신학자. 그는 인류의 역사가 '성부의 시대(the Age of the Father)', '성자의 시대(the Age of the Son)', '성령의 시대(the Age of the Holy Spirit)'로 구분되어 치세(治世)되리라 예언함.

53) Marsh's library. 아일랜드에서 가장 오래된 공공도서관으로, 더블린 대주교 마쉬에 의해 건립됨(1707). 더블린 중남부 성파트릭 성당 근처에 위치함.

54) Houyhnhnm. 조나단 스위프트(Johathan Swift)의 『걸리버 여행기(Gulliver's Travels)』(1726) 제4장에 등장하는 말(馬)로, 형태는 짐승 같지만 인간 이상으로 총명하여 도덕사회를 형성함. 이는 인간의 모습을 하고 있으나 행동은 야수 같은 야후(Yahoo)라는 야만족과 좋은 대조를 이룸. 풍자문학(satire)의 원조인 스위프트는 그의 작품들을 통하여 많은 예언을 남겼음.

55) 『젊은 예술가의 초상』 제5장에 등장하는 스티븐의 친구. 여기서 스티븐이 템플, 멀리건, 폭시 캠벨과 같은 얼굴들을 연상함은 일찍이 그가 국립도서관 현관에서 딕슨, 템플, 그린, 크랜리 등과 조롱의 대화를 나눈 장면과 연관성을 지니고 있음. 『젊은 예술가의 초상』 제5장 참조.

56) 스위프트는 더블린 성 패트릭 성당의 부감독(사제장, dean)이었으며, 만년에 광기(狂氣)에 빠짐. 여기서 스티븐이 압바스신부와 스위프트를 연관시킨 것은, '하느님의 탐색'과 '예언'에 대한 두 사람의 '미친(furious)' 열정을 그의 심중에 둔 까닭임. 스위프트는 압바스의 찬미자였고, 이들의 관계는 예이츠의 이야기 '법의 법전(Tables of the Law)'의 내용이기도 함.

57) *Descende, calve, ut ne amplius decalveris.* (라틴어) ① 『바티칸의 사교직제(*Vaticina Pontificum*)』란 책에서 따온 구절로 요아힘 압바스를 두고 한 말. ② 성구의 인유 — 엘리사(Elisha)는 그곳을 떠나 베델로 올라갔다. 그가 베델로 가는 도중에 아이들이 성에서 나와 '대머리야 꺼져라. 대머리야 꺼져라'하며 놀려댔다. 엘리사는 돌아서서 아이들을 보며 야훼의 이름으로 저주하였다. 그러자 암콤 두 마리가 숲에서 나와 아이들 42명을 찢어 죽였다. 엘리사는 그곳을 떠나 가르멜산으로 올라갔다가 사마리아로 돌아왔다.(〈열왕기하〉 2:23~25) 여기서는 압바스의 '하느님의 탐색'과 '예언'에 대한 지나친 열성을 풍자한 것임.

58) 제단의 뿔(the altar's horns) — 성구의 인유; 그 수송아지의 피를 손가락에 찍어 제단 뿔에 바르고 나머지 피는 모두 제단 바닥에 부어라.(〈출애굽기〉 29:12) 밀알 씨눈의 지방질 — 역시 성구의 인유; 산등성이를 타게 하여 주시고 / 밭에서 나는 오곡을 먹게 하여 주시고 / 바위에서 흘러내리는 꿀을 먹이시며 / 돌 틈에서 흘러내리는 기름을 마시게 해주셨다. / 엉긴 우유에 양유, / ……거기다가 토실토실 여문 밀을 먹고 / 부글거리는 핏빛 포도즙을 마시게 해주셨다.(〈신명기〉 32:13, 14) 모세는 여기서 야곱에게 '밀알 씨눈의 지방질'을 하사한 하느님의 관대함을 노래함.

59) Dan Occam. ① 영국의 스콜라 철학자 및 신학자(1300?~1349). 그는 자신의 신학론에서, 성체가 봉헌된 연후에도 그 질량이 불변이므로 그리스도의 육체는 단일체(單一體)라고 주장함. 그의 철저한 논리는 스스로에게 '무적박사(invincible doctor)'라는 별명이 붙게 함. ② 입체과 문체(cubistic style)로 묘사된 이 구절에서 스티븐은 성체의 봉헌이 아무리 많이 이루어져도 그리스도의 육체는 단일체라고 생각함.

60) 사촌 스티븐…… 되지 못할 거야 — 영국의 17세기 시인 드라이든(John Dryden, 1631~1700)이 스위프트에게 한 말, 사촌 스위프트, 자넨 결코 시인이 되지 못할 거야의 패러디. 성자들의 섬 — 아일랜드는 중세기 동안 서유럽 지역의 기독교에 있어서 신부들에 의한 핵심적 역할을 함으로써 '성자들의 섬'이란 별명을 지님. 스티븐은 여기서 자신이 초기에 품었던 예술가가 되기 위한 야망, 하느님에 대한 신앙, 섹스 등에 대하여 명상함.

61) Serpentine avenue. 더블린 남동부 외곽, 샌디마운트에 위치함.

62) *O si, certo!* (이탈리아어)

63) Howth. 더블린 만 동부 해안에 위치한 반도형의 작은 산으로, 경관이 수려한 유명한 관광지. 블룸과 몰리가 결혼 전에 낭만을 즐긴, 만병초꽃과 고사리가 우거진 동산이 있음. 블룸은 이 동산에서 몰리로부터 결혼 승낙을 얻어 냄. 제8장과 제18장 참조.

64) ① 본래 기독교에서 그리스도의 현현(現顯)을 뜻함. ② 조이스는 이를 하잘것없는 유형 무형의 형상에 의하여 야기되는 갑작스런 정신적 개시, 본질적 핵심 또는 순간적 지각 등으로 풀이하고 있음. 『영웅 스티븐(*Stephen Hero*)』 참조. ③ 프로이트적인 잠재의식과 베르그송적인 직감의 결합으로 풀이되기도 함. ④ '초록빛 타원형 잎사귀' 및 '에피파니'는 모두 스티븐의 예술가적 창조 행위임.

65) Pico della Mirandola—이탈리아 문예부흥기의 철학자 및 신학자로, 플라토니즘, 아리스토텔리아니즘 및 기독교의 3자를 조화, 통일시키려고 노력함. 스티븐의 명상은 이 미란돌라의 자서전적 배경과 자신의 그것과를 일치시킴. 알렉산드리아—고대 로마의 가장 유명했던 도서관.

66) ① 구름을 묘사한 햄릿의 변화무쌍한 표현을 그대로 받아들이는 폴로니어스(Polonius)의 아첨하는 말(〈햄릿〉, III, ii, 399 참조). ② 스티븐의 실현성 없는 계획에 대한 스스로의 냉소.

67) 세익스피어의 〈리어왕〉에서 눈이 멀고 상심(傷心)한 글로스터(Gloucester)가 도버 절벽에서 몸을 던져 자살하려는 순간, 변장한 자식 에드거(Edgar)가 한 말의 인유(〈리어왕〉 IV, vi, 20~22).

68) lost Armada. 1588년에 영국에 의하여 영국해협에서 패배당한 스페인의 아르마다 무적함대. 그들의 파괴된 군함들의 잔해가 스코틀랜드와 아일랜드 해안까지 떼밀려 왔다고 함.

69) Ringsend. 더블린 만 동쪽 연안에 위치한 곳과 등대.

70) Pigeonhouse. 더블린 만 연안에 있는 방파제의 보첩. 현재 더블린 전력회사(발전소)가 있는 곳. 피전(비둘기)은 성령(聖靈)의 전통적 상징으로, 하느님의 영(靈)을 성모에게 전하여 그리스도를 잉태케 한 전령사 격.

71) *Qui vous a mis dans cette fichue position?* (불어) 스티븐이 파리에 있을 때 레오땍실(Léo Taxil)의 『예수의 생애(La Vie de Jésus)』에서 읽은 글귀로, 그는 성모 마리아가 임신했을 때 남편 요셉과 나눈 대화를 상상함.

72) *C'est le pigeon, Joseph.* (불어) 앞에서 언급한 땍실의 구절의 연속. 스티븐의 연상(連想, free association)은 피전하우스→피전(비둘기)→성령→예수 탄생으로 계속됨.

73) Kevin Egan은 1867년 런던의 클러켄웰(Clerkenwell) 형무소에 구금된 아일랜드의 페니언 독립당원들을 구출하려던 음모에 가담한 열성적인 애국지사로, 그 음모가 좌절되자 프랑스로 망명함. 조이스(스티븐)는 파리 유학 당시 그의 자식 패트리스와 자주 만났음. '망명자' 또는 '기러기(wild goose)'는 해외로 망명하여 애국 활동을 하는 아일랜드 지사들을 말함.

74) *lait chaud*(따뜻한 우유), *lapin*(토끼), *gros lots*(복권뽑기) 등은 불어로, 스티븐이 파리에서 경험하고 들은 말들.

75) 프랑스의 '낭만파(the Romantic School)' 역사가인 J. 미슐레(Jules Michelet, 1798~1874). 그는 객관적 묘사에 의해서보다는 인상주의적 및 정서주의적 역사로 더욱 유명함.

76) Léo Taxil. 빠즈(G. J. Pages, 1854~1907)라는 필명을 지닌 프랑스 작가. 그의 저서 『예수의 생애』는 전통적 기독교 및 예수의 생애에 대한 묘사의 불합리성을 지적함.

77) *C'est tordant, vous savez. Moi, je suis socialiste. Je ne crois pas en l'existence de Dieu, Faut pas le dire à mon père. / Il croit? / Mon père, oui.* (불어) 스티븐이 패트리스와 파리에서 주고받은 대화를 회상함.

78) *Schluss.* (독어)

79) 암갈색 장갑—19세기 말에 유행했던 데까당띠즘의 격식. 제1장 주 103) 참조. *Paysayenn*—불어로, Paysanne(농부, peasant)란 말의 익살.

80) P. C. N.(physiques, chimiques, naturelles의 머리글자)—물리학, 화학, 생물학은 파리 의과대학의 예비 과목들임. *mou en civet*—불어로, 역시 스티븐이 프랑스에서 익힌 말들.

81) fleshpots of Egypt. 성구에서 인유—이스라엘 백성의 온 회중은 이 광야에서 또 모세와 아론에게 투덜거렸다. '차라리 이집트 땅에서 야훼의 손에 맞아 죽느니만 못하다. 너희는 거기에서 고

기 가마 곁에 앉아 빵을 배불리 먹던 우리를 이 광야로 데리고 나와 모조리 굶겨 죽일 작정이
냐?'(《출애굽기》 16:2, 3)

82) boul' Mich가(街)는 파리의 세느강 좌안의 거리로, 세기의 전환기에 학생들과 보헤미안 생활의
카페 중심가였음.

83) 1904년 2월 19일자의 《아이리쉬 타임즈(Irish Times)》에 보도된, 실제로 발생했던 어떤 가정주
부의 살해 사건으로, P. 맥카시(P. McCarthy)라는 사나이가 그의 부인 테레사(Teresa)를 살해한
것이 두 증인에 의하여 목격됨.

84) Lui, c'est moi. (불어) 루이 14세가 짐은 국가다(L'etat, c'est moi)라고 한 말의 익살.

85) *Encore deux minutes······ Fermé.* (불어) 스티븐의 파리에서의 경험.

86) Columbanus. 아일랜드 출신의 사제 성 콜룸바(St. Columba, 543~615). 시대의 악습을 비난하
여 골 사원과 왕의 분노를 사서 유배되었음. 순수 아일랜드적인 그리스도교 전파에 노력함. 제2
장 주 28) 참조.

87) Fiacre─6세기 말 아일랜드 태생의 성직자로, 프랑스에서 전도 활동을 함. Scotus─스코틀랜
드의 신학자 둔스 스코투스(Duns Scotus, 1265?~1308)로 토머스 아퀴나스의 '유명한 반론자
(notorious opponent)'로 알려짐.

88) *Euge! Euge!* (라틴어)

89) Newhaven. 영국 남부 해안의 항구 도시. 스티븐은 이 항구를 경유, 파리 유학길에 오름(제9장).

90) *Comment?* (불어) 스티븐은 여기서 일부러 프랑스인인 것처럼 행동함.

91) *Le Tutu.* 당시 파리에서 발간되던 주간지 이름.

92) Pantalon Blanc et Culotte Rouge. 당시 프랑스의 인기 잡지였던 《붉은 바지 입은 인생(*La Vie
en Coulette Rouge*)》의 변형인 듯.

93) 조이스(스티븐)는 실제로 파리에서 1904년 4월 10일, 그의 부친에게서 이 전보를 받고 11일에
아일랜드로 돌아옴. '모(母, Mother)' 대신 '무(毋, Nother)'란 오자가 전보지에 찍혀 있는 것이 '보
여 주고 싶은 진귀품'인 셈.

94) 아일랜드의 가요 작가 프렌치(Percy French, 1854~1920)의 〈매슈 하니건의 숙모(Matthew
Hanigan's Aunt)〉 중 한 구절─오 매슈 하니건에겐 숙모가 있었대요, / 그리고 숙부도 마찬가지
로; / 그러나 이 노래에서 내가 칭송하고픈 것은 하니건의 숙모였어요 / 젊은 여인들이 와서 /
그들의 친구가 되자고 꾀면, / 매슈 하니건의 숙모는 그들을 난봉꾼으로 알지요, / 그래서 그들
을 아래층으로 내던진다오 / 가, 히니건의 숙모께 선배다! / 내가 그 이유를 말해 주지. / 하니
건의 가정에, 왜 그녀는 언제나 점잖은 것들만을 두었는지를.

95) *Belluomo.* (이탈리아어) 멋쟁이란 뜻.

96) *Rodot's.* 파리의 성 미가엘가 8번지 소재의 제과점.

97) *chaussons······ pus of flan breton······ conquistadores.* (불어)

98) Kevin Egan은 프랑스 망명 후 『뉴욕 헤럴드』지의 파리판(版) 식자공이었음. 제3장 주 73) 참
조.

99) *Un demi setier!* (불어) '써띠에(setier)'는 파리의 속어로서, 액체를 재는 단위. 약 2갤론에 해당
함.

100) *Il est irlandais. Hollandais? Non fromage. Deux irlandais, nous, Irlandais, vous savez? Ah, Oui!*
···*hollandais.* (불어) 파리에서 스티븐이 경험한 말들.

101) Barcelona. 고딕 성당이 100개 이상 있는 스페인의 주요 도시.

102) *slainte!* (아일랜드어) 축배의 말.

103) Dalcassians. 중세 아일랜드 왕족들을 경비하던, 먼스터(Munster)주의 부족.

104) Arthur Griffith. 1921~1922년 사이에 있었던 아일랜드 최후의 독립 성취를 위하여 지배적 역
할을 한 정치가이자 시인(1872~1922). 1899년《유나이티드 아이라쉬먼(United Irishman)》지를
창간하고, 20세기 초에 아일랜드의 애국 단체인 신페인(Sinn Fein)당을 조직함. 신페인당이란
'우리들 스스로(We Ourselves)'란 슬로건을 뜻하며, 시민의 불복종을 수단으로 하여 아일랜드의
영국정부를 분열시킴으로써 독립운동을 고취시킴.

105) 조지 러셀(G. W. Russell)의 필명(筆名). 러셀은 시인 및 문필가. 제1장 주 22) 및 제9장 도서
관 장면 참조.

106) M. Drumont. 반유태주의(anti-Semitism)를 주창한 프랑스의《자유 언론(La Libre Parole)》지의
편집인이자 기자(1844~1917).

107) *dents jaunes*······ *Vieille ogresse.* (불어)

108) Maud Gonne. 아일랜드 여성 애국자 및 박애주의자(1866~1953)로, 파리에서 잠시 망명 생
활을 했음. 굉장한 미인으로 예이츠 작품의 주요 등장인물이며 이상적 애인. 밀르브와예
(Millevoye)와 그녀를 나란히 둔 것은 파리에서 그녀와 가진 일시적 연정을 암시함.

109) 《조국(La Patrie)》은 1841년에 창간된 프랑스의 정치기관지로, 시인이었던 밀르브와예(M.
Millevoye, 1850~1918)가 한때 그 편집장이었음(1894).

110) Félix Faure. 프랑스의 정치가(1841~1899)로서 대통령을 역임함. 그는 대통령 관저인 엘리제
궁전에서 갑자기 뇌출혈로 사망했는데, 지나친 성행위로 급서(急逝)했다는 소문이 당시 파리
에 자자했음.

111) *bonne à tout faire*······ *Moi faire*······ *tous les messieurs*······ *monsieur.* (불어)

112) peep of day boy. 18세기 말 아일랜드의 신교도들이 구교도들에 항거하여 만든 결사. '오렌지
당원'의 전신으로, 가톨릭 농민들을 얼스터(Ulster)에서 추방하기 위하여 새벽녘에 그들의 집을
공격함.

113) Malahide. 아일랜드 동부 해협의 작은 마을로, 더블린 북쪽 9마일 지점에 위치함.

114) 참 믿을 만한 이야기······ 찾아볼 수도 없지─여명 당원의 핵심 인물이었던 스티븐즈(James
Stephens)는 음모죄로 더블린의 리치먼드 제일(Richmond Gaol) 형무소에 감금되었으나 두 간수
의 도움으로 도주함. 그는 변장을 하고 대낮에 맬러하이드까지 마차를 몰았으며, 그곳에서 자
취를 드러냈다가 다시 해외(미국)로 도주한 것으로 전함.

115) colonel Richard Burke. 미국 남북전쟁 당시 북군(北軍) 대령. 그는또한 아일랜드 출신의 미
국 페니언 당원이었음. 영국 맨체스터에서 페니언 지도자들을 도피시키는 데 큰 공을 세움.

116) Clerkenwell. 영국 런던에 있는 정치범 수용소.

117) Montmartre. 파리 북부의 빈민가. 전위 예술(avantgarde) 및 보헤미안들의 근거지로 유명함.

118) *rue de la Goutte-d'Or.* 파리의 세느강 북쪽 연안의 거리.

119) *rue Gît-le-Coeur.* 파리의 세느강 좌안의 거리.

120) *Pat.* 케빈 이건의 자식인 패트리스(Patrice).

121) *Mon fils.* (불어)

122) 아일랜드 남동부의 도시 킬케니(Kilkenny)의 아름다운 풍경과 청춘 남녀를 읊은 아일랜드의 민요(작가 미상)―오! 킬케니의 젊은이들은 튼튼하고 활기있는 멋쟁이들, / 사랑하는 아가씨들과 만날 때마다, / 그들은 그들에게 키스를 하고 유혹하며 돈을 마구 쓰지요. / 오! 아일랜드의 모든 도시들 가운데, 나에게는 킬케니를. / 오! 아일랜드의 모든 도시들 가운데, 나에게는 킬케니를.

123) saint Canice. 599년경에 사망한, 아일랜드와 스코틀랜드의 전도사로 알려짐.

124) 12세기 아일랜드를 침범한 영국의 펨브로크(Pembroke) 공작 스트롱보우(Strongbow)는 킬케니가 있는 노아(Nore) 강변에 그의 성을 건립함(1172). 그는 한때 더블린을 포함하여 동부 아일랜드의 군들인 라인스터주의 왕권을 요구함.

125) Napper Tandy. 아일랜드의 혁명가(1740~1803)이며, 아일랜드 민요인 〈푸른 의상(The Wearing of the Green)〉의 주인공이기도 함. '오, 오' 그가 나를 잡는다, 내퍼 탠디가, 나의 손을은 이 노래의 한 구절.

126) 포로가 된 그리고 추방당한 유태인들을 읊는 비가(悲歌)의 인유―바빌론 기슭, 거기에 앉아 / 시온을 생각하며 눈물 흘렸다. / 그 언덕 버드나무 가지 위에 / 우리의 수금 걸어 놓고서. 이 노래는 스티븐의 의식 속에 망명(亡命, exile)을 연상시킴.

127) Kish lightship. 더블린 만 남동부에 위치한 키쉬 둑(Kish Bank) 북쪽 끝에 정박한 등대선.

128) 마텔로 탑을 일컬음.

129) 스티븐은 자기가 지녔던 탑의 열쇠를 멀리건에게 주었음. 제1장 끝부분 참조.

130) 멀리건과 헤인즈를 암시함.

131) 멀리건과 헤인즈가 자기의 것을 모두 빼앗아 갔으나, 자기의 영혼만은 빼앗을 수 없음을 스티븐은 잘 알고 있음. 그리하여 그는 자기의 사고의 사고(thought of thoughts), 자기의 영혼의 영혼(soul of souls), 자기의 형상 중의 형상(form of forms)의 대위법(對位法, counterpoint)을 탐색함.

132) 호레이쇼가 유령의 수염을 '은빛 흑담비 모피(a sable silverd)'로 묘사한 말(〈햄릿〉 i, ii, 242)의 인유.

133) 호레이쇼가 햄릿에게 주는 경고의 글귀(〈햄릿〉 I, iv, 69)의 인유. 스티븐은 여기서 햄릿처럼 그의 생의 좌절과 공포를 청산하기 위해 자살을 깊이 생각함. 제1장주 115), 116) 참조.

134) Poolbeg road. 더블린 만에 있는 풀벡 등대로 향하는 길로, 리피강 남쪽 둑을 따라 뻗어 있음.

135) *Un coche ensablé*―(불어) 루이 뵈이요가 그의 수필 〈파리의 진짜 시인(The True Parisan Poet)〉 속에서 고띠에(Gautier)의 문장을 평한 말. 뵈이요는 그의 수필에서 지나친 낭만주의에 젖은 고띠에의 '부조화의 문장'을 들어 그를 통렬히 비난함. Louis Veuillot―프랑스 태생의 신문기자·문필가(1813~1883). 그는 프랑스 낭만주의가 전통적으로 반(反)교회적이라고 주장함으로써 비타협적인 반낭만주의자로 널리 알려짐.

136) Gautier. 프랑스의 시인, 비평가, 소설가(1811~1872). 솔직한 쾌락주의(hedonism)의 뜻을 지닌 이른바 '플랑브와이양(flamboyant)' 낭만주의 주창자로 유명함.

137) Lout. 아일랜드의 전설적 거인으로, 이빨 대신 바위들(장난감들)을 입에 물고 있었으며, '바위를 던지는 자(rock-thrower)'였던 그의 손자 러그(Lug)가 던진 바위에 눈을 맞아 죽은것으로 전해짐. 해변의 호박들(boulders)을 보자 스티븐의 의식은 이 거인의 장난감이라 할 바위와 연결되는데, 이러한 의식은 또한 아일랜드 북동쪽 해안 지방에 위치한 이른바 '거인의 방축길(Giant's Causeway)'(『피네간의 경야』의 주요장면 중 하나)를 그에게 연상시킴. '거인의 방축길'은 화강암의 돌기둥 무리로서, 아일랜드의 전설적 거인 핀 맥쿨(Fin MacCool)에게 속하는 방축. 맥쿨이 스코틀랜드의 허풍쟁이 거인에게 골이 나자, 스코틀랜드로 건너가 그들을 욕하기 위해 바다 속에 바위를 던져 넣어 만든 것이라는 설이 있음.

138) 자장가 한 구의 패러디와 앞서의 로우트 전설이 스티븐의 의식 속에 뒤얽힘. 자장가—와그, 르, 렁/아일랜드인의 피냄새가 나도다. / 살아있거나, 죽었거나, / 나는 그의 뼈를 갈아 빵을 만들 테야.

139) 예수의 추종자들오서, 예수의 십자가 형(刑)을 목격하는 마리아 막달레나(Mary Magdalena)와 야곱 및 여호수아의 어머니인 마리아를 연상시킴(〈마태오의 복음서〉 27, 28 및 〈마르코의 복음서〉 15, 16). 그들은 또한 예수를 무덤에 묻은 다음 묘를 살피며 그분은 여기 계시지 않다. 전에 말씀하신 대로 다시 살아나셨다라는 소식을 받는 최초의 자들이기도 함.

140) ① 모세는 그의 어머니에 의해, 파라오(Pharaoh)가 내린 히브리인들이 계집아이를 낳으면 살려 두되 사내아이를 낳으면 모두 강물에 집어 넣어라(〈출애굽기〉 1:22)라는 명령을 피하기 위해 파피루스 상자에 감추어짐—그러다가 더 숨겨질 수 없게 되자 파피루스 상자를 얻어다가 역청과 송진을 바르고 그 속에 아기를 뉘어 강가 갈대 숲속에 놓아 두었다.(〈출애굽기〉 2:3) ② 여기서 '그들'이란 앞서의 두 산파들.

141) 숨바꼭질 놀이와 함께 부르는 아이들의 노래 또는 자장가의 가사.

142) the Lochlanns. 스칸디나비아 사람들을 일컫는 말. 스티븐은 그의 의식 속에서, 이곳 해변을 통해 더블린에 침입, 정착한 그들의 조상인 바이킹족(Viking, 노르웨이 및 스칸디나비아인들)을 연상함.

143) 무어(Thomas Moore)의 시 〈에린이여, 옛날을 기억하라〉의 한 구절. 아일랜드의 옛 왕이었던 맬러카이(Malachi, 948~1022)는 자신이 정복한 덴마크 추장의 목에서 황금의 칼라(the collar of gold)를 빼앗아 달았다 함.

144) 암초에 걸린 고래떼들…… 도살—1331년에 발생했던 아일랜드의 기근 때 한 무리의 죽은 고래떼가 더블린 만에 떼밀려 와 더블린 사람들은 이를 양식으로 삼아 기근을 면했다는 유명한 역사적 사건임. 나는 얼어붙은 리피강…… 송진의 불 사이를……—1338년 12월과 다음해 2월 사이의 혹한에 리피강이 꽁꽁 얼어붙어 , 그위에 불을 피우고 축구를 즐겼다 함.

145) 영국 민요의 인유—어떤 경쾌한 밀러라는 이가 있었대요. / 한때 디강에 살았대요…… / 나는 아무에게도 말을 걸지 않았어요. / 나에게 말을 거는 이도 없었어요.

146) *Terribilia meditans.* (라틴어)

147) ① (〈햄릿〉 II, ii, 238)에서 길든스턴과 로즌크랜츠의 차림새. ② 시저는 운명의 신이 아니라, 다만 운명의 종이요, 운명의 의사의 대행자일 뿐(〈안토니오와 클레오파트라〉 V, ii, 2~4)의 인유. ③ 여기서는 헤인즈 또는 멀리건을 암시함.

148) 스코틀랜드의 왕이었던 로버트 브루스(Robert Bruce, 1274~1329)의 동생 에드워드 브루스(Edward Bruce, ?~1318). 형 로버트는 영국으로부터 스코틀랜드의 독립을 획득했고, 동생 에드워드는 아일랜드를 침공, 영국으로부터의 독립을 시도했으나 실패함. 에드워드는 한때 북아

일랜드의 '선출된(elected)' 왕이었으나, '왕위찬탈자(pretender)'란 누명을 씀으로써 아일랜드인
들의 손에 살해됨.

149) Thomas Fitzgerald. 1534년 영국에 반역한 죄로 처형된 킬데어 제10대 백작(1513~1537). 그
의 추종자들은 비단(silk)을 가슴에 달고 다녔으며, 그를 'Silken Thomas'라고 불렀음. 그는 타
이번(Tyburn)에서 말에 끌려 사지가 찢기고, 마침내 처형됨. 애국자로서의 파넬과 함께 그는
스티븐의 의식을 적시는 중요한 모티프 중의 하나.

150) Perkin Warbeck. 영국 헨리 7세의 왕위를 노린 요크의 왕위찬탈자. 아일랜드 영주들의 지지
를 받고 있었던 그는, 에드워드 4세의 둘째아들 요크공(公) 리처드라고 거짓 주장하다 영국인
들에 의하여 체포되어 처형당함.

151) Lambert Simnel. 음모와 아일랜드 영주들의 사주에 의하여 1487년 더블린에서 영국의 왕위에
올랐으나, 헨리 7세에 의하여 정복당함. 그는 사형을 받는 대신 왕실 부엌의 (고기 굽는) 산적
꼬챙이를 돌리는 사람으로 고용됨.

152) 15세기 영국의 왕위를 찬탈한 요크가(家)의 지지자들(Yorkists)인 아일랜드 사람들.

153) 멀리건을 가리킴.

154) 이탈리아의 시인이자 단테의 친구였던 기도 카발칸티(Guido Cavalcanti, 1250~1300)가 피렌체
(이탈리아 문예부흥의 중심지, 단테의 고향)의 오르토 산 미켈레(Orto San Michele)를 따라 산 지
오반니(San Giovanni)로 걸어간 적이 있음. 그곳에서 그를 아는 몇몇 사람들이 그가 무덤 사이
에서 명상을 하고 있음을 발견하고, 그를 모욕할 생각으로 기도여, 당신은 우리들의 무리가 됨
을 거절하고 있소. 그러나 당신이 신(神)을 발견하지 못하면 어떡하겠소?라고 묻자, 기도는
대답하여 가로되 여러분, 당신들은 나를 당신들의 집(궁정)에서 마구 이용하는구려라고 했음.
기도가 떠난 후에야 그들은 기도의 말을 알아차렸으니, 무덤은 사자(死者)들의 거소(居所)인
지라, 그는 우리와 자신을 비교하여 우리가 사자들보다 한층 나쁜 자들임을 우리에서 보여 주
기 위하여 무덤을 우리들의 집이라 불렀던 거요라고 함. 복카치오, 『데카메론』, 제9화 제6일
참조. 여기서 스티븐은 ……의 궁정이란 말 앞에 '부패 또는 죽음'이란 말을 생략한 것임. 기도
는 스티븐 자신을, 궁신들은 헤인즈와 멀리건을 암시하기도 함.

155) *Natürlich.* (독어)

156) Maiden's rock. 더블린 만 남동부에 위치한 한 무리의 작은 바위섬들 중의 하나. 이들 바위들은
마텔로 탑에서 아련히 시야에 들어옴. 더블린 만의 최남동부의 등대가 그곳에 있음.

157) 계속적으로 밀려오는 파도는 아홉번째마다 그 파고(波高)가 다른 파도의 그것보다 한층 높다
는 설에서.

158) Haroun-al-Rashid(763~809). 아라비아의 압바스(Abbas) 왕조의 5대 칼리프(Caliph). 그의 통
치 기간에 아라비아는 번영을 누렸으며, 그는 사치와 향락을 즐기고 학문과 예술의 옹호자로
활동했음. 『아라비안 나이트』의 많은 이야기들에 등장함.

159) 스티븐이 꿈에 본 수박은 상징적인 것으로, 앞으로 만나게 될 영적 부친으로서의 블룸과 함께
이 소설의 여주인공 몰리에로 연결됨(제17장 끝부분 참조). 수박은 여성의 상징이기도 함. 여기
서 스티븐의 꿈은, 히브리의 '규칙(rule)', 즉 그 나라의 햇 곡식(혹은 햇과일)은 하느님 야훼의
성소에 바쳐지고 사제에게 제출되는 규칙에 의해 그 햇곡식이 스티븐의 특권임을 뜻함.

160) 집시들을 의미함. 여기서 스티븐의 의식은 집시 언어로 이루어짐.

161) Romeville. 런던을 말함.

162) O' Loughlin's of Blackpitts. 더블린 특권 구역(남부 중심가) 중 한 지역인 블랙피츠에 있는 무허가 주점.

163) Fumbally's lane. 더블린의 특권 구역에 있음.

164) 17세기에 유행했던 일종의 외요(外謠) 〈악한의 환락(The Rogue's Delight)〉 제2절의 가사. 가사는 모두 집시어로 되어 있음.

165) 토머스 아퀴나스는 지나치게 비대하여 그의 배 주변의 식탁을 반달형으로 잘라야 했다 함.

166) Morose delectation. 아퀴나스의 『신학대전』에 나오는 글귀. 향락이 죄스런 것이든 아니든간에 지나치게 오랫동안 그 향락에 마음을 쏟는 것은 죄가 됨을 의미함.

167) *frate porcospino*. (이탈리아어) 논증이 성마르고 다루기 힘든 아퀴나스를 암시함. 호저는 아프리카 및 북미산의 동물.

168) 인간이 몰락하기 이전, 즉 아담이 에덴동산에서 쫓겨나기 전까지는 성교에 욕정이 없었다는 전통에 따름.

169) 앞서의 외요 가사와 아퀴나스의 말은 별반 다를 게 없다는 뜻.

170) Hamlet hat. 오필리어가 실연으로 미쳤을 때 부르는 노래 가사에서 인유(〈햄릿〉 IV. v. 23~26).

171) ① 영국의 낭만파 시인인 셸리(Shelley)의 서정시풍(風) 드라마인 〈헬러스(Hellas)〉(1821)의 마지막 글귀를 연상시킴. ② 몰락한 후 아담과 이브가 에덴동산에서 서부로 출발하는 것을 연상시킴ㅡ이렇게 아담을 쫓아내신 다음 하느님은 동쪽에 거룹들을 세우시고 돌아가는 불칼을 장치하여 생명나무에 이르는 길목을 지키게 하였다.(〈창세기〉 3:24)

172) 독어(schlepps), 불어(trains), 영어(drags), 이탈리아어(trascines)로 된 동의어의 '크레셴도(crescendo)'.

173) *oiriopaponton*. (그리스어) 호머의 바다의 묘사. 제1장 참조

174) 달의 저 시녀를…… 베니에뜨ㅡ① 삼종기도(三鐘祈禱, Angelus prayers)의 변형; 오전 6시 및 오후 6시에 농부들에 의하여 행해짐. 마리아는 '바다의 별'이요, 바다는 '달의 시녀'. ② 성구의 변형; 이 몸은 주님의 종입니다. 지금 말씀대로 저에게 이루어지기를 바랍니다.(〈루가의 복음서〉 1:38) Omnis caro ad te veniet—성구의 변형; 하느님, 시온에서 찬미받으심이 마땅하오니 당신께 바친 소원 이루어지게 하소서. 당신은 우리의 기도를 들어주십니다. 사람이면 누구나 당신께 나아가 죄로써 이룬 일 털어놓으리니 ……(〈시편〉 65:1, 2)

175) 하이드(D. Hyde, 1860~1949)의 아일랜드 시 번역집 『코노트의 연가(Love Songs of Connacht)』(1894) 중 〈바다 위의 나의 비애(My Grief on the Sea)〉 마지막 구절의 변형ㅡ그리하여 나의 사랑은 나를 뒤쫓아 왔어요… / 그는 남쪽에서 왔어요; / 그의 젖가슴은 나의 앞가슴에, / 그의 입은 나의 입에. 시를 쓰려는 스티븐의 시도는 뒤에 완성됨(제7장).

176) 햄릿이 유령의 메시지에 순간적으로 마음이 동요되자 숙부의 악행에 관해 그의 노트에다 경구를 적어 두는 행위를 연상시킴(〈햄릿〉 I. V. 107). 스티븐의 시적 영감, 즉 에피파니를 기록하는 행위.

177) moomb. 입(mouth)과 자궁(womb)의 합성어.

178) 여기서 스티븐의 의식은 다시 형이상학의 추상적 세계, 즉 철학자 버클리(George Berkeley, 1685~1753)의 주관적 관념론(subjective idealism)으로 흐름.

179) 성구의 변형—생겨난 모든 것이 그에게서 생명을 얻었으며 그 생명은 그 사람들의 빛이었다. 그 빛이 어둠 속에 비치고 있다. 그러나 어둠이 빛을 이겨 본 적이 없다.(〈요한의 복음서〉 1:4, 5)

180) delta of Cassiopeia. 북쪽 하늘에 W자로 보이는 카이오페이아 성좌(星座)의 델타(delta)성(육안으로는 잘 보이지 않음).

181) 스티븐의 의식은 지팡이를 짚은 햄릿→옛 로마의 복점관(卜占官) 오거(Augur. 그의 지팡이는 관직의 표시)→도서관 난간에서 새를 보고 점을 치던 자신으로 흐름(『젊은 예술가의 초상』 제5장 참조).

182) 스티븐의 이 쪽지를 블룸은 이날 저녁 9시 샌디마운트 해변의 같은 장소에서 발견함. 제13장 끝부분 참조.

183) bishop of Cloyne. 아일랜드 코크(Cork)주의 한 시장 도시 클로인 출신인 버클리, 그는 주교(主敎)이자 철학자. 여기서 스티븐의 명상은 버클리의 저서 『시각신설론(視覺新設論)』, *An Essay towards a New Theory of Vision*(1707)의 내용으로 옮겨짐—시각의 타당한 대상물은 마음 밖에 있는 것이 아니다. 우리가 실제로 보는 것은 '평면(flat)'을 보는 것이기 때문에, 거리는 보여지는 그 어떤 것이 아니고 생각되는 그 어떤 것이다.

184) 성서에 의하면 휘장(베일, veil)은 '성소(聖所, holy place)'와 '지성소(至聖所, the most holy)' 사이를 막는 여러 가지 다양한 색깔의 스크린(screen) 역할을 함(〈출애굽기〉 26:31〜35). 예수의 죽음의 순간에 이 휘장이 찢어짐(〈마태오의 복음서〉 27:51). 버클리 주교는 가시적 세계(the visible world)를 스크린으로 보며, 이는 눈에 보이는 것이 아니고 생각되는 것으로, 그의 머리(모자)에서 꺼낼 수 있는 존재라는 것. 삽모자(shovel hat)는 영국 및 아일랜드의 주교모.

185) Hodges Figgis. 더블린 중심가인 그래프턴가(街)의 한 서점(트리니티대학과 스데반즈 그린 공원 사이).

186) 조이스의 『영웅 스티븐』과 『젊은 예술가의 초상』에 등장하는 스티븐의 연인인 에머 클러리(Emma Clery)를 암시함.

187) Leeson park. 더블린 남부 외곽에 있는 변두리 공원.

188) *piuttosto.* (이탈리아어)

189) 사후에 각자에게 나타난다는 말(word). 부정적으로는 이 말은 '결코 돌아오지 않음'을 뜻하나, 긍정적으로는 영원의 말, 로고스, 그리스도, 사랑을 뜻함. '모든 사람에게 알려져 있다'라는 구절은, 그 '말'의 양극면이 이 세상의 신비로서 알려질 수는 있으나 사후에까지 현실로서 알려질 수는 없다는 뜻.

190) *Et vidit Deus. Et erant valde bona.* (라틴어) 성구의 인유—이렇게 만드신 모든 것을 하느님께서 보시니 참 좋았다.(〈창세기〉 1:31) 여기서 스티븐은 하느님의 창조의 안식(安息)을 즐김.

191) 설리번(Dan J. Sullivan) 작사 ·작곡의 노래가사에서—간밤에, 나는 달콤하고 달콤한 꿈을 꾸었지요; / 나의 집, 달콤한 집을 본 것 같아요. / 오! 얼마나 그건 멋있어 보였던가, 나는 더 이상 방랑하지 않길 맹세했어요. / 정다운 옛 교회 곁을 나는 거닐었지요, / 종탑의 벨이 슬프게 울리고 있는 동안 / 나의 아빠는 늙고 흰머리를 한 걸 보았지요, / 엄마가 말씀하셨으니, / 너를 오월의 꽃처럼 환영한다, 우리는 옛날처럼 널 사랑한단다; / 우린 매일매일 널 기다리고 있었지 / 너를 오월의 꽃처럼 환영한다.

192) 그리스 신화의 숲, 목축, 수렵의 신 판(Pan)의 시각인 정오. 이 시각에 그의 일상 활동이 절정에 달함.

193) 예이츠의 시 〈퍼거스와 함께 가는 자 누구냐?〉 중의 한 구절. 제1장 주 59) 참조.

194) *Tiens, quel petit pied!* (불어)

195) 와일드(Wilde)의 친구였던 더글러스(Lord A. Douglas)의 〈두 개의 사랑(Two Loves)〉 속에 나오는 구절—'나는 진짜 사랑, 나는 채우나니 / 소년과 소녀의 마음을 서로의 불꽃으로.' / 그러자 상대방이 한숨지으며 말했도다, '뜻대로 하구려, / 나는 이름을 감히 말할 수 없는 사랑이라오.' 1895년에 와일드는 더글러스의 부친인, 퀸즈베리의 제8후작을 명예훼손으로 고발했는데, 와일드는 후작이 자신의 동성애(호모섹스) 습관을 비난했다고 주장함. 후작의 변호사는 이 시를 이용하여 와일드의 고소에 대한 피고의 항변에 성공을 거둠. 재판 도중 와일드는 '금세기에 있어서 그 이름을 감히 말할 수 없는 사랑은 다윗과 요나단 사이에 있었던 그것처럼, 보다 젊은 이에 대한 어른의 위대한 애정이다… 그것은 순결하고 완전한, 깊은 정신적 애정이다'라고 말함. 이 재판에서 와일드는 패소하여 2년간의 옥중 생활을 치러야 했으며, 당시의 경험이 그의 『옥중기(*De Profundis*)』(1897)의 소재가 됨.

196) '크랜리의 팔'은 제1장 참조. '녀석'은 멀리건을 말함.

197) Cock lake. 샌디마운트 해변 맞은 쪽의 조수 웅덩이. 스티븐은 이때 소변을 보는 것으로 추정됨(이는 그의 의식 속에서는 생의 흐름→비옥을 상징함).

198) Saint Ambrose. 이탈리아 밀라노의 주교이자 유명한 가톨릭교 찬송 작가(340?~397).

199) 성구에서—그러나 때가 찼을 때 하느님께서 당신의 아들을 보내시어 여자의 몸에서 나게 하시고 율법의 지배를 받게 하시어……(〈갈라디아인들에게 보낸 편지〉 4:4)

200) *diebus ac noctibus iniurias patiens ingemiscit.* (라틴어) ① 앞서 암브로시우스의 저서인 『로마인들에 관한 논평(*Commentary on Romans*)』 중의 구절 ② 성구의 인유—우리는 모든 피조물이 오늘날까지 다 함께 신음하며 진통을 겪고 있다는 것을 알고 있습니다.(〈로마인들에게 보낸 편지〉 8:22)

201) 물에 빠진 앨런조(Alonso)를 구슬퍼하는 에어리얼(Ariel)의 노래(〈템페스트〉 I, ii, 397~403).

202) 윤회(metempsychosis)에 대한 유태 신비 철학의 원리의 변형이란 설—돌은 나무가 되고, 나무는 동물이 되고, 동물은 인간이 되고, 인간은 정령(精靈) 그리고 정령은 하느님……; '하느님은 인간이 된다'—삼위일체의 하나인 하느님은 예수처럼 인간이 됨. '인간은 물고기가 된다'—물고기는 초기 기독교회에서 예수의 상징, '물고기는 따개비 기러기가 된다'—따개비 기러기(barnacle goose)는 알에서가 아니라 따개비에서 태어난다는 중세의 믿음에서(따개비 속에서 얼마간 자라나 깃털이 나고 공중으로 남), '따개비 기러기는 깃털 포단의 산이 된다'—기러기의 깃털은 깃털 포단, 침대를 만드는 데 쓰이며, 깃털 포단의 산(Featherbed Mt.)은 더블린 남부의 산.

203) 〈템페스트〉 I, ii, 398 참조.

204) 해신(海神) 프로테우스(Proteus)에 대한 호머의 표현.

205) ① *Prix de Paris.* (불어) 프랑스의 연중 경마시합에서 수여하는 최고의 상 ② 스티븐은 이와 연관하여 트로이의 동명(同名)의 왕자 파리스(Paris)를 연상하는데, 파리스는 트로이전쟁을 발발시킨 장본인이며, 궁극적으로 율리시스 장군으로 하여금 '바다—죽음'이라는 가능성에 직면케 함. ③ 스티븐은 1889년에 파리에서 열렸던 일용품전시회(Exhibition)에 관하여 명상하는

데, 그곳의 상품에는 물개표 마크(Seal Mark)가 찍혀 있었음. '유사품에 요주의'라 함은 이 상품에 대한 그의 우려감을 나타낸 것. 여기서 그는 안락사(安樂死)인 익사에 대하여 마음속으로 이 상을 수여함.

206) 예수가 십자가 위에서 한 말(〈요한의 복음서〉 19:28)의 인유.

207) 예수가 십자가에 못박힐 때의 날씨(〈마태오의 복음서〉 27:45, 〈마르코의 복음서〉 15:33, 〈루가의 복음서〉 23:44).

208) 성구의 인유—예수께서 '나는 사탄이 하늘에서 번갯불처럼 떨어지는 것을 보았다……'라고 말씀하셨다.(〈루가의 복음서〉 10:18)

209) *Lucifer, dico, qui nescit occasum.* (라틴어) 스티븐은 이 말을 부활절 경야(經夜)인 성 토요일의 로마 가톨릭 미사 기도문에서 따옴.

210) 오필리어의 노래에서(〈햄릿〉 IV, v, 23~26).

211) 6월 21일, 하지(夏至)를 가리킴.

212) 영국의 계관시인(빅토리아 왕조) 테니슨(Alfres Tennyson, 1809~1892)의 〈5월의 여왕(The May Queen)〉(1833)의 시구에서—일찍 일어나 저를 깨워 줘요, 저를 불러 줘요, 사랑하는 엄마; / 내일은 새해 중 가장 행복한 시간이에요. / 모든 즐거운 새해 중에서 가장 들뜨고 유쾌한 날; / 왜냐하면 저는 5월의 여왕이 되니까요, 엄마, 5월의 여왕이. 테니슨은 현대에 있어서 가장 '점잖은(genteel)' 운동이라 할 '잔디 테니스(lawn tennis)'의 애호가였으므로 '론 테니슨(Lawn Tennyson)'이라 불림(말의 익살).

213) *Già.* (이탈리아어) 초조감의 표현.

214) 빅토리아 여왕을 암시함.

215) Monsieur Drumont. 프랑스의 저널리스트(제7장).

216) 블룸이 이날 오후 이곳을 거님(제13장).

217) 벽돌 제조로 유명한 브리스톨(Bristol)에서 벽돌을 싣고 그날 더블린 만에 도착한 돛단배 「로즈빈(Rosevean)」호(제16장).

◆ 4장 ◆

1) Buckley's. 이클레스(Eccles)가(街) 7번지에서 얼마쯤 떨어진, 돌세트가 48번지에 위치한 푸주.

2) 가축을 잡는 날(killing day)은 금요일로, 그 전날인 목요일에는 고기가 거의 다 떨어지기 때문.

3) Dlugacz's. 돌세트가 상부에 유일하게 위치한, 폴란드계 유태인이 경영하는 푸주.

4) 블룸의 아내 마리언은, 영국의 척탄병 연대의 고수장(鼓手長)이었던 트위디(Brian Cooper Tweedy) 소령과 스페인계 유태인이었던 라레도(Laredo) 여인의 딸로 1870년 7월 8일에 탄생함. 영국의 척탄병 연대는 1884, 5년에 걸쳐 지브롤터(Gibraltar)의 로크(Rock)에 주둔함. 그 후 1886년 5월경 마리언과 그녀의 양친은 더블린으로 이주한 것으로 전해짐. 침대는 몰리(마리언의 애칭)의 부친이 지브롤터에서 그녀에게 선물한 것임.

5) Plevna. 불가리아 북부의 도시로, 제6차 노토전쟁(露土戰爭, the Russo-Turkish War, 1877~1878)의 격전지. 당시 트위디 소령은 터키의 원군(援軍)이었던 영국군에 소속되어 근무함. 블룸의 서가(書架)에는 『러시아-터키 전쟁사』 한 권이 진열되어 있음(제17장).

6) 트위디 소령은 우표수집가였음.

7) Plasto's. 더블린 남동부 브런즈위크가(街) 1번지에 모자점.

8) 블룸이 자신의 펜팔 상대인 마사(Martha)로부터 받은 카드. '헨리 플라우어(Henry Flower)'란 블룸의 가명이 찍힘. 하루종일 블룸의 의식을 적시는 중요한 모티프 중의 하나.

9) Potato. 일종의 부적(talisman)으로 모친이 블룸에게 남겨 준 것. 이는 블룸의 의식속에서 아일랜드의 식량 기근을 야기했던 '감자 기근(Potato Famine)' 및 '감자 병균'(1845)과 연결됨.

10) 블룸은 친구인 디그넘의 장례식에 참가하기 위해 검은 상복을 입고 있음. 과학적 호기심 및 돈벌이 궁리(money making gadget)는 하루 종일 블룸의 의식 속에 주로 흐르고 있는 것들임과 동시에 그의 기질을 대변하는 것들임.

11) Boland's. 캐펄(Capel)가 134~136번지에 있는 제과점.

12) Turko th Terrible. 더블린에서 인기가 있던 크리스마스 팬터마임. 터코는 그 속에 나오는 주인공의 이름. 아일랜드의 작가 해밀턴(E. Hamilton)의 이 극은 스티븐과 블룸의 의식을 공통적으로 적시고 있는 중요 모티프 제1장 주 63) 참조.

13) 블룸의 서가에 꽂혀 있는(제17장) 톰슨(F. D. Thompson)의 기행기 『태양의 궤도를 따라(*In the Track of the Sun*)』(1893). 이 책의 주인공(톰슨 자신)은 1891년 10월 뉴욕에서 서부로 여행한 뒤, 영국을 거쳐 1892년 5월에 귀향함. 이 책의 내용은 동양 및 근동(近東)에 대한 견문으로 일관하

고 있는데, 블룸의 잇따른 동양에 대한 생각은 이 책의 내용에 근거를 둠.

14) 『태양의 궤도를 따라』의 표제지에는 덜시머(dulcimers)를 연주하는 동양의 소녀가 그려짐. 블룸의 서가에 진열된 이 책의 표제지는 분실됨(제17장)

15) Arthur Griffith. 아일랜드의 독립 단체인 신페인당 및 《유나이티드 아이리쉬먼(United Irishman)》지의 창설자로서 극렬한 민족주의자이기도 함(제3장).

16) 더블린의 조간신문인 《프리먼즈 저널(Freeman's Journal)》의 장두(章頭)에는 아일랜드 은행(한때 아일랜드 의회 건물) 뒤쪽으로 비치는 태양을 그려 놓고 있음. 트리니티대학 건너편 칼리지 그린(College Green)가(街)에 위치한 이 은행은 남동쪽을 향하고 있기 때문에 그 뒤에서 솟는 태양은 북서쪽 방향이 됨. 이 신문 장두의 모토(motto)는 '아일랜드는 한민족(Ireland a Nation)'임.

17) Larry O'Rourke's. 이클레스가 모퉁이, 상부 돌세트가 74번지에 있는, 차(茶) 및 주류(酒類) 가게.

18) M'Auley's. 이클레스가 북부의 하부 돌세트가 39번지 소재의 차, 주류 및 야채 가게.

19) Simon Dedalus. 스티븐 데덜러스의 부친. 본 소설에서는 아내를 잃고 상심한 남편, 독설가, 주정뱅이 등으로 등장함.

20) 러시아와 일본의 공격적인 팽창주의는 만주와 한국을 넘어 1904년 2월부터 1905년 12월에 걸친 노일전쟁(the Russo-Japanese War)을 발발케 함. 여기서는 당시 원활한 보급로와 해군 및 육군의 양적 우위를 차지하고 있던 일본군의 파죽지세(破竹之勢)를 암시함.

21) Country Leitrim. 아일랜드 중북부의 주 이름. 당시 이곳 주민들은 시골뜨기(bumpkin)로 간주됨.

22) Adam Findlaters. 더블린의 여러 지역과 더블린 외의 여섯 곳에 지점들을 가진 차 및 주류상. 본점은 더블린 중심가인 상부 세크빌(Sackville)가(지금의 오코넬가) 29~32번지 소재. 핀들레이터는 정치적 야망을 가진 성공한 상인이 었음.

23) Dan Tallons. 주류 상인으로 성공하여 한때 더블린의 시장을 역임한 자(1899~1900).

24) Inishturk. Inishark. Inishboffin. 아일랜드 서부 해안지역('조이스 컨추리(Joyce Country)'라 불리는 골웨이의 작은 마을)에서 약간 떨어진, 대서양에 위치한 작은 섬들. '이니쉬터크'는 곰의섬, '이니샤크'는 황소의섬. '이니쉬보핀'은 흰 암소의 섬이란 뜻.

25) Slieve Bloom. 더블린 서남서 55마일 지점에 위치한 중부 아일랜드의 산맥 이름. 'Slieve'는 산(mountain)이란 뜻의 게일어.

26) Woods. 블룸의 옆집(이클레스가 8번지) 주인.

27) Tiberias—이스라엘의 동북부에 위치한 갈릴리(Galilee)호 서안의 도시로, 유태교 성지이자 온천장으로 유명함. Kinnereth—성서에 나오는 티베리아스호의 남서부에 위치한 도시(《요한의 복음서》6:1).

28) Moses Montefiore. 유태계 영국인 박애주의자(1784~1885). 그는 영국에 있는 유태인의 정치적 해방을 도모하고, 다른 유럽 지역의 유태인에 대한 박해를 덜며, 팔레스타나의 식민화를 격려하기 위하여 자신의 재산을 내놓음. 그의 이름은 유럽의 유태인들 사이에서는 '전통적 존엄성'과 동의어로 여겨짐. 블룸은 여기서 신문과 광고 속의 그를 생각함.

29) 블룸은 한때 더블린 우시장(牛市場)의 커프(J. Cuffe)라는 사람을 위해 잠시 일한 적이 있었으나, '주인에게 입을 삐죽거렸다'는 이유로 해고당함.

30) 앤드루즈(E. Andrews) 작(作)의 노래 가사에서—런던으로 우린 왔어요, 글쎄, 일주일 전 오늘, / 이것이 우리가 외출한 첫번째예요, 그런데 이내 길을 잃었어요: / 레스터 광장 어디였던가 봐요, 그때 대머리 순경나리가 소리쳤어요. '물러가라!' 그러자 그는 우리 얘길 듣고 마구 웃었어요. 후렴—오, 제발 순경나리, 우리에게 친절하게 대하세요: / 런던에 온 지 얼마 되지 않았어요, 그리고 버스를 타고 싶어요, / 오, 런던은 얼마나 괴상한 곳인지—오! 오! 오!

31) 헝가리 유태계 출신인 돼지 푸주 주인 들루가쯔(Dlugacz)가 블룸에게 동족(同族)의 눈짓을보이자, 블룸(그의 조상 역시 헝가리계 유태인임)이 답례를 하려다 다음으로 미룸. '들루가쯔'는 유태인계 이름의 어원을 지님.

32) Agendath Netaim. 헤브라이어로 '식수회사(植樹會社)'란 뜻. 시온의 식민지(a Zionist Colony)에 대한 광고.

33) Jaffa. 이스라엘 서부의 항구로, 1950년 텔아비브에 병합됨. 성서에서는 조파(Joppa)로 불림.

34) Citron. 더블린의 성 케빈 광장 17번지의 거주자로서, 블룸이 더블린 중남부인 서부 롬바드가에 살 때의 이웃.

35) Mastiansky. 성 케빈 광장 16번지 거주자로서 한때 블룸의 이웃.

36) Moisel. 한때 블룸의 친구로, 아뷰터스 광장 20번지에 거주. 시트런, 마스티안스키, 모이젤 모두 본 소설에 등장하는 유태인들로서, 블룸의 육체적뿐만 아니라 정신적 이웃들임.

37) Pleasants street. 서부 롬바드가 근처의 거리.

38) Levant. 동부 지중해 연안의 제국들(시리아, 레바논, 팔레스티나)에 대한 통칭.

39) 엘만(R. Ellmann) 교수는 상부 세크빌가 34번지의 어떤 양복점(커스〔Kerse〕가 그 주인)에서 양복을 주문한 '등 굽은 노르웨이 선장'의 이야기를 서술하고 있는데, 그에 의하면 맞춘 양복이 선장에게 잘 맞지 않자 그는 양복상을 힐책했는데, 양복상은 오히려 선장의 굽은 등을 탓했다 함 (『제임스 조이스』 p. 22). '등 굽은 놈'은 사이먼 데덜러스의 평소의 상투어로, 여기서 블룸은 그의 독설을 되새김.

40) 사이먼 데덜러스는 제6장의 묘지 장면에서 , 고리대금업자인 루벤그의 '굽은 등'에 대하여 언급함.

41) 〈주의 기도〉 중에서—아버지의 나라가 오게 하시며 아버지의 뜻이 하늘에서와 같이 땅에서도 이루어지게 하고서.(〈마태오의 복음서〉 6:10)

42) ① 같은 시각에 스티븐 역시 이 구름을 목격함. 제1장 참조. ② 이 구름은 블룸의 의식 속에 황무지, 성서의 악의 도시를 연상시킴으로써, 그가 앞서 상상한 시온(Zion)과 동양의 비옥한 땅이 그의 의식속에서 서로 대조를 이룸.

43) 성서의 〈창세기〉(14:2, 3)에 언급된 평원의 다섯 개의 악의 도시들인 소돔, 고모라, 제보임 (Zeboiim), 소알(Zoar), 아드마(Admah). 하느님은 부패한 이 도시들을 비로 범람케 함으로써 파괴함. 소돔과 고모라에서 들려 오는 저 아우성을 나는 차마 들을 수가 없다. 너무나 엄청난 죄를 짓고들 있다.(〈창세기〉 18:20) 그리고 주님께 충실한 롯과 그의 가족에게 이 성에 벌이 내릴 때 함께 죽지 않으려거든, 네 아내와 시집가지 않은 두 딸을 데리고 어서 떠나거라(〈창세기〉 19:15)라는 경고가 내리고, ……야훼께서 손수 하늘에서 유황불을 소돔과 고모라에 퍼부으시어 거기에 있는 도시들과 사람들 땅에 돋아난 푸성귀까지 모조리 태워 버리셨다. 그런데 롯의 아내는 뒤를 돌아보다가 그만 소금기둥이 되어 버렸다.(〈창세기〉 19:23~26) 여기서 블룸이 에돔(Edom)을 포함시킨 것은 잘못으로, 에돔은 야곱의 형 에사오가 후에 자신의 이름을 바꾼 것임(〈창세기〉 36:9).

44) Cassidy's. 상부 돌세트가 71번지 소재의 주류상.

45) 유태교(Judaism)의 방랑하는 유태인(the Wandering Jew)들이 갖는 전통적 여로. 이집트, 시리아, 바빌로니아 등지에서 그들이 겪은 기원전 6, 5세기경의 유태 역사 및 그들의 포로 행렬에 대한 언급.

46) 앞서 롯의 아내의 운명. 여기서 블룸은 자신이 소돔과 고모라의 파괴를 뒤돌아본 것으로 상상함.

47) Sandow. 아령(dumbbell)의 발명가로, 달리는 소방차를 멈추게 할 정도로 팔 힘이 강했다는 장사.

48) Poldy. 몰리가 부르는 블룸의 애칭. 보일런의 편지에 '마리언 블룸 부인'이라 기록한 것은 남편과 함께 살고 있는 기혼 부인에 대한 실례의 언사로 '리오폴드 블룸 부인'이 정식 이름임.

49) Mullingar. 웨스트미드(Westmeath)주의 한 도시로, 더블린 서북서 46마일 지점에 위치함.

50) Milly. 블룸의 외동딸(15세)로, 멀린가시(市)에서 사진 기술을 배우고 있음.

51) Mr. Coghlan. 밀리와 함께 일하고 있는, 멀린가시의 사진사.

52) lough Owel. 더블린 북부 멀린가시 근처의 호반으로 수려한 경치로 유명함.

53) Blazes Boylan—몰리의 음악연주회 프로그램 제작자요 그녀의 최근 연인. 그날 오후 4시에 그녀와 정사(간음)를 가짐으로써 블룸에게는 '더블린에서 가장 나쁜 사람'인 셈. seaside girls—19세기 말에 유행한 노래로 블룸의 의식을 적시는 중요한 모티프들 중의 하나. 이는 보일런과 직결됨.

54) moustachecup. 콧수염이 차에 닿지 않도록 고안된 찻잔.

55) 아일랜드의 시인, 소설가, 극작가, 화가, 작곡가인 새무얼 러버(Samuel Lover, 1787~1868) 노래의 인유—오, 테디 브래디, 너는 내 사랑. / 너는 밤부터 아침까지 나의 거울이란다. / 집이며 정원을 가진 브라이언 갤러허보다 / 난 한푼 없는 네가 좋아라.

56) Professor Goodwin. 1893년 및 1894년의 음악회에서 몰리의 반주를 맡았던 피아니스트.

57) *Là ci darem*. (이탈리아어) 모짜르트(Mozart)의 오페라 〈돈 지오반니(don Giovanni)〉 제1막 제3장의 이중창으로, 블룸의 의식의 중요 모티프. 이는 몰리→보일런으로 연결됨. 돈 지오반니는 어떤 마을의 환락가에서 젤리나라는 순진한 처녀를 만나 그녀에게 현혹된다. 그리하여 그는 그녀의 약혼자인 농부 마제트로부터 그녀를 유혹하며 다음과 같이 노래한다—이 여름 별장은 나의 것, 우리는 단둘 / 그러니 내 사랑이여, 우린 결혼하리라. / 우리 손잡고 함께 가요 / 그리고 당신은 응할 테죠 / 봐요, 멀지 않아요 / 여기서 떠나가요, 내 사랑. 이에 젤리나가 답하기를—갈까요 말까요 / 서의 가슴이 몹시 빨리 멀려요. / 제가 행복하게 될 것은 사실이지요 / 하지만 여전히 절 조롱할 수 있는걸요.

58) j. C. Doyle. 당시 아일랜드의 유명한 바리톤 가수. 20세기 초에 있어 '당대 아일랜드의 음악사들 중의 알짜'라 광고됨.

59) *Love s Old Sweet Song*. 빙엄(G. C. Bingham, 1859~1913) 작사, 몰로이(J. L. Molloy, 1837~1903) 작곡의, 당시 런던 인기곡의 가사에서—회상하기 힘든 그 옛날 정다운 시절, / 세상에 안개가 내리기 시작했을 때, / 행복하게 무리지어 솟아 났던 꿈속에, / 우리들의 마음에 나직이, 사랑은 옛날 달콤한 노래를 불렀나니! / 그리고 불빛 섬광이 떨어지는 어둠 속에, / 사뿐히 그 노래는 꿈을 짰었지 / [코러스] 황혼에 한 가닥 노래, / 불빛을 낮추고 / 깜박이는 그림자가 살며시 오갈 때! / 마음이 피 곤하고, / 그날이 슬프고 길더라도, / 하지만 황혼에 우리에게, / 오라 사랑의 달콤한 노래, / 오라 사랑의 옛날 달콤한 노래여.

60) *Voglio e non vorrei.* (이탈리아어) 〈돈 지오반니〉 제1막 제3장의 이중창 구절로, 이는 여주인공 젤리나가 지오반니의 유혹에 빠진 자신의 갈피잡지 못하는 정신적 망설임을 나타낸 가사. 블룸 이 vorrei(영어의 want) 대신 voglio라 함은 잘못임.

61) Metempsychosis. 윤회(輪廻), 영혼의 전생(轉生)을 뜻하며, 사후(死後)의 인간의 영혼이 다른 사람의 육체 또는 동물과 식물체로 이동, 재생한다는 고대 인도 철학에서 유래함. 19세기 말엽 에 접신론자들의 진보적 진화론(the concept of progressive evolution)의 원리를 이루는 근본이 됨.

62) Dolphin's Barn. 몰리가 처녀 시절 그녀의 부친과 함께 살 때, 블룸을 최초로 만난 더블린의 남 서부 외곽지대.

63) *Ruby: the Pride of the Ring.* 세기 초에 유행했던 사디즘(sadism)적 내용과 서커스 생활을 다룬 에로틱 소설. 작가는 미상이며 루비는 작중에 나오는 미모의 여주인공 이름.

64) ① 무대 위에 까는 시트. ② 노래의 가사에서 유래된 구절이기도.

65) Hengler's. 전(前)세기 말에 가장 인기 있던 것으로 전해지는 서커스단 중의 하나. 헹글러 (Charles Hengler, 1820~1887)와 그의 동생이 조직한 것으로 런던, 에딘버러, 리버풀, 더블린 등 지에서 공연한 것으로 전함.

66) Paul de Kock. 프랑스의 인기 소설가 · 극작가(1793~1871). 『세 벌의 코르셋을 가진 소녀(*The Girl with the Three Pars of Stays*)』의 작가이기도 함. 이는 서기들과 점원 아가씨들의 연애 사건을 작품의 소재로 다룬 것임. 그의 소설은 야비하긴 하지만, 비도덕적이진 않다라는 것이 에드워 드 왕조의 평이었음.

67) 꼬끄(Kock), 즉 cock는 남성 성기의 속어.

68) 리피강 북부의 중부 더블린에 있는 캐펄가 166번지 소재.

69) Kearney. 캐펄가의 도서관 건너편에 위치한 서적 및 음반 판매점 주인.

70) *The Bath of the Nymph.* 몰리의 침대 위에 걸려 있는 요정의 누드화.

71) Photo Bits. 런던에서 매주 화요일마다 출간되던 1페니짜리 주간지. 사진 화보로 어느 정도 외설성 을 띰.

72) Greville Arms. 멀린가시에 있는호텔.

73) Bannon. 밀리와 연애하고 있는 젊은이 알렉 밴넌(Alec Bannon). 제1장 끝부분 참조.

74) 밀리는 어제 6월 15일로 열다섯 살이 됨.

75) Mrs Thornton. 홀레스가(街) 산부인과 병원 근처의 덴질(Denzille)가{街} 19번지 거주의 더블 린 산파. 블룸이 1889년 당시 살았던 서부 롬바드가에서 북동쪽 1마일 반 지점에 위치함.

76) Rudy. 태어난 지 11일 만에 죽은 블룸의 외아들(1893년 12월29일출생, 1894년 1월9일사망).

77) the XL Café. 더블린시 남동부 그래프턴가(街) 86번지의 레스토랑.

78) Erin's King. 키쉬(Kish) 등대, 아일랜드 아이(Ireland's Eye, 더블린 동부 근해의 섬) 및 호우드 언 덕을 두 시간마다 순항하는 더블린 만의 유람선.

79) 보일런이 노래하는 〈바닷가의 소녀들〉의 가사.

80) 미국의 노동절(Labor Day)과 비슷한 긴 주말 휴가.

81) M'coy. 『더블린 사람들』, 〈은총〉에 등장하는 인물로서, 미드 레일웨이(Mid Railway) 철도회사

의 서기였으며, 현재 시체 공시소에서 시검시관의 서기로 근무하는 블룸의 친구.

82) *Titbits*. 1881년에 더블린에서 처음 발간된 1페니짜리 주간지.

83) 자장가의 한 구절—1페니짜리 노래를 불러요—호주머니에는 호밀이 가득;—24마리의 지빠귀 새를 / 케이크 속에 넣어 굽고. / 케이크가 열리자, /새들이 노래를 시작했지요;—그건 진미의 음식이 아니었던가요, / 임금님께 대접할 // 임금님은 회계실에 있었지 / 돈을 헤아리며;—여 왕님은 침실에 / 빵과 벌꿀을 먹으며. / 하녀는 마당에 있었지, / 옷을 널며. / 거기 한 마리 작 은 지빠귀새가 날아왔어요 / 그리고 그녀의 코를 물었어요.

84) Whitmonday. ① 본래는 부활절(Easter Day) 이후 일곱번째 일요일(Whitsunday)이나, 여기서는 월요일. ② 블룸은 1904년 5월 23일 휴일을 즐기다 벌에 쏘임.

85) Drago's. 블룸가(家)에서 남쪽으로 1마일 반쯤에 있는 도우슨가(街) 17번지의 이발소.

86) Tara Street. 더블린 중동부, 리피강 남안의 거리.

87) James Stephens—페니언당의 조직자 및 최초의 수령. 블룸이 생각하는 오브라이언(O' Bren) 은 스티븐즈와는 무관한 듯. 이들은 리치먼드 감옥(Richmond Jail)으로부터의 스티븐즈의 탈출 에 직접 개입하지 않았음. 오브라이언이란 이름을 가진 두사람이 있는데, 그중 William S. O' Brien은 스티븐즈와 함께 아일랜드 혁명운동에 가담하여 음모죄로 투옥되었다가 석방된 아일랜 드의 애국자. James F. X. O' Brien은 1858년 미국의 뉴올리언즈에서 스티븐즈를 만나 미국 페 니언당 지부를 결성, 1867년 코크에서 페니언 봉기에 가담했으며, 한때 파넬 지지자이기도 했 음.

88) '들루가쯔'는 상부 돌세트가의 푸주 주인. '열성적인 녀석'에서, 블룸은 팔레스티나에 그들의 유 태인 국가를 건설하려던 시온주의자(Zionist)들의 열성적 행위를 생각함.

89) 자장가의 한 구절—'임금님'은 이웃 영감을 암시함. 앞서의 하녀는 마당에…… 에 연결되는 가사.

90) 「맛참의 뛰어난 솜씨」는 《팃비츠》 문예난에 실린 뷰포이씨의 글. '뷰포이씨'는 《팃비츠》지에 기 고한 것으로 알려진 실재 인물.

91) Gretta Conroy. 『더블린 사람들』, 〈죽은 사람들〉에 등장하는 여주인공

92) May's. 서부 스테반즈 그린가(街) 130번지 소재의 악기점.

93) Ponchielli's dance of the hours. 이탈리아 가극 작곡가인 폰키엘리(1834~1886)의 오페라 〈지 오콘다(Gioconda)〉에서. 오페라의 초두에서 줄거리는 두 악한들과 한 주인공을 사랑하는 두 여 주인공에 의하여 얽힘. 제3막, 즉 '황금의 집'에서 두 악한 중의 하나가 주인공과 랑데뷰를 행한 그의 아내, 즉 여주인공을 음독케 함으로써 자신의 명예를 회복할 것을 결심함. 다른 여주인공 이 마취약으로 이에 대신함. 한편 정교한 발레와 함께 잔치가 벌어짐. 이는 새벽부터 밤중까지 의 시간의 흐름을 표현함. 이하 블룸이 회상하듯 핑크색, 황금빛, 회색 등 의상의 변화도 시간 의 진행을 표현함. 발레의 음울한 클라이맥스에서 악한은 그의 음독한 아내의 시체를 보며, 혼 돈이 제4막의 희비의 종막에 앞서 다시 일어남.

94) Heigho. 블룸의 집 근처에 있는 조지 성당의 차임벨. 15분 만에 한 번씩 울림. hey(헤이) + (ya) ho(야호) : 신자를 부르는 어원을 지님.

95) A third. 9시 15분 전을 알림.

◆ 5장 ◆

1) Sir John Rogerson's quay. 더블린시 리피강 남안의 부두. 18세기 아일랜드의 왕립법원 대법원장 이었던 존 로저슨(John Rogerson)의 이름을 따서 지음.

2) 블룸은 현재 웨스틀랜드 로우 우체국을 향하고 있으나, 로저슨 18번지에 또 다른 우체국이 있는 바, 이를 통하여 마사와 서신을 교환할 수 있었을 것으로 생각하고 아쉬워함.

3) *Bethel. El······ Aleph, Beth.* (헤브라이어) Beth는 ······의 집, El은 하느님. 예루살렘 북쪽 12마 일에 위치하며 법궤(法櫃), 즉 모세의 십계명을 새긴 돌이 든 궤를 보관하고 있는 성시(聖市)의 이 름을 땀(〈판관기〉 20:26~28). 여기서는 블룸이 동부 롬 바드(Lombard)가(街)를 지나며 바라보는 구세군 회관을 가리킴.

4) O' Neill's. 더블린 북부 순환로 164번지 소재의 장의사. 코니 켈러허(Corny Kelleher)는 오닐 장 의사의 조수.

5) 코니 켈러허가 즐겨 부르는 콧노래. 이는 본 소설을 통하여 켈러허의 실재(實在)와 연결되는 모 티프이기도 함.

6) 켈러허는 한때 경찰의 앞잡이 및 정보제공자였음.

7) 앞서 코니 켈러허의 콧노래 후렴.

8) Tom Keman. 차 상인으로, 결혼하자 가톨릭교로 개종한 얼스터인(Ulsterman). 『더블린 사람들』, 〈은총〉에 등장하는 인물.

9) Vance. 블룸의 고등학교 시절에 무지개 색깔과 아르키메데스 원리를 가르쳐 준 선생(제13장).

10) 웨스틀랜드 로우 49, 50번지 소재.

11) Henry Flower Esq. 블룸이 《아이리쉬 타임즈》지에 광고를 내어 사귀는 마사 클리퍼드(Martha Clifford)라는 여성 펜팔이 그에게 붙인 별명 및 그녀에게서 온 편지. 문예 저작을 하는 신사를 돕기 위한 날씬한 숙녀 타이피스트를 구함(제8장)이 광고문임.

12) Maud Gonne's letter. 보어전쟁 초기에 영국 병들이 더블린 시내에서 행한 풍기문란 행위를 탄 핵한 모드 곤(당대 아일랜드의 여류 문인이자 예이츠의 이상적 애인)의 공한(公翰) 및 이른바 '아일 랜드의 딸들(*Daughters of Ireland*)'이 가진 캠페인.

13) Arthur Griffith. 《유나이티드 아이리쉬먼(United Irishman)》(더블린 일간지)의 창시자 및 편집장(제 4장).

14) Table : able. Bed : ed. 군대행진에서 발걸음의 리듬을 맞추기 위한 구호 빨리 전진! 오른발!

왼발!(Quick march! Hayfoot! Strawfoot!)과 비슷함.『젊은 예술가의 초상』제1장 참조.

15) 왕 자신의—왕 자신(에드워드 7세)이 군기(軍旗)를 수여하거나 스스로 명예대원이 됨으로써 그렇게 불리는 (왕 자신의) 연대, 근위대 등을 암시함. 그가 소방관이나…… 비밀공제조합원……—에드워드 7세는 여러 가지 군복을 착용했으나 소방관 및 경관의 제복을 착용하고 나타난 적은 없었으며, 또한 그는 한때 비밀공제조합(Freemason)의 총본부장(grand master)이었음을 나타냄.

16) 구호로만 그치는 경고 및 캠페인을 블룸이 조소함.

17) Holohan. 아일랜드독립협회의 서기.『더블린 사람들』,〈어머니〉에 등장함.

18) Grosvenor. 웨스틀랜드 로우 5번지 소재의 화려한 호텔 이름.

19) 브루투스(Brutus)가 시저를 살해한 데 대한 '영예로운(honourable)' 동기를 꾸짖는 안토니오(Antony)의 연설문 구절(〈율리우스 카이사르〉 III, ii, 87).

20) Bob Doran. 이 소설에서는 놈팡이, 게으름뱅이 및 술꾼으로 등장함.『더블린 사람들』,〈하숙집〉의 남주인공으로, 하숙집 딸과의 일시적 희롱 때문에 헤어날 수 없는 결혼이란 굴레를 쓰기에 이름.

21) Bantam Lyons. 블룸의 친구이자 경마광.『더블린 사람들』,〈위원실의 담쟁이 날〉에 등장하는 인물이기도 함.

22) Broadstone. 더블린시 북서쪽에 위치한 기차역.

23) the Arch. 더블린 중심부, 리피강 북쪽 헨리가(街) 32번지 소재의 주점.

24) Paradise and the peri. 토머스 무어(Thomas Moore, 1779~1852)의 시 제목이기도 함. 시의 내용인즉 요정이 낙원에 들어가려는 노력을 읊음—어느 날 아침 한요정이 에덴의 문간에 / 외로이 서 있었으니 ; / 그리고 안쪽의 생명의 봄소리에 귀를 기울였을 때, 마치 흐르는 음악마냥, 번쩍이는 반쯤 열린 문을 통하여 / 그녀의 날개 위에 빛이 닿았을 때, / 그녀는 자신의 불성실한 종족을 생각하며 물었지요. / '저 영광의 장소를 잃어야만 하느냐'고 / 그러나 '영광의 천사가 그녀에게 알렸나니: / '그대에게 한 가지 희망이 있으니, / 운명의 책에 다음과 같이 적혀 있도다. / 요정은 용서받을 수 있도다, / 누가 이 영원의 문에 / 천국의 가장 값진 선물을 가져올 수 있으리!' / 요정은 그 선물이 무엇인지 몹시나 애태워하고 있었으나, / 그러나 그것은 영혼이 절실하게 잠회하는 축복의 눈물이었네! / 그리하여 한 방울 눈물로 문이 열리고 천국을 얻도다!

25) *Esprit de corps.* (불어)

26) the Loop Line bridge. 리피강 최하류를 가로지르는 철교.

27) 《프리먼즈저널》지의 사망광고난 아래에 실린, 통조림 회사 플럼트리(G. W. Plumtree, 머천트 부두 23번지 소재)의 광고. '통조림 고기(potted meat)'란 성교의 속어이기도 함.

28) 맥코이가 그의 부인이 시골의 가상적 연주 여행을 할 수 있도록 여행 가방을 블룸에게서 빌린 뒤 이를 돌려주지 않는 데 대하여, 블룸은 맥코이를 기식자(寄食者, sponger)로 여김. 맥코이 부인은 현재 낮은 보수로 아이들의 피아노 교습을 지도하고 있는 소프라노 가수(『더블린 사람들』,〈은총〉 참조).

29) the Ulster hall. 북아일랜드의 수도 벨파스트(Belfast) 중남부 지역에 위치한 홀.

30) 자장가의 한 구. 제4장 주 83) 참조.

31) 임금과 여왕 그리고 노예가 그려진 카드의 패.

32) 빙엄 작사, 몰로이 작곡의 노래 〈사랑의 옛날 달콤한 노래〉. 제4장 주 59) 참조.

33) 맥코이는 시검시관(市檢屍官)의 서기로 일함(『더블린사람들』, 〈은총〉 참조).

34) Bob Cowley. 루벤 J라는 고리대금업자 때문에 고심하고 있는 타락한 신부(제10장).

35) Wicklow regatta corcert. 위클로우는 더블린 남부 26마일 지점의 해안 도시로서, 해마다 8월의 은행 휴일이면 이곳에서 보트 경기 및 음악연주회가 열림.

36) 블룸이 자기 아내와 맥코이의 아내를 비교함.

37) Clery's. 오코넬가 2127번지 소재의, 더블린 최대의 백화점. 그 백화점의 하기 대바겐세일은 연 례행사임.

38) *Leah.* 독일계 오스트리아 극작가인 모젠탈(S. H. Mosenthal, 1821~1850)의 연극 〈데보라 (Deborah)〉(1850)를 미국의 극작가 댈리(John A. Daly, 1838~1899)가 번역한 〈버려진 리어 (Leah the Forsaken)〉(1862)란 작품으로, 블룸의 의식을 흐르는 중요한 모티프들 중의 하나. 극 의 내용은 이러함 : 18세기 초에 오스트리아의 한 마을을 배경으로 하고 있으며, 주제는 반유 태주의(anti-Semitism)의 공격을 표현함. 악한 나단(Nathan)은 그 마을에서 자신의 위치를 지키 기 위하여 허세를 부리는 반유태인 기독교도를 가장한 배교자 유태인임. 유태 여자 리어(Leah) 는 나단에 의하여 박해를 받고, 그녀의 기독교도인 애인에 의하여 버림받음. 그러나 그녀는 연 극의 종말에서 스스로의 희생으로 평화를 찾음.

39) Mrs Bandman Palmer. 1833년 최초로 영국과 아일랜드의 순회 공연을 한 바 있는 미국 태생 의 여배우 파머(Millicent Palmer, 1865~1905)를 말함. 1904년 6월 16일 《프리먼즈저널》지는 더 블린 게이어티 극장에서의 그녀의 공연을 광고함.

40) 19세기 말에는 셰익스피어 극의 남자 주인공 역을 여자들이 맡아 공연하는 예가 많았음. 여기 에서 블룸은 햄릿이 여자였는지도 모른다는, 셰익스피어 비평가 바이닝(Edward P. Vining)의 학설을 뒷받침하고 있는 듯함(제9장).

41) 블룸의 부친인 비러그(Rudolph Virag)는 1886년 6월 27일에 음독 자살함.

42) Kate Bateman. 1863년 런던의 아델피 극장(Adelphi Theatre)에서 〈리어〉 공연으로 커다란 성공 을 거둔 영국의 유명한 무대배우(1843~1917).

43) Ristori in Vienna. 비극 역으로 유명한 이탈리아의 여배우(1822~1906). 〈리어〉의 각본이 특히 그녀를 위하여 각색(脚色)되어 공연되었으며, 기록된 바는 없으나 그녀가 비엔나에서 리어 역 을 한 것은 확실함.

44) 앞서 모젠탈의 연극 〈데보라〉의 여주인공 데보라에 대한 블룸의 착오. 이는 블룸 또는 그의 부 친이 알사스(Alsace) 출신 유태 여배우 엘리사 라첼(Elisa Rachel, 1821~1858)을 데보라 역으로 잘못 생각했기 때문임.

45) 〈리어〉 제3막 제2장 장면:

아브라함(Abraham) 나는 낯선 목소리를 듣는다, 하지만 낯설지 않은 목소리.
나단(Nathan) (사라에게) 이 늙은이는 누구냐?
사라(Sarah) 아브라함이에요─불쌍하고 늙은 장님 말입니다… 우리들의 은인인 아브라함이에 요! 가서 그분의 손에 키스하시구려.
나단 지금은 부질없는 행동을 할 때가 아니야! 저리 가, 저리!
아브라함 저 목소리! 나는 저 목소리를 알지! 이름이 나단인 자가 프래스버거에 있었지. 그는 교회에서 노래하는 자였어. 방금 그의 목소리가 들리는군.

나단 ······이자는 미쳤어.

아브라함 그는 기독교도가 되어 세상에 나갔다는 얘기였어.

나단 (골이 나서) 그만!

아브라함 그는 자신의 신앙을 버렸기 때문에 아비를 빈곤과 비참 속에 죽도록 남겨 두고 떠났지, 그리고 그의 친족의 집을.

나단 닥쳐! 닥쳐, 제발.

아브라함 나는 그만둘 수가 없어. 나는 나단의 목소리를 듣는다. (그는 손으로 나단의 얼굴 위를 훑는다) 나는 나단의 얼굴 모습을 식별할 수 있어.

나단 (공포에 질려) 저 유태인은 미쳤어! 닥쳐, 그렇지 않으면 당신을 해칠 테다!

아브라함 나의 손가락으로 나는 그대 아버지의 얼굴을 읽었지, 나의 손가락으로 그분의 눈을 감기고 그분의 관(棺)에 못질을 했으니! 그대는 유태인이야!

나단 (그에게 달려들며) 한 마디만 더하면! (그의 목을 조른다)

사라 오, 노인을 살려 줘요. 그는 미쳤어요, 전 알아요.

나단 (당황하여 문을 두드리며) 누군가 오고 있군? 하! 이게 뭐야? (목을 풀자 아브라함이 반듯이 쓰러진다. 동시에 뇌성이 오두막을 치고 폭풍이 심해진다)

사라 (비명을 지른다) 저인 죽었어요!

나단 (처음엔 당황하여, 그러나 회복한다. 그러자 농부들이 폭풍에 놀라 달려 들어와서 아브라함의 시체 주변에 빤히 쳐다보며 선다) 아이—죽었어! 하늘의 손에 의하여!

46) 블룸은 부친이 행한 자살을 안락사로 간주함.

47) Eldorado. 스페인 사람들이 서방에 있다고 생각한 유토피아.

48) the Cabman's shelter. 남부 컴벌랜드가(街)와 웨스틀랜드 로우 사이 그레이트 브런즈위크가(街)에 위치한, 야간통행자들 및 마부들을 위한 커피숍 또는 포장마차집. 제16장의 장면이 됨.

49) 소년 소녀들이 돌차기 놀이에서 금을 밟으면 '죄인(sinner)'이 됨. 여기서 블룸은 금을 밟지 않음을 뜻함.

50) 아라비아의 예언자로 이슬람교 개조(開祖)인 마호메트(Mahomet)는 인간은 물론 동물에게까지 보인 그의 친절성으로유명함.

51) Mrs Ellis. 블룸이 어릴 때 다니던 유치원 원장.

52) 마사의 편지에 씌어진 '말(word)'이란 단어의 잘못된 철자, 즉 '세계(world)'. 이러한 잘못은 블룸의 의식 속을 자주 넘나듦.

53) the Coombe. 한때 너블린시 중'남부의 번화가였음. 섯 패트릭 성당 주변으로 지금은 빈민가.

54) 거리의 속요로, 작자 미상.

55) Martha, Mary. 성서에 나오는 자매들을 암시함—예수의 일행이 여행하다가 어떤 마을에 들렀는데 마르타라는 여자가 자기 집에 예수를 모셔들였다. 그에게는 마리아라는 동생이 있었는데, 마리아는 주님의 발치에 앉아서 말씀을 듣고 있었다. 시중드는 일에 경황이 없던 마르타는 예수께 와서 '주님, 제 동생이 저에게만 일을 떠맡기는 데 이것을 보시고도 가만두십니까? 마리아더러 저를 좀 거들어 주라고 일러주십시오' 하고 말했다. 그러나 주께서는 이렇게 대답하셨다. '마르타, 마르다, 너는 많은 일에 다 마음을 쓰며 걱정하지만 실상 필요한 것은 한 가지뿐이다. 마리아는 참 좋은 몫을 택했다. 그것을 빼앗아서는 안 된다.' (《루가의복음서》 10:38~42)

56) 앞서의 마르타를 가리킴.

57) 애쉬타운(Ashtown)은 피닉스 공원 북쪽에 위치한 지역으로, 이는 공원 경내에 있는 부총독 저

택으로 통하는 문과 인접해 있음. 선거 때가 되면 이 '벽에 뚫린 구멍(the Hole in the Wall)'을 통하여 선거인이 돈을 받아 냄으로써 뇌물과 연관됨. 그리하여 선거인은 사실상 뇌물을 준 자가 누군지 알 수 없거니와, 자신의 신분도 상대방에게 노출되지 않음(제16장).

58) 그림 속의 마리아.

59) Lord Iveagh. 아일랜드의 박애주의자인 아이브아의 백작 기네스(Edward C. Guinness, 1847~1927)를 말하며, 그는 한때 기네스 맥주회사의 주주(株主) 중 한 사람이었음.

60) Lord Ardilaun. 아일랜드의 정치가이자 더블린 왕립협회의 총재였던 기네스(Sir Arthur Guinness, 1840~1915)경을 말하며, 그 역시 기네스 맥주회사의 주주였음.

61) All Hallows. 웨스틀랜드 로우 46번지의 로마 가톨릭 성당. 블룸은 컴벌랜드가의 뒷문을 통해서 안으로 들어감.

62) saint Peter Claver. 콜롬비아, 남미, 아프리카 등지를 44년 동안 순회하며 선교한 스페인의 예수회 신부(1581~1654).

63) the very reverend John Conmee. 예수회의 '대단히 존경하올' 존 콘미 신부는 한때 스티븐이 재학하고 있었던 클론고우즈 우드 칼리지의 교장이었으며 1870년대, 역시 스티븐이 재학했을 당시 벨비디어 칼리지의 교무담당 처장. 1898년부터 1904년 6월까지 상부 가디너가의 성 프란시스 자비에르 성당의 존사 및 1905년에 아일랜드 예수회의 로마 관구장을 역임함.

64) 네 차례에 걸쳐 영국의 수상을 역임했으며, 아일랜드 자치(自治)를 지지함으로써 아일랜드 국민들에게 친숙한, W. 글래드 스톤(William Ewart Gladstone, 1809~1898)은 가톨릭교에 대한 그의 태도에 있어서 자유주의자로 간주되고, 그의 누이동생이 개종한 사실은 그의 가톨릭교에 대한 동정을 암시함. 1898년 5월 19일 그가 죽기 전날 밤에 더블린의 월쉬(Walsh) 대주교는 글래드스톤의 개종을 암시하는 기도를 한 것으로 전함.

65) Dr. William J. Walsh, D. D. 한때 더블린의 가톨릭 대주교(1885~1921).

66) Buddha. 국립 아일랜드도서관과 쌍벽을 이루는 국립 아일랜드박물관에 비치된 조각상들 중 1891년 인도에서 들여온 '옆으로 기댄' 불타상이 있음.

67) *Ecce Homo.* (라틴어) ① 빌라도가 예수를 군중들에게 소개할 때의 말—······빌라도는 사람들에게 예수를 가리켜 보이며 '자, 이 사람이다' 하고 말하였다.(《요한의 복음서》 19:5) ② 헝가리인 문카치(Mihály von Munkácsy, 1844~1900)가 그린 〈저분을 보라〉라는 제목의, 면류관을 쓴 예수의 그림.

68) Saint Patrick은 아일랜드의 세 수호성자들 중의 한 사람. 복음 전설에 의하면, 클로버(세 잎으로 된, trifoliate)는 파트릭이 삼위일체(Trinity)를 나타내기 위하여 처음으로 사용했다 함. 잇따라 클로버는 아일랜드의 국가적 상징으로 채택됨.

69) Father Farley. 콘미 신부와 함께 상부 가디너가의 예수회 성당에 함께 기거한 사제. 블룸은 이 클레스가에서 멀지 않은 이 예수회 성당의 성가대에 몰리를 가입시키려 했으나 실패함. 몰리는 이러한 실패가, 그곳 교인들이 블룸이 프리메이슨이였음을 눈치챘기 때문일 것이라 믿음(제18장).

70) 그곳 신도들은 블룸이 프리메이슨이란 사실을 알고도 모르는 척, 사기를 배우는 게 아닌가 하는 평신도들의 의혹.

71) 선글라스(sunglass)를 암시함.

72) 성구의 인유—어떤 율법교사가 일어서서 예수의 속을 떠보려고 '선생님, 제가 무슨 일을 해야

영원한 생명을 얻을 수 있겠습니까?' 하고 물었다. 예수께서는 '율법서에 무엇이라고 적혀 있으며 너는 그것을 어떻게 읽었느냐?'하고 반문하셨다. '〈네 마음을 다하고 네 목숨을 다하고 네 힘을 다하고 네 생각을 다해 주님이신 네 하느님을 사랑하라. 그리고 네 이웃을 네 몸같이 사랑하라〉고 하였습니다.' ……그러나 율법교사는 짐짓 제가 옳다는 것을 드러내려고 '그러면 누가 저의 이웃입니까'라고 물었다.(《루가의 복음서》 10:25~29)

73) 제7천국─유태교와 마호메트 교도들이 믿는 하느님의 거소(居所)로서, 완전한 숫자 7에서 연유되는 '완전한 천국'을 의미함. 심홍색의 목도리─종교적 자선회 회원의 표시. 이 구절에서 사제는 영성체를 받는 신도들에게 그리스도의 몸은 내 영혼을 지키시어 영원한 생명에 이르게 하소서라고 계속 중얼거림.

74) 가톨릭 자비수녀회(Catholic Sisters of Charity) 에 의하여 운영되던, 더블린 남부 해롤드즈 크로스(Harold's Cross)에 있는, 죽어 가는 자들을 위한 임시 접대소.

75) mazzoth. 헤브라이의 유월절 축제(the Hebrew Feast of the Passover). 성서에 기록된 바, 마조스는 이 축제에 사용되 는 효모를 넣지 않은 빵(unleavened bread)을 뜻함─그리고 그 피를 받아, 그것을 먹을 집 문 좌우 설주와 인방에 바르라고 하여라. 그날 밤에 고기를 불에 구워 누룩 없는 빵과 쓴 나물을 곁들여 먹도록 하는데, 날로 먹거나 삶아 먹어서는 안 된다.(《출애굽기》 12:7~9)

76) 루르드(Lourdes)는 유럽의 주요 가톨릭 순례지의 하나. 프랑스 남부의 지명으로, 마리아가 출현한 곳으로 알려짐. 이 출현이 있었던 동굴 근처에 샘이 하나 있었는데, 병든 순례자들이 이 샘물로 목욕을 하면 병이 치료되고 고통을 망각한다고 하여 '망각의 강(waters of oblivion)'으로 불림.

77) the Knock apparition. 노크는 아일랜드 서부 메이요(Mayo)주의 마을로서 1879~1880년에 걸쳐 성모 마리아, 성 요한 등 성령이 이곳에 출현한 것으로 전함. 이러한 출현은 병자들에 대한 신비와 치료와 연관되었음.

78) 크로스비(Fanny Crosby) 작사, 도안(W. H. Doane) 작곡 〈예수의 팔 안에 안전하게 안겨〉라는 노래 가사의 패러디─예수의 팔 안에 안전하게, / 마음을 좀먹는 근심에서 안전하게; / 세계의 유혹으로부터 안전하게, / 그곳에선 죄가 나를 해치지 못하리.

79) *Iesus Nazarenus Rex Iudaeomm* (라틴어)의 약자로, 십자가에 새겨진 '유태인의 왕, 나사렛 예수'란 뜻.

80) *Iesus Hominium Salvator* (라틴어)의 약자로, '인간의 구원자 예수'란 뜻(그리스어의 약칭에서 유래함).

81) the invincibles. 아일랜드를 지배하고 있던 폭군적 영국 통치자들의 암살을 목적으로 1881년에 조직된 페니언당의 분파. 이들은 유명한 '피닉스 공원 암살(피닉스 공원 안에 있는 총독 관저 근처에서 발생했기 때문에)'을 수행했음.

82) 아일랜드 무적혁명단의 더블린 지부장이었던 제임스 캐리(James Carey, 1845~1883)를 일컬음. '피닉스 공원 암살사건' 후에 발각되어 교수형을 당함. 그의 동생 피터 캐리(Peter Carey) 역시 무적혁명단원이었음.

83) Peter Claver. 스페인의 예수회 신부(1581~1654).

84) 마사가 편지에다 꽂아 둔 꽃.

85) 성찬식(Communion) 전후에 손과 성기(聖器)를 씻는 세정식(洗淨式, Ablution)의 마지막 장면

에서 사제는 그가 마시던 포도주, 즉 '예수의 피(미사 때 신도들에게 주는 포도주)'의 나머지 방울까지 헹굼으로써 성찬배를 깨끗이 함.

86) 성찬식 때 제대에 올리는 술.

87) *Stabat Mater.* 이탈리아의 오페라 작곡가인 롯시니(Gioacchino Rossini, 1792~1868) 작으로, 십자가 밑에서 애도하는 성모의 비애를 읊음.

88) 제10장 제1삽화에서 콘미 신부는 이 설교의 순간을 회상함. 왜냐하면 그는 버나드 본 신부의 익살맞은 눈과 이런 런던내기 말투를 생각했기 때문이다—빌라도, 왜애 그대는 저 오합지졸을 어억제 못하는고?

89) *Quis est homo.* (라틴어) 〈성모애도가〉 중 제3절의 첫 구절—이렇듯 비탄에 잠긴 그리스도의 어머니를 보고 울지 않을 자 누구리요?

90) 메르카단테(G. S. R. Mercadante, 1759~1870)는 이탈리아의 작곡가. 'seven last words'—그의 성담곡(聖譚曲, oratorio)인 〈십자가 위의 주님의 일곱 가지 최후의 말들〉의 인유. '일곱가지 최후의 말들'이란, 〈아버지, 저 사람들을 용서하여 주십시오〉(〈루가의 복음서〉 23:34), 〈오늘 네가 정녕 나와 함께 낙원에 들어가게 될 것이다〉(〈루가의 복음서〉 23:43), 〈어머니, 이 사람이 어머니의 아들입니다〉(〈요한의 복음서〉 19:26, 〈나의 하느님, 나의 하느님, 어찌하여 나를 버리셨나이까?〉(〈마태오의 복음서〉 27:46), 〈목마르다〉(〈요한의 복음서〉 19:28), 〈이제 다 이루었다〉(〈요한의 복음서〉 19:30), 〈아버지, 제 영혼을 아버지 손에 맡깁니다〉(〈루가의 복음서〉 23:46) 등.

91) *Gloria.* 모짜르트(Wolfgang A. Mozart, 1756~1791)의 미사곡 12번으로, 하늘에 계신 하느님께 영광 있으라(Gloria in excelsis Deo)로 시작됨.

92) G. P. Palestrina. 유명한 이탈리아 음악가. 16세기 최고의 교회음악 작곡가(1725~1794).

93) 전체 성가대의 변성(變聲)을 막기 위하여 성가대 속에 거세자들(그들의 음성은 변하지 않기 때문에)을 끼워 두는 관례. 이러한 관례는 1878년 교황 레오 13세의 즉위시까지 계속됨.

94) 거세의 결과는 육체의 비만을 가져온다는 생각에서.

95) 미사 집행사제가 낭송하는 미사구절—오 하느님, 저희들의 피난처와 힘이시여, 당신께 고함치는 당신의 백성들을 자비로써 굽어보소서. 그리고 영광과 순결의 동정녀 마리아, 하느님의 어머니시여, 당신의 축복받은 사도 베드로와 바울 그리고 모든 성자들의 중재에 의하여, 자비와 자선 속에 우리들의 기도를 들으소서, 그리고 우리들의 성스러운 어머니 교회의 자유와 찬양을 위하여: 우리 주 예수의 이름으로. 아멘.

96) 나는 쉬쉬쉬…… 샤샤샤 했던가—미사에서 조용히 하도록 또는 비밀을 지키도록 경고하는 소리. 속삭이는 발코니(whispering gallery)—블룸은 고해실이, 속삭이는 고해가 엿들리도록(하느님의 회롱으로) 마치 속삭이는 발코니를 닮을 수 있다고 상상함. 아베 마리아 그리고 성스러운 마리아(Hail Mary and Holy Mary)—고백성사는 많은 천사에 대한 인사(Angelical Salutation)의 연속을 수반함. 그중 성모송(聖母誦): 은총이 가득하신 마리아여, 기뻐하소서! / 주께서 함께 계시니 여인 중에 복되시며, / 태중의 아들 예수 또한 복되시도다! / 천주의 성모 마리아여, / 이제와 우리 죽을 때에 / 우리 죄인을 위하여 빌으소서. 아멘.

97) 1865년에 창설된 구세군의 투쟁적 복음주의의 한 양상은 대중의 고해를 이용처는 일이었음.

98) 16세기 프랑스의 신교도들인 위그노 교도들은 그들의 머리에서 쉽사리 움직이지 않도록 '네모진(squareheaded)' 모자를 씀.

99) 미사의 결구(結句).

692 율리시스

100) Glimpses of the moon. 본래 이 구절은 햄릿이 아버지 유령에게 하는 말에서 옴―그래, 그대 시체가 완전무장을 했나니, '어스름한 달빛 아래' 나타나서 이 밤을 참혹하게 하는 이유가 어디에? 오, 자연의 법칙에 묶이어 꼼짝 못 하는 인간들이 한심스럽기도 하구나.(《햄릿》I, iv, 51~56) '보일 듯 말 듯', '밤의 세계', '달빛 아래 광경', '속세의 일' 등 여러 가지 뜻으로 쓰임.

101) 더블린 하부 애비가(街) 8번지와 시내 및 교외에 분점을 가지고 있는 프레스커트(William T. C. Prescott) 세탁소 겸 염색공장.

102) 장례에 참석할 시간은 11시임.

103) Hamilton Long's. 스데반즈 그린(Stephen's Green) 공원 북쪽 그레프턴가(街) 107번지 소재.

104) 스데반즈 그린 공원 동쪽, 메리언(Merrion)가(街) 10번지에 있는 것으로, 17세기 더블린에서 번성했던 프랑스 신교도 피난자들의 세 묘지들 중의 하나.

105) 빅토리아 여왕의 막내아들이었던, 알바니(Albany)의 공작 리오폴드 왕자(Leopold, 1852~1885)는 당대인들에 의하여 '아주 섬세한(very delicate)' 인물로 간주되었는데, 왕자는 실제로 혈우병(血友病, hemophilia)을 앓고 있었음. 이 병의 결과는 늙은 아낙네들이 그의 피부는 한 꺼풀뿐이었다라는 진단을 보증할 정도로 신비스러운 것이었다 함.

106) *Peau d'Espagne.* (불어) 영어의 Spanish skin.

107) Hammam. Turkish. 더블린 상부 오코넬가 11, 12번지에 있는 가족 호텔 및 터키식 목욕탕.

108) 블룸은 탕 속의 자위 행위(masturbation)를 생각함.

109) 유명한 영국산 비누 광고문.

110) Ascot. Gold cup. 이날 애스콧 경마장(런던에서 26마일 지점)에서 거행된 경마대회 및 골든컵 타기 대회. 버몬드의 「맥시멈 2세」호, 바스의 「셉터」호. 월던의 「진펀델」호, 알렉산더의 「드로우어웨이」호 등의 경마들이 이날 출전함. 다크호스(유력한 경쟁마)는 「드로우어웨이」호였음.

111) 라이언즈는 신문을 '버린다는(throw it away)' 블룸의 말을 경마의 '드로우어웨이(Throwaway)'호에 대한 팁(tip)으로 잘못 받아들임.

112) 트리니티 (Trinity) 대학.

113) 〈조니여, 난 그대를 알지 못했어요(Johnny, I Hardly Knew Ye)〉라는 노래 가사에서, 조니의 애인 페기(Peggy)는 그가 전쟁에서 절름발이가 되어 돌아오자 이 노래를 부름―[코러스] 거친 북과 대포 그리고 대포와 북 / 적이 당신을 거의 죽일 뻔했구려; / 사랑하는 당신이여, 정말 이상하게 보이는구려; / 오호! 조니, 나는 당신을 거의 알아보지 못했이요…… / 당신은 눈도 없고, 코도 없고, 병아리 없는 계란이에요, / 그리고 머리와 꼬리를 이중으로 구부린 대구와 같구려.

114) 도심지에 위치한 트리니티대학의 운동장은 크리켓 하기에는 너무 협소함.

115) 크리켓 경기에서 타자수의 잇따른 여섯 개의 아웃.

116) the Kildare street club. 트리니티대학 공원 건너 킬데어가 입구에 위치한 클럽으로, 그 회원은 친영(親英) 감정으로 잘 알려진 아일랜드의 부유한 지주들로 이루어짐.

117) Donnybrook fair. 더블린 남동부 외곽지대에 있는 마을의 시장터로, 방탕과 난투장으로 유명함.

118) 에드워드 피츠볼(Edward Fitzball, 1792~1873) 작사, 월리스(W. V. Wallace, 1813~1865) 작곡의 오페라곡인 〈마리타나 (Maritana)〉(1845)의 가사 내용을 닮음.

119) 최후의 만찬에서 예수가 하는 말의 인유—또 빵을 들어 감사 기도를 올리신 다음 그것을 떼어 제자들에게 주시며 '이것은 너희를 위하여 내어 주는 내 몸이다. 나를 기념하여 이 예식을 행하여라'하고 말씀하셨다(⟨루가의 복음서⟩ 22:19).

120) 'Saxifraga stolonifera(수천의 어머니)'라는 풀의 모양을 따서 한 표현. 이 풀은 덩굴에 의하여 그 꽃이 떠 있는 듯이 퍼져 있는데, 이는 영국과 아일랜드 남부에서 습지고 검불진 땅을 덮는 데 쓰임.

◆ 6장 ◆

1) 시체를 만지는 일은 전통적으로 노파가 하는 것으로 간주됨.

2) 쉬쉬하며(Huggermugger)—⟨햄릿⟩에서 클로디어스(Claudius)왕이 폴로니어스(Polonius)의 장례에 관하여 언급 하는 구절을 연상시킴; 짐 또한 지금에 와서 생각하니 경솔한 짓을 했구려. 그 시체를 쉬쉬하며 허겁지겁 매장해 버리다니. (IV, v. 82, 83)

3) slipperslappers. ① 아일랜드의 전형적 노파상을 암시. ② 아일랜드의 민요 ⟨여우(Fox)⟩에 나오는 노파이기도 함—존, 존, 회색 거위가 없어졌어요 / 그리고 여우가 마을에 나타났어요, 오 / ……늙은 찰싹찰싹슬리퍼 할멈이 침대에서 튀어나왔어요, / 그리고 여닫이 창문에서 고개를 내밀었어요, / 불이야, 하고 부르짖었대요, 회색 거위가 죽었어요, / 그리고 여우가 마을에 나타났어요, 오!

4) Mrs. Fleming. 블룸가(家)의 파출부.

5) 블룸의 아들 루디가 죽었을 때의 경험을 상기함.

6) 샌디마운트가, 뉴브리지(Newbridge)에 있는 디그넘의 상가(喪家).

7) 모든 사람들이 사자(死者)에게 최후의 경의를 표시할 수 있도록 장례 행렬이 도심지를 지나게 하는 풍습.

8) (격언) 『오디세이아』에서 텔레마코스 왕자가 하는 말의 인유—나의 어머니는 나를 그분의 아들이라 하지만, 나는 알지 못해요, 왜냐하면 아무도 자기 자신의 아버지를 알지 못하니까. (1:215행)

9) 고울딩(Goulding)은 스티븐의 외숙부로 데임가(家) 31번지에 합동법률사무소를 차리고 변호사업에 봉직함.

10) Ignatius Gallaher. ⟪런던 데일리 메일(London Daily Mail)⟫지에 근무하는 아일랜드 출신의 기자로, 『더블린 사람들』, ⟨작은 구름⟩에 등장하는 이른바 '동적(kinetic)' 기질의 사나이.

11) ⟨헨리 4세⟩ 제2부 2막 1장에서, 대관의 부하인 팽(Fang)과 하인이 시동과 바돌프(Bardolph)와

함께 있는 폴스타프 (Falstaff)를 체포하려 하자 시동이 칼을 빼어들고 팽을 위협하는 구절의 인용—가버려라, 이놈. 더러운 두 다리를 가진 토끼새끼놈아…… 내가 널 크게 혼내주겠다.(II. i, 65, 66)

12) Greystones. 더블린 남동부 18마일 지점의 바닷가 마을.

13) Corny. 코니 켈러허. 장의사의 조수.

14) Ned Lambert—더블린 중심부에 있는 매리즈 애비의 종묘상에 근무하는 자(제10장). Hynes—『더블린 사람들』,〈위원실의 담쟁이 날〉에 등장하는 충실한 파넬당원(Parnellite).

15) the grand canal. 더블린시 남동부 외곽으로 흐르는 운하. 당시엔 교통수단으로 사용되었으나 지금은 하천일 뿐임. 이와 대칭적으로 북동부 외곽으로 흐르는 운하가 로열 운하(the Royal Canal)임. 이들 운하 바깥쪽으로 다시 남북 순환로가 달림. 마차는 현재 그랜드 운하의 빅토리아교(橋)에 멈추어 섬.

16) Athos. 블룸은 여기서 그의 부친이 애견 애도스에 대해 남긴 유언을 생각함.

17) *The Croppy Boy.* 맥버니(W. B. McBurney) 작의 1798년의 대반란을 읊은 거리의 민요로서, 돌라드는 이 노래를 제11장에서 부름. 제11장 주 140) 참조.

18) Dan Dawson. 당대 아일랜드의 능변가. 그날《프리먼즈 저널》조간에 그의 연설문이 게재됨(제7장).

19) Crosbie and Alleyne's. 리피강 남부 데임가 24번지 소재의 변호사 법률사무소. 앨런은『더블린 사람들』,〈짝패들〉에 변호사로 등장함.

20) 신문의 사망광고란에 실리는 시구로, 1904년 6월 16일 당일《이브닝 텔레그라프》지 사망광고란에는 영국 시인 테니슨의〈담 틈에 핀 꽃(Flower in the Crannied Wall)〉(1869)이 실림—담 틈에 핀 꽃, / 나는 틈바구니에서 너를 뜯어, / 여기 쥐고 있도다, 뿌리째 온통, 내 손안에, / 작은 꽃—만일 내가 네가 무엇인지, 뿌리째 온통, 모두 통틀어, / 이해할 수 있다면, 나는 알 수 있으리, 신과 인간이 무엇인지를.

21) 일간지 사망광고란의 '추도시(In Memoriam)' 제하(題下)에 실리는 일종의 운시.

22) Eugene Stratton은 포스터에 그려져 있는 미국의 흑인 코미디언. Bandmam Palmer는 미국의 저명한 여배우(1865~1905). 제5장 주 39) 참조.〈리어〉는 제5장 주 38) 참조.

23) *Lily of Killarney.* 옥슨포드(J. Oxenford, 1812~1877) 및 부시코(D. Boucicault) 작사, 베네딕트(J. Benedict, 1804~1885) 작곡의 3막 오페리. 당일 더블린 일간지들은 엘스터 그림즈 오페라단(Elster Grimes Opera Company)에 의한〈킬라니의 백합〉공연을 광고함.

24) *Fun on the Bristol.* 작자 미상의 익살극. 자레트(H. C. Jarret) 작의 뮤지컬 코미디의 각본이란 기록도 있음.

25) 블레이지즈 보일런을 말함.

26) 그레이트 브런즈위크가(街)가 끝의 칼리지가(街)에 있었으나, 지금은 그 자취를 찾아볼 수 없음. 크램턴(P. Crampton, 1777~1858)은 전유럽에 명성을 떨친 것으로 알려진 아일랜드 출신의 외과의. 마차 행렬은 현재 북쪽으로 방향을 바꾸어 오코넬가로 들어설 찰나임.

27) the Red Bank. 드올리어(D'Olier)가(街) 19, 20번지 소재의 버튼 빈던(Burton Bindon)의 레스토랑. 더블린 만에서 생산되는 굴 요리로 유명함.

28) the county Clare. 아일랜드 서부 해안의 주. 부친의 기일(忌日)에 참석하기 위하여 블룸이 방문해야 하는 목적지는 클레어주의 에니스(Ennis) 마을임.

29) Mary Anderson. 세계적으로 유명한 당대의 가수.

30) Louis Werner. 앤더슨 악단의 지휘자 및 반주자.

31) John MacCormack. 도일(J. C. Doyle)과 함께 더블린 당대의 바리톤 가수(1884~1945).

32) 〈율리스 카이사르〉 III, i, 189행의 글귀를 연상시킴.

33) Smith O'Brien. 웨스트모어랜드와 드올리어가 교차점에 서 있는 아일랜드 애국자 오브라이언 (아일랜드 신교도의 지도자) 기념상. 제4장 주 87) 참조.

34) Farrell's statue. 아일랜드의 조각가 파렐(1827~1900). 앞서의 오브라이언 기념상은 그의 작품임.

35) 변호사 수업에서 쫓겨난 J. J. 오몰로이(O'Molloy). 한때 몰리의 애인으로, 블룸과 사이가 좋지 못함.

36) 조니 패터슨(Johnny Patterson) 작의 〈나의 아버지가 썼던 모자(The Hat My Father Wore)〉라는 아일랜드 노래 가사에서—그건 낡았지만, 아름다워요; / 지금까지 보던 것 중 최고의 것이지요, / 아흔 해 이상을 썼었지요 / 이 파란 작은 섬에서 / 아버지의 위대한 조상들로부터 / 푸짐스레 물려받은 것, / 옛날 예법의 유물이지요, / 아버지가 썼던 모자예요.

37) O'Callaghan. 오몰로이와 마찬가지로 변호사직(職)에서 밀려난 자.

38) *voglio e non vorrei. No. Vorrei e non. ···Mi trema un poco il.* 모짜르트의 오페라 〈돈 지오반니〉 중 돈 지오반니와 젤리나의 이중창. 블룸은 자신이 이전에 인용한 구절의 과오를 수정함. 제4장 주 57) 참조.

39) 데이비스(B. Davis)와 액스트(H. Akst) 작의 미국 인기 가요의 제목이기도 함—그대가 우울하고 외로울 때면 / 미소란 참으로 효과적인 거지요. / 비록 그대가 낙담하더라도, 가만히 앉아서 인상만 찌푸리지 말아요 / 자그마한 미소란 참으로, 효과적인 거지요, / 결코 슬퍼하지 말아요, 애써 믿어요 / 하늘은 푸르지요, 바로 그대 c회색인 줄 알아도, / 속상해하지 말아요, 시간 낭비예요. / 미소란 참으로, 참으로 효과적인 걸 알게 될 테니.

40) Crofton. 『더블린 사람들』, 〈위원실의 담쟁이 날〉에 나오는 이른바 '점잖은 오렌지 당원'으로, 사이먼 데덜러스의 친구.

41) Jury's—칼리지 그린 7, 8번지 소재의 호텔. Moira—트리니티가 15번지 소재의 호텔.

42) 해방자(Liberator)로 알려진, 아일랜드의 위대한 애국 지도자 오코넬. 그의 동상이 오코넬 다리 북쪽, 더블린 중심부에 서 있음.

43) tribe of Reuben. 루벤은 야곱과 레아의 장남. 이스라엘 12지파 중 한 지파의 시조(〈민수기〉 1:5)인 그는 자신의 의붓동생 요셉의 생명을 구하고 보호함으로써 인정받았지만, 부친의 첩인 빌하를 범함으로써 창피를 당함. 루벤 지파는 유목민과 전사(戰士)들로 구성되었는데, '약속의 땅' 중에서 그들의 영토는 먼 곳에 있었음. 뒤에 그들은 유태주의를 포기함.

44) Elvery's Elephant House. 하부 세크빌가 46, 47번지 소재의 고무제품 상점.

45) Gray's statue. 아일랜드의 애국자 존 그레이(John Gray, 1816~1875)의 동상으로, 하부 세크빌가에 위치함.

46) Reuben J. and the son. 뉴욕 애국보험회사 및 상호보험회사의 대리점으로 더블린 상부 오먼드

부두 34번지 소재. 실제로 루벤은 사무변호사임.

47) the Isle of Man. 아일랜드해(the Irish Sea) 한복판에 위치한 아일랜드 최대의 섬. 더블린 만과 영국의 리버풀 항 사이를 왕래하는 기선들의 중간 기착지.

48) Barabbas. ① 도적 및 반도(反徒) 대장. 빌라도가 예수를 심판하는 자리에서 유태인들로 하여 금 바라바를 놓아 주느냐, 예수를 놓아 주느냐를 선택케 함―그동안 대사제들과 원로들은 군 중을 선동하여 바라바를 놓아 주고 예수는 죽여 달라고 요구하게 하였다.(〈마태오의 복음서〉 27:20) ② 영국의 16세기 극작가 말로우(Marlow)작 〈말타의 유태인(The Jew of Malta)〉(1589) 에 나오는 사악한 주인공으로, 자신이 적의 함정으로 마련한 끓는 가마솥 물에 빠져 죽음.

49) Nelson's pillar. 지금의 오코넬가 중앙에 서 있는 121피트 높이의 넬슨기념탑(동상의 길이는 13 피트). 1916년의 '부활제 반란(Easter Rebellion)' 50주년인 1966년에 아일랜드의 애국자들에 의하 여 그 상은 파괴되고, 지금은 기념탑 위에 아일랜드의 상징인 하프가 세워짐.

50) John Barleycorn. 일종의 아일랜드산(産) 위스키.

51) the late Father Mathew. 아일랜드에 콜레라가 만연했을 때(1832)와 기근 때(1846~1849) 행한 희생적 업적으로 유명한 매슈 신부(the Reverend Theobald Mathew, 1790~1861). '극기의 사도 (Apostle of Temperance)'로 알려짐.

52) Foundation stone―미국의 조각가인 세인트-고든즈(Augustine Saint-Gaudens)에 의하여 건립될 예정이었던(1910) 파넬 기념비를 위한 초석. Breakdown. Heart―파넬은 그의 이혼 스캔들로 실각했으나, 아일랜드 국민당의 지도권을 계속 유지하기 위하여 노력했는데, 빗속에서 연설하 던 중 심장마비로 사망한 것으로 알려짐. 그 후 기념비는 세워지지 못함.

53) 노엘(T. Noel) 작의 노래 〈거지의 행차(The Pauper's Drive)〉의 가사에서―총총걸음으로 달려가 는 한 마리 말이 끄는 무서운 영구차가 있었대요―교회 마당으로 거지는 가고 있어요, 필경; / 길은 험하고 영구차에는 스프링이 없어요; / 그런데 슬픈 마부가 노래하는 만가(輓歌)를 귀담 아 들어 보구려; / 그의 뼈가 자갈길 위에서 덜컥덜컥 소릴 내지요! / 그인 거지, 어버이 없는 자식!

54) 필립(J. Philip) 작곡, 그린뱅크(Greenbank) 작사의 경오페라 〈게이샤(The Geisha)〉 중의 '아시아 의 보석(The Jewel of Asia)'이란 노래 가사에서―한 작은 일본 아가씨가 언젠가 편히 앉아 있었 지요 / 시원하고 그늘진 정원에 / 그때 경쾌한 한 외국인이 그 길을 지나가고 있었어요, / 그리 고 말했지요: 들어가도 좋아요, 젊은 아가씨? / 그래서 그녀는 문을 열어 주었지요, 그리고 말 하기에 낯뜨거운 얘기지만, / 그는 일본의 예쁜 아가씨에게 가르쳐 주었지요 / 백인 아가씨처 럼 사랑하고 키스하도록 / 서쪽 바다 건너 살고 있는 아가씨처럼 히라고. // 그는 그녀를 아시 아의 보석, 아시아의, 아시아의 보석이라 불렀답니다 / 그러나 그녀는 게이샤, 게이샤, 게이샤 의 여왕이었어요; / 그러자 그녀는 웃으며 말했어요, 오늘은 선생님 마음 있어도, 이 부채가 펄 럭이듯 사랑할 마음이, / 내일이면 떠날 게 아녜요, 선생님, / 일본의 아가씨를 잊어 버린 채.

55) The Gorden Bennett. 미국의 스포츠맨·기자였던 벤네트(Gorden Bennet 1841~1919)가 연중 국 제자동차경주대회에서 수상하기 위해 제정한 우승컵. 이의 연례 경주가 1904년 6월 17일 독일 프랑크푸르트 근처의 함부르크에 서 개최됨을 『이브닝 텔레그라프』지가 광고함.

56) Basin. 버클리가 서부에 위치한 장방형의 저수지.

57) *Has Anybody Here Seen Kelly?* 머피(C. W. Murphy) 작 〈맨 섬에서 온 켈리(Kelly from the Isle of Man)〉(1908)란 영국의 노래를 맥켄나(W. J. Mckenna)가 미국식으로 각색한 노래의 제목. 영 국의 노래는 맨 섬에서 온 어떤 아일랜드인의 이야기로, 그는 한가한 한 여인의 대접을 받지만

라이벌 때문에 그녀를 저버림. 각색된 노래―마이클 켈리가 애인과 함께 코크주에서 왔다네 / 휴일에 몰두하여, 그들은 뉴욕에 상륙했지요. / 그들은 구경을 하기 위해 사방으로 돌아다녔지, 그런데 맙소사, 가련하게도 / 불쌍한 켈리는 커다란 백색의 길에서 애인을 잃고 말았지. / 그녀는 헬러드 광장에서 42번가로 걸어다녔지요. / 교통이 멈추자, 그녀는 근무중인 순경에게 부르 짖었어요. // 어디 누구 켈리 본 사람 없나요? 케이 이 더블 엘 와이 말이에요.

58) Dead March from *Saul*. 헨델(Georg Friedrich Händel, 1685~1759)의 시가극(1739). 제3막에서 다이비드에 대한 솔의 무자비한 질투가 다이비드를 몰아내고, 당시 길보아 전투에서 펠리시테 인(Philistines)들에 의하여 패배당한 이스라엘인들을 분멸시킴. 솔의 아들 요나단이 전사하고 상처를 입은 솔은 자살함. 장송곡은 이스라엘인들이 그들의 시체를 도로 찾아 그들을 운반해 들어오자 비가(Elegy)가 절정에 달하기 직전에 불려짐.

59) 이탈리아의 아이스크림 장수에 관한 노래로, 아이스크림 장수는 맨 섬에서 온 켈리(앞에 든 노래의 주인공)가 그의 은인을 배신하듯 그의 은인들을 대우함.

60) *The Mater Misericordiae*. 버클리가와 이클레스가의 교차점에 위치한, 더블린에서 제일 큰 병원으로 불치병자 수용소로 유명함.

61) ① 남자 환자를 치료하다 여자 산부인과로 옮겼다는 뜻. ② 또는 죽음에서 탄생으로란 뜻.

62) Cuffe―블룸은 한때 그의 우시장(牛市場)에서 일했으나, 해고당함. Roast beef for old England―노래의 가사에서; 힘센 불고깃감이 영국인의 음식일 때 / 그건 우리들의 심장을 고상하게 하고 우리들의 피를 짙게 하지요. / 우리들의 군인들은 용감하고, 궁신들은 착하지요. // 오! 노(老)영국을 위한 불고깃감들 / 오, 노영국의 불고기를 위하여.

63) Clonsilla. 더블린 서부 7마일 지점의 철도 교차역으로, 로열 운하 주변 지역.

64) Milan. 이탈리아 북부의 도시. 이곳에선 시영 장의전차를 운영함.

65) Dunphy's. 북부 순환도로와 피츠버러 가로의 교차점.

66) *Bugabu*. 토탄을 나르는 배의 어려운 항해를 읊은, 루니(J. P. Rooney) 작의 해학적 민요.

67) James M'Cann. 그래드 운하 관리국장으로 알려짐.

68) Leixlip. 더블린 서부 11마일 지점, 리피강 주변의 도시.

69) Brian Boroimhe house. 프로스펙트 테라스(Prospect Terrace) 1번지 소재의 주점 및 야채·주류 판매점. 먼스터(Munster)의 왕 브라이언 보루(Brian Boru)의 이름을 땀.

70) Fogarty. 『더블린 사람들』, 〈은총〉에 서술된 대로 '신중한 식료품상' 이요, 글래스네빈 가도에 조그마한 가게를 가진, 커넌의 친구.

71) 〈은총〉에 서술된 대로 커넌과 포가티 사이에는 약간의 식료품 외상값이 해결되지 않은 채 남아 있었다. 그리하여 이 '약간의 값'이 점점 액수가 더하여 커넌은 포가티로 하여금 '눈물의 작별'을 하게 했으니, 즉 그에게 외상값을 갚지도 않고 그를 피함.

72) 린레이(G. Linley, 1798~1865) 작사의 노래 가사에서―비록 자태는 감추었어도, 기억에는 생생했나니, / 당신은 언제나 남아 있으리; / 단 한 가지 희망을 나의 마음을 키우나니, / 다시 만날 희망이라네…… 당신의 미소는 자태를 감추었어도, 기억에는 생생하다네.

73) 새무얼 차일즈(Samuel Childs)는 1899년 10월 그의 76세 된 형 토머스 차일즈를 살해한 죄로 재판을 받았는데, 이 소름끼치는 형제 살해사건은 글래스네빈의 뱅갈(Bengal) 테라스 5번지에서 발생함.

74) Seymour Bushe. 당대의 가장 능변인 변호사 중의 한 사람.

75) circumstantial. 직접적인 증거가 없는 간접 증거. 새무얼이 그의 형 토머스를 죽였다는 증거는 새무얼이 그 집의 열쇠를 가졌다는 것 뿐임. 이는 살인자가 힘으로 그 집에 들어갔다는 증거가 없는 사실에 기인함.

76) 성서의 인유—이와 같이 회개할 것 없는 의인 아흔아홉보다 죄인 한 사람이 회개하는 것을 하늘에서는 더 기뻐할 것이다.(〈루가의 복음서〉 15:7)

77) 햄릿이 클로디어스와 그의 어머니의 결혼을 명상하며 세상을 불평하는 구절을 닮음—에라, 더러운 세상, 뜰에는 잡초만 마구 자라고, 온통 악취가 코를 찌르는구나.(I, ii, 135~137)

78) Dogbiscuits. 일종의 딱딱한 과자. 베르길리우스의 『아에네이스』에서 무녀가 아에네아스를 지하세계로 인도할 때 머리가 셋 달린 개 케르베로스(Cerberus)에게 던져 주는 독물과자를 연상시킴.

79) Mount Jerome. 더블린 북동부에 위치한 신교도들의 묘지로, 가톨릭의 글래스네빈 묘지 맞은편에 자리함.

80) Queen's hotel. 더블린 서남서 140마일 지점에 위치한 에니스시의 호텔 이름. 한때 블룸 부친의 소유였음.

81) 한때 더블린의 추기경이었던 맥케이브(Edward Cardinal MacCabe, 1816~1885)경을 가리킴.

82) Artane. 더블린 중심부에서 북쪽으로 3마일 지점에 위치한 마을. 여기서 커닝엄이 마음에 두고 있는 곳은 스완 (Swan) 수사(修士)가 원장으로 있는 아테인 소재의 오브라이언 구빈원(O' Brien Institude for Destitute Children)을 말함.

83) Todd's. 더블린에 있는 비단 포목상.

84) 머레이(Murray)와 레이(Leigh) 작 〈남자 한 사람에 세 여자(Three Women to Every Man)〉란 노래의 가사에서—여자들은 날개 없는 천사예요, / 하지만 그들은 별난 사람들; / 귀부인을 많이 연구한 남자들은 / 그들이 얼마나 별난 생각을 가졌는지를 알지요. / 처녀가 시집을 가자, 글쎄, 그녀는 이내 뽐내기 대장이 되고 싶어하지요 / ……어진 남자들이 말하기를, 세상에는 남자보다 여자가 더 많다지요, /그 때문에 처녀들은 일생 동안 혼자지요, / 남자 한 사람에 세 여자라네.

85) 아내의 순사(殉死), 즉 옛날 인도의 힌두(Hindu)교에서 아내가 남편의 시체와 함께 타 죽는 풍습.

86) 블레이지즈 보일런을 가리킴.

87) 빅토리아 여왕(1819~1901)은 남편 앨버트(Albert)의 죽음을 애도하여 재혼하지 않고 죽을 때까지 과부살이를 함.

88) Frogmore memorial. 빅토리아 여왕은 죽은 부군을 위해 영국 윈저성(城)의 프로그모어에 특수한 기념비를 건립하고 추도제를 지냄.

89) 빅토리아 여왕도 만년에, 부군 사망 후의 엄격한 은둔 생활을 누그러뜨렸음.

90) 블룸의 말은 빅토리아 여왕이 그녀의 죽은 남편의 '그림자'에 대하여 지나치게 애도한다는 일반의 비평을 반영하는 바, 그녀의 남편은 실세 생활에 있어서 왕의 그림지에 불과함. 블룸은 또한 빅토리아 여왕이 자신의 성숙한 아들과 왕실 책임을 분담하는 것을 거절한 데 대한 비평을 반영하는 바, 그녀의 아들은 여왕이 죽을 때까지 기다렸다가 60세가 되어서야 에드워드 7세로 사실상(실재)의 왕 노릇을 함.

91) Cork's own town. 크로커(T. C. Croker, 1798~1854) 작의 노래 제목(1825)—사람들은 내가 처음 태어난 그 시를 욕하질 몰라요, / 하지만 그곳에는 위스키, 버터 그리고 돼지고기가 있으나, / 매일 아침 내가 산보하고 즐길 아담한 곳 있으니, / 사람들은 그걸 다운트 광장이라 불러요 / 그리고 그 시는 코크지요……

92) 아일랜드 남서부 코크의 공설공원에서 개최되는 연례 경마대회. 이곳은 스티븐의 부친 사이먼의 모교인 퀸즈대학 이 있는 곳이기도 함.

93) John Henry Menton. 한때 몰리의 애인.

94) 플라톤의 『파이돈(Phaedon)』에 기록된 소크라테스 최후의 말을 연상시킴—나는 아스클레피오스에게 수탉 한 마리를 빚고 있네. 빚을 갚았는지 보게나.

95) 〈코크 로빈을 죽인 자 누구냐? (Who killed Cock Robin?)〉란 자장가의 가사를 연상시킴, 코크 로빈을 죽인 자 누구냐? / 나요, 하고 제비가 말했지, / 나의 활과 화살을 가지고, / 내가 코크 로빈을 죽였어 // …누가 성직자일까요? / 나요, 하고 떼까마귀가 말했지, / 나의 작은 책과 함께, 나는 성직자가 되려오.

96) Father Coffey. 이 장례식에서 최후의 사도식(赦禱式, Absolution)을 집행하는 프랜시스 코피 신부.

97) 예수께서 베드로의 이름을 시몬(듣는 자란 뜻)에서 베드로(반석이란 뜻)로 바꿀 때 하는 말—잘 들어라. 너는 베드로이다. 내가 이 반석 위에 내 교회를 세울 터인즉 죽음의 힘도 감히 그것을 누르지 못할 것이다.(〈마태오의 복음서〉 16:18)

98) *Non intres in judicium cum servo tuo, Domine.* (라틴어) 사도식을 시작할 때 행하는 기도문의 첫 행.

99) 부고지(訃告紙)를 말함.

100) Mervyn Brown. 음악교수이자 오르간 연주자. 『더블린 사람들』, 〈죽은 사람들〉에 등장하는 인물.

101) saint Werburgh's. 더블린 중남부 지역에 위치한 워버르가(街)의 성당. 이곳에서 헨델의 음악 였주회가 자주 열림.

102) *Et ne nos inducas in tentationem.* (라틴어) 〈주의 기도〉에서(〈마태오의 복음서〉 6:13).

103) *In paradisum.* (라틴어) 관이 무덤으로 운반될 때 부르는 성가의 첫 구절.

104) The O'Connell circle. 묘지 중심부 근처, 흙으로 된 둥근 플랫폼으로, 애초에 오코넬이 이곳에 매장되었으나 1869년 그의 유해는 묘지의 같은 경내에 있는 높이 160피트의 원추탑의 납골당으로 이관됨. 사이먼이 '좌(circle)'라 함은 이 원추탑을 가리키는 듯.

105) 오코넬은 1847년 로마 순례에서 귀향하던 중 제노아(Genoa)에서 순사했는데, 그의 유언에 따라 심장은 로마의 성 아가사 성당에 묻히고 시체는 글래스네빈의 오코넬좌에 묻힘.

106) 조문객들 중에서 블룸과 커넌만이 가톨릭 교도가 아님.

107) 아일랜드 내의 영국교회(the Church of England)와 쌍벽을 이루는 아일랜드교회(the Church of Ireland)에서는 예배가 라틴어 아닌 영어로 행해짐. 여기서는 가톨릭 교도가 아닌 커넌과 블룸이 가톨릭교의 의식에 대하여 불평하고 있음.

108) 성구에서—마르타는 '마지막 날 부활 때에 다시 살아나리라는 것은 저도 알고 있습니다'하고 말하였다. 예수께서 '나는 부활이요 생명이니 나를 믿는 사람은 죽더라도 살겠고 또 살아서 믿

는 사람은 영원히 죽지 않을 것이다. 너는 이것을 믿느냐?' 하고 물으셨다.(〈요한의 복음서〉 11:24~26)

109) 부활의 마지막 날에 과연 사자(死者)가 육신의 몸으로 부활할 것인가 하는 생각. 성구의 인유 ―그렇다. 아들을 보고 믿는 사람은 누구나 영원한 생명을 얻게 하는 것이 내 아버지의 뜻이다. 나는 마지막 날에 그들을 모두 살릴 것이다.(〈요한의 복음서〉 6:40)

110) 예수께서 라자로의 무덤 에서 하는 기도―말씀을 마치고 '라자로야, 나오너라'하고 큰 소리로 외치시자 죽었던 사람이 밖으로 나왔는데 손발은 베로 묶여 있었고 얼굴은 수건으로 감겨 있었다.(〈요한의 복음서〉 11:43, 44) 그는 우물쭈물하다가 일을 놓치고 말았지라 함은 라자로의 4일째의 부활을 암시함과 동시에, 주께서 모세더러 나오라고 했으나 그가 바나나 껍질에 미끄러져 다섯번째에 나왔기 때문에 기회를 놓쳤다는 것을 암시함.

111) '그램'은 밀의 낱알(grain) 무게에서 따온 수치의 단위로, 12그램은 1페니의 무게에 해당함. 'Troy measure'(프랑스의 지역 이름인 Troyes에서)는 귀금속을 재는 단위, 금량(金量).

112) Mat Dillon's in Roundtown. 더블린 서부 외곽의 교구지역.

113) John O' Connell. 글래스네빈, 프로스펙트 묘지관리인.

114) *Habeas corpus.* (라틴어)

115) Ballsbridge. 더블린 남동부 외곽지대로, 블룸이 더블린 남서부에 사는 그의 펜팔인 마사의 주소를 감추기 위해 대신 쓴 주소(제11장).

116) 렉스포드(E. E. Rexford) 작사, 댄크스(H. P. Dankes) 작곡의 〈금발 속의 은발(Silver Threads among the Gold)〉(1874)의 인유―여보, 나는 늙어 가요 / 금발 속의 은발이 오늘 이마 위에 반짝이고 있어요, / 인생은 재빨리 시들어 가는구려. / 하지만, 여보, 당신은 언제나 젊고 아름다워요. / 그래요, 여보, 당신은 내게 언제나 젊고 아름다울 거예요.

117) 햄릿이 어머니를 방문하기 전에 하는 독백을 연상시킴―지금은 한밤중. 마녀들도 놀아나고 무덤은 아가리를 벌려 지옥은 독기를 이 세상에 내뿜고 있다.(〈햄릿〉 III, ii, 406~408)

118) 터키 묘지의 매음부들―16세기 여행자들은, 터키의 광활한 묘지와 그곳 키프러스 숲속에서 이루어지는 프랑크인들·그리스인들 및 아르메니아인들과 매춘부들의 정사를 기록함. 묘비 사이에서의 사랑. 로미오―19세기 영국 시인 브라우닝(R. Browning)의 시 〈폐허 속의 사랑(Love Among the Ruin)〉(1855) 및 〈로미오와 줄리엣〉(V, iii)을 연상시킴.

119) Major Gamble. 마운트 제롬 묘지의 서기 및 비서.

120) Mastiansky. 더블린의 야채상.

121) 사내아이를 희생시켜 그 피를 뿌리면 정원(땅)을 비옥케 한다는, 초기 기독교 시대 이래로 전해 내려온 전설에서.

122) 보일런의 노래 가사(제4장).

123) 죽은 오필리어의 무덤을 파는 두 광대들의 희극적 장면을 연상시킴(〈햄릿〉 V, i).

124) *De mortuis nil nisi prius.* (라틴어) '죽은 자에 대하여 좋은 이야기 이외에는 하지 말라'라는 경구의 변형 및 법정의 심문(審問) 구절이기도 함.

125) 안토니오(Antony)의 장례 연설문의 구절―우리는 카이사르를 장례하기 위해 왔지, 그를 칭찬하러 온 것은 아니오.(〈율리우스 카이사르〉 III, ii, 79)

126) 점쟁이가 카이사르에게 3월 15일(재앙의 날)을 조심하라(〈율리우스 카이사르〉 I, ii, 8)고 경고함. 디그넘은 1904년 6월 13일 사망했는데, 13일은 6월의 흉일(ides)임.

127) 영국의 소설가 디포(Daniel Defoe, 1660~1731) 작 『로빈슨 크루소의 이상하고 놀라운 모험(*Strange Surprising Adventures of Robinson Crusoe*)』(1719)에서 주인공 크루소는 원주민인 성실한 프라이디(Friday)를 하인으로 맞이함. 조이스는 디포의 찬양자여서, 한때는 크루소를 '영국의 율리시스'라고도 부름.

128) 미국의 해튼(Hatton) 작 〈불쌍한 늙은 로빈슨 크루소〉 가사의 인유—불쌍한 늙은 로빈슨 크루소가 실종되었다네 / 섬나라에서, 오 / 그는 늙은 숫염소에게서 털을 훔쳤대요 / 어떻게 그럴 수가 있었을까.

129) '영국인(아일랜드인)의 집은 성(城)이니라'라는 격언에서.

130) 13이라는 숫자는 기독교에서 불운을 암시함; '최후의 만찬' 장면에서 예수를 매도한 유다가 13번째 손님이었다는 데서 비롯됨.

131) 19세기 프랑스의 소설가 에밀 졸라(Émile Zola, 1840~1902) 작 『대지(*La Terre*)』에서 아들과 며느리의 손에서 죽음을 맞이하는 늙은 농부의 임종 모습을 상기시킴.

132) 이탈리아의 오페라 작곡가 도니젯티(Gaetano Donizetti, 1797~1848)의 오페라곡 〈루치아(Lucia)〉. 가족의 암투로 두 연인이 이별해야 하는 비극적 운명을 묘사한 장면을 연상시킴. 제3막 1장에서 여주인공 루치아는 마음에도 없는 결혼을 하여 미침. 제3막 2장에서 루치아의 악한 오빠와 결투하기 위하여 무덤에서 기다리다 루치아가 죽은 것을 알게 된 주인공 메드가는 이렇게 부르짖음—나는 그대를 더 이상 볼 수 없나요? 그런 다음 그는 아리아 선율의 날개를 타고 자살함.

133) Ivy day. 파넬의 기일(忌日)인 1891년 10월 6일을 기념하기 위하여 그의 추종자들은 이날 가슴에 담쟁이 잎을 닮. 『더블린 사람들』, 〈위원실의 담쟁이 날〉 참조.

134) 조하인즈는 한때 《프리먼》지의 기자였음.

135) Louis Byrne. 더블린시의 검시관.

136) 레이디 나이언(Lady Nairne)이 작사한 스코틀랜드의 민요 제목—때는 월요일 아침이었어요, / 연중 일찍이, / 찰리가 우리 마을에 왔을 때, / 젊은 기사가, // [코러스] 오 찰리 너는 내 사랑, 내 사랑 / 그가 거리를 행진해 왔을 때 / 피리가 소리 높이 울리고, / 모든 사람들이 그를 맞이하러 거리로 쏟아져 나갔어요……

137) 파넬을 일컬음.

138) 하비(Richard F. Harvey) 작 아일랜드 노래의 가사에서—오, 에린, 아름다운 동경의 고향 / 오 사랑과 노래의 땅 / 기쁨 속에 다시 한 번 나의 즐거운 심장은 의지하노니 / 참되고 강한 그대에게. / 부질없는 새마냥 나는 방랑했나니, / 그리고 먼 해변가를 / 나는 세월이 이룬 사랑의 마디를 꿈꾸었지요 / 아일랜드의 심장과 손으로…….

139) All souls' Day. 로마 가톨릭 교회에서, 모든 죽은 이를 위해 미사를 올리고 기도하는 날(11월 2일).

140) 거티 맥도웰의 부친은 코크 리놀륨의 행상인임(제13장).

141) 시골의 교회묘지를 읊은 송시—그레이(Thomas Gray, 1716~1771)의 유명한 비가(elegy). 작가에 대한 블룸의 추정은 잘못임.

142) 워즈워드(William Wordsworth, 1770~1850)—19세기 영국 낭만파의 거장 시인. 토머스 캠벨 (Thomas Campbell, 1777~1844)—영국의 시인·비평가.

143) Old Dr Murren. 가공 인물인 듯함.

144) *Church Times.* 영국의 교회 주간지.

145) 성녀 마르가레뜨 마리 알라꼬끄(Margaret Mary Alacoque, 1647~1690)는 예수께서 자신의 심장 을 꺼내 그녀에게 보인 기적을 경험했다고 함(『더블린 사람들』, 〈이블린〉 참조.

146) ① 너무나 솔직하여 자기의 생각을 감출 수 없는 사람을 두고 하는 격언. ② 〈오셀로〉에서 이 아고가 자신을 가리켜 하는 말과 유사함—글쎄, 본심을 액면대로 털어놓다가는, 내 구미에 갈 가마귀보고 쪼아 먹으라고 염통을 옷소매에 차고 다니는 격이 되게—난 외관과는 다르다니 까.(I, i, 64, 65)

147) 블룸은 아폴로(Apollo)와, 그리스의 화가로서 알렉산더 대왕과 동시대 사람이었던 아펠레스 (Apelles)를 혼동함. 후자는 과일 바구니를 든 소년을 그렸는데, 그 속의 과일이 너무 생생하여 새들이 날아와서 그것을 쪼았다 함.

148) 흔히 볼 수 있는 비문(碑文)의 글귀.

149) 사자(死者)의 우스꽝스런 목소리를 흉내내어 기록한 의성어(고장난 축음기의 소리).

150) Robert Emmet. 아일랜드의 애국자(1778~1803). 영국에 항거하다 처형되었는데, 그의 유해의 소재지는 분명치 않음.

151) *Voyages in China.* 여행가(Viator, 익명) 작의 중국 여행기. 블룸의 서가에 진열됨(제17장).

152) 로마 가톨릭 사제들은 육신의 부활을 염려하기 때문에 화장을 반대함.

153) '흙에서 나와 흙으로……'라는, 무덤에서 행하는 기도문 중의 글귀에서—흙에는 흙으로, 재는 재에, 먼지는 먼지에; 영원한 생명까지 부활의 확실한 희망 속에.

154) tower of silence. 조로아스터교(敎)의 교도가 조장(鳥葬)을 하기 위해 설치한 탑으로, 현재는 그들이 사는 봄베이 근처에만 있음. 블룸의 서가에는 이 침묵의 탑이 그려진 책이 한 권 진열 되어 있음(제17장).

155) Mrs Sinico. 외로움과 감상에 젖어 자살한 여인. 『더블린 사람들』, 〈참혹한 사건〉의 여주인공.

156) 마사 클리퍼드의 편지 내용. '세계(world)'는 '말(word)'이란 철자의 잘못임.

157) Floey Dillon. 더블린 시의회 의원.

◆ 7장 ◆

1) 영국 왕 에드워드 7세를 뜻하는 'Edward Rex'의 두 문자.

2) Red Murray. 조이스의 숙부였던 존 머레이(John Murray)가 그 모델이며, 이는 그의 별명이기도 함(엘만, 『제임스 조이스』 p. 18).

3) Alexander Keyes. 얼마 전 신문의 광고에 났던 야채 및 잡화상회(볼즈브리지 5, 6번의 소재). 종일 블룸의 의식을 적시는 중요한 모티프 중의 하나.

4) 《이브닝 텔레그라프(Evening Telegraph)》《석간》사(社)는 동계(同系)인 《프리먼즈 저널》《조간》사와 같은 건물 안에 있으며, 같은 사주(社主)임. 자매지 《위클리 프리먼》 및 《스포츠》도 함께 출간함.

5) Ruttledge. 《텔레그라프》지의 업무관리자 겸 출납계.

6) Davy Stephens. 더블린 시내에 신문판매대를 갖고 있는 신문관리자의 통칭. '뉴스판매인의 왕자'란 별명을 가짐. 그는 주로 던 레어리항에 신문판매대를 갖고 있으며, 출입항하는 손님들에게 뉴스를 제공해 줌.

7) William Brayden. 더블린 남동부 외곽의 볼즈브리지에 사무실을 가진 아일랜드 법정변호사 및 《프리먼즈 저널》 편집인.

8) Martha 블룸의 펜팔인 마사(Martha)와 같은 이름인, 예수를 따르는 자매 마르타와 그의 동생 마리아. 블룸은 마리아와 마르타가 황혼에 예수와 이야기하고 있는 장면을 그린 베다니(Bethany)의 그림을 생각함.

9) 1871년 최후로 무대에 선, 이탈리아의 테너 가수 마리오(Giovanni Matteo Mario, 1810~1883). 블룸은 편집인과 그를 비교함.

10) 독일의 오페라 작곡가 플로토(Baron Friedrich von Flotow, 1812~1883) 작의, 5막 경오페라 〈마르타(Martha)〉 중 4막에서 주인공 라이오넬이 부르는 잃어버린 연인에 대한 애가(哀歌) ─ 영원히 사라졌나니, 나는 그대를 사랑하노라 / 꿈처럼 달콤하게 / 빨리 가버리듯, 재빨리 돌아오라 / 그대 내가 동경하는 모든 것 / 오라 너 사라진 이여 / 내가 이전에 알던 모든 기쁨을 갖고 / 오라 너 사라진 이여 / 그대는 영원히 나의 것이라네.

11) 《프리먼즈 저널》사의 사장 섹스턴(Thomas Sexton).

12) Joseph Patrick Nannetti. 아일랜드-이탈리아 계 정치가 및 인쇄업자. 《이브닝 텔레그라프》지에 의하면 나네티는, 영국정부가 더블린 사람들로 하여금 피닉스 공원에서 아일랜드 경기를 하지 못하게 하는 법안(法案)에 관하여 1904년 6월 16일 2시경 영국 의회에서 질문을 하고 있었음.

13) 나네티는 그의 사실상의 모국인 이탈리아를 다시 보지 못한 채, 아일랜드 국민임을 확인받고 더블린 시의원에 피선됨.

14) 나네티는 더블린의 칼리지 디비전(College Division) 출신의 의회 의원이었음(1900~1904).

15) Tinnahinch. 아일랜드 독립에 지대한 공을 세웠던 그래튼(Henry Grattan, 1746~1820)에게 노후를 편히 지내도록 의회가 부여한 탄나힌치령(領)으로, 더블린 남남동 12마일 지점 다글(Dargle)에 위치함.

16) Ballina. 서부 아일랜드 메이요(Mayo)주에 있는 해안 시장 도시 및 항구 도시. 여기서 더블린과 그 주변 마을의 가축 매매가 행해졌는데, 블룸은《위클리 프리먼》지의 '시장뉴스'에 게재된 기사를 기억함.

17) Mainly About People. 오코너(T. P. O' Connor)가 편집하여 매주 수요일마다 출간되는 주간지의 인물란(人物欄). 중요인물을 소개하는 난임.

18) Cuprani. 나네티와 마찬가지로 이탈리아 출신의 인쇄공.

19) ① 나네티 및 커프러니의 신분에 대한 언급. ② 아일랜드산 소들에 대하여 좋지 못한 짓을 하는 자들에 대한 전통적 유행어.

20) 나네티는 곧 더블린 시장으로 선출될 예정(1906~1907).

21) Long John. 더블린시 부집행관.『더블린 사람들』, 〈은총〉 참조.

22) Meagher's. 리피강 북쪽. 북부 얼(Earl)가(街) 4번지 소재의 주점.

23) House of Key(e)s ① 아일랜드해(海) 중앙부에 위치한 맨 섬의 의회를 뜻함. 이 섬은 이른 바 '자치(自治)'를 누렸으며, 본래는 과두정치국가로 존속했으나 1866년 이래 일반투표에 의하여 의원들이 선출됨. ② 열쇠는 베드로의 후계자로서의 교황에게 교회 권능의 상징으로 수여됨 (〈마태오의 복음서〉 16:19). ③ 여기서는 알렉산더 키즈 상점의 상호 마크임.

24) 교정열…… 어떤 묘지…… 균형…… 들어간 거다—블룸은 나네티의 교정이 자신의 키즈 광고 부탁 때문에 방해받을까 염려함.

25) 앞서 묘지의 멘턴.

26) 누적된 빚과 도박으로 법직(法職)에서 쫓겨난 법정변호사 존 헨리 멘턴(제6장 끝부분). 블룸은 나네티의 교정에서 '묘지'의 멘턴을 연상함.

27) Ballsbridge. 더블린 남동부의 외곽지대 샌디마운트 해변 근방의 마을로, 유명한 공원이 있음. 여기서 매년 8월에 대(大)경마쇼가 벌어짐. 제6장 주 115) 참조.

28) mangiD kcirtaP. 패트릭 디그넘(Patrick Dignam)의 역독(逆讀).

29) Pessach(또는 Passover). 유태교의 3대 절(節) 중의 하나. 봄의 축제로, 이스라엘 민족이 이집트 (애굽)에서 탈출함을 기념함(〈출애굽기〉 12:27).

30) 생전에 예루살렘의 축제에 참석하기를 원하던 그의 부친에 대한 블룸의 회상.

31) 저 기나긴…… 고역…… 구속의 집—모세가 이집트에서 받은 고통(〈출애굽기〉 13:3, 13, 14). *alleuia. Shema Israel Adonai Elohenu*—(헤브라이어) 유태인 신앙고백서(Shema) 참조(〈신명기〉 6:4).

32) 블룸은 유태인이 이집트를 탈출한 옛일을 기념하는 '유월절 축제'와 '들어라, 오 이스라엘이여 (Hear, O Israel)'로 시작되는 유태인의 신앙고백서 세마(Shema)를 연관시킴.

33) 블룸은 야곱의 열두 아들과 이스라엘의 12지파를 연관시킴.

34) 유태인이 이집트를 물러간 옛일을 기념하는 '유월절' 축제(Seder)의 두 번째 밤을 마감하기 위해 부르는 〈한 마리의 영양(Chad Gadya)〉〔영어는 One Kid)〕이란 성가의 가사.

35) 유월절의 축제 성가는 표면상 우스꽝스럽게 들릴지 모르나, 이는 제국(諸國)들(이집트, 바빌로 니아, 페르시아 등)이 서로 파멸시키는 역사를 말해 줌. '영양(羚羊)'은 이스라엘을 암시함.

36) 블룸의 친구 시트런(Citron) 댁의 번지는 28임.

37) Thom's 알렉산더즈 톰즈사(社)로, 더블린의 왕실인쇄소 및 출판사. 여기서 발간된 『톰의 인명 록』(1904)은 조이스에게 『율리시스』의 지형적 사실주의의 소재들을 제공함으로써 조이스 연구가 들에게 필수적인 참고서가 됨.

38) 도서관을 방문하기 전 얼마간의 시간적 여유가 있는 블룸은 뭔가 잊었다는 구실로 자기 집에 가, 보일런을 맞이하려는 아내 몰리를 보는 기쁨을 상상함. 그러나 이러한 가상적 기대 속에는 희비(喜悲)가 엇갈려 있는 셈.

39) 블룸은 키즈 상점에 전화를 걸어서 3개월의 계약 갱신을 확약 받으려 함.

40) ① '월급이 지불됨'을 뜻하는 극장 및 신문사의 속어 ② 출납계인 리틀리지가 월급 봉투가 든 상 자를 들고 봉투를 분배하기 위해 이사람 저사람에게 돌아다님을 뜻함(엘만, 『제임스 조이스』 p. 298).

41) 네드가 신문에 실린 미사여구가 도우슨의 수려한 연설문을 읽음.

42) 19세기 영국의 낭만시인 바이런(Byron)의 서정시 〈돈 주앙(Don Juan)〉(캔토, Ⅲ)의 구절 '크세 노폰(Xenophon)'은 제1장 주 20) 참조. '마라톤(Marathon)'은 아테네로부터 22마일 떨어진 아티 카(Attica) 동해안에 위치한 지역으로 기원전 490년에 아테네군(軍)이 페르시아를 격퇴시킨 격 전지. 실제로 마라톤은 바다를 내려다보는 위치에 있음.

43) Old Chatterton. 채터튼(Hedges Eyre Chatterton. 1820~1910)은 여왕의 고문(1858), 대검찰총장, 법무장관, 더블린대학 평의원, 아일랜드 부수상 등을 역임함.

44) 19세기 말 유명했던 대중가요의 가사에서.

45) 맥휴 교수는 냉소적으로 도우슨(더블린의 상인정치가의 한 사람으로 알려짐)의 연설문을 키케로 (로마의 연설가 및 정치가)의 그것과 비교했음.

46) J. J. 오몰로이를 가리킴.

47) D. and T. Fitzgerald. 더블린의 성(聖) 안드레가(街) 20번지에 공동사무소를 가진 두 변호사.

48) 블룸이 묘지에서 본 상(像)이 헌신의 상징으로 심장을 갖고 있듯, 지력의 상징으로 법정변호사 들은 가발을 머리에 씀.

49) 지금까지의 도우슨의 연설로 보아 귀결은 응당 아일랜드의 월광(月光, 새벽)에 대한 언급이어 야 마땅하겠으나, 셰익스피어의 〈햄릿〉(I, i, 166, 7)에서 호레이쇼가 한 보라, 자색의 망토에 싸 인 달과 같은 새벽에 대한 묘사를 이 연설에서는 찾아볼 수 없음을 비꼼.

50) 도우슨(Dowson)의 'daw'는 '갈가마귀'란 뜻임. 그의 연설문을 조롱하고 있음.

51) Wetherup. 조이스의 부친 존 조이스와 함께 세무서에서 수세리(收稅吏) 노릇을 한 상부(上部) 그로체스터가(街) 37번지의 거주인이 그 모델임.

52) 여기서는 편집자(주필)인 크로포드를 지칭하나, 실제 '엉터리 향사(the sham squire)'는 히긴즈(Francis Higgins, 1746~1802)라는 자를 암시함. 그는 더블린에서 어느 변호사의 서기로 있었으나, 자신을 지방의 향사라고 속여 어떤 젊은 과부와 결혼하고, 도박장을 경영하여 돈을 번 뒤 《프리먼즈 저널》지의 소유주가 됨. 그는 또 영국의 스파이 노릇도 함.

53) North Cork militia. 1798년 아일랜드의 정치적 '반란' 당시 영국 왕정에 동조한 아일랜드 남부 노드 코크 지방의 장정들. 비(非)아일랜드적인 노드 코크 의용병에 대한 편집장의 회상은 앞서 맥휴 교수의 '엉터리 향사'에 대한 언급과 관계됨.

54) '반란' 당시 영국계 아일랜드인이었던 브래드도크(E. Braddock, 1695~1755) 장군이 1755년에 시도하다 실패한, 미국 오하이오 골짜기(Ohio Valley) 주제 아일랜드 의용군에 대한 침공을 암시함.

55) 오하이오(Ohio(óuhàióu)). 강약강, 또는 장단장격.

56) 당시 새피로(Saphiro)라는 한 남자가, 20실링으로 누구나 캐나다까지 배여행을 시켜 주겠다던 사기 사건(실제 최저 뱃삯은 2파운드). 그는 1904년 7월 11일 사기죄로 유죄선고를 받음.

57) 레너헌이 이날의 경마 '정보(tip)'를 알림.

58) 키즈 상점의 사장.

59) 〈웩스포드의 젊은이들(The Boys of Wexford)〉이란 아일랜드의 민요. 앞서의 노드 코크 의용병들을 패배시킨 대가로 그들이 명성을 얻었음을 그 내용으로 하고 있음.

60) 블룸이 찾고 있는 키즈 상점의 사장은 딜런의 경매장(리피강 북쪽 강변, 배철러 산책로 25번지 소재)에 있음.

61) 아담과 이브가 낙원에서 추방당할 때의 상황. 밀턴 작 『실낙원(*Paradise Lost*)』 중의 시구이기도 함(XII, 646, 647).

62) Oval. 더블린의 애비가(街) 78번지에 자리한 주점.

63) Paddy Hooper. 《프리먼즈 저널》지의 기자를 지낸 더블린 사람.

64) Jack Hall. 더블린의 기자.

65) 아일랜드의 작곡가 발프(Michael W. Balfe, 1808~1870)의 오페라인 〈카스틸의 장미(The Rose of Castile)〉(1857) 제3장의 아리아 중에서.

66) *Imperium romanum.* (라틴어)

67) Brixton. 19세기 말, 도시 산업사회의 메마른 시세와 생활에 있어서 그 근거지의 전형으로 알려진 런던의 외곽지대.

68) 크로포드는 대영제국 앞에 무력한 아일랜드에 대해 개탄함.

69) 19세기 미국의 소설가 및 시인인 포우(Edgar Allan Poe, 1809~1849)의 단편 시 〈헬렌에게(To Helen)〉(1831, 1845) 제2절의 시구.

70) 베드로가 다른 두 제자들과 함께 예수의 변용(變容, transfiguration)을 본 다음 예수께, '주님, 저희가 여기에서 지내면 얼마나 좋겠습니까? 괜찮으시다면 제가 여기에 초막 셋을 지어 하나는 주님께, 하나는 모세에게, 하나는 엘리야에게 드리겠습니다'라고 말함(《마태오의 복음서》 17:4).

71) 영국 에드워드 왕조의 소설가 및 비평가인 웰즈(H. G. Wells, 1866~1946)가 스위프트(Swift) 및 현존 아일랜드 작가들의 작품들처럼 조이스의 『젊은 예술가의 초상』을 두고 평한 말(『신공화국

(New Republic)』), 1917년 3월10일자 '제임스 조이스' 난 p. 159 참조) —조이스씨는 뒷간의 망집을 가진 작가로서, 그는 현대의 시궁창과 현대의 예법이 일상생활의 교제나 대화에서 끌어낸 갖가지 양상들을 생(生)의 전반적인 묘사 속에다 다시 끌어들이려 하고 있다.

72) 맥휴 교수는 아일랜드 문화와 그리스 문화를 찬양하는 반면에 영국 문화 및 로마 문화를 경시함.

73) ① 레너헌의 말장난(Pun)은 성서의 〈창세기(Genesis)〉와 더블린의 유명한 맥주 '기네스(Guinness)'를 결합시킴. ②〈창세기〉제1장은 창조의 이야기로, 유태인들에게는 그들의 제단이, 로마인들에게는 그들의 뒷간이, 아일랜드인들에게는 음료가 각각 이에 해당함. ③〈창세기〉의 주제는 조이스 작『피네간의 경야』의 주제이기도 함.

74) 보통법과 로마 시민을 다스린 법률의 혼합. 오늘날의 '시민법'이란 주로 로마법에 기초를 둔 사법(私法)의 기존 제도들을 가리킴.

75) 예수는 내 왕국은 결코 이 세상의 것이 아니다(〈요한의 복음서〉 18:36)라고 말한 예언자요, 빌라도(Pilate)는 자신의 왕국은 이 세상의 것이라고 예언함.

76) chief Baron Palles. 아일랜드의 법정변호사 및 회계 감사원장인 팰리스(Christopher Palles, 1831~1920).

77) O' Madden Burke. 신문 편집자(『더블린 사람들』,〈어머니〉참조).

78) Entrez, mes enfant! (불어)

79) 디지 교장의 '아구창'에 관한 서한을 신문에 게재해 주기를 요청하는 스티븐.

80) 사이먼 데덜러스를 말함.

81) 스티븐은 아침에 해변을 거닐면서 디지 교장의 편지 모퉁이를 찢어 자작시를 메모함(제3장).

82) 아침에 샌디마운트에서 창작한 스티븐의 시로, D. 하이드(Douglas Hyde)가 번역한 아일랜드의 시 〈해상의 비애(My Grief on the Sea)〉의 각색.

83) 맥휴 교수는 문학 수업을 하는 스티븐이 의학으로 전향한 줄로 착각함.

84) the Star and Garter. 리피강 근처 드올리어가(街) 16번지 소재.

85) 디지 교장의 여성 전반에 관한 공격(제2장 끝부분).

86) Habsburg. 오스트리아—헝가리의 왕가로, 제왕은 프란쯔 조제프(Franz Joseph, 1830~1916).

87) 아일랜드 국외추방자로서, 오스트리아 태생의 자식이었던 터코넬(Tirconnell) 백작 오도넬(Maximilian Karl O' Donnell)은 제왕의 부관이었음. 1853년 2월 그는 제왕을 받들어 비엔나의 성벽을 순시하던 중, 헝가리의 양복상에 의해 칼 공격을 받고 부상함. 이때 오도넬은 이 공격을 막고 제왕의 목숨을 구함으로써 수훈을 세움. 영국의 에드워드 7세는 국빈(國賓)으로 비엔나를 방문하는 동안 조제프 제왕을 영국 군대의 야전군 사령관(원수)으로 임명함. 1904년 6월 9일 조제프 제왕의 후계자인 페르디난드(A. F. Ferdinand)가 영국을 방문하는 동안, 그는 에드워드 7세에게 '아무런 의식 없이' 오스트리아의 야전군 원수직의 배턴을 넘겨줌.

88) 제1차 세계대전의 발발(1914)에 관한 조이스의 예언이라 볼 수 있음.

89) Wild geese. 스페인과 오스트리아에 있던 오도넬 가문은 가장 이름난 '기러기(추방된 아일랜드 애국자들)' 중의 하나임.

90) 아일랜드의 정신력을 삼켜 버린 물질문명을 대변하는 것으로 간주되는 영국어.

91) Lord Jesus? Lord Salisbury? 정신적(spiritual) 주 예수와 일시적(temporal) 솔즈베리경을 비교함. 솔즈베리(3rd Marquis of Salisbury, 1830~1903)는 영국의 보수당 정치가로 한때 수상을 역임함.

92) 솔즈베리경은 런던의 귀족적이고 화려한 클럽에서 정치를 행한 것으로 알려짐.

93) 그리스 문화를 지배한 야비한 문명의 언어.

94) KYRIE ELEISON! (그리스어) 미사 중의 기도 문구.

95) 그리스 알파벳의 스무번째 문자인 upsilon이란 모음을 지적하는 바, 이의 헤브라이어 및 영어의 동의어는 없음. 영어로 u와 y로 번역될 수 있으나 정확하지 못함. 맥휴 교수는 그리스어가 지닌 발음의 전통에 대한 노쟁을 간접적으로 암시함.

96) 로마인들이나 영국인들을 가리킴.

97) 나폴레옹의 제해권(制海權)은, 지브롤터 해협 서쪽 어귀에서 북서쪽으로 29마일 지점에 위치한 트라팔가(Trafalgar) 곶에서 1805년 10월 21일 넬슨(Nelson) 제독 휘하의 영국 함대가 프랑스-스페인 연합함대를 패배시킴으로써 그 종말을 맞게 됨. 여기서는 가톨릭 국가인 스페인을 가리킴.

98) Aegospotami. 리산드로스(Lysander) 제독 휘하의 스파르타군은 트라스(Thrace) 강안 아에고스포타미에서 아테네의 배들과 3천 명의 병사들을 파괴, 교살함(펠로폰네소스 전쟁).

99) 그리스를 가리킴.

100) *imperium.* (라틴어) 영국을 가리킴.

101) Pyrrhus—고대 그리스의 에피로스(Epirus)의 왕으로, 로마와 싸워 이겼으나 많은 전사자를 냈다고 함(제2장 앞부분 참조). 신의 명령에 속임을 당한……—스파르타를 함락시킬 수 있을 것이라는 자신의 꿈이 실현되지 못한 사실.

102) 20세기 아일랜드의 거장 시인인 예이츠의『시집(*The Collected Poems*)』에 수록된 시, 나중에 〈장미 전쟁(The Rose of Battle)으로 개칭됨.

103) ① 살루스티우스(Sallustius, B. C. 86?~ B. C 34?)는 로마의 역사가 및 카이사르의 열렬한 지지자. ② 죽은 과거에 묻혀 있는 맥휴 교수와 망모(亡母)에 대해 상심하는 스티븐을 빈정거리는 멀리건의 말이 스티븐의 의식속으로 흘러들어감.

104) 디지 교장의 편지.

105) 〈카스틸의 장미(The Rose of Castile)〉는 '강철의 행렬(The Rows of Cast Steel)'과 동음이의(同音異義). '강철의 행렬'은 바로 기차 철로를 일컬음.

106) Communards. 독일 점령군이 떠난 1871년 3월부터 프랑스 공화정부에 의하여 봉기가 진압된 1871년 5월까지, 프랑스를 장악했던 좌익봉기군들에 대한 통칭.

107) 바스띠유(Bastille) 감옥은 주로 정치범을 수용하던 곳이었으나, 1789년 7월 14일 혁명 때 폭동 군중들에 의하여 파괴됨.

108) General Bobrikoff. 핀란드 주재 소련 총사령관(1857~1904)으로, 독재권을 위임받아 핀란드의 소련화를 위해 무자비하게 그들의 자유를 탄압한 장본인. 이 '별난 소련의 폭군'은 전(前) 핀란드 상원의원의 아들이었던 쇼만(E. Schaumann)에 의해 1904년 6월 16일 오전 11시에 암살됨. 헬싱키 시간으로 오전 11시는 더블린 시간으로는 오전 8시30분이므로, 이 뉴스가 오전 중으로 더블린에 도착했을 가능성이 짙음.

109) OMNIUM GATHERUM. (파격 라틴어)

110) In the lexicon of youth. '실패는 없다'란 뜻.

111) 『젊은 예술가의 초상』제1장에서 스티븐이 안경을 깨뜨려 글을 쓰지 못하자, 학습주임 돌런 (Dolan) 신부가 부당하게 매를 때리며 꾸짖는 말.

112) Borris-in-Ossory. 더블린 남남서부 66마일 지점의 시장도시로, 로마 가톨릭의 아일랜드 및 그 풍부한 고대 문화와 연관됨.

113) 편집장은 스티븐에게 신문에다 성스러운 것(성부, 성자, 성령)은 물론 더블린의 하층민 맥카시 (McCarthy)에 이르기까지, 즉 성속(聖俗)을 통틀어 다 실어 줄 것을 당부함. 이러한 성속의 총 화가 조이스의 『율리시스』요, 『피네간의 경야』의 본질을 이룸. 예를 들면 ……오늘날 우주 공 간의 땅에 사는 모든 정직하고 선량한 사람은 그의 배경 생활이 까맣게 또는 하얗게 씌어질 수 만은 없음을 알고 있다. 진리와 비(非)진리를 합하여 실제로 이러한 잡동사니처럼 보이는 것이 한 작품을 만들어내는 것이다.(『피네간의 경야』중에서)

114) Pressgang. 육군이나 해군 등 군대에 강제로 징집된 병정들. 여기서는 스티븐더러 억지로 신문 에 글을 쓰도록 권유하는 것을 말함.

115) Ignatius Gallaher. 이른바 '여태까지 알려진 기사 가운데서 가장 멋진 기사'를 작성한 바 있는 《프리먼즈 저널》지의 전(前) 기자. 『더블린 사람들』, 〈작은 구름〉에서 장광설에 허풍떠는 자로 등장함. 빅 멀리건 유(類)의 동적(kinetic) 기질의 소유자이기도 함.

116) Clarence. 더블린 중동부 리피 강가의 웰링턴 부두 6, 7번지에 위치한 호텔.

117) *New York World.* 재정가(財政家)인 제이 고울드(Jay Gould) 소유의 뉴욕 일간지(1876~83). 갤 러허가 이 신문을 위해 피닉스 공원 암살사건의 원고를 우송하자, 《뉴욕 월드》지는 1882년 5월 8일에 이 사건을 크게 보도함.

118) 모두 피닉스 공원 암살사건 당시의 공모자들이자 무적혁명당원들(the Invincibles)임.

119) Skin-the-Goat. 피닉스 공원 암살사건 당시 공원에서 더블린시 중심가까지 차를 몰았던 무적 혁명당원 피츠해리스(James Fitzharris)의 별명. 그는 현재 버트교(橋) 근처에서 '역마차의 오두 막(포장마차)'이란 야간 커피숍을 경영하고 있음(제16장).

120) Gumley. 몰락한 아일랜드인으로 버트교 근처에서 시영(市營) 석재를 지키는 야간 경비원(제 16장).

121) *Weekly Freeman.* 1882년 당시 더블린에서 발간되던 신문.

122) Dick Adams. 한때 《코크 이그재미너(Cork Examiner)》지 및 《프리먼즈 저널》지의 기자. 아일랜 드의 법원 멤버로. 피닉스 공원 암살사건 관련자들을 변호했음. 뛰어난 재치와 유머로 유명했 다 함.

123) 엘바(Elba)는 가능(able)이란 글자를 이브(Eve)와 합친 것이자 able의 철자를 뒤집은 것. 유능 자(Able)는 아담의 자식인 아벨(Abel)의 철자를 바꾼 것. 앞서 〈카스틸의 장미〉란 수수께끼를 낸 레너헌은 경박스런 빈정거림으로 유명하거니와, 여기서도 그는 두 가지 유명한 회문(回文, palindrome)을 사용하여 사람들을 웃김.

124) 더블린 중심부인 프린스가(街)에 있는 《프리먼즈 저널》지의 별명. 이는 아일랜드의 별명이기 도 함. 여기서는 자치법안(Home Rule)에 대한 《프리먼즈 저널》지의 미온적(微溫的)이고 소극 적인 태도를 암시함.

125) Gregor Grey. 더블린 당대의 화가.

126) Tay Pay. 오코너(Thomas Power O' Connor)의 별명. 그는 아일랜드의 기자 및 정치가로 런던에서 《스타(*Star*)》, 《선(*Sun*)》, 《위클리 선(*Weekly Sun*)》, M. A. P. 등 여러 신문을 발간함.

127) *Star*. 오코너가 1888년에 발간한 신문.

128) Blumenfeld. 미국 태생의 신문 편집인(1864~1948). 1904년 그는 런던의 《데일리 익스프레스 (*Daily Express*)》지의 국외(미국) 편집인이었음.

129) Félix Pyatt. 프랑스의 사회주의 혁명가 및 기자(1810~1889). 만년에 런던으로 도피, 그곳에서 사회주의적이며 혁명적 성향의 신문과 잡지들을 여러 가지 발간함.

130) Chris Callinan. 갤러허를 지칭함. 더블린 태생의 영국 기자로, 한때 몰리의 연인이기도 함.

131) 편집장 크로포드가 사무실에 있음을 블룸에게 알리는 맥휴 교수의 전화 목소리.

132) Clamn dever. (수사학) 'Damn clever(경치게도 영리하다)'란 말의 두음전환(頭音轉換, spoonerism).

133) Lady Dudley. 아일랜드의 현(現) 총독 부인.

134) 더블린 역사상 가장 혹심했던 회오리바람 중의 하나(1903년 2월 26, 27일)로, 당시 피닉스 공원과 더블린 일대에 커다란 손해를 입힘.

135) Number One. 무적혁명당원들 중의 한 사람.

136) 화이트사이드(James Whiteside, 1804~1876)―한때 아일랜드 대법원장(1866)을 지낸 이로, 오코넬과 오브라이언을 옹호한 달변의 변호사. 버트(Isaac Butt, 1813~1879)―아일랜드의 저명한 변호사이자 정치가로서 한때 오브라이언의 변호에 참여함. 오하건(O' Hagan, 1812~1885)―1881년 아일랜드의 토지법안(Land Bill) 지지를 호소한 유명한 능변의 변호사.

137) 스티븐은 디지 교장의 편지 귀퉁이를 찢어 그의 작시(作詩)를 메모함(제3장). 여기에 묘사된 '입'이란 말이 단테의 〈연옥〉 시구를 연상시킴.

138) 단테의 〈연옥(Purgatorio)〉에 나오는 구절(XXIX:134, 135).

139) ·· *la tua pace*
   ····························· *che parlar ti piace*
   Mentre che il vento, come fa, si tace.
   단테의 〈지옥〉 제5곡 91~96행의 변형. 육체의 죄인들 중 한 사람인 프란체스카 다 리미니 (Francesca da Rimini)는 단테에게 다음과 같이 말한다.

   온 누리의 임금님이 벗이시런들
   우리 그대의 평화를 그 임께 빌어 줄 것을
   그대 우리의 사악한 불행을 딱히 여기심이어라

   그대 말하고 듣고 싶어하는 것일랑
   이제 바람이 잠잠하여지는 대로
   우리도 듣고 또 그대에게 말하리라.

140) 『신곡』 속의 단테를 스티븐은 자신과 연관시킴.

141) 세 사람씩… 가랑잎 빛깔의… 엉키면서―단테의 〈연옥〉 제29곡 '성스러운 장관(the Divine Pageant)'에서 시인 자신(단테)의 비전을 묘사한 장면에서 볼 수 있듯이, 죄인 리미니의 이상화 (理想化)된 이미지에서 성모 마리아의 이상화된 이미지에로의 변용(變容)을 노래한 장면.

109

이것은 이쪽 저쪽 날개를 한가운데와
세 줄기 세 줄기 사이로 질러서 뻗친 까닭에
그 어느 것도 가르거나 상움이 없더라

112

죽지는 아주 치올려져 보이지 않으나
새만큼의 몸뚱이가 온통 황금이고
나머지는 희고도 불그스름하더라

115

아프리카노며 아우구스또란들 이다지 꽃다운 수레를
가지고 로오마를 기쁘게 해주지는 못했을 뿐 아니라
태양의 수레란들 이 앞에서 무색하리니

118

길을 벗어난 때문에 경건한 떼르라의 기도로
말미암아 얄궂게도 죠웨가 벌을 내렸을 때
불타버린 그 태양의 수레 말이로다

121

바른쪽 바퀴 가으로 세 여인이 빙빙
춤을 추며 오는데 하나는 어쩌나 빨갛던지
불 속에서는 알아보지 못할 지경이고

124

다른 하나는 그 살이나 뼈가
파아란 옥으로 만들어진 듯 그리고
셋째는 금세 내린 눈같이 뵈더라

127

때로는 흼에 때로는 붉음에 저들이
끄올리는 듯한데 이 여인의 노래에 맞추어
나머지 둘은 걸음을 재게 또는 더디게 하더라

130

왼쪽 바퀴 가으로는 자줏빛 입성을 한
귀부인들 넷이 그들 중 머리에 눈이 셋 있는
아씨의 장단에 맞추어 즐겁게 노닐더라.

per l'aer perso—리미니가 단테를 살아 있는 인물로 처음 식별할 때 그에게 거는 말(〈지옥〉 제5
곡 89행 참조). 엷은 자색의…… quella pacifica oriafiamma—환영 속에서 단테는, 오색 영롱
한 군기(軍旗) 한복판의 빛이 짙어 가며 그 속에 수천의 천사들이 밀집한 가운데 있는 동정녀
마리아를 바라봄(〈천국〉 제31곡 127행 참조). di rimirar fè più ardenti—단테의 여정 최후의 단
계에서 길잡이가 된 성(聖) 베르나르는 단테의 연인을 보고, '전에 느껴 보지 못한 내 가슴속에
열정이 스며들게 하는 그 경의'를 느낌(〈천국〉 제31곡 142행 참조).

142) 그러나 나는…… 회개하는…… 암영 밑에—'성스러운 장관'의 종말에서 단테는 그리스도
적 축제의 불가피한 선행 조건인 속죄(참회)를 다시 한 번 강조함; 그 다음에 본 것이 비천하
게 차린 넷이었는데 / 그들 맨 나중에 한 노인이 외로이 / 날카로운 얼굴을 하고 조올며 오더
라.(〈연옥〉 제29곡 142~144행)

143) 예수의 산상수훈(山上垂訓)의 구절—너희는 먼저 하느님의 나라와 하느님께서 의롭게 여기시

는 것을 구하여라. 그러면 이 모든 것도 곁들여 받게 될 것이다. 그러므로 내일 일은 걱정하지 말아라. 내일 걱정은 내일에 맡겨라. 하루의 괴로움은 그날에 겪는 것만으로 족하다.(〈마태오의 복음서〉 6:33, 34)

144) 제3의 직업은 법률을 말함. 다른 두 가지, 즉 제1은 신학, 제2는 의학.

145) Cork legs. 크로포드가 아일랜드의 코크(Cork)주 출신이란 사실과, 실수로 다리를 잃고 코크(cork) 다리를 한 상인에 대해 읊은 얼스터 민요인 〈달아난 코크 의족(The Runaway Cork Leg)〉의 내용을 서로 합친 익살.

146) 그래튼(Henry Grattan, 1746~1820)—아일랜드의 정치가 및 웅변가로, 가톨릭 해방운동의 지도자. 플러드(Henry Flood, 1732~1791)—아일랜드의 반영(反英)운동 지도자로, 그래튼의 지지자임. 버크(Edmund Burke, 1729~1797)—아일랜드 출신의 영국 휘그당 정치가, 변론가 및 수필가.

147) 함스워드(Alfred Harmsworth, 1865~1922)는 더블린 서부 외곽 채플리조드(Chapelizod) 태생의 영국 신문 편집자 및 출판자로,《앤서즈(*Answers*)》지 등 많은 신문을 창간함.

148) *Paddy Kelly's Budget*—더블린에서 발간되던 유머스런 주간지. *Pue's Occurrences*—1700년에 창간된 더블린 최초의 신문. *The Skibereen Eagle*—코크주의 스키버린에서 발간되던 주간지.

149) his American cousin은 함스워드의 친구이자 아메리카의 출판업자인 퓰리처(J. Pulizer)를 가리킴.『우리의 아메리카 종형제(*Our American Cousin*)』(1857)는 테일러(Tom Taylor, 1817~1880) 작의 미국 코미디극으로, 이 연극 공연을 관람하던 중 링컨 대통령이 암살되었음.

150)《프리먼즈 저널》지.

151)《프리먼즈 저널》지는 1763년에 창간됨.

152) Dr Lucas. 이른바 '아일랜드 자유의 기틀을 마련한' 아일랜드의 애국자(1713~1771). 그는《프리먼즈 저널》지에 수시로 글을 발표한 기고가였음.

153) John Philpot Curran. 아일랜드의 유명한 변호사. 애국자 및 연설가(1750~1871).

154) Kendal Bushe. 아일랜드의 변호사이자 영국의 칙선 변호사(1904)로, 당대 가장 달변의 웅변가.

155) 시머 부쉬(Seymour Bushe)는 간통 혐의를 받고 아일랜드를 떠나야 했음(가톨릭국인 아일랜드에서는 이혼이 불가능함).

156) 제6장 주 73) 참조.

157) 유령이 햄릿 왕자에게 자신이 클로디어스에 의해 암살당한 방법을 알리는 구절(〈햄릿〉 I, v, 59~63).

158) 그런데 어떻게…… 죽었는데—유령은, 죽은 다음에 자신을 죽인 방법이 폭로되어지지 않는 한 그 방법을 알 수 없다는 것. 다른 얘기는…… 야수를—유령은 왕자에게, 클로디어스는 '간통의 야수'라 말하고 왕비는 '미덕을 가장한 자'라 말함.(〈햄릿〉 I, v, 42~46). 이는 스티븐에게, 숙부와 어머니는 부왕의 죽음 전에 간통을 범함으로써 이아고의 말대로 '두 개의 등을 가진 야수'(〈오셀로〉 I, i, 117, 118)라는 사실을 암시해 줌. 그러나 이 두 가지 사실을 죽은 부왕이 어떻게 알 수 있었느냐가 문제로 남음.

159) 변호사 시머 부쉬를 가리킴.

160) *lex talionis*. (라틴어) 가해진 상해(傷害)에 대등한 형벌을 부여하는 법을 말함. 〈출애굽기〉 (21:24, 25)에 눈은 눈으로, 이는 이로……라는 복수의 법이 서술되어 있음.

161) 미켈란젤로는 교황 율리우스 2세(1443~1513)의 영묘(靈廟)의 일부로 모세를 조각함. 아일랜드 대법원 건물인 포코츠(Four Courts, 리피강 북안 소재) 정면에는 정의와 자비를 상징하는 모세의 상이 양쪽에 서 있음.

162) 레너헌을 가리킴.

163) ① 영국 19세기 소설가 디킨즈(Charles Dickens, 1812~1870)의 『데이비드 코퍼필드(David Copperfield)』(1850), 특히 제10장의 구절을 연상시킴. ② 사소한 것에서 오는 갑작스런 정신적 계시(revelation), 즉 에피파니(epiphany)의 동기를 주는 예증(例證).

164) 오몰로이가 부쉬의 재판문을 암기함.

165) Professor Magennis. 조이스의 모교인 유니버시티 칼리지(더블린)의 교수로, 금세기 초 아일랜드 문학의 중재자로 알려짐.

166) 19세기 말과 20세기 초에 성행한 전위파(Avantgarde)들은 연금술과 접신론에 크에 매력을 느낌. A. E.(조지 러셀)는 당대 신비교의 대가였으며(제9장), 1909년에 아일랜드에 '독립연금술협회(Independent Hermetic Society)'를 창설함.

167) '단백석(opal)'과 '침묵(hush)'은 비교론자 또는 연금술사인 A. E.가 사랑하는 시어(詩語)들임.

168) Blavatsky woman. 소련의 여행가이자 유명한 접신론자(1831~1891). 그녀는 1875년에 이른바 '접신론협회(Theosophic Society)'를 창설하고 『베일이 벗겨진 이시스(Isis Unveiled)』 등 접신론에 관한 저서를 펴냄(제9장).

169) 1909년에 창립된 아일랜드의 연금술협회(The Hermetic Society).

170) 접신론은 생(生)의 현상을 일곱 가지 의식의 층(planes of consciousness)으로 고안했음.

171) college historical society. 1770년에 창설된, 아일랜드 또는 영국에서 가장 오래된 대학토론회로 여겨졌던 트리니티대학의 사학회. 그 멤버들은 대부분 유명한 연설가 및 애국자들이었음. 조이스 역시 대학시절에 '인생과 연극(Life and Drama)'이라는 연제(演題)로 이곳에서 연설함.

172) John F. Taylor. 아일랜드의 변호사 및 저명한 웅변가. 그는 1901년 10월 24일, 맥휴 교수가 지금 회상하려 하는 유명한 연설을 행함.

173) Mr Justice Fitzgibbon. 아일랜드인이지만 충실한 프리메이슨 당원으로 보수당원(반(反)자치주의자)이었으며, 1879년 공소원 원장을 역임함. 아일랜드의 영국화(英國化, Anglicization)를 시도한 사람들 중의 한명임.

174) Tim Healy. 아일랜드의 독립을 위하여 한결같이 노력한 정치가·애국자(Timothy M. Healy, 1855~1931). 그는 처음에 아일랜드의 애국자였던 파넬의 '부관'이었으나, 파넬을 아일랜드 국민당의 영도자 자리에서 축출한 지도자들 중의 한 사람이 됨으로써 파넬의 '배신자'가 됨. 어린 조이스는 파넬의 배신자를 규탄하는 〈힐리여, 너마저(Et Tu, Healy)〉란 시를 씀.

175) 아일랜드의 게일어(Gaelic language) 부흥운동을 지칭함.

176) 〈햄릿〉 III, i, 70 참조.

177) 〈요한의 묵시록〉 16:1 참조.

178) 이스라엘 백성들이 이집트에 구금되어 있었을 때 모세는 죽을 운명에 처했으니, 이집트 왕 파라오가 온 백성에게 히브리인들이 계집아이를 낳으면 살려 두되 사내아이를 낳으면 모두 강물에 집어넣어라.(〈출애굽기〉 1:22)고 명을 내린 것임. 이를 피하기 위하여 모세의 어머니는 아들을 지초(紙草)의 방주에 넣어 강 언저리에 숨겼으나 파라오의 딸이 그를 발견하고 아들을 삼

왔음. 이리하여 모세는 히브리인인데도 이집트인으로 양육되고, 뒤에 '구속의 집'인 이집트에서 이스라엘 백성들이 탈출할 때 그들의 영도자가 됨.

179) 담배 연기는 평화와 고요의 상징. 셰익스피어의 〈심벨린(Cymbeline)〉 끝부분(V, v, 476, 479)에서 평화가 회복되자 심벨린은 이렇게 말함. 제9장 끝부분 참조.

180) 초기 그리스도교의 지도자이며 시인·수사학자였던 성 아우구스티누스(St Augustine, 354~430)의 저서 『참회록(Confessions)』(397)에 나오는 구절(VII:12).

181) 테일러의 연설을 회상하고 있는 맥휴 교수의 말에서, 영국을 이집트에 비유하고 아일랜드를 그의 노예가 된 유태인들 또는 유혹을 물리친 모세에 비유함.

182) 모세는 어렸을 때 나일강의 지초 방주에 실려 떠내려갔으나, 이집트 공주에 의하여 구출되고 성숙하여 어른이 된 다음, 유태인들의 지도자가 되고 나중에 민족의 우상적 존재로 군림함을 뜻함.

183) 모세는 마치 '두 마리아' 여인들이 예수의 묘를 바라보듯 두 여인들(그의 어머니와 그녀의 동생)에 의하여 감추어짐.

184) 성서에서—세월이 지나 모세는 성년이 되었다. 그는 어느 날 밖에 나갔다가 동족이 고생하는 모습을 보게 되었다. 그때 마침 이집트인 하나가 동족인 히브리인을 때리는 것을 보고, 그는 이리저리 살펴 사람이 없는 것을 알고 그 이집트인을 쳐죽여 모래 속에 묻어 버렸다.(〈출애굽기〉 2:11, 12)

185) 모세는 나중에 머리에 돌뿔이 솟았다고 전함. 미켈란젤로의 모세상(像)에도 두 개의 돌뿔이 솟아 있음.

186) Isis and Osiris. 고대 이집트인들에 의하여 숭상받던 신들. 이시스는 자연의 생산적 순리를 대변하는 풍요의 대모신(大母神)이며, 오시리스는 그녀의 동생이자 남편으로, 죽음과 부활을 대표하는 저승의 군주임.

187) Horus and Ammon Ra. 호루스는 이시스와 오시리스의 아들로, 부친의 죽음을 복수하고 어둠·겨울·고갈 등을 극복하는 태양신임. 암몬 라는 이집트 신화에서 인간의 옹호자요, 악의 정복자로, 대기(생명)를 신격화한 이집트 주신(主神)임.

188) 모세가 이스라엘 백성들을 거느릴 때의 말—모세는 시나이산에서 내려왔다. 산에서 내려올 때 모세의 손에는 증거판 두 개가 들려 있었다. ……모세는 그들에게 야훼께서 시나이산에서 주신 계명을 모두 전하여 주었다.(〈출애굽기〉 34:29~32).

189) 모세가 모압 광야에서 네리고 밋은편에 있는 느보산 비스가 봉우리에 오르자, 야훼께서 그에게 온 땅을 보여 주셨다. ……야훼께서 그에게 말씀하셨다. '이것이 내가 아브라함과 이삭과 야곱에게 맹세하여 그들의 후손에게 주겠다고 한 땅이다. 이렇게 너의 눈으로 보게는 해준다마는, 너는 저리로 건너가지 못한다.(〈신명기〉 34:1~5).

190) Gone with the wind—도우슨(Ernest Dowson, 1867~1900)의 시구이자 미국의 여류 소설가 미첼(Margaret Mitchell, 1900~1949)의 소설 제목이기도 함. Mullaghmast—더블린 북서쪽 21마일 지점의 언덕으로, 애국자 오코넬의 애국집회가 열렸던 곳. Tara—더블린 남서쪽 35마일 지점으로, 역시 오코넬의 애국집회가 열렸던 곳. 고대 황금시대의 아일랜드 국왕들의 연고지이기도 함. Hosts—영국과 아일랜드 합병(the Act of Union) 철회운동(1801년의 합병에 대한 반대 운동으로, 특히 1830년 및 1840~46년의 오코넬이 주도한 운동) 때에 오코넬에 의하여 동원된, 이른바 '괴물집회(monster meeting)'에 모인 군중들. 이들 집회는 1843년 봄과 1843년 8월, 앞서의 멀라매스트와 타라에서 행해졌음.

191) 〈햄릿〉(I, v, 63)의 글귀. 여기서는 대중 집회의 연설을 듣고 있는 청중들을 암시함.

192) 여기서 호민관(tribune)은 애국지사 오코넬을 암시함(스티븐은 그를 모세와 비교함). 합병 철회 운동 도중 '비폭력에 의한 쟁취'를 주장함으로써 오코넬은 '자신의 목소리 속에' 민족을 보호함.

193) 접신론과 비교론에서 모든 사고(思考)를 영원불멸화하고 기록하고 있는 보이지 않는 사고의 영역.

194) '그'는 오코넬을 암시함. 스티븐에게는 아일랜드의 혁명을 위한 이 모든 떠들썩한 공담(空談, Wind)들은 이들 감상적인 혁명들을 사로잡고 있는 역사의 몽마(夢魔)격이요, 이제는 '바람 (wind)'과 함께 다 사라져 버린 것이고, 자신은 이러한 역사의 몽마에서 도피하기를 바람(제2장).

195) 아침에 받은 스티븐의 급료.

196) 못마땅한, 불쾌한 대접이라는 뜻.

197) 마녀들의 예언에 의해 맥더프(Macduff)가 자기를 살해하리라는 것을 안 맥베드는 이처럼 말함 으로써 자신을 방어함(〈맥베드〉 V, iii, 33, 34).

198) 열쇠를 찾기 위해 들어감.

199) 디지 교장의 원고.

200) *Fuit Ilium!* (라틴어) 아에네아스(Aeneas)가 디도(Dido)의 요청에 따라 트로이의 몰락을 설명 했을 때의 말(베르길리우스, 『아에네이스』 II, 35).

201) 영국의 19세기 계관시인 테니슨(Alfred Tennyson)의 시 『율리시스(Ulysses)』(1842)에서 율리시 스 장군이 트로이를 회상하며 하는 말(16, 17행).

202) 예수는 그가 유태인의 왕인가 하는 빌라도의 질문에 답하여 내 왕국은 이 세상 것이 아니다.(〈 요한의 복음서〉 18:36)라고 함.

203) Dear Dirty Dublin. 아일랜드 여류 문인인 모건(Lady Sydney Morgan, 1780~1859)이 지어낸 말. 이는 조이스 작품들을 통하여 거듭되는 '말의 주제(verbal-motif)'를 형성함.

204) Dubliners. 조이스의 초기 작품집 이름이기도 함.

205) vestals. 로마의 가장 오래된 사원인, 로마 화상(火床)의 불을 지키는 베스타의 여사제들. 사 원의 여섯 여사제들은 순결과 정절의 생활에 헌신하면서 베스타의 램프(hearth)에서 타는 영원 한 불꽃을 살핌.

206) Fumbally's lane. 더블린 남서부의 특권 구역(liberties).

207) Blackpitts. 역시 더블린의 특권 구역.

208) 거리에서 만난 매춘부의 말을 연상시킴. 집시의 언어들(제3장).

209) 하느님께서 '빛이 생겨라!' 하시자 빛이 생겨났다.(〈창세기〉 1:3)의 패러디. 하느님의 우주 창 조와 스티븐의 예술 창조(앞서의 비전)의 비유를 강조하는 말.

210) '열 처녀의 비유(the Parable of the Ten Virgins)'에서 예수께서 하는 말―하늘 나라는 열 처녀 가 저마다 등불을 가지고 신랑을 맞으러 나간 것에 비길 수 있다. 그 가운데 다섯은 미련하 고 다섯은 슬기로웠다. 미련한 처녀들은 등잔을 가지고 있었으나 기름은 준비하지 않았다. 한 편 슬기로운 처녀들은 등잔과 함께 기름도 그릇에 담아 가지고 있었다……(〈마태오의 복음서〉 25:1~13).

211) brawn. 돼지 또는 송아지 머리나 발을 잘게 썰어서 삶아 치즈처럼 만든 것.

212) Lourdes water. 순례지의 하나인 프랑스 남부 도시 루르드에서 나는 성수(聖水)로, 여행자들은 그것으로 환부를 치료했다 함(제5장).

213) 기네스 회사에서 제조된 표준 더블린 주점용 맥주(트리플 X의 외국 수출용 맥주와 구별됨).

214) *Irish Catholic, Dublin Penny Journal.* 더블린에서 매주 발간되던 두 주간지.

215) Rathmines. 더블린 남동부 교외 지역의 마을로, 한때 조이스 가문의 거주지이자 조이스 출생지.

216) 현재 스티븐은 벅 멀리건에게서 구두를 빌려 신고 있음.

217) 스티븐은 오전 11시, 샌디마운트의 개펄을 거닐었음(제3장).

218) K. M. R. I. A.(Kiss my royal Irish arse). '왕립 아일랜드 아카데미 회원(Member of the Royal Irish Academy)'의 약자이기도 함.

219) *Nulla Bona.* (라틴어) 전당포의 용어. 오몰로이는 편집실에서 크로포드에게 돈을 빌리려고 했으나 거절당함.

220) 다글(Dargle)은 더블린 남서부 12마일 지점, 브레이(Bray) 근처의 관광 명소. 해마다 이곳으로 구두장이들이 피크닉을 나옴.

221) 아일랜드정부는 1966년 3월 8일 본래 영국의 해장(海將)인 넬슨의 기념탑을 무너뜨리고(조이스의 예언일 수도), 그 대신 하프의 기념탑을 건립함.

222) 푸른 돔―라드민즈에 있는 성당으로, 1921년에 화재로 파괴되었으나 뒤이어 복원됨. Adam and Eve's―리피강 남쪽 강변에 위치한, 더블린에서 제일 큰 가톨릭 성당(『피네간의 경야』 첫 부분 참조). St. Laurence O' Toole's―리피강 어귀 북쪽에 위치한 로마 가톨릭 성당.

223) 영국의 해장 넬슨(Viscoune Horatio Nelson)은 세인트 빈센트 해전에서 오른팔을 잃음. 1798년 그는 나폴리 주재 영국 공사인 해밀턴 경(Sir Hamilton)의 아내인 에머 해밀턴(Emma Hamilton)과 간통을 범해 기소됨. 이러한 간통사건은 파넬의 그것과 함께 당대에 알려진 가장 큰 스캔들 중의 하나임.

224) Antisthenes. 그리스의 철학자요 견유학파(犬儒學派)의 창설자(B. C. 440~371). 그는 덕망 없이는 행복이 있을 수 없으며 덕망이야말로 행복의 충분조건이라 주장함. 여기서는 스티븐의 우화 속에 나오는 '덕망' 있는 여인이 안티스테네스의 주장과 연관됨.

225) Gorgias, the sophist. 그리스의 궤변론자(sophist; 철학·수사·변론술 등의 교사) 및 수사가(修辭家)로, 안티스테네스의 스승.

226) 안티스테네스는 『헬렌과 페넬로페에 관하여(Of Helen and Penelope)』라는 저서에서 헬렌(스파르타의 왕 메넬라오스의 아내로 절세의 미인)보다 페넬로페(율리시스 장군의 정절의 아내)를 한층 더 덕망(종려의 가지) 있는 여인으로 서술함.

227) Penelope Rich. 맥휴 교수의 페넬로페에 대한 언급은 시인 필립 시드니(Philip Sidney)경의 연인이요 그의 소네트 『애스트로펠과 스텔라(Astrophel and Stella)』(1591)의 미모의 여주인공인 스텔라를 스티븐에게 연상시킴.

228) *Deus nobis haec otia fecit.* (라틴어) 베르길리우스의 〈목가(Eclogues)〉 1:6 의 시구.

229) A Pisgah Sight of Palestine―성서의 〈출애굽기〉에서 하느님이 모세에게 보여준 조망. 그러나 모세는 약속의 땅에 들어가지 못했으므로 꿈이 실현되지 못함. 모세의 실현성 없는 비전

은, 스티븐의 두 여인들이 더블린의 경치도 넬슨기념탑도 보지 못하는 실현성 없는 좌절과 연관됨. The Parable of the Plums—예수는 복음서에서의 그의 추종자들을 가르칠 때 우화에 크게 의존함.

230) Horatio. 앞에서 언급한 영국의 해장 넬슨을 말함.

231) John Gray(1816~75). 아일랜드의 애국자 및 《프리먼즈 저널》의 사주(社主).

✦ 8장 ✦

1) 영국 국가의 서두 구절—하느님 우리의 우아한 임금님을 구하소서, / 우리의 고상한 임금님을 오래 살게 하소서, / 하느님 우리의 임금님을 구하소서! / 그에게 승리와 행복과 영광을 주옵소서, / 우리를 오래 통치케 하소서, / 하느님 임금님을 구하소서.

2) 영국 국왕은 식민지 아일랜드를 지배하고 그 고혈(膏血)을 빨고 있는 셈임.

3) A throwaway—미국의 복음주의자요, 시온(Zion)산 교회의 부활자인 도위(John Alexander Dowie) 박사가 연설하는 종교집회의 선전 삐라(블룸의 의식을 흐르는 중요 모티프 중의 하나). 마음과 마음의 대화—삐라 속의 질문: 양의 피, 즉 그리스도의 피에 씻겼나요? 블루⋯⋯ 나를?—블룸(Bloom)은 피(Blood)의 자기 이름의 음률상의 유사함에 생각이 미침.

4) Blood of the Lamb. 성서에서—그들은 어린 양의 흘리신 피에 자기들의 두루마기를 빨아 희게 만들었습니다.(《요한의 묵시록》7:14)

5) 고대 헤브라이의 종교 의식에서 구운 콩팥(kidney) 제물은 사원에 있어서 아침 기도와 일치함.

6) 드루이드교 신부의 제단—블룸은 헤브라이의 종교의식을 드루이드(Druid, 고대 골(Gaul) 및 켈트족의 승려)의 의식과 결부시킴. 엘리야는 다가오고 있다—구세주(Messiah)의 도래를 예언한 기원전 9세기경의 헤브라이 예언자 말라기의 마무리 글 속에 나오는 구절; 엘리야가 어른들의 마음을 자식들에게, 자식들의 마음을 어른들에게 돌려 화목하게 하리라. 그래야 내가 와서 세상을 모조리 처부수지 아니하리라.(《말라기》 3:24). 엘리야의 재림(再臨)은 메시아의 도래(到來)를 의미하는 바, 이는 그리스도의 재림을 예언하는 〈요한의 묵시록〉처럼 기독교의 전통이 됨.

7) Dr John Alexander Dowie. 에든버러 태생의 복음전도사로 미국 일리노이주(州)에 그의 교회와 시온시(Zion City)를 건립했으며, 뒤에 유럽 각지에서 전도 활동을 함. 그는 1904년 6월 11일~18일 사이에 유럽에서 활동했으나, 블룸즈데이(Bloomsday) 당일 더블린에는 들르지 않았다는 것이 기포드(Gifford) 교수의 설(說)임.

8) 스위프트(Swift)의 『예의 바른 대화(Polite Conversation)』에 나오는 상투어. 조이스에게 그가 끼친 영향은 지대함.

9) 종교의 세속적 물질주의를 두고 하는 말.

10) Torry and Alexander. 1904년 3, 4월 사이에 '대영제국과 아일랜드의 커다란 사명'을 띠고 전조를 행한 한 무리의 미국 신앙부흥론자들. 그중 알렉산더(C. M. Alexander) 신부는 부흥 전도에 있어서 음악부문을 담당함.

11) 1968년의 인터뷰에서 조이스의 친구였던 콜럼(Padraic Colum)은, 이것을 1870년대에 페퍼(John Pepper)라는 영국인에 의하여 개발된 서커스 또는 스테이지 트릭(Stage trick)이라 회상함. 고안된 인(燐)으로 입혀진 의상, 빛 그리고 어두운 커튼을 조화시켜 무대에 소름끼치는 유령의 효과를 나타내기 위하여 고안된 것.

12) 몰리 블룸의 I. `N. `R. `I.(Iesus Nazarenus Rex Iudaeorum, 유태인의 왕 나사렛 예수)에 대한 블룸의 회상. 이는 빌라도가 그리스도의 십자가에 써서 붙인 명패임. 제5장 주 79) 참조.

13) 로마 가톨릭에서는 산아제한은 용서하지 않으며, 아기를 낳지 않는 여인의 고해(confession)나 사면(absolution)도 거절함.

14) ① 성구에서—하느님께서는 그들에게 복을 내려 주시며 말씀하셨다. '자식을 낳고 번성하여 온 땅에 퍼져서 땅을 정복하여라……'(《창세기》 1:28). ② 유태 종족의 증가와 번식을 의미하기도 함(제4장).

15) the black fast Yom Kippur. 유태교에서 일년 중 가장 성스러운 날. 연중 저지른 죄를 속죄할 목적으로 4월 중순에서 10월 초순 중의 하루를 택해 그 의식을 행함. 속죄의 제전(祭典)은 단식(fast)으로 그 절정을 이루는데, '흑색(the black)'이란 일몰에서 다음 일몰까지, 즉 24시간 동안의 철두철미한 단식을 의미함.

16) 교인의 물질주의에 대한 세속성을 암시함.

17) 음주시합에서 조금도 주춤거리지 않고 '남자답게 마신다'라는 속어.

18) 사이먼 데덜러스.

19) 앞서의 전도 삐라. 이는 블룸의 의식을 적시는 중요 모티프인 동시에, 리피강을 따라 흐르는 그것의 시간성은 본 소설, 특히 제10장의 구조를 형성함.

20) 낙하의 속도로, 블룸의 과학적 기질의 한 단면을 말해 줌.

21) 블룸의 자작시인 듯.

22) 유령이 햄릿 왕자에게 하는 말—나는 네 아비의 혼령이다. 밤이면 한동안 나다니고 낮에는 지옥에 갇혀서, 생전에 저지른 악행이 불에 다 씻길 때까지 힘이야 하는 내 운명.(《햄릿》 I. v. 9, 10)

23) Manna. 천국(야훼)에서 보내 온 음식으로, 약속의 땅(the Promised Land)을 향한 여로에 이스라엘 백성의 식량으로 쓰임(《출애굽기》 16:13~36).

24) 런던의 키노(Kino) 포목점의 분점으로, 칼리지 그린 12번지에 자리한 기성복 가게. 바지 한 벌에 11실링(광고 외무원인 블룸의 직업의식의 발로).

25) 더블린 사교계에 널리 알려진 댄스교사.

26) POST NO BILLS. POST 110 PILLS. 'No Bills(삐라 첨부 엄금)'가 누군가의 장난에 의해 '110 pills(110개의 알약 우송)'로 바뀜.

27) 블룸은 보일런(몰리의 정부)이 그의 아내에게 성병을 옮기거나 성욕자극제를 사용하지 않을까

두려워함.

28) 오코넬교 남쪽에 위치한 바닥짐취급소의 건물 벽에 걸린, 더블린에서 가장 신빙성이 있다는 시계(『영웅 스티븐(Stephen Hero)』)에서 주인공은 이 시계가 에피파니가 될 수 있다고 설명함). 표시구(timeball)는 특수한 경우의 시간을 알리기 위하여 갑자기 내릴 수 있게 만든, 일종의 게시봉 위에 꽂힌 시계공.

29) Dunsink time—더블린의 피닉스 공원 북쪽에 세워진 던싱크관상대는 아일랜드인들에게 표준시간을 알리는 기준이 됨. Sir Robert Ball—아일랜드 출신의 영국 관상대장 및 천문학자(1840~1913)로, 블룸의 서가에 그의 저서 『하늘 나라 이야기(The Story of the Heavens)』(1885)가 꽂혀 있음(제17장). 여기서 블룸이 회상하는 '조그마한 책'은 바로 이 책임.

30) Parallax. 블룸은 마치 몰리가 '윤회(metempsychosis)'라는 단어를 생각하듯 parallax의 의미를 생각함. 그의 '그리스 말'이란 추측과는 달리 'par' 어두(語頭)는 라틴계 – 불어의 파생어임. 그의 의식을 적시는 중요 모티프 중의 하나.

31) big Ben. 런던 국회의사당의 시계탑.

32) Bass. 아일랜드산(産)의 독한 갈색 맥주.

33) 하느님이 광란의 도시 소돔, 고모라, 조아 등을 파괴시켰을 때, 사람들에게 몸을 돌려 그것을 보지 말라고 주의했으나, 롯의 아내는 호기심으로 뒤돌아 보아 '소금기둥'으로 변함(〈창세기〉 19:14~26 및 본 소설 제4장).

34) 블룸은 이전에 헬리 상점에서 해고당함(그의 의식의 중요 모티프 중의 하나).

35) Tranquilla convent. 더블린 남부 외곽 라드민즈(한때 조이스 가족의 거주지)에 위치한 수녀원으로, 1833년에 건립됨.

36) Feast of Our Lady of Mount Carmel. 이스라엘의 하이파(Haipa) 남동쪽에 있는 산으로, 예언자 엘리야의 유해가 있는 곳. 여기서 이름을 딴 카르멜회(會)는 규율이 엄격하기로 유명함. 카르멜산의 성모축제일은 7월16일.

37) 기술사(技術史)에 의하면 수녀가 철조망을 발명했다는 설이 있으나, 실은 세 사람의 미국인이 이를 최초로 발명했다 함.

38) 블룸의 죽은 자식 루디.

39) Glencree dinner. 위클로우주(州), 클렌크리에 있는 성(聖) 카인의 감화원에서 매년 개최되는 모금만찬회.

40) Alderman Robert O' Reilly—한때 더블린의 정객(政客)이었으나, 지금은 양복상인. 깃발이 내려오기도 전에—'식사 전의 기도가 행해지기도 전에'란 뜻.

41) Sugarloaf. 더블린 서부 14마일 지점에 있는 산.

42) 블룸은 몰리의 옛 애인 중의 한 사람이며 이웃이었던 펜로즈(Penrose)를 생각함. 그가 말하는 펜데니스(Pendennis)는 19세기 영국 소설가 새커리(William Thackeray, 1811~63)의 소설 『펜데니스의 역사(The History of Pendennis)』(1850)에 나오는 주인공 이름이기도 함.

43) 블룸은 제7장에서 신문사의 편집장인 나네티가 식자공 멍크스(Monks)의 이름을 기억할 수 있을지에 대해 회상하고 있음.

44) Bartell D' Arcy. 『더블린 사람들』, 〈죽은 사람들〉에 등장하는 가수로 몰리의 연인 중의 한 사람(제18장).

45) *Winds that blow from the south*. 출처 미상의 노래—내 마음 그대에게 전하리라…… / 그리고 향기로운 밤의 훈풍에 부쳐 내 마음 그대에게 전하리라.

46) 크로포드(Annie B. Crawford) 작사, 크로우치(F. N. Crouch) 작곡의 〈캐슬린 마보어닌(Kathleen Mavourneen)〉이란 노래의 코러스에서—캐슬린 마보어닌, 회색의 새벽이 트고 있어요. / 사냥꾼의 나팔 소리가 언덕 위에 들려요. / 종달새가 그의 가벼운 날개에서 반짝이는 이슬을 털고 있어요 / 캐슬린 마보어닌—아니, 아직도 졸고 있어요? // [코러스] 오, 당신은 우리가 헤어져야 함을 잊었나요…… / 수개월 아니면 영원히 헤어질지도 몰라요…… / 왜 당신은 말이 없어요! 캐슬린 마보어닌.

47) Mrs Breen. 데니스 브린(Denis Breen)의 아내로, 블룸의 옛 연인.

48) 맥글렌논(F. M. McGlennon) 작의 〈그의 장례식은 내일(His Funeral's Tomorrow)〉이란 노래와 로버트 번즈(Burns) 작시 〈호밀밭을 지나(Comin' through the Rye)〉의 혼성곡—내일은 그의 장례식 / 나의 가련한 마음이 슬픔으로 아파와요. / 언젠가 나는 그를 한 번 때렸을 뿐, 그것이 다예요. / 그리고 그는 천사들이 부르는 소리를 들었어요. / 우리는 내일이면 그를 매장할 거예요 / ……호밀밭을 지나.

49) Harrison's. 웨스트모어랜드가 29번지에 자리한 제과점.

50) Demerara. 남미 기아나(Guiana)산(産) 사탕수수에서 채취하는 담갈색 조당(粗糖).

51) 블룸 부친의 음독자살을 암시함.

52) 그믐달과 초승달이 뜰 때 정신착란증이 생긴다는 미신에서.

53) 트럼프놀이에서 악몽을 가져온다는 스페이드(spade) 카드.

54) U. p. '정신이상', '기력의 쇠진', '넌 미치광이' 등 여러 가지 암시적 의미를 지님. 디킨즈의 소설 『올리버 트위스트(Oliver Twist)』(제24장)에 나오는 말로, 이 작품에서 약제사의 조수는 '노파의 임박한 죽음'을 알리기 위해 이 말을 씀.

55) Menton. 앞서의 변호사 존 헨리 멘턴(제6장).

56) Josie Powell. 브린 부인의 처녀 때 이름.

57) 더블린 남서부 외곽의 돌핀즈 반(Dolphin's Barn)에 살았던, 블룸의 친구들인 루크(Luke) 및 도일(Doyle). 몰리와 처음 만난 돌핀즈 반에서의 파티는 블룸에게 잊을 수 없는 추억으로, 그의 의식이 중요 모티프.

58) Mina Purefoy. 이날 밤 10시경에 아기를 낳는 산보(제14장).

59) 블룸이 아침에 화장실을 갔을 때 잡아당긴 변기의 사슬에 대한 생각(제4장). 그곳에서 그가 읽은 단편소설 〈맛참의 뛰어난 솜씨〉의 작가 필립 뷰포이(Philip Beaufoy)와 마이너 퓨어포이의 이름이 그의 의식 속에서 서로 얽힘.

60) Dr Horne. 홀레스가(街)의 산부인과 병원 원장(제6대). 그의 명성은 더블린 전역에 널리 알려짐.

61) Cashel Boyle O' Connor Fitzmaurice Tisdall Farrell. 달(月)의 여신 셀레네(Selene)가 사랑하는 미소년인 '엔디미온(Endymion)'이란 별명을 지닌 '더블린의 괴짜(eccentric)'라는 기록이 있음(엘만, 『제임스 조이스』 p. 375). 조이스의 친구 고가티(멀리건의 모델)는 그의 저서 『내가 세크빌가(街)를 걸어 내려가고 있을 때(As I Was Going Down Sackville Street)』에서 그를 '뒤죽박죽(topsy-turvy)' 인생의 표본으로 서술하고 있음.

62) 데니스 브린은 너무 야위었기 때문에 바람에 날릴 듯하다는 뜻.

63) other world. 마사의 편지에 기록된, 말(word)이란 단어의 오식.

64) Lizzie Twigg. A. E.를 스승(Protégé)으로 모시고 있는 아일랜드의 열렬한 여성 민족주의자. 『노래와 시(Songs and Poems)』(1905)의 작자이기도 함.

65) A. E. (Mr Geo Russell). 아일랜드 문예부흥기의 접신론자 및 신비주의 시인이자 화가 (1867~1935). A. E.는 그의 필명(제9장).

66) James Carlisle. 《아이리쉬 타임즈》지의 사장.

67) 앞서의 칼라일은 1896년 스코틀랜드의 페이즐리(Paisley)에서 시작된 면사주(綿絲株)에 의하여 놀라운 수익성을 기록함.

68) the Irish Field. 더블린에서 토요일마다 발간되는 주간지로서, 특히 '시골 신사분들의 이익에 공헌함'을 그 취지로 삼음.

69) Lady Mountcashel—《아이리쉬 타임즈》에 실린 뉴스를 블룸이 개조한 가공인물. Rathoath)— 더블린 북서부 20마일 지점의 마을. 해금식(enlargement)—사냥에 앞서 사냥할 여우를 우리에서 풀어 놓는 의식. Ward Union—아일랜드 여우 사냥인들을 위한 유명한 클럽 중의 하나.

70) 본 소설 제5장에서 블룸이 본, 마차에 오르던 여인.

71) Mrs Miriam Dandrade. 블룸의 밤의 환각 장면에 등장하는 여인(제15장).

72) 헨리 스터브즈(Henry G. Stubbs)는 1901년까지 더블린의 피닉스 공원 공원지기였음. 그가 블룸을 기자 패스로 총독의 가든파티에 입장시킴.

73) 여자가 임신하기를 꺼림.

74) 햄릿의 냉소적 말에 대한 폴로니어스의 언급. 그는 폴로니어스를 조롱하며 스스로 미친 척함(〈햄릿〉 II, ii, 207, 208).

75) Dublin Castle. 영국 지배하의 아일랜드 총독 관저 및 더블린 왕립 경찰서 관청. 지금은 아일랜드정부 청사로 쓰임.

76) 연년생의 아이들. 퓨어포이 부인은 모두 아홉 명의 자식을 두었음(제14장).

77) the Three Jolly Topers. 더블린 톨카(Tolka) 강변에 위치한 주점 이름.

78) 『이솝이야기(Aesop's Fable)』 중의 하나. 여물통 속에 들어앉아, 소가 여물을 먹지 못하게 심술을 부리는 개. 심술쟁이, 이기주의자란 뜻임.

79) Burton. 듀크가 18번지의 호텔 및 레스토랑.

80) Tom Kernan. 차(茶) 상인. 본 소설 제6장과 『더블린 사람들』, 〈은총〉 참조.

81) Twilightsleep idea. 산부(産婦)를 위한 마취술은 1850년대에 아직 실험 단계에 있었으며, 빅토리아 여왕이 리오폴드 왕자를 낳을 때 이 '무통분만법'을 실험한 사실이 널리 소문나 있었음.

82) 그녀는…… 가졌다—빅토리아 여왕은 4남 5녀를 둠. 구두 속에…… 노파—자장가의 가사에서; 옛날 구두 속에 한 노파가 살았대요. / 그녀는 애들을 너무 많이 낳아 어쩔 줄을 몰랐대요. / 그녀는 그들에게 빵도 없이 수프만 주었대요. / 그리고 한껏 매질을 하고 모두들 잠자리로 쫓았대요.

83) 빅토리아 여왕의 부군(夫君) 앨버트는 폐병환자였음. 여기서 블룸의 의식은, 폐병환자는 지나

치게 성적(性的)이라는, 사람들의 허황된 미신을 떠올림.

84) 이날 신문에 실린 도우슨의 장광설 중 한 구절(제7장). 허풍만 떨 게 아니라는 것.

85) Mrs Moisel. 블룸가(家)의 이웃(제4장).

86) 늙은 손턴 부인—블룸의 의식 속을 자주 넘나드는 늙은 산파. 참 유쾌한 사람—〈참 유쾌한 사람(jolly old soul)〉이란 자장가의 가사에서; 늙은 콜왕은 참 유쾌한 사람, 참 유쾌한 사람은 바로 그이. / 그는 파이프를 요구하고 대통을 요구했지요. / 그리고 그는 세 사람의 풍금 치는 이들을 요구했어요.

87) Irish house. 지금의 아일랜드 은행 건물(트리니티대학 맞은편에 위치)로, 1800년의 합병법안(the Act of Union)에 의하여 의회가 해산될 때까지 의사당으로 사용됨.

88) Apjohn. 블룸의 유년 시절 친구로, 보어전쟁 때 전사함.

89) Owen Goldberg 블룸의 유년 시절 친구로, 에라스무스 스미드 고등학교(Erasmus Smith High School) 동창생.

90) Mackerel. 블룸의 유년 시절 별명. mackerel은 갈봇집 주인, 중재자란 뜻이 있음. 더블린 만에서 주로 생산되는 어종(魚種)이기도 함.

91) 길버트(Gilbert)와 설리번(Sullivan) 작 『펜잔스의 해적(The Pirates of Penzance)』에 나오는 가사의 인유—경사와 코러스가 교창(交唱)으로 노래함;

경사 – 악당이 자기 일에 종사하지 않을 때
코러스 – 자기 일에
경사 – 그의 악당다운 작은 계획을 완성하면서,
코러스 – 작은 계획
경사 – 천진한 향락을 위한 능력,
코러스 – 천진한 향락
경사 – 정직한 사람처럼 위대하다오.
경사 – 우리는 우리들의 감정을 어렵게 참으니,
경사 – 순경의 의무를 다할 때까지
경사 – 더불어 한 가지만 더 참작하구려.
경사 – 순경의 운명은 행복한 게 아니오.

92) 익살맞은 손가락—아일랜드 은행 맞은편 트리니티대학 곁의 공중 변소 근처에 서 있는 시인 무어(Thomas Moore, 1779~1852)의 동상. 이 동상은 '익살맞은 손가락(roguish finger)'을 치켜들고 있는데, 이 표현은 머호니(Father F. Mahony, 1804~1866)가 쓴 익살로서, 무어의 시를 프랑스와 라틴어의 번역이라 공격한 그의 시 〈톰 무어의 익살(Rogueries of Tom Moore)〉에서 유래함. 무어는 아일랜드의 민족 시인으로, 그의 시집 『아일랜드 노래(Irish Melodies)』는 너무나 유명하여 이를 소유하지 않은 가정이 없을 정도임. 사방의 물이 합치는 곳……—무어의 시 〈물의 만남(The Meeting of the Waters)〉에서 온 말임.

93) 앞서 무어의 시 구절—이 넓은 세상에 그토록 아름다운 계곡은 없다네. / 그의 가슴에 밝은 물 서로 만나는 저 골짜기처럼. / 오! 감정과 인생의 마지막 빛은 떠나야 하나니, / 저 골짜기의 꽃이 나의 가슴에서 시들기 전에.

94) Julia Morkan. 『더블린 사람들』, 〈죽은 사람들〉에 등장하는 노파로, 주인공 게이브리얼의 이모.

95) Michael Balfe. 오페라 〈카스틸의 장미(The Rose of Castille)〉(1857)와 〈보헤미아의 처녀(The

Bohemian Girl)〉(1843)로 유명한 아일랜드의 작곡가 및 가수(1808~70). 그의 두 오페라곡은 조이스 작품 전역을 커버하는 노래 주제이기도 함.

96) 유령이 햄릿에게 하는 말—황천의 비밀을 털어놓을 수 없다만, 말하면 단 한 마디로 네 영혼은 고통을 받고……

97) Joe Chamberlain. 조지프 챔벌레인(Joseph Chamberlain, 1836~1914). 한때 영국의 식민상이요 정치가였던 그는 트랜스발(남아연방의 한 공화국)의 대통령 크루거와의 협상에 실패함으로써 보어전쟁을 유발시켰다는 비난을 받음. 아일랜드 글래드스톤의 자치법안을 반대했던 그는 1899년 12월 18일 트리니티대학에서 명예 법학박사 학위를 수여받았는데, 이때 한 무리의 대학생들이 그와 보어전쟁에 반대하는 데모를 벌임.

98) 성구에서—그 바퀴들은 넷 다 같은 모양으로 감람석처럼 빛났고 바퀴 속에 또 바퀴가 있어서 돌아가듯 되어 있었는데…… (〈에제키엘〉 1:16) 이는 복잡한 동기 등을 암시함.

99) 아일랜드 민족주의자들은 친(親) 보어인들이었음. 이는 영국의 또 다른 피압박 민족에 대한 탄압의 본보기였기 때문임. 아일랜드의 급진주의자들은 이 전쟁에서 영국에 항거하기 위하여 기병대를 자원, 보어전쟁에 참전함.

100) De Wet. 보어의 탁월한 사령관이자 정치가(1854~1922).

101) 노래 가사인 듯하나 출처는 미상임.

102) Vinegar hill. ① 아일랜드의 웩스포드(Wexford)에 위치한 언덕으로, 1798년 반란군이 이곳에서 진을 치고 영국의 왕당파에 대항하였으나 패함. ② 〈웩스포드의 젊은이들(The Boys of Wexford)〉이란 민요 마지막 구절에 나오는 지명이기도 함—만일 지휘자의 빈곤 때문에 / 우리가 비니가 언덕에서 진다면, / 우리는 또 다른 전투에 대비하지요. / 그리고 여전히 우리의 조국을 사랑하지요.

103) 설리번(T. D. Sullivan, 1827~1914) 작 〈하느님이시여 아일랜드를 구하소서(God Save Ireland)〉의 가사에서—하느님이시여 아일랜드를 구하소서! 하고 영웅들이 말했지. / '하느님이시여 아일랜드를 구하소서' 하고 모두들 말했지. / 높은 단두대 위에서 / 또는 전쟁터에서 우리가 죽건 말건, / 아일랜드를 위해 우리가 쓰러진들 무슨 상관이랴.

104) Harvey Duff. 아일랜드계 영국 극작가이자 배우인 부시코(Dion Boucicault, 1822~1890) 작의 연극 〈쇼그라운(The Shaughraun)〉(1874)에 나오는 경찰 스파이.

105) 제5장 주 81), 82) 참조.

106) 더블린 성.

107) 영국 워리크셔(Warwickshire)주의 코벤트리(Coventry)시에 있었던 12세기의 전설적 이야기에서 유래함. '엿보는 사람', 특히 성적 호기심에서 들여다보는 호색한, 취한 등을 가리킴.

108) 아일랜드의 애국단체인 '아일랜드 공화국 형제단(Irish Republican Brotherhood)'의 수령 스티븐 즈와 그 일당들은 10명 단위의 서클을 조직하여 활약했음.

109) '아일랜드 공화국 형제단'은 이색분자의 이탈을 감시하는 비밀조직대(Hidden Hand) 및 사살대 (The Firing Squad)를 가짐.

110) Lusk. 더블린 북부 14마일 지점의 항구.

111) 제임스 스티븐즈(James Stephens)는 변절자로 당에서 제명되고 사형선고를 받았으나 뒤에 미국으로 도주함.

112) Garibaldi. 조국 이탈리아의 통합을 위해 싸운 유명한 애국자이자 군인(1807~82). 그도 또한 스티븐즈처럼 배신, 도피의 수난을 겪여야 했음.

113) Gammon and Spinach—'일상적인 일의 되풀이'라는 뜻의 속어. Michaelmas goose—영국 및 아일랜드의 미가엘 축일(성 미가엘 축제를 갖는 매년 9월 24일)에 거위 요리를 먹는 관례에서.

114) 너무 바빠 '식전기도'할 시간도 없다는 뜻에서 유래함.

115) 양파와 빵은 노예들의 전통식 식사.

116) Chinese wall—이집트의 피라밋과 함께, 인간의 엄청난 노동의 대가를 치르고 이루어진, 그러나 부패와 파괴로 허물어지고 있는 이 거대한 기념물은 인간의 노력의 허망함을 나타냄. 14세기에 세워진 중국의 이 장성(長城)은 높이 14피트, 두께 21피트, 길이 1,250마일로, 중국과 몽고의 변경을 보호함. Babylon—고대 바빌론의 벽과 정원 등 12세기의 유물들은 세계 7대 불가사의(The Seven Wonders)들임.

117) 노르웨이와 스칸디나비아 침공을 방어하기 위하여 12세기경에 세워진 이것들은 고대 아일랜드 건축의 유물로, 아일랜드 전역 여기저기에 남아 있음.

118) 더블린의 건축 계약인인 커원(Michael Kerwan)은 피닉스 공원 동쪽에 '더블린 예술가촌'을 위한 값싼 날림 건물을 지어 한때 물의를 일으킴.

119) 새먼(The Reverend George Salmon, 1819~1904)은 저명한 수학자로서 트리니티대학의 학료장(學寮長)을 역임했는데, 그의 사택이 트리니티대학 구내 정문 바로 곁에 위치함.

120) John Howard Parnell. 찰스 파넬(Charles S. Parnell)의 형. 국회의원 및 한때 더블린시 경시총감을 지냄. 이날 더블린 제과회사에서 장기를 둠(제10장).

121) Charley Kavanagh. 파넬의 전임 경시총감인듯.

122) D. B. C. 더블린 제과회사(Dublin Bakery Co.). 그 흡연실은 장기 및 바둑장으로 자주 사용됨.

123) 정신나간 파니—파넬(Frances I. Parnell, 1854~82). 파넬의 누이로, 그녀 역시 아일랜드 민족주의운동의 열성가. 미국으로 망명하였는데, 뒤에 정신이상으로 '정신나간 파니(Mad Fanny)'란 별명을 얻음. 디킨슨 부인(Mrs Dickinson)은 파넬의 또 다른 누이.

124) surgeon M'Ardle. 더블린 왕립의과대학의 외과의사.

125) 남부 골웨이 출신의 국회의원 쉬히(David Sheehy, 1844~1932)가 남부 미드(Meath)주의 선거에서 파넬을 패배시킴.

126) the Chiltern Hundreds. 영국 베드퍼드(Bedford)와 하트퍼트(Hertford) 사이에 위치한 칠틴 힐즈(Chiltern Hills)는 한때 노상강도의 은거지로서 관찰관(Crown Steward)을 임명하여 이 지역을 순찰케 함. 하원의원에서 물러나서 갖는 일시적 한직(閑職)이기도 함.

127) 피닉스 공원에서 갖는 애국단체의 향연. 아일랜드의 애국자들은 오렌지당원(Orangeman, 반애국친영단체)들을 삼켜 버린다는 상징적 의미로 오렌지를 먹었음.

128) 이 구절은 신비주의자인 러셀(Russell)과 그의 친구였던 접신론자 마더즈(Macgfegor Mathers, ?~1916)와의 불협화음을 암시하는 듯. 마더즈는 스코틀랜드 출신의 더블린 거주자였음. 두 개의 대가리는 러셀 자신의 신비주의(occultism)에 대한 열광적 관심과 이른바 '거대한 전쟁의 임박'(예이츠, 『자서전(Autobiography)』, p.225), 즉 '세계의 종말'에 대한 예이츠의 열광적 관심을 러셀이 비유한 것.

129) 스코틀랜드의 시인 캠벨(Thomas Campbell, 1777~1844)이 지은 민요 가사에서 유래함. 이 민요

에서 요술쟁이는 찰리 왕자(스튜어트의 왕위요구자)가 전투에서 패한다고 예언함. 그리고 왕자의 부하인 로킬의 죽음도 예언하는 바, 그럼에도 로킬은 사리(私利)를 넘어 명예를 택하고, 왕자를 지지하여 죽음의 전쟁터로 나아감. 요술쟁이의 최후의 경고—로킬, 로킬, 그날을 조심해요! / 내 시력이 어둡고 절망스럽다 하더라도 / 그러나 인간은 하느님의 계시를 감출 수는 없어요! / 인생의 황혼이 내게 신비의 지식을 가르쳐 주고 있어요. / 다가오는 사건은 미리 그 그림자를 던져 주게 마련이라오.

130) 러셀의 필명(筆名)인 A. E.는, ① 아일랜드 농업에 대한 그의 신념을 나타내는 '농업경제학자(Agicultural Economist)'의 두 문자란 설과, ② 아일랜드 국립도서관에 진열된 어떤 책에서 러셀이 우연히 발견한 'aeon' 영겁(永劫)이란 단어의 약호(略號)란 설 등이 있음(제9장).

131) 블룸이 갖는 A. E.에 대한 두 문자의 암시 가운데 엘버트 에드워드(웨일즈의 황태자)만이 옳음.

132) A. E.는 아일랜드 농민에 대한 그의 강한 신념 때문에 평소 홈스펀 모직물을 입었고, 채식주의자였으며, 아일랜드 농민협회를 창설하기 위하여 자전거를 타고 전국을 누볐다 함.

133) nutsteak. 채식주의자들을 위해 호두 가루로 만든 고기 대용품.

134) 광학 및 수학기구 판매상으로, 그래프턴가 2번지, 트리니티대학 왼편에 위치함.

135) 제1차 세계대전 이전의 독일 팽창주의는 정치 및 국제시장의 독점을 의미함. 독일정부는 국제시장에서 유리한 경쟁적 위치를 확보하기 위하여 주요 산업에 엄청난 국가보조금을 투입함.

136) Limerick Junction. 아일랜드 서해안으로 빠지는 샤논(Shannon)강 어귀의 철로 교차점으로, 더블린 동서부 190마일 지점에 위치함.

137) Dunsink. 피닉스 공원 북서쪽에 있는 관측소로, 트리니티대학이 오랫동안 그 관할권을 가짐 (1783~1946).

138) Charles Jasper Joly. 아일랜드의 천문학자(?~1906)로, 트리니티대학 천문학 교수 및 던싱크 천문대 대장을 역임함.

139) 엉뚱한 질문을 한 자는 쫓겨나게 마련임.

140) La Maison Claire. 그래프턴가 4번지 궁중(宮中) 의상실.

141) 블룸의 의식 속에 그의 아내 몰리 또는 그녀의 정부 보일런과 자주 연관되는 톨카(Tolka)강은 더블린 북쪽 외곽을 흐르는데, 페어뷰(Fairview, 당시의 갯벌)에서 더블린 만으로 빠짐. 페어뷰는 뒤에 공원이 됨.

142) 토머스 무어의 노래 〈5월의 초승달(The Young May Moon)에서—5월의 초승달이 비치고 있어요, 여보 / 개똥벌레의 불똥이 비치고 있어요, 여보 / 산보란 얼마나 달콤한가요 / 모나숲을 지나 / 졸린 꿈을 꿀 때, 여보.

143) 그 녀석—몰리의 정부, 보일런. Touch Fingers—성교에 대한 속어. 만일 원하는 자가 상대방의 손바닥을 셋째손가락으로 터치하면, 상대방이 의향이 있을 때 그 응답으로서 같은 손가락의 제스처를 함. 여기서 블룸은 몰리와 보일런의 관계를 의심함.

144) Bob Doran. 『더블린 사람들』, 〈하숙집〉에 등장하는 인물로, 하숙집 마담 무니와 그녀의 딸 폴리가 꾸민 간계의 희생자가 됨.

145) *cherchez la femme.* (불어)

146) Empire. 더블린의 뷔페식 레스토랑(아담 광장 1, 2, 3번지 소재).

147) Whitbread—퀸즈 극장의 지배인. Pat Kinsella—1890년대 하프 극장(아담 광장 1, 2, 3번지)의 소유주. Harp Theatre—일종의 카바레로서 1904년 엠파이어 레스토랑이 그 자리에 대신 들어섬.

148) Dion Boucicault. 더블린 태생의 영국 극작가이자 배우(1822~1890). 그는 보름달 같은 둥근 얼굴을 하고 있으며, 당대 비평가들에 의하면 '두드러진 배우의 재능'은 없었지만 날카로운 유머로 이를 보충했다 함. 앞서의 패트 킨셀라는 막간을 이용하여 여인의 의상과 꾸민 목소리의 노래로써 엉터리 연극 흉내를 내어 부시코식의 연기를 해보임. 앞의 주 104) 참조.

149) Three Purty Maids from School. 길버트 및 설리번 작의 〈미카도(The Mikado)〉(1885)의 3중창 노래 가사—우리들은 세 사람의 유쾌한 여학생들이에요. / 누구나 할 것 없이 쾌활하대요. / 소녀의 환희로 넘쳐 있어요. / 우리들은 세 사람의 여학생들이에요.

150) 무어(T. Moore)의 시에 대한 블룸의 패러디—한때 타라의 홀을 통하여 / 음악의 혼을 쏟던 하프 / 이제는 타라의 벽처럼 말없이 매달려 있네 / 마치 영혼이 날아가 버린 듯. // 그리하여 전날의 자만심은 잠들고, / 영광의 선율은 끝이 나도다. / 그리고 칭찬을 위하여 한때 세차게 뛰던 심장들 / 이젠 맥박을 느낄 수 없네.

151) *Lacaus e sant tara tata*—(이탈리어어) 17세기 말엽 더블린에 정착한 위그노 교도들이 포목을 위한 개량기계와 물감들을 수입한 것으로 전해짐. 원인은 신성한 것이로다—독일의 작곡가 마이어베르(G. Meyerbeer, 1791~1864)의 오페라 〈위그노 교도(Les Huguenots)〉에 나오는 가사. 본래는 프랑스어로 씌어졌으나 이탈리아어로 연주하는 것이 통례였음. 여기서 블룸은 그것의 코러스 '봄 봄 봄(bom bom bom)'을 이탈리아어로 회상함. 이 오페라는 1572년 8월 24일 바르톨로메오(Bartholomew, 예수의 12제자들 중의 하나)의 축일에 파리에서 감행된 위그노 교도들에 대한 대학살을 주제로 하고 있는데, 제4막에서 가톨릭 도당의 한 사람이 이러한 학살(신성한 원인)을 감행하는 자기의 역할을 솔로로 맹세함. 빗물로 씻어야만 합니다.—블룸은 진열장의 광고문을 바라봄.

152) Junejulyaugseptember eighth. 몰리의 생일은 9월 8일로, 성모 마리아의 강탄일과 우연히 일치함.

153) 블룸은 아일랜드의 시인이자 골동품연구가인 퍼거슨(Samuel Ferguson, 1810~1886) 작 〈코맥왕의 장래(The Burial of King Comac)〉란 시의 구절을 상기함. 전설에 의하면 코맥왕은 연어뼈가 목에 걸려 숨졌다 함.

154) 햄릿은 자기 어머니를 비난하며 자신의 아버지의 상(像)과 숙부인 크로디어스의 그것을 그녀로 하여금 비교해 보도록 권함—자, 보십시오, 이 그림과 저 그림은 두 형제분의 초상화입니다.(〈햄릿〉 III, iv, 53, 54)

155) 손가락으로 빨리 음식물을 먹는 아이를 가리켜 하는 말—세 손으로 먹는 게 더 빠르겠다.

156) 입에 은제 숟가락을 넣고 태어나다라는, 부의 상징적 격언에 블룸의 패러디.

157) Davy Byrne's. 듀크가 21번지 소재의 경양식점. 블룸은 결국 이곳에서 점심식사를 하게 됨. '단정한 주점(Moral Pub)'(제9장에 표현된 말)이란 기념적 간판을 달고 현재도 성업중. 데이비 번은 당시의 주점 주인 이름.

158) Philip Crampton. 국제적으로 명성을 날렸던, 아일랜드의 저명한 외과의. 크램턴경의 동상(그레이트 브룬즈위크가 끝에 위치했는데 지금은 철거됨) 아래에 있는 분수대에는 물 마시는 컵이 마련되어 있었음.

159) City Arms Hotel. 더블린 프러시아가(街) 43번지에 있는 우시장(牛市場) 근처에 위치한 서민 호텔. 블룸 부부는 우시장 주인인 커프(Joseph Cuffe)와 함께 일할 당시 이 호텔에서 살았음.

당시의 기억들은 블룸 부부의 의식 속에 자주 부동함. 제18장, 몰리의 독백 부분 참조.

160) Shandygaff. 생강즙과 맥주를 섞어 만든 일종의 음료.

161) Nosey Flynn. 건달. 한때 몰리의 연인.

162) 함(Ham)은 노아(Noah)의 세 아들 중 둘째로, 부친의 나신(裸身)을 본 죄로 부친의 저주를 받음—마침 가나안의 조상 함이 아버지가 벗은 것을 보고 밖에 나가 형과 아우에게 그 이야기를 하였다. 셈과 야벳은 겉옷을 집어 어깨에 걸치고 뒷걸음으로 들어가 아버지의 벗은 몸을 덮어 드렸다…(〈창세기〉 9:22~25)

163) 전도사의 유해를 보존하기 위한 전설적 이야기에서 유래함.

164) 아일랜드 특유의 5행 희시(戱詩, limerick)에서 유래했는데, 출처는 미상임.

165) 유태인들의 식이요법에는 돼지 또는 해산물은 금기(禁忌) 식품으로 되어 있음.

166) Yom Kippur. 연중에는 유태교의 가장 성스러운 날인 속죄일(the Day of Atonement)로, 이날 부분 단식이 이루어짐(9월 중순 또는 10월 초순).

167) 유아 살상—헤롯왕은 새로 태어나는 '유태 왕(예수)'을 없앨 목적으로 베들레헴의 두 살 미만의 모든 사내아이를 살해하도록 명령함(〈마태오의 복음서〉 2:16~18). 먹고…… 즐겨요—성서에 묘사된 지상의 허영; 그러므로 즐겁게 사는 것이 좋은 것이다. 하늘 아래서 먹고 마시며 즐기는 일밖에 사람에게 무슨 좋은 일이 있겠는가? 그것이 없다면 하늘 아래서 하느님께 허락받은 짧은 인생을 무슨 맛으로 수고하며 살 것인가?(〈전도서〉 8:15)

168) 영국 작가 테일러(John Taylor, 1580~1653)의 시구 및 아일랜드 작가 스위프트(J. Swift)의 글귀에서 따옴.

169) Gorgonzola. 이탈리아산(産) 우유로 만든 블루치즈.

170) 블룸은 앞서의 성적(性的) 카니발리즘의 5행 희시를 다시 생각함. 앞서 누가 발기하지?(Who's getting it up?)의 구절은 공연의 발기(發起) 및 성적 발기(勃起)의 두 가지 뜻이 적용될 수 있음.

171) 앞서 5행 희시의 연속.

172) 블룸은 오후 4시에 있을 보일런과 아내의 간통을 생각함.

173) 실제로 더블린에서 1904년 4월 29일에 개최되었던 키오(M. L. Keogh) 대(對) 개리(Garry)의 군인 권투시합으로, 4월 28일, 29일자《프리먼즈 저널》지에 그 광고가 실림. 이 권투시합은 본 소설 제12장에서 다시 화제로 등장함. 포토벨로 병사(Portobello Barracks)는 더블린 외곽에 위치한 영국군 병사(兵舍)로, 더블린 남부지역의 본영(本營)이기도 함.

174) County Carlow. 더블린 남서부 50마일 지점에 위치한 주.

175) 동전던지기 놀이에서 쓰이는 말(일종의 격언 문구임).

176) 1904년 6월 2일 영국 더비(Derby) 경마장 에프솜 다운즈(Epsom Downs)에서 실제로 행해졌던 경마대회.

177) Mrs Riodan. 한때 스티븐의 가정교사로 같이 기거한 적이 있음(『젊은 예술가의 초상』 제1장). 시티 암즈 호텔의 병자였기도 함(제18장, 몰리의 의식 참조).

178) 목욕탕 속에서의 블룸의 자위행위. 제5장 끝부분 참조.

179) Red Bank. 굴 판매로 유명한 더블린의 레스토랑.

180) 블룸은 서독 남부의 주로서 옛 왕국이었던 바이에른 섭정왕자였던 레오폴트 폰 바이에른 (Leopold von Bayern, 1821~1912)과 바바리아 왕 오토(Otto, 1848~1916)를 혼동함. 오토 대제 는 후에 정신병을 앓음.

181) *élite. Crème de la crème.* (불어) '최고'란 뜻.

182) 영국해협의 모든 철갑상어(sturgeon)는 영국 왕 에드워드 2세(재위: 1307~1327)에 의하여 황실 용으로 선언됨.

183) 아일랜드 총독은 카프가 35번지에 사는 도살인인 코피(William Coffey)에게 사슴고기(venison) 파는 권리를 부여함.

184) *à la duchesse de Parme.* (불어) 송아지고기, 풀, 빵조각 등을 섞어 만든 양배추 볶음요리.

185) miss Dubedat. 『톰의 전화번호부(*Thom's Directory*)』(1904)는 킬리니(Killiney)에 사는 동명의 여 인을 기록함. 가수란 설도 있음.

186) Moooikill A Aitcha Ha. 무어가(街) 20번지의 생선 및 얼음 가게의 주인인 미키 한런(Micky Hanlon)이 자신의 이름을 서명하면서 입으로 중얼거림.

187) Howth—더블린 북동쪽 끝에서 더블린 만 쪽으로 뻗은 583피트 높이의 반도형 언덕으로, 호우 드성(城), 골프장, 만병초꽃(rhododendron) 등으로 유명함. The Lion's Head—호우드 언덕 남 동쪽의 돌출부. Drumleck—호우드의 남쪽 마을. Sutton—호우드와 더블린시와의 길목, 바다 빛깔의 변화는 더블린 만의 수심 때문인 듯.

188) 몰리에게 한 구애가 절정을 이루는, 호우드 언덕에서의 블룸의 숨가쁜 기억(제18장, 몰리의 최 후의 독백 참조). 무성한 만병초꽃과 고사리 숲에는 어느 관광객이 꽂아 놓은 '블룸을 방해하지 말라(No disturbing Bloom)'라는 푯말이 있음.

189) Juno. 로마 최고의 여신으로 주피터(Jupiter)의 아내. 결혼의 여신이며 질투심 많기로 유명함. 더블린 국립박물관 홀 입구에는 신화 속의 수많은 동상들이 진열되어 있음.

190) Pygmalion and Galatea. 그리스 신화에 의하면, 키프러스(Cyprus)의 왕이요 조각가인 피그말 리온은 자신이 상아로 만든 여상(女像)의 아름다움에 매료되어, 아프로디테(Aphrodite) 여인 에게 간청, 그 여인상이 생명을 부여받게 해 그녀를 아내로 맞이했는데, 그녀가 바로 갈라테아 임. 이러한 변용은 피그말리온과 갈라테아의 결혼으로 그 절정을 이룸.

191) Allsop. 맥주회사인 올소프 부자(父子) 상회로, 배철러 산책로 35번지에 위치함.

192) 여신상들의 성기 또는 음문(陰門)을 암시함.

193) 한 사람의 대장부…… 찌꺼기—테니슨(Tennyson)의 시 『율리시스』의 구절을 연상시킴; 나는 방랑에서 쉴 수가 없도다. 나는 마시리라 삶의 찌꺼기까지.(제6, 7행) 남자답게 의식하며—셰 익스피어는 그의 시편 〈비너스와 아도니스(Venus and Adonis)〉(1593)에서 비너스가 젊은 아도 니스에게 접근에 있어서 그녀를 본질적으로 남성처럼 묘사함; 그리워하는 비너스는 재빨리 그 뒤를 좇아서 수줍은 내색도 없이 이렇게 구애한다. 나보다 월등히 수려한 그대여……(제6 행) 한 청년이 그녀를 즐겼다—여기서 만일 블룸이 비너스와 아도니스를 생각한다면 이는 잘못 임. 아도니스는 비너스를 즐기지 않았음. 셰익스피어 시편의 핵심은, 젊은 나이의 아도니스의 반항을 극복할 수 없다는 점에 있음. 마당까지—옥외변소(earth closet)가 있는 곳까지를 뜻함.

194) He's in the craft. 프리메이슨(freemason) 조합은 회원 상호간의 부조와 우애를 도모하며 각국 에 지부를 두어 '이상사회(spiritual temple)'의 창립과 건설 및 인류 평화 달성을 목적으로 삼고

있는 바, 이를 건설하는 자는 모두 장인(匠人, craftman)이 되어야 함.

195) 하느님에 의한 빛이요, 생명이여, 그리고 사랑……─프리메이슨의 의식을 암시함. 즉 그들의 조합은 모든 '자유민들'이 행사해야 하는 '고대의 의식'을 이해하도록 규정하고 있는데, 그들의 '이상사회'를 지배하는 빛의 세 가지 상징이 있음. 그 첫째는 천국으로부터의 빛을 상징하는 성서요, 둘째는 인간 내부의 빛을 상징하는 사각(四角)이며, 셋째는 인간 주위의 빛, 우애를 상징하는 콤파스임. 극비주의자들─프리메이슨 조합은 배타적인 성질을 띠고 있을 뿐만 아니라 21세 이상의 '완전한 젊음'을 소유한 남자만이 회원이 될 수 있으며, 여자는 입단시키지 않는 것을 원칙으로 함.

196) 여기서 플린이 언급하고 있는 여인은 도너레일(Doneraile)의 최초의 자작(子爵)이었던 아더 세인트 레저스(Arthur St. Legers)의 외동딸인 엘리자베스라는 여인으로, 그녀가 프리메이슨의 유일한 여성당원이었음.

197) Nothing in black white. 블룸이 프리메이슨 당원으로서 비밀을 지키고 있는 게 아닌가 하는 의혹과, 블룸이 유태인(모든 유태인들은 계약에 서명하는 데 필연적으로 따르는 맹세를 싫어한다는 가정에서)이 아닌가 하는 의혹. 구체적으로는 서명과 럼주를 두고 하는 암시.

198) drainage. 창조 또는 소화불량을 암시함. 또한 1903년으로 계획되었던 더블린의 배수공사(the drainage work)가 1906년에 비로소 완성된 공사의 지연을 암시함.

199) 상처에 술을 바르는 가정의학에서.

200) 라이언즈는 블룸이 애스콧 골든컵 경마의 팁(tip)을 준 것으로 동료들에게 말하는데, 이는 블룸이 제5장에서 '신문을 던져 버리다(throw away)'라고 라이언즈가 했던 말을 경마의 〈드로우 어웨이(Throwaway)〉호의 팁으로 착각함으로써 빚어지는 일.

201) Jamesons. 존 제임스 부자 양조회사에서 제조한 유명한 위스키.

202) 블룸은 이를 닦는 데 사용되는 X레이의 광선요법(phototherapeutics)을 생각함.

203) 버라이어티쇼에서 계속되는 막(幕)의 순서를 알리는 기계를 말함(제10장).

204) *Don Giovanni, a cenar teco M'invitasti.* (이탈리아어) 돈 지오반니, 당신은 만찬에 나를 초대했구려. 모차르트의 오페라인 〈돈 지오반니〉의 제2막 3장은 달빛 어린 무덤에서 일어나는 일인데, 그곳에서 돈 지오반니는 그의 죽은 적 콤멘다토레 2세(Commendatore II)의 상(像)을 저녁 식사에 초대하여 그를 조롱함. 맨 마지막 장(5장)에서 그의 상이 앞서의 노래를 부르며 들어와, 돈 지오반니에게 마지막 순간이 임박했으니 이제 회개해야 할 거라고 알림. 이를 거절한 돈 지오반니는 지옥의 불길에 휩싸임.

205) 블룸은 'teco(당신의)'를 '오늘 밤'으로 오역함.

206) Brighton. 영국 서섹스에 있는 관광지로, 켄트에 있는 관광지 마게이트(Margate)와 경쟁이 붙음.

207) Why I left the church of Rome. 캐나다의 장로교 목사인 치니퀴(Charles P. T. Chiniquy, 1980~99)가 쓴 30페이지 분량의 팸플릿. 치니퀴는 로마 가톨릭에서 개종한 자로, 수많은 자국인들을 개종시킨 것으로 전해짐.

208) 개종에 기여한 신교도 기관에 대한 더블린의 속어.

209) 여인들은 가장 열렬한 개종자(proselytizer)들이라는 점에 비추어, 콘넬런즈(Connellan's) 서점은 그들이 경영하고 있을 거라고 추측함.

210) 피아노 조율사인 장님 소년으로, 제11장에서 재등장함.

211) ① '말은 뒷발질을 할 수 있어도, 소는 그렇지 못하다'라는 격언에서. ② 안전수칙(安全守則)에 대한 경구이기도 함.

212) 블룸은 사제가 되려는 핏기 없는 장님 소년을 보자, 창문을 통하여 아내 몰리를 염탐하던, 사제처럼 생긴 이웃사람인 펜로즈(Penrose)라는 사나이의 잊었던 이름(제8장 첫부분 참조)을 마침내 기억해 냄(몰리의 연인들 중의 하나).

213) 1904년 6월 15일 뉴욕의 이스트강(the East River)에서 발생했던, 유람선 〈제너럴 슬로컴(The General Slocum)〉호의 대화재 폭발사고. 승객은 주로 부녀자들로, 약 800명이 사망했음. 6월16일 더블린의 각 일간지들은 일제히 이 사건을 보도함.

214) Holocaust. 유태교에서, 짐승을 통째로 구워 신에게 바치는 의식.

215) Karma. 힌두교와 불교에서 전생(轉生)의 교리를 일컫는 말.

216) Sir Frederick. 당시 더블린 지방법원의 부장판사로, 실재 인물임.

217) 로마 가톨릭 추기경이었던 더블린의 친영파 트로이(John. T. Troy) 존사는 1798년의 '대반란(가톨릭 교도의 정치 참여 억제에 대한 반항)'에 이른바 '엄숙한 비난령'을 공표했는데, 이것이 계기가 되어 엄격(숙)한 일에는 이상과 같은 통속어를 적용함.

218) the bluecoat school. 영국의 저명한 작가들인 찰즈 램(Charles Lamb) 및 콜리지(Samuel Taylor Coleridge)등이 수학한 바 있는 런던의 유명한 학교.

219) 자신들의 공적을 위하여 송사리 범죄사건 해결에만 골몰하는 경찰을 엄하게 다스렸던 포키너 판사에 대한 평판.

220) 사형선고를 내릴 때 쓰는 법관들의 공식 용어.

221) Mirus bazaar. 자선시(慈善市)가 베풀어진 곳은 더블린 남동부의 외곽지대인 볼즈브리지에 위치함. 이 자선행사는 머서병원(Mercer's Hospital)의 자금을 조달하기 위해 행해짐. 제10장 끝부분에서 아일랜드 총독이 마차를 타고 이에 참가하기 위해 더블린 시내를 통과함.

222) Handel. 독일의 작곡가 헨델(1685~1759)은 자선(慈善)의 오라토리오인 〈메시아(Messiah)〉를 1742년 4월 13일 더블린에서 연주했는데, 이는 새로 건립한 머서병원의 기금을 모으기 위한 것이었음.

223) 국립 아일랜드 도서관과 국립박물관은 서로 쌍벽을 이루는 고딕건물임.

224) 블레이지즈 보일런.

225) Sir Thomas Deane. 트리니티대학 박물관을 설계한 아일랜드의 저명한 건축가(1792~1871).

226) Handker. Handkerchief(손수건)를 이렇게 표기했기에 '손수거'라고 옮겼음.

227) 아내가 사오도록 부탁한 비누(제5장).

◆ 9장 ◆

1) 43년간 국립 아일랜드 도서관에서 봉사한 실재 인물인 도서관장 리스터(T. W. Lyster, 1855~1922)로, 언제나 퀘이커 교도의 삼각모를 쓰고 다님. 그는 던스터(Dunster)가 지은 『괴테의 생애(Life of Goethe)』(1883)를 번역함.

2) *Wilhelm Meister.* 괴테의 장편소설 『빌헬름 마이스터의 견습과 여정(*Wilhelm Meister's Apprenticeship and Travels*)』(1796)을 가르킴. '귀중한 페이지'는 이 작품 제4권 8장 및 제5권 7장을 가르키며, 주인공 빌헬름의 〈햄릿〉개역과 그 연극의 연출에 자신이 참여한 것을 묘사함.

3) 셰익스피어를 가리킴.

4) 햄릿의 영혼을 가리킴.(『빌헬름 마이스터』 제4권 8장 끝부분 참조).

5) 서로 갈등하는…… 찢어진―〈햄릿〉 IV, i, 57~60 참조.

6) 〈12야(夜)〉 I, iii, 136~139 및 〈율리우스 카이사르〉 I, i, 26~29에 나오는 글귀의 조합. sinkapace―프랑스의 경쾌한 춤의 일종.

7) 빌헬름이 햄릿에 관하여 언급한 말.

8) coranto. 신카페이스와 마찬가지로 프랑스의 경쾌한 춤의 일종. 음률적인 것으로 유명함. 〈12야〉 I, iii, 136~139 참조.

9) 스티븐과 이글링턴.

10) 프랑스의 유명한 장군 빨리스(Monsieur de la Palisse)는 1525년의 빠비아(Pavia) 전투에서 많은 부하들을 희생시켜 가며 승리를 거두었으나, 그 공적을 자신의 것으로만 돌림으로써 병사들로부터 '죽기 15분까지만 해도 쌩쌩했다'는 익살 섞인 비방을 삼. 여기서는 스티븐이 뻔한 진리를 거듭 말하는 리스터씨의 말을 조롱함.

11) 블레이크(W. Blake)의 장시(長詩) 〈밀턴(Milton)〉(c.1804)에 있는 구절을 연상시킴. 여기서 블레이크는 밀턴의 심해(深海)에 흩어진 '여섯 겹의' 감화력을 바라봄.

12) 아일랜드의 수필가 및 문예부흥기의 비평가인 매기(W. K. Magge, 1868~1961)의 가명. 당시 그는 도서관 사서보였음(1904~22).

13) *Paradise Lost.* 밀턴의 대서사시(大敍事詩). 블레이크의 장시 제목의 일부이기도 함.

14) *The Sorrows of Satan.* 맥케이(Mary Mackay, 1855~1924)란 여류 소설가의 작품명(1897). 이 작품의 제목을 가지고 스티븐이 자신의 자서전에 나오는 낭만적인 주인공을 다시 묘사하려는 의도를 이글링턴이 조롱함.

15) 스티븐의 친구『젊은 예술가의 초상』제5장에서 스티븐과 아일랜드의 문예부흥에 관하여 대담하게 토론함.

16) 올리버 고가티(조이스의 친구로, 멀리건의 모델이 된 인물) 작〈의학생 디크와 의학생 데이비(Medical Dick and Medical Davy)〉라는 미발표 외설시의 일부. 제9장 끝부분 참조.

17) 헤브라이, 그리스, 이집트 및 동방의 전통에는 7이란 숫자가 행운, 완전함, 신비 등을 상징함. 예이츠(William Butler Yeats)는 그의 시 〈요람의 노래(A Cradle Song)〉 제2절에서 '반짝이는 7은 그의 기분과 함께 경쾌하다'라고 묘사함. 여기서 '반짝이는 7'은 고대 천문학계에 알려진 7개의 혜성(彗星)이기도 함.

18) 이글링턴을 일컬음.

19) 러셀의 얼굴. '올라브(Ollav)'는 기독교도 이전의 아일랜드 시인, 성직자, 학자의 통칭.

20) 트리니티대학의 극빈(極貧) 학생에게 지급되는 장학금을 타는 학생의 감사의 웃음.

21) 밀턴이『실낙원』에서 보여준 사탄에 대한 묘사(제1권 196 및 619, 620행 참조).

22) *Ed egli avea del cul fatto trombetta.* (이탈리아어) 단테의『신곡』,〈지옥편〉XXI：139의 구절. 단테와 베르길리우스가 '물물교환자들(barterers)' 곁을 지나며 그들을 악마 같은 자들로 묘사하는 구절.

23) 이글링턴.

24) 조이스의 친구였던 번(J. F. Byrne)은 자신을 포함하여 위클로우(Wicklow)주 출신 12명의 이른바 '결심의 사나이들(men with resolution)'이 아일랜드를 구출할 수 있다고 말한 것으로 전해짐. 번은 크랜리의 모델임.

25) 예이츠의 극시 〈캐슬린 니 호저한(Cathleen ni Houlihan)〉(1902)에 나오는 벌어진 이를 가진 노파로서, 아일랜드를 상징하는 전설적 인물.

26) 아일랜드의 노르만 정복 이전의 네 개의 주(州). 얼스터, 코노트, 민스터 그리고 라인스터주.

27) 영국인인 헤인즈를 암시하는데, 아일랜드를 침범한 영국인들에 대한 통칭임.

28) 러셀이 크랜리를 환영함.

29) *ave, rabbi.* (라틴어) 예수를 추종하는 요한의 두 제자들이 그를 따르자, 너희가 바라는 것이 무엇이냐?라는 질문을 받음. 그러자 그들은 '라비여, 묵고 계시는 데가 어딘지 알고 싶습니다'라고 반문함(〈요한의 복음서〉 1：38). 여기서 스티븐은 조국의 해방을 외치는 크랜리 등 12사도들의 메시아적 가정(pretension)을 조롱함. 'Tinahely'는 남부 위클로우주의 시장도시.

30) The Shadow os the Glen 아일랜드의 극작가 싱(M. Synge, 1871~1909) 작의 단막극 제목. 이 연극에서 여주인공은 남편이 죽은 줄 알고 밖으로 나가 목양자를 목메어 부름. 여기서는 스티븐이 크랜리를 생각함.

31) 스티븐은 크랜리를 상대로 독립운동에 이별을 고하는 장면을 연상함.『더블린 사람들』,〈작은 구름〉 앞부분 참조.

32) 스티븐이 멀리건과 쉽 주점에서 12시 반에 만나기로 한 것을 취소한 전보.

33) 엘리자베스 시대 극작가인 벤 존슨(Ben Jonson, 1573~1637), 셰익스피어의 친구로, 셰익스피어는 자신의 작품 속에서 그를 극찬함.

34) 문학사가(文學史家)들은 햄릿의 성격 모델이 된 인물들을 여러 가지 각도에서 탐색해 왔음.

35) '정신성(spirituality)은 무형의 정신적 본질을 이해하는 힘'으로, 이 구절은 러셀이 즐겨 쓰는 술어들 중의 하나임.

36) Gustave Moreau. 낭만적이고 상징적인 그림으로 유명한 프랑스의 화가(1826~1898). 성서적 및 고전적 신화를 소재로 한 그의 그림들은 당대 전위파(avant-garde)들의 감탄의 대상이었음.

37) 러셀의 필명, 제1장 주22) 참조.

38) 미국의 아일랜드 방문 기자. 스티븐은 앞서 신문사 장면의 오모로이의 말을 회상함(U. 115). 제7장 주 170 참조.

39) 플라톤이 아테네의 아카데미학원 원장이었을 때 아리스토텔레스는 그의 학생이었음.

40) 아리스토텔레스.

41) 비교적(秘敎的) 기독교 교리에서는 그리스도를 '만물의 부(Allfather)'로 생각함.

42) *Hiesos Kristos.* (그리스어) 예수 그리스도를 일컬음. 역사적 의미에서의 그리스도는 기독교 전문어로 삼위일체(Trinity)의 제2위(the Second Person)와 일치하는데, 이는 로고스(Logos) 또는 '하느님의 말씀'과 일치함. 따라서 생명의 전수자(傳授者)인 그리스도는 우리들 속에서 고통을 겪는 로고스 격.

43) 영국의 접신론자 애니 베전트(Annie Besant, 1847~1933)가 지은『고대의 지혜(*The Ancient Wisdom*)』에 서술된 양상을 이른바 '희생의 법칙(the Law of Sacrifice)'이라 하는데, 이에 의하면 희생이란 고통이 아니고 하느님의 무한한 생명을 제한하는 '로고스의 자의(自意)'라 규정함.

44) 던로프(Daniel N. Dunlop)는 아일랜드의 편집인 및 접신론자로,『아일랜드 접신론자(*The Irish Theosophist*)』(c. 1896~1915)를 편집했으며 유럽 접신론자협회 종신 회장이기도 했음.

45) 그들 모두……로마인─셰익스피어 작 〈율리우스 카이사르〉에서 안토니오가 죽은 브루투스를 두고 한 최후의 연설 중의 구절(V, v, 68~70). 저지(William Q. Judge, 1851~96)─마담 블라바츠키('Madame' Blavatsky)를 도와 미국의 접신론자협회를 창설한 아일랜드의 미국인 접신론자.

46) Arval. 고대 로마에서 풍요를 위해 제사를 지냈던 12명의 사제들로 구성된 신관단(神官團, Esoteric Section)을 일컬음. 여기서는 아일랜드의 문예부흥론자들을 암시함.

47) the Name Ineffable. 이스라엘 사람들은 '여호와(Jehovah)'를 부를 수 없었음.

48) 마담 블라바츠키의 두 스승 중 한 사람인 쿠트 후미(Koot Hoomi). 그는 티벳 사람으로 초인적 경지에 달했다 함. 그의 정체, 메시지 등에 관하여 접신론자들 사이에 엄청난 회의론(懷疑論)이 대두되곤 했음.

49) white lodge. 인도, 유럽 전지역을 커버하는 '범세계적 접신론협회(the Universal Brotherhood Organization)'를 조직한 블라바츠키의 추종자.

50) 신부인 성녀……출발했다─그리스도의 생애에 대한 비교론적 해석(앞서의 베전트 작『고대의 지혜』에 의함).

51) O. P.─보통사람들(Ordinary Person). 갈마─접신론 중 도덕적 인과응보의 법칙. '나쁜 갈마'란 성스러운 자신의 의무를 수행하지 않음을 의미함.

52) Cooper Oakley. 런던에서 성공한 실업가로, 인도와 영국에서 블라바츠키 여인과 밀접한 관계를 가짐. 그녀는 블라바츠키의 죽음의 침상을 지킨, 마지막 메시지의 전수자로 알려짐.

53) 접신론에서 '육체의 본질(elemental)'이란 인간의 '하부' 및 '죽음의 특성'을 지닌 것으로 가시적(可

視的)인 요소를 말함. 통속적인 뜻으로는 인간의 성기, 음부 등을 암시. 예수회(Jesuits)에서 교육을 받은 스티븐은 아리스토텔레스의 고전주의(classicism), 주지주의(intellectualism)를 옹호하는 반면, 플라톤의 이상주의(idealism), 공허와 현실과의 무관성에 사로잡힌 러셀의 비교론적(秘敎論的) 형이상학(esoteric metaphysics), 블라바츠키의 '허튼' 접신론(theosophy), 프리메이슨(freemason)의 영계(靈界)의 신비주의적 그노스티시즘(gnosticism) 등을 배격함. 이 시점에서 그는 『젊은 예술가의 초상』의 낭만주의적 주인공에서 이른바 '현재와 여기(now and here)'에 집착하는 고전주의적 주인공으로 탈바꿈하는 셈임.

54) 햄릿의 독백을 닮음(〈햄릿〉 I, ii, 129~159 및 II, ii, 617).

55) *Pfuiteufel.* (독어) 일종의 저주 또는 욕설.

56) Richard Best(1872~1959) 박사. 스티븐의 동창생으로, 그와 동시대의 학문적 문인이었던 그는 한때 월터 페이터(Walter Pater, 1839~1894)와 오스카 와일드(Oscar Wilde, 1854~1900)의 유미주의(aestheticism)에 몰두함. 국립도서관 부관장 역임.

57) 윌슨(J. Doner Wilson)에 의하면, 당시의 유미주의 작가들은 언제나 몸에 노트를 지니고 다녔다 함.

58) 플라톤은 그의 『공화국(*The Republic*)』에서 후세의 영혼에 관한 명상을 기록하고 있는데, 이는 햄릿의 사느냐, 죽느냐, 그것이 문제로다라는 독백의 명상과 일치함. 플라톤의 영혼불멸은 아리스토텔레스의 『영혼에 관하여(De Anima)』에 기록된 영혼불멸과 비슷하기는 하지만, 영혼은 '일반적인(general)' 의미에서 불멸하는 것이요, '개별적인(personal)' 의미에서는 그렇지 않다는 점에서 서로 견해를 달리함. 따라서 플라톤이나 햄릿의 명상은 '개별적인' 의미에서 '천박하다'는 것임.

59) 플라톤과 아리스토텔레스를 가리킴.

60) 아리스토텔레스는 그의 『시학(*Poetics*)』에서 시인들을 긍정하고 있는 반면, 소크라테스는 플라톤의 『공화국』에서 보듯이 모든 '모방시(all imitative poetry)'를 경시하고 있는 바, 이는 시인으로 자처하는 스티븐을 플라톤이 그의 공화국에서 추방하는 셈.

61) 개별적인 말들은 '말(horse)'이라는 총체적 개념의 불완전한 근사치에 불과하다는 플라톤의 주장. 스티븐의 표현은 위경적(僞經的, apocryphal)으로 말해서 플라톤의 반대론자인 안티스테네스(Antisthenes)의 유명한 글귀, "오 플라톤이여, 나는 한 마리 말은 볼 수 있어도 마성(馬性)은 볼 수 없어요."를 상기시킴.

62) 영원(Aeon)이란 말에서 자신의 이름을 창출해 낸 A. E.와 같은 신플라톤학파 접신론자들.

63) 스티븐의 신(神)에 대한 정의(청각적 에피파니)의 일종(제2장).

64) peripatetic. 아리스토텔레스가 레이섬 정원을 소요하면서 문하생들과 논한 철학파의 사고방식.

65) 스티븐은 사이비 플라톤수의자들의 공허성을 부정함.

66) ① 단테의 『신곡』 중 〈지옥편〉에서 단테와 베르길리우스는 사탄의 엉덩이를 기어내려서 지옥을 빠져 나간 후에 연옥의 산으로 오름(XXXIV). ② 블레이크의 장시 〈밀턴〉 제1권에서의 기록― "모든 공간은 인간의 적혈구보다 크기에…… / 이 식물의 대지는…… 한 가닥 그림자……" (31:19~22)

67) 스티븐이 크게 영향을 받은 중세의 성인 성(聖) 어거스틴(Augustine, 353~430)의 저서 『영혼 불멸에 관하여(*De Immortalitate Animae*)』 중의 글귀.

68) Haines. 스티븐의 지력(知力)에 매료되어 있는 영국인(제1장).

69) Jubainville. 프랑스대학의 켈트 문학 교수. 베스트는 아일랜드 및 켈트 신화에 관한 그의 저서

를 번역함.

70) 하이드(Douglas Hyde, 1860~1949). 게일릭 운동의 주창자및 아일랜드 문예부흥운동의 지도자.

71) *Lovesongs of Connacht.* 하이드 작의 아일랜드 민요집(제3장).

72) 『코노트의 연가』 중의 한 구절. 그의 시는 아일랜드의 고대 시인들에 의하여 널리 사용된 시의 운율(metre)을 모방하고 있음.

73) 이탄(泥炭, peat)은 아일랜드 특산물. 여기서는 헤인즈가 아일랜드 민속 연구에 머리가 돌 정도로 빠져 있음을 나타냄.

74) "비난받을 것은 역사"라고 한 헤인즈의 말을 연상시킴. 제1장 끝부분 참조.

75) 아일랜드를 식민지화하고 있는 영국인들.

76) 커런(Grattan Curran, 1800~1876)의 시 〈나의 심장의 맥박(Pulse of My Heart)〉의 두번째 행에서의 인용. 이 시에 나오는 '녹색의…… 돌', 바다의…… 에메랄드' 등은 아일랜드의 별명들이 됨.

77) 조지 러셀의 『아일랜드의 이상(Ideals in Ireland)』(1901)에 나오는 '민족성과 제국주의(Nationality and Imperialism)'의 글귀를 연상시킴.

78) 말라르메(Stéphane Mallarmé, 1842~1898)는 프랑스의 시인, 상징주의 운동의 선구자 및 상징주의 심미론의 형성자로, 19세기 말 데까당띠즘(Decadentism)의 장본인으로 알려져 있음. "부패의 가장 아름다운 꽃"—베스트가 말라르메를 칭찬해 한 말.

79) 오디세우스(율리시스) 장군이 귀로에 들른 스케리아(Scheria) 연안의 섬들 및 그곳 사람들의 생활. 그들이 누린 평화, 부(富), 행복, 음악과 무용을 가리킴. 제5장 주석 표제 부분 참조.

80) 천국과 하느님을 볼 수 있는 축복받은 사람들에 대한 예수의 '산상수훈'을 연상시킴(〈마태오의 복음서〉 5:3~8).

81) Stephen Mackenna. 스티븐이 파리에서 만난 신플라톤학파의 아일랜드 문인(1872~1954).

82) 말라르메 작 『걸작(Oeuvres)』에 실린, 〈햄릿과 포틴브라스(Hamlet et Fortinbras)〉라는 산문시를 가리킴.

83) *il se promène, lisant au livre de lui-même.* (불어) 앞서 말라르메의 〈햄릿과 포틴브라스〉 중에서.

84) Hamlet ou Le Distrait. (불어) ① 말라르메가 그의 산문시 속에 쓴 구절로서 프랑스 어떤 지방의 〈햄릿〉 공연 타이틀로 묘사한 것. ② *Le Distrat*는 르나르(Jean F. Regnard, 1655~1709) 작의 코미디 타이틀이기도 함.

85) 앞서 말라르메의 〈햄릿과 포틴브라스〉 중에서.

86) Robert Greene. 엘리자베스 시대의 소설가, 극작가 및 시인(1558~92). 그의 『한푼어치의 기지(Groat's Worth of Wit)』라는 팸플릿에서 작가는 육욕(lust)을 '영혼의 살인자'라고 부름.

87) 호레이쇼는 햄릿의 부왕의 유령을 무대의 다른 간수들에게 이처럼 언급함(〈햄릿〉 I, i. 62,63의패러디).

88) 〈햄릿〉 극의 종말에서 죽는 인물은 사실상 폴로니어스, 오필리어, 로즌크랜츠, 길든스턴, 거트루드, 클로디어스, 레어티즈 및 햄릿의 여덟 사람임. 여기서 스티븐은 셰익스피어의 친자식인 햄넷(Hamnet)을 포함시켰을 가능성이 있음.

89) ① '주의 기도' 중의 한 구절(〈마태오의 복음서〉 6:9). ② 유령이 연옥의 자기 자신을 햄릿에게 언

급하는 말의 인유(〈햄릿〉 I , v , 10~13).

90) Khaki—보어전쟁(Boer War) 당시 실물보다 크게 제작된 고안물로 여겨졌던 멋없는 유니폼. 총 쏘기를 주저하지 않지—1880년대의 영국 침략전쟁을 비방하던 아일랜드인들의 집회 슬로건.

91) 〈햄릿〉 제5막에서의 거트루드, 클로디어스, 햄릿, 레어티즈 등의 갑작스런 죽음.

92) 영국의 시인이자 평론가인 스윈번(Algernon Charles Swinburne, 1837~1909)이 보어전쟁의 수용소에서 죽은 벤슨(Benson) 대령을 소재로 하여 지은 〈벤슨 대령의 죽음(On the Death of Colonel Benson)〉이란 소네트. 스윈번이 그 소네트에서 찬양한 이 수용소는 보어의 시민들, 유부녀 및 아이들을 억류하기 위하여 영국인이 세운 것으로, 비인도적이요 잔인한 것으로 유명함. 이는 스티븐의 비난의 대상이 됨.

93) 조국을 등지고 파리로 떠난 스티븐은 친구인 크랜리와 함께 멀리서 조국의 '장미전쟁(the Wars of the Roses)'과 '보어전쟁'을 바라봄.

94) 앞서의 스윈번이 찬양한 집단 포로수용소에 관한 시를 스티븐이 비난함.

95) the Saxon smile. 유혹적인 영국인을 암시함.

96) yankee yawp. ① 아일랜드의 세상에 대한 절규. ② 야만적 절규. 미국의 시인 휘트먼(W. Whitman)의 〈나 자신에 관한 노래(Song of Myself)〉 중의 한 구절(제52절 2, 3 참조).

97) 영국의 19세기 소설가 디킨즈의 소설 〈피크웍 클럽의 사후의 문서(Posthumous Papers of the Pickwick Club)〉에 나오는 하인인 뚱뚱보 소년은 그의 주인의 딸 워들(Wardle)양이 피크웍 클럽의 한 사나이와 연애하는 장면을 목격하자, 딸의 어머니에게 "마님의 몸을 오싹하게 하고 싶어요"라고 일러바침.

98) 〈햄릿〉에서 유령이 하는 말(I , v , 22~26).

99) 〈햄릿〉에서 유령의 말—"만일 네가 언제나 돌아간 아비를 사랑한다면……"(I , v , 22~26).

100) 엘리자베스 시대의 런던과 현대의 파리는 사회적 부패의 근원이 됨. 그러나 평화롭고 천진한 스트랫포드(Stratford-on-Avon, 셰익스피어의 생장지)나 처녀인 더블린은 순전히 스티븐의 익살에 불과함. 그 이유인즉 셰익스피어의 스트랫포드에는 그의 아내 앤 해서웨이(Anne Hathaway)의 간통과 형제의 배신 행위가 있는가 하면, 더블린에서는 자식인 스티븐과 육체의 부(父)인 사이먼의 배반이 있고, 몰리 블룸의 간통이 행해짐. 파리와 런던 못지않게 여기에도 죄가 스며들고 있음.

101) *limbo patrum.* (라틴어) 엘리자베스 시대의 감옥에 대한 속어. 〈헨리 8세(Henry VIII)〉 V , iv, 67, 68 참조.

102) 스티븐의 이론이 시작됨.

103) 스티븐의 이야기는 저명한 셰익스피어 비평가 브란데스(Brandes)의 이론에 근거를 둠.

104) 글로브(Globe) 극장에서 공연이 있을 때는 기를 게양함(브란데스설[設] 참조).

105) 브란데스에 의하면, 글로브 극장 바로 곁의 곰공원(The Bear Garden)이란 동물원에는 새커슨(Sackerson)이란 유명한 곰이 있었는데, 그는 이따금 울타리를 뚫고 극장으로 가는 여인들을 위협하곤 했다 함.

106) Drake. 영국 최초의 세계일주(1577~1580) 항해자(1540~1596)로, 1588년 스페인의 무적함대(Armada)를 맞아 영국을 승리로 이끄는 데 중요한 역할을 한 해군 제독.

107) groundlings. 무대 정면의 낮은 관람석(pit)에서 선 채로 보는 관람객.

108) Local colour. 브란데스가 지은, 〈햄릿〉의 한 장(章)의 부제(副題). 또한 런던의 셰익스피어 거처의 일시적 소재(본래 프랑스인이며 위그노 교도인 마운트조이[C. Mountjoy]의 집으로 실버가 13번지)를 암시함.

109) 템즈 강둑을 암시함.

110) Avon. 잉글랜드 중부의 강 이름으로, 스트랫포드를 흘러 세븐(Seven)강과 합류함.

111) 16세기 영국의 극작가이며 시인인 존슨(Ben Jonson) 작 〈셰익스피어 추도(To the Memory of W. Shakespeare)〉에 나오는 셰익스피어의 별명.

112) 성(聖) 로욜라(St. I. Loyola)의 저서 『정신 수양(Spiritual Exercise)』(1548)에 담긴 사상으로 한 인간이 마치 눈으로 그리스도를 명상하듯 가시적(可視的)인 물건을 명상함에 있어서, 상상의 눈을 가지고 자신이 명상하기를 원하는 물건이 발견되는 중요한 곳, 예를 들면 그리스도가 발견되는 신전(神殿)이나 산을 보는 정신적 수양.

113) Ignatius Loyola. 스페인의 가톨릭 성직자(1491~1556)로 1534년 예수회(Jesuitism)를 창시함. 스티븐은 철저하게 예수회 교육을 받았기 때문에, 어떤 위기에 처하면 로욜라에게 정신적 원조를 구하는 것이 버릇이 됨.

114) 무대 뒤의, 지붕 달린 준비실.

115) 〈햄릿〉에서 호레이쇼가 말하는 대로 유령은 갑옷으로 완전무장하고 나타남(I, i, 60 및 I, ii, 226~229). 여기서 균형 잡힌 사나이는 셰익스피어 자신을 말함.

116) 〈전도서〉 11:10 참조.

117) Richard Burbage(1567~1619). 셰익스피어 친구이자 당대의 저명한 배우로, 셰익스피어 극은 물론 벤 존슨 극에도 출연함.

118) 〈햄릿〉 I, v, 22 참조.

119) 남녀 쌍둥이 가운데 11살에 죽은 셰익스피어의 외아들. 딸의 이름은 주디스(Judith).

120) 유령이 처음 나타나자, 호레이쇼가 유령의 '기행(奇行)'의 뜻을 알고자 묻는 말 중에서 (I, i, 40, 41).

121) Anne Hathaway. 셰익스피어가 런던으로 떠나면서 고향에 남겨 둔 아내. 조이스는 그녀의 이름에서 여러 가지 말장난을 즐김. 예) Anne hath a way : 앤은 고집스런 여자.

122) 햄릿은 유령의 이야기를 듣고 그에게 이처럼 부르짖음(〈햄릿〉 I, v, 150~152).

123) Villiers de L'Isle-Adam. 프랑스 상징파 시인·소설가이자 극작가(1838~89). 여기서 러셀이 인용하고 있는 것은 그의 마지막 연극 〈엑셀(Axel)〉(1855)의 대사.

124) greenroom. 배우들의 분장실 및 대기실.

125) 러셀의 3막 극시 〈데어드레(Deirdre)〉(1902) 중의 대사. 〈리어왕〉 이야기가 나오자, 스티븐은 맥클리어(MacLir, 파도를 다스리는 고대 아일랜드의 바다의 마왕)와 같은 음을 생각함.

126) 스티븐은 A. E.한테서 돈을 빌렸음.

127) Georgina Johnson. 스티븐이 일시 사귄 거리의 여인(제15장).

128) 스티븐은 의식적으로 A. E.에게 돈을 갚지 않음. 그 이유인즉, 집도 직업도 애인도 없는 그는

A. E.의 우정마저 빚으로 끊어버리고 영원한 정신적 방랑을 시도하기 때문임.

129) 디지 교장의 충고(제2장).

130) 러셀은 아일랜드 북동부 얼스터(Ulster) 지방, 아마(Armagh)주의 러간(Lurgan)에서 태어남. 이 곳은 신교도 지역이며, 이들의 모토는 디지 교장의 그것처럼 '내 돈으로 살다'임. 보인(Boyne) 강은 더블린 북동부 28마일 지점에 있으며, 아일랜드해로 흘러들어감.

131) Buzz. Buzz. 햄릿은 폴로니어스가나그네 광대자들의 도착을 알릴 때 그를 조롱하며 이러한 표현을 사용함. 여기서 스티븐＝햄릿 관계가 성립됨.

132) entelechy, form of forms. 형이상학에서 완전한 현실의 실재를 의미하는 아리스토텔레스의 말.

133) 스티븐의 이러한 세 가지 행위는『젊은 예술가의 초상』제2장 및 제4장에 구체화되어 있음. 즉 스티븐은 거리의 여인에게서 동정(童貞)을 잃고 3일 동안의 묵도(정신적 편력)를 치른 뒤 일시적으로 정신적 혼란에 빠짐.

134) 스티븐은 클론고우즈 우드 초등학교에서 돌런 신부한테 부당하게 매를 맞았으나 콘미 교장에 의해 구조됨(『젊은 예술가의 초상』제1장 끝부분 참조). 회초리(pandy)는 고래뼈가 든 가죽 혁대의 매.

135) 맨 처음 '나'는 스티븐이 대학을 갓 졸업했을 때의 자신. 두번째 '나와 나'는 졸업 후 5개월이 지난 때의 자신. 세번째 '나'는 이상의 다른 두 개의 '나'에 기초를 둔 자신. 그리하여 그는 지난 5, 6개월 동안 '세 개의 나'라는 실재가 형성되었다고 느낌. 이처럼 스티븐은『젊은 예술가의 초상』에서부터『율리시스』에 이르기까지 인식론적(epistemological)으로 자기 신분을 탐색하고 있음.

136) A. E. I. O. U. ① A. E. I owe you, 즉 A. E. 나는 너에게 빚을 지고 있다는 뜻으로, 모음이 모두 동원됨. ② 셰익스피어 작〈사랑의 헛수고〉(V. i, 47~58) 중의 한 구절.

137) 엔 해서웨이는 1556년에 탄생, 1623년 8월 6일 사망함.

138) 시신(屍身)이 놓인 방의 거울을 시트로 가림으로써 사자(死者)의 유령이 비치는 것을 막음.

139) 셰익스피어가 앤과 결혼한 것.

140) 셰익스피어가 고향에서 런던으로 간 것.

141) Xanthippe. 그리스의 철학자 소크라테스(B. C. 469~399)의 이름난 한부(悍婦).

142) 소크라테스의 어머니 파에나레테(Phaenareté)는 산파였음. 플라톤은 소크라테스의 행동을 산파의 '다이얼로그'로서 서술하고 있는 바, 그 이유는 소크라테스가 그의 학생들에게 사상을 잉태시킨다고 간주했기 때문임.

143) Epipsychidion. 19세기 영국의 낭만시인 셸리(Shelley)의 시 제목. 이 말은 그의 신조어로서, '참사랑'을 뜻하는 '나의 영혼에서 이 영혼을(this soul out of my soul)'을 암시함.

144) Myrto. 소크라테스의 첫번째 아내.

145) *absit nomen!* (라틴어)

146) caudlelectures. 제럴드(Douglas Jerrold, 1803~57) 작의『침실설법(*Curtain Lectures*)』(1846)에 내한 언급. 침실설법이란 침실 커튼 속에 둘만 있을 때 아내가 남편에게 하는 바가지 설교. caudle은 환자를 위한 따뜻한 우유란 뜻.

147) the archons of Sinn Fein. 소크라테스를 유죄로 몰아 사형을 선고한 아테네의 집정관들을 연

상시킴. 사형 집행은 독당근(hemlock)즙을 마시게 함으로써 이루어짐.

148) 도서관장 리스터는 퀘이커 교도로서 위클리프주의자(Lollard파, Wycliffe파, 14~15세기 영국 종파의 하나). 로마 가톨릭이 아닌 그는 그의 충성심에 대해 일반으로부터 의혹을 삼. 위클리프(Wycliffe, 1320~1384)는 영국의 종교개혁가이자 신학자 및 성경번역가.

149) 아일랜드의 시인, 소설가 및 작곡가인 러버(Samuel Lover, 1797~1868) 작의 아일랜드 민요.

150) Romeville. 집시의 말로, 런던을 가리킴(제3장).

151) 셰익스피어의 장시 〈비너스와 아도니스(Venus and Adonis)〉(1046~1048) 참조. 시의 창작 날짜를 결정짓는 여러 가지 외부적 상황.

152) 와트(Wat)는 토끼(〈비너스와 아도니스〉697~702행).

153) 〈비너스와 아도니스〉37, 38행 참조.

154) 〈비너스와 아도니스〉481~483행 참조.

155) 〈비너스와 아도니스〉는 에로틱한 시로 유명함. '매음부(light-of-love)'란 단어는 다른 작품에 다시 등장함(〈헛소동(Much Ado about Nothing)〉III, iv, 45).

156) 셰익스피어의 〈말괄량이 길들이기(The Taming of the Shrew)〉에서 주인공인 페트루치오(Petruchio)는 그의 친구 호텐쇼(Hortensio)에게, 자신은 돈 많은 신부(新婦)를 찾아 파투아(Patua)에 왔노라고 말하자, 호텐쇼가 그를 나무람. 그러나 그는 여주인공인 캐서린(Katherine)을 아름답다고 찬양함(85~90).

157) Warwickshire. 셰익스피어 고향 스트랫포드가 있는 주(州) 이름.

158) 엘리자베스 시대의 무대에서는 여자 주인공 역을 소년들이 대신함.

159) 셰익스피어의 아내 앤 해서웨이라는 이름에 대한 말장난으로, 그녀의 거친 성질을 암시함(『소네트(Sonnet)』135, 143).

160) 오필리어가 미쳐서 부른 노래의 변형(〈햄릿〉IV, v, 59~66).

161) 〈12야〉I, iii, 52 참조.

162) "26세의 나이"—바람난 여자(gay woman)를 암시함. 1582년에 결혼했을 때 엔은 26세, 셰익스피어는 18세였음. "배를… 서막"—맥베드의 말(I, iii, 127~129). "정복하려고…… 꾸부리며"—19세기 아일랜드의 시인이자 소설가인 골드스미스(O. Goldsmith)의 희곡 〈그녀는 정복하기 위해 몸을 굽히도다(She Stoops to Conquer)〉에서.

163) ① 〈비너스와 아도니스〉140행 참조. ② 지혜의 여신인 아테나(Athena)의 별명이기도 함.

164) 〈햄릿〉IV, v, 128 참조.

165) 스티븐 자신은 언제 여인에 의하여 남편으로 받아들여질 것인가를 자문함.

166) 〈뜻대로 하세요(As You Like It)〉V, iii, 23~25 참조.

167) 그리스 신화에서, 트로이의 왕자 파리스(Paris)는 아테나와 헤라와의 미의 경쟁에서 아프로디테에게 상(賞)을 수여함으로써 그녀를 기쁘게 하는 한편, 그녀는 파리스에게 트로이의 헬렌을 부여함으로써 그를 기쁘게 함. 제7장 끝부분 참조. 파리의 베스트를 상기 시킬 수도. 스티븐의 상투어(제3장 p.85 참조)

168) A. E.는 대단히 상냥한 인물일 뿐만 아니라, 시간관념이 정확하기로 유명함.

169) A. E.는 아일랜드 문예부흥운동의 기관지인 《홈스테드(*Homestead*)》지의 편집장이었음.

170) A. E.는 농지 개척에 관심을 둠.

171) George Moore(1852~1933) —아일랜드의 시인이자 극작가. 초기에는 프랑스에 기거하며 졸라(Émile Zola)의 자연주의에 심취함. 예이츠, 싱, A. E. 레이디 그레고리(Lady Gregory) 등과 함께 아일랜드 문예부흥의 지도자로 활약, 아일랜드의 게일어, 신화, 문학 등의 부흥에 힘씀. Piper —조이스의 친구였던 콜럼(Padraic Colum, 1881~1972)은 파이퍼가 금세기 초의 아일랜드 이류 문인(文人)이었음을 회상함.

172) 혀를 꾸부려 부르는 일종의 자장가임.

173) 연금술협회(the Hermetic Society)는 더블린의 도우슨가 11, 12번지에 위치한 도우슨 회관에서 매주 목요일 모임을 가졌음.

174) Yogibogeybox. Yogi —힌두교에서의 요가 수행자. box —공중회관 또는 홀을 말함.

175) *Isis Unveiled.* 접신론자 마담 블라바츠키의 저서로, '고대 및 현대과학과 신학의 신비를 여는 열쇠'로 알려짐. 이시스(Isis)는 이집트 최고의 여신. 이 책은 접신론의 신봉자들에게 텍스트 역할을 함.

176) 팔리(Pali)어는 일종의 산스크리트(Sanskrit)로, 고대 실론(Ceylon)어. 실재로 조이스와 고가티는 그들 접신론자들의 책을 저당 잡힘. 여기서 스티븐의 마음은 또다시 접신론자들의 의식과 은어(jargon)를 조롱하기 시작함.

177) Aztec logos —블라바츠키 여인은 고대 멕시코인들(아즈텍 토인들), 고대 바빌로니아인들과 이집트인들의 의식·전통·신의 이름들에는 각기 우주의 이법(理法, logos)이 담겨 있다고 주장함. astral levels —통달한 접신론자들이 명상하는, 사바세계를 초월한 영계(靈界).

178) oversoul. ① '별나라'에서 명상하는 영계의 존재. ② 미국의 시인 에머슨(Emerson)은 모든 인간의 특별한 존재가 그 속에 포함되어 모든 다른 것과 하나를 이루는 단위라 정의함.

179) mahamahatma. 접신론에서 보통 사람들이 인식하는 것보다 한층 고답적(高踏的)인 지식과 질서의 힘을 가진 성인(聖人)을 가리킴.

180) Louis H. Victory. 19세기 말의 아일랜드 문필가.

181) T. Caulfield Irwin. 아일랜드의 시인이자 단편소설가(1823~93).

182) ① '연뿌리 여인들(Lotus ladies)'은 힌두 신화의 요염한 님프들. ② 셰익스피어 작 〈안토니오와 클레오파트라(Antony and Cleopatra)〉에서 에노바버스(Enobarbus)는 안토니오와의 만남에서 클레오파트라를 연뿌리 여인으로 묘사함(II ii, 211~213).

183) pineal glands. 내분비선의 하나로, 제3뇌실(腦室)의 후부에 있음. 접신론에서는 영혼의 좌(座)로 알려짐.

184) 불타(Buddha)가보리수(지식의 나무) 아래에서의 명상으로 교화(敎化)를 얻음.

185) 접신론에서 모든 영혼은 하느님과 함께하며 그로부터 나오기 때문에 모든 영혼은 하느님의 투영이란 뜻.

186) 천국과 지옥에서 배제되어 죽음의 희망마저 없는 자들로서 단테의 『신곡』 〈지옥편〉에서 "나는 죽음이 그토록 많은 사람들을 멸망시켰다는 걸 결코 알 수 없었다"라고 말하는 자들을 연상시킴.

187) 앞서의 L. H. 빅토리 작 〈영혼을 손상시키는 모방(Soul-Perturbating Mimicry)〉의 첫행.

188) 조지 러셀이 편집한『새 노래들, 서정시선집(*New Songs, a Lyric Selection*)』(이 서평이 1904년 5월에 이미 《다나(Dana)》지에 수록됨)을 가리킴.

189) 스티븐이 자기의 이론을 타인에게 마음으로 인식시키려 노력함.

190) 아리스토텔레스는 그의『문제집(*Problemata*)』(XXXV:10)에서 양집게손가락을 사용하는 '촉각의 효과'에 대하여 서술함.

191) 아리스토텔레스의『형이상학(Metaphysice)』에 서술된 사물의 존재원칙.

192) young Colum. 패드레익 콜럼(Padraic Colum, 1881~1972). 아일랜드의 서정시인, 극작가 및 문필가. 당대 문인들 가운데 가장 젊은 문인이며 조이스의 친구로서『우리들의 친구 제임스 조이스(Our Friend James Joyce)』(1958)의 저자. 조이스 문학을 이해하는 데 많은 사실적 정보를 제공해 주었는데, 특히 조이스의 유일한 희곡 〈망명자들(Exiles)〉에 쓴 그의 서문은 그 희곡 연구에 커다란 도움을 줌.

193) James S. Starkey. 아일랜드의 시인이자 편집인.

194) George Roberts. 아일랜드의 문인이며 실업가. 마운셀(Maunsel) 출판사의 편집인으로, 조이스와『더블린 사람들』의 출판 계약을 맺은 장본인.

195) Longworth. 《데일리 익스프레스》지(보수파 및 친영파 신문)의 당시 편집인.『더블린 사람들』, 〈죽은 사람들〉에서 주인공 게이브리얼은 이 신문에 기고함으로써 민족주의자인 아이버즈(Ivors)양과 다툼.

196) 앞서 소개한 콜럼의 시 〈가축장수(A Drover)〉.

197) 콜럼의『황막한 대지(*Wild Earth*)』(1907)라는 시집 중의 〈40년대의 가련한 학자(*A Poor Scholar of the Forties*)〉라는 시의 구절.

198) 미첼(Susan Mitchell, 1866~1926)은 아일랜드의 코미디 작가이자 시인으로, 《아이리쉬 홈스테드(*Irish Homestead*)》지 편집인. 마틴(Edward Martin, 1859~1923)은 아일랜드의 부유한 가톨릭계 지주이자 조지 무어의 사촌. 에이츠 및 레이디 그레고리와 교류했으며, 1899년 더블린의 문예 극장(Literary Theatre)을 건립하는 데 재정적으로 도움을 줌.

199) 세르반테스(Miguel de Cervantes) 작으로 스페인의 국민적 대서사시적 작품인 〈돈 키호테(Don Quixote)〉(1605)에 나오는 두 중심 인물인 돈 키호테와 산초 판차(Sancho Panza). 돈 키호테는 몸이 가늘고 기사도적 낭만을 즐기는 신사로, 그의 기사도적 세계는 17세기 초 스페인의 세속적 현실과 대조를 이룸. 이 세속적 현실을 표현하는 대표적 모델은 돈 키호테를 시골 선비로서 뒤따르는 돼지사육사, 뚱뚱보 산초 판차임. 대조적인 이 두 인물은, 상상적이고 몸이 야윈 무어와 세속적이고 살찐 마틴과 서로 대응(correspondence)을 이룸.

200) 조지 시거슨(George Sigerson, 1838~1925)은 아일랜드의 물리학자, 생물학자, 번역가 및 문필가로 고대 아일랜드 문학의 번역 및 소개 등 문예부흥 운동에 선구적 역할을 함. 작가이자 정치가인 하이드(Douglas Hyde)와 함께 게일어의 부흥에도 노력함.

201) 수안(愁顔)의 기사—돈 키호테의 별명 중의 하나. 샤프런색의 킬트 즈봉—돈 키호테는 코믹한 인물로서 갑옷을 벗으면 이른바 블루머(bloomer)란 바지 차림이 노출되곤 함. 샤프런색의 킬트 즈봉은 아일랜드 민족주의자들에게는 아일랜드 황금기(Golden Age Ireland)의 표준복으로 간주되었음.

202) O' Neil Russell. 미국에서 30여 년 동안 유랑 생활을 하면서 아일랜드어의 부활을 주장한 켈트부흥론자 및 언어학자(1828~1908).

203) Dulcinea. 돈 키호테의 가상적 애인으로, 실은 돼지사육사의 딸.

204) James Stephens. 아일랜드의 시인이자 민속학자(1882~1950).

205) Cordelia. 셰익스피어 작 〈리어왕(King Lear)〉에서 왕의 막내딸로, 부친에 대한 효성에도 불구하고 부친으로부터 소외되어 고통을 겪음. 여기서는 앞서의 아일랜드 작가들에 대하여 A. E., 이글링턴, 리스터 등이 마구 떠들어대는 반면, 스티븐이 코딜리어처럼 혼자 소외되어 있음을 암시함.

206) *Cordoglio*—코딜리어의 이탈리아 명칭으로, 코딜리어의 남성형 또는 '깊은 애도'의 뜻도 있음. 리어의 가장 외로운 딸—① 코딜리어는 리어왕의 가장 외로운 딸. 아일랜드어로 'lear' 또는 'lir'는 '바다'를 뜻함[(맥클리어(Mananaan MacLir)는 고대 아일랜드의 바다의 신]. ② 토머스 무어의 시 〈피온누알라의 노래(The Song of Fionnuala)〉 중의 한 구절.

207) Nookshotten. 굴곡이 심한 앨비언(Albion, 잉글랜드의 옛 이름)의 섬들. 여기서는 진퇴양난이란 전의(轉意) 또는 '구석에 몰리다'라는 뜻의 고어.

208) 디지 교장의 편지를 《아이리쉬 홈스테드》지의 편집장인 노먼(Harry F. Norman, 1868~1947)에게 전달함.

209) God ild you. 셰익스피어 작 〈뜻대로 하세요〉에서 광대가 하는 말(III. iii, 74, 75 ; V. iv, 56)로 '고맙다'는 뜻.

210) 일반 대중신문인 《아이리쉬 홈스테드》지.

211) John M. Synge. 예이츠로부터 파리와 보헤미아 생활을 청산하고 조국 아일랜드에 헌신하도록 권고받은 아일랜드의 극작가(1871~1909). 그의 유명한 희곡으로는 〈바다로 달리는 사람들(Riders to the Sea)〉(1904) 및 〈서부세계에서 온 건달(The Playboy of the Western World)〉(1907)이 있음.

212) 앞서의 하이드(Hyde)를 수령으로 한, 게일어의 부활과 예이츠의 문예부흥운동이 결합하여 크게 성과를 거둔 문예 단체.

213) 햄릿이 광대의 여인 역을 하는 소년을 보고 하는 말(〈햄릿〉 II, ii, 443~447).

214) 앤 해서웨이.

215) 리스터는 퀘이커 교도인지라, 자신의 언행(言行)을 성서의 권위에 따라서 행하는 것이 아니라 마음속에 품은 그리스도의 존재인 '내심의 빛(inward light)'에 따라서 행함. '은총'을 의미함.

216) 가죽바지를…… 고함 소리에…… 도망친다—이 구절은 셰익스피어와 그의 친구이자 퀘이커 교도 연합회의 창설자인 팍스(George Fox, 1624~1691) 및 도서관장 리스터의 생애 및 경험들의 복합 관계를 서술함. Christfox—그리스도는 퀘이커 교리에 의하면 '내심의 빛'인지라, 교활한 여우 격. 팍스는 아일랜드 및 스코틀랜드 고지인(高地人)들이 입는 가죽 바지를 즐겨 입었는데, 괴상한 언동 때문에 당국에 의하여 계속 추적받고 연금됨. 셰익스피어 또한 그처럼 런던으로 도피하고 리스터처럼 런던에서 독신 생활을 함. '그리스도 여우'는 스티븐 자신과 '할머니를 매장하는 여우'를 암시하기도 함.

217) 암여우…… 걷고 있다—셰익스피어를 동화에 나오는 여우와 비교하고 있음.

218) 성서에서 '창녀들의 어머니' 및 '지상의 증오물'로서 등장함(〈묵시록〉 17장).

219) 런던에서 가진 셰익스피어의 뭇여성과의 관계를 풍자함. 그의 전기비평가들은 당시의 그를 '고삐 풀린 생활자(loose-liver)'로 기록함.

220) New Place. 셰익스피어의 만년의 거주지(스트랫포드 소재).

221) 젊었을 때 생활이 헤픈 여인이 그러하듯, 만년의 해서웨이는 셰익스피어가 귀향할 무렵 청교도적 신앙 생활을 누린 것으로 전해짐.

222) 조지 러셀을 가리킴.

223) 그리스 신화 중 노변과 불의 여신인 베스타(Vesta)의 제단에서 타는 영원한 성화. 여기서는 도서관의 등불을 가리킴(제7장).

224) 존 이글링턴을 가리킴.

225) 한 예언자가 카이사르에게 3월 15일을 경계하도록 말하지만, 그는 이를 무시함으로써 당일 암살됨(〈율리우스 카이사르〉 I, ii, 12~24).

226) 아리스토텔레스의 말(제2장).

227) ① 답이 없는 유명한 수수께끼. ② 트로이전쟁의 그리스 용사 아킬레스(Achilles)의 어머니 테티스(Thetis)는 아들을 전쟁터에서 구하고자 이름을 고쳐 그를 궁전에다 감춰 두고 궁녀들과 같이 지내게 했는데, 그는 뒤에 궁녀에게 임신을 시킴.

228) 도드(Thoth)는 달(月) 모양의 뿔이 달린 왕관을 쓴 옛 이집트의 학문·예술·발명·마력의 신.

229) 인용문인 듯하나 출전 미상임. 타일북(tilebook)이란 고대 이집트의 기왓장에 칼로 새겨 쓴 책.

230) 19세기 영국의 시인이며 비평가인 아놀드(Matthew Arnold)의 소네트(1844년 8월 1일) 중의 인용문.

231) 아일랜드의 고유어인 게일어를 암시함.

232) *Ta an bad ar an tir. Taim in mo shagart.* 오그로우니 신부(Father E. O' Growney)의 저서 『아일랜드어의 간단한 학습(*Simple Lessons in Irish*)』(189?)에 나오는 연습문. 스티븐은 이글링턴의 노트가 비어 있는 것을 보고 조롱함.

233) littlejohn Eglinton. 천박한 지식을 지닌 이글링턴을 풍자하고자 무어(George Moore)가 지어준 별명.

234) 스티븐이 이글링턴을 조롱한 데 대하여.

235) 존 이글링턴의 눈알.

236) 독사(basilisk)—그 시선과 마주치기만 해도 사람을 죽일 수 있는 뱀. "*E quando vede l'uomo l'attossa*"—(이탈리아어) 브루넷토(Brunetto Latini, 1230~1294)의 저서 『트레소르의 생애(*Li Livres dou Trésor*)에 나오는 글귀. 브루넷토는 이탈리아의 작가이자 시인으로, 단테에게 많은 영향을 끼침.

237) Dana. 고대 켈트의 신화에 나오는 어머니 여신으로, 빛·열·풍요·생명을 다스림.

238) 영국의 낭만파 서정시인 셸리(Percy Bysshe Shelley, 1792~1822)의 시 평론인 〈시의 옹호(A Defence of Poetry)〉에 나오는 글귀. 이 글에서 셸리는 시란 '이성'의 힘이 아니며, 그의 영감은 '한 가닥 바람에 의하여 사그라져 가는 석탄에 아는 불티'라고 역설함. 조이스(스티븐)는 그의 심미론의 전개에서 이상과 같은 셸리의 영향을 받음—"이러한 지고의 본질은 예술가의 상상 속에 미적 이미지가 최초로 품어질 때 느껴지는 거야. 셸리는 이 신비스런 순간의 마음을 한 가닥 '사그라져 가는 숯불(a fading coal)'에다 아름답게 비유했어."(『젊은 예술가의 초상』 제5장)

239) William Drummond. 스코틀랜드 호손든(Hawthornden)의 영주였던, 엘리자베스 시대의 시인

(1585~1644). 그의 저서 『시온의 꽃들(*Flowers of Zion*)』(1630)은 죽음과 불멸에 대한 산문적 명상을 다루고 있는데, 스티븐의 명상은 이에 따른 것임.

240) 스티븐이 드럼먼드로부터 영향을 입음을 암시함.

241) 여기서 스티븐의 의식에 있어서 과거, 현재, 미래의 변용의 순간(육체의 세포)이 강렬한 상상의 순간(육체의 불멸의 사마귀)으로 귀착됨. 그리하여 하느님→율리시스→모세→햄릿→유령으로 변용함.

242) 〈햄릿〉 I, iv, 23 참조.

243) 만일 젊음이 생득의 표시(birthmark)라면.

244) Renan. 프랑스의 비평가, 작가 및 학자로 셰익스피어 비평연구가(1823~92). 그는 셰익스피어 만년의 작품들을 "성숙한 철학적 드라마"라고 감탄하였으며, 영원의 역사가인 셰익스피어의 〈템페스트〉야말로 순수한 사상의 위대한 전투라 묘사함(예를 들면 에어리얼은 '대기의 정령', 캘리번은 '조잡한 대지의 육체', 프로스페로는 '실질적인 인간 사상의 마법적 정신'으로 각각 묘사함).

245) 율리시스는 호머의 『오디세이아』의 주인공인 동시에 셰익스피어의 〈트로일러스와 크레시다〉의 등장인물이기도 함.

246) 셰익스피어 작 〈페리클레스(Pericles)〉의 주인공으로, 펜타폴리스(Pentapolis)에서 파선을 당함.

247) 호머의 『오디세이아』 12장에서 배와 선원들이 모두 파선 및 파멸된 후의 율리시스(오디세우스) 장군의 모습을 암시함.

248) 〈페리클레스〉에서 바다의 폭풍이 절정에 달했을 때 페리클레스의 아내가 아기를 분만하고 이내 죽음. 유모인 리촐디아가 유아를 아버지 페리클레스에게 안겨 줌.

249) 셰익스피어 작 〈페리클레스〉의 구성에 대해서는 많은 의문이 남아 있음. 그리하여 이 극은 신빙성 없고 출처가 모호한 외경(外經, apocrypha)에 비유됨.

250) 이글링턴은 스티븐의 셰익스피어에 대한 환상적이고 자서전적인 해석을 '외경을 찾아 샛길로 나아가는 궤변가의 성벽'이라 무시하고, 그 반면에 그에 대해 이미 수립된 비평관은 얼마간무딘 것이긴 해도 어떤 밝은 목표를 향해 뚫린 '한길' 쪽으로 움직이고 있다고 주장함.

251) Shakespeare Bacon's wild oats. 미국의 여류 소설가 델리어 베이컨(Delia S. Bacon, 1811~1859, 영국의 철학자 프랜시스 베이컨과 인척관계라 주장함)은 그녀의 저서인 『드러난 셰익스피어 연극의 철학(*Philosophy of the Plays of Shakespeare Unfolded*)』에서 프랜시스 베이컨이 셰익스피어의 작품을 썼다고 주장함. 또한 셰익스피어 작품은 그보다 학식이 많은 어떤 사람에 의하여 씌어졌을 것이라는 부정퍼 설도 있음.

252) Cypherjugglers. 베이컨이 셰익스피어의 작품을 썼다고 주장하는 근거의 하나는 베이컨의 편지와 서류 속의 암호들로서, 이를 연극의 첫 폴리오 판(First Folio)에 적용함으로써 그 점을 충분히 입증할수 있다는 것. 이러한 주장은 델리어 베이컨에 이어 미국의 정치가이며 수필가였던 이그너티우스 도넬리(Ignatius Donnelly, 1831~1901)가 그의 저서 『위대한 암호문(*The Great Cryptogram*)』(1900)에서 다시 입증함. 그러나 정통파 비평가들은 베이컨이나 도넬리를 '암호 사기꾼들'이라 규정함.

253) 앞서의 도넬리는 미국 미네소타주의 헤이즈팅즈(Hastings) 출신으로, 그의 이론은 그곳에서 시작됨.

254) A. E.는 러셀의 필명으로 AEON(eon)의 머리글자이며 매기(Magee) 이글링턴의 본명임.

255) *Tir na n-og.* (아일랜드어) 아일랜드 서부에 있는 것으로 추측되던 선남선녀, 청춘의 나라. 『피네간의 경야』 참조(FW.91)

256) A. E.와 이글링턴은 순례자의 복장을 하고 있음.

257) 아일랜드의 옛 자장가의 일종.

258) George Brandes. 덴마크 출신의 유명한 셰익스피어 비평가(1842~1927). 그의 저서 『셰익스피어 : 비평 연구(*Shakespeare : A Critical Study*)』에서 그는 〈페리클레스〉를 셰익스피어 만년의 대작(다시 개작)이라 주장함.

259) 시드니 리(Sidney Lee, 1859~1926)의 본명은 솔로몬 라자로스 리(Solomon Lazarus Lee)임. 유명한 셰익스피어 연구가로서 권위 있는 저서 『셰익스피어의 생애(*A Life of W. Shakespeare*)』를 남김.

260) Marina. 페리클레스의 딸로, 폭풍이 극심할 때 태어남으로써 '폭풍의 자식'이라 묘사됨.

261) Miranda. 〈템페스트〉에서 프로스페로의 딸.

262) Perdita. 'Perdita'는 '상실(loss)'을 의미함. 그녀는 얼마 동안 '상실'했다가 〈겨울이야기〉에 재등장함.

263) 〈페리클레스〉에서 주인공은 그의 '상실'했던 딸을 되찾는 '재회의 장면'에서 이렇게 말함(V, i, 108).

264) 셰익스피어의 장녀는 수잔나, 그의 외손녀는 엘리자베스임.

265) *L'art dêtre grandp*…… (불어) 베스트는 조부(grandpère)라고 말하려다 생략함. 이는 프랑스의 시인이자 소설가인 빅토르 위고(Victor Hugo)의 동시(童詩) 제목이기도 함.

266) *Amor vero aliquid alicui bonum vult unde et ea quae concupiscimus*… (라틴어) 이 구절은 『모던 라이브러리』 34, 61년도 판에 모두 생략됨. 토머스 아퀴나스의 『대이교도대전(Summa contra gentiles)』에 나오는 두 글귀의 결합. 즉 아퀴나스는 여기서 두 가지 사랑을 정의하고 있는 바, 처음 6마디 글귀에서 "남에게 선(善)을 절실히 바라는 사랑"과 나머지 5마디 글귀에서 "자기 자신의 향락을 추구하는 이기적 욕망에 의한 사랑"을 구별하고 있음. 조이스의 유일한 희곡인 〈망명자들〉에서 리처드 로우언은 회의적인 로버트에게 "사랑이란 남이 잘되기를 바라는 행위"임을 설명함. 이러한 견해를 감안할 때 여기 스티븐 데덜러스는 사랑의 대가(大家)인 단테의 견해를 추구하고 있음이 분명한데, 단테는 그의 〈연옥편〉 제17곡에서 베르길리우스의 입을 통하여 "그이 말문을 열되, 아들아, 조물주나 피조물이나 사랑이 없을 적이 없나니 자연의 사랑이나 마음의 사랑이 그러함을 너 아느니라"라고 설파함.

267) George Bernard Shaw. 더블린 출신의 유명한 영국 극작가이자 사회비평가(1856~1950). 그의 코미디 〈소네트의 흑부인(the Dark Lady of the Sonnets)〉은 셰익스피어와 흑부인의 불행한 관계를 다룬 것으로, 여기에서 그는 흑부인을 당대의 여관(女官)인 핏턴(Fitton) 부인이라 주장함.

268) Frank Harris. 《새터디 리뷰(*Saturday Review*)》지(誌)의 편집장(1856~1931). 그는 당시 셰익스피어 비평문을 그의 신문에 연재함.

269) 1855년에 창간된, 정치·문학·과학·예술에 관한 런던의 주간지.

270) 소네트의 흑부인…… 고백하는 바이오―『소네트』154편 중에 28편은 흑부인(Dark Lady)에 관하여 읊고 있는데, 이 부인이 실제로 누구인지에 대해서는 두 가지 학설, 즉 엘리자베스 여왕의 여관(女官)으로, 펨브로크 백작부인 메리 핏턴(Mary Fitton)이라는 설과, 옥스퍼드의 크라운 인(Crown Inn)의 여주인이라는 설이 있음. 『소네트』의 나머지 126편은 미남 청년 펨브로크

백작인 윌리엄 허버트(William Herbert)에 관한 것이라는 설과 사우샘프턴(Southampton) 백작인 리오슬리(Wriothesley)라는 설이 있음. 오스카 와일드는 그의 『W. H. 씨의 초상(*The Portrait of Mr. W. H.*)』(1889)에서 펨브로크, 셰익스피어 및 메리 핏턴 세 사람을 소네트의 주인공으로 주장함.

271) 몸집에 비해 알이 큰 바다오리로서, 여기서는 도서관장의 몸집에 비해 그의 큰 머리를 암시함.

272) 퀘이커 교도인 리스터씨는 미혼의 독신남으로, 마치 아내에게 말하듯 2인칭 고어(古語)로 말함.

273) 괴테의 자서전 『시와 진실(*Dichtung und Wahrheit*)』(1811~1814)의 모토.

274) *buonaroba.* (이탈리아어) 엘리자베스 시대의 속어(〈헨리 4세〉 III. ii. 26).

275) 핏턴을 암시함(『소네트』 137:5~8).

276) 앞서의 펨브로크 백작.

277) 셰익스피어가 핏턴 여인과 사랑에 빠진 뒤인 1596년에 이 연극을 썼다는 설.

278) 셰익스피어는 자기보다 연상인 앤 해서웨이에게 밀밭에서 정복당했다는 설이 있음.

279) assumed dongiovannism. 돈 후앙(Don Juan) 또는 돈 지오반니(Don Giovanni)는 수많은 여성들의 추종을 받고 방탕한 생활을 한 스페인의 전설적 귀족이긴 하나, 아무리 재주 많은 그도 정복당한 셰익스피어의 상처를 회복하진 못할 것이라는 가상(假想).

280) ① 비너스에 의하여 발견된 아도니스의 시체에 대한 묘사(〈비너스와 아도니스〉 1115. 6). ② 유모가 알아차리게 한 오디세우스의, 유년시절 곰에 물려 허벅다리에 입은 상처.

281) 눈물을 암시함(리어왕의 말, 〈리어왕〉 II. ii. 280).

282) 〈햄릿〉 I. v. 22 참조.

283) 〈햄릿〉 I. v. 22 참조.

284) 〈햄릿〉 I. v. 63 참조.

285) 〈햄릿〉 I. V. 63 참조.

286) 〈맥베드〉 I. vii. 72 참조.

287) 성교(性交)를 암시함(〈오셀로〉 I. i. 118).

288) lean unlovely English―셰익스피어의 영어를 말하며, 하이드의 시구 중에서 인유.

289) 셰익스피어 작 〈루크리스의 강간〉 4~7행 참조.

290) 심벨린의 딸 이모겐(Imogen)은 정숙한 여인이나, 잠자는 동안 악한 이아치모(Iachimo)에게 강간당함(〈심벨린〉 II. ii. 37~39).

291) 호레이쇼가 유령의 얼굴이 드러남을 햄릿에게 알리는 말(〈햄릿〉 I. ii. 229. 230).

292) Elsinore. 덴마크 북동안의 항구로, 햄릿의 거성이 있던 곳. 제1장 주 115) 참조.

293) 자신의 영적 부친을 찾고 있는 스티븐은 햄릿과 마찬가지로 자신 속에서 부정(父情)을 찾음. 그리하여 햄릿처럼 부친의 육성(肉聲)을 추리함으로써, 하느님은 진실과 동질(同質)의 자식(그리스도) 속에서만 알려지듯 그 역시 육체의 부친(사이먼 데덜러스)에 의하여 '태어난 것이 아니라 만들어진'(제3장) 이상 그의 부정의 신비는 자신의 예술가적 창조 속에서만 반영될 뿐이라는 뜻.

294) 멀리건을 암시함.

295) Entr'acte. (불어) 스티븐의 셰익스피어 이론과, 멀리건의 등장으로 야기된 그의 모독적 조소에 대한 명상과의 사이.

296) 척추는 있으나 육체가 없는, 즉 유령 또는 여기에서는 부친과 동질인 자식을 암시함.

297) bauble. 본래는 국왕이 그의 권위를 나타내기 위해 짚는 쇠막대, 즉 권장(權杖).

298) *Was Du verlachst wirst Du noch dienen.* (독어) 독일의 격언.

299) Brood of mockers. 성신은 성부 성자에게서 유래한다는 가톨릭 정교(正敎)를 반대하는 자들.

300) Photius—파문선고를 받은 콘스탄티노플의 교황(제1장 끝부분 참조). pseudo Malachi—엘리야와 대조하여 말라기(Malachi)는 엉터리 예언자임. Johann Most—독일 태생의 미국 무정부주의자(1846~1906)로, 피닉스 공원 암살사건의 살인자들을 옹호함으로써 아일랜드인의 동정을 삼.

301) 그리스도를 암시함. 'Agenbuyer'는 속죄자(Redeemer)의 중세 영어임.

302) Gloria in excelsis Deo. 미사 의식에서 낭송되는 〈천사의 찬가(*Angelic Hymn*)〉의 첫 구절.

303) 사제의 손과 성 토요일의 부활을 알리는 종. 스티븐은 본 소설 제3장에서 아침에 바닷가를 산책하던 중 이를 명상함.

304) 싱(Synge)의 작품이 세상에 나타났을 때 예이츠는 또 하나의 그리스 비극 시인 아이스퀼로스(Aeschylus, B. C. 525~465)가 탄생했다고 말함. 싱에 대한 예이츠의 과장적 단언에 근거를 둔 당대 더블린 문학계에 만연되어 있던 조크.

305) 셰익스피어와 같은 영국인들, 즉 헤인즈 등을 말함.

306) 블룸은 본 소설 제5장에서 목욕하러 가는 도중 파머(Palmer) 부인이 공연하는 〈햄릿〉극의 광고 간판을 목격함.

307) Edward Vining. 당대의 셰익스피어 비평가(1847~1920)로, 그의 저서 『햄릿의 신비(*The Mystery of Hamlet*)』에서 햄릿이 여자임을 피력함.

308) Judge Barton. 아일랜드 대법원 판사였던 바튼(Dunbar Barton, 1853~1937) 판사는 그의 저서 『아일랜드와 셰익스피어의 연관(*Links Between Ireland and Shakespeare*)』(1919)에서, 햄릿이 아일랜드인이라 주장함.

309) 더블린의 대법원 판사(각하)가 아니고, 햄릿(전하)이 〈햄릿〉제1막 5장 136행에서 성 패트릭에 맹세코(by Saint Patrick)라고 아일랜드의 수호성자에게 맹세함.

310) *The Portrait of Mr W. H.* 아일랜드의 작가 오스카 와일드가 지은 셰익스피어 이론서로, W. H. 씨에 관한 수필. 그는 여기에서 W. H.는 펨브로크 백작인 윌리엄 허버트가 아니고, 모든 색(色)에 능한 사람(homo-sex 등)인 윌리 휴즈(Willie Hughes)라 주장함. 앞의 주 270) 참조.

311) W. H.란 인물에 대한 여러 가지 추측. 즉 그는 Willie Hughes, 또는 William Herbert, 셰익스피어의 처남이자 서점 주인이었던 William Hathaway, 기타 William Himself라는 설.

312) 와일드가 자신의 동성애(homo-sex) 문제로 법원 판결에서 패한 뒤 자신에 관하여 쓴 풍자시 〈와일드에 관한 스윈번(Swinburne on Wilde)〉의 구절—심미론자 중의 심미론자 / 이름이 무슨 상관? / 시인은 와일드 / 그러나 그의 시는 길든 것.

313) 스티븐이 본 소설 제7장에서 술을 대접한 사실.

314) 벅 멀리건을 말함.

315) 『소네트』 I, 1∼4 참조.

316) 기지, 상상력, 환상, 기억, 추리를 말함.

317) 19세기 영국의 낭만시인 블레이크(W. Blake, 1757∼1827)의 〈로젯티의 시(Poems from the Rosetti)〉에 나오는 구절. 여기서는 스티븐이 멀리건의 얼굴을 조소함.

318) 세상에는 여자가 더 많이 있겠지.

319) 셰익스피어 작 〈윈저의 유쾌한 아낙네들(The Merry Wives of Windsor)〉 V, v, 15∼17 참조.

320) 스티븐의 바닷가에서의 명상(제3장) 및 성서의 글귀(〈창세기 3:1∼6〉).

321) 19세기 영국 소설가 메러디스(George Meredith, 1828∼1909)의 자전적 소설 〈리처드 페브럴의 시련(The Ordeal of Richard Feveral)〉(1859) 제28장에 나오는 글귀의 인유.

322) 신과 그리스도가 동질인 데 반하여 인간 대 인간은 비동질이라는 것을 뜻함.

323) friar. 가톨릭교의 금주(禁酒) 수도사.

324) Connery's. 하부 애비가 5번지 소재의 주점, 즉 쉽 주점.

325) 멀리건은 싱(Synge)의 농민극 문체와 애런 섬(Aran Islands)의 익살스런 말투를 흉내냄.

326) 싱은 대학을 졸업한 후 대륙을 방황하다가, 1892년 조이스의 파리 유학 당시 그곳에서 그를 만남.

327) Glasthule. 더블린 외곽 킹즈타운의 가로 이름.

328) pampooties. 제1차 세계대전 후 이른바 모더니즘(Modernism)의 분위기를 감수하고 있던 조이스(스티븐)는 게일어 운동이나 회고주의를 추구하는 싱 또는 예이츠와 의견이 대립됨. '팸푸티 신'이란 아일랜드 서해안 애런 섬의 암소 가죽으로 만든 슬리퍼나 나막신의 일종. "팸푸티 신을 신고"라 함은 싱이 한때 이 애런 섬에 살고 이곳에서 그의 시와 연극에 있어서 영감을 많이 받았기 때문임.

329) Oisin with Patrick. 오이신은 페니언 당원이며 전설적 시인·영웅으로, 수령 핀 맥쿨(Finn MacCool)의 자식. 전설에 의하면, 오이신은 3세기경 영웅시대의 붕괴 후에도 살아 남아 5세기에 성 패트릭의 손에 의해 개종(改宗)을 경험했다 함. 성 패트릭과 오이신은 성스러운 숲속에서 만났으며, 그의 개종의 대가로 나이 많은 오이신은 페니언 영웅시대의 이야기를 해 주었다 함(예이츠작 『오이신 방랑기(The Wandering Oisin)』). 여기서는 싱과 조이스(스티븐)를 비교함.

330) Clamart─파리 남부의 조그마한 도시. Faunman─로마 신화에 나오는 이탈리아의 자연신 및 목양신으로 농업의 수호신. 싱은 숲속의 이상스런 만남을 조이스에게 이야기해 주었음─

331) C'est vendredi saint! (불어)

332) 셰익스피어 작 〈뜻대로 하세요〉(II, vii, 13∼17) 중에서, 우울한 잭퀴스(Jacques)가 숲속에서 한 광대를 만난 일을 설명함.

333) 아일랜드의 고등법원 판사 매든(D. H. Madden)은 그의 셰익스피어 연구서 『윌리엄 사일런스 씨의 일기(The Diary of Master William Silence)』에서 셰익스피어의 사냥에 대해 서술함.

334) 블룸이 키즈 상점의 광고 도안을 찾아 이곳에 나타남.

335) Northern Whig─벨파스트(Belfast)에서 발행(發行)되는 일간지. Cork Examiner─코크에서 발

행되는 일간지. *Enniscorthy Guardian*—아일랜드 남동부 웩스포드에서 발행되는 주간지.

336) 상복을 입은 블룸.

337) Ikey Moses. 19세기 말에 유태인을 조롱하던 말(제4장).

338) collector of prepuces—유태교의 할례를 행사케 하는 하느님에 대한 익살. Jehovah—구약성서의 전능신(Almighty)인 하느님.

339) Aphrodite. 그리스 신화에서 사랑과 환희의 여신(로마 신화의 비너스에 해당함) 아프로디테는, 세계의 지배신 우라노스가 아들 크로노스에 의해 거세되어 성기가 바다에 떨어지자 바다가 그 대신 잉태, 물거품에 의하여 태어났다고 함.

340) Life of life, thy lips enkindle. 셸리(Shelley)의 시 〈해방된 프로메테우스(Prometheus Unbound)〉의 구절(II, v, 48~51).

341) 남색(男色, pederasty)의 암시.

342) pale Galilean. 유태인, 즉 팔레스티나 북부 사람들. 블룸은 헝가리 유태인의 조상을 가짐.

343) 블룸이 박물관에서 비너스 상의 국부(局部)를 찾고 있는 장면임(제8장).

344) Venus Kallipyge. 로마 네로 황제의 '황금집(Golden House)'에서 발견된 대리석상. 칼리퍼지는 그리스어로 '아름다운 엉덩이(beautiful buttocks)'란 뜻.

345) 스윈번 작의 희곡 〈칼리돈의 아틀란타(Atlanta in Calydon)〉(1865) 첫 코러스 구절.

346) 셰익스피어의 부인.

347) Griselda. 14세기 영국의 시인 G. 초서(Geoffrey Chaucer, 1343?~1400)의 『캔터베리 이야기(*The Canterbury Tales*)』 및 복카치오(Giovanni Boccaccio, 1313~75)의 『데카메론(*Decameron*)』에 나오는 인내심 강하고 정숙한 여인.

348) Penelope. 호머의 『오디세이아』에 나오는 율리시스 장군의 아내로, 20년 가까이 정절(貞節)을 지키며 남편의 귀향을 기다리는, 정숙한 여인의 또 하나의 전형(典型).

349) Gorgias. 그리스의 궤변론자 및 수사학자(B. C. 483?~376?).

350) Antisthenes. 그리스의 철학자(B. C. 444?~371)로 견유학파(犬儒學派)의 시조이며 소크라테스의 후계자.

351) Kyrios Menelaus—스파르타의 왕. Argive Helen—메넬라오스의 아내로 절세의 미인. 트로이 왕자 파리스(Paris)에게 납치됨으로써 트로이전쟁이 유발됨. the wooden mare of Troy—트로이전쟁에서 율리시스 장군은 그의 부하들과 함께 트로이로부터의 후퇴를 가장, 목마를 만들어 트로이인들에게 선사함. 이 목마가 트로이 성내로 옮겨지자, 그 속에 숨어 있던 그리스 영웅들이 뛰쳐나와 트로이를 함락시킴. 이러한 함락은 헬렌의 납치라는 간접적 원인과 직결됨으로써 목마는 즉 헬렌이란 비유가 가능해짐.

352) '미의 종려'란 승려 또는 우세의 상징. 안티스테네스는 그의 『헬렌과 페넬로페에 관하여(*Of Helen and Penelope*)』란 저서에서 페넬로페의 미가 헬렌의 미보다 우세한 것으로 기록함(제7장 끝부분).

353) 1904년 당시 아일랜드 총독의 연봉은 5천 파운드였음.

354) 19세기 미국의 자유시인 휘트먼(Walter Whitman, 1819~1892)은 그의 평론집 『11월의 나뭇가지들(*November Boughs*)』(1888) 서문에서 봉건주의에 젖은 유럽의 서사시, 연극 및 민요 등의

고대풍에 대조되는 미국(신세계)의 자유시를 강조함. 특히 그는 〈셰익스피어에 관한 고찰(A Thought on Shakespeare)〉(1886)이란 논문에서 작가를 둘러싼 문학의 내외적 소재의 포만성(飽滿性) 또는 포식성(飽食性)을 지적함.

355) 〈로미오와 줄리엣〉 I, v, 9 참조.

356) 셰익스피어 비평가인 브란데스에 의하면, 롤리경(Walter Raleigh)은 인도 제왕이나 페르시아 제왕처럼 화려한 복장과 보석으로 몸을 치장했다 함.

357) 엘리자 튜더(Eliza Tudor)는 영국의 엘리자베스 1세를 말하며, 그녀의 통치기간에 아일랜드 토지개혁 등에 의한 영국의 착취가 극심했었음.

358) her of Sheba. 아라비아 고도(古都)의 여왕으로, 솔로몬왕을 뇌살시킨 요염한 미녀(〈열왕기상〉 제10장).

359) Dick Burbage. 엘리자베스 시대의 유명한 배우이자 셰익스피어의 친구(1567?~1619).

360) 역사상의 정복자 윌리엄왕을 말하나, 여기서는 동명의 윌리엄 셰익스피어를 암시함.

361) 스티븐의 이 이야기의 근원은 브란데스의 비평에 의함. 매닝엄(John Manningham)은 런던 법학원(Middle Temple) 학사로서, 그의 일기 속에 셰익스피어에 관한 기록이 있음.

362) Fitton. 『소네트』에 묘사된 흑부인의 장본인. 앞의 주 270) 참조.

363) 〈심벨린〉 II, v, 17 참조.

364) Penelope Rich. 시드니경(Sir Philip Sidney)의 사랑을 받던 스텔라(Stella)라는 미녀로 『소네트』 속에 묘사되어 있는데, 흑부인은 바로 이 여인이란 설도 있음.

365) 템즈 강둑 옆 극장가(街)의 매음부들.

366) *Encore vingt sous. Nous ferons de petites cochonneries. Minette? Tu veux?* (불어) 스티븐이 파리의 홍등가에서 들은 말들의 회상.

367) 〈12야〉 I, iii, 85 참조.

368) 대비넌트(sir William Davenant, 1606~1668)경은 영국의 시인이자 극작가. 그의 어머니가 옥스퍼드에서 '크라운(Crown)'이란 여관을 경영했는데, 그곳에 묶고 있던 셰익스피어가 그녀와 사랑을 나누었으니, 따라서 『소네트』의 흑부인은 바로 그녀이며 대비넌트는 그의 자식이란 설도 있음.

369) Blessed Margaret Mary Anycock! 프랑스의 성녀 마리 알라꼬끄(Blessed Mary Alacoque, 1647·1690)에 대한 익살 (『너블린 사람들』, 〈애블린〉 참조). (Any)coke는 penis의 속어. 조이스는 성녀 아니꼬끄를 들어 익살을 즐김─……성 마리 알라꼬끄여, 나는 습한 새벽에 일찌감치 잠자리에서 일어나, 대동맥 불완전 부정맥과 정맥노장에 시달리며, ……열심히 일하고 있지 않느냐 말이야?(『피네간의 경야』에서)

370) 헨리 8세의 딸 엘리자베스(그의 여섯 아내들 중 두번째인 앤 볼린(Ann Boleyn)의 딸).

371) ① 영국 빅토리아 왕조의 계관시인 테니슨경(Lawn Lord Tennyson) 작 『공주; 혼성(*The Princess; A Medley*)』(1847)의 서곡 96~98행 참조. ② 테니슨경의 이름에 대한 익살, 즉 '잔디 정구의 아들(the son of lawn tennis)' 제3장 끝부분 참조.

372) 〈맥베드〉 중 마녀의 제안 부분(I, iii, 10).

373) 제라드(John Gerard, 1545~1612)는 런던의 페터 골목길(Fetter Lane)에 장미원(rosery)을 갖고

있던 식물학자 및 왕실 식물원 관리자. 셰익스피어와의 관계는 분명치 않으나, 외과의 및 치과 의를 겸한 이발사(Barber-Surgeons)협회의 회원이었으며, 그 회관 근처에 셰익스피어가 살았던 것으로 전해짐.

374) 스트랫포드 교회에 있는 셰익스피어의 채색된 흉상은 회색 눈빛과 갈색 머리카락 및 턱수염을 하고 있음.

375) 셰익스피어의 〈심벨린〉(IV, ii, 220~223)에서의 꽃에 대한 묘사.

376) 셰익스피어의 〈겨울 이야기〉(IV, iv, 118~122)의 목가적 장면에서, 여주인공 퍼디타는 바이올 렛꽃을 주노의 눈꺼풀에 비유함.

377) 앤 해서웨이의 부정(不貞)을 암시함.

378) 셰익스피어를 사랑하던 계집은 셰익스피어가 사랑하는(동성애) 귀족을 사랑하기 위해 그를 걷어참.

379) 와일드식의 동성애를 말함.

380) "영국인은 귀족을 사랑한다"라는 격언에서.

381) Charenton. 파리에서 남동부 5마일 지점에 있는, 다리와 축성으로 유명한 작은 도시. 도마뱀 호모섹스의 심벌, 여기 이글링턴을 암시함.

382) 『소네트』 3, 1~6 참조.

383) 마부가 씨말(種馬)을 암말에게 끌고 가는 행위(번식을 위한). '신성한 의무(holy office)'는 실은 종교재판소를 의미함.

384) 소크라테스의 부인 크산티페는 한부(悍婦)에다 산파였음. 그러나 셰익스피어의 어머니 메리 아든(Mary Arden)이 산파인지는 분명치 않음.

385) 『소네트』 152, 1~4 참조.

386) 〈햄릿〉에서 유령의 마음은 생전의 그의 아내 거트루드의 부정과 그의 동생 클로디어스의 이미 지로 가득 참.

387) 유령이 햄릿에게 말하는 부분인, 연극의 제5장 장면. 유령의 말이, 거트루드와 클로디어스가 살인 전에 간음행위의 죄를 범함을 뜻하는지의 여부에 대하여는 논란의 여지가 있음.

388) 그러한 여자들은…… 결혼했다오 — 메리(Mary)는 셰익스피어의 모친, 존(John)은 그의 부친, 앤은 그의 아내, 윌런(Willun)은 그 자신(윌리엄), 수잔(Susan)은 그의 장녀, 주디스(Judith)는 그의 차녀, 조안(Joan)은 그의 누이, 엘리자베스는 그의 손녀 등. '

389) 모두 셰익스피어의 비평가들인 아일랜드의 판사들로, 특히 바턴(Barton) 및 매든(Madden)을 가 리킴.

390) 이글링턴을 사탄 같은(Satanic) 스티븐이 조소함.

391) 아래 구절은 조소자 스티븐이 무운시체(無韻詩體)로 말하는 내용.

392) *Punkt.* (독어).

393) 〈뜻대로 하세요〉 V, iii, 25 참조.

394) 예이츠를 비롯하여 레이디 그레고리 및 그 밖의 아일랜드 문예부흥기의 열성가들은 싱, 오케 이시 등 젊은 작가들로 하여금 농민 생활에 관한 연극을 창작, 공연하도록 격려했음.

395) Ireland yard. 런던의 블랙프라이어즈(Blackfriers) 지방.

396) *Separatio a mensa et a thalamo.* (라틴어) 이혼 선고시의 문구.

397) 아리스토텔레스는 스타게이로스(Stagiros : 고대 마케도니아의 도시) 태생으로 그곳 학교의 학사(學士)였음. 아리스토텔레스는 죽기 1년 전, 알렉산더 대왕의 죽음이 아테네를 불안케 한다 하여 칼치스(Calchis)로 유배당함. 스티븐이 말하는 '고대인'은 기원전 3세기경의 디오게네스 레어티우스(Diogenes Laertius)를 지적하는데, 그는자신의 저서 『철학자들의 생애(*Lives of Philosophers*)』에서 말하기를, 아리스토텔레스의 유언은, 노예를 해방하고 자신을 그의 아내 곁에 매장시키며 그의 첩인 허필리스(Herpyllis)가 그의 집들 중의 하나에서 여생을 보내도록 지시하고 있다고 함.

398) Nell Gwynn Herpyllis. 영국 찰스 2세의 애첩으로 한때 유명한 여배우였던 넬 그윈(왕은 임종시에 "가련한 넬리가 굶지 않도록 하라"고 유언했다 함)과, 앞서 나온 아리스토텔레스의 첩 허필리스와의 합성어.

399) 비평가 브란데스에 의하면, 드레이턴(Drayton)과 벤 존슨 그리고 셰익스피어는 심한 술꾼들로 서로 친구 관계였다 함.

400) Dowden. 더블린 트리니티대학 영문학 교수이자 저명한 셰익스피어 학자(1843~1913). 저서로는 『셰익스피어 : 그의 마음과 예술(*Shakespeare : His Mind and Art*)』이 있음.

401) 미국 태생인 실비아 비치(Sylvia Beach, 1887~1962)라는 여성은 파리에 '윌리엄 셰익스피어 주식회사(William Shakespeare and Company)'란 출판사 및 서점을 개설했는데(1919), 조이스의 『율리시스』는 1922년 이 출판사에서 처음 출간됨.

402) 도우든이 좋아하는 비평 주제들 중 하나는 셰익스피어가 대중의 그리고 대중을 위한 시인이란 점. 여기서 스티븐은 마음속으로 그를 조롱하고 있음.

403) 도우든을 말함. 그는 자신의 저서인 『셰익스피어의 소네트(*The Sonnets of W. Shakespeare*)』에서 시인의 소네트 속에 담긴 한결같은 호모 섹스에 관한 명상을 지적함.

404) 『W. H.씨의 초상』에서 오스카와일드의 우울한 기분을 일컫는데, 그는 "셰익스피어는 미의 노예였다"고 말함.

405) 의사―오스트리아의 정신분석학자 프로이트(Sigmund Freud, 1859~1939)를 암시하는데, 스티븐은 그의 학파를 '신비엔나파(the new Viennese school)'라 부름. 그러한 말―인간의 무의식 속에 깊이 박혀 있는 충동을 가장함을 의미함. 조이스는 그의 딸 루시아(Lucia)의 정신착란증에 대해 프로이트와 상담함으로써 그와 절친한 사이가 되었으며, '신비엔나파'의 예술기법은 조이스의 창작 문체에 커다란 영향을 끼침.

406) (격언) '우리는 미의 감각을 갖고 타락할 수는 없다'는 뜻을 암시함. '이쪽 저쪽 다 좋게 할 수는 없다'는 뜻도 있음.

407) 안티스테네스처럼, 프로이트나 정신분석학자들은 예술가에게서 '미(의 종려)'를 빼앗아 그것을 도덕가에게 수여하려는가?

408) 샤일록(Shylock)은 셰익스피어의 〈베니스의 상인〉에 나오는 수전노(守錢奴)로 유태인 고리대금업자. 그는 주인공에게 빌려 준 돈의 대가로 1파운드의 살(肉)을 요구함. '자신의 긴 호주머니'라 함은 셰익스피어가 샤일록처럼 부(富)에 부심했다는 뜻을 담고 있음. 즉 샤일록의 기질을 자신도 갖고 있었기 때문에 작중 인물이 곧 셰익스피어 자신이란 암시.

409) tod. 무게의 단위로, 1토드는 28파운드에 해당함.

410) Chettle Falstaff. 셰익스피어 연구집을 출간한 런던의 인쇄업자 및 극작가인 헨리 폴스태프의 초상.

411) 영국의 고고학자요 전기작가인 오브리(John Aubrey, 1626~1697)는 그의 전설집에서 셰익스피어의 부친은 백정이요, 그는 부친의 사업을 습득했다고 전함. 브란데스와 리(Lee) 등의 비평가들은 셰익스피어의 경력으로 마부 및 무대 호출계 등을 지적함.

412) 엘리자베스 여왕의 의사 로페즈(Roderigo Lopez)는 여왕을 독살하기 위하여 스페인의 음모자들에게서 뇌물을 받았다는 이유로 처형됨. 이 처형의 시기는 런던에 있어서 과격한 반(反)유태운동이 봉기된 순간이었음.

413) 영국 왕 제임스 1세를 말함. 그는 마법(witchcraft)과 악마연구(daemonology)에 극히 흥미를 보였음. 이것이 〈햄릿〉과 〈맥베드〉의 영감의 근원이 되었다는 브란데스의 학설.

414) 1588년에 폭풍으로 파괴된 스페인의 무적함대. 〈사랑의 헛수고〉에 나오는 돈 아드리아노는 공상적인 스페인인이었다는 리(Lee)의 학설.

415) Mafeking. 남아프리카공화국 케이프주(州) 북동부의 소도시로, 보어전쟁 때 영국군은 여기서 승리의 첫 개가를 올림(1902).

416) 1605년 11월 5일 영국의 예수회 교도들은 영국 의회와 왕실의 폭파를 음모하다 발각되어 재판을 받음. 이때 주동자는 그들의 실패를 '모호한 이론(doctrine of equivocation)'으로 변론함. 〈맥베드〉에서 문지기(porter)는 모호(equivocation)한 말을 지껄이는데, 리는 이상과 같은 역사적 사실과 연극 내용 사이의 연관성을 지적함.

417) 셰익스피어의 희곡 〈템페스트〉는 1609년 미국 버지니아 지방으로 항해하다 버뮤다 제도에서 파선된 〈시 벤춰(Sea Venture)〉호의 경험을 일부 토대로 삼았다는 설이 있음. 르낭(Renan)은 〈템페스트〉 중의 캘리번(Caliban)에 관한 이론으로 유명한, 프랑스의 셰익스피어 비평가. 팻시 캘리번(Patsy Caliban)에서 팻시는 아일랜드 이민의 19세기 무대 풍자물을 존중하여 캘리번(반인반수의 괴물)에게 붙여진 이름. 〈우리들의 아메리카 사촌(Our American Cousin)〉이란 영국의 극작가 테일러(Tom Taylor, 1817~1880) 작의 희곡으로, 에이브러햄 링컨의 암살을 주제로 한 작품.

418) 셰익스피어 소네트는 영국의 시인 시드니경(Sir Philip Sidney, 1554~1586) 작의 유명한 소네트 연속물인 『애스트로펠과 스텔라(Astrophel and Stella)』에서 결정적인 영향을 받았다는, 리와 브란데스의 학설.

419) 당근같이 붉은 머리를 한 베스(Bess)—붉은 머리카락을 한 베스(엘리자베스) 여왕. 알마니(Almany)—엘리자베스 시대 사람들이 부른 독일의 명칭. 〈원저의……〉에서…… 좋을 거요—엘리자베스 여왕이 〈원저의 유쾌한 아낙네들〉의 창작에 영감을 주었다는 설. 이는 데니스(John Dennis)라는 극작가의 주장으로, 그는 이 극의 밑바닥에 숨은 인물들을 주도면밀하게 탐구함.

420) *Mingo, minxi, mictum, mingere.* (라틴어) 영어의 mixture(혼합)란 단어가 나오자, 그와 유사음을 가진 라틴어 동사의 어형 변화가 스티븐의 의식을 적심.

421) 당시 더블린의 유니버시티 칼리지의 학부장이었던 달링턴(Joseph Darlington) 신부를 말함. 그는 〈셰익스피어 연극의 기독교 신앙(the Catholicity of Shakespeare's Plays)〉이란 논문에서, 셰익스피어가 가톨릭 교도라 주장함.

422) *Sufflaminandus sum.* (라틴어) 존슨(Ben Jonson)이 언급한 셰익스피어에 관한 논평. 여기서는 스티븐의 이론이 이글링턴의 냉소적 질문에 의하여 억압당함을 암시함.

423) 셰익스피어의 여러 작품들의 이야기 줄거리는 르네상스 시대의 이탈리아에 근원을 둔 것으로 여기에다 프랑스적 내용이 가미되어 이루어졌다는 것.

424) Samuel Taylor Coleridge(1772~1834). 그는 『전기문학(Biographia Literaria)』(1817) 제15장에서 셰익스피어를 '1만 개의 마음을 가진 사람(*a myriadminded man*)'이라 서술함.

425) Amplius. In societate humana hoc est maxime necessarium ut sit amicitia inter multos. (라틴어) 스티븐은 마음속으로 토머스 아퀴나스의 말을 생각함으로써 이글링턴에게 도전함.

426) *Ora pro nobis*. (라틴어)

427) Pogue mahone! Acushla machree! (아일랜드어) 우리들은 오늘부터 파멸이다—싱(Synge) 작의 단막극 〈바다로 달리는 사람들〉(1904) 중의 글귀. 이 고무적인 비극에서 나이 많은 딸 캐슬린(Cathleen)은 동생의 죽음을 애통해함.

428) 프로이트와 그의 무리인 '신비엔나파'는 근친상간(incest)을 인간의 유년기 성(性)에 있어서 필요한 현란스런 요소(외디푸스 콤플렉스)로 간주했음. 근친상간을 저주하고 이를 감정의 탐욕에다 비유한 것은 성 토머스가 아니고 성 아우구스티누스(Augustine)였음.

429) 유태인들의 축제……—가톨릭교에서는 이자를 받고 돈을 빌려 주는 것을 금했으나, 이 일을 맡아 특수한 축재 수단으로 부의 축적을 이룬 종족이 바로 유태인들임. 롤라드파(Lollards)—14, 15세기경에 영국과 스코틀랜드에서 위클리프(John Wycliffe)의 설교를 신봉하고 여러 곳을 유세한 일파. 이들은 이단으로 몰려 박해를 받았으나, 영국이 장미전쟁(the Wars of the Roses)의 시련을 겪을 때 14세기 동안 폭풍 속의 안식처를 얻음. 무쇠 테로…… 거지—폴로니어스는 그의 아들 레어티즈가 프랑스를 출발할 당시 '우정을 무쇠 테로 묶어 두도록' 충고함(〈햄릿〉 I, iii, 61~63).

430) old Nobodaddy. 블레이크가 그의 시 〈친부신에게(Nobodaddy)〉에서 분노와 지옥 불의 신 그리고 자신의 창조물에 질투를 느끼는 신을 묘사한 말.

431) 〈겨울이야기〉에 나오는 글귀(I, ii, 193~196).

432) 모세의 십계명 중 제10계율(〈신명기〉 5:21).

433) Gentle Will. 존슨(Jonson)이 그의 시에서 부른 셰익스피어의 별명임.

434) 윌(will)은 셰익스피어를 지적하는 것 말고 유언, 의지의 뜻도 담겨 있음.

435) 청교도의 성인(聖人)이나 갖는, 앤 해서웨이의 죽음에 따른 내세관(來世觀).

436) *Requiescat!* (라틴어) 죽은 사람을 위한 기도. "영령이여, 고이 잠드소서(R. I. P. : requiescat in peace)."

437) 조지 러셀의 시 〈샛길에서 부른 노래(Song on a By-Way)〉의 첫행에서.

438) 〈햄릿〉의 극중극(play within play)에서 햄릿이 광대에게 묻는 말(II, ii, 524). 여기서는 셰익스피어의 아내.

439) 셰익스피어의 생장지인 스트랫포드의 시정(市政) 기록부에 의하면, 1641년경 셰익스피어가 런던에 가고 없을 때 당시 여행 중이던 청교도의 설교자를 그의 가족이 1쿼트의 술로 대접했다고 함. 셰익스피어의 적의(敵意)의 대상이었던 청교도를 주인도 없을 때 대접했다는 것은 이상한 일이니, 이런 일로 미루어 추측건대 그의 아내 앤 해서웨이의 부정(不貞)을 엿볼 수 있음.

440) chapbooks. 청교도들의 종교 팸플릿이란 뜻도 있음.

441) *Hooks and Eyes for Believers' Breeches, The Most Spiritual Snuffbox to Make the Most Devout Souls Sneeze.* 청교도들의 정절 및 정조에 관한 팸플릿의 제목들.

442) 〈비너스와아도니스〉에 묘사된 애욕의 추종자가 신자가 된 장면 및 이 극에 있어서의 앤 해서웨이의 역할.

443) 영국의 제임스 1세 시대(재위 1603～25).

444) *inquit Eglintonus Chronololologos.* (라틴어)

445) 예수가 제자들에게 하는 말—"나는 아들은 아버지와 맞서고 딸은 어머니와, 며느리는 시어머니와 서로 맞서게 하려고 왔다. 집안 식구가 바로 자기 원수다."(〈마태오의 복음서〉 10 : 35～36)

446) 〈헨리 5세〉 및 〈윈저의 유쾌한 아낙네들〉에 등장하는 폴스태프(Falstaff).

447) the unco guid—스코틀랜드의 시인 번즈(Robert Burns)의 시 제목. 친족을 부정한다—〈로미오와 줄리엣〉에서 줄리엣이 이층에서 바깥 정원에 로미오가 있는 줄 모르고 하는 말(II, ii, 33～34). 여기 스티븐은 이글링턴이 자신의 조야한 가족 배경에도 불구하고 그를 거절함을 비꼼.

448) 이글링턴은 신교도이면서도 신을 무서워하며 여기 신비주의자들의 무리 속에 끼여 있음.

449) Antrim. 아일랜드 북동부에 위치한 한 주(州). 매기(Magee) 섬이라고도 불림.

450) Ultonian. 얼스터 (Ulster) 출신의 사람.

451) quarter days. 아일랜드에서 연중 사계절의 시작일들로, 3월 25일, 6월 24일, 9월 29일 및 크리스마스.

452) 이글링턴은 그의 저서 『유풍에 관한 두 에세이(*Two Essays on the Remnant*)』(1896)에서 19세기 초의 위대한 문학기에 이른바 '전진적 충격(onward impulse)'을 불후화(不朽化)한 공로자들, 예를 들면 괴테·실러·워즈워드·셸리 등을 지적하고 있는데, 특히 이러한 '충격'에 지배적 공헌을 한 사람으로 워즈워드를 내세움.

453) Magee Mor Matthew. 'Mor'는 아일랜드어로 '선배'란 뜻. 'Matthew'는 워즈워드의 초기시에 '도덕철학의 현대 서적에 애착을 느끼는' 인물로 등장함.

454) 예이츠의 극시 〈캐슬린 백작부인〉에 나오는 구절.

455) 워즈워드 작의 〈두 사월의 아침(Two April Mornings)〉의 마지막 시구.

456) Dr Bob Kenny. 더블린 출신의 당대 외과의.

457) 화려한 파리에서… 부둣가… 그 눈… 못한다—조이스(스티븐)는 1903년 4월 10일 파리에서 어머니의 병상으로 되돌아옴.

458) 『젊은 예술가의 초상』에 나타나 있듯이, 스티븐의 부친은 선천적으로 동적 기질(kinetic temper)인 데 반하여, 그 자신은 정적 기질(static temper)의 소유자임. 그리하여 부친과의 갈등으로 집을 뛰쳐나온 스티븐은 육체의 부친(consubstantial father)을 필요악으로 간주, 종일 영적 부친(spiritual father)을 추구함.

459) 스트랫포드의 장의록(葬儀錄)에 의하면, 셰익스피어의 부친은 1601년 9월 8일 사망한 것으로 기록됨. 브란데스는 당시 〈햄릿〉의 이야기 줄거리가 셰익스피어의 머릿속에 구상되어 있었다고 함.

460) 수잔은 1583년 5월에 탄생하여 1607년에 결혼했고, 주디스는 1585년에 탄생하여 1616년에 결혼함. 셰익스피어는 18세에 결혼, 35세에 큰딸을 둠.

461) *nel mezzo del cammin di nostra vita.* (이탈리아어) 단테의 『신곡』, 〈지옥편〉, I : 1 참조. 단테는 1300년, 그가 35세 되던 해에 『신곡』에 대한 구상을 가진 것으로 기록됨.

462) 〈햄릿〉의 첫번째 4절판(Quarto)에는 햄릿이 19세 청년으로, 그리고 두번째 4절판에는 30세의 중년으로 기록됨. 이런 차이를 들어, 비평가 브란데스는 35세의 셰익스피어가 30세의 햄릿 속에 자화상을 묘사하고 있다고 주장함.

463) 셰익스피어의 어머니 메리 아든(Mary Arden)의 출생일은 분명치 않으나, 그녀는 1557년에 결혼함. 따라서 그녀는 1601년에는 적어도 60세가 됨.

464) 〈햄릿〉에서 유령의 말(I, v. 9, 10).

465) 〈뜻대로 하세요〉 II, vii, 26~28 참조.

466) 셰익스피어의 천재성을 암시함.

467) Boccaccio's Calandrino. 복카치오 작 『데카메론(*Decameron*)』, 제9일, 제3일화에 나오는 사나이. 그는 다른 친구들의 속임수에 빠져 자신이 여자처럼 아이를 가졌다고 믿음. '칼란드리노'는 바보(simpleton)란 뜻을 가짐.

468) 유일의 부(父)인 신…… 독생자에게로―니케아 신경에 묘사된 그리스도의 지칭.

469) 스티븐은 이탈리아의 성직(聖職)이 부자동질론의 어렵고 지적인 개념보다는 성모 마리아의 안이하고도 감상적인 숭배를 택하고 있음에 대해 논란함. 19세기 후반에 성모숭배(Mariolatry)에 관한 시비가 대단했는데, 이는 로마 교황 삐오(Pius)가 1854년에 행한 성모무염시태(聖母無染始胎) 선언으로 야기됨.

470) *Amplius. Adhuc. Iterum. Postea.* (라틴어) 스티븐의 학구적이고 철학적인 논란의 여러 국면들을 연관시키는 수사학적 접속사들.

471) 동성애(호모섹스 등)

472) 그리스 신화에서, 크레타섬의 왕 미노스(Minos)가 해신(海神) 포세이돈(Poseidon)을 노하게 함. 그러자 포세이돈은 미노스의 아내 파시파에(Pasiphaë)로 하여금, 다이달로스(Daedalus)가 만든 목제(木製) 숫소와 교미하여 반우반인(半牛半人)의 괴물 미노타우로스(Minotaur)를 낳게 함으로써 복수를 함.

473) rue Monsieur le Prince. 파리의 홍등가(紅燈街).

474) 들판의 모든……―야훼 하느님께서 만드신 들짐승 가운데 제일 간교한 것이 뱀이었다.(〈창세기〉 3:1) Sabellius―이집트의 펜타포리스에서 태어난, 삼위일체설의 반대론자인 3세기경 로마의 신학자. 그는 삼위일체의 삼위는 한 가지(일위)의 삼면에 불과하다고 하여 양태적(樣態的) 일위설(一位說)을 주장함. 제1장 끝부분 참조.

475) Aquin. 13세기경 이탈리아 도미니카의 신학자로, 가톨릭 최대의 이론가인 토머스 아퀴나스를 말함. 그의 저서 『신학대전(*Summa Theologica*)』에는 사벨리우스에 관한 논박이 많이 수록됨. 도미니카인(Dominican)은 '하느님의 개(Domini canis)'란 어원을 지님. 아퀴나스는 조이스(스티븐)의 신학 이론에 엄청난 영향을 줌.

476) Rutlandbaconsouthamptonshakespeare. 셰익스피어의 작품들은 세 사람의 유령작가들(ghostwriters), 즉 러틀란드(Rutland)의 제5백작인 매너즈(R. Manners, 1576~1612), 영국의 철학자·정치가·수필가인 베이컨(F. Bacon, 1561~1626), 사우샘프턴(Southampton)의 제3백작인 라이오트허슬리(H. Wriothesley, 1573~1624)가 썼다는 설이 있음.

477) 셰익스피어의 〈과오의 희극(The Comedy of Errors)〉에서 우스꽝스런 혼란의 장면은 똑같은 이름을 가진 두 쌍둥이 앤티폴루스(Antipholus)의 출현에 의하여 야기됨.

478) 셰익스피어는 자신이 〈햄릿〉을 쓸 때에는 이미 자식이 아니기 때문에(존 셰익스피어는 사망했는지라), 의식적으로 모든 자신의 혈통(과거와 미래의), 즉 조부와 아직 태어나지 않은 손자에 이르기까지의 아버지의 역할을 떠맡고 있는 격. 그러므로 자식에 대한 그의 메시지는 그가 정신적으로 쫓겨난 몸(spiritually dispossessed one)이라는 것(이는 인간에 대한 하느님의 메시지이기도 함)—그대는 부패하는 육체로 태어났도다. 악마가 그대의 어머니인 이브를 유혹했다. 그리하여 아버지의 목소리, 즉 성령이 인간의 육체의 조상은 부패한 것임을 그에게 분명히 해주도다. 〈햄릿〉을 쓰고 있는 모든 혈통의 아버지인 셰익스피어는 하느님이요 모든 인간의 아버지로서 그의 세계를 창조함. 이 세계 속에 그는 유령으로 등장하여, 인간 본래의 부패를 알림. 조이스 비평가 블레미어즈(Harry Blamires) 작 『블룸즈데이 북(*Bloomsday Book*)』(pp. 88, 89) 참조.

479) 존 매기의 시 〈시내의 조약돌(Pebbles from a Brook)〉(1902) 중의 한 구절.

480) the twisted eglantine—밀턴(Milton)의 시 〈쾌활한 사람(L'Allegro)〉 중의 한 구절. puritan—이글링턴의 부친은 청교도 목사였음.

481) Pallas Athena! 그리스 신화 중 타고난 지혜 및 기지의 여신으로, 제우스의 머리에서 태어났다고 함. 팔라스는 아테나의 별칭임.

482) 햄릿은 현왕(現王)의 비밀을 폭로하기 위해 연극을 하나 고안할 것을 독백함(〈햄릿〉 II, ii, 633, 634). 멀리건은 제9장 끝부분에서 연극을 하나 꾸밈. 다음 구절인 멀리건의 "나로 하여금 아기를 낳게 하라!"라는 말은 스티븐의 '무로부터의 창조' 및 제15장 블룸의 환각에서 블룸이 아기를 낳는 장면과 함께 조이스의 태생적(胎生的) 개념으로, 그의 문학의 주제들 중의 하나.

483) 셰익스피어의 어머니는 메리 아든(Mary Arden). 아든 숲은 영국의 실재 숲 이름일 뿐만 아니라, 셰익스피어의 희곡 〈뜻대로 하세요〉의 목가적·낭만적 배경이기도 함.

484) 메리 아든 셰익스피어는 1608년 9월 9일 매장되었으며, 그해 셰익스피어의 희곡 〈코리올레이너스〉가 무대 위에 올려진 것으로 전함. 볼룸니아(Volumnia)는 이 연극의 주인공인 코리올레이너스 어머니로, '세상에서 가장 고상한 여인'으로 묘사됨(V, iii, 49).

485) 셰익스피어의 아들 햄넷 셰익스피어는 1596년 8월에 사망함. 비평가 해리스와 브란데스는 〈존왕〉의 창작 연대를 1596~1597년으로 보고, 극중 자식인 아더(Arthur)의 죽음을 셰익스피어의 아들의 죽음으로 인한 슬픔과 결부시킴.

486) 각각 〈안토니오와 클레오파트라〉, 〈트로일러스와 크레시다〉, 〈비너스와 아도니스〉의 여주인공. 세 사람은 대표적 유혹녀들로, 앤 해서웨이가그 모델이란 설이 있음.

487) "문이 닫혔다…… 자, 뒤섞어요"—앞서 멀리건의 "연극이 알맞은 방법이다"라고 한 말에, 문체가 드라마식으로 바뀌고 뒤섞임. 이어지는 대사는 영국 워리크셔주의 사투리 비슷함. 여기 화자는 물러가고, 이름이 뒤섞임.

488) 객석에서 관객을 위하여 파는 소시지.

489) 셰익스피어의 삼형제 중 제일 맏이인 길버트 셰익스피어.

490) 셰익스피어를 말함.

491) 줄리엣이 로미오가 몬테규 집안 사람임을 알고 하는 말(〈로미오와 줄리엣〉 II, ii, 38~42).

492) *piano, diminuendo*. (이탈리아어) 음악 용어.

493) 올리버 고가티(조이스의 친구, 벅 멀리건의 모델) 작의 외설시 〈의학생 디크와 의학생 데이비(Medical Dick and Medical Davy)〉 중의 한 구절. 이 외설시의 내용은 비범한 성적(性的) 용맹성을 지닌 디크가 뛰어난 재정적 수완을 지닌 데이비를 조롱하는 내용임. 제9장 끝부분 참조.

494) 셰익스피어의 삼형제인 길버트, 리처드 및 에드먼드 가운데 길버트는 연극에 등장하지 않음.

495) 〈리어왕〉을 가리킴. 이 극은 1606년 크리스마스 때 궁전에서 상연되었고, 에드먼드는 1607년 12월 31일 템즈강 남쪽 사저크(Southwark)에 있는 한 교회에 매장됨.

496) 이아고가 오셀로에게 하는 말(〈오셀로〉 III, iii, 155~161).

497) 『소네트』 135, 1~2 ; 136 ; 143 참조.

498) 〈리처드 2세〉에서 왕의 아들인 정치가 존 오곤트(John O' Gaunt)는 죽음 전야에 자신의 이름 (gaunt, 수척한)의 의미를 자부함—늙어 수척한 몸.(II, i, 73~83)

499) *honorificabilitudinitatibus.* (라틴어) 라틴어 어휘 가운데에서 가장 긴 단어. 셰익스피어는 〈사랑의 헛수고〉의 코믹 장면에서 이 말을 한 번 사용함(V, i, 44).

500) 비평가 해리스와 브란데스에 의하면, 셰익스피어 가문은 문장(紋章)을 가질 만한 자격이 없었으나 아들 윌리엄 셰익스피어에게 독촉받은 존 셰익스피어가 문장과 그것이 뜻하는 사회적 지위를 얻기 위하여 여러 가지 책동을 썼다고 함.

501) 엘리자베스 시대의 극작가요 팸플릿 저자였던 그린(R. Greene, 1558~92)은 자신의 저서 『한푼어치의 기지(*Groat's Worth of Wit*)』에서 "아름다운 깃으로 치장한 건방진 까마귀…… 이 나라의 유일한 셰익스-신(Shake-scene)"이라 셰익스피어의 이름을 조롱함.

502) 한 개의 별…… 혜성…… 카시오페이아…… 두문자…… 비치고 있었소—덴마크의 천문학자 브라에(Tycho Brahe, 1546~1601)에 의하면, 셰익스피어가 $8\frac{1}{2}$세 되던 해(1572년 11월 11일)에 W자형의 카시오페이아(Cassiopeia) 성좌의 델타(Delta)성 위에 대낮에도 밝은 빛을 발하는 별이 하나 나타나 셰익스피어가 10세 되려던 해(1574년 3월)에 사라졌음을 관측함(역자가 직접 체험한 바). 이 별의 출현은 그리스도의 재림을 알리는 베들레헴의 별처럼 엘리자베스 시대 영국에 상상적 흥분을 야기했다 함.

503) Shottery. 앤 해서웨이의 친정집이 있는 마을. 그곳에서 도보로 약 30분 거리에 있는 스트랫포드까지엔 들판을 가로지르는 울타리길이 뻗어 있음. 이 들판의 울타리길을 따라 셰익스피어는 델타 성좌를 보고 점을 치며 해서웨이와의 성혼(成婚)을 염원함.

504) 〈헨리 4세〉 V, iii, 137, 138 참조. 앞서 '만족한 두 사람'에서 화자가 복귀함.

505) 별에 의하여 자기 운명을 점치는 점성학(占星學)의 암시.

506) *Autontimorumenos. Bous Stephanoumenos.* (그리스어) 자기 스스로…… 자여—고대 라틴의 극작가 테렌티우스(Terence, B.C. 190?~159)의 연극 제목으로 영어의 Self-Tormentor. 왕관을 쓴 횡소의—『젊은 예술가의 초상』 제4장 끝에서 해변으로 나가는 스티븐을 목욕하는 그의 친구들이 부르는 말로, 이는 스티븐 자신에게는 예술가로서의 영감을 계시하는 소명(召命)으로 간주됨.

507) *S.D. : sua donna. Già : di lui. Gelindo risolve di non amare S.D.* (이탈리아어) 'Gelindo'는 '냉정한 사나이'란 뜻. 두번째의 S.D.는 *Stephen Dedalus*의 두문자 및 sua donna로 '냉정하고 사랑할 줄 모르는 자'란 뜻. 스티븐…… 고르게—운(韻)이 맞지 않은 서투른 시(doggerel)의 모방. 여기서 스티븐은 『젊은 예술가의 초상』 제4장 끝의 경험을 회상하는 바, 즉 저 세계 너머에서 들려 오는 영감의 목소리인 그의 이름은 유명한 에피파니가 되지만, 친구들의 조롱을 이내 현실로 귀착시킴. 이러한 무실재의 상징성은 빵을 자르는 이른바 '부엌의 자연주의(kitchen-naturalism)' 현실로 이내 되돌아옴.

508) 홍해를 통하여 이스라엘 백성을 인도하는 하느님의 지침봉(〈출애굽기〉 13:21).

509) 그리스 신화 중 발명의 왕인 다이달로스(Daidalos). 미로(迷路)의 창작자로, 스티븐 데덜러스 중 데덜러스(Dedalus)는 이 공장(工匠)의 이름에서 유래한 것임.

510) 다이달로스의 아들 이카로스(Icarus)는 부친이 만든, 밀랍으로 된 날개를 달고 미궁을 탈출하여 부친의 주의에도 불구하고, 너무 높이 날았기 때문에 태양열에 밀랍이 녹아 바다에 떨어져 죽음.

511) Newhaven-Dieppe. 영국 서섹스주의 항구 도시 뉴헤이븐과 프랑스의 항구도시 디에쁘 사이엔 정기 여객선이 내왕하는데, 스티븐은 파리 유학을 떠날 때 이 선로를 이용함.

512) Lapwing. Icarus. 스티븐이 이카로스와 댕기물떼새로 비유됨. 오비디우스(Ovid)는 그의 『변신(*Metamorphoses*)』(VIII : 236~238)에서 다이달로스의 비상(飛翔)과 이카로스의 몰락 그리고 댕기물떼새에 대하여 설명하고 있는데, 댕기물떼새의 전신(前身)은 본래 다이달로스의 조카로, 발명의 재간이 매우 뛰어나 장래가 약속됨으로써 다이달로스의 질투를 사서 버림받음. 그러나 그의 기지(機智)에 호의를 품은 아테나가 그를 진흙에서 구하여 다시 환생시키지만, 그는 제대로 날지 못하고 움찔움찔하는 날개의 동작으로 다른 새들의 조롱의 대상이 됨. 이는 스티븐이 느끼는 자신의 미숙한 예술가로서의 자조(自嘲)인 동시에 파리에서 실망하고 귀국한 자화상을 암시함.

513) *Pater, ait.* (라틴어) ① 스티븐은 이카로스가 바다에 떨어질 때의 부르짖음을 상상함(『젊은 예술가의 초상』 끝부분과 오비디우스의 『변신』 VIII : 229, 235 참조). ② 십자가 위의 예수에 대한 묘사―'아버지, 제 영혼을 아버지 손에 맡깁니다!' 하시고는 숨을 거두셨다.(〈루가의 복음서〉 23:26)

514) 삼형제 중 두 형제는 사악하고 나머지 한 형제는 선량하여 성공하는 이야기는 아일랜드의 신화 및 설화에 자주 등장함.

515) Grimm. 그림(Grimm) 형제 빌헬름(Wilhelm, 1786~1859)과 야곱(Jacob, 1785~1863)은 중세의 동화 및 설화집의 작가들로 유명함. 그러나 베스트가 말하는 〈잠자는 미녀(Sleeping Beauty)〉에는 형제 관계의 주제는 없음.

516) 프레드릭가(街) 24번지의 저명한 형제 변호사(Best and Best). 토론자들 중 베스트가 형제 관계에 대하여 언급하자 스티븐의 의식은 실재 더블린의 형제 변호사인 베스트에로 흐름.

517) Father Dineen. 아일랜드의 탁월한 게일어 학자이자 번역가 및 편집인(1860~?).

518) 조이스의 동생 스태니슬라우스 조이스(Stanislaus Joyce)를 암시함. 그는 『영웅 스티븐(*Stephen Hero*)』에 모리스 데덜러스(Maurice Dedalus)로 등장함. 한때 더블린 약제사의 조수였으나 사실상 조이스의 창작 활동에 숫돌(whetstone) 구실을 했으며, 더블린대학 교수를 지냈음.

519) 모리스는 『영웅 스티븐』에서 스티븐의 심미론을 구상하는 데 자극적 존재(숫돌)였는데, 이런 지적 동료는 『젊은 예술가의 초상』의 심미론 전개에서 스티븐의 친구인 크랜리로 바뀜. 그러나 여기서는 크랜리의 배신(연정관계)이 다시 배신자요 찬탈자인 멀리건으로 바뀜.

520) 스티븐은 햄릿 왕자처럼 행동을 염오함.

521) 〈리처드 3세〉에서 왕은 패망 속에서 한 마리의 말을 위해선 나의 왕국도라고 부르짖음(V, iv, 7, 13). 성서에서 이삭(Issac)의 장남 에소(Esau)는 '한 사발의 스튜'를 위하여 자신의 생득권을 그의 동생 야곱(Jacob)에게 파는데, 야곱은 어머니의 도움을 받아 자신의 모습을 가장하고 눈먼 아버지를 속여, 장남이 받을 축복을 대신 받음―가까이 온 야곱을 만져보고 이삭은 중얼거렸다. '말소리는 야곱의 소린데 손은 에소의 손이라.'(〈창세기〉 27:22)

522) 셰익스피어의 주요 사극 대부분에 나오는 소재들은 영국, 스코틀랜드 및 아일랜드 역사의 기록인, 홀린스헤드(Raphael Holinshed, ?~1580?)의 『연대기(Chronicles)』(1578)에서 따옴.

523) 셰익스피어의 〈리처드3세〉 중 리처드는 제1막에서 과부 앤과 연애함.

524) 윌리엄 셰익스피어는 앤 해서웨이에게 정복당함.

525) 〈리처드3세〉에서 옹호받지 못한 리처드왕은 제1막에서 앤과 사랑을 나누고, 나머지 막들은 이 1막에 맥없이 매달려 있는 격.

526) 〈심벨린〉 IV, ii, 244~251 참조.

527) 비평가들은 〈리어왕〉의 배경을 이루는 것은 시드니경(Sir Philip Sidney, 1554~1586)의 목가적 로맨스 『아르카디아(Arcadia)』(1590)와 홀린스헤드의 켈트 전설 속의 자료임을 지적함.

528) 북구 전설과 같은 사실적(史實的) 실재를 조지 메러디스(George Meredith, 1828~1909)의 감상 주의(Sentimentalism)와 연결하지 말 것. 메러디스는 19세기 영국의 시인이자 소설가인데, 그의 〈리처드 페브럴의 시련〉에서 스티븐은 그의 전보 구절을 인용함.

529) *Que voulez-vous?* (불어) 조이스가 파리에서 무어(Moore)와 사귀면서 보헤미아 생활을 즐기던 때에는 일상 회화 속에 불어가 점철되던 것이 습관화되어 있었음.

530) ① 〈겨울 이야기〉에 드러난 셰익스피어의 실수. 즉 체코슬로바키아의 서부 지방인 보헤미아를 해안에 위치케 한 과오. ② 〈트로일러스와 크레시다〉에서 보인 셰익스피어의 시대 착오. 즉 이 극에서 아리스토텔레스를 인용한 것은 율리시스가 아니고 헥토르(Hector) 임.

531) 〈마태오의 복음서〉(26:11)에서 예수가 한 말의 패러디―가난한 사람들은 언제나 너희 곁에 있겠지만 나는 너희와 언제까지나 함께 있지는 않을 것이다.

532) Maynooth. 더블린 북동부 15마일 지점의 메이누스시에 있는 성(聖) 파트릭대학에는 가톨릭 수도자 양성 센터가 있음. 이 곳은 『메이누스 교리 문답서(*Maynooth Catechism*)』 출간으로도 유명함.

533) 앤 해서웨이는 원래 셰익스피어의 유언 속에 언급되어 있지 않았으나 나중에 삽입되었다는 설.

534) 셰익스피어는 아내와 합장되기를 거절하였으므로 이들은 따로 매장됨.

535) 〈안토니오와 클레오파트라〉 II, ii, 240, 241 참조.

536) 예를 들면 〈햄릿〉의 기초를 이루는 '원죄'는 클로디어스의 형제 살해 및 아내와 왕좌의 찬탈을 의미함.

537) 〈햄릿〉 I, ii, 187, 188 참조.

538) 데스데모나에 대한 오셀로의 치명적 이혹 및 〈신벨린〉에서의 이무겐에 대한 레오나투스의 의혹. 이러한 의혹을 야기하는 것은 '포주(bawd)'격인 이아고와 이아키모임.

539) 프랑스의 작곡가 비제(Georges Bizet, 1838~1875)의 오페라 〈까르멘(Carmen)〉의 주인공 까르멘이 한층 낭만적인 투우사 에스까밀리오(Escamillio)에게 정을 기울이자, 호세는 질투에 찬 분노로 그녀를 살해함.

540) 흑인인 오셀로를 가리킴.

541) 본래는 뻐꾸기의 울음 소리지만, 여기서는 오쟁이진(cuckolded) 남편을 암시함(제13, 15장).

542) 〈사랑의헛수고〉 V, ii, 904~921 참조.

543) 〈리어왕〉 I, i, 154~156 참조.

544) 아버지 뒤마(Dumas père, 1802~1870)는 〈나는 어떻게 극작가가 되었던가(Comment je devins

auteur dramatique)〉라는 자신의 비평적 수필에서 "셰익스피어는 하느님 다음으로 가장 많이 창조한 장본인"이라 서술함. 그의 『몽떼 끄리스또 백작(le Comte de Monte-Cristo)』은 어린 데덜러스에게 커다란 감명을 주었음(『젊은 예술가의 초상』제2장 참조).

545) 햄릿은 그의 부하들에게 인간과 세상에 대한 자신의 우울중을 토로함(〈햄릿〉 II, ii, 321, 322).

546) 1608년에 태어난, 셰익스피어의 첫 손자 엘리자베스홀(Hall)을 암시함. '사랑의 귀염둥이'란 스티븐의 외숙부가 한 말(제3장).

547) uncle Richie. 1613년에 사망한 셰익스피어의 숙부 및 스티븐 데덜러스의 외숙부. 둘은 이름이 같음.

548) 〈늙은 네드 아저씨(Old Uncle Ned)〉라는, 미국의 작곡가 포스터(Stephen Foster, 1826~1864)가 작곡한 노래의 코러스.

549) Maurice Maeterlinck. 벨기에의 상징주의 시인이자 극작가(1862~1949). 만일 소크라테스가…… 자신으로 향하리라—메테를링크 작 『지혜와 운명(La Sagesse et la destinée)』(1899) 속의 글귀. 이는 자기 자신에 귀착되는 인간 여로로서 윤회의 원리를 암시함. 조이스 작 『피네간의 경야』에서 '환중환(環中環, cycle within cycle)'의 원리와도 직결됨.

550) 하느님의 천지창조의 원리(〈창세기〉 1:1~19).

551) *dio boia.* (이탈리아어) 영어의 'hangman God', 즉 로마인들이 말하는 '잔인한 하느님', '분노의 신' 등으로, 인간의 희망과 운명을 좌절시키는 하느님에 대한 그들 공동의 표현. dio boia는 조이스는 문학의 지배적 주제 중의 하나임.

552) 결혼, 영광받는…… 존재하지 않아요—① 〈햄릿〉의 수녀원 장면에서 햄릿이 오필리어를 힐책하는 구절의 인유(III, i, 153~157). ② 예수의 부활이 없다고 주장하는 사두개인들(the Sadducees)이 하는 말의 인유(〈마태오의 복음서〉 22:23~30).

553) *Eureka.* (그리스어) 아르키메데스(Archimedes)가 목욕탕에서 부력(浮力)에 관한 그의 유명한 원리('아르키메데스의 원리')를 발견했을 때 부르짖은 소리.

554) 성서의 〈말라기〉 1:1의 구절을 연상시킴.

555) 〈햄릿〉의 수녀원 장면(III, i, 153~157) 참조.

556) 결혼도 않은 리스터를 위시하여 그 밖의 여기 모인 사람들은 반(反)여성극 따위나 살피면서 만족하는 자들로, 스티븐의 심적인 조롱의 대상이 됨.

557) 남자, 아내, 여인과의 삼각관계에서 이루어지는 간음 행위를 암시하고 있음.

558) 스티븐이 지금까지 끌어온 이론은 인간의 상황과 숙명에 대한 기독교의 견해일 뿐 자신의 신념이라고는 할 수 없음.

559) 와일드(O. Wilde)의 『의도(Intentions)』(1891) 속의 수필 네 편 가운데 두 편은 플라톤식 대화체로 쓰임.

560) Eclecticon. 존 이글링턴(John Eglinton)의 이론은 지금까지 알려진 절중파의(eclectic) 결집(結集)이란 뜻을 나타내는 합성어.

561) 셰익스피어 비평가 도우든(Edward Dowden)은 〈햄릿〉의 주인공에 대한 신비 및 작가가 감추고 언급하지 않은 자신의 유년 시절 등으로 인해 작품 속에 영원히 감추어진 얘기의 모호성과 애매성을 지적함. 블라이프트로이(Karl Bleibtreu, 1859~1928)는 독일의 시인, 비평가 및 극작가. 그는 비평서 『셰익스피어 문제의 해결(The Solution of the Shakespeare Question)』에서, 셰익스피어의 작품들은 러틀란드의 제5백작인 매너즈(Roger Manners, 1576~1612) 작이라 주장함.

562) 영국의 의회의원이자 정치가인, 러틀란드의 제7백작 매너즈(John J. Robert Manners, 1888~1906)를 가리킴.

563) 〈마르코의 복음서〉 9:24 참조.

564) *Egomen*. 조이스의 『젊은 예술가의 초상』을 처음 연재한 문예 잡지 《에고이스트(*Egoist*)》에 대한 익살(Egomen=ego-men). 이 연재는 조이스에게 자신감을 주었고 『더블린 사람들』의 출판을 거부한 로버츠(George Roberts)를 그로 하여금 불신케 함.

565) 스티븐이 지금까지 전개한 셰익스피어 이론, 즉 도그마(dogma)는 그(조이스)가 믿을 수 없는 것이지만, 믿는 자들은 단지 불신(不信)의 영원한 압력에 항거하여 믿는 것임.

566) *Dana*. 존 이글링턴과 프레드 라이언(Fred Ryan)의 공동 편집으로 더블린에서 발행됐던 잡지 이름(제9장 앞부분).

567) Fraidrine. 조이스의 친구였던 라이언(Fred Ryan)의 이름에 대한 익살. 스티븐은 그에게 빌린 돈을 회상함(제2장).

568) upper Mecklenburgh. 1904년 당시 더블린 중심가의 홍등가.

569) 멀리건이 붙여 준 스티븐의 별명.

570) Fresh Nelly and Rosalie—멀리건(고가티)의 시집에 나오는 가공의 두 여인들. *Summa contra Gentiles*—토머스 아퀴나스의 신학 대저(大著).

571) 잉거스(Aengus)는 아일랜드 신화 속에 나오는 청춘의 신으로, 머리 주변에 영감의 새들을 대동하고 눈에 띄지 않게 청춘남녀 사이를 날아다닌다고 함. 〈방랑하는 잉거스(Wandering Aengus)〉는 예이츠의 시 제목이기도 함.

572) *Notre ami Moore*. (불어) 마틴(E. Martyn)이란 친구가 무어(George Moore)를 공격했을 때 쓴 말.

573) 11시는 더블린의 주점이 문 닫는 시간임.

574) 햄릿이 무덤 파는 사람들의 세련된 말씨에 관해 호레이쇼에게 언급하는 구절(V, i, 151~154). 여기서는 남의 감정을 자극한다는 뜻.

575) all amort. 엘리자베스 시대의 표현. 〈말괄량이 길들이기〉 IV, iii, 36 등에 보임.

576) 더블린 거리를 쏘다니는 정신이상자(제8장).

577) 앞서의 디닌 신부를 가리킴.

578) smoothsliding Minicus. 밀턴의 〈리시다스(Lycidas)〉에 묘사된 시구(85~90행). 미니쿠스는 북부 이탈리아를 흐르는 강으로, 베르길리우스가 이 강 유역에서 태어남. 앞서 "저것인가……?"는 스티븐의 애인 엠마를 가리킴.

579) 〈한여름 밤의 꿈〉에 나오는 요정들의 왕 오베런(Oberon)의 장난꾸러기 하인 로빈(Robin)을 연상시킴.

580) 스코틀랜드의 시인 번즈(Robert Burns, 1759~1796)의 시 〈존 앤더슨 내 사랑(John Anderson My Jo)〉(1789)의 시구를 모방함.

581) Chin Chon Eg Lin Ton. 중국의 통상 영어(pidgin English: 영어 단어를 상업상 편의로 중국어의 어법에 따라 쓰는 엉터리 영어)로, 중국 요리사가 부르는 필립(J. Philip)의 작곡의 회가극 〈게이샤(Geisha)〉의 패러디.

582) 에이츠, 싱 및 이글링턴 등이 아일랜드의 문예부흥을 위해, 호니만(Honiman)이란 여성이 당시 직공조합 회관(하부 애비가 27번지 소재)을 매입하여 세운 애비(Abbey) 극장. 1904년 이후 이 곳에서 신작극이 공연됨.

583) 레이디 그레고리를 위시하여 에이츠 및 그 밖의 사람들이 아일랜드 국립극장협회(Irish National Theatre Society)에 관하여 언급함을 암시하고 있는 듯함.

584) 애비(Abbey)에는 수도원이란 뜻도 있음. 아일랜드 국립극장협회는 자기네의 연극을 억누르려 는 정치적·가톨릭적 반대와 시도에 맞서 투쟁함을 의미함.

585) 셰익스피어가 그의 아내를.

586) 얄미운 루시…… 30세의 여인―셰익스피어가 토머스 루시(Thomas Lucy)경의 찰코트 (Charlecote)에 있는 숲에서 사슴을 훔침으로써 매를 맞고 투옥되었으며 고향에서 쫓겨났다는, 브란데스와 해리스의 학설. femme de trente ans―불어로, 경험이 있는 여인을 암시함.

587) 셰익스피어는 런던에 머물렀던 시절(1592?~1613), 스트랫포드를 일년에 적어도 한 번씩 방문 함. 그의 아내는 30세 이후부터 아기를 낳지 않음.

588) 셰익스피어는 19세에 첫 딸 수잔을, 21세에 쌍둥이인 햄넷(남아)과 주디스(여아)를 낳았음.

589) 과자는 먹고 나면 그만인 것으로, 경험한다는 것은 소실한다는 의미. 여기서는 셰익스피어가 아직 소실된(잊혀진) 인물은 아니라는 것을 뜻함.

590) 『소네트』 126의 글귀.

591) 파이돈(Phaedon)은 플라톤의 『대화편』 마지막 책명인 동시에 소크라테스의 제자 이름. 이 책에 서 소크라테스는 파이돈의 금발을 희롱했음.

592) Longworth and M' Curdy Atkinson. 모두 조지 무어와 같은 그룹의 당대 문인들임.

593) 장난꾸러기(Puck)는 〈템페스트〉에 등장하는 공기의 요정 에어리얼(Ariel)을 말하며, 그는 퍼 이난드를 프로스페로의 지하실로 인도하면서 노래를 부름(I, ii, 386).

594) 에이츠의 시 〈베일과 아일린(Baile and Aillinn)〉(1903) 첫 구절의 패러디 '빈민가(purlieu)'에는 사창가라는 뜻도 있음. '토미(Tommy)'는 영국 병사란 뜻으로도 쓰임.

595) 스티븐이 상복을 입고 있음을 풍자함.

596) 레이디 그레고리의 비평집 『시인들과 몽상가들(Poets and Dreamers)』에 대한 조이스의 서평이 〈아일랜드의 영혼(The Soul of Ireland)〉이란 제목으로 1903년 3월 26일 롱워드(Longworth)의 《데일리 익스프레스》지에 게재됨. 여기서 조이스는 아일랜드 문학에 걸맞지 않은 그레고리의 노쇠성과 비애에 넘치는 개척정신을 지적함으로써 그녀를 혹평함. 롱워드는 이를 출판함에 있 어 조이스로 하여금 자신의 서평에 책임을 지도록 'JJ'로 서명케 함. 이러한 비평은그레고리를 몹시 골나게 했는데, 그 이유인즉 롱워드에게 조이스를 추천한 사람이 바로 그녀였기 때문임. Jaysus―Jay(말 많고 느린 할멈)+sus(예수 : Jesus)의 합성어.

597) 에이츠는 레이디 그레고리와 대단한 우의를 누렸는지라, 그는 그녀의 『뮤템의 쿠컬린 (Cuchulain of Muirthemme)』이란 책의 서문을 써줌. 이 서문에서 그는 "오늘날 아일랜드에서 나 온 가장 훌륭한 책"이라고 격찬하고, 이를 『매버노기언(Mabinogion)』(제1장)과 같은 고전에다 비교함. '호머'란 단어는 멀리건이 이 책의 서문위에 덧붙인 것임.

598) '아홉 사람의 모리스 장기판'―막대나 돌멩이를 가지고 하는 일종의 놀이로서, 옛날의 장기판 (checkers)과 유사하며, 모리스(Morris) 댄스를 따서 '모리스'라 불림. 스티븐의 말은 셰익스피

어의 〈한여름 밤의 꿈〉에서 티타니아가 오베론에게 하는 불평의 인유; 아홉 명의 장기판은 진흙투성이야.(II, i, 98) 삿갓 모양의 지시표 : 지수 같은 모자를 쓴 모리스 댄서들의 모습이기도.

599) ① 〈햄릿〉 I, v, 107행의 글귀 참조―주님은 맬러카이에게 말했노라; 이것은 멀리건이 '법의 증거판(the tables of the Law)'을 들고 시나이산에서 되돌아온 모세 역을 하고 있음을 암시해 줌 (〈출애굽기〉 34:29).

600) *marcato.* (이탈리아어)

601) 토비(*Toby*), 크라브(*Crab*)는 영국 대학생들의 음담패설 속에 나오는 인물들. 그로건 할멈은 제1장 주 76) 참조. 의학생 디크와 의학생 데이비는 고가티의 외설시 주인공들. 프레시 넬리 및 로잘리는 고가티의 시집에 나오는 여주인공들. 앞의 주 16), 493) 참조.

602) 캠든 홀(Camden hall)은 아일랜드의 국립극장협회가 애비 극장으로 이사하기 전 임시로 사용한 건물. 스티븐(조이스)이 술에 취하여 쓰러졌을 때의 경험을 멀리건(고가티)이 이야기함(엘만, 『제임스 조이스』 p.167 참조).

603) 호머의 『오디세이아』 중 스킬라와 카립디스를 상징적으로 스티븐과 멀리건으로 비유하고 그 사이를 블룸(율리시스 장군)이 통과함을 일컬음.

604) 블룸을 암시함.

605) 스티븐은 『젊은 예술가의 초상』 제5장 첫 부분에서 도서관 현관 계단에서 새들을 바라봄. 이들은 그에게 자신의 미래의 예술 세계를 향한 비상(飛翔)을 점치게 함.

606) ① 스티븐이 간밤에 꾼 꿈을 회상함. 여기서 그는 신화의 다이달로스 또는 그의 자식인 이카로스 역을 함. ② 로마의 시인 오비디우스는 이카로스가 자신의 어리석음으로 죽음을 초래하기 전 그들 부자(父子)에 관해 다음과 같이 서술함―이제 어떤 어부가…… 혹은 어떤 목양자가…… 혹은 어떤 농부가 그들을 발견하고 망연자실 서 있나니, 그들이 공중을 통하여 날 수 있는 신들임을 믿는 도다.(『변신』 VIII : 215~220)

607) The wandering jew. 형장에 끌려가는 그리스도를 모욕한 죄로 최후의 심판일 또는 그리스도 재림의 날까지 세계를 방랑해야 할 운명의 유태인들. 제2장 끝부분 참조.

608) 예수가 그의 산상수훈에서 간음에 대한 정의를 내리는 구절―'간음하지 말라'고 하신 말씀을 너희는 들었다. 그러나 나는 너희에게 이렇게 말한다. 누구든지 여자를 보고 음란한 생각을 품는 사람은 벌써 마음으로 그 여자를 범했다.(〈마태오의 복음서〉 5:27, 28)

609) 콜리지(Coleridge)의 시 〈노수부의 노래(The Rime of Ancient Mariner)〉 중에서(224, 228행).

610) Manner of Oxenford. '비밀과 억제를 담은 앵글로색슨 대학 제도의 논리적이고 불가피한 산물', 즉 예를 들면 호모섹스에 대한 강박관념을 암시함.

611) 절망과 낙심에 찬 스티븐은 평화스런 연기를 바라보며 어지러운 기분을 진정시키려 함.

612) 지붕의 연기가 스티븐으로 하여금 〈심벨린〉에 나오는 사제들의 평화스런 담배 연기를 상기하도록 함.

613) 〈심벨린〉 최후의 장면 참조(V, v, 435~442).

◆ 10장 ◆

1) 예수회(s. J. = Society of Jesus)의 콘미(Conmee) 존사(尊師)는 스티븐이 재학했던 클론고우즈 우드 칼리지 초등학교 교장(1885~1891)이었고, 벨비디어 칼리지 중학교 학감(1890년대 초반), 성 자비에르(St. Xavier) 성당의 존사, 뒤에 아일랜드 예수회의 관구장 등을 역임함.

2) Artane. 더블린 북동부 외곽지역의 지명. 콘미 존사의 성 자비에르 성당에서 북동쪽으로 약 2마 일 반 지점에 위치함.

3) *Vere dignum et justum est.* (라틴어) 성체성사(Eucharist) 또는 미사 첫머리에서 사제와 신도들이 읊는 구절.

4) Brother Swan. 더블린 시내와 아테인 사이의 도니카니(Donnycarney)에 위치한 오브라이언 구빈 원(救貧院)의 원장인 스완 수사(William A. Swan). 콘미 신부는 죽은 디그넘의 자식들 중 하나 를 이곳에 취직시키려 함. 이곳 구빈원은 평수사(平修士, lay-brother)를 교육시키는 것이 본래의 목적이었으나, 취직 등 실질적인 사업에 더 흥미를 가짐.

5) 디그넘의 다섯 아이들을 위하여 조위금(弔慰金)을 갹출하자는 커닝엄의 편지.

6) 커닝엄의 성실하고 실질적인 가톨릭 정신의 발로는 『더블린 사람들』, 〈은총〉에 잘 묘사됨. '전도 (Mission)'는 교구의 가톨릭 교도들이 성당에 재헌정(再獻呈)하거나 그 지지를 위하여 모금(募金) 운동을 벌이는 연례 행사.

7) 울지(Thomas Cardinal Wolsey, 1475?~1530)는 헨리 8세가 가장 신임하던 교인이자 정치가였으나, 뒤에 왕의 첫 이혼에 반대함으로써 실각당하고 처형됨. 처형 당시 그는 만일 내가……라는 말을 부르짖었음. 셰익스피어 작 〈헨리 8세〉 III, ii, 455~457 참조.

8) 쉬히(David Sheehy, 1844~1932)는 영국 하원의원(Member of Parliament)으로, 아일랜드 남부 골 웨이(Galway)주 및 남부 미드(Meath)주 출신.

9) Buxton. 잉글랜드 중부 더비셔(Derbyshire)주에 있는 은천 요양지.

10) Belvedere. 더블린 시내에 있는, 스티븐이 다녔던 예수회의 남자 중학교(『젊은 예술가의 초상』 참 조). 콘미 존사는 전에 이곳 학감이었음.

11) Bernard Vaughan. 설교로 유명했던 영국의 예수회 신부(1847~1922) 『더블린 사람들』, 〈은총〉 에 등장하는 퍼던(Purdon) 신부의 모델로 일컬어지고 있음. 본 신부는 웨일즈의 좋은 가문 출신 이었음.

12) 콘미 신부가 본 신부의 런던내기 말투를 흉내냄. 빌라도(Pilate)는 예수가 처형당할 당시 팔레스 티나의 유태(Judea) 지사(〈루가의 복음서〉 23, 〈요한의 복음서〉 18, 19). 그는 군중들의 요구에 응

하여 예수의 십자가형을 명령함.

13) Dennis J. Maginni. 그의 화려한 의상과 매너는 더블린의 이정표(里程標)가 될 정도였다 함.

14) M' Guinness. 상부 가디너가(街) 38, 39번지 소재의 전당포 여주인.

15) D. V. *Deo Volente*(God willing)'로 이탈리아어.

16) Invincible ignorance. 이단적 신앙에 대하여 지나치게 옹호하는 신교도의 무지(無知)를 로마가톨릭 교도들이 평하는 말.

17) 앨드버러(Aldborough)경은 그의 저택을 1797년 4만 파운드의 경비를 들여 건립했으나, 지대가 습하다고 하여 앨드버러 부인이 그곳에서 살기를 거절함.

18) Mr William Gallagher. 노드 스트랜드 가로 4번지 소재의 야채·곡물·식료품상.

19) H. J. O' Neill's funeral establisment. 노드 스트랜드 164번지에 위치한 장의사로, 이날 디그넘의 장례를 맡음.

20) Mud Island. 더블린 북동부 외곽에 위치한 진흙 분지. 지금은 페어뷰(Fairview) 공원의 일부를 이룸.

21) 나의 아이여⋯⋯ 기도하소서 ─ 신도의 고백이 끝났을 때 신부가 행하는 기도문 구절.

22) Eugene Stratton. 미국 태생의 흑인 코미디언(제6장).

23) saint Peter Claver S.J. 스페인의 선교사. '흑인의 사도'라 불리며, 남아프리카 등지에서 포교함(제5장).

24) *Le Nombre des Élus*. 예수회의 카스텔린(A. Castelein) 신부(브뤼셀 태생, 1899)가 지은 책 이름. '선민(選民)들의 수(The Number of the Chosen)', 즉 이스라엘 백성들을 가리킴. 이 책은 대대수의 영혼들이 구원받을 수 있다고 주장하고 있는데, 이러한 주장은 '단독주의자들'이나 '여행주의자들(勵行主義者)'에 대하여 지나치게 관대하다는 공격을 받음. 한편 여행주의자들은 가톨릭 교도로서, 세례를 받지 않은 모든 사람은 영원한 저주의 대상이 된다고 주장함.

25) Malahide. 더블린 북안 7마일 지점에 위치한 가로.

26) 아일랜드 정치가이자 시인 그리피스(Gerald Griffith, 1872~1922)의 시 〈맬러하이드의 혼례(The Bridal of Malahide)〉첫 행. 이 시의 내용은 플렁케트(Plunkett)의 결혼에 관한 것으로, 축제의 벨이 곧 죽음의 벨로 바뀐다는 것.

27) 영국 왕 헨리 2세는 맬러하이드의 탤버트경 1세(1630~1691)에게 맬러하이드 및 인근 바다의 세습권을 부여함. 그는 결혼한 지 수시간 만에 싸움터에 나가 전사함. 그러나 콘미가 회상하는 이야기의 주인공은 맬러하이드가 아니고 골트림(Galtrim) 백작의 아들 후시(Hussey)임. 후시는 결혼 당일 전쟁터에 나가 전사하고 그의 부인은 하루만에 '처녀, 아내, 과부'의 수난을 겪음. 그녀는 뒤에 맬러하이드경과 세번째 결혼을 함.

28) *Old Times in the Barony*. 콘미 신부의 저서.

29) 벨비디어 최초의 백작이었던 로버트 로치퍼트(Robert Rochfort) 대령(1708~1774)의 아내. 그녀는 남편의 동생인 아더 로치퍼트(Arthur Rochfort)와의 간통으로 고소당함. 여기서 콘미 신부는 그녀가 벨비디어, 즉 예수회 수도원(jesuit house)과 연관되어 있기 때문에 그녀를 생각함.

30) *ejaculatio seminis inter vas naturale mulieris*. (라틴어) 종규(宗規)에 나타나 있는, 완전한 성교에 대한 전문 용어의 정의. 이러한 정의의 증거 없이는 로치퍼트 여인의 죄는 간음으로써 그렇

게 '심각'할 수는 없다는 것.

31) 콘미 신부는 클론고우즈 들판(페어뷰 공원 근처)을 지나가면서, 자신이 교장이었던 클론고우즈 우드 칼리지 시절을 회상함.

32) Nones—기독교의 9시과(時課)로, 고대 로마에서는 오후 3시, 현재는 정오에 하는 기도. *Deus in adiutorium*—정오의 기도 첫 행 및 〈시편〉 70편의 첫 구절.

33) *Res in Beati immaculati.* 〈시편〉은 헤브라이 알파벳으로 구분되어 있는데, '레스'는 그 중 하나로서 〈시편〉 119:20의 제자(題字).

34) *Principium verborum tuorum veritas : in eternum omnia iudicia iustitiae tuae.* (라틴어) 〈시편〉 119:160의 구절.

35) 스티븐의 친구인 린치(Lynch, 『젊은 예술가의 초상』 제5장에서 의학도로 등장)가 밀회하다 콘미 신부에게 발각됨.

36) *Sin*—(라틴어) 〈시편〉 161의 글귀. 헤브라이 알파벳으로 〈시편〉 119:21의 제자(題字)이기도함. *Principes persecuti sunt me gratis : et a verbis tuis formidavit cor meum.*—〈시편〉 119:161의 글귀.

37) ⟨C/57⟩ 순경의 견장 마크. C는 더블린시의 경찰 관할 구역 중 하나.

38) 아놀드(S. J. Arnold) 작사, 브라함(John Braham) 작곡의 〈넬슨의 죽음(The Death of Nelson)〉이란 노래의 후렴—영국은 모든 사람에게 기대하노니 / 오늘 그의 의무를 다하길 / 마침내 치명상을 입어…… / 경악이 사방에 퍼지도다 / 영웅의 가슴에 ……를 입었나니 / 하늘도 우리를 위해 싸우지요! / 그날은 우리의 것, 그는 부르짖도다! / 나는 오래 살았노라! / 명예를 위하여 나의 생명 희생했노라 / 영국, 가정 그리고 애인을 위하여…… / 그날 나의 의무를 다했노라……

39) Katey and Boody Dedalus. 스티븐 데덜러스의 누이동생들.

40) 근처의 딜런(Dilon) 경매장에서 울리는 벨.

41) 성경 구절의 패러디—하늘에 계신 우리 아버지, 온 세상이 아버지를 하느님으로 받들게 하시며……(〈마태오의 복음서〉 6:9)

42) YMCA 청년이 블룸의 손에 쥐여 준 전도 삐라를 그가 오코넬 다리 위에서 리피강에 던짐(제8장 첫부분). 제10장에서 주요한 구조적 모티프를 형성함.

43) 헬리 상점의 5인의 광고대. 그들은 성 스데반즈 그린(St. Stephen's Green) 공원을 향해 남쪽으로 나아가, 그곳에서 다시 그래프턴가(더블린 제일의 번화가)를 지나 그들의 상점으로 귀환함(제8장).

44) Merchants' arch. 리피강 남쪽 강변에 위치한 건물의 아치형 통로.

45) 상복 차림의 블룸의 모습.

46) Almidano Artifoni. 스티븐의 이탈리아인 음악 선생(『영웅 스티븐』 참조)으로, 유니버시티 칼리지에서의 조이스의 스승이기도 함. 그의 이름은 조이스가 트리에스트와 폴라의 베를리츠(Berlitz) 학교에서 가르칠 당시 그곳의 교장 이름에서 따옴.

47) 아일랜드 출신의 소설가이자 시인·극작가인 골드스미스(Oliver Goldsmith. 1727~1774). 그의 동상이 트리니티대학 정문에 서 있음.

48) *Anch'io ho avuto di queste idee, ······quand'ero giovine come Lei. Eppoi mi sono convinto che il mondo è una bestia. È peccato. Prechè la sua voce······ sarebbe un cespite di rendita, via. Invece, Lei si sacrifica. /······Sacrifizio incruento, /······Speriamo, ······Ma, dia : retta a me. Ci rifletta.* (이탈리아어)

49) Grattan. 아일랜드의 애국자이자 정치가(1746~1820). 그의 동상이 아일랜드 은행(본래 국회의사당) 앞에 서 있음.

50) 더블린 서부 외곽에 위치한 피닉스 공원의 인치코어(Inchicore) 마을, 리치먼드(Richmond) 병사(兵舍)에서 온 군인들. 제2 시포드(Seaforth) 고지 연대병의 군악대가 자전거 경주가 벌어질 트리니티대학 운동장에서 연주하기 위해 가는 도중임.

51) *Ci rifletterò, ······ /Ma, sul serio, eh?······ / Eccol, ······Venga a trovarmi e ci pensi. Addio, caro. / Arrivederla, maestro, ······E grazie. / Di che? ······Scusi, eh? Tante belle cose!* (이탈리아어)

52) Miss Dunne. 보일런의 비서. 블룸의 펜팔인 마사 클리퍼드일 가능성이 있음.

53) The Woman in White. 19세기 영국의 소설가 디킨즈(Charles Dickens, 1812~1870)의 동료였던 콜린즈(Wilkie Collins, 1824~1889)가 지은, 음모와 비밀, 살인 등으로 가득 찬 소설. 작중에서 가장 두드러진 여인인 마리언(Marion)은 이탈리아의 악한 포스코(Fosco) 백작에 대해 "그의 강철 같은 성격 가운데·한 가지 약점이 있다면, 나를 지나치게 찬양하는 것"이라 함. 자신의 악성이 마리언에 대해서는 약간 누그러지는 포스코는 그녀를 "내가 내 온 영혼으로 찬양하는 멋진 여인"이라 서술함.

54) Mary Cecil Haye. 감상적 소재를 다룬 당대의 가장 인기 있는 작가들 중의 한 사람(1840~1886). 앞의 "그이는 그 여자, 마리언과······"란 구절에서 마리언(Marion)은 마리안(Marian)의 잘못임. 마리안은 소설 『백의의 여인』 중의 강력한 주요 등장 인물이며, '그이'는 포스코 백작임.

55) disk. 뮤직홀에서 버라이어티쇼의 막(幕) 순서를 알리는 기계로서 로치퍼드의 발명품. 제8장 끝부분 참조.

56) 아일랜드의 민족주의적 혁명운동가 톤(Wolfe Tone, 1763~1798)은 영국에 저항하다 체포되자, 펜 나이프로 자신의 목을 찔러 자살함. 1898년 그의 동상을 건립하기 위하여 석판 초석(礎石)이 스데반즈 그린 공원에 마련됐으나 동상 자체는 완성되지 못함.

57) Marie Kendall. 팬토마임 출연으로 유명했던 영국의 가수 및 희극배우(1874~1964).

58) 이 삽화의 장면은 현재 고물상 램버트(Lambert)의 창고로서, 본래 성(聖) 마리아 사원(St. Mary Abbey)의 회의실이었는데, 애국자 피츠제럴드(별칭 silken Thomas)의 사적을 집필하고 있는 러브(Love) 사제가 방금 이곳을 방문하고 뒤이어 램버트의 친구인 오몰로이가 역시 이곳을 찾아옴. 1537년에 화재로 소실된 이 마리아 사원은 더블린에서 가장 오래된 사원이었으며 더블린 중심부에서 동쪽, 리피강 북안에 위치했음.

59) Ringabella and Crosshaven. 아일랜드 남해안에 위치한 코크(Cork)항 어구 근처의 두 마을.

60) 아일랜드 혁명 가문인 피츠제럴드 일가(일명 제럴드 일가)에 관하여 책을 쓰고 있는 사제 러브.

61) silken Thomas. 킬데어주의 열번째 백작으로, 그의 추종자들은 비단(아일랜드 특산물) 표식(존경의 상징)을 가슴에 달았음. 그는 성 마리아 사원에서 영국의 헨리 8세에 대한 불복을 선언한 혁명가.

62) O'Madden Burke―신문 편집인. 『더블린 사람들』, 〈어머니〉 참조. 그 전 아일랜드······ 합병

시까지—아일랜드 은행(the Bank of Ireland)은 본래 성 마리아 사원의 '비참한 구역'에 위치하고 있었으나, 1800년 합병 법안으로 아일랜드 의회가 해산되자 그 의회 건물은, 회의실을 민중의 토론이나 연설 장소로서 사용할 수 없도록 변경시킨다는 조건 하에 아일랜드 은행에 매각됨 (1802).

63) 피츠제럴드를 지칭함.

64) 파넬의 친동생이요 현 더블린 경시총감인 존 하워드 파넬이 D.B.C. 홀에서 장기를 둠.

65) O'Connor, Wexford. 더블린 남부 72마일 지점에 위치한 웩스포드주의 주도(州都)인 웩스포드에 있는 운수상(運輸商) 명칭.

66) 러브 사제는 순전히 가공 인물임. 래드코피(Rathcoffey)는 더블린 서부 16마일 지점의 작은 마을.

67) Sallins. 킬데어주의 한 도시로서, 더블린 서남서 18마일 지점의 마을(클론고우즈 우드 칼리지가 있는 곳).

68) 1605년 11월 5일 몇 사람의 로마 가톨릭 교도들에 의한 제임스 1세 암살 및 영국 국회의사당 폭파 음모 사건.

69) 제럴드 피츠제럴드(Gerald Fitzgerald, 1456~1515)는 킬데어의 제8백작으로서 당대의 가장 강력하고 열정적인 앵글로-아이리쉬 가문 출신이었음. 그의 생애는 질투심 많고 권력 있는 당대인들과의 일련의 투쟁이었던바, 1495년 크리그(Creagh) 대주교와의 갈등에서 그는 카셀 대사원에 불을 지름. 그러자 그는 헨리 7세의 면전에서 고소를 당했는데, 당시 "그러나 하느님께 맹세하지만 난 대주교가 성당 안에 있지 않았던들 절대로 불을 지르지 않았을 거야"라고 말할 정도로 대담한 열정가였다 함.

70) 오몰로이는 돈 때문에 램버트를 방문함(제7장).

71) 디그넘의 장례식에 관한 언급.

72) Thomas Rochford. 데이비 번 주점의 단골 술꾼. 기계(버라이어티쇼의 순서를 알리는)의 발명가. 한때 더블린시 서기 및 기사였음.

73) 아일랜드의 중앙 세무서, 공소원, 고등법원의 해사재판소 등을 모두 포함하고 있는 아일랜드 대법원(Four Courts, 더블린 중심가 리피강 북쪽 연안 소재)은 유명한 과거의 변호사들 및 판사들의 동상들을 그 정면 또는 건물 지붕에 세워 놓고 있음.

74) 스티븐의 외숙 고울딩은 다른 두 사람과 함께 합동 법률사무소를 차리고 있음(제8장).

75) '이제 끝장이다(U.p : up)'란 모독적인 카드를 보낸 장본인을 고소하려고 법원을 찾아다니는 브란씨와 동행하는 그의 부인(제8장).

76) 보일런을 말함.

77) Tooraloo. 장의사의 조수인 코니 켈러허의 콧노래를 블룸이 의식속에서 생각하는 일종의 언어적 주제(verbal motif). 블룸은 그를 경찰 스파이로 의심함(제5장 및 제15장).

78) 로치퍼드는 실제로 1904년 5월 6일 거리의 맨홀에 갇힌 12명의 시(市) 위생 노동자들을 가스질 식사로부터 구한 것으로 전함.

79) starting price. 골든컵 경마에서 「셉터〈Scepter〉」호가 출발할 때 최후로 거는 돈.

80) Marcus Tertius Moses. 동부 이섹스가 30번지 소재의 차 도매상.

81) 총독 관저는 피닉스 공원 안에 위치하고 있는데, 마차가 지나가기 위하여 공원 문이 열리는 것을 말함.

82) 라이언즈는 블룸이 '팁'을 준 것으로 잘못 오해하고 있음(제5장).

83) 앞의 주 44) 참조. 레너헌과 맥코이는 북쪽 방향으로 이 아치를 빠져 나가 템플 주점에서 리피 강 남쪽 강변으로 향하고 있음.

84) *Leopoldo or the Bloom is on the Rye.* 피츠볼(Edward Fitzball) 작사, 비숍경(Sir Henry Bishop, 1786~1855) 작곡의 〈호밀에 꽃이 피었을 때(When the Bloom is on the Rye)〉 또는 〈나의 아름 다운 제인(My Pretty Jane)〉이란 노래의 인유—나의 아름다운 제인, 나의 아름다운 제인 / 아! 그토록 수줍어하지 말아요, 결코 / 그러나 나를 만나요, 저녁에 나를 만나요 / 꽃이 필 때, 호 밀에 꽃이 필 때, / [코러스] 봄은 재빨리 이울고 있어요, 내 사랑이여 / 곡물은 이삭이 패고 있어요 / 여름 밤이 다가오고 있어요, 사랑이여 / 달이 밝고 맑게 비쳐요, / 그리고 예쁜 제인, 나의 사랑하는 제인, / 아 그토록 수줍어하지 말아요, / 그러나 나를 만나요, 저녁에 나를 만나 요 / 꽃이 필 때, 호밀에 꽃이 필 때.

85) 당일 장례를 치른 디그넘의 아들.

86) Glencree reformatory. 더블린 남부 10마일 지점에 위치한 글렌크리강 근처의 로마 가톨릭 감 화원. 여기서의 연회란 모금회(募金會)를 말함.

87) sir Charles Cameron. 더블린 및 글래스고우(Glasgow)의 일간신문 경영자. 한때는 같은 지역의 국회의원으로 뽑힌 적도 있음.

88) Benjamin Dollard. 서투른 테너 가수.

89) 아클레스가 7번지, 블룸가(家)의 몰리가 내민 것.

90) Delahunt. 식료품 및 차·주류상으로 하부 캠든가 42 및 92번지에 위치.

91) Featherbed Mountain. 더블린과 글렌크리를 가로지르는 산.

92) Chris Callinan. 수다쟁이로 이름난 당대의 더블린 기자.

93) 피츠볼(E. Fitzball)과 발프(M. W. Balfe) 작의 오페라 〈로첼의 포위(The Siege of Rochelle)〉(1835) 제1장의 피날레를 장식하는, 음모에 사로잡힌 한 여인과 그녀의 도피를 읊은 노래. 수도승인 아지노(Azino) 신부와 그 밖의 사람들이 그 여인의 도피를 돕는 1막 끝 즈음에 서 4중창의 노래가 계속됨 :

   이지노 : 보리, 아침의 이른 햇빛이 우리들이 오래 머무르고 있음을 조용히 꾸짖고 있어요; 들 어봐요! 아침 기도의 종소리가 울리고 있어요, / 딸이여, 우리는 서둘러야 하오……

   크라라 : 신부님 말씀을 잘 간직하겠어요, 잘 있어요, 친구들이여, 여러분을 위해 기도하겠어 요; / 봐요, 아침의 이른 햇빛이 우리들이 오래 머무르고 있음을 조용히 꾸짖고 있어 요……

   마셀라 : 아가씨, 축복이 그대를 기다리기를 바라오, 우리는 그대를 위해 기도하리다…… / 아 침 기도의 종소리가 울리고 있어요, 모든 위험으로부터 서둘러 도망가세요.

94) *The Awful Disclosures of Moria Monk.* 캐나다의 여류 작가 마리아 멍크(Maria Monk, 1817~1850)의 선풍적인 책으로, 미국과 영국에서 25만 부가 판매되었다 함. 이 책에서 저자는 자신이 몬트리얼의 수녀원에서 도피했다고 주장하고 그녀가 목격한 바 있는 '혐오할 관습'을 가 공할 정도로 상세하게 서술함.

95) Aristotle's Masterpiece. 유사 포르노그래피로서, 이것은 아리스토텔레스의 작품이 아니라 뉴욕에서 발간된 작자 미상의 작품으로 알려짐. 여성의 성(性) 탐사, 자궁의 다양한 질병 등을 곁들여 설명한 책. 사이비 성 지식과 사이비 민간 의학이 담긴 17, 18세기 영국에서 가장 널리 보급되어 읽히던 책이기도 함.

96) '피학대음란증(被虐待淫亂症, masochism)'의 창시자인 오스트리아의 소설가·의학자인 자허 마조흐(Leopold von Sacher Masoch, 1836~1895)의 단편집 『게토의 이야기(Tales of the Ghetto)』로, 1885년 독일에서 출간됨.

97) 프랑스 출신의 익명의 소설가 러브버치(Lovebirch)의 소설 『미모의 폭군들(Fair Tyrants)』로, 소재가 불확실함.

98) Sweets of Sin. 작가 및 작품 모두 미상으로, 순전히 조이스의 창작인 듯. 일종의 에로소설(erotica)로서 본 소설에 여러 번 인용되는 의식의 모티프. 남편, 아내, 그리고 아내의 애인 간의 삼각관계를 다룬 작품으로 이는 블룸으로 하여금 그의 아내 몰리, 보일런, 자기 자신 및 딸과의 상관 관계를 의식 속에 떠올리게 함.

99) 브린 부인을 말함.

100) 스티븐의 외숙부인 리치 고울딩과 그의 부친 사이먼과는사이가 좋지 못함(제3장).

101) 순수 기독교의 견지에서 보면, 유태인들은 예수를 메시아로 받아들이기를 거절하며 십자가형(刑)을 요구했었기 때문에 영원히 저주를 받아야 하므로 구원의 희망이 없음.

102) sister Monica. 벨비디어가 35~38번지 소재의 성(聖) 모니카 양로원(St. Monica's Widow Alms-House)을 암시함.

103) Keman. 차 상인 및 차 주문상. 본 소설 제5장 주 8) 및 『더블린 사람들』, 〈은총〉 참조.

104) Mr Crimmins. 제임스가 27, 28번지 소재의 차·주류상.

105) 톰 커넌씨를 가리킴.

106) Kildare street club. 더블린에서 가장 인기 있던 앵글로-아이리쉬인들의 클럽.

107) the Hibernian Bank—더블린 여러 곳에 지점을 두고 있는데, 본점은 칼리지 그린가 23~27번지에 있음. Carlisle bridge—오코넬교의 옛 이름으로, 1882년에 바뀜.

108) 세일즈맨에 대한 별명, 또는 전통적으로 노상강도(highway man)에 대한 통칭.

109) 인도에 업무차 여행하고 돌아온 사람들은 햇볕에 탄 얼굴을 하고 있는 것으로 생각됨. 작품상으로는 커넌이 인도에 다녀온 사실이 나타나지 않음.

110) Robert Emmet. 아일랜드 민족주의자(1778~1803)인 에메트는 지금의 아일랜드교회 앞에서 교수형을 당했는데, 여기에 묘사된 것처럼 말에 끌리거나 사지가 찢기지는 않았음.

111) 대법원 근처의 처치가(街)에 있는, 덴마크의 성자 마이컨(Michan)에 의하여 세워진 성당의 지하 묘지에는 1798년의 대반란(Great Rebellion) 당시 희생된 많은 영웅들이 매장되었으나, 머리 없는 에메트의 시체 확인은 성공을 거두지 못했고 글래스네빈 공동묘지에서도 그를 찾지 못한 것으로 전해짐.

112) Tipperary. 더블린 남서부 78마일 지점의 전원 마을. 여기서 '티페러리 촌뜨기(Tipperary bosthoon)'란 '얼빠진 녀석'이란 뜻.

113) Times of the troubles. 1798년에 있었던 영국의 탄압 조치에 대한 아일랜드 농민들의 대반란

을 암시함.

114) sir Jonah Barrington. 아일랜드 애국자, 판사, 국회의원 및 역사가(1760~1834). 『당대의 사적 (私的) 스케치(*Personal Sketches of his Own Time*)』 등 많은 회고록을 남겼으며 국회의원 당시 합병법안(the Act of Union)에 완강하게 반대함.

115) Daly's— 실존했던 곳으로, 현재 더블린 중심부의 남동쪽 칼리지 그린에 위치함. Edward Fitzgerald—1798년의 대반란 주모자들 중의 한 사람으로, 당시 더블린의 경시총감이었던 서 (Sirr)에 의하여 모이러 하우스(Moira house) 근처에서 체포되었으나 도피함. 그러나 히긴즈의 제보(提報)에 의하여 다시 체포되어 옥사함.

116) sham squire. 프랜시스 히긴즈(Francis Higgins, 1746~1802)를 가리킴(제7장).

117) John Kells Ingram(1823~1907). 아일랜드의 애국 시인이자 문필가. 커넌이 기억하는 그들은 암흑……이란 시는 잉그럼의 〈사자(死者)의 기억(The Memory of the Dead)〉(1843)의 33행임 —98년을 말하기 두려워할 자 누구냐? / ……그는 악한이든지 아니면 반(半)노예야. / …… 그들은 암흑과 불운의 시기에 봉기했던 거다. / 그들의 조국을 바로잡기 위하여 / 그들은 이곳에서 살아 있는 불꽃을 피웠지요 / 그것을 막을 자 아무도 없으리.

118) Ben Dollard. 몰리가 '저열한 나무통 같은 목소리'를 가졌다고 표현한 가수.

119) 맥버니(William B. McBurney) 작으로 1798년의 대반란을 읊은 민요 〈까까머리 소년(the Croppy Boy)〉(제11장) 중의 1행. 로스(Ross)는 반란 당시 영국의 방위 지점으로 아일랜드 남동부에 위치한 도시.

120) ① 밀턴의 『실낙원(*Paradise Lost*)』의 구절(1:670~692). ② 성구(聖句)의 인유—그 빛이 어둠 속에서 비치고 있다. 그러나 어둠이 빛을 이겨 본 적이 없다.(〈요한의 복음서〉 1 : 5) 및 그 용은 자기 꼬리로 하늘의 별 삼분의 일을 휩쓸어 땅으로 내던졌습니다.(〈요한의 묵시록〉 12:4)

121) Antisthenes(B. C. 444?~371?). 아테네의 철학자(제7장).

122) 스티븐 데덜러스가 아침 바닷가를 산책하다가 명상한, 여성의 영원한 상징인 배꼽 없는 이브 (Eve)의 배(腹)를 암시함(제3장).

123) Irishtown. 리피강 남쪽 어귀에 위치한 가난한 어촌으로, 샌디마운트 해변에 인접함. 리히의 테라스 층층대를 내려왔던 아침 나절(11, 12시경)의 두 노파는 분명히 샌디마운트 해변을 따라 3시 30분 현재 런던교(도더강을 넘어)와 더블린 남쪽 중심부를 향해 걷고 있음.

124) powerhouse. 플리트(Fleet)가(街) 49~56번지 소재의 더블린 전력 발전소(Dublin Cooperation Electric Light Station). 스티븐은 현재 플리드가를 따러 옴 끠에고 있음.

125) 그들이 소용돌이치고…… 나는—① 매슈 아놀드의 〈위대한 카르투지오회 수도원의 스탄자 (Stanza from the Grande Chartreuse)〉란 시의 유명한 글귀를 연상시킴. 여기서 화자는 자신에 대해 서술함 ; "두 개의 세계 사이에서 방황하며, 하나는 죽은 세계, 다른 하나는 태어날 힘 없는 세계." ② 미국의 시인 스터다드(R. H. Stodard) 작 〈공중의 성(Hie Castle in the Air)〉의 구절을 상기시킴 ; "우리는 주변에 두 개의 생명을 갖고 있나니, / 우리들이 살고 있는 두 개의 세, 우리들 내부의 그리고 우리들 외부의 세계, / 천국과 지옥을 번갈아 : — / 외부에는 암울한 실재의 세계, / 내부에는 마음속의 마음속, 아름다운 이상의 세계.

126) 하느님을 '갈봇집 안주인이자 백정'으로 단정한 스티븐은 자신의 만용(蠻勇)에 놀라 방금 생각한 스스로의 말을 철회할 것을 명상함.

127) 예, 정말 옳습니다…… 시간을 지키셨습니다—스티븐은 '세계의 주님(the Lord of the World)'이

신 하느님의 놀랍고 훌륭한 힘과 권능을 시인하는 척함. "자네 말이 맞았어. 월요일 아침……
그랬어"―햄릿은 폴로니어스가 다가오자 그를 당국의 스파이로 간주, 그를 속이기(조롱하기)
위해 로즌크렌츠와 길든스턴에게 이상의 모호한 말을 함(〈햄릿〉 II, ii, 405, 406). 햄릿은 자신
이 조금 전에 "내 광증은 북북서풍일 때만이야. 그리고 남풍일 때는 멀쩡하고, 매와 해오라기
쯤은 구별할 수 있지"(II, ii, 396, 397)라고 한 말을 폴로니어스가 엿들었을까 염려함. 스티븐
은 하느님을 교수자(hangman)로 단정하고 앞서 그에게 도전한 스스로의 오만에 놀람. 그리하
여 스파이에 의하여 자기가 한 말이 하느님에게 발각되어 그로부터 복수당하지나 않을가 두려
워함.

128) 1860년 4월 7일 영국의 판버러(Farnborough)에서 벌어진 미국의 존 히넌(John Heenan)과 세계
챔피언인 영국의 톰 세이어즈(Tom Sayers) 간의 권투시합. 당시 경기는 37라운드까지 계속되
었으나 선수들의 부상으로 인해 무승부로 끝남.

129) *The Irish Beekeeper.* 더블린에서 당시 발간되던 아일랜드 양봉가협회의 월간 과학 잡지.

130) *Life and Miracles of the Curé of Ars.* 프랑스 작가 아베 무넹(Abbé Mounin)의 책 제목의 변형.

131) *Pocket Guide to Killarney.* 19세기에 많이 나왔던 킬라니주를 소개하는 안내서들 중의 하나.

132) *Stephano Dedalo, alumno optimo, palmam ferenti.* (라틴어) 스티븐이 벨비디어 학교에서 탄 상
장.

133) 『구약성서』 최초의 5권(the Pentateuch)의 전통적 통칭. 여기에는 스티븐이 방금 읽고 있던 '모든
신비 중의 신비'의 내용이 담겨 있음.

134) 육각형의 별표(☆)로, 유태교(Judaism)의 상징이자 성스러운 보호의 상징임.

135) *Se el yilo nebrakada femininum! Amor me solo! Sanktus! Amen.* (독어, 스페인어, 아랍어 등의 혼
용) 앞서 『구약성서』 처음 5권, 즉 모세 5경의 구절.

136) Peter Salanka. 스페인의 유명한 수도원장.

137) 요아힘 압바스의 구절(제3장).

138) 차드널(C. A. Chardenal)의 저서인 『표준 불어 첫걸음(*The Standard French Primer*)』(런던,
1877).

139) 누이동생 딜리와의 갈등이 자아내는 스티븐의 망모(亡母)에 대한 양심의 가책.

140) 고리대금업자인 루벤이 보낸 법원 집행리(執行吏)들.

141) Long John. 부집행관(subsheriff)으로, 집행리(bailiff)보다 높은 명예직임.

142) Geraldines. 앞서의 피츠제럴드 가문(家門)을 말함.

143) 키다리 존 패닝을 가리킴.

144) Rock. 집행리의 이름(제8장).

145) Lobengula. 아프리카의 어떤 부족의 왕으로, 자신의 영토에 대한 유럽인들의 잠식에 반대함으
로써 대담성을 과시함.

146) Lynchehaun. 제임스 월쉬(James Walshe)는 아일랜드의 살인자. 그는 1895년 종신형을 언도받
았으나, 미국으로 탈출하여 그곳에서 자신을 정치적 순교자라 속여 동정을 구함.

147) the Bodega. 데임가(街) 건너편에 위치한 주점.

148) 고리대금업자 루벤 J.를 가리킴.

149) 집주인은 다름아닌 러브 사제임.

150) Barabbas. 예수 대신 빌라도에 의하여 석방된 죄수(〈마태오의 복음서〉27:20).

151) Castleyard. 현 정청(政廳)인 더블린 성(城) 입구 지역.

152) Boyd. 더블린 YMCA의 총무인 윌리엄 보이드를 말함.

153) 디그넘의 장례식에 참석한 사람들의 기부금 명부,

154) Cork hill. 정청과 데임가 사이의 경사진 작은 언덕.

155) 더블린에서 발간되던 석간신문 중의 하나인 《더블린 이브닝 메일(the Dublin Evening Mail)》 사무소 팔리아먼트(Parliament)가 37, 38번지 소재.

156) 〈베니스의 상인(The Merchant of Venice)〉 중에서(I, iii, 153, 154). 샤일록이 안토니오에게 자기가 빌려 준 돈을 갚지 못할 경우 그 대가로 1파운드의 살을 떼어 줄 것을 제의하자 안토니오가 하는 말―"아, 좋소이다―그럼 증서에 도장을 찍으리라. 그리고 유태 사람도 친절이 대단하다는 걸 알리리다."

157) Jimmy Henry. 시청 서기보(書記補).

158) la Maison Claire. 그래프턴가 4번지 소재의 궁전의상실.

159) 아일랜드 고유어인 게일어(Gaelic)를 말함. 당시에 아일랜드어를 더블린의 공식 언어로 부활시키자는 논란이 자주 일어남.

160) 하워드 파넬 경시총감은 지금 D.B.C.에서 장기놀이에 몰두하고 있음. 경시총감의 임무 중의 하나는 더블린시 의사당의 질서를 바로잡는 일.

161) Llandudno. 북부 웨일즈의 리버풀 남서쪽에 위치한 습지대.

162) 패닝은 더블린시의 15개 구(區)에서 선발된 45명의 시의원과 15명의 참사의원으로구성된 시의회(City Council)의 무질서에 대하여 언급함(정치적 부패의 암시). 로컨 셜로크(Lorcan Sherlock)는 시의회 사무장 및 시장 직무대리였음. 'locum tenens(직무대리)'는 라틴어.

163) white bishop. 장기놀이에 있어서 사제의 모자 꼴을 한 말(馬).

164) mélange. (불어) 혼합주의 일종.

165) happy huntingground. ① 본래 미국 인디언들이 즐겨 말하던 그들이 사후(死後)에 대한 개념, ② 여기서 헤인즈의 말은 19세기 후반에 있어서 셰익스피어에 대한 무책임한 비평의 물결에 대한 일종의 반발을 뜻함.

166) Wandering Aengus. ① 새 모양을 한, 고대 아일랜드의 신화에 나오는 사랑·청춘·미의 신(神). ② 예이츠의 시 제목이기도 함. 제9장 참조.

167) Attic. 5세기경 아테네 문화의 기미를 띤.

168) the white death and the ruddy birth. ① 기독교적 가치의 억압적 경향에 반대되는 고전적 그리스 가치관에 대한 스윈번(Swinburne)의 감각적 자유의 집착 및 그의 시의 지배적 기미. ② '하얀… 탄생'―스윈번의 시 〈해뜨기 전의 노래(Songs before Sunrise)〉 중 창세기의 한 구절. ③ 여기서 멀리건은 스윈번의 그리스 정신의 상징인 '하얀 죽음과 붉은 탄생'을 강조하며, 아테네(그리스)의 자기 편향(偏向) "우리는 아테네로 가야하네"(제1장)를 스티븐을 들어 노골화함.

169) Professor Pokorny of Vienna. 비엔나의 켈틱어(Celtic) 철학교수(1914~?) 혹은 베를린대학의 켈틱어 교수(1921~?). 그는 인간 종족의 기원(起源)과 장수(長壽)에 관한 문제에 몰두했음.

170) 여기서 멀리건은 스티븐의 작가적 야심을 비웃고 있는데, 조이스(스티븐)는 『젊은 예술가의 초상』을 쓰는 데 10년이 걸림.

171) Bridgewater. 영국 브리스톨(Bristol) 서부에 위치한 도시로, 벽돌 제조로 유명함. 제3장 끝부분 참조.

172) 아일랜드 출신의 극작가이며 소설가인 오스카 와일드(Oscar Wilde, 1854~1900)의 부친인 윌리엄 와일드경(Sir William Wilde) 댁(메리언 광장 1번지 소재)을 말함. 윌리엄 와일드는 안과의사였음.

173) *Coactus volui.* (라틴어). 유스티이아누스(동로마의 황제, 483~563) 법전(Justinian Code)의 글귀로, 성적 기행에 관한 조항. 정신병자 파렐이 메리언 광장(안과병원과 안경점이 즐비한 곳)과 와일드의 부친 댁(부자는 호모 섹스로 유명하거니와) 근처를 지나며 이 구절을 외침.(U. 520 참조).

174) 아일랜드의 유명한 신학대학인 메이누스(Maynooth) 대학 소속 치과의사 블룸(Marcus J. Bloom)의 병원이 트리니티대학 후문 근처에 위치함. 주인공 리오폴드 블룸과는 동명이인(同名異人)으로 아무런 관계가 없음.

175) Portobello. 더블린 남부 외곽지대에 주둔중인 영국 병영(兵營).

176) Fitzsimons. 1897년에 세계 챔피언이 된 영국의 헤비급 복서.

177) Jem Corbett. 기술이 뛰어난 당대의 미국인 복서(1866~1933). 그는 1892년에 세계 헤비급 챔피언이 되었으나 1897년에 앞서의 피츠시몬즈에게 타이틀을 빼앗김.

178) 보일런을 암시함.

179) William Humble, earl of Dudley. 아일랜드의 총독이자 보수당 당원(1866~1932).

180) King Billy's horse. 영국 왕 윌리엄 3세가 탄 말 동상으로, 트리니티대학 맞은편에 서 있음. 윌리엄 3세는 보인(Boyne)전투(1690)에서 아일랜드 독립군을 패배시킴. 『더블린 사람들』, 〈죽은 사람들〉에서 주인공 게이브리얼은 파티가 끝나고 킹 빌리의 말 이야기를 함.

181) My girl's Yorkshire girl. 머피(C. W. Murphy)와 립턴(Lipton) 작의 노래 중의 코러스. 일종의 대중 민요로서 본 소설에 있어서 주요한 노래 주제(songmotif)를 형성함—두 사내놈들이 이야기를 하고 있었지요. / 그들의 아가씨, 아가씨, 아가씨에 관해. / 그들은 애인들을 뒤에다 남겨두고 떠났대요 / 그들이 그토록 사랑했던 애인들. / 한 놈이 말했지요. 나의 꼬마 수줍은 아가씨, / 그토록 빛나는 회색이었어요, / 그러나…… / 공장에서 일하는 아가씨지만…… / 나의 귀여운 요크셔의 장미. / 바아라아밤.

182) 영국의 빅토리아 여왕은 그녀의 부군(夫君)인 앨버트공(Prince Albert, 1819~1861)과 1849년 8월 6~10일 사이에 더블린을 방문함. 당시 여왕이 감탄했다고 전해지는 '그 집'은 어떤 집인지 분명치 않음.

◆ 11장 ◆

1) 헝가리의 피아니스트이며 작곡가인 프란츠 리스트(Franz. 1811~1886)는 〈헝가리 광시곡 (Hungarian Rhapsodies)〉이라 불리는, 피아노를 위한 걸작들인 인기곡 시리즈를 작곡함. 여기서 블룸은 아내의 이른바 '실내악'에 대해서 명상함.

2) 청동색 머리카락이…… 시작하라! ─오페라의 서곡(Preface)이라 할 이상 60편의 단편 구절들은 음악의 모티프(motif), 즉 둔주곡(fugue)들로서, 잇따른 제11장의 본문에 모자이크화되어 있으며, 그 중 많은 곡들이 본 소설 전반에 걸친 노래의 모티프를 형성함.

3) *eau de Nil.* (불어)(나일강 물); 푸른 빛이 어린 엷은 초록빛(Nile green). 여기서는 총독 부인의 옷 색깔을 말함.

4) 총독의 다음 마차에 타고 있던 부관 제럴드.

5) 『오디세이아』에서 세이렌의 노래에 도취되어 희생된 자들과 비유될 수 있음.

6) Moulang's. 보석 및 파이프 라인 수입상으로 웰링턴 부두 31번지에 위치함. 여기서의 블룸의 진로 : 그래튼교(橋)→상부 오먼드 부두→오먼드 호텔.

7) for Raoul. 블룸이 제10장에서 산 책《죄의 쾌락》속에 나오는 글귀로, 그의 의식의 주요 모티프.

8) Mrs de Massey. 오먼드 주점의 여주인.

9) 여기서는 블룸의 눈을 암시함. 'your other eye'는 '무의미(nonsense)'란 뜻의 속어이기도 함.

10) Aaron Figatner's. 다이아몬드 및 기타 보석 상점으로 웰링턴 부두 26번지에 위치함.

11) Bassi. 동상 및 그림틀 제작상인 밧시(Aurelio Bassi). 그의 성점은 웰링턴 부두 22번지에 위치함.

12) 동정녀의 전통적 의상 빛깔.

13) 박물관에서 여인상의 국부를 탐색하던 자기의 시선을 방해한 자를 블룸은 멀리건으로 생각함. 제9장 끝부분 참조.

14) Cantwell's offices. 웰링턴 부두 12번지 소재의 주류 도매상.

15) Ceppi. 그림틀, 거울, 동상 등의 제작상인 세피 부자상회(Peter Ceppi and Sons). 웰링턴 부두 8, 9번지에 위치함.

16) Rostrevor. 더블린 북부 55마일 지점에 위치한 해변 도사. 모언 산맥(Mourne Mountains)으로 둘러싸여 있는데, 모언(mourn)→비애(mourn)의 연상 관계가 블룸의 의식 속에 형성됨.

17) 자장가의 구절—순진한 사이먼이 파이 행상인을 만났지 / 장터에 가자 / 순진한 사이먼이 말했지 / 파이를 좀 맛보게 해줘요 / 그러자 파이 행상인이 순진한 사이먼에게 말했지 / 먼저 돈을 내보여요 / 순진한 사이먼이 행상인에게 말했지 / 솔직히 말하면, 한푼도 없어요.

18) Jingle. 보일런이 탄 마차의 징글 울리는 소리. 블룸의 의식은 몰리→보일런→밀리→섹스 등으로 흐름.

19) Mourne Mt. 더블린 북부 50마일 지점, 다운(Down)주에 있는 산.

20) 스튜어트(Leslie Stuart) 작사, 홀(Owen Hall) 작곡의 경오페라인 〈플로라도라(Floradora)〉(1899) 중의 한 구절. 본 소설 제11장을 이해하는 데 있어서 중요한 모티프가 되는 노래. 아이돌로레스 (Idolores)는 이 오페라 중에 나오는 아름다운 여주인공으로, 그녀와 애인과의 사랑 이야기가 그 내용임.

21) George Lidwell. 캐펄가(街) 4번지에 사는 변호사.

22) Peep! Who's in the comer? 숨바꼭질할 때 전통적으로 쓰이는 말. 여기서는 레너헌이 케네디 양을 희롱하는 말.

23) 레너헌이 이솝(Aesop)의 우화 〈늑대와 두루미〉와 〈여우와 황새〉의 이야기를 혼용함.

24) 애비가(街)와 리피 강변에 위치한 두 개의 무니 주점. 지금도 같은 간판을 달고 성업(盛業) 중임.

25) 오머든 버크(O'Madden Burke)는 '황막한' 그리고 '습진' 서부 출신. '저 청년 시인(That Minstrel-Boy)'이란 토머스 무어의 노래 제목이기도 함.

26) 본 소설 제10장에 등장하는 장님 소년이 바로 피아노 조율사임. 그의 걸음걸이와 짚고 가는 지 팡이 소리(탁, Tap)가 제11장의 구조를 형성함.

27) 정신병자인 파렐이 지나가는 장님 소년(조율사)의 지팡이를 걸어차자 그가 하는 독설. 제10장 참조.

28) 사이먼 데덜러스.

29) 마사와의 펜팔에 사용한 블룸의 가명.

30) (격언) 오직 자기 혼자만이 남자 구실(성행위)을 할 수 있다고 생각하고 있음.

31) 잇따른 노래는 J. 윌리엄즈(Jane Williams, 1806~1885) 작사, J. L. 해튼(John L. Hatton, 1809~1886) 작곡의 〈안녕, 사랑하는 이여, 안녕(Goodbye, Sweetheart, Goodbye)〉의 구절. 사이 먼이 안쪽 연주실에서 이 곡을 피아노로 연주하며 노래를 부름—밝은 별들이 사라져 가네, 아 침이 밝아 오네 / 구슬 같은 이슬방울 봉우리인 양 잎인 양 / 그리고 나는 그대로부터 떠나가노 니 / 축복이 너무나 짧았으니 / 안녕, 사랑하는 이여, 안녕.

32) 보일런을 가리킴.

33) 블룸을 암시함.

34) 경마 결과를 알리는 전보.

35) 보일런이 오후의 정사를 위해 몰리를 만나려고 하는 순간. 즉 오후 4시를 가리킴.

36) 보일런이 앉아 있음을 말함.

37) 꽃집 소녀가 보일런의 단추 구멍에 꽂아 준 것. 제10장 참조.

38) 시계가 오후 4시를 알림.

39) 오페라 〈플로라도라〉 중 '야자수 그늘(The Shade of the Palm)'에 나오는 구절로, 주인공 돌로레스를 일컬음. 여기서는 도우스양.

40) time. 연회 등에서 흥을 돋우기 위해 피우는 오락실의 재롱(parlour trick). 여기서 도우스양은 그녀의 양말 대님을 허벅지에 튕겨 소리를 냄으로써 손님들을 즐겁게 함.

41) 〈안녕, 사랑하는 이여, 안녕〉의 구절.

42) horn. 섹스의 심벌이기도 함.

43) 부집행관 존 패닝을 가리킴(제8, 10장).

44) 은화 30냥에 예수를 배반한 그의 제자 유다. 여기서는 고리대금업자인 루벤 J. 도드를 가리킴.

45) 벤 돌라드와 카울리 신부가 카울리의 재정적 어려움을 논하고 있음(제10장).

46) 사이먼 데덜러스가 아까부터 내실의 살롱에서 피아노곡을 치고 있다가 되돌아옴. 그는 노래 속의 추억에 잠겨 눈물을 글썽임.

47) 보일런을 태운 마차가 오먼드 주점을 떠남.

48) *Love and War*. 데덜러스, 돌라드, 카울리 신부가 피아노 주변에 모여 피아노곡에 귀를 기울임. 〈사랑과 전쟁〉은 잇따른 〈사랑이 나의 불타는 영혼을 사로잡을 때(When love absorbs my ardent soul)〉는 T. 쿠크(Cooke) 작의 이중창 곡임—애인·군인 ; 사랑이 나의 불타는 영혼을 사로잡을 때 / 나는 내일을 생각지 않아요.

49) Collard grand piano. 당시의 고급 영국제 피아노.

50) 언젠가 돌라드가 블룸에게 빌린 바지(제8, 16장).

51) 블룸을 가리킴.

52) coffee palace. 타운센드가(街) 6번지의, 주류나 음식을 판매하는 레스토랑(동부 더블린, 리피강 남쪽 소재).

53) 몰리는 한때 헌옷을 사서 판매한 적이 있음(제8장).

54) 'Merrion square'란 유행의 거리를 뜻함.

55) 블룸의 의식은 콩팥 타는 냄새→윤회→소설가 꼬끄(Charles-Paul de Kock, 1783~1871) 등에 대한 회상으로 흐름(제4장).

56) Daughter of the regiment. 이탈리아의 오페라 작곡가 도니제티(G. Donizetti, 1797~1848)의 프랑스 희가극 〈그 연대의 딸(La Fille du régiment)〉의 타이틀이기도 함. 여기서는 몰리 블룸을 가리킴.

57) 몰리의 부친은 영국군의 고수장이었음.

58) My Irish Molly, O. 작가 미상의 아일랜드 민요곡이기도 함. 여기서 사이먼과 그의 동료들의 이야기에는 몰리 블룸과 노래의 주인공인 몰리의 연정(戀情) 관계가 서로 얽힘. 민요 속의 몰리의 부친은 가련하고 불행한 스코틀랜드 젊은이와 딸 몰리의 결혼을, 그가 외국인임을 이유로 반대. 그러자 상심에 빠진 젊은이는 이렇게 노래함—불쌍하고 버림받은 순례자여, 나는 사방을 배회해야 하나니 / 나의 아일랜드의 몰리를 위하여, 오 / ……나의 아름다운……몰리……

59) 몰리의 출생지.

60) Drumcondra. 더블린 동북부 외곽지대로, 유명한 가톨릭 학교인 드럼콘드라대학이 있음.

61) 본 소설 제4장 앞부분 참조.

62) 남자의 섹스의 심벌. 앞의 주 42) 참조.

63) 휴 C. 러브 사제를 가리킴.

64) 성기(性器)란 뜻도 있음.

65) *Amoroso ma non troppo*. (이탈리아어) 음악용어.

66) 총독의 마차 행렬 기사를 신문(매주 목요일에 발행되는 《아이리쉬 위클리 인디펜던트》지)에서 찾고 있음.

67) 그녀가 휴가를 끝내고 되돌아옴.

68) 아일랜드의 화폐 뒤에 새겨진 소녀를 가리킴.

69) 셰익스피어 작 〈안토니오와 클레오파트라〉에서 이노바바스가 클레오파트라를 묘사하는 말―여왕이 탄 배는 닦아 놓은 옥좌같이 물 위에 찬란했소. 그 물엔 황금이 내리깔리고… 키 손잡이에는 인어 같은 사공이 키를 잡고, 비단실 밧줄들은 저 꽃같이 보드라운 손들이……(II, ii, 196~216)

70) M'appari. 독일의 오페라 작곡가 플로토(Baron von Flotow, 1812~1883)의 오페라 〈마르타(Martha)〉 중의 한 구절로, '사랑이 내게 나타났다'란 뜻. 〈마르타〉에서 라이오넬을 위한 곡은 다음과 같이 계속됨―사랑이 내게 나타났으니, 나를 온통 사로잡았다네. / 내가 저 사랑스런 모습을 처음 봤을 때, / 슬픔이 내게서 떠나가듯 했다네. / 희망으로 넘치고 모두들 기뻐하니 / 온 세상이 내게는 기쁨이었지. / 그러나, 아아, 그것은 부질없는 꿈이었다오 / 희망의 빛은 사라지고 / 내 귀를 메웠던 달콤한 말은 가고 / 내 눈을 매혹했던 그 우아한 모습도 / 마르타여, 아 마르타 / 돌아오라 너 가버린 자여 / 돌아오라 너 사랑하는 이여.

71) *A Last Farewell*. 벽에 걸린 풍경화는 윌리스(John Willis)의 노래를 그림으로 나타낸 것. 노래의 내용―안녕히! 그리고 까맣고 까만 바다가 그대를 떠나 보내니, / 그럼 내게 한 가지 생각을 주리요. / 바다 위에서처럼 그대 방황하나니, / 안녕히, 그리고 마지막 햇빛이, / 대양 아래 내려앉을 때 / 그대는 지난날의 기쁨 생각하리라 / 고향을 위해 다시 한숨지으리라.

72) *M'appari tutt' amor : Il mio sguardo l'incontr*…… 〈마르타〉 중의 노래 가사 일부분.

73) 〈마파리〉는 B 플랫임.

74) *Sonnambula*. 이탈리아의 작곡가 벨리니(Vincenzo Bellini, 1801~1835)의 오페라(1831). 여주인공 아미나(Amina)는 몽유병에 걸림으로써 그녀의 약혼자인 농부 엘비노(Elvino)에게 부실(不實)하게 됨. 제2막에서 엘비노는 이렇게 비탄함―모든 것이 사라졌네. / 난 사랑과 기쁨에게 버림받았나니. / 사랑은 다시는 깨어나지 못하리. / 과거의 매력은 이제 가고.

75) Joe Maas. 당대의 유명한 영국 테너 가수(1847~1886). 그는 칼 로자(Carl Rosa, 1842~1889) 오페라단의 성가대원으로 자신의 음악적 생애를 시작함.

76) M'Guckin. 칼 로자 오페라단의 유명한 테너 가수.

77) 스티븐의 외숙부인 리치 고울딩을 암시함.

78) Bright(1789~1883). 신장염(심한 알코올 중독이 그 원인)에 대한 최초의 진단에 성공한 영국의 의학자. 신장염은 등의 아픔과 반짝이는 눈의 증후를 나타냄.

79) 신장염에 좋다는 일종의 기적 같은 약.

80) *Down among the dead men.* 작자 미상의 영국 가요.

81) ① 오필리어의 무덤에 뿌려지는 꽃을 연상시킴(〈햄릿〉 V, i, 266). ② 아름다운 아가씨에게 꽃을 선사하듯 신장염 환자에게는 신장(콩팥)을 선사한다는 뜻.

82) 〈몽유병자〉 중의 테너곡으로 고울딩이 휘파람으로 노래함.

83) 토머스 무어 작 『아이리쉬 멜로디』, 〈산울림(Echo)〉 중에서.

84) 〈몽유병자〉에 나오는 천진한 여주인공 아미나.

85) 몽유병자가 밤에 헤매는 위험을 방지케 하는 두 가지 방법, 즉 이름을 부르거나 물을 만지게 하는 일.

86) 블룸은 아미나의 몽유병을 그녀의 천진성의 표현보다 욕망 때문으로 해석함.

87) 폴로니어스의 햄릿에 대한 방백을 연상시켜 줌(〈햄릿〉 II, ii, 188, 189).

88) 〈베니스의 상인〉 II, ii, 83 참조.

89) 사이먼 데덜러스.

90) 발프(Michael W. Balfe, 1808~1870)의 오페라 〈보헤미아의 소녀(The Bohemian Girl)〉(1843) 제2막 중의 가사. 번뇌의 중압감으로 괴로워하는 여인을 묘사함.

91) 노크…… 더듬는 손－블룸은 보일런이 이클레스가 7번지를 노크할 것이라고 예상함.

92) 사이먼 데덜러스는 코크(Cork)시 출신. 스티븐 데덜러스는 『젊은 예술가의 초상』 제2장 끝부분에서 그의 부친과 코크로 여행하는 도중 그곳 사투리를 경험함.

93) 몰리와 보일런.

94) Jenny Lind. 스웨덴의 소프라노 여가수(1820~1887). 그녀는 식성이 꽤 까다로웠던 것으로 알려짐.

95) a ray of hopk. 데덜러스가 부르는 노래의 가사 '희망의 빛(ray of hope)'과 여급이 맥주병 마개를 뽑는 음(cork)과의 합성어.

96) 블룸이 마사(Martha)에게 편지를 쓰려고 하는 순간 오페라 〈마르타(Martha)〉의 노래를 들음.

97) Terenure. 오코넬가(街)에서 드럼콘드라로 향하는 비탈진 광장인 라운드타운(Roundtown)의 또 다른 이름.

98) *Waiting.* 플래그(Ellen H. Flagg) 작사, 밀라드(H. Millard) 작곡의 소프라노 또는 테너를 위한 노래.

99) 빙엄(G. C. Bingham) 작사, 트로트레(H. Trotere) 작곡의 노래 제목이기도 함.

100) Siopold. 노래하는 사이먼(스티븐의 육체적 아버지)과 이를 듣는 리오폴드 블룸(스티븐의 영적 아버지) 및 〈마르타〉의 남주인공 라이오넬과의 합성어로, 모두 상심한 감정의 일치를 암시함.

101) Theobald Matthew. '금주의 사도(Apostle of Temperance)'로 불리는 신부(1790~1861). 앞서의 장례 행렬에서 영구차가 그의 동상 곁을 지나감(제6장).

102) the Rutland. 상부 새크빌가(지금의 오코넬가)의 상부에 위치한 광장으로, 연주회장, 집회소, 전시장이 들어 있음.

103) 발프의 오페라 〈카스틸의 장미〉 제3막의 가사(제7장).

104) 발프, 〈카스틸의 장미〉의 가사. 뒤의 "이제 사랑은 가다"도 마찬가지임.

105) 리치 고울딩과 사이먼 데덜러스의 불화를 암시함.

106) Rift in the lute. 테니슨 작『왕의 목가(Idylls of the King)』중에 나오는 노래 제목.

107) Barraclough. 당시 더블린의 음악교수(하부 팸브로크가 24번지).

108) 블룸이 묘지에서 본 것(제6장).

109) Corpus paradisum. (라틴어) 블룸이 아침에 교회와 묘지에서 들은 기도문의 일부분(제6장).

110) Her wavyavyearyheavyeavyevyevyevyhair un com : 'd. 블룸과 몰리의 최초의 상봉→인생의 본질적인 비애(pathos)→우울함→몰리의 죽음에 대한 그의 예상.

111) 2×2÷1/2 = 8로서, 이 8은 제8음, 즉 옥타브(octave)가 되며, 제1음과 화음을 이루어 전음(顫音)을 일으킴.

112) 1은 '도', 2는 '레'…… 6은 '라', 7은 '시'가 됨.

113) 블룸이 신문사 장면에서 생각하는 글자맞추기 놀이(제7장).

114) 음악에 별 취미가 없는 블룸과 딸 밀리.

115) Blumenlied. (독어) 독일의 시인 하이네(Heinrich Heine, 1797~1856)의 유명한 시 제목일 뿐 아니라 그 밖의 수많은 노래 제목이기도 함.

116) Crosshaven, Ringabella. 아일랜드 남부 항구 도시인 코크 근처의 두 작은 마을.

117) 4시 30분을 암시함.

118) 리치 고울딩을 가리킴.

119) Greek ees. 그리스어의 ε는 예술적 기질의 상징으로, 로마 알파벳의 H에 해당함.

120) 아내 몰리를 말함.

121) 블룸은 상업상의 편지를 쓰는 척함. 앞서 "사내를 위한 양념격"(격언) : 블룸의 편지에 대한 복수.

122) 이 말을 셰익스피어의 것이라 함은 블룸의 착오임. 영국의 풍속 희극작가 콩그리브(William Congreve, 1670~1729)의 〈슬퍼하는 신부(The Mourning Bride)〉(1679) 중의 대사─음악은 야만스런 가슴을 달랠 매력을 지녔지, / 바위를 녹이고, 마디진 참나무를 굽히고.

123) Fetter lane. 엘리자베스 시대의 식물학자 제라드 페터(Gerard Fetter)와 셰익스피어의 관계를 도서관 장면에서 스티븐이 명상함.

124) 〈맥베드〉 I, iii, 10 참조. 마녀들이 황야에서 맥베드를 만났을 때, 첫째 마녀가 "나는 해야지, 나는 해야지" 하고 부재의 남편을 물에 빠져 죽게 함으로써 수부의 아내에게 복수할 것을 스스로 다짐함. ① 다가올 아내 몰리의 부정에 대한 블룸의 인지와 스티븐의 셰익스피어에 관한 주제(제9장)를 연관하는 화자의 삽입구 ② 정신적 부자(블룸과 스티븐)의 동질성(consubstantiality)을 전하는 일종의 텔레파시(telephatic communication).

125) 블룸은 디그넘의 유족에 관하여 마틴 커닝엄과 상의하기 위해 그곳에서 만나기로 함.

126) Walter Bapty. 당시 더블린의 성악교수(1850~1915).

127) 하이드 작 『코노트의 연가』에 나오는 구절의 변형(제9장).

128) tap. 제8장에서 블룸이 길을 안내해 준 장님 소년이 오먼드 주점의 피아노 위에 두고 간 소리 굽쇠를 가지러 되돌아오면서 짚는 지팡이 소리임.

129) What are the wild waves saying? 카펜터(J. E. Carpenter) 작사, 글로버(S. Glover) 작곡의 듀엣곡 제목이기도 함.

130) 채권(債權)에 관한 벤 돌라드의 말(제10장).

131) Ruttledge. 《프리먼즈 저널》지의 비즈니스 매니저(제7장).

132) ① 〈돈 지오반니〉 제1막 4, 5장의 장면(돈 지오반니의 무도실). 미뉴에트(minuet)가 무대 위의 악단에 의하여 연주되는 한편 돈 지오반니는 애인 젤리나와 춤을 추며 그녀를 무대 아래로 유인함. 그런데 돈 지오반니는 젤리나와 농부들이 그의 집 근처에서 노래하며 춤추고 있는 것을 발견함(I, iii). 젤리나의 약혼자인 농부 마제토를 발견한 돈 지오반니는 그의 하인들을 시켜, 젤리나를 유인하고 있는 것을 마제토가 눈치채지 못하도록 방해하게 함(I, iv~v).

133) 미국의 민요 〈회색 거위 (The Grey Goose)〉에 나오는 가사.

134) 이탈리아 작곡가 메르카단테(Mercadante)는 이 구절에서 암시하는 것처럼 〈슬픔의 성모 찬가〉 ('그 사람은 누구(quis est homo)는 이 곡의 세번째 스탄자의 첫 행임)를 작곡하지 않았음. 그러나 블룸은 앞서의 장례 장면에서처럼 롯시니의 〈슬픔의 성모 찬가〉를 메르카단테의 〈일곱 마디 최후의 말〉과 연관지어 생각함.

135) 블룸이 여인과 편지를 교환할 목적으로 《아이리쉬 타임즈》에 낸, 펜팔을 구하는 광고문의 패러디(제8장).

136) 자장가의 일절.

137) Chamber music. 조이스의 이와 같은 제목의 시(詩)가 있음.

138) 몰리와 보일런의 정사(情事)에 대한 암시.

139) *Qui sdegno*. (이탈리아어) 모짜르트의 오페라 〈마적(魔笛, Die Zauberflöte)〉 제2막 중의 아리아 '이 성스러운 홀에서(In diesen heiligen Hallen)'의 첫 행.

140) *The Croppy Boy*. 윌리엄 B. 맥버니(William B. McBurney)가 지은 민요. 1898년에 있었던 오 렌지당원(1879년 북아일랜드에서 조직된, 신교와 영국 왕권 옹호자들의 비밀결사당원)의 대반란 때, 부모형제를 잃은 한 젊은이가 그린(Greene) 신부를 방문하여 망모(亡母)의 영전에 기도하지 못한 자신의 죄를 참회하고 용시빌은 뒤 다시 출전(出征)하려 했으나, 그 신부가 실은 적의 용병(yeoman)으로서 현장에서 예리한 칼로 그 젊은이를 교살한다는 슬픈 이야기. 제11장의 이야기의 흐름은 민요 〈까까머리 소년〉과 그 내용으로 점철되며, 이 배신의 노래 주제는 본 소설의 그것과 일치함.

까까머리 소년

이 집에 살고 있는, 착하고 진실한 사람들!
이 낯선 아이에게 제발 좀 말해 줘요.
신부님은 댁에 계신가요? 뵐 수 있을까요?
그린 신부님께 한마디 드릴 말씀이 있어요.

신부님은 계세요, 소년, 그리고 뵐 수 있어요.
그린 신부님과 쉬이 말할 수 있어요.

그러나 기다려야 해요, 안에 들어가서
신부님이 혼자 계신지 봐야 하니까요.

소년은 빈 홀로 들어갔나니―
얼마나 외로운 소리를 그의 발걸음은 냈던가!
침울한 방은 비어 조용하고,
법의 입은 신부님은 외로운 의자에 앉으시고.

소년은 무릎꿇고 자신의 죄를 고하노니,
천주여하고 입을 열지요.
저는 많은 죄를 지었나이다. 그는 가슴을 치지요.
그리고 띄엄띄엄 나머지 얘기를 하지요.

로스의 포위전에서 저의 양친이 돌아가셨어요.
그리고 고리에선 저의 사랑하는 형제들 모두가.
저 홀로 이름과 종적 남기니,
저는 웩스포드로 출정하여 원수를 갚겠어요.

저는 부활절 이래 세 번 하느님을 욕했어요―
미사 때인데도 한 번 놀이를 갔어요.
어느 날, 성당의 뜰을 급히 지나쳤어요.
그리고 어머니의 영면을 위해 기도하길 잊었어요.

저는 살아 있는 아무에게도 중오심이 없어요.
그러나 임금님 위에 있는 저의 조국을 가장 사랑해요.
자, 신부님! 저를 축복하사, 용감히 가게 해주세요.

만일 그것이 하느님의 뜻이라면.

신부님은 아무런 말이 없었나니, 그러나 바스락 소리에
소년은 깜짝 놀라 위를 쳐다보았다오.
거기에는 법의가 벗겨지고, 빨간 옷이 드러난
용병(傭兵)이 눈을 이글거리며 앉아 있었지요.

이글거리는 시선과 지친 분노로
축복 대신 저주를 터뜨렸나니―
착한 생각이었군, 자네, 여기 참회하러 오다니,
자네가 살아 있는 것도 이제 마지막이야.

저쪽 강 위에 세 거룻배 떠돌아다니니,
진짜 신부는 그 중 한 척에, 만일 총살당하지 않았다면―
우린 주님과 임금님을 위해 사제관을 차압하노니,
그리고 아멘! 모든 반역자들을 교수형에 처하소서!

제네바의 병사(兵舍)에서 소년은 죽었대요
그리고 패시지에서 시체는 묻혔대요.
평화와 기쁨 속에 사는 착한 사람들,
모두들 까까머리 소년을 위해 기도하며 눈물 흘려요.

141) 앞의 〈까까머리 소년〉의 가사 중에서.

142) F sharp major. F 장조(長調)를 말함.

143) 〈까까머리 소년〉 속에 나오는 가짜 신부.

144) the Iveagh home. 1903년 더블린의 기네스 맥주회사 재단(아이브아경은 기네스 재단의 주된 상속자 중의 한 사람)은 더블린 중심가에 남자 자선원(주로 알코올중독자들을 위한)을 건립하여 아이브아 홈이라 부름.

145) 〈까까머리 소년〉의 가사 중에서.

146) 〈까까머리 소년〉의 가사 중에서.

147) 돌라드를 가리킴.

148) *Answers.* 1888년 함스워드(Alfred Harmsworth)에 의하여 창간된 인기 주간지. 이 주간지는 '시인 인상 알아맞히기 퀴즈(poets' picture puzzle)'를 실었는데, 알아맞히는 당첨자에게 회사에서는 시인의 5파운드에 해당하는 유명한 시 한 수의 제목을 그 대가로 줌.

149) Lay of the Last minstrel. 17세기 스코틀랜드의 시인이며 소설가인 스콧(Walter Scott, 1771~1832)경의 시 제목이기도 함.

150) *In nomine Domini*······ *mea culpa.* (라틴어) 〈까까머리 소년〉 13~15행의 구절.

151) *corpusnomine.* 블룸이 앞서의 장지에서 들은 기도문 중의 '육체(Corpus)'와 〈까까머리 소년〉 중의 '이름(nomine)'과의 결합어.

152) Michael Gunn. 당대 게이어티 극장(Gaiety Theatre)의 관리자.

153) sweet home. 미국의 극작가이자 배우인 페인(J. H. Payne) 작사, 영국의 작곡가 비숍(H. R. Bishop) 작곡의 가곡(1823) 제목이기도 함.

154) 그녀의 젖가슴을 암시함.

155) Spinoza. 네덜란드의 유태계 철학자(1632~1677). 블룸의 서가에 그의 저서 『스피노자 사상집(*Thoughts from Spinoza*)』이 꽂혀 있음(제17장).

156) Gorey. 더블린 남부 40마일 지점, 아클로우(Arklow) 근처의 작은 마을. 〈까까머리 소년〉 속에 나옴.

157) 로스의 포위에서······ 몰락했다─〈까까머리 소년〉 17~20행의 구절.

158) 노드 코크 의용군을 다룬 아일랜드 민요의 한 구절(제7장).

159) 〈까까머리 소년〉 25행.

160) 〈까까머리 소년〉 26행.

161) 〈까까머리 소년〉 27행.

162) 도우스양과 케네디양에게 주는 팁.

163) 베네딕트(Julius Benedict, 1804~1885)의 오페라 〈베니스의 신부(The Bride of Venice)〉(1843)에 나오는 노래─슬픈 바다의 파도 곁에 / 나는 듣노니, 모두들 무덤 위에 애수로 신음하네 / 이제 희망과 즐거움은 가고, / 나는 젊고, 잘생겼지요, / 한때 나는 근심이라곤 없었지요 / 달이 솟을 때부터 해가 질 때까지. / 그러나 나는 이제 노예처럼 수척해요 / 슬픈 바다의 파도 곁에 / 다시 와요, 밝은 날이여 / 이제 희망과 즐거움은 가고, / 다시 와요, 밝은 날이여, / 다시 와요, 다시 와요.

164) 약속 파기의 편지가 재판거리가 되었을 때. 여기 '저'는 블룸의 신중성을 암시함.

165) 〈까까머리 소년〉 29~32행.

166) 보일런을 가리킴.

167) 성서 속의 솔로몬왕은 동물의 언어를 이해할 수 있는 마법의 반지(magic ring)를 가졌었다는 민담에서 유래함.

168) 〈까까머리 소년〉 33~36행.

169) 〈까까머리 소년〉 40행.

170) Geneva barrack. 아일랜드 남부 웩스포드 항구에 있는 정치범 수용소. 본래 병사(兵舍)였던 것을 개조한 것. 다음 구절의 '패시지(passage)'는 제네바의 병사 북부 항구에 있는 작은 마을. '제네바의 병사'와 '패시지' 둘 다 〈까까머리 소년〉에 나오는 지명임.

171) Lablache(1794~1858). 당대 유럽에서 가장 유명했던 이탈리아 출신 오페라 가수. 그의 아버지는 프랑스인이며 어머니는 아일랜드인임.

172) Rrr. 블룸의 뱃속에 찬 가스 소리.

173) Ben machree. (게일어) '나의 정다운 산'이란 뜻을 지님.

174) 블룸이 마틴 커닝엄과 디그넘이 남기고 간 자식들에 관해 의논하기 위하여 만나기로 한 약속(제 10장).

175) 윌리스(W. Ross Wallace, 1819~1881)의 노래 〈무엇이 세계를 지배하나(What Rules the World)?〉에서─"인간은 힘세다고들 하지요. / 그는 땅과 바다를 지배하지요. / 그는 왕권을 휘두르지요 / 하지만 그건 별것 아닌 힘이지요. / 요람을 흔드는 손이 / 세계를 지배하는 손인걸요." 여기 '손'은 블룸으로 하여금 호우드의 몰저와의 치정관계를 암시함.

176) Lionelleopold. 〈마르타〉에 등장하는 라이오넬과 블룸의 결합.

177) ① 영국 시인 키플링(Kipling)의 시 〈길다란 꼬리(Long Tail)〉의 한 구절─나에게 근사한 세 가지 일이 있어요. 그래요, 네번째 것은 알지 못해요. / 공중에 독수리가 나는 모습; / 바위 위에 뱀이 움직이는 모습; / 바다 한복판에 배가 움직이는 모습; / 그리고 남자가 술집 아가씨를 다루는 모습. ② 19세기 말에 유행했던 작자 미상의 외설적인 소설 제목이기도 함(『남자가 아가씨를 다루는 법[The Way of a Man with a Maid]』).

178) 앞서의 소설 『남자가 아가씨를 다루는 법』에서 여주인공 앨리스(Alice)는 처음에 얌전한 척 점잔을 빼며 남주인공 재크(Jack)의 유혹을 거절하나, 재크의 끈질긴 장난에 모든 것을 포기하고 그와 함께 다른 여인들의 타락과 유혹에 합세함. 그들의 이러한 유혹과 타락의 행각에서 앨리스는 재크의 지나친 행동에 대해 "오 제발 그러지 마오"라고 비꼬듯 말함.

179) 블룸을 암시함.

180) Barry's. 오먼드 주점 서쪽, 상부 오먼드 부두 12번지의 양복점.

181) wonderworker. 항문에 삽입하는 정신 청량제(제17장).

182) Mickey Rooney's band. 노래 제목이기도 함.

183) 키다리 존의 이름이 블룸으로 하여금 존 그레이브즈(John W. Graves)의 노래 〈존 필(John Peel)〉의 가사를 상기케 함.

184) 커튼에 코를 푸는 따위의 습관.

185) 마사를 가리킴.

186) 에메트(Robert Emmet)가 법원에서 사형선고를 받았을 때 한 최후의 말. 아일랜드의 애국자인 에메트는 영국에 항거하기 위하여 나폴레옹의 도움을 얻으려고 했음(제10장). 그의 최후의 연설 결구―그 누구도 나의 비명(碑名)을 쓰게 하지 마라. 나의 동기를 아는 자 그 누구도 그를 감히 옹호하려 하지 않으니, 어떤 편견도 무지(無知)도 그를 중상하지 못하리. 우리의 조국이 지상의 국민들 사이에 그 지위를 확보할 때, 그때에 그런데 그때 가서야 나의 비명이 씌어지게 하리라. 나는 했도다.

187) 블룸은 애초에 메르카단테의 오라토리오 〈일곱 가지 최후의 말(The Seven Last Words)〉과 마이어베르의 오페라 〈위그노 교도(Les Huguenots)〉를 서로 혼동함.

188) 아일랜드의 시인이자 문필가인 잉그럼(John K. Ingram)의 시 〈사자의 기억(The Memory of the Dead)〉(1843)의 변형―자, 그대 같은 참된 사람은 / 그대의 잔을 우리와 함께 채우리라.(I, ii)

✦ 12장 ✦

1) '나'는 화자(話者)이자 빚 독촉자. 그 외에 이 장(章)에는 다음 13명의 인물이 등장함―'시민'(바니 키어넌 주점에 드나드는 부랑아. 페니언 당원으로, 운동선수였음. 국수주의자), 앨프 버건(주정뱅이로, 더블린시 부집행관 사무실의 고용인), 보브 도런(주정뱅이로, 시청 서기), 리오폴드 블룸, J.J. 오몰로이(파산한 변호사), 네드 램버트(고물상), 존와이즈 놀런(부인이 낙농업을 하는 기자), 레너헌(스포츠 신문 기자), 마틴 커닝엄(정청 문관으로, 블룸의 친구), 잭파우어(경찰서원), 크로프턴(커닝엄의 친구로, 연금수령자), 조 하인즈(블룸에게서 3실링을 빌려 간 신문기자). 그밖에도 '테리'라는 주점 바텐더와, '게리오엔'이란 개(거티 맥도웰의 할아버지 소유)가 '시민(시티즌)'을 따라 등장함.

2) Arbour Hill. 더블린 중심부, 리피강 북쪽의 거리. 리피강과 평행을 이룸.

3) Stony Batter. 더블린 한복판으로부터 북서쪽으로 나아가는 간선도로변의 한 지역.

4) Moses Herzog. ① 더블린에 사는 차류 상인. ② 미국의 소설가 솔 벨로우(Saul Bellow)의 소설 제목의 일부이기도 함.

5) 할레시의 남성 성기의 끝 부분을 암시함. 〈내가 필요한 모든 것은 대가리 부분 조금(All I want is a Little Bit of the Top)〉이란 노래의 가사에서(식탁의 고기 일부를 가리킴).

6) 사울과 요나단의 죽음에 대한 다윗왕의 비탄(〈사무엘하〉 1:25).

7) 허조그의 차를 외상으로 가져간 연관공 제러티에게 화자가 빚을 재촉하자 그로부터 호된 힐책을 당함. '연관공(plumber)'은 '야만인'이란 뜻의 속어이기도 함.

8) avoirdupois. 16온스를 1파운드로 하는 저울의 단위.

9) 더블린현(縣), 스틸로건(Stillorgan) 공원에 세워진 정신병원(House of St. John of God).

10) Barney Kiernan Pub. 리틀 브리튼(Britain)가(街) 8∼10번지 소재. 지금은 황폐한 빈집으로 변모함.

11) '게일릭 체육연합회(Gaelic Athletic Association)'(1883)를 창설한 커색(Michael Cusak, 1847∼1907)을 가리킴.

12) Inisfail the fair. 아일랜드를 가리키는 시적(詩的)표현. 이 구절은 아일랜드의 시, 신화 및 전설을 19세기 말의 문체로 묘사함. 특히 맨건(J. C. Mangan)의 〈앨드프리드의 여정(Aldfrid's Itinerary)〉의 번역체 또는 레이디 그레고리의 문장 풍자체라 볼 수 있음.

13) Eblana. 로마인들이 부르던 고대 아일랜드(Hibernia)의 지명 중 하나. 나중에 더블린이란 이름으로 바뀜.

14) Slievemargy. 더블린 남동부 60마일 지점에 있는 산.

15) Connacht. 아일랜드 서북부의 주.

16) Boyle. 더블린 서북서 90마일 지점에 위치한 도시. 노르만족의 거대한 사원이 있으며 노르만—아일랜드(Norman—Irish) 시대의 유적과 전설로 가득 차 있는 곳임.

17) O'Connell Fitzsimon. 『톰의 전화번호부』(1904)의 기록에 의하면, 1904년 당시 더블린 과일시장의 감독관이었음.

18) 이상의 구절은 과장되게 묘사된 더블린 시장(市場) 장면임.

19) Cuffe. 더블린의 가축상(제6장).

20) Lusk—더블린 북쪽 14마일 지점의 교구 및 마을 이름. Rush—더블린 북동쪽 13.5마일 지점의 작은 항구 도시.

21) Carrickmines. 더블린 남남동 10마일 지점의 마을.

22) crannock. 영국의 중량 단위.

23) blue paper—소환장. Santry—북부 더블린의 교구 이름.

24) 군대의 구령 및 〈햄릿〉 제1막 1장의 글귀.

25) rapparee. 크롬웰(Cromwell)에게 토지를 빼앗겼던 아일랜드 가톨릭 교도 출신 지주들의 통칭. 그들은 빼앗긴 토지의 회복을 위하여 마적단을 조직해 크롬웰 일파를 위협함.

26) Rory of the hill. 토지개혁 당시 지주들을 위협했던 무리들. 이는 키컴(C. J. Kickham, 1830∼1882)이 쓴 시의 제목이기도 하며, 로리는 이 시 속에 나오는 애국심 뛰어난 농부로 토지개혁에 반대함.

27) 러일전쟁(Russo-Japanese War)을 암시함.

28) 어떤 지역에서는 러일전쟁을 러시아의 세계팽창주의로 간주했음.

29) Ditto MacAnspey. ① 아일랜드어로 '사제의 자식'이란 특별한 뜻을 지님. ② 파넬의 지도층에 커다란 분열이 야기되었을 당시 맥아나스피(더블린의 묘석 제작 가문 출신)란 자가 대중 앞에서 긴 연설을 행했던데, 그의 뒤를 이은 연사(演士)가 "나도 같소이다" 했다 함. ③ 여기서는 "나도 역시 국산 술을"이란 뜻.

30) a chara. (아일랜드어) 친구, 자네란 뜻.

31) 과장법에 의해 '시민'을 묘사한 구절. '시민'은 호머의 『오디세이아』에서 키클롭스에 대응함. 아일랜드 전설에 나오는 '아일랜드 영웅'에 대한 19세기 말의 묘사 형식을 따름.

32) 광신적 민족주의자인 '시민'이 아일랜드의 역사적 영웅들, 여걸들, 성인(聖人)들을, 셰익스피어 등 문인들과 대조적으로 묘사함.

33) 블룸을 암시함. 그는 『프리먼』지의 광고 외무원인 하인즈에게 출납계한테서 돈을 타낼 기회를 일러줌(제7장). 이는 자신이 빌려 준 돈을 하인즈에게서 받기 위해서였으나 성과를 거두지 못함.

34) cod's eye. '얼간이의 눈'이란 뜻의 속어.

35) Greek street. 더블린 서부의 거리 이름. 필 골목길은 그리크가에 속해 있음.

36) 블룸은 현재 성(聖) 마이컨 교구내에 있음.

37) 1614~1658년 사이 영국의 혼란과 크롬웰의 호민관 정치(the Protectorate)의 난맥상을 틈타 일어난 대반란의 결과, 로마 가톨릭 교도들에 대한 탄압이 가중됨. 당시 아일랜드에서는 로리(Rory) 가문이 많이 있었는데, 그중 오모어(Rory O'More, ?~1578)라는 씨족장(氏族長)이 이 반란에 가담했으나 번번이 용서받자 그들 사이에서 '신중한 자(prudent soul)'로 불렸음.

38) 프린스가(街)에 위치한 《프리먼즈 저널》지에 대한 냉소적 별명. 제7장, 주124 참조.

39) 《프리먼즈 저널》지는 아일랜드의 민족주의자 또는 자치당의 사이비 보수적 정치에 대한 관심에 타협함으로써, 아일랜드 과격파들에 의하여 어용시됨.

40) 국수주의자인 '시민'은 애국자 파넬이 창간한 애국신문인 《아이리쉬 데일리 인디펜던트(The Irish Daily Independent)》지에 영국인의 이름과 주소들이 실려 있음을 힐책함.

41) 성병을 암시함.

42) 영국에서 세번째로 큰 도시이나, 여기서는 일종의 풍자적 희문으로 쓰임.

43) my brown son. 페니스의 속어이기도 함.

44) Bantry—아일랜드 남서부의 해안 도시. jobber—품팔이꾼으로, 정치에 있어서 부패한 일이나 음모를 꾸미는 자의 속어이기도 함. Martin Murphy—밴트리시 출신으로 《아이리쉬 데일리 인디펜던트》지의 소유자, 의회의원 및 파넬 반대자(1844~1921).

45) 음주가의 내용을 모방함. 여기서 '그놈들'이란 영국인을 암시함.

46) al down the form. 상가(喪家)의 슬비한 의사에 앉아 있는 아일랜드 경야(經夜)의 조객들 또는 상가의 객실에 마련된 여러 가지 장구(葬具)들을 암시함.

47) 앨프 버건을 가리킴.

48) 데니스 브린 부부의 도착을 뜻함.

49) Bi i dho husht. (아일랜드어) 이는 대중집회에서 말 많은 자에 대한 훈계.

50) 키다리 존을 말하며, 그는 사형집행 및 법률 사건을 취급하는 집행관임.

51) Mountjoy. 더블린 북부 외곽지대의 북부 순화로 및 로열 운하 사이에 위치한, 장기 복역수들을 수용하고 있는 형무소.

52) Terence O'Ryan. 실제로 오라이언 존사라는 사람은 1904년 당시 더블린시 중심부에서 서쪽 3마일 지점, 골든 브리지(Golden Bridge)에 있는 로마 가톨릭 성당 보좌신부였음. '보좌신부

(curate)'란 바텐더(bartender)의 속어이기도 함.

53) deathless Leda. 그리스 신화에 등장하는 불사(不死)의 여신으로, 제우스가 백조의 모습으로 변장하여 그녀로 하여금 아들 쌍둥이 카스토르와 폴리듀케스 그리고 헬레네를 낳게 함. 이 중 두 아들은 전쟁터에서나 바다 위에서 인간을 돕는 자들이며, 여행자들의 수호자 및 접대자들임.

54) Bungiveagh and Bungardilaun. 더블린 기네스 맥주회사의 소유주인 형제들(제5장). 그러나 그들은 쌍둥이가 아니었음. 이름 속의 '벙(Bung)'은 럼주를 대저하는 자란 뜻.

55) 〈햄릿〉 I, iv, 12∼18 참조.

56) 블룸의 친구인 앨프 버건을 가리킴.

57) ① 〈시편〉의 구절―하느님, 야훼 하느님께서 말씀하셨다. 해뜨는 데서 해지는 데까지 온 세상을 부르셨다(50:1). ② 대영제국에는 해질 때가 없다는 말의 패러디.

58) freemason. 여기서는 블룸을 암시함.

59) Willy Murray. 리치 고울딩의 모델로, 조이스의 숙부들 중의 하나. 그는 고울딩처럼 콜리스 앤드 워드(Collis and Ward) 합동 변호사 사무실에서 일함.

60) tantras. 힌두교의 경전. 이는 문학과 마법 및 창조, 파괴 그리고 세계의 혁신, 하느님과 영웅을 다루는 산스크리트어로 된 성스러운 시작(詩作)인데, 접신론자 및 강신술사(降神術士)들의 텍스트가 됨.

61) 사자(死者)인 디그넘을 말함.

62) tālāfānā, ālāvātār, hātākāldā, wātāklāsāt. 접신론에서 신비의 언어로 간주되었던 산스크리트어로 씌어짐.

63) Māyā―환상과 환멸로 이루어진 육체적, 감각적 세계, 마야의 잘못된 면―산스크리트에서 우주아(宇宙我, Atma)의 정신적 진화를 위한 접신론적 노력이 아직 수행되지 않은 면을 말함.

64) devanic circles. 천계(天界). 이른바 우주아 또는 대아(大我)를 성취한 신들이 기거하는 곳.

65) 오닐 장의사의 조수인 코니 켈러허.

66) Patsy. 디그넘의 아들.

67) Cullen's 더블린의 메리가(街) 56번지 소재.

68) Banba. 아일랜드 신화에서 영웅들의 죽음을 애도하는 노파. 아담과 이브의 자식인 카인의 세 딸 중 하나로 전함. 전설상으로 그녀는 자매들인 에린(Erin), 포사(Fotha)와 함께 아일랜드 최초의 정주자로 알려짐. 신화상으로는 이들 자매는 출생―사랑―죽음을 다스리는 세 여신들로, 반바는 죽음의 여신.

69) Mooney. 『더블린 사람들』, 〈하숙집〉에 나오는 하숙집 여주인. 보브 도런은 그녀와 그녀의 딸 폴리의 책략에 빠져 폴리와 결혼하게 됨.

70) 마운트조이 형무소에서 곧 있을 교수형에 대한 조 하인즈의 질문 때문에 앨프는 사형수의 수기(手記) 다발을 호주머니에서 꺼냄. 조는 리버풀시의 우두머리 이발사인 럼볼드(Rumbold)의 사형집행인 지원서를 읽음.

71) Bootle jail. 리버풀시에 있는 형무소.

72) Joe Gann. 조이스가 자신이 빌린 연극 의상 때문에 카(Carr)라는 사람과 시비가 붙었을 때 조

이스의 비위를 상하게 한 쥐리히 주재 영국 영사관 직원이 그 모델임. 엘만, 『제임스 조이스』p. 472 참조.

73) Pentonville. 런던에 있는 형무소.

74) Toad Smith—앞서의 조 건과 함께 영국 영사관 직원. Billingion—영국의 유명한 교수형 집행자로, 1899년에 아일랜드 애국지사들을 세 명 처형한 것으로 전해짐.

75) H. Rumbold. 카(Carr)라는 영국인에게서 빌린 연극 의상 때문에 고소를 당한 조이스에게 불리한 판결을 내린 호레스 럼볼드경(1918년 스위스 주재 영국 영사)을 그 모델로 삼음.

76) Black country. 버밍엄 또는 리버풀 등의 석탄 공업지대. 이 구절은 중세의 인기 있는 로맨스들의 문체를 모방함.

77) 기념품으로.

78) Erebus. 그리스 신화에서 지상(Earth)과 지하세계(Hades)의 중간 부분인 암흑의 영역.

79) Kilmainham. 더블린 서부 외곽지대로, 아일랜드 애국자의 투옥 또는 처형지로 악명 높던 곳. 지금은 박물관으로 바뀜.

80) Joe Brady. 피닉스 공원 암살사건의 공모자. 그는 킬메인엄에서 1883년 5월 14일에 처형됨.

81) 포프(Alexander Pope)의 『도덕 수필(Moral Essays)』, 서간체 시(詩) 제 1권 262~265행의 구절—"그리고 그대! 용감한 코브험이여, 최후의 숨결까지 / 그대의 주된 정열은 죽음에서도 강하리라. / 과거에서처럼 당시에도, / 오, 나의 조국을 도우소서, 천국은 그대의 종점." 본래 주된 정열이란 인간의 정력을 의미하나 여기서는 인간의 행동을 지배하는 물욕 및 성욕을 말함.

82) Luitpold Blumenduft. 블룸은 독일의 어떤 의과학 교수로 변용(transfiguration)됨. 여기서 전개되는 블룸의 학설은 중세 의학잡지 보고서식 문체로 서술됨.

83) *corpora cavernosa.* (라틴어) 구체적으로 인체의 성기 등 피의 응결도가 심한 부분을 암시함.

84) *in articulo mortis per diminutionem capitis.* (속[俗] 라틴어)

85) 초기의 페니언 당원들로서, 그들은 아일랜드 독립을 위하여 끝까지 항쟁한 청년 아일랜드 애국지사들임.

86) 페니언 당원들은 1867년 반란을 시도함. 영국에 대한 이러한 반란의 시도는 1865년에 계획되었으나, 무기의 부족 등 여러 가지 이유로 실패함.

87) 1798년의 반란 사건. 아일랜드 공화국 수립을 위한 혁명적 독립 운동이었으나 성공을 거두지 못했는데, 98사건에 대한 슬픈 사연은 아일랜드의 저명한 시인 잉그럼의 〈사자의 기억〉에 표현되어 있음(제10장).

88) 헨리 시어즈(Henry Sheares) 및 존 시어즈(John Sheares)는 아일랜드의 애국지사로서, 1798년의 반란 때 자신들의 음모가 발각되자 '서로서로 손을 맞잡고' 처형장으로 나아감. 울프 톤(Wolfe Tone)은 바니 키어넌 주점에서 그리 멀지 않은 아버 언덕 소재의 경찰구치소에서 자살한 것으로 전해짐.

89) Sara Curran. 애국사 로버드 에메트의 약혼녀. 에메트는 독립운동을 하기 위해 그녀와 헤어져야 했음.

90) 에메트와 그의 약혼녀 사라 커런 사이의 이별을 읊은 무어(T. Moore)의 노래 〈그녀는 조국과 멀리 떨어져 있네(She Is Far From the Land)〉.

91) Pisser Burke. 아일랜드 중산 계급에 속하는 대표적 몰락인들 중의 한 사람으로, 블룸 내외가 시티 암즈 호텔에 살았을 때 근처에 기거한 것으로 알려진 친구 및 몰리의 연인들 중의 하나로 기록되어 있음(제17장).

92) 리오던 부인을 가리키는데, 『젊은 예술가의 초상』 제 1장에서 댄티라는 인물로 등장함.

93) 블룸을 가리킴.

94) Mrs O'Dowd. 시티 암즈 호텔의 여주인.

95) The memory of the dead. 잉그럼의 시(〈사자의 기억〉) 제목이기도 함.

96) *Sinn Fein!* …… *Sinn fein amhain!* (아일랜드어) 게일릭연맹의 애국적 모토로 건배할 때 자주 말해짐.

97) 토머스 무어(Thomas Moore)의 시 〈노예는 어디에?(Where Is the Slave?)〉의 구절―우리는 우리를 지탱했던 땅을 밟노니, 그 파란 깃발이 우리 위에 빛나도다. / 우리들이 사랑하는 친구들은 우리들 곁에 / 우리들이 미워하는 적들은 우리들 앞에. / 안녕히, 에린이여, 안녕히, 모두들 / 우리들의 몰락을 살아 슬퍼할 자 누구냐!

98) 이하의 구절은 혁명적 인물(여기서는 애국자 에메트를 암시)의 처형 사건을 신문의 감동적 기사체로 묘사함. 또한 19세기 미국 작가 어빙(W. Irving)의 『스케치북(*The Sketch Book*)』 중의 〈상심한 마음(Broken Heart)〉처럼 익살스런 문체로 씌어짐. 여기 본 소설에 묘사되고 있듯이 에메트는 망명의 길을 떠나기 전 약혼녀 사라 커런(Sara Curran)과의 작별을 감상적으로 주장하다가 체포되었다는 것은 흥미있는 일임.

99) Speranza. 오스카 와일드의 모친 엘지(Jane F. Elgee, 1826~96) 여사의 익명. 그녀는 1848년 아일랜드 문예부흥운동의 청년당원 중 한 사람으로 감동적인 민족시를 씀.

100) 레너헌과 멀리건.

101) *The Night before Larry was Stretched.* 18세기 아일랜드의 민요.

102) the Little Sisters of the Poor. 로마 가톨릭 자비수녀회의 분회(分會)로서 남녀 노인들의 복지회 구실을 함(더블린, 킬메인엄의 남부순환로에 위치함).

103) the Emerald Isle. 아일랜드의 별칭.

104) the Friends of the Emerald Isle의 약칭.

105) *hoch, banzai, eljen, zivio, chinchin, polla kronia, hiphip, vive, Allah.* 독어, 일어, (eljen은 불명), 그리스어, 옛날 영어, 이탈리아어, 미국어, 불어, 아랍어 등, '만세'를 뜻하는 여러 나라 말들의 혼합.

106) 이탈리아어를 가리킴.

107) *evviva.* 이탈리아어로 '만세'의 뜻.

108) the eunuch Catalani. 이탈리아의 유명한 소프라노 여가수(1779~1849).

109) Rienzi. 르네상스 시대 이탈리아의 애국자 및 정치개혁자(1313~1354). 1347년에 그는 로마에서 혁명을 유도해 권좌의 귀족들을 몰아내고 정부개혁을 시작함. 압정에 항거하여 호민관이 되었으나 암살당했음.

110) *nec and non plus ultra.* (라틴어)

111) Sheila. 아일랜드의 또 다른 별칭. 여기서 설화자는 에메트의 약혼녀를 애도하고 있으나, 그녀는 쉬일라가 아니고 사라 커런임에 주의할 필요가 있음.

112) Clonturk Park. 더블린 북부 2마일 지점, 드럼콘드라(톨카 강변의 한 구역)에 있는 공원.

113) Albion. 대영제국의 옛 이름.

114) 수호성자인 성 패트릭이 삼위일체를 설명하는 데 사용했다고 전해지는 아일랜드의 상징.

115) Limehouse. 런던의 빈민가.

116) Shonees. 고대 아일랜드어인 게일어를 쓸 줄 모르는 아일랜드인들을 가리킴.

117) 새무얼 로버(Samuel Lover)가 쓴 〈등 낮은 마차(The Low-Backed Car)〉(제 16장 끝부분 참조)의 노래 가사의 변용—내가 아름다운 페기를 처음 보았을때, / 그건 장날이었지. / 그녀는 등 낮은 마차를 몰고 앉아 있었지, 건초더미 위에. / 그러나 건초가 꽃피우고 / 봄꽃으로 덮일 때, / 견줄 꽃 없었으니 / 나의 아름다운 아가씨와 / 그녀는 등 낮은 마차에 앉아 있었네……

118) 유머가 풍부한 아일랜드의 기자인 윌슨(Robert A. Wilson, 1826~1875)이 지어낸 금주(禁酒) 구호.

119) *pro bono publico*. (라틴어)

120) 아일랜드의 시인, 학자 및 번역가였던 더글러스 하이드(Douglas Hyde)를 가리킴(제9장).

121) Raftery. 18세기에 '최후의 음유시인(the last of the bards)'이란 별명을 지녔던 아일랜드의 장님 시인(1784~1834). 19세기 말엽에 그의 많은 시들이 하이드와 레이디 그레고리에 의하여 번역됨.

122) Donal MacConsidine. 19세기 중엽의 게일어 시인.

123) Wilfred Owen(1893~1918). 새로운 운율과 음의 유형(類型) 개발로 유명한 영국의 참호시인(塹壕詩人).

124) 고대 아일랜드 운시의 모방.

125) old Giltrap. 본 소설 제 13장에 등장하는 거티 맥도웰의 외할아버지임.

126) Shylock. 셰익스피어 작 〈베니스의 상인〉에 나오는 인색한 고리대금업자. 여기서는 디그넘의 채권자.

127) Joseph Manuo. 'Manuo'는 '마누오라(manuora)'에서 유래됐는데, 'manuora'는 '인류의 조상'이라는 뜻의 산스크리트어.

128) Adam and Eve's. 더블린 중심부, 머천트 부두 곁에 위치한 성당으로, 아일랜드 최대 성당임. 『피네간의 경야』 앞부분 참조.

129) Jack Mooney. 『더블린 사람들』, 〈하숙집〉에 나오는 무니 부인의 행실 나쁜 아들. 그의 누이는 폴리(Polly)로, 어머니와 공모하여 보브 도런씨를 결혼의 굴레에 얽어맴.

130) 도런씨를 가리킴.

131) Nannan. 시의원 나네티. 그는 실제로 1906~1907년에 걸쳐 더블린 시장을 역임했는데, 앞서 신문사 장면에 모인 사람들의 화제의 대상이 됨(제7장).

132) William Field. 더블린 출신의 하원의원 및 가축업자조합장.

133) Hairy Iopas. 베르길리우스의 서사시『아에네이스(Aeneis)』제1권 끝에서 디도(Dido)의 궁전에서 벌어진 향연 중에 노래하는 시인―힘센 아틀라스에게 배운 자, 털보 이오파스, 그는 황금 하프로 회당을 울리나니. 그는 배회하는 달과 태양의 노역을 노래하도다. 태양은 인류와 짐승들을 만들었나니, 비와 불을……(740~743행).

134) 행동보다 말을 앞세우는 비협조적인 사람을 두고 하는 말.

135) 블룸을 가리킴. "암탉의 엉덩이 밑에……"란 암탉에게서 계란을 훔쳐내는 일.

136) 리오폴드 블룸을 가리킴.

137) Field and Nannetti. 두 사람 모두 당대 아일랜드 출신 의회의원.

138) *The Sluagh na h-Eireann.* (게일어) The Army of Ireland. 당시 활동중이던 아일랜드 애국단체. 이들은 더블린 경찰이 피닉스 공원에서의 국기(國技)를 금지시킨 데 대해 나네티를 통하여 1904년 6월 16일 영국 의회에 정식 항의함.

139) Mr Cowe Conacre. 더블린 북부 멀린가시 북서쪽 7마일 지점에 있는 멀티판엄(Multifarnham) 출신 의회의원.

140) Shillelagh. 위클로우주의 한 마을.

141) Mitchelstown. 코크주의 한 도시.

142) 페니언 당원으로서 제임스 스티븐즈(아일랜드의 애국자)를 도망시킨 것으로 전해지고 있는 마이클 커색(Machael Cusack). '시민'의 모델임.

143) building up a nation once again. 아일랜드의 시인이며 애국자인 데이비스(T. O. Davis, 1814~1845) 작의 노래 제목이기도 함.

144) *Sraid Na Bretaine Bheag*의 *Brian O'Ciarnain's*(게일어) '리틀 브리튼가(街)의 바니 오키어넌 주점'이란 뜻.

145) Finn MacCool. 아일랜드의 시인, 용사이자 페니언당의 지도자.

146) Thomas Osborne Davis. 아일랜드의 애국시인. 앞의 주 143) 참조.

147) Caruso-Garibaldi. 카루소(Enrico Caruso, 1874~1921; 이탈리아의 세계적인 테너 가수)와 가리발디(G. Garibaldi, 1807~1881; 이탈리아의 유명한 애국자)를 합친 이름.

148) 본 소설 제10장 참조.

150) 보일런을 가리킴.

151) 제10장에서 서로 겨루는 마일러 키오(Myler Keogh; 아일랜드 선수)와 퍼시 베네트(Percy Bennett; 영국 선수).

152) 모든 수단을 다 강구하여 시합에 열중했던 키오를 암시함.

153) 키오의 아버지 윌리엄 키오는 1850년대 가톨릭옹호회의 지도자로서 그들의 후원자들로부터 존경을 받고 있었으나, 아일랜드 대검찰청 차장직을 수락함으로써 그들을 배신함. 그 뒤로 그는 '배신의 상징'으로 간주됨.

154) Heenan and Sayers. 1860년 영국에서 거행되었던 세계챔피언 결정전에 참가한 선수들(제10장).

155) Queensberry rules. 1라운드를 3분으로 행한 권투시합으로 1867년에 처음 복싱계에 적용됨.

156) 베네트를 가리킴.

157) Eblanite. 로마인들이 부른 더블린시의 옛 명칭.

158) Ole Pfotts Wettstein. 쥐리히 주재 노르웨이의 부영사관으로, 소송사건에서 조이스의 증오를 삼.

159) 셰익스피어의 희곡 〈끝이 좋으면 다 좋은 것〉에 나오는 말(I, i, 96~98).

160) 보일런의 아버지 대니얼 보일런(Daniel Boylan)을 가리킴. 아일랜드교(橋)는 더블린 서부 외곽 지대 리피강 남쪽에 있음.

161) Caddereesh. ① 조이스의 부친 존 조이스의 상투어로 '자네'라는 뜻. ② 게일어로 '글쎄, 뭐라고 (what again)'란 뜻도 있음.

162) Calpe's rocky mount. 호머의 『오디세이아』에 나오는 마녀 칼프가 살고 있던 지금의 지브롤터 바위산으로, 마리언 블룸의 성장지.

163) Alameda. '향락의 정원'이란 뜻. 여기서는 지브롤터의 한 공원 이름임.

164) 고물상 네드 램버트를 암시함.

165) 램버트를 암시함.

166) Stubb's 더블린 칼리지가에 있는 스터브즈 산업국이 발행한 주간지 《위클리 가제트(Weekly Gazette)》를 가리킴.

167) Cummins. 프린스가 125번지에 있는 전당포상. 더블린 시내에 몇 개의 지점들을 가지고 있음.

168) 재판 때 행해지는 선서문.

169) Jimmy Johnson. 스코틀랜드의 장로교 목사(1870~1900). '진리의 사도(the Apostle of Truth)'로 불리는데, 기독교도의 행실에 관한 교훈을 담은 많은 책자를 출판함.

170) nasturtiums. 지독한 냄새가 나는 풀 한련(旱蓮)으로, 라틴 어원을 가진 영어의 '코(nose)' 또는 '비틀다(twist)'의 뜻을 가짐. 여기서는 자국 및 홈의 뜻.

171) *compos mentis*. (라틴어)

172) 남자도 아니고 여자도 아닌 중성(中性).

173) Summerhill—더블린 북서서 22마일 지점, 미드주의 한 마을로, 중세 유적이 많은 곳. Moss street—리피강 남쪽에 있는 거리로, 전당포, 셋집 등이 즐비하게 늘어섰던 곳.

174) the testcase Sadgrove v. Hole. 건물 신축을 둘러싸고 물의를 일으킨 런던의 유명한 소송사건.

175) 변호사가 사건에 관하여 의견을 말하고 그 비용을 청구할 때 쓰는 말임.

176) old sir Frederick(1876~1905). 더블린 지방법원장(제7장).

177) Gumley. 더블린의 놈팽이(제16장).

178) 황소 눈을 한 여신의 달—호머가 주노(Juno) 여신을 표현한 것(그리스 신화 참조). 여기서는 6월. 신성불가분의 삼위일체 축일 1904년 5월 29일 일요일.

179) Courtenay. 1904년 당시 아일랜드 고등법원 판사.

180) Andrews(1832~1924). 1904년 당시 고등법원 판사.

181) Iar. 아일랜드의 암시.

182) 영국인들 또는 유태인들을 암시함.

183) 블룸이 하인즈에게 3실링 빌려 준 것을 말함.

184) '그 간부'란 맥머로우(MacMurrough, 1135~1171)의 간부 데보길라(Devorgilla). '그녀의 정부'란 맥머로우. 아일랜드 레인스터주의 왕이었으나 1167년에 폐위되어 영국으로 도망함. 그는 1152년에 레인스터 북부 미드주의 세자비(世子妃) 데보길라와 사랑의 도피를 행했음. 제2장 끝부분 참조.

185) Decree nisi. 지정한 기일내에 반대 사유가 제시되어지지 않는 한 효력을 발생하는 이혼 판결.

186) 이브(Eve)를 암시함.

187) *The Police Gazette.* 뉴욕에서 1846년에 창간된 주간 경찰 신문. 잇따른 구절에서 앨프가 읽듯 음탕하고 야만스런 이야기들이 경찰 소식과 함께 자주 실림.

188) 게일어를 가리킴. 게일인들(Gaels), 즉 켈트족은 아일랜드, 스코틀랜드, 웨일즈, 브리타니 및 북부 스페인인들이 지배하던 콘월을 침공했으며, 따라서 그들은 '바다에 의하여 서로 격리된 나라들의 모임임. 게일어는 이들 여러나라 언어가 혼합되어 이루어진 것임.

189) 영국의 유명한 해군 제독 넬슨은 코르시카 침공(1793) 당시 오른쪽 눈을 실명함. 그는 후퇴를 명령받았으나 이를 거절하고 그의 실명한 눈에 망원경을 갖다 대고 후퇴의 신호를 보지 못했다고 주장함. 이러한 명령불복이 오히려 그에게 덴마크 함대에 대한 빛나는 승리를 가져다 줌. 당시 넬슨은 이렇게 말함―나는 단지 한쪽 눈밖에 못 가졌소이다―나는 때때로 장님에 대한 권리를 갖고 있소…… 나는 정말로 신호를 보지 못했소이다.

190) 영국 빅토리아 여왕을 암시함.

191) *cabinet d'aisance.* (불어)

192) 영국의 시인 토머스 그레이(Thomas Gray) 작 〈비가(Elegy)〉(53~56행) 참조.

193) *Conspuez les Anglais! Perfide Albion!* (불어) 나폴레옹을 위시한 프랑스인들이 영국을 매도한 말.

194) *Lamh Dearg Abu.* (게일어) ① 붉은 손은 아일랜드 북부 얼스터(Ulster)주 및 오닐즈(O'Neills)의 문장(紋章)의 상징. ② 올소프(Allsop) 병맥주의 상표 표시이기도 함.

195) Bass's mare. 영국의 스포츠맨 W. A. H. 바스의 〈셉터〉호. 이날 경마대회에서 〈드로우어웨이〉호, 〈진펀델〉호에 이어 3위를 차지함.

196) 몰리 블룸을 암시함.

197) Lord Howard de Walden's. 자신의 시간을 군대와 경마에 나누어 즐겼다는, 영국의 제8남작 토머스 엘리스(Thomas Eelis)를 가리킴.

198) 햄릿이 어머니의 부정(不貞)을 두고 한 말의 패러디(《햄릿》 I, ii, 146).

199) 마틴(Sarah C. Martin, 1768~1826) 작의 자장가 첫 행―……찬장 있는 곳으로 갔지요. / 가련한 개에게 뼈다귀를 가져다 주기 위해. / 그러나 그녀가 그곳에 갔을 때 / 찬장은 텅 비어 있었지요. / 그래서 가련한 개는 아무것도 먹을 게 없었어요.

200) 예수의 산상수훈의 결구―어찌하여 너는 형제의 눈 속에 있는 티는 보면서 제 눈 속에 들어 있는 들보는 깨닫지 못하느냐?(《마태오의 복음서》 7:3)

201) *Raimeis.* (게일어)

202) 1840년대 대기근(the Great Famine) 동안 아사(餓死)와 이민의 결과로 빚어진, 가장 심했던 인구 감소를 암시함. 당시 아일랜드 인구 800만 명 중에서 150만 명이 죽었고, 19세기 후반에는 약 450만 명으로 줄었음. 현재도 그 인구는 450만 명 선을 유지하고 있음.

203) Juvenal. 로마제국의 정치·사회를 풍자한 시인(60?~140?).

204) Antrim. 아일랜드 북동부의 주 이름. 능직, 방직의 주요 공장이 있음.

205) Limerick. 더블린 남남서부 120마일 지점에 있는 리머릭주의 주도. 이곳은 17, 18세기에 수공(手工) 레이스 산업으로 유명했음.

206) Ballybough. 더블린 북동부 2마일 지점의 작은 마을. 지금은 더블린에 속해 있으며 돌리마운트 해변에 위치함.

207) Jacquard de Lyon. 프랑스 리용 출신으로 쟈카르식 베틀의 발명자. 포플린 제조는 1693년 프랑스의 위그노 교도들이 수입하여 번성시킴.

208) Foxford. 아일랜드 북서부 메이요주의 작은 마을.

209) New Ross. 웩스포드주 배로우(Barrow) 강변의 작은 마을로, 손뜨개 레이스 산업으로 유명함.

210) 영국을 암시함.

211) the pillars of Hercules. 지브롤터 해협 동쪽 끝의 양기슭에 솟아 있는 두 해각(海角).

212) Tacitus—로마의 역사가이자 웅변가(55?~120)로, 저서 『아그리콜라(*Agricola*)』 속에 자신의 아일랜드 생활을 묘사함. ptolemy—그리스의 천문학자로, 아일랜드 방문 기록을 갖고 있었음.

213) Giraldus Cambrensis. 웨일즈의 복음학자, 지리학자 및 사학자. 아일랜드에 관한 책 두 권을 씀.

214) Connemara. 아일랜드 서해안 지역. 이곳에서 나는 대리석은 건축용뿐 아니라 보석 제조용으로도 유명함.

215) Tipperary. 아일랜드 공화국 남부 먼스터(Munster)주의 지명. 한때 은, 주석, 납 등의 산지로 유명했음.

216) 구릉지에 누적된 습지를 제거하기 위한 계획을 암시함. 배로우강 및 샤논강은 둘 다 아일랜드 중부에서 서쪽으로 저지대를 거쳐 흐르는 강.

217) 존 와이즈는 영국의 아일랜드에서의 산림 벌목 정책을 비난함.

218) Heligoland. 모래와 돌들로 이루어진 북해의 작은 쌍둥이섬(독일 소유).

219) lord Castletown. 1904년 당시 아일랜드 농무성(農務省)의 산림녹화위원회 위원장.

220) "하느님이시여 우리들의 영광된 왕을 도와 주소서……"로 시작되는 영국 국가의 패러디.

221) 이하 모두 식물 이름을 의인화(擬人化)함.

222) *motif.* (독어)

223) 모리스(George P. Morris) 및 러셀(Henry Russell) 작의 미국 인기곡의 가사에서—나무꾼아, 저 나무를 베지 말아라 / 가지 하나라도 만지지 말아라 / 청년 시절에 나를 감싸 주었으니 / 이제 그를 보호하리라. / 그건 조상의 손이었지 / 그의 오막집 근처에 서 있었으니. / 나무꾼아, 거

기 서 있게 해요, / 그대의 도끼는 그를 해치지 못하리.

224) *in Horto*―(라틴어) Saint Fiacre―원예술(園藝術)과 정원술(庭園術)의 아마추어 기술자로서, 그의 성당은 남부 아일랜드 노어(Nore) 강가에 위치함.

225) the Black Forest. 독일 남서부의 유명한 산림지대.

226) 영국인들을 지칭함.

227) Spanish ale in Galway―16세기에 골웨이는 영연방의 주요 무역항들 중의 하나였으며 이를 통한 스페인과의 유태가 긴밀했음. 조이스는 〈부족들의 도시(The City of Tribes)〉라는 수필에 서, "이 항구를 통하여 거의 모든 포도주가 스페인, 포르투갈, 카나리아 군도, 이탈리아로부터 수입되었다"고 기록함. 아일랜드는 노르만 정복(1066) 이전까지만 해도 대륙과의 무역이 성했음.

228) Queenstown, Kinsale, Galway, Blacksod Bay. 16, 17세기경에 무역이 번성했으나, 18세기 에 와서 퇴락하게 된 아일랜드의 항구들.

229) Ventry. 아일랜드 남서부 케리주 북쪽 해안에 위치한 항구 도시.

230) the earl of Desmond. 강력한 권력가였던 노르만 ‒아일랜드계의 영주(?~1529).

231) 신성로마제국 황제. 데스먼드 백작은 만년에 이 황제와 반영(反英) 동맹을 체결하기를 바랐음.

232) the Galway Lynches. 아일랜드 서부 골웨이의 옛 세도가.

233) the Cavan O'Reillys. 중앙 아일랜드의 캐번주에 있었던 옛 세도가.

234) the O'Kennedys. 중앙 아일랜드 남부 킬케니에 그 중심부를 둔 강력한 공작령.

235) Killybegs. 북서 아일랜드 해안에 자리한 항구.

236) 헨리 8세가 아일랜드의 소유권을 상징하기 위하여 영국 왕실의 문장(紋章)에다 첨가한 푸른 바탕의 황금 하프.

237) Desmond and Thomond.. 남서 아일랜드의 남부 먼스터 지방 및 북부 먼스터 지방.

238) Milesius. 아일랜드인의 신화적 조상(스페인계). 그의 세 자식이 아일랜드를 정복, 재건했다고 함.

239) (격언) 마구 떠들어댄다는 뜻. 피혁공장에는 쥐들이 우글거리기 때문에 언제나 배가 부르다고 허풍떠는 고양이들을 두고 하는 말.

240) Connacht. 아일랜드 서부 지역.

241) 소작인들은 대단히 거칠고 위험한 존재라는 뜻.

242) Shanagolden. 남부 아일랜드 리머릭주의 항구 도시. 더블린 서남서 116마일 지점에 위치.

243) the Molly Maguires. 아일랜드 테러당원들의 통칭.

244) imperial yeomanry. 아일랜드의 특산주를 암시함. '의용기병대'는 본래 1745년에 영국 요크셔 신사들에 의하여 조직된 영국의 자원기병대였음. 이는 보어전쟁 때 그 실력을 과시했는데, 이 들 이른바 향사(鄕士, yeoman) 부대의 풋내기 사병들은 전투에 나아갈 때 술을 마심으로써 용 기를 얻는 일종의 치욕을 드러냄. 그 후 그들은 '술부대'로 불림.

245) a hands up. 두 손 마크가 새겨진 아일랜드 특산주인 올소프(Allsop). 두 손 마크는 고대 아일랜드 왕국의 반(半) 전설적 영웅들을 상징함.

246) Omaha. 미국 조지아주의 도시. 꼭 오마하라고는 할 수 없으나, 조지아주의 여러 지역(예를 들면 스프링필드)에서 성행하던 흑인 린치 사건에 대한 암시.

247) Deadwood Dicks. 미국의 휠러(E. L. Wheeler)라는 선풍적 인기를 끈 소설가(Sensational Novelist)가 창조한 주인공. 그는 남부 대코더(Dakoda)주의 데드우드 출신으로 도박꾼이기도 함. 〈노상의 왕자, 데드우드 디크(Deadwood Dick, the Prince of the Road)〉라는 작품에서 디크는 "앞창이 축 늘어진 검은 모자를 눈 위까지 끌어 쓰고 있다"고 묘사됨.

248) 여기서는 영국 해군.

249) Portsmouth. 아일랜드 남부의 도시.

250) 아일랜드의 놀음놀이 용어(격언적). 이러한 놀음놀이 용어는 '벌칙' 또는 '채찍'의 대명사로 쓰임. 혹은 변형되어 패자는 '쇠고기 엉덩이살과 포도주 12잔' 등, 맛좋은 음식을 승자에게 대접해야 함.

251) sir John Beresford. ① 아일랜드 출신의 해군 제독 및 영국 의회의원. ② 또 다른 한 사람으로 아일랜드의 세무청장이었던 존 베리스포드(1738~1805)가 있다. 그가 바로 '시민'이 비난하는 악한인데, 그는 놀라운 재력으로 당시 더블린 최대의 빌딩이었던 세관(Custom House)을 세웠으며 그것을 자신의 궁전이라 불렀음. 1798년의 반란시에는 근처에 승마훈련원을 건립, 더블린에 있던 아일랜드 애국자들 및 시민들을 매질하고 고문하는 장소로 사용함.

252) 햄릿이 현왕의 축배의 북소리를 듣고 하는 말(〈햄릿〉 I, iv, 15).

253) 영국의 귀족들을 암시함.

254) 제임스 톰슨(James Thomson, 1700~1748) 작 『알프레드의 가면극(The Masque of Alfred)』(1740)에 나오는 시의 첫 행—하느님의 명령대로, 영국은 애초에 / 푸른 대양에서 솟아났으니. / 솟아라, 솟아라, 푸른 대양에서. / 이것이 선언서, 그 나라의 선언서였나니. / 수호천사들이 노래했도다. / 영국은 지배하라, 영국은 바다를 지배하라 / 영국은 결코 노예가 되지 않으리.

255) yahoos. 스위프트 작 『걸리버 여행기(Gullivers Travels)』 제4장에 나오는, 야만적인 인간의 모습을 한 말들. 여기에서는 영국인들을 암시함.

256) the son of a gun. 수병이 배[船] 속에다 몰래 키우는 자식. 못난 자식이란 뜻도 있음.

257) 미국에 이주한 아일랜드인들이 19세기 중엽 이후에 누린 번영 및 언젠가는 그들이 고국으로 되돌아올 것이라는 생각.

258) 감자 고조병(枯凋炳)으로 야기된 1847년의 아일랜드 대기근.

259) 성벽 파괴용의 옛 무기. 일명 공성(攻城)망치.

260) 영국의 《런던 타임즈》지. 맥마너스(S. MacManus)라는 이가 그의 저서 『아일랜드 종족의 이야기(Story of the Irish Race)』에서 《런던 타임즈》의 기사를 인용함—그들은 가고 있다! 그들은 가고 있다! 아일랜드인은 복수심을 품고 떠나고 있다. 켈트인은 곧 맨해튼 해변의 미국 적색토인들처럼 아일랜드에서 그 수가 줄어들 것이다.

261) 인간의 고통에 무관심하기로 이름난 터키인들 및 그들의 제왕까지도 자선을 베푼다는 뜻.

262) 1846~1848년 사이에 있었던 이른바 '출(出 -아일랜드(Exodus)'의 비극을 암시함. 물과 양식이 부족하고 사람이 탈 공간과 적절한 시설이 부족했던 당시의 '출 -아일랜드'의 배는 여기 본문

에 서술된 것과 같이 '관과 같은 배(coffinship)'였음.

263) 아일랜드와 이스라엘의 유사성 비교 —너희 하느님은 야훼다. 바로 내가 너희를 에집트 땅 종살이 하던 집에서 이끌어 낸 하느님이다.(〈신명기〉 5:6)

264) Granuaile. 서부 아일랜드 출신의 유명한 여선장이었던 그레이스 오맬리(Grace O'Malley)의 아일랜드 이름. 40년 동안 지방의 모든 반란들을 진압한 자로 명성을 떨침. 당대의 아일랜드 수상이었던 시드니경은 그녀를 '가장 유명한 바다의 여선장'이라 불렀음.

265) Kathleen ni Houlihan. '아일랜드 정신'을 뜻하는 전통적 노파를 말함(제1장).

266) 앞서의 캐슬린을 암시함.

267) Killala. 아일랜드 서부 메이요주의 지명으로, 1798년 아일랜드의 요청으로 약 1천 명의 프랑스 응원군이 상륙한 곳. 그들의 상륙은 성공했으나 아일랜드군의 지지를 얻지 못하여 이내 항복해야 했음.

268) 아일랜드인들은 1688년 '무혈혁명(Bloodless Revolution)'에서 폐위된 스튜어트 왕조의 최후인 제임스 2세를 지지하여 궐기했으나, 1690년 보인전투(the Battle of Boyne)에서 윌리엄 3세에게 패배한 제임스 2세는 대륙으로 망명함으로써 그들을 다시 배신함.

269) 영국의 윌리엄 3세는 아일랜드 남부 리머릭시를 포위했으니, 이를 정복할 수 없게 되자 1691년 아일랜드의 신앙의 자유 등을 인정하는 리머릭 조약을 체결함. 이 조약은 돌 위에 새겨졌는데, 그 조약석(treatystone)이 뒤에 기념물로 남음.

270) wild geese. 영국에 항거한 많은 아일랜드 의용병들. 그들은 가톨릭 국가들인 프랑스와 스페인 군대에 가담하고 있었음.

271) Fontenoy. 벨기에의 한 마을로, 여기에서 아일랜드와 프랑스 연합군은 영국, 네덜란드 및 하노버 연합군에 대항하여 승리의 개가를 올렸음.

272) Sarsfield—제임스 2세의 영국 왕위 계승을 도운 아일랜드 장군으로, 윌리엄 3세의 리머릭 침공에 대항함(제12장). Leopold O'Donnell(1809~1867)—유명한 의용병 가문의 후손으로, 스페인의 원수(元帥) 및 수상을 역임함. Ulysses Browne—리머릭의 카머스(Camus) 태생으로 마리아 테레지아(Maria Theresia;헝가리 및 보헤미아의 여왕이자 오스트리아의 여황제) 군대의 야전군 사령관.

273) Tay Pay. 아일랜드의 정치가로서 파넬 지지자인 오코너(Thomas Power O'Connor, 1848~?)의 별명. 그는 영국 만찬 파티의 지나친 사치 풍조를 향유함으로써 급진파들의 비난의 대상이 됨.

274) *Entente cordiale.* (불어) 20세기 초에 있어서 영국과 프랑스 사이의 극심한 갈등은 1904년 4월 8일의 협상으로 완화되었는데, 이 협상의 결과 영국은 이집트의 정복을, 프랑스는 모로코국의 통치를 각각 약속받음.

275) Prooshians. 프러시아(Prooshia) 사람들. 프러시아는 옛날 독일 북부의 왕국. 여기서는 독일계 영국 왕족을 비웃고 있음.

276) Hanover. 영국 하노버(독일 서북부의 옛 주) 왕조, 즉 조지 1세부터 빅토리아 여왕까지(1714~1901)의 왕조를 말함.

277) the elector. 신성로마제국의 제후(諸侯) 중에서 1356년의 황금문서에 의하여 독일 황제 선거권을 가졌던 7명의 제후로, 일명 선제후(選帝侯)라 불림.

278) 앨버트(Albert) 왕자를 가리킴. 그는 여왕의 부군이 됨으로써 영국 왕족에다 독일의 혈통을 결

부시킨 셈.

279) 빅토리아 여왕을 암시함. 본래 빅토리아 여왕의 어머니는 독일의 공주였음. 빅토리아 여왕의 양친은 독일에 살고 있었으나, 빅토리아를 영국 땅에서 태어나게 함으로써 그녀의 왕위계승권을 정당화시킴.

280) 세상의 악을 보지 않겠다는 여왕의 결심에 대한 비유.

281) 〈Ehren on the Rhine〉. 코브(Cobb) 및 허친슨(W. H. Hutchinson)이 쓴 미국의 속요로서, 군인과 그의 애인의 이별을 읊음—오 사랑, 친애하는 사랑이여, 참되어요. / 이 마음은 오직 당신의 것; / 전쟁이 끝나면, / 우린 더 이상 헤어지지 말아요 / 라인강의 에렌에서.

282) 에드워드 7세를 가리킴. 프랑스인들은 앞서의 '영불협상'의 난관을 지켜봄으로써 에드워드 7세를 '평화론자'라 부름.

283) 악명으로 이름 높은 에드워드 7세의 탕아적 기질의 암시. 'pax'는 평화의 키스.

284) Guelph-Wettin. 하노버가(家)의 가족명. 빅토리아 여왕은 그녀가 앨버트 왕자와 결혼함으로써 하노버가의 '겔프'명을 그녀 이름에서 빼어 버림.

285) Maynooth. 더블린 서부 15마일 지점에 있는 킬데어주의 한 지명으로, 『메이누스 교리문답서(*Maynooth Catechism*)』를 발간한 유명한 메이누스 예수회의 대학이 있는 곳. 에드워드 7세는 말(馬) 애호가로 유명했으며, 1903년 7월 아일랜드를 방문했을 때, 메이누스대학은 대학 최고 운영위원회(아일랜드의 대사제, 주교로 구성됨)를 대표하여, 대학 식당에 대형 경마기(競馬旗)와 왕의 애마 두 필의 그림을 조각·전시함으로써 그를 환영함.

286) 1849년 빅토리아 여왕이 아일랜드를 처음 방문했을 때 그녀가 에드워드 7세(당시 웨일즈의 왕자)에게 수여한 칭호.

287) 더블린 백작, 즉 에드워드 7세를 가리킴. 그는 여성들과의 방탕한 사생활로 유명했음.

288) Red Bank. 더블린 소재의, 바닷굴의 판매로 유명했던 레스토랑(제8장).

289) the Book of Ballymote. 여러 부족들에 의하여 슬라이고(Sligo)에서 간행된 고대 아일랜드 역사선집.

290) Carrantuohill—아일랜드 남서부 케리(Kerry)주에 있는, 아일랜드에서 가장 높은 산. "표범, 황금독수리……"—〈요한의 묵시록〉 4:7, 8 등에 기록된 복음자들의 상징.

291) 손수건에 대한 신문의 과장된 표현.

292) Sligo—예이츠 컨트리(Yeats Country)로 유명한, 아일랜드 북부 도시. 슬라이고 채식가늘—앞서 『볼리모트서』의 저술가들을 말함.

293) the Barmecides. 18세기에 번성했던 페르시아 가문의 일족. 『아라비안 나이트』에서 이 가문의 한 사람이 거지에게 멋진 음식을 대접하는 환상적 향연을 묘사한 장면이 있음. 〈바미사이드가(家)의 시절〉은 조이스의 우상이자 아일랜드의 시인인 맨건(James C. Mangan)이 지은 시.

294) Glendalough. 아일랜드에서 가장 아름다운 호수 중의 하나로, 많은 유적이 있음(위클로우주 소재).

295) The ruins of Clonmacnois. 샤논강 주위에 있는 일곱 개의 성당 유적지.

296) 이상의 구절은 모두 아일랜드의 명소(名所)에 대한 묘사임.

297) Morocco. 아프리카 북서안의 회교국. 이곳 유태인들은 모슬렘(Moslem) 교도들에 의하여 박

해를 받아왔으나, 1907년 이후 이러한 박해는 없어짐. 박해 당시 유태인 남녀는 온갖 강제노동을 감수해야 했고 인신매매의 대상이 되기도 했음.

298) new Jerusalem. 〈요한의 묵시록〉 21, 22장에 묘사된 그리스도 교도들의 이상향(理想鄕)과 예루살렘에 '고향땅'을 갖고자 하는 유태인들의 시오니즘(Zionism) 및 그 운동의 표현을 결합한 것.

299) an almanac picture—달력에 불후화(不朽化)해 놓은(immortalized) 그림. softnosed bullet—19세기 말에 개발된 비(非)살인용 총탄.

300) 사도 바울(Paul)을 가리킴. 그는 기독교로 개종한 이래, 종족이나 민족의 차별 없이 모든 사람들에게 골고루 복음을 전파함(〈디모테오에게 보낸 첫째 편지〉 2:7).

301) 예수의 두 가지 계명(誡命) 중 두번째의 것(〈마태오의 복음서〉 22:39).

302) 몰리 블룸을 암시함.

303) Jumbo. 런던 왕실동물원에 수용되었던, 세계에서 가장 크고 유명한 아프리카산 코끼리.

304) canter. 17세기 청교도들의 별명. 종교적으로 위선적인 말(cant)을 사용하는 자들이란 뜻에서 비롯됨.

305) Drogheda. 더블린 북부 32마일 지점의 항구 도시.

306) 1649년 영국의 시민전쟁(the Civil War)이 끝난 후 크롬웰(Oliver Cromwell, 1599~1658)과 신교도들은 아일랜드의 드로이더 지방에 살던 수많은 친(親)스튜어트계 사람들을 학살함. 이따위 비열한들(스튜어트계 사람들)에 대한 자신의 행위야말로 하느님의 정당한 심판이란 것이 당시 크롬웰의 훈시이기도 했음.

307) Zulu. 남아프리카 나탈 지방에 살던 호전적 토인(제1장).

308) *United Irishman*. 그리피스(A. Griffith)에 의하여 편집된 목요판 주간지.

309) Manchester. 영국 서부의 대도시로 방적업의 중심지.

310) Abeakuta—나이지리아 서부의 지명. Alaki—회교 군주로서, 1904년 여름 실제로 영국을 방문함.

311) Ananias—16세기 영국의 극작가이자 시인인 존슨(Ben Jonson)의 『연금술사(The Alchemist)』(1610)에 나오는 프러시아의 선교사 혹은 유태인 고위성직자 중의 한 사람. Barebones—런던의 선교사 및 의회의원. 그는 '뼈만 남은 사람(barebones)'이라고 불렸는데, 그 이유는 그의 비실질적이며 신앙이 깊은 체하는 성격 때문이었음.

312) 알라키왕은 그가 영국을 방문하는 동안 문제의 성경에 대해 에드워드 7세와 토론함.

313) Black and White. 스카치 위스키의 한 종류.

314) Cottonpolis. 영국 방적업의 중심지인 맨체스터시를 가리킴.

315) 빅토리아 여왕.

316) 휴지 대용품으로.

317) Griffith. 아일랜드의 정치 지도자. 그는 앞서의 《유나이티드 아이리쉬먼》지의 풍자문을 직접 씀.

318) Shanganagh. (게일어) 그리피스의 가명으로 '우정의 대화', '가득 찬 개미', '오래된 모래' 등의

뜻이 있음.

319) 그리피스는 그의 풍자문에 '샨가나'라는 자신의 가명 뒤에 두문자(P)를 서명했는데, 이는 파넬의 정신을 상징함.

320) 영국의 식민지 정책을 암시함.

321) 아일랜드 태생의 케이스먼트경(Sir Roger Casement, 1864~1916)은 콩고 영사 재임시에 당시 그 나라를 지배하고 있던 벨기에인들의 고무나무 농장에서 본, 원주민들에게 행한 그들의 잔혹한 행위를 보고함. 뒤에 그는 '신페인당'에 가담, 반역자로 여겨져 영국에 의하여 처형당함.

322) 도시 생활에 불만을 품고 시골로 떠나는 사람들의 고별사(告別辭)를 흉내냄. 'Gort'는 북서부 아일랜드의 슬라이고 근처 마을.

323) 소용없이 떠들어댄다는 뜻. 여기서 존 와이즈가 블룸의 자식에 대해 하는 얘기는, 특히 그의 조상이 헝가리인이라는 배경이 그의 정치적 활동에 관한 이러한 소문의 근거를 제공해 준다는 것. 신페인당에 대한 생각 또한 19세기 후반에 오스트리아 지배에 대한 헝가리의 성공적인 저항에서 유래함.

324) old Methusalem Bloom. ① 메두살렘(므두셀라)은 성경에서 969년을 산 최장수 인물 (《창세기》5:27). ② 여기서는 블룸의 부친인 버러그를 가리킴.

325) Lanty MacHale. 레버(Charles Lever, 1806~1872)의 시 〈래리 맥헤일(Larry M'Hale)〉에 나오는 개(염소)의 통칭. 이 시에서 레버는 주인공 맥헤일이 신교도의 목사와 말을 타고 가톨릭의 사제와 술을 마구 마시는 태도, 폭력을 행사하는 그의 힘, 빚과 법률에 대한 그의 태연함과 무관심 등을 노래함. 개(염소)는 맥헤일의 절친한 추종자요 동반자 격임.

326) 커닝엄은 정청의 문관임.

327) Grofton. 『더블린 사람들』, 〈위원실의 담쟁이 날〉에 나오는 신교도 및 친영파의 오렌지 당원.

328) Blackburn. 1904년 당시 더블린 시의회 비서장. 크로프턴은 그의 조수로서 한때 세금징수관 직을 역임했으며, 그 일로 지금은 연금수령자임.

329) pistachio. 옻나무과의 일종, 혹은 향기로운 맛을 지닌 그 열매.

330) Junius. 런던에서 발간되던 《대중의 광고자(Public Advertiser)》란 잡지에 나타난 어떤 문필가의 익명. 당시 조지 3세 및 그 각료들을 공박함은 물론, 영국정부의 정보를 탐색하는 데 능숙한 인물로 알려짐. 여기서의 오몰로이의 질문은 수수께끼임.

331) 더블린시 릴레이기(街) 2번지에 개업한 치과의사 블룸(Marcus J. Bloom), 본 소설의 주인공 블룸의 의식 속에 동명이인(同名異人)인 그가 종일 떠오름.

332) 메시아가 장차 나타나기를 기다리는 유태인들.

333) 전통적으로 유태인 교단에서는 사내아이를 낳을 것을 강조함. 유태인의 근본적 믿음 속에는, 결혼한 부부는 가문을 이어 줄 미래의 아들과 딸을 얻음으로써 종족의 영원성을 지킬 수 있다는 생각이 들어 있음.

334) 블룸의 죽은 아들 루디.

335) Neave's food. 아이들, 노약자 및 병자들을 위한 건강 식품.

336) *En ventre sa mère.* (불어)

337) 성서의 자유―거짓 예언자들을 조심하여라. 그들은 양의 탈을 쓰고 너희에게 나타나지만 속에

는 사나운 이리가 들어 있다.(〈마태오의 복음서〉 7:15)

338) Ahasuerus. '방랑하는 유태인(The Wandering Jew)'의 전통적 이름 가운데 하나. 실제로 아하슈
   에로스는 카스피해(海) 남쪽에 있었던 옛 왕국 메디아(Media)와 페르시아(Persia)의 두 왕들
   의 이름이었음. 역사상의 크세르세스(Xerxes)라고 여겨짐.

339) J. J. and S. 존 제임슨 부자 양조회사(John Jameson and Son)의 맥주.

340) Ballykinlar. 더블린 북쪽 던드럼 만에 위치한 작은 마을. 성 패트릭이 최초로 상륙한 곳은 위
   클로우주의 밴트리(Vantry) 강구(江口)와 던드럼 만 두 곳으로 전함.

341) *Epiphania Domini······ Surges, illuminare*—하느님의 현현(顯現)을 위한 미사 입당송의 성구
   에서; "일어나 비추어라. 너의 빛이 있다./야훼의 영광이 너를 비춘다. /온 땅이 아직 어둠에
   덮여, / 민족들은 암흑에 싸여 있는데 / 야훼께서 너만은 비추신다. / 네 위에서만은 그 영광
   을 나타내신다."(〈이사야〉 60:1, 2) "*Omnes······ de Sabavenient*"—하느님의 현현을 위한 미
   사 층계송의 성구에서; 큰 낙타떼가 너의 땅을 뒤덮고 / 미디안과 에바의 낙타들이 우글거리
   리라. / 사람들이 스바에서 찾아오리라. / 금과 향료를 싣고 / 야훼를 높이 찬양하며 찾아오리
   라.(〈이사야〉 60:6)

342) 그들은 마귀를 몰아내면서······ 기적들을 행했다—예수가 행한 여러 가지 기적들을 일컬음;
   '마귀를···'(〈마태오의 복음서〉 9:32~34), '사자(死者)의······'(〈루가의 복음서〉 5:1~18). 이러한
   기적들은 신약성서 전편에 기록되어 있음.

343) *Adiutorrium nostrum in nomine domini. / Que fecit coelum et terram. / Dominus vobiscum. /
   Et cum spiritutuo. / ······Deus, cuius verbo sanctificantur omnia, benedictionem tuam effunde
   super creaturas istas : et praesta ut quisquis eis secundum legem et voluntatem Tuam cum
   gratiarum actione usus fuerit per invocationem sanctissimi nominis Tui corporis santiatem et
   animae tutelam Te auctore percipiat per Christum Dominum nostrum.* (라틴어) 가톨릭의 전례
   (典禮) 중 '만물에 대한 축복(Benedictio ad omnia)'의 구절.

344) 축배를 들 때의 말로서, '부(富)와 행운을'이란 뜻.

345) 여기서 화자(話者)는 커닝엄과 파우어와 함께 들어온 오렌지 당원이 크로프턴인지 혹은 크라
   우포드인지를 혼동함.

346) John Jameson—더블린의 존 제임슨 양조회사의 아일랜드 위스키. 앞의 주 339)참조. 안주는
   버터다—축배를 들 때의 말.

347) '시민'은 블룸이 경마에 이겨 돈을 타왔으면서, 재판소에 다녀왔다고 거짓말한다고 생각함.

348) 블룸을 가리킴.

349) 우윳빛 하얀 돌고래의··· 파도를 헤치며 나아갔다—중세기의 전설적 이야기를 19세기 말의 낭
   만적 양상으로 각색한 패러디 문체.

350) 중세 교회에 있어서 파문을 선언할 때의 장중한 문구. 종은 주위의 환기, 책은 파문 선고, 양
   초는 정신적 암흑을 상징하기 위하여 촛불을 끄는 행위를 각각 암시함.

351) 아일랜드의 혁명적 봉기를 억압했던 영국의 정치가 크롬웰의 잔인성 및 야만성을 암시함.

352) 블룸을 가리킴.

353) 〈만일 달 속에 있는 저 사나이가 깜둥이라면〉(1905)이란 피셔(Fred Fisher) 작의 미국 대중 가
   요의 패러디—만일 달 속에 있는 저 사나이가 깜둥이, 깜둥이, 깜둥이라면 / 당신 어떡하겠

소? / 그는 자신의 그림자와 함께 은빛 달, 달, 달을 흐려지게 할 거야. / 멀리해요 / 밝은 달
빛 속에 공원 주변을 어슬렁거리게 하지 말아요. / 만일 달 속에 있는 저 사나이가 깜둥이, 깜
둥이, 깜둥이라면.

354) Moses Mendelssohn(1729~1786)—독일의 소크라테스라 불렸던 유태계 정치철학자·
박애주의자로, 베를린에서 유태인에 대한 야만적 편견을 완화하는 데 이바지함. Karl
Marx(1818~1883)—유태계 양친을 가진 독일의 경제학자·철학자·사회주의자. Mercadante
—유태인은 아니나 이탈리아의 가톨릭 교도·작곡가. Spinoza(1632~1677)—네덜란드의 유태
계 철학자. 이상의 위인들을 내세움으로써 블룸은 '시민'은 '반유태기풍(anti-Semitism)'에 도전
함.

355) Százharminczbrojugulyás-Dugulás. (헝가리어) '가득 메운 130명의 소치는 사람들'이란 뜻.

356) Messrs Jacob agus Jacob. 더블린 소재의 비스킷 제조회사.

357) *Come Back to Erin*. 바나드(C. A. Barnard, 1830~1869) 부인 작의 영국 민요.

358) *Rakóczsy's March*. 헝가리의 국가 행진곡.

359) 이상은 모두 아일랜드의 산 이름들.

360) *Visszontlátásra, Kedvés Barátom! Visszontlátásra!* (헝가리어)

361) Longford. 더블린 서북서 약 90마일 지점의 주 이름.

362) Mercalli's scale 이탈리아의 지진학자 메르칼리(G. Mercalli, 1850~1914)가 발명한 진도계(震
度計).

363) 아일랜드 북동 해안, 스코틀랜드를 향해 바닷속으로 뻗친 현무암 기둥군(群).

364) Kinsale. 아일랜드 남동 해안에 위치함.

365) *missa pro defunctis*. (라틴어)

366) 의사영웅시체(疑似英雄詩體, mock-heroic style) 및 성서 산문체로 쓰여진 블룸의 도피 장면.

367) 성서의 패러디—그들이 말을 주거니받거니하면서 길을 가는데, 난데없이 불말(火馬)이 불수
레를 끌고 그들 사이로 나타나는 것이었다. 동시에 두 사람 사이는 떨어지면서 엘리야는 회오
리바람 속에 휩싸여 하늘로 올라갔다. 엘리사는 그 광경을 쳐다보면서 외쳤다. '나의 아버지,
나의 아버지! 이스라엘을 지키던 병기여, 기병이여……'(〈열왕기하〉 2:11~12)

368) 태양처럼……〈바태오의 복음서〉(17:1 5)에서의 예수의 묘사를 닮음; 엿새 후에 예수께서
는 베드로와 야고보와 야고보의 동생 요한만을 데리시고 따로 높은 산으로 올라가셨다. 그때
예수의 모습이 그들 앞에서 변하여 얼굴은 해와 같이 빛나고 옷은 빛과 같이 눈부셨다. 그리
고 난데없이 모세와 엘리야가 나타나서 예수와 함께 이야기하고 있었다. 그때에 베드로가 나
서서 예수께 '주님, 저희가 여기에서 지내면 얼마나 좋겠습니까! 괜찮으시다면 제가 여기에 초
막 셋을 지어 하나는 주님께, 하나는 모세에게, 하나는 엘리야에게 드리겠습니다'하고 말하였
다. 베드로의 이 말이 채 끝나기도 전에 빛나는 구름이 그들을 덮더니 구름 속에서 '이는 내 사
랑하는 아들, 내 마음에드는 아들이니 너희는 그의 말을 들으라'하는 소리가 들려왔다. 달처
럼……—이는 누구인가? 샛별처럼 반짝이는 눈, 보름달처럼 아름다운 얼굴, 햇볕처럼 맑고
별떨기처럼 눈부시구나.(〈아가〉 6:10)

369) *Abba! Adonai! Abba*—'하느님 아버지'를 뜻하는 시리아-그리스어. Adonai—'하느님'을 뜻하는
헤브라이어, 겟세마네에서 '동산의 고뇌'를 겪는 동안 예수는 기도함; 아버지, 나의 아버지! 아

버지께서는 무엇이든지 다 하실 수 있으시니 이 잔을 나에게서 거두어 주소서. 그러나 제 뜻대로 마시고 아버지의 뜻대로 하소서.(〈마르코의 복음서〉 14:36)

370) Donohoe's. 야채 및 주류 판매점으로 리틀 그린가 4, 5번지에 위치함. 그린가는 리틀 브리튼가에서 오른쪽 방향으로 남쪽을 향해 달림.

• 13장 •

1) 샌디마운트 해변 근처 리히의 테라스(Leahy's Terrace)에 있는 마리아 로마 가톨릭 성당. 본당 신부는 존 오한런(John O'Hanlon). '바다의 별(Star of the Sea)'은 성모 마리아의 별칭이기도 함. 여기는 죽은 디그넘의 교구로서, 이 장(章)의 이야기가 진행되는 동안 금주도(禁酒禱)가 행해짐.

2) 〈베니스의 상인〉 I, iii, 107행 참조.

3) Flora MacFlimsy. 미국의 시인 버틀러(William A. Butler)의 시 〈입을 옷이 없도다(Nothing to Wear)〉에 나오는 사치스럽고 변덕스러운 여주인공.

4) golden rule. 성서의 산상수훈을 두고 하는 말―너희는 남에게서 바라는 대로 남에게 해주어라. 이것이 율법과 예언서의 정신이다.(〈마태오의 복음서〉 7:12, 〈루가의 복음서〉 6:31)

5) the Martello tower. 여기 묘사된 탑은 스티븐이 기거하는 샌디코브의 마텔로 탑(제1장)이 아니고, 리히의 테라스에서 약 반마일 떨어진 곳에 있는 샌디마운트의 마텔로 탑임. 현재는 카페로 변신하였음.

6) Giltrap. 거티 맥도웰의 모계(母系) 가문.

7) Bertha Supple. 거티의 친구인 듯함.

8) the Princess Novelette. 런던에서 발행되던 주간지(1886~1904).

9) 초승달이 떴을 때 머리를 자르면 행운이 온다는 미신 때문에.

10) 천문학에서 목요일(주피터의 날)은 용기와 사업상의 계약을 위한 행운의 날로 간주됨.

11) "거티가 토미의 애인이지"하고 말하는 것.

12) Trinity College. 더블린 소재의, 전통과 역사를 자랑하는 신교계의 유명한 대학.

13) W. E. Wylie. 이날 트리니티대학 자전거 경주 시합에 참가, 2위를 기록함.

14) 거티를 말함.

15) Lady's Pictorial. 매주 목요일 런던에서 발행되던 유행·사교 및 문예 종합주간지로, 손꼽히는 여성잡지로 알려짐.

16) Clery's 오코넬가 21~27번지 소재의 백화점.

17) hoping against hope. 〈로마서〉 4:18 참조.

18) 금요일은 주중에서 가장 불운한 날로 간주됨.

19) 전통적으로 윤년에는 처녀 쪽에서 먼저 프러포즈할 수 있다는 관례가 있음.

20) 가톨릭의 성혼(成婚) 문구에서.

21) Anything for a quiet life. 16세기 영국의 극작가 토머스 미들턴(Thomas Middleton) 작의 희곡 제목. 그 주제는, 비극에 싸인 여러 집들에 행복을 가져오는 길은 '만사를 조용히 참고 내버려두는 일'이란 자식들의 구호임.

22) 화장실을 말함.

23) Tritonville road. 샌디마운트에 있는 도로명.

24) retreat. 가톨릭에서 '피정(避靜)'이라고도 함.

25) the litany of Our Lady of Loreto. 13, 14세기경 이탈리아의 도시 로레토(Loreto)에 있던 산타 카사(Santa Casa) 사원의 마리아상을 찬미한 성모 호칭 기도.

26) *Pearson's Weekly.* 런던에서 매주 목요일마다 발행되던 주간지.

27) Doctor Fell. 여기서 거티의 명상은 옥스퍼드의 크라이스트 처치(Christ Church)대학의 학감이 요, 뒤에 옥스퍼드대학의 주교였던 존 펠(John Fell) 박사(1625~1686)의 사적 경험에 근거를 둠. 즉 그는 진보주의 사상가들을 박해한 것으로 유명한 보수주의자로서, 풍자가 토머스 브라운 (Thomas Brown. 1663~1704)을, 혼인 경구(Martial's Epigram 1:33)를 번안하지 않으면 크라이스트 처치에서 추방하겠다고 위협함. 이에 브라운은 그에게 다음와 같이 말함으로써 구원된 것으로 알려짐 : "나는 당신을 사랑하지 않아요, 펠 박사 / 그 이유를 나는 말할 수 없어요. / 그러나 이것만은 나는 분명히 알아요. / 나는 당신을 좋아하지 않아요, 펠 박사." 여기서 거티는 그녀의 아버지와 우울한 펠 박사를 비교함.

28) *Tell me, Mary, how to woo thee.* 호드슨(G. A. Hodson) 작의 인기곡 가사 중에서 — 말해다오, 메리여, 어떻게 하면 네 사랑을 구할 수 있는지를, / 나의 마음을 드러내는 방법을 가르쳐 주오 / 그대에게 모든 슬픔을, / 나의 마음은 온갖 사랑을 느낄 수 있나니.

29) *My love and cottage near Rochelle.* 피츠볼 작사, 발프 작곡의 오페라 〈로첼의 포위(The Siege of Rochelle)〉에 나오는 아리아의 가사 중에서(제10장).

30) Lazenby's. 런던에 있는 라젠비 부자(父子)가 경영한 샐러드용 소시지 제소 회사.

31) *The moon hath raised.* 옥슨포드(John Oxenford) 작 〈킬라니의 백합〉 서곡 중의 이중창 — 달이 떴다, 그녀의 등불 위에, / 그대에게 가는 길을 밝히기 위해, 내 사랑이여.

32) 화장실을 말함.

33) John Walker. 영국의 사전 편찬가(1732~1807). 그의 『발음사전(*Walker's Pronouncing Dictionary*)』은 1791년 런던에서 발간됨.

34) halcyon days. 동지(冬至) 전후의 날씨가 평온한 14일간을 일컬음.

35) 블룸을 가리킴.

36) 힉슨(W. E. Hickson, 1803~1870)의 시 〈해봐요 그리고 다시 해봐요〉 중에서 — 이것이 당신이

주의할 과제야. / 해봐요, 다시 해봐요. / 처음에 성공 못 하면, 다시 해봐요.

37) the Bailey light. 호우드 언덕 남동부 반도형 돌출부에 위치함.

38) Martin Harvey. 20세기 초에 더블린을 방문한 바 있는 영국의 배우 및 연출가(1863~1944).

39) 알베리(James Albery, 1838~1899) 작으로, 여주인공인 두 자매가 똑같은 의상을 입고 등장하는 감상적 코미디 작품인 〈두 장미(Two Roses)〉 속의 내용을 암시함.

40) 셰익스피어 작 〈리어왕〉에서 왕이 신하들과 함께 황야의 폭풍을 향하여 분노를 터뜨리는 말 (III. iii. 59, 60).

41) *Ora pro nobis.* (라틴어) 피정시에 행하는 탄원의 기도, 즉 성모 호칭 기도의 한 구절.

42) 샌디마운트 근처에는 두 개의 수녀원이 있었는데, 그곳 수녀들 중 한쪽은 흰 옷(순결의 상징)을, 다른쪽은 검은 옷(속죄의 상징)을 입었다고 함.

43) 거티의 월경(menstruation).

44) 〈루가의 복음서〉 1:38 참조.

45) *Tantum ergo*…… *tantumer gosa cramen tum.* 성찬의 전례 때 잇따라 암송하는 토머스 아퀴나스의 〈영광의 찬송(Pange lingua gloriosi)〉의 마지막 가사.

46) Sparrow's. 더블린 남부 그레이트 조지가 16번지 소재의 양품점.

47) 여름철 더블린에서는 저녁 8시경 해가 짐.

48) 거티의 생리 현상을 말함.

49) *Panem de coelo praestitisti eis.* (라틴어) 성찬의 전례 때 하는 축사. 앞서의 "숭배 속에 엎드리나이다"란 암송이 끝나면 미사 집행 사제는 이상의 축사를 행함.

50) Billy Winks. '잠자는 꼬마'란 뜻으로, 자장가의 변형.

51) veil. 성찬의 전례 때에 걸치는 어깨걸이 옷.

52) '에린의 마지막 번쩍이는 광경(the last glimpse of Erin)' 및 '저 해거름의 종소리'는 모두 토머스 무어의 노래 제목들이기도 함.

53) *Mabel Vaughan.* 미국의 여류 작가 커민즈(Marig S. Cummins, 1827~1866)의 소설로, 소녀아이가 주인공임.

54) *The Lamplighter.* 커민즈의 소설 작품으로, 주인공 거티는 등대지기에게 매혹되고 그에게서 사랑을 받음.

55) her child of Mary badge. 예수와 마리아의 상 및 12개의 별들을 새긴 메달.

56) 루이스 J. 월쉬(Louis J. Walsh, 1880~1942)의 시에서 인용됨―"나의 이상적인 인물이여, 그대는 실재하나이까? / 나에게 가까이 오리까, / 부드럽고 온후한 해거름에 / 무릎 위에 당신의 아이를 태우고?" 조이스는 『영웅 스티븐』에서도 이 시를 인용함.

57) Magherafelt. 아일랜드 남동부의 작은 어촌.

58) 거티는 절름발이임. Dalky hill은 더블린 만 남동쪽에 있는 작은 마을의 언덕으로, 샌디코브의 마텔로 탑에서 남동쪽으로 1마일 지점에 있으며, 이곳에는 아름다운 산책 코스가 있음.

59) 콜먼(George Colman, 1762~1836) 작의 희곡 제목으로, 그 후 격언이 됨.

60) the Dodder. 리피강 하부 남쪽에 위치하며 여기서 아이리쉬타운 상부가 교차함.

61) 중하류급 사회의 견해로 보면 간음은 상류사회에서는 다반사로 일어나는 일로 간주됨.

62) *Laudate Dominum omnes gentes.* (라틴어) 성서의 〈시편〉 117편 참조—너희 모든 백성들아, 야훼를 찬양하여라. / 너희 모든 나라들아, 그를 송축하여라. / 그의 사랑 우리에게 뜨겁고 / 그의 진실하심 영원하시다. / 할렐루야.

63) 고아원의 기금을 마련하기 위해 아일랜드 총독 더들리 부부가 참석하고 있는 마이러스(Mirus) 자선 바자에서 하늘로 치솟는 불꽃을 표현하고 있음.

64) 거더의 성의 오르가즘과 블룸이 바위 뒤에서 행하는 자위 행위의 절정(絶頂).

65) Tranquilla convent. 더블린 남부 외곽 라드민즈의 수녀원. 블룸이 헬리 문방구에 근무할 당시 수금(收金)을 위해 그곳을 방문한 적이 있음.

66) 거티의 노출증(exhibitionism)을 말함.

67) 보일런을 암시함.

68) 광고 문구. 블룸은 광고를 내 마사와 서신을 교환하기 시작했음.

69) 블룸은 수녀들이 철조망을 발견했다고 믿음(제9장).

70) Josie Powell. 블룸과 연애한 적이 있던 브린 부인의 처녀명.

71) Mr Right. 적당한 남편감을 뜻함.

72) 블룸이 신문에 낸 광고문.

73) 보일런.

74) Flynn. 놈팡이. 『더블린 사람들』, 〈짝패들〉 참조.

75) 아내의 오후 4시의 정사.

76) Nell Gwynn(1650~1687). 영국의 유명한 여배우로 찰즈 2세의 애첩(제9장).

77) Mrs Bracegirdle. 영국 왕정복고(Restoration) 당시의 유명한 미모의 여배우(1663~1748).

78) Maud Branscombe. 미모의 여배우로, 그녀의 사진이 1877년 한 해 동안 2만 8천 매나 팔렸다고 함.

79) 블룸의 뱃속에 차 있는 가스.

80) *Lacaus esant taratara.* 독일의 작곡가 마이어베르(Giacomo Meyerbeer, 1791~1864)의 오페라 〈위그노 교도〉 중에서(제8장).

81) Appian way. 래닐라(Ranelagh)에 있는 더블린 남부 외곽 도로.

82) Meath street. 더블린 중서부의 빈민가.

83) 나의 '엉덩이(arse)'를 나의 '방주(arks)'로.

84) French letter. 콘돔(condom)의 암시.

85) 거티를 말함.

86) lieutenant Mulvey. 몰리의 첫 애인. 무어리쉬 성벽(Moorish wall)과 알라메다 공원(Alameda

Gardens)은 몰리가 성장한 지브롤터의 두 이정표인 셈.

87) 바자의 불꽃놀이와 때를 같이한 블룸의 자위 행위의 절정.

88) 시시 카프리를 말함.

89) Jammet's. 앤드루스가(街) 26, 27번지의 레스토랑.

90) Wilkins. 더블린 남동부에 자리한 에라스무스(Erasmus) 고등학교 교장.

91) Roger Greene's. 더블린 중심가. 웰링턴 부두 11번지 소재.

92) A. E.를 따르는 여인(제8장).

93) 〈햄릿〉 I, i, 8.

94) 보일런이 부르는 노래 작사자의 말이 옳음을 뜻함.

95) 아일랜드 거리의 속요 및 미국 인기곡의 혼성인 듯. 이야기 속의 화자(환대자)인 클리프턴 (Clifton)은 제미너 브라운이란 아가씨를 우연히 만나, 그녀의 아름다움에 반해 데이트를 청함. 드때 그는 그녀가 다른 사내와 함께 있는 걸 보았는데, 그녀는 그를 오빠 빌(Bill)이라 속임. 그녀는 화자에게 50파운드의 돈을 빌려 종적을 감추는데, 뒤에 다시 빌과 사귀는 것이 발각됨. 화자의 50파운드의 돈은 결국 빌의 야채 가게 마련에 쓰임―상점을 사고, 나는 팔렸네 / 철부지 제미너 브라운 때문에.

96) Giuglini. 이탈리아의 오페라 테너로서, 가난한 가정에서 자라났으나 후에 더블린에서 성공을 거둠.

97) Heliotrope. 지치과의 연보랏빛 향일성(向日性) 식물.

98) 브린은 바람에 휘날릴 듯 여윈 체격임(제8장).

99) Shipton. 1488년 영국 요크서 태생으로, 런던 대화재(1666)나 증기기관의 출현을 예고했다는 예언자·마너.

100) royal reader. 모두 6권으로 된 초등학생용 교과서. 그러나 운 좋게도 그이 티눈니…… : 앞서 제10장에서 지미 헨리는 그의 티눈을 구실로 디그넘 유자에게 기부하지 않음.

101) Grace Darling. 영국 롱스턴(Longstone) 등대의 등대지기 윌리엄 달링(1815~1842)의 딸. 포파셔(Forfarshire)라는 배가 등대 근처에서 좌초되자, 그녀의 부친과 함께 인명을 구함으로써 국민적 영웅이 됨. 이는 워즈워드의 기념비적 시 〈그레이스 달링(Grace Darling)〉(1843)을 낳게 하고, 이 시는 곧 『로열 독본』에 수록됨.

102) 19세기 영국의 낭만적 정열 시인 바이런(Byron)의 대서사시 〈차일드 해럴드의 순례(Childe Harold's Pilgrimage)〉(1812) 중에서―안녕, 안녕! 나의 조국의 해안이 / 푸른 파도 위에 사라져 가네. 밤바람이 한숨 짓고, 깨어지는 파도가 포효하니, / 야생의 갈매기가 부르짖네. / 바다 위에 지는 저 태양 / 우리는 그를 뒤따르니 / 잠시 동안 그에게, 그대에게 안녕 / 나의 조국이여―잘 자라!(I: 118~125)

103) 아일랜드 태생의 극작가 놀리즈(J. S. Knowles, 1782~1862)의 비극인 〈윌리엄 텔(William Tell)〉(1825) 중의 가사―너 치솟은 바위와 산봉우리들이여 다시 한 번 그대들에게 돌아왔노라! / 나는 그대들이 처음 보았던 손을 그대들에게 뻗노라, / 아직도 자유로움을 그대들에게 보이기 위해. / 나 생각하노니, 그대들의 메아리 속에 하나의 정령이 대답함을 나는 듣노라, / 그러니 그대들의 한때의 거주자를 다시 고향으로 불러 주오!(I, ii, 1~5)

104) 몰리와 최초로 데이트를 한 곳.

105) 성구에서 인유—지금 있는 것은 언젠가 있었던 것이요 / 지금 생긴 일은 언젠가 있었던 일이라. / 하늘 아래 새것이 있을 리 없다.(《전도서》1:9)

106) 블룸이 아내 몰리를 만난 해임.

107) Rip van Winkle. 18세기 미국의 작가 어빙(Washington Irving, 1783~1859) 작 『스케치북(*The sketch Book*)』(1819, 1820)에 수록된 이야기. 주인공 립이 20년 동안 잠을 잔 연후에 집에 돌아오자, 총은 녹슬고 만사가 바뀌고 잊혀졌음을 발견하게 된다는 줄거리.

108) 어빙 작의 또 다른 이야기 〈졸리는 골짜기의 전설(The Legend of sleeping Hollow)〉. 주인공은 립 밴 윙클이 아니라, 이카보드 크레인(Ichabod Crane)임.

109) 그리스·로마 신화를 믿는 사람들은 예를 들면, 아폴로 신으로부터 도망친 여신 다프네가 사로잡히는 불행으로부터 벗어나기 위해 월계수로 변신하는 사실을 믿음. 오비디우스, 『변신』 I 참조.

110) 리히의 테라스에는 두 채의 집이 마리아 성당에 인접해 있었는데, 당시 더블린에서 발간된 『톰의 전화번호부』(1904)는 한 채의 집 값을 28파운드로 기록함.

111) Gabriel Conroy. 『더블린 사람들』, 〈죽은 사람들〉의 주인공. 이야기에서 콘로이의 동생은 콘스탄틴(Constantine)이란 이름으로 기록되고, 더블린 북부 20마일 지점에 있는 바닷가의 작은 도시인 밸브리건(Balbriggan)의 수석 보좌신부로 소개됨.

112) 아르키메데스를 가리킴.

113) 아르키메데스가 목욕탕에서 중력에 관한 원리를 발견한 순간 외친 말(Eureka!) 제9장 주 553) 참조.

114) *Faugh a ballagh*. (게일어) 아일랜드 왕실 척탄병들의 전투 구호.

115) 미국의 19세기 시인 길모어(P. S. Gilmore, 1829~1892)가 지은, 시민전쟁 때 연합군(Union Army)의 행진곡 제목. 노래의 첫부분 가사—조니가 다시 의기양양하게 되돌아올 때, / 만세! 만세! 우리는 그이를 마음껏 환영하리라, / 만세! 만세! 남자들은 소리치고, 소년들은 고함지르리. / 귀부인들, 모두들 모여들리라, / 우린 모두 들뜨리라, / 조니가 다시 되돌아올 때.

116) 아놀드(Arnold)와 브래엄(Braham)이 지은 이별의 노래 제목 및 가사—눈물이 그녀의 눈에서 조용히 흘렀어요. / 우리가 마지막으로 바닷가에서 헤어졌을 때, / 내 가슴은 수많은 한숨으로 울렁거렸어요, / 그녀를 다시 볼 수 없으리라 생각하며…… 그러자 그녀가 부르짖었다; 내 사랑, 그토록 빨리 떠나다니, 내 마음 찢어져요, 조금만 너 머물러요! / ……빛이 솟터지요…… 안녕! 안녕! 저를 잊지 말아요.

117) 여기서 블룸이 기억해 내고자 하는 단어는 '문설주(mezuzah)'임. 'tephilim'이란 성구함, 즉 성구가 적힌 양피지 조각이 들어 있는 함으로서, 유대인의 집 문(문설주) 오른쪽에 부착시켜 사람들이 드나들 때 경건의 표시로 키스를 하거나 만지는 종교례(宗敎禮)를 행함(《신명기》6:4~9 및 11:13~21).

118) 노래 가사 중에서 인유.

119) 호우드 언덕은 고사리 동산이기도 함(제8장). 블룸 부부가 결혼 전에 즐겼던 고사리 숲 아래에서의 낭만은 그들의 의식 속에 소중한 기억으로 남음.

120) Crumlin. 더블린 중심부에서 남서쪽으로 3.5마일 지점에 위치한 마을.

121) 두 조카가 죽으면 그들의 재산을 얻게 되는 한 숙부가 그들을 숲속에 버린 이야기를 읊은 영국의 민요. 1798년 더블린 남부 언덕에서 일어난 가톨릭 농민들의 반란 역시 '숲속의 갓난아기들'이라 불렀는데, 이는 반란이 싹을 틔우자마자 곧 진압되었기 때문임.

122) Buena Vista. 지브롤터에서 가장 높은 산. 사우드 슈가 로프 힐(South Sugar Loaf Hill)이라고도 불리며, 오하라의 탑(O'Hara's Tower)은 이 산의 가장 높은 봉우리들 중의 하나.

123) *Buenas noches, señorita. El hombre ama la muchacha hermosa.* (스페인어)

124) 거리의 유행가 가사에서.

125) 격언적 표현에서 유래함—글쎄, 별의별 놈이 다 있지, 그 착한 여인이 암소에게 키스했다고 말하듯.

126) 과부가 된 디그넘 부인을 가리킴.

127) 일종의 생명보험회사를 말함.

128) Cramer's. 웨스트모어랜드가(街) 4, 5번지 소재의 악기점.

129) 성서에서—그러므로 즐겁게 사는 것이 좋은 것이다. 하늘 아래서 먹고 마시며 즐기는 일밖에 사람에게 무슨 좋은 일이 있겠는가?(〈전도서〉 8:15)

130) 블룸이 간밤에 꾼 꿈.

131) 블룸이 꿈에 본 아내 몰리.

132) 교정인 및 시의원인데, 청원을 위해 영국의회를 방문하고 있음(제7장).

133) Holyhead. 영국 웨일즈 북서쪽에 있는 앵글시섬 서쪽의 섬으로, Holy Island라고도 함.

134) 스티븐이 떨어뜨린 것임(제3장).

135) 성서에서—돈이 있거든 눈감고 사업에 투자해 두어라. 참고 기다리면 언젠가는 이윤이 되어 돌아올 것이다.(〈전도서〉 11:1)

136) 마사는 그 편지에서 '말(word)'을 '세계(world)'로 잘못 씀.

137) AM. A. 블룸은 모래 바닥에다 I AM A를 씀. 여기서 'A'는 알파벳 글자의 첫자, 그리스 문자의 '알파', '그리스도'등 여러 가지 상징적 뜻을 내포하는 듯하나 분명치 않음. A 다음에 'cuckold(오쟁이진 남편)', 'king(왕)', 'stick in the mud(진흙 속의 지팡이)' 등 여러 가지 상징적 단어들이 생략되었으리라고 예측하는 설도 있음.

138) 프랑스의 과학모험 소설가 베른(Jules Verne, 1828~1905)의 대표작 『80일간의 세계일주(*Le Tour du monde en quatre-vingt jours*)』(1873)의 변형.

139) 거티의 노출증 또는 블룸의 자위 행위를 암시하는 듯함? 또는 블룸의 모래 위의 글쓰기?

140) 블룸의 아내 몰리를 가리킴.

141) Ennis. 블룸은 6월 27일 부친의 기일(忌日)에 그곳을 방문할 예정임(제5장).

142) 아내와 보일런과의 연주 여행에 관한 일 또는 블룸의 보일런에 대한 그리스도적 관용의 암시.

143) cuckoo. ① 오쟁이진 남편 블룸, 즉 그가 부정(不貞)한 아내를 가졌음을 상징적으로 암시함. ② 셰익스피어 작 〈사랑의 헛수고(Love's Labour's Lost)〉 끝부분 '봄(Spring)'의 노래 후렴 참조—……이때 뻐꾸기는 수목 위에서, / 기혼자를 조롱하며 노래를 하네, / 뻐꾹(오쟁이진 놈), /

뻐꾹 뻐꾹 하며. / 오 이 소리는 / 기혼자 귀에는 두렵고 불쾌할 테지.(V . ii, 914~921) ③ 뻐꾸기 울음의 수에 따라서 결혼의 가부(可否)를 점치는 관례에 비추어 보면, 여기 사제관의 벽로대 위의 시계 소리는 거티 맥도웰과 블룸의 처지를 동시에 암시한다고 볼 수도 있음.

144) 이상 아홉 번의 '뻐꾹' 소리는 밤 9시를 알림.

◆ 14장 ◆

1) Deshil Holles Eamus. Deshil—(게일어) '남쪽으로(혹은 오른쪽으로)' 라는 뜻. Holles—혼(Horne) 국립 산부인과 병원이 있는 거리. Eamus—(라틴어) '가세'라는 뜻. 이 구절은 고대 그리스 신화의 풍요와 다산(多産)을 축하하기 위한 일종의 주문(incantation) 형식으로 씌어짐.

2) Send us bright one, light one, Horhorn, quickening and wombfruit. 풍요의 상징인 태양신 헬리오스(Helios)에 대한 기원문 형식으로 쓰임. 호혼은 산부인과 병원 원장인 혼(Sir A. Horne)으로 의인화됨. 또한 태양신의 뿔난(horned) 소들을 암시하기도 함. 태동초감: 산모의 태아에 대한 초기 느낌.

3) Hoopsa boyaboy hoopsa! 남자아이의 탄생을 알리는 간호원의 우렁찬 부르짖음.

4) 교리에 있어서…… 지당하지 아니하랴?—이상의 구절은 로마의 정치가이자 역사가들인 살루스티우스(Sallustius, B. C. 86?~34) 및 타키투스(Tacitus, 55?~117)의 라틴 산문체를 모방함.

5) the O'Shiels. 영국의 유명한 유전외과 의사 가문(찰즈 1세 당시).

6) the O'Hickeys. 아일랜드계의 유명한 유전외과 의사 가문.

7) the O'Lees. 15세기 아일랜드어 및 라틴어로 된 의학연감을 발행한 유명한 유전외과 의사 가문.

8) 그런고로…… 국민의 업적이여!—이상의 구절은 중세 라틴 산문의 연대기(年代記) 문제를 모방함.

9) 블룸이 퓨어포이 부인의 산고(産苦)를 위로하기 위해 국립 산부인과 병원에 나타난 것을 일컬음.

10) 블룸의 조상 및 방랑하는 유태인(the Wandering Jew)을 암시함.

11) 천사 가브리엘이 동정녀 마리아에게 예수의 탄생을 알린 것(〈루가의 복음서〉 1:26~38).

12) 〈창세기〉에서 하느님은 노아와 그의 가족을 제외하고는 모든 인류를 멸망시킬 것을 결심함 (6:1~12).

13) 호머의 오디세우스(율리시스) 장군은 거의 20년간 집을 떠나 있었는데, 10년은 트로이전쟁에, 나머지 10년은 방랑으로 세월을 보냄.

14) Mona island. 웨일즈 북서부 지역의 군도(群島)로, 1904년부터 요양지로 알려짐.

15) Childermas. 성서에 기록된 12월 28일(Holy Innocents Day라고도 함)을 일컫는데, 이날 헤로데 왕의 명령에 의하여 베들레헴과 그 일대에 사는 두 살 이하의 사내아이들이 죽음을 당했음(〈마태오 복음서〉 2:16~18).

16) 그때 그녀의 눈이…… 그곳에 잠시 서 있었느니라—이상의 구절은 당대에 유명했던 작가이자 수도원장인 앨프릭(Aelfric, 955~1020)의 앵글로 색슨 음률 두운(頭韻) 산문체를 모방함.

17) 여성의 약 9년간의 월경기.

18) 이 산원으로…… 꾸짖고 있는 것이로다—이상의 구절은 중세 영어의 산문으로 이른바 '도덕극(morality play)'의 문체를 모방함.

19) 아일랜드에서 제일 큰 마테르 미세리코르디아(Mater Misericordiae) 병원(이클레스가 소재)을 가리킴.

20) 거티의 노출에 의한 블룸의 자위 행위를 뜻함(제13장).

21) Mahound. 중세기에 마호메트(Mahomet)를 일컫던 이름으로 그의 추종자들은 그를 하느님으로 섬김.

22) Chaldee. 칼데아(Chaldea)로, 유프라테스강(Euphrates) 및 페르시아 만 근처인 남바빌로니아의 옛 지명.

23) 〈햄릿〉 I, ii, 280 참조.

24) 그리고 성 안에는…… 전능하신 하느님이시여—이상의 구절은 중세의 환상적 여행기 문체를 모방함.

25) 레너헌(자유농민)의 말로서, 유태인의 어떤 후손이 탄생하여 구세주 [메시야]가 되리라고 지금도 기대하고 있다는 것을 암시함.

26) Alba Longa. 로마보다 300년 전에 건설된, 이탈리아 중부·티베르강 동남부에 자리한 옛 왕국 라티움(Latium)의 수도. 여기서는 스코틀랜드를 가리킴.

27) 산모와 태아 중 어느 한쪽을 희생시켜야 하는 경우를 말함.

28) Eblana. 더블린의 옛 이름.

29) 성서에서—그리고 여자에게는 이렇게 말씀하셨다. / 너는 아기를 낳을 때 몹시 고생하리라. 고생하지 않고는 아기를 낳지 못하리라.(〈창세기〉 3:16)

30) 산아제한(産兒制限)을 말함.

31) Saint Ultan of Arbraccan. 네덜란드에서 포교 활동을 한 아일랜드 태생의 전도사로, 고아들과 병자들을 보살핌으로써 아일랜드의 '고아들의 수호성자'라 불림.

32) 피임(被任)과 자위 행위를 암시함.

33) Saint Foutinus. 3세기경 프랑스 리용(Lyons)의 최초의 주교.

34) Lilith. 유태 율법의 전설적 마녀. 아담의 육감적인 아내로 부적을 달지 않은 아이들을 사망으로 유혹하여 죽였다고 함. 성서의 〈이사야〉(34:14)에 '울부짖는 부엉이(screech owl)'로 묘사됨. 그녀에 관해서는 여러 가지 전설이 전해지고 있는데, 예를 들면 그녀는 실낙원 이후 아담의 첩이었다 함.

35) Virgilius. 로마 최고의 시인으로 『농사 시(*Georgics*)』(IV:271~277)에서 암말들의 발정기(發情期)인 봄철에 있어서의 바람에 의한 수태를 저술함.

36) Averroes. 중세의 철학자 및 의사로, 그의 의학서에는 목욕탕 속의 임신에 대한 서술 부분이 들어 있음.

37) Moses Maimonides. 그리스의 신학자 및 철학자(1135~1204).

38) 베드로는 본래 갈릴리의 어부로, 12사도들 중의 한 사람. "어부의 봉인을 지니고 있는 자"인 베드로는 '로마 최초의 교황'임. 반석 위에……—내가 이 반석 위에 내 교회를 세울 터인즉 죽음의 힘도 감히 그것을 누르지 못할 것이다.(〈마태오 복음서〉16:18)

39) 차라투슈트라(Zarathustra)의 말을 스티븐이 인용함(제1장).

40) 그의 착한 성질을…… 때문이로다—회개한 죄인인 '탕아(Prodigal Son)'의 형은 그의 아버지에게 창녀들한테 빠져서 아버지의 재산을 다 날려 버린 동생에 대해 불평함(〈루가의 복음서〉15:30).

41) 멀리건을 암시함.

42) the vicar of Bray. 통치자가 바뀔 때마다 그 종파를 바꾸었다고 전하는, 더블린 남동부 해안의 작은 마을 사이먼알린(Simon Aleyn)에 관한 속요 제목이기도 함. 여기서는 '변절자'를 의미함.

43) 교황을 일컬음. 교황은 지상의 교회 수령으로서 그리스도를 대리함.

44) 최후의 만찬에서 예수가 행한 말의 인유—그들이 음식을 먹을 때에 예수께서 빵을 들어 축복하시고 제자들에게 나누어 주시며 '받아 먹으라. 이것은 내 몸이다' 하시고 또 잔을 들어 감사의 기도를 올리시고 그들에게 돌리시며 '너희는 모두 이 잔을 받아 마시라. 이것은 나의 피다. 죄를 용서해 주려고 많은 사람을 위하여 내가 흘리는 계약의 피다.'(〈마태오의 복음서〉26:26~28)

45) 성서의 인유—예수께서 광야에서 40일 동안 단식한 후 몹시 시장하였을 때 악마가 나와서, "당신이 하느님의 아들이거든 이 돌더러 빵이 되라고 해보시오" 했다. 그러자 예수께서는 "성서에 '사람이 빵으로만 사는 것이 아니라 하느님의 입에서 나오는 모든 말씀으로 살리라'고 하지 않았느냐?" 하고 대답하셨다(〈마태오의 복음서〉4:3, 4).

46) 실은 스티븐이 오늘 아침 디지 교장에게서 탄 급료.

47) 1800년 5월 6일 블레이크(W. Blake)가 헤일리(W. Hayley)에게 보낸 편지 중의 글귀. 그는 형의 죽음을 애도하며 헤일리에게 "모든 인간의 죽음은 불멸의 믿음이요, 시간의 폐허가 영원의 궁전을 세운다"라고 씀.

48) 욕정의 바람……—단테의 『신곡』〈천국편〉제13곡 133~135행 참조, 토머스 아퀴나스는 단테에게, 판단은 성급하여 거짓일 수 있음을 경고함; 겨울날 처음엔 앙상하고 억세기만 하던 / 가시나무가 어느덧 그 꼭대기에 장미를 / 지니고 있음을 내 보았음이로다. 장미를…… 예이츠의 시 〈장미(Rose)〉(1893)에 나오는 구절.

49) 〈요한의 복음서〉1:14 참조.

50) *Omnis caro ad te veniet.* (라틴어) 라틴어 성서 〈시편〉64:1, 2 참조—하느님, 시온에서 찬미받으심이 마땅하오니 당신께 바친 서원 이루어지게 하소서. 당신은 우리의 기도를 들어주십니다: 모든 고기는 너희에게 돌아오도다.

51) Bernardus. 1140년경 프랑스의 수도사.

52) 성모 마리아를 가리킴.

53) *Omnipotentiam deiparae supplicem.* (라틴어)

54) 하느님의 아들, 즉 그리스도를 가리킴.

55) *vergine madre, figlia di tuo figlio.* (이탈리아어) 단테의 『신곡』, 〈천국편〉 제 33곡 1행의 구절. 여기서 성 베르나르도는 단테를 위하여 성모 마리아에게 기도함.

56) 마리아가 잉태한, 하느님의 아들로서의 그리스도를 말함.

57) 잭이…… 어부 베드로—자장가의 한 구절. 또한 로마 최초의 교황인 베드로가 세운 집 속에 살고 있는 수많은 교황들 및 주교들을 암시하기도 함. 수호성자…… 모르고 있는 것이오—마리아는 성령에 의하여 임신한 것이 아니라는 역설. 즉 그녀는 단지 무지한 '육체의 그릇(vessel of flesh)'으로, 그녀의 자궁 속에 '육화(肉化)'한 것은 '말(Word)'임을 알지 못했다는 이단설. '목수 요셉' 부분은 벅 멀리건이 예수를 조롱한 속요 참조(제1장). 마리아의 임신에 대한 요셉의 의혹 및 하느님의 해명은〈마태오의 복음서〉(1:18~21)에 서술됨.

58) *parceque M. Léo Taxil nous a dit que qui l'avait mise dans cette fichue position c'était le sacré pigeon, ventre de Dieu!* (불어) 스티븐의 의식 참조(제3장).

59) *Entweder……oder.* (독어) 영어의 either…… or에 해당함.

60) '전질변화(transubstantiality)'란 성부, 성자, 성신을 동일체로 보는 것. 즉 삼위일체(Trinity), '자독(subsubstantiality)'이란 고유성(본체) 탈락 및 허무의 뜻임.

61) 성모 마리아의 원죄 없으신 잉태를 암시함(제3장).

62) Almany. 독일을 일컫는 고어(古語)

63) 벅 멀리건의 모델인 고가티(Oliver St. John Gogarty)가 지은 미발표 속요의 제목임.

64) lord Andrew. 이곳 산부인과 병원장 혼을 가리킴.

65) 마테르 미세리코르디아 병원.

66) 스티븐이 그리스도와 비교됨.

67) Madagascar island. 아프리카 동남 해안에서 380킬로미터 떨어져 인도양에 위치한, 세계에서 네번째로 큰 섬(프랑스령).

68) *Ut novetur sexus omnis corporis mysterium.* (라틴어) 가짜 찬송가(mock Anthem)임.

69) 영국의 극작가들인 플레처(John Fletcher, 1579~1625) 및 뷰먼트(Francis Beaumont, 1586~1616)로, 둘은 합작을 많이 했음. 〈처녀의 비극(The Maid's Tragedy)〉(1611) 역시 그들의 합작극임.

70) 영국 고고학자이자 전기작가인 오브리(John Aubrey, 1626~1697)는 그의 『짧은 인생(*Brief Lives*)』(1898편)에서, 앞서의 플레처와 뷰먼트는 독신자들로 그들 사이에 서로 감탄하는 여인이 있었다고 기록함.

71) Zarathustra. 고대 페르시아의 민족종교인 조로아스터교(Zoroastrianism, 拜火敎)의 개조(開祖)로, 기원전 6세기경에 포교 활동을 했음(제1장).

72) Secondbest bed. 셰익스피어 유언 중의 한 구절임(제9장).

73) *Orate, fratres, pro memetipso.* (라틴어) 미사 때 복창하는 봉헌문(Offertory)의 패러디.

74) Erin—아일랜드의 옛 이름. 기억하라, 에린, ……나날을—무어(T. Moore)의 노래 〈에린이여 옛 시절을 기억하라(Let Erin Remember the Days of Old)〉와 〈신명기〉에 나오는 모세의 노래〈옛날

을 기억하라, 많은 세대의 해들을 생각하라〉(32:7)의 결합.

75) Jeshurum. 이스라엘을 시적(詩的)으로 일컫는 말─그리하여 야곱은 배부르게 먹었고 / 여수룸은 뚱뚱하게 살이 올랐다. / 그러자 저를 지으신 신을 버리고 / 자기를 살려 주신 반석을 우습게 여겼다.(〈신명기〉 32:15)

76) 예레미야(Jeremiah)의 〈애가〉 중의 글귀(5:7, 8)─죄지은 선조들은 간 데 없는데 / 그 벌은 우리가 떠맡게 되었습니다. / 하인들이 우리를 부리게 되었는데 / 그 손에서 빼내어 줄 이도 없습니다.

77) 돌아오라……─솔로몬의 〈아가〉 7:1 참조. Milesian─아일랜드인을 익살스럽게 일컫는 말로서, 스페인으로부터 쳐들어와 아일랜드인의 조상이 된 전설적인 왕 마일시우스(Milesius)의 이름에서 유래함.

78) 〈신명기〉 32:16 및 〈에제키엘〉 5:5~11 참조. '설사약……' 부분은 멀리건이 헤인즈의 부친에 관해 한 말(제1장).

79) 이스라엘 사람들은 로마인들과 동방(특히 인도)의 왕자들을 추종함으로써 그들의 하느님을 부정함(〈에스텔〉 1:1 및 8:9). '그대의 딸들이……'란 이스라엘 딸들의 비행에 대한 비난. 여기서는 로마-영국 대(對) 유태-아일랜드의 상관 관계를 암시함.

80) Horeb, Nebo, Pisgah. 모세가 그곳에서 '약속의 땅'을 바라본 세 개의 산들─모세가 모압 광야에서 예리고 맞은편에 있는 느보산 비스가 봉우리에 오르자, 야훼께서 그에게 온 땅을 보여 주셨다.(〈신명기〉 34:1)

81) the Horns of Hatten─갈릴리해(海) 서부의 산봉우리인데, 모세가 그곳에서 '약속의 땅'을 바라본 것으로 추정됨. 젖과 돈이……─성서의 패러디; 너희는 젖과 꿀이 흐르는 그 땅으로 들어가거라. 〈출애굽기〉(33:3)에서의 약속의 땅.

82) 스티븐 데덜러스.

83) septuagint. 그리스어로 번역된 가장 오래된 구약성서. 기원전 3세기경, 알렉산드리아에서 72인의 학자가 72일 동안 번역했다 함.

84) Tully. 로마의 웅변가·정치가·철학자인 키케로(Marcus Tullius Cicero, B. C. 106~43). 키케로는 그의 저서 『투스쿨란 논쟁(Tusculan Disputations)』에서 "인간은 그의 운명에 있어서 온갖 흥망성쇠, 특히 그 포학무도함을 미리 생각해야 한다"고 주장, 만일 이런 관습을 미리 준비하지 않는 한 그러한 포학성은 그들의 마음을 더욱 괴롭힌다 하였음.

05) 〈햄릿〉에서 유령이 햄릿에게 하는 말(I, v, 13~??).

86) 이집트는, 이스라엘 백성들의 해방을 요구한 모세의 말을 파라오(Pharaoh)가 거절함으로써 그 벌로 야훼가 내린 여러 가지 재앙을 겪었음.

87) ubi and quomodo. (라틴어).

88) 그리스 신화에 나오는 운명의 여신들(Fates)로, 인간의 탄생, 생애, 죽음 등을 다스렸다고 함.

89) 모세가 파라오의 딸에게 발견되는 장면─마침 파라오의 딸이 목욕하러 강으로 나왔다. 시녀들은 강가를 거닐고 있었는데 공주가 갈대 숲속에 있는 상자를 보고 시녀 하나를 보내어 건져다가 열어 보았더니, 사내아이가 울고 있었다.(〈출애굽기〉 2:5)

90) 모세가 매장되는 장면─모압 땅에 있는 벳브올 맞은편 골짜기에 묻혔는데 그의 무덤이 어디에 있는지는 오늘까지 아무도 모른다.(〈신명기〉 34:5, 6)

91) Tophet—구약성서에 묘사된 전통적인 지옥(예루살렘 남부, 힌놈 골짜기 소재). Edenville—스티븐이 생각하는 낙원을 말함(제3장).

92) *Étienne chanson.* (불어) 〈스티븐 노래(Stephen Song)〉를 의미함.

93) 지혜는…… 세웠도다—성구의 인유; 지혜가 일곱 기둥을 세워 제 집을 짓고 / 소를 잡고 술을 따라 손수 잔치를 베푼다.(〈잠언〉 9:1, 2) 웅장한 반원형…… 수정궁—1851년 세계 시장 대박람회를 위하여 런던의 하이드파크에 세워진, 쇠와 유리로 된 건물(1936년 대화재로 파손됨)을 연상시킴.

94) 시골 시장의 노름판(조가비 경기, shell game)에서 완두콩을 집어 행운을 얻는 지혜.

95) 〈잭이 세운 현대식 집(The Modern House that Jack Built)〉이란 19세기 자장가의 패러디(작자 미상).

96) 스티븐을 말함.

97) 블레이크(W. Blake)가 그의 시 〈무형의 아버지에게(To Nobodaddy)〉에서 묘사된 분노와 지옥의 화신(火神).

98) Believe-on-Me. 성구에서—예수께서는 이렇게 대답하였다. '내가 바로 생명의 빵이다. 나에게 오는 사람은 결코 배고프지 않고 나를 믿는 사람은 결코 목마르지 않을 것이다.'(〈요한의 복음서〉 6:35)

99) 성서에서—사람이 죽었다가 다시 살아난 다음에는 장가드는 일도 없고 시집가는 일도 없이 하늘에 있는 천사들처럼 된다.(〈마르코의 복음서〉 12:25) 예수는 부활(復活)을 믿지 않는 유혹자들에게 이렇게 말함.

100) Bird-in-Hand. '손안에 든 한 마리 새는 숲속의 두 마리 새의 값어치에 해당한다'는 격언에서.

101) 1903년 2월 26~27일 사이에 영국과 더블린 및 그 인근을 무서운 힘으로 강타하여 파괴한 태풍.

102) 엘리(Ely) 광장과 배고트(Baggot)가는 메리언 광장 남서쪽에 위치하고 듀크(Duke) 잔디밭은 메리언 광장 서북쪽의 라인스터 하우스(Leinster house) 정면에 위치함.

103) 두 사람은 게일어의 부활 무제를 토론하기 위하여 트리니티대학 사학회에 참가함(제7장).

104) 아일랜드의 소설가·비평가·극작가인 조지 무어(George Moore, 1852~1933)는 처음에는 로마 가톨릭 교도였다가, 뒤에 친영파의 신교도가 됨으로써 종교에 대해 모호한 태도를 취함. 이는 본 소설 제1장에서 스티븐이 명상하듯 무어의 '신이교주의(new paganism)'에 매료된 자신의 가톨릭교에 대한 배교(背教)를 의미하기도 함. 조지 무어가 쓴 『젊은이의 고백(Confessions of a Young Man)』(1888)은 조이스의 『젊은 예술가의 초상』(1916)에 많은 영향을 줌. 이 두 소설에 등장하는 '동류(homeomorph)'의 주인공들은 종교 문제 때문에 갈등을 겪음.

105) Saint Swithin. 앵글로 색슨의 성직자이자 윈체스터의 주교였던 스위딘(808?~862?)의 축일인 7월 15일(혹은 7월 2일).

106) 블룸의 딸 밀리를 가리킴.

107) Lady day. 성모 마리아의 날로, 천사 가브리엘이 그리스도의 잉태를 그녀에게 고한 날인 3월 25일.

108) 아이가 태어난 지 만 1년이 되기 전에 손톱을 자르면 후에 물건을 훔친다는 아일랜드 미신에서.

109) the king's bible. 흠정 영역 성서(King James Version)를 말함. 이 속에 이름을 기록한다는 것은 퓨어포이 가문이 신교도임을 의미함.

110) 웨즐리(John Wesley, 1703~1791)가 처음 감리교(Methodism)를 설립했을 때는 기존 교회에서처럼 성찬을 배령치 못하게 하였으나, 그의 사후 이 제도는 완화됨.

111) Bullock harbour. 샌디코브 해변의 마텔로 탑 근처, 달키 지역에 있는 인공 항구임.

112) Malachi's almanac. 기원전 5세기경 유태의 예언자 말라기(Malachi)가 구약성서를 결말짓는 부분—보아라. 이제 풀불처럼 모든 것을 살라 버릴 날이 다가왔다. 그날이 오면, 멋대로 살던 사람들은 모두 검불처럼 타버려 뿌리도 가지도 남지 않으리라. 만군의 야훼가 말한다.(〈말라기〉 3:19)

113) Mr Russell. 아일랜드 문예부흥기의 비평가·시인(제9장).

114) farmer's gazette. 러셀이 창간한 농민신문인 《아이리쉬 홈스테드》지(제9장). 여기서 '예언적 마력(prophetical charm)'이란 러셀의 접신론과 농지 개혁을 의미함.

115) 바람, 불, 물을 말함.

116) 그리하여 6월 16일 목요일…… 발견하게 되는 도다—이상의 구절은 17세기 영국의 여류 일기 작가 존 이블린(John Evelyn, 1620~1706) 및 영국 해군대신으로서 국난의 시대를 기록한 일기로 유명한 새무얼 피프스(Samuel Pepys, 1633~1703)의 문체를 모방함.

117) Paul's men. 원래는 런던의 성 바오로 성당의 측면 복도를 드나드는 사람들. 여기서는 일 없이 배회하는 건달들을 암시함.

118) flatcaps. 16, 17세기 런던에서 유행했던 납작모자 쓴 견습공.

119) *Mort aux vaches.* (불어)

120) Bordeaux. 프랑스 서남부의 항구 도시로, 포도주 산지로 유명함.

121) Mr Gavin Low's yard. 더블린시 북부 순환로 모퉁이, 프러시아가 47~53번지 소재의 가축장.

122) Muscovy. 러시아의 옛 이름.

123) 유일한 영국 출신 교황 아드리안 4세(Pope Adrian Ⅳ, 재위 1154~1159)를 가리킴. 그는 영국 왕 헨리 2세에게 아일랜드의 지배권을 부여함. 이때부터 영국왕과 교황이 결탁함으로써 존·불(영국인)의 아일랜드 지배권이 강화되었음. 본명은 니콜라스 브렉스피어(Nicholas Breakspear, 1100?~1159).

124) 아일랜드나 교황의 황소가 영국의 도자기(그의 도자기 공업의 명성)에 담긴다는 말장난. 여기서는 영국과 아일랜드간의 파괴적인 불편한 관계를 암시함.

125) 1155년에 니콜라스, 즉 교황 아드리안 4세는 헨리 2세에게 아일랜드 소유권을 인정하는 황금 반지의 에나멜 세트를 줌.

126) 헨리 2세를 암시함.

127) the Lord Harry. 아일랜드를 지배한 영국 왕 헨리 2세의 별명. 'Harry'는 악마, 약탈자 등의 뜻을 가짐.

128) 원래 아일랜드는 네 개의 왕국, 즉 먼스터, 라인스터, 얼스터 ,코노트로 이루어짐.

129) 여기서는 교회 또는 성당.

130) 여기서 약탈 상제는 헨리 2세가 이 헨리 4세로 변신한 것을 의미하며, 후자는 장미전쟁 이후
에 완화된 아일랜드에 대한 통치를 강화하고 영국의 토지관리권을 아일랜드에도 적용함.

131) 아일랜드에 있는 세 주(州)로, 로스코먼(Roscommon)은 중북부에, 코네마라(Connemara)는 서
해안에, 슬라이고(Sligo)는 서북부에 위치함.

132) 가톨릭교 이외의 종교가 번성하게 될 경우를 말함.

133) 영국 국교인 신교와 가톨릭교 간의 갈등을 암시함.

134) 헨리 7세는 헨리 8세에게 양위한 뒤에도 서로의 갈등을 드러냄. 또 다른 약탈 상제인 해리 7세
(신교도)는 니콜라스(가톨릭 교도)를 '매음부' 또는 '포주'로 매도함.

135) 성례전(聖禮傳, sacraments)에 관한 마틴 루터(Martin Luther)의 이론을 공박하고 그로 하여금
'신앙의 옹호자(Denfender of Faith)'란 교황 칭호를 얻게 해준 헨리 8세의 논문을 가리킴.

136) *Bos Bovum.* (라틴어)

137) 헨리 8세가 행한 아일랜드 태생 볼린(Anne Boleyn) 여인과의 밀통(密通)을 암시하는데, 볼린
은 1533년 마침내 여왕이 됨.

138) '신앙의 옹호자'란 이름.

139) 헨리 8세는 1541년 자신을 아일랜드의 왕, 교회와 국가의 수령(King of Ireland, Head of Church
and State)으로 선언함. 이때 아일랜드의 영주들은 아일랜드의 개혁(Reformation of Ireland)을
별 반대 없이 받아들였으나, 잇따라 폭동이 일어남.

140) 베드로는 원래 갈릴리의 어부로 예수의 12사도 중의 한 사람이나, 여기서는 신교도들이 그를
우롱하는 일종의 속요 속의 인물로 묘사됨. 이 노래는 그 속요와 번즈(Robert Burns)의 〈그렇
고 그런데도(For A'That and A'That)〉(1795)의 시행을 결합한 것.

141) Mr Quinnell's. 리피강 남부, 더블린 중심부의 플리트가 45번지에 자리잡음.

142) Lambay Island. 더블린 동북부 12마일 지점의 맬러하이드 맞은편 해변 3마일 지점에 위치한
섬으로, 새들의 성역(聖域)으로 알려짐.

143) 태어나는 아이를 암시함.

144) 성서의 패러디—너희는 세상의 빛이다. 산 위에 있는 마을은 드러나게 마련이다. 등불을 켜서
됫박으로 덮어 두는 사람은 없다. 누구나 등경 위에 얹어 둔다. 그래야 집안에 있는 사람들을
다 밝게 비출 수 있지 않겠느냐?(〈마태오의 복음서〉 5:14, 15)

145) Talbot de Malahide. 퇴역 장군이며 지주(제10장)로서 그는 토지 개혁에 대해 반대를 계속했
음. 그의 가족들은 그들이 소유했던 람베이섬을 1878년에 매각함.

146) *Omphalos.* 멀리건은 제1장의 장면인, 샌디코브 해변의 마텔로 탑을 한때 이렇게 부름.

147) 이집트의 방첨탑(obelisk)은 태양신에 헌납하는 남근(男根)의 상징으로, 다산(多産)의 숭배와 연
관됨.

148) 영국의 뉴캐슬(Newcastle)은 석탄 집산지 및 수출지라, 그곳까지 석탄을 운반한다 함은 무모하
고 소용없는 일이란 뜻(일종의 격언적 문구).

149) *Talis ac tanta depravatio huijus seculi, O quirites, ut matres familiarum nostrae lascivas
cujuslibet semiviri libici titillationes testibus ponderosis atque excelsis erectionibus centurionum
Romanorum magnopere anteponunt.* (라틴어) 키케로풍(Ciceronian)의 이 인용구는 분명히 멀

리건이 쓴 듯함.

150) 밀리가 사귀고 있는 밴넌이란 학생.

151) 예수는 황야에서 그를 뒤따르는 군중 5천 명을 '다섯 조각의 빵과 두 마리의 물고기'로 배불리 먹임(《마태오의 복음서》 14:13~21).

152) Mr Austin Meldon. 더블린의 외과의 및 아일랜드 왕립 외과 대학의 전(前)학장.

153) 아일랜드 민요에 나오는 연인(제1장)

154) 스코틀랜드 학생인 크로터즈를 말함.

155) 밴넌을 가리킴.

156) *Mais bien sûr, …… et mille compliments.* (불어)

157) 밀리를 가리킴.

158) 블룸이 딸에게 선사한 것(제4장, 밀리의 편지 참조).

159) *marchand de capotes.* (불어) '두건(capotes)'은 '콘돔(condum)'이란 뜻도 있음.

160) Le Fécondateur. 멀리건을 말함.

161) Cape Horn. 남미 최남단에 있는 곳으로, 항해하기가 무척 까다로운 곳임.

162) 런치와 밀회하다 콘미 신부에게 발각된 처녀(제10장).

163) 성서 속의 노아의 방주 참조(《창세기》 6:14).

164) *il y a deux choses.* (불어) 이상의 구절에서 빈번히 나오는 프랑스어 어구는 『프랑스와 이탈리아의 센티멘털 저니(*A Sentimental Journey Through France and Italy*)』의 저자 스턴(Laurence Sterne, 1713~1768) 문체의 특징인 동시에 조지 무어가 썼던 불어 섞인 대화체의 흉내임.

165) Miss Callan. 혼의 산부인과 병원에 근무하는 간호사.

166) 멀리건을 말함.

167) *enceinte.* (불어)

168) 간호원 콜런을 가리킴.

169) a cloud of witnesses. 성구에서—이렇게 많은 증인들이 구름처럼 우리를 둘러싸고 있으니 우리도 온갖 무거운 짐과 우리를 얽어매는 죄를 벗어 버리고 우리기 달려야 할 길을 꾸준히 달려갑시다.(《히브리인들에게 보낸 편지》 12:1)

170) 거기 모인 사람들이…… 교육받은 사람이오—이상의 구절은 아일랜드 출신의 극작가·소설가·시인인 골드스미스(Oliver Goldsmith)의 문체를 모방함. 이 구절 속의 "즉 나는 '부친을 존경하며…… 모친을 정성스런 마음으로……"란 어구는 성구에서의 인유—너희는 부모를 공경하여라. 그래야 너희는 너희 하느님 야훼께서 주신 땅에서 오래 살 것이다.(《출애굽기》 20:12)

171) 셰익스피어 작의 〈헨리 6세〉(V, vi, 67~71) 및 〈리처드 3세〉에서 글로체스터(Gloucester, 후의 리처드 3세)는 꼽추등을 하고 있으며 원숭이의 형태로 묘사됨.

172) 다윈(Charles Darwin, 1807~1882)의 저서 『인간의 혈통과 성별(The Descent of Man and Selection in Relation to Sex)』(1871)에 보면 유인원(ape)과 인간의 중간에 있었으리라 가상되는 동물, 즉 '끊어진 고리(missing link)'가 있다고 함. 이는 두 종족간의 극단적 불연속성(radical discontinuity)

14장

을 설명해 줌.

173) 1866년 태생인 블룸은 1904년 현재 38세임.

174) 블룸씨로 되돌아가거니와…… 자백해야만 하리라—이상의 구절은 아일랜드 출신의 정치가·보안주의 사상가·변론가·철학자인 버크(Edmund Burke, 1729~1797)의 문체를 모방함.

175) 블룸을 가리킴.

176) 멀리건을 가리킴.

177) Ephesian matron. 소아시아의 옛 도읍인, 다이아나 신전이 있는 에베소(Ephesus)의 한 여인이 남편의 죽음으로 몹시 슬퍼했으나, 멋쟁이 구혼자가 나타나자 이내 그를 남편으로 받아들임.

178) old Glory Allelujerum. ① 테일러(Thomas Taylor)의 희극 속에 나오는 구레나룻 기른 주인공과 퓨어포이 영감과의 비교. ② 미국 복음집회에서 신도들이 설교가 끝난 뒤에 부르짖는 'glory Hallelujah'의 패러디.

179) '깃털이 같은 새는 한데 모인다'라는 격언에서.

180) 따라서 그는 곁에 앉아…… 관찰해 왔으니까—이상의 구절은 아일랜드 태생의 극작가이자 정치가인 셰리던(Richard Brinsley Sheridan, 1751~1816)의 문체를 모방함. 그는 한때 아일랜드 의 회의원을 역임한 바 있거니와, 이 구절은 그의 희곡 문체보다 연설문 문체와 흡사함.

181) 블룸을 가리킴.

182) 보어전쟁을 가리킴.

183) 아일랜드내의 영국 통치의 전복(顚覆)으로 블룸은 은행 투자를 잃어 버릴 가능성에 대해 걱정함. 블룸은 연리 4퍼센트의 캐나다정부 주식을 9백 파운드어치 소유하고 있음(제17장).

184) 몰리의 친정 아버지인 트위디 소령을 가리킴.

185) 자신의 가슴을 상처내어 그 피로 새끼를 기른다는 펠리컨. 어버이의 자식에 대한 사랑 및 그리스도(그의 피는 인간 재생의 본질)의 상징으로 쓰임.

186) Hagar, the Egyptian. 아브라함이 아내 사라가 아기를 낳지 못하자 맞아들인 애첩 하갈을 말함. 뒤에 사라에 의해 사막으로 쫓겨나자, 하느님의 천사가 그녀를 보호하고, 그녀는 아브라함의 아들 이스마엘을 낳음(〈창세기〉 16:15, 16).

187) 블룸은 한때 가축업자인 커프의 사무실에서 근무함.

188) 블룸과 그의 아내 사이의 성(性)의 불모(不毛)를 개탄함.

189) 자위 행위를 암시함.

190) balm of Gilead. 길르앗은 팔레스티나의 요르단강 동쪽의 옛 이름으로 유태인 거주지. 이 지역은 길르앗나무의 향유로 유명한데, 길르앗나무는 질병 치료제로도 널리 알려짐(〈예레미야〉 8:22).

191) 그러나 우아하신 왕자의…… 효력을 잃고 마는 것이다—이상의 구절은 18세기 풍자작가 주니어스(Junius)[작자미상의 가명]의 문체를 모방함(제12장).

192) a strife of tongues. 성경 구절에서—작당하여 달려드는 자들의 손으로부터 / 당신 앞 은밀한 곳에서 그들을 보호하시고 / 그들을 당신 장막 속에 숨겨 / 말 많은 자들(설전)에게서 보살펴 십시다.(〈시편〉 31:20, 21)

193) Childs Murder. 제6장 주 73) 참조.

194) *foetus in foetu.* (라틴어) 의학 용어.

195) *Sturzgeburt.* (독어) 아기의 갑작스런, 우연한 탄생을 의미함. 뜻하지 않은 아기가 태어나는 드문 현상을 표현하는 의학 용어.

196) 블룸이 노상의 책 가게에서 본 책(제10장).

197) Madame Grissel Steevens(1653~1746). 더블린의 유명한 외과의사 리처드 스티븐즈의 누이동생으로, 돼지의 머리 모습을 하고 있었다는 소문이 당시 널리 퍼짐.

198) Caledonia. 스코틀랜드의 시적인 고대 로마명.

199) 유태인 혈통의 블룸을 암시함.

200) 고대 로마 시인 오비디우스(Ovidius)를 가리킴. 그의 유명한 저서 『변신(Metamorphoses)』 제8권에서 미노스(Minos)의 여왕 파시파에(Pasiphaë)와 황소와의 간통을 서술함.

201) Minotaur. 그리스 신화에서 미노스의 여왕 파시파에는 다이달로스에 의하여 고안된 목제(木製) 암소와 간통함으로써 사람을 잡아먹는 괴물 미노타우로스를 낳음. 다이달로스는 그 후 미노타우로스를 가두기 위해 미로(미궁)를 만듦.

202) one Siamese twin. 흉부의 연골과 살이 서로 붙어서 태어난 '창(Chang)'과 '엥(Eng)'이라는 남자 쌍둥이 기형아로, 성장하여 유럽 각지를 순회하며 흥행한 것으로 전함.

203) 예수께서 바리사이파(Pharisees) 사람들에게 이혼에 관하여 대답한 말씀—바리사이파 사람들이 와서 예수의 속을 떠보려고 '무엇이든지 이유가 닿으면 남편이 아내를 버려도 좋습니까?' 하고 물었다. 그러자 예수께서는 '처음부터 창조주께서 사람을 남자와 여자로 만드셨다는 것과 또 〈그러므로 남자는 부모를 떠나 제 아내와 합하여 한 몸을 이루리라〉 하고 하신 말씀을 아직 읽어 보지 못하였느냐? 따라서 그들은 이제 둘이 아니라 한 몸이다. 그러니 하느님께서 짝지어 주신 것을 사람이 갈라 놓아서는 안 된다' 하고 대답하셨다.(〈마태오의 복음서〉 19:3~6)

204) 그러한 소식은…… 피상적으로 설명했다—이상의 구절은 영국의 철학자·역사가인 기본(E. Gibbon, 1737~1794)의 문체를 모방함.

205) Malachias. 벅 멀리건을 암시함.

206) bullawurrus. (게일어) '살인의 냄새'라는 뜻. 또는 '눈, 코, 입에서 불을 쏟아내는 별난 황소라는 뜻도 있음.

207) Erse language. 고대 아일랜드어(게일어).

208) 헤인즈가 간밤에 꿈에서 본 흑표범(제1장).

209) 여기서 예언자란 멀리건을 가리킴. '마나난(Mananaan)'은 아일랜드의 바다의 신.

210) *Lex talionis.* 모세가 전한 복수(復讐)의 계율(〈레위기〉 20:4~10). 본 소설 제7장 참조.

211) 스티븐이 멀리건에게 그날 아침에 친 전보(제4장).

212) 아일랜드의 신화와 민속에 나오는 사악한 두 형제가 덕 있는 셋째동생을 학대하는 이야기에서 (제9장)

213) 그러나 맬러카이아스의…… 살인자의 정원—월폴(Horace Walpole, 1717~1797) 작의 고딕 소설 『오트란토의 성(Castle of Otranto)』(1764)의 문체를 모방함. 이 짧은 구절에서 헤인즈는 이

소설의 찬탈지안 맨프레드(Manfred) 역을 함.

214) Clambrassil street. 더블린 남부 중심가.

215) 블룸의 부친 비러그는 헝가리의 솜보트헤이시(市) 출신임.

216) Jacob's pipe. 대륙에서 사용하던, 커다란 사기 대통을 가진 담뱃대.

217) 유년 시절의 블룸이 장년 시절의 블룸으로 변신함.

218) 국립 더블린대학(U. C. D)으로 1880년 패턴트(Letters Patent)에 의하여 창립되었는데, 그 당시 블룸은 14세였음.

219) fiat. 성서에서—하느님께서 '빛이 생겨라!' 하시자 빛이 생겨났다.(〈창세기〉 1:3)

220) Rudolph. 블룸의 부친임.

221) 인간의 영혼이…… 존재치 않으리라—이상의 구절은 영국의 수필가 램(Charles Lamb, 1775~1834)의 문체를 모방함. 그의 문체는 비애와 향수로 특징지어짐. "루돌프를 위하여…… 존재치 않으리라"란 아들 루디가 사망한 이래로 블룸에게 상속자가 없음을 뜻함.

222) 블룸의 딸 밀리를 말함(제4장)

223) 이날 아침 블룸이 푸주에서 산 콩팥을 싼 헌 신문에서 본 식수회사(제4장).

224) 성서에서—그분은 구름을 타고 오십니다. / 모든 눈이 그를 볼 것이며 / 그분을 따른 자들도 볼 것입니다. / 땅 위에서는 모든 민족이 그분 때문에 / 가슴을 칠 것입니다.(〈요한의 묵시록〉 1:7)

225) Bashan—고대 팔레스티나의 요르단강 동쪽의 비옥한 지방으로, 소와 양으로 유명함(〈시편〉 22:12, 13). Babylon—아시아 서남부 유프라테스강을 따라 펼쳐진 바빌론 제국의 옛 도시 이름으로, 갖가지 악덕이 만연되었던 곳임(〈예레미야〉 50:9~12).

226) mammoth and mastodon. 코끼리를 닮은 유사이전(有史以前)의 거대한 포유동물.

227) *Lacus Mortis*. (라틴어)

228) 목소리가 뒤엉키며…… 학살자들인 거다—이상의 구절은 영국 낭만주의 작가 드퀸시(Thomas De Quincey, 1785~1859)의 문체를 모방함. 블룸의 고독과 그의 꿈나라의 환상이 의식을 적시는 부분.

229) the Pleiades. 일곱 개의 자매별을 가리키나, 실제로는 여섯 개의 별로 이루어진 성단. 그중 한 개는 인간을 사랑하므로 얼굴을 드러내지 않았다고 전해짐.

230) 알파성(星)은 황소자리(Taurus)의 이마를 형성하는 삼각형의 성좌 가운데서 가장 밝은 별로, 일명 주성(主星)이라 불림.

231) Francis. 린치(그날 오후 3~4시경, 어떤 처녀와 밀회하다 콘미 신부에게 발각된)를 가리킴.

232) Glaucon—플라톤의 『공화국(*Republic*)』에 나오는 철두철미한 성격을 지닌 인물. Alcibiades—아테네의 정치가·장군으로, 소크라테스의 친구이며 제자였는데, 그 천재성으로 유명했음. Pisistratus(B. C. 600~527)—아테네의 폭군으로 유형(流刑) 명령과 재통지를 번복함.

233) Vincent. 스티븐의 친구 린치의 모델로, 『젊은 예술가의 초상』 제4장에 의대생으로 등장함.

234) 그리스 신화에 등장하는 예술의 대공장(大工匠)인 다이달로스(Daedalus)를 암시함.

235) Stephaneforos. (그리스어) '화환을 두른 자'란 뜻으로 스티븐을 그리스어로 표시함. '신성한 힘 (Divine Power)'을 지닌 번제(燔祭) 황소 또는 순교의 왕관을 쓴 황소로서, 이 번제용 동물들은 화환을 두른 것이 특징임. 본 소설 제3장, 『젊은 예술가의 초상』 제4장 참조.

236) 스티븐의 모친은 1903년 6월 26일 매장됨.

237) Phyllis. 목가(牧歌)에 등장하는 정숙한 처녀의 대명사.

238) lalage. 고전(古典)에 등장하는 전통적 미인의 대명사.

239) Periplipomenes—그리스의 신조어(新造語)로 '순회 과일장수'란 뜻. Corinth—그리스의 옛 도시 이름, 혹은 '포도(currant)라는 뜻도 있음.

240) Glycera or Chloe. 전설 및 목가에 나오는 두 미녀(마을 청년의 애인)의 대명사들임.

241) Bass's mare. 이날 경마에 출전하고 있는 「셉터」호로, 바스 회사 사장 바스(W. A. H. Bass, 1879~?) 소유임.

242) 음독 자살한 블룸의 부친.

243) Theosophos. 접신론(theosophy)에서의 '스승(master)'이란 뜻.

244) 프랜시스가 스티븐에게… 육체를 부여받았던 것이라고—이상의 구절은 18세기 영국의 수필가인 랜도(Walter Savage Landor, 1775~1864)의 문체를 모방함.

245) 멀리건과 레너헌.

246) 블룸 부친의 자살 사건임.

247) 레너헌을 말함.

248) Galloway. 스코틀랜드 남서쪽 끝 지방에 서쪽으로 돌출한 반도의 남쪽 끝에 자리한, 스코틀랜드 최남단의 곶.

249) Lafayette. 여왕 및 왕실 사진사였던 라파에트(James Lafayette)를 가리킴. 웨스트모어랜드가 30번지에 그의 사진관이 있었음.

250) 블룸이 해변에서 본 거티 맥도웰을 말함.

251) 하지만, 사실상…… 함께 자리하고 있었다—이상의 구절은 18세기 영국의 수필가·역사가였던 매콜레이(Thomas Babington Macaulay, 1800~1859)의 문체를 모방함.

252) Trinacria—삼각형을 이룬 시칠리아 섬의 라틴어명. Empedocles—그리스의 철학자·정치가·시인·예언자(B. C. 490?~430?)로, 에트나(Etna) 섬의 분화구에 투신 자살했다고 전함.

253) Culpeper. 영국의 물리학자 및 저술가(1616~1654).

254) Spallanzani. 이탈리아의 해부학자 및 생태학자(1729~1799).

255) Blumenbach. 독일의 인류학자 및 자연과학자(1752~1840).

256) William T. Lusk. 미국의 산부인과 의사(1838~1897).

257) Hertwig. 독일의 발생학자(1849~1922).

258) Leopold. 독일의 발생학자(1846~1911).

259) Valenti. 이탈리아의 물리학자 및 발생학자(1860~?).

260) 〈햄릿〉 III, i, 66~68의 글귀. 여기서 '시인'이란 셰익스피어를 말하며, 햄릿의 "사느냐, 죽느냐, 그것이 문제로다"라는 독백에서 '생각하게 하다'란 구절을 씀.

261) the survival of the fittest. 다윈의 저서 『종의 기원』에 저술된 진화론. 즉 주어진 환경에 가장 잘 적응하는 자가 생존한다는 원리로, 강자는 생존하고 약자는 사멸한다는 뜻.

262) 그런데 여기서 우선적으로…… 효과를 드러냈다—이상의 구절은 18세기 영국의 자연주의자이며 비교해부학자였던 토머스 H. 헉슬리(Thomas H. Huxley, 1825~1895)의 문체를 모방함. 그는 특히 종(種)의 진화에 대한 연구로 유명함.

263) 성구에서—믿음의 싸움을 잘 싸워서 영원한 생명을 얻으시오. 하느님께서 영원한 생명을 주시려고 그대를 부르셨고 그대는 많은 증인들 앞에서 훌륭하게 믿음을 고백하였습니다.(〈디모테오에게 보낸 첫째 편지〉 6:12)

264) Doady. 디킨즈 작 『데이비드 코퍼필드(David Copperfield)』에서 데이비드의 첫번째 아내 도라(Dora)가 남편을 부르는 이름.

265) Ulster bank. 청교도의 도시로 알려진, 북아일랜드의 수도 벨파스트(Belfast)에 본점을 갖고 더블린에 네 개의 지점을 지닌 은행. 더블린의 칼리지 그린 지점은 32, 33번지에 위치함.

266) 『데이비드 코퍼필드』 53장, 죽음의 침상 장면을 연상시킴. 즉 도라는 데이비드를 향해 그들의 결혼 실패를 회상하며, "그녀의 고수머리를 흔들면서," 그들의 소년, 소녀 시절의 사랑의 추억을 슬퍼함.

267) lord Bobs of Waterford and Candahar. 로버츠(Frederick Sleigh Roberts, 1832~1914)의 애칭. 그는 영국 육군원수로서 보어전쟁 때 총사령관을 역임하고 또한 아프가니스탄 전쟁 때 영국군 요새지인 캔다하 방어에 성공함으로써 '워터포드와 캔다하의 보브즈경'이란 칭호를 받고, 1895년 아일랜드 주둔 총사령관이 됨.

268) 아일랜드 총독부(정청).

269) father Cronion. 그리스 신화에서의 추수의 신으로, 제우스의 부친. 그의 부친 우라노스(Uranus)의 왕위를 빼앗았으나 뒤에 아들 제우스에게 쫓겨남.

270) 이러는 동안…… 충실한 종[奴隸]이여!—이상의 구절은 디킨즈의 문체를 모방함. 그대 착하고 충성스러운 종이여 부분은 성구에서—예수는 그의 종들이 그가 시킨 일을 충실히 잘 이행함으로써 그들을 칭찬함(〈마태오의 복음서〉 25:14~30).

271) 죄라고나 할까…… 다가오는 것이다—이상의 구절은 영국의 유명한 가톨릭 개종자였던 뉴먼(John H. Newman, 1801~1890)의 문체를 모방함.

272) 블룸을 말함.

273) Roundtown. 블룸이 몰리를 처음 만난 곳으로, 더블린 남부 외곽 지대에 있는 교구 마을. 지금은 '테레뉴어(Terenure)'라 불림.

274) Floey, Atty, Tiny. 모두 매트 딜런의 딸들임.

275) Lady of the Cherries. 사랑과 정숙을 상징하는 귀부인의 통칭. '버찌'는 성경에서 '낙원'의 열매 중의 하나로, 성모 마리아의 상징이기도 함.

276) 블룸이 돌핀즈 반의 매트 딜런가(家)에서 몰리를 만났을 때, 그녀 곁에 서 있던 4, 5세의 꼬마 사내아이가 지금 자기 앞에 서 있는 스티븐임.

277) alles Vergängliche. (독어) 괴테(Goethe)의 『파우스트(Faust)』 제2장 12104행의 글귀.

278) 이방인은 화자(話者)의…… 쳐다봐야만 했던 것이다—이상의 구절은 19세기 영국의 심미주의자 및 수필가였던 페이터(Walter Pater, 1839~1894)의 문체를 모방함.

279) 유다의 예수 탄생지. 예수께서는 마구간에서 태어나 말구유 속에 누우심(《루가의 복음서》 2:1~10).

280) 예수 강탄(Nativity)의 형이상학적 해석을 연상시킴. 여기에서 말씀(word)은 모든 것은 말씀으로 생겨났고 생겨난 것 중에 그분 없이 생긴 것은 하나도 없으며, 그분 안에 생명이 있고 그 생명은 사람들의 빛이라는 하느님의 강탄을 암시함(《요한의 복음서》 1:1~5).

281) 지금부터 앞으로의…… 그 말이 터지자, 일어났다—이상의 구절은 영국의 예술평론가이자 개혁론자인 러스킨(John Ruskin, 1819~1900)의 문체를 모방함.

282) Burke's. 국립 산부인과 병원 건너편의 차류 판매점 및 주점으로 홀레스가 17번지에 소재함.

283) 아기는 황새가 굴뚝을 통하여 데리고 오는 것이라고 아이들에게 가르치는 관습에서, 여기서는 간호원의 결혼 시기를 암시함.

284) Malthusiasts. 인구 증가가 모든 경제를 곤경에 빠뜨린다고 주장한 영국의 경제학자이자 통계학자인 맬더스(Thomas R. Malthus, 1766~1834)와 그의 지지자들을 가리킴.

285) homer. 헤브라이의 계량 단위로, 1호머는 10~12부셀에 해당함.

286) Darby Dullman there with his Joan. 다비 및 조안은 우드폴(Henry S. Woodfall, 1739~1805) 작의 민요 〈행복한 노부부(The Happy Old Couple)〉에 나오는, 결혼의 축복 속에 사는 노부부임.

287) kreutzer. 옛날 독일 및 오스트리아에서 통용되던 소액의 동화 혹은 은화.

288) 〈마태오의 복음서〉 2:16 참조.

289) 존 단(John Donne, 1573~1631)의 〈애가(Elegy)〉 XIX('잠자리로 가면서')의 시구(27행)—오 나의 아메리카! 나의 새로 발견한 대륙이여.

290) *Deine Kuh Trübsal melkest Du. Nun trinkst Du die süsse Milch des Euters.* (독어)

291) 왕을 살해하기를 주저하는 남편에게 맥베드 부인이 하는 유명한 대사를 상기시킴(《맥베드》 I, v, 18).

292) *Per deam Partulam et Pertundam nunc est bibendum!* (라틴어) 호레이스(Horace) 작 〈송가(Ode)〉 XXXVII의 서두문.

293) Bonafides. 선의의 길손들, 그들은 여행하는 도중 술을 살 수 있도록 정부에서 허락해 줌.

294) Henry Nevil. 19세기 말 더블린에서 인기를 누리던 영국 배우.

295) 벅 멀리건은 옛날 리본 상점의 자식이었음.

296) *Benedicat vos omnipotens Deus, Pater et Filius.* (라틴어) 미사 중 '부자축복(父子祝福)'의 대목.

297) *En avant, mes enfants!* (불어)

298) parasang. 고대 그리스에서 거리를 나타내던 단위로, 1파라상은 3.5마일에 해당함.

299) Slattery's mounted foot. 프렌치(Percy French) 작의 익살스런 노래 제목—그대는 율리우스 카이사르의 얘기를 들었지 / 그리고 위대한 나뽈레옹의 얘기도 / 그리고 코크의 의용대가 워털루에서 터키 군대를 어떻게 무찔렀는지를. / 그러나 아직도 알려지지 않은 영광스런 이야기가

있으니, / 그건 슬래터리 보병의 전쟁 이야기지요.

300) 1904년 당시 더블린의 주점들이 문 닫는 시간은 밤 11시였음.

301) *Ma mère m'a mariée.* (불어) 프랑스의 외설적 속요 가사에서—나의 어머니가 날 시집 보냈다네. 그런데 맙소사, 신랑의 몸집이 그렇게 작을 수가. 난 그만 신랑을 침대 바닥에서 잃어 버리고 말았지요. 그런데 맙소사, 신랑의 몸집이 그렇게 작을 수가.

302) *Retamplan Digidi Boum Boum.* (불어) 프랑스의 북치는 노래 가사에서.

303) 멀리건의 아일랜드 민요집에 대한 허풍(제1장).

304) 루트(G. F. Root) 작 시민전쟁(Civil War)의 행진곡 가사에서.

305) ① '영국의 팔복(八福, British Beatitudes)'(예수의 산상수훈의 일부, 〈마태오의 복음서〉 5:3~11)인 마음이 가난한 사람은 행복하다 등의 패러디. ② 포프(A. Pope) 작 『머리카락 약탈(*The Rape of the Lock*)』 제 1편 138행의 여주인공 벨린다의 화장대 묘사인 분첩(Puffs), 가루분(Powder), 헝겊(Patches), 성경(Bible), 연애편지(Billetdoux) 등의 패러디.

306) 워크(Henry C. Work) 작의 미국 노래 〈할아버지 시계(My Grandfather's Clock)〉(1876)의 가사에서—나의 할아버지 시계는 선반에 놓기에 너무나 크지요, / 그래서 90년을 마룻바닥에 서 있었대요! / 할아버지 키보다 절반이나 더 크지요. / 무게는 1페니에도 모자라면서. / 그건 그가 태어나던 날 아침에 산 거지요, / 그리고 언제나 그의 보물이요 자랑이었지요 / 그러나 시계는 이내 멈추었대요. 그리고 다시는 가지 않았대요. / 노인이 돌아가신 뒤로는.

307) *Caramba!* (스페인어) 감탄사.

308) 블룸을 조롱함.

309) 맥카시(C. McCarthy) 작의 노래 제목 및 그 후렴 가사—사랑을 해본 적이 있나요? / 없으면 한번 해봐요. / 나는 한때, 수줍고 귀여운 아가씨를 사랑했다오 / 참으로 아름답고 귀여운 소녀였어요 / 밤마다 내가 그녀 집에 가면…… 그녀는 언제나 말했어요…… / 차일을 좀 내려 줘요, 차일을 좀 내려 줘요 / ……비록 우리들뿐이라도, 명심하세요, / 누군가가 보고 있다는 걸, / 제발 차일을 내려 줘요, 내 사랑, / 제발 차일을 좀 내려 줘요.

310) 사랑의 노래 가사에서.

311) 블룸이 몸에 지니고 다니는 류머티즘 치료용 부적.

312) 스윈번(Swinburne)의 시 구절에서(제10장).

313) 스티븐이 멀리건에게 친 전보(제9장).

314) George Meredith. 영국의 시인·소설가·비평가(1828~1909).

315) 번즈(Robert Burns)의 노래 〈즐거운 거지(Jolly Beggars)〉의 합창 부분에서.

316) 스코틀랜드인이 건배할 때 외치는 구호.

317) Caraway seed. 술 냄새 제거용으로 쓰임.

318) Venus Pandemos. 그리스 신화에 등장하는 육욕의 여신.

319) *Les petites femmes.* (불어)

320) ① '사라(Sara)'는 아브라함의 아내요 이삭의 어머니. ② 로버트 번즈의 시 구절.

321) Machree, Macruiskeen. 아일랜드 민요의 후렴.

322) *Ex. Exodus*.

323) *ad lib.* (라틴어)

324) 오페라곡에 대한 레너헌의 말장난을 회상함.

325) 조이스가 알고 있던 더블린 사람. 조이스는 핸드의 경마 불운(不運)에 관한 경험을 『율리시스』의 독일어 번역자인 고예르트(Georg Goyert)에게 보낸 편지(1927년 3월 6일자)에 밝힘—스티븐 핸드는 유명한 영국의 양조업자 바스(Bass)의 마구간에서 더블린의 경찰서에 근무하는 친구에게 바스의 말「셉터」호에 돈을 걸도록 개인 경마 전보를 가지고 가는 전보 배달 소년을 만났다. 그러자 핸드는 소년에게 4펜스의 돈을 주고 전보를 가로채어, 중간에서 소식을 미리 안 뒤 소년을 보내고,「셉터」호에 돈을 걸었으나 실패하고 말았다.

326) 오 매든(O. Madden) 기사가 타고 있는「셉터」호에 돈을 거는 것이 미친(madden) 짓이라는 말.

327) 성서의 〈시편〉 91:1, 2 참조.

328) John Thomas. 남자의 성기를 암시하는 속어.

329) 리오폴드 블룸을 가리킴.

330) *Nos omnes biberimus viridum toxicum. diabolus capiat posterioria nostria.* (라틴어)

331) 경찰관이 술꾼에게 음주 테스트를 할 때 쓰는 발음하기 힘든 말.

332) *Bonsoir la compagnie.* (불어) 건배할 때 쓰는 말.

333) 장기놀이 용어.

334) 멀리건에게 열쇠를 빼앗긴 스티븐을 말함.

335) *À la vôtre!* (불어) 건배할 때 쓰는 말.

336) 그날 장례를 치른 패트릭 디그넘.

337) *Tiens, tiens.* (불어)

338) Jenatzy. 불가리아인으로 1904년 6월 17일 독일에서 개최되는 골든 베네트컵 국제 자동차 경주에서 독일을 위해 차를 몰도록 되어 있었음. 그가 1903년 6월 16일 더블린에서 개최된 국제 자동차 경주에서 우승함으로써, 『이브닝 텔레그라프』지는 또 한 번 그의 우승을 예측한 셈.

339) 러일전쟁의 암시(제4장). 이 전쟁에서 일본을 승리로 이끈 것은 러시아보다 우세한 그들의 해군력이었음.

340) 스티븐, 크로터즈, 린치, 블룸, 코스텔로, 매든, 밴넌, 멀리건, 레너헌, 딕슨 그리고 라이언즈.

341) 아라비아인들의 기도문 및 밤에 물러갈 때 하는 공식적인 인사.

342) 자장가의 가사. 조이스가 『율리시스』의 독일어 번역자에게 보낸 편지에 의하면, 이 구절은 순경이 술 취한 자를 테스트하는 말이라고 함.

343) 웨덜리(Weatherly) 및 애덤즈(Adams)가 지은 노래 〈모너여, 내 사랑(Mona, My Own Love)〉에서 합창 부분—모너여, 내 사랑, 모너여 내 참사랑, / 그대는 그토록 오랫동안 내것이 아니었더뇨? / 그대 머리 위의 별에 맹세코, / 나는 그대를 사랑하오, 그대를 위해 살고, 그대를 위해 죽으려오, 단지 그대만을 위해. / 오, 모너여, 그대 내 참사랑.

344) 스티븐과 린치가 밤의 거리인 창가(唱家)로 가기 위해 기차 정거장으로 향함. 그들은 버크가에서 북서쪽으로 하여 웨스틀랜드 로우 정거장으로 갔다가 거기서 애미언즈 기차 정거장 근처의 홍등가에 도착할 예정임.

345) *Laetabuntur in cubilibus suis.* 〈시편〉 149:5의 성구에서―야훼께서 당신 백성 반기시고 / 짓눌린 자들에게 승리의 영광 주셨다. / 신도들아, 승리 잔치 벌여라. / 밤에도 손뼉치며 노래하여라.

346) 전통적 그리스도교의 '최후의 심판일'은 불에 의한 인간 세계의 종말을 의미함.

347) *Ut implerentur scripturae.* (라틴어) 십자가에 못박힌 예수에 대한 묘사―그러나 속옷은 위에서 아래까지 혼솔 없이 통으로 짠 것이었으므로 그들은 의논 끝에 '이것은 찢지 말고 누구든 제비를 뽑아 차지하기로 하자' 하여 그대로 하였다. 이리하여 '그들은 내 겉옷을 나누어 가지며 내 속옷을 놓고는 제비를 뽑았다' 하신 성서의 말씀이 이루어졌다.(〈마태오의 복음서〉 19:23, 24)

348) 고가티(멀리건)의 외설적 노래 〈의학도 디크와 의학도 데이비〉의 가사(제1, 9장). 디크의 비상한 성적 만용과 데이비의 비상한 재정적 만용을 그 내용으로 함.

349) yellow. 『젊은 예술가의 초상』 제5장에서 린치가 말하는 불경 어구―너의 경칠(yellow)(스티븐의 'bloody'에 해당) 시건방 같으니라구, 린치가 대꾸했다.

350) ① 미국의 복음 문체의 패러디. ② 마크 트웨인(Mark Twain, 1835~1910) 작 『미시시피강의 생활(*Life on the Mississippi*)』(1883) 제3장인 유명한 '뗏목 장면'의 구절을 연상시킴.

◆ 15장 ◆

1) Mabbot street. 애미언즈(Amiens)가 근처, 리피강 북부, 기차 정거장 주변의 홍등가(紅燈街).

2) 괴테의 『파우스트(*Faust*)』 I, xxi에서 파우스트와 메피스토펠레스(Mephistopheles)가 '발푸르기스 전야제(Walpurgisnacht)'를 향해 나아갈 때, 마(魔)의 산으로 오르는 길을 밝혀 주는 도깨비불을 연상시킴.

3) Rabaiotti. 더블린 북부 순환로 근처 머드래스(Madras) 가도에 위치해 있음.

4) 프랑스의 작가 플로베르(Gustave Flaubert, 1821~1880) 작 『성 안토니우스의 유혹(*Temptation of Saint Antony*)』에서 향락의 곤돌라와 등대는 알렉산드리아에서의 안토니의 빛나는 희망이 공포의 그것으로 변하기 전 모습들로 등장함. 『성 안토니우스의 유혹』은 괴테의 『파우스트』와 함께 본 소설 제15장에 많은 영향을 끼친 것으로 알려짐.

5) 시시 카프리가 몰리를 조롱하는 속요(작가 미상)를 부름. 집오리 다리는 성기의 상징이기도 함.

6) Cavan. 북부 아일랜드의 주 이름 및 같은 이름의 도시.

7) Cootehill and Belturbet. 캐번주의 작은 도시들.

8) 스티븐을 가리킴. 그는 검은 옷을 입고 있기 때문에 신교도의 목사처럼 보임.

9) the infroit for paschal time. 입당송. 신부가 미사를 위해 제단에 오른 직후에 영송됨.

10) *Vidi aquam egredientum de templo a latere dextro. Alleluia.* (라틴어) 부활제전에서 제단에 물을 뿌리는 의식과 함께 행해지는 교송성가(交誦聖歌, Antiphon)의 첫 행.

11) (*Altius aliquantulum*) *Et omnes ad quos pervenit aqua ista.* (라틴어) 앞서의 교송성가를 스티븐이 계속함.

12) Faithful place. 홍등가 한복판에 위치한 타이론(Tyrone)가 건너편 구역.

13) *Salvi facti sunt.* (라틴어) 스티븐은 앞의 교송성가를 여기서 끝냄.

14) Mecklenburg street. 더블린의 홍등가로 유명한 이 거리는 1887년에 타이론가로 개칭되었다가, 최근에는 다시 레일웨이(Railway)가로 바뀜.

15) 고대 그리스의 섬 스타게이로스(Stagyros) 출신인 아리스토텔레스를 가리킴. 여기에서 스티븐은 아리스토텔레스까지도 여성의 힘, 또는 그의 정부 허필리스(Herpyllis)의 권능에 의하여 무시되어 질 수 있었다는 것을 암시함. 당시의 반(反)여권주의(Anti-feminism) 또는 남녀동등권에 대한 풍자이기도 함.

16) ① 페르시아의 천문학자이자 시인이었던 오마르 카이얌(Omar Khayyám, 1048?~1122)의 시를 영국 시인 피츠제럴드(Edward Fitzgerald, 1809~1883)가 번역한 『오마르 카이얌의 루바이아트 (*The Rubáiyát of Omar Khayyám*)』(1859) 중에서—나뭇가지 아래 시집이 놓여 있었네, / 포도주 항아리, 빵 덩어리— / 그리고 그대는 내 곁 황야에서 노래했나니— / 오, 황야는 낙원이었다네. ② 여기에서 스티븐은 미사의 빵과 포도주를 언급함.

17) *la belle dame sans merci.* 키츠(John Keats)의 유명한 시 제목으로, 본래는 프랑스어의 상투어. 여기서는 매춘부를 암시함.

18) Georgina Johnson. 목사의 딸로, 스티븐이 A. E.에게서 꾼 돈으로(제9장) 함께 밤을 보낸 거리의 여인.

19) *ad deam qui laetificat juventutem meam.* (라틴어) '하느님의 제단으로 가련다'라고 미사 집행 사제가 말하면, 신자는 이상과 같이 답함(제1장 첫부분).

20) 38년간 앓고 있던 자를 치료하며 예수가 하는 말—일어나 요를 걷어들고 걸어가거라.(《요한의 복음서》 5:8)

21) Gladstone. 아일랜드의 자치(自治)를 지지한 영국의 수상(제5장).

22) Wellington. 영국의 장군·정치가(제12장).

23) 6월 17일(금요일)은 가톨릭 교도가 주민의 대부분을 차지하는 더블린에서는 금육(禁肉)의 날임.

24) Cormack's. 마보트가 모퉁이, 탤버트가 74번지 소재의 차·주류·식료품 가게.

25) *Aurora borealis.* (라틴어)

26) 보일런을 가리킴.

27) Beggar's bush. 더블린 남동부 2마일 지점의 작은 마을 이름이기도 하고 플레처(John Fletcher,

1579~1625) 작의 연극 제목이기도 함. 여기서 여주인공은 찬탈당한 왕위계승권을, 그녀의 애인인 왕자의 도움으로 되찾음.

28) "스코틀랜드가 타고 있다"라는 유행 돌림노래의 패러디—스코틀랜드가 타고 있다! 스코틀랜드가 불타고 있다! 봐요! 봐! 불이야, 불! 불이야, 불! 물을 부어요! 물을 부어!

29) 스티븐을 말함.

30) hattrick. 거리의 순경을 놀리는 장난. 모자를 가지고 거리의 오물을 덮은 다음, 그 속에 새가 들어 있다고 속이고 순경에게 도움을 요청함.

31) Providential. 보험회사의 이름이기도 함.

32) panacea. 감자로, 블룸이 병(류머티즘)과 불운을 미연에 방지하고자 몸에 지니고 다니는 일종의 부적.

33) 블룸은 점심때 자신이 뭔가 이상한 고기를 먹었다고 생각함. 즉 불법으로 잡은 쇠고기거나 아니면 쇠고기 대신 말고기일 수도.

34) 반(反)그리스도인들을 가리킴—그 짐승은 성도들과 싸워 이길 힘을 받았고 모든 종족과 백성과 언어와 민족을 다스릴 권세를 받았습니다(〈요한의 묵시록〉 13:7), 또 낮은 사람이나 높은 사람이나, 부자나 가난한 자나, 자유인이나 종이나 할 것 없이 모든 사람에게 오른손이나 이마에 낙인을 받게 하였습니다. 그리고 그 짐승의 이름이나 그 이름을 표시하는 숫자의 낙인이 찍힌 사람 외에는 아무도 물건을 사거나 팔거나 하지 못하게 하였습니다.(13:16, 17)

35) 거티의 노출증으로 인한 그의 자위 행위를 암시함(제13장).

36) *Bueñas noches, señorita Blanca. Que calle es esta?* (스페인어)

37) *Slan leath.* (게일어) 작별의 인사.

38) '시민'을 가리킴(제12장).

39) Stepaside. 더블린 남남동 7마일 지점의 마을.

40) *Irish Cyclist.* 더블린에서 발간되던 자전거 전문 주간지(데임 코트 2번지에 그 사무실이 있음).

41) 성구의 인유—다음날 요한은 예수께서 자기한테 오시는 것을 보고 이렇게 말하였다. '이 세상의 죄를 없애시는 하느님의 어린 양이 저기 오신다.'(〈요한의 복음서〉 1:29) 여기서 블룸은 '넝마와 뼈다귀'(넝마주이들의 상투어)의 마굴(속세)을 방문한 예수(넝마주이)를 생각하는 듯함.

42) retriever. 사냥개의 일종. 여기서는 블룸의 부친이 생전에 소유했던 애도스(Athos)를 암시함. 개와 더불어 그의 부친의 영상이 블룸의 마음속에 떠오름.

43) Zion. 예루살렘의 산으로, 다윗왕 이래 왕궁이 있던 곳.

44) Rudolph. 블룸의 부친 이름.

45) 블룸은 이날 마사에게 보낼 편지지와, 얼마 전 스티븐을 위해 돼지족발과 양족발을 각각 반크라운어치씩 삼.

46) *Ja, ich weiss, papachi.* (이디시어) 이디시어(Yiddish)는 독어에 헤브라이어와 슬라브어가 혼성된 언어로서, 중부·동부 유럽 및 미국에 사는 유태인이 사용함.

47) 비러그(Virag)라는 부친의 성(姓)을 포기하고 블룸이라 개명하여 유태인임을 감추고 있음을 성구를 이용해 비난함—나는 네 선조들의 하느님이다. 아브라함의 하느님, 이사악의 하느님, 야

곱의 하느님이다.(《출애굽기》3:6)

48) Mosenthal. 독일계 오스트리아 극작가(Solomon H. Mosenthal)로, 희곡 〈리어(Leah)〉(1862)의 작가. 극중의 악한인 나단(Nathan)은 그의 부친의 집과 신을 저버림으로써 부친으로 하여금 죽을 고생을 겪게 함(제5장).

49) *Goim nachez!* (이디시어) 루돌프와 함께 블룸이 이디시어를 사용함은 자신들의 헝가리 조상을 염두에 두고 있기 때문임.

50) Agnus Dei. 호신용 부적의 일종이자 그리스도의 상징으로, 양의 모습이 새겨져 있음.

51) 그녀의 발에는…… 꾸짖는다─몰리에 대한 이상의 서술은 『성 안토니우스의 유혹』의 제2장에서 시바의 여왕을 묘사한 대목과 유사함.

52) Nebrakada! Femininum! (제10장).

53) 달〔月〕을 암시함.

54) 손턴(Thornton) 교수는 이 구절을 광고 문안의 패러디라고 말함.

55) 『성 안토니우스의 유혹』의 마지막 장면을 연상시킴─마침내 새벽에 동트나니; 그리하여, 황금 구름이, 감실의 커튼마냥, 커다란 소용돌이 속에 휘말리며, 하늘을 드러내도다. 그 한가운데, 그리고 태양면에, 예수 그리스도의 얼굴이 비치도다. 안토니우스는 성호를 긋고, 그의 기도를 계속하도다.

56) *Ti trema un poco il cuore.* 〈돈 지오반니〉의 한 구절.

57) Bridie Kelly. 블룸이 최초로 경험한 밤의 여인임(제11장).

58) 결혼식 때, 신랑이 신부에게 반지를 끼워 주며 하늘에 바치는 맹세.

59) 블룸의 말은 오델로에게 데스데모나가 매력을 느낀 것은 '야수성(bestiality)' 때문이라는 이아고의 말과 같음.

60) the Livermore christies. 1894년에 더블린에서 공연한 바 있는 세계적인 흑인합창단. 이들은 순회극단(Negro, nigger Minstrel, 남부 흑인으로 분장하고 사투리가 섞인 흑인 노래를 부르던 악단)을 모방, 캐스터네츠 악사들과 흑인 장단 악사들로 구성됨.

61) Bohee brothers. 1894년에 더블린에서 공연한 바 있는 또 다른 그룹의 흑인합창단(Tom, Sam Bohee). 노래와 춤 그리고 밴조(banjo)를 연주하는 것이 특징이었음.

62) kaffir. 남아프리카의 희망봉, 나탈(Natal), 그 외의 지방에 서구하는 원주민.

63) 19세기에 유행한 미국의 대중 가요 〈나는 철길에서 일하고 있었다네(I've Been Working on the Railroad)〉의 패러디.

64) valentine─젊은이들이 서로 연애 편지나 그림을 주고받는 습관이 있는 2월 14일 성 발렌타인 축제일. the dear gazelle─토머스 무어의 감상적 서사시 〈불─숭배자들(The Fire-Worshippers)〉에 나오는 귀염둥이 영양(애인과 비교됨).

65) Josie Powell. 브린 부인(정신이상의 남편을 가진 부인으로, 처녀시절 블룸의 연인)의 처녀 때 이름으로, 블룸의 의식 속에 자주 등장함(제8장).

66) Irving Bishop game. 1880년대 영국 연방에서 짧은 기간 성공을 거둔, 미국의 마술사 비숍 (Washington Irving Bishop, 1847~1889)의 놀이. 뒤에 그는 소송 사건에 휘말림.

67) 〈햄릿〉 II, ii, 406 참조.

68) jinks. 일종의 실내 유희임.

69) Kosher. 유태인의 율법에 따른 정결한 음식을 말함.

70) '석회수'는 프리메이슨(Freemason)과 상징적으로 연관됨. '두개골'과 '넓적다리뼈'는 사망과 죽음의 상징임.

71) Bright's. 신장병을 가리킴.

72) Fairyhouse. 유명한 경마장으로, 더블린에서 15마일 지점에 위치함. 주로 부활제의 월·화요일에 이곳에서 경기가 열림.

73) Leopardstown. 더블린 남남동 6마일 지점에 있는 경마장.

74) Foxrock. 리오파즈타운 경마장의 동쪽에 위치한 작은 마을.

75) Mrs Joe Gallaher. 조이스 가문의 친구.

76) Marcus Tertius Moses. 더블린 동부 이섹스가(街) 30번지의 차 도매상(제10장).

77) hellsgate. 하급 창가(娼家)들이 즐비한 마보트 십자로를 가리킴.

78) 소변을 보는 것을 가리킴.

79) '건달패놈들(loiterers)'은 미장이들(프리메이슨 당원들)을 암시하며 그들의 작업장은 오두막(lodge)이 됨. '아교풀'과 '석회수'는 프리메이슨의 형제 동맹을 견고히 하는 촉매제의 상징임.

80) 블룸이 소변을 보려는 순간, 그와 같은 이야기를 들음.

81) 소변을 암시함.

82) Purdon street. 홍등가인 마보트가와 비버가의 중간 지대.

83) Portobello barracks. 더블린 남부 외곽 지대의 영국 병영. 제8장 끝부분 참조.

84) 아일랜드 민요인 〈웩스포드의 젊은이들(The Boys of Wexford)〉 가사의 일부분. 제7장 주 59) 참조.

85) 술 취한 의과대학생 무리들이 일으킨 소동. 제14장 끝부분 참조. 이 정거장에서 스티븐은 멀리건과 헤인즈에게 구타당하고 손에 상처를 입음. 멀리건과 헤인즈는 자정이 지나 샌디코브 해변과 마렐로 탑 근처를 달리는 마지막 열차를 타며, 스티븐과 린치는 애미언즈가 정거장으로 향하는 루프 라인 기차를 탐.

86) 블룸은 아침에 화장실에서 읽은 현상 소설 당선자와 산모(産母)의 이름을 혼동함.

87) mangongwheeltracktrolleyglarejuggernaut. '자거노트'는 인도 신화에 나오는 크리슈나(Krishna) 신상(神像)을 말함. 인도의 푸리(Puri)시에서 매년 지내는 제사 때 이 우상을 큰 수레에 싣고 시내로 끌고 다니는 관습이 있었는데, 이 수레에 치어 죽으면 극락에 간다는 미신 때문에 많은 사람들이 수레바퀴에 깔려 죽었다 함.

88) Truelock's. 도우슨가(街) 9번지의 총기류 상점.

89) 키어넌 주점에 있던 잡종개 개리오엔을 가리킴(제12장).

90) *rencontres······ Chacun son goût.* (불어)

91) Bloom. Of Bloom. For Bloom. Bloom. 두 경찰관들이 '블룸'의 이름을 마치 라틴어인 양 격변화 시킴. 권력의 상징인 그들은 블룸에게 과거의 스승이나 되는 듯 그를 억압하는 권력을 과시함.

92) 보브 도런이 개리오엔을 다룰 때의 말(제12장).

93) Harold's cross bridge. 더블린시 남부의 그랜드 운하를 가로지르는 다리.

94) Signor Maffei. 『곡마단의 자랑, 루비』에 등장하는 인물(제4장).

95) 주인공 블룸과 동명(同名)인, 당시 더블린에서 개업중이던 치과의사를 말함.

96) Von Blum(1843~?)—이집트의 재무차관을 역임한 바 있는 기부(巨富)로, 이집트에서는 '블룸 파샤(Blum Pasha)'라 불림(제18장). Donnerwetter—(독어) '우레'의 뜻도 있음.

97) Légion d'honneur(the Legion of Honour). 1802년 나폴레옹이 제정한 프랑스 최고의 훈장으로, 군사·문화상 혁혁한 공훈을 세운 자에게 수여함.

98) the Junior Army and Navy. 런던에 있는 주요한 군인 클럽 중의 하나임.

99) An alibi.

100) get your Waterloo. 1815년 6월 18일 워털루(Waterloo) 전투에서 패배한 나폴레옹의 고배를 인용함.

101) the Dark Mercury. 호머의 『오디세이아』 제10권에서 율리시스 장군이 키르케가(家)에 접근하자, 그는 헤르메스(Hermes), 즉 메르쿠리우스(水星)에 의하여 저지당함. 점성학에서 수성은 말(言)의 통치자인 지혜와 일치함. 따라서 여기 '검은 수성'은 악의 숭배, 악의 상담 및 배신과 연관됨. 여기서는 '검은 수성'이 곤혹 속에 경찰관에게 변명하는 블룸의 입장을 더욱 악화시키고 있음.

102) 사이먼 데덜러스가 오먼드 주점에서 부른 노래의 가사(제11장). 여기서는 마사 때문에 당황한 블룸이 자신의 별명인 '헨리 프라우어'와 〈마르타〉의 주인공을 혼동함.

103) 리드(Charles Reade, 1814~1884)가 각색한 프랑스 극 〈리옹의 종복(The Courier of Lyons)〉 (1850) 영어판에 등장한 인물. 프랑스인 듀보(Dubosc)라는 자가 리옹의 우편물을 사취했으나, 같은 프랑스인인 르쥬르끄(Lesurques)가 잘못 체포된 음모 사건을 다룸.

104) the Bective rugger. 더블린 북서쪽 15마일 지점에 있는 백티브 애비(Bective Abbey)라는 고대의 교구명을 본뜬 게일릭 럭비팀.

105) 에브라임(Ephraim)—아브라함의 자손이라고 전해지는 이스라엘족임(《창세기》 48:1). 쉽볼렛 (Shitbroleeth)—'sh[s]' 발음을 할 수 있는지 없는지를 시험해 보는 시어(詩語) ; 길르앗군은 에브라임 지역의 요르단강 나루를 차지하고 에브라임 사람이 도망치다가 건네 달라고 하면, 에브라임 사람이냐고 묻고 아니라고 하면 '쉽볼렛'이라고 말해 보라고 하고 그대로 발음하지 못하고 '십볼렛'이라고 하면 잡아서 그 요르단강 나루터에서 죽였다.(《판관기》 12:5, 6)

106) scapegoat. 모세의 의식에서 속죄의 날(Yom Kippur)에 바치는 제물—아론은 그 살려 둔 염소 머리 위에 두 손을 얹고 이스라엘 백성이 저지른 온갖 잘못과 일부러 거역한 온갖 죄악을 고백하고는 그 모든 죄를 그 염소 머리에 씌우고 대기하고 있던 사람을 시켜 그 염소를 빈 들로 내보내야 한다. 그 염소는 그들의 죄를 모두 지고 황무지로 나간다.(《레위기》 16:21, 22)

107) 블룸은 장인인 트위디 소령을 트위디 소장으로 승급시킴. 후자는 인도 주재 영국 육군 사령관으로 명성을 떨침.

108) Rorke's Drift. 남아프리카 동북부인 나탈의 투겔라(Tugela) 강변에 위치한 곳으로, 1879년 줄루전쟁에서 소수의 영국 군대가 다수의 줄루족과 싸워 크게 명성을 떨친 격전지.

109) 세상의 부패를 막는 방부제(〈마태오의 복음서〉 5:13). 사회의 건전한 중산 계층을 암시함.

110) 보어전쟁 당시의 반영(反英) 구호(제8장).

111) Joe Chamberlain. 보어전쟁 당시 강경하게 주전론(主戰論)을 외친 자(제8장).

112) Gough—아일랜드 태생의 영국 장군(1779~1869)으로, 남아프리카 보어전쟁 및 인도 등지에서 종군함. Spion Kop—보어전쟁 중 1900년 1월 24일 격전이 벌어진, 나탈에 있는 산 이름. Bloemfontein—남아프리카 오렌지 자유주의 주도(州都)로서, 보어전쟁의 격전지임.

113) Jim Bludso. 헤이(John Hay, 1838~1905) 작의, 미시시피강의 보트 선장에 관한 미국의 속요에 나오는 주인공. 노래는 그의 영웅적인 죽음을 읊음.

114) Bluebags. 일반적으로 변호사가 쓰는 푸른 가죽의 서류 가방.

115) 잡지 『팃비츠(*Titbits*)』에 나오는 글귀(제4장).

116) the jackdaw of Rheims. 바엄(Richard H. Barham, 1788~1845)이 지은 시 제목. '갈가마귀(jackdaw)'는 말 많고 어리석은 사람을 가리키는 냉소적인 표현임.

117) ① 블룸은 아침에 화장실에서 뷰포이의 글이 실린 『팃비츠』로 밑을 훔침. ② 데이컨(Leslie Daiken) 작 〈그녀는 밖으로 나가다(Out Goes She)〉에 기록된 '모세'의 패러디—유태인의 왕, 성스러운 모세, / 아내를 위해 신을 한 컬레 샀지요 / ……신이 다 해지자, / 성스러운 모세는 고함을 질렀지요. 여기서 『데일리 뉴스』지는 20세기 초에 있어서 새로운 저널리즘의 전위이기 때문.

118) Mary Driscoll. 블룸 부부가 라드민즈의 온타리오 테라스에 살던 때의 하녀(제18장).

119) 매춘부들을 암시함.

120) Pharaoh. 고대 이집트 왕의 칭호. 히브리인들이 계집아이를 낳으면 살려 두되 사내아이를 낳으면 모두 강물에 집어 넣어라(〈출애굽기〉 1:22)라고 한 그의 명령을 피하기 위하여 모세는 그의 어머니에 의하여 갈대 숲에 감추어짐.

121) 성서의 패러디—그때에 율법학자들과 바리사이파 사람들이 간음하다 잡힌 여자 한 사람을 데리고 와서 앞에 내세우고 '선생님, 이 여자가 간음하다가 현장에서 잡혔습니다. 우리의 모세법에는 이런 죄를 범한 여자는 돌로 쳐 죽이라고 하였는데 선생님 생각은 어떻습니까?'하고 물었다…… 예수께서는 고개를 드시고 '너희 중에 누구든지 죄없는 사람이 먼저 저 여자를 돌로 쳐라'하시고 다시 몸을 굽혀 계속해서 땅바닥에 무엇인가 쓰셨다.(〈요한의 복음서〉 8:3~8)

122) 블룸은 채권자들에게 그가 진 빚의 파운드당 1페니를 줄 것을 약속함.

123) John F. Taylor. 덕망 있는 사람인 더블린 법률가(제7장).

124) 오몰로이는 이날 유명한 연설문을 조간신문에 실은 변호사 시머 부쉬로 변신하여, 그의 연설문을 흉내냄.

125) 고인(故人)의 이름들이 재판을 받는 블룸에 의하여 서술됨.

126) Sir Robert and Lady Ball. 영국의 케임브리지 천문대장인 로버트 불경과 그의 부인(제8장).

127) North Riding of Tipperary. 아일랜드 중남부 티퍼레리주(州)의 도시. 이곳에서 해마다 순회 재판(Circuit)이 열림.

128) James Lovebirch. 소설가로 기록됨(제10장).

129) La Cigale. 프랑스 극작가 메야크(Henri Meilhac, 1831~1897)의 3막짜리 희극. 여기서 '어전 공연(command performance)'이란 아일랜드 총독의 요청에 의한 공연을 의미함.

130) 프랑스의 소설가이자 극작가인 샤를르 뿔 드 코크(Charles-Paul de Kock, 1793~1871)작의 소설.

131) sir Thornley Stoker. 더블린 엘리 가도 8번지에 자리잡은 탁월한 외과의사(1845~1912).

132) Bluebeard. 파랑스의 시인이자 동화작가인 페로(Charles Perrault, 1628~1703)의 동화 속에 나오는 인물로, 그는 체포되어 처형될 때까지 여러 아내를 죽임. 그는 또한 전설적 인물이기도 함.

133) Venus in furs. 오스트리아의 작가 자허 마조흐(제10장 주 96) 참조)의 소설 제목에서 유래함(『율리시스』 제15장에 크게 영향을 준 것으로 전함). 이 소설의 주인공인 세버린(Severin)은 낭만적 몽상가로 서술되는데, 그는 자신이 '올림피아의 여신'으로 여기는 여성에게 굴종하여 노예가 되기를 갈망함. 세버린이 사랑하는 여주인공인 반다(Wanda)는 마지못해 그의 '모피에 싸인 비너스'가 됨. 그리하여 그녀는 애인의 환상에 사로잡히고 그를 자신의 노예로 삼으며, 그를 학대하고 매질함으로써 수치를 가함. 마침내 '여사자'로 바뀐 그녀는 그리스의 애인을 맞아, 세버린을 그에게 넘겨 다시 형벌을 가하게 함.

134) All Ireland, the Rest of Ireland. 당시 아일랜드에 주둔하고 있던 육군으로부터 차출한 두 올스타 팀들.

135) Don Juan. 방탕 생활로 세월을 보낸 스페인의 전설적 귀족. 방탕아, 난봉꾼의 대명사.

136) 「모피에 싸인 비너스」에서, 세버린은 반다가 그녀의 찬미자들을 시켜 자기를 짓밟아 줄 것을 바람. 여기서 블룸의 대답은 이 소설에서 반다의 고통을 보고 즐기는 세버린의 환희를 연상시킴.

137) I'll make you dance Jack Latten. 형벌의 위협을 의미함. 킬데어주의 모리스턴(Morriston) 하우스의 잭 래튼(Jack Latten)은 더블린에서 모리스턴까지의 20마일 이상을 200미터마다 스텝을 바꾸면서 춤추어 갈 수 있다고 내기를 한 결과 그 내기에서 이김. 여기서는 래튼이 참고 견디는 수난의 형벌을 두고 하는 말.

138) 말[馬] 판매자들이 말을 생기 있게 보이게 하려고 꼬리 밑에다 생강을 쑤셔넣는 데서 유래한 형벌.

139) 예수의 산상수훈을 연상시킴―'눈은 눈으로, 이는 이로'라고 하신 말씀을 니희는 들었다. 그러나 나는 이렇게 말한다. 앙갚음하지 말아라. 누가 오른뺨을 치거든 왼뺨마저 돌려대고 또 재판에 걸어 속옷을 가지려고 하거든 겉옷까지도 내주어라.(〈마태오의 복음서〉 5:38, 39)

140) Davy Stephens. 더블린 남부 킹즈타운에 뉴스 데스크를 가진, 이른바 '뉴스의 왕자'로 군림했던 인물(제7장).

141) Jigjag. Jigajiga Jigjag. '성교(性交)'를 뜻하는 아라비아 속어.

142) 여기 수록된 인물들은 그날 블룸을 '이방인(outsider)'으로 몰았던 인물들임.

143) a Nameless One. 아일랜드 시인 맨건(James C. Mangan)의 시 제목이기도 함. 이 시에서 그는 화자(話者)로 등장하며, 사랑과 우정을 베풀기는 하나 결국 오해받는 인물로 묘사됨.

144) 경마에서 말의 나이에 따라 허용되는 기수의 몸무게가 달라짐을 뜻함.

145) 처녀성 상실의 상징적인 표현임.

146) Jack the Ripper. 1888년부터 약 1년간 런던 동부 지역을 공포의 도가니로 만든 살인마로, 적어도 7～10명의 매춘부들이 그의 손에 살해됨.

147) 사형선고를 선포하려는 영국 판사의 의식적인 몸짓을 보여 줌.

148) Judas Iscariot. 그리스도를 배반한 유태인으로, 배반자·반역자의 대명사(〈마태오의 복음서〉 27:3～5). 그는 그리스도가 유죄판결을 받으신 것을 보고 자기가 저지른 죄를 뉘우침. 그래서 대사제들과 원로들에게 은전을 돌려주려고 하지만 거절당함. 그리하여 그 돈을 성소에 내던지고, 그곳을 떠나 스스로 목매달아 죽음.

149) the Mersey. 잉글랜드의 더비서로부터 서쪽으로 흘러 아일랜드해로 빠지는 강. 럼볼드는 이 강가에 서 있는 도시 리버풀에서 교수자 지망서를 제출함(제12장).

150) 블룸이 그날 아침 오코넬교(橋)에서 먹이를 던져 주었던 갈매기들을 말함(제8장).

151) 블룸이 해변에서 만난 거티를 가리킴.

152) 유령이 햄릿에게 타이르는 말(〈햄릿〉 I, v, 9).

153) Esau. 이사악의 맏아들로서 동생 야곱에게 상속권을 판 인물—말소리는 야곱의 소린데 손은 에사오의 손이라!(〈창세기〉 27:22)

154) 이른바 『소(小)교리문 답서(Shorter Catechism)』에서는 유령의 가능성을 언급하지 않고, '미신'을 모세의 '제1율법(the First Commandment)'의 위반으로 비난하며, '심령술(spiritualism)'을 미신의 주요 형태들 중의 하나로 간주함.

155) 디그넘의 장례를 주재한 신부(제6장).

156) 그리스 신화에서 꿈의 신인 모르페우스(Morpheus)의 상징임.

157) Namine. Jacobs. Vobiscuits. Amen. (라틴어) Jacobs—더블린의 대(大)비스킷 제조회사인 W. R. 제이콥 주식회사. Vobiscuits—앞서 비스킷 회사명과 라틴어 'Dominus Vobiscum(하느님이 그대와 함께하소서)'의 결합체.

158) 〈로저 영감이 죽었네(Old Roger is dead)〉라는 아이들의 장난 노래 가사에서 인유.

159) 극장에서 버라이어티쇼의 막이 열리는 순서를 알리는 기계로 톰 로치퍼드가 발명한 것임(제10장).

160) Follow me up to Carlow. 아일랜드의 애국적 민요(P. J. McCall 작)의 후렴으로, 영국에 대항하는 아일랜드의 애국심에 불타는 부하들에게 내린 명령, 칼로우는 위클로우 서부의 주 이름.

161) 아일랜드의 유일한 신화적 영웅 쿠컬린은 공중에서도 성교를 할 수 있는 활력과 정력의 사나이로 알려졌으며, 이 비범한 행동은 '뛰는 연어'로 비유됨. 여기서는 하수구에 빠진 사람을 구출하는 영웅적 행동을 한 톰 로치퍼드(제10장)를 연어에 비유함.

162) Yummyumm. 해리 틸저(Harry V. Tilzer, 1872～1946) 작의 미국 유행가인 〈냠냠나무 아래에서(Under the Yum Yum Tree)〉의 가사에서 —냠냠나무 아래에 서, / 그곳은 최고의 냠냠 장소라네, / 손잡고 아기를 데리고 가면 / 그곳은 뭔가 할 수 있는 냠냠의 나라; / 그곳은 놀 수 있는 곳, / 하루 종일 벌꿀과 키스로. / 그곳에 당신 혼자라면, / 당신과 당신의 유일한 냠냠!…… / 냠냠나무 아래에서.

163) 블룸이 스티븐을 찾고 있는 장소.

164) Mrs Mack's. 홍등가인 타이론가(街) 85, 90번지의 대명사.

165) 스티븐을 가리킴.

166) 에덴 부두 5번지에서 양복점을 하는 자.

167) 성서에 나오는 솔로몬이 예루살렘을 암시한 말.

168) *Schorach ani wenowwach, benoith Hierushaloim.* (헤브라이어) 〈아가〉(1:5)의 인유—(신부) 예루살렘의 아가씨들아, / 나 비록 가뭇하지만 / 케달의 천막처럼, / 살마에 두른 휘장처럼 귀엽다는구나.

169) Sir Walter Ralegh. 영국의 탐험가·군인·정치가·저술가(1552~1618)로, 엘리자베스 1세의 조신(朝臣). 최초로 미국으로부터 감자와 연초를 영국에 들여왔다는 설이 있음.

170) 〈돌아오라, 딕 위팅턴, 런던 시장 나으리(Come back, Dick Wittington, Lord Mayor of London)〉란 동화에서 유래함. 작품 중의 소년이 종소리에 끌려 나중에 런던 시장이 됨.

171) *Cui bono.* (라틴어)

172) Vanderdeckens. 바그너 오페라 〈나는 네덜란드인(Der fliegende Holländer)〉(1843) 및 동명의 전설 중에 나오는 불운한 선장. 그는 저지른 죄 때문에 희망봉 주위를 영원히 항해해야 했다 함.

173) 선거 캠페인이나 승리의 축하 행사 때 흔히 볼 수 있는 광경임.

174) Timothy Harrington. 1880년대 파넬과 친밀했던 아일랜드의 정치가·애국자로(1851~1910), 더블린 시장을 세번이나 지냈음.

175) 〈요한의 묵시록〉(11:15) 중에서—일곱째 천사가 나팔을 불었습니다. 그때에 하늘에서 큰 소리가 들려왔습니다. / '세상 나라는 우리 주님과 그분이 세우신 / 그리스도의 나라가 되었고, / 그리스도께서 영원무궁토록 군림하실 것이다.' 이 구절은 헨델의 〈메시아(Messiah)〉 할렐루야 코러스의 텍스트 일부를 형성함.

176) *Cead Mile Failte.* (게일어).

177) *Mah Ttob Melek Israel.* (헤브라이어) 성서의 〈민수기〉(14:5)에서 발람(Balaam)이 이스라엘 사람들을 칭찬한 말을 본뜸—야곱아, 너희 천막들이 과연 좋구나! / 이스라엘아, 네가 머무른 곳이 참으로 좋구나!

178) 모세는 '구름 기둥(the pillar of cloud)'에 의해 이스라엘 백성들을 구속의 집인 이집트에서 약속의 땅으로 인도함(〈출애굽기〉 13:21).

179) Kol Nidre. (헤브라이어) 속죄의 날(Yom Kippur) 밤에 유태교회당에서 읊는 기도문의 제목으로, '우리들의 모든 맹세'란 뜻임.

180) 굴뚝새잡이들의 노래. 굴뚝새는 독수리의 등을 몰래 탐으로써 모든 새의 왕이 되는 셈.

181) 종을 설치하고 관리하는 사람을 가리킴.

182) '북서쪽의 자치의 태양……'이란 아일랜드 자치의 구호를 암시함.

183) 〈창세기〉(24:2, 3)에 서술된 맹세를 연상케 힘—아브라함은 집안일을 도맡아 보는 늙은 심복에게 분부하였다. '너는 내 사타구니에 손을 넣고 하늘을 내신 하느님, 땅을 내신 하느님 야훼를 두고 맹세하여라.' 여기서는 남성의 생식 능력을 의미함.

184) *Gaudium magnum annuntio vobis. Habemus carneficem.* (라틴어) 로마 백성들에게 새 교황을

알리는 공식 문구에서—그대들에게 위대한 기쁨을 알리노라. 이제 우리는 집행자를 갖게 되리로다. '우리는 교황을 모시게 되리로다.'

185) the Koh-i-Noor diamond. (페르시아어) '빛의 산(Mountain of Light)'이란 뜻.

186) *Copula Felix*. (라틴어) '행운[사랑]의 유태'란 뜻.

187) Selene. 그리스 신화에서 달의 여신(태양신 헬리오스의 자매)인 그녀는 머리에 쓴 은관으로 밤을 빛냄. 로마 신화의 루나에 해당함.

188) 하워드 파넬(현재 더블린 경시총감)은 아일랜드 자치당수인 스튜어트 파넬의 동생임.

189) 아일랜드의 상징임.

190) Ladysmith. 보어전쟁 당시 1900년 2월 28일에 영국군이 숙적(宿敵)을 격퇴시켰던 격전지로, 남아프리카 공화국 나탈주의 도시.

191) 영국의 계관시인 테니슨(본 소설에서 '신사 시인'으로 스티븐의 의식 속에 자주 등장함)의 시〈경기병의 공격(The Charge of the Light Brigade)〉(1854)의 첫행—반리그, 반리그 / 반그리 전진, / 모두 죽음의 골짜기에서 / 6백 리그 승마…… 테니슨은 이 시에서 크리미안전쟁(Crimean War) 당시 발라클라바(Balaclava) 참호에 갇힌 러시아 포병대를 비참하게 공격하는 경기병의 그릇된 영웅주의를 읊음.

192) *Bonafide Sabaoth*. (그리스어) 전투에서 선민(選民)들을 인도하는 하느님의 정신을 뜻함—전능하신 주께서 우리에게 / 씨를 남겨 주시지 않았던들 / 우리는 소돔처럼 되었을 것이요 고모라처럼 되었으리라.

193) Derwan. 더블린시 드럼콘드라 테라스 114번지의 건축사.

194) *Morituri te salutant*. (라틴어) 옛 검사(劍士) 시합에서 로마 황제에게 하는 인사 문구.

195) Higgins. 블룸 어머니의 처녀명인 엘런 히긴즈(Ellen Higgins). 창녀인 조위의 이름이기도 함.

196) 로마 최후의 반(半)전설적인 폭군이었던 슈페르부스(T. Superbus, ?~B.C. 495?) 왕은 어렸을 때 장난감 권봉을 가지고 양귀비꽃의 목을 때려 꺾음으로써 통치의 횡포적 기질을 드러낸 것으로 여겨짐.

197) Maundy money, '세족일'이란 세족 목요일(Maundy Thursday)로, 부활절 직전에 빈민의 발을 씻는 의식이 행해지는 목요일을 가리킴. '세족일 구제금'이란 영국 종교사에서 세족식 날 왕실로부터 하사되는 빈민 구제금을 말함.

198) 예수가 세례자 요한의 죽음을 애도하기 위해 걸어가는 사막에서 그를 따르는 군중들에게 먹이는 음식물(〈마태오의 복음서〉 14:13~21).

199) *billets doux*. (불어)

200) 성서의 패러디—마침 그때에 열두 해 동안이나 하혈병을 앓던 어떤 여자가 뒤로 와서 예수의 옷자락에 손을 대었다. 예수의 옷에 손을 대기만 해도 나으리라고 생각했던 것이다.(〈마태오의 복음서〉 9:20~22)

201) Gwedolen Dubedat. 더블린의 가수인 듯함.

212) 성구에서—어린이, 젖먹이들이 노래합니다. / 이로써 반역자들을 꺾으시고 / 당신께 맞서는 자들을 무색케 하셨습니다.(〈시편〉 8:2)

203) 자장가의 변형—손뼉치고 짝짝, / 아빠가 집에 돌아올 때까지, / 조니를 위해 호주머니에 자

두와 / 과자를 가득 넣고.

204) 테니슨의 시 〈인 메모리엄(In Memoriam)〉 중에서—나의 친구, 나의 사랑의 형제여, / 나의 아더여, 나는 그를 볼 수 없으리 / 나의 빼앗긴 수명이 다할 때까지 : / 어머니가 아들에게 하듯 정다운, / 나의 형제보다 더한 자여.(X:16~20)

205) Ticktacktwo wouldyouseeashoe? 자장가의 한 구절.

206) 블룸이 고등학교 시절 반스 선생에게서 배운 무지갯빛(제13장).

207) The rams'horns—숫양의 뿔로 만든 나팔은 고대 헤브라이의 전쟁 나팔로 쓰였으며, 여러 가지 종교 의식을 알리기 위해 사제들이 사용했음. The Standard of Zion—선민인 이스라엘 백성의 상징; 언제까지 저 깃발 날리는 것을 보아야 하고, / 나팔소리 또한 들어야 합니까?(〈예레미야〉 4:21)

208) 헤브라이 알파벳의 처음 네 개의 문자.

209) 유월절의 전야제…… 기도 목도리—이상은 모두 종교 의식과 유태인에 관한 축제로서, 블룸이 유식한 체 암송함. '유월절의 전야제'—유월절 전날 밤(Passover Eve). '성구함'—모세 5경(구약성서의 첫 5편, Pentateuch) 중 4경을 담은 성구함(성서 구절을 기록한 양피지를 넣은 작은 가죽 상자). '성스러운 정식'—음식물, 식기, 특히 육류가 유태인의 율법에 따라 정식으로 처리된, 적법하고 정결한 정식. '속죄일의 단식'—속죄의 날(매년 유태력 정월 10일) 행하는 단식, '청궁 제전'—8일간 계속되는 유태인의 청궁 제전(淸宮祭典)으로, 성전헌당(聖殿獻堂)의 기념일(the Feast of Dedication). '유태 신년'—유태인의 신년제(the Feast of Trumpets)로, 1일과 2일의 이틀간 숫양의 뿔로 만든 나팔을 붊. '유태 신도회'—(헤브라이어) '유태 신도회의 아들'이란 뜻으로 1843년 뉴욕에서 창설된 신도회. '미츠바제의 성년 소년'—미츠바는 성경 또는 율법학자의 계율을 말하고, 미츠바제란 성년(13세)이 된 소년이 종교적으로 의무와 책임을 지도록 하는 제전. '무교병'—유월절 축제 때에 먹는, 누룩을 넣지 않은 빵. '사방 산재 유태인'—유럽 중북부의 유태인들(스페인과 포르투갈의 유태인과 서로 다름). '유태인 바보 천치'—(이디시어) 바보 천치, 변태자의 뜻. '기도 목도리'—유태 남자들이 기도할 때 두르는 목도리.

210) double. 카드놀이(글자찾기, 그림찾기)의 일종.

211) Paddy Leonard. 『더블린 사람들』, 〈어머니〉에 등장하는 인물임.

212) Daniel. 기원전 6세기경의 헤브라이 예언자(〈다니엘〉 9:16~27). 셰익스피어의 〈베니스의 상인〉에서 포샤의 날카로운 판결을 들어, 샤일록과 안토니오의 친구인 그라티아노가 그녀를 '다니엘 넝판사'라 부름(IV, i, ???~???).

213) Peter O'Brien. 당시 유명했던 아일랜드 대법원 판사.

214) Chris Callinan. 마차를 타고 글렌크리 감화원의 야회에서 돌아오는 길에 블룸과 천문학에 관해 토론했던 더블린의 기자(제8장).

215) 질문의 실제 답은, 지구 중심부에서 알데바란(새벽 지평선상의 큰 별)까지의 선과 태양 중심에서 알데바란까지의 선을 잇는 각도임.

216) K. II. 천문학에 있어서 황소자리의 분류 기호 및 별들의 분류 기호로서, '밝은 거성(Giant Star)'이란 뜻. 『경야』(p. 93)에서 kay는 key 및 K; K는 11번째 문자로 재생을 의미(앞서 스티븐의 11시의 수수께끼 참조. p. 22)

217) Father(pater, dad). 쌍둥이의 탄생은 한 아버지가 아니라 두 아버지에서라는 미신에서.

218) esperanto. 폴란드의 안과의사인 자멘호프(L. L. Zamenhof, 1859~1917)가 1887년에 창안한 국

제어.

219) 보일런이 몰리의 침실을 자유로이 드나듦을 암시함.

220) Father Farley. 더블린의 한 성당 신부로서 몰리를 성가대원으로 삼으려고 애씀(제5장).

221) Mrs Riordan. 『젊은 예술가의 초상』에 나오는 댄티(Dante) 부인으로, 후에 블룸가(家)와 친하게 지냄.

222) Mendes. 나일강의 삼각주에 위치한 고대 이집트의 도시. '멘데스의 산양'이란 이집트 신화에서 성스러운 동물들 중의 하나로, 생식력이 두드러짐. 산양 숭배의 의식에서 이 성스러운 산양과 비상하게 아름다운 여인과의 교배[생식]가 이루어짐.

223) 성서에서—이번에는 또 다른 짐승 하나가 땅에서 올라오는 것을 나는 보았습니다. 그 짐승은 어린 양처럼 두 뿔이 있었으며 용처럼 말을 했습니다.(《요한의 묵시록》 13:11)

224) the Scarlet Woman. 성서에서—이 여자는 주홍과 진홍색 옷을 입고 금과 보석과 진주로 단장하고 있었으며 자기 음행에서 비롯된 흉측하고 더러운 것들이 가득히 담긴 금잔을 손에 들고 있었습니다.(《요한의 묵시록》 17:4)

225) Caliban. 셰익스피어의 〈템페스트〉에 나오는 반수인(半獸人)으로 프로스페로의 머슴 역을 하는 추악하고 잔인한 자임(제12장).

226) '무관(無冠)의 왕'으로 추앙받던 애국자 파넬은 뒤에 오시에 여인과의 간통 사건으로 가톨릭 교도들에 의하여 반역시됨.

227) Mr Fox. 파넬이 오시에 여인과의 비밀 교신에서 사용한 자신의 암호명.

228) 셰익스피어 작 〈12야(Twelfth Night)〉에서 올리비아는 그녀의 점잖은 하인 말볼리오가 익살스런 애인으로 변장한 데 대하여 아니, 이건 한여름 밤의 광포가 아니냐(III. iv. 61)고 말함.

229) 셰익스피어 작 〈심벨린〉에서 포스터머스가 그의 아내 이모겐이 부정을 저지른 데 대하여 개탄하기를—나는 그녀가 햇빛도 받지 않은 눈[雪]처럼 정숙한 줄 알았어(II. v. 12, 13)라고 말함.

230) 포스터머스는 그의 하인 피사니오로 하여금 그의 아내 이모겐을 암살하게 하나, 피사니오는 그 대신 그녀에게 편지를 보이며 다음과 같이 명상함—(독백하듯) 칼을 뺄 필요는 없다. 그 편지만으로도 벌써 가슴을 두 도막으로 잘리셨다! 그렇다. 칼보다 무고(誣告)의 침봉이 훨씬 날카롭다…… 무고의 독은 무덤 속까지 파고들어간다.(III. iv. 34~41)

231) *sgeul i mbarr bata coisde gan capall.* (게일어) '막대 꼭대기의 이야기'란 요점이 없고 불확실한 이야기를 말함.

232) 더블린 북부, 그래프턴가 41번지의 정신요양원을 가리킴.

233) *virgo intacta.* (라틴어) 의학 용어.

234) *fetor judaicus.* (라틴어)

235) Mrs Thornton. 블룸의 이웃에 사는 부인.

236) Nasodoro—(이탈리아어) '황금의 코'란 뜻. Maindorée—(불어)'황금의 손'이란 뜻. Silberselber —(독어)'은 그 자체'란 뜻. Vifargent—(불어) '수은'이란 뜻. Panargyros—(그리스어) '모든 은 (all silver)'이란 뜻.

237) Joseph—이스라엘 선민(選民)들을 규합하고 예루살렘의 규율을 제정한 자. David—신세계를 탄생시키는 부활의 힘을 암시함.

238) 빌라도의 질문에 예수가 대답한 말의 인유—빌라도가 예수께 '네가 유다인의 왕인가?'하고 물었다. '그것은 네 말이다'하고 예수께서 대답하시자 빌라도는 대사제들과 군중을 향하여 ' 나는 이 사람에게서 아무런 잘못도 찾아낼 수 없다'하고 선언하였다.(《루카의 복음서》23:3, 4)

239) the Saint Leger. 영국의 돈캐스터(Doncaster)에서 매년 개최되는 3년생 경마의 경기를 가리킴.

240) Beaconsfield—영국의 정치가·소설가인 디즈레일리(B. Disraeli, 1804~1881)로, 비컨즈필드 최초의 백작. Wat Tyler—1381년의 영국 잉글랜드 농민 폭동의 지도자(?~1381). Henry Irving—영국의 저명한 배우 및 극장 감독관. Kossuth—헝가리의 정치가로, 오스트리아로부터의 독립혁명을 지도한 자유 지도자. Rothschild—국제금융가 가문 출신으로, 유대인 최초의 영국 의회의원. Pasteur프랑스의 저명한 화학자·세균학자(1822~1895).

241) Leopoldi autem generatio... et vocabitur nomen eius Emmanuel—(라틴어) 이상의 난센스 계보(系譜)는 〈마태오의 복음서〉(1:1~18)에 서술된 예수의 탄생 계보에 대한 패러디임. 그리하여 그가 임마누엘이라 불리나라—그런즉, 주께서 몸소 징조를 보여 주시리니, 처녀가 잉태하여 아들을 낳고 그 이름을 임마누엘이라 하리라.(《이사야》7:14)

242) A Deadhand. ① 복음의 권위를 나타내는 '취소불가능의 손'을 가리킴. ② 벨사살(바빌로니아 최후의 왕)의 축제 때 식당 벽에 죽은 사람의 손으로 씌어진 이상스런 문자가 나타났는데, 이는 운명을 말하는 글씨로, 다니엘은 이를 다음과 같이 풀이함—'므네'는 '하느님께서 왕의나라 햇수를 세어 보시고 마감하셨다'는 뜻입니다. '드켈'은 '왕을 저울에 달아 보시니 무게가 모자랐다'는 뜻입니다. '브라신'은 '왕의 나라를 메대와 페르시아에게 갈라 주신다'는 뜻입니다.(《다니엘》5:26~28)

243) Kilbarrack. 더블린 북동쪽 7마일 지점의 해안에 위치한 발도일(Baldoyle)이란 마을의 한 도로명.

244) Ballybough bridge. 더블린의 북부 순환로 근방의 톨카강을 가로지르는 다리.

245) the devil's glen. 수려한 경치를 지닌 관광 계곡으로 더블린 남남동 22마일 지점에 위치함.

246) Donnybrook fair. 1855년까지 아일랜드의 도니브룩에서 해마다 열린 장. 음주와 싸움의 난장판을 벌인 것으로 유명함.

247) 그리스 신화에서 아폴로는 미다스왕에게 당나귀의 귀를 달아 줬는데, 그 이유는 왕이 어리석게도 아폴로의 노래보다 판(Pan)의 노래를 더 좋아했기 때문임.

248) Prison Gate Mission. 여인들과 소녀 죄수들에게 직업 훈련을 실시하던, 더블린 소재의 신교도 형무소.

249) 거리의 속요인 듯함.

250) If you see kay / Tell him he may / See you in tea / Tell him from me. 이합체시어(離合體詩語). fuck와 cunt의 뜻이 암시됨.

251) Azazel—인간의 딸과 관계를 맺고 모반한 신의 아들들의 우두머리(《창세기》6:1~4). 모든 사람들의 죄를…… 아자젤—성구에서; 아론은 야훼의 몫으로 뽑힌 숫염소를 끌어다가 속죄제를 드리고 아자젤의 몫으로 뽑힌 숫염소는 산 채로 야훼 앞에 세워 두었다가 속죄 제물로 삼아 빈 들에 있는 아자젤에게 보내야 한다.(《레위기》16:9, 10)

252) Lilith. 중세 전설에서 아이들을 잡아가는 마녀(제14장).

253) the land of Ham—이집트는 노아의 세 아들들 중 한 사람의 이름을 따서 이렇게 불림. Mizraim—구약성서에서 상하(上下) 이집트의 통칭.

254) Belial. ① 악마 또는 사탄을 뜻함(〈고린토인들에게 보낸 둘째 편지〉 6:15). ② 밀턴 작 『실낙원』
   에 등장하는 타락한 천사를 가리키기도 함.

255) Laemlein of Istria. 1502년 이탈리아의 트리에스테(Trieste)의 남단 반도 이스트리아(Istria)에
   나타난 유태계의 이단적 예언자로, 그는 자신이 메시아임을 선언함.

256) Abulafia. 스페인의 사라고사 출신 유태인으로, 자신이 메시아라 주장하고 로마에 가서 니콜
   라스 3세를 개종시키려 실패, 도피함.

257) Iscariot. 예수를 배반한 유다의성(姓).

258) ① 예수가 자신의 십자가형을 구슬퍼하는 여인들에게 한 말의 인유―예루살렘의 여인들아, 나
   를 위해 울지 말고 너와 네 자녀들을 위해 울어라.(〈루가의 복음서〉 23:27, 28) ② 괴테(Goethe)
   의 『신들의 심판(Götterdämmerung)』, 〈라인강의 딸들〉 참조.

259) 피정 또는 묵도(제13장)의 패러디로서, 블룸이 종일 겪은 에피소드들이 나열됨. 여기서 '무언
   가집(無言歌集)'이란 멘델스존의 피아노곡집 제목임.

260) Vincent O'Brien. 더블린 메트로폴리탄 합창단의 지휘자 및 작곡가(1898~1902). 교회 음악과
   아일랜드 로마 가톨릭 성당에서의 연주로 명성을 떨침.

261) Hog's Norton. 잉글랜드의 옥스퍼드셔주(州)에 속한 가공의 마을. 한때 그곳에서는 피아노 연
   주자나 오르간 연주자를 돼지(Pig)라 불렀음.

262) Tommy Tittlemouse. 자장가에서―귀여운 생쥐양반 / 조그마한 집에서 살았지요; / 그는 다
   른 사람의 도랑에서 / 물고기를 잡았지요. / 귀여운 생쥐 양반 / 종(鐘) 같은 집에 살았지요;
   / 종 같은 집이 부서졌어요 / 그러자 귀여운 생쥐가 잠이 깨었지요.

263) 이아고가 오델로에게 질투에 관하여 경고하는 말(〈오델로〉 III, iii, 165~167).

264) '요람을 흔드는 손이 세계를 지배한다'라는 격언에서.

265) 이 말을 번갈아 하면서 꽃잎을 찢거나 물건을 헤아려 사랑을 점치는 아이들의 놀이.

266) '손이 찬 사람은 마음이 따뜻하다'라는 격언에서.

267) 위 층계로 쓰러지면 환영받지 못하거나, 불운에 처하게 된다는 미신에서.

268) 성구의 인유―나쁜 사람은 재난을 만나 망하지만 착한 사람은 일곱 번 넘어져도 다시 일어난
   다.(〈잠언〉 24:16) 청렴한 사람은 7가지 중죄(重罪), 즉 자만, 시기, 분노, 욕구, 탐식, 염오,
   나태 중 한 가지에만 농락당한다는 전통적 가설에서.

269) empty fifths. 제3 및 제4의 화음이 결여됨으로써, 화음 자체가 장음(major)인지 단음(minor)
   인지 알 수 없는 상태.

270) Benedetto Marcello. 이탈리아의 작곡가(1686~1739). 특히 성서의 〈시편〉 중 처음 50편을 곡
   화(曲化)함으로써 유명함. 여기서 스티븐이 언급하는 〈시편〉의 배경 음악은 '텅빈 5도화음'으
   로 시작되며 스티븐이 토론하는 고대 또는 규범적 성격을 지님.

271) Demeter. 그리스 신화에서 대지의 생산을 관장하는 여신으로 '대지의 어머니'라 일컬었음. 그
   리스의 농업 및 문명의 여신도 이에 근거를 둠. '데메테르에 대한 찬미가'란 이른바 〈호머의 찬
   가(Homeric Hymns)〉 다섯번째 곡.

272) *Caela enarrant gloriam Domini.* (라틴어) 〈시편〉 19편에서.

273) Phrygia―소아시아의 중앙 및 서북부에 걸쳐 있던 고대 왕국. Lydia―소아시아 서부에 위치

했던 고대 왕국.

274) Circe. 호머의 오디세우스[율리시스] 장군을 지옥(地獄)으로 유혹한 마녀.

275) Ceres. 로마 신화에 등장하는 곡물 수확의 여신으로, 그리스 신화의 데메테르에 해당함.

276) 성서의 〈시편〉 19편에서 성가대 지휘자를 따라 부르는 다윗의 노래—하늘은 하느님의 영광을 속삭이고 / 창공은 그 훌륭한 솜씨를 일러줍니다. 여기서 스티븐은 마르셀로의 곡과 다윗의 곡을 서로 비교하고 있음.

277) *Mais nom de nom.* (불어)

278) *Jetez la gourme. Faut que jeunesse se passe.* (불어)

279) 매슈 아놀드(Matthew Arnold, 1822~1888)의 서구 문화에 있어서의 두 지배적 사상의 결합을 암시함(제1장).

280) *The Holy City.* 영국의 웨덜리(Frederic Weatherly, 1848~1929) 작사, 애덤즈(Stephen Adams) 작곡의 복음 전도사의 찬가(讚歌)—간밤에 나는 잠자리에 누워 있었어요, / 그러자 아름다운 꿈을 꾸었지요, / 나는 옛 예루살렘에 서 있었어요 / 그곳 수도원 앞에. / 나는 아이들이 노래하는 걸 들었어요, / 그리고 그들이 노래하자 / 천사들의 목소리가 / 하늘에서 그들에게 반주했어요, / 예루살렘, 예루살렘 천상의 호산나, / 나의 임금님께 호산나.

281) *Ecco!* (라틴어) 중세의 스콜라 학파의 논술에서 이론이 정당하게 저술되었음을 강조하는 문구.

282) Antichrist. 예수의 적, 가짜 예수, 또는 반(反)그리스도. 그는 세상을 악으로 채우는 큰 적대자로서, 그리스도의 재림(再臨)에 의하여 정복당할 것이라 예측됨. 〈요한의 묵시록〉 13장에서 거대한 짐승으로 묘사됨.

283) 성구의 인유—그 큰 용은 악마라고도 하고 사탄이라고도 하며 온 세계를 속여서 어지럽히는 늙은 뱀인데, 이제 그놈은 땅으로 떨어졌고 그 부하들도 함께 떨어졌습니다.(〈요한의 묵시록〉 12:9) 여기서 큰 용—악마—사탄은 적그리스도와 연관성을 띰.

284) Ally Sloper. 1880~1890년대 런던에서 발간되던 유머 주간지 『올리 슬로퍼의 반공일(*Ally Sloper's Half-Holiday*)』에 등장하는 익살맞고 우스꽝스럽게 생긴 '가부장(家父長)'을 말함.

285) *Il vient! C'est moi! L'homme qui rit! L'homme primigène!* (불어) 빅토르 위고 작 『원시의 인간 (*L'homme primigène*)』(1869)에 등장하는 원시인. 그는 작품에서 우스꽝스런 모습을 나타내기 위하여 수시로 얼굴을 일그러지게 함.

286) *Sieurs et dames, faites vos jeux!* (불어) '자 시작됐습니다(Les jeux sont faits)'나 '지 끝났습니다 (Rien va plus)'와 함께, 돈내기 바퀴돌리기 게임 때의 구호.

287) 〈성도(聖都)〉의 가사에서.

288) 윌리엄 블레이크(W. Blake)작 『밀턴(*Milton*)』(제2권)에 묘사된 말세론적 파멸 속의 세계의 비전—로스(Los)의 대우주 주변에 4개의 소우주가 대혼란에 빠져 있다 / 4개의 서로 엇갈린 구(球), 계란형의 로스의 세계 / 그 한복판에, 천정으로부터 천저에까지, 혼돈의 한복판에 뻗어 있는…….

289) the Three Legs of Man. 시칠리아에서 돈(錢)에 새겼던, 중심으로 연결된 세 개의 다리 그림 (triskelion). 이는 맨 섬(Island of Man) 및 아일랜드 바다의 신 맥클리어(Mananaan MacLir)의 문장(紋章)이기도 함.

290) 스코틀랜드 민요의 인용.

291) 미국의 국기(星條旗)를 암시함.

292) Coney Island. 뉴욕시 브루클린구(區)의 서남단에 위치한 해수욕장·휴양지.

293) Gautama. 초기 인도의 위대한 종교 개혁자이자 스승인 고타마 붓다(Gautama Buddha)를 가리킴.

294) Ingersoll. 미국의 정치가·법률가·웅변가·적그리스도교 강연자(1833~1899). 그의 이른바 '메시지'는 인문주의적 및 과학적(다원적) 합리주의였음.

295) 이것은 내용상으로 미루어 보아 도위 전도사가 거처한 뉴욕시 주소인 듯함.

296) Constitution hill. 더블린시의 남북을 종단하는 행길에 접해 있는데, 빈민가의 셋집이 즐비한 곳임.

297) Montmorency. 더블린구(區)의 영국계 아일랜드 귀족 가문 출신의 한 사람.

298) Hennessy's three stars 프랑스산(産) 고급 꼬냑.

299) 여기 유혹의 장면들은 T. S. 엘리엇의 『황무지』, 〈불의 설교〉 장면들(템즈강의 세 딸들이 능욕당하는 장면들)에 크게 영향을 준 것으로 알려짐.

300) 태초에…… 있었도다-〈요한의 복음서〉(1:1) 참조. 팔복(八福)-예수는 그의 산상수훈에서 '행복하다'로 끝나는 여덟 가지 복음을 선포함(〈마태오의 복음서〉 5:3~11).

301) buybull. '영국 상품 판매(Buy John Bull) 운동'의 구호와 함께 성경(Bible)에 대한 익살.

302) barnum. 미국의 흥행사 바넘(Phineas T, Barnum, 1810~1891)의 이름에서 따옴.

303) 마음 속에 있는 그리스도의 실재를 신봉하던 퀘이커 교도인 리스터의 사상(제4장).

304) 존 키츠(John Keats) 작 〈엔디미온(Endymion)〉(1818)의 첫 행-아름다운 것은 영원한 기쁨이오: / 그 쾌락은 증가하고; 그건 결코 무(無)로 빠져 들지 않지요.

305) 존 이글링턴, 즉 매기(W. K. Magee)는 여기서 그리스의 철학자 디오게네스 모습을 띠고 등장하는데, 디오게네스는 자신의 철학적 회의를 극화하는 수단으로 대낮에 불을 켠 등을 들고 다녔다 함. 이는 정직한 사람을 찾는 행동으로 간주됨.

306) Tanderagee. 아마주의, 1904년 번성했던 작은 시장 마을.

307) Mananaan MacLir. 아일랜드의 바다의 신 및 맨 섬의 전설적 선조(제3, 9장). 여기서는 A. E.(신비주의자 러셀)가 맥클리어로 변신함. 존 이글링턴은 그의 저서 『AE의 회고록(A Memoir of AE)』에서 A. E.의 희곡 〈데어드레(Deirdre)〉의 첫 공연 도중 마나난 맥클리어로 등장한 A. E.의 북부 지역 말씨가 드루이드 신부인 캐스바(Cathvah)의 예언을 읊는 것처럼 들렸다고 기록함. 이 극에서 A. E.는 실제로 마나난 맥클리어로 변신하여 등장함. 이때 드루이드 신부인 캐스바는 맥클리어로 하여금 바다가 파도를 일으켜 데어드레와 그의 애인의 도피를 차단해 줄 것을 간청함.

308) A. E.는 농촌 계몽을 위해 자전거를 타고 전국을 순회함(제8장)을 간청함.

309) Aum! Hek! Wal! Lub! Mor! Ma! A. E.는 그의 저서 『비전의 양초(The candle of Vision)』(1918)에서 인간 언어의 구근이 되는 신비적인 것을 찾고 있는데, 예를 들면 'Aum'에서 A는 인간의 자아와 우주선의 음향적 상징이요, M은 사물의 한계, 종말을 상징함. 따라서 'Aum'은 두 가지 요소의 결합인 '시종(始終)'을 의미함.

310) 인도의 밀교(密敎) 신봉자인 그는 마법을 체득할 수 있다고 함(제9장). 유가교는 요가(Yoga)

에서 유래한 것으로, 하느님의 성스러운 정신과 결합하기 위한 인간의 잠재력 개발을 의미함.

311) Hermes Trismegistus. 이집트의 신 토드(Thoth)에게 신플라톤주의자들이 부여한 이름으로, 지식·학예의 신, 유가교의 『백과사전』 저자로 알려짐.

312) Shakti. 힌두교에서 여성의 생식력을 관장하는 신으로, 시바의 아내임. 샤크티의 숭배자들은 현대 힌두교의 위대한 세 분파들 중의 하나. 그녀는 오른쪽은 남성이고 왼쪽은 여성임.

313) Shiva. 힌두교에서 인간의 영혼을 가두고 있는 지상 지옥의 파괴자. 삼위일체신(神) 중의 하나인 그는 '암흑의 신비로운 부(父)'로 일컬어짐.

314) 아움…… 피자움—힌두교 기도문의 패러디. 나는 농장의 빛이다—나는 세상의 빛이다라고 한 예수의 말(〈요한의 복음서〉 8:12)의 패러디. 나는…… 버터니라—A. E.는 아일랜드의 낙농장 개발에 관심을 보인 『아이리쉬 홈스테드』지의 편집자임(제9장).

315) 유다의 손이 '세상의 빛'인 예수를 배신한 것을 뜻함.

316) Lipoti Virag. 블룸의 조부임.

317) 플로베르의 『성 안토니우스의 유혹』 제 3장에서 안토니우스의 이전 제자 힐라리온(Hilarion)은 안토니우스가 당하고 있는 고문의 소동에 참가하기 위해 등장하는데, 이때 그는 뚤뚤 만 양피지를 손에 들고 나타남. 이는 정보의 상징으로, 여기에서 비러그는 이 상징물을 들어 블룸을 훈계함.

318) Lily of the alley. 프리들랜드(A. Friedland)와 길버트(L. W. Gilbert)가 지은 노래 〈골짜기의 백합〉과 캐리(H. Carey)가 지은 〈골목길의 샐리〉의 제목을 결합한 것.

319) Rualdus Colombus. 16세기경 이탈리아의 해부학자로, 스스로 '발명가'라 자처함.

320) What ho, she bumps! 캐스틀링(Harry Castling) 및 밀즈(A. J. Mills)의 뮤직 홀 노래 제목.

321) 안데르센(Hans Christian Andersen, 1805~75)의 동화 제목.

322) '총 없이 오리를 본들 무슨 소용이랴'는 격언에서 인용.

323) 존 게이(John Gay, 1685~1732) 작 〈거지의 오페라(The Beggar's Opera)〉(1728) 제2막의 대사.

324) Lycopodium. 까진 상처의 치료제로 쓰임.

325) 뮤직 홀의 노래에서.

326) *Argumentum ad feminam*. (라틴어) 논리학에서 관념을 표현하는 남성을 무시함으로써 그 관념을 논박하려고 애쓰는 (여성의) 궤변.

327) Diplodocus and Ichthyosaurus. 중생대 쥐라기 시대의 거대한 파충류 생물인 공룡(恐龍, dinosaurs) 및 어룡(魚龍).

328) Rosemary. 지중해 지방 원산의 박하속(屬) 상록 식물로, 충실·기억의 상징.

329) the Bulgar and Basque. 불가리아와 바스크(스페인 북부의 산간지대) 지방에서는 전통적으로 여인들이 몸에 꼭 끼는 옷을 입었음.

330) 19세기 말엽에 다윈의 진화론과 절대적 과학주의가 전통적 종교의 여러 가지 주장들에 대하여 심각한 회의론을 야기함.

331) Pomegranate. 신화(神話)에서 여러 가지 뜻을 내포함. 아도니스(Adonis) 신화에서 다산(多産)의 신은 그의 어머니가 석류 열매를 먹음으로써 잉태되었다 함. 또한 석류나무는 교수형을 당

한 신의 피에서 자라난 것으로 상상됨. 여기서는 '큰일날 일이야!'라는 뜻의 감탄사로 쓰임.

332) 나폴레옹이 1812년 러시아에서 비참한 패배를 당했을 때 한 말을 연상시킴.

333) 블룸이 지니고 있는 앞서의 여러 가지 혼란스러운 지식들은 그의 사이비 과학에 대한 평소의 야망을 암시함.

334) the Carpathians. 체코슬로바키아 북부에서 루마니아 중부에 걸쳐 뻗어 있는 산맥.

335) 『아라비안 나이트』의 〈알리바바와 40명의 도적(Ali Baba and the Forty Thieves)〉에서 돌문을 열기 위해 외는 일종의 주문(呪文).

336) the truffles of Perigord. 프랑스 중부의 옛 주(州)인 페리고르 지방에서 나는 일종의 최음제(催淫劑).

337) 길버트와 설리번 작 『인내(Patience)』 중 번톤이 그의 적수인 시인에 관하여 고함치는 구절에서 —만일 그가 좀 더 우스꽝스럽지 않으면 ……고수머리를 자르고 눈에 외알안경을 쑤셔 끼울 테다…….

338) Elephantuliasis. 블룸은 일반적으로 여성으로 간주되었던 그리스 에로티카 문학의 작가인 엘레판티스(Elephantis)와 상피병을 서로 혼동하고 있음.

339) Mario, prince of Candia. 이탈리아 가수 마리오(Giovanni Matteo Mario, Cavaliere de Candia, 1810~1883)의 별칭.

340) 월리스(Wallace)의 오페라 〈마리타나(Maritana)〉 제3막의 노래 제목(제11장).

341) 성서에 나오는 탕아의 비유에서(〈루가의 복음서〉 15:11~32).

342) 예이츠의 시 〈이니스프리 호반(The Lake Isle of Innisfree)〉의 구절. 집을 뛰쳐 나온 스티븐은 '나의 아버지'란 말을 감히 하지 못함. 여기서 스티븐은 자신을 성서 속의 탕아(prodigal son)와 비교함.

343) *Ci rifletta. Lei rovina tutto.* (이탈리아어)

344) 조이스의 전기가(傳記家) 엘만(Ellmann)에 의하면, 조이스(스티븐)는 예이츠에게 고전 악기 (lute)를 제작해 준 돌메치(Dolmetsch)라는 런던 악기상에게 편지를 써서(1904) 류트를 요구했다고 전함(엘만, 『제임스 조이스』, p. 159~161 참조).

345) 마케도니아의 필립이란 어떤 판사가 술이 취하여 잘못된 판결을 내리자, 술이 취하지 않은 상태에서 다시 재판을 하여 본래의 판결을 번복하도록 요구한 한 여인의 이야기에서 인용.

346) 격언에서 인유. 제2장, 디지씨의 말 참조.

347) 'Moira'—리피강 남부 트리니티가와 데임가 모퉁이에 있는 술집. 'Larchet's'—더블린 시내 칼리지 그린 11번지 소재의 호텔 겸 레스토랑.

348) *Zoe mou sas agapo.* 영국의 낭만파 시인 바이런(Byron)이 쓴 서정시 〈아테네의 처녀여, 우리가 떠나기 전에 (Maid of Athens, Ere We Part)〉의 제사(題辭, epigraph) 및 결구.

349) Atkinson. 더블린 문인 서클에 참여했던 한 작가.

350) 예수가 자신이 기도를 드리고 있는 동안 잠에 떨어진 제자들을 꾸짖는 말의 인유—유혹에 빠지지 않도록 깨어 기도하라. 마음은 간절하나 몸이 말을 듣지 않는구나!(〈마태오의 복음서〉 26:41)

351) 하느님의 명령 불복으로 타락한 인간과는 달리, 성적 경험에 의한 인간의 타락을 암시함.

352) 성구에서—지금 있는 것은 언젠가 있었던 것이요 / 지금 생긴 일은 언젠가 있었던 일이라. / 하늘 아래 새것이 있을 리 없다.(〈전도서〉1:9)

353) the Priest, the Woman and the Confessional. 치니키(C. P. T. Chiniquy)의 저서 제목(런던, 1874). 여인의 고백[참회]은 솔직하지 못하고 부패했다는 논설로서 유명함.

354) Penrose. 블룸의 옛날 이웃.

355) Flipperty Jippert. 〈리어왕〉의 황야의 폭풍에 등장하는 광인의 이름(Flibbertigibbet)에서의 인용(III, iv, 120).

356) *Coactus volui.* (라틴어) 제 10장, 주석 173 참조.

357) '하늘에는 영광, 땅에는 평화'를 읊은 천사들의 찬양곡(Angelic Hymn)에서 (〈루가의 복음서〉 2:14). '주교를 쏘면'이란 높은 지위에 있는 여성과의 성교에 대한 속어임.

358) *Verfluchte Goim!* (이디시어) 영어의 'Cursed Gentiles.'

359) 플로베르 작『성 안토니우스의 유혹』에서. 안토니우스는 예수의 천성과 출생에 관해 저주를 퍼붓는 한 무리의 이교도들로부터 괴로움을 당함.

360) 아일랜드의 유명한 가톨릭 서적『켈즈의 서(*Book of Kells*)』(트리니티대학 소장)에는 두 개의 왼쪽 다리를 가진 예수와 두 개의 오른쪽 다리를 가진 동정녀를 그린 그림이 수록되어 있음. '두 개의 왼쪽 다리를 갖다'란 '성적으로 미약하고 돌아다니기만 한다'는 속어로도 쓰임.

361) Lybian eunuch—2세기경의 소아시아 프리지아(Phrygia)의 예언자로, 그리스도가 자기 몸에 깃들여 있다고 주장하여 이단자로 몰려 배척당함. 그는『성 안토니우스의 유혹』에 등장함. Judas Iacchia—그리스도를 배반한 사도임.

362) 이단설에서는, 예수는 그리스도가 아니고 적그리스도(Antichrist)로서 음녀(Scarlet Woman)와 관계하고 〈요한의 묵시록〉에 서술된 위경(僞經)의 선구자라 주장함.

363) 왕립 더블린 척탄병의 야전모를 가리킴.

364) Metchnikoff. 러시아 태생의 프랑스 생리학 및 세균학자(1845~1916)로, 1908년에 노벨상을 수상했음. 그는 1904년 유인원에게 매독균을 주입하는데 성공했는데, 인간과 유인원의 골격의 유사성 연구로도 유명함.

365) 〈마태오의 복음서〉25:1~13에 나오는 '열 처녀들의 비유'에서 인유(제7장).

366) 기독교의 이단설에서는 표범(Panther)이란 이름의 로마 군인이 그리스도의 부(父)라고 함.『성 안토니우스의 유혹』에 보면 "붉은 수염을 하고, 나병 딱지가 붙은 피부를 한 유태인이 안토니우스를 조롱하며, 그녀의 어머니는 향수를 팔았으며, 로마 군인인 '표범'에게 어느 가을 밤 옥수수밭에서 몸을 맡겼다"는 구절이 나옴.

367) 중세 스콜라 학파의 학설에 의하면, 성모 마리아는 말(Word)에 의하여 잉태되었으며, 따라서 그녀의 고막을 통하여 예수가 잉태되었다고 함.

368) 〈사랑과 전쟁〉의 가사 중에서(제11장).

369) 마사와의 펜팔에서 블룸이 사용하는 가명.

370) 펜팔에 의한 형체 없는 마사의 편지와 블룸의 그녀에 대한 사랑의 표시를 나타냄.

371) *Dreck!* (이디시어) 영어의 shit, trash, junk의 뜻.

372) 키노(Kino) 양복점의 바지 한 벌에 11실링이라는 광고(제8장).

373) Dr. Hy Franks. 화장실 벽에 광고를 한 돌팔이 의사(제8장).

374) 독일의 종교개혁자 마틴 루터(Martin Luther, 1483~1546)를 암시함.

375) Antisthenes. 그리스의 철학자(B. C. 444?~365?)로 견유학파(the dog sage, Cynic School)를 창시했음.

376) 그리스도의 신성(神性)을 부인하다가, 변기에 앉은 채 숨을 거둔 아리우스(Arius)의 고녀를 일 컬음(제3장).

377) 극죄(cardinal sin)에는 일곱 가지가 있는데, 자만, 분노, 시기, 육욕, 탐식, 증오, 나태가 그것 임. 구두쇠 수도자들(Monks of the Screw)이란 18세기경 아일랜드의 변호사·법률가·지성인들 이 조직한 모임으로, 처음에는 '성 패트릭 교단(Order of Saint Patrick)'이라 불렸음. 그들은 더 블린의 변호사·법률가·수도사였던 커런(제7장)의 수도원에서 모임을 가졌는데, 그들은 사회 의 향락 추구에 대하여 쐐기를 박는 것을 그들의 목표로 삼았음—성 패트릭이 우리의 교단을 창설했을 때 / 그는 우리를 구두쇠 수도자들이라 불렀지요. / 그는 우리의 수도원장에게 훌륭 한 규율을 보였어요, / 우리들이 할 바를 인도하기 위하여.(커런의 동시 제1절)

378) 스티븐이 추기경 각하로 변신함.

379) 조이스의 부친 존 조이스가 즐겨 읊던, 작자 미상의 시구.

380) 〈넬 플라허티의 숫오리(Nell Flaherty's Drake)〉란 아일랜드 민요 제2절의 패러디.

381) 〈남국에서 부는 바람(Winds that blow from the south)〉의 가사에서(제8장).

382) 블룸이 찾고 있는 스티븐을 가리킴.

383) ① 마이러스(Mirus) 자선시의 회전목마. ② 코크(Cork)의 토프트(Toft)가(家)가 여러 세대 동 안 소유했던 이동식 오락 공원(유원지) 시설 중의 하나.

384) Svengali. 영국의 풍자화가이자 소설가인 G. 뒤모리에(George Du Maurier, 1834~1896)의 소 설 『트릴비(*Trilby*)』(1894)에 나오는, 익살스러우나 뛰어난 음악적 재능을 지닌 주인공으로 오 스트리아의 유태인 출신으로 등장함. 그는 세탁부이자 모델인 파리 출신의 트릴비라는 미모의 여인에게 최면술적 마력을 행사하여, 그녀를 유명한 가수로 변신하게 함. 그러나 그가 죽자 그녀는 자신의 목소리를 잃고 인간성을 회복함.

385) 〈루가의 복음서〉 12:19 참조.

386) 블룸은 여기에서 조위와 만족을 이루지 못한 신부(神父)를 회상하며, 자신도 그런 불만을 피 하기 위하여 여러 가지 음식을 먹을 것을 결심함. 한편 블룸에게는 더블린, 데임가 19~22번 지의 야채 및 주류상에서 파는 송이버섯이 최음제로 간주됨.

387) Minnie Hauck in Carmen. G. 비제(George Bizet, 1838~1875)의 오페라 〈까르멘〉의 주역으로 대단한 명성을 떨친 미국의 드라마틱 소프라노 가수 호크(1852~1929)를 가리킴. 여기서 벨라 코헨은 〈까르멘〉에 등장하는 방탕하 고 호색적이며 정열적인 여주인공 까르멘으로 변신함.

388) Nes. Yo. 'Yes(그래), No(아니)'의 음교차(spoonerism : 웃음 또는 혼동을 야기하려고 첫 소리를 무의식중에 서로 바꿔치는 것).

389) 자허 마조흐 작 〈모피에 싸인 비너스〉에서 여주인공 반다는 남주인공인 세버린의 눈에 어린

어슴푸레한 잠기운에 대해 계속 언급하며, 세버린은 그녀를 '억센 여인'이란 별명으로 대우함. 여기서 블룸은 세버린의 구실을, 벨라는 남성화한 반다 역을 함. 또한 블룸의 환각에서 매저키즘과 발–속물숭배(foot-fetishism)는 자허 마조흐 작품의 특징이기도 함.

390) 다윗왕이 노쇠하여 몸에 열기가 사라지자 수넴 여인(Shunamite) 아비삭(Abishag)이란 처녀와 동침케 함—다윗왕이 나이 많아, 아무리 이불을 덮어도 몸이 덥지 않게 되었다. 신하들이 그에게 아뢰었다. '나이 어린 처녀 하나를 구하여 임금님의 시중을 들고 모시게 하면 어떻겠습니까? 임금님께서 품에 안고 주무시면 옥체가 훈훈해지실 것입니다.' ……그들은 수넴 여인 아비삭이라는 처녀를 구해…… 처녀는 매우 아리따웠다. ……왕은 그와 몸을 섞지 않았다.(《열왕기상》 1:1~4)

391) 블룸은 그의 부친의 죽음이 음독자살에 의한 것이 아니라 간질병에 기인한 것임을 설명하려 함.

392) Mansfield's 더블린 그래프턴가(街) 78, 79번지에 위치한 부자(父子) 양화점.

393) Handy Andy. 아일랜드 소설가 새무얼 로버(Samuel Lover) 작 『핸디 앤디』의 주인공답지 않은 주인공(antihero)인 난봉꾼 핸디 앤디의 난봉 행위는 그의 귀족 신분이 드러나는 순간에 절정을 이룸.

394) 블룸의 부인 마리언을 가리킴.

395) 상업적인 주문 편지의 맨 끝구절.

396) 여기서 벨라는 키르케가 율리시스 장군의 부하들을 돼지로 변신시키듯 블룸을 돼지로 변신시킴. 잇따른 블룸의 굴욕은 〈모피에 싸인 비너스〉에 서술된 매저키즘(masochism), 사디슴(sadism), 페티시즘(fetishism) 등의 예를 모두 구현함.

397) Tartar. ① 중앙아시아 몽고계 사람. ② 다루기 힘든, 거친 사람이란 뜻도 있음.

398) Nubia. 14세기부터 20세기 초에 이르기까지 노예 매매 상업으로 유명한 아랍 지역의 중심지.

399) Matterson's. 더블린, 호킨즈(Hawkins)가(街) 12번지의 식료품 및 버터를 판매하는 부자상회를 말함

400) Licensed Victualler's Gazette. 런던에서 발행되던 2페니짜리 주간 상업 신문으로, 그 속에 문학 특집란이 있음.

401) Craig and Gardner. 디블린, 데일가 40, 41번지의 회계사 사무실.

402) 어른들의 무릎에 앉아 몸을 들썩이는 아이들을 재우기 위한 자장가에서.

403) 기네스 우선주(優先株)를 말함.

404) 블룸은 윤회에 의하여 여기서 완전히 여성화함.

405) Alice. 캐롤(Lewis Carroll) 작 『이상한 나라의 앨리스(Alice's Adventures in Wonderland)』(1865)와 『거울을 통하여(Through the Looking-Glass)』(1865)의 여주인공을 암시함. 여기서 그녀와 그녀의 세계는 윤회를 거듭함.

406) 라자로(Lazarus)의 딸들의 인유(《루가의 복음서》 10:38~42).

407) Mrs Miriam Dandrade. 이혼한 스페인계의 미국 부인(제8장).

408) Newfoundland. 캐나다 동쪽 성 로렌스 만 앞의 작은 섬 .

409) Manorhamilton. 아일랜드 북부 리트림주의 작은 마을.

410) Siamese cat. 파란 눈, 짧은 털을 가진 타일랜드산(産) 고양이.

411) *Vice Versa*(1882). 영국의 극작가인 거스리(Thomas A. Guthrie, 1856~1934)의 희곡으로, 부자 간의 갈등을 주제로 다룬 익살극.

412) 도런의 당나귀를 애인으로 오인하여 사랑을 시도하는 술 취한 도일(Doyle)에 관한 아일랜드의 민요에서 인유.

413) Black Church. 블룸의 집과 가까운 마운트조이 광장 근처의, 더블린산(産) 검은 돌로 세워진 아일랜드 성당. 이 성당을 세 바퀴 도는 사람은 악마를 만난다는 전설이 있음.

414) Miss Dunn…… d'Olier Street. 드올리어가 15번지에 '광고청부업' 사무실에 있는 것으로 미루어 보아, 던양은 보일런의 비서일 가능성이 짙음(제10장).

415) Poldy Kock. 프랑스의 인기작가인 꼬끄(Charles-Paul de Kock, 1794~1871)를 말함. 그의 소설들은 노파, 소녀, 여인, 매춘부들을 주요 소재로 다룸(제5장).

416) Larry Rhinoceros. 더블린의 차 상인 래리 오러크(Larry O'Rourke)를 익살스럽게 표현한 것(제4장).

417) 결혼식 때의 서약.

418) 손으로 말의 키를 잼. 14뼘(hand)은 4피트 8인치에 해당함.

419) Haroun Al Raschid 바그다드(Baghdad)의 제왕(763~809)으로, 학문과 예술은 물론 사치와 향락의 애호가이기도 했음(제3장).

420) Gomorrahan vices. 소돔과 고모라의 시민들이 특히 비자연적 성행위에 몰두한 것을 일컬음(제4장).

421) 보일런을 암시함.

422) Moll! 여성화한 블룸은 남성화한 아내를 '몰'이라 부름.

423) Sleepy Hollow. 어빙(Washington Irving) 작 『스케치북』중에서 인용함.

424) Rip van Winkle! 어빙의 『스케치북』에서 인용. 20년 동안 산속에서 잠이 들었다가 깨어나 귀가한 주인공은, 아내는 죽고 그 자신은 낯선 사람으로 여겨지는 변한 세상에 놀람.

425) Aunt Hegarty. 블룸의 외조모.

426) Wren's auction. 더블린 중심가 배철러 산책로 9번지에 소재.

427) 빅토리아 왕조의 예술에 있어서 이른바 '도덕적 사실주의(moral realism)'에 반대하는 19세기 말의 심미론. 오스카 와일드가 그 대표적 작가임.

428) Hampton Leedom's. 더블린, 헨리가 50번지에 위치한 잡화상.

429) 〈햄릿〉 I, v, 149 참조.

430) 셰익스피어의 유언에서 인용(제9장).

431) 〈창세기〉 37:34 참조.

432) the wailing wall. 헤로데왕이 건립했으나 로마인들에 의해 파괴된 솔로몬 사원의 마지막 유물. 유태인들의 성소(聖所) 중 가장 성스러운 유물로 보존됨. 개인적 상실을 위해서라기보다

모든 유태인들이 고통받는 집단적 상실을 위한 애도와 비애의 장소로 여겨짐.

433) Chazen. 유태 교회의 독창자(獨唱者). 이상의 인물들은 블룸이 서부 롬바드가(街)에 살았을 때의 이웃 사람들임.

434) 사해(Dead Sea) 주변의 나무에서 딴 열매는 보기는 아름다우나 속이 비었으며 맛이 쓰다고 함.

435) *Shema Israel Adonai Elohenu Adonai Echad.* (라틴어) 〈신명기〉 6:4 참조.

436) yew. 전통적으로 죽음과 애통을 상징하는 대명사.

437) ① 블룸 부부의 침실 벽에 걸린 〈님프의 목욕〉 속의 요정(제4장). ② 블룸이 아침에 박물관에서 살핀 조각상(제8장).

438) *Photo Bits.* 런던에서 발행되던 싸구려 주간지(제4장).

439) Steel wine. 강철 가루(filing)를 함유한 약용 포도주.

440) 흘러내리는 소변의 실내악(chamber music)이 폭포로 윤회함.

441) Poulaphouca. 더블린 남서쪽 20마일 지점, 리피강 상류의 관광 명소로 알려진 폭포 이름.

442) 더블린에 있는 로열극장은 1880년에 화재로 소실되었는데, 태양의 흑점(黑點)이 그 원인이란 설이 있음

443) Mackerel. 블룸의 고등학교 시절 별명이자 더블린 만의 특산물이기도 함(제8장).

444) 길버트와 설리번 작 〈미카도(The Mikado)〉(1885)의 제2막 가사—봄에 피는 꽃, / 트라, 라, / 즐거운 햇빛의 약속을 빨아들여요— / 우리가 경쾌하게 / 춤추고 노래할 때 / 트라, 라, / 우리는 그들이 맞고 오는 희망을 환영하네 / 트라, 라, / 장미와 술의 여름…….

445) Rialto Bridge. 더블린 서부 외곽의 그랜드 운하 위에 설치된 대교 이름.

446) 블룸이 샌디마운트 해변에서 얼마 전에 행한 자위 행위를 암시함.

447) 한때 왕실인쇄소 알렉산더즈 톰즈(Alexander's Thom's)사의 서기였던 블룸이 신문에 실린 자신의 사망 광고를 상상함.

448) Bailey lights—호우드 언덕 동북부에 위치한 등대. Kish lightship—더블린만 키쉬 방축에 닻을 투고 있는 등대선. Erin's King—키쉬의 등대선과 더블린만을 회항하는 유람선.

449) 신문 경영자이며 시의원인 나네티가 영국의회에 참석하기 위하여 시급 항해준인(제7장), 「에린즈 킹」호가 그의 항해를 연상시킴.

450) 로버트 에메트의 연설 글귀와 블룸의 뱃속에 찬 가스의 방출. 제11장 끝부분 참조.

451) 블룸이 아침에 박물관에서 살핀 여신상에 대한 암시.

452) quassia. 남미 열대지방에서 생장하는 소태나무류에서 짜낸 쓴 약으로, 강장제·구충제 등으로 쓰임.

453) Hamilton Long's. 더블린 그래프턴가(街) 101번지의 화장품상.

454) *Peccavi!* (라틴어)

455) 월리스 작 〈무엇이 세계를 지배하나?〉(제11장)란 노래의 가사. 블룸이 지닌 세속적 섬세함에도 불구하고 자신의 영웅심을 나타내는 심리적 이원성(二元性)을 묘사함.

456) 여인이 깔고 앉은 쿠션의 온기와 날씨와의 비교를 암시함.

457) sitting bull. 인디언 추장 수(Sioux, 1834~1890)의 별칭. 그의 공훈 중의 하나는 1876년의 '리틀빅혼(Little Big Horn)' 전쟁에서 카스터 장군(1839~1876, 미국 장군으로 남북전쟁의 수훈자이며, 북미 토인의 토벌자)과 그의 군대를 섬멸한 일이 있음.

458) Tranquilla convent—블룸이 헬리 상점에 근무할 당시 방문한 수녀원(제8장). Sister Agatha—기원전 251년경 시칠리아섬의 처녀 순교자. 섬의 총독이 정교(情交)를 요구했으나 거절하자 교살됨. Mount Carmel—이스라엘 북서부에 있는, 카르멜 수도원이 세워진 곳. Knock and Lourdes—아일랜드 북서부 메이요(Mayo)주의 마을과 프랑스 남서부의 소도시로, 둘 다 성지(聖地)임(제5장).

459) 블룸의 의식은 차가운 여신상의 환상 세계→키티, 린치 등의 현실 세계→다시 수녀의 환상 세계로 흐름.

460) 블룸의 바지 단추가 갑자기 떨어지는 소리. 이는 블룸이 되찾은 자유의 상징이자, 수녀의 육체적 성의 유약성에 대한 블룸의 남성 부활 및 성적 흥분의 상징. 여기서 블룸은 다시 남성화함.

461) '비록 적은 것이라 할지라도 정도가 지나치면 큰일'이란 격언에서.

462) 성당기사단(聖堂騎士團, Knights Templars) 중의 하나로, 1118년경 성묘 및 성지 순례자를 보호하기 위하여 예루살렘에서 조직된 성단. 프리메이슨 당원들은 자신들을 이 성당기사단으로 간주함.

463) 『이솝이야기』 중에서.

464) 블룸은 수녀들이 철조망을 발명한 것으로 생각함(제8장).

465) 천문학의 12궁(Zodiac) 중의 11번째인 물병자리(Aquarius)를 가리킴.

466) Alphonsus. 이탈리아의 성직자(1696~1787). 이 성직자의 이름은 남성명사인 '알폰스(Alphons)'로서, 블룸은 이날 도서관 장면에서 러셀의 두문자 AE의 의미에 대하여 명상하며 알폰서스를 그 가능성의 하나로 생각함. 물론 여기서 행하는 블룸의 농담 '어머니 알폰서스'는 남성이지 여성이 아님.

467) 프랑스 중세의 서사극인 〈레이나드 여우(Reynard the Fox)〉에 등장하는 여우를 말함. 이상은 요정의 유약성에 대항하는 블룸의 남성다운 의기찬 신념의 발로를 나타냄.

468) 블룸은 국제적 휴양지의 남성 직업 댄서 '지골로(Gigolo)'에 관한 추문을 읽고 있었음.

469) Bella. 지금까지 남성화했던 벨로가 다시 여성화함.

470) 헨델 작의 죽음을 읊은 성가곡(제6장).

471) (꽃을) '밟지 않도록 조심하라'는 속어.

472) 아이들이 놀이를 할 때 부르는 동요.

473) Dans ce bordel où tenons nostre état. (불어) 비용(François Villon, 1431~63?) 작 〈살찐 마고의 발라드(Ballade de la Grosse Margot)〉 후렴의 변형.

474) brevi manu. (이탈리아어)

475) Lucifer. 마왕. 본래 1827년 영국에서 발명된 마찰 성냥의 상표였으나 뒤이어 성냥의 통칭으로 사용됨.

476) 모두 1파운드 6실링 11펜스.

477) Proparoxyton. 고전 그리스 문법에서, 어미에서 세번째 음절에 악센트가 있는 단어. 여기서는 eleven을 가리키나, 이 단어는 악센트가 어미에서 두번째 음절에 있음.

478) G. E. Lessing. 독일의 비평가이며 극작가(1729~1781). 그는 『라오콘(*Laokoon*)』(1766)이란 저서에서 시(詩)와 조형예술(plastic art)을 구별함. 이러한 구분의 이유 중 하나는 '순간성(moment)'인데 조형예술가는 자연 세계인 끝없는 '순간의 연속'에서 단 한순간을 선택함.

479) 본 소설 제1장에서 멀리건이 스티븐의 망모(亡母)를 두고 한 말.

480) 16년 전 스티븐이 여섯 살이었을 때(클론고우즈 우드 초등학교 시절) 안경을 깨뜨려 글을 쓰지 못함으로써 돌런 신부에게 매를 맞음. 『젊은 예술가의 초상』 제1장 끝부분 참조.

481) Sphinx. 이는 와일드(Oscar Wilde)의 시 〈스핑크스(The Sphinx)〉(1894)에서 반(半)여인, 반동물의 괴물로 등장함. 시의 화자는 방탕하고 괴상스런 사랑의 행각을 행하는 수수께끼 같은 스핑크스에게 질문을 함. 마침내 그는 스핑크스를 '노래도 없고 혀도 없는 죄의 유령'으로 여겨 그녀를 거절함.

482) 〈오델로〉 I, 1, 117~8행에서 이아고가 한 말—"저는 말입죠, 따님과 무어놈이 지금 잔등이 둘 달린 짐승을 연출하고 있는……" 밤의 여인 조지너 존슨은 스티븐에게 불성실함으로써 두 개의 등을 가진 야수를 연출하는 셈임. 또한 〈햄릿〉에서도 부왕 햄릿이 죽기 전에 클로디어스(Claudius)가 여왕과 간음을 행함으로써 '두 개의 등을 가진 야수'가 됨.

483) 속죄양(the Lamb of God), 즉 그리스도의 암시(〈요한의 복음서〉 1:29). 여기서 '런던에서 온 램씨(Mr. Lambe)'는 존슨양의 배신과 영국의 아일랜드에 대한 배신의 상호 대응을 암시함.

484) *Dona nobis pacem.* (라틴어) 미사중에 행하는 '성찬의 전례' 때의 노래인 〈하느님의 양(Agnus Dei)〉의 결구.

485) 앞서 블룸은 스티븐에게 주려던 양의 다리를 개에게 주었음.

486) the Dusk of the Gods. 바그너의 가극 〈제신(諸神)의 황혼(Götterdämmerung)〉(1876)에서 악한 하겐은 신들의 몰락을 위하여 치밀한 음모를 꾸밈.

487) Hangende Hunger, / Fragende Frau, / Macht uns alle kaputt. (독어) 바그너 작 〈전쟁의 여신(Die Walküre)〉 제1막의 가사. 여기서 스티븐의 공복(空腹)과 노래 가사의 내용이 일치를 이룸.

488) 〈햄릿〉 I, V, 9의 패러디. '송곳(gimlet)'은 게일어에 어원을 둔 말로, '주정 및 술(spirit, wine)'의 뜻.

489) 골상학(骨相學)에서 이마의 주름은 지력(智力)을 암시함.

490) 수상학(手相學)에서 엄지손가락 아래 부분과 새끼손가락 아래 부분을 연결하는 두툼하고 높은 가장자리로서 용기와 지복(至福)을 상징함.

491) 본질적으로 수동적 용기를 말함. 막전은 치지 않기 때문에 그다지 위험하지 않은 상태에서 나타내는 용기인 셈.

492) 성도전(聖徒傳)에 의하면, 대구 아가미 뒤의 흑점은 물고기 입에서 성전세(聖典稅)를 발견한 베드로의 엄지손가 락 자국이라 함(〈마태오의 복음서〉 17:24~27).

493) 스티븐(조이스)은 1882년 2월 2일 목요일에 태어남. 그는 정신적·상징적으로 1904년 당일(6월 16일) 재생(再生)하는 셈.

494) 자장가 구절에서—월요일에 난 애는 은총으로 넘쳐요, / 화요일에 난 애는 얼굴이 아름다워요, / 수요일에 난 애는 수심이 가득해요, / 목요일에 난 애는 출세를 해요, / 금요일에 난 애는 사랑을 주지요, / 토요일에 난 애는 살기 위해 일해야 해요, / 그러나 안식일에 난 애는, / 경쾌하고 착하고 명랑하지요.

495) mount of the moon. 수상학에서, 둘째 손가락 아래 부분과 새끼손가락 아래 부분을 연결하는 약간 높은 부분으로서 그 고저에 따라 감상적·지적 기질의 척도를 삼음.

496) 암탉의 알을 꺼내는 블룸과 그의 '여성적 남성(womanly man)'의 암시(제12장).

497) 디지 교장의 역사에 대한 언급(제12장).

498) 성교의 암시.

499) 〈모피에 싸인 비너스〉의 남주인공 세버린이 그의 애인 반다의 노예가 되기 전의 옷차림을 연상시킴.

500) 오쟁이진 남편(cuckold)의 만화 그림.

501) 〈모피에 싸인 비너스〉에서 반다는 세버린을 급사로 삼고 함께 목욕을 즐김. 소설의 끝부분에서 회초리를 가지고 노닥거리면서 발을 세버린의 목에 걸치고 모피에 싸여 있음. 둘의 나신(裸身)을 거울에 비쳐 보면서, 반다는 그녀 의 요염한 몸매에 현혹된 어떤 독일의 화가가 그 광경을 화폭에 담아 자신을 불후화(不朽化)해 주길 바람.

502) Raoul. 《죄의 쾌락》의 남자 주인공.

503) 〈햄릿〉 III, ii, 25 참조.

504) 셰익스피어 또한 블룸처럼 아내에게 걸어챈 남편(henpecked husband)으로 유명함.

505) 아일랜드 태생의 영국 시인이자 작가인 골드스미스(Oliver Goldsmith, 1728~1774) 작 〈삭막한 마을(The Deserted Village)〉(1770)에서 영국 전원 생활을 이상화하거나 개탄한 구절(122행).

506) 셰익스피어의 〈오델로〉에서 사악하고 교활한 간신 이아고의 간계에 빠져 오델로는 데스데모나를 교살함. '옛친구(Oldfollow)'는 '아버지(father)'는 속어이며, '목요일의 여가장(Thursdaymornun)'은 '목요일의 아침(Thursday morning)' 그리고 '목요일의 어머니(Thursday mother)'를 암시하며, 또한 데스데모나를 가리킴. 스티븐은 '목요일'에 탄생함.

507) 블룸은 키티 등 창녀들에게 그들이 농담하고 있는 것을 질문함으로써 다시 현실로 복귀함.

508) 나폴레옹이 사망했을 때 행해진 검시(檢屍) 결과는 정치적 논쟁의 쟁점이 되었는데, 프랑스 외과의들은 그의 죽음이 영국과의 난제(難題)로 야기된 고민의 결과라 주장한 반면, 영국의 외과의들은 그를 경시할 목적으로 그의 육체의 두드러진 여성형(지나치게 발달한 흉부 등), 즉 섬세함에 그 원인이 있다고 주장함.

509) Tunny's. 더블린 링센드, 브리지가 8번지 해딩턴 가로의 식료품상으로, 샌디마운트의 디그넘 가(家)와 인접해 있음.

510) 이상은 모두 디그넘의 자식들임.

511) 너무 잡아 끌기 때문에 토한다는 뜻. 입센(Ibsen)의 〈사랑의 희극(Love's Comedy)〉 제2장의 대사에서 인유함

512) Weda seca whokilla farst. 셰익스피어의 마지막 남은 딸 엘리자베스는 내쉬(T. Nash)와 결혼했으나, 그가 죽자 버나드(J. Bernard)라는 홀아비와 재혼함.

513) 셰익스피어, 블룸과 더불어 오쟁이진 남편임.

514) Merry Widow. 독일의 경오페라 〈유쾌한 과부(Die Iustige Witwe)〉(1905)의 바람기 많은 여주인공.

515) *Et exaltabuntur cornua iusti.* (라틴어) 성구에서―하느님께서는 악인의 발을 꺾으시고 / 의인의 뿔은 높이 들어올리신다.(〈시편〉 75:10)

516) 그리스 신화에서 미노스왕의 왕비 파시파에가 바다의 신 포세이돈이 상으로 보내준 황소(prize bull)와 정교(情交)하여 낳은 우두인(牛頭人) 미노토를 왕비와 함께 가두기 위하여, 미노스왕이 예술의 원조이며 위대한 세공인인 다이달로스를 시켜 참회실을 만들게 했는데, 이것이 바로 미궁(迷宮, labyrinth)임.

517) Grissel Steevens. 돼지의 모습을 닮아 얼굴을 베일로 가리고 다녔던 더블린의 실제 인물(1653~1746).

518) Lambert. 온몸이 돼지털로 덮였었다는 실재의 영국인 대니얼 램버트(Daniel Lambert, 1770~1809)를 말함.

519) '방주(ark)'는 '법궤'의 익살. 십계명을 새긴 돌을 넣은 법궤(Ark of the Covenant)는 예루살렘 성당의 가장 성스러운 장소에 놓임.

520) 벨기에의 중부에 위치한 지역으로, 1815년 이곳 '워털루전쟁'에서 나폴레옹은 참패를 함.

521) watermelon. 스티븐이 간밤에 꿈에서 본 수박이 앞서의 워털루와 연관됨.

522) Beelzebub. 에크론(Ekronites)의 신, 즉 '파리대왕(Lord of Flies)'(〈열왕기하〉 1:2) 및 밀터의 『실낙원(*Paradise Lost*)』에 나오는 사탄의 부관. '파리대왕'은 에덴섬이 불의 지옥으로 바뀌자 타락한 천사장으로 변신하는 사탄 같은 재크를 주제로 한 윌리엄 골딩의 소설 제목이기도 함.

523) 스티븐이 간밤에 꾼 꿈 장면 중의 하나.

524) 스티븐이 파리로 유학을 떠날 때 자기 부친에게 하는 절규(『젊은 예술가의 초상』 끝부분)와 다이달로스의 아들 이카로스가 미궁을 떠나 초로 날개를 달고 태양 가까이 올라가다 초가 녹아 지중해로 떨어질 때 부친에게 하는 절규(그리스 신화 참조)와 일치함.

525) *O merde alors!* (불어), 앞서 "그가?"는 그의 부친의 암시.

526) 부왕의 유령이 폭로하는 비밀을 듣고 햄릿이 실신하듯, 스티븐도 정신적으로 화합할 수 없는 부친과의 관계를 생각함(매 사냥꾼이 메뚤 유혹하는 외침에서).

527) 골웨이에 있는 조이스 가문 조상돌의 문장기(紋章旗)를 가리킴.

528) Ward Union. 아일랜드의 유명한 사냥협회.

529) 사냥의 시발점으로 위클로우 북쪽 6마일, 더블린 남남동 21마일 지점의 해안지대.

530) Cock of the North. 고던 고지인들(Gordon highlanders)의 마지막 백작 고든(Scot G. Gorden, 1770~1836). 그는 1798년의 대반란 당시 웩스포드에서 발발한 봉기를 진압하는 데 중요한 역할을 했는데, 이 사실은 친영과 디지 교장이 이날 아침 뽐낸 그의 조상과 연관됨(제2장).

531) the Green Lodges. 1790년대에 반(反)가톨릭 단체로 조직되었다가 친영 단체로 바뀐 오랜지 당원과 반대되는 성격을 가진 순수 아일랜드 단체임(제2장).

532) Madam Legget Byrne. 더블린 서부 마운트조이 광장 68번지의 무용교사.

533) Levenstone's. 더블린 남부 프레드릭가 35번지의 댄스학원.

534) Katty Lanner(1881~1843). 오스트리아 출신의 유명한 무용가로서 19세기 댄스 뮤직에 혁명을 일으킨 장본인 및 비엔나 왈츠의 창안자.

535) *Tout le monde en avant! Révérence! Tout le monde en place!* (불어) 댄싱 구호.

536) 폰키엘리(Amilcare Ponchielli, 1834~1886)의 오페라 〈지오콘타〉 중 '시간의 무도(The Dance of the Hours)'(제4장 끝부분 참조)의 내용임.

537) '시간의 무도'의 시간들이 시각을 알림, 현재 시각은 0시 30분.

538) 여기서 스티븐의 부친 사이먼은 부질없는 외가댁 사람들인 고울딩에 대해 경고함.

539) Dance of death. 중세기 교회 드라마에 근거를 둔 것으로, 교황·제왕 및 노동자에 이르기까지 모든 계급의 사람들의 생애에 걸친 죽음의 힘을 묘사함. 이는 괴테를 비롯, 지금까지 여러 작가들의 공통된 주제이기도 함.

540) Christass. 예수가 예루살렘으로 당당히 입성하는 성구의 인유—명절을 지내러 와 있던 큰 군중은 그 이튿날 예루살렘에 들어오신다는 말을 듣고 종려나무 가지를 들고 예수를 맞으러 나가, '호산나! 주의 이름으로 오시는 이여, 이스라엘의 왕 찬미받으소서'하고 외쳤다. 예수께서는 새끼 나귀를 보시고 거기에 올라 앉으셨다. 이것은 성서에, '시몬의 딸아, 두려워하지 말라. 네 임금이 너에게로 오신다. 새끼 나귀를 타고 오신다'하신 말씀 그대로였다.(〈요한의 복음서〉 12:12~15)

541) 〈나의 소녀는 요크셔의 소녀〉의 가사에서 인용(제10장).

542) 이상의 더블린 만화경(萬華鏡)은 주로 본 소설 제10장 장면들의 재현(再現)으로, 조이스의 표현주의 및 미래파 수 법의 뛰어난 예임.

543) Lemur. 밤에 배회하며 살아 있는 사람들을 괴롭히는 사자(死者)들의 유령. 이를 달래기 위한 축제가 있는 5월은 결혼을 위해서는 불운한 달로 간주됨. 조이스의 아버지 존 조이스와 어머니 메리 머레이는 1880년 5월 5일에 결혼함.

544) '사랑(Love)'이란 단어를 뜻함(제9장).

545) the Ursuline manual. 어린 소녀, 환자 등을 돌보는 여인을 위한 가톨릭 기도서.

546) Hyena. 무덤 속에 살면서 죽은 자의 시체를 파먹는 마귀 같은 짐승.

547) 어른들이 아이들을 놀라게 하여 복종케 하는 죽음의 상징.

548) God's hand. 인간은 하느님의 얼굴을 감히 쳐다볼 수 없는지라, 하느님의 손이 인간에게는 상징적으로 전지전능한 권능의 표시가 됨.

549) green crab. 암(cancer)의 전통적 이미지로 사용됨.

550) *Ah non, par exemple!* (불어)

551) *Non serviam!* (라틴어) 사탄이 몰락의 순간에 하느님을 두고 하는 말. 스티븐은 『젊은 예술가의 초상』 제5장에서 어머니의 '부활절 예배(Easter duty)' 강요에 관하여 크랜리와 대화하면서 이상의 말을 영어(I will not serve)로 대신 사용함. 라틴어는 『젊은 예술가의 초상』 제3장에서 아널 신부가 피정의 의의를 역설하며 루시퍼의 죄를 설명할 때 사용함.

552) 스티븐은 어머니의 종교에 대한 호소를 세 번 거절함. 이는 『젊은 예술가의 초상』 제4장 끝부분에서 그의 예술과 인생에 대한 세 번의 긍정(yes)과 대응함.

553) ① 바그녀의 가극 〈니벨룽겐의 반지(Der Ring des Nibelungen)〉에서 지크프리트의 구원의 마도(魔刀). 〈니벨룽겐의 반지〉네 개의 오페라 중 두번째에서 신들의 왕인 뵈탄은 마도를 거대한 물푸레나무 심장부에 꽂음. 지크프리트의 부친은 이 마도를 도로 찾았지만, 그가 누이동생의 남편에 대항하여 스스로를 지키려 하자 뵈탄은 칼의 마력을 제거해 버림. 그리하여 칼은 조각 나고 그는 살해당함. 세번째 오페라에서 지크프리트는 공포의 의미를 모르는지라 칼을 다시 버릴 수 있음. 〈니벨룽겐의 반지〉마지막 오페라에서 칼의 마력이 회복되자, 지크프리트는 부지중에〈신들의 황혼(Die Götterdämmerung)〉을 야기하게 되는데, 얄궂게도 이 칼이 그 원인이 됨. ② 옛 질서의 무(無, Nothing)를 가져오는 이탈리아 역사철학자 비코(Vico)의 구원의 소리. ③ 조이스의 『피네간의 경야』에서 천둥 소리 등.

554) 역사의 몽마, 공간의 폐허, 우주의 격변과 함께 예술가로서의 스티븐의 영웅적 개성이 빛에 항거하여 자신의 위치를 가다듬음.

555) 블룸이 물푸레나무 지팡이를 치켜들자 벨라가 비명을 지름. 이는 오디세우스 장군이 키르케 요녀에게 마장(魔杖)을 휘두르는 것과 대응함.

556) 아니스의 열매를 자루에 넣어 질질 끌며 사냥할 짐승을 유혹함.

557) 앨버트(George Frederick Ernest Albert, 1865~1936)는 그의 부친 에드워드 7세가 서거하자 정당한 후계자로서 영국 왕 조지 5세(재위 1910~1936)가 됨.

558) Sisyphus. 그리스 신화에 등장하는 교활하고 욕심 많은 코린토스(Corinth) 왕. 제우스를 속인 죄로 죽임을 당하고 지옥에 떨어져 큰 돌멩이를 산꼭대기까지 굴려 올리는 운명에 처하게 되는데, 그때마다 돌이 다시 굴러 떨어져, 계속 굴려 올려야 하는 시련을 겪음. "시적이다.": 시 시의 앞서 "……의리를 지켜요"에 대한 언급.

559) 19세기 영국의 낙관적 국수주의자의 기둥이라 할 테니슨은 유니언잭 무늬의 코트와 크리켓 프란넬 바지를 주로 입었는데, 그를 풍자한 만화중에 그런 모양도 있음. 그들은…… 아니로다―테니슨 작 〈경기병대의 공격(Charge of the Light Brigade)〉제2절의 구절; "전진, 경기병대! / 당황하는 자 있었던가? / 병사는 알지 못했건만 / 누군가가 실수를 범했도다. / 답을 하는 것이 아니로다, / 이유를 논하는 것이 아니로다, / 단지 행동하고 죽을 뿐이로다. / 죽음의 골짜기로 / 600명의 기병들이 말을 몰았도다." 여기서는 병사 카아와 동국인(영국인)인 테니슨이 그와 병사 콤턴에게 동조하고 있음.

560) Doctor Swift. 『걸리버 여행기』의 작가. 〈전(全)아일랜드 국민에게 보내는 편지(A Letter to the Whole People of Ireland)〉속에서 '정부(government)'를 정의하면서, 그는 잘 무장한 11명의 남자들은 셔츠 입은 단 한 사람을 분명히 굴복시킬 수 있다고 서술함.

561) synechdoche. 일부로써 전체를 대신하는 수사법. 예를 들면 칼날로 칼을, 돛이나 용골 등으로 배를 나타내는 수사법을 말함.

562) 스티븐은 마보트가(街)에 들르기 직전 웨스틀랜드 로우 정거장에서 멀리건과 다툼.

563) *Enfin ce sont vos oignons.* (불어)

564) Dolly Gray. 보어전쟁을 다룬 인기 가곡의 후렴에서. 참전을 해야 하는 병사와 작별하는 여주인공의 이별이 그 내용임―잘 있어요, 귀여운 지어, 나는 그대를 떠나야 하오, / 따님이 내 마음을 찢고 있지만. / 내가 필요하다는 걸 뭔가가 말하고 있소 / 적을 마주 보는 전선에서. / 들어 봐요! 나팔 소리가 울리고 있소 / 나는 더 이상 머무를 수 없소. 안녕히, 돌리, / 나는 떠나가오, 안녕히, 귀여운 그레이.

565) Jericho―사해(死海) 북쪽에 있었던 팔레스타나의 고도(古都) 및 그곳의 성(〈민수기〉 22:1).

Rahab—이스라엘의 첩자를 감춰 준 여리고의 매춘부(〈여호수아〉 2:2). 그 후에 여리고가 함락되자 이스라엘 사람들은 그녀로 하여금 창문에 리본을 달아 두도록 함으로써 그녀를 구출함.

566) 키플링(R. Kipling)의 시 〈멍청이 거지(The Absent-Minded Beggar)〉의 한 구절.

567) 러버(S. Lover) 작의 아일랜드 민요 〈내가 남겨 두고 떠나는 소녀〉에서 인유.

568) 지구를 가리킴.

569) tsar. 러시아 황제 니콜라스 2세(1868~1918)를 말함. 그는 영국의 에드워드 7세와 함께 세계 평화에 대한 탄원서를 공포하고 그 결과 1899년 헤이그 세계평화회의를 개최하게 됨. 그러나 그의 평화운동은 러일전쟁의 전주곡 구실을 했으니, 참으로 아이러니컬함.

570) '이마를 찰싹 치는 것'은 영국의 낭만시인 블레이크의 제스처로, 그는 자신의 작품을 통하여 왕과 사제를 억압의 상징으로 표현함. 이러한 국가와 종교의 양대 지배 세력에 대한 그의 관념은 조이스의 권위주의에 커다란 영향을 줌. 스티븐은 그의 예술을 위하여 이 지배 세력에 한결같이 도전함으로써 그들이 창조하지 못하는 인간 사회의 질서를 예술로 창조하려 했음. 블레이크 작 『로제티의 시(*Poems from the Rossetti*)』, 〈멀린의 예언(Merlin's Prophecy)〉 가운데서—추수는 겨울 날씨 속에 번성하리 / 두 개의 처녀성이 함께 만날 때. / 왕과 사제는 사슬로 묶어야 해요 / 두 처녀가 함께 만나기 전에.

571) 아일랜드의 고혈을 빠는 영국 왕의 상징, 제8장 앞부분 참조.

572) *Défense d'uriner.* (불어)

573) 영국의 주교이자 시인인 비커스테드(Edward H. Bickersteth, 1825~1906) 작의 인기 있는 송가 제목. 그 첫행—평화, 완전한 평화, 이 죄의 암흑 세계에? / 예수의 피가 내부의 평화를 속삭이네.

574) 단합을 뜻하는 상징적 표현.

575) ① 영국 왕가의 문장(紋章)의 특징. ② 자장가의 구절이기도 함—사자와 일각수가 왕관을 탐내 싸우고 있었대요. / 사자가 일각수를 때렸대요 / 마을 사방을 돌며. / 누군가가 그들에게 흰 빵을 주었대요. / 누군가가 갈색 빵을 주었대요. / 누군가가 푸람 케익을 주었대요. / 그리고 그들을 북을 쳐 마을에서 내쫓았대요.

576) 이아고는 오델로에게 '질투'에 관해 이같은 말로 경고함(〈오델로〉 III. iii. 166). 압상트주는 독주로 극심한 정신적 혼란을 야기함.

577) 황소(Bull)는 영국을, 초록빛은 아일랜드를 각각 상징함. 투우를 성나게 하기 위하여 투우사가 붉은 천을 펼쳐 드는 행위에서 유래함.

578) peep-o'-day. 18세기 말 아일랜드 북부에 근거지를 둔 신교도의 일단. 그들은 무기를 탐색하기 위해 새벽녘에 구교도들의 집들 염탐했다 함(제3장).

579) *vieille ogresse······ dents jaunes.* 빅토리아 여왕을 암시함(제3장).

580) *Socialiste!* (불어) 아일랜드의 유랑인 패트릭 이건이 파리에서 스티븐에게 자신을 가리켜 한 말 (제3장).

581) Don Emile Patrizio Franz Rupert Pope Hennessy. 영국의 식민지 등에서 발탁된 아일랜드 보수파(親英派) 관리들의 이름을 합친 것.

582) Werf those eykes to footboden, big grand porcos of johnyellows todos covered of gravy! 수개 국어, 즉 독일어, 영어, 스페인어 등을 합친 것(ployglot). 『피네간의 경야』의 언어와 유사함.

583) Green above the red. 데이비스(Thomas O. Davis) 작의 아일랜드 노래 제목. 그 첫째 구절─
너무나도 자주 우리들의 조상들이 붉은색이 초록색보다 위임을 보았을 때, / 그들은 군도, 창
그리고 칼을 들고, 거친 차림으로 말을 달렸지요. / 그리고 너무나 많은 도회와 너무나 많은
죽음의 들판을 넘어, / 그들은 자랑스럽게 아일랜드의 초록색을 영국의 붉은색 위에 올려놓았
지요.

584) De Wet(1854~1922). 남아프리카의 무어인이 영국에 반역했을 때의 반영(反英) 장군(제8장).
여기서는 스티븐을 암시함.

585) 천상에 계신…… 보내 주옵소서─페니언 당원의 속요인 듯.

586) 1890년 12월 1~3일에 실제로 있었던 일로, 퍼시(Pearcy) 부인이 피브 모그(Phoebe Mogg) 부
인과 유아를 살해한 사건임.

587) 1917년 10월 런던에서 실제로 일어났던, 프랑스 출신 도살자 브와쟁(Voisin)이 범한 제라르
(Gérard) 여인을 살해한 사건으로, 그는 시체를 절단하여 지하실에 감춘 것으로 알려짐.

588) 1912년에 실제로 있었던 사건으로, 영국 범죄사상 유명한 런던의 살인귀 세던(Seddon) 부부
가 비로소 배로우(Barrows)양을 독살함.

589) 맥버니 작의 민요 〈까까머리 소년〉의 한 구절로, '어머니의 안식을 위해 기도하지 않았도다'라
는 숨이 넘어가는 사형수의 중얼거림. 제1장 주 140) 참조. 이는 자신의 어머니를 위해 기도
하지 않은 스티븐의 죄의식과 일치함.

590) 럼볼드는 교수형에 처한 밧줄을 현장의 구경꾼들에게 기념품으로 잘라 팔도록 왕실로부터 허
락받음(제12장).

591) *Ça se voit aussi à Paris.* (불어)

592) 〈햄릿〉 I, v, 133~137 참조.

593) 죽음의 이미지이자 아일랜드의 상징인 늙은 할멈(Old Gummy Granny)을 가리킴. 여기서 '감자
의 사화(死花)'는 아일랜드의 감자 기근(Potato Famine) 때의 비극을 암시함.

594) 〈햄릿〉 중의 대사(I, v, 23~25)로, 유령이 햄릿에게 하는 말.

595) 『젊은 예술가의 초상』 제5장에서 스티븐이 아일랜드를 비유해서 한 말.

596) 억압당하고 상처빛은 아일랜드와, 영국 군인들에게 대항할 수 없는 유약한 스티븐의 자화상을
가리킴.

597) 아일랜드는 스페인 왕의 후손들에 의하여 건립되었다는 전설이 있음. '낯선 자'는 아일랜드의
대반란(Rebellion) 때 그것을 돕기 위하여 건너온 프랑스 원정군들을 가리키는데, 이는 예이츠
의 극시 〈케슬린 백작부인(Cathleen ni Houlihan)〉의 내용이기도 함. '스페인 왕의 딸'은 자장가
의 가사 일부분─나는 작은 밤나무 한 그루를 가졌지요. / 은빛 육두구 한 알과 금빛 배 한 개
이외에는 / 아무 열매도 맺지 않았어요; / 스페인 왕의 딸이 나를 찾아왔어요, / 나의 작은 밤
나무를 위하여.

598) banshee. 집안에 누가 죽으리라고 미리 통곡으로 알리는 귀신.

599) 스티븐이 외국에 망명중인 아일랜드의 혁명가이며 개혁가인 탠디(Napper Tandy, 제3장)를 만
났을 때 그가불렀던, 조국의 안부를 묻는 내용으로 된 민요의 한 구절.

600) hat trick. ① 모자 밑에 물건을 감추어서 상대방을 속이는 장난. ② 본래는 크리켓에서 투수가
타자 세 사람을 연달아 아웃시키는 기술을 말하는데, 이는 새 모자를 그에게 상으로 주는 데

서 유래함.

601) 성부, 성자, 성신 중의 성신을 가리킴. 여기서는 아일랜드의 교회를 암시함. 비유적으로 스티븐은 자식(聖子)으로서 "아일랜드, 즉 교회 [聖神]는 어디 있는가?"라고 부르짖음.

602) Soggarth Aroon? 아일랜드의 소설가 존 배님(John Banim, 1798~1842) 작의 노래 가사 중에서(어떤 가난한 농부가 주교-애국자에게 느낀 애정을 읊은 내용임)─사람들이 그러듯 저는 노예인가요, 친애하는 사제? / 당신이 법도를 가르쳐 주었기에, 친애하는 사제, / 그들의 노예가 아니예요, / 그들이 저와 함께 일하는 동안, 늙은 아일랜드의 노예제도, 친애하는 사제……

603) The reverend Carrion Crow. ① G. 플로베르의『보바리 부인(Madame Bovary)』(1857) 제8장에서 엠마 보바리가 비소의 독으로 죽어가자, 그 지방의 사이비 '철학자'란 자가 혹의의 사제들을 죽음의 냄새에 끌리는 검은 까마귀로 비유함. '검은 까마귀'는 자장가의 가사이기도 함.

604) 로열 더블린 근위병들(Royal Dublin Fusiliers)의 제1, 2대대가 보어전쟁 중에 남아프리카에 주둔하고 있던 영국 군에 대해 캠페인을 벌임으로써 그들은 1900년 성 패트릭 축일(St. Patrick's Day)에 빅토리아 여왕으로부터 영예를 하사받음.

605) the knights templars. 예루살렘 순례를 행하는 기독교도들을 보호하기 위하여 1118년에 창설된 수도회 단체. 프리메이슨은 이들 성당기사단의 후손이란 주장이 있음.

606) Rorke's Drift. 남아프리카의 보어전쟁 발발지 및 격전지.

607) Mahal shalal hashbaz. (헤브라이어) 프리메이슨에서 '행동 준비'를 위한 상징적 언어로 사용됨(〈이사야〉8:1)

608) *Erin go bragh!* (게일어) 아일랜드의 전승구호(戰勝口號) 및 작자 미상의 아일랜드 가요 제목이기도 함.

609) Garryowen. 아일랜드의 홍겨운 음주가─스파술 대신에 우리는 갈색 술을 마시리라, / 그리고 계산은 즉석에서 해버려야지, / 빚진 사람은 아무도 목표에 달할 수 없으렷다 / 영광의 개리오엔에서

610) God save the king. 영국 국가의 구절─하느님이시여 우리들의 우아하신 국왕을 구하소서, / 우리들의 고상한 국왕을 오래 살게 하소서, / 하느님이시여 우리들의 국왕을 구하소서! / 그에게 승리와 행복 그리고 영광을 보내소서, / 우리들을 오래 통치하게 하소서, / 하느님이시여 우리들의 국왕을 도우소서.

611) The brave and the fair. 존 드라이든(John Dryden, 1631~1700)의 시 〈알렉산더의 향연(Alexander's Feast)〉의 첫 행─용사 이외에는 아무도 미녀를 얻을 자격이 없도다.

612) The gules doublet and merry saint George. 흰 바탕에 붉은 십자가 그려진 중세기 영국 국기의 문장. 여기서 '성 조지'는 영국의 용을 살해하고 있는 수호성자요 전투에 있어서 국민의 정신적 영도자를 의미함.

613) 블레이크(W. Blake) 시의 패러디(제2장). 여기서 스티븐은 블래이크가 표현한 '영국'을 '아일랜드'로 대체함.

614) 〈스코틀랜드가 불타고 있다〉라는, 인기 있던 돌림노래에서 인유함.

615) 예수가 십자가에서 처형될 때의 일기─낮 12시쯤 되자 어둠이 온 땅을 덮어 오후 3시까지 계속되었다. 태양마저 빛을 잃었던 것이다. 그때 성전 휘장 한가운데가 찢어지며 두 폭으로 갈라졌다. 예수께서는 큰 소리로 '아버지, 제 영혼을 아버지 손에 맡깁니다!'하시고는 숨을 거두셨다.(〈루가의 복음서〉23:44~46)

616) 예수가 십자가에서 처형된 후의 현장 묘사―바로 그때에 성전 휘장이 위에서 아래까지 두 폭으로 찢어지고 땅이 흔들리며 바위가 갈라지고 무덤이 열리면서 잠들었던 많은 옛 성인들이 다시 살아났다. 그들은 무덤에서 나와 예수께서 부활하신 뒤에 거룩한 도시에 들어가서 많은 사람에게 나타났다.(〈마태오의 복음서〉 27:51~53)

617) John O'Leary. 1913년 예이츠가 '낭만주의 아일랜드'의 마지막 보루로 간주했던 인물로, 초기에 젊은 아일랜드 청년들과 과격한 정치활동을 했으며, 페니언 당원 및 문학·정치적 급진운동에 참여함.

618) O'Donoghue. 영국 지배하에서도 예외적으로 부(富)를 누렸던 아일랜드의 가톨릭 가문.

619) 단테의 『신곡』〈지옥편〉 제24곡에서, 스승과 은인들을 배반한 자들의 영혼을 가두고 있는 지옥의 맨 밑바닥 층을 뜻함.

620) Saint Barbara―고대 이집트 또는 소아시아의 전설적 성녀. 돈 많은 이단자의 딸로서 아버지의 허락 없이는 결혼을 못 하도록 탑에 감금되어 생활함. 그녀는 아버지가 없는 틈을 타서 기독교로 개종하고 세례를 받음. 그녀의 개종에 격분한 아버지는 딸을 만인이 보는 앞에서 고통을 주었으며 마침내는 스스로 딸의 목을 잘랐는데, 그는 귀가길에 맑은 하늘로부터 번갯불에 맞아 죽임을 당함. 그 후 성 바바라는 전쟁터의 포수, 군인, 소방수들의 수호성녀가 되었고, 들판에 그녀를 위한 제단이 세워짐. 까만 양초가…… 솟는다―흑미사(Black Mass) 집행시에 까만 양초를 켜는데, 까만 빛은 사탄의 빛이기도 함. 제단의 복음서측은 복음서가 읽혀지는 신도의 왼쪽이며, 사도서측은 그 오른쪽임.

621) 사제가 검은 옷을 입고 드리는 사자(死者)를 위한 흑미사에서는 전통적으로 나부(裸婦)의 배〔腹〕를 제단으로 삼음.

622) 찬탈자인 익살꾼 멀리건이 신부로 변신함. 오플린 신부(그레이브즈〔Alfred Graves, 1846~1931〕작의 민요에 나오는 익살꾼)와 익살꾼 멀리건의 결합임.

623) 유황의 불꽃이…… 씌워 준다―① 성서에서 최후의 심판 서곡이라 할 아마겟돈, 즉 세계 종말의 날의 선과 악의 대결전(〈요한의 묵시록〉 16:16)을 연상시키는 장면임. 그중 마지막 장면은 흑미사를 연상시키는 것으로, 거기에서는 아마겟돈이 적그리스도(Anti-Christ)의 출현으로 그 절정을 이룸. ② 실제적으로 이 장면은 1916년 아일랜드의 부활제 봉기(1차 전쟁 전후에 거의 성공할 뻔했던, 영국에 대항하여 일어난 아일랜드 자치를 위한 반란) 동안에 보여준 더블린 무정부주의적 광경을 연상시킴.

624) 보일런, 헤인스, 러브 존사 등, 성적·문화적으로 빚진 자의 찬탈성을 혼용한 익살문.

625) 신교도 신부인 러브 존사가 흑미사에서 복사(服事) 역을 행함.

626) *Corpus Meum.* 사제는 미사 때의 봉헌(Consecration)에서 예수가 최후의 만찬에서 행한 말을 반복함―너희는 모두 이것을 받아 먹으라. 이는 너희를 위하여 바칠 내 몸이니라. 흑미사에서는 포도주 대신 피를 사용해 미사를 집행함.

627) 할렐루야 우리 주 하느님 전능하신 분께서 다스리신다(〈요한의 묵시록〉 19:6)란 최후의 심판과정을 묘사한 성서 구절을 모독적 또는 이단적으로 거꾸로 부름. 여기서 '지옥에 떨어진 자들'은 최후의 심판에서, 사람의 아들이 영광을 떨치며 모든 천사들을 거느리고 와서 영광스러운 왕좌에 앉게 되면 모든 민족들을 앞에 불러놓고 마치 목자가 양과 염소를 갈라놓듯이 그들을 갈라 양은 오른편에, 염소는 왼편에 자리잡게 할 것이다… 그리고 왼편에 있는 사람들에게는 이렇게 말할 것이다. '이 저주받은 자들아, 나에게서 떠나 악마와 그의 졸도들을 가두려고 준비한 영원한 불 속에 들어가라'(〈마태오의 복음서〉 25:31~41)라고 하신 말씀 중의 '졸도들'임.

628) Adonai. 주(Lord)를 뜻하는 헤브라이어.

629) Dooooooooooog! 앞서 멀리건은 스티븐에게 '불쌍한 개몸뚱이(poor dogsbody)'라고 말한 바 있는데(제1장), 이는 스티븐에게 하느님-개를 연상시켜 자신을 정당화시킴. 지옥에 떨어진 자가 '하느님(God)'을 모독적으로 거꾸로(Dog) 부른 말장난의 일종.

630) Kick the Pope. 오렌지당[신교도의 무리]이 즐겨 부르는 노래의 변형으로, 거리의 속요 가사이기도 함—루라라, 루라, 교황 따위 걷어차 버려; / 튼튼한 밧줄로 그를 매달아요.

631) Daily, daily sing to Mary. 가톨릭 성모 찬가에서—매일 매일 마리아에게 노래불러요, / 나의 영혼을 노래해요…… / 그녀를 어머니라 불러요, 그녀를 동정녀라 불러요. / 행복한 어머니, 축복의 동정녀.

632) *Exit Judas. Et laqueo se suspendit.* (라틴어) 성구에서—유다는 그 은전을 성소에 내동댕이치고 물러가서 스스로 목매달아 죽었다.(〈마태오의 복음서〉 27:5) 스티븐은 린치를 유다로, 자기 자신을 그리스도로 간주함.

633) feast of pure reason. 18세기 영국 시인 포프(A. Pope)의 시 〈최초의 풍자(The First Satire)〉(1733)에 나오는 구절을 변형시킨 것으로, 모든 세속의 소음에서 퇴거한다는 내용임. 여기서는 스티븐의 순수이성의 힘에 의한 스스로의 퇴거를 말함.

634) 여기서는 아침에 마텔로 탑에 우유를 공급한 노파를 가리킴. 아일랜드의 애국심의 화신(化身)으로 분(扮)함.

635) Carbine in bucket! 군대의 구호. '버킷(bucket)'은 기병이 허리에 차는, 가죽으로 된 칼빈 총집임.

636) 더블린 남부 외곽에 주둔하고 있는 영국 병영 포토벨로의 베네트 상사가 탈선 군인에게 가했던 형벌.

637) 켈러허는 장의사의 주인임.

638) 켈러허는 정청 출입자로, 약간의 정치적 배경을 가짐.

639) 켈러허가 부르는(또는 연관시키는) 노래의 후렴.

640) 켈러허와 블룸 둘 다의 속임수에 대해 말[馬]이 비웃음.

641) Cabra. 더블린 북동쪽 2마일 지점에 위치한 외곽지대.

642) 몽유병 환자는 첫 이름(다정함의 표시)을 부르면 깨어난다는 미신에서.

643) 예이츠의 〈퍼거스와 가는 자 누구냐〉(제1장) 중에서 인용.

644) Ferguson. 예이츠의 시에 무식한 블룸은 스티븐이 어떤 아가씨 [퍼거슨]에 대한 한탄을 하고 있다고 간주함.

645) 프리메이슨 당원이 되는 조건으로서 모든 당원들이 입단시에 서약하는 구절.

646) changeling. 켈트 민속에서 요정은 잘생긴 아이들을 훔쳐가고 그 대신 못생긴 아이들을 두고 감으로써 인간을 괴롭혔다고 함.

647) 동화에 나오는 유리구두는 신데렐라를 암시함.

648) 경건한 젊은 헤브라이 학자의 독서법.

649) 주검의 장신구들이 부활의 환상적 의복으로 변형되면서 블룸의 시야에 죽은 자식의 환영이 떠오름. 일종의 '에피파니' 현상임.

◆ 16장 ◆

1) in orthodox Samaritan fashion. '친절한 자선가의 모습으로'란 의미. 선량한 사마리아인에 관한 우화로, 정교(正敎)를 받들지 않는 유태인이자 사마리아인의 어떤 신부가 자신을 지나치게 무시했던 어떤 상처 입은 자를 돕는 얘기(〈루가의 복음서〉 10:30~37).

2) Vartry water. 더블린 남부 18마일 지점에 수원지(水源池)를 둔 더블린 공공수도.

3) Mullet's. 애미언즈가 45번지의 차·주류상.

4) '모든 육체는 자기 길을 찾아가다'라는 격언에서 인유.

5) Jupiter Pluvius. (라틴어) '비를 만드는 자.' 로마 신화에서, 날씨를 다루는 여러 신들의 우두머리에 대한 별명 중의 하나.

6) 블룸은 조금 전 살사차(撒砂車)에 치일 뻔했음(제15장).

7) Henrik Ibsen. 〈인형의 집(Doll's House)〉으로 유명한 노르웨이의 극작가(1828~1906). 연극에 과감하게 자연주의를 도입한, 현대극의 선구자였던 그는 조이스의 우상으로서 많은 영향을 끼침. 1900년 4월에 18세가 된 조이스는 입센의 최근작인 〈사자(死者)가 깨어날 때(When We Dead Awaken)〉(이는 『더블린 사람들』의 마지막 이야기 〈죽은 사람들〉에 영향을 미침)의 극평을 유력지인 《포트나이트리 리뷰》에 발표함으로써 입센의 인정을 받음. 스티븐은 『젊은 예술가의 초상』 제5장에서 학교로 걸어가는 도중 도크 주점, 스토어가, 탤버트 광장의 석공 건물인 베어드 상점 및 베레스 포드 광장이 서로 연결된 지점에 대하여 생각한 것을 다시 여기서 연상함.

8) 〈베니스의 상인〉에서 바사니오가 궤를 바라보고 혼자 궁리하고 있는 동안 포샤가 부른 노래 가사의 인유—사랑이 자라는 곳 그 어디멘가, 가슴속 깊은 곳인가, 머릿속인가? 이떻게 낳고, 뭘 먹고 자라나나?(III, ii, 63~71)

9) Mr Tobias. 더블린 수도경찰국의 전속 사무 변호사인 매슈 토비아스(Matthew Tobias)를 말함. 유스타스가에 그의 사무실이 있음.

10) old Wall. 대법원 안의 더블린 수도경찰국 전속 사무 변호사.

11) Daniel Mahony. 더블린 대법원 안의 수도경찰국 담당관.

12) Pembroke Road. 더블린 남동부에 위치한 외곽지대.

13) 린치를 가리킴.

14) 역시 린치를 가리킴.

15) Loop Line bridge. 리피강 최하류에 놓인 철교로, 리피강 남부 웨스틀랜드 로우 기차역과 리피

강 북부 애미언즈가 기차역을 연결함.

16) Gumley. 더블린의 몰락한 중류 가문의 자식.

17) Lord John Corley. 『더블린 사람들』, 〈두 건달들〉에 나오는 난봉꾼.

18) New Ross. 아일랜드 남동부 웩스포드주의 작은 마을.

19) 더블린 북부 9마일 지점에 위치한, 12세기에 건립된 맬러하이드성을 말함(제10장). 화려한 내부 장식으로 유명함.

20) 스티븐은 그가 재직하고 있던 디지학교를 이날 아침 사직함.

21) Brazen Head. 하부 브리지가에 위치한, 더블린에서 가장 오래된 호텔.

22) friar Bacon. 영국의 극작가 그린(Robert Greene, 1558~1592)이 쓴 희곡 〈탁발승 베이컨과 탁발승 번게이의 명예스런 역사(The Honourable History of Friar Bacon and Friar Bungay)〉에 등장하는 인물. 사랑의 삼각 관계가 이야기의 줄거리며 강신술의 경쟁이 일어남. 이 연극 제4막에서 탁발승 베이컨은 7년간에 걸쳐 만든 '브레이 즌 헤드(brazen head)'로 그 절정을 이룸. 이 놋쇠 머리를 적당히 자극하면 위대한 지혜를 토론함. 불행히도 그 놋쇠 머리는 자신의 지혜(현재의 시간!……과거의 시간!……시간은 지나다!)를 베이컨의 우둔한 하인 마일즈 (Miles)에게 말하는데, 마일즈가 주문을 다 갖추지 못한 채 시간은 지나다!라고 말하자 마침내 망치가 나타나 이 지혜의 놋쇠 머리를 파괴함.

23) *haud ignarus malorum miseris succurrere disco etcetera.* (라틴어) 베르길리우스의 대서사시 『아에네이스(Aeneis)』(아에네아스의 유랑을 읊음)』에서 디도(Dido)가 아에네아스에게 그를 위안하는 의지를 확인하기 위해 하는 말(1:630).

24) Bleeding Horse. 더블린 남부 외곽지대에 위치한 주점.

25) 몰리의 정부 보일런은 본래 삐라 붙이는 사람(billsticker)이었음.

26) 1873년 독일의 피아니스트 및 지휘자인 칼 로자(Carl Rosa)가 창립한 유명한 오페라단. 이 오페라단은 영어로 공연함으로써 오페라의 발전에 크게 공헌했으며 광범위한 지방 순회 공연을 함. 1873년 더블린에서 공연을 가짐으로써 커다란 인기를 얻음.

27) Nagle's back—네이글 가문에서 경영하던 주점 뒷방. Fullam's, the ship-chandler's—이튼 및 로저슨 부두 등지에 있던 선구상.

28) Eblana. 더블린의 옛 이름. '에블라나(Eblana)'는 검은 연못(Dark Pool)이라는 뜻. 리피강의 이탄 물빛에서 유래된 듯함.

29) Westland Row station. 스티븐과 멀리건이 서로 다툰 역. 앞서의 세관 부두벽은 리피강 하류, 북쪽 부두벽 앞, 세관 정면이며, 블룸과 스티븐이 서 있는 곳에서 가까운 위치에 있음.

30) 블룸은 본 소설 제15장 끝부분의 스티븐의 환각에서 이 정보(누가…… 퍼거스…… 이제 몰고……)를 입수함.

31) 헤인즈를 가리킴.

32) 1967년까지 로마 가톨릭 교도들에게는 금요일이 금육일(禁肉日)이었음.

33) Skerries, or Malahide. 더블린 북부에 위치한 두 해변 휴양소. 멀리건(고가티)이 익사 직전의 사나이를 구한 곳은 실은 여기가 아니고 리피강이었음.

34) *Puttana madonna…… Cinque la testa più.* (이탈리아어) 이 두 거리의 이탈리아 건달들은 자신

들의 고용주 또는 제삼자가 그들에게 돈을 지불하지 않은 데 대하여 욕설을 퍼부음.

35) 피츠해리스(J. Fitzharris)는 피닉스 공원 암살 사건의 방조자로 영국 법원에 의해 종신형을 선고 받았으나, 1902년 석방됨. 그가 풀려난 뒤 '역마차의 오두막(우리나라의 포장마차집과 유사함)'을 경영했다는 증거는 없으나, 더블린시 당국은 그를 야경원으로 고용했다는 설이 있음.

36) *Bella Poetria* —(이탈리아어) '아름다운 시(Bella Poesia)'의 잘못된 철자. *Belladonna, voglio* —블룸은 '나는 아름다운 여인을 원한다'란 이탈리아 말을 하려 하나, '벨라돈나'라는 말은 실은 '무서운 밤그림자'란 뜻.

37) 성서 속의 노아의 대홍수(《창세기》6~8)를 암시함.

38) 〈로미오와 줄리엣〉에서 줄리엣이 애인 로미오의 이름이 적수인 몬태규(Montagu) 가문임을 알고 하는 말(II, ii, 42~44). 여기 나열된 이름들 중 라틴어의 키케로(Cicero)는 영어의 포드모어(Podmore), 나폴레옹(Napoleon)은 굿바디(Goodbody), 예수(Jesus)는 그리스도→성유를 바른 자(Anointed)→성유(oiled)→도일(Doyle) 등으로 연결되는데, 이는 이름을 해석하기에 따라 그 뜻이 달라지듯 어떻게 보면 줄리엣에게처럼 스티븐에게도 무의미하다는 것.

39) 블룸의 본래[조상] 성은 비러그(Virag)였음.

40) 기포드(Gifford) 교수는 이 거리의 속요가 미국의 저명한 현대 시인 칼 샌드버그(Carl Sandburg, 1878~1967)의 『미국의 노래주머니(*The American Songbag*)』에 실린 노래와 비슷함을 오피(Iono Opie)가 암시하고 있다고 지적하고 있음. 버팔로 빌(Buffalo Bill)은 미국의 개척자이며 척후병이었던 코디(W. F. Cody, 1846~1917)로서, 당시 그는 국제적 명성을 떨친 명사수였으며 시민전쟁 이후 국제간 철도 부설자들에게 물소꼬리를 공급하는 계약자였다 함.

41) Bisley. 런던 남서부 29마일 지점의 작은 마을로, 해마다 이곳에서 전국사격대회가 열림.

42) 블룸이 그전에 본 적이 있는 행글러 서커스단과 수부의 이야기 속에 나오는 것이 우연한 일치를 이룸.

43) Carrigaloe. 코크 항과 코크로 가는 마혼(Mahon) 호수의 중간 지점.

44) Camden and Fort Carlisle. 코크 항의 내항(內港)을 바라보는 두 요새지임.

45) 외다리 수부가 부른 노래(제10장).

46) Alice Ben Bolt. 잉글리시(Thomas D. English) 작의 인기곡 〈벤 볼트〉에서 유래함. 앨리스에게 충실했던 수부 벤 볼트는 20년의 부재(不在) 후에 귀향하나, 앨리스가 사망했음을 알게 됨.

47) Enoch Arden. 영국 시인 테니슨의 장편시(1864)의 제목. 여기서 주인공인 이노크는 이 시의 주인공(수부)으로서, 오랜 바다 생활에서 돌아오던 중 파선하여 갖은 고통을 겪고 귀국하나, 사랑하는 아내 리(Lee)는 그가 죽은 줄 알고 두 사람의 어린 시절의 친구였던 레이(Ray)와 결혼했음을 알게 됨. 주인공은 오랫동안 자신의 신분을 감추며 생활하다가 결국 상심하여 죽음.

48) 여기서 블룸은 〈애꾸눈의 피리 부는 사람(Caoch the Piper)〉의 작자인 존 키건(John Keegan, 1809~1849)과 아일랜드의 애국자이며 시인인 존 키건 캐시(John Keegan Casey)를 서로 혼동함. 키건 캐시는 '가련한'이란 별명이 붙었는데, 옥중 생활의 고통으로 일찍 죽었기 때문임. 'Caoch O'Leary'는 존 키건 작의 민요, 〈애꾸눈의 피리 부는 사람〉에 등장하는 인물로, 그는 오랜 부재 끝에 나타나서는 여기 누구든지 올리어리를 기억할 자 있을까하고 개탄함.

49) 미국의 교육자·사회개혁자인 윌라드(Emma Willard, 1787~1870) 작사, 나이트(J. P. Knight) 작곡의 노래에서 인용—바다의 요람 속에서 흔들린 채 / 나는 평화로이 자리하여 잠이 들었네; / 편안하게 파도 위에 쉬고 있네 / 왜냐하면 당신은 / 오 주여, 구원의 힘 가지시니, / 저의 부름

을 당신은 저버리지 마시라. / 당신은 제비의 몰락을 운명 지으시기에! / 고요하고 평화롭도다 나의 잠이여, / 바다의 요람 속에서 흔들린 채.

50) uncle Chubb. 넋이 빠진 인간이란 뜻.

51) the Crown and Anchor. 수부들이 드나드는 주점의 통칭.

52) Tomkin. '너, 나를 포함하는 모든 인간(Tom, Dick or Harry)'이란 뜻, 멀리건의 속요 참조(제1장).

53) 아이들을 어르는 노래에서 .

54) Rosevean. 아침에 스티븐이 샌디마운트 해변을 거닐면서 보았던 돛단배를 가리킴. 제3장 끝부분 참조.

55) *Gospodi pomilooy.* (러시아어)

56) *Choza de Indios. Beni, Bolivia.* (스페인어) 볼리비아는 서남미에 위치한 공화국. 베니는 볼리비아 북동쪽에 있는 커다란 도시.

57) *Tarjeta Postal, Senõr A Boudin, Galeria Becche, Santiago, Chile.* (스페인어)

58) William Tell. 15세기경 스위스에서 살았던 것으로 전해지는 전설적 애국자·영웅. 사형 선고를 받은 그는 오스트리아의 포악한 지사(知事)가 그의 아들 머리 위에 올려놓은 사과를 활로 쏘아 맞히라는 명을 내리자, 이를 성공적으로 이행함으로써 아들의 생명을 구함.

59) *Maritana.* 피츠볼(E. Fitzball) 작사, 아일랜드의 작곡가 월리스(William V. Wallace) 작곡의 오페라 〈마리타나(Maritana)〉. 그 오페라의 내용인즉, 주인공 세자르가 돈 호세(Don Jose)의 살인 음모를 피하는 이야기. 세자르는 사형 선고를 받고 총살당하기 직전, 그의 친구 라자릴로가 탄창 속의 탄환을 제거함으로써 생명을 구함(제2막). 한편 호세가 라자릴로에게 직접 세자르를 사살토록 강요하자, 총알로 그의 모자를 맞힘으로써 세자르의 생명을 구함(관중들은 세자르가 모자를 흔들자 총알이 무대 위에 떨어짐을 목격함)(제3막).

60) Hollyhead. 영국 웨일즈 서북부에 위치한 항구로, 더블린과 가장 가까운(더블린에서 70마일 지점에 위치함) 돌출부인데 더블린과의 사이에 정기 기선이 왕래했음.

61) Egan. 영국과 아일랜드의 상선 포장 회사 서기였던 이건(Alfred W. Egan)을 말함.

62) Boyd. 더블린 파산 재판소(Dublin's Court of Bankruptcy)의 판사를 역임(1885~1897)한 자. '보이드의 마음을 비탄에 잠기게 하다'란 재정적 모험을 시도함을 뜻하는 더블린 특유의 표현.

63) Plymouth, Falmouth, Southampton. 잉글랜드 남부에 위치한 여러 휴양지들임.

64) 런던 탑을 가리킴.

65) 웨스트민스터 (Westminster) 사원을 말함.

66) Park Lane. 런던의 번화한 중심가.

67) Margate, Eastbourne, Scarborough, Bournemouth. 영국해협 연안의 관광 명소들임.

68) the Tweedy-Flower grand opera company. 블룸 자신이 단장이 되고 부인(트위디)이 가수가 되는 오페라단의 구성 및 그 연주 여행에 대한 꿈.

69) the Elster Grimes and Moody-Manners. 1862년과 1897년에 각각 창립된 아일랜드의 오페라단들.

70) circumlocution departments. 절차만 번거롭고 사무 능률이 오르지 않는 관청.

71) Fishguard-Rosslare route. 아일랜드 남동부 첨단의 로슬레어와 영국 남서부의 피쉬가드 항구간의 정기 기선 항로(1905년에 개설됨).

72) old stick-in-the-mud. '시대에 뒤진 늙은 영감' 또는 '진흙 속의 낡은 막대기'는 아내에게 무능한 블룸 자신일 수도 있음. 제13장 끝 부분 참조.

73) 그레이(Thomas Gray) 작 〈시골 묘지의 애가〉 19절의 시구—"미친 군중들의 무지스런 싸움에서 멀리 떨어져, 그들의 겸허한 욕망은 결코 어긋날 줄 몰랐도다: / 인생의 구석진 골짜기를 따라 / 그들은 시끄럽지 않은 진로를 지켰도다." 토머스 하디는 그레이의 이 시구를 그의 소설(1874)제목으로 삼음.

74) Wicklow. 더블린 남부 25마일 지점으로, 브레이(Bray)와 워터포드 사이의 관광지. 『피네간의 경야』 제8장 〈아나 리비아 플루라벨〉에서의 한 배경임.

75) Donegal. 아일랜드 남서부에 위치한, '황야의 경치에 있어서 둘도 없는' 관광지.

76) Silken Thomas. 친영(親英)의 오렌지당에 반항한 아일랜드 애국자. 그는 더블린 입항의 주요 항구 구실을 하는 호우드를 요새로 고수했는데, 그 이유는 이를 통하여 영국인이 상륙하려 했기 때문임.

77) Grace O'Malley. 19세기경의 아일랜드 서해안의 여수령(女首領).

78) George IV. 1821년에 호우드를 통하여 최초로 아일랜드에 상륙한 영국 왕. 그의 유물이 호우드에 남아 있음.

79) 행진시 왼발로 시작한다는 전통적 관례에서. 호우드 언덕을 한 바퀴 도는 외변로(外邊路)는 수려한 경치로 유명한 반면, 험준한 절벽 위를 달리는 좁은 산책로는 발을 헛디딜 위험성이 많음.

80) 더블린 중심부 오코넬가에 영국 해장 넬슨의 13피트 높이의 기념탑이 당시 세워졌으나, 1966년 아일랜드의 애국자들에 의해 파괴되고 지금은 그 위에 아일랜드의 상징인 하프의 상(像)이 대신 놓여 있음.

81) Prepare to meet your God. 성서 구절에서—주님은 이스라엘 사람들에게 그들의 잘못에 대하여 극심한 형벌을 내릴 것을 약속함; 그런즉 이스라엘아, 나는 너에게 / 이렇게 하기로 하였다. / 내가 기어이 그리하리니, / 이스라엘아, / 네 하느님과 만날 채비를 하여라.(〈아모스〉 4:12)

82) Chamber of horrors. 런던에 살던 마담 튀소(Madame Tussauld, 1760~1850)라는 스위스의 밀랍 세공사가 제작한 밀랍 세공의 인형진열장. 그 속에 옛날 극악범의 싱, 청구들을 진열한 이른바 '공포의 방'이 있음.

83) 1882년 5월 6일의 피닉스 공원 암살 사건의 암살자들은 미국이나 유럽에서 투입되었다는 심각한 추측이 나돌았음.

84) Where ignorance is bliss. 토머스 그레이 작 〈이튼 학교의 원경에 관한 송시(Ode on a Distant Prospect of Eton College)〉(1742~1747) 참조—모르는 게 약이어라, /현명한 척함은 어리석은 짓.

85) the land troubles. 피닉스 공원 암살 사건이 있기 전 아일랜드의 토지를 소유했던 영국인들과 아일랜드 소작인들 간의 분쟁. 페니언당은 이러한 차지권(借地權) 확보 운동으로 시작됨.

86) Europa point. 포르투갈 최남단의 곳. 그 중 지브롤터의 암산[몰리의 출생지]이 가장 두드러진 지점임.

87) North Bull at Dollymount. 더블린 만 동북 연안인 돌리마운트의 방파제 끝에 있는 등대.

이 방파제 북쪽 해변에서 『젊은 예술가의 초상』 제4장 끝부분의, 유명한 바닷가의 비둘기 소녀의 시각적 에피파니(epiphany)가 일어남. 이 방파제 양쪽에 수영장이 있고 수영하는 친구들의 야유 "보우스 스테파노우메노스! 보우스 스테파네포로스!(Bous Stephanoumenos! Bous Stephaneforos!)"에서 스티븐은 청각적 에피파니를 느낌.

88) 아놀드(S. J. Arnold) 작사, 브라함(John Braham) 작곡의 노래인 〈넬슨의 죽음〉 후렴 가사의 변형.

89) Henry Campbell. 1904년 당시 더블린 시청 서기. 제13장 끝부분, 블룸의 독백 참조.

90) Skibbereen. ① 아일랜드 코크주의 항구 이름. ⑤ 아일랜드의 익명의 작가가 쓴 '기근'에 관한 민요 속에 나오는 아버지의 이름이기도 함—48년의 기근을 나는 잘 기억해요. / 당시 나는 운명과 싸우기 위해 에린의 소년들과 일어났었지 / 나는 여왕의 배반자처럼 산속에서 추적당했어요. / 내가 스키베린을 떠난 또 다른 이유지요.

91) 동성애(homosexuality)를 암시하는 숫자(유럽의 속어).

92) Odessa. 흑해 연안의 항구 도시.

93) 이탈리아의 아이스크림 장수에 관한 거리의 노래.

94) the Abbey street organ. 중부 애비가 83번지에서 발행되던 《이브닝 텔레그라프》지의 핑크판(版).

95) 배회하고 있던 매춘부를 가리킴. 블룸은 같은 여인을 제11장 끝부분에서도 목격함.

96) Bewley and Draper's. 더블린 메리가 23~27번지 소재의 주류, 약제류 및 포목 도매상.

97) '나를 사랑하면, 나의 개를 사랑하라'는 격언에서 인유함.

98) gunboat. 도적, 악한. 매춘부에 대한 속어.

99) the Lock hospital. 더블린 타운센드가(街)에 위치한 성병(性病) 치료 병원.

100) 궁지에 몰린 매춘부에 대한 블룸의 우려가 스티븐으로 하여금 아일랜드에 대한 냉소적 고발을 표출케 함.

101) 예수의 제자들에 대한 설교에서—그리고 육신은 죽여도 영혼은 죽이지 못하는 사람들을 두려워하지 말고 영혼과 육신을 아울러 지옥에 던져 멸망시킬 수 있는 분을 두려워하여라.(〈마태오의 복음서〉 10:28)

102) X광선은 1895년 뢴트겐(Röntgen)에 의하여 발명됨.

103) *corruptio per se and corruptio per accidens.* (이탈리아어) 아퀴나스의 『신학대전』 제1부, LXXV문, 6항에서 전개되는 이론—"우리가 인간의 영혼이라 부르는 지적 원칙은 타락될 수 없음을 우리는 단언해야 한다. 왜냐하면 사물이란 두 가지 방법에 의하여 타락하기 때문이다. 즉 '타락 그 자체' 그리고 '우발적 타락'이 그것이다." 아퀴나스는 덧붙여 주장하기를, 타락의 어떠한 양상도 영혼에 영향을 미칠 수 없다고 하고 그 이유로 "타락은 모순이 있는 곳에서만 발견된다. 그런데 영혼은 모순이 없는 단순한 것이기 때문에 타락할 수 없다"라고 말하고 있음.

104) 실제로 '아황산염'의 기호는 $M_2^1SO_a$ 임.

105) 칼로 살해당한 카이사르의 죽음을 연상시킴(제2장).

106) Sherlock Holmes. 코넌 도일경(Sir Arthur Conan Doyle, 1859~1930) 작의 탐정소설에 나오는 명탐정(제15장).

107) oakum and treadmill. 뱃밥 만드는 일(배의 판자나 틈에 삼오라기를 메워 물이 새지 않게 함)과 디딤 수레 밟기는 형무소의 죄수들에게 가하는 노역으로, 영국 형무소에서의 대표적 중노동형(刑)으로 꼽힘.

108) 국민적 시인, 셰익스피어 작 〈베니스의 상인〉에 나오는 안토니오라는 상인. 그는 자신의 희생에 직면하면서까지도 사랑과 금전상의 어려움을 겪고 있는 그의 젊은 친구 바사니오를 도움.

109) 콜리지(T. C. Coleridge) 작의 시 〈노수부의 노래〉에서 주인공 노수부는 자신의 항해에 관하여 허풍을 떨어 얘기함. 「Hesperus」는 미국 시인 롱펠로우의 민요 〈헤스퍼러스의 난파(The Wreck of the Hesperus)〉에서 인용.

110) Sinbad. ① 『아라비안 나이트의 향연(Arabian Nights' Entertainments)』의 여러 이야기들에 등장하는 방랑하는 수부. ② 〈수부 신바드(Sinbad the Sailor)〉라는, 1890년대 더블린에서 커다란 인기를 차지했던 일종의 팬터마임 제목에서 인용함.

111) Ludwig, alias Ledwidge. 더블린의 바리톤 가수 윌리엄 레드위즈(1847~1923)로, 무대명은 러드위그. 그는 칼로자 오페라단에서 진가를 발휘했으며 1877년 더블린의 게이어티 극장에서 공연된 〈유령선〉 중의 벤더덱켄 역으로 대성공을 거둠.

112) Michael Gunn. 게이어티 극장의 관리인(1871~1901).

113) Flying Dutchman. 바그너 작의 유명한 오페라곡.

114) 햄릿의 독백에서(〈햄릿〉 III, i, 70~76).

115) miss Portinari. 플로렌스의 여인으로 단테의 이상적 애인 및 정신적 사랑인 베아트리체(Beatrice Portinari, 1266~1290)를 말함. 그녀는 바르디(Bardi)라는 자와 결혼함으로써 단테를 상심시켰는데, 이는 그의 이상적 사랑과 실제 결혼생활 간의 삼각관계 또는 이등변삼각형(isosceles triangle)과 같은 관계를 형성함.

116) 플로렌스의 화가이며 조각가인 레오나르도 다 빈치(Leonardo da Vinci, 1452~1519)를 가리킴.

117) san Tommaso Mastino. 나폴리 근처에서 태어난, '불독(bulldog)'이라 불리는 토머스 아쿠나스. 토마소 (Tommaso)는 '페니스(penis)'의 은어(隱語), 마스티노(Mastino)는 '마스터베이션(masturbation)'의 은어.

118) Daunt's rock. 코크주 연안, 코크항 어귀에 위치함.

119) Booterstown. 디블린만 남쪽의 해안.

120) Palme. 다운트의 암초에 걸린 1895년 12월 24일 조난당한 핀란드 배이며, 노르웨이라고 함은 잘못임.

121) 〈팜〉호의 조난 사건을 읊은 앨버트 윌리엄 퀼(Albert William Quill) 작의 추도시 〈1895, 크리스마스 이브의 폭풍우(The Storm of Christmas Eve, 1895)〉가 『아이리쉬 타임즈』 1896년 1월 16일 자에 실림. 시의 두번째 구절―일어나라! 바다에로! 바다에로! 격노하며, 솟으며, 소용돌이치며, / 파도가 쌍을 지어 입을 벌리니, 하품을 하면서 희생을 갈구하면서! / 물마루를 이룬 용(龍)이 이쪽으로 몸을 번쩍이네, 배고픈 듯, 먹이를 찾으며, 거품으로 얼룩져, 요새의 입구에서 되돌아.

122) 1904년 3월 20일 키쉬 방파제(더블린 동부, 호우드에 인접함) 바깥에서 발생한 대조난 사고로, 독일 선박 〈모나 (Mona)〉호와 영국 선박 〈레이디 케언즈(Lady Cairns)〉호가 서로 충돌한 사건을 말함.

123) 화장실에 가는 것을 암시함.

124) Palgrave Murphy. 더블린 소재의 조선(造船)회사.

125) Alexandra basin. 리피강 하류 북안에 위치한 선착장.

126) Mr Worthington. 더블린의 철도 청부업자로, 1912년 골웨이 축항기획(Galway Habour Scheme)을 부활시키려던 발기인 그룹의 한 중요 멤버였음.

127) 영국의 리버풀 항과 아일랜드 서부 골웨이 항 간의 대서양 항로 축항 기획으로, 한 무리의 영국·아일랜드 청부업자들이 1850년대에 시도했던 제안(제2장)을 가리킴.

128) Captain John Lever. 영국인 출신으로 19세기 중엽 골웨이-할리팍스 간의 시험 항로에 취업중이던 선박회사 사장이었음.

129) 하느님의 명령을 어기고 돌아보았기 때문에 소금기둥으로 변한 롯의 아내에 관한 비유. 〈창세기〉 19:26 및 본 소설 제4장 참조.

130) 뱃노래의 일종으로, 예를 들면—오 세월은 힘겹고 임금은 박하다네. / 아내 곁을 떠나요, 조니, 그녀를 떠나요 / 빵은 딱딱하고 쇠고기는 짜기만 하다오. / 당신은 노할지도 모르오, 그러나 당신은 가야 하오. / 당신이 마지막이든 처음이든 상관 말아요.

131) 이른바 '신사 농부'였던 에버라드(N. T. Everard)는 더블린 북부, 미드주에서 20에이커의 성공적인 실험 담배 농장을 경영함(1904). 내번(Navan)주라고 함은 잘못임.

132) 러일전쟁에서 일본은 해군력에서 우세를 보였으며, 독일의 해군력이 서방에 있어서의 영국 해상권에 커다란 위협이 됨. 결국 일본과 독일의 식민지 팽창주의는 대영제국의 확장정책과 상충함으로써 상호 위협이 됨.

133) 보어인들은 그들의 독립전쟁에서 지긴 했지만 그 결과 그들의 영토 및 여러 식민지의 백성들에 대한 영국의 유화 정책을 초래함.

134) Achilles heel. 호머의 『일리아드(Iliad)』에 나오는 트로이전쟁 때의 그리스군의 영웅. 그의 단 하나의 약점이었던 발뒤꿈치에 적장 파리스가 쏜 화살을 맞고 전사함(그리스 신화:아킬레스의 어머니 테티스는 아들을 불사신으로 만들기 위하여 발뒤꿈치를 붙들고 그를 스틱스강에 담갔으나, 발뒤꿈치에는 물이 묻지 않아 그곳만이 약점으로 남음). 영국은 1914년 세계 제1차대전의 소용돌이 속에 아일랜드에 대한 자치 법안을 폐기했는데, 당시 아일랜드의 독립이 그들에게 위협적 존재가 될까 우려함. 그리고 이러한 우려는 현실화되고 말았는데, 아일랜드 애국자들은 1916년 '부활제 봉기'를 위하여 독일로부터 원병을 청함.

135) Jem Mullins. 빈곤 속에서 자라나 출세한 아일랜드의 영웅이자 애국자로, 파넬 및 애국자 대비트(Davitt)와 친교를 맺음.

136) Dannyman. '배신자' 또는 '밀고자'란 아일랜드의 속어. 대니 먼(Danny Mann)은 그리핀(Gerald Griffin) 작의 인기 소설 〈교도소 수감자들(The Collegians)〉(1829) 속에 나오는 하인으로, 그는 주인의 묵과하에 주인의 아내를 암살함.

137) Peter Carey. 무적혁명당원으로, 피닉스 공원 암살 사건에 관여하고 뒤에 남아프리카로 도주하다 살해됨.

138) 『이솝이야기』에 나오는 욕심꾸러기 개. 그는 자신이 입에 물고 있던 뼈다귀가 개울물에 비치자, 그것이 탐이 나서 짖는 바람에 물고 있던 뼈다귀를 놓쳐 버린다는 이야기의 인유.

139) Old Ireland tavern. 리피강 북안 선창 근처의 주막으로, 노드 월 10번지에 위치함.

140) 영국의 민요 작곡가인 샤로트 바나드(Charlott A. Barnard) 작의 노래(제12장).

141) 본 소설 제12장에 등장하는 '시민'을 가리킴.

142) 성서의 〈잠언〉 15:1의 인유.

143) *Ex quibus*. (라틴어) 『불가타 성서(*the Vulgate*)』(성 제롬이 4세기 말에 번역한 라틴어 역 성서)에서 인용함.

144) *secundum carnem*. (라틴어) 성구에서—그들은 저 훌륭한 선조들의 후손들이며 그리스도도 인성으로 말하면 그들에게서 나셨습니다……(〈로마인들에게 보낸 편지〉 9:5) 스티븐은 이 구절을 역시 『불가타 성서』에서 인용함.

145) our own distressful. 아일랜드의 별명이기도 함.

146) bridge battle—새로운 다리(리피강 상류의 배러크(barrack)교) 건설 직후, 견습공과 나룻배 사공과의 불화로 빚어진 폭동(1904)을 말함. seven minutes war—아메리카의 7일 동안의 남북전쟁, 1886년에 일어난 러시아 대 오스트리아의 7주전쟁 및 독·영 대 러시아의 7년전쟁에 대한 스티븐의 익살. 여기에 '7분전쟁'은 18세기에 아일랜드의 기공과 견습공 사이에 빈번히 일어났던 패싸움으로, 그 싸움터는 리피강 위의 오먼드교(橋)였음.

147) 문예부흥기의 스페인에서 종교재판은 유태인을 박해했으나, 그들이 추방된 것은 가톨릭 교도였던 페르디난드 5세 통치 기간인 1492년 때의 일임.

148) Cromwell. 영국의 장군으로 청교도 정치가(1599~1658). 찰즈 1세를 처형한 뒤 공화국(Commonwealth)의 호민관(Lord Protector) 및 독재자가 됨. 유태인들은 에드워드 1세 때인 1290년 영국에서 추방되었으나, 크롬웰의 '종교의 자유' 정책으로 1656년 다시 복귀함.

149) 1898년도 스페인-미국 전쟁(Spanish-American War) 당시의 부패한 스페인에 비해 미국의 진취적 우위를 암시함. 미국은 전쟁으로 인해 식민지 열강으로 부각되고, 스페인 제국의 잔여군을 해체함으로써 평화를 가져옴

150) 로마 가톨릭의 교구 사제들은 전사자들 또는 사자(死者)들이 천국으로 들어가는 데 자기들이 배타적 지배권을 가지고 있다는 엉터리 주장으로 돈을 벌어들임.

151) 본 소설 제12장에 등장하는 '시민'을 가리킴.

152) *Ubi patria*…… *vita bene*. (라틴어) 블룸은 '내가 번영하는 곳에, 조국이 있다(Ubi bene, ibi patria)'라는 격언을 추구하고 있음.

153) *faubourg Saint Patrice*. (불어) 영어의 'St. Patrick's Suburb'로, 성 패트릭은 아일랜드의 수호 성자임.

154) 인기 있는 스코틀랜드 음주가의 인유인 듯—나는 글래스그로우에 속해요. / 멋진 옛날 글래스그로우 마을요. / 그러나 글래스그로우가 무슨 상관이리요 / 돌고 도는 세상? / 나는 단지 평범한 늙은 일꾼이라오, / 여기 누구나 보다시피, / 그러나 토요일날 술 두 잔을 마시면, / 글래스그로우는 내게 속해요.

155) O'Callaghan. 기행(奇行)으로 자격을 박탈당한 신원 미상의 더블린 변호사.

156) Lower Castle Yard. 아일랜드 정청 소재지.

157) John Mallon. 더블린성[정청]에 본부를 둔 더블린 수도경찰청의 당시 경무관보(補).

158) 부당한 성교 및 그 행위를 여자에게 강요하는 것을 금지시키는 법조항.

159) 영국 왕 에드워드 7세 및 조지 5세 등, 19세기에 고위층 인물들 사이에 유행했던 문신(文身).

160) Mrs Grundy. 먹스턴(Thomas Moxton, 1764~1838) 작의 연극 〈쟁기에 속도를 가하다(Speed the Plough)〉(1798)에 등장하는 여주인공으로, 고상한 체하는 인습존중가의 전형으로 묘사됨.

161) cameo. 마노, 호박, 조가비 등을 교묘하게 이용해서 만든 일종의 양각(陽刻).

162) 와츠(Issac Watts, 1674~1748) 작의 〈게으름을 등지고(Against Idleness)〉의 첫 구절에서―작고 바쁜 벌이 어떻게 절호의 기회를 이용하는가, 종일 꿀을 모으며 / 활짝 핀 모든 꽃으로부터!

163) *Telegraph.* 《이브닝 텔레그라프》지를 말함. 그 핑크판(pink edition)은 다른 어떤 신문들보다 당일의 스포츠를 자세하게 보도하는 최신 석간신문임.

164) 약혼 불이행의 배상금. 이것은 1904년 6월 16일의 『텔레그라프』지에 실제로 실린 내용임.

165) 본 소설 제7장의 신문사 장면에서, '수시의 기고가인 저명한 성직자' 참조.

166) M'Intosh. 블룸이 묘지에서 목격한 미지(未知)의 비옷 입은 사나이(제6장).

167) 디지 교장의 '아구창'에 관한 논문의 패러디. 성 바울은 헤브라이인들에게 단지 한 통의 편지를 썼는데, 스티븐은 그의 익살을 통해 디지씨의 편지가 약속의 땅의 선민(選民)들에게 전달됨을 암시함.

168) 신문에 실린 앞서의 약혼 불이행에 대한 배상금을 말함.

169) 밴텀 라이언즈는 블룸이 조간신문을 '버린다(throwaway)'는 말을 경마 〈드로우어웨이〉호의 팁으로 잘못 알고 그 말에 돈을 걸려고 했으나, 레너헌의 말을 듣고 「맥시멈 2세」호에 걸어 손해를 보았다는 것을 뜻함.

170) 파넬은 실제로 살아 있어서 아일랜드의 독립을 위해 언젠가 돌아올 것이라는 소문이 당시 파다했음. 그 이유인즉 그의 유해가 눈에 띄지 않았으며 이내 관 속에 봉함되었기 때문임. 널리 퍼진 소문 가운데 하나는 그가 남부 아프리카로 도망쳤다는 것이었는데, 이는 영국의 제국적 야망을 받아들이는 데 대한 아일랜드의 염오 때문에 흥분을 야기함.

171) 영국 하원의 15호 위원실 사건, 즉 파넬이 오시에 부인과의 스캔들로 인하여 아일랜드 자유당 당수직을 인책사직(引責辭職)토록 협박받은 사건. 티모시 힐리(Timothy Healy)가 영도하던 아일랜드 의회당은 1890년 12월 6일 토요일 15호 위원실에서 45 대 26의 투표 결과로 파넬에게서 영도력을 박탈함. 『더블린 사람들』, 〈위원실의 담쟁이날〉 참조.

172) 파넬은 1891년 10월 6일 영국의 브라이튼에서 사망하여 그 유해가 같은 해 10월 11일 일요일 킹즈타운에 도착, 글래스네빈 묘지에 안장됨. 장례 행렬은 본 소설 제6장에서 서술된 디그넘의 그것과 비슷했음.

173) 아일랜드의 수많은 사람들(주로 로마 가톨릭 교도들)은 반(反)파넬주의자들로서 오시에 여인 사건이 일어나자 그를 화형에 처하기를 바람(『젊은 예술가의 초상』 제1장). 타르 통(tar barrel)은 화형용 모닥불을 피우는 데 사용됨.

174) 파넬은 오시에 부인과의 교제 도중 여러 가지 가명을 사용함.

175) 건시(W. Guernsey) 및 애셔(J. Ascher) 작의 인기곡 가사에서. 애인은 계속 불평한다― 앨리스여, 그대는 어디에 있는가? 그리고 하늘을 쳐다보며 마침내 결론내리기를―거기 별빛 속에 / 앨리스여, 당신은 거기 있구려.

176) 성서에서 옛 바빌론의 왕이 꿈에서 본 상(像)을 다니엘이 설명함―임금님께서 보신 환상은 이런 것이었습니다. 매우 크고 눈부시게 번쩍이는 것이 사람의 모양을 하고 임금님 앞에 우뚝 서

있었습니다. 머리는 순금이요, 가슴과 두 팔은 은이요, 배와 두 넓적다리는 놋쇠요, 정강이는 쇠요, 발은 쇠와 흙으로 되어 있었습니다.(《다니엘》2:31~33)

177) 15호 위원실에는 파넬의 추종자가 72명 있었으나, 그중 45명이 그를 배신함.

178) 파넬의 견해와 정책의 대변지로 《유나이티드 아일랜드(*The United Ireland*)》가 1881년에 창간됨. 1890년 12월의 위기에 편집장대리는 보드킨(M. Bodkin)이었는데, 그는 처음에 반(反)파넬 노선을 택함. 그러나 파넬이 12월 10일에 더블린으로 되돌아오자 보드킨을 축출했고, 그날 밤 파넬이 군중 집회에서 연설하는 도중 반파넬 당원들이 다시 건물을 탈환하고 자신들의 대변지로서 《인서프레서블(*Insuppressible*)》지를 창간함.

179) 로저 찰즈 티치본(Roger Charles Tichborne, 1829~1854)이 오스트레일리아에서 귀국하던 중 배 「벨라」호가 침몰(1854)되어 익사했는데, 어떤 사기한이 죽은 자가 되돌아왔으며 그가 바로 자기라고 속여 사기행각을 함. 그러나 고인의 팔에는 문신이 찍혀 있었다는 벨류(Bellew)경의 증언으로 그 음모가 실패로 돌아간 사기 사건을 말함.

180) 오시에(Katherine O'Shea, 1845~1921) 여인과 파넬의 밀통이 이혼 소송(1890)에서 드러남으로써 파넬의 생애를 붕괴시키는 결과가 됨. 그녀는 캐롤라인 여왕의 목사요 리벤홀(이섹스주 소재)의 교구목사인 우드(J. p. Wood)경의 딸이었으며, 그녀의 어머니는 영국 해군제독의 딸이었음.

181) cottonball. 속 다르고 겉 다른 놈이란 속어로, 조이스의 부친 존 조이스의 상투어이기도 함.

182) 두 사람 사이에 주고받은 몇 통의 연애 편지가 1890년 11월에 열린 이혼 재판에서 공개됨.

183) 〈루가의 복음서〉 12:3 참조.

184) 아일랜드의 오페라 〈마리타나(Maritana)〉(제5장)에 나오는 가사의 패러디. 이 오페라에서 주인공은 사악한 경비 대장에게 결투를 신청함.

185) 아일랜드의 토지 문제를 언급하고 있음.

186) 당나귀가 늑대의 주의를 다른 데로 돌리기 위해 그 발굽에 가시가 박혔다고 속여, 늑대가 이빨로 가시를 빼려 하자 그를 걷어참(『이솝이야기』, 〈당나귀와 늑대〉).

187) 성서에서—그러니 원수가 배고파하면 먹을 것을 주고 목말라하면 마실 것을 주십시오. 그렇게 하면 그의 머리에 숯불을 쌓아 놓는 셈이 될 것입니다.(《로마인들에게 보낸 편지》 12:20)

188) Irishtown Strand. 리피강 어귀. 블룸의 집은 더블린의 북부 지역인 이클레스가에 있기 때문에 이 지역과는 거리가 멈.

189) 블룸의 아내 마리언은 반(半)은 스페인, 반은 아일랜드의 혼혈녀인 것을 의미함.

190) 오시에 여인을 가리킴.

191) 자장가의 일종(제15장).

192) 〈스페인의 귀부인들(Spanish Ladies)〉이란 민요 가사의 인유— 안녕히, 여러분, 쾌활한 스페인의 귀부인들이여, / 우리는 옛 영국으로 항해토록 명령을 받았다오 / 그러나 우리는 조만간 다시 만나길 희망하오. / 우리는 참된 영국의 수병답게 포효하다, / 우리 모두 영국 해협의 수심(水深)을 때릴 때까지…… 램헤드에서 시칠리아까지.

193) 그들이 결혼한 얼마 뒤 오시에 내외는 마드리드에 살았음(1867). 그곳에서는 스페인 여인과 결혼한 오시에 대위의 아일랜드 숙부가 은행을 경영함. 1868년 오시에 부부는 영국으로 되돌아옴. 스티븐의 의식은 실재 더블린의 형제 변호사인 베스트에로 흐름.

194) 아내와 함께 아침에 이야기한 책(제4장).

195) In Old Madrid. 빙엄 작사, 클리프턴 작곡의 노래(제11장 참조).

196) 손턴(J. Thornton) 작의 〈당신이 16세 꽃피는 나이였을 때(When You Were Sweet Sixteen)〉(1898)의 가사에서—나는 당신을 사랑하오, 지금까지 해보지 못한 사랑으로 / 내가 푸른 골짜기에서 처음 당신을 보았을 때 / 이리 와요, 아니면 나의 꿈의 사랑이 끝이 나니. / 과거처럼 당신을 사랑하리다 / 당신이 꽃피고 / 당신이 16세 꽃피는 나이였을 때.

197) 성모 마리아의 남편으로서 성 요셉의 최상의 힘은 그의 결혼생활에 있어서의 엄격주의, 하지만 성 요셉의 지고의 도둑행위: 부(父)인 하느님의 지고성(주권)을 박탈한 요셉은 지상의 예수의 부.

198) '소변을' 보겠다는구실로.

199) 토머스 무어(Thomas Moore) 작 〈브레프니의 왕자, 오러크의 노래(The Song of O'Ruark, Prince of Breffni)〉의 가사에서—골짜기가 미소지으며 내 앞에 놓여 있었지, / 나는 그곳에서 최근 그녀를 두고 떠났소. / 그것이 나의 마음의 기쁨을 슬프게 했다오 / 나는 그녀가 비치리라고 한 램프를 찾았다오…… / 그러나 어둠이 나를 감싸기 시작했는데도 / 램프는 흉벽에서 타지 않았다오……

200) Lindley Murray(1745~1826). 『영어 문법(Grammar of the English Language)』(1795)의 저자인 영국 문법학자 및 19세기에 있어서 학교 모범 교과서들의 저자. 그는 높은 도덕관으로 유명했음.

201) 파넬과 그의 정부(情婦) 오시에 여인을 가리킴.

202) 파넬을 가리킴.

203) the O'Brienite scribes. 《유나이티드 아일랜드》지의 편집자인 윌리엄 오브라이언(William O' Brien, 1852~1928)과 그 일당. 반파넬 연합의 중심 인물이었던 오브라이언은 아일랜드에서 축출당한 소작인들을 돕기 위하여 미국에서 자금을 모았음.

204) 〈다니엘〉 2:31~33 및 본장 주 176) 참조.

205) 존 헨리 멘턴을 암시함. 제6장 끝부분 참조.

206) the usual boy Jones. '밀고자'의 통칭. 아일랜드의 애국자 로버트 에메트(Robert Emmet)의 학교 친구였던 더건(B. Duggan)을 가리키는데, 그는 1802~1803년의 조직적인 반란을 위해 에메트의 시도에 합세했으나, 나중에 영국에 고용되었던 스파이였음이 밝혀짐.

207) conditio sine qua non. (라틴어)

208) Miss Ferguson. 밤의 환각 장면에서 블룸은 그녀를 스티븐의 애인으로 오인함(제15장).

209) the Buckshot Foster days. 무장 경찰 정치시대를 주창한 아일랜드의 총리대신 포스터(Foster, 1819~1886) 시대. 민중에게 탄약을 사용하는 대신 사냥용 '산탄(散彈)'을 사용케 함.

210) backtothelander. '매우 급진적인 노동사회주의자'란 뜻. 블룸은 한때 모든 사람들이 노동력의 분담에 의하여 기여하는 노동사회주의를 고취함으로써 '한층 심한 단계'에까지 나아감.

211) Michael Davitt. 아일랜드의 정치가요, 토지연맹(Land League) 수령으로, 파넬보다 한층 급진적이었던 자.

212) 찰즈 다윈이 주장한 '적자생존(survival of the fittest)'의 패러디.

213) 블룸이 개를 데리고 귀가하자 몰리는 몹시 화를 냄(제18장).

214) 수부를 가리킴.

215) Sheriff street lower. 애미언즈가(街)의 기차역 근처, 도크 북쪽의, 1904년 당시 비교적 빈민들이 살던 지역.

216) '시민'을 가리킴.

217) 하느님이 유태인의 한 사람이라는 사실은 아일랜드로 보면 아킬레스의 발뒤꿈치 격.

218) Carrick-on-Shannon. 더블린 서북서 98마일 지점, 리트림주의 시장 도시.

219) Sligo—아일랜드 북부의 주 및 도시. 예이츠의 고향으로 널리 알려짐. Somewhereabouts—'변경의', '미개척지'란 뜻.

220) Brazen Head. 더블린, 하부 브리지가 20번지 소재의 호텔.

221) '산양 껍데기'를 가리킴.

222) *The Arabian Nights' Entertainment.* 리처드 버튼경(Sir Richard Burton, 1821~1890)에 의하여 19세기 초에 영역됨. 본래 아라비아어 원문으로 씌어진 동양의 이야기집.

223) *Red as a Rose is She.* 영국의 작가 브로우턴(Rhoda Broughton, 1840~1920) 작의 감상적 연애소설(1870). 본래 진실되고 용기 있는 여주인공이 사기 행각에 젖어 우울한 결과로 고통을 받다가, 마침내는 시련을 겪은 뒤 도덕적으로 순화되어 다시 참다운 생활을 보장받는다는 내용임.

224) King Willow. 크리켓 방망이를 버드나무로 만든다는 데서, 크리켓의 최우수 선수를 말함.

225) Iremonger. 노팅엄(Nottingham) 크리켓팀의 간판 타자(打者). 1904년 6월 16일 《이브닝 텔레그라프》지는 노팅엄과 켄트의 주대항전 경기 진행을 보도함.

226) the last of the Mohicans. 모히칸족은 본래 허드슨강에서 샴플레인(Shamplain) 호수에 이르는 지역에 살았던 아메리카 인디언들을 말하며, 〈모히칸족의 최후〉란 이들의 생활을 다룬 미국의 소설가 쿠퍼(James F. Cooper, 1789~1851)가 지은 소설 제목이기도 함. 제목이 암시하다시피, 인디언 종족들의 멸망을 다루고 있음.

227) 성서에서—야훼께서 이렇게 대답하셨다. / '네가 받은 말을 누구나 알아보도록 / 판에 새겨 두어라.'(《하바꾹》 2. 2)

228) Wetherup. 한때 더블린 수세리.

229) 밀턴 작 〈리시다스〉 165~173행 참조.

230) 관(棺) 속에 파넬의 시체 대신 돌맹이가 가득 들어 있었다는 설.

231) 돌맹이를 보자 블룸과 스티븐은 파넬의 관 속에 들어 있었다는 돌맹이를 연상함. 파넬 당시 아일랜드의 의회의원 수는 모두 103명이었는데, 그중 86명이 친(親) 파넬 당원이었음. 그러나 1890년 피쟁기(time of split)에는 '제15호 위원실'에 있던 86명 중 72명이 참가했고, 그중 45명이 파넬에게 등을 돌렸으며, 1891년에는 26명의 충성 당원들 중 몇몇이 다시 파넬에게 등을 돌림.

232) Mercadante. 이탈리아의 오페라 작곡가(1795~1870). 블룸은 그의 〈십자가 위의 마지막 일곱 마디 말〉과 독일의 작곡가 마이어베르(Meyerbeer)의 〈위그노 교도〉를 혼동함.

233) Moody and Sankey. 미국 태생의 두 복음주의자들인 무디(D. I. Moody, 1837~1899)와 생키 (I. D. Sankey, 1840~1908)를 가리킴. 그들은 당시 대단한 국제적 인기를 모은 명콤비로서 무디는 대중의 집회에서 주로 설교를, 생키는 주로 노래를 맡음.

234) 17세기 영국의 형이상학 시인 헤릭(Robert Herrick, 1591~1671)의 시 〈헤스페리데스 (Hesperides)〉 첫째 구절—나를 살려 주오, 그러면 그대의 프로테스탄트가 되오리다: / 나를 사랑하게 해주오, 그러면 사랑하는 마음을 그대에게 주오리다. 이는 왕당파의 연애 서정시 (Cavalier love lyric)로, 신교도의 찬가는 아님.

235) 이탈리아 작곡가인 롯시니(Rossini)의 작품으로, 십자가 밑에서 비통해하는 마리아를 읊은 비가 (悲歌).

236) virtuosi. '예술의 거장'이란 뜻.

237) Mendelssohn. 독일의 작곡가. 제11장 끝부분 참조. 멘델스존의 경쾌하고 인기 있는 낭만주의 가곡을 블룸이 '엄숙한 고전파'라 부른 것은 잘못이며, 앞서 그가 모짜르트의 가곡을 '경오페라' 라고 생각하는 것도 오류임. 모짜르트의 '경오페라' 주제인 유혹자와 배신의 주제는 블룸의 가정적 문제와 유사성을 띤 것으로, 그의 정신적 부담을 '가볍게' 생각하려는 심리적 반응일 수도 있음.

238) *annos ludendo hausi, Doulandus.* (라틴어) 도울랜드의 많은 친구들 가운데 학교 교장이며 화가 및 여행가였던 헨리 피쳄(Henry Peachem, 1576~1644)은 『일년 내내 연주를 하며 시간을 보내고 있던 도울란두스(*Johannes Doulandus, Annos ludendo hausi*)』라는 제명(題名)이 붙은 그의 시집과 함께 '잎 없는 찔레나무 위에서 겨울 내내 노래하는 나이팅게일'이란 별명을 그의 친구 도울랜드에게 준 것으로 전함.

239) Dowland. 영국의 류트 연주자 및 가요 작곡가인 도울랜드(John Dowland, 1563~1626)를 가리킴. 그는 〈오리 너구리의 미물(微物) 연구(Micrologus of Ornitho-parcus)〉라는 그의 번역 서문 (1609)에 페터 골목길이란 자신의 주소를 기록함. 그러나 1609년 이전 그는 성인(成人)으로서의 많은 시간을 유럽 대륙 여행으로 보냈고 류트 연주자로 덴마크에서 살았음.

240) Arnold Dolmetsch. 런던음악학원(London Academy of Music)과 연관을 맺고 있던 런던의 악사. 조이스는 그에게 류트를 요구한 것으로 전함(엘만, 159~161).

241) *dux and comes.* (음악용어) 둔주곡(fugue)의 도주제 및 답주제.

242) Farnaby and son. 파나비(Giles Farnaby, 1565~1640)와 그의 아들 리처드(Richard)를 말함. 이들 부자는 '도주제'와 '답주제'로 구성되는 '대위법 음악(contrapuntal music)' 작곡가들이었음.

243) virginals. 16, 17세기의 악기로 하프시코드의 일종인데, 그 이름은 영국 여왕(Virgin Queen)이 연주한 데서 연유됨.

244) William Byrd. '영국 음악의 대들보'란 별명을 지닌 교회음악 작곡가(1543~1623). 1572년부터 엘리자베스 여왕의 왕립교회음악회 오르간 연주자로 활약함.

245) Tomkins. 윌리엄 버드의 제자로, 왕립교회음악회 소속의 작곡가(1572~1656).

246) John Bull. ① 영국의 작곡가이자 하프시코드 연주가이며 옥스퍼드대학 음악교수 (1562~1628). ② 영국 국민을 제유법(提喩法)을 이용해 부른 이름이기도 함.

247) 최면술의 일종(제12장).

248) *in medias res.* (라틴어)

249) Lady Fingall's Irish industries. 아일랜드의 총독 부인인 마담 더들리와 핀걸(Elizabeth M. Fingall) 백작부인(남편은 미드주의 주요 지주) 공동 후원하에 설립된, 더블린 링컨가(街) 21번지 소재의 산업협회가 사람들의 산업을 돕기 위하여 이따금 개최하는 음악 연주회.

250) Jans Pieter Sweelinck(1562~1621). 네덜란드의 오르간 연주자 및 작곡가. 그의 노래 〈청춘은 이제 끝나도다(Mein junges Leben hat ein End)〉를 스티븐이 평함. 스윌링크의 음악은 엘리자베스 시대의 영국 작곡가들의 그것과 매우 비슷함. 〈청춘은 이제 끝나도다〉의 첫 구절—나의 가련한 영혼은 재빨리 떠나리라 / 나의 육체 곁을. / 나의 생명 더 이상 굳건히 견딜 수 없으니, / 너무나 연약하여 파멸할 것만 같아 / 죽음의 갈등과 싸움 속에서.

251) Johannes Jeep. 독일의 작곡가(1582~1650)로 찬송가 및 17세기에 유행했던 대중가요들을 작곡함.

252) *Von der Sirenen Listigkeit / Tun die Poeten dichten.* (독어) 요하네스 지프의 노래 〈말할 때의 요정의 매력을 믿지 못함(Dulcia dum loquitur cogitat insidias)〉에서. 첫 구절—그들은 애교를 가지고 유든 남성들을 바다로 끌어들였지요 / 왜냐하면 그들의 노래는 너무나 아름답게 울렸으니까요, / 수부들이 잠에 떨어지도록, / 그러면 배는 불운에 빠지지요, / 그리고 만사가 악으로 바뀌지요.

253) Barraclough. 당시 더블린의 저명한 음악 교수로, 펨브로크가 24번지에 거주함(제11장).

254) 블룸 자신을 가리킴.

255) Ivan St Austell and Hilton St Just. 1890년대에 더블린에서 자주 공연했던 아더 로우즐리(Arthur Rousley) 오페라단을 가리킴.

256) 남부 킹가 46~49번지 소재의 게이어티 극장을 말함.

257) 멀리건을 가리킴.

258) fools step in where angels. 포프(Alexander Pope)의 『비평에 관한 에세이(*Essay on Criticism*)』(1711) 625의 구절.

259) 의학도인 멀리건을 가리킴.

260) 청소차의 청소용 솔은 고대 영국 및 켈트인들이 그들의 전차(戰車) 바퀴에 매달았던 낫[鎌]과 비슷함.

261) *Und alle Schiffe brücken.* (독어) 영어의 'And all ships are bridged'. 앞서 요하네스 지프의 시행 'Welches das Schiff in Ungluck bringt(Which brings the ship into misfortune)'의 인용에서 스티븐은 'brücken'을 영어의 'broken'으로 잘못 해석함.

262) 러버(Samuel Lover) 작의 〈등 낮은 마차〉라는 노래의 마지막 구절. 본문에 이 구절이 정확하게 부합하지 못함은 블룸과 스티븐의 잠에 어린 혼미한 정신 상태를 암시하는 듯함. 노래의 끝부분—우리는 등 낮은 마차에 앉아, / 마허 신부가 부부로 맺어 준…… / 오, 나의 심장은 몹시도 뛰곤 했지 / 그녀의 시선과 그녀의 한숨에…… / 비록 마차 속이었어도.

✦ 17장 ✦

1) 유태인의 안식일(Sabbath) 전날인 금요일로서, 유태인들은 전통적으로 이날을 아담과 이브가 타락하여 에덴동산에서 쫓겨난 날로 생각하기 때문에 불결하다고 여김. 이는 기독교 전통에서 예수가 십자가에서 처형된 사실과 일치함.

2) 서기 254~277년 사이(현대 사가(史家)들에 따름)에 아일랜드를 통치했던 코맥 맥 아트(Cormac Mac Art) 왕은 적어도 전설상으로는 기독교로 개종한 것으로 추측됨. 한편 성 패트릭은 교황 셀레스타인 1세가 서기 432년에 그로 하여금 사명을 띠고 아일랜드로 가게 했을 때 비로소 그곳에 기독교를 전파한 것으로 믿어짐. 버틀러(Butler)가 지은 『성인들의 생애(*Lives of the Saints*)』에는 성 패트릭의 아일랜드 도착에 관한 이런 구절이 있다―바로 이 시기에 레어리 왕과 왕자들이 태양의 힘의 복귀를 축하하기 위하여 종교(드루이드교)적 의식을 행하였다. 부활절 날 성 패트릭은 왕 앞에서 설교를 했는데, 당시 레어리 왕이 개종했다는 증거는 없으나, 성 패트릭으로 하여금 아일랜드 국민에게 아무런 장애 없이 종교적 사명을 행사하도록 허락한 것으로 전해짐.

3) 스티븐이 밤의 거리(창가)에서 추었던 춤으로 야기된 운동을 암시함(제15장).

4) 성구의 인유―길르앗의 티스베에 살고 있던 티스베 사람 엘리야가 아합왕에게 말하였다. '내가 섬기는 이스라엘의 하느님 야훼께서 살아계심을 두고 맹세합니다. 내가 다시 입을 열기 전에는 앞으로 몇 해 동안 비는 물론 이슬도 한 방울 이 땅에 내리지 않을 것이오.'(〈열왕기상〉 17:1) 그 후 엘리야가 이 가뭄을 중지시키고자 마음먹고, 가르멜산 꼭대기에 올라가 무릎을 꿇고 얼굴을 양무릎 사이에 묻었다. 엘리야는 그의 시종에게 올라가서 서쪽 하늘을 바라보라고 일렀다. …… 시종은 일곱번째 보고 와서는 바다에서 손바닥만한 구름이 한 장 떠올랐다고 보고하였다. …… 그러는 동안 하늘이 구름으로 덮이어 캄캄해지면서 바람이 일기 시작하더니 마침내 큰 비가 쏟아지기 시작하였다.(〈열왕기상〉 18:42~45) 여기서 '아침의 구름'은 스티븐과 블룸이 동시에(8시 25분경) 각각 다른 장소에서 목격한 것(제1, 4장).

5) Owen Goldberg. 블룸의 유년 시절 친구.

6) 기수(奇數) 1, 3, 5, 7……의 네번째인 7을 가리킴.

7) 스티븐은 멀리건에게 열쇠를 빼앗긴 셈이고(제1장), 블룸은 다른 바지에 넣어 두고 외출한 사실을 말함(제4장).

8) 율리시스 자군이 거지로 분장하여 이타카의 궁으로 들어간 전략을 가리킴.

9) 그리스도 승천제(the Feast of the Ascension)는 부활절 후 40일째 되는 날이며 그가 부활하여 하늘에 승천한 것을 축하하는 행사임. 부활절이 1904년 4월 3일(일요일)에 있었으므로 승천일은 5월 12일이 되는 셈.

10) golden number. 서력 연수에 1을 더하여 19로 나누고 남은 수를 가리킴. 나머지가 없으면 19가 황금수가 됨. 부활절 날을 정할 때 쓰임.

11) solar cycle. 태양순환기, 월일과 요일이 일치하는 해로 28년이 그 주기임.

12) dominical letters. 교회력의 일요일을 나타내는 문자로 A, B, C, D, E, F, G의 일곱 자 중의 한 자를 가리킴.

13) indiction. 로마 황제 콘스탄티누스가 제정한 일력. 그리스도 기원 312년 9월 1일부터 계산하여 만 15년을 1기로 함.

14) Julian period. 기원전 46년에 율리우스 카이사르가 천문학자 소시그네스(Sosigness)의 의견을 토대로 정한 태양력. 365일 6시간을 1년으로 하여, 평년은 365일로 하며 4년마다 윤년을 둠.

15) Brother Michael. 클론고우즈 우드 소학교에 근무하던 의무실 담당 수사로, 스티븐은 그에게서 간호롤 받음. 『젊은 예술가의 초상』 제1장 참조.

16) Usher's Island—더블린 중심부, 리피강 남쪽 둑 곁의 지역. Miss Kate Morkan… Miss Julia Morkan—『더블린 사람들』, 〈죽은 사람들〉에 등장하는 두 노파로, 주인공 콘로이(Gabiel Conroy)의 이모.

17) Cabra. 더블린 중심부에서 약 2마일 떨어진 북동 외곽지대. 한때 스티븐 가족이 이곳에 살았음.

18) 플랑드르의 지질학자이며 수학자인 메르카토르(G. Mercator, 1512~1594)의 투영법(投影法)은 지구의 표면을 장방형의 종횡 직선으로 나타내는 방법이었음.

19) Sundam trench. 태평양 서남부, 인도네시아의 수마트라섬과 자바섬 사이에 위치한 깊은 해구.

20) the hole in the wall at Ashtown gate. 피닉스 공원 북쪽에 위치한 애쉬타운이란 마을에 있는 벽의 구멍을 통하여 유권자가 손을 내밀면 선거원들이 뇌물을 쥐어 주던 곳으로, 이는 뇌물을 주는 자의 신분이 드러나지 않게 하기 위해서임(제5장).

21) 보일런이 〈셉터〉호에 걸었다가 잃은 경마권 두 장

22) ① 율법서, 유태인의 비결, 그들의 운명에 대한 예언을 담은 '법전(Tables of Law)'을 지닌 모세의 태도를 연상시킴(〈출애굽기〉 34:29~35). ② 천사 가브리엘이 성모 마리아에게 예수의 잉태를 알리는 성수태고지(聖受胎告知, Annunciation)를 연상시킴.

23) 히브리의 대예언자 이사야는 "메시아야말로 이교도들의 빛이라"고 예언함(〈이사야〉 49:6).

24) 종교를 '세속적 짐(mundane loyalty)'이라 여겨 걷어차 버리고 '예술의 사제(priest of art)'를 택한 스티븐을 가리킴.

25) collation. 단식일인 금요일에 취하는 경미식(輕微食). 블룸은 스티븐이 정상적인 가톨릭 교도로서 금요일에 단식을 하리라 추측함.

26) '대량생산(massproduct)'의 'mass'는 '미사'의 뜻으로, 블룸은 상징적으로 미사를 집행하고 스티븐은 그 배령자격. '위스키 코코아(creature cocoa)'는 '생의 향락'을 증진시키는 코코아란 뜻. 코코아는 하느님의 음식인 'cocoa'와 'with-with(함께)'의 어원(라틴어)을 지님. 이러한 상징적 해석은 틴덜 교수의 『독자의 제임스 조이스 안내서(A Reader's Guide to James Joyce)』(p. 222)를 참고할 것.

27) *Shamrock*. 더블린 하부 애비가 32번지의 한 출판사에서 발행되던 화보 주간지.

28) kinetic poet. 동적 기질을 지닌 블룸을 가리킴. 스티븐은 『젊은 예술가의 초상』 제5장에서 인간의 두 가지 대표적 기질에 관하여 설명을 함—부적당한 예술에 의하여 자극을 받은 감정은 동

17장

적(kinetic)인 것으로, 욕망 또는 혐오인 거야. 욕망은 우리에게 그 무엇을 소유하거나 또는 그를 향해 가도록 권고를 하지. 혐오란 우리들에게 그 무엇을 버리고 그로부터 멀어지도록 권고한단 말이야. 외설적이든 교훈적이든, 그들을 자극하는 예술은, 그런고로 부적당한 예술이야. 심미적 감정이란 (……) 그런고로 정적(static)인 거야. 마음이란 사로잡히고 욕망과 혐오를 초월하여 고양(高揚)되는 거야.

29) P…… O…… L…… D…… Y. 몰리가 부르는 블룸의 애칭을 이용한 말장난.

30) diamond jubilee of Queen Victoria. 빅토리아 여왕 통치 60주년 기념제가 1897년에 거행됨.

31) Methuselah. 노아의 홍수 이전의 유태 족장으로 969년을 살았다는 전형적인 장수자(〈창세기〉 5:25~27).

32) Breslin's hotel. 더블린 중심부에서 남동쪽으로 13마일 지점의 브레이 마을에 위치한 호텔로, 1904년에 스테이션 호텔(Station hotel)로 개명함.

33) 한동안 스티븐가(街)에서 살았던 리오던 부인은 파넬 사건에 대한 사이먼 데덜러스와의 싸움(『젊은 예술가의 초상』제1장, 크리스마스 디너 파티 장면 참조) 뒤로 그 집에서 이사함.

34) 육체적 자선 행위에는 일곱 가지가 있음. ① 사자(死者)를 매장하는 일. ② 나자(裸者)를 옷 입히는 일. ③ 배고픈 자를 먹이는 일. ④ 목마른 자에게 물을 주는 일. ⑤ 집 없는 자를 보호하는 일. ⑥ 감옥의 죄수를 방문하는 일. ⑦ 병자를 간호하는 일. 이에 대하여 정신적 자선 행위도 일곱 가지가 있음. ① 죄인을 훈도하는 일. ② 오류를 참는 일. ③ 번민하는 자를 위안하는 일. ④ 의심하는 자를 충고하는 일. ⑤ 범죄를 용서하는 일. ⑥ 무지를 깨우치는 일. ⑦ 산 자와 죽은 자를 위해 기도하는 일.

35) bezique cards and counters. 두 사람이 하는 트럼프놀이의 일종 및 점수를 헤아릴 때 쓰는 나뭇조각 또는 조가비를 가리킴.

36) 녹색은 파넬을, 적갈색은 대비트를 각각 상징하며, 스티븐이 그것을 리오던 부인에게 가져다 줄 때마다 그녀는 향미정을 한 알씩 줌. 『젊은 예술가의 초상』앞부분 참조.

37) 블룸을 가리킴.

38) 스티븐을 가리킴.

39) Szombathély. 헝가리의 한 도시로, 블룸의 부친 비러그의 고향임.

40) Swords. 더블린 북부 8마일 지점에 위치한 작은 마을.

41) Stoom. 스티븐(Stephen)과 블룸(Bloom)의 이합체어(離合體語).

42) Blephen. 블룸과 스티븐의 이합체어.

43) Queen's Hotel, Ennis. 블룸의 부친이 과거에 코크(Cork)시에 가지고 있던 호텔.

44) 퀸즈 호텔과의 일치를 암시함.

45) The Parable of the Plums. 넬슨기념탑에서 더블린 시가를 내려다보는 늙은 할멈들을 소재로 스티븐이 쓰고자 하는 우화, 제7장 끝부분 참조.

46) '자두의 우화'라는 스티븐의 우화와 동일한 이름의 신문 광고와의 일치를 말함.

47) My Favourite Hero. 조이스(스티븐)가 벨비디어 중학 시절, 오디세우스 장군에 관해 쓴 수필의 제목이기도 함(엘만, p. 47).

48) *Procrastination is the Thief of Time.* 영(Edward Young, 1683~1765) 작의 『밤 생각(*Night Thoughts*)』(1742)이란 철학서에 나오는 글귀(390행)이기도.

49) Doctor Dick. 20세기 초엽에 팬터마임을 위한 개괄적인 운시를 마련한 더블린의 어떤 작가의 별칭.

50) *Studies in Blue.* 더블린의 변호사로, 헤블런(Heblon)이란 별명을 가진 오코너(Joseph K. O' Conner)라는 사람이 쓴 책. 더블린 빈민가의 저변 생활을 자세히 묘사함.

51) 이탈리아의 예수회 수사이며 청소년·학생의 보호자로 알려진 곤자가(Aloysius Gonzaga, 1568~1591)를 기념하는 날로, 1904년 6월 21일(화요일)에 비롯됨.

52) spillikins. 짚, 나뭇조각 따위를 탁상 위에 올려놓고 다른 것을 움직이지 않은 채 한 개를 뽑는 놀이.

53) spoil five. 여러 사람이 패를 다섯 장씩 갖고 세 짝을 맞추면 이기는 트럼프놀이.

54) bezique. 64장의 패로 둘 또는 네 사람이 하는 카드놀이.

55) twentyfive. 스포일 파이브를 변형시킨 놀이.

56) beggar my neighbour. 한 경기자가 다른 경기자의 패를 모두 딸 때까지 계속하는 놀이.

57) green vitriol and nutgall. 모두 잉크의 원료들임.

58) 성서에서 사도들의 추종자로 거짓말쟁이인 아나니아스(Ananias)를 말함. 그는 베드로에게 거짓말을 하고 그 결과 급사함(〈사도행전〉 5:1~11).

59) 앞서 스티븐의 '피즈가산에서의 팔레스타나 조망'을 가리킴.

60) Moses of Egypt. 구약성서의 위대한 입법자.

61) Moses Maimonides. 스페인계의 유태 율법, 신학 및 철학자(제2장). 『모레 네부킴(*More Nebukim*)』(라틴어)은 1190년에 완성된, 마이모니데스의 가장 주목할 만한 성서 해설서.

62) Moses Mendelssohn. 유태인에 대한 야만적 편견을 완화시킨 18세기 독일의 철학자(제12장).

63) 유태인들이 전통적으로 모세의 정신과 법의 편재를 암시하는 격언.

64) Felix Bartholdy Mendelssohn. 독일의 저명한 작곡가(1809~1847).

65) Baruch Spinoza. 네덜란드계의 유태인 철학자(1632~1677).

66) Mendoza. 영국 태생의 유태인으로, 영국 권투 챔피언을 지냈음.

67) Ferdinand Lassalle. 독일계 유태인 사회주의자(1825~1864). 독일 사회민주당(German Social Democratic Party)의 실질적 창당인.

68) *suil, suil, suil arun, suil go siocair agus suil go cuin.* (아일랜드어) 프랑스 국민들을 구원하기 위하여 싸움터에 나서는 아일랜드 군인(애인)에 대해 슬퍼하는 (처녀의) 민요 가사.

69) *kifeloch, harimon rakatejch m'baad l'zamatejch.* (헤브라이어) 성구에서─입술은 새빨간 실오리, / 입은 예쁘기만 하고 / 너울 뒤에 비치는 볼은 / 쪼개 놓은 석류 같으며……(〈아가〉 4:3)

70) 성서의 헤브라이어는 바빌로니아의 유수(幽囚, Captivity) 이후 일상 언어로서의 자리를 점차 아람어(Aramaic)에게 양보하여 사멸함. 서력기원의 유태인들은 신헤브라이어(Neo-Hebrew)를 사용하는데, 이 언어는 그리스어, 아람어 및 라틴어의 영향으로 변형됨. 따라서 성서의 헤브라이어는, 비록 학자들의 연구 대상으로 아직 존재하긴 해도 사멸한 언어인 셈. 1800년대 아일랜드어는 그의 부활을 위한 국내 학자들의 상당한 노력에도 불구하고 사실상 19세기에 와서 거의

사멸하고 지금은 아일랜드 서부지역 일부에서만 사용됨.

71) the plain of Shinar. 구약성서 중의 지명으로, 바빌로니아의 수메르인 듯.

72) rabbis and culdees. 유태인 율법학자와, 7세기 아일랜드에 최초로 나타난 종교운동가들의 무리(제12장).

73) Mischna and Ghemara. 모세의 율법에 관한 법률을 모은 것을 '미쉬나'라고 하고, 그 해설서를 '게마라', 그리고 이 두 가지를 합한 것을 '탈무드(Talmud)'라 함.

74) Book of the Dun Cow. 12세기에 씌어진 아일랜드 최고(最古)의 문학 및 전설집, 산문으로 된 로맨스와 비가 등을 포함한 65편만이 현존함.

75) Book of Ballymote. 게일어로 씌어진 아일랜드의 역사, 전설 등을 모은 고서(古書).

76) Garland of Howth. 8세기 또는 9세기에 씌어진 것으로 추측되는, 전지 86절판 페이지의 그림으로 된 라틴어 원고. 현재 더블린 트리니티대학이 소장하고 있음. '켈즈서'에 버금갈 정도임.

77) Book of Kells. 8세기경에 이루어진 4복음서의 가장 화려하고 유명한 원고본으로, 현재 더블린 트리니티대학 도서관에 소장됨. '호우드의 화환'과 마찬가지로, 이 책 또한 라틴어로 된 네 개의 복음서를 포함하고 있음.

78) ghetto(S. Mary's Abbey) and masshouse(Adam and Eve's tavern). 더블린의 프란체스코 수도회는 16, 17세기 사이에 아일랜드에 대한 영국의 가톨릭 교도 탄압에서 벗어나기 위하여 여러 가지 시도를 함. 1618년 그들은 리피강 남단 머천츠 부두 건너편 로즈메리 골목에 지하 성당을 설립함. 이 골목은 '아담 앤드 이브즈'라는 이름의 주점이 있는 곳이기도 함. 따라서 신도들은 주점에 가는 척하면서 이 성당에 들어가 미사를 드릴 수 있었음. 현재에도 머천츠 부두 근처에 프란체스코 성당이 서 있는데, 이는 '아담 앤드 이브즈'성당(『피네간의 경야』 앞부분 참조)이라 불림으로써 당시의 '속임수'를 기념하고 있음.

79) '이교도 형법(the Penal Laws)'은 리머릭 조약(1691)에도 불구하고 아일랜드의 가톨릭교 그리고 민족주의까지 억압한 법률. 그들은 아일랜드의 국가적 색깔인 '녹색'의 복장을 착용하는 것까지 금지시킴. 이러한 '유태인 복장법(Jewish dress acts)'은 여러 나라에 적용됨으로써 가톨릭교를 탄압하는 예를 남김.

80) 유태인을 팔레스티나로부터 복귀시켜 국가적인 통일을 이루려는 유태 민족운동인 시온주의 (Zionism). 예루살렘에 있는 시온산에 다윗과 그의 자손들이 궁전과 사원을 세워 유태인 정치의 중심지로 삼음.

81) Kolod balejwaw pnimah / Nefesch, jehudi, homijah. (헤브라이어) 헤브라이 시인 아임버(N. H. Imber) 작사, 시온주의의 선구자 코헨(S. Cohen) 작곡의 〈희망(Hatikvah)〉(1878) 첫 구절. 1897년 시온주 운동의 찬가 및 오늘날 이스라엘의 국가(國歌)가 됨.

82) Ogham writing. 고대 영국 및 아일랜드에서 사용되었던, 20자로 구성된 비문(碑文)용 문자.

83) anticipation. 장차의 사정을 예상하여 형용사 및 명사를 빈사(epithet, 성질을 나타내는 형용어구)로 쓰는 수사법.

84) 신성(神性, divine)과 인성(人性, human)의 결합체인 예수 그리스도. 그는 정확하게 6피트의 키에 순적갈색 머리카락을 가진 유일한 인물이었다고 함. 제 16장, 주석 144참조.

85) Johannes Damascenus. 다마스커스(시리아 서부의 도시 및 수도, 현존하는 최고도)의 성자(聖者), 달변의 신학자, 라틴 교회의 석학 중의 한 사람 및 그리스 교회의 신부 중의 한 사람. 그는 그리스도의 존재에 대하여 '가설론(hypostasis)'을 내세워, 그의 신성과 인성의 인상적 결합체를 주

장함—예수는 키가 크고 창백하고 올리브빛의 얼굴에다 밀빛 ……을 띠고. 이는 당시 그리스 제왕의 개인 숭배에 대한 정면 도전이기도 했음.

86) Lentulus Romanus. 빌라도 이전, 유태(팔레스티나 남부의 고대 로마령)의 로마 지사로 상상되던 인물. 그는 로마 상원에 보낸 편지에서 예수를 이렇게 묘사함—약간 포도줏빛을 띤 머리카락의 키가 큰 인물.

87) Epiphanius Monachus. 키프로스의 그리스 및 동방 교회의 신부 및 콘스탄틴의 주교. 예수의 존재에 대하여 앞서 다마스커스의 요하네스와 의견을 같이함.

88) 예수의 형상에 대한 묘사.

89) 블룸은 스티븐의 목소리 속에서 다가올 어떤 격변을 의식하고 있는 듯함.

90) 엘리야의 재림을 외치는 더블린 거리의 미국 전도사(제8장).

91) Rufus Isaacs—영국에서 이름을 날린 유태인 변호사. Charles Wyndham—19세기 희극 배우로 명성을 떨친 영국의 배우 겸 무대감독(1837~1919).

92) Osmond Tearle. 런던, 뉴욕, 셰익스피어의 고향인 스트랫퍼드-온-에이븐 등지에 일련의 셰익스피어 레퍼터리 극단(stock company)을 차린 영국의 배우 겸 무대감독.

93) 블룸을 가리킴.

94) 사전트(H. C. Sargent)와 키트리지(G. L. Kittredge)가 편집한 『어린이의 민요(Child's Ballads)』 (1904)에 실린 〈꼬마 해리 휴즈와 공작의 딸(Little Harry Hughes and the Duke's Daughter)〉의 가사. 유태 소년의 순교를 그 주제로 하고 있음.

95) the duke's lawn. 메리언가(街) 건너편의 라인스터 하우스(국립도서관 및 박물관이 들어 있는 건물) 동부 지역의 잔디 공원을 말함.

96) Stamer street. 1897~1898년에 블룸가(家)가 거처했던 온타리오 테라스 북서쪽의 거리로, 남부 순환로 남쪽에 위치함.

97) 블룸의 딸 밀리가 사귀고 있는 남학생 밴넌을 가리킴.

98) quarter day. 4계절이 시작되는 날. 영국에서는 3월 25일(성모 영보[領報] 대축일), 6월 24일(하지), 9월 29일(성 미가엘 축일), 12월 25일(크리스마스)임.

99) late Mrs Emily Sinico. 『더블린 사람들』, 〈참혹한 사건〉의 여주인공. 지성의 화신(化身)인 독신 남자 더피(Duffy)와 '치유할 수 없는 영혼의 고독'으로 번민하는 감성의 화신 시니코 부인과의 이룰 수 없는 사랑 이야기. 그녀는 끝내 기차 철로 위에서 자살해 버림.

100) 두 사람(블룸과 스티븐)이 벌이던 토론의 끝에서 전자는 자신의 여러 가지 사회적 조건들의 개선을 위한 인도주의적 열성에 대한 관심에도 불구하고, 인간의 행복과 번영을 방해하는 수많은 자연적 장애물 때문에 낙심함. 여기서 그는 인간의 자연 조건을 개탄하는 만인(萬人, Everyman)이 됨.

101) 스티븐의 대답은 인간의 의미를 하나의 이성적 존재로 확언하는 것을 보여 줌.

102) 블룸은 스티븐의 확언을 말로써가 아니라, 그의 존재 그 자체, 즉 자기 자신의 천성 속에서 본질적으로 그를 수용함으로써 받아들임.

103) 블룸은 촛불(이교도들을 밝혀 주는 빛)을 들고, 스티븐은 지팡이(십자가)를 짚고, 전자의 선행(先行)에 의하여 자기 집을 빠져 정원으로 나가는데, 이는 모세가 이스라엘 백성을 이집트의

구속의 집으로부터 시나이 황야에로 인도하는 유월제(Passover)를 상징함. 또한 신이 예수로서 지상에 태어나는 신자성육(神者成肉), 즉 화신(化身, Incarnation)의 순간으로, 스티븐은 만인인 블룸의 찬성을 받아들이는 그리스도 격.

104) *modus peregrinus:In exitu Israel de Egypto:domus Jacob de populo barbaro.* (라틴어) 구속의 집인 이집트로부터의 이스라엘 백성의 영광의 탈출을 축하하는 시구. 그리스도에 의한 인간 구원의 축가이기도 함(『불가타 성서』, 〈시편〉 113:1, 『흠정영역서』, 〈시편〉 114:1). 여기서 스티븐은 이 축가를 읊는 부제(副祭) 격.

105) ① 스티븐-그리스도는 인간을 구속의 집으로부터 탈출시켜 죄와 과오로 인도함. 이 순간은 사바세계(娑婆世界)를 떠나는 그리스도의 승천(昇天)의 순간이기도 함. ② 단테와 베르길리우스가 지옥에서 나올 때 블룸과 스티븐처럼 별돌과 천국의 나무를 바라봄―길잡이와 나는 밝은 세계로 돌아가고파 / 이 가려진 길을 뚫고 들어와 / 잠시도 쉴 염두도 낼 수 없이 / 마침내 동그란 구멍으로 하늘이 옮겨 가는 / 아름다운 것들을 내가 볼 때까지 / 그는 먼저 나는 다음에 자꾸만 치올라 / 이리하여 또다시 별들을 보러 이곳을 나오니라.(『신곡』, 〈지옥편〉 제34곡 133~139)

106) Arcturus. 일명 대각성(大角星). 목자자리의 주성으로, 온 하늘에서 여섯번째, 북반구에서 세 번째로 밝은 별로 알려져 있음.

107) 무한수를 나타내는 $9^9 \times 9^9 \times 9^9$.

108) 성구에서―헛되고 헛되다, 설교자는 말한다, / 헛되고 헛되다. 세상만사 헛되다.(〈전도서〉 1:2)

109) 다른 유성이나 위성들에서도 인간의 존재는 가능한 것이나, 만일 그들이 존재한다 해도 어디까지나 인간에 불과하며(하느님의 부재로) 속죄 없는 공허일 뿐(블룸의 대전제), 따라서 이러한 공허의 지배하에서는 속죄 또한 의심스러움(블룸의 소전제).

110) Walsingham way―천국의 성모좌(聖母座)로 나아가는 은하수. the chariot of David―'작은 곰자리'를 말함. 이는 요셉이 그의 아버지 야곱을 이집트에서 모시고 오는 전차, 엘리야가 타고 천국으로 가는 전차, 다윗이 타고 곰을 살해하는 전차 등과 동일시됨.

111) 갈릴레이(Galileo Galiei, 1564~1642)―이탈리아의 물리학자·천문학자로, 물체의 낙하법칙을 발견하고 코페르니쿠스의 지동설을 실증함. 마리우스(Simon Marius, 1570~1624)―독일의 천문학자. 피아찌(Giuseppe Piazzi, 1746~1826)―이탈리아의 천문학자로, 1801년 소행성 제1번인 케레스를 발견함. 르베리에(Urbain Jean Joseph Leverrier, 1811~1877)―프랑스의 천문학자. 허셸(Sir William Herschel, 1738~1882)―독일 태생의 영국 천문학자로, 1781년에 천왕성을 발견함. 갈레(Johann Gottfried Galle, 1812~1910)―독일의 천문학자로, 토성의 제3고리와 해왕성을 발견함. 보데(Johann Elert Bode, 1747~1826)―독일의 천문학자로, 『베를린 천체력』 발간. 케플러(Johannes Kepler, 1571~1630)―독일의 천문학자로, 1604년 케플러신성(초신성)을 발견. 케플러 법칙 제1, 2, 3으로 유명함.

112) Libyan floods. 화성의 강 또는 운하라고 예상되는 리비아강의 범람을 말함.

113) the Corona Septentrionalis. 북두칠성을 가리킴.

114) 달은 연인들에게는 빛을 상징하나, 그리스 및 로마 신화에서는 아르테미스(Artemis) 및 다이아나(Diana) 여신들처럼 무정하고 냉혹스런 인물의 상징이기도 함.

115) 여기서 스티븐이 제기한 문제는, 예수는 신성과 인성을 겸비함으로써 완전한 인간임에도 불구하고 할례를 받음은 그의 완전성에 의심의 여지가 있기 때문이 아니냐 하는 것임. 이에 대한 대답은 〈로마인들에게 보낸 편지〉 제4장에 근거하고 있는데, 여기서 사도 바울은 "아브라함은

할례를 받기 전에 믿음을 통해서 하느님과 올바른 관계를 가지게 되었습니다. 그 뒤 그것을 확인하는 표(sign)로 그는 할례를 받았던 것입니다. 이리하여 할례를 받지 않고도 믿음으로써 올바른 사람이라고 인정받은 모든 사람의 조상이 되었습니다"라고 말하고 있음. 이 구절은 예수께서 '변화'된 것이 아니라, '표'를 받고 있다는 분명한 암시가 1월 1일의 성무일과(聖務日課)에 기록되어 있음을 말해 줌. 할례의 시기는 주(主)의 강탄 제일(Octave[祭日], 성탄절로부터 8일째인 1월 1일)로, 1904년 아일랜드의 로마 가톨릭에서는 될 수 있는 한 육체적 노동을 삼감으로써 이 날을 기념케 함.

116) 유물로서의 포피는 본래 로마의 성 요한 라테라노 대성당(St. John Lateran)의 바실리카(Basilica)에 보존됨. 그러나 이것은 16세기에 분실되었다가 뒤이어 발견되어 로마의 성 코르넬리우스(St. Cornelius) 성당과 그 밖의 성당에 보관됨. 여기서 스티븐이 제기하는 문제는, 이러한 유물이 하느님에게만 주어진 최고의 숭물(崇物)[그리스 도는 삼위일체의 3위 중 한 부분인지라]인 그리스도의 몸의 일부가 되는 것인가, 또는 교회의 육(肉)의 결혼반지라 할 성스러운 포피가 응당 인간의 가장 존경받는 실체인 동정녀에게 부여된 숭물인가 하는 것임.

117) 『오디세이아』 제21권에서 페넬로페의 구혼자들을 처형하는 절정 장면이 시작되는데, 여기서 오디세우스와 그의 아들 텔레마코스가 부자(父子)로서 자기네의 용기를 입증하는 동안 아테나는 도움을 거절해 왔으나, 마침내 여기에 개입하게 됨. 그리하여 '아테나의 방패 아이기스(Aegis)'가 커다란 홀에 그 형체를 드러내어, 공포에 떠는 나머지 구혼자들을 모두 몰아냄. 여기서 천공의 신호는 바로 아테나의 방패를 의미함.

118) 현재 시각은 새벽 1시 30분임.

119) Modder River. 남아프리카에서 발발했던 보어전쟁의 격전지로, 1899년 영국군은 이곳에서 격심한 패배를 맛봄.

120) Matthew F. Kane. 존 조이스의 친구이자 더블린 정청의 주요 서기였던 그는 1904년 7월 10일 킹즈타운 근처에서 수영하다 익사함. 마틴 커닝엄의 모델이 된 인물이며, 그의 장례는 디그넘의 장례 행렬에서 다시 모델 구실을 함.

121) 여기서 블룸은 기도하는 유태인의 몸가짐을 떠올리는데, 예루살렘 서부 지역 유태인들은 특히 '제18성체강복식

122) Cadby. 영국에서 제조되는, 비교적 값싼 피아노.

123) Madam Antoinette Sterling. 미국 출신의 여가수. 그녀는 당시 영국과 아일랜드에서 민요로 큰 인기를 얻음.

124) *ad libitum, forte, …… animato, …… ritardando*. (이탈리아어) 음악 용어.

125) 오디세우스 장군이 구혼자들을 모두 죽이고 자신의 집에 향을 피우듯, 블룸 또한 상징적으로 향을 피우는 셈.

126) Connemara. 더블린 서해안에 위치한 지역 이름.

127) 일종의 수수께끼의 변형. 블룸은 루돌프 비러그의 외아들, 루돌프는 리오폴드 비러그의 외아들.

128) Denis Florence M'Carthy. 아일랜드의 시인이며 학자·번역가(1817~1882).

129) Ellis. 영국의 복음 전도사.

130) Lockhart. 스코틀랜드의 소설가 및 문인(1794~1854).

131) Gustav Freytag. 19세기에 굉장한 인기를 끈 독일의 소설가.

17장

132) Hozier. 영국의 군인·사학자(1842~1907).

133) William Allingham. 아일랜드 출신의 시인·편집자(1824~1889).

134) Narcissus. 샘물에 비친 자신의 모습을 아름다운 물의 요정이라 생각하여 그것을 연모하다 빠져 익사함으로써 수선화가 되었다는 미모의 청년(그리스 신화).

135) 첫번째는 아침에 목욕탕에서.

136) *Rus in Urbe or Qui si Sana.* (라틴어)

137) Dundrum. 더블린에서 남쪽으로 5마일 떨어진 지점에 위치한 더블린산 기슭의 마을. 그곳의 신선한 공기 때문에 병자들을 위한 휴양지로 추천됨.

138) Sutton. 호우드와 육지를 연결하는 조그마한 해변촌. 더블린 중심부에서 북북동 8마일 지점에 위치함.

139) Saint Leopold's. 오스트리아의 성자 리오폴드는 자비심과 극기(克己)로 유명했음. 성 로마 제왕(재위 1106~1125)인 헨리 5세의 백부였던 그는 정치적 영향력은 대단했으나, 표면에는 나타나지 않았음. 헨리 5세가 죽자 그에게 왕위가 제공되었으나, 이를 거절하고 자비와 숭배에 헌신했음. 여기서는 블룸의 이같은 심정을 암암리에 암시함.

140) *Semper paratus ...... honoris causa.* (라틴어)

141) the letter of the law. 성 바울로의 유명한 수훈을 연상시킴—그렇다고 해서 이런 일을 할 수 있는 자격이 우리 자신에게서 났다고 내세우는 것은 아닙니다. 다만 하느님께서 우리에게 그런 자격을 주셔서 우리로 하여금 당신의 새로운 계약을 이행하게 하셨을 따름입니다.(〈고린토인들에게 보낸 둘째 편지〉 3:5, 6)

142) 랄로어(James Fintan Lalor, 1807~1849)—아일랜드의 정치적 작가로, 10분의 1세(稅) 반대론자. 머레이(John Fisher Murray, 1811~1865)—아일랜드의 정치적 작가. 미첼(John Mitchel, 1815~1875)—아일랜드의 청년운동가. 오브라이언(J. F. X. O'Brien)—페니언 당원인 듯함. 제4장 끝부분 참조.

143) William Ewart Gladstone. 아일랜드의 수상으로, 토지개혁에 크게 관여한 그는 1886년 4월 13일, '자치법안'을 영국 의회에 상정했으나 동년 6월 8일에 부결됨.

144) 리펀(Ripon, 1827~1909)—영국의 정치가. 몰리(John Morley, 1838~1923)—영국의 정치가·작가.

145) Ascot. 잉글랜드 버크셔주의 한 마을로, 유명한 경마장이 있음.

146) Powerscourt. 더블린 남부 12마일 지점인 다글의 한 지명.

147) Blum Pasha—이집트의 거부. Rothschild—독일 유태계의 거부. Guggenheim—유태계의 재산가·실업가. Hirsh—오스트리아의 거부. Montefiore—영국의 거부 및 자선사업가. Morgan—미국의 은행가. Rockefeller—미국의 석유 자본가.

148) Vere Foster. 아일랜드 출신의 자선가 및 교육가. 그의 그림과 서체(書體)는 19세기에 학생들의 필기 연습용으로 쓰임.

149) Maud Branscombe. 유명한 미모의 여배우(제13장).

150) *Mizpah.* (헤브라이어) 야곱과 라반이 서로 침범하지 않는다는 약속의 표시로 돌무더기를 쌓음(〈창세기〉 31:49).

151) *Modern Society.* 런던에서 매주 수요일 발행되던 주간지.

152) 이러한 금지 사항에 대한 근거는 정확하지 않으나, 유태 전통은 이를 이교도의 축제에서 행사하는 그런 유의 우상숭배를 피하는 것으로 간주함. 성구의 인유— ……또 새끼 염소를 그 어미의 젖으로 삶아도 안 된다.(〈출애굽기〉 23:19)

153) hebdomadary. 본문상의 내용으로는 유태의 안식일을 의미함. 로마 가톨릭 교회에서는 참사회나 수도회의 멤버로서 그의 일주일간은 성무일과의 낭독을 주재하는 일로 보내짐.

154) 독실한 유태인에게 요구되는 의식으로서 하느님에 대한 남성의 생식력의 봉헌 또는 청결의 수단으로서 요구됨. 성서의 의식에서—하느님께서 또 아브라함에게 말씀하셨다. '너는 내 계약을 지켜야 한다. 너뿐 아니라, 네 후손 대대로 지켜야 한다. 너희 남자들은 모두 할례를 받아라. 이것이 너와 네 후손과 나 사이에 세운 내 계약으로서 너희가 지켜야 할 일이다.'(〈창세기〉 17:9, 10)

155) 모세 5경(Pentateuch)은 모세에게 하달된 하느님의 말이라는 초자연적 신조—모세는 두 증거판을 손에 들고 돌아서서 산에서 내려왔다. 그 두 판 양면에는 글이 새겨져 있었다. 이쪽에도 저쪽에도 새겨져 있었는데, 그 판은 하느님께서 손수 만드신 것이었다……(〈출애굽기〉 32:15)

156) 헤브라이어로 하느님의 '표현할 수 없는 이름'인 4개의 자음, JHVH, JHWH, YHVH 또는 YHWH. 이들 단어의 모음들은 본래 그 이름을 이스라엘의 적에게 비밀에 부치기 위하여 그리고 신자들에게 그 이름이 '너무 성스러운 지라 발음하기 힘들게'하기 위하여 빼어버린 것. 그 이름의 본래의 발음은 이제 상실되고 '야훼, 여화와 (Yahweh, Jehovah:전능하신 하느님)'로 남아 있음.

157) 유태의 전통에서 유래된 것으로, 이 '휴식과 숭배의 날'에는 불필요한 일은 일반적으로 금지시킴.

158) The cliffs of Moher. 아일랜드 서해안의 인상적인 절벽(5마일의 길이).

159) the windy wilds of Connemara. 아일랜드 서부 골웨이주에 있는 산중 호수 지역.

160) lough Neagh. 북아일랜드 안트림주에 있는 담수호(淡水湖).

161) the Giant's Causeway. 북아일랜드 안트림주에 있는 현무암의 석주군(石柱群).

162) Camden and Carlisle—코크 항구를 바라보는 두 요새. 'Tipperary—중남부 아일랜드의 주. 황금 골짜기는 그곳의 비옥한 평원 및 골짜기.

163) the island of Aran. 아일랜드 서부 해안에서 조금 떨어진 곳에 있는 한 떼의 섬들로, 애국적 부흥론자들은 이곳을 아일랜드의 유토피아로 간주했음(원주민은 아일랜드 고유어를 사용하며 아일랜드 전통 습속에 따라 그대로 살고 있기 때문). 싱(Synge)의 인상적 단막극 〈바다로 달리는 사람들(Riders to the Sea)〉의 배경이기도 함.

164) 5세기경 성녀 브리지드(St. Brigid)는 킬데어주의 느릅나무 아래 은거지를 마련하고 종단(宗團)을 설립함.

165) Salmon Leap. 더블린 서부 7마일 지점의 폭포(제I2장).

166) mosque of Omar. 예루살렘시의 회교구 성소 한복판에 있는 회교도당으로, 솔로몬 궁전의 폐허로 간주됨.

167) gate of Damascus. 예루살렘시의 북부 성벽에 있는 제일 중요한 문. 이는 '대망의 목적지'로 간주됨.

168) the Parthenon. 아테네를 굽어보는 아크로폴리스(Acropolis)의 아테네 신전. 내부의 중앙 홀에는 나무, 금 및 상아로 된 아테나(Athena)의 나상(裸像)이 있음.

169) Wall street. 뉴욕의 금융가(金融街).

170) La Linea. 지브롤터의 영국 식민지와 스페인 국경에 있는 읍으로, 그곳 주민들과 카메론 연대 (Camerons)의 병사들을 위한 투우장 및 휴양지가 있음.

171) the forbidden country of Thibet. 18세기까지 서방 세계의 개척이나 무역 그리고 여행으로부터의 쇄국정책을 썼던 티베트 공화국.

172) Everyman. 도덕극 〈모든 사람〉(1485년경)에 나오는 주인공의 이름. 모든 개개 인간을 대변하며 무분별한 생활을 영위한 다음 죽음에 직면함. 그는 자신의 친구들인 우정, 친족, 사촌 및 세속적인 선(善)에 의하여 버림을 받고 선행과 동행을 하지만, 끝까지 그들과 타협을 하지 못함.

173) Noman. 호머의 오디세우스 장군이 동굴에 몰려 애꾸눈이 키클롭스에게 이름을 질문받았을 때 답하여 위기를 면하는 이름.

174) '모든 사람의 친구는 어떤 사람의 친구도 못 된다'는 격언에서.

175) '아무것도 아닌 사람의 영원의 여성'이란 패러디. 호머의 오디세우스 장군은 요정 칼립소에 의하여 결혼 및 불사(不死)를 제안받으나, 거역하는 것이 자신의 숙명이요 이를 수락할 정도의 위인이 못 된다고 말함으로써 이를 사양함.

176) 립 밴 윙클을 암시함.

177) the silver king. 영국의 극작가 존즈(Henry A. Jones, 1851~1929)와 허만(Henry Herman) 작의 유명한 멜로 드라마의 제목 및 그 주인공. 사악한 지주가 그에게 씌운 누명을 결국 자신의 천진낭만성으로 벗음.

178) 구운 제물(burnt offering)―고대 헤브라이의 의식에서 사원의 '구운 제물'은 아침의 기도와 대응함. 지성소 (holy of holies)―유태교에서 (성체를 안치하는 감실(龕室) 및 사원의 가장 성스러운 내부. 일년에 한 번, 속죄일에 대제사장이 그곳에 들어감. 요한의 의식(rite of John)―목욕은 유태교에서는 아침 의식의 일부임(요한 세례자의 사명, 〈마태오의 복음서〉 3장). 사무엘의 의식(rite of Samuel)―무당과 박수들을 추방하는 사무엘의 의식(〈사무엘상〉 28:3). 우림과 둠밈 (Urim and Thummimn)―'빛과 완성' 또는 '불과 진리' 등의 상징으로, 사람들에게 신의(神意)를 전하기 위하여 마련된 보기(寶器)임(〈출애굽기〉 28:30). 멜기세덱의 의식(rite of Melchizedek) ―사제이자 살렘 왕인 멜기세덱의 의식(〈창세기〉 14:18). 성소(holy place)―제사장이 하느님께 제물을 바치고 의식을 행하는 곳. 율법 감사절(Simchath Torah)―모세 5경의 의식독(儀式讀)이 끝나는 유태인의 '회막의 축제(선조의 황야 방랑과 천막 생활을 기념)'의 마지막 날인, 유태력 7월 (Tishri) 23일에 갖는 축제. 시라 시림(Shira Shirim)―유태인의 '회막의 축제' 기간(7월 15일~7월 23일) 동안의 안식일에 부르는 솔로몬의 〈아가〉. 전번제의 제물(holocaust)―로마인에 의한 예루살렘 사원 파괴를 추모하는 의식의 암시 또는 '통째로 구운 제물'. 이날 유태인들은 예루살렘의 소멸과 황야의 이스라엘 사람들을 애도함. 황야(wilderness)―이스라엘이 이집트(애굽)를 떠난 이래 40년간 방랑했던 황야. 오넌의 의식(rite of Onan)―자위 행위(masturbation) 및 성교 중단(Onanism)의 시초(〈창세기〉 38:8~10). 친교제물 봉헌(heave offering)―친교제물 중 사제의 몫이 되는 부분(〈레위기〉 7:28~36). 아마겟돈(Armageddon)―팔레스티나의 '민중의 광장' 또는 세계의 종말 및 그리스도의 재림(再臨) 때의 선악의 결전장(〈요한의 묵시록〉 16:16). 속죄 (atonement)―속죄일:모세 의식의 단식일, 유태인의 국가적 수치일, 속죄양이 희생되고 대제사장이 지성소에 들어가는 날, 예수 그리스도를 통한 하느님과의 화해의 날(〈로마인들에게 보낸 편지〉 5:11). 이상과 같이 블룸의 하루 동안의 주요 일과는 헤브라이 성찬식의 연중 일력(日曆)의 형식으로 서술됨(이는 밤의 환각 장면인 제15장에서 블룸의 하루 일과가 로마 가톨릭의 묵도 형식으로 열거되었던 것과 비교됨).

179) 깊은 신앙심으로 하루를 마감하는 블룸의 반성은 구름 없는 하늘로부터의 천둥 소리에 의하여

보상받음. 이는 호머의 오디세우스 장군이 아내의 찬탈자들에 대항하여 제우스신에게 도움을 청하는 기도의 보상과 상징적인 일치를 이룸.

180) 블룸이 갖는 의문에 대한 대답은 '어둠 속에'임.

181) Henry Price. 남부 그레이트 조지가 28번지 소재의 잡화상.

182) 오디세우스 장군이 자신의 정체를 드러내고 아내 페넬로페에게 접근하던 모습을 암시함(『오디세이아』 제23권).

183) 몰리의 정부(情夫) 보일런이 남긴 것을 말함.

184) 여기 묘사된 몰리와 '간음자'들의 계열은 성서에 씌어진 '간음'의 정의에 의하면 그들의 행위에 있어서 약간 모호함. 예수는 성서에서 간음에 대해 몹시 가혹한 정의를 내리고 있음—'간음하지 말'고 하신 말씀을 너희는 들었다. 그러나 나는 너희에게 이렇게 말한다. 누구든지 여자를 보고 음란한 생각을 품는 사람은 벌써 마음으로 그 여자를 범했다.(〈마태오의 복음서〉 5:27, 8)

185) Penrose. 블룸 내외가 서부 롬바드가에 살았을 때 시트런가(家)와 함께 기거했던 인물(제8장).

186) 보일런을 가리킴.

187) ① 여름철에 24시간 내내 태양이 비치는 양극 지방. 착한 사람이 죽으면 가서 살게 된다는, 대양의 맨 서쪽에 있다는 섬.

188) 미개척된 서부의 나라 어디엔가 있는 행운의 섬들. 그곳에서는 사람들이 죽은 다음 하느님으로부터 축복을 받는 것으로 알려짐.

189) 영국의 낭만 시인 바이런의 시 〈돈 후앙〉 제3곡 134, 135 구절 사이에 삽입된 서정 시행—그리스의 섬들, 그리스의 섬들! / 불타는 사포가 사랑하고 노래했던 곳, / 전쟁과 평화의 기술이 자랐던 곳 / 델로주가 일어나고 피버스가 솟던 곳! / 그러나 영원한 여름이 그들을 흘러가게 하도다, / 태양 이외에는, 모든 것이 다 저물었도다.

190) 하느님이 '약속의 땅 가나안'으로 가는 이스라엘 백성들에게 주기로 모세에게 약속하는 식량 (〈출애굽기〉 3:8).

191) 몰리의 탄생일은 성모 마리아의 강탄일과 일치함.

192) Gea-Tellus. 그리스 신화에서 만물의 어머니이자 대지(大地)의 여신인 가이아(Gea혹은 Gaea)와, 로마 신화에서 대지의 여신인 텔루스. 둘은 보통 팔을 벌리고 두 아이를 끌어안은 형태로 비스듬히 누워 있음.

193) 몰리는 여성의 전형(典型)인 가이아-텔루스로, 블룸은 인간의 모든 가능성의 전형으로 윤회함. 신바드는 『아라비안 나이트』에 나오는 수부, 턴바드·완바드 등은 더블린에서 인기 있던 팬터마임 〈뱃사공 신바드〉에 나오는 인물들.

194) 아라비아의 신화적인 새. 『아라비안 나이트』, 〈신바드의 제2의 여행〉에서 신바드는 로크의 알 하나를 발견하고 그 둘레가 50걸음 이상임을 알게 됨. 이 새는 새끼를 먹이기 위해 코끼리를 유괴할 정도임. 신바드는 무인도에 버림받았을 때 섬을 탈출하기 위하여 이 어미새의 다리에 매달림.

195) 북극에 사는 날지 못하는 새로, 둥우리에 엄청나게 큰 알을 하나씩 낳음.

196) 블룸은 빛이 어둠에서 솟아나듯, 거대한 로크의 신비로운 세계로, 그리고 '성인남아—남아성인 (manchild—childman)'의 모습을 하고 무한한 가능성의 자궁 속으로 빠져 들어감.

◆ 18장 ◆

1) 블룸은 귀가하여 하부 애비가(街)의 윈즈 호텔(Wynn's Hotel)에서 저녁식사를 했다고 말함(제17장 끝부분). 그러나 몰리는 그가 하부 애비가의 홍등가에 다녀오지 않았나 하고 의심함.

2) Pooles Myriorama. 1890년대에 더블린의 로툰더 광장(시 중심부)에서 일년에 한 번씩 벌어지던 여행 축제.

3) 블룸 내외가 라드민즈의 온타리오 테라스에 살았을 때의 그들의 하녀 메리 드리스콜(Mary Driscoll)양을 가리킴.

4) 보일런을 가리킴.

5) 보일런은 본래 광고 붙이는 사람임.

6) 몰리의 친정 아버지 트위디 소령은 우표수집가임(제4장).

7) Whitefriars street. 리피강의 남쪽, 더블린 중심부에 있는 이 거리에는 성당이 하나 있는데, 몰리는 행운을 위해 이 곳에서 기도했으며 성상(聖像) 앞에 촛불을 놓음으로써 기도의 의미를 강화함.

8) 몰리의 의식 속에서 블룸과 보일런이 서로 혼동됨.

9) Josie Powell. 블룸의 옛 연인이었던 데니스 브린을 말함(제8장).

10) 성구의 인유―안식일이 되어 회당에서 가르치시자 많은 사람이 그 말씀을 듣고 놀라며 '저 사람이 어떤 지혜를 받았기에 저런 기적들을 행하는 것일까? 그런 모든 것이 어디서 생겨났을까? 저 사람은 그 목수가 아닌가? 그 어머니는 마리아요, 그 형제들은 야고보, 요셉, 유다, 시몬이 아닌가? 그의 누이들도 다 우리와 같이 여기 살고 있지 않은가?'하면서 좀처럼 예수를 믿으려 하지 않았다.(〈마르코의 복음서〉 6:2, 3)

11) 19세기 말에 사회주의자들 사이에 풍미했던 통념(通念)으로, 성서의 패러디―예수께서는 '네가 완전한 사람이 되려거든 가서 너의 재산을 다 팔아 가난한 사람에게 나누어 주어라. 그러면 하늘에서 보화를 얻게 될 것이다. 그러니 내가 시키는 대로 하고 나서 나를 따라오너라'하셨다.(〈마태오의 복음서〉 19:21)

12) Floey. 시 참사의원 매슈 딜런의 딸 중 하나.

13) Josie. 데니스 브린 부인을 가리킴.

14) 데니스 브린 부인을 가리킴.

15) Sweetheart May. 스튜어트(Leslie Struart) 및 해리스(Charles K. Harris)의 노래에서―당신의 사랑하는 임은 그대 곁을 떠나 버렸다오, 사랑하는 메이, / 죽을 때까지 그는 언제나 그대를 축복

하리다, 사랑하는 메이, 그가 자신의 조국을 사랑하는 한 / 그러나 그는 돌아오리다, 염려 마오, / 그의 애인 가까이 있기 위해, 사랑하는 메이…… 잔인한 전쟁이 끝날 때, / 그때 그는 자신이 문간에 서 있음으로 알게 되리라, 사랑하는 메이.

16) Mrs Maybrick. 영국 리버풀의 목화상이었던 제임스 메이브리크(James Maybrick, 1839~1889)가 1889년 5월 11일 독살당한 사건으로, 범인은 그의 아내로 판명됨.

17) 보일런을 가리킴.

18) 보일런을 가리킴.

19) 몰리가 태어난 달인 9월을 상징하는 보석은 우행(愚行)으로부터 보호한다는 뜻을 지닌 사파이어. 몰리가 여기서 생각하는 아콰마린은 희망을 상징하는 것으로 3월의 보석임.

20) Katty Lanner. 오스트리아의 작곡가 조지프 래너의 딸.

21) Ave Maria. 프랑스의 작곡가 구노(Charles F. Gounod, 1819~1893)의 가곡.

22) 화이트-멜빌(G. J. Whyte-Melville) 작의 〈굿바이〉라는 노래 가사에서―떨어지는 잎사귀, 시드는 나무, / 침울한 바다의 하얀 파도의 선 / 그대와 나 위에 솟아나는 그림자, / 제비들이 날려고 하고 있네, / 바람부는 하늘을 선회하면서…… / 나의 이마에 곧장 키스해 줘요, 그리고 헤엄쳐요! / ……뭘 머뭇거리고 있어요, 그대와 나!

23) Kenilworth square. 더블린 서부 외곽에 위치한 라드민즈의 푸른 공원으로 돌핀즈 반(블룸 내외가 처음 만난 곳)에 있는 트위디의 집에서 남동으로 약 1마일 떨어진 지점.

24) *O Maria Santisima.* (이탈리아어)

25) Gardner. 그녀의 애인 계보에서 빠져 있기는 하지만, 몰리의 애인인 듯한 육군 중위. 제17장 끝부분 참조.

26) 오디세우스를 암시할 수 있음. 오디세우스는 페넬로페가 계속 그를 멀리하고 있는 동안 '거짓말쟁이'로서 속임수를 보여 줌. 그리하여 대중에게 구혼자들의 죽음을 감추기 위하여 그는 구경꾼들에게 결혼식이 있는 양 꾸밈. 『오디세이아』, 제23권 참조.

27) Henry Doyle. 블룸가의 친구.

28) 오후 4시(보일런의 월요일 방문).

29) 보일런이 시서 소녀을 시켜 보낸 것(제10장).

30) 제10장 참조.

31) 〈킬라니의 백합〉 노래 가사(제6장).

32) Maryborough. 더블린 남서부 52마일 지점에 위치한 퀸즈주의 시장 도시.

33) St Teresa hall. 클러렌던가 43, 44번지에 소재함.

34) 『더블린 사람들』, 〈어머니〉에 나오는 피아니스트를 가리킴.

35) Lead Kindly Light. 뉴먼(John H. Newman, 1801~1890) 작사, 다일러스(John B. Dylas) 작곡의 송가―인도하소서 자연의 빛이여, 에워싼 어둠 속에, / 그대 나를 인도하소서! / 나의 말을 버티게 하소서, 나는 보기를 원치 않아요 / 먼 장면을 ; 한 발자국이면 내겐 족해요.

36) 이탈리아 작곡가 롯시니의 노래에서.

37) Pretoria, Ladysmith, Bloemfontein. 모두 보어전쟁의 격전지들임.

38) Kruger. 19세기에 보어인이 건설한 트랜스발(Transvaal) 공화국(후에 남아프리카 공화국이라 개칭) 대통령(1825~1904)으로, 보어전쟁 당시의 정치가. 그의 생애는 하나의 긴 투쟁의 역사였는데, 그 첫째는 자신의 국민들을 분열시킨 도당들에 항거하는 일이요, 둘째는 영국에 항쟁하는 것으로, 국민을 분열시킨 자들은 그로 하여금 보어전쟁에 대하여 압력을 가하게 함으로써 영국의 지배에 항복하게 함. 그러나 그는 끝내 조국의 영국 합병에 반대함.

39) La Roque. 지브롤터에서 7마일쯤 떨어진 스페인의 항구도시로, 로크(Rock)의 영국군 주둔에 항거하는 수비대 마을.

40) Algeciras. 지브롤터만의 서부 돌출부에 위치한 도시.

41) 15acres. 피닉스 공원의 한 지역으로, 모의작전이 벌어지던 곳임.

42) the Black Watch. 스코틀랜드의 탁월한 한 연대인 로열 고지병들.

43) Tugela. 보어전쟁 당시 영국 군인이 수난을 겪은 강 및 강촌(江村). 더블린의 왕립 척탄병들을 포함한 영국군은 1900년 2월 18일 투겔라강을 건너 진군했으나 동년 2월 27일 진지를 포기하고 이 강을 도로 건너 후퇴해야 했음.

44) 보일런의 부친을 가리킴.

45) 몰리는 보일런과 곧 갖게 될 벨파스트로의 연주 여행을 상상함.

46) Mrs Mastiansky. 몰리의 이웃으로 식료품상임.

47) *Manola*. (스페인어) '길거리의 방가(放歌)'란 뜻.

48) Andalusia. 스페인 남부, 대서양과 지중해에 면한 지방.

49) Lewers. 더블린의 번화가인 그래프턴가 67번지 소재의 부인용 의류상.

50) the Gentlewoman. 매주 목요일마다 런던에서 발행되던 6페니짜리 주간지로, 여성의 패션 및 의상에 관한 정보를 제공함.

51) Galbraith. 블룸의 옛 이웃인 듯.

52) Kitty O'Shea. 파넬의 연인과 동명이인(同名異人).

53) Mrs Lantry. '백합(lily)'이란 별명을 가진 영국의 유명한 미인 배우로, 영국 황태자와의 사랑의 스캔들로 화제에 오름. 그녀는 남편 랭트리와 1881년에 이혼하고 배우로 일했으나 성공을 거두지 못하고, 1899년에 재혼함.

54) 여자의 정조대를 말함. 여기서는 남편 랭트리가 그의 젊고 아름다운 아내에 대한 질투의 수단으로 사용했다는 뜻임.

55) Master François. 프랑스의 위대한 풍자 작가임(1490?~1553). 그는 본래 프란체스카 수사로 생애를 시작하여, 한층 학구적인 베네딕토 수사로 전향했으나, 끝내는 일종의 세속적 신부직으로 몰입함.

56) 'arse(엉덩이)'의 약자.

57) Ruby and Fair Tyrants. 러브버치(Lovebirch)가 지은, 서커스에 관한 싸구려 소설책(제4장, 10장).

58) after the ball was over. 해리스(C. K. Harris) 작의 센티멘털한 민요 〈무도회가 끝난 뒤〉의 가사에서—무도회가 끝난 뒤, 동이 튼 뒤 / 춤추는 사람들이 모두 떠난 뒤 / 별들이 다 진 뒤 /

나의 마음은 한없이 아팠어요. / 당신이 그걸 모두 읽을 수 있다면 / 그 많은 희망은 모두 사라
졌어요. / 무도회가 끝난 뒤. 민요의 내용인즉, 독신으로 오랜 세월을 보낸 노인의 이야기. 마
음속으로 연인을 사모하고 있었으나 '무도회가 끝난 뒤' 그녀가 부정함을 알고 비탄에 빠짐.

59) 더블린 서부 외곽지대인 인치코어(Inchicore)에 성모 마리아와 아기 예수의 강탄을 그린 그림을
간직한 로마 가톨릭 성당이 있음. 이 그림에서 아기 예수는, 몰리가 말하듯이, 비현실적으로 지
나치게 큼.

60) 정조대를 두른 앞서의 랜트리 부인의 경우를 일컬음.

61) 영국 황태자가 1856년과 1876년에 각각 10일간씩 두 차례 지브롤터를 방문했으나 나무를 심는
의식을 치렀다는 기록은 없음.

62) Todd and Burns. 더블린 메리가 17, 18, 47번지 소재의 의류상.

63) Lees. 더블린 애비가 6, 7번지 소재의 의류상.

64) 지브롤터의 알마다 공원 중앙부에는 트라팔가 해전에서 영국 해군에 의해 사로잡힌 스페인의
군함 '상 주앙(San Juan)'의 머리 상(像)이 기념으로 서 있는데, 이것은 물고기를 작살로 찌르는
사람 모습을 하고 있음.

65) the Surreys. 지브롤터에 주둔했던(1882) 영국의 고지 연대.

66) 고대 지중해 연안에 있던 7가지 놀라운 기념물. 즉 이집트의 피라미드, 알렉산드리아의 등대,
바빌론의 벽과 정원, 에페수스(Ephesus)의 아르테미스 사원, 피디아스(Phidias) 작의 제우스상,
할리카르나수스(Halicarnassus)의 무덤, 로데스(Rhodes)의 거상이 그것임.

67) Comerford. 더블린 근방 달키에 살았던 블룸가(家)의 친구.

68) 더블린의 로열 및 그랜드 운하. 이들 운하는 더블린의 기후로 보아 겨울에 좀처럼 얼지 않으나
1893년 겨울에는 언 것으로 전해짐.

69) 보일런이 다시 올 때까지의 기간을 가리킴.

70) 얼마 전 밤 10시에 소나기가 내림.

71) levanter. 지중해 특유의 강한 동풍.

72) 3 Rock mountain. 더블린 남부 7마일 지점에 위치한 산. 지브롤터의 암산(Rock mt.)은 드리
록 마운틴보다 약 50피트 낮지만 한층 인상적이요 극적(劇的)임.

73) Mrs Stanhope. 유명한 여비서의 통칭임. 본래 헤스터 스탠호프(Hester Stanhope)란 여인을 일컫
는데, 그녀는 유명한 여비서였으나, 그 후 예언자 및 레바논산(山)의 수녀원 원장으로 변신하여
그곳에서 유태교, 기독교 및 마호메트교를 통합한 자신의 종교를 전개한 것으로 전해짐.

74) B Marche. 파리의 유명한 백화점.

75) Waiting and in old Madrid. 둘 다 노래 제목임(제11장).

76) La Linea. 지브롤터를 변경으로 한 스페인의 투우 도시.

77) Killiney hill. 더블린만 남동부에 솟은 480피트의 곳. 북쪽 너블린만 너머로 호우드 언덕의 경
관을 보여 줌.

78) bell lane. 더블린의 엘리(Ely) 가도 근처의 좁은 산책길.

79) scone. 둥글납작한 과자빵으로 핫케이크의 일종.

80) Alameda esplanade. 지브롤터 의 공원 이름. 사막 같은 그곳의 암산과는 대조적으로 오아시스 같은 작용을 하는 일종의 산책 코스. 그곳에서 목요일과 월요일에 수비대의 악대가 연주회를 가짐.

81) William Wilkie. 영국의 탐정소설가(1824~1885). 그의 『월장석(*The Moonstone*)』(1868)은 T. S. 엘리엇으로부터 "지금까지 씌어진 최초의, 가장 완전한 탐정소설"이라는 평을 받음.

82) East Lynne. 엘렌 우드(Ellen Wood)라는 영국 여류 소설가의 인기 소설(1861)로, 이혼한 여성의 생활을 다룸.

83) Mrs Henry Wood. 앞서의 엘렌 우드를 말함. 그녀의 40개 작품 가운데 〈애슐리다이애트의 그림자(the Shadow of Ashlydyat)〉(1883)가 유명함.

84) Henry Dunbar. 영국의 여류 소설가 브래던(Mary E. Braddon, 1837~1917) 작의 소설. 한 죽은 백만장자의 신분의 점진적 노출, 그의 운명 등을 다룬 작품.

85) Mulvey. 몰리의 첫 애인.

86) Lord Lytton—영국의 정치가 및 소설가. Eugene Aram—범죄 및 사회적 불의를 다룬 리턴경의 소설 『유진 애럼의 시련과 생애(*Trial and Life of Eugene Aram*)』(1832)를 말함.

87) Mrs Hungerford. 아일랜드의 여류 소설가(1855?~1897). 30여 편의 작품을 썼으며 〈아름다운 몰리(Molly bawn)〉(1878) 가 대표작.

88) 디포(Daniel Defoe, 1660~1731)의 소설 〈유명한 몰 플랑드르의 행운과 불행(The Fortunes and Misfortunes of the Famous Moll Flanders)〉(1722)에서의 인용.

89) 파리로 이사간 스탠호프 부부를 가리킴.

90) Ulysses Grant. 미국의 대통령으로 1878년에 지브롤터를 방문한 바 있음(1822~1885).

91) old Sprague. 한때(1873) 지브롤터 주재 미국 부영사.

92) sir Garnet Wolseley. 아일랜드 출신의 영국 육군 총사령관(1833~1913). 1879년에 남아프리카 주둔 영국군 총사령관 및 줄루전쟁에서 지휘권을 발동함.

93) Khartoum—수단(Sudan)의 수도. Gordon—보어전쟁 당시의 맹장(猛將).

94) Bushmills whisky. 북동부 아일랜드 부시 강변의 작은 마을인 부쉬밀에서 나는, 돌단지 속에 넣어 증류하는 아일랜드 위스키를 말함.

95) 인간의 '두뇌질'의 암시.

96) 땜장이들의 전통적인 자기 선전 문구에서.

97) *pisto madrileno*. (스페인어) 토마토와 고추를 사용한 마드리드의 요리.

98) 보일런을 가리킴.

99) Mrs Rubio. 트위디가(家)가 지브롤터에 살았을 때 그들의 파출부였던 듯함.

100) *horquilla*. (스페인어) '머리핀(hairpin)'의 뜻.

101) the Atlantic fleet. 19세기 말의 영국 해군 함대.

102) 스페인군 150명의 수비대에 의하여 요새화되어 있던 지브롤터는 1704년 7월 24일 네덜란드와 영국의 연합 대서양 함대 1800명의 공격을 받고 3일 후에 함락됨.

103) Santa Maria. 지브롤터 중심가에 위치한 가톨릭 성당.

104) 부활제 아침에 구원의 희망을 안고 태어나는 자의 탄생에 맞추어 태양이 춤을 춘다는, 널리 만연된 아일랜드의 미신에서.

105) 여기서는 그리스도를 말함.

106) the Calle Real. 지브롤터의 가로(街路) 이름.

107) 클라크(H. S. Clarke) 및 파머(E. B. Farmer) 작의 노래 제목이기도 함. 노래의 첫 행—난 흰장미를 달아 볼까? / 붉은 걸 달아 볼까? / 그이가 꽃다발을 찾을까? / 머리에 무슨 화환을 두를까? / ……난 거의 알 수 없구나 / 그가 날 어떻게 가장 사랑하는지를.

108) 멀비를 가리킴.

109) 모건(Wilford Morgan) 작의 노래.

110) 윌리스(Wallace) 작의 오페라 제3막에 나오는 노래 제목.

111) perragordas. 니켈과 다임을 뜻하는 스페인의 경화(硬貨).

112) Cappoquin. 아일랜드 남부 웩스포드주의 작은 마을.

113) 스페인의 왕 알폰소(Alfonso) 8세는 1886년 5월 17일 태어나자마자 왕이 되었는데, 그 이유는 그의 부왕의 죽음과 동시에 왕위를 계승했기 때문임.

114) OHaras. 지브롤터의 로크(Rock)에서 제일 높은 남쪽 봉우리 이름. 1700년대 후반, 이곳의 육군 통치자는 스페인 함대의 거동을 살피기 위해 그 이름을 딴 오하라 망탑을 세웠으나, 번개에 맞아 허물어짐.

115) Clapham. 시장으로 유명한 런던 교외의 한 지역. 1800년대 후반에 지브롤터에는 약 20마리의 원숭이들이 있었는데, 이들은 남의 정원을 침입하는 귀찮은 존재가 됨. 그중 수놈 한 마리가 다른 원숭이들에게 공격을 받자, 당시 지브롤터의 지사가 런던의 클래펌 공원으로 놈을 이송시킴.

116) Inces farm. 지브롤터, 무어의 성벽(Moorish wall) 북쪽, 로크의 암반 지대에 자리한 농장.

117) Saint Michaels cave. 지브롤터에 있는 가장 큰 동굴로, 돌고드름(鍾乳石)이 천장에 매달려 있어 좋은 경치를 이룸.

118) 북부 아프리카와 지브롤터는 원숭이의 양대 산지로 알려짐. 원숭이들은 이 두 지점을 수영으로 왕래할 수 없으므로 땅 밑을 통해 간다는 전설이 있음.

119) Molly darling. 헤이즈(W. S. Hays) 작의 인기곡 가사에서—말해 주지 않겠어, 몰리 내 사랑, / 나 이외에는 아무도 사랑하지 않는다고? / 그대는 나의 세계. / 오 말해 줘요, 내 사랑, 날 사랑한다고……

120) *Chronicle*. 지브롤터에서 매주 토요일마다 발행되던 주간지.

121) H M S. 'Her Majesty's Ship'의 두문자로 영국 해군의 군함 〈칼립소〉(북미와 서인도양의 영국 훈련함)를 말함.

122) that old Bishop. 소아시아의 고도(古都) 리스트라(Lystra)의 주교로, 뒤에 지브롤터의 가톨릭 주교대리(Vicar Apostolic)를 역임함.

123) the new woman bloomers. 미국의 어느 여성이 개발한 여성용 의상임.

124) Briggs의 이름에 대한 패러디. 'brig'는 '가두다', '감옥' 등의 뜻.

125) Lunita Laredo. 몰리 어머니의 처녀명, 'Laredo'는 스페인 북부 해안에 위치한 작은 도시로서, '작은 달(月)'이란 뜻이 있음.

126) Willis road—암산의 북서부 모퉁이를 기어올라, 무어의 성벽에서 끝나는 길. Europa point— 지브롤터의 남쪽 끝을 말함.

127) Claddagh ring. 아일랜드 서해안 골웨이산(産)의 반지.

128) 〈사랑의 흘러간 달콤한 노래〉의 가사.

129) 상류사회 계층을 암시함.

130) 웨덜리(F. E. Weatherly)와 템플(H. Temple) 작의 노래 〈내 귀부인의 안방(My Lady's Bower)〉 의 가사에서—해자 두른 농장을 빠져, 황혼에, / 나의 애인과 나는 지나갔노라, /빈방과 외로 운 층계 곁에, / ……그리고 낡고 깨진 창문 / 우리는 붉은 꽃을 보았나니 / 그러나 우리가 가장 사랑한 곳은 내 귀부인의 안방이었노라……

131) 작가 미상의 노래(제8장).

132) *sierra nevada*. (스페인어) 스페인 남부, 지브롤터 동북동 130마일의 산맥으로 스페인에서 가장 높은 곳.

133) 블룸을 가리킴

134) blancmange. 우유, 은행, 설탕으로 만든 젤리.

135) 더블린 파넬가(街) 205, 206번지 소재의 제과점. 런던과 뉴카슬에 각각 지점을 가짐.

136) furry glen. 더블린 피닉스 공원의 유람 장소.

137) 피닉스 공원 서쪽, 리피강가에 위치함.

138) Whitmonday. 은행 휴일의 하나로, 부활제 뒤의 일곱번째 월요일. 성신강림대축일 다음날.

139) Burke. 블룸이 아는 사람으로 몰락한 중산층 인물(제12장).

140) Mr de Kock. 상점의 여급, 서기 등의 애정 문제를 작품으로 다룬 프랑스의 인기 소설가(제4장).

141) Catalan bay. 지브롤터 동쪽 절벽 아래의 만과 촌락으로 정어리와 도미의 주산지. 주민들은 주로 제노아 어부들의 후손들임.

142) Genoa. 이탈리아 서북부, 밀라노 남쪽의 항구 도시.

143) 이사하기 직전에 새집에 소금을 가져가면 행운이 깃들인다는 미신에서.

144) 거리의 속요에서.

145) *Lloyd Weekly News*. 1842~1913년 사이에 런던에서 발행됐던 일요 신문.

146) Skerry's academy. 스데반즈 그린 공원 동쪽에 위치한 속기·타자 교습소(동부 스데반즈 그린가 76번지 소재).

147) Tom Devans. 더블린 청소국 직원(제10장).

148) Murray. 조이스의 숙부.

149) 선반에서 케이크를 옮길 때 조각이 나면 이별을 가져온다는 아일랜드의 미신에서.

150) the Only Way. 아일랜드 극작가 윌즈(F. C. Wills, 1849~1913)의 연극(1899) 제목. 이는 디킨

즈의 소설 『두 도시 이야기(*A Tale of Two Cities*)』를 극화한 것임.

151) Trilby. 영국 배우이자 무대감독인 비어봄 트리(Beerbohm Tree, 1853~1918)의 연극. 1895년 10월 10일과 11일에 게이어티 극장에서 공연되었는데 트리 자신이 배우로 출연함.

152) Broadstone. 더블린 서북쪽에 위치한 터미널.

153) Martin Harvey. 더블린을 방문한 영국의 배우이자 연출가.

154) 블룸과 스티븐 두 사람을 가리킴.

155) Michael Gunn. 한때 게이어티 극장의 지배인(제11장).

156) Mrs Kendal and her husband. 영국의 유명한 배우이자 무대감독 부부임.

157) Drimmies. 블룸이 한때 고용되었던, 하부 새크빌가 41번지의 국립 보증·담보협회(제13장).

158) wife of Scarli. 이탈리아의 작가 지아코사(G. Giacosa)의 연극 〈사랑의 비애(Tristi Amori)〉 영역판 제목 및 그 여주인공 엠마(Emma). 뽐내고 매력 없는 스칼리라는 변호사와 그의 동정적이고 매력적인 아내 엠마, 그리고 스칼리의 친구 패브리지오(Fabrizio)와의 삼각관계, 간음과 치정을 다룬 작품.

159) 커피, 차 또는 소변에 거품이 일면 횡재한다는 미신에서.

160) 자장가의 구절에서―"물이 라호어에 어떻게 흐르나요, / 나의 꼬마가 물었지요 옛날 옛적에 ……" 라호어(Lahore)는 서파키스탄의 도시.

161) Dr Collins. 더블린 펨브로크가 65번지의 개업의로 더블린의 한 목사의 자식.

162) 몰리는 결혼 전에 받은 블룸의 낭만적인 편지를 생각함.

163) Doyles. 더블린 남서 외곽의 돌핀즈 반에 살았으며 블룸 부부에게 결혼 선물을 한 이웃 사람들.

164) the Huguenots―메이비어 작 〈위그노(Les Huguenots)〉를 말함. *D beau pays de la Touraine*―(불어) 〈위그노〉 제2막 첫머리의 아리아.

165) 블룸을 가리킴.

166) Brighton square. 더블린 남부 3마일 지점의 마을인 라스가에 있는 한 광장.

167) 여성의 생리대를 가리킴.

168) Lord Napier. 한때 지브롤터의 종녹 빛 빈도 구새 영국 충사령관을 역임(1876~1883)한 자.

169) 호머의 오디세우스 장군은 자기 부부의 침대 비밀을 알기 때문에 자신의 신분을 페넬로페에게 증명하는 반면(『오디세이아』 제23권) 블룸은 몰리의 침대의 비밀을 잘 알지 못함.

170) 블룸은 헝가리 제비뽑기(lottery)의 티켓을 팔려다 1893년 또는 1894년에 경찰에 체포될 뻔함(제8장).

171) 아더 그리피스를 말함(제4장).

172) 아리스토텔레스의 『걸작』(제10장). '이리스토크래트(Aristocrats)'는 몰리의 잘못임.

173) 친족 가운데 누군가가 죽으면 장사를 지내고, 첫 상기(喪期) 동안 애도자는 화려하고 장식적인 의상을 벗고, 마룻바닥 또는 방바닥에 앉거나 누움으로써 가구(家具)의 안락을 피해야 하는 유태의 장의(葬儀) 관습.

174) 데니스 브린 부인을 말함.

175) L Boom. 신문에 실린 블룸(Bloom)의 오식(誤植)임(제16장).

176) 『더블린 사람들』〈은총〉의 첫 장면에서 톰 커넌(Tom Kernan)이 당한 사고를 말함.

177) 캐넌(Hughie Cannon) 작의 미국 인기 가요 가사에서—이제 집으로 돌아오지 않겠어요. 빌 베일리? / 이제 그만 돌아오지 않겠어요? / 그녀는 하루 종일 신음한답니다. / 제가 요리를 하겠어요, 여보. / 집세도 물겠어요: / 제가 잘못한 걸 알아요. / 제가 비 오는 밤 당신을 내쫓은 걸 기억해 봐요. / 머리빗만 꽂고서! / 제가 잘못했어요. / 글쎄, 수치가 아니겠어요, 빌 베일리? / 제발 돌아오지 않겠어요?

178) 몰트비(A. Maltby) 작의 노래 가사의 패러디—옛사랑을 새것 때문에 저버리지 말아요. / 착하고 참된 그녀에게 매달려요! / 더 나쁜 사랑이 있을 것이니: / 그녀가 당신의 첫 애인임을 기억해요. / 모든 그녀의 미래가 당신에게 달렸대요. / …… / 옛사랑을 새것 때문에 저버리지 말아요.

179) Maritana. 피츠볼 작사, 월리스 작곡의 오페라 제목. 남녀 주인공의 이중창—오, 마리타나, 꽃이여 / 그대에게 더 자랑스런 이름을 주었던가요 / 그대를 임금의 보금자리에 두기 위해 / 그리고 그대를 금빛 소나기로 덮기 위해.

180) 벨라미(C. Bellamy) 작의 노래 가사에서—사랑하는 포비여, 말해 봐요, 오! 내게 말해요, / 당신이 내 것임을 바라도 되나요? / 오 차가운 눈살로 나를 저버리지 말아요, / 슬픔 속에 애통하지 않게 해요. ……사랑하는 포비여, 내가 한 말을 믿어요…… / 만일 차가운 냉대 속에 나를 버리고 떠나면, / 나는 어떤 병사를 위해 떠나겠어요.

181) Bartell D'Arcy. 『더블린 사람들』, 〈죽은 사람들〉에 나오는 저급한 가수.

182) 사이먼 데덜러스를 가리킴.

183) 스티븐 데덜러스를 가리킴.

184) 블룸의 작은아들 루디를 가리킴.

185) Lord Fauntleroy suit. 버네트(Frances H. Burnett, 1849~1922)의 소설 〈꼬마 파운틀로이경(Little Lord Fauntleroy)〉(1886)에 나오는 주인공 소년의 제복으로, 소박한 것이 특징임.

186) Tarifa. 스페인 남부의 곳으로, 유럽 대륙 최남단임.

187) 〈정든 마드리드에서〉라는 노래 가사에서(제11장).

188) Billy Prescotts. 하부 애비가 8번지 소재의 염색점. 더블린 시내에 몇 개의 지점을 두고 있음 (제13장).

189) Margate strand 지브롤터와 스페인 본토 사이의 사주(砂洲)로, 해수욕장으로 널리 알려짐.

190) 보일런을 가리킴.

191) Hugh. 블레이지즈 보일런의 성(姓). 그의 정식 이름은 휴 보일런(Hugh Boylan)임.

192) Irish street. 19세기 말 지브롤터에 있던 두 주요 상업가(街) 중의 하나.

193) 제임스 러브버치 작 『미모의 폭군들』에 나오는 '아내'를 가리킴(제10장).

194) lard. 돼지 비계를 정제한 반(半)고체의 기름.

195) 스페인의 지극한 예의 중의 하나.

196) 메이즈자(mezuzah, 신명기 몇 절을 양피지에 기록해 케이스에 넣어 문앞에 걸어놓은 것)에 손을 대거나 키스하는 유태 의식.

197) Rathfarnham. 더블린 남부 4마일 지점의 마을.

198) 찰리스(H. W. Challis) 및 월리스(W. V. Wallace) 작의 노래.—나의 한숨을 그대에게 실어 보내는 바람 / 그리고 그대의 머리카락 위를 스치는 바람; / 오 내게 이야기 하나 하게 해요, / 나의 입술은 감히 드러낼 수 없으니! / 그리고 그들이 부드럽고 맑게 속삭일 때 / 나는 사랑을 전하리라. / 당신이 듣는 속삭임이 내 심장의 숨소리임을 믿어요.

199) the great Suggester 오디세우스는 '위대한 전략가', '위대한 선지자' 등의 별명으로 대우받음(『오디세이아』 제23권).

200) 스티븐 데덜러스를 가리킴.

201) 스티븐 데덜러스를 가리킴.

202) Vilaplana—(스페인어) '도로에 연결된 들판'이란 뜻. the Calle las Siete Revueltas—(스페인어) '일곱 굽이 꼬불꼬불한 거리'란 뜻.

203) Valera. 19세기 말 스페인 문예부흥기의 지배적 인물로 소설가·시인·정치가·학자였던 갈리아노(Juan Valera Y Alcalá Galiano, 1824~1905)를 가리킴.

204) 스페인어 문장(文章)의 의문문은 ¿로 시작되고 ?로 끝남.

205) 스티븐 데덜러스를 가리킴.

206) Abrines. 지브롤터에 있는 빵가게 이름.

207) 리피강 북쪽, 더블린 중부의 더블린 시영 농수산물 시장으로, 블룸가(家)에서 걸어서 15분 정도의 거리에 위치함.

208) mi fa pieta. (이탈리아어) 〈돈 지오반니〉 I, iii의 가사.

209) vale of tears. 스코틀랜드의 시인 몽고메리(James Montgomery, 1771~1854) 작 『삶과 죽음의 문제(The Issues of Life and Death)』 제214송가의 구절—이 눈물의 골짜기를 넘어 / 한 생활이 있나니, / 빠른 세월과 관계없는; / 그리고 그 모든 생활이란 바로 사랑이라오.

210) '자두(plum)'란 모든 물건 가운데 최고의 것. '사과(apple)'란 이브의 몰락 이유가 되는 불화의 상징.

211) angelus. 삼종(三鐘) 기도로, 성모 마리아가 수태고지의 영보(領報)를 받은 것을 기념하는 기도임.

212) 스티븐 데덜러스를 가리킴.

213) 블룸과 몰리의 사랑은 1888년(윤년) 9월 10일 호우드 언덕에서 그 절정을 이룸(제8장).

214) all birds fly. I say stoop. washing up dishes. 모두 아일랜드 전통적 놀이의 일종임.

215) 지브롤터의 암산 북서쪽 모퉁이를 배경으로 세워진 무어의 고성(古城)을 가리킴.

216) Ronda. 스페인 남부의 관광 도시.

18장

부록

1. 주요 등장인물 일람

이른바 '블룸즈데이(Bloomsday)'(1904년 6월 16일) 당일 블룸과 스티븐이 더블린 거리에서 또는 그들의 기억 속에 만나는 주요한 등장인물들은 다음과 같다.

블룸, 리오폴드: 1866년, 아버지 루돌프 비러그와 어머니 엘렌 히긴즈 사이에서 출생. 아버지는 자신의 이름을 블룸(Bloom: 꽃을 의미함)으로 개명했으며, 1886년 자살함. 리오폴드는 1888년 브라이언 트위디 소령과 스페인 계 유태인 루니타 라레도의 딸 마리언(몰리)과 결혼하였는데, 그녀는 젊은 시절 지브롤터에서 자라남. 그들의 딸 밀리가 1889년 탄생하였으며, 아들 루디는 유아 때 사망함. 현재 리오폴드는 광고 외무원이고 몰리는 유명한 소프라노 가수임.

데덜러스, 스티븐: 호탕하고 재치 있는 주정뱅이 부친 사이먼 데덜러스와 1903년에 사망한 모친 메리 데덜러스의 장남으로 1882년에 태어남. 카톨릭 학교와 더블린의 유니버시티 칼리지에서 교육을 받음. 1904년 6월 16일 현재 더블린 외곽의 한 초등학교 선생이며, 훌륭한 가수의 자질과 뛰어난 문학적 야망을 지닌 학식 있는 젊은이로 알려져 있음. 그의 부친 사이먼은 매우 궁핍하여 그의 딸들인 딜리, 케이티, 매기, 부디 등과 함께 생계를 꾸려 나가기 위해서 애쓰고 있음.

블룸, 마리언: 1870년 출생. 양친은 트위디 소령 및 루니타 라레도. 1888년 리오폴드 블룸과 결혼하고, 현재는 다정다감한 육체파 소프라노 가수. 애칭은 몰리. 많은 남성들과 관계했으나, 현재는 보일런과 연애 중에 있음.

보일런, 휴 블레이지즈: 몰리의 음악회를 주관하며, 마리언의 현재 애인임. 멋만 부리는 비열한 인간으로, 앞서 블룸에게 '더블린에서 가장 나쁜 놈'으로 알려짐.

클리퍼드, 마사: 타이피스트로서 블룸과 연애편지를 교환하는데, 그녀는 블룸을 단지 '헨리 플라우어(Henry Flower)'라는 필명으로 알고 있음.

*　　　　*　　　　*

가드너, 중위: 몰리의 옛 애인으로 남아프리카의 보어전쟁에서 전사함.

갤러허, 이그너티우스: 《런던 데일리》지 기자 (『더블린 사람들』의 「작은 구름」 참조).

고울딩, 리처드: 오먼드 호텔에서 블룸과 이른 저녁 식사를 나누는 그의 동료.

나네티, 조지프: 시의회 의원이며 《프리먼즈 저널》지의 인쇄업자 및 사주.

놀런, 존 와이즈: 바니 키어넌 주점의 술꾼.

다시, 바텔: 유명한 가수로 한때 몰리의 애인.

단드레이드, 미리엄: 작품의 제16장 '역마차의 오두막(「에우마이오스」장)' 장면에서 블룸과 마주치는 거리의 불미스런 창녀.

도드, 루벤 J.: 더블린의 악명 높은 고리대금업자.

도런, 로버트: 바니 키어넌 주점의 주정뱅이.

도우스, 리디아: 오먼드 호텔의 여급.

도우슨, 대니얼: 감상적인 민족주의자, 그의 연설문이 당일 신문에 실려 많은 주목을 받음.

도위, 존 알렉산더: 더블린 방문을 계획하고 있는 미국의 유명한 복음 전도사.

돌라드, 벤자민: 오먼드 호텔에 등장, 〈까까머리 소년〉이란 그의 노래는 주점의 손님들에게 서 많은 찬사를 받음.

돌런 신부: 『젊은 예술가의 초상』에 등장하는 가혹한 학교 선생으로, 『율리시스』에서 스티 븐은 아직도 그의 분별력 없는 매질과 태도를 기억하고 있음.

드리스콜, 메리: 한때 블룸 집에서 일하던 가정부.

들루가쯔: 돼지 푸줏간 주인.

디그넘, 패트릭: 한때 주정뱅이였으나, 지금은 죽은 몸으로, 그의 장례식이 당일 오전 문상 객들의 활동의 초점을 이룸(제6장). 그의 가족이 여러 곳에 언급되며, 아들 패트릭 2세는 제10장의 말에 소개됨.

디지, 가레트: 스티븐이 재직하는 초등학교의 교장이며, '아구창'이란 소[牛]의 질병에 대 해 신문사에 편지를 씀.

딕슨, 의사: 벌에 쏘인 블룸의 가슴을 언젠가 치료한 적이 있음. 현재 더블린의 국립산부인 과 병원에 인턴으로 근무함.

라이언즈, 벤텀: 경마광으로 블룸의 말(言)을 경마의 팁으로 잘못 해석함.

러셀, A. E.: 현존 시인이며 학가로서 이날 국립도서관에서 셰익스피어 토론에 참가함.

램버트, 에드워드: 신문사 사무실과 바니 키어넌 주점에 등장하는 저널리스트.

레너헌: 건달로서, 더블린 술집의 단골손님. 『더블린 사람들』의 「두 건달들」에 등장함.

럼볼드, H.: 이발사 겸 형리(刑吏)로서, 사형 집행을 지원하는 그의 편지가 바니 키어넌 주 점(제12장)에서 읽혀짐.

러브 신부, 휴 C.: 고물 수집가이며 카울리 신부의 집주인. 제10장에 등장함.

로치포드, 토머스: 데이비 번 레스토랑의 술꾼.

리드웰, 조지: 오먼드 주점에 등장하는 변호사.

리스터, 토머스 W.: 아일랜드 국립도서관장. 당일 셰익스피어 토론에 참가함.

리오나드, 패트릭: 데이비 번 레스토랑에 등장하는 경마광.

리케츠, 캐스린: 벨라 코헨 창가(娼家)의 창녀.

린치: 학생으로 스티븐의 단짝이며 산부인과 병원 파티에 참석한 후, 스티븐과 밤의 거리로 동행함.

마스티안스키: 블룸의 오랜 집안 친구.

머피, W. B.: 버트교(橋)에 있는 속칭 '역마차의 오두막'에 등장하는 선원 및 만담가.

멀리건, 맬러카이: 현재 마텔로 탑에 기거하는 '벽'이란 별명을 지닌 의학도로서 재치 있는 익살꾼이요, 스티븐의 친구.

멀비 중위, 헨리: 몰리의 옛 애인.

맥도웰, 거티: 자부심이 강한 낭만적인 인물로, 샌디마운트 해변에 등장하는 소녀. 블룸의 수음 행위의 대상이기도 함(제 13장).

맥코이: 유명한 식객. 그의 부인은 가수로 예술적 기교나 전문가의 평판에 있어서 몰리보다 열등함.

맥휴 교수: 라틴어 학자이며 민족주의자로 신문사 사무실에 등장함. 신문사 논설위원이기도 함.

멘턴, 존 헨리: 변호사로 디그넘 장례식의 애도자이며, 블룸이 가끔 만나서 아는 사이이나, 그들의 관계가 원만치 못함.

밴넌, 알렉산더: 밀리 블룸과 연애하고 있는 학생으로 산부인과 병원에서 의학생들의 파티에 참석함.

배리 부인: 블룸의 밤의 환각에 나타나는 귀족적이며 거만한 귀부인.

벨링엄 부인: 블룸의 밤의 환각에 나타나는 또 다른 부인. 배리 부인과 함께 밤거리의 장면에 등장함.

버긴, 알프레드: 바니 키어넌 주점에 등장하는 주정뱅이들 중의 한 사람으로, 어쩌면 브린에게 〈이제 끝장(Up. up)〉이란 모독적 카드를 우송한 장본인일 수도 있음.

버크, 오머든: 제7장에 등장하는 신문 편집 기자.

버크, 앤드류: 몰리의 옛 애인들 중의 하나로, '오줌싸개(pisser)'라는 별명으로 알려짐.

번, 데이비: 제8장에 등장하는 데이비 번 레스토랑의 주인.

병사 카아: 밤의 거리에서 소란을 피우는 영국 병사.

병사 콤턴: 병사 카아의 동료.

베스트, 리처드: 제9장에서 도서관원으로, 스티븐과 셰익스피어 토론을 전개하는 미남 청년.

보드먼, 에디스: 거티 맥도웰의 친구로 어린 동생들을 데리고 해변에서 시간을 보냄.

뷰포이, 필립: 블룸의 관심을 끄는《팃비츠》지의 스토리 작가.

브레이든, 윌리엄: 신문사 경영주.

브린, 데니스: 비참한 정신이상자요 편집병으로 고통을 받고 있음.

브린, 조세핀: 브린의 부인으로 블룸의 옛 애인. 제8장에서 블룸을 만나며 밤의 환각 장면에 등장함.

블룸 씨: 치과 의사. 앞서 리오폴드 블룸과 무관한 동명이인.

사전트, 시릴: 스티븐의 초등학교 학생.

'산양피(山羊皮)': 무적 혁명단의 암살자들 중의 하나로 당시 차를 몰았으며, 현재 '역마차의 오두막' 주점 주인.

쉬히, 데이비드: 국회의원 부인으로 콘미 신부에 의해 환영받음.

'시민(市民)': 바니 키어넌 주점에 등장하는 익명의 부랑아 및 맹목적 국수주의자. 당일 블룸과 다툼.

시트런: 블룸의 오랜 집안 친구.

아날 신부: 스티븐의 선생들 중 한사람으로, 스티븐에 대한 그의 배려가 두드러짐.『젊은 예술가의 초상』참조.

아티포니, 알미다노: 이탈리아 출신으로 스티븐의 음악 선생.

앤드류 혼경(卿): 국립 더블린 산부인과 병원장.

오라이언, 테렌스: 바니 키어넌 주점의 바텐더.

오몰로이, J. J.: 파산한 변호사.

와일리, 레기널드: 거티 맥도웰의 남자친구.

윌리엄 험블, 더들리 백작: 아일랜드 총독이며 제10장에서 그의 행렬이 더블린 시를 관통함.

이긴, 케빈: 스티븐이 파리에서 만난 아일랜드 망명인(제3장).

이글링턴, 존: 도서관원, 당일 스티븐과 셰익스피어 이론을 전개함.

카울리 신부, 로버트: 제10장에 등장하는, 재정적으로 궁핍한 신부.

카프리, 세실리아(시시): 거티 맥도웰의 친구로, 그녀의 쌍둥이 남동생을 돌보며 해변과 밤의 환각에 나타남.

캘러허, 코넬리우스: 장의사 주인이며, 밤의 거리에 출현하여 스티븐을 구함.

켈리, 브리지트: 블룸이 과거 경험한 창녀.

커넌, 토마스: 제10장에 등장하는 성공한 차(茶) 상인.『더블린 사람들』의 「은총」에 등장함.

커닝엄, 마틴: 블룸과 디그넘 가족의 친구로, 현실적이고 분별력이 있으며 신앙심이 깊은 사람. 그의 부인은 알코올중독자로 알려짐.

케네디, 마이너: 오먼드 주점의 여급.

코스텔로, '펀치': 산부인과 병원에서 의학도들의 파티에 등장하는 야비한 학생.

콜린, 간호원: 블룸이 살고 있는 전 집주인으로, 현재 산부인과 병원에서 근무함.

코헨, 벨라: 밤의 거리의 주된 여 포주.

콘미 신부, 존: 클론고우즈 우드 칼리지의 전직 교장. 제10장에서 디그넘 가족을 위한 자선 임무를 띠고 아테인 지역을 방문함.

콘웨이, 댄티(리오던): 데딜러스 가족의 최근 친구이며, 블룸 가족의 후견인. 『젊은 예술가의 초상』에 등장함.

콜리, 로드 존: 스티븐의 친지로서, 재정적으로 궁핍한 젊은이.

크로포드, 마일리스: 《이브닝 텔레그라프》지의 편집장.

크로프턴: 커닝엄의 프로테스탄트 친구로 바니 키어넌 주점에 그와 함께 등장함.

크로터즈, J.: 산부인과 병원 파티에 등장하는 학생.

키어넌, 버나드: 술집 주인.

키즈, 알렉산더: 상인으로 그의 광고가 블룸에 의하여 주선됨.

탤버트, 플로렌스: 벨라 코헨 창가의 창녀.

탤보이즈, 머빈: 블룸의 환각에 나타나는 부인.

파넬, 존 하워드: 위대한 애국 지도자 파넬의 괴짜 동생으로, 이날 더블린 거리를 배회함. 현재 더블린 시의 경시총감.

파렐 카셀 보일 오코너 피츠모리스 티스덜: 유명한 더블린의 정신병자. 제8장과 제10장에 등장함.

파우어, 잭: 디그넘 장례식의 애도자로, 커닝엄의 친구.

퓨어포이, 마이너: 산부인과 병동에서 당일 아기를 낳는 산모.

프레드릭, 포키너경(卿): 관대하기로 유명한 더블린 지방 법원장(판사).

플린, 노우지: 더블린 도처에 빈둥거리는 놈팡이로, 한때 몰리의 애인.

하인즈, 조지프: 블룸에게 3실링을 빚진 스포츠 기자. 디그넘 장례식의 기사를 취재함.

헤인즈: 멀리건의 영국 친구로, 현재 마텔로 탑에 체류중임.

헬리, 위즈덤: 문방구상이며 한때 블룸의 고용주.

히긴즈, 조위: 벨라 코헨 창가의 주된 창녀(블룸의 할머니 이름과 동일함).

2. 이야기 줄거리

제1장: 탑 (텔레마코스[Telemachus] 에피소드)

때는 1904년 6월 16일 오전 8시. 벅 멀리건이 마텔로 탑의 꼭대기에서 면도를 하고 있다. 그는 스티븐 데덜러스를 탑 꼭대기로 불러 올리고, 그로 하여금 좀 명랑하도록 타이른다. 우리는 스티븐이 종교 문제로 인해 자신과 어머니와의 갈등 때문에 괴로워하고 있음을 알게 된다. 멀리건의 태도 역시 그에게는 못마땅하다. 두 사람은 아래층으로 내려가고, 거기서 멀리건이 아침 식사를 마련하여, 스티븐, 헤인즈 그리고 자기 자신과 함께 나눠 먹는다. 우유를 배달하는 노파가 방문한다. 이어 세 사람은 탑을 떠나, 멀리건은 더블린 만에서 수영을 하고, 헤인즈는 그 곁에 앉아, 자신이 도시를 향해 출발하기 전에 서로 이야기를 나눈다. 스티븐은 그가 가르치는 달키 초등학교로 향한다. 그는 탑의 세(稅)를 물었으나, 그의 체류는 환영받지 못한 채, 그곳을 떠날 결심을 한다.

제2장: 달키의 초등학교 (네스토르[Nestor] 에피소드)

스티븐이 초등학교 학생들에게 역사와 시를 가르치며 그들에게 질문을 하고 몇 가지 비평을 가하지만, 학생들은 이를 이해하지 못한다. 아이들의 주변 상황이 스티븐 자신의 어린 시절을 상기시킨다. 소년들이 하키 연습을 하러 운동장으로 떠난 뒤에, 스티븐은 학교 교장인 가레트 디지 씨에게서 급료를 받고, 그의 소(牛)의 아구창(鴉口瘡)에 관한 편지를 자신이 아는 일간 신문의 편집자에게 전해 줄 것을 약속한다.

제3장: 샌디마운트 해변 (프로테우스[Proteus] 에피소드)

앞서 디지 씨 학교를 떠난 스티븐이 신문사로 향하고 있다. 그곳에서 볼일을 본 다음, 그는 시내 중심가의 쉽(Ship) 주점에서 멀리건과 헤인즈를 만나, 셰익스피어 작 〈햄릿〉에 관한 이론을 그들에게 펼칠 참이다. 그러나 도중에 그는 얼마간 길을 빗나가, 약 반시간쯤 샌디마운트 해변에서 시간을 보낸다. 이 장은 스티븐이 샌디마운트 해변에서 갖는 그의 현재와 과거의 딜레마에 관한 기다란 명상과 그를 둘러싼 외부 세계의 관찰 및 그의 다양한 의식으로 점철된다.

제4장: 이클레스가 7번지(칼립소[Calypso] 에피소드)

리오폴드 블룸이 스티븐 데덜러스와 마찬가지로 잠자리에서 일어나, 자신과 아내를 위하여 아침 식사를 마련한다. 아내 몰리는 침대에 누운 채, 식사를 하고 남편이 가져온 편지를 읽는다. 그녀는 남편에게 당일 이행해야 할 몇 가지 작은 심부름을 지시한다. 이어 블룸은 근처의 푸줏간에서 돼지 콩팥을 사 가지고 돌아와, 이를 요리하여 먹으며, 방금 딸 밀리한테서 온 편지를 읽는다. 그는 편지를 통해 아내의 애인 블레이지즈 보일런이 오후에 그녀를 찾아 올 것을 알게 된다. 오전에 그는 옛날 친구인 패디 디그넘의 장례식에 참석할 예정이다. 이클레스가(街) 7번지에는 공중 목욕탕이 없기 때문에, 그는 시의 다른 지역에 있는 대중탕을 찾아갈 참이다. 그가 마당 모퉁이의 화장실에서 용무를 마치자, 근처의 조지 성당에서 아침 8시 45분을 알리는 종소리가 들린다.

제5장: 목욕탕 (로터스─이터즈[Lotus─Eaters] 에피소드)

블룸이 도시의 다른 쪽에 있는 대중탕으로 가기 위해 리피 강을 건넌다. 그는 길을 약간 우회하여 그곳으로 접근하는데, 그 이유는 웨스트랜드 로우 기차 정거장 우체국에서 마사 크리포드라는 펜팔이 그에게 보낸 편지를 찾기 위해서다. 마사와 그는 서로 염문(艶文)을 교환하고 있는 처지요, 그녀를 위해 자신은 '헨리 플라우어'라는 가명을 사용하고 있다. 그는 편지를 찾아 읽은 후, 평소 친구인 C. P. 맥코이를 거리에서 만난다. 그리고 또한 그가 가게에서 비누를 사 가지고 거리를 나서자, 밴텀 라이언즈라는 경마광을 만난다. 블룸은 그에게 신문을 주며 그것을 "버릴(throw it away)" 참이라고 말하자, 라이언즈는 이를 경마인 '드로우어웨이(Throwaway)'호(號)에 대한 팁으로 오해한다. 블룸은 마침내 트리니티대학의 뒷문 근처에 있는 터키탕에 다다른다.

제6장: 장례 행렬과 묘지 (하데스[Hades] 에피소드)

스티븐 데덜러스가 샌디마운트 해변에 도착하기 직전, 블룸은 죽은 친구인 디그넘의 상가(喪家)가 있는 뉴브리지 가도(街道) 9번지에 당도한다. 블룸은 다른 세 친구들인, 마틴 커닝엄, 잭 파우어 그리고 사이먼 데덜러스(스티븐의 아버지)와 함께 장례 마차를 타고 더블린 시를 관통하여 대각선 방향으로 시의 북동쪽에 있는 글래스네빈 공동묘지로 향한다. 그곳에서 그는 묘지 교회의 예배에 참가하고, 사자를 매장한 뒤 그곳을 떠나, 자신이 근무하는 도심의 신문사로 향한다.

제7장: 신문사 (아이올러스[Aeolus] 에피소드)

블룸과 스티븐은 하루가 시작될 즈음에 각각 도시의 반대편에 있지만, 정오가 될 즈음에 그들은 시의 거의 한복판에 있다. 신문사에서 블룸 씨는 주류 및 차(茶) 도매상인 알렉산더 키즈를 위한 광고 갱신에 관하여 편집장과 서로 의논한다. 그리고 같은 사무실에서 스티븐은 디지 씨의 편지 한 통을 편집장에게 인계한다. 신문사에는 작품의 군소 인물들이 수사학, 민족주의 그리고 저널리즘에 관하여 이야기하고 있다. 블룸 씨는 키즈 광고의 정확한 도안을 복사하기 위하여 한 지방 신문을 찾아 국립도서관으로 떠난다. 이때 스티븐과 군소 인물들은 근처의 무니 주점으로 향한다.

제8장: 더블린 시 한복판 (레스트리고니언즈[Lestrygonians] 에피소드)

블룸이 국립도서관을 향해 걸어가고 있다. 이는 신문사에서 리피 강을 건너, 그가 그곳에 걸어가기에 알맞은 거리다. 그는 도중에 한 젊은 Y. M. C. A. 청년으로부터 선교사의 방문을 알리는 전단을 받는다. 이 전단을 그는 리피 강에 떨어뜨린다. 도중에 그는 한때 자신이 연정(戀情)을 품었던 브린 부인을 만난다. 그녀는 얼마간 정신이 나간 남편에 대하여 블룸과 이야기를 나눈다. 도서관이 가까워지자 그는 버튼 식당에서 점심 식사를 할 생각을 하나, 그곳이 너무 복잡한지라, 근처의 데이비 번 레스토랑에서 식사를 한다. 그곳을 떠나, 그는 거리에서 한 풋내기 장님 소년이 길을 건너는 것을 도와준다. 그가 도서관으로 막 들어가려는 순간 또 한 번 보일런을 목격한다. 블룸은 그와 만나는 것을 피하기 위하여 방향을 바꾸고, 맞은편 국립박물관 문간에 몸을 숨긴다.

제9장: 국립도서관 (스킬라와 카립디스[Scylla and Charybdis] 에피소드)

스티븐이 12시 반에 쉽 주점에서, 그가 앞서 약속한 대로, 헤이즈와 멀리건에게 〈햄릿〉에 관한 이론을 전개할 참이었다. 그러나 그는 이를 어기고, 그 대신 멀리건에게 전보를 친다. 이제 그는 국립도서관으로 발걸음을 옮겨 그곳에서 몇몇 문인 그룹에게 그의 이론을 설명하는데, 그들은 조지 러셀과 매기(존 이글링턴), 그리고 관장인 리스터를 위시하여 조수인 베스트이다. 토론 도중에 멀리건이 도착하여 스티븐이 약속을 어긴 데 대하여 냉소적인 비난을 퍼붓는다. 이때 블룸은 마침내 도서관에 도착하여, 광고를 복사한다. 스티븐과 멀리건이 3시쯤 도서관을 떠나려 할 때, 블룸이 그들 두 사람 사이를 몰래 빠져나간다.

제10장: 거리 (배회하는 바위들[The Wandering Rocks] 에피소드)

모두 19개의 단편적 장면들이 더블린의 여러 지역에서 활동하는 군소 인물들을 동시에 묘사한다. 이들 장면들 속에는 블룸과 스티븐도 등장한다. 도서관을 떠난 두 사람은 각각 노점에서 책을 살핀다. 여기 단편들 가운데 중요한 것은 첫째 장면과 마지막 장면으로, 첫째에서 우리는 클론고우즈 우드 칼리지의 스티븐의 이전 교장 존 콘미 신부의 순례를 읽게 되며, 마지막에서 아일랜드 총독의 마차 행렬이 바자회에 참가하기 위해 거리를 빠져나가는 장면을 읽고 목격한다.

제11장: 오먼드 호텔 (세이렌[Sirens] 에피소드)

리피 강변의 오먼드 호텔에서 블룸이 방금 염문을 교환하고 있는 젊은 마사에게 답장을 쓰기로 작정한다. 그가 문방구에서 필기 도구를 사는 동안 보일런을 보자, 그를 뒤따르기로 마음먹는다. 하지만 그는 이곳에서 스티븐의 외숙부인 리치 고울딩을 만나 간이 식사를 하며, 보일런을 더 이상 추적하지 않는다. 그는 바로 곁 바에서 들러 오는 노래에 귀를 기울이는데, 그곳에는 스티븐의 부친인 사이먼 데덜러스가 그의 몇몇 친구들과 함께 노래를 부르고 있다. 블룸은 마사에게 짧은 편지를 쓴다. 이 장이 거의 끝날 무렵, 그는 보일런이 몰리에게 다다른 것을 의식하고 몹시 불안해하며, 그곳을 떠난다. 그는 법원과 또 다른 주점에서 몇몇 친구들을 만나, 그들과 함께 오전에 장례를 치른 디그넘의 상가를 방문할 참이다.

제12장: 바니 키어넌 주점 (키클롭스[Cyclops] 에피소드)

블룸은 디그넘의 상가(喪家)에 동행할 마틴 커닝엄과 파우어를 만나기 위하여 키어넌 주점으로 향하고 있다. 그가 그곳에 도착하기 전에 주점에서 술을 마시고 있는 다른 사람들이 목격되는데, 그들 가운데는 대단히 다변적(多辯的)이요, 과격한 반영(反英)의 아마추어 정치가인 이른바 '시민(Citizen)'이 앉아 있다. 블룸이 그곳에서 친구를 기다리는 동안, 주위 인물들과 일련의 논쟁에 말려든다. 논쟁은 대단히 과격하게 되는데, 그 이유는 블룸이 당일 금배 경마에서 돈을 딴 것으로 상상되지만, 그들에게 술을 한 잔도 사지 않기 때문이다. 논쟁은 '시민'을 크게 분노하게 한다. 그를 피하기 위해 블룸은 주점에서 도주하고, '시민'은 그에게 비스킷 상자를 내던진다. 파우어를 대동하고 막 현장에 도착한 커닝엄이 그를 마차에 태워 구한다.

제13장: 샌디마운트 해변 (나우시카[Nausicaa] 에피소드)

블룸이 앞서 키어넌 주점에서 탈출한 이래 두 시간이 경과했다. 그동안 그는 커닝엄 및 파우어와 함께 디그넘의 상가(喪家)에 있었다. 그는 이제 해변으로 걸어 나와 그곳에 앉아 잠시 명상과 휴식의 시간을 갖는다. 그곳에서 그는 세 소녀들이 몇몇 꼬마 아이들과 바람을 쐬고 있는 것을 목격한다. 이들 가운데 한 사람은 거티 맥도웰이라는 아가씨로, 그녀는 블룸 씨가 자기를 노려보고 있는 것을 눈치챘다. 이때 총독이 베푼 바자에서 솟아오르는 불꽃을 기회로 삼아, 그녀는 몸을 뒤로 젖히고 속옷을 드러냄으로써, 블룸의 시선을 자극한다. 블룸은 이에 자위행위를 행하고, 나른한 행복감과 센티멘털리즘에 빠지며, 하루의 여러 가지 사건들에 관해 긴 내적 독백을 쫓는다.

제14장: 홀레스가의 산부인과 병원 (태양신의 황소들[Oxen of the Sun] 에피소드)

블룸은 샌디마운트 해변에서 자신의 집으로 돌아가는 도중 홀레스가(街)의 산과 병원에 들리는데, 그곳에는 그가 평소 아는 퓨어포이 부인이 아기를 분만하려 하고 있다. 그는 그곳에서 몇몇 의과 대학생들과 술을 마시고 있는 스티븐 데덜러스를 발견하고, 그를 살피기 위하여 잠시 머문다. 얼마 후 멀리건이 밴넌이란 친구와 함께 그곳에 나타나는데, 후자는 블룸의 딸 밀리와 연애하고 있는 처지다. 밤 11시 직전에 때마침 쏟아지는 소나기와 함께 사내아이가 태어난다. 그들 그룹은 모퉁이의 한 주점에서 마지막 술을 마시기 위해 현장을 떠난다. 모두들은 이어 집으로 가기 위하여 기차역으로 향하지만, 스티븐과 린치는 밤의 홍등가를 방문하기로 작정한다. 블룸이 그들 두 사람을 추적한다.

제15장: 밤의 거리 (키르케[Circe] 에피소드)

블룸은 밤의 홍등가로 스티븐과 린치를 뒤따른다. 얼마 동안 그는 그들을 놓치지만, 마침내 근처의 코헨 창가(娼家)에서 그들을 만난다. 스티븐이 피아노를 연주하며 춤을 추고 있다. 춤이 절정에 달하자, 그는 환각 속에 자신의 죽은 어머니의 환영(幻影)을 본다. 그녀에게 고함을 지르며 막대기로 등 샷갓을 깬 뒤, 그는 거리로 뛰쳐나간다. 여 포주가 그를 추적하고, 스티븐은 거리에서 수병(水兵)으로부터 그의 애인을 희롱했다는 비난을 받는다. 그가 수병에 의하여 거리에 때려 눕혀지자, 블룸이 그를 돕는다. 또한 블룸의 갖가지 잠재 의식적 환각이 이 장을 점철한다. 쓰러진 스티븐의 모습은 블룸에게 그의 죽은 자식 루디의 환영을 불러일으킨다.

제16장: 역마차의 오두막 (에우마이오스[Eumaeus] 에피소드)

때는 1907년 17일 새벽 1시. 블룸은 스티븐을 인도하여, 강가의 속칭 '역마차의 오두막'이라는 커피숍으로 그를 안내한다. 그곳에서 그는 커피와 빵 한 조각을 스티븐에게 대접하지만, 후자는 그것을 입에 데지 않는다. 거기서 두 사람은 한 노수부(老水夫)의 긴 이야기를 듣는다. 그런 다음 블룸은 스티븐으로 하여금 자신의 집으로 갈 것을 제의한다. 그는 아내인 몰리에 관해 이야기하며 스티븐에게 그녀의 사진을 보여주기도 한다. 몹시 지친 두 사람은 약 1마일 떨어진 이클레스가 7번지의 블룸의 집으로 걸어가기 시작한다.

제17장: 이클레스가 7번지 (이타카[Ithaca] 에피소드)

블룸과 스티븐이 이클레스가 7번지에 도착한다. 블룸은 집의 열쇠를 몸에 지니지 않았기 때문에, 지하 부엌을 통해서 집안으로 들어가야 한다. 그는 스티븐을 부엌으로 데리고 가 코코아를 대접하며, 여러 가지 공동 관심사에 대하여 서로 환담한다. 그 후 스티븐은 블룸의 잠자리 제공을 거절하고 그곳을 떠난다. 블룸은 이때 잠에서 깨어 있는 몰리 곁에 거꾸로 누워, 그날 일어난 일들을 그녀에게 이야기한다. 이 장이 끝날 무렵 그는 잠에 떨어진다.

제18장: 침실 (페넬로페[Penelope] 에피소드)

블룸이 잠들어 있는 동안, 몰리는 생각에 잠긴 채 깨어 있다. 이 장에서 그녀의 긴 내심적 독백 가운데, 유일한 실지 사건은 그녀의 월경(月經)이 때마침 일어나는 시간으로, 그녀로 하여금 잠시 침대에서 일어나게 한다. 이 장에서 몰리는 그녀의 지브롤터에서 경험한 처녀 시절의 사랑을 회상하며, 호우드 언덕에서의 블룸의 청혼에 대한 숨 막히는 회상으로, 그녀의 독백은 막이 내린다. 여기 그녀의 독백은 순환적이다. 그리고 모든 그의 회전과 탈선에도 불구하고, 그것은 그녀의 상상력, 호기심 및 질투 어린 애정을 자극하는 남편에게로 거듭 되돌아간다.

3. 작품 구도(Schema)

    조이스는『율리시스』의 창작 초기에 그것의 몇몇 해석들에 대한 작품의 구조 및 희랍의 서사시『오디세이(Odyssey)』와의 그것의 평행을 위한 보다 분명한 의미를 부여하기 위하여 한 도식적 구도(스키마[schema])를 도안했다. 그것의 몇몇 번안들이 존재하지만, 그들의 차이는 사실상 미미하다. 미국의 변호사요 예술 옹호가인 존 퀸에게 보낸 1920년 9월자의 한 편지에서, 조이스는『율리시스』를 호머의『오디세이』의 전통적 3부 구조인 텔레마키아(Telemachia), 율리시스의 방랑(The Wandering of Ulysses) 및 귀향(Nostos)과 평행을 이루는 세 주요 부분으로 나누는 개략적 요약을 제공했다 (『서간 문집』 I.145 참조). 조이스는 여기에 또한 각 부분의 장들의 타이틀을 포함시켰다. 이러한 부분들은 실지로 작품 자체에는 나타나지 않는다.

    그러나『율리시스』의 스키마는 장들의 타이틀 및 조이스가 각 장의 핵심 사상들을 강조하기 위하여 그린 한층 자세한 도표를 포함한다. 적어도 두 가지 스키마의 각본들이, 비록 그들 간의 차이는 미세하지만, 존재한다. 조이가 그중 첫째 것을 언제 도안했는지 정확하게 지적하기란 어려운 일이지만, 1920년 9월에 그는 이탈리아어로 된 한 각본을 그의 희곡『망명자들』의 당시 번역자였던 칼로 리나티(Carlo Linati)에게 우송했다. 조이스는 자신이 '일종의 개요— 핵심— 골격— 스키마'를 보낸다고 말하며, 다음과 같이 설명했다. "나는 나의 스키마에 단지 '골격'만을 주었을 뿐, 그러나 당신은 그것을 그럼에도 이해할 것이라 생각하오. 그것은 두 종족(이스라엘－아일랜드)의 서사시요, 동시에 하루의 작은 이야기와 함께 인간의 육체의 순환이오. 나의 의도는……각 모험(즉, 통틀어 신체적 조직 속에 상호 연결된, 각 시간, 각 기관, 각 예술)을 그것 자체의 기법을 결정하거나 심지어 창조하도록 하는 것이오." (『서간 문집』 271 참조)

    이듬해, 조이스는 그것을 친구요 작가인 발레리 라르보(Valery Larbaud)에게 임대했는데, 후자는 그것을『율리시스』에 관한 자신의 연설을 준비하기 위해 사용했다. 1920년대를 걸쳐, 스키마는 실비아 비치(Sylvia Beach), 허버트 고먼(Herbert Gorman) 등 조이스의 몇몇 친구들 사이에 유포되었다. 고먼의 도표에서, 조이스는 자신의 소설의 등장인물들과 장소들 및『오디세이』에 발견되는 것들 간의 대응들을 목록 했다. 길버트(Stuart Gilbert)는 그의 연구서인〈제임스 조이스: 율리시스 연구〉(1930)에서 스키마의 약간 다른 각본을 출판했다. 렌덤 하우스 출판사의 커프(Bennett Cerf)는 그가『율리시스』의 최초의 미국 판권 위본을 생산하기 위해 준비하고 있던 당시(1934), 소설의 부록으로서 스키마의 어떤 번안을 출판하기 위해 조이스의 허락을 얻으려고 거듭 노력했다. 그러나, 조이스는 그의 비평 도구와 예술 작품 간의 경계를 뭉개뜨리기를 분명히 원치 않았기 때문에, 이를 거절했다.

    스키마의 사용과 스키마의 복제에 대한 작가의 태도에 대한 견해를 위하여, M. 마가래너가 편집한『제임스 조이스 잡기[雜記]』속의 크로스만(H. K. Croessmann)의 논문〈조이스, 고먼 및『율리시스』의 스키마〉를 참조할 것. 조이스의 스키마의 자필 원고는 현재 버펄로대학 도서관, 텍사스대학 도서관 및 남 일리노이대학 도서관에 보관되어 있다. 아래 구도는 리나티의 것과 길버트의 것을 참조하여 번역한 것이다.

(1) 작품의 구도(schema) 도해

『율리시스』의 구도

	표제	장면	시간	기관	예술	색채	상징	기법
제1부	1. 텔레마코스	탑	오전 8시	·	신학	백색·황색	상속자	설화체(미숙한)
	2. 네스토르	학교	오전 10시	·	역사	갈색	말	교리문답체(개인적)
	3. 프로테우스	해변	오전11시	·	언어학	녹색	조류(潮流)	독백체(남자의)
제2부	4. 칼립소	집	오전 8시	콩팥	경제학	주황색	요정(妖精)	설화체(성숙한)
	5. 로터스-이터즈	목욕탕	오전 10시	생식기	식물학·화학	·	요정(妖精)	설화체(성숙한)
	6. 하데스	묘지	오전11시	심장	종교	백색·흑색	묘지기	악몽
	7. 아이올로스	신문사	정오	허파	수사학	적색	편집장	생략삼단논법
	8. 레스트리고니언스	간이식당	오후 1시	식도	건축학	·	순경	연동법
	9. 스킬라와 카립디스	도서관	오후 2시	뇌	문학	·	스트랫포드·런던	변증법
	10. 배회하는 바위들	거리	오후 3시	혈액	역학(力學)	·	시민들	미로
	11. 세이렌	음악실	오후 4시	귀	음악	·	주점 여급들	전칙곡(典則曲)에 의한 둔주곡
	12. 키클롭스	주점	오후 5시	근육	정치학	·	페니언 당원	과장법
	13. 나우시카	해변	저녁 8시	눈·코	미술	회색·청색	처녀	점증법·점강법
	14. 태양신의 황소들	병원	밤 10시	자궁	의학	백색	어머니	태아발육식
	15. 키르케	홍등가	자정	아동기관	마술	·	창녀	환각
제3부	16. 에우마이오스	오두막	새벽 1시	신경	항해술	·	선원	설화체(노련한)
	17. 이타카	집	새벽 2시	뼈	과학	·	혜성	교리문답체(비개인적)
	18. 페넬로페	침실	·	살	·	·	지구	독백체(여자의)

(2) 작품의 배경 지도

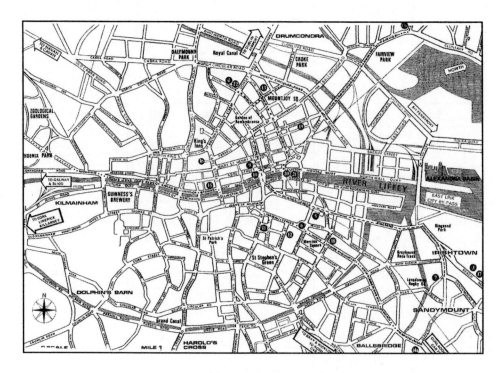

1. 탑, 샌디코브 해변
   텔레마코스 오전 8시

2. 달키 초등학교, 써머필드
   네스토르 오전 10시

3. 샌디마운트 해변
   프로테우스 오전 11시

4. 이클래스가(街) 7번지
   칼립소 오전 8시

5. 웨스틀랜드 로우 우체국
   로터스-이터즈 오전 10시

6. 스위니 상점, 링컨 가로

7. 패트릭 디그넘의 상가(喪家)
   하데스 오전 11시

8. 글래스네빈 공동묘지
   뉴브리지 가도, 샌디마운트

9. 프린스가(街)《프리먼즈 저널》신문사
   아이올로스 정오 12시

10. 그레이엄 레몬 과자점, 오코넬가(街)
    레스트리고니언즈 오후 1시

11. 데이비 번 음식점, 듀크가(街)

12. 국립도서관, 킬디어가(街)
    스킬라와 카립디스 오후 2시

13. 가디너가(街), 예수회의 사제관

13a. 말라하이드 가도

14. 더블린 총독 저택, 피닉스 공원

14a. 로이얼 더블린 전시관, 볼즈브
    리지

15. 오먼드 호텔, 오먼드 부두
    세이렌 오후 4시

16. 바니 키어넌 주점, 이틀 그린가(街)
    키클롭스 오후 5시

17. 샌디마운트 해변
    나우시카 오후 8시

18. 홀레스가(街) 산부인과 병원
    태양신의 황소들 오후 10시

19. 벨라 코헨 창가(唱歌), 기틀 타이
    론가(街) 82번지
    키르케 오후 11시 15분

20. 역마차의 오두막, 버트교(橋)
    에우마이오스 오후 12시 40분

21. 역마차의 오두막
    이타카 새벽 1시

22. 이클래스가(街) 7번지
    페넬로페 새벽 2시

4.『율리시스』판본사(版本史)

1. 셰익스피어 앤드 컴퍼니 판(파리) 1922년 2월, 1,000부 한정판.
2. 에고이스트 프레스 판(런던) 1922년 10월, 2,000부 한정판. 그 중 500부가 뉴욕의 우체국 당국에 의하여 억류됨.
3. 에고이스트 프레스 판(런던) 1923년 1월, 500부 한정판. 그 중 499부가 포크스턴의 세관 당국에 의하여 압수됨.
4. 셰익스피어 앤드 컴퍼니 판(파리) 1924년 1월, 무한정판.
5. 오디세이아 판(함부르크, 파리, 볼로냐) 1932년 12월, 무한정판.
6. 랜덤 하우스 판(뉴욕) 1934년 1월, 무한정판.
7. 리미티드 에디션즈 클럽 판(뉴욕) 1935년 10월, 1,500부 한정판(판화 삽입).
8. 보들리 헤드 판(런던) 1936년 10월, 1,000부 한정판. 그 중 100부가 저자의 손으로 서명됨.
9. 보들리 헤드 판(런던) 1937년 9월, 무한정판.
10. 보들리 헤드 판(런던) 1960년 4월, 개정판.
11. 랜덤 하우스 판(뉴욕) 1961년, 개정판.
12. 펭귄 페이퍼백 판(런던) 1968년, 무한정 페이퍼백 판.
13. 프랭클린 라이브러리 판(뉴욕) 1976~1979년, 특수 장정에 의한 3가지 삽화판.
14. 가랜드사(社) 판(뉴욕) 1984년 6월, 비평 및 개관판.
15. 랜덤 하우스 판(뉴욕) 1986년 1월, 무한정판으로 개정판.

5. 조이스 연보

1882년 2월 2일, 아일랜드 수도 더블린에서 경제적으로 넉넉지 못한 수세리(收稅吏) 존 스태니슬라우스 조이스(John Stanislaus Joyce)와 메리 제인 조이스(Mary Jane Joyce) 사이에서 장남으로 태어남.

1888년 9월, 한 예수회의 기숙사제 학교인 클론고우즈 우드 칼리지(Clongowes Wood College) 초등학교에 입학, 1891년 6월까지 (휴가를 제외하고) 그곳에 적(籍)을 둠.

1891년, 이해는 조이스 생애에 있어서 가장 중요한 한해였음. 6월, 경제적 어려움 때문에 존 조이스는 제임스를 클론고우즈 우드 칼리지 초등학교에서 퇴교시킴. 10월 6일, 파넬(Parnell)의 죽음은 아홉 살 난 소년에게 큰 충격을 주어, 파넬의 '배신자'를 규탄하는 〈힐리여, 너마저(Et Tu, Healy)〉란 시를 쓰게 함. 존 조이스는 이 시에 크게 만족하여 그것을 인쇄하게 했으나 현재는 단 한 부(部)도 남아 있지 않음. 뒤에 『젊은 예술가의 초상』에 서술된 바와 같이 그의 격렬한 기분으로 조이스 가(家)의 크리스마스 만찬을 망쳐 버린 것도 이 해임.

1893년 4월, 역시 예수회 학교인 벨비디어 칼리지(Belvedere College) 중학교에 입학, 1898년까지 그곳에 적을 두었는데, 우수한 성적을 기록함.

1898년, 카디널 뉴먼(Cardinal Newman)이 설립한 예수회 학교인 더블린의 유니버시티 칼리지(University College)에 진학, 이때부터 기독교 및 편협한 애국심에 대한 그의 반항심이 움트기 시작함.

1899년 5월, 예이츠 작(作) 『캐슬린 백작부인』을 공격하는 동료 학생들의 항의문에 서명하기를 거부함.

1900년, 문학적 활동의 해. 1월에 문학 및 역사학 학회에서 '연극과 인생(Drama and Life)'에 관한 논문을 발표함(『영웅 스티븐[Stephen Hero]』 참조). 4월에 〈입센의 신극(Ibsen's New Drama)〉이라는 논문이 저명한 《포트나이틀리 리뷰(Fortnightly Review)》지에 게재됨.

1901년, 이해 말에 아일랜드 극장의 지방성을 공격하는 수필 〈소요의 날(The Day of Rabblement)〉을 발표함(본래 대학 잡지에 게재할 의도였으나, 예수회의 지도교수에 의하여 거절당함).

1902년 2월, 아일랜드 시인인 제임스 클라렌스 맨건(James Clarence Mangan)에 관한 논문을 발표, 맨건이 편협한 민족주의의 제물이었음을 주장함. 이어 10월에 학위를 받고 파리에서 의학을 공부하기로 결심함. 늦가을, 더블린을 떠나 런던의 예이츠를 방문하고, 그의 작품 판로(販路)의 가능성을 살피기 위해 얼마간 그곳에 머무름.

1903년. 파리에서 이내 의학에 대한 흥미를 잃고 잇따라 더블린의 일간지에 서평을 쓰기 시작함. 4월 10일, '모(母) 위독 귀가 부(父)'라는 전보를 받고 더블린으로 돌아옴. 그의 어머니는 이해 8월 13일에 세상을 떠남.

1904년. 이해 초에 〈예술가의 초상(A Portrait of the Artist)〉이라 불리는 단편을 시작으로 자서전적 소설 집필에 착수함. 이는 나중에 『영웅 스티븐』으로 발전하고 이를 다시 개작한 것이 『젊은 예술가의 초상』임. 어머니 메리 제인의 사망 후로 조이스가의 처지는 악화되었으며, 조이스는 가족과 점차 멀어지기 시작함. 3월에 달키(Dalkey)의 한 초등학교 교사로 취직, 6월 말까지 그곳에 머무름. 이해 6월 10일, 조이스는 노라 바너클(Nora Barnacle)을 만나 이내 사랑에 빠짐. 그는 결혼을 하나의 관습으로 보고 반대함으로써 더블린에서 노라와 같이 살 수 없게 되자, 유럽으로 떠나기로 작정함. 10월 8일, 노라와 더블린을 떠나 런던과 취리히를 거쳐 폴라(유고슬라비아령)에 도착한 뒤, 그곳 베를리츠 학교에서 영어를 가르치기 시작함.

1905년 3월. 트리에스트로 이주, 7월 27일 그곳에서 아들 조지오(Giorgio)가 탄생함. 3개월 뒤 동생인 스태니슬라우스가 트리에스트에서 그와 합세함. 이해 말, 『더블린 사람들』의 원고를 한 출판업자에게 양도했으나, 10여 년의 다툼 끝에 1914년에야 비로소 출판됨.

1906년 7월. 로마로 이주, 이듬해 3월까지 그곳 은행에서 일함. 그 후 다시 트리에스트로 돌아와 계속 영어를 가르침.

1907년 5월. 런던의 한 출판업자가 그의 시집 『실내악(Chamber Music)』을 출판함. 7월 28일, 딸 루시아 안나(Lucia Anna)가 탄생함.

1908년 9월. 『영웅 스티븐』을 개작하기 시작, 이듬해까지 이 작업을 계속함. 그러나 3장(章)을 끝마친 뒤 잠시 작업을 중단함.

1909년 8월 1일. 방문 차 아일랜드로 건너감. 다음날 트리에스트로 되돌아왔다가 경제적 지원을 얻어 더블린으로 돌아가 그곳에서 한 극장을 개관함.

1910년 1월. 트리에스트로 되돌아옴으로써 극장 사업의 모험은 이내 무너짐. 더블린을 처음 방문했을 때, 조이스는 뒤에 그의 희곡 『망명자들』의 소재로 삼은 감정적 위기를 경험함.

1912년. 몇 해 동안 『더블린 사람들』에 대한 시비가 조이스에게 하나의 강박관념이 됨. 마침내 7월, 마지막으로 더블린을 방문했으나, 여전히 그 출판을 주선할 수 없었음. 조이스는 심한 비통 속에 더블린을 떠났으며, 트리에스트로 돌아오는 길에 〈분화구로부터의 가스(Gas from a Burner)〉란 격문(激文)을 씀.

1913년. 이해 말에 에즈라 파운드(Ezra Pound)와 교신(交信)하기 시작함. 그의 행운이 움트기 시작함.

1914년. 이른바 조이스의 '기적의 해(annus mirabilis)'로, 2월에 〈젊은 예술가의 초상〉이 《에고이스트(Egoist)》지에 연재되기 시작, 이듬해 9월까지 계속됨. 6월, 『더블린 사람들』이 출판됨. 5월에 『율리시스(Ulysses)』를 기초(起草)하기 시작했으나, 『망명자들』을 쓰기 위해 이내 중단함.

1915년 1월, 전쟁에도 불구하고 중립국인 스위스에로의 입국이 허용됨. 이해 봄에 『망명자들』이 완성됨.

1916년 12월 29일, 『젊은 예술가의 초상』이 출판됨.

1917년, 이해 최초로 눈 수술을 받음. 이해 말까지 『율리시스』의 처음 세 에피소드 초고를 끝마침. 이 소설의 구조는 이때 이미 거의 틀이 잡혀 있었음.

1918년 3월, 《리틀 리뷰(Little Review)》지(뉴욕)에 〈율리시스〉를 연재하기 시작함. 5월 25일, 『망명자들』이 출판됨.

1919년 10월, 트리에스트로 귀환, 그곳에서 영어를 가르치며 〈율리시스〉를 다시 쓰기 시작함.

1920년 7월 초순, 에즈라 파운드의 주장으로 파리로 이주함. 10월, '죄악금지회(The Society for the Suppression of Vice)'의 고소로 《리틀 리뷰》지에의 〈율리시스〉 연재가 중단됨. 제14장인 '태양신의 황소들(Oxen of the Sun)'의 초두가 그 마지막이었음.

1921년 2월, 『율리시스』의 마지막 남은 에피소드를 완성하고 작품 교정에 몰두함.

1922년, 조이스의 40번째 생일인 2월 2일에 『율리시스』가 출판됨.

1923년 3월 10일, 『피네간의 경야(經夜)』 첫 부분 몇 페이지를 씀(1939년에 출판될 때까지 〈진행 중의 작품[Work in Progress]〉로 알려짐). 그는 수년 동안 이 새로운 작품에 대하여 활발한 계획을 세우고 있었음.

1924년, 『피네간의 경야』의 단편 몇 개가 4월에 처음 출판됨. 이후 15년 동안 조이스는 『피네간의 경야』의 대부분을 예비 판으로 출판할 계획이었음.

1927년, 이해 4월과 1929년 11월 사이에 『피네간의 경야』 제1부와 제3부 초본(初本)을 실험 잡지인 《트랑지숑(Transition)》지에 게재함.

1928년 10월 20일, 〈아나 리비아 플루라벨(Anna Livia Plurabelle)〉이 출판됨. 이후 10년 동안 '진행 중의 작품'의 여러 단편들이 출판됨.

1931년 5월, 아내와 함께 런던을 여행함. 12월 29일, 아버지가 사망함.

1932년 2월 15일, 손자 스티븐 조이스가 탄생함. 이 사실은 조이스를 깊이 감동시켰으며, 이때 〈보라, 저 아이를(Ecce Puer)〉이라는 시를 씀. 3월에 딸 루시아가 정신분열증으로 고통을 받았음. 그녀는 이후 회복되지 못한 채 조이스의 여생을 암담하게 만들었음.

1933년, 이해 말에 미국의 한 법원은 『율리시스』가 외설물이 아님을 판결함. 이 유명한 판결은 이듬해 2월, 이 작품에 대한 최초의 미국판 출판을 가능하게 함(최초의 영국판은 1936년에 출판됨).

1934년, 이해의 대부분을 스위스에서 보냄. 따라서 그는 딸 루시아 곁에 있을 수 있었음(그녀는 취리히 근처의 한 요양원에 수용됨). 1930년 이래 그의 고질적 눈병을 돌보았던 취리히의 의사와 상담함.

1935년, 수년 동안 집필해 오던 『피네간의 경야』를 완성하기 위해 노력함.

1938년, 프랑스, 스위스 그리고 덴마크로의 잦은 여행으로 더 이상 파리에서 거주할 수 없게 됨.

1939년, 『피네간의 경야』가 5월 4일에 출판되었고, 조이스는 이 책을 57세의 생일(2월 2일) 선물로 미리 받음.

1940년, 프랑스가 함락된 뒤 조이스가는 취리히에 거주함.

1941년 1월 13일, 장궤양으로 복부 수술을 받은 후 취리히에서 사망함

---

* 참고

김종건 개역(고려대 명예교수)

『율리시스』는 제임스 조이스의 위대한 걸작으로, 금세기의 가장 의미심장한 책이다. 여기 김 교수의 4번째 개역은 조이스의 심미론을 최대한 존중하여, 그의 원문이 지닌, 수많은 문체와 어휘, 기법 등, 형식론을 최대한 살려 재차 원문에 충실하도록 노력했다.

❖ 역자 후기 ❖

(I) 개역의 필연성

18세기 독일의 (〈셰익스피어 독일어역(獨語譯), *Shakespeare-Ubersetzung*〉)은 유명하다. 산문이긴 하지만 셰익스피어 희곡 전 22편이 빌란트(Wieland, 1733~1813)에 의해 1762~1766년 사이 4년 동안에 걸쳐 번역되었다. 그 뒤로 에셴부르크(Eschenburg)는 1775년부터 수년간에 걸쳐 이것을 개정했다. 그러나 셰익스피어 번역을 참된 의미에서 완성한 것은 독일 낭만파의 사람들로서, 그들 중 A. W. 슐레겔의 대업(大業)을 잊을 수 없다. 그는 홀로 전집을 완성했다. 그의 번역은 '티크'(Tieck, 1773~1853)의 이름으로, 그의 딸 도르테아와 바우디쎈(Wolf von Baudissan, 1789~1878)에 의하여 보충되었다. 러시아에서는 유명한 문학자 파스테르나크(B. Pasternak, 1958년 노벨상 사양자) 한 사람이 셰익스피어의 〈햄릿〉을 여덟 번이나 번역한 것으로 알려져 있다.

한국에서는 지난 반세기(1967~2016)에 걸쳐, 이 기간 동안 『조이스 전집』이 완간되었고, 『율리시스』의 번역은 초역(정음사, 1968), 개역(범우사, 1988), 3역(생각의 나무, 2007), 및 이번에 출간된 4역(어문학사, 2016)을 합쳐, 모두 4번째다. 역자는, 조이스가 『율리시스』의 제9장 초두에서 괴테의 『빌헬름 마이스터』의 소설의 번역을 언급했듯, "갈등하는 의혹에 의해 찢어진 채, 고뇌의 바다에 대항하여 무기를 들면서",(U 151) 번역의 긴 과정을 심뇌(心惱)의 시련으로 작업을 마친 셈이다.

『율리시스』의 도서관 장면은 셰익스피어 이론의 토론장이다. 여기 몇몇 젊은 학자들 중 존 이글린턴(Eglinton)이 지금까지 셰익스피어의 애정관을 토론해온 조이스의 젊은 분신, 스티븐 데덜러스에게 따진다.

존 이글린턴이 묻기를,
— 자넨 우리들에게 프랑스식 사랑의 삼각관계를 보여 주기 위해 지금까지 우리들을 내내 끌고 온 셈이야. 자네는 자네 자신의 이론을 믿는가?
그러자 스티븐 데덜러스는,
— 천만에,(U 175) 하고 재빨리 이를 거절한다.

하버드 대학의 저명한 할로드 블룸(Harlord Bloom) 교수 왈, "만일 심미적 장점(長點)이 재차 규범상으로 작품의 중심에 놓인다면, 조이스의 『율리시스』나 『피네간의 경야』야말로 우리들의 카오스(혼돈)를 셰익스피어나 단테의 높이까지 끌어 올리리라." 여기 조이스는 단테와 셰익스피어와 비견함을 말한다. 데덜러스는 앞서 그가 셰익스피어나 햄릿의 관한 자기 자신의 이론을 믿지 않는다고 말한다. 조이스의 전기를 쓴 유명한 리처드 엘먼(Richard Ellmann)은 우리에게 말하기를, 조이스는, 친구들에 의하면, 자신의 불신(不信)을 아주 심각하게 생각하지도, 그것을 결코 철회하지도 않는다는 것이다. 그것이야말로 『율리시스』와 『피네간의 경야』에 있어서 조이스의 셰익스피어와의 규범적(規範的) 갈등을 생각하기 위해 필요한 출발점인 것이다.

셰익스피어 이론의 다양한 난해성처럼, 그리고 우리 모두에게 알려지다시피, 『율리시스』는 아주 이질적이요 난해한 책이다. 따라서 오늘날 한국어판의 모든 독자가 작품의 뉘앙스와 초점의 진전이나 변천의 글줄들을 읽거나 혹은 논하면서도, 그것을 처음부터 끝까지 내용을 통독할 시간, 힘, 혹은 의지를 갖지 못하는 실정인 듯하다.

그러나 그렇다 하더라도, 지금까지 4차에 걸친 『율리시스』의 개역은, 의지와 인내의 독력으로, 미량(微量)으로, 작품의 보다 큰 디자인의 어지간한 것을 경험할 수 있게 했다. 왜냐하면 심지어 작품은 그것의 최단(最短)의 접촉이라 할지라도, 우리를 환상의 기어-장치 속으로 몰입하게 하거나, 거듭되는 개역을 통해 총체적으로 묘사될 당황스런 자기 상실, 어의적 회복, 그리고 개안(開眼)의 재 각성의 과정을 내적으로 한층 심오하게 경험하게 했기 때문이다. 따라서 오늘의 작가나 독자는 앞으로 이러한 가능성의 문학을 심오하게 수용하고 실천할 의지를 가다듬어야 할 것이다.

우리는, 미래에도 계속될 『율리시스』의 새로운 해석과 그것의 개역을 통하여, 그의 다양한 이종적(異種的)이요, 개혁적 문학 양상이 요구하는 '인내'를 지녀야 할지니, 그것이야말로, 우리에게 가장 평범하고 가장 어두운 경험을 한층 명확히 규명할 것이기 때문이다.

셰익스피어의 오셀로는 외친다.

"인내, 그대 젊은 장밋빛 입술의 지품천사(智品天使)여(Patience, thou young and rose-lipp'd cherub!)".

돈키호테는 부르짖는다.

"인내, 그대는 모든 통증의 고약(膏藥)이나니!(Patience, you are plaster for all sores!)".

이러한 등장인물들의 절규처럼, 조이스의 작품은 어느 독자치고 '인내'로서 쉽사리 해결할 수 있을지니, 그것이야말로 우리에게 가장 필요한 필수 요건이 아니겠는가!

'인내'는 독자들로 하여금 『율리시스』를 쉽게 읽을 수 있게 하고, 재차 그리고 누차, 더 많은 독자들이 그를 즐길 수 있게 하며, 그렇게 해서 통독해야 할 값진 책이다 『율리시스』의 암담함과 박식의 명성에도 불구하고, 오늘날 우리들의 다양한 다문화적 21세기에 있어서 그것은 어느 이를 위해서든, 더욱이 '보통의 독자(common reader)'를 위해서 가장 귀중한 책으로, 이러한 관찰에 대한 한 가지 추론(推論)인 즉, 누구인들 『율리시스』 속으로 들어갈 수 있거니와, 더불어, 역자(개역자)는 독자들로 하여금 여기 지속적 독서를 재삼재사 촉구하는 바이다.

그동안 역자는 『율리시스』의 초판에서 3판까지 오랜 세월 동안 주로 작품의 미지의 자구들의 '선적(線的) 직역(literal direct translation)'에 그 주안점을 두었던 것 같다. 그러나 이번의 4번째 번역은 기왕의 두 가지 토대 위에서 작업했는지라, 그렇다고 그것이 직역의 범주를 전적으로 벗어났다고는 말하고 싶지는 않다. 아니면, 의역에 다분히 경도(傾度)했다고도 할 수는 없는지라, 굳이 타협점을 찾는다면 번역의 조화라고나 할까.

(II) 신비평(New Criticism): 직역과 의역

여기 우리들 모두가 공동의 독회에서 찾는 묘미의 실례를 하나 든다면, 『율리시스』의 「키르케」 장면에서 스티븐의 망모(亡母)는 '사랑(Love)'을 정의한다. "넌 내게 저 노래를 불러 주었지. 〈사랑의 쓰라린 신비〉(Love's bitter mystery) 말이야."(U 474) 스티븐은, 무대지시가 말하듯, 열렬히 대답한다. "그 말을 제게 해줘요. 어머니, 만일 지금 알고 계시다면. 누구에게나 다 알려진 그 말을."(U 474) 그녀는 그 말을 마련하는데 실패한다. 이 구절은 지금까지 많이 해석되어 왔다. 대부분의 독자들은 모든 사람들에게 알려진 그 말은 '사랑'임에 틀림없다고 상상해 왔다. 그러나 한 비평가는 그것이 '죽음'이라고 주장하는가 하면, 또 다른 이는 그것이 '영혼의 본질(synteresis)'이라고 주장한다. 그러나 후자는 모든 이들에게 알려지지 않는 말처럼 들린다. 우리는 이러한 희귀한 본질과 대면하기 위해서는 샌디마운트 해변의 스티븐처럼, 영원으로(to eternity)가 아니라, "영원 속으로 걸어 들어 가야 한다.(walking into eternity.)"(U 31) ('synteresis'란 말은 사서에도 드문 희귀어이다.)

여기 독회의 참가자들도 사랑의 정의에 대하여 구구각각이다. 이를테면, A는 '모성애(Amore matris), 즉 주격적, 목적격적, 속격'(U 23)을, B는 오스카 와일더의 '이름을 감히 댈 수 없는 사랑'(U 163)을, C는 아퀴너스와 단테가 주장하는 '결혼애'를, D는 노라가 샌디마운트 해변에서 젊은 조이스를 '남자로 만든 사랑'을, E는 오디세우스의 키르케(어머니)에게 요구하는 사랑을, 등등, 이상에서처럼, 여러 토론자들은 '사랑'의 정의를 각기 달리함으로써, 해석의 다양성 또는 모호성을 발휘한다. 이것이 『율리시스』의 본질이다. 그동안 역자는 이 본질을 그의 역본에 모두 한꺼번에 수용하고 싶었다.

특히 상기 C항의 '결혼애'에 대한 지론은 조이스와 그의 아내 '노라 바너클(Nora Barnacle, 바다 따개비)'과의 관계에서 더욱 그러하다. '노라'라는 그녀의 성(姓)(nickname)에 대한 조이스의, 특히 부친 사이먼(그는 비아냥 거렸는지라, "그녀는 결코 남편 곁을 떨어지지 않으리라!")의, 그리고 확대하여, 거위(goose)와 바다 새(sea birds)에 대한 지성(至性)은 조이스의 작품을 통해 새롭게 발견될 수 있다. 『율리시스』에는 16마리의 거위가 있고, 『더블린 사람들』에서 「죽은 사람들」의 X마스 뷔페에는 갈색 거위(brown goose)가, 그리고 『피네간의 경야』를 통틀어 무수한 바다 새들이 있다. 노라의, 변신 및 부활의 그리고 그의 상징인, 흑기러기(barnacle goose, 조류 과의 언어 형식)에 대한 가장 많은 언급들 가운데, 제일 분명한 것이 『율리시스』의 가장 불분명한 글줄 가운데 함유되고 있다. 스티븐 데덜러스가 샌디마운트 해변을 따라 '영원 속으로' 걸어 들어갈 때, 그의 마음은 부패하고 있는 동물의 시체에 대한 생각으로부터 생과 사, 『피네간의 경야』의 '시곡체(corpose)'의 언어 형식으로 배회한다. 이는 윤회의 한 가닥 어구로서, 그의 마음속에 거의 수학 방정식(方程式)처럼 맴돈다. "하나님은 인간이 되고 물고기가 되고 흑기러기(따개비＋거위)가 되고 깃털 포단의 산(더블린 근교)이 된다.(God becomes man becomes fish becomes barnacle goose becomes featherbed mountain.)"(U 42)

유능한 해석가들 및 번역가들에 의해, 이 형식적 암호(formal code)는 다음처럼도 읽힐 수 있으리라. "하느님은 이 땅에 내려오고, 일종의 물고기를 먹는 사람이 되고, 고기 또는 새로 스스로 변하고, 그것의 깃털은 이불을 채우기 위해 뜯기고, 가정적 축복의 결혼 침대를 덮고, 예술가로 하여금 창조의 신 같은 높이까지 솟는 도다."

그 밖에 다른 식으로 해석하면, 이 행은 마치 하느님이 그의 화신(Incarnation)을 통해 인간이 되듯, 그리고 그리스도가 물고기(초기 신자들에게 알려졌던 상징)가 되듯, 조이스는 여인의 손에 의해 남자가 되었는지라, 그녀는 그를 결혼애의 깃털 포단의 실체에로 정박시켰고, 새로운 예술적 비전으로 그의 눈을 열도록 했으며, 그리하여 인생에 있어서 가장 중요한 것은 '사랑'의 탐색이라.

한편 블룸은 『율리시스』의 키어넌 주점에서 주정꾼들에게 '사랑'과 연관하여 완력, 증오, 역사, 그 밖에 모든 것의 무모성을 지적한다.

그는 동료 존 와이즈(Whyse)에게 설교하기를,
"사랑이란 증오의 반대란 말이야.(Love……. I mean the opposite of hatred.)"(U 273)
(B. 매독스[Maddox] 저: 〈노라의 전기〉 참조 p. 380).

『율리시스』의 보다 큰 함축은 '사랑'에 관한 블룸과 스티븐의 일치를 다룬다. 양자에게 그것은 교회와 국가의 폭군 그리고 주전론(jingoism의 폭군) 폭군은 블룸이, 스티븐처럼, 잠에서 깨어나기를 애쓰는 역사로부터 악몽을 준비한다. 그들이 무엇을 위한 것인지 분명하다. 만일 우리가 작품을 총체적으로 생각한다면, '사랑'의 주제야말로 그것의 기운이 넘쳐나도록 보일 것이다. "사랑의 쓰라린 신비"는 예이츠(Yeats)의 시 〈퍼거스와 함께 가는 자 누구요?(Who goes with Fergus?)〉(U 8)를 퍼트리도록 인용된 것으로, 스티븐이 어머니의 죽음의 침상에서 그녀에게 불렸던 것을 기억한다. 그것은 벅 멀리건(Buck Mulligan)이, 『율리시스』의 초두에서, 비록 그가 시를 인용한 최초의 자일지라도, 이해할 수 없는 것이다. 왜냐하면 그 자신은 언제나 부정(否定)하는 영혼이기 때문이다. 그것은 역시 바람둥이, 블레이지즈 보일런(Blazes Boylan)의 경험에도 생소하다. 그러나 블룸은 그것을 이해하고, 몰리 블룸(Molly Bloom)도 그러하다. 그리고 양자는 보다 나중의 사건들을 판단한다는 결정적인 점에서 그들이 함께 사는 애정의 순간을 중히 여긴다. 작품에서 이러한 '사랑'의 주제는 한이 없다. 번역에서 이상의 모든 정의들을 다 포용하기는 어불성설이다.

여기 역자는 이러한 다인다색(多人多色)의 이론들을 어떻게 그의 한역본(韓譯本)에 모두 수용할 것인가 난감한 일이다. 형식에 근거하지 않는 '사랑'의 정의만으로 사무엘 베켓의 형식과 내용의 결합적 지론이 이루어지기란 만무하다.

또 다른 예인 즉, 이러한 형식상 직역의 구조주의 (literal structuralism)는 아래 작품들의 그것을 총괄한다.

예컨대, 『젊은 예술가의 초상』의 4월 27일자 일기의 끝부분에서, 스티븐의 "지금 그리고 영원토록 변함없이(now and ever in good stead)"(P 253)의 결구야말로 작품의 첫 구절인, "ㄱ 옛날 옛적 정말로 좋은 시절(once upon a time and a very good time)"(P 7)의 구조적 시간의 환(環)을, 『율리시스』의 첫 행의 "당당한(Stately)"(U 3)과 그것의 마지막 Ye(S)자(U 644) 혹은 같은 장 첫 자 Yes(U 608)는, 뱀이 꼬리를 무는 영원성을, 그리고 『피네간의 경야』의 첫 자인 "riverrun"(FW 3)과 마지막 구절인 "a long the"(FW 628)의 결합 등은 역사(시간)의 비코적 환적구조(Vicornic recorso)를 각각 암시한다.

더욱이, 『율리시스』의 여주인공인, 몰리의 최후 글줄은, 괴테의 『파우스트』에서 메피스토펠리스(Mephistopheles)가 부르짖는 "나는 언제나 육체를 긍정하는 자이다.(Ich bin der Fleisch der stets bejaht.)"의 대화적 번안이다. 여기서 조이스는 자신의 위대한 책의 피날레로서 벅 멀리건(Buck Mulligan)에 의해 의인화된, 책의 냉소적, 합리석, 남성석 서행(序行)과 균형을 맞추고 있다. "당당하고, 통통한(Stately, plump)"(U 3) 벅 멀리건 말이다. 그러나 번역에서 이러한 시간적, 공간적, 그리고 상징적 구조는 이루어지기 힘들고, 그가 내세우는 '형식'의 직역성(直譯性)은 말살되기 일쑤다. 이러한 구조주의적 해석의 실현은 번역에서 아무래도 억지인 듯 느껴진다. 역자는 이상과 같은 독회의 결과를, 다소 고집스럽게 일지라도, 4차 번역의 신판본에 가능한 수용하려고 노력했다.

나아가, 신판본에 이용된 조이스(데덜러스)의 심미론의 수용도 마찬가지다. 이러한 의도는 조이스가 진작 작품을 쓰기 시작한 초두에 이미 강조한 바다. 특히, 첨단 모더니스트인 조이스의 '내용과 형식의 조화'의 강조는, 그와 그의 논문집인, 「진행 중의 작품의 정도화(正道化)를 위한 그의 진상성(眞相性)의 둘러싼 우리들의 중탐사(衆探査)(Our Exagmination Round His Factification for Incamination of Work in Progress)」에서 기술되었다. 이 논문집은 (『피네간의 경야』에 관한 것이긴 해도) 조이스 자신이 직접 검열했다. 여기 역자가 스스로 작품의 형식을 살리기 위해 그를 애써 거론 하는 이유가 있다.

역자는 이상에서 『율리시스』의 한국어역(韓語譯)의 심미적 형식론을 거론했거니와, 조이스의 작품들, 특히 『율리시스』의 연구와 번역은 이렇듯 그의 무한한 '새로운 가능성들의 가능성(possibility of new possibilities)'을 발굴하는 것이다.

사무엘 베켓(S. Beckett)은 그의 논문 "단테⋯⋯브루노⋯⋯비코⋯⋯조이스"에서 주장하기를, 현대문학, 특히 모더니즘(근대주의, Modernism) (우리는 당장에 이런 어구로 번역해야 할 세계 문학사조의 시점에 왔는지는 몰라도) 문학에서, "여기 형식은 내용이요, 내용은 형식이다.(Here form *is* content, content *is* form.)"라고 썼다.

모더니즘 문학의 '선언(manifesto)'으로 알려진 『율리시스』의 번역에서 베켓의 이 두 가지 요소는 모두 난제에 속한다. 독자는 작품의 어려운 내용을 완전히 파악하기 힘들고, 그에게 형식은 기술적으로 적용하기가 난감하다. 베켓의 말대로, 텍스트는 전혀 쓰인 것이 아니다. 그것은 읽히도록 되어 있지도 않다―그것은 눈으로 보아야 할 뿐만 아니라, 귀로 들어야 한다. 그의 글은 어떤 것에 '관한(*about*)'것이 아니라, '그것은 어떤 것 자체이다.(*it is that something itself.*)'

지금까지 『율리시스』의 한국어 번역에서 보인, 내용과 형식의 조화를 위한 인식적 노력은 극소수의 독자들에게만 숭앙(崇仰)의 대상이 된 채 그의 똬리를 틀고 있긴 해도, 조이스의 형식론과 전대미증유의 '악마의 언어'니, '무법의 언어'를 형식으로 삼는 유사 과학적 접근에 대한 일군의 독자들의 반응은 그것에 쏟아진 갈채의 한 반증이거니와, (조이스가 그의 일생 동안 수행해 온 언어와의 협상은 『율리시스』에서 많은 형식을 가정함과 동시에, 언어는, 예를 들면, 가능한 음악적 형식으로 가까이 변모한다.) 이 또한 앞서 번역에 있어서 내용과 형식의 조화가 그 기저에 깔려 있음은 두말할 나위도 없다.

조이스의 『젊은 예술가의 초상』에서 읽듯, 역자나 독자는 내용과 형식의 조화를 언제나 유념해야한다. 아리스토텔레스의 말처럼, "훌륭한 문체(형식)는, 무엇보다 우선적으로, 분명해야 하나니, 주제보다 권위에 있어서 더하거나 덜해서는 안 된다. 그것은 상하가 골고루 평행해야 한다." 이는, 오늘날 21세기 전기-근대주의(Pro-modernism)의 저널리즘 문장이 의사소통을 목적으로 한다면, 조이스의 근대주의 문학의 이상인 형식과 내용의 조화야말로 그것의 근본적 취지를 단적으로 대변해 준다. 조이스의 『율리시스』는 그의 뒤이은 『피네간의 경야』처럼, 아무리 문체와 어휘가 혼잡스럽게 그리고 복잡하게 보일지라도, 그곳에 부조리는 하나도 없다.

번역에 있어서, 조이스의 작품들, 특히, 그의 근대성(modernity)은 형식의 개발이 한층 우선한다. 그의 문학성(내용의 파악)을 우선함은 별개의 문제다. 직역(直譯, literal translation)의 주축은 형식이지 내용이 아니다. (오늘날 우리나라에서 현대 창작의 거장(巨匠)(virtuoso)들의 부재는 형식적 개발의 미진함에 있다.) 『젊은 예술가의 초상』에서 스티븐 데덜러스가 전개하는 심미론은 기법의 이론이다. 예를 들면, 그의 아퀴너스의 지론인 '*integritas*(전체성)'는 미술에서 인상주의의 화풍을 암시하거니와 모네(Monet)나 마네(Manet)의 그것이다. (그림에서 인상파는 19세기 말과 20세기 초의 모더니즘의 경계선이거니와). 미술의 피카소나 음악의 스트라빈스키(Stravinsky)의 전위예술(avantgardism)은 형식(기법 또는 문체)의 개발이요, 그것의 극한으로서의, 예를 들어, 『피네간의 경야』의 언어와 구조 및 기법의 개발에 있다.

『율리시스』의 한국어 번역에서, 그것의 직역에 치중함은 형식의 근대성, 즉, 그것의, 구조주의, 기호학(semiotics), 형이상학적 기상(奇想)(metaphysical conceit) (문학의 모더니즘은 형이상학 시의 후손인지라) 및 유사(類似) 과학적(Pseudo scientific) 및 반(半)언어적(semi linguistic) 접근, 유아론적 반성(solipsistic reflexivism) 등, 그 대부분이 형식적 개발의 문제에 있다. 『율리시스』는 문체의 박물관이다. 그것의 번역에서, 특히, 형식으로서의 문체와 언어의 개발은 문학의 차원과 영역을 얼마간 또는 상당히 벗어나기 마련이다. 모더니즘 문학을 재단하는 신비평(New Criticism)은 형식론에 그 기저를 '깔고' 있기 때문이다.

작가가 동원한 언어도 마찬가지이다. 예를 들면, 스텝(Wolfhard Steppe)과 가블러(Hans Walter Gabler) (그는 『율리시스』 텍스트의 결정 본 수정자이거니와)가 준비한, 〈조이스의 『율리시스』 어휘 일람표: 비평적 독서 텍스트의 알파벳 색인(*A Handlist to Joyce's 'Ulysses': Alphabetical Index of the Critical Reading Text*)〉(1986)에 계상(計上)된, 작품의 어휘 수는 약 30,000자(정확히는 29,899자)이다. 우리는 이토록 많은 어휘를 『율리시스』 원본의 한국어 번역본에서 어떻게 다 수용할 것인가? 원본과 번역본에서 1:1 동수의 수용과 어휘의 대응이 이상적일 듯하나, 그것의 실행 또한 사실상 난제이다. (작가의 안타까운 아쉬움에도 불구하고)

『율리시스』에 수록된 수많은 기호들(signs) 역시, 이를테면, 그 속의 colon(:)(약 2,600개), semicolon(;)(약 2,660개) dash(−)(약 1,300개) 등은 우리의 한글 문장에는 있지도 않다. colon은 문장의 앞부분을 설명할 때, 쓰이고, semicolon은 한 개의 긴 문장을 두개로 분단하는 역할을 한다. (예: 어떤 이들은 아침에 일을 열심히 하는가 하면, 반면에 다른 이들은 저녁에 더 잘 한다. *Some people work hard in the mornings; others do better in the evenings*.) 그 밖에 기호들은 주로 접속사들인, "즉", "다시 말해", "그런고로", "한편", "반면에", 등으로 대신한다. 기호 dash의 기본적인 의미는 colon이지만, 실제로는 semicolon의 의미로서, 문장의 전후 관계에 따라 적절히 선택하여 번역해야 할 것이다.

한 가지 유명한 기호의 예는 『율리시스』의 뒤에서 두 번째 장의 종말에 등장하는 최후의 방점(傍點)(dot)(·)이다. 그것은 최후의 질문인 "어디(Where)"의 불가결한 해답이다. 조이스는 이 기호에 특별한 지시아 의미를 주었다. 번역에 있어서 이러한 기호에 대한 역자의 관심은 작가의 것 못지않다. 어떠한 역자도 이 기호의 중요성을 가소 평가할 수는 없다. 또 다른 유명한 기호의 예는 아버지 사이먼 데덜러스가 아들 스티븐에게 어머니의 임종을 알리는 전보이다. 모(毋) 위독(危篤) 귀가 부(父)(Nother dying come home father)(U 35) 여기 그것은, 스티븐이 회상한대로, "보여주고 싶은 진귀품(a curiosity to show)"(U 35)이다. 작품에서 이러한 진귀품은 부지기수다. "Nes, Yo(아래. 그니)"(U 430) 역시 음교차(音交叉)(spoonerism)의 기호로서 당장에 작용해야 한다. 여기 기호로서 한자(漢字)가 한몫하는지라, 탐화봉접(探花蜂蝶)이라고나 할까, 역자는 꽃(의미)을 찾아다니는 벌과 나비와 같다.

『율리시스』의 몇 가지 두드러진 기호들의 예를 더 들면, 작품의 뒤에서 두 번째 장의 종말의 교리문답에서,

언제?

컴컴한 침대로 가자, 백주(白晝)의 사나이 다킨바드의 로크〔鳥〕와 닮은 모든 바다오리의 밤의 침대 속에 뱃사공 신바드의 로크를 닮은 바다오리의 네모지고 둥근 알이 한 개 놓여 있었다.

여기 "네모지고 둥근(a square round)"의 구절은 원을 사각형으로(또는 역으로) 만든다는 암시로, 이는 산술 법에서 불가시적 기호인 ◎야말로 주인공 블룸의 불가능한 일을 상징한다.

또한 호우드 언덕의 블룸의 의식을 상기하듯, 뉴 크리티시즘적 어의의 분석에 의한 "mite〔mait〕(진드기) cheese"(U 141), 혹은 mighty〔maiti〕강(强)에서, 이러한 언어의 초현실주의적(of surrealism) 중첩은, 조이스의 아내 노라 바너클의 말대로, 언어 "잡채(chop suey)"로서, 그것의 함축어의 실체는 모체(matrix)와 그 측음적(側音的)(부차적) 요소(lateral element)로 구성되는 동음이의(homonym)이요, 표의문자(ideogram)이다. 이는 『피네간의 경야』 언어의 구성상 주맥을 이룬다. "치즈"란 말의 "불가피한 가청성"(귀)과 "불가피한 가시성"(눈)이 상호 동시에 여기 작용 한다. "Who's is getting it up(누가 그의 주최 하는가)"(U 141)는 비어(卑語)로서, 기호상 "성적으로 발기시키다"가 되는데, 문맥상으로 하자가 없다. 『율리시스』의 「키르케」 장에서 사냥꾼이 매(鳥)를 유혹하기 위해 "Hola! Hillyho"(U 446)를 외친다. 이는 부왕의 비밀을 듣고, 햄릿이 갖는 실신의 아우성과 일치한다. "Hillo, ho, ho……"는 또한 스티븐의 부친과의 부정(父情)(paternity, consubstantiality)을 암시하는 신호이다. "신성동질전질유태통합론(神聖同質全質猶太統合論)(conttransmagnificandjewbangtantiaity)"(U 32). 여기 다음철(多音綴)(idioglossia)의 신조어(coinage)는 『피네간의 경야』에 수놓인 그것처럼 루이스 캐럴(L. Carroll)이 사용한 "무미한 소리(Jabberwocky)"처럼 들린다.

더불어, 『율리시스』의 신비평적 반(半)언어의(semi-linguistic) 유추는 15장의 사창가의 성적 만화(漫畵)에서 더욱 두드러진다. 여기 배재(排除)와 음모의 무수한 경험들로부터 연합된 혼돈은 텍스트에 특별한 힘과 강도를 준다. 블룸과 몰리의 성교 장면은 언어적 쌍곡선을 기록한다. 보일런이, 방안으로 들어서면서, 블룸의 사슴뿔에 그의 모자를 멋지게 건다. 가정 파괴자들로서 멘턴(Menton)(제6장)과 파넬(Parnell)(제16장)에 대한 모자걸이인 블룸의 역할은, 그가 모자걸이와 오쟁이 남편(cuckold)(제13장) 종말의 시간을 알리는 뻐꾹시계(cuckoo)에로 변용될 때 가장 수치스런 표현을 성취시킨다. 보일런의 입실은 여기 배제(排除)의 언어 타래로 그 초점적(超情的) 순간을 기록한다. 이 겸양의 행동에서 블룸은 보일런을 마담 트위디에게 안내하는데, 그녀는 탕욕(湯浴) 중에 그녀의 방문객을 맞이한다. 그녀는 또한 자신과 보일런을 블룸더러 열쇠 구멍을 통해 살피도록 허락한다. 성교는 케네디 양과 도우서 양에 의해 서술되는 바, 후자들은 방탕 속에 뒹군다. 창녀들의 '진짜' 고성 위로, 우리는 절정의 순간에 몰리와 보일런의 목소리들을 듣는다. "오! 위이시와시트키씨나포오이스트흐나프우하크?(O! Weeshwashtkissingnaoooisthnapoohuck?)"(U 462) 블룸은, 거칠게 흥분한 채, 그 광경을 보고 싶기도 보고 싶지 않기도 하다. 그의 "보여! 숨겨! 보여!(Show! Hide! Show!)"(U 462)의 목소리는 두 셰익스피어의 순간들을 함께 가져온다—운명의 여인들의 "보여! 숨겨! 보여!"의 순간은 운명의 아이러니가 뱅코(Banquo)의 왕실 계보의 비전속에 무자(無子)의 맥베스에게 노정된다. (IV막, i장) 그리고 잇따른 그의 초기 2행 연구(聯句)인 즉,

멀리 그리고 가장 아름다운 쇼로서 시간을 조롱하라:
가짜 얼굴은 가짜 마음이 아는 바를 숨겨야 하나니. (〈맥베스〉 II막, 1장)

이 장면에서 린치는 "자연을 비치는 거울"을 드는 것에 관한 햄릿의 말을 인용한다. 그리고 스티븐과 블룸 양자는, 자신들을 거울 속을 들여다보면서, 오쟁이 셰익스피어와 동일시하는데, 전자는 또 다른 배신자요, 시인인 골드스미스(O. Goldsmith)에게 순응한다. "나의 옛 친구가 어떻게 하여 목요여가장(木曜女家長)을 목 졸라 죽였던고!(Othello choking his Destimona, 'Old fellow' his Thoursdaymornun.)"(U 463) (여기『피네간의 경야』어 식의 중첩어(portmanteau word)를 주목하라.) (마고 노리스[Margot Norris]는 시처럼, 몇 개의, 자주 모순당착적 사건들을 동시에 의미할 수 있는 단어들이나 이미지들로 사용하는 언어로서 그것을 서술하거니와).

이토록『율리시스』의 한국어 번역에서 직역과 의역의 선택이야말로 역자에게 어려운 일이다. 예를 하나 더 들어 보자. *You can't find anything wrong with him*.을 직역해 보면, "그대는 그가 잘못한 것을 찾을 수 없다."가 되고, 다시 이를 의역해 보면, "털어서 먼지 안 나는 사람 없다."가 된다. 양자는 내용은 같지만(또는 유사하지만) 언어의 배열이 상이하고, 형식이 판이한데다, 어휘 수도 다르다. 조이스는, 이상에서처럼, 어휘와 기호 등을 통한 형식의 거친 파고(波高)를 타면서, 창작을 향한 항해의 모험을 감행한 모더니스트의 챔피언 작가이다.

또한 우리가 직역과 의역의 경계선을 정할 때 유념해야 할 것은, 이른바 '배역(背譯, back-translation)'이다. 즉, 원문을 영어에서 한국어로 번역하고, 다시 역으로 한국어에서 영어로 환역(還譯)하여, 상호호양(相互互讓)의 형식적 의미를 차출하기까지가 그들의 경계선이다.『율리시스』의 650페이지에 달하는 장편을 이러한 번역 방식을 적용하는 것은 거듭 말하거니와 사실상 억지춘향 격이다.

이처럼, 조이스의 근대성은 형식주의(Formalism)에서 새로운 문학의 의미를 찾는다. 이는 문학적 영역의 확장과 더 나은 개발을 의미한다. 저간의 오랜 반세기 동안(1960년~2010년), 4차에 걸친 한국어의『율리시스』번역은 문장의 형식주의에 치중한 나머지, 직역(literal translation)에 경도(傾倒)했음을 새삼 여기에서 실토한다. 이는 의역(liberal translation)이 그것의 지나친 문학성(의미성)을 의도한 나머지 의미의 차질 또는 방종을 초래할 개연성을 가진 것과는 오히려 대조적이다. 잘못하다가는 베켓이나 조이스의 심미론을 깡그리 무너트릴 우려가 있다.

예를 들면, 셰익스피어의 14행시인 "소네드(sonnet)"를 의역으로 번역한답시고 8행으로 줄여, 그 형식을 파괴하고 이의 역문을 "소네트"라 말할 수 있는가?『젊은 예술가의 초상』에서 스티븐이 어머(Emma) 소녀에 관해 쓴 "19행 2운 시체(villanelle)"를 20행 2운으로 파괴해 놓고 "빌러넬"이라 할 수 있는가? 문학은 문득 나타났다가 문득 사라지는 홀현홀몰(忽顯忽沒)이 아니다.

근대주의(모더니즘)의 대표적『율리시스』를 제단하기 위해서는 구조주의 및 신비평(New Criticism)이 있다. 조이스의 텍스트를 구조주의자 토도로브(Todorove), 바르드르(Barthe) 및 제네트(Genette)의 이론에 의해 재단하면, 주제에도 엄청난 역변화(逆變化)가 온다. (〈영어영문학〉 Vol. 27. No. 1 봄호 1981, 참조)

아일랜드 문학의 특징은, 특히 연극에서 '희비극성(tragicomic)'의 특성을 결과한다. 아일랜드의 극작가요 조이스의 당대 문인인, 존 싱그(John Singe)의『바다로 뛰어가는 사람들(*Riders to the Sea*)』(1904)이나,『서국의 인기자(*The Playboy of the Western World*)』

(1907)를 보라. 이러한 극작들의 구조주의적 분석은 작품의 종말에 뭔가 긍정이 일어날 것 같은 비전을 엿보인다. 그것은 긍정의 종말(affirmative ending)이요, 이러한 '정신적 콩크리트화(化)(spiritual cancerization)'는 『율리시스』혹은 『피네간의 경야』에서 미래의 밝은 비전과 '대등하다.(seim anew)'(FW 215) 릴케의 『창조적 심미론(creative aestheticism)』, T. S. 엘리엇의 〈황무지〉의 "초월론적 희망(transcendant hope)", 그리고 그의 시 〈사중주(Four Quartets)〉의 긍정의 주제 역시 같은 맥락에 속한다. 형식과 내용의 모더니즘적 긍정의 주제를 담은 대표적 주자는 H. 크레인(Crane)의 "다리(The Bridge)"가 으뜸이다. 바다 갈매기들은 그것의 건축적 기법(architectonic technology)의 긍정을 감탄한다. 피츠제럴드(Fitzgerald)의 『위대한 개츠비(Great Gatsby)』에서 갈매기들은 롱아일랜드의 만곡(彎曲)의 미를 절찬한다. 이들 후자들은 조이스의 후배들이요, 대표적 모더니스트들로서 그들의 작품들은 모두 긍정으로 끝난다. 파운드(E. Pound)의 〈캔토스(Cantos)〉의 시들도 마찬가지다. 그는 모더니즘의 시발자이요, 조이스는 그의 극한자이며, 엘리엇은 그것의 종결자이다.

위에서 들먹인, 프랑스의 근대 문학 비평가 제네트(Gerald Genette)는 그의 저서 *Figure III*와 *Discourse du recit*에서 프루스트의 『잃어버린 시간을 찾아서(In Search of Lost Time)』를 구조분석했다. 여기 필자는 과거 1973년 미국 대학에서 스콜즈(Robert Scholes) 교수에게서 그를 사사한바 있거니와, 아래 당시의 제네트의 이론을 『율리시스』의 제3장 초두의 구절에 적용해 본다. 이에 앞서 아래 제네트의 *Figure* 이론의 시학(Poetics)에 담긴 구조주의 이론의 용례를 설명하거니와,

제네트의 구조주의 시학 용례(Items of Genette's Structural poetics)

a. 상설(Recit, recital) : 텍스트, 담론(discourse)
b. 시제(tense) : 이야기(story)와 담론의 시제와의 관계(temporal relations)
c. 연속(sequence) : 사건들이 이야기나 담론에서 일어나는 순서 간의 상관관계
d. 지속(duration) 또는 스피드(speed) : 시간의 길이와 텍스트의 용량 간 상관관계
e. 빈도(frequency) : 사건의 반복들 간의 상관관계
f. 예기적 품사법(prolepsis) : 상설의 선두 점프
g. 무정부(analepses) : 상설의 후미 점프와 이야기의 보다 나중에 일어나는 것의 진전
h. 범위(reach, proette) : 삽입될 무정부를 위한 단절된 사건들로부터의 시간 거리
i. 넓이(extent) : 무정부 자체가 커버하는 시간의 범위
j. 외적(external) : 무정부의 범위가 상설에 의해 커버되는 시간 밖에 있을 때
k. 내부적(internal) : 만일 전체 범위가 주된 상설에서 이야기되는 것에 커버되는 기간 내에서 나타나면, 그것은 내부적(internal)이 될 수 있다.
l. 외부적(external) : 내부적의 반대

이상의 시학 항목을 아래 스티븐의 의식의 텍스트에 적용하건대,

(C) "가시적(可視的)인 것의 불가피한 양상: 적어도 그 이상은 아닐지라도, 내 눈을 통하여 생각했다." (A) "내가 여기 읽으려고 하는 만물의 징후들, 어란(魚卵)과 해초, 다가오는 조수(潮水), 저 녹슨 구두. 코딱지초록빛, 청은(靑銀), 녹(綠) 빛: 채색된 기호들. 투명한 것의 한계." (D) "그러나 그는 덧붙여 말한다. 몸체에 있어서도. 그러자 그는 채색된 몸체들 이전에 그들 몸체들을 알았다. 어떻게? 그의 두상(頭狀)을 그 몸체들에 들이받

음으로써, 확실히." (A) "느긋하게 해요." (D) "그는 대머리였으며 백만장자였다, '마스트로 디 클로르 패 신노(현인들의 스승인 그)' 형태가 있는 투명한 것의 한계. 왜 형태가 있는 걸까? 투명, 불투명. 만일 네가 다섯 개의 손가락을 통과할 수 있다면 그것은 대문(大門)이고, 그렇지 않으면 문(門)이다." (A) 너의 눈을 감고 그리고 보라.(U 31)

(C) 과거: ("가시적(可視的)인 것의 불가피한 양상")
(A) 현재: ("내가 여기 읽으려고 하는 만물의 징후들")
(D) 먼 과거: ("그러나 그는 덧붙여 말한다.")
(A) 현재: ("느긋하게 해요.")
(D) 먼 과거: ("그는 대머리였으며 백만장자였다.")
(A) 현재: ("너의 눈을 감고 그리고 보라.")

이 인용된 구절(모두 9행)에서 과거 시제는 1번, 현재 시제는 3번, 먼 과거 시제는 2번으로 각각 해부된다. 이 해부에서 스티븐의 '의식의 흐름'의 시간적 빈도(frequency)를 엿볼 수 있거니와, 그의 의식은 과거에 거스르며, 이는, 스티븐이 갖는, 엘리엇의 '전통과 개인의 재능(Tradition and Individual Talent)'에 감추어진 과거의 회고성이요, 한편 현재에로 귀착하는 딜레마 또는 현실의 집착이다. 여기 특이한 것은 그의 의식은 아직까지는 비(非)미래적(of non future)이다. 이상에서 제네트의 구조주의 분석의 이점은 독자에게 X-Ray를 통해 인물을 투사하듯, 잦은 심리적 율동의 빈도를 보여준다.

제네트의 구조주의 분석은, 예를 들면, 포크너의 『소리와 분노(Sound and Fury)』에서 대표적 모더니스트요, '인공두뇌학적 주인공(Cybernetic hero)'인 퀸틴(Quentin)의 의식의 구조를 닮았다. 이런 주인공은 조이스의 『젊은 예술가의 초상』의 스티븐이나, 『피네간의 경야』의 회고적 (Shem)도 마찬가지다. 프루스트의 숙명의 대작 『잃어버린 시간을 찾아서』의 주인공 마르셀(Marcel)은 그가 메더란(madeleine) 케이크를 먹은 이래로 잃어버린 과거의 회고적 영웅(retrospective hero)이 된다.

근대주의(모더니즘)의 대표적 『율리시스』를 제단하기 위해서는 구조주의 및 신비평(New Criticism)이 별나게도 편리할 때가 있다. 조이스의 텍스트는 토도로브(Todorove), 바르트르(Barthe), 제네트(Genette)의 이론에 의해 재단하면, 주제에도 엄청난 역변화(逆變化)가 온다. (〈영어영문학〉 Vol. 27. No. 1 봄호 1981. 참조) 아일랜드 문학의 특징인 '희비극성(tragicomicism)' 말이다. 이러한 구조주의 분석은 소설의 종말이 뭔가 긍정이 일어날 것 같은 비전을 엿보인다. 그것은 긍정의 종말(affirmative ending)이다.

모더니즘(근대주의)의 특징 중에 가장 현저한 것은 형식(form)의 개발인지라, 그중에서도 기법(technique)이 으뜸을 차지한다. 『젊은 예술가의 초상』의 주된 기법은 저자에 의해 서술된 3인칭의, 이른바 '간접 내적 독백(indirect internal monologue)'이다. 이는 저자가 계속 작품 속에 나타남으로써 주인공의 성장 과정과 그의 의식을 외부 관점에서 볼 수 있게 한다. 따라서 이는 『젊은 예술가의 초상』처럼 '성장소설(Bildungsroman)' 및 '교양소설(Kunsterroman)'의 완벽한 기법으로, 잇따른 『율리시스』의 지배적인 '직접 내적 독백(direct internal monologue)'과는 구별된다.

『율리시스』의 기법은 통칭 '의식의 흐름(stream of consciousness)'으로 통한다. 그것의 양상(mode) 또한 등장인물들에 따라 다르다. 예를 들면, 스티븐의 모노로그(monologue)인 즉, 그의 의식은 스타카토로(staccato)에다, 단음적이요, 블룸의 것인 즉, 3인칭 서술과 의식의 혼용인 정서적 스타카토로(lyrical staccato)이다. 이는 정(情)과 서(抒)가 넘치는 풍요의 의식으로, 조이스의 스키마(Schema)에 적힌 대로, 홍분(tumescences)과 발기(detumescence)의 혼용이다. 몰리의 것인 즉, 그녀의 의식의 피날레는 8개의 긍정(yes)에 다+스타카토로+크레센도로(crescendo)의 혼성을 갖는다.

이상의 '의식의 흐름'은, 잘 알려져 있듯이, 인간의 생각을 특징짓는 관념, 직관, 감정 및 회상의 흐름을 서술하기 위해 심리학자 윌리엄 제임스(William James)에 의해 신조된 것이다. 그들의 문체는 사실주의의 있을 뻔한 박진성(迫眞性)(verisimilitude)의 환상을 파괴한다.

구조주의 및 기법이 『율리시스』 번역에 타당하게 적용할 수 있을지라도, 그것은, 여전히 재래의 내려오는 말대로, "번역자는 반역자"요, 그의 개역 본은 원문의 메아리에 불과하다. 솔직히, 번역에서 영어를 한국어로 옮길 경우 『율리시스』에서 직역의 의미가 의역에서보다는 한층 정확하다. 그것은 형식을 깡그리 파괴하는 의역보다 값지다. 그런데도, 그를 한국어로 번역할 때, 역자의 주된 고충은 앞서 아리스토텔레스의 『시학(Poetics)』에서 그리고 스티븐이 『젊은 예술가의 초상』에서 논하는 아퀴너스의 형태론적 심미론의 적용에 차질이 올 때이다.

여기 분명히 해야 할 점은 〈진행 중의 작품(Work in Progress)〉의 취지야말로 공간과 시간 내에서 존재한다는 것이다. 왜냐하면 그의 타당한 이해는, 스티븐이 샌디마운트 해변에서 갖는 독백, "불가피한 가청성(ineluctable modality of the audible)"(공간성, Nebeneinder)에서 뿐만 아니라, "불가피한 가시성(ineluctable modality of the visible)"(U 3) (시간성, Nacheinder)에서 존속하고 이해되기 때문이다. 번역상으로도, 여기에는 파악되어야 할 공간적 통일성(형식)과 시간적 통일성(내용)이 있다.

비록 '의식의 흐름'과 '내적 독백'은 아주 유사하고 자주 혼돈스럽지만, 그들은 두드러지게 구별되는 기법적 특징을 지닌다. 혼돈의 이유인즉, '의식의 흐름'은 '내적 독백'과는 달리, 논리적 진행이나 혹은 연속된 변전(變轉)을 통해 토픽에서 토픽으로 움직이며, 문법과 구문의 기본적 법칙에 의해 지배된다. 비록 많은 비평가들은 조이스를 '의식의 흐름' 또는 '직접 내적 독백'과 연관할지라도, 그러나, 『율리시스』의 종장인, "페넬로페" 삽화는 '내적 독백'이 정확할 것인 바, 몰리 블룸의 심리적 생각들에서 두드러지게 그러하다.

'내적 독백'과 연관하여, 우리에게 『젊은 예술가의 초상』에서 데덜러스가 갖는 비상한 양의 습관적 산보(散步)는 중요하다. 이는 고대 아리스토텔레스의 소요학파적(Aristotelian peripatetic) 기미를 보인다.(전출) 우리는 특히, 데덜러스가 심미론을 토론하는 과정에서 이를 갖는 것을 유의할 필요가 있다. 왜냐하면, 이 과정 동안에 일어나는 모든 발작적인(Balzacian) 사실주의 또는 졸라적인(Zolaesque) 자연주의의 외적 사항들은 그의 플로베르(Flaubert)의 '내적 의식'을 발원하는 상징들이기 때문이다. 여기 『젊은 예술가의 초상』에서, 또한, 『율리시스』에서와 마찬가지로, 주인공들이 답습하는 지지적(地誌的) (topographical) 또는 지리적(geographical) 은유의 중요성이 강조된다.

이상의 구조주의 및 기법이 『율리시스』 번역에 타당하게 적용할 수 있을지라도, 그것은, 여전히 재래의 내려오는 말대로, "번역자는 반역자"요, 그의 개역 본은 원문의 메아리에 불과하다. 솔직히, 번역에서 영어를 한국어로 옮길 경우 『율리시스』에서 직역의 의미가 의역에서처럼, 잘못 전달될 때가 비일비재하다. 그를 한국어로 번역할 때, 역자의 주된 고충은 앞서 아리스토텔레스의 『시학(Poetics)』에서, 그리고 스티븐이 『젊은 예술가의 초상』에서 논하는 아퀴너스의 형태론적 심미론의 적용에 차질이 올 때이다.

결론적으로, 스티븐(조이스)의 모든 심미론의 총화는 형식론적 번역(직역)을 이론적으로 도울지언정, 실질적이요, 직접적 형식의 행사는 사실상 기술적으로는 크게 기대하기 힘들다.

(Ⅲ) 『율리시스』 독회(讀會)(111회)

「한국 제임스 조이스 학회」는 2002년에 『율리시스』의 독회를 시작한 이래 지난 2012년으로 10년 동안 111회를 수료했다. 거기에 참가한 회원 수는 한 번에 대략 15~20명에 달한다. 그들의 대부분은 조이스 전공자들이다. 그동안 『율리시스』의 새 번역의 시도는 이들 모두의 복수적(複數的)으로 가단적(可斷的)인 합동 작업이었다. 이 기간 동안 회원들은 작품의 보다 나은 이해를 위해 각자의 지식을 최대한 동원하고 활용했다. 참가자들의 개인적인 노하우가 집단적으로 텍스트를 설명할 수 있도록 하기 위해서였고, 그리하여 모두들 광범위한 미답(未踏)의 땅을 부지런히 개간한 셈이다. 과연, 이번의 4번째 번역본은 지금까지 독회의 참가자들(회원들)이 동원한 참신한 정보의 집대성이요, 모두의 공과로서 말하는 것이 옳을 것 같다.

아래 참고로, 『율리시스』 111회 독회에 관한 국내 일간지의 기사를 싣는다.

『율리시스』 111회 독회에 관한 〈조선일보〉의 기사(2012년)
─"3만 개의 어휘 속, 10년째 '숨은 보물' 찾기"─

지난 13일 서울 동작구…… 조만식 기념관 533호실. 20여 명의 교수, 학생들이 들러앉아 독서 삼매경에 빠져있었다.

교실 한쪽엔 시니컬한 표정의 서양 작가 사진 패널이 놓였고, 참석자들마다 손떼 묻은 두툼한 원서를 펴들었다. 아일랜드 소설가 제임스 조이스의 『율리시스(Ulysses)』 독회, 책 한 권과 10년째 씨름하고 있는 「한국 제임스 조이스 학회」의 별난 모임이었다.

2002년 9월부터 총 644쪽(번역본은 약 1,200쪽)의 책을 읽기 시작해 111회째인 이날 589쪽 1,657행으로 접어들었다. 국내 선배 교수 등 조이스 연구 1세대가 제안, 매달 모임으로 정례화했다. 학술대회가 있는 두 달을 제외하고 연 10회씩 20명 안팎의 전공 교수, 대학원생, 아마추어 애호가들이 모인다. 4년째 참석 중인, 하버드대 박사과정 아만다 그린우드 씨는 "하버드대에도 없는 모임을 서울에서 하게 돼 너무 신기했다. 지금은 모두 가족들 같다."고 했다.

모임은 먼저 오디오로 원어민이 읽는 것을 듣고, 발제에 이어 토론하는 식으로 진행된다. 단어나 문장의 뜻부터, 문체, 주제, 상징을 비롯하여, 작품 전반과 조이스의 삶, 아일랜드 역사에 이르기까지 이야기는 '밑도 끝도 없이' 가지를 친다. 그러다 보니 4시간씩 독회가 이어지지만 기껏해야 대여섯 쪽으로 끝낼 뿐이다. 이날도 참석자들의 이야기는 좌충우돌, 종횡무진 했다.

"이 대목은 신바드 모험을 연상시키지 않나요? 보석을 고기에 얹어 두었더니 독수리가 물고 가다가 떨어뜨리는 장면 말이에요."

"은행털이나 로또 같은 일확천금을 꿈꾸는 대목은 지금 금융자본주의하의 우리의 일상과도 연결 지을 수 있어요."

'20세기 최대 소설', '인간 의식의 백과사전'이란 찬사가 붙은 『율리시스』요, 자신이 '앞으로 수세기 동안 대학교수들은 조이스가 뜻하는 바를 토론하느라 바쁠 것'이라고 했을 정도지만, 참석자들은 그 '난해함'을 '즐거움의 원천'이라 불렀다. 광주 집에서 KTX를 타고 온다는 한 교수는 "보석이 숨어 있는 광산 같은 책이다. 잘못 파 들어가도 뜻밖의 보물이 나온다."라고 했다.

10년 모임의 비결을 함께 읽는 묘미 내에서 찾는 이들도 많았다. 한 여 교수는 "『율리시스』는 불확실성의 문학이다. 텍스트가 열려있다 보니 다양한 사람들의 해석이 계속해서 다른 생각을 촉발한다."라고 했다. 또 다른 교수는 "요즘은 특정 사조나 이론에 의존해 작품을 재단하려는 경향이 강한데, 이는 작품 고유의 생명력을 존중하는 읽기의 한 본보기가 된다."고 했다.

그동안의 〈율리시스 독회〉는 모두가 내세우는 작품이 담은 미지의 어휘와 구문상의 미개척 의미를 재 발굴하여, 이를 새 번역본에 적극적으로 수용하는 노력이었다. 이것이, 1, 2, 3차의 번역에서 진일보한 최근 번역의 특성이요, 수확(收穫)이라면 수확이다.

(IV) 조지 레이나 교수

금번의 4번째 『율리시스』 개역에 임하여, 작품의 초판을 개척하는데 공헌한 바 있는, 조지 레이나(George Rainer) 교수의 위업을 더듬어 본다. 그분과 역자는 처음부터 사제지간으로 서막이 열렸다. 그것은 결코 그분 개인의 편향적(偏向的)인 것이 아니었다. 레이나 교수는 반세기 전부터 역자에게 아리스토텔레스의 소요학파(Aristotelian peripateticism)처럼, 대학 캠퍼스를 거닐면서 『율리시스』의 심미론을 가르쳐 주신 스승이거니와, 역자는 그분의 하늘과 같은 은공의 수혜자였다.

역자가 그분의 조이스 강의를 처음 수강한 것은 지금부터 약 55년 전 1960년 가을 학기임에 분명하다. 왜냐하면 그분의 강의를 수강하기 위해 당시 구입한 텍스트인, 미국 랜덤 하우스 판의 『율리시스』 원본의 마지막 페이지에는 1960년 9월 24일이 적혀 있기 때문이다. 그리고 보면, 역자의 레이나 교수와의 인연과 오늘까지 조이스 문학에 연연(連延)함은 「한국영어영문학회」의 창설 반세기와 거의 버금가는 기간으로, 회고컨대, 그분을 이렇듯 연모해 함도 인지상정이 아닐 수 없다.

당시를 회상컨대, 그분과 연관하여 기억에 아련히 떠오르는 것은 당신께서 젊음의 파격과 재기(才氣)로 번뜩이는 문학도를 조이스 제자로 삼으려고 무던히 애를 쓰셨다는 확인이다. 그리하여 서양문학과 동양철학 및 한문학(漢文學)을 꿰뚫는 탁월한 재능의 소유자이셨던 그분의 몸에서 풍기는 학자의 전범적(典範的) 근황을, 그리고 그분의 기대에 호응하려고 무던히 애쓰던 제자(역자) 자신의 모습을, 띄엄띄엄 연민의 정으로 회고한다. 지금도 그분의 환영(幻影)을 안개속에 떠올리는지라, 그 환영이란 필시 그분이 오래전에 베푼 고귀한 은공(恩功) 때문일 것이다.

특히, 레이나 교수는 우리나라에 처음으로 조이스의 『율리시스』를 전파하고 소개하신 분이다. 그분이 서울대학교에 처음 오셨을 때 학생들과 그분은 곧 가까워졌지만, 그분의 지능과 면학심의 근엄함이 언제나 거리를 두고 있었다. 오늘날 우리나라에 학회가 창설되고 근 20명의 전공자가 참여함은 바로 그분의 과거 숨은 공적이 아닐 수 없다. 그분의 위업이 아무리 과소평가 될지라도, 그것은 우리나라 『율리시스』의 한국어 번역과 학회의 설립에 지대한 공헌을 남겼다는 재확인일 것이다.

당시 역자는 번역 도중 의문점이 생기면 동숭동 교수의 관사를 자기 집 드나들 듯했다. 그리하여 그분께서 역자의 혜지(慧智)의 부족을 가끔 모지락스럽게 꾸짖자, 말없이 순종해야 했던 경험을 지금도 되새기지 않을 수 없다.

이제 돌이켜 보건데, 레이나 교수는 당시 역자의 운명에 방향타(方向舵)를 틀고 계신 듯했다. 대학원 강의실, 특히 레이나 교수의 『율리시스』 강의실은 당시 생기로 넘치고 있었다. 역자가 첫 수업을 위하여 마련한 텍스트인, 『율리시스』의 초판본(원본)에는 그분의 메모가 생생히 각인되어 있다. 역자는 이탈리아의 베네치아에 갔을 때 구입한 모조양피(模造羊皮)의 하드커버를 이 책에 씌우고, 오랜 기간 이를 자신의 재산 목록 1호로 챙기면서, 외출할 때 한 번씩 살폈는 바, 이제 책의 원형 자체가 파손 및 마멸(磨滅)되고 낙장(落張)이 되었다. 이를 최근 역자는 과거 재직했던 대학에 개교 100주년 기념박물관에 보관하게 부탁 했었는데, 학교로부터 자신들의 귀중도서 목록에 낄 수 있도록 약속 받았다.

당시 레이나 교수의 강의실의 수강생 수는 5, 6명으로, 모두들은 재기 넘치는 젊은이들로서, 지금은 백발의 노학자들이요, 각 분야에서 두각을 자랑하고 있는 분들이다. 레이나 교수의 『율리시스』 강의는, 회고컨대, 매우 난삽(難澁)한데다가, 그분의 엄격하고 유창한 영어 강의를 따라 잡기가 어려웠다. 게다가, 그분의 엄격한 훈도는 저절로 고개가 수그러졌고, 작품을 파악하고 읽기에 많은 고초를 겪어야 했다. 한 학기가 지났는데도, 작품의 골격 결쇠(skeleton key)조차 쥐기 힘들 정도였다. 더욱이, 1960년대의 작품의 해독은, 오늘의 풍성한 연구와 '조이스 산업(Joyce Industry)'에 비하면, 모두 쟁기질을 갈망하는 황무지였다. 지금은 번역본과 참고서가 있어서, 원본의 자매 본으로 곁에 놓고 대조하여 읽을 수 있지만, 당시는 비평이래야 교수가 칠판에 써준 길버트(Gilbert) 저의 『율리시스』 비평서 한 권이 고작이었다.

이어지는 가을 학기가 지나고, 이듬해 봄 학기에도 레이나 교수의 『율리시스』 강좌는 계속되었다. 그 학기는, 그의 강의가 너무나 난공불낙의 보채(堡砦) 같았던지, 수강하는 이가 별로 없었다. 곰곰이 회고하건대, 청강생은 역자 혼자뿐이 아니었던가 싶다(실례하거니와). 당시 제자인 나도 놀라고 교수님도 놀랐다. 지금 같아서는 폐강이 당연했다. 그러나 레이나 교수의 『율리시스』 보급에 대한 신념과 열정은 끄덕지 않았다. 한 학생이라도 자기의 과목을 따라 주는데 기뻐했고, 즐거운 눈치였으니, 제자도 경탄했다. 교수는 어느 날 제자를 불러 말했다.

— 좋아, 그럼 우리 집에서 공부하세.
— 네, 좋아요, 어느 날로 할까요?
— 언제든지 좋으니, 자네 원하는 데로 오게.

앞서 이미 언급했듯이, 레이나 교수는 개인적으로 『율리시스』의 주석 판을 집에서 달고 계셨다. 학문에 대한 깊은 매료와 몰두는, 진리 탐구라는 거대한 목표 말고도, 그분의 만년에 외로움의 의탁(依託)을 해결하는 오락의 수단이었다. 그분은 결코 양복의 단추를 푸르지 않았다. 최근 어느 시인의 한시(漢詩) 한 구절에, "노기골기심상(老驥骨奇心尙)"(천리마는 늙어도 기상이 뛰어나다)이라 했거늘, 강의실을 나서는 그분은 먼 산을 쳐다보는, 고개 처든 노마(老馬)를 연상시켰다. 그리하여 제자들은 그분의 학문이 몸에 밴 선비의 기품을 숭앙으로 감복(感服)하고 있다.

당시 공부를 마치고, 사택을 나와 하숙집으로 돌아오는 역자의 발걸음은 경쾌하고 가벼웠다. 고개를 들면, 하늘은 더욱 푸르고, 나무 가지들에서 들려오는 새소리는 더욱 낭랑했다. 아, 즐겁고 행복하구나! '돌체 파르 니엔떼(dolce far niente, 나른한 행복)'(U 58) 이여라. 세상만사가 그림자를 붙들거나 바람을 좇는 것 같을지라도, 마음만은 벅찬 반석이었다. 양 뺨이 활활 타는 듯 했으며, 목구멍이 노래를 하듯 카랑거렸다.

(V) 결론

오늘날 우리나라 후기 산업화의 세계에서, 문학 또는 인문학의 절실한 필요성은 그 어느 때보다 절박하다. 지상으로 운무(雲霧) 짙은 고층 아파트와 지하로 소란하게 달리는 철마(鐵馬)는 현대인의 물질문화의 번영을 구가한다. 그에 수반하여 문화의 정신적 고갈과 상실의 실존주의가 판을 친다. 우리 모두가 개탄할 현상학이다. 여기 정신문화(독서)는 우리의 병든 심신을 치유하는 양약(良藥)일지니, 우리 모두 '인내'를 가다듬어, 내일의 긍정적 비전과 초월론적 희망을 향해 매진하고 노력해야 하리라.

『율리시스』는 조이스의 유사 – 영웅적 서사 소설이요, 그것은 더블린의 현대인들인, 소설의 주된 세 명의 인물들로서, 리오폴드 블룸, 그의 아내 몰리 블룸 그리고 그들의 스티븐 데덜러스의 생활에 있어서 하루(1904년 6월 16일)의 사건을 축약한다. 이 6월의 하루는 모든 곳의 조이스 애호가들에게 '블룸즈데이(Bloomsday)'로서 알려져 있다. 작품 말의 종언(終焉)(Yes)은 몰리의 기억들이 사랑의 실질적 논증에서 절정에 달하는지라, 그것은 스티븐과 블룸이 한층 추상적으로 말했던 바를 뒷받침한다. 작가의 40번째 생일(1922년 2월 2일)에 출판된, 『율리시스』는 20세기 문학의 이정표요, 구미 소설사에서 분수령으로, 21세기의 소설의 시작인, 그의 잇따른 『피네간의 경야』와 함께, 작가의 가장 지속적이요 혁신적 노력을 대표한다. 『피네간의 경야』와 함께, 『율리시스』의 번역은 우리의 오늘날 가능성의 최고 예술이다.

이번의 『율리시스』의 새 개역본이 국내의 독자들, 특히 젊은 창작 작가들에게 자신들의 창작상으로 필요한 심오한 지식과 새로운 문체, 어휘, 기법, 신화배경 등 큰 영향을 줄 것을 겸허하게 바라마지 않는다. 다른 코미디처럼, 『율리시스』는 분산(分散)의 그것보다 화해(和解)의 비전속에 끝난다. 인류들 간의 애정은, 아무리 무상할지라도, 아무리 제한될지라도, 우리들의 낙원(파라다이스)에 도달할 수 있는 가장 가까운 첨경이다. 그것이 스스로의 힘을 상실하다니, 그렇다고 그것은 스스로를 실효(失效)하지 않는다.

단테는 말하기를, 아담과 이브의 낙원은 단지 6시간 동안 계속되었다고. 여기 또 다른 모더니즘 문학의 거장 프루스트(Proust)가 우리에게 상기하는 바, 우리에게 유일한 진낙원(眞樂園)이란 우리에게 실낙원(失樂園)이리라. 그러나 모든 인간에게 알려진, 앞서의 그 '말(사랑)'은 우리에게 빈틈없이 정의(定義)되고 확약될지니, 축소의 주제이거나 아니거나 무관할지라. 그런데도 조이스의 『율리시스』는 주제나 문체의 개발에 있어서 여태껏 쓰인 가장 결론적 책들 중의 하나이다. 우리의 조이스 학자들은 오늘도 그것을 계몽하고 대충대충 작업하지 않으려고, 더 많이 노력하고 있다. "나, 나, 엔텔리키〔형상(形相), I, I, entelechy〕"의 자신을 탐색하려고, 『율리시스』의 젊은 스티븐처럼, 나는 '나'를 위해 힘겹게 노력하리라. 수시로 찾아오는 삶의 팍팍한 여적(餘滴). 그러나 그동안 역자를 비롯한 젊은 야망의 학자들은 풍성하고 행복했다. 하느님, 제발 부족한 소인들의 탐탁한 미망(迷妄)들을 깨우치소서!

제임스 조이스, 더블린 중심의 애비가(街)에 우뚝 서 있는, 아일랜드의 정신(코리아에어라인 2016년 정월 기내 호 잡지인 beyond의 조이스 특집 제작이거니와) 동상은 오늘도 자신의 심미론을 염두에 둔 듯, 장익비상(張翼飛翔), 창공을 나는 새들의 수를 헤아리고 섰다. 조이스의 젊은 분신 스티븐 데덜러스는 『율리시스』의 도서관 장면에서 벨기에의 철학자 메테를링크(Maeterlinck, 1862~1949)의 말을 되뇐다.

이는 메테를링크의 저서 『지혜의 운명(*La Sagsse et la destinee*)』 속의 글귀로, 자기 자신에 귀착하는 인간 여로(旅路)로서 '변신(metamorphosis)'의 원리이다. 오늘의 우리들의 학구 또한 변신을 거듭해야 할지니.

2016년 6월
역자 김종건

• 데덜러스 가족 계보

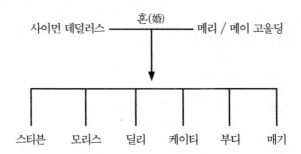

(스티븐의 결혼한 숙부: 리처드(리치) 고울딩, 그의 아내는 사라, 및 아들 월터)

• 블룸 가족 계보

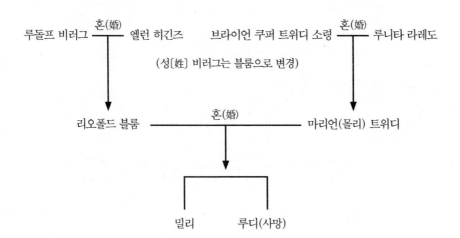

율리시스 (제4개역판)

초판 1쇄 발행일 2016년 07월 25일
초판 2쇄 발행일 2018년 01월 18일
초판 3쇄 발행일 2020년 05월 27일

지은이 제임스 조이스
옮긴이 김종건
펴낸이 박영희
책임편집 김영림
디자인 박희경
마케팅 임자연
인쇄·제본 AP 프린팅
펴낸곳 도서출판 어문학사
　　　　서울특별시 도봉구 쌍문동 523 - 21 나너울 카운티 1층
　　　　대표전화: 02-998-0094/편집부1: 02-998-2267, 편집부2: 02-998-2269
　　　　홈페이지: www.amhbook.com
　　　　트위터: @with_amhbook
　　　　페이스북: https://www.facebook.com/amhbook
　　　　블로그: 네이버 http://blog.naver.com/amhbook
　　　　다음 http://blog.daum.net/amhbook
　　　　e - mail: am@amhbook.com
　　　　등록: 2004년 4월 6일 제7 - 276호

ISBN 978-89-6184-414-7　03840
정가 48,000원

이 도서의 국립중앙도서관 출판예정도서목록(CIP)은 e-CIP홈페이지(http://www.nl.go.kr/ecip)와
국가자료공동목록시스템(http://www.nl.go.kr/kolisnet)에서 이용하실 수 있습니다.
(CIP제어번호: CIP 2016016124)